龙虎戏

第一部

陈进轩 著

山东文艺出版社

图书在版编目（CIP）数据

运河湾 / 陈进轩著 . —济南：山东文艺出版社，2023.1
ISBN 978-7-5329-6329-4

Ⅰ．①运… Ⅱ．①陈… Ⅲ．①长篇小说—中国—当代
Ⅳ．① I247.5

中国版本图书馆 CIP 数据核字（2022）第 026328 号

运河湾
YUNHEWAN
陈进轩 著

主管单位	山东出版传媒股份有限公司
出版发行	山东文艺出版社
社　　址	山东省济南市英雄山路 189 号
邮　　编	250002
网　　址	www.sdwypress.com
读者服务	0531-82098776（总编室）
	0531-82098775（市场营销部）
电子邮箱	sdwy@sdpress.com.cn
印　　刷	山东临沂新华印刷物流集团有限责任公司
开　　本	710 毫米 × 1000 毫米　1/16
印　　张	87.25
字　　数	1430 千
版　　次	2023 年 1 月第 1 版
印　　次	2023 年 1 月第 1 次印刷
书　　号	ISBN 978-7-5329-6329-4
定　　价	198.00 元

版权专有，侵权必究。如有图书质量问题，请与出版社联系调换。

悠悠运河　皇皇史诗

赵德发

在这个世界上,有无数河流分布。或自然天成,或人工开掘;或浩浩荡荡,或静静流淌。她们各自哺育一方生灵,也成就了一代一代作家。

在中国,一条运河唱出万千风流。我们可以从唐诗宋词中听到运河上的长诵短吟,可以从宋元话本、杂剧中看到运河上的恩怨起伏,可以从明清小说中嗅到运河边的市井气息,可以从现当代文学作品中感受运河上的时代风云。李白,张继,皮日休,施耐庵,冯梦龙,兰陵笑笑生,曹雪芹,郁达夫,刘绍棠,徐则臣……受运河滋养过的作家与诗人有许许多多。

二十一世纪,在山东郓城,作家陈进轩在发表、出版了三百多万字的作品之后,又突然要写一部关于运河湾的大书,于是就有了四卷本长篇小说《运河湾》。他说:"我决定换一种思索方式,或者说,我要换一种生死论证,我要看看脚下的土地是怎样孕育新生又是怎样收回旧命的。"他又说:"在写下第一个字之前,我就明了这里将是我的灵魂安妥处。"

为什么要安妥灵魂?抑或说,他要安妥哪些灵魂?在作家陈进轩的眼里,"运河湾里是应该有游魂的,游魂是待召的风云雪雨,在百年磨砺中幻化为精神。游魂是不朽的精灵,沧海桑田难移其志","一方地域是应该有精神的……一如大爱之于毁灭,一如永恒之于消亡。死了的不会白死,活着的不会白活。子弹射穿了的红兜肚,在期盼人眼里变成了勾魂摄魄的美目桃花瞳……随着运河煤矿的出现,运河湾终于跳出了家族的羁绊,即便是遗腹子的哭声,亦同样是新生命的礼赞"。

他还说,从一开始,他就知道《运河湾》必须由四部组成,时间跨度由清末写到抗战结束。花甲之年,有此等构思,真可谓壮志凌云。他的一些朋友,在为他加油鼓劲的同时,也为他捏一把汗。然而,等到《龙虎戏》《红兜肚》这两部书先后出版,大家就把担心变成惊叹了。

我是在担任山东省"中国梦"征文大赛评委时读到《运河湾》电子稿的。读着读着,"史诗"一词跳出脑际。把160万字读完,我在读书笔记上写下了"宏篇巨制,史诗品格"这八个字。

在过去,许多小说家都把能够写出史诗性作品当作毕生追求的目标,不少人为此付出生命也在所不惜。然而,成功者有之,失败者亦有之。且不说有的人志大才疏、不自量力,即使才华横溢、妙笔生花者,也不一定能够如愿。因为,史诗性作品的完成需要大格局、大胸襟、大境界、大匠功夫,仅凭一点绣花才艺是远远不够的。另外,近年来的文学新思潮,对小说家的这一追求不再鼓励。不少作家对"宏大叙事"嗤之以鼻,偏爱"私人叙事",一些评论家为他们鼓掌喝彩。于是,史诗性写作不被看好,甚至显得"落伍"。然而,陈进轩凭借自己的毕生积累与修炼出的功夫,不在乎外界对于此类作品的打击性言论,一鼓作气完成了《运河湾》。

我认为,《运河湾》是成功的,说它是"史诗品格",恰如其分。

郓城是宋江的家乡,千年以来,好汉辈出,民风剽悍。至二十世纪,国家迎来三千年未有之大变局,运河湾里也有了一波一波的社会动荡。时势造英雄,劫难炼人心,几代运河儿女被时代大潮裹挟,演出了一幕幕历史壮剧。半个世纪的风云变幻,构成一部难得的文学宏篇。故事环环相连,命运起伏跌宕。朝代更迭,正邪莫辨,男女恩仇,诡谲怪异,人事如麻,血流成河。读者掩卷,心中百味杂陈。

小说不只勾勒出宏大的时间轮廓,还保留了大量的历史细节。譬如,清末兵营场景,事无巨细,亦庄亦谐,惟妙惟肖,就连"派号差"即吃空饷的做法,也详尽叙述。最妙处在兵营阅检一段,阅检大员被捉弄却"乐在其中"。再如,二十世纪三十年代的乡村新文化建设运动到了河湾县,一县之长竟然要求各乡都建澡堂子,还说卫生建设必须列为乡村新文化建设之首,起码要与教育并列。"男女老少都要定期洗澡,不说天天洗,起码要逢集必洗,也就是说,十天要洗四次。"于是,"会场里立刻活跃起来。人们嚷着说:'这不是跟码头上的南蛮子一样了吗?我们是不是也要男女脱得光溜溜,是不是也要男女伙着一块儿洗啊?'"结果,连县长的父亲也坐不住了,"亮着嗓子喊一声:'洗白了给谁看?'"

这样的细节与描述,还有很多很多。当代著名评论家谢有顺讲:"小说写的是活着的历史。""小说所保存的那个时代的肉身状态,可以为我们还原出一种日常生活;有了小说,粗疏的历史记述就有了许多有质感、有温度的细节。"陈进轩深谙此道,所以他笔下的运河史有血有肉,活色生香。

巴尔扎克说过:"小说被认为是一个民族的秘史。"陈忠实写《白鹿原》,把这句话抄录在卷首。那么,既然是秘史,秘在何处?我想,主要是解读一个民族的人文心理,因为它决定众多个体的心理习惯与行为方式,决定着一个民族的存亡兴衰。《白鹿原》这部史诗性大书,就给读者以"解码"的感觉。具体到一个地域,也是各有秘史的。在陈进轩看来,秘史就是魂魄,秘史就是"精神",要求得这种"精神",就必须追根溯源。他说:"一方地域是应该有精神的,精神就是文化的内在形式,精神就是信仰的动发之源。"因而,他要在运河湾里深深挖掘,而后是辨年轮、察印痕、掏底蕴,最后还要复原如初。"复原如初",就是恢复历史的本来面目,还原一方百姓真实的生存状态。这也就是陈进轩创作中奉为圭臬的"本真"。而要实现这种追求,必须要以独特而有见地的历史观做支撑,为历史负责,为真相负责,不以教科书为标准。陈进轩有这样的历史观,才让读者在这部卷帙浩繁的大书里,看到了人物之"本真",读出了社会之"秘史"。

史诗,光有史不行,还要有诗。史诗性长篇小说,其中一定要有诗性。这个诗性,既是内容,也是形式。它难以说清,却又能让人感受得到。

请看《运河湾》的开头一段:"运河湾里起了风,风把河套里的潮气搅动起来,飘摇着穿过酸枣丛,又到芦苇荡里汇聚了,慢慢地膨胀着,棉絮似的,贴着河套里的茅草叶子滚动。明明是在脚跟前的,伸了手又抓不住,整个河套里都是起伏的了。高高低低的沙丘岗子,隐隐现现的杂树林,还有从低矮的房檐上升起的炊烟,村子一下子臃肿了许多,看着不像个村子。"这样的文字,是不是诗意盎然?

就在这样的背景上,人物一个个出场,事件一个个展开。麻五、白面瓜、马二梭、侯登仓、丁玉树、马笸子……几个主要人物血性十足,敢爱敢恨。

历史改变着他们,他们也创造着历史。在历史的航船上,每一个人又因其不同性格,又有不同命运。读罢四卷,撼人肺腑的"命运交响曲"分明响在耳边,挥之不去,令人扼腕怅叹。

  语言是体现诗性的重要因素。几十年的文学修炼,让陈进轩驾驭文字的功夫非同寻常。像开头那样诗意盎然的文字,在书中比比皆是。毛茸茸,湿漉漉,生动而形象,契合了运河湾的风情。而涉及血与火、生与死的描写,则如岩浆奔突,电闪雷鸣,读时令人心潮激荡。全书读下来,会感觉有一片由诗性语言酿成的海洋,在你面前恣肆雄浑。

  长篇小说特别讲究"文气"。能否保持文气,是对一个作家心力和体力的双重考验。从一些作家那里可以看到,其作品开头很有气势,但后来文气就渐渐减弱,呈虎头蛇尾之相。三四十万字的单卷本作品,尚有这种问题,如果是多卷本,更难让文气一以贯之。而这部超长的《运河湾》,自始至终是文气沛然。这对一位年过花甲的作家来说,堪称奇迹。

  悠悠运河过郓城,皇皇史诗今日出。我对进轩先生表示热烈祝贺!

  是为序。

2022 年 1 月 6 日

龙 虎 戏

目 录

上 部

第一章 003

第二章 009

第三章 016

第四章 019

第五章 023

第六章 030

第七章 038

第八章 042

第九章 048

第十章 055

第十一章 061

第十二章 069

第十三章 ………… 073

第十四章 ………… 077

第十五章 ………… 083

第十六章 ………… 089

第十七章 ………… 094

第十八章 ………… 100

中 部

第一章 ………… 109

第二章 ………… 115

第三章 ………… 122

第四章 ………… 127

第五章 ………… 134

第六章 ………… 140

第七章 ………… 146

第八章 ………… 153

第九章 ………… 160

第十章 ………… 166

第十一章 ………… 170

第十二章 ………… 177

第十三章 ………… 184

第十四章 ………… 190

第十五章 ………… 195

第十六章 ………………… 204

第十七章 ………………… 209

第十八章 ………………… 214

第十九章 ………………… 220

下 部

第一章 ………………… 229

第二章 ………………… 237

第三章 ………………… 244

第四章 ………………… 251

第五章 ………………… 256

第六章 ………………… 262

第七章 ………………… 268

第八章 ………………… 274

第九章 ………………… 282

第十章 ………………… 288

第十一章 ………………… 292

第十二章 ………………… 298

第十三章 ………………… 303

第十四章 ………………… 310

第十五章 ………………… 315

第十六章 ………………… 321

第十七章 ………………… 326

运河湾

龙虎戏

上 部

运河湾里的俗唱:

说瞎话,道瞎话,窗台上种了二亩大西瓜。
光腚孩子偷去了,一偷偷了一裤兜。
瞎子看见了,聋子听见了。
哑巴喊,瘸子撵,没胳膊的大哥抱住了……

第一章

　　运河湾里起了风,风把河套里的潮气搅动起来,飘摇着穿过酸枣丛,又到芦苇荡里汇聚了,慢慢地膨胀着,棉絮似的,贴着河套里的茅草叶子滚动。明明是在脚跟前的,伸了手又抓不住,整个河套里都是起伏的了。高高低低的沙丘岗子,隐隐现现的杂树林,还有从低矮的房檐上升起的炊烟,村子一下子臃肿了许多,看着不像个村子。

　　这是一天的清晨,冬季里的河套潮气大,潮气大的清晨先睡醒的是孩子。孩子被爹娘赶出去寻找走失的羊群或者惊了圈的牲口,孩子就捏着鼻子呼喊,先喊的是羊群是牲口,喊着喊着改成了唱,唱的是:"落了日头吹了灯,睁眼闭眼黑咕隆咚。哎呀呀,咿呀哟,咯吱咯吱床出声。"

　　拾粪人扛着粪箕子紧一步慢一步地跟着牲口,是要等着接羊屎牛屎的。羊不屙屎,羊光尿尿,牲口也不屙屎,牲口放的是空屁,拾粪人笑骂着:"奶奶的,等了半天接个屁!"忽然地,风停了,潮气变成了雾,雾浓得一抓一大把。贪了夜的男人被女人拉出被窝,男人起来撒尿吐痰跺脚,吭吭地咳嗽着走出栅栏,女人也跟着走出栅栏,踩着唰啦唰啦的残雪走到杂树林里。杂树林里有被潮气坠断的干树枝子,有风刮了枯叶露出来的干蘑菇,也许还有被断树枝砸断腿的兔子。男人拾了一大捆,女人也拾了一大捆,两大捆湿漉漉的树枝压住两个吭吭哧哧的人,露珠水珠顺着脖领子流到胸口流到脊背。男人回家扒光了膀子抖擞,女人也抖擞,光膀子是不扒的,扒开的是怀,撩起衣襟,也擦汗也擦露珠水珠,白生生的胸口被干树枝子摩擦出了红印子,艳艳的,如菊如梅。男人厚着面皮凑过去，要支着柴火垛上身子，女人就嘤嘤地哼唧："一碗扁食拱得你！不要命了？"早晨人口臭，一句话就说准了。男人脚下打了滑，一股狂力闪了空，重身子摔在冻土地上，头上起了疙瘩，腰杆子跟着伤了，得好多天才能周正过来。

都说这个村子的人是兵营里留下的杂种，兵营有了年头，村子也有了年头。铁打的营盘流水的兵，营盘里的兵论朝论代地替换着，村子里的女人也一窝赶一窝地生孩子。

仿佛要印证这种说法，杂种村的姓氏杂，人的体魄、面目大异。有顿食斗米的彪形大汉，也有猫样吃喝的瘦小男人；有的胆大，如盗如贼如寇如匪，滚油锅，戳刀子，面色是不会变的；有的怯懦，似蚁似兔似叶似尘，一泡尿冲跑了，一个屁打散了，一个喷嚏吓惊了；有的眉目清秀，举止跟学子差不多，讲究的是笑不露齿，语不聒耳；有的就张大了鼻孔，支棱了双耳，额头突兀如峰。鼻孔大了漏财，扇风耳横生是非，这都算是败象。还有颧骨高，杀人刀，天下矬子不可交，说的是暴戾凶顽的人，沾之没有不弄癫弄狂的。还有龟背狼眼水蛇腰，小鬼见了躲三遭，这是说的阴险狡诈之人，把别人卖了还能让人家跟着数钱。这都是说的男人，女人里边是别样奇特。

女人是土里仙，明明是流鼻涕、扎豆角辫的小妮子，三五年米汤水一灌，竟成了水一样花一样的鲜亮女子。头发是乌油油的亮，脸是雪花般的白，腰是颤抖着比作春柳的，胸口上却是蓬着鼓着专往显眼处长，任怎么也跟先前的模样扯不起来。还有嫁过来的媳妇，十个里有九个是发了福的，那福又发得随了季节。季节叫哭就哭，季节叫笑就笑。季节给个葱棵，捋巴捋巴，鲜嫩的是葱白。葱白是埋在土里的，没出土，白生生，出了土，绿莹莹。冬日里，家家户户的女人全缩在屋子里，喂养孩子，伺候男人。穿的是灰黑的、靛青的或者老蓝布的大襟棉袄，棉袄的大襟又分为上下两段，上半截粘着饭菜疙渣，粘着孩子的鼻涕口水，下半截粘的是灰土，灰土是在锅台上磨蹭的，里边裹着油腥，大襟就成了油渍麻花的案板。下身的棉裤腿是扎着的，扎起来像布袋口，布袋里装的是两条腿，腿不见了腿形。再往上就是装屁股的裤裆，裤裆耷拉到腿弯里，裆大得装得下活孩子。从上往下看女人，女人变成了一捆树枝子一捆秫秸。

女人出形是在春暖花开之后。春苗子安上了，麦子拔尖挑旗了，公狗母狗满街跑，猫也蹿房越脊地呼情求欢了，女人一下子脱了壳，女人就有了女人形。这还不到好时候，好时候是收了新麦后。新麦入囤了，麦秸上垛了，女人又蜕二层壳，夹袄夹裤不见了，身上剩下的是飘呀摇呀的单裤单褂。单褂里蹦跳的是一对活物。单裤又被屁股蛋子撑满了，裤裆就小了许多。出了形的女人黑天白天地笑，不笑能憋死。仅从这一点上来看，女人是要形的，形是女人的魂。女人是不喜欢冬日的，女人在整个冬日里都被一个胡子拉碴的男人捂巴着，她会烦。烦恼的是一年四季不见形的女人，不见形的女人一辈子没开过怀，一辈子都是个扁片子。扁片子女人得不到自己男人的喜欢，也得不到外边男人的喜欢，那样的女人倒又怕了春暖花开，怕了新麦上场之后的热闹景。因此，村子里每到新麦登场之后，都有抹脖子上吊的女人。

　　上吊的女人临死前都会里三层外三层地把自己包裹起来，胸口上是勒了一道道黑布条的，黑布条里又塞了大把的棉花坨坨。下身要穿棉裤，棉裤裆里塞的是棉花垫子，棉花垫子把干巴瘦的屁股蛋子撑起来。上吊的女人把自己打扮得丰满了出形了再死，死却不是好死的。不好好死的女人，死了不能入祖坟，先要被寄埋在地边上沟沿上，或者干脆是茅草棵里，坟头也起得没形没样，看着不像个坟头。多少年之后，这样的女人也许能跟先前的丈夫合葬并穴，也许被夫家遗忘，慢慢连坟墓也找不到了的，也就永远地变成了孤魂野鬼。

　　这个村子的布局也跟外地不一样。东西大街是有的，当街的前后却不是规整着起胡同起院落。院落像狗拉的稀屎，拉得多的地方如胡同一样排列着，拉得少的地方，就成了一家两家的单丢户。要是爬到奶奶庙旁边的苣子树上往下望，整个村子又像是一个细腰大肚的丫丫葫芦，东西两头倒成了大肚子。大肚子拿一根细肠子连着，拉拉着有二里多长，怎么看都不像个稳妥村子。

　　这个村子还有一样奇特的是一街两头两类人。

　　东半截的男人大多是马背蜂腰的高挑个儿，西半截的男人却是齐墩墩地长成虎形，连走路也带着呼呼的风声。东半截的人说话带着水音，水音细细长长，有时候还押了韵脚，连走街串巷的生意人也知道。比如东头上来了卖烘柿子的，卖烘柿子的进了东街口，吆喝的是："烘柿子，柿子烘，稀溜溜的甜喽……"这家那家的女人走出来，围着箩筐伸手，先是抓着捏着，说："哟哟哟，喊得馋死个人，抓到手里还是硬邦邦。"接下来又替卖柿子的喊，喊的是："邦邦硬，硬邦邦，撅了称，掀了筐。"卖柿子的就半张白脸半张红脸地笑，说：“这位大嫂是个有眼力的，搭眼一看就知道哪个是硬的！"女人咯咯地笑，笑着啊呜一口，还没动称呢，倒先尝了好几个。回到家掏袖筒，袖筒里还有好几个，口福是先占足了的，掏着还要自语："巧话叫你说了，软硬俺不知道啊，你硬了也白硬。"话说到这里，也许指的是柿子，也许指的是别的，再明了就不好说了。到了村子的西半截，卖柿子的就变了吆喝，不再拉音拖韵，张口就喊，喊出来的是两个单蹦字："烘柿。"围上来的女人问一句，问的也是两个单蹦字："甜吗？"再答："香甜。"又说："尝尝？"再答："少尝。"买的卖的都像赌着气的，多一个字也不朝外蹦。

一来二去，天长日久了，东半截的人就有些自夸，说："爷们儿从小就喝运河里的水，走南闯北什么没见过？"运河从大南方流到大北方，水是活物，人也是活物，多了流动就多了见识。西半截的人也就撇了嘴，说："铁打的营盘流水的兵，山石不倒五谷丰。天下之物，有谁见过流水是生根的。"生根的是山，山是紫云山，紫云山在村子的西北角。村子两头的人斗嘴，中间的人就乐了，说："运河里南来北往，你知道谁是南来的谁是北往的？运河是青龙，喝了运河水就成龙种啊？紫云山狼豺虎豹一窝一窝的，你知道谁是谁的种？光知道山是白虎，光知道水是青龙，谁敢说谁是虎配的？谁敢说谁是龙生的？说不清的就是杂种，生在杂种村里还有什么可夸的？"两头的人都哑了声，到后来果然不斗嘴了，串门子赶饭场也都亲热得了不得，一个村子里男娶女嫁做亲家的也不少。再后来，又有人东西两头地串，说是青龙也罢，白虎也罢，反正是个杂种村不好听，不如两头各取一个字，就叫紫云寨好了。紫是紫云山，云跟运是同音的，东西两头的人都满意，有人再说他们是杂种村的，一个村子的人都恼。

村子的东西两边确实各有过兵营，两座兵营都离村子不远。东边的兵营在运河的西湾里，出村子先进入杂树林，出了杂树林再走三四百步，先看见的是牛头板搭成的瞭望哨。瞭望哨上插着旗子，旗子在风中噗嗒噗嗒地摇摆，那就是运河兵营了。兵营里长年驻防着队伍，队伍见天出操，出操是在东天边冒红的时候，出完操就没事了，接着就是吃饭。吃过饭还是没事，官兵就跳进了运河，赤条条在水里钻进钻出。过往的行人站在堤岸上往水里看，水里的官兵也挺拔了身子望岸上。岸上有女人移动，水里的官兵就打起呼哨，还比着踩水。踩水是要看功夫的，身子露出来越多，踩水的功夫就越好。踩着踩着就露了腰露了胯，还露出一个活物摇摆着，岸上的女人就抓了瓦片抛过去，水里岸上又是一片哄笑。运河里的水是青的，浪里的官兵也成了青的，兵营里就挂起了一面青龙旗。青龙旗用的是黄底子绸缎，上面描一条青龙，青龙的下半身还在水里。水流龙击浪，威武得很，看着就招眼。

跟运河兵营不同的是，西边紫云山上的驻军不列队出操，出操是各顾各地钻洞攀岩。一晌半天后回来，有烂了裤裆的，有敞胸露背的，肩膀上也许搭了野物，也许搭的是女人的红裤带。红裤带是避邪的，不能吃能用，当官的见了也不恼。野物开膛破肚，大锅里炖了，石头上烧了，一个个吃得顺嘴流油，一个个吃得肥头大耳，一个个都像白虎。白虎军果然打出的是虎旗，虎旗竖在山口，红底子上绣的是一只白虎，旗杆下边摆一个巨大的石臼子，里边长年燃着香火。

不过，平常日子里，两边的兵营并不来往。

兵营里每年有春秋两茬阅检，第一次春检是在惊蛰前后，第二次秋检是在白露前后。阅检前的七八天，兵营里就开始张灯结彩，还要扫尘除秽，还要列队演练，还要布阵厮杀，为的是让钦差大臣看出军威。阵势最大的是军机大臣荣禄亲自来阅检那一次。荣禄是慈禧太后的宠臣，兵营是提前一个月做准备的。准备的事项除了不可少的操练科目之外，还包括兵员配备、器械辎重、库房粮秣等。兵勇武曹，步马弓炮，都要重新编造花名册，因为兵营里的长官平时吃着空饷，谎报的兵员不在少数。临到阅检时，两边的兵营都到村子里派号差。号差是临时充数的，换上兵服一入列，谁也看不出谁是号差，号差得了好处，自然也像模像样地装着兵形。阅检结束了，朝廷派下来的大员前脚离开，兵营里后脚就让号差们回了家，有哪个号差被刀枪弄伤了腿脚，走时还发给一包红伤药。

为了派号方便，兵营就在运河大堤西边的河湾里划了一块官地，目的是奖励号差人家。官地是以跑马圈地的方式划定的，两边的兵营各派出一名骑兵，骑兵相背行走，时间是一炷香。香点燃，马起步，香燃尽，马止步，马跑过的地方立下界桩，界桩里边就成了官地。一开始，号差年年都固定在那几十户人家，那几十户人家里都有吃壮饭的年轻汉子。划了号差的人家就欢乐着恣美着，尽管入了兵营的号差会吃几天苦，也许还有挨揍的，但毕竟家里多了几亩地，睁眼算闭眼算都划算。后来经历得多了，兵营里又改了法，由固定号差改为临时抽差，这样做的好处是每一次阅检都能补齐年轻力壮的精武汉子，人数也可多可少。假若一直固定着，长了几岁年纪的就成了老兵油子，老兵油子不好使唤。这样一来,官地就说不准是谁家的了,惊蛰安了春苗子的,收了秋之后还要种麦子,但到种麦子时,也许就换了另一户人家。

不管用哪种方式,两边的兵营都跟村子有了瓜葛。闲下来的日子里,官兵们会黑天白天在村子里串门子,逢到麦收后唱封垛戏的那几天,官兵们整日整夜地不回兵营。他们从兵营里带来了酒肉,酒在锡壶里装着,锡壶吊在袍带上。袍带上边鼓囊着一个肥大的胸口,里边也许是大块的牛肉马肉,也许是几尺青布花布,也许是白花花的银两。官兵眼尖鼻子也尖,他们知道谁家的女人是什么脾味,知道谁家的男人是什么血性,屋当门铺上芦苇席,先说的是喝酒吃肉,往往又是主家男人先醉。醉了的男人倒在芦苇席上,站起来的官兵到了里间屋,里间屋的女人撇着嘴吐口水,躺倒了还拿眼角盯着官兵的袍子。官兵的手又伸到袍子里,掏出来的是银两是花布是绒线。

女人欢喜着,官兵折腾着,一股子火劲儿过去,官兵也躺到芦苇席上,闭着眼缓劲儿装醉。主家男人就醒了,醒了嘿嘿地笑,笑着冲自家女人夸口,说:"爷的个孙,就这点酒量还来跟爷比画!"

运河湾里也有披头散发的女人,那是被打着呼哨的官兵钓出去的。女人先说的是挖野韭菜包包子呀,找酸姑娘豆泡酸醋呀,揪蓝靛草染布呀,出了村子先往高粱地里钻。麦子去了头,高粱漫过牛。荡荡漾漾的高粱地里,有风吹过,有鸟虫啼鸣,场院里的丝弦声飘过来,拿脚踩平的高粱棵里又多了男人女人的欢叫声。得了甜头的女人第二天不用听呼哨了,出了村子奔原路,高粱地里的官兵已经把酒肉摆好了,鹿皮袋子挂在高粱棵上,沉甸甸地坠坠着。女人摘下来掖到袖筒里,抓起酒壶来喝一口,喝一口又吐了,紧着再撕一块肉,肉又塞了牙,站起来要找草棒剔牙,裤子却滑到脚脖,原来腰带已被地上的男人拽开了。女人就呀呀地叫:"剔牙哩,剔牙哩,一会儿也等不得吗?"地上的人也呀呀地叫,说:"邪怪了,邪怪了,怎么我的裤子也掉了?"女人男人都笑了,翻滚着拧成个麻花团。

麦收后的封垛戏唱完了,秋处露秋寒霜降,节气赶着一天撵一天,转眼又是开春。到了这一年的春季阅检时,村子里会有好多女人生孩子坐月子,生下的孩子也许像这个也许像那个,从月份上算日子,一算就算到上一年麦收天的封垛戏。再过三五个月,家家的女人走到街上,见了面不是先按辈分打招呼,招呼是藏在眉眼里的,她们挤眉弄眼地瞧着对方的孩子,瞧着又从怀里举起自己的孩子。孩子笑了，当娘的也笑了，人人都心知肚明，谁也不嘲弄谁，谁也不捅透。

运河湾里多了雨水，雨水浸润了泥土，人活得土实，话也说得土实，连身体的称谓也土得形象。比如，男孩子长得粗壮，要说成"虎势"，女孩子长得妩媚清秀，要说成"巧个"。男孩子长大当了新女婿，新女婿长得挺拔，说出来的则是"好条个"，给新媳妇的称谓就变成了"好窑"。还有，屁股要么说成"屁股蛋子"，要么干脆说成个"腚"，与之相关连的是"腚大腰圆，窑里不闲"。这是说屁股大的女人生孩子生得好，生得多。生了孩子奶孩子，奶孩子不说吃奶，要说吃"白白"，没有一个会说吃奶吃乳的。土话说到明白处，土话里就有了雅。比如这里的人会把女人的胸腹说成"怀"，没生过孩子的是"没开怀"。一个女人问另一个女人"怀里够吗"，是指奶水充足不充足，不明指奶水也明白。这个"怀"字就文雅多了，不过，说的人绝不是为着文雅才用的这个字。况且，运河湾里的人是往本真上活的，俗也好，雅也好，对这里的人来说都是形式。

紫云寨里好风俗，孩子落生到谁家就是谁的。孩子大了喊爹喊娘，喊的是自己的爹娘，自己的爹娘应了声，孩子就成了亲生自养的。

又过了几年，紫云寨发迹了一户侯姓人家。

第二章

当初，侯家在紫云寨只能说是姓侯的人家，说侯家，在称呼上就大了些。跟村子里的其他人家一样，侯家的先祖是从哪里来的，谁也说不清。从古至今，在运河两岸的其他村子里终年地流传着一句老话："要问老家哪里住，山西洪洞大槐树。"还有一种说法："老家远得没法说，大槐树上老鸹窝。"这样的话听起来，明显地带有张扬的成分，至少是多了怀念的，但不一定真是从山西洪洞县移民过来的。紫云寨人从来不说根底上的话，他们甚至连先有的兵营还是先有的村子也撕扯不清。也许某姓人家先是漫无边际地游荡，稀里糊涂就在运河湾里落了脚，后来又多了几姓人家，落脚的人家看中了这里的某一点好处，扎窝生根就成了村庄。不撕扯出处老根是有好处的，好处之一，是谁家跟谁家都没有扯胳膊连腿的关系，早来的晚到的，都在平字辈上。后来虽然论了辈分带了称呼，无非是依着年长年幼，无非是为了说话方便，也许喊个哥，也许喊个叔，并不一定真的是本家本族。

　　侯家安家的时候，来的是一对夫妇。男人肩上有一副挑子，挑子里有磨石有戗刀。女人背的是包袱，包袱里有家当有小零碎。大襟褂子的扣鼻上，悬挂着一个巴掌大小的包包，包包里有一根银针，还有两粒红小豆。红小豆是野生的，溜溜圆，邦邦硬，还有点油腥腥的。他们安下家之后，村里人才知道，侯家男人是走街串巷的手艺人，手艺是磨剪子戗菜刀。女人是专为小女孩扎耳朵眼的，两粒红小豆按在耳垂上，一边一粒，按住了慢慢揉搓。揉搓得血走了，皮薄了，趁着巧劲儿拿银针一戳，耳垂就被穿透了。针鼻上带着一根绒线，银针穿过去，绒线留在穿透的针眼里。过了七天，绒线自己滑落了，耳垂上的窟窿眼眼会跟一辈子，戴金耳环银耳环全由着各自的家境门头。

　　侯家吃的是百家饭，百家饭是管晴不管阴的，不能出门挣钱了，吃的就是老本。侯家的女人一辈子只开过一次怀，快断经了才生下一个老秧子瓜，人却长得没个人形，头脚连起来没一布袋粮食高，也没一布袋粮食粗。爹娘紧着张罗媳妇，从会端碗吃饭就托媒人，一直盼到老秧子瓜脸上起鸡皮皱了才定下一门亲事。这对生过费心孩子的夫妇就成了紫云寨侯家的老祖爷老疙瘩，祠堂里供着他们的牌位。留下的这两口子过倒是过下来了，遗憾的是最后连个歪歪瓜也没结，有一个儿子是在运河码头上捡的，捡的是几个月的野孩子。野孩子好养活，干的稀的进了肚，剩下的就是自己长大成人了，长得还真虎势。捡来的孩子进了侯家自然也姓侯，长大了娶媳妇，生下的孩子还是姓侯。

　　捡来的孩子叫侯余庆，侯余庆心大心野，一个紫云寨不够他审审的。娘的手艺是跟姥姥学的，他不想学，爹的手艺是跟爷爷学的，他不愿意学。等到爹娘一死，侯余庆就成了一个无牵无挂的游荡人。侯余庆离开家，先跟割头叫街的花子背过褡子，又给扎针拔罐子的野郎中当过托儿，还跟抽签算卦卖金口的跑过集头，还在窑子里提过大茶壶。叫街的要肚子不要脸，当托儿的咒爹咒娘不脸红，赶集头的嘴里能跑马，吃过窑姐儿饭的认娘不认爹。游荡了几年，手底下还是没攒下钱，不过，侯余庆倒结识了一个无本生利的师傅。师傅是个挖坟掘墓的，挖坟掘墓要眼力也要胆量，当然也需要力气。这几样都是自带的，不算本钱，挖出来的东西倒手转卖，卖了就是钱，钱全是利钱。侯余庆跟师傅干的第一个活儿，是挖一个上吊死的新媳妇，新媳妇是死在婆家的。

师傅选的是一个月黑风高的夜晚，这叫偷风不偷雨。夜幕闭合，荒野一片死寂。他们钻进一片杂树林，杂树林里有个低矮的窝棚。侯余庆的心怦怦的，一遍一遍地追问师傅是不是弄准了。师傅从怀里摸出酒壶，滋润润地咂一口，说："我摸得清亮亮的，刚过门三天的大户儿媳妇，娘家人看着婆家下的葬，里三层外三层，要啥有啥，反正是从头到脚穿齐了戴满了。"师傅又给他传艺，传的是："新墓盗棺先伸头，好比脚底抹香油，讲究的是个快。老墓盗棺找退路，睁眼闭眼不要眼，只要心里记个数，要的是个出。光想进不想出的，自己也成了墓中的死物。"还说这一行最讲究的是开地穴，要是不懂行的生坯子，折腾半夜也见不到棺材。师傅讲得口顺，又要熬着等时辰，到最后竟然连跟死尸亲嘴的话也说出来了。

师傅说自己是当兵的出身，还说："当兵的睡觉摸腚唇，看见个老母猪也是双眼皮。不是跟你吹，我这一辈子，会喘气的女人没摸着，不会喘气的女人我亲过不下几十个。还别说，凉阴阴的，还真是个味。"这又使侯余庆大惊大奇，心也不怦怦了，手指头却是痒的。时辰到了，风也越来越大了，一个隆起的新坟出现在杂草丛中。师傅趴到地上，先用耳朵贴近地面听了一会儿，站起来做了个动手的姿势。坟头挖开了，棺材板子露出来，师傅摸出一个绳套，套在自己脖子里。侯余庆捏住鼻子看死人，师傅跳进棺内，弯腰套住了女尸的脖子。女尸脸对脸靠在师傅怀里，由着师傅脱衣服摘珠宝，由着师傅抓胸口摸肚皮。侯余庆看得眼直，口水流成了黏条条，身上起了一层鸡皮疙瘩。

师傅死后，侯余庆回紫云寨买了几十亩地，到紫云寺许了愿，还娶了媳妇，算是要安生过稳当日子了。村里人也有问的，他光是笑笑，到底还是没说自己在外边干的是什么差事。

又过了几年，侯余庆打起官地的主意，官地的主意不好打，侯余庆想了很多办法。先想的是送白。白的是银两，银两能换黑的，黑的是土地，土地有收成，收成一转手又变成了白的。可是侯家没有多少白的银两，有个仨瓜俩枣的也舍不得出手，这样的办法想了也白想。侯余庆就耐着性子等机会，一等二等，等来的机会是两家的兵营闹社火。

关于社火，有个传说。说的是元朝末年朱元璋起事后，有仗打就打仗，不打仗就玩一种游戏。在两个兵营里挑选一名"粉头"，粉头扮了相入场，由着两边的勇武兵士戏弄。粉头是男人装扮的，装扮成粉头是讥讽男人无能的。粉头化了浓妆，忽而是大闺女，忽而是小娘子，忽而搔首弄眉，忽而扭捏作态。两边的勇武兵士也扮了相，拦腰扎一条巴掌宽的布扎带，扎带上吊一根直溜溜的竹筒筒。竹筒筒里塞了棉花绒，棉花绒是用水浸泡过的，一摇一晃，水从竹筒筒里滴答出来。竹筒筒的底部扯两根绳，一边一根拴在两条大腿根子上。粉头在场子里蹦蹦跶跶，挪挪移移，躲躲闪闪，迎迎退退。勇武兵士变着法子戏耍粉头，竹筒筒上的绳子还不能挣断了，还要挺拔着戳弄粉头的头脸。足了兴的兵士欢蹦乱跳，再打新仗，个个都把对手当成了粉头。不过，朱家的大明朝到底还是败了，清兵瞧不起大明的兵，说大明的兵瞎乱瞎闹还行，跃马挥刀八个不抵一个。但朱元璋当年用粉头这玩意儿调剂兵营气氛，稳定了官兵烦躁的情绪，想想粉头还真是个好玩意儿。

两边官兵都知道这个游戏，但知道归知道，谁都不愿意扮演粉头。侯余庆却乐颠颠地跑到兵营，喊明要当粉头，还当着军官的面弄了几个风骚样。两边的官兵都满意，日子定在七月的第一天，两边都挑选出了勇武兵士。侯余庆扮演粉头果然扮演得好，他还用嘴含住了竹筒筒，最后弄出个大肚子孕妇样，还翻着滚着戳弄兵勇。两边的官兵齐了声地喊好，好多官兵都乐得满眼流泪，擦着泪看粉头。粉头侯余庆出了一身汗，汗水沾了浮土，浮土里露出两个滴溜溜转的白眼珠子，嘴里却被竹筒筒戳弄得流了血，整个嘴成了红的。官兵要谢粉头，给他酒肉，还给他银两，侯余庆摇着头不收。他们还是坚持，意思是你不要归不要的，我们不能不给。侯余庆说："我知道军爷都是仗义的，我什么都不要倒让军爷犯难了。这样吧，官地归侯家种，号差归侯家出，一年两茬阅检，误一茬，我侯余庆砍掉自己的手指到兵营里当值。"官地就归了侯家，官兵也没觉出哪里别扭。

侯余庆睡觉捡元宝，接着又玩了个牢靠的，仗着当年提大茶壶的路数，从码头上拦截了一个风月场里的小女子。小女子姓岳，侯余庆暗地里跟她商量，意思是用完之后帮她从良。最后又攀亲，让小女子说她是自己从小失散的妹妹，然后让她进了兵营。小女子的腰肢跟柳条一样绵软，上面还沾着黏胶，到了官长的怀里就揭不下来了。侯余庆是估摸着时辰进的兵营，去时还带了一个猪头，外加两条红尾巴鲤鱼，跟着就来了个兄妹相认，又说了许多埋怨的话。官长面子上下不来，当场就出了公告文书，官地跟兵营没了一丝一毫的瓜葛。

　　侯余庆要的就是官家文书，可是，他也跟着有了一个麻烦，麻烦是给岳姓小女子找不到合适的人家。侯余庆不敢往家里领，一时又想不出往哪里送，思来想去，干脆倒手送给了马家，只收了一斗麦子算是礼金。六个月之后，马家的媳妇临盆，生下的是个儿子，起了个名字叫步正，意思是哪一步走得都正。其实，她给孩子起什么名字都一样，孩子落生在马家，够不够月份不要紧，像不像爹也不要紧。马家白得个媳妇再赚个儿，这已经是天大的便宜事了。只不过，马家跟侯家的关系却从此变得很微妙，两家都尽量地不招惹对方。马家一口咬定媳妇岳彩凤是从河套里领家来的落难女，论起来还是上几辈子的表亲，遇到了就是缘分。

　　侯家得了三四百亩的官地，家里雇了扛活儿的，一年两次的阅检，按时按点往兵营里送号差。号差是在他家扛活儿的力工，力工销了差再回到侯家干活儿，官地却名正言顺地姓了侯，紫云寨没有官地了。村里好多人家都生闷气，明明知道自家吃了亏，明明知道侯家占了便宜，窝嘴就窝在侯家占的是官地，官地不是自家的，想论理又不知道从哪里论。失了机会的人家就在暗地里诅咒，咒侯家断子绝孙，咒侯家人不得好死，咒侯家人生了孩子没腚眼。咒也咒了，骂也骂了，解恨的是嘴，侯家的家业却越来越大，侯家人在当街站着，先打招呼的还得是他们这样的小户人家。

　　再到后来，大清垮掉了，两边的兵营都空了下来，官兵也不知道跑哪里去了，官地的事自然再无人过问，好像官地原本就是侯家的。侯家拔掉了界桩，官地跟原来的地块连在一起，哪里还有官地的踪影，村里人慢慢也就认了。有地的种地，没地的琢摸着做个小本生意。生意行里又分活口死口，死口的是买豆子卖豆腐，一进一出没退路；活口的是寒食节前赊了小鸡小鸭，从小处积攒家业。卖鸡卖鸭的挑着芦席篓子进村，喊的是："小鸡喽，赊小鸡喽。"或者是："小鸭喽，赊小鸭喽。"喊明是赊，钱头子紧的人家巴不得赊。赊小鸡小鸭有个说头，一是看耐不耐活，二是鸡崽鸭崽有没有光吃食不长个儿的痨病。赊是五个月的期限，一般是过了八月，最晚是九月底。到了兑现的时候，小鸡小鸭早已长成个儿，又赶着九月里已经收了秋，赊了鸡鸭的人家就集集不落，卖掉愣头愣脑的公鸡公鸭，只这一项就够还清先前的赊账了。留下生蛋的草鸡母鸭，是要天长日久攒活钱的。

　　活钱攒得匀称了，家里再没有生老病死的大花项，鸡蛋钱鸭蛋钱或许能买三分二分的土地。还有嫌赊了小鸡小鸭攒零碎钱不中用的，那就觍着脸给别人家放羊，放羊要放成群的。羊群里有母羊，母羊会下羊羔，羊羔是三里抽一。母羊一窝下了三个羔，其中一个就归了放羊的人家，连着给别人家放三年五年羊，自己也有了几只活口。慢慢熬到小羊羔也当了羊娘，这就叫拾起坷垃砸坷垃，也叫碾谷子落米。费的是工夫是心神，得到的是有盼头的家业。村里也有给人家放牛放驴的，往往需要伸长脖子慢等，因为母牛母驴不一定年年都能怀上，即便年年都能怀上驹子犊子，驹子犊子也是三抽一，赶上好时运也要三五年之后才能见到属于自家的牲口。

　　人是贵虫，也是贱虫，坐着吃饭，蹲着也吃饭。别管什么办法吧，紫云寨人都能活下来。活不够满月就死的，那是得了脐带风。不等着叫个爹叫个娘就死了，爹娘白白地盼望了十个月，死了也是冤家。得脐带风死的毕竟是少数，因此，紫云寨差不多年年有坐月子的，年年有满地爬的小孩子。小孩子是地里草，落场雨就发芽，再落场雨，满地爬的小屁孩站立起来了，眨眼间成了红口白牙的半大小子、俏脸闺女。

　　又过了几年寡淡的日子，运河边上突然又安了兵营，兵营从运河西湾挪到运河东边，挑选的是一方南低北高的丘陵地。西边的紫云山兵营是拔寨起营往西挪的，挪到十几里路远的叫驴山，奇怪的是，两边的兵营都不跟紫云寨有来往了。还有，运河兵营里不再挂青龙旗了，官兵的军服也变了，由原先的袍子改为高领窄腰的黑衣短打扮，扣子是竖着两排的，黄灿灿的，都是铜扣，看着像金疙瘩。头上的帽子跟锅盖差不多，下雨时能遮挡半拉脸，官兵的头脸倒不显大了。这一伙官兵住了一年多，忽然又换了一拨，新来的官兵穿的是蓝青色的军服，帽檐也小了不少。撤到叫驴山的兵营也不挂白虎旗了，官兵的服装却一直都是黑的，出操也不允许钻洞攀岩了。他们在山脚下炸出一块平地，演练的是开枪射击，骑兵身上除了一杆长枪之外，腰里还挂着一把马刀。紫云山的兵营撤了之后，原来用作帅府大帐的紫云寺又腾出来了，走散的和尚又回到寺里。一了大师成了住持，香火再度兴旺起来，而运河上也多了一座立柱斜梁的木板桥。

没有地种的麻五去过两边的兵营,他去兵营是为了卖自制的酱卤肉。麻五回来时满脸惊诧,他见谁跟谁比画,说当官的没带姨太太,带的是女兵,三四个女兵坐到一个屋里,当官的叫干啥干啥,好使唤得很。兵营里到月底就发饷,发的是银圆,灶房里的火头军到镇上买酒买肉,用的也是银圆。麻五还拿出银圆让村里人看,男人捏着银圆,先在太阳底下看白亮,再看圆边看厚薄,看得没什么看了,又用牙咬用嘴吹。女人拉着麻五闪开人群,问麻五知不知道女兵在哪里睡觉。麻五说:"我光卖酱羊肉酱驴肉,我不管睡觉的事。"女人就悻悻地骂,说麻五看着点子不少,到底还是缺心眼。麻五脸上有麻子,麻子就是点子,麻五就还了口,说:"眼是有,就是没眼珠。"

除了麻五,村子里还有一个人也去过,去的是马步正。马步正去的不是兵营,他选某一天的黎明时分或者太阳将落未落的时候,远远地坐在杂树林里,一个人像蘑菇一样蹲半天。他蹲过的地方会留下一摊烟灰,还有黏痰,偶尔也会有一泡尿。再没其他人去过兵营了,兵营里的人也没到村子里来过,紫云寨冷清了不少。直到有一年,河套里突然聚起一伙响马老雀。响马老雀干的是绑票劫富的营生,够吃够喝了,一伙人就在芦苇荡里逍遥自在,平常人是连见一面也难的。响马老雀是运河湾里的刺蒿棵子,刺蒿棵子不长在宽敞明亮处,官兵知道了也当不知道,官府听说了也当没听说,由着刺蒿棵子横生竖长。偌大个河套就成了响马老雀的天下,隐隐约约还能听到河套里传出吱吱哇哇的说笑声,声音像猫头鹰忽闪翅膀。

还有,高粱泛青的季节,更深夜静的时候,河套里还会传出钻天入地的呼号声,没个人腔。呼号的是绑来的肉票,家里人不拿钱来赎,一等二等过了限期。响马老雀终于失了耐性,主要是恼恨,于是就要撕票。肉票不能好好死,要拿零刀旋的,等到肉票消了呼号声,再咔嚓当胸给一刀。

人常说,天作孽,犹可违,自作孽,不可活。要是不跟响马老雀扯上关系,官地也罢,家业也罢,侯家也许还会兴旺发达好多年。怪就怪在他们自己闹起了家窝子,即便没有那一伙响马老雀,也会再跟兵营拉扯起来。

第三章

比北伐革命还要早几年,紫云寨侯家闹过家鬼。没有家鬼,勾不走家人,老宅里的人明白,村子里的人也明白。侯家出事的前几天,紫云寺的一了大师设了法坛,讲的是寒山问拾得一节。寒山问:"世间谤我、欺我、辱我、笑我、轻我、贱我、恶我、骗我,如何处治?"拾得说:"只是忍他、让他、由他、避他、耐他、敬他、不要理他,再待几年你且看他。"一了大师说过这话之后,竟然扑哧笑出声来,许多信男信女只是感到不对劲儿,过后并没多想。更深夜静了,碾砣自己轰隆轰隆地转动起来,直到鸡叫时磨坊里才没了响声。磨坊里有磨有碾,碾是先动的。碾是白虎,磨是青龙,这叫白虎戏青龙,多少年不闹一回的,闹一回必定出一回邪怪。不过,侯家人也没多想。

自从得了官地,扮演过粉头的侯余庆连着滋润了许多年。他尝到了当大户人家的滋味,还知道站着的房子躺着的地,都是庄稼院里最当紧的。侯余庆的心是拴在土地上的,除了脚蹬手挠地护着土地,还要在绝户人家里给儿子侯加封找媳妇。媳妇的娘家是绝户头,爹娘老子一伸腿一闭眼,娘家的土地终归要合到侯家来,侯余庆把这件事看得很重。侯家结亲还有一个讲究,挑选的是大屁股闺女。买牛买个抓地虎,娶媳妇娶个大屁股。长身子短腿的牛力气大,大屁股的媳妇能生养结实孩子,这是老辈人说道的。侯余庆过了几十年没有面皮的日子,媳妇是得官地之前娶的,娶的是个厉害女人,厉害女人先给他生了三个闺女,加封是老生儿子,是快熄火灭灶时才生的。等到儿子侯加封要娶媳妇时,侯余庆已经衰老得没个人样了,但是,为儿子盘算的心还是清亮亮的。

侯家放出风来,跑成媒的除了六斤六两的鲤鱼两条,另外再加六尺六寸的红绸子布面。整个运河湾里的媒婆子都出动了,都想着吃侯家的大鲤鱼,披侯家的红绸子。媒人嘴,浪狗腿,老鸨子的舌头哄死鬼。一是要嘴甜,二是要腿快,只要有个甜头,没有跑不到的地方,没有说不出口的话。第一个媒人来报喜,说访到一个中意的,身段模样都是百打百地难挑。侯家要她比画女方的屁股大小,她拿两只手支棱着,说:"跟馍馍篮子有一比。"侯家没吐口。接着等来的第二个媒人进院就比画,说:"跟和面盆一般大。"侯家还是没吐口。再接着又等来第三个媒人，第三个媒人不比画，张口说的是："亲娘哎，那闺女腔大得粮食囤盛不下，活活的一个大磨盘！"侯家人笑了，当场就定了亲。亲家那边姓朱，当真是绝户人家。

　　侯加封娶了南套里的朱氏，大屁股媳妇侯朱氏果然生养得好，脚赶脚地给他生了三窝，三窝都是齐眉正眼的白胖小子，分别起名为登科、登榜、登銮。三个儿子都长得跟牛犊子一样，一个比一个虎势。侯加封自是看不够亲不烦，趁着兴头又娶了二房唐氏。风调雨顺赶勤快，肥大水勤养白菜。侯加封勤快得一夜往返两三个来回，嘴里还喊着号子："再来个四五六！"二房侯唐氏也想照葫芦画瓢，画的却是空肚皮，葫芦样是有了，就是没结出籽来。侯加封出了几年冤枉力，有些烦是真的，不甘心也是真的，索性扳着枝子揪枣，没挪窝又添了三房霍氏。侯霍氏是二房唐氏的陪嫁丫头。侯加封这一次不喊号了，他把三房侯霍氏当成了玩意儿，看着乐呵，反倒不下真力了，想起来鼓捣一回，想不起来就丢下，鼓捣着也跟把弄玩意儿差不多。邪乎的是侯加封又一次赶上了天下大丰，筷子插土里能生根，火棍头子也发芽。一鼓捣生了个女，再鼓捣生了个儿，三鼓捣又是个裆里带把的。侯加封还想接着再鼓捣，还煮了牛鞭羊蛋添补，里边还加了巴戟、雄黄、鹿茸、人参，都是壮阳起性的。哪里知道火盛了是需要水灭的，没有水，火就烧干了锅。侯加封终于死在三房侯霍氏的肚皮上，那时候女儿侯月娥刚过了二七小开脸。

　　侯加封死的时候，大房里的三个儿子已经娶妻生子，娘四个合计过后拉二房唐氏结帮，说的是一个锅灶门吃饭的近乎话。侯唐氏平时没少看大房侯朱氏的白眼珠子，也没少听上房下人们的冷笑，但是陪嫁丫头一伸腿生出三个，而她是一辈子没开过怀的，心里怀了忌恨，一比较倒亲了大房侯朱氏。两门里合着伙结着帮对付三房里的娘四个，娘四个被扫地出门了，跟在他们屁股后边的只有四亩沙岗子地。四亩沙岗子地养活四张嘴，怎么想都是憋屈人的。偏偏三房侯霍氏又是没经过大场面的，也是没见过大阵势的，怄了几天气，发狠发横的法子也想了，但文里武里还是个败。偏偏又是个挣扎不开的黏面死性子，想着只有一根勒脖子绳自己当家，那就抹脖子吧。

　　侯霍氏一死，苦的是三个断秧孩子，姐姐侯月娥眼泪打着汪汪也不敢流了。她把两个弟弟带到西街口侯家的鱼棚里，糊上泥皮，拿芦苇苦上漏雨的窟窿，又用茅草和泥糊了顶，支起锅灶就算安了家，新老两宅里从此再没了走动。说话间又过了十几年，侯月娥眼看就成了老闺女，她对登库、登仓两兄弟说:"过年的炮仗一响,我又大了一岁,不找人家吧,不甘心,丢下你们找人家吧,又舍不得。姐姐的心还是系在咱娘的勒脖子绳上……"侯登库先跟弟弟侯登仓嘀咕了一会儿,说:"咱娘是死在土地上的,我再把土地弄回来。姐,今天是大年初三,晚上我就死,天明了你和登仓哭着埋。坟头起得越大越好,声音哭得越响亮越好,烧过圆坟纸你就嫁人。"

侯登库跑到河套里当了响马老雀,响马老雀是提着脑袋掰着嘴巴吃囫囵饭的,去了就很难再回来,姐弟俩心里都明白。鱼棚旁边的坟头果然起得很大,姐弟俩哭得翻眼吐沫,哭得运河湾里滴溜溜地刮旋风。动静传到侯家老宅那边,老宅里请了戏班唱大戏,戏台子搭在当街的十字路口,开场戏唱的是《赵匡胤哭头》,压轴戏唱的是《秦雪梅吊孝》。两出戏都是哭戏,赵匡胤登基之后,被结拜兄弟的媳妇陶三春追着打着哭祭亡魂;秦雪梅吊孝吊的是望门夫,哭望门夫就成了望门寡。三兄弟在当街摆了宴席,台上哭着,下边笑着。哭是为坟里的人哭的,笑是替老宅里的人笑的,哭戏比喜庆戏还过瘾,三个人都喝成了醉葫芦。

那一天,马家给儿子过周岁。马刘氏又为马家生了个二儿子,起了名字叫二梭。二梭上边已经有了一个哥哥,叫满秋,还有一个姐姐,叫秀秀。马刘氏成了三个孩子的娘,算是为马家立了大功,马刘氏要在婆婆跟前显摆,婆婆马岳氏已经老糊涂了。马刘氏说:"娘,二梭生下来就呜哇呜哇地怪叫,手脚是一会儿也不消停,您说他该不是个野马星吧?"野马星是个不安分的,不安分的人占个星也是一贵,马岳氏明白儿媳妇是跟她显摆,她就说了:"满秋除去有个嘴会吃饭,他还有哪一样行?秀秀除了会瞎哼唧会噘嘴嘴,她还有哪一样行?你要不生个野马星,我那个步正儿不是白生养了?"

马岳氏经过风月场,转到马家手里,丈夫却是个没骨架没脾性的,六个月生下马步正,丈夫嘿嘿地偷喜。马岳氏说:"我生的儿子,你喜吗呀,看看像你吗?"丈夫还是偷喜,说:"这个有点儿闹哄,咱再生个像我的。"马岳氏拿嘴角撇他,意思是像你我还不生呢,话没明说,肚子还真没再鼓起来。丈夫死了,马岳氏天天亲不够儿子步正,马步正从会走路那天起,一举一动都跟村里的孩子不一样。他几乎没哭过,就是能缠磨人,谁要惹烦了他,他跟人家闹哄个没完,缠磨个没完。打架也好,拼命也好,人家不服软不说懈,他能长年累月地跟人家缠磨下去,直到人家服了软说了懈话。另外,儿子马步正饭量大,力气大,胆量也大,下边吊的家伙什也大,马岳氏看着偷乐。

到儿子马步正娶来马刘氏时,马岳氏一遍二遍地相看儿媳妇,转个身把儿子马步正叫到上房堂屋里,说:"儿啊,娘有句当紧话你可听得?"马步正说:"娘您只管说,儿子没有不听的。"马岳氏就扯了眼角瞅门外,说:"别惜力,狠弄她,叫她一窝连一窝地生,越多越好。"

马岳氏在床上摆了满满一床物件,有吃的,有玩的,有中看不中用的,还有胡乱扔进去添堆凑数的。马刘氏抱着二梭抓周,二梭抓到手里的是个耳环,耳环穿到钉上,抓着再不肯松手了。马岳氏喜得嘎嘎的,连着声说好。马刘氏却不高兴了,说:"耳环是女人家戴的,钉头子又不中大用,就这,娘您怎么还乐呵啊?"马岳氏说:"说你糊涂你还是个真糊涂。先抓个耳环,是说二梭有女人缘,还是个重情重意的。末了又抓铁钉,这是指的骨气,小子立下的大愿,绝不会半路拉稀说软话。"马刘氏还要再说别的,马岳氏忽然嘎的一声倒了气。马步正紧着呼喊,又是掐鼻子洼,又是揉搓胸口,说:"娘,娘,孙子过周岁您过世,这不是喜了。"

马岳氏最后又吐出一句话,说的是:"你参想要个亲儿没赶上,你参就把你当成了亲儿。你是我的亲儿,梭子是你的亲儿,他才是马家的真种!"

第四章

就在侯家老宅在当街唱大戏的时候,新宅里的侯登库已经摸到了响马老雀的山门。山门当值的是一对叫作老羔子、小羔子的父子,小羔子看见来的是个红口白牙的俊少年,心里就先生了几分妒恨,从靴子里抽出牛耳尖刀,在裤子上蹭出唰唰的声音。老羔子拦住了儿子,掰着手腕夺刀子,说他知道儿子心里想什么,他就是不让儿子想,又说:"熊羔子你的心忒窄,捅死他也轮不到你,轮到你了就是灾到了。二杆子是怎么死的?四驹子是怎么死的?还有驴头三,驴头三到死就剩下一把骨头架子。心里没数?"小羔子说:"人生一世,草木一秋。我这也是二十大几奔三十的人了,连个女人味还没尝过,我还不如你这个赖爹。"老羔子就破了脸地骂："你个龟鳖孙,会说人话不?实话说吧,仙爷明明是个千年狐仙转世,上了她身子的,不被吸咂个油干灯灭下不来。你还敢?叫我给你收尸啊?"小羔子害了怕,心里又酸溜得难受,扯一把侯登库,拿眼罩蒙住他眼睛,推着搡着往里走,嘴里说:"我恨不得割下你裆里的一嘟噜。你把个小嫩脸捂得粉嘟嘟,跑这里来是给仙爷送眉眼的啊!"

侯登库被推搡得跟头流水,又不好挣扎,高高低低地转悠了半天,眼前突然明亮了,两盏碗口大的油灯噗噗地冒着烟火。烟火明亮处架着一口大锅,锅里煮着肉,肉飘出香味。暗处影影绰绰坐着一个包头包脸的人,手里抓着一根白蜡杆子。小羔子说:"仙爷,我抓了个眼子,这个小王八孙一来就贼头贼脑地腼摸,还把个眼珠子转得飞灯一样!"

仙爷说:"去吧羔子,仙爷我喜欢飞灯。"

小羔子还是觉着心里酸溜溜的,走几步又转个身,仙爷就哼了一声,羔子再没敢回头看。

仙爷不解侯登库的眼罩,隔着眼罩也能看清粉嘟嘟的嫩脸上果然有两盏明亮亮水汪汪的飞灯眼。仙爷感到有两股子热气嗖嗖地冒上来,窜皮钻肉地顺着脚底板往上爬,爬得冰糖水似的,说:"说吧小兄弟,使了哪家的份子?"

侯登库不知道什么叫份子,说:"我是打听清了才来的……"

仙爷说:"好哇好哇。这么说,你是奔着仙爷来的?"

侯登库没说假话,他确实打听过,说老河套里有个百步穿杨的仙爷,还会设鬼打墙,想圈住谁,拿手指往半空里一画,那人立马就入了迷魂阵,大睁着眼睛看哪里都是墙,不碰个眼珠子打滴溜、骨头节子开缝别想跑出来。仙爷手下有几十号人,个个都是飞檐走壁的角色,干的就是绑票放码子的买卖,只有赢没有输的。他说:"我是打听清了才来找仙爷的,我找仙爷是为了报家仇。"

仙爷用鼻子哼哼,哼哼着站起来,拿手中的白蜡杆子拨拉侯登库的腿,侯登库趔趄着挪步,碰倒的是一把椅子。仙爷说:"小兄弟好个清脆腔口,你坐好我问你,你认识仙爷吗?"

侯登库说:"梦里见过。仙爷膀大身宽,力大无穷,满脸的络腮胡须,发个虎威,胡须一根根直绷着,如箭头一样。他腰里别着九把飞刀,天上飞过两排大雁,他说'要母的',刀子甩出去,落下来的大雁没一只是公的。

仙爷一顿饭能吃九九八十一张白单饼，一晚上能走三八二百四十里疙瘩路，他说叫谁家破财，这家就是派了官兵把守也白搭！"

仙爷还是用鼻子哼哼，哼哼得成串，像是笑。仙爷说："小兄弟，你还真把仙爷说准了，我就是仙爷，仙爷跟你说的一样一样的。好了，我问你，你说的家仇是怎么个来历，仇是怎么个仇法？"

侯登库就哭了，哭得呜呜的，前十八后二十地说了个透彻，临末了还要给仙爷下跪，说："只要给俺家报了仇，我端茶倒水铺床叠被伺候仙爷……"

仙爷过来拉侯登库的手，还用手指摩挲侯登库的脸，说："小兄弟说得可怜，仙爷今天要跟小兄弟一个被窝筒里睡觉，你要是觉着委屈，你立马回家，咱们井水不掺河水。小兄弟，你是个什么意思？"

侯登库感动着又掉泪，说："仙爷您成全俺家，我侯登库八辈子不忘您的恩德，只是我睡觉好踢蹬被窝，怕搅得仙爷睡不安生。"

仙爷又哼哼成串，像是在笑，说："仙爷就喜欢睡觉不安生的。"灭了灯端出酒肉，解了眼罩让侯登库摸着黑吃喝。侯登库先还觉着黑灯瞎火让人别扭，想着这是响马老雀的规矩，也不敢多说话。肉是狗肉，酒却是不曾喝过，咂着喝了几口，狗肉大口大口地吃，吃得满嘴里喷喷香。仙爷吃得不多，从门洞里拿了尿盆进来，又用脚把房门关严了，躺下来拉开被窝。被窝是好被窝，下边铺的是羊皮，羊皮铺在地铺上，地铺是拿芦苇缨子垫的，暄蓬蓬的。侯登库摸索着找到仙爷的脚头那边，脱了衣服要跟仙爷睡通铺，腿贴着被窝边边伸进去，脚丫子却被仙爷握住了。仙爷身上跟火炭一样，火炭炙烤侯登库的脚心，侯登库咪哈着挣扎，浑身冒出汗来，整个头脸涨得蒙蒙的。仙爷又用鼻子哼哼，这回说的是："你的脚丫子臭，咱们不睡通铺了，小兄弟你过来一头睡。"侯登库站起来又蹲下，他怕踩着仙爷，两条腿曲在铺上，跪着爬着到了仙爷那头，仙爷一抄手揽住了他。

仙爷说："小兄弟还是童子身吧……"

侯登库一下子明白了，知道仙爷白天是爷们儿，到了晚上就变成女人。侯登库早过了二十岁，老宅里的三兄弟像他这么大时，老婆孩子早就一大堆了。侯登库刚让仙爷揽住时，身上麻酥酥地起了一层鸡皮疙瘩，头发根子也麻，支棱起来觉着头大得像个水筲。听见仙爷又哼哼着笑，侯登库张着嘴巴光是瞎呜呜，自己身上也跟着了火一样。

懵懵懂懂的事过去了，仙爷长吁一口气，说她要讲个女鬼的故事。仙爷说，

龙虎戏

她要先说一个贱男人，家里明明有个水灵媳妇，还是收不住他的花心。一天夜里，贱男人从邻村喝酒回来，刚刚走到乱坟岗子，忽然看见月明地里有个妙龄俊女子。俊女子扬着手蹦高，嘴里还喃喃地带着哭腔，原来是衣服被树枝子挂住了，半个白生生的身子露出来。贱男人当时就起了淫心，扯下衣服铺到地上，仗着酒劲儿，扑上去就把俊女子抱住了。侯登库身上又起了火，胳膊腿也不知道该往哪里放了，仙爷哼哼着发了嗔怪，说："别动，听我讲完。"

仙爷又接着讲，说那个男人恣够了，还是舍不得放手，编了个假话要背着俊女子回家。说话间就到家了，男人一松手，俊女子不见了，背上滑下来的是一块棺材板子。男人又惊又臊，恨着抓起斧子，咔嚓一声，棺材板子一劈两半，正中缝里流出一汪艳红艳红的鲜血。说来也巧，屋里的媳妇正赶在这个茬口上临盆了，生下的是个面如满月的女娇娃……

侯登库听得头皮一紧一乍的，缩到被窝里抱住仙爷的腰，卷曲着依偎在仙爷身上，心里怦怦着，依旧亲得了不得。渐渐天大亮了，侯登库眯着眼要睡个回笼觉，听见仙爷又说："天亮了，小兄弟不想看看仙爷吗？"侯登库探出头来看仙爷，看见仙爷满头满脸都是紫红色的疤癞肉瘤子，没有耳朵，没有嘴唇，两排白不白黄不黄的牙齿齐整整亮在外边。中间的鼻子只有一个小骨朵，鼻子眼被紫红色的肉疙瘩遮掩着，两股黏黏的黄水水止不住地流。

侯登库把身子缩成个肉蛋蛋，身上热一阵冷一阵，用手抓住被窝，被窝里像埋了一条哆嗦狗。仙爷又把被窝掀起来，托起侯登库，说："小兄弟知道我为什么坐在灯影里了吧？知道我为什么包着头脸了吧？知道我为什么让你摸着黑吃喝摸着黑钻被窝了吧？说起来，仙爷我也打花骨朵过过，也打水灵灵过过，媒婆子跟我爹有仇，使圈套给我说了个疯子男人。疯子男人一把火，把他烧死了，把我烧得没脸了。好了小兄弟，我占了你的童子身，知足了，我已经给你准备了买牲口买地的钱，你今天就拿了钱回家过日子去吧。"侯登库听得愣愣怔怔，害怕的劲儿反倒消了许多，一口气憋着的还是那个仇恨，说："我不要你的钱！"仙爷说："你想怎么出气？"侯登库说："绑他们的票，让老宅那边拿地赎人。"仙爷说："你拿了钱就能买地买牲口，不是一样啊？"侯登库说："不一样！"仙爷又说："再以后呢？"侯登库说："老宅里衰败了，我一辈子当仙爷的人，仙爷撵我走我也不走。"

仙爷说："你真是个小童子！仙爷可是千年的狐仙，好几个爷们儿都被我吸咂成干劈柴了。你不怕？"

侯登库嘎嘣脆地答一句："不怕！"

仙爷又说："仙爷或许就是那个棺材板子女鬼托生的，你也不怕？"

侯登库还是咬着口说："不怕！"

侯登库正式入了伙，白天跟仙爷平起平坐，到晚上还是睡一个被窝筒，还是一回连一回地弄那事。侯登库说："仙爷那里真干净，这有什么讲吗？"仙爷就把他的眼睛捂住了，说："人家说我这样的女人是白虎，白虎缠的是青龙。没有青龙配，白虎多的是邪劲儿。"到了第三个晚上，侯登库催仙爷，仙爷说："好饭不怕晚。"又说："别急，慢慢地滋润着来……"说的还是被窝话。到了第五个晚上，侯登库再催仙爷，仙爷说："侯爷，哨子下山了。"

第五章

大年初八那天，侯登科到麻五的作坊里吃酱卤肉。他是赶着擦黑天去的，街上只有几个孩子扒拉炮仗皮，盼着能找到断捻的没响的。侯登科也跟着找，咚咣放了个响屁，孩子捂住耳朵躲闪，没看见炮仗炸，闻到的是冲鼻子的臭气，是吃多了胡萝卜馅的扁食后放出来的。孩子哇哇地哄笑着跑了，侯登科也笑了，笑着推开了麻五家的栅栏门。

麻五还是穿着年前的衣服，衣服辨不出原来的颜色了，看得见的是上面沾满了羊血羊屎羊毛。麻五一年四季两身衣服，一身是冬天的，一身是热天的。冬天的衣服是从某一天的早晨开始穿的，那个早晨刮的是北风，北风卷着落叶扑进了胡同。那时候，运河湾里已经落下零星的雪花，芦荡里的苇茬子被硬邦邦的北风击打出丝弦般的哨声，闲置了大半年的散发着腐烂羊骨羊皮气息的棉花套子又塞进了夹衣。春三月到了，日光白亮了，榆钱肥肥胖胖地挂满了树枝，叫春猫蹿到房顶上浪喊浪叫，痒了根苗的公狗母狗不分昼夜地连起秧子，冬衣里捂了一冬的棉花套子再一次被抽出来变成了夹衣。到了烤瞎羊眼的火阳酷暑天，麻五身上也许只缠了一个包袱皮或者麻袋片，也许只是拦腰扎一条羊皮围裙，围裙护住了前裆，后边的屁股上滴溜着两节绳头。有人到家来买酱卤肉，麻五钻进烟雾弥漫的灶间，弓着腰冲来人嘎嘎地傻笑，说："自己拿了称吧，想吃香的拣肋巴扇，肋巴扇是五花肉。五花肉最香。"

有一年夏天，刚刚过了小满，离芒种还有六七天，侯登科还穿着肥大的长袍马褂，看见黑驴似的麻五脱得精光，居然连包袱皮也省了，干脆在腰间挂了一条印花手巾，一个黑黢黢的屁股自己是看不见的。想出拿手巾遮挡这个主意时，麻五还咧着嘴笑了笑，没有婆娘的家庭，许多针线活儿都是可做可不做的，而拿印花手巾当裤子，既能遮羞也能擦手。侯登科进屋先摸灯碗，举着灯碗专照麻五的下身，说："麻五你个老骚头倒是会想法，拿手巾护裆，屙屎尿尿不用提裤子。我看你还是弄一节竹筒吧，单把个鸡头头装进去，比系条手巾还省事，连尿尿也不用拔下来的。"麻五摇晃着黑屁股走出黑影，接过侯登科手中的灯碗就笑了，比画着说："这法子我也试过，竹筒筒没套上，倒让竹篾子扎了个通透，连尿也尿不出来了。"侯登科刚过完年就来吃零嘴，他不为解馋，来了是为寻乐子的，看见麻五又想起夏天的手巾护裆，又想起麻五说的曾被竹篾子扎过的话，立时笑得前仰后合，又要揭了麻五的围裙，说："我看看前门是开着的缝着的？"麻五闪个身，唱着似的叫一声："科爷，您老人家坐稳了，喷喷香热腾腾的羊头上来了！"

麻五没想到侯登科会在大年初八到家来，麻五不会包扁食，不愿意拜年，也没有新衣服换，他就不喜欢过年，过年的那几天他想找人说笑也没人来了。现在，侯家老宅里的大少爷来了，他很高兴，迎着让座，转个身进屋，端上来的是不大不小的酱卤羊头。他知道侯登科好这一口，不管春夏秋冬，麻五都会挑一个两岁口的羊头卤在坛子里，侯登科三更三点地来，坐下都是现成的，而侯登科并不一定天天来。侯登科冲麻五摆摆手不笑了，先问麻五又进兵营卖过酱肉没有，接着说："麻五你年过得好吗？"麻五说："科爷过年还念着麻五，麻五一准儿过的是个好年。科爷，您老人家说说看，年有什么过头？扫屋子，扫院子，还要摸黑赶早地和面轧皮包扁食，还要撅着个腚跟灶王爷灶王奶奶磕头，催着撵着让人不得闲。灶王爷跟灶王奶奶亲嘴睡觉的时候怎么不喊我吃蜜桃？他们生孩子时给过我一碗鸡蛋挂面吗？要我说，不如把年节都砍了，天天过不热不冷的二八月。"侯登科说："二八月还得穿裤子穿褂子，麻五你还是过麦熟天吧，麦熟天来个前后光，省得你那个家伙上捂出痱子来。"麻五是乐着那一节的,听着就嘎嘎地笑了。

麻五是在侯加封领家主事之后去老宅里干活儿的,先干的是倒尿罐端洗脸盆的杂活儿。麻五跟大少爷侯登科同岁,侯登科的儿子得章会站会跑的时候,麻五已经干起帮厨的活儿了。帮厨就是做酱羊肉酱兔肉,外带着遛马铲驴蹄子。麻五捞不着吃肉,但他天生就有做酱卤肉的绝招。麻五伺候牲口也是整个河套里难挑难选的,尤其是对付驴马,就是给他买一头四条腿支个架的瘦邦邦的病驴瘦马,用不了半年,那驴那马就跟气吹的一样溜溜圆。没有人知道麻五用了怎样的灵丹妙药,只是见他把铡碎的草捂到一口大缸里,过几天起出来,雪白的牲口草变成了酱红色。麻五也许把牲口草当成卤羊肉做,但是,侯加封只许他酱猪羊兔子狗,不准他做牛马驴骡肉。麻五比驴的力气还大,他天明天黑不闲着也不说累,一张麻子脸也便天明天黑地被汗水冲刷得亮晶晶,看着就像沙滩上落了一地雨点子。

没活儿干的时候,麻五就拿着肉叉子在驴身上比画,口中还念叨出声来,说的是:"要吃飞禽,鸽子鹌鹑。要吃走兽,还是驴肉。驴蹄子驴头吃火,卤出成色,味道比羊肉还鲜美。"如果是一头叫驴杆子,他会先把叉子伸到叫驴的后腿裆里,戳弄着驴蛋还连连点头,这也是侯加封极不待见的。孙子得章偏偏喜欢麻五的麻子脸,高兴了就往麻五身上爬,要麻五驮着他骑马。骑马不骑背,得章骑的是麻五的肚子,麻五就得躺到地上先来个狗晒蛋,胳膊腿反着支锅,连屁股带腰支起来,单拿个后脑勺挨着地皮往前拱着走。麻五的姿势很好看也很难看,侯家的男女老少都围着看,看着得章举起拌草棍当鞭子,嘴里喊着"驾,驾"。有一次得章要撒尿,小鸡鸡支绷起来,尿泚到麻五脸上,麻子坑灌满了又往嘴里灌,麻五用手抹尿,挺着的身子变成了斜的,得章从麻五肚子上滑下来摔倒了。得章没尿足兴,小鸡鸡又被憋住了,憋得嗷嗷叫。侯加封踢了麻五一脚,说:"童子尿值金值银哩,尿你嘴里怎么了?不吃你的酱卤肉了,滚吧!"麻五被侯家辞了工,一个人回到家就开起酱肉作坊,反正是个没地种的,不把手艺拾掇起来,他会憋闷死,当然也糊不满嘴。

麻五有手艺,又没有老婆孩子争嘴,买羊剥羊做酱卤肉,全由着自己的性子。挣钱不挣钱,挣个肚子圆,对麻五来说,吃饱喝足就是赚了。麻五没有大本钱,他的作坊只能靠赊羊维持,赚了羊肉钱再还活羊钱,走了眼买绌了就是个赔,说不清的是,麻五赚钱的时候不多。麻五也想找个媳妇,好几年都没找上，麻五只能过过嘴瘾过过眼瘾。麻五天天挎着柳条筐串胡同，哪个胡同里有什么样的女人他心里都有数，有数的地方就串得勤，最勤的地方是东南角的玉树家。最先招呼麻五的是胡同里的狗。狗对麻五有着天生的亲切，从他嘴里以及被汗水浸泡过的衣服里散发出来的羊皮羊肉的气息，勾出了大狗小狗的口水。它们摇着尾巴凑过去，嘴巴里伸出血红的长舌头，争着抢着舔他那条溅满了羊血斑点的裤子。玉树媳妇先冲着麻五撇嘴，说："麻五呀，你跟狗有缘哩，说不定上辈子你还跟它们一块儿吃过甜水水！"麻五说："先跟我打招呼的都是母狗呀婶子！"玉树媳妇呀呀地叫，说："死去吧五麻子，你这辈子只能摸母羊腚了。"麻五紧着接一句："是呀婶子，我摸的还是下连窝的母羊。"玉树媳妇低下头，看见两个儿子全把手指含在嘴里，眼巴巴地看着麻五的柳条筐。媳妇说不成巧话了，脸一下子红到耳根，拉着黑豆豌豆回了屋。

　　玉树扮演女人相戏弄过麻五，挑的是一个阴雨天的晚上。玉树穿着媳妇的衣服，脚上绑着泥几子，泥水里迈着小碎步，啪嗒啪嗒，极像女人的三寸金莲小脚丫。玉树还捏着鼻子弄出女人声，走到麻五门前先喊一声"大哥"，接着娇娇喘喘地说起扭捏话，说的是："俺是东庄的，赶上连阴天回不去了，俺想在你家借住一宿行吗？"麻五听了那样的啪嗒声，又听了这样的扭捏话，身上麻酥酥的，吹了灶间的灯，急慌慌地跑到睡觉的堂屋里，亮亮地答一句："谁没个手长腿短的时候，黑灯瞎火的可是不敢走。你只管在这里住，想住几天住几天，反正吃喝都是现成的。"麻五自顾自地激动着，还想多找些好听的话说，假女人玉树又放了声，这回说的是："麻烦好心的大哥给俺收拾个床铺，俺累了，俺还想去一趟茅房……"麻五的骨头发出嘎嘣嘎嘣的欢快声，乐颠颠地拉扯被窝，又是扑打又是扫，还把冒出的烂麦秸又塞进枕头瓢里。假女人玉树解了脚上的泥几子，悄没声地扎进灶间，拣大块的酱卤肉抓了满满一兜，跑到街上了才欢畅畅地笑出声来。

　　后来，扮演假女人的玉树给侯家扛麻袋伤了腰，连腰加屁股都成了死的，白天的力气活儿是干不成了，晚上要弄那事也弄不成了，只好躺到床上当死狗。麻五终于找到了捞本的茬口，麻五占了便宜还要接着过嘴瘾，又隔着篱笆喊："一拱一拱的羊头羊嘴，越吃拱劲儿越大！"屋子里没人应声，麻五再喊："上边拱，下边拱。上边拱个山尖尖，下边拱个草窝窝。会拱草窝窝的酱卤羊头喽，好吃不贵！"玉树媳妇吃不住劲儿了，呱呱地笑着走出来，还把怀半敞半掖着,弄得胸口里晃晃荡荡的。她颠颠地走到门口,隔着篱笆拉住麻五的柳条筐,说:"还是劲儿大了好啊,还是会拱窝窝好啊,一戳弄一戳弄地晃得难受哩。我说五麻子,你要能把自己的裤裆戳烂,我背着你钻高粱棵!"嘴里说着,手就伸到了柳条筐里,可着手抓了满把的酱卤肉,摇摆着进屋了,一个小钱也不给麻五。麻五吃了亏当沾光,裤裆里活蹦乱跳的是不假,真要翻越篱笆上玉树媳妇的身子,他还真不敢,他顶多敢摸摸女人的手。

  麻五最过瘾的时候是在梦里,梦里干得最欢快次数也最多的是玉树媳妇,每一次都把玉树媳妇干得抓天挠地,玉树媳妇还偷偷做了一身新衣服送给他。天明了,麻五心里慌慌着,有一些茫然,也有一些虚空,接着还是先到玉树家门口叫卖,看见玉树媳妇就放低了声,说:"我一晚上弄了你八回,恣得你抓天挠地地号号!"玉树媳妇拿眼角瞅他,说:"我已经是下了架的秋黄瓜了,麻五你去戳弄白面瓜啊,她嫩得一掐一股水,能恣死你。"白面瓜是年前嫁给豁子的,也是玉树媳妇说的媒。白面瓜长得亮白粉嫩,如熟透了的甜面瓜,豁子逢人就说他媳妇的肚皮滑得跟凉粉一样,落个苍蝇也立不住脚。麻五去闹过喜,也想着跟她过嘴瘾,到底是差了一截子岁数,很血糊很稀溜的话不好出口,就说:"我想着戳弄呢,怕她不识闹,深了浅了还得掂兑着使劲儿。"玉树媳妇叹口气,又说:"撑死上边,饿死下边,麻五你也是个可怜的。"

  除了串胡同过嘴瘾眼瘾,除了热天赤条条省衣服,麻五还喜欢过冬日。冬日里,羊肚子上的软毛皮可以制作围脖套和手捂子,有了孩子的女人找他要几条做小儿的袖口领口,他会宽宽地割下来,从来不要钱,递到女人手里紧紧地握着。羊肚皮是软和的,女人的手也是软和的,女人欢欢喜喜地走了,麻五把抓了女人手的手捂到自己心口窝里,心口窝里甜丝丝的。整个紫云寨,只有马家的女人没跟麻五来往过,家里来了亲戚,切了豆角放了蓖麻子当荤菜,也不去买他的酱卤肉,冬天孩子的手冻成紫茄子,也不去找他要一寸皮子。麻五知道两家已彻底断秧绝交,马家人瞧不起麻家人,麻五找年轻的女人过眼瘾过嘴瘾,哪一次都要闪开马家人住的胡同。有一年冬天,马家一个叫画眉的俊俏媳妇,眼馋了别人家媳妇手上的羊皮捂子和脖子上的羊皮围领,赶着男人入了被窝之后,偷着来找麻五,说:"五兄弟,画眉嫂子手冷脚也冷……"麻五说:"画眉嫂子手冷我给捂捂暖暖,要是腰里冷我可不敢给你暖啊。"麻五凑过去抓了画眉的手，拉着拽着捂到自己胸口上，又挑拣着选了两块绒毛厚的羊皮割下来，抱着画眉的腿塞到鞋楔里。马家的男人半夜里下床摸尿罐，摸到的是女人毛茸茸的鞋，男人憋着一泡尿先打女人，画眉直勾勾地哭到天明。现在刚刚过完年，大闺女小媳妇都换了新衣服，再不会有女人找他割羊皮了，来的这个科爷只会在他身上寻乐子。

  侯登科真是个吃羊头的高手，他把糊着冻冻的羊头放到苇叶上荷叶上，吸净了满头满脸的酱卤冻冻，先把两边的腮夹肉吃了，又轻轻地捏住腮骨的下巴。下巴骨上是有缝不见缝的牙齿，一拧一旋一掰，骨节掰开了，干干爽爽地摆在桌子上，上边一丝丝肉也没留下。接下来是羊鼻梁羊鼻洼。鼻梁骨是脆骨，脆骨薄如粉皮，晶亮雪白，他伸出舌头舔一下，舔的是脆骨上的滑油。舔过了再用手指拽出来，放到嘴里细细地嚼，嚼出嘎嘣嘎嘣的响声。嚼着冲麻五笑笑，两只手就一齐上了，拇指按住眼眉骨，中指半弯着插进羊眼窝，手指肚一顶一抠，两只羊眼滴溜溜跳出来，跟着再用上下嘴唇夹紧，边吸边吞，羊眼无声息地进了肚。羊头羊脸只剩下光秃脑壳了，侯登科弓着手指在秃脑壳上啪啪地弹，声音清脆得出了铃声，直到羊脑壳自己裂缝炸纹。细碎的一瓣一瓣的羊脑壳变成了一朵怒放的菊花，菊花蕊里是脑包，抖抖颤颤地一哆嗦一哆嗦。侯登科却不急着吃了，他捏着一根穿腮骨当筷子，捏在手里冲着羊脑包一戳弄一戳弄。麻五看得真切，觉着自己的后脑勺也麻嗖嗖的，抓起酒壶，满满地给侯登科倒了一盅。侯登科咂了一口酒，忽然笑起来，说："麻五你给我说实话，要是现在给你个熟透淌瓤的紫花大闺女，你能忽闪成什么样？"

  麻五叫了一声科爷，摸着尾巴根嘿嘿地笑，说："别管紫花黄花绿豆花，是花都不敢想了，赶巧了踅摸个白菜帮子吧。"

  侯登科说："咱不说白菜帮子，咱偏说紫花大闺女，偏说是熟透淌瓤的。我为什么不说黄花？我为什么偏说紫花？就是这个意思。我问的是，你得怎么忽闪？是不是一夜不下来？"

  麻五又嘿嘿地笑，还把满脸的麻子窝拧成了碎麻花，说："真要是那样的，我得解了缰绳大撒欢！奶奶的，这个欢我撒给谁啊科爷？"

  侯登科瞪大了眼，嘿嘿地笑着说着，还学着卖唱人口中押韵合辙的"四大硬"，说的是："光棍汉子，儿马蛋子，打铁的砧子，凿磨的錾子。"看着麻五又说："五麻子你是跟我一个属相吧，憋着熬着，你那个火棍头子赶得上孙猴子的金箍棒了！"

麻五不笑了，摇摇晃晃地站起来，单把肥腰大裤裆藏到桌子底下，两只手伸到桌子下边捂巴着，说："科爷，让您老见笑了。咱不说这了科爷，说得我身上毛躁躁的。"

侯登科哈哈大笑，骂麻五烈火偏拿干柴烧，说："明明是无处泻火的，你还见天地揣着个羊屌羊蛋吃，那玩意儿多大的拱劲儿！你说你弄那么大的拱劲儿朝哪里戳弄？我听说你买羊单买带蛋的骚虎头，母羊不买，骟了的不买，你是要跟骚虎头比猛哩是不是？你憋了一股子邪劲儿没处使，你不躁躁哪个鳖孙躁躁！来来，扒了裤子我看看，烧出紫泡泡没有？"

麻五躲闪着傻笑，傻笑着又用两手护住了前裆，侯登科伸出腿来专往麻五尾巴根上踢，麻五又把护前裆的手往后边挪，裤子自己掉下来，一条抓地秧子草似的连胸黑毛直贯裆胯。侯登科呀呀地叫，说："难怪你躁躁得难受，难怪你看见女人就绿眼，敢情你麻子五是个青龙啊！哎，我说，当初老马家把你们这一支老祖宗清出族来，一准儿是容不得青龙现身吧？"

紫云寨的马家是从老故道里来的，先来的是一家，跟着过来的是本族门的一大家子，一大家子里什么脾性的人都有，其中一支是老两口带个叫欢狗的儿子。欢狗有一身好力气，又会摆弄牲口，就被人雇了赶车上晌犁耙地。欢狗活儿干得利索，牲口也听他使唤，尤其是那头犟脾气母驴，除了欢狗，谁也不认，假若欢狗病倒了，那头母驴会一整天不吃不喝。雇他干活儿的东家起了疑心，暗地里悄悄跟踪欢狗，看见欢狗到了地里不是先干活儿，鞭子丢下，人却从后边靠近了牲口。东家窝着嘴回家，到家不作声。干活儿的回来了，牲口上槽了，欢狗咔嗒关严了牲口棚。东家一只眼贴住门缝往里看，看着欢狗又要出邪怪样，返身打个手势，四五个壮实汉子跑过来，什么话也不说，撞开门先把欢狗摁倒了。打也打了，骂也骂了，东家还是不解气，说："这个鳖孙是个不要脸的青龙，我是再不能用他了！"欢狗丢了马家的脸面，马家人要把他们这一支再赶回老家去，当爹的一赌气一跺脚，说："你们姓马，我们姓麻，从此以后，咱们不是一个老爷爷，也不是一个老祖疙瘩了！"

侯登科笑着把羊脑包挑出来，咂着吃完了，抹抹嘴巴，又把光溜溜的羊头骨一块一块地摊到桌子上，说："西边新宅里有个熟透淌瓢的紫花大闺女，你托媒人吧。"

麻五抓裤裆的手松开了，惊鬼惊神地尖叫，说："科爷，科爷，您老说的是三房小姐侯月娥？哎哟我的科爷，人家掉毛落蛋了是不假，可瘦死的骆驼比马大，怎么说也是大宅门里出来的金银身子，就冲我这喝腥汤啃骨头的家底，人家能跟我？再说了，但凡有半个心眼的媒人，也不会愿意为我跑空腿，就我这齐咕嘟的嘴，还能吃磨眼里的食？"

侯登科又咂了一口酒，说："你不会央告一了大师啊，他在紫云寺见天闲得看蚂蚁上树。"

麻五立时就灰了面孔，摆着手说："科爷，科爷，您老别再馋我了，也别再提他了。入了佛门断了根，他会管我的事？"

侯登科说："那你就到马家托个人，反正马家人会瞎闹瞎乱哄。"

麻五又哇哇着叫，说："两家早就改了姓氏没来往了，小时候只有一个马笸子叔跟我一块儿戏耍，他又吃粮当兵去了，到现在也不知道他在哪个兵营里。马家那边见了我都是斜斜横横的，我去换白眼珠子啊？"

侯登科响响地打个嗝，又说："运河兵营你都去过，还怕找不着个媒人？记着，就说麻五跟侯家老宅里有触天大仇，这事就成了，成了我把南坡里的岗子地割给你二亩。怎么了麻五，裤裆里是不是又支蹦起来了？支蹦起来你也不能戳墙，戳墙老鼠会恼你！"

麻五又添了酒，又拿了一只羊头，侯登科喝，他也喝。侯登科喝醉了唱着回家了。麻五也醉了，直挺挺地躺在灶间，发了半夜的烧，做了半夜的梦，醒了一摸裤裆，裤裆是湿的。好在裤子是两层的夹裤，外边看不出洇底子，哗啦哗啦地洗了手脸，又着意在前身淋拉上水，出了门直奔紫云寺。等到他半死不活地从紫云寺跑回来，一进村就听到侯家老宅里又哭又号。

麻五倒地不起，懊恼得学羊叫学驴叫。

第六章

侯家老宅里出事了，先出事的是老大侯登科。侯登科是从麻五的羊肉作坊里唱着戏文回的家,到了门口摸门环,门洞里窜出两个人来,一个捂嘴,一个摁头,罩顶一个麻袋把他装了个严严实实,门缝里留下的是一枚飞签。飞签上写得清清亮亮,九十亩地、二百块大洋外加一辑子牲口,三天后到侯登仓手里接人,打个迟顿就撕票。媳妇侯葛氏哭着号着往村西鱼棚跑,交出地契擦了泪,末了还给侯登仓赔笑脸。侯登仓赶着月明到河套里转了一圈,从河沟烂泥汤子里拉出侯登科,侯登科先喊的是好汉爷,喊着抠泥揉眼,揉过了就不说话了。这是正月十五之前的事,没过十五还是年,年味还没有散净,街上的炮仗皮被人扫进了厨房,填到了锅底下,但锅底下会时不时地腾起烟花,原来截了捻的炮仗还会砰一声炸响。

　　正月二十三是紫云寺庙会,紫云寺提前做好了准备,转花篮的笼嘴挑拣了最大的,石臼窝里的杉木杆子也立起来了,装着木炭、犁铧末子和火硝的药罐子,被一了大师抱到了山门洞里的石几上。云灯是年前就糊好了的,厦棚里晾了个把月,单等着转花篮的烟火庙会结束之后,云灯里就要放了油捻子点燃。老二侯登榜伙着几个家人伙计到紫云寺放生,这一年放的是一对鹌鹑和两条金鳞鲤鱼,取的是平安富余的愿景。侯登榜看着伙计放生,自己到树后小解,背后突然间伸出一条胳膊,胳膊勒住侯登榜的喉咙,侯登榜张着嘴哈不出声。伙计找不到侯登榜,找到的是一枚飞签,飞签上还是一样的话,这次另加的是一挂大车。临到正月二十三要放云灯了,老三侯登銮死活不出门,还要人把老宅里的大小院门一律加两道碗口粗的腰橡。安排过了还是不放心,又提着灯笼查看,查到东北角的二门时,看到闪闪亮亮的一个金元宝,金元宝在门洞里卧着,隔着门缝看得清清楚楚。侯登銮疑惑着也激动着,弯了腰拨门缝,门缝拨宽了,腰橡照旧顶着院门,元宝却忽忽悠悠又离了地,他一扑一抓,人就扑到了网套里。侯登銮被绑得蹊跷,家里人好像还听他喊了一声"我的元宝",再找就没人了。所有的人都过来查看,门缝只闪开了拃把宽,灯笼还明亮亮地照着,灯笼钩子上挂了飞签,这一次外加的是一头带驹子的母驴。

　　二月底,侯登库派人捎话来,要弟弟到镇上去见他。侯登仓换了衣服赶到集头上,看着幌子找到春悦酒楼,侯登库从套间里闪出来,兄弟俩搂着抱着,分别了十年八载似的笑一阵哭一阵。哥哥说:"多少了?"弟弟说:"二百七十亩了!"哥哥又问:"三个老贼还有多少?"弟弟掰着指头算,说:"我打听过,当初老粉头爷爷划拉到手的官地是三百六十亩,加上原有的三十多亩,应该还有一百二十亩多点……"哥哥闭着眼咬牙,意思是再来个秋风扫落叶。弟弟瞪着眼咬牙,说:"哥,再绑就绑他们的媳妇吧,三个女人都是针尖戳舌尖的狠货!"哥哥说:"我的傻兄弟你是真傻。三亩地也能换个黄花大闺女,他们巴不得哩。绑就绑他们的心肝宝贝肉头儿!"

伙计上了酒菜,酒是河套高粱烧,菜盘子上了二三十个,摞压摞地摆成山形。侯登仓看得眼花,嘴里说着吃不完吃不完,拦着伙计要退菜。伙计望着侯登库,侯登库挥挥手让伙计走了,笑着说:"哥哥是专给你点的花样,兄弟你只管挑着样吃,一样吃一口也要尝个遍。"侯登仓举着筷子戳弄,戳弄着不知先吃哪一样,说:"这都是什么菜?我连名也叫不出来。"侯登库本来是要笑话弟弟的,嘴角扯着却先掉了泪,装着喝茶擦了,拿了筷子给弟弟报菜名,说:"先从山根吃吧兄弟,山根底这一盘叫'藏龙卧虎',用的是运河湾里金翅鲤鱼的脊背,这边趴着的是狸猫后腿上的腱子肉,上边影着的是立春那天刨出来的芦苇芽子心心。是说咱兄弟不是等闲之辈,受老宅里欺负是因为没到翻身行云时,没到拱芽破土钻天时。"

侯登仓明白了,狠狠地夹一筷子吃了,嚼着说:"最下边的是藏龙卧虎,那最上边的山尖呢,那是个什么菜?"侯登库见兄弟吃出了滋味,心里也是美的,说:"山尖尖那一盘叫'翻天覆地',是指咱兄弟能耐的。用的是鹌鹑、鹧鸪、白灵、画眉、靛颏、黄鸟、喜鹊七种飞禽的脯子肉和心肝,先拿香油养了,再加上蛋黄挂糊,煎炸过了支在盘子底上。上边盖着的是薏米、香米、黏米、糯米、雪米五种,讲究的是天上七禽在下,地上五谷在上,这就叫翻天覆地!"侯登仓听了不高兴,站起来拿筷子翻腾,好大阵子才让盘中的二物倒了个儿。侯登库说:"兄弟你这是什么意思?"侯登仓说:"地在上边悬着保不住,我要怀揣着脚蹬着,揣着蹬着我心里踏实。"说过了又拿眼角斜哥哥,明显是嫌侯登库能扒财不能守财。侯登库看出了弟弟的心思,也不点透,只是催着弟弟多吃。侯登仓吃几口又说:"还是赶热窝接着绑吧,节气不等人,地亩点清了我好整地安春苗子。"

老宅里三家的孩子没跟着轮,但是三家的窗户棂上都挂了飞刀,轮完了再清点,三家剩了不到四十亩地,细软家底是彻底掏空了。侯家老宅里绑了个草人,草人胸口贴了黄纸,黄纸上写的是侯登仓,三兄弟一齐拿针扎,拿刀子戳,拿开水烫,把个草人侯登仓戳弄得肝化肠子烂糊糊。赶个月高星稀的夜晚,老宅里的三兄弟各拿一把锨,悄悄地挖开了侯登库的坟头,坟墓里埋的是一个烂盆子。三兄弟是早就起了疑心的，见了烂盆子算是彻底明白，明白了就得告官。三兄弟呈上县衙的是按了血手印的冤枉状，侯登仓呈上的是白花花的一兜子大洋，侯登仓不怕告官。三兄弟认了栽，侯家老宅里院门紧闭，院子里冷冷清清，前后不到四个月，老宅里就从天上掉到地上，连烟囱里冒出的炊烟也断断续续少了生气。

　　侯登仓没像老宅里那样兴浓了就拉场子唱大戏，他先安置的是种地养牲口，待到一切都利落了，他雇了一顶铺了狗皮的四抬轿去抬哥哥。仙爷从被窝里扯出一把骨头架子，说："侯爷，你兄弟来接你回家哩，你起来梳洗吧。"侯登仓看了哥哥的样子，顿时倒地大哭，连着声地问："哥哥你这是怎么了，几个月前咱兄弟见过面，那时只是觉着你面色暗黄，也就是百多天的光景，怎么就剩一把骨头架子了，莫不是碰上了夜猫子精？"侯登库没洗脸没梳头，摇摇晃晃地站起来，看着仙爷闪过了才跟弟弟说话，话说的是短头话，短头话里倒并不凄凉。侯登库说："哥哥没碰上夜猫子精，哥哥迷上的是千年狐仙，原本结实的身子想着是经得起折腾的，不曾想这么快就掏空了，眼看就是个死。哥哥不后悔，哥哥是早就死过一回的人了，再死一回也是个死，倒是兄弟你要受累了。记着我的话兄弟，从今以后，你我就算阴阳两隔，咱家的地亩添一分就是给我烧了一回纸钱，少一分我还得从坟头里拱出来。兄弟，你是让我当饿死鬼拱出来，还是保住咱家的土地？"弟弟抱住哥哥的腿，扑到地上又哑了声地哭，哭着发了毒誓，说："宁舍胳膊腿，不舍一分田！"

　　侯登仓捧了一抔土撒到地上，让哥哥站在上面印出脚印，然后比着脚印把土收起来揣着，一步三回头地走出老河套。侯登库又在后边喊："姐姐的婚事你要往大里操办，我说过的，烧过圆坟纸就让她嫁人，一晃又误了大半年。记着，婚事越热闹越好，排场越大越好。"

　　侯登仓回来说了哥哥的光景，侯月娥也是哭个不停，又追着问那狐仙是不是变成了女人，要是变成了女人，登库一定是被她吸干了精血。侯登仓说："这话我也问了，哥哥躲闪话头不让问，只是说咱家的土地家业都是仙爷给的。在河套里我只见过一个包头包脸的，她说的话哥哥都愿意听，并没见到有个仙爷。"姐弟两个当天包了猪肉配扫帚菜苗的扁食，侯月娥恭恭敬敬地给侯登库盛了一碗，拿双筷子空摆着，又转了头看侯登仓，说："兄弟，姐姐的婚事你看着张罗吧，姐姐听你的。"

侯月娥在娘家长到二十七岁，老姑娘找婆家成了紫云寨的一景。侯登仓放出话，许给媒人的是九斤九两重的金翅鲤鱼四条，九尺九寸长的红绫子两块，外加冰糖二斤，明显比当年侯家老宅里厚了许多。侯登仓在家里等着媒人上门，老姑娘侯月娥在自己的屋子里用糯米汤泡西瓜瓢子，滤出水来洗手洗脸。糯米汤收缩皮肤汗毛眼，西瓜瓢子上色，显得脸面鲜活，这两种东西掺到一块儿再揉一把香姑娘花，滋润手脸是最见效的。侯月娥当姐当娘十几年，腰累粗了，手磨硬了，脸上出了皱皱拉拉的干皮皮，现在要为自己找婆家了，她想重新捞本，想着让自己花容月貌，让岁月揉搓的老姑娘再退回十年前。

侯登仓从屋子里挪到院门口，看了街口又看胡同，后来连村子外边的小路上都望了，依旧不见媒人上门。侯月娥倒了汤水，擦了手脸，听听村子里有谁家的小孩子吵嚷着要吃"白白"，谁家的母羊高一声低一声地嚎叫着生羊羔，谁家的高粱地里响起哗啦哗啦的奔跑声，谁家的闺女尖尖细细地央求了嫂子央求了娘，羞羞臊臊地说着"俺要用骑马布子哩"，听着听着就坐不住了。侯月娥拿荷叶贴在脸上走到太阳地里，在院门口找到弟弟侯登仓，说："兄弟，光这样等着不行啊。"侯登仓看看姐姐脸上绿莹莹的荷叶，说："姐姐说得对，我原来是想等着媒人挤破院墙挤破门的，现在我不这样想了。"侯月娥又问："兄弟你心里有数了？"侯登仓说："有数了。"

侯登仓说有数了其实是怀着愧疚的。他把院门闩上，又把姐姐扶到屋里，让姐姐坐了高凳子，自己拿一个矮的坐了，说："姐，我要做一件对不起你的事，哥哥原本要我往大处张罗的，我现在连哥哥也对不起了。姐，你知道我是怎么想的吗？"侯月娥大气不出地望着弟弟，侯登仓接着说："姐姐毕竟是女儿身，咱们这里的习俗姐姐是知道的，十六不嫁十八嫁，二十再嫁黄瓜架。到了姐姐这个岁数，家境门头相当的大户人家咱是进不去了，想也不能想了，媒人不进门就是例证。一般的小门小户呢，这样的年岁不娶妻，要么是吃饭的牙口多，家里是个漏勺底子娶不起媳妇，要么是破相身子有残的，横竖没有女人肯嫁他。这么扒拉过来扒拉过去，我是把脑子想成面糊糊也想不出中意的。姐你知道吗，咱是卡在上不上下不下的二坡坎上了！"

侯月娥仍旧不动声色，说："兄弟，你接着说下去，姐姐听着呢。"

侯登仓又接着说："晾着等媒人上门，咱是败了；上赶着追着撵着往大宅门里钻，二房三房也心甘情愿，咱也是败了；要是挖到篮里就是菜，是个人不是个人的，缺胳膊少腿的，蒸不熟煮不烂的，咱不挑不拣都要，那咱更是败了。这样一掂量，上中下三策里咱是一样不胜。不胜归不胜，狗皮袜子两面揣，那要看咱们是正着掂量还是反着掂量。正着掂量是下策，反着掂量或许就是上策。姐，兄弟的上策是不嫁隔省跨县的，要嫁就嫁咱眼皮子底下，还要找个家里最穷最漏的，还要找个冷热不顾有把子力气的，还要找个听姐姐说黑就捂眼的。姐，你先往我脸上掴一巴掌吧，我说的这个人是麻五！"

侯月娥没打弟弟，她是平着心静着气说的："兄弟，你是相中了麻五伺候牲口的本事？"

侯登仓说："让麻五给咱家喂牲口，咱家的地姐姐愿意挑哪块就挑哪块，愿意种什么庄稼就种什么庄稼。另外我再给姐姐安一处宅院，我这边盖几间也给姐姐盖几间，麻五既喂牲口也当我姐夫。姐姐你看行不？"

侯月娥把脸上的荷叶揭了，说："兄弟，就是麻五了。"

侯登仓找人递话，递话的人是玉树媳妇。玉树媳妇差一点惊掉了眼珠子，紧着拿手又是揉眼又是拧腮帮子，拧得腮帮子热辣辣的，拧过了知道是真的了。她呜呜哇哇地跑到麻五家，这才看见麻五已经病得快没人形了。玉树媳妇并不知道先前的那一节，她看着麻五像狗一样躺在烂草苫子上，是拿一个榆树疙瘩当的枕头。枕头旁边摆着柳条筐，筐里盛着啃干净和没啃干净的羊骨头，骨头上爬满了挤疙瘩滚蛋蛋的网网蛛子。麻五嘴里还噙着半拉没嚼烂的羊蛋，羊蛋上也有一只网网蛛子，是连着耳朵织网的。

玉树媳妇拿了扫帚拍打，网网蛛子钻来钻去就是不走，她发着狠舀了一桶水，先浇的是骨头筐，又把水泼到麻五身上。网网蛛子裹着黑风一哄而散，麻五的身子动了动，先动的是裤裆。玉树媳妇冷笑，扬着声要拿刀连根砍了，说："麻五你真不是人了，脸瘦得光剩个嘴了，你还把火棍头子翘翘着！"麻五还是闭着眼，说："我病了。"玉树媳妇又想笑，说："怪不得好多天没听见你叫街号号，原想着你让谁家的母羊母驴夹着出不来了呢，敢情你是害了相思病了？起来吧，有个白腚大闺女等着你给她脱裤子哩。快脱去吧！"麻五侧个身抱住了玉树媳妇的腿，带了哭腔说："麻五是个没媳妇命的，紫花黄花绿豆花，是花我都不敢想了。我想搂白菜帮子哩，婶子，你把白菜帮子给我吧。"玉树媳妇急着要抽腿，裤子却被麻五死死地抓着，气得她抡着巴掌要掴麻五裆里的肉球，麻五却又呼噜呼噜地睡着了，眼皮还一翻瞪一翻瞪地弄成个死人相。玉树媳妇害了怕,掉了魂似的呼喊,连声地说:"麻五,麻五,你怎么病成这样了?"

麻五是从来没得过病的,侯登科走后他发了半夜的烧,拿凉水洗了手脸还是满精神,出村跑了一身汗,精神头还是满满的,索性到运河湾里又洗了一遍头脸。麻五是寅时到的紫云寺,紫云寺的山门还关着。麻五咣咣地拍打,里边一点动静也没有,他想伸手去卸门板,偏偏里边又是上了腰橡的,抠弄了一阵子只落了一头一脸的尘土。麻五的心是急着的,弄不动山门就越发急了,急着爬到树上,估摸着树枝是垂到墙里边的,便扳着树枝子跳下去。麻五记得一了大师的禅房,扑过去不弄门了,他先撬的是窗户,屋子里的鼾声果然不响了。一了大师趿拉着鞋走到窗口,窗口外边伸进一张麻子脸,一了大师结着手印闪开身子,说:"善哉,善哉。施主夜闯山门,须知佛门净土是撒不得野的。去吧,去吧。"麻五用两只手按住窗台,下边两只脚蹬住砖缝,说:"你别湿主干主的了,我是麻五,你侄子。叔,我是来求你当媒人的,你不开门我要跳窗户了。"

一了大师掩住口鼻,连声地念着罪过,说:"佛门无身,身归我佛,我佛即空,空空我身。施主莫要荒唐,你我僧俗两隔,紫云寺没有叔侄,如何以叔侄相称?五啊,你是越来越不成器了。还有,马家那边都是过日子的主儿,你偏偏不跟他们来往,你当真要跟他们断了祖根?祖爷爷恼不恼你?"

麻五是倒栽葱扑到地上的,扑到地上就给一了大师磕头,说:"别人喊你大师,麻五是只认叔叔的。叔,你别给我念经了,我听不懂,我就知道一件天大地大的好事要落到我头上了,你得给我牵线搭桥当媒人。我不让你白跑腿,我给你送一只整羊,你不吃送给香客吃,香客都是大闺女小媳妇,她们吃了会念你的好,还会给你铺床叠被倒尿罐。我再给叔买一双三开脸的软底靴子,你穿了它化缘,脚底板上不打泡不起皮。"麻五还要说麻家传到他这里眼看就绝户了,他有了媳妇紧着弄,要是弄出三四个儿子就有了一大家子人烟。

一了大师挣扎着拉开门闩,又拿拂尘连连地挥舞,口中诵念着罪过罪过,随口说出一个偈子:"恁地阳关三筝,末了只是一声。若要机巧飞蛾,只待蛛虫攀登。"麻五急得嗷嗷叫,也不管是头是脸了,磕了就往一了大师裤子上擦抹,说:"多少年都没瓜葛了,你还给我提马家,马家管过我的事吗?我要你当媒人呢,你念叨得我心焦,到底是去还是不去?"一了大师从箱子里拽出一条裤子,裤子是宽腿肥腰的天青云纱深腰裤。他闭着眼扔到麻五怀里,说:"贫僧已经说过了,施主休再啰唆。去吧五,麻家也就你张狂了,如若早入了空门,何至于如此?"麻五说:"你说过什么了,我光听见你念老鼠经。"一了大师盘腿坐上蒲团,任凭麻五再央告,也不肯多说一句话。

麻五心里恨着骂着出了紫云寺,赌着气把天青云纱裤腿搭到脖子上,褪下裤子来,冲着山门撒了一泡尿。想着自己半夜里爬起来奔紫云寺,又是跳墙又是磕头,倒不如搭一条羊腿求玉树媳妇当媒人,玉树媳妇嘴头子溜,八个一了大师也比不上的。或者就求了白面瓜,白面瓜是嫁过来不久的小媳妇,豁子又时常跟侯登仓讲拾粪的诀窍,还答应掏了紫云寺的大粪卖给新宅里,兴许三言两语就成了。这样想着,心里喜一阵烦一阵,想着先跟玉树媳妇过过嘴瘾,刚刚绕到大街上,就听到侯家老宅里一通乱号,接着就有人放出话来,说的是:"侯登科被响马老雀绑票了!"麻五激灵灵打个愣怔,一腔升腾着的冲天气一下子堵在心口窝里,回到家倒头大睡,发着狠地要把自己睡死。侯登科没点拨这事的时候,麻五还能跟村子里的女人过过嘴瘾过过眼瘾过过手瘾,点拨了又断了引火线,麻五反倒一刻钟也耐不住了,一堵一急就得了病,自己憋闷了好多天。

玉树媳妇呼喊着:"五麻子,你真是个没媳妇命的主儿,人家喊明口地要把一个白腚大闺女送给你,你却翻瞪着羊眼珠子要死了。你要是晚死三天,一口花心心在嘴里嚼着咂着,死了也是个不屈的。你可倒好,招了一窝子带蛋的网网蛛子!"

麻五拽着玉树媳妇的裤子一跃而起,说:"你是说当真有个大闺女要跟我?"

玉树媳妇紧着提裤子,偏偏是没系腰带的,她只好两只手抓着卷裤腰,说:"可不是当真啊,是侯家新宅里的登仓少东家亲口跟我说的。真是早起的不如晚到的,扒屋的不如盖庙的,你说人家少东家怎么就相中了你这个麻窝窝?五麻子你还不知道吧,现在新宅里是爷,侯家老宅里光光地败了。"

麻五却迷怔着疑惑起来,自语道:"真叫秃头和尚说准了?记得他说'若要机巧飞蛾,只待蛛虫攀登'。那个蛾字,不就是侯月娥吗?网网蛛子上身了,不就是个攀登吗?"

第七章

　　老闺女侯月娥的告帖日子定在六月初六，完婚大喜的日子定在七月初七。六月六，看谷秀。一年的秋庄稼都在地里长着，下籽一粒粟，收仓万担谷。一场透雨下过，拃把长的谷穗子出齐了，等着的就是颗粒饱满。七月七，好火阳，巧妻依门望夫郎。夫郎到地里看庄稼，庄稼眼看就是个成熟。金灿灿的，是谷子，红彤彤的，是高粱，明溜溜的，是棉花桃子，这一年的收成跟看见的一样。

　　侯家新宅里起了新房，侯登仓兑现了他对姐姐侯月娥的承诺，两处宅院是同时起的。侯家老宅在村子中间，院门正对着当街，当街是稍微有点斜的东西走向，越往西地势越高，到侯家新宅的鱼塘旧址南边打个结，打结的地方正是偏西南的宽敞高亮处，下边就是水湾，水尾巴连着的是运河。麻五没请动一了大师，新宅里的少爷侯登仓却把一了大师请去看了阳宅风水，请也没费周折。一了大师从当街中间迈大步往西走，走到鱼塘敞亮处是六百六十六步。接着又从西往东数数，数到六十六步时他站住了，说："东青龙，西白虎，南朱雀，北玄武。青龙东出而西卧，睛濯俯瞰，落目西南。西南为坤，坤为土，新宅是要在土地上大发迹的。背为驮伏，主载主静，首目为灵，主动主跃，故留其张目，是为腾飞之状。"最后在落脚处点画出一长二短三道杠，侯登仓的新宅在水湾东边偏北，侯月娥的新宅在水湾西边偏南。点画完了又眯了眼拂额，擦把汗便回了紫云寺，也没让侯登仓去送。侯登仓大喜大乐，跟姐姐侯月娥说："一了大师是麻五的本家叔叔，他点画的我信，他说东低西高，咱们这是步步登高啊！还有，无山不养虎，无水不成龙，龙头得水，腾越之势定下了。"

　　侯月娥也随着弟弟笑，笑着又问："一了大师说，东青龙，西白虎，麻五是在村东头住的，莫非他也算个青龙？"

　　侯登仓派人到镇上买了千头火鞭，买得最多的是冲天炮。千头火鞭又一挂一挂连接了，从村子的东头一直铺到村子的西头，当下就选定了卯时一刻的时辰。侯登仓在村子西头先放了一筒冲天炮，早已候在村子东头的人随即点燃了千头鞭，紫云寨整条大街顿时火龙腾空，约莫吃顿饭的工夫才响到村子西头。侯登仓专看着火捻子，就在千头火鞭似尽未尽时，六十六筒冲天炮跟着响起，接着就破土动工起了地基。

　　侯登仓请的是运河湾里最有名的泥瓦匠，县城的三皇庙，叫驴山的道观，紫云寺的飞檐倒挂玲珑殿，都是他们盖的。泥瓦匠吃住在架棚，架棚旁边支起六口牛腰粗的大锅，一个锅里是水，两个锅里是菜，三个锅里蒸干粮。到晚上，架棚的四角吊起风灯，困急了的泥瓦匠靠着架棚坐下来打盹，架棚是摇摆的，打盹的打一小会儿，激灵灵睁开眼睛，接着再干活儿。干到墙起垛立要上梁了，侯登仓又请了戏班，点名要的是当初在老宅里唱过堂会的角儿，不分生末净旦丑，有一个算一个。戏台子就搭在新宅旁边的西街口，又放出话来，要戏班白天尽管睡觉吃喝，单等着日头一落夜影子起来，立刻亮灯响锣鼓。唱戏的角儿睡了一天，又都是吃饱喝足了的，到了晚上唱灯戏，个个高腔大嗓，连敲锣打鼓的也甩开了光膀子，腮帮也跟着一鼓一鼓的。

　　侯登仓点的第一出戏是《打登州》，第二出戏点的是《斩辕门》，第三出戏要听姐姐的。侯月娥说："老宅里不是唱了《秦雪梅吊孝》吗，我先来个《状元红》，接着再唱《小登科》，接着再唱《大登殿》，接着再唱《绣楼醉》，接着再唱《李娘娘还朝》……"侯登仓笑得揉搓肚皮，连声说："姐，咱们的两处宅院眼看就要封顶，再唱就该闹洞房了！"侯月娥张口来了句："还真是哩，那就叫麻五也点一出。"

　　侯登仓扯着嗓子喊麻五，麻五等不得喘稳气，说："要我点戏，那我点一出《摸轿》吧。"

　　《摸轿》也是一出喜庆热闹戏，说的是叫花子薛文序原本是沿街乞讨的汉子，忽然有一天饿急眼了，看着两个家员提着糨糊桶在街上贴告示，两条腿再也迈不动了。告示上说郭老员外的千金小姐得了怪病，眼看着命悬一线，但凡能施方术医好小姐怪病者，有家室的赏地百亩，无家室的可得成快婿。薛文序大字不识一个，他凑过去不是看告示，他是闻到了糨糊的香味，等着贴告示的家员走开了，便上前一把拽下来，伸着舌头要舔上面的糨糊。前边贴告示的家员看得真切，过来拥住了薛文序，不容分说就拉着扯着进了大院。老员外闻听有人揭了告示，知道是个有方术的，远接远迎地把薛文序请到小姐绣楼，立马等着薛文序把脉下药。薛文序昏了头，饿得难受又加上害怕，走又不敢走，昏头昏脑地说了一句："揭了舔糨糊……"

　　薛文序明明说的是自己，老员外偏偏听的是天机，哪里还想是方不是方，即刻让家员铺纸刷糨糊,厚厚地糊一层,贴到墙上再揭下来,连泥水带糨糊拿着让小姐舔。小姐是个极爱干净的,哪里舔得了这东西,一口黏糊糊还没咽下去呢,肚子里就翻江倒海地折腾起来,哇哇地一气呕吐了大半盆积液秽物。奇怪的是,小姐呕吐过后病竟然好了,没事人似的下了床,张口说的是饿了。老员外大惊大喜,问过了知道叫花子薛文序是个没家室的,一股悔意又涌上来,想了想就使了孬法。他让小姐跟两个丫鬟分坐到三个轿里,放下轿帘让薛文序指点。肚里没食的人鼻子尖,薛文序走过去一哼哧鼻子,闻到的还是糨糊味,马上认准了小姐在哪个轿里,从此苦尽甘来。

老闺女侯月娥用眼珠子眨巴麻五,说:"麻五你是自比薛文序吗,我可是个没病没恙的金骨玉身子,你还是摸你的铁锅沿去吧!"

麻五嘎嘎地笑,撩起围裙擦脸上的汗水,擦过了才看见围裙没在腰里系着,他是拿紫花褂子擦的汗。刚上身的新褂子早已辨不出真色了,颠颠地又回到灶口,还是脚手一会儿不闲。

从新宅的告帖张出之后,麻五就起死还魂了,他的羊肉作坊封了灶,裆里结了污秽斑点的紫花夹裤也扔了,换上的是一了大师送给他的天青云纱宽腰裤。看看上身还是个光膀子,又把用火硝跟黍米水熟过的羊皮拿到镇上卖了,拣经纬匀称的买了七尺紫花布。剩下的钱灌了半斤二锅头,又买了两串黏掉牙的狗皮膏子黏糖豆,先回家往二锅头酒里兑水,兑了满满一葫芦,欢喜着去了玉树家,央告玉树媳妇给他做一件新褂子。麻五这一次做得体面,他是先打发的两个孩子,两个孩子一人拿了一串黏糖豆,偏了头看看麻五又看看娘,舔着咬着跑当街显摆去了。麻五在后边喊:"黏不掉牙别回来!"紧着又把酒葫芦塞到玉树嘴里,要玉树自己抱着葫芦喝滋润酒。玉树咕咚喝一口,又咕咚喝一口,说:"麻五你是要当驮碑的乌龟啊,这一葫芦里有一半酒吗?"喝着还唱,唱的是:"送郎啊送到大街北,看见了老乌龟它驮着个碑。要问它死沉死沉的为啥驮?它说是,俺往那好酒里掺了凉水……"喝着唱着忽然地没了声,葫芦还在嘴里插着,人却睡着了。

玉树媳妇呀呀地叫,说:"真没看出来,你个五麻子这是动心眼了。两串糖屎蛋把两个碍眼的黑豆豌豆打发走了,一葫芦猫尿又撂倒了当家的,你清除干净了是要得我的身子哩。我跟你说麻五,今儿个你是赶巧了,我身上的月信还没过去,这一会儿没有碍眼的了我也不能答应你。几十年都熬过来了,还有一个月你撑不住啊?"

麻五又拿手罩住了裤裆,满脸的麻子噌噌地燃起紫光,汗珠子挤着滚着往鼻子洼里聚,说:"哎哟我的好婶子,咱不说裤裆里的事行不?我是求你做一件新褂子的。"玉树媳妇眯着眼看麻五的下身,见麻五穿上了天青云纱深腰裤,肥大的裤裆里挑出一根直挺挺的横梁,认出裤子是紫云寺一了大师穿过的,又吱吱哇哇地笑了。她笑着说:"敢情你是求告一了大师当媒人的,麻五你真是急得大头小头都起泡了。你去求一了大师,一了大师是入了空门断净根的人,他看见个母羊母猫都要闭眼的,会给你往被窝里拉扯白腔大闺女?到头来还不是我给你配公母。五麻子,咱先把话说下,你别光想着恣,你得想着怎么谢我。"麻五说:"我自己还天天在梦里呢。婶子,你掐掐我知道疼不,知道疼就是真的。"

其实麻五自己已经掐过好几次了,每一次都是火辣辣的疼,知道老闺女侯月娥要给他当媳妇是千真万确的了。那边破土动工的炮仗一响,他就穿戴齐整到了侯家新宅里,扑东扑西地找活儿干。侯登仓没喊他姐夫,喊的是麻五,给他派的活儿是灶间里的全活儿,面案是他,菜案也是他,抱柴火烧水一码全管。麻五不在乎喊他什么,他把安灶砌锅台的活儿也包揽了。他像一匹四蹄生风的野驴,手不停,腿不停,眼也不停,干着活儿偷瞧老闺女侯月娥。看见侯月娥穿着一身灯笼纱的黑府绸,胸口上悬吊着两个活物,两大坨坨屁股肉把裤裆撑得满满的,两条腿绷绷直,打着眼罩往灶间望,好像还冲他笑了。要想俏,一身皂。一身黑亮的侯月娥晃晕了麻五的眼,他越发干得卖力,和面时恨不得把两只脚也放到盆里揣。麻五的心是用蜜糖水泡过的了,是用冰糖水泡过的了,他无法形容自己的欢乐,他就拼命地干活儿。咣当咣当,是和面,咔嚓咔嚓,是切菜,扑通扑通,是挑水,不大会儿他就变成了一个热腾腾冒气泡的水人。水人麻五忽然闻到一股奇妙的香味,香味就在背后,麻五掉过身子转过头,看见老闺女侯月娥站在他旁边。

侯月娥拿了一根树枝拨弄麻五的裤子,嘴是强忍着不笑的,麻五低了头看裤子,裤子死奄奄地贴在身上,前裆处聚起一个大疙瘩。侯月娥扑哧笑出了声,说:"麻五你还是个有眼力的,紫花褂子配天青裤,土里生的在上边,天上青的在下边,你这是天地倒个儿了。麻五,我问你,你是愿意天在下边喽?"麻五一时不解其意,也跟着笑,说:"谁在下边都行。"老闺女侯月娥差一点笑岔了气,丢下树枝喝茶去了,转身留给麻五一句话,说的是:"麻五是个不惜力的,七月七我等你上门!"

第八章

新宅完工的那天是七月初二，到大喜只有五天的时间，墙里子抹上的泥皮也差不多干了，只是怕上了漆的橱柜桌椅干不透。但是，喜日子是只能前提不能后推的，于是侯登仓就把新房的前后门窗全部敞开，由着东南风穿窗扑门。后来麻五提出来夜里可以架火烘烤，还可以拿蒲扇扇风，侯登仓也依了，侯家新宅里便夜夜灯火通明。依着侯登仓的意思，大喜那天，姐姐是不用出新宅的，时辰一到，出屋拜天地就可以了。侯月娥说："全凭弟弟张罗，你看着该怎么办就怎么办。"说过了又瞥一眼麻五，想想一开始说的嫁给麻五也不对，应该说自己娶了麻五，麻五与她完婚等于是入赘，就又说："兄弟，咱们这边是齐备了，麻五那边是什么样的？"侯登仓品着姐姐的话，说："你是怕麻五心里不周正？姐，你连想也不要想，咱画个杠，他走直的，咱画个圈，他走弯的，有他挑拣的礼数？咱要了他，麻家祖爷也要从坟头里拱出来谢咱哩，不信你问麻五。"侯月娥当真问了麻五，麻五说："我不用回去了，现在拜堂也行。"侯月娥拿眼瞪他，他又说："我听少爷小姐的，少爷小姐生的法子都是好法子。"

拜天地落到实处了，剩下的是迎娶，迎娶讲究的是出东门进西门。东门为阳，出门迎的是升腾祥瑞，是一阳百事旺。西门为阴，出门接的是肃杀之气，一阴累百阳。进西门是从阴处生阳，阴为女，阳为男。阳能克阴，男能降女，阳罩阴伏，日子大发。新娘子侯月娥不动窝，迎娶的就是新女婿麻五，麻五是带着紫阳之气来的，主威主猛。麻五穷得只有两条腿，要娶他还得侯家新宅里套车，跟招赘入门倒是不相抵，不过，侯登仓心里是别扭的。他不想让麻家本支本族的人也跟着凑热闹，礼数上又偏偏少不了送亲人家的一帮一伙。侯登仓这样想自有他的道理，因为送姐姐出嫁也好，为姐姐招婿也好，当弟弟的都少不了要出头露面，少不了要迎来送往，少不了要摆笑脸说应景话。侯月娥猜透了弟弟的心思，说："这好办，就让麻五当街站着接车，麻家沾边的不沾边的都不许跟着，咱家的喜车在当街接，不到他家接。喜车也不用掉头了，接了麻五直接出东门，绕个弯走前街再进西门就行了。"

喜日子跟着就到了。麻五是七月初六的晚上离开的侯家新宅，他一口气跑到自家的作坊里，进家先关栅栏门，哧溜脱个精光，把紫花裌子天青云纱裤子摁到水盆里泡，连着换了五盆水，才算洗不出浑汤了，接下来挑到树枝上晾。凑着这个空儿，麻五又舀了凉水冲身子，又拿了剥羊刀子剃头刮脸，一直折腾到三星上了东南才算收拾利索。然后把草苫子抱到院子里抖擞干净，光着身子睡了一夜，天亮起来全身瘙痒，低了头看，看见全身都是米粒大的紫红血疙瘩。蚊虫咬他不知道，网网蛛子把下身处的一嘟噜缠巴成了一坨肉蛋蛋他也不知道，好在衣服算是晾干了。

紫云寨的人从没见过这样的娶亲光景，干活儿的人早早地歇了晌，争着抢着要看新女婿是怎样出嫁的。许多人都爬上自家的房顶，拿手打着眼罩，从上往下看麻五。麻五站在当街，当街的土明明是白的，墙头上的土也明明是白的，看着看着又成了黑的。太阳一出来就变成了一个个大白饼，大白饼上沾着芝麻粒粒，芝麻粒粒抛撒到麻五头上，麻五的头像个烧红的铁鏊子。忽然起了风，风把当街的浮土扬起来，浮土里有碎草叶子，还有羊屎蛋蛋，劈头盖脸地罩住了麻五。麻五吭吭地咳嗽，眼也迷得睁不开，拿手揉眼，浮土没揉净，倒把眼泪勾惹出来。泪水灌满了麻子窝，麻五的脸成了一个驴打滚的杂面黑窝头。爬到树上的孩子先是吱吱哇哇地说笑，接着又反复地唱两首歌谣，第一首唱的是：

　　麻子脸，麻子蛋，新女婿麻五当街站。
　　麻五麻五狗晒蛋。

麻五仰着脸看树，说："二梭，又是你领的头吧，你还得叫我五哥哩，咱们还是一个祖宗老疙瘩呢，你还带头闹！"二梭从树上跳下来，手里的树枝甩着，说："五哥，五哥，你裤裆里进了一只蛤蟆。你看，你看，拱了一个大疙瘩。"说着伸过树枝，戳弄麻五的裤裆。树上的孩子呱呱叽叽地笑，跟着又唱第二首。这一次是黑豆起的头，唱的是：

　　五麻子，麻子五，裤裆里边蛤蟆鼓。
　　呜哇，急得麻五两手捂！

麻五当真拿手捂了，捂的是头，不是裤裆。麻五的耳朵眼里嗡嗡响，两条腿也麻麻木木的,他开始挪动腿脚,听见有人哑着嗓子喊麻五,喊的是:"还记得吧麻五?是我给你放的引线。"麻五挪动着向门洞里探头,门洞里闪出三个鼻子,上边是侯登科的鼻子,鼻子尖上糊了厚厚的浮土,嘴唇是干的,泛着青紫色。中间的是老三侯登銎,最下边的是老二侯登榜,侯登榜是来拉大哥三弟的。三弟拉走了,老大侯登科还要跟麻五说话。侯登榜说三弟没志气,说大哥没脸没皮,三兄弟挨着让人家捣成了烂蒜,还要帮场看新宅里过喜。侯登銎马上转了阵脚,说:"大哥你还跟麻五说话,麻五是新宅里的姑爷,跟你有什么鸟鸟?"

麻五听得明白,一时又想起侯登科确实点拨过托媒人的事,确实把引线搭到了老闺女侯月娥身上,心里就有些不忍,便挪动着移步,说:"科爷,我记着呢。不过,这事有些搅搅,我拉扯得脑门子疼也没拉扯出头绪来。您点拨了是不假,我也去了紫云寺,秃头叔还给我念了牙语,后来又是玉树媳妇给说的媒。我从紫云寺回来就病了,我身上爬了一群网网蛛子。我本来想二番再托玉树媳妇找您探底话的,您老宅院里就出了事。先出事的是您,接着又是榜爷銎爷,再接着又是窗户棂子上下飞刀。哎呀呀,哪儿跟哪儿啊,这都乱了啊科爷?"麻五还要再凑近了说话,迎亲的喜车到了。

麻五是从车尾巴上钻进的大车,他是急着钻进去的。喜车搭着芦席,芦席上插着柏枝、荷叶,前后没挂门帘,前门脸上却挂了两只响铃。麻五钻进席棚里,席棚里清爽了许多,脑袋却鼓胀如斗,他摇晃着坐正了,脑袋又被芦席篾子刺破了,几滴热乎乎的血珠子流到脸上。他嗷嗷地叫起来,说:"三牤牛你把席棚搭反了,席篾子乍乍着,我的头皮戳破了你知道不?"赶车的三牤牛歪着头看麻五,说:"见红了,见红了,麻五头上见红了!"打着响鞭催牲口快跑。马车颠簸起来,马蹄子刨翻的浮土又被车轮子卷起来,打着旋儿往席棚里灌,呛得麻五吼吼地咳嗽。自己咳嗽倒把自己的耳朵震得嗡嗡响,直到看见炮仗皮满天飞,才知道接亲的喜炮放响了。

麻五拜了天地就去喂牲口,牲口在水湾东边侯登仓的宅院里。他先推了几车垫圈土,铺到圈里等三牤牛来了帮着铡草,三牤牛又被派到镇上拉淘草缸去了,麻五只好一手按铡一手续草。拌上草再给牲口挑水,三口大缸全部挑满,接着再添一遍加了料的细草,吃饱之后的牲口最后还要饮一次水。一直忙活到下半晌,一切都归置齐整了,麻五眯了眼看天,西天边堆起棉花垛似的紫云彩,紫云彩慢慢地变成了黑色。早迎霞,晚接驾。明天也许会下雨,看样子毒日头天算是熬到头了。麻五噗噗地吐着嘴里的碎草屑，衣服没脱就扑到水湾里，他要洗了澡再回西边的洞房，一个猛子扎下去，过一会儿钻出来抬头换气，看见侯登仓抓着一块砖头站在岸上冲他比画。麻五慌着爬上来，说："仓爷，牲口棚里没活儿了。"侯登仓扔了砖头，偏转了身子往当街望，说："喜车过去的时候，你正跟老宅里说话是吧，你怎么说的再怎么骂回来。去吧……"

麻五磨蹭着往当街走，走了半截街了也没想出来骂什么，肚子也饿得难受。还有，滴着水的湿衣服黏糊糊地裹在身上，身子是热的，衣服是黏的，下半晌的天气还闷热，麻五觉着要多难受有多难受。后来他站到侯家老宅门口使劲儿地想，终于想起来老大侯登科的少爷得章曾经骑在他的肚子上尿过尿，老东家侯加封当时说的是"滚吧"。麻五来了气，扬了声地骂起来："麻五娶媳妇没花一个钱，麻五娶的是紫花大闺女。我看哪个不服，谁不服谁娶一个看看，娶白菜帮子去吧！我不管科爷不科爷，侯家老宅掉毛了，不服气的站出来亮亮，我一泡开锅尿烫死他！"骂过了往回走，麻五心里敞亮了许多，也仗势了许多，不觉地就笑出声来。看看夜影子罩住了树梢，村子里飘散着黄瓜汤调豆角咸菜的香味，便一路小跑着进了侯家新宅。

新娘子侯月娥站在灯明里，看着麻五跟头流水地跑进来，说："麻五你是属兔子的还是属野驴的，眨眨眼就没影了。你又跑哪儿去了？"

麻五哼哧着鼻子闻饭味儿，看见桌子上摆着一个汤盆，盆里盛的是鸡蛋穗子黄瓜汤，还有一只沾着鸡蛋穗的空碗，空碗上压着一双筷子，知道新娘子侯月娥已经吃过了，留着空碗是在等他。麻五说："仓爷让我到老宅里喊号叫板，我嗷嗷一嗓子，里边连个敢龇牙的也没有。娥奶，我把牲口伺候饱了……"

侯月娥睁圆了眼珠子瞪麻五，说："你刚才喊啥？你喊少东家仓爷，跟着再喊我娥奶，论的还是个辈吗？我是不是还要喊你五爷？记着麻五，你是我娶来的男人，不是四个蹄的牲口！"

麻五又嘎嘎地笑，汤也不往碗里盛了，抓起勺子从盆里舀着喝，一盆汤喝光了，又把筐子里的白单饼也吃光了。伸着脖子抹抹嘴，打着饱嗝站起来洗刷，再回来厅堂里没人了。他迟疑着寻找，看见堂屋窗台下倒立着一把扫帚，扫帚把上系着一条方格格的印花手巾，系了手巾的扫帚成了人样。麻五知道这是要扫帚当听房人的，闹喜闹喜，要的就是个闹，家里过大喜，没有听房的人不好。想想又觉着好笑,看见新娘子侯月娥已经坐到了洞房里,脸让灯光照得艳艳红。麻五挨挨挪挪地往里边移动,移到套间门口站住了,两只手抱住门框,半个身子隐在灯影里。

侯月娥拿嘴角撇他,说:"麻五你过来。要你跟我说话呢,你是要饭的叫花子啊,站在门口好看啊?"麻五松了手往灯明里走,两条腿像突然折了,明明是迈着步的,结果伸过去的是光头,脚腿却落在了后边。麻五又改口叫了一声"少奶奶",一头一脸的汗水浸出来,身上的衣服半干不干,贴在身上像抹了糨糊,皱皱巴巴地缠裹着。麻五说:"少奶奶,我说啥话?"侯月娥啪啪地摔打梳子,说:"说啥话,说啥话,说啥话还用我教啊?你想说啥就说啥,欢欢喜喜地说!"麻五立马带了哭腔,扯着紫花裤子擦脸,擦了几遍身上还是滴答水,这才想起来裤子还没干透,说:"少奶奶,您累了吧,我给您脱鞋。"

侯月娥拿脚踢麻五的手,说:"麻五,你听过新媳妇的房吗?"

麻五的脑袋又嗡嗡地炸响了,他其实是听过房的,但是他不知道怎么回答。麻五是在玉树家听的,他做酱卤肉的时候,玉树天天跟着熬夜,不嫌困,不嫌累,熬到半夜就是为了啃几口羊骨头。要么就是拿个干窝窝头,等着肉汤开锅了泡着吃,娶回媳妇的那一天玉树不来了。玉树不跟着闹哄了,不跟着胡说八道了,不跟着瞎打瞎闹了,不跟着啃骨头泡干窝头了,麻五心里空落了许多,空落得难受。看着锅里的水冒泡了,他又抱了一抱劈柴,锅底下塞得满满的,翻过柴火垛到了玉树家。篱笆门是里边挂插条的,他把插条拔掉,屋子里的灯一下子灭了,窗户里传出来的是长一声短一声的号号。号号的是玉树媳妇。玉树没号号,玉树光是呼哧呼哧地大喘气,床也跟着嘎吱嘎吱响,接着还有说话声。媳妇说的是:"你要吃了我啊……"玉树答一句:"我不吃你,我留着你。"麻五听得毛躁躁的,亮着嗓子喝喊一声:"玉树,你是啃的骨头啊还是啃的床帮?"第二天一早又去玉树家,媳妇起来倒尿罐,麻五说:"你说玉树要吃你,你这不还是活蹦乱跳的啊!"媳妇的脸立时变成了大红布,一罐子尿全泼到麻五身上,麻五从此就跟着玉树媳妇瞎闹,闹着过眼瘾过嘴瘾。年前他也想过去听豁子的,听到半夜没动静,气得他把一把鼻涕全抹到豁子家的窗台上,这才听见豁子嘟囔了一句,说的是:"赶明儿吧,这一会儿我腰疼……"

侯月娥问过了又拿眼角瞟麻五,麻五的腰又弓起来,青光光的脑袋向前伸着,硬邦邦的驴腚却是窝向后边的。侯月娥红了脸又笑,笑着突然地喝一声:

"麻五你站直了说话！"麻五吃一惊，身子站直了，原来挑起来的一根活物片刻间没了踪影，满脸的麻子紫成了暗灰色，于是又喊了一声"少奶奶"……

侯月娥噗地吹灭了灯，上了床解扣子，解得砰砰的，后来没响声了，床上就横卧了一条白鲢鱼。白鲢鱼扑嗒扑嗒地拍凉席，说："麻五你是死猪死羊啊！"麻五慌着脱衣服，脱得呼哧呼哧的，上了床又往边上挪，整个身子像刚从马车上颠下来的，躺下了还嘎巴嘎巴地响着骨节。侯月娥忽地坐起来，抡起巴掌打麻五的腔，打得啪啪响。手打麻了，哈口气又摸麻五的下处，下处满满一嘟噜都是软的，摸着冰冰手的凉。侯月娥惊诧得了不得，说："麻五你是怎么了，刚刚还是直橛橛？"麻五又带出哭腔，说："少奶奶，我害怕……"侯月娥说："你怕什么？"麻五说："我天天在梦里，我天天做梦也不敢做有少奶奶的梦，少奶奶一说话我的骨头缝里就嗖嗖地进凉气。"侯月娥说："要是床上躺的不是我，麻五你会怎么样？"麻五说："那我得嗷嗷的！"侯月娥叹口气，拿了手揉搓麻五的腰，揉着慢慢躺下，放柔了声音又说："麻五啊，咱俩别管谁娶谁，也别管谁穷谁富，你是我的男人，我是你的女人。你记着，男人是天，女人是地。天就该压着地，地就该叫天压着。我再跟你说一句，下了床，我就是天，我就是少奶奶。上了床，你就是天，你就是五爷。侯月娥是麻五的女人，麻五想怎么撒欢就怎么撒欢，折腾死她也是该着的！"

麻五嗷嗷地叫起来，说："这可是你说的？"

侯月娥说："是我说的。"

麻五来了个张飞闯辕门，一跳三尺高，跃到侯月娥身上又撕又咬，劲儿使得开山撬石一样。侯月娥发出一声尖叫，说："亲娘哎，麻五你要吃我啊？"麻五说："我原先听见你说话也害怕，看见你瞪眼也害怕，这一会儿我不怕你了，天底下的人我谁也不怕了。我还要捞本哩，我天明天黑地不下床，我一捞三十年，我捞得你跪着爬着喊五爷！"

麻五疯狂了一夜，整整一夜他连呼带喊，等到嗓子喊哑了再睁眼，看见窗户里透进火红的光亮，看见系着红绳的凉席踢蹬出两个大窟窿。他揉着眼找侯月娥，侯月娥正拿一条粉红色的丝带勒着胸口。侯月娥抿着嘴角说话，说的是："该喂牲口了吧。"麻五激灵着跳下床，两条腿一下子变成了软柳条，他坐在地上穿衣服，两只脚却伸到一条裤腿里，吭哧着又灰了面孔，说："少奶奶，我下床了……"

第九章

　　到了秋季的最后一个月，麻五牵着一匹三岁口的骡马到镇上配种。按日子算，这个季节配上，等到来年下驹子正好赶上青草充沛的茬口，不加料也有足够的奶水。镇上新添了一匹东洋马，是皮货栈掌柜霍老本的儿子霍好秋带回来的。霍好秋回家探亲，是从军营里骑着大洋马来的，军营就在运河东边的一块开阔地上。霍掌柜的儿子干的是军差，大洋马是他发迹之后买的，还是哪个官长赠送的，镇上的人就说不准了。霍掌柜倒是问过，儿子不说，只是高深莫测地笑，当爹的懒得再问。霍好秋回家来歇暑，他见天骑着大洋马在运河湾里奔跑，大洋马跑得四蹄流汗，气却不怎么喘，跳到运河湾里洗澡，上来抖抖鬃毛，还咴儿咴儿地叫，叫声比戏台上的铜喇叭还响亮。霍好秋拔了豆棵给它吃，还给它刷毛，它跟霍好秋很亲密，常常拿厚唇嘴戳弄霍好秋的脸。霍好秋在家住了半个月，临动身时又给大洋马刷毛，还跟它说了话，说的是马语，即便围着看的人也没听懂。说完了又跟霍老板告别，还行了军礼，是脚跟挨脚跟打的立正。霍掌柜跟着走几步，说："你的洋爹呢，你怎么不骑走啊？"霍好秋走着摆手，说："我没有洋爹，我就一个土爹。爹，大洋马归你了！"

　　霍掌柜开的是皮货栈，皮货商自己骑着牲口赶着车到镇上送货，隔两三个月，运河码头上会有一只篷船来到镇上装货。他一年里去不了几趟县城，用到坐骑或者套车出门的时候还真不多，因此对大洋马并不在意，大多时候甚至还有些厌烦它的亮嗓子。到货栈来的皮货商先打尖歇脚，吃饱喝足后跟霍掌柜扯闲篇说价码，卸了套的牲口赶到栅栏里，由着它们吃草喝水。也有到镇上的馆子里讨逍遥的，馆子里供应烟膏，也供应卖笑女。卖笑女是顺着运河从扬州、镇江一带过来的，都是柳条一样的腰肢，霍掌柜知道他们都好这一口，他也乐得看他们提着裤子打着呵欠折回来。霍老板跟天南地北的皮货商都很熟，价码是早就有数的，也乐得听他们胡扯蛋。他们不明叫价，他绝不开价，但烟叶茶水是足足地管着。

　　皮货商吸足瘾了，茶水也喝滋润了，身子骨也让水乡女子泡软了，接着是验货入仓付款。皮货商把钱揣到怀里，或者藏到皮夹里被套里，作着揖打着拱跟霍掌柜话别。返了身牵牲口,却发现牲口龇牙咧嘴地打哆嗦,四条腿像抽了筋似的颤颤抖抖,看见主人过来,扬着驴脸马脸,呜哇呜哇地诉苦叫屈。皮货商手把着栅栏门呼喊,喊的是皮货栈老板,说:"掌柜的你快过来看看!"霍掌柜走过去,看见大洋马正骑跨在母驴母马身上,呼哧呼哧地干得正欢实,旁边有几匹儿马蛋子叫驴杆子,全都躲闪到一边,灰头土脸的,大气儿不敢出。再看母驴母马,蹄腿都要弯成罗圈了。

霍掌柜赶过去拉扯大洋马,大洋马不理他,还是骑跨着不下来。皮货商拿了鞭子抽打,大洋马愤怒地甩摆鬃毛,一股劲儿用完了再下来,胯下忽然地又多了一条腿。霍掌柜先是大恼,恼着又笑了,说:"都是跟你们学的!算了算了,两个不会说人话的玩意儿,跟它们论不清理。"皮货商却带了几分怨恨,说:"说得轻巧,吃根灯草,肚里还怀着驹呢,叫它一弄成杂种了!再说,我有它这杆神枪啊,我的一碰就变成棉花布了,它还跟我学?"皮货商们红头酱脸地套牲口回返,牲口走得趔趔趄趄,出了镇子还哀号不止。霍掌柜又给大洋马多加了一条缰绳,结的是吊死鬼绳扣,结果还是不行,只要有母驴母马进栅栏,两条缰绳也是齐齐地挣断。

霍掌柜气得大骂儿子混账,骂着写了一封信,信上把大洋马数落得一丝丝好处也没有,最可恶的是它骚得忒邪乎。霍好秋很快回了信,开头写了好几句"哈哈",估计是笑得忍不住。信上说大洋马原本是张大帅赠给团长的坐骑,团长待它跟一娘同胞一样,临睡觉了还要搂过来亲几口。大洋马能跑,跑起来就跟飞起来一样,跑得还稳还快,帮着团长立了好多次军功。"我说的这是他们两个好的时候,后来团长恼它了,恼得看见它身上就起鸡皮疙瘩。这当然是有缘故的。"霍好秋说,"春上,我们奉系跟西边的直系开仗,直系架了火炮。我们团长明明是在柳树林里指挥着要打伏击的,团长是打伏击的行家,我们团里的官兵都知道。可是,团长刚把手伸到怀里挠痒痒,大洋马突然间发起冲锋,呜哇叫着直扑对方的阵地。对方一看好哇,团长一个人上来了,开家伙吧!哗哗一梭子,哗哗一梭子,打着打着就打乱了。你说是怎么了?原来对方阵地上有一匹骡马!大洋马是把人家弄完了又回来的,结果团长的腮帮子被炮弹皮崩走碗口大一块肉,还把伏击计划弄黄了。团长气得嗷嗷的,呼着喊着非要枪毙大洋马不可,我是好说歹说才保了它一条命……"

霍掌柜明白了前后因果,明白了就不生气了,还多想了一条生财之道。霍掌柜让大洋马专干爬胯配驹子的营生,配一次一块大洋,第一次没配上再补配二次三次，不再收钱。大洋马得了掌柜的照顾，也不挣缰绳了，也不撒泼闹乱了，吃饱喝足就把马头抬得老高老高，两个眼珠子瞪得溜溜圆，不错神地盯着货栈内外，不错神地盯着镇子外边的官道。

官道上来了一人一马，马是骒马，人是麻五。骒马走到镇子外边的萝卜地头上尿了一泡尿，尿完了又拿蹄子刨坑，麻五拉它走，它还是刨坑，骚尿烂泥溅了麻五一身。麻五急了，说："叫你跟大洋马配夫妻的，你磨蹭的啥啊？"小骒马也不言语，只是把马头马脸往麻五胸口上拱，麻五就笑了，说："我还没上别愣劲儿呢，啥别愣的你啊？咱就是专来弄这事的，你不叫它弄叫谁弄？当初侯月娥也跟你一样上别愣劲儿，叫我一弄她就服帖了，眼看着就鼓了肚。"小骒马别不过麻五，麻五牵着骒马进了货栈，说："掌柜的，大洋马呢？"喊了一阵子没人应声，栅栏里倒是响起惊天动地的嘶鸣。

麻五进院子的时候，霍掌柜正在客厅里跟侯登科说话。事是正经事，话是正经话，霍掌柜碍着面子，心里又馋着一块大洋，欠着身子半起半坐着。侯登科听见耳音熟，探了头望窗口，跟着又把头缩回来，坐下来就岔开了话头，说："咱们哥俩谁跟谁，你只管去照看牲口，完事打发他走了咱再接着唠。"霍掌柜又给侯登科续了一杯茶水，忽然说："忘了问你了科爷，令郎还在省城读书吗？省城好啊，我一辈子没去过省城，现在的儿子都比爹有本事。科爷，侯家这回准准地是要出个文状元了，可喜可贺啊。"侯登科急着摆手，还把半个身子往屏风后边躲闪，说："一辈子不管两辈子事，我那个儿子的事咱先不提了，你赶快出去把配驹子的打发了。"霍掌柜走出来打眼罩，认出来是走了桃花运的麻五，先嘿嘿着笑了几声，说："我说一早起来怎么就见了祥云呢，敢情是五爷光临了！五爷，您是奔着大洋马来的吧？"

麻五隔着栅栏望见了里边的大洋马，看见大洋马足有五尺高，浑身抹了油似的光亮亮，胯下一根黑黢黢的活物棒槌般大小，心里喜着惊着，忽然又咂摸出霍掌柜的话不对味，说："掌柜的，咱可得把话说清了，是骒马奔着洋马来的，你别把我拉扯上。"霍掌柜又嘿嘿地笑，说："我心里是明白的，话出口又说连了，不过，五爷走桃花运可是真的。说起来又是霍某的不是了，我以前是喊过五爷麻五的，五爷成了大宅门里的乘龙快婿，可不要再记恨霍某啊。"麻五还是眼馋着大洋马的威风，说："紧着吧霍掌柜，弄完了我还得回去喂牲口。"霍掌柜开了栅栏门上的锁链子，还是没话找话地跟麻五闲扯，说："五爷是嫌我话多了吧？五爷是屈了我的好意了，我是故意磨蹭的，为的是让您的骡马稳稳神。我这样一说，五爷您就该明白了吧。我是好意。它的身量小，筋骨还嫩，又是第一次经场，我怕它下不了床。"麻五咽了一口唾沫，嗓子里干燥燥的，说："来了就是弄的，它还能把骡马吃了？"

麻五被霍掌柜招呼着，把骡马牵进一个枣木架子里。架子是加了横梁的两排立柱，横梁上有两个铁环，前边偏下方拦着的是三根横杆。立柱上沾着黑的灰的马毛驴毛，乍一看，架子又像个笼子。麻五说："来配个种倒像上了法场，绳捆索绑的这是弄啥？"霍掌柜拉过两根麻绳，从骡马肚皮底下穿过来系到铁环上，转了身牵大洋马，口中说："五爷我这是向您，哎哎，又错了，是向着您的骡马。五爷您看好了，大洋马来了！"

大洋马扑上来爬胯，小骡马发出一声哀嚎。前边是栏杆，托腰的是麻绳，后边是山一样的大洋马，小骡马蹲不下窜不出只能哀嚎，直到大洋马足兴了，小骡马还在颤抖不止。麻五掏出大洋给霍掌柜，说："你的买卖真好，你把我的骡马弄趴架了，我还得给你钱。"拉出小骡马试着走了几步，又在后边喊："我话还没说完呢，你抓了钱就往屋子里钻，钱还能飞了？我问你，要是一回配不上呢？"霍掌柜又从屋子里伸出头来，说："放心吧五爷，一回配不上再给你配第二回！"说着关上了屋门，嘿嘿地笑。麻五影影绰绰地看见屋子里有一颗熟悉的脑袋，想跟过去看看是谁，大洋马又嘎吱嘎吱地挣起缰绳，吓得麻五拉着小骡马就跑，跑着喊："先给你配！"

麻五在镇子上转了一圈，他转的是羊市，羊市上卖羊的不少。春催皮毛秋追膘。眼下刚过了大秋，正是添膘长肉的茬口。麻五捡起一块碎瓦片扔到一个人头上，那人摸着头皮要骂，看见麻五又笑了，说："不能骂五麻子了，五麻子现在是五爷了。五爷你又把手艺拾掇起来了，是给少奶奶吃还是做了卖？我还真留了一只骟奸，是没出满月的奶骟，膘上足了。你摸摸油疙瘩，真比鸡蛋黄子还大。"麻五把骡马缰绳缠在自己腰里，蹲下来摸膘，先摸的是羊脖子根的油疙瘩，倒过手来再抓羊后腔，说："别抗行市了老亮，这家伙肚里油满了，紧着卖了吧，再喂不添成色。我说，伸出你的狗爪子，咱们摸个价。"麻五甩着袖子把手缩进袖筒里，老亮也把手缩进袖筒里，摸了没几下老亮就叫起来，说："五爷你呲了几天少奶奶的白白头就变味了。你给的是价啊，你这是拿萝卜缨子换藕，你晃得我眼黑，你自己倒动了心眼了！拐子不行，要成就得撇子，换个人我得要钩子。"拐七撇八钩子九，老亮还想让麻五加钱，麻五抽了手闪开了，说："不玩了老亮，我是练手法呢，还真没忘。"拉着小骒马去了肉市,等他走出镇子时,差不多也快小晌午了。

麻五记挂着喂牲口,偏偏小骒马不好好地走,走着嚎着,一路上不停地尿尿。麻五有些急了,说:"敢情你回家吃现成的,我回家还要淘草炒料,还要推土垫圈。别嚎了,你嚎嚎得我心焦!"正嘟囔着,一把青青的萝卜缨子从天而降,连土坷垃带碎缨缨砸到麻五头上。麻五噗噗地吐着扭头看,看见的是玉树媳妇,立刻就乐了,说:"刚才忘了把你拉去了,大洋马看见你保准不惜力。你不知道那家伙,活蹦乱跳的,跟个棒槌一样!"玉树媳妇从胡同里走出来,说:"麻五,你吃饱喝足了还是没正形,你在家里给它配上,还白挣一块大洋哩。我问你,你去配驹子见没见到老宅里的大少爷?"麻五思量着打个迟顿,想起霍掌柜的客厅里是有个梆子头像是侯登科的,自己原本想凑过去看的,说:"你们约好了出来的?你是不是要跟他私奔?真是啊?"玉树媳妇说:"奔你姨的腚。"麻五抓了萝卜缨子喂马,故意说:"见到了,在货栈里跟霍掌柜喝酒吃肉哩,还叫了一个嫩粉头陪着。"

玉树媳妇哇哇地叫起来,说:"怎么不叫响马老雀撕了票!说好的让我来,快到镇上了又把我拦下,敢情他是要自卖自身啊?"

麻五听得糊涂,说:"你胡咧咧个啥啊。谁要自卖自身?卖给谁?"

玉树媳妇拉了麻五又前后地瞧人,说:"五麻子你还不知道吧,侯家老宅里又要打旋风脚了,侯登科相中了霍掌柜的儿子霍好秋,戳弄着要把老二侯登榜的大闺女嫁给霍好秋。原来说的是要我跑这桩媒……"

麻五打断玉树媳妇的话,说:"你怎么没把白面瓜弄来,他吃独食你也想吃独食啊?"

玉树媳妇用口水啐麻五,说:"你还真想着白面瓜啊!我问你,她让你得过手了?得了几回?"

麻五急着分辩,说:"又胡扯了吧。哎,你刚才说的打旋风脚是个啥意思?侯登榜的大闺女不是兰兰啊,兰兰多大?"

玉树媳妇说:"多大?到接新年不是二七就是二八。麻五你个傻熊,你连打旋风脚也不知道?三四百亩官地不是都归新宅了嘛,老宅里没钱打官司了,哑巴亏又不肯咽下去,那怎么办?找腰杆子硬的啊。霍掌柜的儿子是扎牛皮腰带的,还跟团长拜了把子,腰杆子硬不硬?小心着吧五麻子,你以为白菜心那么容易吃啊,到时候敢把你也拿枪嘟嘟了!"

麻五没见过霍掌柜的儿子,只听说早几年也是在省城念洋学的,念着念着忽然不念了，说是在花柳巷里招惹了官府的少爷，两个人争风吃醋。官府的少爷差人把他揍了一顿，他连夜跑出了省城，回家又怕老子骂他没出息，索性半道上投了军营。麻五抠弄着算年龄大小，算着霍好秋少说也快到三个整数了，本想说老牛吃嫩草，想起自己是摔跟头捡元宝，一伸手又搂了个大闺女侯月娥。在没得到侯月娥之前，先点拨他的还是侯登科，论起来，侯登科对他还是有个好。于是又说："巫神婆子抠屁眼，这是没咒念了。闹去吧，反正我们是分家另过的，他要打旋风脚先把小少爷撂倒，大不了我带着少奶奶再开羊肉坊去。"玉树媳妇又吃吃地笑，说："五麻子你的嘴可真甜啊，还整天把少奶奶挂在嘴上。哎，我问你，听人说，你们两口子见天晚上弄那事，一弄弄半夜，是你不要命了，还是她不要命了？"

麻五第一次臊红了脸，说："别闹别闹，正要问你哩，你说她怎么跟你那里不一样啊？"玉树媳妇扑上来要撕麻五的嘴，手却伸到了褡裢里，说："不要脸的死麻子，她什么样你见了，我什么样你也见了？"麻五说："她那里是光溜溜什么都没有的，你下边却是连鬃带毛一大把……"玉树媳妇从褡裢里掏出来的是羊架骨头，又悄悄地拔了头上的簪子，狠着在骡马腚上戳一下。小骡马惊叫着大跑，麻五紧着追赶，她呱呱地笑着呼喊："麻五你想儿想魔怔了，还没出苗呢就要喝骨头汤催奶啊？你小心着点吧五麻子，下边没毛毛的是白虎，白虎戏青龙，这样的女人能吃了你！"

麻五拉着马又折回来，招着手要跟玉树媳妇说稀罕话，玉树媳妇只当麻五是回来索要羊架骨的，紧着往怀里塞，说："五麻子你也忒小气了，两根肋巴骨值得你再跑回来？"麻五摇摇头，果然说的是稀罕话，他说："我什么时候想起来都觉着神奇，老和尚头几句废话就给我算准了，你说怪不怪？他说'若要机巧飞蛾，只待蛛虫攀登'。能是我命里就该有个侯月娥？"玉树媳妇惊诧着，说："那天你就说了这样的话，我没入耳，敢情一了大师真这样说了，我是信啊还是不信？"麻五说："真真的！他说的'蛾'不就是侯月娥吗，你又是在我身上看到的网网蛛子。奇不奇吧你说？哎，你要听不？要听我带你去紫云寺，让老和尚头也给你算一卦。"玉树媳妇还是呱呱地笑，说："麻五你是要把我送给秃头和尚啊。和尚都是饿虎，自古和尚寺跟尼姑庵都是挨墙连山的，一年里头，夜夜都要钻一个被窝筒筒，连山墙都能磨蹭得矮半截。哎，你这一会儿怎么想起说这，敢情你是为一了大师拉皮条的吧。"终又架不住好奇，果真跟着麻五去了紫云寺。

一了大师闭着眼不搭理麻五。麻五又到院子里解开马缰绳，要牵着小骒马进禅房，说："你算不？你不给她算我就让小骒马趴你床上。"玉树媳妇强忍住笑，也学着麻五的样子央告，说："我昨儿个做了一个稀奇古怪的梦，烦请大师给我圆圆，我是一整天都猜不透的。"一了大师还是闭着眼，说："你说。"玉树媳妇就说自己梦到猪拱门了，拱得咣咣的，听着心焦心烦，打又打不走它。一了大师又问："敢问女施主，梦里猪拱门是什么时辰，还记得吗？"玉树媳妇说："记得清亮亮的，就是吃了晚饭要关门睡觉时。"一了大师就把眼睛睁开了，说："施主是要听吗？"玉树媳妇说："我是个没心没肺的，大师只管倒腾着给我圆，深了浅了我都不怪你。"一了大师说："圆梦梦自圆，双峰月儿残。丰年谷不秀，烟消云散间。梦亦非梦，非梦即梦，施主自珍吧。"念罢摆手，眼皮又合上了，玉树媳妇拉着麻五退出禅房，出了山门乐得蹦高。麻五说："看你恣的。你听懂啥玩意儿了，还瞎乐呵？"玉树媳妇笑得腮帮子木木的，说："哪儿是哪儿啊，我根本没做梦，梦是我瞎编的！"

玉树媳妇笑了一路子，快到村口了还要戏弄麻五，拿手在胸口上比画着，说："我这里也有两个双峰月儿，比侯月娥的还大哩，麻五你吃不？"

这天晚上，麻五从侯月娥身上下来缓气，侯月娥不愿意，又拉着拽着让他再杀回马枪，说："咱们先生闺女还是先生儿子？麻五，你说人为什么不跟羊一样，一窝生五六个？"麻五拿手沾了唾沫在侯月娥的肚子上摩挲，摩挲得轻轻柔柔。侯月娥的小肚子明溜溜地绷绷紧，鼓着像倒扣了一只和面盆，盆里盛的是他们的闺女儿子。麻五说："力气我还有，就是怕你累。"侯月娥吃吃地冷笑，说："我嫌过累呀？一天一夜地弄这我也不嫌累，不信咱试试。"麻五让侯月娥弓着身子支在床头柜上，又扯了小褥子包住侯月娥的肚子，自己曲着腿在后边立起身架，发狠发邪地使劲儿。侯月娥呀呀地叫唤，说："五麻子你这是学的什么法，你叫我下床扶着床帮……"麻五拉着架势使狂劲儿，说："我不下床，下了床你就是少奶奶了。我在床上青龙战白虎哩，也不知道哪天能分出输赢。"两个人折腾到下半夜，麻五下床给侯月娥倒水漱口，说："忘了跟你说了，侯登科到镇上攀亲去了，老宅里还想着鹞子大翻身呢。"

侯月娥噗地把一口水吐到麻五脸上，直勾着眼看麻五，说："你跟当家的说了吗？"

第十章

侯登仓把毒誓刻在了心里。他在新宅院子里走来走去，有时候又会望着院子上边的天空，不眨眼地望半天。宅院青砖到顶，足足有两人高，勾缝用的是加了米汤的灰浆。灰浆经了雨水变成暗紫色，刚下过雨的某几天早晨，砖缝里还会生出一层绿毛毛。宅院的正中盖了家庙，家庙里不供老爹侯加封，供的是哥哥和娘，哥哥的牌位用的是紫檀，娘的牌位用的是枣木。正房配房都是围着家庙盖的，家庙里天天燃着香火，每天一落夜影子，家庙门口还要挂起一盏粉纸糊的灯笼。这样，侯家新宅里就有了几分阴气，但是，侯登仓一点也觉不出阴瘆，睡不着觉的时候，他就坐在家庙门口吸烟。他的烟瘾很大，买烟叶费钱也耽误工夫，他就在烟叶里加了芝麻叶，芝麻叶是现成的，吸得再多也不心疼。

他在吃饭上也不讲究，有菜没菜一样吃，菜里调不调香油他也不在乎。媳妇真要一天三顿给他蒸白面馍吃，他还会生气发火，往往要连着吃几天黑杂面窝头，意思是把破费的白面找补回来。除此以外，他还天天跟着力工下地，力工在地里干活儿，他就沿着地埂子步量尺寸，尺寸记在腰牌上，腰牌系在腰带上。犁铧一入地，他就跑到前边抓住牲口绳。侯登仓成了牵牲口的，牲口绳越拉越紧，他也越走越向外挪。地埂外边的地是别人家的，他家的犁铧犁一回地吃一条地埂，他的腰牌上也就不时地增添着新尺寸。

跟水湾东边的新宅相比，侯月娥的新宅里多的是小桌子小凳子，小桌子小凳子上还拴了红布条，红布条上写的是名字，儿子的名子写了五个，闺女的名字也写了五个。男孩子的顺序是得田、得丰、得满、得福、得禄，女孩子的顺序是金巧、金芝、金玉、金翠、金莲。麻五不认识字，字是侯月娥写的，红布黑字鲜艳艳的。麻五看着喜欢，却又一个也认不出，他就把自己当成了牲口，白天忙，夜里忙，东宅里伺候牲口，西宅里伺候侯月娥。

侯月娥一早起来就去了东宅，侯登仓已经起来半个时辰了。他白天到运河湾里转了一遭，运河湾里的水退下去不少，露出来的地上铺了一层腐烂的水盖子草，还有晒干的虾皮螺壳之类，拔了草根看下边的泥土，下边的泥土是黑的，亮亮得像拌了油。他准备在冬季到来之前，再把这一块撂荒地收拾出来，最好的方式是在下水头挖一道深沟，挖出来的土堆在沟沿上当拦水坝，拦出来的地块就被抬高了，完全可以种高粱。高粱不怕水，秋汛漫上齐腰深的水，高粱差不多也该收了。而往常年头，撂荒地上只能收割一些紫皮柳条和野稗子之类，几乎等于闲置了几十亩好地。赶在上冻前把地犁起来风化着，风化一冬半春，头一茬庄稼根本不用上粪。

侯登仓一大早起来先打磨的是锨头，动犁子之前得先把地里的紫柳墩子刨出来，以免到时候弄坏犁铧尖子。自从有了这份大家业，侯登仓从没睡过一个整觉，媳妇在被窝里跟他撒娇吊眉眼，他也不会多贪恋。除去不可少的一日三餐，他把全部的心劲儿都用在了土地上庄稼上，除此之外，天大的事也很难让他分心。他的眉心里时常会莫名其妙地聚起一个疙瘩，舌头也是鲜红鲜红的，这都是心火过盛的征兆。他还有了白头发。他说话的声音变得又粗又闷，跟姐姐侯月娥站在一起，他倒成了哥哥。不过，对于姐姐在干活儿上袒护麻五，他还是有几分怨气，尤其是早晨先看见姐姐从家里走出来。

侯登仓听见脚步声就知道是姐姐进来了，他照旧沙啦沙啦地打磨着锨头的锋刃，头抬起来又低下了，说："他还没起吗？"

只要是姐弟两个在一起说到麻五，侯登仓从来没称呼过姐夫，不喊名字的时候，说个"他"就表示是麻五了。而麻五自己跟他在一起时，他用的是个"你"字或者干脆喊名字，一时看不见，需要大声呼喊了，他就直接喊叫，说："麻五你还有二样事吗？天底下还有比种庄稼更要紧的事吗？"话是含了恶心的，暗指姐姐也忒贪了床上，一棍子打的是两个人。好在侯月娥并不生气，听弟弟喊麻五她就笑笑，弟弟随便拿什么称呼麻五她都是笑笑。侯月娥今天没笑，她夺过弟弟手里的磨石，说："你知道吗，老宅里要攀高亲对付咱们哩。攀的是镇上的霍少爷，这边是二瞎包种的妮子兰兰。现在正上赶着爬呢，你还磨它！"

侯登仓又摸起一块磨石，说："哪个霍少爷？"

侯月娥说："镇上只有一家姓霍的，就是货栈霍掌柜他儿子……"

侯登仓说："他攀上货栈做生意，做生意的还管得了种地的？唏！"

侯月娥说："霍掌柜做生意不假，老宅里攀的是他儿子，他儿子霍好秋在军营里当差！"

侯登仓还是哧啦哧啦地打磨犁铧，头也不抬地说："地契在咱们新宅手里就是新宅的土地，他爱在哪里当差就在哪里当差，他爱攀上谁就攀上谁，咱种咱的地，管他呢！姐，大长的夜睡不够，他还要睡到正晌午吗？"后一句话还是说的麻五，还是捎带着对姐姐这一点上的不满意。看着弟弟又扯到那件事上，对她的话却不往心里放，侯月娥也有些急了，说："现在新宅里是你当家，我嫁了人就算是亲戚了，家里的事我本不该多插嘴。可是，兄弟你想过没有，他们老宅里为什么要急着跟霍掌柜结亲？明明是二瞎包种给闺女找婆家，大瞎包种为什么上赶着讨好霍掌柜，连媒人都不用了？好铁不打钉，好男不当兵，老宅里死活巴结这门亲，心里打的什么谱不是明摆着啊！地契是怎么到的咱家？还有，当初那几百亩官地是没有地契的，凭空归了侯家，外姓旁人都心甘情愿？地还是那些地，从当街老宅里拨弄到咱西门新宅里，难保没有人不惦记，难保没有人不暗地里下橛子，难保地契不会再长腿。"

侯登仓有好大阵子不说话，过了一会儿，他抬起头来望着姐姐，说："姐姐，你仔细看看我的眼睛。看见了吗，我的眼睛里是不是有一个尖尖的红点子？那是什么？是锥子，是火钩子，是挑谷叉！我天天睁着眼睛睡觉，我天天围着咱家的土地转来转去，你说，我会让到手的官地再搬家？我的心天天绷绷着，我还没到吃了睡睡了吃的时候！"

侯月娥噎住了，姐弟二人第一次产生了不愉快，尽管谁也没撂下脸子挑明了说床上的事。堂屋里有个肉蛋蛋跑出来，尖尖的声音喊的是姑姑，侯月娥要去抱他，他又爬到侯登仓背上。侯月娥要嫁人时，弟弟侯登仓自作主张娶了个二婚头，二婚头是带着一儿一女嫁过来的。姐姐知道弟弟的心思，知道弟弟是急着要人烟，也知道弟弟当家作主多费了心神。但是，弟弟也不该枪里夹棒地刺挠姐姐，要知道，跟麻五混到一起，并不是她心甘情愿的。既然做了夫妻，既然成了女人，她就不需要捞回青春吗？贪了床上事又怎样？两个饥渴了多年的火身子男女在床上能不那样吗？再说，她也很想又快又多地生孩子，一拨赶一拨地生。侯月娥悻悻地走出来，迎头跟麻五碰了个满怀，她抓了一把铡碎的麦秸抛到麻五头上，说："歇了晌的牲口用不着一天喂三顿，回去吃饭去！"

侯登仓哑着嗓子接姐姐的话尾巴，这一回接的是："姐，人哄肚皮吃一天的亏，人哄地皮吃一年的亏。记着吧！"

就在侯登仓带着麻五和三牤牛他们收拾河套里的撂荒地时，侯家老宅里要跟镇上的霍掌柜换喜帖了。换喜帖要分三步完成，第一步叫合八字，看的是男女双方的生辰八字合不合，没有刑克冲体，没有煞神出没，两家就都欢喜。

第二步是男家先出个喜帖，喜帖的右上方要单列一个大大的"恳"字。恳是恳求、恳请，意思是男方看中了女方的人品容貌，诚心诚意地希望女方不要回绝。女方接到恳字帖，往往先要做出乖张样、矜持样，意思是自家的女儿是多么多么地乖巧伶俐，轻易地嫁出去真是舍不得。等到男方那边再三再四地表述，才会把早已写好的喜帖交出来。女方的喜帖上写的是个"允"字，允是答应、应允、允诺之意，男方接了帖就欢喜地离去。男方的恳字帖要三寸宽、七寸长，女方的允字帖要四寸宽、六寸长，尺寸上多了少了都犯着忌讳。接着是看喜日子，看的是行大婚的具体日子和时辰，这更是极有讲究的，要避开黑道日、刑煞日、太岁日。霍掌柜没到紫云寨来，送帖的是货栈里的伙计。老二侯登榜就有些不悦，老大侯登科拿胳膊肘捣他，他嘟囔着："是个物件啊，随便找个人捎来了？"侯登科大了声地招呼来人喝茶吸烟，临走还包了六根麻花，说笑着一直送了半截街。

  侯登科回来埋怨老二侯登榜不懂事，说："咱是高攀霍家了，知道吧我的好兄弟！明白了怎么还说糊涂话？亲家来，伙计来，都是一样的礼数，没有什么看轻不看轻的，要我说，咱就该立马回了允帖。"

  侯登榜又嘟囔，说："还没合八字哩就允了，兰兰是六月的韭菜啊？是霜打的茄子啊？闺女出门子是大事，端的是人家的碗，刷的是人家的锅，迈出这一步就没个来回点了。大哥，你还是找一了大师合合吧，万一不合咱早说话。"

  侯登科拗不过他，只好回屋扒拉谢礼，扒拉出来的是一双月白色的双开脸布袜子，折叠了揣到怀里。媳妇侯葛氏十分地不情愿，说："是他老二嫁闺女，用得着咱舍脸跑腿还搭东西啊？真不知道你是拧了哪根筋？"侯登科拿眼睛瞪媳妇，说："真傻假傻啊？兰兰嫁了霍家少爷，我们哥仨都是亲家。要晃膀子都晃膀子，要亮嗓子都亮嗓子，有你的亏吃？"媳妇又说："看你的张狂样！里外就是个兵混子，他还能带人马抄了新宅？要我说还不如你上次提到的那个县长师爷，跟师爷结了亲，官司还有打不赢的？先把那一对贼羔子贼妮子摁到大牢里，夹板子、火签子、铁鐾子、钉头子，咔嚓咔嚓都使上，看他们招不招？一声堂威喊下来，管保他乖乖地把银圆送来，地契还得双手捧着！"侯登科是设计过这一步棋的，也托人到县里活动过，结果没成，原因是县城的师爷瞧不起乡下的土包子户，况且又是掉了毛的光腚鸡。不过，侯登科没跟老二侯登榜说实话，他说的是师爷那边忙得顾不上，媳妇这一会儿再重提那个茬，侯登科就有些不高兴，急匆匆地洗过脸就去了紫云寺。

紫云寺的一了大师独自坐在禅房里打盹，禅房里已经生上了火炉，火炉上坐着砂罐，砂罐里咕嘟咕嘟地冒着热气，禅房里飘散着柿子叶的味道。侯登科坐下就哼哧鼻子，说："大师烹的是普陀山的仙茶吧？我闻着沁心入肺的。"一了大师自嘲，说："山野破院，落拓贫僧，到了这里，普陀山的仙茶怕也要长毛了。我这几日自觉泻泄无序，便胡乱采了些柿叶沸煮，无非是应个四季阴阳罢了。俗间常语，船破也有三千钉，瘦死的骆驼比马大。哪像你侯大乡绅，燥不食壮，湿不饮濡，每日只是个粗细讲究。"侯登科连连摆手，一连声地说了几个"惭愧"，重又施礼道扰，随手掏出八字帖来，怀里的袜子抓到手里了又松开，空出手来在胸前擦了擦，这才转入正题，说："务必烦请大师费心。"

一了大师先看的是男方八字，见男方是庚寅年丙申月辛巳日庚卯时，看着就有数了，面上却不动色。接着又看女方八字，占的是丁巳年乙丑月戊申日戊午时，依旧不动神色，只是手里拿着女帖不放，男帖那儿再不去看。侯登科先是有一搭无一搭地拨弄茶罐，及至看到一了大师面沉如水，就又有些沉不住气了，说："儿女婚姻，说大了是媒妁之言，父母之命，说小了无非是小男小女聚到一块儿过日子，粗声细气总是难免的。床头翻脸床尾合，当不得真。大师您只管说，横竖我是半信不信的。"一句话说完，一了大师却丢下八字帖，说："信则有，不信则无。既然侯大乡绅早有定数，拙僧就不必多言了。"侯登科听出话不对味，紧着又拿出笑脸，说："我刚才说的不过是为大师顺风调景，唯恐大师先自积了掂量，话到嘴边自然会多些斟酌。"一了大师说："既是如此，那拙僧可就露丑了？"侯登科说："大师尽管畅言。"

一了大师又瞥了男庚一眼，说："乾造大坤造一旬有一，这也不必说了。要紧的是乾造八字处处受煞，又兼年月日时上柱柱刑罚，还占着日元金火自焚，想必是个刀锋刃上磨脖子的主儿。磨过磨不过都是一声响，终究是难逃血光一劫的。令爱这里却是百般灵巧，又兼着个土生金的持家良苦，结了连理反误了韶华。唉，奈何？"

侯登科咽下一口干气，紧着问一句："凡事都有个轻重缓急，大师只看脚跟眼前是个什么光景？"

一了大师说："眼下咫尺倒是无须虑的，只恐将来不得善终……"

侯登科说："眼前无虑就是大合，将来的话将来再说吧。今天烦扰大师

龙虎戏　059

了，心里着实感到唐突，再要把个谢字说出口又显得肤浅了。"怀里掏出袜子，也不管一了大师推辞不推辞，站起来又说："还有一事也要一并叨扰。今天是跟大师求解，吉凶祸福自在我心里，但凡再有人问起，大师只管说个'合'字就是了。"辞了一了大师，进家堆了满脸的笑，见了老二侯登榜，开口连说了几句"大合"，忌讳的话一字不提。老二侯登榜也没再说别扭的话，接着就该到第二步的定亲了。只有老三侯登銮斜了眼角瞅大哥的脸，侯登科笑，他也跟着笑，笑得哼哼唧唧的。

  定亲要选二四六八十这样的双数日子，侯家老宅也做好了准备，单等着镇上的霍掌柜上门发送喜日帖。不巧的是霍掌柜碍着货栈进货走货，又加上儿子霍好秋不在身边，发喜日帖的事又搁下了。侯登科急得不行，天天拉着老三侯登銮到老二侯登榜跟前念叨，侯登榜让他吵吵得心焦，就说："大哥你也忒性急了吧，霍家发了帖咱们才能借事说事，人家那边不见人，咱总不能觍着个脸自家先发送允承帖喜日帖吧？"侯登科等不得，先发允帖喜帖又着实不合适，只好说："说的也是，兰兰小他几岁，他不急咱更不急。"兄弟三个又说了一阵子闲话，侯登科悄悄地走出老宅，钻进寨壕里又去了镇上霍家。

  霍掌柜果然正忙着，侯登科照面先喊了亲家，喊得亲亲热热，还要跟着进货走货。霍掌柜面子上下不来，拦着不让侯登科插手，吩咐账房先生里外跑着，拉着侯登科的手进了客厅。侯登科从怀里掏出恳帖，双手捧着让霍掌柜看，说："亲家的恳帖我已替你写好了，允帖我也带来了，另外我又替你写好了双喜帖，你只需差人去走个过场，日子就算定下了，费不了多少工夫的。"霍掌柜脸上现出愧色，接了帖不住口地夸赞字写得周正，说："亲家，你让我窝嘴了，里里外外你都替我兜着，我要再说店铺里忙碌，就是脱裤子放屁拿搪卖味了。这样吧，赶明儿一早我就发帖，我还要写信让犬子好秋回来一趟。来了让他先给你过了大礼，你们翁婿爷俩照了面，由着你们一天两晌地絮叨亲热。"

  侯家老宅里忙着结亲嫁闺女，新宅里半个月没离开河套，撂荒地整出来了，另外还赶着退水多圈了十几亩新地。侯登仓一时高兴，亲自下厨炒了几个菜，摆在料仓里跟几个干活儿的人喝起了闲情酒，还转着轮着跟每个人碰碗喝。侯登仓喝得眼珠子脖颈儿都是红的，他直勾勾地盯着麻五，说："我姐说老宅里要跟军营里的兵混子结亲，这话是不是你跟我姐说的？"麻五早已把那个话茬忘了，只是胡乱地点头，狠狠地插了一筷子藕片咔嚓咔嚓地嚼。侯登仓把半碗酒泼到他脸上，说："麻五你给我听着，现在我来问你，你知道什么叫土地吗？"麻五嚼着藕片嗯嗯着，拿手抹着湿脸，又跟着胡乱地点头。侯登仓又说："土地就好比一个人身上的膘，有几分膘就有几分力，有几分力就有几分勇。假若有个人要把你身上的膘割下来再贴到他身上去，你是叫他割还是不叫他割？你会不会发力发勇地把他掐死憋死？你会不动不摇地等着他割你身上的膘？你会吗？"

脸上的酒浸到麻五眼里，眼珠子煞得火烧火燎的。麻五又撩起袖子擦眼，擦着说："不对呀，膘是属水的，人能添膘也能掉膘。掉了膘人就瘦了……"

侯登仓嘿嘿地笑，笑着就把酒碗摔了，说："放你老姨的麻窝窝屁，有土地养着还会掉膘啊？我告诉你，他的枪子不过是个玩物，飞出去就没有了。新宅里的土地是娘，娘会生养！"

第十一章

喝过闲情酒的侯登仓忽然又不歇闲了，他还要把种高粱的春地再冬耕一遍，吃过早饭就要三牤牛套牲口，还要麻五备好草料往地里送。麻五回西宅修补淘草的笊篱，侯月娥要他套车拉沙土，说是肚子里多了好几条孩子腿，天天踢蹬着要出来，这几天越发踢蹬得勤了，估摸着是嫌闷得慌。拉了沙土晒着，入了冬一变天，那时候想铺干沙土也铺不成了。麻五凑过去看侯月娥的肚子，肚子果然又大了许多，乐得满脸的麻子都成紫的了，说："你只管十个八个地生，我拉一个沙土山预备着。"说完丢下笊篱要去套车，不及出门又站住了，说："还真不巧，这几天还是没空，少东家又要赶在入冬前犁地呢。"

侯月娥说："安春苗子要等到春三月，怎么又要犁地？犁哪块地呀？"麻五说："少东家一准儿是刚盘算过的，说是要犁西南岗子下边那块包袱地，包袱地跟老宅里搁地邻。少东家的意思我知道,他是不放心,还想跟着牵牲口。"侯月娥想笑没笑出来,两手轻轻地托住肚子,说:"老宅里跟霍家结亲的事他不入耳,光知道摁着个地边子哼。打马摩挲牛,狗急扒墙头,一口气还是得让他们喘着。唉,我兄弟还是肠子不打弯,新宅里怕是不得安生了……"

　　侯家老宅里的地是转手时切下的,切的是边角拐棱,不足四十亩地变成了大脑袋上的一只耳朵,晃晃荡荡地挂在侯家新宅的地边上。三兄弟把剩下的地按三一三剩一分了,一家分了十二亩七分,顺序是从南往北依长幼排的。先吃不住劲儿的是老三侯登銮,他的地块在最北边,跟新宅里伙着一条地埂。

　　侯登銮看着新宅里的牲口又下地了,去的正好是西南岗子地,他跌跌撞撞地跑回家,见了老大侯登科就翻白眼,说:"大哥,西门小贼羔子又犁地哩!他犁一遍吃我一条地埂,我起一条新地埂他犁一遍地。从拔了棉花柴到现在,他都犁了三遍了,我那块地快叫他掏成肋巴骨了,我大小四五口子人还活不活?"侯登科怔怔地愣一会儿,又顺着垛子墙爬上屋顶,踮着脚尖朝西南张望,下来说:"老三你先把气咽了,等你二哥的兰兰跟霍家少爷定下亲来,咱立马给他玩现的!"侯登銮急得又是跺脚又是拍腔,没好气地说:"哎呀我的大哥,你都把我的耳朵眼子磨叨成马蜂窝了。先前说的是得章毕了业进官府,得章哪辈子毕业,人呢,他现在在哪里,还有个准吗?刚刚消停了几天,你又把兰兰拉出来结兵亲,这事几时能成?成了又能怎么?他一个拔营无根的跑跑子兵,自己的蛋丸子还打着滴溜呢,他还能把丢了的地再给咱抱回来?"

　　侯得章是侯登科的大儿子,老二侯登榜和老三侯登銮第一胎生的都是闺女,三兄弟都稀罕着这个侯家老宅里的长房长子香火苗,齐着心供他到省城读书。侯得章肥头大耳,从会跑就整天乐呵呵,连骨头加肉如气吹着似的一天一个样,越长越秀气,越长越好看。三兄弟对他自然疼爱备至,冬暖夏凉,食不厌精,自不必说,还把一腔子厚望放到他身上,一心要他成就大器。侯得章去省城读书那天,侯家老宅里请了戏班,专门点了《小登科》《五福临门》《状元红》三出喜庆戏。

　　侯得章进了省城读书,老宅里的衣物银钱一拨赶一拨,只要侯得章需要,天上飞的,水里游的,地上跑的,张口就有,伸手就来,直到老宅里衰败下来才收紧了口袋。转眼几年过去了,临到毕业头上,侯得章忽然寄来一封长信,说学业已是有成,只是一腔大志难以负载书卷,他日若得青云,纵然鲲鹏折翅也不枉然。侯登科看了信疑惑,又拿了信让老二老三看,指点着"鲲鹏折翅"

四个字分析。老二侯登榜说："都折翅了还看什么看，你这个儿子我们是指望不上了。"侯登科紧着写回信，回信过去就再没了消息，谁也不知道负载着侯家老宅众望的长房长子到哪里去了。

侯登科被老三侯登銮噎得难受，窝憋着只是一口接一口地吸烟，说："那你说怎么办，地契在人家手里，他要犁地咱又拦不住？"侯登銮说："大哥你嘴巴麻溜，你给找个人家吧，我要换地。"

侯登科说："老三你成不了大事。"

侯登銮说："你说错了大哥，我这是家传，先不要脸后成事。"

侯登科气急败坏地走出侯家老宅，他顺着寨壕走到西南沟里，藏在紫柳棵里等麻五。看着麻五挑着草料筐从村子里走出来，他从紫柳棵里探出脑袋，悄悄地冲麻五打招呼，说："五爷，您老还记得我那个犬子得章吗，他前几天来了信，还是念叨您的酱卤羊头好吃，说是到了省城也忘不了。我请五爷帮着传个话，我要给老三换地……"麻五像被蝎子蜇了似的跳起来，说："你刚才叫我什么？"侯登科说："我喊的是五爷。"麻五说："我听见了，你再叫一声。"侯登科又叫了一声五爷，还帮着把麻五身上的碎草棒子择下来，还装了一锅烟让麻五吸。麻五吸了一口，一口烟噎在喉咙里，他噗噗地吐，说："你的烟叶是用辣椒叶拌的吧，呛喉咙！哎，你刚才说啥玩意儿，要换地？跟谁换？"侯登科说："这事我想过了，成不成都是五爷您一句话……"

麻五撩起褂子扇起风来，说："你别喊我五爷了，喊五爷我也知道你不是真心要喊的，我还知道你喊五爷就是想把个稀屎包放我手上。还是明说吧，要跟谁家换？"侯登科说："马家。"麻五又跳起来，嘴里还呀呀地叫唤，说："这个话我不能传，麻家跟马家早就不是一个老疙瘩老祖宗了，我传话也给你传不成。"侯登科紧着喊五爷，又紧着要拿自己的衣袖给麻五擦汗，看看犁到地那头的三牤牛掉转了牲口，急着说："别价五爷，当初是当初，现在是现在，现在五爷是什么身价？您只管传个话，成不成我都念着情。"麻五说："你要这样说，那我试试吧。"走几步又折回来，说："你刚才提到得章，他真说到我做的酱卤羊头了？这么说，省城里也知道我的手艺了？名声传到省城了，好家伙！哎，我说，得章是不是入了官府坐了衙门？"

麻五果真传了话，说侯登銮甘愿拿十二亩七分地换马家的十亩，马家一口答应下来，两家立马交换了地契。马家的当家人是马步正，马步正带着大儿子满秋和小儿子二梭，还有满秋的儿子金猪。马家祖孙三代一齐站在新地

龙虎戏

埂上撒尿，尿在初冬的阳光里像金条一样闪亮。侯登仓再也不到地里牵牲口了。

侯家老宅新宅里都不跟马家犯别扭，马家人钻天入地也全当看不见，马家人在紫云寨就是个"闹闹"。其实，马家人早就不闹闹了，落下闹闹的名声是多少年之前的事了，论起来比侯余庆占官地还早。马家原来是曹州府南边故道里的人，故道里风大沙多，怎么吃进肚里的不知道，拉出的屎却有一多半是沙子，拉到地上就散了形。马家族群里有一个识些字的就自己带了个书箱子，访着来到运河湾里要当教书先生。来人到了紫云寨村口，看见一个白胡子老头坐在柳树下乘凉喝茶，他就把来意说了。白胡子老头说："好哇，我先考你个字吧，认出来我给你张罗学生。"白胡子老头磕了烟灰，先拿烟锅在地上画了个圆圈，跟着在当中间一按，说："这是个什么字？"

来人盯着看，看着呼啦呼啦地挠头皮，头皮挠出了血，血水里又掺了汗水，后来他捂起半拉脸走了。血水脸回到家还在想那个字，一连几天想得脸色蜡黄，到底还是没想出来。他有个弟弟是个不安分的，先问明了因由，接着就背起哥哥的书箱，寻着路来到紫云寨。果然又见到了白胡子老头，果然又说了那样的话，果然又拿了烟锅在地上画。弟弟说："这个字念'砰'，我刚会跑就认得了。"白胡子老头说："这是我随便画的，你怎么知道念'砰'？"弟弟说："外边的圆圈圈是个井，中间点一下是往井里扔了砖头，砖头落井水里当然得砰一声。"白胡子老头大喜大乐，当场就定了月供嚼头，还在奶奶庙里为他上了香，意思是要教书先生把家搬来的。

弟弟根本没念过书，一时起性闹闹乱乱还行，真要教书他是一个字也不会，他就带着学生念书歌，书歌子是他瞎编的。念的是："前边一棵柳，后边一棵松，中间三间大堂屋，四个大窗户，北风起，哐啷哐啷几哐啷。"几句书歌子天天念，念得全村男女老少都会念了。有一天县太爷路过紫云寨，听了觉着奇怪，怎么也想不起来哪本典籍上有这样的文句，传个话要跟先生领教切磋。弟弟转着圈子急，急着就有了主意，他偷偷溜到牲口棚里，咔嚓在母驴的尿口上割了一刀，拿红绸缎包了，让学生恭恭敬敬地呈给县太爷，传话说先生正忙着，拿过嘴来就算跟县太爷领教了。县太爷看了大惊大敬，说："唇厚屯诗，须直理经，更兼色重涵养。先生果然是个有学问的，不肯面谈也在情理之中。"不过那头母驴却受了惊吓，听见书歌子就哗哗地放尿，自此再不曾怀过驹子。

编书歌子的闹闹是马步正上辈子的二老爷爷，马家在紫云寨安了新家，全村人都把马家当成了闹闹。其实，到了马步正这一辈上，家里已经没有一个识文断字的人了。马家人把眼珠子揳在土地上，一泡屎憋八天也要屙到自家田地里，到了自家田地里就稀罕得拉不动腿，恨不得土地自己会长分量。侯登仓是听说过这一节传说的，还听说侯家祖上曾把一个弄大了肚子的女人给过马家，他不跟马家人犯绞扯，既说不上怕，也说不上恨。跟一个敢拿驴尿口当嘴巴的闹闹后人，犯了绞扯划不来，也不一定缠缠得过，能缠缠得过也落不了好。马家成了紫云寨的另类，闭眼不惹事，睁眼不怕事，仨瓜俩枣缠绕上，缠你个脸青眼珠子红，到末了你还得先说软话："我服你了行不，咱不说了行不？我还得下地干活儿去。"这自然是外姓旁人的瞎估摸，马家人自己未必清楚，清楚了也未必认可自家人难缠。自家的十亩地换了侯家的十二亩七分，账头上不算也知道是占了大便宜的，马步正看着麻五也有些顺眼了。

麻五办成了一件大事，心里恣得装不下，他一早起来喂牲口，又帮着三忙牛把犁耙套上，看着牲口下了地，然后乐颠颠地走到当街。自从跟侯月娥成了夫妻之后，麻五还没到当街走动过，大白天在当街一露脸，麻五竟自己觉着不得劲儿了。

当街聚了一群男人，男人堆里有猪叫，叫得凄凄惨惨的，没个猪声，麻五知道薛一手又要劁猪了。薛一手劁了十几年猪羊牛马，家里有个媳妇也跟着空了十几年的怀。媳妇在娘家抬不起头来，在紫云寨薛家也抬不起头来，岳父老泰山为闺女抱屈，薛一手苦笑着自己作践自己，说："我干的就是绝户活儿，送子奶奶不热乎我，现在说什么都晚了。"玉树媳妇拿着猪食瓢从家里出来，瓢里盛的是胡萝卜，猪叫一声她就往猪嘴里塞一根胡萝卜，还埋怨薛一手的手头没前几年利索了，抓着个猪蛋就是不下刀。麻五分着人群往里挤，几个孩子看见他又唱起歌谣，唱的是："麻子麻子真好汉，翘起腿，劁了蛋。"

麻五装着生气要抓过来打，薛一手说："别怕呀麻五，你叫我劁你的蛋，我也不劁。我劁猪蛋东家拿钱，我劁了你，谁拿钱呀？"麻五也不生气，想着词跟薛一手还口，说："一手你净干绝户事，下辈子你还是个绝户头。一手你摘了帽子，我摸摸你的头上还有刀口吗？"薛一手一只手握紧猪蛋，一只手拿着劁刀在绷紧肉皮的猪蛋上比画，刺啦一刀，光溜溜的血糊猪蛋挤出来。薛一手躲闪着不让麻五摸他的头，手里却一刻不停，捏着猪蛋一拧一揪一拽，连着猪蛋的细筋筋就断了,倒出手来拿针线缝刀口,松了手又在猪腔上拍一下。没了蛋的猪吱吱叫着跑了,跑得飘飘摇摇的,好像身子轻飘得要飞。麻五看着又乐,又要跟薛一手抢抓地上的猪蛋,玉树媳妇抡起猪食瓢打麻五,说:"麻子五你没长耳朵啊,你少奶奶又喊你哩,还不紧着钻裤裆去!"

　　麻五激灵着钻出人堆,看见侯月娥站在西街口,正抹着腰冲当街比画。打更的四叫驴手里端着铁锨,铁锨里端的是湿沙土,他一瘸一拐地跑过来喊麻五,说:"少奶奶叫我端来的,五爷你抓一把吃了吧。"许多人都惊诧着看麻五,麻五朝街上的人笑笑,说:"少奶奶要生孩子了,这是提醒我不要忘了拉干沙土。我没忘,我怎么会忘呢?我得拉满满一大车。"抓了一把湿沙土捂嘴里,吭哧吭哧地嚼着吞咽,看的人都捏住了腮帮子,龇牙咧嘴地流出口水来。马步正脱下鞋来要掴麻五的嘴,说:"她叫你吃土你就吃土,她叫你吃屎你也吃啊?你卖给她了?她是你亲娘还是你亲奶奶?刚刚看着你有点人形了,说个变就变,没皮没骨的贱货!"二梭拉着得才使眼色,几个孩子又编了歌谣,还是黑豆起的头,唱的是:

　　　　麻五麻五真没猴,吞下一把土,哑个白白头。
　　　　甜不?啊啊,涩舌头。

　　麻五冲二梭跺脚,回转身朝马步正翻翻眼皮,想笑没笑出来,抹着嘴往西街口走。马步正又拦住了他,先拿眼角扫着侯家老宅,又使个眼色折到胡同里,说:"你打听着点,那两家要是也想换地,你再来找我。"麻五说:"打听啥玩意儿,我过几天见到侯登科,这事一上手准成,他巴不得哩。"一时想起紫云寺一了和尚说过的话,还想借机会跟马家人多搭讪几句,玉树媳妇又拿着猪食瓢追过来,说:"麻五你个烂屁眼子货,我上一次是跟你一个人说私话的,谁叫你学给小姑奶奶?告诉你,我就是要吃侯霍两家的大鲤鱼,你再接着学话吧。"

　　麻五跑着又站下,说:"两家真要成了?"

　　玉树媳妇说:"可不是真成了,捎话叫我当月姥娘呢。"

　　麻五说:"你当月姥娘,谁扮七姑娘?"

　　玉树媳妇吃吃地笑,说:"还有谁行,白面瓜呗。哎哎,麻五你还馋不,你要还馋得慌,我让七姑娘找你系裤带。"

麻五一时有些迷怔，想想又想不出迷怔在哪里，闷着头往回走，嘴里还在念叨着："真要起热闹景啊？"

霍好秋当真请了假，还从兵营里带回来一包袱布料。布是红的蓝的黑的花的都有，霍掌柜看得眼花，问儿子是不是当兵当迷糊了，说："你这是要让我开布店呀，你该再添置些针头线脑顶针把籤，最好再给我弄个针线筐子。"霍好秋嘿嘿地笑，凑近老子爹的耳朵根说了几句悄悄话，霍掌柜又惊，说："什么什么，抢了夺了当军饷，敢情你们奉系是吃百家饭的啊？你们大帅知道不知道？听说叫驴山那边的直系是秋毫无犯的。"他示意儿子把住口风，只说布料是托人从省城买的，带回来由着兰兰挑拣，也许相中蓝的了，也许相中绿的了，毕竟几色里得有一样两样是兰兰相中的。霍好秋摇头晃脑，说："横竖你当爹的张罗吧，我是不懂这些的，大丈夫志在四方，儿女情长的事我没想过。"

霍掌柜不愿意听儿子的空话，心疼的是儿子在省城读书时花掉了大把银圆，却半途而废入了军营。先是熬成了连长，后来又退回去当排长，忽而又说自己是团副了，忽而又说干的是大帅的文书。霍掌柜懒得理他，也不指望儿子给他挣个金山银山，好歹往他腰带上拴个媳妇，生下三男二女接传霍家香火是真的。于是他板下脸来刺挠儿子，说："呀呀，快别跟老子爹念牙语了，我听了肚子里咕咚咕咚地响。听我说，见了侯家人少说话，再不要提你的大丈夫志在四方了，人家要的是带响的三尺半。你洗洗脸消停一会儿，我传话让侯家人过来。"霍好秋忽然找到了礼数，说："不对呀，按理说我得先去侯府拜访。"霍掌柜吃吃地冷笑，说："打个响声他就颠颠地过来了，你越不动越在礼上。"

侯登科果然是奔着讯来的，还换了新衣服，过来先要跟霍好秋见礼。霍掌柜哈哈地笑，说："这都是哪儿跟哪儿啊，他是你侄婿呀科爷，你的礼数也忒大了吧？"侯登科正了面色，说："我这个礼是呈给张大帅的。侄婿在张大帅帐下行走，也就带了张大帅的虎威，这个礼是应该的。"

霍好秋少小离家，并不认得紫云寨侯家，更不知道侯家老宅里的大少爷此时此刻是怎样的心情，只是看着亲切。又听言谈话语比老爹上得台面，心里喜欢，也跟着来了个立正，两个锃亮的马靴磕碰得啪啪响，说："伯父大人是长辈，您得把侄婿的军礼受了。"侯登科趁着劲儿观察霍好秋，见他有一个硕大的白面大脸，头脸的上部却陡然收缩，硬邦邦的大檐军帽像扣在一个葫芦把上。鼻子就显得小了，被两边的腮肉拥挤着，只能正面对着找，知道中间那个地方应该是鼻子。鼻子下边光秃秃的，嘴角上却留着两撇八字胡，冷不丁看上去，胡子像是粘上的。侯登科看着不得劲儿，一时又记起了大师的话，偏又自己心里打圆场，想着奇丑必是奇相，奇相必有奇才，奇才必有奇福，一脸的笑再没消下去。

两个人话说得投机，侯登科先说了完婚的话题，恨不得今天就让霍家迎娶。霍掌柜连连摆手，说："喜日子还没定下来呢，再快也要按规矩章法啊。再说了，我只说让好秋来家认亲，并没让他请婚假，军营里怕是容不得他超期多住的。好秋你说呢？"霍好秋说："大丈夫志在四方，我是怎么都可以的。"霍掌柜又在脸上弄出腻味样，侯登科却要赶热锅下面，说："侄婿既然说怎么都可以，后天正好是个双头日，我看后天就把喜事办了。"说着还欢畅地大笑，霍掌柜再不好按老理走，索性来了个一推六二五，说："科爷明事理，你看着张罗吧，我在家等着当公爹，好秋礼数上周不周的我也不管了。"他借口柜上有事，抽个身走了，侯登科拉起霍好秋的手，又冲门外使个眼色。两个人说着笑着走到大街上，手拉手地进了来运酒楼。

侯登科点了几个凉拌小菜，又专为霍好秋要了一盘鲤鱼跳龙门，龙门是拿莲藕搭起来的。又要了一个金鸡登峰峦，峰峦是用三节羊脊椎骨支起来的，上边站一只烧鸡，取意连升三级。两盘大菜都是带讲究的。霍好秋连声喊好，正要跟侯登科敞开了叙谈，侯登科却忽地推开了椅子，半蹲半跪地抱住霍好秋的腿，吼吼地哭起来。霍好秋吃一惊，抱着拽着让侯登科起来，说："伯父大人这是何故？快请坐好了说话。"侯登科说："侄婿你有所不知，我是一肚子冤屈苦水没处倒啊，今天见了侄婿，想忍也忍不住，说了又怕侄婿为难……"霍好秋是经不得这话的，说："你只管说，我霍好秋还不记得在哪样事上犯过掂量！"侯登科连连摆手又连连摇头，还把脸弄得跟黄连拌苦瓜一样。这越发惹得霍好秋毛躁，一连声地紧着催紧着问。侯登科是掐着火候的，便把侯家老宅里的风风雨雨挨个儿说了一遍，说得鼻涕眼泪成河成川。

霍好秋站起来踢倒了椅子，又拉起椅子坐下，说："伯父大人你听着，我现在不说气话不说恼话，我只问你一句话，你是要土地钱粮，还是要侯登仓的大腿根子肋巴扇？"

侯登科说："肋巴大腿还是他的，我只要他的嘴巴，他怎么吃进去的再怎么吐出来。"

霍好秋扑哧笑了，说："你瞧好吧，我给你来个文武双鞭屙屎撒尿不挪窝。"

两个人当下就说定了婚娶的日子，日子就定在后天。下楼的时候侯登科擦了眼泪，又在镇上雇了一匹脚驴，挑拣的是带串铃的，串铃一直响到紫云寨当街的侯家老宅。

第十二章

没有人知道霍好秋是怎么从兵营里搬的兵，也不知道结兵亲会有什么样的热闹景。当兵的喜欢热闹，喜欢闹动静。老宅也要热闹，也要闹动静，村里人都等着看热闹看动静，想兰兰当新娘子还真当出了光彩。

紫云寨的人先是听到侯家老宅里放起文武鞭，炮仗有在地上响的，哧溜一下子钻到半空中炸响的是钻天猴，贴着地皮飞的叫哧溜子。钻天猴在空中炸碎了炮仗皮，炮仗皮雪花一样飘落下来，硝烟弥漫大街，火药味臭烘烘呛着喉咙，过一会儿烟散了，再闻又有了香味。闺女出嫁是喜，嫁人离开娘家是忧，不像男家娶妻，喜的是添人增口，出嫁闺女的人家就千般万般地费心思，为的是给喜中带忧的好日子加些喜庆。喜庆是月姥娘和七姑娘带来的，月姥娘要变着法子弄热闹景，七姑娘要变着法子装羞涩。一个要疯要癫要装憨，一个要稳要静要弄巧，疯癫的要戏弄稳静的，稳静的躲闪着还不许笑不许恼。扛着枪的兵走进东门街口的时候，人们都聚在当街看月姥娘玉树媳妇和七姑娘白面瓜上妆迎喜，谁也没想到侯家老宅里的文武双鞭是这样开场的。

玉树媳妇已经齐备了月姥娘的扮相，月姥娘的角色就是要说热闹话造热闹景的，辈分合不合都能瞎闹瞎乱，闹得越血糊越热闹越好。不住地跟人还口笑骂，让玉树媳妇的嗓子变成了熟透的面瓜，沙浓浓的甜，沙浓浓的香。玉树媳妇穿的是上红下绿的彩衣，敷了满头满脸的白粉，白粉腮上点两块艳艳的胭脂。拦腰扎的是一条老蓝布编织的带子，带子上结满了拃把长的流苏，上边吊着七十七个花铃。花铃是纯银做的，镂空的棉花桃一样的铃壳里，装的是桐油浸泡过的紫红色的枣核，走起来脆响声声，站下不动了，余音还长长地绕着。有人就追着撵着起哄，玉树媳妇乐得满街上转圈子，浑身的花铃响得像刮风，衣服却被人拉扯得没了形。

后街有个叫花头的也跟着找乐子，说："风中旗，浪里鱼，连秧子狗跟着叫栏的驴，这是四大欢。侄媳妇，再加上你就变成五大欢了。"花头会唱莲花落，会说四大硬、四大软、四大红、四大黑，都是一串一串的，最喜欢唱的是《十八摸》。玉树媳妇不搭理他，他又去戳弄马步正的小儿子二梭，二梭从地上捡了炮仗，悄悄点燃了扔到玉树媳妇身边。炮仗响了，玉树媳妇蹦跳着笑岔了气，说："亲娘哎，不行了，笑死我了。七姑娘呢，出来给我挡挡啊。"

七姑娘是白面瓜，白面瓜躲在墙角里不出去，豁子却被人推搡着往她跟前挤。豁子说："我的粪箕子呢，可别把粪给我弄没了！"白面瓜捂着鼻子踢豁子，豁子护的是粪箕子，闹腾人看的是热闹。侯登科从老宅里走出来，扬着手抛给玉树媳妇一个菱花包，说："玉树家的，喜家有赏了。"玉树媳妇笑着抓住菱花包，说："科爷去墙角吧，白娘子等急了。"

白面瓜跑过去要抓玉树媳妇，忽然有人厉声地尖叫："来了，来了，来的是兵！"

兵的前边是大洋马，大洋马上坐着霍好秋，跟霍好秋差半个马头的是轿子，抬轿子的也是兵。玉树媳妇脚跟脚地往人群里钻，惊得忘了查看喜赏，只是失了声韵地呼喊："科爷，快去接新姑爷呀。"

老宅里的三兄弟都涌到大洋马跟前，霍好秋在侯家老宅门口下了马，接着咔嚓一个立正，转过身来面向当街。后边的十几个兵一条线排开，内中走出来一个肩上挂杠杠的老兵，老兵从队列中向前迈了一步，也是咔嚓一个立正，说："报告长官，官兵集合完毕，请您训示！"霍好秋把手中的马鞭子朝西街口一挥，说："花木春听令！现在我命令你带队包围西门侯家新宅，奋勇当先者有赏，迟缓不决者军法处置！"除了四个抬轿子的，十几个兵撒着欢地扑向西街口，脚上的虎头皮靴踢起街上的浮土，浮土缠裹着直挺挺打着裹腿的兵。霍好秋这才丢下马鞭，挨个儿给三兄弟行了军礼，说："小婿多年行旅生涯，举止做派都离不开兵营，岳丈大人可不要见怪啊。"侯登科紧着说一句："最好最好，如此最好。"老三侯登銮吐着舌头转过身来，扯着侯登科的衣袖，又朝西街口一指，惊惊喜喜地问："现打现啊大哥？"侯登科拿鼻子哼哼，说："先胖不算胖，掐脖子捶脊梁，够他个小贼羔子小贼妮子喝一壶的！"老二侯登榜却斜了眼角瞅新姑爷，越瞅越觉着难看，心里腻味着，脸上没有一点喜庆的神色。

就在侯家老宅里又响起第二挂炮仗时，十几个兵已经冲到了水湾东边的侯家新宅，拉着枪栓逼住了侯登仓。带队的花木春冲着侯登仓嘿嘿地冷笑，说："我原以为是吃钉头屙炸弹的魔头呢，敢情是个雏子。雏子就雏子吧，花爷我懒得多费口舌，痛快点，拿出来吧！"

侯登仓刚从料仓里出来，头上脸上还沾着料渣子。他眯起眼睛看着从天而降的不速之客，从来人的穿戴和年龄上看，知道是碰上了吸血的逃兵，心里又落稳了许多，说："来的都是客，请几位军爷坐下喝茶，我小民小户的没见过场面，经不起你们动家伙。"说着要转身拉椅子，一个呼呼带风的巴掌抡到他的脸上，巴掌是带队的花木春打的，打得很瓷实。花木春说："花爷我说过不愿意多费口舌，你他妈巴子的还是绕圈子！要找死是不是？"

侯登仓捂着半拉脸，像捂着半块烧红的烙铁，说："军爷息怒，军爷息怒。您说吧，是要我拿军饷啊还是摊军粮？哎，紫云寨早就没有官地了，也不兴派号差了，怎么还惊动各位军爷了？"

花木春说："别跟我胡扯鸡巴蛋。军饷军粮是捎头，老子是来干大事的，一句话，把地契拿出来！"

侯登仓这才明白来人是受了指使的，忽然记起前几天姐姐说过的话，一股恨劲儿涌上来，扑通坐到地上，先来了个就地大撒泼，说："冤有头，债有主，你叫他们老宅里过来说话，他们要能说清当初是怎么对待我们母子姐弟的，我二话不说。他们不出面，逞着你们要地契，一分一厘我也不拿，死活随便，小爷爷哼一声，就是兵营里配出来的杂种！"

花木春看着侯登仓满地打滚撒泼突然笑起来，笑着打量院子，最后他把目光落到家庙门前的灯笼杆上，说："地上有土，弄脏了少东家的衣服也显得咱们不会办事了。来人，送少东家上去观观风景。"有人爬上屋顶，灯笼杆上加了一根横梁，横梁上捆绑了滑轮，滑轮用的是犁托子。侯登仓的双手倒背着打个结，结是越挣越紧的吊死鬼扣，升到半空中，侯登仓变成了一只断了翅膀的鸭子。侯登仓不撒泼了，也不骂了，他打着滴溜冲堂屋里呼喊，呼喊的是："得金他娘快放火，到了阴曹地府我再去找你们娘儿仨。快啊，放火啊！"立刻有人扑到堂屋门口，抢起枪托子咣咣地砸门，屋子里传出女人孩子的哭叫声。

　　一声呼喊惊动了麻五，麻五正在晒场上卸沙土，他顺着声音望过去，看见的是半空中的侯登仓。麻五发一声怪叫，丢下铁锨往西院里跑，抓着侯月娥的手就朝空中指，又带了哭腔说："少奶奶，少东家被拉了滑子，满院子都是扛枪的兵。"侯月娥双手托住大肚子，满脸上浸出冷汗，自语说："早就说过的，他就是不往心里放，到底还是摊上了吧。"她把一条胳膊搭在麻五肩上，催着麻五快走，刚过了水湾，听见侯登仓又喊："要地契没有，要命一条！"她紧走几步到了院子里，打量着走到花木春跟前，说："您是长官吧？长官您把我兄弟放下来，要骡子要马要地要粮我都应承。"花木春拿眼角眨巴她，说："好哇，瘪犊子不吐口，又来了个大肚子母蚰。你说了算数？"侯登仓噗噗地朝姐姐吐口水，说："嫁出去的闺女泼出去的水，这个家是我侯登仓的，侯月娥你给我滚开！放火，放火，得金他娘你放火啊……"

　　侯月娥不理弟弟，她一眼也不看堂屋门，使个眼色让花木春跟她走。她吃力地推开家庙的门板，然后指着正当门的供案对花木春说："长官您过来，劳您大驾，先把供案搬了。"花木春疑惑着搬掉供案，供案下边闪出一块青石板，青石板镶得严实合缝。侯月娥又让花木春把供案抱起来，用供案腿顶住香台上的凹洞，只听呼隆隆一声响，青石板自己滑开了，一个镶了铜皮包口的四方匣从地洞里升起来。侯月娥说："长官您打开过目吧，都在里边了，一分一厘也不少。"花木春用枪探子投开锁鼻，打开匣子看，里边果然是齐齐整整的地契。他冲侯月娥笑笑，说："少奶奶是个明事理的。这样吧，我做主，少东家给你留下，你现在再给弟兄们打开银库吧！"

　　侯家老宅响起第三挂炮仗，这是新媳妇要上轿了，兰兰放出一声哭，哭是拖着长腔的，哭的是："娘啊娘，绣花描云俺手笨，一走成了人家的人。冬天的烘子热天的扇，冷了热了谁来管？"掀了轿帘探出头来，眼里当真噙了泪水。侯登科拿眼珠子瞪老二侯登榜，侯登榜苦瓜着脸扯婆娘，婆娘侯黄氏走过去拉下轿帘，说："妮呀，婆家是个好婆家，女婿是个好女婿，上路吧。"花轿离地，霍好秋上了大洋马，侯登科快步走到马头跟前，说："侄婿留步，我还有一句话要问。如今文武双鞭都齐整了，地契又回到咱老宅里，我要说的是，待几天你又要回兵营，过后他新宅里再起妖风怎么办？"

霍好秋说:"这事我已经想过了,明天紫云寨就起香火会,你当会长,我留下几个弟兄给你跑腿办差。运河以东就是我们奉系的地盘,借给他个炮筒子,他也尿不到树梢上!"

第十三章

侯月娥生了,生的是三胞花胎,两个闺女一个儿子。按当初起好的女孩名字的顺序,两个闺女分别叫金巧、金芝,只有儿子叫着别扭,按男孩名字的顺序应该叫得田,可是田地又一翅子飞到侯家老宅去了,这哪里是得田,明明是失地嘛!麻五寸步不离,还想着拿宽心解恼的应景话劝侯月娥,说:"梦是反的,名是正的,咱叫着叫着,说不定一个响雷,一个旋风,地又回来了。"

侯月娥把三个孩子横着放在床中间,她敞着怀坐在床头上,叫麻五挨个儿递孩子吃奶。侯月娥的奶水很足,两个奶头胀得明溜溜的,她就让孩子不住口地吃,三个孩子在两个大人的手里传来传去,上边吃,下边屙,尿布片子、屎布片子扔了满满一地。侯月娥冷冷地笑,说:"麻五,咱不说孩子的名了,你先说我那一步走得对不对吧?"麻五坐在尿布片子、屎布片子上想那天的经过,想得脊梁骨缝里嗖嗖地冒凉气,说:"也就是您吧少奶奶,换个人是要乱阵脚的。那阵势,可了不得!"侯月娥忽然正了面色,探着身子要给麻五作揖,说:"你跟少东家说过的话我记住了,过后我还掂量了好多天。少东家说过土地就是人身上的膘,有人要割他的膘他会拼命,你说不对呀,人是属水的,会添膘也会掉膘。麻五你说得真好。就冲你这句话,从今往后我不当小姐了,不当少奶奶了,我侯月娥就是你麻五的铺床媳妇,你是孩子的亲爹,我是孩子的亲娘。麻五,不,我得叫你得田他爹。得田他爹,我们新宅里感你的恩呀!"

麻五忽地站起来,鼻子尖上又浸出汗珠,说:"别呀少奶奶,我是说过那句话不假，少东家骂我了，如今新宅里遭了大劫难，您再拿这句话撑我，我得钻老鼠窟窿了。"

侯月娥摇摇头，说："我交出地契保住少东家一条命，一条命值多少钱？能换多少地？你算不清，我算不清，少东家也算不清。可是，经了这场劫难，少东家能明白多少事理？地走了又来了，来了又走了，人却照旧活着。你说，他现在该不该明白？再说了，人这一辈子不是随便来到世间的，酸甜苦辣你都得尝尝，风风雨雨你都得经经。没有坎，没有起落，说不定喝糊糊还硌掉一颗牙呢。这叫什么？这叫定数，命里该着啊……"

麻五怔怔地看着侯月娥，激灵着又记起紫云寺一了大师念的牙语，走过去关了屋门，转过身来冲着侯月娥说："你要说这，我还真有一奇。那天有人点拨我，让我托媒人到新宅里提亲，我先去了紫云寺。老和尚头不搭理我，搭理我了又不跟我说正经话，叽叽咕咕地念了四句牙语书歌子，念完了就把我推出来了。你猜他说的是啥玩意儿？"

侯月娥说："说的什么？"

麻五说："前两句我没入耳，后边的两句我记得死死的。他说的是，'若要机巧飞蛾，只待蛛虫攀登'。你说，那个蛾是不是你？我原本是窝了一肚子憋屈的，睡着了又爬了一身网网蛛子。网网蛛子不就是蛛虫吗？你看巧不巧？"

侯月娥放下孩子抱住麻五，两行清泪流出来沾到麻五额头上，她拿衣袖擦了，说："走，他爹，咱到东院看少东家去。"

侯登仓把自己关在家庙里，谁喊他也不出来，麻五推了推门，里边是插着的。得金他娘拉着孩子从堂屋里走出来，孩子的眼怔怔着，她的眼也怔怔着。侯月娥没搭理他们，她抓了一把麦秸垫到门砧上，坐下来跟里边的人说话："兄弟，你当舅舅了，两个外甥女一个外甥，都长得肥头大耳的，骨架也大。从小看大，三岁看老，将来身量小不了。名字是先前起好的，两个闺女一个叫金巧一个叫金芝，儿子是按辈分起的，叫得田……"

里边传出哭声，哭是咬着牙哭的，哭声里还有嘎吱嘎吱的磨牙声。兄弟媳妇要拉姐姐起来，说："姐，你说的这些都是没用的，他是心疼地契，几天不吃不喝，孩子也饿得不会哭了。姐，你要劝得从根上找。"侯月娥把她拨拉到一边，还要抓了她的嘴撕扯，瞪着眼说："滚一边去！"

二婚头媳妇是弟弟侯登仓背着姐姐定的亲，娶来了才知道是西洼里岳篾匠的寡妇闺女。岳簟匠一辈子织席编篓，秋天买了芦苇白蜡紫柳，一家人脚蹬手扒地忙活一冬天，挤着空再赶集头卖了换油盐换米面。媳妇也就会勾会划会盘算，讲究的是入了仓的别见底，进了家的别出去。侯月娥不待见这个兄弟媳妇，她原本想的是给弟弟找一个大户人家的闺女，大户人家的闺女经得住场面。她换了个姿势，又对着门缝说："兄弟，我知道你为什么哭，你是听见外甥叫得田，心里屈得慌。是不是呀兄弟？跟你说吧，一开始我也觉着别扭，想着这不是自己给自己上眼药吗？想着想着我就不想地的事了，我光想生孩子的事，我生了他们三个，下边还要有得丰、得满、得福、得禄。我要生五男五女，兄弟，你说我怎么这么稀罕孩子？你说我怎么不嫌孩子多了闹腾得慌？我在劫难头上还一门心思地想着生孩子，你说我是不是缺心眼啊？一个女流之辈，头发长，见识短，不想着报仇夺地，不是缺心眼又是什么？"

门哗啦开了，侯登仓走出来，他看看姐姐，又看看麻五，最后又挥着手向堂屋里指，然后冲着媳妇说："带孩子回堂屋里去！"

侯月娥迈进门槛，麻五迟疑着抓挠头皮，还拿眼角瞟着侯月娥。侯登仓先叫了一声"姐夫"，到门外拉住麻五的手，说："姐夫你进来，咱们是一家人，侯家新宅的家庙你也该着进。"麻五先还迷迷怔怔的，看看侯月娥，侯月娥又是疑惑又是惊喜，还不住地冲他点头。再看看侯登仓，侯登仓是诚心诚意说的，麻五扑通跪到供案前，哇哇地哭起来，说："这里有麻五的岳母，还有麻五的小舅子，麻五不知道说什么好了，你们让麻五哭几声吧。"

侯登仓重新关上家庙门，又拉麻五起来，搬个凳子跟侯月娥坐面对面，还把手放到侯月娥腿上，说："姐姐，我想好了，我这时候死了没脸见咱娘，更没脸见哥哥。我得活着，新宅里的土地还得再回到新宅里。姐，你说我这样想对不对？"侯月娥点点头，说："好兄弟！"侯登仓抓起侯月娥的手捂到自己脸上，一双血红的眼珠望着姐姐侯月娥的脸，又说："我想让姐夫去投奔马笳子。我打听过了，马笳子在直系吴佩孚的部下当差，兵营就在西边叫驴山上，跟东边的奉系隔着一条运河，离咱们这里也就是一半天的路程。姐夫跟马笳子论着叔侄辈，到了兵营里马笳子自会关照他。姐，现在就是你一句话了。"

侯月娥怔着眼没说话，她从脸上拿下弟弟的手，眼睛还是怔怔着。侯登仓接着说："当初姐姐提醒过我，说老宅里要跟兵营霍家结亲，我是左耳朵进右耳朵出，现在后悔也晚了。他们不是成立个香火会吗？不是还有四五个火棍头子兵架着势吗？我有法对付他们三兄弟，可是我弄不过当兵的。那怎么办？咱们的人也得进兵营，也得扛一杆三尺半。谁进兵营？谁去扛枪？我千想万想，只有姐夫是咱们的亲人。姐姐，我是你的亲兄弟，麻五是我的亲姐夫啊！"侯月娥站起来看麻五，嘴里说的是："我原本是要接着生孩子的……"麻五却又抹了眼泪，扶着侯月娥坐下又起来，说："不说了，我去。"

　　侯登仓跪着拿起牌位，牌位下边是个窟窿，从窟窿里掏出来的是一个红布兜，他颤着手交到麻五手里，说："这包里有三十块银圆，我供在这里是让娘和哥哥摸着看着的，姐夫你都带上。记着姐夫，只要能给咱新宅里报仇夺地，你大把地甩出去，我不心疼。"

　　当天晚上，侯月娥下厨单为麻五包了一锅胚胡萝卜馅的扁食，又给麻五煮了六个鸡蛋，银圆缝到棉裤套子里，鸡蛋拿手巾包了系到扎带上。收拾齐备了再喂孩子吃奶，孩子都睡得死猫一样，奶头头放到嘴里也不会吃了，再摇再晃还是不醒。侯月娥胀得绷绷紧，胸口上热乎乎的，烧得慌，她说："他爹，你看这里又惊了，你过来咂几口吧……"麻五当真凑过脸去，含住了呱唧呱唧地吃，不大会儿就把两个鼓胀的奶子吃塌了，侯月娥的两面腮却涌上了红晕。麻五拿手背抹嘴，说："我吃过羊的，是腥腥的，你的大白白是甜的。"侯月娥要拿手拧麻五的嘴，手伸过去却把麻五抱住了，说："他爹，我又想了……你说没出满月行不？"麻五吭哧着说："我不知道。"侯月娥还是不松手，说："他爹，你一走，咱们捞不着天天了，管他行不行呢，咱赶热窝再怀上吧。"麻五拉了棉被铺到地上，两个人又欢实实地弄了一回。

　　完事之后，侯月娥端了灯照麻五的胸膛，从胸膛往下一拉溜黑毛，她把半边腮贴上去，又拿了嘴亲吻，吻着说："你一回一回地说我是白虎，我这个白虎是专等着你这个青龙的，换个人，说不准谁毁了谁。他爹，我要地要孩子还要你，能成事你立马回来咱再接着生。"麻五说："你的金水银水我吃了，少东家还喊了我姐夫，报仇夺地的事没个不成。"两个人抱着搂着，直到鸡叫头遍了才松开，侯月娥送麻五到水湾边上。麻五走了几步又站住，冲着侯月娥磕了一个头，爬起来头也不回地走进晨雾中。

第十四章

　　紫云寨的香火会设在侯家老宅里，临大街开了一扇门，院子里依势造势，靠西南边角单劈出一块空地，拿砖垒了形成一个四四方方的独门独院。院里套院，门里生门，讲究上算是龙含玉珠生坤土。门口没挂牌子，贴的是大红对联。上联是"香由善生生生不息百业兴"，下联是"火依木本本本真真五谷丰"。抬头一个门方，写的是"香火会"三个字。字是侯登科写的，联是紫云寺一了大师出的，双联下边的六个字，一了大师原本用的是"真佛性"和"我即佛"。侯登科念着发笑，说："一了大师你是仙人还是凡人啊，你把我的香火会都弄成佛堂了，我也要吃斋诵经吗？"他抓过笔来改成了"百业兴"和"五谷丰"。一了大师也笑了，说："佛即是空，空即是佛，你那个百业五谷却是空不得的，看来小僧只能借空为佛了。"侯登科当了会首，也叫香头，名分上就算应了官差，侯家老宅就成了官家的内府。四个扛枪的兵丁寸步不离地跟着他，还时不时弄响枪栓，弄得咔嚓咔嚓。

　　紫云寨人多姓杂，按男丁旺衰依次为侯姓、马姓、关姓、孙姓，另有孔、麻、刘三姓为人单族孤的小姓。侯登科公干的第一天，先请的是紫云寨关、马两姓的长者，关姓来的是关业功，他是玉树姥爷的表兄弟，马姓来的是马步正，孙姓来的是孙老安。临到后边三姓时，他又把麻姓去了，最后来的是五个族门，侯姓有他自立着，用不着再找人了。侯登科先讲了话，讲的是叶落归根百溪入川的话，大家都明白内中的意思，都跟着点头，还拿出笑模样。只有马步正木着脸吸烟，眼闭着，过一阵子吸一口，人像睡着了，鼻子眼里又分明冒着烟。侯登科冲他笑笑，走过去附着他的耳朵根说低声话，说的是："我们三兄弟说过了，三爷的地你换了还归你，我跟二爷的那两份也跑不开牲口，你要不嫌累你就种吧。马老爷子，你的眼皮现在该睁开了吧？"马步正果然把眼睁得溜溜圆，说："议事吧。"

　　话说到晌午头上，侯登科让花木春派两个兵差到镇上要酒菜，两个卫兵抬着双屉食盒去了，不大会儿抬回来热腾腾的鸡鸭鱼肉，酒是整坛子没撕封的。侯登科哈哈地笑，说："今天这桌席面算我会首的，各位只管放开量吃喝，不够咱再要。"几个人围着桌子猛吃猛喝，一坛子酒先见了底。

此后的两个月里，隔三岔五地香火会都要设个酒场，应邀的差不多还是那几位家族长，侯家老宅里得了不少好言语，侯登科站在当街剔牙，跟他打招呼的人明显比先前多了。只有老二侯登榜照旧把自己弄成个苦瓜脸，感激大哥的兴头过去之后，他想念的是闺女兰兰，自己到镇上看望，霍掌柜对他不冷不热，说不上待见也说不上不待见，说过几句八不靠的话，接着就自顾自地忙起货栈的生意，要么就是等着大洋马配完种收钱。侯登榜堵着一口气，有一次就说出了口，说的是："侯登科是大爷，我是兰兰的爹！"霍掌柜还是笑笑。儿子在家住了三天就回了兵营，是带着新媳妇一块儿走的，过几天从兵营里寄来一封信，信上说了些颠三倒四的话，有几句是说兰兰的。说兰兰不识闹，人家摸她一下，她号号着像杀猪，又哭又骂不说，还端了尿罐子泼人家。团长有好几天不搭理他，军需处长也不搭理他，两个人都说喝龙井茶也是一股子尿味。霍掌柜懒得搭理儿子，信看完就拿到茅厕里用了，用了就忘了。

侯登榜得不到个准讯，憋了几天憋出个心眼，他也设了个场，单拉了花木春喝酒。花木春是漏底的酒囊，越喝话越多，话越多越要喝。侯登榜问："你们的霍长官是不是睡觉也有站岗的？"花答："面面狐子给他站岗。"侯登榜又问："他是不是出门都要骑大马？"花答："他骑老娘们儿的骑马布子。"侯登榜再问："他现在管着几百号人？"花答："他管着两个蛋丸子。"侯登榜咕咚灌下一碗酒，伸着脖子要吃花木春，说："那你们是怎么来的？"花木春也灌下一碗酒，说："我们是被兵营开出来的，他又花钱雇了我们。怎么的，不像啊？"侯登榜从此再不搭理老大侯登科，他一天天在自家地里转悠，入了腊月的第二天，他把一包巴豆扔到侯登科家的猪食槽里，三头大肥猪拉稀拉得顺腚淌，不几天都趴窝了。

入了腊月之后，黑天白天就像小孩子脚下踢着的葫芦头，一天快似一天，一天紧似一天，转眼就到了腊八。腊八要喝腊八粥，家家户户就早早地打扫屋子里的灰尘，接着是刷锅盖，刷锅台，刷箅子，洗揞锅布，洗放置了一年的木把勺子，院子里的绳上晾不下，又踩着凳子挂到树枝上。腊八粥要用五色豆米熬煮，用的是谷米、黏米和白豇豆、红豇豆，以及身上有三道黑圈圈的羊眼豆，都是吃火的杂粮。勤快的人家，头天晚上就把挑拣淘净的豆米倒进锅里，添了满满一锅水慢火熬煮。煮到锅里咕嘟咕嘟冒大汽了，锅里的水漫过谷米一大拃深，烧锅的人就往灶膛里塞几块半湿不干的榆树疙瘩劈柴。

又把灶口跟前的柴火清理干净了，再把灶口拿砖头散散地堵了，由着锅底下的劈柴自己生烟生火。天明了起来掀锅盖，腊八粥不稀不稠，不热不凉，还是温的，香香甜甜黏黏糊糊正可口。第二天现吃现做的，婆娘就要鸡叫头遍时起床，头脸先不梳洗，手插到水盆里淘豆子淘米，豆米淘净了，手也洗净了，呼呼地架火猛烧，开了锅再二番洗脸梳头。人是急的，火也是急的，腊八粥里就有了夹生的豆粒子，咔嚓硌了牙，牙疼半天，半个脸肿起来，愤愤地要骂婆娘是懒驴。婆娘就吃吃地笑，笑着说半语话，半语话说的是："怨谁，是哪个夜里不安生的……"街上奔跑着掐头蚂蚱似的孩子，谁家冷不丁点燃了一个隔年的炮仗，孩子们就放了声地呼叫，说："有年味了，年要来了！"

侯登科又去了紫云寺，要一了大师提前赶制云灯，说是过了腊八一转眼就到小年，过了小年人就不得闲了。他准备从大年初一的晚上开始放，一直放到正月十五元宵节。云灯上还要裱糊"香火会"的字样，最好能挂上火鞭，云灯离地之后再响，要升着响着。一了大师蹲在茅厕里不出来，要侯登科先到禅房里等他，侯登科等得焦躁，二番出来又催，说："一泡屎屙半天，你是要屙个黄河倒流吗？"茅厕里果然响起哗啦哗啦的排泄声，跟着响起的是噗噗的下泄气，一了大师说："又是一年春明媚，我要辞旧迎新哩。你刚才说的要带响声入云霄，我听了不解，想想云灯不过是应了中空而明亮。何为空？无物为空，亮亮为黑，皆因着一个有中无，无中有，如何就又添了响声？声在哪里？哪里是声？声即是空，空即是亮，亮即是黑。会首只求一个大有，须知大有即大无啊，莫非会首果真要登赤条条之大乘境界？"侯登科呀呀地叫，又呸呸地吐，说："好了好了，你快屙完了出来说话。"

侯登科在紫云寺待到小晌午，回家来看见香火会门口又多了十几个兵，青灰色的穿戴，一时又多了几分惊喜，快走几步赶过去，看见麻五从屋子里出来，地上蹲着的是花木春他们四个。侯登科一下子愣住了，花木春在地上挪动着拉扯他的裤子，仰着脸说："他们是直系的，跟我们奉系有仇，进来二话不说，先下了我们的家伙！会首，您得给我们做主……"侯登科说："这怎么说，麻五你给我说清楚，你怎么也扛了三尺半？"麻五说："我是得给你说清，我还喊过你科爷呢，我能不说清吗？捆起来！"

侯登科是倒背着手被捆绑的，麻五叫他喊门拿地契，他只能把头脸贴到门板上，喊一声"开门"，又转着脑袋找麻五。这一次又喊的是"五爷"，说："五爷，你把我弄糊涂了，哪里来的兵？你带着兵要地契，侯家的恩怨跟你有什么关系？"麻五说："麻五是看家狗，看家狗有记性，得了谁的好处就得报谁的恩。麻溜点吧会首，我觉着得有半辈子没见过侯月娥了，拿了地契我好回去看孩子。好家伙，一窝下了三个小崽子！"

老三侯登銮死活不交地契，老二侯登榜指名道姓地骂侯登科，先骂大哥侯登科屙屎屙半截，提裤子护裆不护腚，自己的儿子坑了三家的钱财没听见一个响声，临末了又把个兰兰搡进了火坑里。接着又骂麻五是万人养的杂种，吃了新宅里三天屎疙渣，抹抹嘴就没了人形，怎么不想想麻家的老祖爷是戳弄驴腚的贱货。后来还抄了家伙，还扒了个光膀子，喊着要拼命。麻五就急了，说："×他奶奶，老二又翻扯麻家老底哩，给我架机枪嘟嘟了他！"一伙人冲进去，又把老二老三捆到一根绳上，麻五跑到后院，刨开牲口棚后边的地窖，从里边抱出来满满一坛子豆油，拿勺子舀着往老二老三身上浇，浇着又喊"拿火来"，接过火把来真要点。玉树媳妇忽然尖叫着从老二侯登榜家的屋子里跑出来，说："五麻子，你作死呀？"蹦着跳着要夺麻五手中的火把。麻五一时发愣，说："你怎么在老宅里，他们收你做二房了？"玉树媳妇三拉两扯撕开怀，晃荡着两个大奶子往麻五跟前凑，说："我要给你做二房呢，给你个葫芦头吃去吧……"玉树媳妇晃荡着伸手，一把夺过火把扔到水缸里，还要抱着麻五的头往自己怀里摁。

麻五臊着躲闪，十几个兵都看傻了，流着口水吱吱地笑。原来玉树媳妇是被老二侯登榜的媳妇派到运河兵营里探望兰兰的，回来说小两口有些生分是真的，她依了戏文上的老理百般地劝解，还说了少年夫妻甜似蜜，脱了裤子摸肚皮，两个人当天晚上就钻了一个被窝。侯登榜两口子说了感激话，还答应把单丢的那七分三厘水浇地按旱地租给她，玉树不能下地干活儿，还可以到老宅里找他们借牲口，玉树媳妇喜得呱呱的。

侯登科的媳妇侯葛氏拦住玉树媳妇，也不管老二老三两家恼不恼，到屋子里拿出地契，拿包袱皮子包了递给麻五，说："新宅老宅都是一个老祖爷，论起来咱们都是侯家的外戚，合上眼皮就没个黑白了。他姑夫，你是个实诚人，实诚人吃敬，你把他哥儿仨放了吧？"麻五把地契掖在怀里，翻着眼皮看侯登科的媳妇，侯葛氏的嘴巴是甜的，话也说得稳妥，他就说："科爷、榜爷、銮爷，你们哥儿仨别恨我别恼我，侯家新宅里给我养着三个儿女哩，我得对得起人家。好了，你们准备忙小年吧，我带弟兄们回去吃饭。"说完了又瞅玉树媳妇，玉树媳妇的怀掖好了，看着十几个兵跟在麻五后边，她"娘哎"

一声坐到水缸沿上，迷怔着眼好半天喘不出匀气。

麻五带来的十几个兵当天就住在侯登仓的东宅里，侯登仓让三忙牛套车到镇上拉了满满一酒篓二锅头，又拉了一头整猪三只整羊，可着劲儿地让他们吃喝。兵喝醉了，侯登仓也喝醉了，他说："你们都是我的亲爹，麻五也是我的亲爹。呀呀，不对，麻五是我姐夫，我要认麻五当爹，我姐姐侯月娥一准儿急得哇哇的！来呀，喝，咱们一气喝到大年三十放炮仗。"侯月娥要捆弟弟的嘴，使个眼色让麻五出来。麻五撕了一块羊肉，嘴里塞得满满的，"嗯嗯"着跟侯月娥回西院，绕了半边水湾，牙缝里还塞着肉丝子，说："孩子会跑了吧？我得叫他们喊爹……"侯月娥咯咯地笑得没气，又伸到麻五怀里揪扯他的胸毛，说："几个月啊就会喊爹了，他们的尿给你留着呢，你喝了吧。"麻五凑到床边看孩子，孩子哧喽哧喽地正睡着，他想拿满嘴的胡茬子扎他们，头却拱到侯月娥怀里，说："急死我了，你急不？"两个人靠着床头柜，脱下裤子，站着弄了一回，把个柜架子舞弄散了，麻五还是不足兴，侯月娥要拿剪子给他铰了，说："你先说说，你当真混出样来了，还带了兵来？"麻五神气得摇头晃脑，说："怎容易？告诉你吧，里边的弯弯道道多了，三天三夜也说不完。"

麻五这样说话倒不是故意卖弄。

那天，麻五是下半晌到的叫驴山兵营，打听着询问马箢子，问谁谁都不知道，急得他在山沟沟里钻来钻去，结果就被两个巡哨的逮住了。他们押着麻五回营部，看见营长正在爹一声娘一声地骂火头军，骂的是火头军把他的回锅肉烧煳了，鲜亮亮的猪肉变成了黑膏药。骂了又问怎么回事，被骂的人就瞎吭哧，说自己上山找大料，找累了打了个盹，回来一看锅里冒的是黑烟。麻五挣脱巡哨兵，可着嗓子喊了一声箢子叔，说："箢子叔，我找了你直溜溜的一天！"挨骂的人回过头来看麻五，说："麻五你从哪里冒出来的？我现在有大号了，我叫马老成。熊羔子麻五，你是不是按小名打听的？你当是紫云寨啊？"麻五嘿嘿地乐，又向里迈了一步，对着营长说："长官，您别吃箢子叔的回锅肉了，我给您做酱卤肉吧，好吃得很。"营长打量麻五，打量着就笑了，说："行，你的点子多，那我就等着吃了。"当着秃子不说亮，守着麻子不说点，麻五知道营长是冲他满脸的麻子说的，也跟着笑。

麻五做的是酱卤鸡，营长吃得满嘴流油，连鸡骨头都嚼了，不住声地说好吃，当天就留麻五当了火头军。麻五晚上跟马箢子睡在灶房里，一天三顿单为营长开小灶,把营长一年的馋都解了,营长就当着全营的官兵发了话,说:"我收了一个麻子兵,这个王八犊子是女人托生的,你给他个萝卜头子,他也能做成酱驴肉。弟兄们都给我敬着点,他脸上的麻子窝少一个我吃了你们!"官兵都笑了,下了操围着麻五数脸上的麻点,麻五嘿嘿地笑,说:"我还有事要麻烦各位军爷,哪天我弄满满一锅酱卤羊,有一个说不好吃的,我把自己酱锅里。"

马笊子夜里跟麻五说悄悄话,先问了马家人烟旺不旺,又问官地归了侯家,过后又有人闹过事没有。末了说:"麻五,我看出来了,你投奔我是假,你是奔着事来的。对不?"

麻五还是疑惑,说:"我以前到兵营里卖过酱肉的,也找过你,当官的我也见过,看着跟你们不是一伙?"

马笊子说:"伙是一伙,我们是前不久换的防,那时候找我,我还在清丰大营呢。哎,我问你,你是不是奔着事来的?"

麻五就把侯家老宅新宅前前后后的事说了,马笊子听得眼珠子瞪瞪着,好大阵子才缓过神来,说:"麻五你会烙饼吗?你现在就是个烙饼的,烙着烙着你自己也是饼了。吃饼的人吃饱不吃了,饼还是离不开鏊子。"麻五挠着头皮看马笊子,马笊子不说话了,他摸索着撕开棉裤套子,掏出银圆来数数,说:"我要用这些银圆拉几个弟兄回紫云寨镇场,事成了我还是想着跟侯月娥过日子,她让我吃过她的大白白,娘们儿把我看成她男人了。"兵营里吹了熄灯号,马笊子抓过银圆分成一堆多的一堆少的,又从多的那一堆拿了一块塞到帽子耳朵里,钻到被窝里叹口气,说:"这一块我给你留着,你把多的那一堆送给营长,少的那一堆送给几个说上话的弟兄。"又过了几天,麻五找到营长,营长一口就答应了,准许他带一个班回紫云寨闹动静。麻五带着人半夜里离开兵营,几个人一路小跑,兴致比麻五还高。

麻五说完了又拿手揪住了裤裆,拉着侯月娥还要接着舞弄,侯月娥又把刚系上的裤带解开了,惊喜着看麻五,说:"这就成了?"麻五说:"成了,老宅里稀溜得面糊糊一样,瘫到地上起不来了。地契是侯葛氏给的,她不敢不给!"侯月娥还是合不上嘴,又要问麻五事完了以后再怎么办,麻五却把头拱到侯月娥怀里,说:"一回就灭了老宅里的威风,还有什么以后?"两个人接着又弄,累得侯月娥两手揞着腰,不住声地说全身散架了,麻五出了一身汗,依旧闹着还要再接着弄三回四回。

侯月娥惊诧着看麻五，说："你出的什么邪劲儿，看着就跟捞不着下回的一样？我还有话问你，你说的玉树媳妇也在老宅里，她是怎么回事？她也要成精吗，还跟你这样那样的？"

第十五章

腊月二十三是小年，过了这一天，年就跑着跳着往人身上扑了。紫云寨的人可着街筒子往镇子上挤，赶的是年集，挤着出年味。

玉树媳妇是吃着饭梳洗的，玉树先闻到的是皂角水的苦味，过一会儿又闻到一股子香，知道媳妇又在皂角水里泡了香姑娘叶子。玉树听到了哗啦哗啦的泼水声，从被窝里探出头来，隔着窗户望，望见媳妇一遍二遍地揉搓脖子，把个脖子揉搓得跟一节藕瓜似的，亮白亮白的了还是撩着水揉搓。洗过了直起腰梳头，又拿了镜子前后地照，照着撑起纳底绳子，结成个菱角样绞脸上的汗毛，绞得脸上白生生的了，还蘸了口水擦鼻子洼。玉树拍着床帮喊："黑豆你过来，我要尿尿。"黑豆搁下饭碗拿尿盆，伸着头往被窝里塞，玉树抓住儿子的手，说："小啊，拉着豌豆跟你娘赶集去……"嘴里说着，下边吭哧着努尿，结果只努出来几滴答。

媳妇瞅一眼尿盆撇撇嘴，说："几滴答你也尿，你是尿香油哩。"她把碗筷收起来泡到锅里，要等着赶集回来再刷，出了厨房擦手，看见黑豆豌豆拉着手等她。黑豆说："娘，豌豆要跟你赶年集，我也要去。"媳妇哇哇地叫："玉树你就使心眼吧！我要赶集，我还要先到老宅里再讨个实底，你戳弄着两个孩子当尾巴，我是办事啊还是走亲戚？"玉树又从被窝里探出头来，说："你见天往老宅里钻，那里是个乱毛窝知道不？你跟他们搅搅，早晚搅出蛋黄来你就不搅搅了。图什么？光图热闹？"媳妇扬了手拍窗户，拍得窗户纸噗噗地落浮土，说："你会说，我也会说，只有锅碗瓢勺是哑巴。要不是我省下兵营里打来回的盘缠，你还过年，黏胶吧你！"她噗噗地吐着拉开栅栏门，黑豆豌豆嘻嘻哈哈地跟在后边追。

玉树媳妇出了胡同，看见侯登榜影着柴火垛跟她打手势，声音是放低了的。他说："我不想让老大跟你瞎嗒嗒，一早出来等你。你见了霍掌柜务必把话传到，头一个年，兰兰是要回娘家过的，老礼上有说道。"说着手往怀里掏，掏出来的是一块蓝缎子布料，递过来让玉树媳妇收了。玉树媳妇看看布料，布料在日光里蓝得晃眼，又看看侯登榜的脸色，侯登榜的脸色是暗灰色的。玉树媳妇说："榜爷，我上一次去兵营，科爷就跟我显出生分了，眼下又刚刚经了二落，兰兰回来也过不了安生年。"

侯登榜从柴火垛上抽出一根棉花柴，咔吧咔吧地又掰又撅，还把个空花萼子塞到嘴里嚼，恨着说："二落？老宅新宅这是犯上搅家星了，三落四落也到不了头，终究要翻扯出个黑花肠子来。不过，翻扯是翻扯，不在乎眼皮子底下这几天。我是看透了，老大的法子是大火烙饼，还弄了几个一屁就蹬烂的烘柿子兵，我恶心死他了！我要弄就弄个哑巴抠葫芦籽……玉树家的，你跑腿磨牙，我一个大谢是装在心里的，这一会儿什么也不说了。"玉树媳妇想着先把蓝缎子布料放家里，又不愿意多听玉树胡乱叨叨，索性解开怀塞进去，又紧了紧腰带，转个身去了白面瓜家，扬着声邀白面瓜赶集。

豁子又拾粪去了，白面瓜还记着玉树媳妇吃独食的茬口，听见喊声先关了门，隔着门缝往外递话，说的是："我拙嘴笨腮的能赶集呀？我俩眼乌黑知道集在哪里呀？我缺心少肺的让人家卖了再跟着数钱呀？婶子你快去吧，一集的男人都等着跟你吊眉眼哩，一集的热闹景都等着你去看哩。婶子你走大运了，俺玉树叔这是哪辈子修来的福啊？"玉树媳妇扳着栅栏摇晃，呱呱地笑着上了官道，走几步回头又喊："白面瓜你等着，我回来给你捎个带骨头的，邦邦硬的，让你也享一回大福！"

年集比平时的集大了许多，还没进镇子呢，先看到的是杀猪剥羊的。羊是现买现剥的，猪是自家喂的，拉集上杀了卖肉，剩下猪头下水猪血猪蹄，足足地够过个好年。一圈子人围着看，看着刀手把刀背拿牙咬住，腾出手来拦腰扎围裙，挽袖子，啪啪地收拾个上三紧下三紧，哈腰把猪摁到案板上，猪龇牙咧嘴，哭叫长嚎。刀手从嘴里取下尖刀，又把一只手放到猪身上摩挲，从猪腰一直摩挲到猪耳朵，摩挲着弯下腰，低了声跟猪说近乎话。说的是几句顺口溜："猪爷猪爷你别怪，你是阳间的一碗菜。今年杀了你，明年你再来……"猪不嚎了，猪开始哼哼，刀手的左手忽地扳住猪嘴，右手的刀尖颤颤地抵住猪的喉咙。说时迟，那时快，手腕一挺一推，尺把长的刀子光剩下个木把，木把在刀手手里一拧一旋，嗖地拔出，一腔热血噗噗喷出，哗哗地流到猪血盆里。

盆里是先舀了一瓢清水的，清水里还撒了一把盐，为的是猪血快着凝固，过一会儿割成四方块，倒进开水锅里一焯一紧，猪血就凝结成黑紫色的硬块块了。围观的人不看猪血，看的是刀手又在猪腿上划了一道口子，还用刀尖插在肉皮里边戳了戳。接着把尖刀搁围裙上擦去血沫，咔嚓又拿嘴咬住了，顺手抓起的是一根四五尺长的捅条，捅条从猪腿上的切口里插进去，皮里肉外来回地捅。捅条抽出来扔了，刀手的嘴巴却对准了猪腿上的切口，先长长地吸一口气，跟着就一口接一口地吹。刀手的气跑到猪身上，猪登时肥胖大长，连四条腿也直绷绷不会打弯了。刀手直起腰，抹抹嘴，亮亮地喊一声，喊的是："水开没？"一颗长发人头从灶门口抬起来，也亮亮地答一声，答的是："开得嘟嘟的！"

大肥猪在开水锅里刮去毛发，刮得白白净净，人群里有了笑声，笑声里说的是荤话："奶奶的，要是个白胖娘们儿你看能恣死了不……"话是带着胡思乱想的，刀手也笑了，白刀子进，红刀子出，白胖娘们儿扑哧一声响，响声里开膛破肚了。接下来闹腾的是孩子，孩子捡了猪蹄甲，眼巴巴地望着锅里。锅里要洗猪肠猪肚了，猪肠猪肚上的油掉到水里，凝固成豆粒大的、手指肚大的油疙瘩。油疙瘩捞了摁到猪蹄甲里，安上棉绒捻子当灯点，拿手举着能亮半夜。

黑豆豌豆抢了猪蹄甲等着捞猪油，玉树媳妇转着圈子看熟人，看见的是东街口的马靠靠。她说："靠靠兄弟你经着心，两个死孩子拉不动腿了，我去串个门就过来。"马靠靠说："你去吧，咱俩的孩子，我会不经心？"玉树媳妇拧他一把，说："你先攒着劲儿，过了年咱再生俩，生三个也行。"她呱呱地笑着走了。

玉树媳妇怕黑豆豌豆看见，她闪开之后先拐进一条胡同，意思是挡住孩子眼。胡同口站着一个穿长衫背褡裢的人，迎着她先鞠个躬，说："你是紫云寨玉树家里的吧？"玉树媳妇吃个愣怔，说："你是哪里来的客人？你怎么知道我？"那人想笑又没笑，从褡裢里掏出一串糖葫芦，前后看了看，压低了声说："你只管低头吃着跟我走，掌柜的有要紧话跟你说……"

玉树媳妇抓过糖葫芦咔嚓咬了一口，酸的甜的黏在牙上，闷着头跟在那人后边，想想自己像是馋嘴孩子，还不知道人家是张三某人呢，给了就接过来吃。吃着又笑了，心里说："娘的个腚，传个话还弄得神神怪怪的，弄的啥啊这是？"紧着赶几步，说："咱这是到哪儿去，霍掌柜家在正东头，咱怎么跑到镇子大西北了？"那人仍是笑笑，也不言语，步子不大，走得却越来越快，脚下还没个响声。玉树媳妇跟头流水地追着赶着，身上冒了汗，气也喘得粗了。

镇子的西北角是牲口市，往常会有牲口贩子沿运河贩来张家口一带的骡马，或者是沧州的黑驴，还有开封周口的黄牛。张家口的贩子走时带走的是满船的高粱，沧州贩子倒换的是芦苇。开封周口来的牲口贩子会在镇子上住许多天，回去时也许赶回的是一群群青山羊，也许是从运河码头上卸下来的鱼干。眼下赶的是年集，年集上没有远路的客商了，牲口市也就空了下来，拴过牲口的柱子和磨出滑溜溜光皮的柳树，在腊月里惨白的日光下孤零零地冷清着。顺着柳树趟子出村，穿过紫柳墩子就是荒无人烟的老河套了。脑子里闪出老河套，玉树媳妇激灵着打个迟顿，人站下来不走了，说："你把霍掌柜喊来吧，我饿了，脚脖子跑断了。你看看领到哪儿去了这是？放着热汤热水的家里不去，跑到前不靠村后不挨店的漫洼里。弄啥？喝西北风？冤不冤？"她靠着柳树拿舌头舔嘴唇，嘴唇上的糖稀被寒风吹干巴了，干巴巴地收紧了嘴。前边的人也跟着站住，还是冲玉树媳妇笑笑，笑着又换成神秘样，说："我也不知道掌柜的中的什么邪，用两块银圆让我在半道上截住你，给你留的是六块，你说这不是多花的钱啊？"玉树媳妇拿手在嘴上抹一把，说："我想起来了，兴许是霍掌柜又收了个偏房，家里的大娘子是容不下的。那咱们紧走几步吧。"

河套里闪出来的是一溜窝棚，窝棚是秋天收割芦苇时搭建的，芦苇收下来运到码头上，窝棚闲下来等着来年秋天再用。领路人拿手朝中间的窝棚指了指，又捡了块烂瓦片扔过去，玉树媳妇吃吃地笑，说："这位兄弟也是个细心的，你这是要给霍掌柜打响声啊？男人稀罕个新鲜，家花没有野花香，不顾热冷都要贪那一口的。"话刚说完，长衫男人突然从背后托住了她，她的身子一下子悬了空，人是飘摇着到的窝棚口。玉树媳妇原本是要伸了头看棚里的热闹景的，里边没有霍掌柜，也没有想象中的女人，倒是看到了棚架上悬吊着的狗，狗嘴是拿绳套勒住的。玉树媳妇惊叫着往后退，手被长衫男人抓住了，接着就绑在了立柱上。

一个蒙住半拉脸的男人从火堆旁边站起来，披着的棉袄滑到地上，从地上抓起来的是一把刀子。刀子拿牙咬住，手举起来拉吊环，吊环到了玉树媳妇跟前，悬吊着的狗也到了玉树媳妇跟前。蒙面男人先拿刀子冲着狗比画，刀刃刮擦着狗肚皮，狗肚皮发出嘶啦嘶啦的声响。后来，两个黑黢黢圆溜溜的小东西从狗肚皮上掉下来，滑落到玉树媳妇的领口里。勒住的狗嘴里多了长一声短一声的呜呜，玉树媳妇也跟着呜呜，那一会儿里，她觉着整个身子滚烫滚烫的。热着热着又凉了，凉是冰冰的凉，凉得没了知觉。玉树媳妇最后发出一声长号，声音从窝棚里飘出来，马上又被腊月里的寒风吹成了哨音。

紫云寨里的人再见到玉树媳妇是在做晚饭时，那时候年集早散了，街上留下了密密麻麻的脚印，脚印又分散到胡同里院子里。北街口的马靠靠把黑豆豌豆送到胡同口，他冲两个小屁孩说："我不当你们的亲爹了，我这个亲爹连你娘的嘴嘴都没亲过，白看一天孩子我冤死了。滚鸡巴蛋，找你们的大葫芦娘吃白白去吧！"黑豆兄弟回到家又被玉树赶出来，说："黑豆你还是我的亲儿不？我让你跟着你娘当眼线，你娘呢？你给跟哪儿去了？"黑豆拉着豌豆二番又回到街上，看见他们的娘披头散发，两只手死死地揪着棉袄衣襟，领口上粘着两个黑黢黢圆溜溜的小东西。

黑豆叫了一娘，说："你一整天也不管我们，我们看完杀猪的又看剥羊的，还是看不见你。俺爹一个劲儿地盯着问，你怎么才回来？"

豌豆喊了两声娘，说："娘，娘，靠靠叔光知道骂俺俩。回家爹也骂……"

玉树媳妇也不搭茬，她是奔着侯家老宅走的，走到门洞里拿头撞门，撞着说："该有的没有了，生了孩子拿啥喂啊？又不是冰糖葫芦，又不是炒焦豆，割它弄啥？"黑豆哇哇地哭着拉他娘，豌豆哭着往家跑，跑着喊："爹，爹，俺娘叫人家杀了！"

玉树媳妇不撞门了，她是弯了腰卸的门板。门板卸下来冲进院子里，她在东跨院侯登科家的院门上跺一脚，又在西跨院侯登榜家的院门上跺一脚。侯登榜拉开门就往后退，说："玉树家的，你这是……哎呀，咋了这是？"玉树媳妇往侯登榜跟前凑，凑着压低了声音，说："大兄弟你知道不，俺家玉树想要个闺女，不生闺女生个小三羔也行。"侯登榜趔趄着躲闪，媳妇侯黄氏端了灯照玉树媳妇的脸，照着照着把灯扔了，说："他婶子，你咋弄了一身血啊！"玉树媳妇却吃吃地笑起来，说："吃去吧，再吃呀，想吃也没有了!"

"玉树媳妇迷怔了。"话是侯登榜两口子先说的。

侯登榜找来大哥侯登科,又喊了老三侯登銮,三兄弟关上门互相看,最后咬了死口。侯登科当天夜里就过了运河,天不明到了兵营,先上下地打量兰兰,见兰兰的小肚子还是塌塌着,跟着就向霍好秋说了前因后果:"姑爷,我听你一句话,你要说谁想骑到侯家老宅脖子上屙屎就叫谁屙去,好,我蹲下双手捧着。你要说这事不能忍,作践玉树媳妇就是专给老宅里看的,我也听你一句话。"霍好秋一阵子怪叫,说:"反了反了,老子要杀人了!"歇口气又问那四个兵还能不能找到,侯登科说:"早就炮了蹄子,兔子屎也见不到一粒了。"霍好秋坐下来,伸着腿让兰兰给他穿袜子,扭着头又问侯登科到兵营里来村里人知道不知道。侯登科连连摇头,说自己是四更天出的门,连一条狗也没惊动。霍好秋点点头,又说:"好啊好啊!不就是初一对十五嘛,不就是针尖比麦芒嘛,这个传话的动了刀子,那个发邪风的呢?我想好了,就是麻五了。"

侯登科在兵营里猫了一天,下半夜他带着四个兵过了运河,过杂树林时有一个兵停下来尿尿。穿过蒿草棵子时,霜雪滑落到鞋口上化成露水,露水很快洇湿了厚厚的毛袜。他们顺着紫云寨的寨壕绕到村子西头,然后在水湾北边的紫柳棵里蹲下来,看见水面上泛着星光。他们麻利地从怀里扯出面罩,四个人中的一个还冲侯登科使个眼色。侯登科弓着腰分开了紫柳棵,又顺原路消失在寨壕里,寨壕里只有棉鞋底子踩踏枯叶的沙沙声。

这是腊月里常见的黎明时分,有稀薄的夹裹着水珠珠的雾气,有嘎巴一声从树上折断的干树枝,还有缓缓慢慢的牛反刍的磨牙声。蒙面人挑选的这个地方是水湾肚子上流出来的一根肠子,肠子的最细处是半步宽的水溜子,水溜子被厚厚的干枯了的茅草覆盖着。伴随着水溜子的还有一条被紫柳棵子缠绕的小路,小路顺着运河湾的走势岔出去,渐渐淹没在河湾里的草丛中,除了寻找丢失的羊羔,村里人是很少走那条路的。运河湾是运河的肠子,圈绕到中间的就是铺天盖地的芦苇荡,再往里走就是天大地大的河套了。在靠近芦苇荡几十步远的地方还有一片酸枣林,从酸枣林看村子,看到的是翘起的屋脊和低矮的厨房顶上矗立着的烟囱。要是站在水溜子上边的西街口望酸枣林,酸枣林是在脚底下的。麻五每天从西院里出来到东院里喂牲口,他会在水溜子口打个盹,或者是撒泡尿,或者是吐口痰,或者是长长地吸一口水面上弥漫着的潮气，接着再打几个喷嚏。

东天边出现了丝丝缕缕的淡青色的云纱，云纱聚起来织成棉被，棉被铺展开遮蔽了东天边，夜色一下子又浓了许多。麻五每天都在这个时候从西院里走出来，这是赶着给骡马加料的茬口，要是单为喂牛，是完全用不着早起的。麻五从兵营里回来之后，侯月娥就死活不让他半夜里给骡马喂夜草了，理由是怕半夜里开门关门惊着孩子。麻五半夜里不用喂夜草了，心里感激着侯月娥，要过水溜子了，他还哼唧着唱起莲花落。

莲花落是听花头唱过的，他只会《十八摸》的前几句，唱的是："吹了灯，瞎了火，老公公床上乱摸索。一摸摸了个一把粗，圆乎乎，直橛橛，这不是脚丫是脚脖……"唱着唱着哑了声，脖子被一个蒙面人用胳膊肘夹住了。麻五发不出声，眼看着紫柳丛里又多了三个蒙面人，其中两个人一边一个岔开了他的腿，麻五立刻像栽进土里的拴马桩。另一个从肩上摘下褡裢，从褡裢包里取出一个葫芦样的东西，葫芦样的东西杵到麻五的裆里，接着就摁住了麻五的肩膀。几乎是同时，先前两个扳腿的倏地闪开，闪是扳着腿闪的，悬空的麻五扑通落下了。

麻五没落到地上，麻五的裤裆被葫芦样的东西顶住了。麻五没喊疼，麻五只是酥麻了半个身子，腿也跟着软了，腰也直不起来了。

第十六章

大年三十的中午，村子里响起炮仗，炮仗是摆供的人家放的。供敬的也许是列祖列宗，也许是泰山老奶奶，也许是财神爷，也许是八仙，总之是先前许过愿的，摆一桌供是还愿。上了供桌的猪头点心花糕，还有几样花菜，撤下来是不许立刻吃的，吃要等到第二天大年初一的中午。年三十晚上吃扁食，家里宽裕的人家，扁食会是雪花似的白面皮，馅也会动大荤，羊肉配胡萝卜，猪肉配粉条，还要先拿香油养了肉馅。家里吃粮艰窘的，或者生养了几个没底肚子的半大小子,面皮就换成了杂面的,杂面的抗饿挡饥,当爹当娘的就许了他们敞开肚皮吃。但在吃这顿扁食之前,差不多家家都要拿了炮仗火纸香烛,恭恭敬敬地跑到祖坟上。上坟的时间要赶在下午的下半晌,家里已经准备好了,包好的扁食放在高粱莛子做的锅胚上。锅里添满了水,灶间里码了齐齐整整的劈柴,单等着上坟的回来下扁食吃年饭。上坟的是家里的男丁,往往是当爹的带着儿子,也有哥哥带着弟弟的,到坟上先点燃的是火纸,火纸的顺序是按先祖辈分往跟前排的。火纸点燃了,香烛摇曳起火苗,炮仗也跟着劈劈啪啪地炸响,人也就跪在了坟前,磕头祷告,说的是:"老爷爷老奶奶啊爷爷奶奶啊亲爹啊亲娘啊,到年了,您老人家跟儿孙们回家过年吧,家里人都等着呢。"站起来再作个揖,又顺原路往家赶,家里冒起了炊烟,炊烟里缠绕着浓浓的年味。

紫云寨迎来了年,迎来了热闹,迎来了宁静。热闹是孩子的,孩子满大街地疯跑,跑着放炮仗,孩子的乳名就叫了闹闹。宁静是老人的,老人在家里讲古,讲在永久的回忆里。老人的脚是蹬着火盆的,火盆里燃着的是拌了柏壳、谷糠的花萼子,烟头子似冒不冒,火苗子红红绿绿,讲古的老人在回忆中睡着了。下半夜了,街上疯跑的孩子进了家,鞋也顾不上脱,倒到铺上就吧唧着嘴巴入了梦乡。整个紫云寨都睡着了,冷不丁地有一声两声的炮仗响,或者是谁家的孩子梦游了,闭着眼把炮仗捻子杵到了香火头上。

红光是在大年初一太阳没冒出之前出现的,伴着红光的是枪声,先还是稀稀落落的,约莫过了喘四五口气的工夫,一下子就响成了文武鞭,分不清是机枪是步枪了。惊醒的人爬出被窝,先想到的是谁家要下年五更的扁食了,起得早,过得好,年五更的扁食要赶着第一个吃,年五更的炮仗要赶着第一个放。接着就听出来响的不是炮仗是枪声,枪声是贴着紫云寨村北的寨壕响的,东边一面,西边一面,两面打着往村子中间聚。所有爬出被窝的人都挤到窗口,看见一道子一道子的红光把夜空撕开了,扑鼻而来的是辣乎乎的火药味。牲口受了惊吓,圈里弄得扑扑通通,骡马咴咴地嘶鸣,牛跟着哞哞地拉稀屎。狗尖叫着跑到街上,一齐放了声冲北边狂吠,叫着叫着又改成吱呜声,吱呜着溜回各自的窝里,卷了尾巴,斜着眼角,浑身抖抖索索,口水流出来糊满了狗头狗脸。

太阳升起来了,枪声更密集了,枪声稀下来的空隙里突然间又夹裹了骂。东面的骂的是:"奶奶个孙直系的,有种的亮头亮脸地干啊,作践人家老娘们儿算什么本事，是人种干的事吗？干这事的是畜生！"西面的立刻接上，骂的是："×你们奉系的祖宗，捣鼓人家的男根是啥意思，是你娘你奶奶受不了了，还是你娘你奶奶用不着了？"村里人明白了仗是因紫云寨的两个人打起来的，一个是受了惊吓的玉树媳妇，一个是被蒙面人弄软了男根的麻五，两边都动了杀心。指挥直系的是吃过麻五酱卤鸡的营长，营长带着人马冲到了运河渡口，奉系那边先问的是"口令"，直系这边答一句"杀"，那边立刻架枪拦截。

开仗之前，霍好秋先找到团长，他是拉着兰兰去的，喊了报告就拿手指戳弄媳妇的胸口。团长被他戳弄糊涂了，他看着兰兰被霍好秋戳弄得面红耳赤，胡乱系上的裤带露出来一大截子，没穿袜子的脚丫子冻成了胡萝卜。他说："你他妈巴子的老是拿你娘们儿的那儿戳弄个啥，你能吃我也能吃啊？"霍好秋又推着兰兰往团长跟前凑，说："直系的不是人了，专拿老娘们儿的这一片下刀子。"团长当时就直勾勾地瞪大了眼，跟着就拿脚踢霍好秋，说："你去指挥，妈巴子的看见谁弄谁！"霍好秋带着队伍反扑，渡口上先开的是火炮，火炮拦住了直系的进攻，营长果断地下达命令，让士兵惨叫着装溃败。霍好秋发一声喊，队伍呼啦啦过了渡口。直系的营长要的就是对方的背水作战，再发一声喊，带着士兵返身迎头痛击，想着一家伙把奉系的赶到运河里淹死。霍好秋杀红了眼，他不让队伍往渡口退，他要的是斜插拦腰斩，队伍避开火头绕圈子，绕着要吃掉直系的全部人马。营长是个不吃暗亏的，对面来个斜插他就来个反斜插。双方像翻了坑的泥鳅，撕咬着缠绕着时进时退，打斗着退到紫云寨谁也攻不动谁了。双方在东西两面立住阵脚，都把队伍藏到寨壕里，都想把队方吃掉，火力是越来越猛了，但是，双方都看不见对方的人有多少。

双方打也打了，骂也骂了，就是看不见死人不过瘾。有人给营长出主意，说是不如干脆悄悄地穿插到村子里，从寨墙上架上机枪往寨壕里嘟嘟，脑门顶上下雹子，一穿一串血葫芦。营长高兴得啧啧的，留下十几个人佯攻，他亲自带着大队人马向西街口移动，走了不到半截街，迎头看见东街口也有人往西跑。霍好秋说："想给老子来个窝里堵，呸呸，老子早料到了。怕死的爬回去，不怕死的冲上来。来呀！"营长甩掉了狗皮帽子，跳着高骂："奉系的指挥官你听着，老子今天打不烂你的猪蛋，我爬过去给你拉马坠镫！"霍好秋说："我的蛋在你头上，你摸摸还有毛不？"瞄着蹦高的脑袋放了一枪，一枪穿透了营长的耳朵,营长把半拉血糊糊的耳朵揪下来塞到嘴里,先来了个就地十八滚,滚着搂了一梭子。一梭子子弹都打在霍好秋的裤裆里,裤裆成了窟窿,前后钻风漏气,大半坨子蛋皮都烧焦了。

两边的指挥官都挂了彩,两边的怒火都噌噌地冒。西街口先找到的是大车,大车上装了湿土,调过车辕子倒着推。车上趴着机枪手,机枪手埋在湿土里,枪口里窜出来的是火条子。就在西边推出大车的时候,东街口推来了场院里的石碌碡,石碌碡顺着当街往西滚动,后边的人匍匐着扫射。子弹打在碌碡上,先溅起的是火星星,跟着就是金属击石发出的脆铃声。大车上打下来的是木屑,木屑引燃了车帮车辆,烟火转着圈子往土里钻,机枪手发出闷雷似的咳嗽,嗓子里吸进去的是掺了火药味的湿土。战斗一直持续到大明大亮,太阳越过奶奶庙旁边的桑树梢,白亮的阳光照在大街上,大街上铺满了夜里燃放的炮仗皮,炮仗皮里夹杂着子弹壳。炮仗皮有白的有红的,子弹壳是金黄色的,一齐在大年初一的早晨闪烁着花朵一样的艳丽。

战斗进入胶着状态,谁想占谁的便宜都是不可能的,谁想把谁吃掉更不可能了。双方都在寻找着战机,战机就是钻胡同迂回运动,直到突然间出现在对方的屁股后边。谁都知道这是一步好棋,谁都知道腹背受困就必死无疑,但是,谁都知道这一步棋根本行不通。行不通的原因是摸不清哪条胡同跟哪条胡同相通,假若先进的人恰恰钻的是死胡同,后边跟进的就等于在背后穿了他们的糖葫芦。还有,交战的双方都饿了,饿得放空屁,饿得掉裤子。

奉系的士兵先看的是霍好秋,霍好秋看的是侯家老宅,老宅里大门紧闭。他撕下半截袖子,手伸到裤裆里抓挠,抓挠的是黑灰,他用黑灰在袖子上画了一张嘴,又把袖子绑到手榴弹上,选了个投弹手,瞄着侯家老宅的院子扔进去。院墙里边沉寂了一阵,先伸出来的是梯子,跟着露出来的是侯登科的头。侯登科拿自己的手指自己的嘴巴和肚子,街上趴着的霍好秋也跟着指嘴巴指肚子,墙上的脑袋不见了。霍好秋说:"放一阵排子枪压倒西边的,我们等着吃扁食,都是肥猪肉馅的,咬一口顺嘴流油。"

墙头上又露出侯登科的脑袋,侯登科把手握成个喇叭口捂到嘴上,说:"姑爷,扁食下好了,你进来吃吧。"

霍好秋摇着脑袋摆手,哑着嗓子说:"你傻啊,我能跑过去啊?你生个法子送过来,越多越好,越快越好!"

侯登科生的法是先把一根带钩子的长绳扔出院子，又把满满一盆扁食放到烘子里，烘子口朝上抱到大门底下，拿撬棒别着摘下门槛，拿根竹竿贴着地皮往当街推。侯登科趴在门洞里，头不敢朝外伸，他伸出去的是竹竿，竹竿头上绑了个叉子，叉子顶住烘子，斜着身子往门东边送。东边响起了吧唧嘴的声音，跟着喊的是："绳钩子还是够不着。再推，再推！"侯登科哆嗦着把胳膊伸出去，又带了哭腔说："姑爷，竹竿到头了，再推我就够不着了。"东边街上发出咔嚓一声，绳钩钩住了烘子，侯登科趴着招手，手却一下子热了，他把手缩进门洞里，看见手上少了一根指头。

西边突然发起了冲锋，手榴弹炸烂了烘子里的扁食盆，羊肉配胡萝卜馅的扁食拌着碎弹片飞起来又落到街上，随着落下来的还有一块黑乎乎的头皮。头皮是那个甩着绳钩拉烘子的士兵的，士兵的头皮没有了，先前还是白亮的头盖骨很快又被自己的血染红了。霍好秋一跃而起，他左手护着裤裆，右手握住枪把，发着怪叫喊一声，喊的是："不活了，不活了，冲啊！"西边的营长也喊，喊的是："人肉馅的大包子给咱们留着呢。弟兄们，给我上！"

东西两边的人都往中间聚，当街挤成了人疙瘩，抱团厮杀就在眼前，两边的队伍后面忽然间都多了一个传令兵。传令兵是骑马来的，他们分别在东西两边勒住马嚼子，同时呐喊："别打了弟兄们，南面的革命军杀过来了，革命军跟咱们不是一个娘的，咱们两家得合起伙来……"

两边的队伍同时撤退，同时搬掉了大车和石滚，撤退之前还举行了一个简单的言和仪式。两边的队伍列队相视，分别从东西两边向中间跨行二十步，然后在村子中间的侯家老宅门前站住。东边的霍好秋和西边的营长先是偷瞧对方，又各自从队列里向前一步跨，最后在当街的中心点上互致军礼。两个人都显出了疲惫，营长的半拉耳朵结了痂，痂口上渗出来的不是血，而是米黄色的树胶一样的黏水水。黏水水又跟浮土凝固在一起，营长的半拉脸不像个脸了。霍好秋立刻捕捉到营长的眼神里带着明显的无奈和自嘲，他磨蹭着把两条腿夹得更紧，一只手却不由己地又伸下去护住了裤裆。他的动作也被营长捕获到了，营长麻木的脸上露出一丝嘲讽的笑意，说："咱们是兄弟了。"霍好秋也说："咱们是兄弟了。"在各自归队之前，霍好秋又用腿夹紧裤裆半侧过身来，冲着对方的半拉脸又说："无论革命军先进攻哪家的阵地，另一家都要死命相助！"营长回应说："我们死活抱成团！"霍好秋走了几步又站住，说："我看见你刚才笑了，你那个笑不是好笑。"营长就不笑了，说：

"我没笑你,我笑的是蛋皮!"

侯登科眼巴巴地看着两支队伍同时撤出了村子,他弓着腰寻找打掉的手指,自语说:"你们言和了,我的手指头跟谁要去?"

第十七章

紫云寨天天都有革命军已经打过牤牛山的消息,牤牛山在紫云寨西南方向,脚跟脚相连的就是叫驴山。叫驴山也是东北西南走向,出了山口就是河套,而河套的北边就是直通京津的官道。说起来有两座山阻挡着,一旦革命军夺了山头关隘,纵然直奉两系联合起来,怕也是很难拦截的。假若革命军先来个虚晃一枪,大张旗鼓地要翻山要越岭,实际上大批人马早已进入运河,然后乘船直下,或者夹河长驱,这一招就叫作黑狗掏心。到那时,即便张作霖和吴佩孚两个大帅一齐上阵,恐怕也是凶多吉少。又过了几天,果然有了革命军夺下运河码头的传言,先拿下的是扬州,接着直插淮安府,又在淮安阵地上消灭了直系两个师,革命军马不停蹄,在一个伸手不见五指的夜里张帆起锚,哇哇地一路北上,眼睁睁地威逼京津要冲。

传言越来越多,花样也越来越多,传言到了花头的嘴里又变了说法。花头是沿运河唱莲花落的,整个紫云寨只有花头吃遍了运河两岸的百家饭,他能把自己被狗咬的经历编成莲花落。他说革命军根本用不着骑马,也根本用不着坐船,他们脚下都有风火轮。他们白天埋锅造饭,吃饱喝足之后就是睡觉,只等着夜影子一下来,好家伙,铺天盖地噗噗地冒火星子,风火轮转动起来,呼呼地成了火旋风,磨盘大的石头碰上火旋风,立马就跟烘柿子一样稀溜溜。紫云寨闹出那两件大事的时候,花头还在宿迁赶年集,原本打算着挣个饱年接着再唱半个春天的,之所以又赶回家来完全是因为受不了风火轮的烟火。村里人木着脸听花头讲得云山雾罩,马步正从地上抓了一把羊屎蛋子,劈头盖脸地照着花头撒过去,说:"怎么没叫风火轮把你的个牛屄嘴烤煳烤焦!"

花头拿手抠弄嘴里鼻子里的羊屎蛋蛋，昏头昏脑地问豁子，让豁子说马老爷子哪儿来的邪火，是不是侯家又把官地退了回来，没捞着分官地的马步正看见谁都急眼。豁子说："哪儿跟哪儿啊，就这还撕不开呢，还想着官地？官地给你，你敢种不？"豁子就说了玉树媳妇被人弄到荒郊野外吓迷怔了，麻五也被蒙面人伤了男根，直奉两系是在紫云寨当街开的火，子弹打得像刮风一样，年五更的扁食没有一家吃成的，炮仗更没谁敢放。花头顿时哑了声，脸也成了青灰色，收起莲花板回了家，一直睡到夜深人静了才爬起来，没敢生火烧锅，啃的是硬邦邦的凉干粮，又喝了一瓢凉水，到下半夜就拉了稀屎。

村里人不再打听了，再有这样那样的传言，他们都会弄出一个怪异的动作，女人的手是按着胸口的，男人会中了邪似的一下子就把手捂到裤裆上。紫云寨过了个哑巴年，从初五开始，家家户户都挑了井水洗干粮，年前蒸出来的花糕枣糕米面糕豆馅子馍，还有过了油的绿豆丸子，还有酥肉炸鱼，一股脑都生了绿毛毛。生了绿毛毛的干粮端到太阳底下，不大会儿又有了黑毛毛，黑毛毛层层匝匝地缠裹着裂了皮子开了口子的年饭，年饭早已没有年饭味了。只有豁子赶的是旺运，两边的队伍一撤退他就去拾粪，结果他在寨壕里拾了满满三粪箕子，后来他又沿着东西两向，赶着脚印拾到运河兵营，折回头来又拾到叫驴山。他家的山墙上冒出一堆大粪堆疙瘩，粪堆疙瘩上蒙了拃把厚一层沙土，沙土上又浇了水。接着转的是村子里的胡同，回来他冲媳妇白面瓜挤眉弄眼，说："麻五还当自己是跟先前一样的，解了裤带就尿尿，一尿尿了一裤子。侯月娥摁着头让他蹲下尿，他低了头看裆，裆里光剩下一根滴答水的了，滴答得两个蛋丸子湿漉漉的。麻五看着看着就哭了，哭得哇哇的！"

白面瓜扒着窗户往街上望，望着返回身来，照着豁子的裆里踢了一脚，说："你打着拾粪的幌子看人家尿尿去了？人家蹲着尿站着尿碍着你什么了？不能用了人家还知道哭呢，不像有的人空长了一根布拉条子，空长了一根棉花布儿。我问你，那一家呢，你也去了？"豁子不笑了，辩解说自己没看玉树媳妇尿尿，听到的是吵吵，说："没头魂了，玉树媳妇哭一阵笑一阵的。还一个劲儿地叽叽咕叽叽咕，不知道她念叨的啥玩意儿，我是一句也没听清。"白面瓜噗噗地吐口水，又拿了鸡毛掸子抽打豁子身上的浮土，说："她不是有两个晃男人眼的白葫芦啊，再接着晃荡哎，她怎么不晃荡了？"

到了正月十四这天的中午,紫云寺山门开了,山门里走出来的是一了大师的徒弟,他在山门口低下头,头是冲着山门的。约莫有喘五六口气的工夫,他挪动着从门挂上摘下一个青布包袱,斜着挎到肩上,慢慢地走向紫云寨,最后他进了侯家老宅。

来人是帮一了大师传话的,传的是一了大师要请侯登科到紫云寺去一趟,说:"会首得有半个多月没去紫云寺了吧,师祖一直念叨。"

侯登科一条胳膊窝在胸口上,包了布条子的断手指变成了一个布疙瘩,布疙瘩把没断的手指撑开了,手掌倒比先前大了许多,捂在胸口上仿佛是要故意显摆的。他磨蹭着解开胸口上的扣子,手顺着衣襟插到棉袄里边,这才正了身子跟来人说话:"大师说没说找我是什么事?"来人说:"师祖没说,我估摸着还是云灯的事。眼下云灯是没心放了,那么多的麻油怎么办,糊好的云灯怎么办?这些都要会首拿个主见的。还有,师祖还给会首留了话,说会首近日还是有一喜的,师傅让会首拿主意,也许是连着这一说。"

侯登科又把伤手从怀里抽出来,紧着声地要问这一喜从何处来,忽然看见老二侯登榜瞪着眼珠子像要吃他,旁边还站着老三侯登銮,也是鼻子不是鼻子脸不是脸地哭丧着。他又掩饰着改了口,说的是询问来人的话:"我记得你是大前年来的紫云寺,今天又是包袱又是云靴的,你这是要赶哪里的名刹古寺?"来人说:"师祖要我还俗回家的,说是世间少了一阳男儿身,也就少了一阴女儿身,阴阳缺位就失了佛根。佛根不在,佛心焉存?要我还俗是填这个空缺的。"侯登科瞪了眼,说:"话从他嘴里说出来,这是空门人应该说的吗?可见老秃驴也是个六根不净的。哎,忘了问你,你说要还俗,你的俗名叫什么?"

老二侯登榜推了来人一把,说:"话也说得不老少了,要还俗就紧着还去吧,再晚了母猪羔子也出栏了。"

老三侯登銮拉开院门让来人走,接着又把门关上了,说:"老大你也忒没心没肺了吧,你看把二哥急的,你还有心闲扯扯?"侯登科急着分辩,抽出手来要拉椅子坐,断手指碰到椅子帽上,一股钻心的疼痛冒出来,额头上跟着就浸出了汗珠,说:"怎么说话了这是,要急也是我急呀。我少了一根手指,你们两个少一根汗毛了吗?"侯登榜说:"你的手指怎么少的?送盆扁食就送盆扁食吧,你摆什么手啊?你是县太爷出城啊?你是夸官亮职啊?你是万岁皇爷坐龙椅啊?还有脸说!"侯登科气得转圈子,说:"乱套了，乱套了！老二，你还分个里表不？我是给谁送的扁食？是你的姑爷，是你闺女的女婿。兰兰还念着我的情呢，你倒埋怨起我来了，我埋怨谁？"侯登榜听老大又说到兰兰，一股子黏沫沫顺着嘴角流出来，眼神也有些怔了，先是拿手指戳弄着指点侯登科，指着又是跺脚又是咬牙，说："你还拿着不是当理说，我差一点就死在霍家了，我差一点就回不来了，你知道不知道！"

原来队伍撤退之后的第三天，侯登榜到镇上打听准讯，霍掌柜看见他就拿着个算盘啪啪地摔打，算盘摔打散了，算盘珠子迸到他的鼻子尖上。霍掌柜还是不依不饶，还拿手指头戳弄他的鼻子，说："你跟我打听，我跟谁打听？我一个前程似锦的好儿子，生生地毁在你们侯家老宅那些狗蛋子猫鸡巴的破家窝子事上！为了你们侯家老宅，我儿子把老本都搭上了，鲜亮亮的一坨子大件，烧烤得跟个焦红薯一样。冤不冤，你说？我告诉你，那个大件不是吃的，是用的，都抽巴成干枣了还能用吗？"

侯登榜越咂摸越觉着这话说得刺脑子，他明明是要问奉系跟直系合了伙没有，南边的革命军打过来能不能抗得住，要是抗不住，不如趁早脱了军装回家来，好赖比跟枪子打交道强。结果他的话没捞到说，酸的咸的先叫霍掌柜灌了一肚子，强忍着咽了一阵子口水，又赔着笑脸问霍掌柜有没有兰兰的消息，没想到霍掌柜又给他灌了一碗带辣椒面的。霍掌柜说的是："看看，看看，怎么样？我这里说的是儿子裆里成了个干枣焦红薯，你还是一声催一声地问你闺女。你闺女上阵了？你闺女也烤焦裤裆了？她好着呢，她恣着呢，兵营里有的是儿马蛋子，个顶个的硬邦邦，她能不好？她能不恣？"侯登榜回家来哇哇地吐绿水，就是把老大侯登科剁巴剁巴拌了泔水喂猪也不解恨。

当天晚上，侯家老宅的三兄弟厮打到一块儿，是老二侯登榜先动手的，老三侯登銮拉的是偏架，老大侯登科的两个眼窝被打青了。到了下半夜，运河兵营的方向突然响起枪炮声，里边还夹杂着喊杀声，三兄弟又从床上爬起来，先是仰了脸听，听着就架梯子上了房顶。老二侯登榜揭起房顶上的瓦片砸自己的腿，砸着说："完了完了，闺女没了。"恨着又要与侯登科厮打，枪炮声却突然间停息了，兵营那边一片死寂，哗啦哗啦传来的是运河里的波涛声。老三侯登銮说："二哥你别哭了，现在要紧的是打听兰兰的下落，活要见人，死要见尸。大哥要到那边走一趟，你过来扶大哥下去，我给你们把着梯子。

大哥,你现在就去吗?"老大侯登科在黑暗中拿眼瞪老三侯登銮,侯登銮不看他,自语着又说一句:"大哥你也别太急了,黑灯瞎火的,你得走熟路。"侯登科摸索着下梯子,赌着气说:"不就是跑一趟兵营吗,去就去!"

东跨院里响起老大媳妇的叫骂声,侯葛氏骂的是:"老三你坏血良心,老二你也坏血良心,你们合着伙算计他。兰兰是谁家的闺女?她穿红戴绿从谁家上的花轿?干里湿里沾俺一点边边吗?"侯登榜要跟大嫂对骂,老三侯登銮说:"骂又沾不到身上,叫她骂去呗,咱全当听莲花落。"

到了小晌午,侯登科回来了,弄了一头一脸的浮土,浮土又被汗水冲开了,脸就变成个画眉脸。棉裤上还多了几个烂口子,套子从烂口子里翻扯出来,两条腿上像长了白毛。进家先抓了水瓢,咕咚咕咚灌了一阵子凉水,丢下水瓢望老二老三,望着望着就瘫软在地上,最后说的是:"不能睁眼了,挤疙瘩滚蛋蛋,一坑一壕都是死人。"

侯登榜左右地寻找,抓到手里的是缸里的水瓢,满满地舀一瓢凉水泼到侯登科脸上。侯登科也不擦脸,也不躲闪,由着凉水顺着脖子流到脊梁骨缝里流到胸口上。侯登銮绕过去照他背上拍打,说:"你别说半截话,兰兰呢?"侯登科先是翻瞪眼皮,翻瞪着噗噗地吐黄水,说:"找不到战壕了,战壕炸平了,房倒屋塌了,渡口上一堆一堆的子弹箱子。兵营里到处都是屎尿……"

侯登銮不拍打了,说:"你胡咧咧的什么,我问你,兰兰呢?"

侯登科说:"没找到。"

正说着,临街的院门咣当撞开了,兰兰跟头流水地跑进来,跟着进来的还有一股子脚跟脚打扑拉的旋风。

兰兰披头散发,散发上挂满了干茅草叶子和长了一身毛刺的苍耳子,苍耳子经了一秋一冬的雪雨,颜色跟羊屎蛋子差不多。家里人拉着扯着跟她说话,她大瞪着两眼看看这个又看看那个,好大阵子才说出话来,说的是自己死过了又活了,说着还笑,笑得满眼都是泪水。侯登榜又急又怕,说:"兰兰你这是怎么了?你自己来了,那个鳖孙王八羔子呢?"兰兰也抓了水瓢喝水,说:"团长跑了,姓霍的死了,他是自己能死的。"

兰兰说,那天霍好秋从紫云寨撤回运河兵营之后,她好心好意地端了洗脸水让他洗手洗脸,又找了新军装让他换下烂裤裆,霍好秋竟然骂她不要脸,说:"你也要看笑话是不是?老子不过是烧焦了蛋皮,老子照样能骑马打枪,老子站着卧着都是响当当的汉子!你看什么看,我裆里钻了窟窿你很解恨是不是？你巴不得我断子绝孙是不是？呔，老子的子孙千千万，老子打一梭子子弹就是一群子孙。"兰兰找团长评理，团长笑得拍腔，说："霍好秋，你他妈巴子的还真是条汉子！这样吧，我准你七天假，回家找你掌柜的爹抹獾油去吧。"

霍好秋抓了一条子弹袋勒住裤裆，又抓了几条子弹带缠到腰里披到肩上，连腰里带肩上一下子缠挂了十几条子弹袋，吃饭睡觉也不往下摘。兵营里见天都有开小差的，霍好秋反倒来了精神头，他把家里所有的银圆都拿出去了，后来他组织了一支敢死队，吃住都在外围阵地上。南边的先头部队打过来之后，她亲眼看到团长往马背上绑箱子，箱子死沉死沉，箱子缝里还掉下来一块银圆。团长是顺着战壕跑的，她跑着找到霍好秋，跟他说："团长跑了，咱们也跑吧。"霍好秋的眼珠子血红血红，还拿着枪筒子戳弄她的脑门，最后说的是："滚吧，尿着尿滚吧你个破娘们儿，老子要跟革命军血战到底！"这时候，一颗炮弹落到战壕里，其他人都炸死了，霍好秋断了一条腿，他还是抱着机枪扫射。革命军里突然冲出来一匹白马，先前看着马上是没有人的，到了战壕沿上才看见，人是藏在马肚皮底下的，手里还抓着明晃晃的马刀。白马小将先砍的是霍好秋的手，说："叫你个恶魔再打！你怎么不打了！"最后一刀砍的是霍好秋的头，头砍下来了眼珠子还瞪着，瞪得溜溜圆。

兰兰说着又哭了，哭着说："我看不见那个人的脸，光看见骑白马的人是个左撇子。他举着刀要砍我，我从土里钻出来等死，那个人削了我一缕头发又把刀放下了……"

侯登榜忽地蹦起来，说："死妮子你傻啊！你那一会儿钻出来是找死哩，一刀劈下来你也没头没手了。他真没砍你？"

侯登科想起一了大师是说过霍好秋不得善终的，前后还不到半年，果然就应验了，说："兰兰你不知道，我找了你一路子，你还去了阵地。你呀，你呀，他天生就是玩命的主儿，他天生不得善终的，你还劝他弄什么？"

侯登銮忽地把侯登科推开，凑近了看着兰兰，说："左撇子？兰兰你说那个人是个左撇子？"

兰兰吃过饭就睡了，一直睡到下午半晌，侯登榜两口子在外屋里守着，心里恨的还是侯登科。到了太阳压树梢时，一个骑白马的年轻骑兵进了侯家老宅，先是摇头晃脑地东瞧西望，还咧着嘴巴嘿嘿地笑，拴上马又问："人呢，都到哪儿去了？"兰兰突然迎着声跑出来，指着年轻的骑兵排长跟侯登榜说:"爹,爹,削我头发的就是他!"

侯登榜捞起挑谷叉冲出来,跑到院子里又把挑谷叉扔了,惊了魂似的叫一声:"呀,你是得章!"

第十八章

侯家老宅又出现了欢乐景,霍好秋的阵亡早已随着兰兰的描述烟消云散,侯登榜甚至还产生了一丝快意。他在脸上弄出鄙夷的神色,目光落到墙角里的柴火棒子上,柴火棒子就成了霍好秋。后来他顺着院墙走来走去,凡是脚碰到的,不管大小,不管中用不中用,他都要拿脚踹一下。侯登科虽然稍有遗憾,但那样的遗憾是跟具体的活人联系在一起的,人死了遗憾也就消失了,除了断指之痛,留下的只是一股怨恨,怨恨霍好秋死了也是白死。还有,霍好秋弄乱了他的计划,他也跟着像烙饼一样被人翻来覆去,唯一的战果不过是伤了麻五的男根,而官地依然还在新宅那边,这才是最大的失败。但是,几乎从记忆中模糊了的儿子,却突然间威风着从天而降,他差不多已经忘掉了儿子先前的种种劣迹,站在英俊的少尉骑兵排长面前,他又找到了丢失的尊严。他说:"我还是不明白,你是什么时候参加的北伐革命军,北伐是怎么回事?你跟我要钱时说的是念书,怎么念着念着就穿了军装?你从县城到省城,一晃七八年,我是一直装在闷葫芦里的。"

侯登銮一直不住手地摸着侯得章腰间的马刀,还抓到手里比画,说:"大哥你别打岔,我正要问得章怎样骑马打仗。得章你说,那边响着机枪,你来了个镫里藏身就没人看见?你小子什么时候学会的骑马挥刀?我听着就瘆得慌,子弹吱吱的,真就打不着你?"

侯登科又记起侯登銮的拉偏架,被拉住的是他,闪开身的老二趁势打了他一拳,一拳打在他的眼窝上。他说:"这一会儿认得得章是你侄子了,别忘了我差一点被你跟老二揉搓死!"

侯登銮哇哇地叫屈，说："谁揉搓你了，我不记得，你别赖我。"还是缠磨着让得章给他讲。

侯登科又说："我算看透了，咱们老宅里哥三个，数你歪点子最多！你是看我给兰兰找了个军官受不得，话又不能明说，你就戳弄着给老二上眼药，偏偏老二又是一根筋。这下子好了，半吊子军官死了，兰兰成了寡妇，再年轻也是剩菜，怎么也不如你们家的多多了，你是抱住心口窝了。老三，你说我说得对不对吧？"

侯登銮臊红了脸，气呼呼地要恼，恼着又笑了，说："得章，别听你爹瞎咧咧，他天天在家说你这不好那不好，你喝口水咱爷俩说话，别搭理你爹，这样的爹不要也罢。哎，我问你，你现在是排长了，排长是个什么官？要是跟副官比，谁大？"

侯得章笑着又把马刀挎到腰间，喝口水，先说了自己原本是想学有所成的，并不是有意跟家里说谎话，只不过是痛恨着军阀割据，民不聊生，把个好端端的华夏中国弄得千疮百孔。人是坐在了课堂里，书本也翻开了，字却一个也看不清，心早飞向了铿锵战场。接着又说出一串名字，说的是盘踞湖北、湖南的吴佩孚和盘踞江西、浙江、福建的孙传芳，还有从东北三省把手伸到华北数省实际把持北洋政府的张作霖。接着念的是北伐誓词：

嗟我将士，尔肃尔听。
国民痛苦，水深火热。
土匪军阀，为虎作伥。
帝国主义，以枭以张。
本军兴师，救国救民。
总理遗命，炳若晨星。
吊民伐罪，迁厥凶酋。
复我平等，还我自由。
……

侯登銮拽拽侯得章的衣服，侯得章说："下边还有呢！"接着又念：

毋忘耻辱，毋惮艰辛。

毋惜尔死，毋偷尔生。
壮烈之死，荣于偷生。
嗟我将士，保此国家。

侯登銮伸出手来要捂侯得章的嘴，侯得章躲闪着说：

嗟我将士，保此人民。

侯登銮打起哈欠，得章说得口渴了，喝口水站起来，说："叫你一个哈欠打得我没念完，下边还有，我们每天都要背的。哎，二叔看见我就瞪眼，回他屋里再没出来，我去看看他。"侯登科摆摆手，说："你二叔这几天犯迷怔，过两天再跟他说话吧。"得章说："还过两天？我是临时请的假，天黑前我还得赶回营地。军法如山，纪律严着呢。"侯登科打个愣怔，说："那你嗒嗒地还念书歌子！闲话不说了，你现在就骑马挎刀到新宅里给我把地契夺回来，少给一分一厘你拿刀劈了他！"得章哇哇地叫起来，说："家仇没有国恨大。爹，你把我们北伐军看成什么了？我们是国民革命军，是救万民于水火的。我刚才说的誓词你没听，'三民主义,革命之魂'，听了你就明白了。你要让我上阵多杀几个北洋军，我欣承父命，你要让我仗势欺人，我是万万不从的。"侯登科急躁起来，说："我受的夹板子气算白受了？我一根手指头算白掉了？早知道你是个绣花枕头，我听你胡咧咧！"得章皱起眉头，想了想说："这事你别管了，我有办法，我现在就去新宅。但是有一条，你们谁都不能跟着。"

少尉骑兵排长到新宅里拿回了地契，来回不过半顿饭的工夫，侯登科接过地契点数，看见地契撕成了三份，每一份都重新标了地亩方位及长宽尺码和走向，下边还有时间，写的是"民国十五年三月二十一日"。得章说："别点了，我是按你们兄妹五人平均分的，谁也没吃亏，谁也没沾光……"侯登科要脱了鞋揍儿子，窝着火说："放你娘的串裆屁！谁跟谁是兄妹？老宅新宅早就一山二虎了，用得着你去结亲？"得章又去喊三叔侯登銮，马刀磕碰着马靴，马靴咔咔地踏着军步。侯登銮扒着侯登榜的窗户朝屋子里吹气，说："别拧牛筋了二哥，砍了姓霍的随了你的意，兰兰不过少了一缕头发，你得念得章的好才对，一个刀下留情得是多大的恩？快点，地又回来了，你不想要也行,不要算我的,我占双份!"侯登榜满地上找鞋,鞋又找不到了,急着说:"老三你等等我!"

侯登榜凑过去看地契,侯登銮看了地契又看得章,说:"西院里小贼羔子小贼妮子没跟你爹毛亮刺呀?他们乖乖地拿出来了?得章啊,你该把马刀放他们脖子上,刺啦刺啦锯拉三个来回!"得章咔嚓打个立正,左手按住马刀,右手又把帽子正了正,先打个嗓清清音,说:"我用的是江山永固法,策略是动之以情,晓之以理。我说,虽然你比我大不了几岁,但是,登字辈里你还是我的叔叔,月娥姑尽管是外戚,在紫云寨安了家也算是一家人。我今天一不动枪二不动刀,咱们叔侄姑侄一家人说一家话,侯家的土地本来就来得不光彩,事过去了不说了。你们兄妹五人各得一份,从此各家过各家的,再也用不着刀兵相见了。"

侯登銮说:"这就妥了?"

得章抓了几个洗掉绿毛毛的菜馍馍装兜里,又给马饮了一瓢凉水,牵过来调正了马头,回身说:"这二百多亩地你们三一三剩一分了,新宅老宅就算平安无事了,再闹事,别怪我做晚辈的翻脸不认亲!另外,我爹要是还想着当会首,那接着当就是了,只是记着不要假公济私,我们革命军讲究的是平等。要我说,这个会首也是轮流着当好,要不,干脆新宅老宅两边都不出面,就叫外姓旁人来当,省得落闲话。不要忘了,老侯家当初占的是官地,官地人人都有份,要是全村的人都来跟咱们要官地,咱们还能把全村人都当成仇家啊?退一万步说,没有多出来的这些土地,你们还过不过?我听说当年老祖宗是一副挑子的家当。真要是再回到当年,你们兄妹是不是一碗疙瘩汤也要让着喝?要我看,人都是一个贪字拱的,多了还想多,占了还想占,真要扳正心眼说话,咱们老侯家哪一样光彩了?哪一件能摆到桌面上?好了,你们各自回屋吧,我要回营部销假。对了三叔,你想着给我物色几个新兵吧,我探一次亲也算立功了。"当街上了马,白马发出一声嘶鸣,接着就响起哒哒的马蹄声。

侯登銮追着要送得章,还要问得章哪天再来领人,还要问娶了媳妇的要不要。侯登科拉住他,说:"他给咱们弄了个五兄妹平分,你还送他,你还要帮他拉新兵,你的机灵劲儿跑哪儿去了?还轮流当会首,还假公济私,滚鸡巴蛋吧叫他!"

侯登銮说:"你不懂,得章使的这一招叫作'老葱扒嫩皮',是要慢慢晾干新宅的。你等着看下回的，到时候，叫小贼羔子小贼妮子屙屎也找不到挖坑的地。不过，会首的事，你也别老是占巴着，最好让马家人当。我跟你说大哥，有时候，唱戏的也要看听戏的脸色。"

门洞里冷不丁窜出一个人来，进门就呼叫："打起来了！打起来了！"

呼叫的是得才，得才是侯登銮的儿子，比堂兄得章小五岁，正是上顿吃饱不管下顿的年龄。侯登銮照他腚上踢一脚，说："光知道跟着个二梭子瞎窜窜，正经事是一点不干。你大哥当军官了知道不？说清楚，谁跟谁打起来了？"

得才说的是新宅里的热闹景。原来得章骑马挎刀顺着当街寻找侯家新宅的时候，侯月娥还在紫云寺一了大师的禅房里，一了大师掌着灯站在门口，口中说的是："佛门净土，多有不便，女施主请回吧。"侯月娥兀突着嘴坐在一了大师的蒲团上不起来，恨着一了大师是个顾头不顾尾的半拉子和尚。既然算准了机巧飞蛾，为何不把麻五的这一劫说出来？麻五要不是惊念着这个机巧，断然不会在她身上打主意的，他要么一条光棍熬到老死，要么张家李家接个半老婆娘，粗茶淡饭也就过了，哪里会有无妄之灾？打了主意入了新宅，半道上又成了个不中用的人，这不是有意害人吗？一了大师害了麻五又害了侯月娥，侯月娥担着个命毒克夫的恶名，还要空熬下半辈子岁月。种种端端，亏死了，屈死了，冤死了。侯月娥说："麻五是大师的俗家侄子，月娥就是大师的侄媳妇，侄媳妇现在问你一句，麻五人活着不能弄那样的事了，我一夜一夜地睡不着还得在床上躺着，你说我是该恼还是不该恼？你口口声声说东青龙西白虎，青龙白虎就这样叫你给折腾得分床分铺了，横竖你得给我生个法子。"

一了大师掌着灯往山门走，说："女施主是要骨肉情还是儿女情？"

侯月娥跟出来，说："这话怎么讲？"

一了大师到了山门口，说："你兄弟又要临难了。"

侯月娥跌跌撞撞地跑回村子里，老远就看见新宅东院里明晃晃地亮着灯火，一匹白缎子似的高头大马在门洞里咔咔地刨着火星子。她紧着跑过去，看见的是弟弟侯登仓扒了光膀子，嘴里嘎巴嘎巴地咬着刀子，手里的绳子已经结成了圈套，他把头钻进绳套，又把刀子对准了自己的心口窝，说："你老子派人拉过我的滑子，还让杀手弄伤了我姐夫的男根，而今你又骑马挎刀来行凶。好，我今天不用你动手，我就是要让你看看，新宅里的爷们儿是不是泥捏的？还是那句话，要命一条，要地不给！"

侯月娥没看弟弟，她看的是年轻的少尉骑兵排长，年轻的少尉骑兵排长忽而把手按在马刀上，举起来忽而又落下，灯明里闪着机警而又无助的目光，仿佛是在掂量着，是让可恶的老宅仇人自己勒脖子捅胸口呢，还是拿马刀咔嚓劈了他。侯月娥从夹皮墙里抱出木匣，抱着走到年轻的少尉骑兵排长跟前，说："拿去吧。"

年轻的少尉骑兵排长怔怔地打量着面前的女人，这个女人曾经给他的童年留下过谜一样的记忆，但眼下她差不多应算一个丰满却又内蕴忧伤的中年妇人了。他艰难地含混着叫了一声姑，说："我是得章啊，姑，咱们是一家人。"他把木匣打开，清点着把地契一分五份，掏出笔来写了缘由，然后又把其中的两份放回木匣，又说："姑，你跟我小叔一人一份，这三份我带走了。以前的老话不说了，好好过日子吧，北伐战争胜利了，我再来看你们。"

年轻的少尉骑兵排长牵走了他的战马，侯登仓拿刀子咔咔地砍绳套，后来他抢着半截绳子扑向侯月娥。绳子甩出去又弹回来，光膀子上被绳子抽打出一道道血印子，侯登仓还要跟侯月娥厮打，先打的却是自己的脸。打着又哭，说："我憋屈死了，我憋屈死了。地是哥哥拿命换来的呀，几个来回了？这里边还有姐夫的男根哩，谁给弄稀溜的？这事算完了？"

看见弟弟哭，侯月娥也哭了，说："你憋屈，我才憋屈哩。你哭，我也哭，我一肚子憋屈跟谁说去？"

中间隔了三天，侯得章又回了一次紫云寨，这一次他是回来带兵的。侯登銮一共给他说妥了八个，其中就有马靠靠的兄弟抢抢。侯得章给他们一人发了一块银圆，说是安家费。抢抢把银圆给了哥哥靠靠，马靠靠说："兄弟，我给你放着，回来哥给你张罗个媳妇。"临动身时，八个吃粮当兵的年轻人都扒了光膀子，争着抢着冲进磨坊，伸着头在石碾上磨牙，磨得嘎巴嘎巴的，磨过了再啃，啃得咯吱咯吱的。

碾是白虎，啃几口就沾了白虎的杀气，当兵吃的是厮杀饭，身上沾了杀气，枪子会躲着走。抢抢抹着嘴巴抬头，看见啃过的碾盘上一片子红，他一下子跳起来，说："杀气上身了，我啃了白虎一嘴血！"

龙 虎 戏

中 部

运河湾里的悄悄话：
青苇棵，黄苇棵，两个娘们儿往里摸。
你摸的啥？八尺二寸的臭裹脚。
你呢？
嘻嘻。不给你说……

第一章

　　这一年运河湾里出现了少见的大旱,整整一春天只下过几场淋湿地皮的蒙蒙雨,雨点落到地上就被焦干的土坷垃吸净了,太阳一照,还是白花花的干地皮。谷雨花,大车拉。小满花,不回家。棉花是种不上了,谷子只能浅种,浅种只能种在干土里。还有拖秧子的羊眼豆,也是深不得浅不得。春苗子是贴着犁底种下的,种的是高粱,高粱钻出苗来比针尖粗不了多少,原本应该是细细嫩嫩粉粉黄黄的,可是,干辣辣的东南风和无遮无拦的大太阳刮着晒着,很快就把它们弄成了铁青色。变成铁青色的高粱苗子在干风中摇摆,干风还把它们根部的细土粒吹走,露出来的是一个香头大的紫红色的苗疙瘩。苗疙瘩下边连着的是一条深入地下的须根,须根艰难地吸吮着土壤中少得可怜的一点点潮气,就那样少气无力地赖活着。

　　邪怪事是越来越多了。许多人都在猜想,猜想四五年前的那场劫难,侯家新宅老宅为官地摽着置气,害的是两个不相干的外姓旁人,一个被蒙面人弄成了迷怔,一个被蒙面人伤了男根,都是伤在窝嘴碍眼的地方,人能吃能喝地活着,该干的事却不能干了,这明摆着是作孽。还有,那场厮杀炸塌了十字街口的奶奶庙,枪子还打穿了马靠靠家的一头母驴,母驴正怀着七个月的驹子,是惊了栏跑到当街的,一颗飞弹打在驴肚子上。伤是贯通伤,一边进气,一边出气,大风小风从枪眼里钻进钻出,母驴肚子里就整天呜呜咕咕地响。母驴没死,到月份生下一头骡驹子,骡驹子生下来蹄腿倒是全的,眼却得了气蒙眼,大瞪着两眼往墙上撞。马靠靠天明天黑地骂,不敢骂人,也舍不得骂驴,他骂的是自己走背运:"不认得爹,光知道个娘,娘坐在人家的床帮上。谁冤?爹冤。时运孬,点子低,罐子里的咸盐也生蛆。怪谁?罐子。没爹的罐子啊……"

奶奶庙是被烟火雷炸塌的,烟火雷先把奶奶庙熏得漆黑,连泰山老奶奶的鼻子洼里也没放过,接着又是咕咚一声,爆炸的烟火雷把齐整整的奶奶庙炸得片瓦不剩。三月十五是泰山老奶奶的生日,村里人又重新盖了庙堂,还给泰山老奶奶塑了个粉身。泰山老奶奶在仙界是天仙玉女碧霞元君,这口气是咽不下的,夜里就给全村人托梦,说的是:"你们生儿生女我操了多少心,到头来落个这?天涝天旱我是再不管了,没见过这么作贱人的。"话是气话,理是正理,奶奶庙里见天呲喽呲喽地冒黑烟,鏊子底烤着的大旱天,黑烟照旧黑天白天地冒。

孙老安在当街拦住了马靠靠,说:"靠靠你别号号了,瞎骡子干好活儿,你就当它是个好眼的,倒省了夜里添草点灯。我说,你得张罗着问事了,这天旱得一天也不能等了。"

马靠靠说:"你老人家晒糊涂了吧,怎么要我问事?我问什么事?"

花头在旁边搭了腔,先说马靠靠刚才骂的就是莲花落,落到韵辙上能唱的,还说:"靠靠,你是真糊涂还是假糊涂?新宅老宅里都不当这个会首了,听口风是要你来当的。你得找一了大师卜一卦,看看五月十三这场雨,是下啊还是不下?是大下啊还是小下?"

马靠靠说:"咦,上紫云寺我行啊?要找一了大师还得是他们侯家两宅里,往年都是他们两大家跟一了大师来往勤。要不,就叫麻五……"

花头吱吱哇哇地叫,说:"你傻啊!两边都怕雨水下到对方地里,两边都盼着对方的庄稼苗子先旱死,他给你操这个心?"

马靠靠拿手抓挠头皮,嘴里说着还真是这个理,忽然听见马步正在胡同里响响地打嗓,他凑过去叫了一声叔,说:"叔,他们要我当会首呢,真有这事啊?"要马家人当会首的事是真的,侯家新宅老宅里都认可,先找的是马步正,马步正光哼哼就是不吐口,后来又找满秋,满秋说:"俺爹不说话我不敢答应,要找就找靠靠吧,家里横竖是他自己说了算的。"满秋回家跟老爹说了,气得马步正要脱了鞋捆大儿子的嘴。马步正正要去找马靠靠,看见了先瞥一眼,又拿鼻子哼哼,说:"摔倒拾个哗啦棒槌,当成宝贝了是吧?两大院里为什么不当的?你当了会首能把官地要回来不?你是觉着自己公道,还是自己本事大？明摆着的马蜂窝，看不出来，你还当会首？"马靠靠嘿嘿地笑，说："叔，大小是个头面，我手心里还真有点痒痒。"

　　上紫云寺是马靠靠跟花头一块儿去的，山下边先看见的是豁子，豁子的粪箕子里是空的，铲子把上挑的是一个焉巴巴的荷叶包。豁子伸出铲把，把荷叶包举到花头跟前，花头以为豁子得了一了大师的好吃食，嘻嘻地笑着要抓要咬，闻到的却是一股子臭气，臭气里还有柏树叶子味。花头躲闪着骂豁子，说："豁子你弄的啥玩意儿啊这是，严实实地包裹着，我还以为是烧鸡。"豁子吱响吱响地笑，说："不是烧鸡，是烧丸子，烧的是一了大师的粪蛋蛋，明溜溜的，比驴粪蛋子还结实呢。"又问二人找一了大师是不是抽签问卦，马靠靠就说了天大旱没咒念的话。豁子又嘿嘿地笑，笑着绷了脸，说："一了大师已经屙干屎蛋蛋了，还找他？他见天夜里躺在石几上等着下露水，露水没等来，等来的是毛毛虫。毛毛虫从柏树枝子上哗啦哗啦地掉，柏树叶子也落光了，老和尚这一会儿还撅着腚努干屎蛋蛋呢，你们去吧，我是不等了。"

　　村子里的人真是没咒念了，只能眼巴巴地盼着，盼着哗啦一场雨下个溜溜透。大旱不过五月十三，五月十三这天，关老爷磨刀杀曹操。磨刀就要用水，水就是雨，雨就是水。关老爷后来杀的不是曹操，杀的是貂蝉，貂蝉先是冲着关老爷一笑一颦，接着是轻展眉眼慢启朱唇。眉眼是丹凤眼，启开朱唇露出的是糯米银牙。关老爷是个怕软不怕硬的豪杰，大白天闭着眼也能看见貂蝉女的千娇百媚，一看，刀就从手中滑落了。关老爷是趁着乌云密布的月黑头杀的，青龙偃月刀裹着呼呼风响。貂蝉一摸没头了就哭了，哭得天河决了口，大雨从天而降。

　　到了五月十二这天上午，头顶上还是看不见一丝丝浮云，风还是松松紧紧地刮着，正看竖看都看不出一丁点能落雨的样子。关老爷的刀能磨多久不知道，貂蝉女能哭多久也不知道，村里人再也耐不住了，商量着还是求雨吧。求雨需要有个哭婆，往年求雨有八姑奶奶，八姑奶奶是在紫云寨出生的，出生就是个瞪眼瞎，从黄花嫩芽熬到干藤枯叶，嫁不出去只能一辈子住在娘家。八姑奶奶当哭婆是真哭，哭天旱，也哭自己命苦，哭得诚心诚意，雨也就下了，求一回应验一回，没有一次是落空的。八姑奶奶死了之后，哭婆又选定了玉树媳妇，玉树媳妇是三月里嫁给玉树的。三月的孩，不过年，当年就生下了儿子黑豆，中间空了一年窝，第三年生下的是二儿子豌豆。玉树媳妇求雨，也能哭也能号，当了三次哭婆，有两次求下的都是透地雨。

转眼到了侯家老宅里一手五指平分官地的第二年，运河湾里再一次赶上了少见的大旱，村里人还想着玉树媳妇求雨灵验，意思是还想让她当哭婆，可是玉树媳妇的迷怔病还没好利索。也许是地里，也许是当街，犯了迷怔就拿手死死地揪住衣领衣襟，谁想跟她说句话，谁想靠近她，她就会在嘴里发出呜呜声，呜呜得让人瘆得慌。有时候，人躲开她了，她又会冷不丁地凑过去跟别人搭讪，不管是老是少，先低了声地问人家知道不，说玉树还想啒她的白白头，玉树还想再生个小三小四小妮妮，她得把白白头藏起来，她得藏得严实实。要是有人故意跟她打趣，故意要拿话套她，说玉树的腰变成死腰了，他连鸡窝都上不去了，他连个鹌鹑蛋也生不成了，他放个趴窝屁还差不多。说的人笑，玉树媳妇也跟着笑，别人笑得没形没样，她也笑得没形没样。笑的人有时忽然问她这一会儿是迷怔还是不迷怔的，问她天天捂着胸口是啥意思，问她的两个大白白是不是被人下了七星梅花钉，问她那天到底是遇见鬼了还是遇见妖了。他们说要是遇到的是响马老雀，她应该留下来当压寨夫人，人家没留她，估计是嫌她身上捂臭了。她一下子打个愣怔，接着又是哭又是笑，谁也闹不清玉树媳妇哪一会儿不迷怔，再当求雨的哭婆肯定是不行了。

有人又想到了白面瓜，先找的是豁子，许给豁子的是大礼，其中包括供桌上的猪头鸡鱼，还有一丈八尺的黄绫子布幡也归他。豁子乐得喷喷的，先拿手捏猪头上的托腮肉，又提起猪头掂分量，乐过了又扛起粪箕子，说："这事得先跟她说。"一伙子人要揍豁子，豁子扛起粪箕子跑了，一伙子人又去找白面瓜。白面瓜正在院子里冲洗，人是圈在芦席筒里的，脱下来的衣服还在屋子里。一伙子人扒着栅栏呼喊，喊的是："白面瓜你出来，我们要你当哭婆！"白面瓜抓着芦席筒子往屋里挪步，挪着倒腾手，一只手倒了空，芦席筒子散了口，一伙子人都看到了白面瓜的光身子。

白面瓜说："为什么叫我当哭婆，那一个呢，她不是会号号啊？"

马靠靠是想接着白面瓜话头的，话头却被花头抢了去，花头说："关老爷不稀罕她了。关老爷说，鲜艳艳的两个白白头一个也没有了，看着就是个败兴的，她把脖子伸到他裤裆里他也不杀。"花头最后又说："关老爷是嫌杀不出滋润味来，他要杀你，你得叫关老爷弄一家伙！"马靠靠最后抢了一句话，说："龟孙花头你把我的话都抢了，我也得补一句。面瓜你听着，今年是下了大本钱的，我不让关老爷白弄你！"

白面瓜第一次当哭婆，她穿的是没有领子的月白色贴身汗衫，下身一条肥腰肥腿的紫花裤子，裤口罩在小腿上，赤着脚不穿鞋袜。站在当街板正了头脸，说的是："我现在哭不？"一街筒子人都看马靠靠，马靠靠东瞧西望地找马步正，马步正还在家里生闷气。马步正是紫云寨的祭火头，一年之中的祭拜事，都是他当祭头喊亮口。除了当祭头得一份谢礼的好处之外，他是再不肯多说一句话的，村子里谁家的事都跟他没关系，他心里天天盘算的是怎样种地。这次求雨，马步正一身二扮，既要当祭头，还要扮鲶鱼精，谢礼哭婆得大头，他拿小头。马家人里有个会首，还有个祭头，拿多拿少他都觉着别扭。还有，凡是出头露面的事，他都不希望有第二个马家人跟着。马靠靠急火火地跑进来，说："哎呀我的叔，您老怎么还稳着吸烟，哭婆那边都齐备了，单等您喊亮口呢。"马步正啪啪地在鞋底上磕烟灰，心里憋着的一句话是"我看着你不顺眼"。马刘氏紧着打圆场，说："靠靠你头里走吧，你叔正要去呢。"马步正长长地吐一口气，顺手从水盆里捞出两块鲶鱼皮，往脸上贴时又吐了一口黏痰。黏痰吐在马靠靠脚跟前，马靠靠跺着脚跑了，跑着喊："来了来了！"

鲶鱼精离了水就要上火就要发怒。鲶鱼皮很快就晒干了，干巴巴地黏紧了马步正的脸，两个腮帮子紧箍箍的。马步正扯了嗓子喊一声亮口，亮口喊的是："哭婆过三关喽——"

三关的第一关是钻火窑，火窑是在东街口搭起来的拱棚。拱棚宽三尺三寸，高四尺四寸，长七丈七寸，圈起来算是窑洞。拱棚有四根立柱四根圈柱，立柱和圈柱上绑着柴火把子，哭婆先在拱棚口磕三个响头，爬起来做好钻火窑的架势。拱棚四边的人立刻点燃了火把，火把把拱棚烧成了火窑。白面瓜弓着身子钻进去，再出来身上就沾了火星子，火星子燎着了头发，还在褂子上裤子上烧出星星点点的黑窟窿，黑窟窿里冒着丝丝缕缕的青烟。接下来是第二关，第二关是在铺了席面大的烂砖烂瓦，还有碎碗碴子的路上走。哭婆不能大跑，也不能看脚底下，走是摇摇摆摆地走，还要拿光脚丫子不时地蹭几下，还要在脸上显出滋润来。碎砖烂瓦上留下了鲜红的血点子，血点子是白面瓜脚上的，白面瓜规规矩矩地过了两关。过第三关时，紧靠着当街的十字路口，路口上摆着九个土盆，盆里盛的是干沙土。干沙土是过了箩又在锅里炒过的，哭婆要一个一个地端起盆子举过自己的头顶，再从头顶上倒下来。先弄个土头土脸，接着沙土就糊满了全身，九个土盆全倒了，人也就没了人形。

白面瓜过了三关往井台扑，井台也在十字路口，供桌摆在奶奶庙门口。

庙门口点燃了香烛纸马，旁边早就站好了拿簸箕的人，簸箕用的是烂簸箕。烂簸箕扣在白面瓜头上，白面瓜跪在井台旁边的水槽里，两只水筲倒着个儿从井里打水。马步正立在井台上啪啪地跺脚，连跺四下，跺过了给供桌磕头，爬起来再跺四下，跟着就是唱颂歌。颂歌唱的是："东海龙王您听真，俺家的哭婆动实心。大雨下个通通透，高粱棵子根扎深。"唱过颂歌突然发声喊，喊的是："啊啊，雨来了……"喊到最后一声时抢过水筲，一筲接一筲的井水浇到哭婆身上。哭婆滑倒了，哭婆坐不住了，哭婆全身淋透了。哭婆还嫌没浇透，就说："下吧，下吧，透透地下吧。"白面瓜把簸箕扔了，人也变成了水人，水人白面瓜像脱光了身子。

时辰是赶的午时三刻，时辰到了，求雨结束了。豁子是一直守着供桌的，供是三牲供，一个猪头，一只公鸡，一条鲤鱼，另外还有酥饼点心和拿柳条串起来的炸面泡。豁子脱了褂子包，褂子包不下，二梭争着帮豁子，说："你拿那几样，我抱着你的猪头。"二梭是马步正的小儿子，侯马两家换地的时候，二梭还是个拽马尾巴摁猪耳朵的小孩羔子，五六年的工夫，他已经算个半大小伙子了。豁子冲二梭挤眉弄眼，说："还真叫你说准了，就是我的猪头，到时候煮了我喊你啃骨头。"两个人回到家里，白面瓜四仰八叉地躺在凉席上，嘴里噗噗地吐着水泡，两只光脚丫子从床帮上伸出来，甩哒甩哒地晾着控水。豁子满屋子扒腾，扒腾出来的是一把水茅根，水茅根里有甜水水，让二梭嚼着吃，算是谢他帮了忙。二梭不接水茅根，他放下猪头又帮着择猪毛，眼珠子瞅的是床上的白面瓜。白面瓜从床上坐起来，扯着衣襟控水，衣襟扯起来又露了胸口，胸口里有满满的两个大活物，二梭被她晃得眼花。白面瓜吃吃地笑，拿脚丫子蹬二梭的头，说："你个小屁孩，眼珠子倒是毒的，小心看到眼里挖不出来！"二梭揉着眼跑了，跑着说："记着啊豁子，煮猪头时你得提前喊我……"

雨是五月十二午时三刻求过的，当天下午没出云彩，夜里还是满天星，一直到了第二天要做晚饭时，仍然不见一丝丝云聚的样子，整个紫云寨的人都慌了神。谁知到了第三天的黎明时分，西北天边突然间响了一声炸雷，雷是在一道刺破窗户纸的亮光之后出现的，跟着就是挤疙瘩成团的黑云，伴随着黑云的是呜呜的风响。屁是屎头，风是雨头。风声响到头顶上不响了，黑云一下子罩住了天空，铺天盖地的大雨接着就倒下来了。

大雨连着下了三天三夜，干坷垃喝足了水变成稀稀溜溜的泥糊糊，泥糊糊吸不进水了，满坡满岗的水都往低洼地里灌。低洼地里也存不下了，多出来的雨水便汇聚成大大小小的水溜子，水溜子又在更低更洼的地方交汇，吼叫着扑进波涛滚滚的运河，齐刷刷地涌向河套，最后又汇聚到运河湾里。村子里坑满壕平。雨点最急时当街的积水能没过膝盖骨，到了第四天，一街筒子水都往西灌，露出的路面冲刷成明净净的泥板板。

豁子家在村子的东北角，东北角地势高，豁子在下雨前抱了满满一灶窝干柴火，下雨的这三天里，豁子正好煮了猪头，两口子啃了个满嘴油，吃饱了看天，天还是阴的。有人就站在水汪里呼喊，呼喊的是白面瓜，说："白面瓜你是不是跟鲶鱼精睡过通铺啊，哪年的求雨都没你求下来的多。白面瓜你再跟鲶鱼精睡一觉吧，雨不能再下了！"白面瓜哇哇呱呱地笑，应着声答一句："豁子个没爹的也不出去拾粪了，我想跟鲶鱼精睡哩，他还要跟着听床响。你说说，我是叫他听啊还是不叫他听？"说完了还要笑，二梭蹚着水走过来，远远地骂了喊话的人又骂白面瓜，说："论村辈俺爹是你的大伯哥，人家瞎闹你也跟着瞎闹，小心俺爹活劈了你！"二梭进了院子先哼哧鼻子，伸着头往灶窝里钻，从灶窝里抓出来的是光溜溜的猪骨头。二梭还要找拆骨肉，找了灶窝又找堂屋，后来他把手伸到床上，抓到手里的是白面瓜的光脚丫，说："豁子你说话不算话，说好的煮猪头时喊我啃骨头，你们两口子偷偷摸摸地啃完了。"

白面瓜拿脚趾夹住二梭的手指头，一掰一拧一拽。二梭的手指头像入了火钳子口，疼得他嗷嗷叫，挣脱了又说："没看见骨头，夹劲儿倒不小。"白面瓜拿口水吐二梭，二梭退到门口才说："俺爹请你帮着下网逮鱼哩，你去不去？"

第二章

紫云寨的人都知道马步正是前几年过的六十岁生日，过生日的那天，他拿自家的九亩八分地换了侯家老三侯登銮的十二亩七分地,他跟麻五说的是自家的地足分足厘十亩整。换过地之后他吃了六张烙饼,喝了一罐子黑米酒,饼是卷了葱棵咸菜条吃的,后来他还把一挂灌肠裹在饼里吃了。大儿媳妇春子跟丈夫满秋使眼色,眼色里是带着惊诧的,满秋装作看不见,还要春子做了寿面敬公公。马刘氏噗噗地吐口水,说:"他成精了,就是头猪也吃不了那么多!"马步正周正着身子哈哈地笑,又在落日的余晖里到新换的地里跑了一圈,腰里的一对小羊角叮叮当当地拍打着结实的屁股,回来他说:"我是运河湾里的鲶鱼精,我张张嘴吃一河筒子。"后来他天天在新换的地里修补地边子,他往地边上背了一圈黏土,又在黏土里掺了茅草和紫柳条子,还花搭着塞了些钉头子碎砖头,加水和了筑起一圈一尺多宽一拃多高齐整整的边墙围子。掺了茅草和紫柳条子的黏土,晒干了变成硬邦邦的壁垒,谁也别想趁犁地时吃他家的地边了。

地里播种了高粱之后,马步正就黑天白天盼着出苗,苗出来了,一出来就被干土包裹着,他又从运河湾里挑了水浇,浇下去的水很快就蒸发掉了,留在地里的是一块块结成硬痂的干坨坨。后来运河湾里也没水了,运河大堤明显高了许多。眼巴巴地看着干风把高粱苗子吹得半死不活,他烦躁得难受,眼珠子天天是红的,赌着气躺在运河湾里的河床上睡觉,直到暴雨把他浇醒。运河卷起炸雷般的涛声,风把河套里的枯草卷到空中,他迈着大步跑回家去,说:"人敬天,一尺宽,天敬人,和面盆。大秋有指望了!"

大雨停歇下来的第二天晚上,马步正睡觉发癔症,先是咯吱咯吱地磨牙,接着就说了胡话,说的是:"我要求雨,你是鱼,我不跟你瞎乱。求不下雨来干死你……"马刘氏拿脚蹬他,蹬醒了问他跟谁说话了,他摸索着点上灯,在胸口上大腿根上看到了巴掌大的血紫印子,血紫印子是分了叉的鱼尾巴形状。他挖了一锅烟,对着灯头点燃了,说:"我做了个梦,一条三尺多长的白梭子鱼拿尾巴打我,你说怪不?"马刘氏翻个身又睡着了,马步正没了困意,靠着床头打个盹,眼前还是那条通身雪白的梭子鱼。他把老伴的腿往里挪挪,下床走到外屋,戳弄醒的是小儿子二梭。

马步正说:"梭子你眼尖,求雨那天我都干了些什么?"

二梭说:"你拿水泼了白面瓜。"

马步正说:"我是泼的簸箕吧?"

二梭说:"你泼了她的两个大白白,不信你问大哥。"

马步正又把小儿子的脑袋搂进被窝里，也不上床睡觉了，一个人在院子里坐到天亮。天亮时他蹚着没退净的雨水到自家地里查看水情，先前筑起来的地埂还是齐整整地立着，圈起来的雨水正好齐了高粱苗的腰部，喝足水的高粱苗呼呼地疯长，三天三夜长了尺把高。奇怪的是地埂子的东北角开了一道口子，口子两边溜溜滑，怎么看都不像水冲的。他蹲下拿手比量，宽度跟胸口上大腿根上的血紫印子差不多，邻近口子的地方少了五棵高粱苗，而地面照旧平展展的。他在那里蹲着吸了两袋烟，再站起来忽然觉着头是昏沉的，眼前混混沌沌看什么都模糊，心气一下子小了许多，好像心是散的。回到家也没吃早饭，马刘氏喊他也不睁眼，话也懒得说，迷迷糊糊一直睡到下午半晌，再从床上起来时他说夜里要到运河湾里捕鱼。

马刘氏拿手捂到他眉头上，马步正的眉头热得烫手，马刘氏就嘟囔着埋怨，埋怨老头子不知道惜乎自己的身子，说出这话来一定是烧糊涂了。她说："还当你年轻啊？还当你是三十二十啊？求雨浇的是哭婆，哭婆浇成了个水毛鸡，你也浇成了个水毛鸡，你还要躺到运河湾里睡觉，你还要下河逮鱼，你这是要跟玉树媳妇学着犯迷怔哩。"马步正把老伴的手拨拉开，一连声地催着满秋修补渔网，还要春子把羊皮兜子找出来。

马刘氏凑到大儿子跟前，说："二梭不会说人话，我不问他。满秋你跟娘说实话，你爹是不是要犯迷怔？先是做梦说胡话，不睡觉跑到地里瞎逛，回家来饭也不吃了，我看着跟换了个人似的？"满秋光笑不说话，抢着说话的是小儿子二梭，二梭满院子奔跑，还抓着个罩篱比画着捞鱼。二梭说："娘，爹是嫌你炒菜不舀油，天天吃胡萝卜条子，吃得满嘴里鸡屎味。逮了鱼咱炸着吃，再挂上鸡蛋面糊，一吃一嘴香！"

渔网是马步正的爷爷活着时结的，那时候马家仅有三亩多地，地里的庄稼无论怎样侍弄都填不满肚子，马家人就到水里捞年景，捞到的鱼虾拿到集上换杂粮，卖不掉的就做成鱼酱虾酱。有一年，马步正的爷爷中了水邪，脚趾上扎了一根鱼刺，鱼刺拔下来了，脚趾却成了紫的，慢慢地又引出一条红线，红线顺着脚面子往上爬。马步正的爷爷疼得熬不过，只好再把腿脚放到河里，放到河里不疼了，那条红线却一直爬到大腿根。马步正的爷爷知道自己是中了水邪，宁愿红线穿胸也不愿疼死，结果他在大腿根深的运河湾里淹死了自己。到了马步正这一辈，家里的土地又像驴打滚似的翻了三四倍，一家人就放置了渔网，一门心思地摆弄庄稼，谁也没再提过下河捕鱼的话，甚至连想也没想过。

渔网闲置好几年了，有几个地方被老鼠咬出了碗口大的窟窿，直到晚饭上了桌才修补好。马步正撇开老伴，单把目光落到大儿媳妇身上，说："让金猪抱柴火烧锅，春子你换了衣服也跟着去轰鱼，不过还是少一个。六满四慌慌，五个人紧邦邦，少了五个人还真排列不开。"二梭接一句，说："让白面瓜去吧，她在娘家摸过泥鳅。"满秋瞅了弟弟一眼，转个身又把目光落到爹的脸上。春子很满意，她正想要个伴，马步正拿鼻子哼了一声，二梭早已跑出去传话了。

夜静了，一家人走出院子，白面瓜早已等在栅栏外边，春子跟她打招呼，问豁子愿不愿意让她夜里出去。白面瓜说："他巴不得我出去哩，我出去了他好吃独食。"说着拿眼角瞅二梭，二梭接一句，说："独食多好吃啊，抽了骨头满嘴都是肉，谁要让我吃独食，我天天驮着她赶大集。"白面瓜又转了头跟春子说话，说的是："听见了吧，你们家的小屁孩出邪劲儿哩！"春子听不懂两个人说的什么意思，手却伸到白面瓜身上，摸到手里的是一件没领没袖的对襟汗衫，汗衫在胸口上鼓起来，轻飘飘的，像是蚊帐布。春子眼馋得了不得，放低了声音啧啧地咂舌，说："你也真敢穿，这跟光着一样，还凉快还得劲儿。不像俺们家，老的少的六七口子人，连公公带婆婆住在一块儿，再热的天也要穿长袖褂子长腿裤，尿尿都不敢出响声的。"

从灯明里看夜空，夜空是黑布黑糊糊，出了灯明在黑暗中走动，走着走着就发现夜空又变成了半透明的米汤汤，朦朦胧胧地望脚下望眼前，眼前的一切仿佛比大白天还真切。马步正和大儿子满秋走在前边，父子二人都是结实身子，都是上身长下身短，都是轻快地搅拌两条腿，整个上身倒显不出晃动。一个模里扣出来两个儿，长子满秋是庄稼地里的好手，话头不多却是个有心眼的。他想说话时，话也不超过三五句，不想说话了，他可以一年不说一句话，要叫他干活儿，他能把土地侍候得跟绣花描云一样。要是有人戳弄着让他说话，他也说，说的却是半截子话，半截话里还带着咻咻哈哈的虚音，谁都猜不透没说出来的话是什么。但是，谁要拿他当个憨人看，谁要说他是个浑汤的，那他就把自己变成憨人了。

跟父亲和哥哥相比，被叫作二梭的马家小儿，胳膊腿就显得格外修长了。二梭有着棱角分明的面部轮廓，额头是宽广的，鼻梁挺拔，眉毛却像女孩子一样是个长条条。他还有着绷绷紧的胸膛，再配上两条长腿，整个人就像拿运河湾里的白杨树削出来的。梭子是织布用的，穿经走纬，梭子是一会儿也不得闲的，紫云寨人看谁站下起来不着稳，会说一句"看你慌慌得跟个二梭子一样"。马家的小儿叫个二梭，算是叫巧了，梭子不着稳，他也不着稳。二梭走在前后五个人的中间，忽而没他了，忽而又冷不丁地出现在身边。

前边的人默默地走，运河湾里的涛声在耳边响起时，马步正举起的手猛地向下一劈，这是一个不许说话的姿势。

他们来到运河湾的脖颈儿里。运河湾穿越河套流向运河的时候，在河套里又伸出两条腿来，连肚子加腿一分为三，而后又打着旋儿聚成一个大大的肚腹，肚腹下游突然地收紧拉长，就变成了一个探头探脑的脖颈儿。拦鱼吃线，撒鱼吃面，夜里下拦网，要的就是细溜长的卡脖子河道。他们在紫柳夹岸的主河道里下了拦网，拦网是用羊绒线结的，网眼比丝网大，在水里挪动也比丝网沉，好处是抗折腾，也不容易伤鱼鳞。满秋和春子一边一个拉住了网纲，马步正要小儿子二梭和白面瓜一人管一条河汊，从两边往中间河汊里轰鱼，自己则站到网兜背面随时准备下捞罩。他从腰里解下飞镖，镖绳系在左手的罩篙把上，右手托着镖柄，两眼闪烁着狡黠的幽光。

河水有些黏稠了，浪头发出咣咣的冲撞声，星光从紫柳枝叶里泻下斑斑点点。河套里多了两只连秧子的游狗，公狗从母狗身上滑下来还是连着，二梭捡了一根干树枝，发了狠地往下劈，劈的是公狗母狗的连根处。两条狗怪叫着挣扎，公狗还拉了稀屎，稀屎拉到母狗尾巴上。

白面瓜站在河汊里望着对面的二梭，说："梭子你就没正形吧，那地方能打啊？"二梭抓了一把稀泥扔过来，人却没影了，白面瓜脱了褂子洗泥点子，一个浪头扑过来。扑过来的是二梭，抢着衣服钻进紫柳棵里，白面瓜贴着水皮骂，骂的是："你爹叫轰鱼呢，你跑过来瞎乱。狗碍着你什么了，你打得它们不消停？快把褂子拿过来，你拿过来我叫你吃几口。二梭子你吃不，你不吃我走了？"二梭把汗衫捂到鼻子上，鼻子眼里多了一种甜丝丝的离秧甜瓜一样的味道，他从嫂子和姐姐身上闻到的是汗腥味，从娘身上闻到的是脑油味，白面瓜身上的味道跟她们不一样。二梭觉着那样的味道既陌生又熟悉，味道是长了小手的，抓着挠着往骨头缝里钻，这儿那儿说不出的舒坦。

就这个夜晚而言，二梭一直很想跟白面瓜亲近，他还很想没话找话说，后来他把汗衫穿到自己身上，他还想钻到河里找白面瓜戏耍。河汊里不见了白面瓜，浪花里突然间现出一道隐隐闪闪的白光，白光先是如丝如缕，渐渐

龙虎戏

地变成了一条扁担长的白色水怪,白色水怪上蹿下跳,把个河汊照得耀眼明光。二梭发一声怪叫,紧着把汗衫扒下来,失了魂地呼喊白面瓜,说:"白面瓜你在哪里?梭鱼精过来了,你快出来,快出来!"二梭喊叫着要往河汊里跳,两条腿却是软的,扑通栽倒了,全身像被抽了筋,想抬头也抬不起来。

就在二梭发出那声怪叫时,马步正也发出一声呐喊,喊的是:"老大,春子,看准了,梭子鱼过来了,赶快松了网纲缓劲儿……"满秋和春子同时看到了那道白光,手里的网纲连着松了三把,看见老爹马步正立稳了马步,左手一压,右手一扬,飞镖直插河心。白光消失了,运河湾又变成了一盆糨糊,听不到流水声,看不到浪花泛起,河面被星光照得如暴晒过的羊皮褥子,散发着夏日雨水里常有的腥臊味。奇怪的是拦网里并没有亮白如雪的梭子鱼,有的只是一条一尺多长的黑黢黢的鲶鱼,鲶鱼背上斜插了一把飞镖,飞镖的倒须钩插进去三四指深。春子惊诧着捂住胸口,好大阵子才呀呀地叫出声来,说:"爹,我看得真真的是白梭子鱼,怎么逮到的又成了鲶鱼?"满秋呆呆地望着老爹的脸,马步正的脸被黑暗涂抹了,他一动不动,变成了树桩。满秋看不见自己的脸,他压低了嗓子冲春子说话:"不说话能憋死你不?"

主河道里的三个人默默地收网上岸的时候,二梭激灵着打个寒战,脚腿又一下子灵便起来,看见白面瓜还在河里蹲着,正招着手跟他要衣服,他把汗衫扔过去,心里还是疑惑的,说:"刚才你去了哪里,喊你也不答应,嗖一下子过去一个大家伙,你没看见?哎呀,我敢打赌,那条梭子鱼一定是成精了,浑身亮白亮白的,白得刺眼,还溜溜滑。"白面瓜站起来穿汗衫,穿着又笑,说:"梭子,你给我磕三个响头,再甜甜地喊三声好婶子,我去给你说个亮白亮白的俊媳妇,那才叫滑溜呢,叫你天明天黑地搂着亲。跟婶子说实话,二梭,听说有人跟你爹提过亲,这事准不准啊?"

逮鱼的人回村了,所有的人都不说话,他们的脚步踏碎了夏夜的宁静,伴着脚步的还有网纲上的铅坠脚,铅坠脚发出的声音穿透了他们的肋巴骨。回家之后的马步正病倒了,梦话也说得越来越多,上半夜说的是:"你给老马家使了障眼法,你明明就是千年的白梭鱼精转世,瞒得了别人你瞒不了我,我倒要看看你还有什么招式?"到了下半夜又说:"我原本想着叫他二苶,你们偏偏喊成个二梭。苶子是圈起来囤粮食的,梭子是什么?梭子一辈子不会安生……"

后来不说梦话了,却是拉着拽着不让老伴离开半步,眼是睁着的,手却胡乱摸索，说的是："满秋他娘，你说我犯迷怔了是吧，你说得一点不差，我真是犯迷怔了。我不犯迷怔逮啥的鱼啊？鱼就是鱼，怎么就能成精了？成了精它就不是鱼了，不是鱼是啥？老马家已经有十二亩七分地了，咱们一家六七口子的吃喝拉撒全仗着它了，我放着好好的高粱苗子不锄，你说我逮啥的鱼啊？"

马刘氏愁得不行，先拿了老头子的一双补过的袜子到逮鱼的河湾里烧了，接着又去了紫云寺，去是提着一罐子豆油去的，求着一了大师念《金刚经》。一了大师当即于蒲团上坐了，双手打着结印，念着出了声：

"须菩提！于意云何？如来得阿耨多罗三藐三菩提？如来有所说法耶？"须菩提言："如我解佛所说义，无有定法名阿耨多罗三藐三菩提，亦无有定法，如来可说。""何以故？""如来所说法，皆不可取、不可说。非法、非非法。""所以者何？""一切圣贤，皆以无为法而有差别。"

"须菩提！若有人以满无量阿僧祇世界七宝，持用布施。若有善男子、善女人发菩提心者，持于此经，乃至四句偈等，受持读诵，为人演说，其福胜彼。云何为人演说？不取于相，如如不动。""何以故？""一切有为法，如梦幻泡影，如露亦如电，应作如是观。"

一了大师最后还画了一道佛咒，佛咒上写着："唵！南无阿弥陀佛。"他叮嘱放在迷怔人的枕头底下。当天晚上，马步正的神情就清醒了许多，吧嗒着嘴说有些口渴了，舌根也是苦的。马刘氏又问起白梭子鱼精的事，马步正却把眼闭了，手抓抓挠挠地再不肯睡觉，好不容易才哄得他不闹动静了。马刘氏又问大儿子满秋，满秋是一个字也不说，春子悄悄把婆婆拉到一边，说的是小叔子二梭。春子说："娘也该留些心了，他二叔也是门神爷似的大小伙子了，平时谁也抓不住他，你要想看他安生吃顿饭也难，倒是在豁子家一闹腾就是大半天。豁子又是天明天黑不在家的，白面瓜偏偏又是个稀稀溜溜的哈哈脾气，他二叔不跟着闹腾了，她再反过来戳弄他。你是没见逮鱼的那天晚上，咳，我不说了，说了也是个怪。明明是白灵灵的梭子鱼，中了镖的却是个黑不溜秋的老鲶鱼。明明是河面上一片白亮的，白面瓜偏说她什么也不知道。明明是他二叔抓着她汗衫的，满河里却又不见了白面瓜……"

马刘氏说："春子你给我多长双眼睛，他个梭子货再跟豁子家媳妇瞎乱瞎闹，看我不拧烂他的嘴！"

春子又拿眼偷看屋里，说："娘，我是真不明白了，你让我喝香油吃鸡蛋我也不明白。侯家老宅里托人要把兰兰许给小二，还要多带嫁妆，多好的事啊，爹为什么不答应啊？"

第三章

逮鱼后的第三天，傍晚时分，二梭推开了豁子家的栅栏门，推开之后再没关，栅栏门还在他身后嘎吱响了一声。二梭穿了一件紫花布的对襟褂子，褂子有些短了，也瘦，糊了浆水似的箍巴在身上，上身就显得特别板正，看上去好像是光着脊梁的。裤子是自家染的老蓝布，裤腿高高地挽起来，露出来的脚脖子跟高粱秆子的颜色差不多，两边的踝骨被紧绷绷的肉皮包裹住了，脚后跟的大筋一点也不突出。他的嘴唇上还有了隐隐现现的毛茬茬，青灰色的刚刚钻出来的毛茬茬看不出稀稠，不过，连贯着棱角分明的嘴巴轮廓一块儿看，他应该跟父亲和大哥年少时不一样。马步正的胡须是稀疏的，满秋的倒是浓一些，只不过人中沟那儿又莫名其妙地脱了空。

当然，对于一个初露喉结的小男人来说，即便嘴唇上有了毛茬茬，也算不上是胡子。但是，白面瓜还是一眼就盯住了他的嘴唇，随着张口就来的嘲讽，她忽然感到自己的脸上有些麻酥酥的，一丝不曾有过的感觉，仿佛春日里第一场拂面风吹过似的，明明是暖和的，她却禁不住打了寒战。接着她就笑了，说："哟，哟，刚才听见门响，想着是谁家的野狗又馋骨头了，敢情是二梭子啊。嘻嘻，没夹着尾巴吧？"人没站起来，拿脚踢蹬的是豁子，豁子龇牙裂嘴地护着腿，还一个劲儿地说踢着了踢着了。原来豁子崴了脚，没去拾粪是帮着媳妇缠线团的，二梭要扶他起来，他挤眉弄眼地做个怪样，也跟着说："不会是又去逮鱼吧？二梭，上回你可把我坑害了。我原本是想着分了鱼，先要糟满满一盆的，结果我空等了半夜，我还烧了满满一锅水。我问你婶子鱼呢，是不是多得背不动了，你猜她怎么说？她说，'河里有鱼屎，你捞去吧'。二梭，刚经过雨的鱼欢实，正欢的时候不好逮，你说呢？"

二梭也想跟豁子戏耍，平常日子他是没跟豁子说过正经话的，他已经想好了一句话，那句话是："豁子是吃人屎的，鱼屎再多也不吃。"不知为什么，话在嘴唇上拥挤着，到底还是没说。他就那样直挺挺地站着，上身靠在隔间芦苇箔上，两条腿倒腾着搓来搓去，飘荡着的目光忽而落到豁子的腿上，忽而又落到门外，最后落到的是白面瓜的脖子上。不说笑了，不闹腾了，二梭反倒成了个笨拙的人，这也跟他平时的品性不相符。白面瓜扬着手抓挠脖子，忽然又惊了声地咋呼，说："马蜂，马蜂，豁子你快逮住啊！"豁子摇摆着脑袋找马蜂，找到的是窗棂里扑进来的光柱，光柱里有跳跃着的浮尘。豁子说："哪有啊，没有，有马蜂会嗡嗡。二梭你听见嗡嗡了，没听见吧？"白面瓜吃吃地笑，说："就有就有，刚刚还在脖子上咬了一口，这会儿还热辣辣疼呢。喂，我说门神爷，别光站着卖呆啊，你也帮我找找看看，别是钻到领口里边了吧？"

二梭看到的是领口里一片亮晶晶的白肉皮，白肉皮上还有一层隐隐现现的绒毛毛，沿发际下来，有一颗圆浑浑的豇豆粒一样的小圆骨鼓出来。再往下就是收拢起来的一道波纹，波纹慢慢凝结成丝线，丝线变成了脊梁缝。他又把目光抬起来，手指头抠弄的是苇箔，抠弄得咔吧咔吧响。

白面瓜还是吃吃地笑，说："怎么了，丢魂了？"

二梭说："丢魂了。"

白面瓜说："丢哪里了？"

二梭说："就是上次逮鱼的地方。"

白面瓜说："快去找呀，豁子要不崴脚让他也帮你找。豁子，你个没爹的到底是真疼还是假疼啊？"

豁子没头没脑地跟着笑，说："哪儿是哪儿啊，你们说的都是糊涂话。二梭，你该屙屎了吧，你得屙了屎再走。"

二梭从苇箔上揪下一节黍秸篾子，篾子落到白面瓜的领口里。他甩动着长长的胳膊走出院子，走到门口时，他还在栅栏上踢了一脚，高昂着头像个刚挂了套的驴驹子，嘶鸣着向村外走去。

那个地方有一片杂树林，杂树林的下边就是运河湾里三流合一的交汇处，除了杂树林是标志之外，还有一个马鞍形状的沙丘。沙丘上长着齐腰深的紫柳墩子，雨水大的年头，紫柳棵会长到一人多高，好几种鸟儿会在落叶堆里下蛋孵窝。那个地方离村子说不上远，只不过隔着一片生满臭蒿子棵的盐碱地。臭蒿子棵味大，放羊的人也不去那儿，附近又没有下地干活儿的大路，平时到那里去的人还真不多。那地方还生着一团一簇的茅草，茅草都长疯了。

二梭在沙丘上坐下来，沙丘上已经有片片拉拉的干地皮了。他先是拿手摘掉沾在裤子上的杂草叶子，后来他揪了一节紫柳条，嚼在嘴里，又一点一星地揪扯紫柳条上的叶子。紫柳叶子的苦汁流到喉咙里，喉咙里像含了一块冰，冰融化了，慢慢浸润到整个胸口，胸口里没有了火烧火燎的感觉。他隔着紫柳棵子望西天边，西天边有一个鲜红的大太阳，大太阳压到树梢上，树梢上像着了火。这又使他毛躁起来，偏了头又望村子，果然望见了一团白光。白光是贴着茅草叶子滚动的，有一股凉阴阴的皂角水的味道飘过来，跟着是一串咯咯的笑声。白面瓜应约来到上次逮鱼的地方，她揾着紫柳枝条拂弄二梭的头发，说："人小鬼大，嘴小牙大。真看不出来啊，小屎孩也学会勾搭连环了。哎，二梭，我问你，你是跟谁学的？"

二梭的脸突然红了，胸口里像塞了大把的茅草，气也喘得短短粗粗的。他看见白面瓜换了衣服，蓝花格格的褂子脱了，换上的还是那件月白色的汗衫，领口下边掉了一个扣子，胸口鼓得老高。他把嘴里的紫柳棒吐出来，跟着又抓了一把地上的落叶，抓到手里使劲儿地攥，仿佛落叶里有他的决心。他说："你不会坐下啊，你晃荡晃荡，晃荡得我眼黑。"白面瓜故意绕到二梭对面，她用一只脚别住二梭的腿，她还拿褂子角戳弄二梭的眉毛，笑着说："二梭子你看准了再说话，明明是白花花的，你偏说黑了。你说，哪里黑了？说呀，哪里黑了？"二梭扔了落叶的手又举起来，这次抓住的是白面瓜的手腕，抓着猛一拽，白面瓜趔趄着坐下了，坐是坐在二梭腿上的。

白面瓜骑在二梭的腿上，年轻小男儿的腿颤抖着。她能看见二梭的眼神是游移的，游移的眼神里是两颗刚刚褪净绒毛毛的青杏，生涩的浮光被一颗不安分的心鼓噪着，看着像是哀求。她打消了继续取笑的念头，她甚至还想用两只手托住小男儿的腮帮，但后来她什么也没做，她就那样带着强忍的笑意，说："二梭子，你不该这样，你还小，你还什么都不知道。你一进栅栏门，我就知道你是要约我，你约出我来又能怎么样？我本该装作什么也不知道的，我本该不搭理你的，可是，我还是来了。说吧，小屎孩，你是怎么想的？"

二梭粗暴地打断了她的话，他还把白面瓜搭到肩膀上的手拨拉下来，愤怒中的激动使他涨红了头脸，那样子很像一只刚刚学会打鸣的小公鸡。他说："你敢再说一句小屁孩！"

白面瓜又说了一句："小屁孩。"

二梭说："你再说！"

白面瓜终于忍不住笑了，说："再说还是个小屁孩啊。亲娘哎，你要笑死我啊二梭子！你说，你才多大，不是小屁孩是个什么呀？"

白面瓜没想到她最后这句话到底还是惹恼了二梭，二梭的腿猛地抬起来，就在抬起的那个瞬间里，他几乎没容摇晃着的白面瓜倒下，两条长长的胳膊就把悬空的人抱住了。他用的气力太大了，结果两个人都倒在了地上，他的半拉身子都压在了白面瓜的身上。地上的人发出呻吟声，呻吟声里还带着嗔怪，她说："梭子，梭子，我知道你喜欢我，从逮鱼之前我就知道，一看见你的眼神我就知道。我还知道咱们村的好多男人都眼馋我的身子，我跟他们打哈哈，他们也跟我打哈哈，但是，打哈哈跟打哈哈不一样。就是这一刻里，我还是把你当成个孩子，没办法啊二梭，你就是比我小嘛。二梭，你为什么不早托生几年？"她这样说着，伴随着的是一声长长的叹息，两只手却像是从地上长出来的树根，缠绕着箍紧了二梭的腰，自己的腿不由己地分开了。后来，她的手又变得像蛇一样灵巧，贴着紧绷绷的紫花袄子钻进去。她摩挲他的肋骨，摩挲他的脊背，最后她把一只手停留在他的后脑勺上，像小时候娘为她梳头，轻柔地摩挲着，揉搓着，另一只手却死死地抓住了他的后背，发着狠地往下揪。

二梭突然间变成了一个茫然的傻瓜，他的身子像被火签子烫了，热浪在骨头缝里乱钻乱窜。疼痛使他难以支撑身体的重量，他把整个身子都压在白面瓜的肚子上，两条腿却哆嗦着滑下来，滑着退着，仿佛被什么东西拉着似的。后来他把头钻进她的怀里，整个头脸紧紧地贴在白面瓜的胸口上，两手胡乱地抓挠。他还流出了长长的口水，口水顺着白面瓜的胸口流到肚子上。白面瓜又在呻吟里加了一声叹息，她在那一声长长的叹息里屏住呼吸，生怕惊醒上边的小男儿。过了好久好久，她才幽幽地说："好了二梭，咱们起来说话吧，你要把我憋死了。"二梭说："你还喊我小屁孩不？"她说："不喊你小屁孩了，我喊你大屁孩。大屁孩，那天我问过你，有人要给你说媳妇了，说的是侯家老宅的兰兰，这件事到底准不准啊？"

二梭翻个身又躺下了，在躺倒之前，他还拿袖子擦了擦嘴角的口水，说：

"没影的事，你别跟着瞎起哄。"

白面瓜半侧起身子，她把一条胳膊伸过去让二梭枕着，腾出的一只手梳理着二梭的头发，说："无风不起浪，没有的事能会瞎传？兰兰好像比你大三岁吧，模样倒是受看，身架也好。女大三，抱金砖，按说也是个般配的。哎，二梭，你想过媳妇吗？"

二梭忽地坐起来，说："没有的事就是没有的事，你不瞎哄哄嘴痒痒啊！"

白面瓜也坐起来，说："不说了，不说了。二梭子，你急什么呀？"

两个人都没了话语，落日的余晖透过紫柳棵子洒到他们身上，隔着绛红色的落霞望村子，村子变得很遥远。炊烟从屋檐下翻上来，先在屋脊上打个旋儿，接着就看不见了。白面瓜拍打着身上的落叶，又偏了头看二梭，说："回去吧二梭，天要黑了。"

二梭仿佛赌气似的摇着头，说："不走。"

白面瓜扑哧一下又笑了，说："不走，不走还弄什么啊？"

二梭从地上揪了一棵节节草，不及含到嘴里又扔了，说："咱们洗澡吧，你看河里的水多清。得洗洗，恁热的天，不到河里洗澡亏死了。"

两个人走到河边，河边的紫柳棵子更高了，二梭把褂子搭到紫柳棵上，他用手指着另一墩紫柳棵，说："你在那边脱吧。"白面瓜又吃吃地笑了，说："哟哟，小屁孩还知道害臊哩。"等到二梭又要瞪眼时，她已绕到十几步之外的低洼处。

落霞消失了，东天边冒出来一颗星星，河面上升起丝丝缕缕的雾气，河水像镜子一样平展。两个人在相隔十几步远的地方站住了，两个人的头脸都是模糊的，河水刚好齐到胸口，哗啦哗啦的撩水声听得很清楚。不知过了多长时间，河面上少了一个人，白面瓜撩起水向二梭洗澡的地方泼，二梭忽然从水下抱住了她的腰。等到头钻出水面时，他说："不行，说什么我也得抱抱你。"他说得很果断，仿佛他一整天都在憋着这句话，还没等白面瓜说出讥讽的话来，他就把她的嘴唇咬住了。

他抱着她走到岸上，后来他把她放倒在河滩上的茅草丛里。白面瓜挣脱了他的撕咬，呻吟着说了一句："你真是个傻孩子啊。"平展展地躺下之后，分开的两条腿圈起来压到二梭的腿上，又帮着他摆好了姿势……

二梭是喘着粗气停止的，从白面瓜身上滑下来时，他说："我到现在还没忘哩，那天逮鱼时，我还真以为你是个梭鱼精。"

白面瓜本来是要笑的，斜着身子瞅二梭的下处，没笑出来就岔了声，说："我说你个小屎孩哪来的邪劲儿，敢情你长了个大棒槌啊。亲娘哎，二梭，你该不会是个青龙吧？"

二梭说："我要是青龙，那你就是个白虎！"

两个人又回到河里洗掉落叶，洗掉汗泥，洗掉身上青草一样的甜烘烘的味道。重新穿上衣服的时候，二梭又抓住了白面瓜的手，说："刚才你说有人给我提亲，这事是真的，不过我不愿意。"

第四章

洼地里的水汪子耗下去之后，地势高的地块也晾出了米黄色的地皮，除了黏性大的淤泥地之外，大多数地里都能下犁子耕种了。原先缺苗断垄的高粱地里又开始补种绿豆、豇豆、红小豆之类的矮棵杂粮，更多的人家赶种的是谷子。谷子原本应该清明前后种的，第一茬谷子没出齐苗，接着又是连日大旱，而今再补种春茬谷，节气上已经过了芒种，中间差着四个节气，怎么算都是晚了。晚了也不甘心，毕竟是上一季留下的春地，种上的明明是夏粮，口里说的还是春庄稼，不这样说，那几个月的空闲地能把人咬死。

大晴天，毒日头，要播种二茬谷，得赶着紧着把地耙喧耥平，眼下最当紧的是牲口。雨水泡过的地里结了一层硬皮，播种第一茬春谷时留下的耧腿垄，下大雨时成了水流子，水流子干了变成一道道板结的硬块。要种二茬谷子，只能重新把地耙一遍，如果图省事直接播种，耧腿划开的土坷垃会压住谷苗子。于是，家家户户都精心地侍候牲口，草铡得格外仔细，睡觉前抱着筛子添草，草棒棒粗的长的都要挑出来。寸草铡三刀，不用加料也添膘。主人用了心，铡碎了的草里搅拌的是亲情是关爱，牲口也就鼓着肚子吃，鸡叫二遍时起来喂最后一遍拌了料的草，草没料多，牲口吃饱了还是吃。主人就到井上挑了清亮亮的井水，上响前的饮水开始了，井台上响起咯吱咯吱的扁担声，喝足了水的牲口噗噗地打着响鼻，跟着就是挂了耕套下地了。

满秋是鸡叫头遍时醒的，醒了就要穿衣下床，春子闭着眼摸索，摸索的是满秋的下处，还把大半个塌了瓢的胸脯压到丈夫脸上，口中嘤嘤着是要起个黎明兴的。满秋拧着腿别开了春子的手，春子就把眼睁开了，赌着气拿手抓挠褥子，抓挠得嘶嘶啦啦的，说："上晌也用不着半夜起床啊，黑灯瞎火的，你是犁地啊还是犁天？你要早起，老二怎么不早起，老马家都指着你活？不行，你不来一回我不让你穿衣服。"满秋摸索着找夜里脱下的衣服，衣服是下了床穿的，春子光着身子也跟着下床。满秋支吾着说："这一回算我欠你的，你在墙上画个杠吧，忙过这一茬庄稼我给你补齐。"春子光着脚找鞋，脚把尿盆踢翻了，她说："从那天夜里逮鱼回来你就没碰过我，我是沤了还是臭了，你这样不看不闻的？"满秋就有些急了，哈腰抱起春子扔到床上，说："再说逮鱼我揍你个满地找牙！"

马家住的是二正二偏的套院，大门进的是一个，进了大门先看到的是两间五行砖脚的小堂屋。小堂屋跟大堂屋之后隔着两棵棠梨树，棠梨树是南北着栽的。挨着大门的是一间厦棚，里边放着各种农具和杂七杂八的零碎物件。小堂屋东边还有两间东屋，原来是马家唯一的闺女秀秀住的，秀秀出嫁之后，按说该着二梭去住姐姐的屋子，马步正嫌二梭野，立逼着马刘氏把二梭的铺盖抱到大堂屋的套间里，秀秀腾出来的屋子当了牲口圈。拿闺女住过的屋子当牲口圈，说起来是马家人看重牲口，其实是当爹的护着老生儿子，搁在眼皮子底下，这个梭子货再能窜窜也得回屋睡觉。

马家的大儿子满秋曾经有过分家另过的念头，他还让媳妇春子探过爹娘的口风。春子是先跟婆婆说的，春子还拿瘆窝鸡当话引子。春子说："娘，您看老母鸡也真是的，明明是自己孵出的小鸡，一家子伙着吃喝多好，怎么大了又不让小鸡跟着了？"马刘氏说："还真是哩。大了就得分群，小鸡长大了也得抱窝。"春子说还是娘明白，又说："羊也是，猪也是，还有牲口。驴驹子，牛犊子，长大了就各占各的槽。"马刘氏接着说："羊马比君子，跟人一个理。"春子笑了，紧着说一句："娘，您看我过门也好几年了，还生了金猪，金猪也会跑了。"马刘氏说："还真是哩，金猪会跑了。"春子就急了，说："娘，刚才还说您明白，您怎么还不明白？"马刘氏说："你叫我明白个啥呀？"春子又试探公爹，这一次不找话引子了，话是拿别人家说的。马步正只让她说了半截就截断了，摆着手让她喊满秋过来，说是有事商量。春子不知道深浅，冲着满秋眨巴着眼睛，意思是成了。满秋拿眼角瞟着老爹，马步正说："绕弯的是树根，直溜的是擀面杖。满秋你听着，把半截话给我捂肠子里，二梭没成家，你敢提一句分家的话，我把你的嘴豁了！"

满秋再没提过分家，仿佛他从来没在心里想过。

满秋起床没点灯，最后一遍拌料草也是摸着黑添的，熟门熟路，满秋闭着眼也能找到草料。他小心地添了草料，没用拌草棍子，他用的是手，及至放下筛子盖上料缸，也没弄出一点声响。马家一共养着两匹牲口，一头两岁口的母牛，一匹青灰色的叫驴。母牛是大前年拿一头母猪和九个猪羔子换的，叫驴却是从小养起来的，小叫驴的母亲生下驴驹子之后得了产后风死了，马步正老两口把孤儿驹子当成了儿子，除去没让老伴解开怀喂它，精心的程度也不亚于养活一个儿子。驴驹子养活了，到了戴嚼子上缰绳的那天，眼巴巴地看着老两口，入了圈连着叫唤了好几个晚上。马家人心疼孤儿驹子，刚使活儿时让它拉的是偏套，领墒驾辕子的挑套活儿全是母牛干的，慢慢地孤儿驹子长成了强壮的叫驴，而母牛也到了配种怀犊子的岁口，一牛一驴又在使活儿上变了主次。

牲口吃饱喝足了，满秋把鞋脱了，光着脚轻轻地开了大门，又把拖车和耙扛到胡同里，只是摘墙上的耕套时，铁钩子发出了清脆的响声。他倚着门框站住了，拿眼望的是大堂屋，直到坚信大堂屋里的人并没惊醒，他才牵着牲口走出院子。套牲口时叫驴扬起脑袋要打响鼻，满秋一只手捂住它的鼻子，另一只手一下一下地梳理着鬃毛，叫驴的响鼻没打出来，喷出来的是一股子湿漉漉的热气，跟着就拉起拖车走到街上。

街上已经能影影绰绰地看得见路面了，牲口记路，不用拿鞭招呼也知道出了胡同是要去东街口的。满秋的鞭子在胳肢窝里夹着，他很想抽口烟，手抓到烟袋了又放下，举起来的是鞭子，牲口默默地加快了步子。满秋抽烟是跟老爹马步正学会的，那年马步正带着大儿子去相亲，到了女家村头上，媒人又把他们拦下来，说是等着听讯。父子二人坐在沟沿上默默地等，一等二等不见媒人出来，马步正抽着烟看满秋，满秋一把一把地拉扯身边的茅草，茅草薅净了手指头还在土里抓挠。马步正不说话，满秋也不说话，马步正把烟袋递给满秋，满秋接过来吸了，吸了就学会了。不过，紫云寨却从此多了一句坎子话，叫作："满秋相亲，爷俩闷着。"

牲口蹄子发出有节奏的嗒嗒声，满秋抬起头望着渐渐有了青白色的东天边，他抓起缰绳抖了抖，到了东街口要往南拐弯时，他又拿起鞭杆击打起拖车。拖车发出敲梆子的响声，响声是啪啪啪连着三声的，这一声跟那一声之间又有个间隔。伴着鞭杆敲击拖车的响声，东北角的栅栏里传出女人的说话声，说的是："你要睡死啊，大天老明了还装死狗。街上跑牲口了，没听见啊，快起来拾粪去。"话说了跟着再拿脚踩，脚踩到男人的腚上，踩得扑通扑通的。拿脚踩的是白面瓜，挨了踩的是豁子。豁子揉着眼抓起粪箕子，开了栅栏门上街，迎头碰上的是满秋。满秋说："豁子你真是个勤快家伙，这么早就起来拾粪。"豁子说："我勤快也没你勤快，你不勤快我还捞不到勤快哩。满秋，这两个家伙出圈时屙屎了没有？要没屙我就等着。算了，你赶紧忙活去，我还是遛遛腿吧。"

满秋在村口的榆树上拴了牲口，鞭子缠绕着搁在栅栏上，又返身关了栅栏门，推门进屋时他已经解开了腰带。白面瓜吃吃地笑，说："街上是编了顺口溜的，说满秋笨，秀秀憨，小二梭子满街窜。满秋，我看你也不笨也不憨，弄这事你比谁都机灵，我白天说了一句要劳累你家的牲口，天不明你就来了。你爹口口声声说我是梭鱼精鲶鱼精，你晃荡着个黑乎乎的四棱子头往这里跑，不怕梭鱼精鲶鱼精吃了你？我跟你说，俺家那块地淤性大，有一点干就出坷垃头，你可得先耙俺那块地。"满秋脱下裤子，扑到床上使了狂力，说："话是俺爹说的，我可没说。"白面瓜还是吃吃地笑，笑着抠弄墙上的泥皮，还把自己的腿拧来拧去，还捏着土星子往满秋头上撒。满秋累得呼哧带喘的，又说："你身上真滑溜，还香，赶明儿我还得早起。"白面瓜倒过手来掐他，说："地耙完了你再找什么茬口？实话说吧，要不是看你牲口使得好，又是个地里出细活儿的，我这里闹了草荒也不会叫你来锄……"

满秋急急慌慌地弄了一回，下了床还要看白面瓜的光身子，看着啧啧地惊叹，说："你身上真白，喊你白面瓜真是喊对了，不像俺那家子，趴到粪堆上分辨不出来。我说，你这算不算白虎啊？也真是个怪，豁子弄成弄不成两说着，光摇橹不下种是真的，你还跟他伙着一个枕头，真是可惜了一块好地。"白面瓜哼哼着冷笑，说："弄不成也好，不下种也好，我愿意哩，碍着你什么了？心疼我是不，心疼我娶你家去啊，娶过去想怎么弄就怎么弄，多好！偷吃嘴的还念呱烧火的，滚吧。"外边的叫驴打起响鼻，满秋提着裤子往外走，走到门口又折回来，说："你的嘴不严，你得把严点，俺那家子这几天一个劲儿地恼恨我。"忽然又觉着不对劲儿，看着白面瓜抓起一把烂棉花套擦腿，两条腿根上都是湿的。

满秋哇哇地叫起来，抱屈抱恨地说："我光顾着使劲儿了，敢情你是拿腿糊弄我，我这个早五更不是白起了！"白面瓜笑得又是拍墙又是蹬床席子，下了床找尿盆，烂棉花套子扔到尿盆里，说："跟你老子爹一模一样的，吃不到嘴里记恨，吃到嘴里又说腥，什么人啊？求雨那天，你爹提着满满一筲水，转着圈子泼我怀里的白白山。他那是要弄啥啊？满秋，什么时候碰到青龙了，你可得记着跟我说一声，白虎盼着哩。"

满秋拿手拨拉栅栏门，头上突然挨了一鞭子，鞭子带着风声，鞭梢子从脖子里滑到脊背上，火辣辣的疼痛像毒日头一样罩住了全身。马步正打完了扔下鞭子，满秋拾起鞭子解缰绳，马步正又跟过去，说："你个混账东西这是要作死哩，把我当成磨眼了是不？你一撅腚，我就知道你屙什么屎。你还把牲口牵到胡同里挂套，你怎么不把牲口腿砍了抱出去？你怎么连牲口带人飞出来？她是什么人，你敢沾她的身子，等着找灾吧你！"

马家赶着墒情种上了谷子，种的是生长期短的鸡爪谷，鸡爪谷棵矮穗细，发杈也少，产量上不如棒槌谷。棒槌谷产量高是高，就是不能种错了节气，错了节气就把劲儿用在谷秸上，穗头子到割也是软塌塌的，不饱满。马步正还在缺了五棵高粱苗的地方补种了一墩扁豆，扁豆爬秧，高粱秆正好做了棚架，那个有着光滑印子的豁口也堵上了。马步正还在茅草里掺了一把刺荆条，外边拿稀泥抹严了缝，地边子看起来跟下雨前没有什么不一样。就在其他人家还忙着抢耕抢种的时候，马家人还赶着这个时间拉了几车河泥，河泥里夹裹着胡同里街道上冲出来的羊屎蛋子烂柴火棒子，还有被大风刮下来的树叶子，甚至还有几只被风雨呛死的家雀和麻嘎子，赶着毒日头一晒，河泥差不多变成黑粪了。河泥拉到院子里摊开晒，晒干了捣碎再当垫圈土，因此，马家的院子里有好几天都是臭烘烘的。

但是，当马步正又张罗着要赶在暑雨到来之前泥屋顶时，他的大儿子满秋闹了病。先喊叫的是口渴，春子被他支使得脚不沾地，昏头昏脑地给他烧水，热水又等不得放凉。春子只好把满满一锅开水倒进水缸里，又挑一担井水兑着喝，一天一夜地拿水灌，放下水瓢还是喊着渴死了渴死了。春子苦着嘴脸想不出好法来，马刘氏就扯了嗓子哭，哭的是儿子光喝水不尿尿，肚子胀得跟牛皮鼓一样。马步正阴沉着脸在儿子床前转一圈又转一圈，后来他端起尿盆跑到牲口圈里，先在驴腚上踢了一脚，手伸过去接了满满一盆子驴尿，一盆子驴尿全灌进儿子嘴里。当天晚上，满秋不喊叫口渴了，蜷曲着睡了一夜，春子哭着笑着说他犯贱。春子说："热水凉水喝了一缸还是个渴，一盆子驴尿喝了就不渴了，你这是贪着那一口哩。"洗了手脸要去做饭，满秋又喊叫起来，这回喊的是"冻死人了，冻死人了"。

开春换下的棉衣又给满秋穿到身上，从头到脚裹得严实实的，春子从头到脚都是汗，跑着跳着又把自己的大襟褂子也给满秋披上，满秋还是一个劲儿地喊冷，说："熊娘们儿，你想把我冻死啊！"春子又把柜里的被子抱出来，不分头脸地捂到满秋身上，赌着气说："我还给你烘上个火盆不？你不折腾死我难受，是不？亲娘哎，没法活了。"伸了手抓满秋，本来是要抓一把死拧死拽的，伸出去的手又缩回来，失了魂似的喊公公婆婆，说："爹，娘，金猪他爹活不了了，身上冰冰凉！"

马刘氏认定大儿子是发了疟子，从屋檐下揪了一个风干的辣萝卜头，扒拉着又找了一块干姜，又切了一把葱胡子，满满地烧了一大碗水。满秋竟然不嫌热，也不说烫嘴，咕咚咕咚饮驴似的喝个精光，放下碗还是那句话："冻死人了，冻死人了。"马刘氏"娘哎"一声瘫到地上，哭着号着爬起来要跟马步正拼命，说："都是你不分黑白地支使他，伺候完庄稼又拉河泥，你让他喘过一口气吗？他是个人，不是牲口，就是牲口你也得让他打个迷糊盹不？我现在就要个囫囵儿，你怎么把他累病的你再怎么让他周正过来，满秋要有个好歹，我也不活了。"马步正一袋连一袋地吸烟，吸得嘴角里流清水，脸阴沉得像抹了锅底灰。

马刘氏又去了紫云寺，又求着一了大师念《金刚经》。一了大师坐到蒲团上，刚刚念了一句"如是我闻"，忽然地打了几个寒战，接着就是一连串的喷嚏，下了蒲团往茅厕里跑，哗啦哗啦拉了一摊稀屎。马刘氏紧着声问一了大师是不是夜里踢蹬了铺盖，说山上寒气大，跟着又说满秋病得蹊跷。她还说："大师你接着念，好歹得让俺满秋的寒劲儿退下去，四月初八是佛祖生日，我满满地提一罐豆油来。"一了大师又坐回蒲团上，坐上了又滑下来，双手抱住肩膀，浑身颤抖不止，连声地说："施主快不要再说那个寒字了，你一说寒，贫僧通身都是冷的，冷得钻骨头。"马刘氏惊讶得合不上嘴，回家跟老伴说起这事，马步正还是阴沉个脸不说话。马刘氏就急了，立逼着让他到镇上抓药，马步正从粮食囤里扒出鸡蛋罐子，比量着挑了三个小个儿的鸡蛋，阴沉着脸走出院子。

马步正没到镇上抓药,他去的是豁子家。豁子正在院子里修补粪箕子,他抬起头来冲马步正笑笑,说:"老正哥今天怎么舍得歇晌了?人家都说老马家的人都是地拱子,天明天黑离不开土地的。我昨儿个到地里看了,谷苗子出得真匀称,敢情满秋耙地摇耧没藏奸使滑。"马步正嗯嗯着,眼睛看的是堂屋门。白面瓜在屋子里呱呱叽叽地笑着搭了声,说:"呀呀,老马大哥可是稀客!你看,豁子多没眼色,你不出去拾粪抠摸它弄什么,大哥来了你没看见啊?哟哟,看看,你还拿了鸡蛋,放我兜里吧。"踮着碎步走到马步正跟前,高高地扯起汗衫,露出来一节白肚皮却是不顾的。马步正臊得面红耳赤,抓着鸡蛋放也不是不放也不是,出了一头一脸的汗水,说:"他婶子,满秋病了,他浑身冰冰凉。"白面瓜又笑了,说:"真是稀罕人说稀罕话,你家满秋病了,怎么跟我说?我啥时候又变成郎中了?"马步正的脸抽搐着,嘴角上的胡子扎到嘴里,嘴唇却是没一点血色,说:"天知地知。咱们是明白人不说糊涂话,满秋病得再蹊跷也有个病根。他婶子,你得搭把手。"

白面瓜笑着回到里屋,放下鸡蛋揭起床席,从席底下抓出一样东西,握巴握巴抓在手里,转身出来塞进马步正的袖筒里,强忍住笑。白面瓜说:"五黄六月天他还弄成个冰凉身子,他这是累惭了装病哩,谁不知道装病好啊,不用干活儿,还吃另样可口饭。"白面瓜笑着又说:"袖筒里的物件你别看,看了就不灵了,你拿回去劈头盖脸地捆他!"说着又抓了扫帚苗子回里屋扫床,还问马步正是愿意在床上,还是叫她在地上铺个凉席子。又说要是怕热,还是地上好,凉阴阴的,两个人都不出汗。马步正愤愤地出了屋子,白面瓜拍打着床帮笑得心口窝里岔了气。

马步正回到家掏袖口,掏出来的是女人用过的骑马布子,骑马布子上还有没洗净的血污点子。马步正拿手揪扯自己的喉咙,强忍着没吐出来,抓着骑马布子往大儿子被窝里塞,塞着骂:"满秋,你个鳖羔子让我丢脸丢大了!"

满秋忽地从被窝里窜出来,瞪了眼嗷嗷地叫,说:"里三层外三层地把我摁床上,大热的天又是包又是裹的,你们是要捂死我啊!"下了床满屋里找蒲扇,睁眼看着一身的大汗,汗水挤着疙瘩往外冒。

第五章

马靠靠果然当了会首，会首管的是一个村里的公项大事，比如一个正月里就有两件大事，一是赶着紫云寺庙会转花篮，接着就是放七天的云灯。到了二月初二，要办的是青龙会，要挑选几个身手敏捷的年轻汉子，到磨坊里把两扇石磨的上扇抱下来，抱到当街，再沿当街滚动。二月二，龙抬头。磨是青龙，青龙长年累月地被压着，好不容易盼到一年一次的翻身日，动静闹得越大越好。三月三又是泰山老奶奶的寿诞，老奶奶心善好操心，操心天地，还操心生男生女，要办的是同堂会。依次往后，还有五月的秀禾会，六月的五谷会，七月的乞巧会，八月的谷米会，九月初九又是土地爷的生日，到了十月，还有个八仙阳春会。一年下来，光是沾着公项的大事就有十几件，这些大事的前前后后，都要会首张罗。会首收五谷，收供礼，还要挨门逐户地按人头敛钱。五谷供礼专供事上用，钱是用来添置用品的，用不了的就归了会首，一次一清，并不用记账。

老宅里的侯登科当会首时，五谷供礼是如数收的，敛钱不是按的人头，按的是锅底门，有一家算一家，孩子多的人家算是沾光了。侯登科干了两年会首，先还是滋润着得意的，干着干着就觉出了别扭，原因之一，是他不愿意到新宅里收敛钱物，派个人去又收不上来，村里人又偏偏看着他一碗水端得平不平。加上儿子得章又连着来了几封信，意思是不要落井下石，不要仗势欺人，不要把利看得太重。最后那封信里，竟然又提到了官地，说是要得民心其实很简单，新老两宅里把官地退出来，说话办事都不从占便宜上打算盘，于人于己都是个好，当一辈子会首也是个清白的。他索性把会首扔下了，村里人又跑到侯家新宅，侯登仓只当了一年也不当了。他不当也是因为绕不过老宅，一股气在心里憋着，得了风调雨顺也要让老宅里占一份，他心里窝火。另外，还有一条最关键的，是两家的心劲儿都不在这上面，他们瞟的是官地。

这样一来二去，会首就落到马靠靠头上。马靠靠生过两个儿子，两个儿子都是得脐带风死的，媳妇也落下了月子病，从此不再开怀，还长年在家当药篓子灌苦汤汤。马靠靠当会首争嘴的少，争嘴的少，贪东西的心就轻些。还有，马靠靠是马步正的本族本支不假，但是，马步正不待见他，真要犯了搅扯，弄浑了账头，不用外姓旁人说话，光一个叔叔辈的马步正就能把他缠磨死。

马靠靠接过来当了半年多，半年多操办了四五件事，路分上倒还清亮，只是冷不防地会记起些稀奇事。有一阵子他很想接近马步正的家人，自家地里的活儿是不想干的，假若满秋正在胡同里套牲口，他会大步走过去帮着拉套，手在套上抓着，话说的却是大雨后马家到运河湾里捕鱼的事。他说："满秋兄弟你再想想，那个白灵灵的梭子鱼精你是看见了？你说她真是跟个真人一样一样的？真是滑溜溜的白？"满秋拿鼻子哼哼，后来满秋再不到胡同里套牲口了，马靠靠又戳弄二梭，还烧了一只兔子喊二梭吃。二梭嘴里没个正经话，要么跟他瞎扯，要么就弄出一脸的傻样，反过口来问他："逮鱼？你是说也想去逮鱼？你什么时候去，可得喊着我，我也去。"

马靠靠唯独不敢跟马步正打听，他的嘴巴还没张开，马步正就把个老脸拉长了，说："又犯贱了是不，闲得难受就看蚂蚁上树去！"马家人烧了渔网的第四天，马靠靠又缠绕上了豁子，为了稳住豁子，他常常憋着屎不在家里屙，屙也不一次屙完。他会说："豁子，你说我是不是漏粪啊，刚屙了还想屙。豁子我问你，你媳妇叫个白面瓜，跟梭子鱼比，她们两个谁白？"豁子就吱喽吱喽地笑，先把马靠靠的鲜屎拿干土蒙了，蒙着土翻个个儿，再拿铲子一拨，屎团团就进了粪箕子。豁子说："你还屙不，你不屙我走了？"

马靠靠又脱下裤子，蹲下了屙空，接着再问豁子，问的是："豁子，都说你是个粉条子屁，一碰上热乎气就稀溜了，真的假的？"不过，对紫云寺的一了大师，马靠靠却显出了千般万般的尊重，他每次到紫云寺拜访一了大师，都是沐浴净身之后才去的，天不冷了他也烧水洗身子，有几次还是淋了灰水洗的头。见了一了大师也是恭恭敬敬的，不打诳语，不说带脏字的话，隔三步远坐在一了大师面前，问的是习俗礼数上的话，张家李家的杂事从不提起。按说心也是空寂肃净的，奇怪的是，一了大师并不跟他多言语，眼睛始终是闭着的，进门不迎，出门不送。马靠靠问得急了紧了，一了大师就嘟嘟哝哝地念，念的是："月落乌啼霜满天，江枫渔火对愁眠。"念的是诗，诗是唐人张继写的，马靠靠听不懂，也不知道张继，慢慢地就不大往紫云寺跑了。

到了谷苗子开墩的时候，早种的高粱苗子已经齐腰深了，大雨后种下的棉花差不多也算是小团棵了，豆棵子也长了拃把高。其他几种小杂粮，一播种就在湿润地里，出了苗就呈现出好长势。总之，该安的苗子都安上了，庄稼自己长着，接下来是盼收成，看眼前的光景，秋庄稼也有了七八成的把握。村子里的人都忙着锄地，锄头底下有水也有火，旱天能勤锄，涝天能勤锄，不旱不涝也能勤锄。村子里看不到闲人了，牛羊也被赶到运河湾里吃草，整个当街，从西头望到东头，空旷旷的，显得很宽敞很明亮。

　　玉树把大儿子黑豆和二儿子豌豆叫到身边，黑豆已经长个儿了，单从个儿头上看，跟个半大孩子也差不了多少，豌豆的脑袋也齐到哥哥的耳朵梢了。兄弟二人依旧很瘦，不过，男孩子不吃十年闲饭，看看他们吃饭干活儿的架势，他们也算是大小伙子了。黑豆手里抓着锄把，锄把是用一段白蜡棍子截成的，锄钩有些短，锄头是秃月形的，刃口的两个边角已经磨圆了。豌豆拿的是一柄长把铲子，铲子还是新崭崭的平口，只是在三四尺长的把上，又安了一截拃把长的横把手，铲草时好用劲儿，不磨手心。兄弟二人是打算下地干活儿的，他们还在腰里挂了水葫芦，水葫芦的旁边是干粮包。中午赶晌，可以在地头上吃饭，省下回家吃饭的来回趟，能多出不少活儿。黑豆说："爹，你还有事吗，尿盆子在床头机子上放着呢。"豌豆也说："还弄什么啊爹？"玉树的手就在尿盆上放着，他拿眼睛示意的是床那边脚头上，脚头上是两个儿子的娘。娘脱得净净光，胸口上却包着裹着缠绕了十几层子，有布拉条子，有印花手巾，还有两根羊缰绳，绳头打的是死结。她先是冲玉树笑，冲黑豆豌豆笑，还沾了清水梳头，头发被她梳得锃亮，松了手，梳子自己滑下来。头发还稠还黑，要多好看有多好看。

　　玉树说："我要串个门，你们给我绑个架子床吧。"

　　黑豆找了两根抬杆，豌豆拿了绳子，绑起来成了担架床。兄弟二人把玉树抬到上边，豌豆还拿了枕头让爹枕着。玉树躺倒的姿势很周正，看起来很舒服，他说："走吧，我好久没见到马靠靠了。听说马靠靠当了会首就不下地干活儿了，他真会学滋润啊，这个家伙！"

　　黑豆豌豆没接爹的话茬，他们抬起来还有些吃力，黑豆抬的是前边，架杆还一个劲儿地杵他的腚。豌豆也出汗了，两条细长的胳膊坠得绷绷直。他们在街上没见到任何人，有两条连秧子的狗是认识黑豆的，它们在墙根下的荫凉里弄着那事，看见黑豆还呜哇呜哇的，嘴角里流着清亮亮的黏水水。黑豆拿脚踢土，说："滚！"豌豆也说："谁家的狗啊，光知道弄这？"

　　玉树是在马靠靠家的大门洞里停下的，他让两个儿子到马靠靠家院子后边的杂树林里去玩，然后他敲着架杆喊马靠靠，说："靠靠在家吗？兄弟媳妇在屋里，我不进去了。"

屋子里没人应声，黑豆跑进院子，指着门鼻上别着的树枝，说："别喊了爹，药篓子婶下地干活儿去了。靠靠叔不下地，他东家西家地串门子，你喊也白喊，他听不见。"豌豆远远地跑过来，跑着说："爹，我找着靠靠叔了，他帮着白面瓜家修补窗户呢，白面瓜从里边往外递棍子，他夺着棍子要拨弄窗户棂子，他还弄了一头一脸的浮土。我一喊，他从窗户台上滑下来了，白面瓜拿着棍子在里边敲，敲得啪啪的。"

马靠靠脚跟脚地赶过来，噗噗地吐着口水骂豌豆，说："豌豆你个熊孩子会学话了是不？你嗷嗷的要学驴叫是不？忘了那一年我带着你们赶年集了？"他扑过来要抓豌豆，脚被架杆绊住了。玉树说："豌豆嗓子尖，打小他就能号号。我以为你在家里，你没在家里呀？"玉树摆着手让黑豆豌豆再到杂树林里玩耍，又说："我要跟你们靠靠叔说长话，你们去玩吧。"玉树又转过头来跟马靠靠说话，说的是埋怨话，说："靠靠兄弟当了会首也不去家里串门了，你嫂子经常念叨你，知道不？刚才她还说：'你看看，你带着孩子出去了，一出去一大晌，满大街又不见一个人，我总不能见天在家里洗澡啊，横竖连个说话的也没有。'我说：'没有说话的你就做针线吧。'她拉了个席子又躺下了，还是什么也不盖……"

过了一会儿，玉树又把黑豆兄弟喊到身边。玉树说："我还想到地里转转，你们抬着我下地吧。"黑豆兄弟又抬起架杆，架杆上躺着变成死腰的爹。豌豆说："靠靠叔真没爹，走了吭也不吭一声。"黑豆还要拐回家去拿锄，玉树说："咱不干活儿了，咱在外边玩一大晌。"

六月六，看谷秀。场院里，捶牤牛。村子里有几头一岁口的牤牛要捶了，动槌子还是请的薛一手。薛一手背着褡裢包，前褡里装的是槌子，后褡里装的是夹板。牤牛到了一岁口，性上活泛了，草不肯安生吃，吃几口就挣着缰绳跳槽爬栏，闹哄得母牛也吃不成草。牤牛不捶，先长的是后腚，它把精气神都用在后边，前边安梭子的肩头却是单薄的，要使活儿，它连个梭子也挂不住。养牲口的人家就下了狠心，刚到春头上就跟薛一手下死话，话是咬牙切齿说的："一手你把它弄了吧，一壶酒少不了你的！"薛一手先还口挡回去，说："你把话说清，谁把谁弄了，留着弄你吧。"还了口再说正经话，正经话说的是捶牛的茬口，说："六月六，看谷秀。场院里，捶牤牛。它托生到阳间，怎么说也是一条汉子，我办绝户事也得讲信用，该什么时候动家伙就是什么时候动家伙，这跟秋后问斩是一样一样的。”至于为什么一定要等到年半头里捶牤牛，薛一手解释得并不清楚，有时候根本不解释，有人找他，明明说的是捶牛，他却会眯着眼望天，随口问一句：“谷子抽穗了吗？”

薛一手在场院里放下褡裢包，看看牛蛋，再看看主人的头，牵牛的人被他看急了，说：“叫你捶牛蛋哩，你看我的头啥意思，动家伙吧！”薛一手嘻嘻地笑着，凑过去夹住了牛脖子，左手摁住的是牛嘴，右手摁住的是牛头，一条腿斜插在牛前腿的中间，一掰一按一别，牛绵绵地躺倒了，四条腿支奓开，露出来的牛蛋孤零零地晃荡着。薛一手盘着腿坐下来，先取出的是夹板，夹板夹住牤牛的蛋根，一只手抓着牛蛋，另一只手先照着蛋尖尖上掴一巴掌，牛蛋稳稳地搁在自己腿上。腿上垫的是自己的鞋底，腾出来的手抬起来，抬起来的手里多了一块光滑滑的梧桐板。梧桐板是轻着举轻着落的，牛蛋变成了小儿的鲜嫩屁股，啪啪，啪啪，声音跟拍打面块差不多。约莫半个时辰之后，接着是揉搓。揉搓是拿两个手心对着揉搓的，揉搓是把捶碎了的硬块块揉搓成面糊糊。薛一手冲着牛蛋点头，说：“你的个蛋，是好蛋，主人下了话，跟我不相干。捶了蛋，是面蛋，轻着揉，细声劝，你要记仇别记俺。”念叨着再槌二十七下，抽腿的同时取下夹板，他站起来了，牛却站不起来。牤牛变成了犍子牛，捶稀溜了瓤的牛蛋肿胀得像个水葫芦。

捶过的牛要黑天白天地遛，不让它停步，不让它趴下，趴下会出淤血，淤了血的牛就离死不远了。遛牛也是遛人，牛气得哞哞的，人困得哼哼的，直到肿胀的牛蛋越来越小，渐渐收缩成窝头大一个干巴蛋蛋，牛就彻底死了心，恨劲儿也消了，草也安生吃了，见了母牛也不甩尾巴刨蹄子了，也不馋皮赖脸地套近乎了，脖子上的梭子肉呼呼地长成一座驼峰。

捶牛的茬口赶上了，谷穗却不齐整，长的短的都有且不说，闹心的是有的抽穗了有的根本没抽穗，没抽穗的是在包包里憋着，抽了穗的又带着个光溜溜的白茬子尖尖，成了有糠没米的猫尾巴谷。这是多少年没有过的光景，看了谷穗的人都把眼闭了，心里说的是：“亲娘哎，今年这是怎么了？”

黑豆豌豆抬着玉树走到地边上，遛牛的花头看见了躺在架杆上的玉树，他把牛拴到树上，凑过来看玉树的脸，自己的脸先还是苦瓜样的，看看玉树又吼喽吼喽地笑了，说：“你也是个扶竹竿不扶井绳的，打平伙怎么就想不到我？我一辈子光跟蛋丸子玩了，接了个遛牛的差事，遛的还是带蛋的！”花头只有包袱大一块地，种的是黄米谷，黄米谷只有三成抽穗的，抽出的穗又带着半截光溜溜的猫尾巴，便不想再到地里看。花头本来想着再沿运河唱莲花落吃百家饭的，偏偏又被这个系那个系的炮火吓破了胆，好几个段子都记不起来了，他就接了侯家新宅的遛牛差事。玉树瞅瞅黑豆又瞅瞅豌豆，嗔了脸跟花头瞪眼，说："花头你什么意思？要搁先前，我一个屁蹾得你八天张不开嘴。"花头也不着急，还是吼喽吼喽地笑着看玉树的脸，还是挤眉弄眼地说怪话，这回说的是："你行啊玉树，你用的这一招叫狸猫换太子，你是大太监郭槐。我问你，谁是李娘娘？我是鼓上蚤时迁，满村里没有一件事能瞒得住我。嘻嘻，郭槐跟西宫娘娘联手，赚了个太子又弄走了东宫李娘娘。你呢，你要当大都督周郎周公瑾吗？东吴招亲，招了个大耳朵刘皇叔。你怎么不招我，我才是刘皇叔呢。"

黑豆趁这个空儿跑到地里看荒草棵子去了，豌豆听不懂花头的话，豌豆拿了个树枝戳弄花头的帽子，帽子掉地上了，花头的头上长满了花斑秃疮。花头捡起帽子又冲豌豆笑，说："新崭崭的帽子让你给弄成绿的了！豌豆，到集上也给你爹买个绿的吧，鲜亮得很。去呀豌豆，你爹床头上放着钱钱哩，两个钱钱还压着㨄哩，压得忽闪忽闪的……"

玉树不知道花头是暗中偷看了还是故意诈他，但是，玉树再见到马靠靠时，马靠靠却不领玉树的情。马靠靠是在村口拦住的玉树，他把黑豆豌豆拨拉开，咬着耳朵跟玉树说话，说的是："我出冤枉力了，白搭了两条裤子的布料，你知道吗玉树？我忽闪忽闪地弄了个山响，我的腰都快忽闪断了，你猜你那口子什么样？她闭着个眼皮瞎号号，号号的是麻五！她说：'五麻子，先前我就知道你是稀罕我，我不给你脱裤子是为着玉树的，玉树不能用了我也给他留着。我留了好多年了，我是骚嘴不骚身子。你有了侯月娥了还是稀罕我，还是不嫌弃我少了白白头，我就当一回白虎，撒了欢地叫青龙用吧。'听见了吗，玉树，这就是你那口子说的话，多一个字算我从裤裆里屙出来的！"

不过，马靠靠后来还是笑了，笑得嘎嘎的。

玉树父子回到家的时候，先看见的是屋檐下冒出的白烟雾，白烟里还有香甜的饭味，是米面里掺了高粱面贴的锅饼。玉树媳妇从灶窝里走出来，她穿着干干净净的老蓝布褂子，挽起的袖口上还沾了面星星，手里抓着的是刷洗干净的干粮筐子。媳妇咯咯地笑，说："你们谁也猜不准我炒的什么菜！"

第六章

又过了八九天，锄了二遍草的豆子封满了垄，豆棵子埋住了半截腿，蝇子头大的紫色的豆花开满了豆子地，这应该是好收成的兆头。但是，豆子花天天鲜艳艳地开着，天天都像是刚绽放的，这就不能不让人担心了。立秋不立秋，六月二十头。立秋节气就在这几天，接下来的就是立秋十八天，寸草结籽。寸草都要结籽了，谷穗子还没抽齐，开满了花的豆子不见落花。花落荚生，生荚鼓豆。豆花不落，豆荚不生，莫非盼了一秋天，只收一地没荚没豆的荒棵棵吗？

村子里人心惶惶，急着恨着，又多了几分恐慌，恐慌是从一连串的稀奇古怪事扯起来的。先扯起来的还是麻五，麻五本来是穷得光剩下两个蛋丸子的半茬子光棍，他怎么就中了新宅侯月娥的意？还有玉树媳妇，玉树伤了腰成了个半死的人，媳妇自己的烂裤裆还护不严呢，她怎么也跟侯家老宅里勾连起来？她被蒙面人吓迷怔的第二天，麻五的男根也被蒙面人弄软了，接着就是大年初一的当街开战，泰山老奶奶的庙堂炸成了一堆烂砖头。中间虽然平和了几年，紫云寺里的九棵三人搂的黑槐树却在一夜之间干枯了树冠，一了大师本来是设了法坛的，紫云寨去了九十九个信男信女，回来的人一口声地说根本没法往地上坐，坐下就觉着头发梢子被什么东西揪着。接着就是整整一个春天的大旱。求下雨吧，雨又下了个天河掉底，争着抢着安下了苗子，苗子又出了怪相。

还有，听说马步正一家人莫名其妙地要去逮鱼，明明是冲着白梭子鱼下的叉子，叉着的却是黑不溜秋的鲶鱼，还有满秋先冷后热的邪病。再联想到奶奶庙，炸毁了的奶奶庙是重新翻盖的，砖缝里却还是时不时地冒出黑烟。还有，豁子说他亲眼看见过，当街出了一个怪物，通身白亮，雪花跟它比，雪花就是黑的。要说那东西是个人吧，明明是带着尾巴的，要说是个高头大马，走路却是用的两条腿，血盆大口比簸箕还大，眼睛像碗口一样。跟着出来的是一团青烟，青烟见首不见尾，忽长忽短，忽隐忽现。一青一白两个怪物先是满大街蹦跳，蹦跳着就厮打起来，搂着抱着满地里打滚，后来不翻滚了，又是一个上边一个下边地压着，它们一动弹，当街就跟着冒火星子。豁子的嘴巴没有把门的，他的话未必全是真的，但豁子每天都要早起拾粪，他见过稀奇古怪的物件，应该不会有假。有人当真低了头在街上寻找，果然发现当街是有些不一样。羊屎蛋子是一个不见了，烂柴火棒子烂树叶子都没有了，地面是镜子一样光亮，光亮亮的街面上竟然有踩踏的脚印，脚印凹下去三四指深。种种般般，绝不是一个怪就能说清的，要说得是大奇大怪。

许多人找到马靠靠，甘愿备了豆油清斋，要马靠靠再到紫云寺求一了大师破解。马靠靠在紫云寺外边的柏树林里睡了一觉，连寺门也没进，回来说个没法子就完了，谁要再催再问，他还是跟没睡醒一样，还是懒洋洋地说一句："没法子。"许多人都厌烦了马靠靠，觉着他不像个会首，索性赌着气去找马步正，问马步正有没有经历过这样的年头。自从大儿子满秋患了稀奇病之后，马步正的精神头也绵软了许多，他天天泡在地里，又常常是在地埂子上坐着，有人跟他打招呼，他抬起头望着打招呼的人，看过了也不知道打招呼的人是谁。而对小儿子二梭，倒是管得有些松了。村里人来跟他讨主意，他嘴里嗯嗯着，谁也听不清他说了些什么，但当有人又问他那天晚上是不是真的见到了梭鱼精时，他立时把个老脸弄得像从锅底下扒出来的红薯，立眉横相又显露出来。

后来还是孙老安提了个醒，说："还用想吗？自从那年初一当街开了战火，二月二是青龙节，咱让青龙抬头了吗？二月二，龙抬头，压了白虎仓满楼。不抬头怎么压白虎？一个十字街，东南口是奶奶庙，西北口是磨坊。奶奶庙炸得片瓦不剩，磨坊为什么没伤一星星皮？光知道磨是青龙，光知道随口瞎呱嗒，光知道说'东青龙，西白虎，南朱雀，北玄武'，这是书歌子。碾呢，碾就是白虎知道不？"

孙老安是孙姓的家族长，比花头长三辈，论起来，花头得喊孙老安老爷爷。孙老安早年在运河上跑过船，沿途码头上的事知道得不少，花头会唱莲花落，很多段子就是从孙老安的口中演变来的。花头第一个表示赞成，说："一点不假，青龙白虎一搅和，立马就是天下大乱。慈禧老佛爷就是个白虎，李莲英明着是骗了的太监，咱们背地里说话，他还留着一个腰蛋呢，跟大明朝的魏忠贤一模一样的。他们两个一打通铺，被窝里一弄那事，八国联军跟着就进了北京城！"孙老安拔出烟袋锅要揍花头，花头偏着头闪开了，孙老安又说："青龙是吉星不假，吉凶晦吝在乎动，动是动的真气，又得看真气动得是不是时候。白虎也是有用的，用是用在一个隐身上，白虎要是往明里闹，那就非出阴风邪气不可。你们想吧！"

这样的话传到马步正耳朵眼里，马步正恶心得像吃了蝇子屎，他不待见孙老安，侯登科当会首时请各族长辈开会议事，也只让孙老安去了一次。他趁着劲儿想从大儿子嘴里掏话，满秋脸涨得紫红，他闷着头吃饭，吃过饭就下地干活儿，不到饭时不回家，不到天黑不回家，人变得跟个牲口一样。春子心疼丈夫，做饭的时候跟婆婆说埋怨话，说的是公爹偏心眼，总共三个儿女，小姑子嫁出去了说不着，老二却是老大不小的了，叫个二梭就可以当一辈子野马星吗，家里就一个满秋当牛当马，牛马也有累趴架的时候，满秋要是真累趴架了，十几亩地的活儿扔给谁。春子还说："娘，您也是个当家人，我看您一辈子也没说过一句壮气话，话都叫俺爹说了，俺爹又偏偏护着小二。娘，满秋是不是您从地墒沟里拾来的？"

马刘氏呱呱地笑，说："还真叫你说准了，我到地墒沟里扒土玩呢，一扒扒出个满秋，满秋还夹了一腔沟子土坷垃。金猪她娘，你夜里睡觉硌得慌不？"春子也笑了，笑着又问婆婆跟公爹说没说过留心二梭的话，马刘氏伸着头往院子里看，低了声说："可不敢瞎胡说了，二梭还是个孩子，除了贪玩，你说他知道个啥呀？豁子家媳妇占着个婶子辈哩，闹哄也是瞎闹哄，乱也是瞎乱着玩，是不是呀春子？"

到了夜里，马刘氏又跟马步正说起春子的话，马步正抓着个烟锅啪啪地摔打，说："紫云寨又要闹动静了，叫春子把嘴缝上。还有，别管谁家，她要是敢去串门说闲话，立马让满秋休了她！"

马步正说的紫云寨闹动静，还真不是随口说的。先是花头说了马靠靠是拿会首当个幌子，他其实是一门心思地弄娘们儿，仗着会首串门子方便，大白天把玉树媳妇弄得哇哇的，末了送给玉树家的是私藏的一丈八尺红布。话是跟孙老安说的，孙老安问花头话有几成真，花头当场起了誓，说自己若有半句假话，宁愿裤裆里那一坨坨自己烂掉。孙老安跟关业功是两乔，这话又跟关业功说了，关业功跟玉树的姥爷是表兄弟，外甥媳妇被当会首的马靠靠撩拨了，老头子气得火攻心，说："老安哥，这事不能算完。一个成了瘫子，一个成了迷怔，我跟他姥爷沾着亲戚的边，这口气我得出。"孙老安说："我也是这个意思，赶着年头出邪怪，两件事得一块儿弄了。"关业功说："老安哥你说个法，除了一了大师，紫云寨我服气的是你。我听你的，你说吧。"孙老安就说了他的意思，意思是要扶青龙镇白虎，第一步还是由马靠靠张罗，邪怪事牵扯到谁，就拿谁说事。

关业功连说了几个好，说着又问："老安哥你仔细说说，我一时没理清。"

孙老安说："邪怪事是从麻五跟玉树媳妇身上扯起来的，要补办青龙节，就要青龙降白虎。麻五要替换青龙，玉树媳妇要替换白虎，咱们要镇的是邪气。不过，玉树是你表哥的外甥，也就是你的外甥，我说出这话来又怕你心里不得劲儿。关家兄弟，咱们是两乔连襟，我怕你为难，你不恼恨我吧？"

关业功说："古人还讲个大义灭亲，玉树是我表哥的外甥，我更得说公道话。"

孙老安说："我这个主意是个两头带尖尖的枣核子钉，就看马靠靠怎么对待玉树家里的。他要是半死拉活不热心，那就证明他跟玉树家的真有那一腿，他要是比其他人还急还恼，那就是说，这个人是真不能交了，睡了迷怔女人还装君子相，还是人吗？事一过，接着就把他的会首撸了。"

关业功说："一点不假。哎，对了，新宅里要护着不让动麻五怎么办？"

孙老安说："全紫云寨都跟护法金刚一样大急大恼，他不怕犯众怒啊？三四百亩的官地姓了侯，官地也是他们祖爷撇下的？门后头摞橛子，人家死，他活着。怎么，不通人性啊？不想叫人活了？"

要补办青龙节的事很快传遍了全村，全村沸腾起来了。马靠靠果然先显出来的是懒散，还真是半死不活不上心，花头钻进人堆里冲着这个那个眨巴眼。许多人都咋呼，咋呼的是："×他祖宗！没法活了，紫云寨出祸祸了，有披着张人皮不干人事的了。"花头最后又说了一个双关谜，谜底是"钻"，说出来的却是莲花落："弓着身子按，撅着腚帮子干。呼哧呼哧喘大气，反穿着皮袄拧着个劲儿。看着是个人，专干眼子事。"许多人都蹦着跳着地笑，笑着拿白眼珠子挖马靠靠，马靠靠脸上青一阵红一阵的，说："奶奶个孙，都是这两个一公一母闹腾的，扶青龙镇白虎就用他们两个！"

往常年头，二月二的青龙节只是象征性的，无非是选几个健壮汉子，到磨坊里把上屉石磨搬下来，当街滚动一个来回再放回原处，热闹景全在小孩子手里的炒豆。二月二是青龙节，二月二同时还要家家户户炒焦豆，这也有个说法，明明炒的是焦豆，说出口的却是炒蝎子爪。二月二与惊蛰挨得近，天气将暖，百虫出穴，炒焦了蝎子的爪子，为的是让青龙拣可口的多吃，吃饱了好腾云驾雾，好收了五谷磨成面。孩子沿街呼喊雀跃，比着看谁手里的炒豆扔得准，扔得准就被石磨轧得多，轧得多就是青龙吃得多，谁家的收成就要丰饶，谁家的庄稼就会赶上好年景。青龙滚动一街，吃满一路，接着再把放回去的石磨用磨锥子支起来,为的是让吃饱了的青龙好滋润着消化食。但是,补办青龙节就不一样了,补办是带着惩罚的,惩罚要拿被惩罚人说事,是要躺着让石磨压的。石碾没有节,石碾又是白虎。白虎不能作祟。白虎作祟,闹腾的是青龙。青龙缠不过白虎,白虎就占了上风,这一年里就别想肃静,不是旱涝反常,就是人受灾祸。洪宪皇帝袁世凯登基之后,紫云寨曾经闹过一次白虎戏青龙,许多人没往心里放。磨坊里屋是石磨,外屋是石碾,大白天是一点动静没有的,等到更深夜静了,先是碾砣跳到磨盘上,咣咣地跟磨抵头,抵过了再回来,还是咕咚咕咚地自己转圈子,磨得碾脐噌噌地冒火星子。

　　当时,紫云寨的人真是大意了,光知道袁世凯当皇帝当了不到三个月,就自己把自己急死了,黎元洪接着当上了大总统。黎元洪根本就不是北洋系,他先前是仗着"首肇共和"之功当的副总统,再往后就没什么真本事了。北洋政府也没有实力,瞎闹瞎乱还行,真跟实力派段祺瑞作对,他还真不是个儿,不久,果然就有了"府院之争"。再接下来,段祺瑞逼迫国会通过"参战案",又来了个以静制动,一蹄子尥到天津静观其变去了。这时候又来了个辫子张勋,他是带着辫子兵进的京,先赶跑了黎元洪,喊明口的是要再回到大清家。紫云寨的薛宝贵原本是在运河防务团干警备的,头上早就剃了个净净光,忽然地又要栽辫子。辫子是先在杏花楼铰的,老鸨寻死觅活地闹过一回,最终还是没保住窑姐儿头上的青丝。薛宝贵花钱请了个巧手,先把自己的头皮割破,头发是拿鱼胶粘贴的,鱼胶黏住了流血的口子,也把头发粘了个结结实,然后带着一干人马去了北京。

　　但是,薛宝贵没想到段祺瑞那么快又组织起"讨逆军",喝个号子就赶跑了辫子大帅张勋。段祺瑞还在北京城大杀叛逆,薛宝贵稀里糊涂地被砍了头,粘了鱼胶的脑袋被人抱回了紫云寨。丧是独生子薛一手发的,薛一手还给脑袋爹扎了纸马官袍,任谁也没想到,发过丧的第三天,薛一手的寡妇娘就把自己的头发拔光了。拔是拿手拔的,一根一根拔得光光净,拔下来的头发被她捻成了鞭子,还加了一个五寸长的柳木把,抓着鞭子打的是自己的光头,再接着就是满大街地奔跑,跑着跑着就跳了井。村里人都听到了她跳井前的呼喊,喊的是:"我不是薛宝贵,我是金甲金盔天蓬大元帅,看我到龙宫里借来虾兵虾将,返回来杀他个片甲不留!"独生子薛一手倒是没再犯邪症,他还无师自通地学会了劁猪捶牛,干的是绝户的营生,娶了个媳妇光趴窝不下蛋，一辈子从没开过怀。

村里人都聚在当街，几百双眼睛看的是马靠靠，老宅里的三兄弟也在里边，侯登科举着一碗酒，酒是举给马靠靠的。马靠靠咕咚咕咚全喝了，抹着嘴往西指，一街筒子人都去了侯家新宅。

侯登仓是在水湾口等着的，他的头发全白了，脸上还聚了沟沟垄垄的皱纹，眼睛也包在皱纹里，冷不丁地看，哪里都找不到他的脸。论起来，他还不到四十岁，这是个不老不少的年龄，又有着吃喝不愁的土地，按理说，他应该活得很滋润，脸上应该有红润，有光亮。而事实上恰恰相反，他每时每刻都活在焦虑中，每天夜里都会做一个奇怪的梦，老宅里的三兄弟在梦里挖他的土地。土是被一辆辆大车拉走的，大车是在土层下边开的道，他明明看见一辆接一辆的大车都装满了土，地面上却又看不出来。他在自家地里来回地奔跑堵截，掏空了的地皮轰隆一声陷下去，跟着涌进来的就是滔滔洪水，洪水里哪里还有他家的土地？他从梦中醒来，出了一身一脸的冷汗，连骨头缝里都是冰冰凉。接下来的整个白天，他会不吃饭先往地里跑，从地里回来，又会莫名其妙地拿脚踩墙踩院子。他的嘴是苦的，舌头又黏又涩，眼皮沉得睁不开，站在水湾口，一会儿看看东院，一会儿看看西院，还要时不时地抓个烂瓦片扔到水里。他迎着一街筒子人挪了挪步，听见马靠靠叫了他一声"仓爷"，他说："靠靠，你是说白虎真作祟了？这可不是好征兆。你们要补办青龙节是吧？办吧，办吧。"

马靠靠又叫了一声"仓爷"，说："仓爷，我们要让麻五当青龙。麻五身上担着紫云寨的年景呢，这件大事少不了他。"

侯登仓拿手搓着脸上的泥皮点头，嘴里嗯嗯着表示他明白了，说："麻五是要替换青龙的，那么，我请问，白虎归谁替换？"

马靠靠说了玉树媳妇，说到玉树媳妇的时候，他脸上是有些不得劲儿，花头是一直盯着的，他看懂了花头的眼神。他跟着又重复一遍，说："玉树家里的替换白虎，她不敢不答应！"

侯登仓又把拿鞋踩着的一块碎砖头踢到水里，说："你们想得真周全。你们去准备吧，我姐夫随后就到。"

第七章

　　事实上，没有人知道侯登仓是先跟麻五叫了姐夫，还是直接说了众怒难犯的话，更没有人知道，他是怎样让姐姐侯月娥同意麻五替换青龙的。自从麻五被蒙面人弄软了男根之后，村里人几乎没见过新宅里生了三个孩子的母亲，而在以往的夏日里，一身黑府绸的侯月娥，差不多跟个孵窝的母鸡一样。她的裤子又肥又长，裤带是用红丝线编织的，两头留着一缕缕松散的线头，样子有点像流苏，又比流苏短了些。裰子是袖口刚好齐着胳膊肘的半截袖，跟裤子形成鲜明对比的是，上身的裰子虽然也是窄襟短摆，却又瘦了许多，胸口上缀了五个桃花结的实心扣，真正合着扣鼻的只有三个。另外两个扣子常常扣不上，原因是她的两个大奶子整天鼓胀着，把个胸口顶得老高。而她又偏偏对自己的胸口爱护备至，即便三个孩子早就不恋怀了，她仍然盼着他们再吃。她就那样半敞着胸口，带着三个孩子在水湾口玩耍，一眼也不往街上望。另外，院子里，门洞里，还悬挂了数不清的吊环，那是用来供孩子们攀登垂吊的。按照她的理解，孩子断奶之后，最紧要的是加饭量，然后就是摔打筋骨，而垂吊这种方式，能把孩子的骨节拉开拉直，孩子会在不知不觉中长成高大伟岸的汉子。至于金巧金芝两个女娃，她也盼着她们长出好身条，长出俊模样，尤其是眉眼嘴巴。

　　其实，村里人看见麻五的时候也不多。麻五绕过水湾，在东西两个院子之间穿梭，他还是照常喂牲口，他把给牲口添草拌料的茬口跟村里人的饭时赶在一起，除去要给骒马添夜草之外，他常常把自己弄得像个神秘人。不管是在东院还是西院，迈出院门之前，他都会探着身子向村里村外张望。路过水湾时，他的腿还会显出磕磕绊绊的样子，迈出的步子也是深一脚浅一脚，仿佛裆里的男根变成面条条了，反倒加重了身子的重量，以至于连腰也坠得挺不起来了。

　　在那期间，东院里只有牲口咔嚓咔嚓嚼草的声响，侯登仓一次也没去过牲口棚，他的媳妇又生了第三个孩子，三个孩子也不去牲口棚玩耍。麻五默默地给牲口添草拌料，铡草是跟上响赶车的三牤牛搁伙铡的，一开始是三牤牛续草，麻五按铡，后来麻五又跟三牤牛倒了个儿，原因是续草的三牤牛会时不时地仰起头来，三忤牛仰起头看到的是麻五的裤裆，但三忤牛不一定是故意的。三忤牛在地里犁地时，有人跟他打听麻五，问他是不是听过麻五的房，侯月娥跟他分铺睡了，麻五夜里还会不会再想那事。三忤牛立时把自己的脸弄成个怪样，说："我还听房？我还看他夜里的事？麻五尿尿隔着八丈远，我连他的尿味是腥是咸都闻不到了。"

但是，三忤牛后来还是透露出，麻五的裤裆经常湿漉漉的，仅从这一点上猜想，他一定是站着尿尿的。还有，西院里一到晚上就有人拉了尖嗓子号号，号号得没个人腔。尖嗓子是少奶奶侯月娥的，东院里的人一到夜里就拿棉花绒塞耳朵眼，还要拉扯被子蒙住头。三忤牛说："你们不知道，听着瘆得慌！"

总之，伤了男根的麻五在成了紫云寨的话头之后，同时也成了侯家新宅里的忌讳。但有一点也是肯定的，受了惊吓的玉树媳妇时常犯迷怔，而伤了男根的麻五，居然还是照常喂牲口，单从这一点来说，麻五这家伙也算得上个角色。于是，当麻五又重新出现在当街时，一街筒子的人都把目光落在他走路的姿势上，对麻五脸上的表情，反倒不大注意了。麻五穿了一条紫花裤子，裤腰在前裆处折叠着，拦腰束一条老蓝布扎带，折叠着的裤腰增加了前裆的厚度，这是许多人一眼就看出来的。麻五的上身穿的是紫花对襟无袖汗衫，汗衫没有领子，也没缀扣子，缀的是扣鼻扣带，扣带从扣鼻里穿过来打个活结。懂针线活儿的女人都知道，这是侯月娥有意省了工夫，因为结扣子比缝扣带费事得多，而解扣带又非常容易。麻五说："我来了。"

人群里先走出来两个人，两个人手里都抓着一把青稞子，青稞子里有柳树枝，有柏树枝，有高粱叶子，有豆棵子，还有伸着半截猫尾巴穗的谷子。两个人先冲着麻五点点头，麻五就抬起了胳膊，青稞子绑在麻五的胳膊窝里，这是为青龙引路的。青龙看见这些青稞子就认出了紫云寨，而紫云寨的灾荒也正是在这些青稞子上显示出来的。绑了青稞子的麻五被人拥挤着进了磨坊，接着就要喊亮口跪拜了，许多人都偏了头看马靠靠，马靠靠看的是孙老安，孙老安看的是关业功。孙老安说："礼数上我懂，我就是亮口上不利索，关家兄弟，你来吧。"关业功摇着头躲闪，说："老孙哥你怎么忘了，待会儿还有玉树家里的，我碍口。"孙老安说："倒也是，那还是让马步正来吧，他是祭火头，求雨就是他喊的亮口。怎么把他落下了？"马靠靠转着圈子找马步正，又要派人到家去喊，可是派谁谁不去。马靠靠就有些急，说："屙屎往回坐，大话敞亮里说，轮到上案板了，一个个又成了缩头的。你们等着，我去。"

　　马家把院门闩上了,马靠靠扒着墙头喊叔,里边的马刘氏隔着窗棂子看见两只手,说:"大白天插门,你叫人家怎么猜咱?要说家里没人吧,大门是谁插上的?"

　　马步正在里间屋里吸烟,烟从窗户棂里飘出去。满秋埋着头修补驴脖套,脖套里又重新续了羊毛和麻披子。金猪偷了麻披子要做猪尾巴鞭,鞭杆用的是裂了口子的擀面轴,擀面轴的一头还削了一圈凹槽。马步正拿眼瞪老伴,说:"咱家里人都在这里了,都装听不见,谁愿意喊谁喊。"搓纳底绳子的春子插了话,说:"爹,咱家人不齐,小二没在家。"马步正揪了一节黍篾子挖烟锅里的烟油,挖完了吸一口,一块烟油吸到嘴里,嘴里流出口水来,说:"一会儿拉稀哩,一会儿尿尿哩,熊孩子不会安生一会儿。老大家,你去看看他会屙完尿完不?"春子红了脸,说:"爹也真是的,他二叔也是个老大不小的半大孩子了,叫我去?"金猪抓了一把喂鸡的谷糠,说:"爷爷,我去喊二叔。"金猪去了又回来,手里还是抓着那把谷糠,说:"茅坑里没有鲜屎,也没有二叔,哪里都没有他。"满秋拿眼角瞟老爹,马步正吐了一口痰,说:"别说话了,关上门。"

　　马靠靠还在外边喊,这回喊的是:"叔,您老是祭火头,祭火头不去,一街筒子人都看我的笑话。"他喊着回到街上,一脸的尴尬样还没抹去,花头却呜呜呀呀地跑过来。花头脸上青一块紫一块的,有手抓的血印子,还有唾沫星子,身上的褂子还烂了几处三角口子。马靠靠看着想笑,忍着笑又变成了鄙视,说:"你把自己弄得跟个花脸狼似的,人呢,替换白虎的人来了吗?"

　　花头噗噗地吐口水,说:"邪怪了,紫云寨成邪怪窝了!我是先跟玉树说的,玉树也明白了是要他媳妇替换白虎的,可是,癞蛤蟆玉树说他媳妇已经不迷怔了。我说,'你媳妇迷怔也好,不迷怔也好,替换白虎的就是她了'。你猜怎么吧?癞蛤蟆正打迟缓呢,跟别人睡觉的破娘们儿过来了。她是从茅坑里跑出来的,裤子还没提上呢,先冲着我下了手,又抓又挠,还祖奶奶带爷爷地骂,骂得不能听。呸呸,这都弄得哪儿是哪儿啊?"

　　马靠靠哼哼地冷笑,笑着说:"你是亲眼见了,她到底是真迷怔还是假迷怔?要叫人家替换白虎,连个真迷怔假迷怔还不知道。"

　　听马靠靠这样说,花头有些急了,也跟着哼哼地冷笑,说:"我又没拿胡子嘴啃她，我怎么知道她是真迷怔还是假迷怔？"

孙老安也说："靠靠你是会首，你先说这样的话就不在理上。咱是要补办青龙节哩，说好的该谁替换白虎谁就得替换，迷怔不迷怔是郎中先生的事，该不着咱问吧？"

许多人跟着帮孙老安说话，马靠靠气得喘粗气，拿手拍打着碾盘，说："我去把她弄来，我就不信喊不来？这里别等祭火头了，孙老安你来喊亮口！"

立刻有人在麻五背上推了一把，麻五扑通跪在磨道里，其他人退出磨坊。孙老安也学着马步正的样子，吭吭地先打个亮嗓，张口喊的是："青龙抬头，头仰南天，天下清明，明洁无祟。祟已来到化白虎，青龙神威震妖孽。白虎作怪，青龙升帐，啊呀呜哇，啊呀呜哇……"

孙老安喊过，又跟着跺了三脚，麻五爬着磕头，围着磨盘磕一圈，站起来又跟两个壮汉磕头。两个壮汉喝着号子抬起石磨上屉，先在十字街口旋个十字花，接着由中街向东滚动，麻五哈着腰，伸着头，支夯起两条胳膊，紧随着石磨奔跑。跑到东街口返回，接着再向西，从西街口返回后，孙老安已经在十字街口画出了一个圆圈。这一次喊的是："青龙升帐喽——"麻五围着圆圈蹦跳，跳三圈之后一头扎进圈内，伸展着胳膊躺下了。两个壮汉抬起石磨，石磨放到麻五的肚子上，然后各自后退着出圈外。孙老安恭恭敬敬地燃起三炷香，香是插在十字街口的，下边是用浮土封的土堆。跟着再喊亮口，这一次喊的是："我要青龙飞，不要白虎跳！"

这边刚刚稳妥，马靠靠果真推搡着把玉树媳妇弄过来了，玉树媳妇先还是破口大骂的，到了当街不骂了，说的是真真切切的清醒话。她说："替换白虎是为紫云寨好，我有什么不愿意的？马靠靠口口声声说我是个迷怔人，他还说一街筒子人都说我是迷怔人，这样的话我不爱听。你们看我有一星星一丝丝迷怔吗？我迷怔了怎么还说清醒话？"

马靠靠说："喝醉酒的人都说自己没喝醉，不迷怔为什么还说自己不是个迷怔人？孙老安，快喊亮口，赶快让青龙震住她，白虎要作祟了！"

玉树媳妇是急着分辩的，说："老安叔你听我说，我一点也不迷怔，我愿意替换白虎，我就是不愿意让人说成迷怔。"

马靠靠又跺着脚发脾气，说："孙老安你别听她的，叫你喊你就喊。"

孙老安说："玉树家里的，我知道你的迷怔病已经好了，我知道你心里已经清亮亮的了。一个村里住着几辈子，谁干了屙血的事，谁犯贱当了串街狗,他自己知道,老天爷也知道。他婶子,你听我说,咱今天不管迷怔不迷怔,你现在就是白虎了,你是白虎就得听我的调遣。污血何在?快快迸发!"

随着这一声喊,跑过来的是一个挑着血包的人,血包是一团棉花绒,棉花绒蘸了鸡血。鸡血包上系着长长的线头,线头系在玉树媳妇的两腿间,玉树媳妇要当血是自己流出来的,还要一弯腰一弯腰地拿手抹,先抹的是自己的脸,抹着走到磨坊里,又拿着血手涂抹碾砣碾盘。

孙老安跟过去,再喊一句:"白虎白虎你作祟,今天降在青龙会。青龙腾空镇白虎,看你白虎敢作祟!啊呀呜哇……"喊声落下,玉树媳妇直挺挺地躺在碾盘上,身上压的是碾滚檩子,檩子上放一个条筐,筐里装的是牲口粪。

紫云寨当街没有一个女人,女人都被关在家里,被关起来的还有猪羊鸡狗,街上只有白亮亮的浮土。两边安置妥当,孙老安当街站正了,拉扯着脱下褂子,跺跺脚上的土,双手捧起一炷香,点燃了夹在耳朵上,恭敬着走到泰山老奶奶庙跟前跪下磕头。街上的人也学着孙老安的样子扒成光膀子,也把香点燃了夹在耳朵上,也跟着跪下磕头。头是连着磕三个,磕完之后就把头俯到地上,任由香在耳朵上燃烧,香火烧到耳朵根了,青龙会也就到了时辰。

花头是挨着马靠靠跪的,他斜着眼角偷看马靠靠的眼是真闭还是假闭,马靠靠正偷看豁子,豁子悄悄地掐短了香根。马靠靠说:"豁子你就作吧,这一会儿你等不得啊,你是盼着完事了回家是吧?你又弄不成那事,急着回家干什么?看看谁到你家厕屎了?"一扭脸看见花头偷看他,他就恼了,急着拿眼瞪花头,又说:"你这几天是怎么回事,我又没扒你家的锅灶,我又没把你家的孩子扔井里,我又没往你家大门上泼泔水,你老是贼眉鼠眼地盯着我弄什么?"花头忽然嗷的一声呼叫起来,说:"呀,呀,磨坊里闹动静哩,一道黑光闪出去了!"

跪着的人都把头抬起来,磨坊顶上果然有个黑影子,黑影子先还是跳跃的,眨眨眼又看不见了。黑影子是马二梭。二梭从磨坊顶上跳下来,踩着臭蒿棵子往运河湾里跑,跑着说:"还真叫你说准了,我看得清亮亮的,扮青龙的麻五驮的石磨,玉树家媳妇躺在碾盘上扮的白虎。哎,我说,这就怪了,你又没在跟前,你是怎么知道的?"

紫柳棵子里坐起一个人来,坐起的人是白面瓜,白面瓜冷冷地笑,说:"孙老安是个什么样的人?他是一心要在紫云寨亮头亮脸哩,他是一心要跟你老子爹学样的，也要当个难缠的主儿。他想叫孙家门里的花头也成个街面人物，要抬举花头就得拿掉马靠靠，马靠靠弄了一回迷怔女人，又被花头偷了光。孙家爷几个就戳弄着要补办青龙节，明里说的是要青龙赶祟驱白虎，暗地里是藏着二心的。等着吧，侯家新宅老宅不干仗了，紫云寨也肃静不了。哎，我问你，迷怔子今天是敞着怀，还是包得严严的？二梭子，你怎么不想着吃她的？"二梭扑上去又把白面瓜压倒了，解着裤子还要再弄一回，说："我听说靠靠哥也找过你，你给他了？"白面瓜拿手掐二梭的耳朵，说："反正是随身带的，谁要我给谁，满秋也是你哥哥吧，我还给过他呢。"二梭一下子跳起来，脸也涨得紫红，说："你胡说八道！你说靠靠打你的主意，我信，你要说满秋也跟你打缠缠，打死我也不信。面瓜你说正经的，咱村里还有谁脱过你的裤子？"

　　白面瓜先还是讥讽着笑，反过来追问二梭，说："哟哟，二梭子也学会钻醋缸了。哎，我问你，我是你的什么人，你是我的什么人，你还吃这样的泔水醋？"

　　二梭记不得自己是从哪天开始迷恋的白面瓜，也许是白面瓜扮演七姑娘时，也许是白面瓜这样那样地跟村里人戏耍时，也许从白面瓜嫁了拾粪的豁子那一天。不可能再早了，再早他根本没见过她，见了她之后就觉着自己早晚要跟这个女人有牵扯。那时候他还是个孩子，他跟着老子爹和大哥满秋站到地梗子上撒尿，他看到自己的尿在空中画出一道烁目的彩虹，金黄色的尿线被七色的彩虹染得刺眼，尿完了他的小鸡鸡还是挺着的。到了那一年的夏天，拾粪的豁子娶来了一个活蹦乱跳的俊媳妇，俊媳妇是个好脾气的，所有的人都喊她白面瓜，她还是嘻嘻哈哈地笑。二梭也去看了，看了没跟着别人起哄，往回走时他还踢了豁子的粪箕子，还把粪铲子扔到栅栏外边。但是，二梭从没想过这样的问题，听白面瓜这样问他，他的脸更红了，手是一把一把地揪扯自己的头发，嘴里吭哧着答不上来，赌着气扭过了脸。

　　白面瓜笑了，笑着抱住了二梭，还腾出一只手脱下裤子，搂着抱着让他趴好。这是他们第二次约会，这一次也是二梭约的她，不过她是从窗棂里看到的二梭，看到二梭跟个公鸡似的昂着个脑袋，还把胸脯一挺一挺的，她就拨开了栅栏门，跟着就走出了村子。二梭入了蒿草棵子就跟她并排走了，说："你又没看见我，你怎么知道我来喊你？"她把手伸到二梭的裆子里，拿手指头勾挠二梭的肋巴骨，她想说自己是他肚里的蛔虫，结果她光是笑，笑着又拿指甲抠，后来还笑出了眼泪。这一会儿，她又拿手指头梳理二梭的头发，还睁大眼睛望着二梭嘴巴上新近生出的绒毛毛，叹息着说："你真是个傻孩子，叫我说你什么好啊？记着二梭，我有一句话，你听了烂在心里就行。除了你，谁得了我的身子都是灾！"说着不让二梭动了，自己支起身子，又说："二梭你听听，当街一定是出什么邪怪事了？"

二梭却激灵着打了个寒战。

出事的是玉树媳妇，玉树媳妇翻了白眼，腮帮子却是青的，嘴唇咬出了血，血是紫的。马靠靠蹦着高大呼大叫，说："孙老安，你闹青龙白虎闹出了人命，活蹦乱跳的一个大活人，说个没气就没气了，你看着归结吧！"孙老安先是慌慌了一阵子，指挥着叫人搬掉了玉树媳妇身上的粪筐和碾檩子，又拿了手指甲掐人中，玉树媳妇的嘴角里又流出一股血，人是没救了。

这边正慌着，黑豆兄弟从家里跑出来，兄弟二人一人一个家什，黑豆拿的是拌草棍子，豌豆拿的是半截叉把。两个人也不说话，挤进人群先奔的是马靠靠，也不管是头是身子，抡起来一阵猛打。马靠靠被人群围着出不去，只好拿手护住头脸，说："谁生法压死的你们的娘你们找谁，凭什么打我？"

孙老安忽然站起来，拿眼扫着一街筒子人，说："白虎降服，五谷丰登。作祟的是白虎，会首马靠靠就是罪魁祸首。老少爷们儿还有所不知吧，就在几天前，马靠靠竟然打起了玉树媳妇的主意，趁着迷怔人什么也记不住，大白天他就把人家睡了。玉树媳妇拿一死换清白，咱们不能让人家白死，马靠靠得披麻戴孝，会首也得换人。作孽作到迷怔人身上，还是个人吗，猪狗不如哩！马靠靠你还有什么话说？"

许多人又一次证实了这一节，证实了就冲着马靠靠吐口水。马靠靠转着圈子躲闪，说："哎哎，说压死人的事呢，怎么又扯到我身上？她迷怔着心没迷怔眼，谁欺负她，她为什么不找谁报仇？她见了我一口一个靠靠兄弟叫着，叫得又脆又甜，她是恼我吗？她要恼我还会跟我出来吗？"

花头说："你还喊冤啊？要不是你作孽在先，要不是你呼哧呼哧地弄了人家半天，玉树家里的为什么憋得难受还不喊人？人家已经不迷怔了，憋不憋气人家不知道啊？能喘气不能喘气人家不知道啊？人家这是赌命换清白，是你没叫人家清白。你还喊冤？"

黑豆嗷一声跳到碾盘上，丢了棍子大骂，骂的竟然是孙家人，说："孙老安，孙花头，你们两个都不是人，我×你们的祖宗！"

豌豆也跟着上了碾盘,说:"马靠靠弄俺娘谁看见了,谁看见了谁没爹!"

搬掉磨屉的麻五却什么事没有,他从地上爬起来就回了家,先还是踢踏踢踏地走,走着还一个劲儿地拿手摸裤裆,走到西街口忽然奔跑起来,还高一声低一声地呼喊,喊的是:"起来了,起来了,又跟先前一样了!"

第八章

有一天早晨,吃完饭准备下地干活儿的时候,村子里来了两个骑马的人,两个人的年龄都不大,胡子乱糟糟的,好像从没刮过。两个人是在村口下的马,马是随手牵着的,村口有几棵大柳树,柳树罩下一片阴凉,按说,马可以拴在那儿。他们不像过路人,也不像投亲访友的,看见胡同里有人打量他们,他们就像没看见。

他们先看的是寨壕。个子稍高点的那个人还步量了一个来回,又用手比画了一下,另一个人从衣兜里掏出一个小本子,记下之后又指点打麦场。接着,那个高个儿的骑上马,马是顺着寨壕跑的,剩下的那一个牵着马进胡同,两个人是在村子西头的水湾口照的面。后来,他们就消失在村子西北角的那片杂树林里,等到街上的人试探着走向西街口时,杂树林里只有咯噔咯噔的马蹄声,最后连马蹄声也听不见了。

这一天的活儿是没法干了,神秘的骑马人带来了不小的骚动,没有人猜得出他们是弄什么的,但有一点是肯定的,他们一定不是县上的公差。县上有时也派公差下来,下来的公差先找的是会首,没有会首的村子就找个大姓家族长,说的往往是催捐纳税,要么就是派工修补城墙。有一年,县上还要过脚夫,马笸子就是半道上偷跑到军营去的,马笸子是马步正三服沿上的堂兄弟,过后公差还来搜查过他的家。再早之前,薛一手的爹薛宝贵也是应公差出去的,出去混好了,还当上了运河防务团的团练,要不是性子急了点,兴许还能往上升。排除了县上的公差,再想就得想到响马老雀,河套里有过老雀，西边的叫驴山上也聚过一伙响马，北伐军成了旗号之后，两个地方都给扫荡干净了。退一步说，响马干的是劫财截道的营生，老雀吃的是绑票饭，两伙子人即便联手，也都是要的月黑风高，绝不会大白天派两个骑马人满村里招摇。这样子猜来猜去，猜到最后成了谜，谜像中了邪的马蜂，一时三刻地围着脑袋嗡嗡，村里人受不了了。

有人在街上拦住了花头，喊喊喳喳地乱说话，说的是马靠靠倒架了，马步正又见天关着大门，村里连个主事的人也没有，两个神秘的骑马人来了又走了，他们到底是干什么的？既然补办青龙节是孙老安张罗的，现在免不了要跟他讨个主意。花头是从镇上大跑着来的，手里抓着的是两大包黄表纸。花头说："别拦我呀，老爷爷快断气了，知道不？我提着药呢，看不见啊？"

许多人又是奇怪，刚刚补办了青龙节，孙老安取代马步正喊的亮口，那嗓门比马步正的嗓门还响亮。结结实实的一个人，怎么刚刚过去三天就快断气了，这是得的什么病啊这么快？

孙老安还真是病了，先是发了半夜烧，到鸡叫头遍时，突然间又说胸口憋闷。自己拿手抓挠胸口，把个胸口抓挠得全是血道子，嘴里还是长一口短一口地喘不匀气。脸是灰青色，嘴唇成了紫的。两个儿子急着找木匠打棺，一个出嫁的闺女也叫来了，倒头也就看哪一口气出来出不来。老伴光是哭，哭着问："他爹啊，你还有什么话要说？说了你好闭眼……"孙老安大瞪着眼，嘴巴大张着，手伸出来指的是胸口。老伴又说："憋得难受你得等着，花头抓药去了，你得等着把药喝了。"花头一步门里一步门外，晃荡着药包说："药抓来了。"

熬好的药孙老安一口也喝不下，药汤汤倒进嘴里又流出来，脸上领口上都是黄水水，肚子里是一口也没进去。老伴又哭了，说："你憋得难受又不喝药，你这是找着死哩。死也得死个清白呀，你到底得的是个啥病？你死吧，你死了我也不活了。"闺女儿子又紧着劝娘，生怕没病的娘再有个好歹，姥娘门上来人追问，两个外甥也不够一个亲娘舅打的。

乱哄了一阵子，花头忽然啊啊地叫起来，又急慌慌地把屋门关了，示意家里人别吵吵。花头说："自家人关起门来说自家话，横竖到不了外人耳朵眼里。老奶奶，大爷爷，二爷爷，姑奶奶，你们想想，俺老爷爷这个病得的算不算邪怪？"

老大孙月份是瞧不起花头的，听了就撇嘴，说："病就是病了，什么邪怪不邪怪的？人眼看就不行了，说别的还有什么用？"

花头吃多了百家饭，什么样的脸色都见过，见多了就不管谁是什么脸色了，明明知道月份不待见他，他还是只顾自己顺着话茬说话。他说："风是雨头，屁是屎头。天要下雨还要先起云彩呢，凡事都得有个因由。俺老爷爷的病是什么缘由，三天前咱闹过什么，明白了吧？"老大孙月份急了，说："不明白就是不明白！正说病呢，你说的哪儿是哪儿啊？"花头说："你们不愿意想就算了，当我什么都没说。这么着吧，你们也别哭了也别急了，做棺材的事先停下，我立马就去紫云寺请一了大师。"

花头拿了四炷香，又提了一葫芦豆油，豆油藏到紫云寺外边的石几下，单把三炷香比量着烧了，剩下的一炷放到佛龛上，恭恭敬敬地说了孙老安的病状，说过了又拿眼角瞅一了大师。一了大师坐在蒲团上打盹，一坨子皱皮皮滴溜在下巴上成了托腮肉，鼻子凹里起了几块斑点，斑点的颜色跟柏树皮的颜色差不多。眼睛也是闭着的，睫毛倒是动一下动一下。花头知道一了大师并没睡着，不想说话兴许是记不起自己是谁了，于是又做了解释，说："大师应该记得吧，佛祖圣诞庙会那天，我来唱过莲花落的，先唱的是《吕蒙正赶斋》，老多的人起哄，喊出口的要我唱《十八摸》，我刚唱到摸裤腰就停了。你想想，记起来了吧？"

一了大师说话了，说的是："油是葫芦，葫芦是油。乐是愁，愁也是愁，人愁心不愁。"

花头打个激灵，说："你说的什么，我不懂？"

一了大师说："你不懂，我不懂，青石板上钻窟窿。窟窿漏油。"

花头偏了头看一了大师，看着往外跑，从石几下拿出油葫芦，油葫芦被老鼠啃了一个窟窿，窟窿里流出油来。花头返回来跪下磕头，说："大师不是人了，你怎么知道我藏了油葫芦？葫芦藏在石几下，门里门外不见一个人，你怎么知道老鼠咬了油葫芦？大师是无量寿佛，你就把我当成偷油喝的老鼠精吧。我老爷爷眼看就没命了，大师你得施法。"

一了大师就把眼皮睁开了，说："命是自己的，谁能救得了命，无非是哪里丢了的，就到哪里去找，找来也是借着用用。记着，谁丢的谁借，谁借的谁还。不借行吗？不还行吗？应作如是观。"

花头得了糊涂法子，一想就想到玉树媳妇是在碾盘上丢的命，回到家就跟老奶奶说了。花头还说了一了大师的神奇，花头没提石几下藏油葫芦那一节，他说的是玉树媳妇当初找一了大师圆梦，拿个假梦糊弄一了大师，一了大师说"圆梦梦自圆，双峰月儿残。丰年谷不秀，烟消云散间"。花头接着解释，说："莲花落上的双峰就是女人怀里的白白，残就是白白头没有了。丰年谷不秀也应验了，青龙节她死了，死了可不就是烟消云散吗？"老奶奶立马三刻地让两个儿子抬起病人，抬是连床上的芦席一块儿抬的，再看孙老安，眼窝已经塌下去了。

　　一家人紧着把孙老安抬到磨坊，连芦席一块儿放到碾盘上，碾盘上还有玉树媳妇涂抹的血道子。花头还记着一了大师的告诫，放下孙老安就把两个爷爷辈的拉开了，拉到十几步远的树荫里坐下，还不叫哥俩回头看。两个儿子都恨不得把头装到裤裆里，老大孙月份冲着花头比画拳头，牙是咯吱咯吱地咬着，说："我爹什么辈，玉树家里的是什么辈，她躺过的地方再叫老头子躺，他是躺在孙子辈的怀里，是卖乖啊还是行孝？看见了吗，一街筒子人都看笑话呢，没长眼啊你？你等着，缓不过来我再跟你说事。"花头跳起来大号大叫，还脱了鞋冲着人群啪啪地拍打，说："我老爷爷压白虎哩，看什么看，小心瞎了你们的狗眼！"

　　二儿子孙月成忽然盯住了磨坊，指着说："大哥，快看快看，咱爹没死，咱爹喊咱们哩！"

　　孙老安已经从碾盘上坐起来了，望望旁边的石磨，又摸摸坐着的碾盘，跟前的人却是一眼也不看，只是说饿了，要回家吃饭。花头乐得手舞足蹈，凑到孙老安跟前，说："老爷爷，我是花头，是我叫您老人家镇的白虎，您在白虎怀里睡了一觉就是把白虎镇了，镇了白虎您的邪怪病就好了。"

　　孙老安拿手捂住胸口，捂住了还一个劲儿地掖怀，说："别闹了，别闹了，俺还得留着给小三吃呢……"

　　孙月份一脚踢到花头裆里，紫涨着脸，还对着花头噗噗地吐口水，说："这还是个爹不？"老二孙月成原本是要往花头脸上踢的，花头却哎哟着蹲到地上起不来了。

　　就在把孙老安抬到碾盘上的那天晌午，大半年没回过娘家的秀秀来了，秀秀手里提着一串面泡。面泡是拿柳条串的，一串子有几十个，金猪流着口水扑上去。马刘氏拿手护着不让孙子吃，喊过春子要她和面烙饼，面泡撕开，要是架上的黄瓜长成了，就做个胡辣汤。秀秀先跟嫂子说了几句闲话，偷偷地揪一个面泡给了金猪，金猪偷着看奶奶，搬了个凳子让姑姑坐。秀秀抓过金猪要打,说:"你个小羔子也是眼窝浅的,没吃到嘴里就想不起来给姑姑拿板凳。大了给你娶个炸面泡的,天明天黑把你的个喉咙塞满,看你还馋嘴不?"春子咯咯地笑,说:"我当初也想嫁个炸面泡的,嫁到你们马家才知道,一年要喝八个月的面汤汤。秀秀,你往后来娘家得勤着点,你一来,咱娘就把饭菜安排得荤荤素素的,平时是问也不问的。"

春子跟这个小姑子合得来,两个人见了就亲得了不得。热闹了一会儿,春子往堂屋里探头,转回身来问的是秀秀婆家那边有没有般配的闺女,要有,想着给二梭说一个。秀秀看着春子的眼睛,说:"二梭才多大,说媳妇早了吧?怎么了嫂子,做饭做够了,再添个新手帮你,是这意思不?"春子扳住了秀秀的头,贴着耳朵根说小声话,说的是:"这是咱们姑嫂二人说话,横竖我知道你嘴严,咱爹娘那里我是再不敢说了。待会儿吃饭你看看吧,小二眼看着是个瘦,原先腮帮是鼓蓬蓬的,现在你再看,成个死面锅饼了。我是一直疑惑的,你说他成天溜溜达达,重活儿累活儿都是你大哥一个人干,他能吃能喝,没病没殃,怎么会瘦了?为什么瘦的?那天夜里,我跟你哥说话呢,亲娘哎,我刚说了一句半,就叫你哥跺了我两整脚!"

秀秀说:"你跟我哥说的什么话,二梭怎么了?"

春子伸出头望向院子,又拿脚勾上了屋门,这才说:"我想了,二梭兴许是惹上了夜猫子精……"

秀秀说:"你快说说,嫂子,什么是夜猫子精?"

春子的脸竟先红了,抓着围裙装作擦汗,擦着笑起来,说:"你要真不知道我就说,反正你也是孩子娘了,反正你也是过来人了,反正也没什么碍口的了。夜猫子精就是个说法,不是个真夜猫子,要真是个夜猫子倒没事了。夜猫子精都是男人惹的,惹上了,就觉着被窝里有个大闺女,大闺女还俊还香甜,浑身上下溜溜滑。两个人亲着抱着弄那事,弄一回不算完,弄一回不算完,得等到鸡叫,男人才能醒过来,醒过来一摸,下边流了一大片。你想想,能不瘦啊,一夜一夜的,铁疙瘩也受不了!"

秀秀惊了一身汗,说:"嫂子,那你怎么不看看他的被窝?你看了吗?有吗?"

春子说:"他是个孙猴子托生的,什么把柄留给你抓?"

马刘氏在堂屋里喊秀秀,春子又拿眼色示意秀秀千万别说出她来,秀秀笑笑去了堂屋,原来是马步正和满秋从地里回来了,院子里多了两捆高粱叶子。

秀秀打了招呼又望向套间，说："大哥，小二呢，怎么没喊他跟你们一块儿干活儿？"

满秋紫涨着脸，呼哧呼哧地喘着狠气，还把头摇得一摆一晃的，话也是带着火气的，说："我还喊他？我不喊他还想吃我哩，我还喊他？"满秋说这些气话的时候，眼睛是带着钩子的，钩子落在老爹马步正身上。

马步正吭吭地咳嗽，接过话头说："熊孩子上辈子是个万岁皇爷，说好的劈头茬高粱叶子，我们劈了半截地了，他还在后边磨蹭。一会儿拉稀哩，一会儿尿尿哩，一会儿又说眼里爬了腻虫子。待会儿你看看吧，够塞牙缝的就算说屈他了。"

秀秀听出来大哥跟二梭有了不对付，又不知道为的什么，爹那里明摆着是不想多责怪小儿子的，她就把嫂子的话咽下去了，改口说的是靠靠的兄弟抢抢。秀秀说："爹，哥，你们听说了吗，抢抢哥出事了？"

满秋说："抢抢不是跟老宅的侯得章吃粮当兵去了，得有六七年了吧？年前靠靠还说他兄弟升成了个军官，能管着几十号人。碾盘他都能啃出血来，他能出什么事？能是挂花了，不会吧？"

马步正也看秀秀，秀秀说："靠靠哥嘴里没真话，他兄弟要真当了军官，他喝豆腐脑也得嫌塞牙。怎么，你们真是一点也不知道啊？"原来，秀秀婆家有个本族门的人，也是那年去的兵营，前不久回家来探亲，知道抢抢跟秀秀是一个马家，扯闲话时就跟秀秀说了。他说，抢抢刚到兵营不久就跟着打了一仗，那一仗抢抢是先死的，心口窝里穿了个血窟窿。秀秀倒不是专为这事回娘家报讯，她不过是随着孙老安的闺女一块儿来的，孙老安的闺女是回娘家伺候病爹，她也想起自己好几个月没来看望爹娘了。

满秋说："闹过北伐之后不是都成民国的兵了，这怎么还打，谁跟谁打啊？秀秀你问没问那个人，不会打到咱们这边吧？"

马刘氏也在里间屋里搭了腔，说："亲娘哎，该不会再搁当街打吧？"

秀秀又进里屋跟娘说话，进了里屋又退回来，说："忘了说了，大前天我看到新宅里的侯登仓了，他也到俺婆家那边去了，也是打听兵营的事。你说，他家又没有当兵的，他怎么还打听这？"

马步正忽然站起来，冷不丁地冒出一句："那个被枪子打死了，这个也快作死了，还有一个男人说女人话的，紫云寨没个好了。胡作吧都！"

大门咣当一声，二梭回来了。二梭背上的叶子捆果然只有枕头般粗细，拿个树枝子挑着，赶集上店的架势，进家甩掉高粱叶子，也不说洗洗手脸，也不管身上爬着腻虫子，散了架似的倒在凉席上，嘴里说着"饿死了饿死了"。

春子从灶窝里探出头来，亮着声说："小二，堂屋里有刚烙的油盐饼，你吃不吃呀？"

春子的意思是要秀秀审量二梭瘦样的，秀秀从堂屋里走出来，冷不防走到二梭跟前，话没说，先看的是二梭的脸。二梭的腮帮子还真是贴贴着，脸色也显得不光亮了，人在凉席上躺着，骨头架子一点也不壮。秀秀看得心里酸酸的不得劲儿，转了头又冲堂屋里说："爹，娘，二梭怎么瘦成这样了，你们还叫他干活儿。二梭，你怎么显瘦了，你是嫌饭啊还是干活儿累的？"

二梭听见说话的是姐姐，爬起来揉眼，还带着满脸的不高兴，说："喊什么喊，我就这样，哪里瘦了？"

饭是摆在院子里吃的，院子里有两棵盆口粗的棠梨树，树荫里用土坯垒的台子，上面放了一块石板。饼是盛在筐子里的，黄瓜面泡胡辣汤盛在和面盆里，春子先给公公婆婆舀了，又挨着给满秋和秀秀舀。二梭等不得，先伸手把满秋跟前的碗抢过去，也不管热不热烫不烫，抢过去先喝了一口，喝着还冲满秋翻瞪白眼珠子。满秋生气了，说："爹，娘，妹妹，你们都看见了，我没招惹他吧？你们说说，小二这是怎么了，这几天就一个劲儿跟我犯别扭？"二梭说："我没跟你犯别扭，你别心虚。你周正正地当着大哥，又没有歪的邪的，我跟你犯的什么别扭，我怎么不跟金猪犯别扭？"他喝一口汤又吐了，再说："怎么还有腻虫子，恶心人不！"马步正不说话，春子又一个劲儿地使眼色，满秋只好闷着头吃饭，一顿饭吃得憋气窝火。秀秀拿眼瞪二梭，说："小二梭，你还有没有个大小呀，你怎么跟大哥说话？"二梭还是横横的，索性谁也不看了，撕了饼泡在胡辣汤里，呼噜呼噜地喝了两碗，撂下碗到屋里睡觉去了。

饭后洗刷，春子又跟秀秀叽咕，说："看到了吧，一天天地跟你哥发邪愣火，谁也不知道他那火从哪里来的。咱爹又不说话，你哥又是个闷葫芦，一家人大大小小都得让着他，二梭快成爷了。"秀秀原本是心疼二梭瘦的，看了吃饭的光景，也觉着二梭张狂得过了，凑到爹娘跟前也说二梭的不是："娘，您得管管二梭，他跟大哥犯的哪门子邪愣，大哥领家过日子，哪里招惹他了？"马刘氏说："头生稀罕老生娇，吃亏吃在半中腰。我是看哪个都一样的，问你爹吧，他不让我张嘴。"秀秀转过头看着爹，马步正的脸阴沉着，啪啪地在鞋底上磕烟灰,站起来什么话也没说就出去了。

马刘氏听着脚步声到了胡同里,这才压低了声跟秀秀说:"看吧,你爹一准儿去了侯家老宅,先前人家托人放话要把兰兰许给二梭,你爹光哼哼不吐口。你可说说,过后再上赶着爬,何苦哎?"

秀秀越听越糊涂,说:"说的什么啊娘,年前一句年后一句的?你是说二梭犯邪愣是想媳妇了,不会吧?"

马刘氏让秀秀看她头发里生没生虱子,秀秀还是歪着头看她,她说:"你光看头发别看我,我什么也没说。"

第九章

要是往上数到马步正的爷爷那一辈,紫云寨马家算得上是个大家族,几十口子人在一个锅里吃饭。能在一个锅里吃饭的,绝不会是外支旁门,但那时的马家内部,也暗藏了许多外姓人不知道的烦恼。而让外姓人猜不透的是,恰恰是到了吃饭的时候,马家才最能显出生机,配上号点跟兵营差不多。

那时的老马家住的是一正三偏,其中的两处偏房都在正房的东边,第三处偏房在正房的门脸前边,看着像伸出去的脚丫子。站在当街看马家,马家是新中加旧的夯土墙,墙头上长着死不了、抓地秧子,还有一种叫作牤牛墩的老母草。隔着院墙望不透里边,只有进了西南朝向的大门,才会发现四处房舍各自立着院墙,院墙是用篱笆围起来的,上面长年晾晒着各种颜色的尿布片子屎布片子。各家的篱笆墙都有一个栅栏门,栅栏门的两边倒扣着大大小小的尿罐,尿罐从半处腰到罐底结着一层尿碱。有风的日子里,尿罐会发出呜呜的声响,也有开裂了的碱皮子随风飘浮。只不过是前面的篱笆墙里没有正经房舍,两间土屋,一间住人,一间养牲口,一面墙是与南屋的南墙背靠背连着的。要是把这些都画到图上,马家住的还真有点像兵营。

南屋是马家的老灶间锅屋,儿女们没婚嫁之前,一天三顿饭都在老锅屋里做着吃。马步正的爷爷一共有六个儿女，他爹马云朴是老四，老四上边还有三个哥哥，三个哥哥中老二老三是双胞胎，巧的是双胞胎兄弟都是胎里带的睁眼瞎。马步正的大爷叫马云楼，是从另一支同辈里过继来的养子，因为马步正的爷爷奶奶曾经好多年没生养，过继了一个儿子，下边却接二连三地生了五窝。马步正还有两个姑姑，两个姑姑都不是省油的灯，没出嫁之前，兄妹六个打成一锅粥，跟外姓旁人闹哄，更是狗屎糖稀一样，黏着就不松手。到最小的老四娶了媳妇之后，两个嫁出去的闺女还是隔三岔五地住娘家。她们回娘家是要看望瞎眼的双胞胎哥哥，瞎眼哥哥没娶上媳妇，一娘同胞的妹妹心疼。马家院里走了两个闺女，添了两房儿媳妇，两房儿媳妇也各自有了自家的锅碗瓢勺，但饭食却依旧是在老锅屋里做的。

　　做饭的是老马家的管事女主人，一个时常埋怨从没过过舒心日子的老女人。老女人跟老男人住在四间正房的西边，尽管拥有坐北朝南的堂屋，但实际上她一天之中的大半时间，都是在老锅屋里度过的。一年四季，她的手几乎总是湿漉漉的，除了手脖子上的皱皮之外，手指缝，指甲盖，以及手背上的皱纹里，还会沾着黄的黑的面疙渣，这还不算染线子挂上的颜色。染线子要用四五种颜色，靛青啊，草绿啊，玫瑰紫啊，高粱红啊，这些颜色早已浸入皮肤里边去了。身上洁净不洁净吧，手脸干净不干净吧，对一个庄稼院里的老女人来说，已经算不上什么了，到了奶奶份上，穿着打扮轮不到了，老手老脚也就罢了。受累的是烧锅攒灶的差事，掀锅早了，下地干活儿的人没回来，点火晚了，狼掏了似的饿肚子汉又赶不上饭点，按次数来说，掂对正巧的时候还真不多。这样的忙碌，月把二十天的还好熬，不热不冷的二八月也凑合了，苦的是死热闷热的三伏天。整整一个夏天里，她身上的衣服没干过，脸上的汗煞着眼，眼泪也跟着流出来，眼皮眼珠子都是红的。上边的汗水流到下边的鞋窠里，她的脚天明天黑在水里泡着。

　　老马家的饭先由老女人做好，到吃饭时又一分为三，其中两家是有了自家孩子的老大家老四家，两家都端着盆子拿着筐子挤到老锅屋里。老大两口子外加三个孩子是五口，老四两口子再加一个孩子是三口，端着饭的两家子都回各自的篱笆院里，另外再做些零碎吃喝是他们自家的事。不挪窝的是老两口，还有两个瞎眼的光棍儿子。有时候，瞎子兄弟会莫名其妙地领来两三个朋友，朋友也是没眼的，做饭的老女人还要给他们添双碗筷。老老少少都有碗筷了，都饿死鬼一样往嘴里塞往肚里攮，老女人却吃不下去了。她是累的，嘴唇干了，嗓子哑了，舌根子也是苦的。还有腰，还有腿，不是这里酸，就是那里胀，浑身上下没个顺溜的地方。捏着捶着找碗筷，一看，锅里见底了，菜盆里光剩下汤了，赌着气到筐里抓窝头，咔吧咬一口，又噎得响响的，一个人回到堂屋里生闷气。气能生，饭不吃不行，嘴里的干窝头刚刚咽下去，还得盘算下一顿饭。老女人半夜里说话，说的是："他爹，你要看着我还是个人，紧着分干净吧，光一个老大家我就缠不了。"老男人答一句："人多了好，人多有阵势。"老男人不细说"阵势"指的什么，他喜欢人多，喜欢他的儿女都在跟前。

各家的鸡上各家的架，各家的牲口啃各家的槽。两房儿媳妇心疼自家的孩子，也心疼自家的男人，儿媳妇们就有了自己的小九九，她们要生着法子在老锅的饭菜里加油水。媳妇们是跟男人一块儿下地干活儿的，她们就不分次数尿尿，尿尿要跑很远很远的地方找庄稼棵子。找得最多的是芝麻地，她们钻到半人高的芝麻棵里，也许尿尿了，也许脱下裤子等着尿出来。光着的屁股被芝麻叶子刮着划着，被草棵子被干坷垃头碰着磨着，两只手却是紧着忙活。掰扯下来的是芝麻梭，芝麻梭塞到大襟褂子里，褂子里边有三拃深的贼口袋。要是赶在割芝麻前几天的响午头上，上足成色的芝麻梭会裂缝炸梭，那就要用一只手撑开衣襟，一只手抓了芝麻棵子往下弯曲，芝麻粒子哗哗地落到衣襟上。

她们钻的是孙家的芝麻地，孙家开着油坊，芝麻一种就是几十亩，有看青护坡的眼也不够用。时间久了，孙家终于得到风声，孙家没有声张，马家的爷们儿娘们儿是给孙家干季活儿的，孙家不想耽误工夫。孙家的独眼少爷截了一根白蜡杆，在白蜡杆头上绑了一根猫尾巴，他从上半响就趴在芝麻地里等。尿尿的马家媳妇进地了，独眼少爷看得真真切切，白蜡杆贴着地皮往前伸，蹲着的媳妇先还以为是谷苗子蹭的，摇摆着还是不住手地揪芝麻梭，慢慢觉出不对劲儿，窝下头来查看，看见的是杆子头上绑着的猫尾巴。妯娌俩提着裤子大跑，独眼少爷高喊："再接着尿啊，怎么不尿了？"

老四媳妇一个晚上都没睡成觉，满把手又是抓又是挠，抓挠得见了血丝丝还是刺痒。老四被她折腾得也没法睡，下床舀了半盆凉水，又到老锅屋里抓了一捏子盐，搅巴搅巴叫媳妇洗。盐水洗过倒是不痒了，抓破皮的地方跟着又来了疼，疼得火烧火燎的。原来猫尾巴是拿蒲草棒棒揉搓过的，秋天的蒲棒里都是蒲缨缨，蒲缨缨小得几乎看不见。老四媳妇恨死了孙家的独眼少爷，恨了又没有解恨处，当然也没想到会让两个瞎眼的哥哥知道，更没想到马家的两个瞎儿竟然干了惊天动地的勾当。妯娌两个再也不敢钻芝麻棵了，她们又到豆子棵里尿尿，到高粱棵里尿尿，到棉花地里尿尿。大秋收完了，场光地净了，两房媳妇要赶集了。赶集买的是针线，针线包里掖藏着的是香油葫芦。香油是拿芝麻换的，换来的香油滴到菜里滴到汤里，这边吃得喷喷香，老锅屋里还不知道。葫芦藏在墙洞里，一直滴答到下一个秋天，这两家的孩子嘴里，见天地飘散着香油味。

　　香味是带腿的，香着香着就到了瞎兄弟的鼻子眼里，他们闻着味往大哥院子里跑。大哥家的篱笆门关得死死的，他们咣当咣当地摇晃，等到栅栏门再开时，大嫂问："怎么了兄弟，是啃掉耳朵了还是咬断舌头了？"瞎眼双胞胎不理也不搭话，他们推开大嫂往屋里挤，进屋哼哧鼻子。瞎子兄弟顺着香味伸手，香味是越来越浓了，手伸过去摸盆子摸筐子摸油壶。油壶没有了，盆子没有了，筐子没有了，大嫂赶在他们伸手前挪了地方，反正瞎子看不见。瞎兄弟愤愤地退出大哥大嫂的院子，走到门口碰到一双细皮嫩肉的手，手是老四家媳妇的。老四家媳妇说的是低声话："二哥，三哥，你们跟我过来。"媳妇一手拉一个，拉着进了自家的屋，先拿出来的是两个高粱豆面的窝窝头，窝窝里放了盐，盐里滴了香油。老四媳妇说："我给你们和了油盐，你们偷着吃了吧。"瞎兄弟吃得喷喷香，吃完了抹嘴，抹了嘴还不走，老四媳妇说："二哥，三哥，你们还想吃是吧？等赶明儿吧，赶明儿我再给你们和油盐。"两个瞎兄弟的手抓到一块儿，抓着走了。

　　饭是吃过了，又到了下地干活儿的时候，老大拦住瞎兄弟，又转了头看爹娘，意思是看看把他们惯的，家里养着老的小的也就罢了，还养着两个能吃不干的。谁不知道干活儿累？谁不知道闲着轻省？都不干活儿，都想图轻省，还不如分家分个干净，省得这个那个争着吃喝。老男人噎住了，老女人光是啪嗒啪嗒地掉眼泪。瞎眼双胞胎还是不说话。老大又说："二爹三爹，我惊着你们了吧？你们大人不记小人过，宰相肚里能撑船，二位老人家到场院里南风北刮去吧，记着饿了回家来吃饭。"

　　老大赌气带着老四出工干活儿去了，即便瞎眼兄弟搭理他们，他们也得在知了的噪聒声里出工干活儿。他们是孙家的季工，季工就是短工，短工也叫日工，日工就是论天算，东天边放明出工，西天边落黑收工，这才算一天。是一天就得把一天干满，两头看见庄稼棵子就不算歹毒东家。日工一天一升高粱，升有三斤升五斤升，孙家给的是五斤升，因为他们中午回自家吃饭。这是夏天的价码，到了日短夜长的冬天，干的是铡草起圈的院里活儿，升就改用三斤升。现在刚入暑，正是锄头遍豆垄子的时节，豆棵子拃把高，垄里藏着麦茬，麦茬半拃高，还没沤烂。没沤烂的麦茬挡锄，入土深了埋豆棵，入土浅了划拉的是麦茬，锄过去了，草还活着。锄头遍豆垄子先讲究火候，跟着要的是力气和技巧。

孙家人精明，知道力气和技巧都是身上带的，力气使尽了使乏了，你就是拿榔头把他楔在地里，终归是鼓捣不出好活儿的。鼓捣不出好活儿还占了晌，倒不如叫他们回自家吃饭，东家省了饭食，日工们也算歇了晌。要是五黄麦收天，东南风一阵紧一阵地刮着，麦芒一晌赶一晌地炸裂着，日工要回自己家吃饭，东家宁愿再多舀一升小米也不会答应。火盆子大的毒日头在头顶上罩着，晒昏了的知了慢一声紧一声地叫着，要让卖力气的马家大儿子不恼不急还真不行。老大想叫瞎兄弟干活儿，干的是自家谷地里薅草的活儿，谷子是往上长的，草是顺地爬的，拿手摸摸就知道哪个是谷子哪个是草。一大家子人只有二亩沙岗子地，不管不问等着收秋，收的秋也是兔子屎和抓地秧子草。瞎眼双胞胎整天像游荡狗一样吃现成饭，他们吃的是哥哥弟弟的汗珠子！

这样的委屈是干季工的老大自己掂量出来的，瞎兄弟心里是怎么想的，想的是什么，他没法钻到他们肚里看。老女人觉着自己一天天当饭婆子是苦命的，摊了个男人拙嘴笨腮是苦命的，两个瞎眼儿子也是苦命的，明明知道老大话里是带着怨恨的，也只当听不见。其实，瞎眼双胞胎眼瞎心不瞎，他们不喜欢先娶了媳妇的大哥，也不喜欢吃独食的大嫂，倒是觉着进门六个月就生了孩子的四兄弟媳妇是个心慈心善的，何况又吃了她的油盐窝窝。

大约是吃了油盐窝窝的第九天，瞎眼双胞胎在漫洼里截住了孙家的独眼少爷，独眼少爷刚刚戏耍过老四媳妇，看见瞎眼双胞胎就笑了，说："瞎二瞎三，你们在一个院里住就没听过老四的房？早就听说老四拾的这个落凤枣是个吃岔腿饭的，六个月生下步正儿，你们说老四怎么恁好命，连种子都不用他的。怪不得叫个彩凤，敢情下边是染了黑漆红漆的……"

瞎眼双胞胎也跟着笑，笑着坐下来，还扫了扫地上的浮土。瞎老二说："你再学学，黑漆染的什么样，红漆染的什么样？"瞎老三说："孙少爷你看见了，我们看不见，你坐下比画比画。"独眼孙少爷笑得快没气了，坐下来还是笑，还在瞎子兄弟头上弹响崩。瞎眼双胞胎同时伸出手来，一个勒住独眼少爷的脖子，一个摁住独眼少爷的腿。勒脖子的腾出一只手来，腾出来的手抠的是眼珠子。摁腿的两手都用上了，两手抓的是裆里的命根子。

瞎眼双胞胎并没有赶着饭时回家，他们在胡同口等到了老四媳妇，说："作死犯贱的独眼孙不会再有第二回了。兄弟媳妇，你记着，你这两个瞎哥哥到哪里都念着你的好，老马家以后要靠你了。"

瞎眼双胞胎当天摸到县城里的官府衙门，先问的是抠掉一只人眼抓烂两个人蛋该当什么罪。问清了要走，临走又说："让官差抓他们去吧，抓到了咔嚓上镣铐，抓不到就算他们自己死了。"

独眼少爷没死，他是摞着银钱保住的命。命是保住了，眼是一个也没有了，下边的男根变成了死的，能尿尿，就是一天比一天抽巴，到后来竟然抽巴得跟个霜打的胡萝卜干差不多。孙家关掉了油坊，地也换成了药汤汤，家境从此是翻不起来了。一个新瞎子顶掉了两个老瞎子，马家没赚，孙家也没赚。孙家人看见马家人，就像吃饭吃出了臭虫蝇子，要连着吐好几口绿水水。马家人也跟孙家人少了来往，碰到火头上，说不定还能动起手来。

独眼少爷还有一个本家侄子，侄子的儿子叫孙老安。花头也是他那一支，花头的爹头上也有秃疮。

马家出了变故之后，老男人想儿子想死了，老女人突然间来了个鹞子大翻身，她再也不到老锅屋里做饭，两个儿子家她挑着吃，吃饱喝足了还骂，骂的是这个媳妇烧的面汤有尿味，那个媳妇炒的菜有屎味。大儿子是先受不了的，埋了老爹就搬回老家，回到老家之后又生了一个压边的儿，起了个贱名叫箍子。箍子离开紫云寨多年了，马家那一支的人烟不旺。马靠靠也属于他那一支，靠靠的兄弟叫抢抢，抢抢是想着吃粮当兵混个肚子圆的，结果肚子上钻了窟窿。

老四媳妇独自在老女人的咒骂中忍受着，她还想再给步正生个兄弟生个妹妹，结果一直没再怀上。有一天，她对自己的男人说："要不是顾及两个瞎哥哥的好，依我的脾性，我一巴掌能把你娘扇到南墙上！"

终于熬到了老女人下世，终于熬到了在一个大院子里当大王，名字叫个彩凤的老四媳妇终于显露出了少有的干练。她独自撑起马家天下，她不待见过世的公爹，觉着公爹身上的横劲儿太大，动不动就起了火性，火性又不冒出来，就那样绵不几地烧着怄着，烧怄得人瘆得慌。她也瞧不起婆婆，婆婆苦了一辈子累了一辈子，老了老了再夯刺，刺夯得不是时候。其实，她自己也很矛盾，她瞧不起婆婆的窝囊，却又不允许自己的儿媳妇马刘氏亮头亮脸。她明明腻歪着公爹一辈子的耍横怄火，却又逗着儿子马步正当个说一不二的，明明知道儿媳妇马刘氏听说听道，明明知道她不敢探爪不敢当家，偏偏又不许她多说一句话。

马刘氏也是多年的媳妇熬成的婆，熬到没了婆婆没了公爹，接着又在丈夫跟前当丫鬟当使女，光一个马步正就压得她没棱角了。至于儿女，她也不知道能降住哪个，好在还有个春子，眼前看，她这个当婆婆的多少还有些威风。不过，对于小儿子二梭，她有时候会觉着，不管马步正这个爹多邪愣，也不一定真能降住马家的小儿子。

第十章

中午歇晌的时候，西院的金巧、金芝、得田三兄妹都跑到东院里，和侯登仓的得金、得银、得铜三兄弟玩耍，两家的孩子是表兄妹，说着笑着，闹成个肉疙瘩。侯登仓开了家庙门出来，一口痰没吐出来先紫涨了面皮，伸手拉住得田，说："你爹呢？"

得田说："在屋里。"

侯登仓又问："你娘呢？"

得田说："在屋里。"

侯登仓瞪大了眼，变了声地说："把三个孩子都撵出来，大白天关到屋里弄什么？"

金巧过来拉走得田，噘着嘴说："俺爹俺娘在床上干活儿哩。舅，你怎么什么事都问啊？"

侯登仓气得翻白眼，咣当关上家庙门，气急败坏地往西院跑。

西院里关着大门，门是在里边插着的，侯登仓拍打门环，门环哗啦哗啦响。他又拿脚踢。拍过了，踢过了，贴着门缝听动静，院子里没有脚步声，有动静是在堂屋里。侯登仓又绕到堂屋后边，抓了一块砖头砸墙，砸得咔嚓咔嚓的，砸过了再听，动静是在里屋床上。

床上的侯月娥早已脱光了衣服，麻五的衣服是在地上扔着的，麻五挣扎着要下床穿衣服，侯月娥拿腿夹住他，手里撕了棉绒，棉绒塞到麻五的耳朵眼里，说："听不见了吧，谁愿意叫唤就叫唤去，咱们一整天光弄这……"

麻五是因祸得福捡了大便宜的，村子里补办青龙节，他是扮过青龙的，青龙被他负载着要腾空，石磨却是死沉死沉地压在他身上。他在石磨下边躺着，他没去想白虎作祟，想的是几个月不搭理自己的侯月娥，侯月娥天天夜里像杀猪一样呼号，侯月娥还拿着个棒槌咣咣地砸床帮砸桌子。床帮砸裂了缝，方桌子砸成了圆的，少了四个角的八仙桌露出龇牙咧嘴的白碴儿，床上的芦席只剩下身子压着的一片片是整的。

从他伤了男根的那天开始，侯月娥就死活不让他脱衣服睡觉了，麻五是自己在外间屋搭铺睡的。外间屋跟里间屋立着一道隔扇，隔扇是用梨木雕刻的，雕的是菱角形的花格棂，花格棂裱糊着粉红色的灯笼纸。灯笼纸挡不住侯月娥的呼号，他在侯月娥的呼号声里睡觉，翻过来，倒过去，趴着睡，仰着睡，怎么睡都睡不着。后来他像狗一样蜷曲起来，胳膊蜷缩着抱住头，腿是麻花一样夹着拧着，裆里空荡荡的，一股一股的凉风从床底下钻出来，从屋顶上扑下来，从门缝里挤进来，连脱下的鞋窠里也嗖嗖地冒凉风。凉风打着旋儿，拧着劲儿，头不凉，脚不凉，凉的是裆，他只好把抱着头的胳膊挪到腿裆里，两只手在下边捂着，到天亮起床时，他的手也是凉的。他就哭了，说："咱不哭了不号了行不行呀少奶奶，你哭得我心焦！"侯月娥拿脚踢蹬被子，还举着枕头砸自己的头，说："麻五你给我闭嘴！我不能听见你说话，知道吗？我不能看见你，知道吗？我把灯砸了还是看得清亮亮，我一闭眼，就看见一个死豆虫。死豆虫跟开水煮过的粉条一样，跟霜打的豆角一样，跟烂布条子一样，跟棉花布几一样。啊啊，麻五你知道吗？啊啊五麻子我恨死你了！"

麻五不知道自己是怎么活下来的，他甚至不知道自己是怎么回的家，当蒙面人消失在晨雾中，当水湾里只有细语般的流水声时，他才一下子明白过来，其实蒙面人并没打算要他的命。蒙面人只是跟他开了一个玩笑，蒙面人只是想让他疼一下，疼劲儿过去了，啥事也就没有了。腿软也好，腰直不起来也好，半个身子不听使唤也好，都是一个疼惹起来的，只要他不说疼，只要他永远不提这件事，这件事也会跟没发生一样。人家只是颠了他一下，人家只是摁了他一下，人家只是硌了他的裆，事情结束了，人家也走了，临走再没难为他。

但是麻五没想到下边的东西竟然变成了软的，他一开始想的是受了惊吓，而惊吓终究会过去。惊吓过去了，下边还会跟先前一样，他想找侯月娥，说找就能找，找了就能用。侯月娥想找他，侯月娥还想接着再来第二回第三回，他是绝不会先说歇歇吧，不行了。结果是，软了的东西再没挺起来，连尿个尿也变得沥沥拉拉，这也是麻五没想到的。不过，慢慢地他也认命了，知道自己已经不是男人了，侯月娥恨他是该恨了。他闷着头吃饭干活儿，他像溜边狗一样，从西院里溜到东院里，铡草喂牲口，起粪堆，拉垫圈土，再回到西院时，他又把自己弄成个夹尾巴狗。他原本想着一辈子就这样了，自己遭了暗算，玉树媳妇也遭了暗算，玉树媳妇迷怔了，自己还是清醒的，说起来算是万幸。于是，当村里人要他扮演青龙时，他的心跟冬日运河湾里的水一样平静。

他在当街躺着，先想的是侯月娥的委屈，他知道侯月娥一夜一夜地不睡觉，恼恨的不是他这个人，她是盼孩子，有了前边的三胞胎之后，她是想着接下来再生的，还想着天天跟他弄那事。他断了侯月娥的念想，侯月娥恨他是应该的，要想不让侯月娥恨他，除非软了的男根再挺起来，就像经了露水的葱叶，就像生了根的豆芽。或许就在某一天，也或许是在他想着念着的时候，软了的男根又活蹦乱跳地欢实起来了。他就在那样的想象中静静地驮着石磨，直到有人呼喊玉树媳妇死了，作祟的白虎被青龙镇住了，他还在想着自己裆里正在排山倒海地发力。有一拨人从磨坊里跑出来，小心地从他身上抬走了石磨，他的手先摸的是裆里，裆里有了动静。动静很小，但他还是感觉得到，那地方千真万确是动了，动是自己动的，动起来就停不下了。

侯月娥抱着他大哭，蹲下来拉他的裤子，随后她又啪啪地捆自己的脸，说："他爹，他爹，你看见了吗，真是长了！"也就是从那天起，侯月娥不呼号了，她亲自动手拆了外间屋的床铺，还给麻五做了六个荷包鸡蛋，看着麻五吃了，又把麻五拉到里屋的大床上，匀着叫麻五使劲儿。她说："咱们得把耽搁的这几个月捞回来。他爹，你听我的，咱生一院子小孩，让老宅里眼馋死吧！他爹你听着，我再也不骂你了，再也不呼号了，牲口一天喂一顿，别的事咱什么都不管了，咱天天在床上种小孩。"

院子里咕咚一声，侯登仓从墙头上掉下来，一条腿梁骨磕破了，一条腿上鼓起了紫泡。侯登仓疼着呼喊，呼喊的不是疼，呼喊的是两个人的名字。他说："侯月娥，五麻子，你们给我听着，只要你们说过日子没有床上的事要紧，我怎么爬进来的再怎么爬出去。说吧！"

屋里还是闹着动静，麻五带着哭腔说："你叫我穿上衣服吧，叫他堵到床上就麻烦了。"

侯月娥扑哧笑了，说："他爹，你本来是个不傻的，冷不丁地说句傻话还真是好笑。什么叫堵床上？什么叫麻烦了？咱是串野门子偷嘴吃啊？咱弄这事是该着的，谁也管不着。"她抱着麻五又摸索了一会儿，这才穿上了衣服，下了床朝院子里喊："兄弟，我去开门，你进来吧。"

麻五是跟在侯月娥后边迎出门的，侯月娥脸上红扑扑的，散乱的头发还没梳出形来，看着侯登仓磕了一头一脸的浮土，忍不住又笑了，说："兄弟你百样的好，就是性子急，有事你喊俺俩开门啊，墙头是好爬的？说吧兄弟，给你姐夫派个什么活儿？"

侯登仓不是找麻五干活儿的，有一件心事一直在他心里压着，事情没个了结，到死也是个有心事的人。侯家新老两宅的土地是平着分了，看起来谁也没吃亏，谁也没沾光，侯登仓想着还是新宅里吃了亏，因为土地已经到了新宅，是侯得章仗着骑马挎枪从新宅弄走的。侯得章没打他，也没骂他，但是，侯得章却倚仗了他的骑马挎枪。就在侯得章喊他叔叔的那一刻里，他就萌生了要麻五二番进兵营的主意。麻五被人伤了男根之后，他一次次暗中审量麻五，断定麻五除了尿尿避人之外，几乎没落下任何毛病。他还凭空地认定麻五是个福将，麻五替换青龙，那么重的石磨压在身上，按说应该害几天病的，麻五不但没害病，居然还把软面条一样的男根压直溜了。他几次要重提二番进兵营的话题，可是姐姐侯月娥天天像个孵窝的老母鸡，就连麻五到东院里喂牲口，她也寸步不离地跟着，头遍草刚刚倒进槽里，她就拉扯着麻五回到西院，插上门再不让麻五出来。为此，他天天给姐姐侯月娥撂脸子，天天拿冷言冷语刺挠着，可是姐姐侯月娥只剩下拉麻五上床这一个心眼，他爱怎么撂脸就怎么撂脸，直到他要把自己憋死时，他还是爬了墙头。侯登仓说了他的想法："姐夫，你还得给咱新宅里当一回功臣。不过，这一次不投马箍子了，老马家的人靠不住。"

侯月娥拉着麻五又回到屋里，返回身来说："兄弟，除了这件事，你把姐姐身上的肉割了喂牲口都行。从今以后，你要再说让麻五进兵营，咱姐弟就不是姐弟了！"

侯登仓没再逼着麻五说话，也没再逼着姐姐说话，他齐整整地坐在堂屋门口，先还冲着姐姐笑了笑，笑着把裤腿拉起来，一直拉到膝盖骨。然后他摸出刀子，刀子是牛耳尖刀，刀鞘是蛇皮的，从袖筒里拉出来时，蛇皮刀鞘还发出一阵沙沙的响声。侯登仓是用右手握住的刀把，就在侯月娥被雪白的刀子刺花眼睛的时候，侯登仓已把刀尖插进了自己的小腿肚里。他说："姐姐，我这几天一直在家庙里跟咱娘和我哥说话，我说什么他们都能听懂。我说娘啊，地来了又走了，我还欠你一刀哩，这一刀是念着咱娘的。姐，你看我这条腿，我哥也看着呢，这条腿上还差我哥一刀……"

侯月娥"娘哎"一声扑过来，夺了刀子跪在地上，接着就哭了。她哭着说："兄弟，等过了这个月，我身上的月信要不来，就让你姐夫进兵营。兄弟，姐姐说话算话，你说这样行不，就这一个月？"

第十一章

马家掌着灯搭建新牲口棚，一直当牲口棚用着的两间东屋，要腾出来粉刷新鲜泥浆。新牲口棚搭在满秋住的屋子东边，东边靠山墙堆放着棍棒树枝之类的杂物，跟杂物连在一起的是一块鞋底形状的菜地。棍棒里边挑选出来几根能用的檩子，几捆紫柳条也可以当芦苇苫子铺到屋顶上。只是菜地毁得可惜，豆角刚刚爬满架，黄瓜也只结了一茬，但是，跟马家眼下就要操办的喜事相比，也就算不上可惜了。

除了马步正之外，马家所有的人都怀着一种稀奇古怪的冲动，冲动里还夹裹着莫名其妙的笑。带笑的冲动从心里爬到脸上，脸皮却是绷紧的，这使马家人显得很不真实。他们都不敢往对方脸上看，担心会从对方脸上看到自己的脸，忍不住时会笑出声来。这些人里没有二梭。除了吃饭睡觉，或者偶尔把驴牵出去啃几口青草，几乎没有人知道他干过哪样活儿。马家人都知道家里是有马二梭这个人，他应该是满十七岁了，因为生月小，说十八岁也行。他嘴巴上已经有了刚做过三天饭的锅门脸上的那种黑不黑青不青的胡子茬茬，仅凭这一点，也算个大人了。还有，他高鼻梁，宽额头，两只眼睛时常眯缝起来，怎么看都像个目空一切的甩手掌柜。但是，家里根本看不见他，人人都忙着，连金猪和马刘氏也被安排了活儿，祖孙二人管一天三顿饭。满秋拉土，春子和泥，马步正拿着泥板往墙上抹，六个人里有五个是忙得脚不沾地的。一直忙活了四五天，两间东屋又成新的了，新抹的泥皮干透了，黄的变成了白的。白是高粱秫秸色的白，屋子里亮堂堂的，看着却不晃眼。

到了往屋子里摆床的那一天，秀秀又从婆家赶回来帮忙。床是春子和婆婆马刘氏铺的，家里没有一个男人，连金猪也被赶出去找二梭去了。春子看见秀秀就噘嘴，说："妹妹你可说说，到底谁娶媳妇啊？新媳妇半夜里就要进门了，新女婿倒成了赶闲集的二大爷，老的少的满大街找，你是死活见不到他的影。"

马刘氏抓着一把棉花绒走过来，春子冲秀秀挤挤眼又转了话头，说："娘，我给你当儿吧，我把兰兰娶来，暄腾腾的新铺盖，我天天在屋里守着。"马刘氏不理她，马刘氏念的是铺床歌："铺谷草，生个小，三个月爬，五个月跑。手抓金，脚蹬银，小小带来个聚宝盆。"铺了谷草又撕一把棉花绒，棉花绒压到四个床角里，又念："棉绒绒，一朵花，有儿有女都当家。粉嘟嘟的白，脆灵灵的声，两个眼睛像明灯。"床中间放的是一把柏籽，一把红枣，五个铜钱是拿红绒线穿起来的。马刘氏收拾完了才斜了春子一眼，说："你要给我当儿倒是个恋家的，放下碗筷就想着睡觉，你倒是再开个怀呀？有个孩芽芽也被你踢蹬掉了，自己先吃了一身膘。"秀秀看嫂子脸上挂不住，伸手拉了娘一把，说："娘，俺爹是怎么说的？半夜里娶，老宅那边不挑礼呀，我听说侯家老二要把兰兰当头婚闺女嫁的？"

侯登榜是有过让兰兰当黄花闺女嫁的念头，念头是媳妇侯黄氏挑起来的。侯黄氏夜里跟他说话，说的是半吊子兵鬼霍好秋从头到尾都没跟兰兰圆过房，他在兵营里铺了两张床，两张床是连在一块儿的，连在一块儿的两张床就摆在屋子当间。兰兰心里别扭，又不敢说只有死人的灵床才冲着屋门，上了床脱衣服，看哪里都是人眼，看哪里都没个躲闪。衣服是蒙着被子脱的，四面不靠墙，脱了衣服又蜷缩成个狗样。兰兰就噘着嘴生气，赌着气不搭理男人，霍好秋也不看她，也不许吹灭灯。霍好秋睡觉只把马靴脱下来，扎腰的皮带却不解，上了膛的手枪是压在枕头下边的。有一天霍好秋喝醉了，兰兰把他外边的衣服脱了，又灌了醋让他安生睡觉，睡到半夜哨兵枪走火，霍好秋跳下床来就朝外跑，跑出去才发现枪弹都没在身上。霍好秋把兰兰打了一顿，从此就把床铺分开，兰兰一个人睡里屋，他还是睡在屋当间，索性连马靴也不脱了，手枪还是上了膛压到枕头底下，新婚男女的那些事，是一回也没有过。侯登榜下了床找鞋，抓着鞋底打自己的脸，打着说："霍好秋，侯登科，你们不是人，原锅原灶的好闺女，经了你们的手变成泔水盆了！"

也就是从那天起，侯登榜就悄悄地托媒人，还叫侯黄氏回了一趟娘家，两口子四处打听有没有年龄相当的男孩，男孩年龄相当的，再看对方的家境过法。打听了一周圈，家境年龄都相当的人家倒是有，托人放过话去，媒人回来学话，学的是闪烁话，闪烁话里含着推辞。有一家倒是传回来一句周正话，周正话说的是："布是好布，染坊是好染坊，再从缸里捞出来，看着倒也是一抹色。"侯登榜一连大睡了好几天，侯登銮把他从床上拉起来，说大哥给兰兰挑了个好男孩，挑的是马步正的小儿子马二梭。他说："叫侯登科死去吧，死去吧！"

侯登科是在门口等着的，这时候迎着声进了屋，也不管兄弟媳妇在不在跟前，开口说的是："老二，我说话你别不爱听，我看你是聪明一世，糊涂一时。你把兰兰看得金贵银贵，你满心里要把兰兰当黄花闺女嫁，那你为什么还单在外圈远路找？无非是想着外圈远路的不知道兰兰嫁过人，是不是？你其实还是心虚，你不心虚往远路跑什么？你心虚的什么？你心虚的是染房里到底有没有白布，进了染房的白布到底还是不是白布？还有，儿女结亲是多大的事，人家能不打听？一打听兰兰是个嫁过人的，人家会怎么想？人家先想的是你为什么要瞒着？你还能再往细处说？你还能说兰兰嫁过人是不假，就是没跟男人圆过房，圆过房也没有那个事。这话也能说？说了人家也能信？老二，你们两口子说说，我说的是不是个理？"

侯黄氏说："大哥什么时候说话都在理上，大哥把一辈子的理都用在兰兰身上了，大哥的心好得没法说了！"

侯登榜说："兰兰能活着回来你没想到吧，你说那一刀怎么没把她劈死？"

侯登銮嘎嘎地笑起来，侯登科推他一把，说："我的话还没说完呢，老三你给我正经点，兰兰不是你侄女啊？你们都听我说，我为什么单在脚跟眼前找，你们想过没有，咱这叫一正压百丑。嫁到脚跟眼前，想说闲话的也说不出口，这叫什么？这叫敞亮天不藏黑芝麻。还有，马步正是个毒蝎子，你别看他跟谁都不犯搅搅，他要真搅搅起来，天王老子也缠不了他。等他把尾巴竖起来，尾巴尖尖上就是那根毒刺，蜇不死你也蜇个半死。马步正又是看地比爹亲的主儿，二梭娶了兰兰，兰兰是官地里生的，马家人永世也不会翻扯官地的事。知道吧你们？"

侯登榜从床上坐起来，说："就他，我还得追着赶着上门求亲？"

侯登科说："谁求谁？我说求他了？是他求咱。姓马的跟我黏糊多少回了，说是兰兰进门就分家另过，领家过日子兰兰说什么是什么。"

侯黄氏说："说得千好万好，先得说二梭是个稳不住的，揭瓦爬墙，追狗撵羊，抓鸡上房，反正是整天没个正形，还邪愣得横草不过。噢，对了，还听说他见天往豁子家跑，白面瓜见天跟他吊眉眼，他见天跟白面瓜打连连……"

侯登科看着侯黄氏冷笑，说："弟妹你这样说就有点拉偏呱了。什么叫稳不住？什么叫横草不过？男子无性，钝铁无钢，女子无性，荒草蔓秧。小男孩要没点火性劲儿，那不成棉花套子破毡帽了？老三在这里，我还要说说得才，得才见天像个跟屁虫一样围着二梭转圈子，他怎么恁听话？老三是他爹，老三说话他听不？还有，刚才你说吊眉眼，跟白面瓜吊眉眼的人多了，一个紫云寨能划拉好几桌，这有什么说道？十七十八的小毛孩子，正是不分头脸的时候，就不兴人家说说笑笑了？就不兴人家拉拉扯扯了？"

侯黄氏还要找毛病，侯登銮忽然又笑了，说大哥又把得才拉扯上了，拿着二梭跟得才比，绕了八道弯还是想把事弄成了。他还说："二哥、二嫂，你们两口子再合计合计，我觉着大哥这回办的是人事。"侯登科就把眼睛瞪圆了，说："怎么说话了老三，我什么时候办的不是人事？"老三侯登銮紧着又说："对对，是人哪有不办人事的？不，不是，哎呀，我这一会儿不能再说话了，一说话就跑偏。要不我说个这事靠谱行不？"

事情就算定下了，侯登科二番再找马步正，还给马步正封了一包二茬烟叶，先说了马家跟侯家结亲的好处，又说了兰兰是个贤惠的，从小手脚就勤快，出力干活儿也是把好手，理家过日子更没得说。马步正眯着眼吸烟，侯登科说完了他才把眼皮睁开，反过头来再跟侯登科说话："我家底不富裕，三五年里盖不起新屋子。"侯登科说："旧屋子不一样娶媳妇啊，咱不盖新屋子。"

马步正又说:"正是青黄不接的裉节上,聘礼我也拿不出,不拿又不好看。"侯登科又说:"礼数还能是一成不变的啊,聘礼你不用出。"马步正还说:"兰兰毕竟是个寡妇,寡妇再嫁也不好张扬,夜里一迎一送就算了。街面上也不设场了,省得人多嘴杂说闲话,不过,新媳妇三天回门,新女婿到娘家去接,侯家那一场待客酒是不能少的,媳妇来时还要给公婆压一身新衣服,最好是冬夏都能穿的。"侯登科像突然间闹了牙疼,扑过去抱住马步正的胳膊,带着哭腔说:"老马大哥,好亲家,咱不说话了行不,我都依你。"

马步正说:"你让我再想想。"

马步正原想着再抻侯家一把,最好能让侯登榜割几亩地给兰兰当嫁妆,但是小儿子二梭已经让他等不得了,跟抻着劲儿要地相比,他选择了儿子。于是,当由拉硬弓转为拉软弓时,马步正把两个眼珠子瞪得老大老大,跟侯登科说:"有粉搽脸上,有油抹嘴上,儿女的事比庄稼要紧,咱把喜事办了吧。"转过头又拿手揪自己的脸,心里恨的是小儿子二梭坏了他的谋划大计。

到了太阳压树梢时,夜影子还没下来,侯家老宅里就已经挑起了灯笼,灯笼是拿红油纸新裱糊的,里边插了红蜡烛,点燃了悬挂在大门口。门口还插上了柏树枝,柏树枝里夹着一个拃把长的谷穗,插好了又被侯黄氏摘下来,又往里边插了一朵石榴花。柏树枝求的是百年好合,谷穗要的是籽粒多,意思是闺女嫁个好女婿,两口子恩恩爱爱,多子多女,白头到老。侯杨氏不知道石榴花有什么讲究,回屋问侯登銮,侯登銮扔了牙签又吐一口唾沫,说:"又是一张烙不熟的饼。唉,兰兰是个什么命啊?"侯杨氏说:"正说石榴花呢,你怎么又跟命不命的扯起来了?"

侯登銮拿脚勾上屋门,说:"你傻啊,现在是几月?石榴花是麦口里开的,落了花就是石榴,眼下到二伏天了,哪里还有石榴花,有也是荒花。荒花是什么?荒花结籽不?荒花什么也不是,败了就没了。"侯杨氏听着叹气,说:"还真是的,二嫂怎么就单找石榴花?"侯登銮又吃吃地冷笑,又说:"你知道老大为什么相中了二梭?不知道吧。我跟你说,老大看上马家的二梭子,是看上那是个不安分的主儿,不安分的人能惹事也能成事,使唤好了就是他老大手中的一杆枪。你以为他是为兰兰操心啊,你以为他是向着兰兰啊,你以为他天明天黑地光盘算着让别人好啊?这里边都有说道,还想给我上碍眼?"

两个人正说着话,得才从外边跑回来,说:"这算什么事啊,咱们家忙得找不着眼珠子,马家忙得找不到人。一家人满街上找二梭,二梭成兔子了,看不见窝就找不到他的影子!"侯登銮先骂了一句得才是个不中用的,明明知道二梭子没个正形,明明知道马家跟侯家不是一块地里的鹌鹑,还整天想着跟他个梭子货瞎搅和。然后又说:"屎壳郎跟着个屁烘烘。我说得才,你是想闻那个味啊还是想听那一声响?你不是鞍前马后地听人家使唤吗,你不是会跟屁听响闻臭味吗?他到哪里该跟你说一声啊。呸,你个缺心少肺的东西,他戳弄死你,你还以为要给你挖耳朵眼呢。"他骂着跟侯杨氏使眼色,低着声又说一句:"怎么样,幺蛾子出来了吧,我没说错吧?"侯杨氏慌着拿手捂嘴,说:"亲娘哎,咱多多将来不知道碰个什么人家?"

多多是妹妹,比得才小一岁,现在还不到操心闺女的时候。侯杨氏说到闺女时,心里是惊慌着的,想起兰兰一嫁嫁个半吊子死兵,二嫁嫁个抓不着的野马星。侯杨氏又有些埋怨丈夫了,说:"你心里明镜似的,你怎么不跟二哥二嫂明说?兰兰还经得起再折腾?她不是你亲侄女啊?"

侯登銮还是哼哼地冷笑,说:"我说?诸葛亮怎么死的?累死的。刘备为什么动不动就哭得流水河似的?使唤人的。刘备要说'诸葛兄弟,我比你本事大,我死了把阿斗托付给你不放心',你说诸葛亮还会舍命保汉室?死诸葛气死活司马,两个人谁比谁智谋少?两个人哪个是善终的?我说?我什么也不说。"

侯杨氏听得糊涂,说:"哪儿是哪儿啊,正说马二梭呢,怎么又翻起老古来了?"

侯登銮说:"马二梭?马二梭上风流国了,你还马二梭!"

二梭明明知道家里人会找他,明明知道娶二婚媳妇的头一天里,新女婿要自己先在新屋子里睡一夜。太阳没出时起来,起来先要在四条床腿上拴四根红线,拴好了走到大门口,再抱着胳膊从大门口走回屋子,然后在红线上串两个葫芦籽。等到这一天的响午头上,新女婿就不能再出院子,干的活儿都是家里面的活儿,意思是二婚媳妇是谁都能拦截的,光棍汉子见了他的模样,会冒充新女婿把媳妇哄走。马家人早早地吃过早饭,该干的活儿差不多都干完了,二梭说他要到镇上剃头。马步正先是骂了他,骂的是不到屎堵腔门子不找茅坑,还说:"我给你剃头,你哪里也不能去。"二梭说:"我不剃头了,我屙屎,我屙屎你还看着不?"进了茅厕没屙屎,翻过墙头跑出村子,只把一条裤腰带搭在茅厕墙上。他提着裤子跑到河套里,白面瓜看着就乐了,说:"二梭,叫你个梭子真是叫对了,你再慌慌也得扎上腰带啊。这可好,你慌慌,我也成个慌慌了。你说了个越早越好,我把豁子打发走就出来了,到现在连发面还没和呢,晌午还得贴死面锅饼。"

两个人亲热了一回,二梭让白面瓜搂抱着睡了一会儿,醒来钻进芦苇荡里,老大阵子不出来,再出来时手里抓了两把鹌鹑蛋,胳肢窝里还夹着一把干芦苇叶子,干芦苇叶里还有鹌鹑毛。放下了又跑出去,这回带回来的是一抱青豆棵子,捋掉青豆棵子的叶子,豆棵子上挂着一串串青毛豆,毛豆已经鼓满了豆荚。白面瓜怔怔地看着二梭跑来跑去,看着他挑选了一块平展的地面,比画着挖出地灶,再把挖出的湿土攥成土蛋蛋,再用土蛋蛋在地灶的上口堆砌起来,砌一层往里收一圈,一层层加高一层层收缩,最后在坟头一样的尖顶上留个出烟口。二梭点着了干芦苇叶,火口上燎着青毛豆,慢慢地,土蛋蛋也烧成了红的。青毛豆燎熟了,二梭把鹌鹑蛋轻轻地放到地灶里,放一层鹌鹑蛋加一层土蛋,最上面压的是湿土。白面瓜先还是笑着的,看着就不笑了,说:"怎么说你啊二梭?都说你是个稳不住窝的,还说你又懒又馋又不干活儿,看这一会儿你捣鼓着吃,又是个百灵百巧的。老马家怎么生了个你?二梭,你说你随谁啊?"

二梭挑了几棵扁豆角递给白面瓜,说:"你尝尝,这是羊眼面豆,八成熟正好吃,保证比锅里煮的香。"

吃完了青毛豆又吃鹌鹑蛋,鹌鹑蛋是从里往外熟的,外边的皮没焦,里边早已熟透了,随扒随吃,两个人都吃得打嗝,吃完了再看,两个人都抹了一脸一嘴的黑灰。白面瓜忍不住又笑了,说:"从嫁给豁子还没这样高兴过,二梭,你真是个好孩子。"二梭又用荷叶捧来水,捧着让白面瓜擦脸,说:"高兴的事还在后边呢,你信不,我天天叫你高兴?"白面瓜笑着往二梭脸上吐水,说:"傻吧你就,下半夜就搂着新媳妇亲嘴了,还叫我高兴,我在哪里呀?"二梭一下子唷了脸,说:"不叫你说你偏说,新媳妇不是我要娶的,谁想亲谁亲去,我就找你!"说着又把头拱到白面瓜怀里,摸索着还要再弄一回。白面瓜刮着脸皮,取笑二梭人小心大,弄这事倒是个不顾饥饱的。取笑着,自己眼里竟有了泪水,也不擦,腾出手来摩挲二梭的胸口,说:"不能再贪了二梭,这样的事,贪了还想贪,闹着不贪就过去了。你还不满十八岁,你还没长足个儿,再是青龙也不行,看你瘦成什么样了,还敢再贪?我心疼你知道不?"

二梭发狠发狂地又弄了一回，浑身的力气一点也没有了，由着白面瓜抱着搂着看天。西天边有了红霞。太阳是越来越大，越来越红，慢慢地沉下去不见了。夜影子落下来，河套里聚起丝丝缕缕的雾气，雾气缠绕着芦苇叶子，芦苇叶子有些模糊了。

白面瓜说："听我的话二梭，咱们这是最后一回了，从赶明儿起，你还是你，我还是我。你喊我的外号也好，喊我婶子也好，我是会喊你二梭的，外人眼里，咱们什么瓜葛也没有。知道吧？这一会儿，你心里有，我心里有，睡一觉醒来，也是什么瓜葛没有。一辈子的人，不能当两辈子过，不是一家人，连念想也不该留。记着，二梭，别委屈了兰兰，她也是个苦命的。今天出来的路上我还埋怨自己，二梭要娶媳妇了，你还跟他勾搭连环，到底该怨谁？你嫁个豁子是委屈的，你委屈你别跟他过啊，你跟着豁子再扯拉别的男人，你算什么啊？听到了吧二梭，忘了我，安生跟兰兰过日子，你只要说一句记着了，婶子会念你一辈子好。"

二梭忽地坐起来，坐起来扯一把茅草塞嘴里，咔嚓咔嚓嚼着，一直到回村也没说那句话。

到了第二天，也就是二梭当了新女婿的第二天早上，村子里突然乱腾起来。先是拾粪的豁子大跑着钻进高粱棵，接着又有人呼喊，喊的是："了不得了，又要打大仗了……"再接着，整个村子就陷入死一样的寂静中，家家都关严了门窗，胆大的孩子扒着墙头看，看着看着就看直眼了。

打仗，又是打仗！

第十二章

其实村子里的人并不知道要打中原大战，许多人都早早地吃了饭，为了躲开晌午头上的毒日头，还要不耽搁地里的农活儿，饭是赶着太阳没出时吃的。二暑天最当紧的是锄二遍豆子，豆垄里的草长起来了。棉花是入伏前打的顶，入伏后下了两场透雨，打了顶的棉花会在胳膊窝里发出粗大的分杈，这都要抹掉。立秋见花语，早打顶早结桃，但分了杈的棉花会疯长，棉桃反倒小了。到镇子上赶闲集的也少了，赶集的人也像狗撵着一样，脚步催着脚步。家家户户先开门出来的是女人，女人是起来做饭的，饭半熟时喊男人。男人爬起来就吃饭，丢下饭碗就下地，常常是走到自家地头了，困劲儿才完全退去，呵欠也止住不打了。紧时的庄稼，消停的买卖，活儿是紧手的活儿，一茬庄稼也就忙活紧头上的那几天。

这一天，马家人故意晚起了一会儿，话是马刘氏前一天晚饭后跟春子说的，她说："再忙再紧也不在乎这一半天……"话是半截话，春子笑得嘎嘎的，说："我知道，晚起会儿不就是心疼小两口贪了夜呀。娘，您老人家真是个会疼儿的，当初我过门时，怎么没人护着，窗户纸还没白透呢我就起来了。"春子回屋又跟满秋说了爹娘偏心眼，满秋拿眼瞪她，说："叫你多睡会儿，你还烦啊？"春子醒来听动静，堂屋里公公婆婆没开门，秀秀睡在东间二梭腾出来的小床上，秀秀也没起，东屋门倒先响了一声。兰兰到粪坑里倒尿盆，尿盆藏到墙旮旯里，又把腰带搭到茅厕墙上，搭在茅厕墙上是个信号，意思是里边有人了。茅厕墙上的腰带不见了，等兰兰再出来时，前后两个屋子的门都开了。

秀秀惦记着家里活儿多，洗过脸就要回去，想着跟兄弟媳妇说几句道别的话。春子拦住她，先是瞅瞅大堂屋门，探着头又朝东屋里眨巴眼，转着身子再看兰兰，兰兰的眼皮有些浮肿，眼珠子上还有红丝丝。春子笑了，拉着兰兰进了厨屋，说："女大三，抱金砖，你怎么抱的是个红砖？跟嫂子说说，你们一夜上去下来的几个来回，该不是一夜没卸套吧？"兰兰的脸唰地红到耳根，低着头往灶窝里抱柴火，点着火了才说一句："说的什么话呀嫂子，别闹了。他打进屋就没脱衣服……"春子拿着水瓢往东屋里跑，二梭果然像狗一样蜷缩在床边上，床上的铺盖只拉开了半截筒，衣柜上的锁还是锁着的。

秀秀原本是嫌嫂子张狂的，说那样血糊的话，搁谁脸上也挂不住，况且又是新媳妇，蹲下来替春子赔不是，却看见兰兰眼里是含了泪的。秀秀说："是真的？"兰兰点点头。秀秀又问："你们怄气了？"兰兰摇摇头。秀秀气不过，想起二梭昨天一整天不归家，到半夜里娶亲，又故意不洗手脸，叫他换新鞋他也不换，新媳妇迎到家里，他还摔摔打打地不说一句正经话。秀秀也跑到东屋里，狠狠地挖了二梭一眼，说："小二你就胡作吧，兰兰哪点对不住你，你有什么能耐？你是能上天啊还是会入地？管你呢，撂倒就有挨的打，谁作的谁受！"秀秀饭也没吃，对着堂屋门说一句"我走了"，气呼呼地回了婆家。

吃早饭的时候谁都不说话，兰兰先给公婆盛了碗，又给哥哥嫂子和侄子盛碗，给二梭盛了再盛自己的，自己的碗是端到小东屋里吃的。马家吃的是随锅贴的杂面锅饼，汤是面筋汤，另外又切了一碗咸菜条，上边还洒了几滴老油。二梭啪啪地摔打筷子，摔打着捞汤里的面筋，面筋捞着吃了，汤却搅成了稀水水，抓起锅饼咬了一口又扔到筐子里，只是闷着头吃咸菜。马步正拿筷子压住二梭的手，压低了嗓子说："你吃也是这，不吃也是这，不吃也得下地干活儿，还得把驴牵地里吃草。我现在把话撂下，小二你给我听着，你要敢跟兰兰拧一丝丝花花肠，我活劈了你！"马刘氏瞅一眼东屋，放亮了声说："他二婶子，你过来添汤呀，天热出汗，多喝点汤水好。"跟马步正使个眼色，意思是不让他往明里说，又抓着二梭的耳朵揪一把，满秋和春子都装作看不见，只有金猪冲着二叔做鬼脸。二梭把咬到嘴里的一口咸菜又噗噗地吐了，少气无力地走到牲口棚，解开驴缰绳了又把一口痰吐到圈里。

马家人是随着大流走出村口的，刚到村口就看见了一队过路的兵，都一瘸一拐，个头也不齐整，迈步也迈得没精神，但前边的大批人马却挤满了官道。春子脸上惊出汗来，拉着满秋往胡同里躲闪，满秋又拉爹的胳膊，说："不像是在当街开仗，这是要打大仗了！地里的活儿没法干了，你看人家都往家跑哩，爹，咱也回家吧。"马步正转着圈子找二梭，哪里还有二梭的影子，急得咬牙切齿地骂："不是儿了，这是个野马星，眨眨眼又没影了。老大家的，你赶快拿着家什贴墙根回家，叫你娘把兰兰喊到大堂屋里。满秋，你上家北寨墙，我上家前寨墙，寨墙上看得远，熊羔子二梭还牵着牲口哩！"

先出现在村子里的是穿黑衣服的兵，黑也不是正经黑，黑色里掺着灰色，灰色没黑色显眼，看着就成了黑的。黑衣黑脸的兵还冲墙头上的孩子做鬼脸，还把手指头竖到头上当羊角。有一个方脸大腚的老兵走到豁子家，豁子家在村子的东北角，东北角有一条官道，他家在官道南边。豁子家的屋子四周围着篱笆，篱笆墙上晾着笼布、大蒜疙瘩和紫花布裤子，还有一条暗红色的骑马布子，骑马布子是白面瓜洗过了要用的。老兵说的是找水喝，拿着水葫芦找水缸，水缸在白面瓜身边，她正举着水瓢浇身子，先洗的是下身，看见四方脸上有两个红眼珠子，举着的水瓢又扣住了下身。

老兵说："怎么，家里就你一个人啊？"

白面瓜说:"俺男人叫豁子,豁子拾粪去了。老总……"

老兵说:"别害怕大妹子,我喝足水擦擦枪就走。你洗你的,天多热啊,洗洗凉快。"

老兵喝了水,又把水葫芦灌满,搬了个树墩子坐下,没擦枪膛子弹,擦的是刺刀。哧啦哧啦,擦完了又放到眼皮子底下看刃口,看着拉开架势,忽地捅到柴火堆里,拔出来又擦。擦着摸出一块银圆,把银圆放到锅台上,老兵又拉开了架势,刀尖是冲着银圆的。

白面瓜带着哭腔,说:"老总,您要什么我给您什么,您别擦刺刀了……"

老兵是一只手提着枪弄的,弄得动静很大,嘴里还哈咻哈咻的,弄完了他说:"大妹子,我是个穷大头兵,身上就这一块银圆,要有我还给你。别记恨我啊大妹子,挨枪子也好,不挨枪子也好,反正就这一回了。"

二番出现在村口的兵都穿着蓝衣服,也是灰不溜丢的蓝,也是大个子小个子都有,也是先出现在官道上,也有个人推开了豁子家的栅栏门,也是说那样的话。那天,白面瓜只开着半扇门,半扇门里伸出半拉脸,两只手却是抠住门闩的。进了栅栏门的高个子兵说自己是个军官,是军官手里都不缺钱,第三句说的是:"你先把钱收起来,当军官的好后悔,看不见钱我就不后悔了。"军官性子急,弄得也急,弄完了就提裤子,还帮着白面瓜提裤子,说:"我说我是军官是吓唬你的,我就是个小排长,班长死了就轮到排长了。这一仗打不死,我回来再找你,你赶紧把门关上。记着,谁喊门也别开!"

两拨队伍过去之后,中间隔了有吃顿饭的工夫没再接着过队伍,官道上空荡荡的,扬起的浮土也被风吹净了。

二梭在高粱棵里睡着了,高粱棵里有一片坟地,坟地里有一棵柳树。驴在坟地里吃草,二梭钻着高粱棵溜到孙老安家的瓜地里,爬着偷了几个八成熟的甜瓜,先是靠着柳树吃瓜,肚子吃饱了,困劲儿又翻上来,眼皮沉得睁不开。二梭没想娶媳妇的事,他觉着一切都像是在梦里,梦里的二梭从运河湾里回到家,家里已经在铺好铺盖的东屋里点亮了油灯。媳妇是春子和秀秀迎来的,满秋和儿子金猪一边把住一个街口,侯家那边是多多和喜喜送的。多多是得才的妹妹,喜喜是老大侯登科的闺女,喜喜比大哥得章小五岁,她们跟兰兰是叔伯姊妹。娘家的送亲人跟婆家的迎亲人在当街碰了头,一边转手,一边接人,送的人回家了,迎的人也回家了。满秋让金猪扶着梯子,炮仗是挂在棠梨树上放的,放完炮仗拜天地,秀秀搀扶着兰兰，春子拿手按住二梭的脖子，摁脖子是要他跪下磕头的。二梭挣扎着回头，说："看他高兴的，我娶媳妇他高兴的什么？金猪，你别扶梯子，摔下他来才好呢。"

二梭是最后回忆的睡觉经过，整个夜里他本来是不想睡觉的，兰兰在屋子里挪灯台，从外屋端到里屋，放到床头柜上了，又把枕头分开，还拿手抚摸枕头上的戏水鸳鸯。他拉开门走出去，看见老爹在院子里站着，满秋守在大门口。他又回到屋子里，兰兰已经把床单铺好了，她是站着解的衣扣，衣扣解开了，里边还勒着一条红带子，红带子是转过身去解的，解了上床，还拿眼角瞄了他一下。他抓过枕头放到另一头，鞋是拿脚踢蹬着脱的，脱了鞋没脱衣服，蜷缩着歪在床头上。他心里想的是，她爱怎么脱就怎么脱，自己就不脱。他还想兰兰会不会问他，睡觉不脱衣服，他是害臊啊还是不待见她。没想成，眼皮就合了下来，早晨醒也是尿憋醒的。他觉着浑身都是乏的，乏得跟散了架一样。嘴里吃着瓜，好像没吃到他肚里，闭着眼吃，闭着眼想，睡着了还是觉着一切都像是在梦里，还觉着梦是替别人做的，官道上过队伍他是一点也不知道。

二梭是被人拿猫尾巴草戳弄醒的，戳弄他的是得才。

得才说："二梭二梭，你愿意看西洋景不？白面瓜叫过队伍的弄两回了，头一个扛的是长枪，第二个拿的是手枪，跟那年得章哥腰里别的枪一模一样的。哎，你说白面瓜怎么不跑啊？"

二梭说："得才你想挨揍是不，哪里过队伍了？"

得才说："敢情你光睡觉了！哎呀，从没吃早饭时就过，过去两拨了，那边又过来一拨。祖奶奶，比刚才人还多！"

二梭说："你是说当兵的进了豁子家？豁子呢，豁子没在家啊？"

得才笑得喷喷的，说："豁子拾粪去了，白面瓜脱得光溜溜正洗澡呢，两个当兵的是褪下裤子弄的……"

二梭一脚踢到得才裤裆里，得才疼得嗷嗷的，他已经爬上了柳树。二梭是从柳树上跳下来的，跳下来就往村子里跑，跑着说："得才，你给我看着驴！"得才捂着裤裆看二梭的脸，二梭脸上一会儿是青的一会儿是紫的，奔跑着的腿踢踢蹬蹬的，像驴腿。

挤疙瘩滚团团地又过来第三拨队伍，这拨队伍是从东边沿运河斜插过来的，军装是清一色的银灰色，当兵的个头也高矮差不多。白面瓜果然上了门闩，还在门闩上拴了一根绳子，后来她扒着窗口往官道上张望，心里还怦怦着，似乎是怕有人进来，又似乎是盼着有人进来。打头的银灰色队伍排的是双行，路这边一行，路那边一行，中间走着一个戴白手套的。谁也不扭脸，脸都盯着前边的后脑勺。双行的队伍过去有喝半碗汤的工夫，跟过来的就变成一行了，一行的队伍忽而走路边，忽而走中间，前一个后一个也不是脚赶脚地挨着。还有几个是架着拐杖的，拐杖戳弄着官道上的浮土，浮土翻上来蒙到他们的脸上。白面瓜有些失望，心里空落落的，离开窗口觉着心里少了点什么，再回到窗口还是觉着少了点什么，摸索着解了门闩上的绳子。眼贴着门缝望，门缝里有个兵，兵拉开了栅栏门，白面瓜的手就放到了门闩上，不由己地拔掉了门闩。

白面瓜一眼就分辨出这是个年轻孩，他长着高个子也是个年轻孩，他走路头重脚轻，一看就是个生瓜蛋子。年轻的高个子兵果然露出羞怯，看见白面瓜脸就先红了，原来聚在鼻子洼里的汗星星变成了大汗珠子，大汗珠子扑嗒扑嗒地砸到鞋口上。他喊了一声大姐，喊过了又改口，再喊就变成大嫂了。他说："大嫂，家里有针吗，我脚上起泡了……"

白面瓜拿了针线筐又找凳子，她把年轻的高个子兵摁到凳子上，自己蹲着架起兵腿，扒了鞋又脱袜子，最后她把一只挤满血泡的脚丫子抱到怀里，嘴里咻哈着打愣怔，说："你傻啊，血泡不穿越长越大，化脓成疮了脚还要不？现在是什么天？张着嘴长绿毛的大热天，饼子贴到墙上都能烤熟，你不怕化脓生蛆啊？"针线在灯油里沾了，穿破了硬皮放出血水，拿剪子两头剪断，两头都留着线头。两只脚挨个儿收拾了，大小血泡穿了二三十个，两手托着让脚丫子吹凉风，吹过了又翻腾针线筐。针线筐里没有软布片，她就把大襟褂子撕下来两条，裹着年轻的兵脚穿上了鞋。白面瓜说："你试试，轻快不？"

年轻的高个子兵走了几步就站住了，站着望白面瓜的头发，还有冒着热气的脖颈儿，还有撕扯开了的大襟褂子。望着望着打个立正，抬起胳膊给白面瓜行礼，行过了礼还是立正站着，站着站着就弓了腰。白面瓜说："好了好了，你行了礼就是谢我了，活动活动再走几步，别淤着血。"年轻的高个子兵不敢直腰了，仿佛腰里藏了东西，两条腿还是绷着的，不说走也不说不走，脸上的汗珠子比黄豆粒子还大。白面瓜瞅了一眼就明白了，吃吃地笑着站起来，用手拉扯大襟褂子，大襟褂子掩不严了，巴掌大的一块白肚皮闪出来。

她就把针线筐子端起来遮住了,说:"走吧,你还小,别跟没爹的老兵油子学。"年轻的高个子兵扑通跪下了,伸着脑袋往白面瓜怀里拱,拱着说:"大嫂,我想跟你那样,我就是没钱……"

白面瓜笑着笑着不笑了,抓着褂子的手抖着,听见年轻的高个子兵又说:"我听老兵说过,没跟过女人的男人死了,阎王爷不叫睡觉,要叫他整夜整夜地推铁磨,还要叫牛头马面拿皮鞭抽打,走得慢了还要拿刀子割肉。到年底我就十八岁了大嫂,一开战保不住会死,我不想死,我怕死了推铁磨。"白面瓜拿手摩挲他的头发,摩挲着叹口气,说:"你别说了,你说得我心里酸溜溜的。"白面瓜弯下腰要拉年轻的高个子兵起来,高个子兵把两只手都放到腰带上,临到要解了忽然又跟白面瓜行军礼。

一个抓着枪探条的军官冲进院子,先是一句话不说,抓着年轻的高个子兵拖到栅栏门口,劈头盖脸地抡着探条打,打着说:"民国的天下是朗朗乾坤,你个小贼娃子竟敢私闯民宅,竟敢强暴民妇。知道犯的军规哪一条吗?来人,把贼娃子拉出去毙了!"

白面瓜一下子闹了个愣怔,愣怔着看看这个看看那个,抓着衣襟的手突然猛扯猛拽,扯着拽着撕开了胸扣,挺着个胸脯子拦住了军官,说:"官爷您也真是的,还没掐奶的娃娃也叫他当兵?进门找水喝哩,看见我就裂呱着个大嘴岔子哭,说他想吃口白白哩。我说你在老家是不是天天叨老娘的白白头啊,他说是。官爷您听听,您听听,十七十八了还不掐奶!"

军官躲闪着白面瓜的胸口,他把目光移到白面瓜的脸上,喉咙里发出咕咚一声,咽下去的是口水。口水又涩又烫,他的脸上膨胀着痛苦的褶皱,说:"你说的是真话,他真是要咂奶水水?"

白面瓜掖着怀点头,军官照着年轻的高个子兵踢了一脚,说:"你个血獳狲吃奶吃到胡子白啊?滚回去入列!"

官道上站了几十个伤兵,几十个伤兵都噗噗地笑,看见军官手里的枪探条又不笑了,人却惊骇着转了头。

胡同里卷起一股旋风,旋风里钻出来一双血红眼,血红眼双手举鞭,鞭是赶牲口的皮梢子鞭,鞭杆是拿紫柳削的。鞭杆鞭梢在空中发出一阵尖利的呼啸,呼啸声又凝聚成一朵黑色的云彩,云彩缠绕在军官头上。军官怪叫一声,躺倒又来了个鲤鱼打挺,睁眼看着皮鞭又罩着了年轻的高个子兵。

军官是骂着拔出手枪的,白面瓜跪着抱住了他的腿,偏过头来怪叫:"二梭二梭,你这是疯的啥?"

二梭挥舞着皮梢子鞭,脸紫成茄子色,两个眼珠子滴溜溜的红,嘴角上还挂着黏沫沫。二梭说:"谁碰你的身子我跟谁拼命,拿枪打我也不怕!拿刺刀穿我也不怕!"

第十三章

胡副官是收容队队长,他没病没恙,假若不是负责殿后拾兔子落,他完全可以随先头部队进入宿营地了。假若宿营地有河,他还会跳到河里洗个烂透,然后天昏地暗地睡一大觉。胡副官是南方人,喜欢水,喜欢洗澡,喜欢穿干净军装。胡副官是从军校毕业的,他很讲究军纪,同时也怀着莫大的理想。理想之一是带兵当军官,带的兵越多越好,当的官越大越好。他还渴望战争,知道战争是政治的延续,但战争可以改变政治,改变信仰,甚至可以改变一个人的生存方式。战争还可以让假若变成现实,还可以把不可能变成可能。但是,他没想到长官会让他当收容队队长,更没想到队伍走得越急,落下来的破兵蛋子越多,他只记得长官跟他说得很清楚。长官说:"胡副官,你在后边给我清点着人数,不落人数算你大功一件,少一个两条腿的你看着办。"看着办是半截话,半截话是潜台词,后边跟着一切可能。胡副官就成了收容队队长,掉队的伤兵一瘸一拐地走,他再急也得跟在后边,结果他被一个嘴巴上刚扎了绒毛毛的愣头家伙揍了一鞭子。

胡副官不急着走了,他从口袋里掏出一个银白色的哨子,哨子吹得吱吱的,官道上的散兵都聚到他跟前。官道上的浮土扬起来又落下了,空气中散发着臊烘烘的尿味汗味。两条连秧子的狗噗噗地打着喷嚏,公狗挣开了往村子里跑,后边的母狗还迷了眼,头先撞在栅栏上,睁大眼睛再看,看见胡副官是个不认识的,它就把尾巴夹起来了。胡副官说:"不走了,不走了,我们为天下一统打天下,我们能战死不能饿死,更不能让刁民欺负。你们说吧,是继续赶路要紧啊，还是打尖填肚子要紧？"

二梭是被倒背着手绑起来的，绳子在手腕上打个死结，赶牲口的皮梢子鞭斜插在胳膊弯里，鞭杆梢子从肩膀上挑起来，他的样子很像唱戏人背上的靠旗。二梭自己看不见，他只是觉着鞭梢子老是磨蹭脖子，脖子磨蹭得热辣辣的，还痒。他说："为什么绑我，你们仗着手里有枪就能随便欺负女人啊？奶奶的，一回一回没完了是吧，你们跟畜生有什么差别？"二梭嗷嗷地叫，叫着骂着还拿脚跺地，跺得啪啪的，嗓子干得号不出声了还是嗷嗷的，两只新鞋都被他跺烂了。

白面瓜从院子里跑到屋子里，又从屋子里跑回院子，后来她把满满一瓢水全泼到二梭脸上，说："二梭子，二羔子，你不胡呱嗒行不？你不胡呲行不？身子是我的身子，我愿意给谁给谁，沾你二十四气啊？这个官爷是护我的，你先抡人家一鞭。你再睁眼看看那个，那个跟你般般大，他把头扎到我怀里像个孩子，你说我能怎么他？"说着又跪下给胡副官磕头，千求万告地求胡副官放了二梭，还说二梭子刚娶了媳妇，媳妇叫个兰兰。兰兰也是个苦命的，死了一个男人，二番又嫁给二梭。二梭是半夜里娶的二婚头，赶明天就该着回门的，绑了新女婿，媳妇回娘家就没脸面了。二梭蹦着跳着要踢白面瓜，踢不着又骂，说："死去吧你，再敢胡说八道我剥了你！"

胡副官倒不着急了，他不理会二梭，回头又看白面瓜，说："你是说这个野驴崽子还是个新郎官？"

白面瓜说："新新的，这才一天。"

胡副官忽然笑了，转个身招呼散兵，说："找到打尖的饭铺了。弟兄们，走，到他家喝喜酒去。有喜糖还得要一碗喜糖水，还得让新媳妇递到手里。"

一村的人都知道新女婿马二梭这一回是凶多吉少了。他打了过路的队伍，他打的还是个军官，这跟老鼠戳弄猫，跟油锅里翻跟头，跟老虎嘴里摸舌头根，跟井口上玩倒栽葱，是一样一样的，他这就是个找灾找死。马家像塌了天，马刘氏哭着闹着拉扯马步正，立逼着老头子拿钱赎人。满秋把春子金猪关在小堂屋里，又抱了捶布石抵住大门，春子又从小堂屋里出来，推着搡着让金猪藏到爷爷奶奶床底下。满秋说："娘，你别哭，也别光拉扯俺爹，也别满嘴里钱钱的。还没摸清根梢，拿多少钱够数，钱从哪里出，人家到底是要钱还是不要钱，你得让俺爹拿个主意。"

马步正看看春子，说："老大家的，满秋的意思是不出钱，你是咋想的？"

春子说:"爹,你别听他的,你是当家人,你说了算。"马刘氏又哭,说:"一个不出钱,一个叫你当家,你是当爹的,你怎么不说话,你也是个属狗鳖子的。我生了两个儿,少一个我也不活了,剩下你们爷几个搂着钱过去吧。"

东屋门吱呦响了一声,马步正紧着让老伴去看兰兰,兰兰哭着开了大门,大跑着去了娘家。

侯家老宅里也乱了,先是侯登榜满院子里转圈子,侯黄氏追着撑着喊,他就当没听见。侯登榜是在侯登科家的门前站住的,站住了拿脚跺门,跺着说:"老大你给我出来,我今天要不扯出你的紫花肠子,我就是你生养的!"侯登科拉开门先扬了两把灶窝里的热灰,热灰迷住了侯登榜的眼,侯登榜又是揉眼又是咳嗽,手抓挠着什么也看不见了。

侯登銮过来拉二哥洗脸,回来说:"大哥,我这一会儿脑子里浑汤了,你给我说说,你说当兵的戏弄豁子家媳妇,二梭为什么要打当兵的?"

侯登科还没开口呢,侯登銮又说:"灰没火热,酱没盐咸,一拃没有四指近,这是说的沾亲带故的。马家跟豁子家论八辈子也论不上一点边边呀,二梭这是吃的哪门子味,我怎么掰扯不清啊大哥?"

洗了脸的侯登榜嫌侯登銮瞎乱,走过来把他拨拉到一边,说:"老三你还跟着添乱,我要问的是他为什么把兰兰往火坑里送,一次二番的是个什么意思。你那是啰啰的啥?"

兰兰跑回来了,说:"爹,大爷,三叔,二梭惹祸了,马家不愿意出钱保他。我死了一个男人了,不能再没这个男人了,你们出钱赎人吧,我给你们磕头了。"兰兰当真跪下了,头贴到地上不起来,眼泪吧嗒吧嗒地落,落得不分个儿。侯黄氏紧着拉闺女,侯葛氏和侯杨氏也一前一后地跑出来,拉着兰兰的手也跟着掉泪。

侯杨氏拉着兰兰的手审量,审量的是兰兰的眼睛。兰兰的眼珠子是红的,上边网着血丝丝,眼皮肿着耷拉下来,眼窝里还有一圈圈暗影,她断定兰兰保准过的不是欢乐洞房,假若兰兰是得了二梭出事的消息才急哭的,就这一会儿,眼皮不会肿这么快,眼窝里更不会有暗影青底子。还有,新媳妇出嫁时要穿红口红底的袜子,没有现成的,也要在岔色的袜子上系根红绒线,红绳袜子穿到婆家,第二天就得把红绒线解了。兰兰的袜子上还带着红绒线,她要么是早起忘了解了,要么是她夜里根本就没脱袜子。人在什么时候才会不脱袜子睡觉?有哪个新媳妇会忘了规矩的?有哪个新女婿是跟穿袜子的媳妇亲热的？侯杨氏轻轻地拉侯葛氏一把，说："大嫂，兰兰一准儿受委屈了，我敢说，两个人准准地没那样……"

侯葛氏低了头瞅兰兰的脚面，脚面上露出来袜子面，袜子面上果然还带着红绒线。侯葛氏扳起兰兰的脸来，压着声说："兰兰，你跟大娘说实话，二梭夜里扒拉你了吗？能是他要那样你没答应？要不，就是上了急脾气，还没等你脱干净呢，他就呼呼啦啦地那样了？"

兰兰拧着脖子大哭，哭得哇啦哇啦的，说："大娘，三婶，俺的人都快没了，你们怎么还说这说那的？"

侯黄氏扑上来推开侯葛氏，两只手挥舞着要抓侯杨氏，说："老三家，多多家娘，你哼唧个点子让直肠子驴嚎嚎，你是等着看俺娘们儿的笑话哩，是不？兰兰命苦，兰兰命孬，俺认了行不？你们不胡呱嗒行不？"

侯登科拿眼瞪了侯杨氏又瞪自己的婆娘，说："走，咱哥俩现在就去马家，马家真要不出钱，咱们侯家老宅里给马家抬起来。"

马家的院门四敞大开，一院子兵正在吃饭。饭是烙饼，饼是在院子里烙的，树下的土台子上放了和面盆，鏊子是拿砖头支起来的。马刘氏连烧鏊子加翻饼，春子和了满满一盆面，累得呼哧带喘的，汗出得像个水毛鸡。马步正先想到的是拉兵，兵进门的那一刻，他就发现二梭身上捆绑的不是五花扣，他见过刑场上的开刀问斩，判了死刑的犯人都是结的五花扣，是连着脖子一块儿系的。二梭是倒背着胳膊，绳子光系的手腕，进家往树上绑时，只在胸口上勒了三道，还是没勒脖子。他估摸着二梭一时半会儿死不了，这一会儿他就一个劲儿地给胡副官让烟。胡副官把烟筐推开，指着满秋说："吃一顿饼，三天不离井。你去烧一锅鸡蛋汤，光吃饼不喝汤，肚子里干干的，不舒服。"

满秋东一头西一头地找鸡蛋，鸡蛋找不着，变了声地喊爹，见了马步正就埋怨，说："爹，二梭不干活儿光惹事，他把咱们一家子都坑了。你就在屋里坐着吧，金猪还在床底下趴着呢，你得护着他。"马步正拿烟锅子烫满秋的手，说："树上绑着一个，我坐到屋子里看西洋景啊，我还拿把蒲扇扇着不？"满秋手上烫出个紫红印子，从床底下抱出鸡蛋罐子，嘟囔着出了堂屋。胡副官抽出手枪，比画着瞄准，满秋一头扎进灶窝里再不敢出来了。

满院子都是烟，烟被毒日头晒成了云彩。一片云彩移到头顶上，院子里阴凉了许多，吃饱喝足的兵坐着打盹，胡副官到水缸里舀了一瓢凉水，挨个儿往打盹的伤兵脖子里浇，打盹的伤兵又精神起来。胡副官剔着牙看二梭，二梭是反绑在树上的，二梭的脸热成了鏊子底。春子舀了一碗鸡蛋汤，哆哆嗦嗦地走到树下，举起碗来要喂二梭。

胡副官看看二梭，又看看春子，说："你是他嫂子是不？好，长嫂比母，你灌他一碗吧，我不想开枪打饿死鬼，饿死鬼光跟我要鸡蛋汤喝。"

春子扔下碗就哭了，说："军爷您行行好，俺兄弟还小，不懂事，您老人家宰相肚里能撑船。宰相爷，放了他吧，我叫他给您磕头赔不是行不？"哭着又喊："爹，娘，他们要杀小二了！"

马刘氏扑过来要抱住二梭，人没抱住，自己瘫软到地上站不起来了。马步正走到胡副官跟前，说："儿是我的儿，我的儿子不能打当兵的，他打了你们就是天大的罪。我说，你不就是想要一条人命吗？这样吧，你把他放了，我替他死。"

胡副官还是拿着个手枪比画，说："不行。"

二梭拿头咔咔地撞树，说："爹，我不叫你替，要杀要剐随他的便！"

马步正抓了一把干草塞到二梭嘴里，转过头来又找胡副官，说："您刚才说了不行，那我得知道为什么不行。当儿的犯了死罪，当爹的要替他死，爹比儿大一辈您得知道吧，当官爷的得能论清谁大谁小吧。官爷您论论？"

二梭把嘴里的干草吐了，吐着说："你跟他论，你还是个爹不？你又不是他爹，你能跟他论清了？"

胡副官嘿嘿地冷笑，还拿眼珠子在两个人脸上转来转去，最后看的是马步正，说："我不给你论，我听着你的话是个乱麻团团，我论着论着就被乱麻团团缠绕住了。还有这个小野驴，他刚才的话里是骂了我，我很恼。我恼了就要杀人。"

马步正又说："你还是不依不饶是吧？"

胡副官说："是。"

马步正又抓了一把土塞到二梭嘴里，自己的褂子却刺啦一声撕了，说："好话说了，饭菜吃了，求情替死也不行。那好，杀人不过头点地，我马步正也不是白活的。来吧，我今天非要拿一命换一命，你杀也得杀，不杀也得杀！"马步正光着膀子往胡副官跟前凑，还拿手指点着自己的胸口，满秋过来要拦挡，被他一巴掌打了个趔趄。

二梭噗噗地吐着嘴里的土，吐着大骂，骂得呜呜噜噜的。

马步正又嗷嗷叫着护住二梭，一院子兵都站起来，齐刷刷地端起了枪，枪口瞄着树下。马步正拿脊背挡住了二梭,又拿手啪啪地拍打胸膛,拍打着喊满秋,说:"老大你看见了吗,他们要先打死你爹再打死你兄弟。你还是老马家的种不?"

满秋原本是迟疑的,迟疑着忽然涨红了脸,哈腰抱起捶布石,举着呼喊:"×他奶奶,不就是一个死吗,谁怕谁啊!"

春子抓着擀面杖扑上来,扑上来喊的是满秋,说:"他爹,你有个男人样了,死也要这样死。过来,咱两口子换二梭,谁不换谁没爹。"

胡副官推开所有的人,又示意其他兵把马步正拉开。他是举着手枪走到树下的,手枪对准了二梭的额头,说:"到时辰了。说吧,怕死不?"

二梭把带口水的土吐到胡副官脸上,说:"开枪吧,看准了,小爷爷要皱一下眉头,就不是马家的种!"

门口有人喊叫,喊的是"枪下留人"。

喊这一声的是侯登科,侯登科走在前边,侯家三兄弟就是这时候来到的马家。侯登科到底是经过场面的,进来先把马步正数落了一通,说:"老马哥你真是糊涂,你这是逼着这位官爷犯军纪知道吧?现在是民国了,官爷是中央军的军官,中央军是纪律严明秋毫无犯的,他能随便开枪打人啊?他今天打死你,你倒痛快了,那人家官爷呢,人家官爷还要升迁的,你是要拿个死罩人家官爷一身黑影子啊?"数落着又冲胡副官甜甜地笑,还要拉凳子扶胡副官坐下消火,还要人端凉水给胡副官泡脚。

胡副官没开枪,也没搭理侯登科。胡副官忽然笑了,他是拿着手枪比画着笑的,笑着把撕烂的褂子又给马步正披到身上,说:"老爷子,你儿子是个好兵料,我要把这匹野叫驴带走。"他转过头来冲着侯登科哼哧鼻子,又说:"你别给我念牙语,我不吃这一套,这一套是哄小孩的。不过,你说的是不错,中央军是不许随便杀人,但是,那得看该杀不该杀。我不杀他,不是怕犯军纪,我是惜乎他。干脆说吧,我是喜欢这头野驴驹子!"

春子丢下擀面杖,拉着满秋往胡副官跟前推,说:"军爷,俺兄弟是个野马星,谁也使唤不了他。俺兄弟刚娶了媳妇,他还没个孩子,俺兄弟媳妇一个人睡觉光害怕。你把俺孩他爹带走吧,他有力气,他还听话,叫他替二梭当兵。军爷,您说个行这事就算成了。"

二梭又哇哇地叫唤,还是拿头咔咔地撞树,说:"我就去当兵,谁也不许替换我!"

龙虎戏

胡副官冲着满秋摇头，使个眼色，立刻有人给二梭松了绑。兰兰披头散发地抱住了二梭，哭着号着，还拿手打自己的脸，说："二梭，二梭，你不能扔下我啊。我已经当了一回寡妇了，你知道当寡妇是什么滋味吗？二梭，我知道你心里没有我，我知道你是恶心我才愿意当兵的，我知道你压根儿就不想娶我这个二婚女人。可是，二梭你不知道，我侯兰兰二婚二嫁是不假，可我到现在还是个囫囵身子啊。你去吧，当兵去吧，我等你一辈子，爹娘跟前我替你行孝尽心，我死活都是你们马家人……"

第十四章

胡副官立了一大功，他没想到当收容队队长居然带上了新兵，居然还不是一个两个。他先是把自己的皮腰带解下来给了马二梭，还亲自帮他扎出了形，他还让马二梭站排头在当街走一遭，马二梭走到玉树家胡同口站住了，说："我再给你找一个。"

马二梭找的是黑豆，黑豆比二梭小一岁，个头没二梭高，骨架却比二梭还硬实。二梭是竖着长，黑豆是往横里长。黑豆看见了二梭腰里的皮带，还拿手摸了，回头跟玉树说："爹，我在家憋屈得难受，我天天晚上做梦，一做梦就梦见俺娘的脸黢紫黢紫的。我还梦见马靠靠骑在俺娘肚皮上。爹，叫我去当兵吧，回来我二番发葬俺娘，我还要给她扎轿子，再扎两个支使小支使妮。我还要给俺娘打一套护胸，打金的打银的。"黑豆又拉豌豆走到一边，跟豌豆说的是照顾爹的话，豌豆是咬着牙答应的，最后，兄弟二人还拉了钩。黑豆说："拉钩，打铁。我为娘，你为爹。"豌豆接着说："钩硬，铁打。长志气，靠咱俩。"胡副官伸着脖子听，听着又糊涂了，跟二梭说："他们说的什么话？我一句没听懂。"二梭说："到路上我跟你细说，里边埋着弯弯呢，我说了你就懂了。"

马二梭又点了两个，都是从小在一块儿玩的，二梭要说个黑天了，他们会跟着捂眼。胡副官乐得抓挠二梭又抓挠黑豆，都是抓挠的肋巴骨，还让他们跟自己比个头，明显地看出来是高兴。二梭没再回家，他知道兰兰已经哭昏几回了，春子把她拉到东屋里也跟着哭。春子还在哭声里加了拖音，她是点拨兰兰，兰兰学不会春子戏一样的哭音，她是按着胸口哭的，哭得断断续续。他也没在侯家老宅门口停步，侯家三兄弟站在门洞里，侯登榜的脸不住地抽搐，侯登科原本是要跟他打招呼的，手没举起来，背后却被侯登榜踢了一脚。侯登銮先还是冷冷地笑，没笑出声来就折身回了院子，二梭听见他满院子咋呼，咋呼的是："得才，得才，谁看见得才了？"二梭哼哼着冷笑，昂着头走在前边。他没带头走官道，走的是村里人上晌的小路，后来他在高粱地头上站住了，说："胡副官，我再给你找一个好使唤的。"二梭把手指头插嘴里打呼哨，高粱棵里哗啦哗啦地响，得才牵着驴跑出来，说："我给你看了半天驴，你跑哪儿去了？"二梭说："松开缰绳它知道回家。快走，我给你报上名了。"

胡副官又看得才，得才长得眉清目秀，文绉绉的，像个学生。胡副官有些瞧不起，摇着头说："猪拱狗扒鸡能挠，血性汉子看眉毛。这个侯得才没个兵样，到时候屙到裤子里没人给他擦。"

二梭乐得哇哇的，说："看人不看样，裤裆里放炮仗。胡副官，你可别小看他，这家伙什么场面都经过。得才你自己说，说说你爹是怎么调教你的？"

侯登銮原本有两个儿子两个闺女，四个儿女是花搭着生的，大儿子得雨长到七岁生白喉死了，另外三个倒是齐整整地长起来了。大闺女多多和二闺女嫌嫌都是懂事的，只有儿子得才是个碎嘴子，夜里跟他说件事，第二天他就抖搂出去了。侯登銮脱了鞋底照他嘴上打，千叮咛万嘱咐地告诉他不许跟外人瞎嗒嗒，他见了人还是要说，说的是："俺爹说了，这话不能跟外人说。"老宅里出了几次变故之后，侯登銮在儿子得才身上寄托了天大的希望，尤其是得章骑马挥刀成了军官后，他也想按模子扣出个得才来。但是，他希望自己的儿子最好能在官府衙门里行走。到官府衙门不一定出横劲儿露杀相，最当紧的是动心眼，最当紧的是没脸没皮。为人不要脸，神仙也难管。一个神仙也管不住的人，可不就成了人中之王？古人语，女人不浪不招眼，男人不闯不成器。闯又分个三六九等：豁着力气干活儿者，豁着胆量逞勇者，此为下等；有胆量有谋略又善为事者，为中等；善为谋善为人者，才是上等。

侯登銮看过闲书，看过经史子集，他发现古之将相王侯，发迹之前大多是在一个混字上。他十分敬佩汉朝的刘邦，刘邦会混，他能把一伙子不会混的人弄过来为他拼命。他就从来不跟霸王项羽比气力比胆量，项羽要把他爹煮着吃了，他还喊着要项羽给他留一碗。一个可以跟人分着吃爹的人，要不混成帝王才怪呢。他还细心钻研过《水浒传》，越咂摸越觉着宋江是个人物，明明是个五短身材的县衙小吏，他却能在虎狼窝里当大哥。你说宋江靠什么？靠就靠个会为人。怎么才能会为人？不要脸。宋江明明干的是伤他人为自己的勾当，偏偏又说成是为了众家兄弟。他说的时候不要脸，说得别人信了服了，他就有脸了。他有时候甚至还十分敬佩扮演过粉头的爷爷侯余庆，爷爷当初要是顾着自己的薄皮嫩脸紧要，他就不会下场子扮演让人戏弄的粉头龟孙，也就不会有三四百亩的官地到手，老侯家也就不会从一副挑子的串乡人变成紫云寨的大户。

  为了栽培儿子的少廉寡耻，侯登銮还揣摩着加了许多新法。比如，做饭时，他会让侯杨氏给孩子煮三个鸡蛋，煮到锅热水响时，再让得才从锅里拿出两个。这两个自然是不熟的，不熟的鸡蛋放到热水里盖着，等到要吃了，他使个眼色叫儿子把锅里的那个捞着吃了，临到多多和嫌嫌吃时，两个人都噘了嘴，说得才的鸡蛋熟了她们的没煮熟。这样的法用了一次又一次，侯杨氏就十分地瞧不起，说再不要脸也不能在自家人身上使吧，为人还是心境平和的好。说进了兵营的又能如何，入了官场的又能如何，姓霍的倒是熬成了个军官，最后还是能死了。马靠靠也想当个露脸的，最后落了一身黑眼皮，街上连个搭理他的人也没有。孙花头仗着他老爷爷孙老安的点拨，也要当个摇头晃脑的，最后混的啥样，没人形了。侯杨氏说："得章当了军官是不假，谁知道他那个官能当到哪天，就不兴有个拔了萝卜栽棵葱？还有大哥，大哥动了一辈子心眼，这样吧那样吧，没脸没皮的一辈子没正形，你看他成过哪样事？哪样事他干鲜亮了？"

  侯登銮自有主意，镇子上三六九大集，他会带着得才串集头。大集上盘着几口大锅，大锅的上风口拉起一道柿子黄的油布，油布的下方摆一张油渍麻花的条桌，两条板凳也辨不出真色。掌勺的拦腰扎一条紫花布的围裙，一边扬着沸腾的汤水，一边扯了嗓子呼喊："绿豆丸子油辣子，不香不辣不要钱。"卖壮馍的和卖水煎包的用的是平底锅，平底锅里发出刺刺啦啦的声响，这边喊："壮馍出锅了，外焦里嫩肉肉鲜！"邻居也接一句："猪肉粉条的大包子，香油调馅！"炸黏糕的要把吆喝弄出戏味，喊跟唱差不多，调门是用的山东枣梆戏中的倒山坡："红枣甜来黏米黏，黏米不黏不过年。过往的君子尝一个，它就是个甜，它就是个黏，不到过年也过年！"果然就有赶集的忙人闲人流了口水，站下就被黏住了。侯登銮也站下了，站下跟儿子说："喊的叫的都是真话？他们的吃食就真是那样好？他们喊着叫着为什么不脸红？他们为什么不实打实地说？这就叫要脸的不赚钱，赚钱不要脸，明白了吧？"

侯登銮不买不卖，他故意拉着儿子钻胡同，出了胡同到了杂货市。杂货市上有叫街的，叫街的穿着破衣烂衫，头上扣一顶飞线飘边的开花帽，手里呱呱嚓嚓地打着莲花落。叫街的看见谁夸谁，谁给钱夸谁，夸的话一套一套的："掌柜的，好眼力，家里一准儿有贤妻。有贤妻，管好家，掌柜的买卖一准儿发。"那买卖人就一脸讪笑，啪嗒，一个小钱扔到地上。叫街的拾起来，拿舌头舔一下成色装兜里，兜里哗啦哗啦响，接着就走到另一家，还是拣好听的说。碰上头不抬眼不睁的，任凭他说得口水点灯也不掏腰包，或者没好气地吼一句："一边去！"叫街的片刻间变了词，说的是："这个爷，嘴巴子歪，老太太的靴子钱（前）头窄。年头赶着年尾算，喂个母鸡也不下蛋……"

侯登銮让儿子用心听，听了再看，看的是漓头叫街的。漓头叫街的是缺胳膊少腿的伤残人，伤残人自己把自己的头脸割破，由家里人推到集市上，这人用一只手抓根带叉叉的白蜡杆，白蜡杆顶着前边的柳条筐，一条街赶一条街地滚着爬着。摆摊的恶心着惊吓着，赶紧扔了钱图个心静。得才看着扭转了头，侯登銮又把儿子的头脸扳周正了，说："花花的世界，花花的活法，要脸的丢钱，不要脸的挣钱。你知道朱洪武朱元璋不，你记着，他就是从不要脸熬成皇帝的。一个男人要想成事，一是不要脸，二是跟鬼斗心眼。"说过了看儿子，得才噘着个嘴，脸憋成了紫茄子。

说了也是个怪，侯登銮要儿子当个没脸没皮没心没肺的混世魔王，得才却反倒成了个肚里不藏草的碎嘴子。他的碎嘴子不在爹娘面前显出来，不在侯家老宅大院里显出来，他崇拜的是马家的二梭子，二梭越是戏弄他，他越是跟二梭搅和在一起，狗屎一样，糖稀一样，二梭走到哪里他跟到哪里。

胡副官又上下地打量侯得才，说："你爹让你学了下九流，你就干个军需兵吧，跟上司缠磨着要军火要大洋，买米买面再跟商贾贩子讨价还价。反正是不要脸了，滥贱混头擦屁股的事都归你管。怎么样？"

得才听了不高兴，说："二梭干什么我干什么，我才不学那一套呢。"

龙虎戏　193

胡副官又说:"马二梭是个不怕死的汉子,你行吗?"

得才也把眼瞪圆了,说:"死就死,我侯得才也不是泥捏的!"

胡副官哈哈地笑了,还用枪探条在得才腚上抽了一下,得才放了一个响屁,裤子上还扬起来浮土。黑豆却呀呀地叫着拉二梭看前边,说:"二梭你看,那不是麻五啊,他怎么打扮成那样?"

前边高粱地头上有个岔路口,麻五笔挺地站立着,脸是冲着村子方向的。麻五还行了军礼,礼是并着双腿行的,双腿很直溜,不过,一只黑黢黢的大手贴在耳朵梢上,看着不好看。麻五行着军礼,二目圆睁,还把胸膛挺起来,腰里扎的是一条子羊皮。羊皮有四指宽,颜色是暗红色的,怎么看都像是拿玫瑰紫颜色染过的。

队伍里有人笑,笑的人还指指点点的。胡副官偏了头对二梭说:"这个家伙是入过军营的,我一眼就看出来了。这个一脸麻子的家伙是谁啊?"二梭紧走几步,过去把麻五推到路边上,说:"当路橛子呢,没看见啊,队伍正在开拔,闪开闪开!"麻五的腿栽在土里,二梭推不动就有些急了,还要拿肩膀撞。麻五说:"我正给长官致敬呢,军人就应该有个军人样,二梭你别瞎乱。"他还是笔挺地站立着,还是睁大了眼睛注视着胡副官。胡副官瞥了他一眼,闪个身,带着队伍走了过去,队伍里就有人冲着麻五吃吃地笑。

黑豆走几步又喊:"五麻子没走,他又跟上来了。"

麻五还真是脚跟脚赶的,离得近了再慢几步,落得远了就紧几步,队伍又站下了,他的腿还是绷绷着。

胡副官拿枪探条戳麻五,说:"你怎么回事?"

麻五说:"报告长官,新兵麻五向您报到,随时听从您的调遣!"

胡副官又说:"看架势是上了当兵瘾了。怎么的,真想扛三尺半?"

麻五又重新打立正,说:"真真的!"

胡副官后退了一步又看麻五,见麻五穿了一件老蓝布褂子,褂子是个对襟褂子,扣子是缠三结五带尖顶的核桃扣。裤子是拿紫花布现染的,用的是靛青,染得不匀称,花花的,能露出紫花布底子。鞋倒是新鞋,是深帮收脸的踢死牛鞋,鞋口上沾了高粱花子,看着是从高粱地里钻出来的。胡副官说:"退伍的是吧,原来在哪里干过?年龄大了些,当个团长还差不多。哎哎,告诉我你要当兵的目的,我想听听。"

麻五说:"报告长官,新兵麻五曾经在叫驴山兵营干过二十一天。报告长官，麻五当兵是为了天下一统……"

二梭截断麻五的话头，说："胡副官你别听他的，他这是胡啰啰。你问他，什么叫天下一统？这句话他听得才的大哥说过，懂不懂地就拿出来用，用了他也不懂。他就是会剥羊剥驴弄酱肉，他就是会铡草喂牲口，他就是会天明天黑地搂着侯月娥弄那事，侯月娥要说个滚吧，他刺溜就钻到床底下。他还当兵？"

胡副官哈哈大笑，说："哟嗬，会的不少嘛，收下了。我问你，你愿不愿意当个火头军，就是在营房里做饭炒菜的后勤兵？"

麻五说："报告长官，为了天下一统，麻五当什么兵都行！"

麻五又钻进高粱地，背出来的是一包袱菜瓜，菜瓜是青花皮带红瓤的。麻五挑了一个匀称的递给胡副官，胡副官咔嚓咬一口，满嘴的甜，还脆，水还多。胡副官就让其他的兵也吃，其他的兵也说好吃，好几个兵都跟麻五亲热起来。

队伍上路了，路上又扬起浮土，浮土里看村子，村子也被浮土蒙住了。得才悄悄地拉了二梭又拉黑豆，压了声地说："看见了吧，麻五这一手顶两手。他这是割了腚帮子捂脸上，臭不臭的不知道，先叫人看见的是个光滑白净的。"二梭瞥了麻五一眼，说："先胖不算胖，到了兵营再说，不信我们弄不过他！"

第十五章

白面瓜要把两块银圆藏起来，藏到墙洞里怕老鼠拉走了，压到床腿底下怕潮气沤了，后来她把银圆塞到裤裆里才感到踏实了。裤裆的分岔处加了两块补丁，一个补丁里放一块银圆，凉阴阴的，走路也轻快了不少，就是觉着裤子一个劲儿地往下坠，白面瓜从此养成了提裤子的习惯。她自己也觉着好笑，遇到人的时候，她的腿还总是忍不住要摽箍到一起，好像所有的人都要拿手拽她的裤子。豁子有好几天晚出去早回来，还老是冲着白面瓜眨巴眼。他眨巴眼不是扮鬼脸做怪样，他是小时候害过烂眼病，不眨巴着，眼珠子不活泛。

白面瓜就拿了口水吐他，说："拾你的粪去，不该吃饭睡觉你回来弄什么？"豁子还是眨巴眼，还掂着油葫芦摇晃，说："我这几天没口味，吃辣吃咸都是一个味，敢情是葫芦里没油了？"白面瓜不搭理他，知道豁子摸了底细，变着法子要把钱花出去。白面瓜舍不得花掉两块银圆，她不知道为什么舍不得花，也不知道放着钱干什么，就是觉着宝贝似的亲不够。汗水把裤子浸湿透了，后来还结出汗碱，碱花花大圈套小圈，还有刷锅溅上的汤水，汤水里也许有米粒粒，也许有黑面糊糊，她反正是不洗裤子。

花头隔着篱笆喊白面瓜，白面瓜提着裤子走出来，说："你叫魂啊，要从你姥娘家论辈分，你还该喊我一声姨的，白面瓜也是你叫的？"

花头说："你老是提溜着个裤子弄什么，隔着篱笆子我又够不到你！哎哎，来啊，你过来我跟你说正经的。"

花头还真不是来跟白面瓜瞎闹的，花头已经如愿以偿地当上了会首，拿下马靠靠的当天，花头就想好了要干的第一件事，这件事是要取个热闹景的，他想到的是唱戏。他还想到了运河东边的姚家班，姚家班有个唱彩旦的，人称牡丹蕊蕊。牡丹蕊蕊是个女人，也是个男人，她的脸白，脖子也白，就是胸口上没鼓出来。这是说她像男人样，可是牡丹蕊蕊还真有个女人嗓子，还真有个女人身段。杨柳细腰一把粗，手指也是葱白一样，细溜溜的尖，细溜溜的白。牡丹蕊蕊跟着戏班唱红了运河两岸，说她是女人也行，说她是男人也行，她反正是个单身的，也不说找个男人嫁了，也不说娶个媳妇成家。花头是见过一次的，那一次牡丹蕊蕊扮的是红娘，他见了就被迷住了，还要再赶场听《摸楼》的，革命军就打过来了。花头想着请了戏班唱灯戏，不在各家各户敛钱，敛钱忒招摇。他准备敛麦子，吃不了的麦子也是钱，但是，只要不拿现钱，就不会有人猜疑他。马靠靠之所以犯了众怒，除了串门子找女人，又戳弄了犯迷怔病的玉树媳妇，还有一条，是马靠靠沾光沾得忒露骨。花头觉着自己当上会首，不会傻到马靠靠那样，马靠靠是钻过头不顾腚，要知道，光看见个腚也知道你是谁。

花头是个好命的，刚当上会首就赶上县里召集开会，说是会首也好，香头也好，以后不这样叫了，以后一律叫里长。花头成了里长，里长是上了官家名册的，花头就成了官人。官人花头更要请姚家班唱戏了，唱还要唱个排场，原来是想过只唱五天的，当了里长之后，他觉着要唱就唱半个月。他还想把自家的屋子腾出来让戏班住，还要专给牡丹蕊蕊收拾一个床铺。花头是唱着莲花落回的村,回村就听说官道上过队伍了,豁子家媳妇还叫散兵弄了,过一拨弄一回,过一拨弄一回。白面瓜没喊救命,也没插门上锁,估计她是得钱了。

这使花头很失望,白面瓜被散兵弄了,马家管的是几十个伤兵的吃喝,二梭子是拿兵差保住的性命。玉树的大儿子黑豆也去当兵了,拿着枪探条的军官还冲黑豆笑,还拿手捅了黑豆的肋巴骨,意思是要黑豆也笑的。侯家老宅里乱哄哄了一整天,一整天没找到得才,侯登科是要沿运河张贴寻人文榜的,侯登銮却一口咬定是马二梭骗走了他儿子。新宅的麻五也没影了,奇怪的是,侯登仓没找,侯月娥也没找。有人问过上晌的三忤牛,三忤牛把个眼皮翻上去落下来,还要跟人打赌,他说麻五一准儿是被紫云寺的一了大师弄走修炼去了,修炼完了,麻五的鸡巴还会跟先前一样一样的。花头有些失望,并不是说他赶上了能不让伤兵弄白面瓜,也不是说他能拦下挥舞鞭子的马二梭。他失望是因为这么多的大事,自己连一件也没赶上,怎么想心里都不得劲儿。

花头又跟白面瓜说:"我说,你问了没有,这三拨不是一家吧?三枪夹六蛋,不是一家就得开战。他们说没说在哪里开仗,是三家都动家伙先打个三国魏蜀吴,还是有分有合打个二对一?"白面瓜像回忆似的眯起眼睛,又隔着篱笆子望官道,说:"还真是呢,我怎么忘了问?咳,问什么问,三拨三样颜色,能是一家啊?"花头有些急了,抓着篱笆子摇晃,说:"你光顾着鼓捣张飞闯辕门了还会问?哎,我问你,那个肩上扛红杠的得是个军官吧,军官都是四棱子头。你说,他的头是不是四棱的?"白面瓜端起泔水盆要泼花头,泔水倒把自己的裤子弄湿了,扔下泔水盆拧湿裤子,先摸着的是硬邦邦的银圆,她咧着嘴吃吃地冷笑,说:"四棱的八棱的我愿意,碍你娘的腚沟子疼!花头,当上会首滋润了是吧,小心马靠靠半夜里啃了你。"花头就不闹了,正着脸色清了清嗓子,忽然地喊了一声小姨,又说:"说正经的小姨,我是有事求你的。"

白面瓜听得稀罕,拧裤子的手松开了,说:"花头你真喊姨了?呀呀,叫你喊姨你还真喊了。喊呗,你喊姨奶奶我也不稀罕。你直说吧,什么事?"

花头说:"你借给我两块银圆。"

白面瓜吱吱哇哇地跳起来,说:"花头你喝谁家的驴尿喝糊涂了,我哪里有银圆?我连银圆是方的是圆的都没见过,你跟我借银圆,你怎么不说借元宝啊！"

花头说："我打听得清亮亮的，三个兵都跟你干了，你敢说没干？借磨还要压一瓢磨底粮食呢，一碗羊杂碎汤还要三个大钱呢，你愿意让人家白弄，就图当兵的腰劲儿大？我只借两块，多了不借。再说了，我借钱是要派大用场的，请了戏班让你坐头里听。"

白面瓜返身找扫帚，找到的是粪叉子，抢起来要叉花头。豁子从地里回来了，糊着一头一脸的汗泥，汗泥上爬着腻虫子，裤裆里湿了一大片，说："你们还不知道吧，一马平川里都扎满兵营了，吓得我尿了一裤子。哎哟我的个亲爹，阵势大得邪乎！"花头拨拉着豁子往外走，说："我来借蒜臼子，你们家的蒜臼子没底了，给我用我也不用了。"豁子抓起水瓢喝水，喝着说："说的什么话啊，蒜臼子还有没底的？"

白面瓜又吱吱哇哇地追出篱笆墙，提着裤子呼喊起来："花头你听着，你当会首，你当龙首我也不怕你！你们孙家出邪招拿了马靠靠，还想在我这里占便宜，我还猜不透你肚里的黑豆水？放着你的黑豆水自己喝吧！"

花头走着又回头，说："我现在不是会首了，我现在是里长。里长知道吗，官家人！"

花头要请戏班的想法落空了，不是没借到买肉买酒的钱，是战争突然间打响了。而且，里长孙花头很快又有了新官差。

中原大战是黎明时分打响的，跟大头红萝卜差不多的飞弹贴着树梢掠过村子，一头扎到运河湾里炸了。飞弹不响了，接着是炒焦豆似的枪声，枪声稠得不分个儿，根本分不清枪是从哪里打的。

上午半晌，村子里先后来了两匹战马，骑在青马上的人看着有些面熟，很快就有人想起来，他是来过紫云寨的，他还在本本上画了图。那时候他穿的是藏红色的对襟褂子，现在他穿的是军服，腰里扎着四五指宽的皮带，皮带上插着手枪，手枪把上还带着红缨缨。他是先来的，进村打听谁是问事的，有人把花头喊过来，说花头是刚刚当的里长。青马兵骑在马上看花头，先看到的是花头的帽子，帽子是拿手巾布缝的，帽檐口镶了一圈芦苇篾子，芦苇篾子跟头皮之间撑起一道缝，帽顶却是死塌塌地箍在头皮上。青马兵没见过这样的帽子，白亮的日头下，这样的帽子看着不顺眼。他说："你是里长？那好，我要四百斤白面的饼，饼要油盐饼。我说的这个数是个底数，是只许多不许少的，多了我让地方政府给你记功。记着，中午十二点，我准时来拿。"

青马兵临走又勒住了马头,手里的马鞭指的是花头的帽子,说:"喂,我说,你能不能把头上的蛋皮壳壳扯下来,软塌塌的,我看着别扭!"

接着又来了第二个第三个,下的派饭命令差不多,都是说的只许多不许少,都是催死催活的要个快,都说自己的队伍是这一方的霸主,都是拿马鞭子指着花头的头脸说的。花头吓得脸上没了真色,耳朵眼里还吱吱地响,腿也是软的,还出了一身黏黏糊糊的汗,派饭兵走远了,他在自己的腿上砸一下,胳膊也成软的了。花头满街上转圈子,先是合计着敛麦子,麦子是按人头定的数。紧着又支使人牵牲口套磨,又支使人在奶奶庙前边支鏊子,嘴里是一连声地喊这个喊那个,喊的是磨面和面烙饼。一街筒子人都围着他看,看的是他头上的帽子,好像一街筒子人也是第一次见到这样的帽子。花头急得嗷嗷的,说:"看什么看,耍猴啊,命令下来了没听见啊,都给我麻利点,拉家伙干活儿!"

马照本迎着声钻出驴棚,挥舞着两手血污冲着街上呼喊:"见喜了,见喜了。我的驴娘们儿咣当一家伙,生出来的是骡子!"更多的人拥挤着往运河湾里跑,白净净的梭子鱼铺满了河床,鱼是飞弹炸死的,河床上弥漫着浓郁的米汤一样的鱼腥味。没有人搭理花头,花头急得鬼叫,还扬着声要把各家各户的柴火垛都点了,散去的人才又磨蹭着来到磨坊。先来的人嘴里含着埋怨,也有小声骂的,骂花头是个歹毒的,比比还不如马靠靠,办起事来还没有马靠靠公道。他们说:"麦子为什么按人头定数,为什么不按地亩?地里长麦子,人头上也长麦子啊?官家人派饭官家人吃,那为什么不从官地出?既是官地,就该出官粮的。"花头不接这样的话茬,他知道沾了这样的话茬就掰扯不清了,许多人张口闭口地说官地,无非是要他打头阵盘古董的。他盘不清,他也不想打头阵,他光是学着派饭兵的口气,看见谁都是说:"快!快!"

关业功说:"你别一个劲儿地快快快,你得拿出个章程来。出工的怎么说,出牲口的怎么说,是家家户户都兑个人,还是挑着活儿上麻利的。一样一样,你心里得有个小九九。你刚才说按人头定数,人多地少的人家连麦种都拿出来也不够,你还叫人家种不种麦子?"花头听着就烦了,关业功跟孙家沾着亲,花头心里烦也不好说他倚老卖老。况且,推倒会首马靠靠,老头子还是向着孙家的。他拿眼瞥了一下其他人,急着抽身离开关业功,人却滑倒了,爬起来看地上,地上一摊子血污,血污是筛子底大的驴衣胞。花头恼恨着大叫，叫喊的是恨话，说："香芝你出来和面烙饼，你爹把个血糊淋拉的驴衣胞扔到大街上，他这是恶心我里长官人哩。马照本你听着，我先把话撂这里，别拿我花头不当个豆捏，我官人干的是官差！"

马照本是马靠靠四服沿上的本族哥哥，他原本是不喜欢靠靠的，靠靠被孙家人戳弄臭了，戳弄烂了，就又记起靠靠的好处，他心里又恨了孙家人，恨了孙花头。马照本冲着栅栏吐痰，说："是个人不是个人的都能吆喝几声，你是喝驴尿了还是让驴踢了？"

花头气得嗷嗷的，他顾不上跟马照本缠缠，但是，支使谁干什么，他心里还是有数的。只不过眼下紧要的是和面烙饼，还要给磨面的牲口找好替换的，还要挨门逐户地敛柴火。还有一样紧要的是油。油里又有个棉油豆油的分别，谁都知道豆油比棉油贵，挨门逐户地敛油，是光敛棉油还是光敛豆油？家里有豆油没棉油的收下了，那些有棉油没豆油的呢？折合着算？怎么折合？还有盐。盐用不多，没法摊着敛，那就从一家拿，拿盐的这一家还拿油不？盐没油贵是不假，要是盐用得多了呢？呀呀，哪一样都要他说许多话，许多话说了还要盯着看着，一步松了慢了，和面的不和了，磨面的不磨了，柴火也没人敛了，烙出来的饼还会稀里糊涂少好多张。

花头尝到了当官人支使别人的好滋味，也尝到了被别人支使的难受滋味。他支使别人，别人还可以冲他冷冷地笑，还可以指鸡骂狗地说些这样那样的话。别人支使他，他是一句也不敢分辩的，因为支使他的人挥舞的是手枪，枪管子在太阳底下噌噌地放绿光，枪眼眼黑得看不见深浅。花头只好紧着支使人干活儿，干活儿的人都不给他好脸色。他又说："我马照本知道你为什么不服气，你是为靠靠抱屈哩。对吧？我今天给你拨亮灯头说话，马靠靠骑跨了迷怔女人，他犯的是众怒，屈他了吗，他一点也不屈。我告诉你，我这个里长可是上了官家名册的，你不服气也得叫香芝和面烙饼。香芝你给我出来，马上！"

多多挽着袖子走过来，她是在家洗了手的，走到花头身边舀水和面。多多留的是松盘大辫子，下边扎一根胭脂红的头绳，头绳扫着脊梁缝，弯了腰和面，辫子滑下来，脊梁缝里却麻酥酥的热，拿了手摸，先摸着的是圆乎乎的小屁股，一截嫩白肉皮就在腰带上边忽闪着。多多说："我听见你喊香芝了，人家越不得闲你越喊，香芝和面有花啊？"多多甩甩沾了面粉的手，拉扯了衣服又甩辫子，面粉黏在毛茸茸的腮帮上，腮帮红了，花骨朵似的绽绽收收。

花头呀呀地哼哧着嘴,夺了多多的水瓢,扔到笐里还要抢着端和面盆。花头挤眉弄眼地笑着说:"多多小姐,你过来了也好,你光做个样子,别真上手,我是挑拣着喊的。明白了吧?咱们村里,我最服气的就是侯家老宅,老宅里最服气的就是銮爷,我是老早就想到你爹銮爷跟前讨个指教的。"多多不再搭理他,舀一瓢水倒在和面盆里,两条胳膊直直地插进去。花头还是蹦着高喊香芝,这回喊的是:"香芝你是要坐八抬大轿呀,我孙官人急了把你们家的母驴也派了官差,它下了骡驹子也得给我拉磨去,看我不使它个窜稀掉胯咕嘟沫!"

花头喝喊了香芝又站到石磙上望前街马家,这回是喊给马步正听的,一声高似一声地喊春子,喊得跟叫街唤魂一样。

多多生在侯家老宅里,活儿却是从小就干的,母亲侯杨氏是个有嘴没手的,多多倒成了家里的大帮手。多多出来和面是不想在家看她爹的脸,找不到哥哥得才了,侯登銮把所有的人都骂了一遍,要不是炮弹落到运河湾里,他不知道会骂到哪一天。但是,多多不待见这个满头秃疮的孙花头,孙花头说多少讨好的话都没用。多多说:"你喊了香芝又喊春子,你真是挑着喊的?兰兰也是马家的儿媳妇,你还想叫兰兰也来和面烙饼?"花头还是呀呀地叫,两条胳膊窝成个罗圈,再不让多多碰水笐摸面盆,说:"我是生满秋媳妇的气,喊她三遍五遍了,马家的人我都支使不动吗?还有白面瓜,她也喊不来,她们都成奶奶了!"

立冬是跟豌豆一块儿玩的,听见花头的声跑回来,翻着栅栏进家,走到香芝身边说:"没爹的孙花头,豌豆也说他不是个好鸟。多多要和面他拦着,他为什么单喊咱马家的人?姐,你别去,让他叫唤去,他叫唤你就当听不见。"

香芝往牲口棚里抱麦秸,麦秸铺到小骡驹身子底下,骡驹子爬着拱着找奶吃。母驴舔了驴驹子又舔香芝的手,牲口棚里散出腥烘烘甜腻腻的味道,香芝的手湿漉漉的。她把手放到母驴背上擦,擦着向外边探身子,说:"还真是哩,他喊春婶子为什么不喊兰兰?刚当上个绿豆官就向着大户人家,怪不得咱步正爷不搭理他,孙家没一个正经货。"看着爹挑了水笐到井上打水,又弯下腰问立冬:"咱家的驴为什么生骡子?"立冬说:"姐你是真傻了,你连马跟驴配生骡子都不知道?骡子是杂种,孙花头也是杂种,凡是没正形的都是杂种。我要是当了兵,我把咱们村的杂种都拿枪突突了,我还要把官地从侯家手里夺回来。姐,咱俩要是倒个个儿就好了,倒个个儿我也跟二梭叔进兵营。"马照本挑着满满两笥水回来了，笥里的水溅出来弄湿了鞋，湿鞋走在地上吧唧吧唧地响。他放下水笥喊立冬，要儿子给母驴熬米汤，还要熬一大锅，立冬脱下褂子扇风，呼扇着舀米抱柴火。

　　马照本接过闺女手中的木叉，说："香芝你去吧，花头个没爹的真敢拉咱家的母驴磨面去，仗打不完就得天天磨面，他是想累死咱家的宝驴。"

　　香芝说："爹，你打听了吗，光派官饭的就来了三四拨，这是哪面跟哪面的打啊，打几天算完？"

　　马照本撩起褂子给母驴擦脸擦鼻子，自己的脸上滚满了汗珠子，鼻子里还沾着驴毛，他用了浓浓的鼻音说："了不得了，打乱套了，多亏了没跟上回一样在紫云寨街上打。我刚才去了你满秋叔家，一大家子都闷着头不说话，你步正爷光是吸烟，你大奶奶又去了紫云寺，说是要请一了大师做功课。你二梭婶子好几天没吃饭了，光是吧嗒吧嗒地掉泪，泪都挤成疙瘩山了。走了一个二梭，一大家子人都没了头魂，花头个没爹的偏偏跟着上眼药，他这是故意要赶着鼓点的！"香芝苦着脸叹气，紧着洗手洗脸，又拿梳子拢了拢头发，拍打着身上的碎麦秸往外走，看见花头又要呼喊，她说："花头爷，我这不是来了吗？"

　　到了中午，当街搭起了凉棚，凉棚从井口一直搭到磨坊。凉棚是拿芦苇席罩的顶，下边顶的是立柱，立柱上还挂了风灯。风灯是花头想起来的，准备夜里烙饼时好用。花头还想着立功受奖，还想着最好是奖银圆，要不就奖个盖大印的腰牌，有了腰牌青楼里是可以随便去的。凉棚底下支起了一排鏊子，鏊子是东南西北的大向，灶口冲着东南村口。几十口子人在凉棚底下忙碌，东南风灌进来，吹到磨坊又打个旋儿，跟着又掉头折回来。凉棚底下都是烟，烟贴着芦苇席打转转，呛得人不能直腰，所有的人都弓着腰低着头，所有的人都弄了一头一脸的汗水，汗水里还有黑灰。花头东一头西一头地瞎扑瞎撞，不住声地说："快！快！"

　　到了日头正南时，青马兵果然来了，他是打着战马奔跑的，战马嘶鸣着冲进当街。战马跑着尿着，腥烘烘的马尿溅到花头脸上，花头仰着脸，脸是暗青色的，脸上的汗水成嘟噜成串的，汗水也是暗青色的。他说："军爷，军爷，您是来催饼的吧，您看面都和满盆了，饼也烙了不老少。我是下过话的，除了咱们中央军，谁也别想动一张饼。我还想着立功呢，我把您的话记得清清亮亮。军爷，军爷，您到那边树荫凉儿里喝口水去吧，这边立马就好，您一碗水没喝完呢，我立马就打成包了。"

刚把青马兵打发走，一匹枣红马又呼啸而至，马上的人拿着鞭子指花头，说："饼呢，饼呢，面盆都空了，妈巴子的饼跑哪儿去了？我告诉你姓孙的，紫云寨这一方地皮通通属于我们西北军86团41营，你要敢给中央军一张饼，我把紫云寨给你灭了！哎哎，地上的马尿还冒着泡呢，谁的马？马呢？"枣红马围着花头喷起响鼻，闻闻地上的尿又把嘴巴搭到花头肩上。花头冲着红马兵赔笑脸，说："光等着您了军爷，您无论如何得先喝口水，紫云寨的井拔凉水您不知道有多甜。您说马尿是吧，这不是马尿，根本就没有马过来，尿是马照本家的母驴尿的。您看着是马尿，其实是驴尿，色道差不多，味道不一样。马照本家的母驴刚生了个骡驹子，您看这一片子尿有多大，臊气得很，一看就知道是母驴尿的。烙饼的，都给我麻溜点，咱得让军爷立马把饼子带上。"

最后来的是一匹雪里站黑马，黑马冲到低矮的栅栏跟前，咧着大嘴巴呜哇呜哇地欢叫，胯下一根活物往墙上尿尿。马照本抓了一把青草拨弄黑马，立冬没好气地拉他，说："爹你看准了，这是军马！"马照本惋惜地看看黑马兵，又看看灰脸苦眉的孙花头，说："孙官人，快过来赶热窝吧，给你留着呢。"花头的腿跑软了，腰也累弯了，嗓子也喊哑了，说："马照本你别说恣腔，香油呢，你得给我冲一碗鸡蛋茶。"一扭头看见豁子半死不活地从胡同里钻出来，他又来了火气，说："人呢，豁子你个鳖鳖儿，你喊的人呢？她见天提溜着个裤子，她是不是连腰带也不想系了？叫你媳妇来和面烙饼的，她又跑哪里浪去了？"豁子哭丧着脸说："我喊了，还说了你的头都急肿了，肿得跟个牛蛋似的。她还是不听。她还是说腿疼哩腰疼哩，我再催，她就拿着绱鞋的锥子戳我。我不敢招惹她，她这几天犯邪愣了，草棒棒也碍她的眼。"

花头忽然怪腔怪调地叫起来，他看见满秋赶着黑驴，黑驴拉着拖车，拖车上放了门板，门板上铺着蒲草垫子，一了大师坐在垫子上。马刘氏跟头流水地扶着拖车，手里还举着一把蒲扇，蒲扇遮的是一了大师的头脸。一了大师的头脸一磕碰一磕碰的，好像是睡着了，又好像是躲闪着驴尾巴。花头钻出凉棚追赶，拖车要进胡同口了他喊住了满秋，说自己要跟一了大师说句话。花头是向一了大师讨教的，说："一了大师你得帮我拿捏拿捏，我给三面的队伍都烙了饼，饼都是先拿水和的面，你说他们会不会都给我记功啊？"一了大师举起一只手来，手是揪着捏着提眼皮的，提着眼皮望花头，认出是紫

龙虎戏　203

云寺庙会上唱过莲花落的，忽然地又跟黑驴说起话来，说的是："麦秸你不吃，你偏要吃谷秸棒棒，那麦秸不比谷秸软和啊？你还要尥蹶子，你怎么不想着脖子头脸是勒着缰绳的？没了脖子没了头脸倒是尥得快，你尥了蹶子又给谁看啊？看见了也不是个好看的，你须知。"话是说给黑驴听的，眼睛看的却是花头，花头又呀呀地怪叫，说："老和尚你看准了，我是孙花头，我是大里长，紫云寨的官人！"

第十六章

马家已经做好了佛龛，佛龛用的是一块杏黄色的单纸缯的布面。布面是马步正当祭火头时得的回礼，春子曾打算给儿子金猪做一床贴身小裤子的，马刘氏不舍得，没让春子铰。杏黄布张在东屋的外间西墙上，西墙上先揳进去两根木棍，伸出来的木棍上又加了一道横梁，杏黄布贴着墙又从横梁上垂下来。佛龛的下边摆的是一块白色木板，木板也拿杏黄布罩住了，上边放了香炉，香炉的两边有两个蓝花沿的海碗。一个碗里盛的是清水，碗口上压着一双筷子，另一个碗里放的是二梭的生辰八字。木板前边放了一个蒲草墩子，墩子后边靠近方柜的地方，摆了一个木匣。木匣上也放着一个碗，碗里也是盛的清水，碗口上也压着一双筷子。

满秋把一了大师抱到蒲草墩子上，一了大师从怀里掏出堂牒，双手合十捧一会儿，倒个手又放到怀里。春子和马刘氏分坐在一了大师的两边偏后一点，兰兰是自己坐在东墙根的。一了大师开始诵经，诵的是"无量寿佛"：

"佛告韦提希：欲观彼佛者，当起想念，于七宝地上，作莲华想；令其莲华，一一叶上，作百宝色；有八万四千脉，犹如天画；脉有八万四千光，了了分明，皆令得见。华叶小者，纵广二百五十由旬，如是莲华，具有八万四千叶，一一叶间，有百亿摩尼珠王以为映饰；一一摩尼珠，放千光明，其光如盖，七宝合成，遍覆地上。释迦毗楞伽宝，以为其台；此莲华台，八万金刚甄叔迦宝，梵摩尼宝，妙真珠网，以为校饰；于其台上，自然而有四柱宝幢，一一宝幢，如百千万亿须弥山，幢上宝幔，如夜摩天宫，复有五百亿微妙宝珠，以为映饰；一一宝珠，有八万四千光，一一光作八万四千异种金色，一一金色，遍其宝土，处处变化，各作异相。或为金刚台、或作真珠网、或作杂华云，于十方面，随意变现，施作佛事。是为华座想，名第七观。"

驴在门口啃门框，满秋跑过去，脱了鞋，照着驴嘴啪啪地打。驴不啃了，也不敢叫了，也不吭吭哧哧地喷响鼻了，他又退回到院子里，眼是斜着瞅东屋的，说："一街筒子人都忙着官差，咱家里一个人不去，过后让咱们摊公项，数目可得由着花头说啊。爹，我觉着把一了大师请来也是念书歌子，二梭是上了战场的，他怎么就能得好处，他怎么就能回来？"

马步正是靠着棠梨树蹲下的，腿蹲麻了又站起来，烟灰没在树上磕，他是拿半截草棒棒拨弄的。满秋又说："其实咱们用不着拦护兰兰，兰兰过门了是不假，二梭不在家，她回娘家住也是该着的……"马步正把烟袋嘴含到嘴里噗噗地吹气，一块米粒粒大的烟油吹飞了又落到地上。他说："你刚才打了驴嘴，驴嘴算我的行不？你是盼着二梭永世不回来才好，没人跟你争了抢了，也没人跟你怄气发邪愣了，多好！这管用也罢，不管用也罢，兰兰跟前总是个念想，总是个盼头。怎么，你连这也受不得？"

东屋里已经不诵经了，一了大师拿手捏着左边碗里的纸片，纸片上写的是二梭的生辰八字。捏捏又放下，手又挪到右边，先抓到手里的是筷子，筷子竖立着插到水里，松了手，筷子还是在水碗里立着。马刘氏和春子都看到了筷子站立，一时惊诧得了不得，又听见一了大师发出一声"嗻"，两个人又侧了身看兰兰。兰兰也抓起筷子，也学着一了大师往水碗里插，插下了却不能松手，松了手筷子就倒了，一连试了三回五回，还是立不住。兰兰就不松手了，她是拿双手抓着筷子的，抓着了使劲儿按，按得水碗咯吱咯吱的。一了大师要起来，马刘氏和春子紧着搀扶他，他说："新人是个心诚的，诚又化了金石声，言语再不用说了。"马刘氏又问二梭的八字里有没有凶兆，一了大师把一只手举起来，举起来托住自己的半边腮。马刘氏好像明白了，跟着说了千恩万谢的话，又打着手势让满秋灌棉油。满秋又偷着瞅爹的脸，马步正却走到门口扶拖车去了。

春子悄悄地折回到东屋门口，拿手指点着水碗让兰兰再接着试，兰兰一松手，筷子又倒了。

吃过晚饭，屋子里点了灯，灯光把屋子照大了。春子还是比画着让兰兰再试，如果筷子立住了，那就说明一了大师跟凡间人一样一样的。兰兰却离开了西墙根，碗里的水倒了，又把空碗放到厨屋里。春子打发金猪到大堂屋里睡了，回到小堂屋里跟满秋说悄悄话，说的是兰兰还是立不住筷子，筷子在一了大师手里，就跟生了根一样，手松开了，筷子还是直直地立在水碗里。末了又要说一了大师曾打过手势，是拿手托自己的脸。春子说："金猪他爹，一了大师托着自己的腮帮子往上使劲儿，你说他那是个什么说法？"满秋抓起枕头扔到地上，说："滚到一边睡去！"

第二天一早，兰兰从东屋里走出来，门是对严缝关上的，屋里的佛龛已经撤了。兰兰跟婆婆马刘氏说的是回娘家拿鞋样子，新媳妇过门后要做一个月的鞋，鞋是给婆家人做的。马刘氏不好拦她，她又说得在理，不让她出门实在想不出理由，说个不放心也不行。兰兰是洗了脸梳了头说的，她还在脸上敷了粉，额头上的刘海儿还是用蘸了水的梳子梳的，原先哭肿的眼皮拿捣烂的桃叶敷过，看上去也消了许多。兰兰还挎着一个小包袱，这也跟新媳妇回娘家没什么两样。兰兰说："爹，娘，大哥，大嫂，我想明白了，我得好好地吃饭，我得跟什么事没有一样笑嘻嘻的。兵营的人成千上万，成千上万的人一起冲杀，怎么会一定就伤到咱家的人？二梭是个有志气的，咱们都不能把他拴到裤腰带上，老爷们儿就得干大事，他干了大事之后一准儿会回来。我不吃不喝给谁看？我得该什么样是什么样，我要拿鞋样子做针线了。"

兰兰并没有回娘家，她是从胡同里绕着去的村子东北角，一直到了豁子家，她的心还是怦怦着。她是来求告白面瓜的，自己的男人发着疯地要当兵，自己却要找另一个女人诉说，这其实很让她为难。她已经看出来了，即便没有打当兵的这一节，即便没有被捆绑起来这一节，或者说，即便官道上没过队伍，日子还像往常一样，家家都安稳稳地过着春种秋收的日子，二梭也会生出别的事来，也会跟豁子媳妇缠绕着，也会干出件事来让所有的人都吃一惊。兰兰看得透亮亮的，在新女婿走进洞房的那一刻，她就明白了二梭是从心里不要她的。那个晚上，二梭一句话也没跟她说，他甚至连看也没看她一眼，她拉开被窝要睡了，他却一声不吭地走出屋子。她听到二梭关门的声音干净利落，仿佛他跟这个贴着红窗纸红喜字的屋子没有一点关系，直到他在爹和大哥的堵截下再一次回到屋里。她还听到公爹像牛一样喘着粗气，大伯哥满秋的脚步像踩在棉花绒上，把守着大门口一点声也没有，新女婿二梭就是在那样的堵截中回到的洞房。整整一个晚上，二梭都沉浸在自己的梦里，他把新媳妇兰兰关在梦门之外，蜷缩在床上还是一句话不说。

那一夜，兰兰是咬着手指哭的，她不让自己哭出声来。她明白了新女婿的心里是装了另一个女人的，只要这个女人不从他心里溜走，任何人也跑不到二梭心里去。兰兰后来还反复地回想在娘家的每一天，自己好像是听人说到过二梭的，说的是二梭跟豁子家媳妇白面瓜这样那样。没有人跟她仔细说，她也没有仔细想，那时候她钻的是牛角尖，想的是霍好秋死了自己成了寡妇，现在看，一切都是真的了。但是，她还是有些不明白，既然老宅里都知道，那大爷为什么还要把她许给二梭，难道是专要等着看她当了死寡再守活寡吗？

兰兰的心是千碎万碎的了，她只是不想再后悔，不想再埋怨大爷和三叔，也不想再埋怨心疼闺女又入了圈套的爹娘。还有，筷子在一了大师手里是听说听道的，满满一碗水盛着，筷子就立住了，临到自己了却是不能松手的。她明明知道，立住了是个福，立不住是个灾。知道了又能怎么样？还能再哭再号？还能寻死上吊？她谁也不埋怨了，她已经认命了，老天爷给她这样安排了，她埋怨又能怎么样？她只想去求另一个女人，舍着面皮求告也没什么，一个遭了嫌弃的女人，她的面皮还会值钱吗？就在想好了要见豁子媳妇的那一刻里，她就在心里跟自己说："兰兰你认了命吧，人家要肯帮你说话，人家还是你的恩人哩！"于是，兰兰轻轻地推开栅栏门，她还甜甜地叫了一声："婶子，我来串门呢。"

白面瓜从屋子里走到栅栏门，又从栅栏门回到屋子里。她的眉心里聚成一个疙瘩，手是抓着一把茅草的，抓在手里又一根一根地揪扯。兰兰打过招呼了又吃一惊，跟着又赔起小心说一句："婶子，你看我，也真是的，我串门也不知道挑个时候……"

白面瓜一眼就看出新媳妇兰兰脸上的笑是硬挤出来的，她拉了板凳，又拿手抹着板凳上的浮土，她还给兰兰舀了一瓢凉水，还要在凉水里放薄荷叶，说："说什么呢，我还有那些说道？我原本是心焦着瞎转悠的，你一来又没事了。"

兰兰紧着拦挡，说："婶子你可别忙活，我坐坐就该回去了，家里还有一摊子活儿要做。"坐下来却又没了话，只把个小包袱揽到怀里，两只手没处放似的捏捏揪揪。白面瓜也拉个板凳坐到兰兰跟前，还上下地审量兰兰，说：

"兰兰你跟我说实话，你们过喜那天夜里，二梭一定是跟你犯别扭了。是吧？你不说我也能看出来。"

兰兰摇摇头，两只手还是捏捏揪揪，还是低垂着头。后来她把头抬起来，好像是要急于分辩的，说："没有。不是你说的那样，真的婶子，二梭一点也没跟我犯别扭，他还知道疼我，他还给我舀了洗脸水……"

白面瓜吃吃地冷笑，说："兰兰你真是个傻媳妇，你连瞎话也不会编，你编个瞎话连自己也哄不住。你说二梭给你舀洗脸水？那他还是二梭吗？二梭要是给媳妇舀洗脸水，合着紫云寨的公鸡都不会打鸣了！你说吧兰兰，婶子不笑话你，二梭夜里沾你的身子了？"

兰兰哇的一下哭了，哭着还拿手撕扯自己的嘴，说："不那样俺也不嫌，毕竟找男人是过日子呢，那事有吧没吧都不当紧。可是，二梭他不搭理我，我不知道为什么啊婶子？我难受就难受在这里。你说，婶子，二梭他为什么不搭理我呀？"兰兰说着又哭，哭是咬着牙哭的，嗓子眼里憋得响响的，脸也憋得紫红，身子还一抽一抽的，两只手攥成了肉蛋蛋。

白面瓜紧着拿手拍打兰兰的后背，又掰着顺着揉搓兰兰的手，自己的眼泪也落下来了，说："别哭了兰兰，你哭得我心里难受。哟，还不是哩，受了委屈的人得哭，不哭能憋屈出病来。兰兰你放了声地哭吧，哭透了心里就敞亮了，敞亮了你再说事，我知道你是有事来的。"兰兰忽然不哭了，先是拿手在腿上掐，又把手指放到嘴里咬，掐着咬着止了泪，说："让婶子笑话了，我有什么委屈的，我这是哭的个啥呀？婶子，我好了，我什么事也没有，我坐坐就该回去了。"

兰兰就拿个泪眼看白面瓜，说了没事还是不说走，两只手还是捏捏揪揪。白面瓜张着嘴看兰兰，眼神里是等着兰兰说话的，兰兰到底还是说了。兰兰说："婶子，你先拧兰兰的嘴！兰兰来求婶子，兰兰凭什么来求婶子？婶子骂了兰兰，兰兰也是个该骂的。婶子，我惦记二梭，我想看看他，我明明知道二梭不稀罕我，我明明知道他不会见我，我还是想他，还是忍不住。婶子，你能给他送个包袱吗？包袱里有一双鞋。"

白面瓜长出一口气，没生气，没骂兰兰，也没显出别扭来。她说："亲娘哎，你到底还是说了。兰兰你不明说，我也不明说，兰兰你来找我，那我就是个大脸的。好了，什么也不说了，我立马就去找他，我给他送包袱送鞋，我还要把他的心掏出来画个兰兰，他要不听我的，我就拉着他见官！"白面瓜抓过包袱要动身，还一声连一声地打保票，还要跟兰兰起誓打赌。兰兰跪下要给白面瓜磕头，说："婶子，我身上一个钱也没有，我只有这几句空话。兰兰没脸了，求了婶子又难为了婶子……"白面瓜伸着头向外边望风，胡同里一个人也没有，她抓过兰兰的手往自己腿上按，压着声说："摸到了吧，银圆！婶子有钱吧？"

　　两个人是一前一后出的栅栏门，临到要出胡同口了，兰兰又站下，说："婶子，你见了二梭千万别说我是哭着找你的，你就说我什么事也没有，你就说我天天在家乐呵呵的。我还要回娘家拿鞋样子。我还要把爹娘伺候得好好的。"一句话又惹得白面瓜落了泪，望着兰兰的背影骂二梭，骂的是："二梭子你个狠种，二梭子你个傻熊，天底下哪里再找兰兰这样好的媳妇去？"

第十七章

　　白面瓜是顺着派饭兵的马蹄子印找的，她娘家在西庄上，她不想走西路。东边是运河，她也不想过河。想了想，捆绑二梭的官兵出了村口好像是往西南走的，她也往西南走。那天她一直跟在官兵的后边，看着二梭成了打头的，二梭走哪条路，官兵也跟着走哪条路，后来二梭在高粱地头上站住了，高粱地里先跑出来一头驴，她立刻认出驴是马家的，二梭肯定是愿意进兵营的了。

　　大约走到太阳偏西，白面瓜又看到了骑在青马上的派饭兵，她扬着手拦住了他，说："小兄弟，胡副官还在前边吗？"

　　青马兵勒住缰绳了还喘着粗气，说："你可别戳弄它啊大嫂，我这可是匹公马，这家伙欢劲儿大得很！你说胡副官，你是他的相好吧？你是给他送清凉油的吧？那你可得快着去，他的枪管子烧红了！哈哈……哎，你说的是哪个胡副官？"

　　白面瓜说："你连哪个胡副官都不知道，你还跟我啰啰半天。跟你说吧，就是手里抓根铁通条的那个，细高个儿，大嘴岔子。"

青马兵又拿腿夹紧了马肚子，拨正了马头说："我没看见铁通条，我只知道清一色的红枪管，清一色的儿马蛋子。快去吧，就在前边岗子上。记着，别往东北角跑，也别往西北角跑，那两边都是我们的敌人！"

枪炮声突然间停止了，空气中弥漫着又辣又呛的火药味，火药味掺和到浮土里，浮土贴着高粱穗子飘荡。落下来的浮土糊满了高粱叶子，糊满了谷穗子，还糊满了棉花桃子。棉花桃子变成了一个个灰白色的土铃铛，土铃铛是不出声的。看不到快落的太阳，太阳也被浮土蒙住了。浮土还遮蔽了西北角的黑云。其实，黑云已经在西北角里聚了好久了，此时正慢慢地往整个天空铺展着。

白面瓜几乎认不出胡副官了，胡副官手里没有了铁通条，他手里拿的是手枪，皮带上还挂了一个巴掌大的酒葫芦。空着的那只手一把一把地抓土，土把脸糊满了，抓掉土的脸一会儿显大一会儿显小。牙也不是白的了，嘴里也有土。胡副官噗噗地吐，吐出来的是黏条条，黏条条还挂在嘴角上。胡副官靠近着看一眼，又后退着看一眼，他说："你是紫云寨的，我认出来了。你有功啊大妹子，我得谢谢你，"

胡副官把两个谢字说得忽高忽低的，白面瓜听得不是很清，她想说"我是来找人的，你们怎么都没个人形了"。白面瓜就叫了一声胡副官，说："胡副官，我找二梭，就是你们捆绑的那个半吊子二百五。"胡副官说他现在不是副官了，他现在是上尉营长了！他说："我知道你是来找马二梭的，好，要不我刚才就说你有功嘛，要不我刚才就说谢谢你嘛。马二梭天生就是当兵的料，他根本不理会生死。大妹子，你对我们排兵布阵可能不大了解，我得跟你解释一下。我原本是要拿马二梭他们几个当掏心拳使的，不到万不得已，不到千钧一发，掏心拳就不要轻易打出去，打出去就是个胜。可是，野驴马二梭就是不听，他们几个都不听，偏要大仗小仗都往死里冲。"

胡副官忽然又笑了，说："我听说紫云寨人都是上古兵营里弄出来的杂种，杂种都是邪愣家伙。我告诉你，这个小王八犊子要是死了，那真是我们中央军的一大损失！好，我马上就领你去见他，不过，他现在已经是少尉排长了，你要喊马排长。喂，马排长，马二梭，你看看谁来了？"

白面瓜听得糊涂，又被胡副官满脸的浮土惊吓着，胡副官说的十句话里，她有七句八句没听懂，后边一句喊的是马二梭，她一下子记住了。

二梭是趴在壕沟里的，壕沟里还有十几个土脸，十几个土脸都是抱着枪打盹的，二梭还爬着往沟沿上探头探脑，还把沟里的手榴弹往沟沿上摆，摆了一大片了还摆。胡副官抓了一个坷垃砸到二梭身上，说："看到了吧，这就是我们团的新兵英雄马二梭！看到了吧，人家都打着盹等开饭呢，他等的是冲锋是厮杀。看来，我提拔他当排长太对了，原来的排长就是为了给他腾空才死的。马二梭，快把你的个野驴脸擦干净，我要给你个惊喜！"

二梭对白面瓜的突然出现表现得十分冷淡，好像根本不认识她，又好像知道她会到阵地上找他。他说："你来干什么，谁叫你来的，你当是串集头子喝胡辣汤啊？我还给你搬个凳子不？"

白面瓜怔怔地看着二梭，仅仅几天的时间，二梭就不是先前的二梭了。二梭变了，变得冷漠，变得不近情理，变得像牲口不像人了。但是，白面瓜一点也不觉着奇怪，好像她受人之托来到阵地上，就是为了听他呵斥，看他耍横的。她说："二梭，家里人惦记你，兰兰叫我……"

二梭再一次冷冷地打断了她的话，说："我不认识你，我也不管什么兰兰不兰兰。走，我现在就送你到路口，顺原路，半夜就能回到家。"

白面瓜是被二梭推着搡着离开壕沟的。他的举动让胡副官感到茫然，他明明是喜欢二梭的，但是，他也认为二梭这样对待一个好心的俊俏女人有些过分了。胡副官说："野驴马二梭！要送好好地送，有话好好地说，军人就可以冷酷无情吗？军人就可以无视一个俊俏女人的存在吗？"二梭也不答话，也不分辩，推着搡着离开阵地，他送的并不是原来的路，后来他在岗子下边的一个死角里站住了。岗子下边的死角里有一蓬半人高的沙打旺，沙打旺旁边，是稀疏的一拃多高的茅草。二梭恶狠狠地站在白面瓜面前，瞪大了眼睛望着面前的女人，他的眼睛里还闪烁着野狗一样的凶光。一双坚实的鹰爪一样的长手伸伸缩缩，先是在失了形的裤线上抓挠着，后来那双手就不知道该放哪里了。突然，那双手变成了狗爪子，狗爪子抱住了白面瓜，接着就把她扑倒在松软的沙土和稀疏的茅草地上。

阵地上的马二梭走了，紫云寨的马二梭又回来了，他还是喘着驴一样的粗气。白面瓜幸福地闭上了眼睛，白面瓜喃喃自语，说她知道二梭刚才是故意做给别人看的，二梭说狠种话恶毒话也是故意说给别人听的，二梭一说不认识她，她就知道二梭是把她刻在心里了。这个二梭刚刚离开紫云寨没几天，这个二梭不可能把她忘了，就是二梭说出来她也不会相信。白面瓜还想说很多很多的话，很多很多的话都堵在嗓子眼里，后来她实在憋得受不了了，压在她身上的男人又把手伸到腰里，解的是她的腰带。她发声狠，先拿头抵住了男人的下巴，下边的手猛地一扳一拉，扳拉的是二梭的胯骨。倒下来的二梭还是喘着驴一样的粗气，白面瓜撂起衣襟，轻轻地擦着二梭脸上的浮土，还揪了沙打旺叶子擦二梭的牙。二梭的牙成了土牙。

　　她说："二梭你知道吗，我觉着咱们分开快一年了，想想还不到半个月，你说这是怎么回事？二梭你坐起来，你别光想着解我的腰带，你别光想着脱我的裤子，咱们好好说话。刚才胡副官说你当了排长，排长是多大的官，二梭你也成军官了？他还说你是个英雄，英雄就是不怕死呗，二梭你当真不怕死？你是活够了不怕死的，还是想着当大官才不怕死的？二梭，你得给我说说。亲娘哎，什么都跟梦似的，闭闭眼是在紫云寨，睁睁眼又到了阵地上，枪炮打得不分个儿了，死的死了，没死的还是个打。不行二梭，我心里像塞了满满的一大捆茅草。哪儿是哪儿啊？谁跟谁打啊？为什么打啊？"

　　二梭揪了一束沙打旺叶子放到嘴里嚼，嚼着又吐了，喘着的粗气也不喘了，人像一下子散了架，话也说得懒懒散散。二梭说："你别听胡营长胡扯鸡巴蛋，我是什么英雄，我什么英雄也不是。"

　　二梭说："原本想着是打敌人的，打了才听说是跟西北军打的，西北军的大帅是冯玉祥，冯玉祥又跟山西的晋军联了手，后来说是东北军张学良的大部队也要开过来，三家合起来三打一，打的是中央军。按说这仗是没法打吧，打也打不赢吧，傻子也得知道少的打不过多的。对吧？可是它就怪了，东北军光是说联手，光是说出兵奔中原，人却是连个面也不照。山西晋军的大帅是阎锡山，阎锡山倒是出兵了，倒是跟冯玉祥说得天好地好，兵也排开阵势了，阵势排开却不参战。一个不照面，一个不参战，原来的三打一二打一，临到头上，真动家伙的还是一对一。中央军仗的是人多，西北军仗的是死拼。西北军也说是为民除害，中央军也说是为民除害。中央军说中原开战是要天下一统，西北军也说打败中央军就是革命的胜利。这个说那个是反动派，那个说这个是大军阀。到底谁是反动派？到底谁是大军阀？说不清也不要紧，仗你总得真打吧？要想保命就得拼命吧？他不。他就天天哄下边的兵。下边的兵哇哇地打，当官的吃了睡，睡了吃，大官小官都怕死，这能打仗啊？"

　　二梭还说："明白了吧？我还英雄？我得知道为什么打啊，可我不知道。"二梭后来还拿着手指往地上戳，还拿脚踩地上的茅草。

　　白面瓜惊诧着看二梭，她觉着二梭又不是紫云寨的二梭了，阵地上的二梭会想了也会说了。二梭的话她根本没听懂，听懂了也不会明白，但她还是跟着点头，二梭脸上露出痛苦的表情，她也在自己的脸上显出来。她还拉过二梭的手，抓到自己手里揉搓着，说："二梭，咱不说这些了，咱也不想这些了，这些话让当官的想去吧。你活着就行，你还要吃得胖胖的，还要不伤一点皮皮。二梭，你听我说，是兰兰让我来的，兰兰说她想你。她还给你做了新鞋，她还要给全家人都做新鞋。兰兰说……"

话又被二梭截断了，二梭又说了狠话，话是扔了一把茅草说的。他说："你很愿意学话是不？你很愿意跑跑是不？你不学话不跑跑就得憋死是不？她要做就做去，她做的鞋谁愿意穿谁穿，反正我不穿！"

白面瓜呆呆地看着二梭，她觉着二梭离兰兰越来越远了。二梭对不起兰兰，自己也对不起兰兰，何况自己又是说了保证话的，自己还要跟兰兰起誓打赌，赌的是自己一出面二梭就得乖乖地听话。可是，二梭不让她说话了，二梭又要伸手，二梭伸手还是要解她的裤带。她想说这可不行二梭，男人是不能贪的，零嘴吃一回吃两回，吃饱了还是个零嘴，那一天三顿饭呢，他还是要回家去吃。她想着二梭一定是贪着零嘴了，她得把他周正过来，一个人是不能靠吃零嘴过安生日子的。她还想说"把我忘了吧二梭，我只是你的零嘴，吃几口解解馋就行了，咱们都得对得起兰兰。兰兰越不说埋怨的话，我越不能逗着你"。白面瓜把想说的话都推到嘴皮上，要说了忽然又听到了隆隆的炮声，她一下子惊叫起来，说："亲娘哎，打炮了，打炮了！二梭你听听……"

头顶上果然响起轰隆声，响的不是炮弹，响的是雷。天上打雷了，天上要下雨。两个人仰起脸看天，看不见天，看见的是一道道闪电。闪电里还有风，风是从西北方向刮过来的。早看东南，晚看西北，西北起雨下一夜。二梭像狗一样跳起来，说："谁叫你来的，大雨眼看就要下，你到哪里避雨去？哎，我还得问你，刚才我解你的裤带，你怎么系了一大把死疙瘩？"

白面瓜躲闪着二梭的目光，她拉住的是二梭的手，她还把包袱按在二梭头上，说："我系死疙瘩是我愿意，等消停了我再跟你说为什么。二梭，你等我一会儿，我喘口气的工夫就回来。"

白面瓜是冲着岗子跑的，跑到胡副官的指挥部里。她说："我知道您是营长了，我还是喊您胡副官。胡副官，这是我孝敬您的，您千万得收下。"她拿出来的是两块银圆，银圆被她捂得热乎乎的，被汗溻湿的一面还能摸到水珠珠。她的举动让胡营长吃惊不小，说："大妹子，你得给我说清楚，你给我银圆是怎么回事？"白面瓜说："我原本要跟您说很多很多的，现在我只拣紧要的说吧。胡副官，我求您给我个睡觉的窝，我走不成了。我还要叫二梭陪我，你们要打夜仗时，我立马叫他上阵地。"

胡营长伸着脖子看眼前的女人，看着他就笑了，说："马二梭家里有个媳妇，媳妇是他相不中的，他相中的是你。他抡着鞭子发疯发狂，他连我都敢打，他那是叫驴杆子护窝哩。你舍着命往阵地上跑，就是为了跟情人来一场轰轰烈烈，不住一夜就回去，你不心甘，马二梭也不心甘，赶巧你又惊动了老天爷，老天爷要送给你们一场雨。那好吧，我给你们腾一间屋子，我要让你们亲热一整夜，谁搅乱我毙谁。但是你要记住，你不能把他使趴架了。还有，要是光打雷不下雨，马二梭还得给我回到战壕里！"

雨下来了，先是嗒嗒的雨点，雨点在浮土上砸出一个个泥窝窝。跟着就是哗哗的大雨，大雨把一切都罩住了。

第十八章

战斗突然间变得异常艰难。先是战壕里积满了雨水，炮弹掀起的泥土搅和到雨水里，雨水变成了泥浆。泥浆像掺了高粱面黏米面棒子面的糊涂汤，汤里漂浮着庄稼棵子，漂浮着牲口粪，漂浮着罐头盒子，还有士兵撕下来的浸着脓血的布拉条子。

战斗中的双方都熄了火，雨水暂时抵消了仇恨，原有的因情感而生的一切都被暴雨浇灭了。情感这个东西看不见摸不着，它只是因战友的死伤或者某一美好幻境的撕裂而产生。如果没有这些，敌对的双方甚至可以坐下来吸烟胡扯，可以互相打听亲戚是哪州哪县的。说到跟女人亲嘴的经历，还会互相发出会心的暧昧的微笑。其实，真正跟女人亲过嘴的士兵占不到三成，大部分士兵都很年轻，但他们也跟着做出那样的举动，也在脸上弄出极丰富的表情，仿佛那是天下最值得炫耀的资本，连嘴上刚长出一层绒毛毛的生瓜蛋子，也尽可能地显示出他的生命辉煌。战场上，这样的例子比比皆是。当然，得有个不开仗的空闲，还得是吃饱喝足了，还得是全毛全翅地活下来了，还得是催命的军官不在跟前，还得是自己的老乡自己的亲人，或者是有了情感的战友，全都活下来了。

  白面瓜没走成，她倒不是怕蹚水，阵地离紫云寨也就是一半天的路程，蹚水回去她也不怕，她没回去是因为二梭。二梭用枪托子砸伤了自己的腿梁骨，腿梁骨上鼓起鸡蛋大一个血包，血包破了皮，血水顺着裤子流到脚面上，蹲下起来都像个伤兵。白面瓜不叫二梭下床，更不让二梭站到齐腰深的泥水里，她怕战壕里的泥水沤烂了二梭的伤腿。同时，她还怀着像丝瓜瓢子一样的内疚和痛苦，那样的痛苦跟心上的某个部位有着千丝万缕的联系。昨天晚上，也就是大雨把天地搅浑了的时候，她把二梭拉到已经收拾好了床铺的屋子里。二梭还是撕扯她的裤子，还要她自己把系成死疙瘩的腰带解开，还一声连一声地紧着催她上床。她紧着抱住二梭，还把二梭的手搭到自己的肩膀上，意思是不让二梭胡乱抓挠。她还嫌二梭的性子太急了，再急也得让她把话说完。她说："二梭，二梭，你听我说……"

  白面瓜还是说的兰兰："兰兰是个苦命的，嫁了一回男人，男人不跟她合铺，当了人家几个月的媳妇，到头了还是个囫囵身子。囫囵身子的媳妇回到娘家，娘家人得说她是遭了丈夫嫌弃的，丈夫死了，她落的是被人嫌弃的名声，说是囫囵身子是绝不会有人信的。二番又嫁了个家门口的你，你也不跟她合铺，你还赌气闹着当兵。兰兰又成了活寡，她还不能跟人家说床上的事，还不能说自己依旧是囫囵身子。兰兰是含了笑求我的，我知道兰兰的笑是装出来的，一个一番二番被男人嫌弃的媳妇，还要笑着跟另一个女人说自己心里是甜的。还有，兰兰明明知道你跟我相好，知道了偏不说出来，那是什么滋味？什么人愿意尝那样的滋味？"白面瓜顿了一下，又说："二梭你一定得听我说，没下雨前你不叫我说，现在咱们又在一个屋里了，你不叫我说我也得说。二梭，你答应我，你只要答应跟兰兰好，你只要答应上兰兰的身子，我立马就解腰带，我自己系的死疙瘩我自己解，我一解就解开。行不二梭？"说了还看着二梭的眼睛，二梭从床上跳到地上，抓起枪托砸到自己的腿梁骨上。

  白面瓜蹚着水跑下岗子，她在岗子下边的棉花地边上撸了满满两把剌剌菜，伏天的剌剌菜已经老了，她撸的是顶尖上的嫩叶，但是，她的手还是被刺刺菜的齿牙扎破了。她把刺刺菜洗净，又把刺刺菜放到炮弹壳里，又抓了手榴弹捣烂，捣得黏糊糊的。她把捣烂了的刺刺菜敷到二梭的伤口上，说："二梭你傻不傻啊，你叫我说你什么好？你光知道心里装个我，光记着当初说的跟我好了就不跟别的女人好。可是，二梭，兰兰是你媳妇啊，你跟她好是天配地配，你跟我好算个什么呀？咱们好了又能怎么样？我是露水，我是零嘴。露水能经得住晒啊，零嘴能吃一辈子啊？"流着绿汁水的膏药一样的刺刺菜糊好了，她又从裆子上撕下一块布条子来缠裹上，她还不让二梭放下裤子，末了她还是望着二梭的眼睛。二梭长出一口气，说："你把得才他们几个喊过来吧，估计一时半会儿开不了仗。"

不大会儿，紫云寨的几个人都来了，走在后边的是麻五，麻五看见白面瓜先是张大了嘴巴，没说出话来就进了屋，进屋先看的还是床。得才看的也是床，床上摆着两个枕头，其中一个是拿茅草和谷棵子捆绑的。他们的眼神让白面瓜有些不自在，但她很快又被见到村里人的欢快弄得兴奋起来。她说："你们几个是怎么想的，我觉着就跟好几年没见过一样？得才，你耳朵破了，这下子不用銮爷拉你到集上去了，你自己就成了个叫街的。黑豆长个儿了，你们看黑豆比没当兵前胖了吧？我万万没想到麻五也当了兵。月娥少奶奶也舍得叫你来，我想也不敢想。真的麻五……"

几个人都呆呆地望着她，他们不知道白面瓜为什么来到阵地上，更想不到二梭有了媳妇还跟白面瓜合铺。二梭哼哼着打断她的话，说："你上辈子是哑巴托生的啊，我叫你喊他们过来是要说话的，到底该不该跟西北军打仗，打是怎么个打法，结果话都叫你一个人说了。你的脸大脸白，你找胡营长给我们要一坛子酒吧，我这一会儿想喝酒了。"几个人又看二梭，二梭是板着脸说的，话里还带着蒺藜刺。奇怪的是白面瓜一点也不生气，她忽闪着长长的睫毛看二梭，看着又笑了，说："你们看看，二梭像不像个军官？二梭当了排长就会支使人了，我本来是赶雨天隔到这里了，他见了我就咋咋呼呼，支使得我脚不沾地。你们几个要当就当胡副官那样的，也支使他个脚不沾地。亲娘哎，二梭成活阎王了！不说了不说了，你们等着，我真敢跟胡副官要酒去！"

白面瓜没要来酒，她根本没走到指挥部，一发炮弹突然落到战壕里，爆炸掀起来的泥水扑到岗子上，岗子上像发了洪水。大约烙两张油盐饼的工夫，爆炸停止了，阵地上反倒出现了死一般的寂静，静得叫人不敢喘气。接着就是命令下来了，命令是胡营长下的，他说："西北军要冲锋了，所有的人都进入阵地，我们的阵地要变成敌人的坟墓！"

对面果然发起了冲锋，先是刮风一样的子弹卷过来，跟着就是喊杀声，喊的是什么听不清，听到的是惊了栏的牲口一样的嚷嚷。士兵又回到战壕里，战壕里的泥水退下去了，留在战壕里的是滑溜溜黏糊糊的泥浆。中央军开始打的是反冲锋，阵地又往前延伸了不少，延伸的阵地上又挖了新战壕。双方交替着冲锋，都想紧着把对方吃掉，双方争的就是大水退下去的茬口，仿佛错过这一会儿就要吃天大的亏。死亡越来越近了，伤亡的人数也越来越多，断了胳膊腿的伤兵哇哇地怪叫。战地医护人员把自己弄得跟伤病员一样了，他们像迷了路一样，这里扑一阵子那里扑一阵子。后来他们哪里也不跑了，所有的医护人员都退回到战地医院里，抬过来的伤兵在院子里挨号，没人抬的就在阵地上鬼哭狼嚎，还有骂的。爬不动的伤兵拿着枪瞄准战地医院，意思是要活都活要死都死。

临近吃晌午饭的时候，太阳曾经露出来一会儿，接着又被黑的白的云彩遮蔽了。云是浮云，雨是不会下了，天气却是死沉沉的闷热，整个大平原变成了一口锅。洼地里，庄稼棵子上，还有长满茅草的地埂上，满地里都有水汽。蒸发出来的水汽跟刚掀开锅盖冒出的又热又闷的蒸气一样，堵噎着士兵的喉咙，每个士兵都像被掐住了脖子。双方相比较，西北军那边的士气明显地压过中央军，因为西北军的枪声一直没歇过气。还有，西北军突然抢占了一大片坟地，坟地的地势明显地高出庄稼地。有一挺机枪是躲在一个明墓的砖洞里射击的，明墓的位置又正好压住了中央军的扇子面，许多士兵就是被那挺机枪打死的。双方都明白了，谁控制了机枪阵地，谁就掌握了进攻的主动权，而掌握主动权就能活着。

营部接到吃掉西北军机枪阵地的命令。

胡营长弓着腰跑出指挥部，快到庙门口时他把手枪抓到手里，咔嚓张开了机头，后边还跟着一个端着碗的警卫。把守庙门口的通信兵向他敬礼，他拨拉开通信兵，话是冲着屋里的人说的。他说："怎么样弟兄们，吃饱喝足了吧？那好，你们立功受奖的机会到了！"在枪声稀疏下来的间隙里，胡营长又下了一道奇怪的命令，命令是下给马二梭的，他让二梭把紫云寨的另外三个人全弄到岗子上的破庙里。过了一会儿，他抱过来一箱罐头，口袋里还塞了一瓶酒，还让通信兵把住门口，不许任何人干扰他们吃喝，当然也不许他们乱动。

黑豆撬开罐头，挖了满满一嘴肉，咽着说："不对啊，不是追膘养肥猪的时候啊？"得才喝一口酒看二梭，说："养肥猪？想着哩。前边打得血糊淋拉的，这里却叫咱们又吃又喝。知道汉刘邦去的鸿门宴不，吃了喝了再说事。你说呢二梭？"二梭说："不当饿死鬼就行，什么也别管！"麻五瞅一眼把门的通信兵，低下头一句话没说。

破庙里的四个人站起来看着胡营长，胡营长低着头看地上，地上扔着一堆空罐头盒子。他又直起腰挨个儿看人，看到马二梭时，他就笑了，笑着拿手捏了捏二梭的腮帮，还在麻五肩膀上揪下一只蚂蝗。最后看的是黑豆和得才，脸上的笑就没了，说："我听说你们这里边还有两条青龙，好，太好了。紫云寨是杂种窝，杂种窝里的男人都是青龙！东青龙，西白虎。西北军是顺着西边太行山过来的，他们就是白虎。自古青龙压白虎。我刚才让你们退下来，还让你们又吃又喝，就是为了使用霹雳掌的，现在时机到了。马二梭，我命令你为青龙敢死队队长，半个小时之内，必须给我拿下对面的机枪阵地！"

胡营长冲着门口招手，端着碗的警卫走进去，碗里盛的是颜色水，颜色水是天青色的。警卫把一只手伸到碗里抓颜色，抓着往四个人脸上抹，先抹的是二梭，最后抹的是麻五，抹到麻五时他咬住嘴唇不敢笑出声来。麻五说："我脸上吃色，你把碗给我，我自己抹吧。"

四个人的身上挂满了手榴弹，怀里抱着的是炸药包，后背上绑的也是炸药包。走出庙门时，四个人都变成了彪形大汉。二梭又看到了白面瓜，白面瓜手里还抓着两把洗净了的地梨，这使他十分生气，奔过去要拿脚踢她。二梭说："你怎么还没回去，我们打仗你跟着掺和什么，住上瘾了是吧？滚！"白面瓜弄出一脸的委屈样，说："我原本是要走的，胡副官非要我留下来看你们当英雄，胡副官还要我回去学学你们是怎么当英雄的。哎，你们怎么都把脸糊成青萝卜了，这有什么讲究？"胡营长举起了手枪，摆出一个冲锋的姿势，二梭拧着脖子又朝白面瓜瞪了一眼，恶狠狠地又说："等着，回来我揍你个四脚爬！"

中央军的阵地上枪声大作，子弹比任何一次都密集，所有的人都知道，这是用来掩护青龙敢死队的。四个人先是串成蚰蜒串爬，爬到一少半距离时，对面机枪阵地上的人发现了他们，跟着就是一阵子贴地皮扫射。四个人改变了队形,由头脚串串改成两人并排,后排以手榴弹掩护前排,接着前排在原地掩护。但是,当青龙敢死队运行到距离高大的明墓机枪阵地还有一百多米时,他们无论如何也没法前进了。手榴弹几乎没起多大作用,趴着投出的手榴弹只能带来烟雾,他们也想借着烟雾前进,但坟地上突然间又多了两个暗火力点,两个暗火力点打横扫射,而明墓里边的重机枪完全可以不理会他们。后边跟过来的连队被压得抬不起头来,掀掉脑盖骨的士兵连一声哼哼也没发出来就死了。更让二梭恼怒的是,得才和黑豆也挂了彩,他自己腿梁骨上的伤口还疼得厉害。还有,四个人身上只有五颗手榴弹了。

四个人趴到一个弹坑里,弹坑离坟地已经很近了,坟墓里有人尿尿,尿是滋在砖墙上的。二梭拿手指指南北两个火力点,又示意麻五把剩下的三颗手榴弹分给得才和黑豆,他哑着嗓子说:"咱们四个人分到三下里,得才你对付南边的,黑豆你对付北边的,我和五哥炸正中间的明墓机枪。我把话挑明,谁爱生什么法生什么法,炸不掉机枪就把自己炸死!"

得才和黑豆爬出弹坑,二梭从身子底下拉出炸药包,说:"看出来了吗五哥,咱俩得先死一个,不死一个就别想完成任务。你留在这里别动,我带着炸药包往前爬,爬得不能爬了我就炸。记着,我只要一炸,你立马趁劲儿把炸药包送上去。记着,炸药包一冒烟你就打着滚闪开!"

麻五摇着头拉住了二梭,他说:"兄弟,咱们本来是一个老祖宗,你喊我五哥是应该的,那我就以大充大了。你别嫌我啰唆,你到现在还不知道我为什么要当兵,我不想当兵,是小舅子侯登仓逼着我来的,他还是想着夺回老宅里的官地。现在你听五哥一句话。我不想办屙血的肮脏事就夺不回官地,要想夺回官地还得再办屙血的肮脏事。我不想再活着回紫云寨了,我得当一回英雄,我得让三个儿女亮了声地哭爹。我成不了事,他们要哭爹,我那个小舅子也不会叫他们哭。你不能死知道不,你有个媳妇,还有个相好的。你还没有儿女,你死不起。你明白了就得听我的,我要上去了,二梭兄弟!"

麻五是拿脚踩到二梭腿上爬出弹坑的,爬出弹坑撕开了褂子,然后他嗷嗷地大喊,喊的是:"憨孙羔子你们听着,你五爷就是紫云寨的青龙,青龙要降白虎了!"他喊着喊着不骂了,一串子弹打掉了他的下巴骨,舌头被烧红的子弹烤熟了。就在脑袋也跟着要熟的时候,他拉响了炸药包,爆炸声震荡着大平原,大平原像马背一样起伏着。二梭就是趁着那股子烟火扑上去的,他把炸药包整个儿塞进坟墓里。南北两个火力点也同时爆炸了，三股火柱冲天而起，接着就把头顶上的太阳熔化了。

中央军阵地上响起呐喊声，呐喊声里还有胡营长的呼叫，呼叫的是："青龙死了，我们要报仇！我们要杀白虎！"

白面瓜是抓着满满两把地梨跑下岗子的，跑着跑着她就栽倒了，洗净的地梨在烂泥窝里翻滚……

第十九章

过了处暑节气，热还是热，潮气比伏天小了许多。处暑三天遍地红，红的是高粱穗，高粱穗泛了红米，高粱叶子也挂了锈，地里的高粱就等着砍倒收获了。接着该收的是黍米、谷子和大豆，还有零零星星的小杂粮。这个季节对庄稼人来说是盼来的，盼来一个秋，一秋撑半年。因此，紫云寨的女人都顾不上串门了，她们要忙着缝补装粮食的布袋，还要给老爷们儿缝补砍高粱时穿的长袖褂子和长腿裤子。老爷们儿从墙上摘下板镢，先是打磨，跟着再看是不是有裂纹断把的。掏空了粮食的空囤也要动手修整，修整是拿掺了麦糠的黏土糊一遍里子，被老鼠咬穿窟窿的，还要砍了木楔堵塞住。家里孩子多的，孩子还会被大人差到河套里采蘑菇。孩子采的是芦苇菇，芦苇菇跟大人的手指肚差不多，颜色是米黄色的，长到要老死时，颜色也会跟土色一样。蘑菇采回来先拿开水焯了，控净水摊到芦苇席上晾干，晒干了收起来，放一个秋天也不会长毛生虫，只是要吃时得先放水里浸泡。街上见不到孩子了，牛羊也都入了圈。还有，天上飘的是蚊帐一样的白浮云，风是来一阵走一阵的，这都是要收秋的征兆。

马家院子里有一棵枣树，枣树长在东屋的北山墙根，树头罩住半个山墙顶，小东屋像女人头上多了一蓬刘海儿。七月十五枣红腚，八月十五打个净。处暑一过，原先白生生的枣有了红点，红是先红的蒂根部位，这就是庄稼人说的枣红腔了。院子正中的棠梨还没熟透，没熟透的棠梨是涩的，不好看也不好吃。马家这两棵棠梨树，每年都结得不少，只是吃起来不壮嘴，吃到嘴里还没有吐核的工夫大。马刘氏用它晒酱，单等着棠梨熟透了，捣烂以后放锅里煮，煮熟了用箅子算出核来，再掺上点豆面，撒了盐，搅匀了盛到缸里，晒一个秋天，入了冬下了雪再吃，能吃到第二年的麦口。只不过是，棠梨酱天天吃，嘴里会出酸溜溜的味道，打个嗝也是酸的，有时候还会流酸水。这都是过日子人家的算计，能当菜，能把干粮哄到肚子里就行了。但是，马家要泡醉枣，却是兰兰先说出来的。

兰兰想找个酒坛子，扒拉了几个地方都没找到，最后腾出来的是腌咸菜的小口瓮，洗刷得没有咸菜味了又放到篱笆上控水。她还围着枣树铺了芦苇席，还在席上铺了一床褥子，说是磕破皮的枣就不经放了。后来她爬到东屋顶上，说："娘，我要够枣了。"

马刘氏显得很高兴，好像她从枣树发芽那天就想到了泡醉枣，事实是她压根儿就没想过。枣树身子比擀面杖粗不了多少，挂枣也就是这两三年的事，等到枣红了打下来，又大多被马蜂咬破了皮。第一年，她挑拣着好的蒸了一锅枣窝窝，第二年结的多些，她摊到窗户台上晒，没等晒干就被孙子金猪吃得光剩了核。但是，兰兰一说到泡醉枣，她随口就说了一句："那敢情好，还经放，还好吃。"其实她一次醉枣也没吃过，见到泡醉枣的人家，还是几十年前在娘家当闺女的时候。她是顺着兰兰的意来的，兰兰想做的事，她都会应承着，兰兰不说话光坐着时，她还会有一搭没一搭地点拨着兰兰说话，还会东抓抓西找找蹅摸着让兰兰做事。兰兰有事做了，有话说了，她心里会宽敞许多。她知道自己是在扮演儿子的角色，二梭子一头钻进兵营里，兰兰一个人睡空床是苦的。兰兰还要泡醉枣，醉枣能长年地放着，什么时候吃都跟刚打下来的一样。泡了醉枣放着，兰兰是给丈夫二梭泡的。

兰兰爬上屋顶，从屋顶上望村子，村子就像一锅窝窝头，窝窝头有高粱面的，有掺了豆面的，也有掺了菜叶子的。院子也就有的大些，有的小些，有的院子里起着柴火垛，有的院子里空荡荡的。空荡荡的院子里有说话声，说话声是从屋子里飘出来的，说话的人也许坐在床上，也许躺在屋地的芦苇席上。兰兰还看见豌豆从窗户棂里扯出来一根绳，绳子缠绕在自己的脑门上，他在院子剁猪草，两只手都占着，脑门子是空下来的。绳子那头连着房梁上吊下来的簸箕，他的头一低一抬，绳子跟着一松一紧，那一头的簸箕就跟着一忽闪一忽闪。豌豆是怕他爹热着,生出个法来还不耽误自己干活儿。兰兰从豌豆身上想到了黑豆,再往下就不敢想了,她就把视线扭转了,转着头望的是东北角的栅栏。

豁子在院子里扒大粪,大粪从茅厕里扒出来,又一铁锨一铁锨地往大粪里掺河泥。河泥是从运河湾里挖来的黑烂泥,黑烂泥掺到大粪里,搅和匀了再堆起来,黑烂泥也成了大粪。豁子是靠大粪活着的,他一年四季扛着粪箕子拾粪,拾不着大粪就拾牲口粪,有时候连羊屎蛋子也收到粪箕子里,反正最后还要过一遍手,倒过手再卖,卖的还是大粪。豁子家的地还不到二亩,豁子拿大粪换粮食,粮食吃了再变成大粪,豁子就长年地跟粪打交道。大粪溅到豁子手上脸上,豁子拿手擦脸,擦了脸听动静。街上没动静,豁子又埋头干活儿,汗水把衣服洇湿了,汗水干的地方出了汗碱,汗碱一圈子一道子,豁子像穿了花衣服。穿着花衣服的豁子回到屋里拿饭吃,拿的是剩窝窝头,剩窝窝头一啃一个白印。兰兰就把脑袋垂下来了,她知道白面瓜还没回来。

已经八九天了,白面瓜还没回来。去时她说过一天就可以打来回的,白面瓜还要跟兰兰打赌。她说的是:"我要扳不过来二梭子的心,回来你把我剥了,剁成馅包包子吃了。"她扒着院墙望着走出村子的白面瓜,白面瓜是把包袱挎在胳膊弯里的,一直望到路上看不见人影了,她才揪着一颗心回到东屋里,一整天她的心都是揪揪着。天到晌午了,街上响起催饭的马蹄声,马蹄声消失了,太阳落下来,夜影子罩住了村子。她借着到胡同里抱柴火的缘由,贴着墙根又去了豁子家,豁子看见她说:"兰兰,你知道俺那家子去了哪里吗?你说她得是个属兔子的吧,眨个眼你就别想再见她的影子。哎,兰兰,我记得你来找过她?"兰兰再不敢去豁子家了,她把自己关到屋里纳鞋底,明明知道自己是说过不牵挂老爷们儿的,话说了却管不住自己的心,心里要想七想八,她连自己的心也管不住。她还把蒸窝窝的面和成了糊涂汤汤,半盆面里差不多添了半盆水,春子呀呀地咋呼着看她,说:"新媳妇,你要叫一家人都喝成大肚子蛤蟆啊!"马刘氏拿手指甲掐春子,说:"是我叫他二婶子和面的,我就是想喝糊涂汤汤,你想吃干的啃墙头去!"兰兰那一会儿钻灶坑的心都有,脸上是呼呼地冒火,两汪泪聚着硬硬地不哭。

兰兰哭出声来是在前天夜里,那天夜里她做了一个怪梦。梦里的二梭血头血脸,她要给他包扎,手伸出去又找不到二梭了,揉了眼再看,二梭还是血头血脸,还是躺在烂泥窝里,还是汩汩地冒血。她大叫着扑过去,拿头顶住血窟窿，血窟窿冰冰的凉。等她再醒来时，听见婆婆在门外喊她，她一下子哭出了声。她说："娘，娘，二梭死了，血汩汩的，堵也堵不住……"

天没亮马刘氏又去了紫云寺，推开山门时她腿软得站不住。一了大师还是先念的《般若波罗蜜多心经》：

观自在菩萨，行深般若波罗蜜多时，照见五蕴皆空，度一切苦厄。舍利子，色不异空，空不异色，色即是空，空即是色，受想行识，亦复如是。舍利子，是诸法空相，不生不灭，不垢不净，不增不减。是故空中无色，无受想行识，无眼耳鼻舌身意，无色声香味触法，无眼界，乃至无意识界，无无明，亦无无明尽，乃至无老死，亦无老死尽。无苦集灭道，无智亦无得，以无所得故。菩提萨埵，依般若波罗蜜多故，心无挂碍，无挂碍故，无有恐怖，远离颠倒梦想，究竟涅槃。三世诸佛，依般若波罗蜜多故，得阿耨多罗三藐三菩提。故知般若波罗蜜多是大神咒，是大明咒，是无上咒，是无等等咒，能除一切苦，真实不虚。故说般若波罗蜜多咒，即说咒曰：揭谛揭谛，波罗揭谛，波罗僧揭谛，菩提萨婆诃。

一了大师还让马刘氏跟他一块儿诵经，马刘氏念得颠三倒四，记住的是"不生不灭，不垢不净，不增不减"。撇开一了大师，自己一声连一声地念这几句，念着又问一了大师，一了大师说："这就是了。"马刘氏又问："大师是说二梭还是个平安的？"一了大师又说了一句："这就是了。"马刘氏回来跟兰兰学话，先说了诵经一节，兰兰听不懂，马刘氏就抓住了兰兰的手，说："好孩子，你只想着梦是反的……"

到了第十三天的中午，三家派饭的只来了一家，来的是两匹马，青马兵后边还跟着一个挎皮包的，挎皮包的骑的是一匹生了黄毛红毛的花斑马。青马兵先围着饭棚转了一圈，没下马喝水，也没到树荫凉儿里歇息，他是冲着花头呼喊的，喊得声音亮亮的。

花头乐得颠颠的，想着青马兵曾经说过给他嘉奖的话，青马兵果然带来了一个挎包，包里兴许装的是银圆。花头说："军爷军爷，今天您两位说什么也得到寒舍一坐，我还得给您冲两碗鸡蛋茶，还要多洒香油。鸡蛋茶喝了败火，还滋润嗓子。"花马兵上下地打量花头，看着还绕到花头身子后边，还是上下地打量，看着像看牲口的肥瘦蹄腿。花头还是乐得颠颠的，也跟着

龙虎戏

转圈子,青马兵就把马鞭子搭到他头上,指名道姓说的是要找麻五的家人。花头有些糊涂,说:"军爷军爷,您说要找麻五是吧,您怎么想着找他?他是个半拉子货,他一根硬邦邦的整屌让人家揉搓成面条条了,面条子屌一尿就把裤子尿湿。军爷您是不知道,麻五个鳖犊子可把紫云寨坑苦了……"

青马兵的手举起来,鞭梢子缠绕在花头的头上,花头觉着鞭梢子带回来一股子凉风。他拿手摸头,头上的帽壳子没有了,凉风是贴着头皮冒出来的,随着凉风旋起的还有一股子腥烘烘的黏水水。青马兵说:"你再敢胡嗄一句,我把你的疤瘌头拧下来!快,带我们到他家去!"

花头无论怎么想也想不明白,想到的一条还是多年前的当街开战,认定这是中央军要找后账了。不过,当初开战的时候中央军还没过来,中央军二番找碴儿,一定是麻五戳着佛爷腚了,犯的就是国法。国法比军法还大。跑了和尚跑不了庙,人家又找到紫云寨来,麻五又有好果子吃了,说不定敢把他的两个蛋丸子也挤出来,挤出来就干净净地骟了,骟了就是太监了!花头说:"军爷军爷,敢情你们是找麻五啊,我闭着眼也能摸到他家,他钻进老鼠窟窿里我也能把他扒出来。你们擎好吧!"

但是,花头仍旧无法想到麻五已经当了英雄,他连麻五是什么时候去的兵营都忘掉了,也许原来是记着的。他就在心里骂,麻五个烂裤裆这是被窝里放屁,连个声响也不让外人听见,忽然想起自己找白面瓜要银圆的时候好像听说了麻五离家那一节。花头看见青马兵花马兵离老远就下了马,还把头低下来,把脸上弄得板板正正的,一看就知道两个兵是带着敬意的。花头再不敢笑,也跟着低了头,拿手指的是水湾西边的红漆门楼,指着又忍不住惊奇,只好拿手捏自己的嘴。花头紧走几步打门,打着喊:"侯姑奶奶,麻五成英雄了,你得出来接銮驾啊。不,不是接銮驾,是接旨!"

先跑出来的是三胞胎兄妹,得田是夹在金巧金芝中间的,三兄妹身后跟着侯月娥。侯月娥说:"叫你们洗脸呢都不洗,都成画眉脸了怎么接英雄爹?闪开,闪开,你们得叫我先说话,知道不?"侯月娥从门缝里望外边,看见的是四条打着裹布条的长腿,拉开门了脸上还是笑的。

青马兵花马兵站直了又后退一步,咔嚓行的是军礼。两个兵是同时说的话,说的是:"向英雄的妻子致敬!"青马兵敬过礼闪开半步,花马兵打开的是挎包,从挎包里掏出来的是一张烈士证书,还有一个比扣子大的圆牌牌,圆牌牌上还系着黄布条。花马兵双手捧着要侯月娥接,上半身还是弯着的,两条腿却是绷绷直。侯月娥嘎嘎地笑,还把脸笑红了,说:"这个五麻子还怪会弄景景哩,自己不回来,倒学会指派别人了。我说,你们怎么还听他的,又不是千斤万斤,他自己带不来呀,当个英雄就学会偷懒了?"她笑着就怔住了,看着两个兵的脸上板正正的没个欢乐样,止不住打个寒战,又说:"你们……莫不是他爹出闪失了?"

花马兵说:"请英雄的妻子节哀吧,麻五同志的英雄事迹将激励我们全体将士奋勇杀敌!"

青马兵说:"麻夫人再见吧!"

侯月娥还是追着问,花头一下子跳起来,说:"你是真傻还是假傻,叫你节哀就是叫你哭哩,你怎么还问?哭吧,哭吧,麻五死了!哎,麻五是什么时候进的兵营,我怎么一点也不知道啊?这么说他离开家当真去的是兵营啊?"

花头返回身往当街跑,跑着朝饭棚招手,嘴里还哇啦哇啦地呼叫,呼叫的是麻五偷着当兵,刚到阵地上就叫炮弹崩了,崩得血糊淋拉的看不见脸了。裤裆也炸烂了,两个蛋丸子也炸烂了,烂得跟稀溜柿子一样。后来他还想拿手比画,青马兵的马鞭子又抽到了他的头上,这回抽的是回马鞭,抽下去打个旋儿再猛一拉,一个血葫芦瓢就成形了。花头头上原本是露着疤癞斑点的,斑点上又渗出血珠珠,血珠珠流下来挂在脸上,花头的脸也成花的了。青马兵说:"我终于闹明白了,从中原大战开战那天起,你他爷爷个孙的就一直在吃着三面疙渣。冯玉祥西北军的饭你也派,阎锡山晋军的饭你也派,蒋委员长中央军的饭你也派,人家是脚踏两只船,你是三只船上都搭手,你还想着三面都得着。好叫你一个人得?你大概没想到我们中央军会一统天下吧?爷爷个孙的,要是外国列强打进来,你个鳖犊子就是铁杆的汉奸!像你这种民国败类还能当里长?啊呸!"

青马兵最后说的是饭,说他要感谢紫云寨的老百姓,还说饭是最后一顿了,有多少拿多少。还说他知道这里一直供应着三面的派饭,什么时候只看见中央军来派饭,那就是天下一统了。花马兵是接着青马兵的话头说的,但是他没拿马鞭子抽打花头,他是骑在马上踢的脚,一脚踢在花头的腰里,花头一下子就扑倒了。花马兵说:"紫云寨是英雄的家乡,中央国民政府会永远地记着紫云寨的名字。麻五死了,他是英雄,英雄是千秋不朽的。老乡们,再见了!"

饭棚里的饼都装到包袱里，包袱挂到马身上，马嘶鸣着出了村子。春子大跑着回家，进家就喊，喊是带着失魂的声，喊的是："了不得了，了不得了，麻五死了！你说他还偷着当兵，他都那样了还偷着当兵，他这不是死催的啊？咱家的人我也问了，人家是死活不知，你说急死个人不！"春子呼喊着要找兰兰，兰兰扑通摔倒了，她原本是要往窗台上放醉枣甏的，醉枣甏掉下来摔烂了，泡了酒的鲜枣滚了一院子。

大约一个半月之后，白面瓜回来了，她是坐着马车来的。村头上的人先看见的是马车，马车的前怀里鼓起一个紫红色的圆蘑菇，谁也没有想到那会是一把张开的伞，谁也没有想到伞盖里盖着的是白面瓜。马车上装的是炮弹壳，还有两个跟锅盖差不多大的黑黢黢的铁轮子，还有几个长了绿锈的炮弹皮。车把式喝住牲口，伸了手要搀扶白面瓜，说："到家了姑奶奶，您老人家能动动腿脚不？"又扭着头跟张望的人说："她说了个有身孕，上了车就成奶奶了。你们可都看见了，我是连一指头也不敢碰她的，你说她大晴天还打着个洋玩意儿。"有人认出赶马车的是镇上货栈的伙计，紧着问他战事到底什么样了，车把式拿鼻子哼哼，又说："你们还不知道啊，仗早打完了，死人都埋了，满地里光剩下破铜烂铁了。闪开闪开，紫云寨的姑奶奶要下车了！"

紫云寨人第一次知道了那玩意儿也叫个伞，他们光知道下雨天撑伞，原来日头底下也是可以撑伞的。撑起的伞用来挡日头，挡日头的圆蓬蓬也叫个伞。但现在早已经过了白露节气，日头晒着也不热了，还有，伞盖忽闪忽闪的，也不挡风。白面瓜打着伞往家走，许多人都想看见她的脸，脸没看到，光看见她的脖颈儿更白了，肚子倒没看出鼓多大。

龙虎戏

下 部

运河湾里的民谣:

石头沉,棉花轻,空心灯草能点灯,钉子钻石硬邦邦。葫芦头,中间空,舌头磨牙不出声。

第一章

　　有一年秋天，运河湾里发过一次莫名其妙的洪水，而先前的征兆是谁也不曾留心的。

　　先是铺天盖地的黑老鸹扑到运河湾里，它们用不很坚硬也不很锐利的嘴巴捉食地上的昆虫，包括草丛里隐藏的枝叶上蹦跳的。跟着又不分长幼不分雌雄地在某一个瞬间里一起用目光示意，瞬间的示意过后，它们的嘴巴就一起进攻地下。它们双腿岔开，双翅夹紧，弯成钩状的嘴巴把松软的土壤如箅发一样翻耕了一遍，于是，所有的蝼蛄蛴螬钻心虫都被它们吞进嗉囊。

　　第三天，大雨倾天倒下，接着就发了西南水，水头比杨树梢子还高。

　　洪水包围了运河湾里的所有村子，寨墙倒塌的声音比打雷还响，所有的人都等着死了。村子里忽然来了一个白胡子老头，他站在一口倒扣着的锅底上说话了，话说的是村子的人作孽惹恼了龙王，作孽的人不死，一村的人都得死。白胡子老头说得清亮亮的，说了往人群里看，看着让那个作孽的人自己站出来。所有的人都躲闪着白胡子老头的目光。所有的人都看别人，看哪个都像作过孽的。这时候，一个叫灯娃的大闺女走到白胡子老头跟前，她拿手梳理着头发，还在辫子上系了一根红绳。她说："我作过孽，叫我跟龙王爷赔罪去吧。"灯娃说着上了寨墙，上了寨墙就往水里跳。

　　洪水眨眼不见了，高粱棵子又齐整整地站起来，退了水的洼地里还留下了鱼虾，还有挤疙瘩滚蛋蛋的泥鳅。地里的泥土黑油油的亮，还喧腾，高粱叶子比蒲扇还大，高粱秆子吱哇吱哇地长。到了高粱抽穗扬花时，死过一回的灯娃突然间又回来了，原先一脸的紫斑没有了，鼻子也不塌塌了，眼睛也大了，辫子也粗了。脸是雪花一样的白，还嫩生，还鲜亮。她身边还跟着一个英英武武的小伙子，小伙子是她男人，给她背着包袱，过沟迈槛时，还伸了手搀扶她。村子里的人都惊得愣愣的，明明看着她被水头卷走了，明明看着她在洪水里一会儿露出头发梢一会儿露出手指头。还有，她还俊俏了，她还有了个般般配配的好女婿。村子里的人这才明白了灯娃是冤枉的，她没作过孽，她只是长得难看，她根本不是那个作过孽的人。她是替那个作过孽的人死的，龙王没叫她死，还给了她一个好女婿，还叫她变俊俏了。

这是很多很多年前的传说，传说一直传下来，兰兰从记事那天起就听说过这个传说，不过，那时候她不会往自己身上想。兰兰现在往自己身上想了，她觉着自己也是冤枉的，自己连灯娃也不如。

白面瓜回到村子的时候，她是关着门做袜子的。新媳妇该做的鞋她早就做完了，还有大姑姐秀秀一家四口的，她也做了。新媳妇过门之后，第二天是回门，回门是回的娘家，回娘家的时候女婿也要一块儿去，这里的人也叫暖女婿。兰兰是按二婚头进的马家门，回门得排在第三天。新媳妇在娘家当闺女，闺女再娇惯再稀罕也白搭，这是礼数，礼数上二婚头是被轻看的。侯家老宅里没等到暖女婿，侯登榜的一桌子酒菜算是白张罗了，好在预先买好的老母鸡没在头一天杀，二梭排在伤兵的前列走出村子的时候，等待宰杀的老母鸡还下了一个双黄蛋。二梭头也不回地走了，连岳父家的院门望也不望一眼就走了，侯登榜抓起鸡蛋摔了。回门的只有兰兰一个人，兰兰把自己藏在住过的小屋里蒙头昏睡，母亲侯黄氏专为她做的白面叶子，汤水里还多滴了香油，还荷包了两个鸡蛋，拿筷子搅着喊闺女起来吃饭。兰兰不起也不说话，侯登榜把侯黄氏拨拉开，又调了一碟香椿芽拌苇笋，自己拿托盘托着，掀着窗户扇往里送。兰兰还是不起来，还是不说话，侯登榜就哭了，哭是拧着自己的嘴哭的。到了下半晌，兰兰自己起来了，开门看见爹软绵绵地坐在窗户下边的地上，托盘放在盘着的腿上，两只胳膊圈起来护住托盘，头是垂着的，拧肿了的嘴唇跟下巴连在了一起。

兰兰扑通跪在侯登榜跟前，跪着把那碗调了香油的面叶子喝了，一碟子香椿芽拌苇笋也吃得净净光。侯登榜跟侯黄氏使眼色，侯黄氏紧着进屋把闺女踢蹬乱了的被褥抱出去，又从箱子里拿出一床新铺盖，意思是要闺女住下不走的。兰兰后来还是回了婆家，走时还收拾了一包袱碎布片，还多拿了两桃子纳鞋底的六股绳子。碎布片是要带回去糊袼褙做鞋的,一包袱碎布片能糊两门扇袼褙。整整一个月,兰兰没出过村子,除了央求白面瓜偷偷去了一趟豁子家,她甚至连家门也没出过。马家老老少少的鞋都做了,喜日子没过齐月,兰兰还不能下地干活儿,她就又回了一趟娘家,这次带回来的是三尺二尺的布头,有黑的有蓝的,还有几块紫花粗布。她要用这些布头再挨个儿给马家人做袜子,能做几双做几双,总之,在面瓜婶没回来之前,她一会儿也不能闲着。

面瓜婶回来了,兰兰听到街上有人呼叫,呼叫的是:"白面瓜你是要弄西洋景景吗,大晴天你头顶上忽闪的那是个啥玩意儿?"兰兰一下子噎住了。噎是一股子热血噎的,头大了,脸大了,耳朵眼里还嗡嗡地响,喉咙里却喘不出气来了。后来她闪开门去了一趟茅厕,她蹬着茅厕里的砖头向街上望,果然看到面瓜婶被人搀扶着下了大车,赶车的把式看着白面瓜摇摇摆摆地走进街口,扭过头来还是做着怪样笑。面瓜婶的身后跟了一街筒子人,一街筒子人都争着挤着看那个叫遮阳伞的东西。遮阳伞在白面瓜手里举着,白面瓜还拿一只手护着肚子,遮阳伞就斜斜地靠在了肩膀上。兰兰看不见面瓜婶的脸,她看到的是面瓜婶穿着一条酱紫色的裤子,裤子提得很紧,脚脖子露出来一小节,白生生的,像秋雨天里长出的鸡腿蘑菇。盆口大的肥肉腚被酱紫色的裤子勒得绷绷着,裤子就跟粘在肉皮上一样。兰兰一下子就盯住了面瓜婶护肚子的手,那只手不摇摆,也不甩嗒,她那样护着就跟护着怕碰怕挤怕摸的东西一样。

兰兰的腿打战了,扒墙的手指头也是麻的,有一只蚂蚁在手背上爬来爬去她也不觉得痒。接着她就听到有人跟车把式取笑,车把式就嗷嗷地说:"什么,什么,我还沾腥抹油?我还往车厢里放枕头?我拿手指头抠自己的眼珠子吧!她一连声地说自己有身孕了,一连声地要我走平整路,一连声地要车轱辘光转圈别咯噔。我还敢沾包?我还敢碰人家的肉白白?"

兰兰最终还是把心定下了,面瓜婶那里她是非去不可的。面瓜婶走时说的是当天也可以打来回,最多也就是两天三天。可是面瓜婶去了一个半月,这四十多天的时间里,面瓜婶一准儿是跟二梭在一起的。

兰兰说了假话,她跟婆婆马刘氏说的是再回娘家取些细线,细线是用来锁袜子边缝的,出了门之后她揪着自己的耳朵使劲儿地拽。春子是从大门缝里看到的,她轻着手脚跟了几步又回来,进了大堂屋她说:"娘您也真是的,兰兰给老马家做鞋做袜，针啊线啊的还要回娘家拿，老宅里会轻看咱们的。"马刘氏让孙子金猪给她挠脊梁，她近来时常感到脊梁骨上痒痒，拿扫帚疙瘩饹了刮了还是痒。夜里她让当家的帮她挠，还要举着灯看褂子缝里是不是藏了虱子虮子。虱子会在灯明里爬，虮子见了光会自己挤疙瘩。马步正对着灯头吸烟，吸的气猛了，灯头灭了，灭了再没点。磕烟灰的时候，马步正说："把褂子烧了吧，把虱子虮子都烧死。"马刘氏说："我说的是脊梁骨痒。"马步正又接一句："烧了！"气得马刘氏一个晚上不住地打嗝，脊梁骨上越发痒了。

马刘氏让孙子金猪到窗户上撕了一块糊窗纸，拿口水蘸了贴到脊梁骨上，脊梁骨果然不痒了。马刘氏说："金猪你去烧个面布几把你娘的嘴堵上，堵上她就会说清醒话了。"金猪嘿嘿地笑，笑着看看奶奶再看看娘，春子捂着嘴望婆婆。马刘氏说："你以为兰兰真是回娘家拿细线啊？你没听说豁子媳妇回来？哎，我问你，人家都说豁子媳妇这一次离家离得蹊跷，你就没想她能去了哪里？她去了哪里兰兰才会坐不住？"

兰兰当真是朝着老宅走的，走过老宅旁边的柴火垛她就拐了弯，顺着老宅的院墙向北走，入了寨壕再往南折几步，就能看见豁子家的大粪堆。

豁子家的院子里人少了许多，兰兰想等人都走了再去推开栅栏门。壕沟沿上有一墩黑豆豆棵，黑豆豆成熟了，里边包着一兜子黑水水。黑豆豆能吃，酸酸甜甜的，也能揉出水来染黑线。兰兰把手伸出去，抓到的是两只脚。脚是喜喜的。喜喜说："还真叫俺爹说准了，他说你一准儿得在这里上寨壕。多多你还不信，这回你信了吧？兰兰姐，家里叫你过去哩。"

喜喜是侯登科的闺女，比哥哥得章小得多，论起来也就比兰兰小一岁，只不过是兰兰的生月在年头，喜喜的生月在年尾，小一岁也就等于差两岁。多多又比喜喜小一岁，身子骨倒比喜喜长开了些，站在一起看不出谁大谁小。东跨院的侯登科一把喜喜差出去，西跨院的侯登銮就发现了典故，拿脚踢着侯杨氏的脚脖子吃吃地冷笑，说："看到了吧，大猴子又要办屙血烂嘴的事哩！"侯杨氏见喜喜揪扯着辫子出门，手里也没拿什么，脸上也没有什么喜什么烦的，便摇着头说："你是他的蒙心皮啊，人家一动弹你就知道。你看出什么来了，我什么也没看出来？"侯登銮到里间屋里拉出多多，使着眼色让多多跟过去，多多贴着墙根紧走几步，绕个弯赶在了喜喜的前边，他这才又跟侯杨氏说："白面瓜不是回来了吗，大猴子猜着兰兰一准儿得去找白面瓜打听去,他放出闺女是去拦截兰兰的。"侯杨氏还是摇头,还是觉着糊涂,说:"人家豁子媳妇是回娘家,兰兰跟她打听什么?"侯登銮把嘴巴对着侯杨氏的耳朵眼,可着劲儿猛地嗷嗷一嗓子,说:"白面瓜找二梭风流快活去了知道吧,你个傻熊娘们儿!"

兰兰没想到喜喜和多多会出现在寨壕沿上,她脸上红了一阵子,气喘得也粗了,掩饰着又去抓黑豆豆棵,说:"家里有什么事啊?"

多多抢着说:"也没说有什么事。没什么事吧,能有什么事?"

喜喜拿手指甲掐多多,说:"有事也不会跟咱说,咱知道个什么?走吧姐,黑豆豆有的是,赶明天我给你揪一盆子。"

兰兰抓着黑豆豆棵爬出寨壕,又装作抹头发,半侧着身子望豁子家的栅栏门。喜喜却跳下寨壕,说:"从寨壕里回去吧,我还没在寨壕里玩过呢。"多多一伸手拉住了兰兰,拉着兰兰往东北角里走。东北角里是官道,下了官道就是豁子家。喜喜拿嘴撇多多,拿眼角眨巴多多,紧着又从寨壕里爬上来,手里抓着一把青草,晃荡着走在兰兰的偏身处,故意遮挡着不让兰兰往豁子家看。兰兰已经看到了,豁子家没人了,豁子把粪箕子倒扣在篱笆上,反过身来关栅栏门。兰兰懊悔得了不得,鼻子里边酸得难受,又不好显出来,索性磨蹭着抠弄鞋口上的泥点子,眼睛却直勾勾地盯着栅栏门。

栅栏门里挤进去的是花头,花头的后边还拥挤着几个孩子,孩子头是马照本的儿子立冬。立冬起了个头,说:"七月七……"几个孩子一齐唱:"七月七,八月八,花头头上开黄花。花败了,头烂了,牤牛蛋上绽线了。"花头伸着头要打立冬,立冬一招手,孩子都跑了,跑着还唱:

五月五,六月六,
花头头上长臭肉。
没有血,淌黄水,
瞪瞪眼,伸了腿,
花头挨打都赖嘴。

花头知道追也追不上,追上去也没力气打立冬了,刚当会首的时候,他是恶心过马照本的,还逼着香芝和面烙饼。立冬编着歌子骂他,他听了白赚难受,他要是找马照本理论,马照本一准儿还会在他脚跟前泼驴尿。

花头已经把自己弄得没个人样了，为了掩盖一身瘦骨头，明明天是热的，明明刚砍过地里的高粱，明明树叶子还是青湛湛的，明明刚过了处暑，明明离白露节气还有好几天，他却里三层外三层地套上了所有能上身的衣服，肥的瘦的裹巴着。他还把衣服领子都直绷起来，翻毛鸡似的簇拥着半拉下巴骨，浑身的骨头渣子倒是显不出来了，受不了的是热。他能觉出来身上捂出了痱子，痱子变成了热疖子，热疖子又被衣服磨来磨去。身上已经出臭味了，全运河湾里的绿头苍蝇都汇聚起来飞到紫云寨，旋风一样围着他嗡嗡，他一天里能砍下一笸筐绿头苍蝇的翅膀，但绿头苍蝇依然不见少。

绿头苍蝇追赶的是臭味，臭味出在头上，花头的头已经不是头了，泉水似的黏水水擦了还有，黑天白天不住手地擦还是汩汩地冒出来。花头的头成了一个阴雨天的泉眼，流出的黏水泡泡比运河里的水花还大。这是一个多月前派饭的青马兵送给他的奖品，他当时就是冲着奖品去的。他还盼着能给个盖了大印的腰牌，他知道有了腰牌逛青楼是不用打招呼的。他大声地呵斥带着三个孩子的侯月娥，告诉她节哀就是放声哭，就是溜地打滚亮开肚皮哭，最好是脱了裤子哭。哭命孬命苦，哭大长的夜再没有男人在她肚皮上鼓捣了，她要是受不了就得舍着个脸皮央求会首给她找男人。他是大跑着呼喊的，已经跑到公差饭棚了他还是呼喊，他呼喊的是麻五死了。他说烂蛋麻五图热闹，一蹄子尥到战场上去了，去了就叫机关枪突突了，突突得大头小头都烂了，半拉炸飞的蛋丸子也被黑老鸹叼走了。接着他就挨了马鞭子。麦穗状的马鞭子在他头上盘旋，先是一抽，接着一拉，横着一扫，竖着一拧，那时候他就觉着头皮上不对劲儿。

花头没想到他的头皮会一直流黏水水。他已经不能睡觉了，黏水水会把枕头死死地粘在头皮上。他更不敢戴帽子。但是太阳光会照射他的头皮，风也会在他的头皮上刷来刷去。风里还有干草棒子，还有羊屎蛋子，还有从这家那家的院墙上刮下来的灰白色的硝碱末末。他去找老爷爷孙老安讨主意，孙老安看见他就按着个胸口扭来扭去，还嘻嘻地笑着不让他闹，还说花头你多大了还要吃白白。花头知道老爷爷孙老安已经不是他自己了，他活着是替玉树媳妇说话的，玉树媳妇不迷怔了，迷怔转给了老爷爷孙老安。玉树媳妇死了，单留下老爷爷孙老安替她活着。花头只好一趟趟地往镇上跑，他把镇上的药房门槛都磨平了，带回来的药膏子药面子能装一篓子，结果头上的黏水水还是汩汩地冒。

花头有死的心了，可是他又不想真死，他就去找了一了大师。有一天，他忽然记起紫云寺的一了大师好像说过几句糊涂话，那几句话好像说的就是黏水水。他后来还想起，当时一了大师说的或许就是他的头，只不过当时一了大师的手是摸着驴尾巴说的。但是一了大师连眼睛也不睁了，他说："我不记得跟你说过什么，施主你一准儿是记错了。舍利弗，如我今者，称赞诸佛不可思议功德……"花头哇哇地叫起来，说："对对，我想起来了，就是这个腔调，那天你也是这样哼哼的！"

花头记得没错，那天他是向一了大师讨教过的，说的是："我给三面的队伍都烙了饼，你说他们会不会都给我记功啊？"当时一了大师先举起一只手来，手是揪着捏着提眼皮的，提着眼皮望他，忽然又跟黑驴说起话来，说的是："麦秸你不吃，你偏要吃谷秸棒棒，那麦秸不比谷秸软和啊？你还要尥蹶子，你怎么不想着脖子头脸是勒着缰绳的？没了脖子没了头脸倒是尥得快，你尥了蹶子又给谁看啊？看见了也不是个好看的……"话是说给黑驴听的，眼睛看的却是花头。他当时是有些生气，他还数落了一了大师，说的是："老和尚你看准了，我是孙花头，我是大里长，紫云寨的官人！"花头看见一了大师憋着气不呼不吸，他就紧着往跟前凑，后来他干脆蹲到一了大师的蒲草墩子跟前，伸着头让一了大师看，又说："你那天又是脖子又是头的，还说是勒着缰绳的，还说没脖子没头脸了尥了蹶子给谁看？你看准了，这就是我的头脸！"一了大师到底还是没睁眼，不过又多说了一句话，说的是："头是头，伞是伞，无法无天。"

花头临走想让头上的黏水水粘到一了大师的禅袍上，又担心禅袍上的桃木扣子弄疼了头，回到家就听说白面瓜回来了，还是撑着遮阳伞下的车，人是越发水灵了，还白，还干净，还利落，身上还呼呼地冒香气。他又哇哇地叫起来，口中说："又叫老和尚头蒙准了，果然找到伞了！"花头扶着墙根往豁子家挪步，进了栅栏门先喊的是小姨，还要再喊豁子姨夫的，豁子一头扎到茅厕里，又捣鼓着往大粪堆里掺河泥了。

白面瓜插上了屋门，还在门闩上插了销子，销子是拿扫帚上的竹节做的，门闩上正好有个圆眼，插上了拨也拨不开。白面瓜举着伞找地方，举着挂到了窗口，窗口上边有个挂油葫芦的木橛橛，伞别上去还是撑着的。她说："这是胡副官奖给我的，胡副官现在是团长了，牛皮腰带上挂着手枪，手枪还装在牛皮套里。我会借给你？你喊了小姨我也不借给你。你喊老姨奶奶我也不借给你。"

　　花头说他没法见人了,他还不能戴帽子,他还不能让太阳晒,他的头已经不是头了。

　　花头说:"你啪嗒啪嗒地一蹄子炝到战场上找快活去了,我还得烟熏火燎地做派饭。我做派饭不是给我吃的。我没睡过囫囵觉,我睡觉也是睁着眼。我像狗一样东跑西窜地忙活了一个多月,结果奖给我一鞭子!你别以为放个口风回娘家就有人信了,谁爱信谁信,我是不信。你咧呱着个裤裆一哆嗦,我就知道你是找马二梭弄那事去了,还能瞒得了我?你们一天弄几个来回我都知道。我心里的憋屈大了,比天还大哩,我给谁说?我还想找县长大人表功去呢,县长大人让我进屋吗?侯家马家当会首的时候,油也沾了,腥也沾了,沾了就是沾了。"

　　花头还说:"我呢?轮到我当会首了,油也没了,腥也没了。我想请个戏班也请不成,你裤裆里咔嚓着两块银圆就是不借给我,你是自己磨着听响声哩。你多会恣啊。你多会找快活啊。我要什么没什么,我当这个会首不是犯贱是犯什么?就这我还挨了一鞭子,还是马鞭子,还是旋着十字花打的。我冤大发了,我成冤种他爹了!借你把伞你也不借,我又不是借你的大白腚,我又不是借你的大白白,啥难为的你?还一口一个副官副官的,还一口一个皮带皮带的,胡副官升成了营长升成了团长跟我有一丁点关系吗?"

　　花头后来带着哭腔说:"你说,我怎么办?我快死了你知道吧?"

　　白面瓜又摸着脖颈儿拔汗毛,说:"去吧,死去吧。"

　　花头出栅栏门时脚底下绊了一下,爬起来他还是想扶着墙根走,墙根没扶着,一头栽下去,好大阵子没爬起来。

　　兰兰是看着花头摔倒的,花头摔倒就跟房檐上落下来一根鸡毛似的,连一声响也没有。豁子家的院子里一个人也没有了。她看见只有面瓜婶一个人在屋子里,撑开的遮阳伞在窗口像一朵爬墙的喇叭花。她一下子甩开了喜喜,她还在多多腰里掐了一下,接着她就哭了,哭着说:"给俺大爷回话吧,给俺爹回话吧,给俺三叔回话吧,就说兰兰不要脸了,兰兰就是亲不够马二梭。兰兰已经不要脸了,还不能问个明白话啊!"

第二章

其实，连白面瓜自己都觉着她是糊涂的，她看着四个人像捞面条似的，捞了手榴弹又捞子弹袋，后来他们把自己绑得像个谷秸捆像个高粱叶捆。明明是四个泥猴似的男人，胡副官偏偏喊的是青龙，他说："青龙敢死队没有贪生怕死之辈！"还有挎着皮包的兵往他们脸上手上抹青颜色，抹得跟个花脸狗似的。胡副官还给他们酒喝，还让他们吃铁盒盒里的肉，他们把青颜色也吃进了嘴里，后来他们的满嘴牙也是青的了。那时候她还想，原来当兵打仗就这样啊，先吃饱喝足了，还得抹脸上妆，这不跟戏台上挂袍子戴胡子一模一样吗？胡子摘下来还是个光溜溜的嘴，脱了袍子里边就剩下一件小汗衫。她吃吃地笑。她还想揪一把猫耳朵花插到二梭的肩头上，猫耳朵花都被炮弹炸成烂泥汤汤了，她找到的是庙门槛上的谷谷苗。谷谷苗出穗了，小时候她会用谷谷苗编小狗小猫，还能编小鸡小鸭。她没要下边的棵子，光是抽上边的谷谷苗，抽了一大把，大跑着赶上他们，结果四个人的领口上都别上了飘飘摇摇的谷谷苗。她还是想找猫耳朵花，猫耳朵花还鲜艳还招眼，花蕊蕊里还有香味。胡副官就把她拽住了，说："杂种村的男人都是青龙！青龙要吃白虎了！冲啊！"

胡副官是挥舞着手枪喊的，胡副官还把她的头按到沟沿上，胡副官也趴在沟沿上。她看见胡副官还把一个黑筒筒捂到眼上，她忽然记起了那个脚上起泡的孩子兵。那时候他像个孩子一样，一会儿说他想跟她弄一回那样的，一会儿又说没沾过女人的男人死了阎王爷让推磨。他说他不想推磨。他说他想弄一回就是没有钱。她当时心里是酸的。她当时还说他是个傻孩子。她向胡副官打听，胡副官说他正在望青龙哩。后来胡副官不望了，他把手枪举到头顶上，忽然又侧着身子望白面瓜，说："你是说那个跟你要奶子吃的小兵蛋子啊，他死了。"举起来的手枪是向头顶上打的，打一枪呼喊一声，喊的是："打啊，打啊，把贼娃子的白虎牙都给我敲下来！"她怔怔地望着胡副官，胡副官说他很奇怪，一个十七八了还离不开奶头头的兵蛋子，居然还能让她这样俊俏的女人记着。胡副官说："我跟小狗崽子说了，我说阎王爷那里正发奶头头哩，你天明天黑地抱着吃去吧。他还真吧嗒吧嗒地张着嘴，吧嗒着就死了。"白面瓜唯的一声哭起来，哭着张望，望见二梭他们都趴在了茅草地里。胡副官又呼喊了，这回呼喊的是："青龙杀白虎了！杀啊……"

白面瓜望着望着又想笑了，越想越觉着当兵打仗就跟小时候玩过的摸老营差不多。摸老营也是分成两边，一边是攻营的，一边是守营的，两边拉开十几步远，中间是个空场子。这边先喊一句"开营门不"，那边答一句"不开"。不开是没选好门神，门神得是力气大的，得是挨打不嫌疼的，得是衣服撕烂不让包赔的。还有，第二天不许记恨人的。攻的这边等不及了，又催又喊："开营门不？不开就放火了！"守营的那边齐整整地答一句："开营门！"攻营的这一边嗷嗷叫着扑过去，守营的门神蹦跳着转圈子，转着圈子不让自己的兵被抓走，抓走一个他就得背一个攻营的人回家。门神的头上腿上挨了手挠脚踢，衣服也撕烂了，脸上也有了血道子，门神还是死护着他的兵，营门还是攻不开。再到后来，双方都乱了，两边都分不清谁是谁了，游戏也就结束了。

白面瓜这样想着就直起了身子，她一下子看到了二梭，看到二梭跟麻五在一起，黑豆跟得才一边一个分开了。她还看到二梭的头顶上有火舌头，火舌头跟火神爷一样，呼呼一股子，呼呼一股子。还有噼噼啪啪的响声，麻五就是在那样的响声里推倒了二梭，他打着滚往火舌头跟前跑。麻五还让自己变成了一个火团团，火团团里还有烟，还有土坷垃，还有青草棵子。二梭真是个青龙，他一下子就蹿上去了，蹿上去就看不见那边的火舌头了。但是，白面瓜直到这时候还是糊涂着，她不明白二梭是从哪里学到的这一招，这一招不就是个二鬼换窝吗？

白面瓜呱呱地笑着爬出壕沟，她说："胡副官你看见了吧，火舌头不吐火了，火神爷爷跟火神奶奶睡觉去了！"胡副官却咧着大嘴哭了，哭得哞哞的，他说："白虎死了，我的青龙也死了，啊啊……"

白面瓜看着胡副官还是想笑，她觉着当了副官的男人竟然还会哭，还会挥舞着手枪蹦跳着哭。突然，她把笑止住了，扑过去抓住胡副官的皮带，还把胡副官的手枪按下来。她说："你刚才说青龙也死了，那二梭呢？麻五呢？还有黑豆和得才呢？刚才你还让人往他们身上抹青颜色，他们人呢，为什么还不回来？"

胡副官不哭了，他抓了一把土把脸上的泪水抹干净，觉着白面瓜是个糊涂的。他说："大姐你听我说，我说了你一定要冷静，冷静就是别哭别笑别闹腾。我知道白大姐你是个明白人，你什么道理都懂，你深明大义，你还是个俊俏女人，我从来没见过像你这样又俊俏又懂事又明大义的女人。你知道我们的国家需要一统，你还知道枪子这家伙它不长眼，它飞着飞着说不准就飞到谁身上。我说的这些你一定得很明白，从第一次见你，你为那个离开娘老子就想吃奶的生瓜蛋子求情，我就明白你是个少见的明白人，尽管你这一会儿还是糊涂着。我告诉你白大姐，他们死了，你的二梭也死了，尽管我知道你们非常相爱，你们的相爱使我很感动。你还说到麻五，还有黑豆和得才，他们也死了，他们都是青龙。我原本是要麻五当个火头军的，可是这个麻子脸非要当英雄，我宁愿不吃他的酱驴肉，我也得成全他当英雄。结果英雄死了，青龙死了，你说我会不难过？但是，我要说的是，我还为你感动。你可能已经忘了，你忘了我不能忘，老百姓支援中原大战的精神不能忘。白大姐你可不能一直糊涂着，你得尽快明白过来。刚才，就是青龙突击队出发之前，你为他们戴上了象征勇敢和牺牲的谷谷苗。"

　　胡副官还说："我们老家也有这种草，我们老家不叫谷谷苗，我们老家叫它猫尾巴。猫尾巴是向上举的，举着跟个军旗似的，你当时抓了满满一大把猫尾巴，我一看就明白了。你是代表紫云寨杂种村的父老乡亲为他们壮行的，你的举动超过了我的壮行酒。你的功劳大得没法说。没法说我也要说，我非给你请功不可，豁出去营长不当我也要为你请功。白大姐，他们都死了！啊啊……马二梭，丁黑豆，麻五，还有侯得才。我当时许给侯得才的是当后勤兵，是准备拿他跟上司缠磨弹药缠磨给养的，结果他非要端冲锋枪。白大姐你看着我的眼睛，我的眼睛一眨巴就证明说的是假话。"

　　胡副官最后说："白大姐，我问你，你这一会儿是清醒的还是糊涂的？只要知道我已经从副官升成营长了，你就是清醒的。尽管你一口一个副官地叫着，我还是得多说一句，营长是实职，是可以指挥青龙的！"

　　白面瓜哇哇地哭起来，哭着夺过胡副官的手枪，两只手抱着手枪往泥里打。后来她看见死了的二梭想跳起来奔跑，二梭跑不动了，东抓一把西抓一把，她就把胡副官的手枪扔下了。后来她把头拱到烂泥窝里，把两只手也伸进烂泥窝里，说："你看二梭，你看二梭东抓一把西抓一把抓什么哩？"

　　二梭东抓一把西抓一把是要找麻五的，他明明看见麻五炸成了烂肉，明明记得麻五跟他说过的话。麻五说："我不想再活着回紫云寨了，我得当一回英雄，我得让三个儿女亮了声地哭爹。"这句话他记得清亮亮的，他还是觉着麻五是说着玩的，他甚至觉着一切都像是说着玩的，说过了也就完了，当不得真。比如他还跟得才和黑豆说过狠话，说的是炸不掉机枪阵地就把自己炸死，但不一定非得把自己炸死。二梭还支绷着耳朵听枪炮声，听到的是哭声，他想着麻五一定是死了，哭是侯月娥哭的。他从心里恨侯月娥，没有侯月娥，麻五不会偷着出来当兵，不当兵也就用不着先把自己炸死，更不会在紫云寨惹了一出又一出。他说："别哭了！俺五哥要不死我就得死，你哭他，谁哭我？"白面瓜嗷嗷叫，还拿手打自己的脸，还啪啪地砸床，说："醒了醒了，二梭醒了，二梭没死成！二梭，二梭，你还认人不，你看看我是谁？"

马二梭睁开了眼睛，看见白面瓜哭成了个泪人，看见得才胳膊窝里顶着一根拐杖，黑豆把头脸包裹得像个长疯了的野葫芦，两个眼珠子藏在黑洞洞里。黑豆说："我说你死不了，豁子婶还是哭。二梭，你真能睡，几天了你才醒？你看得才的熊样吧，他的腿成狗腿了，他架着个棍子当腿。"得才当当地拿拐杖戳地，说："我三条腿跑得更快，黑豆你摇晃着个葫芦头想学还学不像哩！二梭，你身上还疼不？"二梭说："麻五呢，我五哥呢，他抱着个炸药包跑哪儿去了？"得才看看二梭又看黑豆，黑豆使劲儿地瞪眼，说："麻五死了，咱们这是在医院里，还炸药包哩，你瞎说个什么？"白面瓜刚刚还要笑的，这会儿又哭了，说："别跟他说话了，他还犯着迷糊哩！"

门吱扭开了，先进来的是派饭的青马兵，青马兵望着屋里又往后转身，转着身说："文书文书你快过来，你看他们是不是跑魂了？他们说的都是糊涂话，我听了瘆得慌！"

端着水缸子的文书进来了，他端着水缸子往四个人嘴里滴答水，说："你们都把水咽了再说话。你们谁先说？告诉我谁是明白的？马二梭，马排长，你看看我是谁，你再看看他是谁？"

白面瓜说："你别问他，他是糊涂的。你问我吧，我知道你是谁？"

文书说："我是谁？"

白面瓜说："你是那个背皮包的。你还端了一碗青水水，你把他们抹得跟个花脸狗似的，我一看就知道你是拿死不了叶子挤的青水水。"

文书又指青马兵，说："还行。他是谁？"

白面瓜说："他是骑马派饭的官差。他还拿鞭子打了花花头，花花头长了一头癞皮秃。"

青马兵说："这就怪了，我在饭棚里没看见她啊。那你说说，你现在在哪里？"

白面瓜呱呱地笑，她觉着青马兵骑马派饭跑得倒是麻溜，问起话来却是个糊涂的。她说："你要笑死我啊！我在壕沟里趴着啊，胡副官不让我直起腰来，他光知道举着个手枪瞎晃荡。他还往眼上捂黑筒筒，那边烟熏火燎的，又是吐火舌头，又是冒黑烟，还噼噼啪啪地弄动静，他捂着个黑筒筒是想看啊还是不想看啊？我夺过来不让他看，他就哭了，哭得哞哞的，跟个小孩子哭一样。他说白虎兵死了，青龙兵也死了！我说青龙兵死了那二梭呢，二梭为什么不回来，还有麻五，还有黑豆和得才，他们为什么都不回来。胡副官答不上来了光知道哭。我就跑出去了，我就把二梭，还有黑豆，还有得才都抱回来了，他们都没个人样了，浑身血糊淋拉的。他们回来就睡着了，脸也不洗，手也不洗，二梭还缠磨着往我怀里拱。他还嫌我把裤带系成了死疙瘩。他是故意臊我的。他还当是在运河湾的紫柳棵子里。他光知道我在紫柳棵子里是从来不系腰带的，系也系的是活扣，活扣是一拽就开的。我是故意把腰带系成死疙瘩的，还没进兵营呢，我就把腰带系成死疙瘩了，我是不想叫二梭一拽就开才系成死疙瘩的。哎，麻五呢，我怎么没看见麻五啊？"

　　文书举着水缸子往自己头上浇水，浇着说完了完了，还说这都哪儿是哪儿啊，还说没一个明白的了。

　　文书说："你在医院里迷糊了多少天知道不？中原大战结束了知道不？天下已经一统了知道不？我们的总司令是蒋委员长知道不？不行，不行。你把我也闹糊涂了，我非得闹个明明白白不可。我说，他们糊涂是炮弹震的，是淌血淌的，是机枪嗒嗒的，是困的，是累的，是饿的，这我都明白。那么，你在长官的指挥部里，长官拿望远镜观察的时候你还在他身边，你糊涂的什么？"

　　青马兵不让文书追问，他把嘴巴捂到文书耳朵眼上，指指二梭又指白面瓜，压低了嗓子嘀咕。文书把水缸子扔了，扔了又拾起来，抡着往二梭脚上打，打着说："马二梭，马排长，你相好的为了你都哭昏十几天了，她都哭昏了还是想着你，还是一遍遍地询问你到哪儿去了，她都哭昏了还想着把你扒出来，她扒了这个又扒那个，你说她的心得有多好？她长得还俊。我从来没见过这么俊的大嫂。我说，你得起来，你得说个明白话！你光知道呼呼大睡，你想让我糊涂死啊？"青马兵又急着捂文书的嘴，捂着不让他嚷嚷，说："犯忌讳了，犯忌讳了！那个腿上穿窟窿的是侯得才，侯得才的堂姐叫侯兰兰。侯兰兰是马排长的媳妇，你一嚷嚷相好的，你让侯得才心里什么滋味？他是跟侯兰兰说实话啊还是不说实话？不说吧，侯兰兰是他堂姐，说了吧，马二梭又是他的排长，你这不是为难他吗？你想想。"

二梭的头在枕头上摇摆，还拿手掀被子，还拿脚踢蹬被子，说："你怎么还没走？你在这里住上瘾了是吧？"

白面瓜从床上下来又抓挠二梭，抓着二梭的手放到嘴里咬，咬着咬着又哭。她哭着说："二梭你可把我吓死了，你没死为什么还装死？我满地里爬着找你，你浑身都是血道子。我知道你不会死。你死了兰兰怎么办？你死了我怎么办？我答应过兰兰，我这次来找你就是为兰兰送话的。二梭，二梭，你是个勾魂的野马星！你说个死就死了，说个活就活了，你要把人折磨死啊？二梭你把那只手也伸过来，我还得咬你一口！不行，我这就去找胡副官算账，胡副官口口声声说麻五死了，二梭死了，黑豆和得才也死了，青龙兵都死了。我要让他看看，除了麻五没回来，还有谁死了？"

黑豆也从床上支起身子，冲着白面瓜嘿嘿地笑，说："我是第一个醒的，你们都糊涂了就我没糊涂。豁子婶你还记得不，你哇哇地哭，我不让你哭。我说二梭没死，你哭的什么，你还是哭。你还是从土堆里往外扒二梭，二梭已经露出头了你还是扒。还有得才。得才，刚才我看见你拿拐棍了，你的那一条狗腿呢？得才你醒了还是没醒？"得才说："我根本就没睡，一股子药味呛得我睡不着。我就咔咔地啃罐头，我啃一罐，再啃一罐，还是罐头肉香。"

门外响起咔嚓咔嚓的皮鞋声，进来的是胡营长。胡营长先拿手拧了一下文书的耳朵，又拿脚踢青马兵的腚，说："你们两个喳喳毛把我的英雄照顾得怎么样？我说你们不看我的肩章行不行，我本来是要提升团长的，可是上司说我比原定冲锋时间误了一刻钟。上司说不给你处分了，还是拿营长顶吧，结果我还是个营长，我还是高兴得了不得！"

文书捂着耳朵打立正，说："我看见团长的肩章了，两杠一星是少校。营长您下一次准得是团长，这跟看见的一样。报告营长，他们糊涂的时候我们明白，现在他们明白了，我们又糊涂了。"

青马兵抢着替胡营长摘背包，摘着说："我们把他们的魂捉来了，您看他们都活蹦乱跳的！"

胡营长哈哈地笑，笑着打开背包，先拿出来的是三个圆牌牌，圆牌牌上还有别针。他先给二梭戴上，又让得才和黑豆也学着样子戴，他还正看偏看地后退了几步。后来他不掏背包了，掏的是自己胸口的口袋，掏出来的是一方雪白的手绢。手绢上写着五个血红大字：青龙马二梭。他是哆嗦着手把手绢塞到二梭口袋里的，放好了又说："我是一字不落地上报了你们的功绩，旅长听得眼圈红红的，当场就往手绢上写字，还非要亲自送给你不可。马排长你可真行啊！不，我还要宣布任命。因原任连长阵亡，兹任命马二梭为国民革命军第104师第338旅第186团独立营特务连中尉连长！任命侯得才为少尉排长！任命丁黑豆为上士班长！我不让你们立正敬礼了，一看你们的熊样，我就知道敬礼也好看不了。我说，你们把手放到耳朵梢上就行了。"

黑豆捏着一个棉球扔到得才脖子里，笑着说："听到了吧，那个连长死了二梭当连长，得才你要死了，你的排长就是我的！"

二梭说："我什么都不要，我只要一句话。我五哥的呢？他是要当英雄的，他还要让三个儿女响亮亮地哭爹……"

胡营长不理他，胡营长已经站到了白面瓜的面前，说："又白又俊的白大姐，我没忘你，我忘了差一点升成团长也不会忘了你。不过我们旅长的确是为难了，因为我们的国民革命军没有给老百姓颁奖的条例，旅长也不知道应该奖给你什么。不过我们旅长命令我一定要郑重，一定要隆重，一定要亲手交到你手里。因此我决定奖励你一把遮阳伞，遮阳伞是特地托人从汉阳挑选的，选的是紫红色。我这就给你拿出来。马连长你等等，我一会儿就说到麻五同志。"胡营长又把背包抱起来，小心地抽出一个白棍棍。白棍棍是拿油粉纸包的，撕了油粉纸就是伞了。胡营长撑开了又合上，合上递到白面瓜手里，没闪身又从口袋里掏出九块银圆，银圆放到白面瓜的枕头旁边。白面瓜两手搂着遮阳伞，搂着啪嗒啪嗒地掉泪。

胡营长原地打个旋儿转向马二梭，但他接着又把目光落到青马兵和文书身上。他说："你们现在、马上、立刻就出发，回营部带上麻五烈士的勋章和抚恤金，还有麻五烈士的骨灰盒，郑重地、隆重地、庄重地护送到紫云寨。记着，紫云寨里谁敢说一句不敬的话，你们就用马鞭子照死里抽！记着，回来给我带满满一罐子鸡蛋茶，紫云寨的鸡蛋茶败火。不行，我不能再说了，再说我就流口水了。"

白面瓜说："那我呢？"

胡营长说："这正是我要说的。你当然要回家，尽管我们全营官兵都很喜欢你，都很想搂着你又啃又咬。他们心里是怎么想的我都知道。当然也包括我。但是，你是马二梭的情人，谁敢有一丝丝念想我就要枪毙他，这是不容置疑的！我说情人你可能不明白，也就是你们杂种村里说的相好的。白大姐，又白又俊的白大姐，我可以另外派人送你，指望着马连长送你是不可能了。他这个熊样子要好利落还得几天，不过你不要惜乎他，英雄是拿血浇铸的，你越问他疼不疼他越疼。回家之前你也可以到阵地上捡几个炮弹壳，那玩意儿是好熟铜，回家做洗脸盆洗脚盆都行。对了，你还得告诉我，你现在是糊涂的还是明白的？"

白面瓜没让胡营长派人送，也没让二梭送，她只是在二梭额头上亲了一口。她坐的是皮货栈霍掌柜伙计的大马车。回到家的当天她就想着要做两件事，一是把遮阳伞挂起来，挂就挂在亮堂地方。还有就是送给兰兰一件宝贝。她只是没想到兰兰会哭着来找她，还急得红头紫脸的。她说："兰兰，你不来找我，我也要去找你。我一找你，你心里就实落落的了。这一回，我跟你说兰兰，我算给你掏出实底了。"说完了还让兰兰摸她的肚子，最后她变戏法似的从肚皮上揭下一方手绢。手绢还是热乎的，兰兰还没看清呢，她已经把手绢捂到兰兰肚皮上了。

直到看见马家的鸡架门楼了，兰兰才忽然后悔起来，后悔没问面瓜婶那句话："这一个多月里，你是在哪里睡的觉啊？"她光记得面瓜婶翻来覆去地说一句话，说的是："你可不知道，这是旅长奖给二梭的，旅长还要亲手送给二梭。二梭千遍万遍地嘱咐我，一定让你放好！"

兰兰的肚皮上从此就多了五个大字：青龙马二梭。

第三章

那天，行了军礼的骑兵走了之后，侯登仓比姐姐侯月娥哭得痛，跟他比，姐姐侯月娥等于没哭。侯月娥抱着骨灰盒回到堂屋里，先是要往床上放的，床上的被褥被金巧金芝弄得没了形，得田的枕头上还让口水洇湿了一大片。她又抱着找桌子，桌子上落了沙土，沙土是从窗户缝里钻进来的，窗户外边是个沙土山，沙土山是麻五从运河湾里拉来的，他拉了一车又拉一车，不让他拉就嘿嘿地笑。他说："你想啊，一回生三个，两回生六个，也许是七个八个，你说得用多少沙土？"沙土风干了，有风的日子里沙土漫天飞舞。沙土还往被窝里钻，脱了衣服睡觉，沙土会贴着肉皮磨痒痒，唰唰唰。得田说："娘，娘，你要把麻五抱哪儿去？五麻子睡着了，你抱过去抱过来他怎么睡觉啊？"侯月娥很想笑，她强忍着没笑出来，她想说麻五从来不睡觉，他三天三夜不睡觉也不说困。五麻子是青龙，她是白虎，青龙就是要跟白虎闹腾的，闹腾一回又闹腾一回，回回都闹腾得她腰疼。不过这样的话不好跟儿子得田说，更不好跟女儿金巧金芝说。她们两个是女孩，她们都知道闹腾就是在床上干活儿，在床上干活儿就是给她们生小弟弟小妹妹的。

后来侯月娥又把骨灰盒抱到灶窝里，灶窝里有干柴火，有热鏊子，还有一摞刚刚烙出来的白单饼。她把白单饼一张一张地盖到骨灰盒上，她还想剥几棵葱，麻五吃白单饼就像猪啃食槽子，咔吧咔吧。饼上的面醭染白了盒面，她一下子跳起来，跳着跑到堂屋里，说："得田、金巧、金芝你们都过来。刚才你们说这里边是谁？得田你说的是麻五对吧？你还说了五麻子对吧？那好，你们现在就叫爹。这里边的人是你们的亲爹，你们的亲爹叫麻五。麻五是我喊的，你们得喊爹。你们的亲爹死了，你们哭亲爹吧！"侯登仓就是这时候进来的，一进院子他就放声大哭，哭的是："我的姐夫啊，你怎么不声不响地死了……"

孩子们也哭了，哭得嗷嗷的，都哭的是爹。

但接下来姐弟二人却闹了别扭，侯登仓看见姐姐侯月娥一声不哭，她一会儿看看骨灰盒一会儿看看他。侯登仓说："姐姐你哭几声吧，好吧孬吧毕竟是夫妻一场，人没有了，你装样也得哭几声。"侯月娥说："兄弟，你是哭的谁呀？"侯登仓说："姐姐你真是糊涂了。麻五死了，我得哭姐夫啊。"侯月娥还是问："你姐夫怎么死了？他不是当兵去了吗，枪子也能把人打死啊？我原来怎么不知道啊，兄弟你知道吧？你一准儿也不知道，你要是知道就不会戳弄着叫他当兵去了。是吧兄弟？你一连声地催他，你还拿刀子扎自己的腿，你说先扎的这一条腿是咱娘的，再扎一条是你哥的。你姐夫就答应了，答应了就走了，走了就死了，他死在这个小盒盒里。你一准儿不知道一个小盒盒也能装个人。是吧兄弟？"

侯月娥接着说："你哭几声就回去吃饭去了，你赶明天起来还得想着哪块地里种哪样庄稼，你还得想着一时三刻再把分了的官地要回来。你晚上做个梦，官地回来了，还是原封不动的三四百亩，说不准老宅还给新宅里多上了一茬粪哩。粪撒地里了，地犁了，耙了，揭不走了，咱得了官地还白赚了一茬子好粪肥。咱这真是赚大发了。兄弟，你说咱怎么光赚不赔啊？你姐夫吃粮当兵去了，他不当兵去，官地就回不来。是吧兄弟？他当兵走了，家里还少了一个大肚子汉吃饭，他省下的粮食还能多喂一头牲口。是吧兄弟？"侯登仓说："姐，姐，我的好姐姐，你这是说的什么话啊？"侯月娥哇的一声哭了，哭着说："我没男人了，金巧、金芝、得田他们也没有弟弟妹妹了，你说我说的是什么话？骨灰盒盒能跟我说话啊？能搂着我睡觉啊？能嘿嘿地笑着给我拉沙土啊？我一点盼头也没有了，你说我哭什么？我的人成烈士了，烈士就是死了，死了就没有了。你知道吧？"

　　侯登仓闷着头走出新宅西院，走到运河湾的细流处又折回来。他说："别哭了姐。这一会儿我忽然明白了，明白了咱就不能再办糊涂事。他们不是说我姐夫是烈士吗？你刚才也说了，我听得清亮亮的。烈士是什么，烈士就是替国家死的。咱的人替国家死了，替天下一统死了，国家还不得把官地还给咱们？对吧姐？我这说的不是糊涂话吧？"

　　侯月娥嗷嗷地叫着跳起来，提溜着三个孩子的头发辫子使劲儿打，还可着嗓子吼："去，跟你们的亲舅要亲爹去！"

　　侯登仓生了一夜闷气，第二天他就去找了花头。

　　花头还在院子里坐着，他把自己扣在木枷箱里，木枷箱只有一面板壁，下面是用四根木棍当腿支起来的。四条腿扣着上面的板壁，板壁一分为二，分开来是两个板凳，合起来是个木枷箱，也可以说是个桌子。只不过上面的两块板壁中间部分各挖出一个凹槽，合起来就是个圆窟窿。花头把自己的脖子卡在圆窟窿里，困了睡觉头也耷拉不下来，头在半空中悬着，也不会被什么东西沾着脑袋。黏水水流下来，先在脖子上汇聚了，汇聚得多了就积存在板壁上，花头一下子轻松了许多。其实花头等于是戴了枷锁的，自己把自己枷起来，但是他只枷了一夜就再也舍不得离开它了。

　　木枷箱是关业功给他做的，关业功会一点木匠手艺，会得不全，雕花镂空之类的细料活儿做不出来，砍砍截截，削削锯锯，弄个屋梁门窗之类的还行。院子里的大门是带穿堂的，北面跟厨房是连墙，南面墙是空着的，他就在墙上揳了些木橛橛，上面挂着锯锛之类的工具。花头来找他的时候，他正在为自己制作扶手架，扶手架是放到茅厕里的，蹲下起来时能借劲儿用力。关业功已经70岁了，年龄说大不大说小不小，只是年轻时落下个寒腿的病根，蹲得时间久了，再起时腿上就没劲儿了。赶巧那一会儿他正想试一试，拿着扶手架往茅厕走，走到门口看见花头进来了。那一会儿他后悔的是为什么没关院门，关上了不开门，外边再敲打再呼喊，也可以当作没听见。看见了再说没听见，或者看见了装作没看见，都是失礼的笨法。关业功只好愁眉苦脸地站在茅厕门口，看着花头的样子，他觉着肚子明明是下坠的，嗓子里反倒要翻涌着呕吐。他说："哎哎，你都这样了怎么还到处跑啊？"

花头是孙老安的本家孙子，关业功跟孙老安是连襟两乔，两头弯起来往一块儿拧，花头跟关业功也算沾亲带故了。况且，当初补办青龙节，又借着青龙节拿下马靠靠，关业功都是跟花头他们一伙的。青龙节压死了玉树媳妇，玉树媳妇一肚子的委屈，又在孙老安身上安了魂，孙老安从此变成了玉树媳妇，天明天黑地都要拿手捂着怀。这样子论下来，花头觉着自己落到今天这个地步，尽管起因是被青马兵抽了一鞭子，但终归跟关业功是有牵连的。花头就说："看见我你就往茅厕里跑，你是宁愿闻屎味尿味也不愿闻我头上的腥味，是吧？那你想想，我是怎么受的？你看见我能跑能躲能溜，我往哪儿跑？我跑得再快头也是跟着我，你说我还有一点躲闪吗？大白天我还能拿脖子顶着个烂头，夜里呢，我拿什么顶着？我的头一挨枕头一挨床边，枕头床边立刻就粘我头上了，我还能带着枕头带着床上街啊？一个紫云寨的人都不待见我，都恶心我，都嫌弃我。除了马照本的儿子马立冬会编着谣歌子骂我，还有谁愿意看见我？功爷，我说功爷，您老人家不会这样吧？"

关业功扔了扶手架，又把手按到茅厕墙上反正地磨，磨着说："你到底要说什么？"

花头说："我的头没处放，你得给我举起来。"

关业功拿脚踢扶手架，踢倒了拉起来再踢。他说："好吧。我做好你拿了赶快走。"

花头拿着关业功给他做的枷锁箱，回到家就要试，但是屋子里已经挤不进人了，绿头苍蝇挤满了屋子。他趁着绿头苍蝇打错神的机会，下死力地把屋门从外边关上，屋子里的绿头苍蝇拼命地撞墙撞窗户。他把枷锁箱放到院子里，坐下拿枷锁扣住脖子，睁着眼睡了一夜，醒来感到头上轻快了许多。侯登仓进来的时候，他正扭转着脖子，希望能从粘牢了的黏水水里闪出一道缝来。侯登仓进来了又想退回去，他说："你跑什么跑，我又不是吊死鬼，啥吓的你？"

侯登仓说："你是花头？"

花头说："你别管我是谁。你来得正好，你得帮着把我的龙辇分开。你手里拿的什么家伙，我看着像是盖着官印的？"

侯登仓又把烈士证塞到怀里，证书是从得田的脖领里抽出来的。姐姐侯月娥只顾抱着木盒盒发迷怔，还抱着木盒盒鬼哭狼嚎，证书掉在地上，又被外甥得田捡起来塞到衣领里当靠旗。外甥得田把五麻子爹拿命换来的纸片片当成戏台子上的靠旗了。还有，姐姐侯月娥也是个糊涂的，人家说什么她信什么，她怎么就不想想，枕头似的木盒盒就能装一个整人？但是，人家是派两个骑马兵送来的，还给了银圆，还给姐姐侯月娥打了立正，还把个盖官印的纸片片放到木盒盒上，那就证明麻五死了又成旗号了，他头上顶着官印了。紫云寨有谁是头顶着官印的？有谁是一整个儿装进木盒盒里的？这就了不得！侯登仓还是离花头远远的，还是拿手捂住鼻子，说："你是会首你说话，我要拿官印收回官地。"

花头不认识字，不知道上面写的什么，但是官印他是见过的。他说："这么说，麻五千真万确是当兵去了，他是怎么走的我一点也不知道。我还是不明白，你姐姐侯月娥是要接着再生孩子的，麻五一脚踢个兔没影了，我没看见你姐姐侯月娥的肚皮鼓起来。他为什么不等着安好苗再走？要当兵还在乎那一夜两夜吗？安个苗苗也就是一忽闪的事，当兵再急也没有安苗子要紧啊，他连那一忽闪也等不得吗？不就是忽闪忽闪几下吗？忽闪几下的空也没有啊？"侯登仓后退着找棍子，抓到手里的是个扫帚疙瘩，抡起来要揍花头。花头响响地笑："你打你打，你照准顶门瓜子打，青马兵是打着旋风抽的，你也来个那样的。"侯登仓又把扫帚疙瘩扔了，又往手上吐口水，又带着口水在裤子上擦。他说："很好。我是一句也不跟你多说了，我一时三刻就进县城，我要让县长大人公断。我还要跟县长大人说，紫云寨的会首死了，县上还得给出个新官印。花头你等着！"

这是太阳冒红时分的事，侯登仓是专为这件事早起吃的饭，花头不会说人话了，他巴不得进县城一趟。侯登仓二番回家牵出一匹骡子，他本来还想着坐大车去，但是大车轱辘没油了，两个车轱辘都是干的，要用油滋润透，一灯油都不一定够。到了中午头上，侯登仓回来了，来时还是骑的骡子，但是骡子头上多了一团篮子大的红花，他肩上多的是一条拃把宽的黄缎子披带，上面还有字号，写的是：烈士家属光荣。骡子的旁边还多了两匹马，两个黑衣公差骑在马上，马脖子上吊着响铃。响铃是铜的。临近村口的时候，黑衣公差勒紧了马缰绳，两匹马自觉地慢下步来。黑衣公差向前探着身子，说的是："仓爷您先请。"

侯登仓的骡子靠前了大半个身子，这明显是被敬重了一步，村子里的人一下子就看到了。侯登榜的小儿子得印原本是要到马家见姐姐的，告诉她那天喜喜带着多多到寨壕里堵她，是大爷让喜喜编瞎话诓她的，其实家里什么事也没有，编个瞎话说有事是不想让她去见白面瓜。大爷知道白面瓜是去找二梭了。多多是三叔派去的，派去多多是为了搅和喜喜。喜喜回家就让大爷打了，喜喜挨了打就去抱怨多多，结果三叔硬说是喜喜拉着多多做伴的，该做饭了也没抱成柴火。兰兰听了什么话不说，光是闷着头长出气，光是拿着个梳子给得印梳头，得印就跑出了马家，出了胡同就看见了一头骡子两匹马。

得印跑着进家，看见三叔拿着个拂尘摔打，就比画着先跟侯登銮说了。侯登銮听了直勾眼，推着得印到东跨院，说："先别跟你爹说，先跟你大爷说去！"

侯杨氏丢了针线筐子，眼也是直勾的，说："得印给你说的什么事啊，你又把他支到那边去？"

侯登銮脸上浸出汗来，手里抓着个拂尘原本是摔打裤子上的灰土的，甩开了却是抽打的自己的头脸。他扔下拂尘又拿脚踩，说："新宅里的小贼羔子又披红挂彩了，你说这算什么事吧！"

侯登科一步门里一步门外，身子还没全进来，先说了一句："我明明知道老三又要给我上眼药，我明明知道老三什么都明白了还是让我钻糊涂圈，我明明知道老三一让孩子找我准没个好，我还是一步八尺地走过来了。说吧，又出什么稀罕景了？该不是又点拨着让得印扮演多多，跟我做伴当眼线吧？哎，我说，莫非得印说的是真的？他凭什么披红挂彩啊？"

侯登榜也过来了，老宅里的男男女女都挤到侯登銮的门口，看的却是侯登科的脸，只有侯登榜斜瞪着眼谁也不看。

街上响起马蹄声，马还咴儿咴儿地喷响鼻。得印又要跑到大门口看，侯登榜就在后边喊，说的是儿子得印，刺挠的却是大哥侯登科。他说："你慌慌这么紧你是爹啊？当爹的操着老宅里的心呢，用得着你跑前跑后的？你光知道瞎颠颠，你有人家的心眼周全吗？人家是看着筛子底数藕眼的，你能学得来？你要能学会半个人心眼，你就不会把自家的人从茅坑里捞出来再摁到粪坑里！"侯登科脸上红一阵白一阵，先还是想忍着的，咽了一口唾沫又没忍住，便扭转着身子看老二侯登榜，说："老二你这是什么意思？你又是爹又是儿的捏巴得也忒狠了吧？正说着新宅里起稀罕景呢，你怎么从袖筒里伸出个腿来连踢加挠啊？"

老三侯登銮嘎嘎地笑，说："二哥今天说得多了，大哥你今天也想得多了，横竖不就是小孩子见不得个阵势吗？大哥你还是到街上听个风声雨声吧，你一听就听准。"侯登科明明知道老三侯登銮这是拿糖稀裹米糠，明明知道不能吐也不能咽，还不能分辩。他鼻子里呼呼地冒粗气，也要想几句巧话噎噎老三，老三媳妇侯杨氏说话了。她说："呀呀，还没分清是腊八还是寒食哩，倒先过起端午（五）了。大哥先思谋着，让大嫂过去看看行不？捂（五）烂了谁也吃不成！"侯葛氏还没回过味来呢，大门哗啦被撞开了。

侯登仓还是骑在骡子上，还是披红挂彩，冲进院子里的是两个黑衣公差。公差是牵着马进去的，说："你们大家都听着，我们是来宣布县政府公文的，公文说得明白，谁揣着明白装糊涂谁就找县长问去。问了还是不明白，那好，那就到号子里蹲着去，什么时候明白什么时候出来。只要不嫌饿就行，只要不说饭硌牙就行，只要不怕臭虫咬就行，只要不嫌老鼠吱吱就行，只要不怕蛆虫爬出来钻进耳朵眼里就行。好了，现在你们都听好了，乖乖地麻溜地笑嘻嘻地把地契交出来吧！"

侯登科说："公差大人，我请问……"

公差说："你不用请问，你直说交不交吧？"

侯登科还是说："我们手里有官地是不假，官地是我们平均分的，分了就是我们自家的了。公差大人要我们交出地契，我还是得请问，为什么要我们交出地契，交出来给谁？"

花头忽然从人空子里挤进来，他手里还是抓着两扇枷锁箱，冷眼看像是要打架的，仔细看就不明白了。黑衣公差先闻到的是一股钻脑子的腥臭味，接着就看到半空中起了黑云。黑云是绿头苍蝇。黑衣公差紧着捏住鼻子。马也跟着躲闪，还一个劲儿地摇头晃脑。花头说："我是紫云寨的会首，会首是入了官册的。仓爷进城一准儿得跟县长大人说了，他一准儿得说县长大人，您老人家赶快将紫云寨的会首换人吧，原来那个叫花头的会首死了，他是自己把自己臭死的。仓爷一准儿会这样说。县长大人也一准儿会说，那好吧，既然全县最好的会首死了，那就再换一个吧，你回去就把新会首的生辰八字姓甚名谁送来，我马上就盖官印。但是，公差大人，我还活着。我根本就没死，我活着就要主持公道，我是官人就要办官差。公差大人您看我的，这个科爷不是口口声声跟您请问吗？我往这里一坐他们就不请问了。科爷，榜爷，銮爷，我可坐下了，我死了你们就往粪坑里埋，来前能种一茬子好庄稼。"

花头说着坐下来，左手一拉，右手一拉，拉着两块木架扣成了一个完整的枷锁箱。他把自己枷起来之后还冲黑衣公差笑了笑，还摇摆着把流下来的黏水水往枷锁上抹，不大会儿，他的脖子就跟枷锁牢牢地粘在一起了，只有一颗烂头像被驴啃过又冻了一冬天的冬瓜。全运河湾里的绿头苍蝇又追到侯家老宅里，侯家老宅的上空聚起挤疙瘩滚蛋蛋的黑云。

侯登仓如愿以偿地拿到了地契，他的官地又凑齐亩数了。当天晚上他又在家庙里上香，他把全部地契都摆在供桌上，说："娘，哥，我把官地的腿砍了，官地永世也不会离开新宅了！"

第四章

得才一直记着黑豆说过的那句话，黑豆是看着他说的，黑豆说"你要死了，你的排长就是我的"。得才想起这句话心里是别扭的，收拾收拾要出院了，他拿着树枝子抽打鞋上的尘土，黑豆也拿树枝子抽打鞋上的尘土，他偏了头看黑豆，怎么看都没有原来顺眼了。二梭早已收拾停当，还到院子里扳着槐树打滴溜，还要来个鹞子翻身，拿双脚勾着树枝头朝下，弓身上翻的时候，觉着腰里的劲儿还是不大好使。二梭身上除了十几处杨叶大的紫疤之外，最当紧的就是胸口嵌进去一块弹片，弹片被肋骨挡了一下又进去，进去就粘到了护心皮上。护心皮好好的，说起来还是个红伤，还不算伤筋动骨，他能从机枪口下活下来，并且胳膊腿都是齐整的，得算是万幸的了。在临出院归队的这天早晨,二梭又想起了麻五,麻五把他踢倒之后就扑了上去,而他原本是打算着自己先当引线的。他小时候经常玩这种二鬼换魂的游戏,输了赢了都活蹦乱跳的,但是麻五抢了先之后就没再回来。其实麻五知道自己会死,不先死一个机枪阵地就拿不下来,麻五是为了当英雄先死的,他还认为是二梭成全了他。二梭一个早晨都在想麻五,得才忌恨黑豆,他一点也没注意到。

　　胡营长亲自带车来接他们出院。车是拦截的送弹药的车,弹药卸完了,他跳上驾驶楼,跟司机说他要顺路去团部开会,车上了路,司机才发现去的是医院。他说:"你千万不要跟团长说我是假公济私。我一点私也没有,我是想让你看看我们营的英雄。旅长给他们写字了,还给他们要来了勋章,但是团长是刚刚调任的,他还没见过这几个人,团长光说要我代他向英雄致敬,他还没见到英雄什么模样。见了你就知道了,好家伙,青龙!"结果黑豆上了车就先闹哄起来,一口一个得才,一口一个二梭,喊的都是紫云寨的人的名字。胡营长从驾驶楼里钻出头来,举起水壶往黑豆头上泼水,说:"丁黑豆你个混蛋是班长了知道吗?班长见了排长连长,见了比自己官阶高的,一律要称呼官衔知道吗?我姓胡叫腊喜,你是不是还要喊我拉稀啊?你喊一声试试!我坐着团部的弹药车来接你们,就是为了听你二梭得才地喊着玩?二梭得的什么财?喊官衔!"司机笑得嘿嘿的,说:"胡营长您放心,运输队下士杨一双一定向新任团长报告,就说三位英雄都知道自己是干什么的了,还知道自己姓嘛叫嘛了。"

　　黑豆拿手抹着脸上的水,又偏了头看二梭看得才,看着还是想笑,说:"喊马连长我会喊,一喊侯排长我就想起来那时候在老家,他爹带着他到集上学叫街的,学拉皮条的,学卖膏药的。他爹还让他跪着爬着学不要脸。他爹还拧着耳朵叫他念,念的是为人不要脸,神仙也难管。我一想起来这些就得笑,不喊侯排长我也想笑。得才,你喊我丁班长想笑不?"得才就恼了,恼了没喊叫,他还装作没听见黑豆说话,他是轻着声说的近乎话,说的是班长丁黑豆。得才说:"丁班长你哪样都好,就是不该把冲锋枪丢下。枪是战士的生命,丁班长你不要命了?要是敌人再冲上来一伙子怎么办?"胡营长立刻瞪大了眼,又把头钻出驾驶楼看黑豆,说:"原来你不是受了伤忘掉的冲锋枪啊?不行,我得把你贼娃子的班长拿下来!"

　　下车回到营部,胡营长又把黑豆拦住,还是虎着脸说:"还是不行,我还得给你个处分。小子,再开起仗来,我给你个榴弹炮,你是不是也敢丢下!"

黑豆一下子慌了，脸上的汗水都聚到鼻子洼里，鼻子洼里像没倒净的尿盆子。二梭先是茫然地望得才，想起那天夺机枪阵地时，得才跟黑豆是分别对付南北两个枪口的，黑豆没扔炸药包之前肩膀上就挨了一枪，黑豆是一只手拿不住枪了才抱着炸药包滚到机枪阵地的。冲锋枪不应该算丢下，得算是顾不上了。得才自己震昏了，他什么时候看见的黑豆丢枪？记不住就瞎咧咧，到底还是被胡营长听见了吧，但二梭还是不明白，想想得才在老家时虽然是个夹不住话的碎嘴子，但到了兵营里话头少了许多，没想到受了一次伤又把老毛病勾出来了。二梭最后瞪了得才一眼，又凑到胡营长身边，说："反正仗打完了，反正我们打胜了，再说那些回头话还有什么意思？"胡营长拿手拨拉二梭，说："马二梭你说什么，你说仗打完了？你敢跟我打赌吗马连长，我敢说，不出三天准得来一场邪乎的。你以为弹药车是白坐的啊！"

胡营长果然估计得不错，第三天头上，团部的任务下来了，还是让独立营出手，还是打的老对头。只不过这一次是跟石友三部下属的一位反叛团交的火，交火之前，这伙子人马就在牛头山东麓的叫驴山一带，做好了退守山林的准备。这位名叫韩余年的团长一直瞧不起军长石友三，他是因为崇拜老帅冯玉祥才加入的西北军，编入石友三部之后才渐渐发现姓石的不是个真正的军人，动起心计更像个奸商。中原大战初始，西北军兵强马壮，再加上人多势众，原本是占着上风的，如果晋绥军阎锡山不使一出圆滑计出尔反尔，如果张学良的东北军不拦腰横插一杠子，老蒋的中央军非得灰溜溜地退回闽浙一带啃山蘑菇去不可。这还倒罢了，最不能忍的是顶头上司石友三挑的是西北军的排头旗，暗地里却又与老蒋勾搭连环，一个被窝里也有狼腿也有羊腿，不等被窝撕扯烂先见血了。韩余年扳不动石友三，便带着自己的团脱离了石友三的牵制。他的人跟中央军打是真打死打，等到大势已定，一千多号人只剩下二百多，死的那八百多没有一个胳膊腿乎全的。他还是不服，还是要报中原战败之仇，从阜阳一带退回到叫驴山之后，他又跟中央军叫上了板，喊明口的是："谁来打谁，看见谁打谁！"

其实，被团长韩余年瞧不起的石友三还真不是等闲之辈，虽然只活了四十九年，却成为后来的国民革命军陆军中将。石友三同韩余年一样，也是自幼家境贫寒，也是学徒出身，因机缘巧合得以在商震的资助下，入长春市东关龙王庙小学读了几年书。石友三17岁从军，曾入清军新军第三镇吴佩孚部下，驻河北廊坊。不久，第三镇兵变，石友三流落北京。四年后，他再度从军，投入冯玉祥部下，先后任马夫、亲兵、营长。1924年，冯玉祥出任西北边防督办，提升石友三为第8混成旅旅长驻防包头，任包头镇守使，成为其十三太保之一。这一年，冯玉祥发动北京政变，成立国民军，石友三任第6军军长兼第6师师长。后来，国民军遭到奉系、直系和晋系的围攻，石友三负责对晋系的军事行动。由于晋系的指挥官恰是恩师商震，两军遂达成停战协议，故石友三部在国民军全面溃败之时居然实力大增了，有了三个师的规模。

又过了两年，奉军、直军、直鲁军、晋军四家联合向冯玉祥的国民军发动进攻。石友三奉冯玉祥命令进攻晋军，在雁门关受阻，部队伤亡较大，石友三通过与晋军前敌总指挥商震的师生关系，达成休战协议。后来，冯玉祥通电下野离包头赴苏联考察，紧接着的南口大战也是国民军大败。由于石友三与晋军早有妥协，反而收容了许多散兵，他的第6师增编为3个师。国民军撤至归绥、包头后，代理指挥张之江等决定进入甘肃，石友三不愿西行，便联络韩复榘投降阎锡山。半年后，冯玉祥在苏联和中国国民党的支持下返回国内，决定出兵支持北伐，并在五原誓师后组成国民军联军。石友三自知孽重，更洞悉冯玉祥是个吃软不吃硬的角色，便做好了扮相乘车前往五原赔罪，见了冯玉祥之后二话不说，先来了个跪地大哭。冯玉祥果然被石友三把准了脉，长叹一声说："过去的事一概不谈了，过两天我就到包头去！"石旋即又被任为第5路军总司令，并参加了国民党军的第二次北伐。

北伐胜利后，南京国民政府对各路部队进行整编，石友三部被缩编为国民革命军第24师，驻河南信阳。第二年春，蒋桂战争爆发，冯玉祥摇摆不定，先命石友三进军襄樊支持桂系，桂系失败后又命石友三进军武汉拥护蒋介石。至蒋冯战争爆发，石友三又一次投蒋叛冯，先后被任命为反逆军第13路军总指挥、安徽省政府主席。这年秋天，两广的李宗仁、陈济棠及唐生智派人来游说反蒋，石友三也跟着通电讨蒋，并命令排列在长江北岸的数十门大炮一齐炮轰南京。不久，两广军败北，阎锡山发表拥蒋通电，石友三也随即效仿，又公开通电投靠阎锡山。

中原大战爆发之后，冯玉祥和阎锡山联合反蒋，石友三于是又重回冯玉祥麾下，受命率大军进攻陇海线。之后不久，张学良通电拥蒋，入关参战，石友三见状又立即通电响应张学良，并率部割据河南北部和河北南部地区。次年，张学良将石友三部编为国民革命军第13路军，石友三任总指挥，但石友三对此仍有不满，图谋夺取整个华北地区。果然九个月后，石友三在张学成等人的鼓动下，接受汪精卫广州国民政府的任命，又出兵反对张学良，但却在蒋介石和张学良的南北夹击下全军覆灭。

石友三一生投机钻营，反复无常，脚踏多只船。曾先后多次投靠冯玉祥、阎锡山、蒋介石、汪精卫、张学良，而又先后背叛之，故被世人称为"倒戈将军"。天要灭谁，必先使其狼顾。一生精算的无德之辈，终于被部下高树勋活埋于黄河岸边。

西北军上层人物之间的钩心斗角，进退闪挪，甚至人面鬼话，那个姓韩的团长未必全知根底，中央军这边的胡营长自然更无从知晓。任务下到独立营，胡营长知道的只是一句话："四天之内肃清叫驴山的顽匪！"胡营长接了命令就集合队伍，也没看出紧张，也没看出麻痹，只是要求各连支鏊子烙饼。胡营长吃了一个多月紫云寨的烙饼，吃着吃着就吃出了烙饼的好处。好处之一是烙饼扛饿，满满塞一肚子，几乎一天不饿。其他的好处还有，比如携带方便，比如十天八天的不长毛不变味等。但营房里没有鏊子，只有营部一口平底锅可以当鏊子用，各连的伙房里都是用的熬粥的圆底锅。灶军问二梭，二梭不懂做饭的事，他在家连锅灶门朝哪儿都不知道。二梭本来是要洗头的，医院里的一位拿刀医生曾按着他的头皮说："这个青龙的头皮太紧了，枪子挨上就钻进去了！"二梭明明知道医生是说笑话，但出院之后他还真养成了洗头洗脚的习惯。他被灶军问住了，拿着脸盆就去了营部，说："营里光知道叫烙饼，我们拿什么烙啊，摊到地上打滑还行！"胡营长已经吃了一张平底锅烙出来的饼，打着嗝忽然抓起一根树枝子，拿着树枝子敲打二梭手中的洗脸盆，说："把面分了，各人烙各人的。这家伙不就是平底锅啊，还不给我滚回去！"

到了临出发的前一个晚上，黑豆来到连部，他是来给二梭送裹腿带子的。黑豆手巧，他把营房四周的野麻皮都剥了下来，塞到炮弹壳里又倒上泔水沤。野麻沤了将去外皮，再合着烂布片子拧成绳当裹腿用，上边发下来的裹腿他积攒了好几条。黑豆已经学会了打立正喊报告，也不跟得才打闹了，也不说老家紫云寨的事了。他把自制的裹腿跟二梭的手枪套放到一起，退一步先向门外瞅瞅，说："连长你问了吗，营长说的叫驴山，不会是咱们老家西边的那个叫驴山吧？"二梭打个激灵，推着黑豆回班里，自己又摸黑去了营部。

二梭没去成营部，他的腿刚迈出连部就被胡营长顶了回来，胡营长进了连部就挨个儿地打量二梭，打量黑豆。他打量着又笑："看来我非升团长不可了,我命里就该当团长你们信不信?这一仗我是百打百地有把握了。知道吗,我们要对付的正是上次设下坟头阵地的那一帮家伙。那一帮家伙十根手指头断八根了,还找事,还不服,他们不是找死是什么?别发呆了我的英雄,又是一场青龙戏白虎啊!"

二梭把咬到嘴里的饼又吐了,说:"报告营长,马二梭要求连夜出发!"

胡营长说:"你什么意思?你就是这一会儿把他们全灭了,我这一会儿也给不了你个营长当!"

二梭眼里溢出泪花,他拿手抹了,说:"我一会儿也等不得了!"

第二天,全营摸黑起床,摸黑吃饭,临到开拔时间,太阳才刚刚冒出少半个。胡营长侧着身子向后望,望的是团部方向,等到另外两个连还在为重型武器的配备瞎磨叽的时候,特务连已经队列齐整了。二梭急了一头汗,他让连队做好了跑步走的姿势,自己又返回来冲着胡营长指太阳。胡营长也看到太阳像个烧红了的铁锅,滚着跳着地往上蹿,他说:"不对啊,团长说过要来送行的,能是随口一说?算了,立功回来再见。出发!"二梭忽地一下子跑出去几丈远,挥着手说了一个字:"快!"得才扭过身子望营部,望着忽然尖叫起来,说:"我哥!我哥!你们看那是我大哥。我大哥是团长了!"

第五章

一开始仗打得就不顺,独立营组织了一次大包抄,按胡营长的说法,这种打法叫作锅里下笊篱。锅里下笊篱捞扁食行,捞面条行,捞米粥就不行了。胡营长没想到这一点,或者说,他是不愿意往这一点上想。胡营长要的是,最好是速战速决,最好是咔咔嚓嚓一阵子,那边一完蛋,这边马上打扫战场,然后胜利返回。于是胡营长又改了说法,他把下笊篱改成了包包袱。他说:"弟兄们,这一包袱下去就包圆了,咱给他们来个汤水不漏!"结果吃了大亏,明明是齐整整地包抄过去的,包起来猛一兜,包袱里什么都没有,自己的身后倒响起了枪声，转过身来再回击，人家的枪声还是在身后。独立营一仗倒下了好几十人，伤亡的大多是使用重武器的两个连。扯包袱角的两个连大恼，恼着问胡营长到底是谁包谁。二梭也恼，催着胡营长下命令冲锋。胡营长心疼死去的人，他觉着这一个大亏跟马二梭的急于求成是有直接关系的，从部队上路那一刻起，马二梭就急得嗷嗷的。胡营长说："冲谁的锋？向哪里冲？马连长你睁大野驴眼看看，你看见他们一个人了？不行，你得让我把白虎头摸清。"

胡营长的想法还是一厢情愿，稳住阵脚再观察，看哪里都没看出动静，直到看清了地势，他才发现这个地方根本就不能包抄。情报上说韩余年的顽匪在叫驴山，他想把整个山都包起来，敲山震虎，结果虎没惊着，惊着的是敲山人。顺着山势往下望，到处都是沟汊河网，到处都是芦苇荡，一片一片的，一簇一簇的，还有齐腰深的茅草。哪儿是主阵地分不清，哪儿是副阵地也分不清，甚至于不知道指挥部安在什么地方。胡营长闷着头啃烙饼，啃得快了，饼把两边腮上磨出了血泡。最后他让部队打乱编制，也学着敌人的招数打零散仗。结果还是不行，因为地形不熟，尤其是重武器没处安置。而且，你想散开的时候，或许正好把自己的后脑勺亮给了韩余年。到了这时候，谁都看得出这已经不是打仗了，要是没有枪声，让谁说都跟小孩子做游戏差不多。

整整一天过去了，除去在茅草丛中发现了几件破衣服之外，再没有任何收获。破衣服是敌人用来装扮草人的，草人身上被钻了许多窟窿，真人一个也没见到。

黑豆想出了一个主意，他把想法告诉了得才，得才定着神看黑豆，说："咱会想法人家也会想法啊，万一弄巧成拙，抓鹰的先叫鹰抓了！"又嘱咐黑豆不要乱说，乱了营长的战术，责任可不小。看着黑豆回到班里，得才绕个弯到了连部，见二梭正啪啪地摔打烙饼。他说："连长你不用气恼了，我这个主意准能百打百出奇制胜。当然，我这个主意你一准儿也想起来了，我说出来无非是个引线。"主意是一明一暗，明的是两个副攻连一分为三，装作扫兴的样子抬着尸体回撤。暗的是主攻连就地埋伏，悄悄摸进叫驴山，然后堵窝打白虎，一打一个准。二梭就去找营长，胡营长大把大把地抓头皮，抓着说："马连长你真想把我顶下来啊，你这可是营长的脑袋啊。他一回山你就把山劈了，这不还是青龙戏白虎啊！行了，我批准了，我这就带着人马滚蛋。不过咱可把话说到前边，你得给我活着回来，没有你我立不了大功，立不了大功我还是个营长！"

二梭的特务连是瞅准了时机上山的，他看得清清楚楚，胡营长这边一拔老营，韩余年立刻就放出了飞哨。飞哨赶回去跟他报告，比画的是中央军要溜，人马乱成了马蜂窝。韩余年是懂得兵法的，他知道狗不害怕不夹尾巴，水不搅浑鱼不打挺，人不着急不尿裤子，还知道这个时候来猛的正好白捡落风枣。于是他把全部人马排成个燕翎扇子面，二百多号人喊着号子追杀过去。特务连就是在这个岔口上进的山，进去就把五六个看守老窝的给摸了，二梭站在一块卧虎石上望山，看见山势果然跟个张嘴傻叫的叫驴差不多，摸掉的老窝就在驴喉咙里，驴嘴巴朝半空探伸着，一个哨兵能看三面。外面的人进山，先看到的是驴嘴驴头，绝不会想到火力点全在喉咙里藏着。二梭看了后怕，紧着要人换了死人衣服，照样派两个瞭望哨上了驴头。黑豆钻进石洞查看，发现石洞里一排排地铺上码着被褥，被褥叠得板板正正。黑豆没看到锅灶，没看到做饭用的柴火，倒是喝水用的竹筒还在石壁上挂着。黑豆又返回来数地铺，数着数着就冒了汗，大跑着出来喊连长，说："连长连长，不对头，里边只有四十一张铺！"

二梭已经让人埋伏好了，两队人分别埋伏在驴喉咙的两边，只要韩余年的人马一回来，他立刻就把驴嘴巴封住，任他们再怎么叫唤，一个也别想活着跑出去。得才跟二梭在一起，二梭拿的是冲锋枪，得才拿的也是冲锋枪，两个人都拉开了瞄准射击的架势。二梭回过头来看黑豆，得才说："连长你不用管他，丁班长哪里都好，就是好显摆，显着他比别人点子多。这是亲兄弟分家啊，还非得一个人一张床！"黑豆隐着身子趴到二梭身边，还是说的地铺，还把个头摇得拨浪鼓似的，说："营长不是说姓韩的手下有二百多号人吗，那一百六七呢，那些人不睡觉啊？合起来是五个人一张铺，怎么睡啊？还有，铺盖叠得刀切一样，比咱们的还规整。"二梭把一簇子山棘条拿胳膊压下来，咬着嘴唇看黑豆。黑豆又说："我怀疑咱们堵的不是真窝，至少不是正窝。我挖过地老鼠我知道，地老鼠进出是一个洞不假，进了窝那岔岔就多了，有藏粮食的，有睡觉的，还有屙屎尿尿的。"得才捋了一把棘条叶子塞到嘴里嚼，嚼着说："满山上都是棘条，棘条怎么光长叶子不长个儿啊？噗噗，不是个正经味！"二梭忽地支起身子，说："不好，快，还是明暗分开！"

一句话落地，韩余年的人马返回来了，他们果然捡拾了不少独立营丢弃的武器，还有好几箱子炮弹。先入山口的人冲着驴头上的瞭望哨呼喊，呼喊的是:"兄弟,你把我的酒壶搁哪里了?"驴头上的瞭望哨傻了,半猜半想算听明白了,怎么着应答就不知道了。还有,韩余年的人都是西北口音,而中央军大多是南方人,答出的音也不一样,但是不应答也不行。两个瞭望哨只好学着呼喊人的口音,答一句"酒壶还在老地方",山口里的人呼啦没影了,紧接着就响起了枪声,枪声还是出现在二梭他们的身后,特务连倒下了十几个人。二梭恼恨着看对方,冷不丁发现自己卡住了驴喉咙是不假,但两边的牙齿却是对方的。对方占据了两边凸出来的有利地势,子弹刮风一样扑过来,他自己倒钻进人家的喉咙了,要出山也出不去了。

二梭拿拳头打自己的头,打着大骂:"姓韩的你打死了我麻五哥,今天我死也要咬你个血窟窿!"他骂着瞄准,没看见韩余年站起来,只好往洞口退,眼珠子血红血红的,黑豆知道二梭连长要拼命了。

韩余年也跟着回骂,骂的是:"中央军的贼娃儿听着,你韩爷爷就是要跟你们决一雌雄的,有种的亮开膀子干吧!"

退回到洞口,二梭马上命令得才构筑工事,工事就是洞口两边的凹洞,人在里边趴着,望正前方清清楚楚,侧身望两边就望不见了,而韩余年看他们却是清亮亮的。得才急得要哭,说:"什么工事也修不成,咱一抬头人家就瞄准,咱给人家当活靶子了!"转着身子找黑豆,黑豆又钻进洞里去了,于是得才又说:"丁班长哪里都好,就是把自己的命护得太紧。你看,又没影了。"黑豆躲在洞里冲二梭招手,说:"连长你过来看看他是谁!"

二梭竟然在叫驴山的驴喉咙里见到了马箅子。马箅子说:"你什么话也别说,我是听到有运河湾的口音才跑出来的。你刚才喊了麻五,不会是紫云寨的麻五吧?他到底还是死在鏊子底上了吧?"二梭并不知道麻五第一次投奔马箅子时,马箅子是说过官地夺了丢,丢了再夺,官地是鏊子上的烙饼,麻五终归也要亏在火鏊子上。二梭揉着眼看马箅子,马箅子拽着他就往洞里钻,黑豆二番回到洞口,让得才带着人进山洞,自己带一个班留下来放排子枪。得才不知道黑豆进洞出洞弄的什么,看见连长也进了洞,疑惑着瞅瞅黑豆,也猫着腰追赶二梭去了。

马箅子领着二梭他们钻了几个石窟窿,最后又推开了两道石板,拿手指着说:"看见两边的刺棘条了吧,顺着刺棘条绕圈子,绕到不能绕了再开火,打的就是他们的后脑勺。"马箅子当了几十年兵,先是在清丰大营,接着是在紫云山,后来又到了叫驴山。铁打的营盘流水的兵,上面的东家换了这家换那家，营盘里的长官却都离不开马笢子的做饭手艺。叫驴山修山洞工事，马笢子往里边送饭，闭着眼也没迷过路。韩余年占了叫驴山，又把老兵营里的几十个散兵收编了，马笢子除了管做饭，还顺带着查暗洞，一个叫驴山早被他摸熟了。

阵地形势一下子发生了天大的变化，韩余年的两队人马全被压在两个山窝里，背后是枪，前边是悬崖，一伸头还有洞口的排子枪，傻子也知道非死不可了。韩余年打起了白旗，白旗是脱下来的白褂子，白褂子挑在枪筒上。韩余年说："我承认败了，我愿意一死换这些弟兄们的生命。我就这一个要求，叫你们的长官也提条件吧。"二梭拿枪顺着白旗往下瞄准，瞄的是举旗人的脑袋，啪的一枪，白旗倒下了。得才想拦住二梭，要他记住军纪里有一条是"缴枪不杀"，话到嘴边了又没说。韩余年又在那边说话了，说的是："弟兄们，中央军要把咱们赶尽杀绝啊，我愿意一死换大家的生命，人家不答应啊。我们怎么办？"剩下的人一窝蜂地号叫，齐了声地说："不就是一个死吗，跟没爹的中央军拼了！"

韩余年的人都发疯发邪了，一个接一个顶着死人反冲锋，二梭身边又倒下了好几个。二梭丢了冲锋枪，还扒了光膀子，哑着嗓子吼，说："甩手榴弹，炸他一锅肉丸子！"黑老鸹似的手榴弹落下去，眨巴眼的工夫战斗就结束了，韩余年的人马没有一个全尸的。得才顺势滑下去，趴到石崖上望叫驴嘴洞口，离洞口不足百米，两边的火力封锁洞口，就是一只老鼠也别想跑出去。得才看着后怕，看见黑豆跳着高冲两边招手，喊的是："下来吃饭吧，一大锅山猪肉，不用再啃干饼了！"得才想起是黑豆进洞发现的这一切，心里忽然产生了一种酸溜溜的感觉，手里的枪下意识地举起来，向着洞口的黑豆瞄准，瞄得两眼热辣辣的。

马笢子不愿意跟二梭走，他说自己说什么也不能再当兵了，自己从十几岁进军营，终了还是个伙夫蛋子，再当还是个伙夫蛋子。他说自己这一辈子是离不开灶窝锅台了，说不准上辈子就是灶王爷的支使小托生的，除了烧锅攮灶什么也不会了。他说自己杀不了人，也不想被别人杀。他说自己从来没摸过枪，真拿起来还真能打，可就是从心里不稀罕刀枪。他说从清家到直系再到西北军，哪面的兵饭都吃过了，再吃下去也是这个味了。他还说自己已经想好了，他要是回老家就去紫云寺找一了大师去，一了大师是本族门的哥哥，哥哥死了，弟弟接着当住持也是顺荏顺理的。马笢子后来还在身上摸，摸出来的是一块银圆,望着二梭又说:"论起来我比你长一辈,往上数就成一个老爷爷了,麻五改了姓是不假,老爷爷那里还是个老马头祖宗。二梭侄啊,这块银圆是麻五的,你带我到他炸死的地方看看吧,我要把他的魂收了回家。"

独立营果然受到了嘉奖,胡营长没有马上升团长,原因是一时没有空缺,但变通还是可以的。回到营区的第五天,旅部下了批文,独立营改为加强营,胡营长升为少校营长。直接参加灭匪战斗的特务连连长马二梭记二等功,职务还是连长,官阶调到上尉。侯得才提升为中尉副连长,没记功。丁黑豆接替侯得才任少尉排长,记三等功一次。

二梭没参加受奖仪式,他跟胡营长打了个招呼,说的是送笵子叔一程。他从营部牵出一匹马,也不管胡营长准不准假,带着马笵子就上了路。二梭忘不了那个坟地,那个坟地藏在一片柳树林里,至于从营部到坟地有多少路程他就不知道了,只记得部队整编移防时,步行走了整整一天。他记得清清楚楚,走是背对着日出走的,走到新营地停下来正好太阳落,太阳是落在西北方向的。也就是说,他们现在的位置是在坟地的西南方向,而紫云寨老家则在东北方向。就按马比人快一半计算,至少也要用半天的时间,再要送马笵子找到回紫云寨的路,差不多也该到下午后半晌了。因此,一出营区他就举起了鞭子。

事实上,路程远远比计算的要费时得多,首先是地里的庄稼变了,那时是遍地高粱,而现在则是一色的麦苗子。庄稼一变样,看哪条路也都跟原来不一样了,更别扭的是,二梭还没办法跟地里的人打听,因为他说不准那片坟地属于哪个村子。好在他坚信方向没错,大约摸着找路,找着估摸着,到太阳稍稍偏西的时候,他们终于看到了那片柳树林子。但是,坟地已看不见明显的坟头了,爆炸掀起的热浪烧毁了坟墓四周的柳树,炸烂的青砖散布在草棵子里。草棵子里还有大大小小的碎棺材板子,零零星星的还有碎骨头渣子。没有血迹了,血迹被草喝了,坟地四周的草棵子比柳树还旺盛。二梭比画着步量尺寸,步量得远了又觉着是近,近了几步又觉着还是远。马笵子说:"你别找了,让麻五自己找吧。"他站到乱坟堆上掏出银圆,捧到手心里捂着,又把眼闭了,嘴里咕咕哝哝地念叨着,猛地朝空中一扔。银圆竟然钻着草棵子滚动起来,还自己拐弯,还不倒下,滚着转着到了一个洼窝处,啪嗒翻倒不动了。

马箧子拿起银圆在地上挖土，挖着画着，慢慢地画出一个人形。马箧子说："五啊，你现在知道我当初为什么留你一块银圆了吧，我知道得有这一天啊。为了官地，侯家新宅老宅两院里努黑了肠子，人家是想把官地一分不少地搂到自己怀里，你是为了什么？就为个侯月娥？没有官地侯月娥就不要你了吗？你是她家的姑爷还是她家的枪头子？你一次二番地往兵营里钻，临到要死了你才明白过来，咬牙切齿地要当英雄，当了英雄你才能是个爹。五啊，要是不钻兵营，要是不当英雄，孩子就不喊你个爹，他们不是你搂出来的啊？他们不是你的种啊？走吧五，跟箧子叔回家吧，我知道那个木盒盒里什么也没有，他们口口声声说是骨灰盒，他们把你的烂肉碎骨头收拾齐整了吗？他们把你的魂放到木盒盒里了吗？回家喽，咱们回家了！"

二梭送马箧子到回乡的路口，把一封弄皱了的信和五块银圆，连同黑豆的包裹一块儿挎到马箧子的背上，等他返回连部已经是当天晚上的小半夜了。二梭不会知道胡营长又因为他连夜上交了请求处分的报告，更不会想到得才会在见团长大哥时说他枪杀俘虏。

第六章

其实得才并不是故意搬弄是非，对连长马二梭他是仰望的，二梭是孩子头，他从会满街上跑着玩就是二梭的尾巴。他只是想起什么说什么，哪里热闹说哪里，他唯恐落下自己知道的。那天他是太激动了。大哥侯得章当了团长，而自己就在团长大哥的手下，几十万人的中央军，是大哥侯得章替他推开了大门，自己等于是从老家来到了新家。对于大哥侯得章，得才的记忆并不深刻。老宅里孩子多，大爷家的大儿子又是一路读书求学，从村子里到镇上、县上，再到省城。这个书包大哥真正在老宅里玩耍的时间很少，他只记得过年时放寒假，侯得章从县城回来，还是背着一大包书本子，还是坐在屋子里读书，老宅里上坟祭祖放炮仗他也不跟着去。后来他大哥侯得章终于读书读烦了，从省城没回家就投了军营，直到他刀劈霍好秋之后，老宅里才知道他加入了北伐军，但接着他又很少回家了。

在得才的眼里，大哥侯得章就是一颗飘摇着的耀眼星，真找还真找不着，不找了不看了，他却明亮亮地悬挂在头顶上。没有人指点得才，得才自己也不清楚找到团长大哥会得什么好处，他没想到这些，他只是觉着应该让大哥知道，堂兄弟得才也是有志向的。但是，得才自己永远也不会承认，少年时父亲侯登銮灌输给他的那些要脸不要脸的说道，早已经像种子埋进泥土一样，不知不觉中就吸足了水分。也许只有这样才能解释得清，他为什么会在说了二梭枪杀俘虏之后，又一遍二遍地说到黑豆，并且把黑豆偷偷摸摸地藏裹腿带子都说了出来。

其实，得才说到二梭时还提到过白面瓜，说白面瓜是专为马连长来的，住了一个多月才回去。他说白面瓜这个俊娘们儿还真不错，看着一天到晚地嘻嘻哈哈，就跟没心没肺一样，当初受伤之后还真多亏了她，是她先跑到阵地上救出的他们。况且，她也不是光对马连长一个人好。

得才在团部玩了吃顿饭的工夫，团长侯得章还让勤务兵买了水果，还亲自动手给得才开了盒牛肉罐头。侯得章说："我真没想到在部队里见到你，我甚至没想到你已经是个大小伙子了，岁月匆匆啊，真是太快了。记得上次回老家，三叔老是说你是个没皮没毛的，我还真没看出来。什么时候我再回老家，一定向三叔更正一下，他很可能是恨铁不成钢，当然喽，也可能是故意说给我听的。"得才紧着问一句："大哥你想到回老家了，那你什么时候回去？"侯得章没正面回答，他记得曾经听旅长无意中说过，说是自家有个亲戚在河湾县当县长，姓孙，人很规矩，在政界干很规矩了路子就窄巴。他不愿意当着弟弟的面说上司的事，更不想牵扯到地方，况且他也不想专为回家探亲找旅长请假，好在部队很有可能移防到运河湾里。日本人老是在东北三省瞎戳弄，还老是往长城跟前凑，部队北移也许是要拦截，拦截不住，恐怕就要先把日本人放进来，然后再找机会掐死。于是侯得章想了想又说："也许很快，也许还要过一段时间，到时候再说吧。"

勤务兵送来了两碗夜宵，夜宵是米粥，米粥里有大枣、莲子，还有一朵一片的白生生的东西。得才后来才知道白生生的东西是银耳，配着大枣莲子，都是滋阴败火清心养胃的，睡觉前喝一碗是真好。得才要回去了，团长大哥忽然又问弟弟："你刚才说马连长离队是胡营长批准的，丁排长还让他捎带了一包袱裹腿？哎，你说那个马箍子也是紫云寨的，真的吗，我还真想不出来是谁？"

胡营长是吃着早饭把二梭传唤到营部的，他几乎没嚼就把一口油盐卷咽了下去，咽下去又噎得难受，紧着喝了一口面汤，汤又喝得急了，喝到喉咙又呛了。他拿毛巾擦嘴擦脸，说他昨天晚上就想明白了，马二梭既是他的福星，也是他的克星，马二梭等于先把他从河里捞出来，控控水，二番再摁河里淹死，不淹死也得灌一肚子泥汤汤。又说那一次，他眼看要升团长了，眼看要受嘉奖了，他就是没想到马二梭会使什么狗屁二鬼换魂法，结果让总攻误了一刻钟，结果他的团长变成团团转了。这一次，好不容易又逮了个机会，独立营剿灭了顽匪韩余年。他想：行啊马二梭，你到底还是给我带来个双杠的，我是加强营的少校营长了。官没升衔升了！他这里正念着马二梭的好呢，可是，马二梭这个野驴呼啦一家伙又来了个枪杀俘虏，谁拦都拦不住。胡营长说他不能再说"可是"了，他现在听见"可是"就腿肚子转筋。

胡营长说："马连长，我说你开枪有瘾啊，人家都举手投降了，你还打个什么狗鸡巴玩意儿？你那一会儿不开枪能憋死啊？这下子好了，我自己给自己打处分报告，我连上学写作文都没费那么大的劲儿！我说马连长，你能不能光当福星不当克星啊？对了，丁排长还让你带走了一包袱东西，告诉我，包袱里包的到底是什么狗屁玩意儿？"

二梭一下子蒙了，他记得自己是瞄准打了举白旗的，还朝愿意投降的韩余年开了枪，但怎么也想不起来自己是在枪杀俘虏。还有，当时得才是说过不该开枪，好像也没说是枪杀俘虏啊，那时候算把他们俘虏了吗？他知道那一会儿自己并没多想举手投降的人该不该打，他只是想起了麻五，想起麻五哥被炸得烂乎乎的，这里一截骨头，那里一块肉，脸上连一块整皮也没有了。他看见那一伙子人就忍不住了，他就想把他们都炸死，不然他不会放下枪扔手榴弹。还有，出发之前，明明是胡营长说的，说他总算弄清了，上一次的机枪阵地就是韩余年这个王八蛋埋伏的。你当营长的为什么说那些，你不知道我马二梭一心要为麻五报仇吗？那话呢，话是谁学给团长的？为什么还要学个拦不住？只说是我下的命令不行啊？想了想只能是得才，得才是说过不该开枪的话。二梭又重新向胡营长打了立正，说："胡营长，你把我的二等功拨走吧，拨到你身上就找补平了。一功抵一过，你还是少校。"

胡营长要举起面汤泼二梭，说："马二梭你是财神爷啊，你想给谁拨点就给谁拨点？我告诉你，你的二等功取消了，你也不是连长了，你现在是副连长，连长是侯得才的。你说你拿什么给我找补平吧，拿你的野驴头我还不要呢！还有，丁黑豆也降为副排长，排长一职先空着。哎哎，你还没告诉我，丁排长的包袱里到底包的是什么？"

二梭说："我不知道。"

胡营长就拿脚踢二梭，踢着说："滚回去看看丁黑豆的腿，问他那些灰布裹腿弄哪儿去了，他是当面条子喝了还是当烙饼啃了？"

二梭第一次有了想事的冲动，不是想家里的事，家里的事他不愿意想。他怕自己一想起来还是会恨大哥满秋，还有他那个难缠不论理的老爹。他也不想娘，娘是个不当家的，她这一辈子除了会看爹的脸色，别的谁也别想指望她能帮什么。他让箥子叔捎去了五块银圆，如果箥子叔去他家的时候阎王爷正好不在，娘也许会偷偷瞒下两块。至于兰兰，他不恨她，也想不起来恨她哪些。当然也不想她。他甚至于连兰兰曾经跟他在一个屋子里睡了一夜也快忘记了，能想起来的无非是她一个劲儿地翻身，上了床又下来，还把个被子拉过来扯过去。能在眼前浮出影子的只有白面瓜，尽管他知道自己跟那个俊俏的女人不会有好结果，也知道拾粪的豁子宁可睡在大粪堆上，也不会把自己的女人让出去。退一万步说，即便豁子愿意把白面瓜让给他，他也没有娶白面瓜当媳妇的打算。准确地说，他从来没想过以后怎样怎样，他想起她来只不过是因为那些可想的事勾挠了他。比如在河里逮鱼啊，啃骨头没啃到啊，她拿脚趾夹他的手指啊，就是这些。还有，在运河湾的紫柳棵里，在紫柳棵旁边的茅草地上，他伏在她身上像笨狗笨猪一样。除了心急心慌的喘息之外，再就是她用手指梳理他的头发，拿腿弯着曲着压他的腿，还咬着他的耳朵喊他小屁孩。

奇怪的是，这些片段有时候会在马二梭的脑子里闪出来，不过，闪出来就过去了，并不多停留。他也不想让那些片段停留。

其实，他根本就找不到自己喜欢白面瓜的理由，他就是喜欢，就是愿意想到她。他甚至于还愿意看到白面瓜被他支派得脚不沾地，还愿意听她叹着气说："二野马，二野驴，二梭子啊，你到底想让我怎么样啊？"不过，所有这一切，随着白面瓜的离去，也都不存在了。他现在愿意想的是兵营，是一块儿跟着胡营长离家当兵的伙伴。麻五不是伙伴，麻五是哥，麻五死了。得才是伙伴，黑豆是伙伴，三个活下来的伙伴都长大了，往后的日子还很长，还会在兵营里,还会当排长当连长当营长,永永久久地当下去。三个人都不是紫云寨的三个人了,再过几年,有谁再提起紫云寨,他们一准儿会张着大傻嘴笑起来,说:"紫云寨是哪里啊?"二梭发现自己已经变了,他越来越感到自己有了大志向。但是,眼下的得才好像跟自己记忆中的得才不一样了,他为什么要说到伙伴之间的事,说就说了,为什么不明打明地说?为什么还偷偷地去了团部?说了自己,说了黑豆,还把胡营长也刮擦上,就因为嘴巴没个把门的?

二梭跟得才办完交接就走出了连部,其实交接很简单,一个正,一个副,倒倒手就算办完了。倒是得才一个劲儿地跟他打磨叽,翻过来倒过去地追问他怎么当连长。二梭没去追问黑豆,也没去看黑豆的腿。胡营长一说他就想起来了,黑豆每到一处住地就会转着圈子找野麻,就会把野麻皮剥下来沤成麻绳,然后和布片子布条子拧成新裹腿。这种野麻裹腿看着不好看,就是好用,裹到腿上有勒劲儿,还能跟鞋底子连在一起,爬山不打滑,走泥路还不怕粘掉鞋。他走出连部的时候黑豆正好去了营部,他知道黑豆会跟胡营长说清,胡营长会不会骂他,会不会拿脚踢他,那就看胡营长那一会儿恼得狠不狠吧。

黑豆果然苦着个脸从营部出来了,看见二梭坐在沟沿上,他也走了过来。

二梭没看黑豆,他知道黑豆是很想当个好兵当个好军官的,他只是在黑豆腿上按了一下,黑豆突然哭了。黑豆说他并不想连累连长,更不想连累营长,他让连长捎包袱是因为巧了,要不是马笸子回老家,他也想不起来捎东西。他只想着那些裹腿是自己积存下来的,自己找野麻找破布条子就是为了省下那些新湛湛的灰色裹腿。第一次换军装,他拿着裹腿往腿上缠,那时候他还没觉出舍不得,只是钻了几天烂壕沟之后,他才想起来心疼,心疼好好的裹腿弄得没个真色了。那时候他就想把裹腿积存起来,让他的瘫子爹用。豌豆一准儿会用裹腿带子把他爹的腰托起来,带子的一头拴在房梁上,坐起来的瘫子爹可以看到院子,看到院子外边的寨壕,还有顺着厨房爬上去的葫芦秧。裹腿带子还可以绑在豌豆背上,豌豆背着瘫子爹到街上走走转转,到地里干活儿时还可以腾出两只手来。黑豆就是这样想的,再怎么想也不会想到这是偷藏军用物资,况且,裹腿是发给自己的,带回老家去的也是自己省下来的。他说:"连长,俺爹会念你的好,我也会念你的好。我就是对不起你,这句话说了不中用我也得说。"黑豆不想哭出声,他把自己的嘴唇都咬破了。

二梭还是一句话不说,黑豆就不哭了,坐在二梭身边一直到开饭号响起。

二梭站起来，对着连部望了许久，忽然说："得才为什么会越过胡营长到团部去？他这也是违纪啊？"

黑豆呀呀地叫起来，说："连长你还不知道啊，团长是他哥！侯家老宅的侯登科你得知道吧，他的大儿子就叫侯得章，咱团长也叫侯得章，出发那天得才就喊叫过的，你是没听见？"黑豆还说团长是刚从旅部下来的。他对旅长让他下来当团长很恼。三个营长他一个也瞧不起，他还嫌胡营长的镇江话不好听。黑豆后来又拦住了二梭，转着身子看四周有没有人，还把声音压得很低，说："我说了你就当没听见吧。叫驴山上，就是咱们全胜的时候，我看见得才拿枪向我瞄准！"二梭一下子怔住了，揉着太阳穴的手落下来，又慢慢地握成个死疙瘩。

两个人闷着头向连部走，快走到炊事班了，二梭轻声地自语："我想见见咱们团长。"话不是说给黑豆听的，黑豆看见得才正指挥着大家排队领饭，他就跟二梭拉开了距离。饭后，胡营长又来到连部，他是来查哨的，看见二梭在连部外边走来走去，他借着灯影，躲闪着走到二梭身边，说："咱们团长对紫云寨很关心，我从来没见过他对什么村子感兴趣，事实是，我对这个团长一点也不摸底。他跟先前的团长不一样。他除了看地图就是擦马靴。哎我说，他跟侯连长是不是一个侯啊？"二梭长长地吐出一口气，又把饭前的话重复了一遍，说："胡营长，我想现在就去见见咱们团长。"

二梭那天晚上并没见到团长侯得章，团长侯得章临到饭点了突然接到旅部的电话，饭也没吃就坐车去了旅部。原来旅长也是刚接到师长的指示，要他近日派人到河湾县去一趟，跟地方政府洽谈部队的移防问题。旅长马上想起自家的县长亲戚，跟侯得章团长下任务的时候，故意把时间提前了。侯得章立刻表示同意，说："旅长放心，我连夜出发，天不亮就到了。毕竟是熟地方，加之旅座的至亲当着父母官，我想一切都会很顺利的。旅座，您还有需要训导的吗？"旅长在他肩膀上拍了拍，说："告诉我那个实心眼的县长亲戚，凡事想到四乡百姓是应该的，但是，军人是保家卫国的，他也应该想到。去吧。"侯得章返回团部简单收拾了一下，又安排了几项无关紧要的具体事宜，连夜坐车出发了，到二梭赶到团部的时候，侯团长的吉普车早已走了半个多小时了。

马二梭忽然感到他跟这位老乡团长产生了隔阂，而团长侯得章这一次回老家，也做出了跟他先前大不一样的举动。当然二梭不会知道，知道了也不会关心，他才不去想侯家新老两宅会不会再起风波，会不会再拉扯出官地的老账。那跟整个村子有什么关系？

第七章

　　当了团长的侯得章这是第二次以军人的身份回老家紫云寨。第一次他还是个充满理想抱负的北伐军骑兵少尉，他之所以投笔从戎绝不是厌倦了学业，他是被国家民族这样的字眼鼓动得无法听课。他在那时候从军完全是受着情感支配的，不丢下书包，他会把自己烧死。应该说，他在军营里的生活是愉快的，甚至于可以说比离开省城之初的预想还要好。北伐军里汇聚了全国各省的学生军人，尤其以湖广江浙一带的最多，他与天南地北的热血青年浴血奋战，并建立了深厚的革命友谊，看着战友倒下，生还的人会在他们的尸体上覆盖鲜花，有时还会围着尸体高唱北伐军军歌：打倒列强，打倒列强，除军阀，除军阀，努力国民革命，努力国民革命，齐奋斗……常常是歌未唱完，人早已因泪水哽咽。

　　那样的眼泪不是对死亡的恐惧，恰恰相反，那时候他们感到牺牲是对国家对民族的忠诚。北伐终于成功了，军阀割据不存在了，国家一统了，新的理想就是建设美好的新秩序。然而，事实却是另一种样子。旧军阀消灭了，新军阀出现了，中国的地面上忽然出现了什么桂系、粤系，什么中央军、西北军、东北军、晋绥军，于是就有了湖广围歼、中原大战。等到七胳膊八腿都拢到一个饭桌上了，他们才发现当初投军的热血男儿大多不见了，而官长对他们的死亡好像并不留存于记忆中。官长们忙着升迁，忙着娶姨太太，忙着置办家产，忙着倒卖军火。没有哪个官长会问一句：那么多的青年战士怎么都不见了，他们死在什么地方，他们的坟墓上树碑立志了吗？

　　侯得章时常会产生被国家民族出卖了的念头，甚至还会反问自己："你侯得章还会在茫然的奋勇中以身许国吗？"他想脱离军营，到一个能实现理想抱负的地方政府去,以才华治政,以理想为民。他感到自己完全能胜任县长一职,要说选地方嘛,当然最好是河湾县。此时的侯得章尽管还不明白为什么那么向往地方,但有一点他是清楚的,那就是独握一方大权,不让腹无半点文墨的人踏进他的理想半步。所以,他对旅长派他将部队移防到河湾县是心存感激的,尽管他对靠小姨子的杨柳细腰得以提升的草包旅长,压根儿就瞧不起。

他没先回家,县长孙令动还没吃早饭,他的吉普车就已开进了河湾县。

孙县长先还是怀着矜持的,即便他说出了"孙某对侯团长的到来深感荣幸"这句话,他自己也感到是假的,因为他向来不喜欢军人。但是,很快他就又有了愉快的感觉,这倒并不全是亲戚旅长的面子。他发现这位年轻英俊的团长很会说话,更主要的是,年轻团长说的话带有明显的知识味,这使他有了知音的感觉。接下来的具体事宜,包括划拨地皮,包括提供劳役。最后他还邀请年轻的团长一块儿吃饭,又让太太多做了一份泥鳅豆腐,还说来到运河湾最大的收获就是会做这道龙虎戏了。泥鳅是从运河湾里新抓的,放水盆里再加醋,喝了醋水的泥鳅会不停地吐,直到自己把自己的泥肠子清洗得干干净净。泥鳅还是活的,豆腐先放入油锅里煎片刻,接着把活泥鳅倒进锅里,活泥鳅眼看着往豆腐里钻,钻着钻着就炖出味来了。还有,对于年轻的团长侯得章来说,孙县长也真有雅兴,几条泥鳅,几块豆腐,煎煎炖炖就成龙虎戏了,想想姓孙的县长也不像旅长说的实心眼子。

侯得章吃了不少,他从孙太太的举止间看出了旅长小姨子的影子。孙太太捕捉到了年轻团长的眼神,趁县长取水烟的工夫,多说了几句话,话是冲着妹妹说的。她说自己跟旅长夫人是表姊妹,去了军营的茹茹是自己的亲妹妹。妹妹是跟着她们的,原本还上着学,表妹夫非要把她接到汉口去,说是汉口的学校里有英语老师。她还说妹妹光知道读书,孙县长原本要让她读到省城的,表妹夫接走妹妹之后他惋惜了许多天。孙县长取了水烟过来,说:"我什么都知道,我什么都不说,我就是一个心眼——当县长。"

年轻的团长忽然觉着孙县长有些可爱了,于是说:"部队上的事宜我不便多说,但是县长的盛情我是一定要禀报长官的。"接下来就说到紫云寨,孙太太使个眼色把孙县长拉到卧室,孙县长二番出来时脸上就挂了色,说:"兵不厌诈我能理解,但是翻来覆去我就不敢苟同了。"年轻的团长不知原委,正揣测着找回应话,孙县长又自己接上了话头,还是自顾自地说:"上次县上是为一个烈士出了公文的，大话也是军人说的，说是官地要归烈士遗属。我立马照办了，这没错吧？紫云寨翻来覆去地烙饼，我也要翻来覆去地跟着烙饼？侯团长别见怪，我不知道你是侯家老宅的！"孙太太紧着捂他的嘴，紧着打圆场，年轻的团长一下子就明白了。

　　侯得章在县上住了五天，看着移防事宜有了眉目，这才让司机拉着他回了老家紫云寨。

　　紫云寨响着锣鼓，戏班请的是运河湾里有名的姚家班，彩旦牡丹蕊蕊还是一身的好手段。花头是一直迷恋着牡丹蕊蕊的，当了会首之后就张罗着要请戏班，还要找白面瓜借银圆，结果是被骂出来的。花头没请来戏班，侯家老宅请来了，写帖下礼是侯登科亲自办的，当天晌午头上戏班就跟着来了。戏台子搭上了，侯登科不让开戏，他只让敲锣打鼓，敲打得动静越大他越高兴。花头又央求关业功在枷锁箱立柱上装了四个轮子，轮子是用瓦盆底磨圆的，中间钻了窟窿安在四条立柱上当转轮。他把自己枷锁起来之后，转动着枷锁箱往人堆里挤，挤进去才看见戏台上光是敲锣打鼓，扮演彩旦的牡丹蕊蕊连半个脸也没露。

　　花头又挤出来找侯登科，看见侯登科乐得又是挠腔又是抓头，他说："开场点戏啊科爷，你老是让人家摁着个破锣烂鼓敲打什么，砰砰嚓嚓的，敲打得我心焦！'拷红'不唱了，老婆娘光知道一句句地审问红娘。还是唱'摸楼'吧，牡丹蕊蕊正要解衣宽带露金莲的，四帝乾隆爷就进去了，进去了就抱住了，裤子一秃噜到脚脖了。官地是早就该回到老宅的，有一回我专门跟孙县长说过，孙县长说既然孙会首说了，那就从新宅里要回来吧……摸啊科爷，你不摸我可要摸了！"侯登科是在心里恨着花头的，这个淌水流脓的贱货还差一点死在老宅里。侯登科噗噗地吐口水，说："我不跟死人说话！"说着向班主招手，招着手把响器班子带到了村口，响器班子后边还跟着一大群闲人，接着就看到侯得章坐在吉普车上，吉普车是带喇叭的。

　　侯得章从吉普车上跳下来，说："不是年节啊，怎么闹大动静了？"

　　侯登科明明看见儿子了又把身子向后退了几步再看，说："得章啊我的亲儿，这一次你是给老宅里挣了大脸了！挣多大？你想都想不到，但是你当了团长我也没想到。儿啊，我这是要去县城接你哩，你给咱们老宅里办了天大的事，我得给你个天大的热闹！"

　　侯登銮在院门口看到了，拉着二哥侯登榜大跑，跑几步又把手松开了，扑过去拨拉开大哥侯登科,直挺挺地站着让侄子侯得章给他立正敬礼。侯得章这一次没立正敬礼,他伸开双臂抱住了三叔,说:"我还是不明白。三叔,又该过什么节了?"侯登科就拿眼睛瞪三弟侯登銮,鼻子里哼哼着,嘲讽老三是天生的戏子脸,一会儿一变,黑脸白脸都能扮演。侯登銮说:"你别拿白眼珠子挖我,我问你,你跟得章说什么了,气得他连立正敬礼都忘了?得章,别看你爹的脸,是我要为你请戏班喝彩接风的。县长的公差一到,我就知道是大侄子得章横马立刀了,我说快请戏班唱喝彩戏啊,你爹还拿鼻子哼哼,意思是他儿子不配。"侯登科真拿鼻子哼哼了,他是被老三侯登銮气得,老二侯登榜是真笑了,低了头看侄子脚上的马靴。

戏开场了,第一出唱的是"大登殿",文武全台的喜庆戏。侯登科的东跨院里杀鸡炖肉,侯登銮挤着跟侯得章挨边坐,还嘻嘻哈哈地说笑个不住声,还追着询问团长跟县长谁大,还要问当了团长是不是就有人提夜壶了。老大侯登科拿着筷子敲碗,说:"老三,你还叫不叫我说话?得章办了天大的事,你总得叫我跟他说几句话吧。得章,你把脸正过来听我说!你半年前为什么不回来,咱老宅里又多了一劫你知道吗?得了个烈士就把官地划拉到他怀里了,我儿子还是团长哩,团长得比烈士大吧!公差为什么跑到老宅里放二踢脚烟火屁?这一次他新宅里为什么不亮烈士了,谁不会当个牺牲啊,谁不会当个烈士啊,他烈了也白烈!"

侯登科还是说的上次新宅里拿麻五的牺牲当令箭,姓孙的县长就把公差打发过来要地契,还有个下三烂花头跟着胡搅搅。侯得章总算闹清了老宅里又是唱戏又是喝彩的原因了,想起那天在县城,孙县长从太太卧室里出来就变了脸色,还非要留自己在县城吃喝,敢情他是要赶在前边补窟窿,暗地里帮老宅要回官地啊。想想孙县长并非是实心眼子,他不过是在跟当兵的赌气,他还对小姨子被表妹夫拉走耿耿于怀,想来也许还是跟当兵的赌气。忽然又记起自己曾经在新宅里说过的话,脸上又有些挂不住了,说:"县上下公文不该把我拉扯上,军人有军人的使命,地方有地方的职责,怎么这里边又多了个我呢?"老三侯登銮吃吃地冷笑,说:"得章你还真行,先来了个虎威震四方,私己事办了还想着把自己撇清,这就是得真传了。得章你得跟我说说,你是跟谁学的钻过头去不忘护腚,我记得你上次回来还是个脸面比纸薄的小嫩鸡。"

侯得章红着脸站起来,急着说:"哎呀三叔,我是真不知道这里边的弯弯，我一天天地忙移防，哪想到孙县长他现买现卖啊？"侯登銮紧着又问："那你现在知道了吧，你说现在你心里是怎么想的？"侯得章一下子被问住了，迟疑着想了想，说："我得给孙县长上个万民表！"侯登銮搂过侄子的头亲了一口，说："你爹还说我是黑脸白脸都能唱，还说我是搂着筛子底吃藕，还说我里里外外全是心眼子。我看你比三叔强到天上去了，你这一招就叫掐着猴子腚爬杆，明着看是帮猴子使劲儿，实际上它是想爬也得爬，不想爬也得爬！嘿嘿，高招，妙招。"

侯得章到镇上制作了一个八仙桌大的牌匾，牌匾下边悬挂着一丈有余的红绸缎，上面绣了河湾县的地形图，沿着运河湾的周边又密密麻麻地写满了村庄和人名。最下边还加了两个碗口大的字，写的是"敬呈"。一切齐备了，又另写了一封"万民敬呈信"，让司机拉着三叔侯登銮到省城找自己的同学，同学是个极干练的，敬呈信当天就转到了省府。孙县长没想到年轻的团长会这么卖力地架他抬他，感动地围着牌匾看了又看，还转着身子跟太太说："你整天说我是实心眼子不开窍，你的个旅长表妹夫也说我是实心眼子不开窍，我这一会儿明白了。"

就在侯得章准备返回部队的前一天，省府有一道公文和一封私人信函同时发到河湾县，公文是调动孙县长的，里边注明的是要孙县长即刻到省教育厅乡村教育科任职。另一份是省城的同学写给侯得章的，说是省府有意让侯得章代理河湾县县长，以使军地两家一统，并说省府已跟南京国民政府及军政部取得联系，不日即可见到公文。孙太太紧着收拾家当细软，又催促着孙县长向侯团长当面道谢，孙县长忽然苦着脸搓手，说："刚说明白了，一眨眼的工夫我又不明白了。我这哪是升迁啊，分明是宰相府里洗笔砚嘛！"侯得章先还是暗喜着的，喜着又犯了嘀咕，想着旅长这一次指不定会怎么猜疑他。

消息传回侯家老宅，老宅里又在院门口及四面角楼上挂了红灯笼，侯葛氏还让女儿喜喜往灯笼上粘喜字。侯登銮却悄悄地拉出大哥侯登科，脸上是变貌变色的，嘴里念叨的是明白了明白了，说："大哥你还记得不，那天得章没向我立正敬礼，当时我就觉着不对劲儿……"老大侯登科说："你总是说一些藏头露尾的话，你什么时候能不跟我动心眼子？"侯登銮哇哇地叫，说："哎呀，哎呀，得章这是要脱军装了你知道吗，得章不想当团长了你知道吗，什么都不知道，你还当啥的爹！"老大侯登科又拿鼻子哼哼，哼哼着转身要走，说:"我没看出来,你的眼是锥子啊?"老三侯登銮又把大哥拉住,还把头转向院门口张望,又说:"得章要是还想着升旅长升师长升军长,他会要这个破县长?他会立马辞呈。对吧?他为什么不上辞呈?他这是不想升旅长升师长升军长了知道不!"

侯家老宅里喜喜忧忧,老三侯登銮更是看着侄子摇头叹气,还一个劲儿地冲着大哥侯登科翻白眼。侯得章要走了,捏着喜喜的辫子往手指上缠,还把喜喜的床头柜拉开,探着头扯出一块藏青色的细纹绒布料,看了还拿手摸,说:"喜喜你是要找婆家了吧,这么好的布料是给哥哥的妹夫藏的吧?"喜喜臊着捂脸,推哥哥推不动自己先跑出来,说:"大哥你当了团长学会刺挠妹妹了,你再当了县长,还不得见天拿妹妹的辫子当猫尾巴啊!"侯登銮看了又是摇头,说:"大哥你看见了吧?要是一门心思升旅长升师长升军长,他会跟一块儿布片子打哈哈!"

侯登科也觉得诧异,瞪大了眼看了儿子又看侯葛氏,侯葛氏就把儿子拉到自己屋子里,说:"你也是团长了,你也老大不小了,喜喜都到了找婆家的年龄,你呢?跟娘说说,军营里不让娶媳妇啊?"侯得章就出来了,说:"军营里不让找,我到咱运河湾里找,我给你找个两眼明亮的,一天天地给你当灯笼。"说着他还笑,见二叔侯登榜偷偷地瞅他,他就不笑了,压着声音跟他爹说话。侯登銮伸着脖子凑过去,听见侯得章打听的是白面瓜,说白面瓜探望马二梭,在军营里住了一个多月。侯得章说:"咱们紫云寨是不是有个叫白面瓜的?"侯登銮在背后搭了腔,说:"我就说是合铺去了吧,你爹还不让我说话,现在板上钉钉了吧?得章你怎么不掀他们的被窝,马二梭娶了兰兰你不知道?"侯登科拿着胳膊肘子捣侯登銮,说:"老三你是想把我憋死啊!他们合没合铺你见了?没看见你胡咧咧什么!"一旁的侯登榜果然乌了脸,抓起扫帚拍打追着母鸡寻欢的红翎子公鸡,没拍着公鸡,倒把个下蛋的母鸡砸得当场拉了稀屎。

侯登科气得脸色煞白,推着儿子出门,侯登銮又赶到侄子前边,堵着大门跟大哥侯登科使眼色,意思里是让大哥刨根问底,问得章是不是厌倦了军营,是不是旅长师长军长一样也不想升了。吉普车按响了喇叭,侯得章冲着一院子人摆手,转了头又对三叔侯登銮说:"你看我一直忙移防的事,该说的话好多都没说。三叔,得才兄弟现在属于我那个团,他已经是连长了。"侯登銮呼啦闪开了大门,又撩起袢子擦吉普车上的玻璃,说:"这么说,小熊羔子得才也是个人物了，这我可没想到！哎，我再问你，那个马二梭呢，还有黑豆？麻五就装在一个小盒盒里这我知道，他们两个呢，是不是还活着？马二梭就这样吃着碗里的占着锅里的，你是兰兰的大哥，这个下马威你可得立起来。看把你爹气得，还有你二叔，你看都气成什么样了！"

吉普车开走了，街上留下了一股子黑烟，还有一股子说不上好闻说不上难闻的呛味。侯登榜咣咣地往门板上撞头，侯登科一把抓住侯登銮的衣领子，可着嗓子吼："老三你给我听着，我和你二哥两家的事你要再掺和一次，我就喊你爹！"侯登銮挣脱了往院子里跑，跑着说："我还没跟你讨说道哩，你倒恨起我来了！我问你，得章来了这么多天，为什么到走才跟我说得才的事，你以为我这几天过得滋润啊？是你跟他下闷葫芦话了吧？"

第八章

部队移防之前，马二梭回了一次老家紫云寨。移防的命令只下达到营一级，马二梭并不知道命令是怎么说的，更不知道日本军队已经在长城根集结待命了。他只是参加了一次肃边行动，回来就跟胡营长请了假，说他想家了。肃边行动是带有惩罚性的，二梭一出发就感觉出了不对劲儿。说是全团抽人，结果从骑兵营抽出来一个连，从独立营抽出特务连的一个排。他们的任务是到山里搜捕散兵游勇，散兵游勇可能在山里也可能不在山里，山里找不到，就到黄河故道的沙滩里搜索。搜捕队不允许开火做饭，不允许带帐篷，当然更不允许掉队。一出发骑兵连就撒了欢，进了山就看不到影了。二梭他们只好顺着马粪追赶，因为罐头和炒面都挎到了马背上，赶不上骑兵他们只能饿着。黑豆腿短，他几乎每一步都要大跑着才能跟上二梭，他追赶着是要跟二梭说话的，看见二梭脸上全是怒气，他又不敢说了。二梭顺手捡起一根树枝，伸到身后让黑豆抓着，说："你连放屁的劲儿都没有了，还能说话？"黑豆呼哧呼哧地喘着粗气，说："既然是骑步兵对等抽人,为什么特务连只抽了我这个排?得才是连长,不抽他就不抽他吧,为什么胡营长也说不出让你带队的理由?是让你行使副连长职权还是排长职权?还有,单兵伙食单兵带,骑步兵向来是互不干涉的,这一回又为什么由骑兵拿着咱们的伙食?"

二梭已经知道了团长是得才的大哥,他认定是团长故意惩罚他,至于黑豆,一定还是因为上一次往家里捎带裹腿。搜捕队转了九天,一个排的步兵都没人形了,人是又黑又瘦,浑身的骨头也像散架了。胡营长把二梭留在营部,又让黑豆带着一排人到营部伙房吃一次小灶。胡营长是刚刚探亲回来的,他带来了家乡的腊肉,还有一只盐水鸭,还有一坛子米酒,关上门要给二梭接风。胡营长抠掉了坛子口上的封泥,拿手扇着闻酒香,还要二梭跟着闻香味。胡营长说他不想看马二梭的野驴脸了,他说一看就知道马二梭是窝着烟火的,不窝着烟火马二梭的野驴脸没这么难看。胡营长说:"我告诉你马二梭,部队里没有论理不论理这一说,部队里只有孙子和爷爷。官长就是爷爷,当兵的就是孙子。你当连长,一连的士兵都是你的孙子,我当营长,一个营的士兵都是我的孙子。我要当了团长呢,我要当了旅长师长军长呢,你说我得有多少孙子?对了,你现在是副连长,那就算有半个连的孙子吧。怎么的,别人能给你当孙子,你就不能给别人当孙子啊?"

胡营长对自己的形象比喻很满意,他冲着二梭眨巴眼,又说:"我把老家的好吃食都给你带来了,你不能把个野驴脸弄周正啊?"马二梭推开酒坛子站起来,说:"我要回家。"胡营长抓起一块腊肉塞到二梭嘴里,又贴着门缝向外张望,说:"豁出去犯军纪吧。我告诉你,日本人要闹大动静了,咱们团要移防,马二梭你知道要移防到什么地方吗,正是你的老家河湾县,咱们侯团长刚从老家回来。嗨,又犯纪了,我不该跟你说老家老家的,我这不是戳弄着你想家吗?"二梭嚼着腊肉向胡营长立正敬礼,说:"不为这,我就是要回家。"

二梭没进村口,他是沿着寨墙从黑豆家前边的阴柳棵里斜插进去的,拨开黑豆家的栅栏门时,他看见豁子歪着头等一条狗拉屎。拉屎的狗是个慢性子,豁子等得嘴里流出了黏水水。豌豆下地干活儿了,屋子里的玉树果然是被灰色的军用裹腿带子吊起来的,玉树的背上还绑上了烘子,烘子里塞满了麦秸,坐着的玉树看上去很舒服。玉树看见二梭就哭了,说他想八百圈也没想到黑豆会给他捎来这样好的东西,吊带的活扣就在手里抓着,软和和的,还不勒骨头，看着颜色也是顺眼的。他说："我都不知道说什么好了二梭，你说你们的官长怎么想恁周全？黑豆一准儿又去摆弄那只叉角山羊去了，他就是跟羊亲。一会儿进来我得说说他，官长比亲爹还亲哩，你不能光跟羊亲。你们是一块儿来的对吧？"二梭放下了五块银圆，放下了又拿起来，塞到玉树嘴里让他咬着。部队里三个月发一次饷，连长一次发八块，副连长给六块，黑豆当了两个半月的排长，他只攒下四块银圆，那五块里有一块是二梭的。

　　二梭在玉树的床上磨蹭到太阳压树梢，听着街上响起牲口拉稀屎的声音他才钻着胡同回了家，马家接着就乱了。先是金猪一阵子冲天呼叫，听着像是惊了魂的，后来才听清金猪号号的是"来了来了"。兰兰从灶窝里探出头来，看见是二梭她一下子呆住了，拿着手揪扯头发，头巾揪掉了，手上的面沾到脸上头发上，一个脸都成花的了。春子拿烧火棍子捣兰兰的腰，说："快回你屋里洗脸去呀，待会儿他扑上来又搂又抱，你想让他亲一嘴面疙瘩啊！"兰兰把围裙解下来在手里抓着，抓着就擦脸，地上的头巾被她踩成了土色。满秋揪着金猪的耳朵踢了一脚，一眼看见老爹马步正恶狠狠地拿眼挖他，他就把儿子推开了，说："我到豆腐坊称几块豆腐去，二梭回来了，咱得弄几样好菜啊。爹，你说咱们还喝酒不？"

　　马刘氏擦着眼泪往小屋里推二梭，马步正把她拨拉到一边，说："又不在乎这一时半会儿。你起来，让我看看老马家的好儿子是人样了还是狗样了！"

　　马步正已经显出老相了，因为驼背的缘故，他的头脸倒显得多了些生气，跟谁说话都像是巴结人。身体上的变化曾经使他很气愤，以至于跟谁说到土地说到牲口，他总会再加上一句："别以为我是上赶着跟你说话。我有什么话要跟你说？"麦收后的一天，他忽然在胡同里见到了白面瓜，白面瓜先还是要躲闪的，她不喜欢老马家这位难缠的祖宗。冷不丁地看见马步正向她伸出了头脸，她又咯咯地笑了，说："按说你这个岁数我该着喊爷爷的，谁让豁子个傻熊又跟你摊上了个平辈呢。马家大哥，你想跟我说什么？你胡子拉碴的光说说话还行，你要是弄别的我可呼喊了。再说了，你想弄也弄不成了。"结果气得他往墙上咣咣地撞后背，发着狠要把后背弄直溜，还扳着自己的头脸往后摁，随后的好几天里，他的脖子都是酸麻的。马步正拉着小儿子回到里屋，自己先上了床靠墙坐着，又拿烟锅子戳弄小儿子的皮带。二梭从贴身口袋里掏出八块银圆，一扬手扔到床上，夺过烟锅子，满满地装了一锅烟叶，狠狠地抽了几口,又被烟呛得吼吼着。马刘氏埋怨老头子不该让小儿子吸烟,马步正说:"没看出来啊,二郎神是憋着气来的,不让他吼吼出来是想憋死他啊?"

已经过了寒露节气了,院子里棠梨树上的叶子差不多快落光了,剩下的几片叶子稀疏疏地挂在树梢上,下露水的时候,软绵绵的叶子会随着露水扑嗒扑嗒地落到地上。马家的晚饭不能在院子里吃了,除了马步正老两口,满秋一家三口大多时候就在灶窝里偎锅偎灶地吃了,兰兰则盛了汤饭回自己的小屋去吃。二梭突然间回来了,闲下来盖着粮食囤的饭桌子又腾出来摆到屋当门,马刘氏还拿袖子擦了几遍桌子上的浮土。满秋端上来满满一盆子炖豆腐,豆腐里还加了腌豆角,还有没泡泛的干蘑菇。酒是在脖子上挎着的,也是满满一葫芦,把个拴葫芦的绳子紧紧地勒进了皮肉里。春子先是把金猪往堂屋里撑,又拉着兰兰跟在金猪后边,金猪的一只脚刚迈进门槛就被马步正拿筷子摁住了,金猪喝了一口汤又退回来。春子还想往门口凑,兰兰在后边拿手拽她,春子就扬了声地喊:"爹,娘,我和他二婶子就在灶窝里吃吧,我们不进堂屋了。"马步正没说话,马刘氏答一句:"你使着个狼嗓子叫街哩是吧,不会拿个空碗来盛些豆腐啊?"

一葫芦酒几乎快喝光了,一葫芦酒差不多都让二梭自己喝了,满秋举着个空碗看老爹。马步正说:"叫他喝,叫他喝,喝死个熊羔子。我说,你个二郎神这是喝蜜糖水呀!"他抢过酒葫芦自己拿怀揣了,半侧着身子给自己倒酒。满秋离开自己的凳子绕到老爹那边,也满满地倒了一碗。马刘氏拿着筷子在豆腐盆里搅拌,说:"话还没说一句哩,光知道咕咚咕咚地灌猫尿。二梭你别喝了,我看你一准儿是喝多了,你回东屋里睡一会儿吧。"二梭站起来,说:"爹,你们慢慢喝,我出去醒醒酒,我这一会儿觉着头大了。"二梭站起来的时候碰掉了桌子上的筷子,筷子在地上翻着个儿又落到满秋的鞋口上,细长的身子晃得半个屋子都是黑影子。满秋悄悄地跟到门口,一转身撞到春子怀里,春子吃吃地笑,说:"我算着他二婶子的月信日子哩,这回正好赶到茬口上。哎,我问你,二梭这次回来住几天?他这回看见你热乎不?"满秋伸着头往胡同里探身子,说:"还热乎?他都没用眼皮翻我,耷拉着个脸光是拿鼻子哼哼。我说,你个老娘们儿跟着乱哄什么?"他推开春子进堂屋,说:"到哪里醒酒去了,门口连个人影影也没有。爹,葫芦里还有酒吗,我还没够哩。"马刘氏夹起一根腌豆角塞到大儿子嘴里,拿筷子杵着看老头子的脸色，说："你们光喝闷葫芦酒，二梭这是怎么了，连一句话也不跟我说，我还是个娘不？"马步正说："我还是个爹哩！"

二梭已经到了侯家老宅，老宅里的三兄弟都在各自的屋子里吃饭。三兄弟早就分了家，虽然在一个大院里住着，各家的锅底门却是各家管着，谁家要吃一顿另样的饭菜，香油味酱油味能串满院子，另外两家都转着脖子哼哧鼻子，一时又闻不出味是从谁家飘出来的。大多数情况下，老大侯登科想换口味解馋了，会让侯葛氏炖一碗红烧猪肉，肉是猪肋巴扇上的五花肉，还得切成大方块豆腐，咬到嘴里滋滋地满嘴流油。

侯登科好这一口，自从麻五死了之后，或者说，自打麻五归了西边新宅之后，酱卤羊头和酱卤羊肉再也吃不上了，他就改口味迷上了红烧猪肉。但是老三侯登銮长了一双狗鼻子，他这里正含着一块红烧肉品滋味呢，老三的筷子就伸到碗里了，常常是他吃的还没有老三多，气得他每一次都只好伸着舌头舔空碗，又被空碗弄得满头满脸都是油，看着好像他把个头脸都钻进了红烧肉里。侯登科也想趸摸老三，却发现老三侯登銮家是关着门吃饭的，等他急火火地喊开门，里边早把好吃食收起来挪窝了。侯登科气不过，也跟老三学着吃饭关门，侯登榜家的小儿子得印回家来跟爹娘学样，说大爷家三叔家都吃香甜饭哩，两家子都把门关得死死的。老二侯登榜偏偏敞着门吃饭，有了好吃食也不避人，他们一家三口是守着锅灶吃的，三个人站三面，灶口那一面是空着的，他就让侯黄氏往锅底下塞湿柴火。湿柴火沤烟，烟灌满了厨屋，又从屋檐下钻出来，大团大团地拥堵着门口。老大老三明明知道老二家有好吃食了，就是不敢进厨屋，进去了什么也看不见。

老三侯登銮这天晚上炒的是鸡蛋蘑菇，蘑菇是从河套里捡拾的芦苇菇，芦苇菇喜油，跟鸡蛋一块儿炒了，一院子都是香味。二梭照着厨屋门踢了一脚，接着就去了东跨院侯登科的家。侯登科看见二梭先是啊啊地叫，叫着又举起灯，说："你是二梭！呀，二梭你神气了，你这冷不防地往我跟前一站，你叫我到哪里找二梭去？别动别动，你让我看看你的肩膀上是几道杠……"侯登銮是听着踢门声走出来的，顺着动静找到东跨院，看见大哥正跟二梭套近乎，二梭却直挺挺地站着，看着像是带着烟火气的。侯登銮嘿嘿地乐，说："大哥，你要是看不见就拿手摸吧，摸出来的杠杠比看得还清哩！"二梭返身一把揪住了侯登銮的袖子，说："我好多天没说话了，现在我想说话。我好多天没喝酒了，刚刚在家里没喝够。去，把你家的鸡蛋蘑菇端出来。还有你，你拿酒。"

最后一句是指着侯登科说的，侯登科就可着嗓子喊叫，喊的是老二侯登榜，说："你姑爷来了，多大的动静，老二你没听见啊！"

酒桌子摆在老大侯登科家的堂屋里，侯登科当真从床底下挖出一坛子老酒，封口的泥皮上已结出了一层厚厚的灰白色的封痂，怎么看都得是有年头了。侯登銮看着酒坛子瞪眼，眼神里是带着愤恨的，说："下辈子我是要当长子的，长子吃个猪身子，剩下尾巴才扔给小兄弟。"侯登科不搭理他，转着身子跟二梭说话："二梭你是我们侯家老宅的姑爷，我亲儿子来了都没让他摸摸坛子口，我一心想的就是给你留着。我一想起你来就觉着亲近得了不得。老二你还干坐着，你就不会去拿几个鸡蛋呀？没有鸡蛋就灌一葫芦豆油吧，你可别把棉油掺里边。去啊！"老二侯登榜坐着不动，二梭说："你先别催他。喝了谁家的酒，吃了谁家的菜，就得先说谁家的话。都喝了，喝了我有话说。"

四个人都把碗里的酒喝了，二梭自己倒满第二碗看着，又夹起一筷子鸡蛋蘑菇吃了。他说鸡蛋炒蘑菇好吃是好吃，就是不该往里边掺咸菜疙瘩，看着色道差不多，味道不一样，不是个正经味。有正经味的人死就死了，活就活了，沤了烂了也是正经味。三兄弟都呆呆地望二梭，二梭说自己是当过连长的，当了两个半月就被别人顶了。顶他的人是个窝里的，摸他摸得很清，回到营部就把他卖出去了，说他枪杀俘虏，还说谁劝也劝不住。把他卖了就卖了吧，自己千真万确是把韩余年的人一个不剩地全杀了，把连长撤了也是活该撤。可是这个人不该把黑豆也卖出去，说黑豆私吞军用器材，说黑豆偷偷地把裹腿捎回家了。

二梭说："你们知道裹腿是怎么回事吗？你们自己想去吧，我懒得跟你们多说。我只说黑豆的裹腿都给了他爹，黑豆的爹叫玉树，玉树拿黑豆的裹腿把自己绑起来。他还背着个草烘子。玉树能坐起来了，他能坐着看寨壕边上的紫柳棵子了。裹腿就是布条子，就是缠绕在腿上跑路时更利索的布拉条子，现在你们知道了吧？黑豆用野麻皮自己搓裹腿，上边发下来的新裹腿他省下来捎给了玉树，因为他有个瘫子爹。卖出去就卖出去吧，告发就告发吧，毕竟裹腿是上边发的，可这个人不该冲着黑豆瞄准。他瞄着比画着，比画着还瞄。这个人是想趁那个乱劲儿把黑豆干了，黑豆死了还得一准儿认为是韩余年的人把他干死的，他哪里知道一个窝里的人会向他下黑手啊。可是黑豆看见了，看见了他也不说，黑豆只是过后用小声跟我说。结果呢，结果你们都知道了，我又从连长弄成了副连长，黑豆的排长成了个代理的，喊明口的是副排长。这倒也不算，这个人还把人家胡营长也给捎挂上了，胡营长原本是要提升到少校团长的。"

二梭端起来又把满满一碗酒喝了，还拿眼盯着侯登銮，说："哎，你是不是也教过得才掺咸菜疙瘩啊？得才已经没有正经味了你知道吧？我说的这个窝里人就是你的儿子，就是不要脸的侯得才！我现在不能揍他了，我一揍他我就是冒犯官长，我就得挨军棍，我就得关禁闭。要是在这里，要是我没拉他去军营，我能揍得他满地上摸牙你信不？"

老宅里的女人孩子也听到了二梭说话，他们都挤到东跨院。侯杨氏脸上挂不住了，说："他这枪里夹棒说的是俺儿得才啊，你说得才哪有那些心眼眼，他爹教都教不会的。"

屋子里的侯登科紧着打圆场，还拿白眼子挖老三侯登銮，说："老三你听听，你听听，得才是你儿子，二梭不是你姑爷啊？要干这种下三烂的事也得看准是谁跟谁不？"二梭就撇开了侯登銮，他看的是侯登科，说出的话也是带了一身刺的。二梭说："你刚才提到亲儿子，我正要问呢，侯得章是你亲儿子吧？就是他信了得才的话，就是他把我的连长撸成副连长的，就是他一次二番地整治黑豆。他不把我整下来，不把黑豆整下来，得才就爬不上去。得才除了有一肚子不要脸的黑心眼，他连刺刀都端不正。他还想把我们饿死在山里。他命令我们搜捕散兵游勇，我们的伙食却被骑兵带着，我们跟不上骑兵就没有饭吃，我们就得饿死。他整我们从来不露面，他绕着圈子让胡营长说话，团长的命令营长敢不听吗？我活着回来了，可是我不想吃这个哑巴亏，我得跟你的宝贝儿子侯团长打个照面，我去找他，他一蹄子尥到河湾县来了！"

侯登科家的猫闻着香味咪呜咪呜地叫，二梭拿脚踢它，说："我找他只问一句，我就说你们侯家是不是辈辈传的没正经人味啊？一个村子里的人还这样，要是日本人真打过来呢，他还不把一个运河湾都卖出去啊！"侯登科大张着嘴啊啊着，侯登銮扑哧乐了，还拿手指头在自己脸上刮。老二侯登榜突然拍着桌子跳起来，说："闹了半天，我总算闹明白了，敢情你们一大一小这是齐着伙地跟二梭下套使坏啊，敢情你们跟二梭不沾亲带故啊？敢情兰兰不是你们亲生自养的啊？兰兰死了一个男人，你们又瞄准她这个男人了是不？"他抱起酒坛子也不往碗里倒了，就那样抱着喝，桌子上的菜也弄得没形没样了。

春子大跑着进来，说："我找了大半个村子没看见二梭个影影，俺爹说一准儿在老宅里我还不信。好啊，真好，喝吧，都喝醉吧。你们不知道他已经喝了一葫芦了，你们把他灌得跟个烂茄子一样，你们不想让兰兰跟他睡觉了？你们不想让兰兰跟二梭那样式儿地怀个孩子了？你们还不如人家豁子媳妇，人家豁子媳妇还知道说，能舍白天一年，不舍黑夜里一馋。你们倒好，光知道往肚子里灌酒！"

几个人架起二梭，二梭醉得跟个死人一样。侯黄氏紧着跟喜喜说贴耳根子的悄悄话，喜喜臊得脸通红，推着多多让她去跟兰兰传话。多多说："哎哟哎哟，这都是些什么话啊，这些话我可说不出口。"喜喜只好低着头自己去了。春子又跑到大门口喊满秋，满秋走到门口又退了回去，说自己宁愿摸黑到地里干活儿去，大伯哥往兄弟媳妇床上背人，传出去能丢死人。春子背起二梭，顺手又把得印揪住了，让得印在后边抱住二梭的腿。春子说："你要是心疼你姐姐，你就得帮着往你姐姐床上搋你姐夫，还得把他全身扒得光溜溜。"侯家三妯娌各自拉起自己的男人，捂着鼻子说埋怨话，拉不动又喊孩子。侯登榜追到大门口，还要替换春子背二梭，侯黄氏就把他拽住了，说："你真喝糊涂了，小两口那些事，你能跟着掺和啊？"

让喝醉了的二梭上床睡觉是白面瓜的主意。兰兰原本是去蹲茅厕的，她还想温些水擦洗身子，还要在水里加些香姑娘草，刚解下腰带搭到墙头上，墙头上忽然多了个白生生的大脸。她吃一惊，定了神猜出是白面瓜。白面瓜趴在墙头上跟兰兰说话，说的是："趁着二梭糊涂，别管他狗样猫样，别管他真醉假醉，先把他扒成个光溜溜，兰兰你也脱个光溜溜，他再醉也扛不住两个光溜身子。"兰兰听着捂脸，春子是先听白面瓜说过一遍的，果然进屋就把二梭的衣服扒了，噗地吹灭灯，推着兰兰摸黑进屋，还顺手把兰兰的腰带抽了下来。

马步正在床上吸烟，磕着烟灰说："弄成杀猪了！"

马刘氏接一句："往后别再恨人家豁子媳妇了。你听见了没有？"

第九章

　　到了霜降节的前一天,紫云寺的一了大师发了整整一天的大昏,再醒来的时候,慌毛星正好照准了窗口。一了大师问马笸子挖坑了吗,说缸是擦洗过的,放在柏树底下正好。马笸子一抬头看见了白亮亮的慌毛星,说:"你这是睡的什么觉啊,慌毛星都爬到东南了,我皈依了佛门当了住持也得这样睡觉啊?"

　　一了大师让马笸子把他抱到蒲团上,坐周正了眼还是闭着,说:"是个好时辰,我要去见佛祖了。天明是秋分,昼夜相停,阴阳两清,节气赶得也好。"马笸子听他说得蹊跷,明明要到霜降节了,怎么还说秋分?马笸子心里疑惑着,还要抱被子给他披上,一了大师叹口气,摸索着摁住马笸子的手,说:"你只说个皈依,不要再说当住持了,你的尘缘未了,你让我走得不净。"一了大师说的是自己听懂的话,他说:"紫云寺要被大水包围了,波涛翻滚着变成一片汪洋,长虫是要吃老鼠的,结果长虫也被水淹死了。高粱棵子没有了,露出来的只是个红艳艳的高粱穗子,一群一群的光腚孩子脚蹬手扒,还以为是通天柱呢,抓到手里才知道是个高粱棵子。抓着抓着沉底了,呼噜呼噜冒泡了,死在外边的人,佛祖不会收了。色就是空,空就是色。一个痴迷遮挡着,也怪不得她。她不知道色就是空。她不知道空就是色。佛说无色。佛说无我。佛说无界。佛说无住持。佛说阳就是阴,阴就是阳。"

　　马笸子听得脊梁骨缝里嗖嗖地钻凉风,抽出手来要拿被子挡门挡窗户,说:"哥,你到底要说什么?"一了大师说:"我见了佛祖,我会说是你们把我气死的。你的法号叫了尘,你到底记住了没有?心中无佛,哥又何能?心中有佛,哥从何来?我是要到极乐净土的,如何又肯还阳?笸子啊,有人要你替换麻五,你能若何?"马笸子再不敢胡言乱语,也学着样子盘腿坐到地上,看着一了大师也不睁眼也不喘气,他也跟着把眼闭上,憋得难受时又把眼睁开了,忍不住又问:"你走了,一个紫云寺里就剩我一个人,怎么又成我们了?"他把手指伸过去摸一了大师的鼻子,一了大师说:"兵营修起来了,女缠缠又要来了,我真得见佛祖去了,我是须臾也等不得了。"

　　马笸子已经在柏树底下挖好了坑,坑是圆的,从禅房里抱出缸来,缸是拿帐子蒙着的，擦洗得明明亮亮，他两手抓着缸沿放坑里。再回禅房抱出一了大师，让他盘着腿坐到缸里，回头又到灶间里抱那口盛水的缸，却看见侯月娥正在锅里烙锅饼，锅台上还摆着一只碗，碗里还盛了半碗水。马笆子一时显得有些迷怔，怎么也想不出来侯月娥什么时候进了紫云寺，灶间生起火来他也没听到一点动静。他说："你这又是筷子又是碗的，给谁吃？"侯月娥拿筷子把锅饼穿了，横着放到水碗里，又从怀里抓出一把扎了草绳的韭菜，比量着压到水碗上。马笆子被她弄糊涂了，还是盯着问，侯月娥端起碗来要往缸里放，嘴里还念叨着，说的是："饿了就吃，吃了就赶路，到了就回来。"马笆子拦住她，说："你得让我明白，你这是说给谁听的，这里边还有说道？"

侯月娥说她做的是上路饭，也叫下世饼，饼是路上吃的。马笆子又问："那韭菜呢，当菜吃啊？"侯月娥就有些哽咽，说一了大师成全了她和麻五的姻缘，她快变成没人要的老闺女了又有了三个儿女。她是盼着一了大师快快还阳的，韭菜是还阳草，托生了还是来紫云寺，还是来当住持。马笆子怔怔着看侯月娥，看见她还是罩的黑头巾，还是他那天见的三个扣的黑褂子，没有扣子的空隙里露出来的是月白色的贴身汗衫，扣子是绿灯草绒的连心扣，扣鼻结的是粉红色的蝴蝶翅。只是裤子换了一条带白穿线的，白穿线直溜溜地从裤口通到腰间，到腰里又收紧了，兜出来一个圆鼓鼓的大屁股。马笆子就有些不自在，说："你回避吧，我要合缸了。"

马笆子先把面缸扳倒扣在地上，弯了腰再去抓缸沿，缸却抱不动了。侯月娥拿了锅铲在地上挖坑，挖出个窝窝让马笆子把手伸进去，又在对面挖，也把手伸进去，两个人抬着扣到坑里的缸上，两个缸竟然严丝合缝。地上没坟头，扣上去的缸露出半截来，侯月娥紧走几步，从山门口提过来的是一个篮子，篮子里盛的是带根的韭菜。韭菜围着缸栽了一圈，绿茵茵的，好像一直在这里长着。马笆子端出水盆让侯月娥净手，水盆放到石几上，自己远远地闪到一边。侯月娥从袖筒里扯出手绢，擦了手又去抓扫帚，还要进灶间打扫灰尘。马笆子紧着抢过扫帚，支岔着手往门口撵侯月娥，侯月娥走到山门口又折回来，径直走进一了大师的禅房，一条腿半曲着跪在禅床上，拿拂尘从里到外地清扫了，还要另换枕头囊子。

马笆子带了哭腔说："女施主请回吧，佛门净土，孤男寡女的好说不好听。"侯月娥放下枕头，抱起被子晾到石墙上，这才拍打着停住了手。马笆子以为她要走了，侯月娥却又回转过身来望他，还说了喑喑哑哑的嘤嘤话。

侯月娥说："笸子叔你比麻五大一岁，大半岁也是个叔，当叔的不论大小。小叔公，大大伯，碰倒叔公躲大伯。侄媳妇跟小叔说话，深话浅话都能说的。兵营修起来了，我想去找找他们当官的。一个团长就可以支派县长要回官地，我不找团长了，我要找就找旅长找师长找军长，麻五说过，官越大的越论理。这就叫阎王好见，小鬼难缠。"

侯月娥说得动气，迈着碎步又往马笸子跟前凑，说："叔，没有你侄子了，你当叔的得真心实意地护着侄媳妇吧，我知道你是从心里真真地护着侄媳妇的。那天你把麻五的魂大老远地带回来，当天晚上麻五就跟我说了话，他跟我说，要谢得谢笸子叔，没有笸子叔，你在家哭死也是哭的一把土。笸子叔，你侄媳妇受了大委屈了！"

侯月娥说的起兵营是真的，兵营还是在原来的地址上，只是气派比先前哪一家都大，靠近运河的那一面，还留出了一大片子操场。最招眼的地方是兵营的东北角，那里本来是生长着大大小小的柳树的，柳树林里忽然多了些沟槽，沟槽是用灰石砌的，上面被柳树枝子罩着，冷不防钻到林子里，看着是要盖房起屋的。后来才有人传出话来，说是准备安大炮的，炮筒子冲的就是运河渡口。县城的北面东面也修起来两个兵营，只是规模上要小得多，近看远看，看见的只有一排房子，围着房子的是一圈一人多深的壕沟。来的是338旅186团，三个营里有两个住在县城，他们轮流在城东城北派驻一个连，从县城连接兵营的壕沟只有半人深。胡营长的加强营就驻防在最大的兵营里，兵营离县城十三四里路，骑马跑个来回也就吃半顿饭的工夫。坐吉普车更快些，不过营部没有吉普车。

其实加强营是最后过来的，动身的时候是白天，来到正好是下半夜。许多人都喊着腿断了，胡营长骑的是马，他从马背上跳下来先摸的是腔，说腔上火辣辣的，闹不好是磨出血泡了。警卫兵要把马牵走吃夜草，胡营长又把马缰绳夺过来，说是一刻也误不得了，当紧的是向团部汇报。警卫兵又往鞍子上加了一块毯子，放周正了扶胡营长上去，胡营长骑在马上挨个儿地找连长，要求各连不许睡觉，扔下铺盖卷马上开火做饭。得才跑出来腿还是瘸的，拿枪挂着朝胡营长敬礼，胡营长拨正了马头又说："我让你们开火做饭，可是我这一会儿最想喝的就是紫云寨的鸡蛋茶。我明明知道过了运河就能喝上，我明明知道泼了香油的鸡蛋茶喝了败火，我还得装着不知道。"得才呀呀地叫起来，说："到紫云寨了是吧，我说看着这里面熟呢？"看见胡营长拿眼睛斜他，他就把腿站直了，挥着手让排长把人带进营房。胡营长转着圈子没看见二梭，于是又冷着脸问了一句："我说侯连长，你就是这样带的兵啊？长官训话，部下呼啦啦地围上来看，是看人耍猴啊还是看猴耍人？马二梭呢，你的副连长呢，没人把他从特务连开出去吧？连长架着条破枪当瘸子，副连长再来个兔子钻窝不见影，这个特务连我还要不要？马二梭，你个二野驴就是撸成兵蛋子，也得过来见我！"

黑豆从营房里钻出来向运河岸边的茅草地里跑，胡营长照着黑豆的背上抽了一鞭子，黑豆站住了，马跑到了河岸上。

二梭当真坐在茅草地里，露水把茅草打湿了，露水还打湿了二梭的帽子，他把帽子摘下来在手里抓着，眼睛望着的是运河对岸。他看不见紫云寨，他只看见紫云寺里有一丝丝光亮，光亮透过柏树枝子散出来，看着像是柏树上挂了灯笼，灯笼忽明忽暗。二梭知道紫云寨不少人去过紫云寺，老马家的马刘氏也去过，先是为老头子发迷怔去的，那是在老马家夜里下河拦鱼的第二天。满秋得怪病喊冷的那一次她也去过，但是二梭不知道娘为他也找过一了大师，他听不懂一了大师念经，听懂了也不信。其实，当着副连长的马二梭真不知道自己相信什么，他是赌着气入的兵营，仗也是赌着气打的，因为他不服气天底下还有打不胜的仗。那一次炸敌人的机枪阵地，他是看见麻五死了才大恼的，恼也是赌气，赌着气就把阵地拿下了。在接下来的战斗中，他又打了几仗，也是一打就胜。他还当了排长连长，那时候他想的是，既然能当排长连长，那就再当营长当团长好了。他还是赌着气地打仗，即便把连长撸成了副连长，他还是不明白赌气成全了他也害了他。包括前几天赌气请假回老家，包括从老家回来找团长侯得章论理。

二梭不愿意回想回到老家的那个晚上，那个晚上成了他的一块心病，心病后来又变成了谜。那个晚上他是赌着气喝酒的，在家里喝了又到侯家老宅喝，在家里喝了多少他知道，大约半葫芦吧，到了侯家老宅又喝了多少就不记得了。二梭能记得清的是第二天早晨，他伸手摸枪，枪没摸到，摸到的是自己的光身子，他一下子清醒过来，夜里的酒劲儿一点也没有了。他大睁着眼望自己，好像光身子是别人的。穿上衣服掀床掀铺，床上床下都找了，屋子里只有他自己，连屋门都是关着的，里边还上了插床子。他又懊恼着坐回床上，转着头看墙角看屋顶，屋顶上看不到一个蜘蛛网，墙上也是光亮亮的。屋子里还有些甜丝丝的味道，吸进鼻子里又变成了香味。他有好久好久没闻到过这种味道了，能回想起来的是白面瓜的头发，至于这种像草棵棵一样的香味还在哪里闻到过，他就记不起来了。直到他认出来这个干净利索的屋子是秀秀住过之后又喂过牲口的，他突然明白了自己是睡在当初的新房里。

香味是兰兰的。他入了兵营之后兰兰一直住在这个屋子里，这个屋子是兰兰的了。他很别扭地洗脸漱口，他从水盆里看到家里人都躲他远远的，他一脚把水盆踢翻了。水盆滚到金猪脚底下，金猪拖拉着湿鞋往堂屋里跑，跑着说："二叔你别问我，我什么也不知道。"春子和兰兰在厨屋里准备早饭，春子低着头往锅底下续柴火，锅底下的柴火塞满了还是一把一把地往里续。兰兰低着头贴锅饼，贴好一个再抓面，头还是低着的。他像个闲了一冬天的牲口，冲冲撞撞地走进堂屋里，马步正趴到床上让老伴掀开褂子找虮子，马刘氏也是低着头找，还用牙嘎吱嘎吱地咬褂子缝。他没看见大哥满秋，满秋从屋顶上往下扫干树叶子，院子里扫干净了又扫屋顶。他可着嗓子吼了一句："都不看我是吧？都不理我是吧？那好，我走了！"从篮子里抓了两个剩窝窝，又从咸菜缸里捞了一把腌豆角，他急火火地走出院子。院子里像突然间放了一挂炮仗，快走到寨壕了，他才想起那是干树叶子哗哗啦啦地落到地上的声音。他又在心里赌气，说："扫去吧，扫得再干净我也不回来了！"

胡营长指引着马舔二梭的头，二梭站起来敬过礼又坐下了。马又拿蹄子踢二梭的腔，二梭只好再站起来，薅了一把芦草塞到马嘴里。胡营长嘿嘿地笑，说："马二梭，我知道你看什么，你看得再清楚也没用。你已经探过一回亲了，你搂了老婆又搂情人，紫云寨的俊娘们儿都让你搂了，我还是装作什么都不知道，我准了你两天假连团长那里都瞒着。可是团长还是知道了，我只要一把你看成自家兄弟，团长一准儿得知道，看来你们的特务连里都是特务了。"二梭站周正了，挨着马头望东南方向的县城，县城上边有一颗闪烁的慌毛星。胡营长就不笑了，说："马二梭你把个野驴脸给我转过来，转过来你看着柳树林。你看见那些炮位了吗？那是给炮团准备的。炮团是谁的？是旅部的。旅部谁说了算？旅长。旅长要在我们营区安家了你知道吗？马二梭你真是个野驴脑子，你连旅长在身边是什么意思都不知道。你想想，旅长在身边，旅长的眼睛比锥子还尖呢，他能不明白特务连是干什么的？他能不明白团部为什么安在县城？还有独立营……"

胡营长拨转了马头，接着说："马二梭你总是占用我的时间，我是急着要跟团长汇报的,你却让我说了许多废话。记着,你要是再敢说一句找团长论理去,我就让马把你当料豆嚼了,嚼得嘎嘣嘎嘣!"

胡营长又说:"好了,我要进城。"

在随后的几天里,二梭果然不再想着找团长侯得章论理了,他用了许多时间反复回想那个晚上。那个晚上他竟然脱得一丝不挂,竟然睡了一整夜都不知道衣服是怎么脱的。二梭知道自己是喜欢脱光溜了睡觉的,即便是跟白面瓜在紫柳棵子里胡闹,即便紫柳条上的毛毛刺拉得他浑身刺痒,他还是脱得光溜溜,由着白面瓜的手在他身上滑过来滑过去。但是,入了军营他就把习惯改了,尽管衬衣衬裤是好几天之后又穿上的,起码他不再脱裤头了,不再把衣服随便拿来当枕头了。他把自己喝得烂醉,就是打着谱不好好睡觉的,怎么又脱得光溜溜了呢?门是里边上了插的,那一定是自己关的屋门,一定是自己先插上的屋门又脱光的衣服。那么,兰兰一定是回娘家睡的,她进不了屋门只有摸黑回娘家。

实际上,那天他连兰兰穿的什么衣服都没看见,甚至连兰兰是他的媳妇这一点,他也不打算记住。还有白面瓜,他也打算忘了。他打算忘掉兰兰,就是为了忘掉白面瓜的,他知道,只要自己一想起家里还有个兰兰,他一准儿得记起白面瓜。那么,他们为什么都不跟他说话,为什么都把头低着,明明知道是他偏偏装作看不见?二梭后来发现自己陷入了一条死胡同,钻进去往前走,走到头又找不到出口,他只有克制着忘掉回家的事。好在他把要说的话都说了,也亲眼看到了黑豆的裹腿已经绑在了玉树身上,唯一不周全的就是没去看看麻五的孩子。他赌着气回家,赌着气要找团长论理,却偏偏不赌着气看望麻五的孩子,这也是二梭想不明白的。

移防之后的第七天,营区里要举行全科比赛了,二梭忽然见到了一身黑衣的侯月娥。侯月娥跑了一身尘土,流了汗的脸上也是尘土,她肩上还背着一捆紫柳条子,里边夹裹着粗粗细细的干树枝子。站在胡营长跟前,她还把绑绳往肩上提了提。她说自己是跑了县城又跑兵营的,她说自己已经打定主意了,这一回非要摸清老底不可,非要跟官地拼个死活不可。"人不就是一死嘛,麻五死了,什么也不管了,麻五的媳妇还活着,麻五的孩子还活着,他们想要逼死麻五的老婆孩子,那就死给他们看好了。"侯月娥说,"营长您告诉我,我为什么见不到旅长?"胡营长一连声地喊二梭,二梭怔怔地站在侯月娥面前,瞪大了眼想在侯月娥身上找出麻五来。侯月娥哇哇地哭起来,说:"团长欺负麻五,我要见旅长。团长夺走了官地,我要让旅长夺回来。二梭兄弟,我看你也是亲近的,看着笸子叔也是亲近的,我看着你们马家人都是亲近的!"

第十章

整个紫云寨都知道运河东岸又安了新兵营了,原先的青龙兵营扒了,现在住的是中央军186团,团部安在县城,侯家老宅的长子长孙侯得章当着团长,还当着县长。不久之后,整个河湾县都知道了,还知道旅长的表姐夫就是调到省城的孙县长,是孙县长把位子留给侯团长的,而孙县长之所以能进省城,侯团长是费了大力的。旅长这是没来,来了准得跟侯团长握手拥抱,准得到侯家老宅里探望,侯家老宅这一回是铁铁地沾上官府军府了。

侯登科准备到县城去一趟,他掐算着时间该去了。一早起来,他让侯葛氏先温了一盆热水,水里又放了些火碱,趁着温乎劲儿洗脸刮胡子,把个大长脸收拾得跟个冬瓜似的。接着又喊老二老三,老二侯登榜跟老三侯登銮一前一后走进东跨院,一人手里提一个食盒。食盒里盛的是官地上收获的稼禾,有沙质地里采摘的赤小豆、绿豆、落生、山药、红枣,有淤土地上采摘的棉花、高粱、荞麦,有半沙半淤的土地里种的石榴、山楂,还有一种吃了养胃的薏米。靠近河套的低洼地里,扒出来的是地梨、菱角、荸荠。这几样东西都是野生自长的,但它们都生长在官地里,也得算是侯家老宅的收获。侯登科的食盒里盛的是土,土盛在十几个布包里,也把食盒装满了。

带这些东西进县城是老二侯登榜的主意,侯登科一开始想的是各家凑些银圆给儿子得章,得章拿着银圆放到兵营里也好,收到县库里也好,谁见了都得知道是老宅里贴补的,方方面面的人都得敬着得章,得章到哪里都得落下个清廉的名声。老三侯登銮噗噗地吐口水,拧着脖子说什么也不同意。他说:"大哥你一准儿得猜着我是舍不得。大哥你猜错了,官地是得章的面子换回来的，这三四百亩官地都让得章一个人种我也没二话。关键是烧香不能往佛祖腔上烧，老佛祖疼得光顾着护腔了他怎么护你？咱得章是要名声的，名声从哪里出，在外边。咱总不能让得章捏着个银圆满大街喊吧？"侯登銮还要再多说些，侯登科就笑了，说："老三你别吐口水了，我跟你说这个法是说梦话哩，我知道只要往外拿钱，一准儿不是好主意。老二你说呢？"老二侯登榜就说了拿稼禾进城的好处："好处是让得章知道，黄金白银都能花光用完，千代万辈子光进不出的只有土地。侯家老祖宗这好那好，得了官地是第一大好，子孙后代谁能忘了？"老二的话又把三兄弟的心收紧了，侯登科还说了要给兰兰扯一身细纱纹的布料做棉裤，过年时还要给兰兰买一条羊绒纱的围巾。

　　侯登科把食盒挎到驴背上，又在驴背上搭了一块枣红色的棉垫子，牵着驴准备到街上踩着石几上的，一开门先闻到的是一股子冲鼻子的臭气，原来花头就坐在老宅的大门洞里。花头还是拖拉着他的四轮枷锁箱，还是把个烂头从枷锁箱里伸出来，只不过头明显小了许多，为了不从枷锁箱的凹槽里漏下去，他不得不把个烂头往一边歪，以至于绷紧了的那半拉脖子上，暴出来的青筋像拉直了的青豆角。花头听见门响先叫了一声科爷，叫过才发现先迈出来的是驴腿。他说："我知道驴腿上边一准儿是科爷的头，科爷牵出驴来一准儿是进县城的，进了县城一准儿是去见团长县长的，我当过会首，这样的眼色还是有的。科爷无论如何也得替我问候一声团长县长，就说紫云寨会首孙花头每时每刻都想念他，他要是再提起我做派饭是立了功的，您就替我拿双手捧着接了，就说为国家为政府我是生死不辞的。团长县长要是派马车拉我看病去，您也替我答应下来，我说什么也不能折了团长县长的面子。科爷，要不要我扶您上驴？"

　　侯登科又把以前说过的话找出来，最后说："死去吧！"

　　侯登科见到了儿子，儿子忙着公事，他在县政府门前的槐树上拴驴，门口的警卫帮他卸食盒。侯得章摆着手说："我这里开着火呢，你带头整猪来我也没工夫吃。爹，你自己坐着玩吧，你看我一身二职忙死了。"侯登科坐在食盒上看儿子办公，看见儿子的对面坐着一位村妇，村妇的怀里还抱着个孩子，孩子一个劲儿地哇哇哭。侯登科坐不住，跑过去扯村妇的袖子，说："你让孩子吃几口啊，他哇哇着我心焦。"村妇臊红了脸，半侧了身拉出奶头塞孩子嘴里，孩子咂了一会儿还是哭。侯登科又急得转圈子，看见儿子却是个不急的,他倒了一杯水给村妇,还拿了一支毛笔逗孩子玩,说:"不急不急,你只管慢慢说。"侯登科转到门口,使个眼色跟警卫说悄悄话,警卫咔嚓打个立正又退回到门口,说:"老太爷饶了我吧,我可不敢。"侯登科从怀里摸出一块银圆,说:"我是团长县长的亲爹,我说来了就是来了,你只管到里边喊话去。"警卫抓着银圆跑进去,说:"报告侯团长侯县长,有人说旅长来了。"侯得章噌地跑出来,又是扶帽子,又是摸领扣,说:"谁说的,旅长在哪里?"侯登科接一句"我说的",拉着儿子去了后院,紧着让儿子挨个儿看食盒。

侯得章埋怨爹把公家事当成了儿戏,说假话就是谎报了军情,况且那边还有一个案子悬着,也是极当紧的。侯得章掀起食盒看了一遍,看着眼睛就湿了,说:"爹,我现在有些明白了,为什么中国的封建制度能连绵不断两千多年,为什么军阀割据抢占的是地盘。中国的问题在于乡村,乡村的问题在于土地,土地的问题在于归属,这就是关键之所在。"侯登科还想打听旅长是个什么脾气的,旅长驾到的那天还要不要召集四乡百姓到城门口接迎,河套里有的是莲藕苇菇飞禽走兽,要不要给旅长摆个百鲜宴。侯得章不接他的话头,说的还是地方上的话,说河湾县南通苏杭,北连京津,东接泰山,西邻太行,沃土万顷,水流纵横,是中原腹地少见的稻黍鱼米之乡,可谓国之粮仓,民之附载,乾隆皇帝七下江南,来回都要吃住在河湾县的。

侯登科拿白眼珠子剜儿子,忽然想起老三侯登銮说过的话,便拿鼻子哼哼着,说他越听越感觉儿子不像个团长了,一会儿粮仓,一会儿鱼米,儿子真把自己当成县太爷了。心里恨的却是家中的老二老三,恨他们唆使着让自己带食盒,还唆使着让他带了五色土,这不是越发勾引儿子走偏道吗?侯登科拿手指敲桌子,说:"我问你话呢,你是没听见呢还是糊弄我?"

侯得章抬起头来望他爹,剥了一颗荸荠吃了,又要找棒子砸菱角吃,侯登科夺过菱角,连着食盒里的大包小包一块儿扔了。侯得章擦擦手走到一边,伸着脖子望门外的大街,嘴里却是自语的,说:"我知道你要说什么。你想说文到阁老武到侯,咱们家又占着个侯姓,旅长师长升上去,说不定就成了一品大员,说不定就成了一方诸侯。是不是呀爹?你还想说秀才遇到兵,有理说不清,可见地方官是怕着握兵权举枪杆子的。是不是呀爹?部队上的事我不能多说,说了你也不信。我这么说吧,不,还是我来问您。假若您读书读到省城,假若您满腹经纶,胸藏九章,可是您的顶头上司是个把'孔子曰'

说成'孔子曰'的无知之辈，他还偏偏跟您喝五道六，您会服气他吗？"侯登科摇摇头，说："那我不服。"侯得章又问："假若他天天跟您摔枪把子，天天瞄着天上打飞鸟，嘴里还念叨着'打公的不打母的'，您会腻味吗？"

侯登科就明白了，明白了儿子当初为什么跑前跑地为姓孙的县长上万民表，于是说："你不会把个团长也留给姓胡的营长吧，听说那个人是个极有城府的？"侯得章哈哈地笑了，换了话题又说到刚才告状喊冤的村妇："那个村妇是全县出了名的长舌头，是最会吃百家饭的，一年四季地跑媒拉纤。浪狗腿，媒人嘴。给她个好，赚她个长舌头，两下里都不赔本。"

侯登科有些敬佩自己的儿子了，接下来又说了些无关紧要的闲话。侯得章突然提起乡村建设，说自己想尽快把乡里长组织建立起来，全县划分十九个乡，十里设一个里长，二十里设一个乡长。再以运河为界设立两个大区，每个大区指定一个召集人，这个召集人可以由有威望的乡长兼任。各个乡都要组建治安联防队，联防队忙时种地，闲时操练，散时无形，聚时成列。这样经纬交织，穿横连纵，整个河湾县就是一盘有静有动的象棋了。侯登科听着热闹，刚才的烦躁也就如风散云，一张大长脸竟勾勾着伸向了儿子，说："那你这个团呢，还得是你的吧？"侯得章又说起自语话，说铁打的营盘流水的兵，营盘有了，兵自然也有了。他转了头忽然又问运河湾里有没有合适的乡长人选，最好是胸怀坦荡的无私无欲的敢作敢为的人。侯登科说："儿子又是团长又是县长的当着，当爹的不得跟着摇旗呐喊啊，老宅里出任乡长自然是最合适不过的。"又说最好把原来的会首撤了，既然有里长了，没有必要再保留那个会首，尤其是像孙花头那样的。侯得章又问孙花头是谁，侯登科站起来吐口水，随之说了花头的种种恶心相，侯得章听着就摆了手，说："换掉，换掉。"

侯登科在县城吃了午饭，侯得章要陪着他下馆子，他不高兴，说下馆子说起来乍一听好听，细论起来也不好听，因为只要有钱谁都能下馆子吃饭。侯登科说："我得吃团长饭。"侯得章就笑了，离开县政府，拉着他爹去了团部。吃过饭，警卫员捧上茶盏，茶是黄山的云雾茶，茶里却又放了两颗烧进了皮的红枣，还有一片姜。红枣和姜是运河湾里自产的，茶清肺，枣暖胃，搭配了泡茶喝，是运河湾里老辈人传下来的，不过茶好孬就不大讲究了。侯登科喝了一口，原本要细细品味的，却咕咚一口咽了，还呀呀地叫，说自己差一点又忘了一件事。他说："来时你娘曾提起过的，我骂她头发长不知好男儿壮志凌云，她还是嘟囔着说毕竟不小了，兰兰是个妹妹都嫁过两回了，喜喜跟多多也眼看着要找婆家，侯家的长子长孙却还是个光杆的。想想你娘说的也有道理，骑上驴我就没再骂她。哎，我问你，你为什么不找个媳妇？"侯得章又把话岔开了，扬了声问警卫驴喂饱了没有，接着还是说自己公务缠身，下午再不敢说闲话了。侯登科看见驴又皱了眉头，追着问警卫有没有盆口大的响铃，最好是系着大红花的。侯得章说："爹不就是想招招眼嘛，我让吉普车送您。"

吉普车出城时差一点撞到人身上，原来是侯月娥又要进城，远远地看见吉普车出了城门，想着车上坐着的兴许就是旅长，大跑着奔过去，偏偏又让背上的紫柳条子干树枝子摇摆得脚底下打晃。司机紧着刹车，侯登科的鼻子磕在把手上，鼻子里流出血来。司机吓得打个寒战，偏又摸不到手绢了，只好摘下手套来当手绢用，哆嗦着手要给侯登科擦鼻血。侯登科吃吃地冷笑，说："不擦了，我要立马回紫云寨。"车开过去了又回头，看见侯月娥从地上爬起来，趔趄着又进了县城。

侯月娥回到紫云寨的时候吉普车已经返回县城了，村口留下的是两道带花纹的辙印。她没回村西头自己的家，还没到村口呢就拐弯去了紫云寺。见了马笆子先说天下都是老宅的了，新宅里从此再没有活路了，不过，没活路她也得活着，她还得活出滋味来。侯月娥还说："我又捡拾了一捆干柴火，够你烧一冬天的了。笆子叔，你给我烧锅热水吧，我要洗身子。"

第十一章

紫云寨乡公所要挂牌子的当天夜里，花头已经做好了死的准备，他是要兑现当初立下的宏愿大誓的，当天夜里他就到了侯家老宅的大门洞里。

乡公所设在侯家祠堂，牌子是老二侯登榜做的，用的料是大前年打床时剩下的一块独板，正好还剩了些油漆，端到祠堂里由着老大侯登科写字挂牌。

侯登榜的变化得益于老三侯登銮，吉普车停在门口的时候，他就跟二哥侯登榜说："你以后再不能犯拧了，我看大哥从今往后再也不会躺着睡觉了。好家伙，团长的车送他，他还是县长的爹，想想吧！"侯登榜这几天跟谁都不犯拧，兰兰已经有喜了，是多多亲眼看见的，说是兰兰姐光吐酸水水，噗噗吐一口，这一口还没吐完呢，嘴里又有了。侯登榜做牌子时脸上是带着笑的，他跟老三侯登銮说："我犯什么拧，我从来不犯拧，一个老宅里没有比我的脾气再好的。"侯登科一早起来挂牌子，还买了一挂千头火鞭到大街上燃放，开了门就看见花头已经死挺了。蜂拥而来的绿头苍蝇包围了花头，花头的头一下子大了许多，侯家老宅的临街门楼像在云雾里。侯登科先扯着火鞭炸苍蝇，又盘了个火龙升空的形状拉到街上，放完了他说："孙家还有个带眼色的吗，要有就把这堆臭肉弄走，再不弄走我可喊豁子了。豁子，豁子，你今天不用串兵营拾粪了，这里有一堆现成的！"

三兄弟先是挑了井水冲洗门洞，冲洗过了还是一院子臭气，还是黑压压的绿头苍蝇挤疙瘩滚蛋蛋地往地上落，后来又改用运河湾里的水冲，冲到院墙上冒水泡时臭气才算消了。最后还撒了石灰，还铺了拃把厚的柏籽壳子，还拿谷糠拌了辣椒叶子，装在盆子里点烟火，折腾了一整天，花头就永远地从侯家老宅飘走了。

孙老安的两个儿子一直恨着花头，要没有花头当会首那一节，孙老安不会张狂着补办青龙节，不办青龙节就死不了玉树媳妇，玉树媳妇的魂也就附不到孙老安身上。张罗虽说是马靠靠挑的头，但里里外外弄邪景景的却是孙家的人，弄了邪景景就是为了让花头当会首。花头到底是死了，孙家人一个应声的也没有，得印被派去找豁子，回来说豁子没在家，白面瓜趴在老马家的墙头上跟兰兰叽咕咕叽咕咕，问她豁子跑哪儿去了，她也不搭理。

白面瓜并没跟兰兰叽咕着拉闲呱儿，她是来邀兰兰到运河湾去的，她说在运河湾里望兵营，能看得清亮亮的。其实白面瓜一直不知道186团是沿着运河来的，更不知道运河兵营里住的是胡营长的人马，她见豁子一天两晌地往家背大粪，猜想豁子一准儿是找着粪堆了。白面瓜说："豁子，你在兵营里见到谁了？"豁子吱吱地笑，说："我见到当兵的了。"她拿着绱鞋锥子走过去，豁子依旧吱吱地笑，躲闪着说："我见到了侯连长。"白面瓜又问："你见到马连长了吗，还有胡营长？"豁子又说："我不认识胡营长，我见到的马连长是个副的。还有个丁排长，脸上没有一丁点喜悦色。"白面瓜催着兰兰出门,还要兰兰往头发上洒香姑娘水,没有现成的香姑娘水,抓一把香姑娘豆搁嘴里嚼着也行,支使得兰兰出了一头汗。

兰兰当真找了几颗香姑娘豆,拿手抓着走到堂屋里,跟婆婆说她要回娘家找鞋样子,马刘氏要她收拾几把干菜带回去,说空手回娘家怎么说都不在理上。兰兰笑着摇摇头,又冲公爹施了礼,接着就拉开了大门。春子是躲在墙角里看着的,看着兰兰出门她也跟过去,马步正吭吭地咳嗽,还拿着个烟锅往床帮上敲。马刘氏说:"你上辈子一准儿是个蚂蚱托生的,找个草棵棵吃也要蹦跶蹦跶。春子,你连稳个窝也不会呀?"春子呀呀地叫屈,拍打着身上的土又退回到院子里,说:"那天是谁把二野驴背回来的,得是我吧?我要不把他背回来,他能跟兰兰那样式儿地折腾一大夜?他要是烂醉在老宅里的桌子底下,兰兰能怀上孩子?爹,您看俺娘还说我,您看我得有多冤?"马刘氏就端着个针线筐子走出来,说:"过来,让我把你的嘴缝上。一会儿那样式儿的,一会儿怀上的,他当公爹的能答你的话啊,你还跟他说?"春子紧着捂嘴,顺手把香台上的簸箕拿起来,从篓子里抓了几把带土的囤底子,吃吃地笑着又趴到院墙上向外张望。

两个人是钻着胡同出村的,要过寨壕了,白面瓜低着头看兰兰的肚子,还哼哧着鼻子闻兰兰头发上的香味,还呱呱地笑着要趴到沟沿上让兰兰踩着上。她说:"不行,兰兰你得跟我说说,你当真怀上了他的孩子?你说说我给你算日子,你身上净了几天他回来的?老迎头,少迎尾,你是个年轻的,要赶到月尾才好,摸摸肚皮就能怀上的。兰兰,你可得跟我说仔细了。"兰兰臊得不行,脸上大红大热,躲闪着不让白面瓜看她的脸。口中嘤嘤着说话,说的是:"身上原本该来的没有来,又等了七八天还是没来,以往的日子连算也不用算的,到时候就来了。这一回稀罕,左等没有,右等还是没有。满嘴里都是酸的,捞了老咸菜,嘎吱嘎吱吃一嘴,咽下去嘴里还是酸的,还是流酸水水。腰也有些乏乏的。"白面瓜又呱呱地笑了,说兰兰说话比戏还好听,连个音也是细细潺潺的。她追着问兰兰那个晚上是怎么交合到一块儿的,是二梭醉着醉着就上了她的身子,火急火急地闭着眼就那样式儿的了,还是二梭醉了是装醉,使个心眼是不想叫人听房。要不就是兰兰先拿了手拨弄他那里,拨弄周正了就骑跨上去,二梭醒了还是装没醒,由着兰兰在他身上折腾。白面瓜还问:"兰兰,你们那一夜几回啊?"兰兰哇哇地叫着站住了,两只手抱住头脸再也不走了,说:"哎哟,哎哟,这都说成什么了?你去吧,我不去了……"白面瓜紧着赔不是，说："我说的是豁子俺俩，俺俩天天晚上那样式儿的，十回八回地不算完。这样说行了吧？"一直到了运河湾里，兰兰的脸还是艳艳的红。

　　从运河湾里望对岸，看人影是清清的，要想看清哪个是哪个就不行了。白面瓜打着眼罩找近处，后来她相中了一块敞亮的岗子，岗子上生着几棵酸梨树，树下是密匝匝的茅草。白面瓜拉着兰兰上了岗子，人坐在茅草地上，上半身拿酸梨树遮蔽着，从高处看兵营，兵营里的一举一动都看得清清楚楚。白面瓜说："我是连胡营长一块儿看的，你只管盯着找二梭。"说完了又后悔，后悔没有把那把遮阳伞带来。

　　独立营正式比武刚刚开始，黑豆跑到二梭身边，低了嗓子说："我想把得才比下去。"二梭拿脚踢起一块瓦片，瓦片飞起来落到运河里，运河里溅起一圈水花。胡营长站到观察台上，先讲的是军纪，接着又讲比武规则，说："日本人很快就要进关，进了关就要往中原冲，我们比武就是要比试真本事的，谁要想来花架子，我就让他回家哄孩子玩去！"胡营长要各连打乱建制，连排长在内有一个算一个，成绩跟兵一样要求。黑豆拿眼神瞟了得才又瞟二梭，二梭还是不看他。

　　先比的是举志石，志石是拿碾轧楼垄的砘子代替的，两只手半握着插到砘子窝里，两条胳膊伸直了跑百步，与双肩齐平的就是过关。黑豆站了个排头，直挺挺地举着跑，跑得脚底下砰砰的，两条胳膊就跟个枣木棍子一样。胡营长说："好！"一个整排的兵都过了关，胡营长拿手指头捏耳朵，这是他高兴才有的动作。二梭排在三个排的倒数第二位，他前边的是连部文书，他身后的是连长侯得才。二梭只拿三个手指像端盘子一样撑住石砘子，胳膊展开了手指头还是铁爪似的钩钩着。岗子上的两个女人看得真真切切，白面瓜抓着树枝摇晃，摇下来两个干皱了皮的酸梨。她说："兰兰你看见了吗，那个就是二梭，你说他的手指头得有多大劲儿啊。兰兰，你可别让他搂你，他能把你的腰搂断了！"

　　兰兰不眨眼地盯着看，眼睛里流出泪来她也不擦，一只手拉着白面瓜不让她摇晃树枝子。得才是站在最后的，二梭举过了，他也伸直了胳膊，也想着拿手指勾起来撑着，试了试又滑落了，只好满把手伸进砘子窝里，也伸直了胳膊带着跑，带是带动了，就是没有二梭举得稳当，跑起来腿是软的，胳膊还老是打弯，砘子好像随时都要掉下来。白面瓜又喊叫起来，说："兰兰，那是得才你看清了吧？哎哎，灰没火热，酱没盐咸，一拃没有四指近，里外你跟得才是一个爷爷的，这回我可不敢多说了。兰兰，我说了你可别多心，我觉着这个得才跟二梭跟黑豆不是一样的。他也跟你说话，他也跟你走动，可你就是觉着他的心是飘浮着的，时间长了，你会感到自己的心也不实落了。女人找男人可不能找个飘浮的，他上了你的身子，你明明看见他在你身上趴着，你还是觉着他是飘浮的。你记着我的话，咱们女人找男人，可不能找个这样的，要找就找实打实出真力的。兰兰，我这样说你不生气吧？"

兰兰又呀呀地叫，说："哎呀，别说了……"

比武进行了整整一天，两个女人也在岗子上看了整整一天，太阳落下来压住了树梢，一个运河湾都被罩得血红血红的。散了队列的比武兵到运河里洗脸，东岸河沿上像趴了一窝戏水的蛤蟆，从高处往水里看，水里面也是蛤蟆脑袋。胡营长抓着个帽子啪啪地在腿上摔打，看见得才迟疑着在河边上移动，两只手全身上下地揉搓着。胡营长说："侯连长是想回连部烧热水洗吧？"然后径直走下运河大堤，走着抓了两把泥，一把抹到二梭头上，一把抹到黑豆头上。白面瓜一眼认出了胡营长，从岗子上抓了土坷垃往河里扔，胡营长抬起头来望对岸，没看见人，看见一棵酸梨树是摇晃的。胡营长就笑了，说："马二梭，你媳妇知道兵营里住的是咱们吗？她要知道了一准儿得来看你，她要是提一罐鸡蛋茶来，我一准儿得咕咚咕咚地喝了，但是我不会让你见她。我是知道你有个俊媳妇有个俊情人的，我就是不能如你的意，因为我只有一个媳妇还是个黄面皮的。马二梭你不会恨我吧？告诉你，你恨也是白恨！"

二梭哼哼着站起来，看见白面瓜从酸梨树下钻出头来，撩起裰子擦脸上的浮土，又解了扣子抖擞，鼓胀着的胸口像揣了两只活蹦乱跳的兔子。这个熊娘们儿，她是见不得一点热闹景！二梭在心里恨着，愤愤地冲着西边的岗子吐口水，然后头也不回地上了运河大堤，只把个坚挺的后背留给了岗子上的女人。白面瓜还要跳下岗子呼喊，兰兰死死地抱住了她的腿，还把头抵到她腿上。白面瓜惋惜地望着河边上的蛤蟆头没有了，水里的蛤蟆也没有了，灰色的旋风似的比武兵呼叫着上了运河大堤，又呼叫着冲进营区。白面瓜一个劲儿地跺脚，说："兰兰你没看见二梭跟你打招呼啊，你还指着他游过河来亲你搂你啊，他噗噗地吐口水就是跟你打暗号哩。还有胡营长，他明明看见我了，他明明要冲我摆手哩，叫你乱得我没跟他对上眼。胡营长的腰身肚子比以前粗了大了，男人的腰身不能粗，上边一粗，下边反倒不出猛劲儿了。"

哎，兰兰你看出来了吗？"

兰兰几乎带了一连声的哭腔，说："婶子，我天天喊你亲婶子行不，咱们回去吧？"

两个女人还没回到村子里，随便扒拉了几口饭的得才就到了县城，他把警卫员端上来的一盆菱角羹喝得一点不剩，才打着嗝说饱了。团长侯得章冲警卫摆摆手，警卫撤了桌子上的空碗空盘，并随手带上了屋门。得才坐下了又起来，嘴里哈哈咻咻吸着凉气，头半低着不敢直视团长的眼神。侯得章说："一个比武就把你比成这样，那要是跟日本人开战呢，你还喊着腰疼腿疼？你没打过仗啊？"得才脸上红一阵白一阵，嗫嚅着本来要说比了一整天，话到嘴边又变了。他说："胡营长暗地里是喜欢二梭喜欢黑豆的，有半个心眼的人都能看得出来。黑豆成了代理排长不服气，二梭成了副连长更不服气，他们不服气就不服气吧，他姓胡的为什么也有偏有向？一开始比的是志石，后来又比射击，又比跨越，又比匍匐，又比刺杀，又比投弹，又比爬绳。这些都是常规项目，比就比了，可他不该出新招比摔跤，还喊明口地要班长摔排长，排长摔连长，连炊事班切菜的揉面的都上了。黑豆从小就跟二梭是没正形的，一抱住就下狠手，还拿膝盖顶裤裆，还拿手掐脖子。我这边还没运足气呢，就被他摔到壕沟里去了。二梭没跟我比摔跤，俺俩比的是刺杀，他拿教杆专戳我的小肚子，戳得我光是噗噗地放屁。大哥，他们是一伙的，都是下了暗号的，你还得狠治他们！"

侯得章啪啪地拍桌子，说："行了行了，你说的越来越不像连长话。你找我诉苦我也得熊你，我熊得你睁不开眼！"机要员接了电报跑进来，他顿了一下又说："你以为我这个团长是给自家兄弟当的啊？我们是万民瞩目的中央军，我们是国家的柱石，我们肩负着神圣不可侵犯的使命。使命你懂不懂？"他在电报上签了字，转了身翻抽屉，找出来一瓶云南白药塞到得才口袋里，缓了气望窗外，话题就转了，先问得才移防之后回家了没有，又问二叔家的得印是不是还念着书，说要不是念书的料，趁早给他找个绑腿脚的差事。得才一时没转过弯来，只是胡乱地点头，两只眼睛滴溜溜地瞅团长的眼神。侯得章忽然叹了口气，自语说："三叔哪样都好，就是不该带你到集市上学没正形。一个男人成就千秋伟业，正就大正，邪就大邪，怕的就是正不是大正，邪不是大邪，两头都不占就变成了没正形。自古功成名就的帝王将相，说多不多，说少不少。以正立身的，正中未必没有邪，以邪成事的，谁能说那邪里就没有一点正?靠没正形而大有建树者,古今中外鲜有先例。"见得才眼里流露着迷惑,他叹口气又止住了,改口说:"比武结束之后请个假回家一趟吧,顺便看看乡公所成立了没有,还有治安联防队。回来别去营房了,直接到团部督导队报到吧。"

第十二章

　　侯登仓连着病了一个秋天,从官地归了老宅之后,当天夜里他就知道自己是非闹病不可了。先是发烧,还不住声地说糊涂话,还高一声低一声地喊娘喊哥哥,媳妇要去叫大姑姐姐过来,他又死活不让,这样那样一直闹腾了半个多月。侯月娥坐在床跟前劝弟弟,劝又不知道怎样劝,怎样劝都绕不过官地,绕不过官地劝了也没用。侯月娥只好又说起麻五:"麻五自己说个死就死了,死了就跟睡着了不醒一样,他什么心都不操了,什么事都不想了。你这里滴溜溜地睁着眼睛,你这里抓耳挠腮地睡不着,你这里想着大长的夜不能光睡觉啊,他还是不醒,他还是不动手动脚,你要拿手抓他挠他哩,一抓一挠就知道他是真死了。"侯月娥又说到孩子:"儿子得田、闺女金巧金芝一转眼都大了,下边没有弟弟没有妹妹,原先准备好的小板凳小枕头都空着。你越是不想,你的两个眼珠子越是往那些地方看,看得心里跟冰冰凌一样,拿手摸身上,偏偏摸哪里又都是热的。"

　　侯登仓吼吼着支起身子,两眼直勾勾地望着侯月娥,说:"你还是个姐姐吗?你不说麻五行吗?黑天白天地说麻五,麻五值得这样想啊念啊的?你绕过来绕过去还是没离开床上的事,你不想床上的事不能活是不是?不错,他是中用了,他是给了你三个孩子,他是把自己装进小盒盒里给咱们换来官地了。那后来呢,人家团长打个喷嚏,县长就呼啦呼啦地派人把官地收回去了。那时候麻五怎么不说话,那时候麻五怎么不拦着,那时候麻五怎么不跟人家说他是烈士。麻五的烈士证就中那几天的用啊?他中那几天的用不当紧,我的官地没有了，我还搭进去一春一夏的高粱种棉花种，我还搭进去一车一车的好粪肥。我这是养了肥猪让人家吃肉呢。我这是收成了扬晒干净了追着撵着往人家囤里装呢。你说我能不得病？我都病成这样了，你还一口一个麻五，一口一个热了凉了，你说我恶心不恶心？我都恶心死了。姐，你以后不说孩子行不行？不说床上的事行不行？我都替你臊得慌！"也就是从那一刻起，侯月娥就跟弟弟侯登仓有了生分，她天天到紫云寺找新住持了尘师傅，见了他还是喊笸子叔，喊得真真切切的。

马笸子接替一了大师成了住持，他什么都不会，连法事都不懂，一了大师留下的经文他抱着读，读着就睡着了，醒了再看，哪个字都不认识。他就把所有的经书都塞到被窝里，一本一本地翻开，又把身子脱光溜了，连头带脸地趴到经书上，天明了起床，他看到自己浑身上下都印满了经文，经文还会自己发出声音，一句一句地教给他念。马笸子有些惊愕，也有些欢喜，看见侯月娥进来，他说："我要讲佛法了，你听着啊。佛说，诸善男子、诸女子，若有信者，应当发愿，生彼国土。如我今者，称赞诸佛不可估量之功德。而作如是言：释迦牟尼佛，能为难堪稀有之事……"

侯月娥拉他起来，抱了经书往箱子里装，又拿蜜蜡把锁眼封住。返身到外边拽了一捆干柴，呼呼地生起炉子，炉子上坐了砂罐，从包袱里扯出一只鸡来，放进砂罐里添上水，由着砂罐咕嘟咕嘟地沸腾。蒸汽弥漫着禅房，禅房里热腾腾的，热气还赶跑了墙缝里的一对蚂蚱。马笸子掀掉被子，抓起哪件衣服都是厚的，他就找了一件夹袍，宽展展地套在身上，光身子还是热的。他说："你这是要我乱佛性啊。我哥一了说过他是被我们气死的，当时我是百思千想地不明白，我说明明是我自己照顾你，怎么又变成我们了？那一会儿我不懂，现在我懂了。你一来了就生炉子，一来了就弄得禅房里跟大热天似的，你让我心不稳心不静，你让我浑身上下都是热的，热得心焦心躁。你说换了谁能记得住经文啊？"

侯月娥就嘤嘤地哭了，哭着说："县城里兵营里是见天地跑，跑了万万遍了就是不见旅长的影子，见不到旅长找谁要回官地啊？那个贼羔子团长侯得章我是死活不去见的。弟弟见了我就撂脸子，见了我就说能不能不想孩子，能不能不说床上的事。笸子叔，你说我能不想啊，我还不到四十岁。"侯月娥哭着坐到禅床上，一件一件地脱衣服，脱光了偎着马笸子躺下，睫毛上还挂着泪珠。马笸子就拿袍子把她罩住了，埋怨着用了大气力，还把自己弄得嗷嗷叫。侯月娥拿手捂了他的嘴，说："马家人都爱号号，当初麻五也是这样的。这是佛门净地，不好出声的。"马范子支着身子又念了一段经文，转过头来望着侯月娥，说："你别瞎跑了，还是我到省城找找孙县长吧。"侯月娥怪叫着揪扯马范子的胡子，问他是不是看见罐子里煮着一只整鸡就不会说清醒话了。侯月娥说："当初就是孙县长亲热着团长个贼羔子，颠哒颠哒地派人收回官地的。你还找他？"马范子穿上衣服起来，从罐子里捞出鸡来撕着吃，说："只要不念佛法了，你们凡尘间的事我就明白了。"

马范子当真去了省城，当真找到了孙县长，只不过孙县长现在是省厅乡村教育科的科长了。马范子13岁入兵营，先跟着一位姓岳的管带当勤务兵，管带的夫人嫌马范子饭量大吃得多，管带就让马范子当了火头军。马范子做得一手好菜，管带又让他兼做内宅的一日三餐，去是先在兵营里吃饱之后再去的，管带夫人也喜欢了他。管带的外甥到舅舅家串门，比马范子小不了几岁的，马范子就变着法子给管带的外甥做好吃的。管带的外甥后来赴天津求学，学成回来后先做了几年学政，到马范子从吴佩孚的直系变成西北军的时候，当年的学政又成了县长，如今又入省城当科长了。孙科长上下地打量马范子，见他穿了一件大开领的镶边袍子，头上戴一顶黄不黄灰不灰的毗卢帽，脚上那双云靴倒是新的。他惊愕着问马范子何时入了空门，是不是沙场征战冷了功名心。

马范子叫了县长又叫科长，孙科长摆着手不让他再喊县长了，说自己回想起在河湾县当县长，心口窝里是憋闷的。转了话题询问马范子现在的手艺还行不行，要马范子中午再做几样他小时候吃过的菜。孙科长又说："不行，我不能光吃你，你进省城找我一定得有事。是有事吧？"马范子就把来龙去脉说了，孙科长一时语噎，脸上也多了些不自在，忽然地又上了性子，也不去关门，亮着嗓子先说自己是被姓侯的得章耍了。说侯得章明着是抬他架他，暗地里是要把他支派走的。他滋润着以为进省城是升迁了，结果他是扔下银筷子摸起竹筷子，腾出窝来人家倒变成一身二职了！说着他摆好笔砚，抖腕挥就了一纸控告文书：

今有河湾县紫云寺住持了尘大师垂泣俯地，控告现任国民革命军186团团长兼河湾县县长侯得章。侯氏得章于民国二十五年秋月，以团长之势，假移防之便，武吓公堂，佐以虎威，迫前任县长入范。随之独揽官地近四百亩，致使我国民革命军英烈遗属生计无依，其苦其悲，惨不忍睹。此等巧言令色之辈,仗势欺人之新贵,竟仗机巧瞒天过海,又做伎俩蒙蔽省府,河湾县数万万百姓少有堪服者。然其集军政大权于一身,纵怨声载道,终又难撼其些微。了尘虽入空门,毕竟慈悲为念,愿以我佛垂怜之肉身,状告尔等不仁不理不法之人。是于民国二十六年秋月,了尘花押为款。

孙科长抓着马箝子的手按了手印,马箝子看着血红的手指一时有些惶惑,问孙科长是要打官司吗。孙科长说:"这就是官司,他不打就是败了。天理终有昭彰时。我要让全省城的大小官员军政两界都知道,姓侯的是如何左右前任县府的。烈士之魂岂能无归附之地?遗孀妇孺岂能沿街啼号?官地之争岂能永无宁日?"孙科长走到门口又折回来,又上下地审量马箝子,忽地掀起马箝子的袍子,拣干净里子撕下一块来,铺到书案上又把状子重抄了一遍。

马箝子在省城住了五六天,还跟着孙科长游了大明湖,在千佛山上是转了一整天的,只不过没去藏经洞,沿途的糖葫芦倒是吃了几串。山脚下有一家飞禽铺,挂着招牌是专卖卤水鹌鹑的,买了满满一盘子,拿荷叶包了吃着找路,进了城门就吃完了。孙科长偏了头望马箝子,认定马箝子不是发了宏愿,甚至连个居士也不像。马箝子双手合十,先说了罪过罪过,又说了空即是色,色即是空,空都空了,哪来的鹌鹑。转个身再问官地的事有了什么眉目,说寺里还有人等着听讯的。孙科长追问等着的人是不是烈士的遗孀,还说:"你不说官地我也会上心,我为我自己也要上心。"当天晚上,孙科长又挨个儿串门走动,意思是要探口风听回音的,回来后脸色骤然大变。先跟马箝子说了世事难料,接着说的是日本人,说日本人已经在丰台举行多次演习了,整个北平城被人家包围了三面。又说宋哲元的29军也上了顶膛火,中日大开战就在眼下,如果黄河以北保不住,日本人顺着运河一扬帆就到了南京。马箝子说:"这么说官地的事得撂一撂?"孙科长说:"日本人一过来,全中国都是人家的地了,官地私地都姓日了!"

马箝子回到紫云寺跟侯月娥学话,学是学得一清二楚,还把孙科长脸上冒汗的样子学了一遍,还举着手指头让侯月娥找红印子。侯月娥把他的手拨拉到一边,不改口地问:"我问的是官地,你只说官地什么时候回来吧。"马箝子要侯月娥放低了声说话,手指触到侯月娥的肚子上,说:"你的肚子怎么鼓了?"侯月娥说:"我肚子鼓了是孩子鼓的,我生下来我养,你就是许我孩子一生下来就当住持，我也不会让你养一天。你别摸我的肚子，你只说官地。"马笳子就哑了声，好半天才叽咕了一句："你让我再到兵营里探探吧……"

运河兵营里果然显出了紧张气氛，先是三个连各抽出一个排来装饰炮位，炮位修补齐备了，又从别处移来几十棵枝繁叶茂的柳树，挑拣着空隙大的地方栽了，又在原有的柳树冠上多绑了些树枝子，整个火炮阵地就严严实实地隐在柳树林里。当天晚上，每个连都要求检查枪支弹药，擦明亮的枪口又拿布罩蒙住。投掷弹药是挨个儿查看了一遍的，手柄松动的手榴弹全部由工兵处理。黑豆跑到连部找二梭，他是来找二梭请假的，二梭又是连长了。黑豆就问二梭是不是真要跟日本人开仗，如果真是，他想挤个空回紫云寨一趟。二梭跑着去了营部，胡营长进县城开会去了，二梭想了想，说："这样吧，待会儿一开晚饭你就过桥，哨所查问你就说营长要喝鸡蛋茶。"黑豆又问二梭要不要给兰兰嫂子捎句话，二梭解下皮带要揍他，黑豆捂着头脸往外跑，二梭又把他拽住了。二梭摘下墙上的背包，从里边摸出一个紫色的发卡，说："回来时拐个弯到豁子家去一趟。"

黑豆一进村就去了豁子家，豁子还在往大粪里掺河泥，臭气灌满了院子。黑豆往屋子里伸头，屋子里影影绰绰看不见人，黑豆就问豁子是不是把面瓜婶子也掺到大粪里了。豁子吱吱哼哼地笑，说："你没看见大粪什么色河泥什么色，她通身上下都是白的，我得掺多少才能弄成一个色啊？"又问黑豆兵营里这几天又杀猪了没有，说吃了肉的大粪壮，上到地里有劲儿，掺一半河泥还是臭烘烘。黑豆摸着栅栏门走出来，白面瓜却从茅草地里回来了，裤子上沾了许多干茅草叶子，还有一身是刺的苍耳子。

白面瓜说她又在河西边的岗子上望了一天，一整天都没看见二梭，也没看见胡营长，她还把遮阳伞撑开了，还是没人往岗子上望。她还说自己是有了一块心病了，一天不望望兵营，心里就觉着是空的，糊了袼褙原本是要做鞋的，袼褙铰了，铰的又不是个鞋底子样。村子里她是一会儿也不想待了，村公所里天天开会，一开会豁子个没爹的就把她支派去，她到了那里一看，屋里屋外都是些老头子老婆子，吭吭哧哧的，又是咳嗽又是吐痰。治安联防队那一伙子人倒是些年轻的，却是迈不出齐整步的，踢踏，踢踏，弄得满街上都是浮土，菜窝窝臭屁倒是不分个儿地放。白面瓜说："我看着有个黑影影过桥了，我一看蹦跶蹦跶的，就知道是你。黑豆，你怎么想着来看我了，是不是有挂彩的伤号要我去包扎啊？"黑豆掏出发卡递给她，说是马连长捎给她的，说："马连长就是二梭，二梭又成连长了，还是正的！"

白面瓜拉着黑豆就往家里拽，摸着火点灯，灯明里仔细地看发卡，看见发卡通身都是紫的。成串的紫花花镶嵌在蝴蝶翅上，蝴蝶翅变成了一串串的紫柳花，紫柳花紫莹莹地垂下来，风摆着也不落。二梭抵着个头脸往她怀里拱，她拽过一束紫柳花塞到二梭嘴里。那时候正是紫柳花开的季节，圆乎乎的落日也被紫柳花染成紫的了，还有西半天紫红的落霞。二梭把她扑倒在茅草地上，她轻轻地梳理着二梭的头发。她还把二梭的头脸捂到自己的怀里，说"二梭呀，你还是个孩子啊"。二梭嗷嗷叫着脱成个精光，衣服扔到紫柳枝上，紫柳枝缠绕在两个人的脖子上。白面瓜捏着发卡在头上比画，比画着说："这个二梭呀，你说他傻不傻啊，当成连长了还跟个孩子一样。"说自己原本是把他忘了的，她还叫二梭也把她忘了。她还教给兰兰把喝醉了的二梭摁到被窝里，兰兰有喜了她还问是想吃酸啊还是想吃甜。白面瓜说着又哭了："说好了的怎么又没忘啊？这是要拿发卡勾魂哩，我都没魂了他怎么还勾啊？"

黑豆返回营房时，胡营长刚刚从县城回来，他是开了一整天会的，回来脸上挂着乌色。他对二梭说："情况不妙啊马连长，日本人打过来是一早一晚的事，我心里就跟明镜似的，这不可怕。关键是我们的指挥官心里怎么想，我们的最高统帅心里怎么想。我闹不清这些，我心里就发虚啊，你知道吗我的好兄弟？"二梭说："旅长为什么还不来，炮位不是早就备好了吗？"胡营长把解下来的皮带又扎上了，两眼怔怔地望着二梭，又说："我说的就是这个意思啊……"

第十三章

卢沟桥事变爆发了，日本对中国不宣而战。

侯登科进县城找儿子，侯得章一只手抓着话筒，一只耳朵却是拿另一只手捂着的。他说："你当营长的是长工头吗？当兵的找班排长，班排长找连长，连长找你，你再找我，我是不是再找旅长啊？旅长先说要我待机而动，旅长接着又说审时度势，这两句话是一个意思吗傻熊？告诉你，谁再跟我提上前线，我立马崩了他！哪儿是前线？黄河天堑一旦无阻，我们这里就是腰眼。腰眼在哪里知道吗？"听着儿子说腰眼，侯登科把手掐在自己的腰上，拿了手指抠按背部的腰眼，半个身子果然是酸酸麻麻的不得劲儿。他急着要跟儿子说话，电话又响了，侯得章本来又要训斥营长的，听了声音才知道是运北乡的乡长。侯得章嘘口气放缓了语气，说："薛乡长你怎么这样说话啊？兵马未到，粮草先行，这是常识我怎么不知道。问题是你那里有兵马吗？上次你申请的是乡治安联防队统一着装，没过三天你又申请乡办教育经费，不到一个月你跟县府要了一麻袋大洋，我说你是乡长啊还是绑票的仙爷？仙爷死了你出山了是吧？你给我听着，不要再跟本县长要经费，你只管维持一乡平安。不能出现一个流民灾民，不能出现一个趁火打劫者，不能散布一句谎言谣言。"

侯得章后来又拿手指头敲桌子，说："你再说日本人奸淫掳掠我就把你摁到运河里喂王八！你见到日本兵了吗？日本兵是骚狗骚驴啊还是骚公鸡？他打他的仗，跟你有什么关系？"他咔嚓撂下话筒，呼哧呼哧地大喘气，还翻着白眼珠子望侯登科，望着说："是你啊爹？"

侯登科心疼得不行，走过去要给儿子擦汗，说："这到底是怎么回事啊？日本人原本是在东北关外的，怎么就呼啦一下子到家门口了？宋哲元的人马也不少啊，自家门口打仗，怎么就打不过人家小日本啊？前边的人马死了伤了，后边的人马接着上啊，堵决口似的一拨一拨地往上轰啊，几十万人马不分个儿地上，拿尿淹也把小日本淹死了，怎么还能眼看着人家杀到中原来！"侯得章伸着头望门外，望着说："你在紫云寨怎么知道外面的事，你们光知道争来争去地争官地，哪里知道蒋委员长是要攘外必先安内的。要是不担心腰眼被西北山沟沟的那一伙戴红帽子的给戳了，他会让张学良的几十万人马退到关内来？张学良守着山海关打一天，也够日本人哆嗦三年的。不行啊爹，我不能再多说了，我是一身二职的，军政两面的话我都不能深说，你大约明白个意思就行了，有什么情况我自会提前通知你。趁这一会儿电话不响，你有什么事赶快说，我现在已经不是你儿子了，我是属于186团的，属于河湾县的。"

侯登科一时竟忘了为什么进县城，迟疑着又问刚才电话里说当兵的要打要杀是怎么回事。忽然看见侄子得才进来，得才胳膊上还戴着红蓝相间的臂章，口袋里露出来的是一个硬皮本本。他走过去要掏本本看，得才一下子拿手捂住了，说："大爷，我现在是督导队的队长，本子上记的什么您不能看。"侯登科听得糊涂，说："得才你不是当了连长了，怎么又变成队长了？"侯得章忽地站起来，失了礼数地冲着侯登科发了脾气，说："你还问，你怎么不问问你自己，要不是你把兰兰推到马家，我能由着马二梭当刺大王？我不把得才弄到督导队，你还想让他和黑豆合起伙来揉搓得才啊？"侯登科红着脸望得才，又问得才是不是这样，原来不是一天到晚地跟着二梭当狗尾巴吗，怎么就又掐又挠了。得才说："说是说不清的，反正是我看他们不顺眼，他们看我也不顺眼，谁跟谁都热乎不起来，热乎也不是真热乎。"

得才说了这句话又偷着跟侯得章使眼色，侯得章撇开他爹，带着得才去了里屋，还把套间门随手关上了。侯登科轻着手脚跟过去听，听见儿子问得才有没有新情况，得才先是敬佩当团长的就是有团长水平，隔皮猜瓜还能猜准了。他还说胡营长的确是派了一名侦察兵，侦察兵换了老百姓的衣服，衣服是从皮家成衣店买的，穿上就是个商人打扮，这兵还从北码头雇了一条篷子船，是下半夜动的身，运河木桥上的哨卡光听见摇橹声，别的什么也没见。得才顿了一下接着说："为什么要偷偷摸摸地半夜动身，为什么还要回避你，你说胡营长一准儿会暗通旅长，我现在是彻底服了。"侯得章又问："其他营长有没有异常动向，比如单独跟连排长挨个儿谈话啊，频繁地与某个人私下里接触啊？还有，营区里有没有外人听不懂的语言啊，或者说问的答的都是半截子话？"得才翻开硬皮本本摇头，说："这倒没有。"

得才最后说的还是二梭："二梭倒不是天天往营部跑，也没看见胡营长找他抵头说话。他一天只干两件事，一是带人练射击练跑步，射击是跑着开枪的。不跑不练了，他就半死了一样坐在运河大堤上望对岸，天天坐的都是同一个地方，那个地方都被他坐出窝来了。"得才还说，他是奇怪了才去试坐的，同样坐在二梭坐过的屁股窝里，同样直勾勾地望对岸，望见的是紫云寨的村子北边，人从村子里出来，能望得见走动，要看清眉眼嘴口是不可能的。得才又说："你总是要我多动脑子多用心，我是这样想啊大哥，你说二梭是不是要替新宅里夺回官地啊，坐在那个地方先看见的就是官地。还有，麻五死了之后他难过了许多天，杀了韩余年的人马他还是不解恨。是不是啊大哥？"

侯得章一把把他手中的硬皮本子夺过去，唰唰地撕下带字的几页，又拿火烧了，说："你多亏了还知道多动脑子多用心，不往本子上写就记不住啊？你是准备写了留后账的是吧？我知道了，带你大爷吃饭去吧。"

得才出来带侯登科去吃饭，侯得章又喊着问了一句治安队训练的事，还问上次带去的枪支队员会不会用。侯登科没好气地说："紫云寨的人生下来就会打枪！"

侯登科来回过的都是码头上的运河拱桥，他一次也没从木桥上走过小路。木桥是早年间青龙兵营的兵搭建的，支架用的是运河湾里的酸枣树，横梁是河套里的水曲柳，并排拿铆榫扣了，人在上边走，会觉着河水流淌，脚底下也是流淌的，其实木桥一次也没垮塌过。侯登科一路上都在想儿子跟得才在套间里说的话，想着那些话头皮上一阵子一阵子地抽巴，好像头皮是自己拿手揪扯的。他不大明白儿子说的攘外安内是怎么回事，但是儿子不让得才当连长他好像明白了。督导就是书上戏文上的监军，监军都是跟朝廷亲近的，派下去就是为了当眼线抓把柄的。得才被重用了，只不过得才那种藏头缩尾的样子，怎么看都像是干偷事的，怎么看都不像正派人干事。得才让老三调教成遛街狗了，遛街狗饿极了连自家人也咬，儿子把得才拉到自己身边，说不准也能被他咬了。接着又想官地，那一会儿他原本是要听儿子怎么说的，儿子却一个字也没吐出来，只是唰唰地撕扯得才的本子。儿子心里是怎么想的，难道得才说的是对的，二梭一天天地冲着官地直勾眼，他真是要帮新宅里夺回去？二梭是当真不怕得章吗？当连长的还真敢不怕团长？侯登科想了一路，过了河他还真折向官地去了。

侯家的官地在村子的北面，再往北往西就是运河湾的长脖子，跟运河湾紧连着的就是河套了。官地是运河溃堤冲积成的平川地，平川地跟村子跟整个大平原连在了一起，站在运河堤上望村子望官地，村子是跟运河堤齐肩的一条扁担，官地就是一个盛粮食的大囤。官地的土带着油性。旱也罢，涝也罢，抓起土块来一握，握到手里是松散的，揉碎了摊在手里，既不粘手，也不随风吹走，你再仔细看，土是大粒破成的小粒，就像拿磨磨出来没过箩的新麦子面。运河堤上在早年是有一个泄洪槽的，是得了官地的侯家祖上赶着秋汛泄洪搭地用的，官地又往外撑了几十亩，搭出来的地还是油性土。直到官地跟运河湾连在了一起，跟无边际的河套连在了一起，侯家祖上才让人封了槽口，外人根本看不出来侯家在官地上做过手脚。当初挖泄洪槽是偷着挖的，青龙兵营不管土地的事，但是地方官府却是行过公文的，公文里说任何人都不许私改堤防，朝廷看重的是漕运。

侯登科好像听人说过，侯家祖上找的是豁子的爷爷，豁子的爷爷原本是游荡的，外号叫水兔子，干的就是挖洞掏眼的营生，他白天窝在河套里睡觉，到了晚上就钻进运河堤。豁子的爷爷干活儿利索机巧，他还在泄洪槽里装了机关，水泄了整整一夜，天明了发动机关，运河堤还是老样子，封口上再撒些草籽，新草长高了，官府的巡防员走过去走过来也不知道。侯家祖上也没亏待豁子的爷爷，帮他在村子里盖了房屋，还给他一块扁担地。侯登科从小念书，这件事也是后来才听说的，他有时候看见拾粪的豁子还想笑，想着豁子的嘴唇豁豁着，是不是跟他爷爷叫水兔子有关系啊？

侯登科是蹲在官地里望运河东岸的，他想等着二梭出来，他要看看二梭是怎样坐在运河堤上望官地的，二梭坐在运河堤上望官地，他望着望着就能望出主意吗？侯登科见到过侯月娥进县城，那时候他还不知道新宅的寡妇妮子一次二番地跑县城跑兵营是找旅长，现在他明白了。她是要跟旅长哭诉的，她一准儿会说麻五是个烈士，县长把官地给了新宅，就是看麻五是死在骨灰盒里的，而团长侯得章竟然假公济私，欺凌了县长欺凌了烈士遗孀。她一准儿还会撒泼。她一准儿还会撩起裤子，再拍着肚皮跟旅长说她原本是要再生孩子的，麻五死了，她的肚子就闲下来了，新宅的牲口也闲下来了。她没等到旅长，一准儿是找二梭去了，一准儿还会跟二梭吊眉眼，吊不动二梭她就去找了马箢子，横竖他们都跟麻五是一个老疙瘩上结出来的歪把子瓜。她找二梭，二梭不过是个连长，他一个连长就能把老宅剿了？她找马箢子，马箢子混了几十年兵营是不假，可他不过是个火头军，况且他又接替一了大师入了空门，一个半拉子和尚能中她什么用？

侯登科最终没看到二梭上运河堤，夜影子下来了，运河发出哗嗒哗嗒的波涛声，河面上升腾起来的潮气变成了雾，慢慢地罩住了运河堤。南方的秋汛来得早，运河里的浪头是由南向北拍打的，但到了大平原上闹秋汛时，南北撕咬的波涛就会在运河里形成湍流，要么拧成漩涡，要么挤成水柱，呛昏了的泥鳅会在一人多高的水柱上翻滚。那时候的运河水，看着比运河堤还高，但最后漫上堤岸的只不过是夹裹着庄稼棵子的泡沫沫。他揉搓着蹲麻了的腿站起来，忽然觉着自己其实很可笑。站着的房子躺着的地，谁能拿眼把地看走了？眼下把治安联防队的事办好倒是紧要的。运北乡居然换了统一的服装，居然还变化着名目要钱给自己家里修护墙，可见人家都比他想得周全。想到运北乡，他也有了在老宅里加修瞭望哨的念头，最好把院子四角的望墙再加高一层，最好今天晚上就让老二老三点头掏钱。奇怪的是，快走到老宅门口的时候，他又冷不丁地恨起儿子得章来，要不是自家的儿子当县长，他也可以想出新名目，他也会变着法子跟县长要钱！

三兄弟最终没能坐到一起商量加高望楼的事，老宅里又因女人的话题闹了生分，结果把三兄弟也卷了进去。

就在侯登科顶着一头露水走进老宅之前，侯黄氏打发儿子得印去马家叫姐姐，侯黄氏包了一笼箅包子，她是想着让兰兰回娘家来解馋的。包子馅是用秋马兰花做的，吃了还解馋，还挡饱，还好消化。每年下过第一场秋雨之后，靠近运河湾的官地上，蔫巴了一个夏天的秋马兰就会疯了似的长，几天的时间就开出花来，花有菱角那么大，又肥又厚，花心心里还汪着一层油。侯黄氏嫁到老宅里那一年赶上秋马兰开花，她是偷采了拿回自己屋子里吃的，吃了就怀上了兰兰。侯黄氏还割了一块腊肉，剁成豆粒大小的肉丁，肉丁里还掺了炒焦的柏籽仁，意思是要兰兰多生孩子的，最好头一胎就生成双。兰兰是随着弟弟得印一块儿进家的，到了院子里就闻到勾馋虫的香味。

老三家的晚饭是女儿多多做的，多多做的是蘑菇汤，侯杨氏没沾手，她拿了一把梳子，站在院子里梳麻披子。兰兰望了一眼，说三婶是要糊苘袼褙吗，侯杨氏忽然把兰兰叫住了，扯着兰兰的袖子喊大嫂，说："大嫂你过来看呀，兰兰的肚子显形了！"侯葛氏跑出来看，还要撩起兰兰的衣襟，伸了手要摸，兰兰臊得脸通红。侯黄氏原本是要女儿回来吃个消停饭的，听了院子里的动静，自己心里也是喜的，索性由着兰兰跟婶子大娘说话。侯葛氏就问兰兰平时是个什么样的，肚子里觉着紧巴不，睡觉是愿意平溜溜地躺着睡，还是侧到一边不觉地就拿手护住了肚子。还有吃饭，是多少都能吃啊，还是吃不了几口就觉着饱了。最后问的是夜静了，肚子里会闹动静不。侯杨氏听了嘎嘎地笑，说大嫂开始说的还是过来人的话，自己那时候也是喜欢平溜溜地睡觉，怀了得才就变成侧身睡了。但是大嫂说着说着就说掉板的话了，听着不像是过来人说的。侯杨氏说："哎呀我的大嫂，兰兰这才几个月呀就闹动静，孩子也就是个死面锅饼大，还能闹出动静来？"侯葛氏脸上挂不住，退了几步又看兰兰的站相，还让兰兰走几步，说："不对呀，你三婶拿话噎我了，我还是觉着她说的在理。兰兰你算日子了吗，二梭上回来家几个月了?"

院子里的说话声把喜喜多多都引出来了,两个没嫁人的闺女也把兰兰围起来,她们忌讳着那些话,但心里其实是想听的,凑过去要摸兰兰的头发,耳朵却是支绷着的。兰兰是把日子画在墙上的,这一会儿她记不住,记住了也不想说,况且又当着两个妹妹的面,她光是觉着臊得慌。屋子里的侯黄氏也觉着大嫂问多了,于是从窗子里探出头来,说:"你们让兰兰歇一会儿吧,她是个带身子的,光叫她站着啊?"兰兰走也不是,不走也不是,脸上流出汗来,掏出手绢擦汗,手又被侯杨氏抓住了。原来兰兰举起胳膊擦汗,扯带着把大襟褂子撩了起来,下边露出一截肚皮,肚子上果然鼓出一坨坨。侯杨氏蹲下来看兰兰的肚子,还拿了手在兰兰的肚子上来回比画,比画着又惊叫:"我跟你说吧大嫂,就是不对!俩月仨月平塌塌,五个月上葫芦瓜。你们都没忘吧,二梭喝成个醉驴的那一次,这才几个月啊?兰兰的肚子怎么就出了冬瓜样了,看着还是个歪把子大冬瓜头的?黑天白天地长也长不这么快啊?"侯葛氏也蹲下来摸,摸着也说真是怪了,兰兰哇的一声哭起来。

老二侯登榜抓着个烧火棍跑出来,一头一脸的都是急火,说:"你们是吃饱撑的还是闲出长毛的牙了?兰兰是我的闺女,不是买来的牲口,请你们掌眼了!"侯黄氏端起一盆泔水泼到院子里,一把揽住兰兰,吐着口水往屋子里拉。老三侯登銮出来埋怨二哥,说二哥越老越不懂事了,老娘们儿说话也跟着掺和,还说出那样的狠话,怎么听都不像一家人该说的话。侯登榜一听又急了,说:"老三你给我滚一边去,一大家子人就数你没正形!"侯登銮这下子不让了,非要二哥指出来他是怎么没正形的,侯登榜没有侯登銮嘴头子利索,说出话来却是狠的:"等老大来了你问他,他要说你有正形,那就是他没正形!"

侯登科一步跨进院子,可着嗓子吼一句:"要闹家窝子也得挑个时候吧!日本人眼看就打过来了,你们还知道个死活吗?"

第十四章

186团划归第五战区不久,前方就传来了战事吃紧的消息,先是说在德州驻军的三个师先后被日军打垮,三个师的建制还在,但存活下来的将士不足一半。接着又说洛口铁桥失守,战区司令部有放弃省城的打算,如果情况属实,津浦线华北段就等于拱手送给日本人了。二梭到营部探听消息,胡营长把二梭拉到自己屋子里,又拿毛巾缠到额头上,半躺半靠地倚着床头,虚掩着屋门跟二梭说话。他说吃了败仗是真的,战区司令要逃也是真的,往南逃就是国民政府所在地,第三战区的司令长官顾祝同不会允许第五战区过长江,要逃只能向西南走,越过陇海路插到郑州。二梭听得糊涂,说仗还没打呢怎么就说起了逃啊,看着胡营长拿毛巾遮掩着瞅门缝,又问运河工事到底还修不修。胡营长从床底下抽出一把蔫巴了的荆芥,咬着二梭的耳朵说悄悄话,意思是要二梭顺着运河往南走,奔着移防的来路看能不能接到独立营的人,还说派出去找旅长的人算着该回来了就是不见人。他忽然就放高了嗓子,说:"在运河湾里吃了几十年屎,连个荆芥棵棵也认不出来啊?我说,马二梭你个野驴是不是盼着我病死啊?滚出去给我找!"二梭走出营部,看着有个人影像是得才,眨眼又不见了。

二梭是在运河湾里发现的侦察兵,换了长袍大褂的侦察兵,二梭一眼就认出来了。这个机警的湖北兵当过骑青马的派饭兵,还在医院里守护过他跟黑豆,那时候得才跟他跟黑豆还都亲近着。侦察兵是被人扔到运河湾里的,长袍的里子被撕烂了,靴子底是拿刀子挑开的。包袱还在肩膀上挎着,但包袱里什么都没有了。另外,侦察兵身边的茅草丛中还有一只女人穿的绣花鞋,看着像是年轻的侦察兵跟谁家的女人风流快活过。

胡营长一脸土色,嘴抽搐着说不成话,就拿两个手指头捏住腮帮子,一揪一拽地扯着,说:"我完了,马二梭你也完了,明摆着的是被人抄了,抄我们的人比我们高明!"二梭被胡营长的糊涂话弄得像浑身粘满了苍耳子,他拿手使劲儿抓挠着要走,胡营长一把把他抓住了,说:"有人一准儿知道了我让侦察兵化装出走是向旅长汇报的,旅长也一准儿给侦察兵做了交代,所以就有人在半道上抄了他。旅长奔前线的可能性有多大不好说,但旅长要把他的人马聚拢起来是一定的，他决不允许这里一个团那里一个团，谁都摸不着了他当谁的旅长？姓侯的十有八九要放单，我们怎么办？"二梭拿鼻子哼哼着，他本来要说侯家老宅里都是玩转轴的，话到嘴边又憋住了，只是拿手指头死命地抠着墙壁上的土块，末了他说："兵营是狗肉啊，谁想撕着吃了就撕着吃了？"胡营长瞅着二梭的眼珠子，说："我也是这个意思。"

　　说过这话的第四天，运河兵营里果然见到了日本人。日本人是骑着马来的，先来的是一个小队，没打枪，也没举马刀，也没布阵。他们一来就在运河兵营的东北角下了马，那是一片驼峰地，十几个人支着架子烧兔子吃。运河湾里的兔子又肥又笨，跑起来像背着包袱，日本人是用马鞭子抽死的，也不剥皮就放到火上烤。胡营长先还是拿着望远镜的，到了战壕里就把望远镜放下了。日本兵就在眼皮子底下，烤熟了的兔子肉的香味像运河湾里的秋马兰花，随着潮气的移动四处弥漫着。兵营里的人都傻眼了，看着日本兵吃肉气得慌还馋得慌，黑豆拿枪瞄准了一个啃着兔子头撒尿的日本兵，胡营长照着黑豆的屁股上踢了一脚，说："你是手痒了还是嘴馋了？都听着，没有命令谁也不许开枪！"日本兵吃饱喝足了又玩起游戏，游戏是拿啃光了的兔子头当弹子，又在圆圈外边各自挖一个窝，堆在圆心的兔子头由着一根木棍击打，谁的窝里落的兔子头多，谁就是赢家，输了的托着赢的人转圈子，还拍着巴掌跳舞。二梭拽了一把柳树枝子嘎吱嘎吱地嚼，胡营长闭着眼吸烟，黑豆凑过来拉二梭，二梭嚼得满嘴淌绿水。黑豆说："×他祖宗，这不是欺负人是什么啊！"

　　第二天还是这样，第三天又来了一个小队，新来的这个小队也是到处捉地兔子，也是放到支架上烤，烤熟了又牵着马到了运河堤上。马从运河堤上伸下脖子，喝着水又噗噗地打响鼻，许是喝呛了，啃着兔子肉的日本兵一齐地笑起来。啃净的兔子骨头被日本兵扔到运河里，骨头不往下沉，随着波涛打旋儿。运河里发出轰隆轰隆的响声，这是运河涨秋汛的征兆。到了下午半晌时分，两队日本兵又在驼峰地上汇合了，说笑着做出了返回营地的架势。他们给马匹刷毛，还舀了运河水给马洗头脸，连耳朵都洗了，连尾巴都洗了。他们还一齐扑嗒扑嗒地摆弄鞍子，有个日本兵还拿嘴巴吹掉了鞍子上的一根鬃毛。最后，他们又一齐上马，骑着离开了运河兵营的东北角。二梭就是这个时候离开的兵营，快走到运河木桥时，他听见胡营长打着呵欠说："嘿，又让小鬼子陪着玩了两天！"

　　二梭走向那片岗子地时，太阳刚好落下。杂树林里落了一地干树叶子，走在厚厚的干树叶子上,会觉着整个身子都是轻飘的。二梭拿脚踢干树叶子,踢着堆成一个床铺,他还薅了一抱干茅草,又扯了一根抓地秧子草,把干茅草捆扎成个枕头的形状,最后他把大衣脱下来铺到干树叶子上。他是弓着身子扑上岗子的,扑上去就把白面瓜抱住了,举起来又抛下,白面瓜软绵绵地倒在了干树叶子上。白面瓜呀呀地叫,叫着要抓二梭的脸,结果她把二梭的头脸搂到自己怀里。她说自己原本是望着胡营长的,她天天坐在岗子上,就是为了看胡营长指挥打仗的,望着胡营长拿着个望远镜睡着了。后来,她看见有个影子从木桥上飘过来,还看见他拿脚哗啦哗啦地踢干树叶子,她就知道这个二梭一准儿是跟胡营长怄气了,他窝了一肚子火气不发出来会憋死的。

　　白面瓜说她一眼就认出了木桥上的人影影是二梭,二梭一过木桥她就知道他是来找自己的,那一会儿她就该跑掉的。又说二梭踢弄干树叶子时,她还是拿定主意要跑的,之所以没跑就是要跟二梭说句紧要的话。白面瓜说:"不行呀二梭,我说什么也不能答应你。要没有你醉着回家那一节,你不来找我我也会找你。咱们已经好久没有那样的事了,我一个火身子不给你留着给谁留啊?但是,二梭,我现在得忍着,我再想那事我也得忍着,我要不说忍着我这一会儿就想了……哎哎,我说,你不能等我把话说完再脱衣服啊,露水要下来了你不嫌凉啊?"白面瓜抓着干树叶子往二梭身上盖,二梭像打滚的野驴一样抖擞着摔掉干树叶子,他还腾出一只手来捂住白面瓜的嘴,自己倒是呼哧呼哧地喘粗气,喘着粗气还是像听了冲锋号的。最后他也躺下来,还拿一条胳膊圈住白面瓜的半拉身子,把她紧紧地搂住,还把自己的头脸窝在白面瓜的身上。白面瓜拿手揉搓二梭的胸口,说:"二梭你这是怎么了,我一看你发疯发狂地下死力,我就知道你一准儿是有窝火的事。不是平和和地没打仗吗,打完仗,胡营长升了团长他一准儿会让你当营长的。二梭你到底有什么心事?"

　　二梭抽出胳膊,赤裸着身子坐起来,还要拿手掐她,说:"你是真傻啊还是假傻,你以为胡营长真想跟日本人打啊?姓侯的玩转轴,他也跟着玩转轴。他口口声声说自己心里明镜一样,可他根本看不出来日本人也在玩转轴,等他们完成了包围圈封锁住运河大桥之后,他就知道人家在你面前烧兔子刷马毛是打什么主意了!可是他不允许任何人出击,他明着说是等命令,实际上他是在跟姓侯的摽心眼,他随时都准备开溜。哼!我是准备好了,死也要死在运河湾里,死也要拉日本人垫底。"二梭又把白面瓜揽起来,直勾勾地望着白面瓜的眼睛。他还在白面瓜脸上一遍一遍地亲吻着,还把自己的头脸拱到白面瓜怀里。后来他抓起自己的衣服,说:"也许天明你就看不到我了,我心里也跟明镜一样。等着瞧吧,也许撑不到天亮!"

就在二梭扎上腰带的那一刻,兵营的东北角响起了刮风似的马蹄声,接着就是呜呜哇哇的喊叫声。日本骑兵根本就没回营地,人家就是要偷袭运河兵营的。胡营长趿拉着鞋从营部跑出来,一边提鞋,一边挥舞着手枪,说:"弟兄们,我们上了小日本的当了,他们使这一招就是要把我们包围后一个不剩地全砍死!"二梭扯起大衣,又朝白面瓜踢了一脚,说:"记着我的话,我马二梭死也要死在运河湾里,埋我的时候别忘了把茅草枕头放里边!"白面瓜爬起来追赶二梭,这才记起还有一句紧要的话没跟二梭说,她就光着身子呼喊,喊的是:"二梭你知道不,兰兰有喜了!"

枪声整整响了大半夜,接着是炸雷一样的轰鸣,天大亮时忽然静下来,静得光听见运河里的波涛发出轰隆轰隆的响声。

侯登科趴在祠堂的窗口向县城张望,望不到县城,看到的是半空中一道一道的火条子。他把村公所的牌子摘下来挡住窗户,又让得印喊治安队上寨墙,得印跑遍了村子,回来说喊谁谁都不出来,都把大门关得紧紧的。侯登科咬牙切齿地骂,说:"立冬呢,他不是天不怕地不怕吗,他为什么不上寨墙?"得印想说立冬胆子大是真的,他亲眼看见过立冬掏黄鼠窝,还把手伸到窝里抓,一把抓出来三只,有一只还是母的。不过,得印说出口的是:"是他爹马照本拦着的,他姐姐香芝还哭了。"得印说着打哆嗦,怀里抱着的枪也跟着打哆嗦,枪把胸前的扣子磨得沙啦沙啦响,后边的衣服却被一只大手拽住了,拽他的是侯登榜。侯登榜拉着得印离开祠堂,说:"他是结记团长儿子哩,你跟着赚熬眼啊?"得印大着胆子反驳,说县城里还有他哥得才呢。侯登榜又把小儿子的耳朵揪住了,含着恶气说:"你没有哥哥,你只有一个姐姐叫兰兰,兰兰得有人护着你知道吧。小王八羔子!"

好不容易熬到天亮,侯登科又让得印喊治安队上寨墙,自己牵出驴来,摘了响铃,还没出大门呢就骑了上去。官道上没看见一个当兵的,看见的是杂杂乱乱的鞋印子,路边上还拉了屎尿,屎尿上还有裹腿带子。运河大桥上也没有人,人都死成疙瘩山了,码头上的工事冒着一缕缕黑烟,空气中弥漫着腥烘烘的味道。城门却是关着的,城门楼上插着两面锅盖大的太阳旗,有一个士兵还扯着旗子擦脸。侯登科摆着手喊门,门楼上的士兵哗啦哗啦地拉枪栓，说骑驴的不是日本人不能进城。侯登科急得嗷嗷的，亮着嗓子说："叫你们团长出来说话，问问他是日本人揍出来的还是中国人揍出来的！"得才忽然探出头来，然后跑下来开城门，说："大爷你不该进来，人家日本人留下话了，不让进也不让出。"

侯登科不搭理得才，他扯下得才的帽子打驴，驴呜哇呜哇地叫着大跑，一直到县政府门口才停下来。县政府门口也挂了日本旗，侯得章出来迎接，侯登科骑在驴身上踢儿子。侯得章示意得才牵走了驴，腾出手来，拉着侯登科进了里边的屋子。进了屋子也不拉座，先问他爹去没去运河兵营，运河兵营里现在还有没有动静。侯得章说自己知道姓胡的不仗义，撇开团长偷偷摸摸地向旅长告黑状，给他编排了许多不是，旅长就让姓胡的把另外两个营也带出去，向西先进叫驴山，说旅部会派人接应他们。侯得章还说自己是掐着日子算的，算着带信的该回来了，半道上果然抄出了实底，果然跟自己猜测的一模一样。侯得章说："他们没想到我提前把两个营弄进了城里。结果呢，他的独立营呢，还有一个活的吗？"

侯登科先还是糊涂着听的，听着就不糊涂了，只是两眼怔怔地望着儿子，大张着嘴说不出话来。侯得章端起水杯往他爹嘴里倒水，还拿手指头揉搓他爹的胸口，说自己是被逼无奈时才想出这个万全之策的，既保住了县城，又保住了两个营的兵力，河湾县还是他掌控着，地盘还是中国人的地盘。日本人一走，他接着就实施第二套建设方略，按理想模式建设自治性的新河湾县。侯登科咕咚咽下一口水，一口水又咽呛了，喷得满头满脸都是水，吼吼着说："要是日本人住下不走呢？"

得才骑着驴跑进来，大跑着呼喊，说他看见白面瓜了，白面瓜哭得跟个烂柿子似的，她还拿着个柳条子拨拉着找人。得才说："多亏你把我弄到督导队，大哥，你那时候就想好了是吧？祖奶奶，运河兵营里一个会喘气的也没有了，弹药库一炸，骨头架子都零散了！"

得才说他看见白面瓜了是真的，白面瓜也是一夜没合眼，运河兵营里一响枪声，她就跑回村子找兰兰，她原本是要拉着兰兰一块儿看的。马家的大门关得死死的，她听见春子呼哧呼哧来回地奔跑，春子一会儿从南屋里跑到堂屋里，一会儿又扒着院墙向外张望。满秋揪住她的头发，照着她腚上踢了几脚，拉扯着进了堂屋。春子揉着腰到小屋里喊兰兰，兰兰也到了堂屋里，马步正让马刘氏把兰兰拉到床上去。兰兰的脸煞白煞白。白面瓜咣咣地砸门，离开的时候她带着哭腔说:"二梭说下断头话了,你们一大家子还要二梭吗?"马刘氏紧着拉兰兰开门,胡同里没有了白面瓜,后来她到堂屋里找出一炷香,又拽着兰兰去了紫云寺。

白面瓜是哭着去的兵营,运河兵营已经不像个兵营了,到处都是烧焦了的死人,到处都是烟熏火燎。后来她还拨拉出来两匹死马,马身上也冒着烟火,从马肚子里流出来的肠子烧成了麻花卷。直到响午歪,她才跌跌撞撞地回到家,看见豁子没往大粪里掺河泥,他手里抓着的是个奇形怪状的三齿钩子,拿着个石头剌啦剌啦地打磨。她说:"我身上着火了,我身上冒烟了,我被日本人炸死了。"豁子紧着往她身上泼水,豁子泼了一瓢又泼了一瓢,她还是那样呼喊着。后来呼喊的是二梭,她说二梭烧得光剩下一把灰了,她捧着灰又到岗子上找茅草枕头,茅草枕头也烧成灰了。豁子把满满一缸水都泼到白面瓜身上,又帮着白面瓜脱湿衣服。白面瓜光着身子走出栅栏门,豁子吱响吱响地笑着又哭了,说:"姑奶奶,你到床上睡一会儿吧,你光着个身子不怕火烤啊!"

到了下半夜,白面瓜又呼喊着嫌挤得难受,她还骂豁子把坑挖窄了,她说豁子是故意不在紫柳树那里挖坑的,也没往坑里撒紫柳花。一群一群的光腚鬼都要往坑里跳,挤得她跟二梭连个枕头也枕不周正。豁子哆哆嗦嗦地点灯,举着灯专往黑影里看。栅栏门吱响响了一声,二梭跟跄着拨开屋门,伸着手跟豁子要干粮吃,说:"白面瓜呢,你把她喊起来做饭,可把我饿死了!"白面瓜扑上来抱住了二梭,说:"二梭,二梭,你没死啊?直溜溜的一天一夜,你到哪里去了?"

第十五章

二梭冲进兵营的时候,日本骑兵已经把运河兵营包围了三面。二梭看见胡营长弓着腰往战壕里钻,他在战壕里像捉迷藏一样从这边跑到那边。

最后他把二连的连长和三连的连长叫到营部，说的是："独立营干什么事都比人家晚了一步，唯独移防是跑在前边的。跑到这里让日本人包围，不是死催的是什么？当年闹北伐的时候，运河兵营就是先让北伐军打散的，再往前数就数到运河卫的青龙兵营，也是被西北山上的白虎军给灭的。你们说吧，我们是趴在战壕里让人家砍脖颈儿呢，还是杀一条血路冲出去？"两个连长都说："我们听营长的，营长叫我们死在这里，我们就跟小日本拼了，营长要说还是活着好，那我们现在就奔西南方向。"两个连长又往战壕里望，没望见特务连连长二梭，望见的是黑豆把上衣脱了，抱着机枪冲出了战壕，后来他又把机枪扔了，从背后抽出来的是大刀片。黑豆说："小日本鬼，你们在这里晃荡两天就是为的偷袭啊！"胡营长掏出一把银圆，拿裹腿带子缠绕了挂在营部门口，说："我这是奖给丁排长的，丁排长是在掩护我们。快撤！"

二梭就是在这时候跨过的战壕，扔了三颗手榴弹之后他把黑豆抓了回来，黑豆的腿在茅草丛中划出来两道深深的印痕。二梭把黑豆扔到地上拿脚踹，说："我的一连人呢，两边没有接应的你往哪儿冲，你想把他们都冲死是吧？"一连人还剩下四十多个，二梭带着他们撤进营房，然后砸开窗户，拿手指着运河上的木桥，揪着黑豆的耳朵吼了一声："快，带着他们过运河！"黑豆跑了几步又折回来，看见二梭在战壕边上蹦跳着往弹药库跑，跑着还喊："我×你们八辈子祖宗，有种的过来吧！"一队日本骑兵旋风似的冲进运河兵营，他们似乎被二梭的蹦跳弄糊涂了，后来他们纷纷从马上跳下来，挥舞着马刀也跟着二梭蹦跳。二梭从正门钻到弹药库里又从偏门钻出去，接着他就把一颗手榴弹投进了弹药库。营区没有了，气浪把二梭推到运河岸上，二梭摸索着找木桥，黑豆把二梭背起来，随后就把木桥炸了。

黑豆是背着二梭进入河套的，河套里的芦苇在上一场秋雨中被扑倒了。黑豆捧了水给二梭洗脸，说："我们怎么办，胡营长他们冲到运河码头，是想着过了运河大桥就钻山的，他们根本不知道日本人早就在运河码头上布下了埋伏，也兴许跑出去几个。我是怎么想都没想到胡营长还能来这一手，光知道他跟姓侯的动心眼，其实他跟谁都没露实底。我现在才知道你天天坐在运河堤上望什么了。你说吧，我们怎么办？"二梭坐起来还要揍黑豆，还是恨着黑豆不动心眼把人都拼光了，他说："你们先在这里等着，我去拿饭。别管稀的干的，先把肚子填饱再说。"见了白面瓜之后他又改了口，催着豁子抱柴火烧鏊子，他要白面瓜紧着和面烙饼，还不许白面瓜说一句运河兵营，还不许白面瓜说他还活着。白面瓜拿灯照着看二梭的脸，又把手伸进衣服里揪摸二梭的肋巴骨，说："二梭你还是个活的，你身上呼呼地冒热气。你身上是热的我就知道你没死。你躺倒睡一觉吧，一觉醒了饼就烙好了，我给你烙一张两面带焦皮的。不过，二梭你得给我说说，运河兵营没有了，你们吃了饼到哪儿去？还有，你得跟兰兰照个面啊，一个村子都知道运河兵营的人死光了……"

兰兰是被婆婆马刘氏拉着去的紫云寺，马刘氏先还想着找一了大师帮她念金刚经的，点燃了香她就记起一了大师已经死了。她擦着眼泪跟马笾子说话，还让兰兰跟着喊叔。马笾子说："嫂子，我已经入空门了，我现在是了尘。嫂子你别让侄媳妇磕头啊，一磕头我就想起二梭了，还有麻五。麻五千不该万不该，不该二番进兵营。他死了什么都忘了，撇下个侯月娥成天往寺里跑，成天念叨官地念叨孩子，让她缠缠得我都没躲闪了。"话说了又觉着不妥，他紧着盘腿坐到蒲团上，闭了眼又说二梭又说兵营。眼睛里流出泪来，泪水汇聚到鼻子洼里，明晶晶地汪汪着。马刘氏惊得手颤，说："亲娘哎，二梭到底还是出闪失了！笾子兄弟你别光哭，你紧着说二梭是趴着死的还是仰着死的，我得让兰兰喊魂啊。"马笾子也吃一惊，说自己一闭眼就流泪，流泪不是因为二梭死了，二梭好像是个活的。马刘氏伸了手拉扯马笾子，说："你还是睁着眼念吧，我看你闭着眼也跟一了大师闭的不一样。"

兰兰扑通跪下对着香案磕头，对着马笾子磕头，说："叔啊，您说二梭还是个活的，二梭在哪里啊？兵营没有了，炸死的人光剩下碎骨头了，二梭那一会儿在哪里啊？他人呢，到哪里去了？"

马笾子就直了眼望禅房的顶棚，忽然说："紫云寺要被大水包围了，波涛翻滚变成一片汪洋，长虫是要吃老鼠的，结果长虫也被水淹死了。高粱棵子没有了，露出来的只是个红艳艳的高粱穗子，一群一群的光腚孩子脚蹬手扒，还以为是通天柱呢，抓到手里才知道是个高粱棵子。抓着抓着沉底了，呼噜呼噜冒泡了，死在外边的人，佛祖不会收了。"兰兰哇哇地大哭，哭着扑到马刘氏怀里，说："娘，这不还是没了？没有二梭了呀娘，我肚子里的孩子到哪里找他爹去？"侯月娥从门外搭了腔，说笾子的住持是替一了大师当的，他刚才说的全是一了大师说的话，他睁着眼说了也记不住。侯月娥拉马刘氏起来，还拿了手绢给兰兰擦泪，说："兰兰虽然是老宅的，但我看着感觉亲。

不像老大老三那两窝子，躲在县城里跟日本人联了手，还答应运河湾里的人都当日本人的良民。呸！你们还不知道吧，豌豆背着他爹到兵营里找人去了，囫囵的不囫囵的尸首都翻了个遍，也没看见黑豆，也没看见二梭。"

这天晚上运河湾里发了秋汛，空中的雨水砸到茅草地上，地上眨眼就成了河。河水横冲直撞，到天亮时，运河兵营也泡在水里了，隐蔽着炮位的柳树林子找不到了，看见的只是一蓬蓬的树冠，披头散发地瘫软在水面上。接着天就晴了，原先的水流也入了槽，但是淤泥却覆盖了整个运河兵营，半人深的茅草只露出星星点点的尖叶叶，淤泥上还噗噗地冒泡。

天一放晴，马步正就打发满秋置办祭品，还特别叮嘱酒要不掺水的，高粱随人家要，最好是自己拿铁灯接了倒葫芦里。接着就让马刘氏杀鸡，专杀那只一天到晚光知道打鸣的公鸡。他还让兰兰穿上半身孝到侯家老宅里闹去，让金猪当儿子穿重孝，也跟着他婶子去，进大门就哭就闹。他说："一个兵营的人都死了，侯得章为什么没死啊，侯得才为什么没死啊，天底下就他们侯家老宅的人知道活着好是吧？"兰兰的眼皮肿得像个烘柿子，嗓子也是哑的，身子沉得迈不动步，手扯着白布望婆婆。马刘氏就冲老头子眨巴眼，低了声说："寺里的笸子说是个活着的，新宅里五他媳妇也说没见到咱们村的人，你别张口闭口死死的。"马步正还是吼吼着，说："他个野马星野叫驴就是要找死的，他能不死？放着好好的媳妇不稀罕着，他不是找死是什么？"

正说着，春子咕咚咚地跑进来，说玉树又让豌豆背出去了，没有兵营了，一马平川的都是淤泥，豌豆是在运河大堤上摆的祭品。春子说："爹，叫兰兰也穿重孝吧，她肚子里还有二梭的孩子呢。"马步正最后同意了先去祭奠，回来再到老宅里闹去，闹得老宅里也要跟着穿孝。兰兰又哇哇地哭了，金猪也哭，春子是见不得别人哭的，她也跟着哭。马刘氏说："我死的是儿，我才该哭哩！"一家人哭着去了运河堤，运河堤上已经黑压压的全是人了。

白面瓜扒着窗户往村口望，看见兰兰的肚子又比先前鼓了，拿白带子勒着托着，腿也显得沉重了许多。低下头又看见豁子打磨那个奇形怪状的三齿钩子，还呼哧呼哧地吹掉黑沫沫。她说："我不出门了你也不出门了，你见天摆弄那东西，你是要当骨头唷啊！"豁子还是吱响吱响地笑，说运河兵营没有了，猪狗羊也不拉屎了，他想拾粪也没地方拾去了。豁子说："人家都到运河堤上去了，你怎么不去？"白面瓜又拿口水吐豁子，说豁子浑身上下没有一样中用的，有个拾粪的心眼还是不全的。她说："我明明知道二梭没死，我去了能流出泪来啊，人家一看就像假的。"忽然，她看见兰兰让春子搀扶着回来了，后边跟着金猪，进了村口没拐弯，顺着大街去的是侯家老宅。

兰兰真去闹了，一马平川的淤泥彻底把她击垮了，原先还期盼着希冀着的念头眨眼间溜得光光，剩下的只是孩子出生之后就是个没爹的。她这一会儿想起来的全是二梭的好处，二梭在新婚的那天夜里不脱衣服睡觉，二梭头也不回地跟着胡营长入了兵营，二梭甚至没拿正眼看过她。还有，二梭留白面瓜住了一个多月，他们会脱光了钻到一个被窝里，白面瓜回来了脸上是带着油亮的。那时候她满心里都是恨，满心里都是羞愧，满心里都是对二梭的埋怨。那时候她想得最多的就是拿一把刀子，让二梭把她的心挖出来看看，看看兰兰对他马二梭是不是真心的，对马家一大家子是不是真心的。但是，这一会儿里兰兰觉着所有这些都是二梭的好，是二梭让她有了这些怨恨，有了这些念想。没有二梭，兰兰的心就是死的，就是空的。还有，她的肚子一天比一天鼓了，这也是二梭带给她的天大幸福。兰兰就是想着这些回的娘家，一进老宅的大门她就发了疯似的哭闹，她说："是你们杀死了二梭，是你们让我肚子里的孩子见不到爹。你们还我的二梭！二梭呢，你们给我找出来？"

侯登榜一抓钩砸烂了院子里的水缸，他还是高举着抓钩，和着兰兰的哭喊，嗷嗷着说："跟他们闹。跟老大闹，跟老三闹，闹得他们满地爬！"侯黄氏拿到手里的是缯鞋锥子，她挥舞着嘎吱嘎吱地往墙上划。侯登榜又喊："老大老三你们都给我滚出来！"老三侯登銮从屋子里探出头来，说："等老大回来你先砸死他吧，砸死他你再砸我，反正我是跟他学的。"看见兰兰嘴唇哆嗦着，脸是煞煞的白，两个眼珠子还是怔怔着，他又说："二哥你还想要闺女吗，大哥进县城了，回来再砸死他也不晚，你先看看兰兰怎么了。兰兰，兰兰，我的好侄女，你爹着急你可不能着急啊！"

就在兰兰哭昏了的那一刻，侯登科正在县城跟儿子发脾气。侯登科是被儿子叫去的，来人说的是开会，去了才知道儿子是打官地的主意。侯得章脸上也没光彩了，两个眼窝还塌塌着，嘴巴下边是生着一条毛毛碴的，毛毛碴也被米汤粘成了布条子样。他急着表白，一遍遍地重复，说他根本没想到日本人会弄这么牢靠的，前边杀过去了后边接着就要建兵营，接着就要插手河湾县。他说："你要住就在宽敞明亮地里住呗，他偏不，他偏要到运河湾里建新兵营去,还指名道姓地说他们相中紫云寨北边那片地了。他们说那一片地风水好。我×他八辈祖宗,他们懂风水啊?有风有水就叫风水啊?胡同里还有风呢,水缸里还有水呢,他们为什么不住胡同?为什么不住水缸?他们相中的是运河。你知道吗爹,他们相中的是运河!他们两条胳膊插在津蒲路和京汉路上,他再岔巴开两条罗圈腿踩踏着运河。他们不懂风水,他们懂军事。还有,紫云寨北边那是什么地方?八百里的水泊老河套,北贯京津,西接太行,谁都知道那是粮仓米库啊!"

　　侯得章顿了一下,接着说:"母狗眼,水蛇腰,天下矬子不可交。我现在是彻底明白了,日本人个子矮,都是心眼多坠的。一开始,他们只是说从这里路过,只要我不下命令抵抗,他们杀过去就不回来了。到末了呢,他们是不回来了。来的是他们的亲戚,亲戚一来就不走了,我还得颠哈颠哈地听他们胡鸣哇。我不听不行啊,我不听,我连这些人马也保不住,我连侯家老宅也保不住,我的模范县建设理想就得落空。"侯登科端起一杯茶水泼到儿子脸上,说:"你不是说开会吗,你把老子骗来到底要说什么?"侯得章说:"你怎么还不明白呀爹,你得把官地让给日本人修兵营。"侯得章后来就不看他爹了,他是自语着说的。他说自己还是当县长,还是兼着保安团团长,得才也没落空,许给得才的是运河巡防营营长。

　　侯登科骂了一路,他骂了儿子,也骂了侄子,最后骂的是小日本。骂到村口的时候,他觉着心里敞亮了许多,忽然就自己做起怪相来,吃吃着又笑了。他笑着说:"老宅里争,新宅里争,争来争去白送给日本人了。再争啊,再夺啊,怎么不争了?怎么不夺了?"说着又笑出声来,自己倒被自己吓了一跳,拿手罩住耳朵,原来是老宅里响起了哭闹声,又哭又叫分不清谁是谁了。侯登科紧着大跑,看见白面瓜也是紧着大跑,白面瓜还一路跑着喊兰兰,说:"你愿意听我一句话吗?我要不说准能憋闷你一辈子。兰兰,你可是个双身子啊,保不住孩子,二梭可饶不了你!"

第十六章

　　日本人的兵营建起来了，果然建在了官地上。官地四周挖起了封锁沟，沿封锁沟的外口还拉起了一人多高的铁丝网。站在运河堤西边的岗子上望日本人的兵营，官地兵营里的日本人好像粮食囤里的老鼠，日本人自己也意识到了这一点，他们还在兵营里养了猪羊。猪羊是侯得才的运河巡防营给轰到兵营去的，公羊母羊大猪小猪都有。侯得才回去跟侯得章汇报，侯得章忽然拿米汤浇出来一条弯曲的粗线，说："兄弟，河湾县还是咱们的啊！"他扔了碗望得才，让得才接着给兵营里送猪送羊，送一窝一窝的，连老母猪带小猪羔一块儿给他们。最好是连配种的公猪也送去，把公猪撵到母猪窝里天明天黑地配种。得才呀呀地怪叫，说："他们要猪羊给他们送，他们要粮食给他们送，他们在兵营里大米白面地吃着，你不知道他们多会恣！哥啊，你想让日本人在咱们这里安家过日子啊？"

　　侯得章眯缝着眼摇头，还在得才肩上按了一下，没回答，问的却是村子里的情况。得才说："乡公所不叫乡公所了，叫维持会，大爷当了维持会长，村子里也有维持会，也是大爷当会长。维持会给日本兵营收集情报，跑腿送信，碾米磨面，还给日本兵洗衣服，还给日本兵送菜，还给日本兵送凉席子。老宅里还是跟以前一样的过法，二大爷不管地里的事了，他养了一大群鸡，攒下的鸡蛋都吃了，一个也不卖。公鸡也不卖。"

　　得才说他参见天催着大爷往日本兵营跑，催着大爷问日本兵愿意不愿意做生意，他想让得印从日本人手里倒腾火药卖给西边的山民。得才还说到新宅。他说新宅里的侯登仓是彻底完了，光知道咧着个大嘴叉子呼喊着要官地，还跟姐姐侯月娥闹掰了，他看见侯月娥就说自己让麻五坑了，拿个烈士证换了官地也没保住。侯月娥也不愿意见他，侯月娥见天往紫云寺跑，一去一大天，去了就住下，睡是跟马范子一个床铺睡的。她还怀了马范子的孩子，马范子正发愁没法跟一了大师交代，一了大师死之前又后悔不该答应让马范子当住持。马范子皈依佛门了还弄那事，怎么说都说不过去。

　　侯得章拿起米汤碗扣到得才脸上，说："不要光说自己家里的事，自己家里的事还用得着说吗？"得才拿手抹脸，抹得脸上手上黏糊糊的，紧着转话头说村子里的事。先说的是兰兰，说兰兰不吐酸水水了，肚子也一天比一天大，好多人都说大得不像，大得也太早。马家人现在就指望着兰兰给他们生孩子了，一胎生两个生三个他们才喜欢，生得越多他们越喜欢。他们是想拿兰兰的孩子顶二梭的缺，生一个顶平了，生两个赚一个。见侯得章又把手放到米汤碗上，这才又觉出说溜嘴了，又紧着说豁子。

得才说豁子也不拾粪了，日本人不让他去兵营挖大粪，叫去他也不敢去，他怕狼狗。是兔子都怕狗。街上也没有跑着屙屎的猪羊了，小孩子也不满村子跑着屙尿了。豁子拾不到粪就在家里穷折腾，见天嘎吱嘎吱地打磨三齿钩子。三齿钩子把是拿一棵手腕粗的酸枣树做的，另一头安的是半块瓦的筒子铲，光一个铲子就有两拃长。酸枣杆子也让他磨光溜了，紫红紫红的，乌油油的。白面瓜见天骂他，骂了他也不出门，骂了还是嘎吱嘎吱地打磨。他还吱吱呴呴地冲着白面瓜笑，豁子笑出声来跟兔子叫唤差不多。得才说豁子抓着紫红紫红的酸枣杆子笑，一准儿是拿酸枣杆子比自己的，他知道自己长了个不能用的，有媳妇跟没媳妇一样。豁子比着摸着是过眼瘾过手瘾哩。侯得章取了纸墨让得才画样，得才画着还笑，流出的口水把纸洇湿了。

侯得章当天就偷着去了运河大堤，运河大堤是归巡防营管辖的，在保安团的职责之内，却用不着当团长的跑大堤。

运河里的水越涨越高，运河湾里虽然没再接着下连阴雨，但秋汛带来的雨水还是从四面八方汇聚到运河里，整个白天，运河里的波涛一直哐啷哐啷地响着。奇怪的是，太阳落下之后，运河里却突然间没了声响，白天的波涛也没有了，水面上是平缓着流淌。波涛变成了水下的漩涡。水下的漩涡只有运河湾的大人们才知道，即便是运河湾里的大人，没有贴头贴脸跟运河水打过交道的人，也照样摸不清水下的漩涡是什么样的。

比如紫云寨的马步正，他爷爷是跑过运河的，先是给码头上当船伙计，后来自己结网捕鱼。用卖鱼的钱买了牲口买了地，剩下的小鱼小虾又做成酱，晒干的酱渣养活了马家一大家子。有一年的秋汛，马步正的爷爷赶着黑天查看水势，看见运河里的水缓缓地流淌，成群的梭子鱼像赶年集一样。梭子鱼的下边，离开河底一腰深的那一层里，正有一团团的红嘴鲇鱼赶着黑夜觅食。马步正的爷爷掐着时辰下网，时辰是三星正南，半夜稍过一点，吃饱喝足的鲇鱼跟抢鲜的梭子鱼一样，全会变得懒洋洋的，被网罩住了也不打扑腾。马步正的爷爷就下到了水里，下去之后他就知道上当了，平缓的水面下是刮骨削肉的漩涡，人在水里待一会儿，要么被漩涡裹走，要么烂皮光骨地上来。马步正的爷爷一脚蹬死了一条钻网的梭子鱼，最后连网也不要了就上了岸，后来他再也不敢赶秋汛了，但他还是莫名其妙地死在蹬过梭子鱼的那只脚上。脚先是出了黑点，黑点越来越大，慢慢地有一条红线顺着大腿上了身子，红线还没爬过胸口呢，人就咽了气。

真正跟运河秋汛打过交道的是一个叫水兔子的游乡人。水兔子是豁子的爷爷，侯家的祖上帮他在紫云寨安了家，他明着是个种地的，运河里弄水的本事没有几个人知道。到了豁子这一辈，土地还是那一亩多，豁子用不着天天泡在地里，他就迷上了拾粪。拾到的粪卖给地多的人家，人家给的是粮食，粮食养活了豁子夫妇。只不过是，豁子虽生了个男人外皮，男人的另一样真本事是没有的，娶了白面瓜也就指着她会做衣做饭。豁子知道到他这一辈就算两清了，他死了，白面瓜死了，紫云寨也就没有他这一家人了。所以，不管高兴不高兴，不管是在外边还是在家里，即便是白面瓜骂他，即便是白面瓜要拿绱鞋锥子扎他，他都照样吱吱哟哟地笑，笑也是水兔子的声音。

但是豁子这几天不笑了，也不摆弄枣木杆子了，他把枣木杆子藏到栅栏外边的茅草丛中，从墙缝里抠出来的是个木牌牌。木牌牌也是酸枣木的，二指宽，有手心那么长，上面刻着一道带尖尖的箭头。豁子把木牌牌放在手心里揉搓，还对着嘴哈气。后来他磨蹭着坐在床前，吱哟着跟白面瓜说话。他说："我知道你没睡着，你闭着眼一动不动一准儿是有心事。我知道你想什么。你心里想什么不会跟我说，这我知道。我还知道你跟我说了也不中用，你不跟我说是看得起我。自从二梭死了又活了之后，你就没睡过觉，你一天天地不睡觉能不是想事吗？二梭带着人藏到了河套里，那终归不是办法，二梭要是个稳当的倒还罢了。二梭一准儿得找日本人报仇。二梭要找日本人报仇是谁也拦不住的。我也恨日本人，日本人的兵营不让我进，他们把兵营屙满了也不让我去拾粪。我一天不拾粪就难受，我难受还不敢冲着兵营呼喊。日本兵营里的狼狗看见我就龇牙咧嘴。日本兵看见我就瞄准。我在家里闭着眼，我还是看得见一堆一堆的都是大粪。我还看见每一堆大粪跟前都有一个黑洞洞的枪口。我心里什么滋味？我就是不说出来罢了。"

豁子还说："二梭那天来找你，他说快饿死了。快饿死了为什么不回家吃去？饿了为什么单来找你？这就是信得过你。他信得过你捎带着也就是信得过我。二梭说，'豁子，白面瓜呢，我快饿死了'。二梭先喊的是我。你们抱成个团团又亲又啃，他也不回避我，叫谁说也是信得过我。你以为二梭吃饱喝足就钻进河套里睡觉啊？他才不会呢。你以为闭上眼就能睡着啊？根本不行，心里压着个念想，睁着眼也睡不着。人活一辈子有个念想就值了。还有，二梭明明是个活的，明明知道家里牵挂他，明明知道兰兰还是个有身孕的，他为什么不让你跟马家人说？他把心放在你身上了，这我知道。我光是个知道还不行，我还得干点什么事，我还得干一件给你们留念想的大事。"最后豁子说："你睁开眼吧，我想跟你说句话。"

白面瓜坐起来找鞋，下了床也不洗脸梳头，也不管篮子里有没有下顿吃的干粮，拨开栅栏门就去了马家。她趴在墙头上望马家的茅厕，茅厕里没有兰兰，马家人都聚到堂屋里，堂屋的门关得死死的。马家的院子里落了一层干树叶子，饿疯了的鸡爪子把干树叶子都挠碎了，再挠就是晒过河泥的黑地皮。棠梨树上拴上了白布条，白布条上系着米黄色的火纸。插着的大门闩上也拴着白布条。兰兰住的东屋山墙上挂着一个酒葫芦，拴葫芦的襻也换成了白布条。白面瓜找了个瓦片刮墙，刮得嘎吱嘎吱响，比戗锅还难听。戗锅伐锯驴叫唤，这三样都是特难听的，听了人会心焦。堂屋门开了，春子探出头来，拿手抓着腰带往茅厕里跑。春子说："你真会找时候，你再不弄动静我就憋死了。"白面瓜拿手指堂屋，意思是问兰兰在不在堂屋里，春子蹲下又尿不出来了。春子说："二梭死了，老爷子天天躺在被窝里不起来，饭是要送到床上吃的，吃着还哭，哭又没个泪花花，光是吼吼的。婆婆也不吃饭，也不叫我们吃饭。还有兰兰。我说兰兰你得吃饭，我们都饿死也不能亏着孩子，孩子在你肚子里，你不吃饭他吃什么，你想叫他没爹了再变成个饿死鬼啊！"

白面瓜往茅厕里刮土，说："你到底是尿尿啊还是出来放风的？我问你，兰兰呢，兰兰没跟你公婆说啊？"

那天兰兰到娘家去闹，原本是哭昏了的，白面瓜把她拽出来，侯黄氏还在后边跟着，还哭喊着不让白面瓜把兰兰拉走。兰兰的腿是软的，打着哆嗦站不起来，白面瓜拿手掐她，掐着说："我给你说个天大的秘密，你再号号我一个音也不吐了，反正二梭不让我说。"兰兰打个鲤鱼挺站起来，跟着白面瓜走出老宅，还回头跟侯黄氏说："我闹完了，娘您回去吧，我跟面瓜婶学个猫头鞋样去。"白面瓜磨蹭着走出村子，快走到运河堤西边的岗子地了又折回来。她也不进家,也不跟兰兰说话,兰兰憋不住了又哭,白面瓜坐到茅草地上发呆,到后来她还一把一把地薅茅草。她说:"二梭不让说,我说了就对不起二梭了,不说吧,我又怕你又哭又号地伤了孩子。兰兰,你知道我这一会儿多作难吗?"兰兰还是怔怔地望着白面瓜,还是拿手护着肚子,还是啪嗒啪嗒地掉泪。兰兰说:"我知道你是好意,你把我拉出来是叫我散心的。婶子,我没心了,我再散也不中用,我时时刻刻地跟自己说话,跟肚子里的孩子说话。我说小啊妮啊,你们出来看不见爹也得喊爹,你们就想着爹是干大事的,爹把大事干得跟天一样大时就会回来看你们。你们就多吃多喝多长个儿吧,你们的爹回来跟他比比。婶子,你到底要说什么?"

　　白面瓜揪着兰兰的耳朵说悄悄话,说着自己倒先哭了,还拿手指天画地的。她说:"兰兰,二梭不让我跟第二个人说,我对得起你就对不起二梭了!"

　　但是,马家的老主事人却坚决不让兰兰再跟白面瓜照面了,他让满秋给大门上了锁,还把钥匙抓到自己手里。他说:"兰兰你听我说,你是我们马家的人,你为我们马家怀了孩子,我得替二梭念你一辈子好。我死了,你婆婆死了,还有你大哥大嫂,还有你侄子金猪,他们都会替二梭疼爱孩子。我已经想好了,生个男孩就叫金狗,生个女娃就叫金妮。"兰兰就拿着个泪眼望婆婆,马刘氏说:"你别再说死死的了,你让兰兰把话说完不行啊?是豁子家媳妇跟她说的,还千遍万遍地叮嘱二梭不让她说。你想想,死了的人怎么跟她下话啊?她说不能说,不就是说了?"春子忽然跳起来,还让兰兰把手拿掉,喊叫着说:"不对啊爹,不对啊娘。我记着兰兰的日子哩,兰兰该生了啊?兰兰,下坠得很吗,要是很就是快了?"一家人又把目光落在兰兰的肚子上,怎么看都不像个快要生的。兰兰自己也觉着不像,说:"一点也不下坠,倒是天天堵得慌,堵着是往上来的,我也不知道是怎么回事……"

　　白面瓜回到家时豁子还在地上坐着,手里还是抓着捂着那个木牌牌,她摸起个扫帚要拍豁子。豁子说:"我还想跟你说句话。"

第十七章

　　二梭已经做好了炸日本兵营的准备，把黑豆他们聚拢起来说出计划的时候，他脸上像秋汛没到来之前的运河湾一样平静。他说的是："我临死之前一定得把日本兵营炸了，我得为独立营的冤魂弄个大动静，几百个大活人不能白死。我和黑豆一人绑一个炸药包，你们几个只要对付好狼狗跟瞭望哨就行了。我和黑豆一进去你们就散开跑，跑回家就别再进兵营了。"又问黑豆愿意不愿意跟他一块儿干，黑豆说自己上次回家就是为着说断头话的，他还想着把娘的仇也报了。现在花头已经死了，孙老安活着跟死了一样，马靠靠也跑得没影了。黑豆说："我不为俺娘报仇了，我得为特务连报仇。"结果几十个人都齐刷刷地撕开了胸口，呐喊着非要死活绑在一起。

　　二梭他们是赶着下半夜的雾头走出河套的，运河湾里的雾越到黎明时分越浓。快到运河湾里的紫柳丛时，二梭看见一个熟悉的身影从村子里飘出来。黑豆说："一准儿是面瓜婶子！"二梭招呼大家隐蔽起来，自己站起来朝影子摆手，嘴里恶狠狠地骂着："这个熊娘们儿，你想叫她稳个窝也稳不住！"白面瓜一下子扑到二梭怀里，不等二梭推她又松开了手，说自己是准备着下半夜跑进河套的，没想到在这里碰上了。她说自己怕的就是二梭他们干冒失事，二梭他们搭上人命事也干不成。她还说："饼还是热的，你们趁热紧着吃了，我跟二梭说句话。"

　　白面瓜把二梭拉到紫柳丛中，雾气在紫柳枝上结成密密麻麻的水珠珠，地上的茅草也被雾气打湿了。她拉着二梭的手伸到自己的怀里，掏出来的是一张卷了咸菜条的饼，她把饼卷成个筒筒让二梭咬。她还拿手扯了衣襟给二梭擦嘴。她说自己没工夫说闲话了，从现在到天亮还有两个时辰，其实两个时辰也足够用了。她说自己先啰唆几句没用的，还是跟自己的心有关系。她心里是放不下二梭的，自从二梭在紫柳丛中扑倒她的那一刻起，她就把二梭装到心里了，尽管那时候她觉着二梭还是个孩子，小孩子家贪个稀罕跟她那样了，过后是不会再记起的。但是二梭却对她入了心，家里放着个俊媳妇还是热乎她，她心里就不那样想了，她一心想的是二梭既是兰兰的男人，也是自己的男人。她跟二梭是交了心的，二梭跟她也是交了心的，这就足够足够了。一个女人不能太贪，得了一个男人的心就足够了，得知道不容易，要紧的是得在心里珍惜。但是，一个女人也得为另一个女人着想，毕竟人家是明媒正娶的，毕竟人家还怀了孩子。白面瓜说，她自己这几天躺在床上睡不着，想的就是这事，光想了还不行，还得为另一个女人做出来。白面瓜说，自己紧着烙饼，紧着往河套里跑，就是为了另一个女人的。

　　白面瓜说她自从嫁到紫云寨，就没听豁子说过一句有头尾的话，豁子突然间跟她说了许多话，还说得板板正正的，还说他得为自己干点留念想的事。她一下子就想明白了，人一辈子不论长短，也不论他之前说了多少话，还是没说过多少话，紧要的是给别人留下念想。白面瓜还说："豁子说他要为我干点事，我也要为兰兰干点事。"二梭把满满一嘴饼吞下去，说："熊娘们儿你把我的头都搅昏了，你到底要胡咧咧什么？快滚吧，我们要执行任务！"白面瓜说，她的饼不能白吃，谁吃了谁就得把炸药包给她。趁着二梭推她的时候，白面瓜一把抢过二梭身上的炸药包，不及二梭扑上来，她咬牙切齿地冲二梭发狠，说："听着马二梭，我见过炸药包，你敢动一步我就让它爆炸！"

　　白面瓜是大跑着奔向运河大堤的，跑到岗子地时，她把外边的大褂子脱了，仔细地把炸药包绑到背上之后，又把褂子穿上了，然后她摸索着走向那片生长着茂密的茅草和芦苇的运河大堤。那一刻里，白面瓜忽然想起了豁子，豁子死磨烂缠着非要跟她说句话，豁子也不管她听不听，光知道自己瞎嘟囔。豁子说自从日本人在官地上安了兵营之后他就不能拾粪了，官地不姓侯又改成姓日了。豁子说从那天起他就想着要出一口狠气，他得把爷爷当年弄过的水槽扒出来，他得让运河水从水槽里流出来，直到把官地泡黏糊，直到把日本兵营泡黏糊。他就是要让日本兵黏糊得拔不出腿来，那时候二梭他们就可以想打哪个打哪个。豁子说："你看见我摆弄三齿钩子就骂我，看见我打磨酸枣杆子也骂我，看见我捂着个木牌牌还是骂我。你知道木牌牌上的箭头头是什么意思吗？那是水槽标志，别人看了也不明白，我一看心里清亮亮。木牌牌在墙缝里藏了两辈子了，再藏两辈子也没人知道。"她当时是闭着眼听的，听着她就把眼睛大了，她还把豁子的头搂到自己怀里，说："豁子，我以后再也不说你是个废物了，你下边不能用也是个大老爷们儿。下辈子你要不嫌弃我，碰巧了我还到紫云寨来，咱们还是做夫妻。你去吧豁子，弄出水来我给你烙白饼吃。"

　　豁子的整个身子都钻进了运河大堤，运河大堤上出现了一个水缸粗的黑洞，豁子的手在前边挖泥土，挖下来的泥土又被光脚丫子蹬出洞外。白面瓜扯着光脚丫子拉出豁子，从袖筒里拽出饼来让豁子吃。豁子说："你不是说等我弄出水来再烙饼啊，你还真烙了？"豁子吃着饼又说快了，还说自己的头越往里钻，运河里的漩涡声听得越清，听着就跟脑包子里哐啷似的。豁子说他爷爷当年给侯家弄水槽时是做了手脚的，水槽的出口装的是个活舌头，只要拿枣木杆子捅准活舌头，想放多少水就放多少水，人在大堤上站着也看不出来。不想放了，就把枣木杆子伸进去，拿三齿钩子钩着活舌头猛一拉，水槽口就合上了。

豁子说："我这一会儿里最想看的就是日本兵营里黏糊糊，日本兵站在黏糊糊的泥浆里拔不出腿来。他们拔出一条腿来，那一条腿又陷下去了，再拔还是陷在黏糊糊的烂泥浆里。还有官地。日本人种不成，侯家人想种地也种不成，都种不成也比归他们一家好。日本兵没地方住了只有滚蛋。他们屙的屎让他们自己踩去吧，我拾不成他们也带不走。我一想到这些，我身上就有使不完的劲儿。"豁子又要进洞了，往里爬着又探出头来，说："天明了你去找二梭吧，专让二梭打日本兵的腔沟子，反正他们拔不出腿来，反正他们屙的屎也不让我拾。打完日本兵你就跟二梭走吧，他走到哪里你跟到哪里，反正二梭舍不得丢下你，反正你们两个在一起会有很多话说。"

白面瓜爬到堤上看水，运河水已经涨满了，齐着堤沿的都是水。先看时水是黑的，看得会子大了，水又变成了糖稀，黏糊糊地拍打着堤岸。她又把大襟褂子上的扣子挨个儿摸了一遍，还把衣摆收起来，拧着劲儿系成一个死疙瘩。然后她折了一根芦苇捅豁子，捅着问豁子到底是真快了还是假快了。她说："豁子你到哪儿去了，我看不见你的脚丫子了？"豁子说："你别跟我说话，我看见漩涡了！"豁子从洞里爬出来，拿褂子呼嗒呼嗒地擦枣木杆子，他把枣木杆子擦得干干净净的，还伸出舌头舔了一下。豁子把白面瓜推开了，他是要白面瓜回家的。他说："大白饼我也吃了，水槽我也掏空了，我也没地方拾粪去了，我活着也是个废人。牛一辈子拉犁子拉耙，没有人去记它干了多少活儿。猪一辈子就是个吃了睡睡了吃，长成膘了被杀了，杀了是吃肉的，没有人会记它活着时是怎么吃喝的。人一辈子只干一件事就行，干的多了人家会说你是个贪心不足的，干的少了人家会说你是个贪吃懒做的，什么都不干人家会说你白来世间走一遭。你要一辈子只干一件事呢，那一件事就会被人千年万辈子地记着，想起来就会说，嘿，那件事是谁谁干的！这就值了。

你回家吧，我要捅活舌头了！"

白面瓜拽住豁子的袖子，问豁子水流出来会出响声不，水头是不是贴着地皮往前出溜的。豁子又吱吱响响地笑了，说弄出响声他们也不知道水是从哪里来的，水舌头在茅草棵里出溜出溜，出溜着就到官地了，出溜着就到兵营了，天明了日本兵出来屙屎尿尿，走到哪里都是黏糊糊。白面瓜把枣木杆子抢过去了，她还把豁子拉了个跟跄，说："你到前边看看有挡水的埂子不，回来你再捅活舌头。"豁子伸着头拨拉茅草，白面瓜无声息地钻进洞里，在拉着导火索的那一刻她喊了一声豁子。她说："豁子，女人要干成一件事也会被人记起吗？"

炸药包是真真地响了，响声又被翻滚的浪头淹没了，当运河大堤现出一个大豁口时，浪头又被洪流冲得无影踪。一切都是瞬间发生的，接着就没了官地，没了日军兵营。

马笸子趿拉着鞋往外跑，他是扒着石墙朝外看的，他看见官地一马平川都是水了，看见日本兵的大白腚泡在浑浊的洪水里，他记起一了大师好像说过闹洪水的话。一了大师说："波涛翻滚着变成一片汪洋，长虫是要吃老鼠的，结果长虫也被洪水淹死了。高粱棵子没有了，露出来的只是个红艳艳的高粱穗子，一群一群的光腚孩子脚蹬手扒，还以为是通天柱呢，抓到手里才知道是个高粱棵子。抓着抓着沉底了，呼噜呼噜冒泡了，死在外边的人，佛祖不会收了。"他当时先说的是紫云寺要被大水包围了，接着又说了上面的话。一了大师还说："色就是空，空就是色。一个痴迷遮挡着，也怪不得她。她不知道色就是空。她不知道空就是色……女缠缠又要来了，我真得见佛祖去了……"

马笸子紧着又往禅房里跑，扯着被窝让侯月娥快起来，他说："你再不用跟我念叨官地了，官地没有了。世上本来没有官地，地被官家用了就成了官地，现在地又被官家收走了，世上再也没有官地了。老宅还在老宅里，新宅还在新宅里，反正没有官地了。紫云寨没有可惦记的事了，紫云寨就太平了。"马笸子还说："佛说无色。佛说无我。佛说无界。"侯月娥也跑出去看洪水，回来说："叔，我没念想了，我往后跟你过平和日子。"马笸子接着就正了神色，说："心中无佛，叔又何能？心中有佛，叔从何来？侄媳妇，我现在是了尘，我要当住持了。"

就在侯月娥追着要打马笸子的时候，马二梭带着他的青龙敢死队来到紫云寺，他让了尘住持在山门外起了一处大坟，坟里放了一大捆紫柳，还放了一个拿干茅草捆绑的枕头。枕头放到坑里时，二梭又拿剌刀在自己头上削下一把头发，头发撒到枕头上。他还让了尘住持在坟墓旁边挖了一个粪坑，粪坑是为豁子挖的，粪坑沿上摆着粪筐和铲子。二梭还让了尘住持把运河堤决口的时辰刻在山门上，说自己会在每年的这一天来烧纸上香祭拜。二梭还在坟墓前放了枪，还带着青龙敢死队行了军礼，然后他怔怔地望着侯月娥，说："我要走了。嫂子，别忘了我五哥。箣子叔，烧香的时候你也给我五哥点一炷。"马箣子说："你刚才喊我了尘住持，怎么又成叔了？二梭，我估摸着兰兰该生了，你得回家看看。要是生个男孩就叫洪生行不？"

兰兰没生下孩子，她肚子里是一个葫芦状的血疙瘩，血疙瘩烂了流出的是血水，血水黑紫黑紫的……

红兜肚

第二部

陈进轩 著

山东文艺出版社

红 兜 肚

目 录

上 部

第一章 …………… 003
第二章 …………… 009
第三章 …………… 016
第四章 …………… 022
第五章 …………… 030
第六章 …………… 038
第七章 …………… 045
第八章 …………… 052
第九章 …………… 058
第十章 …………… 065
第十一章 …………… 073
第十二章 …………… 080

第十三章 087

第十四章 093

第十五章 100

第十六章 107

第十七章 114

中　部

第一章 125

第二章 130

第三章 138

第四章 145

第五章 152

第六章 157

第七章 163

第八章 171

第九章 178

第十章 186

第十一章 192

第十二章 200

第十三章 207

第十四章 213

第十五章 218

第十六章 225
第十七章 233
第十八章 240

下 部

第一章 251
第二章 259
第三章 266
第四章 273
第五章 280
第六章 287
第七章 294
第八章 301
第九章 308
第十章 315
第十一章 323
第十二章 330
第十三章 337
第十四章 344
第十五章 350
第十六章 358
第十七章 364

运河湾

红兜肚

上 部

运河湾里的俚语俗唱：

爹是金，娘是银，蒜槌子捣烂了和面盆。
金爹笑，银娘闹，老鼠追着猫尾巴叫。
换了吧，不要了，换个土爹水娘睡觉吧。
冬天暖，夏天凉，光腚泥人别尿床。

上部

第一章

　　离惊蛰还有两天，运河湾上空竟然打了几个响雷，原来阴着的天一下子变得白亮亮的，连刚刚返青的茅草也照得白亮亮的，连紫云寨磨坊里的驴蹄窝也照得白亮亮的，连立冬的脸也照得白亮亮的。立冬把头伸到水缸里喝水，香芝揪着他的脖领子要打他，说："爹，立冬回来了，我替你打吧。二梭叔死活不见人，兰兰婶哭得一个年都没过成，步正爷爷和步正奶奶都愁成那样了，你还把金猪拉了去。豌豆去那儿是找他哥的，你找谁？那个地方也敢去！我问你，除了金猪和豌豆，还有谁去了？"立冬冲着姐姐眨巴眼，压低了嗓子说："官地上的洪水下去了，一马平川都是淤泥，一马平川都是光溜溜，日本兵营连影影也没有了，你就是想摸个日本兵的脚趾头也找不着，找着了你也看不见。脚指头都变成泥鳅了，泥鳅钻出头来噗噗地吐泡泡。"
　　香芝就在弟弟的耳朵上拧了一把，偏了头瞅她爹的脸色。马照本从屋子里冲出来，抱着胸口打了个寒战，弓着身子望儿子的脸，望着就失了形地叫。他说："熊羔子你这是啥的脸，煞白煞白的，跟水泡的一样，跟日本兵的腚一样，你不会也是个死人吧？"香芝望望弟弟又望她爹，香芝也是失了形地叫："爹，爹，你的脸也煞白煞白！"立冬伸下头去又喝了一口水，说："姐姐，你的脸也煞白煞白，白得没有一丝丝血色。姐，你也像个日本兵……"马照本惊诧着闭上眼，抓着两个人的手往屋里拉。立冬又说："哎呀呀，爹，你看，咱家的黑驴变成白驴了！"白驴哼哼唧唧地打了个喷嚏，喷嚏打得像猪叫，西街口跟着就传来了侯登仓的呼号声。

惊蛰不到就打雷，这是多年少有的，呼号声又是伴着响雷的，整个紫云寨的人都觉着瘆得慌。

这天中午，一直病着的侯登仓突然间跳下床来，拽着自己的婆娘喊姐姐，他说："姐姐你知道吗？咱们家的官地又回来了。"侯岳氏挣脱了他的手，半侧着身子，冷笑着说："姐姐呢，你找个姐姐我看看，看看也是个大肚子的。大肚子姐姐你还认吗？你认了，人家认你吗？人家认的是叔。马笸子是叔，马笸子是紫云寺的住持，马笸子快当爹了，你知道吗？姐姐快给你生外甥了，你知道吗？现在是一个姐姐俩姐夫了，你知道吗？"侯登仓也不搭话，先是嘎吱嘎吱地拨弄院门，门插条明明是抽出来了，顶门杠明明是撤除了，他还是扳着门板嘎吱嘎吱地拉开了再关上。后来他还在门板上啪啪地拍打，手掌心拍红了，手指头拍肿了，指甲缝里渗出血水，他才蹦跳着窜出院子，又一路呼号着满大街奔跑。拉了几天绿屎的狗试探着钻出篱笆墙，看见侯登仓蹦跳它们也跟着蹦跳，听见侯登仓呼号它们也跟着呼号。侯登仓呼号的是："啊啊啊，官地上的水耗干了，小日本鬼沤烂了……"

一街筒子的狗都把个狗嘴狗脸亮出来，冲着这家那家的屋脊狂吠。狗叫声淹没了侯登仓的呼号，侯登仓折回来就去了西河湾，他要去找姐姐侯月娥，他要一遍遍地说官地，他还要跟姐姐谈官地上的土质。发了一次水就等于搭了一层沙，搭了一层沙就变成了金盖土，日本兵沤在土里了就等于施了肥。日本兵肚子里油水足，沤烂了变成大粪，大粪壮底子有后劲，三茬庄稼也耗不尽，四年不施肥也是好油水地。惊蛰到，百虫动，杨柳青，把地种。惊蛰过了接着就是春分，春分过了接着就是清明，清明过了接着就是谷雨，谷雨节气一到就该安春苗子了。惊蛰没到就打雷，雷震五谷丰。总之，官地是牢牢地回来了，回到侯家新宅，再也不会走了。

西河湾的院门半敞着，三个孩子看见侯登仓走过来就当没看见，得田要关门时被侯登仓一把抓住了。侯登仓说："看见我就关门，我是你们的舅，不是狗。你们的娘呢，官地又回来了，她不想要了是吗？"金巧说："俺不要官地，俺要小弟弟。"金芝说："娘到紫云寺给我们找爹去了，你想要官地你要去。"得田也跟着说："官地来了你种去啊，你种官地也种不出小弟弟。"侯登仓紫涨着脸要打得田，吼着说："五麻子死了，你们没爹了。"说了还不解恨，推开金巧兄妹往院里走，连个姐姐也不喊了，张口喊的是侯月娥。他说："侯月娥你是不打算要一丝丝脸了，先跟侄子睡，再跟当叔的睡，你这一辈子就光知道找男人吗？你这一辈子就光知道生孩子吗？你离了男人不能活是吧？你不生孩子不能活是吧？"金巧跟金芝、得田使眼色，三兄妹一齐扯着嗓子唱：

> 麻子爹死了没见血，紫云寺里还有个笆子爹。
> 笆子爹跟娘亲嘴嘴，小弟弟在娘肚里伸腿腿……

侯登仓没等来姐姐侯月娥，结果他自己气得吐了一大口黏痰，黏痰里还有血条子，回到家就往床上躺。侯岳氏舀了一碗凉水要他漱口，他喝了一口水吐到侯岳氏脸上，说："侯月娥快生孩子了，孩子是马笆子的，这个姐姐我不要了。"

这天中午，运河湾里又响了一声闷雷，半个天接着就黑下来了。

就在侯登仓擦着血嘴绕过西河湾时，侯月娥已挺着大肚子来到紫云寺。推门之前她从山门缝里往里边张望，还学了一声猫叫，接着她就呼叫起来，一连声地喊马笆子过来搀扶。她说："笆子叔，我的肚子鼓成和面盆了，你看不见啊？和面盆在我肚子上扣着，不信你看不见。看见了你还磨蹭着，你是要我再往高声里号号是吧？"马笆子哇哇地叫着扑到山门口，架着胳膊又要捂侯月娥的嘴，苦着脸又是摇头又是皱眉，横着声儿说埋怨话，说侯月娥这是成心不让他当住持了，抱着大肚子喊叔，还高声亮嗓地闯山门，自己是答应个叔好听啊，还是当住持的就该应承这事啊？这两件事都是说不清的，她不是成心地要把紫云寺住持往茅厕里摁吗？结果侯月娥笑得自己岔了气，说："哎哟哎哟，亲娘哎，你快别把个住持挂嘴上了，你要想让我乐死你就接着说。"

侯月娥嘴里说着，看见马笆子脸上聚满了汗珠子，眼睛睁睁闭闭地做不出个周正样，倒口气又笑了，越发把笆子叔喊得响亮，还咯咯地笑着拖长音。进了禅房她也不坐，接着刚才的话头又要马笆子算日子，说得田兄妹几岁了，五麻子死了几年了，他入兵营的时候自己的肚子还是个平的，一个平坦坦的肚子怎么就鼓起来了，它自己会鼓啊，它是阴雨天的蘑菇啊。侯月娥说："笆子叔，你要再说住持住持的，我就让肚子里的孩子跟你算总账，你要是愿意当住持爷爷就别答应，你要是看见一个麻子点就别说是你的。"马笆子嘿嘿地笑了，摆着手不让侯月娥再往明里说，后来他还伸着脸往侯月娥肚子上贴，还要侯月娥到床上坐着,说锅里一早贴的死面饼子,烧火用的是松柏劈柴,这会儿一准要熟了,熟了一准是酥焦酥焦的黄饹馇。

马笸子走到灶间又折回来,挪挪移移地瞅侯月娥的肚子,说:"不对啊,你前天走时我是比量过的,中间只隔了一天,肚子怎么一下子大这么多?"他凑过来要摸,摸索着拽出一个软绵绵的棉枕头,棉枕头上还沾着口水印子,也许是得田三兄妹正枕着的。侯月娥扑哧又笑了,说:"别抖擞了,不拿枕头衬着也是鼓的。"侯月娥还要掀起衣襟来让马笸子看肚脐,马笸子拦着又把她的衣襟撂下了,说佛不打诳语,衬了他物就是假样,假样不言也是诳语。

侯月娥又呀呀地叫,说自己听见马笸子说佛语,就会起一身鸡皮疙瘩,听着像是狗学人话。又说自己想着塞个棉枕头,是要让肚子往大了显,肚子鼓了就知道是怀了孩子,孩子出生了就得起名字。还说自己一看见鼓肚子就想起麻五,一想麻五就记起他是个死了的人,死人是不能把媳妇的肚子弄大的,能把媳妇肚子弄大的,只有当了住持的马笸子,马笸子取代了麻五,马笸子又是个叔,孩子生下来辈分怎么论,要是再按先前那样论,孩子还得占个得字辈,麻五是招赘上门的,儿子得田占的是侯家的辈,如今当叔叔的马笸子取代了侄子麻五,马笸子的孩子从哪里论啊。侯月娥就把自己的难处说了,说了又看马笸子的脸。马笸子就把手里的锅铲和托盘放下了,转着身子找蒲团,蒲团拉到香案前摆放了,马笸子周正正地坐下,双手打个结印,说:"别急别急,你让我想想。"

侯月娥扯着他的衣领把他拉起来,急着不让马笸子拿腔拿调,说:"你又想起一了大师了是吧?你又想起自己是了尘住持了是吧?你想起来也是白想,你起一百个了字名我也不稀罕。了了的是个人名啊,你见谁家的孩子叫了了的?"

马笸子嗫嚅着站起来,说:"佛家空门里都是从了上叫的,这里边有讲究。"

侯月娥忽然流出泪来,眯着眼望马笸子,抽泣着不哭出声。

马笸子吃一惊,慌忙扶侯月娥坐下,还要扯了百衲衣帮侯月娥擦泪,还要到灶间里掀锅舀温水洗脸,还要到禅房后边找酸芽菜吃。

侯月娥由着他跑前跑后,说自己看见马笸子坐在蒲团上就想起一了大师,一了大师给麻五圆过梦,还说了四句古怪话,说的是:"恁地阳关三顶，末了只是一声。若要机巧飞蛾，自待蛛虫攀登。"死鬼五麻子认准了那个飞蛾就是月娥，认准了侯月娥是要给他当婆娘的，认准了还就真成了。一了大师要是不给他圆那样的梦呢，死鬼五麻子断然不会生出那样的念想，没有那样的念想就到不了她身边，到不了她身边就不会为官地犯折腾，不为官地犯折腾就不会二次三番地入兵营，不入兵营也就不会变成孤魂野鬼。他说死就死了，死了藏在一个小盒盒里，末了还是笵子叔把魂收回来的，笵子叔就变成了麻五。现在好了，孩子已经坐胎了，死人是不能让她怀孩子的，笵子叔不变成麻五也是个爹，当了住持也是个爹。侯月娥说："笵子叔，你是咋想的？"

马笵子抓挠起头皮，说："刚才我想过了，你那里说着我就一直在想，我还真想出来了。你看啊，咱这样，要是个女孩呢，就随着金巧、金芝叫个金灵，要是个男孩呢，我想让他随马家的姓按满字辈起名。步正哥的大儿子叫的是满秋，二梭没按辈分叫，要按辈分他得叫满梭。"不及侯月娥应答，他忽然又显出迷怔相，先是怔怔地望地上的蒲团，抬起头来又望禅房窗外的松树，松树枝上吊悬着一只蜘蛛，蜘蛛在半空里伸伸缩缩地打提溜，眼眶里忽然湿润了，鼻腔里酸酸的，嗓子里却是干辣辣的，拿手捏着喉咙再望侯月娥，又说："你刚才的话也算没说，我刚才的话也算没说，咱们现在就想着孩子生出来送给兰兰。就当孩子是兰兰生的，就当兰兰生的不是个血污疙瘩，二梭看见活孩子，他的心就收回来了。"马笵子原本是要亮着半边腮让侯月娥打的，侯月娥没打，床上抓过棉枕头揉搓着，眼泪跟着就扑嗒扑嗒地落下来。

两个人一时都没了话，嘴动着也不出声。侯月娥记起当初埋葬白面瓜夫妇时，马二梭先放进去的是个枕头，枕头是用紫柳条和着茅草捆绑的，放周正了还用手在中间按了按，还把夹裹着的一节杂树枝抽出来扔了，最后放进去的是发卡，紫色的发卡是白面瓜戴过的。马二梭后来还给豁子挖了个粪坑，还摆上了粪箕子、粪铲子，说是豁子看见粪箕子、粪铲子一准会回来。马二梭挖了墓穴又封坟头，谁想插手他都恼，没找到尸骨他就把两个人穿过的鞋放到墓穴里。那时候兰兰正在家里生孩子，她想着赶快生下来让二梭看看，马笵子还给兰兰的孩子起名字，说要是个儿子就叫洪生吧。

马笵子那时候还想跟马二梭说，叫洪生有讲究，结果兰兰生下的是个葫芦状的污血疙瘩。马二梭不知道兰兰生的什么，兰兰生不生跟他没关系，他听说了兰兰的肚子一天比一天大也当不知道，埋葬了白面瓜他连家也没回就进了河套，马笤子给孩子起名时他喊的是嫂子。马二梭说："嫂子你记着，烧纸钱时别忘了我五哥，给我五哥上坟再不要喊他五麻子。"马二梭先喊嫂子又说五哥，侯月娥记得那时候她一下子就哭出了声，果然没说五麻子，说的是麻五死得不值啊。

侯月娥把棉枕头捂到马笤子头上，说："你得先说话，你不说话我光想以前的事，我一想起以前的事就要哭。"

马笤子说："我是得先说话，我就是不知道说什么。"

侯月娥当真哭了，哭着说："你不知道说什么我也知道你心里是怎么想的，你是满心里想要个自己的孩子传香火，住持做不做都不要紧。要紧的是从侄子手里接过的媳妇，孩子不管姓什么，不管什么辈，你脸上都挂不住。你是万般无奈了才想着孩子生下来送给兰兰、送给二梭，就当这孩子还是麻五的，就当是哥哥送给弟弟的，麻家、马家横竖都是一个老祖宗。你一准还想过，你那个难缠的大哥马步正也许不答应，不答应正好，你顺坡下驴就按满字辈起名，正转反转都是你马笤子的儿了。是不是呀，笤子叔？"

马笤子突然叫起来，说自己又想起了一桩紧要事，这桩紧要事是跟孩子关联着的，这一会儿想起来一准能成。说着走到内室，又是掀被窝又是揭床席，嘴里还吱吱咕咕地自语着。侯月娥又举着棉枕头要砸他，说："别装样了，你还是说是不是吧。"马笤子抹着一脸的汗水，也不接侯月娥的话头，问的却是红兜肚。他说："你给我做过一件红兜肚对吧，你拿过来我没穿对吧。红兜肚呢，怎么找不到了？"

侯月娥见马笤子说得认真，也进了内室帮着找，说："你这一会儿怎么又想穿了，正说着孩子的名呢，你倒想起了红兜肚。我要是再给你结一条襻带，你是不是也要翻箱倒柜地找啊？你是成心要把我绕糊涂是吧？"

马笤子说红兜肚是要给马二梭设连锁阵的，找到了先让兰兰拿污血描个鸡心锁，描过了再悄悄藏到豁子家，再让二梭到豁子家翻出来。二梭看见红兜肚一准想着是白面瓜给他做的，白面瓜死了他一准会贴身穿上，不让他穿他也得穿，穿上这事就成了，成了他就跟兰兰扯紧了。马笤子说："你说这算不算紧要事？"侯月娥凑过去要拧马笤子的嘴，说："哪儿是哪儿啊，一件红兜肚就能把二梭的心贴到兰兰身上？我不信。"马笤子挪动着蹲在侯月娥面前，他还把手放到侯月娥腿上，要侯月娥去想兰兰生下的污血疙瘩原本是个孩子，孩子是马二梭的种，孩子的血捂在爹的心口窝上，亲爹亲儿就成了一个心。那孩子的亲娘呢，亲娘是兰兰，马二梭跟孩子亲就得跟媳妇亲，他不亲不由己。

马箆子说："你明白了吧？"

侯月娥说："真行？"

马箆子说："一准。"

侯月娥说："那就快找啊，我千针万线熬过眼的，你说找不到就算完了？"

结果还真找到了，红兜肚塞在马箆子的枕头瓢里。侯月娥折叠板正了揣到怀里，披严实了要去马家找兰兰，还要挑拣个清静茬口，还要绕到村子的东北角再去谿子家，还要藏个一打眼看不见、一找就能找着的地方。要走时侯月娥又想起马二梭是个不在眼前的，云里雾里抓不住他，设了连锁阵又到哪里去找他，找不到马二梭，红兜肚又白扔了。马箆子想了想，说："这个你放心，他跑不到天边去，我估摸着他们还在河套里。再说了，独立营被日本人偷袭了，一个营的弟兄快死光了，他会算完？白面瓜是替他死的，他能心甘？那两个小妖还在县城里蹦跶着，他会装看不见？"

第二章

这天上午，侯登科到县城参加乡村新文化建设会议，刚过了运河大桥，又在码头上见到了那三个南蛮子。

那个叫福市的三十岁左右，没留胡子，面容白皙，腮帮鼓鼓的，看着像是没有下巴，看着还像个账房先生。手里时刻抓着一根白蜡杆子的是福安，他的脸型算是长的，下巴倒不尖，因为眼睛时常眯眯着，看着像是困了想睡觉的样子。其实他不是犯困，他抓着白蜡杆子也不是要捅马蜂窝，他最想捅的是鲇鱼，他站在码头最北边的青石上，眼睛眯眯地望着草棵。运河两岸生长着许多水草，挨着水面的地方草会长到齐腰深，夏天的落雨时节，许多鲇鱼会从水草里露出头来，张着个大嘴，这里咬一口那里咬一口。现在是早春，鲇鱼还不活泛,他就抓着白蜡杆子胡乱地捅。白蜡杆子的前端连着一根半尺长的钢钎,钢钎的前端磨得又尖又亮,他捅着捅着果然捅出一条鲇鱼。于是另一个年龄偏小、身材胖墩墩的人就跑过去,脸上还做出夸张的惊喜表情,张着双手要从钢钎上摘鲇鱼。这时候那个叫福市的就要呵斥一声,说:"福安你又要贪玩吗?这个月的流水账你盘出来了吗?福山你也不想发财了是吧,那你就回乡下种田去好了。"

　　侯登科从此知道了身材胖墩墩的小蛮子叫福山,但是他不知道他们三个具体做什么生意,只知道他们每天都要往船上装货。也许前一天装的是粮食,也许过几天又变成了棉花,还有几次装的是木箱子,木箱子又笨又重,外边还用芦席包裹着。他有时候还看见儿子得章也站在码头上,冲着运河两岸指指点点,他以为儿子也在做生意,也曾私下里问过,得章每一次都是笑笑,不说是也不说不是。侯登科不喜欢南蛮子,也不喜欢开货栈的,更不喜欢儿子跟开货栈的扯在一起做买卖。因此,路过码头时他会故意快走几步,看着他们冲船上的人摆手,看着船上的人把尿撒到运河里,他会莫名地生出愤慨。

　　最让侯登科瞧不起的,是货栈里居然还有两个女人,两个女人居然还都是哑巴,两个哑巴居然还分出一个管厨灶的,一个管菜园的。尽管两个哑巴女人眉目都长得清秀,跟运河湾的女人比得算是很俊俏,但他还是感觉南蛮子到底跟中原人不一样,尤其是不知廉耻。发现南蛮子不知廉耻,完全是无意中看到的,绝对不是老三侯登銮说的那样,他就是冲着两个哑女去的码头,否则是完全可以绕开过去的。况且,进城办事无非去两个地方,不是到后院的团部找团长儿子,就是到前院的县政府找县长儿子,过了运河桥不是城门啊,偏偏要往南绕圈子,不是想去码头是什么。尽管老三侯登銮那样分析,侯登科还是认为自己不是有意的,至于为什么要多绕几步路,他自己也不明白,也许是生了瞧不起的心偏要看个究竟,也许是心里腻味着偏要往细微处看。那一次他果然看到了,看到了就认定南蛮子不知廉耻。

　　侯登科看到的是运河巡防队的李队长。他先是看到李队长跟福市做怪样,做着怪样又冲货栈里探头探脑,福市就在李队长裆里抓一把,还笑着做了个剪断的手势,李队长捂着裤裆乐得哈哈的。李队长望的是正在厨灶门口收拾活鱼的哑女,鱼在厨灶哑女手里摇摆,厨灶哑女就把双手伸过头顶,高举着让鱼喝凉风,下边的衣襟拉起来,露出来的是鱼一样雪白的肚皮。李队长紧走几步抱住了厨灶哑女,还伸着头脸磨蹭厨灶哑女的肚子,厨灶哑女倒在厨灶旁边的柴火堆里,躺倒了还把两条腿高高翘起。侯登科看着脸红了,想着福市也许会大恼,却看见福市依旧笑着,从菜园里走出来的哑女也是笑的。他于是认定南蛮子都是不要脸皮的,这种事要搁在运河湾里,即便是主家雇佣的杂役女人,也绝不会让外姓旁人随便戏耍,更何况还是大白天。

还有让侯登科在瞧不起中带着困惑的是,货栈里还修了澡堂子,澡堂子是用玻璃罩着的,洗澡的人脱光了身子,外边的人看着就跟眼前一样。他们也不忌讳,大白天也洗,夜里洗时还要亮起灯笼,好像存心要让人看见似的。他们还跟两个哑女一块儿洗,两个哑女也是脱得光溜溜,也是不忌讳外边有人没人。他们身上有屎吗?用得着天天洗澡吗?不点亮灯笼就摸不到自己的身子吗?还有,他们吃饭也是怪异的。他们不吃白馍,也不吃白饼,他们一天三顿吃米饭,吃的是白大米,黏黏稠稠的黄小米是一粒也不吃的。白大米有什么好吃的,不就是比黄小米白吗?不就是比黄小米粒大吗?棉花瓣瓣还是白的呢。他们吃菜也怪。明明有个菜园,偏偏只种萝卜,偏偏只种生菜。猪肉、羊肉不吃,偏偏只吃鱼,偏偏还半生不熟地吃,偏偏还要舀半碗酱汤蘸着吃。难怪南蛮子都长成矮墩子,难怪男人腚大、女人胸大,都是吃白大米吃的,都是吃生菜吃的,都是吃萝卜吃的,都是蘸酱汤蘸的。

总之,南蛮子是不招人待见的,包括他们说话的声音,还有磕磕绊绊的语气。侯登科有许多次想起乡村里说的那句话:圣人没走到的地方,爹娘没礼数,孩子也没礼数。这句话用来套南蛮子,怎么想都是准确的。

侯登科还见过侄子得才进货栈。

侯得才已经不在督导队了,他现在是团部警卫连的连长。运河码头应该归运河巡防队管,巡防队人员是由县警察局和县盐警队组成的,得才到码头来绝不是查巡防。得才进货栈是冲哑女去的,得才搂抱次数最多的是菜园哑女,菜园哑女比厨灶哑女小几岁,两个人看着像是姐妹。菜园哑女还冲得才笑,笑也是呜呜哇哇的,有时候让得才抱她进屋,有时候就在菜园的草丛中。侯登科有几次要打得才,还想着见了团长儿子告发得才,但临到要打要说了,他又恶心着忍住了。有一次实在憋不住了,试探着跟团长儿子说了个半截话,得章面无表情地望着父亲,最后又问父亲到底看到了什么。看着父亲吞吞吐吐的,得章竟然说:"五里不同俗,十里改规矩,他们毕竟是南蛮子嘛。"侯登科还想接着问儿子跟南蛮子有什么关系。一个身兼二职的,还是团长,还是县长，为什么也要去码头，还跟他们说说笑笑，看着像是原来就认识，儿子却不应答了。不过，今天他又在码头上看到儿子得章时，得章脸上没带笑，得章冲着运河两岸指指点点，眼神里还含着某种忧伤，那样的眼神让父亲侯登科又有些心疼儿子了。

但是，侯得才却依旧是说说笑笑的，还冲着福山挤眉弄眼。侯登科又觉着这三个南蛮子跟谜一样猜不透。比如他们名字里都带着个福字，是姓福啊，还是按福字辈叫的？三个人的个头模样又不同，怎么看都不像一家人，起码不是三兄弟。如果他们是一家人，那两个哑女呢，是他们的妹妹，还是他们家的亲戚？两个哑女是姐妹吗？看着个头、模样有像的地方，也有不像的地方。

侯登科走到儿子身边说悄声话，问："南蛮子几千里跑到河湾县来开货栈，只是为了做买卖吗？他们还运粮食，他们还运棉花，他们还把船蒙着不让人看见。他们明明是吃白大米的，为什么还做粮食买卖，南方人买了麦子、大豆是用来喂猪吗？那些棉花呢，棉花都是用来纺纱织布的吗？还有，他们的钱是哪来的？怎么不见那些船在码头卸货啊？他们为什么不用船带来南方的铁器、丝绸啊？敢情南方人做买卖只进不出啊。"侯得章用眼色制止父亲，说河湾县的治理蓝图他早就规划成形了，第五战区第3集团军司令长官韩复榘在武汉被处决了是不假，但局势最终会向哪个方向发展，最高统帅部应该比谁都明白。如果连大厦将倾都看不出，那就是自欺欺人，跟掩耳盗铃没什么区别。

侯得章说："186团虽然隶属于第12军第20师，但是第20师师长还是由军长孙桐萱兼着，孙桐萱将军虽然起家于西北军，按说不属于中央黄埔系，却颇得南京国防部的器重。明着是东北军于学忠接任第3集团军总司令，明眼人都看得出，砥柱人物还是副司令孙桐萱将军。孙桐萱将军是个务实的人，维谷进退自有分寸，失津浦，保陇海，失陇海，守平汉，图的是大谋，非一城一地之得失。韩复榘之死是死在他的刚愎自用上，非要跟最高统帅部论短长，非要弄成个非攻即溃，非要弄成个非胜即亡，其实大可不必。""不谋全局者，不足谋一域；不谋万世者，不足谋一时。"而韩复榘的桀骜不驯又配不上恃才自负，他顶多算是一时枭雄，这也是为投笔从戎所自负的侯得章所不屑的。

侯得章说自己虽然对孙桐萱将军崇拜多多，也可以说是心仪良久，耳提面命还没有过，跟师部那些长官也不算很熟，但59旅赵心德旅长还是很赏识自己的。他又说自己的抱负终于可以实现了，尽管尚有许多的不尽意，尽管全面实施尚有许多的困惑，毕竟夹缝中得以萌蔓，到底是前景可望的。侯得章说，现在最当紧的就是推行乡村新文化建设，最终目的是让河湾县民心思安，见贤思齐，五谷丰登，社会升平。说着忽然又有些神伤，看看父亲，偏转了头不言语了。

侯登科是一直观察着儿子的，原本还想着要儿子接着说南蛮子的，儿子却岔开了话题，说的还是上头这个那个，说的还是理想抱负，说的还是乡村新文化建设，心里就有些烦，再不想听这些梦话。及至见了儿子神色，他又有些糊涂了，前边既然说的是顺是利是章法，那就该接着高兴啊，怎么又要神伤呢？于是试探着问儿子，是不是还在纠结着运河独立营被打散的事。得章叹口气，说的却是码头上插太阳旗，话说得断断续续，听着像是替别人说的。不及父亲再问，得章又朝码头上招招手，说："走了，开会去。"

会议还是在前院的县政府开的，参加会议的还是各乡的乡长，从运河决口淹了日军兵营之后，这样的会开过三次了。第一次是日本人打过黄河之后，说的是各乡都要筹建治安联防队，有钱的出钱，有力的出力，不愿意出钱也不愿意出力的，政府不保护他们，部队也不保护他们，受到日本人的伤害，他们只有自认倒霉。大家本来都是认可的，都说这样公道，还都齐着声地说侯县长侯团长看着年轻，干的事却是原任县长孙令动没想到的。

侯登科听众人夸儿子心里很滋润，脸上放出光来，比有人夸自己还舒服，但后来他才知道许多人都是拿着乡长当买卖做的。特别是运北乡的薛老拐，薛老拐自从当了乡长，几乎天天往县城打电话，几乎天天要钱要装备，几乎天天说兵马未动粮草先行。他记得儿子当时抓着电话脸都气紫了，儿子得章捏着自己的腮帮子，忍着疼说舒缓话，说："薛乡长你说的兵马未动粮草先行是常识，我身为南征北战的团长，我身为国难之中的县长，我还能不知道兵家常识吗？问题是你那里有兵马吗？你先行到哪里？上次你申报的是乡治安联防队统一着装，没过三天你又申报乡办教育经费，第九天你要的是治安联防队夜餐补助费，不到一个月，你跟县府要了一麻袋大洋。我说你是乡长啊，还是绑票的仙爷？仙爷死了你出山了是吧？"儿子得章后来真是憋不住了，他说："薛老拐你听着！不要再跟本县长要经费，你只管维持一乡平安。不能出现一个流民，不能出现一个趁火打劫者，不能散布一句谣言。"儿子得章最后又拿手指头敲桌子，说："你再说日本人奸淫掳掠，我就把你摁到运河里喂王八！你见到日本人了吗？日本兵是骚狗、骚驴啊，还是骚公鸡？他打他的仗，跟你有什么关系？"

儿子得章口中的仙爷本身是个女人，破了相之后就钻到河套里当了绑肉票的响马老雀，新宅的小贼羔子侯登库就是仗着她的法力扒走的官地。小贼羔子侯登库玩的是鬼打道，起个空坟头说是死了，还让姐姐弟弟号号着哭，尔后他一蹄子炮到河套里投了仙爷。侯登库仗着年少火盛，当天就入了被窝，天明天黑地跟仙爷干那事，干一回又干一回，终于被仙爷吸干了精血，最后一次是死在仙爷肚皮上的。仙爷后来又拉了几个年轻力壮的填补床上空缺，后来那几个年轻力壮的也跟侯登库一样油枯灯灭了，再往后就没有仙爷的消息了。侯登科看着儿子得章咔嚓撂下话筒，还呼哧呼哧地大喘气，还翻着白眼珠子望屋顶，他知道儿子得章能缠斗有心眼的，就是缠不过不要脸的。

侯登科满屋子张望，张望着寻找运北乡的薛老拐，看了一圈没看到，侧了身问跟运北乡挨边的西北旺乡宁乡长。宁乡长吃吃地笑，说薛老拐光知道往家里搂钱，光知道银圆滑溜溜的，又好看又好玩，就是忘了四姨太的光身子也是滑溜溜的，也是又好看又好玩。这个四姨太私底下倒贴着找姘头，找了一个卖大力丸的，姘头吃了大力丸再上床对付她，她尝到甜头再也离不开那个人了，大把大把的银圆倒腾到姘头的床上。薛老拐跟四姨太要银圆，四姨太说让他等着，她去拿，出了门再没影了，直到薛老拐死也没打照面。侯登科恶心着说了一句活该，听见儿子得章已经开场讲话了。

侯得章说，自抗战以来，河湾县一直是稼禾在其野，又恰值风调雨顺，商贾在其位，当属盈余日丰，农工仕学兵艺商，皆各有所成。如此等等，应归结为河湾全县战时无战事，这是难得的天赐良机，由此推行乡村新文化建设，可谓恰当其时。接着他又讲乡村新文化建设要加快进程，每天做了哪些，每个月做了哪些，哪些见了成效，哪些尚在完备中，都要分类造册，逐一查验。比如乡村学校里是否招收了农家子弟？农家子弟里是否有因劳因贫辍学的？学生性别中，女生占多大比例，妇女识字班是怎么组织的？年龄上有规定吗？女孩子还有裹脚的吗？妇女放脚也是乡村新文化建设的一部分，切不可忽视。侯得章说，破除积习陋俗，要以教育为先。先者为师，师者为范，一切都是环环相扣的。

侯得章本着自己心中的蓝图讲得详略有序，他甚至还讲到学校设课必须文武兼顾，文能知廉晓耻，武能定国安邦。即便不往定国安邦大处说，即便只说个河湾县，全县60万人，按10里有1人计算，15岁以下的少年儿童就有6万，伤残病弱的除去1万，还有5万，再按对半除去女孩子，仍有2.5万男丁。这2.5万如果都成为文武齐备的兵勇武备，平时稼禾，战时执戈，河湾县就能拉起两个师。倘若全国千余县皆仿之，何愁将无勇兵，何愁兵无良帅，何愁河山不固。但是，这些韬略方策似乎不宜深讲，不深讲又难以尽意，这大概也是他每当激昂过后，又总会黯然神伤的根本原因。但毕竟又是怀着理想抱负的，不管参加会议的乡长们是否听明白了，明白了之后心里又怎么想，他还是尽量详细地说着自己的计划，只是巧妙地回避了文知廉耻、武定国安的话题。接着又大谈卫生乃民众康健之本，说民众康健乃民族畅达之根，民族畅达之根乃国家雄伟之源。

许多人都听得浑浑噩噩，没打瞌睡的就摇摆着头望这个那个的脸，看着谁的脸都是陌生的。西北旺乡的宁乡长就嘀咕着问侯登科卫生是谁，侯登科一直气愤着儿子的心绪旁落，先是冲宁乡长翻白眼，又没好气地说一句："问县长去。"宁乡长果真问了，还是问卫生是谁。侯得章先是笑笑，笑着就不笑了，接着又说各乡都要修建洗澡堂子，还说卫生建设必须列为乡村新文化建设之首，起码要与教育并列。侯得章说，男女老少都要定期洗澡，不说天天洗，起码要逢集必洗，也就是说，十天要洗四次。

忽然地听县长说到洗澡堂子，还说男女老少都要洗澡，还说逢集必洗，会场里立刻活跃起来。人们嚷着说："这不是跟码头上的南蛮子一样了吗？我们是不是也要男女脱得光溜溜，是不是也要男女伙着一块儿洗啊？"宁乡长挤眉弄眼地笑着捅捅侯登科，说："听到了吧，你儿子叫你摸大闺女腚呢！"侯登科站起来推倒了椅子，亮着嗓子喊一声："洗白了给谁看？"

会议只好结束了。没有完全尽兴的侯得章试图跟父亲解释，说乡村新文化建设一直在自己的理想抱负之中，又说治国安邦需要有远大目标，远大目标要靠具体措施去实现，他现在就把河湾县看成了国家。侯登科呸呸地吐口水，吼着说："还说梦话！独立营不刺挠你的心了是吧，太阳旗不刺挠你的眼睛了是吧。你还能干点正事吗？"

第三章

马二梭睡着了还是觉着白面瓜往他嘴里塞白面饼，他咬了一口又咬一口，咬得嘎吱嘎吱的。黑豆龇牙咧嘴地抽自己的手指，说："连长连长，你到底是真醒了还是假醒了，你把我的手指咬断了知道不？你睁开眼看看……"马二梭睁开眼点人数，数着又把眼睛闭上了。黑豆又把水葫芦塞他嘴里，还把扒了皮的菱角往他嘴里塞，还使着眼色让潘新麦喊报告。马二梭拿胳膊肘撑着地铺坐起来，望望黑豆又望望潘新麦，说："我记得你当过营部的文书？"潘新麦打个立正，说："报告马连长，我是当过营部的文书，我还到紫云寨查看过地形地貌，我还给麻五同志的老婆孩子送过骨灰盒，我就是不知道里边装的是一把土。我那时候骑的是青马，身上挎的是牛皮公文包，那个又白又俊的白大姐一直叫我青马兵，白大姐还喊过我挎包兵。青龙敢死队成立时，又白又俊的白大姐还拉着我的手看碗里的青颜色，看着我沾了青颜色往你们脸上抹。我还打过紫云寨的里长孙花头，是用马鞭子抽的，狗日的说麻五同志的蛋丸子也炸烂了。"

黑豆又是揪耳朵又是眨巴眼，意思是不能说麻五，更不能说白面瓜，最好连个白字也不说。潘新麦一下子明白了，打个愣怔就岔开了话头，说自己原本是一直跟着胡营长当文书的，胡营长当了半天团长又降为营长，自己没升过也没降过，直到部队移防到河湾县，胡营长才想起他来。胡营长说："潘新麦你不能咬一辈子笔头啊，你个狗杂碎去特务连吧，见了马连长就说是来当狗尾巴的。"他知道狗尾巴什么意思，狗尾巴就是连副。胡营长没往团部打报告，提拔了自己他就跑了，接着就跟小日本接上火了，接着就跟马连长到了河套里。马二梭抓着潘新麦的胳膊，挣扎着要站起来，说："丁排长你去安排伙食，我要和潘连副研究敌情。"话没说完人又躺下了，手里却死死地抓着两把茅草。

潘新麦慌着又拉又喊，口中说着敌情还没研究呢怎么又睡了。黑豆折回来，说你们两个说的都是梦话。独立营的弟兄除了跑的就是死的，知道饿的就剩咱们三个了，还研究什么敌情？还安排伙食，一个冬天光煮泥鳅煮菱角吃了，还用得着安排伙食？黑豆说："你刚才说到白面瓜，又说到麻五，他这是乱麻疙瘩堵心口了。你看他的脸色,是好脸色吗?"

马二梭记得很清楚,那天他刚把白面饼塞嘴里,白面瓜个熊娘们就把他身上的炸药包抢过去了,白面瓜个熊娘们还说她见过炸药包,她知道怎么爆炸。他看见白面瓜把炸药包绑到背上之后又奔向运河堤,那时候豁子已经在运河堤上掏出了一个水缸粗的黑洞。白面瓜光着脚丫拉出豁子,又从袖筒里拽出饼来让豁子吃。豁子吃着饼说他爷爷当年给侯家弄水槽时是做了手脚,水槽的出口装的是个活舌头,只要拿枣木杆子捅准活舌头,想放多少水就放多少水。豁子还说他恨日本兵不让进兵营拾粪,还说他一恨起来身上就有使不完的劲。豁子最后说的是他要干一桩让后人起念想的事,但是豁子没想到一个女人家,还能在身上捆绑炸药包,弄出那么大动静。一切都是瞬间发生的,浪头翻滚中,官地没有了,日本兵营没有了,一切都没有了。

马二梭再醒来已是下半夜,他摸索着找枪,抱到怀里拿手摩挲着。露水从窝棚上滴下,砸到芦苇叶子上发出声响。星光从窝棚顶上漏下来,看着像是故意抛洒的,河套里突然地就起了风,星光也刮零散了。马二梭走出窝棚时听见黑豆叫了一声连长,接着就拦住了他。黑豆说:"马连长你整天躺着也不是真睡也不是真醒,你心里想的什么我全知道。我知道就得让你往长远看、往以后看,你现在进城一个人也杀不了,你连城门也进不去,他们不会等着让你杀。日本兵营没有了他们还会再回来建新的,他们没在县城安家也是阴谋,那两个生了贼心的一准跟他们打通点了,那三个营撤回到城里就是铁证,码头上插过日军太阳旗就是铁证。你现在还是连长,你只要想着自己还是连长,你就会再有一连人。我敢打赌,咱们一准会有一连人,我一说连长是马二梭,我一说马二梭是运河独立营的,一准会有报名的。但是,连长你要是现在死了,这一连人又没有了,我想当排长也当不成了,潘新麦想当连副也当不成了,他想再回去当文书也当不成了。"马二梭抓了一把芦苇叶塞黑豆嘴里,说:"你吃泥鳅吃菱角吃上瘾了是吧。等着,我回紫云寺弄些面食。"

黑豆说:"是弄吃的啊,那还是我去吧。"

黑豆是下半夜到的紫云寺,他先抱着一棵老柳树爬上去,再抓着树枝跳到院子里,抓了块石头在窗口下来回地磨。马箅子说:"黑豆,是你吗?你别磨了,我听着像打雷。"黑豆吃一惊,说了尘住持了不得了,隔着墙子听声就能听出谁来。马箅子连连地打着喷嚏,说黑豆身上跟狗屎一个味了,逼着黑豆退到山门洞里等他,身上的干茅草、干苇叶揪下来要扔到茅厕里。马笸子嘟囔着也不掌灯,开了门也不让进屋,推着黑豆去了灶间,摸索着点蜡烛,点着了又吹灭了。

马笸子看见黑豆先摇头,说:"我正要去找你们。黑豆,几个月不见你没人形了。"

黑豆说:"我们天天出操,我们天天演习攻城,我们天天喝香油也长不胖,我们天天吃肥猪也不添膘。"

黑豆还要说独立营兵强马壮,还要说独立营不久就会杀回来,忽然打个嗝噎住了,咽着口水又说他闻见死面锅饼味了,伸着头要掀锅盖。马笸子一下子就落了泪。

黑豆抓了一个死面锅饼就往嘴里塞,吞着咽着还是一口接一口地咬,咬得满嘴里咔嚓咔嚓的。侯月娥端着烛台走进来,也是先打量黑豆,也是先看黑豆的吃相,放下烛台又在马笸子胳膊上拧了一把。她说:"不拿我当傻子了,不跟我说死面锅饼留着晒酱了,不再说空门里逢单月要吃几天寒食了。你再接着编啊,你再说个假话让我信啊。我信了吗?你天天贴死面锅饼,你天天把死面锅饼晾透了藏到佛龛里,佛龛里明明快装满了你还是天天贴死面锅饼,你以为我真信了?我知道你心里是怎么想的,我还知道你这个住持是挂空名的,当了住持就该六根清净啊,你连一根也没净。"

马笸子嘿嘿地笑,摸着水瓢要给黑豆舀水喝,说:"黑豆你看看,香客入寺来也不分个时辰早晚,也不分个男女有别。我说,女施主是要赶头一炷香吧,那也得等着早课结束啊。这一次实在是早了些,记着啊,佛门净土还是要遵着规矩的。"说着跟侯月娥使眼色,意思是要侯月娥顺着话头圆场的。侯月娥却把他拨拉到一边,挺着肚子亮亮地坐在黑豆跟前。黑豆站起来要找包袱,侯月娥一伸手拉住了他,说:"黑豆,我还有一句话,不说出来就对不起两个人。"

侯月娥说的这两个人,一个是马二梭,一个是白面瓜。侯月娥说:"按说这话不该我说,我天天跟笸子叔念叨,笸子叔天天说我不该说,今天见着黑豆了,黑豆又是知根知底的,又是一起钻过死人堆的,不说出来能憋死我。"侯月娥先说的是白面瓜,她说:"白面瓜看着是个嘻嘻哈哈不入心的,其实比谁都重情重义,比谁都值得人念怀。这可倒好,她一心想着心上人,一心想着帮心上人干一件大事,一心想着宁愿自己死了也别伤着心上人。她把一颗心都放到心上人那儿了,她死了带走的是肉身,家里的针头线脑大小物件却是带不走的。带不走也不要紧,那也得让心上人知道啊,那也得给心上人留个相思物啊。她那么重情重义的人会不留下相思物吗?人家哪里想不到啊。别管千难万难,别管十年八年,心上人终究会来找寻,终究会把那贴心贴肉的相思物找到。"侯月娥后来还叹了气,接着说:"唉,可惜二梭兄弟又是个死活抓不着影踪的,怕是等不到他去找寻,那边早就房倒屋塌了。"

黑豆一下子跳起来,先是怔怔地望着侯月娥,转个身又望马笾子,接着就抡着巴掌打自己的头,说:"哎呀哎呀,我怎么没想起来啊!"也不说找包袱包死面锅饼了,也不喝水了,也不说感谢马笾子想得周全了,探着头望的是慌毛星到哪里了。

侯月娥拿脚踢马笾子,又用手向门外指,又用手摸自己的后脑勺,说:"慌毛星已经临山门了,眼看着就是个五更天明。笾子叔你得护着黑豆一块儿去,多一双眼就比少一双眼强,你又是个吃斋念佛懂得细处的,帮黑豆找一件紧要物也好拿拿主意。"侯月娥还要说墙上没有看地上,缸里没有看囤里,床尾没有看床头,不信找不到一件贴心贴肉的。马笾子一连声地说:"这是成全二梭的,那我得去,我就是当了住持,我也知道你们俗界里空念想是折磨人的。"

马笾子还拿了一根蜡烛。

黑豆一路上都在想豁子家里会有什么,他没去过豁子家,豁子家除了粪堆就剩下两间堂屋、一间厨房。厨房是用紫柳条子罩的顶,墙是拿掺了芦苇叶的泥浆抹的。堂屋隔开里外间,二梭去找白面瓜时总是靠在用芦苇结成的隔苫上,外间屋就成了放杂物的。两口子死了之后,粮食已经扛到紫云寺,粮食谁家都有,多少都算不上相思物。针线筐子也不算,这些是女人用的不假,到了二梭手里不好存放。有一把遮阳伞是胡营长送的,伞是托人从武汉买的,再好看也不算。黑豆记得二梭是送过一个紫色发卡的,白面瓜宝贝似的戴上了又摘下来,抓到手心里捂一会再卡到头发上。二梭在运河堤上没找到白面瓜的尸体,也没找到豁子的尸体,枯树枝上偏偏就看见了紫色发卡,发卡上还夹着一根烧焦了的头发。二梭把发卡放在墓穴里,是紧挨着紫柳枕头一块儿放的,放下了二梭还用手摁了摁紫柳枕头。

紫色发卡是二梭给白面瓜买的,二梭又让白面瓜带走了,二梭一准能看见白面瓜天天戴着，夜里睡觉也不摘下来，戴着戴着就成了相思物。二梭还没有相思物，就天天不是真睡也不是真醒，好不容易睁开眼睛吧，说的又是梦话。二梭一准是盼着相思物的，二梭看见相思物就知道白面瓜已经死了。她是怎么死的得记着，记着就会真醒，真醒了就会想着再拉队伍，该报的仇要报，该杀的人要杀，该举着的战旗还得举起来。只要二梭不服输，只要二梭还想着自己是独立营特务连的连长，这个大亏就不会白吃，他还是接着当排长，潘新麦还是接着当连副。要是再把运河独立营拉起来，潘连副可以当连长，自己仍然当排长，如果马二梭非让他变成丁连长，那就让潘连副当营副好了。

快到紫云寨东北角了，黑豆说："了尘住持，你现在就帮我想着，我不懂相思物，你看我到底拿什么好啊？"

马笸子说："施主你听着，你喊我了尘住持，我就是佛门中人，僧俗为邻如隔山，知道了我也不说。"走几步又说缘是原本就有的，找着了就是该找着，想拿的就是该拿的。

黑豆接一句："那咱们现在去就是该去？"

马笸子把胳膊架到黑豆肩膀上，说："黑豆啊，你也能当住持了。"

豁子家的栅栏门还关着，堂屋门也关着，厨房门是敞着的，一只地兔子窜出来，贴着马笸子的肥腿紫花裤口跑出去，只在尖头鼓梁云靴上洒了几滴尿。黑豆推开堂屋门，压着声儿要了尘住持点蜡烛，拨拉着望墙上望地上，还把手伸到芦苇隔苫上摸索。马笸子也是先在外间寻找，找着就进了里屋，还问黑豆这一会儿是不是想到里屋寻找，如果想了就立马进来，进来就是该进来。黑豆果然跟着进了里屋，看见马笸子掀柜他也掀柜，看见马笸子站在床边上他也站在床边上。马笸子拿起枕头，拿到手里又捏又甩，口中念念有词，说："女人家有个稀罕物是先要往枕头里藏的，还有压到枕头下边的。"黑豆顺着烛光望放枕头的地方，说："呀呀，了尘住持你快把枕头扔了吧，枕头下边压着东西呢你没看见啊？"

黑豆抓到手里的是个红兜肚。

黑豆又要惊叫，说："侯月娥说的贴心贴肉自己还记着呢，兜肚让马连长穿上戴上不正是贴心贴肉吗？"又要马笸子把蜡烛凑近了细看，说豁子那个样的，又是天天背着个粪箕子，白面瓜不会给他穿红戴绿，红兜肚一准是白面瓜比量着马连长做的，只有白面瓜才会想着做一条红兜肚留给马连长。

黑豆就带了哭腔，说："了尘住持，这真是该着啊！"

马艳子先是埋怨自己不想着往枕头下边找，光知道拿着个枕头又捏又摇，难怪自己是个中途脱离军营的，看来一切都是定数。他埋怨着又望黑豆，说："黑豆你真会找啊，天底下还有比兜肚再贴心贴肉的吗，多亏来找寻了，多亏还没房倒屋塌。"忽然又颤着手指点，说："哎哎，这上边不是有个血浸的心形吗？他面瓜婶一准是咬破了舌尖印上的。舌为心之苗，心为佛之慧，他面瓜婶是大佛心啊，三个马艳子也比不上的。"

鸡叫时，黑豆又从紫云寺供案下挖出一箱手榴弹，又从马艳子腰里解下束腰扎带，对角绑了挎到背上，死面锅饼拿包袱包了吊在胸膛，趔趄着要给马艳子行军礼，还要给侯月娥鞠躬。手举起来又被包袱扯住了，索性半斜着身子望马艳子，说："了尘住持你等着，拉起队伍我们齐整整地来给你列队敬礼，我们杀完日本人再杀卖国贼，我们把独立营拉起来再回紫云寺摆庆功宴。"马艳子贴着山门向外张望，转个身又冲着黑豆摆手。黑豆出了山门就没影了。

侯月娥紧着问马艳子，问他到了豁子家有没有显出故意来，有没有让黑豆看出是预先放好的。末了又问马艳子兰兰描的那个心形像不像，描在左上角是不是描对了。不及马艳子应答，自己倒又叹了气，说："亲娘哎，苦兰兰傻兰兰到现在还蒙在鼓里，那天我一说是送给二梭的，你说她那个泪啊，哗哗地跟黄河倒流似的。哎，我问你，咱们用的这个法子一准能行？"

马艳子说："一准。"

侯月娥又怔怔地望马艳子，望着又问："艳子叔，你说咱们这样做算不算使了歪心邪心？"

马艳子合着双手找蒲团，坐周正了又把手分开要翘兰花指，说："佛说有心，佛说无心，佛说无无心，佛说有无心。"

黑豆回到河套里天已经大亮了，马二梭摸摸包袱又在黑豆背上砸一下，也不说帮着摘包袱卸箱子，却一声连一声地催着潘新麦快吃狠吃。黑豆吱吱哇哇地笑，拉着马二梭又进了窝棚，还用手捂住自己的胸口，捂着就变了声，哽咽着说自己又把白面瓜领来了。黑豆从怀里抽出红兜肚，双手捧着递给马二梭，说："马连长，我们都没想到啊，她临死前是给你留了相思物的，她知道你看见相思物就会变成死也不服输的英雄。马连长，你说她的心得有多细吧……"

马二梭吃了死面锅饼就去芦苇荡里擦洗身子，早春的河水凉得入骨，洗过的身上起了一层鸡皮疙瘩。他光着身子朝运河方向行军礼，身上的水珠子还没擦净，接着就把红兜肚捂到胸口上。回到窝棚时看见黑豆和潘新麦已经把手榴弹箱子撬开了，他冲他们点点头又躺下了。睡到差不多小晌午时，马二梭坐起来喊黑豆喊潘新麦，说他要宣布一项命令。黑豆冲潘新麦眨眨眼，潘新麦跟着做了个冲锋的姿势。潘新麦原本还想着说他偷着侦察过许多次，码头上看不见太阳旗了，日本人没在县城安兵营也是真的。但是，潘新麦刚找到说话的机会，接着就听见马二梭说咱们先各自回家吧。

黑豆坐下了又站起来，潘新麦也跟着站起来，两个人站着看马二梭。

马二梭又说："我想过了，还是先回家吧。"

第四章

太阳压树梢时，侯登科从茅厕里出来就说肚子疼，捂着肚子催侯葛氏烧火做饭。侯葛氏诧异着去抱柴火，抱的是从场院里拉回来的干豆秸，侯登科舀了一瓢水泼到豆秸上，干豆秸变成了湿豆秸。烧豆秸，累得嘴歪，是说豆秸难引火，引着火了还要噗噗地吹气使其烧旺。火烧旺了，嘴也累歪了，何况又是泼了水的。侯葛氏生着气又要着急，嘟囔着说："大半天就跟没头魂似的，坐不是个坐，站不是个站，蹲个茅坑吧又说拉稀哩，你拉稀你肚子疼你不会趴床上硌硌啊。天还没黑呢就叫做饭，我做了饭你能吃啊，好好的干豆秸又泼上水，你是看我一日三餐伺候着活得滋润是吧？湿豆秸烟大，你就想呛死我是吧？"见侯登科又摸起水瓢，侯葛氏紧着把火引着了。屋子里果然灌满了湿烟，湿烟把屋门和窗口封堵得严严实实，渐渐地又从窗棂里、门缝里冒出去，大半个院子都是烟了。

侯登科趴到床上听动静，先是听见老二侯登榜咳嗽，又听到老三侯登銮咳嗽着咣咣地关自家屋门，还听见他跟侯杨氏说恶心话，说的是大猴子这是要布烟火阵呢，布下烟火阵先呛死他。侯登科把扫床的扫帚苗子抓到手里使劲掐，掐断一节又掐一节，就当掐的是老三侯登銮的嘴。他扔下扫帚苗子又拿枕头捂到肚子上，放了声地哎哟着，说肚子又咕咕哩，又想拉稀屎哩。侯葛氏拿着个火棍钩子啪啪地敲锅台，说："你老人家别号号了行不，我这里是做饭，你那里稀屎稀屎的，做了疙瘩汤还能喝呀。"侯登科忽然跳下床来，先是偏了头从门缝里往外望，转个身凑到侯葛氏身边，说："大锅小锅都添满水，烧开了也烧，别管是二倔驴，别管是三精包，谁来找我也别让他们进屋。他们要隔着窗户喊，你就当听不见。"侯葛氏说："我就说屋里人都死了行不？"侯登科说："不行，你说死了老三也得进来摸我的鼻子。"侯葛氏不再搭理他，侯登科猫着腰出了屋门，贴着墙根溜出了老宅。

　　侯登科是在城防关门之前进的城，夜影子完全下来时他已经到了前院的县政府。县大堂没有儿子，他又去了后院的团部，看见儿子得章正捏着棋子摆来摆去，他走过去抓棋盘，抓到手里就扔了。侯得章紧着喊爹，还要再喊父亲大人，侯登科说："你爹死了，你父亲也死了！"

　　侯得章蹲到地上捡棋子，还在地上画棋盘。警卫端着茶水喊报告，要进屋时听见团长说了一句原地不动，警卫直挺挺地站到门口，又听见团长说不动不行。警卫端着茶水进进退退，茶水溅出来顺着裤腿滴到鞋上，鞋上的浮土又洇成一圈一圈的白斑点，看着像是麻雀拉的屎。侯登科拿脚踩地上的棋子，说："侯团长你想渴死我啊，县长大老爷你不摆弄棋子行不行？"自己跑到门口夺茶杯，喝到嘴里的茶梗又吐到儿子头上。侯得章这才站起来，示意警卫退出，拉了把椅子放到侯登科跟前，说自己正在运筹帷幄，他完全没想到父亲这么晚了又进城。侯得章接着又说了埋怨话，说父亲看着是经过大世面的，审时度势上还是欠考虑。他还想说父亲这个时候进城，一看就知道是个没经过历练的人，一看就知道是个政治上幼稚的人。但凡有一丁点儿时局常识，但凡有一丁点儿政治头脑，也不会在微妙时刻大张旗鼓地显摆自己。真正的棋家应该处乱而不惊，应该瞻前而顾后，应该顾左右而言他，应该明修栈道而暗度陈仓，应该踏雪无痕而击游无声，应该卧薪尝胆且引而不发。侯登科抓着茶壶嘴就往儿子嘴里戳，说："睁开你的眼珠子说清醒话！"茶壶嘴戳破了侯得章的牙床，牙床上渗出血来，侯得章拿手抹了，说："您这时候进城一定是有事。爹，您说。"

侯登科好不容易才把一口火气忍下来，一壶茶水也喝了个精光，这才跟儿子说事。侯登科就说了马艳子，说了侯月娥，说紫云寺要成贼窝了，一个兵混子居然摇起了鹅翎扇。侯月娥天天说怀孩子了，天天挺着大肚子往紫云寺跑，她的孩子是怎么怀上的。侯得章又显出不耐烦，摆着手拦截父亲的话头，还苦着脸把个脑袋摇来摇去，说："爹您这是怎么了，您怎么也变成得才了？得才就成天把这一套挂嘴上。侯月娥有那么重要吗？马艳子有那么重要吗？孤男寡女的愿意合铺就合去，跟外人有什么关系，用得着开口闭口地说他们吗？"侯登科听着就恼了，说："我四十多岁的人了还会管人家被窝里的事吗？我大老远地跑来就说这些事，我是犯贱啊还是吃饱了撑的。我在家里躲了二倔驴又躲三精包，我还装作肚子疼拉稀屎，我还让你娘拿湿豆秸烧火，我喝了一肚子烟又颠颠地跑来找你，我是鬼催的啊。"他恼恨着又吼一嗓子，说："你让我说完！"

侯登科是来跟儿子说一件紧要事的，他瞒着老宅里的两个兄弟偷偷跑到县城，完全是因为他拿不定主意，一个人要办一件紧要事又拿不定主意，心里撕扯着比要死都难受，而这件事又跟自己的团长儿子有关系。要是单有这一层，作为侯家长子的侯登科决不会在心里犯撕扯，也用不着偷偷摸摸，可问题是，这件紧要事里有一个人是同时连着二倔驴侯登榜的。单单多了这一层还不算，弄这事还得牵扯出得才，牵扯出得才就等于挂上了三精包侯登銮。成也老三，败也老三，这个老三非瞒着不可。亲也老二，疏也老二，这个老二也非瞒着不可。如此这般，可就真真地让侯登科受折磨了。侯登科说："得章啊我的亲儿，你的冤家对头又借尸还魂了！"

侯得章一时没咂摸出味来，揣度着父亲的话，随口说一句还就还吧。说过了又感觉话说得模糊，于是又说日本人耳朵长得很，官地兵营是怎么淹的，人马是怎么死的，华北驻屯军比谁都清楚，自己算不上他们的冤家对头。再说了，日本人要的是中国最高统帅部的一句软话，全中国几千个县，他们会在每个县都安营扎寨吗？日本人本来就是一拨赶一拨往南撵的，河湾县不过是个客栈，根本算不上借尸还魂。看着父亲脸上青青紫紫，侯得章忽然又加了一句明白了。他说："爹，您是怕逃出去的胡营长会到第五战区告我的状？我这么说吧，别说姓胡的没这个胆量，他要是真跑到委员长那里，我还巴不得呢，起码证明我们186团驻防的河湾县曾经首当其冲过。码头上插过日本人的太阳旗不假，别管是谁插的，别管插了一天还是一年，现在没有了吧。

日本人过去了，日本兵营也没有了，河湾县还在我们手里。河湾县的老百姓死了几个，河湾县城毫发未损，还有其二吗？还有与之比肩的吗？全中国有一个吗？"

侯登科冷冷地望着儿子，他忽然感觉这个儿子不是侯家老宅生出来的。侯家从穿街走巷的祖辈爷算起，没有一个不是先从脚尖身边加提防的，没有一个不是要护锅口先护囤口的，可这个在省城读过书的团长儿子，先想到的竟然是外圈外围。他竟然还想到胡营长，他竟然还想到告状，他竟然还说日本人过去了。侯登科有些伤心，也有些心寒，他觉着儿子是被自己的理想抱负害了，有一瞬间他甚至还打了个寒战。最后他长出了一口气，一直积压着的撕扯心，反倒被自己的冰凉心冲散了，继之而来的是莫名的悲怜。他一眼不眨地盯着儿子，一只手悄悄地挪动着椅子，直到父子二人坐成了四腿相交。他说："好了儿子，我也不说借尸还魂了，我也不说冤家对头了，我只说个二梭回了家。连长马二梭活着回到了紫云寨，还有丁黑豆。我的团长儿，我的县长儿，我这样说行吗？"

侯得章直挺挺地站起来，站起来又坐下了。后来他还把桌子上的茶杯摞到一起，还把壶盖拿下来扣到茶杯上。他说："爹，您是亲眼见到的还是听说的，真是连长马二梭和排长丁黑豆？您别着急啊爹？"

侯登科连连摆手，说自己一点儿也不着急，自己就是亲眼所见也得说是好像见了。自己要说马二梭即便烧成灰也能认出来，就显着是倚老卖老说过头话了，自己就是跟马二梭跟丁黑豆走个面对面，也兴许自己那一会儿正好眨巴眼了呢。马二梭跟丁黑豆走到侯家老宅门口还东张西望，那或许自己也东张西望了，那或许两边都东张西望正好错开了。马二梭看见马步正喊的是爹，丁黑豆看见玉树也喊爹，那要是听走音了呢，那要是喊的不是爹是娘呢。侯登科说："你看我没着急吧？我这是说书唱戏拉大呱呢，我着哪门子急啊？咱们亲爹亲儿静静地坐着，咱们喝着茶水，咱们看着蚂蚁爬树，咱们滋润着说细话。"

侯得章伸出双手抱住了父亲的肩膀，说："爹，爹，您没看错，也没听错，您说是他们那就一准是他们。您接着说，我想听听他们什么样了。"

侯登科就说了二梭是佝偻着腰进的村，黑豆是瘸着腿跟在后边的，两个人走到街上就跟刚从大牢里放出来的一样。马照本家的立冬先看见的是黑豆，他跑过去拉黑豆，黑豆扑通摔倒了，立冬惊叫着喊他爹，他姐姐香芝跑出来，看见二梭腰躬着、头伸着呜哇一声就哭了。香芝哭着跑是去喊兰兰，兰兰还没出屋门呢，马步正倒先一蹄子炮到街上来了，脱下鞋来要打二梭。二梭说："别打了爹，我的肠子断了。"马步正这才看见二梭一只手捂着肚子，二梭头伸着不搭理他是因为腰直不起来，马步正当时就放了声，哭得跟牛叫一样。兰兰是让香芝拉出来的，兰兰哭着跑着，跑到二梭身边就不会挪步了。兰兰蹲在地上望的是侯家老宅，望着喊爹喊娘。二倔驴看着是个耍横胆大的，见了二梭也直勾眼了，嘴里光是一声连一声地喊兰兰，喊着让兰兰跟他说眼前站着的真是马二梭。黑豆是自己爬起来的，他瞟了一眼二梭就要自己走回家。立冬再不敢扶他，香芝找了根棍子让黑豆拄着。豌豆从家里跑出来喊哥，喊得没个人声，听着像是夜猫子叫，一个街上的人都起鸡皮疙瘩。玉树是下不了床的，玉树是出不了屋的，他等着接儿接了个铁拐李。侯登科说："得章我的儿，你看我像不像说书唱戏拉大呱的？"

侯登科后来还说马二梭明明是断了肠子的，明明是个连腰也直不起来的残兵败将，可他却坐到院子里跟侄子金猪显摆，说他肚里的肠子还剩下筷子长的一节节，炸烂的肠子跟泥鳅一样溜溜地滑。金猪还问人肠子跟猪肠子是不是一样，猪肠子外边黏着一层白油，白油撕扯下来塞到猪蹄甲里能当灯点，灯火头也是白的，点着了还有一股子香味。可马二梭偏说自己肠子上的油是黄的，黄乎乎跟泥鳅一样一样的，闻着还有一股甜丝丝的味道。他越这样说兰兰哭得越厉害，他娘马刘氏哇哇地吐着要捂儿子的嘴，他爹马步正倒是从头听到尾，听完了他把大儿子满秋喊到棠梨树下，说："过来过来，咱们都给这个小爹磕头。"黑豆倒是不大说话，无论瘫子爹怎么问，他就是一句话："败了就是败了，瘸了就是瘸了，反正牙还在嘴里。"他拖拉着个瘸腿又是清羊圈又是抱柴火，要爬梯子没爬上去他还搋着个瘸腿砸，砸得骨头啪啪的。玉树没骂黑豆，也没哭出声来，他跟豌豆说的是："豌豆啊，你把爹送到南北坑里再接着养个瘸哥哥吧。"

侯登科说，这话是马照本的儿子立冬学给姐姐香芝听的，还说黑豆走路的样子，怎么看都像掉了胯的驴驹子。立冬说着还要学样，没想到香芝先打了他一巴掌，香芝打了立冬自己的脸上还红一块紫一块的。立冬挨了打找他爹评理，马照本望望闺女又瞅瞅儿，一句袒护儿子的话也没说，自己走到厦棚里跟黑驴叽咕起来。谁也没听到他叽咕的什么，光看见他抱着个驴脖子，他还把个驴脸贴到自己脸上,最后又说了一句驴话,说的是:"母驴啊,你会生驴驹子会生骡羔子,你知道男驴是谁家的吗?你不挑拣是想认命啊?"母驴在马照本脸上啃了一口。香芝钻到灶窝里烧锅去了,立冬从墙头上滑下来再不敢去玉树家了。

侯得章站起来先望的是团部对面的哨楼,转个身又在屋子里走来走去,走着说了一句:"这样了啊。"

侯登科还是坐着没动,还是木着脸望儿子。

侯得章又说一句:"这样了啊。呵,真行。"

侯登科说:"完了,就这一句?"

侯得章说:"可不就完了呗。哼,一对废物!"

侯登科又问:"这就完了?"

侯得章说:"都那个熊样了,不完又能如何?"

侯得章还想说,好了爹,不说了,拿着两个废物说来说去打不起精神。他还想说自己正在谋划河湾县的治理蓝图,一个人要干大事时最好不要被小事分心,而最容易分心的恰恰是小事,这是古今中外所有一失足而成千古恨人物的共性。但是侯登科没容他往下说就忽地站起来,抓起桌子上的茶壶要往儿子头上扣。侯得章偏转了头,又紧着护住了帽徽。

侯得章说:"爹您怎么了,咱们不是说过不着急吗?"

侯登科说:"我怎么了,我这是清醒爹要揍糊涂儿!"

侯登科最终并没把茶壶扣到团长儿子的头上,他是吼着说话的。他恨儿子已经是团长了还居然能被别人的假象迷惑住,自己前前后后说了个仔细,他居然都当成了真的。不错,马二梭是佝偻着腰进的紫云寨,丁黑豆拖着个瘸腿跟在后边也不假,可马二梭从进了紫云寨就没去过豁子家。豁子家有谁?有白面瓜。白面瓜是谁?是相好的情人。情人白面瓜是为他炸开的运河大堤,炸堤的人死了他活了,他活着居然不到她家看一眼。他那么快就忘了,傻子会信吗?

还有,他口口声声说肠子断了,还说人肠子上的油是黄的,还说人肠子溜溜滑跟个泥鳅似的。他是看西洋景啊,他抓着自己的肠子捋巴着玩啊。不错,他是拿手捂肚子了,他为什么捂着,他是怕肚皮自个儿裂开吗?肚皮要裂开他一只手捂得住吗?还有,他是跟偷袭独立营的日本兵厮杀过的,他把追赶的日本兵引诱到弹药库里又扔的手榴弹,扔出去的手榴弹还能把自个儿的肠子炸断啊。肚皮炸开了他是怎么冲过木桥的，断肠子把他甩过去的啊，断肠子是风火轮啊。还有，日本兵营是什么时候被淹的，白面瓜舍身炸运河堤时他在哪里。他还在紫云寺山门前埋葬了豁子和白面瓜，那时候他的烂肚子不疼了，他佝偻着腰还能挖坑填土啊。从那时候到现在，他去哪里了，谁把他的烂肚皮缝上的，烂肚皮是树疤啊，断肠子是红薯秧子啊，说长就长严缝了，发个新芽自个儿接上了。

还有黑豆。

黑豆到家就抢着干活，不是给羊喂草就是抱柴火做饭，他的瘸腿能使上劲啊。他的骨头是胶泥捏的啊，揉搓揉搓，捋巴捋巴，又全毛全翅长圆乎了？

侯登科说："我的糊涂儿，你醒醒吧！"

侯得章说："您是说他们根本就没伤？"

侯登科说："我什么也没说。"

侯得章冷冷地笑了，说："狗改不了吃屎，猪改不了贪睡，再装伤残样也是猪狗性。"

他还说："农民永远是农民，到底是目光短浅，到底是胸无大志。装成个伤兵样子给别人看，不就是怕二番再进兵营吗，说到底还是贪生怕死。此等鼠辈，少一个也是国军之幸！他们爱装什么样就装什么样，他就是装成病猫四脚爬，我眼皮不翻，他就是变成三头六臂，我也不会签发归队令。"

侯登科又把桌子上的茶壶抓手里，抓到手里就摔了，说："你想翻眼皮呢，你想看人家四脚爬呢，你想签发归队令呢，只怕到时候你的眼皮还没翻开，你就四脚朝天了！"

侯登科还拿脚踩地上的碎瓷片，踩得咔嚓咔嚓的，没摔烂的茶壶嘴还被他踢到门外。他实在不明白，一个读了十几年书的国军军官，竟然满脑子装一些稀奇古怪的东西，还说梦话要在河湾县搞什么乡村新文化建设。为什么就不去想自己身为团长做了些什么，三个营驻防河湾县，为什么只把一个不听话的独立营弄到外圈去。独立营被日本兵围困的时候，你当团长的非但没派出一兵一卒，你还把另外两个营收回到城里。你恶心独立营，你恶心胡营长，你想借日本人之手除掉绊脚石，那吃了暗亏的人呢？人家还有两个活的，而这两个活的又恰恰是与你水火难容的，他们会不想着报仇。更何况这里边还死了一个麻五，更何况还有一个丁黑豆被得才打过黑枪，更何况那个揪心扯肺的情人白面瓜又死在这件事上。这二人一定是密谋过的，他们知道进了县城也不一定能冲进团部,他们要想报仇杀人,一定会在仇人回到老家时。前因后果摆在这里,绕一百圈还是这个弯弯,拿脚丫子想,也知道人家为什么要装成瘸腿断肠子!侯登科说:"你是想让我没儿啊,还是想让我没侄女女婿?一句话,痛快的。"

侯得章的脸阴沉下来,说:"欲谋国家者,必以国家为重。欲谋天下者,必以天下为先。欲图一时之快者,必为一时之快而忧。爹,您让我想想。"

侯登科伸出手要拔儿子腰间的手枪,说:"你把枪给我,我还是先把你崩了吧,我不想让自己的儿子死在别人手里。"

侯得才怪叫着冲进团部,说:"大哥,大爷说的我都听明白了,咱下手吧!"

侯得章拔出枪来,抓到手里又插回到枪匣里,说:"国有国法,军有军规,还是送军法处吧。"

侯得才说:"先不要脸后有脸,这是俺爹说的。大哥,别送军法处了,还是就地吧。咱们一口咬定他们是逃兵,枪毙逃兵也是军规。"

侯得章拿脚踢得才,哑着嗓子说:"滚出去!"

侯得才转个圈又回来,说:"咱们脚跟前还插过太阳旗,这事不能让他们捅到上边去。"

侯得章又把手枪拔出来,枪口对着侯得才的眉心,咬牙切齿地说:"你再说一句太阳旗我就毙了你!"

侯登科说:"我不管你们什么规,反正该说的话我都说了。"

最后商定的是三月三上巳节那天团长侯得章回家祭祖,得才随着,另外再加一个贴身警卫开车。具体的抓捕方案是,先以一个营的兵力围住紫云寨,警卫连封锁东西大街进出口,老宅里一发信号,外围伏兵立刻收缩队形向村内猛扑。最好在马家胡同里摁住他们,那个地方是死角,堵住了就别想跑出去,况且,老宅里的人也能撇清干系。当然,如果马二梭和丁黑豆想在村外打伏击的话,有必要抽出一个排来。

第五章

　　侯登科在团部吃了晚饭,他还跟得才要了个酒壶。酒壶是美国货,壶盖是带螺丝的,扁扁的,装到怀里显不出鼓来。得才舍不得给他,说酒壶来得蹊跷,乡村士绅还是不用为好。他把得才拉到团部院子里,说:"我今天进县城了吗?"得才眨巴着望侯登科,望着摇头,连着说了三遍大爷没进县城。侯登科就笑了,说得才到底是跟在团长身边的,平时看着好耍个小精明,毕竟还是长进了,抓过酒壶揣到自己怀里。得才磨蹭着喊大爷,他转过身来望得才,又说:"你喊谁大爷啊,你大爷在侯家老宅里睡觉呢,你忘了?"

　　夜影子下来了,淡淡的月光填满了县城的街道,几个喝醉酒的散兵顺着大街往巷子里钻,嘴里还咿咿呀呀地哼唱着。侯登科摸了一块砖头扔过去,散兵不唱了,他很想折回团部骂儿子,想想又忍住了。穿过隅首时,树影里突然又冒出两个散兵,散兵拉着侯登科进了巷口的小屋。侯登科惊骇着要呼喊,拉他的兵却松了手,拿衣襟遮掩着点着了半截蜡烛,一只手指点着让侯登科看地上的东西。地上并排摆着四个箱子,箱子里的子弹壳闪烁着黄澄澄的光亮。一个满脸胡须的老兵向街上望一眼又转回身,说:"看到了吧,这可是好铜,想打个酒壶想打个脸盆,化成铜水倒模子里,眨眨眼就成了。你给我们十块大洋,这四箱金的铜的都给你。"不及侯登科说话,又说不给十块给八块也行,给六块也行,再少了他说不准会恼。另一个兵说:"我们跟日本人打了三天三夜,我们打得腰都直不起来还是想着别糟蹋好东西,这么好的东西应该捡起来让老百姓用。"侯登科把两条胳膊都抡起来,照着两个兵的脸上打了两个巴掌,咆哮着说:"放你娘的猪狗屁!还打了三天三夜,还打得腰都直不起来,日本人偷袭独立营的时候你们出城了?那边一营人都死光了你们死了几个?你们没开枪哪来的子弹壳?走,跟我到团部找侯得章这个小王八羔子拿钱去!"

　　两个兵打个愣怔就跑了,侯登科出了城还想骂,快到紫云寨村口了才在自己脸上掐了一下,看见多多从马照本家的胡同里走出来,多多还冲后边的香芝挥了挥手,香芝身边好像还有个人影儿。他一时有些惶惑,刚迈进老宅门口的脚又缩回来，打个闪身隐在门垛旁边的阴影里，只把脑袋伸着望多多，多多往门垛旁边张望的时候他才把脑袋垂下去。

　　侯登科进屋先看侯葛氏的脸色，侯葛氏噘着嘴，脸木木的，像没晒干的土坯，眼皮还耷拉下来半眯着，鼻子洼里有斑斑点点的黑灰。他打个嗝进了里屋，招着手要跟侯葛氏说话，说："你把眼皮睁开，你耷拉着黑眼皮我心里闷得慌。"接着就问自己离开家的这一阵子有没有人来过，屋子里冒大烟时，三精包侯登銮是不是扒着门缝偷瞧了，二倔驴侯登榜是不是又砸着水缸说横话了。还有，三精包没扒门缝是不是到过茅厕，如果他去茅厕了，那他一定是查看有没有刚拉的稀屎。侯葛氏哇哇地又要吐，刚刚睁开的眼皮又耷拉下来，说到底是知道醋酸酱咸的，家里的饭菜吃寡口了，调个腔就去了县城。县城多好啊，县城有团长儿有县长儿，县城还有灌猫尿的馆子、唱曲儿的窑姐。恣去吧，恣不够别回来，回来再进城恣去。忽然她又发出一声尖叫，说："呀，敢情你真去县城了？"侯登科紧着捂住侯葛氏的嘴，还冲着侯葛氏翻白眼，还在侯葛氏肩头上掐了一把，说："说家里事！"

　　侯葛氏先说了一句家里没事，接着又说多多跟她话多了，明明知道喜喜去了她姥娘家，还是说要找喜喜玩，还跟着她到柴棚抱柴火，还跟着她搬砖堵鸡窝，还帮着她摘房檐下的萝卜缨子，还没话找话地陪着她说话。侯葛氏又发了感叹，说女孩子到底跟爹不一样，爹是一片藕八个眼，睡着了还扳着脚趾头抠点子。侯杨氏也是一天到晚会扮演牙婆的，没事戳弄事，戳弄的是别人，别人染黑了染紫了，她又变成个干湿不沾边的。得才稀稀溜溜的也没个正形，入了军营算是学了规矩，学也学得不像。侯登科又要掐她，追着问多多都说了哪些，侯葛氏这才打住了话头，眼眨巴着望侯登科，忽然又做出乖张样。

　　原来侯葛氏是要取笑多多当传话筒的，听个狗话，传个猫话，一头是香芝的，一头是黑豆的，黑豆给了她一个炮弹壳做的顶针，香芝答应送她一对鸳鸯戏水的花样子。多多得了这两件应承，乐呵呵地当起了话筒子，背着她爹娘捎话传话。说完了又冲侯登科吃吃地笑，说："这算不算家里事？"

　　侯登科大张着嘴合不上，催着侯葛氏再往细处说，自己脸上竟浸出汗来。侯登科要侯葛氏往细处说，是要听听多多做这件事为什么先到东跨院，一个女孩子为什么会不顾羞臊地捎话传话。一个是瘫子玉树丁家，一个是驴性子照本马家，亲里疏里都跟她不沾边，她怎么就甘愿当个话筒子。还有，黑豆明明是拖拉着一条瘸腿进的村,三天不到就跟香芝勾连上了,马照本这是拿着黄花大闺女当烂韭菜卖啊,他能饶得了香芝?侯登科悄悄地侧转身擦了脸上的汗,说:"这种事她该着问你吗?"侯葛氏想说兴许是多多忘了喜喜不在家,兴许是多多故意显摆她比喜喜有人缘,兴许是多多憋不住话了又不知道个深浅。侯葛氏就说:"我想起来了,多多还问了我一句话,说是不是有了花样子就能比着绣啊?"侯登科又问:"就这,她还乐呵呵?就这,你还真信?"侯葛氏忽然急步走到外屋,插上门又返回来,压了声儿说:"我跟你说,小妮子自个儿看上马照本家的立冬了。咱们都想不到吧,反正我没想到。"

侯葛氏说多多看上马照本家的立冬了,她爹侯登銮也许知道也许不知道,即便知道了也许会恼也许不会恼。侯登銮是把宝押在儿子得才身上的,自从侄子得章去省城读书之后,他就加紧了对儿子的调教,发着狠地要把儿子调教成没脸没皮的、没心没肺的人,反正是与大哥侯登科的路分不一样。为了让儿子顺着自己的谋划走,每月的二七四九逢集日,他都会把儿子带到镇上,专看下九流不要脸的。从集上回来再让儿子细细揣摩,得才要显出恶心样,他马上就把侯家祖爷扮龟孙得官地的故事翻出来,得才要说个懂了,他会立马搂过儿子的头脸亲一口。

侯登銮原本有四个孩子,四个孩子两男两女,前边两个是男孩,后边两个是女孩。大儿子得雨七岁得白喉死了,得才是第二个出生的,比多多大一岁。大儿子死了之后,侯登銮又嫌两个闺女争嘴吃,戳弄着侯杨氏把小女儿嫌嫌给了她姨家。即便是这样,他还是在女儿多多身上使尽了心眼,他让多多吃了亏上了当,还说不出哥哥得才哪里不好。比如,七月七乞巧节,侯杨氏会给女儿蒸七个加了馅的月牙馍,馍是拿菱角模子扣出来的,看着就馋人。侯杨氏端到女儿面前,侯登銮使眼色让儿子凑过去看着多多吃,多多被得才看腻了,只好让得才也吃。得才说他跟着妹妹吃个蹭饭,妹妹拿三个,他拿两个。多多抓了三个,自然没有抓了两个的哥哥吃得快,于是得才又说:"说话得算话,这次我还是两个两个地拿。"结果一次拿两个馍的哥哥吃了四个,而一次拿三个馍的妹妹再想拿第二次时,馍筐里连个皮皮也没有了。多多想不明白就问她娘,侯杨氏撇着嘴凑到男人身边,说:"这样的贼心眼子也是得才想出来的?"

侯登銮笑得抓耳挠腮,探着头冲多多说:"看你哥得才多实诚,说一次拿两个就一次拿两个，多一个也不拿。"

对于侯登銮来说，女儿是用不着父母分心的，女儿大了就嫁人，嫁出去就是泼地水，逢年过节提两串香油果子回娘家，爹吃了，娘吃了，吃完了香味就没了。还有一条是在心里闪过的，那就是他从侄女兰兰身上看到了多多的将来，想着大哥侯登科先是拨弄着兰兰嫁了个半吊子军官霍好秋，霍好秋死了，兰兰自己还是个囫囵身子。染坊里扯不出白布来，囫囵身子也得当二婚嫁，又是大哥从中拨弄，这一次找的是野马星马二梭。兰兰倒变成了一块裹脚布，从霍家床上扔到马家床上，到头来只多了一块血污疙瘩，野马星丈夫又变成断了肠子的废人。他决不会让多多结兵亲，也决不会让大哥侯登科插手，多多要嫁就嫁个谁也不招惹、谁也不敢欺负的人家。这样的人家，你要用他出力跑腿，拉过来就能使唤，你要用不着，就等于没有这个人。当然，如果有哪家带头脸的要巴结着做亲，他也决不会推辞。总之，多多是个可有可无的，当爹的如果一辈子把心思用在闺女身上，那这个爹就是白活了。就像今天晚上，他明明知道二哥让多多给兰兰送印花手巾是结记闺女，明明知道多多在兰兰那里待不住，多多打着看兰兰的幌子，这么晚了不回来一准是跑谁家串门子去了，他却连一句问也没有。

多多进来了，说："大爷今天是咋了，看见我就躲，还藏在门垛东边的黑影里？"

侯登銮一下子从躺椅上折起身来，说："你说他看见你就躲到门垛东边？他还藏起来？"

侯杨氏连连地撇嘴，说："哟哟，闺女出去半天也不多问一句，她那边刚说了一句大爷你就机灵了。多多你跟兰兰说话了？二梭回来了她脸上是苦样还是甜样？你去她屋里看见二梭了吗？二梭是在床上躺着啊，还是坐着跟兰兰说话？多多你进屋之前听见小两口说笑了吗？"

侯登銮脱下鞋来要捆侯杨氏的嘴，口中连声说着明白了，还抓起鸡毛掸子在躺椅上敲打。又是号号着拉稀屎，又是湿柴火沤烟封门，敢情是鬼打墙啊，敢情是暗度陈仓啊，敢情是瞎子掏雀窝啊。侯杨氏又要拿嘴撇他，他说："这下子热闹了，老宅里又要闹大动静了。"侯杨氏听得惊诧，再不敢信口乱语，催着多多回里屋睡觉，追着问闹大动静是个啥意思。

侯登銮还是哼哼着冷笑，说："大猴子一准是偷偷进城找得章去了，要不是，你把我的眼珠子抠出来！"

侯杨氏越发糊涂，说："大哥也真是的，进城该说一声啊，有几句话我想捎给得才的。我还给得才织了一双套袜，军营里发的袜子都是密纺布的，会捂出脚汗。"见侯登銮又翻起白眼瞪她，于是她又说："又是抠眼珠子又是闹大动静，你到底想说啥啊？"

侯登銮不再搭理侯杨氏，忽然偏了头冲里屋喊："多多你出来。你把假话编了个溜溜圆，我问你，出去这大半天你一直在兰兰那里啊？"

多多点着头说是。

侯登銮说："你刚才也是从兰兰家回来的？"

多多还是点着头说是。

侯登銮抓着鸡毛掸子直点多多的额头，说："马家在侯家老宅东边，大猴子看见你之后就往门垛东边躲，他躲个后脑勺让你看啊。他要是从西街过来，要躲也是躲在西门垛，他要是先看见你，那他一定是在你后边。他在你后边还用躲吗，你走在前边怎么看见他的，你有前后眼啊。说吧，你又去了谁家？"

多多又是点头又是摇头，只好说自己是先去给兰兰姐送印花手巾的，回来又顺路去了香芝家。

侯杨氏先是糊涂着看两个人，心里又想着护闺女，听着听着也听出了岔子，紧着给多多使眼色。侯登銮哼哼着斜了侯杨氏一眼，说："听出来了吗，二梭家到香芝家隔着几个胡同，她还说是顺路。顺路在哪里呢，让她带着我走一趟，我也去走走顺路。多多你再编个话，我还想听。"多多出了一脸的汗，脸是裹了红布一样，连脖子也是红的，只好嗫嚅着说了原委。

多多原本是想着把印花手巾送给兰兰就回来的，顶多再说几句闲话，她一直就有点怕马二梭，如果二梭也在屋里，她也许连闲话也不说了。但是多多没想到二梭竟然先跟她打了招呼，还拿了醉枣让她吃，还细声细语地问老宅里人可好，还说自己要不是佝偻着个腰难见人，回来的当天就该去看望侯家老人的。多多那一会儿里光是心里怦怦着，想着眼前的二梭不再是先前的二梭了，先前的那个二梭整天昂着个头，手里不是抓着个树枝子就是甩着个绳疙瘩，进了侯家老宅也是立眉横眼的，老宅里大人小孩都怕他。可眼前的二梭会说细声话了，会在脸上露出笑模样了，多多不怕他了，多多还冲兰兰挤了挤眼。二梭也笑了，说："多多你能帮我做一件好事吗？如果多多答应跟香芝传个话，多多一定不会白跑腿。"多多说："不就是串个门传个话吗？不就是绕个弯吗？白跑腿也得去呀。"

马二梭就说黑豆看上香芝了,香芝呢也不烦黑豆,黑豆就想着托人给香芝带话,说别看自己是瘸了一条腿的,上房爬墙,收割晒粮,一样也误不了。二梭说黑豆从瘸了腿的那天起就跟自己念叨,回来时又念叨了一路子,自己倒不怕佝偻着腰吓着香芝,难就难在有些话不方便跟女孩子说,自己真要去传话,香芝那里答应不答应都不好出口。二梭说:"我还喜欢立冬,怎么看立冬都是个招人待见的,不是那油嘴滑舌肚里拐弯的。"多多红着脸望二梭,手里抓着辫子上的绒线结拧过来拧过去,嘴里说着二梭哥真会夸人,自己怎么就没看出立冬哪里好啊,眼睛里却是放着光的。二梭笑着点头,兰兰也笑。二梭还说看见多多就想起得才了,他变成个伤残废人也没法回军营了,也扛不动枪出不了操了。不过,要是得才哪天回老家,他慢慢地磨蹭着过去,吃几口好消化的软和菜还是可以的。

多多推开板凳站起来,说:"二梭哥你睬好吧,这个话我保准传到。"走到门口又站住,说:"二梭哥你还真说巧了,三月三上巳节是俺爷爷的祭日,到那一天,得才哥会回来,得章哥也会回来。"

多多真去传了话,还跟黑豆透了底,临走香芝还拉着弟弟立冬一块儿送她,她满心里是想着让香芝先回家的,一招手就看见大爷从东街口走过来。那一会儿她想再顺原路退回去,没想到大爷竟然先躲闪了,躲到门垛东边还探头探脑地朝街上张望。

侯登銮挥着手让多多回里屋,多多转了身他又喊住,问多多是不是真看见二梭脸上是带着笑的,黑豆看上香芝,香芝那边是不是真就一口就答应了。既然香芝知道多多是受托传话的,临走为什么又让弟弟立冬跟着送,她就不想从多多嘴里多掏些话吗?让立冬跟着两个女孩子说话方便吗?侯登銮偏着头又打量起多多,忽然说:"多多你心里藏的黑线头红线头我就跟看见的一样,不过,我这一会儿什么话也不说。"

第二天鸡叫头遍时侯登銮就醒了,窗户纸刚发白就穿了衣服下床,也不喊侯杨氏温洗脸水了,自己到水缸里舀了半盆凉水,连头加脖子抹了一遍,馍篮子里摸出一张昨天的剩饼,撕碎了拿面拌拌,添了两瓢水就急着自己烧火做饭。侯杨氏闻声起来,惊愕着看他忙乱,口里说着太阳这是要从西边出吗,侯家的老爷们也会烧水做饭了。侯登銮连汤带饼舀了两碗,示意侯杨氏盛一碟调香油的咸菜丝,说:"你麻利的,我去喊二哥过来。"侯杨氏连着说了几声亲娘哎,咸菜缸里抓了几根腌豆角,果然看见侯登銮去了西跨院,将豆角扔到案板上回了里屋。

　　侯登銮拿手摩擦西跨院的窗户纸，催着二哥侯登榜快起。里边打着呵欠答话，话里带着埋怨，说家里地里又没有急紧要干的活，急急忙忙地起来弄啥啊。侯登銮还是催着要二哥快起，还说摆摊设位要的就是个早，晚了只能占个集头集尾巴。侯登榜这才想起来昨天是说过要赶集的，想着把仓房里的秕谷子及发了霉的高粱推到集上卖了，顺便再买几串红辣椒，侯黄氏还想着给兰兰扯几块碎花布，不过这也跟摆摊设位扯不起来啊。侯登榜口中说着别喊了，吭哧着穿衣服。侯黄氏也醒了，拉着侯登榜的衣袖说悄声话，说："三精包又生转轴子心眼了，昨天说了一句赶集，他就一大早过来催，人家卖二斤秕谷子他也惦记着。还有，老宅里本来是该着给兰兰拴红布驱邪的，大爷叔叔的合起来，要的就是娘家人的合美旺相，二梭又正好回来了。你看大猴子那张脸，还有这个三精包，光是装呆卖傻地打哈哈，三家合起来买九尺九寸红布能花几个钱？"见侯登榜还不明白，于是又说："三月三上巳节老宅里不是要设堂祭祖吗，十有八九他是想让咱们帮他出钱。"侯登榜打个愣怔，闷着头答一句"我是傻子啊"，下了床开门，门一开就被侯登銮拉到南跨院去了。

　　得印前几天去了姥娘家，昨天又是摸着黑回来的，本来想睡个懒觉，三叔侯登銮砸门又把他吵醒了，心里急着望外边，望着喊侯黄氏，说："娘，三叔要帮俺爹拉车，我还用去吗？"侯黄氏赌着气说："三精包把你爹吃了咽了也别管，吃过饭去看你姐姐。你不在家都是多多传话，往后三精包家的人，老的少的咱们一个也不沾。"

　　侯家老宅的院门打开了，侯登銮往车前杠上拴绳子，还搭在自己肩上比长短，还试着拽了拽分量。侯登科吐了嘴里的漱口水，走过来转着圈子瞅侯登銮的脸，说："老三你这是要帮着拉车吗？我怎么看怎么觉着稀罕。老二，是你让他帮的，两袋子秕谷你推不动啊？"侯登榜木着个脸谁也不看，他想说自己用不着任何人帮，话还没出口，侯登銮又抢在前边，还要再拴个绳子让大哥也帮着拉，说："大哥你也扯根绳子吧，二哥要散了集请咱们下馆子的，咱们哥三个干脆要一个整猪头。"侯登科哼着哈着说了一句这几天腿疼，看着车子出了老宅，故意放慢了脚步在南跨院门口走了一趟。侯杨氏明明看见他了，偏又侧过去半个身子瞅他，多多是要倒洗脸水的，看见他又端着回了灶间。侯登科再不便停留，疑惑着往回走，回到自己家里了还是想着老三侯登銮的奇怪。

还有多多,她会看上马照本家的立冬?为了一个立冬她还帮着黑豆穿针引线?黑豆看上香芝了不会找媒人提亲啊?

侯登科忽然觉着侯家老宅里有了异样,一个紫云寨也好像有了异样,先是断了肠子的伤兵马二梭逢人就说人肠子上裹着的是黄油,接着是马刘氏带着兰兰去了紫云寺,见了大肚子侯月娥还说了许多话。马箍子也会设坛讲经啊,麻五死了侯月娥还能怀上孩子,还有比这再难堪的吗?兰兰年龄小不懂事,她婆婆马刘氏也不阻拦啊。还有黑豆,瘸了一条腿还能让香芝看上,刚回来就托人捎话传话,他是军官还乡啊。更奇怪的是三精包侯登銮,他居然乐呵呵地帮着老二拉车,还做了饭让二哥侯登榜吃。还有侯杨氏那眼神,怎么看都是带着惊愕的,她惊愕什么?还有多多,莫非她昨天晚上先看到自己了,她看到自己躲到门垛东边故意装作没看见。那也不对呀,隔了一夜了,刚才怎么看见自己连洗脸水也不倒了?越思量越觉着哪里都不对劲,看见侯葛氏冲他笑,他没好气地呵斥一声:"笑什么,有什么好笑的?"侯葛氏还是吃吃地笑,说筛子底遇上木勺子头了,还拉车,还管饭,他就是连人带车一块儿背着,他也别想从二老闷手里抠一个钱。

侯登科说:"什么,你刚才说什么?"

侯葛氏说:"没看出来啊,老宅里祭祖,三精包这一次又想着二两糖稀捏半斤糖人哩!"

出了村口,侯登銮说了一句肚子疼,便把肩上的绳子放下来搭到车上,两手抱着肚子往路边茅草地里走。侯登榜懒得搭理他,看见他解着腰带蹲下来,推起车进了镇子。侯登銮又把腰带扎上了,猫着腰,贴着运河堤坡,一路小跑着去了县城,他知道一大早儿子得才会带人到城门楼上巡防。

侯得才果然站在城门楼上指指点点,他捡了一根干树枝冲着城门楼摇摆,得才探着身子喊爹。侯登銮拿着树枝举起来又落下,得才跑过来要敬礼,看见他爹大口大口地喘着粗气,又把举起的手放下了。侯登銮拉着得才绕到门楼拐弯处,说:"你把耳朵竖起来,有一件紧要事你给我往死里记。"侯登銮说的是三月三祭祖别回家,找个理由别出城,要出城最好是出差,出差最好是到旅部开会。得才说已经定好了,三月三上巳节跟团长大哥一块儿回老宅祭祖。得才还说得章哥已经下了决心,大爷是当场点了头的,行动计划也做得风雨不透。得才说:"怎么,大爷没跟你说啊?"

侯登銮抡起树枝照着儿子得才头上打，打着说："记着，得章回去你别回去，人头打出狗脑子来你也装不知道！"

第六章

最先感觉出二梭有了怪异的还是马家人。

先是马步正天天蹲在牲口棚里，怀里抱着筛子，筛子里是铡碎的干草，眼睛瞅着的却是院子里的二梭。二梭出了小东屋就在院子里转来转去，他手里抓着一根拌草棍子，明明是挂着的，忽然地又平端着突刺一下，嗓子里还发出稀奇古怪的声响。随着这一声响跑出来的一定是金猪，金猪变成了二梭的跟屁虫，二梭走来走去，他也跟着走来走去，二梭靠着南墙根的草垛坐下来，他又蹲下来看二梭在地上勾勾画画。总之，自从二梭佝偻着腰进了马家门之后，老马家的第三代就算粘在断肠子连长身上了。春子偷偷地问儿子金猪，问他二梭都说了哪些话，还问二梭那只捂肚子的手会不会自己放下来。满秋也问过儿子，金猪对他们的话一概不回答，要回答，就会说几句他们永远不明白的糊涂话。要么是说我们说笑话，要么是说不要猜我们说了哪些话。满秋两口子都注意到了比叔叔小八岁的儿子，已经开始说"我们"这两个字了，这使两口子分外诧异。春子就吓唬儿子，说："跟你断肠子二叔过去吧，我不要你了，你就是喊亲娘我也不答应了。"满秋也说："金猪你就跟着个野马星混吧，早晚你也是个断肠子的。"其实金猪很少喊爹喊娘，倒是跟二梭在一起，把二叔喊得不离口，似乎他是天天盼着二叔回来的，尤其是二叔成了断肠子的伤兵。

春子就拨弄满秋，要他去跟爹说话，满秋也钻进牲口棚里，也顺着门缝往院子里瞅，瞅着喊了一声爹。马步正抓了一把碎干草塞进大儿子的嘴里，满秋噗噗地吐着干草屑，说："不对呀爹，二梭明明是个断了肠子的，明明是个烂了肚皮的，他为什么不在床上躺着睡觉啊？他为什么一天三顿饭不少吃啊？他吃那么多都装哪去了？"马步正立刻拉下脸来，凶神恶煞一样盯着大儿子，问他盯着看二梭吃饭是啥意思，二梭吃多吃少他是怎么知道的。马步正说："是不是春子跟你说的？去把春子的嘴缝上，剩下的线把你的嘴也缝上。去吧！"满秋没动，还是直勾勾地望爹的脸，还是想说二梭的种种怪异处。

满秋甚至还说到了兰兰："兰兰看见二梭先哭昏了是不假，但接着她脸上就有了笑模样。丈夫已经成了个废人，她为什么还能显出笑模样，她明明是盼着再生个活孩子的，二梭都这样了还能给她生孩子吗，既然不能生了兰兰该接着哭才对啊。还有，娘第二天就带着兰兰去了紫云寺，还在紫云寺看见了侯月娥，还跟侯月娥说了许多话。一了大师早死了，马範子又是个半道上入佛门的，还把侯月娥的肚子弄大了，兰兰跟她们有什么话说啊。"马步正把一筛子碎干草全扣到大儿子头上，哼哼着进了堂屋，追着问马刘氏带兰兰去了紫云寺，那个叫侯月娥的寡妇是不是真跟兰兰说了许多话。

马刘氏也是扒着窗口望二梭的，便随口答一句去过了，还说二梭不生分兰兰了，二梭睡觉也不往外跑了，兰兰脸上也有了笑模样。想想他五婶子也是对马家有恩的，紫云寺也多亏了尘当住持，马範子要不是一了大师点拨，他还得是个半辈子不归家的兵混子，越想越觉着这都是该着的。回头看见马步正阴沉着脸，于是又说："又咋了，吃过饭我还想带兰兰去回礼呢？对了，过几天你去镇上榨几斤豆油吧，範子兄弟跟我念叨过了，说军营里都是吃豆油的，用棉油炒菜吃到嘴里是涩的。"马步正有些着急，也有些糊涂，又追问回礼是怎么回事，马範子当了住持就不能吃棉油了吗，还嘴涩，他喝凉水嘴里涩不。马步正说："回什么礼，你又许愿了？"马刘氏就显出不高兴来，说："小两口的事也说给你听啊，你当公爹的打听儿媳妇，是你愿意听啊，还是我愿意说？"马刘氏还想说二梭不跟兰兰闹别扭了，这里边不得有个会拨点的人啊，人家给咱拨点得周正了，拨点得小两口恩爱了，咱不说许愿谢恩，咱就说个回礼总得行吧。马步正被马刘氏的话噎住了，瞪着眼要打马刘氏，马刘氏转个身又回到窗口。

马刘氏隔着窗户问春子饭做好了没有，春子正张着嘴打呵欠，兰兰在灶间应了声，说洗脸水也舀出来了，饭也做好了。兰兰还说："娘，我一起来嫂子就把水烧开了。"

春子拿手在兰兰身上掐，笑着说洗脸水再热也没有他二叔的肚皮热，接着又问兰兰，让兰兰说出肚皮热和洗脸水热哪个好。她还说："兰兰你可得让他二叔悠着使劲，使趴架了就没有第二回了。"

兰兰笑笑，先说了一句哪个热都好，接着又说记住了。

冷不丁地听兰兰敞亮亮地应答房中话，春子倒先吃了一惊，说："兰兰你试过吗？我听说女人也能在上边……"

兰兰又笑笑，说："试过了。"

春子又把嘴巴张大了，又说："男人还喜欢这里摸摸那里摸摸……"

兰兰还是笑笑，说："摸过了，黑天也摸白天也摸。"

这样春子就没话了，讪讪地笑着自己倒先臊了，擦着脸冲堂屋里呼喊，喊着说掀锅了盛饭了。

马刘氏说一句"你叫魂啊"，马步正又拦住她，吩咐兰兰把饭盛到两个盆里，满秋和春子到堂屋里跟他们老两口一块吃，再盛一盆三个人的，让金猪跟他二叔二婶在灶间吃。春子哇哇地叫，一连声地问为什么呀，马刘氏也觉着稀奇，也跟着问一家人为啥又分开吃饭。马步正拿眼珠子瞪大儿子满秋，又让马刘氏找针线，满秋指指春子的嘴，春子捂着嘴跑着端饭去了。

饭端到堂屋里了，马刘氏还是觉着别扭，扭过脸来看春子。春子正拿着一块锅饼啃，嘴里塞满了还是啃，遮掩着半张脸，眼睛望的是灶间。

满秋倒有些喜欢分开了吃饭，当初，在二梭没打官兵没进兵营之前，饭一摆桌子上二梭就给他撂脸，他不明白二梭到底烦哪些，反正二梭看见他就立眉横眼的。他曾经想到过分家，春子也给他吹风，可是他的话还没说完，就被老爹的鞋底堵回去了。春子倒是跟婆婆说了，刚说完就看见婆婆马刘氏找针线筐子，摸到手里的是纳鞋底的大针，她又捂住嘴不说了。满秋再不敢提分家，二梭进了兵营也没必要再提分家，但是二梭现在又回来了，他佝偻着腰成了个废人，作为马家长子的满秋反倒更不好提了。满秋就明里暗里审量自己的兄弟，越审量越感到当了连长又变成伤兵的弟弟是个谜。还有那个黑豆。回家来的第二天晚上黑豆就来找过二梭，来找又不进院，黑豆是扒着墙头望二梭的，好像还挤了挤眼。二梭没去开门，也没挪动地方，二梭只把手中的拌草棍子在地上戳了三下，黑豆接着就把头缩回去了。满秋趁着天黑上茅厕，悄悄到二梭拿拌草棍戳地的地方摸了一下，摸到的是一个二指多深的凹窝。他惊诧着回屋，原本是要跟春子说这件事的，春子却嘻嘻地笑着说要去听房，满秋伸手把她抓住了。

春子还是嘻嘻地笑，见满秋一脸的疑惑她就不笑了，问满秋是不是也觉着二梭有些怪了。

春子说自己要去听房是假的，一男一女弄那事自己不听也知道。自己之所以要去听房，其实是想看看二梭睡觉脱不脱衣服，二梭如果是脱光了身子睡觉的，那他肚皮上的伤疤一看就能看出大小。要是圆圆的，像枣一样大，像杏核一样大，就是子弹钻了个眼，要是一拃长一筷子长，那就真是开膛破肚接肠子了。后来春子还说了一件奇怪事，说从没见兰兰做过红衣服，军营里也决不会发给红衣服，而自己又千真万确地看到了，二梭贴身穿着的是一件红色小兜肚。他还穿红兜肚，他是个孩子啊，兰兰没做过，他自个儿会做啊。满秋也听得一惊一乍的，说会不会是去年兰兰大肚子时娘给做的，又想想也不是，如果真是娘给要出生的孙子孙女准备的小衣服，二梭又怎么能穿得下。追着问春子是不是看走眼了，红色也许是血染的，肚皮炸烂了一定会流出许多血来，白褂子也能染成红的。春子就在满秋肚皮上拧，说："你傻啊，肚子都炸烂了，兜肚为啥还是新崭崭的？"

春子一直憋着疑惑，憋不住了就想套兰兰的话，还没等公公婆婆放筷子就急着收拾，想着趁洗碗刷锅时再绕圈子试探兰兰，或者干脆就跟兰兰要红布条。兰兰要说红布用完了，用得一根布条也没剩，那兜肚的事就不用再问了；如果兰兰说她从没扯过红布，那二梭身上的红兜肚一准是白面瓜死前留下的。二梭天明天黑地穿着，就是依旧忘不了白面瓜，而兰兰看见另一个女人做的贴身衣穿在自己男人身上，她还能显出笑模样，她还能爽快着应答房中话，那她不是真傻了，就是被眼前的二梭灌迷魂汤了。

春子还是没问成，因为婆婆马刘氏又催着兰兰去紫云寺了。

春子撇着嘴回到南屋里，看见满秋正闷着头编筐，她也蹲下来，咬死口地说这里边一定有弯弯。她说："你想吧满秋，你就照着鬼打墙想吧，你就是把头皮想成白面饼，你就是把头发想成焦麻花，你也想不明白。咱娘一次二番地带着兰兰去紫云寺，为啥啊？咱爹又把一家人分成两桌吃饭，为啥啊？"满秋抬起头来看她，说："你说为啥啊？"春子又呀呀地叫着，说："这还用说啊，这还用想啊，不说也明白，不想也明白。"

满秋斜吊着眼角望堂屋，说："你明白什么，我想听听。"

春子说："我明白这里边有弯弯。"

堂屋里的马步正端着一瓢牲口料喊满秋，要满秋到南洼里把落在地里的红薯叶子搂回来喂牲口。满秋应了一声放下筐，春子一把扯住他，说："听到了吧，爹这是变着法子支派你呢。红薯是年前霜降节刨的，别说地里没落下多少红薯叶子，就是有，经了一冬天的雪雨，搂回来牲口还能吃啊。那两个去了紫云寺，你又下南洼了，剩下我两只眼能看住家里的三个人啊，金猪个熊羔子又是个分不出远近的。"春子叽咕着冲满秋挤眼，听见公爹又说："春子你也去。"

满秋和春子来到地里的时候，马刘氏已带着兰兰进了紫云寺的山门。马笤子合着双手迎出来，口中还念叨着，说："施主又要上香吗？老僧一早就把香案擦明净了。"马刘氏欠欠身，想要还礼又上下地打量马笤子，说："了尘住持你还是把手放下吧，你一合起手来我就想起一了大师，你没一了大师合手合得好看，我还是喊你笤子兄弟吧，兰兰是该喊你叔的。"

马笤子嘿嘿地笑，说他自从做了住持之后，佛事礼度上还是下了功夫的。比如四月初八是佛祖诞辰，跪拜是要五体投地的，斋戒要提前一个月，中间实在饿得受不了时，也可以吃几口素饼青果之类的。沐浴是必不可少的，还要温了香汤，香汤里还要加柏枝，柏枝要从西向口的枝上折取，折取的时辰要在寅时未尽卯时未到之间。还要加马兰花，还要加松果，还要加鲜藕芽，鲜藕芽须是刚冒出水面的。又说沐浴就是净身，是要全身上下一尘不染的，有一星星点点的干皮毛发也要清除掉。兰兰就红了脸，也忘了还礼了，也忘了怎么称呼了，半边身子隐在婆婆身后，头是深深地低垂着。

侯月娥哈哈笑着从灶间里走出来，过来扯住兰兰的手，脸却是冲着马刘氏的。她说："婶子你快把耳朵眼堵上吧，堵不严拿棉绒塞住最好，堵住了堵严了你就听不见笤子叔说胡话了。你要信了他说的，你就会真拿他当个住持，你就会真信他已经是住持了。当初，一了大师看见得田他爹就念了四句话，念过了麻五就信了，信了就把那个飞蛾和我这个月娥连在了一起，连在一起就成了得田他爹。"侯月娥说完又面向马笤子，说："笤子叔，你会念吗？你念几句兰兰的，一了大师念的是四句，你念三句也行。你连个香案也不会擦，你只会贴死面锅饼，香案明净了也是我擦的。"

马笤子依旧嘿嘿地笑，引导着把马刘氏和兰兰领到禅房里。

马刘氏从包袱里捧出香来，看马笤子点燃了，便跪下磕了三个头，磕过了又让兰兰磕，兰兰跪下不起来。马刘氏就朝马笤子使眼色，意思是要马笤子闪开身的，马笤子刚要说佛门里没有男女之别，看见侯月娥拿手向门外指，马刘氏也拿手向门外指，马笸子笑着出了禅房。兰兰还是不起来，侯月娥又望马刘氏，马刘氏站起来，口中说着"了尘住持我有话问你呀"，脚下还没动步，头已经探出了禅房。

马刘氏先是向马笸子道谢，说她已经听兰兰说过了，红兜肚原本是他月娥婶子做给笸子叔穿的，笸子叔舍不得穿又送给了二梭，二梭真个是好命的，里里外外都有人惦念着。又说她是怎么想也想不明白，明明是笸子叔送给他的小衣服，他怎么愿意穿戴啊，明明是兰兰拿污血描画了，他怎么不嫌弃洁净不洁净啊。还有，穿戴上了就不下身，连兰兰也是摸不得碰不得的，要看一眼也得是偷偷的。马刘氏说："笸子兄弟，你到底使了什么法术啊，我要说你这个住持是胡乱当的，那这法术呢，又是百般灵验，是不是一了大师暗地里传给你的？"马笸子只是含糊不清地支吾，见马刘氏追着问为什么，就又把手合起来念，念的是《金刚经》发愿文：稽首三界尊，皈依十方佛。我今发宏愿，持此金刚经。念过了问马刘氏听明白了没有，马刘氏摇摇头。马笸子说："那我再念一句如是我闻。"马刘氏不摇头了，她伸了头盯着望马笸子的脸，说："我是问你法术如何灵验的，你这一会儿先别念，你只给嫂子说实话。"

马笸子又说："如是我闻，施主是要听我讲吗？"

禅房里忽然传出侯月娥的笑声，马笸子也笑了，说："如是我闻就是一了大师暗地里传给我的，还说禅房里有人笑也是如是我闻。"末了又喊嫂子，说她不明白时就念如是我闻吧。他忽然打个激灵，又说："秘中不密，兵家大忌。"

马笸子打激灵的时候，春子已从自家院墙外边跑开了，她大跑着回到南大洼里，口中急急切切地喊着满秋。满秋举起笸子要拍春子，说一会儿拉屎一会儿尿尿，从来到地里她就几乎没动过笸子。又说春子天生是个不稳窝的，不会稳窝就该托生个兔子啊。满秋说："赶明天我就往你裤裆里挂一个屎尿袋子，你拉着尿着也得干活。"春子扑上来抱住满秋，先是吱吱哇哇地笑，笑着笑着又把脸噙了，还神神怪怪地弄出惊诧样。满秋晃荡着要把她甩开，春子却哇的一声哭了，脸煞白煞白的，没个真色。

满秋说："你想挨揍了是吧？"

春子说："满秋，金猪他爹，咱们家里出鬼了。二梭是个魂附体的，马家的真二梭一准是死了！"

满秋又说:"你真想挨揍了是吧,再胡说八道我真揍你!"

春子不哭了,春子就说她装作拉屎尿尿其实是跑回家去了,跑回家是要看看爹会不会跟二梭说私己话,还要看看家里人少时二梭会是什么样的。她是扒着墙头往院里望的,扒的是东南角,东南角有一棵皂角树遮掩着,里边的人看不见外边的人。春子说第一次回去看见爹还在牲口棚里,还是抱着个草筛子,二梭还是在地上画圈圈,二梭还让金猪在圈圈里摆上碎瓦片烂砖头。二梭拿着个拌草棍子这里戳戳那里画画,还让金猪趴到地上学狗爬,金猪的脚蹬着碎瓦片烂砖头了,二梭就用拌草棍子揍金猪。春子说:"这一次我是真真地看清了,就跟照镜子一样,就跟水盆里看碗筷一样。他爹,满秋,我看见二梭的肚皮了,二梭肚皮上连蚊子咬的疤痕也没有!"

满秋一屁股蹲到地上,说:"你从哪里看见的,你摸他的肚子了,他肚皮上穿戴着红兜肚呢,有疤痕你也看见啊?"

春子又紧着说第二次回去,二梭正好去了茅厕,她是在茅厕里看到的,隔着树枝子也看得一清二楚。春子说:"二梭是掐准了金猪不敢跟着进茅厕,爹在牲口棚里抱草筛子也不会过去看儿子屙尿。我清楚地看见二梭是两只手提的裤子,提裤子时二梭还撩起红兜肚抖擞几片碎树叶,二梭要不撩起红兜肚抖擞碎树叶,离得再近我也看不见。怎么办啊满秋,家里来了个鬼附体的假二梭,他会不会把咱金猪的魂也安到别人身上啊?"

满秋把搂成堆的红薯叶子又踢散了,说:"不搂了,回家!"

一直到进了马家胡同,马刘氏还在念叨着马箉子的好处,说:"虽然是多年在外边游荡的,到底是一疙瘩马家枝蔓上结出来的,能把侯月娥给他的红兜肚送给二梭,心里没个亲近味,怕是夺也夺不过来的。"接着又偏转了头看兰兰,说兰兰在禅房那么长时间,侯月娥一准跟兰兰说了小男女被窝里的事,一准说了光是在一头睡也怀不上孩子,一准说了光是搂着抱着也怀不上孩子。如果说的都是笑话,侯月娥一准会笑出声的,兰兰一准是偷着笑的,兰兰出了紫云寺山门脸上还红红的,不想不猜也知道说了什么。马刘氏说:"兰兰啊,你是马家的好儿媳,你得跟娘说实话。你们都说了哪些,我也想听听?"兰兰扑哧笑了,说:"娘,您看大哥大嫂,您看他们走路就像比着跑似的。"

满秋跑着挥舞箉子,嘴里还啊啊地叫着。

春子远远地喊,喊的是:"娘,兰兰,千万别进家啊!"

第七章

　　侯家老宅里已经为三月三上巳节祭祖做准备了，先是侯登科催着两个兄弟到家庙里净案拂尘，接着又埋怨老三不该洗刷铜香炉，洗刷了也不该搁到厦棚顶上晾晒。晾晒了一天没有了，十有八九是老三侯登銮偷着当废铜卖了。卖的钱呢，为什么不三一三剩一分了，不分就不分吧，为什么不说一句欠我们的。接着又说老二侯登榜也是个不上心的，老宅里的先祖是三家的，要敬就得三兄弟合着心敬，光是想着过自家的日子，光是闷着头想自家的事，三个人的心怎么合一起啊。侯登銮望着窗棂上的麻雀，探着身子要去抓，侯登榜冲着侯登科翻白眼，说："这几天光是听你瞎念叨，就是不见你干一件活。该干啥活干啊，该怎么办列章程啊，说一大车废话还是得动手操办啊。"侯登銮也紧着接一句："哎，对喽，二哥这话说得明白。"

　　侯登科斜着眼角瞪了侯登銮一眼，堵到嘴边的话是"老三你就会说风凉话，老二话说得明白，我说得不明白啊"。话涌上来又咽下去，强忍着不悦，先说了祭祖不可儿戏，需要购置采办的一大堆，哪一件都是不可少的。比如蜡烛要买，家里过年剩下的红蜡烛不能用。火纸必须用黄表纸，黄表纸还要叠成元宝，还要叠成金碗，还要搭配着叠一些零碎的金锞子银锞子，先祖要买零碎东西时花着方便。另外还有香火，还有驱邪马子，拂尘也要换成新的。又说最紧要的是三牲，祭祖没有三牲不行，尤其是像侯家老宅这样的大户人家。鸡鱼羊是三牲，去掉鸡换成猪头也是三牲，总之，素供是绝不能上香案的。

　　说完了望老二老三，望着又坐下了，抽出烟袋包装烟，一捏一捏地装了又装。

　　侯登榜又把眼瞪大了，推开椅子站起来要走。侯登銮在他手上掐一下，说："二哥就是性子急，一说有活要干就坐不住，不就是擦拭香案吗，那我得去拿扫帚啊。大哥要去镇上置办，肯定一应俱全，咱们想不到的，大哥也能想到，大哥把里里外外都想到了，精精细细都是做了精细安排的。家里这活那活的，咱们两个也要勤快点，再让大哥费心熬神就说不过去了。"他调着身子又转向侯登科，说："镇上不一定置办得全，大哥你还是再去县城吧，县城里文的武的都有。是吧，大哥？"

侯登科可着嗓子吼，说："老三你这是什么话。镇上不一定置办得全，镇上什么物件没有啊，吃的用的摆的烧的，往年祭祖哪一样不是在镇上买的。还再去县城吧，还县城里文的武的都有，我什么时候去县城了。又不是办军需，又不是打官司，我要文的武的干什么。老三你得给我说清楚！"

侯登銮又把二哥侯登榜拉住，说："二哥你看看，大哥现在是不是变成大元帅了，咱们要当个先锋官也当不成了。我说文的武的怎么了，祭祖不烧纸钱啊，纸钱不是个文啊。祭祖不放炮仗啊，炮仗不是个武啊。是吧，二哥？"

侯登科从屋子里追出来，说："你话里不是这个意思。"

侯登銮又挠着头皮想，想着说："噢，明白了，你是说再进城那一句是吧，你已经一年多没进城了是吧，那就不是再进城了。二哥，我这样说没错吧？"

侯登榜甩着袖子要摆掉老三侯登銮的手，也不看老大侯登科的脸，赌气似的走着说："你别问我，我不知道你们两个呛呛的啥，这都哪儿是哪儿啊！"

侯登科噗噗地吐着嘴里的烟油，斜着眼角专瞟老三侯登銮的眉眼神态，忽然讪讪地转了话头，说："老三快成精了，成了精接着就该成仙了，成了仙接着就该成神了。"侯登科说："不就是置办得花钱吗，不就是我先把钱垫上过后就没有了吗，不就是谁张罗谁吃亏吗。没有眼子不养君子，没有上当的就没有沾光的，那好，这个眼子我当了，这个亏我吃了。话说了，身子却又向家庙门里挪动，还是坐在那里摆弄烟袋。"

侯登銮紧走几步追上了二哥侯登榜，说："二哥你把我的好心当成驴肝肺了，我是向着你说的话，你却不接我的话头。"

侯登榜站住不走了，盯着问老三侯登銮是怎么向的自己："说的是帮着拉车，说的是帮着占摊抢位。帮了吗？一出村子就把绳子甩车上了，说个拉屎就没影了。你拉屎拉一天啊，你不想帮忙，你在家里装那个样子干什么？"侯登銮前后看看，又推着老二侯登榜走到墙角拐弯处，说："二哥你不张嘴我也知道你想说什么，你想说的那些都是无关紧要的，有一桩紧要的你却想也没想。我的糊涂二哥啊，文的武的都跟你有关系啊！"侯登榜说："我不想听你说话。大猴子是一肚子歪歪点，你是歪歪点一肚子，谁也别说谁。"

侯登銮红着脸要分辩，脸上还浸出汗来，说："二哥，我的话就是向着你说的，你只说想听不想听吧？"

侯登榜说："我想听，你说吧。"

侯登銮张开的嘴又合上了,拿手在两个腮上又抓又挠,那些话全在舌尖上翻滚着,只要舌头一动就能吐出一大串,哪一句都够倔脾气二哥扒坑撞墙的。但他还是憋住了,转而又说起了祭祖的事:"这也该办,那也该办,说的都是皮毛事,连小孩子也会办的。办几桌酒席他说了吗?没有吧。哪家亲戚参加他说了吗?没有吧。下帖下到哪个辈分他说了吗?没有吧。老亲少亲咱老宅里得有几家吧,人家来怎么来,是拿钱抓供啊还是买了肉菜办供?这些都该说吧,他为什么一句不提。远路的不说,脚跟前的兰兰该来吧,女婿二梭该来吧,他说一个字了吗?他提也没提吧。"侯登銮说:"噢,对了,昨天他还跟我说,上巳节祭祖那天让兰兰先过来。为什么让兰兰先过来,为什么不让小两口儿一块来?两口子一个先来的,一个后到的,这都是什么意思啊,我的糊涂二哥?"

侯登榜愤愤地望着老三侯登銮,说:"他真这样说过啊,我怎么不知道,不行,我得问问他去。"身子还没转过去忽然又不动了,心里的火气又翻上来,先是恨大哥侯登科,接着又恨眼前的老三侯登銮。二梭已经回来几天了,兰兰鼓了几个月的肚子,到最后是个血葫芦疙瘩,老马家的人一句埋怨的话没说,二梭回来一句埋怨的话也没说。二梭也不跟兰兰撂脸子了,兰兰脸上也有笑模样了,娘家人送几尺红布驱驱秽迎迎喜不正是时候啊,当大爷的不说话,当叔叔的也不说话,凑个份子钱真跟肋骨上割肉一样吗?心里恨着,于是又说:"这个帖他爱下不下,兰兰还得和二梭一块儿来。一个女婿半个儿,大不了我们自家做饭吃,大不了三牲供礼我们一筷子不动。"

侯登銮又扑上来抱住了二哥侯登榜,说:"听我一句话二哥,兰兰要来就来,你千万千万别让二梭来!"

侯登榜掰开老三侯登銮的手,拧着脖子走回西跨院,说:"真是邪门了,我自家的女婿,我为什么不能让他来,你们还能有一丁点儿正经心眼吗?"

侯登銮怔怔呆呆地望着二哥侯登榜的背影,心里七上八下的,不着稳,见侯杨氏向他打手势,要跟二哥挑明的话再一次压了下去。于是故意用了高声呵斥侯杨氏,说:"看不见我们正忙吗?看不见大哥正在周密安排吗?祭祖那天,兰兰是自己先来,还是跟二梭手拉手地一块来,哪一件不让大哥费心熬神?费心熬神是为老宅祭祖祈福过平安日子的,难道你一点儿也看不出来?看出来了还喊我,你该不是要等着看热闹景吧?"嚷嚷着走进自家院子,还在侯杨氏头上拍了一下,侯杨氏糊涂着嘟囔,说:"你抽的是西北风啊还是东南风,你那是号号的啥啊?我也想号号,我号号了给谁听啊,家里有人吗?"

原来侯杨氏是埋怨父女二人的,说好了要把擦出来的萝卜丝摊到房顶上晾晒的,一眨眼又找不到多多了。多多跑哪去了不知道,什么时候回来不知道,擦出来的萝卜丝再让它捂了烂了。还有,给儿子得才的套袜是做好了,最好再做一双洋布单袜,祭祖那天来了一块儿给他,让儿子晴天雨天替换着穿。要做单袜得沿包边,谁去镇上买蓝绒布啊。侯杨氏说:"我是你们侯家的使唤丫头啊,样样都得我一个人?多多你不管了是吧,你不管我也不要了。"

侯登銮说:"你是说多多又串门子去了?"

侯杨氏说:"我只说又找不到多多了。"

侯登銮说:"你刚才说还要给得才做一双洋布单袜是吧?别做了,得才不回来了。"

侯杨氏又糊涂了,追着问得才为什么不回来,侯家老宅里难道就一个得章是有头脸的啊,怎么得才就不能人前走动啊,得才是缺胳膊了还是少腿了。侯登銮紧着捂住她的嘴,压着声儿要侯杨氏去马家,看看兰兰那里有没有多多,说着还不住地眨巴眼。

多多没去兰兰那里,她去的是马照本家,先看到的是香芝,旁边站着的豌豆拿手捂着脸。香芝眼里流出泪来,说是黑豆的腿又化脓了,刚刚长连缝的骨头茬子又错开了,想起来都怪自己见识短浅。多多惊着问怎么回事,立冬抢过话头,说姐姐老是点拨着黑豆进城要伤残金,黑豆拿不定主意找二梭商量,二梭说了一句伤是日本人打的,想要得找日本人。黑豆迈马家门槛时摔倒了,回来就站不起来了,腿肿得一摁一个坑。多多又问二梭怎么样,他肚里会不会也流脓啊,拉着立冬走到一边,问金疮药管不管用,要管用她大爷家就有。立冬立刻露出惊喜的表情,说真是巧,哪怕抹一次也比干熬着强,真要进城去买还真得花不少钱,要花钱也不一定买得到。

多多让他们等着,出了门一溜小跑。香芝问立冬自己装得像不像,豌豆悄悄地跟到门口张望,回来说:"她真信了。"香芝又拿眼角瞟弟弟,说:"立冬你可别当真啊,别忘了这是二梭哥教的,真要娶多多当媳妇,光一个侯登銮就能使死你,咱爹也别想当爹了。"立冬就龇牙咧嘴的,说:"你呢你呢,你跟黑豆算怎么回事,一个黄花大闺女说喜欢上瘸子伤兵了,有几个人会信啊。"香芝红了脸要打弟弟,豌豆拿手拦住,说:"管他们信不信呢,咱就当真的装样。"香芝也正了面色,说:"不这样就引不出多多,没有多多这个话筒子,谁能知道老宅里边的动静。记着,待会儿多多来了,咱们还得是当真的装样。"

多多是跑着回家的,侯登銮一把抓住她,虎着脸问她是不是又去了马照本家。多多急着分辩,说:"爹您别骂我,我要金疮药,黑豆的腿又化脓了,站也不会站了。二梭的肚子也化脓了,污血哗哗地淌了一床,兰兰姐哭得嗓子都哑了。"侯登銮哼哼着冷笑,先说了一句是吗,又说腿化脓好啊,肚子烂了好啊,接着就催多多去东跨院找大爷侯登科要。侯杨氏从马家回来,迎着声儿骂多多:"小死妮子你是瞎话连篇啊!谁肚子烂了,谁污血哗哗的,我刚去了怎么没看到?"

侯登銮扯着侯杨氏的胳膊往屋里拽,说:"闭上嘴,装傻。"

吃晚饭时,侯登銮端着碗去了东跨院,先哼哧着鼻子闻桌子上的菜碟子,大碟子里是用鸡蛋炒的腌香椿,另外还有一小碟油煎腐乳,一小碟拌了葱花姜丝的冬瓜酱。他抢过侯登科的筷子,三个碟里各尝了一遍,一连声地夸大哥会享受,夸大嫂会搭配饭菜。又说自己是吃糠嚼草的命,侯杨氏腌的咸菜比盐都咸,新鲜鲜的香椿芽她也能腌成臭的。侯登科翻着白眼斜视侯登銮,说:"老三你还有脸吃我的菜,一个白天你快把我呛死了。"侯登銮不搭他的话茬,只顾问晚上还要不要到家庙里商量事,说好多事白天都没说清。侯登科没等他的话落地,立刻打起哈欠,说:"有事明天再说,再过一天就是上巳节了,今天都早睡。"

侯登銮回到家里就吹了灯,吩咐侯杨氏和多多回屋睡觉,自己悄悄把临街大门关了,又在门洞里摆了一个灰盆子,还在灰盆子里装了一铲子鸡屎,然后趴到窗口上往院子里张望。约莫过了半个时辰,侯登科轻着脚步走向大门口,门洞里先是响起脚踏灰盆子的咔嚓声,接着就是一声儿闷着嗓子的骂。随着大门启合,踢踏踢踏的脚步声渐渐向村口延伸,黑夜随之吞没了全部的期盼、不安与躁动。

侯登銮摸着黑躺下,自语说:"知道你得进城传讯去。传去吧,两个人都流脓了,两个人都站不起来了,要死的要活的一堵一个准。哼,他还真信了!"

就在这天晚上,黑豆从马家东北角翻过院墙,猫一样跳进院内,接着就被一只手拉到了葫芦架下。

黑豆叫了一声连长，马二梭摆手制止了他，催着他快说发展立冬、豌豆的情况。黑豆是从香芝自己放口风那个茬口上说的，说香芝从知道了那个意思之后，便生着法子跟多多拉扯上了，她还让弟弟立冬跟多多套近乎，多多一下子就喜欢上了立冬。黑豆说："从那以后，多多有事没事就往香芝家跑，你想问个什么话，一问她就说，有时候不问她也说。你那天跟她说我看上香芝了，她立马就跑到香芝家，说得比你编得还圆乎，香芝又把话传给我，我一听就知道这事牢靠了。"黑豆最后说的是今天下午的事，说下午香芝、立冬还有豌豆，她们三个又合着伙演了一出好戏，香芝还用辣椒面面抹出了眼泪，豌豆还拿两只手捂住脸，剩下一个立冬就当真的编。

黑豆说："马连长，该做的咱们都做了，你说那两个贼羔子会信吗？"

马二梭把手搭到黑豆肩上使劲抓了一把，说："多多说过了，三月三上巳节他们回来祭祖，多多这话应该准。"

黑豆激动着晃了晃肩膀，说："就让他们再多活一天一夜吧！"

马二梭又问豌豆的胆量大不大，还问立冬的嘴巴紧不紧，说："老宅的得印也算一个。我还想把金猪也摔打出来，熊孩子野性不小。"

黑豆惊诧着摇头，连声说金猪太小了，这件事他上不去手。马二梭在黑暗中盯着黑豆的脸，说自己已经想好了，除掉两个见死不救又暗通了日本人的贼羔子之后，他要马上进城，他要从没打一枪的两个营里挑选一批弟兄。一个营里拉出一连人也算，拉出一排人也算，哪怕只有一个人愿意舍命打小日本的。一旦把人拉出来，立马就去西边的叫驴山，亮起大旗与日本人干，反正独立营的兄弟不能白死。如果暂时拉不起队伍，那就先弄暗的，反正是不能空等着。二梭说："摔打金猪是为了以后，还有立冬和豌豆，如果有可能的话，最好把得印也算上，得印跟那两个货不是一路人。这件事不一定让他们上手，先发展起来是为了以后当铁当钢使用的，况且得印也是个有种的。"黑豆能感觉到二梭的眼睛是红的，就像被风吹燃了的炭火苗，不冒火星也在燃烧着。他扑上去抱住了二梭，抽泣着说："我明白了连长，运河独立营的弟兄不能白死，咱们也不能白活，我以后再也不先想着当排长了。"

两个人最后商定，不在半路上设伏，也不在村口设伏，地点就选在侯家老宅的门口。三月三那天，侯得章一定会坐车来，得才一定会在车上，就在他们准备下车时，豌豆就把他家的歪脖子驴混在立冬家的羊群里。羊群看见人多就得起哄惊群，羊一起哄惊群就得乱冲乱钻，那一会儿就是开火的最佳时机。

黑豆临走时还抓住二梭的手在自己胸口上擂了一拳，弓着身子钻出葫芦架，接着又越过墙去。二梭出了葫芦架先去的是茅厕，走到茅厕拐角处他就呆住了，口中含糊不清地叫了一声爹。

马步正喊了一声儿子嗓子就哽咽了，他说："二梭啊，我想哭。"

马步正没哭，他是拿烟袋锅捣着二梭的腿坐下的，二梭又要喊爹他制止了。马步正说："你什么话也别说，你说了我也不听，听了我也不信。你以为我是老糊涂了是吧？你以为编个肠子断我就信了是吧？你以为躬着腰伸着头就能蒙住我是吧？我不是瞎子，我不是木头疙瘩。我有数，我心里什么数都有，我不说出来是因为你跟兰兰有疼热有话说了。除了你娘是个真傻的，除了兰兰是个半傻的，马家还有几个真傻子。满秋真傻吗？春子真傻吗？春子要真傻会扒着墙头望吗？金猪是个吃屎的孩子，他傻不傻不算数，就这一个不算数的，你还打着他的主意。你整天让他又钻又爬的那是弄什么，你整天拿着个狗日的拌草棍子戳弄的什么，你一戳一个窝哪来的狠劲。"

又说自从二梭跟金猪讲人肠子上的油是黄的那天起，他就没睡过一个整觉，他天天抱着草筛子打盹，越打盹心里越跟明镜似的。不就是想着除掉老宅里那两个小贼羔子吗？不就是记恨日本人偷袭独立营时他们见死不救吗？不就是想着为死去的几百弟兄报仇吗？不就是想着趁他们回家来祭祖时动手吗？可是二梭为什么不想想兰兰跟那两个人是什么关系。她们是堂兄妹啊，除掉他们，兰兰会哈哈笑吗？还有老宅里那哥三个怎么办，也要除掉吗？马步正说："你是入了兵营的人，你还当过连长，马家已经不是你的家了，你钻天入地我也不管了，我只求你一件事，你答应了咱们就两清了。一个是放了金猪，一个是和兰兰生个儿子，你反正得给老马家留下一个种。"

二梭又喊了一声爹。

马步正说："你先别喊爹，你只说答应不答应吧。"

二梭说："我答应。"

马步正又问："答应哪一件？"

马二梭吼着转了身，说："我要拉屎！"

第八章

　　三月三这天早晨，侯家老宅赶在卯时一刻放了一挂九百九十个头的文武鞭。文武鞭先在大门口被点燃了，一直响到十字街口奶奶庙，然后再顺着大街响到东街口。三月初的卯时一刻，太阳似出未出，身子隐在一道红霞里，只把小半个头脸伸出来。随着炮仗炸响，东天边一纵一跃，金灿灿的大太阳升起来了。老宅里要的就是那个升腾，要的就是那一道霞光的气派，要的就是天地相交相合的那个时辰。天气是接着地气的，地气是连着人气的，有先祖护佑着，侯得章能升，侯得才也能升。得章现在是团长，再往上是旅长，升到师长位上，先停下来缓缓劲也行。接着就是侯得才了，得才现在也是连长了，过了营长就是团长，往后顺着得章的梯子脚赶脚就行了，晚也晚不了几年。侯登科拿着炮仗先找的是老三侯登銮，说："放时辰炮仗你不会躲闪吧，得才还要不要接着升，你要再说让我找老二放，我就说你心里藏着鬼。"侯登銮拉了文武鞭自言自语，说："傻熊羔子得才你找理由了吗？找个理由不回来难不住你吧？"

　　紫云寨的人都听到侯家老宅放文武鞭了。文武鞭里有在地上响的，有升到空中响的，贴着地皮响的是文响，升到空中再炸响的是武响。响声传到紫云寺，侯月娥挺着肚子关了山门，先问马箢子是不是记月份了，说自己肚子里的孩子这几天老是踢蹬腿。马箢子嘿嘿地笑，笑着说自己那时候是想也不敢想的，皈依了佛门就是佛家人，佛家人是讲究五忌八戒的。又说色就是空，空就是色，男女之事断不可有。他还记得当初是发过誓愿的，一了大师还叹了口气，说："我是被你们气死的，女缠缠又来了，看你如何屏障把持。"女缠缠是侯月娥，侯月娥天天往紫云寺跑，来了就在禅房里点燃炉火，还在砂锅里炖鸡，还在鸡汤里放了雄黄，还有韭根，还有巴戟、枸杞。这一样那一样都是起阳催发之物，任是怎样的定性也把持不住的，况且一了大师并没传给他怎样把持。侯月娥还扑到床上掀他的被窝，他就更把持不住了，念着如是我闻不行，再念色就是空还是不行，月份上就忘了记了。马箢子说完这一节，又说："我这一会儿不想了，我想也想不起来，我只记得你脱光衣服时是早晨，应该是寅时已过卯时未尽。"突然又故作乖张，说："莫不是要跟老宅里祭祖赶在一起吧，赶上了咱们就变成侯家老宅的先人了，一个侯家的人都得给咱们的孩子磕头作揖！"

侯月娥追着要打马范子，嘴里连吐了几口，吐过了又显出惊惶，还探着身子向村子里张望，还发着颤声说："你是说二梭他们两个要赶的就是这个茬口？能行吗，那两个贼羔子会不会把一团人都带来？"

马范子回到禅房要开藏经箱子，说是要找一了大师讲过的《华严经》，见侯月娥又要拿拂尘苗子抽他，就又把箱子合上了。他说："找出来念念是为二梭他们施功课的，以少胜多要的是奇兵笨出，要的是反反得正，要的是火中取栗。当然，最好是全身而退，最好是一枪毙命，最好是一役功成。你听到老宅里放文武鞭了是吧，那就是快了！"

侯家老宅里的文武鞭一响，马步正就催着马刘氏起床穿衣，马刘氏打着呵欠揉眼，埋怨老头子是个专会折腾人的，也是个听风就是雨的。自己一夜一夜地不睡觉，瞪着眼珠子，支着耳郭子，说是吃斋打坐的又不像。马刘氏说："人家祭祖咱们慌慌的啥，人家放的是开门响，又没到上香磕头的时候，上香磕头赶的是午时。老宅里是让兰兰先去的，兰兰先起来梳洗，二梭就不能多睡一会啊，总不能侯家祭祖，马家也跟着起五更吧。"马步正不再搭理马刘氏，下了床悄悄地开门关门，见封堵院门的捶布石还抵在门上，他长出了一口气，转身又进了牲口棚。抵住院门的捶布石是他临睡觉前抱过去的，他还在捶布石上放了一碗水，那一会儿他累得气喘吁吁，但他最终还是打消了要大儿子插手的念头，他甚至也不想让老伴马刘氏看见。进了牲口棚，又照样抱起草筛子，又照样隔着门缝瞅小东屋，又照样一动不动。

东屋门开了，先出来的是兰兰，兰兰到粪堆上倒尿盆，接着又去了茅厕。马步正低下头扭转了视线，两只手挑拣着没铡碎的粗草梗，牛调过腚来拉屎，屎溅到马步正身上，他还是低着头不动。

兰兰从茅厕里出来洗手洗脸，二梭跟着去了茅厕，马步正拿手在脸上抹一下，不眨眼地盯着茅厕口。二梭从茅厕里出来又回了小东屋，他连东天边的太阳也没望一眼，他连院门也没望一眼，躬着腰伸着头，仿佛他不是马家人。马步正心里恨着，眼睛里却闪烁着一股狡黠的光泽，但二梭连院门上抵着的捶布石也不望一眼，这又使他感到分外诧异。

马家要做早饭了，兰兰进了灶间，春子也起来了，见了兰兰就说是老宅里放文武鞭把她惊醒的，惊醒了就再也睡不着，越想越觉着还是当个大宅门的人气派，一挂文武鞭能让全村人睡不成囫囵觉。见兰兰脸上是带着笑的，于是又凑近了跟兰兰打哈哈，叽咕着让兰兰给她带一条鸡腿带回来，带一条炸鱼也行，带一条猪舌头也行。如果买的是公羊，带一嘟噜蛋丸子就更好了。说着又笑，笑着凑近兰兰耳根，说羊蛋丸子还是让他二叔吃吧，他二叔吃了腰劲大。兰兰呀呀地叫，说他腰劲再大也得缓着气来啊，再有腰劲也不能天天弄那事啊。这回又轮到春子呀呀地叫了，看着兰兰脸也不曾红，手里依旧麻利地切着面叶子，她自己倒先红脸了。

　　马家人吃饭的时候二梭果然还睡着，马刘氏让兰兰去催二梭起来吃饭，马步正拿筷子敲打马刘氏的碗。春子斜着眼角瞅公爹的脸，还冲满秋挤了挤眼，满秋埋着头拨拉碗里的面叶，嘴里还吧嗒吧嗒地发出响声。春子又用脚踢儿子，说："别让你二婶跑来跑去的呀，金猪你去喊，就说要走亲戚了，你去喊他一准起来。"金猪说："二叔又没有急紧事要做，侯家也没说二叔跟二婶一块儿去，那边要上了香再去也不晚。"马步正惊愕着听金猪说话，又虎着脸望春子，春子再不敢多言语了。

　　盆里的面叶子差不多快要晾凉的时候，二梭起来吃饭，一碗面叶喝下又回了东屋，嘴里含糊不清地说了句还是困，进屋就把门关上了，还把门关得死死的，还在里边上了插。一直到马刘氏拿着火纸跟马步正要礼钱，一直到兰兰回了娘家，小东屋门都是关着的。也就是说，马家的断肠子连长今天一点儿精神头也没有，如果说他身上还有哪些异常的话，那就是他不在院子里像游狗一样转来转去了，而金猪居然也安静了许多。

　　马家要给牲口铡草了，满秋先扫了院子，又把铡刀搬出来，马步正指点着让满秋把铡刀摆到棠梨树下。棠梨树正对着小东屋的屋门，满秋半侧着身子，先瞅瞅老爹的脸色，又瞟一眼东屋门，他好像还笑了笑，他还冲春子咧了咧嘴。金猪也过来帮忙，金猪拿着二齿钢叉从草垛上取干草，还把草垛拨弄得呼啦呼啦响，马步正则半蹲着往铡口里续草。

　　马步正说："金猪，不跟你那个肠子上长黄油的二叔转悠，你心里慌慌吗？"

　　金猪说："不慌慌。"

　　马步正又说："你二叔今天为什么不转悠了？"

　　金猪说："二叔一准是累了，二叔一准是想睡一大天。"

　　马步正抬起头来看金猪的脸，看着说："不弄点儿动静他能睡得着啊？"

金猪说:"二叔不想弄动静,二叔只想安稳着养伤。"

满秋冲着老爹翻白眼,他不明白爹为什么要跟金猪说那么多废话,要想从金猪嘴里套话,只问一句紧要的就行了。于是说:"金猪我问你,你二叔跟你说没说过他的肠子什么时候断的?"

金猪说:"说过。"

满秋说:"哪天?"

金猪说:"断的那天。"

满秋要打儿子,春子咯咯地笑着从街上回来,一连声地说街上热闹得很,还说一街筒子都是人。侯家老宅里还在门口洒了水,还在门垛上插了柏枝,还在门脸上挂了一个九斤的升,升上拴着一条新崭崭的黄绸子。老宅里飘出香味了,一闻就能闻出香味不一样,冲鼻子的香一准是煮的猪头,腥腥的香一准是炸鱼,喷喷香的一准是炖鸡。还有药料味。药料里一准有大茴香,还得有豆蔻,还得有肉桂,还得有良姜。里边已经把三牲上锅了,就等着团长孙子连长孙子回来了,人齐了就该上香烧马子了。说着又往堂屋里探头找马刘氏,说:"娘,娘,您不去看热闹啊,您不去闻香味啊?"

马刘氏从堂屋里走出来,说:"我没你狗鼻子灵巧,你去闻吧。快喊二梭起来呀,洗把脸该去了。"

春子刚走到棠梨树下就被马步正拦住了,她站在那里望望东屋门又望望堂屋门,移移挪挪地不敢动。马步正拿鼻子哼哼着,说:"兰兰是孙女,孙女嫁了人就是外戚。老宅里又没登门下帖,孙女女婿去也可不去也可,那边不来催就不用去了。"

金猪接着爷爷的话头,说:"就是,我要是二叔我也不去。"

马刘氏听得糊涂,走到跟前问马步正,明明说好了二梭是随后就去的,明明是答应了兰兰先过去,怎么又变成可去可不去了。马刘氏说:"你这是哪根筋又拧住了?"

马步正闷着声答一句:"眼珠子筋!"

村口响起喇叭声,春子忽地转了身,说:"来了来了,一准是孙子团长带着孙子连长回来祭祖了,一准坐的是汽车,一准得拉着大食盒。"跑到门口又喊马刘氏,春子说:"娘,娘,您不去我去了!"

村口的喇叭声是一直响着进村的,响到侯家老宅门口不响了,接着是呜呜哇哇的驴叫,接着是乱哄哄的羊叫,接着是清脆的枪声,再接着就是侯登科的哀号，再接着就是侯登銮的哀号。侯登科号号的是："得章我的儿啊，怎么会是你先死啊！"侯登銮是跟在后边的，说："熊瞎子的爹是笨死的，不让你回来你偏回来，你是显摆死的。找个理由不回来也找不到吗？非要回来送死？"

金猪怪叫着冲出院子，手里的钢叉还在头顶上高举着。

春子是跌撞着跑回家的，先跑到堂屋门口，折个身又跑到棠梨树下，大瞪着两眼，怔怔地望着公爹，说："爹，咱家二梭杀人了，杀的是得章，还有得才！"

马步正嗷的一声跳起来，跳起来扑到东屋门上。

满秋照着春子腿上踢一脚，说："屋里的根本没出来，他睡着觉杀人啊？"

东屋门果然是在里边插着的，马步正推不开又喊满秋，满秋后退了几步又往前跑，跑着跺了一脚。东屋门开了，床上没有人，床头柜下边透出光来，明亮亮的是个墙洞，墙洞上还有手扒着脚蹬着的印痕，一堆鲜土摊在床底下。马步正蹲下来打自己的脸，打着说："天底下还有比我再加提防的吗？天底下还有比我再怕他惹事的吗？天底下还有比我再知道他根本就没断肠子的吗？天底下还有比我再明白他装成伤残样是为了报仇杀人的吗？我天天抱着个草筛子，我一夜夜地不睡觉，可我天天抱着个草筛子也没看住他，我一夜夜地不睡觉也没看住他，我堵着东屋门铡草也没看住他，我是该死了。满秋，我不想活了，你拿铡刀把我的头剁了吧。"

春子又要往外跑，马刘氏拽住她，一声连一声地问："二梭在哪里？二梭杀人了，人家杀他了吗？到底谁先杀的谁？"推开春子又要马步正去抢人，说："你们大眼瞪小眼的这是不想要二梭了是吧，你们不要我要。二梭要是也死了，一家死一个就算扯平了，二梭要是活的，我去偿命，叫老宅里把我的头割了也行，把我连头加身子剁了也行。"接下来马刘氏哭着说："他爹你快去呀，满秋你快去呀，一个断肠子儿我也舍不得呀。"

马步正忽地站起来，说："满秋你快去，还有熊羔子金猪呢，我死一个儿不能再死孙子了！"

满秋咔嚓抽掉铡刀插头，一把拽出铡刀来，拖拉着往外跑。春子转着圈子找家什，后来她抱住了顶门杠，三步两步跑到满秋前边。满秋跑到胡同里又回来了，说："外边打的是乱枪，一个村子都是枪了。爹您听见了吗？我出不去呀爹，我出去也得被打死。"

春子跑到街上就滑倒了，爬起来看到两只手上都是血，拿了手摸脸，脸上也是血了。血糊住了眼睛，春子揉着眼喊满秋喊金猪，一颗子弹擦着包头巾飞过去，包头巾上冒出一股煳味，接着又燃起火苗。火苗烧着耳朵，春子哭着骂着也回了家，说："没爹的乱枪瞎打，震得我耳朵嗡嗡的，还热辣辣疼。"

枪声是从村外向村里打的，东西南北都是枪声，紫云寨明显是被包围了。枪声里还夹杂着呼喊声，呼喊的是死的活的都要，还有人喊马二梭，还有人喊丁黑豆。有人说："马二梭你还是缴枪投降吧，丁黑豆你还是缴枪投降吧，你们的抵抗是不自量力。你们自以为计划周密，你们自以为在老宅门口设伏就能杀死团长杀死连长，你们自以为把驴轰到羊群里就能趁乱开枪刺杀，你们自以为啪啪两枪就能倒下两个人。但是，你们现在是在我们的包围圈中，我们的包围圈是勒脖子绳扣打死结，也等同于布袋阵。绳扣死结越勒越紧，布袋阵越装越深，我们一拽绳子你们就得大头朝下，我们一扎布袋口你们就得缩成乌龟，最后连腿也伸不直溜。"

春子呀呀地叫着从地上爬起来，惊着喜着说她听明白了，她听得清清楚楚，连什么意思都知道。她说二梭根本就没死，黑豆也没死，死的是老大家的得章，死的是老三家的得才。二梭要是死了人家就不用呼喊了，人家是叫着名字呼喊的，叫的是马二梭，这就证明二梭还是个活的。黑豆也是个活的，人家也喊黑豆了，喊的是丁黑豆。春子说："爹您听到了吧，娘您听到了吧，满秋你听到了吧。他们还活着！"

满秋说："倒是没听见呼喊马金猪。"

马刘氏惊喜着又哭了，催着说："那快去把二梭拉家来啊，还有兰兰，还有金猪，这三个人我都要。"

马步正举着扫帚要打马刘氏，吼着说二梭打死的是侯得章，侯得章是兰兰大爷的儿子，她大爷的儿子就是她堂哥。还有得才，得才是她三叔的儿子，她三叔更是个搅屎棍子。马步正说："老宅里三个孙子辈的死两个了，兰兰不恼二梭啊，一拃没有四指近，兰兰不向着老宅里说话啊。你还要三个，你只要个金猪吧。"

枪声渐渐稀了，呼喊声也小了许多，到后来又不说布袋阵了，也不说勒脖子绳扣打死结了，这回说的是："打啊打啊，接着打啊。你们怎么不打了，你们怎么不啪啪地打连发了，没子弹了是吧，没子弹了还充哪门子英雄啊。快举手吧，快当狗熊吧，快抱着脑袋滚出来吧。"

马步正丢了扫帚坐到地上不起来,说:"这回是真没有二梭了,二梭这回是死定了。"

马刘氏号啕大哭,先哭的是二梭,哭着又喊兰兰。兰兰披头散发地扑进院子,扑到马步正跟前跪下了,说:"大队人马早就在村子四周设下埋伏了,东西街口也堵住了,咱们吃饭的时候人家就把阵势拉开了,里边的枪一响,外边的人马立刻就冲进了村子。人家还把街口封得死死的,还在四角里架起机关枪,还在胡同里设了暗哨,还有一个暗哨是藏在食盒里的,光见打枪就是看不见谁在里边。爹,爹,他们把二梭抓走了,还有黑豆……"

马步正吼叫着跳起来,咚咚地跺着脚大骂,先骂侯登科养了个好儿,又骂侯登銮养了个好儿。他说:"小贼羔子画个圈让二梭他们往里钻,小贼羔子使的是阴招,使阴招的都不是爹生娘养的!"

第九章

侯得才是想过编理由出外差的,编理由的时候他还在想,爹是急着跑到城下的,爹也没喊他也没骂他,爹是摇摆着树枝打的手势,那样的手势他一下子就明白了,爹是要单跟他说悄悄话的。爹的悄悄话让他思挠得头疼,思挠得头疼也没想明白到底是为什么,想不明白为什么就一定是个紧要的事。于是得才就跑到团部,先跟团长大哥露出来的是苦脸,还把眼珠子弄得红红的,还把嗓子弄得哑哑的,还把身子弄得趔趄着站不稳的。得才说:"大哥,我戳到马蜂窝上了,一窝子马蜂围着我嗡嗡叫,有一只还专蜇我的眼珠子。蜇了眼珠子还不算,还要蜇我的喉咙,还要蜇我的鼻子尖。"侯得章端着茶杯要往得才脸上泼,说:"站周正了,说人话!"

侯得章已经穿戴齐整了,用毛巾擦着皮鞋,还在毛巾上哈了一口气,接着又擦。团部的地上摆着食盒,食盒比筛子口还大,食盒架上还绑着一串黄表纸。有一卷黄表纸是剪成铜钱状的,方方正正的钱眼紧贴着食盒,看着跟个望远镜似的。侯得章用腿遮住了黄表纸，他上下地打量着得才，看见得才的脸是苦相，看见得才的眼珠子是红的，说："衣不齐，冠不正，鞋有泥，脸未洗，你就这样回家祭祖啊。你想干什么？"

侯得才还是先喊团长又喊大哥，说自己是怎么也没想到的，没出这件事之前要是想好了，后边的麻烦也就不会有了，也就不算戳马蜂窝了。得才说自己毕竟是二十好几的人了，一个二十好几的大小伙子每天好饭好菜吃着，睡觉起床都是按着点来的，火烧火燎的身子难免不生出些怪念头。如果只是怪念头倒也罢了，就是心里还想，就是不想睡觉，就是打熬不住。打熬不住就那样了，那样就闸不住了。侯得章拔出手枪顶住了得才的脑门，说："既然你不会说人话，我也没必要留你了。说吧，你到底想干什么？"得才这才说自己找了个相好的，相好的勾住了他的魂，他去了一次又去第二次，一次一次的大半年了也没间断过。相好的她姥娘在省城，她自小是由姥娘抚养成人的，姥娘病得快不行了，当外甥女的怎么着也得去省城看最后一眼，可偏偏又是个一坐车就晕的。得才说："大哥，我要请假去省城。"

侯得章就在得才身上踢了一脚，自己双腿并拢站到得才对面，说："我命令，186团警卫连中尉连长侯得才随本团长回乡祭祖，如有违抗，按战场纪律就地处决。听明白了吗？"

侯得才说："听明白了。"

侯得章又喊一声："大声回答！"

侯得才说："听明白了！"

侯得章把手一挥，说："滚回去，整衣正冠，马上出发。重复一遍！"

侯得才咔嚓打个立正，昂着头重复："滚回去，整衣正冠，马上出发。"

侯得才又回到团部时，团部的吉普车已经拆去了顶棚，挂着黄表纸的食盒也放到了后座上。前排副座上的侯得章举手示意侯得才上车，侯得才紧挨着食盒站着，两只手牢牢地抓着横架，果然是昂首挺胸的姿势，看着大哥侯得章的后脑勺，觉着自己站着比坐着的大哥还神气。

吉普车出了县城，城外的雾气比城里大得多。侯得才又想刚才的理由，想着找漏洞，越想越感觉没漏洞，从走进团部到说出那番话来，自己编排得应该算很细密啊，大哥怎么就不信呢。后来得才想着一准是相好的晕车那一节编得不妥，晕车怎么了，晕车就不能去省城了吗？既然是要急着看姥娘最后一眼的，有个晕车的毛病就不能去了吗？还有，相好的就是偷吃嘴的，就是猫沾腥的，就是提上裤子马上翻脸的，就是睡醒一觉不认识谁的，哪个女人会让这样的男人看望自己的亲人？刚才要说是货栈哑女就好了，就说自己一直可怜着两个哑女，她们是被南蛮子从船上拐来的，来到河湾县了才记起老家就在东边。可怜人托付的事不好拒绝，答应了就得帮人家，请假也在情理之中。得才想出漏洞了身上就出了汗，于是又探着身子喊了一声大哥，说自己刚才的话里是有一丝丝假，其实没有省城那么远，也不是为相好的跑腿，实际是陪两个哑巴去泰山烧香还愿。

　　侯得才说："大哥，有一丝丝假也得算是谎报军情吧？"

　　副座上的侯得章哼了一声，好像是用鼻子哼的。

　　侯得才还是向前探着身子，还是望着大哥侯得章的后脑勺，又说："大哥，这个相好的我不要了，不就是被窝里那点儿事嘛，不想就是了。"

　　副座上的侯得章又哼了一声，还是用鼻子哼的。

　　侯得才又偏了头望大哥侯得章肩上的上校星杠，又要说军人就应该以国事为重，就应该志在千里，就应该建功立业，就应该名垂青史。说着又把脖子也伸过去，没想到团长大哥连哼也不哼了，只把个脑袋摇了摇，意思是嫌他话多了，摇脑袋是要他闭嘴的。得才就不说话了，但还是在心里骂了一句，骂团长大哥在团部竖眉立眼的，比绕圈子爹还难缠。想着忽然又笑了，不就是编理由没编成吗？不就是他坐着我站着显摆自己官大吗？那要是自己不在后边呢，他一个人摆谱就让他摆好了。得才摇晃着脑袋望路两边，春天的河套里雾气比城门口还大，瞪大了眼盯着看，影影绰绰的还是能分辨出哪是去年没拔净的棉花柴，哪是去年浸在水里的高粱秆，只不过看得不清晰，仿佛是隔着蚊帐的。得才后来决定在运河堤上溜下来，运河堤上的茅草蓬松着能掩过小腿，被雾气包裹着看不见地皮。运河巡防队也像是在蚊帐里。

　　吉普车上坡的时候忽然熄火了，得才在那一刻里突然感觉心里很怂很美，仿佛他是一直盼着车出故障的。司机下车查看，这里摸摸，那里拧拧，还叮叮当当地敲打。得才望前边的团长大哥，团长大哥还是稳稳地坐着，他甚至连车为什么熄火也没问。得才一下子就有了玩花样的冲动，那样的冲动几乎是笑着想起来的，他悄悄地下了车，先在茅草丛中站一下，意思是要拉屎的，接着他就一跃而起跟上了巡防队，并选中了一个跟他身高体型差不多的。他脱着衣服跟那个巡防队员说："你现在是连长了，上车去紫云寨吃香肉喝辣酒吧，只是不能说话。"他做着手势示意那人悄悄上车，吉普车再发动时，他看见那个惊诧着傻笑的巡防队员还冲着运河堤敬礼。

其实侯得才自己也是糊涂的，他不明白爹不让他回家祭祖是怎么回事，但他知道下车时团长大哥一定会恼。他之所以敢这样做，之所以会临时想出这个主意来，不过是因为聪明被识破之后的羞恼罢了。比如他望着吉普车渐渐消失在雾气中，他想到的并不是溜回县城，而是团长大哥看见后边站着个假的侯得才会是什么样子。还有，他爹侯登銮一定是偷着乐的，大爷侯登科就不一定高兴。

其实，在三月三祭祖临近的这两天里，侯登科的脸上一直看不出真色，从侯登銮扯着文武鞭在街上燃放的那一刻起，他的脸就一直是紧绷着的。他不住口地吸烟，烟油顺着嘴角流下来他还是吸，烟油把舌头辣麻了他还是吸。他在老宅里跑来跑去，后来他还把舌头伸出来让凉风吹。侯登銮是一直盯着大哥侯登科的，侯登銮还让二哥侯登榜也看，侯登榜看着噗噗地吐，说："这是祭祖吗？这是疯狗吐舌头，这是老叫驴翻唇。"赌着气摆香案，故意把香案摆到有坑洼的地方，看着侯登科又往前院里跑，他可着嗓子吼了一声，说："你是没魂了还是魂多了，你不想干活你就说话，你东一头西一头地瞎转悠啥？"

侯登銮追上去拽住大哥侯登科，问他："是不是心里不着稳？是不是心里跟猫抓似的怎么都不得劲？是不是一会儿这样想一会儿又那样想？"侯登銮说："大哥，二哥问你话呢，他问你是没魂了还是魂多了。"侯登科打个愣怔，先是侧了身子向街上张望，接着又上下地打量侯登銮，还拿手在嘴上来回地抹，结果抹得半个脸上都是烟油了。他说："老三你别跟我说话，我不搭理你，我要说话就跟你二哥说。"

侯登科当真走到家庙门口，他在侯登榜身边蹲下来，他还在侯登榜肩膀上摘下一束鸡毛。他还想搂抱侯登榜，他还亲亲热热地叫了一声二弟。侯登榜推开伸过来的手，跺着脚站起来，听见侯登科又喊了一声二弟，他啊啊地叫着又要吐，说："哎呀哎呀，你一会儿狗样一会儿猫样，你到底怎么了？你还是拿以前的样说话吧，你这样子我恶心。"

侯登銮本来是要笑的，没笑出来先喊了一句，说："来了来了，我听见喇叭响了！"

街上果然响起喇叭声，喇叭声是从村口一直响着过来的，到了老宅门口嘎吱停住了。喇叭不响了，跟着响起来的是枪声，枪声里还有尖叫声。

侯家老宅里的人同时听到了清脆的啪啪声，当人的尖叫声也跟着传进院子时，侯登科一下子栽倒了。没有人拉他，也没有人往地上看，他几乎是跪着爬着扑到街上的，接着他就抱住了满头满脸都是血的儿子。

侯登科哭得没声了又抢起巴掌打自己的脸，脸打肿了，泪水把眼皮也泡肿了，眼角缝里透出光来看哪里都是红的，看哪里都是儿子的血头血脸。侯登科说不对呀，一条腿断了流脓了，一个肠子断了腰弯了，流脓的站也站不住了，腰弯的想看个牛尾巴也得往上翻眼皮。谁开的枪啊，谁打的你啊，谁把你的额头瞄得准准的，一枪钻个血窟窿就死得挺挺的。侯登科说："得章啊我的亲儿，你是太大意了，你是太心善了，你是太懂军规了。你是省城读过书的，你只知道国有国法军有军规，你怎么就不去想古戏文呢。古戏文上是说过的，秀才遇到兵，有理说不清。他们没跟你说理吧，他们嫉恨你了吧，他们把日本人偷袭独立营的仇恨都记你账上了吧，他们这是闷头狗下死口啊。你呀你呀，你为什么不技高一筹呢，你为什么不先下手为强呢，你为什么不采用偷袭呢。你就这样大摇大摆地来了，你还把车顶棚也摘了，你还坐在大前边，你还穿戴得齐整整的，你为什么不跟司机调换一下位子啊。"

侯登科搂住儿子的血头血脸越抱越紧，没泪了没声了还是哭，哭着又说："这事不算完，这个仇爹替你报，得才的仇也得报，咱们再光明磊落也不能吃这哑巴亏。谁打死的你，爹心里跟明镜似的，他再说腿断了肠子断了爹也不信了，爹要是再相信，爹就是个该死的。"侯登科哭着喊老三侯登銮，说："老三，我都这样了还想着你家得才，你怎么不问问我啊？"

侯登銮是赶在大哥侯登科前边到的大门口，他看到戴着上校军衔的侯得章趴在车头上，血从头脸下边流出来，流到地上连浮土都洇红了。开车的司机尖叫着往车底下钻，食盒里突然蹿出一股子火苗，火苗子先是烧着了挂在食盒上的黄表纸，黄表纸又呼呼地顺着当街飘舞。食盒旁边躺着的是儿子得才，得才是中尉连长，中尉肩上是一道黄杠带两个三角星。他原本是要搬起儿子的头先骂一回的，他像遛街狗一样跑到城下，他是帮着二哥拉车骗过的大哥，他还抓着个树枝子摇摆。他跟儿子说那些话时是咬着牙的，儿子单从他咬着牙说话这一点，也应该知道是个紧要的事啊。侯登銮骂着说："不让你回来偏回来，你还偏偏站在车上，你这不是找着要死吗？"侯登銮骂着骂着就哭了，扯着衣襟要堵儿子胸口上的血窟窿，堵着又把血人放下了，泪眼里闪出来的是笑意。他还摇晃着脑袋找侯杨氏，看见女儿多多架着母亲的胳膊，侯杨氏大睁着眼睛往墙上撞。

后来，侯登銮又绕着吉普车转圈子，转了一圈又转一圈，他还拿手拍了拍车头，还蹲下来盯着车灯看。末了他又去拨拉大哥侯登科的手，还抓着大哥的袖子擦得章的血头血脸。他擦着说："你儿子会死啊，他死了谁抓那两个眼中钉啊。你儿子光一个死心眼啊，他一个死心眼能升成一身二职啊。他把车棚拆了不就是盼着那两个先开枪吗，他让那两个先干掉替死鬼再动手不是正好吗，目的达到了还让别人找不到理说。"侯登銮说："别号号了，你儿子耳根上有黑痣啊？你儿子死了谁给那两个下套啊？"

四周果然响起密集的枪声，先是食盒里钻出一个人来，手里的枪还是嗒嗒地响着，接着就是村子四周的喊杀声。枪声、喊杀声向村内压缩，明显地看出来是缩小包围圈的，到后来就集中到十字街心了。十字街心的南边是奶奶庙，街心的北边是磨坊，这两个地方都是斜对着侯家老宅的，包围圈缩到这里时，这两个地方就连在一起了。所有的枪口一齐扫射，奶奶庙里像起了火，磨坊里也像起了火。

呼喊声也比刚才响亮了，喊的是："马二梭你跑不了了，你也不用再装断肠子伤残人了。"还有人喊丁黑豆，说："丁黑豆你不是当排长没当过瘾吗？你把马二梭干了，连长就是你的了。"奶奶庙里没有人应答，磨坊里也没人应答，光是啪啪地打枪，打着打着枪不响了，外边的人就笑起来，笑着说他们没子弹了。接着就有人在两个地方同时喊："团长，抓到了，两个都是活的。马二梭的肠子根本没断，他的腰直挺挺的。丁黑豆的腿梁骨也是直的，怎么摸都摸不到断骨头茬，还梆梆硬。"最后走出奶奶庙的人又喊报告团长，说大功告成了，他的呼叫立刻招来一阵训斥，说团长怎么安排的你个王八犊子，忘干净了是吧，看见团长骑在马上也得向营长报告。又问第一个喊团长的是谁。那人还说："好了好了，把他们交给警卫连吧，让警卫连押回去吧。"喊报告的人马上说："明白了，报告营长，警卫连找不到连长了，侯连长一准是回家了。"

马二梭是被插了桑叉绑起来的，桑叉用的是两个，后背上竖一个，前胸上竖一个，两个桑叉一前一后夹住了马二梭。

绑上绳子之后的马二梭腰显得更挺拔了，他的胸也挺得更高了，看着像是故意昂首挺胸的。马二梭的脖子里还勒了绳子，他的下巴骨正好卡在桑叉的底部，这样他即便想往两边张望也办不到了。绑在黑豆身上的是拌草棍子，黑豆的棍子是绑在腿上的，用的是两个，两个拌草棍子都是枣木的，紫红紫红的，看着像是拽出来的两根血管。拌草棍子从脚踝骨一直绑到大腿根，黑豆的两条腿就变成了两根不会打弯的直橛子了，走在街上就像是自己搬弄着玩的，一摇一摆的，把押解的人也弄笑了。黑豆就嗷嗷地骂，说只有阴鬼暗贼才能想出这法来，侯得章就是阴鬼，侯得才就是暗贼。他骂着望马二梭，马二梭还是昂首挺胸，还是走在前边谁也不看。黑豆又说："早死晚死都一样，晚死顶多晚半天，白天杀了我，晚上我就把他摁到阴曹地府里。"

黑豆最后是连侯家兄弟一块儿骂的，骂团长故意把运河独立营支派得远远的，日本人偷袭独立营时他还让通信兵掐断了电线，只有杂种才天天想着借刀杀人。侯得章就是狼日狗生的杂种，侯得才也是狼日狗生的杂种，叫驴山剿匪时他还冲着自己打黑枪，来到运河兵营了他还是天天算计自己。黑豆后来还喊了连长，他说："马连长你别忘了，到了阴曹地府我还是排长，当尖刀排冲在最前边的还是我。"黑豆说："马连长，下辈子咱们还到运河湾里来！"

侯登銮没看到村子里的队伍是怎么撤出去的，他听到了黑豆的骂也没去看押解的兵，就在大哥侯登科呕吐着往门垛上抹血手时，他已经回到了自己家里。他把自家的院门关得死死的，不让侯杨氏出去，也不让多多出去。他蜷缩着倒在躺椅上，满脸的汗珠子跟着落下来，整个头脸就像在雨里淋着，眼睛却是闭着的。他闭着眼自说自话，说："知道热闹了吧，知道凶险了吧，知道锅是铁铸的了吧，知道军官是怎么当的了吧。"多多伸出手来又是捂眼又是捂耳朵，推着侯杨氏走在前边，说："娘，娘，你看俺爹这是跟谁说话啊，你去应个声啊。"侯杨氏走过去要拉他起来，还要他睁着眼说话，还把个包袱蒙他头上使劲地擦汗。侯杨氏说："他爹，你不睁眼我也有些明白了，这是要变着法子抓二梭抓黑豆的，先在明处幌出人来，暗处的人再往上扑。他爹，我还是不明白，得章怎么知道二梭的肠子没断啊？得章怎么知道黑豆的腿梁骨没断啊？这些招数都是从哪里来的？他跟二梭他们动的哪门子杀心啊？怎么咱得才也跟着动了杀心？"

侯登銮从躺椅上支起身来，眼睛直勾勾地盯着侯杨氏，望着望着又把眼睛闭上了，说："动杀心的不是侯得章，动杀心的也不是侯得才。明白了吧？"

侯杨氏使劲地摇头。

侯登銮就急躁起来，说："我的儿没动杀心，我这个爹也没动杀心，还有谁会动杀心。这还不明白啊，这还不清楚啊，傻子也得知道啊。"

侯杨氏惊骇着尖叫，紧着又拿手把嘴巴捂住了，压着声儿说："亲娘哎，是大猴子。"说着再看侯登銮的脸，看着再说："他爹，把人抓走了会不会枪毙啊？"

侯登銮说："活是别想了。"

侯杨氏哇的一声哭了，说："兰兰怎么办，二梭死了兰兰还活不活，兰兰一旦想不开呢？"侯杨氏哭着打自己的嘴，又说："要是先前闹生分时倒还好些，偏偏又是刚和好的，偏偏又是刚有了话说的。"

多多先说了一句兰兰姐还想着再给马家生个活孩子，接着又说香芝怎么办，两个人也是刚好上的，黑豆还送给香芝一个炮弹壳做的顶针。

侯登銮说："傻妮子你一边待着去！"

多多先是嘟嘟囔囔地自语，说大哥得章不露面，哥哥得才也不露面，来的两个是假扮的，还在食盒里暗藏了一个瞄准的，又说："为什么会这样，不是说好的来祭祖吗？"

侯登銮又吼一句："一边待着去！"

侯杨氏拽了多多一把，示意多多去门口瞧着人，自己激灵着打个寒战，说："他爹，马家塌天了，老二家也塌天了，你说二老闷二倔驴会不会找大猴子拼命啊，会不会找咱们拼命啊？"

侯登銮忽地站起来，说："不行，我得看看二哥去。"

多多走到门口又跑回来，惊叫着呼喊，说："兰兰姐来了，兰兰姐手里还抓着一把剪子。"侯登銮扑通又坐下了，两手紧紧地抱着脑袋，一连声地说："哎呀，索命的来了！"

第十章

祭祖那天，整整一个早晨侯登榜都在糊涂中气愤着，先是恨老大侯登科做事有头无尾，自己戳弄着要来个大动静，还要讲排场，等到祭祖的日子到了，领头的老大反倒成了个没头魂的。他是四更天就起来的，还让侯黄氏找出一身浆洗过的干净衣服，洗了手脸又刮胡子，还让侯黄氏看他刮得净不净。侯黄氏连连地打着呵欠，压着嗓子说悄悄话，问侯登榜有没有感觉出奇怪。她说："你没觉出老宅哪里不一样啊，往年祭祖，大猴子都是买了东西跟着就要咱们摊钱分账的，这一次怎么一个字不提了。还有三精包，他怎么总是转着圈子要跟你说话，说着说着怎么又变成了半截话，他到底想跟你说什么？三精包还一个劲地盯着大猴子，不是看大猴子的脸，就是打断大猴子的话头，大猴子为什么还躲躲闪闪的？大猴子还跟着套近乎，一个劲地喊你二弟，往年这样过吗？平时这样过吗？我听着都起鸡皮疙瘩。"侯登榜说："他是猫脸狗屁股，他愿意喊就喊，管他啥样呢。"

侯黄氏又说起侯葛氏，说侯葛氏看见她也是说半截话，也是藏着话头的，也是没话找话要套近乎的。还有喜喜，你无论问她什么，喜喜都是一句话："我不知道哇。"问喜喜都知道什么，她就说爹好像去县城见了哥哥得章，问是哪天去的，她又说"我不知道哇"。侯黄氏还说起多多，说多多本来是个没心眼的，这两天里也竟然跟着使起了转轴子，明明是她要去马照本家找立冬的，偏偏又跟自己说起兰兰。还问有没有该给兰兰传过去的话，还让自己送她到门口，还说家里一会儿让她出门一会儿又不让她出门。她娘侯杨氏干脆不跟自己打照面了，前几天还问沿袜边袜口要用几寸蓝绒布，说是要提前做好等得才来了试大小的，忽然又说用不着了。祭祀要供三牲，自己本来要邀她刮鱼鳞、脱猪毛的，她隔着门缝说手上扎刺了不能沾水。侯黄氏说："这都哪儿跟哪儿啊？她爹，你说这里边会不会有啥弯弯，我怎么老是眼皮跳啊，身上还热一阵冷一阵的？"

侯登榜又闷着头答一句："老宅里哪天都有弯弯，有就有去。反正不在一个锅里吃饭，反正干里湿里跟咱们扯不起来，咱反正是个不掺和。"

得印也在旁边搭腔，说老宅里男的女的有一个算一个，哪一个他都不喜欢，他看谁都是没正形的。

侯黄氏又说："那要是有人跟咱使暗的呢？"

侯登榜说："我活劈了他！"

得印也随着说："谁敢欺负咱，我跟谁拼命，我不管他是叔叔是大爷！"

侯登榜眯着眼看儿子，想着要打他抢话接舌的，手举起来又没打，拨拉着把得印推到侯黄氏那边。

气话说过了，侯登榜就去了后院的家庙，看见家庙里的桌椅板凳还是东倒西歪的，还是蒙了尘土的。三牲供品还是在水盆里泡着，猪头上没刮净的猪毛钻出水面，泡在水里的鱼眼塌塌着，杀死的鸡连嗉子都没掏出来，鸡冠上居然还粘了鸡屎。侯登榜挥舞着扫帚拍打老大侯登科的院门，恼恨着呼喊，说："祭祖到底还祭不祭，锅灶也没砌，柴火也没抱，带着猪毛啃啊，带着鸡屎吃啊，过了三月三算哪一年的。"呼喊过了又要拿砖头砸桌子，侯登科木着脸走出来，先喊了一声二弟，眼睛却是瞟向村外的，一盘文武鞭拿胳肢窝夹着，踢踏着脚步又去了前边。侯登科是找侯登銮燃放文武鞭的，又跟老三侯登銮说了几句话，话也是说得吱吱咕咕，侯登榜索性丢下砖头又回了西跨院。

街上的文武鞭响起的时候，侯登榜又想起女儿，先问侯黄氏是不是跟兰兰说准了，又问兰兰是不是与二梭一块来。要是前一个后一个的，那就干脆不跟着祭祖了，四个人就在自己家做饭吃，谁喊也不去，来拉也不去。忽然又记起老三侯登銮说过千万不要让二梭来的话，噌噌地又生出怒火，逼着侯黄氏再去马家，偏要一手领一个带着小两口来。侯黄氏走到门口又折回身，说自己也想起那些话了，大猴子说的是兰兰先来，三精包又说二梭最好是不来。侯黄氏偏了头望侯登榜，专要听他是怎么想的，侯登榜脱着鞋要打侯黄氏，吼着说："我什么也不想，这个龟孙祖爱祭不祭，我就是要她们小两口一般二齐地上门！"

直到街上喇叭响，侯黄氏也没走出老宅，原来侯登科突然间犯了头晕的毛病，还一个劲地捶打自己的腿，还一个劲地撕扯自己的嘴，还跟侯葛氏说些含糊不清的话，话里是要截住儿子得章的，说还是不要来了吧。侯葛氏舀了醋往他嘴里灌，还要他一口说个准成的，临到跟前了再说不回来，临到跟前了又不知道怎么办了，这跟说梦话有啥区别。喜喜害怕得不行，先是喊二叔二婶快过来，又喊三叔三婶快过来，还哭着一声连一声地催。两个院里的人都往东跨院跑，侯登科挣扎着要抱老二侯登榜，还瞪着眼要老三侯登銮出去。侯登科说："二弟你过来我跟你说句话，这句话我一直在心里窝着堵着，我给你说了这句话，祭祖办不办都两可了。"侯登榜气恼着推开他的手，说："有话你就说啊，我一听见你喊二弟我心里就膈应。说吧，我听着呢。"

侯登銮一步跨进来，说："说吧大哥，现在说还来得及，现在说天知地知。大哥，你是不是心疼兰兰了？是不是又想起兰兰是你侄女了？"

侯葛氏听着话不对味，立时撂下脸来，说："三精包你这话什么意思，怎么又跟兰兰扯起来了，兰兰是他侄女不是你侄女啊？"

侯登銮吃吃地冷笑，说："我不跟你说话，大哥心里窝了哪些他自己知道。"

侯登榜气得揪自己的腮帮子，先朝侯葛氏瞪眼，又朝侯登銮瞪眼，吼着恼着再望侯登科，说："说啊你！"

侯登科却站起来找帽子，说："说啥说，不是到日子了吗？没听见街上喇叭响啊？"

侯黄氏拉着侯登榜往外走，说："咱接兰兰去，别搭理他。"

街上接着就响起枪声，侯登科接着就摔倒了，接着就抱起血头血脸的儿子，接着就说得章我的儿，先死的不该是你啊。

侯登榜看见兰兰了，他看见兰兰手里拿着一卷火纸，兰兰还在头发上插了一束风干了的白蜡花，还在衣袖上别了一片黄布条，还在胳膊上挎着一篮子干蘑菇。兰兰是收拾齐整了回娘家祭祖的，干蘑菇是婆婆马刘氏让她带给娘家父母的。兰兰身边果然没有二梭，兰兰果然是一个人先来的，侯登榜立马就着了急，先瞪了侯黄氏一眼，接着就跟兰兰打手势，喊着让兰兰在胡同口站着等二梭，等齐了再和二梭一块儿来。兰兰不应答，兰兰还露出傻样东张西望，望着又哭了，哭是往马家跑着哭的，哭着还说二梭杀人了。侯登榜紧着揉眼，紧着掐自己的腮帮子，看见老大侯登科抱着血头血脸的儿子哭得不像人声，老三侯登銮还扯着衣襟要堵儿子胸口上的血窟窿。他一步扑到吉普车上，说："这是得章，你是说得章死了，谁开的枪？"侯登科说："谁开的枪，除了你女婿马二梭还有谁，除了马二梭还有谁会照着眉心打。你要为我儿子偿命，兰兰也得为我儿子偿命，你们一家子都得为我儿子偿命！"

接着就是炮仗炸市一样的枪声，接着就是刮风一样的呼喊声，喊的是："马二梭你跑不了了，丁黑豆你跑不了了，你们中计了就别想活了。"

侯登榜倒在地上翻滚，侯黄氏要过来拉他，他又把侯黄氏打倒了，什么时候回到屋里的他不知道，枪声是什么时候停止的他也不知道。等他们听到兰兰的哭叫声时，兰兰已经来到了侯家老宅，这时候是巳时，离祭祖不到半个时辰了。

兰兰是号啕着冲进侯家老宅的，她的头发披散下来，手里还抓着剪子，眼珠子血红血红的。兰兰呼叫的是侯登科，呼叫的是侯登銮，都是指名道姓的。兰兰说："侯登科你儿子死了吗？侯登銮你儿子死了吗？死的是侯得章吗？死的是侯得才吗？你们的儿子为啥没死？我的二梭呢？你们使着阴招让二梭先开枪，二梭藏在磨坊里你们还把他抓走了。谁把他抓走的，侯得章死了谁下的命令，侯得才死了谁给二梭绑的桑叉。你们还给二梭绑两杆桑叉，你们明明知道他的肠子断了直不起腰来。你们还把二梭的头脸卡在桑叉里动也不能动，这是哪个鳖孙王八羔子想出来的阴招。侯登科你出来，侯登銮你出来，我就要活着的二梭，二梭死了你们也活不成。"

侯登銮搬了捶布石顶门，还让侯杨氏抱住顶门杠，还让多多把吃饭的桌子也搬过来抵住门板。多多流了泪，说："人家男人抓走了不该闹啊，得章哥真是的，得才哥也是没正形的，还打着祭祖的幌子，还找两个假扮的，这不是故意跟二梭跟黑豆下套子吗？别顶门了爹，我让兰兰姐到县城闹去，闹得他们当不成团长当不成连长。"

侯登銮要打多多，说："兰兰进来先拿剪子捅死你！"

兰兰咣咣地跺门，还拿着剪子往门缝里戳，还是指名道姓地呼叫侯登銮。侯杨氏死死地抱着顶门杠，她的腿是软的，胳膊也是软的，脸是蜡蜡的黄，嘴里还流出黏水。她说："兰兰这是又疯了，上一回疯得轻，这一回是真疯。怎么办啊他爹，我抱不住了？"

侯登銮闪着身退一步，一只眼斜着瞅门缝，说："兰兰你这一会儿最好是光哭，最好是坐在地上哭，你千万别哭着骂着，你千万别动铁器。剪子是铁器，铁器属阴，你也属阴，阴碰阴是要闹大毛病的。兰兰你千万不能闹毛病，你得活蹦乱跳的，你还得心里静静的，跟没事一样，你要闹了毛病你爹你娘还指望谁。你摸错门了兰兰，后院东北角是老大家的，你一喊大猴子他保准得出来。"

兰兰果然向后院跑，还是一口一个侯登科，还是啊啊地呼叫着，还是挥舞着剪子。

侯杨氏娘哎一声瘫到地上，怔怔地望着侯登銮，说："他爹，你把兰兰支到那边去，那边不恼你？"侯登銮哼哼着回了屋，说："他恼我，我还恼他呢，你问他敢跟我亮明口地摆出来吗？"一句话没落地，喜喜跌撞着跑过来，啪啪地砸着喊门，喊的是了不得了，兰兰姐要放火了。多多紧着搬掉捶布石，又紧着卸了顶门杠，看见喜喜沾了一脸一身的浮土，头发上还黏着蒲草缨子，胸口上还少了一个扣子。喜喜先说自己是翻着墙头爬出来的,又说爹是死活不开门,兰兰姐就抱了柴火堆到屋檐底下,抱的都是干秫秸。干秫秸见火就着,火会越烧越旺,烧着烧着就把门封住了,门一封住屋子里的人想出也出不来。喜喜说:"三叔,俺娘是外姓旁人,俺爹可是您亲哥啊!"

侯杨氏大张着嘴巴看侯登銮,侯登銮把桌子上的茶壶举起来,满满一壶茶水全淋到身上,末了又拿手指院子里的水筲,意思里是要提着水筲灭火的。侯杨氏抓了一只,喜喜也抓了一只,多多端起洗脸盆又放下了,贴着墙脚跑出了老宅,身子一晃就看不见她了。

侯登銮抹着湿头湿脸往后院跑,扑过去拽住了兰兰,说:"兰兰你看我的,我给他来个打登州。"侯登銮拉着兰兰跺老大侯登科的院门,门板跺裂缝了,一边的门框也脱了榫,浮土扬起来罩住了半个院子。接着又跺院子里的鸡窝,鸡窝架子倒下来砸烂了水缸,缸里的水又冲泡了摊晒在芦席上的黏米,黏米随着水流淌就跟掺了鸡屎一样。兰兰先还是号啕着大哭的,哭着又笑了,笑着还要点火,还是说的烧死侯登科。侯登銮拖拽着兰兰出了院子,又偏了头跟兰兰说悄悄话,说的是:"二哥吐血了,吐得浑身上下没个血色,看着就跟拿黄表纸裹着一样。二嫂没吐血,二嫂是喘不出气来,光是张着嘴巴,光是吼吼地喘,就是喘不出来。人是一口气,一口气上不来就不行了,眼看着就是个死。兰兰,这两个爹娘你还要吗?"

兰兰挣扎着要回家,侯登銮放下兰兰让她跑,自己又失了魂地喊叫:"兰兰你可不能寻死上吊啊。"看着兰兰进了西跨院,接着又喊:"兰兰你得好好活着。"

兰兰扑到屋里,先是抱着侯黄氏哭喊,接着又跪到地上,两手摁在侯登榜的腿上哭得嗓子哈不出声来。侯登榜呆呆怔怔地望侯黄氏,转回头来又望兰兰,说:"脑子里都是糊涂汤了,糊涂汤还是拿黏米面熬的。兰兰你帮爹捋巴捋巴,这到底是怎么回事,二梭是个断肠子伤残人,他还能开枪,他还能瞄准人的正眉心,他还能埋伏在磨坊里一打四面。这不对呀,开枪的不会是二梭呀,我让你站在马家胡同里等他,我是让你们小两口手拉手一齐来的,二梭又怎么跑到磨坊去了。那两个假扮的又是怎么回事,为什么要弄两个假的冒充得章冒充得才,假扮的又怎么知道侯家老宅要祭祖。那个真得章呢,那个真得才呢,他们埋伏在哪里了?他们设下埋伏是专等着抓二梭吗?为什么要抓走二梭,二梭是他妹夫,娘家哥哥抓走妹夫,我怎么越想越别扭啊。

兰兰你脑子灵便,你把弯弯捋直了帮我想想。"

兰兰啊啊地叫,叫着伸出一只手来,又用另一只手扳手指头,说:"你听我说啊爹,祭祖这事我知道,二梭也知道……"

侯黄氏也说:"这话真。"

侯登銮一步冲过来,先把兰兰的手掰开,又舀了一碗水泼到侯登榜脸上,还要舀水泼侯黄氏,说:"你们三个谁是不疯的,谁没疯谁把眼睛开,睁开眼睛看着我。"三个人都看侯登銮,侯登銮就说了前因后果,还说儿子得才一准是请假没请下来。为什么请不下假来,为什么说好的出公差又跟着来了,因为团长侯得章想让连长侯得才也跟着沾包,得才是连长不能不听团长的。侯登銮说:"二哥你可不能真糊涂啊。二嫂糊涂就糊涂吧,兰兰糊涂就糊涂吧,你得半夜里吃烧鸡,你得思思(撕撕)想想(香香)。"又说有一件紧要的事,他自己一直憋着,憋也不是真憋着,八九成的话他已经透出来了,也算是点拨过了,话说到那一步上,剩下的不说也应该知道是什么了。大猴子为什么偷偷摸摸地去县城,为什么看见车上的人死了就说先死的不该是得章。那不是得章该是谁,谁应该先死,他怎么连谁应该先死都知道啊。扯旗放炮的要祭祖,偏偏又不真办,到临近了又拉拉扯扯地套近乎叫二弟,又说二梭来也可不来也可,谁敢说这里边没弯弯。

侯登銮说:"明白了吧,我的糊涂好二哥!"

侯登榜忽地蹦起来,蹦跳着先是抓起床跟前的踏脚杌子,抓到手里又扔了,跑到灶间拎起来的是剁骨头的砍刀,嘴里还祖爷老奶奶的骂着。他说:"我终于把弯弯捋直溜了,终于知道是怎么回事了,敢情大猴子早就下过话了,敢情是逼着要兰兰再当寡妇啊。不就是个阴招吗,不就是个死吗,我先劈了侯登科这个黑心烂肺的大龟孙,接着我再劈死使阴招下套子的侯得章这个小龟孙。"侯登銮拦住了侯登榜,说:"这样呼喊着要劈要砍,大猴子那边早跑得没影了,要想一堵一个准就得不声不响地摸过去,砍到身上再问大猴子该砍不该砍。二哥你听我的,我先过去把他稳住,你听不见我说话了再过去。"

侯黄氏说:"好兄弟净向着你说话,他说的话你得信是好意,你要不信三精包的,老宅里就没有好人了。"侯黄氏还哈哧哈哧地笑,还说自己是清醒着说糊涂话的,还说话糊涂人不糊涂,还要问侯登銮自己说得对不对,还要问侯登銮自己这一会儿到底是清醒的还是糊涂的,侯登銮早已跑到东跨院了。

侯登銮拽着侯登科往家庙里躲,还要侯葛氏也跟去,喜喜可以藏到自己家里跟多多睡一张床，要是出了人命，喜喜就不用回来了。喜喜呜哇着说不出话来，侯葛氏吓得没了头魂，追着问侯登科是怎么回事，说杀也好抓也好，都是兵营里一对一的，二倔驴为啥单找他们当爹当娘的拼命。侯登科拉着侯葛氏进了家庙，要关门时又哭丧着脸看侯登銮，说："我怎么觉着你是跟老二是串通好的。老三，你不会坏到骨头缝里流咸菜水吧？"侯登銮喷着脸要把侯登科拉出来，说自己是怕二哥上了驴脾气杀红了眼，原本还想着二哥要砍你时就把祖爷牌位举起来，既然自己的好心变成驴肝肺了，那就让侯登榜来砍好了，自己远远地闪开，血也溅不上一滴。侯登科又紧着说软话，说："我信了还不行吗？你快把门关上啊，你快把门鼻子挂上啊，你快弄把锁锁上啊。"

侯登銮退出来冲西跨院打手势，还用手指家庙门。

侯登榜举着砍刀冲过来，嘴里喊的是："侯登科你个鳖犊子滚出来，我让你活不到正晌午！"

侯登銮从地上捡起一根棍子，先跟老二侯登榜挤挤眼，贴着墙根又把刚挂上的门鼻子戳掉了，嘴里却惊魂惊魄地呼叫："二哥你可不能砍死大哥啊，你把大哥砍死咱们老宅里就少了一门人啊。"接着又冲里边喊叫，喊叫着让侯登科拿祖爷牌位护头上，又让侯葛氏紧抱着祖奶奶的牌位别离开胸口。侯登銮说："大哥，我害怕二哥的刀，我不能再帮你了。"侯登榜一脚跺开家庙门，进去就把砍刀挥舞得像刮风一样，嘴里还哇哇地叫着。家庙里先是桌椅板凳倒地的咔嚓声，接着就是侯葛氏凄厉的哀号，侯登科举着牌位啊啊着喊侯登銮，说："老三你别跑啊，你快过来抱住老二啊。"

侯登銮捋着袖子站到家庙门口，说："我抱住是行，大不了我先挨一刀，大不了一刀砍死我。我就是不放心得才，得才才是个小连长，他想跟得章说句亲近话吧，中间还隔着个营长，我干着急也帮不上忙。"

侯登科说："我去给得章说，我让得章把得才提到营里去。"

侯登銮说："大哥这话我听了高兴，可又怕得章不听大哥的，我高兴也是白高兴。"

侯登科说："我是他爹，我说了就算，我说个提拔他就得提拔。"

侯登銮说："我不让大哥你为难了，也不让老宅里人都过来当证人了，大嫂是听清楚了。我说大哥……"

侯登科嗷嗷地叫，叫着说："老三，你现在是爹，你到里边来啊，你先

把他手里的砍刀夺下来啊！"

侯登銮当真抱住了二哥，先说现在不是杀人的时候，现在最当紧的是救二梭，二梭要是救不出来，二梭要是已经被枪毙了，回来再杀人也不晚。侯登銮说："二哥你千万别犯糊涂，你要说救二梭早一会儿晚一会儿不当紧，你要说还是把他们两口子砍死出出气当紧，那你就一个一个地砍吧。"

侯登榜说："我要二梭！"

侯登銮又转向侯登科，说："大哥你没听见啊，二哥要活二梭，你快说句紧要话啊。"

侯登科说："我说哪句话？"

侯登銮说："你先前下过哪句话，你去了再把那句话收回来，二梭不就没事了。是吧二哥？"

侯登科也顾不上洗脸了，也顾不上换干净衣服了，牲口棚里牵出驴来，没出院就跨到驴背上，阴沉着脸拍打驴头。走了几步忽然又勒住缰绳，拧着脖子专看侯登銮的脸，说："我去救二梭行。不过，老三你刚才说我先前下过哪句话，这几个字我听着别扭。"

第十一章

马步正的闺女秀秀来了，秀秀没洗脸，也没换干净衣服，眼皮上还贴着两片薄荷叶，薄荷叶已经发黄了，看着不像路上揪了现贴的。秀秀天没亮就往娘家赶，一看见娘家村子就哭，到了村口又不想让人看见，先蹲到寨壕里捂住嘴掉泪，进了马家胡同就把眼泪擦了。马家的大门还是关着的，秀秀捡了一根树枝拨门闩，春子举着两只面手扑上来，拉着秀秀进了厨房。秀秀先喊了声嫂子，说自己是昨天晚上堵鸡窝时才得到的消息，听到了之后一夜再也没合眼，睁着眼直溜溜地熬了一夜。秀秀说，前几天就听说二梭回来了，也听说了肠子断了的事，还听说二梭自从变成伤残人，也不跟兰兰闹别扭了，也不发邪怪脾气了。自己得了这些话就欢喜得了不得，恨不得当天就来娘家，偏偏那时候又病得浑身没有四两劲，想下床都挪不动腿。秀秀说："到底怎么回事啊嫂子，怎么会这样啊，我哭了一路也想不明白？"

春子又跑出去关院门，又把厨房门也虚掩上，掩上了又拉开望向小东屋。春子说："秀秀，你总算来了，你要再不来我就得找你去，找你再不来我能憋死闷死。一个马家的人都糊涂死了，老的少的没有一个明白的了，自己早就知道怎么回事，可是老马家的人就是不让她张嘴。秀秀，我看你也是个糊涂的，你刚才还说二梭断肠子，你快把这句话扔了吧。咱们都上了二梭的当了，咱们都被二梭坑透了，一个马家的人都变成傻子了。"

秀秀怔怔地望着春子，眼皮跳得止不住，一片薄荷叶掉下来，她蘸了口水贴上了。

春子是要从头到尾连着说的，说得自己忍不住，说得自己也嫌废话多，就挑拣着说紧要的。春子说，她从当天就看出二梭断肠子是假的，一个断了肠子的人该吃不下饭吧，吃饭该细嚼慢咽吧，吃过饭该躺着卧着养伤吧。二梭的饭量却大得很，还吃得狼吞虎咽，还拄着个拌草棍子瞎转悠，还在地上画圈圈，还戳弄着金猪又拱又钻。春子说，这样的话她是先跟满秋说的，满秋是猪脑子是驴脑子，跟满秋说话就跟墙头说话差不多。她又跟婆婆说，又跟公公说，婆婆一听见她说话就喊着后背上痒了，还说耳朵眼里嗡嗡地响。公公干脆不让她张嘴，公公一听见她说话就让满秋找针，还说要拿纳鞋底子的大针。春子说："金猪个小熊羔子也不跟我一个心眼了，他宁可让二梭使唤死，宁可让二梭拿拌草棍子揍死，也不跟我说一句真话。你说他们怎么都不明白啊，你说他们怎么就不信我的话啊，他们都当二梭的肠子真断了。肠子断了是吧，那他把饭吃到哪去了。还有，二梭身上还戴着个红兜兜，还是艳艳的大红，还是不大不小正护住胸口肚脐。兰兰根本没扯过红布，他哪来的红兜兜，谁给他做的。更奇怪的是那个侯月娥，兰兰上回去紫云寺，竟然跟她有说不完的话。"

秀秀忽然听见杂物间里传出呲啦呲啦的锯响，紧着拦挡春子，说自己已经听明白了，要春子先拣紧要的说。春子扳着秀秀的肩膀不让她往杂物间张望，说拉锯的是满秋，满秋一个晚上光锯板子了，呲啦呲啦的，一夜没停。秀秀听着诧异，刚要说多当紧的活啊还一夜不停，春子却涨红了脸，说一个马家只有跟秀秀说话了，自己刚说了一层皮皮秀秀就明白了，可见马家老的少的都糊涂成什么样了。春子说着又打了个寒战,又拉近秀秀,还把声音压得低低的,说二梭其实是个鬼附体的,真二梭早就死了。接着就说了那天到地里搂去年的红薯叶,自己是偷着跑回来摸实底的,结果一下子就看见了茅厕里的假二梭。春子说,二梭不知道她在墙头上趴着,二梭就在茅厕里提裤子,还把个肚皮亮出来,她一眼就看出这个二梭是个鬼附体的。春子说:"你猜我看见了什么,我看见二梭肚皮上一丝丝疤痕也没有。秀秀,你说他是不是鬼附体吧?"

秀秀惊骇着要往春子怀里扎,两只手冰冰凉,两条腿也是冰冰凉,嘴里说:"你别吓我啊,嫂子。咱不说这话了,我听着瘆得慌。嫂子,你问过兰兰吗?二梭肚皮烂没烂,瞒谁也瞒不住她啊?"

春子又呀呀地叫,说快别提兰兰了,再要说兰兰自己也要扯笼布遮盖脸的。春子又把前几天的话拿出来,说那天兰兰一早温好了洗脸水,她是笑着问兰兰的,说洗脸水再热也没有二梭的肚皮热。她还让兰兰说出肚皮热和洗脸水热哪个好,还跟兰兰说别太贪被窝里的事,把二梭使趴架了就没有第二回了。春子捂着嘴望秀秀,说:"秀秀,你猜兰兰怎么说的?"秀秀说:"嫂子你也真是的,这话人家怎么应答啊,还不臊死了?"春子说:"啥啥,还臊死了,你想着哩。跟你说吧,人家兰兰张口就来了一句敞亮的,说哪个热都好。人家兰兰还说记住了,还说让二梭悠着使劲。"

秀秀也把脸捂住了,低了头不看春子,春子又吃吃地笑,又说自己还让兰兰试着在上边,还说男人喜欢胡乱摸的。兰兰还是亮着声儿应答,说也试过了,也摸过了。秀秀又去捂春子的嘴,还要找棉绒堵自己的耳朵,春子越发笑得前仰后合,两只手上的面也沾了秀秀一身。秀秀紧岔开话头,说爹娘还没起来,她要去看兰兰,打着手势不让春子再笑。刚要开门,兰兰却把门推开了,堂屋里跟着响起马步正的咳嗽。马刘氏趴在窗口上喊满秋,说:"满秋,你爹让你找的大针找到了吗?那个老鸹嘴缝上了吗?"

满秋没找针,满秋从杂物间里走出来,举着手中的锯要把春子的嘴锯开,还呵斥春子是记吃不记打的,只有头发白了才知道发愁。春子看看秀秀,又看看兰兰,捞起水筲到井上挑水去了。满秋想着跟妹妹打个招呼,话憋着又回到杂物间,杂物间里又响起拉锯声。春子走到门口把包头巾拽下来,使着眼色让秀秀帮她拣,又附着秀秀的耳根说悄悄话,说马家老的少的都把她当傻子,满秋锯了一夜板子是为二梭准备后事的,别以为她猜不透。春子说:"不就是嫌我话多吗？不就是怕兰兰看见棺材寻短见吗？不就是怕婆婆知道了哭闹吗？不就是想着二梭抓走要枪毙吗？秀秀你记着我的话，二梭是个鬼附体的，再枪毙八回他也死不了。"秀秀咬着手指不哭出声来，拉着兰兰的手去了小东屋，忍不住又向杂物间望了一眼。马步正也看见了秀秀，也是憋着不说话，马刘氏丢下香包走到院子里，隔着棠梨树望一眼东屋门又退回来，苦着脸要马步正说句话，说："他爹，你说句话吧，你说一句抓走二梭是查验伤残的，我就去抱柴火做饭，我吃得饱饱的，我等二梭回来。"

马步正不看马刘氏，也不搭理马刘氏，只是闷着头翻找替换衣服，翻出来的是往年穿破的旧衣服，也不管黑的白的，也不管单的棉的，也不管合身不合身，抓起来就往身上套。换下来的干净衣服又齐整整地包起来，最后换的是鞋，脚上的鞋是兰兰三天前新做的。兰兰是用布褙褙铺的鞋底，纳鞋底用的是沤透了的熟麻线，合的是三股绳子。兰兰还在鞋底上纳了寿字图，是用针锥子纳的，针脚横看竖看都是菱形格。马步正把新鞋脱下来装到枕头套里，还用布条子扎了口，换上的旧鞋是烂的，前头被脚趾顶出了窟窿，后跟绽了线不跟脚，他又拿布条子沿着脚面缠绕着打了个死结。马刘氏原本是要带兰兰去紫云寺上香许愿的，还叠了一兜纸马，还给马箍子包了一件马步正穿过一水的紫花汗衫，要走了又蹲下看马步正的脸，看着越发糊涂，说："你把自己打扮得像个叫花子，二梭回来好看啊？亲家那里好看啊？你放着新鞋不穿，你让兰兰心里怎么想？"

马步正还是不搭理马刘氏，马刘氏赌着气要大儿子满秋过来看看，进了杂物间看见满秋还是闷着头锯板子。马刘氏嘟囔着说："那里一个黑着脸不说话的，这里一个闷着头锯板子的，你们父子这是存心要闷死我啊。"她抓起个板条子要打满秋，还要问满秋锯那么多的板子弄什么，满秋嘴里嗯嗯着，末了说一句锯板子做牛槽。马刘氏听了又恼，抱怨满秋也是个没疼热的，自己的亲兄弟抓走一天一夜了，也不想着验完伤谁把他送回来，要是验伤还得把身上的衣服都脱了，着凉受寒肚子还得疼。马刘氏说："做个牛槽就那么当紧吗？二梭还抵不上一个牛槽吗？你们亲兄弟真是生分到这样了吗？"满秋还是嗯嗯着，马刘氏说一句亲娘哎，扔了板条子又喊兰兰，还要兰兰洗脸梳头，还要秀秀到堂屋里拿香包。说她再不想看老头子的脸了，到紫云寺上香也不让老头子知道，他愿意当叫花子就当去，他不嫌邋遢就满大街跑去。

秀秀从兰兰口中得知家里人是瞒着马刘氏的，说二梭犯的是负伤没挂号的错，离开军营回家养伤，怎么说都是军规不允许的，何况伤得怎么样军营里也不知道。兰兰还责怪自己当天是慌乱了，根本就没看清没听清，根本就不是二梭杀人，街上打枪是围堵日本奸细的，二梭验完伤就该回来了。马刘氏当了真，先还埋怨二梭是个不懂事的，到军营里挂了号再回家也不迟啊，活该人家抓走他查验。秀秀也不愿意捅破，挡着不让马刘氏进东屋门，压着声儿说兰兰早晨起猛了头有些昏沉，稳稳神自己也跟着一块儿去紫云寺。

秀秀还没去过紫云寺，先前只是听说一了大师没脱俗之前是麻家那一支的，跟麻五的爹还是一个爷爷的叔伯兄弟，自打入了空门就能掐算着说话了。二梭跟兰兰闹别扭时，家里请一了大师做过法事，二梭入了军营又做过一次，一了大师还在水碗里插了三根筷子，筷子竟然稳稳地立着。秀秀的身子半个秋天都是虚的，也说不出病根在哪里，也想着讨个法验，不过一了大师临死之前又把住持传给了马笵子。马笵子十几岁就跑出去入了军营，怎么半道上入空门的也能当住持啊，想想心里还是疑惑的。另外还有一件是在心里压着的，就是二梭身上戴着的红兜兜，她是怎么都不明白，二梭自小就不喜欢红呀绿呀的，别说兰兰没给他做，就是做了二梭也不会穿戴上。春子还说到侯月娥，还说侯月娥在紫云寺跟兰兰说了许多话，侯月娥还让婆婆先出去。侯月娥是麻五死了之后又怀上孩子的，孩子是马笵子的，马笵子当了住持也是叔叔辈，单从这一点上看，马笵子又不像是入了空门的。秀秀就想着去看看马笵子，侯月娥长什么模样她还没见过，真要是能碰上，她也要留心着。这样想着，又偷偷瞧兰兰神色，兰兰已经不哭了，一只手由婆婆抓着，迈步还没马刘氏稳当。

兰兰已经哭过一天一夜了，眼皮哭肿了，肿得明溜溜的，嗓子也是哑的，走路时脚底下又是深一脚浅一脚的。东屋里说话时，兰兰跟秀秀说的是老宅的大爷去县城领二梭了，她在老宅里又要拿剪子捅大爷，又要放火烧了大爷一家，那一会儿她脑子里是乱的。今天到紫云寺上香许愿，原本不是她先想起来的，她在东屋里跟大姑姐秀秀说话，说的还是二梭的好。兰兰说二梭自打肠子断了之后，连一次脸色也没给她摆过，也知道跟她说疼热话了。兰兰说，反正二梭杀人杀的不是真得章，也不是真得才，就是真把得章、得才杀了，要让她忘掉二梭也难。

要进紫云寺山门了，秀秀还有许多话要问兰兰，春子口中听到的都是邪了怪了的，春子还说二梭肚皮上一丝丝疤痕也没有，没有疤痕肠子是怎么断的，断肠子还能接上吗？要接肠子不得豁开肚皮啊。秀秀不敢想春子说过的鬼附体，鬼附体的事她也听说过，说不该死的人死了就变成游魂，游魂游荡着不肯归位，碰上谁家正好有要死的人，他就附到那人身上说话，说的是他自己经历过的事，也能叫出自家亲戚的名字。被附了体的这家人就一遍一遍地烧纸钱，还许愿要帮着申冤鸣屈，还许愿逢年过节不忘送零钱花。总之，要说许多宽慰话，游魂觉着很满意了才肯离开，临走还会千遍万遍地叮嘱这家人，说可不许忘了啊，可不许一直让他当游魂啊。游魂走了，要死的人也就咽下最后一口气，这些都算是借尸还魂，但终究死了的人身上是凉的，说吃饭也不会真吃，要跟活着的人在一起睡觉更是不可能。

秀秀就在心里想，兰兰就是再羞臊，毕竟是一张床上躺着，二梭睡觉脱不脱衣服不知道啊，二梭脚手凉不凉还觉不出来啊，不摸不抱光是碰一指头也得知道啊。即便不像春子说的那样，毕竟还有说不清的红兜兜，毕竟还有夜里掏墙洞，许许多多都是奇怪的。秀秀忍不住要问兰兰了，临到话要出口又改了，问的是另样话。秀秀说："咱娘是为二梭上香许愿的，兰兰你信吗？这个笸子叔也跟一了大师一样会做功课吗？"

兰兰就点了头，说："先前也来过两次，听他说话有时也像一了大师。"

进山门时马刘氏先把双手合了，又让兰兰也把手合了，秀秀原本是提着香包的，也依着样子把双手合在胸前，香包用胳肢窝夹着。马笸子迎出来，招着手往禅房里引导，说自己也不结手印了，也不打躬了，结印打躬也不像一了大师。马笸子就冲马刘氏笑笑，说："施主这回不嫌弃了吧，我不拿样了你就不能再说我不像样。"接着又说没样就是样，有样就是无样，横竖是个禅，佛家人讲不明白的都要说是禅，禅就是如是我闻。马刘氏说："你最好连施主也不要说。"她推着马笸子摆香案，又让秀秀喊了尘住持。秀秀先喊了尘住持，跟着又喊了笸子叔，马笸子就把脸喷了，说侄女是个阴气缠绕的，切不可把佛俗两界弄混了。秀秀冷不防听马笸子说出阴气缠绕的话，身上果真又虚寒了许多，仿佛身上浇了凉水，闪着眼角再瞅马笸子，见他穿一条紫花布的宽裆裤，脚上趿拉着一双杏黄拖鞋，裤口刚刚盖住了脚面，上身的靛青对襟夹袍又显得小了，说不像住持吧，言行上还是仿着一了大师的。

马刘氏让兰兰和秀秀分别跪在两边，点着香默默地许愿，许的是二梭验完伤就紧着回来，最好是不再去军营了，最好连军装也脱了还给人家。兰兰把头俯到蒲团上不起来，眼睛是闭着的。秀秀就许了去掉阴气缠绕，紧着恢复了力气，紧着跟先前一样。马刘氏站起来让马笸子做功课，说："你再做个法验吧，二梭得平平安安的，我得了法验才踏实。"

马笸子开了箱子取《金刚经》，刚念了首句如是我闻又放下了，坐在蒲团上要结手印，莲花指刚成形又站起，说："你们都坐好听我的安排，你们这一会儿都把眼睛闭上。"

马笸子先是到山门内侧扒拉柴火堆，抽出来的是一根折成半截的蚊帐竿，又找了一根筷子般粗细的紫柳条，用刀截出二尺二寸，一头用钉子钉在蚊帐竿中间。最后又用夹袍兜了一兜细沙土，沙土均匀地铺在香案上，然后坐到蒲团上睁大眼睛望东南方向，望着说可以了。马笸子让兰兰跪在香案南边，让秀秀跪在香案北边，各以食指分别扶住横竿两端。接着又让马刘氏横着看竿平不平，又问马刘氏下垂的乩仙直不直，要是直的就该指着沙盘的正中心。秀秀一只手捂住胸口，心里怦怦着，拿食指托着横竿，横竿在手上晃荡得止不住，兰兰那边却只是似动未动。马笸子兀突地唱喝一声，说："北海鸾生你听真，你的法身没附心……"

马笸子唱喝着望秀秀，秀秀不知道是在说她，她还是那样心里怦怦着。马笸子又要拨点秀秀，侯月娥忽然在禅房门口答了话，话是带着抱怨的，说自己原本是要早来的，烙饼的面和得多了些，三个孩子轮流烧鳌子，一会儿火大了，一会儿火小了，自己想快也快不了，不过还是一步赶到了，也算正巧。侯月娥说："笸子叔你也真是的，你冷不丁地说出鸾生来，秀秀知道鸾生附体啊，秀秀知道她这一会儿已经是鸾生了？"侯月娥抓过横竿又用另一只手拉秀秀，接着就亮着声儿，说："北海鸾生临紫渊，专管生死与平安。"

秀秀先是惊诧着侯月娥说话张狂，看了侯月娥果然有了身孕，跪到蒲团上就把脸喷了，喷得水一样月一样，心里就加了几分感激，再想起她跟兰兰说过许多话，那些话兴许是该着对兰兰说的。兰兰忐忑着看侯月娥微微阖上眼皮，自己也微微阖上眼皮。马笸子接着侯月娥的话又唱喝一句："南海北海双鸾生，写下仙语是乾贞。速速道来！"随着马笸子的唱喝，横竿中间下垂的紫柳条勾勾画画地在沙盘上移动，紫柳条不动了，沙盘上的笔画排满了。马刘氏伸着头看了沙盘又看马笸子的脸，马笸子抹了脸上的汗，说："是个平安。"

马刘氏要伸手拉兰兰，先拉起来的是侯月娥，说："我以后不喊他笸子兄弟了，你以后也别叫他笸子叔了，他已经得一了大师的真传了，叫个了尘住持也是该着的。二梭是跟着去军营验伤的，我想着也得是个平安，刚才许的愿也是平安，这么快就应验了。"马笸子紧着分解，说自己做的功课叫扶乩，是道门里专用的，道与佛原本是两家，后来佛里也有道了，又说一了大师修的是佛法大乘六名，六名是指善说、现报、无时、能将、来尝、智者自知，一了大师纵然通了扶乩也不会全部传给他。

侯月娥就拿眼角瞟马笸子，又用手指画着半边腮，讥讽马笸子是说个胖就喘的，最好谁都不要夸他。侯月娥说："我问你，你刚才说的六名七名的，是你原本就知道的，还是跟一了大师现学的。你敢说原来就懂？"马笸子嘿嘿地笑，笑着又走到院子里向东南方张望，还要马刘氏也跟着张望，还问马刘氏看见紫气了没有，要是看见了就是紫气东来。马刘氏也站到马笸子身边，说自己没看见紫气，看见的是一团黑影，黑影一闪一闪，闪着闪着就看不见了。马笸子把手举过头顶啪啪地击掌，说："嫂子你佛缘不浅啊，一闪一闪的不就是灵光吗，二梭是带着灵光下凡到马家的，马家要出英豪了！"

马刘氏果然欢喜，又握住兰兰的手，兰兰脸上一会儿是煞白的，一会儿又变成艳艳红的。秀秀惊惊愕愕地待着，看看这个又看看那个，想着也让马笸子细说说自己的毛病，他一见就说了阴气缠绕，应该不是随口说的，刚要叫一声了尘住持，却看见侯月娥又跟兰兰使眼色，兰兰躲躲闪闪地向禅房挪步，挪动的是小碎步。秀秀示意娘，马刘氏不看她，她悄悄跟过去，刚走到禅房门口，忽然听见马笸子又叫了一声，说："紫云寨又放炮仗了，该不是马家的英豪回来了吧！"

第十二章

早年间，运河码头曾经是县城最热闹的地方，住在城里的人常常到码头找乐儿，靠着运河漕运带来的银两存储，河湾县一度可比州府。十字隅首的车水马龙不说，单是沿岸的作坊、店铺、酒肆、茶棚就有上百家，春宵楼的红灯笼更是一夜一夜地亮着，再赶上夜场戏的笙笛、琵琶、月琴、坠胡伴奏着，连打着呵欠的船家也要揪着肚皮喝出几声好来。

　　作坊是靠技艺靠名声沉浮的，让南北客商没想到的是，其中最有名的竟然是胡家的逍遥椅。逍遥椅也是椅子，椅子骨架用的是楠竹。楠竹也叫毛竹，其质地坚韧似铁，其表面润滑如肤，故人皆喜爱。南方匠人多以此竹制作各类家具，款式又大多仿着木制家具的造型，所冠名称只是个竹木之异。此类制品尤以湖南益阳、湖北武穴、江苏高邮、安徽屯溪最为出名。匠人根据竹青和内黄的不同特色，经过脱油、郁制、拼嵌、装修、火制等工序，加之匠心独具，一件随心随欲的制品就诞生了。此类竹中，若以生长奇特而论，当以四川境内的毛竹为最。它种下之后前五年丝毫不长，到了第六年的雨季，竟以每天丈余的速度猛长半个月左右，最高者可达十余丈。细究方知，原来它前五年不是不长，只不过长的是地下的根，正应了根深叶茂那句古话。

　　胡家的先祖也是运河湾里的人，先祖里还有一人曾经是镇南王吴三桂的帐前护卫，康熙帝削藩之后，护卫爷就带着家小兄妹沿金沙江至九江，一路下行着寻觅落脚处。先是弃武从商，后待小有发迹，又举家迁往江苏高邮，丢下商又改为了技。技者为匠，匠者从竹，胡家就借了当地楠竹的繁茂，做起了专以竹器为业的营生。此后又过了若干年，于商旅客游中听得中原河湾县甚为畅达，说是运河沿岸市井繁荣，人丁兴旺，社会升平，夜不闭户，胡家先祖于是又重返故里。胡家还是重操旧业，还是在方片圆筒上下功夫，功夫下得软硬兼修，慢慢地竟发明出一种逍遥椅。逍遥椅的骨架自然还是用竹，只不过是椅底、椅靠、椅帮、椅衬等处，全部换成了运河湾里的紫柳条。

　　紫柳条是先与驴皮同锅熬煮过的，仅熬煮之前的浸泡就要用大半年的时间，接下来才是熬煮蒸发，最后还要有一个暑季的日晒露润。紫柳条经过了九九八十一难，及至到了胡家匠人手里，活得就跟牛筋丝弦一样，滑柔绵韧。椅骨上有了这种滑柔绵韧的铺衬物，椅骨又是用的内镂内旋的活铆活榫，椅子就不只是椅子了。坐上是椅子，躺倒是卧榻，斜身是靠背，折起是马扎，把弄起来又变成了玩物。其中又以卧榻最为受用，不管地干地湿，不管地凸地凹，不管庭院场舍，不管草地蒿丛，无所不适，无所不能。用的人多了，称奇的人多了，慢慢地就成了名流显贵的爱物。胡家原来是因着摇动响声曾随口叫作哗啦椅的，名流显贵人家又嫌弃哗啦一词俗气，不知道哪个一时兴雅，脱口而出的竟是个逍遥，于是运河岸边的哗啦椅就成了可入官宦人家的逍遥椅。

逍遥椅的响声是春宵楼的姑娘们先传出来的，先传的是眉目，眉目里又是带着欲扬又止的，接着是半掩了朱唇的窃窃私语，更伴着欲吐还休的乖张，最后才说的是逍遥椅的响声妙处。说在逍遥椅上行逍遥时，那身下身上身左身右竟是嘤嘤有声，声又是脆脆如潺，潺又是春雪消融初流淌的那种。说者如云如雾，听者似神似仙，都不深究，都不明言，却又个个心领神会，于是携了逍遥椅约姑娘入苇入柳入茅丛的就如蜂拥蝶逐，一个运河湾里也便昼夜如琴筝拨弄，如珠玑落盘，如冰融雪消，如春风拂梢。

光绪年间，运河兵营里每年有春秋两茬阅检，第一次春检是在惊蛰前后，第二次秋检是在白露前后。军机大臣荣禄到运河兵营巡检，处暑节过后从北京动身启程，赶的是秋检那个茬口。阅检前的七八天里，兵营里就开始张灯结彩，还要扫尘除秽，还要列队演练，还要布阵厮杀，为的是让钦差大臣看出军威。一应俱全之后，兵营统帅还是感觉少了些什么，有亲密者就悄悄地附耳送语，兵营统帅闻之大喜大悦，当即便如此这般巧布一番。军机大臣果然如期而至，兵营里也果然号角齐鸣，只不过是荣禄当天既没在马鞍上，也没在阅检台上，稍做休憩之后便被领到草长莺飞的河套，随行的还有一双小姐妹。小姐妹自然是春宵楼的，见了逍遥椅自然是嬉笑不已，倒是那荣禄先有些茫然了。小姐妹见状愈发兴浓，扭转纤纤玉指先自解衣宽带，又帮荣禄解衣宽带，解着就倒在了逍遥椅上，逍遥椅上跟着就起了欢悦声。

军机大臣荣禄竟然迟迟不归。

后来密泄事发，终至朝野哗然，慈禧太后大怒大恼，但荣禄毕竟是宠臣，大怒大恼也不忍下手，于是就拿兵营统帅摔打着出气。还要清扫兵营周边，凡伤风败俗有辱国体者，一律发配边远荒凉地。胡家听到传闻，丢下作坊连夜奔逃，又担心着朝廷追赶，惊恐中就入了荡荡东平湖，又随着一刘姓渔家改了姓氏。竹艺胡家没有了，撒网刘家出现了，这刘家后人里有一个汉子，汉子叫刘百湖，仗着枪法有异，仗着胆识过人，先是做了韩复榘的特务连连长，后又任手枪旅团长，再任国民党山东暂编保安第二师师长，再任鲁西保安纵队总司令。其后不久，又被日本人举为县长，赴任的地方就是河湾县。这自然是后话。

自嘉道年间至大清退位，运河两岸的热闹景由盛到衰，原来车水马龙的地方变成了伏兔藏鸠的荒地，荒地上生满了齐腰深的茅草，靠近水面的岸边还有更密更茂的蒲草，以及高高低低顺坡随势的紫柳。只是偏离了县城中心的码头上，依旧有南来北往的船只停泊，只不过是踏柳寻芳的商旅客游少了，船上装的是货，船就变成了货船。货船用不着雕梁画栋，因此，运河码头上也就失了先前的光鲜，多的是青青白白黄黄黑黑的死物。青色死物是猾子皮，猾子皮即为羊羔皮，羊羔产自母体，母体就是运河湾里的青山羊。离开运河湾，生下来的羊羔养大了再卖皮卖肉，即便小羊羔死了剥皮，剥下来的皮也只能叫羔皮。运河湾里有了这一宝物，经营猾子皮的货栈就出现在码头上，皮货商从货栈老板手里接了货，再倒手卖到青岛货栈。青岛的货栈是直通外国货轮的，货轮跑的是太平洋、大西洋，最终到了豪门贵妇的脖子里胸腹上。

猾子皮讲究的是成色，成色又是藏在母体肚子里的，摸得着却看不见，这就需要买羊杀羔人的眼力。眼力也是个虚的，说穿了还是个心领神悟上积下的经验，孙花头的老爷爷孙一顺就有这样的本事。孙花头让青马兵潘新麦拿马鞭子抽过烂头，烂头皮从此再难复新，天明天黑地流淌黏水，中原大战不久，他就在苍蝇包围中流尽了最后一滴黏水。孙花头是死在侯家老宅门洞里的，侯登科那时候刚当了乡长，让豁子把一具臭皮囊埋在了粪堆里。孙一顺是死在母羊手里的，母羊在刀尖直抵腹腔之前的那一瞬间，猛地昂首一顶一撞，两只羊角不偏不倚地戳在他的前裆命门处。先是全身皮肤莫名其妙的刺痒，接着是关节骨缝里虫爬虫钻般的瘙痒，再接着他就拿刀把自己捅死了，手法跟杀母取子差不多。这自然也是后话。

运河码头上的西洋货栈来了个大鼻子洋人老板，洋人老板认准了孙一顺的本事，却又带着一肚子的狐疑，要看看这种隔皮猜瓜式的杀母取子是怎么神奇的。那一天他随着孙一顺到了羊市，那一天他还吸着洋烟，寸步不离地盯着孙一顺，专看他怎样检验猾子皮的老嫩闭绽。老嫩闭绽指的是羊羔的皮毛花形，老了羔毛变成了直的，嫩了毛花还没成形，闭是说羔毛花形还在蓓蕾状，此时动刀火候尚欠，那个绽字自然指的是花形开放，瓣张蕊现。而上等的猾子皮，讲究的是羔毛花形似开未开，似绽未绽，一如枝上花蕾承露欲张。孙一顺一时兴起，专要在大鼻子洋人面前卖弄自己的眼力手功，于是挑选了一大一小两只带羔的大肚子母羊，弯腰先抱住小个子母羊摸了，摸的是下腹羊肚子，站起来搓搓手又摸大个子母羊，然后让吸洋烟的大鼻子货栈老板也摸，洋人老板连羊奶都摸了，摸了还是混混沌沌。孙一顺就指了小个子母羊，说这一只怀了四个羔，只是超了三天，毛卷散花了。又拉过大个子母羊，又说它肚里是三个羔，还欠两天，花卷刚成形。买了活母羊当场就杀，这叫杀热羔，隔皮猜成色，靠的是千言万语说不尽的真功夫。

猾子皮是从八国联军进京之后开始兴起的买卖，猾子皮的优劣完全取决于羔羊在母腹中的生长天数，还有就是怀孕母羊的肥瘦壮弱，不一样体质的母羊，即便孕期相同，羔毛的成色也不一样。如果等到怀孕母羊自然分娩，剥下的足月羔皮就叫大皮，价格与猾子皮就没法比了。庄稼院里有句俗话——麦熟一晌，蚕老一时，是说季节时间的紧要性，而最优质的猾子皮，甚至连半天的时间也多不得少不得。

大鼻子货栈老板哇哇地叫着要打赌，赌的是洋老板的女人，如果大鼻子货栈老板输了，就要把自己的媳妇借给孙一顺用几天。大鼻子货栈老板也跟他要赌注，孙一顺就说输了让闺女脱光了身子，自个儿跑到皮货栈里，两个人当下还击了掌。孙一顺亮出刀子，当场就把两只羊放倒了，果然是小母羊怀了四个羔，果然是大母羊怀了三个羔，也果然是小母羊的羔皮散了花。大鼻子货栈老板怪叫着往货栈跑，孙一顺只当他是反悔，赶到前边把黄毛洋女人的衣服扒了，三天后还回去，大笑着说自己摸了一辈子羊肚子，一个赌摸了洋女人了。

不过孙一顺的下场并不好，死相也太难看，拿刀子捅自己时，满嘴里喊的是受不了了，不知道他是受不了黄毛女人的丰腴洋滋味，还是受不了关节骨缝里虫爬虫钻般的瘙痒。孙家后人里忌讳着先人的死因好说不好听，有一支还为此分清了族门，分出去的是孙老安那一支。孙老安闹怪病的时候，孙花头还要把孙老安放置在玉树媳妇睡过的碾盘上，孙老安的大儿子月份要揍孙花头。孙老安起死还阳之后，开口闭口都是玉树媳妇的声音腔调，两只手还总是做着掩胸护怀的动作，这是孙家后人感到无比羞耻。孙老安的怪病是因补办青龙节引起的，玉树媳妇躺在碾盘上扮白虎，身上压的是碾樟子，玉树媳妇宁愿被碾樟子压死，也要证明自己已经不是迷怔病人了。到孙花头死时，月份月成两兄弟一个打照面的也没有，但是，老大孙月份的儿子孙宝贝却是恨着侯登科的，他在投奔了刘百湖之后就一直想着报复侯登科，还骂侯登科把花头埋在粪堆里，是有意作践孙家族门。这自然也是后话。

八国联军横扫京城后又几十年，北伐革命军沿运河两岸冲杀如卷席，后来还在码头上集结待命。码头上的几家货栈都关了门，货栈里的人也跑得无影踪，码头上的石缝里还长了草。运河上少了沿岸的作坊店铺、酒肆茶棚，码头上又少了货栈，往来的船只就显得瘦小了许多，运河水倒是比先前流淌得快了，秋汛到来的时候，码头上会留下折了跟斗回不去的泥鳅。河湾县城却比先前阔了不少，先是运河大桥的东边修了引桥，引桥又与西门贯通了，186团驻防之后，西门外又新修了操场，操场的四周还栽植了柳树，树荫又是连着城墙根的，原来凸鼓在西南角的码头竟与河湾县城成了扯胳膊连腿的整体了。所以，当码头上又出现了一家货栈时，所有的人都没感觉出哪里是突然的。

突然的是日本人打过来了，打过来又不占领。运河湾里的人先是听说独立营被偷袭了，独立营的人也许死光了也许没死光，接着就是运河大桥被炸了，再接着就有人看见码头上多了一面太阳旗，日本兵营是建在紫云寨官地上的。再接着运河大堤就决了口，波涛汹涌直冲官地，日本兵营跟着又没有了。日本人来了又走，这一点倒是有些突然，除此之外再看县城，看哪里都是跟先前没区别的，码头上凭空里再冒出一家货栈，看着还是跟先前没区别的。要是静下神来细想，也许能想起，新货栈是在日本兵营被洪水卷走之后的第四天开张的，那时候整个河湾县已经看不到日本人了，货栈开张的时候太阳旗也不见了，有人说是前一天晚上让南蛮子拔了。这样一想，开货栈的三个男蛮子，还有两个女蛮子，一来就把码头当成了自己的家，这在买卖行里倒不多见。况且，还敢趁着月黑风高把日本人的太阳旗拔了，往胆量上论，也是很了不起的。

没有人知道南蛮子为什么选中了河湾县，南蛮子的老家具体是哪州哪县也没有人说得清，他们一来就直奔运河码头，他们是怎样知道运河码头闲置着的，这些也都成了谜。接下来就看见三个男南蛮子分了工，管记账的福安却很少坐下来记账，他大部分时间是城里城外地瞎转悠，去得最多的地方是粮仓，粮仓在县政府大院的东北角。东北角还有一个茅草罩顶的茶棚，各乡进城交粮时，茶棚里还会摆上又笨又重的条凳，有谁困乏了，还可以脱下鞋来当枕头，伸直了腿躺下睡觉。一脸坠腮肉的福安先是趴在条凳上瞅粮仓，忽然地又围着粮仓跑步，看见的人都说南蛮子跑步屁股坠坠着，怎么看都像吃饱了撑的。胖墩墩的小个子福山是沿着运河两岸奔跑的，跑到某个地方就停下来，先是支起个三条腿的架子，架子上还加了一个黑筒筒，黑筒筒要用一只眼望。望着还要在夹子上描描画画，描画的又是不入眼的圈圈点点，描画完了就把夹子塞到后背带上，看着像是坐不住冷板凳跑着玩的。

南蛮子里边最像买卖人的是福市，福市大部分时间都在喝茶，有时是自己喝,有时就邀了侯得章做茶伴,两个人吱喽一盏,再斟上还是吱喽一盏,话却说得很少,说话的声音也很低,听着像是说茶品茶论茶道的。这时候巡防队的李队长就盼着侯得章离开,他还不希望侯得章多喝茶水,多喝了茶水撒尿也多,一会儿跑出来尿一阵子,他这边刚把厨灶哑女放倒在柴火堆里,那边又哗哗地撒尿了。侯得才不会这时候进货栈,他是踏着团长大哥的脚步来的不假,但他来了也不往货栈里张望,他是盯着李队长说悄悄话的。悄悄话说得次数多了,巡防队的李队长就记住了年龄大几岁的厨灶哑女归他,年龄小几岁的菜园哑女归侯得才。分清了又觉着自己是吃了亏的,于是又要说两个人轮着用,你能用我的,我也能用你的。这个时候,侯得才就把手按到皮带上,突然地叫一声:"警卫连中尉连长命令,巡防队长李怀有滚蛋!"

　　码头上新开张了货栈,按说商会应该有人知道,按说运河巡防队应该知道,按说河务修防局应该知道,其实这几家也不知道。有人就拦住了巡防队的李队长,仰着面咨询,李队长就用手指修防局,那人说已经问过修防局了,李队长又用手指商会,那人又说商会也去过了。李队长就冲那人翻白眼,又偏转了身子往货栈里探头探脑,看见厨灶哑撩起裙子揪扯大腿根上的茅草叶,李队长就哈唏哈唏地笑了,笑着说一句:"你去问侯团长好了,你去问侯县长好了,他要是也说不知道,我就让你看哑巴舌头是长的还是短的。"

　　这些话还真传到了团部传到了县政府,侯得章听了就会皱起眉头,又应邀过来喝茶时,他会选在晚上,要么就故意挑选码头上装货上船时。晚上过来不招眼,有人看见也许觉着侯得章团长是出来查哨的,也许还会觉着年纪轻轻还兼着县长,日里夜里都要操着心,想想也不容易。码头上货又是另一番光景,可以理解成查验是否有人夹带军火,也可以理解成是否有违禁品偷偷上岸。比如这一次,侯得章刚把马二梭和丁黑豆押回县城,他原本想着喝杯闷酒压压烦恼的,货栈老板福市先生又要他去喝茶了,说是刚到的福建乌龙茶,还是建瓯凤凰山产的,还说不与善茶道的侯团长侯县长对饮,实在是委屈了这由宋代贡茶龙团、凤饼演变而来的名头,更失了江南烟雨润新芽的别致。

　　侯得章就把酒杯推开了,接着就到了码头货栈,接着就有警卫附着他的耳朵说话,说的是老太爷来了。侯得章走出货栈,警卫还说:"听老太爷的话音,像是要团部放人的。"说着又往货栈里探望,还把嗓门放低了,又说:"团长您听说了吗?有人说南蛮子其实是日本人。"

侯得章站下要掌警卫的嘴，原本要说南蛮子脸上写着日本人了，原本要说人家是通过上面安排的，上面告知码头上开货栈时也说的是南方人。话到嘴边又换了，说的是："你是说老太爷要让我放了马二梭，还是连丁黑豆也一块儿放了？真是老糊涂了，他老人家也不老啊……"

第十三章

马二梭回来了，是侯登科把他带回来的，说是救也好，说是领也好，侯登科没多说，马二梭也没多说。到了十字街口，两个人从吉普车上下来，侯登科到车尾巴上解驴缰绳，又在驴背上拍一巴掌，驴靠着吉普车打滚，躺倒了却翻了半边身子，原来一条腿是瘸的。马二梭走到胡同口又向后边拧脖子，侯登科扶的是驴，驴哼哼着喷个响鼻进家了，走着还是一瘸一拐的。

侯登科走到门洞里忽然站住了，先向里边望一眼，看见多多趴在梯子上，喜喜在下边用手扶着梯子，脸仰着跟多多说话。喜喜问多多看见了没有，多多嘴里嗯嗯着，眼睛望的却是马照本家的院子。喜喜就呀呀地叫，指点着要多多望县城方向，望不见县城望运河大堤也行，运河堤上只要出现两个并排走的，就一定是爹把二梭救回来了。喜喜还说一天一夜了，得章哥一定是开会去了，爹一定是等得章哥回来才见到二梭的，见到了就能把二梭领回来。不过，她爹不可能让二梭也骑到驴身上，她家的驴驮不动两个大男人。多多还是嗯嗯着，嗯嗯着又埋怨喜喜，说喜喜不该让她看人，运河堤上没有并排走的两个人，也没看见有人牵驴，来的是车，两个人是坐在车上的，接着又呼又叫，说回来了，到家门口了，两个人都下车了。侯登科扯着嗓子吼一声，接着又吭吭地咳嗽，不吐痰也咳。侯登科还朝多多瞪眼，还朝喜喜瞪眼，还朝院子里探头，说："我把侯家的女婿祖宗带回来了！"

西跨院里先窜出来的是侯登銮，侯登銮朝身后打手势，侯登榜跟着跑出来，侯黄氏也跟着跑出来，跟在最后边的是侯杨氏。侯登榜抱着脑袋又蹦又跳，蹦着跳着又哼哼地哭起来，哭着喊侯黄氏，哭着喊兰兰，哭着喊二梭。侯登銮哈哈地笑，说快放炮仗啊，二梭回来了，咱得放迎宾炮，迎宾炮还得放最响的。还说别放文武鞭了，要放就放二踢脚。侯登銮说："二哥你别号号，快去家庙里拿炮仗啊，快去街上放啊！"侯登榜不哭了也不喊了，抱着炮仗往街上跑，侯登科在门洞里站着就跟没看见一样。侯登科嗷嗷地叫，拽着侯登榜让他往自己脸上看，说："老二你嘴笨眼也瞎啊，门洞里有个人你看不见啊，我不信你看不见。"接着又怨恨老二侯登榜没良心，也不想想杀人犯为什么没被枪毙，也不想想抓走的人怎么还能放回来，也不想想是谁把二梭救回来的。侯登科说："老二你看着我，我喝热风灌凉气，一天一夜才回来，你连一句问候的话也不会说吗？"

侯登榜使劲地甩开侯登科的手，眼睛望的是十字街口，说："我没长说人话的嘴！"

侯登銮还是哈哈地笑着跑进跑出，看着多多沾了一脸浮土还是笑，看着喜喜冲她爹撇嘴还是笑。侯登科气得噗噗地吐，吐的是黏沫沫，摸起扫帚要拍打侯登銮。侯登銮喊着大哥又悄悄拽侯登科的衣袖，说："你别光想着县城的酒肉香，你别光想着一天一夜的滋润，你得细说说那边的情况。"

侯登科又朝地上呸一口，横着脑袋走进自家的东跨院，看见东倒西歪的门板门框，一时又记起老三侯登銮的可恨，看见侯葛氏只顾清扫院里的黏米也觉着可恨。兰兰又是拿剪子要捅人啊，又是跺门砸门撬门啊，又是抱柴火要烧房啊，房子毕竟没点着，院门也毕竟没撬开，倒是老三侯登銮下了死力气。老三侯登銮咣咣地跺掉门板还不算，还得把门框跺下来，还得把鸡棚架跺散了，还得把盛水的缸砸烂了，还得把满满一席晾晒的黏米冲到浮土里。他是帮兰兰出气啊，他是故意祸害东西的，侯家老宅里再没有比老三侯登銮更可恨的了。侯登銮脚跟脚地追过来，先是竖起鼻子围着侯登科闻味，还揪揪扯扯地要在侯登科身上找长头发，还是一连声地追着问县城里的事。

侯登科不搭理侯登銮，顺手抓起桌子上的拂尘，扬着手要砸侯葛氏，说："我现在还是人吗？我已经没脸没皮了！"

侯登科是要说自己进县城的，张口说的竟是凄凉话，还说得悲悲怆怆。侯登科说自己进了县城就找不到人了，也找不到儿子得章了，也不知道马二梭关在哪里，问谁谁都不看他，他只能像遛街狗一样东一头西一头地窜。原来马二梭一进城就被关了，先是关在团部的禁闭室，禁闭室是用原来的酒窖池改的，屋顶没有桑叉高，又没人敢进屋解要犯身上的桑叉，只好又把马二梭押到了警局大牢。警局随即又向团部打电话，请示要犯身上的桑叉还解不解，要是能解开就往死牢里关，要是不能解就跟其他的政治犯关在一起。电话打到团部，电话是机要科长接的，机要科长先问桑叉是怎么回事，又说要犯进了警局就跟团部没关系了，最后说的是团长不在团部，桑叉解不解得团长说了算。警局那边就急了，求着机要科长找团长，机要科长找到团部西北角的哨楼上，看见团长侯得章坐在哨楼的最上边，眼睛直勾勾地望的是垛口，垛口上一只马蜂在蜘蛛网上打扑棱。侯得章回去就把电话挂了。

机要科长并不知道团长是从码头上刚回来的，以为团长坐在那儿一定是思考问题，侯登科自然也不知道儿子是故意不在团部的。

侯登科从前院的县政府又绕到后院的团部，他坐在团部等儿子得章，嗓子是干的也没人倒茶水，侯登科啪啪地摔打茶壶盖，茶壶盖摔裂了还是没人搭理他。后来实在渴得受不了了，索性抓着茶壶找水缸，找着就到了后院的西北角，一下子看见儿子得章正坐在哨楼上望他，他就把茶壶摔了。侯得章还是一动不动，还是眼睛直勾勾地望垛口，侯登科爬上去要拔儿子腰间的手枪，侯得章这才拿手指着垛口说："爹，您看看。"

侯登科没看垛口，他看的是儿子的脸，儿子的脸色灰灰暗暗，鼻子洼里还蒙着一层浮土，浮土里还有碎草屑。侯得章就把视线移开了，半侧身地坐着，话也是掂量着说的，先叫了一声爹，接着就说自己坐蜡了。原来侯得章是埋怨着父亲侯登科的，对于马二梭和丁黑豆回家之后的种种怪异举动，他也是用心考虑过的，这样那样的都想了，但是怎么处置这两个人，自己当初并没有通盘考虑。处置这两个人不外乎两种方式，一是依据军规条例，按逃兵就地正法，二是移送师部，这两种方式都可以做到干净利落。不能干净利落的是侯家老宅。二叔侯登榜那里怎么办，堂妹兰兰那里怎么办，二叔又是个头撞南墙的死拧脾气，兰兰又是死过一个丈夫的。枪毙了一个马二梭，就等于炸了一个侯家老宅，老宅里就再无宁日了，自己是军人，军人可以裹尸沙场。父亲那里呢，母亲那里呢，还有妹妹喜喜，喜喜还没有婆家。

这是侯得章的第一个纠结。

按第二种方式移送师部，师部有军法处，但军法处也会在宣判前审问要犯。一审问就要问出作案动机，马二梭和丁黑豆一定会为独立营喊冤，为了活命他们也会把一切责任都推到自己身上。他们一定会说团长侯得章暗中与日军勾结,明明得到日军偷袭独立营的情报,明明知道日军要干掉运河独立营,他偏偏不出兵增援。他还撤回了运河堤上的巡防队,他还下命令关闭了城门,他还派人截杀了胡营长派出去联系旅部的亲信,他还让通信兵掐断了电话线。这些话,军法处不一定全信,也不一定不信,即便是半信半疑,他也很难辩解得清。况且"勾结"两个字是最紧要的,码头上又是插过太阳旗的,而看见过太阳旗的人绝不止一个马二梭,绝不止一个丁黑豆。如此等等,本来很简单的两种方式,有了结果反而变复杂了。而这一切,都是因为父亲侯登科催得太紧,都是因为父亲侯登科目光短浅又自视聪明,再加上还有一个混蛋至极的侯得才跟着搅和!

这是侯得章的第二个纠结。

侯得章说:"我知道您会来,您摔茶壶找水喝我也知道,您来是什么意思我也知道,我就是不想说话。别再催我了好吗?我要通盘考虑,是杀是送我只能二选一。"

侯登科怔怔地望着儿子,望着忽然抓起儿子的手,揽到怀里再也不松开,说自己这一会儿很想坐在儿子的身边。侯登科还叫了儿子的名字,说:"得章啊,我想和你说个长话。"像这样父子之间叫着名字说话还从来没有过。侯登科说,他是一路上都在想的,进了城还在想,坐在团部摔茶壶盖时还在想,现在终于想明白了,尽管他心里千分万分不情愿。马二梭不是个善茬,马二梭不是个省油的灯,马二梭不是个安分的,马二梭不是个良善之辈,马二梭天生就是个祸害。从小看大,三岁看老。种种端端,他比任何人都清楚,单从迎娶兰兰的当天就去跟情人白面瓜胡混这一点,马二梭就是个犯天条的,就是个十恶不赦的,天下大赦都赦光也不能赦他。他是怎么对待兰兰的,他是怎么对待侯家老宅的,他是怎么拿侯家三兄弟当玩物的。种种端端,哪一件不是他干的?更不用说从娶了兰兰的那天就没同过床,更不用说从战场上回来就到老宅发酒疯,更不用说装扮成伤残人暗中开枪行刺。

侯登科说着还撕扯自己的头皮,还拧自己的腮帮子,还说自己也是命中该着犯小人的。为什么当初要撺掇着让兰兰嫁给他,为什么现在又为一个祸害东奔西走,为什么明明知道马二梭是祸害了,还要颠颠地跑到县城来说许多话。侯登科说:"儿子啊,得章啊,爹这样说你明白吗?"

侯得章望着父亲连连地点头。

侯登科突然变了声调,后来还长叹了一口气,说知子莫若父,又说知父莫若子。毕竟马二梭还是兰兰的丈夫,毕竟兰兰又是老二家两口子的宝贝闺女,毕竟兰兰已经死过一个丈夫了,毕竟兰兰又是个死活都想着马二梭好的。怎么办,当初错过一次了,现在不能再错了。不能再错了怎么办,那就得从长计议,那就得把死棋变成活棋,那就得走一步看两步,那就得打掉自个儿的牙再嘎巴嘎巴地当茴香豆嚼,嚼着咽着还得说又酥又脆。侯登科说:"我现在就恨不得捆自己的脸,我现在就恨不得撕自己的嘴,即便这样我还是追到县城来了。不这样怎么能成大丈夫,不这样怎么能成大旗号,不这样怎么能屈伸自如。咱们就当伸手扔骨头被疯狗咬了,咬破了咱们再包上,马二梭就是疯狗,咱们犯不上跟个疯狗较劲。得章啊,你咂摸着我说的对吧?"

侯得章还是望着父亲连连地点头。

侯登科站起来,说:"你给我说个地方,我把马二梭带回去。"

侯得章惊诧着望父亲,灰灰暗暗的脸上一下子又涨得紫红,说:"您说什么,带回去,带哪去?"

侯登科也急了,想着儿子也是跟他玩了花样的,那天他偷偷进城说事,提醒儿子要防备对团长怀恨在心的人,说死活不顾的人什么事都能干得出来。儿子得章居然还装作没往心里放,还说不就是两个伤兵吗,不就是被日本人打怕了不愿意归队吗,随他们的便好了。结果呢,不往心里放还会找个替死鬼,不往心里放还会暗中埋伏兵马,不往心里放还会把警卫连也带去。侯登科觉着儿子跟老子玩花样是父子不同心,又觉着儿子毕竟是在省城读过书的,玩个花样还能让老子爹信以为真,怎么说都得算是能耐,不过心里还是有些不舒服,于是就没好气地说:"敢情我刚才的话都白说了,你不明白点哪门子头啊,你以为我追到县城来是催着杀二梭啊?"

侯得章又要点头,点着又变成了摇头,说:"你让再我通盘考虑一下。"

侯得章说通盘考虑其实是另有原委的,只不过那样的原委不便于跟父亲明说,作为胸怀大志的国军上校团长,作为军人必须恪守的军规军纪,他也不能跟父亲明说,何况说了也是白说,父亲的主意只会使他的心更乱。最让他纠结的就是插太阳旗,而那时候他只想着河湾县不落到日本人手里,只要日本人说路过就真是路过,他宁可背个一时的骂名,只要日本人不在河湾县驻军,他宁可舍掉一个独立营。但在吃晚饭的时候,他还是轻描淡写地跟父亲透了一句,说自己的186团也许会移防,而自己原本是想着扎根河湾县开创新局面的,又说当初愿意到河湾县来,又想办法挤走县长孙令动,就是为了独自施展一番抱负，结果日本人过了黄河又盯上了运河，结果日本人真偷袭了独立营。

侯登科忐忑地望着儿子，先前还希望儿子往细微处说，又担心岔开了其他话头，带马二梭回家的事再另生变故。于是，又故意装作不明白，又故意拨弄着儿子往自己这边引导，又故意扔出去一个羊屎蛋蛋让儿子追。他说放了二梭行，但是黑豆那个熊羔子坚决不能放，放一个马二梭已经给马家天大面子了，已经给二倔驴一家天大面子了，谁都不能得寸进尺。侯得章果然被父亲扔出的羊屎蛋蛋勾引住了，说："您是怎么想的，还想把丁黑豆放了？军营是客栈吗？军规是儿戏吗？国民政府是在鼓励以下犯上吗？"

侯登科心里有底了，饭也吃得香甜了，还要跟儿子比着喝酒，趁着儿子倒酒时他在自己嘴上拧了一把，接着就显出了困意。侯登科坚持要跟儿子睡一张床，睡了一觉，发现儿子还在椅子上坐着，酒壶还在手里抓着，也不往酒盅里倒酒了，喝是含着壶嘴喝的。侯登科下了床，拉儿子睡觉。儿子说："泱泱中国怎么了，荡荡华夏怎么了，沃野万里却积贫积弱，熙熙亿众却离心离德，拥兵百万却首尾两端，坐北面南却环目他顾。谁之罪？倘若众志成城，倘若万民一心，倘若聚家国天下于党首，倘若军阀豪门能磊落，倘若党派之争能消解，弹丸岛国鸡头倭寇能奈我何？然也，非也，悲也，鄙也。"侯登科夺下酒壶再不让儿子喝，也不让儿子再说刚才的那些话，侯得章说："我心里苦闷啊！"侯登科紧着说："我知道，我知道。"侯得章摇着头，说国难当头父亲未必理解儿子，说黑云压顶而城墙依旧昏昏，说国将不国，家能若何？说理想到底是个害人物，它使有理想有抱负者为了理想抱负自剪肝肠，肝肠寸断了还是理想还是抱负，俯就了还是大言不惭。侯登科还是说："我理解，我理解。"侯得章又说："衷肠毕竟为国土，委曲岂非大丈夫。瑕不掩瑜终是瑕，我辈焉可作鄙论。哀哉，不失足亦是千古恨啊。"侯登科又随着说："我明白，我明白。"

侯得章哗哗地推掉桌上的杯盏碗筷，吼着追问他心中的苦是什么，吼着追问他现在的困惑是什么，吼着追问他最大的纠结是什么。侯得章说："你既然什么都知道，你既然什么都理解，你既然什么都明白，那么我问你，侯得才呢？捉拿逃兵时他在哪里？他把小聪明耍到军营里来了你知道不知道？你知道的那个侯家得才还是得才吗？"

侯登科这才想起得才，这才想起回老宅祭祖得才也是个假扮的，两个假扮的一个抓着酒壶喝醉了还喝，那个呢？按说儿子应该知道啊，儿子如果不知道，又是谁让得才假扮的，两个假扮的坐在一辆车上，谁给他安排的。侯登科说："你们两个唱的哪一出自己不明白啊，你现在反过头来又问我，我知道你们要玩狸猫换太子啊？"

　　侯得章瞪着血红的眼珠望着父亲侯登科，还用手冲着父亲侯登科的脸指点着，还从嘴里喷出酒沫来，还啊啊地叫着说狠话："我们，谁们？我们在一起了吗？我们是一条心吗？我们还是兄弟吗？我去紫云寨看见他的影子了吗？你再说你们你们的我就恼，你再提一句得才我就问你是谁！"

　　侯登科想得头疼也没想明白儿子恼的是什么，儿子还口口声声说纠结，儿子还口口声声说苦闷，这一切不都是儿子照着自己的蓝图谋划的吗？儿子不是说他怀有大理想大抱负吗？突然又记起临来时老三侯登銮给他下的套子，话不明说，意思是把得才提到营里去，自己当时是拍了胸膛的。于是他又急着要儿子说清楚，得才是提拔啊还是不提拔，从连长提成营长真是一句话就行吗，还要不要上报旅部批复，得章却趴在桌子上睡着了，他连一句明白话也没问出来。烦躁着要等第二天再接着问，团部里早已看不见儿子得章了，警卫带着他去领马二梭，说团长一早就去开会了，临走之前给警局打了电话。侯登科悄悄地跟警卫打听得才，警卫前后地观望，又斜了眼望禁闭室，最后又连连地摇头，说侯连长如果没值勤的话，那他一定是在面壁思过。看见侯登科还是伸着头瞅他，他又说："哎呀，老太爷您饶了我吧，您要是连侯连长面壁思过就是受处分也要细问，您要是连丁黑豆下到死牢里就是等死也要细问，我可就什么事也不知道了。"

第十四章

　　侯登科坐在车上恶心得受不了，旁边的马二梭不佝偻着腰装断肠子的伤兵了。马二梭撂给他的是一脸的怒气，还故意把头昂得比他高。他试探着跟马二梭说话，说二梭你恨团长其实是恨错了，许多事情你当连长的并不知道。在那之前，团长是做过战前谋划的，要的就是把日本人的先头部队调出来吃掉，没想到日本人偷袭独立营会那么快得手，团部得到的情报是，日军会在黎明时分采取行动，团部安排的是黎明之前反包围，结果晚了一步。不过，这在部队里也是常有的事，自己虽然不太懂打仗，但戏文上说的胜败乃兵家常事还是知道的。从这一点上论，二梭恨团长恨得早了点，要刺杀团长更是过分了。

侯登科后来还换了口气，说："你说呢？"

马二梭站起来要往下跳，还要拉着侯登科返回县城，说他要在县城大街上与团长侯得章当面对质。团长侯得章不是做过战前谋划吗？他谋划的什么？他谋划的是坐山观虎斗！团长侯得章不是要把日本人的先头部队调出来吃掉吗？他吃了吗？他是看着日军把独立营吃掉的！团长侯得章不是要在黎明之前反包围吗？那么，把另外两个营调进县城又是什么意思，那就是反包围啊？任凭日军偷袭独立营，紧闭城门不出兵就是反包围啊？

侯登科原本是没话找话帮着儿子开脱的，没想到马二梭居然窝了一肚子气，还有，马二梭居然也像老爹马步正一样，变成了咬死理不松口的难缠人。侯登科拿眼角瞟着开车的司机，尴尬着说："二梭你听我说……"

马二梭拿头咣咣地撞车，又说团长侯得章如果是真心抗日，团长侯得章如果真是与日军势不两立，日本人修建官地兵营时他为什么不出兵？他为什么不率186团血洗日军兵营？血洗日军兵营根本用不着谋划，难道也是来不及吗？马二梭说得急了，愤怒使他止不住咳嗽，他用血红的眼睛盯住侯登科，吼叫着说："你如果能说清为什么，我爬着背你进侯家老宅，我还可以在团长面前开枪把自己打死！说不出来，你就是与儿子一样善使阴谋诡计的，你们侯家都是该杀的！"

侯登科被马二梭呛了一路，进了老宅看到的又是一院子黑脸白眼珠子，连女儿喜喜也拿嘴角撇他。侯登科就急了，骂了侯葛氏，手中的拂尘倒没真往侯葛氏身上扔，转了头盯着看的是侯登銮，鼻子里还哼哼着。

侯登銮也伸了头望侯登科，望着又笑了，说："我不说你在县城喝酒吃肉了，我不说你一天一夜的滋润了，我只问一句你知道的。"

侯登科说："你接着说。"

侯登銮说："我说了，该你说了。"

侯登科说:"你说什么了?"

侯登銮说:"我说了问一句你知道的。"

侯登科说:"我知道的?现在还有我知道的吗?"

侯登銮啊啊地叫,还从侯登科手里夺过拂尘啪啪地摔打,还一声紧一声地喊侯葛氏也到屋里来,嘴里说着行啊行啊,离开老宅就变卦了,见了儿子就把侄子忘了。灰没火热,酱没盐咸,一拃没有四指近,儿子到底是亲生的,侄子到底是远着一步的。侯登銮说:"你就那么恶心得才吗?你就那么不盼着得才腾达吗?打仗亲兄弟,上阵父子兵,你儿子有个兄弟当帮手,到底哪里不好,有帮手不是左膀右臂啊?难道当了团长,身边就容不得一个亲人近人吗?一个爷爷的堂兄弟,已经不算亲人近人了是吧?"

侯登科说:"你说完了吗?"

侯登銮说:"说完了。"

侯登科又从侯登銮手里抢过拂尘,摔打着一根一根地揪扯马尾鬃,揪扯了又扔到地上拿脚踩。侯登科是强压着怒火的,说:"老三你还有脸问我,你还有脸跟到我家来,你还有脸跟我说那一句知道的。我呸呸呸。行啊老三,行啊侯登銮,你口口声声说我暗中进城跟儿子下话了,你口口声声说我跟老二玩转轴了,我还得呸呸呸。别管马二梭是怎么抓走的,别管兵营里是怎么排兵布阵的,九九归一,马二梭终究还是我领回来的。你的宝贝儿子得才呢,是谁教他先来个真假美猴王,是谁让他假扮的。他为什么要假扮,他扮个假得才是要盼着让人杀死真得章吗?要不是这样想的他为什么要假扮?"侯登科最后还把摔不烂的拂尘把扔到侯登銮怀里,还把桌子上的茶水往侯登銮身上泼洒,还发狠发邪地瞪着侯登銮,说:"你还想着提拔,你还想让儿子一步跨到营里去,还想着让儿子当营长当团长,你到黑屋里摸去吧,你也面壁去吧,你也进死牢吧!"

侯登銮一下子跳起来,跳着要跟侯登科拼命,逼着侯登科说出黑屋是怎么回事,莫不是道貌岸然的侯得章也把得才抓起来了,如果是,他现在就要闯大堂闹团部,他现在就要进县城呼喊。侯得章还打着抓逃兵的幌子,马二梭是逃兵吗?丁黑豆是逃兵吗?人家一个独立营都死光了,人家是跟日本人拼得不能拼了才过的运河木桥,天底下有这样的逃兵吗?侯得章要不是与日本人打了通点,日本人敢去偷袭吗?侯得章要不是与日本人打过照面,码头上的太阳旗哪来的?他跟十二道金牌害岳飞的秦桧有哪些区别?

还有，日本人顺着运河运兵运粮运弹药，他拦截过一次吗？巡逻队都是等日本人过去之后再叭叭几枪，那是放给谁听的，自个儿放枪听响玩啊。还有，侯得章要真是个坦荡君子，他为什么也找个替死鬼，是他先找的，还是得才先找的？他找个替死鬼不就是想让得才先死吗？侯登銮后来还学着侯登科的样子朝地上呸呸呸，呸呸着说："我为什么去找你儿子争辩，我为什么去县城呼喊，团长上边没有旅长啊，旅长上边没有师长啊，我鼻子下边没个嘴啊，我摸不到还问不到啊。我要状告侯得章与日本人暗中勾结你信不信？我一告就能把侯得章告个开刀问斩你信不信？他还团长，他团鱼吧！他还县长，他现锄吧！你说句明白的，我儿子呢？"

其实侯得才没想到他这一次会玩栽，他那一会儿想着变花样，不过是谎言被戳穿之后的愤懑，另外再有，就是团长大哥坐在前边不搭理他，而他只能在后边站着还要一个劲地套近乎。他那一会儿认定团长大哥是有意显摆自己官大的，他那一会儿就想弄个假扮的让团长大哥抖不出威风，根本就没想到前边的团长大哥也是个假扮的，根本就没想到吉普车刚到老宅门口就被打了冷枪。他如果知道回紫云寨祭祖就是去送死，一定明白父亲为什么让他编理由出差，还不许给团长大哥透露一丝丝为什么。那一会儿他看着吉普车渐渐消失在晨雾中，看着团长大哥昂首挺胸像个大人物，他趴在蓬松的茅草丛中，心里是说不出的恣美，恣美着还揪了一截茅草戳弄自己的鼻孔。接着就听到了枪声，接着就听到了喊杀声，接着就被团长大哥关进了禁闭室。

侯得才想把窗户捅开，本来就小的窗户棂子又被木板从外边钉上了，中间的两块木板各锯出一个马蹄豁口，合起来又变成一个小窗口，每天的饭就是从小窗口里接送的。得才踮着脚尖望小窗口，小窗口正好与他的头顶相当，他看不见警卫的脸，警卫在外边走来走去倒是听得清清楚楚。得才就使劲地拍打窗口，还把一只手从小窗口里伸出去，那样子像是要抓警卫的，警卫就笑了，说侯连长一准是饿了，饭没来越抓越饿，越饿越嫌饭菜送得晚。得才把手缩回去，冲着外边说近乎话，说："我听出来了，你是三老雕，我要早知道是你当看守，我就不感觉憋闷了。三老雕你靠近点，我有话跟你说。"三老雕笑着说："我要是真老雕一准把你叼出来，你还是警卫连的连长，我还是乐呵呵地给你打洗脸水，我还是乐呵呵地给你收拾铺盖。"三老雕说他这一会儿想起来还是忍不住要笑，一个车上坐着的，竟然连真团长假团长都分不出来，那边已经把人捆绑了，竟然还说是自己先冲进马家胡同又爬上丁家房顶的。马二梭是傻子啊，丁黑豆是傻子啊，你抓了那个这个还等着让你抓，你一个人跑到两个地方，那我们这些人呢，我们这些人都坐在街上喝茶啊。

警卫三老雕这样说着终于忍不住大笑起来，笑着还拿手在墙上刺啦刺啦地磨，手磨得热辣辣的又捂到脸上，脸上也跟着麻酥酥的。三老雕说："侯连长你一准是聪明得招架不住了，你一定是被自己的聪明屁熏晕乎了。你只知道马二梭一定在马家，丁黑豆一定在丁家，你连磨坊里藏的是马二梭都不知道，你连奶奶庙里藏的是丁黑豆都不知道。你连底细都不知道，偏偏又说是你把人抓到的，你想想团长得恼成什么样，只要一想团长是你哥就明白了。还有，团长是骑在马背上的，团长一眼就看出你在运河大堤上睡过觉，一准还是在蓬松的茅草丛里睡的。村子里没有枪声了你才过去。你过去就过去吧，那你该把假扮的中尉官服换过来啊，那你该把一身的茅草叶子摘净啊，那你该把眼角的眵目糊擦净啊。你从别人手里抢过绳子，抢到手里就说是你捆绑的，你还朝真捆绑的人身上踢了一脚。"

警卫三老雕笑得眼泪流出来，又说："团长明明是经过大谋划的，团长明明是传过令不许喊团长的，你偏偏比谁喊得都响亮。往正处想，明白你是想证明自己一直在场，往歪处想，马上就能想到你是故意出卖团长，故意让全紫云寨的人都知道是团长设的圈套。你为什么非要在那个茬口上赶过去，你既然弄花样了就一直弄到底不行吗？你等着队伍回城时再悄悄地尾随着不行吗？你都那个样了团长要是还相信，你说团长得傻成什么样了，团长有那么傻吗？"得才懊悔着听警卫三老雕数落，说："三老雕你接着说，你说得越血乎我越舒坦，你把我说得头撞墙才好。说啊，你怎么不说了，你不说我可就恼了。你去找团长给我换个地方，我不能跟马二梭关在一个屋里，我知道他是从这里出去的，他直不起腰来我也直不起腰来。"

警卫三老雕没去找团长，三老雕想起黑屋里关的是警卫连长侯得才就忍不住笑，三老雕听见侯得才说话也忍不住笑。后来他说："不行了连长，你得让我笑够了再陪你说话，我这一会里还是忍不住。"得才骂着三老雕又想当时的经过，想着团长大哥那天说的移送军法处也是假的，团长大哥早就找好了替身，而自己还一直认为团长大哥拿鼻子哼哼是故意摆谱装大。得才就在心里恨了大哥侯得章，先是在团部呵斥自己谎话连篇，接着又催自己上车，接着又安排替身不应答自己的话，接着又让自己在后边站着。我要是不在半路上弄花样呢，我要是乐呵呵地屁颠颠地站到老宅门口呢，我现在连肚子都凉透了。真没想到啊，你侯得章生了害人心还要拿自家兄弟说事，关我的禁闭不就是怕跟你对质吗？

侯得才恨着后怕，后怕的心没有恨的心大，要捅事的冲动突然间又跟着冒出来。于是得才又叫了三老雕，说："三老雕你得明白，你不能光感觉好笑，这件事其实一点儿也不好笑。你知道团长为什么要关我的禁闭吗？你知道团长为什么要找替死鬼吗？你知道团长抓这两个人有什么目的吗？团长是怕我把他的阴谋泄漏出去，团长原本想着把马二梭交给日本人，他知道日本人最恨的就是马二梭。那个丁黑豆他不准备再送给日本人了，他要装麻袋里沉到运河底，河底的鲇鱼啊泥鳅啊，钻到麻袋里就把肉啃光了。186团有五个是紫云寨的，那个麻五是炸死的，说起来是夺机枪阵地不怕牺牲，实际上是有人跟胡营长下过话，要的就是让五麻子参加青龙敢死队，要的就是让五麻子去送死。麻五死了之后还有四个，再除掉这两个剩下的就是我了，再接着就是跟我亲近的，再接着就是跟我有些交情的，再接着就是跟我沾过边的，再接着就是跟我说过话的。"警卫三老雕突然打起喷嚏，紧着拿手捂耳朵，紧着提裆掖怀，说："侯连长你别说了，你说的这些我听着瘆得慌。不行了侯连长，我得拉稀屎去。"

侯得才说："你要拉屎我不能拦着，我现在还要再说个稀罕事，你听了一准得把屎拉到裤子里。你知道日本人为什么没攻占县城吗？你知道日本人为什么灭了独立营就收兵了吗？你知道日本人让咱们把炸毁的运河大桥再修起来准备干什么吗？这都是团长跟日本人密谋好的，条件就是咱们依旧在河湾县驻防，日本人沿运河南进咱们码头，日本人要粮食要挑夫咱们给托底。日本人还要在运河湾里找煤矿。日本人要把河湾县当成他们的老家后院，老家后院又舒适又有人看护着。咱们答应了这些，日本人就与咱们两不相犯，两不相犯就是互相罩着，互相罩着就是咱好他也好。上头信以为真就会表彰咱们驻防有功治理有方，上头信以为真就不会让咱们换防休整，而团长要的就是继续在河湾县独霸一方，文的武的都是他说了算。团长的腿与日本人的腿明明在一个裤裆里，他还一封一封的电报给旅长报捷，给师长报捷，连第五战区长官部都被蒙在鼓里了，他们连运河码头上插过日本人的太阳旗都不知道。等着吧，过不了多久，整个186团都得姓日，别管湖南的湖北的山西的河南的，是186团的都得认一个日本爹，日本爹叫你舔他的腚沟子，你还得把舌头伸得长长的。三老雕你快着去拉，拉完回来我再接着说灭口的事，还多着呢。光一个码头上的事，我就能说三天三夜，三天三夜还不带重样的。"

侯得才又一次失算，就在警卫三老雕大跑着找茅厕时，他还想着三老雕一准不敢再回来，少了看守侯得章一准会感觉奇怪，一准会问怎么回事，看守一准会跟侯得章说害怕，侯得章为了不让他胡说八道一准会解除禁闭。但是，他的算盘只拨对了一半，禁闭室打开之后他被安排到机修班，任务是修配损坏的枪械。说是机修班，实际上只有两个伤残的老兵，办完交接的当天，两个老兵就领了抚恤金返乡了。跟着侯得才一块去的还有三老雕，三老雕再也不笑了，他拿着个枪栓咔嚓咔嚓地卸了又装上，脸上是带着苦相的。得才反过来又劝三老雕，说："狗日的你还撂脸子，我的中尉连长都撸了脸上该是什么样。"得才还让三老雕摸他的肚子，还问三老雕肚子是不是像鼓一样嘭嘭的，还说他肚子胀是气顶的，肚子里有气就会胀。还说他恨不得带着日本人端了团部，恨不得日本人马上再来一拨，恨不得县城攻破之后再把班长以上的都沉到运河里，让鲇鱼啃了也好，让泥鳅钻了也好，最好连骨头渣渣也不剩，最好把吃过的骨头渣渣再变成屎屙出来。

三老雕啊啊地叫着满屋子里找棉绒塞耳朵，棉绒没找到，找到的是油泥，他把油泥捏成蛋蛋塞到耳朵眼里，然后他擦着脸上的汗水，说："连长，你说什么我都听不见，我就当你光张嘴没出声。"得才揪着他的耳朵抠油泥，还要三老雕坐周正了听他说细话，还说刚才没说完一直憋着难受。果然说的是运河码头上的稀罕事。得才说，码头货栈其实是日本人开的，日本人打着南蛮子的旗号开货栈，其实是看上了地下的煤矿，看上了河套里的臭气，臭气能点灯，把河湾县当成粮仓倒是其次。两个哑巴女人也不是真南蛮子，也不是真哑巴。得才说，跟菜园哑女干头一回时他就摸清底了，他先看的是哑女的舌头，舌头活泛泛的没有二样，真哑巴舌根子是挺的。得才说，头一回他就把菜园哑女干滋润了，菜园哑女就用手指自己的舌头，从那时候起他就知道南蛮子是假的。他们来了就把太阳旗拔了，拔是拔给中国人看的，中国人看见他们连太阳旗也敢拔，他们再接着弄什么都不会招人怀疑。得才说，你以为团长不知道啊，你以为真是旅长安排的啊，你以为别人真信了他也真信啊。

侯得才说着又笑，笑着还问三老雕想不想知道干哑巴女人什么滋味，如果三老雕真是馋得受不了，他可以带三老雕去货栈，不过三老雕只能干厨灶哑女。

三老雕丢了枪栓就跪下了，说："我知道你跟我一样了，我还是喊你连长。侯连长，你不说话行吗？你也用鼻子哼哼行吗？"

侯得才嗷嗷地叫起来，说："等着吧，我侯得才早晚有一天会成个人物！"

而当他大爷侯登科被父亲侯登銮逼着再一次来到县城时，侯得才已经在机修班搭上铺了。他躺在地铺上让三老雕脱袜子，还让三老雕帮着他想，成了人物之后第一件事先干什么。

第十五章

侯登科是赌着气要接着再返回县城的，他还窝了一肚子的惊吓，老三侯登銮说的那些话他想起来就害怕。他其实并不知道得才被关了禁闭，他只是看见老三侯登銮就生气，又记起警卫说过的面壁思过，他一下子就说了关黑屋，而老三侯登銮接着就说了狠话。他心里非常清楚，别管这件事是不是由自己挑起的，即便找替死鬼的事全瞒下，独立营被日本人偷袭却是千真万确的，码头上插过太阳旗也是千真万确的，日本人顺着运河运兵运粮不拦截也是千真万确的，仅仅把这一条捅上去，儿子的团长能不能保住都是问题。他哭丧着脸跟老三侯登銮说尽了好话，答应马上再进城看望得才，看见得才已经提成营长了再回来，刚要牵驴出门，没想到老二侯登榜又堵着他说官地的事。侯登榜说新宅又把官地全占了，侯登仓这个小贼羔子还满大街上放狠话，还要围着官地埋桩起篱笆，还要挂上烈属土地的牌子。

侯登銮见二哥这个时候说官地心里就有些烦，也恨着二哥不知道个轻重缓急，脸上忍不住就显出急躁来，只是不好明着推搡，只是没好气地说："我们搅搅成一锅粥了，官地的事明天再说也不晚。"

侯登榜听不进老三侯登銮的话，他也不看老大侯登科的脸，他的心思都在官地上。二梭放回来之后他是一直思谋着的，思谋着女儿兰兰要过安稳日子，首要的是稳住二梭，要稳住二梭，首要的是紧着让兰兰怀上孩子，怀了孩子紧着另盘锅灶分家单过。怀孩子的事娘家爹娘干着急不中用，那操操心总是应该的吧，为闺女盘算盘算总是应该的吧。侯登榜就跟侯黄氏说他起的念想，还说得殷殷切切的，侯黄氏也有些心伤，又想起兰兰先嫁了个不要命的半吊子北洋军官霍好秋。兰兰该看的脸色都看了，不该咽的气也咽了，不能忍的冤屈也忍了，偏偏再嫁个马二梭又是不着调的。好不容易熬到拉扯二梭魂的白面瓜死了，好不容易熬到有盼头了，兰兰生下的却是个污血疙瘩。污血疙瘩是心里思念久了积聚的气血。二梭跟兰兰一个被窝里睡了不假，但二梭是穿着衣服醉了一夜的，没上身子怎么怀的孩子啊，可兰兰偏偏当成了真的。王宝钏守寒窑，守的是薛平贵征西回来做恩爱夫妻，兰兰也等来了二梭，兰兰也能等来恩爱吗？侯黄氏也想得心里酸楚楚的不是个滋味，瞅瞅侯登榜又把泪水擦了，说是她也想给兰兰占占卜。

侯黄氏说："他爹，老天爷没存颠倒心，贱身子贵命也是有的，咱给兰兰问问命，你别烦我啊。"

侯登榜本来是听不得这些的，以为侯黄氏也要去紫云寺上香许愿，心里就先有了几分恼恨。又记起当初为兰兰合八字帖，老大侯登科先是不入心，后来总算催着撵着地去了紫云寺，回来就说一了大师合过了，合着是个土生金的十全大贵命。还说一了大师合了八字又给起卦，起的是地天泰，好是没法说的好。说兰兰占的是大吉祥的六合卦，预示所占所卜都是富贵大有，都是吉祥如意。男人霍好秋还是个旺妻相，如果修武为商，定然财源滚滚，日进斗金，即便要为将为帅，也是官运亨通，也是青云骏马，也是魁阁紫霞，也是福禄寿康。更不用说夫妻恩爱，更不用说白头偕老，单是儿孙满堂也占着娘娘命的。后来呢，有一句是真的吗？有一句是人话吗？又想说可恶的一了大师总算死了，现在又换了个兵混混马笸子，马笸子也是可恶的，新宅小贼妮子侯月娥更是个不要脸腔的。侯登榜就冲着侯黄氏瞪眼，说："你要敢说去紫云寺，我这就把你的腿砸断！"

侯黄氏也不应答，站起来先去了灶间，再回来时手里就多了一把过年捣豆馅的木勺子，手里还托着捣蒜的石臼子，也不管侯登榜瞪眼不瞪眼，接着又进了里屋，又是解包袱，又是掀橱柜，还在衣架上拉拉扯扯，最后找出来的是兰兰和得印小时候穿过的小衣服。又让侯登榜到柴火垛上抽了一捆秆草，掂量着分成四把，还要说孩子很多了也不好，当娘的跟着受累，将来操的心也大，两儿两女花搭着生，就要四个吧。话是嘟囔着说的，说着把四件小衣服分别套到四把秆草上，揉揉捏捏扎成孩童状，还偏了头前后地打量着。侯登榜见侯黄氏做得仔细，脸上又是嗔着的，再不敢瞪眼发脾气，听着侯黄氏的支派，轻着手脚抱起四个草把孩童，随着侯黄氏走到院子西南角的阴沟旁。侯登榜在阴沟旁边先把火纸烧了，接着又到院子正中的香台前站住，见侯黄氏跪下他也跪下。侯黄氏焚了香，又磕了三个响头，又低了声地念，先念的是：会生孩的先生女，女儿大了娘的腿。接下来念的是：会生孩的先生男，男孩搂着两筐钱。最后念的是长语：儿女双全和美的命。银盆脸，双皮眼，女罩霞帔绫罗缎，男套紫袍抱金秤。

侯登榜不会念，也不敢多说话，见侯黄氏站起来他也站起来，两个人各自抱两个草把孩童回到屋里。侯黄氏又把两个草把孩童交给侯登榜，自己拿起木勺，将蒜臼子底朝上扣到桌子上，试着把勺子头放到臼底上，连着试了几次，最后总算放上了，勺子把却是一颤一颤地不着稳。

侯黄氏说："先生女吧。"

勺子把颤颤颠颠。

侯黄氏说："男女花搭着生吧。"

勺子把又颤颤颠颠。

侯黄氏又说："趁年轻生四个吧。"

勺子把还是颤颤颠颠。

侯黄氏再接着说："要是四个也嫌少那就再接着生吧。"

勺子头稳住了，勺子把不颤不颠了。

侯黄氏拍拍手收起勺子，说："你看多准。"

侯登榜跟着说："准了好。"

侯黄氏说："按说四个也不算少了……"

侯登榜又跟着说："多去吧，兰兰顾不上，咱们给她揽过来。"

生孩子的事问过了，侯登榜细想想心里还是有不落稳的地方，为了摸清二梭的心思，他又到自家地里把刚种下的山药挖出几根，故意沾着泥土让侯黄氏送到马家。他还让儿子得印挖了一篮子沙荸荠，也不让得印清洗，沙荸荠身上的泥也是原样带着的，还说先送到东屋里让姐姐姐夫看了再往堂屋里放。荸荠原本是生在池塘河泥中的，沙荸荠却是旱地里也能生长的，只是后期喜欢较为潮湿的沙土地，这一点又与其他块茎植物不同。沙荸荠也叫地梨，个头与荸荠差不多，荸荠是扁扁的圆，沙荸荠也是圆的，却不扁。沙荸荠生吃熟吃都是脆的，也有一丝丝甜味，水分也不比河塘荸荠少。

　　侯黄氏回来说亲家老两口一直盯着山药看，马刘氏还说山药吃了还补肠胃还壮筋骨，二棱也跟着说山药长得真好，蒸熟了一准得是面的。侯登榜紧着问侯黄氏，问她这个茬口上是不是说了紧要的话，紧要话是不是跟土地沾边的。侯黄氏响亮亮地说，自己开口第一句就是说土地的。她说，好孬是儿，薄厚是地，土地里是什么都能生长的。还说，什么都没有土地好，辣的甜的干的湿的都能生长出来。渴了，落一场雨够喝的了，饿了，撒上一层灰呀粪呀够吃的了，吃着喝着什么都有了，都有了就算抱稳心口窝了，过日子就算牢靠了。侯登榜听了很满意。得印说的是姐姐愿意吃沙荸荠，姐夫也愿意吃沙荸荠，姐夫还挑拣了一颗大的，也没用水冲洗，抓着沙荸荠在裤子上擦，擦着就生吃了。侯登榜听了也很满意，还哈哈地笑，还说好了。

　　侯登榜心里有数了，接着还是思谋土地。二棱既然入不成兵营了，最好的安稳就是有几亩地种着，地还不能太少了，三亩五亩地根本拴不住他。马家有几亩土地他知道，即便马步正偏向着小儿子，二棱名下最多也只能分四亩多点，这远远绑不住一个男人的手脚。自己这里也没有多少地了，兰兰下边还有弟弟得印，拨给兰兰几亩又觉着亏了儿子。思谋来思谋去，只有再把官地争回来，当初新宅那边凭着麻五的烈士证独吞了官地不假，但官地随后又被日本人修成兵营了。日本人在官地上修成兵营，官地跟老宅没关系了，也同样跟新宅没关系了，日本兵营被水冲了，官地就等于是悬浮的。官地既然是悬浮的，他新宅能种，老宅自然也能种，凭什么由着侯登仓又是埋桩又是扎篱笆的，他再挂个烈属的牌子还有用吗。侯登榜拦截着老大侯登科不让出门，听见老三侯登銮说我们搅成一锅粥了，意思是嫌他添乱的，他伸手把老三侯登銮拨拉开，说："你们把锅底搅烂我也不管，我就要官地。侯登仓这个小贼羔子也忒能了吧，他说官地是他的就是他的了！"

　　新宅的侯登仓自从那天被姐姐侯月娥气得吐了血之后，他曾经发誓不再跟姐姐说一句话，既然侯月娥的心不在官地上，既然官地回来了她连一句话也没有，那就随她的便好了。她愿意跟马艳子明铺明盖也好，她愿意天明天黑地粘在紫云寺不归家也好，他见了也装作看不见，官地种什么，怎么种，他决不会再往西河湾迈一步。但是，心口的疼痛稍稍减轻了之后，他又忍不住去了姐姐侯月娥家里，进了门还是忍不住要说官地。

　　侯登仓是从床上爬起来就去了西河湾的，他连脸也没洗，吐过血的半边腮上还沾着变成黑紫色的血点子血条子,他明明感觉到半边腮上皱巴巴的却连擦一下也顾不上。他下了床先去的是家庙,他在娘和哥哥的牌位面前各燃了一炷香,跪下磕头的时候还哭了,他还哭着表述自己的心迹。他说:"娘啊,哥啊,官地几个来回了,几个反复了,我是一刻也没松过心。官地跟烙饼一样,今天是新宅的,明天又成了老宅的,先是老宅里雇了兵混子花木春拉我的滑吊,接着又是侯得章这个贼羔子骑马挎刀来了个五门平分。刚刚赶上姐夫麻五的烈士证中了用,偏偏又来了日本人横插一杠子,狗日的日本人把好好的官地弄成了兵营,我拿着烈士证还差一点儿被他们捅死。饼烙煳了烙焦了只不过是一层皮皮,我烙的是心。现在好了,小日本淹死了,兵营没有了,官地又变成咱们的了。"侯登仓最后还抓了一把香灰抹到脸上,接着他就去了西河湾,要推门时他还冲着门缝看里边是不是插着的。

侯月娥已经先他一步离开了西河湾,她去紫云寺是要听马筢子讲官地的,弟弟侯登仓急着恨着瞅门缝时,她看到马筢子又把沙土铺到香案上。侯月娥抓起拂尘要给他扫了,说上香敬佛的地方你一点儿也不顾忌吗?为兰兰请鸾生用就用了,怎么说个官地也要用香案,官地就那么重要吗?说什么就是不说官地不行吗?侯月娥说,她其实是恨着官地的,一想起麻五是为官地死的就生出恨来,恨一次就要好多天忘不了。她原本是与麻五说好了的,有了上边的得田兄妹,接着再怀上,接着再生孩子,还要麻五在她没满月时赶热窝。结果弟弟侯登仓还是一遍二遍地催,还是一遍二遍地说官地,还是一遍二遍地找麻五。侯登仓还把刀子扎到自己腿上,还说第一刀是为屈死的娘扎的,接着还要为哥哥侯登库扎一刀。她不想看弟弟再扎就答应了,还没等她再怀上麻五又去了兵营,去了就把自己装到骨灰盒里。她抱着骨灰盒要找弟弟拼命,侯登仓却拿着麻五的烈士证去了县城,回来他说成了成了,官地又是咱们的了。

侯月娥先用拂尘抽打马筢子,马筢子扯着袍子护住了香案,说别闹别闹,他要比画着说。马筢子说这个大谋划不是凭空想出来的,他完全是为了侯月娥不再生弟弟的气,侯登仓不着急了也就不会再吐血,官地平和和地种着也就用不着天天把官地挂嘴上。侯月娥就把拂尘放下了,望着马筢子又叹口气,说:"我恨官地,我还心疼弟弟。你说吧,我听听。"

马筢子是抓着筷子比画的,他先用筷子在沙盘上画圈,还把划痕里的沙土清理出来,这样沙盘上就出现了一道明显的沟壑。马筢子说:"沟壑是渠,渠里有水，水里有鱼，有虾，有菱角，有荸荠，有月牙菜，有莲藕。沟渠里还可以种蒲草，蒲草晒干了能编草苫子草帘子，冬天铺到床上，能当芦席用，又比芦席多了一层暖和。总之，沟渠里有吃不完的活物鲜物，有用不尽的钱财门路。河套里不是有水吗，运河里不是有水吗，挖个渠就把水引来了，引来了就把官地圈里边了，圈里边就变成聚宝盆了。"马笸子还不让侯月娥瞪眼着急，他还要侯月娥往详细处听，他说只要能听明白了，侯月娥一准会乐得哈哈的，侯登仓也会乐得哈哈的。

马笸子说，紫云寨不是有许多人家没有地种吗，那就去挖渠好了，照着宽处挖，该挖一丈的挖两丈，浅浅地挖出个漫坡来。谁挖的是谁的，是谁的谁去经管，他愿意捞着吃也好，他愿意抓了卖钱也好，新宅里不收一丁儿租子。这样一来，没地的人家就有了活钱，有了活钱就能买粮食吃，他得了好处就会用心用力地照管着，里边的官地就等于多了一群看家护院的。新宅里明着看是吃亏了，毕竟官地是少了几亩，但圈起来的几百亩却是旱涝保收的。最关键的是，官地四周是属于村中众人的，老宅里再想伸手就是犯众怒。众怒难犯，众怒难违，众怒难平，谁想试试谁就等着挨闷棍吧。

马笸子还说到沟渠的管理，说除了各家各户自己经管之外，也可以雇用几个脚腿麻利的半大小子当巡护，地里活多时可以替代他们照看。比如豌豆啦，比如立冬啦，比如金猪啦，比如得印啦。这几个也是不用新宅付工钱的，工钱也是从沟渠里出，他们承担的是抓贼截寇，受益的人家就要出个份子钱。侯月娥听他说得印就拿白眼珠子挖他，侯月娥还说她不喜欢官地里有老宅的人，有个小孩芽芽她也烦，剩下的那些找谁都行。马笸子就紧着解释，说侯月娥又想错了，雇用了得印，这里边就算有了侯登榜的份子，侯登榜就不会随着老大老三戳弄事，这就叫拴狗守猫洞。

侯月娥果然不拿白眼珠子挖他了，他接着还是说沟渠，说沟渠的边沿还要栽植紫柳，紫柳条子割下来编成水栅栏。水栅栏把沟渠分成一家一户的，水栅栏就变成了地边子地埂子，还公道还省心。紫柳一天天茂盛了，官地又变成了林园，林园枝条上一准会有大大小小的鸟儿，鸟儿吃庄稼上的虫子，虫子变成鸟屎，鸟屎落到沟渠里，沟渠里的水就变成了肥水。林园里还可以种蔬菜，还可以种花草，还可以种瓜果。林园里还可以顺着紫柳趟子搭建一处凉亭廊桥，孩子们冬天在学堂里读书，到了酷暑六月天，孩子们就可以挪到凉亭廊桥里。凉亭廊桥上南风北刮，身边又有渠水滋润着，头脑清醒了，嗓子滑润了，书读得就快，读了也记得牢靠。马艳子到后来还抓住侯月娥的手，还抓着一摇一摇地，说："你想吧。"

侯月娥举着马艳子的手在嘴里咬，咔嚓咬一口，再咔嚓咬一口，说："我还想什么，我什么也不想了。艳子叔，我以后就把你当麻五了。"侯登仓迎着这一声儿闯到禅房里，先是踢倒了香案，又要抱柴火烧佛堂，还把马艳子的枕头扔到地上拿脚踩。后来他死死地盯着姐姐侯月娥，说："你把麻五的烈士证给我交出来，我让麻五在官地篱笆上专看不要脸的。"侯月娥拽着弟弟走到山门口，还拧着弟弟的耳朵不让他看自己的鼓肚子，还把弟弟半边腮上的血点子血条子擦干净了。她说："兄弟，官地永世八辈子也没人敢争了，整个紫云寨都变成咱们新宅的看家护院人了！"

为了夺官地保官地，新宅的侯登仓可以豁出命来，也可以舍出姐姐姐夫，老宅里的三兄弟却是指着老大侯登科打头阵。

侯登科也想着跟拦截他的老二侯登榜说官地，说他这一阵子不说官地并不是不想要了，官地上的日本兵营被水淹了之后，他就曾想过趁机夺回来。但是，老三侯登銮又把官地的事丢下了，他现在急着要的是儿子得才的前程，谁在这时候说官地他也容不得，火烧火燎地逼着老大侯登科二番再进城。侯登科是被逼着二番再进城的，他只能跟儿子得章陈述利害，还想说这个利害丝毫不亚于马二梭和丁黑豆，那两个人是明的，人家恨就喊明口地说恨，可这个不一样，这个是父子一块儿不要脸的，不要脸的想戳事，拿围墙堵着也白搭。你这里让得才面壁了，他还有个不要脸的爹，这个不要脸的爹为了他儿子什么招数都能使出来。为人不要脸，神仙也难管。既然神仙也管不了，那就暂且让得才蹦跶着吧，让他在身边蹦跶也比看不见他强。侯登科并没见到儿子得章，问谁谁都说不知道，他有些担心儿子是不是又遇到了凶险事，但他那一会儿最恶心的是自己，明明盼着儿子一路坦途，却又要让儿子把个不要脸的侄子留在身边。还有，让儿子成全得才，提拔得才，到底是为儿子清障啊，还是给儿子埋雷？

另外还有，老宅里也快让他招架不住了。一根筋的二倔驴盯着他领头夺官地，而那个一肚子花花点的老三侯登銮正等着从他手里要营长……

侯登科觉着他比儿子还难。

第十六章

秀秀在娘家住了五天，二梭回来了落稳了才想着该回自己家了，马刘氏却背着马步正跟秀秀使眼色，还把一团杂色的乱线蛋翻出来要秀秀找头绪，意思里是要跟秀秀说细话的。秀秀又找出线拐子，拿绳子绑到房隔扇上，又搬了一个小杌子，坐在套间门口缠线头。马步正不愿意听线拐子嘎吱嘎吱的响声，满满地装了一袋叶子烟又去了牲口棚，马刘氏也拿了一个小杌子，挨着秀秀坐下了。马刘氏又朝院子里望一眼，还把声音压低了，说她还是想听秀秀说兰兰，还是想听秀秀说二梭。马刘氏说，自打二梭断了肠子回来她就一夜夜地睁着眼睡觉，心疼二梭也心疼兰兰，又怕兰兰想着再怀上孩子缠磨二梭，又怕二梭熬不住年少骨热再贪那样事。毕竟是伤了元气的，毕竟是腰身不灵便的，毕竟是肚皮上带着裂缝的，忍不住也得忍啊。二梭要忍着，兰兰也要忍着，忍到二梭的腰直起来了，青春年少的小夫妻想怎么折腾就怎么折腾，只记着天亮了该起了，那一会儿里就不要再贪了。马刘氏还说她是一直想打听的，话到嘴边了，也跟兰兰边挨边地靠着了，就是说不出口，就是觉着那些话问着别扭。马刘氏说："二梭那儿你想也别想，你问了也问不出个完整话，他不是拿鼻子哼哼着就是喉咙里嗯嗯着，急出一头汗来也听不清他应答的是哪些。要么就是反过来问她，说怎么了娘，两口子被窝里的事您也问啊。"

秀秀红着脸冲马刘氏撇嘴，说："娘您也真是的，您张不开口的话让我说，我的面皮厚啊，我不知道臊啊。"秀秀说自己也跟兰兰透露过那个意思，也找了几次身边没有别人的机会，也问了两个人是怎样睡觉的。秀秀说着又红了脸，低下头埋怨马刘氏，说："娘，你还是问俺嫂子吧，她哪样事都知道。"

马刘氏说："她知道哪样事，她只知道满秋拧她的肚皮。我要问她，她能把自己的事编排到兰兰身上，她还能编排得跟真的一样，我是信啊还是不信？"

秀秀就说了，说自己是一直留心着的，二梭从县城回来的第二天早晨她就到小东屋去了，去了先看的是床，二梭在床上躺着还没睁开眼睛。兰兰先是拉了个凳子让她坐，凳子是放在屋角里的，她坐在凳子上看见兰兰悄悄地扯着被子往二梭身上盖，还把原来在边上的枕头推到里边。兰兰做完这些脸上还红了一阵，还岔开话头说她又学会了几个花样，四匹缯的花布也知道怎么配经线了。还说图案色彩要比两匹缯艳丽许多，大小点啦、枣花啦、疙瘩眼啦，都能织。另外还有宝莲灯、石榴大开花、仙女散花、蚂蚁上山，这些花样她也揣摩出来了。秀秀说，她怎么看都觉着兰兰像是故意掩饰着什么，脸上的红啊，脸上的笑啊，怎么看都像是皮上的。

秀秀还说，自己又没跟兰兰说织布的事，她说这花样那花样弄啥啊。两个人要真是亲热的，二梭就不会一动不动地装睡着，兰兰也不会轻着说话，兰兰也不会把明明分开的被窝再悄悄合上。还有，床头上也没有二梭夜里脱下的衣服，衣架上光是挂着一个帽子，地上光是一双鞋，也没看见袜子，也没看见腰带。二梭是穿着衣服睡觉的，他纵然是个伤身子，他纵然是直不起腰的，那外边的衣服总该脱吧，挂枪的皮带总该抽出来吧。那么兰兰呢，那个被窝是个囫囵的，她这边还能脱成光溜溜啊，兰兰要是也一身二齐地穿着衣服睡觉，这两个人是亲热了还是没亲热。秀秀还说从小东屋出来时她试着问兰兰，要兰兰实打实地说出夜里的二梭到底是个什么样的，是安稳稳地睡觉啊，还是翻来覆去地瞎折腾。马刘氏忽然在秀秀腿上掐一下，秀秀打个愣怔，马步正走进来。

马步正是来抓叶子烟的，抓了一把又出去了。

秀秀说："娘，俺爹是有事。"

马刘氏说有事也是他自找的，兰兰也没明说过，亲家那边也没明说过，他偏要想着把二梭分出去，偏要小两口分家单过。还说侯黄氏一来送山药他就看出来了，亲家是借着山药说地，借着地说分家，不明说也是那个意思。得印不是还提来一篮子沙荸荠吗，沙荸荠不是也没洗吗，他就说带着泥土就是带着土地，马家看见泥土就该想着让小两口分家起灶了。他是想一出是一出，他净想人家没说出来的，他净说一看就明白。马刘氏说："别管他，秀秀你再接着说。秀秀，你刚才那样问了，你就是比我会问，那兰兰怎么说？"

秀秀说兰兰听她那样问，先是愣怔了一下，接着就说二梭自打断了肠子之后，自打白面瓜死了之后，二梭就跟她亲近了，亲热了。有时候，她明明那一会儿是没话的，二梭也会找出许多话来，也会跟她说以前从没说过的。秀秀说，兰兰那样说着忽然又流了泪，说她自己也是闹不清的，二梭明明是跟她正说着亲热话的，冷不丁地又会撂下脸来，冷不丁地又会瞪起眼来，冷不丁地又会说他正心烦。兰兰还说自己在二梭面前流过很多泪，还说自己对不起二梭，对不起马家，怀的明明是孩子，生出来的却是污血疙瘩，一个女人生不出活孩子还怎么算女人。二梭听见这些话还劝她，还要兰兰放心，又说不管怎样他都会把心事了结了，不管怎样他都会把该干的事干了，还说男子汉大丈夫不能忘了仇恨。

秀秀说："敢情二梭是个二傻子啊，敢情二梭没明白兰兰说那些话是什么意思啊，他说的跟兰兰说的是一个意思吗？还有，红兜肚哪儿来的，兰兰没做，他自己会做啊。他嘴里说的是回家安稳稳地过日子，他安稳了吗？他死心了吗？他还跟黑豆勾打连环，他还戳弄着金猪学钻洞学爬墙学攻击，他到底要弄啥？他还从多多嘴里套话，还从得印嘴里套话，他还让立冬勾搭多多，还让香芝扮演放线钓鱼的，这就是过日子啊。再看看他从大牢里放回来之后吧，再听听他到家第一句话说的是什么吧，他说好了，再用不着披着藏着了。接着他又是怎么说的，他说不就是想除掉马二梭吗，不就是想要马二梭死吗？马二梭就是死也要死得惊天动地。"秀秀说自己算是从头明白到脚了，别管亲家那边是怎么想的，别管马家这边是怎么想的，要想分家起灶让小两口单过，要想拿几亩土地绑住二梭的心，想也别想，想了也是白想。秀秀就偏了头望马刘氏，又说："我的糊涂娘啊，您也别问了，我也不问了，二梭的心根本就没在过日子上，二梭根本就没想跟兰兰弄那样事。不那样，兰兰哪辈子会有孩子！"

秀秀是吃过早饭回去的，她让其他人都站住，只让兰兰自己送她。兰兰送到胡同口，她又拉住兰兰的手，她想不明白兰兰到底是怎么了，二梭是个什么样的人她知道，那兰兰也该知道二梭啊，一个屋里住着，一张床上睡着，二梭就是装妖装鬼也得知道啊，二梭对她是真好假好也得知道啊。兰兰就那么好糊弄吗？兰兰真就什么都不懂吗？兰兰心里什么数也没有吗？秀秀说："兰兰啊，我这个大姑姐姐最不放心的就是你们那个事。"兰兰说："秀秀姐你放心吧，二梭说过他会让我怀上孩子的。二梭还说，不管他将来怎么样，都会让我当母亲的。二梭还让我记着他这句话……"

兰兰说着还哭了，秀秀也落了泪。

兰兰还说了一件秀秀没想到的。兰兰说，她从二梭回来的当天，就知道二梭肠子断是假的，腰直不起来也是假的。二梭故意跟多多套话，套的是老宅里三月三祭祖得章得才都回来，故意跟得印套话，套的是吉普车上坐两个假扮的是谁的主意。二梭套话是想杀得章杀得才，套出是谁的主意再去杀那个人，这些她都知道。上巳节的前一天夜里，二梭在床底下挖墙洞，从一动铲子她就知道。兰兰最后说的是，二梭从大牢里放回来的当天夜里，就偷偷带人去县城救黑豆去了，也爬上城墙了，也找到关押的地方了，就是没挖开进出的洞。

秀秀叫了一声亲娘哎，抱着兰兰的肩膀再也说不出话来。

这是马二梭从县城大牢里放回来第三天的事。

这三天里，侯登仓果然相信了马蹁子的计划，要写告示张贴时，马蹁子又拦住了他，说根本用不着贴告示，贴告示还显着是没人缘的。马蹁子说，就让那几个巡护挨门逐户地叫号好了，答应的，立马抄家伙上工，不想干的，以后也别后悔。马蹁子还让侯登仓在家里等讯，说自己只要坐在蒲团上做好莲花指，只要念出那几个半大小子的名字，他们马上就会把整个紫云寨跑遍。侯登仓噗噗地朝地上吐，说狗翘尾巴猫伸爪，是人不是人的也能装样，嘟哝着出了紫云寺，走到山门口还是噗噗地吐。

侯月娥先是用干沙土把弟弟吐的黏沫沫盖了，转个身望马蹁子，撇着嘴讥讽马蹁子是说个胖就要喘粗气的，是说个瘦就要打哆嗦的，是说个冷就要起鸡皮疙瘩的。侯月娥说："你是仙家天师啊，还坐在蒲团上，还做个莲花指，还念那几个人名字。你念念我听听，知道狗翘尾巴猫伸爪什么意思吗？念不来让他往你脸上吐。"马蹁子还是嘿嘿地笑，也不说坐蒲团了，也不说做莲花指了，笑着抓起拂尘，又在拂尘上系了一根黄布条，径直地走到山门口，先是高举着又摇又摆，看着像是扫天空的。后来他把拂尘插到山门垛上的香龛里，回到禅房跟侯月娥说："妥了，妥了。"

紫云寨果然有了动静，先是金猪抱着棠梨树杈拉弹弓，弹弓打出去的是胶泥烧的弹丸，弹丸落到豌豆家的窗口。豌豆家窗口旁边是个木架子，木架子是用磨盘做的，磨盘从中间锯开，齐茬装在风葫芦车上，两个半圆的磨盘中间放的是耧斗做的脚窝。风葫芦车的下边安装了四个轮子，轮子是用碗底打磨的。断了腰杆子的玉树被绑在木架上看着很舒服，他可以看天看地，还可以转着脑袋看两边。玉树的脚插到耧斗脚窝里，两条胳膊腾出来，也可以往前伸，也可以往两边伸，也可以抱着风葫芦车打瞌睡。

玉树没有多少觉好睡，玉树也不愿意多睡觉，玉树就那样绑在木架上晒太阳，跟趴着差不多，也跟站着差不多，看着又像是做好了架势往前扑的。

玉树就把眼睛睁开了,说豌豆你出去吧,飞弹过来了,暗号过来了。豌豆从厨房里捧出一个水罐,又把一根芦苇筒插到水罐里,芦苇的内节是捅透了的,玉树要喝水时就含在嘴里吸。还有一根芦苇筒是从裤腿下边伸进去的,伸到裤腿里的芦苇可以流出尿来,尿顺着风葫芦车腿滴到地上,地面上会洇湿一大片。豌豆说:"没有人打暗号。爹,您看屋檐下的麻雀窝吧,您看鸡在窝里繁蛋吧,回来我拾。要不,看天上的云彩也行,看枣树发芽也行,我抱了柴火就该去背沙土了。"

豌豆趴到柴火垛上往马照本家扔紫柳棍子,扔的是马照本家的驴棚,紫柳棍子砸到黑驴嘴上,黑驴呜哇叫一声,立冬从堂屋里走出来,拉开栅栏门就去了侯家老宅。侯家老宅走出来的是得印,得印穿的是毛蓝布的宽裆夹裤,脚上穿的鞋也是毛蓝布做的,一双镶了黑边立线的白袜子高高地亮出来,裤腿口扎在布袜筒里,袜筒又用鞋带子系紧了。得印走路时一条腿显得很粗很笨,腰身后背还像是贴着膏药的,立冬看着得印笑,说得印要变成阴阳腿了,一条粗的,一条细的,看着不是一个人的。金猪也跟着笑,得印解开腰带,又把手伸到裤腿里,裤腿里拽出来的是一只袖筒,袖筒鼓鼓的装了炒焦的盐水豆。

得印抓着盐水豆分给几个人,立冬嘎嘣嘎嘣嚼着又噗噗地吐口水,说盐水焦豆有一股子尿味。几个人又笑得印天生是个犯偷性的,拿焦盐豆还要藏在裤裆里,要是弄条活狗,是不是也要塞裤裆里啊,要是偷了腊肉是不是还要挂在蛋丸子上啊。得印就红了脸,辩解说他爹侯登榜把自家的东西护得紧,他娘侯黄氏也是个草棒子不许给别人的。他也不想让大爷侯登科看见,也不想让三叔侯登銮看见,也不想让多多和喜喜看见。说着又是摸腰又是抓后背,从腰里拽出来的是一件絮了薄绒的棉坎肩,后背上抓出来的是一条磨毛了裤口的夹裤,这两件衣服都是送给豌豆的。得印对豌豆说:"刮北风时你套上,谁问你也说是拿鸡蛋在集上换的。"豌豆红着脸收了,立冬也不笑了,金猪也不笑了,看着豌豆把衣服送回家里又出来,几个人就分头串门子下知讯去了。

到了这天的中午,紫云寨有大半数的人家都去挖了渠,侯登仓心疼官地亩数,拿脚步量着,要把沟渠往深处挖,渠面越窄越好。许多人丢下铁锨不挖了,坐在土坡上吸烟说闲话,说这是要挖水窖吗,水窖里能种藕吗,水窖里能长菱角啊。马笸子原本是站在紫云寺山门口的青石上望官地的,看见了就举着拂尘摇摆,摇摆着还往地上一收一拉的。金猪就从柳树上跳下来,跑到官地先跟豌豆挤挤眼，豌豆又跟立冬挤挤眼，得印问金猪挤眼要弄什么，金猪就用手指侯登仓。得印会意，两个手指插嘴里打个呼哨，几个人架起侯登仓，要他去紫云寺喝茶水吃点心，这里交给他们监督着挖渠，保准挖得又深又窄。侯登仓吊着眼角看得印，看着还挠头皮，还要问得印叫什么。得印就说自己是金猪家的亲戚，说出名字也没人认识，侯登仓走着又往后看，得印就扭过脸去了。

侯登仓惊奇着去了紫云寺，想着是要夸马笸子有能耐的，不贴告示就能把一个村子的人招集起来，看见姐姐侯月娥也冲着马笸子笑，还拿着手指揪马笸子身上的落叶，他朝地上吐了一口又离开了。马笸子拽拽侯月娥的衣袖，侯月娥又亮了声地喊，喊着要弟弟侯登仓回家准备地契，说地契是要拿模子刻印的，还要刻印出地邻位置，空出户主名字，空出长宽尺寸，到沟渠完工后当面填写。侯登仓还要再返回来询问那几个半大小子都是谁家的，看着姐姐侯月娥又抓起马笸子的手，还要马笸子轻轻摸她的鼓肚子，他噗噗地吐着，恶狠狠地答一句："我也不要脸了，我也不要耳朵了，你说什么我都听不见。"

马笸子嘿嘿地笑，笑着要侯月娥到禅房取茶叶，说他要给挖渠的信男信女布施茶水。侯月娥抱出来一包袱，包袱里包的是干芦笋、干芦根，剩下的都是些树叶子。侯月娥呀呀地叫，说："还善男信女，挖渠的有一个女人啊。还布施茶水，你拿树叶子、芦笋、芦根当茶啊。"马笸子又笑，说："佛家眼里是没有性别的，说善男信女只是个叫法。至于茶吗，也是有说道的，比如芦笋要的是生发之气，芦根是滋阴败火的。树叶里有玉兰，有丁香，有迎春，有紫柳，都是雨水节气那天采的。采的又都是芽苞，又赶的是太阳似出未出的卯时，都是太阳包着太阴的，都是阴阳互济的。熬了当茶水喝，喝了挖渠不累，累也觉不出累。"见侯月娥又拿嘴角撇他，他抓起水筲提水去了，嘴里还是嘿嘿地笑。

新宅侯登仓围着官地挖渠的消息，老宅的侯登榜当天晚上就知道了，他又去东跨院找大哥侯登科。侯葛氏看见他没个好脸色，先说当家的去了县城还没回来，四十多岁的人了还被人支拨得跟三孙子似的，自己家的事瞎了坏了顾不上，别人家的事却要跑得脚不沾地。又说挑着个大宅门有哪些好处，有好处都是哄着抢着的，出力跑腿赚气生的，看哪个躲得干净，看哪个心眼是少的。侯登榜闷着头又去找老三侯登銮，侯杨氏倒是没摆脸子，话却说了不三不四的，说人是找不到了，推下饭碗就看不见影了，看见个影影也问不出话来，问出话来也是半截的。要想听半截话也行，那就去村口看看吧，村口没有就去运河堤看看吧，运河堤上没有就去县城门口看看吧，反正会在一个地方找到他。

侯登榜惹了一肚子气，回来看见得印才刚进家，浑身上下沾了泥土，连手也没洗就抓了馍吃，丢下碗筷，又说困了累了，连鞋也没脱就要上床睡觉。侯登榜端着灯照儿子，照着把得印拉起来，追着问得印这一天都去了哪里。得印先是不肯说的，忽然地又想起白天戏弄侯登仓，扑哧又笑了，说侯登仓长了一头杂毛，黑头发少，白头发多，偏偏黑头发白头发又是掺和着的，头皮看着跟驴皮一样，背也驼了，脑袋老是向前边伸着，走路是一拱一拱的，脑袋伸出老远了，腿还是在后边拖拉着，怎么看都不像刚过了三十的，看着跟四十岁的差不多，跟五十岁的差不多。

侯登榜先是惊异着望侯黄氏，放下灯又去揪儿子的耳朵，问得印什么时候去了西街口的新宅，去新宅就是为看小贼羔子侯登仓的头皮吗，他头上长白毛也好，长黑毛也好，跟咱们沾二十四气啊。说着还要揍儿子不着调，新宅老宅是不来往的不知道吗？新宅把老宅坑苦了不知道吗？得印哎哟着护住耳朵，说自己去的不是西街口新宅，看见侯登仓是在官地里。

侯登榜惊异着又恼，说："什么什么，你去官地了，你还见到新宅小贼羔子了，他是不是又围着官地埋桩扎篱笆了？"

得印忍不住又笑了，笑着说沟渠挖得又宽又浅，沟渠底部倒是挖了一道深沟，宽度也就是一铁锨的光景。还说侯登仓看了气得打滚尥蹶子，追着问是谁出的主意，追着问为什么要把沟渠挖这么宽。还说官地凭空里少了几十亩，几十亩就是几千斤粮食，问谁谁都不搭话茬，他又去紫云寺找马笵子，结果又跟姐姐侯月娥撕扯到一块了。侯黄氏紧着截断得印的话，说她这一会儿脑子里都是乱的，乱得跟沾了糊涂浆的乱麻团一样，逼着得印往细处说。又是挖沟渠，又是深了浅了，这都哪儿是哪儿啊。侯登榜也跟着又吼又号，也让儿子说出是怎么回事。还有，为什么得印也跟着去了官地，还当什么巡护的，还与立冬搅在一起，还与豌豆搅在一起。金猪也成了巡护的，是兰兰叫他去的，还是二梭叫他去的，这些原本跟官地不沾边的，怎么都变成官地巡护的了。得印不笑了，说完了还加一句："我就是不待见老宅里的人，我就是要跟他们在一起！"

侯登榜哇哇地吼着号着打自己的脸，半道上的侯登科却是被老三侯登銮拦住的，拦住了还带着埋怨，说大哥去了县城就忘不了大吃二喝，不玩滋润了不回来，亲兄弟急得火上房了，偏要拿搪上架。侯登銮说："你怎么才回来？我是急等着听讯的你不知道啊？"

侯登科甩开侯登銮的手，冷冷地说："你急什么，你想听什么讯？"

侯登銮先问事情办得怎么样了，得才提拔到营里没有，又说要是提拔个营副还不能算完。他说："我想听什么你不知道啊？"

侯登科翘起一条腿来脱鞋，脱下鞋来要打侯登銮，嘴里还是带着骂的，骂侯登銮父子都是狐狸精跟夜猫子精配出来的，都是说人话不干人事的，都是该着千刀万剐的。侯登科说："你们父子都是爹，我先喊你爹吧。三爹，你不让得才胡说八道行吗？"

第十七章

马毦子挎着百纳袋走出山门，百纳袋是一了大师留给他的，他挎着稍显小了些。绕个弯先去的是官地，官地周边的沟渠挖出来了，沟渠里灌满了水，水面上还游动着几只水拖车。水拖车舞动着黑丝线一样的长腿，支起个黑叶柄一样的细长身子，嗖嗖地划动无声。接着就去了紫云寨，先进的是西街口，顺着当街往东走。多多和喜喜是站在门洞里等着货郎来了买绒线的，没看见货郎挑子，看见的是马毦子。多多就吃吃地笑，拿手指了让喜喜看，又附着喜喜的耳边嘀咕着说话，说的是新宅寡妇缠上马毦子了，一天到晚地粘在紫云寺，去了就要马毦子拉她上床。按侯家老宅这边论，她还是个姑姑辈的，已经跟麻五生过三个孩子了，床上事还是离了不行。喜喜脸上一红到耳根，还要拧多多的嘴，自己嘴里倒先出了声，说的是真没想到，怎么脸面也不顾了，怎么空门里也那样啊，难怪老宅里容不下他们。

当街的狗看见马毦子就摇尾巴，马毦子分不出哪条狗是谁家的，他就冲着摇尾巴的狗拍拍百纳袋，还把手伸进百纳袋里抓挠，抓挠着抽出来一只空手。狗不摇尾巴了，狗变成了哼哼。他强忍着没笑，走到侯家老宅门口再也忍不住,哈哈地竟然大笑起来,大笑着走进马家胡同。喜喜被笑声惊得全身不自在,先是觉着燥热,忽然地又感到后背上嗖嗖地钻凉气,接着就响起吉普车喇叭声。多多呀呀地叫起来,叫着喊喜喜望吉普车,说喜喜你看车上不是得章哥啊,这个得章哥是真的假的啊。

喜喜往院里跑,跑着呼叫:"爹,娘,俺哥又来了!"

坐在吉普车上的是侯得章,侯得章脸上平寂如水。水是春汛水,春汛水里混着枯叶混着泥沙,也许还有羊屎蛋蛋。风停了,雨住了,天还阴着,春汛水就那样静寂着混沌着,连一丝丝波纹也没有。

侯得章还在想那封信,从出了团部到吉普车上路,那封信就一直糊在眼上。

信是旅部通信兵快马加鞭送来的,交了信就拨转马头,马耳朵上还甩出汗珠,汗珠子砸到浮土上,浮土上砸出一片麻窝窝。信是盖了旅部官印的,字是旅长赵心德写的,用的是行草,有几处还是连笔,一看就知道旅长是急着一挥而就的。信上说旅部已先几日移防到陇海线以南平汉线以东,守的是二线战场的东大门,186团须早做撤离准备,力争本月底赶到阵地。又说津浦路北段已全部失守,日军濑谷支队以三个步兵联队及骑、炮、坦克、工兵为前导,大举向鲁南地区挺进。日军第10师团矶谷廉介所部在攻占济南、泰安、兖州后,又折身向鲁西豫东一带集结,大有抢陇海夺平汉之势,届时,长江以北将不复我存,日军全部占领吞并中国之野心已昭然若揭。由此,首当其冲的河湾县已无坚守之必要,更无坚守之可能,形如孤岛的一城一地断无逞强弄勇之实。信的后半部分写的是孙长官已被任命为第3集团军副司令长官,下月初赴任临别之时,要亲自巡视英勇善战的186团独立营,还要单独激励诫勉营连长。侯得章知道孙长官指的就是孙桐萱,他当了军长之后还兼着20师师长,而59旅也是他一向看重的。

然而,他对日军全面吞并继而占领中国的判断并不苟同,旅长以这样的判断要186团撤离,恐有在孙长官面前彰显军威之嫌。全部占领吞并中国需要多少兵力,日军有那么多兵力吗,即便每个县驻扎一个旅团,即便每个县驻扎一个联队,一个地区也需要几万人马,他们会撒豆成兵啊。他们想占不假,他们占得过来吗,他们咽得下吗,图强之后的中国人,每个县都可以拉出数千甚至数万的武装力量,他们不怕被活剥了啊。为了一个不得不执行的,明显缺乏国土意识的,并且以舍命为代价的抗战谋略,自断其腿式地丢掉已略显雏形的河湾图新,这是侯得章最痛苦也是最揪心的事。

但是侯得章最终还是逼着自己不去想旅长赵心德的枉自判断,也不去想长官孙桐萱为什么会想到独立营,只能理解为孙长官是在纠结中出任的副司令长官,人在纠结中难免不思绪万千。对于孙长官而言,一方面是在民族大义面前举棋不定却有恩于他的知遇长官韩复榘,一方面是器重着他却又时时钳制非嫡系部队的委员长,而孙长官的唯我独清也未必不成为羁绊。侯得章还知道,自恃老谋深算的韩复榘败就败在他的自恃上,他置第五战区司令长官李宗仁的军令于不顾,甚至连蒋委员长的数次急电也置之不理。他只知南京国民政府先失华北又失京沪,中央军的精锐部队几乎耗尽,此时正是变局中拥兵图大的重要时刻,岂知机关算尽,反误了卿卿性命。开封会议秘密召开,当日他便被押送武汉,遂以违抗命令、擅自撤退罪处以极刑。先自不义,后取其辱,死不足惜。侯得章脑子里闪出这几个字时,不禁激灵着打了个寒战,紧着又想独立营。

孙副司令长官赴任临别之时还要巡视独立营,并且还冠以英勇善战的独立营,还要单独激励诫勉营连长。这几个字几乎把侯得章彻底打蒙,有一瞬间他甚至一遍一遍地揉眼睛。那一会儿里他还想问旅长赵心德写信时是不是很急迫,希望以此印证自己对字迹的判断,但是通信兵连马也没下就拨转了马头。通信兵的拨马而回使他稍生遗憾,但很快又自感庆幸,假若旅长要看回复呢,通信兵下了马又是喝茶又是静坐,直到他把回复信写完。他写得完吗?他写什么?他能把独立营早就不存在了也写上吗?日本人偷袭了独立营又一路南追,他把瘟神送走之后,就按部就班地谋划乡村新文化建设蓝图,除了一次次草拟简短而又程序化的报捷电文,他几乎忘记了独立营,好像186团从没有过独立营,或者是曾经有过又调走了。片刻的惶惑之中,他的眼睛死死地盯住可以俯瞰运河的哨楼,然后他在自己的额头上猛击一掌,接着就坐上了吉普车。

独立营必须复建,独立营必须完备建制,独立营必须士气高涨,独立营必须兵强将勇。为此,他必须请回连长马二梭,他必须放了排长丁黑豆,时局变化就是如此难测,造化弄人就是如此巧妙。他苦心经营的河湾县不复存在,他念念不忘的理想抱负亦不复存在,一切都成了海市蜃楼,以至于看到紫云寨村口了,他还感觉如在梦中。军人不相信梦,服从命令是军人的天职。如果他拒不从命,如果他决意与县城共存亡,则存之难有,亡之必然,经营一方的理想抱负依旧是南柯幻影。如果依旧采取过境送客式，依旧虚与委蛇以求夹缝中之生存，旅长信中已经先他斩断了，"形如孤岛的一城一地断无逞强弄勇之实"，这句话已明确告诉他没有如果了。

侯得章几乎不知道该恨谁了。

就在这时，侯得章又看到了父亲侯登科，他马上就在心里形成一句断语：父亲可恨！

假若父亲不枉自判断马二梭会找他寻仇，假若父亲不逼着他做出决断，他决不会采取那种极不光彩的诱捕方式，马二梭和丁黑豆刺杀了两个假扮的，或许正是自己阴谋在先。假若父亲不给他条陈所谓的利害，假若他依旧认定两个扮演伤残人的家伙不过是躲避归队，他今天就不会自尝如此尴尬之苦果。尽管自己有轻听轻信之嫌，尽管自己有布防不力之嫌，终究还是父亲可恨在先。于是侯得章看见父亲侯登科挥着手拦车，他还是木着脸没让司机减速，直到父亲侯登科扑到车头上，他才没好气地说一句："您又要做什么？"

侯登科不看儿子的脸，他先看的是车上，车上果然没有得才，自己跑出来先拦截一步真是拦截对了。他说："得才没跟你一块来啊，你自己先来一步，是不是想告诉我你已经提拔得才了，是不是提到营里了，如果是，你就使劲地按喇叭。"

侯得章还是木着脸。

侯登科说，他现在最急迫的就是告诉儿子一件紧要事，紧要事就是恶心着也要把得才提到营里去，最好现在就提拔，最好赶在进老宅之前就明确职务。他说："我缠不了老三侯登銮，老三侯登銮已经放出狠话了，老三侯登銮还要捅到旅部，还要捅到师部。得章我的儿，你三叔为了他儿子得才，什么阴招狠招都能使出来。你提拔了得才就万事皆休，明白吗？"说着又向后边扭头，果然看见老三侯登銮也跟着跑过来，于是又催儿子越快越好。

侯得章又被父亲绕糊涂了，他说："您到底想干什么？您还想怎么着？"

侯登科越发着急，说现在不是我想怎么着，现在是你已经走到火窑口了。侯登科说："哎，哎，你不会是又来催我修建澡堂子的吧？我告诉你，你的乡村新文化建设谁愿意搞谁搞，我宁愿到新宅里挖出的官地沟渠里栽藕玩，也不会给你的狗屁澡堂子搬一块砖。"

侯得章敲着司机的头让他按喇叭，司机按着喇叭，他带着哭腔说："我要去马家，丁黑豆还在操场上等他，我要把马二梭请回独立营！独立营没有了您知道吗？旅长要我放弃河湾县您知道吗？战区司令长官要激励诫勉连长马二梭您知道吗？您要是觉着我的理想抱负不值得一提，您就接着说。您要是觉着儿子的命没有侯得才的提拔要紧，您就接着说。"侯登科顺着车头滑到地上，后来他拍着车头号叫着喊老三侯登銮，说自己被老三父子害苦了，好端端的团长儿子县长儿子也被老三父子害苦了。他说："老三你过来！"

侯登銮也跟着啊啊地叫，也是车上车下地找得才，说他这一会儿可以暂缓儿子提拔的事，就是心里急得火上房，这一会儿也可以不催着问。后来他把老大侯登科拽起来，说大哥也是个糊涂的，好孬心眼都使过，就是不会替儿子着想。要说窝脖子话不会换个人啊，要二番服软认错不会换个法啊。侯登銮说，得章什么身份，得章是团长，得章还是县长，县长儿子团长儿子颠颠地去马家，再觍着个脸去请马二梭。马二梭是旅长啊还是师长，马二梭是专员啊还是省长，还有个尊卑高下吗，何况又是关押了放回来的。侯登銮还要说让得章去了马家，是不是还要再去丁家啊，得章见了断腰的瘫子玉树，是不是还要搀扶着问安啊。侯登科紫头红脸地拦着不让老三侯登銮再往下说，紧着拉儿子得章下车，又扯着儿子的胳膊往家里拽。

侯登銮先他们一步冲进西跨院，放了声地喊老二侯登榜，说得章明明是来跟马二梭道歉的，大猴子拦截着不让去。

侯登榜糊涂着又恼，侯黄氏也跟着恼恨，多多是趴在梯子上偷听了的，下了梯子悄悄溜出院，大跑着先去了香芝家。

香芝是一直犯着相思病的，二梭放回来了，是老宅里的侯登科领回来的人，她托多多从大爷嘴里套话，套出来的是黑豆央求着二梭开的枪。回家来装扮成伤残人也是黑豆的主意，黑豆还忌恨着得才战场上打黑枪的仇，还记着他娘被碾槕子压死的仇。碾槕子压死他娘虽然是孙老安喊的亮口，但孙老安的本家孙花头当里长，却是从老宅侯登科手里接的，他恨着孙家就得恨侯家，杀红眼了就得把侯得章也捎带上。香芝听了呀呀地叫屈，马照本也说这都哪儿是哪儿啊，绕得跟牛梭子弯一样，这不是变着法子要把黑豆抹黑吗，这不是变着法子要杀黑豆吗，黑豆是没个好了，别想活着啃窝头了。香芝越发憋屈，越发牵挂黑豆，越发想着黑豆可怜，饭也吃得越来越少，脸上直溜溜地瘦了一圈，眼窝也塌了，眼看着两面腮抽巴成死面锅饼了。

立冬瞅准屋子里没人时，诧异着问姐姐香芝，说原本是当戏演的，怎么演来演去变成真的了。还问姐姐看上了黑豆哪些，黑豆家穷是全村子里难找第二家的,黑豆还有个瘫痪爹。香芝认真地想,想着说自己也是不明白的,只觉着黑豆可怜,只觉着黑豆一直寻找冤死他娘的真正债主,越想越觉着黑豆是个招人牵挂的。马照本知道女儿香芝的心思,他总是拿鼻子哼哼,知道了也装作不知道,要么就跟黑驴说话,说驴啊你得记着,凡是光想着别人可怜的都是没好命的,使牲口的人都要给牲口戴个笼嘴,戴上笼嘴是不让牲口啃食地里的庄稼,牲口眼巴巴地看着鲜枝嫩叶,眼馋着吃不到嘴里是个可怜的,使牲口的人要是看着可怜把笼嘴摘了,牲口就会连犁子带耙一块儿拖到庄稼地里,使牲口的人去拉去拽,它反过来就会冲着使牲口的人咬一口。

多多跑进马照本家先看立冬,立冬先偏了头看父亲,马照本又搂住驴头,还是跟黑驴说悄悄话,还问黑驴知道自己最后会怎么死吗。立冬听见了这一句,就正了身子朝堂屋里指,说:"姐姐还没起床呢。"多多扶着门框喊香芝,说黑豆放出来了,黑豆这一会儿正在操场上等二梭呢。黑豆还是排长,二梭还是连长,要是胡营长已经死了,二梭就是营长了,黑豆跟着就是连长了。喊过了又要拉立冬去马家,说二梭一准不知道有个姓孙的司令长官要见他,当团长的上门请是该着的,二梭该拿搪的就得拿搪。说着这话忽然又显出惊诧样,又说她刚才看见马笆子了,马笆子变成了尘住持,了尘住持也去看望二梭了。多多还要说马笆子也跟着一了大师学样,也是出山门就挎着个百纳袋,不过他那样子笑实在是奇怪,莫非他已经知道有人要请二梭,莫非也知道黑豆已经在操场上等二梭了。立冬抓耳挠腮地又望父亲,马照本不搂抱驴头了,他照着黑驴嘴上打一巴掌,说:"我现在说你是白龙马了,你信吗?"

多多听了又笑,还是移移挪挪地往立冬身边靠,还是要拉着立冬一块儿去马家。立冬立起耳朵听动静,听见侯家老宅的三兄弟又撕扯到一起了,又是老三侯登銮挑起的头。立冬说:"我说你爹侯登銮又使心眼了,多多你信吗?"

侯登銮没觉着是使心眼,他一连声地催着老大侯登科去马家,手却拽住了侯得章,拽着是往后院家庙去的。说自古都讲忠孝不能两全,那是赶得不巧,得章要去外省外地为国尽忠,这一会儿在家就要先到家庙里给先祖磕头尽孝,尽了孝就算赶巧了。侯登科不想让老三侯登銮缠着儿子,话又不好明说,反过头来又要拉老三侯登銮一块儿去马家。侯登銮冲着侯登科翻白眼,说大哥自己不想去,也不愿意让得章去,大哥总不至于想让二哥去吧。别忘了二哥是老丈人,按戏文上说就是岳丈老泰山,二梭是个女婿,你是想让岳丈老泰山下拜闺女女婿啊。侯登銮转了头望老二侯登榜,说:"二哥你说是不是这个理数?"

侯登榜原本就是糊涂的,尽管他明白道歉是什么意思,不过当团长的先抓后放,紧跟着再来个道歉,他就不明白是怎么回事了。更让他糊涂的是老大跟老三拉拉扯扯,得章的脸还是一会儿青一会儿红的,看着不像个专门坐车来道歉的,看着倒像是赌着气来的,气里还包裹着一肚子窝囊。他糊涂着越发着急,说:"我看你们两个都是说鬼话的。要让二梭过来,就派个人去传话,要去马家找他,立马就去。用得着装猫变狗的吗?用得着嘴里半截肚里半截的吗?到底哪里让你们犯难为了。"

侯登榜激灵着又想起刚才老三侯登銮说的话,说得章要去外省外地,还说要为国尽忠,忽然清醒了似的啊啊大叫,顿时紫涨了面皮,连脖子里的青筋也鼓胀起来。他转着圈子瞅得章的脸,说自己早已盘算过了,马家的土地是不多,自己家里也没有多少地了,官地是非争不可的。争不过来就夺,夺不过来就打,打也不行就杀,舍出老命也值得。当爹的不能不为闺女想,想还要想个长远的,长远的就是用土地稳住二梭的心,心稳住了野性就小了,野性小了就能安心跟兰兰过稳当日子了。二梭跟兰兰还要另立门户,另立门户就要盘锅安灶分家单过,分家单过就会天明天黑地盘算着怎样过安稳日子。侯登榜说:"得章你要是还在打二梭的主意,你要是还想着把二梭弄到战壕里去,那我就明着告诉你,不行,拿枪逼着也不行!"

侯得章再也受不了三兄弟的吵嚷,他甚至想拔出枪来鸣放,他甚至于还要喊出日本人又要来了,这一次来了是占领是吞并,186团想送客也送不成了,人家来了不走就不是客了。结果他走到家庙门口,双脚并拢又行了个军礼,接着找的是母亲侯葛氏。他搀扶着让母亲在堂屋当门坐周正了,自己后退一步,也是双脚并拢,又要行军礼时他跪下了,口中叫着母亲大人,泪水打着旋儿流出来。侯得章先说了部队要移防,又说儿子立志报效国家,只是不喜欢这种鱼死网破的方式,不喜欢也要服从,尽管自己的理想抱负是排斥服从的。侯得章喊了一声娘,又说:"娘,忠孝不能两全是真的,您多保重吧。"侯登科怔怔地望着儿子,鼻子一酸,拿手揉着去了马家。

马家的三个女人都哭,马刘氏是抱着兰兰哭的,春子一直掉不出泪来。春子就想起自己嫁到马家十几年,先是打发着嫁出了小姑子秀秀,又帮着小叔子迎娶了媳妇兰兰,一年四季的冷受冷热受热不用说了,一大家子的一日三餐也不用说了，单是跟着操的心，单是跟着受的惊吓，抓着筷子数能数得清吗？婆婆马刘氏什么时候抱过她啊？二梭鞭打胡营长那一次，眼看着就是个死，眼看着就是个家破人亡，公爹马步正呐喊一声说拼了，满秋举起的是铡刀，自己是拿着擀面杖的，硬是活活地保下了惹是生非的二搅家星。那该是多大的功劳，那不是舍命护家啊，婆婆马刘氏还是一句感念的话也没跟她说过，更不用说抱着她哭了。春子这样想着果真流出了泪水，流着泪还说了一句伤心的话，她说："一个二梭子能搅搅得马家神鬼不安，兰兰你嫁给他，你就是个天生的苦命人啊！"

马步正还是坐在牲口棚里不说话，还是抱着个草筛子瞅东屋门，多多跑来说的每一句话他都听得清清楚楚。后来他使着眼色让大儿子到跟前来，他问满秋对这件事是怎么看的，满秋抓着头皮又揪又拽，说他把脑子掏出来摊到地上晒着想也想不明白。明明是二梭打了他的冷枪，明明是看在妹妹兰兰的面子上抓了又放的，为什么还要让二梭归队？为什么还要带个请字？像二梭这样的刺猬头，还值得他当团长当县长的来请吗？把个打冷枪的人放到身边他心里不膈应啊？他不怕二梭再给他来个叭叭两枪啊？满秋说："爹，您还是问咱家的牲口吧，我这一会儿比牲口也强不到哪儿去。光一个二梭我就撕扯不清了，那边操场上还有一个等着的黑豆，我脑子里都成糨糊了。"

马步正瞪着眼看满秋，还把个老头老脸凑到大儿子满秋跟前，说："我敢打保票，一准是上头有人又想起了咱家二梭！"

马二梭还是穿着那身旧军装，从小东屋里走出来时他又拽了拽衣服的下摆，还用手指甲抠掉了袖口上的泥点子。他昂着头走到棠梨树下，哈腰抱起捶布石，捶布石摆到堂屋门口，先直绷着双腿打个立正站好，然后双膝曲下，咔嚓跪到捶布石上。头是磕给马刘氏的，他说："娘，您儿子走了！"接着又抱起捶布石走向牲口棚，双膝要下曲时又直起腰摘了帽子，帽子拿一只手托着，后退一步跪下，冲着牲口棚把头磕到捶布石上，啪啪地连磕了三个响头。要站起时他说："爹，把二梭忘了吧。"后来他绕着院子走了一圈，走到大门口时又转过身来，望着家里人猛地号了一嗓子，号的是："马二梭要为独立营的弟兄报仇，马二梭要杀日本人，马二梭走了就不是马家人了！"

就在团部任命马二梭为独立营上尉营长的这天夜里，侯得才跑了，跟他一块儿跑的还有三老雕。侯得章得到消息是第二天，他拔出手枪，冲着得才枕过的枕头连开了五枪，直到一梭子子弹全打完。

红兜肚

中 部

运河湾里的俚语俗唱：

糊涂账，账糊涂，辣椒棵上结葫芦。
葫芦籽，葫芦瓢，葫芦开瓢舀细粮。
细粮出细面，细面擀面条。面条子，一丈长，绕巴绕巴缠住了丈母娘。
丈母娘喜得呱呱的，老丈人乐得哈哈的，新媳妇臊得啾啾的，新女婿恣得呴呴的。

第一章

　　侯得章北伐从军时入的是中央军蒋鼎文部，他是从省城的学堂里不辞而别的。那时候他一腔热血，弃文从武，壮士断腕，马革裹尸，这样的字眼使他恨不得握笔杆当坐骑。他甚至还把唐代著名边塞诗人王昌龄的《从军行》写在胳膊上。"青海长云暗雪山，孤城遥望玉门关。黄沙百战穿金甲，不破楼兰终不还。"他如愿以偿，果然戎装英姿，他几次想把阵地留影寄回家去，只是想到侯家老宅甩着大把银圆是供他取仕途功名的，青云豪迈只好暂时压下。他随北伐大军一路拼杀，夺两广，占两湖，征闽赣，抢江浙，定豫皖，直到沿运河北上，直到刀劈半吊子北洋军官霍好秋。

　　那时候他无所畏惧，那时候他心无杂念，那时候他志在必得，直至国家一统。不料打败北洋军之后又是军阀混战，他恨透了离心离德的桂系李宗仁，恨透了坐收渔利的山西阎锡山，恨透了剑指中央的西北冯玉祥，甚至连东北易帜帮中央的张学良也恨。他把这些拥兵者统统看作新军阀，唯独视黄埔系的中央军为正统，唯独视横扫诸侯的蒋委员长为砥柱。那时候他还自比陆游，梦中欣喜着"三更抚枕忽大叫，梦中夺得松亭关"，雀跃着"却看长剑空三叹，上蔡临淮奏捷频"，更是怀抱着早日"中原烟尘一扫除，龙舟溯汴还东都"的期盼。但是，让他万万没想到的是，中原大战后，他所在的一旅兵马竟然整个儿划归到西北军序列，而司令长官就是他一向瞧不起的多变将军韩复榘。

　　家门不幸，长幼无序，麾帐无节，将士失常。

韩复榘的刚愎自用，官长们的尔虞我诈，曾使侯得章陷入不尽的惶惑和愤慨之中，再度弃戈复从政的心不时冒出，好在所属官长是他极为崇拜的孙桐萱，一度颓废的失意心再度跃然起来，并在那时萌发了新的理想抱负。"名不可简而成也，誉不可巧而立也，君子以身戴行者也。"这是墨子语。从军之初，他就把这句话抄写在从军日志的扉页上，想着自己应该拥有远大的理想与抱负，哪怕是偏居一隅也不改其志。要使自己的理想与抱负行进有序，唯一的方式就是不受干扰或者少受干扰，为此，宁为鸡首，不做牛后。调防河湾县之后，他曾数次派人到河北省交河县文庙镇孙家村寻访，获得的史料被他仔细地记在从军日志上。文庙镇孙家村是长官孙桐萱的出生地，在派出的人动身之际，他还要求把那里的地理风物都记上，甚至包括当地人的语言特点及表达方式，尤其是性情性格方面的。他一直固执地认定长官孙桐萱身上有着浓厚的书卷气，尽管他无数次从记录本上看到孙长官出身寒门。7岁过继给叔父孙锡荣，9岁启蒙，11岁出塾，12岁到北京当学徒，最大的学堂不过是乡村私塾。

侯得章瞧不起翻云覆雨的多变将军韩复榘，就越发敬重心仪长官孙桐萱。

下面的文字就是侯得章从军日志的记录，是他从寻访史料中整理出来的，内中通篇都能感觉到孙韩二人的如影随形，以及让人嗟叹的此消彼长式的升降沉浮。当初他在整理这些文字时，曾数次欲用除一剩一的春秋笔法，但最终他无法将孙韩二人切割开来。打开从军日志，先看到的是墨子语，目光右移，接着看到的就是有关孙桐萱将军的记录：

孙长官名桐萱，字荫亭，1895年出生于文庙镇农家。

孙桐萱在四兄弟中排行老二，21岁入直系第16混成旅冯玉祥部当兵，先后参加过讨袁战争和反张勋复辟，以及南下进攻护法军。1923年冯玉祥部驻扎在北京南苑时，孙桐萱升任鹿仲麟任旅长的第22旅第43团，时年韩复榘任团长，他是2营8连连长。因为韩复榘一贯刚愎自用，且流氓积习成瘾，营长吉鸿昌终因不愿苟合而被赶走，事事谨慎的孙桐萱接任营长。1924年9月15日，第二次直奉战争爆发，韩复榘升任国民军第1军第1师第1旅旅长，孙桐萱出任第2团团长，翌年即擢升为旅部副官长。三年后，冯玉祥的国民联军改编为国民革命军第二集团军，韩复榘任第2集团军第6军军长，孙桐萱升任第15师师长。从此之后，韩孙二人共沉浮，而孙桐萱也终生视韩复榘为知遇长官。

中原大战正式拉开序幕后,已暗中投靠了中央军的韩复榘为了避免与西北军旧部正面作战,呈请蒋介石入鲁与晋军作战获准,第20师也随之进入山东。随后不久,孙桐萱又被已坐上山东省主席宝座的韩复榘任命为济南保安司令,从此开始了他在军中的苦心经营,直到全面抗战爆发。基于初始时的知遇之恩,作为一度受南京国防部青睐的孙桐萱,一生都在亲韩与疏韩的矛盾纠结中。

韩复榘拥兵自重,且工于城府,尤善谋钻营。早在卢沟桥事变不久,他就曾派亲信秘密与日军华北驻屯军接触,终致使日本人视山东为南京国民政府不得直接干预的地区。韩复榘在日本人与南京国民政府之间游刃有余,山东也由此处于半独立的状态,这也使扼守运河要冲的186团团长侯得章有了一隅图强的蓝图初稿。为此,他明明知道日本人要偷袭独立营,也没给独立营增派一兵一卒。他看着太阳旗插上码头,也没下令封锁运河,只要还他一个独掌军政大权的自治区域,他就可以施展才华,成就一番其他军人心中不曾有过的抱负,而这也恰恰变成了心中挥之不去的阴影。平心而论,怀抱一腔热血投笔从戎的侯得章,骨子里天生有着对草莽英雄式人物的鄙视,从军之后,更是对只知鱼死网破、不谋图强自生的草莽军官们嗤之以鼻。即便是在率部赴征集结的痛苦中,他依然寄希望于军令的二次变更,依然相信他的一县自治式的理想抱负并不虚幻。

侯得章一直视师部所在地的兖州为范例,并在此基础上增删着新的图强模式。自中原大战之后到全面抗战始,20师一直驻扎在兖州,师部一直在原兖州镇守使公署,前后长达6年之多。军长兼师长的孙桐萱一直保有西北军治军严谨的老传统,因此,街上无游兵,更无寻衅闹事者。由于军饷发放及时、充足,官兵在市场上买卖公平,从未发生兵欺民之事。除此之外,在农忙季节里,第20师还利用操练之余帮助农民抢收抢种,还要自带干粮,还要炮兵团、骑兵营、辎重营把骡马借给驻地农民使用。孙桐萱倡导的新军民秩序颇受国防部好评,但对桀骜不驯的韩复榘,则是用之又控之,直至最后因擅自脱离战区弃山东于不顾而命丧黄泉。

其实,韩复榘本来就有保存实力以图军阀割据之心,只不过是身为下级军官的侯得章,对心仪官长孙桐萱是否洞悉不得而知。

然而,对于丢弃河湾县的侯得章来说,时局变化实在是他不想看到的,命运的转变也实在是他不想要的。更让他纠结于心的是，他愈是急于辩白自己接客送客式的生存之策，完全不同于集团军长官韩复榘的拥兵观望，漠视码头上的太阳旗，也不过是铁蹄下图强河湾县的权宜之计，坐视日军偷袭独立营，也绝不是可作臆猜的借刀杀人。侯得章希望副司令长官孙桐萱能明白他的良苦用心，但是，孙长官已经不再经营他的新军民秩序了。他出任第五战区副司令长官之后，除了继续整肃军纪，就是坚持与日军无阵地作战。其要旨是，日军出现在哪里，就在哪里排兵布阵。所谓无阵地，即处处是阵地，处处是战场。他一改第3集团军处处设防又处处丢防的被动态势，要的就是全军上下的同仇敌忾，而先前在驻地兖州所乐以倡导的新军民秩序，也许是对知遇长官韩复榘游离策略的无奈之举。

一切都像在虚幻中。一切都来得太突然。

他是突然中接到的旅部命令，又是在突然中请回的马二梭并释放了丁黑豆，连独立营死而复生式的重建，也显得极不真实。

极不真实的不只是虚幻，还有一路上的散兵败将，还有一路上的丢盔卸甲，还有一路上的马蹄车痕，还有一路上的炊断人绝，唯独没有河湾县的民耕其田、商经其市。所有的散兵败将都变成了刀枪不入的金刚身，他们走一路抢一路，骂一路横一路，抢夺的细软或肩挎或背负，一个个臃肿不堪又蛮横至极。他们甚至冲着列队行军的186团吐口水擤鼻涕，还有的做着各种各样的鬼脸怪样，低头赶路的则横如蟹爬，明明看见队列走来，仍旧占路不让。侯得章让吉普车在一位佩戴上校徽章的军官前边停下，客气地跳下车来询问他们原来的部队番号，结果他招来了一番嘲讽。佩戴上校徽章的军官先是冲着他上下打量，接着就是满嘴秽语，说老子在黄河岸边挑死了一个小队的鬼子兵，身中十几枪还要跋涉三千里，到头来还要让一个白面小娃娃问来问去。既然小舅子团长是仗着姐姐的白肚皮坐上的吉普车，既然坐着车逃命还能装模作样，既然同等的军阶还比老子年龄小，老子为什么不能抢过来坐坐。他说："过来，把老子的包袱放车上！"

侯得章扯下军官的上校外衣，里边露出来的是污垢满身的中士服，他拔出手枪指定伤兵的脸，说："校官服哪来的，说出你的部队番号。"

扒了外衣的伤兵跪下来求饶命，说自己原是展书堂81师运其昌旅458团的中士班长。由于第56军军长兼师长的谷良民第22师首先溃退，致使德州守军孤立无援只好退回黄河南岸，接着就接到上峰全线后撤的命令，后撤的那天，眼看着日军一个大队强渡黄河。伤兵说着又骂，骂收容了458团残部的图先刚团，说姓图的团长挑着个坚守团的名号，其实连工事也没修就一路溃败，仅搬运三房姨太太的家财细软就动用了一个排的兵力。这倒还罢了，部队退到东平的当天，他又看上了东平商会会长的女儿，非要收为四姨太不可，其实商会会长的千金早已许给了城防团长，城防团长一怒之下就把姓图的团长干了。伤兵说校官服是埋团长的时候感到沤烂可惜，人下到坑里了又扒了下来，不过一路上还真跟着沾了不少光，那么多的散兵败将没有一个敢抢他的。

伤兵说："长官，我不明白您车上为什么没有细软家财，真到了后方，您这样子会吃亏的。"

侯得章仰天长叹。

此时的侯得章还不知道，早在他率部开拔的两个月前，日军第13师团即向安徽凤阳、蚌埠进攻，一路可谓势如破竹。不料进至明光以南，即为李宗仁部署的李品仙第11集团军和于学忠第51军所阻，李于二军利用淮河、泚河、浍河等地形堵截，双方血战月余，不分胜负。第五战区以第59军军长张自忠率部驰援，进至固镇地区，协同第51军在淮河北岸地区顽强抗击日军。随后，李宗仁又南调于学忠的51军布防淮河北岸，力争凭借险要地形，拒敌援军涉水北进，并牢牢地咬住津浦线。日军后路被斩，畑俊六亲自督战，试图将李品仙的31军从津浦线以东压向津浦线以西。李宗仁遂命部队采用敌进我退、敌退我进的战术，此时参加淞沪会战的第21集团军也奉命北调合肥，意在攻击定远日军侧后，迫使日军第13师团主力由淮河北岸回援。第21集团军和第31军旋即由淮河南岸向北岸集中，致使淮河两岸日军首尾难顾，只好与中国军队胶着于津浦沿线。

至此，聚歼日军的徐州会战正式拉开了序幕。奉命西调的186团报务员却突然收到一份奇怪的旅部急电：

限186团15小时内赶赴微山，不得迟误。

侯得章大感不解，随即口授电文：

我团已于五日前接信，旨在奉命归建，现已过河南中牟。旅令复转，朝夕异同，则令出无序。限时到达，实难成行。山东已远，微山路遥，敬请明鉴。

旅部新令：

　　混账话！旅部何曾发信，尔等亦要危言误国吗？前令照行，迟误必究。

如果出河湾县城不西移，则达微山190里，15小时内虽困难重重，却可勉强胜之。而今已西行340里，纵然弃甲奔跑又能行几步，除非脚踏哪吒风火轮。

侯得章叫苦不迭。更让他大感不解的是，旅部的信是怎么回事，难道旅长赵心德也要出尔反尔吗？赵旅长是河南商丘人，地缘上说也是与运河湾搁邻居的，赵旅长又是出身于西北边防督署教导团步兵科，也属于学门，跟自己亲近自在情理之中，怎么也用了脏话狠话。而现在的关键是，军令没有给他留下追查来信真伪的时间，他的所有时间都必须用来重复来时的里程拐点。他跳下吉普车，先朝轮胎上开了两枪，在轮胎爆裂的嘶鸣声中，他挥舞着手枪，先喊了全体后转，接着又说："186团的弟兄们，本团长的死活都在这两条腿上了。跑吧！"

第二章

马二梭一跨过运河大桥就在心里想死而复生的独立营。

独立营复建是奇怪的，自己出任营长也是奇怪的，整个那一天都是奇怪的。不说侯登科进了马家眼上还挂着泪花，不说他挂着泪花还一口一声地喊侄婿，单是侯得章开了吉普车到紫云寨接他就是奇怪的。还有更奇怪的是，黑豆竟然先他一步站在了操场上。黑豆的对面还站着三排人，三排人都是按高矮顺序站立的，站齐了还互相拉扯着挤眉弄眼。第一排穿的衣服都是一身黑，都是黑底子镶白边，看着是县警局的巡警、狱警。第二排穿的是运河巡防队的服装，其中有盐警局的蓝底子镶白边，胶底鞋口上也是镶的白边。第三排穿的是杂色，头上有戴着帽子的，也有露着头皮的，也有头发长得盖住耳朵的。三排人的前边各有一拉溜摊开的服装，看着是186团的浅黄色制式军服。黑豆喊了一声换服装，三排人都扒了个精光，连兜屁股的小裤衩也换成了制式的。黑豆是最后一个换上服装的，脱掉原来的衣服时，他身上还露出来捆绑过的勒痕，勒痕是紫红色的，黑豆身上像箍了一圈一圈的筲桶箍，看着比任何人都结实。

黑豆看见马二梭从吉普车上跳下来，他收紧双臂紧跑了几步，跑着跑着又站住，双脚咔嚓并拢，冲着马二梭行军礼，说："报告连长，临时值星排长丁黑豆率队集合完毕。请训话！"马二梭那一会儿有些激动也有些惶惑，他看着黑豆脸上找不到原来的腮帮了，两面腮皱巴巴地贴贴着，凸出来的颧骨像是从地下拱出来的尖顶蘑菇。他走过去要搂抱黑豆，结果他在黑豆的肩颊窝里捅了一拳，接着又揪黑豆的腮，揪到手里再松开，黑豆的两面腮又缩回去了。

侯得章也从吉普车上跳下来，先还是冲着黑豆笑的，忽然就绷紧了脸，先说丁黑豆当排长当上瘾了，什么时候都不忘自己是排长，什么时候都不忘马连长是特务连的。侯得章说："你既然什么都记得，你就该知道独立营一直都是全建制，独立营从来没有也决不会被敌人击垮，日军偷袭独立营是误传。即便不全是误传，即便发生过，或者可能发生过，统统都成为过去。过去的已成为历史，历史可以记忆，但没必要把记忆放到眼前。毕竟耳听为虚，毕竟眼见为实，毕竟事实胜于雄辩。事实是，独立营即将开赴前线，我们的前线就是全面抗战的第二战场，就是六百华里急行军。"说着又偏转身朝城门洞里招手，城门洞里随即列队跑出一个全副武装的连队，连队顺着他的手势站在最前列。侯得章走到前列的中间，先是挺胸目视，接着也咔嚓并拢双脚，响亮亮地提高了嗓门，喊出来的是最新任命。他说："兹任命，原特务连中尉连长马二梭，为国民革命军第五战区第3集团军第12军第20师第59旅第186团独立营上尉营长。丁黑豆为186团独立营特务连中尉连长。"

队伍接着就开拔了，独立营是走在最前边的。

黑豆催促着队列前进，又紧跑几步赶上了马二梭，说自己这几天都快糊涂死了，怎么想都想不明白。还说自己越是想不明白越要想，越想越感觉这里边一定藏着什么弯弯道道，没有弯弯道道，侯得章不会平白无故地把他放出来，他原来听到的不是处决就是移送师部。现在倒好，也不处决了，也不移送师部了，忽然地又从排长升成连长了，忽然地又变成独立营的人了，就是翻饼也翻不这么快啊。黑豆就说了那几天的经历，还说自己没想到还能活着见到二梭，当连长更是想也没想过，自己真要那样想，那可就真是不觉死的鬼了。

　　黑豆说，他一连几天都不知道二梭关在什么地方，他是一开始就进的警局大牢，进的还是死牢。死牢在县警局大牢的最中间，一周圈都是牢房，怎么看都像老家院子里的鸡窝。他那时候就在心里想连长，想着连长马二梭如果那时候来找他，一准不会想到他蹲在正中间就等于是个鸡蛋黄。黑豆说他知道这一回是板上钉钉了，这一回是非死不可了，假扮的侯得才死了，假扮的侯得章也死了，他们一准会当真的给他定罪。这很容易理解，一想就明白，他们如果不找假扮的，死的可不就是他们吗。不过，细想想，死也就那么回事，不就是跟睡着一样吗，独立营的弟兄不都是睡着了吗。心里真想的是跟连长死在一起，下辈子再拉队伍时找着也方便，就是分铺宿营也得知道哪个排是哪个连的啊。黑豆说，他曾三番五次地跟狱卒套近乎，套着近乎询问马连长关在哪里了，狱卒个老王八犊子就是咬着口地不说真话，后来想说真话了又龇牙咧嘴地笑。黑豆说："老王八犊子还问我是真想听还是假想听，我说是真想听，他说连长马二梭又回家摸他媳妇的白肚皮去了！"

　　黑豆说他想一百圈也没想到连长马二梭第二天就放出来了，想一百圈也没想到连长马二梭当天夜里就来劫狱，他如果知道连长马二梭都那样了还要再进城劫狱救人，那他宁可一头撞死。黑豆说了那几天的经历又问二梭是怎么想的，这里边是不是藏着弯弯道道，如果没有弯弯道道，他为什么要说独立营从来也没被偷袭过，他为什么要说独立营一直都是全建制，他为什么要说日军偷袭独立营是误传。侯得章是团长，当团长的当着那么多人的面说假话，他到底要弄什么鬼打道。黑豆说："马营长，你想吧，你就睁着眼想吧，你就从头到尾地想吧，这里边的弯弯道道一准多很多了！"

　　马二梭就想侯登科那天去马家，先喊了一声二梭侄婿，接着又喊步正大哥，接着又喊马家嫂子，喊着进了堂屋。一条腿迈进门槛，看见满秋拿手指牲口棚，他又躬着腰往牲口棚里钻，说自己做什么事都是做到一半就撒手的，做到一半就以为是做对了，做到一半就以为是做巧了。为什么不去想你做对了吗？你要真想做对，为什么让二梭离开军营？你要真想做巧，为什么不让二梭升了连长再升营长？得章不是一步步升的团长吗？得才不是一步步升的连长吗？敢情得章是你亲儿子，敢情得才是你亲侄子，你就盼着亲儿子升了团长升旅长，升了旅长升师长，你就盼着亲侄子升了连长升营长，升了营长升团长。你为什么不想想二梭啊？你为什么不想想兰兰啊？兰兰不是你亲侄女啊，二梭不是你亲侄婿啊。说着还要拧自己的嘴，还要抓着马步正的烟锅装烟吸，烟点着了又不真吸。马步爹着手夺烟袋，夺着要侯登科擦了眼泪说话，还要侯登科捏着嘴说话。他还称呼侯登科是太爷。马步正说："侯太爷登科大兄弟，你说的这些我听着都像鬼念秧，你要真想把我摁到糊涂锅里煮成稠糊涂，你就接着说。"

侯登科说："老马大哥，你怎么还不明白啊？"

马步正说自己早就明白了，不就是绕着圈子让二梭再回部队吗？不就是上面有人要找独立营吗？不就是团长儿子跟你下过话了吗？不就是团长儿子来请二梭你又拦下了吗？你拦下不就是不想让团长儿子舍脸吗？马步正说："我明白是明白了，你得让我知道团长侯得章心里是怎么想的？"

侯登科激灵着出了一头冷汗，追着问马步正是怎么知道的，一个抱着草筛子的老糊涂爹不可能摸得这么清。侯登科说："你告诉我，是不是有人来过了，这个人说没说黑豆已经在县城操场等他了。如果有人来过了，那就紧着让二梭跟兰兰道个别吧。"

侯登科站在马家胡同里催着马二梭上路，马家院子里接着就响起三个女人的哭号声。

马二梭也偏转了头看黑豆，他想说自己一开始就想这里边的弯弯道道，弯弯道道肯定有，但弯弯道道是怎么出来的就不知道了。马二梭还想说，他一出马家胡同，就看见侯得章拍着司机让吉普车调头，还冲着他一个劲地喊着快上车，还说他不想听见兰兰妹妹的哭喊声。侯得章还说："马二梭同志，你不想搭便车吗？"但是，吉普车出了紫云寨之后他却一句话也不说了，他阴沉着脸望的是车头，车头溅上了烂泥汤子他还是眯着眼望车头。二梭还想跟黑豆说，他一看见侯得章的眼神，就知道要他归队绝不会是姓侯的心甘情愿的，姓侯的一定是接到了上司的命令，至于上司怎么知道独立营还有人活着，他就想不出来了。二梭说："黑豆，你说会不会是胡营长到上司那里告了一状？独立营被日本人偷袭了，姓侯的是一直瞒着的？"

黑豆没来得及应答二梭的话，他看见团长侯得章从吉普车上跳下来，拔出手枪冲着轮胎打，轮胎撒气的声音像是被人撕扯的。黑豆打个趔趄又望二梭，忽然呀呀地惊叫起来，说："呀，呀，怎么没看见侯得才个小贼羔子啊？"

黑豆这个时候才想起侯得才，侯得才已先一步想到他和马二梭了，一想到他们，侯得才当即就定下了逃离186团的决心。

侯得才是吃饭时得到的消息，消息是从送饭的警卫嘴里吐露出来的。从禁闭室挪到机修班的当天中午，侯得才和三老雕还跟着警卫连打过一次饭，但到晚饭时就变成警卫送饭了。进了机修班，除去房子大了一些，除去窗子明亮了一些，其他几乎跟关在禁闭室里没什么两样。送饭的警卫有许多次不敢看三老雕的脸，一看见三老雕哭丧着个脸他就想笑，他后来就改成了闭着眼放饭盒，嘴唇是死死地咬着，放下饭盒就朝门外退，退到门外就笑得揉肚子。三老雕就恶狠狠地骂，骂着说黄泥鳅是个没正形的，是门后头楔橛子，人家死，他活着。三老雕就说黄泥鳅你等着吧，反正自己一开始也是看见侯连长就笑的，现在黄泥鳅也跟着他学样，学不了三天也得进来。说过了又把三天改成了两天，最后干脆变成一天了。他说："黄泥鳅你敢打赌吗？明天你就得老母鸡爬屋脊，滚蛋！"警卫黄泥鳅再不敢笑了，哇哇地惊诧着望三老雕，说："三老雕你真是神了，关在屋子里捣鼓枪栓还能算出186团要开拔。"

侯得才拿手掐三老雕，掐着三老雕喊兄弟，还冲着三老雕使眼色。三老雕忍着疼要黄泥鳅留步，说自己原来睡的铺盖下边还藏着五块银圆，泥鳅兄弟愿意陪着多说几句话，愿意说出186团要开拔是怎么回事，他宁可分出来一块。黄泥鳅提着空饭盒又进了屋，先跟三老雕的手绕到一起拉了勾，接着就说团长其实并不愿意开拔，团长连一点儿开拔的心思也没有。但是，毕竟军令如山，毕竟军令不可违，毕竟旅长是让人快马加鞭送来的命令。黄泥鳅说，送信的通信兵连马都没下，团长看了信连茶壶都摔了，摔了茶壶又看信，看完信就上了吉普车，吉普车接着就开走了。得才抓了一把油泥要往黄泥鳅嘴里塞，说："你狗日的成心是吧，你不会拣紧要的说啊。"

黄泥鳅噗噗地吐，明明没抹到嘴里，还是揪着袖筒子擦嘴，擦着说团长坐吉普车去的是紫云寨，团长去紫云寨并不是回老家，并不是跟二老爹娘打招呼，团长的脸青紫青紫的一看就不像道别的。团长急着上吉普车是因为旅长又说到了独立营，还说孙副司令长官要到独立营巡视，还要跟营长、连长激励诫勉，还说孙副司令长官要到战区赴任了还是忘不了独立营。黄泥鳅说："侯连长你还不知道吧，咱们团长亲自去请特务连连长马二梭去了，去之前又把排长丁黑豆从死牢里放了出来，丁黑豆已经在操场集合队伍了。"

侯得才把手里的油泥都抹到自己脸上，还要往三老雕脸上抹时他就躺到了地上，还把个脑袋咣咣地往地上磕。头皮上鼓出紫包，紫包上渗出血来，血水流到脖子里，脖子里黏糊糊地粘住了衣领。得才就在那一瞬间下了决心，下决心脱离186团，下决心逃出河湾县城。他瞪着血红的眼珠盯着三老雕，嘴巴张张合合地又把先前说过的话重复出来，说队伍开拔之前就会处决不想要的官兵，想要又不喜欢的也得弄死，也不想要也不喜欢的就先弄死。弄死也不枪毙，不枪毙是想着不出响声，装到麻袋里沉河底，半夜里扔下去谁也不知道。得才说，没想到会死这么快，没想到会是这个死法，没想到进了机修班也难免一死。得才说："老雕兄弟，你去跟团长说说，看能不能把咱们两个装到一个麻袋里？"

三老雕先是惊惊诧诧地望着侯得才，望着望着就哭了，说："我不想死！"

侯得才说："不想死就得紧着逃出去，逃出去又不知道哪里是活路，还不如死了省心。"

三老雕说："知不道哪里有活路那就找呗，多找一天还多活一天呢。"

两个人当天晚上就采取了行动。溜出机修班时没人注意，溜出团部时还是没人注意，接着要爬城墙了，他们竟然找到了两身替换的衣服，竟然还从那家人院子里找到了梯子。翻过城墙之后，三老雕先是抱住侯得才哭，哭着哭着又笑了，说："这不是活路啊，这不是有法啊。"

两个人摸黑跑了一阵子又站住，得才先是伸着手试风向，说东南西北四个方向，东边是不能去的。当初29师85团就是在东边被日本人追杀的，师长曹福林的警卫营都冲散了，旅长王土琦的一个骑兵团都让日本人的飞机炸得缺胳膊少腿，韩总司令的手枪旅让日本人撵得跟开了圈的羊一样，旅长雷太平死了又换成吴化文，吴化文当了旅长却找不到手枪旅了。西边是叫驴山，日本人夺了邯郸就得走平汉路，顺着平汉路往南冲，一伸手就能够着叫驴山。南边也不能去，南边是日本人的集结点，东路西路一抄手，抄到手里就掐死了。北边也不能去，北边是黄河，要过黄河就得坐船，上了船让日本人拿机枪一扫，你想钻个土沟土壑也找不到地方。三老雕啊啊地又是跺脚又是摇脑袋,说:"你说了四面又把四面堵上了,敢情我们哪里也去不成了?"

侯得才趴到地上摸索,抓到手里的是一个破条筐,他把破条筐掰成两半,一前一后挂到身上。他说部队要开拔不会是往东,也不会是往北,也不会是往西,也不会是往南。看着三老雕又要跺脚,他说:"正东正西正南正北四面躲不开,还有东南西北四个斜角,部队一准去的是西南角,那咱们就去东北角。"两个人又顺着东北方向奔跑,跑到天快亮的时候,得才忽然又惊叫起来,又说东北角也去不成了,日本人是从洛口打过的黄河,东北方向不正是洛口吗。三老雕一屁股蹲到地上,先是揉着腿哎哟着说脚也疼腿也疼,看见得才靠着坟头打盹,心里急着恨不得把侯得才也塞进坟墓里。

两个人再醒来时,手脚已经被人绑上了。

侯得才挣扎着看绑他的人,看见有一个人是紫云寨的,他说:"宝贝,你不是叫孙宝贝吗?你父亲叫月份对吧,按村里辈分我该喊你一声叔的。宝贝叔,你们这是哪一面的?"

孙宝贝瞪着眼看侯得才,说:"你也是紫云寨的,我没认出来?"

侯得才就问孙宝贝记不记得侯家老宅,老宅里得字辈的一共三个,上边三个是登字辈的。侯得才说:"我叫得才,想起来了吧?"

孙宝贝一下子涨红了脸,说:"这么说你是老王八蛋侯登科的儿子?"

三老雕拿胳膊肘捣侯得才,意思是听对方话语里带着凶煞气,得才故意不理他,还是望着孙宝贝说:"老王八蛋侯登科的儿子叫得章,得章自从当了团长当了县长之后,喝豆腐脑都嫌塞牙了,我往他嘴里塞驴粪蛋子的心都有!"

孙宝贝哈哈地笑了,说侯得才能骂亲大爷还能骂亲堂兄,可见跟他们父子不是一路人,还说自己恨侯登科是为着本家一个叫花头的,花头让中央军用马鞭子抽死了,侯登科喊着豁子当粪拾,还要豁子往粪堆里埋。忽然又看见得才腰里扎的是皮带,警觉着后退了好几步,一只手还按住了腰间的手枪,说:"你,你们,莫非你们也是扛三尺半的?"

三老雕终于捞到了说话的机会,先说了从县城跑出来的前因后果,又说往东北方向跑也是瞎跑,瞎跑就是不想让团长侯得章逮住。三老雕说:"侯连长是警卫连的连长,他是犯了团长的忌讳被捋成光腚猴的。三老雕是我的外号,我大名叫岳粮丰,在警卫连当过副班长。"

有人给他们解了绑绳，孙宝贝又上下地打量侯得才，接着问侯得才愿不愿意加入鲁西保安纵队，还问侯得才知道不知道手枪旅。他说司令长官刘百湖原先也是第五战区第3集团军的，还在吴化文的手枪旅当过团长。得才摇摇头，说手枪旅好像听说过，团长刘百湖就不知道了。孙宝贝紧着又说刘司令长官的祖上也是运河湾里的，祖爷那一辈因为做逍遥椅得罪了慈禧老佛爷，躲灾去了东平湖里。孙宝贝说自己已经是营长了，就是因为刘司令长官亲近老家的人才把他提成营长的。侯得才如果愿意加入他们的保安纵队，接着当连长也行，接着往上升也是一句话的事。岳粮丰看着也是个有眼色的，身条也不错，还当过副班长，去了先干排长吧。还说刘司令长官是个能干大事的，第一步就是扯起大旗扩充队伍，他们两个此时加入就等于戏文上说的开国元勋。三老雕又把手伸到下边，使劲地拽得才的衣服角。

侯得才想说听人劝，吃饱饭，还想说牛犟损力，人犟损财，毕竟识时务者为俊杰。话到嘴边又咽回去，看着孙宝贝又问他们现在属于哪一面的，还归不归五战区管，还算不算第3集团军的人。得才说："你刚才说的鲁西保安纵队，我听着像是没地盘的。是不是呀宝贝叔？"三老雕又把手伸到下边，这一次拽的是得才的裤子，果然听见孙宝贝有些急了，话音里还带着气恼的味道。孙宝贝说，怎么会没地盘，泰山以西大半个山东省不是地盘啊，运河两岸几十个县不是地盘啊，有人有枪还用发愁没地盘吗。三老雕紧着打圆场，紧着接孙宝贝的话头往下顺，说人在哪里站着哪里就是地盘，人在哪里睡觉哪里就是地盘，蹲下屙屎还占一腚大的地盘呢。孙宝贝先是冲着三老雕翻白眼，还朝着地上噗噗地吐，慢慢少了厌烦，语气也舒缓了许多。他说属于哪一面的并不重要，归谁管不归谁管也无所谓，要紧的是保着老本，有老本撑着就能越滚越大。又说现在是保安纵队，将来就是保安集团军，现在是大半个山东省，将来就是整个山东省，现在是运河两岸，将来就是黄河两岸，也或许是长江以北，也或许是整个中原地区，也或许到处都是地盘。

三老雕紧着又跟一句，说："是啊，母鸡有腚眼就会屙鸡蛋。"

侯得才说："就听宝贝叔的。"

第三章

　　马二梭被侯得章请回独立营归队入建的当天下午，马家人就把院门关上了，一直到了太阳要落时，马家还没有做晚饭的准备。马步正依旧坐在牲口棚里，依旧抱着草筛子，但是他的目光不再盯着院中的棠梨树，棠梨树正对着东屋门，小东屋里已经没有二梭了。满秋把筛剩下的草棒堆到院子里，又在堆过豆秸垛的地上扫了一筐豆毛以及碎豆荚，倒在干草棒上掺和，里边还加了几把艾叶，又端了几锨细沙土，掺和均匀了，准备摊成草饼晾起来。草饼晾干存储着，夏天可以给牲口熏蚊子，也可以在院子里吃晚饭时放到棠梨树下点燃。春子饿得受不了，先扒着篮子找中午的剩干粮，剩干粮还有手心大一块，吃了反倒更觉着饿，她就去堂屋里找婆婆马刘氏，说大人怎么都好说，大人就是饿得前心贴后背也可以说不饿，孩子也要跟着忍吗，孩子饿了就会号号。春子说："娘，金猪又号号哩，他一准是嫌不做饭了。"

　　马刘氏用嘴角撇春子，说让金猪过来号号两声我听听，好多天没听见金猪号号了，心里还真是闷得慌。又说马家还有个金猪吗，金猪跑出去一溜达一天，官地里就那么好玩吗，官地里好玩跟他一个小毛孩子有哪些牵连，他是能抱一块官地回来啊，还是在官地里挖到金元宝了。马刘氏说："你上辈子是饿死鬼托生的，饭进肚晚一会儿你就受不了，一顿饭不吃能饿死你啊，二梭又走了你心里很舒坦吧。"说着又冲春子使眼色，意思是让春子到东屋里喊兰兰做饭的，春子呀呀地叫，赌着气地说兰兰睡觉了，兰兰不吃饭了。东屋门开了，兰兰扎着围裙走出来，说："娘，我做饭吧。"

　　做好的饭兰兰没吃，兰兰也跟着拿筷子，也跟着端碗，碗端着就是不喝。马刘氏偏着头瞅兰兰，想着看兰兰是不是没胃口了，是不是一看见饭嘴里就流酸水水。她还在心里算日子，算着二梭这一次是在家住了大半个月的，要是赶巧了，兴许能怀上。既然二梭断肠子是假装的，那他还是个火性身子，再加上兰兰又是一直盼着生个活孩的，少男少女被窝里还会不那样啊，赶巧了一回就准了，大半个月也不会只那样一回吧。算着日子还是偷着看兰兰，兰兰一直端着碗，直到春子打着饱嗝儿要刷锅了，满满一碗疙瘩汤还在手里端着。

慢慢地黑夜静下来，最后一遍牲口草也添上了，入了窝的鸡也不咯咯了。马刘氏喊马步正去堂屋歇着，说没使活的牲口用不着天明天黑地守着，牲口没干活多吃一口少吃一口不要紧，见马步正举着烟锅要打她，她转个身又去了兰兰屋里。兰兰还在床上坐着，针线筐子压在腿上，大大小小的针都在线板上插着，手里抓着的是一块长条铺衬，抓在手里拧来拧去。看看婆婆进来，兰兰欠着身笑了笑，笑着没出声，也没真站起来。马刘氏又回身关上了屋门，也凑过去坐到兰兰身边，说自己这几天就想着跟兰兰说细话的，想着二梭回来了，那些细话说不说问不问都不要紧了。马刘氏还说一开始是打谱让春子问的，春子又是个说话不知深浅的，又是个说话没轻没重的。尽管是亲妯娌没有不能说的话，毕竟是小两口被窝筒里的事，毕竟是摸着黑的事，问的倒是张开口了，应答的那个怎么说啊。前几天秀秀来，自己又想着跟秀秀说，结果秀秀先红了脸，说是春子跟她说了那样的话，还说你是亲口跟春子说的。马刘氏说：" 兰兰你跟娘说个准成的，二梭这次回来，你们两个那样的事多不多啊？"

兰兰针扎着一样要站起来，脸上也是蒙着红布一样，看着还想笑的，后来又没笑出来，只是喑哑着说一句哪样事啊。

马刘氏扑哧笑了，说："傻孩子，还哪样事，不就是小两口搂着抱着的那样吗，不就是猫沾腥似的贪一口又贪一口吗。"

兰兰咬住嘴唇不说话，忽然地又愣了神望马刘氏，嘴唇翕动着要说话了，说出来的却是另样话。兰兰就说自己还想着到紫云寺去上香，还想着再让了尘住持占个卦，说二梭这一次入兵营她倒没有多少急，怨恨也说不上，只是牵挂的心还是悬虚着落不下来。说着还望马刘氏，眼里还汪着泪花，喘息也急促了许多。

马刘氏一把抓住了兰兰，说兰兰即便不提这件事，自己终归也是憋不住的，这件事她也是一时三刻不曾忘记过，心里犯嘀咕的是，这事越想越奇怪。马刘氏就说自己先是问过春子，说二梭这一次入兵营到底险不险啊，毕竟枪子不长眼。可春子这个缺心少肺的偏说一点儿凶险也不会有，还说枪子啊炮弹啊看见二梭就跑得远远的。春子还瞪着眼要跟她打赌，春子说，藏在磨坊里打冷枪不是个险啊，车上的两个军官是假扮的，食盒里藏着的机关枪得是真的吧，四面街口埋伏的队伍得是真的吧，几百人端着枪往里冲得是真的吧。结果呢，二梭身上钻一个枪眼了吗，二梭划破一层皮皮了吗，二梭少一根汗毛了吗。春子还说二梭自从穿戴上那个红兜肚,一下子就变成刀枪不入的金罗汉了。春子后来还凑到我耳根上说:"娘,我敢跟您打赌,那个红兜肚一准是避邪的!"马刘氏说过了又看兰兰,抓着兰兰的手还要往怀里搂,说:"兰兰啊,你是二梭的福星啊。"

兰兰说:"娘,咱天明了再去紫云寺吧。"

马刘氏走出东屋又向牲口棚张望,又要喊老头子回堂屋歇着,刚绕过棠梨树就看见马步正拧着金猪的耳朵,逼着金猪说出他一天到晚地去官地干什么。马步正还要金猪说出在官地里胡混的都有谁,马笆子还里里外外地张罗,马笆子还把新宅的侯登仓气病了,马笆子哪来的本事。金猪就把手伸到爷爷的胳肢窝里挠痒痒,马步正松开了手,金猪就抱住爷爷的头,还叽叽咕咕地说悄声话。马步正顿时变了脸色,说:"你说的这些都是真的,他哪来的天胆?"

金猪点点头,金猪还抓着爷爷马步正的手拉钩,意思是话不可对外人说的。

第二天吃过早饭,马刘氏果真带着兰兰去了紫云寺。

马笆子正站在山门口打坠嘟噜,一只手扳着门框,身子像个箩筐似的向后躬着。侯月娥拽不动他就抓了一根松树枝抽打,还带了怨气埋怨,还一个劲地催着走。马笆子抱着头躲闪,嘴里念叨着如是我闻,侯月娥越发着急,说你再念这一句我就把你的禅房烧了。侯月娥说:"他再是个官地迷,他再是个要官地不要命的,他再是个钻头不顾腚的,他毕竟是我弟弟吧,我们毕竟是一母同胞吧。一母生三个,上半截死了一个,下半截再看着他死了,他死了就是三剩一,你愿意看着新宅里三剩一是吧。登库是怎么死的,你个兵混子不知道,我这个亲姐姐也不知道啊。登库刚过大年初二就去投了响马老雀,仙爷女扮男装快把他的精血吸干了,他仍然一天一夜地服侍着,还是不说回头话,还是一声连一声地催着仙爷下手,仙爷连绑了三票,官地才从老宅到了新宅。"侯月娥还要再接着说拿牺牲换官地的麻五,又想起这一节马笆子是知道的,强忍着不说了,光是拿着个松树枝子抽打,马笆子躲闪着还要念如是我闻。

马刘氏紧走几步赶过来拦挡,兰兰也劝着侯月娥不要动了胎气。马刘氏先问马笆子怎么回事,都到这个月份了,怎么还能惹怀着身孕的妇道人家生气。马笆子又念了一句如是我闻,侯月娥举着松枝又要打,说:"不念如是我闻这一句,就没人知道你是住持了是吧,佛祖书上就写了这一句是吧。呸呸!"

侯月娥就说了起因还是在官地上。

马疕子先是招集村里人围着官地挖沟渠,沟渠里也放满水了,该养的该栽的什么都有了。侯登仓先还是心疼着一下子挖去几十亩地,毕竟老宅里的三兄弟再没跟着又争又抢,后来总算也认了。侯登仓就想着赶牲口先把官地耙一遍松松干皮,还想着落了春分雨就犁地,种一半高粱,再种一半棉花。还是按以往那样种紫花,说紫花是个原色的,纺成线织成布就能上身子穿,再洗再磨也不会掉色。家里人用不了的就卖了,高粱吃不了可以蒸酒,酒糟可以喂牲口喂猪,牲口吃了省料,猪吃了长膘,膘大了钱也卖得多。到秋季腾出高粱茬子再接着种麦子,棉花地倒出茬来就得到霜降以后了,正经庄稼不能种了,可以拔了棉花柴撒上蔓箐,蔓箐晚一点儿不要紧。要是到来年春头上粮食艰窘,拔了蔓箐疙瘩又可以当饭吃,要是春头上粮食不艰窘,蔓箐一开花一结荚就变成了油菜籽。油菜籽又可以榨油,剩下的油菜籽渣又可以喂牲口喂猪。

总之是,紧时庄稼消停买卖,一环扣一环不可错过时令节气的。偏偏这时候马疕子又有了新主意,还要再挖沟渠,还要横挖竖挖,挖出的沟渠不放水了,说是挖出土来抬高地面,抬高地面是为了防水的。侯登仓听了这话当场又气得吐了血,逼着马疕子说出官地上哪年下雨存水了,哪年下雨下得淹庄稼了。既然下雨没淹过庄稼,既然下雨没出过涝灾,挖那么多沟渠预备着,是不是马疕子也要炸运河大堤啊。马疕子还是说在官地上横挖竖挖,挖的是沟不是渠,放了水的是渠,不放水的是沟。马疕子还拿碟子、碗作比,说碟子、碗原本都是盛饭盛菜的,汤水多的用碗盛,汤水少的用碟子盛,有碟子有碗,就跟地里有凹下去的沟、有凸出来的岗一样。侯登仓说不过马疕子,结果马疕子还没说完呢,他那边就一口一口地吐血,吐起来没完了。

马刘氏听明白了,先是点着头,又说带兰兰过来还是想着要给佛祖上香,又说见了他月娥婶子,一句感激话还是要说的。给佛祖上香是该着的,说句感激话也是该着的。马刘氏就说了二梭自从穿戴上红兜肚,就稀罕得再不肯脱下,连洗洗晒晒也不让别人插手,连兰兰摸摸扯扯他也躲闪着。原来只想着兰兰没怀上活孩子,心里想着盼着就把二梭当成了活孩子,就想着给二梭做个红兜肚,就想着二梭也是她自个儿的孩子。兰兰就那样想着做了,她做了二梭就穿戴上了,穿戴上了就成了个避邪避灾的,睁眼看着大祸临头，到末了竟连一点儿凶险也没有。马刘氏说自己从心里疼爱兰兰，越想越觉着兰兰是个少有的好儿媳，越想越觉着兰兰是二梭的福星。忍不住就问兰兰怎么想着给二梭做个红兜肚啊，兰兰要不说，自己任怎么想也不会想到的。兰兰说，是月娥姑做了又转送给她的，她在上面只点了一滴心形血。马刘氏又说自己真是老糊涂了，这件事自己原本是知道的，上几次还跟笸子兄弟道了谢，还说这么多人都想着二梭护着二梭。马刘氏就抓住了侯月娥的手，抓住了忽然又觉着不对劲，于是又问："他婶子，你这是要把笸子兄弟拉哪儿去？"

侯月娥说是让马笸子去新宅，先跟兄弟侯登仓说几句圆溜顺坡的话，就说横沟竖沟都不挖了，好歹哄着他让病好了。那样一口连一口地吐血，多结实的人也扛不住啊，可马笸子偏要跟我打坠嘟噜，偏要犟着不说回头话，偏要装样念如是我闻。正说着，得田跑过来，先喊的是死人了，到了跟前又说："娘，活犄角子把傻种舅的魂勾走了！"

兰兰打着哆嗦往马刘氏身后躲闪，马刘氏噗噗地往地上吐口水，还要兰兰也往地上吐，还画个圈让兰兰往圈里吐，说："怎么又闹活犄角子了，这紫云寨就不能消停一天啊？"

侯月娥也打起寒战，还要打得田说傻种舅，手举起来没落下，就那样怔怔地望着马笸子，试探着想问马笸子，世间是不是真有活犄角子。马笸子张口就说："有，有。"

侯月娥殷切切地拉住马刘氏，要马刘氏也跟着去新宅，说毕竟是长了年岁的，自己这是第一次听到，马刘氏去了不说话，自己心里也觉着壮实些。马刘氏原本不想去，又感念着侯月娥帮过兰兰，是个有恩在里边的，回绝话不便说，不去也不妥。马刘氏就想让兰兰先回家，意思是兰兰身子弱，阴气邪气沾不得，兰兰却不害怕了，非要跟着去看看。四个人就一起去了侯家新宅。

躺在床上的侯登仓胳膊腿都是僵硬的，脸皱巴成个树疙瘩，嘴角里还挂着血丝丝。媳妇侯岳氏只找到一张蒙面纸，还让儿子得金撕掉了一个角，她抓着纸盖住了侯登仓的脸，又觉着两条腿露着也该盖。侯月娥走过去把蒙面纸揭了，撕扯着又揉成团，扔到地上又拿脚踩，踩着说："你这一会儿有眼色了是吧，你这一会儿手脚利索了是吧，他跟你说死了吗？"马笸子悄悄地拽侯月娥的衣袖，示意她别把话往重里说，侯月娥还是拿眼狠狠地瞪着侯岳氏，侯岳氏低了头再不敢看大姑姐姐。

马刘氏见了侯登仓模样也觉着心酸，四十岁不到的人看着像过了五十的，占着个有房有地的大宅门，到死竟然还是个为官地憋屈的。走过去要得金他娘找送老衣换上，说死人临走要穿新衣服，衣服还得是套了新棉绒的，讲究的是里外三新。上身的棉袄要缀九个扣子，最上边的那个不扣上，最下边的那个也不扣上。得金娘先盖的是蒙面纸，会让死人出不了家门，出了家门也上不了路，上了路也过不去奈何桥。她埋怨着又把手伸过去，想着是擦了嘴角血丝的，血丝还没擦竟呼叫了一声，说："我的个亲娘哎，人还活着！"

侯月娥也把手凑近弟弟的鼻孔。马筢子是用手背试的，说手心属阴，连的是手太阴肺经、手少阴心经、手厥阴心包经。手背属阳，连的是后背督脉，督脉是属阳的。说人到临死前阴气最重，这时候要用手心试气息，就等于二阴相遇，有气息也试不出来。换了手背去试，就是阴阳相搏，相搏就是相抵，相抵就有冲力，有没有气息，一试就能试出来。侯月娥下了死力拧马筢子的手，恼着马筢子什么时候都不忘显摆当兵混子当出来的本事，挑了个住持名号越发变得五神六道了，反正真懂假懂都是他自己说了算，说："你快试啊！"

马筢子伸出的手又缩回来，说："是个活的。"

马刘氏从兰兰包袱里拿出一扎火纸，先叠了两个元宝递给马筢子，要马筢子点着了送给犄角子，不能让犄角子白跑一趟，犄角子得了钱自会跟判官通融。判官信了就不会拿朱砂笔钩名字，只要名字不钩，人就不会真死。马筢子点着元宝又要念如是我闻，马刘氏又拦住他，说这一会儿要跟犄角子说好听话，犄角子要嫌钱少就再烧一个元宝。马筢子果然不念如是我闻了，改口说的是犄角子里边也分死犄角和活犄角，死犄角是贪心的，钱再多也不嫌多，地藏王菩萨一般不派死犄角到阳间。在阳间勾魂的都是活犄角，活犄角会念乡情，知道别人家钱再多也不是风刮来的，也不是弯腰捡来的。活犄角还是个讲情面的，不到寿限的人他不犟着带走，往脖子上套勾魂锁时，会可怜剩下的孤儿寡母不好过。兰兰听得身上嗖嗖地钻寒气，马刘氏紧着抱住了她，还把兰兰的手捂到怀里暖着。

侯月娥先还是恭敬着听马筢子祷告的，又听他一连声地念叨死呀活呀的，心里瘆得不行，连头发梢也感觉是竖着的，于是又要拧马筢子的嘴，说："你不说死不行啊？"

马笊子也不躲闪了,还是闭着眼念叨,又说活牺角都是心软心善的,一见人家诚惶诚恐地又是送钱,又是说求告话,心一软一善就把勾魂锁松开了。要开勾魂锁说容易也容易,说难也是真难,就看心软心善的活牺角心里是怎么想的吧。他要是念着乡里乡亲的,低头不见抬头见的,老一辈少一辈都在运河湾里捞食吃的,手指一摁还魂扣,勾魂锁嘎巴就开了。开了锁魂就回来了,魂回来人就活了,活了还跟原先一模一样的。如是我闻,回来吧。

随着这一句话,侯登仓扑哧放了一个闷屁,侯岳氏尖叫一声娘哎,说临死放屁不是好兆头,一个屁放完就是脱气了,脱了气就是真死了。侯月娥从头上拔下簪子,抓到手里要扎侯岳氏的嘴,却看见弟弟侯登仓嘴巴蠕动了一下。侯登仓的嘴蠕动着先吐了一口黏水,又长长地叹气,又翻着眼皮望身边的人,接着就开口说话了,说的竟然是玉树。侯登仓说:"玉树真能缠磨人啊,拿着个锁链来了就要绑我,早晚我得拍死他!"

一屋子人都惊愕不已。

玉树是个死腰人,从打那一年在侯家老宅扛麻袋伤了腰就再没站起来过,他竟然也成了活牺角子。豌豆怕他天明天黑地在床上躺着心里憋闷,就胡乱捣鼓着做了一个木架子,玉树被捆绑在木架上可以仰面望天,也可以摇摆着脑袋看蚂蚁爬树,也可以看麻雀在屋檐下钻进钻出。但是,玉树无论怎样东张西望,他的腿脚却用不上力,他的腰连撅屁股的力气也没有,木架下边装着四个碗底磨的轮子是不假,可那不过是豌豆为了移动方便。他是怎么从村东头跑到村西头的,他被木架子捆绑着夹裹着,还能抓差勾魂,阴曹地府还会让他当活牺角子。怎么想都是奇怪的,怎么想都感到不可能。

只有马笊子嘿嘿地笑,说阴极为阳,阳极为阴,凡事都是可碰撞的。碰撞上了,不可能就变成了可能,没腿的就变成了腾云驾雾的,嘴笨的就变成了伶牙俐齿的,愚钝的就变成了聪慧绝顶的。总之,玉树成了死腰人,死腰人天天躺着趴着,想动动腿脚还得被捆绑着,这就是阳极未散又无阴极可碰,阳极就要向阴极追索,阴极无奈就得给他个施展腾越之术的差事。没有比玉树当活牺角子再合适的了,他有的是工夫,他想勾谁的魂就可以天明天黑地不离开。

马笊子最后还替玉树打圆场,先说活牺角子也不是好当的,担着风险干系不说,还要欠许多人情,人情也不是好欠的,又说:"玉树受累了。"

第四章

　　玉树身上千真万确是出了怪样,最先发现的还是豌豆,不过豌豆倒没害怕,也没往多大害处上想。

　　豌豆每天都是早早地起来做饭,饭熬的是加了羊眼豆的米粥,熬成稠稠的糊状,也不用吃干粮了,也不用吃咸菜了,既抗饿,又不渴,还能滋养肠胃。羊眼豆圆圆的,扁扁的,一面一个黑眼圈,怎么看都像羊眼珠子,玉树每天都说真解馋啊,一个碗里满满的都是羊眼珠,还没骨头,还溜溜地滑。豌豆每天都把饭舀到两个碗里,再拿出哥哥黑豆用过的空碗,又用勺子扬着往空碗里倒腾,倒腾着热气冲跑了,凉气进来了,米粥不烫嘴了。玉树天天喝不热不凉的,玉树吃饱喝足了就冲着木架子笑,趴在木架子上还是笑,还不住口地夸豌豆真是个好儿。玉树也说黑豆是好儿,不过,黑豆远在天边,又要行军打仗,又是下过死牢的,即便是好儿也不中用了。

　　还有,黑豆从死牢里放出来之后先去的是操场,他能在操场等马二梭,也不回家来看一眼瘫子爹,这一条玉树有些烦。倒是豌豆好使唤,干活出力是儿子,做饭洗衣又变成了闺女。豌豆把瘫子爹推到院子里,走到门口了还要折回来拽拽绑绳紧不紧,绑绳还是用的军营里的绑腿带子,绑腿带子是黑豆省下来又托马二梭带回来的。豌豆知道绑绳勒得越紧,他的瘫子爹就会越舒服,豌豆每一次都是咬牙切齿地绑,看着像是要杀爹的。玉树每当看着豌豆下死力地拉扯绑绳都要笑,说豌豆真是个好儿,只有好儿才会把爹绑得死死的。豌豆每一次听见瘫子爹这样说都要流泪,他每一次都会抓两个羊屎蛋蛋堵住自己的耳朵眼,这越发引得玉树大笑不止。

　　豌豆还从官地的沟渠里挖了许多活物,活物里有蚯蚓,有树根虫,还有蚂蟥,还有蝼蛄。豌豆跟香芝要了一块蚊帐布,比着腰带的形状缝了一条半尺长的纱布筒,又把一根磨细了的绑腿带子缝在布筒两头,然后他把装着活物的纱布筒比量着系在瘫子爹的后腰椎上。一布筒活物在玉树的腰间蠕动滚爬,玉树高兴得要跺脚,脚腿不听他的,他就挥舞双手,啊啊地叫着说好啊好啊,这下子热闹了,这下子有动静了。玉树接着又喊痒啊真痒啊,接着就使劲地扭腰扭屁股,扭不动还是扭。豌豆又到运河湾里挖来一把十年生的芦根,挑拣着选出两个带弯钩的，先在热灰里埋一夜，芦根死性了再用砂土打磨掉根须，再用布蘸着棉油搓出光来。玉树一手抓一个芦根挠子，从后脖领里伸下去一个，再从上衣下摆处伸上去一个，拉锯似的挠后背挠腰间，结果他把自己挠得舒服无比。玉树忍不住又要夸儿子，说他已经想过许多次了，下辈子还要来紫云寨给两个儿子当爹。玉树说："豌豆你放心吧，我说过的话绝不反悔。"

玉树晒着春日里的阳光，身上暖和和的，后背上热乎乎的，很想睡觉也很想醒着。玉树在也许睡着也许醒着的春日里，自由自在地享受着运河湾里的大千世界，还有无休止的腰间动静。

玉树已经不想那个爱凑热闹的媳妇了，他甚至不记得她是否有过名字，她活着时整个紫云寨的人都喊她玉树媳妇。那个媳妇也许是他的也许不是他的，黑豆兄弟也许是她生的也许不是她生的。玉树偶尔也会记起她被蒙面人吓出了迷症病，迷症子天天往胸口上缠绕布条子，也不管黑色的白色的，也不管宽条的窄条的，是个布条子她就往胸口上缠，结果她把胸口缠绕得像个棉花篓子。她还时刻不忘生孩子，她还想再生两个，一个叫扁豆，一个叫芸豆，如果是个女孩，就叫花豆。她明明知道自己的丈夫变成死腰人不能行房事了，她还是天天把生孩子挂在嘴上，还是天天说把奶头头留着给孩子吃。迷症媳妇还天天像杀猪似的号号，玉树觉着他的脑壳早晚有一天会炸裂。

玉树很想把媳妇的迷怔病扳回来，他知道，要想让迷症媳妇忘了蒙面人，要想让迷症媳妇想着她还跟先前一样，自己就得想其他办法，最好的办法就是自己先变成瞎子聋子。后来他就找了马靠靠，当时说的是让马靠靠陪着媳妇说说话解解闷，媳妇要是嫌胸口缠绕得难受，就帮她把那些包的缠的解开。但是马靠靠过后一直说他吃大亏了，还说他白搭了一条裤子的布料，还说他忙活了好大阵子，还出了一身汗，还说他都累成那样了，迷怔子女人还是把他当成了麻五。迷怔子女人还说，五麻子你有侯月娥了还是恋着我，那我就让你撒着欢地折腾吧，反正你是青龙，反正你有的是大力气大本事。马靠靠说，他听了这话心里很烦，想想这事搁谁身上谁都会烦。马靠靠最后还说，这不是作贱人吗，他呼哧呼哧地不是白出力了，他等于给别人干了大半天活。但是马靠靠最后还是笑了，说该解的他都解了，结果他发现迷怔子女人是故意把个胸口包裹严实的，她身上一样不多一样不少，她其实是故意撩拨着有人给她解开，可惜玉树知道自己弄不成了，故意让她包着缠着。仅凭这一点，他也不算白出力。

迷症媳妇果真不迷怔了，媳妇还给他们父子做了一顿可口的饭菜。还说她又跟从前一样了，还说她感觉着身上清爽爽的，还说她已经好多年没这样过了。

玉树想着这事也算值了，万万没想到的是孙家又要戳弄着办青龙节，办青龙节就是要用青龙压白虎，还说媳妇就是白虎，还说麻五就是青龙，结果身上压了一扇石磨的麻五因祸得福，原先被人弄软了的男根竟然又鲜活活地长长了，媳妇却躺在石碾盘上再没起来，她是被碾橔子活活压死的。论起来，媳妇也是该着，她为了证明自己已经不是迷怔人了，为了证明自己扮白虎是心甘情愿的，石碾橔子压得她喘不出气来，她偏偏赌着气不拿手推开。玉树怎么想都不明白媳妇为什么要赌那口气，她也许恨马靠靠故意趁着人犯着迷怔时下手，也许恨着戳弄事的孙家补办青龙节，也许恨着自己的丈夫为了让媳妇不再犯迷怔什么法子都要用。玉树明白了这些就什么都不想了，他趴在木架上享受春日里暖洋洋的阳光，也许是醒着，也许是睡着，也许是介于醒睡之间。

玉树就在那样的享受中听到有人喊他，还说要交给他一个既轻松又快活的差事，他一口就答应了，接着他就在那人的指引下去了西河湾。

豌豆回来了，豌豆发现瘫子爹的头脸上都是汗水，要给瘫子爹换新的活物布筒了，摸着后背上也是汗水，汗水还是凉的。豌豆心里奇怪着，也不敢给瘫子爹擦汗了，也不敢让瘫子爹倒换方向了，他拉了个板凳坐在瘫子爹的对面，看着瘫子爹一会儿喘粗气，一会儿喘细气。后来还看见瘫子爹挥舞着双手绕来绕去，看着像是要缠绕什么东西的，豌豆看着想笑。直到瘫子爹不出汗了，手也不挥舞了，他才笑着问瘫子爹刚才做什么了，是不是做梦到官地的沟渠里抓鱼去了。

玉树呆呆怔怔地望豌豆，望着还不住地眨巴眼，看着像是不认识的。玉树还自说自话，说勾魂抓差真不容易，不是下不去手，是添乱的人太多，又是送元宝啊，又是说好听话啊，又是念如是我闻啊，听了也不明白。玉树说，他其实不想去西河湾的侯家新宅，他也不想搅和侯家那些鸡头猫尾巴的事。他最想去的是孙家，明明知道孙老安死了，明明知道孙花头死了，就是咽不下那口气，就是想到他们家里看看。孙老安的大儿子月份不是省油的灯，小儿子月成还好些，就是爱生闷气，一生闷气就看谁也不顺眼。孙花头这个烂鳖孙是不好找了，他是死在侯家老宅门洞里的，侯登科喊来豁子，豁子把他埋在运河湾里，运河湾里又发了洪水，洪水一过连个坟头也看不见了。玉树说，他把这一切，包括侯家新老宅门里的恩恩怨怨都如实交代清了，紫云寨风风雨雨几百年的事也都说了，顺便还说了白面瓜跟豁子也是不般配的。白面瓜好就好在没从豁子家出走，但是白面瓜跟马二梭相好是真的，最终害苦了兰兰也是真的，单说这一条，白面瓜也好也不好。

豌豆听得头昏沉，急着让瘫子爹说明白话，慢慢地自己有些明白了，说："爹，您一准是梦游了，我听着像是您跑遍了全运河湾一样。"

玉树终于认出了儿子，先是说饿了，忽然地又打起呵欠，接着又说自己看到了马笀子，马笀子念的是如是我闻，他怎么听都感觉马笀子是胡说八道。但是，马刘氏叠的元宝却是够分量的，里边一点儿假也没掺，一看就知道金是金银是银。玉树说他原来跟侯登仓根本说不上认识，勾他的魂按说用不着犯纠缠，关键是实在受不了马笀子的死磨烂缠。马笀子还是个碎嘴子，说起话来一句接一句，听得他心焦就是找不到拦截的话茬。马笀子还老是念如是我闻。马笀子一念这一句他身上就一阵子冷，连骨头缝里都是寒气。不过，总算是交差了，判官那边也许可了，一时半会儿地不再跟侯登仓算寿限了。判官还说官地的事并没完，说不定哪天找到谁，找到谁谁就是该着的，寿限不能随便加减。要是寿限可以任意加减，谁都愿意叫加，谁都不愿意叫减，勾谁的魂谁就会大恼。

豌豆那天晚上给瘫子爹熬了满满一盆芦根水，还在里边加了野黄芪，最后又把野葛根捣成面糊糊冲到芦根水里，意思是喝了补补白天流出的汗水。玉树把一盆芦根水都喝了，额头上明明浸出汗珠了，玉树还是一个劲地说冷，还要豌豆摸他的手脚。玉树的手脚果然冰凉，胸口上后背上也都是凉的，豌豆有些诧异，玉树却吼吼地笑，说豌豆儿你放心好了，领了差事的人都是金刚体，不过豌豆再见了他闭着眼身子僵硬时，记着不要挪动他，也不要跟他说话，也不要喊他吃饭。豌豆就明白了瘫子爹不是梦游，瘫子爹勾魂抓差就是活牮角了，活牮角子不知道饥饱，不让挪动他是怕回来时找不到家门。

玉树的饭量明显小了，头脸也看着小了许多，豌豆不害怕活牮角子，他就是心疼瘫子爹。

有一天玉树睡着觉喊叫了一声，喊的是黑豆，说黑豆你怎么不躲闪炮弹啊，炮弹那么粗，又是个死疙瘩，砸也把你砸死了。豌豆紧着点上灯，看见瘫子爹一只眼睁着一只眼闭着，心里急着就忘了瘫子爹说过的话，又是推又是喊。豌豆后来还急哭了，埋怨瘫子爹当了活牺角就不分亲疏了，连自己亲儿子也不放过。黑豆哥哥右耳朵上有个拴马桩看不见啊，不信二十多岁的人也会上勾魂册。豌豆哭着说："爹，您勾魂抓差可得看准人啊，你怎么把俺哥哥的魂也勾了？"玉树长长地吐一口气，说豌豆喊叫得还真是时候，他刚刚勾魂抓差回来，这一次去的是远路。玉树说往回返时就想顺路看看黑豆儿，估算着路程鸡叫前交差应该来得及。玉树说他一岔开道，正好看见黑豆从沙丘包上跳起来，炮弹是专炸后腰眼的，黑豆也不要腰了。日本兵派出马队了，日本兵都举起马刀了，马队是冲着沙丘杀过来的，他还是呼喊着往前冲，他也不怕被马蹄子踩死。玉树说他看得清清楚楚的，黑豆右耳朵上的拴马桩紫红紫红的，黑豆身上的衣服也烂了，胸口上露出盆口大一块肉皮，肉皮也是紫红紫红的。黑豆已经没人形了。

玉树说着就哭了，说："黑豆个熊孩子这是不想要爹了！"

玉树还真是看清楚了，黑豆确实变得没人形了，整个独立营都没人形了。

186团先西后东，跑完一个牛梭子弯，又跑完一个线拐子弯，等他们赶到阵地时，离旅部命令已经晚了13个小时。他们没时间吃饭，没时间喝水，甚至连眨巴眼的时间都挤不出来。团长侯得章是跌撞着找到旅部的，他瘫在地上向旅长赵心德行礼，希望旅长在枪毙之前能让他喝一碗水。旅长赵心德冷冷地看着他，先问他的腿还能不能打弯，如果能打弯就继续爬，爬到南阳湖里喝足了水再到阵地上尿日本人去。侯得章抱着掩体的支架站起来，摸索着要掏信让旅长看，还要问信到底是怎么回事，旅长签过名的不会这么快就忘了吧。旅长赵心德咔嚓打开手枪机头，然后他把手枪抵住侯得章的眉心，先问侯得章是愿意死在枪口下，还是愿意死在马刀下，最好是喝足水之后让日本人的坦克轧死。旅长赵心德说："你要再说什么狗屁信，我就让你马上死，你连一口马尿也喝不上！"

186团的阵地在村庄北边的开阔地上，阵地是亚腰葫芦形的，前边的葫芦头凸出去迎着日本人的骑兵大队，亚腰的左边有一个日军70mm曲射炮群，亚腰的右边还有一个日军九二式70mm步兵炮群。独立营被指定在凸出的小葫芦肚上，另外三个营排列在亚腰后边的大葫芦肚上，后方堵着旅部的炮营。黑豆把他的特务连拉到葫芦头上，选好机枪位置之后他跑到马二梭身边，先说阵地布置有毛病，两头大，中间细，一看就是个亚腰葫芦。黑豆说，长官要的是尖刀刺胸膛，说起来是个厉害的，可关键打的是阻击，尖刀三面受敌就变成了胡萝卜了。更何况细腰处还被敌军咬着，人家两边一抄手，掐就把咱们掐死了，反过头来再打后边的大肚子。日军左边的曲射炮群最大射程1550米，右边的九二式步兵炮群最大射程2800米，两边一开火，就等于顶死了独立营的后背。一旦日军发起进攻，前边的独立营救援不了后边，后边的预备营也支援不了前边，最后人死了也保不住阵地，旅部的炮营也只能等着挨揍。黑豆说："不对啊营长，这哪像阵地战啊，占着牛头大一个沙丘就算以险制胜啊？"

马二梭紧紧地咬住嘴唇，目光死死地盯着前方的日军骑兵大队，他想到的是半年前日军偷袭运河独立营。

那时候，先来的是一个日军骑兵中队，没打枪，也没举马刀，也没布阵，他们三五成群瞎转悠看着像是赶闲集的。他们一来就在独立营的东北角下了马，那是一片驼峰地，几十个日本兵支着架子烧兔子吃。胡营长先还是拿着望远镜望的，到了战壕里就把望远镜放下了。日本兵就在眼皮子底下，烤熟了的兔子肉的香味像运河湾里的秋马兰花，随着潮气的移动四处弥漫着。日本兵吃饱喝足了又玩起游戏，游戏是拿啃光了肉的兔子头当弹子，还拍着巴掌跳舞。胡营长闭着眼吸烟，黑豆凑到胡营长跟前又骂，说："操他祖宗，这不是欺负人吗？"胡营长还是不睁眼，还是一口一口地吸烟，还把烟吐到黑豆脸上。胡营长还说，没有命令谁也不许开枪，但是日本骑兵却在夜里偷袭了独立营。到了那一步，说什么都晚了，运河兵营没有了，独立营不存在了，日本人的偷袭大获全胜。

马二梭把牙咬得嘎吱嘎吱响，他甚至固执地认定对面的日军骑兵大队就是当初偷袭过独立营的，仇恨使他的牙齿难以闭合。他把黑豆摁到沙丘上，告诉黑豆他要让另外两个连队都离开小葫芦肚，一边一个呈扇形隐蔽在沙丘两边的麦田里，在日军没发起冲锋之前一枪不放。

黑豆先说了一声好，接着又偏了头示意马二梭，意思是擅自改变战术是要受军法处置的。二梭摇摇头，表示他已经顾不得那么多了，既然总体布防存在弊端，既然阵地选择有毛病，那就得允许阵地指挥官临战发挥。他还让黑豆传令，全营官兵一律上刺刀，待日军骑兵冲到眼前时再跃起刺杀。其实，马二梭从心里不愿意跟团长侯得章说话，尽管侯得章朝吉普车轮胎开枪又与士兵一起奔跑数百里,但他仍然难以从独立营被日军偷袭的阴影中摆脱出来,他仍然认定侯得章的不增援就是借刀杀人。还有,侯得章以假扮人到紫云寨诱捕他和黑豆,怎么说都是阴招,在一个善使阴招的长官下边,怎么想都不过分。

敌我双方的僵持持续到下午三时,葫芦阵地两翼的日军率先开炮,炮弹一颗接一颗落到葫芦亚腰上,炸烂的官兵骨肉夹裹在冲天而起的泥土里。随着阵地中间部位的爆炸声,日军骑兵大队冲着沙丘发起了第一轮旋风式冲锋,刀尖直指独立营特务连所处的葫芦头。

侯得章把电话打到独立营,追问为什么不开火,他甚至还引用了一句战场训令,说畏敌不战者杀。马二梭把耳机放到子弹箱上,他把手枪机头打开斜插在腰间,已经卡上的刺刀又被他扳下来,他扯着衣襟把刺刀擦了一遍又一遍。侯得章的声音还在话筒里回响着,马二梭最后冲着刀锋吹了一口气,望着话筒皱了皱眉头,重新卡上刺刀时他对话务员说:"扣上吧,吵吵得心焦。"话务员颤抖着抓起耳机,耳机里依旧响着团长侯得章的怒斥:"叫营长马二梭接电话,马二梭你要违抗军令吗?我问你,为什么不开火?"话务员怔怔地望着马二梭,抓起冲锋枪时他还朝话机上踢了一脚,说:"明白了营长,独立营用不着电话了。"

日军骑兵果然是冲着葫芦头阵地过来的,黑豆把刺刀贴着腮帮磨了一下,刀刃凉阴阴的,接着他伸出一只手,又依次把手指收回来,意思是20米集中扫射,10米扔手榴弹,5米全连拼刺。

马蹄声声,大地沉浮。

200米,100米,50米,30米……

黑豆呐喊一声:"扫射!"

黑豆又呐喊一声:"投弹!"

黑豆再呐喊一声:"拼刺!"

一连人混在日军马队里,白刀子进,红刀子出,日军骑兵大队的先锋没有了。摔下来的日军压在马肚子下,鲜血和着泥土把他们掩埋了,他们的呼叫最后也变成了风中的一部分。

马二梭是在日军骑兵大队的软肋上出击的,两个连队横向夹击,夹击是在日军骑兵大队踏着他们的头皮冲锋时发起的,两个连的人都采取了平地翻滚式。日本人没经历过这种战术,他们不知道中国士兵是从哪里冒出来的,

红兜肚

他们的战马也不喜欢肚皮底下有人钻来钻去。还有，骑兵们被马蹄扬起的沙尘弄成了瞎子，沙尘还呛得他们吼吼地咳嗽，他们在咳嗽中顾不上揉眼睛，顾不上擤鼻涕，直到从马背上栽下来才发觉马肚子已经开膛了。从平地翻滚式刺穿第一匹马开始，马二梭只喊了一句话，他说："运河独立营的弟兄们不能白死！"

阵地不分敌我了，两翼开炮的日军呈剪刀状分分合合，最终汇合在旅部炮营阵地。炮弹先把天炸成艳丽的胭脂红，最后又变幻成通天黑暗，死人活人都被黑暗吞噬了。

第五章

时局变化实在难测，也许徐州会战从一开始就蕴藏了先天不足。

面对日军的蜂拥而至，被一厢情愿的战略构想激励着的最高军事当局，又命令第五战区集中兵力于徐州附近，准备实施聚歼日军之目标。但他们完全没料到日军只以部分兵力于正面牵制，主力则悄悄向西迂回，企图从侧后包围徐州，企图一举歼灭第五战区主力。在随后的几天里，日军先后投入6个师团的兵力，分别从东、南、西、北四个方向，以步步为营、梯次前进的方式，逐步向徐州方面压缩前进，大有全面围猎封堵之势。张网者网张之，围猎者猎围之，虎狼之搏就此展开。更让最高统帅部难以承受的是，徐州会战的态势已经完全失控，一切都在被动中生变，聚歼日军于中原腹地的战略部署，最后反倒变成了被日军全面围歼的态势。

直面徐州方面突然出现的严重危机与严峻形势，死守徐州已不现实，最高统帅部连夜召开紧急会议。因为担心50个精锐师被日军吃掉，乱了章法的蒋介石，匆匆电令第五战区撤离徐州，火速突围。

此令一出，50个嫡系师率先撤离战场，大军纷纷向河南南部及湖北北部集结，一时首尾难顾，阵脚自乱。第五战区司令长官李宗仁眼见大势已去，化整为零的游击战又难以实施,遂与长官部官兵700余人,乘夜色经宿县、蒙城,越过日军包围圈移驻河南潢川。势头正盛的日军如入无人之境,几十万人马沿陇海线一路西进,很快就占领了开封。而进退失措的蒋介石,居然为所谓的阻止日军西进南攻,于5月9日下令炸开黄河花园口大堤。滔滔黄河水,经中牟、尉氏沿贾鲁河南泛东流,豫中以东及苏北鲁西南两地大平原顿成汪洋。

至此,徐州会战仓皇结束,6万余名军人血染沙场,而死于波涛中的中原百姓达32万之众。

所有这些,身处葫芦头阵地的独立营并不知道,首先被日军炮火截断了葫芦细腰的186团团部也不知道,团长侯得章甚至连59旅旅部在哪里也不知道了。他只记得旅长赵心德下的是死命令,命令186团在前沿阵地拒力阻敌,人在阵地在,最好人不在了阵地还能找到。他于是也给独立营下了死命令,甚至还把"临战畏敌者杀"都说出来了,但是营长马二梭不接他的电话,他在日军的炮火中寻找旅部,结果团长找不到旅长了。

侯得章试图再联系独立营,他还想把分布在团部周围的三个营集结起来,组成一个铁疙瘩,然后退守至旅部炮营前边的小树林里,即便腰断三截也不让日军再前进一步。他让警卫连的人都出去寻找,最后找回来两个副营长,两个副营长都说不出各自的营长在哪里,两个副营长都说自己是从死人堆里爬出来的,爬出来就看不见营长了。其中一个副营长看见团长侯得章就哭了,先说别找了团长,营长也许死了,也许跑了,也许混战中迷路了,又说这个仗打得不对,杀日本人我们不怕死,拼死一个够本,拼死两个赚一个,可问题是我们捞不着拼命,我们是挺着肚子让日本人炸的。侯得章从裤子上撕下一块布给副营长擦泪,喊着名字不让副营长再哭。他说:"牟利光你现在是营长了,还有你,孔雨林,你现在也是营长了。你们分头找人吧,找到多少算多少。"

警卫连最后一个找人的也回来了,说葫芦头阵地上一个会喘气的也没有了,到处都是死人死马,到处都是断胳膊断腿,血污残装更不用说了,又说旅部找不到了,番号全都乱了,到处都是撤退的部队,到处都是挤疙瘩滚蛋蛋的人马,东南西北全是人了。他说着又问:"团长,我们怎么办?"侯得章心里恨的是旅长赵心德,即便是撤退也该通知一下吧,即便是旅长战死了,旅部还有其他人吧,旅部的人不能一个不剩吧。当着下级的面又不便明说,最主要的是，他不想带着残兵败将随大流瞎跑，没有隶属胡乱掺和到其他部队去，更是不能接受的。最关键的是，他现在根本不知道该往哪个方向撤退，更不知道59旅到底还有没有，旅长赵心德是不是还活着，而眼下他必须要做出决断。

侯得章不会想到旅长赵心德已经追上20师了，而第3集团军也只有副司令长官孙桐萱带领的第12军是直接跟随中央军南撤的。他以手击额，长长地叹了一口气，然后做出了进入黄河故道休整的决断，而这个决断又恰恰被随后不久的滔滔洪流，阻隔在河湾县以南仅仅320华里的狭长地带里。当然，侯得章更不会想到，下令炸开黄河花园口大堤，同样是最高统帅部以水代兵的万难一策，目的只是迟滞日军前进速度，打乱日军向武汉进逼的时间表。侯得章不明白掌握中国军人命运的最高决策层是怎样想的，即便明白了也无济于事，只是临到要撤出阵地了，他还是忍不住又向葫芦头阵地望了一眼，并脱下军帽深深地鞠了一躬。

正是这深深一躬，又使侯得章生出不尽的困惑。

他因一封莫名其妙的旅部来信，极不情愿地重新组建起独立营，而在运河湾里死而复生的独立营，一个急行军之后又死在徐州西面的沙丘上。他提拔了那个让侯家老宅头疼同时又让他厌恶至极的马二梭，使谋杀长官的马二梭一夜之间从中尉连长变成了上尉营长，然后又在一夜之间于远离家乡的阵地上消失了。就军人对军人而言，侯得章应该是敬重马二梭的，马二梭的视敌如无物，马二梭的机敏与剽悍，马二梭的疾恶如仇与视死如归，也曾一度使他赞赏不已。《汉书·陈汤传》有语，说的是关东强人："且其人剽悍，好战伐，数取胜，久畜之，必为西域患。"马二梭称不上强人，他顶多算是不谙世事的乡野顽徒，他因鞭打长官而误入军营，充其量是个烈勇莽夫。自己与他不存在可比性，拿马二梭作比，其实是对自己投笔从戎初衷的亵渎，一如他始终难以认可这种人。侯得章到最后也没想明白，他与马二梭之间，到底谁欠谁的。还有，他与马二梭之间到底有没有个人恩怨，如果有，他则想不出产生的缘由及起始点，如果没有，那么厌恶也就成了无根之苗，而他心里又的确是厌恶的。

侯得章最后下了一道命令，而在随后的三个月里，他几乎再没以命令式的语气说过一句话，直到命运再一次把他卷入到革命对决反革命的大洪流中。他在鞠躬之后发出的最后一道指令是："河湾县回不去了，我们就顺着沙河故道走吧。"

就在侯得章率186团团部及残余兵力撤退之后的某一个时辰,马二梭醒来后先摸的是刺刀。刺刀还在,只是拧成了麻花状,他把刺刀拔下来扔掉,拄着枪要站起时他又摔倒了。

黑暗还没有散去,零零星星的狗叫声从很远很远的地方传来,听着像是勒住脖子哀号的。分不清东西南北,甚至分不清阴天晴天,黑暗变成了喝足水的棉被,搭在树枝上摇摇欲坠。因为想到了浸水的棉被,马二梭感到了饥渴,而渴又是最先闪出来的,他试图用吞咽的方式,用以换取喉咙的片刻潮润,结果他连嘴巴也合不上了。嘴巴里灌满了泥沙,泥沙堵住了喉咙,喉咙里也是干的了。他甚至想到了喝尿,当他吃力地试图解开腰带时,他才感觉出一边的肩膀软弱无力,绵软软地摸着像是经了霜的红薯秧子。肩膀上还是疼的,脖子也是疼的,好在两条腿依旧听他的使唤。他又望了望黑暗中的葫芦头阵地,葫芦头阵地也变成了喝足水的棉被,死塌塌地看不出是高是低了,他想黑豆也许变成了棉被的一部分,或许是盖着棉被睡着了。他喊了一声黑豆,喊的是:"黑豆你那边有水吗?"

黑豆没应答,代替黑豆的是隆隆的响声,也许是打雷,也许是打炮。响声呼唤着马二梭,黑暗中的马二梭又一次死而复生,他要去寻找活着的独立营了。一个独立营不能光有个营长,黑豆得活着,那两个连长也得活着。光是三个连长活着也不行,他们的排长也得活着,即便九个排长都活着,加上一个营长才十三个人,十三个人顶多算一个班,算下来营长顶多是个班长。如此一算,马二梭就激灵着打了个寒战,这时候要拽着他不乱扑乱爬已不可能了。马二梭呼喊着摸索,摸索着身上是热的就扒出来,他甚至还是数着数扒的,他不想计算身上凉的了。即便身上凉的人都扒出来,他也记不出他们的名字,准确地说,这一营人他连一个班的人名也叫不出,他只记得有一个排长好像叫薛来宝。后来他把身上有热乎气的都拖到沙丘南坡上,头枕着沙坡的人看着像是睡的大通铺,马二梭那一会儿真有些舍不得喊醒他们。马二梭也想睡,但黑暗渐渐地消退了,稀薄得如同鸡蛋清一样的晨曦使他一下子辨别出方向,于是他挨个揪扯梦中人的耳朵。揪到最后一只耳朵时他还拧了一把,说:"我知道你们都是活的,是活的都得跟我说话。"

黑豆抓住了马二梭的手腕,说:"报告营长,黑豆是活的。"

黑豆受伤了，伤在胸部，日本人是用马刀斜着劈的，刀尖豁开了胸脯肉，黑豆的胸膛看着像多长了一张大嘴巴。黑豆大把大把地往伤口上捂沙土，沙土被血浸透变成一道黑紫色的沙坝，沙坝牢牢地长在黑豆的胸膛上。黑豆说，好了营长，咱集合吧。黑豆还说，别吹集合号了，干脆用刺刀划他们的脚心，脚心一痒他们就醒了。黑豆还呜呜地哭，哭着说："他们不是特务连的，特务连光剩下我一个是活的了，我也不当连长了。营长，我给你当警卫吧。"

人数清点出来了，活着的还有42人，其中41人是带着血伤的。马二梭也受伤了，但是马二梭的伤口没流血，他甚至连伤口也没有。马刀砍在马二梭的肩膀上，是挨着脖子根砍的，脖根上的衣领肩章都砍烂了，刀锋要入肉时被红兜肚的襻带挡住了。红色的兜肚襻带挡住了雪白的刀锋，这使马二梭的肩膀上像箍了一道乾坤圈，刀锋明明是要连脖子带肩膀一块儿劈下来的，劈下来时也许会带着一条胳膊，也许还会带着半拉胸膛，结果他的肩膀上只留下一道凹痕，看着像是拿刀背切的面条。黑豆抓着马二梭的手要说悄悄话，黑豆的嘴巴又干又涩，还有土腥味，马二梭又让他躺倒了，说："你说吧，我听着呢。"

黑豆说："我知道是谁救了你，我就是不说出来。我要说的是，你还得接着当营长，你还得把独立营拉起来，这一笔新账还得给小日本记着。"

马二梭薅了一兜麦苗，他抓着麦苗塞到每个人的嘴里，说吃吧，还挡渴还挡饿。麦苗上也是沙土，每个人都嚼得咯吱咯吱的。马二梭把剩下的麦苗都捂到自己嘴里，那一刻里他就想好了，这个仇非报不可。你日本骑兵不是跑得快吗，你日本人不是要找中国军人决战吗，那好，老子就顺着你的马蹄子印追，追上了还是给你来个平地翻滚式，还是连马带人一块儿捅。他说："天亮了，能看清马蹄印了，走吧，越快越好。"马二梭还让黑豆趴他背上，又说："别管哪个方向了，看见马蹄子印就追！"

马二梭顾不上想黑豆说的那句话，黑豆说的他知道是谁，也许指的是红兜肚，他愿意这样想。

第六章

　　顺着马蹄印追赶是个天大的错误。

　　马蹄印断断续续，最难的是辨别不出哪些是有方向性的，哪些是一开始有方向性后来又改变了的。比如他们一走出麦田就看见了一长溜马蹄印，他们从黎明时分就顺着马蹄印追赶，追到太阳又要西坠时，忽然发现他们只不过是绕了一个大圈子。后来他们停在一条小河边，看见河边排满了马蹄印，许多马蹄窝里还积满了水，他们异常兴奋，想着日军骑兵一定是从这里蹚过河水的。他们扑到河里喝着，人人都灌满了肚子，许多人还把最后一口水吐了，意思是漱口的。但当他们上了岸之后才发现，河岸上再没有马蹄印了，而对岸的马蹄印很可能是日军骑兵只是为了饮马。还有，许多地方看不到马蹄印，原来的马蹄印又被风沙铺平了，铺平的道路上根本分辨不出是不是有日军骑兵通过。

　　马二梭陷入极大的困惑中，整整一天的奔波把苏醒之后的最后一丝精力也耗尽了，所有的人只会眨巴眼睛，要想移动腿脚像是连着石磨石碾的。他心里的急又被疲惫带来的酸痛折磨着，还有更难以对抗的饥饿，他决定暂时停止追赶，哪怕只休息一刻钟也好。马二梭也跟着躺下来，说："都闭上眼吧，一刻钟之后去找吃的。"这几乎又变成了废话，因为马二梭再一次醒来时已到后半夜了。

　　他们找到了一个村庄，村子里没有人，家家户户的房门都敞开着，家家户户都是空荡荡的。但是薛来宝却找到了一个萝卜窖，窖里有萝卜，萝卜冒出了卷曲的缨缨芽，缨缨芽是脆的，萝卜是糠的。大部分变糠的萝卜还布满了黏糊糊的烂斑，烂斑进了饥饿人的肚子，正好当喝水了。薛来宝啃食着吞咽着跟猪吃食没什么区别，他那一会儿还想把脑袋拔下来，拔下脑袋的脖子变成了撑开口的布袋，窖里的萝卜都装进去之后再把脑袋原样安上。结果他被满满一嘴糠萝卜噎住了，直到一口气缓过来他才痛苦地叫了一声："这里有萝卜。"

　　所有的人都饱餐了一顿，所有人都被生长着缨缨芽的糠萝卜激动着，出了村子之后才大吃一惊，发现他们连刚刚走来的方向也找不到了。薛来宝建议再退回到村子里，天明了或许还能找到粮食，找不到粮食再找一窖萝卜也行，最好能找到红薯窖。说老老少少的离家逃难，终究还要想着回来的，带不走的或者不好带的腌肉啊油罐子啊，说不定就埋在哪个严密地方了。黑豆拿手指薛来宝，指着还一摇一摆的，意思是他不想听当排长的说这话。黑豆还要他说出李连长是怎么死的，李连长当过运河巡防队的队长，这个狗日的不会冲在最前边，他不会让排长活着自己先死。薛来宝从嘴里抠出一坨缨缨芽，迎着风吹吹，塞到嘴里嚼巴嚼巴又咽了。薛来宝说，他看得清清楚楚，连长李怀有是千真万确冲在前边的，李连长冲着冲着趴下了，也许是脑袋中枪了，也许是胸口中枪了，也许是腿上中枪了，也许是干坷垃绊倒了，反正再没看见他。薛来宝后来还移动着凑近黑豆，还抓着黑豆的手摸自己的胸口，压低了声说："丁连长，我替你藏了几根萝卜，都是没有烂斑的。"

马二梭的命令出乎所有人的意料，他说："从现在开始，走在最前边的那个人就是方向。马上走！"

几天之后，他们来到一片山林里，山林里有炊烟升起，升起的炊烟里还有烙饼的香味，甚至还有酒味肉味。所有的人都想说自己是走在最前边的，虽然自己不知道这个方向有人家有饭菜，反正就顺着这个方向走过来了，走过来就走对了。薛来宝甚至还赶在马二梭前边快走了几步，意思是让营长看他腿长步大的，一根磨光溜的萝卜从胸口上钻出来，探头探脑地掉在地上。几个人围上来要揍他藏二心吃独食，马二梭忽然喊了一声卧倒，接着就拔出了手枪。

山林里出现了一个奔跑的人，奔跑的人进了山洞，山洞里跟着钻出了一群人，一群人的衣服有灰的有黄的，跟在后边督阵的人站在巨石上，手里还举着长柄的日军马刀。所有人都偏了头望马二梭，所有人都啪啪地砸枪，意思是光剩下这根烧火棍了。马二梭举着手枪搂火，结果他只听到噗嗒噗嗒空响声。山林里的人就呐喊起来，喊的是捉活的有赏，呐喊着把他们包围了。

他们被押解着进入山林，他们的眼睛还被绑腿带子勒住了。黑豆一下子认出来绑腿带子是第3集团军用过的，他趴在马二梭耳朵上说："他们看错了，咱也看错了，这里根本没有日本人。"

督阵的人从巨石上跳下来，走他们面前又站住了，接着他就尖叫了一声，说："来人，把中间这个愣头愣脑的家伙给我拉出去砍了！"说着就用日军马刀戳住了马二梭的胸口，立刻跑上来两个士兵摁住了马二梭的肩膀，摁着一扳一拧，背上的黑豆摔下来。这个人又用日军马刀戳弄马二梭的嘴巴，意思是要马二梭张开嘴的。他说大家都来看啊，看看这张嘴是猪的还是羊的，是猪他拉不出猪屎摊摊，是羊他拉不出羊屎蛋蛋。

他说："你怎么不吃大白饼了，你怎么不吃牛肉罐头了，你怎么不吃那个又白又俊的女人奶头头了，那个白大姐的奶头头叫你咬得又鲜艳又挺拔。不过我现在如此说话是不应该，我得先致敬再说话，我敬佩这个又白又俊的白大姐。她居然舍身炸堤，她居然用运河洪流淹了日军兵营，她居然为了另一个女人成全了一个半傻子愣种野驴。我要不敬她，我就是个半傻子，不过，我现在还要一遍遍地说眼前这个半傻子愣种野驴。这么多好吃的你不吃，你偏偏要啃麦苗子，偏偏要嚼胡萝卜缨子，胡萝卜明明是糠的你还是咔嚓咔嚓地又嚼又咽。春分忙耕地，谷雨种大田，寒食节已经过了，离谷雨还有几天。胡萝卜过了春分就发芽，现在在哪个节气里，胡萝卜汁液都供着发芽去了，胡萝卜能会不糠吗？糠萝卜也能吃啊，你个不会死的野马星，你个不会死的半吊子货，你个愣头愣脑的傻熊马二梭！"

黑豆摸索着抱住马二梭，说："是胡营长！"

马二梭冲着胡营长踢飞腿，胡营长哈哈大笑，说自己一看见人堆里有个四愣子头，马上就认出了马二梭，马二梭啃了一嘴糠萝卜还是没死，他看了真是高兴。他说："刚才喊我营长的是不是丁黑豆个贼娃子，我敢说丁黑豆个小贼娃子关在死牢里一准吃过老鼠屎。凡是吃过老鼠屎的兵都是瞎兵，当了排长也是瞎排长，当了连长也是瞎连长，凡是看不出我已经是司令的都是瞎熊。丁黑豆你还记得我当过营长是吧，我还当过团长呢你为什么不喊？我还叫胡腊喜呢你为什么不喊？"后来他还在马二梭裆里戳弄了一马刀，说："喊我胡司令，响亮亮地喊，喊得不脆不甜，我还叫你们啃萝卜缨子！"

所有人眼睛上的绑腿带子都解开了，他们之中只有六个人认出了胡司令，知道他在运河兵营里当营长，他带的那个营叫独立营。胡营长进城到团部开会时会骑着一匹杂色的马，杂色马是个儿马蛋子，有时候看见母驴也上性，呜哇呜哇地叫着要去爬胯。他们还记得团长侯得章好像不怎么喜欢他，通知开会故意选在饭口上，他在独立营也许吃了半饱，也许刚刚咬了一口馍，也许一口馍还没咽下去，通知就到了。胡营长接了通知就得乖乖地进城开会，会又不马上开,警卫说团长吃过饭要休息半个小时。警卫还说,团长吃饭很认真,饭后一般不会多说话,也不会马上剧烈活动,怕的是影响消化。团长说偶尔一次可以,时间长了就会闹胃病,胃病会跟一辈子。胡营长就吧嗒吧嗒地咽口水,要么就一次次地紧腰带,看见团长进来他还得昂首挺胸看着像个酒足饭饱的。

但现在胡营长变成胡司令了,如果说营长是孙子辈,当了司令就是爷爷辈了,或许还是老爷爷辈。六个人就齐了声地喊司令,说胡司令您老人家快开饭吧,我们马营长已经不想啃萝卜缨子了。胡司令乐得手舞足蹈,抓着马二梭的脖领子进了司令部,快到司令部门口了又扭回头下命令,说:"端一盆红药水,端一盆浓盐水,让这些残兵败将赶紧把伤口清洗干净。我已经闻到臭味了,化了脓生了蛆能把咱们牤牛山安民救国军的人马都熏死!"

拿红药水的是魏新麦,魏新麦扑上来抱住马二梭,抱着先是哞哞地哭,哭着又笑,笑着还朝地上的黑豆踢了一脚。黑豆挣扎着要抱魏新麦,说魏连副你没回家啊,原本想着你离家远,回家的路上也许会饿死,找不到冲出去的弟兄也许会愁死,没想到你还活着。司令胡腊喜又要拿日军马刀劈黑豆,还骂黑豆天生是个猪性,到死只记得自己是说过让魏新麦找马二梭当连副的。还说马二梭也是猪性,凡是猪性人都不会想独立营是怎么二番复建的,凡是猪性人都不会想是谁冒充旅长赵心德写的信。旅部给团部下命令是正常的,要么拍电报,要么打电话,要么是明码,要么是暗语。问题是旅长的声音也是好模仿的吗,自己不写信还有别的办法吗,魏新麦就是因为想到了写信这一招才升成团长的,姓侯的就是见了那封信才让独立营死而复生的。胡司令说:"丁黑豆你就这样跟长官说话啊,魏新麦现在是我的团长了你知道不知道,你的胸口让日本人豁开了也得行军礼!"

一直到三天后,马二梭才从魏新麦口中,完全闹清了团长侯得章要他归队并复建独立营的起始缘由。

原来在河套里定下刺杀计划之后,魏新麦并没有先回家,他是云里雾里瞎扑着寻找独立营失散弟兄的,没想到竟然在牤牛山见到了胡营长,又在胡营长身边见到了几十个独立营的弟兄。胡营长说他根本不像马二梭想的那样,他不是偷偷出逃,他不是逃兵,尽管他一开始就看出了形势不妙,尽管他不想一下子就战死在运河兵营里。他说,他是不想让独立营绝种才带着另外两个连先撤的,撤到外围跟特务连打个里应外合也是好的,不过,一到运河大桥他就彻底明白了。他说，团长侯得章是存心不想要独立营了，日本人在运河大桥设埋伏，当团长的一想就能想到，能想到他还是把守桥的连队收回到县城了，机枪阵地也撤了。他把那三个营都收回到县城，不就是恶心独立营不好使唤吗，不就是想让日本人跟独立营来个二虎相斗吗，不就是想要借刀杀人吗。

魏新麦说，他之所以能在牤牛山见到一伙子独立营弟兄，完全是歪打正着，离开河套之前根本不知道胡营长会带着人钻了山林。胡营长不敢归队，也不甘心灰溜溜地回老家，更不敢冒险通过日本人的封锁区，万般无奈就在这里占山为王了。不过，应该说胡营长还是有一套本事的，他居然还收编了当地的山匪，还居然拦截了东北军的一个营。说是一个营，人数差不多少了一半，顶多比一个连多点，这些人原本是51军的，军长是于学忠。胡营长许给他们的是有酒大家喝，有肉大家吃，有钱大家分，有难大家摊，这些人就打消了回老家的念头，其实他们想回老家也回不去了，东北三省早就被日本人占了。这样东砍一斧子西搂一耙子，竟然也有了四百多人，营长胡腊喜摇身一变成了安民救国军司令，大家都愿意听他的。

魏新麦还说，司令胡腊喜见了他就问马二梭，说马二梭这个王八蛋一准让日本人的马刀劈成两半了。听到刺杀计划之后，胡司令立马就急眼了，说凡是戳马蜂窝的没有一个不被蜇的，紧着让人想办法，结果就有了那封冒充旅长的信。魏新麦又说，胡司令其实是打了精细算盘的，想着姓侯的见了信一准得重建独立营，一准得让马二梭当营长，一准得让独立营打前哨。只要独立营走在前边，他就有办法把人拐回来，拐回来他又多了一个营的人马。魏新麦望着马二梭嘿嘿地笑，说："现在你知道信上为什么注明西行到陇海线集结了吧。嘿嘿，胡司令要当人贩子，他天天派人到山下瞭望，没想到望来的是一伙子伤兵！"

马二梭明白了起始缘由，心里还是感激着临阵脱逃的胡营长，也不打算再计较那些事了，他只是不喜欢当了司令的胡营长开口闭口地吃肉喝酒。拉起队伍不说打日本人，不说下一步的行动计划，甚至连明天后天干什么也没谱，看着不像是真要大干一场的。马二梭就把他的困惑跟魏新麦说了，说他还是想着再回运河兵营，还是想着再拉起独立营来。既然找不到186团了，既然找不到大部队了，既然日本人把整个山东省都占了，那就以运河为基地亮开旗号地跟小日本干就是了。魏新麦说他再从司令嘴里套套话，还让马二梭不要在脸上显出来，最好不要跟司令打照面，毕竟带来的人还需要休养一段时间。

黑豆的伤口愈合了，胸口上多了一道黑紫色的伤疤，看着像是腌了一冬天的豆角。黑豆能吃能喝，只有每天脱衣服睡觉时他才看见伤疤，看见伤疤他就想起葫芦头阵地。他记得很清楚，捅死第四个日军骑兵时他还看了看那个日本兵的肩章，肩章是红底黄杠双星的军曹。黑豆恨着军曹的官阶比自己低，捅死了还是不解气，想着再捅死个双星镶黄边的中尉，没想到双星镶黄边的中尉却把马头拨到旁边，还没等黑豆看清日军骑兵的军阶，双星镶黄边的中尉就斜着在黑豆胸口上划了一刀。黑豆想起那天的经过心里就憋屈，原本要报日军偷袭运河兵营大仇的，仇没报完先挨了一刀。黑豆就在床头上竖起一个草人，草人肩上插了一块羊的肩胛骨，先拿红药水染了，又贴上两片野石榴叶子当黄镶边，草人头是个啃光了的羊头。黑豆每天睡觉前都要捅一刀，有时候明明要躺倒了，支起身子再照羊头上掴一巴掌。

薛来宝看见黑豆的样子就要笑，问黑豆是不是还想着找日本人拼杀，如果是拼杀，是与胡司令的安民救国军一起呢，还是把独立营剩下的人再单拉出去？薛来宝还问黑豆打好入伙的谱了没有，营长马二梭是怎么想的，是不是也想着养好了伤就下山。薛来宝说："丁连长你心里是怎么想的？"黑豆不喜欢薛来宝的油腔滑调，心里还会闪出一些奇怪的念头，想着排长薛来宝也许是跟连长李怀有在一起的，李怀有也许是拿枪逼着薛来宝往前冲，薛来宝一恼一急就先捅死了连长李怀有。黑豆这样想时会直视薛来宝，问他为什么打听长官心里怎么想的，连长营长心里想什么，是不是还要先跟他汇报。薛来宝受不了黑豆的目光，要么讪讪地扭过去装睡着，要么就说要出去拉屎撒尿。

有一天，黑豆发现薛来宝是从司令部里走出来的，走到门口时还左右瞧了瞧，看着像是不想让人看见的。黑豆心里疑惑着，还想再留心着薛来宝，再回到屋里时，发现床边立着的草人不见了。黑豆越发疑惑，果然感觉出司令胡腊喜看他的脸色有了变化，胡司令还冲着他吃吃地冷笑。司令胡腊喜还拦住黑豆，说他这几天一直在思考问题，这个问题他思考了快三十年了还是不明白，从知道鸡蛋好吃的那一天就思考，结果还是个糊涂的。他说，公鸡没跟男人一样长两个蛋丸子，公鸡却天天追着母鸡弄那事。他说："黑豆你说说，公鸡的本事哪里来的，它怎么那么大的骚性啊？"

黑豆想紧着见到马二梭，跑了几个地方都没找到，连魏新麦也在躲着他。原来马二梭并没听魏新麦的叮嘱，当天就忍不住去找了司令胡腊喜，结果却让胡司令骂了一通。

胡司令是把一条烧鸡腿塞到马二梭嘴里又骂的，先骂马二梭见了他不喊司令，说马二梭明明知道他是司令了，还是一口一个胡营长，这样喊明显是瞧不起他这个司令的。又说你个野马星就不能消停一天吗，辣酒香肉地供着你吃喝，暖床软铺地供着你睡觉，想吃野味响枪就能打着。胡司令还恨自己心太善，说一个半吊子马二梭有什么好留恋的，他不就是打仗不要命吗，他不就是个认情不认官长的半吊子货吗，叫他滚蛋好了，叫他死去好了。胡司令说："你口口声声再回运河兵营，你口口声声要跟日本人来横的，你口口声声要挑大旗拉队伍，你就那么想让日军马刀劈死吗？既然你想作死，我为什么还要写那封信，为了写那封信我把头皮都挠烂了，到现在一遇冷风还犯头疼病。"胡司令骂着转圈子，转着圈子又把马二梭嘴里的鸡腿拽出来扔了，扔到地上还拿脚踩，踩着说："运河兵营你还回得去吗？日本人已经在河湾县安营扎寨了，侯得才现在是鲁西保安纵队的副营长了，保安司令刘百湖已经投了日本人，你想回去跟他亲嘴啊！"

马二梭一下子呆住了。

第七章

新麦刚刚收割完毕，赶茬口播种的黄豆要破土出苗的某一天，侯家老宅的侯登科收到一封皱巴巴的信。信封上的地址写的是河南夏邑槐花镇，邮戳上的日期已经很难分辨，估计信在路上走了很长时间，或许是几个月。

侯登科曾经多次收到儿子得章的信，那是在多年之前的省城，儿子来信是催寄费用的，有时候也来信说学有所成。儿子经常使用粉色镶花边的信封，信封的左上角还会有一幅图案，也许是趵突泉，也许是大明湖，也许是千佛山，都是省城的名胜古迹。那时候侯登科会把信封的正面裁下来贴到堂屋当门的北墙上，他坐在茶几旁边喝茶吸烟时会往墙上望几眼，有时候也会望着笑笑，偶尔也会笑出声来。儿子得章最后一封信是从苏州寄来的，说是在学校里读的是万卷书，利用暑期遍访名山大川就是行万里路，还说这句话是先哲圣贤践行过的，古往今来的名流贤达皆奉为座右铭。

侯登科自知学识没有儿子高，也就不太注意儿子用了哪些词句，他注意的是信封左上角的图案。图案没用苏州的虎跳峡，也没用杭州的西湖，用的是一个女子的半身照。女子双唇鲜红，眉毛细长，鼻头圆润，耳垂半掩，胸口蓬突掩不住。侯登科自然不知道那女子是享誉上海滩十里洋场的名媛胡蝶，即便知道他也不会入心，他入心的是儿子为什么要用这样的信封。那个信封一直保留着没裁，他把信封夹在过年没用完的门神画之类的废纸里，折叠着压到床席下边。侯葛氏有一次翻出来要铰了给他做鞋样子，他把信封抢到手里还脸红了一阵子，过后还在想，要是脚底下踩到那个地方，走动起来怕是不敢用力的。但是，这封信用的是土黄色的牛皮纸，牛皮纸上还沾满了口水印子，有几处甚至看着像是抹的什么脏东西。而且，信封上的字体看着也是陌生的。

侯登科忐忑不安地拆开信，拆到一半的时候他还觉着喘不出气来，而心里明明是跟自己说过了，不就是一封破信嘛，急什么？

信居然是儿子得章写的，儿子的字迹几乎跟鸡挠狗刨一样，看着像是急着写的。信的开头称呼用的是父母亲大人，以前只写父亲大人，后边还要带个台鉴，这也是与以往不一样的。

儿自匆匆别离故土，先西后东终至苏皖交界处，昼夜跋涉虽不及鄂王八千里路云和月，断难比汉持节牧羊雪国之艰辛，一句筚路蓝缕终可以作比。加以前程茫茫，往事不堪回首，不知故国何在，更感斗转星移。几多抱负，几多衷肠，到头来竟是那黄粱梦园。几多惆怅，几多奋勇，竟原来又作花样文章。非儿之壮无豪情，非儿之胸无经纬，毕竟是回天乏力，纵马革裹尸亦无补矣。奈何？

不说布防无序、主辅难辨分，致使徐州会战先胜后败。不说八方溃军各自为命，徒劳粮草盈歉各异。今又播撒遍布，更是令出多门，中央系地方系相为疑忌，前驻军后续军两两信阻。似此等忽儿决战江城，忽儿溯江西南，忽儿焦土死抗，忽儿弃地抛城，忽儿轻装徒涉，忽儿原地待命,终不知朝令夕改几时休。几多复转,自卸承轴,终至将不知帅,终至帅不知将,举国抗战,胜之几何?

我部尚在待命。儿已心灰意冷,兵员无以补充,军饷不知安出,军心颓废难振,将士思家日切。自古黄河天堑,堑之趋利避害,堑之东流出海,堑之惠泽中原,堑之稼禾丰满,堑之万民无虑。今却自毁伟岸,炸堤走涛,一泻汪洋,名曰以水代兵,名曰以水滞敌。纵然敌迟滞,纵然敌踉跄,纵然敌劳顿,然我万民安在?

而今隔水相望,浪涛波涌,浊浪挟尸,随波逐流,岂能一叶自障目?一及三百里,再及山河远,咫尺已是天涯。如此等等,概莫能全,惭愧莫名,不说也罢。

侯登科读得手颤,脊梁骨缝里嗖嗖地钻凉气,恨着儿子先写了许多废话,不知道父母大人要看的是儿子现在怎么样了,是有险还是无险,身体是康健的还是生了毛病。儿子既然是急着写信,就没必要先说这么多虚的,还不如只写一句无恙勿念。要是怕父母大人不明白,也可以再加一句,说儿子现在一切都好,唯盼父母大人自珍福年。就这几句话,什么都有了,一看就明白。况且,他对以水代兵、以水治敌之语,实在想不出是怎么回事。还有,炸堤走涛,一泻汪洋,这一句他也不知道说的哪里。

儿子得章果然在后边说了明白话,先说186团又变成建制不全的了,刚刚复建的独立营又没有了,按说胜败乃兵家常事,可问题是,他现在已经跟旅长赵心德说不上话了。更关键的是原来划分的战区完全打乱了,而自己一直敬仰着的12军军长孙桐萱长官也已经自顾不暇了。何去何从尚不得知,186团能否保住番号亦不得知。又说:

日军谋图中国已成定局,山东不久就将全境沦陷,此次异族入侵不比上次沿运河南追。一旦日军驻守河湾县,必将改弦更张,必将暴虐恣肆,儿纵有心行孝恐难成行,唯望父母大人能以身全为上。如若繁杂缠绕,乡长一职尽可让与他人,切不可贪婪虚华表象。当然,如若弃之有损,如若百弃不从,如若非尊不可,则另当别论。另:官地之事再不要念,能保三餐无忧足矣,能守宅舍瓦全足矣,能不横生枝节足矣。

信的最后一句写的是：

独立营之事万望不可告知二叔，以免再生族灾。

不孝男得章叩首
民国二十七年春月于鄂北

侯登科收起信发呆，侯葛氏连问了几遍儿子信上说的什么，是不是找到媳妇了，媳妇性情如何，最好是脾气随和的，最好是会做针线会做饭菜的。要是找的外省外府的，就怕水土不服，毕竟运河湾里辣也吃得咸也吃得。又说儿子得章实在是太不上心了，二十大几的人了还不娶亲成家，下边的喜喜怎么办，总不能把哥哥隔下妹妹先出嫁吧。接着又埋怨侯登科凡事不上心，多少该办的大事不办，倒是有闲心跟三精包胡扯扯。说女儿喜喜也该提亲了。又说镇上的包快嘴也跟她透过几次话，那头扯的是镇上呼家大院的女儿。女孩子也是读过女子学堂的，她的舅舅还在县城盐税局里当差，论起来也是门当户对的。侯葛氏说，包快嘴是一嘴吃四方的媒人，成事是一张嘴，败事也是一张嘴，得罪了她就等于堵住了儿女的婚事，莫不成还要爹娘老子给儿子找媳妇去，莫不成还要爹娘老子给女儿找婆家去，即便找着了面子上也不好看吧。说着望侯登科脸色，望着不像是欢喜的，紧着又问儿子得章是不是伤到哪里了，要不就是水土不服吃坏了肚子。侯登科先是冲着侯葛氏翻白眼，装起信来又摸烟袋，烟锅插到烟包里了，抓着又出了门。

老三侯登銮带着老二侯登榜堵在门口。

原来侯登榜依旧惦记着官地，依旧惦记着要兰兰分家单过，毕竟二棱不能在兵营里干一辈子，毕竟要扒了那一身黄皮回家来过日子，官地争不到手里，所有的计划都得落空。最让侯登榜心烦心堵的是得章带走二棱那件事，那件事让他憋气窝火了许多天，什么时候想起来心里都跟猫抓一样。二棱明明是放回来了，明明是跟军营没关系了，明明是收心过日子了，可得章又把他领回去了。为什么让二棱回去？不说。二棱刺杀假扮人的事过后还记恨吗？不说。二棱归队之后再到哪去？还是不说。团长侄子干脆给他来了个徐庶入曹营，他越想打听清，团长侄子越是躲闪着不见他。还有可恨的老大侯登科，自己颠颠地去了马家，拉着二棱就往车上推，连老宅大门也不让进，连岳父岳母也说不上一句话。

侯登榜就去找了老三侯登銮,问他是怎么想的,还打不打官地的主意,结果侯登銮又戳弄着他去东跨院。侯登銮跟老二侯登榜说:"二哥你还不知道吧,大猴子是拿着乡长大印的,乡长大印就是官印,他想说官地归谁,盖上官印就是真的。"侯登榜疑惑着望侯登銮,说这事他听着稀罕,既然乡长大印这么管用,老大当乡长也不是一天两天了,为什么还不把官地盖回来,他一天天地抱着乡长大印亲嘴玩啊。侯登榜疑惑着又看侯登銮,说:"你以前怎么没提这一节?"侯登銮吃吃地冷笑,说二哥到底是个糊涂的,根本不知道自己的亲哥哥心里是向着谁的,亲哥哥使了转轴心眼,当弟弟的还得装傻装憨护着他。侯登榜越发听得蹊跷,逼着老三侯登銮说明白话,官地到底是要还是不要。

侯登銮又摇摆着脑袋望两边,又附到二哥侯登榜的耳根说低声话,说其实大猴子早就暗中得了新宅托底话了,新宅小贼羔子侯登仓许给大猴子的是四成红利,旱涝两灾也是听赢不听输,官地歉收也按丰年计算,四成红利每年都折合成银钱,到年底一把清交给大猴子。

侯登銮说,即便把官地争到老宅里,他还是三一三剩一,他不声不响当好人,得的是四成。是三成多啊还是四成多啊,大猴子不会算账啊,他不知道哪头轻哪头重啊,他已经掂量清了还会再提官地的事啊。还说新宅里出面当中人的是马笸子,马笸子当了住持是不假,小贼羔子侯登仓恶心他把姐姐侯月娥的肚子弄大了是不假,毕竟生米已经煮成了熟饭,毕竟马笸子跟他是沾着一层关系的。何况小贼羔子自己也知道,单凭他出面跟老宅里递话,他想递也递不过来,有个马笸子在中间搅和着就好办了。马笸子一手托两面,这一面许给四成,那一面看着是吃了亏,到底还有六成是稳当的,也算是明亏暗赚。况且如此一来,就等于他跟官家联了手,今后谁再想打官地的主意他也不怕了。侯登榜尽管半信半疑,到底架不住老三侯登銮说得真切,明明听着像假的,听完了又觉着是真的,一股怒火冒出来,非要找老大侯登科问清不可。侯登銮说:"还是我陪你一块儿问吧,你去问他,他一准不说真话。"

侯登科望着两个兄弟,烦躁着催问他们是不是有事,又说自己是要出门办急事的。

侯登銮说:"大哥,那个事你还是说了吧,亲兄弟之间老是闷着瞒着毕竟不是长法,以后露出真相来也不好看。"

侯登科还是望着两个兄弟,还是烦躁地催问他们是不是有事,还是说自己是要出门办急事的。说着又把目光落在老三侯登銮脸上，盯着要侯登銮说明白，说："那个事，哪个事？"

侯登銮又抱怨老大侯登科会装样，说："二哥还是想问你从新宅那边使钱的事，二哥也是听别人说的，有没有二哥也不知道，那边答应给你多少二哥也不知道。我倒无所谓，大哥只给二哥一个人说就行，我听见也装没听见。"

侯登科要打老三侯登銮，还转着圈子找棍子，没找到棍子，抓到手里的是扫帚，扫帚把上的竹篾子又在手心里扎了个刺，满手都是热辣辣地疼。他说："老三你不把牛梭子装布袋里行不行，你不一个屁三道弯行不行，你使心眼要使到哪一年？使一辈子？"

原来老三侯登銮这几天一直牵挂着儿子得才，侄子得章来紫云寨搬请马二梭是一个人来的，问得章自己来了得才怎么没来，得章光是拿鼻子哼哼，看着脸上像是带着怒气的，他从那一天开始就心神不定。侯登銮还悄悄地去了一趟县城，县城已经没有部队了，跟谁打听都说186团开拔了。回来再问老大侯登科，侯登科却往他肚里塞了一把麦糠，还跟他说了一些不咸不淡的。侯登科说："你要问我侯得章是谁的儿子，我想想也兴许能想出来，你要问我侯得才跟侯得章是不是一个爷爷的堂兄弟，我还真犯难。你要是从此不再跟我说话，时间久了，我或许慢慢还真能记清想起来，咱们好像还是一个娘的亲兄弟。"侯登銮得不到准信，又无处打听，便越发要从老大侯登科嘴里套出儿子得才的消息，戳弄着老二侯登榜到东跨院，不过是赶巧了搭个顺风车。顺风车搭在官地上，只有跟官地扯起来，二哥侯登榜才会登大哥侯登科的门。

侯登銮转个身又望老二侯登榜，还拿手拽侯登榜的袖子，说二哥你看出来了吧，大哥现在跟咱们隔着一层皮了，今后你就别想从他嘴里得实话了，有了实话他也不会跟咱们说了。他又说："不信你问问他，上次得章来家为什么没让得才跟着，多个得才还能把车轮子压扁了？"

侯登榜愤愤地甩掉侯登銮的手，可着嗓子吼一声，说："我说的是官地！"

侯登科闪个身走出侯家老宅，绕着圈子去了紫云寺，他说的有急事是要跟马箢子打听河南夏邑的。侯登科一生最大的遗憾就是没出过山东省，省外的地方他只知道顺着运河往北可以到北京，顺着运河往南可以到扬州，也知道烟花三月下扬州就是说的那个地方。至于某个地方跟某个地方是邻近的，还是隔省跨县的，他就不知道了。比如戏文上有罗成打登州这一出，唱的是：正月里来正月正，白马银枪小罗成，一十二岁登州打，打破了登州救秦琼。

他有时候会把登州想成省城济南，因为秦琼是济南历城人，既然是救，或许是在家里救的。但有时候又会想着是在河南登封，因为戏文《卷席筒》上也唱过"张苍娃家住在登封小县"。儿子在信封上写的是河南夏邑槐花镇，里边落款上又缀了个鄂北，鄂北是哪里，鄂北跟夏邑是一个地方吗？如果是同一个地方，为什么又在落款上缀两个地址？总不会是故意乱写的吧。如果不是同一个地方，只能理解成写信瓤时是在鄂北，等到该写信封了，又换了个地方叫夏邑。想想那也不对，即便是军情再紧再急，你既然有写信瓤的工夫，就没有接着写信封的时间了吗？

侯登科看信的时候他就想到了马笩子，马笩子是从小就离家的兵混子，兵混子跑遍了大半个中国，想必他会知道到底是鄂北大还是夏邑大，要是打阻击还是大地方好，要是打防守，还是小地方好。这两个地方最好是关隘，最好是一夫当关，万夫莫开。如果是那样，即便日本人要攻打也不容易，如果要还击，打日本人就是居高临下。信封上还有个槐花镇，看着像是集市的，如果真是集市，那这个槐花镇就一定小不了。当然，儿子所在的地方如果是个四面环山的隐蔽处，那就没必要太招摇，先静观其变再说，也就用不着太忧虑。

紫云寺山门是开着的，侯登科并没有直接进去，也没在山门口喊叫，他是绕着院墙找豁口的。他不想跟侯月娥打照面，倒不是听说了许多关于侯月娥跟马笩子厮混的事，马笩子当了住持还把她的肚子弄大了。他是不会在意这些的，他别扭的是新老两宅早已势同水火，当然，他也不喜欢马笩子，包括紫云寨所有马家人。侯登科没找到墙豁口，却看见得印从山门里走出来，肩上还挑着两个水葫芦，水葫芦里还溅出水花来。他大吃一惊，也疑惑不解，倒是得印看见他先笑了，还问大爷喝不喝山泉水，说山泉水用来煮茶，茶里还加了木槿花，还有烧过的大枣。侯登科故意问得印什么时候入的山门，最后一顿脱俗面不记得吃过，好像老宅里也没人提起。得印一下子臊红了脸，紧着说自己是巡视官地的，了尘住持管着茶水喝，到该送水了才知道他去了马照本家。又说官地上还有人等着喝茶，他要紧着送过去，大爷要找了尘住持，直接去马照本家就可以了。

侯登科尾随着去了官地，果然看到官地四周围绕了一道沟渠，沟渠里生长着蒲草和莲藕，蒲草已高出水面，莲藕叶子也有碗口大了。用紫柳条编织的栅栏竖立在沟渠里，沟渠分隔成大大小小的水面，水面上有活物游动。沟渠里边是官地，官地也是横横竖竖地挖出许多沟，官地被切成一方一块的。沟是干沟，既没放水，也没种庄稼，有几条干沟沿上也是栽的紫柳，长出的紫柳条又巧妙地编织在一起，看着像是搭的凉棚。侯登科暗暗称奇，又想不出当了住持的兵混子是怎么想的，他把官地折腾成这种样子是什么意思。明着不好问，更不想在官地上碰到新宅的侯登仓，便掩饰着又问了尘住持去找马照本做什么，是不是马照本家院子里也要挖沟渠。

得印还是嘻嘻地笑，笑着又不笑了，说香芝忽然得了祟蛊，老是说一些稀奇古怪的话，说的都是排兵布阵的，还说黑豆让日本人开膛破肚了，流出的血把麦苗子都泡红了。又说，原本豌豆也在这里的，听说香芝得了祟蛊，先是惊惊诧诧地发呆，还说了一句这个糊涂爹啊，接着就急急慌慌地跑回家去了。侯登科听得头昏，说怎么又扯到豌豆家去了，玉树不是个瘫子吗，香芝得祟蛊跟豌豆的爹糊涂不糊涂有什么关系？侯登科说："得印你给我细说说，这都是怎么搅搅的，我怎么也糊涂了？"得印就靠近侯登科说悄悄话，说玉树是活犄角，前几天勾魂勾的是新宅的侯登仓，多亏发觉得早，侯月娥又把了尘住持拉了去。了尘住持没念如是我闻，送给活犄角的是实打实的金元宝，另外还有一些散碎银子，活犄角就把勾魂锁松开了，侯登仓还过阳来就骂玉树是死缠缠。得印说，反正都是听着瘆人的，马照本急着要拿针线缝香芝的嘴，立冬就把了尘住持喊去了，说是要把祟蛊赶走。了尘住持临走还说，如果祟蛊不是犄角子玉树引来的，他这回去了连一张火纸也不烧，谁也别想骗走他的钱。

侯登科又吃惊不小，没想到一个兵混子竟然还能佛事俗事都掺和，更没想到香芝竟然还能把糊涂话扯到战场上，竟然还说到黑豆让日本人开膛破肚了，看来儿子得章说的独立营没有了应该是真的。儿子得章还要他切记，说不可把独立营的事告诉老宅的任何人，独立营没有了不就是二梭也没有了吗，何况还有香芝胡话中说的黑豆被日本人开膛破肚。侯登科想着当初看到信上写的这一句话时，他还以为是儿子故意把芝麻说成西瓜大，现在他越发为儿子得章担忧了。但是，还没等他跟马范子说上话，就听见老三侯登銮远远地喊大哥，说县上来了人，指名道姓地要他们进城议事。

那时候，侯登科刚刚走到马照本家大门口，他只看见马范子直挺挺地站在香芝面前，看着像跟长官敬礼似的。

第八章

香芝当真招了祟蛊。祟蛊是附体的,附在香芝身上的都是长官,所以香芝一开始说话就显得口气很大。

香芝一早还是先起来做饭的,还给怀了驹子的母驴熬了一锅茅根水,水里还加了一把鲜艾叶,拿瓢舀到盆里让母驴喝。腾出手来切了一碟咸菜丝,还用筷子蘸了几滴老油,调匀了摆在饭桌上。她还给父亲马照本挑了一个昨天吃剩的发面锅饼。香芝做这些都是跟先前没有二样的,马照本还骂了儿子立冬是不想要家了,天天在官地上挖沟掘渠也不说累,家里干点儿活不是腰酸就是腚疼,可见是该挨揍了。香芝还劝了父亲,说去那儿的又不是立冬一个,立冬不会平白无故地让人使唤。还说豌豆也去了,豌豆家里有个瘫子爹,豌豆还要管着一天三顿饭,瘫子爹天天被绑在架子上也没埋怨过儿子。香芝说,满秋叔家的金猪更不用说了,他是推开饭碗就朝外跑的,除了步正爷偶尔会揪金猪的耳朵,偶尔会问金猪是不是要当地拱子,其他人说了也不管用。

香芝说了这些话之后突然哈哈地笑起来,笑得虎啸猿鸣的,笑着笑着又哭了,哭得悲悲愤愤,看着像是受了天大委屈的。到后来又拔地而起,一手抭在腰间,一手指定了父亲马照本,双眉竖立,怒不可遏。马照本先是惊诧着香芝的粗喉大嗓,拍着桌子要打香芝,还要儿子立冬找针找线,说是要缝上小妮子的嘴,看她还敢不敢再胡说八道。及至见了香芝形状,竟也有了几分害怕,也不拍桌子说打了,也不催着儿子立冬找针线了,怯怯地问香芝为什么说这些糊涂话。香芝勃然大怒,可着嗓子吼一声:"哇,哪个是你家的香芝!你这个碌碌庸辈,你这个沌沌村夫,出言竟以女儿身辱我,是要辱我中华无丈夫吗?"

立冬把咬到嘴里的咸菜丝又吐了,吐的是姐姐香芝,吐过又跟父亲马照本使个眼色,悄悄地贴着墙根溜出院子,一溜烟地往紫云寺跑。立冬一走,马照本越发心虚心慌,急着把手伸到腰里,还做着解腰带蹲茅厕的样子,出了门就去了玉树家。

马照本曾听儿子说过玉树是活牺角的话,说玉树吃的是阳间饭,干的是阴间活,勾魂抓差必须随叫随到,不管路途多遥远,鸡叫之前必须交差,一时三刻也误不得。立冬说，话是从豌豆口中传出来的，豌豆说他一点儿也不害怕，他爹到西河湾侯家新宅勾魂，勾的是侯登仓，他知道了还高兴了好多天。豌豆还埋怨了尘住持不该拿钱打发，话里也有埋怨他爹贪财的意思，侯登仓是个要地不要命的，独占了官地跟老宅里那三兄弟没什么区别。豌豆还说他爹勾魂抓差去过一次远路，还顺便拐弯到战场上看了看，还说他爹看见哥哥黑豆了，回来还带着两眼泪。马照本倒是听说过活犄角勾魂抓差，活犄角大多是去女人家，但凡家里有女人想不开的，活犄角就帮着让人家死。

活犄角爱勾女人魂倒不是贪图女人好勾好带，他是给阴曹地府打帮手的，男人想死的少，有该死的也用不着他插手。活犄角领了勾魂牌就挨个地串胡同，串着胡同听这家那家的动静，听听谁家的纺车紧一阵慢一阵，转着转着停下了，就知道这家的媳妇受不了婆婆的唠叨了，受不了丈夫的打骂了，受不了一肚子委屈吐不出了，想着还是挂一根勒脖子绳了结了吧。活犄角掐算准了是这一家，进屋就蛰伏在房梁上，下边的女人一抬头，绳子还没出手呢，上边就拿手拽住了。要勒脖子上吊的女人竟想着是自己抛出的绳子，自己的手忽然灵便了，手指还没怎么动呢，头顶上就多了个稳妥妥的绳套。绳套吊下来，女人就要搬椅子搬凳子，站上去抓住了绳套。活犄角眼睁睁地看着那女人往绳套里钻，看着女人钻进去了却又泪眼婆娑，或许望望院门，或许望望衣架，活犄角就用脚蹬翻了椅子。若是遇到一时拿不定主意的，死不死还没个准成的，纺车紧紧慢慢也许是累了，也许是心里烦，也许住下手来是要思思想想的。活犄角等不得，又惦记着完不成不好交差，就从房梁上伸下手来，专要在女人心烦时勾扯她手中的纺线。女人纺一抽，活犄角跟着勾断一抽，如此三番五次，女人的烦心死心就定下了。女人愤着恨着推倒了纺车，站起来找绳子，活犄角在上边乐得响响的。

马照本原本不相信玉树会变成活犄角，儿子说时他还拿鼻子哼哼，但是女儿忽然又哭又笑，还说许多稀奇古怪的话，他想着或许真是活犄角玉树要胡乱勾个魂交差的。于是他气恼着推开丁家的栅栏门，忽然看见玉树眉飞色舞地跟他打招呼，说没想到马照本会先来看他。玉树说："照本哥，按说该我先去看你的，我比你小好几个月呢，你忘了？"

马照本硬着头皮打量玉树，见玉树还是半趴半俯地被绑在架子上，太阳底下热了，豌豆又把他推到枣树下边的树荫里。树冠上漏下来的日光落在玉树脸上身上，玉树脸上身上都是斑斓点，看着一会儿是囫囵的，一会儿又是有头无身的。马照本在自己腿上掐一下,胆量是上来了,说出的话却是带着哭腔的,说:"咱们别管谁大谁小了,你当了活牺角就不分该不该了是吧?该死的不该死的你都要把魂勾走是吧?我说你能不能不找熟门熟路的?"

玉树哇哇地叫,非要马照本跟他说明白,为什么平白无故地说他是活牺角。玉树说:"马照本你别冤枉好人,活牺角就那么好当吗?活牺角是勾魂抓差的,我一个瘫子能到处跑吗?我身上还绑着架子,架子又沉又笨,我能带着架子上房梁啊。我看你就是活牺角,我的死腰就是让你勾走了半个魂。马照本,你把那半个魂还给我,你以为我这样趴着俯着舒服啊!"马照本一时气得眼黑,豌豆从茅厕里跑出来,拉着马照本走到栅栏门口,压低了嗓门说这一次真赖屈他爹了,香芝得的是祟蛊,跟他爹没有一点儿牵连。

马照本气恼着又回头望玉树,玉树竟然又笑了,笑着说:"亲家你慢走。"

马照本挣扎着要打玉树,豌豆又拦住了他,说:"俺爹跟你闹着玩呢,你只当没听见。"

马照本闷着头回家,见香芝还是把手抔在腰上,还是二目圆睁,走过去再不敢说别的话,只是劝女儿香芝到屋里歇着,说这样胡乱说些糊涂话一定很累,到床上睡一觉就清醒了,清醒了就知道不该说那么多的糊涂话。没想到香芝又是大恼大怒,手中的筷子杵到马照本眉心里,又是大声呵斥,又是训诫不止,说尔等浑噩偷生,只知果腹安枕,于畜生何异?与禽兽何异?马照本自然明白畜生禽兽这样的话是骂人的,骂的还是狠话,马照本也恼了。恼着先是把半个发面锅饼扔到地上,又发着狠地拿脚跺,跺着又把碗摔了,说:"我马照本也不是好惹的,惹急了老子也敢白刀子进红刀子出,大不了一死就是了!"捋着袖子要照香芝头上打,香芝却又呜呜咽咽地哭起来,哭得手颤发散。马照本急火攻心,胳膊抡起来先打的是自己,一巴掌掴在自己脸上,半个脸立时又红又肿,说:"香芝,小姑奶奶,你不哭行吗?别,别,你到底是谁啊?"

立冬大跑着进来,一只手还拽着马箍子,马箍子也跑得气喘不止。

马箍子先埋怨马照本不该跟香芝发脾气,说香芝已经身不由己了,祟蛊一旦上身附体,她的话都是那个人说的。

马照本瞧不起这个本家的兵混子,记着马箍子在没离家之前也是个不消停的,爹娘死了之后越发吃遍全村,吃饱喝足了又没影了。马照本还记得老爹曾经骂过马箍子没正形,马箍子就记恨了,生着法子要祸害他家。马箍子祸害的是他们家的南瓜，南瓜长成形了，马艳子拿刀子在南瓜上割个四四方方的切口，屎拉在南瓜里，再把割下来的方块按到切口上，切口慢慢地长严缝了，一泡屎留在南瓜里。这些事虽然是马艳子小时候干的，马艳子十几岁就离家当了混混子兵，回来又跟个寡妇搅缠在一起，想着当了住持也好不到哪儿去。马照本就冲着马艳子冷冷地笑，说："话是那个人说的，你倒是把那个人叫出来啊。那个人呢，长得啥样，你叫他出来我看看？"

马艳子不搭理马照本，转个身又望香芝，望着报个名号，说自己是紫云寺住持，没当住持之前曾经多年从军。先是在白虎军第一军，所在的部队属于第二镇第二协第二标第二营第二队第二排第二棚。军、镇、协、标、营、队、排、棚是老话，要是搁现在的国民革命军论，分别对应的是军、师、旅、团、营、连、排、班。马艳子说自己一入军营就当了火头军，火头军虽然不上阵厮杀，但是排兵布阵还是略知一二的，兵法上的实而避之、虚而攻之都明白。又说，后来第二协第二标被北伐军包围了，先打死的是长官，轮到该毙他了，监斩官一闻他身上全是烧鸡味，当场就问他是不是切菜掌勺的。他当时就稀里糊涂地答了一声是，监斩官立马就下了一道免死牌，立马就让他归顺了，立马就换了一身北伐军新军装。马艳子说，国民革命军的伙食没有白虎军营的伙食好，白虎军是一日三餐吃荤的，国民革命军的伙食还是定量的，荤菜也不是天天有。看着也没有多大熬头，再熬几年还是个火头军，接着要打中原大战了，中原大战也打得没里没表，他就回来当了紫云寺住持。

马照本急得转圈子，说这个住持一听就是碎嘴子，那个胡说八道，这个也跟着胡说八道。马照本说："哎呀哎呀，哪儿是哪儿啊，说的啥玩意啊，你给她胡扯这些弄什么？你当了半辈子兵混子，她才多大？"

马艳子还是不搭理马照本，还是只顾顺着话头说，忽然又说到紫云寺，还说当住持说难也难，说不难也不难。马艳子说，一了大师的佛经自己并不能全部吟诵，他连一个整页的字也认不全，即便一字不落地全背过去，也不会明白什么意思，里边的意思跟字一点儿关系也没有。不过，正是因为他认识的字少，所以他很快就能跟佛祖交流了，佛祖还说这个马艳子是混沌出世的，要真论经我还不一定能论过他。马艳子说："其实，佛经根本用不着吟诵，吟诵佛经跟认多少字没关系，一切都是过去时。既然是过去时，为什么要吟诵经文呢，经文印了多少年了。即便马上印，即便马上读，看见的字也是过去时，听到的吟诵声也是过去时。这就如同光。我刚刚看见光了，但我看到的还是过去的光。"

香芝果然显出不耐烦来，抓着筷子又要戳马艳子的眉心，说："哪里来的假和尚，说什么乱七八糟的混账话！"

马艳子紧着更正，紧着跟香芝说另样话，说："好吧，我不说过去的你了。你只管说你是谁吧，我只要听明白了就知道你该不该来。"

香芝果然应着马艳子的问话，先说自己是29军副军长，又说自己先前是132师的。马艳子紧着问是不是宋哲元的29军，是不是先打的喜峰口，香芝点点头，说算你明白。马艳子说，你既然是29军副军长，那你就是佟麟阁将军，132师是赵登禹的师长，你们都在北京南苑殉国了是不假，都被追授为上将了也不假，但你们不是一个人。还有，你们的祖籍也不一样，一个在河北保定府高阳县，一个是山东曹州府赵楼村，一南一北，中间隔着一千多里路呢。香芝先是点头，接着又连连摇头，又说自己是173师副师长周元中将，可随后又变成了122师的师长王铭章。随后，忽儿又是23师中将师长李必蕃，忽儿又是23师少将参谋长黄启东，忽儿又是114师中将师长方叔洪。马艳子急出了一头一脸的汗水，摆着手让香芝停下，意思是乱了乱了。马艳子说，中将师长李必蕃和少将参谋长黄启东，都是在山东菏泽战役中自杀的，而周元中将战死的地方是在山东蒙城，一个东，一个西，两地相距500多里，而且那两个死在5月，这一个死在6月，根本扯不到一块去。

香芝又露出急相，又用双手抓住筷子，又平端着做刺杀状。

马艳子连声地道歉，连声地说明白了，说："怎么扯不到一块，不都是过去时吗？不都是跟小日本拼杀过的吗？"

香芝就把筷子放下了，依旧说自己是李必蕃，还说："吾自抗战爆发后，即率部由陕西临潼出师，并开赴山东德州守备。以后又转战津浦、平汉、陇海各线，一路拼杀，不敢说功勋卓著，起码是报国心诚。至徐州会战之始，又奉命在鲁西郓城布防，面对日军千余人来犯，仍是率部奋勇抵抗。然日军施以机械化部队，仗优势犯我孤城，郓城终至陷落敌手。23师被迫退至菏泽，日军随后又至，并以强大兵力和猛烈的炮火，向菏泽西北郊发起数次攻击，致使全师伤亡过半。苦战三日，日军一部突入城内，又将吾作战司令部团团包围。吾自率部冲杀，反复肉搏，仍不得围解。吾身负重伤，自知难以胜敌，随即在地图上写下遗言，谓之：误国之罪，死足何惜。愿我同胞，努力杀敌。随吾自杀者还有参谋长黄启东和团长刘冠雄等，皆为有心报国无力杀敌之辈，纵一死亦难面江东父老。"

香芝说着又哭,依旧是满脸的委屈,说委座能以"成仁取义"匾额送他,却不肯给23师调拨重武器,实则死而不服。

马艳子说:"是,搁谁谁也不服。"

香芝又说:"委座赐予'转战徐淮早识精忠能报国、同舟风雨眷怀节烈信念悲'的挽联。败军之将,受其虚名又能如何?只知部下精忠,而上不能以家国为先,吾的精忠又何处安放?"

马艳子再说:"将军顺殇节哀,如不嫌弃,就请在运河湾里安家吧。"

香芝忽然抓破了胸口,又一连声儿地喊着黑豆,说黑豆开膛破肚了,血流成河了。

马艳子紧着又劝,说二梭是野马星,黑豆是地狗星,野马星不会死,地狗星也不会死。马艳子说,二郎神杨戬的哮天犬是天狗,天狗下界捉妖,咬的是天庭下界作恶的邪魔鬼怪,咬过了就得紧着回去复命,下界的饭菜一口也不能吃。地狗跟天狗本为一母所生,天狗管着天庭,地狗管着凡间。地狗咬的是凡间不做人事的,为虎作伥的,视万民为草芥的,屠杀良民百姓的。地狗肩负的重任比天狗还大呢。

香芝果然不哭了,怔怔地望着马艳子,说:"你说的这些都是真的?"

马艳子先说了一句真真的,又说女孩子不要抓胸挠腹,女孩子抓胸挠腹有失大雅。还说黑豆看见会不高兴的,黑豆一不高兴就会打嗝,一打嗝就会肚子疼,一肚子疼就追不上小日本了。香芝果然掩上了怀,羞答答地走到屋子里,还随手关上了屋门。

马照本忧忧喜喜地吃过晚饭,看着香芝收拾了碗筷回她的屋了,回屋前还要他早歇着,说是累了一天了,天明了还要去地里剔高粱苗,早睡吧。马照本嘴里答应着,一转身又去了驴棚,想着添一遍秆草让母驴夜里嚼着磨牙,母驴却把头拱到他怀里,还嘎巴嘎巴地咬他的衣扣,咬着还拽还扯。马照本又生了烦恼,抡起巴掌打驴头驴脸,说你也附体了是吧,你也要胡说八道是吧,你也想让马艳子来了鬼念秧是吧。母驴又把个驴头驴脸搭到他肩膀上,还用驴耳朵磨蹭他的耳朵,还把个驴嘴弄得张张合合的。马照本就拿着拌草棍子搅驴槽,搅着又喊儿子立冬,让立冬拿笼嘴来给不要脸的母驴戴上。立冬轻着手脚从姐姐的窗口走过来,还冲着父亲马照本打了个手势,意思是姐姐睡着了。

立冬进了驴棚还吃吃地笑，马照本拿拌草棍子往儿子头上敲，敲着又想起玉树那句话，说瘫子玉树竟然喊他亲家，看来玉树也不要脸的。立冬不敢再笑，吭吭吱吱地埋怨的是姐姐香芝，说原本是二梭哥用的一计，为的是让她当中间人，为的是从多多嘴里套话。话套出来了就完了，她跟黑豆也没扯扯了，我跟多多也没扯扯了，可姐姐偏偏当了真，天明天黑地把黑豆往心里装。立冬说："都怪姐姐缺心眼！"
　　马照本又问："玉树怎么也说那句话？"
　　立冬说："他是闲的。"
　　马照本当天晚上就睡在驴棚里，先还听着驴嚼秆草棒的，听着听着就睡着了。醒了一声接一声地打喷嚏，打着睁开眼睛，看见自己竟然盖了一头一脸的秆草，秆草是母驴用蹄子从铡碎的草堆上扒下来的。马照本跳起来要打母驴，立冬却从香芝屋里钻出来，说姐姐跑了。
　　立冬说："一准是半夜里跑的，枕头被子都是凉的了！"
　　马照本没吃早饭就去了紫云寺，他要找马笸子理论，还要问马笸子跟香芝说的那些话里，是不是藏着机巧的。香芝一准是得了哪句机巧话，急切着要求个明白，她想求明白其实就是疯了。马笸子低着头俯在香案上，香案上铺着一块黄布，黄布上圈圈点点地画了许多黑杠杠。马笸子让侯月娥快来，看看像不像七星八卦图。一抬头，看见是马照本站在门口，又紧着把黄布收了。他说："施主是要上香许愿吗？"马照本可着嗓子吼一声，先说了一句你干的好事，接着又说："香芝疯了，香芝跑了，香芝找不到了。"
　　马笸子先还是跟着马照本着急的，急着又笑了，说香芝也没疯也没跑，香芝出去转转就回来了。马笸子还问马照本来到紫云寺之后，是不是在山门口停了一会儿又进来的,停在山门口的那一会儿，是不是进进退退拿不定主意，走到禅房门了又站住，是不是还想一步跨进来踢倒香案。马照本再不想听马笸子胡扯扯，急着又要追问，听见马笸子又问他是不是，他赌着气也跟着反问一句是又怎么样。马笸子说："这就对了。"
　　马照本到底还是被马笸子绕糊涂了，说："什么什么就对了，你还想胡说八道是吧？"马笸子就说马照本在两个门口画了两个葫芦形，又是从山门口走到禅房门口的，中间的这几步就是个细腰，细腰连着两头的葫芦肚，一大一小不就是个亚腰葫芦吗。亚腰葫芦是从头到脚浑然一体的，香芝出走转一圈，转着转着就回来了。马笸子说："明白了吧。"

马照本说:"香芝真能自己回来?"

马笸子点点头。

马照本又说:"我说的是不再听你胡说八道,结果我还是被你绕进去了。"

马笸子哈哈地笑,又说这就对了。

到了鸡叫头遍时,香芝果然回来了,果然是自己回来的。香芝已经没个人形了,披头散发不说,嗓子沙哑不说,人也变得惊惊疑疑。进家先抓的是水瓢,咕咚咕咚地喝了一瓢凉水,丢下水瓢坐到地上,望望父亲马照本,又望望弟弟立冬,接着说了一句:"我看见侯得才了,得才跟黑豆他们不是一伙了。"

这话第二天就传到多多耳朵里,多多回家蒙头大睡,谁喊她也不起。侯杨氏越想越奇怪,说:"你哥跟黑豆他们不是一伙了,你烦的什么?"

第九章

香芝说看见侯得才了是真的,香芝看出得才跟黑豆他们不是一伙的了,一准是从服装穿着上分辨出来的。不过,侯得才并没看见香芝,也不知道香芝是犯了病偷偷跑出去寻找黑豆的。

侯得才后来才知道,长官刘百湖还有个字叫建勋,家在河湾县东八十里的刘家屯,那个地方属于另一个县。刘家自从逃出河湾县之后,家业跟着就衰败下来,传到刘百湖的父亲那一代,因为再不敢重操祖传的竹艺制作,原先积存的家底很快就掏空了。到了刘百湖记事时,家境已是贫寒至极,窘迫至极,一家老小的生计全靠在蜀山湖里捕鱼,身为刘家长子的刘百湖偏偏又嗜赌成性,家里更是穷得一无所有。说来也是命中该着,正在刘百湖百无聊赖准备打几只水禽换酒喝时,没想到他的绝妙枪法,竟然惊动了刚刚被南京国民政府任命为山东省政府主席的韩复榘。

韩复榘是沿着东平湖巡视的,见了刘百湖的绝妙枪法再不肯放手,一高兴让刘百湖入了自己的警卫团,第二年就当上了特务连连长。全面抗战开始之后，韩复榘出任第五战区第3集团军司令长官，警卫营摇身一变扩编成了手枪旅，首任旅长雷太平阵亡，毕业于陆军大学的吴化文接任旅长。与旅长吴化文攀着山东老乡的刘百湖也一步步高升，从军七年就成了上校团长，先是跟着手枪旅转战于泰安西麓，其间与日本人多次交锋，虽战迹不佳却获利不少，他的一个团实有兵员最多时竟达三千多人。但是，谁也没想到的是，抗战第二年初韩复榘被处决后，第3集团军由孙桐萱副司令长官接任，时任团长的刘百湖竟跟着旅长吴化文投靠了日本人，随即就被日军山东长官部任命为河湾县县长。日本人还允许他继续打鲁西保安纵队的旗号，军衔是中将司令。

　　侯得才是随着营长孙宝贝来河湾县打前站的，在这之前，他还没见过祖籍河湾县的司令长官。他们这个营是奉命抢夺河湾县的，打的旗号是华北绥靖军鲁西保安纵队，进驻河湾县城就是收复了失地。得才熟门熟路，进城先带着营长孙宝贝去了隅首东边的县政府。县政府的牌子不见了，也许是被人摘走做了棺材板，也许是掉下来摔裂了被人拣去当劈柴烧了。得才从心里瞧不起营长孙宝贝，脸上显着的却是恭恭敬敬，故意把孙宝贝领到正冲着大街的厅堂上，又喊了三老雕为营长孙宝贝安排床铺。

　　孙宝贝满意地冲侯得才笑，说得才果然有眼色，还是个心里有数的，看来推举得才当营副是推对了。接着看三老雕手脚麻利地收拾好堂案，还在大堂门口挂上了灯笼，还在惊堂鼓上贴了军令告示。一切都归置有序了，孙宝贝在床上躺下来，先想的是应该回家看看，回家应该骑马，随从警卫也应该骑马。如果没有紧急军务，还应该把花头的尸骨找出来重新安葬，毕竟是孙家族门的人，安葬了花头就等于彰显了整个孙家祖门。最好让紫云寨每一个族门里都派人跟着祭祀，每个参加的人都要戴一块黑纱，这就等于所有的族门都矮了半截。至于爷爷孙老安，下葬时是一切从简，重新举办坟祭就不能再从简。县城里也要下贴，各乡的乡长也要参加，最好举行公祭。公祭之前最好把各乡的乡长全过一遍，这些乡长是上任县长委任的，适合的就留任，不适合的全部换掉。估计适合的不多。孙宝贝躺着想着，躺着想着又跳起来，嗷嗷地喊着来人。

　　三老雕又跑回来，孙宝贝还是嗷嗷着，说他怎么看都像是个死了的人。只有死人才躺在厅堂里，厅堂里放个床，床还是南北着迎门放的，一个人躺在床上，两边全是空荡荡。孙宝贝说："把我当死人了是吧，床头上是不是还要点燃个长明灯啊,供桌上是不是还要摆个下世罐啊,我是不是还要盖上蒙面纸啊。"孙宝贝嗷嗷着要得才过来,又问得才把床铺安在哪里了,三老雕紧着说侯营副的床铺在后院,后院原来是186团的团部,团长侯得章把团部当成家了。三老雕还说侯营副安置好了就出去了,也许是巡视城防,也许是查看营区,也许是到各个局所拜访故交旧友。孙宝贝噗噗地吐口水,说他才离开几天,他是爬城墙溜出去的逃兵,他还拜访,他还故交旧友,光我这一个营长就让他敬成死人了。

　　三老雕嘿嘿地笑,说自己也是爬城墙溜出去的,笑着又把脸喷了,还冲着营长孙宝贝眨巴眼。孙宝贝看见三老雕把手放到胸前抓挠,后来又把手伸到腰间,做的是解腰带的动作。孙宝贝好像明白了,明白了又问三老雕,说姓侯的是不是逛窑子去了,单凭这一条,给他个营副就算到顶了。孙宝贝说:"去,把他从窑子窝里拽出来,让他给各乡下通知,就说我要召开防务会议。这王八蛋!"三老雕又哈咻哈咻地笑,笑着跑出去了。

　　侯得才当真是拜访故交旧友的,他去的是码头货栈,他不想见那三个福字辈的南蛮子,他一回来先想到的是菜园哑女。但是,货栈已经围起了高高的铁栅栏,铁栅栏还是带着尖刺的,铁栅栏围起来的院子里还多了两条铁青色的狼狗。原来的灶间屋没有了,新起的是一排青砖勾白灰的瓦房,瓦房建在高台上,门口是青石铺的台阶,台阶上边是一道刷红漆的栏杆。码头的货场里还装了探照灯,连着探照灯的是一根比牛缰绳还粗的黑皮线,黑皮线穿过旗杆吊环扯到货栈院子里。得才恨着要骂,刚骂了一句南蛮子,原本是要避开货栈柜台的,忽然看见福市从经理室里走出来,冲着得才诡异地笑。福市先叫了一声侯营副,接着又喊老朋友,最后又说了一句得才从来没听到过的。福市说的是:"得才君近日可好?"

　　侯得才惊愕着又想笑,没笑出来,却感觉身上凉飕飕的,心里紧紧缩缩的不得劲。想想他实在不明白,一个开货栈打算盘的南蛮子,是怎么知道他从连长升成营副,他这个营副是在来河湾县的前一天提拔的,而自己又是刚刚进城。得才说:"你刚才喊老朋友我知道什么意思,你那个得才君是从哪里论的,我听着不像中国话。我说福市,你一定是小日本鬼吧,你不装南蛮子了?"

　　福市哈哈大笑,说得才君果然是老朋友,只有老朋友才会猜着想,不过,真正的老朋友是用不着猜想的。见得才还是疑惑着望他,他就靠近了在得才肩膀上拍一下，还冲着得才眨眨眼，接着又用手在自己头上捋一下，看着像是梳理长发的。得才这才笑了，说这还差不多，又想埋怨大白天锁着门，福市却先他一步打开了栅栏门。福市还做了个半躬礼的姿势，手指的是高台上的瓦房，见得才还是探着头往菜园里张望，就又说了一句客气话，说得才一定是来拜会花田子小姐的，既然到门口了，岂有不入之理，那就请吧。跟着就举着手拍巴掌，看着是示意瓦房里的，说："老朋友到了，快快迎接啊。"

窗口里立刻露出一张娇媚的女子脸，侯得才一眼就认出，娇媚女子就是那个专管种菜的菜园哑女。菜园哑女还换了发型，她还住进了宽敞明亮的瓦房里，娇娇媚媚的，看着像个官家的千金小姐。得才上了台阶又迟疑着推门，推开门了又迟疑着站在门口，娇媚女子从窗口转过身来冲他含笑示意，示意老朋友用不着拘礼节。得才打个愣怔，接着就笑了，笑着扑上去要搂抱娇媚女子，伸着头还要往娇媚女子的怀里拱，但接着他就跪下了。

花田子小姐咯咯地笑，笑着弯下腰来瞅侯得才的脸，得才跪下了还在想自己是怎么跪下的，想着娇媚女子好像拿手指在他腰间戳了一下，两条腿一酸一软就跪下了。得才疑惑着抬起头，看见娇媚女子的胸口少了一个扣子，胸口里颤动着的还是先前抓过的，心里毛躁躁地又要把手往胸口里伸，娇媚女子突然咿咿哇哇地说了一句日本话，听着像是骂人的。得才一下子明白了，三个福字辈的假南蛮子，带着两个假哑巴女子来到河湾县，他们一定是来之前就做了周密计划的。他们来了就拔掉码头上的太阳旗，不过是他们那时候不希望被认出是日本人，他们给中国人留下好印象不过是为了掩藏真实目的。

但现在他们再不用遮遮掩掩的了，黄河南北都是他们的了，运河两岸都是他们的了，他们都是爹了。得才还记得他是跟三老雕说过的，说开货栈的一准是日本人，团长大哥侯得章一准是跟日本打过通点的，日本人打过来都是爹，日本人想杀谁就杀谁。他那时候说是故意吓唬三老雕的，他那时候并不真知道，现在知道了，一股子火烧火燎的邪念就消了。侯得才说："我已经知道你是日本人了，不过你们日本话不好听，我听着像是老鸹叫的。你要是愿意学，我还是教你说中国话吧。"

花田子小姐说："得才君，你欺负过我，一次一次我都记着。你变着花样凌辱我，我还得装哑巴装顺从，我还要装着心甘情愿。今天我要报仇雪耻，你说吧，想受什么惩罚？"

侯得才说:"那你趴我身上吧,我那时候是怎么欺负你的,你再照原样捞回来。这样行吧,我在下边?"

花田子小姐照侯得才脸上打了两巴掌,得才跳起来摸枪,摸了才知道枪套是空的,手枪已经在花田子小姐手里了。得才猛然想起刚才的腿酸腿软,惊愕里又多了些胆怯,嘴里却愤愤地说了句我×!花田子小姐又要照他脸上打,胳膊抡起来又放下了,还把手枪插回到得才的枪套里。说她知道侯得才说的那个×字是什么意思,也知道侯得才一回来就往码头跑,还是想占便宜。侯得才就是个混蛋至极的,杀了也不解恨,她想报仇雪耻杀得才,随时随地都可以。不过,她还真有点喜欢侯得才,所以这一会儿就不杀他了,说不准老朋友还能变成好朋友。花田子小姐说:"得才君,我这一会儿又有点喜欢你了,你说你想做什么吧。"得才缓过神来咂摸这句话,咂摸着话里还是有那样的味道,心里急着要下死力狠×日本女人,三老雕却在这个茬口上跑来了。

三老雕咣咣地摇晃铁栅栏,说:"快下来吧侯营副,营长发脾气了!"

侯得才回到住的地方,看见他的床铺挪到了厢房里,团部套间的软床上躺的是营长孙宝贝,孙宝贝还把公示牌挂在团部门口,公示牌上写的是营长室。得才急着恨着,先骂营长孙宝贝蹬鼻子上脸,摇头晃脑跟个牛蛋一样,早晚是个欠收拾的。接着又骂三老雕是故意的,三老雕要不跟孙宝贝学话,没有人知道他去了码头,更没有人知道他去码头是想弄那事的。得才骂着派人下告帖,派到紫云寨时故意写了两个人的名字,故意把父亲侯登銮写在大爷侯登科的上边。这样写时,他并没想着让父亲把大爷的乡长拱下来,写完了又愤愤地自语:就是要拱,就是要拱给姓孙的看!

不过侯登銮是真喜欢,他站在侯家老宅门口冲着老大侯登科说埋怨话,说大哥天生是个坐不住中军帐的,四成的官地收成就乐得满大街乱窜,要是新宅许给的是半对半,还不得跑到河套里吹东南西北风去啊。侯登科听老三侯登銮又把戳弄老二侯登榜的话拉出来,又想着儿子得章那边是个前程未卜的,又不想听他说话,于是没好气地呛了一句,说:"还真让你说准了,官地收成就是半对半,没有收成我也是白得一半。怎么着吧你!"侯登銮哇哇大叫,还要把二哥侯登榜再喊出来,说原本是胡乱懵着呛二哥气恼的,敢情一切都是真的啊,敢情大哥真和新宅那边联手了,敢情把两个亲兄弟扔下不管了。侯登銮非要老大侯登科说清楚,什么时候订的官地协约,中人是不是马箆子,半对半的协约是管一年的,还是从此以后官地就归他们两家了。

侯登科气得脸青,说:"你胡咧咧什么?"

侯登銮说:"你们都半对半了,还说我胡咧咧,你想把我和二哥当猴耍啊。我们不是死猴!"

侯登科抱着胸口蹲下来,好大阵子才缓过气来,先说了一句不搭理你,冷不丁发现侯登銮的穿着打扮跟昨天不一样了,浑身上下齐整整的,脚上还换上了小尖口软底绒布新鞋,豆青色的灯笼裤还故意挽了两折,故意显出鞋口里边的细洋布白袜子。跟老三侯登銮相比,自己倒显得是灰头土脸的了,忽然又记起刚才老三侯登銮喊的是进城议事,还说了"我们",心里又加了几分疑惑。儿子得章上次说的是奉命调防,赶赴的是陇海路第二战场,186团一走,整个山东省等于全境沦陷了。儿子得章那一次是伤了心的,说他其实不想离开河湾县,也不想撒手不管186团,军政两面少了哪一面都是无根之木,可毕竟军令难违,不服从又不行。河湾县没有驻军了,没有县长了,不就是个三不管的空白点了吗,怎么还进城议事,谁张罗的会议,莫非真是日本人进驻了?也不对,如果是日本人已经来了,县城里会插太阳旗,一早一晚站在运河堤也能看到。况且,村子里是有人进城卖筐卖篓的,也没人说县城里见到了日本兵。他腻味着站起来朝地上噗噗地吐,吐着说:"我再跟你说最后一次话,你刚才喊我做什么?"

侯登銮扑哧笑了,先说自己夜里做了一个很稀罕的梦,梦里看见一只比羊还大的金雀从县城那边飞过来,先是绕着侯家老宅盘旋,盘旋着落到自家院子里。金雀背上突然间冒出一道红光,一个院子通天明亮,红光里坐着的是儿子得才。得才还冲他作揖施礼,说这个院里是不是出了一个入军营的,这个人是不是叫侯得才,侯得才的父亲是不是叫侯登銮。自己刚要说是,得才冲他一招手,他竟然也坐在了金雀背上。侯登銮说了梦又瞅侯登科的脸,还是嘻嘻地笑着,说:"我也跟你说最后一次话,县上来人下通告了,刚才喊你是进城议事。听明白了吧?"

侯登科还是往地上噗噗地吐,说还梦见金雀了,还红光里坐个得才,你梦见老鸹了吧,你梦见得才让老鸹扇头上了吧。说了还不解气,跺跺鞋上的浮土,又说:"进城议事是乡长开会,跟你什么关系,你大呼小叫的什么意思?你也想去是吧?"

侯登銮说:"想去。"

侯登科再不搭理他,闷着头要进家换衣服,侯登銮又拽住他的衣袖,说用不着换衣服。再说了，要换衣服早换，做公事就要有个公人的样子，现在换来不及了。嘴里数落着，拉着拽着侯登科离开了老宅门口，看着像是哥哥被弟弟抓了官差的。过了运河大桥，侯登科先望的是城门楼，城门楼上果然没插太阳旗，心里长长地嘘一口气，感觉是为儿子得章庆幸的。远远地望见西北旺乡的宁乡长向他招手，宁乡长的旁边还站着一个白面少须的年轻汉子。侯登科恍惚着感觉面熟，想想又是不认识的，回应了宁乡长，眼角还是往那人脸上瞟。宁乡长笑笑，说别打量了，再打量你也不认识，不过，他舅舅薛老拐你倒是知根底的。年轻汉子紧着跟侯登科露笑脸，说自己是原任乡长的外甥，叫朱仰旅，乍一听都成了四条腿的，名字俗气得很。又说舅舅临死之前把乡长大印传给了他，接了职才知道当了乡长还要开会，还要听差受使唤，倒跟俗名字是般配的。

　　拿自己的名字插科打诨，原本是要让人先笑的，见侯登科脸上没有一点儿要笑的意思，于是又转了话头。说自己毕竟年轻几岁，跟前辈学见识是必须的，跟着宁乡长一块儿来就是这个意思，在这里等德高望重的侯乡长也是这个意思。侯登科听他说话得体，又称自己是德高望重的，心里就有了几分高兴，别扭了一路的烦恼也消减了许多。先说一句愧领了，故意凑近几步走到两个人身边，故意把老三侯登銮晾在一边。倒是宁乡长眼尖，瞥一眼侯登銮，试探着说："小弟冒昧一猜，这位莫不是侯大乡长的族门兄弟吧，看着眉目有几分像，果然都是燕颔虎须，官相是掩不住的。"侯登科胡乱地点点头，随后又敷衍一句，说："是我三弟，跟着进城玩的。"

　　侯登銮有些尴尬，如果没有宁乡长的那一瞥，他几乎就是个不存在的。站在人群中，又被视无物，会让人心里生些屈怨。还有大哥侯登科的那句话，仿佛是故意把他往低处踩的，踩得越低越好。最好是鞋面上飞溅的泥点子，带着伤雅，掸掉留痕，所以才说是跟着进城玩的。侯登銮心里屈怨着也不好显出来，机灵着忽然闪出一句话，于是就搭讪着跟朱仰旅说话，问他跟宁乡长是不是一个乡的，进城议事是不是每个乡都要来两个。朱仰旅一时没回过味来，望望侯登銮，又回头望宁乡长。宁乡长摇摇头，先说自己跟朱仰旅不是一个乡的，瞅一眼身边的侯登科，忽然又笑笑，表示明白了，说："打仗亲兄弟，上阵父子兵，敢情侯大乡长是要提携自家兄弟的，敢情侯家老宅南北发财、四门通吃啊。"

　　侯登科朝侯登銮翻翻眼皮，说："好了好了，掉板的话还是不说了吧。走，进城议事。"

侯登銮一进城门就看见了儿子得才,得才站在一棵黑槐树下,拿手指勾着冲侯登銮使眼色,示意父亲过去说话。侯登銮大力地咳嗽一声,听着像是故意亮嗓的,走近了上下地打量儿子,问儿子什么时候回来的,186团赶赴的是西南陇海路第二战场,怎么这么快就回来了,莫不是儿子被放了大任,随团西征走到半道上又把一连人带回来留守,或许是先替得章兼着县长。说着又皱起眉头,埋怨儿子不该二番回来胡乱换军服,看着没有先前挺拔。侯登銮说:"我问你,原地留守跟随团西征相比,哪个最利于前程,我巴望着你说兼着县长?"

得才有些急了,沉下脸来截断父亲的话,说:"爹,你能不能让我说一句?"

侯登銮说:"你说你说。"

得才先抱怨父亲没眼色,进城为什么非跟大爷一块儿来,又说这一会儿不是说长话的时候。得才说:"爹,你来有事吗?"

侯登銮哼哼着讥讽儿子,说当了一方诸侯就变成放下前爪就忘的老鼠了,明明是自己写的告帖,还装模作样地问老子爹有什么事,可见是个一阔就六亲不认的。从怀里掏出告贴,又拿手指着上面的字,说:"你敢说不是你写的?"

得才竟有些脸红了,急着抢过告贴,又偏了头瞟一眼路对面的大爷侯登科,推着父亲往城门走,意思是要父亲回去的。侯登銮拧着身子不挪步,盯着问儿子是什么意思,如果真是举贤避亲,那老大侯登科也不能参加会议。侄子得章当了团长又当县长,他老子爹照样当乡长,得章为什么能举贤不避亲,难道儿子是要与团长大哥划清界限吗?既然有这些考虑,为什么又把老子爹的名字写在上面,写在上面又不许参加会议,是儿子分量不够还是当爹的上不得台面?侯登銮说:"告帖上有我的名我就参加,乡长是贞节烈女啊,还得从一而终?"说着甩开儿子的手,摇摆着往隅首大街走。得才急得抓耳挠腮,嘟囔着又说一句,去了你就知道了。

会议刚开始,侯登科就明白了一切,侄子得才果然跟儿子得章分道扬镳了,果然另投明主了,果然跟186团不相干了。既然如此,这个大爷当不当都两可了,这个乡长当不当也两可了,于是站起来冲着老三侯登銮翻个白眼,接着就走出了会场。

第十章

紫云寨乡公所没有专设的办公场所,侯登科当了乡长之后,用的还是香火会的房舍。香火会设在侯家老宅里,临大街另开了一扇门,院子里依势造势,靠西南角单劈出一块空地,拿砖垒成了一个四四方方的独门独院。院里套院,门里生门,讲究上算是龙含玉珠生坤土。香火会设立时也没挂牌子,但是门口贴的却是大红对联,红火黑水白金青木,对应的是五行属性。红即火,火就是香火会,不挂牌子也能露出意思来。上联是:香由善生生生不息百业兴;下联是:火依木本本本真真五谷丰。抬头一个门方,写的是"香火会"三个字。字是侯登科写的,联是紫云寺一了大师出的,双联下边的六个字,一了大师原本用的是"真佛性"和"我即佛",侯登科当时念着就撇嘴,说:"一了大师你是仙人还是凡人啊,你把我的香火会都弄成佛堂了,我也要吃斋诵经吗?"抓过笔来改成了百业兴和五谷丰。一了大师当时还笑了,说:"佛即是空,空即是佛,你那个'百业''五谷'却是空不得的,看来老僧只能借空为佛了。"

侯登科当了会首,也叫香头,名分上就算应了官差,侯家老宅就成了官家的内府。香火会初成时也没有具体的事要办,倒是先张罗了几天吃喝,请的是村子里的几个大族门。侯登科当时还先讲了话,讲的是叶落归根、百溪入川的话,大家都明白内中的意思,都跟着点头,还都拿出笑模样。只有马步正木着脸吸烟,眼闭着,过一阵子吸一口,看着像是睡着了,鼻子眼里又分明冒着烟。侯登科当时还冲马步正笑笑,走过去附着他的耳朵根说低声话,说的是:"我们三兄弟商量过了,三爷的地你换了还归你,我跟二爷的那两份也跑不开牲口,你要不嫌累你就种吧。马老爷子,你的眼皮现在该睁开了吧?"马步正果然把个眼睛睁得溜溜圆,说:"议事吧。"

其实,香火会也的确没有多少事可议。那时候的河湾县先是归皖系田中玉的山东督军府治理,各村香火会的会首并不在县属人员名册。会首管的是各村各寨的散碎事,散碎事不外乎村邻矛盾,地邻纠纷,还有逢年过节的社火祭庆等。到了第二次直奉战争以后,河湾县又归奉系张宗昌的直鲁军政府管辖,县长孔令动到任的第二年下文取消香火会,香头会首之类的称呼没有了。香火会的香头会首一律改为里长，有了春冬两季修河防的官差，也是由里长派人抽丁。后来打完蒋、冯、阎各自逞强的中原大战，全国都归南京国民政府了，国民政府按行政区划治理，里长上边又有了乡长。乡长比里长管的村子多，里长是官人，乡长就是大官人。侯登科先是当香火会的会首，继之又是里长，儿子得章带186团进驻河湾县之后再出任乡长，按说是大官人了，不过他还是没设置专门的场所，用的还是当初香火会用过的那个独门小院。

即便是团长兼县长的侯得章推行乡村新文化建设时，侯登科也没把乡长太放在心上，他甚至连紫云寨乡管着几个村也不知道。他当乡长就是图个根基名声，既不想仗势欺人，也不想张牙舞爪地到处炫耀，他把大部分精力都用在辅佐儿子上，尽管儿子得章常常说他是添乱。比如他曾经悄悄转遍了十几个乡，专看那些乡长们是怎么推行乡村新文化建设的，结果他发现全是假的。那些乡长们拍着胸脯打保票，说是一定要把乡村新文化建设搞得有模有样，其实是打着幌子跟县府要钱，要的钱全进了个人的腰包。要么就是在祠堂的一面墙上刷上白石膏，再刮了锅底灰抹成黑板，黑板上写上山石水田几个字，就算是有了乡村学校。你要是过个十天半月再去看，黑板上一准还是那几个字，那几个字是什么时候写上的，连那些乡长们自己也记不清。其他还有什么乡村卫生了，什么妇女识字班了，什么乡村浴池了，更是胡扯蛋。侯登科进城找到儿子，先说了自己私访的所见所闻，接着就要说到儿子推行乡村新文化建设纯粹是不务正业，是当了团长兼县长烧糊涂了。儿子得章不想让父亲对自己的理想蓝图泼冷水，也因此不愿意让父亲进城开会，除非万不得已。

紫云寨乡公所大部分时间是闲置的，乡长侯登科偶尔进去坐坐，坐坐也不是想的乡长怎么当。但是，心思不在乡长位置上的侯登科，这一次却是真生气了，气还真是从乡长位置上引起的，挑起事端的是他弟弟侯登銮，当然还有那个与儿子分道扬镳的侄子侯得才。

侯登科是会议中途退的场，准确说是在会议开始不久。他没想到主持会议的是侯得才，而坐在大堂上讲话的竟然是孙老安的孙子孙宝贝。烂孙宝贝竟然给乡长训话，竟然打着官腔说了许多废话，还说东天没雨西天阴，还说到什么山唱什么歌，什么歌都不唱的就是露头青，露头青是要等着挨霜打的。红薯叶子经了霜就干巴了，萝卜缨子经了霜就腐烂了，人要经了霜呢，也许不干巴，也许不腐烂，那他就当夹尾巴的遛街狗吧。谁都不知道他要说什么，但是，所有的人都跟着笑，所有的人都说讲得好。侯登科记不清孙宝贝是什么时候入的军营,他甚至想不起来孙老安还有这么个孙子,孙老安死时他应该还是个小屁孩。

更别扭的是,侯登科有好大阵子闹不清他是哪一面的营长,穿的衣服是土黄色,裹腿带子却是绿色的。说是华北绥靖军鲁西保安纵队,保安纵队归华北绥靖军统领,那华北绥靖军的上级又是哪里。他问运北乡的宁乡长,宁乡长眨巴着眼示意他注意听,而朱仰旅竟然听得流出了口水,看着比他舅薛老拐还下作。还有混账侄子得才,老是拿眼角瞟他,瞟他的时候看着像是看怪物的。他很想把得才拽过来揍一顿,问他跟孙宝贝是什么关系,186团归建西征了,鲁西保安纵队是换防过来的吗,如果是,得才怎么留下了。但最终他也没问成,好在孙宝贝说过了霜打露头青之后,接着就说到了鲁西保安纵队要在运河湾里安营扎寨,但最终他还是没听明白孙宝贝到底要说什么。

侯登科窝了一肚子火,回家来还锁着个眉头,眉心里还拧着疙瘩,看着像是患了大病。他不许侯葛氏说话,也不让喜喜做针线活,说剪刀咔嚓咔嚓得他心焦。多多原本是跟喜喜学做织毛线袜子的,看见大爷瞅她时是翻着白眼珠子的,便识趣地站起来,说了句大爷您歇着就出来了。多多心里不是滋味,回家来跟母亲侯杨氏说猜疑话,说大爷是和爹一块儿进的城,大爷却是生着气先回来的,莫不是两个人闹了别扭吧。侯杨氏随口答一句,说老爷们摽心眼呗,管他们呢,随他们猫样狗样。

侯登銮却是在县城吃的酒席,酒席是儿子得才张罗的,但是营长孙宝贝却坐了上首正位。孙宝贝还说了许多话,说他原本是不喜欢侯家老宅的,侯登科当里长当腻味了就戳弄着让花头当,偏偏花头又是个热心肠,偏偏又想着办许多事,结果却让狗日的青马兵拿鞭子抽死了。尽管不是立马就死的,尽管他原来头上就不干净,毕竟是那一鞭子引起的,到死还让侯登科作践,死了还埋在粪堆里。孙宝贝说,自己作为孙家后人,族门里有人受了凌辱,他那时候就记着,当了营长更应该记着,记着就得知道恨。孙宝贝喝了一大碗酒之后又盯着侯登銮打量,打量着又笑了,说:"我看出来了,你跟侯登科不是一条秧上的瓜,你把侯登科的乡长顶下来自己当,我一听就知道你跟侯得才真是亲父子。侯得才想顶团长侯得章没顶动,结果他爬城墙逃出来成了我的营副。既然如此,我就对你另眼相看了,将来别管鲁西保安纵队归哪一面,即便是日本人来了不走了,我也保你稳稳地当乡长,一天天地让你吃香的喝辣的。"

侯登銮扯着儿子说悄悄话，说他听着有些糊涂，怎么还不知道归哪一面，怎么还把日本人扯出来了，说："你们现在是哪一面的？"得才又给孙宝贝倒了一碗酒，偏了头附在父亲耳边，问父亲是想弄明白了不当乡长，还是光当乡长什么都别问。侯登銮又说："那我明白了，我回去就弄官地。"

侯登銮没去收拾乡公所，西南角的临街门上着锁，他在锁上摸一下就去了西跨院二哥家。西跨院的门也关着，他没喊叫，也没敲门，冲着东跨院瞄一眼，又轻着手脚走出老宅，结果他看见二哥侯登榜和二嫂侯黄氏进了马家胡同。他尾随着跟过去，想着二哥侯登榜平时是很少去马家看闺女的，想兰兰了他会让媳妇侯黄氏去马家，要么带一块新糊的苘袼褙或布袼褙，要么是几块零碎布头，是从来不空手的。家里要做了另样的饭菜，两口子也会想着闺女，那时候他们会让儿子得印去叫兰兰，得印去了就说是有一拐子线要让姐姐帮着缠。马家人自然也明白，赶到饭时了再叫兰兰去，明显是叫闺女回娘家吃偏食的。马家人都不捅透，还催着兰兰快去，假若兰兰是赶中午饭时去的，到了晚饭时就会吃很少一点点，或者只喝一碗半碗汤水就说饱了。有时候春子会偷偷问婆婆马刘氏，说兰兰怎么一回娘家帮忙，回来就减了饭食，该不是侯家人把咱们马家人使唤累了吧。马刘氏就反过来问春子，问的是："春子你说话累不？"

侯登榜两口子是来跟亲家说话的，进院只跟兰兰打了招呼，没进小东屋，先进的是堂屋。马步正让老伴马刘氏倒茶水，马刘氏就冲着门外喊春子烧水。侯黄氏拦着不让烧，侯登榜推开马步正的烟筐，袼褙里抽出来的是一束蒲扇大的叶子烟，叶子烟黄澄澄的，叶面还厚实还板正，看着是用青石压过的。马步正凑近了闻一下，连说了几声好烟，烟锅插到烟袋里，挖的还是自己的混合烟。侯登榜放下烟叶又掏袼褙，这一次掏出来的是比镰刀还长的谷穗，谷穗也是黄澄澄的，穗头挤得还紧密还饱满，马步正一看就喜欢得了不得。听见侯登榜说谷种是从镇上得到的，名字叫立秋黄，脱了糠就是黄金米，产量还高黏性还大，比紫云寨种的刀把子谷能高三成的收成。更有一说是养人，女人坐月子做红糖米饭是最好的，暖性大，能驱寒气。又说尤其是小孩子喝米粥最适宜，磨成面做年糕，吃了还抗饿还起骨架。

马步正又把谷穗放下了，说自己这一段时间一直想年轻的时候，尽管知道人老了就是老了，人老了不可能再年轻。但毕竟一茬人有一茬人的路数，一茬人有一茬人的活法，年轻人跟老年人在一起，听得最多的是老人话，老人话不敢不听,听多了也不一定就是个好。比如上岁数的老人想的是个稳,上年的庄稼收了八斗,到了下一年还想着再收八斗,为什么就不想收九斗收十斗呢。还有饭食,少盐的也能吃,少辣的也能吃,反正是觉不出滋味的,抓了大把盐撒锅里,吃到嘴里还是个不咸不淡的。那年轻人呢,是不是也要跟着吃啊,跟着吃就把他们咸死了,不跟着吃呢,又显着年轻人不懂礼数。马步正说:"你看能把年轻人难死不?"

侯登榜连连点头,意思是很想听马步正往下说。

马步正说,自己最近一直想着让兰兰分出去另盘锅灶,就是把不准这话该说不该说。

侯登榜说:"步正哥,你真有这想法?"

马步正又说,最发愁的就是土地,马家的十几亩地都是羊角牛蹄不沾边的,分给小两口吧,小块的分了不中用,大块的一分也零散了。这块地里一耙宽,那块地里三耧腿,看着还不够孩子作难的,想想也是不忍,想想也没有更好的办法。

侯黄氏紧着拉扯侯登榜,示意他亲家话里有话,又岔着话头跟马刘氏说起天热天凉,说明明快入伏了,到夜里又觉着风是凉的,家里吃家里住的怎么都好说,只是苦了在外边南跑北奔的。话是结记二梭的,当然也有从马家人嘴里探消息的意思,可是侯登榜却又把侯黄氏的话头截住了,他还是想听马步正到底是怎么安排的。侯登榜说:"步正哥,你说没有更好的办法,怎么才算更好的办法?"

马步正就闭了眼光吸烟,噗噗一口,噗噗一口。

侯登榜急得一个劲地摔打褡裢,连着声地催着马步正往下说,还说只要有好办法,就按好办法办。

马步正就把烟灰磕了,说:"你能划给兰兰几亩地?"

侯登榜一下子噎住了,这是他一直想着又一直不好出口的话,可这句话还是让亲家说出来了。又想着亲家马步正绕圈子说话,其实是故意绕的,绕圈子是要等他先说出那一句来。侯登榜只好嗫嚅着说话,说的是让我再想想。

门外的侯登銮一步闯进来,先埋怨二哥分不清近远,又说老马大哥是心疼兰兰的,是怕兰兰将来过穷日子,想着往兰兰名下多划拉几亩土地是为了以后过好日子,老马大哥这话是向着兰兰的听不出来啊?侯登銮说:"二哥你让老马大哥说话,老马大哥想要三亩五亩你也答应,想要十亩二十亩你也答应。"

侯登榜气得手颤,颤着手把侯登銮拨拉到一边,又拿手推着不让他说话,还把个脸弄得青青紫紫,说:"说得轻巧,吃根灯草。我到地里拉着四个角往外拽也拽不出二十亩啊,我把一亩顶三亩都给了兰兰行吗?"

侯登銮不看老二侯登榜的脸,转了身跟马步正说话,又问马步正愿不愿意把嘴张大,张大嘴巴替儿媳妇一口气要三十亩。马步正听侯登銮话说得没边没沿,当不得真也当不得假,又不能撂着脸子不搭理,只好含糊不清地嗯嗯了几声,算是应答了,也算是有个来回点了。侯登榜拉着侯黄氏要走,侯黄氏也气得嘴唇哆嗦,逼着侯登銮说什么意思,是不是要戳弄着兰兰跟公婆闹生分啊,是不是看着女婿不在家再让兰兰怄气生病啊。

兰兰紧着从小东屋里走出来,先把香芝送出门,回头又跟三叔打招呼。侯登銮也跟着站起来,先冲兰兰笑笑,说她爹娘不开窍,自己要跟他们说道说道。紧走几步追上侯登榜两口子,又回了头冲马步正说:"老马大哥你睁好吧,我二哥又是以前的大户了,你想要几亩要几亩!"

侯登銮追到胡同里,看见二哥侯登榜要打他,二嫂侯黄氏也横眉竖眼的。侯登榜抓在手里的是干树枝,树枝子是从柴火垛上抽出来的,抡起来要往侯登銮身上抽。侯登榜说:"老三你过来,我今天专打你这个没正形的。"侯黄氏也跟着说:"抽他的嘴,叫他以后再跟着添乱!"侯登銮嘻嘻地笑着,凑近了要趴在侯登榜耳边说悄悄话,侯登榜一把推开他,说:"你站周正了,就在这里说!"侯登銮正了神色,先说了老大侯登科跟新宅侯登仓订的是合约,官地是按半对半分的,春种秋收都不用这边出面,老大侯登科吃的是暗股。接着又说果然是马箆子当的经纪中人,主意也是马箆子出的,马箆子是怎么想的不知道,只知道新宅侯登仓一开始死活不吐口,架不住马箆子施以利害,一次次地跟他说剜到篮里才是菜,官地少了一半,得到的却是另一半的牢靠,小贼羔子就认了。

侯登榜愤愤地望着老三侯登銮,牙咬得咯咯吱吱地要骂大猴子吃独食,忽然又打个愣怔,说:"我记得你那天说的是四成,怎么又变成半对半了,到底是几成啊,你嘴里还有个准头话吗?"

侯登銮说他这一次是彻底摸清了,话是老大侯登科自己承认了的,也承认是吃了暗股,目的就是瞒着咱们两家。现在知道了,知道了再甘愿当傻子,那就是真傻子加半吊子了。侯登銮说,他已经核算过了,官地大约摸还有三百多亩,这个多是多少说不准,就按三百亩算吧。两个人半对半,一家就是一百五十亩,小贼羔子占的那一半先让他搂抱着,以后要治他有的是茬口。但是大猴子这一半得三兄弟平分,三五一十五,平分了一家就是五十亩。侯登銮说:"怎么样二哥,现在你安心了吧,划给兰兰三十亩,你还剩二十亩,加上原来的十几亩,你还是照样吃香的喝辣的。"

侯登榜听得连脖子带脸都红涨起来,抓着侯登銮要找老大侯登科算账,还说分到手里就当真划给兰兰三十亩,他们老两口百年之后,儿子得印手里也是三十多亩,一个闺女一个儿子,也没偏姐姐也没偏弟弟。又说小暑到秋分三个月,现在分了,还能种一茬早熟的绿豆,到秋分种麦子正好赶上。侯登銮却躲闪着说起另样话,说大哥侯登科原本是想永永远远当乡长的,现在冷不防地被撸了,心里憋气窝火是肯定的。如果单是被撸倒罢了,偏偏新上任的乡长又是自己的亲弟弟,偏偏又是跟自己的亲弟弟一块儿进的城,除了憋气窝火,还得有恼恨自己亲弟弟的心。这个时候自己的亲弟弟再上门要平分官地,这就等于是伤口上撒盐粒,这就等于是冷身子打扇子,这就等于是发高烧送火炉,怎么着都不合适。

侯黄氏听明白了,她扯扯侯登榜的衣襟,吃吃地冷笑着,说:"你亲弟弟这一次没跟你下死套,他就是不想落黑眼皮。"

侯登榜说:"他怕落黑眼皮我不怕,他不想去说我去说,别说五十亩了,五亩我也要争。"

侯登榜进了东跨院就折回来了,嘴里还含含糊糊地嘟囔着,嘟囔的是大哥侯登科魔怔了,看了儿子得章的来信又是笑又是哭的,脸抹得跟个花脸猫一样。

第十一章

侯登科突然间又接到了儿子得章的第二封来信,这一次的地址写的是山西晋城。信封虽然也是磨损过的,虽然也沾着星星点点的污垢,但明显地看出来在路上的时间比第一封信短。字迹也工整了许多，山字中间那一竖看着像是描过的，显得还真有个山形。信瓤是两页纸，两页纸都写得满满的，能看出来有许多话要说。抬头还是写的父母亲大人，后边又多了个台鉴，接着又写了一句喜喜妹妹好。

得章信上说：

　　　　上封信想必已经收到，或许早已遗失路野，毕竟是战争年代，毕竟是动荡时局，如果真未至，祈父母亲大人勿生怨恨，知儿得章无时不惴惴悬念为盼。儿前信尚在河南夏邑，今已到山西晋城，一东一西千里之遥，跨中原入太行，只为军人当以服从命令为天职。天职为军，军当报国，然时下国已不国，更伴之军已不军。何以哉，国难也。事出有因，多言无益，恕儿不作详尽。

　　　　儿今只说徐州战后事。儿自战后复被黄泛区阻隔，至暑临方得以为进，先是遍访师部未果，与旅部复联亦在三个月之后。然旅长赵心德已调离59旅，58旅及60旅一部及186团余部，又重新混编，并按军令脱离第五战区，划归第二战区第14集团军统辖（内中原委更是纷繁，亦不作详尽），今后当以晋冀豫为抗战区域。14集团军于一年前组建，为中央军嫡系，卫立煌将军为首任集团军总司令，下辖第10师、第83师、第85师，还有随后加入该集团军战斗序列的第9军。该集团军是抗战爆发后首支开进华北作战的国民党中央嫡系部队，曾在平西地区对日作战，时属第一战区管辖。为增强山西对日作战力量，集团军经石太路进入山西，调归第二战区指挥。该集团军参加过忻口会战，担任中央集团的主力作战任务，第9军军长郝梦龄、第54师师长刘家麒、独立第5旅旅长郑廷珍均在与日军的激战中阵亡。儿自东而西驻防晋城，即为集团军战役后退至晋东南之故，非此之因，举步何处更不得知。虽风云复转，虽抱负难平，虽故土日远，然司令长官卫立煌将军是颇受尊敬的，比之儿先前崇敬的司令长官孙桐萱将军亦难分伯仲，更兼有瑜之英侠、亮之韬谋，此又为儿之大幸。

侯登科这一次没嫌儿子啰唆，也没恨儿子说了许多废话，他甚至还盼着儿子多说，仿佛上边那些与他无关的话都是他想知道的，如果得章把"不作详尽"改成"细细道来"才更好。这一次，他没从信中读出儿子的忧虑，而上次的信中几次说到前途茫茫，即便不明说他也能品出味来，因为儿子用的词语像戏文：几多抱负，几多衷肠，到头来竟是那黄粱梦园。儿子还用了奈何，这两个字戏文上也用过，这也是他看了信就忧心焦虑的原因。这一次没有。只是他不太明白晋冀豫指的是哪一块，还有，这个晋冀豫距离河湾县有多远。好在山西他是知道的，山东山西隔着黄河，既然都带个山字，那就是儿子说的入太行。接着再看第二页，儿子却不说军营事了，说的竟然是得才，尽管先提到的是二梭和黑豆。

  儿上次信中只说到独立营没有了，还另告父亲大人切记不要对二叔说起，意为担心二叔思婿心切而迁怒于父亲。其实儿并未见营长马二梭遗体，连长丁黑豆的遗体也未可知。儿只知葫芦头阵地最终失守，全营官兵未见一人归建，于是才有了独立营不复存在之言。今日旧话重提，儿只能用马丁二人均以生死未卜代之，毕竟炮火集密，毕竟短兵相接，毕竟步骑力悬，除却生死未卜一语，再无他言可明。儿要说的是得才，虽不是一母所生，终归是同宗一祖，今重提之，可谓痛也切切，恨也切切。
  昔日儿经略河湾县时，得才屡屡犯规，且自耍聪明，无视壁垒。多谗善诡尚不足论，苟且男女亦不必说，后又终日吠吠，开言必信口雌黄，竟至曲解儿之经略，言儿暗通倭寇，言儿与虎谋皮，以求一县自治。也是儿念及祖荫，未治罪而仅以禁闭罚之，余仍不自省，竟愈发癫狂，更与警卫岳粮丰（三老雕）者肆无忌惮，吐狂一封信即可将儿绳之以军法处，而后取而代之。儿又怜其年少，仅作降职处理，并警卫一起移住机修班，意在复盼其革面自新。焉知，独立营复建之日，我部开拔之时，又双双脱位，是夜越城鼠窜而做遁形。大浪淘沙，风流竟生，似此等自堕之辈，少之尤优军体，理应按下不屑提及。然儿自忖复反侧，恐其乱生是非，枉自悬坠异党，虽狐假虎威亦祸害无穷，此又为儿之罪也。至于儿之理想蓝图，暂不赘言。
  谨此切切，望我父与三叔酌议之，一求谅，再盼疏，三望正。
  （另告二叔二婶并复转堂妹兰兰：若马二梭已壮烈，我当为一敬，敬其虽顽是勇！）
        不孝男得章于民国二十七年夏月并晋城郊夜

侯登科读完信已是泪流满面，侯葛氏惊得洒了一瓢细面，细面原本是要和了擀面条的，想着侯登科从县城回来就昏昏沉沉，喝碗面条让他早睡。还想着把面条切得细细长长，图的是理理顺顺的吉祥，心情理顺了，烦恼就消了。忽然地又接了儿子来信，按说是应该欢天喜地的，按说是应该借由舒心的，怎么又哭起来了，莫不是儿子他遭了凶险。侯葛氏不敢再往下想，也不顾手上沾着面了，先拿袖子把侯登科脸上的泪水抹了，急着要他说信上写了什么，是不是儿子真出凶险了。急着催着又止住了，想起刚接到信时还说是儿子又来信了，儿子既然能写信就是个无恙的，既然是无恙的怎么还哭成个李三娘一样。侯葛氏说："你说话呀，儿子又不是你一个人的，你也得让我知道啊。"

老二侯登榜就是这一刻进的东跨院，他推开大嫂侯葛氏，还把侄女喜喜推到门外，还说喜喜你先出去。侯登榜说的还是官地，说的还是大哥瞒着两兄弟与新宅那边订了契约。他甚至又把老三侯登銮刚刚说的两人半对半的话端了出来，说："你们半对半了，你们一家一百五十亩了，我们呢？他怕落黑眼皮我不怕，他不来说我来说，别说三一三剩一是五十亩了，就是五亩我也要争，就是五分我也要争。我现在就要我的五十亩，你把脸抹成面葫芦也得给我。"

侯登科瓷着眼珠望侯登榜，嘴里喊的是二弟，还问二弟跟他是不是一个娘生的，是不是伙着一个爹。如果二弟说不是，他会坐着不动，他会不说一句话，他还会把耳朵眼堵上。说完了还是不眨眼地望着侯登榜，听见侯登榜含混着说是就是，他扑通从椅子上滑下来，双膝落地跪在侯登榜面前，说："既如此，那就请二弟受为兄一拜。"头挨着堂屋里的砖地啪啪地磕，磕得满头满脸分不出哪是土哪是面了。侯登科还喊着侯葛氏磕头，还喊着喜喜磕头，还说老宅里可碰上一个好兄弟了，三精包下个套他就钻，哪里再去找这么实诚的好兄弟啊。

喜喜惊吓着委屈着跑出去，跑出去是要喊二婶三婶帮着劝人的，多多却在前院里拦住了她，问喜喜到底出了什么事，说她爹从一早出门还没归家呢。喜喜说了前因后果，先说的是哥哥来了信，信上也说了二梭也说了黑豆也说了得才。还说爹看了信就哭了，哭倒不是说谁死了，哥哥只是说二梭跟黑豆是生死未卜。但是，二叔一去就要分地，还说是三叔说的一家五十亩，二叔一说爹就给他跪下了，这一点她是真不明白为什么。喜喜说："官地不是让新宅那边占了，怎么还有官地？"多多说了一句你去跟俺娘说吧，接着就跑

红兜肚　　195

出去了。

多多先去的是香芝家，抓着香芝的手，又偏了头望望这里瞅瞅那里，哪里都没有立冬的影子，倒是看见马照本斜着眼角挖她。她就复转了身跟香芝说话，说原来竟是不知道的，原来只说是香芝身子弱招了祟蛊，敢情是事出有因，敢情黑豆真是出了凶险的。香芝反过来再抓多多的手，抓住了还使劲捏，捏着让多多快说是怎么回事，这话是从哪里扯起的。多多就把从喜喜那里听到的说了一遍，说黑豆是个生死未卜的，生死未卜不就是个凶险吗，祟蛊是来跟香芝报信的，香芝一准看见了黑豆。多多又问香芝是不是还记得，那个开膛破肚是什么意思，血把麦苗子都染红了，不会是黑豆一个人的血吧，如果不是黑豆一个人的，那二梭一准也遭了凶险。多多说："香芝你想吧，你要愿意往生上想也行，你要愿意往死上想也行，反正是个未卜的。"说着又挣出手来，急着又要去马家，说兰兰姐也是蒙在鼓里的，只知道人是随着队伍开拔了，开拔了之后呢，不就是打仗吗，打仗不得死人啊。

马照本家的黑驴在院门口挡住了多多。

黑驴的缰绳抓在马照本手里，黑驴还在院门口的粪堆上撒了一泡尿，马照本是故意挡路的。马照本冲着多多哼哼着笑，笑又没有个笑样，哼哼的还是个怪声怪调。马照本说："多多你看俺家的黑驴哪个地方像黑豆，这么大的一个傻家伙不会没有一点儿像的地方吧。"多多听他说得蹊跷，又觉着是个好笑的，多多便咯咯地笑了，笑着摇摇头，说："黑驴怎么会像黑豆呢，不像。"

马照本就冲着黑驴使眼色，说："黑驴你摇摇驴头。"

黑驴果然摇摇头。

马照本说："黑驴你摇摇驴尾巴。"

黑驴果然摇摇尾巴。

马照本说："黑驴抬起你的驴前腿。"

黑驴果然把两条前蹄抬起来。

马照本说："黑驴张开你的马嘴。"

黑驴低下头去不应和了。

马照本说："多多，你说黑驴为什么不张嘴了？"

多多呆呆傻傻地看看黑驴又看看马照本，忽然呀呀地叫起来，说："你刚才说的张开马嘴，驴哪有马嘴啊？"

马照本说:"多多真是个聪明的姑娘,香芝该喊你多多小姐,立冬也该喊你多多小姐,我也该喊你多多小姐。多多小姐,黑驴跟黑豆重着一个字,黑驴怎么不像黑豆呢,他们两个都知道自己是谁,他们两个都知道哪句话该听哪句话不该听。不该听的,黑驴永远是黑驴,黑豆永远是黑豆,他们再像也忘不了人是人命驴是驴命。是驴命就得干驴活,是人命就得干人事,多多你跑过来跟香芝说那些话,也是你该干的活吗?黑豆生也好,黑豆死也好,跟香芝有什么关系,香芝犯了病再来个离家出走,我是找你要闺女啊,还是跟黑驴要闺女?还有,你得了军营里的话,你得了军营里的讯,你第一个先告诉的应该是兰兰,兰兰是你姐姐。你舍了近亲的先跑远疏的,你是像黑驴啊还是像黑豆。多多小姐,侯家老宅是官家命,平头百姓硬要沾官家气,那就是犯贱的命。我不想让香芝犯贱命,不想让立冬犯贱命,也不想让黑驴犯贱命,多多小姐,我让黑驴闪开,您请轻移莲花步吧。"黑驴果然应声闪到一边,多多捂着脸跑了。

多多强忍着不让眼泪流出来,绕个弯又去了马家。马家的男人下地干活了,家里只有三个女人,马刘氏给兰兰派的活是淘洗腌豆角。腌豆角是去年麦收之后种的晚茬,最后一茬豆角临到采摘时忽然淋了一场秋雨,秋雨又是伴随着一夜北风的,天晴了再看豆角,原来半淡青半粉艳的豆角竟都变成紫红紫红的了。经了秋风秋雨的豆角皮厚粒小,炒着吃有些皮难嚼,拿盐腌到冬雪天再吃,豆角倒又成了脆的,要是赶到过年时跟腌猪肉搁到一起炒,滋味又是少有的鲜,吃着还解油腻。去年,马家腌了满满一缸,一冬一春也没吃完,眼看今年的新豆角也快下来了,只有紧着吃了腾出缸来。兰兰先把豆角用清水泡了,泡透了再用清水冲洗了,一把把地挂到树枝上控水,随后再把咸菜缸搬到棠梨树下,晾着慢慢散咸味。春子在东北角的空地上挖土,挖的是用过多年的旧红薯窖,重新清理出来是为了入暑之后存放臭豆腐的。窖里泥土不多,土里夹杂着随雨水坍塌下去的烂秫秸,掺了烂秫秸的土不好下锨挖。因此,春子需要不时蹲到窖里拿手清理出烂秫秸,尽管她很想跟棠梨树下的兰兰说话。多多这时候走进马家,又只想悄悄地告诉兰兰一个人,便瞄准了春子又要蹲下抽扯烂秫秸时,她飞快地拽着兰兰进了小东屋。

但是,兰兰没听多多说完就截住了她的话头,兰兰说:"别说了多多,男人在家里是媳妇的,入了军营就是国家的。他要是死了,那就是国家让他死的,他明明知道二番入军营也许会死,还是让我好好活着,我已经知足了。"

春子耐不住枯燥，蹲了一会又直起腰来找兰兰，忽然看见多多从兰兰屋里跑出来，翻墙猫一样窜出了院子。春子就探着身子专等着看兰兰出来，等了好大阵子也没见兰兰走出东屋，心里便多了几分疑惑，索性轻着手脚去了堂屋。春子是要跟婆婆马刘氏说的，她说多多朝外走时是流着眼泪的，多多没顾上擦泪只不过是为了紧着出去。春子说，她敢打赌，多多一准是来跟兰兰说机密的，这个机密一准不是好机密，好机密再背着人也不会流眼泪。多多走了兰兰再没出屋，兰兰没出屋一准是怕咱们看见她也哭了，哭过了再把眼泪擦了眼圈也是红的，兰兰瞒得了别人瞒不住她。什么事能让兰兰伤心落泪，要是娘家爹娘闹灾了生病了，她跟着多多过去看望就是了，反正只是十步八步的路子。不是娘家爹娘还有谁，还有谁能让兰兰伤心落泪，那只有二梭。二梭有哪些会让兰兰伤心落泪，那只有伤了残了。春子说着说着又突然呜哇地叫一声，说："呀呀，该不是咱家二梭死在战场了吧！"

马刘氏先朝地上噗噗地吐，又从针线筐子里摸出绱鞋锥子，咬牙切齿地要穿春子的嘴。春子打个愣怔，也紧着往地上吐，吐了又画了个圈，说："我不说了娘，刚才说的让我圈起来了。您只说怎么办吧？"

马刘氏怔怔地望院子里的棠梨树，望着站起来，说是到院子里活动活动。春子知道婆婆要去兰兰屋里，也跟着站起来，意思是她要陪着一块儿过去。马刘氏又要抓绱鞋锥子，说："赶明天就让满秋休了你。他不休，就绑着秆草拉镇上卖了，专卖给开肉铺的！"

小东屋里传出杂乱的脚步声，是兰兰胡乱走动的，马刘氏进去看到兰兰的眼圈果然是红的。兰兰还在围裙上胡乱地擦手，手上没有水了也擦，擦的手指都是红的了还是擦。马刘氏抓住了兰兰的手，还把兰兰搂到怀里，然后她望着兰兰的眼睛，稳着声儿问兰兰是不是有了心事，是不是牵挂二梭了。说二梭如果是个有福命的，就不要去牵挂他，就当他走亲访友去了，就当他到远路跑买卖去了，顶多想他被抓了官差，官差完了他自个儿就会回来。马刘氏说："兰兰你给我说实话，二梭是不是遇到了凶险？多多要真是说了那样的话，不管是轻是重你都哭出来，放大了声哭我还说你是个懂事的好儿媳妇。"

兰兰从婆婆怀里挣脱出来，先是扶婆婆坐下，接着就说了多多说的话，说她听了多多那些话，心里反倒平静了，眼前就跟看见二梭一样。兰兰还问婆婆马刘氏，说自己是不是变得没心没肺了，自从二梭穿戴上那件红兜肚，还是那样黑天白天的不离身，她心里就觉着二梭是个天大福气的人，枪子儿打到眼前了，呲溜拐个弯跑一边去了。还觉着二梭身上的红兜肚是冬暖夏凉的，酷暑天也不出汗，寒冬腊月冰凌天也能蹚河水，躺在雪窝里睡觉也是暖和的。兰兰说："多多过来说悄悄话，意思是让我死了心不想不盼的，多多还说得章信上说的二梭和黑豆都是生死未卜的。生死未卜的怎么了，生死未卜不就是个知不道吗，既然是个知不道的，我为什么不想着二梭还是活蹦乱跳的呢。娘，二梭临走说的是让我好好活着，我就是盼着二梭也像得章哥那样写封信。哪怕一句话也行，哪怕一个字也行……"

马刘氏就哭了，哭着又把兰兰搂到怀里，问兰兰还要不要去紫云寺上香。如果了尘住持还是说个无恙，咱们就真信，如果说的是含糊话，咱们就抽个签让了尘住持破解。要是签上不说无恙，说的是有惊无险，那咱们就当是二梭行军滑倒了，倒是倒在钉子板上的，爬起来再看，身上竟然没有一丁点儿伤痕，连裤子都是新崭崭的。见兰兰连连地摇头，意思是不用再去紫云寺了，于是又说："兰兰你真是个好孩子，等二梭再回来，咱把他变成个蛐子葫芦，拴你腰带上天天听他磨牙吱吱。"兰兰抹抹泪又笑了，跟着婆婆马刘氏出了东屋，走到棠梨树下还是接着收拾咸菜。腌豆角已经控净水了。

就在这天下午的下半晌，得印跑回家，说他在官地里看见得才哥了，得才哥带着一个胖墩墩的南蛮子，南蛮子叫福山。得印说，那个南蛮子说的话他一句也听不懂，听着也不像驴叫也不像狗叫，吱呜哇啦的，像是鸭子、鹅关在一个窝里胡乱叫的。但是，得才哥一听就懂了，带着福山有说有笑的，还让福山过几天跟他来享口福，那个叫福山的南蛮子还是笑。

侯登榜舀了一瓢凉水泼到得印脸上，盯着儿子问南蛮子是从哪里来的，他们到官地去干什么，去是得才领着去的，得才说没说官地原来是侯家老宅的，现在老宅里插不上手了，完全是新宅的侯登仓赖过去的。老宅的贪心鬼侯登科也跟着独占了一半，这件事现在正闹着，得才要是没说这一节，那一定是他还蒙在鼓里。得印噗噗着吐水，还翻着眼皮想，忽然又说他们几个原本是在官地里挖沟的，远远地看见两个人。两个人是从运河大堤上下来的，下来没走大路，先是在村子外边转了一圈，接着就去了官地，那时候他才认出走在前边的是得才哥。得印说，那个南蛮子还在官地里支了个铁架子，铁架子上还有个明晃晃的黑筒筒，黑筒筒一闪一闪的，跟镜子照的一样。南蛮子先是用的木匠吊线眼，一只眼对着黑筒筒，后来得才哥也把一只眼贴在黑筒筒上,还看着那个南蛮子打开皮夹子写写画画,得才哥还说南蛮子画得跟鸡爪子挠的一样。

侯登榜听得头大,紧着抓住得印的手,急慌慌地拉着又去了东跨院。侯登科听了先是冷冷地笑,笑着又以手击额,连声地说:"果然是了,果然是了。"侯登榜越发着急,急着问到底是怎么回事,是不是得才也要为他爹争走官地的另一半,如果是,那就等于老宅里的三兄弟来了个二撇一,单单只把他一家晾起来了。侯登科还没缓过神来解释,侯登銮跟着走进来,进门先要的是官印,说:"大哥,乡公所我已经打扫干净了,你现在该把官印交给我了吧。"

侯登科可着嗓子吼一声,说:"侯登銮,你儿子得才把狼引到家里来了!"

第十二章

但凡世间的惊喜,都是凭空里来的,要是一个人知道了哪条道上有个钱袋子,即便走过去果然见到了,那个人心里高兴是真的,惊喜却少了许多。一个人走着走着扑通被什么东西绊倒了,即便磕破了腿,即便闪了腰,即便崴了脚脖子,手里抓到的却是个沉甸甸的金元宝,那他也是惊喜的。

侯登銮凭空里得了个乡长,心里乐得包不住,一直到吃过饭还在想这个乡长来得容易。他还让儿子得才送他出城,还是问得才把他的名字写在上边,是不是那一会儿就想把大爷侯登科扳下来,是不是得才恨着得章不重用他,才故意拿着大爷侯登科出气,如果是,那儿子就是个吃软不吃硬的。侯登銮故意慢慢地磨蹭着走,故意让得才跟所有的人打招呼,走到城门口了,他还让得才告诉城门楼上的岗哨,说是吃过饭没事干陪着父亲遛弯消化食的。得才几乎捞不到说话的机会,得才只好嗯嗯着忽儿摇头忽儿点头,后来得才实在憋不住了,便悄悄地从城门楼墙上揪了一片羽毛,又捏了羽毛捅鼻子眼,随之就打了个响亮的喷嚏。得才借着喷嚏截住了父亲的话头,问父亲那么想当乡长到底是怎么打算的,是不是一直盼着把大爷侯登科顶下来。如果只想着混个油嘴,这个乡长也当得也当不得,如果是拿着乡长发大威的,那得看这个威发的是不是地方。得才说:"爹,你想过吗,你把大爷顶了,你们两个就算彻底掰了?"

侯登銮说:"掰就掰。"

侯登銮那一会儿很想把官地的事说给儿子听,想说他当初是故意蒙着戳弄着老二侯登榜找碴的,他知道二哥一门心思地想着让兰兰分家另过,一门心思地想用土地拴住二梭的心。他就随口说了老大侯登科跟新宅侯登仓联手了,大哥吃的是四成暗股,没想到竟然是真的,竟然还是半对半,竟然还是老大侯登科亲口说出来的。既然当大哥的无情,就怪不得当小弟的不义了,他就是要响亮亮地当这个乡长。他想着自己当了乡长还得把官地的事往大处戳弄,戳弄成乱麻团再让儿子得才站出来拿剪刀,哪怕大哥跟新宅打联手吃暗股是假的。侯登銮看重的是儿子,他知道如此一折腾,老宅新宅都得敬着得才,即便哪一天得章回来了,他也得对得才高看一眼。但是,这些话他最终还是没跟得才说,他不想让儿子在官地上分心,只是在要分手时,他才望着儿子说了一句藏在心里的话。他说:"我看姓孙的不像个正经来头,得才你给我交个实底,你们这个鲁西保安纵队跟先前的186团拧的不是一股绳吧?"

得才没接父亲的话头,他只是拿脚踢地上的碎砖瓦片,有一片碎瓦片还让他踢到门外操场上去了,过后才转了身冲父亲笑笑,说:"不拧绳了,散麻披子不勒手。"

侯登銮盘算了一路,回到老宅先把老二侯登榜的火点起来,心里乐着进了自家院子,又让媳妇侯杨氏摸他的肚子是不是比平时鼓了。侯杨氏拿嘴撇他,说吃一顿县城的官饭能饱一辈子啊,鼓也是不花钱的蹭饭撑起来的,一泡屎拉出去还是个瘪的。侯登銮也不恼,又让侯杨氏给他找小口的空罐子,空罐子摆到桌子上,二番再拿的是红小豆和豇豆。侯杨氏冲着侯登銮翻白眼,赌着气到仓房里提了两个大葫芦,一个葫芦里装的是红小豆,一个葫芦里装的是豇豆。

豇豆和红小豆是小杂粮,紫云寨家家户户都会种一些,种是种在不好插犁子下耙的地头沟边上的,边边角角的种了就有个收成。小杂粮里也有豌豆、扁豆、绿豆、羊眼豆之类的,都是吃火的整粮食粒儿,但吃火的整粮食粒儿熬到火候又是面的,吃着还有香味。运河湾里的人家把晚饭称为喝汤,喝汤并不是光喝汤水，家里有壮劳力的人家也会在箅子上熘几个中午的剩窝头，意思是给出了大力的男人补身子亏空的。到了大秋收获结束的冬闲季节，大多数人家就把晚饭的窝头省了，光喝汤又显得寡淡，于是就在做晚饭烧汤时抓一把杂粮扔锅里用慢火熬。汤是黑面糊涂，糊涂里掺了这豆那豆，汤就不光是汤了，舀到碗里喝着捞着，比光喝黑面糊涂有嚼头，有盼头，大人孩子都能多喝一碗。

侯家老宅里除了老二侯登榜一家，老大老三两家都不太懂庄稼地里的茬口安排，种也是哪一样庄稼省事种哪一样，庄稼熟了该收了，收也是花钱出粮雇人收的。倒是老大家的喜喜和老三家的多多眼馋了得印碗里的面豆豆，都回家嘟囔着要跟西跨院的学样。侯葛氏和侯杨氏都带着笑从侯黄氏手里讨要了种子，也学着在自家地里的边边角角种小杂粮，居然也都有了收成。侯杨氏收的是个稀罕，稀罕物装到葫芦里，葫芦把上一竖一横锯开一个三角口，杂粮装到里边再扣上，葫芦还是个整葫芦，连虫子也别想进去。侯杨氏翻着白眼又撇嘴，明明是心疼着的，偏偏赌着气抱起葫芦，揭了盖要往桌子上倒。侯登銮护着不让她倒，手伸到葫芦里抓一把又松开，嘴里还嘟嘟囔囔地念叨着，看着像是数数的。侯杨氏又吃吃地冷笑，说："一顿官饭滋润得你会自个儿数豆玩了是吧，仓房里还有绿豆呢，你要不？"

侯登銮数了41粒豇豆，又数了40粒红小豆，然后把两种豆子混着放入空罐内，再让侯杨氏把他的眼蒙上。他说他要从罐子里往外捏豆粒，一次捏一个，只捏九次，红小豆表示他这个乡长是该当的，豇豆是不该当的，要是捏出来的9个都是豇豆，那就是说要当也行，只是不容易；要是捏出来8个红小豆1个豇豆，那就是怎么当都是个好，要是早几年当更好。侯杨氏捏着喉咙吐黏水，说："亲娘哎，你还是捏谷粒吧，你还是捏黍子粒吧。"她干脆找出一个印花包袱，连头带脸把侯登銮包裹起来，说："捏吧！"侯登銮第一次捏出来的是红小豆，第二次捏出来的也是红小豆，第三次捏出来的还是红小豆，一连八次捏出来的都是红小豆，剩下最后一次了，侯登銮捏出来的是豇豆。侯登銮说："够数了，掀开吧。"

8粒红小豆和1粒豇豆搁在空碗里，侯登銮看着笑，笑得哈哈的，说真是天意啊。还说自己是故意让豇豆多1粒，取81这个数要的就是九九归真，而捏九次则是九为天大。可见世间一切都是有定数的，并不是当弟弟的有意跟大哥犯顶，即便犯顶也是该着的。

侯杨氏说:"真是天意?"

侯登銮说:"这不是明摆着吗。"

侯杨氏又说:"真信了?"

侯登銮说:"不信不行啊。"

侯杨氏再说:"要是叫我捏,我能把40粒红小豆都捏出来,里边还不带1粒豇豆。你信不信?"

侯登銮冲着侯杨氏眨巴眼。

侯杨氏揪着自己的腮帮子装笑模样,说:"红小豆是圆溜溜的,豇豆中间一个凹腰,凹腰里还带着一个凸脐,傻子也能分出来。连傻子都能分出来的还说成是天意,那天意不是逗着傻子犯做作吗,傻子犯做作会是个什么样的。去吧,快去找大猴子要官印吧,说不准大猴子正做好了鸡蛋茶等你喝,说不准二倔驴也要给你冲一碗枣花蜜。"

侯登銮果然去了东跨院,果然看见老二侯登榜正红头紫脸地要分官地,说的还是三一三剩一的五十亩。侯登銮故意装作不知道二哥在这里,伸着手跟老大侯登科要官印,还说乡公所他已经打扫干净了,接下来就该挂牌办公了。但是,他没想到大哥会突然间冒出一句邪怪话,只好硬着头皮问得才把狼引家里来了是什么意思。侯登銮说,谁是狼,狼在哪里,狼吃人不假,可吃人的不一定都是狼。侯登科不再搭理他,又想着三精包在跟前,越发跟老二侯登榜说不明白,他越要说清跟新宅打联手吃暗股是没有影儿的事,越无法解释无风不起浪这句老话。老三侯登銮说得有鼻子有眼,偏偏自己的这个二弟又是一根筋,只要是跟官地沾边的,就是说官地让人偷吃了一块他也会信。于是侯登科又把怒火发到三弟侯登銮身上,发又不发到刚才的话头上,不掖不藏地说的是官印。

侯登科说:"乡公所都有官印是不假,可原来的官印是南京国民政府给的,官印上刻的是中华民国河湾县政府紫云寨乡公所。你要官印干什么,你这个乡公所也是中华民国河湾县政府颁发的啊,你的县政府呢,挂牌了吗?派县长了吗?县长是谁?一个穿杂牌服装的营长就能当县长啊,一个说不清政府是哪里的乡长还配掌官印啊,除非没心没肺的,除非没脸没皮的,除非有奶就是娘的,除非狼狈为奸的。老三你要能说得清清楚楚的,我拿脚指头给你刻出一颗又大又圆的官印来!"

侯登榜原本是急着要老大侯登科说出暗股官地怎么分的,冷不丁地又让老三侯登銮插了一杠子，又是官印，又是乡公所，这些都是他不想听的。侯登榜就急了，先埋怨三弟胡搅蛮缠，又抱怨大哥是东西都护着，说："他要官印你给他就是了，你管他能用不能用干什么？"侯登科嗷嗷一嗓子，说："我的糊涂兄弟，侯家老宅马上就变成狼窝了你知道不知道！"

　　五天后，得才果然带着一个陌生人进了侯家老宅。陌生人是那个胖墩墩的小南蛮子，距离得印说见到得才哥带着南蛮子进了官地，中间算是隔了三天。那个胖墩墩的小南蛮子就是福山，福山还是背着那个形影不离的牛皮包，包里还是鼓鼓囊囊的，装着那个可以折叠的铁架子。

　　紫云寨的人从没有这么近地见过南蛮子，那一年见南蛮子是在打中原大战的前一年，先是村子里来了两个骑马的人，如果那两个人都不说话，村子里谁也不会知道他们是南蛮子。那两个人的年龄都不大，都是细条子个头，胡子乱扎扎的，好像从没刮过。两个人是在村口下的马，马是随手牵着的，村口有几棵大柳树，柳树罩下一片荫凉，按说，马可以拴在那儿。他们不像过路人，也不像投亲访友的，看见胡同里有人打量他们，他们就像没看见。他们先看的是寨壕。个子稍高点的那个人还步量了一个来回，又用手比画了一下，另一个人从衣兜里掏出一个小本子，记下之后又指点打麦场。接着，那个高个的骑上马，马是顺着寨壕跑的，剩下的那一个牵着马记胡同，两个人是在东街口照的面。后来，他们就消失在村子东北角的那片杂树林里，等到街上的人试探着走向东街口时，杂树林里只有咯噔咯噔的马蹄声，最后连马蹄声也听不见了。但是，村子里有不少人听见他们说话了，说的什么不知道，只知道话说得跟北方人不一样，光是听着这个音与那个音是连在一起的。

　　侯得才带来的这个南蛮子是个胖墩墩，腿也显得短，不过，小南蛮子的腰挺得笔直，看着像是两个杌子腿迈步的，上身又比下身显长。其实，胖墩墩的小南蛮子要不说话，或者光是笑笑，或者光是冲着这个那个的点点头，村里人也不会知道他是南蛮子。偏偏胖墩墩的小南蛮子又是个话多的，偏偏看见什么又都是稀罕的，偏偏又要刨根问底的。比如他看见十字街口的奶奶庙，这本来是许多村子都有的，他也跑过去看，看还是蹲着看的，先看的是泰山老奶奶的头脸，看过了又拿手比画着跟自己的头脸比，说老奶奶看着像是男的。忽然又跑着折向街北口的磨坊，看见马照本家的黑驴正在拉磨，马照本在黑驴的屁股后边挂了一个粪兜子，黑驴的屎尿都拉在粪兜里。粪兜子是用两层紫花布做成的，做成了又在烧开了的桐油锅里煮，煮到紫花布变成枣皮红色，再连桐油一块儿倒入盆里浸泡过，大约半个月之后再捞出来晾干，紫花布的粪兜子再不会漏水。马照本过日子精细，接了干驴屎蛋可以倒在粪堆上，连屎带尿就掺到垫圈土里沤着，最后垫圈土也就成了粪肥。粪兜子里已经有了屎尿，马照本还用棍子敲了敲粪兜，香芝是专管收面筛面的。

小南蛮子也钻到磨坊里，先看粮食流进磨眼里，粮食磨成面再落到磨盘上。忽然又对驴碍眼产生了天大的好奇，还伸了手去摸，摸着还在自己眼上比画。又问得才为什么要把驴的眼睛蒙住，蒙住眼睛的驴怎么还能踩到上一次的蹄印上。得才说，一块破布片子怎么惊动你老人家了，蒙住是喜欢过黑天呗。又问马照本是不是这个意思，马照本拿眼角斜着望小南蛮子，望着又用鼻子哼哼，说四条腿的吃草玩意儿，还能当人待啊。得才掂对着学话，胖墩墩的小南蛮子却哈哈地笑了，笑着还冲马照本竖起了大拇指。接着又蹲下来看香芝筛面，香芝家磨的是黑杂面，黑杂面里掺了铡碎的干茅根，还有去年晒干的红薯根根，也截成一节节的，磨出的面却是轻飘飘的。香芝身上便蒙了一层面粉，面粉罩在头发上，头发也是白的了，看着辨不出个真模样。小南蛮子又要笑，还伸着头看香芝一推一拉地晃荡面筝，说闻着面里有一股淡淡的甜味，问香芝粮食是不是用糖水泡过的。香芝低着头不搭话，他又让香芝举起来看筝底，说筝底网是用生丝织成的，又说他们老家最爱吃的是白大米。得才走过去拉小南蛮子起来，拉起来又往老宅里拽，说："行了行了，白单饼卷三丝你不想吃了是吧？"

香芝站起来吐口水，还偷着用眼角瞅父亲马照本，马照本却冲着黑驴发起了脾气，说："你个驴种光知道转圈子，你天生就是个畜生，是畜生你就别在人跟前打晃晃！"

侯登銮正拿了抹布擦洗乡公所的桌椅板凳。乡公所设在侯家老宅的西南角，开的是临街小门，也是坐北面南的向口，只是屋子的开间不算大，说是三间，其实顶多算两大间。老爹侯加封活着的时候，这三间屋原是堆放杂物的南屋，南屋里也住过外乡的长工。侯加封死后，老宅里的三兄弟挨个儿被仙爷的人绑了肉票，三四百亩官地全归了新宅的侯登仓，老宅辞退了长工，南屋就算是闲置下了。侯登科当里长时图方便，便在南屋的后墙上开了一扇门，后墙临街，南屋就变成了堂屋。儿子得章当了县长之后，侯登科又扔下里长当乡长，用的还是这个临街开门的独门独院。侯登銮要跟大哥显出区别，他就在屋子里摆了一整套桌椅板凳，如果不是碍手碍脚，他甚至想把家里的花梨木条几也弄到乡公所来。但是，侯登銮没想到儿子会把陌生人领到家里，听到街上呼喊南蛮子，他忍不住好奇也探出头来看，正好看到许多人冲着胖墩墩的小南蛮子指指点点。

得才领着小南蛮子径直进了老宅的大门，这使侯登銮有些失望，也有恨儿子不会办事的抱怨，于是跟着进家时脸上就有了几分不悦。侯登銮追上儿子问来人是谁，到家来为什么不先下个通告，得才却拉着父亲跟小南蛮子做介绍。小南蛮子先是恭敬着后退一步，接着又行鞠躬礼，嘴里说的是乡长伯父好。侯登銮没见过鞠躬礼，见对方朝自己弯腰伸头，又没听懂对方说的是什么，他也跟着弯腰伸头。小南蛮子只好又行鞠躬礼，侯登銮又紧着还礼，两个人站在院子里像斗鸡，惹得多多趴到喜喜肩上笑。得才紧着把父亲拉到一边，紧着让父亲安排饭菜，说饭菜是一体的，就做白单饼卷三丝，又说到家来就是为了这一口。侯登銮还是没从儿子嘴里问出来怎么认识的南蛮子，见儿子催得急，只好安排侯黄氏和面烙饼，又让多多和喜喜帮着烧鏊子翻饼。

白单饼卷三丝，卷的是葱丝、咸菜丝、芦笋丝。这三样均切成比粉条还细的丝丝，再用调了香油的豆瓣酱拌匀，拿筷子夹到白单饼里摊开，最后卷成一个面轴粗细的饼柱，嘎吱一口咬了嚼了，嘴里软软脆脆甜甜香香，各种滋味混合了，吃饱了还是感觉恣美。几个人都看小南蛮子的吃相，吃相像是过大年的，又像是几个月没吃饭的，吃着还一个劲地伸大拇指。侯登銮怕他再弄出鞠躬礼来，紧着到里屋抱出一坛子高粱烧酒，自己先喝了一口，指指碗又让小南蛮子喝。小南蛮子越发来了兴致，端起碗来喝了个滴酒不剩，索性抱起酒坛子又倒了一碗。

眼看着酒足饭饱了，侯登銮就想着让小南蛮子酒后吐真言，小南蛮子却乜斜着眼盯住了门口的喜喜，说这个花姑娘如樱花滴露，漂亮是浑然天成的，我要娶她作夫人。小南蛮子说，他是做了充分考虑的，一旦运河两岸的勘探工作完成，就要向三菱总部打报告，他要留下来独自经营，他要创办一家最高效的株式会社。一旦目标实施，喜喜就是天下最荣华最富贵的经理夫人。说着又让喜喜看他的牛皮背包，又从牛皮背包里一样样地取东西，说一个圆筒筒的瞄准镜是测绘仪，两个圆筒筒的是望远镜，这些东西是标记地面坐标的，真要摸清地下煤层的储量，那就需要钻探了。小南蛮子说，即便不钻研，他也有百分之百的把握，甚至可以准确下结论，整个运河湾的地下都是少见的富矿，而且还是在交通便利的大平原上。

小南蛮子说得又急又快,听着像是憋了许久的,侯登銮听得头昏也没听懂,但是,小南蛮子的眼神他看明白了,就紧着跟喜喜使眼色让她回避。又绕到桌子那边抢酒坛子,说:"不喝酒了,咱们喝茶。"小南蛮子挥着手把侯登銮拨拉开,站起来趔趄着不让喜喜走,说喜喜小姐请留步。这一次竟然说的是运河湾里的话,还故意说得很重很慢,这样的话一听就明白。小南蛮子说:"你叫喜喜是吧,那你就是小林喜喜了。一旦成为小林喜喜,你就该给夫君解衣宽带了。"

侯登銮失形失色地问得才,说他感觉这个小南蛮子不是真的。

第十三章

到了大暑季气的前一天,马家人还是按照多年的习惯为百果饭做了准备。

百果饭用的不是一百种食材,其实运河湾里也没有那么多可食用的,有个十样八样也叫百果饭。百数为满,取的是个庆庄稼收成的意思,而赶在大暑节这一天,是指万物从这一天开始要茂盛生长的。提前一天做准备,是因为有几样食材不能现吃现做,要想第二天吃,就要提前一天用清水泡上,最少也要泡一夜。清水又必须是井里现挑的,最好是当天的第一桶水,如此算来,浸泡就是一天一夜了。百果饭要用的都是前一年的大暑之后收获的,米类有黏米、薏米、黍米、黄谷米,豆类有绿豆、青豆、豇豆、蚕豆、豌豆、扁豆、爬豆、红小豆、羊眼豆。米类泡一个时辰就行了,豆类要浸泡一天,泡透了一是省火,二是发软发面。还有需要浸泡的是花果类。花里有眉豆花、南瓜花、棠梨花、丝瓜花、木槿花、香姑娘花、野玫瑰花。果里有棠梨、红枣、野串串红、桑葚、香姑娘果。这些花果大多是芒种节前采摘了晒干的,晒透了再装到蚊帐布缝的布袋里晾着,布袋挂在屋檐下树枝上,由着风吹日晒露水浸润。等到要用要吃了,浸泡到清水里,或者一天,或者一夜,那花那果又都是新鲜鲜的,像是刚刚采摘的。

马刘氏早早起来,先在香台上摆好香炉,又在香台前清扫出一块无叶无尘的干净地面,然后再舀了清水洗手净面。马刘氏年龄大了,腿脚也不大利索,地面比往年扫得片儿小了许多,不过赶的时辰还是跟往年一样,都是太阳似出未出的卯时。

堂屋门响时,兰兰已经梳洗完毕,接过扫帚又把地面往大处扫了扫,又从香袋里取出香来递到婆婆手里。春子起得晚了一步,马刘氏拿白眼珠子挖她,说猪性人除了贪吃就是贪睡,要是没有个太阳照着,一觉能睡一辈子。春子惺忪着打呵欠,先是埋怨满秋夜里打呼噜搅得她睡不成,又说满秋的脚丫子还是臭的,自己一闭眼就感觉是掉在了茅坑里。见马刘氏又从袖筒上拔下针来,又紧着打住话头,偏着头噗噗地吐几口,又紧着说刚才说的是梦话,现在清醒了。春子说:"念诵吧娘,我一句梦话也不说了。"马刘氏就把香点着了,跪着把香插到香炉里,双手捧着念诵稼禾歌。念诵的是:

三月里有个春暖阳,犁地耙地鞭梢子长。先打驴,后打牛,拉耧拉到地南头。

地南头有个粮食囤,粮食囤里装新粮,新粮要过大暑节。仓也满,囤也流,一年吃喝不用愁。

六月里有个好大暑,也不淹,也不旱,五谷丰登吃白面。

老天给个好年景,好年景得了好收成。老地给个井绳秧,种一葫芦打一缸。

香喷喷的饭,暄腾腾的床,来年还是多打粮。

九月里有个大霜降,吃的用的摆满炕。要吃香的香油果,要吃甜的加蜜糖,要穿暖的棉花帐。

小日子,细斗量,四季平安都吉祥。

春子听到婆婆念诵"暄腾腾的床"那一句,忍不住又要打呵欠,紧着拿手指甲掐嘴唇,掐又掐得重了些,嘴里竟发出了哎哟声。兰兰也觉着春子这样不好,毕竟是逢节埋盼头的,要的就是个虔诚心,哪能呵欠连声的呢。稼禾歌念诵完了,马刘氏安排兰兰生火做百果饭,兰兰应着声儿进了厨房。马刘氏又转着身子找大儿子满秋,说这个媳妇不能再要了,吃过饭要紧着把休书写了。春子大跑着去抱柴火，灶窝里抱满了还是抱。

满秋却是急着跟父亲马步正说话的，说金猪已经不是他的儿子了，先前还是一早出去到饭时就回来的，现在连个影子也见不到了，这个家还不如个店，住店还得跟店家打声招呼，他现在连金猪长什么模样都得现想。又说二梭没回来时儿子还是听话的，重活不让他干，安排个零零星星的轻松活，也是利利索索地给干了。自从跟他二梭叔学着画圈圈画杠杠，这个家里再也存不下他了，天明天黑地泡在官地里，什么时候看见他都是泥狗泥猪一样，饭也吃得像是刚从大牢里放出来的。满秋说："我已经不是个爹了，倒是当了住持的马笸子成了个说一不二的，马笸子说什么他们都听。爹，您说金猪跟豌豆他们要弄哪些景象，听说还有老宅的得印？"

马步正抽了一口烟又吐了，忽然问大儿子知不知道老宅的得才回来了，还领了个南蛮子到家来吃饭，南蛮子说的又不是南蛮子话。满秋就有些着急，埋怨父亲总是问一些跟话头不沾边的，得才回来不回来跟马家有什么关系，真南蛮子也好，假南蛮子也好，反正领家来吃的是侯家老宅的饭。南蛮子还说他相中喜喜了，喜喜是生着气回的东跨院，听说侯葛氏咽不下这口气，当天晚上就去找了侯杨氏，说得才要领什么人进家别人管不着，领个拿喜喜说三道四的，到底是那个人没正形，还是得才没形？侯登科没去找得才，他是准备着在老宅里开新门朝东走的，还发着誓再不跟侯登銮父子有一丝丝瓜葛。可这些也跟马家扯不起来啊，侯家跟马家扯起来的只有兰兰的娘家爹娘，可侯登榜两口子现在最着急的是土地，他满脑子都是怎样把官地弄到手，至于东跨院跟南跨院那些狗尾巴吊棒槌的事，他是眼皮儿不翻的。看来爹真是老糊涂了，只有老糊涂的人才会说话不沾边，才会东一榔头西一棒槌地说些糊涂话。满秋说："爹，我说的是金猪！"

马步正说："金猪是属老鼠的。老鼠爱钻地洞，他爱钻就钻去吧，兴许是该钻的。"

满秋就有些急了，说："爹，您不管他了是吧？"

马步正说："我不管你管啊？"

马步正说的还是糊涂话，满秋急得捏着自己的嘴唇拽。

百果饭做好了，马刘氏让兰兰也给二梭盛一碗，还让兰兰拿一双干净筷子压到碗边上，接着又喊金猪，说是丰熟节的百果饭要吃个圆满。马步正拿眼瞪马刘氏，要她只管自己吃，说金猪的碗不用盛，他啥时候来了啥时候吃，他一辈子不来就一辈子不吃。马刘氏嘟囔着要分辩,看见老头子是喷着脸说的,憋着又不敢说了。所有人都吃了一身汗,只有春子说好吃是好吃,只是红枣少了些,要是百果饭里有一半是红枣,她还能再吃一碗。满秋因为没听到爹说出明白话来,心里原本是窝着火的,火就冲着春子发出来,说给你盛满满一猪食槽也要都吃光啊,你吃那么多是长膘啊还是长个。马刘氏也说,去年的红枣呢,红枣打下来是哪个咔嚓咔嚓不住嘴的,要是金猪再娶个不住嘴的,怕是连枣树皮也剩不下了。春子低下头再不敢胡乱说话,下边却是发着狠地拿脚踢满秋,马步正哼哼站起来,抠着烟油又去了牲口棚。

马家的丰熟节百果饭就这样结束了。

一直到了夜影子下来,马家的晚饭也快吃完时,金猪才泥头土脸地回到家,望着厨房刚说了句还有饭吗,耳朵就被马步正揪住了。金猪跟着爷爷进了牲口棚,手里抓挠着要给爷爷装烟,还要帮着打火镰,眼睛却是滴溜溜地望厨房。马步正扳着金猪的头说了三个条件,一是从此不吃马家的饭,二是退下裤子让他拿烟锅烫,三是双脚挂铁链子再不出门。要是这三样一样也不想受,那就乖乖地说出在官地上都弄了哪些,还有,马笸子都跟他们说过什么。马步正说,其实,金猪不说他也知道,明着是帮新宅侯登仓看护官地,明着是挖地沟防涝,这些都是哄人的。实际上,暗地里挖的是地道,地道是通到紫云寺的,紫云寺下边已经掏空了。明着看官地跟紫云寺没关系,其实出口进口都跟紫云寺有牵扯,出口跟进口还保准不在一个地方,还保准是有虚的有实的。地沟两沿栽上紫柳是做屏障的,有紫柳罩着外人看不出下边是地沟,人在地沟里进进出出谁也不知道。马笸子把这几个小儿马蛋子收拢起来是有用心的,目的是调教好了将来某一天好使唤。金猪张着嘴巴望着爷爷,望着连眼皮也不敢眨,到后来还用手指揪扯自己的腮帮子,还惊愕着流出口水来。

金猪说:"爷爷,您还是个爷爷吗?"

马步正在他腚上踢一脚,说:"洗洗你的猪手猪脸吃饭去!"

金猪吃的是早晨剩下的百果饭,百果饭是闷在瓦盆里的,说不上很凉。金猪吃着瞅兰兰,瞅着还嘻嘻地笑,说:"二婶你真好看,眼也好看,脸也好看,手也好看,哪里都好看。"兰兰大吃一惊,羞臊着要打金猪,说金猪你怎么也学着耻笑二婶啊,二婶早就不是新媳妇了,哪还有什么好看的。春子呀呀地叫,也抓着筷子要打儿子,说金猪是个没良心的,松开奶头就不认得谁是娘了,知道谁是娘也不拿正眼看了。春子说:"你二婶好看你娘不好看啊,你娘也是从水灵灵过来的,当初进马家门时也是新崭崭的一朵花,头发油亮亮的,能滑倒蝇子。"春子还说,要不是马家拿她当牛马使唤,要不是马家一年四季地吃黑杂面窝头,她到四十岁五十岁也是光鲜鲜的。现在连儿子金猪也不愿意看了,连丈夫满秋也不愿意看了,好不容易听到有人说夸赞话,夸赞的又是当婶子的。金猪吞了一大口百果饭,含在嘴里嚼着咽着,含混着说了一句你也好看,接下来瞅的还是兰兰。后来金猪还冲着兰兰笑,笑着还做鬼脸样,还说二婶做的百果饭真好吃。

兰兰坐不住,脸上红一片,身上燥热,羞臊着还要替春子打圆场,说金猪明着夸赞她,实际夸赞的还是娘。兰兰还说明明知道嫂子快四十岁了,可看着还是像刚过了三十岁的,尤其是嫂子身上的活泛劲儿,二三十岁的小媳妇也比不上的。还有,嫂子身上的肉瓷实,骨架还是圆浑浑的,这样的人一看就是福相。春子又咯咯地笑了,说:"兰兰你真是这样看的啊,你大哥从来没说过我带福相,兰兰你要不说,我得埋没一辈子!"反过来又问儿子自己是不是一举一动都带着福相,金猪推着她出去,叫她紧着让爹看看,说他爹这一会儿一准能看出他娘是带着一身福相的。

春子果真出去了,兰兰吃吃地笑着问金猪今天是怎么了,今天说的还像孩子话还像大人话,以往金猪是从来没这样说过的。金猪又拉着凳子往兰兰身边挪动,说他今天做了一个奇怪梦,梦还是大白天做的,现在想起来还像是在梦中,尽管他知道梦里的人吃不下一大碗又香又甜的百果饭。金猪说,他是干活干累了,原本只想着打个盹迷糊一会儿,结果了尘住持就捏了茅草叶子捅他的鼻子眼,说出家人不管俗家事,凡是干活偷懒的都要有二郎神管教。天庭的二郎神不能轻易分身,凡间的二郎神就是二梭。金猪说了尘住持后来还是结着手印离开的,离开之前他说,金猪你就偷懒吧,小心二梭回来揍你。金猪说他接着又睡着了,睡梦里还当真看见了二叔,二叔好像瘦了,好像还胡子拉碴的,衣服也不新,但是二叔胸口上露出来的红兜肚倒是艳艳的红。金猪说,二叔走路真快,快得跟刮风一样,三步两步就走过来了,能听见地上咚咚的,一听就知道是个有火性的。二叔原本是要进紫云寺山门的,看见他睡着了就又折回到官地上,先给他的是一把黑亮黑亮的马枪,接着就用皮带抽他,奇怪的是皮带抽到身上竟然是酥软软的,一点儿也不疼。

金猪说:"婶子,您说我怎么做了个这样的梦啊?"

兰兰感觉一颗心要跳出来了,心口窝里怦怦着,气也喘得粗粗短短,紧着到堂屋里跟婆婆说。马刘氏一连声地说是吗是吗，还说金猪是个小屎孩，小屎孩哪儿来的梦啊，既然有了这样的梦，那就是说二梭真跟他托梦了。马刘氏说了又摇头，说没媳妇的男人出门在外，托梦会托给爹娘老子，娶了亲的要托梦，托的就是自己的媳妇。二梭是该着托梦给兰兰的，现在托的是金猪，这就有了几分新奇，况且金猪还是个没长全乎的小屎孩。马刘氏就定了神地问兰兰，二梭这一次离家时说过什么话，有没有紧要话是托付过的，还说这样的话她已经问过几次了，上一次秀秀回娘家来也问过。兰兰先是怔怔地想，忽然的脸又红了，偏转着头望的是院子里的棠梨树。马刘氏就舒展了眉头，说："知道了，知道了，二梭说的是被窝里的话吧？"

兰兰的脸越发红了，说："哎呀哎呀，您别问了娘，叫你问得俺不知道怎么说了。"

马刘氏紧着拿出一包香来，又要兰兰找葫芦灌棉油，说是要带兰兰到紫云寺上香还愿去。兰兰就拽着婆婆的手提醒，说上次去紫云寺正赶上新宅的侯登仓被勾了魂，魂是活牺角玉树勾的，侯月娥急着拉了尘住持去看她弟弟，走到山门口了也没进了禅房。但上上次到紫云寺是专门上香许过愿的，当时许的是二梭回来就还愿，现在并没见二梭回来，提前还愿是不是不好啊。马刘氏说，佛都是吃敬的，他一看咱们不仅没忘许过的愿，还是争着抢着要提前还愿的，佛见了只会高兴，佛一高兴就会护着二梭。但是，金猪却跑过来把她们拦住了，说了尘住持放过话了，从大暑节到霜降节，这几个月里他要静心修果，还要沐浴诵经，还要清静无为，俗家事他是不会再问的了。

大暑节过后的第二天晚上，金猪没回家吃晚饭，一直到要关院门了也没回家来睡觉。春子先去睡了，满秋还是哼哼着拿眼角瞅父亲马步正，意思是他现在还有个儿子吗，那个叫金猪的熊孩子到底是谁家的。马步正推着大儿子满秋也去睡觉，还要满秋把院门关得死死的，等到满秋回了屋，他又悄悄地拉开门出去了。马步正先去的是玉树家，说是出来找猫的，家里这几天正逢老鼠赶集，没有猫震着还真不行。玉树还是在架子上半趴半俯着，还是抓着个芦根挠子喀哧喀哧地挠后背。玉树跟马步正打了招呼，说豌豆这个儿子真是好得没法说了，除了偶尔出门勾魂抓差，他现在一点儿也不孤寂了。

玉树说，后背上这些拱拱爬爬的小玩意儿都是他的儿子，他抓着芦根挠子越挠越自在，一个大自在的人还用得着儿子在身边吗，豌豆喂他吃了晚饭再跑出去，他看着跟在眼前一模一样。玉树还冲着马步正诡异地笑，说马步正看着是老糊涂的，其实一点儿也不糊涂，说是出来找猫，其实是看豌豆在不在家，其实是盼着二梭回来，其实是想从几个小儿马蛋子口中打探二梭的消息。玉树说，老马大哥一准还要去马照本家，一准还要看立冬在不在家。要是这几个小儿马蛋子都不在家，老马大哥就什么都明白了，明白马笆子明着当住持，暗地里早就跟二梭他们打联手了。马步正伸出烟锅要烫玉树的嘴，说自己除了到这里找猫，其他谁家他也不去。临走又拿着烟锅在玉树头上敲打，说："我看你当活犄角该先把自个儿的魂勾走，勾走魂你就不胡咧咧了。"

玉树嘿嘿地笑，说他已经安排好了，等两个儿子都娶了媳妇，第二天他就拿勾魂锁把自己锁住，他不能让儿媳妇跟着受累赘。又说香芝不会嫌弃他这个瘫子公爹，儿媳妇越是不嫌弃，自个儿越要心里有数，讨了嫌再死就晚了。

马步正果然去了马照本家，立冬果然也没在家，回到家他就把院门关死了。临到要进堂屋睡觉了，他又到杂物间墙上摘下润车轴的油葫芦，轻着脚步往门砧窝里滴了几滴油，再轻轻地拔掉门闩。接着又去了灶间，拿笼布把盛百果饭的瓦盆包起来放灶台上，然后就回屋睡觉了。

二梭就是这天晚上到的紫云寺，黑豆是跟他一块儿来的，一伙人里没有魏新麦，也没有薛来宝。

第十四章

马笆子点了三盏油灯，油灯里添的是棉油，灯捻子用的是灯笼草。灯笼草点燃了，下边是红的火苗，上边是黑的油烟。油烟缠绕着马二梭，马二梭的影子投到墙上，墙上的马二梭显得很高大。但是马笆子还是一遍遍地说马二梭瘦了，瘦得光剩下骨头架子了，他只要看见骨头架子就知道来的是个真马二梭，还知道这个真马二梭吃了不少苦。马笆子又说吃苦好啊，苦就是甜，佛陀在鹿野苑为五比丘宣说"四圣谛法"，说的就是苦、集、灭、道。集谛为因，苦谛是果。世尊为何先说苦谛，目的就是先让众生未知乐先知苦，知苦便知道苦常在而乐不常有。马笸子说："佛经里把苦归纳为三苦，即苦苦、坏苦与行苦。"黑豆哎呀着吐口水，说："行了行了，我们知道你入佛门了，我们知道你是住持了，你不饿我饿。"拿手揉搓着肚子又拨拉马笸子，意思是饿得受不了了，要是真想卖弄住持本事，就该先让他们吃一顿热汤热水的老家饭。马二梭却阴沉着脸看着马笸子，说："我好久没听到运河湾里的话了，你让他说够。"

马笸子先说苦苦，不适悦的苦受即为苦苦。马笸子说几百里路要一步一步行走，走的还都是偏僻小路，饥渴自然少不了，劳顿自然少不了，再加上归心似箭，再加上五心烦扰，真可谓是苦上加苦。接着又说坏苦，说坏苦又称乐苦，所以乐也是苦。乐苦听着奇怪，其实并不奇怪，怪则不怪。何以故？因为快乐过后，则觉得寂寞愈甚，无聊愈甚。况且快乐转瞬即逝，缘尽自然散，乐极会生悲，终归是个苦。马笸子最后说的是行苦，说行就是漂移不定，漂移不定就是心在心外。心为何又在心外，因为停靠的地方不是心要停靠的，心在哪里，腿在哪里。纵然是酒肉供着，纵然是人前吆喝，纵然是占山为王，纵然是雄霸一方，毕竟不是心想要的。心若无着，百苦之源。心若难言，百苦之苗。苦谛若要详说，实有无量诸苦。寂灭诸苦，是为大甜。饿了不说饿，是为大饱。饱了不说饱，是为大畅。畅了还是阴沉着脸，即为大自在。马笸子说："马营长，你现在已经是个大自在人了！"

马二梭说他已经听到乡音了，说得再多了就不是人话了，不说人话的披上人皮，那就比畜生更可恶，即便小时候是有人样的。马笸子放下油灯又点着蜡烛，举着蜡烛要去做饭，说他要做一锅面疙瘩汤，汤里还要加五香粉，还要加荸荠，荸荠是清热败火的。走到门口又转过身来望马二梭，说："侯得才投靠的是个败类，你已经知道了，我就不多说了。我现在是佛家人，佛家人讲究的是四大皆空，我不能再说废话了，也不能再管你们俗家事了。"

马笸子果然做了一锅疙瘩汤，看着马二梭喝了一碗还要喝，直到把腰喝挺了，他才打起饱嗝，说还是运河湾里的饭好吃。马笸子把马二梭领到佛堂里，伸了手先在佛龛那儿摸索，摸索着抠弄机关，佛龛无声息地闪开，里边露出的是个洞口。马笸子先进去又冲马二梭招手，马二梭惊喜着走进洞中，比量着里边宽宽窄窄的，像街道还像胡同。见马笸子用眼神问他怎么样，他一下子抱住了马笸子，说他原来想也不敢想，现在看见了，还是忍不住惊喜。

马箃子说:"我刚才是故意叫你营长的,可你带来的只有13个弟兄,13个人一进屋我就明白了。二梭,是不是独立营又完了?"

马二梭说,当初徐州战场上活下来的是42个,伤口化脓感染死了8个,赶夜路追赶日军骑兵失散了4个,中间南跑北奔的路上饿死了6个,到了牤牛山又撑死了3个,离开牤牛山时还有几个不来的。又说不知道团部到哪去了,那三个营还有没有不知道,186团还有没有也不知道。

马箃子听着点头,说他这一会儿是真明白了,马二梭有了落脚地再离开并不是人家不留,人家留了再离开一准是心思不相同。心思不相同就是各有所图,马二梭图的是为运河独立营报仇杀日本人,要留的那一方一准是熟悉马二梭的,一准是相中了马二梭的拼命劲儿。既然连团部也找不到了,那这个熟悉的人或许就是胡营长,胡营长或许另立山头拉起队伍了。马箃子最后又把手搭到马二梭肩上,说他早就知道二梭会回来,只不过不知道这么惨。又说二梭一回来就到紫云寺,这使他很感动,这就叫英雄惺惺相惜,这就叫心心相印,这就叫工夫没有白费的。但是,看架势二梭是不想回家了,这一点也好也不好,毕竟家里还有个切切盼的兰兰。马箃子说:"二梭,你让我为难了。"

黑豆捏着嗓子喊营长,说金猪拿了百果饭,百果饭还有半盆子。

马二梭是半个月前离开的牤牛山,离开牤牛山之前,他并不知道侯得才投奔的是华北绥靖军鲁西保安纵队,甚至不知道得才是什么时候脱离的186团。独立营复建后,他被团长侯得章拉回去,到了操场就任命他当营长,而黑豆则是从死牢里放出来的。独立营是在操场集合的,集合完毕也没进城,过了运河大桥就一路急行军,走到半道上黑豆才跟他说没看见得才。黑豆说了之后,他也没在心里存放,想着得才或许另有任务,或许早就离开了警卫连,况且,他不愿意在心里留下得才,哪怕只是个影子。当初的那个得才已经死了,活下来的得才已不再是他的兵营弟兄,中原大战结束了,他们的友谊也结束了。要是早知道得才是在获知独立营复建的当天夜里就越墙出走的,那他宁愿不当营长,宁愿再回大牢,也要追上去把他干掉。但他还是跟司令胡腊喜闹翻了,胡司令最后还拔出了手枪,说马二梭你要再开口闭口地说独立营,你要再开口闭口地要离开牤牛山,我立马就把你的两个蛋丸子打成鸡蛋膏,我让你想煎着吃也吃不成。

司令胡腊喜骂过之后又开始嘲讽马二梭,先嘲讽马二梭根本不像吃过兵营饭的，凡是吃过兵营饭的都会想着当了营长当团长，当了团长当师长，当了师长当军长，当了军长当司令。胡腊喜说他现在已经是司令了，原本想着让马二梭先干几天团长，接着就提成副司令，只要马二梭不想着把他的司令顶下去，他愿意让马二梭在牤牛山喝五吆六。但是，他没想到马二梭会这么不识抬举，越拉越往茅坑里蹲，他现在想揍马二梭都怕脏了手。接着又嘲讽马二梭是顶了他的空缺当的营长，当了营长了还天明天黑地套着个狗日的红兜肚，二十好几的一嘴毛的大男人了还戴着个娃娃兜，他瞥一眼就恶心得三天吃不下饭。

　　胡腊喜说："不就是有个情人白大姐吗，那个白大姐不就是叫白面瓜吗，白面瓜的丈夫不就是不中用吗，白面瓜不就是刚分手七八天就到战场上寻你了吗。白面瓜像个吃不饱的饿皮虮子，还打着为兰兰送鞋的幌子，还说是为了兰兰与马二梭做了断的，还说跟二梭说句话马上就赶回去。她赶回去了吗？她想赶回去吗？她从裤裆里掏出三块热乎乎、湿漉漉的银圆，我越不要她越要塞给我，我还没把银圆装兜里，她就跟我要床要铺要屋子。要床要铺要屋子什么意思，我是傻子啊，我连一个又白又俊的白大姐要跟野男人马二梭弄什么都不知道啊。知道了我也没恼，我甚至连一点儿嘲笑她的意思也没有，既然大老远地找到战场上，既然说赶回去又不真回去，不就是想着风流快活吗。"

　　胡腊喜说的这一节，是中原大战开始的第三天，那时候他是营长。马二梭在紫云寨拿鞭子抽打他时，他是负责收容断后的团部副官，一直到中原大战之前他才扔了团部副官，挂实职当了营长。白面瓜到战场上寻找马二梭，她是受兰兰之托答应的，她那时候当真想的是跟马二梭做个了断，她再也受不了兰兰求她时的眼神了。但是，上尉胡营长仍旧认定她是找马二梭弄那事的。

　　胡腊喜说，他那时候的心实在是太善了。他说自己一发善心就准备为又白又俊的白大姐腾屋子，还给她拿了几个牛肉罐头，还劝她上了床先稳一会，还劝她不要把青龙马二梭使趴架了，尽管他知道干柴烈火是什么意思。胡腊喜说，他最恨的就是那个又白又俊的白大姐不说实话，她撩着褂子让他看肚皮，还让他看腰带上系着的死疙瘩，说马二梭要不答应跟媳妇兰兰和好，马二梭要不答应跟她一刀两断，她就一夜不脱裤子，还说二梭再急也解不开她腰带上的死疙瘩。什么样的死疙瘩解不开啊，解不开就不弄那事了，你们把裤子撕了也不会错过那一夜。

胡腊喜说了这一节又冲着马二梭哼哼着冷笑,说:"怎么了马二梭,你这一会儿知道羞臊了是吧,你这一会儿知道脸腔了是吧。那时候呢,人家说的是二梭对不起兰兰,她自己也对不起兰兰。可是你呢,那时候你想到兰兰了吗?那时候你都急得挑棍棍了,你以为我不知道啊。"

马二梭把牙咬得咯吱咯吱,看着像是要吃司令胡腊喜的。

胡腊喜说:"马二梭你把你的驴嘴闭上,我的话还没说完呢!"

胡腊喜又说:"后来呢,后来你们一刀两断吗?你敢说打完中原大战你们再没弄过那事?不想弄那事趴在茅草丛里望运河兵营干什么,那个又白又俊的白大姐是望营长吗?自己那时候就是营长她望自己了吗?明明下了苦霜了,明明天冷得不敢光腔钻被窝了,你们还是呼哧呼哧地弄那事,还是弄得整个运河大堤忽闪忽闪的,老天爷怎么不把你们冻死。没冻死也该想起兰兰啊,你们弄那事的时候想到兰兰了吗,兰兰嫁的是空枕头,兰兰被窝里的那个丈夫正搂着情人干那事呢。你跟兰兰弄那事了吗?你喝酒醉得跟个醉驴似的躺在床上,你呼噜呼噜地睡了一夜就是与媳妇同房啊?兰兰没沾过你的身子还想着自己有身孕了,看着肚子一天比一天大,她就紧着做孩子的衣服,结果兰兰生下的只是个污血疙瘩。马二梭你亏心不亏心,你把一副野驴心野马心都放到情人白面瓜身上了,白面瓜留下一件红兜肚你像宝贝一样捂巴着,一个破兜兜就那么珍贵啊,破兜兜没让日军马刀劈烂你就真当成宝贝了。她再宝贝反正人死了,人死了就不是你的了,日本人到了运河湾里就会扒她的坟墓,扒开坟墓拿马刀戳她的白肚皮你也挡不住。"马二梭一脚踢翻了地上的水壶,水壶飞起来又落下,接着他就抓住了司令胡腊喜的脖领子。

胡腊喜说:"马二梭我告诉你,河湾县没有了,运河湾里都是日本人了,整个中国都姓日了。到这时候了,你还想着为运河独立营报仇,你还想着拉队伍跟日本人拼命,你是天底下最大的傻种。滚吧,滚得越快越好,牤牛山上你连一个石子儿也带不走!"

马二梭只带走了13个人,黑豆想着把吃里爬外的薛来宝干了,说姓薛的还捣鼓着其他人也别走,这样的杂种留下也是个祸害。马二梭制止了黑豆,说既然胡司令喜欢祸害,那就等着让薛来宝祸害他吧。但是,对于一直跟着营部当文书的魏新麦,马二梭是先找他问过的,魏新麦说他老家就是山区的,见了山觉着心里踏实,他就没再往下说。

临到要下山了，司令胡腊喜又追出来，追出来是跟马二梭说道歉话的，说他不该拿独立营当儿戏话说，当然更不该拿舍身炸堤的白大姐当儿戏话说。白大姐一命报百命，先是为二梭，再是为独立营的死难弟兄，就冲这一点，他就是当了总司令也得记着。马二梭舒出一口气，拉着黑豆退回来走了几步，恭敬着给胡司令行军礼，手举了好长时间才放下。行过军礼之后他说："胡司令，我马二梭哪天感觉人手不够了，说不定我还会来找你借人马。我马二梭要不死在日本人刀下，我说不定还会来投你。当然，要是以后没仗打了，咱们也用不着再见面了，要是你也跟侯得才一样，还不如不见面。"

第十五章

兰兰一早起来做饭就发现瓦盆里的百果饭没有了，一块刚用了几天的新笼布扔在空瓦盆里，昨天晚上她是跟箅子一起挂在墙上的。放在厨房里的剩饭少了，这在马家还是第一次。兰兰站在棠梨树下踟蹰着，拿不准该不该隔着窗户告诉婆婆。公爹马步正先开了堂屋门，他好像还瞅了一眼小儿媳妇，当他感觉兰兰也在望他时，他随口问了一句有事吗？兰兰就说了家里少了东西，还说她记得清清楚楚，盛百果饭的瓦盆是放在锅里的，锅盖上还压了一块青石。

马步正嗯嗯着去了牲口棚，抱着草筛子又探出头来，说算了吧，不就是一盆剩饭吗，没了就没了。马步正说："做饭去吧，大早晨说东西少了不好。"春子原本是要上茅厕的，放下尿罐也去了厨房，出来就说少的不是东西，少的是满满一盆子百果饭。春子说百果饭她还没吃够，要是一盆子百果饭全留给她一个人吃，她宁愿不喝早晨的面糊涂，即便早晨做带香味的酸辣面筋汤她也不稀罕。说了又反复地端详兰兰，说院门是关着的，夜里也没听见驴叫，也没听见鸡叫，贼进家了为什么只偷一盆子百果饭。春子说，贼来偷光偷饭不偷盆子，他是坐在厨房里吃的吗，天底下还有这样大胆的贼，大胆贼得有多大的肚子啊，一盆百果饭吃得光光的，端着灯照着吃也吃不这么光啊，一盆百果饭都吃了他还跑得动吗。她端详着又冲兰兰眨巴眼，问兰兰是不是半夜里送回娘家去了，是不是觉着也该让娘家爹娘尝尝，况且娘家那边还有个吃壮饭的弟弟。马步正端着一锨驴粪从牲口棚里走出来，扔到粪堆了又啪啪地摔打铁锨，春子紧着拿起地上的尿罐，低着头进了东南角的茅厕。

马家的早饭是萝卜丝咸汤，萝卜丝先用少量的油煎了，煎之前放进锅里的是葱花和茴香粉。萝卜丝煎到四五成熟撒上一把干面，翻炒几下再添上水烧开，烧开锅拿面糊糊一勾芡就可以了。兰兰先还是生着春子气的，又想着大嫂是个有嘴无心的，气没生起来就消了。忽然看见金猪从东北角的柴火垛里钻出来，头上身上挂满了碎草屑，兰兰大吃一惊，惊诧着问金猪为什么不到屋里睡。说着又瞅金猪的肚子，看着金猪的肚子扁扁的，打着呵欠还说饿死了。金猪进了厨房洗头洗脸，还让兰兰帮他抽打身上的碎草屑，后来他还对着兰兰笑，还笑得神神秘秘的。兰兰说："金猪你要把二婶闷死啊？"金猪还是笑，说他闷谁也不闷二婶，他这一会儿只是饿得不想说话了。

金猪是赶在马家人都端起饭碗之前先吃的饭，春子看着儿子又吃又喝，还是问金猪是什么时候回的家，床上的铺盖还周正正地摆着，如果金猪再说是刚起来的，那他的被窝一准跟猪拱过狗扒过一样。金猪放下碗筷抹嘴，抹着嘴说他娘终于变成精细人了，还知道看被窝了，还知道盘问了，那你说说儿子的生辰八字吧。金猪说："娘，我是哪天生的，哪个时辰？"说完就进屋找干净衣服去了，说是要换了干净衣服赶集去。

春子呀呀地叫，说金猪这个熊羔子这是怎么了，别人说这他说那，一个小屎孩竟然还说时辰。春子就埋怨儿子也跟亲娘不一个心眼了，也跟着马笆子学说绕圈子话了，接着抱怨的是丈夫满秋，说满秋怎么看都不像个爹。满秋紧着答一句："这个儿我不要了。"

金猪果然换了一身新衣服，新衣服是刚做的，金猪冷不丁地穿上，看着像要出门相亲的。六个棱的菱花扣子，收了下摆的对襟汗衫，老蓝布的半腿裤，裆也比先前小了许多。新衣服是兰兰帮着铰的，春子的针线活没有兰兰全，而婆婆马刘氏明显是眼神不行了。兰兰也不喜欢穿大裆裤子，也不喜欢穿下摆肥大的上衣，帮着春子铰布料时，还说大裆裤子又难看又费布料。春子那一会儿为掩饰手笨的尴尬，偏就说了个裤裆大的好处，说得还是有名有姓的。春子说这个媳妇从嫁到婆家就没闲过一天，天天让婆家人支派得跟个丫鬟使女似的，身孕已经大显了还是不让歇着，还是撑到地里干这活干那活。媳妇让婆家人支派得也记不清日子了，明明是到时辰了，明明是快临盆了，还是到地里拾棉花。媳妇拾着拾着感觉要拉屎，脱了裤子蹲下，裤裆里竟然多了个血糊淋拉的孩子，孩子的脐带还是连着的。春子说了就冲兰兰笑，问兰兰这算不算裤裆大的好处，要是裤裆小呢，孩子落生了到哪儿去啊。兰兰听得心跳耳热，抓着剪刀也忘了铰，好大阵子才想起问金猪出生时的光景。

金猪换了一身新衣服果然有个大小伙子的样了，单从走路的姿势，还有时不时就把头昂起来，怎么看都像二梭没入兵营之前的样子。金猪越来越像二梭，这一点给满秋带来了极大的困惑，有时候甚至是怨恨，怨恨冒出来时他会迁怒于马家的另外两个男人。而春子则感觉金猪不像是她生的，儿子从不跟她好声好气地说话，这一点也让她觉着憋屈，尽管这种憋屈只是一瞬间。但是，马家的掌门人马步正却对孙子表现出了少有的亲密，有时候又像是纵容。金猪怎么样都行，金猪干不干家里活他也不恼，而大儿子满秋却从来没从父亲那儿感受过这一切，哪怕是一丝丝。

就在满秋跟春子生闷气的时候，马家的掌门人马步正正在胡同里吸烟，看着金猪的头钻出院门，他一把抓住了孙子的胳膊。

金猪叫了一声爷爷。

马步正又把手松开了，他上下打量着孙子，眼睛里流露出被痛苦包裹着的激动，那样的激动里还有难言的酸楚。没有人知道马家的掌门人心里都想了些什么，甚至没有人知道他是否还关心家里事，因为他很少说话，除了春秋两季的下地干活，他几乎很少走出院子。他一天天地把自己关在牲口棚里，常常抱着草筛子一坐就是大半天，要么就是眯着眼打瞌睡。他从来没在家里人面前提到过二梭的名字，也不喜欢别人说，仿佛他压根儿就没有一个叫二梭的小儿子。假若有人发现他偶尔出现在街上，假若有人趁那个时候问二梭是不是又远征了，独立营一复建就提成了营长，再提就该当团长了吧。那时候他会显出一脸的困顿，过一会儿，他会追着反问那个人，说这个二梭是谁家的。既然是叫二梭，那他上边一定还有个哥哥，这个哥哥一准叫的是大梭。要问他的人会在那一会儿惊吓着往家跑，跑到自家门口了，还在想刚才是不是碰见鬼了。

马步正怔怔地望着孙子，松开手了又在金猪头上抓一把，结果他一句话也没说就回了家。

金猪在村子北边的寨壕里找到了得印，得印也换了一身新衣服，得印头上还多了一顶镶花边的新篾子草帽，得印看着比金猪还神气。得印的神气里还夹杂着激动，看着金猪冲他招手，他还探着身子前后地观望，还故意装着是闲玩的，直到追上金猪了，他还大口大口地喘着粗气。

他们先走了一段大车轧过的大道，那条大道是通向镇子的，当大道拐弯要入镇口时，他们又离开大道进入了紫柳丛。穿过紫柳丛是一片茅草地，现在是一年之中最热的大暑季节，茅草叶子足有二尺高，人在茅草地里走过，茅草地里会发出沙啦沙啦的声音，那样的声音会让人感觉脚腿是矫健的。而一旦上了运河大堤，茅草就退避到堤岸两边的斜坡上，看着像是铺了厚厚麦秸的地铺。紫云寨的两个少年还是抑制不住兴奋，那样的兴奋里添加着许多凭空的想象，而新的想象又增补着更大的兴奋。比如他们都想过县城里会有数不清的店铺，店铺又大多是卖糟鱼卖烧鸡的，店铺门前假若摆放了马扎条凳，还有两拃宽的白茬条桌，那一定是开羊肉馆的。

两个少年都是第一次进县城，得印倒是跟父母去过一次，不过是在他刚过百天时，那时候他得的是嗓子病。嗓子眼里长了两个白蛾子，白蛾子堵住了嗓子眼，他只要想呼吸就得把脸憋紫。县城里的大夫说白蛾子是白喉，白喉会要命，多亏了他们早看一天，晚看一天这孩子就不能要了。这自然是后来听爹娘说的，算起来，得印这一次进城也得算是第一次。而金猪最远的路子不过是到运河堤上，他知道沿着运河堤往南走就是运河大桥，过了运河大桥就可以进县城了。运河上曾经有过木桥，木桥那一头连着运河兵营，这一头连着茅草地。二叔沿着木桥过来搂抱过白面瓜，那时候二婶兰兰并不知道，二叔炸了弹药库之后也是从木桥上跑进河套的，二婶兰兰也不知道。其实那时候马家人都以为二梭死了，一个紫云寨的人都认为，从今以后再也不会见到连长马二梭和运河独立营了，因为日本人偷袭过后就是惊天动地的爆炸声。只是金猪那时候还小，那些事也许记住了也许没记住，但是镇上的羊肉铺他是见过的。

金猪说他看见大锅了，得印说他已经闻见香味了，或许羊肉正在出锅。金猪跟爷爷马步正进过镇上的羊肉馆，知道羊肉馆里会有一口大锅，大锅里天明天黑地煮着羊肉羊骨头。煮羊肉羊骨头的大锅咕嘟咕嘟地冒着水花，熬成乳白色的汤水飘散着诱人的鲜香味，许多赶集的人做成买卖之后会走进羊肉馆，也许要一碗羊杂碎，也许要一碗剔骨肉，羊杂碎也好，剔骨肉也好，盖住碗底算是多的,而不花钱的汤水却是添一碗又添一碗。金猪的嘴角里流出了口水,他偏了头看得印,看见得印的嘴角里也流着口水,他就无声地笑了笑,知道他们进城并不是解馋的。况且,金猪身上也没带钱,而得印带的钱或许够买一碗凉粉的。

两个少年在县城里游荡了整整一天,他们在进城之前就已经编排过了,如果遇到得才,就说是进城为兰兰买药的。金猪是兰兰的侄子,得印是兰兰的弟弟,这样的理由怎么听都得是真的。等到他们再返回紫云寺时,太阳已经落下了,他们的鞋上还沾了傍晚的第一场露水,他们还喊着饿死了,这也看着像是疯跑了一天的。直到一摞死面锅饼进了肚,他们才打着饱嗝说起县城,说想知道的都知道了,不想知道的也知道了。两个人都说见到日本人了,日本人长得跟中国人差不多,就是说的日本话听不懂。两个人都说得才是从码头货栈里走出来的,那个叫福山的不是南蛮子,开货栈的都是日本人。他们还说看不见的日本兵不知道有多少,看见的是巡逻的,巡逻的日本兵排成狗拉屎的队形。还有一个骑马挎刀的大官,肩膀上扛着三个红杠的肩章,中间有三个白星星。街上做买卖的很少,许多店铺都没开门,开着门的也没有买东西的。

得印说:"我还听说有个营长也是紫云寨的,那个营长叫孙宝贝,说是迎了县长就要回老家为孙花头立新坟。还说他是窝着一肚子火的,立新坟是发火,找人披麻戴孝也是发火。"

金猪说的是:"听说要来的这个县长姓刘,这个姓刘的县长老家也是河湾县的,老辈里编过竹器。"

两个人说在县城见到日本兵是真的,日本兵是从省城济南过来的,先来的是一个联队,大约四千人,联队长是松岛大佐。日军进了县城,联队指挥部安在186团的团部,原来驻扎186团的营房不够用,县城里的空房子也被征用了。营长孙宝贝睡的软垫子雕花双人床变成了松岛旅团长的,他的一营人也被赶到城外,临时帐篷搭在操场上。操场东北角紧靠城门口的地方有一处阅检台,紧靠着阅检台的是一排青砖房舍,房舍是为阅检长官临时休息用的,宽敞倒是宽敞,就是有些简陋,好在桌椅板凳还算齐备,孙宝贝就在那里做了营部。营副侯得才不想跟孙宝贝住在一起,就找了个查哨方便的理由,径直把铺盖搬到了码头货栈里。

侯得才要住货栈,原本是想着躲开营长孙宝贝,当然也有贪恋花田子小姐的意思。自从得知花田子小姐的真实身份之后，侯得才也曾胆怯了几天，时不时地会记起花田子小姐手脚麻利得像变戏法，手打到他脸上了却没看见手是怎么举起来的，拔掉腰里的枪了还没觉出一点儿动静。还有，花田子小姐在他腰里一戳，他腿一软就跪下了，戳在什么地方了却找不到印痕，要是在那之前知道菜园哑女是日本人他不一定敢弄。但是，这样的记忆也变成了另一种张狂，尽管说不上是仇视，要再戏耍花田子小姐的心却是愈发强烈。他甚至还想过，一旦再得手扒掉花田子小姐的裤子时，他就不急着弄她了，他要百般地戏耍花田子小姐。勾起花田子小姐的邪火来偏不急着上，偏要接着戏耍，偏要让花田子小姐自己喊叫，偏要让花田子小姐自己说受不了了。为此，他还从青楼老鸨那里买了一个风流场里用的稀罕物儿，那个稀罕物儿是个羊眼圈，起的名字却是迷仙绒。

　　老鸨说，乍一看不过是个毛茸茸的羊眼圈，但做得却是百般的巧妙，大小正好能套住男人那儿。老鸨还说她原来也是良家女子，说不上大家闺秀吧，说个小家碧玉还是般配的，长到二八好年华了还没跟外姓旁人说过话，酷暑六月天也是长袖长裤地穿着。后来不知怎么就多了一个中意相好的，相好的入了被窝才知道一男一女是那样弄事的，弄了一回再弄一回，弄到第三回她就离不开那个男人了，思思想想都是那个男人的好。有一天她把心里话跟相好的说了，相好的就冲她眨巴着眼笑，笑着摘下来让她看，那时候她才知道风流事里还要用个稀罕物儿，稀罕物儿竟然是从羊眼上取下来的。相好的说是他爷爷当年用过的，是专门用来对付烈性女人的，烈性女人一旦用了，一辈子也不舍得离开他，恨着骂着还是倒贴着亲近他。他爷爷临死没把迷仙绒传给儿子，传的却是孙子，说搭眼一看孙子就是个风流鬼托生的，这东西到了孙子手里不受委屈。

　　侯得才听得迷迷怔怔的，追着问老鸨年轻时算不算烈性女人，相好的钻被窝怎么不拿剪子给他齐根儿铰了。老鸨乐得吱吱的，乐着要了他五块大洋，卖给侯得才了还不让他在自家姑娘那儿用。说是得才在她那儿迷一次仙，她的姑娘们就得趴窝，还得喊着全身的骨头架子散了，还得好几天不敢接客。老鸨说，卖了钱再赔钱，她就变成冤大头了。得才听了这样的话越发喜欢，把个羊眼圈拿锡纸包了，天明天黑地揣在怀里，天明天黑地想着要报复花田子小姐。

　　但是，侯得才搬到码头货栈也给他自己找来了麻烦，因为福山看见他就问什么时候再去紫云寨,又说自从见了喜喜小姐一面,心里就再也放不下了。得才不敢接福山的话头,也不想说句死结话让福山断了念想,含混着只好拿别的话岔开,说他在杏花楼上见了一个俊俏妞儿,模样长得跟天仙一样。不料福山偏偏是个不好糊弄的,反过头来问得才什么时候见过天仙,要是跟天仙一样,他就得天天烧香磕头敬拜着,那还是他的夫人吗。得才就在心里骂小鬼子福山是八国联军弄出来的,背着个狗日的牛皮包到处跑真是亏他了,他该当情种县的县长。当然,他有时也后悔不该把福山领到侯家老宅里。

营长孙宝贝却是天天谋划着怎样给孙花头立新坟,为花头立新坟是为孙家族人挣脸面,孙姓在紫云寨是小姓,脸面挣大了身子也跟着大。难办的是给花头立新坟不好找地方,花头仅有的二亩土地是在孙家祖坟的北边,花头的新坟立在那里,占的是祖辈的上位,这是万万不可行的。另外一点小麻烦是,花头在孙家族门里辈分太低,孙家老老少少都该不着祭拜,而立新坟就等于迁坟,迁坟就要有人哭祭,哭祭就要有人披麻戴孝。还有一点难办的是,花头的坟墓找不到了,白面瓜炸开运河大堤淹日本兵营,水头一过就把花头的坟墓冲得无影踪。

孙宝贝心里急着又恨豁子个废人把坟头起小了,恨了豁子还得恨那个让花头不得好死的人,那个人就是侯家老宅里的侯登科,侯登科要不把里长推给花头,花头也不会让中央军青马兵抽那一鞭子。如此循环着恨,废人豁子已经死了,中央军青马兵自然也无处可找,能看着恨的只有侯家老宅里的侯登科。他想干脆再让侯登科披麻戴孝当孝子,侯登科三拜九叩地哭祭,侯登科如果把孝子当好了,以后他可以把这个仇恨忘掉。谋划好了就等着县长上任,他已经从日军旅团长松岛大佐口中得到讯了,说县长选定的是鲁西保安纵队司令刘百湖,这又让营长孙宝贝的兴奋强烈了不少,为花头立新坟的心思更明晰了。

让金猪和得印去县城打探的是马二梭,二梭并没想攻打县城,他现在还没有这样的想法,甚至于从牤牛山赶回来的路上,也没想出急着离开牤牛山是为什么。他那时候只是感觉司令胡腊喜不是他想象中的独立营营长了,独立营的营长离开运河湾就不想找日本人报仇了,那这个营长与他还有什么关系。既然心思不在一块了,既然原来的胡营长已经变成胡司令了,他就从心里排除掉了这个长官,而这种心苗一经萌动,他就一刻也不想在那里了。

其实,马二梭也曾经产生过寻找186团的念头,但是,那样的念头只是一瞬间，一瞬间之后马上就被葫芦头阵地的惨败冲击得无影无踪。葫芦头阵地是害人的安排，稍微有点战场常识的指挥官都应该知道，无险可据的突出部位必定最先受到敌方的炮火打击，而承受不可胜之罪责的，又必定是刚刚复建的独立营。独立营复建复亡，团长侯得章却带着另外三个营撤离了，如果那三个营也大多阵亡，阵地上却没见到那么多尸体。唯一可以解释的是，团长侯得章压根儿就没想让独立营活着走出阵地，独立营的复建只不过是中了司令胡腊喜的一信之计。这样想了，186团也就不值得再寻找了，中央军也没什么可留恋的了，剩下的只有那个让他永远难以忘却的运河湾。无论是对在日军偷袭中阵亡的独立营弟兄来说，还是那个为了成全他舍身炸堤的刚烈女人来说，他都必须再回到运河湾里，而且越快越好。

但是，回到运河湾的马二梭仍然没想出来眼下应该干什么，让金猪和得印进县城打探，不过是想知道侯得才干什么。还有，侯得才投靠的那个鲁西保安纵队到底是什么来头，背后指挥鲁西保安纵队的又是哪一面的。现在，他已经知道先来的这个营跟日本人打了联手，那整个鲁西保安纵队就是帮狗抢食的汉奸了，尽管他对营长孙宝贝没有多少印象。侯得才在汉奸营里当营副，不作恶也是汉奸，只是二梭还没想好应该先对谁下手。三道红杠三颗星的是大佐，大佐应该是旅团长，最低也是联队长，一个联队最少也有四千人，而他只从牤牛山带来了十几个弟兄。马二梭最后才向马艳子说出了他的困惑，他说："跟我原来想的不一样，日本人一下子来这么多，我现在不知道该对付谁了。"

就在金猪和得印进县城打探的第二天，县长刘百湖到任了。

第十六章

侯登科要从侯家老宅里分出去了。做出这样的决定对侯登科来说是痛苦的，作为侯家老宅的长子，他曾一度为三兄弟共居一宅而自豪。

侯家老宅在村子的东半部，东为青龙，西为白虎，南为朱雀，北为玄武。青龙喜水，龙乘水而腾跃，东边正好是运河，而他又是住的东跨院，按说是该着紫霞临门的。可东跨院占的却是整个老宅的东北角，东北向是艮位，艮为山，这又与东方之水不相符。水为动态，山为静势，动静不适时就有重山关锁之象。既有重山关锁之象，必有步步为营之意，若要步步为营，就要屏蔽西南坤土之壅塞。壅塞则为阻塞，阻塞则诸事有阻，家人不睦，不睦则横生事端。横生事端则前路受阻。联想到儿子得章自离开河湾县之后就出师不利，两封信中都透出前程飘忽之意，而自己也是莫名其妙地被人顶了乡长，愈发觉着改门换向事不可迟。老三侯登銮占的是西南坤位，老宅临街大门又在南向偏东的巽位上。巽为风，风遇山而止，得壤而行。一股子好运势被老三侯登銮裹挟了，他再与老三伙着走一个大门，岂不是帮着风助火势吗。贱皮子得才一走红花运，老三侯登銮也跟着飞云布雨，即便没有女儿喜喜被人戏耍一事，他也要改门换向。

　　侯葛氏当天晚上就要到老三侯登銮家去闹，她要问清老三家两口子安的什么心，当初要不是儿子得章护着罩着，就凭得才那样的贱骨头，就凭得才那样的没正形，就凭得才那样的下三烂，他能当上连长，他连脚指头吧。他还打人家黑豆的黑枪，他还诬告二梭枪杀俘虏，要不是儿子得章护着罩着，人家黑豆能饶了他，人家二梭能饶了他。侯登科拦着侯葛氏不让她去，也不让她再说那些话，说现在不是当初了，再说那些话就是给自己找灾。侯登科说："儿子的中央军前脚离开，得才就带着鲁西保安纵队进了河湾县城，一前一后脚赶脚，什么意思？得才为什么离开186团，鲁西保安纵队已经明打明地跟日本人伙上了，得才为什么还要投靠，投靠日本人了他还会亲近原来的团长吗？下个告帖让乡长进城议事，偏偏又把他亲爹的名字写在上边，他亲爹原来是乡长吗？"

　　侯登科激动着愤怒着，转个身望一眼院门，又把声音放低了，哑着嗓凑到侯葛氏身边。说有些话他本来不愿意说，毕竟是自己的亲侄子，毕竟是侯家老宅里出去的，毕竟连着一个祖爷，现在看到底是应验了。侯登科说，他早就感觉码头货栈的那几个南蛮子不对头，当初一拨太阳旗他就觉着蹊跷，官地兵营的日本兵被洪水淹死了，他们接着就来开货栈，接着就把太阳旗拔了，他们哪来的胆量。又说得章没走之前，得才就偷偷摸摸地往那里边窜，领到家里的福山明着是拍运河两岸风景的，实际是勘测地下煤矿的。侯登科说：

"货栈里还有两个装哑巴的年轻女子,两个年轻女子也是日本人,打着开货栈的幌子不过是掩人耳目,日军大部队一来她们不装了吧。她们为什么不装哑巴了?"侯葛氏听得惊骇不已,唏嘘着好大会儿说不出话来,只是催着侯登科紧着把院门改了。喜喜也催着改门,还说她现在看见多多也烦,她现在连三叔三婶也不愿意喊。

侯登科到村子里找了小工,许给的是不管饭,一天一斗高粱,茶水烟叶是不算在内的。侯家原来的升斗都有两种,两种升看着样式差不多,都是上大下小,都是四面梯形,都是四四方方,实际上却分着大小。若以高粱算,小升装3斤就满了,大升却要装5斤才齐口。两种斗也是有大有小,仍以高粱算,小斗装满需10斤,大斗则需要12斤。侯家先祖得了官地之后再租给村里人种,除了收租子也给揭不开锅的人家放粮,放粮用的小升小斗,到了麦收秋熟两季要收粮了,升斗就偷换成了大的,一出一进就多出了好几担。十斗为一担,一担300斤,侯家凭空里就多收了几千斤粮食。侯家三兄弟分家后,这些升斗还是伙着用的,只是偶尔会用到大进小出。侯登科不想在小工们身上算计,他准备给帮忙的人全部用大斗,索性痛痛快快地让村里人说个好。

另外,老宅里有的是砖瓦木料,况且门楼也要比原有的临街大门小一些,扒墙改门也用不了多少砖瓦木料。改了院门往东走,出门先看见的是杂树林,过了杂树林就是运河大堤,这就可以了,最关键的是,往东走进出的是东街口,完全可以避开老三侯登銮。他实在不想再跟老三一家子打照面了。临到要动工了,侯登科要到老二侯登榜家搬梯子,只好含混着跟侯登榜说了几句。说也没说心里怎么想的,只是说他年龄大了图清静,避开当街就少说许多话。侯登榜虽然觉着心里不是个滋味,倒也没说改门就等于三兄弟割袍断情的话,只是侯黄氏感觉事情出得突然,侯登科搬着梯子一出门,她马上就去了前边的老三侯登銮家。偏巧多多又是个夹不住话的,一时感觉稀罕,又不愿意在家学做针线,就想着跑出去跟香芝说说大爷家要改门换向的奇怪。

小工们推倒院墙的时候,侯登科还放了一挂炮仗,还把一块拆下来的旧砖压到香台上,上面搭的是一块红布。

多多还没走到香芝家就又折回来了,进了大门就喊,喊着说:"大爷别改门了,有一队当兵的来了,喊明口地要找您。领队的还打死了一头白毛驴,说是嫌白毛驴到街上显摆了!"

来的是孙宝贝。

孙宝贝在县长到任之后就说了他的想法，倒是没往细处说，只是说孙花头是个苦人，活了半辈子也没留下后代，自己为花头立新坟，辈分上虽然该不着，毕竟是一个孙家族门的，不忍心看着他游荡着当孤魂野鬼。得才见他说得吞吞吐吐，便抢着说起这件事的前后起因，怎么听都像是帮着营长孙宝贝打圆场的。得才说花头虽然是个苦命人，街面上却又是个热心肠的，谁家有个喜忧事，里里外外忙碌也不图吃喝。得才说，大凡苦命人都实诚，明明不图名利，明明不图吃喝，明明知道当了里长就会惹许多麻烦，但他还是被人耍弄着接了过来。接了里长就赶上了中原大战，花头的差事是管派饭，派饭又要三家都应承，结果就让人拿马鞭子抽了，抽打的又正好是头上，花头的头本来就是个烂头，挨了抽打就死了。死了也没得到安生，刚埋下就被洪水冲了，冲得坟头也找不到了，冲的骨头架子也找不到了。

抽打花头的是青马兵，青马兵是中央军。耍弄着花头当里长的是侯登科，侯登科的儿子侯得章就是中央军。炸堤放洪水的是白面瓜，白面瓜是马二梭的情人，马二梭也是中央军。侯得章不是好惹的，马二梭也不是好惹的，他们两个一个是团长，一个是营长。得才说："孙营长就是为了报仇雪恨连带着泻火，这股火不发出来，指不定会惹出什么事来。"县长刘百湖当场就准了，准了还说了气话，说他就是不怕难缠的，气话里有让孙宝贝想怎么办就怎么办的意思。

孙宝贝走到街上就拽住侯得才，说他越想越感觉得才把话说过了，越想越感觉得才说他是为了报仇雪恨带泻火这句话不好听。还有，他跟侯得章没打过交道，至于马二梭，他甚至想不起模样，他们好惹不好惹暂时还跟他没关系。孙宝贝说："我还是不明白，得才你为什么非得把话说那么明白？"

侯得才啊啊地为自己叫屈，说不把话说明白，县长怎么知道里边的弯弯，县长不知道里边的弯弯怎么帮你，县长不帮，你能干净利索地收摊啊。得才说，花头的新坟立在哪里，找到花头的尸骨以后往哪里埋，孙家祖坟地不好下葬，还是埋在河套里吧，又怕再遭洪灾。这里不行，那里不妥，怎么办，只能换新地方，这个新地方还得是又干燥又敞亮的，还得是占着好风水的。还有，二番迁坟下葬就得有人哭祭，偏偏孙家族门的人又占着高辈分该不着戴孝。怎么办，找冤头吧，找债主吧，胡乱挖坑的豁子死了，炸堤放水的白面瓜也死了，该着为屈死鬼哭祭的还有谁。得才说："我没想到孙营长会埋怨我，看来我这张嘴真不能要了，看来我真是操闲心了。哎哎，要不这样吧，我再回去跟县长说说，就说你是心里不高兴的。行吗？"

孙宝贝好大阵子再没说话。孙家祖坟地不好下葬是真的，这一点得才说得没错。立新坟就得找个新地方，新地方还得是又干燥又敞亮的，还得是占着好风水的。这一点，得才说得不仅没错，还得说考虑得很周全。二番迁坟下葬就得有人哭祭也是真的，高辈分的孙家族门人该不着戴孝也是真的。得才说的都是真的，自己还真不能埋怨他，于是就站住了，问得才那个又干燥又敞亮的新地方是哪里。孙宝贝说："我是打小出去的，老家这一块哪高哪低我还真摸不清，你说个地方我听听。"

侯得才说："好坟地有是有，就是沾点儿小麻烦。"

孙宝贝说他不嫌麻烦。

侯得才就说了两个地方，一个是官地，一个是紫云寺。

孙宝贝连连叫好，接下来又说到哭祭人，忽然想起侯登科是得才的亲大爷。亲侄子巴望着亲大爷当孝子哭拜外姓旁人，怎么想都觉着是奇怪的，于是又问得才为什么。

侯得才又啊啊地叫起来，说："不说了不说了，我还是把嘴撕了吧，撕了我就不能再说是为了你了！"

孙宝贝就定下来了，想着这件事的一切费用也该侯登科出，遂又邀得才跟他一块儿回老家，得才摇摇头，说他另有了差事，货栈的福山太君要让他带着到乡下跑跑，还要沿运河两岸多跑几个地方。孙宝贝嘿嘿地笑，说得才先骑了日本娘们，接着再让日本男人当驴骑，也不知道是赔了是赚了。当下就带了一个班的警卫，又买了几样可口的糖果点心，一人一辆飞鹰牌东德洋车，风风火火地回了紫云寨。回到老家也没坐，也没给爷爷孙老安的牌位上香磕头，也没去二叔孙月成那边说句客套话，放下糖果点心就要走。父亲孙月份要他说说这几年在外边是怎么过的，他只拿鼻子哼哼了几声，接着就去了侯家老宅，点着名要侯登科出来说话。

侯登科倒是知道孙宝贝，也知道他是被父亲孙月份从磨坊里一磨棍打出去的，先是好几年没音讯，后来听说也入了兵营，还听说入的是韩复榘的手枪旅，什么时候当的营长就不知道了。上次进城议事，他只坐了一小会儿就离开了，不是不想弄明白为什么把他的乡长撸了，而是瞧不起孙宝贝的做派。当个杂牌子营长就翘着马靴，还故意在人跟前走来走去，讲个话又是头上一句脚上一句的。被日本人打败了俘虏了倒罢了，没打没战就心甘情愿地跟日本人打联手，怎么论都是下贱货，怎么论都是狗屎一样的败类。当然，侯登科不会骂孙宝贝，也不会故意呛他，好鞋不踩臭狗屎，他不会跟这样的人横生枝权。侯登科就冲孙宝贝点了点头，末了又说他已经不是乡长了，不明白孙营长为什么找他，如果要派公差，应该先去乡公所找新乡长。

孙宝贝说他今天是请了假来的，回到老家了就不论公事了，不管侯登科是不是乡长，这件私事还就得找他。孙宝贝说："你原来当过乡长，你儿子侯得章还是中央军的团长，没打中原大战之前你还当过里长。要打中原大战了，你又把里长推给了花头，你那时候说的是当里长有千般万般的好处，其实你是既不想揽官差，也不想为个里长与新宅侯登仓打交道。你还记得花头吗？"

侯登科点点头。

孙宝贝又问花头是怎么死的，花头死了埋在哪里，现在还有坟头吗。坟头是怎么没有的，谁家的人死了是没有坟头的，没有坟头就算完了吗。

侯登科说："这话你该问挖坑的豁子，是豁子埋的花头。"

孙宝贝就让侯登科去喊豁子，说问豁子当然最好，要是死了的人还能开口说话，他还想问问白面瓜舍身炸堤之前跟豁子说过什么话。

侯登科说："那你该去问乡长，侯登銮是乡长。"

孙宝贝说："花头死的时候侯登銮是乡长吗？"

侯登科掏出烟来吸，吸着说他还是不明白怎么回事，不过，花头姓孙他倒记得，花头死之前把整个运河湾里的苍蝇都招来了他也记得。孙宝贝一下子就涨红了脸，说他不打算再忍着了，侯登科还要披麻戴孝，还要新坟旧坟地跟着哭祭。新坟立在官地也好，立在紫云寺也好，一切费用侯登科都得担起来。

两个人就在当街争吵起来，侯登科先说了不要欺人太甚，又说自己黑虎白虎都见过，就是没见过吓唬。孙宝贝当真把手枪抽出来，一个班的警卫也都端平了枪，枪口齐齐地对准了侯登科。

侯登榜闻着声儿跑出来，见了当街的阵势先是吃一惊，忽然认出拿手枪比画的是孙宝贝，紧走几步站在两个人的身边，还冲着孙宝贝笑了笑，还说几年不见孙宝贝成大人了。又使着眼色让侯登科先回家，还埋怨大哥犯小孩子脾气，说你多大，他多大，一个四十大几的人跟个二十来岁的半大孩子打吵吵，是好听啊还是好看啊。又说大哥多少该办的事不急着办，半对半的官地还没分，先想的竟然是改门换向，弄成独门独院就能把那一半官地独吞了是吧。孙宝贝立个马步,手拨拉着搡在侯登榜肋骨上,一下子把侯登榜推了个趔趄,说:"我这里正说事呢,你胡咧咧个鸡巴毛。滚一边去!"侯登榜一下子就恼了,恼了又不知该说哪些话,只是吼着说了几个"你"就憋住了,捋了袖子要打孙宝贝,还把牙咬得咯吱咯吱的,举起的手却又慢慢放下了。先是涨红了脸盯着孙宝贝,盯着又转了身往孙家方向走,说:"谁家的孩子谁管,我不信是孙月份逗的你。"

侯登榜进了孙家又出来,出来就看见老三侯登銮掩着乡公所的半拉门,身子在里边,脑袋探出来,望的正是吵架的当街。侯登榜冲着老三侯登銮吐口水,说那个没正形你也没正形啊,一伙子拿枪的围着老大,老大不是你哥啊,你哥让人家欺负你脸上有光彩是吧。吐着还要打侯登銮,侯登銮紧着拿手揉眼睛,说眼睛里突然进了什么东西,越揉越看不清楚,听着声音像是大哥的,另一个就有些耳生。末了又嘻嘻地笑着拉开屋门,站到门口了又说果然是大哥,撇开侯登榜紧走几步赶在前边,又偏了头冲后边喊,喊着说:"二哥你怎么不过来拉架啊?"

侯登銮先问大哥为什么跟孙营长吵架,说孙营长是回乡省亲的,要的就是乡邻雀跃,要的就是登高呼喊,一争一吵不就坏了兴致吗。孙宝贝不明白省亲是什么意思,想着又是亲弟弟帮着亲哥哥的,于是就气恼着说侯登銮的乡长是他批准的,进城议事其他乡都是去的一个人,只有紫云寨乡去的是两个。孙宝贝说,他明明知道得才是故意写的,写在原任乡长的名字上边就是为的让他爹当乡长,他一切都明白还是批准了。

侯登銮脸上挂不住,又不能沉下脸来显出生气样,只好装作听不懂,反过口来又问孙宝贝除了省亲之外,是不是还想着为花头迁坟移墓。如果是,首要的是先把穴位定下来。这边定下穴位,挖好墓穴,那边才能移骨搬迁。要是收了尸骨再现找墓穴,下了葬也是阳间里停留过的,对死人对活人都不好。还有,下葬是怎么个下法,是拿着寒葬当热葬对待,还是走个过程挪个地方。如果是拿着寒葬当热葬对待的,那就要搭棚设灵,还要下帖待客,还要单孝双孝齐备,还要请响器班。响器最好请运河湾里最有名的姚家班,最好是带着戏班一块儿过来。

侯登銮说,姚家班有个唱彩旦的,人称牡丹蕊蕊。又说花头当初活着时就是迷的牡丹蕊蕊,花头当了里长之后,原本要请姚家班来唱连本戏的,花头还想着单给牡丹蕊蕊腾出一间屋来。牡丹蕊蕊是个女人,也是个男人,她的脸白,脖子也白,就是胸口上没鼓出来。这是说她像男人样,可是牡丹蕊蕊还真有个女人嗓子,还真有个女人身段。杨柳细腰一把粗,手指也是葱白一样,细溜溜的尖,细溜溜的白。侯登銮说牡丹蕊蕊跟着戏班唱红了运河两岸,说她是女人也行,说她是男人也行,她反正是个单身的。也不说找个男人嫁了,也不说娶个媳妇成家,反正是走到哪里红到哪里,反正是走到哪里热闹到哪里。

孙宝贝听得头大脑昏,侯登銮说的这些他全不懂,也没在心里想过这些,心里就有些急躁。侯登銮说到花头迷恋一个不男不女的戏子,又是胸口又是腰身的,听着也不像好话。看看侯登銮又是个认真的,气也不好发出来,只好说:"杂七杂八的就不要了,只要个像模像样就行。"

侯登銮说:"那好。穴位安在哪里有定数了吗?"

孙宝贝说:"一是官地,二是紫云寺。"

侯登銮又说:"这不就妥了,这还有什么可争吵的,根本用不着。还有什么?"

孙宝贝说:"前边的妥了还有后边的。谁当孝家?谁来哭祭?花销费用呢?饭食茶水呢?"

侯登銮紧着附和,说还是啊,这都是事,何况又是寒葬当热葬办的。他说:"不过,孙营长大可放心,你把钱交给我,我给你弄得明明白白的。"孙宝贝嗷嗷叫,眼大瞪着,嘴大张着,看着像要吃人的,说这一切的一切都是侯登科的,侯登科要一码全管,他自己只管看着花头搬新家。

侯登科撕着胸口大骂孙宝贝是畜生,接着又骂老三侯登銮是变着法子作践他。侯登榜退回去抱出顶门杠,嘴里喝喊着孙月份装傻不出来就是纵子作恶,举着杠子拉出拼命的架势。侯登銮也觉着孙宝贝有些过分了,心里记恨着孙宝贝刚才把他想当乡长的事端出来,也跟着说:"孙家的事情孙家办,怎么把侯家人扯进去了?"

孙宝贝忽然笑起来,说:"这就得问你儿子侯得才了,是他帮我出的主意。"

第十七章

　　马二梭当天就得到了消息，消息是得印传过去的。得印先说了他大爷原本是准备改门换向朝东走的，也找了泥水工了，也把院墙扒开了，也放了动土安宅的炮仗了，孙宝贝来了就把他的安排打乱了。得印还说他大爷回到家就说憋得难受，大娘要找先生抓药去他却不让，只是一声连一声地叹气，还说早知道远水不解近渴，他死活也得把儿子得章拦在河湾县。得印说，他大爷是连三叔连得才哥一块儿骂的，骂他们父子是乌龟王八，还骂得才能生出这样的心来，就是巴望着憋死他的。他偏偏不死了，孙宝贝叫他披麻戴孝他就披麻戴孝，孙宝贝叫他上坟哭祭他就上坟哭祭，孙宝贝就是叫他在地上爬，他会把脸也放到地上。他要把脑袋塞进裤裆里，他要活着等儿子回来，还要活着看得才最后是个啥下场。

　　马二梭听了哼哼着笑，说侯登科也是个没骨头的，心里却在掂量着怎样除掉孙宝贝。孙宝贝是回老家，进村先打死一头白毛驴，明显地是在扬威。白毛驴是马靠靠家的，几年以前已经挨过一枪了，那一枪是青龙兵营跟白虎兵营在紫云寨当街闹厮杀的那天挨的。枪子打穿了白毛驴的肚子，白毛驴当时正怀着七个月的驹子，是惊了栏跑到当街的，一颗飞弹打在驴肚子上。伤是贯通伤，一边进气，一边出气，大风小风从枪眼里钻进钻出，白毛驴肚子里就整天呜呜咕咕地响。白毛驴没死，到月份生下一头骡驹子，骡驹子生下来蹄腿倒是全的，眼却得了气蒙眼，瞪着两眼往墙上撞。马靠靠天明天黑地骂，不敢骂人，也舍不得骂自家的驴，他骂的是自己走背运败运冤魂运，说："不认得爹，光知道个娘，娘坐在人家的床帮上。谁冤？爹冤。时运孬，点子低，罐子里的咸盐也生蛆。怪谁？罐子。没爹的罐子啊……"

　　马靠靠确实走的是败运，自从睡了迷怔女人玉树媳妇之后，就在村子里落下了话柄，紫云寨补办完青龙节的当天夜里，自知犯了众怒的马靠靠悄悄地过了运河，从此再无音讯。马靠靠家里只剩下一个药篓子媳妇，媳妇养着白毛驴是跟别人搿犋子伙着种地的，白毛驴被孙宝贝打死了，她恐怕也活不了多久了。

　　孙宝贝虽说是恶心侯登科，能这样喊明口地到村子里来闹动静，能开枪打死一头驴，毕竟是怀着一颗张狂心的，将来会不会更张狂，说不定会仗着日本人更加霸道。孙宝贝将来会怎么样，马二梭并不能预知，他想拿孙宝贝开刀，不过是受了内心焦虑的催燃。他是急着返回河湾县的，来到之后才获知进驻县城的是日军一个旅团，他带来的十几个人几乎干不成任何事，而躲在紫云寺什么也不干又是他无法忍受的。借着孙宝贝回村作恶这一条下手，原本不在他的计划之内，他从牤牛山返回的时候，想的是回到运河湾里亮开旗号跟日本人干，扩大影响之后，重新组建独立营也许用不了多长时间。但是现在马二梭连一天也不能忍了，而要杀掉孙宝贝，其实是马二梭自己要发泄郁火。至于如何对付侯得才，他有的是办法，或者说，二梭是从心里瞧不起得才的。二梭又要得印再回老宅打听得才什么时候回老家，马艳子却把得印拦住了，说等侯登科来了再说，现在最当紧的是要想办法拦阻孙宝贝立新坟。

马艳子说，孙宝贝要为花头立新坟，还要在官地和紫云寺之中挑选一个墓穴，可恶的就是这一点。别管是官地，还是紫云寺，这两个地方都必须拦下。马艳子说先把这个紧要的办妥了，以后的事以后再说。

二梭点点头，又问他怎么知道侯登科会到紫云寺来，马艳子嘿嘿地笑，说："我现在已经成佛了。"又说："奇门梅花金钱课也跟佛连在一起了。"

侯登科果然到紫云寺来了。

侯登科一来了就显出一张苦脸，苦脸不是给马艳子看的，一进禅房先找的还是靠北墙的月洞门罩架子罗汉床。架子床本来是床上有顶的，一了大师得了之后，就把前面的两扇床围拆掉了，由此敞亮了上床的门户，取的是佛祖弥勒小憩浅卧轻睡榻之状。上端四面装嵌的紫檀横板却没舍得去掉，说是要留着顶上之物用以"承尘"，大有入佛门不易之意。侯登科曾经要拿家中的大面柜换床，说睡在面柜里能挡四面八方尘，不出面柜就可以修成正果，一了大师却又舍不得，不过，倒是允许侯登科沐浴之后在罗汉床上打打盹。侯登科看到了罗汉床，但是罗汉床上还露着半个绣花枕头，想着新宅的侯月娥就是在这里弄大肚子的，心里又加了几分不悦。只好转着身子四处查看，这一次找的是香案和蒲团，香案上摆着一个胶泥烧制的土盆，土盆里竟然还有没舀净的小米粥，而蒲团也有些破了，绽开的蒲草露出断茬。

侯登科的脸更苦了，后来他竟用了哭腔，说这个世道真是不能要了，想找个清静地方也找不到，想找个知根底的说话人也没有，到处都是小人，到处都是没正形的，到处都是不说人话的。侯登科就直勾着眼望马舥子，还拿手打自己的腿，还冲着马舥子显出厌恶状。说他明明知道一了大师圆寂了，明明知道一了大师已经到了西天极乐世界，明明知道一个好好的紫云寺让读不全经文的马舥子玷污了，他还是被两条腿带进来了。接着又说来找马舥子是自讨没趣，马舥子是个半道上入空门的兵混子，当了住持也是个吃货，做了梦他也不会圆，起了卦他也不会解，自己到紫云寺来就是挨累的。侯登科："我已经进屋了，你不会给我拉个座啊，你也想让我憋死啊？"

马舥子还是嘿嘿地笑，说："我已经给你圆过梦了，你起的卦我也给你解了，我是知道你要带大包的香来，才故意没刷粥盆的。"说着到灶间兜了满满一兜草木灰，倒到土盆里正好平口，又帮着把香点燃了插上。烧的是整把的百头香，最后又把包香的印花包袱铺到蒲团上，指着让侯登科落座。马舥子说，蒲团是一了大师留下的，包袱是你自家的，你坐下就等于和一了大师连体了。马舥子说："我坐蒲团不垫包袱，我也是与一了大师连体的，一了大师说大宅门的侯爷做的是个烟火梦，卦起的是个六冲卦，你代我解解吧。"

侯登科惊着叫着，说他做的就是烟火梦，梦里要开门开窗子，窗口也打不开，门也拉不开，一屋子烟火围着他转，眼看要憋死才醒了，醒了还真是满嘴的烟火味。卦还真是个乾上坤下的天地否六冲卦。侯登科说，他也知道天地否六冲卦暗喻闭塞不通，阴阳不交，是大不吉之兆。还知道得此卦者，诸事不顺，凡事宜忍，切记不可图强争荣。还说自己知道是知道，就是想得个破牢之径，就是不甘心被憋死。侯登科说："你行啊马舥子，那我不恶心你了，你快给我解解看。"

马舥子说："天地否为乾宫三世卦，那你再说动爻数吧。"

侯登科说："我憋了一天一夜了，就说个二吧。"

马舥子就说了二爻为动爻，为内卦伏吟。伏吟即为抑郁凝重之象，犹如寒霜罩顶，又似赤足踏雪。寒霜罩顶必侵灵窍，赤足踏雪，定伤筋骨。灵窍侵，筋骨伤，必是大败之象。恶人来犯，小人乘机，危机四伏，朝不保夕，眼看着就是个大祸临头。再配上那个烟火梦，这一年里就别想得个好了，活下来也不过只剩下一口气儿。马舥子偷着拿眼角瞟侯登科，见侯登科的脸煞白煞白的，又说解法倒是有，毕竟一个大活人不能眼睁睁地被烟火憋死，不能眼睁睁地被恶人降死，不能眼睁睁地被小人揉搓死。他不就是个杂牌子营长吗，他不就是背后有小人唆使吗，他不就是投靠了日本人吗，这都不可怕，可怕的是自己愿意被憋死被揉搓死。营长能怎么样，日本人驻在县城又能怎么样，他不出城啊，他屙屎尿尿也有日本人守护着啊。他自己死在运河里了，日本人还能把运河水抽干啊，他自己死在码头上了，日本人还能拆了码头找冤家债主啊。总之，解法有的是，解对了，解准了，听解的人又是深明大义的，六冲卦也能变成六合卦。何况又是带动爻的，何况一动解三困。马笸子说："你看香火头比刚才旺了吧？刚点燃时是冒烟的，现在没有了吧？"

整把香当真是呼呼地蹿起了火苗，火苗红艳艳的，一丝丝烟也没有。

侯登科就想起了孙宝贝要他披麻戴孝当孙家哭祭孝子，还要他承担着移坟立坟的一切费用。孙宝贝还说再回来他就不说话了，谁有什么话只管跟尖头枪子说。侯登科说："我不能把自己憋死，要死也得他先死！"说着又偏转了头看马笸子，说他听着马笸子不像圆梦的，也不像解卦的，听着倒像是教他如何杀人的。后来又问马笸子自己猜得对不对，马笸子说："我什么也没说，我只是说卦，我是对卦不对人。"

侯登科就不再问那些话了，问的是他下一步该怎么办，孙宝贝说来就来，他自己还有点对付不了。马笸子就把双手合上了，又跪下冲着香案磕头，也叫侯登科跟着磕。马笸子让侯登科在心里想，想着这件事不办是不行的，办也不一定是急着办，不急着办就得让急催的人不急着催了。怎么才能不急着催啊，除非是喝醉了，除非是醉得忘了催了。劝人喝酒谁不会啊，想让人喝醉还不容易啊。接着又说不来不死，不死不来，来了不回，万事皆空。最后又念如是我闻，还一连念了好几声。

侯登科前脚离开紫云寺，马笸子后脚就从床下拽出了马二梭，先说妥了，又问二梭是不是想在码头上干掉孙宝贝，如果是，余下的话就不用说了。

但是，马笸子却忽然说到了金猪，说金猪上一次从家里偷出来一盆百果饭，想着是心疼二叔的，不过做过了就漏风了。步正哥还没老糊涂，那天金猪一说他爷爷的光景，我就知道步正哥是心知肚明了。他天明天黑地抱着个草筛子，他天明天黑地坐在牲口棚里，他是打盹睡觉吗，他是等着让脑子糊涂吗。他还在门砧窝里滴了润轴油，他还悄悄地躲在胡同里，不就是猜着你已经回来了吗，不就是想从金猪嘴里得个准讯吗。他明明这样想了，他偏偏没问金猪一句话，他只是在孙子头顶上拍了拍，那是啥意思。

还有，一盆百果饭是放在锅里的，放是兰兰亲手放的，锅盖上还压了一块青石，偏偏吃完百果饭的空盆是摆在锅台上的。再说是家里进贼了，再说进的是个恶贼，兰兰会信吗。兰兰不会想啊，兰兰会往哪里想。更不用说春子是个话多的了，更不用说老嫂子是个会看人脸色的了，何况家里还有个葫芦嘴满秋。马耷子又说到得印，说得印到底是兰兰的亲弟弟，兰兰到底是得印的亲姐姐。得印心里会怎么想，侯登榜两口子会不会从儿子嘴里套话，得印会不会说含糊话，一说含糊话两口子就什么都明白了。

　　马耷子说："你这一次还是不想见兰兰吗？二梭你给我说实话，白面瓜那里你还是丢不下是吧，可她毕竟是死了！"

　　马二梭死死地咬住嘴唇，他还死死地盯着马耷子，后来他长长地嘘一口气，自语似的说他没想过见兰兰，也没想过不见兰兰。兰兰他是会见的，马家他也是会回去的，但是，得等他把白面瓜的事了清了，得等他把独立营的事了清了。白面瓜不能就那样死了，独立营的弟兄不能就那样没了。至于还想不想白面瓜，他自己也说不清楚，也许一直想着，也许从来没想过。后来马二梭就有些急了，说："现在是说这话的时候吗？你不能让我想想怎么布置啊？"

　　其实马二梭已经想好了，他准备让立冬和豌豆混进去，只要能把孙宝贝带来的人支开，剩下的一切都好办了。但在最后，马耷子却又不同意除掉孙宝贝了，他的意思是把孙宝贝的腿弄断，他出不了城就祸害不着紫云寨了。马二梭却坚持要把孙宝贝弄死，还说不把孙宝贝弄死，下一步的计划就没办法实施，而且留着孙宝贝将来必吃大亏。马耷子只好同意了，又说自己没二梭想得远，总感觉孙宝贝还没到非死不可的地步，想想也许是入了空门的缘故。

　　孙宝贝果然又来了。

　　侯登科也果然不苦着脸了，他还到门口迎了孙宝贝，他还让老三侯登銮走在自己前边。原来侯登科从紫云寺回来之后就去找了侯登銮，说他已经想明白了，毕竟花头是被青马兵拿鞭子抽过烂头的，抽打花头的青马兵是中央军，儿子得章也是中央军。花头的死跟青马兵有干系，就等于跟儿子得章有干系，跟儿子得章有干系就等于跟他这个当爹的有干系。侯登科说，即便是冲着这一点，哭祭花头也是应该的，毕竟死人为大嘛。自己不但要把移坟立墓的事办得利利索索的，还要先设一桌赔礼道歉酒席，还要找个场面上能说会道的陪着。还要跟孙营长说他那天是累糊涂了，根本没想明白孙营长把移葬大事托付给他，其实是给了他天大面子的。

侯登銮上上下下地打量大哥侯登科，还拿手放到大哥侯登科的额头上，说如果大哥真是这样想的，他即便不提乡长这一节，也要帮着大哥圆满这个场面。侯登銮说："大哥你赈好吧，席面就摆在乡公所，桌椅板凳都是现成的，孙营长只要坐下，保准让他喝个足兴。"

侯登科紧着又问侯登銮能不能帮他陪陪客，说村子里实在难找上得台面的人。侯登科说："兄弟，你就受累帮帮大哥吧。"

侯登銮就拉着侯登科进了乡公所，还冲着屋子的摆设指指点点，说："既然大哥这样说了，一娘同胞的亲兄弟，当弟弟的还能看着哥哥忙活啊。跑跑腿打打杂拿拿筷子倒倒茶之类的，你都交给我吧。"

接着又说订了酒席上摆六个十，分别是：十个热菜，十个凉菜，十个荤菜，十个素菜，十条整鱼，十只整鸡。要的是十全十美，六是取六六大顺之意，总之是要吃好喝好事办好。菜也不自家做，就到镇上定做，还要到点就送的，还要新鲜时令的。酒到霍家货栈旁边的老作坊灌去，只要头梢子酒头，酒花撑不到一袋烟的工夫就散。侯登科一一列出清单，点着数又让老三侯登銮过目，侯登銮随手又添了一样油炸泥鳅，说泥鳅原本是泥沙中的，翻出水面就是龙，是龙就能呼风唤雨。又说炸泥鳅不用碟子不用碗，就用紫柳条串起来挂到吊架上，吊架放在桌子中间不算个数。

正说着，老二侯登榜闷着头走进来，看见老大老三正头抵头地说近乎话，便没好气地冲着侯登科发脾气，说："不苦着脸了，不憋气窝火了。你的气呢？你的火呢？"侯登銮哈哧哈哧地笑，先说了大哥毕竟是个明白人，要为孙营长摆个赔礼道歉酒，也是该着的。接着又要老二侯登榜也跟着陪客，又要老二侯登榜回去换一身干净衣服，说不信三兄弟还喝不过一个营长。

侯登榜噗噗地吐着跺脚，还拿了手啪啪地打自己的脸，走到当街又扬了声地呼号，说："我这里是脸，我这里不是腚帮子！一抹色的孝帽子多软和啊，你们愿意戴就戴去吧，你们最好跪着喊花头亲爹！"

孙宝贝这一次没胡乱打枪，不过走到上次打死白毛驴的地方他还是笑了笑，看见地上的血已经干了，干成黑紫色的血迹上还踩了羊蹄印子，羊蹄印子旁边还散落着羊屎蛋蛋。孙宝贝用一只手掌把，专要车轮碾轧羊屎蛋蛋，羊屎蛋蛋随着车轮翻飞，五六个警卫也跟着笑。侯登科故意显出亲热，还要紧着跟孙宝贝说话，侯登銮却赶在他前边扶住了洋车把，还说洋人就是会弄洋玩意儿，两个轮子一转，十个八个的人追不上它。孙宝贝一边跟侯登銮打着哈哈，眼睛却是瞥着侯登科的，看着侯登科也是满脸的笑模样，他倒有些奇怪了。孙宝贝就冲着侯登科眨巴眼，说："不对啊，我记得你那天是跟我尥过蹶子的。怎么，今天不尥了？"

侯登銮哈哈地笑，说孙营长一进村就骑到乡公所了，这就是给侯家老宅送来了天大面子啊。侯登銮说，孙营长一准是伸手不打笑脸人了，一准答应屈尊俯就到里边坐坐了，一准是明明知道乡下没有好酒菜也不让赔礼道歉人折面子了。侯登銮就做出了请客入席的架势，说："孙营长，您请！"

侯登科也跟着说："孙营长，请入席！"

孙宝贝接着就摆了脸子，说自己原本是冲花头来的，花头是个死人，死了还没找到坟头，找到坟头了还是在洪水里泡过的。自己一进村就大吃大喝，又冷又饿又没地方睡觉的花头会怎么想。又说运河湾里的规矩，讲究的是喜酒闷烟欢乐茶，自己是喝个喜庆啊，还是喝个伤心堵心。侯登銮悄悄地扯侯登科衣袖，又拿一只手做了个洒祭的样式，侯登科紧着进屋，恭敬着双手捧起酒盅，举过头顶之后再洒到地上。侯登銮站到乡公所门口冲当街作揖，说："花头你也过来吧，咱们吃着喝着就把你的新家安妥了。"

孙宝贝就进屋了，五六个警卫全都憋着不笑出声来。

酒席是从小晌午开始的，一直喝到太阳压树梢还没散场，喝到后来就行了酒令，输的赢的都跟着喝。

消息传到孙家，孙月份先打发小儿子宝贵过来看，宝贵比大哥宝贝小好几岁，又是好多年没在一起的，见了大哥喝得红头紫脸也不敢阻拦，回家只说了一句劝不住。孙月份不放心，也不明白憋气窝火的侯登科为什么还要摆酒席，又听说陪酒的是侯登銮，越发想着里边有弯弯。孙月份就亲自过来喊，喊着让大儿子回家看看他娘，说他娘一直念着他。孙宝贝抓起酒盅泼了孙月份一脸酒，说："本营长没有娘，有个爹也不是好鸟，好鸟爹会拿磨棍砸儿子吗？孙老安到死还学着玉树媳妇说娘们腔，还掖掖藏藏地装着护怀掖怀，孙老安也不是好鸟。"孙月份扒下一只鞋来，要冲到屋子里揍儿子，冲到门口又把鞋穿上了，穿上鞋往回走，走着说："猪是肥死的，人是能死的。你这是要找死哩！"

太阳要落时酒席结束，六七个人都上了洋车，上去撑不住把，六七个人都摔得跟泥猪一样。过了运河桥要进城了，孙宝贝哇哇地吐起来，吐着骂着，听不清骂的是谁。立冬抓着一个警卫的车把往城门口走,后边的几个警卫也跟着往城门口走,豌豆还在最后边的那个警卫身上推了一把,那人就呼呼地往前跑。几个警卫也是走着骂着,进了城门了还是骂,门岗也没听清他们骂的是谁,光看见他们东倒西歪的。

立冬和豌豆返回来,看见二梭和黑豆从运河大桥底下钻出来,一把刀子捅进了孙宝贝胸口里。马二梭冲立冬点点头,立冬和豌豆一人拽住孙宝贝一条腿,先是绕着弯走几步,接着就拖到了码头上。

立冬还抓着孙宝贝的血手写了两个字,写的是:日才。

第十八章

孙家在紫云寨当街摆了个灵床,灵床摆在奶奶庙后墙外。

奶奶庙在十字街口的西南向,后墙外斜对面是侯家老宅的临街大门。孙宝贝不是好死的,死之前也没有娶妻生子,死了算是孤魂。孤魂不能进家,因为孤魂的阳世爹娘还活着,阴阳两隔是各有所属的,阴儿进了家,阳世的爹娘就会生病出灾。孙月份原本是恨着大儿子不成器的,当初在家时也是个能吃不能拿的鹰嘴鸭爪子,让他跟着推磨,他会抱着磨棍睡觉。睡觉是连身子一块儿趴在磨棍上的,孙月份推磨等于多推了一个儿子,孙月份就用磨棍把儿子孙宝贝打跑了。孙宝贝跑出去入了兵营,当了营长又回到河湾县,回来却不进家看望爹娘,好不容易盼到回家了,扔下一包糖果点心看着像是喂狗的。二番到紫云寨,进的却是侯家老宅的乡公所,自己喝醉了不说,竟然还往亲爹脸上泼酒,竟然还连爷爷孙老安也骂了。这些都是不肖子孙的举止,想想都是可恨处,但是,儿子还没成家,死了又成了个可怜的。又想起自己是冲儿子说过断头话的,说的是:猪是肥死的,人是能死的,你这是要找死哩。现在想想,那些话真不该说。

孙月份让儿子躺到街上,灵床是拿树枝子现绑的,上面铺的芦席不是新的,有些地方断了篦子，有些地方沤烂了，看着像是从杂物间里抽出来的。窟窿是拿麦秸遮盖的，枕头也是用麦秸填充的，麦秸底下是一块半截砖。半截砖是顺手从奶奶庙上揭下来的，孙宝贝躺在奶奶庙后墙外，就算交给泰山老奶奶收养了。灵床斜对面就是侯家老宅，这也很合孙月份的心思。正面迎财背面福，斜对角里打坠嘟。儿子是在乡公所喝醉了才被人捅死的，侯家脱不了干系，拿秽气冲着也算解解恨。

　　孙家两口子都哭了，哭也不能扒着灵床哭，孙月份就让小儿子宝贵守灵，孙月成那边的四个儿子都到了。五个半大孩子靠着灵床玩憋牛，憋牛阵是画在地上的，偏偏又是宝贵被追到牛角尖上，宝贵输得眼红，果然觉着憋得难受，站起来就拿脚跺灵床。孙月份两口子是在桑树底下坐着的，桑树在奶奶庙西边，坐在桑树底下，脸冲的是侯家老宅。孙月份就吼着骂，骂小儿子宝贵是个不通人性的，是戴着礼帽日驴不干人事的。孙月份说："你还有一丝丝正经心眼吗？你是门后头楔橛子，盼着人家死你活着。天底下的人都死光了，就让你自己活行了吧，天底下的人都死光了，你是哪个野种生的。没有野种，生不出野贼，没有野贼，干不出贼勾当。贼啊，一窝子贼啊！"

　　孙月份的媳妇也跟着骂，她骂的是："贼天杀，贼地杀，断子绝孙遭龙抓！"

　　侯家老宅的临街大门虚掩着，院子里没有一点儿动静，孙月份的叫骂声在当街回荡。当街有浮土，浮土被风扬起来，飘散着落到院子里。侯家老宅有了脚步声，脚步声是多多的，多多扒着门缝探出头来望街上，先望见的是孙月份家两口子，斜对面躺着的是孙宝贝。多多不愿意退回去，便拿两个手指头堵住耳朵眼，半偏着身子，紧走几步去了香芝家。又过了一会，侯登銮红头紫脸地走出来，走出来就冲着孙月份家两口子呼喊，说你们是骂儿子吗，骂儿子你们到家里骂去，冲着侯家老宅号号什么。侯登銮说："孙月份你把话说干净，又是贼啊，又是天杀龙抓啊，你这些话是说给谁听的？"

　　孙月份说："我说给谁听谁知道，谁心虚就是骂谁。"

　　侯登銮说："那就骂你的宝贝儿子好了。你那个宝贝儿子要不心虚，他干吗要把警卫支走，他不心虚干吗偷偷摸摸地往码头上溜啊，他不把警卫支走能会被害吗。孙月份我问你，你儿子支走警卫是啥意思？明亮亮的城门他不进，他拐弯去码头是找谁啊？码头上有你们家的亲戚啊？"

　　孙月份答不上这样的话题，况且他不知道儿子为啥没直接进城，况且，他的嘴皮子也的确没有侯登銮利落。媳妇悄悄拽孙月份，孙月份好大阵子才回过味来，觉着自己是被侯登銮拿绕圈子话岔开了。急着又要骂，忽然听见有人喊县长来了，而侯登銮却已经进了乡公所。

来的不是县长，来的这个人叫刘呼闪，是县长刘百湖的小舅子。在运河湾里，小舅子既是亲戚，但常常也作为骂人时的用语。骂谁是小舅子，一定是把那人的姐姐先按到被窝里的，不管是不是真的，骂了就等于占便宜了。假若搂到枕头上的是那人的妹妹，那人就变成了大舅哥，说大舅哥时多少还会带些敬意，大舅哥就很少拿来当脏话骂。刘呼闪的姐姐是县长刘百湖的三姨太，三姨太就是三房小老婆，小老婆坐不上正席，即便长得天仙一样，也不过是男人的玩物。带着玩物的身份，又是个小舅子，招惹得许多人观看也就在情理之中了。

紫云寨人看着小舅子刘呼闪是个白净面皮，不胖不瘦不高不矮的身条，连手指也是细细溜溜的，想着县长刘百湖的三姨太一准是个美人坯子。刘呼闪还是个瓜子脸，鼻子上还架着一副白亮亮的眼镜，看着像个书生。书生刘呼闪还是留过洋的，去的是日本国，回国之后也会说中国话也会说日本话，跟姐夫县长见面时，穿的还是西装，脖子里还吊着一条花布条子。县长刘百湖看见就笑，还拽着花布条子要他当县府的文案，说县大堂上坐个小白脸，想着都是有趣的。刘呼闪却摇摇头回绝了，说他已经是翻译了，一身二职不方便。但是，当了翻译的刘呼闪还是被姐夫抓了差，派到紫云寨来是代表县长吊唁营长孙宝贝的。当然，追查营长孙宝贝的死因也是一大项，能顺便扯出凶手那就更好了。

跟着小白脸翻译刘呼闪一块儿来的一共是九个人，除了营长孙宝贝的五个警卫，还有两个日本兵。另外两个年龄偏大的是码头货栈的假南蛮子，高个子的叫福市，身子横宽的叫福安，不过他们已经不冒充南蛮子了，身上穿的也是日本军服，只是没有肩章，肩膀上也没挎枪。他们坐的是摩托车，那几个警卫还是骑的洋车子，几个警卫都像是挨过打的，脸上还带着紫红色的手指印子。

紫云寨人第一次见到了跟日本人穿同样服装的小白脸翻译刘呼闪。许多人都想先从头脸上分辨与日本人的区别，结果发现光看头脸根本不行，接着再看腰身，腰身也差不多。最后看的是腿，总算看出小白脸翻译刘呼闪的腿比日本人的腿稍长些，站直了膝盖骨那儿能合成一条紧缝。日本人的腿缝稍宽些，看着像被猪嘴拱过的，拱又是拱的同一个地方。

其实，紫云寨人都没看很清楚，因为车队一来就把十字街口围住了，两个日本兵还把尖刀插到枪管上，枪管看着一下子长了许多。刀尖好像是会飞的，后边的枪身还没看见呢，前边的尖刀就戳到了眉心里，看着像是甩出来的飞镖。孙月份家的黄狗原本是跟着主人听悲痛话的，忽然看着许多黄裤腿出现在当街，感觉是个亲近的，就呜呜哇哇地走近去。黄狗一准是把黄裤腿当成自家的亲戚了，走近了还在黄裤腿上蹭来蹭去，后来甚至还想在牛皮靴上撒尿。它在翘起一条后腿之前，还冲着孙月份眨了眨狗眼，看见主人还是把个笨嘴咧开着，还是鼻涕眼泪一块儿流。黄狗又听见主人说起儿子宝贝，说儿子好不容易熬成了营长，家里是一丁点儿好处没捞着，捞着的是给他收尸，收个尸还是带血窟窿的，血没有了，血窟窿却是鲜红鲜红的，一看就是仇人捅的。黄狗听得心躁，翘起一条腿来就尿了，尿顺着日本兵的牛皮靴往上，尿在黄裤腿上划出一道道水流，看着像是秋汛时从运河堤上漫出来的。日本兵就动用了飞镖，腰还是挺着的，刀尖已经插入了黄狗的肚子。

黄狗临死前还冲主人瞟了一眼，意思好像是说认错人了，自家亲戚也是四条腿，两条腿的靠不住，穿上黄裤子也不一定是好狗。孙月份接着又哭狗，哭着又骂，说："我×你奶奶带姐姐，孙家搭一个儿还不算完啊，还得再倒贴一条狗！"媳妇娘哎一声吓瘫了，瘫在地上抱黄狗，黄狗血喷到她脸上，她的脸就变成了花脸。小白脸翻译刘呼闪的脸上就显出了厌恶，先是拿套着白手套的手捂鼻子，跟着又掏出一条雪白的手绢。小白脸翻译刘呼闪厌恶着要训斥孙月份，说他原本是惋惜着孙宝贝的，毕竟是姐夫使唤顺手的部下，莫名其妙地死了，是姐夫的损失，也是河湾县共荣共治的损失。话没说出来，横宽身子的福安已经跳起来了，跳着在孙月份脸上扇了两巴掌，两巴掌是一反一正打的，孙月份的头脸也跟着扭过去扭过来。福安说："狗日的你是不是以为我们听不懂中国话啊，日奶奶还要带姐姐，你是混蛋至极的！"

许多人都躲在自家的院子里，或者藏进柴火垛，或者挤在墙旮旯，或者在墙头上放一捆秆草，拿手指抠出缝来，单用一只眼瞅着十字街口。黄狗血喷出一束红线，红线又在夏日的阳光里散开了，红红黄黄的看着很像正月十五晚上的烟花。只是黄狗血味不好闻，许多人就捏住了鼻子，也有捂住眼睛的，也有连嘴巴一块儿捂的。但是，许多人还是想看，他们想看的是侯得才，他们看见侯得才身上绑了绳锁，绑了绳锁的得才一下子抽巴了许多，肚子也比上次带假南蛮子福山来的时候小了许多。后来得才还冲侯家老宅里望了一眼,望是半低着头望的,脑袋也是半偏着,看着跟害羞差不多。得才脸上也带着紫红色的手指印子,只是看不出是左手打的还是右手打的。但是,当许多人看见侯登銮迈出乡公所门槛时,发现侯登銮的脸也是蜡蜡的黄,黄不像是被孙月份的骂气得。侯登銮先看的是喷着烟花红线的黄狗,接着再看儿子时他就摔倒了。

侯登銮也是第一次见小白脸翻译刘呼闪,儿子得才和孙宝贝迎接县长刘百湖时,他正在收拾乡公所,两个没挎枪的他记得好像在码头货栈里见过。看着小白脸翻译刘呼闪是个面善的,他连身上的土也没拍打就扑了过去。侯登銮说他要见刘县长,他要跟刘县长说得清清楚楚的,自己当了乡长不假,但乡长是从大哥侯登科手里接过来的,县里为什么不让大哥侯登科当了他不知道,他的乡长又千真万确是营长孙宝贝下了请帖的。侯登銮说:"我看出来了,您一准是刘县长。营长孙宝贝是怎么死的,没有仇家谁会杀他,日本人新来乍到不明白,刘县长您得心里有数。我说,你们怎么把我儿子绑起来了?"

小白脸翻译刘呼闪摆着手闪开了,他是要吊唁营长孙宝贝的,走到灵床跟前就把头垂下了。垂下头围着灵床转圈,转过了又在孙宝贝的脸上望一眼,还用巴掌拍了三下。孙月份不明白拍巴掌是什么意思,又记着刚刚挨的打,也不敢再问,只好远远地站着看,先前坐在灵床旁边玩憨牛的五个小兄弟早跑得没了影。小白脸翻译刘呼闪最后又在孙月份脸上瞥了一下,接着又回到侯登銮身边,眨巴着眼睛打量侯登銮,打量着又瞥了侯得才一眼。后来他还把眼镜摘下来拿手绢擦,擦过了戴上又看,说:"孙营长是在你家喝的酒对吗?是你把他灌醉的对吗?你为什么要把他灌醉?孙宝贝临死之前写的是个日才,这个日才是不是你儿子?说吧,你只要让我听着不像是现编的就行。"

侯登銮啊啊地叫屈,说酒席是摆在乡公所了,要摆酒赔礼道歉的却是大哥侯登科,自己往大了说也不过是个陪客的。再说了,孙营长喝醉了为什么不回他家睡一觉,他不知道喝醉酒的人怕颠簸啊。他是急着回去的,明明不会迈步了还咣当咣当地骑洋车,他不会是知道有人在码头上等他吧。侯登銮说:"不对啊,我儿子叫得才,他写的是日才,能是一个人啊?"

小白脸翻译刘呼闪哼哼着冷笑,示意侯登銮在地上写个得字,侯登銮还没写完呢他就恼了,说:"看准了,有个日吗?"

两个日本兵也围上来看,看着端平了枪,枪管上的尖刀是对着侯登銮胸口的，看着像是要捅侯登銮，胖墩墩的小个子福山赶来了。

福山也是骑着洋车来的，他后边是一辆马车，马车上竖着装的是明亮亮的铁架子，横着装的是木料，木料都是刮净了皮的整棵树，黑黑红红的，看着像是抹了油漆。福山先冲福市、福安点点头，接着又跟小白脸翻译刘呼闪说低声话，说的是耳语。侯得才挣扎着往福山跟前凑，说："福山你还想吃白单饼卷三丝吗，想吃你就得救我。"

福山就用皮靴踢侯得才的裤裆，说："你别说话！"

福市、福安也忽然变成了笑模样，也都跟着要踢侯得才的裤裆，踢着还笑。后来他们就一齐偏了头看小白脸翻译刘呼闪，又说了一阵子日本话，后来小白脸翻译刘呼闪也笑了。侯登銮不懂日本话，但最后那几句听明白了一大部分，他们说的是：得才君是大日本皇军的朋友，得才君杀死孙宝贝是为了保护花田子小姐，而孙宝贝则是酒后乱性，欲进货栈是图谋不轨的。解了绑绳的得才望望骑车的福山，又望望先前一直绷着脸的福市和福安，想笑又没笑出来，只是一连声地催着，让他爹紧着回家做白单饼卷三丝。侯登銮走到儿子身边拿手拧，先问花田子小姐是不是原来装过哑巴的，接着又说："别乐了得才小爹，咱们父子都入人家的套了。我问你，杀没杀孙宝贝你自己不知道啊？"

马车上的木料是用来做地标的，地标立在紫云寨西南方向，斜着往北走就能看见沟渠，跨过沟渠就是官地。要是从官地边上往正西看，先看到的是大大小小的紫柳墩子，穿过紫柳墩子就是紫云寺了。

侯得才回到县城就接任了营长，顶的正好是孙宝贝的缺。

就在这天晚上，老宅的侯登科又去了紫云寺，去了也没上香，也没东望西瞧地到处看。侯登科进了禅房就自己拉了蒲团坐下，坐下就看马箆子，看着还是一句话不说。第二天他就接到了儿子得章的第三封信，而在那天晚上，直到临走时他才冲着马箆子作了个揖。

儿子得章的第三封信上几乎看不出地址，乍一看是个字，仔细看又像是拿墨水洇过的。信封也是从来没见过的，说是牛皮纸吧，摸着又不像。信瓤只有巴掌大一片纸，看着像是从什么本子上撕下来的。更奇怪的是收信人名字后面没有称呼，原来都是在名字后边加个父亲大人。信的字迹倒还清晰，先说了几句关心父母体恤妹妹的话，先前那些长官啊师部军部啊之类的一句也没有了，突然冒出来的是几句稀奇古怪的。说他已经离开二表叔家了，原因是二表叔家人多事多，平白无故地总是闹家窝子，总是这个那个地使计谋弄阴招，明着看是为家好，实则是各怀鬼胎。倒是新结识的八叔是个有正气的，老老少少的都是拧的一股心气，都是奔的一个目标，都是想着将来过好日子。还说八叔家虽然是新结识的，但家里人从不欺生，不管是老家的，还是投亲过去的，到家就跟原本就在一起一样，分不出谁是早来的谁是晚到的。八叔家穷是穷点，穿的戴的都不好，使唤的家什也不新，可就是心里感觉敞亮，感觉用不着防前防后的，别管是打狼还是打虎，喝个号一齐就上了。又说先前是自己太幼稚了，总想着找个自己说了算的地方，凭着自己的想法向着目标努力，其实根本不可能。一个人不可能生活在真空里，一个地方更不可能成为独立王国。再说了，四周全是恶狼狰狞，四周全是饿狗狂吠，四周全是虎视眈眈，即便有个独立王国也守不住。

侯登科看着要把信撕了，扔到地上还要拿脚踩，说这个儿一准是让日本人打糊涂了，糊涂得不会说人话了。不会说人话了就别写信啊，写了再让当爹的猜，那个爹有心猜吗，他想猜猜得出吗。原本还盼着他为老子扬眉吐气呢，现在好了，一个爹被人降着，一个儿又成了糊涂的，看来以后是绝没有好日子过了。

侯葛氏紧着问儿子说了什么，说儿子再糊涂也是省城读过书的，不信连个话也说不明白。侯葛氏说："你念念，我听听。"

侯登科说："咱们家有个二表叔吗？你娘家有个新八叔吗？上次信上说他已调拨到第二战区，活动的地方是山西。山西有咱们家的亲戚啊，没有亲戚哪来的表叔？他要认的是个干爹，那就说义父好了，又是二表叔又是新八叔的，这都是哪里来的？还说八叔家没有好家什，还说打狼打虎一齐上，你听听这像堂堂的国军团长说的话吗？敢情他住在狼窝里了，敢情他住在虎山上了，敢情当团长的也学会游山玩水了。"

侯葛氏越发糊涂，厢房里喊来喜喜，让喜喜过来看信。喜喜看了也是糊涂的，望望爹又望望娘，也摇着头说看不懂，折叠着要把信瓤装起来，忽然又喊叫出声来，说："背面还有字呢！"

背面果然是写了字的，写的是一句话：

"不日可望到河湾县进货，八叔一家要到运河湾来做买卖。这里天寒，多说不宜，面时详谈行情。"

信的最后没写时间，落款人写的是立草。

喜喜忽然又喊叫，说她明白了，信是哥哥写的不会错，哥哥为什么把明白信写成糊涂信，里边一定有不能明说的缘故。喜喜说："爹，娘，把这个草字头去掉换成立，不就是个章吗，章还是俺哥得章啊！"

侯登科又把信重读了一遍，读着是有些不一样的感觉，抬起头来又望侯葛氏，侯葛氏就恨着自己是个不识字的。侯葛氏又示意女儿喜喜，问喜喜还有哪些是好猜的。喜喜又说，二表叔和八叔她猜不出来，但是她能猜出进货和做买卖是什么意思。喜喜说，要进货就得来人，不日可望就是快了。八叔一家要到运河湾来做买卖，至于这个八叔一家都有谁不好猜，但肯定来的不是一个人。

喜喜说："你们看，河湾县这三个字为什么明着说，那就是说这个地方用不着披着藏着，那就是说哥哥和八叔一家就是奔着咱们这里来的。"

侯登科连连点头，点着头又说自语话，说他已经知道二表叔是怎么回事了。得章是从第五战区调拨到第二战区的，新去的就是个外把户子，外把户子受欺负，所以得章才说了句人多事多。又说闹家窝子这一句他也懂了，闹家窝子不就是一家人不一心吗，难怪儿子要投奔新八叔。但是不知道为什么，即便是这样猜着疑着，即便是一整天也没猜出来新八叔是哪里的，侯登科也没想再去紫云寺找马舫子破解。

紫云寺这一会儿却早早地关了山门，已经弯不下腰来的侯月娥是用双手托住肚子的。她托着肚子斜靠在山门里边的松树上，松树枝子垂下来罩住了她的头脸，隔着院墙望外边，外边看见的只是松树枝子。她忽儿望官地，忽儿望村子，忽儿又望运河大堤，看着像个懒婆娘贪玩儿的。

佛堂下边的地洞里生着炉火。

十几个人靠墙站着，站是直挺挺站的，看着马二梭在他们面前走来走去，他们的眼睛还是一眨不眨地盯着另一面墙。除了马二梭带来的老兵，新兵里又多了得印、立冬、豌豆、金猪。马舫子没跟他们站成一排，他是蹲到地上写人名的。人名写在黄表纸上，黄表纸撕成碎片片，一张碎纸片上写一个名字。他的身边还吊挂着一只瓦罐，瓦罐里冒着蒸汽，炉火把蒸汽映得通红。写完了又收拾鱼。鱼是运河里的鲇鱼，棕黑色，没有鳞，只是嘴大，还硬，还宽，看着像是镶着两把刀的。马二梭走到马舫子跟前站住不走了，宣布说从今天开始，运河独立营又复建了。接着就把碎纸片塞到鱼嘴里，说："煮吧。"

十几个人分吃了鲇鱼，把写着名字的碎纸片也吃了，把煮鱼的汤也喝了，后来他们一齐说："杀敌报仇，生死不顾。"

红兜肚

下 部

运河湾里的俚语俗唱：

猪拱门，瞎哼哼，吃萝卜，带缨缨。
萝卜甜，缨缨脆，小猪羔衔着奶头睡。还醒不，不醒了，不吃萝卜不长了。
小妮子，出声声，摇纺车，拧锭锭。
纺车圆，锭锭长，噘着嘴，瞅着娘。拆了车，断了梁，拉着媒人上了床。
说话哩，拉呱哩，教俺女婿算账哩。

第一章

　　侯登仓要在官地上盖土地庙，还要把自己塑到庙里当土地爷。
　　自从被活犄角玉树勾过一次魂之后，侯登仓又一连病了许多天，病是清醒着病的。也是一天三顿饭吃着，也不屙被窝也不尿被窝，也不光身子往外跑，就是不住声地说自语话，自语话还是说官地。忽然又骂马笸子，说马笸子可把他坑苦了，好好的官地上挖了横七竖八的沟渠。沟渠里还放满了水，水里还养了鱼，还养了泥鳅，还栽了莲藕，还种了蒲草，还拿紫柳栅栏分隔得一家一户的。新宅的官地四周围着一圈子外姓旁人，这跟光腚睡觉让人看着有什么区别，这跟走夜路周边都是绿眼珠子有什么区别，这跟把粮囤把钱柜摆到场院里有什么区别。忽然地又骂姐姐侯月娥，说侯月娥明着是帮他分忧解难，明着是向着弟弟护着弟弟，实则是与马笸子合起伙来算计他。又说姐姐侯月娥天生就是个贱货，说不定上辈子就是个骚母狗托生的，她离了男人不能活，她不生孩子不能活。已经有三个孩子了还要生，侄子辈的死了又找叔叔辈的，一找找了个兵混子，兵混子又把她的肚子弄大了。麻五给你弄了三个不算完，马笸子再给你弄三个算完吗。
　　媳妇侯岳氏还是害怕，想着是不是活犄角玉树又来勾魂了，偏偏又是个胆小的，也不敢去豌豆家看玉树是会动的还是不会动的。会动的就是魂在家的真玉树，要是直挺挺趴着躺着的没动静，那就是出门勾魂抓差去了。侯岳氏不敢去看，听着侯登仓自语又感觉瘆得难受，只好抽了蚊帐杆子胡乱地戳。先戳床底下，又戳墙角墙旮旯儿，最后又举着杆子专捅房梁，活犄角玉树要来勾魂抓差，应该是先伏在房梁上的。能戳的地方都戳了，戳得满屋子都是尘土，尘土在窗棂的漏光里上下翻飞，看着又像是小鬼小判凑热闹的。侯岳氏就哭了，说："他爹，你光病不说话行吗？你光说话不出声行吗？"

侯登仓果然不说了，睡一会儿竟然又唱起了莲花落，还拿手拍打着床头柜，还拿脚蹬着尿盆子。唱的是：

　　太阳一出照西墙，马笾子光腚睡光床。
　　光床摆在紫云寺啊，守着佛祖戏女良。
　　女良是个女流辈，侯月娥天天要跟男人睡。
　　一睡睡到天光亮，二睡睡个肚子胀，三睡睡个不要脸，四睡睡个孩子不认爹来光认娘。
　　娘啊，大哥啊，官地让两个贱人划拉得七零八落、零零碎碎没有了官地样……

侯岳氏拿手捂住耳朵，呀呀地叫着往西河湾跑，跑到西河湾是找大姑姐姐侯月娥讨主意的。侯月娥已经做好了生孩子的准备，院子里堆满了沙土。沙土是挖官地沟渠时挖出来的，马笾子先摊开了晒，晒干了再拿细筛子筛，筛过了存放在紫云寺山门口，山门口堆成了沙土山。侯月娥每次走到山门口都要笑，说寺门口堆着干沙土，看着像是和尚要过月子的，不如再拉一根绳子，绳子上专挂孩子的屎褯子尿褯子。马笾子就嘿嘿地笑，笑得连脖子也是紫红紫红的，垂着头诵一句如是我闻，说心中有尘，处处是尘，心中无尘，尘又何在。侯月娥又吓吓地拿手指刮脸，又撩起衣襟问马笾子，说肚子里的孩子是有啊还是无啊。马笾子就连连地摆手，意思是催着让得田三兄妹把沙土背到家去。

得田三兄妹背着沙土问侯月娥，说："我们以后把爹分开行吗？麻五爹死了，马笾子爹让生出来的弟弟妹妹喊。"侯月娥乐得呱呱的，抓起一把沙土扬到得田三兄妹脸上，说你们去紫云寺问马笾子去吧，他快当爹了！

侯岳氏进来先打了几个喷嚏，接着就拉出了哭腔，说："姐姐，你快看看吧，这一次活犄角玉树没来勾魂。"

侯月娥走到水湾东边，还没进门呢就听到侯登仓唱，这一次唱的是莲花落三字蹦：

侯月娥，大白脸，撅着腚，没人管。
　　侯登仓，要官地，打月娥，出出气。
　　生孩子，没人替，全当是，放个屁……

　　侯月娥折了一根扫帚苗，捏着扫帚苗找鸡屎，沾着鸡屎抹到侯登仓嘴里，说："我叫你要官地，我叫你放狗屁，我叫你骂我。再骂啊！"
　　侯登仓噗噗地吐着坐起来，拉着侯月娥的手说他已经想好了，土地庙就盖在官地正中间。不用很大，也占不了多少地，比量着比鸡窝稍大些就行。高处大约齐肩膀，只要坐着不碰头就可以了，两条腿可以收起来。侯登仓说："姐姐，我想找人把我塑进去，我天明天黑地守护着咱们家的官地。"
　　侯月娥听着就哭了，哭着要打弟弟侯登仓，还一连声地数落，说还不如让活犄角玉树把魂勾走，还不如嘎嘣断了气，还不如变成个哑巴，还不如变成个瞎子聋子傻子。到后来又说，恨不得让白面瓜再活过来，活过来再炸一回运河大堤。决口的洪水专淹官地，专冲官地，把官地淹得死死的，把官地冲得无影踪，从此官地没有了才好。侯月娥说："兄弟，官地还是咱家的官地，几百亩的官地只少了边边角角。地里挖沟挖渠是想着不怕旱涝的，有马笸子他们经管着，你怎么还是不放心啊？你总不能把官地变成一张饼吃肚里吧？"
　　侯登仓说吃肚里的心早就有了，不过这一次他要盯着守着护着占着，盖了土地庙他就当土地爷，土地爷是专管土地的。侯登仓还是说的盖土地庙的话，还是说的把他塑进去，任凭侯月娥怎么劝，侯登仓翻来覆去都是一句话："我就是要塑进去当土地爷！"
　　侯月娥说："你这是作死哩，拿着活人塑泥胎，你是要官地不要命了吗？"
　　侯登仓说："我死了就是真土地爷。"
　　侯登仓要人比着他塑泥像，塑泥像又是极讲究的，说不准还真能塑死。
　　紫云寨人都知道，十字街口的奶奶庙也是比量着活人塑的，活人是豁子的老奶奶，豁子的老奶奶在奶奶庙落典上香的当天就死了。塑匠是从运河东边请来的，许给的是五斗高粱、一斗麦子、一斗小米，外加三领青篾子芦席，再赠送一丈六尺的灯笼绒布料。饭是由村子里侯、马、关、丁几家大族轮流管的，说好最后由社火收敛的财物里分拨，睡觉是睡在当街瞭棚里的，铺盖塑匠自带。塑匠在县城塑过城隍庙的城隍夫妇,还塑过关公关老爷的武圣庙,各村各寨的土地庙奶奶庙不知塑了多少。可是匠人就是塑不成紫云寨的奶奶庙,泥坯子不是和软了就是和硬了。明明是个不软不硬的,明明是先立了神柱的,神柱上绑的还是当年收割的新鲜秆草。秆草把也绑得有模有样,剩下的就是上泥坯了,可是泥坯糊上就掉下来,再糊再捏还是往下掉。

一天如此,两天三天都是如此。

塑匠就犯了嘀咕,想着自己来之前是跟媳妇行过房事的,当时说的是要离家外出几天,媳妇就露出那样的神态,两个人就缠绕着中途又多贪了一次。兴许泰山老奶奶不喜欢摸过媳妇肚皮的手再来摸她,兴许泰山老奶奶是带了羞臊的,兴许泰山老奶奶还添了几分嫉妒心,偏偏要累他的乏身子,偏偏不让他歇过来。塑匠就悄悄地买了香烛纸马,挑拣个更深夜静时分,点燃了祷告。祷告的是以后再不贪房事了,媳妇再露出那样神态时就拿脚踩她,假若一时没把持住,出门接塑之前再冷的天也要沐浴净身,尤其是手更要反复搓洗。祷告完了再上泥坯,泥坯果然上柱了,糊上去也不往下落了。塑匠就有了些喜悦,回瞭棚沉沉地睡了一个踏实觉,天明了再看,泥坯子全掉光了。塑匠就慌了,村子里的人都斜着眼角瞟他,几家管着派饭的人家更是哼哼着,猜想这个塑匠是出来混吃喝的。

塑匠惊着奇着,跟管派饭的人家说有一件顺手的刮泥板忘带了,换了个新板又使着不顺手,编过了理由当天就回了家。媳妇想着丈夫活完了,也没顾上问工钱是怎么算的,铺展开铺盖又使眼色。塑匠就把铺盖扯了,先说丢人丢大了,接着就说了蹊跷事。媳妇听了也觉着蹊跷,思忖着就有了想法,想法也不说出来,只是催着丈夫快回去,还说她也跟着去。回到紫云寨天就亮了,亮是朦胧着亮的,刚好看见豁子的老奶奶起来拾粪。塑匠媳妇悄悄跟过去,豁子的老奶奶前脚离开,后脚她就抓了一把浮土。浮土是从豁子老奶奶走过的脚印上抓的,抓着撒到神柱上,说快上泥坯。

塑匠紧着糊泥,一抹出形,二抹出样,三抹两抹就成了。

接着是全村人给泰山老奶奶庙落典上香。泰山老奶奶是管人间生儿育女的,紫云寨当年就落生了许多孩子,孩子都是肥头大耳的,还没有一个得脐带风的。但是,豁子的老奶奶却是落典上香那天咽的气,临死还说了一句稀罕话,说的是:这样也好。几个女人是赶着咽气前帮着穿寿衣的,回来都说不明白那句话什么意思,只是后来才有人端详起泰山老奶奶的面容,看着真有些像豁子的老奶奶。于是运河湾里就有了抓魂塑像的说法，有一阵子许多人都不敢早起，起来也不敢到街上走动，唯恐被哪个塑匠抓了魂。

侯登仓不管这些，下了床也没洗手也没洗脸，趿拉着鞋也不提上，垂着头走出院子，倒是没忘了拿尺竿。

侯登仓是去官地的，官地已经跟原来不一样了。沟渠的莲藕叶已经有些黄了，莲藕叶被高高的莲藕楚子顶着，像是戴着烂草帽的，但紧贴水面的地方，还有些刚刚钻出的新芽。当年栽的莲藕最好不挖，挖也不能全挖出来。蒲草还在疯长着，长得快有齐肩高了。蒲草要过了白露才停止生长，收割了编成蒲团编成蒲篓。蒲团是坐的，纺线的能坐，也可以放到灶窝里，坐着烧锅做饭，得劲还不硌腚。蒲篓则是留着过年时放干粮的，蒲篓透气，过年时蒸的黏豆包啊米面糕啊，晾透了都能往蒲篓里放，不怕捂还不长毛。沟渠里的水是清的，仔细看能看到慢慢游动的鱼虾。沟渠边上是杂乱的脚印子，脚印子里还有鱼鳞，还有几条少了脑袋的泥鳅，风干的时间久了看着像是树枝棒棒。侯登仓走着骂着，骂马筢子，也骂姐姐侯月娥。骂着往官地里边走，里边果然是横一条竖一条的干沟，干沟两边却是栽了紫柳的，紫柳条子从两边收拢到中间，蓬蓬着像是没锄净杂草的地埂子。侯登仓恨着要拔掉紫柳，手又被紫柳条子勒破了，血流出来被毒日头晒着结成痂，伤口处火辣辣的，比刚勒了还疼。侯登仓就跺着脚骂，骂着量出土地庙的尺寸，接着就去了紫云寺。

马筢子正在归拢着收拾山门口的干沙土，沙土大部分被得田兄妹背走了，剩下的堆成一个小土包。马筢子到河套里扛了几捆去年收割的芦苇，挑拣着轧成篾子，篾子编成芦席，芦席把沙土罩住。他还想在芦席上撒些柏籽，意思是让侯月娥多生孩子的。这样的话不好说，马筢子先用胶泥把柏籽裹住，再搓成手指肚大小的泥丸子，即便上香还愿的见到了，也断然想不到内中是含着深意的。听着侯登仓骂着过来，他也没躲闪，也没往前迎。

侯登仓说："马筢子你还是人吗？"

马筢子丢下泥丸子合起手来，合着手说如是我闻，接着再说："你说，你说。"

侯登仓噗噗地吐，也往地上吐，也往马筢子身上吐，说他现在听见如是我闻就恶心，当初让他上当受骗的就是这一句。官地交给马筢子照管，结果他在官地上胡折腾。侯登仓说："我的官地让你切成咸菜条了，一条一条的干沟占了我多少地,我要少收多少粮食你知道吗?"

马笽子就把合着的手放开了,说:"你说,你说。"

侯登仓说:"但凡要一丝丝脸的也知道个羞臊,你把我姐姐的肚子弄大了,接着再祸害我的官地,你要发了狠地把侯家新宅弄败落是吧?"

马笽子说:"你说,你说。"

侯登仓抓起地上的泥丸子往马笽子脸上砸,说:"我说啥说,我跟你们两个不要脸的有啥话说。去,搬砖去,和泥去,去给我盖个土地庙。你还得把我塑进去,你还得塑得像我。"

马笽子强忍着不笑,忽然又踮起脚尖向东南方张望,望见又有人爬上了铁架子,这一次是在铁架子上绑滑轮的,滑轮绑在架顶的横竿上。铁架子的另一边还有几个挖坑的,挖出坑来放进去的是绞盘,绞盘还用木桩固定住。马笽子认出来了,这一次上塔的是那个身体横宽的日本人,立了塔架第一天就往上爬的是胖墩墩的小日本。侯登仓又把尺竿举起来,举着要打马笽子,尺竿没落下来,看见的是官地东南方向多了一个铁架子,铁架子与官地之间是一个大漫坡的臭蒿子棵。侯登仓蹦跳着要骂,马笽子的脸沉下来,偏过头来又看侯登仓,说:"你刚才说什么,你要盖土地庙,你还要当土地爷?"

侯登仓是急着盖庙塑像的,这一会儿更是火烧火燎,又不愿意花钱雇塑匠,便一连声地催着马笽子搬砖和泥。催着又改了主意,说他不盖坐北面南的向口了,土地庙门要对着东南角。他要看看铁架子立在官地边上是弄啥,只要铁架子倒了滚到官地上,哪怕压倒一棵庄稼苗,哪怕那一棵庄稼苗本来就是一棵赖苗苗,也要包赔一瓢粮食,还得是当年的新粮。

土地庙盖在官地正中间,土地爷果然是比量着侯登仓塑的。马笽子在军营里盘过锅灶,还垒过烟筒,还砌过火炕,但比着活人塑神像却是没干过的。紫柳条扎的神柱是有了,脑袋用的是准备开舀米瓢的葫芦,葫芦锯掉小头安到神柱上,看着倒是有个人形的。泥坯是拿官地的二合土和的,里边还掺了茅草叶,糊上去也没往下掉,只是头脸糊的还是个葫芦样。侯登仓探着身子伸着头望土地爷,看哪里都跟自己不一样,看哪里都像是得了大病的。急着又要骂,说小头小脑的有一点儿威风劲吗,土地爷变成病汉了,自己还顾不上自己呢,他还有气力护住官地啊。骂着钻进去,身子紧挨着神柱,单把个脑袋斜着伸长了靠在葫芦头上,说:"我啥样?他啥样?一样不一样你看不出来啊?"吵嚷着要马笽子比着他的头脸上泥坯,泥坯把他的头脸抹得没有真色了他也不嫌，还是催着越快越好，到后来竟然要拿自己的头脸当模子。

侯登仓从土地庙里爬出来，先抓了一把干沙土试风向，挪动着坐在风口里，挺着脑袋要马笆子抹泥坯。马笆子当真把泥坯糊到侯登仓脑袋上，糊着拍打着，看着脑袋出形了，接着又捏耳朵捏鼻子。捏完了又要撒干沙土，意思是让干沙土吸了水气干得快，侯登仓却呜呜着撕扯马笆子，撕扯着还拿手指自己的嘴，看着像是憋住了。马笆子又紧着拿树枝子抠出嘴来，侯登仓呼哧呼哧地喘着粗气，还是挺着脑袋一动不动。马笆子脱下鞋来，两只手揪着裤腿，轻着手脚跑回紫云寺，抓起水瓢先喝了一阵子水，接着就拉开佛龛钻进地洞里。

马二梭正看着豌豆他们练瞄准练刺杀，靶子是用秆草绑的，刺杀用的是棍子，棍子捅到靶子上，靶子被捅得烂乎乎的。倒是得印想了个主意，比量着草靶的高度，在洞壁上挖了几个碗底大小的洞眼，说这玩意儿扛捅，还能练准头还能练臂力。豌豆和立冬也跟着试，试着都笑了，说捅墙上的洞洞，看着像捅牛腚的，结果引得几个老兵也笑。只有金猪个子矮些，刺杀刺的是洞眼下边，洞壁上被他捅得跟个麻子脸一样。黑豆就在洞眼下边画了几个圆圈，示意金猪专捅圆心，金猪的精神头就上来了，捅着还喊号，喊叫的是：捅死日本儿！捅死日本孙！

得印借着换棍子的茬口把马二梭拉到一边，压着声儿说他爹已经猜了好多天了，他爹还会冷不丁地问他话，问话都是赶着他刚刚睡着时。得印说，他爹第一次问的是你们人不多吧，问过了就回堂屋里吸烟，估算着他又要睡着，突然又跑出来，说你姐夫还是穿原来的军服吧。还有一次问得更蹊跷，说十几个人挤在一起睡地铺，地铺上一定得有虱子吧。马二梭皱起眉头，还握紧拳头往洞壁上砸，砸着看得印，说："你是怎么答的？"得印先是摇头晃脑地装傻样，接着又笑，说他每一次都是装糊涂，反过头来问他爹是不是要给姐夫做新衣服，要是布料已经买好了，不如先交给姐姐准备着，姐夫要是突然间回来了，到时候现做怕来不及。得印说，爹问生虱子的那一次他差一点儿就露馅了，他说："你别老是虱子虱子的，你说得我身上真痒了。"得印说他说这一句话时，还真把手伸到怀里抓挠了，但接着他就清醒过来，紧着说了一句机巧话。他说："还是有虱子好，一天天地抓虱子玩，还能数数还能挤着听响声。"得印说，他爹脱下鞋来要揍他，临出屋还骂他熊羔子，说熊羔子睡你的觉吧！

马二梭就在得印肩膀上摁了一下，接着就走到另一边。

得印又在后边轻轻叫了一声姐夫，说："俺姐姐好像也猜出来了……"

马䇹子悄无声息地进了洞。

马䇹子是来说铁架子的，说他总算弄明白了，铁架子不是坐标塔，也不是放瞭望哨的，上面加了滑轮，应该是挖水井的。马䇹子说，当年白虎兵营是在直隶磁州起家的，兵营的旁边就是瓷州煤矿。那时候兵营的人都不知道是要开矿，先看见的是黄头发、蓝眼睛的洋毛子。洋毛子指挥着扎架子，指挥着吊滑轮，后来又拿砖垒井筒。井筒落下去了，地下的泉眼捅开了，正式出水的那天，白虎兵营接到了调防令，从磁州一下子到了运河湾里。马䇹子最后还说了肯定话，说他敢保证，码头上的日本人假扮南蛮子开货栈，沿着运河两岸跑来跑去说是拍风景的，其实他们那时候就找准矿苗了，得才最后一次带着胖墩墩的小日本到官地，要照的就是立井塔的探点。打了水井接着就要立钻井塔，立起钻井塔就要开钻，一开钻就要人来人往，紫云寺就变成了眼皮子底下的水珠珠，眨眨眼就看得清亮亮。马䇹子说完望着马二梭，说："怎么办？"

马二梭说："干了他！"

这一次派出去的是从牤牛山带回来的三个老兵，三个老兵都是独立营二次复建时加入的，在那之前他们是县警察局大牢的狱警。三个老兵的家都在运河湾里，有个叫地老虎的，他爷爷跟玉树的姑姥娘是堂兄妹，论起来还跟黑豆沾着八竿子边边的亲戚。黑豆被侯得章关到死牢时，地老虎还偷偷扔给黑豆一个杂面窝头，窝头里还塞了一块咸菜。马二梭就让黑豆当指挥，说的还是等他们回去，一过运河大桥，立刻就把挂滑轮的那个日本人干了。如果安装绞盘的那几个也是日本人，那就想办法把他们分开，在日本人进城之前，能杀几个杀几个。如果他们是带着枪的，连枪带子弹都要抢来。

马䇹子又回到官地，侯登仓头脸上的泥坯已经定型了，马䇹子压着侯登仓的肩膀拔下头模，小心着套到葫芦头上。葫芦头变成了侯登仓的头，侯登仓变成了土地爷，土地爷果然带着威风，眼睛直勾勾地盯着东南角的井架。

第二章

　　侯登銮是被几个蒙面人带走的，蒙面人进院子的时候，侯登銮正在院子里收拾令签。令签是仿着戏台上审案大堂的令签做的，也是刷的红黑二色，不过签上没写威，也没写令，他写的是公堂两个字。两个字是竖着写的，仔细看，上边还有紫云寨乡四个用小楷写的字，是在红底上压的黑字。最后又做令签筒，令签筒没有现成的，家里也没有可锯的竹筒，拿筷笼子装令签又小了些，他就把盛盐的坛子腾了出来。盐坛子是酱紫色的老瓷，直溜溜的有半尺高，是当初分家时分给他的。侯登銮把令签装到盐坛里，摆到香台上端详，灯明里看着比戏台公堂上用的签筒还好看。侯登銮乐着要喊侯杨氏出来演练，自己半蹲在香台后边，刚立好堂威架势就被几个蒙面人摁住了，接着就拿麻袋罩住了头。

　　侯杨氏迷迷糊糊地睡了一觉，侯登銮没进屋，她也没脱衣服，睡醒了拿手摸，床上还是没有侯登銮。侯杨氏到院子里拿尿盆，院子里也没有侯登銮，地上散落着木板子木片子，盐坛子是摆在香台上的。赌着气又绕到院子西南角的乡公所，乡公所也关着门，侯杨氏惊异着喊醒女儿多多，多多也跟着找，深更半夜的不便呼号，多多就压了声儿喊爹，结果还是引得周边狗叫。侯杨氏一下子想起多年前的绑票，老宅的侯家三兄弟挨着被绑了一遍，也是没有一丝丝动静，也是莫名其妙地就不见了人，院子里留下的只是一道飞签，飞签上写的是死活两清。绑票的是河套里的仙爷，仙爷收留了假死夺官地的侯登库，侯登库做了仙爷的暖被窝小厮，共枕了之后就哀求仙爷派人下手，结果老宅的三兄弟挨着被绑了一遍，结果把官地全绑到侯家新宅去了。侯杨氏娘哎一声瘫到地上，哭着喊着没法活了，说官地早就没有了，一个破乡长也是半道上接手的，他值金啊还是值银。多多也哭了，哭着又拽侯杨氏，说她越思量越不是绑票的。家里也没看见飞签，家里也没丢东西，况且，河套里多少年都没听说过响马老雀闹动静。多多说："你别哭啊娘，我去喊俺大爷。"

　　多多先进的是西跨院二大爷家，侯登榜立马就起来了，接着再喊大爷侯登科，东跨院已经改门换向跟老宅不是一个院了。多多就抓了半块砖磨大爷家的堂屋山墙，磨得轰隆轰隆的。里边的侯登科打个激灵，揉着眼要点灯，侯葛氏把灯推到另一边，说鸡叫天下明，驴叫半夜平，不早不晚地嚎，一准不是好事。侯葛氏说："多多喊不是拉你吃肉的，你没有这么好的三兄弟，三精包煮了肉吃不完宁可放臭。睡你的觉吧，就当聋了，就当睡觉发昏了。"侯登科到底还是起来了，出了屋又记起改门换向时说过的话，那时候想的是再不跟老三侯登銮说一句话了。侯登科踟蹰着走到院门口，要拔门插了又退回来，扒着墙头往外望，又问多多怎么了。先起来的侯登榜冲着老大侯登科发脾气，先说老三没有了，又埋怨大哥是故意装作听不见。侯登榜说："你扒着墙头要当望天猴啊！"

老大老二都到了老三侯登銮家，侯登科举着灯照院墙，院墙上没有手扒脚踩的痕迹，院子里却多了许多杂乱的脚印。顺着脚印往大门口找，脚印是模糊的，倒是漓漓啦啦地有一溜子水痕，侯登科蹲下来闻，闻着是人尿味。接着到了大门口，临街大门是敞着的，侯登科伸了手摸门砧窝，门砧窝里黏糊糊的，拿到灯明里看，黏糊糊的是油，门闩上沟沟道道的，看着像是拿刀尖拨过的。侯登科心里就有了数，回到老三家院里故意问侯杨氏，问的是老三晚饭后都去过哪些地方，是出去了之后没回来，还是根本没离开家。在家进屋了吗，如果一直就在院子里坐着，院子里进了陌生人他为什么不呼喊。他是呼喊了你们没听到啊，还是根本就没呼喊。既然是陌生人，既然是半夜三更进来的，他应该呼喊啊。侯杨氏支吾着答不出来，抽泣着光是说自己迷迷糊糊地睡着了，多多也跟着说睡着了。多多还说他爹一直在院子里瞎忙活，又是刷漆又是写字，不知道他到底要弄什么。侯登榜急得跺脚，冲着侯登科嗷嗷叫，说："赶快找人吧，你胡咧咧的啥，问能把人问出来啊？"

几个人分头找，从老宅里找到当街，又从街上转到村子外边，连寨壕都找了一遍。侯登科坐在寨壕边上望紫云寺，紫云寺佛龛跟前的长明灯还亮着，闪闪烁烁的，一会儿像灭了一会儿又亮了。暑气夹裹着夜露飘荡着，他打个呵欠站起来，听着村里村外的脚步声，他又踏着急步走回老宅。在从寨壕边站起的那个瞬间，他好像还冲着紫云寺笑了一下，好像没笑出声来，但接着就感觉一股刺骨的寒气钻进了后背。后来喜喜也起来了，伙着多多先去了马家，结果惹得兰兰也起来了。侯登榜又提议捞井，还要找绳子绑抓钩，侯登科夺过抓钩扔了。侯登科说："老二你长个心眼吧，半夜三更的，他到井里干啥去，他会跳井寻死吗？"侯登榜就发着狠地嘟囔，说这里没有那里没有，他反正得去个地方啊。活不见人死不见尸，他是个屁啊，说没影就没影了。

最后商定的是到县城告诉得才，但是夜里又进不了城门，只有等天亮了派自家人进城，自家人选定的是得印。好不容易熬到天亮，得印回家来吃饭，得印还是沾着一头一脸的土。侯登榜又要揍儿子，得印举起手来拦挡棍子，手上结着一层茧子，棍子打在手上也不嫌疼。侯登榜丢下棍子坐到一边，斜着眼角偷瞧得印，得印吃过饭要换干净衣服，侯登榜冷冷地笑，说穿干净衣服不好磨茧子吧。得印就把干净衣服扔了，说不让换就不去了，自己怕见扛枪的，不进城正好。

得印还是和金猪一块儿去的，进了城不是先找的得才，县城的大街小巷转了个遍，最后才去的营部。临进营部之前，两个人还到茶馆里趸摸了半壶剩茶水，趁着没人看见先浇了一头一脸，然后大跑着进了营部，见了得才还弄得上气不接下气的。两个人回到家，先说得才是派了连长排长分头找的，找的是帮会青头，他自己去的是大大小小的衙门机关。得印还说得才哥说了，不管找到找不到，他都会回老家来一趟。接着两个人就进了紫云寺，张口说的是：日本的大部队调走了，留在县城的是一个大队，大队长叫大川雄一，军衔是个少佐。

得印和金猪说的日本大部队调走是真的，松岛旅团长接到南下命令，当天就要沿运河急行军到南阳湖，尔后再沿陇海路到商丘坐火车，最后的目的地是湖北枣阳。松岛临走是怎么跟大川少佐安排的没有人知道，县长刘百湖得到的命令是协助大川少佐，重点是保护大日本帝国在运河湾的利益。利益关乎帝国，县长必须笃定守一。刘百湖猜想着笃定守一就是要他当家做主保护剩下的日本人，送到码头上船时他就跟旅团长松岛下了保票，说他一定把大川雄一少佐当成自家亲戚，决不允许刘百湖的鲁西保安纵队仗着人多欺负皇军。

翻译刘呼闪使劲地拽他，说笃定守一就是要他听话，要一如既往地服从皇军的调遣，哪怕县城剩下一个皇军，一个皇军也是大爷。刘百湖皱着眉头朝船上的松岛旅团长敬礼，眼角里扫着大队长大川雄一，话却是附着小舅子刘呼闪说的。他说："只要不惹我，谁当大爷都行，把老子惹急了，亲爹也不行！"狠话说了，命令还是要服从，当天还给大川少佐送了两个女孩。两个女孩是师范学校的学生，星期天结伴回家拿换洗衣服，保安队巡防时抓回来送给了刘百湖。大川少佐没表示满意也没显出来不满意，这又让刘百湖生起闷气，当侯得才跟他说了乡长失踪，他突然发了邪火，说："别跟我说，找大爷要去！"

侯得才是在码头货栈找到的爹，他爹侯登銮已经变成破爹了。

侯登銮是在房梁上吊着的，拴的是手指，是用生丝绳拴的。身上的衣服扔在地上，地上生着一盆炭火，炭火烤的是下半身，下半身紫红紫红的，上半身却是暗青色的。侯登銮的嘴里还插了一根筷子粗细的铁签子，铁签子上挂着一挂炮仗，炮仗捻子悬在半空中。侯登銮每时每刻都得向后边仰着头脸，脑袋一耷拉下来，炮仗捻子就会在火盆上方点燃。屋子里铺了一地炮仗皮，估计是挺不住了低垂过头脸的，身上的五花色彩也有可能是炮仗崩的。得才破口大骂，先骂的是福市，骂了福安再骂福山，最后连花田子小姐也骂了。福市从套间屋里走出来，抡起竹篾子抽打得才。竹篾是用一根半人高的马尾竹做的，前边的大部破成篾子，后边单留出半尺长当握手。竹篾子抽到身上发出噼噼啪啪的声响，听着也跟放炮仗差不多，只是尾声里会拖出长长的风啸音。得才抱着脑袋躲闪，脖领子却被福市抓住了，身子趔趄着差一点儿被地上的东西绊倒。地上是一张芦席，芦席盖着一个死人，死人是福安。福市揭了芦席又抡起竹篾子，打着让侯得才跪下，得才一下子吓蒙了。

侯得才说："这是怎么回事，福安太君怎么死了？"

花田子小姐是戴着手套进来的，进来又在侯得才腰里轻轻一戳。侯得才一屁股坐到火盆上，怪叫着站起来摸腚，腚上已经着火了，蹦跳着又抓又扯，前裆里又挨了一脚，这一脚还是花田子小姐踢的。花田子小姐说她是算彻底看透了，侯得才父子就是大日本帝国的灾星，只要这一对灾星活着，大日本帝国在运河湾里的利益就必受损失。营长孙宝贝回了一趟老家，酒是被乡长侯登銮灌醉的，接着就死在了码头上。侯登銮派人暗杀孙宝贝，就是为了让自己的儿子当营长，按中国人的话说，这就叫搬掉罗汉换菩萨。福安太君是带人安装井架的，回来刚刚过了运河大桥，要往码头拐弯时就被人捅了，这又是一个巧。什么人捅的，福安太君去的是紫云寨，紫云寨有谁见过福安太君，有谁知道福安太君过了运河大桥必定要回码头货栈。一个是吃里爬外又对大日本帝国皇军怀有极度怨恨的保安营长，一个是为了儿子不顾一切又诡诈阴险的黑心乡长，井架立在官地边上，又正好捅了侯家老宅的心尖子。花田子小姐说："侯得才，今天不说清楚，你们父子谁也别想活着出去！"

侯得才终于明白了，孙宝贝被杀那一次，他爹说的是入套了，这一次一定也是个套，只不过不知道下套的是什么人。侯得才说："你们把我父亲放下来吧,放下来我跟你们仔仔细细地说。"

绳子是福山挥刀砍断的,侯得才进来时他就在花田子小姐屋子里。福安的死既给他带来了希望,也给他带来了不祥的余悸,想着运河湾不是好待的地方,如果不是煤矿开采之后的经理梦支撑着,他也许会请辞调离。得才哇哇地呼叫福山,说别人不明白,我们父子对你怎么样,你还不明白吗,白单饼卷三丝是谁给你做的。得才让福山先从根上想,得才还喊了福山太君,说井架立在官地边上是不假,但是官地早已经到了新宅侯登仓手里,官地再好也跟侯家老宅没有关系了,老宅里的人绝不会因为个井架迁怒皇军。再从另一面说,他爹的乡长是大日本皇军要来之前接任的,而他自己也是大日本皇军来了之后,才由营副升格为营长的,他们父子没有理由怨恨太君。福山冲花田子小姐点点头,花田子小姐又冲福市点点头,三个人都出去了。

侯得才背着他爹下台阶,要出货栈栅栏门时又被福山拦住了。福山说的是低声话,话是花田子小姐说过的:三天之内查不出凶手,你们父子先由一个偿命,到了第五天还是没抓到凶手,另一个也得死。

侯得才雇了马车,马车拉着侯登銮回到侯家老宅,得才带了一排人随车护送。马车走得很慢,因为侯登銮除了昏睡就是哭,要不就说颠死了颠烂了。哭又没个真音真声,得才埋怨他为什么不跟日本人分辩解释,他忽地坐起来,直勾勾地盯着儿子骂。先骂儿子把他坑死了,明明知道有人下套还不做防备,明明知道暗中有人盯着还是天天逛窑子,摸了小日本娘们的肚皮就自个儿晕乎了,那个叫花田子的日本娘们比日本男人还狠。侯登銮说:"我给谁分辩啊,你那些日本爹日本娘听我分辩啊!"

走到紫云寨当街,侯登銮又说他知道暗中下黑手的人是谁了,这一次他要豁出去,谁也不顾了。

放了侯登銮的第二天,鲁西保安纵队的人突然间搜查了紫云寺,人是侯得才领着去的,一同去的还有日军一个队,小队长是石破三郎。得才让人绕开紫云寨,穿过杂树林再顺着河沟去紫云寺,但在快要走出杂树林时,他又跟三老雕使了个眼色,三老雕带着一班人悄悄地去了村子。侯得才进了紫云寺山门,挥着手让人搜查所有的房子,说旮旮旯旯都要搜遍。自己先去的却是东墙边的灶间,看了灶窝的柴火,掀起锅盖,连咸菜缸也看了。马笸子迎出来,迎着石破三郎合起双手,还是念的如是我闻,还拿出香客簿来让石破三郎签名。后来又指引着去了佛堂,点燃了香让石破三郎跪着插到香炉里。

侯得才跑过去把马笸子拨拉到一边，先说行了行了，又说："我还不知道你，越要拿这一套日哄鬼越有鬼。"马笸子就闭了眼诵读，不诵读如是我闻了，诵读的是《楞严经》：

  我本因地，以念佛心，入无生忍，今于此界，摄念佛人，归于净土。佛问圆通，我无选择，都摄六根，净念相继，得三摩地，斯为第一……

  侯得才又噗噗地吐口水，说："别装样了！我问你，你一个鳖肚子半路和尚，灶窝里存那么多干柴火弄啥？咸菜缸也换成了大的，你天明天黑地啃咸菜啊？天到半晌了烟筒还是热的，你一个人能烧多少柴火？"
  马笸子跪到佛龛前边的蒲团上，又冲石破三郎示意，意思是要石破三郎也跪下，石破三郎当真跪下了。马笸子接着还是闭着眼诵读：

  若诸世界六道众生，其心不淫，则不随其生死相续。汝修三昧，本出尘劳。淫心不除，尘不可出……

  侯得才要石破三郎起来，说太君千万别让老兵混子日哄了，他连寡妇肚子都能弄大，他要日哄你一日哄一个准。侯得才就跟石破三郎说起马笸子的出身经历，说马笸子根本就不是佛门弟子，他是家里没地方睡觉了才到的紫云寺，原来的住持一了大师是他叔，他把老住持日哄死了才当的新住持。得才说，他给自己起了个法号叫了尘，他了尘了吗，他搂着寡妇睡觉，他还给新宅的侯登仓当军师，侯登仓心甘情愿把官地交给他照管。他还让人围着官地挖沟渠，他还把沟渠分给一家一户的，他一个出家人护着几百亩官地干什么，他这些计谋是哪来的，他生这些计谋是要对付谁的。得才还要说他已经看出苗头了，紫云寺里一定有鬼把戏，说不定会藏匿许多人。石破三郎却照着得才嘴上扇了一巴掌，说今天是他母亲的祭日，每逢祭日他都要沐浴敬香的，得才说的那些他虽然不太懂，但是得才在佛堂胡言乱语就是大不敬。躬着再作揖，接着又向马笸子施礼，说马笸子一见了他就往佛堂领，明显地是看出他与佛有缘了。
  马笸子说："你家令堂老天君一准是慈眉善目的，额头宽展光洁，两个耳垂厚厚地垂下来……"

石破三郎惊愕着后退几步，站住了又上下地端详马筢子，说："大师说得太对了，请再尽言。"

马筢子又接着说："令堂老天君的鼻子是圆圆润润的，两面腮也是圆圆润润的。笑的时候嘴角还会微微上挑，不笑时双唇是似抿未抿的，尤其是看着儿女们吃饭时。"

石破三郎把手伸到怀里，掏出来的是照片，侯得才也奇怪着凑近了看，照片上的女人果然如马筢子所说。石破三郎收起照片又搂抱马筢子，说他没想到运河湾里还有如此神通的大师，从今以后他会时常过来上香的。后来他还让马筢子带着他转转看看，还看了马筢子睡觉用的月洞门罩架子罗汉床，还看了香案上摆的经卷，还在绽开断头的蒲团上坐了坐，还连连地冲着马筢子伸大拇指。后来又顺着院墙走动，还靠着松树望外边，望见井架是在紫云寺东南方向的，说远不远，说近不近。走出山门时他又冲马筢子施礼，又说以后他会时常过来上香的，只不过说不准具体时间，但年前九月九重阳节的祭拜日，他一定会来的。三月春分之日是扫墓祭祖先的日子，今年三月的春分日错过去了，明年的春分日他要在紫云寺过，九月的秋分日和春分日一样，他也会过来。只是五月五日的端午节也是孩童节，他原来是有个孩子的，长到会端碗吃饭时又患白喉夭折了，那一天他来了也许会心情不好，他在心情不好时也许会做冒犯佛祖的傻事。

三老雕带着人返回来，先是冲着侯得才摇头，接着又附到侯得才耳边，说马家人都跟半傻子一样。一个抱着草筛子的老家伙闭着眼打盹，一个老眼昏花的老太婆跪在香台子跟前瞎念叨，一个噘着嘴的男人抓着紫柳条修补牛笼嘴，一个晾咸菜的小媳妇是低着头的，一个粗腰女人看见他光是咧着个驴嘴，还有一个半大小子刷着驴毛还跟驴说话。丁黑豆家也去了，丁黑豆的弟弟二黑豆又把他爹绑到了架子上，他爹趴到架子上死挺了，他个傻熊还是坐在跟前眼巴巴地看着。三老雕说："我还喊了一声二黑豆，你猜他说啥？"

侯得才说："说啥？"

三老雕说："他先说不叫二黑豆，他叫豌豆。他还说他爹没死，他爹是活犄角子，看着跟死了一样，其实是抓差收魂去了。没进立冬家的院子，光看见立冬帮着他爹起牲口粪，连院墙都是臭的，熏得不能闻。"

侯得才紧着让三老雕再去村子最西边的侯登仓家，三老雕吃吃地笑着问还见不见那个大肚子寡妇，得才拔出枪来冲他瞄准，三老雕大跑着走了。过了一会儿再回来,说侯登仓也死了,他媳妇不哭死男人,高一声低一声地骂的是玉树。说玉树当活犄角当上瘾了,上一次来勾了这一次又来,不信阎王爷又给他签发销魂牌了。偏偏这一次连一张纸钱也不给他,他在房梁上蹲三天三夜,自己也不会给他个好脸色,他在房梁上吱吱地笑也装听不见。又说,玉树这一辈子是瘫子,下一辈子还得是个瘫子,给他个女人也只能干看着。三老雕说,他一进院子就感觉全身的汗毛竖起来了,越听越觉着瘆得慌。接着又龇牙咧嘴地学侯登仓的媳妇样,学着又说:"这都哪儿是哪儿啊,怎么紫云寨到处都是神神鬼鬼的?"

第三章

日本人要在运河湾里立碉堡了。碉堡也叫炮楼,炮楼像个钉子,钉子是从运河两岸的地下冒出来的。炮楼身上布满了枪眼,最上层还垒起垛口,垛口被一个尖顶蘑菇一样的棚子罩着,黑乎乎地矗立着,看着就瘆人。围着炮楼的是宽宽敞敞的院子,院子里起了高高低低的房子,房子里有人,炮楼上也有人。炮楼里没有床铺,有的是大大小小的凳子,坐在凳子上瞄准,瞄的是村子,也瞄运河两岸的大路小路。瞄着开枪,打得还准还舒服,值夜班时冷不丁地打一枪,还能惊困头,听着声音还清脆。坐着打枪还不耽搁吃饭,饭放在凳子上,打一枪咬一口馍也行,一手扣扳机一手端碗也行。要是吃的是烧鸡,可以在枪眼旁边的砖缝里楔个橛子,烧鸡拿紫柳条穿了挂在橛子上。一只眼瞄准,一张嘴啃鸡,枪子儿飞出去会滑溜溜地顺,走直线走曲线,想打哪儿打哪儿。要是鸡骨头剩下了,也可以顺着枪眼扔出去,要是想撒尿了,站起来就能尿,还能听到热尿落到蓬松的茅草叶上,飘上来的声音是窸窸窣窣的。

紫云寨炮楼的位置选在井架旁边大约半里多路的地方,从那个地方往东偏南看是运河大桥,往西偏北看是紫云寺,要是往正北看,穿过官地就是杂树林，再往北就是莽莽荡荡的老河套了。紫云寨要立的是子母楼，子母楼一高一矮，说是娘抱儿也行，说是儿护娘也行，看着是扯胳膊连腿的。

盖炮楼是泥水活，刘百湖的鲁西保安纵队不会干，监工的日本兵也不会干，即便会干也决不会搬一块砖。紫云寨炮楼不用一块砖，砌墙要用夹板夯土。土要用运河湾里黏性最大的枣皮土，枣皮土里还要掺上芦苇叶，还要掺上紫柳条。和泥要用石灰水，石灰水里还要掺上米汤。这个办法是司令兼县长的刘百湖想起来的。刘家因做逍遥椅犯了慈禧老佛爷的大忌，一家人连夜逃奔到运河东边的蜀山湖里，没砖没瓦难以起房盖屋，又不敢张扬着买砖买瓦，又想着房屋起得越快越好，刘百湖的爷爷就领着全家在湖心岛上以土起墙。起墙土不用大水泡泥，土里稍稍撒些水，把土弄得不干不湿，握到手里是个泥蛋蛋，丢到地上又是散的，这就是正好。拌好泥土之后上夹板，想要多宽的墙壁，夹板就放多宽，夹板里边填土，填上土拿石夯舂捣，一层层地加土，一层层地舂捣，房屋起来了，墙壁也干透了，接着就能住人，连晾晒一天也用不着。

刘百湖没发迹之前干的是捕鱼捞虾的水里活，水里活辛苦丢下了，再干扛枪打水禽的营生。刘百湖喜欢打枪，还喜欢一枪就把水禽的脑袋打穿，光打死打不穿的他会扔到湖里，扔的时候还骂，骂的是：日你鸭奶奶，打不烂你沤烂你。刘百湖还在自家墙上试过枪，一枪打过去，墙壁上只多了一个半指深的白窝窝，再冲着白窝窝开枪，再开枪还是那样。刘百湖就知道了泥土墙的厉害，厉害就是好处，既然知道好处了，他就不会因为打不穿扒自家屋子。

盖炮楼的民夫是附近村子的，征民夫的命令下给乡长，乡长愿意用自己村子的人也行，愿意在全乡派工也行，前提是越快越好。

刘百湖派侯得才带一连人到紫云寨炮楼警戒，总监工是日军小队长石破三郎，限期是九天，到期必须完成。侯得才心里装着花田子小姐的限令，只好含糊着跟刘百湖说了货栈福安遭暗杀的事。得才说，石破三郎少尉去紫云寺搜查算是行动了，没抓到凶手也算挡了一次。他现在满心里都是那个下黑手的人，他已经差不多知道是谁了，只是不知道他藏在什么地方。又说花田子小姐的限令是第三天杀他爹，第五天要是还没抓到凶手再把他杀了。刘百湖说："我想现在杀你，你信吗？"侯得才就带人去了工地，石破三郎还是带的他那个小队，要过运河大桥了，福市追上来拦住他，俯到耳边说了几句低声话。

　　石破三郎偏着头向码头张望，望见花田子小姐身披绘着樱花图案的粉色披肩，罩到胸口上拿一只手揪着。揪着的那只手轻轻一抖，披肩忽地就到了左臂弯上，是腾空而起又悄然落下的，看着像是空中多了一只蝴蝶。握在右手里的是一支精巧玲珑的勃朗宁手枪，枪身的烤蓝闪烁着宝石般的色彩，在暑日的阳光里跃动着灿烂。得才是故意走慢步等石破三郎的，石破三郎却用奇怪的眼神扫了他一眼，不及侯得才回过味来，石破三郎忽然又鄙视着哼哼地笑，笑着还是拿眼角挖侯得才。

　　但是，乡长侯登銮却说什么也不愿意支应公差了，他甚至连床也不想下。伤口不流血了，身上多了一条条一道道的结痂，结痂黑紫黑紫的，看着像趴了一条条吃多了粪土的蚯蚓。被炭火盆烤伤的脚上抹了獾油，烧伤烫伤的地方不能包扎，因而他的两只脚只有天明天黑地伸在蚊帐外边。伸在蚊帐外边又让蚊子咬得受不了，他就让侯杨氏找来两个过年时挂过的灯笼，单把里边插蜡烛的灯芯抽出来，再把灯笼壳套在抹了獾油的光脚上。灯笼两头是窟窿，这一头窟窿放脚，另一头窟窿还是敞开口的，侯登銮又让侯杨氏拿纸糊上。侯登銮的腿上像突然间多了两个无嘴怪，多多先还是要笑的，笑着又哑了声，她越看越觉着瘆人，侯杨氏紧着拿包袱蒙上了。灯笼脚拿包袱蒙上看不见了，侯登銮又说装到灯笼壳里的光脚丫捂得难受，还说跟拿棉花套子包着没有区别。侯杨氏被他支派得头昏，多多也跟着拿拿这摸摸那，侯杨氏就哀求着要喊侯登銮亲爹亲祖宗，说："三亲爹三祖宗，你让俺娘俩到外屋喘口气行不？"多多压着声儿埋怨，说她爹要是当了县长，一个县的人也伺候不下来，睡觉他也得让别人替他睡。

　　侯登銮不让侯杨氏离开他，也不让多多离开他，他让母女两个坐在对面听他哎哟。侯登銮哎哟着说自己比窦娥还冤。窦娥冤，老天爷还给她下了一场鹅毛雪，鹅毛大雪是六月里下的，天底下的人都知道窦娥受了天大冤枉。他也是受了天大冤枉的，日本人竟然还让他修炮楼，刘百湖竟然还让他抓夫派工，儿子得才竟然还不帮他说话。说着忽然又问多多这几天去没去过马家，他猜着兰兰一定是乐呵呵的，二梭回来了兰兰能不乐呵啊。说了就眯着眼望多多，多多吃一惊，好不容易缓过神来，紧着反问她爹二梭是什么时候回来的。多多说："二梭回来了，我怎么没听说啊？二梭真是活着啊，那可真好！"多多又跟侯杨氏说低声话，说兰兰姐是一直盼着生孩子的，上一次生了怪胎兰兰姐哭了几个月。又说二大爷和二大娘早就盼着让兰兰姐跟婆婆分家,二梭回来生了孩子,三口人一块儿回娘家,想想也怪有趣。

侯登銮就拿手啪啪地摔打鸡毛掸子,接着再哎哟疼死了疼死了。

侯杨氏拿嘴撇他,说:"你老人家到底是真疼啊还是假疼?你要是假疼就别哎哟,你哎哟得我心焦。你要是真疼,就别操那么多的心,二梭是死的是活的,自有人家兰兰该哭该笑。你发魔怔似的冷不丁地问多多,多多知道啊?多多是马家的啥人?"

侯杨氏接着又嘟囔人要是巧心眼多得没处放了,就会自己给自己找个笨拙的冤窟窿,这就是古语说的想巧必有拙。不陪着孙宝贝喝酒,就不会有儿子被捆绑一节,不做作着当乡长,死一个假南蛮子日本人福安也不会被人绑架了再挨鞭子。还在嘴里挂炮仗,还在脚底下放火盆子,还拿竹篾子抽打,你那一会儿跟日本人使巧心眼了吗?你要是能让日本人拿着竹篾子往自个儿身上抽,你要是能让那个日本小娘们不拿脚踢儿子的下裆,那才算使到正点上。侯登銮挥着鸡毛掸子要下床打侯杨氏,抓起鸡毛掸子了又记起脚还在灯笼壳里装着,他就抓着鸡毛掸子在空中挥舞。侯杨氏连忙改了口,这一次说的是替侯登銮发愁的话。侯杨氏说:"你光在家里躲着能行啊,不是还有个抓凶手的期限吗?你到哪里找凶手去?还有,盖炮楼要用几十上百的人,你能派谁的官差?"

侯登銮怔怔地望屋顶,想着到紫云寺竟然一丝丝怪异都没发现,他现在想想都是怪异的。得印天天泡在官地里,又潮又闷的大暑天,他到官地干什么,钻到高粱棵里捂蛆啊。还有,一头一脸的泥土是从哪里沾的,不会是在官地拱土玩吧,不在官地不在家,要去只能是紫云寺。还有马照本的儿子立冬,还有扔下瘫子爹不管的豌豆,居然还有马家的小金猪。几十个人到了寺里,还说旮旮旯旯都看了,还说就是没有可疑的。可能吗,猫走过去还留个爪子印呢,撒泡尿还留个尿窝呢,一窝子笨熊一准是没查看茅厕。进了茅厕也不要光看茅坑,要看就看茅厕的墙壁,男人撒尿会冲着墙壁,尿到地上是个深窝,尿到墙上是个浅窝,反正会显出来。再看就看粪堆,马笊子一个人能屙多少,人多人少一看就看出来,就看会不会查看,就看有没有心眼。

侯登銮怔怔地发一阵子呆,挥着手让侯杨氏和多多出去,多多朝外走时,他还狠狠地挖了多多一眼。多多还没走到套间屋又被他喊过来,要多多紧着给他研墨铺纸,还要把小茶几放到床上。他要把民夫名单拉出来,年龄段就划为18岁到50岁，但到要落笔时又把18改成了15。接下来是想的男劳动力，如果外出了或者生病了，也可以拿钱粮代工，出工的不能白出，日本人不管饭，饭要从土地上出。10亩以内的人家光出工就可以了，10亩以上的，除了出人工之外，每亩还要出30斤粮食。如果仗着有几百亩土地，又宁愿出粮食也不出工的，粮食就要分出粗细比例，最少要拿八成细粮，另外两成粗粮还得是当年收的新粮。想着写着，侯登銮忽然笑出声来，两条腿挪动着搭在床边上，两个灯笼壳滑到地上又被他踩烂了。

　　侯登銮哇哇地叫喊，叫喊着说，往脚上套灯笼是不是要点他的天灯啊。

　　多多跑进来，看了看地上又退回去喊侯杨氏，说："娘，娘，你看俺爹！"

　　侯杨氏啪啪地拍巴掌，说："亲娘哎，刚刚还说疼死了疼死了，就这鸡眨眼的工夫又不疼了？"

　　侯登銮让侯杨氏给他找套子找棉绒，脚上不能穿鞋了，可以把套子把棉绒裹在脚上当鞋。侯杨氏先找的是得才小时候穿过的一条破棉裤，紧着撕了扯出里边的旧套子，旧套子已经死性了垫到脚底下，包脚面却又舍不得用新棉绒。侯杨氏就把裤腰上的套子撕下来，让多多拿到院子里用紫柳条抽打。侯杨氏说："祖爷，你把两个脚包成驴蹄子，你是想拉磨啊，还是要拉犁子拉车？"侯登銮不想把话说透，只是拿鼻子哼哼，哼哼着说要派工去，派工是帮儿子的，尽管他还没从儿子那儿得到一丝丝好处。

　　多多在院子里抽打旧套子，旧套子散发着隔年的霉味，霉味比屎味还难闻。多多捏着鼻子胡乱抽打，不大会儿就把脸憋得紫红，多多只好背过头去喘气儿。抽打松散了的旧套子拿紫柳条挑着，多多进屋往地上一扔，接着就往门外跑，跑到门口又回头说一句："人家的爹都不这样！"

　　多多是赌着气跑出去的，到该做饭了也没回家，当天晚上她真去了马家，睡是跟兰兰一个被窝睡的。

　　侯登銮先到乡公所写了派工告示，告示贴在临街墙上，接着就去了玉树家。玉树还在架子上趴着，手里还是抓着芦根挠子，看见侯登銮就诡异地笑，还问侯登銮想不想吃人肉蒸地龙。玉树说他原来不知道地龙的厉害，现在他算真知道了，地龙会拱会钻，会拱肉皮，还会钻骨头缝。光是会拱肉皮还不行，虱子虼蚤也会拱肉皮，拱得是心烦心焦。钉子虫也会钻，钻的是招人恨。玉树说，地龙钻骨头缝是用气儿钻的，钻得酥酥的麻麻的亮亮的透透的，你想不说舒服都不行。他又说难怪这种没骨头没腿的小东西叫地龙，带个龙字就有龙本事，叫地龙就算叫对了。侯登銮抓了一把羊屎蛋子撒到玉树头上,说:"玉树你说人世阳间话,你这一会儿里不是活牺角吧,你这一会儿里还得是个活人吧。我问你,豌豆天天跑出去挖地道掏地洞,他跟你说过累吗?"

玉树还是诡异地笑,说:"豌豆从来不说累,他天天给我挖地龙,他还把地龙装到纱布袋里。现在还没立秋,地下到处都是有钻劲有拱劲的活玩意儿,活玩意儿是专等着豌豆挖的。活玩意儿还说我们要钻丁玉树的骨头缝,豌豆你快把我们挖走吧。活玩意儿还说,要是有个不穿鞋光拿棉花套子裹脚的人去找你,你千万别让他看见我们,我们不想被他吃了。"侯登銮转着圈子找棍子,举着棍子要打玉树,还要往玉树嘴里塞羊屎蛋子。玉树就用芦根挠子挑起后背的衣服,说:"地龙蒸熟了,你过来吃吧。"侯登銮伸了头看,看见玉树腰间果然绑着一个纱布袋,袋子里钻钻拱拱的都是蚯蚓、蝼蛄之类的活玩意儿。侯登銮哇哇地吐,棍子扔到地上,吐着退到院子门口,最后说的是:"丁玉树你是瘫子可以不派工,但是豌豆必须给我修炮楼去!"

玉树还是诡异地笑,说自己很快就不是瘫子了,日本人都打到家门口了,他要是再冒充瘫子就没理说了。

修炮楼的民夫是顺着杂树林穿过去的。金猪对着一棵酸枣树撒尿,偏转身又尿到得印裤子上,得印追赶着也要尿金猪。金猪压着声儿说:"看到了吧,运河大桥上多了两个游动哨,那个小板子屋一准是轮换着歇脚的,里边还得有两个。"得印咬着嘴唇瞥一眼,也压着声儿说:"待会儿你想办法溜出去,先给那边透个讯,就说两个游动哨都是日本人。"侯登銮悄无声息地到了两个人背后,嘿嘿地笑着说他什么都听到了,听到了他也不对外人说。侯登銮说:"你们说的是要杀日本人。对不对?"得印啊啊地叫喊,先说三叔现在是个鬼了,鬼走路是一丝丝声儿也没有的。接着又说三叔真是个没正形的,转着圈子看别人撒尿,真是丢死了。金猪没跟着数落侯登銮,金猪说的是运河湾里的脏话,脏话是:老头子撒尿滴湿裤,小小子撒尿泜过路。说过了脏话又要跟侯登銮比试,说:"咱们比比,看谁能尿到那个树杈上?"侯登銮只好讪讪地走开了。

侯得才把他的一连人散开,运土的,挑水的,扣夹板的,各由一班人盯着,不许磨洋工,假若有人说悄悄话,他们也可以凑过去听。但是,胡扯鸡巴蛋的闲话,说一句也是磨洋工。对磨洋工的可以拿枪托子揍,只是尽量不要打折他们的胳膊腿,影响了进度不划算。他自己找了个荫凉处,坐下来看石破三郎指挥着丈量炮楼尺寸,两个日本兵拉着皮尺跑来跑去,皮尺把挑水的民工绊倒了，桶里的水流了一地，拉皮尺的日本兵也跟着滑倒了。得才已经看到了得印金猪他们，立冬也来了，豌豆也来了，他很想走过去跟豌豆说说话。说自己跟黑豆其实并没有仇口，中原大战之后他们一起围剿残军韩余年，那一次他是冲着黑豆瞄准了，不过不是要打黑豆的黑枪，而是试试缴获的汉阳造准星怎么样。得才还想说黑豆要打死他却是真的，三月三上巳节回老宅祭祖那天，他要是不找个替身，自己早就死在黑豆枪口下了。最后一次黑豆下的是死牢，他自己也被侯得章撸了连长，弄到机修班跟坐大牢一点儿区别也没有，论起来他跟黑豆还得算是一伙的，都是受了侯得章迫害的。但是，直到快收工了，得才也没向人群里走一步，心里多了些思忖，想想也不是抹不开面子。

干活的人群却忽然停下来，许多人都伸着脖子向杂树林张望，原来要跟带队的石破三郎说话的侯登銮被一个人缠住了，缠住他的人是侯家新宅的侯登仓。

侯登仓是来找侯登銮理论的，论的是按地亩摊派粮食，说这件事他死也不服。如果是外姓旁人倒还罢了，如果是盖庙修戏台倒还罢了，退一万步说，即便是为日本人干活，是日本人点的他的名，他也认了。侯登仓说："侯登銮你假公济私，你官报私仇，拿官地说事就是没安好心！"扑上来还要跟侯登銮撕打，侯登銮担心树杈子扎脚，脚下是小心着挪步的，躲闪着要拉侯登仓找日本人说理去。侯得才就是这时候跑过去的，跑过去时他手里多了一把紫柳条，紫柳条抽到侯登仓头上脸上，侯登仓的头上脸上流出血来。侯登仓抱着头大骂，骂得才投了日本人就是认贼作父，凡是认贼作父的都不得好死。得才不打了，丢下紫柳条忽然又笑了，笑着抓了一把枯草枯叶，点燃了抛撒到侯登仓身上。侯登仓呜呜哇哇地喊叫着，先扑倒了在地上翻滚，翻滚着压灭着火点，前胸后背的压灭了，胳肢窝里和腿裆里的火还是烧到了肉皮上。

侯得才拍打着身上的草屑走过工地，站住了又冷不防地嗷嗷一嗓子，说："我侯得才今天就亮明口了，我就投日本了，明鬼暗鬼我都不怕了。不就是白刀子进红刀子出吗，老子早就见识了！"

金猪就是趁着乱劲溜出去的，他穿过杂树林先进了老河套，然后他绕圈子回到紫云寺，接着就说了运河大桥多了四个日军哨兵。马二梭冲黑豆使个眼色，说："干了他！"

第四章

马二梭他们的晚饭还是在佛龛后边的地洞里吃的，吃的是窝头咸菜。窝头是马笸子头一天夜里赶着晨雾做的，做好了摆到院中的青石板上散热气，晨雾裹走了热气，窝头很快晾凉了，再装到蒲篓里搬到洞中。大缸里的咸菜全部捞出来，再分装到牛脬包里，空出来的大咸菜缸搬到院子里养了鱼，灶间仍旧放原来的小咸菜缸。即便是这样，马笸子仍然不肯原谅自己的百密一疏，说自己当初原本就该想到的，一个人怎么会吃那么多的咸菜，需要用那么大的缸腌咸菜吗。侯得才突然带着日本人闯进紫云寺，别人都是翻箱倒柜，侯得才去的却是灶间，看了咸菜缸又看灶窝里的柴火。柴火也不该存那么多，一个人的饭烧得了那么多的柴火吗。侯得才还拿手摸烟筒，说一个人做饭吃，最多添两碗水，最多馏两个窝头，一把火就把锅烧开了，烟筒不会一直热着。侯得才真刁啊，侯得才要成精了，而自己到底还是疏忽大意了。马笸子看着马二梭他们吃饭，说了又后悔地拿手指戳自己的太阳穴，一直戳得紫红紫红像鸡啄过一样。他说："二梭，你说我怎么就没想到呢？我是不是太大意了？"马二梭按住马笸子的手，说："毕竟是有惊无险，过去了就别再想了。"

其实马二梭一直记着那天的事。

那天，他们原本是要到紫云寺后院练腿功的，腿功讲究的是蹿房越脊不留声，登高爬墙不沾地。大白天不便太暴露，他们就选定了后院的松柏林，想着以爬树替代越墙。马笸子突然叫了一声不好，紧着让他们回了洞中，又让得印金猪他们翻墙出去各自绕道回家，最后他打开了山门，先进来的竟然是侯得才。马笸子没想到带队的日军少尉竟然比侯得才好对付，石破三郎竟然信了他的话。先前倒是听说过日本国里许多人家信佛，上战场之前会先把胸口上的护身佛掏出来口诵几句《金刚经》。黑豆过后问他是怎么知道那个日本娘长相的，黑豆问他时还是惊诧着笑的，黑豆说他过后还是感觉奇怪。又是令堂老太君啊，又是慈眉善目啊，又是额头宽展光洁啊，又是两个耳垂厚厚地垂下来啊，都是瞎编的啊？地老虎也露出压不住的好奇，说："你说小日本的娘就跟见过一样，还说得有鼻子有眼的。嘻嘻。鼻子是圆圆润润的，两面腮也是圆圆润润的，笑的时候嘴角还会微微上挑，不笑时双唇是似抿未抿的。你见过啊？"

马二梭也笑，笑着催促紧着吃饭，只是不要吃太饱。马艳子也想笑却没笑出来，只是淡淡地说当初在白虎营时，白虎营是请过日本教官的，他那时候也是个火头军。日本教官吃他做的饭，日本话他也会说几句，他还知道日本人爱洗澡，他还知道日本人拜佛时都是慈眉善目的，一抓起刀来立刻变成了凶神恶煞。马艳子说着又怔怔地发呆，到后来连那一丝丝没笑出来的表情也没有了，凑到马二梭身边，说的还是担心话。说得印他们最近几天最好不要到寺里来，在村子里也不要跑东跑西地串门，串门也不要几个人往一块儿聚。接着又说侯得才，说得才火烧侯登仓，说侯登仓是爬着回的家，一个紫云寨的人都说这个得才是铁了心要跟日本人了。又说侯得才还站在土堆上亮明口地发威，说他明鬼暗鬼都不怕了，那把火其实是烧给全村人看的。还有，明鬼指的是谁，暗鬼又是指的谁。马艳子说，这个侯得才今后必定是大祸害，看见马二梭忽然紫涨了面孔，还把筷子掰断了，改了口又猜疑晚上的行动。说他还是想不明白，运河大桥上为什么会设哨卡，就因为先前的那两个死鬼？要是那样，他们为什么不怕这四个日本兵出意外？

马艳子说："二梭你想想，这里边是不是有弯弯？"

马二梭咽下最后一口窝头，说："他有弯弯也好，没有弯弯也好，出了城的日本兵别想活着回去吃早晨饭！"

马艳子又要他再细想，还说炮楼眼看就盖起，盖起之后还会驻保安队，还会驻日本兵。一个两个好除掉，三个五个的也可以，要是驻进去的是一个小队呢，那时候怎么办。别的地方盖的都是单个碉堡，紫云寨盖的偏偏是个子母堡，明显的是加强了。井架安装完就要打水井，水井打好就要钻探，接着就是开工挖煤，里边又少不了日本监工。煤矿是与日本驻军连在一起的，扯胳膊连腿，横竖是把运河湾当成他们的家了。以后怎么办，要仍旧是见一个宰一个，那可就算是彻底捅马蜂窝了。

马二梭依旧咬牙切齿，说："干了他！"

马艳子说："我说的是大马蜂窝？"

马二梭还是说那句话："干了他！"

马艳子又说："那我再说侯得才……"

马二梭突然冲着马艳子咆哮起来，说："记住，他没死之前不要提这个名字！"

为了防备炮楼工地上会有留守的保安队，马二梭决定带七个人去，结果发现炮楼工地上一个人也没有。但马二梭还是留下了三个帮手，理由是对付四个日本哨兵，多去一个都是多余。

　　四个人是走到运河大堤时才改为潜行的。潜行着靠近运河大桥了才匍匐下来。运河大桥上果然多了一根横杆，横杆绑在桥栏杆上，跟桥栏杆靠在一起的，是一个比粮食囤大不了多少的木板岗楼。岗楼里的日本兵撕扯着吃烧鸡，沿着横杆两边走动的两个日本兵，一人抓着一个酒瓶子，晃荡着一会儿喝一口。不远处的城门紧闭着，城门楼上悬挂着一盏马蹄灯，灯光模模糊糊只闪着指头大一点儿红光。听不到城门楼上的说话声，也没看见走动的人影，除了运河大桥上的两个哨兵是活动的，一切都跟先前没有一点点不同。与运河大桥隔着操场的东南方向就是码头货栈，货栈里也是一点点动静没有，隐隐约约可以分辨出树枝一样的铁栅栏，铁栅栏的黝光也被黑夜吸净了。马二梭拔出刀来，刀尖在夜空里划过一道寒光，这是行动信号。四个人一拥而上，抓酒瓶子的两个游动哨先被抹了脖子，但在刺倒撕扯烧鸡的那两个哨兵时，黑豆却尖叫着喊了一声中计了。黑豆说："马营长，不是日本人！"

　　几乎与此同时，码头货栈的探照灯刷地打到运河大桥上，运河大桥刹那间亮如白昼。马二梭喊了一声快撤，原来死寂着的城门楼上突然间响起了嗒嗒的机枪扫射声。四个人从运河大堤上翻滚着落到茅草丛中，但是码头上的探照灯还是追着他们，直到他们跑进杂树林。马二梭清点人数，上大桥的四个人剩下三个，黑豆要回去找，肩膀上挨了一枪的地老虎倒吸着凉气说："别找了，我就是被他绊倒的，他是胸口上钻的窟窿，我又朝他脑袋瓜子补了一枪，阎王爷也认不出来他是谁。"

　　第二天，运河以西大扫荡开始了，最先拉开阵势的是运北据点的一个整编团，团长是刘百湖的结拜兄弟刘雨生。运北据点是运河两岸八个布兵阵中兵力最多的，除了一个拥有轻重火力的制式整编团，还有一个由东洋马组成的骑兵连，还有一个神出鬼没的手枪便衣队。刘百湖跟随第3集团军总司令韩复榘多年，先任特务连连长，后任手枪旅团长，经历过大场面，见识过大阵势，排兵布阵自有章法，到了河湾县之后，立刻楔下了八个拴马桩。运北据点扼守的是黄河渡口沿线，黄河渡口沿线防的是西北方向的八路军东进山东，而让运北据点率先扫荡，则是刘百湖善用的抄底捞鱼。对于刘百湖来说，他心疼的不是四个士兵，而是要他们假扮日本人，如果只是拿来当诱饵，完全可以到大牢里弄几个囚犯。事后他才知道主意是码头货栈的花田子小姐想出的，大川少佐竟然依计照办，而他自己只不过照葫芦画瓢。于是在打给结拜兄弟的电话中就多了一句：记着一句话，找不到凶手也别空手!

刘雨生接了命令就亲自督阵，临要行动了，忽然又让便衣手枪队全部换成日军服装，手枪也换成了三八大盖。便衣队是从跟着刘百湖起家的特务连里抽出来的，便衣队长顿时神气了许多，看着团副一直冲他冷笑，他还故意把指挥刀摘下来扛到肩上。一团人撒开东西网，呈扇子面自北向南铺开。采取的方式是逢村必围，接着就找村长，逼着村长说出哪些是不安分守己的，哪些是家里来了外地人的，哪些是哭穷不显富的。接着又村里村外地查看有没有铺席子的印痕，有没有成片丢弃的烟头，有没有集中出现的脚印，有没有散散乱乱的屎尿。村长自然明白他们空手来不会空手走，又巴不得有人替自己敲打不顺眼的人，立马就拉出了花名册，随着花名册呈上的还有各家各户的藏物细粮。细粮收上来装车上往据点运，运不及了又改成以钱换粮，谁家的细粮还归谁家，但是得拿银圆买。一直搜查到老河套，老河套里村子稀，住的人家也零散，村子围住了却没有村长。刘雨生说了句肚子不舒服，示意团副代他指挥，他跟着粮车回了运北据点。

团副知道团长说肚子不舒服其实是不想搜查了，但换了日军服装的手枪队长却巴不得团长不跟着。拉网拉到紫云寨西边的大围子，团副也说肚子里不舒服，也不想到这家那家的去查去搜了，后来发现大围子村的村长一直跟他使眼色，说村子里有几户人家，家中还有军火还有好玩意儿，如果团副不嫌弃的话，这样的人家还可以找出好几家来。团副故意装作不明白，一倒手转给了假日军队长，说你现在是皇军，你看着折腾吧，最近找了个树墩子，坐下就打了盹。假日军队长跟着就来了兴头，马上说他最近刚学了个新玩意儿，还解乏还有趣。于是下令当街盘起大锅，锅里不添水，锅灶两边埋下两根柱子，柱子上架一根横杆，横杆跟擀面杖的粗细差不多，刚好能吊得动一个人的重量。又让人把村长说的那几户人家都押来，又从中挑选了两个年轻力壮的，扒光了衣服坐到锅里，然后点燃了锅底下的柴火。开始烧的是小火，锅是温温的热，两个光身子人先还感觉是舒服的，接着就啊啊地惨叫着争抢横杆。抓着横杆是要蜷着腿吊上去的,但他们都知道横杆擎不住两个人的分量。两个人由争抢变成了撕打，锅底却是越烧越热了，终于一个力气稍弱的就被另一个打得站不起来了。

站不起来的这个人是紫云寨孙家的外甥，孙月份的妹妹扑上来要拉儿子，结果又被一排刺刀挡住了。孙月份的妹妹哭着号着哀求坐着打盹的团副，要团副替她向日本人求情，说自己的娘家侄子孙宝贝也是刘县长刘司令的部下，当的还是营长，要是不被人暗杀，现在说不准就是团长了。团副认识孙宝贝，也听说过他是从老家回去的路上出的事，还没进县城就被人捅了。拿热锅烙了死营长的表兄弟，脸上一时挂不住，便装着样子跟假日军队长说好话，假日军队长也跟着装样，嘴里还说了句死了死了。团副就让人把孙宝贝的表兄弟从锅里拉了出来，跟着又说："太君生气了，各家都准备破财免灾吧，掏空家底也比热锅烙死强。"

　　结果一个大围子村就让他们满载而归了。抓来的壮劳力都给了运河炮楼，运河子母堡很快就完工了，住进去的是侯得才保安营和日军石破三郎小队，兵力虽不及运北据点，但是离县城却是最近的。

　　井架也安装完毕了。收工的那天，码头货栈的福市带着福山还在井架旁边放了一挂炮仗，还把一个写了名字的神位牌立在那里，两个人还磕了头上了香。陪着一块儿去的是石破三郎，他没磕头，他只点燃了一炷香，插到地上又回头望紫云寺。

　　神位牌上写的是水神共工。

　　距离神位牌三丈远的地方立的是个木桩，上边刻着运井一号。刻的是阴字，阴字是拿红漆描过的。

　　侯得章是在紫云寨炮楼建起之后的第三天晚上回到的老家。他只带了两个人，一个留在村口，一个爬到老宅东墙外边的槐树上。侯得章是翻墙进的院。

　　儿子的变化让一家人感觉着陌生，侯得章喊了爹喊了娘，侯登科还是疑惑着在儿子面前转来转去，看着像是别人家的。侯葛氏先是躲在灯影里望儿子，望着抓住儿子的右手，捋着袖子要看手腕上的掌印痣，看到了又举到灯明里，叫了一声得章儿就哭了。说儿子光知道在外边当官发令，光知道一天天吃香的喝辣的，光知道丫鬟使女的伺候着，全忘了老家还有个受欺负的爹娘，光一个爹娘受欺负倒还罢了，那个妹妹呢，喜喜不是妹妹啊。侯葛氏说的是戏文话，还要再说换门改向，还要再说乡长被三精包侯登銮顶了，他儿子得才又偏偏带了个假南蛮子小日本到家来，假南蛮子小日本看见喜喜就说了许多下三烂的话。侯登科吼吼地叫着推开她，说："你睁开眼睛看准，他都这个样了，你还说吃香的喝辣的，还说丫鬟使女的伺候着。你看看儿子还有个人形吗？"

侯得章坐下了又站起来，先扶着母亲侯葛氏坐到床上，又拉把椅子让父亲侯登科坐下，探着头又望套间屋，看见喜喜在套间屋里点亮了灯。他在屋子里走了几步，意思是让父母看他身子骨的，说看着他是瘦了，看着穿的是旧衣服，其实他比先前胖的时候还结实，一年多没生病不说，现在就是趴到河里喝泥水也不会拉肚子。又说旧衣服贴身，看着是不好看，就是得劲。最后摸的是满脸的胡茬儿，说光是急着赶路了，原本要想着回家之前先洗洗刮刮的，结果没找到空余时间。说着拿一只手揉搓肚子，揉搓着肚子还咽了口唾沫，终于说了句有些饿了。侯葛氏又流出泪来，先喊了喜喜抱柴火烧锅，挽着袖子走出去，说是要给儿子擀面条，还要给儿子荷包鸡蛋。侯得章拉住母亲，又伸出两个手指，手指指的是外边，说自己是执行任务的。

侯登科会意，使着眼色让侯葛氏和喜喜紧着去做饭，面要和软一些，不要擀面条，抓出剂子烙饼，饼要烙成油盐饼。侯登科把她俩支出去又把堂屋门关了，返回身抓住儿子的手，说："得章你现在就给我说，你上次信上说的到了八叔家，这个八叔是不是第八战区啊？第八战区的长官是谁，他对你很赏识是吧？"

侯得章摇摇头，先说抗战初起时全国共有九个战区，徐州会战之后，第四战区又跟第三战区合并了，随后又把第六战区裁了。接着又说自己现在已经跟原来的战区没有关系了，到山东是随东进支队来的，前天夜里过的黄河。侯得章说："实话说吧爹，我投的这个八叔是太行山上的八路军。"

侯登科大张着嘴巴合不上，一时也想不出再说哪些好，茫然着问了一句从老二叔家到新八叔家，官衔是升了还是降了，还是原封不动地当团长。

侯得章没接父亲的话头，说自己加入的是八路军第115师，115师打了平型关之后名气更大了。原来的师长叫林彪，是黄埔四期生，蒋委员长原来有些瞧不起他，平型关大捷一扬名，接着就说林彪是他最看重的学生，可惜他负伤了。没过黄河之前部队在山西，这一次进山东，就是为了增强山东的抗战武装力量。侯得章说，部队接到东进命令之后连夜出发，除留下第343旅补充团与晋西3个游击大队编为独立支队之外，整个师部都过来了。他当初是带着186团余部投奔过去的，编入的就是这个补充团，可当他听说了部队要东渡黄河，马上就写了要赴山东杀敌的请战书，结果就从补充团划拨到第 343 旅第 686 团。现在 115 师代理师长是陈光，政委是罗荣桓，都是参加过长征的老八路，跟这两位老八路相比，自己原来崇拜过的孙桐萱长官以及卫立煌将军，也就算不上什么了。

侯登科拽拽儿子的衣袖，说："你只拣紧要的说，我脑子里有些浑。"

侯得章一时不明白父亲口中的紧要是哪些，部队的行动计划又不便细说，于是又说起他所知道的山东抗战形势，这些情况是东进之前朱德总司令到部队做报告时讲到的。说从韩复榘败走到徐州会战结束，山东已经有了大大小小几十支抗日武装力量，仅带有游击称号的就有四五个，比如山东抗日游击队、鲁南第一游击大队、八路军鲁东抗日游击第八支队、八路军山东人民抗日游击队第四支队等。其他还有山东人民抗日救国军、华北民众抗日救国军、山东西区人民抗敌自卫团、苏鲁人民抗日义勇总队、八部军山东纵队苏鲁挺进支队、国民革命军抗日别动总队第三十一支队……

侯登科听着就急了，抓着儿子的手使劲地摇，说："我不想听这些，快给我说说一竿子到底的。你从那一面投到这一面，算不算反水了？你们来了是不是真打？打又怎么个打法？是从运河西拉开阵势往东打，还是走着跑着挑拣着打？是打了这边打那边，还是打下河湾县城就不走了？"

侯得章皱起眉头，抽出手来又揉搓肚子，肚子里还发出咕咕的响声。接着就说部队临过黄河之前，就获得了日本人要在运河湾找矿挖煤的消息，其实日本人在运河湾里找矿他早就知道，只是没想到这么快就要钻探。中国的矿源不能轻易让日本人夺了，即便阻挡不住也要迟滞，即便打不下县城也要破坏他们的掠夺式开采。总之，不能让日本人以华治华、以华养战的图谋得逞。说着又面露疑惑和惋惜，说部队本来做好了秘密安排，过了黄河先来个出其不意，一举扫清运河以西的敌伪力量，没想到有人打乱了部队的计划，盲目的刺杀行动引发了敌人的警觉。侯得章又转了头望父亲，说："你知道吗爹，活动在运河湾里的是哪一支武装力量？"

侯登科抓住了儿子的手又往怀里拉，压着声儿问马二梭到底是死了还是活着，如果是活的，马二梭会不会又回到了河湾县。说得才已经投了日本人了，要是马二梭再跟着记仇，儿子这一次回来会不会是一步险棋啊。侯得章摇摇头，说他记得信上写过独立营又不存在了，马二梭也生死不明，现在突然说起，感觉像是过了许多年的。他说："您怎么又扯到他身上？"

侯登科就说了他去紫云寺的感觉，说他感觉着那个马笆子就跟坐了中军帐一样，最奇怪的是，他第二天设了酒场之后，营长孙宝贝果真被刺杀了。还有，这一次的刺杀，手法还是跟上一次一样，也是拿刀抹脖子，也是干净利落。说着看儿子的表情，侯得章却站起来望厨房，接着再说塔架立好了，日本人也许是迫不及待地要钻探。侯葛氏拿围裙摔打着进来，望着儿子说饼烙好了。喜喜把一张撒了芝麻的饼放到哥哥面前，刚要掰着让哥哥吃焦的，侯得章一下子把妹妹抱住了。

饼是拿包袱裹住的。侯得章抓起包袱朝外走，走到门口又站住，说日本人竖的那个塔架不是钻探的，那是个水井架子，要钻探就得有水井。他说："您记着爹，儿子跟马二梭并没有私仇。他如果还活着，他如果还是一心抗日，我与他还会是好兄弟，尽管我不喜欢他！"

第五章

东进支队召开了进入山东之后的第一次会议，会议决定先端掉运北据点，以此打开黄河山东段的西线门户。河湾县城周边驻有刘百湖鲁西保安纵队的二十个保安团，城内又有两个日军中队，强攻硬取是不可能的，但断其一指则完全有把握，尽管运北据点同样兵力雄厚。

侯得章出席了会议，但是，直到会议结束，他也没有向支队首长汇报运河湾里还有一支武装力量。这一点，连他自己也感到奇怪，作为打探敌情的支队参谋，他理应汇报打探到的一切。

运北据点是运河湾里火力配置最强大的据点之一。它北通范县、寿张，地势开阔，可攻可守，便于回旋，战略位置十分重要。据点内装备有小炮1门、轻重机枪13挺、步枪1000余支。围绕中心据点，外围又有两个前沿支点，各配有1个连的兵力，一方有变，三方均可互为犄角之势。据点外围构筑有一道4米多高的砖混围墙，再加上内外两条壕沟，以及围墙四角的炮楼，可谓警戒森严，易守难攻。指挥官刘雨生是运北乡当地人，早年曾在宋哲元的

29军当过排长,还参加过喜峰口对日作战,实战经验毫不逊色于刘百湖。

任务交给686团,侯得章要求随团参加战斗,支队首长同意了。团长杨甬力跟侯得章说,侯参谋当过186团团长,又当过河湾县县长,对运北一带肯定熟悉。又说如果战斗打得干净利索,自己会向支队首长打报告,让他留下来给参谋挂长。侯得章笑过了又说惭愧,说运北一带倒是熟悉,可惜没有真正地部署战略,当初如果也在运北乡设下一线前哨,日本人不可能不声不响地杀到河湾城下。不过,他倒是有个袭截互换的设想。侯得章在地上画布阵图,先画了运北据点的左中右三面,突然地又另拉出一条斜线,斜线标识的是公路。然后再分别向团长杨甬力详解,说袭截互换是防备县城出兵增援的,如果援兵未到,运北据点就速战速决,如果援兵先到,则对运北据点围而不破。县城接到运北据点的告急电话,派出的援兵一定会坐汽车,伏击点就设在公路拐弯处。公路拐弯处是一处蜂腰式低洼段,汽车再快到那儿也得放缓速度。

侯得章还说他愿意去伏击点打援,并说那一带地形他更熟悉。如果伏击战提前结束,他马上再以增援身份进入运北据点,那时再与突袭部队里外合。杨甬力先是对侯得章的图上作业赞不绝口,接着就冲侯得章打了一拳,说:"不等战斗结束了,我现在就给你挂长!"

奇怪的是,运北据点还没有完全被包围,据点里边竟然枪声大作,观察哨随即通报县城援兵已经快到公路拐弯处了。伏击战斗十分顺利,四辆汽车头尾相顶,前边的爬不上坡,后边的刹不住车,挤在一起正好成了活靶子。但是,运北据点的围攻却出了意外,原因是有人也在黎明时分潜入了据点内,便衣手枪队队长被人捅死在被窝里。手枪队长在挨刀的同时扣动了扳机,枪声惊动了据点的游动哨,接着警报响起,三个探照灯齐刷刷地打到围墙上。运北据点突袭战打成了攻坚战,冲上去的三拨突击队几乎全部阵亡,突袭运北据点的计划只好暂缓,这使团长杨甬力十分恼火。

八路军东进山东的消息很快传开,继续与敌军纠缠对东进战略不利,而短时间内扫清运河以西的东进门户几乎不可能,更关键的是,刘百湖的鲁西保安纵队实力远远超出意料。鉴于当前形势,支队首长决定,杨甬力率领686团3营和团教导队留下来,就地坚持运西地区的抗日斗争,另外两个营随686团团部继续东进,目的是在重庆尚未察觉之前,迅速布下山东抗战支点。留下来的部队改编为运西新一团,团长还是由杨甬力担任。与此同时,支队还批准了侯得章留在新一团的请求,并任命为团参谋长兼一营营长。随后不久,新一团扩充为独立旅,杨甬力任旅长兼政委。职位相对上升的侯得章,却突然间又有了回地方的念头。当然,这些尚在其后,他最先要做的是,迅速摸清屡屡采用刺杀行动的是哪些人。因为在总结围点打援经验教训时,虽然肯定了打援一战的胜利,但对破袭计划失败,致使战斗受挫一事,支队首长还是明显地表示了不满。侯得章苦闷了许多天,感觉着许多人都用另样的眼光看他,他甚至觉着原186团的人也对他流露出不信任的情绪。

黎明时分潜入运北据点,并把便衣手枪队队长捅死在被窝里的,还是马二梭他们。

刺杀行动暴露的那个晚上,马二梭他们没回紫云寺,他们穿过杂树林之后就进入了老河套。城门楼上的枪声渐渐丢在身后,他们在一个土丘上停下来歇息,顺便给地老虎包扎伤口。土丘被稠密的茅草包裹着,暄暄蓬蓬的像个地铺,如果是冬天,人可以钻进齐腰深的茅草丛中坐着抓兔子。那个地方是运河大堤的延伸处,生长着一人多高的芦苇,还有密密麻麻的紫柳墩子。紫柳条被人割去编筐编囤了,留在墩子上的是擀面杖粗的紫柳树,梢头是横生竖长的发着枝杈的紫柳条。从那儿再向里边走,当紫柳墩子由大变小时,就算真正进入起伏跌宕的老河套了。日本骑兵偷袭运河独立营的那个深秋,马二梭和黑豆他们也是黑夜里进入的老河套,那时候,他们还曾试图寻找响马老雀留下来的地窝子,他们甚至还想着发现仙爷埋藏的银圆,养好伤之后拿银圆买枪支弹药。结果他们只发现了一堆堆灰烬,灰烬经了雨水变成了灰白色,灰烬还被秧子草爬满了。倒是啃光了皮肉的牛骨头驴骨头遍地都是,没有月亮没有浓雾的夜晚,会有蓝莹莹的鬼火绕着骨头飘荡。有时候,蓝莹莹的鬼火会飘荡着爬上芦苇缨子,远远望过去,那些芦苇缨子上能现出人头人脸的模样,还看着像哭像笑的。

运河湾里盛行响马老雀的时候马二梭还小,即便记事了他也很少会把精力集中在某一件事上。有些稀奇古怪的事发生了,他会死磨烂缠地打听,也会钻进人堆里凑热闹,但热闹过后他就忘了,再想起时,也许会是许多年后的某一天某一瞬间。侯家老宅三兄弟挨个儿被仙爷的人绑了,马二梭也听说过,他还知道新宅的侯登库投了仙爷。侯登库要投仙爷之前曾经打听过,打听到老河套里有个百步穿杨的仙爷,这个仙爷手下有几十号人,个个都是飞檐走壁的角色,干的就是绑票放码子的买卖,只有赢没有输的。侯登库就跟仙爷说了实话，话是哭着号着说的，说他投奔仙爷就是为了报家仇。还说只要给他家报了仇，他掂茶倒水铺床叠被伺候仙爷，仙爷就把侯登库收下了，跟着就把老宅的三兄弟挨个儿绑了一遍，官地囫囵着到了侯家新宅。

马二梭曾经想过到河套里寻找仙爷，想看看仙爷的飞刀甩大雁，想看看仙爷怎样飞檐走壁，怎样百步穿杨。他还想跟仙爷学设鬼打墙。学会了先到瓜地里把孙老安圈住，先把熟透的甜瓜都偷吃了，回来再拿鬼打墙罩住麻五，然后再让黑豆把麻五的酱羊肉都包走。但很快就又听说侯登库死了，死是死在仙爷肚皮上的。仙爷原本是个女儿身，是千年狐仙变幻的，侯登库死时早已瘦成了一把骨头架子。马二梭就打消了进河套的念头，过后连听到的话也忘了。

黑豆半蹲半跪地揪子弹头，摸索着要往地老虎伤口里洒枪药。枪药被血水冲出来，黑豆就摸索着薅了几棵刺刺芽，揉搓着往伤口里塞，塞得鼓鼓囊囊，外边又拿布条子勒住，血果然不流了。地老虎问黑豆是怎么发觉上当的，说他自己一上运河大桥就感觉着不对劲，日本人都是一身横劲的，走路跟螃蟹差不多，抓酒瓶子的那两个明显的腰软。还有，他们穿的日军服装也不合身，看着松松垮垮的。地老虎说，他还闻到了一股子烟膏子味，烟膏子味有一丝丝苦，有一丝丝酸，乍一闻跟泡在水里的草叶子味相仿。日本人不吸大烟，这一点当时也忽略了。

说着又问黑豆，黑豆随口说了一句听见哎哟声了，挪动着要跟二梭说话。黑豆想说那一会儿没直接回紫云寺是对的，假若追兵紧追不放，连累了马笸子不说，落脚点就算暴露了。黑豆还想说码头货栈是参与其中的，大桥上一弄动静，探照灯马上就亮了，灯光还跟着屁股追。找机会最好把货栈里的日本人也干了，原来没想着动他们，现在看是有些大意了。伸了手拉马二梭，马二梭却睡着了，黑豆抓了一把茅草搭到马二梭肚子上，也跟着躺下来睡了。等到几个人再醒来时，太阳已经升起来，河套里的雾气很快被风吹散了，接着就看到了大片大片的保安队由北向南扑过来。

他们只好重新换了个地方，再打着冲出去是不可能了，更何况马二梭还被一肚子懊悔挤压着。他们又在老河套边沿处熬过了一个白天，直到又一个黑夜降临时，马二梭才做了个进河套的手势。他们想找个村子弄些吃的，他们已经一天一夜没吃饭了，但马二梭接着又有了新的懊悔，因为他们竟然进了大围子，而黑豆翻墙进入的又正好是秀秀家。

秀秀看见二梭先是惊骇，接着就哭了，哭着抓扯二梭的头发，抓着头发往灯明里拽。秀秀说从二梭走了之后她就没得过一句准讯，一会儿听说死在战场上了，一会儿又听说死的是二梭的警卫。二梭不但没死，二梭还升官了，吃饭穿衣都有人伺候着。秀秀说，中间她回过一次娘家，她还问了兰兰，问兰兰做没做过噩梦，梦里的二梭是白脸的还是黑脸的。要是黑脸的就是个平安，风吹日晒脸自然是黑的，要是个没有血色的苍白脸，那就是大凶，只有死人脸才是苍白苍白的。好在兰兰不哭了，谁问她什么话，她都会反复着说那一句，说男人生来就是打天下的，死了就是该死，活着就是该活。秀秀还打量二梭的穿戴，看了上边看下边，马二梭挣扎着掰开姐姐的手，说："你还有完没完，你想饿死我啊？"

一直到秀秀端来煮豆角，马二梭还在用脚跺黑豆，但毕竟是晚了。

秀秀又推开栅栏门进了另一个院子，另一个院子是小叔子家，秀秀再回来时还强忍着没哭出声来。秀秀又拿来了几个剩窝头，还捞了几块腌萝卜，想着再去烧一盆面水，说家里没细面了，细面被翻走了，她想给二梭他们擀面条也擀不成了。二梭把她拉住了，紧着问扫荡的部队是从哪里来的，进村搜查时说没说过要找什么人。秀秀哇地一下子哭出声来，先是拿手指脚指腿，见二梭又要着急，她才抽泣着说了干锅烙人的事。秀秀说，干锅烙了两个人，一个是孙月份的外甥，一个是她小叔子八万。孙月份的妹妹说了她娘家侄子叫孙宝贝，没被人暗杀之前还是县城里的营长，那些人才把他放了。她小叔子八万从锅里拉出来时，脚底板子已经不能睁眼看了，紫红紫红的又是烂肉又是黑血泡。

地老虎用胳膊肘捣捣黑豆，黑豆偏了头瞅马二梭，马二梭嘎巴嘎巴地咬牙。

秀秀说这些人是从运北据点出来的，打的旗号还是鲁西保安纵队，带队的还是个副团长，进村就挨门逐户地查看，连茅厕里也看，连柴火垛也要看。又说生着花点子烧干锅烙人的是日本人，还是个队长，烙人的时候他们还笑得哈哈的。秀秀说："这些挨千刀的，没见过这样祸害人的，哪天抓到了也拿干锅烙他！"

马二梭还是嘎巴嘎巴地咬牙。

黑豆凑着灯明查看地老虎的伤口，秀秀拉着二梭到了里屋，说刚才有些话没细说，她现在很想知道二梭是什么时候回来的，是在家里住的还是住在军营里。军营离家远不远,如果不算很远,能不能吃过晚饭回家住,早晨醒来照样能赶回到军营点卯。七月的孩,新麦来。要是现在让兰兰怀上,来年正好赶上吃新麦,再到那个年,孩子就会笑了。三个月笑,六个月坐,七爬八抓闹被窝,到下个春天就会晃荡着挪动步了。末了又撕扯着解二梭的衣扣,要看二梭是不是还穿戴着那个红兜肚,看见了又望二梭的脸。秀秀说她到现在还是疑惑的,如果红兜肚真是兰兰做的,那为啥还不许兰兰摸摸碰碰,如果不是兰兰做的,兰兰为啥还愿意瞒着。说着还拿手在二梭身上拧,意思是要二梭跟她说实话的。马二梭的脸一下子撸下来,咬牙切齿地冲着秀秀发狠,样子像要把秀秀吃了的。

马二梭发着狠说,他这一会儿就想把秀秀吃了,吃得骨头渣渣也不剩。二梭说秀秀上下地打量他,一定是猜着他这个营长是假的,他穿得破破烂烂一定是队伍被打垮了,他进家就说饿,进家也不洗手洗脸,一定是让人家打得无家可归了。二梭说:"你是不是还猜着我们走投无路了胡乱逃跑的,你是不是还想到紫云寨喊大街去。"二梭最后又说,独立营原本是要偷袭运北据点的,原本是要除掉那个日军队长的,现在既然消息泄露给独立营亲戚了,行动只好取消。秀秀又是一怔,紧着跟二梭说保证话,说话到她这里就算到头了,第二个人也不会知道。秀秀说:"你们要是能把那些挨千刀的给灭了,一个河套里的人都得敬着你们!"二梭还是发着狠劲,还是追着又问秀秀会不会告诉兰兰,会不会跟兰兰说她是夜里见到的二梭,二梭他们穿的是破烂衣服,怎么看都跟败兵一样。

秀秀呀呀地叫,说:"我一年不回娘家行了吧?"

马二梭又说:"要是到镇上赶集碰到紫云寨的人呢?"

秀秀说:"我把自个儿的腿捆上,我再把自个儿的嘴拿大针缝上。二阎王,现在你放心了吧!"

马二梭又说独立营要扩编,如果秀秀能在村子里挑选几个身手麻利又死活不怕的,他们今天夜里就要把运北据点端掉。秀秀就说了小叔子八万能算一个,孙月份的外甥敢不敢她没把握,这一方河套里十几个村子,光一个八万就能招集几十口子。临要走时,二梭抱住了秀秀,先喊了一声姐姐,又抓住秀秀的肩膀摇了摇。马二梭说:"姐,记着以后再不要操我的心,你只想着这个二梭是别人家的,他要钻天入地随他去。"

马二梭他们是从大围子村直接去的运北乡,赶到运北据点时正好是下半夜。受伤的地老虎没跟着去，几个人潜水过了壕沟，搭着人梯爬上围墙，围墙上留下一个趴着的望风，其余的人进了据点。他们先把据点的流动哨干掉，问出队长果然是一个人住的好房子，进去抹了脖子，退出来再找弹药库，抹了脖子的便衣队长竟在咽气前扣动了扳机。据点里顿时人喊马嘶，还想再多拿些的黑豆被马二梭拽住了，接着就在弹药库里扔了手榴弹。等到他们再从壕沟里游过去时，运北据点已经枪声大作了。

那一会儿他们必须一步不停地跑，只要他们想停下来歇口气，马上就会睡着。但他们还是听到了枪声，接着还有迫击炮的爆炸声，还有辨不清的呐喊声。他们不知道一支被打乱了周密计划的部队正在强攻据点，攻坚部队为此付出了极大的伤亡，而被他们抹了脖子的便衣队长并不是日本人。马二梭他们当然更不知道侯得章已经是八路军的人了，侯得章是带着建制不全的186团脱离第二战区的，他虽然不是团长了，但他还是充满了抱负。美中不足的是，袭截互换的突袭战由他先提出，但随后就被惊扰了，部队为此多付出了伤亡代价。仗是回到家乡运河湾的第一仗，支队首长尽管没有点名批评他，他仍旧感觉面如针刺，心里恨着突然出现的惊扰人也在情理之中。

马二梭他们又在河套里游荡了几天，直到结痂退去的肖八万把几十个人拉到他们面前。马二梭从中挑选出22个精壮汉子，又让他们削了428个半寸宽三寸长的木牌，木牌上写了独立营三个字。428是当初运河独立营的人数，木牌要往每个人手里分时，马二梭又说葫芦头阵地上杀死的日本人不算，只算来到运河湾之后的。扣除掉牤牛山上的老营长胡腊喜和文书魏新麦他们，再加上他和黑豆两个，一共是39个活着的，再扣除掉一个已经偿了命的福安，日本人还欠运河独立营388条人命。活着的扣除掉之后，马二梭自己又削了一个，他把木牌削得无棱无角，装到口袋里又掏出来，又在木牌上钻了一个洞。木牌上没写字，他在上面画了一只发卡，一束紫柳花。紫柳花是缠绕着发卡画的。

马二梭还跟秀秀要了一根红绒线，然后把木牌系在红兜肚襻带上。

第六章

　　侯得章已经回到运河湾里的消息最终还是被侯登銮捕捉到了。
　　侯登銮是从家里的雪花猫那儿发现的,雪花猫在老宅里养了多年,三兄弟家里随便窜来窜去,也许在这家,也许在那家,倒是很少跑出侯家老宅。侯杨氏不爱收拾家,存放粮食的仓房常常忘了关门,剩饭剩菜也常常丢在锅台上,或者只拿个筐子笼布之类的随便一遮一搭。家里就因此多了许多老鼠,老鼠又是白天睡觉夜里活动的,吃了咬了不说,捞足了得嘴了还会发出吱吱的叫声。叫声也许是呼儿唤女,也许是招呼着配对,侯登銮家里的老鼠便时常拖家带口地一齐出动。侯登銮不喜欢听老鼠叫唤,要打要砸都难如愿,他就跟雪花猫亲近起来,除了把院墙下边的猫道清理得畅通无阻,还在睡觉的屋子里专放了一个蒲篓。蒲篓里还铺着撕碎的烂套子,蒲篓旁边还会放个水盆。雪花猫得了这些好处,老大老二两家合起来算日子,也没有在前院老三一家的天数多。老大老二两家要是也想夜里有雪花猫镇着老鼠,还得到老三家说许多好话,但侯登銮又会显出不耐烦来。要么说猫是带腿的,它愿意去谁家就去谁家,要么就说我又没拴它没圈它,意思是说猫通人性,知道谁家是真心的。
　　这天晚上雪花猫衔回来一页子油盐饼,饼还是刚下了鏊子的,热腾腾的香味从猫嘴里飘出来。侯登銮哧哼着鼻子坐起来,点着灯穿衣服,果然看见猫嘴里多了一块油盐饼,油盐饼果然是热的。好不容易从猫嘴里抢下一块,拿手捏着凑近灯明里看着闻着。睡在那头的侯杨氏斜着嘴角撇他,说还能有点出息吗,你是饿疯了还是馋疯了,四十多岁的人跟个猫争嘴吃,看着就让人恶心。侯登銮也不答话,还是看着闻着,还问侯杨氏天明是什么节令,还问立了秋之后有没有夜里烙饼的说法。侯杨氏赌着气说一句天明了是猫脸节,拉着被子蒙住头,翻过身去再不搭理他。
　　侯登銮悄悄地出了屋,轻着手脚先去了老二侯登榜家。老宅里是大院套小院的,老二侯登榜家的院门只是虚掩着,里边从来不上插。侯登銮进了厨房摸灶台,灶台是凉的,锅也是凉的,退出来要去东跨院,摸到墙角了才记起老大侯登科已经改门换向走东门了。侯登銮贴着墙根绕三面墙,绕着闻着,果然闻到了油盐饼的香味，烟筒里冒出的烟又被夜雾压下来，烟味也是新鲜的，闻着是刚刚烧过秫秸火的。煮肉的劈柴，烙饼的秫秸。秫秸火烟小，烟里还会有丝丝缕缕的淡香味，烧麦秸烙饼也行，麦秸火烟也不大，但麦秸火的烟不往上走，烙出饼来会带着烟火味，如果烧的是红薯秧子，呛鼻子的酸腐味会灌满整个院子。

  侯登銮认定大哥家里出了什么事，如果大哥不是一早外出的话，那家里一准是来人了。老大侯登科外出几乎不可能，立了秋还没到处暑，热天还没过去，又不做生意又不跑买卖，他能到哪里去，至于半夜三更地烙饼带着吗。想想来人也不对。送行的饺子接风的面，家里真要来了客人，口干舌燥的火热身子，到家了最先想喝的就是汤水，不擀面条面叶子，拨碗面鱼也是最当紧的吧，或者冲碗鸡蛋茶败败火，怎么会让人喀哧喀哧地咬饼呢。思忖着不敢弄出声响，又轻着脚步回到自己家里，和衣躺在床边上，窗户纸刚刚有些发白就又起来，起来就转到了街上。先探着身子向老宅的东北角张望，张望着多走几步，从另一个胡同里去了村北寨壕，然后再从寨壕里爬上来，折身再去大哥家新开的院门口，看着像是从村子外边转回来的。

  老大侯登科家的院门口果然多了三双鞋印。

  侯登銮蹲下来拿手比量鞋印，看出鞋印里有一双是带花纹的胶皮底，一双是挂了皮掌的，挂的也许是牛皮，也许是驴皮。掌上的钉子帽有磨轻的有磨重的，看着是走过长路的。另外一双的鞋底子一准是磨脱帮了，鞋印的中间部位多了一道横压痕，看着像是从鞋底到鞋面绑了一道绳子的。侯登銮竟然还从其中一双鞋底印上发现了一粒石子。石子是浅红色的，看着像枣核，又比枣核圆滑。运河湾里也有山石，但是运河湾里的石头大多是一抹青的或者是青灰色的，这种枣皮红石头绝对没有，何况又是磨圆滑的。从鞋上滑落的石子只有一种解释，那就是穿这种鞋的人，一准是从很远很远的大山里走来的，绝不会是运河湾里的本地人。临到要离开时，他几乎可以断定，那个鞋底上多了一道横压痕的人根本没进院，那个拣到石子的鞋印是走向槐树的，而那个穿着挂掌鞋的人是翻墙进入的。侯登銮突然间感觉到了一股寒气扑到身上，扑到身上先钻的是脊骨缝，一直到进了自家院子，他还觉着手指麻麻木木的。

  侯杨氏已经起来了，多多也起来了，娘俩开始生火做饭。

  侯登銮喊出多多，让多多看他的脖子上是不是起了许多鸡皮疙瘩，不及多多看清，马上又说他最近老是感觉脖领里钻风，钻得一个后背都是冷的。

多多就呀呀地叫，说刚刚不要蒲扇了，刚刚不起痱子了，刚刚有些清爽气了，那怎么也跟冷扯不起来啊，要说一早一晚不潮不闷了还差不多。多多说："你该不会立了秋就套围脖吧？"

侯登鋆还真是说的围脖，说原来的围脖是棉线织的，又沉又不暖和。又说他要围羊毛的，还轻还暖和，假若现在开始织，织出来差不多也到立冬了。

多多说："那你到镇上买羊毛吧，纺成线我给你织。你最好给人家说要买冬暖夏凉的羊毛，看人家怎么笑话你。"

侯登鋆说他买了羊毛也不让多多织了，多多织的倒脚针空隙太大，缠绕八遭还是透风。多多要织也可以，除非先跟喜喜多学一样织法，要么用交编织法，要么用勾针织法。多多又呀呀地叫，说你这也行那也行，你连没听说的织法都说出来了，那你自己织吧。多多说："那我去跟兰兰姐学，兰兰姐会织好几种花样。"侯登鋆说他不想劳累马家人，用了兰兰就是欠了马家的人情。尤其是马步正那张老脸，他想起来就瘆得慌。他说："二梭回来了，兰兰要给二梭做许多针线活，再不能给兰兰添累赘了。"

多多还是呀呀地叫，说："还说二梭回来了，二梭回来了怎么没人见到他啊？二梭回来了，兰兰姐怎么还穿旧衣服啊？"

多多后来又说她愿意跟香芝学，香芝也会许多花样。侯登鋆还是把头摇得拨浪鼓一样，说香芝家永远不要去，进了她家院子就会带出一身驴屎味，要是脖子里围着带驴屎味的围巾，他这一秋一冬可就哪里也不能去了。侯登鋆还冲多多说了好听话，说多多是个心灵手巧的，喜喜比画着教个三两句，多多还没听完呢就会了。侯杨氏扎着围裙倒泔水，泔水故意洒在粪坑边上，说差不多就行了，跟自家闺女使那么多心眼，是显着自个儿精啊，还是要把闺女哄成半傻子。转了身又恨多多，说："多多你是真傻啊，你爹绕着圈子说磨道里的话，不就是想让你去老大家吗。没听出来？"多多就撅了嘴，说自从日本人福山到家来说了那些疯话之后，喜喜见了她就扭脸，看见了也装作看不见。大爷家里改了院门，更是三天五天见不了面，见了面也没个好脸色。大娘有一次还说了刺挠话，说啥坑啥娃子，啥爹啥孩子。还说老猫尿屋檐，辈辈往下传。还说面当泥，碗当砖，烧出个儿子是汉奸。但多多后来还是去了，不大会又回来，没好气地冲着侯登鋆斜瞪眼，说："学会了，买羊毛去吧！"

侯登鋆问："你大爷家吃的啥饭？"

多多说："还没做呢,吃啥吃。"

侯登鏊又问："起来了还不做饭,这是又干啥活了?"

多多说："大清早能干啥活,三个人正说话呢。"

侯登鏊再说："你看你看。也不是干活,也不去做饭,三个人围在一起嘻嘻哈哈地说笑话……"

多多说："说啥笑话?大娘还是抽泣着抹眼泪的,喜喜的眼圈也是红的,大爷光是吧嗒吧嗒地吸烟。"

侯登鏊哼哼着冷笑,催着侯杨氏先把他的饭盛出来晾着,晾着还嫌凉得慢,又把盛到碗里的饭倒到盆子里,拿勺子扬着散热气。急着把饭吃了,说了句到镇上买羊毛去啊,出了门却又在当街转悠,转悠着钻了几个胡同,再走出村子时,人已经到了小路上。

侯得才没在据点里,问了几个人,都说吃晚饭时侯营长还是点过名的,点过名之后又要跟石破太君一块儿吃小灶,石破太君还冲侯营长说了呜哇话,意思是保安营的人不要与帝国军人在一个锅里搅勺子。侯登鏊听得混沌,忽然看见三老雕朝他招手,便混沌着走过去,走到三老雕跟前了又想着急。三老雕已经是连长了,没跟儿子出城之前,他不过是警卫连的大头兵,现在三老雕竟然远远地冲他招手,看着像使唤卫兵的。侯登鏊抬了脚要踢三老雕,说这都是些什么玩意啊,早晨饭都吃过了,他们还说吃晚饭时。哪天的晚饭,据点里光吃晚饭啊。营长在不在不知道,营长吃没吃饭不知道,敢情营长是可有可无的啊。他又问石破太君那句话什么意思,不在一个锅里搅勺子,难道干一家的活还得吃两家的饭。三老雕眨巴着眼往小屋里瞅,压着声儿说日本人吃的是白米饭,他们保安营吃白馒头。米饭不抗饿,不让吃才好呢,反正在一个锅里吃饭也得排队,反正排队也得排在日本人后边。

三老雕说："叔,您来找营长,不能见谁问谁。明白吗?"

侯登鏊说不明白。三老雕吃吃地笑了,说侯营长如果没吃早饭,那他一定是夜里出去的。如果现在还没回来,那他一定是进城了,如果城里也没有他,那他一定是去了码头货栈。侯登鏊要把三老雕肩上的匣子枪抢过来,三老雕拿手护着,说侯营长不喜欢石破太君,石破太君也总是在侯营长身上找毛病,要是石破太君知道了侯营长一夜没回来,捅到城里大川少佐那儿,连刘司令也挡不住。三老雕说："我说得够多的了,不能再说了。"侯登鏊说："你说的都是废话!"说过了朝外走,果然不再胡乱打听,疑惑着上了运河大堤,竟然看见儿子得才是顺着运河大堤的坡脚过来的。侯登銮抓起一个坷垃砸到儿子头上,得才却摆着手让他从堤上下来。

侯得才拉着父亲奔跑,跑又是弓着身子跑的,侯得才还让父亲也弯下腰来,看着像是当贼的。跑到距离据点不远处停下来,说待一会儿他就从这里大摇大摆地走回据点,假若石破三郎再说他是擅离职守,他马上就可以反问石破个傻熊,难道据点外边就没必要巡视吗。侯得才又开始埋怨父亲,问父亲是不是到据点找他了,是不是还跟人打听了。他说:"你是乡长,乡长归地方管,你天天往据点里跑算怎么回事?"

侯登銮薅了一把茅草,抓着茅草要往儿子嘴里塞,忽然闻到儿子身上有一股子雪花膏味,嘴角上还有豆粒大一片红,看着像是胭脂抹的。侯登銮就瞪大了眼,问儿子一夜不在据点去了哪里,是不是又去找了码头货栈的小日本娘们,如果儿子真是跟小日本娘们厮混过,那他马上就明白小日本娘们为什么会踢儿子的前裆了。即便不为这一点,单冲货栈里派人绑架他,还用竹篾子抽他,还用炭火盆烤他,儿子就应该恨透了那几个王八犊子才对。侯登銮说:"得才你还要一丝丝脸面吗?她打过你爹,你还跟她吊眉眼,你这是自找着作死知道吗?你是不是真去找她了?一夜没回来?"

侯得才脸上显出不耐烦来,先说了当爹的不该胡乱猜疑儿子,又说自己是营长,一切行动都是军事机密,胡乱猜疑就等于泄密。侯得才说他去货栈是找福山的,福山还是忘不了喜喜,还是三番五次地要他当媒人。他明明知道喜喜是生了气的,明明知道大爷一家都恨他,他还得拿推磨话周旋着,既让福山得不了手,还得让福山感觉着离了他不行。两边都拿绳牵着,两边都不把绳扽断,两边都得用他,两边还都不能恨他。除了胖墩墩的小福山,日本人里他哪个也不喜欢,尤其是拿敬佛当幌子的石破三郎。至于货栈里的驴长脸福市,他恨不得一根绳子勒死他。还有那个会使阴招的花田子小姐,扒光了衣服挂到酸枣树上,挂三天三夜他连眼皮都不翻,光身子扔到茅草地上,旁边就是支着双人蚊帐,蚊帐里就是摆两个枕头,他也不会抱她拉她。侯登銮噗噗地朝地上吐,扔了茅草又要拿紫柳条戳儿子的嘴。

侯得才还是自说自话,说不喜欢归不喜欢,现在他还不能盼着日本人滚蛋,还不能盼着日本人都死了,还不能盼着日本人来得越多越好。日本人天天打胜仗也不好,日本人天天打败仗也不好。天天打胜仗,一个中国都是他们的了,保安队有没有就不重要了。天天打败仗,国民政府那边又变成了一统天下,跟日本人打过联手的保安队就成了他们的眼中钉。最好是十年八辈子地磨着，最好是谁也吃不了谁，谁也离不开谁。得才说，他知道货栈的福山打什么主意，那个一身横肉的福安死了，福山是偷着乐的。福山还想把花田子小姐挤走，要是福市再死了，他会更高兴。福山自己想当煤矿的头儿，上边的几个不死不走，他永远是个打下手的。福山还问过他，问他希望不希望把花田子小姐挤走，他当时回答的是走之前得让他把火发出来，还要发三天三夜。侯登銮猛地号了一嗓子，号的是："侯得才你把嘴给老子闭上！"

侯得才激灵着打个愣怔，说："怎么了爹，你刚才不是问我到哪儿去了吗？"

侯登銮仰面叹了一口长气，他忽然感觉到自己先前埋在儿子身上的期盼都是虚的空的。先前为儿子铺展的那些心计，儿子只学会了不要脸这一条，这个儿子绝对成不了大气候，儿子能把自己保个全毛全翅的囫囵身子就算万福了。但是，愈是这样，他愈要时时刻刻警醒儿子。儿子是个属破车的，不叮当不行，不敲打不行，敲打零散了还不行。既不能让儿子太张狂，还不能让儿子失了锐气。还得让儿子奔着前程大路小路都敢闯，还得让儿子每走一步都要前后张望。

侯登銮就说了最近发生的种种怪事。说福安是死在码头上的，县城的日本人没出面缉凶，偷偷摸摸绑架他的竟然是码头货栈的日本人。运河大桥上四个假日本人遭到袭击，按理说应该在大桥周边村子搜查，可下的命令却是让运北据点出兵，这不是扯着井绳当鞭使吗？还有，上千人的运北据点也敢围敢打，县城的援兵也敢截敢打，还把四辆汽车炸得粉碎。谁有那么大的部队，部队从哪里来的，为什么先打那一面？呜哇咬一口，肥肉吃了，硬骨头不啃了，大部队还没了踪影，这是什么战法？按说这下子县城里就该倾巢出动了吧，刘县长刘司令还是让你们按兵不动，反倒把人马都拉到运河东岸布防去了。他们在那边布的哪门子防啊，光防不打啊，不挨门逐户地搜查啊，死了那么多的人就算完了。

侯得才急得抓挠头皮，还一个劲地探着头瞅据点那边，说他还是不明白父亲大早晨跑出来，找着他到底要说什么。得才说："爹，你有啥话赶快说，马上又该上炮楼了。"

侯登銮说："侯得章回来了你知道吗？"

侯得才顿时愣住了，望望父亲又望望村子，望着又笑了，说回来的一准是骨灰盒，打中原大战时，麻五就是装在骨灰盒里回来的。侯得才说："好哇，大爷也当烈士家属了……"侯登銮艰难地咽下一口唾沫，强忍着压下一肚子火气，先说了东跨院夜里烙油盐饼，又说那三双奇怪的鞋印，还有那个枣皮色的红石子。又说他有百打百的把握，半夜里回来的一定是侯得章，围攻运北据点的一定是侯得章带来的186团。侯登銮说："儿子，别忘了你跟得章已经是两个锅里抢勺子了，他们连运北据点都敢打，他们还把增援的汽车都截了，要吃你就跟拿筷子插藕片一样！"

侯得才摇摇头，说拔掉运北据点的绝不会是186团，整个运河两岸根本就没有中央军，中央军都退守到大西南去了。如果侯得章真回来了，除非是死了，除非是开了小差。围攻运北据点的是从西边太行山上下来的八路军，八路军过了黄河先打地方保安队是他们的失策。地方保安队也是地方警备队，与日本人打了联手就是皇协军，跟南京新政府合起手来就是和平救国军。八路军那边说这些人是伪军，重庆老蒋那边有时候也说伪军，伪军就伪军吧。可他们应该先知道伪军有多少！得才说："爹，你知道吗？"侯登銮说："我光知道你们这一伙。"

侯得才哼哼着瞥了父亲一眼，说："西北军将领张岚峰部的先遣军你知道吗？苏鲁皖边区副总指挥李长江部的救国集团军你知道吗？这些人加起来得有几万人吧。不说外边的，单说运河两岸，韩复榘的第3集团军垮了之后，一开始，山东地面上只有日本人从东北带来的赵保原一个旅。可现在呢，省府济南有一个整编警备旅，还有张化南部三个师的治安部队，还有剿共第一路总指挥张步云部，还有第三路总指挥张宗援和刘桂棠部。这几路加起来有多少兵力？光是运河以东就有第一路剿匪司令刘仙洲部，第二路剿匪司令陈式仪和陈炳照部。整个山东地面上，成建制的就有十六万多人，而日本人还不到五万，八路军如果继续跟这些人开战，那他们可就算真捅马蜂窝了。"

侯得才偏过头瞟一眼县城，压低了声儿又说："你知道我们刘司令刘县长现在有多少人吗？说出来吓你一跳！"

侯得才说，他现在终于摸准刘百湖的脉了，这个人真是了不得，这个人装起样来能把日本人日哄成半傻子。他先打日本人再降日本人，借着韩复榘的第3集团军刚刚被打散的那个乱劲儿，先打起华北绥靖军鲁西保安纵队的幌子，一个团变成了一个纵队。中央军的徐州会战一结束，接着又是一通人马大集会，他七个团的纵队一家伙扩编到四十八个团。松岛旅团走了，河湾县城剩下一个大队,明着还是日本人当大爷,其实是绱鞋绳子扎不住肥裤腰,大川雄一少佐也得敬他三分。得才望着父亲的脸,又说:"爹,你说这家伙算不算是个混世魔王?八路军一进运河湾就招惹他,就已经算是捅了大马蜂窝,结果呢,想拔掉的没拔掉,他们自己倒先溜了。他们以为过了运河就算脚腕深的水平趟了,他们根本不知道,过了运河就等于钻进了布袋阵,这就是刘司令不急于出兵的原因。嘻嘻,这才是人物!"

侯登銮突然间打了个寒战,又从口袋里捏出枣皮色的红石子,怔怔地望着,他现在可以断定了,红石子一定是从西边的太行山上带来的。如果儿子说的运河湾里没有中央军是真的,那带着红石子回来的侯得章一定是投了八路军。这种念头一经显现,侯登銮马上又陷入了巨大的困惑之中,可他又不想跟儿子明着说出来。于是他又发着狠声说:"马蜂窝再大,捅了就散了,散了就各飞各的。人家抓一个掐一个,不掐马蜂窝先掐你!"

侯得才不接父亲的话茬,又说运北据点一打响他就为自己选好了第二步棋,现在看,他这一步棋算是走对了,码头货栈不但要去,还要经常去。侯登銮恼着说:"那你快死了!"侯得才忽然又笑了,说:"放心吧爹,你儿子是秦桧的命。岳飞死的时候不到四十岁,人家秦桧活了六十五!"

侯登銮拂袖而去。得才又在后边喊,喊的是:侯得才喜欢热闹景,不热闹不死,不死不热闹。他又说:"爹,你就等着看热闹吧!"

第七章

运河大桥西边要修公路了,公路是拿石灰撒的路标,石灰线延伸着往西走,走到杂树林边沿处再向南拐个弯,正好把紫云寨夹在胳膊肘里。石灰线一直撒到立木桩的运井一号,明显地看出来是为钻探开采准备的。几乎跟撒石灰线同时,运河码头上的货栈也换了牌子,原来挂的牌子是运河汇通货栈,牌子是门廊式的匾额,两边的门柱上还有两副楹联。上联是:生意兴隆通四海海底抱金山；下联是：财源茂盛达三江江心聚宝盆。这样的楹联一般的商贾都会用，用的是上边的七个字，下边再多出五个字的很少有。门廊刚立起来时，许多人曾一度耻笑南蛮子就是口气大，还要抱金山，还要聚宝盆，莫不成一个运河湾都成了他们家的。直到南蛮子变成了日本人，再也没谁敢去端详那副楹联了，路过码头的人都是低着头走的，不敢走很快，也不敢磨蹭着走，但是，路过的人还是看到了新招牌。直到这时，才有见多识广的人偷偷地吐舌，说福市、福安、福山三个人的名字是带着深意的，市跟士同音，连起来就是福士山。富士山是日本国的名山，拿着老家的名山做名字，足以证明日本人看哪里都是自己的家。

新招牌竖着挂在铁栅栏门的右边，上面写的是：三菱矿产运河置业所。牌子的上边还描着三个菱形图案。牌子是白底黑字，三个菱形图案却是拿红漆描的。奇怪的是招牌挂上的第二天，栅栏门的左边又多了一块牌子，上面写的是：麻生东亚矿业所。牌子是粉底黑字，虽然楹联有右为上的说法，但看着比右边的还晃眼。更奇怪的是，门右边的牌子摘走了，门左边的牌子也没有了，过了一天，门右边的牌子再挂上，门左边的牌子又出现了。这样一来，原先路过货栈不敢抬头的人也忍不住看了，看了越发糊涂，不明白铁栅栏里的日本人到底是一家的还是两家的。如果是一家人，就没必要挂两个牌子，如果是两家的，牌子上的字又都是一个意思，都是说的矿。一个标明的是运河，一个标明的是东亚，运河谁都知道，但是县城大街上到处刷着大东亚的标语。标语是日本人刷的，那带了东亚两个字的就是真日本，可铁栅栏里住的又都是日本人，难道日本人是要分家吗？

侯得才偷偷地问过福山，说他脑子里也乱了，又是三菱又是麻生，怎么没有福字辈的了。侯得才还吃吃地笑，说日本人写了中国字，念出来又不是中国字的音，十有八九是日本人的老奶奶被中国人的老爷爷×了，×的时候没商量好生了孩子算谁的，所以日本人说话都是呜里哇啦的。福山做出要踢得才裤裆的架势，说侯得才骂的是日本人的老祖宗，就冲这一条，剖心挖肝都不止，但是他现在还不想弄死侯得才，侯得才对他来说还是个有用的。比如汉奸，帝国的军人并不喜欢中国的汉奸，只是因为中国的汉奸可以为帝国的利益服务，中国的汉奸对帝国的军人来说不是重要，而是甩不掉拍不净的蚊虫。既然甩不掉，既然养不了，那就让中国的蚊虫去喝中国人的血好了。不过，他不明白中国为什么会出那么多的汉奸，帝国的军队出现在哪里，哪里就会冒出一大堆汉奸，看着就像在娘肚子里就做好了准备的。

侯得才哇哇地叫，说："行了福山，你也骂我了，咱们扯平了。"福山就说了两个牌子的来历，说两个牌子代表的是帝国两大家族，还说中国的蒋宋孔陈四大家族，是民国以后才出现的，帝国的这两个家族却有了上百年的历史。福山问得才知不知道三菱创始人岩崎弥太郎，知不知道麻生矿业创始人麻生太吉，如果得才对这些都是糊涂的，那他马上就可以说出花田子小姐的全称就是麻生花田子。得才听到福山说起花田子，一下子来了兴趣，催着福山细说，还答应再让福山吃他家的白单饼卷三丝。

福山果然往细处说了，说他和福市、福安都是三菱的人，当年日本炮舰进驻黄浦江时到的上海，原定的目的地是山西大同，到了上海之后又听说大同那边插不上手了，最后选定的是运河湾。其实三菱总社早就获取了运河湾地下有富矿的消息，但三菱不想过早地暴露要独家经营运河湾的意图，所以他们三个就冒充南洋人买下了运河码头。不料消息还是被麻生家族知道了，麻生那边就派了花田子过来，说麻生矿业早就通过帝国外务省照会过南京国民政府，运河湾地区已经是他们的试验区了。不过，本着帝国利益至上的原则，他们可以忍痛与三菱合作。三菱这边也知道麻生家族的背景，尽管不乐意，也勉强同意了，其实两家都不想让对方插手。麻生家族背后有日本政坛的关系，当初就是靠矿业起的家。明治时期，天皇派出50多万名大和女性到欧洲从事卖春产业，麻生花田子的老爷爷又通过石炭物流承揽了这项工程。如此一论，麻生家族还是与天皇有过关联的。

福山说，三菱创始人岩崎弥太郎开始与政坛并没有关系。弥太郎家族虽然有过豪门盛名，但很快又家道中落，到岩崎弥太郎的父亲那一代已经变成了名声不佳的浪人。弥太郎家族再度崛起是在几年之后，而崛起之因不过是岩崎兄弟在海边钓鱼时的突发奇想，他们要在海边筑堤造田。奇想变成了申请方案，方案提交到高知郡并获准，当年即获粮棉丰收。自此，数万亩的田产给岩崎家族带来了丰厚的收入，弥太郎也因造田有功被任命为高知郡奉行所的下级官员。明治维新后，又调任为土佐藩的开成馆商会代理干事，不久又将开成馆商会改名为三菱商会，并"以在野之心"从事海运事业。甲午海战之初，岩崎弥太郎又利用好友大藏卿大久保利通，提出由政府出钱购买商船，交给三菱管理，三菱保证战争补给。三菱从此也有了靠山，岩崎弥太郎还被称为海上霸主，财力比麻生家族还雄厚。一个靠财力突起，一个靠政坛枝蔓，谁也压不下谁，谁也没有能力把对方一脚踢开，最后只好来了个心不和面子和。

侯得才又不想听这些了，他想听的是最终的当家人是谁，挂货栈招牌时是福市当家，亮明口地要打井钻探了，现在是不是还由福市说了算。还有，那个管厨灶的哑女叫什么名字，怎么这一阵子再看不到她了。福山又偏转了头左右地望，望着还放低了声音，说那个管厨灶的假哑女其实是花田子小姐的使女，名字叫春由枝子。不过春由枝子并没有返回日本国，她是去了江西的萍乡煤矿，萍乡煤矿也是麻生家族的产业，说不定也快回来了。福山说，她们两个比我们三个晚到一个月，福市赶不走她们，就想尽了一切办法捉弄她们，包括让她们种菜做饭，还包括让她们献出肉体。这本来是作践她们的，可她们甘愿为麻生家族奉献一切，她们还利用春色联络帝国的精英人物，甚至包括在她们眼里将来会有用的中国人。侯得才就记起当初他是看上了哑女的容貌，但心里又忌讳着哑巴女人会撒泼耍赖，正是福市跟他使了眼色他才放开胆量的，结果花田子不但没拒绝，躺下了竟然还帮他解腰带。

这样想着，侯得才又嘿嘿地笑了，忽然问福山算不算在码头上吃蹭饭的，还问福山想不想当老大。福山就抓挠起头皮，说这样的念头他从来没想过，他只是早稻田大学一名普通的矿产生，一辈子只能当个技工，升到最大也不过是个工程师。何况他的家族是最底层的，当初连姓氏也没有，一直到他爷爷辈上，才靠伐木挣的钱买了个小林姓氏。福山说，他爷爷有了姓氏后，马上带着父亲随开拓团去了台湾，母亲去世之后，父亲又在台湾娶了第二个妻子，他就是父亲的第二个妻子生的。他的母亲是台湾的高山族女子，长得非常漂亮，他在开拓团读书时的名字叫小林永。福山说，为了忘却祖辈蒙受过的耻辱，他最多时曾经在作业本上写过三个小林永，并且还多画了两个方框，一个填曾用名，一个填乳名。

福山说着还叹了气，不过随之他又昂起头来，又说这也没什么。麻生祖上也曾经是连姓氏都没有的平民，他们当初不过是福冈县饭冢市的一介草民，麻生这个姓氏也是发迹后花钱买的。福山说，他现在只想着在运河湾里探出富矿，自己即便一辈子当个被人使唤的，也要看着运河矿业一天天发展壮大。得才又笑了，说福山个熊玩意儿看着是个憨家伙，其实肚子里啥花点子都有，想独吞煤矿的心天天怦怦着。得才说："福山你想当老大吗？你要想当我扶助你。"福山捂住耳朵，捂住了还摇头，说得才做个朋友是可以的，就是爱说没影儿的大空话,而建立千秋功业的人都是不先说大话空话的。

侯得才就把福山的手拿掉了,又说:"你听我的!"

福山果然把自己弄成了个谁都可以使唤的摇尾巴狗,当福市把三菱矿产运河置业所的牌子挂到栅栏门的右边之后,他立刻去找了花田子小姐,花田子小姐接着就挂上了麻生东亚矿业所的牌子。福市赌着气把自己的牌子摘了,他又悄悄地跟花田子小姐说那边摘了,但在花田子小姐也跟着摘了牌子的当天晚上,他一准又会趴到福市的窗口,压着声儿说一句:好了好了,那边终于摘了。两边如此反复着互不相让,后来只好采取了折中的办法,办法是只挂一个牌子,牌子上还要显出两家来。最后用的是麻菱矿产置业所,麻生家族在前面,但是七个字里边三菱多占了两个字。

福山游走于三菱与麻生之间,他看着像是个两面讨骨头啃的饿狗,结果两家都恶心他了,但两家都还希望有他。只不过是三个人坐在一起时,福山就不知道该怎么办了,他不能不说话,又不能说两家话。比如,围绕先修公路还是先钻探,花田子小姐又跟福市产生了分歧,甚至连设备来到再建地面设施,还是先建好地面设施再进设备,都难以达成一致。争吵到最后,福市竟然骂了花田子是婊子养的,骂着还揭了麻生家族的老底,说一个连狗都不如的无姓氏的家族,根本不配说帝国利益。花田子随即反唇相讥,说福市的祖上不过是岩崎弥太郎家族的屠户,是吃豪门屎长大的败类。弥太郎坐大牢时,福市的爷爷横山攸家还被狱卒摁到地上当马骑,他奶奶去大牢送饭,先得让狱卒拿酱油抹了乳头才能进去。论起来,横山攸家一家子都是下三烂,三菱产业竟然委派下三烂的后人为帝国利益效力,真是可悲至极。

两个人相互辱骂的时候,福山心里一开始是乐着的,花田子如果不说这一节,他还真不知道福市祖上是杀畜生的屠户,想着花田子揭得也够狠的。及至听了福市说出连狗都不如的无姓氏家族,他又恨了福市,巴不得花田子小姐再往深处揭。福市却在这时候盯住了他,逼着他说出赞同谁的意见。

福市说:"福山你说,是应该先修公路,还是应该先钻探?"

福山说:"是是,先修公路先钻探都是必要的……"

福市说:"那建地面设施与进设备呢,哪个先哪个后?"

福山说:"建地面设施与进设备并不矛盾,关键是制计划要分出轻重缓急。"

福市一巴掌打到福山脸上。福市的这一巴掌打重了,福山脸上的血手印一直带了好几天。侯得才见了就问福山是不是挨揍了，揍他的是不是福市，福山发着狠说："手掌大小你看不出来啊？"侯得才又问花田子怎么说，福山苦着脸摇摇头，又说花田子只是给了他一盒万金油。侯得才点点头，忽然又问这几天还去不去打水井，要去是一个人去还是三个人都去。福山就说他不去，花田子也不会去，要去只有王八蛋福市去。侯得才说："福山你快熬出来了！"

为了钻探早日开工，当然更为了挤走花田子，松岛旅团长没调走时，福市就不止一次找过他，还不止一次地说过为了帝国利益。但深谙帝国家族势力的松岛给他的永远是模棱两可话，说为了帝国利益更应该精诚团结。福市逼得急了，松岛就再多加一句，说帝国利益永远是第一位的，不过，自己要想想见了花田子小姐该怎么说。直到松岛快要离开码头时，他还是说为了帝国利益，还要刘百湖笃定守一，话是说给刘百湖听的，但他与花田子都听出了话外有音。福市又去找留下来的大川雄一，大川少佐倒是比松岛有紧迫感，福市离开之后他就看望了花田子小姐，两个人还共进了晚餐，第二天再给福市回话，说还是两家联合比较好。福市就在心里骂，把松岛和大川雄一以及花田子三个人都骂了。

福市再找大川少佐是在牌子风波结束之后，他要大川少佐拨给他一个小分队的帝国军人，他没说当警卫，说的是协助他尽快打好水井。又说，只要水井打好，钻探工程马上就可以开钻，如果一切顺利，他会通过三菱总社，向大本营为大川少佐请功。但是大川少佐只答应给他配备三个助手，原因是河湾县仍然活跃着八路军的大部队，他的一个大队连防守县城都十分吃力。即便是三个助手，他也要求福市避开花田子小姐，最好的方式就是在运河大桥上汇合。大川少佐说，如果花田子小姐也跟要他助手，如果福山也跟他要助手，他还是等于放出了一个小分队。福市马上就用了十分不屑的口气，说："你根本不用拿福山当人看，他不过是三菱的一条狗，而且还是癞皮狗！"

大川少佐只是笑了笑，三个助手是从石破三郎的小队里抽出的，福市要去井架那边，过了运河大桥就可以去炮楼领人。得才看着石破三郎的脸拧成了麻花团，心里乐得痒痒，悄悄地跑到码头上，写了个纸条放到花田子的窗口。花田子果然也跟大川少佐要人，大川少佐自然不好拒绝，但在心里却是恨了福市，恨福市要么不会办事，要么是故意张狂。

福市把人带到井架。水井的底盘已经做好了，井盘上边砌砖，砖砌起来就是个井筒。井筒带着内弧度，砖一层层向里收，收到井口还是个圆的，却又比井盘小了许多。这样的井筒唯一的缺点是不宜深，好处是便于放置抽水管，也便于井口操作，而运河湾里根本用不着打深水井。当初确立井口时，福市还一度想过挖引渠使用运河湾里的水，或者直接与官地周边的沟渠连通，但后来又考虑到地上的明水杂物太多，同时也受着季节影响，最终他还是放弃了。福市让三个助手推动绞盘，绞盘吊起井筒，井筒稳稳地立在井架中间。随着井筒内的泥土掏出，井筒会慢慢向下，到井口与地面齐平时，水井工程就算完成了。

当初，福市来到码头之后，曾经看到过运河湾里的农民用这种方式打井，而日本那边是先挖出地槽，然后再边淘井边砌砖。但是，当福市要三个助手再推绞盘把他放进井筒时，三个助手却掸着身上的尘土和草屑，还在脸上弄出厌恶的表情，后来他们又把视线转向炮楼，看着像是急着回去吃饭。福市打开背包，变戏法一样掏出三瓶酒，还有一只烧鸡是拿荷叶包着的。福市说他要下到井里动第一锹土，如果他们肯为帝国利益推迟几分钟的吃饭时间，这样的吃喝他会天天准备着。如果不是为了帝国的利益，这种笨重差事他完全可以让中国的老百姓干，可他不能让中国的老百姓给第一口水井带来秽气。又说，一旦煤矿进入开采阶段，他会把中国的老百姓统统赶到井下，不管他们怎样不务正业，不管他们怎样愚顽不化，反正他们得把煤炭从地下弄到地面上。

三个助手看着福市坐到吊筐里，福市坐到吊筐里还冲着东方顶礼膜拜，他们只好再一次推动绞盘。绞盘把福市放到井筒里边，福市从怀里取出一把剪刀、一个木匣，木匣小巧玲珑，四角镶嵌着红铜包封，包封上刻着四个字，字是：龙脉正位。福市铰下一缕头发，头发盘成龙昂首的形状，小心地放进木匣里，木匣塞进砖缝。福市蹲下来查看，木匣已经与井筒浑然一体了，但他还是抓了一把湿润的泥土，仔细地把木匣糊上了。福市最后做的一件事，是把刻有"横山幸男井"的铜牌钉在井壁上，铜牌的位置差不多应该是齐水面的地方。炮楼要开晚饭了，三个助手摇摇晃晃地往回走，三个助手都是带着醉态的，与他们分手话别的福市没喝酒，想到圆满地布置，他比喝了酒还兴奋。他甚至还想着花田子看到铜牌之后一定大吵大闹，如果花田子也要刻字，她只能趴在井口上刻，而她刻出的字一定是倒着的，除非她天生就会写倒字。即便她把铜牌抠下来，她也决不会想到龙脉正位已经被横山家族占了。麻生产业也罢，三菱产业也罢，说不定将来都要变成横山产业，那时候他或许还会把福市这个名字供起来。

三个助手是在炮楼的拐角处被人按倒的，按倒的时候他们几乎没发出一丝声音，倒下了看着就跟风吹倒的秆草捆一样。三个人都被割了喉咙，他们的胸口上还别着一块木牌，木牌上写着独立营。

侯得才是在哨兵惊叫着要向石破三郎报告时溜出炮楼的，石破三郎冲着炮楼的拐角处开枪的时候，他已经跑到紫云寨村北的寨壕里。那时候他心里一直怦怦着，说不上是兴奋还是惊恐，但到了侯家老宅门口，他脸上又跟平常一样了，看着就像闲溜达着回来的。得才还在侯家老宅门口遇到了得印，得印是跟金猪下四子棋的，夜影子已经铺满地了，两个人还在为谁输谁赢争吵着。金猪还拦住得才当中人，金猪还说当了中人就不能光向着亲侄子说话。得才乐得哈哈的，蹲下来又说金猪的四子棋下这么好，一准是跟亲叔叔二梭学的，要是金猪上午跟二梭学了高招，下午再找得印下棋，得印一准还得输。得才说，得印你明天也跟金猪一块儿学吧，二梭是你亲姐夫，他一准得教给你几步绝招。得才还想再问金猪是不是啊，炮楼里却来人把他喊走了。

侯得才当天晚上就被关了起来，因为侯得才从口袋里掏手绢时竟然滑落了一个木牌，而石破三郎让人喊他不过是要增加流动哨的。石破三郎伸过手去又掏，结果又从侯得才口袋里掏出来好几个，石破三郎当场就举起了刀，马上要劈时他又把刀收回了。

第八章

侯得章一直对运北据点的突袭失败耿耿于怀，只要一闭上眼就是支队首长严肃的表情，有几天甚至还到了寝食难安的程度。东进支队率主力进入泰莱山区之后，留在运河西边的新一团就采取了化整为零的战术，目标是创建新根据地，发展壮大抗日武装。具备这两条的前提是生存，而生存就必须有退有进，有让有打。退是守空间，进是抢空间，让是寻时机，打是除障碍，哪一环缺失都会给部队带来严重后果，进了山东立不住脚都是可能的。侯得章自然明白这些，但是他心里一直被那个纠结缠绕着，如果不能有所改变，他或许真能把自己憋死。最关键的是，他还不能显出来好战心切，尤其不能显示患得患失，其实，患得患失一直伴随着侯得章，特别是当他为新的理想、新的目标憧憬时。

　　侯得章利用一切机会向团长杨甬力作检讨，反复说他当初的袭截互换计划还是考虑不周，军事理论还是不过硬，轻敌意识还是非常严重。他理应多去想几个万一，万一这样怎么办，万一那样怎么办，正是因为脑子里少了万一，才最终导致了速战速决的突袭战打成了攻坚战，给部队带来的伤亡损失让他百身难赎。他说这些话时，他的手还是一会儿伸开一会儿握住的，手指僵僵硬硬的，看着像抽筋。他还紧紧地皱着眉头，一双眼睛死死地盯着某个地方，但眼神里游离的却是茫然，那样的茫然里蕴涵着无尽的痛苦。团长杨甬力一开始还是听着想着的，同时也承认自己在布置包围圈时没有强调速度，说到承担责任，他这个当团长的也难辞其咎。但是，听侯得章说得次数多了，而且每次都是类似的话，团长杨甬力就表示了不满。他指着侯得章的鼻子发脾气，说侯得章的检讨看似尖刀刺胸，看似又凶又狠，其实刺的是纵横花纹，整个胸口上都是血道子，压在心尖上的愧疚与隐痛倒被释放了。他说，以后再要检讨时，最好向内掏，把内里全部掏空了再拿出来晾晒。

　　团长杨甬力发完脾气之后又笑了，他先喊了侯参谋长，接着又喊侯得章同志，看着侯得章把脸上的汗水擦了，他又说自己的参谋长其实最适合干地方工作。说过了又抓起水壶，倒了水先让侯得章喝，跟着再哈哈大笑，笑着说一句表示歉意的话。团长杨甬力说："怎么样我的侯老弟，老大哥这句话是不是说重了？"侯得章摇摇头，说他不但没感觉愕然，反倒敬佩着团长真是一针见血，而他缺乏的恰恰是扒开胸腹晾晒的勇气。侯得章后来也跟着大笑，还说他喜欢团长的开怀大笑，笑得开怀了，心里就痛快，痛快就是里外通透了。侯得章说他这一会儿心里是最痛快的，他要趁着这个痛快劲儿，再一次向团长请战。他还是说的运北据点，还是说拔掉运北据点的重要性，还是说运北据点对晋鲁通道的危害性。团长杨甬力望着侯得章，说："除了重要性和危害性，还有没有哪里摔倒哪里爬起的心？"

　　侯得章说："有。"

团长杨甬力就把手重重地放到侯得章肩上,说:"根据支队首长指示,咱们四个团领导各带一部分人分散活动,活动范围就是运河以西12个县。去吧我的参谋长同志,回到你的老家去吧,我等你的好消息。记着,咱们的本钱少,赔本的买卖不能干!"

侯得章带着新一团一营回到了运河湾里,除了机枪连和警卫连随支队首长东进泰莱山区之外,这一个营几乎就是原186团的全部家底了。他的计划是边开展对敌斗争边扩充队伍,如果一切顺利的话,他有把握再拉出一个建制团来,而开展对敌斗争,首选的就是找准机会把运北据点吃掉。他做过周密盘算,经过上一次的战斗伤亡,运北据点应该还有八百人左右,兵力还是在他双倍以上。吃掉运北据点只能采取断肢战术,先以少部分兵力吸引敌人走出据点,然后再一口一口啃掉它的四肢,直到它变成无法行进的笨重肉身子。另外,他还有一个大胆的设想,那就是想尽一切办法争取刘雨生反正。刘雨生是从宋哲元的29军出来的,还参加过喜峰口大刀队,应该有着泯灭不掉的民族自尊心,投靠了刘百湖的鲁西保安纵队,既可以理解成狼狈为奸,也可以理解成报国无门的权宜之计。他与刘百湖的有奶就是娘,谁多吃奶谁先胖,应该还是有本质区别的。

如果第二种设想能实现,运北据点将成为他的奠基石。

不知道出于什么原因,对于同样先抗日再投日的两个军人,侯得章骨子里能接受出身排长的刘雨生,却无法接受团长出身的刘百湖。如果勉强下结论的话,只能理解为与第3集团军总司令韩复榘有关,一如他一度崇拜着副总司令孙桐萱。韩复榘是国民革命军中的投机者,也是政治上的无赖,他除了坐地为大,几乎没有报国意识。他没有礼义廉耻,在他身上看不到一丝丝士为知己者死的影子,更不用说民族大义了。刘百湖的团长是韩复榘任命的,而排长刘雨生效力的是率先以血肉之躯,大扬中华民族之魂魄的长城雄师。其实,还有一点是深埋在侯得章心底的,那就是,一个等同于匪类的混世魔王,竟然跟他一样团长出身当县长,而这个地盘恰恰是他刚刚退出的。团长加县长的混世魔王竟然成了纵队司令,竟然有了四万之众的兵力,竟然把河湾县变成了他的厨灶案板。这或许才是侯得章纠结于心又难以释怀的真正原因,也只有这样理解,才能释放侯得章心中的所有困惑与痛苦!

然而,就在侯得章要展开他的战略谋划时,马二梭的刺杀行动又一次与他不期而遇了。侯得章认定了几次的刺杀行动都是马二梭干的,杀了人之后再亮出独立营的招牌，敢于这样做的只有马二梭，永远忘不了运河独立营的也只有马二梭。出了这件事之后，刘百湖的大扫荡就在运河以西铺开了，侯得章的计划再一次受挫。不仅如此，最重要最难受的一点，那就是他侯得章眼下还没有实力，跟刘百湖的鲁西保安纵队硬碰硬。

　　与侯得章的糟糕心情形成强烈反差的是，马二梭却在为炮楼脚下完成的刺杀行动沾沾自喜，尽管马笸子多次提醒他要拉队伍占地盘，但马二梭依旧无法从先报仇后报国的思维中跳出来。马二梭要的是数字的积累，木牌少一个，就是多杀了一个日本人。等到木牌用完时，他会在运河湾里起坟造墓，他还要为坟墓立一块青石碑，他还要在青石碑上刻出运河独立营。到那时，他会带领他的人马报效国家，即便是死也再无怨恨。

　　马二梭没想到炮楼脚下的刺杀会那么顺利。他得到消息之后就决定下手，他还让肖八万跟着，理由是让新加入独立营的人轮流见血。临到要出发了，他还是说那句话：干了他！他们是踏着运河大堤脚下的蓬松茅草行进的，那时候太阳还没有完全落下，青青黄黄的晚霞照在树梢上，树梢上仿佛是着了火的。远远地望地平线，地平线上涌起蠕动着的潮气，潮气慢慢地膨胀着，但很快就会凝聚成晶莹的夜露，那就是落日在运河湾里留下的最后一抹余晖了。为了躲避西天边的余晖，马二梭他们还在杂树林里穿行了一阵子，杂树林的落叶吸附了他们的脚步声，脚步声在杂树林里变成了风吹秋叶的簌簌声。就在树梢上的晚霞滑到地面时，他们一下子钻进紫柳丛中，齐腰深的紫柳丛正好遮蔽了他们的脊背，等到他们靠近了炮楼的墙壁，落日已经把他们与墙壁融为一体了。

　　他们在炮楼拐弯处蛰伏下来。他们的头上还顶着拿紫柳条编织的紫色花环，花环上还插着变成枯黄色的茅草。他们看着三个日本兵摇摇晃晃，走在铺着潮气的小路上，看着潮气也是摇摇晃晃的。但他们马上就看出日本兵的后边还跟着一个没穿军服的，有着驴头长脸的福市被得印和金猪多次描述过。穿着短裤短衫的福市还把抓在手里的挎包背到肩上，还弯腰折了一根紫柳条，拿在手里挥舞着像一个串乡的货郎。他们是在丁字路口分的手，三个日本兵折向炮楼，他则顺着小路上了运河大堤，从那里再拐一个牛梭弯，接着就是运河大桥了。马二梭后悔不已，但他们不能再分头行动了，因为马二梭只带来了黑豆和肖八万，而肖八万虽然一直咬牙切齿，但他的眼睛里却满是惊恐。马二梭抓了一把茅草塞到肖八万嘴里，肖八万咬着咬着就吐了，说："×他奶奶!"

马二梭就是这时候下的命令,说:"干了他!"

往回走的时候他们还向紫云寨张望,紫云寨在潮气里变成了磨坊,变成了奶奶庙。他们看不到侯家老宅,看不到得印和金猪是怎么走四子棋的,他们只看到侯得才跟着两个喊他的人一路大跑。马二梭就朝草丛里吐了一口,看着像是吃了恶心东西的。

侯得才当天夜里就被押到了县城。

侯得才先在日军大队部挨了一顿揍,接着就进了宪兵队,第二天一早又被拉进了县府衙门,进了县府衙门他的脸还是肿的。

刘百湖把县府装扮得跟衙门大堂一样,除了悬挂"威正严明"匾额,他还在大堂门口竖了两块牌子。东边牌子上写的是:理不清不论,西边的牌子上写的是:辩不明不辩。牌子是镶在木框里的,木框下边是个马鞍架,马鞍架的四条腿用的是虎形。刘百湖是属鼠的,开始做马鞍架时,他曾经想到过鼠形腿,还想过在鼠身上贴金箔。但是小舅子刘呼闪却讥讽他把县府弄得不伦不类,说西方国家早就民主共和了,最保守的也是君主立宪制。像中国这样当了县长就想着是县太爷,就想着是一县百姓的老祖宗,作为国家主体的老百姓倒成了草芥,其实都是两千多年的纲常害的。刘百湖脸上挂不住,又恨着小舅子故意挑拣他不懂的词语,还张口闭口地说老百姓,心里腻味着要吐,偏偏把虎形腿刷成一抹红色的,虎牙用的却是黑漆,虎嘴看着像是深不见底的。刘百湖看着又笑了,说:"虎光张嘴不吃人了。"刘呼闪又打量牌子上的字,说字也是不伦不类的,因为理不清,所以才要论,因为辩不明,所以才要辩,怎么又理不清不论了,怎么又辩不明不辩了。不论不辩了,县府大堂岂不是形同虚设的,既然是虚设的,为何又做成虎威模样。刘百湖举起牌子要砸说绕口话的小舅子,说:"滚,快喊你的日本爹去吧!"

刘呼闪是过来传话的,传的是大川少佐的话,说他要与司令县长共同提审侯得才。刘呼闪说,其实大川少佐要审侯得才很容易,光一个宪兵队就足以让烈侠壮勇站着进爬着出,何况能爬出去的几乎没有,何况侯得才与烈侠壮勇根本不沾边,他充其量是个站着撒尿的男人。刘呼闪说他仔细研究过侯得才的长相,侯得才的长相犯着四忌,其一是鼻尖呈鹰钩状,其二是耳后见腮,其三是有狼行虎吻之态,其四是眉毛间断且散乱。有鹰钩鼻相者,其人性阴沉,内刻薄,工于心计,且手段阴狠;耳后见腮者,大都属于无情无义之辈,其人处世奸猾且反复无常，口蜜腹剑且心狠手辣；所谓"狼行"者，是行走中会突然回头且头动身不动；所谓"虎吻"者，则是指远看笑容可掬，近看似怒非怒，说话虚伪且言不由衷。此类狼行虎吻之相，多为玄机蛰藏，内阴而外明。刘呼闪说，大凡犯其四忌者，其人必心胸狭窄、睚眦必报、阳奉阴违、工于心计、薄情寡义、唯利是图、以怨报德。此类小人善于暗处做手脚，使君子防不胜防。

　　刘百湖丢下牌子，惊愕着望小舅子刘呼闪，望着说刘呼闪不是假洋鬼子了，要是也得是个真鬼，是真鬼都会先装狗屁不通，其实一肚子都是狗屁。尤其是戴着眼镜吃过洋人屎的，看着斯斯文文，其实是绵里藏针的狠家伙，藏的还是蜂王尾巴上的毒针。刘百湖说："我说的是你，你看我懂不懂麻衣相法？"

　　刘呼闪不接他的话茬，只顾由着性子说下去，还是接说五官。说五官犯贱的还有鼻歪耳突，鼻短耳反，鼻骨突起，不一而足。总之是，宁交王八羔子，不交吊眼梢子。

　　刘百湖怔怔地愣在那里，也不朝地上吐了，也不说脏话骂了，凑过去拿手摸刘呼闪的眉头，摸了刘呼闪的又摸自己的，摸过了又闪开了。刘呼闪这才又说大川少佐完全有把握让侯得才开口，完全有把握让侯得才说出幕后帮凶，因为大川少佐知道单凭侯得才一个人，是不可能刺杀三名帝国军人的。刘百湖啊啊地叫着，说行了行了，不就是怀疑自己的鲁西保安纵队里有仇恨日本人的吗？不就是打着三堂会审的幌子要看自己怎么袒护吗？不就是想着扯秧摸根揪出一大帮不顺眼的人吗？不就是想借机把自己压下去吗？刘百湖又说："哎哎，我问你。大川少佐这算不算狐疑满腹之辈啊，算不算玄机蛰藏的小人啊，算不算内阴而外明的狼行虎吻之徒啊。回答啊，假洋鬼子。"

　　刘呼闪说了句嘴大漏气，转个身到门口迎接大川少佐去了。

　　大川少佐是阴沉着脸来的，他身后还跟着同样阴沉着脸的石破三郎。刘呼闪到堂案后边摆椅子，并排放的是两把，另外两把各摆在斜角处。刘百湖知道哪边是上首，他故意先按住东边的椅子，接着又向大川少佐施礼，意思是让大川少佐坐西边的椅子。石破三郎冲着大川少佐耳语几句，大川少佐伸手把刘百湖拨拉开，横着身子坐到东边。

　　侯得才是被宪兵捆绑着押进来的，宪兵在侯得才腿弯里踢一脚，侯得才扑通跪下了。

　　刘百湖望着大川少佐，原本是要说谁坐上首谁先问，大川少佐却哼哼着瞥他一眼。刘百湖就把惊堂木拍响了，也学着戏台上的样子喝问一句，问的是下边可是侯得才吗，见小舅子刘呼闪冲他挤眼，于是又说："扯闲篇的话不说，你只说独立营是怎么回事吧。"

侯得才就哭了，哭着说他快糊涂死了。上一次死个孙宝贝，先怀疑的是他，死个福安，怀疑的还是他，还把他爹绑架了。这一次更是二话不说，直接就把他弄到了大队部，论起来，他已经当过三次冤大头了。别说连捆带打，别说大梁上吊一夜，别说弄两条狼狗在下边又撕又咬，就是把他弄来问问话，他都是天下最冤枉的。太君还让他交代同伙，太君还让他交代幕后主使，太君还让他交代鲁西保安纵队里有多少仇恨帝国军人的。侯得才说："这不是逼着哑巴说话吗，我是半道上投靠的，鲁西保安纵队里有多少仇恨帝国军人的，我哪里知道啊，即便有也不会跟我这个二婚头说啊。"刘百湖抓起惊堂木砸到侯得才头上，说："我问的是独立营，你个狗日的扯哪去了？什么叫鲁西保安纵队里有多少仇恨帝国军人的你不知道，我他妈的鲁西保安纵队里根本就没有！"

惊堂木擦着侯得才的半边腮，崩着又刮破了耳朵，耳朵上的血流到半边腮上，结果半边腮看着像切开的西瓜。

大川少佐见刘百湖拿眼角瞅他，出手击打了侯得才之后还是拿眼角瞅他，他偏转了头故意不看刘百湖，示意刘呼闪紧着翻译侯得才刚才说过的话。刘呼闪先翻译侯得才说的二婚头，大川少佐连连摇头，催着侯得才往下说。石破三郎干脆叫他说木牌，其他话一句也不要说，说得越多越证明他是心虚。石破三郎说："你口袋里的木牌哪里来的？"

侯得才说他快糊涂死了是真的，进了大队部他就在心里想，他甚至比任何人都清楚，一连串的刺杀都是马二梭干的，马二梭已经回到了运河湾里。三个日本人身上都插了木牌，足以证明马二梭是要为运河独立营报仇的，但是，他实在不明白木牌是怎么到了他口袋里的。侯得才一直在心里想，想着巡哨的一呼叫他就明白出了什么事，他是在没人觉察时离开的炮楼，走到老宅门口了他还被两个半大孩子缠住当中人，两个半大孩子还是争着论输赢的。侯得才忽然呀呀地叫起来，说他知道木牌是怎么回事了，他现在一点儿也不糊涂了。侯得才就说了得印和金猪，说两个熊孩子拦着他当中人是假的，要往他口袋里放木牌才是真的，要让他有口难辩才是真的。侯得才说："你们问侯得印问马金猪吧！"

得印和金猪也是被捆绑着进的县城，两个人见了得才就喊哥，两个人看见得才还抹眼泪。两个人还问得才犯了什么事，怎么一犯事就要把自家人拉扯出来，两个人还互相埋怨不该让得才当中人。得印说："明明是自己赢了，金猪偏偏说他走错了，金猪偏偏要拉得才当中人。"金猪说："不对不对，自己没走错，是他想耍赖，是他不想让自己赢。"侯得才挣不出手来，就用头撞金猪和得印，说："我被你们害苦了知道吗？"

刘百湖走过来拨拉开侯得才，皮带折叠着抓在手里，指着问得印跟得才是什么关系。得印说："得才是俺哥，俺爹叫二老闷，他爹叫三精包。"刘百湖又问金猪，金猪说："俺嫂子是得才哥的姐姐，也是得印的姐姐。俺嫂子最疼得才哥了，家里一做点换口味的饭，俺嫂子就让我喊得才哥去吃，他比我吃得还多。"刘百湖抡起皮带抽打侯得才的头脸，侯得才发出惨叫声时，他大笑着又坐回椅子上，然后挤眉弄眼地冲刘呼闪说："翻译吧，一窝子狗连蛋。"

大川少佐说："怎么不审了？"

刘百湖说："审个屁啊，他们是一家子！"

大川少佐又看刘呼闪。刘呼闪长长地叹气，说中国人就是这样子，说的是君君臣臣父父子子，其实是君常不君，臣常不臣，父常不父，子常不子。说的是有福同享有难同当，其实还是各顾各。

刘呼闪说："悲哀啊！"

第九章

马二梭得到金猪、得印被抓走的消息已经过了中午。

这一次，马二梭是让肖八万跟没上过手的人说刺杀日本人的。肖八万全没了隐藏时的惊恐，他脸上满是豪壮，他跟那些同乡人说原来怕小日本是怕早了，小日本根本用不着怕，一刀下去照样是死的。肖八万还跟他们比画，说下手时要勒紧小日本的脖子，勒脖子的时候还要捂住小日本的嘴巴。上边勒着捂着，下边拿膝盖骨往小日本的后腰处一顶，这时候小日本的头脸是向后仰的，这时候下刀子根本用不着费劲。只要拿刀子轻轻一划，小日本的血就汩汩地冒，冒着冒着小日本就翻白眼了。忽然又说没爹的小日本也是有种，你明明勒住他的脖子了，你明明捂住他的嘴巴了，他还是拧着身子要挣脱，反正是不想让你下刀子。肖八万还说小日本会使后腿功，上半身使不上劲了，他就拿腿往你腿上缠，蹬着缠着是要和你一块儿摔倒的，你只要和他一块儿摔倒了，说不准还真能让他挣脱出去。还有，小日本的两只手也让人恶心，他不停地抓挠，他逮住啥抓啥，抓还是死抓。他甚至还想抠你的眼珠子，他甚至还想压着你的肩膀往上蹿。你说这时候你是啥滋味，你恨不得扑哧一家伙就捅了他！

十几个人望着肖八万，后来又望马二梭，马二梭就笑了，说八万可以当刺杀教官了。

来报信的是豌豆，豌豆说得印和金猪是被摩托车带走的，往摩托车上拉时还绑了绳子。黑豆又把刀子掏出来，问马二梭要不要马上进城，说如果顺手的话，顺便把得才也干了。马二梭铁青着脸往洞壁上插手指，手指在洞壁上戳出一个个洞眼，洞眼里还沾了血滴。后来他猛地抽出手来，又慢慢地转向马笸子，说他这一会儿还是不想明着干。马二梭说："笸子叔，我不能舍老本，我赔不起。"但当马笸子刚要点头时，又说他不会空等着，也不会白搭上两个人，他要找垫背的，他还要让垫背的活到得印和金猪出来。

马笸子还是冲马二梭点了头，说二梭果然像个营长了，果然知道钉子钻石头钻不动，但是钉子钉劈柴却一钉一个准。劈柴没有石头硬，劈柴却可以把石头烧烂，劈柴烧成了灰，钉子还是个硬邦邦带尖头的。马笸子又问立冬去了哪里，豌豆说立冬是和他姐一块儿出去的，香芝要找的是多多，立冬去马家找了步正爷。步正爷没抡铡刀，也没让满秋叔跟着，他是一个人去的侯家老宅，去的时候带的是绳子，进了老宅就往房梁上挂绳子。香芝一跟多多说，多多就来了个又哭又号，哭号的是她没脸出门了。多多哭号着还满屋子里找剪子，抓了剪子就要往脖子上扎。马笸子说："二梭你看了吧，立冬也够个营长料了。"

马笸子又问侯登榜家两口子是个啥情况，豌豆说："那更厉害了！侯登榜是举着挑谷叉去的，侯黄氏拿的是擀面杖，喊明口地要跟侯登銮拼命。"

马箙子又说:"三天为限,第四天上午再不见人回来,老本也得舍!"

侯登銮家千真万确是闹起来了,多多是听了香芝的话先闹的,香芝是学的弟弟立冬的话。立冬说,多多有一个不办人事的哥哥,以后不让多多到家来了,省得村里人说立冬家好孬人不分。多多哇哇地大哭,哭着撕扯她爹侯登銮,侯黄氏也跟着撕扯。香芝又去了西跨院,她跟侯登榜家两口子说是得才咬出的得印,得才是被他爹侯登銮支使的。侯登榜喊着侯登銮的名字往前院跑,举着挑谷叉要把侯登銮穿了,侯杨氏跑到多多屋子里,还把屋门插上了。

侯黄氏推不开屋门就退回到院子里,拿擀面杖砸的是鸡食盆子,受了惊吓的鸡到处乱飞,飞到香台上蹬掉了香炉,香炉里的香灰扬撒成蒙天大雾。鸡就扒着侯登銮的裤子往上爬,鸡爪子把侯登銮的脸挠破了,侯登銮吼吼地咳嗽着号了一嗓子,号的是不活了不活了,要死一块儿死吧。侯登銮说他不过是个不想多管事的乡长,他根本不知道得印被抓走,县城里为什么要抓得印他更不知道。刘县长恨的是八路军,日本人也是恨的八路军,刘司令恨的是独立营,日本人更是恨独立营。人家恨的是八路军围攻运北据点,人家恨的是独立营专杀日本人,这就叫初一对十五,这就叫血口对仇口,怎么论都是明白的。侯登銮还喊了二哥,说我现在还认你是二哥,你要还是个二哥,你就把挑谷叉放下。侯登銮说:"二哥你得让我明白,我问你,你说人家为啥要抓得印啊?你只要说清这一点,我立马就进城要人去!"

侯登榜说:"我说不清,我就要我儿子!"

侯黄氏说:"说清也不说,一对坏种父子,抓了人还要别人说清,跟你说得清吗?"

侯登銮吃吃地冷笑,冷笑着说:"你们真行啊,装傻装到小兄弟家了,小兄弟是真傻吗?得印为什么天天不着家,他不着家去官地干什么,他不着家去紫云寺干什么。他一出去一身土,得印是爱干活的人吗,是谁要他干的,他干了哪些活。得印还三番五次地进城打探,县城里有多少日本人他都知道,日本人要出县城了他也知道,日本过运河大桥了他也知道。出城出的是几个,过了运河大桥又要去哪里,他都摸得一清二楚。他一不是兵,二不是哨,你说他为啥要摸清这些啊。是谁让他摸的,摸清这些干什么,光是为好玩吗?还有,那边刚刚刺杀了三个日本人,这边得印就跟金猪下起了四子棋,棋是在老宅大门口下的。他们以前在老宅门口下过四子棋吗?为啥快黑天了还在那里下？那是下棋吗？那是啥用意？那是专门等得才的。他们为啥要等得才，他们就是想要得才说不清，他们把木牌牌放到得才口袋了，得才还能说清吗？"侯登榜又把放下的挑谷叉抓起来了，说："驴尾巴安到马腔上，你不胡扯不能活啊？我问的是得才为啥咬出得印？"侯登銮忽然蹦跳起来，蹦跳着还放开嗓子号，说："你还问为啥！你说为啥？你的好姑爷回来了，阎王爷马二梭回来了，这一切都是马二梭干的！"

马步正一步门里一步门外，迎着这一声儿答了腔，说他这几天天天做梦，天天看见二梭在眼前晃荡着，二梭晃荡着就是不回家。马步正说，他还看见二梭身上绑了绳锁，二梭还冲他哭，说他一步也走不动了，乡长拿大印压着他想走也走不成。马步正说他一听这话立马就明白了，那不就是孙猴子压在五行山嘛，压是如来佛祖压的。压也不压死你，还给你留个头脸吃喝，还给你说有朝一日师傅会来认徒弟。马步正说，他醒了之后就明白了，明白了就不想让二梭等佛祖了，他现在就要把二梭领回家。他一说回家二梭还是哭，二梭还是说不行啊，他现在怕的不是佛祖，他怕的是乡长侯登銮。

马步正说："侯登銮乡长，乡长大人，二梭回来了是吧？"

侯登銮说："你……你……"

马步正说："怎么了乡长大人，你还是不肯挪动五行山是吧？"

侯登銮说："我喊你大人行了吧，你要急死我啊？"

马步正说："你说啥，你已经把二梭害死了！你从哪里找到的他，是进了村又害死的，还是半道上截杀的？看来梦还真是没有白做的，我说二梭回来了怎么不进家呢，敢情已经死你手里了。他死了我也不活了。"掏出绳子搭到侯登銮家的堂屋门鼻上，搬个凳子站上去，伸着脖子要套绳。侯登銮惊骇着抱住他，说："老马大哥，我怕您老人家了行了吧，咱不闹了行了吧，你装疯卖傻我也当真行了吧。"马步正又问二梭到底死没死啊，侯登銮又嗷嗷一嗓子，说："马二梭是阎王爷，阎王爷会死啊？"

马步正说："那我就把他领走！"

兰兰哭喊着进来了，进来先去的是东跨院，到后边了才想起东跨院是改了门换了向的。兰兰又跑回来，还是不往前院里看，绕到老宅东边进了侯登科家的院子。兰兰不喊叫了，她是抹了眼泪跪下的，跪下喊大爷大娘。兰兰还喊了喜喜妹妹。兰兰说："大爷，我和二梭的媒是您保成的，我现在只想看到二梭的尸体，您去三叔家要回来吧。还有得印，还有金猪，这两个我也要……"侯登科拉着兰兰大跑,进了前院就呼叫,说侯登銮你高抬贵手行不行啊,你们父子真要把侯家老宅弄个家破人亡吗?

侯登科推着兰兰往侯登銮身上撞,说:"给他要,死的活的都要!"

侯登銮一蹦三尺高,说:"大猴子你别充好人使邪点,我今天就挑明了说吧。马二梭回来了,侯得章也回来了,运北据点就是他带人围的,半道上打伏击也是他带人打的。侯得章已经是八路军的人了,别以为我不知道!你半夜三更地烙油盐,那是给谁烙的,门口三个男人鞋底印是谁的,别以为我不知道!"

侯杨氏娘哎一声拉开门,扑着要撕扯侯登銮的嘴,说:"啥也别说了他爹,快进城要人去吧……"

人不是侯登銮要来的。得印回来说,一个跟妖精一样的日本小姐上了大堂,她没搭理县长刘百湖,她是先找的大川少佐,两个人说的是嘀咕话,她们不说嘀咕话也听不懂。刘百湖的小舅子刘呼闪一听就明白了,他说,滚吧,太君叫你们回家闹去。金猪说他知道那个日本小姐是码头货栈的,她叫花田子,她假扮南蛮子时装的是哑女。货栈现在不叫货栈了,牌子上写的是麻菱矿产置业所,就是要在运河湾里钻探挖煤的,煤炭挖出来运到日本国去。置业所里都是日本人,死的福安是日本人,得才领到家来吃白单饼卷三丝的也是日本人,得才现在跟日本人穿的是一条裤子。后来两个人还说看见那个摇屁股的日本女人跟得才使眼色了,得才是跟日本女人先走的,走到门口了才想起来跟大川少佐敬礼。

侯得才跟大川少佐行的是鞠躬礼,又要跟刘百湖敬礼了,手举起来碰到了半边腮,半边腮上的血沾到手上,他就把手放下了。

侯登銮回来之后证实了这一点,他没说花田子要求大川少佐放人这一节,也没说儿子挨打这一节。他说,日本人根本不是抓去审问,他们让得才去了是不假,他们怀疑得才跟刺杀日本人的是一伙也不假,但是得才咬死口地说他什么都不知道。他们要得印和金猪去县城也不是审问,他们就是想让得印和金猪对证得才说得对不对,他两个也算机灵,也说什么都不知道。他们还让得才咬出其他人,得才张口就回绝了,得才说别说我不知道,我就是知道也不会说。得才后来还跟大川少佐拍了桌子,还跟刘县长刘司令拍了桌子,得才说要杀要剐随你们的便,谁也别想从他嘴掏出一句话。侯登榜端出来一盆子鸡粪,走到侯登銮跟前摔了,鸡粪铺了一院子,鸡屎盆子也摔得粉碎。侯登榜临转身时还到处查看，还说："谁家的死鳖又喘气了，怎么比鸡屎还臭啊！"

侯登銮低着头进了堂屋，一直到天黑也没出屋。

侯杨氏赌着气不做饭，多多还是躲在自己屋里，还是时不时地抹泪。侯杨氏心疼闺女，忍不住又嘟囔，说夜猫狐子还知道要一丝丝脸呢，咱别让人家指闺女的脊梁骨了，咱给闺女留条活路吧。侯登銮顿时又涨红了面孔，先说他现在也里外不是人了，出家门受外人的气，进家门受家里人的气，里里外外都巴不得他气死憋死窝囊死。接着又说生了个儿子，又天明天黑地连个影子也摸不着，生了闺女又是胳膊肘朝外拐的，剩下一个半傻子婆娘吧，偏偏又是个拖不动地顶不了天的。说着还吼吼地咳，还把两个眼珠子弄得红红的，看着像是受了天大委屈的。侯杨氏又心疼男人了，先倒一盅茶水让他喝了，又紧着扶他到床上躺下，看着侯登銮稳住了神色，于是轻了声儿说私己话。

侯杨氏先问侯登銮大半天去了哪里，怎么还没有放出来的人回来得早，要是跟儿子在一起了，为啥不把儿子拉家来啊。儿子一次二番地出事，一次二番地闹凶灾，福气没跟他享一点点，担惊受怕的倒是跟着沾了不少。要是这样的话，还不如把他拉家来，挑拣个殷实人家的闺女，娶家来让他过安生日子。啥前程不前程的，毕竟是安生要紧，毕竟是稳妥要紧。接着又说得印一回来就说得才，说得才倒是没用脏话，就是听着刺心堵耳。还有那个金猪，张口闭口地都是跟日本人穿一裤子，还说跟哪个女叫花子这样那样的。侯杨氏说："他爹，你说得才他真是前不要后不顾了？"

侯登銮怔怔地望着侯杨氏，望着又长长地吐气，说他根本没跟儿子得才说上话，他还没走到县大堂呢，得才就跟着那个花田子小姐出来了，大川少佐还送出门来，送倒不一定是送得才，不过得才倒是冲后边鞠了一躬。刘县长刘司令也认出了他，只不过没跟他说话，看着像是生了得才气的。侯登銮说，他这时候紧着喊了一声得才……

侯杨氏紧着拦住他，说："哎哎，你等等，刘县长刘司令都看见你了，怎么你还喊得才啊，得才没看见你啊？"

侯登銮说："你叫我说完！"

侯登銮又接着说，说他喊了一声得才，得才光是朝后边摆手就是没回头，跟着就钻到花田子小姐车里了。侯杨氏又截一句，说："那你还是没跟儿子说上话啊。你绕了一个鸡肠大弯子，我到现在才明白，敢情你是空走了一趟啊。"侯登銮又怔怔地望着侯杨氏，望着没发脾气，闭着眼躺下了。侯杨氏

红兜肚

嘟囔着要走，他忽然又坐起来，说："你明白了我也明白了。这年头，脸也罢，腚也罢，能露出来的都是不怕晒不怕冻的。儿子愿意折腾，就让他折腾去好了，不就是脸在上边腚在下边吗，我他奶奶的偏偏倒着看！"

花田子愿意为得才担保求情，完全是因为福山的一句话，福山是自语着说的，说得才这家伙说话还是不靠谱啊。福山说这句话的时候，刚好是炮楼那边三名日本人被刺杀的第二天，那天福市关上屋门打电话，电话是打给大川少佐的。除了表示哀悼表示悲痛之外，福市反复地说一个意思，说他与三名帝国军人是在丁字路口分的手，他亲眼看着他们走向炮楼，那时候炮楼上还有瞭望哨，哨兵还冲着地上的茅草撒尿。福市说他尽管不懂军事，尽管没有从军经历，但他仍然可以肯定，刺杀帝国军人这件事纯属偶然，根本就没有什么独立营，刺杀者把独立营的木牌插到他们身上，完全是别有用心，完全是干扰视线。

福市说，根据他多年对中国国民性的深入调查与研究，中国人是不会杀了人再把自己亮出来的。中国人没有那种胆量，中国人没有那种雄魄，中国人只会干一些偷鸡摸狗式的嫁祸于人式的勾当，既秘密行动又亮明身份，这种极大的反差就是铁证。尽管中国有明人不做暗事的说法，尽管明清话本写过许多豪杰英侠，尽管水浒好汉中有个杀人者武松的描绘，但统统都是文人墨客的胡编乱造。你只要想想中国人为盗光连墙壁都可以凿你就明白了，你只要想想中国戏剧上的盗御马你就明白了，你只要想想鼓上蚤时迁是怎么上梁山入伙的你就明白了。窦尔敦盗了御马，临走留下黄三太的名字，这不就是嫁祸于他人吗？时迁做的是飞檐走壁、掘坟盗墓、跳篱骗马的行径，梁山众好汉竟然还拿他当个人物。福市说了一大通，直到大川少佐急得要挂电话了，他才说自己永远不相信有专对日本人下手的中国人，即便有，他也会照常去挖水井，水井挖成就钻探，钻探结束就开矿，任何人都不能阻挡他为帝国获取矿产资源的雄心壮志。

福山就是听了福市的电话之后才说的那句话，福山说得才这家伙说话还是不靠谱啊！

福山说过了回头，看见花田子小姐正冲他眯着眼笑。花田子小姐还说："福山君你说什么呢，难道不能过来吃杯和敬清寂的蒸青煎茶吗？"福山再不肯说得才，还说自己有个自言自语的毛病，毛病是自小落下的。福山说有一年他爬树掏鸟窝，看见鸟蛋是带着花纹的，对着太阳看还能看见里边的红丝丝，看着就忘了抓树枝，掉到地上摔昏了还是说鸟蛋是带着花纹的。福山反过头来又问花田子小姐蒸青煎茶的来历，说他在台湾时喝的是泡茶，从来不曾煎过的，台湾同胞把熬药说成是煎药。花田子咯咯地笑，说福山君傻乎乎的真可爱，是个苹果也应是脆甜爽口的。她当真说了蒸青煎茶的来历，说蒸青茶简称煎茶或生茶，是绿茶的一种，蒸青茶的制法源于中国的唐代，比炒青的历史更悠久。

花田子说，据陆羽《茶经》中记载，谓之："晴，采之，蒸之，捣之，拍之，焙之，穿之，封之，茶之干矣。"镰仓时代，相当于中国的南宋咸淳年间，大和高僧大广心禅师渡海西游，住留于浙江余杭径山寺研习佛学，后将径山寺的"茶宴"和"抹茶"制法带回日本。花田子说，日本的蒸青茶，除了抹茶外，还有玉露、煎茶、碾茶、和茶等。至今日本国"茶道"所用仍是蒸青绿茶，但"茶道"在中国几乎看不到了，中国人统统习惯了饮驴式喝茶。

花田子甚至还发出了咕咚咕咚的嗓音，意思是学中国人喝茶的。福山哈哈大笑，笑着竭力赞叹，说花田子小姐通晓古今，洞悉东亚，自己真想做个学生。花田子又叫了福山君，说福山君是盼着福市课长出事吗，以后再不要让侯得才说这些话了。又说福市课长去井上是有意瞒着她的，他们在股权方面也的确产生过矛盾，甚至于相互排挤，但是，在对大日本帝国的忠诚上，他们的心是在一起的。福山连连点头，忽然又呀呀地叫起来，说："花田子小姐您先说的那一句是什么呀，我只是给课长打下手的小职员，我什么都不知道啊？"花田子在福山腮上轻轻掐一下，说："这么说，福山君是不愿意做个脆甜爽口的小苹果了？"

第十章

侯得章又一次回到侯家老宅，还是夜里回去的，还是翻墙进入的。这一次没说饿，当侯葛氏又要给儿子烙饼时，侯登科就把侯葛氏拽住了。侯登科还冲侯葛氏瞪了眼，说你还想给这个留下爪子印的野猫烙饼是吧，你是不是还想给他烙油盐饼啊，三精包是怎么揭我的你忘了。侯登科拿烟锅指房梁上的干粮篮子，又说就叫他吃剩干粮，剩干粮硬成石头子他也得啃。侯得章把手伸到干粮篮子里，摸着半个剩窝头，咔嚓咬一口，果然邦邦硬。啃着问三叔还说了些什么，三叔说那些话是瞎懵的还是真见到了，难道三叔已经猜疑他了。侯葛氏呀呀地拿手指刮脸，说："你还一口一个三叔，你认人家，人家认你吗。你不过是个侄子，他亲哥哥又怎样，你爹不是他亲哥啊。人家照样往死里揭，哪里皮薄揭哪里，哪里血多揭哪里，哪里离心尖子近揭哪里。你要再三叔四叔地喊，我自己都觉着是个没脸的！"侯得章紧着把半个窝头啃了，又紧着让侯葛氏给他找原来穿过的衣服，最好是不脏不破的，最好是看着体面的。侯得章说："娘，我不说三叔了，您给我找衣服吧，我等着用。"

　　侯登科举着灯照儿子的脸，说上次来是认不出了，这次认出来又忘了是谁了，看来这个儿是非把他们糊涂死不可了。侯登科说："又是爬墙又是摸黑的，你们八路就这样抗日啊？你现在就给我说，你要原来穿过的衣服干什么？你不说，找出来我也得给你烧了！"

　　侯得章说这一会儿他满脑子都是衣服，找着了他再说为什么。侯葛氏翻箱倒柜，翻出来的衣服散发着隔年的霉味，看哪一件都是肥瘦不合的，后来总算找出一身省城读书时穿过的，灯明里打量着还算干净，只是裆处有些污垢。侯得章抓着比量长短，比量着还笑，说他看见这条夹裤就想起到省城读书时，第一个秋天就是穿的这条夹裤，他原本是要到操场打篮球的，结果一个操场上的同学都笑得站不住，说我把球塞到裤裆里就算投篮了。扔下了又催着侯葛氏再找，侯葛氏也有些臊了，说别管裆大裆小，反正不是开裆裤子。箱子柜子找遍了，还是没有合体的，只好把侯登科的衣服找出来。找出来的是一身湖蓝色的礼袍，礼袍为右衽大襟，袍为双层面料，侯得章一看就相中了。礼袍是侯登科当理长时做的，到县城找裁缝还给裁缝师傅送了一对核桃木的菱角烟锅吊坠。最后找的是鞋，鞋是用黑绒布做的双开脸，中间的起脊提梁是用羊皮压的缝，看着有九成新。侯得章也很喜欢，穿上了再试大小肥瘦，提鞋时后跟稍紧些，但好处是跟脚。于是又笑着说了四句话，说的是：礼袍踝上留双寸，下摆开衩尺上分。若以丝麻马褂配，不论辈分亦先尊。

侯登科瞪大了眼望儿子，说："你这些闲篇哪来的，我怎么越看越觉着你不像当过团长县长的？说吧，该说你了。"

侯得章说："长袍配马褂，商贾官宦都可以穿。马褂一般用黑色，下长以至腹为度，前襟钉五粒扣子，扣子编以九棱六角，布料以杭州府绸为上品。可惜家里没有礼帽……"

侯登科拿烟锅烫儿子的手，说："我不想听奸商老板说话，你只说要弄这身行头做啥用？"

侯得章不想说，又躲不开父亲的纠缠，只好轻描淡写地说了几句应付话，说他有个想法，想到运北据点走走，再往下的话就不想说了。侯登科站起来就扒礼袍，说他宁愿把九成新的礼袍烧了铰了撕了砍了，也不许儿子穿上它送死去。侯登科说："你不想活了是吧？你不想要爹，我还想要儿呢！"侯得章马上又说只是个想法，并不一定真去，即便是真去，也不是想着送死。

侯得章真去了运北据点，果然是穿着礼袍马褂去的，果然戴了礼帽，礼帽是酱紫色的。上中下，紫蓝黑，三色三款搭配着，侯得章一下子变成了儒雅倜傥的商家老板，怎么看都感觉是经过场面的。他没带一枪一弹，也没让其他人跟着，甚至营部里也没有几个人知道。他跟团长杨甬力汇报时说有这么个想法，不到别无选择，他不打算武力解决运北据点了，而他跟营部里的几个人说的是拜访一位旧相识。

没有人能洞悉侯得章的真实心理，猜测也许直抵要害处，也许根本不沾边，即便是他自己，有时候也难以判定。比如，他明明知道自己对刘雨生的好感，不过是建立在对刘百湖的厌恶上。这种好感在很大成分上是情绪化的，连认同的程度都达不到，更不用说好感的前提是志同道合。如果不是徐州会战之后的仓促撤离，如果不是撤离途中的茫然四顾，如果不是划归到第二战区的人地两疏，他也许根本不会投靠以游击战为专长的八路军。关键是他认了，认了就想展示，结果他的展示又以不尽完美告终，而事出有因的不尽完美本为兵家常事，可他偏偏不能释怀。他愈是要尽展完美，愈是要排斥利害权衡，愈是明白抱负必须建立在脚踏实地的基础上，愈是要越快越好。侯得章知道自己已经陷入了无法排解的死结之中，唯一的办法就是于疏漏中追求无遗憾，即便是那样的遗憾要以生命为代价，他也在所不惜。

前提是，他又向理想抱负迈进了一步。

侯得章是在太阳升到树梢高时到的运北镇上，他像一个久别家乡的故人，悠闲地漫步于镇上的街巷,他甚至还买了两串糖葫芦,酸酸甜甜的感觉在脸上荡漾着,他脸上还满是与乡间人截然不同的畅快。许多人都看到了他的表情,他以两个手指捏竹签的动作,以及横着轻拂嘴边的吃相,一定会给镇上的人留下深刻的印象,以至于站在吊桥口的门岗都忍不住对他多看了几眼。他径直走向吊桥口,静静地等待着门岗搜查完进出据点的人,然后他掏出一只怀表,捏住表链交到一个门岗手里。他说:"请禀报刘团长,就说有故人拜访。"门岗一定注意到了他拿手指捏表链的姿势与捏竹签糖葫芦的姿势完全一样,门岗眼睛里就流露出来少有的敬意,当然也有疑惑。于是门岗问了一句:你是谁?侯得章伸出一根手指,手指指着表链上的纸条,收回手来又捏住了竹签,竹签上的糖葫芦被秋日的艳阳照得晶莹如珠。门岗看纸条上的字,字是:同为悲歌人。

门岗返回来时做了个请的姿势,带着侯得章绕圈子,绕着穿过两道铁蒺藜网。铁蒺藜网是与内环水槽连在一起的,门岗举起手来,手在空中划了个奇怪的动作,内门楼上传出哗啦哗啦的响声,铺在地上的铁蒺藜网慢慢向两边退缩,水槽里却突兀地冒出一方桥面,桥面刚好与水槽平口。侯得章默默地记着并暗暗吃了一惊,后怕的同时,又不得不赞叹据点主人的阴鸷与谋划,他甚至有些敬佩这位排长出身的团长了。门岗绕圈子是要领他进内门楼的,内门楼其实是一处青砖院落,由这样那样的机关障碍包裹着,看着像是运河湾里的菱角。如果过了吊桥径直走,先看到的应该是大大小小的房屋,以及明明暗暗的地堡,那就是据点的脚手牙齿,而他要去的地方才是团长刘雨生的私密处。门岗回去了,内门楼上下来一个人,手里拿着眼罩,戴上了又伸出一根木棍,让侯得章抓着木棍跟他走。

侯得章终于见到了刘雨生,而刘雨生则对纸条上的话困惑不解,门岗说的是故人来访,而纸条上写的是同为悲歌人,嘴里说着怠慢了,眼睛却在侯得章脸上划过一道寒光,就在侯得章要上台阶跟他握手时,他突然半侧身闪到一边,又故意做了个失足滑倒的趔趄窘态,一只腿却斜插侯得章脚下。侯得章提腿挪步,也做了个脚迟腿笨要绊倒的样子,身体摇摆着又要拉扶刘雨生,刘雨生的手正好伸向他。两个人各扫对方一眼,又都倏地移开了,看着都像是失了态的样子。

刘雨生说:"先生是今天才换了行头的吧?"

侯得章说:"刘团长果然好眼力。"

刘雨生说："我看先生是西山下来的。没错吧？"

侯得章还是说："刘团长果然好眼力。"

刘雨生冷冷一笑，说："那这句'同为悲歌人'又怎么讲？"

接下来的场景几乎跟戏文上唱得差不多。两个各怀揣度的陌生军人，中间隔一张桌案，桌案上摆放着茶盏，茶水放凉了，茶水的颜色也慢慢由浅变深。这一切也跟侯得章想象过的差不多。没有人看到他们是怎样打破僵局的，青砖院落的外边响起沙沙的脚步声，脚步声是绕着青砖院落走动的，而内门楼上的枪眼里竟然飘落了一束羽毛，羽毛沾在枪手的鼻子上，枪手先是伸了舌头舔，后来又半合了口唇轻轻地吹。一直到两个军人走出青砖院落，枪手才打了个响亮的喷嚏，喷嚏把鼻子上的羽毛惊飞了。

两个人是并着肩走到吊桥口的，团长刘雨生先站住，说是再远送不宜，不送也不宜。于是团长刘雨生就朝某个地方打了个手势，接着就有三匹马跑过来，其中一匹马是留给侯得章的。三匹马在河套边缘处的沙坡地上站住了，其中一人转交了团长刘雨生的回赠品。回赠品是两块瑞士同款的罗马牌腕表，黑表盘，表盘边带K金刻度盘。太阳似落未落时侯得章回到部队驻地，当天夜里他就向团长杨甬力作了汇报，同时把另一块表放到团长杨甬力铺开的地图上。

除去主人回赠，其他的方方面面也几乎跟侯得章想象中的一样，甚至连刘雨生会派人护送，他也想过了。他没跟团长杨甬力说那些细微处，他说的是自己第一眼看到刘雨生，就认定这个人是可争取的，争取过来或许就是一员虎将，而虎将成为敌人，要断其一爪都会付出血的代价。侯得章说，当刘雨生问那句"同为悲歌人"怎么讲时，他没直接回答，又不能不回答，但刘雨生听了他讲的故事就不再问那句话了。

侯得章说，他先讲的是六年前的长城抗战。说在同仇敌忾的抗战血泪中，九年前的长城抗战不能忘，尤其不能忘的是喜峰口战役的胜利。军长宋哲元写下的"宁为战死鬼，不作亡国奴"的誓言，已铸成中华儿女的万众一心。29军大刀队为中华民族不甘凌辱，谱写了惊天地、泣鬼神的壮歌，激国人奋勇，荡国人聩魂，中国抗战，由此发端。《大刀进行曲》更将英烈雄魂张布于四海，而中国不畏死、虽死壮九州的大刀队精神，则演变成了抗击侵略、英勇无畏的象征。接着又说两年前的卢沟桥事变，说卢沟桥事变爆发，日军进攻宛平城，29军又一次奋起反击。危急关头，军长宋哲元任命运河湾里的英豪男儿赵登禹为南苑指挥官。与此同时，日军调集重兵并动用30多架飞机向29军阵地发起猛攻，由于敌我力量相差悬殊，我方伤亡较大，日军从东、西两侧攻入南苑，双方陷入肉搏战。那时那刻，赵登禹将军临危不惧，亲自率卫士30余人，指挥29军卫队旅和军训团学生队与日军进行激烈的厮杀。

侯得章说，他以讲故事的口气说那些话的时候，发现刘雨生不但没勃然而起，反倒血红了眼睛，手抓着茶盏，茶盏啪啪地磕打着桌案，看着像要把茶盏捏碎似的。再往下说他就故意提高了嗓门，说那个时刻，部队突然接到撤退命令，日军窥出赵登禹将军准备退到大红门的意图，又抢先一步在南苑到大红门的公路两侧架起了机枪，遂以火力封锁道路。为激励将士，赵登禹将军乘车开路，指挥部队向大红门方向撤退，不幸的是，日军炮弹落下，赵登禹将军身受重伤。警卫劝其立即撤退到安全地方，赵登禹将军不肯，反而带领部队向日军反击。这时又一枚炮弹落下，炸断了双腿的赵登禹将军含泪口述遗言，称其为国尽忠，再不能为老母堂前尽孝，虽死亦憾，虽憾亦荣。

侯得章说，他刚要讲到内中还有一位排长也是运河湾里的英豪男儿，刘雨生双手抱头，垂泣唏嘘。侯得章说他知道火候到了，当刘雨生要他说出真实身份时，他张口就托出了老底，说："原国民革命军第五战区第3集团军第12军第20师第59旅第186团团长兼河湾县县长，现第十八集团军第115师东进支队运西新一团参谋长兼一营营长侯得章。"说完了又问团长杨甬力，自己是不是亮牌亮得太早了，团长杨甬力说："我想听听最后结果。"

侯得章最后说的是刘雨生答应再不与八路军为敌，至于何时反正，他的意思是暂时以双方默契为佳。说一旦他退出运北据点，刘百湖马上就会让另外的人填上去，与其这样，反倒不如替八路军守住运河湾北大门。

团长杨甬力哈哈大笑，说："天大的成功！"

侯得章从此精神大振，心情一下子好了许多，再回到紫云寨老家时，他竟主动跟父亲侯登科谈起下一步的设想与计划。侯登科却对儿子的好心情视而不见，他只是冷冷地说了一句："你能说动一个外姓旁人，你说不动一个爷爷的侯得才，还有那个当了妹夫的马二梭。一个是不要脸的，一个是不要命的，横的竖的都跟你扯拉着，将来你的日子也好不到哪儿去。"

侯登科这个时候又说到侯得才,他越来越觉着贱痞子得才可怕。明明是拉进去受审的,明明是反口咬出的得印和金猪,咬出的这两个人还都是自己家沾亲带故的。他竟然放出来不回家看看,他竟然跟什么事都没有一样,他竟然跟一个日本女人走了。为人不要脸,神仙也难管。天不怕,地不怕,就怕不要脸的尿篱笆。侯得才是个不要脸的,谁跟他沾边都得带屎味。

侯得才这时候已经坐到了花田子小姐的会客室里。会客室里燃着酸枣木的劈柴,劈柴在壁炉里发出噼噼啪啪的声响,劈柴火的声响还伴着座钟的滴嗒声,会客室反倒越发地静谧了。得才这时候一定感觉到了花田子小姐的变化,他几次试探花田子小姐出面保人的用意,但花田子小姐依旧笑而不答。后来他在屋子里来回走动,还故意放重了脚步,还故意让鞋底摩擦地面。走到博物架前摆弄小玩意儿,摆弄着又故意颠倒着放回去,还故意把茶壶跟一个尿壶模样的东西摆放到一起。再后来他又端详起镶在镜框里的肥胖女人,看着肥胖女人半袒着胸腹,一只手举着酒杯,一只手里握着的像是小孩子玩的哗啦棒棒,哗啦棒棒指着胸腹,看着是要把衣襟全挑开的。侯得才笑着拿手指蘸了唾液要帮着撩衣襟,听见花田子小姐说:"得才君连浮世绘仕女图也不放过吗?"

花田子小姐说这话时又做了飞腿的动作,侯得才打个激灵,两只手下意识地护住了前裆,身子躬着闪开了。花田子小姐又咯咯地笑起来,笑着走到窗前,瞭一眼又回到沙发上,半靠着还是个笑模样。侯得才惊出的冷汗慢慢阴干了,身上反倒有了毛躁躁的热,还多了一股恨,还多了由恨生成的遐思。人浪笑,猫浪叫,狗浪跑折腿,驴浪呱嗒嘴。花田子小姐接他离开大堂的路上就是笑的,笑着问他跟福山说过哪些话,说福山听了他的话之后就开始自言自语。

花田子小姐还说,福山已经变成挨了踢的摇尾巴狗了,明明怕着再被踢着,偏又要凑近了看主人干什么,偏又要凑近了听主人说什么。花田子小姐说,福市打个电话他也想听,福市外出一步他也想跟着,他反正就是想知道福市一天天地弄水井架到底是怎么想的。花田子小姐说:"得才君,你说福市到底是怎么想的,三名帝国军人为他捐了躯,他怎么还要一个人东跑西窜啊?"侯得才随口说一句作死呗,又说,只要想作死,那就是快死了。花田子小姐忽然做出少见的乖张样,说得才君这话听着是含有东方哲理的,只是得才君不该把这话说给福山听,福山听了就当真了,这可真不好。花田子小姐又说:

"你这样一说,福山一定想着他快熬出来了……"

侯得才啊啊地叫起来,说:"哪儿是哪儿啊,我说什么了,我什么也没说!"

花田子小姐又咯咯地笑了,明明做了要踢的动作,抬起的腿却又放下了。人靠在沙发上,嘴里说的是:"得才君,我觉着你是可恨的,恨着又感觉可爱。得才君,你觉着我呢?"

就是从这一刻开始,侯得才突然感觉身上有了燥热的感觉,那样的热是从身上的某个部位窜出来的,一开始也许像冬日里的太阳在中午时分猛地白亮了,也许还像余热未烬的火盆靠近了身体。那样的热一直在某个地方积聚着升腾着,不散开的时候是灼热,散开了又变成串游的热流,串着游着走不动了,终于变成了浮浮涌涌的燥热。他的手还在身上胡乱地抓挠,他甚至还想把一直带在身上的羊眼圈掏出来把玩。老鸨说过的话他还记着,老鸨说羊眼圈也叫迷仙绒,是专用来对付烈性女人的,烈性女人一旦让他用了,一辈子也不舍得离开他,恨着骂着还是倒贴着亲近他。他就记起她当初是一直假扮着菜园哑女的,他跟玩儿一样就退下了她的衣裤,简单得就跟进了菜园拔棵葱白吃、揪个黄瓜吃一样。他那时候就拿她当个玩意儿,心里恣美了就跑到码头来,看见菜园哑女就揉搓着弄这样弄那样,弄完了他还问菜园哑女记住他的模样没有。

但是,当父亲侯登銮挨了竹箅子抽打之后,特别是菜园哑女变成花田子小姐之后,一切都改变了,以至于花田子小姐拿手指轻轻一戳他就站立不住,接着又是一脚,他甚至没看清花田子小姐的脚是怎么抬起来的,他的下裆一下子就像被石头击中了一样。两个人的位置彻底翻了个儿,那个落了下风的侯得才反倒赌了气,胆怯着偏要征服她。他想要的是像调教牲口一样地让她认输,她要服服帖帖地听他摆布了,那时候他再把她当个玩意儿。于是侯得才就挪挪移移地要靠近沙发,花田子小姐忽然站起来又走向窗口,她还用手指着运河大桥,说:"得才君,你看那不是福市课长吗?你看他走得多快!"

侯得才就在后边抱住了花田子小姐,说:"那他真是离死不远了!"

第十一章

　　福市一直记着他跟大川少佐说过的话，他说自己永远不相信有专对日本人下手的中国人，即便有，他也会照常去挖水井，水井挖成就钻探，钻探结束就开矿。他还说，任何人都不能阻挡他为帝国获取矿产资源的雄心壮志。福市完全不理会大川少佐的忠告，大川少佐说要他考虑安全问题，完全是出于对三菱的尊重，按说他应该能理解大川少佐话里的弦外之音。大川少佐甚至还不无遗憾地说，即便帝国的军人把全中国都占了，也不能叫作征服，即便在全中国的家家户户门口都架上机枪，也不能叫作征服。大川少佐说，征服这个词很耐人寻味，也很让人纠结，很让人兴奋，也很让人悲伤，因为服的前边是个征字。

　　大川少佐说这句话时，明显地流露出他是个具备深刻思想的帝国军人，早在昭和三年山东济南出现震惊中外的济南"五三"公案时，他就曾给参谋本部寄过一封长信，详述蔡公时案的利弊得失，而那时候他不过是刚刚走出陆军士官学校的一名准尉。他在信中说，公案发生时正值南京国民政府誓师北伐的第二年，中国国民锐气正盛，此刻制造公案大可不必。帝国派遣军进入济南城无可厚非，不妥的是，不该无视中国民众之睚眦，最高指挥官兼第六师团长福田彦助将军实有急切之嫌，姑且不说外交知识之贫匮。其不妥有四：

　　一是时间与地点的少虑。济南的夏5月晚9时正是夜景灿烂街头人涌时，那个时段持械进入交涉公署内，而蔡公时刚接手交涉公署工作，进取心正浓。此为一不妥。二是知识欠缺造成的用词不当。他们原本应该知道交涉公署系外交署地，外交人员不会携带武器，帝国军人出口却要公署工作人员交出武器。此为二不妥。三是置国际公法不顾于众目睽睽之下，给帝国形象抹黑。帝国军人撕毁国民政府青天白日旗及孙中山画像，强行搜掠文件，并对蔡公时等人强行捆绑。此为三不妥。四是施惩不当，漠视公愤。蔡公时是留日高才生，能说一口流利的日语，据说他的日语发音连东京当地同学都自叹不如。他怒斥帝国军人破坏国际法，谴责帝国军人粗暴侵犯中国外交机关及外交人员的行径。

然而，福田彦助将军不顾大略，反倒恼羞成怒，命令帝国军人施以枪刺。蔡公时耳鼻均被割去，至血流满面仍怒斥帝国军人乃兽行，并高呼："日军决意杀害我们，唯此国耻，何时可雪？野兽们，中国人可杀不可辱！"帝国军人遂又将刺刀捅入其嘴里，旋转玩戏，后又将其舌头剜掉。此时，同人闻言睹状皆放声大哭，皆痛骂我帝国军人为不齿于人类之兽徒。福田彦助将军理应环顾，偏又愈甚，命将蔡公时等17人撕去衣服，再度凌辱后全部枪毙在交涉公署院内。此为四不妥。可惜的是，参谋本部不理会他关于"戮其肉体不如掳其灵魂"的观点，他的信寄出后就如石沉大海。但由蔡公时案引发的反日情绪却与日俱增，这一点就是明证。士可杀，而不可辱，儒家士子皆以此立身，而济南又为齐鲁先儒厚重之地。忽略了这一点，就算不上真正的战略家。

有了此前四不妥，果真激起全中国民众的极大愤慨。大川少佐说，一切均如他所料。

福市几次欲打断大川少佐的话，福市想说他对十二年前的事不感兴趣。昭和三年他刚刚到三菱当学徒工，工长让他倒夜壶，他要显出毕恭毕敬，工长让他抹痔疮膏时，他还要把头脸靠近了，工长有一次甚至还要他洗浴后献出后庭。终于熬到学徒期满，终于熬到独当一面，现在他是三菱派驻山东的矿业资源拓展课长，他理应把精力投入到与矿业资源更直接的运作上。而大川少佐又准备说第二个话题，第二个话题同样是经过深思熟虑的。但是，他刚要说同样是远在大本营谋划满蒙自治时，就看见福市现出了极不耐烦的表情，那样子看着像是马上要呕吐的，他只好又重新把话题回到征服上。

大川少佐说，征是个动词，还是个劳心伤神的动词。与征相关联的是征途、征税、征调、征兵、征程、征召，另外还有出征、远征，反正都是靠武力完成的。靠武力就得动武力，动武力就得费脚费手。这就好像打人杀人，你把他打死了杀死了，打人杀人的人也累，有时候还要脏污衣服。这就很让人讨厌。可问题是，我们还没有找到不费脚费手的杀人方式，起码目前还没有。大川少佐甚至还说到，大日本帝国不欠缺精神，欠缺的是人力资源，人少的欺压人多的，人多的那一方往往会产生不服。你想让他服气，你就得投入很大很大的精力。精疲则力竭，你很可能会为杀不完、杀不及、杀不净中国人而苦恼，甚至会遗憾终生。还有可能杀着杀着就把自己累倒了。大川少佐说他有时候甚至会想，也许睡一觉醒来中国人就死光了，可是第二天再看，看哪里都是中国人，还都是伸脖子瞪眼的。这也很让人讨厌。

大川少佐最后还一连声地喊福市君，说福市君你要开矿最好采取软法子，最好的软法子就是日哄中国人。现在的中国人都是愚顽不化的，都是混沌昏聩的，都是愚昧无知的，你日哄得恰到好处了，他们会乖乖地给你干活，他们甚至还会替你着想。你不受累还能得到帝国想要的矿产资源，想想会比拿炮轰还舒服。当然，拿炮轰了之后再日哄他们，那样会更舒服。

福市厌恶大川少佐用那样的口气说济南蔡公时公案，大川少佐说算不上真正的战略家那句话时，他是强忍着没呕吐出来的。一个小小的少佐，竟然大谈什么战略家，他听着就跟盲人向明眼人描绘日本海峡的浪花不是白的是红的一样。还有，大川少佐为了显示他的正统课业出身，口气里还流露着同情中国人的味道，这也是福市十分厌恶的。但大川少佐对于"征服"一词的阐述，福市还是接受了，接受了又不照办，完全是他心急得等不及，因而也就很难静下心来审视征与服的关系。不过，对于大川少佐的日哄一说，他还是很赞赏的，想到日哄这个词时，他还会心地一笑。只不过是，要日哄中国人也要等钻探结束之后，那时候他就会日哄着让中国人拼命挖煤，日哄着让中国人挖完老矿挖新矿。而他现在必须要做的是，紧着为三菱同时也是为横山家族挖掘第一锨土，从而把派来小贱妮子的麻生家族推到运河煤矿的从属地位。

福市又去找石破三郎要人，还是说的再要三个助手，但石破三郎已经不想见到他了，看见福市进了据点，他马上吹了集合哨。石破三郎让他的小队围成一个圆心，他自己站在圆心中间，围着圆心的人挺身站立，端枪向外做刺杀动作。这样的动作形成了一个无懈可击的尖刀阵，福市要跟石破三郎打招呼就得远远地站到外边。福市急得转着圈子找石破三郎，而石破三郎给他的总是后背，不管他跑得多快。福市嗷嗷叫，说："石破你不想要帝国利益了吗？你是要用刺刀阵对付三菱吗？你要知道三菱创始人是岩崎家族。岩崎弥太郎直通军部你懂不懂？"石破三郎就扬了声地呼号，问："我们的小队原来多少人？"众人答："52人。"又问："现在还有多少人？"众人又答："49人。"再问："那3个帝国军人呢？"众人再答："稀里糊涂阵亡了！"

石破三郎站住了，瞪着眼怒斥，说："是稀里糊涂吗？"

刺刀阵马上改了口，说："是莫名其妙！"

福市再也不转着圈子找石破三郎了，他是蹦跳着骂的，骂着说："石破你混蛋，我要让大川少佐撤你的职。现在就撤！"

　　福市后来总算又带走了三个，他还是把三个人带到井上，还是让三个人推绞盘把他放到井筒里。他下到井筒里先查看用湿润的泥土封住的木匣，木匣四角镶嵌着的红铜包封依旧亮晶晶的，包封上刻着的"龙脉正位"四个字好像比先前更烁目了。接着又看刻有"横山幸男井"的铜牌，铜牌还在幽暗的井筒里散发着火苗一样的光芒，看着像是要突兀欲飞的。福市就笑了，蹲下挖出了第一锨泥土。

　　侯登仓在这一天又犯了病，几乎与假福市真横山幸男挖出第一锨泥土的时间等同，侯登仓正躺在床上昏睡，昏睡着突然间呼号一声，说："哪里来的野孩子，挖到我的脚了你看不见啊？"

　　自从官地上盖了土地庙之后，侯登仓往官地跑的次数明显少多了，去也是赶着初一、十五这两个节口。一开始是自己去，去是给土地爷烧纸上香的，但是，每一次从官地回来，他都会说热得难受。那时候他会把全身的衣服都脱光，赤裸着躺到床上，有几次还让媳妇侯岳氏给他找蒲扇，还要侯岳氏把窗户纸全撕了。秋日的夜风钻进堂屋，噗嗒噗嗒地吹着撕碎的窗户纸，侯岳氏穿上夹袄夹裤脚手还是凉的，凉得做不成针线活。得金、得银、得铜三兄弟啊啊叫着满屋子跑，先还是看着他们的光着身子爹要笑的，接着也吵闹着嫌冷嫌风大。

　　侯岳氏只好把三个孩子全推到床上，又急慌着拉出冬天的棉被，还让孩子把头脸也蒙上。侯登仓赤裸着还是喊热死了热死了，侯岳氏厚着脸皮又把大姑姐姐侯月娥找来，又忌讳着侯月娥脸上挂不住，便胡乱拉出个包袱皮，想着要给侯登仓遮掩下体的，侯登仓却又把包袱皮揭下来扔了。侯月娥不进屋别扭，进了屋也别扭，气恼了就让侯岳氏端来凉水泼洒到床上，侯登仓竟然说了句这还差不多。侯月娥又羞又恼，羞恼着还落了泪，说当初就不该跟老宅里争官地。为了争官地，先是大弟弟侯登库搭上一条命，接着是麻五。麻五是被哄着赶着弄进兵营的，打到最后变成个烈士，她拿到手的只是个骨灰盒盒。按说新宅里舍出两条人命该终结了吧，二弟弟侯登仓又犯了贪恋症，又天明天黑地担心着官地被谁抢走，恨不得天明天黑地把官地搂到怀里。

　　侯月娥流着泪数落侯登仓，侯登仓忽然又跳起来，光身子扑到窗户上，嘴里喊的是："'龙脉正位'是侯家新宅的，谁动土我跟谁拼命！"侯月娥问侯岳氏弟弟说的是哪里话，侯岳氏说："姐姐这一阵子没出去，大概还不知道日本人要打井钻探。井架子搭在官地东南角上风头，截了风向截水向，可不就是断了官地龙脉吗？"侯月娥又问弟弟先是在官地盖土地庙，再把自己塑进去当土地爷，当了土地爷还按时巴节地烧纸上香，是不是也因为这事啊。侯岳氏又说："可不是为这呗，还能有啥啊！"

侯登仓从床上跳下来，冲到两人面前又正了神色，说："尔等小辈，见了本神为何不跪，莫非也嫌本神位轻威弱吗？"

侯月娥惊诧着就把这件事跟马笆子说了，马笆子先问侯登仓赤裸着时肉皮是红亮的还是煞白的，侯月娥就抓了紫柳条要打马笆子，说："亏你说得出口，他那样子光着露着，我还能凑近了看啊。"马笆子沉吟着打个迟缓，见侯月娥还是催着问他怎么回事，他便正了面色，说："纸钱烤着香火燎着能不热啊？"侯月娥回家来跟侯岳氏说了，从那以后，再逢初一、十五要给土地爷烧纸上香，侯岳氏就拦挡着不让侯登仓去了，烧纸上香她揽过去了，她去烧就故意不正对着土地爷。但侯登仓还是整天昏沉沉的，有时连吃饭也不肯下床，这个秋天他差不多是在床上度过的。要么就说土地爷没钱花了，有也是零零星星的小钱，口袋里时常是空的，让他在众神面前很没面子。好在话是念叨着说的，说了接着又是睡。

好歹过了几天安稳的，忽然又说起了冷，还说冷是从骨头缝里开始冷的，骨头缝从脚指甲那儿钻寒气，寒气钻着往上爬，钻了脚趾钻脚面，钻了脚面钻脚踝，钻了脚踝钻小腿，钻了小腿钻大腿。一会儿又说到大腿根了，一会儿又说到脊梁骨了，一会儿又说到顶门骨了，说着说着到头发梢了。侯岳氏又紧着拉被子给他盖，厚的薄的盖了好几层，还从杂物间里找出烘子火盆，灶膛里扒了满满一盆炭火热灰，放到烘子里捂热气。结果侯登仓还是冻得打哆嗦，还是把身子蜷缩成个肉蛋蛋。侯登仓说："你瞒不住我，你在我面前搭井架是要挖水井的，井水阴阴凉，你是想冻死我吗？你还日哄东海龙王，你还日哄运河娘娘，你敢日哄土地爷吗，你日哄一回试试。日哄一回我就叫你进入无底洞，你想挖煤，霉死你！"

侯岳氏娘哎哎地大哭，哭着说："你这一会儿里是个死的还是个活的？你的魂要是还没走，你就说句清醒话，要是犄角子玉树不肯放你，你打个响声我再求他，求他留下你过个秋天也行。"侯登仓又说："你把官地挖空了我到哪里住去，过了秋天就是冬天，你还想让我流浪啊。你还在门口挂个龙脉正位的牌子，龙脉正位能是你想占就占的。你占了龙脉正位想要克死我是吧，你以为土地爷没有龙王爷法身大是吧，那你就完全想错了。龙王爷也好，土地爷也好，我们都是爷字辈的，我们都受过天宫玉帝的册封。"

侯岳氏拉开门，就往玉树家跑，玉树还是趴在架子上，架子是立在枣树底下的，阳光从枣树顶上筛下来，玉树在阳光里蠕动着，怎么看都像要从土里钻出来的豆虫。豆虫喝了白露的露水就不长了，身子也变得笨重了，这是要等着入土冬眠的，深秋季节再钻出来，一定是把秋日的阳光当成春日了。但是犄角子玉树并没有变成蛾子，他甚至连蛹也没变成。豆虫钻到地下冬眠是要先变成蛹的，蛹到了春天再变成蛾子，蛾子在艳阳暖风里下籽，籽孵化了就成了小豆虫。玉树急着蠕动显得很笨拙，他自己大概也意识到了这一点，于是他望着侯岳氏说了羞愧的话。他说："你来早了新宅少奶奶，你应该等到我的死腰变成活腰之后再来，那时候您一定不敢相信，我活蹦乱跳的怎么会是黑豆、豌豆的瘫子爹呢。"

玉树还说："您要不是妇道人家，我一准得让您看看我的脊背，您只要撩起衣襟，就能看到我腰上喂养了啥宝贝。豌豆个熊孩子把活物绑我腰上的第二天，我就认定这些宝贝是专门对付我的死腰的。不过这事不能急，我越知道死腰快变成活腰了，我越要耐住性子。"

侯岳氏就给玉树跪下了，说："你饶了得金他爹行吗，我再也受不了了。哪怕再缓个三五个月，哪怕吃过冬至的扁食就让他走。行吗？"

玉树急着分辩，说他这一阵子没接派令，远路魂近路魂他一个也没勾。不是他拿着个死腰当幌子不听派遣，主要是他跟阴府那边禀报过，说他的病十有八九是要康复，这一段最好有个完整的时间。关键是他不想糊弄着当活犄角了，干什么事都不可分心，等病好了之后他会更加卖力地当犄角子，那时候勾魂抓差脚手也会更利落。玉树说，从禀报过之后就再没接过新活，老的少的，是魂都没勾过。前一阵子老宅的三精包侯登銮就来试探过他，他当时就是跟侯登銮这样说的，也是说的光顾着拿芦根挠子挠痒了。玉树说："少奶奶，您得相信我，没派令活犄角不能擅自行动。没有派令就拿不到令牌，没有令牌阴府不开门，我牵着一嘟噜魂到哪里过夜去？少奶奶你可能不知道，活犄角不好当，光是听那些魂的哭闹你就受不了。我这么跟您说吧少奶奶，别管老的少的，别管该死的不该死的，没有一个愿意进阴府的。他们哭着闹着能缠死你，我要是能找到顶替的，我早就不干了。"

侯岳氏又求告玉树，说："那你再去一次行吗？看看阴府那边是不是又派了新犄角？"

玉树摇摇头，说："看来少奶奶是真不懂了，犄角之间不让互相打听，也不让干涉其他的。阴世比咱们阳世认真，阴世按规矩，阳世靠武力。"

侯岳氏再回到家时，床上已经没有侯登仓了，侯岳氏紧着问得金，得金说："管他呢，他爱去哪里去哪里。"得银说他知道，说："侯登个恶心人的又去官地烧纸上香去了。"得铜也跟着说，这一回没光腚，光是背着一包袱火纸，还有一包袱香。得铜说："他要敢光腚出去，街上的人能揍死他，说不准也会把他的鸡巴头割了！"

得金、得银笑得满床上打滚。

侯登仓到了官地就去了土地庙，半蹲半爬地钻进去，先撩起衣襟把土地爷身上的浮尘擦了，接着再揾拭脸上的，仔细着连眼睛也揾拭了。后来他坐在土地爷的前怀里，也像土地爷那样瞪大了眼睛，远远地看见井架上悬挂着一根吊索，三个日本人紧紧地抱着绞盘的推杆。绞盘发出的嘎吱声被吊索卷走了，吊索上的拖斗却慢慢升到井口上，拖斗里装满了湿润的泥土。泥土是从井筒里挖出来的，挖出来的泥土越多，井筒下降得越深，等到井筒完全沉入地下时，水井就算挖成了，接着就会有源源不断的地下水抽上来。源源不断的地下水抽空了官地，再跟着就会抽空运河，没了水的运河会变成飞沙满天的沙滩，官地也会变成只长茅草不长庄稼的鳌子地，最后连茅草也会干枯。侯登仓就把包袱解开了，先把火纸点燃了，再把香点着，香插到香炉里，香炉拿手捧着抱在胸口上。侯登仓就在心里骂挖井的，骂道："你垒那么高的井筒，是要挖到龙宫吗？你挖断龙脉就不怕龙王爷生气吗？无土不能涵水，无水不能养土，你这是一惹两家啊，你可知水土原本是一家。你既然豁出命来挖土通水，那你就真没命了，那你就是真想死了。"

香烟升起来缠绕着侯登仓的头脸，慢慢把一个土地庙全灌满了。他坐在烟火升腾的土地庙里望远方，望见井筒扭曲着撕裂着，突然地塌陷下去了，地上的井筒不见了，接着就是三个日本人的呼叫。三个日本人是在呼叫中找人的，他们一块块地抽砖头，抽得越急，砖头挤压得越紧，到后来他们就不知道该弄什么了。

第十二章

趁着运河炮楼里人心慌乱之际，马二梭他们的报仇欲望更加强烈了。到后来，欲望变成了火球，只要一想，只要拿手轻轻一触，立刻让每个人的脸涨成紫红色。想着刺杀可以使欲望施展，刺杀就变得急不可耐了，只有完成了刺杀动作，欲望才会疲倦。犹如想穿新衣服了，就巴不得织布机一时三刻织出布来，一旦新衣服上了身，那时候也许会觉着织布机的响声是聒耳的。

这一阵子，马二梭他们一直寻找着机会，为了不错过机会，马二梭甚至还想过利用送面送油的机会，派人进入运河炮楼，但是马笸子坚决不同意。马笸子说，机会不是找来的，凡是找来的都不是机会，机会应该是烂泥地里无意中遇到的干爽路面，机会还应该是饥渴着望见的河流。你要是一心想找干爽路面，你就会走更多的烂泥路；你要是为解饥渴奔跑，你就会被饥渴累死在寻找河流的路上。马笸子不敢在马二梭面前说如是我闻，说了那些话之后他稍稍停顿一下，接着又说进入运河炮楼行刺的风险。他说："光是风险倒罢了，大不了有个一死垫底，关键是我们死不起，关键是我们只有活着才能报仇。要想让日本人死，我们必须活着。也许能瞒过门岗，也许能进入炮楼，那么进入之后呢？要往伙房里送面送油是有人跟着的，跟着的不一定是日本人，你只有先把跟着的人干了才能二番再找机会。这时候的机会在哪里，日本人不会一个屋子里住一个吧，日本人不会大白天睡觉吧，不到饭点日本人不会聚在一起喝酒吧。即便他们是盘腿坐着念祈祷文的，混进炮楼的人能把一个小队的日本人全干了吗？你说呢？"

马二梭咬住嘴唇点头，尽管他觉着马笸子说话有些绕圈子，他还是勉强接受了，暂时打消了进入运河炮楼的念头。接下来的时间里，马二梭他们一直穿梭于紫云寺与河套之间，除了训练刺杀和攀登之外，他们还依照日本人的身高体型，自创了一套刺杀动作。他们甚至还在雾气正浓的黎明时分潜入河里洗澡，深秋的河水把他们的肌腹激浸得犹如抹了一层酱油，但很快又被奔跑带来的热流染成艳红色，三十多个人都变成了风雨难蚀的钢铁汉子。即便是这样，马笸子依旧觉着马二梭缺乏远虑，按照他的设想，马二梭他们应该展开秘密活动。要给所有人定出任务，要让大家摽着劲地发展壮大队伍，还最好能有一块属于自己的地盘，哪怕几十个村子也行。不外出活动时就开挖新地道，起码应该把佛龛后面的地洞与官地沟延伸到一起。这些都是应该考虑的。

但是，马笸子很快就发现，马二梭的心思根本不在这上面，除了报仇刺杀之外，马二梭几乎没有思想。马笸子还发现，马二梭从来没提到过兰兰，出了紫云寺山门，再走一里多路就是紫云寨，他连望一眼也没有过。马笸子曾经以记数字的方式暗示马二梭，他问马二梭从牤牛山回来多少天了，马二梭却表现得浑然不知。马笸子后来就不再提醒马二梭了，连那样的暗示也不再说了，他开始一个人悄悄地挖掘新地洞，他还把新地洞选在禅房的架子床下，从那里一直挖到埋葬白面瓜的坟墓下边。

不知道什么原因，马笸子总是感觉马二梭需要那样一个隐身的地方，为此，他回避了所有人，包括得印和金猪他们几个小伙子。

因为马二梭老是念叨着算人数，即便是后来加入的那些精壮汉子，也都知道了428是当初运河独立营的人数。马二梭还说葫芦头阵地上杀死的不算，要算只算来到运河湾之后的，那时候算的是，日本人还欠运河独立营388条人命。现在再算，还得扣除掉炮楼拐角处第二次干掉的那三个，准确数字应该是385。算出这个数字来，马二梭就盼着有了机会再多干掉几个，总之，拿日军的整个大队一命抵一命，原运河独立营的血仇报完了还有剩余。

运河炮楼人心慌乱，完全是那三个被福市拉出去干活的日本人带来的，而他们的描述更是增添了不可知的神秘与怪异，不可知变成了游荡着的魔障，魔障看不见摸不着，却又无处不在，无时不在，也许是在端起碗吃饭时，也许是蹲下来拉屎时，也许是走着走着……

炮楼里开始嘀咕一种传说，传说中的运河湾本身就是神奇怪异的，这种神奇怪异连想一想都会变成真的。传说中的某一人靠挖坟掘墓发了财，他拿大把的钱娶了全运河湾里最俊的媳妇。可惜最俊的媳妇几年不开怀，他恼着急着把俊媳妇休了，接着再撒大把钱，接着再娶媳妇，奇怪的是，一连休了几个，一连娶了几个，到头来还是没有一个生养的。慢慢地，整个运河湾里再没人贪图他的钱财了，连瞎眼瘸腿的闺女也不嫁他，三晃两荡到了四十岁上，忽然有一天一个操着外地口音的妙龄女子找上门来，女子的身后还跟着十八个刚会走路的孩子。女子说她是逃难过来的，孩子是在路上捡拾的，谁要是愿意收养这些孩子，她就给人家当媳妇，一分彩礼钱也不要。那人见了女子十分欢喜，心里却不想为别人家的孩子破费，想了个主意就答应了，当下就让她们住在家里。

第二天，那人说是要撑船带他们到河套里抓鱼捞菱角，妙龄女子很高兴，孩子也很高兴，进了船舱里还欢蹦乱跳的。那人拉着妙龄女子坐到船头上，嘴里喊着开船了，一只脚却悄悄地踩住了机关。机关是带动着仓底的，仓底的孩子呼噜呼噜全漏到河里淹死了，收了机关再让仓底复原，船还是跟原来一样一样的。到该上岸了，船上却不见了妙龄女子，那人惊奇着回家，家里竟然多了一头母猪，母猪咬住了他的裤子，跟着扑上来的是十八只小猪娃。小猪娃扑到他身上找奶吃，他摔倒了再没爬起来。天明了村里人发现他早已死挺了，身上扒得光光的一丝不挂，浑身上下全是黑黑紫紫的猪嘴咬过的疤痕。

这个传说被炮楼里的人嘀咕了许多遍，结果许多人夜里拉屎撒尿不敢出屋，许多人一早起来穿衣服，衣服还没穿呢先看的是身上。炮楼里只有石破三郎懂中国话，他听明白了，其他日本人也就明白了，一开始还是笑的，到后来他们也不笑了。其实，这一次炮楼里原本并没看见井筒倒塌，当那三个人被福市拉出去干活之后，石破三郎马上打电话向大川少佐诉苦叫屈，他的诉苦叫屈带着极大的憎恨情绪，他甚至把福市比作须佐之男。他还说伊邪那岐生出天照大神是天大的功劳，而生出须佐之男则是天大的错误。

须佐之男是日本民间神话中的人物，说的是很久以前，宇宙刚刚从混沌的泥浆固化为天地。那时的天叫作高天原，有一男一女两个神灵从高天原降到了地上。男的叫作伊邪那岐，女的叫作伊邪那美。他们站在天浮桥上，用手中的矛把漂浮的国土往回拉，渐渐地就拉成了自凝岛。后来，伊邪那岐和伊邪那美就在那里结成夫妻，随后就生下了大八州国，这就是最早的日本。他们先后生出了海神、河神、山神、雨神、风神、田神等各路神仙，但最后生出火神的时候，伊邪那美被孩子的火烧死了。伊邪那岐只好独自生儿育女，他用左眼生出了天照大神，用右眼生出了月读命，又用鼻子生出了须佐之男。须佐之男虽然是守护海洋的神，却整天不务正业，整天到他的天照大神姐姐那儿厮混。结果他把高天原的田地弄荒凉了，牲畜家禽都饿死了，而高天原的人却拿他的私情私欲毫无办法。

大川少佐一开始是训斥石破三郎无知的，说福市君的心是为帝国利益着想的，忽然听石破三郎把福市比作须佐之男，他又哑然失笑了。大川少佐最后的叮嘱是全力配合，如果福市需要的话，作为视帝国利益为神圣天职的帝国军人，他也会义无反顾。石破三郎赌气把人全赶到屋子里，跟着又紧闭了门窗，让那三个混蛋回来先在院子里饿一会儿。炮楼上轮值的三老雕看见日本人都进了屋，巴不得他们不出来，到饭点不出来才好呢。三老雕让人在炮楼上生了火炉，火炉里塞满了劈柴，火炉上炖着从灶间偷来的白菜和羊肉，几个人吃着喝着说笑着，想着身边没有日本人真好。三老雕还冲着码头张望，他知道营长侯得才已经好几天没回炮楼了，有花田子小姐罩着，司令县长刘百湖更拿他没办法。三老雕想象着营长侯得才天明天黑地与花田子小姐厮混，被晾到一边的福山一定得是恨的，他一定得恨侯得才为了下边不要上边的面脸，自己的亲爹被花田子小姐打成那样，他还是愿意泡在货栈里。

　　脸没腔大。

　　三老雕想着就笑了，笑着到垛口撒尿，一下子就看见井筒轰然倒塌。井筒倒塌之前先是拧成麻花状的，看着像是有一只大手故意拧的，三老雕啊啊着喊人看，他们看见三个推绞盘的日本人先还冲着麻花井筒发笑，笑着笑着井筒倒塌了，笑着笑着看不见井筒了。三个推绞盘的日本人一定是恨着福市的，一定是惊愕井筒倒塌的，井筒倒塌了，那个趾高气扬的驴脸福市呢。他们还互相瞅着望着，那样子一定是说福市在下边蹲着挖土再也站不起来了，那么，倒塌的井筒会不会憋死他啊。于是三个傻家伙开始挖砖了，他们站在倒塌的碎砖中，抽出一块，落下去一块，又抽出一块，又落下去一块，到后来他们一定发现自己是站在福市头顶上又踩又踏的。三个傻家伙中的一个就向炮楼跑，跑着喊着要石破少尉想办法，他说最好的办法是有个什么东西连人带砖都包出来，包出来摊到地面上，那时候再找福市课长就好找了，起码福市课长身上头上不会再压那么多的碎砖头了。石破三郎举起了手，照着第一个向他报告的傻家伙脸上抡了一下，打的是巴掌，巴掌印子留在被打的人脸上。石破三郎说："滚，快去找你的包袱去吧，快去摊到地面上去吧。"

　　接着跑回来的是第二个傻家伙，再接着跑回来的是第三个傻家伙，三个傻家伙轮流着挨了巴掌。后来他们只好再站在福市头顶上又踩又踏，上面的砖清出去了，下面的砖越发瓷实了，他们的汗水加快了福市的死亡。三个傻家伙绝望了之后就感觉到了肚子饿，他们要估算着饭点回炮楼，他们往回走时还向身后望了一眼。为了显示沉痛，他们还故意走得慢吞吞，那样子看着像是证明不是急着回来吃饭的。而实际上他们已经错过一顿中午饭了，饿过头的痛苦暂时被磨烂手指的疼痛取代了，尽管他们的步子歪歪斜斜，他们还是会把烂手指亮出来，接着又捂到嘴上噗噗地吹气。三老雕望着他们的样子还是忍不住笑，他甚至还想戳弄着让其他人也冲着垛口撒尿，挨了揍又累昏了的三个傻家伙，说不定还会仰起脸来望炮楼。三个傻家伙走着走着就不装样了，他们还是跟上一次那三个日本兵走的同一条路，他们还是走在铺着潮气的小路上。他们根本不知道，有一行人已经赶在他们之前出发了，那一行人也是冲着炮楼前进的。

马二梭他们还是踏着运河大堤脚下的蓬松茅草行进的。跟先前那次一样，太阳还没有完全落下，青青黄黄的晚霞还是抛撒在树梢上，树梢上还是像着了火似的。这一次，马二梭他们没为躲避西天边的余晖进入杂树林，因为西天边的余晖还不及散尽，就被一抹靛青色的托底云兜住了。他们是在杂树林的边沿处走的，边沿的落叶稀疏了许多，脚踏在上面几乎没有声响，不像上次那样，脚步声跟杂树林里风吹枯叶的簌簌声合在一起。他们还是先钻进紫柳丛中，还是在炮楼墙角拐弯处蛰伏下来，看到三个日本人把磨烂的手指捂到脸上吹气，马二梭还是说的那句话：干了他！

这一次，马二梭是让肖八万冲在前边的，这也是出发前说好的，肖八万一口就答应了。出发前，马二梭还让肖八万另外在新加入独立营的精壮汉子中挑选两个，肖八万挑选的是郭先考和李大囤。这两个人是表兄弟，他们平时一到秋冬季节就在河套里打野物，野物大多是水鸡水鸭，有时也能遇到狸子和獾之类的，但最多的还是地兔子。野物拿到镇上卖了，卖了钱再换成油盐或者家里人要用的零碎物件，收了庄稼也算没闲着。自从经了几次扫荡之后，再没人敢在河套里开枪，连下套子的也没有了，男女老少都是夹着尾巴活着，只要不憋死，所有人都恨不得找个地缝钻进去。郭先考看着肖八万把一根紫柳条拿牙咬着，他也折了一根紫柳条拿牙咬着，跟他并肩走的李大囤也跟着表哥学样，也把紫柳条拿牙咬着，咬得口水都流出来了。

马二梭和黑豆、地老虎三个人是在后边助威的，地老虎手痒着也想上，黑豆拽住他，说："你还是别上了，你要死了连个大号也没有，将来碑上刻个地老虎，别人还以为我们都是被你吃的。"地老虎就啊啊着叫屈，说："你坐大牢那阵子就叫我地老虎，我大号叫吴春牛你偏不喊。叫地老虎还不是看我腿短身子粗吗，我冲上去拿头撞，撞也能撞死他。"马二梭突然叫了一声好！好是说肖八万他们三个的，三个精壮汉子是以虎跃式扑上去的，三个人都说了一句死去吧，三个日本人就倒了地，倒了地连一声儿哼哼也没有。

他们在三个日本人身上插上木牌，带字的那一面还是朝着死人脸的，要撤离的时候肖八万就把紫柳条吐了，说："下一次我再挑两个新手。×他奶奶，比杀猪还痛快！"肖八万还问两个新手刚才害怕了没有，表哥郭先考想了想，说他撂倒那个日本人就明白了，明白了就不害怕了。郭先考说，杀猪剥羊是为了吃肉，你就会想它们托生成畜生就是要来到世间让人杀的，那时候你抓起尖刀，心里说不上是悲是乐，杀了就是杀了。刀子捅日本人时，你心里会先记着他们的可恨，为着一个恨字杀人，杀完了你会觉着心里是舒坦的，先前的那个怕反倒变成了多余的。表弟李大囤也没说害怕不害怕，他说的是杀日本人也许会跟吸烟一样，也许会上瘾，将来把日本人杀光了，他也许会感觉心里是空落的。

炮楼上的三老雕他们一直没等到三个傻家伙过来，三个傻家伙明明是吹着烂手指走向炮楼的，走着走着没影了。后来他们当真冲着垛口撒尿了，尿在当天夜里又变成了雾气，雾气把三个日本死兵的脸罩住了，看着像是刚掀开锅的发面糕。

侯得章第二次去了运北据点才知道，又有人打乱了他的计划，而他已经几次被自己的计划拖累了。

侯得章第二次去运北据点是要刘雨生帮他训练一个连的新兵。新兵连是刚刚扩编的，人是精心挑选出来的，清一色的壮小伙，清一色的乍肩细腰，清一色的高条个。为了使第一个新兵连一出现就让人眼前一亮，在新兵入伍条件上，他除了要求身体健康这个基本条件之外，他还有意无意地关注了新兵的外表长相，他还把重点放在是不是读过书的。如果既有文化又有身条长相，而且还是身手敏捷的，他会像宝贝一样对待。竟然还真让他招了几个，他把原186团的副职连排长安排到新兵连任正职连排长，副职连排长包括班长，全部由那几个宝贝一样的新兵担任。新兵有文化当然更好，身手敏捷当然更好，至于为什么还要看重新兵的外表长相，就没有人说得清了。当兵是要厮杀的，是要拿死命换活命的，要的就是能打能冲能上阵，那外表长相又起什么作用呢。难道还要学银面满月脸的杨宗保，落了马还能英俊天护佑，勾惹得桃花马上的穆桂英不忍挥刀。侯得章自然不会解释，即便是解释，也未必解释得明白。不过他自己心里是清楚的，这也是理想抱负的一部分。

随之又有了第二个问题，因为还处在立足未稳的阶段，新兵连无处集中训练，刚刚招上来的新兵也不适合跟着他们到处游走，更关键的是，侯得章不想让新兵连在游走中失了原本就应该具备的军容军纪军风，而这些恰恰是他不想解释也难以解释清的。为此他想到了运北据点，想到了军门出身的刘雨生，没想到刘雨生竟爽快地答应了，当侯得章试探性地流露出武器弹药的不足时，刘雨生又马上接了一句，说："你放心，我会让他们赤手空拳来，全副武装走。"侯得章十分感动。应该说，到这时，他的计划进展还是非常顺利的，再去运北据点，无非是就新兵连进入据点的具体时间与方式最后商定一下，这也可以理解为细枝末节，都不属于难点。但是，侯得章再见到刘雨生时，却发现对方眉宇之间蕴涵着时明时暗的不悦，甚至是抑制不住的抵触情绪。

侯得章问过了才知道又有人打乱了他的计划，而刘雨生则直言不讳地说出了他对刺杀行为的不满，或者说是不屑，说偷偷摸摸的捉鸡行为根本就不该是军人所为。刘雨生说，日本人侵华是倾了举国之力的，而只有消灭他的有生力量，才能扼其势头，才能挫其锐气。他来大占领，咱来大包围，即便是围而不歼，最终也能困死他。如果只是为了解恨，杀掉三个五个，最多是等于拔掉了一根头发一根汗毛，连一根胡子都算不上。刘雨生说："你们杀了跑了，拖家带口的老百姓呢？他们往哪里跑，他们有地方跑吗？受其害的反倒是他们。作为谋划山东的大局来说，你们应该想办法先清除掉运河以西的全部据点，先把运河以西经营稳固，尔后再由西向东顺势压下。夺取了运河两岸，则津蒲线孤立无援，津蒲线孤立无援则南北两线斩肢断臂，他日本人再想图谋山东，无异于吞刀割喉。"

侯得章紧着解释，先说陕北的中央首脑就是这样运筹的，东进的支队首长也是这样谋划的。接着又说搞刺杀的不是他们运西新一团干的，不管是他带着的这个营，还是其他团领导指挥的，都决不会以这种方式开展对敌斗争。尽管侯得章又举了许多例子，刘雨生依旧面存愠色，说："侯兄原来的186团里没有个独立营吗？"

侯得章面色煞白，他在心里恨透了搅局的马二梭，他那一会儿又记起父亲曾经说过的话。在马二梭以断了肠子的伤残人形象回到紫云寨时，父亲就跑到县城警醒他，说他怀疑马二梭喊着肠子断了一定是藏着天大阴谋的。父亲侯登科当时说的是："得章啊我的亲儿，你的冤家对头又借尸还魂了！"

第十三章

　　入了寒露之后，家里殷实的人家已经张罗着碾新米磨新面了，人多姓杂的大村子，磨坊墙上还挂上了谁先谁后的序号牌。寒露一过，地面上的庄稼只剩下耗时的棉花了，长在土里的还有红薯和萝卜，这两样只要在霜降前刨回来就可以。丰也好，歉也罢，新米新粮收获了，一年的收成定型了，但是标识着庄稼旺衰的霜降节还要过。霜降节是衰节，衰节要当旺节过，为的是下一年的盼头。因而，从寒露过后的某一天开始，磨坊里会天明天黑地响着轰隆轰隆的磨面声，磨坊里窜出的灯光会把黑夜分割成条条块块的形状，转动着的人影驴影会在那样的图案里变幻得非驴非人。这是冬季要到来的信号。运河湾里的人都没觉察出，这一次大扫荡与上一次有什么不同，更没想到日本人会在冬季到来之前大开杀戒。运河湾里的人都想着这一次全县大扫荡，一定还是县长司令刘百湖的鲁西保安纵队，一定还是看见想要的东西就抢。扫荡变成了哄抢，许多人家宁愿把能吃的都吃了，宁愿家徒四壁。如果不是刮风下雨，如果不是落了日头要睡觉，恨不得连房屋也扒吃了。

　　运河湾里的人都知道县城里有个大川少佐，这个大川少佐是个阴人，阴人会在脸上堆出笑模样，看着像是谁家的亲戚，这个亲戚还是可亲的。大川少佐就是这样留在河湾县城的，县城的人很少看见他把日本挎刀抽出来，凡是抓人杀人的差事，他都会交给刘百湖的鲁西保安纵队。他甚至不允许自己的部下到酒店喝酒。松岛旅团长带大队人马撤离的第三天，他还亲自处置了一个肩配一道黄杠的兵长，处置是拿皮带抽的。那个兵长是带着两个一颗星的一等兵去的酒馆，三个人喝了一坛子运白大曲，接着就把酒馆主人的妹妹抱住了。三个人轮奸了酒馆主人的妹妹，临走还挑起女孩子的衣服，搭到刺刀上甩着玩。大川少佐动手打了兵长，又让两个一等兵互相抽打，直到他们累得举不起皮带。后来大川少佐走进酒馆，当着许多人的面给酒馆主人赔礼道歉，最后还给了酒馆主人许多钱，从此以后，县城大街上再也看不到耍酒疯的日本人了。

　　县城里的日军大队都住在隅首附近的文庙里，文庙与刘百湖的县大堂只隔着一道墙，除了离城最近的运河炮楼派驻了一个小队之外，大川少佐几乎不让他的部下走出城门。处置了三个部下之后，他示意刘百湖，说他的部下很喜欢娱乐活动，当然，有娱乐活动就要有娱乐场所。刘百湖马上寻找姿色女子，县城师范学校里已经没有女学生了，他是在四关厢里挨门逐户找的，这倒也不费事，进门先看房屋床铺，一看就知道谁家有大闺女。但当刘百湖要把抓来的女子往文庙带时，大川少佐却把目光盯住了县府大堂后边的房舍，看着还是一脸的笑模样。当天下午，县府大堂后边的房舍就改成了慰安所，门口牌子挂的是河湾县女子乐坊。文庙与县大堂中间隔着的那道墙当天就打通了，打通的月亮门上还吊了满月海水的彩绘屏，色彩多加了暖调子的橘黄和粉红。乐坊里还有酒馆主人的妹妹，是大川少佐点名要的，说他听到过酒馆女子的哭声，哭声如银铃般的清脆。这一切都是刘百湖的鲁西保安纵队操办的，他们抓人烧酒馆，一个日本人也没去。

　　除了运北据点那一次让便衣手枪队换了日军服装之外，出城扫荡的队伍里一般看不到日本人的影子。大川少佐每次下的命令都是皇军负责警卫战果。战果是粮油肉菜猪鸡牛羊，抓到的人有些半道上杀了，有些扔进了运河里，县城大牢里也会关押一些。抓到的大多是年轻人，杀了扔了的是死活不愿意加入鲁西保安纵队的，大牢里关几天就愿意了。扫荡的事处置完了，大川少佐会邀刘百湖到文庙小叙，小叙前还会朝着圣人塑像行礼，还会跟刘百湖说起孔圣人一直是受日本人膜拜的，不像中国人，只有进京赶考的学子才会进文庙，还是临动身之前现想起来的，进去就磕头，撅着屁股求圣人祖师护佑他高中榜首，最好是状元，榜眼就差些，探花更差些。大川少佐说，一听就是胡说八道的，那么多进京赶考的举子，都赶在那个节口跪拜，都想着要头名状元，状元帽子摆满金銮殿啊，所以许多人都是出了文庙就吐口水的，说一个屁股白撅了，到家给老婆磕头，兴许还马上脱衣上床呢。

　　那时候刘百湖会笑得哈哈的，出了文庙又骂，骂大川少佐拿他当枪使，拿他当猴子一样日哄着玩。又说杀人的不是玩意儿，吃肉撇腥的更不是玩意儿。骂归骂，再出城扫荡还是鲁西保安纵队，日本人还是不露面。这一次扫荡是在运河炮楼又有三名帝国军人被刺杀之后，大川少佐发出死命令，接着就让刘百湖准备两个中队的保安纵队服装。刘百湖一时没闹明白，想着当初运北据点成立便衣队时，团长刘雨生曾经通过他找大川少佐要皇军服，但便衣队长被刺杀的第二天，大川少佐就把皇军服收回来了，还恨着要追查团长刘雨生让便衣队穿皇军服装的用意。刘百湖是想了一阵子才明白的，当他刚刚明白了大川少佐的意图时，两个中队的日本兵都变成了他的鲁西保安纵队。

混杂了日本兵的保安纵队还是先去的黄河沿岸，还是自西向东拉网式地搜查，还是寻找抗日武装，但重点是运河独立营。扫荡队伍是一条线展开的，他们踏着晚秋的枯草枯叶，枯草枯叶不及发出声响就被踩碎了，运河湾里只是游走着窸窸窣窣声，那样的声音也许是风吹紫柳墩子，也许是风吹芦苇缨子，也许是乳白色的日光消融了夜里凝结的夜露。等到村里人看到了刀枪，整个村子已经被围住了，人家是先围住再进村的。一个村子搜寻完了再换另一个村，两个村子也许紧挨着，也许间隔三里五里，但是，没被围住的村子里还是没感觉出有哪些异常。

紫云寨的磨坊已经有人打扫了，先打扫磨坊的是马照本，马照本家只有三口人，他要急着磨面碾米倒不是为了过寒露节，他是因为母驴又怀了驹子，很可能会赶在霜降前后生。马照本心疼未来的驹子，不过，用足了月的母驴拉磨拉碾还是可以的，只要不是拉车驾辕子。另外，还有一点是马照本不愿意说出来的，那就是女儿香芝犯病没个准节口，提前磨了碾了也是个准备。

马照本说的女儿犯毛病，是指香芝自那次招了祟蛊之后，会时常发怔发呆，有时还会两三天不吃饭，不吃饭香芝也不说饿。香芝自己还会莫名其妙地应答，看着像是有人跟她说话的。比如她正做着针线，或者是正纺着线，或者面和好了要贴锅饼，冷不防地就说了应答话："知道了，你放心吧，我一点儿也不累。"有时候又会不声不响地走出去，走出去还是闭着眼的，到了这家那家的门口也不进去，转个弯又回来了，回来接着做针线活，要是问她刚才去了谁家，她就会把眼睛开，说："没有啊，这不正占着手嘛。"香芝还会走出村子，走得还很急，也许是到了运河堤上，也许是到了运河大桥，也许是到了杂树林，到了就往回走。再问她是去找人吗，那个地方是有人等着吗，她又会显出一脸的羞涩，面腮上还会浮出红晕，还会拿手指缠绕辫梢，还会垂了头拿一只手遮掩着。

马照本忍不住了就去找玉树，进了丁家就要脱了鞋打玉树的脸，说他实在受不了了，说他现在就恨不得把玉树剁了，剁碎跟垫圈土拌在一起撒到驴粪里。马照本说："玉树，快把你的个混账黑豆儿找来吧，你真想看着我窝憋疯啊?你天天趴着装死狗,你是不是想白赚一个儿媳妇啊?"

玉树就笑了。

马照本再问香芝犯毛病,是不是活犄角故意勾着魂戏耍着玩的。如果是,他死了也会跟阎王打官司,他要状告玉树借着犄角打掩护,干的却是调戏良家女子的卑鄙勾当,何况又是与混账黑豆儿勾结在一起的。如果不是,玉树就要承担连带责任,没有玉树,就不会有混账黑豆儿,就不会让一个好好的稳当大闺女天天跟丢了魂一样。

玉树还是笑。

马照本后来还去了紫云寺,见了马笸子又说埋怨话,说马家出了个游魂二梭不归家,勾扯得黑豆也不归家,二梭是死是活不知道,黑豆是死是活也不知道。出了个兵混子倒是归家了,会念个《百家姓》就敢接住持,接了住持的差事还要跟个寡妇侯月娥打连连。侯月娥跟兰兰走近乎,香芝也跟兰兰走近乎,兰兰牵挂的是二梭,香芝牵挂的是黑豆,这都乱麻团似的勾连成死疙瘩了。他埋怨着扔给马笸子一炷香,让马笸子紧着到佛祖跟前点燃了,顺便再跟佛祖说说,香芝这样算不算是个毛病。还有,最好求佛祖施个法力,最好让香芝失了念想魂,脑子里从此再没有黑豆的影子。黑豆家穷到那样了,有个亲爹玉树还是死腰瘫子,黑豆还是活不见人死不见尸的。黑豆这样了还让香芝念想着,一定是念想魂闹的。

马笸子笑着接过香,点燃了又让马照本到山门口等着,说他要跟佛祖细说这件事。但是马照本不能睁眼看,也不能竖着耳朵听,还得拿手抱着脑袋装睡着。马照本再睁开眼时,看见马笸子手里多了一个紫柳环。紫柳环上掏空了一个洞眼,洞眼里有一粒黑豆,黑豆在洞眼里滚动。马笸子把紫柳环递给马照本,说:"我跟佛祖禀报过了,佛祖答应了,佛祖还送给香芝一个收魂玲珑珮。"马照本疑惑着出了紫云寺,到家给了香芝,香芝戴上紫柳环手镯果然不往外跑了,刚过了秋分她就跟父亲马照本说,最好赶在母驴生驹子之前,把新米新面磨出来碾出来,生了驹子就不便使唤了。

在牵驴上磨的那一天,香芝跟父亲马照本说,入冬之前她要再串最后一家门,前一阵子跟兰兰婶学花样,顶针忘在她那儿了,现在不去找回来,霜降节前还要刨红薯刨萝卜,那时候土头土脸的就不好串门了。香芝进了马家就让兰兰看她的手镯,说:"黑豆是活着的,二梭叔一准也是活着的。手镯是黑豆让笸子爷送给我的,笸子爷一定知道他们在哪里。"

兰兰是在香芝走后出门的，出门前兰兰还往灶窝里抱了柴火，还在灶膛里烧了一把火。锅里添了水，发面盆放到锅里，烧温了的水会使发面发得快。兰兰是把一切都收拾齐备了又跟婆婆马刘氏说的，说的是回娘家看看还有没有粗棉线，要有就拿一桄子。还说自己也许会很快回来，也许翻找棉线要费些时间，不过发面要开好也得到大晌午了。马刘氏紧着喊春子捞腌辣椒，捞一碗让兰兰带给娘家二老尝尝，说腌辣椒切碎了再打个鸡蛋花，拿老油炒了比肉菜还好吃。春子嘴里答应着，脚步却是磨蹭的，磨蹭着跟兰兰说她头上一刮北风就刺挠着痒，一准是头上又生了虮子。兰兰嗯嗯着说回来帮她找，再跟婆婆马刘氏说啥也不用拿，出了门就加快了步子，不大一会儿就出了马家胡同。

春子悄悄地跟过去，扒着门框向胡同里探头，退回来就发出了啧啧声，进了堂屋就要贴近马刘氏说话。春子说她又发现兰兰说假话了，算上这一回，兰兰说假话最少也有七八回了。春子说："我记得咱家也有棉线啊，为啥非要回娘家去翻找，找棉线就当是真的，那为啥又是在香芝来了之后。还有，咱们家跟照本家是一个老祖宗不假，平时来往也并不多，二梭、黑豆他们这一次前脚离开，香芝后脚就来跟兰兰说话，她们有哪些话说。"春子说香芝一进来她就觉着有弯弯，她要凑过去听，还没走到东屋门口呢里边就小了声。她们说话为啥怕人听啊，好话不避人，避人没好话，哪些话才不想让人听见。春子说她敢打保证，兰兰一准不是回娘家，兰兰一准是说了假话的，兰兰一准有什么事瞒着老马家的人。春子说了又要婆婆马刘氏帮着想，说："娘，您想想吧，兰兰这是第几回说假话了？"

马刘氏仰着脸望春子，还拿一只手遮在耳朵后边，看着像是没听清的。春子又用了大声重复一遍，马刘氏还是仰着脸望春子，春子又重复第三遍，重复到一半时忽然憋住了，说："我把喉咙说干了，您是故意装听不见。"马刘氏不接春子的话茬，反过来却说她有个对付虮子的法子，要是春子想要个干净的，她就喊满秋过来，烧一锅开水，拿瓢舀了往春子头上浇。一锅开水浇完了，再拿搂地的铁笓子连搂带挠，保准满头的虱子虮子一个不剩。春子哇哇地叫起来，两只手紧紧地抱住头，站起来出了堂屋。堂屋里的马刘氏又说："春子你百样好，就是多长了一根长舌头。你刚才还说到二梭，二梭是谁，二梭是兰兰的女婿，人家就不兴听点儿风声听点儿雨声啊？听了风声雨声就不兴打听打听啊？"正说着，院门哗啦开了，马步正和大儿子满秋一前一后走进来，春子紧着跟婆婆马刘氏使眼色，说她去看看发面开好了没有，要是发面还没发起来，她还要插空绑几个草把子，过了寒露就是霜降，红薯萝卜都该刨了，她这几天满脑子都是该干的活。春子说："娘，我干活吧。"

一切都让春子猜着了，兰兰是说了假话，兰兰根本没回娘家，她是出了胡同先入的寨壕，顺着寨壕到了村子西头的侯月娥家。侯月娥是在家里准备小儿衣服的，铺沙土的裤子和棉褂褡晾了满满一绳，小衣服有新的也有得田兄妹用过的。侯月娥给孩子做的是小棉夹小护兜，布料是用了双色的，鸳鸯勾搭，一半是红的，一半是蓝的，看着像是过年时贴的门神。侯月娥看见兰兰高兴得了不得，先举了双色的棉夹护兜让兰兰看，牵着手把兰兰拉到里屋，又撑着得田兄妹到外边去玩。兰兰先还要打量屋里摆设的，坐下来气儿就喘得粗了急了，看着像是心里装了急事的，后来连兰兰自己都觉出不自在了。侯月娥放下手里的活望兰兰，说："我不让你喊姑了，你只当是个能说体己话的邻居吧。兰兰，你是不是要打听二梭死活啊，是不是要打听二梭在哪里啊？"

兰兰摇着头又点头，说她什么都没想，她过来就是随便串门的。

兰兰知道自己是第一次到西河湾新宅来，见了面应该先说些散话闲话，还要说主人家会收拾会持家，还要说样样都摆设得周正体面，最好再夸夸主人家的孩子，夸孩子就是夸大人。这些都是串门礼节上要用的，兰兰哪样都知道，可是兰兰却一句也不想说，坐下来就觉着心里是急的，这样想着兰兰的脸就红了。心里急啥啊，心里慌啥啊，不就是为着个二梭吗。二梭一出去就没影，离开眼皮就看不见，拴到腰带上也是个摸不着的，所有这些兰兰都知道。二梭原来是把魂绑在白面瓜身上的，他跟白面瓜这样亲那样亲都亲不够，现在白面瓜已经死了，二梭看不见白面瓜了，魂不就回来了吗？所有这些兰兰也都知道。知道了就不该急，知道了就不该慌，何况兰兰自己还曾经说过响亮话的，说男人生来就是干大事的，还说无论二梭是死的还是活的，她都会好好活着。响亮话说过了再来跟别人打听，这不是自个儿打自个儿的脸吗。兰兰哇的一声哭了，哭着说："姑啊，我想二梭了，我天明天黑地想！"

侯月娥伸出胳膊抱住了兰兰，说兰兰一进来她就知道是来打听二梭的，兰兰一坐下就喘粗气，粗气还喘得又急又快，脸上还有包不住的红晕，傻子也知道兰兰是想二梭了。想了还要装着没想，明明是当媳妇的就该知道丈夫在哪里，反过头来还要跟别人打听。心里啥滋味？打听还不能明着说，想明着说还得掂量哪一句不会被人笑话。这得多难？侯月娥说，兰兰要跟她打听二梭不是懵着来的，兰兰一准是想着这个小姑跟马筢子都那样了，有了二梭的消息，马筢子一准得先知道，马筢子知道了不就等于她也知道了吗。侯月娥说，知道了还不能跟最该知道的人说出来，她其实也是作难的，论起来也不是好滋味。毕竟是老爷们要干的大事啊，毕竟是个军事秘密啊，毕竟是答应过不外传的啊。侯月娥说："兰兰，你也让我为难了。"

兰兰就擦了泪，站起来望侯月娥，说她已经知道了，知道二梭还是活着的，这就行了。兰兰说知道二梭活着是自己瞎猜的，月娥姑不传话也是应该的，她一丝丝口风没得到只能瞎猜。后来兰兰又端详侯月娥的肚子，还要侯月娥把孩子的小衣服交给她去做，接着又问孩子赶在哪个月份，听见侯月娥说了霜降前后。兰兰朝门外走，走着说："该做饭了，姑，我回去。"侯月娥跟着送到门口，说她早就想过了，接生婆她是不找了，马筢子毕竟挂着个住持身份，毕竟是犯着忌讳的，到了那一天她想让兰兰过来当帮手。兰兰一口就答应了，说："好吧，姑，到时候我提前过来。"

兰兰回到家刚要洗手做饭，大姑姐秀秀突然惊神惊色地进了门，进门抱着马刘氏就哭，哭着说杀人魔王刘百湖冷不防地带人包围了村子。还说日本人都是换了汉奸衣服的，先找的是年轻人，还要伸出手来看有没有茧子，还要扒了肩膀看有没有皮带勒的印子。家里光有年轻媳妇的，就百遍千遍地追问男人去哪里了，问不出来就打，说不明白的也打。抢东西抢粮食不说，牵牛牵羊不说，看见不顺眼的就绑起来，看见二拇指上有茧子的就杀。秀秀说："娘啊，爹啊，了不得了，不是拿刺刀捅死，就是勒脖子挂树上！"

到这时，运河湾里的人才知道这一次大扫荡与上一次有了不同，才知道日本人换了汉奸衣服就是为了多杀人，杀了人还不让你知道是日本人杀的。

秀秀最后说的是，孩子的二婶就是不说他二叔到哪去了才被吊起来的。他二叔八万是让二梭带走入了独立营的，她死也不能说啊，结果日本人把她的肚子挑了，挂在树上还不许收尸……

兰兰怔怔地望秀秀，手指拿牙咬着，咬着也没哭。

第十四章

侯得章也没想到敌人会在冬季到来之前再来一次大扫荡。他只知道敌人会采取报复行动，马二梭打着运河独立营的旗号搞暗杀，敌人必定要针锋相对。几次暗杀都是在运河炮楼发生的，离城最近的几次是在码头上，另外还有运河大桥上的错杀。暗杀错杀都是冲着日本人的，大川少佐决不会善罢甘休，这一点侯得章心知肚明。他甚至还想到日本人一定会把紫云寨当成重点，有一点儿军事常识的指挥官都知道，某一个地点接连出现敌情，这个地点的周边就是滋生地。从运北据点回来之后，侯得章就把部队驻扎点换到另一个地方，他原来一直是活动在河套边沿处的。那片区域在紫云寨的西北部，直线距离说不上太近也说不上太远，最主要的是，那片区域与紫云寨之间没有直接相通的道路。他在那片区域拥有了几十个村子的活动纵深，由此辐射的村庄延伸到四面八方，即便与团领导划分的区位点做比较，他的活动范围也是最大的。

对于这一点，侯得章非常满意，尽管与杨甬力团长指示的尽快控制运河西岸还相差甚远，但也只能理解为由突发事件造成的，应属于事出有因。为此，他把一个营的兵力分解成三个由连为单位的二级中心点，再由连延伸出九个以排为单位的三级中心点，最基层的工作面是班，所有这些点面都在各个村子里。由面到点，自下而上，一级对一级负责，最后的中心枢纽就是他的一营指挥部。营部所在地霍家洼是个过千人的大村子，他身边也只留下了一个警卫排。他的指导思想非常明确，归纳起来就是尽快发展，就地扩编，没有人知道他这种急切发展扩编队伍的背后，其实是受着原本就存在的远大抱负支配的。但是，侯得章完全忽略了敌人的战术变化，他们不再像往常那样一出城就平推直铺，而是使用了漫天撒网就地捕鱼的方式，而且还是从边缘抄底。悄悄行进，虚以外线，内部收紧，突然包围。准确地说，就是大圈里边套小圈，小圈外延连大圈，一网撒开就是十几个村子。敌人这一次的扫荡特点就是锁链式的，等到侯得章意识到这一点时已经晚了，那些原地分散活动的班排根本不具备打坚守战的能力，甚至于连撕口子突围出村的火力都不足。

战斗打得像过年大集上的炮仗炸市，枪声在十几个村子同时响起，当营部警卫排为侯得章排出一道火力墙时，他才真正明白了对手的厉害。脚手两分，首尾难顾，根本无法分辨哪个方向是敌人的薄弱环节，战斗从一开始就处于被动挨打的态势，甚至可以说是毫无设防下的突然遭袭。

侯得章没有时间分析判断敌人的作战意图，更无法了解各个连排的处境，他所能做的就是想尽一切办法收拢部队，而唯一的办法就是拼死突围。侯得章下达了营部突围的命令，下达命令的同时，他又指定了六名机要人员，要他们两两一组随营部突围，并在突围火力压倒敌人的间隙里冲出去，一旦脱身，马上联系三个连中心点，然后再由各个连中心分别收拢队伍。突围出去的集结地点，还是河套边沿的沙丘地带，那里也是他们与团部分开后的第一个驻扎地，除了这个原因之外，还有一条是侯得章不便于说出来的。侯得章接着又把新兵连的花名册烧了，后来他把副营长和文书以及警卫排长叫到一起，说每当他的远大抱负设定成形时，必定会跟着出现一劫。既然抱负难以施展，那就拼死一战好了。说完这些话，侯得章就把外衣脱了，他还把衬衣袖子挽起来，一箱子手榴弹几乎被他全挂到身上，并平生第一次说了粗话。

侯得章是冲出院子说的那句粗话。他说："原186团的弟兄们，东进支队运西新一团一营的同志们，拼死突围的时刻到了。狗日的大川、狗日的刘百湖要绞杀我们，我们只有拼死一战了！×他祖宗，死也要拉几个垫背的！"

霍家洼村子的西南角有个废弃的砖窑，周边地势也比村街上高出许多，对于包围者和被围者来说，都应是志在必得的制高点。副营长牟利光和警卫排长薛宏伟同时提出迅速夺占制高点，侯得章拒绝了他们，反倒把突围点选在了地势低洼的东北方向。牟利光和薛宏伟都大感不解，但侯得章并没做任何解释，他带头冲在前边，两个人只好紧紧跟随。村子的东北方向是一条浅浅的小河，河水只有齐腰深，奇怪的是，当他们冲出村子时，东北方向的敌人火力几乎薄弱得如同虚设。侯得章大喜过望，随即命令部队涉水前进，直到这时，整个东北角还只有零星枪声。但是，当他们冲到河中心时，河对岸突然间枪声大作，密集的子弹铺天盖地，河水顿时染红了。

困在河中心的战士只有拼死上岸，一个警卫排片刻间倒下了大半。

率先冲到岸上的警卫排长薛宏伟忽然尖叫一声，指着紫柳丛中的指挥官向侯得章报告，说："参谋长你看，那不是连长侯得才啊！"

从紫柳丛中露出脑袋的就是侯得才,不过,他并不知道堵住的是侯得章,他之所以选取这个战法,完全是不愿意蹚水进村。他知道被围困的部队一定会分出一部分兵力拼命夺取西南角的制高点,而东北角的低洼处才是他们的突围主力。自己一旦过了河或者正在涉水中,对方的主力又正好从村子里冲出来,那他就变成了被动挨打的。与其这样,最好的方式就是把被动留给对方,即便对方火力太猛挡不住,他也可以全身而退。侯得才就这样布置了,结果他发现这一招实在痛快,自己付出的是子弹,而对方则把尸体留在了河水里。于是侯得才就喊了一声,说:"看准,谁冲在前边打谁,冲不过来他还得回到泡鳖孙王八的河里去。"侯得章死死地记住了这句话,并把拳头狠狠地砸在警卫排长薛宏伟的头上,咆哮说:"他还是你的连长吗?打,照准,专往他嘴里打!"

侯得章甩出了一连串的手榴弹,手榴弹投得又远又准,有一颗就在侯得才隐蔽的紫柳墩旁边爆炸了。侯得章好像还听到得才发出了一声长长的尖叫,接着他就从岸边的茅草丛中跳起来,带着仅存的十几个人冲出了包围圈。

到满天星光拢上头顶的时候,所有突围出来的人都到了集结地点,河套边沿的沙丘地里,到处都是东倒西歪的支队战士,所有的人都疲惫至极。经过清点,部队损失过半,如果再算上负伤的,这种本可以避免却因过度分散而导致的突围战,几乎让留在运河以西的新一团一营赔上了血本!侯得章痛不欲生,但此时此刻毕竟不是总结教训的时候,最当紧的是马上确定出新的修整点,或者说,已经大伤元气的新一团一营必须有个隐身处。

侯得章做出了一个大胆的决定,也可以说,这个念头一直在他心中蛰伏着,如果他敢于坦陈这一点,马上就可以找到他的心迹图。宁愿错过西南方向的制高点,偏取东北方向的低洼处,正是缘于一直就蛰伏着的那个念头。他说:"此地不可久留,马上去运北据点!"随后出现的一幕是侯得章终生都难以忘怀的,并且那种同病相怜式的一济之恩,更使他巩固了不曾泯灭的理想与抱负。尽管那个终生难忘的一济之恩,在后来的岁月里又被他以另一种方式放大着践踏了,但那同样是历史使然,情势使然。就在侯得章他们快要接近运北据点时,前方路上突然间冒出了一团急促滚动的黑影,黑影里出现了一个既陌生又熟悉的声音:"是侯参谋长吗?"

侯得章大步跑过去,然后他紧紧地抱住了刘雨生。

刘雨生派出一个连向相反的方向奔跑,告诉他们脚步越杂乱越好,脚印越明显越好，跑到芦苇荡水槽停住，然后沿河逆行三五里再上岸折回据点。最后他带着侯得章他们，顺原路回到据点里。

一直到第二天晚上，侯得章才从刘雨生口中得知，这次大扫荡既不是抓夫抢粮，也不是针对的运西新一团，而是针对的让大川少佐恨之入骨的运河独立营。刘雨生说，大川少佐只知道从太行山上下来了一支东进支队，他们是路过河湾县东进泰莱山区的，上一次围攻运北据点和设伏袭击增援部队，不过是担心鲁西保安纵队抄袭他们的后路。

大川少佐并不知道运河以西地区还有个留下来的新一团，而且山东日军最高指挥官尾高次郎发出的命令也是严防运河大桥，松岛旅团长也从湖北前线给大川少佐发报，说从华北驻屯军获得的准确消息是，八路军东进支队就是伏击平型关辎重部队的115师，驻屯军长官判断化名东进支队进入山东的最大意图，就是与重庆国民政府争夺华北地区的战略布局。松岛还跟大川透露，山东特务机关已查明，115师除留晋西地区的第343旅补充团与3个游击大队外，其他建制全部进入了鲁中的泰莱山区。所以，尽管大川少佐多次接到运河以西有敌情活动的讯报，他依旧认为那一定是只针对日本人的运河独立营，并发誓要彻底消灭他们，他们这一次身着鲁西保安纵队的服装扫荡，就是出于这一目的。刘雨生最后又问侯得章是否听明白了，说："侯兄的新一团一营这一次被层层合围，完全是冒顶替代了运河独立营！"

侯得章怒而不语。

所有这一切，运河湾里的老百姓都不知道，秀秀惊吓着跑回娘家，说扫荡就是要抓独立营的人。秀秀说："捅死孩子他二婶也是因为她不肯说出男人去了哪里。既然日本人和汉奸要使这法子找人，那兰兰怎么办，人家要是逼着兰兰说出二梭去哪里了怎么办，知道在哪里也不能说，他们会不会也像对他二婶那样对付兰兰啊。"马步正扒下鞋来要打秀秀，后来他把秀秀推到原来住过的套间屋里，又使着眼色让马刘氏带兰兰回小东屋，又让大儿子满秋插上院门，又让春子用湿柴火烧火做饭。最后他把套间门也关上了，并恶狠狠地看着秀秀，说："说吧，你兄弟在哪里？"

秀秀想说她是跟二梭打过保票的，话是赌气说的，当时说的是："我一年不回娘家行了吧。"二梭又问她要是到镇上赶集碰到紫云寨的人呢，她又接了一句："我把自个儿的腿捆上，我再把自个儿的嘴拿大针缝上。二阎王，现在你放心了吧！"但今天她还是惊恐着地跑回了娘家，她这一会儿还有必要再瞒着吗,一进门她就哭了,再瞒着老爹还有啥用。秀秀就说了,说是从头到尾全说的,一说就说到日本人干锅烤人,结果二梭摸到据点把便衣队长杀了,杀了才知道便衣队长不是日本人,是刘雨生故意让便衣队穿的日本人服装。

秀秀还说,二梭上次回家来假装受伤,还当断了肠子的伤残人,她那时就怀疑是假的。二梭九死一生地从战场上跑回来,跑回来不归家就是要为独立营报仇,就是要为白面瓜报仇,就是要杀日本人,就是要让日本人知道他从入了军营就没归过家。想想二梭也是个不容易的,二梭做了那么多对不起兰兰的事,做了那么多让马家人跟着担惊受怕的事,其实他自己也是死过几次的人了。秀秀抽泣着又哭了,说:"爹啊,我说不说都是一样了。咱们现在还要保二梭,还要保兰兰,再不想个办法就晚了,说不定那些披人皮的畜生也快来了!"

马步正挖了一锅烟吸了,吸完站起来,催着让秀秀赶回去。他让秀秀拿两个剩窝窝头到路上吃,立马就把秀秀推出了院子,又让秀秀出村子先奔运河大桥,然后再折个大弯顺小路回家。前脚打发走秀秀,后脚他就从小东屋里喊出了兰兰。他让春子找出满秋穿过的旧衣服,又抓了一大把垫牲口圈用的干沙土,干沙土撒到兰兰的床上,床上的被子半拉半拽地卷成个死疙瘩。后来他还用剪子铰烂了另一个枕头,铰烂的枕头扔到地上,撒了干沙土又拿脚踩出鞋印子。他不让兰兰说话,也不让其他人说话,他做这一切时脸上几乎没有任何表情,接着就带着兰兰去了侯家老宅。进了临街大门没去亲家侯登榜的西跨院,而是贴着南墙根折身,然后径直进了前院侯登銮家。

侯登銮一家正在吃饭,马步正的突然登门让他们嗟愕不已,当他们看到蓬头垢面的兰兰穿着满秋的衣服,一家人都惊呆了。马步正把兰兰拉到屋里,然后他从怀里掏出一把明晃晃的杀猪刀,杀猪刀握在手里也不坐也不看任何人,他只是盯着刀子说话。说他已经七十二岁了,安生日子也过了,荒灾日子也过了,现在死也不晚,多活几年算是赚的。当然,要是临死之前再有三个四个垫背的,那就更赚了。马步正最后说的是日本人要来了,日本人要找独立营报仇,日本人来了也许会跟兰兰要二梭。二梭是他的亲儿,兰兰是他的好儿媳妇,他不会把二梭交出去,也不会让日本人追问兰兰,谁在她面前高声说话都不行。马步正后来就专盯着侯登銮的脸,又说:"我把兰兰交给你,过了这一劫,我给你磕头上香。别的话我就不说了,咱们是亲戚,说得多了也不好。"不及侯登銮开口，他就走出了院子，要走了也没去亲家侯登榜那边。

扫荡队是在收尾时进的紫云寨，进了紫云寨差不多小晌午了，那时候的太阳说不上是白的也说不上是黄的，看着像是拿笼布蒙住的发面团。紫云寨是个大村子，又像狗拉稀屎一样铺拉得太散太长，扫荡队没用包围的方式。他们只是封住了东西街口，南北两面的寨壕边上隔几步放一个流动哨，假若有人想从寨壕里窜出去，他们一眼就可以看见。扫荡队也没看见谁打谁，也没撒了欢地牵牛牵羊，也没砸锅捣囤，他们甚至跟串门赶集走亲戚的差不多。他们的人是三五个一伙分散开的，进了胡同就挨门逐户地寻找，寻找的是大大小小的屋子，还有茅厕，还有柴火垛，还有红薯窖萝卜窖。他们还拿脚跺地皮，还拿枪托子敲打墙壁，敲着跺着还要听声儿。寻找过了的就在这家那家的屋山墙上划个斜叉，斜叉是拿刺刀划的，划得咔嚓咔嚓的，崩下来的土沫子土块子还溅到他们的脸上。

进家入院的人散开之后，有几个人先是仰着脸望天，望着走进乡公所。许多人就在心里猜，猜着走进乡公所的几个人里边，一定得有县长司令刘百湖，刘百湖要坐下喝茶一定得坐正位上首，结果看着像县长司令刘百湖的那个胖子坐的是偏坐。许多人看见他脸上有血点子血星子，袖口上也有血点子血星子。他的脸还好像是木着的，看不出是恼是恨，也看不出心里是欢悦的，看着像是半醒半睡的。许多人这才想明白坐在正位上首的是日本人大川少佐，但大川少佐是日本人，却跟县长司令刘百湖穿一样的衣服。

跟大川少佐挨边坐的是翻译官刘呼闪，刘呼闪是来过一次紫云寨的，许多人就认出了他，看着他还是戴着眼镜，还是文绉绉的，像个白面书生。只是那个也不好好坐也不好好站的不好猜，看着像侯得才吧，又是包着头脸的，要说不是他吧，偏偏举止上又像他。再看包头脸的白布带上渗出血来，想着侯得才一定是怕受风才包住头脸的，看着他爹侯登銮又是抹桌子又是倒茶水，明明是一脸的哭相，偏偏又显着是笑的。侯登銮还一个劲地点头哈腰，还一个劲地斜着眼角瞅瞅这里瞅瞅那里，还把个头脸弄得全是汗水，还把个脸色弄得跟黄表纸一样。侯登銮还稳不住窝，一会儿出来，一会儿进去，手里明明是提着水壶的，偏偏又转着圈子找水壶，倒水也倒得沥沥拉拉，结果弄得满桌子都往地上滴答水。血头血脸的侯得才，不好好坐也不好好站，也许是心疼他爹，也许是不想被人认出来。

散开搜查的人回来了，回来都冲乡公所里摇头，接着就在当街排成了两队，都把刺刀平整整地端着。坐正位上首的大川拿皮靴踢翻译官刘呼闪，刘呼闪就拽住了侯登銮，先指着乡公所的牌子说挂得不对，说国民政府时期挂乡公所的牌子，现在是大日本帝国治理中国，再挂乡公所的牌子就是与皇军作对。刘呼闪说："维持会的牌子为什么没挂？哎哎，我说侯会长，你能不能不晃荡？"侯登銮愣怔着连连点头，说："您说您说。刚才您说维什么会……"刘呼闪后退着闪开一步，又上下左右地打量侯登銮，怎么看都感觉侯登銮是跟上次见时不一样的，于是又说："你怎么了侯会长？算了，不问了，大川少佐这一次没来，但是他让你拿出紫云寨的花名册。听明白了吗，花名册？"

侯登銮就像是没听见的，摘下乡公所的牌子，放到地上拿茶壶浇水，浇着水又拿鞋底搓，接着又要找墨锭磨墨，想着要把乡公所改成维持会的。翻译官刘呼闪又着了急，恨着说侯登銮是个不知道轻重缓急的，这样的人当了维持会长也是个庸才。着急着踢了侯登銮一脚，侯登銮果然找出了花名册。花名册铺在桌子上，那个看着像侯得才的血头血脸也跟着凑过去，凑过去伸出手指，手指先指的是马步正，往下划拉着又指丁玉树，最后指的是马照本。翻译官刘呼闪就看大川少佐，大川少佐又看刘百湖，刘百湖在侯登銮腿上踢，意思是让侯登銮领着上门的。侯登銮揪着腮帮子刚迈出门槛，马步正就从人群里走了出来，说："你们是要找我吗？我就是马步正。"

第十五章

紫云寨当街盘起了大锅，大锅盘在维持会门口，维持会的牌子是新挂上的，刚描上的墨汁还是湿的，锅底下的劈柴火一烧就把墨汁烤干了。许多人都想起了前不久的干锅烤人，锅里先不添水，也不烧成血红血红的，要的就是似红不红的巧劲，烤人的时候就不会先冒出一股子臭乎乎的煳焦味。

马步正是从人群里挤出来的，在那之前，他一直在奶奶庙旁边的葚子树下站着，落净叶的葚子树，连树皮也变成了青灰色，青灰色的树皮上还有星星点点的黑斑，黑斑看着像是故意拿墨汁洒上去的。马步正把整个后背都靠在葚子树上，整个人几乎成了葚子树的一部分，如果这一会儿有人要锯倒葚子树，也许会连他的腿一块儿锯断。马步正把自己打扮得像葚子树一样齐整，怎么看都像是故意穿戴的，往年的这个时候，他应该穿一件带大襟的夹袍。那件夹袍也许是马刘氏进了马家之后给他做的，也许是他娘岳彩凤做的。岳彩凤是侯家三兄弟的爷爷侯月庆从青楼里赎回来的，用她是要打官地主意的，用完了一倒手给了马家。如此说来，马步正的那件大襟夹袍应该有些年头了，他每个冬天都穿，甚至秋分节气刚过他就穿上了。他穿着那件说不准年月的大襟夹袍垫圈、筛草、喂牲口，大儿子满秋迎娶春子的那天他也穿着，女儿秀秀带新女婿回门那天他也穿着，大襟夹袍像是长在身上的。

但是，马步正今天把大襟夹袍脱了，换上的是一件里表绒三新的对襟棉袄，棉袄的扣子打的是九棱九环的核桃结。这自然是兰兰结的扣子，马刘氏眼花手颤结不出费神费力的九棱九环核桃扣，而春子根本就不会。他还戴上了平绒布的风帽，还换了一双新棉鞋，棉裤虽然是穿过的，但也只是上个年初一上身的，初六的牲口挂套节一到他就脱了，算起来还等于是新的。他还把个老脸洗得干干净净的。他这样打扮自己的时候，马刘氏先喊了大儿子满秋，满秋不眨眼地望望老爹再看看自己，但是春子一看就哭了，说满秋傻啊，爹把过冬的衣服穿戴上，这是要走回头路了。马刘氏打个愣怔，接着就哭喊着也要跟着走，说："不就是想着这一劫难过啊，要死咱们一块儿死，反正也摸不着二梭了，反正金猪也成大小伙子了。"马步正立马就撂了脸，说："你们都给我听好，刀山油锅都是我一个人的，你们谁敢上前一步，我变成个落地雷劈了你们！"发完狠话他就进了牲口棚，扳起牛头亲了一口，接着就走出了院子，从站到葚子树那一刻起，他连一步也没挪动，直到大川少佐示意部下抓人。

大川少佐打量着马步正，有一瞬间他甚至对马步正的风帽产生了兴趣，想着日本北海道的故乡好像也有这样的帽子，好像不止老年人戴。但这个季节穿棉衣、戴棉帽好像早了些，中国的运河湾里应该比日本的北海道要温暖许多，况且许多人还是穿的秋天衣服。他的目光是游离的，似乎还有些淡淡的乡愁，但那样的游离很快就不见了。大川少佐还向马步正身边靠近了一步，接着就问马二梭是不是他儿子，他儿子马二梭是不是原186团独立营的，独立营被皇军击溃之后他是不是跑出去了。马步正说:"哎呀哎呀,你说得还对还准,一看你就是个明白人。"

大川少佐就笑了,笑着还要让马步正进屋喝茶,还要拉凳子让马步正坐。马步正摆着手说:"你紧着问,咱先说正事。"大川少佐就笑出声来了,说他从来没见过像马步正这样通情达理的老百姓,这让他想起了中国人里边也有不混沌愚顽的。大川少佐说:"马二梭去哪里了,我想跟他交个朋友?"马步正说这事得问侯得才,接着又转着圈子寻找,又说:"怎么没看见侯得才啊?"

大川少佐说:"马二梭是不是最恨帝国的军人?"

马步正还是说得问侯得才。

大川少佐说:"马二梭最近是不是又组建了新的运河独立营,他们的营部是不是还在原来的老地方?"

马步正还是说得问侯得才。得才就把包头包脸的白布解开扔了,蹦跳着要马步正说清楚。得才说:"我说你是真糊涂啊还是装糊涂?太君问的是你儿子二梭,你怎么又把我扯出来了?二梭去了哪里我知道啊?"

马步正就不再搭理侯得才,他还是跟大川少佐说话,说的还是拉秧子长话。说当年北伐战争的时候,老宅的骑兵少尉侯得章回老家紫云寨来带兵,他三叔侯登銮一共联络了八个,马家族门里有靠靠的兄弟抢抢。侯得章给他们一人发了一块银圆,说是安家费。抢抢又把银圆给了他哥靠靠,靠靠说的是放着给抢抢张罗媳妇。临动身时,八个吃粮当兵的年轻人还都扒了衣服光着膀子,还都争着抢着在石碾上磨牙。碾是白虎,啃几口就沾了白虎的杀气,枪子会躲着走。抢抢看见啃过的碾盘上一片子红,他就说杀气上身了,他还说啃了白虎一嘴血。结果抢抢是先被打死的,那几个现在是死是活也不知道。接着是打中原大战,紫云寨又出去四个人兵营的,结果一个五麻子先死了。后来又回到运河兵营,结果运河兵营又被打散了,当了连长的马二梭打得没影了,当了排长的丁黑豆也打得没影了,只有一个侯得才是一步提成连长的。再后来186团撤走了,侯得才心眼儿活,侯得才知道脸没腚大,他就没跟着走,一转身投了刘县长刘司令的鲁西保安纵队。投了鲁西保安纵队先是当营副,接着就死了营长孙宝贝,孙宝贝一死他又成了营长。

侯得才急得哇哇地,说:"你胡说八道!"

马步正还是冲着大川少佐说话,说紫云寨是不能出大官人的,出个大官人也保不住。闹民国时，紫云寨出了个薛宝贵，薛宝贵原本是在运河防务团干警备的，头上早就剃了个净净光，忽然地又要栽辫子，说是要到北京投奔张勋。薛宝贵花钱请了个巧手，先把自己的头皮割破，头发是拿鱼胶粘贴的，鱼胶黏住了流血的口子，也把头发黏了个结结实实，然后带着一干人马去了北京。薛宝贵没想到段祺瑞那么快又组织起"讨逆军"，喝个号子就赶跑了"辫子大帅"张勋。段祺瑞还在北京城大杀叛逆，薛宝贵稀里糊涂地被砍了头，粘了鱼胶的脑袋被人抱回了紫云寨。马步正说，现在一个紫云寨的人都盼着侯家老宅里出个大官人，老宅里果然出了个团长，不过团长侯得章是跟着中央军去了大西南的，隔山隔水几千里，是死是活也不知道。知道的就剩一个营长侯得才了，侯得才要是接着把团长顶了把县长顶了把司令顶了，他可就成了运河湾里的皇上了，一个运河湾里的人都得跟着喊万岁皇爷。

　　侯得才扑上去要打马步正。

　　马步正又向大川少佐跟前跨了一步，说："你刚才问我马二梭最近是不是又组建了新的运河独立营，他们的营部是不是还在原来的老地方。那我斗胆反问一句，原来的老地方还有运河独立营吗？要有，我立马把他揪回家来！"

　　最先发出笑声的是县长司令刘百湖，刘百湖笑着朝大川少佐眨巴眼，说他以后再不进戏园子听戏了，上了戏瘾就到紫云寨来听大茬子书。末了刘百湖在马步正肩膀上拍了一下，说："哎哎，我说，你儿媳妇哪儿去了？"

　　马步正说跑了，找她女婿马二梭去了。马步正说儿媳妇要找自己的女婿没法拦阻，别说他是公爹，就是婆婆也没法拦阻，想拦阻也没有理说。嫁汉嫁汉，穿衣吃饭。人家嫁的是男人，男人扑哧一股烟没影了，人家不急不想啊，家里没有不会到外边去找啊，近处没有不会到远处去找啊。马步正说："回县长司令的话，儿媳妇找到女婿是她的福气，找不到再回来不行，这个儿媳妇马家是不打算要了。"

　　刘百湖又要冷笑，侯得才又抢着搭了话，说："刘县长刘司令，您千万别信他的话，他这话是日哄您的。他儿媳妇叫兰兰，兰兰是我堂姐，她啥脾气我不知道啊，她还近处远处地找，你问问她到过运河大桥吗？她有那个胆量吗？她有那个脸面吗？"侯登銮抓着得才的胳膊向后拽，拽着儿子喊小爹亲爹，拽不动又喊祖爷，说："祖爷，你不胡呱嗒行吗？"得才挣扎着不让他拽，还拿手指着自己的血头血脸，说："我一头一脸的血是自己挠的啊？

忘了上一次磨坊里打冷枪了？没听见他个老不死的刚才怎么捎挂我啊？三番五次地弄暗杀，以为我不知道是马二梭干的啊？不行，我今天谁的面子也不看！"

侯得才还催大川少佐，还说兰兰保准在家里。马步正一步赶到三个人前边，伸出手来要跟他们打手击掌，说二梭也许是死的也许是活的，活着的跟大川少佐要，死了的跟县长司令刘百湖要，剩下个小儿媳妇就跟侯得才要。马步正说："来吧，打手击掌吧，翻出人来再把我的头捎走，要是找不到呢，你们谁说一句下赌的话？不敢下赌的就是王八×的！"刘百湖抬腿踢到马步正裆里，马步正打个趔趄倒下了。一伙人二番涌到马家，等到他们再返回时马步正又站起来了，趔趄着还是要人，说："人呢，二梭呢，兰兰呢，你们把人杀了再跟当爹的要，你们是不是没爹的野种啊？"大川少佐紧着要刘呼闪翻译，刘呼闪支吾着，说翻译出来也不是好话。大川少佐就抽出了挎刀，一刀劈到马步正肩膀上，棉袄劈烂了，肩膀上耷拉下来一块肉。刘百湖是冲着下裆开的枪，一枪打到马步正大腿根上，马步正爬起来还是要人，还是问二梭呢，还是问兰兰呢。

春子先是号着叫了一声爹，又哇哇地叫着推搡满秋，自己先把剪子抓到手里，满秋蹦跳着要从侯家老宅墙上揭了砖头砸大川少佐。马步正张着血口又骂，这回骂的是满秋两口子，说他们跟畜生一样，也是生下来就没爹的。刘百湖瞄着准又要打另一条腿，还拽着马步正要往干锅里摁，侯登銮扑上去挡住了马步正，又紧着跟大川少佐说好话，又跟刘百湖说好话。侯登銮说马二梭是个要爹不要命的，兰兰是个要婆婆不要公公的，留着他们的爹，他们小两口早晚得回来，要是马步正死了，兰兰回来马二梭也不会回来。大川少佐又看翻译官刘呼闪，刘呼闪马上把侯登銮的话翻译了，大川少佐就拿刀把刘百湖的手按下了。侯得才咬牙切齿地埋怨他爹侯登銮，说："要不看着你还是个爹，我就得说你是让驴踢了，还得是马照本家的母驴踢的，还得是尿着尿踢的！"

玉树是被豌豆推到当街的，玉树还是趴在架子上，玉树趴在架子上看着像是抱着枕头睡觉的。翻译官刘呼闪先是前后左右地端详架子，看见架子下边装了转轮，转轮是用碗底打磨的，中间钻个窟窿变成了轮子。架子下边还装了个踏脚板，踏脚板上绑着两个拿芦苇缨子编织的草烘子，草烘子绑在踏脚板上就等于鞋底了。草烘子也叫毛窝子，是冬季里穿了暖脚的，鞋里除了放脚还可以塞进大把大把的芦苇缨子，踩到雪地里也不冻脚。豌豆一开始用的是耧斗，但是耧斗的底部放不平脚，豌豆又换成了踏板。玉树的草烘子里塞的是麦秸，麦秸把两只脚紧紧地包裹着，看着两条腿像是从麦秸里长出来的。架子中间是两条青灰色的军用绑腿带子，拦起来变成个担架床，架子移动时，担架床忽闪忽闪，趴着睡觉的玉树也跟着忽闪忽闪。豌豆还故意把绑腿带子系得松松的，玉树趴着睡觉跟悬在半空中差不多，怎么看都觉着是舒服的。

  翻译官刘呼闪蹲下来又看玉树的脸，看见玉树闭着眼不喘气，看着像个死人。刘呼闪就抓住了豌豆的手，先看的是手心，接着又看左右手的第二根手指，看着豌豆满把手上都是茧子。豌豆的指甲缝里还有没洗净的面疙瘩。抓着豌豆的手又让大川少佐看，说这个是豌豆，他有个死活不知的哥哥叫黑豆，不过，一个少年手上都是茧子的还真不多见。不知道为什么，翻译官刘呼闪突然间对豌豆表现出极大的兴趣，甚至还有一丝丝怜悯，这或许跟他少年丧母有关系，尽管风流爹又给他娶了不止一个母亲，尽管他从来没进过厨房。但他依旧记得做饭的用人指甲缝里，也是常见带着面疙瘩的，尽管他每次见了都难以下饭，好像还说过要把用人的手指甲全拔了。侯得才并不知道翻译官刘呼闪想了什么，他是恨着那句话的，于是又抢着更正翻译官刘呼闪的话，说不是死活不知，是躲在暗处藏起来了。又说他敢保证，丁黑豆一定是跟马二梭在一起的，一定是在离紫云寨不远的某个地方，说不定从包围圈里溜出去的就是他们，能蹚着水冲杀的一定是他们。刘呼闪没翻译侯得才的话，他依旧惊诧着玉树的不喘息，偏过头来又问豌豆，问他爹是死的还是活的。

  豌豆说他爹是活犄角，不睁眼不喘气是勾魂抓差去了，这一回去的兴许是远路，勾了魂再到阴府办交接，一来一回得好几天。豌豆说，秋头上他爹勾的是西河湾侯登仓的魂，明明是领了押签的，押回去在销魂册上打个红钩就算完成了。偏偏他爹是个心软的，偏偏侯岳氏又是哭又是号，偏偏又大把大把地使钱，他爹又把勾魂链解开了，结果他爹被阴府罚着推了三天铁石磨。豌豆说："我现在知道怎么回事了，俺爹交了差回来就活了。"刘呼闪紧着又把豌豆的话给大川少佐翻译了，大川少佐也是惊惊诧诧的，嘴里还流出口水来。

  刘百湖先是吃吃地冷笑，嘴里说着是吗是吗，没想到今天还能见个活犄角，看来真要长见识了。说着抓过枪来，摘下刺刀戳到玉树的屁股上，玉树还是一动不动，还是闭着眼不喘息。刘百湖拿手指戳玉树的血窟窿，血窟窿里也是凉的，伸了手又要往上摸腰，腰里摸出来一包硬硬软软的东西，怔怔呆呆地望一眼，纱布包里竟然是蠕动着的爬虫。爬虫原本是被凉肉皮冰着的，得了热气又活泛过来，争着抢着朝外拱。刘百湖啊啊地叫，恶心着扔了纱布包，挥着手让豌豆把死爹推走，还朝地上噗噗地吐口水，吐了还拿皮靴划圈，划着圈把吐的口水圈住，说："大白天碰上活犄角子，真他娘的邪了南天门了！"

最后审问的是马照本。

马照本不知道为什么审他，他原本是在磨坊里的，他把手搭在驴脖子上，跟着母驴在磨道里转圈。一大群人冲进村子，人脚人腿把当街的浮土趟起来，旋风似的扑到磨坊里，母驴噗噗地打着响鼻，还一个劲地流眼泪，还一个劲地撒尿。尿落到磨道里，溅起的还是浮土，马照本揉着眼找香芝，看见女儿香芝也被浮土蒙住了，香芝的头上脸上还沾了飞面，飞面跟浮土搅和着，让香芝看起来更像个刚刨出来的红薯。马照本就冲着街上骂，骂的是脏话，说："哪个没爹的把人带来的，带这么多人是要钻他娘的被窝吗？"后来他又骂拉磨的母驴，说："你哈哧哈哧地打那么多喷嚏弄啥，闻着没人味你不会不闻啊，你不会放个驴屁熏死他们啊，熏不死就熏他个狗日的四脚爬，叫他再人模狗样地显摆！"马照本被人从磨道里拉出去，到了街上才看见一街筒子都是穿黄衣服的兵，有一个拿白布包裹着头脸的，怎么看都像侯得才。

侯得才直勾勾地盯着马照本，说马照本你刚才骂得真顺口，听着跟唱莲花落的差不多，要是现在再接着骂他还愿意听。

侯得才说："刘司令，刚才就是他骂的，他叫马照本，一个紫云寨就数他会骂。"马照本紧着分辩，说他骂的是驴。还说人和畜生不一样，他一眼就能分出来，分出来就不会拿人当驴骂。侯得才又说："刘县长您听到了吧，他又骂了！"又说，别让刘翻译官翻译了，翻译了大川少佐也听不懂。

刘百湖示意侯得才往大锅里添水，说他不想看干锅烤人了，烤焦了肉皮不好闻。他现在最想吃的是水煮鱼，当年在蜀山湖里吃水煮鱼，有时候连盐粒也不撒，煮熟和着鲜藕片一块儿吃，一天三顿也吃不够。得才嘿嘿地笑起来，说他也想跟着尝尝，没有鲜藕片就拿葱棵当，葱棵也是脆的，笑着拿脚踢水筲，水筲轱辘滚到他爹侯登銮身边，侯登銮紧着到井上提水，提着又听见儿子喊拿米。原来侯得才又想出了新法，新法是煮出米饭让人吃，米饭煮得越稠越好,稠到切成块更好。刘百湖本来是要骂侯得才犯贱的,审问还管人米饭吃,还越稠越好,你他娘的想让他吃一顿饱三天啊。侯得才还是嘿嘿地笑,笑着跟刘百湖嘀咕,末了说:"刘司令您赌好吧!"

果然煮出了一锅米饭,果然是能切成块的。刘百湖看了米饭又问马照本饿不饿,如果马照本饿了,他可以吃了米饭再回话。马照本凑到大锅跟前看米饭,还拿手撩着闻米香,说:"你别管我饿不饿,不饿我也能吃三大碗。"

米饭是用叉子插的,叉之前先切成块,插起来先在凉水盆里激一下,跟着就捅进马照本嘴里。侯得才拿刀子切块,刘百湖站着拿叉子,插起米饭块来还跟马照本说笑,说马照本个狗日的真是个有福气的,自己的亲爹他都没伺候过,今天居然亲自给一个不相干的马照本喂饭。马照本塞了满满一嘴米饭块,噎着撑着答不出话来,光是拿手比画着,意思是让侯得才把米饭块切小一点,另外,插了米饭块在凉水里多激一会。当然,最好是挖到碗里让他自己吃。大川少佐先还是奇怪着的,看了一会儿好像明白了,干脆坐在凳子上看马照本吃米饭,看着还不时地拿手捏喉咙。一街筒子兵都围上来,先前平端着的枪也挎到了肩上,穿了鲁西保安纵队服装的日本兵还互相挤眉弄眼。

马照本咽不下去了,连脖子带脸都憋成了紫红色,后来连满头满脸的浮土也变成紫红色的了。马照本的嗓子里开始发出呜噜声,听着像是说吃饱了不吃了,再往后又听着像是骂的,骂的是:"日你们的亲娘亲奶奶,敢情你们不是让我好好吃饭啊,敢情你们是故意拿米饭日哄我啊。"刘百湖举起叉子点两下,立刻扑上去两个日本兵,日本兵一边一个架住了马照本,还有一个腾出手来扳住了马照本的头,马照本仰起面来看着像是急着要吃的。一锅米饭都捅到马照本的肚子里,马照本挺着肚子找磨坊,磨坊没找到,先看见的是水井,还没走到水井呢人就倒下了。

马照本倒下了还从嘴里喷蒸汽,蒸汽升腾着罩住了葚子树顶,接着就变成了雾,接着就变成了晚秋的霜雪。霜雪把葚子树顶映衬得晶晶莹莹,如同盛开的白莲花。

马照本的肚子也变成熟的了,熟透的肚皮看着像是煮熟了的红薯。

第十六章

　　马二梭和黑豆他们并不知道刘百湖的鲁西保安纵队里夹杂了日本人，也不知道敌人的大扫荡就是针对他们这个运河独立营的，紫云寨当街盘起大锅的时候，他们正在盘算怎样摸进县城。鲁西保安纵队不是倾巢出动了吗，县城里就光剩下日本人了，找个机会摸进去，大街小巷地串着找，说不定就碰上几个闲逛的。碰上几个干掉几个，比单在路上等着截杀过瘾，一次干掉得越多，他们的报仇计划就能早一天完成。

　　还有，在运河炮楼拐角处第二次干掉三个日本人之后，马二梭和黑豆他们又回到紫云寺地洞里，侯得章带着他的疲惫人马躲进运北据点的时候，他们还在地洞里睡觉。敌人包围清剿了几十个村子，被兜在网中的侯得章成了扫荡队围歼的目标，马二梭和黑豆他们在睡梦中勾画着新的刺杀计划，而顶了缸的侯得章营在大扫荡中几乎折光老本。侯得章在运北据点苦苦思索，他在写给团长杨甬力的报告中，除了写突围战的起始经过，又深刻检讨失败原因。同时，纠结于心的依旧是一次次被马二梭的刺杀行动干扰了的工作，那样的纠结让他无法释怀。他甚至在报告的第二部分，不加掩饰地流露出了除掉马二梭的念头，说成事不足的所谓运河独立营，已成为八路军开辟运西根据地的最大障碍。在报告送出的那些个分分秒秒，侯得章几乎寝食难安，他无休止地回想报告中的内容，后来又为使用了"最大"两个字辗转反侧，但要追回来重写也已经晚了。

　　侯得章没盼来一个字的批文，通信员带回来的只是一句口头通知，团长杨甬力叫他连夜赶到一个叫芦花荡的村子。侯得章试图从通信员的面部表情上，分析判断团长让他连夜出发的原因，结果通信员连一口水也没喝就睡着了。其实，通信员即便不是疲惫不堪地倒头就睡，侯得章也很难从他口中获取更多的消息，因为按照惯例，团部领导接到报告后，一般不会马上做出批复，尤其是事关大局的突发变故。不过，团部领导也会对报呈的人员附加几句话，要么说我们研究了之后再作批复，要么说你们先按计划进行。接到报告不加批复，马上又要写报告的人赶回去，这种情况很少出现。侯得章不是迟钝人，稍加思索之后，他马上判断出了几个为什么。一是团长看了报告后勃然大怒，面对报呈的通信员只能说：让你们的参谋长马上过来！二是团长在愤怒之中马上做出了处分决定，而这个决定又不便于出现在文字上，只能说：让你们的参谋长马上过来！三是团长已经认可了报告第二部分的内容，甚至还希望越快越好。这种状态下，团长也会说：让你们的参谋长马上过来！

侯得章就是这样思索着上路的，当他又要以排除法将三种可能限定为一种时，他发现自己又被急躁情绪左右住了。于是他又克制着偏转思绪，并试图从团长杨甫力的军旅生涯及性格走势上获取灵感。

平心而论，侯得章对于团长杨甫力并没有多少了解，从第二战区北投延安之后，他带着建制不全的186团划拨到115师343旅补充团，当时的团长是彭雄，政委是符竹庭。直到八路军总部决定343旅东进山东时，他经过数次请战，才由补充团进入到李天佑为团长的686团。关于副团长杨甫力的事迹，他是在东进前的培训中听到的，除了686团主打的平型关战役之外，更多的是关于杨副团长的"伏击三捷"。"三捷"始自1938年9月8日，第一次是敌108旅团长山口少将带补给车队通过离石公路，杨副团长率部队赶到伏击点，结果一个大队的日军运输车队全部被歼。前线日军一日数电催促补给，吃了亏的日军决定以伪装车队探虚实，一个小队的日军分乘在十几辆汽车上，而押运的却只是一车弹药。设伏的杨副团长闻讯放行，日军以为险情已除，随即又派出一个满负荷运输中队，结果又把第一次的惨败重演了一遍。吃了两次大亏的日军，不得不抽调兵力在公路沿线重点地段设立据点。至9月21日，自以为有了沿途防线的日军，又一次征调了大批辎重物质，但日军没想到据点附近竟然又是口袋阵，一个运输大队的日军无一脱网，连随车队行进的山口少将也中弹而亡。

奇迹战例必出自奇迹将领，奇迹将领必通晓出奇制胜。侯得章开始悔恨自己的犹豫不决了，而犹豫不决的起因，就是不能或者没有以快刀斩乱麻之势，决断性地把握住一个制字。姑且不论186团进驻河湾县后独立营的布置是否有误，姑且不论徐州战场上，让独立营打前沿是否正确，单就三月三上巳节行刺那一次，他就本该置马二梭于死地。可他偏偏选择的是移送师军法处，做出移送了又没有马上送，连夹在中间的父亲也跟着受牵连。如果当初彻底领悟了一个制字，何至于再有后来的步步被动，而首当其冲的遭遇战也决不会出现！侯得章的心情懊悔到了极点，但这一次他不想再犯先前的失误了，如果团长给他申述解释的时间，他宁愿给领导留下没有接受教训的印象，而干脆把第二部分放到第一位。

然而，侯得章又一次判断失误，团长杨甬力并没给他留出申述解释的时间，而是问的马二梭，说他想听听运河独立营是怎么回事。困惑中又大显不快的侯得章，只好再一次把记忆拉回到若干年前，由于情绪使然，他居然选择了从头说起，他甚至还说到了马二梭与白面瓜的不耻行为。当说到以刺杀日本人为行动准则的运河独立营时，他还在前面加了个所谓，并且，他放在桌子上的拳头也越握越紧，以至于连桌子上的油灯都跟着震颤起来。直到最后，他才说了一句教训式的反思语，说："东进支队刚进入运西地区时，我竟然还要把马二梭当成好兄弟，而在那之前，父亲多次提醒我的是，'你醒醒吧，你们已经不是一路人了'！"

侯得章说完这句话之后长长地嘘了一口气，但当他凝了神再望团长时，团长杨甬力却把手按到了他的肩膀上，接着就说了一句让侯得章更加嗟愕的话。团长说的是："你回去之后马上与马二梭取得联系，我对这个运河独立营很感兴趣。记着，我不想再听你加上'所谓'两个字。"

团长杨甬力最后才提到教训，说如果能在教训中把握战机，如果能让抗日武装力量快速地发展壮大，如果能尽快地创建新的革命根据地，那些因指挥失误而牺牲的战士才会死有所值，尽管那么多战士的牺牲让他十分痛心。

所有这些马二梭都不知道，他只知道刘百湖的鲁西保安纵队又被大川少佐派出去扫荡追剿了，留给他的时间就是用来谋划下一次行动的。在被报仇统领着的灵魂世界里，马二梭不可能去想与刺杀无关的问题，而有些问题只要稍稍一想就明白。他的运河独立营明明在地洞里睡着觉，那密集的枪声爆炸声又是因何而起，敌人的大扫荡是冲哪些人开的火，与扫荡队开火的又是哪些人。如果运河以西还有另一支队伍，这支队伍又是哪里来的，他们来到运河以西的目的是什么。如果这支队伍只是为了跟鲁西保安纵队争地盘，那他们就与他的运河独立营不是一股劲。这些原本应该想的问题都被马二梭忽略了，或者说，是马二梭自己不愿意去想，他觉着这些都与他无关，除非是老营长胡腊喜突然间带着他的牤牛山人马杀过来了，而这几乎是不可能的。如果不是立冬和金猪他们跑出来向马笸子报告，马二梭也许会一直被进城摸袭的计划激励着，假若进城摸袭是排在第一位的，一般情况下，马二梭不会再为第二步分神。

立冬和金猪跑到紫云寺的时候，马笸子正与运河炮楼的石破少尉说话，马笸子还要制作戒牒，戒牒上还要注明紫云寺名誉住持。

这两个人是在扫荡队封堵住紫云寨村口之后又溜出来的。他们看到敌人封堵住了村口，流动哨还没有在村前村后的寨壕边上安置到位，他们就在那个空档里爬出了寨壕，然后钻进齐腰深的臭蒿子棵里，要进紫云寺山门了，他们的头上身上还沾满了臭蒿子棵的枯叶。他们就是在山门口看到的石破少尉，看见他围着紫云寺的院墙转来转去，许多地方明明已经转过了，忽然地又折回去。有时候他还会对着一石一凳静静地望好久，有时候又会这儿拍拍那儿按按，看着又不像是闲玩的。他着一身笔挺的米黄色的少尉军服，与砖石砌成的院墙的色彩极不吻合。砖石砌成的院墙上布满了青灰色的苔藓，如果是在夏天多雨的季节，这些苔藓又会是翠绿色的，翠绿里甚至还会呈现着淡淡的紫色，在早晨的霞光里，以翠绿为主调的苔藓会让人感觉光是看看也是心悦的。但现在是深秋，经了霜雪的苔藓像风干了的牛屎，石破少尉在那儿走来走去，怎么看都不像是阅景的。两个人扒着砖石缝向里边张望，看见马笸子忽儿走在前边忽儿落在后边，后来马笸子就把石破少尉请进了禅房，走到禅房门口又合起手来。两个人紧着退回来，到旁边的松树岗子上胡乱拣了些干树枝子，捆扎了背在肩上，再进山门时，他们就变成了送柴火的佣工。

他们还规规矩矩地喊了了尘住持，说柴火放哪里呀。

马笸子拿手指点着说放这里放那里，后来他走出禅房，又说你们来得正巧，一个提水的一个烧水的，麻利着干活吧。马笸子说，他正好要与石破少尉探究禅理，还要请石破少尉做紫云寺名誉住持，石破少尉是先要沐浴的，沐浴要用最干净的水。金猪紧着把扫荡队进村的事说了，说得才的那个营也在扫荡队里，扫荡队就是奔着运河独立营去的，喊明口的要找二叔和黑豆他们，他爷爷已经豁出去一死了。立冬说的是得印没跑出来，得印没跑出来不是没机会，主要是他爹侯登榜正好要他摇纺车搓麻绳。玉树又勾魂抓差去了，豌豆不放心他爹，走到门口又退回去了。立冬还说运河炮楼里光剩下日本人了，石破个龟孙这个时候进紫云寺，一准是怀着阴毒心的，不如就在禅房里把他干了。马笸子在立冬嘴上拧一下，回到禅房接着讲，说佛度有缘人，无缘不识佛。说他早就想好了，石破少尉与紫云寺有缘就是与佛有缘，这个名誉住持非石破少尉不可。说了又念如是我闻。

石破少尉也跟着双手合十念如是我闻，说既如此，那好吧。

石破少尉说那句话时眼神里还蕴涵着一丝忧伤，说母亲大人又从国内寄来了信，信上说今年的稻谷收成不如去年，田里的稻草即便加上杂草也不够堆塑一尊土地神的。其他人家也差不多。这倒也没什么，毕竟是帝国的青年都去效忠天皇了，但思念儿子的心还是惴惴如悬，尤其是本州岛的秋雨季节，整个关东平原都被茫茫的浓雾覆盖。石破少尉说，母亲大人是轻易不向儿子诉苦的，信中用了"尤其是"三个字，他能知道母亲大人一个人操持家务，应该是孤寂冷清的。他远渡重洋来到中国，既不能为母亲大人尽孝，还被中国人视为侵略者，尽管如此，他还是不愿意斩杀中国乡村的老百姓，但对中国军人，他决不会手软，并且死在他手下的中国军人也有几十个了。石破少尉说他会为此自豪，只有早一天把中国的军人杀服杀怕，他才能早一天回到东京都的乡下，那时候他会陪伴母亲大人度过屈指可数的晚年岁月。现在他能做的就是为母亲大人祈福，自己不顾条令擅自脱岗，完全是因为越是在杀戮之际，越要敬畏佛祖之法力。

　　石破少尉还说他知道大川少佐为什么不让侯得才的那个营留守炮楼，大川少佐把他的小队留在炮楼值岗，完全是为了应付横山幸男和麻生花田子，这两个人代表的是三菱产业和麻生矿产。大川少佐可以无视这两个人的存在，却不敢忽视与军部关系密切的两个财阀。但是他不喜欢他们，他们的产业与他无关，他只想战争结束尽快回国，不管他们对帝国利益做出了多大的贡献，他总是从心里不喜欢那些可以左右帝国的名门望族。

　　石破少尉说，最关键的是，为了一个看不见的矿井，已经失去六名优秀的帝国军人了，如果他们的水井矿井无休止地打下去，他的一个小队也许会被他们耗尽。好在花田子小姐也似乎觉察到了蹊跷，她现在是一门心思地勾引卑鄙无耻的侯得才，同时变着法子拉拢福山。如果福山不听她的使唤，她或许会用女人的方式，把三菱委派的最后一名技工赶走。还有，他总是隐隐约约地感觉着，那个地方有一股神奇又神秘的怪异力量，那股力量触之难及又无时不在。还有那个突然出现的土地庙和莫名其妙的土地爷。他甚至可以断言，即便战争结束，多灾多难的运河煤矿也不会真正属于大日本帝国。

　　石破少尉最后说："了尘住持你知道吗？一望之遥的紫云寨村里又要血光四溅了，为了大东亚共荣，这也是必要的，尽管我十分感激大川少佐没命令我的小队参加围剿。不过，我是会尽力保全紫云寺这方净土的，如果可能的话，我会分出一个小分队，以守护寺内安宁。"

　　马艳子一连声地说承敬，又捧了钵盂，让石破少尉沾了清水在青石板上写，单写"如是我闻"这四个字。说写到青石板上的字分不出前后上下时,那就是戒牒敬奉时。接着再摆香案。香是点燃的三整炷,又把蒲团拉到香案跟前,看着石破少尉坐周正了,又问他这一会儿心里想哪些,是不是感觉心里是寂静大无的,是不是感觉缭绕青烟里似有佛陀坐禅,是不是看着佛陀身后是透着八宝佛光的,是不是感觉自己与佛陀越来越近。还有,八宝佛光里是不是还有母亲大人的容貌,母亲大人是不是面露倦容,母亲大人的眼睛是不是一直望着西方的,鼻子洼里是不是还有清清的泪水。石破少尉连连点头,果然端端正正地坐在蒲团上,果然沾了清水在青石板上写如是我闻,果然写得恭恭敬敬。

马笸子就是这一会儿走出的禅房,进了大殿叩击佛龛,三言两语转述了立冬、金猪所说的话。马笸子要马二梭马上打消摸进县城的想法,现在紧要的是不让侯得才在紫云寨胡做作,侯得才做作完村子就该进紫云寺了。马笸子说:"最好的办法就是杀鸡儆猴,最好的办法就是鸡死了猴也跑不远……"

黑豆抢着说一句,说:"最好的办法就是马上把运河炮楼拔了!"

马笸子笑笑,说黑豆已经变成副营长的料了。黑豆又让马笸子往后说,说往后就该是副团长副师长了,如果二梭当了司令,他就跟着当副司令。马笸子不笑了,正了面色让二梭马上拿主意。

马二梭他们是穿着鲁西保安纵队的服装走向运河炮楼的,为了得到这些服装,他们往返奔波了好几个地方,最后还是在霍家洼东北角的小河边找到的。他们挑拣的是身上窟窿少的,窟窿大的,炸烂了尸体的,还有血污糊满全身的,他们都没要。但是要找一身没血污没窟窿的几乎不可能。他们只好挖了河泥涂抹血污,被子弹钻了眼的破洞,则是胡乱地拿枯树叶和杂草塞住,然后再糊上河泥,结果他们都变成了烂泥窝里爬出来的。不过这也好解释,既然是厮杀,难免不沟里河里地蹚,难免不弄得泥猪泥狗一样。好在还有子弹带护着,后来他们干脆还把脸也抹得花脸狼一样,连他们自己都感觉是刚从战场上撤下来的。

他们一直在河套里穿行,直到看见运河大堤了,他们才走出老河套。他们先是沿着运河大堤走了一阵子茅草地,直到他们意识到走熟了的路是通向炮楼拐角处的,他们才又一次折转方向,上了大堤再下堤,下堤之后再转一个牛梭子弯,就是炮楼正门了。临近炮楼的那段路上,他们还故意走得东倒西歪,看着像是随时要摔倒的。

炮楼里异常安静，安静得跟没有人一样，其实炮楼的瞭望哨早就看见了他们，日本兵对他们的到来熟视无睹，他们甚至巴望着出去扫荡的一个保安营都被抹了脖子。石破少尉又去紫云寺了，留守的日本兵乐得逍遥自在，除去炮楼上两个装值岗的之外，其他人都躲在屋子里，要么蒙头大睡，要么玩一种握槊棋，棋子是拿石子代替的。值岗中的一个先是冲着路上发笑，另一个日本兵则撒着尿数人数，数着数着也笑了。一个满建制的保安营只回来三十多个，这让他们不乐都不行，何况活着回来的还是少气无力的。他们甚至还想好了晚上捉弄这些人的方式，直到看见两个破帽子从楼梯上露出来，他们的脸上还是笑着的。

上到炮楼的是肖八万和地老虎，干掉两个日本人之后他们还冲着县城指指点点。马二梭和黑豆是先进的弹药库，另外几个人悄悄地扣上了门鼻，然后猛地把窗户捅开。他们把成箱的弹药都扔到屋子里，日本人在爆炸声中呼号，但他们的呼号声很快就被爆炸声淹没了。他们最后炸的是炮楼，炮楼里先放进去柴火，火燃烧的热浪又把爆炸中崩碎的烂砖烧红了，到最后，整个运河炮楼都是红的了。

马二梭是这天下午拔掉的运河炮楼，侯得章是第二天的黎明时分从团部驻地返回的，返回之前他接受了团长杨甬力的新命令，命令是：迅速联系马二梭，并吸收运河独立营加入八路军运西新一团。

第十七章

兰兰是被侯登銮藏在夹道里的。

夹道设在堂屋的西山内墙，靠西山内墙放着一张大床，大床上铺着一张运河湾里最大的八五席，而大床的宽度只有五尺，多出来的三尺折到里面墙上。拉下遮墙席是一方活动墙，活动墙也是拿灰土抹的皮子，活动墙高出床面一尺，下边还有二尺多宽掩在床下。站在当门望西山，揭了席子也望不见活动墙，假若是趴在地上望床下，先看到的很可能是蛛网之类的脏物。新宅的侯登库入了响马老雀的伙，仙爷派手下人把老宅的三兄弟挨个儿绑了一遍，活动墙就是之后砌起来的。砌的是一顶一横的三八墙，当初盖屋时起的是两砖宽的四六墙，因为担心墙厚了显出里屋间脚太浅，但也不敢起单砖码的二五墙，怕的是墙体太薄敲起来出鼓音。屋子里有了夹皮墙，侯登銮睡觉踏实了许多，尽管官地到了新宅之后，仙爷那边没再接着绑架第三回第四回，但侯登銮还是在大白天钻到夹道里睡过一回。

披头散发又穿了满秋衣服的兰兰让侯登銮在那个瞬间里几乎窒息，以至于握着杀猪刀的马步正走出院子了，他还是怔怔地望着兰兰。他甚至还感觉着腿是软的，抖抖颤颤地几乎要跪下去，仿佛兰兰是来索命的。侯杨氏紧着拽他，多多一会儿站到兰兰身边，一会儿又突然地尖叫一声。侯杨氏拽着使眼色，眼色是冲着里屋的，侯杨氏还把一筷子辣椒塞到侯登銮嘴里，侯登銮嚼着嚼着啊啊起来，啊啊着把兰兰拉到里屋，自己趴到床上揭墙席，还让侯杨氏摁着兰兰的头往里钻。侯杨氏也要多多跟着钻进去，侯登銮又把多多拉出来了，他哑着嗓子冲侯杨氏吼叫，说扫荡队要是让他报人口怎么办，他那时候现编理由还来得及吗。接着又让多多也跟兰兰学样，也弄个披头散发，也拿灰土抹脸上。

扫荡队接着就进了村子。

侯登銮一个整天都是混沌的，他几乎变成了个半傻子，但他知道不能真傻。在安置好兰兰之后的那个时间里，他快速地梳理着浮云般的思绪，他还把全部注意力从兰兰那儿集结到马步正身上。马步正是怎么知道的扫荡队里会有日本人，怎么知道扫荡队针对的就是运河独立营？如果是马二梭提前得到了消息，他为什么不把兰兰直接送到西跨院爹娘手里？还有，老二侯登榜两口子人前人后都不照面，他们是真不知道还是假不知道？更奇怪的是，老大侯登科一家子也不见一点儿动静，他们也是真不知道吗？他们的儿子侯得章已经来到家门口了，大扫荡要来他为什么不担心家里人，难道侯得章又跟日本人又跟保安纵队打联手了？所以马步正才会说出扫荡队是针对运河独立营的。侯登銮后来还试图把这一切的方方面面连成一条线，如果这一条线最后能结成一个圆圈，他就算彻底弄明白了。

比如，日本人恨运河独立营就要抓马二梭。侯得章归了西山八路军也许是迫不得已，他知道原来的运河独立营是怎么被日本人偷袭的，更知道马二梭一直恨着他。马二梭刺杀日本人是为了报仇，不是一股劲的侯得章也不会出手相助，或许巴不得让扫荡队灭了他。所以，侯得章也恨马二梭。侯登銮最后又想儿子得才。得才恨二梭自不必说，得才也跟得章弄成了死活两股，得才既希望灭了二梭，也希望灭了得章。但是儿子知道他自己没这个力量，他就得借着日本人借着保安纵队，灭了二梭还不让老宅的爹娘受牵连，所以他住在一步远的地方也不回家。而马步正正是摸清了其中的缘由，所以才瞒着亲家两口子，偏偏把兰兰送到他家来。侯登銮到后来终于把一条线结成圆圈了，那一会儿他甚至还有了释然之后的快意，但他马上又激灵着打了个寒战。一条线结成圆圈了，连结点不就是儿子吗。一条线扯开，儿子在一头，一条线连接成圆圈，儿子就成了中心点。

　　儿子得才知道这个中心点的厉害吗？那可是万箭穿心啊！

　　混沌过后，侯登銮一整天又在惊悸之中。他无数次地跟儿子使眼色，他无数次地试图以自己的惊悸惶恐暗示儿子，但是儿子得才对这一切视而不见。他感到自己已经无能为力了，当运河炮楼在爆炸声中燃起冲天火柱时，他甚至还产生了无以言表的舒畅，仿佛那把火是他放的，他在放那把火之前就先埋了炸药。看着大川少佐面目狰狞又惊恐万分，看着刘百湖暴跳如雷又无可奈何，他差一点儿喊出好来。扫荡队前脚离开，他后脚就扑过去看马照本，在马照本被米饭蒸熟了的肚子上，他又仿佛看到了儿子得才，随着肚皮的溃烂绽开，他突然号啕大哭，说："照本哥你心里得有数啊，小鬼不当阎王的家啊……"

　　侯登銮哭的是儿子侯得才。

　　运河炮楼爆炸起火的时候，侯得才是跑在最前边的，跑着跑着他又放慢了脚步，出了紫云寨村口他就落在最后边了。炮楼爆炸了，留守的日本人全死了，那个让他恶心着的石破三郎再也用不着装模作样了，爆炸声响起的那一会儿，他就明白摸进炮楼的一定是马二梭他们。马二梭他们一定是偷偷摸摸进炮楼的，因为在爆炸之前没听到一声枪响，如果明着开火，一个团的兵力也未必拿得下炮楼。大白天，一个小队的日本人守着，就这还能摸进去，侯得才又有些敬佩二梭和他的独立营了。马二梭他们专杀日本人，杀了码头上的福安少了一个耍横的，两次在炮楼跟前干掉六个，拿他的弟兄当玩意儿耍的日本人明显地少了许多，还有那个时不时就说佛祖的傻熊石破。单冲这一点，侯得才甚至还有些感激马二梭和他的独立营了。

侯得才走到的时候，大川少佐已经气昏了，刘百湖掏出手枪啪啪地打，打的都是炸碎了的砖头。炮楼坍塌了，营房还有些没倒的，侯得才问他的这个营怎么办，刘百湖眯着眼望着侯得才，望着忽然又笑了，说他现在最想做的就是提拔侯得才当大牢里的典狱长。刘百湖说如果侯得才愿意，他会把全运河湾里的小米都划拨给县城大牢，不过，不能一天吃完。侯得才没笑。侯得才是拿手扒残垣断壁的，他把扒出来的碎骨头拼凑着摆在操场上，有一个日本人的腿上还在冒烟，他拿手掐灭之后又把绑腿系紧了。后来他站在一排碎肉断骨头面前敬了军礼又鞠躬，礼毕之后他走向大川少佐，说他此时此刻有说不出的悲痛。

大川少佐不眨眼地望着侯得才，突然把指挥刀摘下来给了侯得才，接着又跟翻译官刘呼闪说了几句低声话，刘呼闪说大川少佐任命侯得才为皇军协理员，侯协理员可以持他的指挥刀出入县城的大小机关，包括县长衙门和纵队司令部。侯协理员还可以到皇军大队医官部拿药，即便脸上结了血痂，也不必担心落下疤痕。但是大川少佐却对刘百湖的笑产生了极大的不满，他命令保安营继续原地驻防，看到刘百湖又把眼眯起来，他竟然说了一串中国话，说的是：帝国军人养肥了猪可以吃肉，养肥了的保安纵队只会拱猪圈。

刘百湖又朝厨房开枪，厨房还是完整的，枪打到水缸上，水缸裂了一道缝，缝里流出水来，看着像是尿的。

侯得才又向刘百湖敬礼，还要马上办交接，说他当了皇军的协理员就不便再当保安营长了。刘百湖忽地把眼睛圆了，说："我就让你在这里拱猪圈，你最好再把头钻进猪屁里！"侯得才不会在残垣断壁中睡觉，但是他却不让人收拾一砖一瓦，炸倒的围墙就那样敞着豁口，他甚至还让人把栅栏门也卸了。后来他挎着指挥刀又回了紫云寨。侯得才原本是要向父亲显摆的，说他又把会日哄人的大川少佐日哄了，他故意当着刘百湖的面显示悲伤，目的就是让日本人亲近他，日本人一亲近他刘百湖就会吃味，刘百湖越使性子日本人越会看着他可亲。等到日本人要限制保安纵队的权力时，他再日哄刘百湖跟日本人斗法，斗到两面都离不开他时，他就是大爷了。到了那一天，他接着再日哄花田子再日哄福山，先日哄着让他们把煤矿开起来，万事俱备了再把他们踢开。不过现在他离不开日本人，即便得罪县长司令刘百湖，也得让日本人感觉他是最忠心耿耿的。

侯得才要进家门了还在门上磕了几下。磕是拿指挥刀磕的，刀鞘磕在门板上发出喀喀的声响，如果拿脚踢，发出的声音会显得很低沉。侯得才还故意挺拔了胸膛，还故意把腿抬得很高，但是进了屋他就惊呆了。侯得才看到他娘揭开了墙席子，他爹先是拿手拍墙，拍打着推，看着像推门的，推开的是会活动的墙，还说出来吧。多多说："咋没动静啊，该不会是憋死了吧！"说着就哭了，伸着头钻进去，拉出来的是兰兰。

　　兰兰的脸苍白得没有血色，满头满脸都是汗水。兰兰还把满秋的衣服撕破了，黑不黑黄不黄的棉花套子露出来，兰兰通身上下像是一秋天没采摘的棉花棵。侯杨氏先是打着哆嗦瞅侯登銮，侯登銮的脸上也没了血色。多多一声连一声地喊姐，还说这事不怪她爹，也不怪她娘，要怪只能怪扫荡队，扫荡队要不来也没这事了。接着又埋怨二梭，说二梭要是还念着媳妇一丝丝的好，他就该把媳妇带走，他不知道兰兰姐是自己的媳妇啊。兰兰的睫毛动了动，接着又长长地吐一口气，兰兰没憋死，兰兰是急昏的。

　　侯得才一步跨过去，冲着他爹侯登銮冷冷地笑，说他现在才算真明白了，敢情他的亲爹是胳膊肘子朝外拐的。马步正说兰兰出门找二梭去了，他一听就知道这话跟胡说八道一样，他当时就反驳了，他说兰兰会一个人出远门吗，兰兰是个啥脾性的他还不知道啊。可是生了外心的糊涂爹竟然帮着说圆场话，竟然不让自己的儿子掏出实底来，竟然还把日本人最恨的二梭媳妇藏到自己家里。日本人是看着他的面子没进老宅搜查，要是跟其他人家一样呢，要是也翻箱倒柜挖地掘墙呢，一把揪出个仇人家属，他是让日本人拿刺刀捅了，还是放到开水锅里煮了。侯得才可着嗓子号一声，说："你们干的好事！"

　　侯登銮一把捂住儿子的嘴巴，压着声儿骂儿子是不觉死的鬼，前脚祸害了人，后脚再回来，回来还不带保镖警卫，这不是明显地找死吗。催着儿子一刻也不许停留，趁着太阳还没落紧着回去，运河炮楼能住也别住了，码头那儿也不要去了，最好是吃住都在县城，最好是隐姓埋名过一辈子。侯登銮说："我的傻儿啊，你以为马二梭光会杀日本人啊？马照本死了，马立冬又是入了独立营那一伙的，他们能放过你？"

　　侯得才没再回运河炮楼，他径直去了码头，快到运河大桥的时候，他看见石破三郎端端正正地坐在栏杆上，抓在手里的长刀还用手绢擦着。

　　立冬是在第二天上午回到的紫云寨，在那之前他和金猪一直趴在官地的干沟里，他和金猪都看到了炮楼燃烧的火光，他们还看到走出来的每个人身上都变得鼓鼓囊囊，他们就是在那儿等着接应的。他还领到了一条长枪，长枪是营长马二梭给他的，给他的时候马二梭还说了一句：枪是你的，日本人是我的，你杀几个日本人，我给你几颗子弹。立冬一个晚上都在想营长马二梭的那句话，他想着营长马二梭把话说颠倒了，应该是：给你几颗子弹，你必须杀几个日本人。第二天回到家里，原本是要跟姐姐显摆的，进了门才知道父亲已经死了半天一夜了。姐姐香芝没让他看父亲的肚子，当他非要揭了蒙面纸看时，姐姐香芝狠狠地打了他一巴掌。

　　香芝还不许立冬哭，立冬号一声香芝就打他一巴掌。香芝自己也不哭，她还蒙着一头一脸的浮土，她还把母驴拉到灵床前边，母驴跪下舔死人的脸。后来香芝拉着弟弟的手进了马家胡同。香芝带弟弟进马家是去拦阻步正爷的，步正爷让满秋叔传话，说自己没死，先死的是照本，就让照本睡他的寿棺吧。香芝死活不同意，说她已经想好了，她不想这么快就把爹埋了，她想放个长七，总之，霜降节前她不会让爹一个人在漫洼里过。还有，她想把灵床停放在当街，就摆在爹死的那个地方，那个地方正冲着维持会的门她也不在乎。人是怎么死的，死在哪个地方，她会记着，立冬也会记着，爹也会记着，放得天数越多记得越清。但是香芝现在又不那样想了，她现在想的是停灵最多停个小三天，她也不陪着爹过寒露节了，埋葬之后她就找黑豆去。香芝拉着弟弟跪在马步正床前，说："爷，我没哭，也没让立冬哭，孝家一哭就不能进祖辈家门了。"

　　这天晚上，侯得章带着一个警卫班来到紫云寺，他先跟住持马笸子行了合手礼，说当年去省城读书时家父曾带他到寺里上过一次香，当时的住持了大师还为他念了祈祷文。他跟现在的了尘住持毕竟是一个村子出去的，感觉还是亲切的。接着就说他想见见独立营的马二梭营长，他知道马二梭营长跟紫云寺什么关系，即便今天见不到，他也希望了尘住持能传个话，就说八路军运西新一团要跟运河独立营联合抗日。侯得章说，自己虽然与营长马二梭有过许多不愉快，但在民族大义面前，那些不愉快都不值得一提。更主要的是，新一团的杨甬力团长十分钦佩马二梭营长，托他代转问候，并附薄礼相送。还说这些礼物都是运北据点刘雨生团长赠送的，刘雨生团长也率全团官兵加入了八路军。说着朝门外招手，门外抬进来的是一挺机枪，另外还有步枪一捆，子弹三箱。侯得章临走又跟马笸子行合手礼，接着就回到紫云寨。侯得章没进侯家老宅，他甚至没往老宅望一眼，过了十字街口就进了马家胡同。

　　侯得章给马步正带来了红伤药，他还让跟来的卫生员为马步正检查伤口，上了药包扎好，又把剩下的药交到满秋手里。他还把身上的羊皮坎肩脱下来给马步正盖上，说羊皮坎肩是临来时刘雨生团长给他的，他只穿了一路。末了又到东屋里看望兰兰，说二梭是他的妹夫，只要双方都有联合抗日的心愿，他会想尽一切办法消除误会。最后他再回到堂屋，当着马家全家人的面，他说："请你们转告马二梭营长，我侯得章心里从来没有个人恩怨。请你们相信我的话！"

马二梭已经从侄子金猪口中知道了家里的一切，但他依旧没回紫云寨看望父亲，金猪说了爷爷先是被日本人大川少佐砍了一刀，接着又被汉奸刘百湖打了一枪，爷爷倒在地上还是骂着跟他们要人。金猪说爷爷是豁出去一死的，扫荡队进村之前他先把二婶安顿好，接着就换上了过年才穿的新衣服，血把新衣服都浸透了他也不脱。金猪还说其实爷爷早就知道二叔从前线回来了，爷爷天天说他不想要小儿子了，他知道爷爷光是嘴上说说。金猪还想再说二婶兰兰，刚说了一句二婶受了惊吓，二梭就把他的嘴拧住了，接着就听见马笤子亮了声唱诵，唱诵的还是如是我闻。再接着就是侯得章的还礼声，马二梭一听就听出来了。

侯得章没去紫云寺正面的佛殿，他是跟着马笤子进的禅房，他也许知道马二梭就在佛龛后面的地洞里，也许不知道。至于侯得章为什么突然到紫云寺来，他来会跟马笤子说些什么，马二梭也不知道，更不会想到侯得章还会进家看望他父亲。他只能分辨出侯得章不是自己来的，他带着队伍进紫云寺，进来却又跟马笤子到禅房说话，这些对马二梭来说也是个谜。只不过是，他现在没有猜谜的心。

侯得章前脚离开，马笤子后脚就进了洞，跟着就说了侯得章的来意，还说他估摸着这不是侯得章的真心本意。马笤子说了又望马二梭，立冬钻进来，见了马二梭先跪下磕了头，转了身又跟马笤子磕，说他爹死了，他现在是孝子身份，没穿孝服也是孝子。

接着又说他把一切都摸清了，侯得才到炮楼那儿转了一圈又回老家了，手里还提着一把指挥刀，进家不大会儿就被他爹侯登銮推出来了。侯登銮撑着让他赶快离开紫云寨，还说走了再不要回来。得才没再回炮楼，他是去的运河码头，他还在运河大桥上站了一会儿，看着跟没事人一样。马笤子悄悄地拽马二梭，压了声地问侯得章那事怎么应对，马二梭嗷的一下跳起来，说："天大地大没有报仇事大，先让我找机会除了祸害再说联合！"

机会还真有，不过机会是侯得才自己要送的。

侯得才果然不在运河炮楼吃住了，他吃住都跟花田子小姐在一起，有时候他还会挽起花田子小姐的一条胳膊，就那样摇摆着在码头上散步。侯得才更多的时候是骑马，马是花田子小姐的使女从萍乡煤矿返回时带来的，一匹白的，一匹红的，白马让花田子小姐留下了，红马送给了侯得才。自从有了东洋马，侯得才几乎没走过一步路，即便是码头到运河大桥那几步远，他也要骑在马上，不过最常去的地方还是运河大堤。他在运河大堤上要么狂奔，要么慢行，有时候他还会挥舞着指挥刀呜呜哇哇地唱。后来他还让三老雕从炮楼里挑选了几个腿快的，天天在运河大堤上赛跑，他还会从马背上往下扔罐头，欢乐够了再让人送他回码头。

马二梭就认定了这个机会。定下来之后他跟黑豆说："小贼羔子这是做作着等死呢！"

马二梭是黎明前带人进入伏击点的，伏击点选在运河内侧的紫柳丛中。运河内侧的堤坡上除了高高矮矮的紫柳墩子，还有齐腰深的茅草，还有被河风吹断了的芦苇。明明知道去早了也没用，明明知道得才吃过饭才会骑马上堤，但他们又不能不早去设伏，好在他们都被仇恨激荡着，深秋季节趴在那儿也不觉得冷。比马二梭他们进入伏击点的时间稍晚一些，侯月娥的三个儿女到了马家。他们是来请兰兰的，三兄妹还一齐喊了兰兰姐。为首的金巧说："兰兰姐，俺娘叫你去帮她拾孩子。"

侯得才果然又上堤了，走过运河大桥时马蹄声还是那样响亮，要是与以往比起来，他今天似乎早了些。马后边只跟着两个人，这似乎也跟先前不一样，不过对马二梭他们来说，这几乎跟往常没有什么差别。得才一上堤还是举着指挥刀挥舞，还是放了量地奔跑，还是朝跟不上的人头上扔罐头。马二梭忽地跳起来，嘴里呼喊的是："灭了这个小贼羔子。打！"随着马二梭的呼喊，所有的人都一跃而起，马上的侯得才惨叫着栽下来。几乎与此同时，河对岸也有人呼喊了一声，呼喊的也是个打字，那个打字是从他们的背后传过来的。

河对岸呼喊的是真侯得才。真侯得才呼喊过了就笑起来，说："马二梭，你知道小爷这一招是怎么练出来的吗？我一个保安营对你的独立营怎么样？"

运河大堤上的枪声刚刚从激烈中稀疏下来，顺着运河大堤的外侧又过来一支队伍，队伍冲上运河大堤就把对岸的火力压住了。

侯月娥的孩子出生了，生的是个男孩，刚呜哇了一声就把两个小手抓到了一块儿，看着像是要做合手礼的。侯月娥笑着把孩子的手掰开了，说："别拿样了，不合手也知道你爹是住持！"

兰兰却瓷着眼珠发呆，呆着呆着又无端地流出泪来，接着就听到了金猪的哭喊声。金猪喊的是："二婶，俺二叔受伤了，血哗哗地淌！"

兰兰是在担架上看到的马二梭，马二梭双眼紧闭，胸口上多了一个血窟窿。红兜肚上也多了一个血窟窿，一条襻肩带齐齐地断了。兰兰扑上去抱住了马二梭，哭着说："二梭你可不能死啊，你答应过让我生个孩子的……"

桃花瞳 | 第三部

陈进轩 著

山东文艺出版社

桃 花 瞳

目 录

上 部

第一章 003

第二章 010

第三章 017

第四章 024

第五章 031

第六章 039

第七章 046

第八章 053

第九章 060

第十章 068

第十一章 075

第十二章 …………………… 082

第十三章 …………………… 090

第十四章 …………………… 097

第十五章 …………………… 104

中 部

第一章 …………………… 113

第二章 …………………… 120

第三章 …………………… 127

第四章 …………………… 134

第五章 …………………… 142

第六章 …………………… 149

第七章 …………………… 155

第八章 …………………… 162

第九章 …………………… 170

第十章 …………………… 178

第十一章 …………………… 185

第十二章 …………………… 193

第十三章 …………………… 200

第十四章 …………………… 207

第十五章 ………………… 214

下 部

第一章 ………………… 225
第二章 ………………… 232
第三章 ………………… 239
第四章 ………………… 247
第五章 ………………… 254
第六章 ………………… 261
第七章 ………………… 268
第八章 ………………… 274
第九章 ………………… 281
第十章 ………………… 288
第十一章 ………………… 295
第十二章 ………………… 302
第十三章 ………………… 309
第十四章 ………………… 316
第十五章 ………………… 322

桃花瞳

上 部

运河湾里的稀罕话：

稀罕话，不稀罕，啃着棒槌当鸡蛋。

鸡蛋清，鸡蛋黄，剥了外壳找不到瓤。

瓤呢？叫棒槌吃了。棒槌嘴呢？叫鸡蛋堵上了。

下册

第一章

立冬节气的第二天，运河湾里还是落的酷霜，酷霜把运河湾罩得白茫茫的，看着枝枝丫丫都在一夜之间变老了。但是寒气只持续到半响，接着就被白亮的太阳赶跑了，刚刚还凝结在茅草丛上的霜雪眨眼间又不见了，茅草丛还是蓬松着，还是橘黄色、土黄色掺杂着。还有成簇连片的紫柳，挂了霜的那个早晨，怎么看都像是假的，怎么看都不明白通身紫红的树墩子、树枝子会挂满了白霜。白亮的太阳出来了，紫柳一下子就现出原形，还是那样的精瘦，还是那样的紫红。运河湾里从来没见过那么白亮的大太阳，大太阳半悬在湖蓝色的头顶上，看着跟煮到半熟的鸡蛋黄差不多。立冬节气里突然多了个白亮的大太阳，一个白天就暖和得跟入了春一样，连紫云寨村子里的狗也跟着显出思春样，它们探头扬尾地寻找树荫、墙荫，它们还匍匐在地上伸出长长黏黏的红舌。有几只甚至还越过了运河大桥，后来它们装模作样地走到城门楼下，接着就显出了狗性，冲着城门楼撒尿时还把一条后腿翘起来。城门楼上的岗哨就拿了枪瞄准，瞄着说："又犯骚性了是吧，犯骚性你们也去春宵楼啊！"

门岗忽然又哇哇地吐着发起邪火，说真他奶奶的邪了门了，怎么天一暖和，满城里都是腥臭味啊？

门岗发邪火的时候，县城春宵楼的老鸨也是一脸的苦相，她身上也是腥臭味。

春宵楼上的姑娘们一夜之间都得了花柳病，老鸨雇了一辆驴车，驴车拉

桃花瞳　003

着姑娘们去了药房，药房顿时怪味扑鼻。药房伙计捏着鼻子喊老板，说是卖咸鱼的来了，来的还是一大帮，一大帮人个个都是臭的。老板要打伙计，说卖咸鱼到鱼市卖去啊，跑到药房里来干什么，咸鱼能当药吃啊。出来看见了春宵楼上的老鸨，老鸨一脸苦相，脸上原本是抹了遮皱粉的，遮皱粉又被苦相弄掉了，斑斑驳驳的，看着像是老枣树脱皮。老鸨还往药房老板身上蹭，自己过去了又朝姑娘们招手，姑娘们就围住了药房老板，争着抢着撩衣衫解腰带，还一个劲地拿手帕挥舞着往药房老板脸上扇风。药房老板立刻紫涨了面皮，咳嗽着又蹦又跳，爬到柜台上才喘了半口气。药房老板就瞪着眼呵斥老鸨，说："你咋弄得她们，味大得还能闻啊，就是刚从猪圈里拉出来也没这么臭？"

老鸨就呜哇呜哇地喊冤枉，说："我有那半尺火棍头子啊，我有那个本事啊，她们一大帮，我一个人弄得过来吗，还不是你们骚皮男人戳弄的，戳弄出味来了又不去了，关到屋子里光叫我一个人闻啊。你下来给我说句明白话啊，她们这是怎么了，是不是没洗净啊？"药房老板说："洗成白菜帮也没用，这是病知道吗，得用药知道吗。花柳病！"老鸨就皱起眉头，说一身臭味倒有个好听的名字，还花柳病，还不如说个槐花病、菊花病，反正带个花字就比带个草字好听。老鸨说："那得用啥药啊，不会是贴狗皮膏药吧？快拿啊！"药房老板说，要对付这种花柳病就要用到盘尼西林，可是盘尼西林又被日本人把控着，一进一出都要严格登记造册，对不上号就是个死罪，就得拉出去咔嚓。药房老板先让老鸨签字画押，翻箱倒柜地收拢了一大包整盒的，接过六块银圆又捏住鼻子，说："快把她们领走啊，都给你了！"

老鸨回到春宵楼，姑娘们还是围着她，还是吱吱哇哇地说痒得难受，还把手伸到下边又抓又挠。老鸨也哇哇地叫，说："快去洗呀，你们想熏死我啊。亲娘哎，下辈子也不吃臭豆腐了……"

姑娘们的花柳病是拿臭豆腐抹的，臭豆腐是拿咸鱼水搅拌的，咸鱼水里还掺了臭蒿草，臭蒿草上还有几只冻僵的臭大妮，搅拌了涂抹下身，一个身子都是臭的了。老鸨噗噗地吐着进了里屋，怀里掏出药包，药包递到丁黑豆手里，举着手要抓挠三老雕，还骂三老雕把她坑死了，丢人现眼不说，耽搁了生意不说，还受了一肚子惊吓，还差一点儿让日本人咔嚓了，就是刘县长刘司令知道了她也得死八回。老鸨伸着手跟三老雕要银圆，说整整的二十块袁大头，都是叮当带声儿的。三老雕扯过老鸨的手绢，铺到茶几上写欠条，写的是欠春宵楼大洋三十块，落款人写的是侯得才。三老雕说："你要二十，我们给你三十，看我们仗义不仗义！保安营侯营长你得熟悉吧？"老鸨翻着白眼珠子望望黑豆又望三老雕，说："呀呀，敢情你们是空手套白狼啊，敢情你们先许给一个天大烧饼，就是让我张着个傻嘴啃天啊。早知道这样，我先拿臭豆腐抹你们嘴上！"

黑豆进城买药是为了救营长马二梭，马二梭伤口发炎快死了，黑豆就豁出命来要冒死进城，想着发狠找一家药房，抢也要抢一盒救命的药。三老雕是被侯得章的新一营抓获的俘虏，三老雕受的是擦皮伤更不想死，他就跟黑豆下了大话，说假若丁连长能保他一条命，他敢保证能弄出救命的药来，哪怕大川少佐坐在药房里，他也有的是办法。黑豆就把手榴弹插到三老雕腰带上，拿一根手指勾着拉环。走到路上三老雕就说了实话，说他不想让老团长侯得章拿枪毙了是真的，要报复营长侯得才也是真的。

三老雕说，当初营长侯得才天天骑在马上显摆，天天在运河大堤上跑来跑去，显摆着还要他跟在马腚后边追，他天天累得腿肚子抽筋，他天天跑得上气不接下气，他想骑一刻钟过过瘾也不行。忽然有一天营长侯得才就答应了，答应了还让他穿上上尉军服，还让他高举着大川少佐的指挥刀，还让他昂首挺胸地装着是个真营长。三老雕说他那一会儿恣美得连心尖都痒痒，根本不知道营长侯得才是要拿他当替死鬼的，根本不知道要他昂首挺胸是为了让营长马二梭容易瞄准的，根本不知道真侯得才是在玩死鼠钓活猫的把戏。狗日的侯得才弄真假美猴王弄出瘾了，侯家老宅祭祖那天他找了个假扮的，这一次侯得才又把他扔出去了。侯得才要弄邪招该换个人啊，不用活人扎个草人也行啊，敢情是谁心实就日哄谁啊。三老雕说，他那时候要是脑子再迟钝一丝丝，他那时候要是眼睛稍稍一眨巴，他那时候要是发现草丛里露出黑枪口还不从马上栽下来，他立马就是万箭穿胸了。

三老雕不让黑豆带钱，黑豆弄不到钱，就是有钱也不让带，没有钱还得弄出药来，越这样就越能显出他跟黑豆是交了实底的。接着就说他已经有主意了，但是黑豆去了要听他的，无论他跟老鸨说什么，黑豆都不许戳穿他。黑豆最好一句话也不说，最好把头脸包裹得严严实实的，最好跟在他后边直咳嗽，最好一看就像个得了肺痨快死的病秧子。

三老雕还说他跟春宵楼老鸨熟到不能再熟了，他跟着营长侯得才到春宵楼去过无数次，闭着眼也知道老鸨最吃哪一套。只要降住老鸨，只要让老鸨

桃花瞳　005

知道有好处，那些肚皮姐你叫她们啥样她们就啥样，你叫她们在下边抹辣椒酱她们也得抹。后来三老雕还说老鸨卖给营长侯得才一个迷仙绒，迷仙绒是专用来弄那事的，那其实就是个羊眼圈。营长侯得才拿着那玩意儿当宝贝，他天明天黑地怀揣着，就是为了对付那个叫麻生花田子的日本小娘们。日本小娘们让他弄恣了，把不严裤腰也把不严嘴，一突噜就说了她厌恶三菱的三个男人。她还说一身横劲的福安死了她高兴了三天，一肚子坏水的福市死了她高兴了九天，现在光剩下一个傻乎乎的小胖子福山了，要是这一个也死了她能高兴一整年。日本小娘们光知道恣了，她不知道营长侯得才是怀着天大谋划的，侯得才并不想让傻乎乎的小胖子福山很快就死，他要在钻探完成之后，他要在运河煤矿开采之前，一切都具备了，他才会显露原形。那时候他会盼着两个日本男女最好都死了，煤矿上最好一个日本人也没有，起码是再死一个。三老雕还跟黑豆说，独立营杀了福安，其实侯得才是巴不得的，福市被砖井砸死了，侯得才也高兴得不得了。说着还偏了头看黑豆，还说他装了一肚子外人不知道的秘密，黑豆光是催他快走快走。

黑豆的心思都在营长马二梭的身上，一想到营长马二梭每时每刻都可能会死，他的心就跟钳子夹着又拧又拽一样。黑豆还不止一次地想起那个刮着北风的黎明时分。那天，他们是黎明前进入伏击点的，伏击点选在运河内侧的紫柳丛中。运河内侧的堤坡上，除了高高矮矮的紫柳墩子，还有齐腰深的茅草，还有被河风吹断了的芦苇。他们明明知道去早了也没用，明明知道侯得才吃过饭才会骑马上堤，但他们又不能不早去设伏。那时候他们都被仇恨激荡着，深秋季节趴在那儿也不觉得冷，其实他们浑身上下已经凉透了。

那时候侯得才果然按时出现了，要是与以往比起来，侯得才那天还似乎早了几分钟。走过运河大桥时马蹄声还是那样响亮，上了运河大堤，马上的侯得才还兴奋得摇头晃脑。马后边只跟着两个人，这似乎也跟先前不一样，先前跟着马奔跑的有四五个人，不过对报仇心切的马二梭他们来说，这几乎跟往常没有什么差别。侯得才还是举着大川少佐的指挥刀挥舞，还是紧一阵慢一阵地奔跑，还是朝跟不上的人头上扔罐头。马二梭就是那个时候突然跳起来的，马二梭嘴里呼喊的是"灭了这个小贼羔子"。随着马二梭的呼喊，他们所有人都一跃而起，所有人都冲着侯得才开枪，所有人都看到了马上的侯得才是惨叫着栽下来的。几乎与此同时，河对岸也有人呼喊了一声，呼喊的也是个"打"字，声音是从他们背后传过来的。

河对岸呼喊的是真侯得才。真侯得才呼喊过了就笑起来，说："马二梭，你知道小爷这一招是怎么练出来的吗？"

侯得才使了邪招，他知道马二梭要找他报仇，只有这样的邪招才能让马二梭上钩，他天天在运河大堤上跨马挥刀，目的就是让马二梭认为在运河大堤上打伏击是最好的办法。马二梭大意了，他们都大意了，他们只想着侯得才那样张狂不过是故意显摆的。结果，他们冲着运河大堤上的假侯得才开枪，河对岸的真侯得才冲着他们的后背开枪。黑豆清楚地看到，营长马二梭是第一个中枪倒地的，子弹从后背射入，胸口上钻出来的子弹也是红的。那时候，如果不是侯得章带着他的一营人及时赶到，也许他们独立营的人一个也活不了，好在他们把营长马二梭救出来了，这就是万幸。

黑豆快回到新一团一营驻地的时候，窝棚里的马二梭还在昏迷中，除了身上烫手的热，除了偶尔会动一下手指，马二梭其实跟死了没有什么区别。马二梭脸上没有一丝丝血色，脸和脖子都像是拿黄表纸贴了一样。兰兰从跟过来就没离开马二梭一步，她不吃饭，也不睡觉，她甚至没合过眼。兰兰已经不会哭了，哭也流不出一滴眼泪，她只是一声连一声地呼喊二梭，一声连一声地重复她刚见到马二梭时说过的那句话。她说："二梭你可不能死啊，你答应过让我生个孩子的。"这句话她已经说了上百遍，连新一团一营的卫生员也没办法再听下去了，他一遍一遍地拿毛巾蘸了凉水给马二梭擦头擦脸，后来他还把湿毛巾捂到自己头上，堵住耳朵眼，说他实在受不了了。他说："嫂子你不要老是说死死的，只要马营长的皮肤没变凉，只要马营长的身体没变硬邦邦，那他就是个活着的伤病员。他昏迷不醒不是睡着了，也不是真死了，他不过是被细菌降住了，细菌在他体内大量繁殖，每一分钟都会有成千上万的新细菌产生。"卫生员还抓了一把沙土撒到自己身上，接着又拿手满身抓，结果他连半把沙土也没抓到，意思是说细菌无孔不入，入进去再赶出来就难了。

卫生员最后说："我不能再说专业术语了，这些专业术语是我从缴获的硬皮书上背下来的，其实我背得滚瓜烂熟也照样不懂。还有，我这一会儿把专业术语背得越清晰，你听了越是糊涂的。你只记住一句话吧嫂子，如果马营长体内的炎症消退了，如果马营长的自身防御与免疫功能占了上风,或者说，在病毒完全把他吞噬之前能弄到盘尼西林，那他就是个转危为安的。"兰兰不搭理卫生员，她还是一遍遍地重复着那句话，说："二梭你可不能死啊，你答应过让我生个孩子的……"兰兰还一遍遍地说红兜肚，说大嫂春子说过红兜肚是避邪的，枪子打过来呲溜拐弯了，炮弹落下来吧嗒不炸了，炸了也崩不到身上，崩到身上连肉皮皮也崩不破。既然是避邪的，既然是打不着崩不破的，那怎么又会钻了血窟窿呢，那怎么又流出那么多血呢？

卫生员抹着眼泪出去了，出去让营长侯得章拦住了。侯得章说："怎么样，还有希望吗？"

卫生员蹲下来摇头，摇着说："也就这一两个小时吧，或者一两个小时也是多说的。"

侯得章说："一点儿希望也没有了吗？"

卫生员不摇头了，他是咬着牙说的，说在太行山时，许多伤病员都是死在战地医院的。卫生员又补充说，除非奇迹出现，除非他们的丁连长真能弄到药，否则……卫生员后来还是说兰兰，说兰兰一遍遍地哭诉，一遍遍地说那句话，就是石头人听了也受不了。卫生员说："侯营长，你还是想办法让家属回避吧，让她眼巴巴地看着自己的丈夫死去，眼巴巴地看着败血症患者临死前的抽搐，实在是太残忍了。"

侯得章在卫生员肩上拍一下，接着又让警卫员到老乡家里借芦席，说如果能买到现成的棺材，他可以把怀表押给人家。安排停当了他走进窝棚，在兰兰身边坐下来时他还长长地叹息，他还从兰兰头发上摘下一片枯叶，他还想叫一声妹妹，但随之他就哽咽住了。他有很多很多的话要跟兰兰说，他甚至还想起去省城读书的那年，比他小几岁的堂妹兰兰还跟在后边，送他到村口，而他的亲妹妹喜喜只知道摆弄石子。兰兰虽说是堂妹，在他心里跟一母同胞的亲妹妹一样，尽管他在许多地方都做了对不起兰兰的事。北伐革命时他是骑兵少尉，北伐军打到运河湾里，那时候北洋军阵地上有个年轻的军官抱着机枪扫射，他一刀劈了抱机枪的混蛋，回到侯家老宅才知道不怕死的半吊子军官霍好秋就是兰兰的女婿。不知者不怪，何况又是生死厮杀的敌我两阵营，何况又是在炮火轰鸣的阵地上。但是，日军偷袭运河独立营时，他千真万确没出兵援助，让马二梭二番入军营，也千真万确是他见了旅长的信决定的。

侯得章就在这个瞬间里止住了哽咽，他把全部的委屈都咽了回去，包括全部的无法排解的幽怨与无奈。他想说，日军偷袭运河独立营时，他是团长，又身兼县长，那时候他一心想的是一域自治，他在可以施展理想抱负的河湾县，精心创建万民乐业的新蓝图盛景。当然也有胜负掂量过后的担忧，最怕的是先打后败，一个败字能击溃他的一切构想，河湾县跟着生灵涂炭是肯定的。那时候他已探知到了日本人要沿运河南进，那时候他就有了让道送客的构想，既然日本人只是途经河湾县，那就没必要睚眦相向。可是马二梭他们的独立营却拉开了誓死一战的架势，他们的混蛋营长胡腊喜甚至还偷派亲信到旅部告发他有备不防，这就把他逼到了绝路上。为了理想抱负，为了正准备实施的自治蓝图，他只有把另外三个营收回城里，明明知道独立营会被日军偷袭，他也没增派一兵一卒，直到独立营不存在了他才感到巨大的痛心和痛苦，直到日本人果然没强占县城他才舒缓了一口气。如果说马二梭就是从那时候埋下了对他的仇恨，他不怪马二梭，毕竟马二梭无法理解，理想与抱负对一个有远大目标的人来说，是多么重要！

侯得章接着又要说让马二梭二番入军营，说他那时候实在是万不得已，实在是事出有因，但凡有一丝丝破解的办法，他宁愿让傻子、瘸子当先锋，也不会再度启用一个曾经要置他一死的冤家对头，包括那个死活跟着马二梭的丁黑豆。关键是那封真假难辨的旅长来信，关键是接到信的那一会儿他完全乱了方寸，根本没去想，旅长发电报也可以，打电话也可以，旅长为什么非要写信啊，难道写信只为说清楚说详尽吗？信上说，师长孙桐萱要在二线阵地上视察独立营，师长孙桐萱还要当面诫勉营连长，他一看到那几句话就完全丧失了分辨力，而这一切的根源，就来自于师长孙桐萱是他一直敬仰着的长官！在那个节骨眼上，他只有匆匆复建早已不存在的独立营，他只有匆匆启用马二梭，他只有匆匆把马二梭提拔为营长，结果他把马二梭带到了徐州战场上，结果一场徐州会战又把刚刚复建的独立营打得无影踪。那时候，他根本没想到马二梭还活着，根本没想到马二梭会误认为，他把独立营放在葫芦头阵地上，就是为了让独立营全死在日军骑兵的刀下，而那时候，他千真万确是派人到阵地上寻找了。

侯得章觉着应该喊委屈的是他，是他带着残缺不全的186团苦苦寻找着归建，结果他成了一颗被人扔来扔去的石子。于是侯得章就叹息着叫了一声妹妹，说："兰妹，我替你看着，你回家吧，二梭一醒过来我就把他送回家去。你在这里守着，你还抓着他的手，你还口口声声地念叨那句话，该三天清醒的他一个月也清醒不过来。起来吧妹妹，我让人送你回家……"

兰兰翻着眼皮看侯得章，说："你是团长侯得章是吧，你说二梭快死了是吧，那就请你在我头上打一枪吧。你先拿枪瞄着也行，二梭一断气你就开枪，你要能让我们两口子齐眉齐肩地走，我就知道你还是个哥。"

黑豆就是这时候进的窝棚，走到窝棚口他还喊了一声，喊的是："马营长你别死，咱有药了！"

马二梭当天晚上就清醒过来，他看到兰兰哭着哭着又笑了，兰兰还要找针线为他缝补打烂了的红兜肚。找不到红布的兰兰只好把自己的贴身衣铰下两块，贴身小衣服是粉紫色的，结果马二梭的胸口上像多了一双眼睛。但是兰兰出了窝棚再没回来，她是被人哄着送回紫云寨的，路上还被人拿被单蒙住了头脸，当时说的是要下酷霜了，蒙住头脸不受风寒。

第二章

侯家老宅的三兄弟已经不能坐在一起说话了，从运河炮楼冒出火光，到扫荡的日伪军从紫云寨撤走，侯家老宅的三兄弟就没在一起说过亲近话。

日伪军走了，侯登榜拉着侯黄氏去马家。侯黄氏把积攒的一瓢鸡蛋都带上了，走到前院她还翻了一下白眼珠子，看到侯杨氏探头探脑地关院门她还朝地上吐了一口，那时候她不知道侯杨氏是想着跟她表功的，意思是藏了兰兰让他们一家担了天大风险。侯登榜是咬着牙走过去的，看见侯黄氏往地上吐口水他也吐，看见侯登銮扒着墙头张望他还吐了一口黏痰。两口子去看挨了枪打刀劈的亲家马步正，跟侯得章去马家几乎是脚赶脚，而那时候他们根本不知道，其实侯得章早就回到了运河湾里。

挨了枪打刀劈的马步正已经变成了个血人，马家人都跟木桩一样，马刘氏接了鸡蛋竟然忘了放。侯登榜转着圈子找女儿兰兰，看哪里都没有兰兰的影子，他坐在马步正身边不住声地骂，骂了日本人大川少佐又骂汉奸县长刘百湖，最后骂的是得才，兰兰回来了他还骂着。两口子从马家回来，看见侯登銮正推着搡着，催儿子得才往村口跑，大哥侯登科从新开的东门里走出来也冲着村口吐口水，侯登銮折回来要跟二哥侯登榜说话，大哥侯登科突然喊了一声老二，说："老二你站在大街上是想听驴叫唤吗？"侯登銮哇哇地叫喊着，又是抓头又是打脸，结果老大老二都回家了。从此，侯家老宅的三兄弟再也没说过话，尽管老三侯登銮几次喊叫着说他快憋死了，到后来又说，不是人就不是人吧，不是人的想活着，总得让人家活吧，难不成想活着也不行！

侯登銮等于是自说自话，这些话都是在运河堤上的枪声响起之前说的。

运河堤上的枪声响起之后，侯登銮把刚刚盛到碗里的面条汤又弄洒了，他怔怔地望着侯杨氏，侯杨氏娘哎一声盖上了锅，说："他爹，你听听又打枪哩，你说得才他……"侯登銮怔呆呆的，先前还想着是又一轮大扫荡开始了，还想着自己那天是叮嘱过儿子得才的，自己还压着声儿骂儿子是不觉死的鬼，前脚祸害了人，后脚再回来，回来还不带保镖警卫，这不是明显地找死吗？那天紫云寨见血了，一死二伤都跟儿子得才有关联，可儿子竟然摆弄完日本人的残腿断胳膊再回家来，竟然还要显摆大川少佐赠送给他的指挥刀，他难道一点儿不怕有人报复，儿子是缺心眼吗？他那天催着儿子一刻也不许在家停留，趁着太阳还没落紧着回去。那天，他还说运河炮楼能住也别住了，码头那儿也不要去了，最好是吃住都在县城，最好是再扫荡也别跟着，最好是隐姓埋名过一辈子。

侯登銮到最后干脆就挑明说了，他说："我的傻儿啊，你以为马二梭光会杀日本人啊？马照本死了，立冬又是入了独立营那一伙的，他能算完？老缠缠马步正挨了刀又挨枪，活犄角丁玉树的半个腚被戳了血窟窿，二梭能放过你？黑豆能放过你？"得才就回去了，果然没再回运河炮楼，但儿子却径直去了码头，快到运河大桥的时候，他还看见儿子似乎停了一会儿，那一会儿他还在心里骂，还是骂儿子得才是不觉死的鬼。

侯登銮骂儿子得才是不觉死的鬼，并不是单指离开家就去了码头那一次。儿子竟然把码头当成了家，竟然还骑着高头大马在运河堤上跑来跑去，竟然还把日本人的指挥刀当成了好玩的玩意儿。他实在不明白儿子哪来的天胆，他怎么就不想想，一个在明处，一个在暗处，吃亏的会是谁，傻子也得知道啊。他几次想到运河堤上拦截儿子，他想跟儿子说树大招风，他想跟儿子说高墙闪腰，他甚至还想说大堤两边都是遮蔽物，假若有人埋伏在遮蔽物里向骑马的人瞄准，马跑得再快也白搭。而儿子如此招摇，不是提醒着仇家想办法吗，仇人想杀他，一想就能想出办法来。还有那个叫花田子的日本小娘们也是可恶的，你有两匹马就非得送给得才一匹吗？你不知道得才已经成为仇家的眼中钉了吗？你是不是也想着让得才骑在马上变成肉靶子啊？但是儿子得才根本听不进他的话，儿子看见他招手，就故意把马打得飞驰一样，故意让马蹄子扬起尘土，后来又故意在他要走近时跑到更远的地方。抓不到儿子的侯登銮只好远远地骂，骂着说："侯得才你是不觉死的鬼知道吗？你这是找死知道吗？你快活到头了知道吗？"

运河堤上果然起枪声，枪声响着响着停息了，接着就听到有人呼喊，呼喊的是侯得才使了阴招，骑在马上的是假扮的，真侯得才是藏在暗处开的枪，枪打的是马二梭。马二梭受伤了，真侯得才还活着，要不是侯得章出兵打侯得才，马二梭早就被打成筛子眼了。后来哭喊的是金猪，金猪哭着叫着喊二婶兰兰，金猪说："二婶啊，俺二叔快不行了！"侯登銮蹲下来抱住脑袋，抱住脑袋使劲地揪扯，侯杨氏盖上锅又掀开，后来她抓着勺子咔咔地刮墙。侯杨氏说："他爹你听见了吗，这里边咋还有咱得才啊？这里边咋还有得章啊？"

侯登銮嗷嗷着跳起来，说："你还落下一个哩，里边还有马二梭！祖奶奶，乱套了，一锅粥了，马蜂窝了……"

侯登榜又拉着侯黄氏往当街跑，侯登科先他一步到了村口，侯葛氏跟不上还崴了脚脖子。侯登榜看见谁问谁，说："人呢，二梭呢，谁打的，打哪里了？"后来又喊兰兰，说："兰兰你快去看看呀，二梭叫人家打死了你没听见啊。"侯登科跑着又站住，说："老二你是眼瞎了还是耳聋了？金猪是怎么喊的你没听见啊，金猪喊的二婶不是兰兰啊，兰兰披头散发地往那边跑你没看见啊。"侯登榜看见兰兰是随着担架奔跑的，兰兰还哭着跑着，跑着跑着就没影了。兰兰原本是在西河湾帮着侯月娥生孩子的，侯月娥生的是个男孩，孩子刚呜哇了一声就把两个小手抱到胸口上，看着像是要做合手礼的。侯月娥笑着把孩子的手掰开了，说："不合手也知道你爹是紫云寺住持！"那时候兰兰却瓷着眼珠发呆，待着待着又无端地流出泪来，接着就听到了金猪的哭喊声。金猪这回喊的是："二婶，俺二叔快不行了，血哗哗地淌！"兰兰是在担架上看到的二梭，二梭双眼紧闭，胸口上多了个血窟窿，红兜肚上也多了个血窟窿，一条攀肩带齐齐地断了。兰兰扑上去抱住了二梭，哭着说："二梭你可不能死啊，你答应过让我生个孩子的……"

担架绕过紫云寨，穿过官地东边的杂树林就进入了河套，入了河套就看不见了。接着就是穿灰军装的队伍，侯登科扑上去拽住了儿子得章，他很想闹明白这一切是怎么发生的。儿子带队伍跑到运河大堤上，运河大堤连着运河大桥，过了运河大桥就是县城，八路军是要攻打县城吗？儿子先前说的是发展队伍创建根据地，这么快就把队伍发展起来了？这么快就有了根据地了？日伪军清剿紫云寨的第二天，儿子得章曾悄悄来过村里，他连家也没回就先进了马家胡同，难道那时候就做好攻打县城的准备了？也不对啊。八路军要攻打县城，要梯子也好，要粮草也好，为什么要去马家？如果只是看望马步正，也用不着回避亲爹亲娘啊？还有，这一仗是怎么打起来的？怎么还是三股头打啊？三股头打仗怎么打？是二打一吗？如果是二打一，谁又跟谁联合了？总不至于马二梭和侯得才都跟儿子打吧。侯登科说："怎么回事啊儿子，我都糊涂死了！"

侯得章掰开父亲的手，先让父亲紧着回家，回家也不要说见到他们了，他们匆匆离开就是为了不暴露真实意图。接着侯得章又说三言两语说不清，能说清这一会儿也没时间说，他要尽管把队伍带回安全地带，他还要紧着安置伤员。侯得章后来还发起恨来，恨着说马二梭完全无组织无纪律，他把报仇当成了抗战目标，根本不懂铲奸除恶也要讲政策讲方式。他什么都不讲，他什么都不顾，他瞎打一气，他扰乱布局，他根本不配做一名军人。不错，得才是投靠日本人了，得才是作恶多端了，得才是六亲不认了，他带人包围了我们，他为虎作伥造成紫云寨一死二伤。除掉他就等于铲除首恶分子，可问题是，你要选择恰当的时机啊，你要选准恰当的地点啊。侯得才为什么天天骑着大洋马招摇显摆，侯得才为什么会在运河大堤上跑来跑去，侯得才为什么只让很少的几个人跟着他。他这是设局不明白吗？他这是故意引你上钩看不出来吗？你不上钩他怎么在背后打你的冷枪啊？侯登科激灵着打了个寒战，还想再问儿子是怎么得到的消息，儿子这样出手救二梭，是不是从此以后就与马二梭的独立营一块儿联手打得才了。侯得章却急着脱身，他说："你撒手啊爹！你绕个圈子赶快回家，敌人很快就要出城扫荡，你要咬死口地说186团去了大西南就没回来，你已经大半年没见过我了！"

侯登科又问一句："那你现在去哪里？"

侯得章答一句："爹你真糊涂！"

侯登科还要说如果二梭还有救就救活他，要是看着真不行了，就紧着把他送回来，记着千万不要让二梭死在自己手里。儿子已经入了河套，河套里响起簌簌嗦嗦的声响，那或许是风卷芦苇，抑或是紫柳梢头的冰雪融化了。

侯登科从寨壕里爬出来，看见侯葛氏还坐在街上揉搓脚脖子，他使着眼色冲侯葛氏摆手，意思是让侯葛氏紧着回家。侯登榜上气不接下气地跑过来，还是一连声地问二梭呢，还是一连声地问兰兰呢。他说大哥天生就是个吃独食的，官地与新宅侯登仓打联手的事还没说清，半对半吃红利的事也没说清，这一次又自作主张让人抬走了二梭，他眼巴巴地看着却连一句话也没说上。兰兰是哭着喊着走的，他们要把二梭弄哪儿去？抬走二梭的是哪些人？兰兰去了还回来吗？侯登榜说："二梭是我的女婿，兰兰是我的闺女，你为什么不让我看一眼？你为什么不让我说句话？我东一头西一头地找不到人，原来是你要他们避开村子的啊。你那么急着把他们撵走是啥意思？"侯登科拉起侯葛氏，架着拽着往家跑，侯登榜忽然又啊啊地叫着说他知道怎么回事了，敢情大哥急着把那些人撵走，是不想让他认出来里边有得章。侯登榜抓起一根树枝子追上去，说："打死二梭的是不是你儿子？抬走二梭，再把兰兰哄过去，得章是不是要杀人灭口？"

随后赶来的侯黄氏正好听到了这一句，她娘哎一声扑到地上，可着嗓子哭喊，说："他爹，咱也别活了，你跟大猴子拼命吧！"

侯登科吼一声，说："别号了！二梭躲在暗处打得才，得才躲在暗处打二梭，得章赶过来是打联手救人的。明白了吧你个二傻驴？"说完又记起儿子刚刚安排过的话，然后大跑着回了家，进家还把院门关得死死的。

侯登榜愣怔着望侯黄氏，侯黄氏一蹦三尺高，说："他爹你还愣怔啥，是得才打的二梭，快跟前院的三精包闹去啊！"

老宅里接着就乱了。侯登銮抱着头躲闪，树枝子抽到手上，手背上流出血来，血手又抹红了半个脸。侯登銮躲不过了也捞起家什，抓到手里的是捅阴沟的半截火棍，要跟二哥侯登榜对打。火棍打不到侯登榜身上，自己的耳朵反倒被树枝子抽破了，侯登銮就爹呀娘呀地喊着停手。侯杨氏从屋子里出来，先是撕扣子拽头发，撕着拽着往侯登榜身上贴。大伯哥不能打兄弟媳妇，何况侯杨氏又是撕扣子又是拽头发的，侯登榜只好退避着扔了树枝子。侯杨氏说："你们三兄弟要是没分家单过，你这个兄弟要是祸害你了坑害你了，你打也打得，骂也骂得，你要打要骂总得让人明白为啥吧。二哥你这是发的啥邪风？俺一没放火，二没填井，哪里又得罪你了？"侯登榜嘴笨答不上，侯黄氏接过话头，说："还要装傻是吧，还要装个好爹娘好儿子是吧，使阴招的不是你们的儿子啊，藏在暗处打黑枪的不是得才啊，得才要打死二梭，得才巴不得兰兰再当寡妇。说啊说啊，你们就这样逗着儿子灭亲害命啊？要不是得章赶得巧，得才是不是还要把二梭扒皮抽筋啊？"

侯登銮扑通冲着香台跪下了，嘴里喊着天爷爷老祖宗，说他这就把大猴子拉来，他们三兄弟三口对面，看看这一缸泔水是怎么冒泡的。念叨完了站起来，旋风似的跑到后院，跺着墙喊明口地让侯登科滚出来。侯登銮说："侯登科你要不心虚，你现在就滚出来！"

侯登科过来了，侯葛氏也随后跟过来，侯登科搀着让侯葛氏回去，还半侧着身子跟侯葛氏使眼色。侯葛氏赌着气不看他，说："三精包不就是要三口对面吗，那就对吧，谁掖着藏着谁是四条腿生的！"侯登銮又紫涨了面皮，说四条腿的是畜生，不说也知道是骂人话，咱先把骂人话放一边。侯登銮说："我问你，运河堤上的仗是怎么打起来的你知道吗？谁先打的谁你知道吗？你们跟二哥说得才在暗处打二梭。好，那么我问你，得才打二梭的时候，二梭在哪里？得才把二梭打伤了，谁又把得才打跑的？你们只要能把这两条说清楚，我扒了膀子让二哥打，我把得才找来让二哥打。说吧大嫂！"侯葛氏吭哧着翻白眼，翻着白眼望侯登科，侯登科拨拉着推搡侯葛氏，说："你瞎嗒嗒啥，你知道哪些，回家！"

侯登銮身子横着挡住了院门，说："原来大嫂是不知道的啊，原来这话是大哥说的啊，那就请大哥三口对面说个明白吧。"

侯登科一直记着儿子得章安排过的话，刚才一着急冒出来已经后悔了，偏偏二愣怔又不会掂量着说话，找到三精包又把这一句端出来，说得章赶过来是打联手救人的。既然已经救了二梭，那就是跟二梭的独立营打了联手，那二打一打的就是得才，事在那里摆着，不说也是这个理。侯登科也红了脸，又担心着儿子说的不想暴露真实意图，一时也有些语塞，只好硬着头皮说含糊话。侯登科说二梭在暗处打得才也好，得才在暗处打二梭也好，反正先被打倒的是二梭，这就算明白了。侯登銮嗷嗷地呼叫着跳起来，说会说的不如会听的，卖油的不如卖灯的，还是亮堂堂地说了吧。明明是二梭要找得才报仇，明明是二梭预先埋伏好了要打骑马的得才，谁在明处？谁在暗处？运河堤上一开火，得章立刻带队伍过来打得才，谁跟谁联手了？侯登銮说："我的二哥啊，你现在还糊涂吗？你现在还恨我恨得才吗？你女婿跟你大侄子联手二打一，打的是你小侄子得才。你小侄子得才就该死在他们手里是吗？我们父子就该让你们欺负是吗？"

侯家老宅三兄弟的流水账持续了两三天，一直闹腾到兰兰回来才结束，这在先前是不曾有过的。兰兰是半夜里回的家，回到家说二梭又赚了一条命，活过来就再没闭眼。但是兰兰说不清二梭在哪里，问她是从哪条路上来的也不知道，只是说送她的人进了紫云寨西街口就把被单揭了，她是好大阵子才认清马家胡同的。

侯登榜到最后也没弄明白仗是怎么打起来的，他把院门关上顶上，闷着头再思再想。想起老三侯登銮说的是二梭预先埋伏好了，就是要冲着骑在马上的得才开枪。二梭开枪打了骑在马上的得才，马上的得才一头栽下来，二梭跟着就被栽下来的得才打中了。照着这个思路想下去，结果还是个死胡同，因为栽下马来的是假扮的得才，真得才也是预先埋伏的，那两个埋伏的人又是怎么照上面的。侯黄氏也跟着想，她还要侯登榜扒着根想，说："他爹，咱扒扒根吧，扒出根来一捋巴就扯清梢蔓了。"

侯黄氏就先说了那天得才带着日伪军偷偷围住紫云寨，别人家都是敲敲打打、转转看看，叫明口拉人抓人的是两个马家一个丁家。那个马家怀疑的是立冬，这个马家针对的是二梭，丁家那边为的是黑豆，三家里有两家是独立营的，搭眼一看就知道得才带人进村，就是为的找二梭和黑豆。抓到的三个人一死两伤，二梭要为挨了枪打刀劈的老爹报仇，黑豆要为腚上戳了一刀的瘫子爹报仇，立冬要为拿米饭撑死的爹报仇。他们要报仇就要杀得才，要杀得才就得找个好隐身、好开枪的地方。侯黄氏说："他爹，你看这样一捋多清楚！"侯登榜还是把头摇得跟拨浪鼓一样，说这一节他早就捋巴清了，关键是得才怎么打的二梭。还有，得才冲二梭开枪，二梭为什么不知道。不知道就是看不见，人在哪里才会看不见，只有在身后。得才藏在二梭身后，就是准备打黑枪的。

侯登榜说："你说他们两个谁先谁后？"

侯黄氏呀呀地叫起来，说捋根捋到这里还用得着分清谁先谁后啊？真得才要找个假得才当肉幌子，找个肉幌子是啥意思，不就是勾引着让二梭钻套吗？不就是让二梭在前边打假的，他在后边打真的吗？侯黄氏说："说一千，道一万，还是得才使了阴招，啥样的人才会一次二番地使阴招？"

侯登榜把牙咬得嘎吱嘎吱响，骂了一句啥爹啥儿，忽然又瓷着眼珠望侯黄氏，望着落下泪来，说他也想过千遍万遍了，老爷们打就打了，杀就杀了，想拦也拦不住了。二梭又是个一条道走到黑的死拧脾气，得才又是个一肚子花花肠带弯钩的下三烂，他们杀来杀去，夹在中间的兰兰怎么办？吃了大亏的二梭一定咽不下这口气，背后有日本人撑着的得才，也决不会老老实实地待着，下一次又会是谁死谁活？活蹦乱跳的二梭，兰兰抓不到手里，受了伤钻死门的二梭，倒是让兰兰见了。二梭那边一活过来，兰兰接着就被撵回来，撵回来还是蒙住头脸的。还有那个说不清的得章，他为什么不让兰兰守护二梭，他为什么不让兰兰认清路啊，这明摆着还是不想让兰兰轻易找到二梭，难道得章也在跟兰兰使阴招吗？侯登榜抹着眼泪站起来，要拉着侯黄氏再去马家看闺女，说他越想越觉着奇怪，受了伤的丈夫为啥就不能让媳妇照管？

两口子刚把院门打开，侯登銮一步闯进来，说："大扫荡那天，是我把兰兰藏起来的，这算不算大功大恩？我算不算兰兰的救命恩人啊?！"

第三章

马步正已经能下床活动了。活动是挂着棍子的，棍子夹在胳膊窝里，好在枪打的是左腿，刀劈的是右肩，左边夹个棍子，右边的一条腿还是伸缩自如的。不过，马步正明显衰老了许多，他的脸上出现了土黄色，稀疏的胡须也显得有些枯焦。还有他的眼睛，尽管在过了七十岁生日之后就时常半睁半闭着，但偶尔睁开时还是有光泽的，发怒或者高兴了，有光泽的眼珠子还是明溜溜的。现在他的眼睛是浑浊的，说不上是黄，也说不上白，看着像是没腌出油来的鸡蛋黄儿。还有，他的声音也显得沙哑了，他明明是要清晰着说话的，说出来的话却又像掺了干沙土，嗓子里也好像堵了什么东西。他还时常发呆，比如他睁着眼睛望门口望窗口，看着像是望见了什么，你要是这时候从他眼前走过，明明是挡住了他的视线，他的眼睛竟然还是那样望着。总之，遭受了血光之灾的马家掌门人，很难再看到往日的威严了，即便是马刘氏跟他说了许多不爱听的话，他也不发脾气，抓在手里的烟锅一次也没砸在马刘氏头上。

一个年逾古稀的老人，经了一枪一刀竟然还能活下来，这已经算是很了不起了，想想也许是跟他那天的穿戴有关。

那天是秀秀跑回娘家来报的信，秀秀说扫荡就是要抓独立营的人，抓不到独立营的人，就逼着家里人说出在哪里。秀秀还说到她的妯娌，说孩子的二婶就是不肯说出男人八万去了哪里被捅死的。秀秀是担心兰兰才急着回娘家的。她又说孩子的二叔刚刚加入了二梭的独立营，二梭还吓唬她跟谁都不要说，还不让她回娘家，意思是怕她见了娘家人说漏了。秀秀说，既然日本人和汉奸要使这法子找人，那兰兰怎么办？人家要是逼着兰兰说出二梭去哪里了怎么办？知道在哪里也不能说，他们会不会也像对孩子二婶那样对付兰兰啊？那时候马步正才知道小儿子二梭已经回到了运河湾里，回来了不归家，也许是不想连累家里人，也许是不想要家了。马步正举着烟锅要打女儿秀秀，后来他把秀秀推到原来住过的套间屋里，又使着眼色让马刘氏带兰兰回小东屋，又让大儿子满秋插上院门，又让大儿媳春子用湿柴火烧火做饭，意思是弄得烟越大越好。最后他把套间门也关上了，并恶狠狠地吓唬女儿秀秀，说："说吧，你弟弟，熊羔子二梭，他在哪里？"

秀秀还想说她是跟二梭打过保票的，当时她说："我一年不回娘家行了吧？"二梭又问她要是到镇上赶集碰到紫云寨的人呢，她又接了一句："我把自个儿的腿捆上，我再把自个儿的嘴拿大针缝上。二阎王，现在你放心了吧！"但现在是老爹要问，况且自己已经说漏了，想瞒也瞒不住了，秀秀就说了，从头到尾全说了，一说就说到上一次扫荡队烧干锅烙人，专烙年轻力壮的，孩子的二叔八万是第一拨被烙的。正好那天晚上二梭他们误打误撞到了村里，结果二梭就选中了八万，说独立营是专杀日本人的，还问八万有没有胆量。秀秀还说，二梭上次回家来假装受伤，还当断了肠子的伤残人，她那时就怀疑是假的。二梭九死一生地从战场上跑回来，跑回来不归家就是要为独立营报仇，就是要为白面瓜报仇，就是要杀日本人，就是要让日本人知道他从入了军营就没归过家，想想二梭也是个不容易的。二梭做了那么多对不起兰兰的事，做了那么多让马家人跟着担惊受怕的事，其实他自己也是死过几次的人了。秀秀抽泣着又哭了，说："爹啊，我说不说都是一样了。咱们现在还要保二梭，还要保兰兰，再不想法就晚了，说不定那些披人皮的畜生也快到紫云寨来了！"

那天，马步正前脚打发走女儿秀秀，后脚就从小东屋里喊出了兰兰。他让春子找出满秋穿过的旧衣服，又抓了一把垫牲口圈用的干沙土，干沙土撒到小儿媳兰兰的床上，床上的被子半拉半拽地卷成个死疙瘩。后来他还用剪子铰烂了另一个枕头，铰烂的枕头扔到地上，撒了干土又拿脚踩出鞋印子。他不让兰兰说话，也不让其他人说话，他做这一切时脸上几乎没有任何表情，接着就带兰兰去了侯家老宅。进了临街大门没去亲家侯登榜的西跨院，而是贴着南墙根折身，然后径直进了前院侯登銮家。

那时候，侯登銮一家正在吃饭，他把兰兰拉到屋里，然后他从怀里掏出一把明晃晃的杀猪刀，盯着刀子说他已经七十二岁了，安生日子也过过，荒灾日子也过过，现在死也不晚，多活几年算是赚的。当然，要是临死之前再有三四个垫背的，那就更赚了。他最后说的是日本人要来了，日本人来了也许会跟兰兰要二梭。他说，二梭是他的亲儿，兰兰是他的好儿媳妇，他不会把二梭交出去，也不会让日本人追问兰兰。后来他就专盯着侯登銮的脸，又说："我把兰兰交给你，过了这一劫，我给你磕头上香。别的丑话我就不说了，咱们是亲戚，丑话说多了也不好。"不及侯登銮开口，他就走出了院子，要走了还是没去亲家侯登榜那边。

他那天回家之后就把大襟夹袍脱了，换上的是一件里表绒三新的对襟棉袄，棉袄的扣子打的是九棱九环的核桃结。他还戴上了平绒布的风帽。他还换了一双新棉鞋。棉裤虽然是穿过的，但也只是上个年初一上的身，初五饭吃过他就脱了，算起来还等于是新的。他这样打扮自己的时候，马刘氏先喊了大儿子满秋，满秋不眨眼地望着老爹，但是春子一看就哭了，说："满秋你傻啊，爹把过冬过年的新衣服穿戴上，这是要走回头路了。"马刘氏打个愣怔，接着就哭着喊着也要跟着走，说不就是想着这一劫难过吗，要死咱们一块儿死。他立马就撂了脸，说："你们都给我听好！日本祸害不是要来了吗，保安纵队不是要来了吗，刀山油锅都是我一个人的，你们谁敢上前一步，我变成个落地雷劈了你们！"

突袭紫云寨的日伪军进村就用机枪封住了街口，然后逼着侯登銮拿出花名册来。花名册铺在桌子上，包着血头血脸的侯得才凑过去伸出手指，手指先指的是马步正，往下划拉着又指丁玉树，最后指的是马照本。马步正是日本人要进马家胡同之前走到当街的，他说："你们是要找我吗？不用找了，我就是马步正。"在那之前，他一直在奶奶庙旁边的桑葚树下站着，落净叶的桑葚树，连树皮也变成了青灰色，青灰色的树皮上还有星星点点的黑斑，黑斑看着像是故意拿墨汁洒上去的。大川少佐甚至对他的风帽产生了兴趣，想着日本北海道的故乡，好像也有这样的帽子，但这个季节穿棉戴棉好像早了些。大川少佐还向他身边靠近了一步，接着就问马二梭是不是他儿子，他儿子马二梭是不是原中央军186团独立营的。他那时候说的是："哎呀哎呀，你说得还对还准，一看你就是个明白人。"

大川少佐就笑了，笑着还要让他进屋喝茶，还要拉凳子让他坐。他说："你紧着问，咱们先说正事。"大川少佐就笑出声来了，说他从来没见过像马步正这样通情达理的老百姓，这让他想起了中国人里边也有不混沌不愚顽的。大川少佐说："马二梭去哪里了？我想跟他交个朋友。"他说这事得问得才，接着就转着圈子寻找，又说："那个包着头脸不想让人认出来的，不是侯得才啊？"

大川少佐说："马二梭最近是不是又组建了新的运河独立营，他们的营部是不是还在原来的老地方？"

他还是说得问得才。侯得才就把包头包脸的白布解开扔了，蹦跳着要他说清楚。侯得才说："我说你是真糊涂啊还是装糊涂？太君问的是你儿子二梭，你怎么又把我扯出来了？二梭去了哪里我知道啊？"

他那时候是拨拉开侯得才面向大川少佐的，说："你刚才问我，马二梭最近是不是又组建了新的运河独立营，他们的营部是不是还在原来的老地方。那我斗胆反问一句，原来的老地方还有运河独立营吗？你现在领我看看，要有，我立马把他揪回家来！"

最先发出笑声的是县长司令刘百湖，刘百湖还笑着在马步正肩膀上拍了一下，说他以后再不进戏园子听戏了，上了戏瘾就到紫云寨来听大苲子书。刘百湖笑着问一句："你儿媳妇哪去了？"他说跑了，找她女婿马二梭去了。他说儿媳妇要找自己的女婿，他知道了没法拦阻，别说他是公爹，就是婆婆也没法拦阻，想拦阻也没有理说。嫁汉嫁汉，穿衣吃饭。人家嫁的是男人，男人呲溜一股烟没影了，人家不急不想啊，家里没有不会到外边找啊，近处没有不会到远处找啊。他说："回县长司令的话，儿媳妇找到女婿是她的福气，找不到再回来不行，这个儿媳妇马家是不打算要了。"

刘百湖还是冷笑，侯得才又抢着搭了话，说："刘县长，刘司令，您千万别信他的话，他这话是日哄您的。他儿媳妇叫兰兰，兰兰是我堂姐，她啥脾气我不知道啊，她还近处远处地找，你问问她到过运河大桥吗？她是那样的人吗？她有那个胆量吗？她有那个脸面吗？"那时候，侯登銮抓着得才的胳膊向后搋，搋着儿子喊小爹喊亲爹，搋不动又喊祖爷，说："祖爷，你不胡呱嗒行吗？"侯得才挣扎着不让他搋，侯得才还拿手指自己的血头血脸，说："我一头一脸的血是自己挠的啊？忘了上一次磨坊里打冷枪了？没听见他个老不死的刚才怎么捎挂我的啊？不行，我今天谁的面子也不看！"

那时候侯得才还催大川少佐去马家，还说兰兰保准在家里藏着。马步正就是在那个节口上喊明口的，他还伸出手来要跟他们打手击掌，说二梭也许是死的也许是活的，活着的跟大川少佐要，死了的跟县长司令刘百湖要，剩下个儿媳妇兰兰就跟侯得才要。他说："来吧，打手击掌吧，翻出人来再把我的头捎走，要是找不到呢，你们谁说一句下赌的话？不敢下赌的就是王八×的！"刘百湖这个狗日的一脚踢到他裆里，他打个跟跄倒下了。一伙人二番涌到马家，等到他们再返回时他还是跟他们要人。他说："人呢，你们把人杀了再跟当爹的要，你们是不是生下来就没有爹啊？"大川少佐就抽出了挎刀，一刀劈到他右肩上，棉袄劈烂了，肩膀上耷拉下来一块肉。刘百湖是冲着下裆开的枪，一枪打到他的大腿根上，他爬起来还是要人，还是问二梭呢，还是问兰兰呢。

他那天原本是豁出去一死的，拖回家来他一直昏睡，有好多天他都认为自己已经死了，他在马家人的哭声里沉沉地睡着，巨大的疼痛使他忘记了呻吟，直到饿得实在受不了了，他才睁开眼睛，知道自己又活过来了。但是，运河堤上发生的一切，他一点儿也不知道，更不知道小儿子二梭也是刚刚死过一次的。兰兰夜里拨门闩，门闩响了一声他就听到了，他还问马刘氏听到没有，马刘氏听了一声就哭了，说："兰兰回来了！他爹，咱二梭这回怕是真没了，兰兰半夜三更地回来，就是不想让你知道。他爹你知道吗，二梭打得才，得才打二梭，是得章把血葫芦二梭救出来的。"

马家人都起来了，春子端着灯上下地照兰兰，照的是兰兰的头脸。春子看见兰兰闭着眼，兰兰靠着棠梨树站着还一个劲地摇晃身子。春子哇哇地叫着拍打堂屋门，拍打着说她看清楚了，兰兰没戴孝，兰兰身上一丝丝白布也没有。满秋恨着春子的亮嗓子，咬牙切齿地要她小声说话，还要她紧着扶兰兰到东屋里歇着，说："你个熊娘们张牙舞爪的，你是不是想让一个运河湾里都听到啊？"春子还是啪啪地打门，说："爹啊，娘啊，咱家二梭没死！"堂屋门开了，春子又退回去拉兰兰，说："兰兰你这一会儿别光想着睡觉，你这一会儿别光想着二梭说了哪些话，你得紧着跟咱爹说说，咱爹还不知道二梭被得才打成血葫芦呢。"春子还要说婆婆也不知道，婆婆还三番五次地问她兰兰去哪儿了，她跟婆婆说的是兰兰走亲戚去了，婆婆偏偏说二梭被得才打了，偏偏说二梭变成了个血葫芦。春子说兰兰既然回来了，既然没戴孝，那就是说二梭没死，那他们就不用瞒着婆婆了。春子还要说，她这几天是连个瞌睡也打不成的，一打盹就想着二梭没伤时装受伤，这一回真伤了，十有八九是活不过来了。满秋抢过灯来燎她的嘴，还要把灯油倒她嘴里，春子才止住不说了。

　　春子拉着兰兰到了堂屋里，兰兰叫了一声爹娘又把眼睛闭上了，春子拿手掐兰兰，说："兰兰你紧着说啊，你看咱爹急成啥样了？"兰兰又叫了一声爹，春子又要掐，说别爹呀娘呀地喊了，让她紧着说二梭，二梭现在是个啥样的？他那一身血葫芦还淌血吗？到底打在哪里了？是打的肚子啊，还是打的胸口？要是打在胸口上就活不过来了。她现在知道怎么回事了吗？是不是二梭想打得才没打着，结果让得才这个没爹的先开了一枪？"兰兰你真是看着二梭活了才回来的，你傻啊，你怎么不把二梭背来，我一看见你身上没戴孝，就知道二梭又逃过了一劫。"春子说，"兰兰你要把咱爹咱娘急死啊，你快拣紧要的说啊，就说一句二梭没事了也行。"兰兰说："二梭没事了……"春子还想再掐兰兰的虎口，兰兰一下子栽倒了。春子说："爹，兰兰累了，我把她送东屋里去吧，等她醒了我一准能问清。"

　　看着春子架着兰兰去了东屋，满秋一步跑到堂屋里，手里还抓着拌草棍子，说："要不是怕春子咬不动干粮，我能把她的一嘴牙都掰了。哎呀，一个马家光听见她说话！"

　　兰兰是昏睡了一天才醒的，醒来看见婆婆马刘氏和大嫂春子，趴在窗口上向里边张望，又听见公爹马步正挂着棍子喘粗气，大伯哥满秋蹲在棠梨树下哗啦哗啦地挠树皮。兰兰紧着起来洗脸梳头，开门出来先搀扶着公爹回堂屋，又回头跟马刘氏说："娘，咱到堂屋里说话吧。"马刘氏拿手拨拉开春子，让春子抱柴火烧锅，让春子舀水和面，让春子找擀面杖擀面条，还要把葱花切得碎碎的，还要把姜丝切得细细的，还要先拿香油调好养着。春子呀呀地叫，先埋怨婆婆是故意支派她，故意找这活那活的让她干，故意不想让她到堂屋里听兰兰说二梭。春子又说别擀面条了，还是搅疙瘩吧，反正都是面，搅疙瘩还省事还省柴火。马刘氏说："我就是要占着你的手脚，我还想占着你的嘴哩！"

兰兰进了堂屋还要扶公爹到床上躺着，马步正摇摇头，说他的身体结实得很，一刀没砍死，一枪没打死，他就是该活着等二梭的。马步正说："兰兰你别管我，你只说二梭受伤是怎么回事？"兰兰就说了那天她一早就去了西河湾，原本是要帮着侯月娥生孩子的，运河堤上响枪的时候，她刚刚把孩子包上，听到金猪喊她就跑出来了。她出了村子正好看见有人抬着二梭往河套里跑，她追上去喊二梭，二梭的脸蜡黄蜡黄的，没有一点点血色。兰兰还要说血流得哗哗的，马步正又摇头，问兰兰现在二梭是活的还是死的。兰兰说："现在活过来了，是黑豆进城买的药……"

马步正又打断兰兰的话，说这一节他也不想听了，他只想知道运河堤上打枪是怎么回事，又是得才打二梭，又是二梭打得才，又是得章救出的二梭，他把头想炸了也没想明白。马刘氏早已哭成了泪人，见马步正拦截着不让兰兰说，她就急了，埋怨老头子是个狠心不想要儿的。明明是自己老糊涂了，偏要瞎打听，知道怎么回事又能如何。马刘氏说："跟你说那些有啥用，你是能跑啊还是能跳？你也想跟着打去啊？"

马步正拿棍子指着马刘氏，说："我就是要知道仗是怎么打起来的！"

兰兰说她那时候脑子里是混沌的，她连担架要去哪里都不知道，她只是跟着担架跑，担架上的二梭死死地闭着眼，有一个年轻孩子一个劲地拿白布条子往二梭胸口上捂。走的哪条路不知道，进的哪个村不知道，光记着是个窝棚，他们把二梭抬进窝棚里就开始包扎，包着包着血就不淌了。她那时候光是喊叫着让二梭睁开眼睛，二梭就是不睁眼，黑天不睁，白天也不睁，直到用上黑豆拿来的药才睁开眼了。兰兰说，二梭睁开眼的时候她听见黑豆骂得才，说贼羔子侯得才使了阴招，得章哥接着又骂黑豆，说他们连三岁的孩子也不如。兰兰还要说听话音得章哥是根着二梭他们的，春子抓着擀面杖跑过来，说："兰兰你还是没说到正点上，咱爹要听的是谁先打的谁，你这一阵子说的都是树梢子话。爹，兰兰是个糊涂的，还是我说吧。"

马步正把胳膊窝里的棍子抽出来放到床上，拿一只手抓着望春子。春子说，要刨树先扒根，要烧锅先掏灰。老宅的侯得才不是偷着把日本人领到村里来了吗，来到之后不是先抓跟独立营有牵扯的人吗，爹那天不是被祸害精打伤了吗，你们谁敢说二梭咽下这口气了？二梭咽不下就要找得才报仇，二梭根本不知道得才正巴不得呢。为啥？因为得才已经找好替身了，得才就是盼着二梭设埋伏的，二梭果然上当了，二梭果然冲着骑在马上的假得才开火，哪里知道真得才正瞄着他的脑袋瓜子！这就叫烧锅的热死，掀锅的烫死，偷吃白面馍的不热不凉。春子说："爹，您听着我比兰兰说得清楚吧？"马步正抓起棍子又夹到了胳膊窝里，望着春子又问老宅的侯得章是怎么回事，得章带队伍帮着二梭打得才，他跟二梭有这么亲近吗？春子想也没想，张口说了句："不是得章想救二梭，是上头有人给他下了命令，他不敢不救！"

满秋脱下鞋来又要打春子的嘴，吼着不让他爹马步正听春子胡呱嗒。满秋说："大话小话你都敢说，你是看见了还是听见了？"

春子说："满秋你傻啊，大扫荡的第二天，得章就过来看望咱爹，得章还把自个身上的羊皮坎肩脱给咱爹，还给咱爹留下了药。那是啥意思？你以为是他自己要来的啊？"

马步正把棍子杵到大儿子头上，说："春子，你也是马家的好儿媳妇，我打了满秋他就不敢打你了，往后我和你娘也不说拿针拿线缝你的嘴了。"说着又怔怔地望窗口望门口，望着还自语，说他先前还想着，能下床了就去侯家老三那里道声谢，谢他瞒着得才藏了兰兰。但他儿子使了阴招，一恩一仇，扯平了，自己不会再见侯登銮了。

第四章

运河堤上的伏击战让侯得才陶醉了好多天，他还在花田子小姐面前，一遍遍地模仿在马二梭背后开枪的动作，还有马二梭栽倒时的样子，说他那一会儿心里恣美得胜过第一次掀花田子小姐的裙子。那时候花田子小姐在码头货栈里冒充哑女，他一开始还想着哑巴女子会撒泼耍赖的，也许还没到妙处呢就不让弄了，结果越弄越恣美，还把专管种菜的哑女弄成了麻菱矿业所的花田子老板。花田子小姐抬起脚来又要踢他，侯得才紧着护住裆，弓着腰向后退，退着被花盆绊倒了。花盆里栽着一株刺梅，刺梅还是扎了裤裆，侯得才窝下头来拔刺，花田子小姐又笑了，笑着说侯得才是天生成不了大气候的，充其量是个得了便宜就忘形的混子，早晚躲不过神武大帝那一掌。侯得才冷不丁地听花田子小姐说出神武大帝，一时没回过味来，盯着花田子小姐问神武大帝是什么时候来的，是不是要来河湾县城替换大川少佐的，听着名字又像个高官阶的。花田子小姐就冷笑着讥讽侯得才是天生的无知，自然不会知道大和民族的立国鼻祖，就是东渡日本的秦人徐福，看来侯得才一辈子只能当个不知廉耻的骚公狗了。

花田子小姐说，未东渡之前的徐福博学多才，通晓医理易数，更知海川物源，故在郡望琅琊一带享有盛誉。徐福还是中国先秦墨家分支隐灵教的外放弟子。始皇二十八年，始皇帝第一次东巡，逗留百日不归。其间，始皇帝看到海州湾内出现海市蜃楼，疑为仙人所显，遂派徐福率三千童男童女乘楼船入海，以寻求长生不死之丹药。徐福是从日本九州东海岸的日向登陆，后又经濑户内海在今大阪市的坡头上岸，旋从今和歌山县的熊野，经今奈良县的吉野进入大和平原。当年的日向还是榛莽草莱之地，徐福率众随从一路披荆斩棘，进入大和平原之后，又教化土著学农耕、教识字、授工艺、给医药，土著皆称徐福为"先觉之神"，并在今橿原市的橿原拥戴徐福为王，即大和立国第一君神武大帝，亦即大和政权的始皇帝。

花田子小姐说，这也是她愿意来中国拓展帝国矿业的原因，她有时候还感觉是故地重游。

花田子小姐接着就说了神武打掌的故事，说橿原乡下有一对表兄妹私下媾和，一而再，再而三，女的有了身孕，终于被她母亲发觉了。母亲要她说出实情，她就胡乱编了个谎话，说自己也不知道怎么回事，反正一到夜里就有个相貌堂堂的魁伟大汉纠缠她，一上床就趴到她身上，趴到身上就弄那样事儿。她母亲思忖了一阵，想着一定是哪个风流魔障作怪，便把一条红绒线交给女儿，说："等他再来时，你悄悄拴他脚上。"女儿暗暗窃喜，私下里把红绒线交给相好的表哥，她表哥自然也是个没正形的，橿原乡下又有许多神武大帝的庙宇，一倒手便把红绒线绑在神武大帝的脚上。第二天当娘的又问夜里动静，女儿就说那个人又来了，来了还是缠绕着要做那事儿，她就把红绒线悄悄拴上了。糊涂娘果然找到了红绒线的去处，一怒之下举起棍棒，

桃花瞳　025

差点儿把神武大帝的圣腿打断。后来，得了便宜的表兄妹索性又到神武大帝的庙宇幽会，忍无可忍的神武大帝突然现身，对着男的下裆处猛击一掌。混混子表哥从此就变成了个吃软饭的，只能像遛街狗一样讨温饱，吃饱之后还是恬不知耻地向人炫耀，说自己是算计过神武大帝的。可见狗肚里存不下二两香油……

花田子小姐说完了问得才故事好听吗？知道神武大帝徐福是谁了吗？那一掌打得还疼吗？侯得才啊啊地叫唤，说敢情是把我比作狗啊，狗连秧子弄那事，一弄一天也不会软。他叫唤着又说，敢情你们日本人是我们中国人下的种啊，敢情我们的老祖宗早就把你们日本人弄滋润了，难怪你们写中国字不读中国字音，敢情是当初光想着恣美了。侯得才说着又要把手伸到花田子小姐的腰间，花田子小姐抡起巴掌打到侯得才脸上，侯得才脸上像盛开了一朵樱花。花田子小姐恨着说："你打的马二梭呢？你见到尸体了吗？探点选好了，让福山打水井你跟他说了吗？还有，我的枣红马呢？你玩猫钓尾先把我的枣红马玩死了，你接下来是不是也要给我玩猫钓尾啊？"

在侯得才的设计中，马二梭是死定了，因为他不想先被马二梭打死。在紫云寨弄出一死二伤的那一天，他就知道自己已经没退路了，一个人在没有退路的时候，最好的方式就是让对方先死。至于自己与马二梭是从什么时候开始势不两立的，侯得才也不止一次地想过，包括中原大战之前的入军营，包括清除残军韩余年时，他向团长大哥侯得章告发马二梭枪杀俘虏，尽管他知道残军韩余年部并没有弃械投降。如果那些也不算是势不两立的苗头，那只能归结为他与马二梭不是一路人。马二梭瞧不起他，马二梭袒护缺心眼的丁黑豆，马二梭从骨子里认定了他天生就是没正形的人，而他只不过是心智机巧，脑子活泛。至于他是否想到过军营里没有马二梭最好，没有丁黑豆最好，也许想过，也许没想过，想也是知道不是一路人之后想的。比如日本人偷袭运河独立营时，他那时候已经被团长大哥抽到了督导队，他那时候已经看出团长大哥厌恶独立营了，他那时候就知道马二梭难逃一劫，但他还是盼着日本人偷袭成功，并且越快越好。当然，马二梭也早已把他放到了仇人的位置上。不说后来的祭祖行刺，单就马二梭刺杀了日本人再嫁祸于他而言，就足以证明，他与马二梭之间必须有一人先死，而先死的这个人只能是马二梭。

于是他再一次重演猫钓尾的把戏。

猫钓尾是运河湾里的把戏。玩这样的把戏要先捉一只老鼠，老鼠越欢实越好，欢实老鼠绑在活蹦乱摇的猫尾巴上。老鼠要挣脱，猫要吃老鼠。老鼠越挣扎，猫尾巴越疼，尾巴越疼，猫越要急着把老鼠吃掉。于是猫就转着身子咬老鼠，身子越转越快，老鼠也跟着越转越快，转着转着老鼠累死了，转着转着猫也累死了。侯得才从有了枣红马的那一刻就开始谋划，枣红马是花田子小姐送给他的，指挥刀是大川少佐送给他的，想到猫钓尾时他差一点儿笑出声来。

侯得才一直记着他在运河大堤奔跑了四天，第一天，他让三老雕岳粮丰带着一排人上堤，沿堤散开看着像是布了警戒线的。第二天他就减了一个班，第三天又减了一个班，第四天他只留下两个人，他让两个人追着马屁股奔跑，怎么看都像是闹着玩的。那时候，他挥舞着大川少佐送给他的指挥刀，骑着花田子小姐送给他的枣红马，他恨不得让一个运河湾里的人都看到。到了第四天的晚上，他悄悄地带着两个连绕到运河对岸，他那边刚选好瞄准点，自以为高明的马二梭就带着他的人到运河堤里边设伏了，伏在运河堤里边的人把后背把脑袋都留给了他，他那一会儿乐得周身都是痒的。看着马二梭他们傻乎乎地等着枣红马上堤，看着三老雕岳粮丰骑马挎刀出现在运河大堤上，他是咬住手指才没笑出声来的。马二梭是第一个从草丛里站起来的，马二梭也是第一个冲着马上的人开枪的，那时候马二梭肯定想的是一枪就把他打下马来，结果马二梭先挨了他一枪。他那天是第一次品尝背后开枪的滋味，他看着马二梭摇摆着个傻头傻脸，挨了枪才向身后张望，他马上喊了一句，说："马二梭你知道小爷这一招是怎么练出来的吗？"他没听见马二梭应答，光看见马二梭身上喷出的鲜血，片刻间就把挂了霜雪的茅草染红了，马二梭倒在草地上，怎么看都像个贪吃的傻熊。

但是侯得才无论如何也没想到，大哥侯得章会出手救马二梭，看了他们的灰色服装，他才明白了那天用手榴弹炸伤他的，不是马二梭的独立营，而是涉水突围的八路军。侯得章几乎把他的一营人全带来了，压住他的火力之后就把马二梭背过了运河大堤，他没与大哥侯得章打照面，但他知道从此以后，侯家老宅的大哥也不存在了，他又多了一个冤家对头。既然成了冤家，多一个少一个都无所谓了，不就是多了一个枪口吗，大不了再多拉一张网。因此，尽管有了美中不足，尽管没看到马二梭滚落到运河波涛中，但毕竟是他赢了。至于花田子小姐讥讽他成不了大气候，讥讽他是狗肚里存不下二两香油，或者说他是无知又无耻的混混子，那都不重要了。

桃花瞳　027

不过，花田子小姐也有佩服侯得才的地方，比如运河堤上的伏击战刚刚结束，刘百湖就打电话询问什么情况，侯得才挺着脖子汇报战功，说："报告刘司令，八路军一个营配合独立营联合攻打运河炮楼，发起五次冲锋都被我打退了，独立营营长马二梭挨了我三枪，十有八九是死了，死不了也变成废人了。"花田子小姐冲着侯得才冷笑，先说他谎报战功该受军法制裁，又说汉奸太可怕了，尤其是不要脸的汉奸。花田子小姐甚至还说，帝国的军人早晚得让汉奸坑害死，帝国的利益早晚要坏在汉奸手里。花田子小姐最后还说，看在狗咬狗混战的份上，毕竟没伤着帝国军人，她可以不向大川少佐告发，不过，如果侯得才也要跟她玩猫钓尾的把戏，她会让侯得才死无葬身之地。花田子小姐说这些话的时候，还用眼角瞟着侯得才，还拿手指揪扯着胸衣上的线头，看着像要解开拽断似的。侯得才就把头伸过去，张着嘴要帮花田子小姐咬断，说："不就是水井工程没完成吗，不就是剩下一个三菱的人你也不踏实吗，放心吧。我让福山太君抓紧时间，你说得多了他会怀疑，不过，我怎么说都可以。"

这一段时间，花田子小姐一直把心思用在工程谋划上，但水井的突然坍塌却变成了时时伴随的阴影。自从探点选定之后，前后共有八名日本人因此死亡，其中七人可以断定为仇恨日本人的马二梭独立营刺杀，一报还一报，这个可以理解，加强防备就是了，继续清剿就是了。一旦煤矿进入开采阶段，她会向大本营提出成立矿警队，让大川大队脱离战区也是有可能的。阴影是福市莫名其妙地死在井下，而刚刚垒砌好的井壁竟然会无征兆地坍塌，这一点，花田子小姐怎么想也想不明白。当福市已死的消息传到她耳中时，她有一瞬间完全被兴奋与激动把控着，她在那个瞬间里甚至于不敢说话，她知道，只要她一张嘴，随之吐出的每一个音符都是带着欢快的。麻生与三菱，二女对三男，她能争到牌子上的麻占首字，已经是天大的不易了，整个麻生家族都应为她自豪，尽管没有人知道她为此承受了怎样的凌辱。天道朗明，天佑麻生。蛮横粗野的福安是第一个死于刺杀的，那时候她心里是惊愕的，竟然有人敢对日本人下手，竟然还在县城附近。及至后来从侯得才口中获知，刺杀者是一个叫马二梭的青年军官，她竟然对这个侯得才口中的凶悍人物，莫名地产生了极大的好感。

花田子小姐一直憧憬着，甚至是自我编织着那样的感觉。那样的感觉十分奇妙，仿佛是她雇用了马二梭，而她只不过是流露过一*丝丝*委屈，于是一

028

个毫不相干的中国义侠式人物出现了。为此，她还想尽一切办法拨弄侯得才，力图尽可能地多探知一些，为了让马二梭的形象更加逼真地凸显出来，她有时还故意当着侯得才的面换衣服。而每当那时候，侯得才总要不厌其烦地历数马二梭的种种劣迹，说在迎娶兰兰的当天，马二梭还与情人白面瓜鬼混，为了情人白面瓜，马二梭还敢鞭打国军收容队长，结果差一点儿被收容队长拿手枪崩了。打中原大战时，白面瓜到战场上给他送鞋，鞋是兰兰做的，白面瓜想跟马二梭做个了断，临去之前还把腰带系成了死疙瘩，不要脸的马二梭还是把死疙瘩解开了。但是，回到运河湾里的马二梭却一次也不与兰兰同房，他宁愿把自己的蛋丸子捏烂也不碰自己的媳妇一指头。你要问他为什么，他就咬牙切齿地说独立营的人不能白死，白面瓜不能白死，一听就知道这等于是胡说八道。总之，马二梭就是个该千刀万剐带活埋的魔王。

侯得才说着也咬牙切齿，看着像是要把马二梭吃了似的。可花田子小姐却听得津津有味，有时还会望着码头上走过的人，忽然地问侯得才，那个阔背蜂腰的人像不像马二梭。直到侯得才瞅她，说马二梭什么样她见过啊，她才冲着窗口莞尔一笑。她把那样的感觉一连收藏了好多天，有时还会在侯得才占她肉体便宜时，意识里萌动着难以抑制又羞于出口的快感。那样的快感会一直持续到某个瞬间的结束，或者是侯得才发出狗一样的欢叫时，那时候她会手脚并用，下死力地猛击侯得才的下体。但福市之死的诡异，最终又以另一种形式萦绕于她的心脑。短暂的欣悦之后，久久难以挥斩的，仍旧是无以言表的惊悸。

花田子小姐并不知道福市是藏了极大野心的，在井筒没垒砌之前，福市就做好了一切准备。那天，福市让三个助手推动绞盘，绞盘把福市放到井下，福市从怀里取出一把剪刀一个木匣，木匣小巧玲珑，四角镶嵌着红铜包封，包封上刻着四个字：龙脉正位。福市还铰下自己的一缕头发，头发盘成卧龙昂首的形状，福市把头发小心地放进木匣里，木匣塞进砖缝。福市蹲下来查看，木匣已经与井壁浑然一体了，他还是抓了一把湿润的泥土，仔细地把木匣糊上。福市最后做的一件事，是把刻有横山幸男井的铜牌钉在井壁上，铜牌的位置差不多是齐水面的地方。福市甚至还想着，花田子小姐看到铜牌之后一定会大吵大闹，如果花田子也要刻字，她只能趴在井口上刻，而她刻出的字一定是倒着的，除非她天生就会写倒字。即便她把铜牌抠下来，她也决不会想到龙脉正位已经被横山家族抢占了。麻生产业也罢，三菱产业也罢，说不定将来都要变成横山产业，那时候他或许还会把福市这个名字供起来。炮楼要开晚饭了，三个助手摇摇晃晃地往回走，三个助手都是带着醉态的，与他们分手话别的福市没喝酒，想到圆满的布置，想到花田子小姐被蒙在鼓里，他比喝了酒还兴奋。

但是，花田子小姐知道福市工于心计，福市撇开她要独自挖掘第一口水井，目的就是使三菱矿业在实体上占据掌控地位，即便基于这一点，福市也决不会儿戏着垒砌井壁。然而福市还是死了，死是死在井壁的坍塌之中，他把莫名其妙的死亡怪异留给了谋划中的花田子。有几个晚上，花田子小姐彻夜亮着灯，她还逼着侯得才说出运河湾里还有哪些怪异，急于要拿迷仙绒狠弄花田子小姐的侯得才只好强忍着欲火，索性绞尽脑汁地搜寻怪异事。他先说了奶奶庙的抓魂塑胎，接着又说活犄角丁玉树勾魂抓差，他甚至还说到多年前的马家捕鱼。

侯得才说，马家人是下半夜到运河湾捕鱼的，他们在生长着紫柳的主河道里下了拦网，为了凑够人手，马二梭第一次说出了白面瓜的名字。他们做了分工，马二梭和白面瓜分别从两条河汊往中间主河道轰鱼，奇怪的是，浪花里突然现出一道隐隐闪闪的白光时，河汊里却不见了白面瓜。白光先是如丝如缕，渐渐地变成了一条扁担长的白色水怪，白色水怪上蹿下跳，把河汊照得耀眼明光。马二梭失了魂地呼喊白面瓜，说："白面瓜你在哪里？梭鱼精过来了，你快出来啊！"喊叫着要往河里跳，两条腿却是软的，扑通栽倒了，全身像被抽了筋。就在马二梭呼喊白面瓜时，主河道的马步正也做好了捕鱼准备，他说："梭子鱼过来了，赶快松了网纲缓劲……"

侯得才说，那时候满秋和春子同时看到了那道白光，手里的网纲连着松了三把，看见老爹马步正立稳了马步，左手一压，右手一扬，飞镖直插河心。刹那间，白光消失了，怪异的是，拦网里并没有亮白如雪的梭子鱼，有的只是一条胳膊长的黑鲶鱼。鲶鱼背上斜插了一把飞镖，飞镖的倒须钩插进去三四指深。直到回家的路上，马二梭还是疑惑着问白面瓜，说："刚才你去了哪里？你没看到梭鱼精啊，全身亮白亮白的，眼睛跟灯笼一样。"

马家的捕鱼故事印证着福市死亡的怪异，怪异增补着花田子小姐的想象，一个危难时还要呼唤情人的男人，也像怪异的传说一样，缠绕着一心要在运河湾里独创麻生家族荣光的日本女子。还有那个为了成全兰兰不惜一死炸堤的白面瓜，花田子小姐也曾无数次地想象她的音容笑貌，想着白面瓜不顾名声，也是为了心中认定了的念想。不过，这已经与侯得才没关系了，因为侯得才描述所有的怪异故事，不过是为了让花田子小姐在惊恐中投怀送抱，那时候他好一展迷仙绒对付女人时的雄姿。

就在这天的中午，侯得才邀小胖子福山一起用餐，他跟福山说的是，饭馆的白单饼卷三丝虽然没有他娘做得好吃，不过三丝里却多了一样初冬季节最时令的露霜菇。福山流着口水嘻嘻地笑，说只要不是鸿门宴，即便是卷茅草他也吃。福山还冲着侯得才眨巴眼，说："花田子小姐是不是要我淘井啊？花田子小姐要派我淘井，又忌讳我会想起砸死在井里的福市，不过，得才君跟我说，我就不多想了。"侯得才要拿筷子夹福山的嘴，春宵楼的老鸨风卷着似的赶过来，看见侯得才就摇摆着手绢，说姑娘们还等着那三十块大洋买胭脂呢，侯营长好久不去春宵楼了，她只好厚着面皮来索讨。

侯得才站起来要捆绑老鸨，说："你个老瘟鸡是不是想钱想疯了，三十块大洋我能把运河湾里的鸡姐都睡了，春宵楼有那么多吗？"

老鸨说："侯营长您怎么忘了，是您派的两个弟兄，说是保安营里都患了肺痨，一个矮矮壮壮的还直咳嗽。我当时还奇怪，保安营的弟兄有病去医院看病啊，怎么还拿臭豆腐让姑娘们把下边抹了？还说有臭味就是患了花柳病的，还让我带着去药房……"

侯得才啊啊地叫着拍打脑门，连着声儿说老鸨被独立营的人日哄了，矮矮壮壮的是丁黑豆，丁黑豆用这法子进城买药，一定是为了救活马二梭。侯得才说："马二梭没死啊！"

倚在门口嗑瓜子的花田子小姐哼哼着冷笑。

第五章

马二梭清醒了之后先看到的是侯得章，他看到侯得章面容消瘦，眼睛直直地盯着窝棚里的一株狗牙草。现在已经进入了冬季，小雪节气也快到了，

桃花瞳　031

窝棚里的狗牙草竟然还长了新叶。新叶是米黄色的，躯茎曲延着，看着像是偷着长的，假若是在夏天，狗牙草的躯茎会长到筷子粗，叶子呈深绿色，尖尖利利得真像狗牙。但长在窝棚夹缝中的狗牙草，怎么看都像是被酸东西倒了牙似的，稀稀落落地挑着几束叶芽，看着替它憋屈。侯得章的脸上也有憋屈。他直直地望着狗牙草，不一定是惊叹野草的生命力，他如果是那样想的，他的眼睛一定是明亮亮的，而他现在表现的只是厌倦。还有，他不时地拿手揪扯下巴，一看就知道他并不想守着等待马二梭醒来，当马二梭试图侧转头部时，他说："睁开眼吧，我知道你醒了，我也知道你是不想看见我故意装睡的。"

马二梭还在想那天早晨的伏击战，上了当的痛苦像锯齿一样切割着他的肢体，而增生着新肉芽的伤口几乎没有什么感觉。他是瞧不起侯得才的，他从来也没把侯得才当成个人物，侯得才充其量算个钻头不顾腚的混混，对付侯得才根本用不着设计，他那天下半夜就带人设伏，只不过是怕天亮了无法越过运河炮楼。但最终他还是上了当，他没想到侯得才骑马挎刀是在勾引他入套，侯得才在运河大堤上摇头晃脑，侯得才还让几个人追着马屁股捡拾罐头，那一切，只是为了让他的伏击欲望更强烈。他竟然没有识破。而马笸子先前是提醒过他的，马笸子甚至还要他从头到尾地去想，马笸子还说侯得才为什么那样招摇，侯得才不怕有人找他索命吗？他当时只是拿鼻子哼了一声，意思是费心思想一下都是多余，结果从马上滚下来的只是个假侯得才，结果他背后挨了真侯得才一枪，结果他被侯得章带人救了出来。马二梭不敢再想下去了，再想下去他会把自己整个儿憋死，尤其是侯得章说了那句话，于是就拍打着地铺喊黑豆，说："黑豆你死哪儿去了？你要把我饿死吗？"

侯得章揪扯着身上的草屑站起来，说："别喊了，我把丁黑豆关禁闭了。"

马二梭摸索着把手伸向脑后，抓着窝棚的横杆坐起来，掀掉身上的被子，他说："为什么？"

侯得章说丁黑豆违反军纪私放了俘虏岳粮丰，还说岳粮丰与侯得才狼狈为奸，当初关侯得才禁闭时，岳粮丰是警卫，因为失职又罚他与侯得才一起去机修班，没想到他竟然又刺探部队行动计划，最后又与侯得才一起投了刘百湖的鲁西保安纵队。侯得章说："这一次，他还是与侯得才狼狈为奸，骑在马上当诱饵的就是他，你那边一举枪，他一个跟头从马上栽下来，要不是摔伤了腿，他会比兔子跑得还快。不过，看在他带丁黑豆进城买药的份上，我可以将功折罪从轻处理，但是丁黑豆私自把他放回去就是另一回事了。"

侯得章还斜着眼角望马二梭，又说："你该不会把没死于伤口感染，也看成是丁黑豆的功劳吧？我告诉你马二梭，即便是，他也得接受处罚！"

马二梭哼了一声把抓到手里的鞋又扔了，侯得章拿脚踢地上的鞋，踢着说马二梭目无尊长，是十足的乡野流民习性，但是军营里决不允许乡野流民习性滋生蔓延。侯得章说："往公上说，我曾经是国军186团团长，现在是八路军新一团第一营营长。往私上说，我是你的大舅哥，你就这样给我摆脸子吗？你是不是还等着我给你洗脸整装啊？"黑豆端着满满一盆炖野兔肉走进来。黑豆还流了一头一脸的汗水，说野兔是拿夹子夹的，野兔吃了一秋天草叶草籽，现在正是最肥的时候。黑豆还说如果不是怕暴露目标，他很想在河套里下兜网，下了兜网轰兔子，说不定会逮住成群结队的兔子。黑豆又说兔子皮拿盐搓过之后又晾上了，等下了雪，他会做几副鞋垫，保准还抗潮还暖和。黑豆说："连吃带喝吧马营长，你把这一盆都吃了喝了，你就三天不用吃饭了。"马二梭疑惑着看看黑豆，又看看侯得章，侯得章也学着马二梭的样子拿鼻子哼了一声，说要关丁黑豆的禁闭是他心里想过的，丁黑豆关了半天又放出来也是真的，因为他本人挨了杨团长的批评。

侯得章说，杨团长是火暴脾气，批评人是从来不讲情面的，杨团长甚至还批评他不该把国军的那一套管理方式，原封不动地套用到八路军的身上。八路军是人民子弟兵，入伍参军是自愿的，抗日救国是他们的神圣使命。杨团长说："我的同志哥，你的186团还存在吗？你还是原来的团长兼县长吗？马二梭同志还是你的独立营营长吗？丁黑豆同志还是你的特务连连长吗？马二梭他们不是抗战力量啊？他们疾恶如仇的精神不值得称颂吗？他们痛杀日伪顽不对吗？不错，他们不讲究斗争策略是有些欠妥，他们以除奸的方式，伏击保安营营长侯得才出现了判断失误，作为运西新一团参谋长兼第一营营长，你带队解救就不应该吗？他们是不是还要向你磕头谢恩啊？"侯得章说，杨团长还让他做检讨，他承认，他的潜意识里并没彻底忘掉昨天。侯得章说着又半俯身靠近兔肉盆，拿手扇着闻盆里的香味，然后他把马二梭的鞋捡起来摆正了，说："二梭，我说这些你不一定明白，我加入八路军之后，最大的收获就是警醒与反思。我现在要说一句你一听就明白的。马二梭同志，你赶快把伤口愈合了，过几天我带你去见杨团长！"

马二梭的伤口是在运河湾里落下第一场雪之后愈合的，这比侯得章预期的时间晚了许多，那几天，侯得章见人就问马二梭的康复情况，尽管他自己

桃 花 瞳　033

还在纠结着该不该带马二梭见团长。

直到出了窝棚，侯得章还在一遍遍地叮嘱马二梭，说团长杨甬力是极其看重军纪军风的，即便是穿便衣开展群众工作，团长也会把全身上下收拾得干净利落。马二梭刚刚伤愈，又是散漫惯了的，他暂时可以不严格要求，但是，套在身上的红兜肚无论如何不能露出来，最好是扯下来扔了。还有，站姿坐相也要注意，说话的方式也要注意，尤其是嗓音与口气。如果话里带脏字粗字，哪怕杨团长不当场发怒，他也会因此更加瞧不起他。另外，最好不要开口闭口地说运河独立营，对于他这个曾经的团长来说，运河独立营已成为历史，对于马二梭来说，运河独立营不过是曾经有过的一个换装建制，而那个建制也许根本就没存在过，尽管马二梭还穿着原来的服装。侯得章最后又盯住马二梭的脸，说："记着，跟杨团长说话时，不许拿鼻子哼哼！"

他们是沿着河套的边缘行进的，边缘处是丛生着的紫柳，许多没被割净枝条的紫柳墩子已形成中心枝干，枝干长到手腕粗就显出了树形，高的能越过头顶。雪掩埋了地上的干草，脚踏在雪上，雪没融化，干草却塌下去了。马二梭不想与侯得章并肩走，这倒不是他跟不上步伐，如果不是担心尖利的紫柳断枝会戳到受伤的胸口上，他甚至会把侯得章远远地落在后边。马二梭有着颀长的身材，颀长的身材附在腿上，两条腿就变成经了雨雪侵蚀又经了刀斧削砍的紫柳枝干，那样的枝干会呈现出铁一样的生硬，似乎抓一把就要硌破手的。还有他的脊背。马二梭的脊背像是拿一整块木板雕凿出来的，雕凿着变成坚韧圆润的蜂腰形，这样的腰肢复挺复伸，假若非要按压下来，除非腰断两截，否则一个反弹能把碑石击裂。马二梭的胸膛说不上多么丰隆魁伟，他的胸膛上甚至没有多少可供刀斧砍削的胸肌，他有的只是让刀斧难以下力的柔韧，这一点，也似乎与经多了雨雪的紫柳差不多。其他更不用说他那颗时时昂扬着的头了。

马二梭这样子走动并不是故意，但侯得章还是感觉到了一丝不快。还有，马二梭近乎游弋式的脚步，也使侯得章生出不舒服的感觉。侯得章就在心里过滤马二梭这个人物，如果马二梭也算个人物的话，那马二梭一定是他生命中或者理想抱负中的黑白二常。由着这个思绪想下去，即便不说初来河湾县时的独立营横生反骨，即便不说侯家老宅祭祖时的磨坊刺杀，即便不说运北据点突袭计划的惊扰，单就霍家洼的被围困，马二梭也是他的灾星。当初，父亲为了结兵亲对抗新宅那边的麻五，撺掇着堂妹兰兰嫁了个半吊子北洋军官霍好秋，既然是出于那种目的，嫁了也就嫁了。他最终不明白的是，父亲又为什么想着与马家结亲，为什么会让成了寡妇的兰兰再嫁给明明知道已与白面瓜鬼混的马二梭。难道只是因为马家人敢惹难缠，难道只是因为马二梭死活不怕，难道只是因为马二梭是个情种敢爱敢恨。那么，他爱过堂妹兰兰吗？他爱过侯家老宅这门亲戚吗？

每当想起这些时，侯得章都会对父亲侯登科生出不尽的怨恨。如果没有父亲当初的失策失算，那么侯家就与马家没有任何牵连，单单冲着马二梭行刺官长那一次，他完全可以置马二梭于死地。当然，如果没有马家与侯家的缠绕关系，他也会由衷地承认马二梭是个人物，起码算个英勇顽强的军人，尽管这个军人身上有着许多让他瞧不起的乡野流民习性。于是侯得章不由己地叹息了一声，伴随着这一声叹息的，还有一句也许是关切也许是怨恨的话。侯得章说："马二梭，你要跟我扮演一路哑巴吗？不会说话了是吧？你把个胸膛挺那么高，不怕枝杈子戳烂你的伤口啊？"

这两个有着万千纠葛的同村人，像这样长时间地单独在一起，还是破天荒的第一次，彼此都感觉别扭也是真的。

马二梭要拿鼻子哼时又记起侯得章临来时说过的话，走了几步之后他又站住，说："放心好了，你带人救了独立营，这个情我一定会还你。侯得才是你弟弟，你帮着我们打你弟弟，这一点我也会记着。在我没补齐还足之前，我不会说咱们两清了。"

侯得章并肩站在马二梭身边，他原本要说不装哑巴了是吧，但话到嘴边，他突然又问了一个一直想问的话题，或者说，这个话题从来就没有消失过。侯得章说："咱们现在是一对一说话，也不论公，也不论私。马二梭，我问你，你是不是一直都在恨我？"

马二梭说："是。"

马二梭的直言坦陈原本是侯得章想要的结果，但一个简单的"是"字，反倒又使他产生了极大的不满足，仿佛这个字并不是解答问题的，而在马二梭那儿，这一个字似乎也是多余的。侯得章急促地喘了一口粗气，又问："为什么？"

马二梭又说："你知道。"

这同样又是一个噎人的结果。这就如同吃红薯，明明是饿了，明明是想吃，吃了几口却被噎住了，噎得很难受，而肚子里其实还有许多空地方。这时候，被噎住的人就十分纠结，不知道是该恨喉咙，还是该恨红薯。侯得章就变成了那个吃红薯的人，被噎住之后，他想说自己知道回答是指什么，忽然发觉自己又变成了一个说话绕口的碎嘴子。

侯得章说："我知道你还在恨着独立营被日本人偷袭，在那之前，你和独立营的其他弟兄，还有那个临阵脱逃的懦夫营长胡腊喜，就已经判定我欲借日本人之手，除掉自行其是的独立营。日本人偷袭独立营得手之后，你们马上想着我终于达到目的了，我在县城的团部里一定会高兴得手舞足蹈。你们甚至还会想，我欲借日本人的手铲除异己，我盼着独立营的弟兄都死光。你大错特错了马二梭！马二梭你想过没有，既然我是恨着独立营不听话，我把营连长全部撤换掉不行吗？我是团长，我完全有这个权力啊。我承认，我是有一域自治的理想抱负；我承认，我是不赞成与势头正旺的日军死打硬拼；我承认，我是有过让道送客的构想，而日本人没有进攻县城也许正巧形成了契合点。可是，我毕竟不是卖国求荣的汉奸败类，如果我发觉自己可能要成为那样的千夫指，我会毫不犹豫地拿枪把自己干掉！"

侯得章又说："马二梭，我说你恨我的起因，就是源自独立营的被偷袭。对不对吧？"

马二梭说："对。"

侯得章说："不对！"

侯得章说了这句话之后，又直直地盯住马二梭的眼睛，他甚至还想拉扯着让马二梭站周正。他说："你马二梭在这一点上并不坦荡，如果说独立营被日本人偷袭是恨中之一，那么在你心里最难以释怀的，还是白面瓜的死。我知道你是连接着想的。你想的是，如果独立营没被偷袭，就不存在日军在官地上安兵营，也就不会有你的炸堤决水计划，也就不会有白面瓜舍身炸堤，白面瓜自然也就不会死，你们自然还会无廉耻地继续纠缠下去。你马二梭只是借用了独立营被偷袭这个由头，正是白面瓜的死，放大了你对我的仇恨，这个仇恨才是你的恨之根苗。马二梭，你敢说我分析得不对？"

马二梭不再言语，默默地走了几步之后，忽然说分析得都对，可他不知道什么是根苗，他只知道是仇恨就该记着，至于仇恨会不会化解，那是另一回事。也许过几年就忘了，也许永远不会忘，那要看中间发生了什么，比如他们杀日本人杀够数了，就算为独立营的弟兄报了仇。仇恨报了就没有仇恨了，那时候他也许会忘了独立营，再杀日本人，那是日本人该杀。还有白面瓜。

他承认是一直记着的，但是，他也许会在报清仇之后的某一天把她忘掉，假若一辈子也无法忘掉，那只能证明他就该记着。永远记着一个本该忘了的人，也许会使他更加懂得，生命原本就是为了中用的。于是马二梭又艰难地说了一句："没有人分析的时候，我自己会条理得很清……"

侯得章冷冷地笑了，说马二梭这一句答非所问已经说明了一切，马二梭用一句答非所问的话，更加清晰地印证了他自己是什么样的人。那么，兰兰怎么办，难道他要让兰兰在空念想中虚度一生吗？难道兰兰嫁给他就非要做一辈子噩梦吗？侯得章说："我告诉你马二梭，不行，绝对不行！我知道团长要见你会谈什么，但是，回来之后你必须马上回紫云寨，兰兰什么时候怀了孩子你什么时候归队。当然，前提是确保安全。还有，看见面会谈之后的结果。"

团长杨甬力紧紧地握住马二梭的手。而在握手之前，杨团长曾上下地打量着，准确说是凝视着马二梭。松开手之后，杨团长还在口中发出啧啧赞叹，先说好一个山东武二郎，又说二郎武松武艺高强，有勇有谋，是民间侠义之士。武松崇尚的是忠义，有仇必复，有恩必报，他是下层英雄好汉中最富有血性和传奇色彩的人物，梁山一百零八名好汉，他排名第十四位。接着又摇头，说他不赞同武松对待女性的蔑视与轻率，真正让他喜欢的人物还是浪子燕青。杨团长说燕青少小流落街头，被卢俊义带回家中收为义子，并找名家圣手为他做了精美的文身，文的是苏东坡的岁寒三友，更凸显了燕青傲立霜雪的高尚品格。又说在《水浒传》中，浪子燕青在第六十一回才现身，出场又是家奴身份，但燕青却是作者施耐庵着力塑造的精英人物。

团长杨甬力说了这些话之后又哈哈大笑，拉着马二梭坐下自己又站起，说他要显摆文采，他要吟诵施耐庵的出场词《沁园春》："唇若涂朱，睛如点漆，面似堆琼。有出人英武，凌云志气，资禀聪明。仪表天然磊落，梁山上端的夸能。益州古调，唱出绕梁声，果然是艺苑专精，风月丛中第一名。听鼓板喧云，笙声嘹亮，畅叙幽情。棍棒参差，揎拳飞脚，四百军州到处惊……"杨团长打个迟疑，望望马二梭又转向侯得章，说："我记得下边还有一句，是哪一句啊参谋长，我记不得了？"侯得章回望杨团长，说："好像是'人都羡英雄领袖'，不知对不对？"

团长杨甬力先说就是这一句，随之接吟："人都羡英雄领袖，浪子燕青。"

这两个人物都是《水浒传》书上的，可惜马二梭没读过多少书，零零星星虽然也认得几百个字，成篇成段地说书中话就不行了。况且他对武松和燕青这两个人物的了解，只局限于镇上听到过的快板书，好像有一句："那武松喝了十八碗，打虎来到山岗上。"而对燕青的记忆仅仅是说书人口中的《燕青打擂》，至于打的是谁，为什么打的，全都不记得了。马二梭一时有些尴尬，还有，侯得章瞥他的眼神里也有明显的不屑，这越发使他心生焦躁。团长杨甬力一下子就捕捉到了马二梭的表情变化，他骑跨着把凳子拉到马二梭身边，还拿手在两个人头顶上比高矮，这使马二梭的焦躁情绪舒缓了许多。听见团长杨甬力说："马二梭同志，说说你的故事吧。"

马二梭拿手在腿上揪扯着，嘟哝着说了一句："我哪有故事啊？"

团长杨甬力又哈哈大笑了，说他知道的马二梭一身都是故事，这个马二梭从小就是个孩子王，他说个困了睡觉，所有的孩子都闭上了眼。这个孩子长成了青年马二梭，青年马二梭为了一个懵懂的爱竟敢鞭打国军收容队长。入了军营参加的还是青龙敢死队，来到运河兵营还敢把日军引到弹药库。运河独立营被日军偷袭了，侥幸生还的马二梭又要采取炸堤行动，他要以决堤洪水淹没日军兵营。可是心爱的女人出现了，她要拼死保护自己钟爱的男人，是她夺走了炸药包，是她炸开了运河堤，是她以一死完成了一个夺人之爱女性的全部明丽品格。这个女人就是白面瓜！于是，又一次生还的马二梭就发誓报仇，就发誓杀日本人偿命，为此他死活不顾，为此他疾恶如仇……

马二梭大张着嘴巴，巨大的惊奇让他目瞪口呆。

团长杨甬力用目光鼓励马二梭，说他很想听听马二梭的想法，毕竟抗战刚刚进入战略相持阶段，毕竟抗战是全民族的事，毕竟仇恨不能替代理智，毕竟每一个血性中国人，都要在日军铁蹄之下绝地反击。杨团长最后又握住了马二梭的手，说："马二梭同志，我想让独立营加入八路军运西新一团，你现在能回答我吗？"

马二梭忽地站起来又颓然坐下，他还把手放到板凳上死死地抓着，他很想说独立营已经不成建制了，后来他用充血的眼睛望着团长杨甬力，说："杨团长，让我身体复原之后再答复吧。如果可以，我现在就敬礼！"

团长杨甬力点点头。马二梭闪身退出门外，然后以正步走到杨团长面前，双脚并拢，行了一个标准的军礼。

运河湾　　038

第六章

伤愈之后，马二梭并没有回紫云寨，他甚至连想都没想。如果他一心要回去，谁拦也拦不住他，不管是看望与死神擦肩而过的父亲马步正，还是守护了许多天的媳妇兰兰，回老家看望都是应该的，即便只是报个平安。何况中间还隔着个年，而马二梭已经有好几个年没在家过了。不回去也绝不是担心县城的日伪军会到家堵他。马二梭没有怕的时候，他有的只是仇恨，只要那个报仇心不拔掉，要他想到父亲想到兰兰，或者想到过年，几乎是不可能的。况且，八路军的杨团长还等着他做决断，而在徐州会战惨败之后，他压根儿就没想过会跟什么人联合。内心的纠结阻挡了马二梭回家报平安的念头，哪怕是托人捎话。至于侯得章说的伤愈之后马上回家，兰兰什么时候怀了孩子什么时候归队，这样的话在他听来，简直跟胡说八道差不多。

不可否认，伤愈之后的马二梭有一段时间是虚弱的，他会时不时地出汗，汗水汇聚到紫红色的疤痕上，疤痕那一块会有灼热感，像是抹了辣椒面似的。汗是虚汗，眼看要到冬至节气了，活动几下原本不该出那么多汗。比如他抓着机枪锻炼臂力，先还是抓得紧紧的，但不一会儿，他的手就会出现松松软软的感觉，到后来连胳膊也是酸软的，仿佛筋骨在某个地方脱节了。他放下机枪，抡起胳膊在地上摔打，啪啪地像是摔打树枝，疼痛顿时激昂着他，他于是又把机枪扛到肩膀上，还是那样挺胸收腹，结果肩膀上似乎多了几根锋利的铁刺。铁刺顺着肩胛向下发射，最后全部射中了肩胛下边的疤痕。那一会儿，他恨不得把疤痕撕开，掏出里边的新肉芽，撕成条撕成块挂到紫柳枝上，然后让河套里的夜霜浸透。马二梭无法忍受虚弱给他带来的困扰，他变得易暴易怒，连吃饭睡觉也感到十分可恨。为此，他在河套里捋了满满一帽壳苍耳子，苍耳子撒到被窝里，他脱光了身子躺下，苍耳子的尖刺刺入他的肌肤，他故意在被窝里翻来覆去，结果，沾满了苍耳子的马二梭变成了一只愤怒的刺猬。这时候，他会只穿着一件小内裤走出窝棚，在冬季的寒风里抹掉全身的尖刺，就那样赤裸着在河套里奔跑，然后在结着霜雪的茅草地上翻滚起卧，直至汗流浃背。

马二梭这样折磨自己，黑豆看了难受，他每天晚上都会悄无声息地守在

桃 花 瞳 039

窝棚口，只要马二梭一翻身，他马上就会说几句宽心的话，说马营长用不着这样急躁，只有吃了睡，睡了吃，伤口才会长瓷实。黑豆还说伤筋动骨一百天，说马营长伤的虽然不是筋骨，但胸膛上穿了窟窿却是真的，窟窿又是紧挨着心根肺根的，那个地方穿了窟窿，就等于胸膛里边多了个空心的苇筒，外边的皮肉长对缝了，不过是苇筒两头的隔节。怎样才能让苇筒不空心呢，只有吃了睡睡了吃，只有闭着眼太阳出来也当是黑天。黑豆甚至还要马二梭变成半傻子，因为傻家伙都是身体结实不闹病的。马二梭抓起鞋扔到黑豆头上，说："滚蛋！"黑豆回自己那边睡去了，马二梭又悄悄地出了窝棚，到了河套里还是那样趴着躺着地摔打前胸后背，到后来他还故意往胸膛上压雪，直到憋得喘不出气来，直到黑豆把他从雪窝里扒出来。

黑豆想不出更好的办法，也想不出说哪些话才能让马二梭安静下来，倒是地老虎吴春牛多了些心思。吴春牛问黑豆看没看出马营长的变化，说马营长自从见了八路军的团长之后，是不是着急上火了，是不是动不动就发脾气了。如果黑豆也说是，那就证明马营长是窝着一肚子火的，火还是闷火，还是沤烟火，不让他把一股子烟冒出来，火不会熄灭。吴春牛就找了两块白布片，一片写的是侯得才，一片写的是大川少佐，两块布一前一后缝到黑豆身上，自己身上写的是刘百湖。最后他又用树皮做了两个面具。两个人悄悄地跑到河套里，突然大喝一声，说："马二梭你跑不了了！"马二梭啊啊地怒吼着，抱起碗口粗一根朽木，上砸下扫，或直顶，或斜劈，直到两个人都变成了血头血脸。马二梭回去就把一被窝苍耳子抖搂干净了，一夜再没钻出窝棚。第二天的早饭他比任何人吃得都快，末了他紧紧地抱住丁黑豆和地老虎，说明明知道他们两个是什么意思，可他那一会儿就是停不下手，又说自己用不着再急躁了，他的身体还跟先前一样，还是有使不完的力气。还有，他的胸膛还是跟先前一样，无论是敲打还是挤压，都是邦邦硬。黑豆冲着地老虎眨巴眼，说他以后再不喊诨号了，即便不出操，他也会喊地老虎的学名吴春牛。吴春牛却依旧是一脸的惊吓，说他当时差一点儿就尿裤子了，如果马营长手里有刀，他们两个也许都吃不成早晨饭了。

吴春牛说他当时差一点儿就尿裤子了也许是真的，这样的话过后再说出来，实则是含着惊吓过后的惊喜，但黑豆反倒木了面孔，最后一口干粮还是愣怔着吞咽的，仿佛嘴不是他的。吴春牛拿筷子插他，问黑豆这一会儿是不是还感觉脑袋里边哐当哐当的，像坏了的西瓜，如果是，那一定是马营长打的。黑豆摇摇头，忽然问吴春牛喜欢不喜欢侯得章，要是说不清喜欢不喜欢，那就说个感觉，感觉侯得章这个人怎么样。吴春牛先是不明白黑豆为什么会问这样的话，接着又说黑豆的话有毛病，对待官长上司，不能说喜欢不喜欢，也不能评价官长上司人怎么样。吴春牛还说，自己刚当狱警时还没有枪高，那时候的县长是孙令动，他尽管知道县长的名字，可从来没想过喜欢不喜欢，因为县长是谁，县长当得怎么样，跟他这个狱警喜欢不喜欢没有一点儿关系。他那时候只听典狱长的，典狱长喝多了酒说醉话他也听，典狱长吐到身上他也得自己擦，他即便不喜欢也不能骂典狱长，因为典狱长是他的官长上司。

还有，他知道县长孙令动并不想离开河湾县，孙令动是被侯得章设计弄走的，侯得章又变成了县长，他知道了之后还是照样当狱警，压根儿也没想新县长来了他喜欢不喜欢。侯得章当了团长当县长，侯得章让他脱了警服到独立营报到，他还是没想过对这个官长上司喜欢不喜欢，尽管他差一点儿就死在徐州会战的葫芦头阵地上。吴春牛后来还拿他与黑豆作比，说论亲戚他与黑豆是同辈，年龄比黑豆大几岁，黑豆却总是叫他的诨号地老虎，但他还是称呼黑豆丁连长，因为他是排长，因为丁连长是他的官长上司。吴春牛最后说：“怎么了丁连长，侯得章已经不是咱们的官长上司了，你怎么还问喜欢不喜欢？”

黑豆愣怔着望吴春牛，有一阵子黑豆甚至还显出了窘态，末了他扳着吴春牛的肩膀转向另一边，换了个说法，问吴春牛愿不愿意到侯得章的第一营里当排长。吴春牛眨巴着眼左右瞅瞅，说要论阵势，他还是盼着人多，毕竟恶狗斗不过群狼。不过要论官长上司，他还是愿意跟着马营长，尽管马营长指挥打仗爱拼命，尽管马营长爱发无名火。黑豆紧着又问一句：“要是侯得章让你到他的第一营里当连长呢？”吴春牛喀哧喀哧地挠头皮，挠着说丁连长这样问让他为难了，到底是升了官阶的，要说不动心是假的。黑豆抓着筷子往地上戳，筷子入地了又掰断，说：“你可真行！”

吴春牛浑浑噩噩地瞅着黑豆，脸上红一阵白一阵地显出不自在，说：“你到底怎么了丁连长，我这些话都是现想现说的，按说没错啊？”

黑豆站起来，远远地望一眼马二梭，说他不管到哪一天哪一步，都不会离开马营长，哪怕是死，他也要与马营长死在一起，要是必须有一个先死的，他一定会把马营长推到后边。吴春牛激灵着打个寒战，紧着问黑豆这话从哪里说起，黑豆又把掰断的筷子放到嘴里，喀巴喀巴地咬着说：“马营长身体康复了就要做决断，决断跟八路军合不合伙，杨团长那边还等着马营长的答复……"

吴春牛惊诧着说："是这样啊，那……马营长会答复吗？"

黑豆狠狠地瞪了吴春牛一眼，吐掉嘴里的筷子，说："你都那样想了，马营长能不答复吗！"

在验证了身体完全康复之后，马二梭把独立营的人带离了侯得章的营区，他跟值勤哨兵说的是活动活动腿脚，然后绕个弯钻进紫柳丛中。马二梭让所有的人都坐下，说他现在不为身体急躁了，他现在纠结的是杨团长那儿怎么办，当初他回答的是等身体完全康复之后，结果竟然拖延了整整一个冬天。马二梭说他最讨厌的就是思考问题，他也不愿意为什么问题费脑筋，可问题是他见到杨团长了，而杨团长又把他摸得清清楚楚，他那一会儿感觉八路军的官长就是不一样。侯得章也当过他的官长，他就从来没喜欢过，可问题是侯得章救了他一命，他可以不服侯得章这个人，却不能不服八路军的官长，别人出手相救了更不能赖账。马二梭说他最大的纠结就在这里，还说他宁愿当时就死在运河堤上。

马二梭这样说着又环顾四周，四周坐着的就是独立营的全部弟兄，当初从牯牛山带来的 13 个人还有 9 个，而从大围子村中挑选出的 22 个精壮汉子，现在只剩下 14 个了，好不容易组建起来的 39 人的独立营，一场运河伏击战死了 12 个。现在，整个独立营还有 27 人，这个人数连一个排也不足。马二梭又记起他们刚从牯牛山回来时，马笸子把他拉到一边，压低了声儿说："我刚才是故意叫你营长的，可你带来的只有 13 个弟兄，13 个人一进屋我就明白了。二梭，是不是独立营又完了？"他当初说的是，徐州战场上活下来的是 42 个，伤口化脓感染死了 8 个，赶夜路追杀日军骑兵失散了 4 个，中间南跑北奔的路上饿死了 6 个，到了牯牛山又撑死了 3 个，离开牯牛山时还有几个不来的。又说不知道团部到哪儿去了，那三个营还有没有不知道，186 团还有没有也不知道。说过那些话之后，他又在心里怨恨马笸子多嘴，他很想说独立营只要有一个人活着就不算完了，有一个人活着也要找日本人报仇。后来他把报仇方式选定为刺杀，为此他只从肖八万带来的几十个人中挑选了 22 个精壮汉子，而丁黑豆原本以为他会把所有人都留下。但对独立营当初的人数，他却记得清清楚楚，他还让他们削了 428 个半寸宽三寸长的木牌，木牌上写了"独立营"三个字。

428 是原运河独立营的人数，木牌要往每个人手里分时，他又说葫芦头阵地上杀死的日本人不算，只算来到运河湾之后的。扣除掉牤牛山上的老营长胡腊喜和文书魏新麦他们，再加上他和黑豆两个，一共是 39 个活着的，再扣除掉一个已经偿了命的福安，日本人还欠运河独立营 388 条人命。活着的扣除掉之后，他自己又削了一个，他把木牌削得无棱无角，装到口袋里又掏出来，又在木牌上钻了一个洞。木牌上没写字，他在上面画了一只发卡，一束紫柳花，紫柳花是缠绕着发卡画的。他还跟秀秀要了一根红绒线，然后把木牌系在红兜肚上。但此时此刻，马二梭却分明感觉到独立营的人实在太少了，而有着被偷袭经历的原运河独立营的人，只有他和黑豆两个了。马二梭忽然感觉出他其实不会当营长，马箍子不止一次提醒他，让他紧着扩充队伍，还说队伍越大越好。马箍子还让他建立根据地，甚至还说到哪怕拥有十几个村子的地盘也行，他从来就没有认真想过，马箍子的话在他那儿变成了一阵风。还有，到运河堤上伏击侯得才，马箍子也是极不赞成的，直到要动身了，马箍子还让他再思思想想。

马二梭很想再说些什么，即便说说纠结该如何排解也行，但是马二梭只是在每个人的脸上望了一眼，接着他就靠着紫柳墩子坐下了，抓到手里的却是一根寒冬季节失了绵性的紫柳条。他把紫柳条放到嘴里嘎吱嘎吱地咬，那样子像是啃骨头的，顺着嘴角流出的紫红色的黏水水汇聚到下巴上，尔后又一滴滴地落到胸前的衣扣上。吴春牛悄悄地拽黑豆，黑豆不理他，他又挪动到肖八万身边，捅捅肖八万再指指自己的嘴巴，意思是嫌肖八万死性的。吴春牛说马营长嘎吱嘎吱地咬紫柳条，一准是心里缠绕成麻花团了，作为亲戚的肖八万就应该为营长着想，官长上司憋得难受，当下属的不能光看着。吴春牛说："八万你已经是个老兵了，你得说话，你想让马营长憋死啊。"肖八万说他不知道说什么，他甚至不知道营长为什么犯纠结，既然都是杀日本人，既然八路军那边人多，既然还是欠了人情的，那就合伙干就是了。肖八万还拿打猎当例子，说河套里打群兔时，他就常常跟外村的猎手合伙，群兔打完了还是各打各的，连想也不用想。肖八万说："老虎你吃过官家饭，你又是当过狱警的，你还是排长，你帮营长出个主意啊！"

吴春牛冲着肖八万翻白眼，又抓着肖八万的手指在地上画，画的是：我叫吴春牛。

肖八万没说话，吴春牛也没说话，最后还是黑豆打破了沉默。黑豆是站起来打着立正说的，说他们这些人其实早就明白了营长的难处，营长没必要考虑他们这些人是怎么想的，这些人里也许有不想合的，他是宁愿自己憋屈也不想让营长憋屈。黑豆说："马营长你下命令吧，你就是让我们喝着号子攻县城，我们也不会后退一步！"黑豆偏转身又望吴春牛，问他刚才跟肖班长说叽咕话是不是这个意思，如果是，就紧着向营长表态。吴春牛也站起来打立正，站好了又望黑豆又望肖八万，末了又看其他人。忽然他亮着嗓子喊了一句，喊的是："我听官长上司的！"所有的人都齐刷刷站起来，全都不眨眼地望着马二梭，全都喊："马营长你下命令吧！"马二梭吐了紫柳条，又在嘴巴上抹一下，说："那就合吧。"

走出紫柳丛的时候，马二梭在黑豆身上踢了一脚，又说："我还没想好，都是你这个熊玩意号号的！"

黑豆打个迟疑，接着又苦笑着摇摇头，一句话也没说。

马二梭他们回来正好赶上吃午饭，午饭是每人两个杂面窝头一块腌萝卜，第一营的人是以班为单位伙着领饭伙着吃的，一个班的人围成一个圆圈，看着像是十几张嘴一齐张合的。黑豆带着吴春牛去领饭，独立营的人凑过去伸手，一手抓窝头，一手抓咸菜，走着吃着，回到窝棚了也吃完了。半个钟头之后，营部派人传令，说下午举办联欢会，所有人都要参加。肖八万问吴春牛联欢会是弄啥的，吴春牛又记起上午肖八万拿话噎他，于是故意戳弄着让肖八万出洋相，说联欢会就是比摔跟头，谁能一个人摔倒三个人，就奖给谁一套新军装，肖八万一听就乐了。黑豆却悄悄地凑到马二梭身边，说他看出苗头了，姓侯的弄这一套，就是想让独立营出丑。黑豆说："马营长你想吧，咱们还能欢得起来啊？郭先考和李大囤是表兄弟，表哥郭先考死了，李大囤也挂了红彩，他还会乐呵吗？"马二梭随口哼哼了一声，说："那就堵住耳朵闭上眼！"

说是联欢会，其实也没唱歌也没表演节目，看着倒像是阅兵的。第一营以分列式踏步进入指定位置，4个连组成16个方阵，每个方阵前各有3名领队手，以尖刀状行进，首尾相连，依次衔接。按照事先安排，独立营也要组列进入，独立营只有27个人，即便排成单列，也比第一营的方阵短，看着像是截去了半截的牛尾巴，而牛尾巴原本就不长。黑豆拿眼角瞟侯得章，侯得章神情肃然，在他身边出任队列指挥的副营长牟利光，却是面露得意之色，接着就喊了一声："欢迎独立营入列！"黑豆急了一头汗，紧着问马二梭怎么办，马二梭根本不看他，昂着头只顾自己往前走。黑豆打个愣怔，突然呐喊一声，说："独立营的弟兄们，跟着营长前进！"马二梭走到对面坐下了，其他人也跟着坐下。牟利光挥舞着小旗示意马二梭他们列队站立，侯得章抢过小旗向下一劈，喊一声："新兵连入列！"

几乎没容马二梭他们看清，被积雪压倒了的茅草地上忽地跃起一支队伍，清一色的日式三八大盖,清一色的英俊青年，连体形身高也像刀裁过一样齐整，而一百多人的连队匍匐在身旁的茅草丛中，竟然没被发现。方阵中响起掌声，新兵连在掌声中不停地变换队形，时合时分，或横或纵，怎么变换都跟刀裁过一样。队列定格之后，连长孔雨林挺胸收腹跨前三步，面向侯得章敬礼禀报："运西新一团第一营新兵连向您报到，请指示！"侯得章原本是要讲话的，后来他的目光落到马二梭脸上,马二梭闭着眼像是睡着了,他轻轻地摇了摇头，偏转身跟牟利光说了一句："活跃一下吧……"

牟利光也瞥了一眼马二梭，接着又冲身后招招手，扬了声儿宣布联欢演出开始。第一个节目是"三句半"：第一营走出四个人，一个拿镲的，一个拿小锣的，一个拿鼓的，一个拿大锣的。先是各自敲打乐器，乐器声停止，拿鼓的先说了一句："烂嘴吃大蒜。"

拿镲的接一句："拉稀吃凉拌。"

拿大锣的说第三句："臭袜子捂眼说看不见。"

拿小锣的翻瞪着白眼跟一句："傻蛋！"

第一营队列中一片哄笑。吴春牛乐得嘿嘿的，乐着冲黑豆挤眼，黑豆看见马二梭还是紧紧地闭着眼，抓把土扬到吴春牛脸上，说："你也是傻蛋！"吴春牛噗噗地吐，听见他们又说第二段，拿鼓的说："叫花子啃大秤。"

拿镲的接一句："败了也是胜。"

拿大锣的又接第三句："啄木鸟钻头不顾腚。"

最后一个敲小锣的跨前一步，说："嘴硬！"

吴春牛抹着脸上的土又要笑的，嘴巴张开了却没笑出声来，拿手揪着腮帮子，自语说："哎哎，我怎么听着不对味啊？嘴硬也不是好话……"

一直到联欢会结束时，肖八万也没等来比试摔跟头，他疑惑着拉住吴春牛，埋怨吴春牛跟他说了假话，说他原本要赢一身新军装的，结果光看人家耀眼明光的了，光听见人家又说又笑的了。看了眼馋，还不如不看。吴春牛指指马二梭，低了声地说："现在让你看马营长的脸行吗？"

桃花瞳　045

第七章

在侯得章以联欢会的形式展示实力的当天，马二梭带着丁黑豆和肖八万悄悄地回到紫云寺，距离上一次离开，中间又隔了三四个月。

赶到紫云寺，夜影子已经布下了，四周影影绰绰的，看哪里都是模糊的，山门口插蜡烛的灯龛看着是个黑窟窿。肖八万留在山门口，马二梭他们是翻墙进入的，黑豆腿短，骑到院墙时黑豆还朝紫云寨望了一眼，接着他就被马二梭牵着走到禅房窗口。在走向禅房窗口时，马二梭还放轻了脚步，这种少见的举动，连马二梭自己也感到奇怪，那个瞬间里，马二梭还无声息地叹了一口气，这也是从来没有过的。那种若有若无的叹息，跟寂寥的紫云寺十分吻合，与之相吻合的还有窗棂里透出来的烛光，烛光散落在松树枝上，零零星星也是若有若无的。马笸子正埋头伏在香案上，禅房里传出轻微的敲击声，敲击声清脆似弄弦，听着也是若有若无的。

马二梭冲着窗棂举起手来，里边的马笸子忽地拉开了禅房门，说胸膛上落下紫疤的马二梭来了，骑跨在院墙上望他爹的丁黑豆来了，他这一会儿顾不上说如是我闻了。马笸子一手一个拉到灯明里，还要端着烛台照两个人的脸。黑豆却抢过烛台照马笸子的脸，烛台晃了一下就放下了，说他刚才的确是望了村子，也的确是骑在院墙上望的，没想到禅房里弄动静的住持还能看见。黑豆就低了头瞅香案，说："你刚才弄啥了，我听着有响声？"马笸子说他也听到响声了，窗户外边砰砰得像擂鼓，听着是一个心烦心乱的，一个是憋屈着生闷气的，他这个晚上注定不能香梦连眠了。

马笸子把两个蒲团摆到他们的对面，坐下来静静地望着两个人，连一句伤情伤愈的关切话也没说，他只是拉着蒲团往两个人身边凑，后来他把目光落在马二梭脸上，说："合吧，即便一对一地杀日本人，也是人多了杀得多。仇报完了就没有杂念了，走了这一步就是该走的……"

黑豆拿脚踢马笸子的蒲团，说笸子住持也学会拿捏着说话了，知道独立营人少，故意说人多了好。黑豆说："哪儿是哪儿啊！姓侯的是团参谋长兼营长，他一个营就有四五百人，我们连他一个排都不够，这还不算他的新兵连。哎，你不会是盼着马营长变成马排长吧？"

马箭子冲黑豆笑笑，忽然问黑豆知不知道浑身瘙痒啥滋味，不是生了虱子虮子的那种，也不是豆荚绒毛黏肉皮上的那种。马箭子说，他这两个月一直感觉身上瘙痒，烧了热汤沐浴了，贴身的内衣也换成了新的，铺盖也在阳光下照晒了，结果还是浑身瘙痒，还是不知道为啥瘙痒。抓挠了也是痒，不抓挠也是痒，反正就是个瞎痒。马箭子还说，为了对付瘙痒，他还在热汤里加了地梨干，还加了皂角荚，还加了花椒叶，还加了连翘和银花，这几样都是清热止痒的。他甚至还用了刮猪毛的刮刀，刮是下大力使劲儿刮的，全身刮得跟披了蓑衣一样，结果还是一点用也没有。马箭子还说，他根本就不是当住持的料，一了大师传给他的法号叫了尘，他其实还在尘世中，根本不知道痒由心生，心里痒却要沐浴刮肤，岂不是光知道皮肤面子是当紧的吗，那由心生出的痒还用得着又洗又刮啊。马箭子最后说的是，他明白了之后也不烧热汤沐浴了，也不换洗衣服了，他还故意拨弄蒲绒，他还故意在枯草丛里钻来钻去，钻着钻着就不痒了。马箭子说："黑豆，你这几个月里痒痒过吗？"

黑豆先说他这几个月里也是奇怪得很，窝棚原本是打小儿就钻过的，草铺也是打小儿就睡过的，有几个冬天还是在麦秸垛里掏个窝睡的，从来就没瘙痒过，到了侯得章那边的营地，当天晚上就痒得不能合眼。他说着忽然又打住，说他又让马箭子糊弄了，原本是质问跟侯得章合了会怎么样的，结果却听箭子住持东拉西扯地说痒痒。黑豆说："你啥意思，是你对姓侯的摸得清，还是我们摸得清，我可是下过死牢的！哎，你知道人家今天摆的是啥阵势吗？"

马箭子还要问黑豆是从什么时候感觉不瘙痒的，黑豆是不是也经过了彻悟，也知道了痒是从心里发出的，话没说出来就被马二梭拦住了。马二梭是直勾勾地盯着马箭子说的，说他听明白了，也已经想好了，让他当排长也好，当班长也好，他都不在乎。但是，独立营这个招牌不能取消，他即便是扒光了当个大头兵，也得是独立营的人。还有，他的这些弟兄不能划拨到侯得章兼任的第一营里，要合伙，就得把他们划归团部指挥的单列建制，哪怕是个排是个班。如果杨团长答应了他的要求，他要干的第一件事就是打一个漂亮仗算到侯得章的第一营头上，两清了再说以后的。

马二梭使个眼色让黑豆到外边听风，然后他咬牙切齿地握紧了拳头，眼睛里又燃起红光。马箭子向门外瞟了一眼，压低了声儿问马二梭，是不是还想着合伙之前再跟保安营开一火，如果是来之前想好的，那就把这个念头灭了，如果是进了紫云寺现想的，那就连灭也不用灭，根本就没想，想了也是没想。

马笸子说，如果马二梭非要坚持，那就证明马二梭这个人已经不能要了，或者干脆说这个人已经不存在了。马笸子说："运河保安营已经改成矿警队了，侯得才现在是河湾县物产局的局长兼矿警队队长，矿警队直接听日本人调遣。二梭，你明白我的意思吧？"

马二梭一时有些茫然，甚至还有些忧伤，仿佛一切都在故意跟他绕圈子，一切都跟他想的不一样，可马二梭偏偏又是个很难改变主意的人。于是他扯下帽子塞到嘴里咬着，说侯得才早晚会被他干了，但他没时间专跟侯得才纠缠了，他现在最想干的是弄一批枪支弹药。他接着又问矿警队是不是还住在运河炮楼里，干掉那个日军小队之后，运河炮楼又来新的没有。还有，矿井是不是已经钻探了，负责钻探的是日本人还是征调的民夫，他们是吃住在那儿还是到黑天就回去。马二梭说："我还能做什么？我现拉队伍还来得及吗？独立营需要提振士气，你知道吗笸子叔？我不能当叫花子上门，我得备一份礼，我得让独立营的弟兄昂着头迈正步！"

马笸子避开了马二梭的目光，他是自语着说的，先说的是矿井，说他现在也吃不透日本人是怎么想的了，水井坍塌之后，中间有五六天看不到一个人，后来去了一个胖墩墩的小日本，去是侯得才陪着去的。水井不挖了，支架子打的是探井，探井下的是沙石管子，抽水用的是皮管子，第二天就完工了，估计不是深井，水却是哗哗地一喷几丈远。马笸子说，不过那个侯得才还是让他感觉奇怪，还是拿着大川少佐赠送的指挥刀不假，还是摇头晃脑的没正形不假，可他就是感觉有些不对劲。接着他又说炮楼，说运河保安营改成矿警队之后，原来的炮楼就废弃了，矿警队又在运河大桥西南角安了新营区。从运河大桥到矿井修了公路，公路上隔一段安一个耳堡，矿警队从队部到矿井是扯窝连线的，看着跟个糖葫芦串一样。马笸子说这个法子也是侯得才想起来的，听说大川少佐很赏识，还专给侯得才配了一辆小汽车。

马笸子最后说，在二梭受伤后的这几个月里，他添了个爱想事的毛病，不是想当个像样的住持，他想的是佛法，他就是要闹明白佛法跟报仇有没有连接。比如先前的运河独立营被日本人偷袭吃了大亏，吃了大亏的人死了，活着的就想着为死人报仇，按说是应该的，佛法上叫作因果。那其他的人呢，跟原来的运河独立营没关系的人呢，人家扛枪舍命是哪个因呢？马二梭和丁黑豆要说是要为死去的弟兄们报仇，人家为什么不说你们两个去报吧，我们扛枪舍命不过是想把作恶的日本人打跑，不过是想把可恶的汉奸干了。人家为什么不说？人家不说是心里没想过吗？还有，你们口口声声要为原运河独立营死去的弟兄报仇，那死在徐州会战葫芦头阵地上的为什么不算数，他们是为哪个因而得的死果呢？马筢子说，他明明知道佛法深奥博大还是想。就像搬了新家的矿警队，整个队部反倒不筑院墙了，人家围起来的是铁丝网，按说铁丝网一眼就可以望到里边吧，人家为什么就愿意要这个透明亮光啊？马筢子说他一下子就得到醍醐了，因为透明亮光既可以对里，也可以对外，这不就是佛法上的远离吗，莫非侯得才是吟颂过《般若波罗蜜多心经》的，知道"心无挂碍，无挂碍故，无有恐怖，远离颠倒梦想"。

黑豆一步闯进来，说筢子住持这一阵子说的都是废话，马营长原本就是心乱心烦的，听了这样的废话还能下决心啊，敢情佛法就是说废话的啊。黑豆说，刚才马营长一把他支出去，他就知道马营长是想着风风光光地跟八路那边合伙。怎么才能有风光，怎么才能不让人家瞧不起，那就得弄点儿动静，那就得弄点儿战利品，因为比队伍肯定是比不过人家了。运河保安营不是变成矿警队了吗，要弄动静就打矿警队的主意，一是熟门熟路，二是矿警队的新营区离河套也不远，三是可以一带二，赶巧了再把矿井上的小日本干了。黑豆说，如果马营长也是这样想的，他现在就可以去找三老雕，闹好了或许连枪也不用开，要是正巧与侯得才打了对面，那就一命换一命好了。

马筢子紧着问这个三老雕是怎么回事，黑豆就把三老雕被侯得章抓获的经过说了，说他当初是要冒死进城给马营长买药的，没想到三老雕说他有办法弄到盘尼西林，他才偷偷把三老雕放了，为这侯得章还把他关了半天。黑豆做出要行动的架势，马筢子怔怔地望着黑豆，说他又想起一件奇怪事，为这件事他还在官地那儿蹲过好几天，还让得印跟金猪到运河堤上割过紫柳条。马筢子说，水井出水的当天，矿井上又去了一个披风衣的日本小娘们，估计是货栈里的麻生花田子，也是侯得才陪着去的，也是坐小汽车去的，回去也是两个人一块儿回去的，可他好像看见队部里也有一个摆弄指挥刀的，如果侯得才是在半道上与日本小娘们分的手，想想又没有那么快。

黑豆又啊啊地叫，还是埋怨马筢子废话多，说再磨蹭下去就来不及了。

马筢子说："黑豆你怎么了？"

黑豆说："我快憋死了！"

马筢子又望马二梭，说他还想过矿井，不过不是跟佛法扯在一起想的。要是运河湾地下真有煤矿，那还不如先让日本人把地面上的工程干完，等到要出煤炭了,那时候再出手把日本人赶跑,横竖不让他们把煤炭运到日本国去。

马二梭摆摆手,说:"先说今天晚上的!"

马箅子惊诧着说二梭又犯了性急的毛病,摸情况的怎么又变成真干了。马箅子说:"不对呀二梭,我说的这些都是我看到的,这个晚上候得才在哪里住不知道,矿警队晚上会有啥布置也不知道,再说只有你们两个……"

马二梭拿鼻子哼哼了一声,说外边还有个肖八万,带肖八万来就是让他听风传话的,定下来就让他回去带人。三个人就开始谋划具体办法。

办法是黑豆进矿警队营区找三老雕岳粮丰,只要岳粮丰不动邪心,能不开火就不开火,一切看里边的动静。马箅子忽然又嘿嘿地笑起来,说他什么办法也不想了,反正马二梭是野马星,反正黑豆是地狗星,都是能跑能窜的,他要说看着像儿戏也不合适,他要说最好是不干也挡不住,他只能说干成干不成都是该着的。看着黑豆像狗一样钻进了佛龛后面的地洞里,说他原本还想说说立冬和香芝的,这姐弟两个就等着二梭回来带他们入独立营了,可是马二梭回来根本不问村里的事。还有生着闷气的黑豆,他光是骑在院墙上望了,却不知道瘫子爹丁玉树的死腰快变成活腰了。马二梭打发肖八万回营地带人,返回来听见马箅子还在说自语话,他又把马箅子推到蒲团上,说他已经决定要干了,定下了就没必要论风险。马二梭说:"箅子叔,我知道你比我想得周全,你甚至还想着让马二梭变成个知进退的人,可我想的是,先把想干的事干了。好了箅子叔,以后吧,等到仇报完了情补完了,那时候我会听你的。"

马箅子跟着说了一句"如是我闻"。这是今天晚上的第一次,要搁以往,他也许已经说好多遍了。

黑豆再回到禅房时已经变成了大粗腰,他在身上绑了十几颗手榴弹,用脚把蒲团踢到门后的暗影里,挪动着要坐时他冲马二梭点了点头。

肖八万回来向马二梭汇报,说他原准备把独立营的人全拉出来,又担心人家那边问起来不好应答,出了营区又让吴春牛回去了,反正地老虎鬼点子多,他知道该说哪些话。马二梭满意地在肖八万肩上拍了一下,然后做了个出发的动作,一行人很快融入夜幕中。马箅子跟到山门口,说他还想再多说一句话,这句话也许是多余的,但他这一会儿想说就是该说的。马箅子刚说了一句"八路军都是善谋略的",马二梭拿手捂住了他的嘴,示意马箅子现在就去紫云寨,通知立冬和得印,让他们两个去矿警队接应。说着,一只手伸到胸口里摸索,摸索出来的是一块银圆,一个滑溜溜的芦根疙瘩。把它们塞到马箅子手里时,

050

他说："烟锅给金猪。银圆是离开牤牛山时胡营长送给我的，说上面的头像跟他的模样一样。只有这一块，你找时间交给豌豆吧。"

马笆子拿到灯明里看，看见芦根疙瘩的一头连着一拃多长的芦根，疙瘩打磨了之后挖出烟锅，烟锅与烟杆是通透的。烟杆上还系着一条红布，红布条皱巴巴地结着黑紫色的血斑。马笆子扯着红布条在自己胸口上比量，知道红布条是从打烂了的兜肚上撕下来的，比量着落下泪来。

新建的矿警队营区果然是敞亮的，敞亮是码头上的探照灯照的，探照灯扫过之后，营房里的灯光就显得昏暗了许多。不过，经了雪雨的铁丝网还是能分辨出来，铁青色的冷光配着天上的星光，看着像是拿水清洗过的。除了南北两向的营房，铁丝网围起来的院子里显得很空旷，站在门口的岗哨也都成了瘦条个，远远地望去跟立着的扒了皮的木桩差不多。他们在一片割了条子的紫柳丛中隐蔽下来。马二梭死死地抓住黑豆的肩膀，说："我要枪支弹药，越多越好！"黑豆偏转了头望紫云寨，紫云寨像个柴火垛，头周正过来冲着马二梭点了一下。马二梭又说："我要你活着回来！"黑豆说他昨天夜里梦见瘫子爹了，他爹是蹲在屋顶上望河套的，他爹还在屋顶上蹦跳着走来走去，怎么看都不像瘫痪了好多年的。他不明白爹的死腰是怎么变好的，但他相信梦不一定都是反的，既然不用牵挂爹了，他就会一门心思地跟着马营长，马营长在外边等着，他一定会活着出来。黑豆掏出酒葫芦，葫芦里的酒洒到身上，又后退一步向马二梭敬礼，然后转了身，径直走向岗哨。

黑豆跟岗哨说他是侯队长的表哥，急着过来是跟三老雕传话的。岗哨捏着鼻子躲闪黑豆身上的酒气，其中一个跑着去喊三老雕，说岳副队长一个晚饭都骂菜不香，闻见酒味他还得骂。另一个则冲着黑豆吃吃地笑，说黑豆晃荡着个大粗腰，一看就像从饭庄过来的，一看就像侯队长的表哥。三老雕果然是骂着出来的，说："谁他妈的再喊三老雕我就把他吃了。"灯明里看着像黑豆，三老雕激灵着打个寒战，又改了口说："除了黑哥我谁都吃！"三老雕转着圈子打量黑豆，黑豆抓着酒葫芦摇晃，他抓着黑豆的手喝了一口。黑豆推了他一把，酒葫芦给了门岗，然后搂着三老雕的肩膀向里走，口中说着腿跑断了，又说要看岳副队长的被窝里埋大闺女没有。三老雕压低了声儿埋怨黑豆摸错了地方，要堵侯得才得去码头那边，说侯得才兼着矿警队队长不假，营区里几乎没坐热过板凳。三老雕说："你还不知道吧丁连长，侯队长跟那个日本小娘们明铺明盖了，你现在过去一堵一个准……"黑豆抓着三

桃花瞳　051

老雕的手摸自己的腰，三老雕抓了一把，手哆嗦着再不敢吭声。

三老雕进了屋就给黑豆跪下了，先说当初进城买药是立了功的，自己等于是马二梭营长的救命恩人，又说回来后侯得才关了他三天禁闭，他没咒念了就拼命抓挠头皮，头皮抓破了，热乎乎的血珠子顺着鬓角流下来，他干脆在脸上一把一把地涂抹。他说自己已经是死过一次的人了，关禁闭顶多再饿死一次，结果侯得才就把他放了，又让他当了副队长。细论起来，他现在黑红两边都是有功的人，侯得才不能杀他，丁黑豆也不能杀他。黑豆抓起床头上的袜子，比画着要往三老雕嘴里塞，示意三老雕站起来，闭上嘴听他说话。黑豆说："你要再胡咧咧，我就把手榴弹装到袜筒里往你嘴里塞！"三老雕站起来关上门，说："我明白了丁连长，你说吧。"黑豆就把来意说了，还说如果岳副队长愿意配合，他这一身的手榴弹宁愿留着当个纪念。三老雕先是急得抓耳挠腮，抓挠着问黑豆能不能给他留个活路，如果可以，就让独立营的人在营区外边多转一会儿，脚印踩得越杂乱越好，越多越好，尽管他知道独立营已经没有几个人了。黑豆最好再留给他一张草纸，最好是平常人家写信的那种。

黑豆当真摸出来一张信纸，信纸是关禁闭时侯得章要他写保证书的。他说："进城买药那天我把你放了，回来姓侯的就关了我。你要信纸啥意思？"

三老雕说："丁连长你别多想，我是要侯队长把仇恨记他大哥侯得章头上，里外不让你们独立营沾包。"

黑豆虎着脸吼一嗓子，说："独立营没有了！"

三老雕领着黑豆进了弹药库，黑豆摸到一把镐头，三老雕忽然吃吃地笑起来，说丁连长真是穷急眼了，尖头的秃头的都要。黑豆拿手在后墙上敲打，说："傻熊，我这是救你知道吧！"三老雕一下子就明白了，也顺手抓起一把镐头，说八路军是掏洞进来偷走的，他就是坐在院子里不睡觉也不知道啊。墙洞挖开了，黑豆抓起砖头往外扔，三老雕也跟着扔，说这也是帮自己的。三老雕苦笑着又问黑豆他算不算又立了大功，将来黑豆他们得了天下，会不会额外地给他个官职。黑豆从墙洞里钻出头去，捏着嘴角冲外边学猫头鹰叫，直起腰来又抱住三老雕，说："将来的功怎么算我不知道，反正我丁黑豆会记着你岳粮丰！"

黑豆的话是发自内心的，但是黑豆不会想到，几年后的天下已经没有他的份了，而那天开枪送他上路的，竟然是跟他邀功的三老雕岳粮丰。

弹药库几乎全部搬空，连矿井上要用的几箱子炸药也没留下。其中一箱炸药绑在矿井架上，又从矿井架下垂到井里，爆炸过后，矿井架倒了，井口也看不见了。三老雕是在爆炸之后写的信，信是写给侯得才的，落款是侯得章，意思是感谢。写完扔到地上拿脚踩一下，然后再折叠着收起来。

第八章

侯得章不敢触碰马二梭带来的战利品，他甚至不敢看马二梭的脸，因为极度疲惫让马二梭的脸呈现着可怕的苍白色，连被汗水粘贴在脸上的浮土也掩不住。二十几个人都大口大口地喘息，有一阵子还说不出话来，与马二梭不同的是，他们几乎是搂抱着战利品坐在地上的。而在这之前，侯得章一直在追问吴春牛，逼着吴春牛说出马二梭把人带哪儿去了，如果不想加入八路军，他们完全可以正大光明地说出来。那时候正是黎明前的黑暗阶段，再过半个时辰，东天边会先闪出一抹淡青，接着就要大亮了。

侯得章是查哨时发现独立营的人不见的，所有的铺盖都没打开，窝棚里只有吴春牛昏睡着，吴春牛连衣服也没脱。那一会儿，侯得章没办法形容他的心情，说大急大惊也不是，说大恼大怒也不是，说失落说惋惜好像也不是。侯得章就把吴春牛踢醒了，说："人呢，这就是你们独立营的军纪啊？临走留下一个不想要的什么意思？说啊你！"吴春牛紧着揉眼，还一个劲儿地打呵欠，解释说，马营长带着独立营的弟兄到河套里训练去了，说是晚饭后训练长记性。马营长还让他留下来跟侯营长禀报，马营长还让他务必跟侯营长解释清楚，马营长还说闹了误会就不好了。吴春牛说："我原本想着立刻就禀报的，没想到打个盹睡着了……"侯得章拉着吴春牛进了营部，拿灯照着看吴春牛的脸，说："行啊吴春牛，从狱警干成排长，是靠假话升的吧？你的话有一句是真的吗？马二梭会说那些话吗？还晚饭后训练长记性，他长记性了吗？"侯得章后来就不理吴春牛了，掏出笔来向团长写急情汇报，写完

桃 花 瞳　053

连夜派人送去了，马二梭他们回来的时候，估计通信员也快到团部了。

副营长牟利光也起来了，先是拿手指点着数数，数完了冲着侯得章吐舌头，说："乖乖，装备一个加强连也绰绰有余！"

侯得章没搭话，他是探着身子走到马二梭身边的，看着马二梭脸上渐渐地有了血色，他又蹲下来，说："马营长，这是哪儿来的？"

马二梭嘟囔着说了一句借的，站起来在脸上抹了一把，用眼角瞟了瞟黑豆，又说数个数吧。不及黑豆伸手清点，肖八万说他刚才已经清点过了，长枪206支，王八盒子短枪3把，歪把子机枪5挺，坐地炮2门，子弹35箱，炸药8箱，论件数一共是259。肖八万说过了又补充一句，说："矿井上听响声的那一箱炸药没往里边算。"侯得章顿时瞪圆了眼，说："怎么，你们把矿井也炸了？"肖八万嗯了一声，说蠢蠢看见就窝火，炸了就没了。又说，眼不见，心不烦，何况又顺路。侯得章一时有些语塞，甚至是愤怒，急着要说无章法的袭扰影响战略部署，副营长牟利光却悄悄地拽了他一下，示意侯得章到营部说话。

牟利光是用脚勾上的屋门，关上了又朝外边瞅一眼，返回身来要给侯得章拉板凳，说："营长，我看清了，清一色的新款九九式步枪，可发射7.7mm无底缘子弹，比新兵连的六五式步枪还好。再配上500毫米单刃刺刀，简直是绝了！这个马二梭啊……"

侯得章摆着手制止了牟利光，说："你什么意思？"

牟利光还是抑制不住兴奋，说傻家伙口口声声说歪把子机枪，其实里边还有一挺口径7.7mm的九二式重机枪。这玩意可装30发保弹板，最大尺标射程可达2400m。还有，那门九七式81mm曲射步兵炮，竟然说成坐地炮。傻家伙简直是头牛，曲射步兵炮不算炮弹也接近50斤，再加上一箱制式炮弹24枚，他身上至少有200斤，他居然还能扛着奔跑！侯得章冷冷地瞥了牟利光一眼，说："说意思！"牟利光说，4挺歪把子可以给马二梭他们留下一挺，其余的全部收过来，无论如何，那挺重机枪不能留给他们，那门九七式81mm曲射步兵炮更不能留给他们。再说了，他们也不一定会用，会用也不一定会保养。

侯得章站起来走向门口，走着说："糊涂，刚才马二梭为什么让人清点着报数，不明白？"

牟利光说："营长你想多了，他那是显摆！"

侯得章退回来在牟利光肩上拍一下，又说："我想多了吗，难道还有比我更了解马二梭的，他是什么人我还不知道？"

此刻的侯得章不想在战利品上动心思，或者说，他没有心情思考这个问题，悔恨正在纠缠着他，他又一次有了被捉弄的感觉。如果马二梭把他的所谓独立营全带走倒罢了，偏偏他又留下了一个吴春牛，偏偏他又是质问过吴春牛的，偏偏又是在质问后过上报的紧急动态。他那时候怎么就没想到马二梭会来这一手啊，他那时候怎么就没想到马二梭会去而复返啊。很明显，马二梭是故意做给他看的。马二梭就是要告诉他，二十几个人的独立营，照样可以干净利落地搬空矿警队的弹药库，而他四五百人的第一营也不一定能干成。马二梭是在向他示威。马二梭是在向杨团长展示，只要他马二梭想干，就没有哪个地方不敢去。即便这种揣度不存在，杨团长那里他怎么解释，说情况突变，说调查有误，或者说一句是自己太心急了。杨团长会相信吗？杨团长一眼就可以看出，所有的理由都出自一个心理，那就是他侯得章心里不坦荡不磊落，他侯得章根本不是发自内心地盼望马二梭加入八路军！

侯得章不由地发出一声叹息，拉开屋门的同时，又冲着副营长牟利光发出命令："快去通知炊事班安排早饭，让马营长他们吃过饭休息一会儿。"

但是，侯得章没想到他会在东倒西歪的人堆里看到侯家老宅的堂弟。他几乎是一步跨过去的，他把搂着枪支睡着了的少年拉起来，惊愕着叫了一声："得印，你怎么也来了，你也进矿警队弹药库了？"

得印流着口水叫了一声大哥，忽然又摇晃着打个立正，说："报告侯营长，新兵侯得印已经加入独立营了！"

侯得章一时有些恍惚，半退了一步又定了神地打量得印。平心而论，侯得章对这个比自己小得多的堂弟并不是很熟悉，如果冷不防地在路上遇到，他或许只能感觉似乎面熟。侯得章沉浸在恍惚的记忆中，记得第一次北伐中沿运河北上，他请假回到侯家老宅时，得印好像还是个怕羞的孩子，个头好像还不及他的皮带高。186团进驻河湾县之后，他虽然几次回过老家，却不记得跟得印面对面地说过话，后来的几次，更是夜里进夜里出，那时候的得印也许正在睡梦中。但侯得章还是在得印身上看到了堂妹兰兰的影子，也是清秀的脸庞，也是长长的睫毛，也是细细高高的身条，也是恬恬静静的眉目。这样的比较突然间让侯得章感到心痛，忍不住想拥抱得印，得印却站着打起瞌睡。于是他以极其复杂的语气叫了一声马营长，说："马营长你是怎么想的，我二叔舍出一个闺女还不够吗？"马二梭答非所问，说："那里还一个呢。

桃花瞳　055

立冬，见过侯营长了吗？"立冬也跟得印一样打个立正，说："报告侯营长，新兵马立冬已经加入独立营了！"

立冬没打瞌睡，他的眼睛不时地瞟着窝棚外边的紫柳丛，紫柳枝上结着一层霜雪。霜雪被风裹挟着飘荡，莽莽荡荡地看着像是有人奔跑。立冬收回视线又望侯得章，侯得章哑着声儿说一句："噢，是嘛。"停顿了一下，又说："吃饭去吧。马营长，招呼你们的人吃饭吧……"

侯得章没去吃饭，他在营部里来回地走动，但他又会突然地停下来，然后再莫名其妙地偏转着朝身后望一下，仿佛马二梭就在那儿站着。副营长牟利光不眨眼地瞅着他，侯得章意识到了这一点，他说："你看着我干什么？"牟利光冲着侯得章诡异地笑笑，那样子像是暗示他完全洞悉营长心里想什么，营长心里那样想了，又碍于面子不好说出来。不过，他倒有个主意，既可以得到大部分战利品，又能让马二梭说不出反对的话来。更巧妙的是，他这个主意还可以让所谓的独立营从根上消失，而马二梭和丁黑豆最终只能是孤家寡人。牟利光笑着靠近侯得章，说如果营长正在为此事犯纠结，他马上就可以说出，最好的方式就是立即宣布成立尖刀排，同时宣布马二梭为运西新一团第一营尖刀排排长。马二梭的人连一个排都不足，让他降为排长也是高看一眼。营长现在最好紧着再写一份报告，报告呈上去，即便团部想要也没有恰当的理由。牟利光说："营长，你是不是一直为这件事犯纠结？"

牟利光并没有完全把握准侯得章的脉搏，侯得章来回地走动，还是纠结于如何修补夜里送出的动态报告，牟利光说的这些，他几乎没在心里想过，即便想过，此时此刻也是缥缈的。

侯得章贴身站到牟利光面前，说："老牟，你比我会想，你比我会安排。不过，我还是想问，夜里的报告怎么修补？"

牟利光说，很好办，首先要说明的是，夜里的报告之所以有误，完全是因为马二梭故意留下了善说假话的吴春牛，又让吴春牛以假话误导营部。变故情急，营部只好一面上报，一面派人四处寻找，两队人马返回之后，才知道了变故之因。马二梭擅自行动，是错，盗取了大量枪支弹药，是功。功过相抵，孰轻孰重，由团部定论。第一营以两手准备应变，既是应变，就难免有误，虽有误也是事出有因。

侯得章说："老牟，你比我想得周全。你是说我应该马上再写一份报告？我这个修补报告里，再同时附上建制申请？"

056

牟利光连连点头，说对啊对啊。牟利光说，报告里最好流露出那个意思，意思是为了照顾马二梭的情绪，尽管独立营现有人数勉勉强强够两个班，但营部还是决定任命马二梭为尖刀排排长，为完备建制，不足人员暂由第一营补充。

侯得章说："你的确比我有远见，老牟，我得谢谢你。这样既限制了马二梭的手脚，又顺理成章地占有了战利品，既修补了由失误报告引发的团长不悦，又堵截了战利品上缴的出口，真是一举多得啊！那么我请问，即便马二梭没有理由争职务高低，团长那儿会怎么想？"

牟利光疑惑不解地望着侯得章，说："营长你到底怎么想的？你不是……"

侯得章长长地叹了一口气，自语说，他是怎么想的无关紧要，关键是杨团长会怎么想，而杨团长根本用不着细想。侯得章最后是平静着说出想法的，他说："吃过饭我带马二梭他们去团部，所有战利品全部带去！"

牟利光凝神地望着侯得章，先是望着摇头，后来又不住地点头，还连着声儿说他终于明白了，其实还是营长想得周全。守着肥肉吃不到嘴里，顶多谗一会儿肚子，一块骨头卡到喉咙里，咽不下吐不出可就闹大乱了。马二梭是骨头，还是带尖刺的骨头，说不定哪天就卡住谁的喉咙，还是倒倒手送走吧，留在身边终究是个心病。牟利光说："营长，我是真服你了，难怪你当初还能当团长，还能当县长。"

侯得章不悦地扫了牟利光一眼，说："我说这样想了吗？我是这样想的吗？"

两个人刚要走出营部，新兵连连长孔雨林喊着报告闯进来，问他们知不知道团长杨甬力已经到了营区。侯得章吃惊不小，急着问通信员为什么不回来报告，莫不是通信员与杨团长走岔道了。那也不对呀，团长没见到动态报告，怎么会一大早跑到第一营来，况且又是来了没进营部的？牟利光说："孔连长，你见到团长了？"孔雨林说见是见到了，就是没说上话。他又说杨团长是骑马来的，还带来了一个警卫连，团长原本是要进营部的，忽然看见马二梭他们像饿狼似的抢饭吃，团长一定是感觉奇怪就先下了马。孔雨林说，通信员一见团长拐弯了，他只好牵着马跟着，结果马二梭带着团长进了紫柳丛，团长还哈哈地笑，通信员也跟着笑。孔雨林说："快去迎迎团长吧营长，可不能让马二梭胡咧咧，他那个熊脾气你又不是不知道！"

侯得章苦笑着瞅瞅牟利光，用了连自己也很难听到的声音，自语着说了

桃花瞳　057

一句："肥肉不能吃，骨头不想吃，我还要倒贴一块精肉……"

一直到团长走来，牟利光都在想营长那句话，而孔雨林则完全不知道营长侯得章说的是什么。团长杨甬力依旧是谈笑风生，仿佛那些笑跟呼吸是同步的，是原本就存在的。团长杨甬力还示意马二梭跟他一起迈步，跟他一起大笑，看着马二梭脸上露出窘态，他马上就在马二梭肋间捅了几下，说："怎么了马营长，你这个大财主一夜之间给我装备了两个连，送个不花钱的笑倒又舍不得了。你不会是怕我独吞了吧？告诉你，我杨甬力胃口不错，就是不想吃铁家伙，我要吞就吞运河湾里的小米粥！"马二梭果然笑了，笑着指了指营部门前的战利品，说："我的锅小水少，再多下米就煳锅了。"

团长杨甬力冲着战利品连连点头，满脸都是惊叹之色，忽然要跟着赔笑的侯得章找纸笔，要把刚才那句话记下来，还要注明是营长马二梭说的。"我的锅小水少，再多下米就煳锅了。"团长杨甬力说，这真是一句精彩的话，话出自一位屡战屡败又屡败屡战的营长之口，让他这个当团长的既汗颜又感动。牟利光轻轻靠近侯得章，附着耳根说团长真够厉害的，团长的话全是醉翁之意。侯得章略呈尴尬之状，推开牟利光又向马二梭瞥了一眼，听见团长还是接着刚才的话说。团长说锅小就没办法多添水，水少米多就熬不出香甜可口的好米饭，米熬煳了锅也烧烂了。可见一个人的力量再强大，也难以完成抗战大业，一个人再有本事，也不能包打天下。那怎么办？还是那句老话，还是人多力量大，还是众人拾柴火焰高，还是齐心协力干大事。团长杨甬力又转向马二梭，还是哈哈大笑，说："马营长，你刚才的话是不是这个意思？"

马二梭的脸唰地红了，说："我没想那么多……"

团长杨甬力用力握住马二梭的手，说："好，那咱们只说一句话，我感谢你对八路军的信任。你那天说了一句'等身体完全康复之后再说'，我就知道马二梭同志是要给我们创造奇迹的。果然！"

侯得章紧着插一句，说："报告杨团长，我正准备带马营长他们去团部……"

团长杨甬力点点头，走到营部门口又说："咱们开个扩大会议，让各连的连长也参加。"

说是扩大会议，其实只有一个中心议题，那就是团结一切武装力量，全面开展对敌斗争。侯得章几次想跟团长解释昨天夜里的紧急报告，他还露出极其沉重的羞愧之色，可是团长杨甬力并没给他留出铺垫，甚至完全没有听他解释的意思，简单地听完根据地创建过程中的得失之后，随即就宣布了新的任命。果然如侯得章所料，马二梭依旧是营长，但听完最后的建制组成，侯得章还是难以接受，有很大一阵子，他几乎是以沉默的方式表达着他的抵触和不满。团长杨甬力宣布的是：原独立营划归运西新一团单列建制，独立营的兵力配备，由第一营的新兵连和团警卫连组成，团警卫连为独立营一连，新兵连为独立营二连，原任连长继续任职。原独立营人员为特务连，不足部分的填补方式由营长马二梭全权负责。侯得章是在团长说出"新兵连"三个字时变了脸色的，他低下头去紧紧地咬住嘴唇，急促的呼吸差一点儿把他自己憋死。

会议的最后一项是敌情通报。团长杨甬力一下子正了神色，说日军近日又沿津浦、陇海、平汉三条铁路线增兵运河以西地区，由日军驻山东最高指挥官尾高龟藏统一指挥，目的是歼灭运西地区的抗日武装力量，同时截断太行山与我冀鲁豫根据地的联系。根据已掌握的情报，目前已靠近运西地区的日军约有两万人，再加上常驻运西地区的孙良诚第二方面军，以及刘百湖的鲁西保安纵队，总兵力不下于八万人。日伪军还试图以炮楼、据点阵、封锁沟网的方式，欲把整个运河湾变成他们的平原支撑区。团长杨甬力说，更为严峻的是，尾高龟藏已授意大川少佐，河湾县日伪军正准备配合其他各县，采用内松外紧的所谓赶羊式清剿行动，目的是要把新一团挤压至县城周边，最终一网打尽。鉴于目前形势，新一团党委决定针锋相对，给日伪军来个反挤压，先跳到外围再寻找战机。

营部里的气氛变得异常凝重。

团长杨甬力望了望马二梭，说："马二梭同志，我想听听你的想法。"

马二梭说他从来没想过外围内围的事，日本人也好，汉奸也好，都是欺软怕硬的。他反正不能几万人都挤到一个疙瘩上，他反正要吃饭要住宿，那就像马蜂一样叮着打就是了。马二梭说他想先把矿警队干了，干了矿警队，运河煤矿就开不起来，运河大桥以西一直到河套就是贯通的。而一旦进入河套，日本人的机械化部队也得趴窝，他的人再多也没用。目的只有一个，就是不能让他们到处生根，生不了根就得被动挨打！

侯得章几乎没容团长点评，迎着马二梭的话头勃然而起，张口说了一句："我不赞成！"

侯得章是冲着团长说的，说马二梭自持敢打敢拼，全不顾八路军的有生力量来之不易，而这种杀敌一千自损八百的拼命战术，完全不符合敌强我弱

桃 花 瞳　059

态势下的战争手段。侯得章说，矿警队弹药库被盗已经惊扰了敌军，这时候再拿矿警队当目标，无异于自投罗网，而拿着精良兵力去与矿警队纠缠，也实在是得不偿失。但当他马上要说到马二梭为了弄动静炸掉矿井架时，侯得章却又强忍着止住了，他在那一会儿投向团长的目光是游离的，甚至还有些痛苦。团长杨甬力却好像完全忽略了他的目光，继而以更为平静的口气说："说说第一营的计划吧。"侯得章打个迟疑，说："服从团部决定，不管是分散还是集结。不过……"团长杨甬力用目光制止了他，随即宣布命令：第一营向北运动，随时与运北据点刘雨生部保持联系。独立营随团部向西南方向转移，待与其他三个营形成掎角后，再寻机在敌背后发动袭击。

独立营当天中午就做好了西进的准备，侯得章一直没找到跟团长单独说话的机会，除了表达对新兵连的担忧之外，他还想重点谈谈对运河煤矿的看法。还想说这种看法早就有了，与其这样胶着于矿井的钻探与破坏，倒不如先由着日本人完成煤矿的作业流程，等到要开采时再夺回来。这个想法跟马筢子对马二梭说的话完全等同，但是，没等侯得章开口，团长杨甬力却先他一步截住了话头。团长杨甬力说的是："我的参谋长同志，抗战已到了最严酷的相持阶段，破坏也是对敌斗争的必要手段。还有，一切关于未来的设想，都必须建立在赶走侵略者这个基本点上，否则，一切都是空谈！"而迟迟不肯西进的孔雨林几乎是哀求侯得章，他那近乎绝望的目光随着侯得章转动，那样子仿佛在说："你就心甘情愿把新兵连交给马二梭啊……"

第三天的早晨，豌豆气喘吁吁地跑来，跟在他身后的是香芝，他们看到的只是用芦苇搭盖的窝棚。团长杨甬力带独立营西进之后，第一营是第二天夜里离开的，比豌豆他们早了大约两个时辰。

第九章

马筢子没想到香芝也是个有天胆的，他去找立冬，是因为马二梭要他通知立冬和得印去矿警队接应。立冬不想让姐姐知道，他也是有意回避香芝的，他还把二梭托他转交给豌豆的银圆给了香芝，还嘱咐香芝随便哪天交给豌豆都行，一块银圆给了玉树也中不了大用。可香芝竟然天一亮就去见了豌豆，香芝见豌豆除了急着送那块银圆，还有弟弟的一夜未归。立冬走了再没回来一定是去找独立营了，既然弟弟去了，那她也要去，她只要给黑驴母子找个人家，紫云寨就没有可牵挂的了，于是等了一天的香芝又牵着驴去了豌豆家。

矿井爆炸过后的那个白天，香芝装得像个没事人一样，她故意在侯家门口走来走去，她还牵着黑驴在屋后的空地上打滚。黑驴是用镇上的白马配的，生下的骡驹子长了四条白毛腿，而上身还是随着黑驴娘，骡驹子显得十分俊俏，蹦蹦跳跳的，看着就招人欢喜。劁夫薛一手背着褡裢走过来，没看打滚的黑驴，他看的是白毛腿骡驹子，说他从没见过这么好看的骡驹子，还说他宁愿手艺失传也不干绝户事了。薛一手的婆娘不会生育，不干骟牲口的营生也是个绝户了。香芝不搭理他，她嫌薛一手脏，香芝拿眼角瞟的是侯家老宅的前院。侯登銮是扒着墙头望村外的，多多从半掩着的大门里探出头来，看见香芝了却没敢先说话。自从哥哥得才带人祸害了马照本，多多再没去找过香芝，而以往她去香芝家，不过是为了看见立冬。

多多最终还是憋不住，拿头巾包住头脸，躲闪着走到香芝身边，说得印一夜没归家，天明了也没回来，家里人都不知道他去哪里了，二大爷跟二大娘急得快没头魂了。多多原本是要打听立冬的，说了得印又瞅香芝，香芝偏转了头看的是骡驹子。多多又问香芝夜里听没听到矿井上的爆炸声，说她知道是什么人炸的，得印去了哪里她也知道，她没看见也知道怎么回事，但是她不会跟哥哥得才说一个字。多多说，矿警队也许会搜查，县城里的日本人也许还会扫荡，把他们都炸死才好呢。香芝还是装作没听见，她牵着驴去了村口，后来她还向矿警队营区那边张望。矿警队里没有动静，门口的岗哨靠着铁丝网吸烟，许多人是趴在铁丝网上望矿井的。

香芝后来又望码头，码头上的铁栅栏门开了，一辆小汽车开出来，过了运河大桥就开进了矿警队营区，接着又回到码头，最后再开进城里。香芝知道小汽车是侯得才的，侯得才并没去查看炸毁的井架，而是先回码头再进县城。香芝不明白这是为什么，想着侯得才进城也许是跟日本人下话的，侯得才一定是让日本人先稳着，先不要急着扫荡，最好是装作什么都没发生，因为炸了矿井的人不会原地不动等着让他们抓。与其盲目地空追空寻，倒不如等破

桃花瞳　061

坏分子自以为没事了冒出来，那时候再给他们来个彻底的，反正他知道弄动静的是哪些人。香芝不知道独立营抢了矿警队的弹药库，更不知道立冬和得印是跟着搬运弹药的，她只是担心着井架被炸敌人不会罢休，于是紧着回到村子里，当天夜里就把黑驴母子牵到了豌豆家。

香芝的这些举动，回到紫云寺的马箆子并不知道。马箆子一直观望着矿井那边，他又看到了胖墩墩的日本人福山。福山是绕圈子去的矿井，福山站在炸碎了的井架上东张西望，看着倒像是个不着急的。后来小胖子福山还从地上捡起了一块树皮，他双手捧着树皮看上面的文字，他一定明白上边的字是什么意思，于是他看过之后，又把树皮放到原来的地方。在矿井上转悠了好长时间的福山忽然向村子走去，要进村口了又偏转身进了寨壕，从寨壕里上来竟然去的是侯登科家的东新门。马箆子就想起香芝夜里说过的话，说她曾经看到胖墩墩的小日本鬼在寨壕边上站着，站了一会儿又去了侯登科家院子外边。最让马箆子奇怪的是，矿警队那边竟然没有一丁点儿动静，甚至连掏了墙洞的库房也没派人封堵。矿井被炸毁了，弹药库被盗了，却又跟什么都没发生一样，这一点给马箆子带来了极大的困惑，有好长时间他都不知道该干什么。但马箆子最终还是关上了山门，他把一整天的时间都用在封堵地道口上，为此他把佛龛周边所有的缝隙重新刮了一遍泥，又在佛龛前边镶了一处灰坛。除非侯得才带人把正堂扒了，单从外边看或者拿手敲打，是决不会觉察出异常的。

马箆子的心一整天都在悬挂着，他甚至连侯月娥百日之内不让他看望儿子的急迫都压下了，找不到弟弟的香芝会怎么样，他的确是忽略了。

香芝是在那天的晚上把黑驴母子牵到豌豆家的。香芝应该是跟豌豆说了实话的，说立冬是和得印一块儿走的，他们一定是去找独立营了，她也要去，既然他们没跟豌豆打招呼，那豌豆就应该留在家里照顾父亲。豌豆还应该照看着她的家，毕竟家里还有几亩地，毕竟房屋棚舍还都好好的。豌豆留在村子里，就等于一人顾了两家。香芝恰恰没想到玉树不放心的是她，玉树听了她跟豌豆说的话，马上就把豌豆叫到身边，说："豌豆，你放心让一个大闺女往外跑啊，为了你哥你也得跟着去。我已经死腰变活腰了，播种锄草也好，收割打轧也好，地里活我一个人全包了，豌豆你还有啥牵挂的？"豌豆就跟着香芝上路了，临出门前，豌豆还跟他爹磕了头，香芝是扭过头掉的泪。

所有这些，一整天都在紫云寺观望动静的马箆子全不知道。

062

自从父亲马照本死后，香芝就打下了跟弟弟立冬一起入独立营的主意，假若弟弟心疼黑驴母子，她会毫不迟疑地把它牵到豌豆家。豌豆除了照顾瘫子父亲，还可以跟步正爷家的牲口搁锅子，她们家的地都给豌豆也行，跟步正爷家伙着种也行，反正她是不想待在紫云寨了。香芝还曾试探过弟弟的胆量，说独立营里的人也是了不起，明明知道打起仗来也许会死，可那些人还是该吃就吃该睡就睡，二梭叔说个冲，呼啦就上去了，死就死了，不死下一次还打。香芝问弟弟，说人真是不怕死吗？立冬说，是人都怕死，没有不怕死的，就看到哪一步，就看到没到火候上。有无恶不做的非要骑脖子上拉屎，有拿人不当人的非要百般耍弄，那就拼命呗，不就是一个死吗。还有，独立营里的人都是黑天白天在一起的，都是跟亲兄弟一样的，眼看着这个被敌人打死了，那个还能忍得住啊，不得豁出命去冲杀啊，那时候还有怕死的啊。立冬说，心里有恨的人，没有怕死的。

后来立冬还拿二梭当例子，还拿黑豆当例子，说黑豆没进兵营之前，也不是全村胆量最大的。香芝心里就有数了，故意说她也想扛枪打仗，还说她也想加入二梭叔的独立营。香芝说过了瞅弟弟的脸色，立冬却压低了声儿，说其实他们几个早就算独立营的人了，还跟着练过刺杀，还跟着练过瞄准。二梭叔原本是把他们几个当预备队使用的，箅子爷的意思是让他们在官地那一片打内应，还说尽量不让他们几个上火线。他估量着二梭叔不会是和箅子爷一样想的，他们几个说不准哪天就正式加入独立营了。立冬说，不过，二梭叔不一定愿意带女兵，姐姐最好是留在村子里当内应，最好是听箅子爷的。香芝后来就没说她的具体打算，她怕说多了露出黑豆来，而弟弟立冬并不希望她真跟黑豆好上。

香芝心里装了黑豆，这一点马箅子是知道的，但是马箅子不知道二梭会把立冬和得印直接带走。在这之前，马箅子一直想的是，让立冬他们几个小的在村子周边摔打，挖了沟渠的官地，还有紧挨着官地的河套，就是他们成为人物的好地方。他们还可以给独立营当帮手，当内应，当眼线。还有一点是一直藏在马箅子心里的，那就是二梭最终还会回到老家来，来还不是风光着来，那时候的二梭需要有自己人在老家接应他。一直这样想着的马箅子还是大意了，他没想到香芝是个有天胆的，香芝还是个有主见的，临走也没跟他打听独立营在哪里。

这是马箅子极为后悔的。他应该让香芝到西河湾侯月娥家去，即便侯得才再带人进村搜查，也断不会查到西河湾。

那天晚上，马二梭带人去了矿警队之后，马箍子拿到灯明里看二梭留给他的芦根疙瘩。芦根疙瘩变成了烟锅烟杆，烟杆上还系着一条浸了血迹的红布条，红布条是兜肚上的包边，他看了一眼就落了泪。二梭让他把芦根疙瘩交给金猪，聪明的金猪一定明白，二叔亲手做的芦根烟锅是给爷爷马步正的，而那根红布条自然是二婶兰兰的，金猪会帮着猜想二叔留下红布条的用意吗？其实马箍子也不明白，二梭把兜肚上的包边撕下一条系在烟杆上是什么意思，但肯定不是让老爹马步正看的。既然不是给父亲，那红布条一定是留给兰兰的，因为马家只有兰兰知道红兜肚是怎么回事。知道这些也就够了，一个男人猜测另一个男人，不一定非要猜准，即便准了，也是蒙的。丈夫把贴身的物件留给媳妇，媳妇自会明白什么用意，假若媳妇非要猜成这样猜成那样，那也是该着的。马箍子看着马二梭他们消失在黑夜中，他马上就去了紫云寨，但马箍子并没有先进马家胡同，也没直接把银圆送给豌豆。他先找的是立冬，然后再由立冬通知得印，他们早就有约定好的暗号，这一点他心里有数。

马箍子绕过西河湾，贴着南边的寨墙根走到村子中间。翻过半人高的寨墙，是薛宝贵家荒废了的老宅，薛宝贵的儿子薛一手忌讳爹娘死得凶，便离开老院子另立了新宅。马箍子知道从薛宝贵家的老宅穿过去，后墙外就是立冬家的驴棚，马照本死后，立冬是睡在驴棚里的。立冬果然听到了响声，轻着手脚拨开栅栏门的插销，马箍子扳着立冬的头说悄声话，不巧的是香芝还没睡着，栅栏门一响香芝就点亮了灯。自从父亲死后，香芝就不自觉地扮演起双重角色，她时刻提醒自己是姐姐，时刻提醒自己要照顾弟弟，而立冬正好相反。埋葬了父亲之后，立冬一下子变成了顶天立地的男子汉，是马家的大男人，今生今世只有一个姐姐，而这个姐姐还没有嫁人。于是立冬又露出了难色，说："箍子爷，要不我还是带着姐姐一块儿去吧，她力气也不小，她也有胆量……"马箍子果断地摆手否定了，说尽管有黑豆私放三老雕那一节，但三老雕毕竟是吃日本人饭的，毕竟又是副队长，假若他来个翻脸不认账，或者使阴计扣押了黑豆，今天晚上矿警队那边就是一场恶仗。马箍子说："马营长让我通知你和得印两个，我不能假传命令。"

香芝从屋里走出来，说："立冬，你跟谁说话呢？"

立冬脸上急出汗来，说："怎么出门啊箍子爷，我姐过来了？"

马箍子冲着院内应声儿，说："香芝你还没睡啊，我来看看你们家的驴，要是驹子断奶了，我想让它帮着驮几箱经文。"说着朝立冬眨巴眼，立冬会意，顺着马笸子的话头说："笸子爷，你陪我姐说说话吧，我找得印有点儿事。姐，待会儿困了你就先睡去，反正笸子爷也不是外人。"立冬出门之前又回到堂屋里，摸索着拿了什么香芝没看见，因为马笸子正跟着香芝进了驴棚，马笸子还盯着看香芝脸上的气色。

香芝压着声儿打听独立营，说她这几天做的梦都是差不多的，梦到二梭叔胸前多了一双眼睛，一忽闪一忽闪，还水灵，还透彻，看着像是女人的。她还梦见黑豆背着两把盒子枪，有一个黑洞洞的枪口却是瞄着黑豆后脑勺的。香芝说，独立营也不像原来的独立营了，穿的衣服上身是新的，下身是旧的，怎么看都是跟先前不一样的。香芝说最奇怪的是自己没跟独立营在一起，独立营从她身边走过还都冲她笑，还说香芝你可别盼着我们来啊，我们来了就是挂花了，你还是让黑豆来吧，黑豆要是发烧了，你就把他吊到井水里泡泡。香芝说，她其实还是担心着二梭叔，兰兰婶回来之后，她去步正爷家问过几次，兰兰婶每次都说，她离开的时候二梭已经醒过来了，伤口也不化脓了，身上也不发烧了。自己接着再问，光是不化脓了，光是不发烧了，那人下床了吗？筋骨带妨碍了吗？脚手还利索吗？兰兰婶又摇头，说这些她就不知道了。香芝又望马笸子，说："笸子爷你别看我的气色了，我现在啥毛病也没有，你还是给我圆圆梦吧。独立营到底在哪里啊？兰兰婶不知道，你得知道吧？"

马笸子嘿嘿地笑，说香芝这是故意让他为难，梦里都跟唱的大戏一样，一拨一拨的都是人，要是让他圆梦，他能圆到天边去。马笸子笑着岔了话头，问香芝最近去没去过豌豆家，已经是寒冬腊月了，豌豆又到哪里给他爹挖活虫了，大雪天还有活虫吗。香芝忽然做出惊奇状，说笸子爷快别说了，稀罕事儿一桩接一桩，要不是亲眼所见，哪一桩也是不可信的。香芝先说了两天前的事儿，说她又看见那个胖墩墩的小日本鬼福山了，小胖子鬼福山在侯登科家门口转来转去，奇怪的是侯登科看见他也没急也没恼，只是摆着手让他紧着离开。接着又说豌豆家，说豌豆他爹的腰会用劲了，躺倒还能自个儿翻身，腰上的活虫包儿也解了扔了，蹲下站起跟没病没伤的一样，怎么看都不像瘫痪了几年的。马笸子哈哈大笑，说玉树还不得高兴得蹦高啊，哎，他不会真蹦了吧。

香芝也嘻嘻地笑，说："玉树叔倒没有蹦高，就是合不上嘴地笑，还说要背着豌豆到当街走走，还说死腰变活腰好是好，就是得费鞋了。你听听笸子爷，这不是说恣话啊！嘻嘻……"

马箄子还是乐得哈哈的，说哪天得让玉树请客，庙会得让玉树捐灯油钱。说着从怀里掏出银圆，拿到灯明里照着，又说银圆是熟人托他转送的，干脆扣下来留到庙会上用。香芝嘻嘻地笑着抢过去，说："别呀箄子爷，一码归一码，既是熟人托付的，还是交给人家吧，再说了，玉树叔家也是真穷透了，这块银圆能中大用。"香芝说完立马就要去豌豆家，马箄子拦住香芝，说毕竟有些晚了，还是换个时间再送吧。两个人又说了一阵子闲话，香芝拿手捂着嘴打个呵欠，马箄子站起来，说他也该回去了，又要香芝回堂屋睡觉，又说立冬毕竟是大小伙子了，这大半天不回来，不知又跑哪里疯去了，香芝只管自己去睡，根本用不着等他。香芝拿手拢拢头发，嘴里说着也是，眼睛望的却是院子外边，忽然又说其实真睡也睡不着，明明没想事儿，就是眼前一串一串地过影儿，影儿都是别人的。她说："箄子爷，你说我是啥命人啊？"马箄子一时惊异，脱口而出的是："香芝是个惊天动地的命，男子汉也比不上的！"马箄子说过了又打个寒战，紧着在额头上拍一下，跟着走出了驴棚。

香芝送出来，马箄子走了几步又站住，说："香芝，我记得你刚才说梦时，见到二梭胸前多了一双眼睛，还忽闪忽闪的。真的看着像女人眼吗？"香芝又要笑，问马箄子是不是要回到紫云寺再给她圆梦啊，圆梦还不让做梦的在身边，这倒也是个稀奇的。她笑着又说："箄子爷，我刚才还说了有个黑洞洞的枪口是瞄着黑豆后脑勺的，你怎么不问啊？"

直到进了马家胡同，马箄子还在想二梭胸前的眼睛，还水灵，还透彻，看着还像女人的。这是啥梦啊，莫非白面瓜是一直没离开二梭的，要是这样，那白面瓜也是个糊涂的，既然当初以死炸堤是为了成全兰兰，为什么又要紧随着二梭不松手啊？她应该知道兰兰是苦守着苦盼着的啊。还有，二梭一苏醒过来，兰兰立马就被人送回来了，是二梭不想看见兰兰啊，还是侯得章怕兰兰泄露了部队机密？按说侯得章不会提防兰兰，而刚刚苏醒的二梭也没必要非把兰兰赶回家，只能理解成一切都是白面瓜拨弄的，白面瓜一定还想着，只有她才能保着二梭逢凶化吉……马箄子拍打着额头也没想明白，到了马家门口，他在门吊鼻上插了一束松枝，然后就回了紫云寺。

那天的黎明时分，也就是矿井上响过爆炸声之后，马箄子又离开了紫云寺，他是去送警告贴的。警告贴写在树皮上，写的是：祖宗矿脉不容异族染指。写过了又拿到灶间烘烤，还烤得斑斑驳驳的，还撕扯得多一块少一块的，怎么看都像是被爆炸崩过的……

香芝和豌豆是胡乱扑撞着寻找的，他们曾经在河套杂乱的脚印中彷徨了好长时间，脚印有通向北边的，也有通向西边的，单从脚印上根本无法分辨哪是独立营走过的。豌豆急了一头汗水，香芝则催着豌豆回去，说豌豆不应该丢下他爹，而身体刚刚复原的父亲根本顾不上两个家，更不用说铡草喂牲口了。香芝后来还说她一个人也许更方便寻找，因为她只能从两个方向中挑选一个，要么向西，要么向东，而两个人分开找，还是等于一人。豌豆只是翻来覆去地重复一句话，说他不会让香芝一个人出门，爹让他跟着来，他知道爹是什么意思。后来豌豆就抓了两个草棒，说长一点的是向北走，短一点的是向西走，手背过去又来回地倒个儿，然后伸出来让香芝猜。香芝猜的是右手，右手里是个短的。香芝说："走吧，不信找不到二棱叔他们！"

她们是在第四天追上的独立营，那时候，积了一冬天的雪已经变成雪水了。

弟弟的出现让黑豆悲喜交加，自从假扮瘸腿回老家行刺被捉之后，兄弟二人已差不多快两年没见面了。黑豆几乎是不眨眼地望着弟弟，往昔的岁月一幕幕闪过，为了照顾瘫子爹，豌豆还当儿子还当闺女，而他这个丁家长子，留给瘫子爹的，只是受连累的一刀刺臀。香芝倒是没有埋怨弟弟，她甚至还冲着立冬和得印会心一笑，最后她还压低了声儿跟弟弟说话，说她把黑驴母子牵到豌豆家了，她那时候不知道豌豆也会跟来。团长杨甫力却对香芝的出现表示出极大的热情，并且马上就做出了安排，他让香芝到团部卫生队报到，还送给香芝一支铅笔。香芝想的是在独立营里扛枪打仗，但香芝最终还是服从了，只是分手的时候又走到黑豆身边，说："俺叔手里有一块银圆，俺叔还说今年过年他要包猪肉扁食，还要一直吃到正月十五元宵节……"

正要换装的豌豆忽然叫起来，说他藏在家里的一颗手榴弹忘记跟爹说了，矿警队如果再进村，一找就能找出来。豌豆是请了假往回返的，再回到独立营时，他说的第一句话就是："侯得才没抓人，他现在光是扒屋伐木了！"

第十章

侯得才感到他越来越离不开花田子小姐了，这倒不全是因为花田子小姐的美貌。花田子小姐长得娇媚可人自不必说，花田子小姐还会舞弄万般风情也不必说，甚至于包括难以描述的床上功夫，以及由东洋女人编织的历久弥新的欲的虚幻。所有这些，一旦拥有了就用不着再垂羡，先前为占有而付出的种种端端，统统都变得不值一提，有时还会多多少少生出些幽怨，仿佛有些犯贱了，或者犯贱犯早了，而那样的犯贱原本不该有。这就如同一个一心上爬的人，曾经受益于一个平庸人的点拨，那个平庸人依旧平庸，而那个有心有运的人则以石为基，并从此青云直上。假若这时候再让那人追溯往昔，他会宁愿想着先前并不曾认识一人，自己拥有的都是自己的才智换来的，或者说，是原本就该有的。但是，假若有个人总是在关键时刻出现，又总是以最微妙的方式施以援手，援了助了又悄然身隐，或者只留存一丝浅笑、一个颤眉、一声嘤咛，这个人就应该经久地拥有了。对于自恃是个人物的侯得才来说，这个人就是花田子小姐，当然，花田子小姐的娇媚和滑润肌肤，也是不可否认的。

三四个月前的那个早晨，自以为可以一网捕尽独立营的侯得才蛰伏在运河对岸，看着马二梭在他的枪口下趴在枯萎了的茅草丛中，傻乎乎地等待着将要出现在运河大堤上的假扮者，那一会儿他几乎要笑出声来。骑马挎刀的假侯得才出现了，傻熊马二梭果然一跃而起，果然冲着骑马挎刀人开火，果然把个面块一样的后背留给了河对岸。他根本用不着瞄准，那颗高昂着的脑袋和面块一样的后背，早就罩在了他的枪口中，他应该是在笑声中开的枪，寒风中的子弹在他的笑声里钻进马二梭的后背，假若他能克制着笑的震颤，子弹先进入的应该是那颗永远高昂着的脑袋。马二梭倒下了。他盼望着马二梭能在倒下之后再抽搐一阵子，最好像被刀刃抹了脖子的鸡，伸着血脖子围着接血的盆碗翻滚扑腾，或者如到死也不叫一声的绵羊，只用空悬着的蹄甲蹬来蹬去。他后来有些失望了，因为倒在枯萎茅草丛中的马二梭连一丝丝动弹也没有，喷出的血也不像想象中那样直上直下，但他还是忍不住呼喊了一声，说：“马二梭你知道小爷的这一招是怎么练出来的吗？”倒下的马二梭不会应声了，发觉中计的独立营顿时乱套了，他那时候是想着把独立营的人全部穿糖葫芦的，没想到侯得章却带着人从天而降，不但打乱了他的计划，还把他的一营人打死了几十个，他也差一点儿死在飞弹之中。

刘百湖的愤怒是可以想见的，大川少佐的愤怒也是可以想见的，刘百湖大骂侯得才是鲁西保安纵队的克星，是祸害，莫名其妙地死了一个营长孙宝贝不说，还把他的一个保安营快祸害光了。但是刘百湖骂过之后，突然又把愤怒转嫁到大川少佐身上，是大川少佐纵容了可恶至极的侯得才，赠送了指挥刀不说，还让他当什么皇军协理员，蹬鼻子上脸的侯得才几乎要跟他平起平坐了。刘百湖就去找了大川少佐，他在见大川少佐之前还把脸展得如同秋水一样，他连一句是非话也没说，他只是递给大川少佐一份清单。清单上罗列的是死亡数字：

> 侯得才任副营长时，营长孙宝贝被刺杀，1 人；侯得才任营长后，7 名皇军先后被刺杀。大扫荡中，负责包抄的侯得才保安营伤亡 64 人；运河炮楼被炸，阵亡皇军 46 人。侯得才兼任皇军协理员之后的第 9 天，出现了运河大堤游击战，保安营又伤亡 82 人。合计阵亡人数：皇军 53 人，保安纵队 147 人。

刘百湖眯着眼瞅大川少佐，大川少佐的脸色由白转黄，慢慢地还带了青绿色，后来大川少佐又把清单递给了翻译官刘呼闪。刘呼闪一个劲地揪腮帮子，揪着跟刘百湖使眼色，意思是让刘百湖先回去。刘百湖说："明白，不就是等着听大川少佐的分析吗，我听着呢。"大川少佐重重地喘了一口粗气，说这怎么解释？刘百湖一脸的茫然，先重复一句是啊，怎么解释啊，马上又说："大川太君，这个我没法解释。侯得才是太君委任的皇军协理员，我不知道官衔有多高，我不敢随意解释，再说了，皇军协理员是归大川少佐指挥的。"大川少佐就让翻译官刘呼闪传令侯得才进城，结果侯得才被打了，打是大川少佐拿皮带打的，打之前还让侯得才脱了外边的衣服。

侯得才当天没回去，花田子小姐当天晚上就去见了大川少佐。没有人知道花田子小姐跟大川少佐说了哪些，事后刘百湖不止一次问过小舅子翻译官刘呼闪，结果刘呼闪光是摇头，说他连花田子小姐去没去日军大队部也不知道。刘百湖恨着又骂，骂了侯得才不解恨，接着又骂大川少佐，还说大川少

桃花瞳　069

佐一准是丫鬟生的。他说:"狗日的侯得才要成精了,日本小母狗也要成精了,大川个傻熊让母狗尿灌迷糊了,早晚会让这两个小贱货要死!"这话后来又传到大川少佐那儿,大川少佐从此就忌恨了刘百湖,当八路军运西新一团围攻河湾县城时,大川少佐就故意暴露了刘百湖的地下指挥部,并借机溜出了县城。这是后话,因为这两个人最终还是死在了运河湾里,只不过是一个在早晨,一个在晚上。那时候运西军分区已经成立,八路军运西新一团已扩编为旅,杨甫力为司令员兼旅长,侯得章出任新一团团长,马二梭还是独立营营长,还是隶属于新一团,那时的独立营已是标准的全建制了。这自然也是后话。挨了打的侯得才却又一次因祸得福,运河保安营摇身一变改成了矿警队,而一个全新的运河物产局也挂牌成立了,他是局长兼矿警队队长,矿警队直接归大川少佐指挥。

运河物产局管理的是一切物产,一切物产自然包括土里产的,水里生的。土里产的是粮食棉花,跟粮食相关的有牛马驴骡大牲畜,还有猪羊鸡鸭等家畜家禽。跟棉花相关的是纱纺布匹。棉花还可以用来制作火药,因而棉花又属于战略物资。捕捞航运也属于物产,运河码头自然也在物产局的管辖之内。矿警队职责单一,是用来维持矿井治安的,不在外勤征调之列,也不在追剿扫荡之列。侯得才等于一人独揽了河湾县的经财大权,这样的美差几乎是不可想象的,除了大川少佐,连挂着县长名头的刘百湖,在侯得才眼里也成了摆设。

侯得才要感激花田子小姐了。思谋了几天,他偷偷差人沿运河去了一趟扬州,找的还是天下闻名的扬州周家作坊,花大价钱定做了一款镶螺钿的沉香梳妆盒。梳妆盒的边角棱镶的是翠玉、象牙、珊瑚,通过雕、镂、嵌等工艺技法,配成山水、人物、楼台、花卉、鸟兽等图案,既有金钿之华贵,又有花钿之秀美,完全称得上世间一绝的百宝嵌。钱是盐税和商会两家伙着出的,侯得才见了梳妆盒之后请两家吃了一顿饭,酒席设在春宵楼,又让老鸨拉了两个未及收拢的生坯子粉头作陪,话却说的是帮老鸨通关。通关是青楼行话,意思是调理生坯子粉头坊间功夫的,一场床闹征伐下来,到底是春宵浅雨润,双双香汗四溢,男女皆大欢喜。如若闹了个巴山夜雨涨秋池,生坯子粉头临阵反悔,护着身子不让碰,或者照着汉子又抓又挠又咬又撕,那通关人就要担着破皮烂蛋的风险。既然调门定在通关上,饭钱自然就牢牢地扣在了老鸨头上,前几天被老鸨黑去的药银就找平了。药是黑豆拿走的,欠条是三老雕写的，侯得才没想到没沾腥也会落下风流债，老鸨当着花田子小姐面要账，他那一会儿只能打肿脸充胖子。

花田子小姐完全被螺钿沉香梳妆盒的精美惊呆了，当侯得才突然间在她面前解开包袱时，她几乎不敢眨眼。好大阵子之后她才疑惑着问侯得才怎么回事，说她实在不明白，侯得才为什么要送她这么昂贵的稀世珍宝，还说她即便知道侯得才是真心诚意要送的，她还是想知道为什么。侯得才果然正了神色，说花田子小姐不但及时相救让他少受了牢狱之灾，还帮他谋到了想也不敢想的职位，这个大情大恩是需要补报的，而梳妆盒不过是个小玩意儿，所以也不好说是以礼相报。但是侯得才没想到，花田子小姐听了他的话还是表现得十分淡漠，甚至于还有些茫然，到后来又轻轻摇头，说她早把那一节儿忘了，那一节儿也许有过，也许没有，要不是侯得才提起，她断不会记起曾经有过找大川少佐通融的事儿。花田子小姐说：“得才君怎么忘了，正是你对大日本帝国的忠诚和处事有方的聪明才智，才让大川少佐对你刮目相看的啊。局长兼队长，得才君当之无愧，怎么又把恩情移到我头上了？”

侯得才一时愕然。花田子小姐出手援助之后又避之不提，给侯得才留下了巨大的迷惑和震撼，但迷惑和震撼只是一瞬间儿，接着他就释然了，也跟着说：“既然花田子小姐也这么说，那就算是起得早不如赶得巧吧。”说过了再讪笑着看花田子小姐，花田子小姐却轻声吟诵了两句诗：“花钿委地无人收，翠翘金雀玉搔头。”侯得才自然不知道诗句出自白居易的《长恨歌》，也不知道花田子小姐为什么变得心事重重，于是又问花田子小姐是不是还在担忧矿井钻探，如果是，那就尽管把心放肚子里。侯得才说，他已经有了一整套对付独立营的方案，说他要在最短的时间内，修成一条专线公路，一头连接矿井，一头连接运河大桥。他还要在专线公路上修建警备站，站与站之间的距离要在射程之内，一个个警备站环环相扣，后面连接的是矿警队营区。这种长鞭挂铃铛的方式就叫动静结合，点面贯通，即便破坏分子进入了矿区，也别想从矿警队眼皮底下溜出去。说着又在花田子小姐腿上画线，画到大腿根部时用力一按，说营区就插在这里。

花田子小姐听着连连点头，还忍不住发出啧啧的赞叹声，神色里有对侯得才刮目相看的意思，由着侯得才摸索着脱了衣服，躺下了还由着侯得才这里揪揪那里拽拽。侯得才又套了迷仙绒，又用了九浅一深的房中术，而刚刚入港的花田子小姐，随之就发出了吟声。花田子小姐第二天又去见了大川少佐，

桃 花 瞳　071

大川少佐听了也是赞不绝口，说这种长鞭挂铃设防，完全符合华北驻屯军最高司令长官冈村宁次大将的囚笼式封锁政策。一囚一防，异曲同工。大川少佐眯着眼又望花田子小姐，又不无感慨地说，对付侯得才这样的中国贱皮男货下三烂，除了恫吓刑罚，还少不了温柔色场。

大川少佐说他由此还想到，即便三菱矿业委派的课长福市君不死在水井中，他也会遇到种种端端的麻烦，因为他不善于利用侯得才这种少廉寡耻的中国贱皮男货。而花田子小姐甘愿屈辱俯就，既是为麻生家族的利益，更是为大日本帝国的利益，就这一点来说，作为帝国军人的他也要对花田子小姐礼敬三分。但当他的手从花田子小姐肩头向下移动时，竟然又咬牙切齿地说他恶心侯得才，并且是十分恶心。恶心着还得重用，这让他禁不住要为帝国军人叫屈，为帝国男人叫屈，唯一解恨的方式就是运河煤矿开工之后，让人把侯得才骗了。大川少佐说，骗侯得才的那个人他已经查访到了，就是紫云寨村的薛一手，为了那一天，他也许会把整个紫云寨的老百姓都保护起来。起码那个骗猪骗牛的薛一手应该好好地活着，直到完成使命。

得到花田子小姐和大川少佐赞赏的侯得才立即动工，他亲自到工地督促检查，他还为运河物产局物色了一个中意的门房，专门负责与他电话联系。除了谋划运筹，他还天明天黑地陪在花田子小姐身边，明铺明盖地跟花田子小姐睡在一起不说，还有掩饰不住地对花田子小姐的顺从。不管从哪些方面看，青云直上的侯得才都把花田子小姐当成了最值得依赖的亲人，而花田子小姐则每每投给他淡然一笑，或者说是把那样的淡然一笑，巧妙地变成了可以任意想象的回馈。没有人知道花田子小姐是否萌发了爱意，更没有人知道花田子小姐对侯得才是利用着防范，还是防范着利用，这二者其实大有讲究。花田子小姐自然把一切都挂在脸上，但挂在脸上的未必就是一切，比如她尽全力地甚至是失魂失形地与侯得才交欢，侯得才每次都是套了从春宵楼老鸨手里弄来的迷仙绒，她在那样的时刻尽现浮浪女子的如火肉欲，即便侯得才忘了套戴迷仙绒，她也会像完全不知道一样欲飘欲醉，但在心满意足的侯得才躺下之后，她又会跑到浴间呕吐不止，或者用皂水反复地自虐式地清洗下边，那时候，她的面部会痛苦地扭曲着，看着像是患了中风病的。

花田子小姐就是用这样的方式，与侯得才打得火热，同时日夜企盼着憧憬着运河煤矿的未来。运河煤矿是花田子小姐用青春献给麻生家族的厚礼。侯得才是永远养不肥养不住的狗，这样的狗既会摇尾卖乖，也会反口撕咬，永远不知道哪一点才是狗的本性，甚至不知道狗摇尾卖乖时，会不会就是反口撕咬的前兆。但花田子小姐还是离不开他，因为在她身边没有第二个侯得才。她恶心着侯得才的无良无德，又要侯得才把无良无德施展到极致，她愈是要牢牢地把控对方，愈是要让对方感觉着她已经被把控了。这其实是很让人心悴的，好在她正是这样做的，尽管她知道利用很可能是被利用的死结。花田子小姐明白她跳不出这样的循环，她唯一能做的，就是缩短目标实现之前的间距，那就是煤矿钻探开采越快越好。而每当这种时候，她就会想到身边还有一个三菱的福山，她就会感到揪心的难受，即便福山把自己变成了不谙世事的书呆子，她也觉着如鲠在喉。

然而有一个晚上，当小胖子福山又借着早晨如厕向窗口靠近时，她忽然又有了新的想法，想着不谙世事的书呆子福山也许是个有用人。侯得才偏偏在那一会儿拨弄着她变换姿势，说了床闱中的风骚话，又故意问她对煤矿有哪些打算。花田子小姐就是在那个时候从身上推下的侯得才，不及闪空了的侯得才多想，她先轻声儿说了一句别样的话，说她从没想过福山君会离开煤矿，如果福山君把她一个人扔下独自回国，她会伤心难过一辈子。花田子小姐还说，她知道福山君已经独自去过矿井许多次了，但她从来没想过福山君是有意避开她的。恰好相反，她想的是福山君唯恐荒废了矿业学校学来的知识，多做了许多实地分析，多干了许多苦力活，其实是为煤矿的未来着想的，这就是敬业精神，这就是在帮她。侯得才一时有些浑然，同时也惊讶，反过来又问花田子小姐是怎么想的，说他好像记得花田子小姐说过，不希望运河煤矿有三菱的人。花田子小姐就正了神色，说："得才君还是把心思用在矿井治安上吧，毕竟煤矿钻探是矿业所内部的事。"说过了又问侯得才夜里是否听到矿井那边有响声，说响声很沉很闷，好像只响了一声，但绝对不是雷声，况且运河湾的冬季是不会打雷的。

侯得才就是听了花田子小姐的话之后去的矿警队营区，在这之前，他很少吃过早饭就往矿警队跑，结果副队长三老雕先给了他一张苦瓜脸。

三老雕岳粮丰拉着侯得才先往营区外边跑，后来他指的是弹药库的后墙。掏开的墙洞磨得明溜溜的，杂乱的脚印叠压在枯萎了的茅草地上，茅草地上像踏过了千军万马，而整个弹药库几乎搬空了。侯得才脸色青紫，愤怒和惊恐一下子把他罩住了，他没办法想明白一切是怎么发生的，弹药库的左右住着几百人，弹药被盗竟然没有一个觉察的。什么人有这样的天胆？什么

桃花瞳 073

人会掏洞盗弹药？能想到的只有马二梭和他的独立营，但马二梭已经受伤了，三四个月的时间，即便活下来也恢复不了元气。即便马二梭又上了愣种脾气，这么多脚印又是从哪里来的，他清楚地知道所谓的独立营不过几十个人，而熟悉这一带地形的侯得章第一营，又决没有这个胆量。侯得才死死地盯着三老雕岳粮丰，岳粮丰的眼珠子滴溜溜地转动着，岳粮丰还把一张苦瓜脸连同脑袋一块儿摇摆，那样子像是等他说明白的。侯得才咬牙切齿地解下皮带，吼叫着抡到三老雕头上，三老雕哇哇地哀号着躲闪，说毕竟是一个爷爷的堂兄弟，帮也是该帮的，只不过侯队长落了人情不该拿他顶缸。侯得才听他话里藏着蹊跷，逼着三老雕说清楚。三老雕岳粮丰摸索着掏出一页信纸，望着侯得才又笑了，说："侯队长，你演得真像，连我也觉着你是真不知道的……"

侯得才一把抢过去，看了一眼就蒙了。信上写的是：此计甚妙，可知弟之良苦，兄亦未伤及矿警队弟兄。今日暂借，他日面谢。望弟自珍，兄章望别。即日子时。

三老雕岳粮丰拉着个空弹箱让侯得才坐下，说他什么都明白，八路军那边也实在是太穷了，当大哥的张口要，当弟弟的也不好回绝，毕竟是一个祖门里出来的，毕竟是伙着一个爷爷的。他又说，反正武器弹药是日本人供应的，只要日本人摸不清底细，落个人情就多条后路。侯得才揉着胸口号一声，说："你个王八羔子真信了是吧！既然我是跟侯得章这个大哥打了通点的，他们还用得着掏墙洞吗？侯得章为了解救马二梭，开枪打的是我，我还有这个大哥吗？我把一屋子弹药都送给他们，我是开兵工厂的啊？"

三老雕岳粮丰连连地拍打脑门，说："也是啊队长。不过，你当初要是给他们限个数就好了，你一定光给他们说的库房在哪里。队长你太大意了，哪怕留下一半也好……"

三老雕岳粮丰说过了就跑出去开车门，看着侯得才上了车，他又追着问那封信怎么办，又说最好不要交给大川少佐，刘司令那里最好也瞒着。侯得才从车上跳下来，抢着皮带又要抽打三老雕，骂着说："你狗日的再说一个信字，我现在就把你毙了！"

侯得才回到码头就跟花田子小姐说了，果然说的是八路军又采取大行动了，一团人夜袭了矿警队，弹药库全部搬空，要过运河了才把矿警队的人放了回来。花田子小姐帮着想了个主意，意思是她让大川少佐给刘百湖下令，再给矿警队增拨一个机动连，增人了就要增拨弹药，瞒过这一关应该问题不大。她说过了又问侯得才下一步怎么办，侯得才揪着腮帮子死拽，说他要把紫云寨家家户户的院门都封死，还要把矿井周边变成无人区。

花田子小姐吃吃地冷笑，说她听着像是对付马二梭独立营的，侯得才灰着面孔愣怔着，突然地号一声，说："我说过了是八路军！"侯得才号着抓起花田子小姐的手，手指的是码头上的探照灯，又说："我知道该在哪里用劲了！"

第十一章

侯得才说的要把紫云寨家家户户的院门都封死，当成赌气话说说可以，真做起来并不容易，更不用说还要把矿井周边变成无人区了。矿井周边几十个村子，光一个紫云寨就有几千人，一道狗拉屎式的街道足有二里长，怎么封？怎么变成无人区？拿炮轰了还是挖坑活埋了？几十个村子全部后撤行吗？后撤到哪里都是矿井周边，周边围着红了眼珠的中国人，煤矿还能保得住吗？显然是行不通的，侯得才说他知道在哪里用劲了，意思是要让紫云寨连同矿井周边，统统照在灯光下。只要灯亮着，黑夜就变成了白天，大白天想防谁就防谁，没有黑夜的运河湾就是安全的。他还要把矿警队改建成各负其责的小分队，一支洋车小分队，专门负责白天巡逻盘查，车队就在矿井周边循环转圈。一支小分队专门饲养狗，白天在营区睡觉，太阳一落就分散巡逻，人不离狗，狗不离人，哪里有动静哪里就会有狗叫，谁也别想瞒过狗耳朵。侯得才说，他估算过了，只要不再出差错，只要设备齐全，再有半个春天就可以完成钻探，到麦收前后就可以开采挖煤，那时候再训练一批专管闻味的东洋日本狗，凡是出入矿区的，都要先让狼狗搜查一遍，谁也别想带爆炸物进入矿区。

花田子小姐大睁着眼睛望侯得才，先想到的是君子杀人为仇，无赖杀人为乐。侯得才是无赖，只有无赖才能行君子所不屑，所谓诡计多端，其实是

桃花瞳　075

无赖的生存之道，而她现在恰恰需要。花田子小姐紧着收了惊诧的目光，望着问侯得才心里是不是真这样想的，一门心思地就是想让运河煤矿早日开采。看见侯得才正着神色点头，她扑上去抱住侯得才亲了一下，说："得才君你知道吗，你现在越来越像个人物了！"亲过了又说悄声话，说的是她和大川少佐也是这个意思，对中国军人应该坚决歼灭，越彻底越好，直至打怕打服打趴下。而对中国的老百姓，最好的方式就是恩威并施，恩是为了笼络，威是让其不敢生异心。能防就不堵，能疏就不塞，这又如同大禹治水，因为中国的老百姓实在太多，而中国的老百姓又极容易记仇，前提是，还不可能全部杀光。

花田子小姐最后说的是："实施你的计划吧得才君，需要什么你只管跟我说，我这里一应俱全！"

码头上有自备的发电机，电线和磁壶也是现成的，马上要做的就是寻找电线杆。按照花田子小姐的意思，电线杆她可以发电报从萍乡煤矿用船运来，侯得才不同意，说从南方用船运来最快也要十几天，或者更长时间，而运河湾里有的是树，伐倒扒了树皮，当天就能立起来挂线。他又说紫云寨还有些没人住的房子，卸下房梁也能当电线杆用，总之是越快越好。这又使花田子小姐吃惊不小。

不知出于什么原因，侯得才一直认定弹药库的被盗就是马二梭干的，绝不会是侯得章所为，尽管有那封很像侯得章字迹的信。还有，他始终不相信二十几个人的独立营，会无声息地把一个弹药库搬空，可其他人又没这个胆量。认定了这一点，他就对马二梭生出了不尽的怨恨，马二梭是死是活他暂时抓不到，但马二梭一定会知道有人扒白面瓜的房子。整个运河湾里，没有比他再了解马二梭的了，白面瓜是马二梭的情人，他知道情人白面瓜在马二梭心里的分量。他要把死了的白面瓜家变成狗粪场，小分队的狼狗都要训练出老地方拉屎的习惯，他能想象出这对马二梭来说意味着什么。不过，这样的想法他并没有跟花田子小姐说，至于为什么要瞒着花田子小姐，侯得才自己也不明白。伐树也没必要舍近求远地到河套里挑拣，紫云寺周边有的是挺拔树木，完全可以用来当电线杆。这一点，侯得才也没跟花田子小姐多说，除了忌惮日本人对佛堂寺庙的敬畏，他更多的是不想让花田子小姐联想到，他曾经有过对切腹自杀的石破少尉的厌恶，而他心里原本就不是那样想的。

他把采集电线杆的任务交给了三老雕岳粮丰，这也是有意安排的，说出口的却是跟岳副队长为生死之交，有了讨好日本人的差事，他马上就会先想到身边的好兄弟。侯得才自己也已经感觉出，自从打了那场先胜后败的运河堤伏击战之后，他比先前老到多了，如果说先前大多带有戏耍的成分，而现在他则更愿意心里走事。他现在时常想起父亲侯登銮说过的话，父亲要他永远记着脸没腔大，意思是脸可以不要。细想想，光是不要脸也不行，还得让别人知道你是顾不上要脸，并不是天生不要脸。脸是给别人看的，心是留给自己的。脸是一层皮，装样也是给别人看的，心掖着藏着摸不着，却能把别人的脸看透。但是三老雕岳粮丰却对他的新差事表现得浑然不解，领了新差事了还是眨巴着眼瞅着侯得才，说他宁愿到集市上买狗，到各村各寨抓看家狗也可以，到河套里下夹子拉网逮野狗也可以。他说："卸了人家的房梁当电线杆，我一听就明白了，我只是不明白，侯队长舍近求远是什么意思？"

侯得才死死地盯住三老雕岳粮丰，他又想起运河堤上的伏击战，三老雕那时候从马上栽下来应该是被打中了，三老雕却又在第三天回来了，除了头脸上和腿上的擦伤，以及一身烂泥之外，三老雕看哪里都是完整的，看哪里都不像挨过枪打的。他那时候也有过怀疑，还问三老雕没中枪为什么从马上栽下来，两天不见影又去了哪里。三老雕说他被惊马甩下来就摔昏了，在运河大堤下的茅草丛里整整昏迷了两天，活过来还以为是在阴间。三老雕还像个饿死鬼托生的，回到阳间就是为了吃一顿饱饭的，看见饭连筷子也顾不上拿，那个熊样子也的确像是两天没吃饭的。侯得才不记得当时马惊没惊了，又碍着当替死鬼的情面，保安营改为矿警队，还是让三老雕当了副队长，但他一直隐隐地感觉着三老雕有哪个地方不对劲。三老雕跟独立营没瓜葛，暗地里帮助马二梭，想想都是不可能的。三老雕跟八路军也没瓜葛，就冲当初被关禁闭那一节，三老雕也不会冒着挨枪毙的风险，拿枪支弹药跟侯登章套近乎。能解释通的只有一条，那就是三老雕变心了，三老雕已经记恨了当替死鬼就是让他死的，于是三老雕就与盗弹药库的人打了通点，明明知道也装不知道。甚至于，那封侯得章的落款信也是他故意让人写的。

侯得才又从脸上卸了不悦，说："那你说，同样是一麻袋银圆，营区门口一袋，营区外边一袋，你会先拿哪一袋？"

三老雕岳粮丰伸出两个手指，意思是两袋都要。侯得才说："我说过了，只能要一袋。"三老雕还是伸着两个手指，说他看了营区门口的，还要看看营区外边的，还要掂掂哪袋沉，沉就是多，哪袋沉就拿哪一袋。侯得才急得脸青，可着嗓子又吼叫说："我说了同样是一麻袋银圆，同样不就是一样多啊！"

三老雕岳粮丰的两个手指还是那样伸着，说一样多是别人说的，他不看看不掂掂心里不踏实。三老雕说，他知道说别人不合适，因为侯队长不是别人，侯队长与他是生死之交。说看看掂掂也是废话，因为不可能有两麻袋银圆等着他去拿，这样的大好事决不会轮到他身上，即便是做梦也只会做个一麻袋的。三老雕说，他尽管没读过书也知道舍近求远是什么意思，他只是感觉侯队长把话说颠倒了。到河套里伐树，下了运河大堤走几步就有，而紫云寺却在紫云寨的大西北，光一个紫云寨村子就有二三里路长，真要是不想舍近求远，那也应该先去河套啊。还有，把村子里没人住的房子扒了卸梁，这话也让他为难，因为他不知道谁家是真没人了，还是出门走亲戚去了，没人住是永远没人住，还是这几个月没人住。假若说这一家人都死绝了，那他们有没有本族本家的，有没有沾亲带故的，所有这些，光看很难看出来。

三老雕说："侯队长你别生气，我是估摸着说的，紫云寨从东到西到底有多长我也没丈量过。另外，我也的确不知道紫云寨谁家的房子是没人住的。还有，我是矿警队副队长，人家还以为我带人扒房卸梁，一定是假公济私。"

侯得才恼着恼着又笑了，笑着问三老雕还有哪些不明白的，又问三老雕知道白面瓜吗，知道豁子吗，知道哪是村子东北角吗。他接着说既然岳副队长比以前明事理了，他就要让岳副队长敞亮亮地秉公办事。回到屋子里写了一份通告，写的是：接上司命令，闲置房无主房一律充公。落款是矿警队。通告递到三老雕手里，偏转身又拿眼角瞟着三老雕，说："老雕你看看，刚才写得急，有没有没写明白的？比如只写了白面瓜家正房三间……"

三老雕岳粮丰说："侯队长你又要出我洋相了，我说过了没读过书。不过，你一说白面瓜我就明白了。"

侯得才紧着问一句："真不识字？"

三老雕岳粮丰说："要是门口真有一麻袋银圆，我现在就去请教书先生！"

矿警队的人都出动了，那时候豌豆刚刚把手榴弹插到腰里，看见矿警队的人爬上白面瓜家的屋顶，他就大跑着返回独立营。不过，他没说矿警队要扒白面瓜家的房子，他说的是："侯得才没抓人，他现在光是扒屋伐木了！"其实，即便豌豆那一会儿说出来，马二梭也不会再带人回来跟侯得才拼命，

078

因为团长杨甬力一直与他并肩走着，团长杨甬力还以讲故事的方式，跟马二梭探讨英雄人物与人民群众的关系。团长杨甬力还是说《水浒传》，说作者施耐庵写的不是农民起义，一百单八将也不是真正的农民起义领袖，因为他们并不想推翻腐朽没落的大宋王朝，他们充其量是泄愤者，因为他们没有胸怀天下民众的理想。马二梭一直嗯嗯着，豌豆的话，他也许没听见，也许听见了一时没反应过来。

三老雕岳粮丰把矿警队的人带到白面瓜家又停住了，摆着手让屋顶上的人紧着下来，说他忘了向乡长禀报了，况且空房子是不是白面瓜家的也没有把握。其实是三老雕看见侯登銮扒着墙头张望，才想起说这话的，矿警队的人巴不得歇着，自然不会追问既然是乡长儿子下的命令，为什么还要再跟乡长禀报。三老雕带着矿警队的人向当街走，还没走到侯家老宅，墙头上却看不见侯登銮了。三老雕岳粮丰认定侯登銮是故意躲他的，索性加快了脚步。

侯登銮并不是躲避三老雕他们，他扒着墙头张望也不是先望的矿警队。

侯登銮是被夜里的爆炸声惊醒的，爆炸声响过之后再没睡着，他原本想着再听动静，接下来却什么动静也没有了，仿佛那一声沉沉闷闷的爆炸声是在梦里响的。他用脚蹬侯杨氏，问侯杨氏听到爆炸声没有，侯杨氏蒙住头不搭理他，他悄悄地穿衣下床，他还贴着墙根听街上，街上也没有说话声，也没有脚步声。他诧异着又回到屋里，又要问女儿多多，侯杨氏从被窝里伸出头来，说："你是巴望着开枪放炮啊，还是盼着儿子再出凶险？没有动静就不能睡觉了是吧？"好不容易熬到天亮，侯登銮扒着墙头望井架，井架没有了，矿井一定被炸了，奇怪的是矿警队那边竟然还跟平常一样。侯登銮疑惑了一早晨，侯杨氏熬的山药粥他只喝了半碗，放下碗又扒着墙头望运河大桥那边，结果看见矿警队走出营区。矿警队是沿小路冲着紫云寨的东北角走过来的，后边也没有保安纵队跟着，也没有日本人跟着，怎么看都不像是扫荡的。矿警队居然还有扛镐头的。侯登銮就盯着望三老雕岳粮丰，忽然听见二嫂侯黄氏尖着嗓子喊了一声亲娘哎，说好好的一个儿说没有就没有了。接着就是门响。老二侯登榜还把脑袋伸出来向前院里张望，退回去又训斥侯黄氏，说："别号了，你想让前院的听见啊！"

侯登銮听得蹊跷，下了梯子轻着脚步向后院走，刚走到西跨院门口，侯登榜拉着侯黄氏走出来，侯黄氏瞅一眼侯登銮，慌着拿手绢揉眼，看着像是不想让人看见是哭过的。侯登銮紧着走几步，挡着路跟二哥侯登榜使眼色，还故意冲着改了院门的东跨院眨巴眼，还显得神神秘秘。侯登榜拿手拨拉他，意思是嫌老三侯登銮挡路的，侯登銮打个趔趄又截在前边，还是挤眉弄眼的，说大哥那边要攀高枝了，一个侯家老宅的人竟然没一个知道的，竟然还想着大哥是曾经恼怒过的，竟然还想着是不可能的。侯登榜沉下脸来，说："你胡咧咧的啥，没工夫搭理你！"侯登銮连连地咋舌，说二哥一定也是不知道的，一定也是蒙在鼓里的，伸着头往侯登榜耳朵上贴。

侯登榜急火火地推开他，说："你到底要说啥，头上一句脚上一句的，你要再说大猴子吃暗股占官地，我就专打你的嘴！"侯登銮吃吃地笑，说先前说的大哥跟新宅侯登仓那边，半对半吃官地暗股的事也许不准，即便是那样他也不想横插杠子了，毕竟是亲大哥，毕竟好处没到了外姓旁门。他现在要说的是侄女喜喜，喜喜原本是不愿意的，还狼羔子贼羔子地骂，大哥大嫂还闹到门上找他算账。结果呢，人家暗地里又接上头了，一转身，两个当叔叔的倒成贼了，严丝合缝地防着不让知道，像是两个亲兄弟会扒坑使坏的，当叔叔的再坏也不会阻拦侄女找女婿啊。

侯登榜噗噗地吐，后来又摇摆着脑袋找家伙，抓到手里的是半截扫帚把，挥舞着要打侯登銮，恨着侯登銮故意拿糊涂话急他。侯登榜说："滚！"侯黄氏也急得脸上冒汗，拿眼瞪着侯登銮又紧着拉扯侯登榜，说："走啊你，跟没正形的人瞎嗒嗒啥！"侯登銮又望侯黄氏，说二嫂是不是也有风落泪的毛病，他倒是听说了一个泪风眼的方子，是专治急性子中年妇人眼疾的。看见侯黄氏立眉竖眼地摸头上的簪子，知道是要扎他的，紧着又说他已经见到几次了，码头上那个日本小个胖子福山来过大哥家，来也是偷偷摸摸地来，走也是偷偷摸摸地走，看着像是故意躲闪熟人的。侯登銮又说虽然没看见带聘礼，但是大哥一家并没有朝外追撵，喜喜也没再哭闹，这件事他想想都感觉奇怪。侯登榜说："还有吗？"侯登銮摇摇头，忽然又问二哥夜里听没听到爆炸声，又问两口子这么急着出门要到哪儿去。侯登榜又说："还有吗？"侯登銮又摇摇头，侯登榜丢下手里的半截扫帚把，虎着脸吼一声："没啥说了快滚啊你！"

侯登銮追着撵着又问侯黄氏刚才怎么哭了，说："二嫂，你刚才说，好好的一个儿说没有就没有了……是说得印吗？得印怎么了，他去了哪里，什么时候没有的，是不是从昨天晚上出去再没回来？"

侯登榜拽着侯黄氏大跑，跑着进了马家胡同。

侯登銮激灵着打个愣怔，贴着墙根要尾随过去，三老雕岳粮丰带着矿警队的人赶过来了。三老雕亮了声儿说使不得，说自己是晚辈，又是侯队长的副手，论公论私，乡长伯父都该不着亲自到街上迎接。三老雕说："您老在家里坐着就行了，这样倒显得我们做晚辈的失礼了。"侯登銮含混着应了一声，转个身去了豌豆家，走着又朝三老雕摆手，意思是让他们等着。

玉树原本是给黑驴母子刷毛的，刷到驹子时，嘴里还是念叨的，念叨的是："刷刷毛，挠挠痒，精着吃，傻着长。"他又说："小小的驴，大大的劲，少吃点儿草，多屙点儿粪。"看见侯登銮玉树又嘻嘻地笑，笑着问侯登銮为什么驴生的叫骡子。说驴能生驴，也能生骡子，骡子为啥自己不生。它生个骡驹子不行吗？它生个驴驹子不行吗？它生个马驹子不行吗？玉树说："咱把丑话说前边啊侯乡长，你看看行，摸摸也行，你可别打谱买啊，你出大价钱我也不卖。"侯登銮抓了一把干草扬到玉树脸上，伸着头钻到堂屋里，从堂屋里出来进的是厨房，后来还看了茅厕，还看茅厕墙上的尿窝。

玉树还是嘻嘻地笑，说侯乡长登銮三爷一准是来找豌豆帮忙的，但是豌豆再也不能给别人帮忙了，官地上忙碌了半年，一斗粮食也没挣来，明明白白地是让马笆子糊弄了。玉树说豌豆得学一门手艺，光靠土里刨食不行，家里就那二亩地，刨一辈子也只能是哄着肚皮不喊饿。树挪死，人挪活。豌豆得靠手艺养家糊口，他还得靠手艺娶个媳妇，最好娶个会过日子的，最好娶个会做饭的。要是头一胎生的是个孙子，他准备把孙子送到矿警队，一是离家门近，最主要的是可以壮脸面，毕竟他是矿警队孙子的爷爷。玉树说："你去河东三十里铺他姨家找去吧，豌豆兴许这一会儿正跟他姨父抢大锤呢。哎，忘了问了侯乡长，你是不是要找豌豆帮着放云灯啊？"

侯登銮又抓铡碎的干草，满满抓一把要往玉树嘴里塞，说："编啊，再编啊，你怎么不编个豌豆去日本国了！"他恨着往门外走，走到门口又退回来，诧异着打量玉树，说："你怎么站起来了，你不当死腰瘫子了？刘县长一刀给你戳活泛了？再接着当活犄角啊，再接着勾魂抓差啊。刚才你说有了孙子送进矿警队，你是绕圈子骂我的，等着吧，早晚再给你戳一刀。熊玩意！"

侯登銮从玉树家出来又大跑着去了立冬家。立冬没在家，香芝也没在家，堂屋门是锁着的，牲口棚里也是空的。豌豆走了，得印走了，立冬兄妹也走了，临走把黑驴母子托付给了变成活腰的丁玉树。他们是去找马二梭了，夜里的那一声爆炸就是他们弄的，他们临走炸毁了矿井架。一切都是暗地里进行的，

桃花瞳　　*081*

一切都是马二梭安排的，包括老宅里当眼线的得印，马二梭安排这一切，就是对付儿子得才的。侯登銮灰着面孔又回到当街，看见三老雕他们还在侯家老宅门口站着，他紧走几步抓住三老雕的手，说："矿井是谁炸的你们知道吗？马二梭又从鬼门关回来了你们知道吗？快回去告诉得才个小王八羔子，就说他亲爹说的，让他小心再小心！"

三老雕岳粮丰还是一动不动地看着侯登銮，侯登銮脸上冒出汗来，汗水流到脖领里，整个脖子都是凉的了。侯登銮拿手抹一把，说："你们要弄啥，又是扛锨又是拿镐的？"三老雕说他不知道白面瓜家的房子在哪里，他虽然接了侯队长的命令，但他得保证不能扒错了。三老雕说："伯父大人，您受累带我们到白面瓜家去吧。您只要把我们领到地方，登高爬墙的活都是我们的，不过，伯父大人最好能给我们烧碗水喝。"

侯登銮阴沉着脸带着三老雕他们走向村子的东北角，指着白面瓜家的房子又问扒了干什么。三老雕岳粮丰却开始派活了，说侯队长下了死命令了，侯乡长也指明地方了，接下来就该卖力干活了。三老雕喊得响响亮亮，侯登銮问了什么像是没听见的，侯登銮愤愤地往地上吐一口，骂三老雕从儿子手里讨个副队长，竟然像指挥千军万马的。他恨着转身，忽然又啊啊地叫起来，说："你们这是要扒白面瓜的房子啊！"

第十二章

全面抗战进行到第四个年头的夏季，运西新一团迎来了最艰难的岁月，用万难一易来形容也毫不过分。

敌我态势已经日益明晰了。

对运西新一团的活动区域来说，西面和北面有冈村宁次指挥的华北驻屯军。华北驻屯军共三个摩托化旅团，重点是撕裂冀鲁豫根据地，及防守八路军后续部队东渡黄河进入苏北。东面有运河阻隔，更有沼田德重的114师团，横亘于泰莱山区与鲁西大平原之间，目的就是困死留在运河以西的新一团。南有日军畑俊六部5个师团的陇海防线，东进西截，南扫北压，皆成呼应之势，一个命令就是千军万马的铁壁合围。新一团处在运西地区一条纵深不足三百华里的狭长空间里，生存已是极端困难，更不用说发展壮大了，而根据地的创建，也只能是零星的、分散的。如果说日伪军的虎视眈眈只是静态的话，那么，由日军沼田德重中将率先发难的夏季大扫荡，则是对运西新一团的又一次严峻考验。

东进到泰莱山区的我八路军山东军区首脑机关获得了情报，情报显示的是日军或于近日对运西地区发动大规模围剿，具体时间不详。电报发给新一团团长杨甬力，签名是政委罗荣桓，代师长陈光，中心点就是要新一团以最小的牺牲，迎取扎根运西的最后胜利。但是，罗陈两位首长没想到的是，山东军区及115师主力，却突然间陷入了由山东日军最高指挥官尾高龟藏率领的两个甲种旅团的包围之中，包围圈竟压缩至陆房村后一个弹丸之地。而接到电报的团长杨甬力，根本无法知道军区首长及支队总部的险境。

5月1日，日军沼田德重中将指挥的114师团自济南出发，先围长清大峰山南麓，突然折身向西，呈剪刀状直扑运河，然后命令沿线驻军移师运河东岸，严防死守，原地堵截，旨在消灭八路军主力于青纱帐起来之前，并特别指出：致使八路一人越运河东逃者，即杀之。

日军114师团不分昼夜压向运河以西，然后便是日进夜宿。白日以中队为扫荡序列，逢村必搜，遇沟填埋，岗丘削平，坟墓炸毁，灌木荆丛一律焚烧。至夜晚则就地宿营，随即以篝火岗哨相连，险要隘口则以地雷封锁。这种步步为营的昼夜连环阵，采取的是多路分进就地合击的战法，以密集平推的碾轧模式，试图彻底扫清歼灭日益壮大的新一团，以及运西地区的抗日武装力量，亦即师团长沼田德重自诩的"沟野无障碍，一目扫残顽"。

正是这种分进合击的碾轧模式，让团长杨甬力感受到了空前未有的压力。他不再像先前那样兴浓时就哈哈大笑，尽管他依旧平静地分析侦察人员带来的情报，依旧平静地调整着已经发出或者正准备发出的命令。但是，连从来不愿意或者说不善于观察思考的丁黑豆特务连，也注意到了团长杨甬力时常会凝神注视某一个方向。还有，营长马二梭也很少眯着眼跟其他开会的营长们说话了，他也时常呈现着思考的神态，那时候他的表情像是暴晒了一个麦天的场院。

桃花瞳　083

原独立营的人都感觉出马二梭已经变了，改变的不单单是服装，变是由里到外变的，这样的变化，连马二梭自己都感到吃惊。他不再像先前那样敞开着半个胸膛了，即便是再热的天，他也会板板正正地扣上扣子，而在先前，皮带以上的扣子几乎是没扣过的，如果不是当初胡营长一直讥讽他，说他敞着胸口是留着猪羔子吃奶的，他或许连武装带也不愿意扎。还有他说话的语气和说话的方式，也不像先前那样艮了，有时候，别人也可以从他的话里读出伸缩性，或者说，听的人不再感觉硬邦邦地呛喉咙了。

马二梭还改变了说粗话的毛病，包括训斥黑豆也很少带脏字了。还有，马二梭还学会了看地图，有一次居然还在地图上标出了重点。要在以往，他会以不屑的目光，鄙视对着地图又描又画的长官，那时候他会说："我们是杀敌人啊，还是杀纸片子！"话里有多此一举的意思，也有瞧不起的意思，尽管他自己是看不懂地图的。中原大战时，他跟着营长胡腊喜追歼叛军韩余年，明明已经追到太行山东麓的叫驴山了，营长胡腊喜还是铺开地图，还说要找个包抄点。马二梭过去把地图扔了，马二梭还冲着胡营长嗷嗷叫，说胡营长是骑着驴找驴，放着眼前的真山不看，偏在地图上找假山，胡营长就把包抄任务交给了马二梭，马二梭一下子就把叛军包抄聚歼了。后来胡营长也不怎么看图了，不料有一次还真选错了攻击方位，胡营长吃了亏又骂马二梭，说马二梭是个混蛋至极的，害得他不好意思带地图了，结果他的攻击部队倒被敌人攻击了。

不过，马二梭还是不习惯主持会议，尤其是不习惯阐述讲解，也可以说是从心里排斥。比如这一次的反扫荡，团部把作战任务下达到各个营，团长杨甬力最后还多讲了几句话，还特别强调了新一团即将面临的被动局面。团长杨甬力说："我们遇到了最凶残最狡猾的对手，这个对手要把我们绞成麻花团，再一口一口地撕扯着吞到肚子里，最后连骨头也不吐出来。"这是团长杨甬力的语言风格，即便是危急关头，他也会把枯燥的生硬话说得既形象又通俗易懂。他说了以上的话之后，又要求营长们回去后开个会具体研究一下，意思是多吸收干部战士的意见，力争在反扫荡中变被动为主动。有的营长回去之后立即召开诸葛亮会，甚至连炊事班的建议也听，但马二梭只是把连长们叫到营部，三言两语说了独立营的任务，要宣布散会时又补了一句：用不着多说，就照死里打！这样的语言特点，作为阵前激励可以，但伴随着任务下达的，应该有更清晰更条理的阐述，尤其是当形势严峻到极点，而敌情又十分复杂时。

最先对马二梭的武断作风提出异议的是孔雨林，他说马营长下达命令等于家长训斥儿女偷懒，而干什么活，怎么干，只有家长自己知道。孔雨林是实战经验丰富的老兵，徐州会战后由副营长升为营长，后来又跟着侯得章投了八路军115师。那时候的186团已经不成建制了，团压缩为营，孔雨林又成了个多余的，直到新兵连成立，侯得章才把寄予厚望的新兵连交给他。与侯得章一样，孔雨林也是学生出身，兵书战例研读过不少，他就特别看重临战前的分析与阐述，用他自己的话说，让部下知道为什么的同时，也使自己的理性思维更加清晰。侯得章在这一点上正好与他等同，因此，他对侯得章还是比较佩服的，尽管侯得章务虚胜于务实。现在，营长突然换成了马二梭，而马二梭偏偏又不喜欢多说，说也是随性而语，要么就是莫名其妙地拿鼻子哼哼，就冲这一点，要让孔雨林从心里服气，也几乎是不可能的。于是，当马二梭又像先前那样下达作战命令时，孔雨林就表达出了他的不满，说这样不行。

马二梭没用鼻子哼哼，他奇怪地看着孔雨林，说："什么不行？"

孔雨林说："下达作战命令很简单，一句话就可以，关键是要让参战人员明白目的和意义。打杀是勇气，而勇气并不能取代指战员们的主观能动性。对于每一个个体生命来说，明白了目的和意义，即便付出生命也是值得的。"这些话显然不是临时发挥，应该是经久压抑之后的喷发，也可以理解成是对个人际遇的伸张。或者退一步说，当初侯得章任186团团长时，他也未必能听到逢战必讲的目的和意义。但马二梭并不知道孔雨林的内心是怎么想的，中原大战时，他被营长胡腊喜任命为独立营敢死队队长，后来也当过几天特务连的连长，而孔雨林一直跟着侯得章在团部当作战参谋。从这一点上说，他对孔雨林几乎是完全陌生的。马二梭用奇怪的目光看着孔雨林，不过是奇怪有着丰富实战经验的老兵，居然还会不明白任务就是以死取胜的。马二梭说："你说吧，你说说这次反扫荡的目的和意义吧。"

黑豆疑惑着望马二梭，当他又望到孔雨林时，黑豆是拿白眼珠子挖的，明显带着反感。至于对营长马二梭的疑惑，黑豆更多的是鸣不平，或者说，营长马二梭根本没必要听下级胡呛呛。

孔雨林当真说了，说运西地区的敌我态势特别严峻，说是四面楚歌也不过分，尽管这个比喻不恰当。孔雨林说："虽然整个山东的局势还不清晰，但从敌 114 师团由东至西展开平推式大扫荡，就足以证明，敌人这一次大扫荡，绝不是速战速决的摘熟桃战术，而是要彻底扼杀运西地区的抗日武装力量。我们要进行反扫荡，实际是夹缝中生存，再深一步，就是与强敌试刀。在这种态势下，就要看我们的刀锋指向，或者说，在刀没出手之前，我们是否拥有了可进可退的运动纵深。还有，我们坚守运西，就是为了创建运西抗日根据地，就是为了落地生根，意义十分明确，也十分重大。为了这个目的，首先要明确两个最基本的核心问题，一是怎样在反扫荡中，像滚雪球一样越反越大，二是立足之处就地生根，随即建立抗日政权。敌人是步步为营，我们就给他来个处处是家。这次反扫荡，我们想打胜，也有打胜的决心，但同时更要运用灵活机动的战术手段。针锋相对不一定非两军对阵不可，保卫根据地并不等同于死守根据地。那种杀敌一千自损八百式的逞勇战，不应是目前的独立营所提倡的，也是当前敌强我弱形势下断不可取的。"孔雨林说完了又冲马二梭示意，意思是，这就是分析和阐述，里边目的和意义都有了，战术战法也有了，指导方针也有了。马二梭说："往下呢？"孔雨林说："什么往下，往下就是打啊！"

马二梭又现出一脸的茫然，嘟囔着说一句："锣鼓响了半天人才出来，出来还是得打……"

孔雨林又露出他的不屑与嘲讽，说："咱们两个说的打一样吗？"

李家常紧着打圆场，说孔连长的分析和阐述是使参战人员知道为什么，马营长强调的则是战前斗志，对于一次具体的战斗任务来说，很难说哪一种方式是必须的。李家常是原警卫连连长，长期跟在团长杨甫力身边，划拨到独立营之后任第一连连长，他的话算是找了一个缓冲点。黑豆憋不住，他想说他们是在接受命令，不是讨论命令该不该的，命令作战就说作战，而下级越位代替上级说话，也不应该是军纪允许的，不管是不是在独立营。黑豆要站起时被李家常拦住了，好在马二梭并没发怒，好像他一直是糊涂的。临到会议结束时，他甚至于还向孔雨林表示着他的惊奇，说孔雨林说的那些，跟团长杨甫力在会上说得差不多，而他出了团部就把团长说的那些全忘干净了，觉着那些是跟打仗没关系的。这跟先前的马二梭相比，很难想象是同一个人。先前的马二梭既不会允许别人插话，也不会允许别人说那么多，或者说不等别人说完，他就会截住反问一句："说来说去还是个打，前边的废话是说给谁听的？"

团长杨甬力事后对马二梭大加赞赏，说马二梭的变化让他吃惊，马二梭能那样主持会议简直不可想象。事后马二梭也听说，团长杨甬力曾经批评过孔雨林，说孔雨林是故意在没有多少文化的土营长面前卖弄学识，里边包含着的是情绪化了的怀才不遇，也是另一种形式的个人英雄主义，说穿了，其根本原因是瞧不起对方。而在好多天之后，侯得章才听说了孔雨林替代马二梭主持会议的经过，那时候他对副营长牟利光说的是："没想到老孔这家伙还能降住马二梭。"话里有对孔雨林叫好的意思，也有借以鄙薄马二梭的意思。

小插曲过后，战斗很快就打响了。

独立营的任务是利用熟悉的地理环境，与新一团另外四个营互为进退，在运动中打破敌人的平推式绞杀格局，使之形成拉锯状态，以最小的代价，创造机会吃掉敌人的有生力量。这种逗狗杀狗式的运动战格局，是团长杨甬力的独创，也是新一团在反扫荡中变被动为主动的最佳方案。按照团长杨甬力的设想，营与营之间既是独立的，又是聚合的，每个营都要先预设几处可以阻敌三至五个小时的阵地，然后分梯次袭扰日伪军，待敌人发起冲锋后，就地阻击，并胶着敌人，使敌人误认为我方是在打阵地战。这时候，敌人的后背就裸露在另一个营的面前，那个营就可以乘机发起进攻，敌身后之薄弱环节就变成了我方之强攻靶点。敌人腹背受力，要么分兵拒之，要么原地固守，要么回身反扑。总之，难以确定追杀目标的日伪军，必定心躁势狂，必定要找新一团主力决战，而各营则互为主力，互为进退，互为攻防，直至敌人自乱方寸后，再四面出击，给敌以重创。应该说，这将是新一团立足运西以来最残酷的一战，只有战术运用得恰到好处，才能扭转被动局面。反则，就会被恶狗咬住，因为日伪军投入了数倍于新一团的兵力，仅重武器就足以把运西地区炸个天翻地覆。关键是，新一团已无退路，除非再西渡黄河返回太行山，而这又是为八路军经营山东的战略部署所难以承载的，况且黄河对岸也已被敌人封锁。

独立营率先选准了切入点，时间是中午，地点是三县交界处的花家岗子。这是进入到反扫荡状态中的第三天，而在前两天里，独立营一直寻找着逗狗杀狗的最佳时机。选准了切入点的马二梭，并不知道疯狂屠杀村中百姓的，是鲁西保安纵队司令兼河湾县长刘百湖，他甚至连日伪军也没看清。

花家岗子是运河湾里的大村子，与紫云寨不同的是，村子不是顺着老河套的走势东西扯开的。也许是早年发过洪水的缘故，村子是随着沙丘的形状

桃花瞳　087

布局的，沙丘正好聚成了几乎等边的桌面状。如果爬上树看花家岗子，整个村子也像个平展展的桌面，只不过四条腿的位置变成了四条浅浅的沙沟。花家岗子在紫云寨正南偏西一点，两个村子之间大概有大半天的路程，因着运河是以南偏东的方向穿过河湾县的，可以明显看出，敌人是以抄边兜底式平推的。这种方式需要大兵力，扫荡之初，沼田德重就给刘百湖下达了抽调两个团配合行动的命令，并特别申明了扫荡要逐地逐村展开。刘百湖愿意自己扫荡，不愿意跟日本人一起扫荡。命令不敢违抗，刘百湖就在人数上做了手脚，他让两个团都按三减一的比例，撤出能征善战的精锐力量，喊明口的是亲自带队。沼田德重很满意，只有大川少佐知道刘百湖的把戏，原本不喜欢刘百湖的大川少佐很想捅透，哪怕让沼田德重中将教训一下刘百湖也好，但大川少佐最终也装作完全不知情，因为他同时承担着运河布防的任务，刘百湖扣下的人正好弥补了日军大队的不足。

刘百湖是豁出来当冤大头的，与沼田德重中将的114师团汇合之后，他就悄悄地命令两个团集中靠拢，组成三面带尖的蒺藜队列。沼田德重要求的是步步为营，平地推进，还要求保安纵队排在前列。刘百湖知道沼田德重的用意，索性故意加快推进速度，他还让保安纵队的人在114师团面前纵横穿插，看着像是拉网捕鱼的，还像是蹚水捞鱼的，这也使沼田德重很满意。但是，到了第二天的下午，沼田德重就感觉出了不对劲，他发觉刘百湖的保安纵队走到哪里吃到哪里，保安纵队既不设防，也不警戒，他们进村入户不过是搜寻方便裹挟的金银细软，接着就是挑拣着玩女人。至于村子里有没有可疑之人，或者是否有多人遗留的足迹以及烟尾巴碎纸屑之类，一概不闻不查。这样一来，114师团就变成了吃保安纵队剩饭的，有时甚至连剩饭也吃不上，而保安纵队走过的地方，他们还要忍着饥饿再重复搜索一遍。到了晚上宿营时，吃饱喝足的保安纵队却又像狗皮膏药一样，黏糊糊地贴到114师团的篝火旁边，然后揉着肚皮看114师团的人喝凉水挖罐头。或者不无讥讽地看着他们从马背上卸下手压井龙头，咔嚓咔嚓地打井抽水。原来114师团外出扫荡，都是自带压水井设备的，目的是防备当地抗日武装在水井里投毒，不到万不得已，他们不会毫无顾忌地见水就喝。

更让沼田德重急躁窝火的是，从踏上运河以西的土地，他就没见到八路军的影子，而他的情报显示，八路军运西新一团已有了五个营的兵力，每个营又都是四四建制，当初被东进支队留在运西的新一团，甚至连一个标准营的建制也不足。找不到决战对手的沼田德重，就把怒火发泄到保安纵队身上，他不再让保安纵队像变戏法似的装样了，他命令刘百湖把保安纵队散开，以连为独立单位，四处出击，逢村必烧，见人就杀。沼田德重的目的很明确，他要让保安纵队变成窜来窜去的疯狗，以此激怒八路军运西新一团，并把他们的主力从隐蔽处勾引出来。刘百湖再不敢玩花样把戏，再加上又被沼田德重骂了，于是看见花家岗子村就像疯了一样。他还对两个团长说，日本人要拿肉包子引狗，老子先把肉包子吃了，但刘百湖不知道花家岗子是运河湾里出了名的自防村。防是防贼防盗的，设下的机关是牛皮套索，牛皮套索就隐在草丛中沙土下，只要踩上了或者挂住了，人就会一下子甩到半空中，然后悬挂着吊在树枝上。本村人下地干活，或者出门走亲戚，不管老的少的都知道该在哪里下脚。牛皮套索上又是缠绕着钉头断针的，被套住脚踝的人不一定会死，不过皮烂血流是少不了的。花家岗子的年轻人都去赶一年一度的邻县芦席交易大集了，前一天离开的村子，走之前又多设置了几道机关，为的是离开家放心。

十几个走在前边的中了套索，十几个人头下脚上吊在半空中，喊着号着地骂。血渗出来顺着肉皮倒着流，慢慢汇聚到脖子里头脸上，要往地上滴时套索被砍断了。刘百湖大恼，蹦跳着说要血洗花家岗子。保安纵队嗷嗷叫着涌进村子，果然见人就杀，见房就烧，整个村子顿时变成了屠场。杀的是老人，年轻的女人留下了，扎双辫没开脸的小女孩是留给沼田德重挑拣的。

马二梭就是这时候下达的命令，命令只有三个字：冲上去！

黑豆一跃而起。孔雨林又紧着喊不对，逼着马二梭改变方式，说敌人有多少不知道，后边有没有埋伏也不知道，这样盲目地往上冲，就等于与敌人胶着在一起了，进退再没有了余地。孔雨林说："团长要求的是先逗狗再杀狗，你这是与狗撕咬！"李家常也提醒马二梭稍缓，又说他也怀疑敌人放火烧房是故意的，不如先派一个班抵近侦察一下。马二梭抽出手枪，重新命令：第一连从西边包抄，第二连从东边包抄，特务连随我从正中插入。马二梭最后说的一句话是："谁要故意迟缓放跑了敌人，我就说他是个没种的！"

正是马二梭的最后一句话，几乎使得初上战场的第二连损伤过半，而这支刚刚接受过制式培训的新兵连，从组建之始就承载了侯得章不尽的理想与抱负，那样的理想与抱负，也是侯得章生命中的重要组成部分。

第十三章

独立营发起了冲锋。

马二梭带着特务连，特务连不足四十人，实际上连一个建制排也算不上，这其中还包括立冬、得印和豌豆三个刚刚加入的新兵，尽管他们三个已经不止一次听到过独立营的故事，知道独立营的人都是不怕死的。最爱给他们显摆的是地老虎吴春牛。吴春牛虽然不是老独立营的人，但是吴春牛是在徐州会战中打过葫芦头阵地战的，除了马二梭和丁黑豆，他已经算是独立营的老兵了。吴春牛跟他们三个说，不怕死并不是故意找死，是带着不怕死的一股子横劲，想着先把敌人打死。假若只是胡乱开枪，或者不懂要领、不明目标地瞎打一气，死了也死得不值，即便说你是不怕死的，也不一定是赞赏你。还有，冲锋也不是挺着胸膛昂着个傻脸大跑。冲锋得猫下腰，还得眼观六路，还得耳听八方，还得把气提上来，提是从脚心脚趾头往上提的，提上来还不能让气儿堵了胸口。但是，每当吴春牛讲到兴奋点时，黑豆就会把得印他们推开，推着不让他们听吴春牛的，要么就说吴春牛是胡说八道，要是吴春真当教官，一个好兵坏子也让他教成入室盗窃的了。"还眼观六路，还耳听八方，你是要他们上了战场就瞻前顾后啊，还是东瞧西望地看人啊，那样子还能冲锋吗？记着，上了战场就是听命令的，命令是冲锋，你就聚成一个心眼，照着敌人猛冲猛打，子弹贴着你的耳根子飞，你还是照着敌人猛冲猛打。"黑豆还说，"怕死的先死，越慌乱越死得快。"得印他们就记着了黑豆的这句话，看着营长马二梭眼珠子血红，手枪抓到手里了又插到腰里，哈腰抱起的是一箱手榴弹，弹箱撬开拿胳肢窝夹着，说了一句上，人就冲到前边去了。

特务连率先开火，黑豆冲着瞄准，一枪把爬到屋顶点火的人打倒了。吴春牛抱的是冲锋枪，冲锋枪打的是挤疙瘩的人堆，一梭子扫过去，人堆里倒下去十几个。接着是马二梭的手榴弹，手榴弹像黑老鸹一样嗖嗖地从头顶上落下，爆炸扬起的浮土罩住了花家岗子村。肖八万看不清目标了，他就专朝呼喊声开枪，打着还骂，骂的是："让你个龟孙再号号！"

号叫着呼喊的是刘百湖。刘百湖没想到大白天真遇到了八路军，前两天里竟然连一个八路军的影子也没扫到。他有一阵子不相信八路军会是这样子打仗，除非八路军有一个师的兵力，除非八路军把整个村子团团围住了，而一个师的八路军，在日本人的眼皮子底下悄然运动又不被发觉，想想都是不可能的，除非他们从天而降。枪声是日本人的七九式大盖枪发出的，机枪是歪把子大正十一式轻机枪，连手榴弹尖利的爆炸声，也像是只有磕一下才会启动延时药管的日制九七式。刘百湖久经沙场，在第五战区韩复榘手下当手枪旅团长时曾与日本人多次交火，日本人的武器弹药怎么使用他都一清二楚。尽管没有与八路军面对面地打过，但他马上就判断出，能持日本人枪械向他冲锋的，绝不会是八路军的大部队，他甚至断定出这支队伍连一营人也没有。还有，这支队伍要么是刚刚编练成的生瓜蛋子，要么是立功心切的愣头青，否则，不会没运动到要害部位就发起冲锋。他的两个团尽管是三抽一打了折扣的，仍然有一个整编团的兵力，即便来的这支八路军队伍是一个建制营，对付他们仍然绰绰有余。

刘百湖很快就稳定了阵脚，他脸上竟然还露出了一丝微笑，伤亡了几十个弟兄之后，他马上命令两个团长分别守住南北西三个方向，还要求他们就地构筑隐蔽工事，八路军冲不到脚跟前不许开枪，看不清八路军的眉眼面貌不许开枪。另外安排一个连的兵力，继续抓人烧房，还要做出全然不顾的样子。抓到的男人扔到井里，井里填不下了又往地窖里塞，地窖口又拿板子盖住，上面压了土。至于女人，谁抓到的归谁，谁想怎么样就怎么样，哭喊叫骂的孩子都用绳子吊起来。吊是吊在树上的，用的是设机关的牛皮套索，吊起来的孩子不敢哭喊叫骂了，就拿了棍棒又戳又捣，意思是故意让孩子用高声儿哭喊的。

孩子的哭喊声传到屋子里，屋子里冲出一个披散着长发的女人，女人的腰带已经解开了，女人是提着裤子跑出来的，跑到树下就用牙咬绳子。后边跟出来的是在村口中了套索的连长，连长一瘸一拐地追，也用一只手揪着裤子，看见刘百湖就先灰了面孔，说他一时手软没摁住。刘百湖拿马鞭子抽他，说他不喜欢打仗怕死的兵，也不喜欢放不倒女人的连长。刘百湖眯起眼角瞥屋顶，说既然屋子里摁不住，那就到屋顶上去吧，敞亮亮地弄给八路看看，要是能弄到八路进村，那就是当营长的料了。瘸腿连长果然发了邪火，拿脚蹬掉女人的裤子，又用牙咬着扒了女人的上衣，哈腰把女人搭到肩上，扛着上了屋顶。瘸腿连长骑到女人身上，又仰着头脸冲村外呼喊，呼喊的是："老子不管你们是八路九路，来晚了，爷爷不等你们了！"

桃 花 瞳 091

刘百湖还故意停了一会儿，意思是让人都看看的，保安纵队响起一片笑声，还有人冲着屋顶打呼哨。他笑了笑，然后押着十几个白净脸蛋的小女孩，绕着胡同出了村子，他知道日军114师团就在东边不远处。

刘百湖是要给师团长沼田德重中将送女孩的，这也是沼田德重昨天对他大加训斥过后又特别要求的。因为在扫荡的前两天里，他虽然也给沼田德重送过几个漂亮女孩，但沼田德重接着就发现，这些女孩已经被打前站的保安纵队染指了，而沼田德重要的是不超过十八岁的处女，每天不能少于五个。挨训斥的那一会儿，刘百湖一直在心里骂，骂是不敢出声的，他就在心里骂沼田德重不得好死，活也活不长，最好死在扫荡中，最好让中国的小女孩把他咬死，把下边那玩意儿咬掉才好。最好让他发泄完之后马上喝凉水，让他立马三刻就得绞肠痧疼死。刘百湖骂的是咒，咒还真应验了，不过不是马上，而是两个月以后。这一次，除了亲自押送以示敬重之外，刘百湖还要向沼田德重传达另一种信号：即便他不坐镇指挥，他的保安纵队照样可以把八路军吃掉。

快要走到村外场院时，刘百湖看到一辆牛车，牛车是刚抹了车轴油的，新抹的车轴油与轮轴上的油泥混在一起，整个车轴像是吸多了油的黑面窝头。刘百湖望着望着忽然笑出声来，紧着让人挖油泥，又让人去找辣椒面，几个保安纵队的人疑惑着互相挤眉弄眼，但随后他们就明白了。辣椒面搅拌到车轴油里，每人一团分发到十几个小女孩手里，再让人把小女孩的全身衣服扒了，最后换上保安纵队的外衣。衣服是从刚死的保安纵队身上脱下来的，光身子穿上又肥又长，刘百湖就让她们用手掖着掩上怀。最后他还跟小女孩说千万不要恨他，说他之所以想出这个办法，完全是出于好意，因为衣扣扣得越多，脱起来就越慢越麻烦，老鬼子沼田个没爹的就越着急，急得受不了了他也许会用刺刀挑开，反正你得让他把那一股子火泄了。既然是逃不掉的，既然是保不住那一层的，还不如让老鬼子紧着尽了兴，他高兴了兴许还能落下一条命。接着又说辣椒面和车轴油的用法，说这是最后要使的一招，要是老鬼子干成那事了还是不放人，从第二个开始就偷偷地把辣椒面和车轴油抹到下边。抹要偷着抹，千万别抹早了，专等着老鬼子要上身时抹，那一会儿他绝对想不到，抹了他也看不见。意思就是不能让老鬼子白赚滋润，杀不了他也不能让他得好。押送的人也跟着说，司令县长是向着你们，你们心里得有数。接着又骂，骂的是："老鬼子死去吧！"

小女孩里忽然有一个挣脱出来，挣脱出来没跑，先冲着屋顶喊了一声娘，接着就扑到刘百湖身上。小女孩是用牙咬的，咬的是刘百湖的手面，手面咬烂了，一块带肉的皮撕下来，仅有一层皮皮是连着的。刘百湖把血手放到嘴里吸吮，吸吮的血不流了又拿手绢缠住，拿手绢缠的时候他还望着小女孩，望着还是带笑的。他笑着抽出刀来，刀是从腮上插进嘴里的，插进去旋转，小女孩的牙就掉了。然后他指着那个骂老鬼子死去吧的排长，说："这个不送了，你把她干了吧。"他又说："别急，我们等着你。"

刘百湖没把人送到，第114师团是听到枪声赶来的，而沼田德重一看到那十几个小女孩，马上就对刘百湖发出新命令，说他这一会儿只能弄一个，但是送上门来的八路军一个也不许漏网。沼田德重是在路边的草丛中淫乐的，他对刘百湖以外衣罩体的做法十分赞赏，外衣展开就成了铺垫物，还方便还不硌膝关节，更美妙的是，他不用伸手就可以一览无余。美中不足的是，他现在不能接着弄第二个第三个了，这个遗憾只有用八路军的鲜血来弥补。而刘百湖说的是，八路军的主力终于被他用钓鱼法钓出来了，双方伤亡都不小，保安纵队最少损失一连人。不过，他还是不明白这支八路哪来的日制装备。

马二梭他们已经快接近村子了，而负责从东边包抄的第二连，此时正好把后背亮给了114师团的先头部队。

孔雨林是赌着气运动包抄的，特务连正面冲锋的时候，第二连刚刚完成迂回包抄，那个空档点刚好是刘百湖押送着小女孩离开的地方。冲在前边的第一排发现了异常，排长莫如石马上报告连长孔雨林，说从东到西都是杂乱的脚印，看着像是从东边来的敌人。但是，脚印有进村的，也有出村向外走的，看着又不像是一支孤立的部队。莫如石的意思很明确，假若分析是正确的，那么，第二连从东边包抄就留下了极大的隐患。东边再有敌人怎么办，没办法断定后边有没有。莫如石说，更关键的是，他们根本不知道村子里到底有多少日伪军。一旦发起冲锋，一旦被后续的敌人堵住退路，第二连就将处在前后夹击之中，那时候即便从两翼闪身，也没有可能了。排长莫如石甚至还说起了兵法，这时候说兵法并不是卖弄学识，只能说是被怀疑心侵扰了的担忧。莫如石说，实而避之，虚而攻之，疑而观之，是孙子兵法上说的，教官也是这样讲的。

孔雨林瞅一眼排长莫如石，冷冷地接一句"故而闪烁以窥其变也"，接着又说："现在说这些还有用吗？除了李逵似的乱砍乱杀，他懂兵法吗？他

桃 花 瞳　　093

容得我们闪烁以窥其变吗？他给新兵连留下攻防余地了吗？新兵连变成他的独立营第二连了，问题的关键是，团长居然对他偏爱有加，而这个乡野游魂偏偏又是个独断专横的，他凭借的是蛮勇，你还不能不服从命令。"话是说马二梭的，说的听的都心知肚明。莫如石心里还是忧虑。

莫如石是侯得章第一个挑选出来的师范生，除了外表英姿俊逸，还多了一卷书生儒雅气，侯得章见了就喜欢，刚招上来就任命了排长，接着就秘密送到运北据点接受训练。训练结束之后，随之又升任为副连长兼第一排排长，内中实有重点扶持培养的意思。莫如石能把军训条例背得滚瓜烂熟不说，步兵科目、机械化科目、装甲科目，考的都是满分，除去步兵科的格斗一项成绩稍差，他几乎是个无可挑剔的优等生。排长莫如石最后又不眨眼地望着连长孔雨林，问要不要把一个连分为三个梯队，孔雨林折转身望村子北面，村子北面枪声大作，营长马二梭竟然是在村子外边开火的，那时候村里的敌人并没有发现他们。营长马二梭应该等他们完成包抄之后再同时打响，然而，现在说什么都来不及了。孔雨林恨恨地在半边腮上拧了一把，阴沉着脸下了死命令，命令是："加快速度，完成包抄！"接着他们就看到了血头血脸的小女孩，小女孩全身赤裸，身子还没有僵硬，但人已经死了。

小女孩死的是个惨相。

孔雨林扣动了扳机，同时呐喊一声："同志们，为乡亲们报仇的时候到了。向着禽兽不如的敌人，给我打！"

排长莫如石折了几把树枝盖住小女孩的尸体，带着他的第一排怒吼着直扑村口。一切正如莫如石担忧的一样，在他们的身后大约300米处，疾驰而来的就是沼田德重率领的先头部队，而日军第114师团的大部队，正在悄悄拉开反包抄的兜底网。

保安纵队的两个团长同样是身经百战的，他们与刘百湖一样，从枪声的射击间隙与密集程度，也很快判断出袭击部队的人数，如果不是很容易就分辨出的日制火力，他们甚至可以只拿一半兵力对付八路军。隐蔽起来的保安纵队几乎是笑着等待的，尤其是面对村子北面一支不足一排人的冲锋队列。有一个机枪手是瞄着准数数的，数完了还是笑，说他怎么数都没数够四十人。想着长官布置的是冲不到脚跟前不许开枪，他竟然把机枪横放当了枕头，双手抄在脑袋后边，眯着眼打起了瞌睡，直到长官把手枪举起来。

几乎与保安纵队的命令同时，已逼近村子的马二梭突然发出改变队列的命令，他用手冲着黑豆画了一道横线，黑豆大叫一声，几十个葫芦一样的柴草雷在敌人的隐蔽工事里炸开了。那个刚要发出开火命令的营长出现了片段失忆，他竟然转身向村里的自己人发出了开火命令，仿佛赶过来增援的保安纵队是八路军。柴草是包裹手榴弹的，绑了柴草的手榴弹会在爆炸声中四散飞火，火引燃了隐蔽工事里的枯草枯叶，隐蔽工事顿时变成了火场。更让保安纵队尴尬的是，在遍地开花的烟火里再也无法瞄准，而马二梭他们一下子就冲到了工事里。除去退回到村子里的人之外，至少有一个连的保安纵队，眨眼工夫全死在马二梭他们的火雷弹中。

已经迂回包抄到村西的第一连，是以钉子式队列进攻的，警卫员出身的李家常善打这样的仗，这样的队列不影响冲锋速度，但同时又多了一份意外出现时的机动策应性。还有，以这种形式进攻，敌人很难辨别虚实。隐蔽在村西口的保安纵队果然被第一连迷惑住了，耐不住性子的营长先是嘟囔着骂了一句作死，接着就扣响了扳机。几个八路军就敢袭击两个团的保安纵队，怎么看都是拿保安纵队不当菜的，保安营长骂着发出开火命令，正好让李家常选准了攻击目标。西街口的第一连应该算是得手最利索的，而东街口的第二连恰恰相反，他们刚刚形成包抄态势，马上就发觉自己被身后的敌人反包抄了。

背后反包抄的是114师团的先头部队，兵力是一个大队，一个大队的日军是在完成反包抄之后开的火，等到第二连的背后响起密集枪声时，他们等于被堵在了夹缝中，前胸后背都是敌人。孔雨林发出了撤退的命令，但是命令等于空说，所有人都明白，第二连已经无路可走了。孔雨林先骂了一句"马二梭你个混蛋"，接着就把上衣扒了，手枪斜插到背后，又在胸前挂上了十几颗手榴弹，然后他把头部中弹的机枪手抱在怀里，哽咽着说了一句"等着我兄弟"，顺手抱起机枪。孔雨林是端着机枪重复命令的，重复命令时他还死死地盯着莫如石，说："我留下一个排掩护，你带其他人撤出去。重复我的命令，不许回头！"莫如石半俯着身子向孔雨林敬礼，随之就用手枪抵住了自己的太阳穴，说："现在我代表第一排发出请求，请求连长退出……"接着又喊："第一排的同志们，以命请求！"

第一排所有人都用枪口抵住了胸膛。

孔雨林是含着泪水带队撤出的，他还想以原路退闪的方式，悄悄脱离日伪军的夹击，但原路已被日军截断了。留在东街口夹缝中的莫如石清点了一

桃花瞳 095

下人数，然后又把剩下的人一分为二，背靠背分别向村里村外还击。至于自己怎么死，哪个瞬间死，所有这些已经没有必要考虑了，只要还能抠得动扳机，那就是让敌人先死。

运河湾里突然起了风，风卷起尘沙，尘沙填满了村庄、田野，还有沟沟坎坎的缝隙。尘沙还把运西新一团的其他四个营分隔在不同的地方，谁都不知道对方在哪里，而独立营发起的袭击战只持续了一个多钟头，这跟当初设想的一方坚持三到五个小时还差得多。团长杨甬力是在第二天夜里找到的独立营，他原本是要了解敌情与战况的，结果发现营长马二梭已被二连连长孔雨林逼问得一句话也说不上来了。孔雨林是咆哮着要跟营长马二梭拼命的，他说："马二梭你是当营长的料吗，你有资格当营长吗，你这是拿一己之勇葬送革命的本钱，你这种拿着战士生命当儿戏的作风该受军法处置！"孔雨林最后又号啕大哭，说："我的新兵连没有了，我的副连长兼排长没回来，我的第二连已经打零散了。你知道吗？你知道吗？"马二梭拿手挖着脸上的尘沙，先挖的是眼睛，眼睛从尘沙里露出来，血红血红的，看着像是在炭火里烧烤了一整天的。他瞪着血红的眼睛望着孔雨林，那时候他还不知道第二连已经减员大半了，这还不包括负伤的。

沼田德重是在尘沙弥空的那一会儿发出的命令，命令是按原标尺向花家岗子村开炮。炮火催燃了尘沙，炮火夷平了村庄，炮火还让保安纵队的两个团葬身于尘沙。炮火是从明治三八式150mm野战榴弹炮筒里发出的，36公斤的榴弹出膛就像火球，有一阵子还是加了纵火弹的。打到正浓时，师团长沼田德重又命令随后赶来的重炮联队，重炮联队使用的是八九式150mm远程野战加农炮，弹丸重量是40.2公斤。被火球炮弹震醒了的刘百湖哇哇大叫，说为了几个八路军灭他两个团，明显的是不拿保安纵队当人，而他们是夹着尾巴帮皇军打天下的。师团长沼田德重也哇哇地大叫，说："你的刚才说是八路军主力！"

一场没有真正形成逗狗杀狗格局的袭击战，最终又以人狗撕咬的遭遇战结束，这对运西新一团来说，不能不说是个伤不起的教训。

第十四章

营长马二梭是从东街口的枪声中发觉出敌情有变的，在那之前他已带特务连堵住了北街口。北街口里的敌人完全被伴随着浓烟翻滚的爆炸声吓蒙了，他们无法判断这种在爆炸声中漫天飞火的东西是从哪里发射的，甚至说不出这东西叫什么。许多人都在那一刻里猜想，八路军正试图用小部队勾引他们出村，他们只要一出村，马上就会钻进八路军早已设下的圈套中。那些在隐蔽工事里准备看清眉目再开火的保安纵队，纷纷离开隐蔽工事，马蜂追着似的又退回到村子里，结果街中心的保安纵队挤成了人疙瘩，最后又在长官的喝斥声中向东西村口聚拢。马二梭就是在那个空档里把特务连分开的，黑豆带着十几个人去了西街口，他自己带着十几个人去了东街口，那时候日军先头部队已经完成了反包抄，半月状的密集火力正倾泻在第二连阵地上。

连长孔雨林几乎是以挤门缝的方式挤出了一个缺口。其实，那不能算是缺口，在没挤出门缝之前，第二连已经出现了巨大伤亡，及至要带着三个残缺不全的排撤出时，他只有从日军队列中劈开一条门缝。准确地说，他们是从死挤硬踹中冲出的，除了鲜血铺满一地，他们还促使日军先头部队更加疯狂，落入反包抄火力网中的人再要出来，想也别想。

营长马二梭几乎与拼命突围出去的孔雨林脚赶脚。

马二梭带的这十几个人里，只有三个是当初从牤牛山带回来的。这三个人参加过徐州会战，在葫芦头阵地上打过日本人的骑兵大队，他们被营长马二梭从死人堆里扒出来之后，就认定了横竖不过是个死，从战场上返回来如果还能吃饭，那就是个活的。当他们又要跟着营长马二梭解救落入包围圈的第二连时，他们依旧不想生死，仿佛生死是跟他们没有关系的，只要营长马二梭说照死里打，他们马上想到要死也得敌人先死。哪怕营长马二梭只说一个"打"字，他们也照样会把自己的生死扔在脑后，再冲再杀还是不顾生死的。跟这三个老兵相比稍差些的，是肖八万他们几个半道上加入独立营的，在没归附运西新一团之前，他们只刺杀过单个的日本人，最大的也是最危险的一次，不过是运河堤上伏击侯得才，再有就是从矿警队库房里搬走枪支弹药。严格说，他们还没有真正上过双方面对面的战场，而这种在敌人堆里冲杀的方式,对他们来说又似乎残酷了些。但肖八万一直记着他是受过日伪军折磨的,日伪军把他放到燃着劈柴火的热锅里炙烤,原本就没想着让他活,论起来他也是死过一次的人了,再死一次还是个死,连想都不用想。而李大囤一直被表哥郭先考的死亡激愤着,那样的激愤也化成了生命中的一部分,仿佛活着就是要为表哥报仇的,杀死两个敌人他就会分给表哥一半。还有,当初大围子村一共是22个加入独立营的,运河堤上的伏击战死了8个,那之中有两个还是他的前后邻居。那么多的仇恨包裹着,除去找敌人拼命,除去把可恨的人杀掉,李大囤不知道他还能干什么。

这样论着,除了被黑豆带去的得印,这十几个人里只有豌豆和立冬是最弱的了。看着得印弯腰系鞋带,得印还退出子弹壳又上了顶门火,后来他还咯吱咯吱地咬牙,马二梭一句话也没说,他原本是要得印跟紧黑豆的。但马二梭还是瞟了一眼跟在他后边的豌豆,豌豆的脸已经涨成紫红色,握枪的手上暴出青筋,青筋暴着像是抓了满满一把青豆角。豌豆还帮着立冬把滑落的子弹袋拉周正了,立冬却一下子拽住了马二梭,说他看见日本人了,日本人把第二连包到包袱里了。立冬说:"营长,日本人在背后打我们,我们得绕到他们背后去。不在背后打,咱们都进去也带不出二连来!"

马二梭随即改变了解救方式,他们与突围出去的孔雨林脚赶脚错开了。但是,马二梭没想到他们的背后还有日本人,那些人才是114师团的主力。

夹层油饼似的攻防进退战只是几分钟的时间,花家岗子村东口的枪声渐渐稀疏下来,最后响的是一声手雷的爆炸,爆炸声没响之前好像有人喊了一句话。那个人的嗓子是沙哑的,喊之前也一定用了很大的气力,但是喊出来的话却像是掺了沙土的,喊的应该是"来吧,倭寇贼子"。喊出来的话不及扩散成余音,爆炸声就响了。爆炸声响过之后,先是几秒钟的沉寂,继之是日本人的号叫。马二梭他们听不懂日本人号叫的是什么,即便听得懂,他们也没心思去听,因为他们都被那一声沙哑的呼喊搅乱了心神。马二梭他们是在奔跑中绕到日本人背后的,所有的人都好像忘记了营长马二梭的存在,绕到日本人背后就各自开了火。他们没寻找掩体,他们甚至没顾忌前边的日本人也会反身向他们开火,他们只是瞄着日本人的后背开枪,直到东街口最后一声手雷的爆炸响起,直到几秒钟的沉寂过后大批日军蜂拥而至。

豌豆打倒四个日本人之后就放下了枪,他嫌一枪一个不过瘾,他翻滚着挨个抢别人的手榴弹,抓到手里就投出去。豌豆的手榴弹投得又准又远,这或许应该归功于豌豆少年时期的仇恨记忆，再有就是常年抱着瘫子爹挪地方练出的臂力。少年时期的仇恨记忆是算在孙老安头上的，孙老安戳弄着要补办青龙节，又戳弄着马靠靠激他娘的火，他娘为了证明自己是清醒人，自愿扮演白虎，宁愿憋死也不把压在身上的碾砖掀掉。少年豌豆记着娘的死跟孙老安有关，跟马靠靠有关，跟不怀好意的孙花头有关。豌豆就在孙老安的坟头上摆一个长了黑斑的红薯，然后在远远的地方甩石子击打，红薯打烂了再换成半块砖或者一个瓦片。豌豆也打过孙花头的坟墓，运河决口淹了孙花头的坟墓，马靠靠也离开了紫云寨，豌豆就甩着胶泥弹子击打想象中的仇人面孔，一把把的胶泥弹子甩到树枝上，树叶纷纷落地。后来立冬也想改用手榴弹，但手榴弹都被豌豆抢走了，立冬就从一个树坑里跳出来，端着枪又往日本人跟前跑，看着像是要拿刺刀穿糖葫芦的。所有人都想不到立冬会用这种方式提高射杀速度，受了启发的肖八万也端着机枪往前跑，跑着打着，看着日本人一排排倒下他还流出了口水。马二梭也跳起来，他跳起来是要拉回立冬的，立冬却躬着腰趴下了。马二梭怒吼："八万，马上把立冬抱回来，抱不回来我毙了你！"

扔光了手榴弹的豌豆突然发出一声尖叫，豌豆的尖叫声让所有的人都为之一震。豌豆说："营长，我们后边又来日本人了，一大群！"

尘沙就是这时候卷起来的，接着就是漫天混沌，接着就是撕天裂地的隆隆炮声……

尘沙是第二天中午停息的，尘沙停息之后，运河湾里的人发现一切都改变了模样。房屋和树木都变成了土黄色，原先挂满露珠的庄稼全被尘沙糊住了，树枝一下子粗了许多。被风刮断的芦苇露着尖尖的断茬，断茬上也积满了尘沙。村庄变成了硕大的失了水分的蘑菇，而道路根本分辨不出，人在记忆中的道路上行走，踩出的脚印会在片刻间无声息地复原，整个运河湾像是绝了生息的。假若这时候寻找移动的目标或者正在说话的人，即便找到了也会大吃一惊，因为说话的人也被尘沙包裹着。随着声音的发出，积聚在头脸上的尘沙会像筛下的面粉，慢慢显出两片皲裂了的干成黑紫色的嘴唇，而眼睛的复明则要靠睫毛的颤动。

在四周长满了紫柳和挂了一身尖刺荆条的窝棚里，累得几乎直不起腰来的护士香芝，好大阵子才在血污里认出了弟弟立冬。苏醒过来的立冬却不眨眼地盯着姐姐，仿佛这个叫香芝的姐姐是好多年没见过的，细想想，他们分开的时间还不到半年。立冬叫了一声姐姐,香芝咬着手指不哭出声,但立冬接着又笑了,说自己已经不是原来的立冬了,那个立冬只知道贪玩,只知道跟姐姐瞎闹瞎乱,只知道在早饭要吃的咸菜丝里多滴香油。现在的立冬是个战士,还是个不怕死的,还是个敢端着枪向敌人身边冲的。立冬说他那一会儿最恨的不是跑得慢,他恨的是枪,从枪口射出的子弹,为什么不能像运河湾里下冰雹那样,让日本兵呼啦啦一倒一大片。立冬说,他那一会儿差不多算是看清日本兵的眉眼了,日本兵看见他端着枪猛扑过去就紧着眨巴眼。但是他没想到,眨巴着眼的日本兵会偷偷给他一枪,他明明知道自己负伤了就是不知道疼,倒下了他还想再打一枪,结果他的手就找不到扳机了。

立冬伤的是肚子,肚子被子弹打穿了,战地医生原以为子弹会留在肚子里,结果发现子弹是斜着钻出去的。这样的贯通伤很容易康复,只要不让枪眼里流脏物,只要脏物不引发感染,作为一个充满青春活力的农家少年来说,这样的伤其实也算不了什么,何况还是一个时刻准备要康复归队的八路军战士。医生把手术之后的护理全部推给了护士,而护士要做的就是想尽一切办法让伤员退烧,再有就是把一种称为麻舌头的树根放到伤员嘴里。伤员拿牙咬住树根,整个嘴里都是干的苦的辣的,舌头也会因又涩又麻而发不出声来。麻舌头树根是用来对付巨大疼痛的,比如拿锯锯掉保不住的烂腿烂胳膊,那样的疼痛不是说个忍就能忍住的,护士就从口袋里掏出一节萝卜干一样的树根,伤员拿牙死死地咬住,接着就发不出撕心裂肺的喊叫声了。香芝也想着往弟弟嘴里塞一根,但是立冬只在医生拿镊子寻找子弹头时说了一句话,立冬说的是:"姐,看见我想张嘴你就打一巴掌,打一巴掌我就知道独立营的人不能说疼。"

香芝就是那一会儿流下的眼泪,她想着弟弟已经是一条汉子了,紫云寨的马家人死也不会哀号的。香芝后来还岔开话头,先说了自己会换药包扎了,拿棍子捆绑断肢也知道怎样打绳结了。香芝说,等她学会做手术时,团长会让她到独立营干卫生员,当然,她做手术也许只能处理腿上胳膊上的外伤。香芝说到这些话时,还拿眼角瞟窝棚外边,压低声儿问弟弟这一仗是不是没打好,独立营二连是不是伤亡特别严重,逗狗杀狗的战法是不是弄糊涂了。香芝最后又望了一眼不远处的地窖子,说:"团部正在开会,二梭叔好像受批评了……"

运西新一团的紧急会议正在地窖子里进行。说起来也不像是开会,因为

100

除了团长杨甬力拿手在口袋里摸索，其他人根本看不出是想听还是想说，而蹲在地上的侯得章几乎跟窒息了一样，愤怒和痛苦让他的脸变了形，变了形的脸上唰唰地滑落尘沙，眼睛却是死死地闭着。

参加会议的是几个营长，他们已经汇报了各自的行动，除去独立营与敌人交了火之外，其他几个营还在等待着逗狗杀狗的最佳时机。但当马二梭正要坦陈他是犯了主观武断的错误时，团长杨甬力却摆手制止了他，而马二梭原本还想说，他没想到一个村子里会有两个团的保安纵队，看到他们烧杀村里人，看到他们祸害女人，他还以为是日本人的先头部队。团长杨甬力在那个节口上摆手示意，不要说马二梭不明白为什么，其他几个营长也不明白为什么，尤其是侯得章。

侯得章是得到消息之后第一个赶到团部的，那时候他还没接到召开紧急会议的通知，他先看的是新兵连，而连长孔雨林先说的是："再不要说新兵连了参谋长，新兵连被打哗啦了，新兵连被打零散了，副连长莫如石也牺牲了，到现在连个全尸也找不到了！"侯得章听了就蒙了，刚要说找马二梭理论，立刻就被剧烈的腹痛制止了。侯得章几乎是抱着肚子进入的地窖子，巨大的汗珠冲刷着脸上的尘沙，直到一双血红的眼珠露出来，他才厌恶地扫了一眼马二梭，那时候马二梭刚刚要说，他没想到一个村子里会有两个团的保安纵队。侯得章竭力想弄明白团长杨甬力为什么制止马二梭。没想到是理由吗？指挥员可以想当然地指挥部队吗？胜败是以战士的生命为代价的，容得指挥员的莽撞武断和极端个人英雄主义吗？假若没有突然而至的风暴沙尘呢，假若天气变化只是一股小风一阵细雨呢，被敌人反包抄的第二连还能剩下一个活的吗？但团长杨甬力同样制止了侯得章，接着他就从口袋里摸索出几个烟蒂，然后从帽耳朵上扯下一页纸片，从开始听汇报他就收拢几个烟蒂里的烟末，几个营长汇报完了，那根烟也没卷起来，而那几个烟蒂里几乎没有多少烟末。

团长杨甬力总算把烟卷成了，大概是废纸片太破旧的缘故，卷成的喇叭烟看着更像没长成的豆角。团长杨甬力吸了几口又让其他人轮着吸，临到侯得章时他说，其实战争状态下会遇到许多假若，许多假若都是存在的，而人们总是爱在战斗受挫，或者是出了伤亡之后，去设想许多假若。假若是什么，假若就是意料之外，而意料之外几乎会伴随战争的始终。团长杨甬力又从侯得章手里扯出卷烟，狠狠地吸了一口，又说他不想在这个紧急会议上说假若了，

桃花瞳　101

因为反扫荡还要进行。他要说的是，至少保安纵队的两个团不存在了，至少一个大队的日军所剩无几了，如果说敌人烂的是一个和面盆的话，那么，烂了一只碗的这一方就是最大获利者。更关键的是，日军师团长沼田德重已经被这次突袭战激怒了，逼着刘百湖寻找新一团主力，他最想要的就是与新一团主力决战。疯狂就是灭亡，更加疯狂就是加速灭亡，这正是反扫荡中必然出现的规律，前提是怎样把敌人的疯狂，转化为将其歼灭的有利条件。团长杨甬力手中的烟蒂是吸到烧嘴时扔下的，扔下了又望着几个营长，说："我想听听下一步……"

一直到会议结束，马二梭再没说一句话，一个更大的决心正在他心里汇聚着，那时候团长杨甬力刚刚说过疯狂就是灭亡。如果窝棚里只有他一个人，他马上就会冲出去。

会议决定独立营暂时休整，休整地是一个叫鲇鱼潭的地方，在花家岗子村的正北偏西，距离出发地大约有半天的路程。那个地方差不多算是河套的中心，除了高高矮矮的紫柳，最多的是割不净的蒲草，再有就是纵横交错的河汊子。运西新一团刚组建起来的那一段时间，那里曾做过几个月的团部驻地，一个不足百人的小村子，男男女女几乎都知道团长杨甬力是湖南浏阳人，在童子军当队长时还没有一条枪高。让独立营去那里休整，正是利用了那里的群众基础，再有就是相对安全的环境，在敌人的夏季大扫荡到达那里之前，独立营会过几天平静日子，这对一支疲惫不堪又伤亡惨重的队伍来说，应是十分重要的。

当然，从中也可以看出，团长杨甬力对马二梭独立营有着特殊的偏爱，甚至是保护式的。马二梭没有表示反对，也没说独立营根本用不着休整，他是默默接受的，出了地窖子他就向三个连长做了传达。孔雨林一眼也不看营长马二梭，他是朝着东南方向的花家岗子张望的，望着摘下帽子，在戴上帽子之前他还在脸上擦了一下，然后头也不回地带着第二连先走了。倒是第一连连长李家常出发前先向营长马二梭行了礼，转身要走时又说了一句话，说的是："不论胜败，看见敌人施暴就出击，是恨；看见老百姓受凌辱就出击，是爱。单就出发点来说，都没有错。"

以后几年，在马二梭短暂的生命历程中，他一直记着这句话，想起来就觉着这些话是刚刚听到的。但是，那一刻的马二梭正被一个更大的决心激昂着，或者说是冲撞着。他悄悄地拽住了黑豆，话还没说呢，他先在黑豆肩上抓了一把，那一把是按压着抓的，手指几乎插进了丁黑豆的肉里。

黑豆就把头昂起来了，说："马营长你什么话也不用说，你越不说我越知道按压肩膀是什么意思。第二连走时你望着的是孔连长的后背，李连长走时你是还了礼的，临到特务连了，你把手放到我肩膀上按压，你说我连这是什么意思都不明白吗？孔连长头也不回地赌气先走，是他心疼二连弟兄的伤亡惨重，李连长说那句话，是为了让你想想该不该愧疚和自责，可你偏偏是怀着不服气的。还有，先前你还想着打一个漂亮仗算是侯得章的。马营长，你是不是想着休整之前再干一仗？如果是，你就把我算上！"

马二梭伸出两个手指，手指的是得印和豌豆，意思是不让他们跟着，因为他们两个正抬着伤了肚子的立冬。马二梭还想瞒住李大囤，李大囤的表哥郭先考已经牺牲了，一块儿出来的表兄弟，最好能有一个活着回老家的。但是李大囤却偷听了他们的话，李大囤的眼珠子立时又红了，说他知道营长和连长都是原运河独立营的，活也罢，死也罢，营长、连长走到哪里，他就会跟到哪里，谁也别想把他撇开。谁想把他撇开，谁就是想着他表哥是该死的。结果能撇开的只有抬担架的和躺在担架上的，算起来能马上投入战斗的还有16个人，而当初划归新一团单列独立营时，特务连是27人。黑豆又不眨眼地望着马二梭，意思是人多人少一样，只要想再打一仗，那就再打好了。马二梭紧走几步追上第一连，然后又带着抬担架的几个人越到第一连前边，这样，第一连就成了断后的。马二梭是以扎绑腿的方式闪开队列的，等到特务连赶上来时，他悄悄地向黑豆做出了一个岔开的手势。

马二梭的率性行动又一次出现，没想到他们胡乱闯入的日军宿营地，竟然是114师团的指挥部，而师团长沼田德重竟然是赤裸着挨了三枪。

日军中将师团长沼田德重，最后是死在济南日军医院的。他受伤之后大扫荡就草草收兵了，因为急着护送师团长沼田德重，114师团还丢下了许多扫荡之初带出来的重型装备。马二梭不能再说没想到，知道这一切，也已是一个多月之后，那时运西军分区已经成立，运西新一团变成了独一旅，司令员杨甫力同时兼任旅长。而因赶芦席大集侥幸躲过一劫的花家岗子年轻人，一百多名集体加入了独立营。

第十五章

那天马二梭是故意让特务连落在后边的，他宣布过休整地点之后就开始训斥黑豆，他还嫌弃黑豆的绑腿没扎紧，没有人知道他是故意拖延时间的，而前边的两个连都知道去鲇鱼潭走哪条路。看着孔雨林头也不回地带走了第二连，他又紧着从特务连剔出了抬担架的，等到周围重新安静下来之后，他向剩下的16个人打出了行动的手势。其实，直到这时候，马二梭仍然没想出来该去哪个方向，因为他没有得到一点儿具体的敌情消息，况且，他还不想让团长杨甫力知道他没去休整。其他几个营长他也想瞒着。还有，能找到多大规模的敌军，十几个人的特务连能打什么样的战斗，马二梭心里还没有数。

特务连是带着瞎蒙的冲动估摸着出发的。按照马二梭的推想，敌人的大部队是从东面的泰莱山区压过来的，过了运河就铺开了平推式的扫荡阵势，目的就是把八路军挤到无路可退的黄河边，然后再一网打尽。花家岗子的战斗结束之后，日伪军不会返回河湾县城，也不可能长时间地原地停留，他们要继续扫荡，还会再向西推进。也就是说，只要顺着花家岗子的方向往西追赶，就一定能找到敌人。黑豆认可营长马二梭的分析，他还跟着补了几句话，说根本用不着犯心思，也不用按直线寻找，几千人平推着扫荡，要么走扇子面，要么是两翼突出大拉网，那就随便截击好了，别管小队中队，逮住谁打谁，碰到谁打谁。

吴春牛说："那要是遇上一个联队呢？"

黑豆说："看见满满一锅大白馍，你会嫌多不吃吗？"

他们是在太阳似落未落时发现的目标。目标是一大片坟地，坟地夹在一大片树林子里，除去坟墓周边的柏树像是死者后人栽种的，坟地四周大多是荒着生的杂树。树林子的西北西南有两条路向前延伸，周围都是一马平川的开阔地，一条由东向西的土路在树林子的东边岔开。看着像是谷子的地里，按季节应该齐膝深的春谷，现在已很难分辨高矮，谷苗还被几天前的尘沙覆盖着，只有高出谷地的田埂上，才有稀疏的芦草和青灰色的节节草露出来。错落着搭起来的是帐篷，帐篷是草绿色的，搭在杂树林里像是多了几丛低矮的灌木。不时有日本兵围着帐篷进进出出，有人还把香炉里的灰倒掉，站在

104

帐篷口噗噗地吹。一群打着响鼻的战马打圈儿拴在树上，马不时地刨着地上的青草。马蹄下扬起尘沙。长长的炮筒从罩棚卡车上伸出来，怎么看都像一棵棵横生的柏树。坟地里居然有几间房屋，房屋居然还是垒了青砖间脚的，房屋里还有炊烟冒出。肖八万忽然拿手拍打额头，说河套口，风沙多，韩家坟地老鸹窝。肖八万说："我知道了，这是韩家坟地，当年还是请人看的坟地风水，整个运河湾里数他家的坟地好。冒烟的房屋是护坟人住的。"

吴春牛拿嘴角撇肖八万，说："你说这些有啥用，你该说清老鸹窝里边有多少老鸹。哎，不会是一窝一窝的吧？"

十几个人都趴到地上望营长马二梭，马二梭拿手指拨弄着松软的地埂子，看着像是闲散下来随意玩儿的。假若绕到前边看他的眼睛，马上就能看出马二梭的眼神里，此刻正游弋着一种由报恩包裹起来的懊悔与坚毅。地窖子里的紧急会议上，团长杨甬力原本应该狠狠批评他，不管战果如何，不管伤亡比谁大谁小，毕竟是判断失误了，毕竟是逗狗杀狗的机动战，让他打成了两败俱伤的胶着战。他那一会儿要刨出自己的根底，完全是心里所思所想的，他要把一切责任都揽起来。还有，侯得章对他的怨恨甚至是恶心，他也可以忍下来，哪怕侯得章说他是故意葬送新兵连，哪怕侯得章说他安排第二连从村东包抄，就是要让日本人下手的。第二连就是新兵连，他们是侯得章的心肝宝贝，新兵连没有变成独立营第二连之前，他们都是侯得章从运河湾里精心挑选出来的人尖子，而副连长兼排长的莫如石，更是被侯得章寄予厚望的。但是团长杨甬力却制止了侯得章，其实团长杨甬力知道侯得章要说什么，制止不过是不想伤了他的自尊。马二梭知道他的自尊在哪里，他更知道再一次违反军纪是出于什么目的，他甚至也想到了特务连无人生还的后果，但他就是不能阻止由激昂着的心火助燃起来的冒险行动。马二梭这一会儿又把牙咬住了，后来他还从地埂子挖出一把潮湿的泥土，并恶狠狠地骂了一句："开阔地中心安营扎寨，狗日的真会选地方啊！"

黑豆说："是一头上足膘的肥猪，就是个头大了点……"

李大囤拿胳膊肘捣捣肖八万，肖八万冲李大囤咧咧嘴。紧挨着黑豆的吴春牛还是想戳弄肖八万，揪了一节芦草捅肖八万的耳朵，又问肖八万是愿意吃肥猪肉还是愿意吃瘦猪肉。吴春牛说："哎，知道个头大是什么意思吗？就是怕把你的嘴撑裂了，你的嘴一咧就成裤裆了！"肖八万知道吴春牛是讥讽他听见说猪肉就流口水的，吴春牛还时常跟他显摆自己打过徐州会战，但

桃花瞳　105

是，经历了花家岗子恶战的肖八万，也已经算是从死人堆里爬出来的老兵了，他完全明白营长马二梭是在恨里加了赞叹的。开阔地上宿营，对于缺少重武器的八路军来说，只能是可望而不可即，日本人却可以凭着重武器一打八面。而连长丁黑豆的意思是说对手人太多，远打不解恨，冲进去就再难出来。肖八万说："裂成裤裆先把你的头装进去，想吃猪尾巴也得咬你知道的！"肖八万这句话说得实在巧妙，连正要做出布置的马二梭也笑了。

马二梭说的是，等到夜影子下来就往里摸，两个人对付一个帐篷，先扔手雷再开枪，然后趁着敌人的慌乱劲儿快速撤出。当然，如果再能弄一批武器弹药，那就再好不过了。

似落未落的太阳终于落下了，夜幕降下来，开阔地变成了一顶硕大的蚊帐，坟地里蠕动着鬼一样的影子。影子是游动哨。游动哨生起篝火，篝火把黑暗切割成大小不等的方块，原本高矮不齐的树木，反倒在明亮与黑暗的交错中，变得像排队一样规整了。坟地中间的屋子里传出呜呜咽咽的声音，也不像哭，也不像唱，断断续续仿佛是喉咙里塞了东西的。马二梭先说了一句避开火堆，接着把手向下一劈，十几个人就地散开，匍匐着向坟地爬行。积了尘沙的谷地里多了十几个蠕动的活物，活物是运河湾里的血性汉子，他们不会去想这样的行动算不算莽撞，摸进去还能不能活着出来，他们也许想了也许没想。既然营长马二梭是窝着心事要单独行动的，那就用不着再想是死是活了。他们甚至有些喜欢这样的黑夜了，只有这样的黑夜，才能把他们要干的事干了，哪怕去死。

其实黑夜并不是眼睛死死闭合那样的黑，黑夜却又真是奇妙的，明明是移动的物体，明明是模糊着可分可辨的，多了一堆明亮的火光，模糊着的黑夜反倒变成拿黑泥垒砌的高墙一样了。篝火旁边的游动哨大概也意识到了这一点，原本是冲着黑夜撒尿的，尿着又转回身，好像真是尿到黑泥垒砌的高墙上了，游动哨把尿撒到篝火上时，还拿眼睛望着裤子。撒尿的游动哨是马二梭干掉的，马二梭爬到距离篝火还有五六步远时一跃而起，刺刀划了一个大开大合的弧形，最后在柔软的脖子上找到连接点，那时候游动哨正要提裤子。十几个人差不多是同时行动的，十几个绕着篝火转来转去的身影倒下了，篝火依旧燃烧着，噼噼啪啪的响声是湿劈柴崩裂时发出来的。声音很脆，也很短暂。坟地屋子里的呜咽声却清晰了许多，呜咽声里还有一个人像是笑的，笑声最后又跟帐篷里的呼噜声掺合在一起，整个坟地仿佛是驮在马背上的。

坟地正中再没有岗哨，只有一匹马打了一声撕布一样的喷嚏，也许是被草中的异物扎到了喉咙，也许是惊骇着飘忽不定的黑影。

马二梭贴着墙根移动到屋子的前面。屋子的当门房梁上吊着一个盆口粗的半截铁桶，铁桶里伸出两条羊腿。铁桶下边生着劈柴火，烧火的是个反绑住双手的老男人，老男人的嘴里塞了一团黑乎乎的东西。老男人是用脚踢着蹬着添加劈柴的。一个比筛子还大的条筐在窗子旁边挂着，条筐上搭着一张羊皮，刚剥下来的羊皮滴着血。沸腾的蒸汽和燃烧着的劈柴火形成热流，热流摆动着悬挂的羊皮，迎面墙上放大了羊皮的影子。靠东墙地上是个宽大的芦席，芦席上并排躺着三个一丝不挂的人，一个男人是躺在中间的，躺在两边的是母女。躺在中间的男人忽然跳起来，先把靠北墙立着的笋柜放倒，又呜哇着把缩成一团的女孩子拉起来，拉着扯着把女孩子平放到笋柜上，接着又冲地铺上的老女人招手，意思是让老女人按住挣扎的女儿胳膊的。老女人爬着跪着给男人磕头，生火的老男人双脚搓地，嘴里又发出呜呜咽咽的声音。站着的男人从黑暗处摸出刀来，刀在老女人的胸口划一下，然后又将刀按在女孩子的脖子上。老女人从地上爬起来，先在自己脸上掴一巴掌，接着就抓住了女儿的手，女孩子的脑袋在笋柜上发疯似的摆动着，老女人就死死地合上了眼睛。放下刀的男人嘎嘎吱吱地笑了，他还偏着头朝烧火的老男人点点头，然后抓住脚踝把女孩子扔到地铺上……

笑着的男人还用中国话跟烧火的老男人开玩笑，说："老头儿，你们该多生几个闺女，一个太少了！"

马二梭就是这时候开的枪，他朝着怪笑的男人连开了三枪，大概是愤怒塞满了胸口的缘故，开了枪的马二梭竟然有一阵子喘不出气来。还有，那一张晃荡着的羊皮也仿佛整个儿塞到了喉咙里，但马二梭还是跺开了屋门，又用了几乎是咆哮一样的吼叫，说："穿上衣服快跑！"

坟地的枪声很密集，许多枪声并不是马二梭他们打的，其实马二梭他们并没打多少枪。被手雷炸昏了的日军无法判断偷袭者的火力位置，他们甚至看不到偷袭者是从哪个方向冲进坟地的，没被炸死的就胡乱冲着枪声还击，而那些枪声或者是从另一个帐篷里射出来的。肖八万把子弹打光了，还是找不到存放武器弹药的地方，又偏偏闻不惯汽油味，赌着气把最后一颗手雷扔到汽车上，结果引爆了满满一车武器弹药。吴春牛骂了一句"八万个傻熊"，就听见黑豆劝营长马二梭撤离，营长马二梭正被巨大的愤怒燃烧着，偷袭前

桃花瞳　107

说过的话早已忘得干干净净，他那一会儿说的是："趁着敌人的慌乱劲儿快速撤出。"黑豆几乎用了哀求的口气，说："撤吧营长，再不撤就没机会了，特务连全死了就没有独立营了！"马二梭这才发出了撤退命令，他说："快，骑马走！"

偷袭坟地的事过后好多天，马二梭还在想他那天晚上的命令，越想越觉着那个命令发过头了。他竟然说骑马走，他那一会儿就应该明白，十几个人的特务连，有一多半还从来没见过日军战马。而从来没见过日军战马的肖八万，居然把所有的马缰绳都解开了，肖八万原本还想着像放羊一样赶着马走的，没想到所有的战马都跟在后边奔跑，结果一个日军骑兵大队的战马都到了独立营的休整地。

尽管马二梭刻意记着尽量不再说没想到，但他千真万确是没想到，挨了他三枪的裸体男人竟然是日军中将师团长沼田德重，而沼田德重竟然没有当场毙命，这也是马二梭没想到的，他记得那三枪全部打中了。而对血债累累的日军第114师团和禽兽不如的沼田德重，再过多少年也不应该忘记，他不但可恨可耻，更是罪大恶极，尽管他是在无防中挨枪的！

日军第114师团是由预备役士兵编制而成的，侵华战争中，曾经参与过灭绝人寰的南京大屠杀，可谓恶行累累，罄竹难书。1938年2月，该师团被编入华北方面军战斗序列，随之参加了徐州会战。

师团长沼田德重，日本茨城人，先后毕业于陆军士官学校和陆军大学第27期，由少尉衔逐步升迁，后至华北方面军第12军第114师团中将师团长。1939秋聊城沦陷，坚持在敌后"守土抗战"的民族英雄范筑先专员壮烈牺牲，涌进城内的日军实施了屠城式的烧杀淫掠。敌酋沼田德重一人奸杀少女25人，并声称要以淫乐万名处女为最高荣誉。花家岗子大劫难中，由保安纵队司令刘百湖亲自挑选的十几个漂亮女孩子，全部被其淫乐之后杀死。

奇怪的是，对日军第114师团在运西地区的惨败，当时的日本新闻报刊只字未提，甚至连沼田德重之死，其内部资料中也只含混地简记为"运河西，战病死"。显然，日军为稳定军心，或者是对其禽兽行径有意避之，故对运西大扫荡这段历史刻意进行了掩盖，以致形成了历史盲点。

这是后话。

而对于屡屡违犯军纪又屡屡让他人刮目的马二梭来说，一次由催燃着的自尊心创造的偷袭奇迹，本该让他自豪许多天许多年，可他心里反倒是虚空的，他甚至于连一次欢畅的大笑也没有。直到那一百多名花家岗子的血性汉子找到他，喊明口地要加入独立营时，他才无声地点了点头，然后说："你们要加入独立营，我感谢你们……"没有人知道营长马二梭为什么要这样说，有两个字原本就是现成的：欢迎！

那一百多名血性汉子，是在大劫难发生后的第五天返回花家岗子村的，一年一度的邻县芦席大集前后三天，一来一回又需要两天。那时候村庄已经没有了，甚至说残垣断壁也不准确，准确说应该是一片血肉泥沙。他们无法分辨房屋位置，要寻找掩埋冤死的亲人根本不可能，他们唯一能做的就是记住花家岗子，然后再用自己的血肉之躯呼唤故人幽灵。于是他们在鲜活的记忆中站起，找到新一团团部时他们一滴眼泪也没流，当他们从团长杨甫力口中获知了大劫难的前因后果之后，他们异口同声地说要找一个叫马二梭的营长。营长马二梭先流泪了，尽管他从记事起就不曾哭过，他甚至不知道眼泪是怎样流出来的，但他只在那一百多人的脸上望了一眼，眼泪一下子就溢满了眼眶，随后就说了一句莫名其妙的话，他说："你们要加入独立营，我感谢你们……"马二梭那一会儿决不会想到，也不可能去想，紫涨着面孔要加入独立营的血性汉子中，会有一个叫花子余的人，最后成长为新中国的将军。共和国成立之后的第三年，将军花子余又回到运河湾，完成了花家岗子墓碑地的选址，接着就跟人打听马二梭，意思是要邀请马二梭参加落成仪式的。不过，那时候马二梭已经死了，坟墓周边钻出了许多紫柳条，紫柳条上挂满了嫩芽。

马二梭是喊着黑豆的名字走到那一百多人面前的，黑豆跑过来向他敬礼，他又改口叫了一声丁连长，说他要给特务连完备建制，还说完备建制之后，独立营也要搞一次联欢。但说了这句话之后他又沉默了，他还用牙咬住了下嘴唇，接着他走到队列中间，望着一个跟他一样也用牙咬住下嘴唇的人，说："你叫什么名字？"那人也学着连长丁黑豆的姿势敬礼，然后又用了略显羞涩的口气说："报告营长，我叫花子余，21岁，属牛的！"马二梭又在另外两个人的面前停下来，问了名字之后他冲黑豆说："丁连长，排长我帮你选好了。"

特务连完备建制之后的一天下午，通信员通知营长马二梭开会，那时候马二梭才知道，已经拥有了强大的群众基础和活动纵深的运西根据地终于连成了一片，而在夹缝中生存下来的新一团也扩大为运西独一旅，并成立了运西军分区。旅长杨甫力同时兼任运西军分区司令员，原新一团参谋长侯得章，接替杨甫力任团长，独立营还是隶属于新一团，那一个大队的日军骑兵，正好组建了独一旅骑兵营。

散会之后，司令员杨甫力留下了马二梭，他又恢复了大笑的习惯，还说他这个司令员快成收礼大户了，已经有人先马二梭一步送来了大礼，只不过这份大礼跟马二梭的大礼不一样。司令员杨甫力还笑着扳住马二梭的肩膀，还问马二梭下一步再准备给他送一份什么样的大礼。马二梭支吾着，好大阵子没说话，到最后只是轻轻叫了一声司令员。

马二梭转身要走时忽然看到了一个熟悉的身影，那个身影像是侯家老宅的侯登科，而升了团长的侯得章是笑着往外送的。在大扫荡刚结束时见到侯登科，这让马二梭心里很不舒服，好像仗是打给侯家人看的，由误打误撞带来的胜利喜悦，反倒冲刷得无影踪了。

桃 花 瞳

中 部

运河湾里的稀罕景：

光着腚，打着伞，新女婿骑驴端着碗。

老丈人骂，丈母娘撺，抱着媳妇往家赶。

媳妇笑，毛驴叫，新女婿腚上磨了泡。

遮遮丑，挡挡闹，空碗捂泡看谁臊……

第一章

　　一个在老家混不下去的人要寻找生路了。

　　他在老家混不下去倒不全是因为穷，祖上还曾给他留下过几亩田产，他想过的是家道殷实的富足日子，几亩田产倒荒芜了。心里想的是大的，家却是日见瘦小，这个人也就只好混着吃喝，好在心眼活，脸皮壮，竟然还结交了几个酒肉朋友。酒肉朋友是蒙着来的，目的是为了一饱口福，这就需要用些心机。心机没有多少是最巧妙的，无非是撒个浑天网，先跟张三说自己设了个饭局，酒是整坛子抱的，邀几个朋友就是图个逍遥快活。张三见他说得实诚，自然也要有几句客套话，说自己空手去不好吧，显得像个蹭吃蹭喝的。那人于是就搭了话，说既然如此，你就随便张罗几斤牛肉吧，一人一斤足够了，千万别太多了。接下来是李四，找李四是对付酒的，于是又把先前的话重复一遍。再接下来是面食，最好还要有些时令菜蔬，这些自然也有出处。这样一回两回还可以，次数多了，朋友就明白过来，其实酒肉吃的是自己。再往后，所有人看见他就远远地躲闪，要么就装聋作哑，任凭他说得天花乱坠，终没有一个应答的。如此就在老家混不下去了，好在没有家小缠绕，这个人就胡乱地走，反正离老家越远越好，知道的人越少越好。不过，遇到大些的集镇，他还会想办法结识三五个酒肉朋友，毕竟要把腹中空皮囊填起来，一个混吃混喝的赖皮名声，也就跟着云一样飘荡了。

　　这天日落时分来到一个偏僻村镇，是树木杂生的地方，想着这里应是没有熟知他的，他便于村外捡拾了一些碎石瓦片，精心包裹起来，又沉甸甸地挎到肩上。走近了才发觉村子只有一户人家，院落倒是不少，灯光里显得十分清幽。他知道再如法炮制已不可能，只好打了个借宿的由头，见开门出来的是一位精瘦汉子，又见精瘦汉子拿眼角瞟他的包袱，便故意自语着说些荒野僻壤的不便，说客商出门在外，最怕的就是远离集镇码头，即便带了再多的银两，要寻个好吃好住的客栈却是不易的，而自己偏偏又是伤了脚踝的。精瘦汉子的脸上露出笑来，说如果客人不嫌弃的话，他家菜园里倒是有一处闲置的房舍，客人想住几日都是方便的。这个人自然满心欢喜，乐呵着也不显出来，说了句讨扰，又听精瘦汉子朝后院吆喝，说是有客人到了，饭菜拣可口的准备。

灯明里应声儿出来一位女子，三十岁左右的光景，模样儿称得上少见的俊俏，又是个软软颤颤的细条个儿。这个人就又多了一份吃喝之外的心思，除了拿出伤了脚踝的狼狈相，又在有意无意间抖擞几下肩膀，肩膀上自然是清脆的响声，响声自然是让精瘦汉子听的。

这个人就在主人家的菜园里住下了，女子果然做得荤素搭配，一日三餐都还都是变着花样儿做的，做好了就用食盒提过去，精瘦汉子却一次也没到菜园里去过，直到女子提着空食盒返回来，他才会悄悄地问一句："动手了吗？"女子答："光顾吃喝了。"汉子再说："你得紧着让他上手啊。"女子答："我进屋就脱衣服人家还不明白了？"汉子再说："那就装作胸口里钻了虫儿，解衣扣是捉虫挠痒的。"再送饭时，女子果然不时地耸肩晃背，两面腮上泛起艳艳的红，葱白儿一样的手指按到胸口上，看着是摸扣子的，这个人却一眼也不看她，依旧自语着说银钱。他说一个人有了那么多的银钱不敢用，这里那里地埋起来，将来不知道会被谁挖去，自个儿只落了个挖坑埋藏的份儿。他又说自己心里是苦闷的，真想跟个合脾气的朋友无话不谈地喝个一醉方休。说着又问女子能否邀主人陪他对饮，全当是他设场招待朋友的。女子还没开口，精瘦汉子一步闯进来，先说了几句自己原本也有此意，只是惦着客人的花费，碍面子不便蹭吃喝，既然客商如此仗义，那只有舍命陪君子了。

两个人果然推杯换盏，这个人还亲自把盏斟酒，不大一会儿就把精瘦汉子喝成了烂泥，瘫软着呼呼昏睡。这个人还显出是不足兴的，反过头来再说主人夫妇对他的热情，忽然又带了恳切的口气，问女子愿不愿意跟他去把最近的一坛银钱挖出来，即便他自己挖了也带不动那么多。精瘦汉子混沌中说一句"快跟客人去啊"，话是冲女子说的，女子就飘飘摇摇地站起来，跟着

114

他出了门。出了门自然是不会回去的，那包袱里的碎石瓦片自然是留给精瘦汉子的，至于那女子到了半道上是哭闹着要返回啊，还是一程一程地随着他走，这些就没有人知道了，紫云寨人看到的只是一对行色匆匆的男女，看着像是夫妇。

这个人就是侯家老宅的先祖爷，背着包袱的就是侯家老宅的先祖奶奶，尽管她一辈子只开过一次怀，生下的孩子还是个没人形的。

侯家来紫云寨安家的时候，男人肩上有一副挑子，挑子里有磨石，有戗刀。女人背的是包袱，包袱里有家当。大襟褂子的扣鼻上，悬挂着一个巴掌大小的荷包，荷包里有一根银针，还有两粒红小豆。红小豆是野生的，溜溜圆，邦邦硬，还有点油哄哄的。他们安下家之后村里人才知道，侯家男人是走街串巷的手艺人，干的营生是磨剪子、戗菜刀。女人是专为小女孩扎耳朵眼的，两粒红小豆按在耳垂上，一边一粒，按住了慢慢揉搓。揉搓得血走了，皮薄了，趁着巧劲儿拿银针一戳，一戳就穿透了。针鼻上是带着一根绒线的，银针穿过去，绒线留在穿透的新眼里。过了七天，绒线自己滑落了，耳垂上的窟窿眼会跟一辈子，戴金耳环、银耳环全由着各自的家境门头。

没有人知道这一对夫妇是从哪里来的，知道姓侯也是男主人自己说的，况且男主人的手艺也是笨拙得很，磨过的剪子也不快，而菜刀常常戗出锯齿豁儿。侯家吃的是百家饭，百家饭是管晴不管阴的，不能出门挣钱了，吃的就是老本。侯家的女人是在半百头上开的怀，快断经了忽然生下一对老秧子瓜，还是龙凤结伴的。按说这该是天大的喜庆，侯家宅门上挂一对红灯笼也是该着的。当了爹的男主人却显不出喜庆，原来一个儿子长得是个没人形的，头脚连起来没个鞋底长，也没鞋底宽。孩子骨架小也是常有的，按说也不用过多忧虑，只是那个儿子的嘴巴越长越突兀，头脸却是蚰子葫芦一样团团圆圆不见长大的，话也说得叽叽喳喳。有见过的忍不住惊奇，拿手比画了形状，说是冷不丁地会以为是个猫啊狗啊，或者狐狸什么的。倒是凤胎女娃长得天仙一般，说不清是眉目俊，还是身段柔，反正是通身都带着些媚气，怎么看都觉着这样的美人坯子应该是画上才有的。不过，村里人很少见到她，估摸着应该是七八岁了，忽然说是走失了，奇怪的是侯家两口子都没四处寻找，也没张布寻人告贴。侯家的女主人倒是望过，望是扒着院墙往东南方向望的，东南方向起了风，有了云，风裹着云，忽而近了忽而远了，侯家女主人就回屋了。

奇怪事儿过去了半年多，慢慢才有一外出揽活的丁姓男人道出另一番光景，说他那天比往常起得早些，出了胡同就看见侯家女娃走出院门，可他分明看见侯家院门是关着的。丁姓男人说他也是一时好奇，紧走几步到了当街，当街却不见侯家女娃了，侯家女娃已到了东街口。他又顺着望东街口，东街口也看不见那个女娃了，恍惚着像是有一只狐狸，刮风似的上了运河堤，东街口竟连一丝丝脚步声也不曾听到。许多人听了也似觉恍惚，由侯家女主人扎过耳朵眼的就反复回想，想着那一会儿心里有些害怕是真的，怕疼怕流血也是真的，但是侯家女主人的手冰冰凉也是真的。还有，侯家女主人的呼吸喘气儿也跟村里人不一样。另外，她身上还有一股子说不上来的味道，那样的味道拿什么比都不像，硬要比的话，那就跟淋湿了皮毛的狗啊猫啊的差不多。话说到这个份上，说的听的都有些不自在，身上冷不丁地还有些钻寒气，说的听的都拿眼角瞟侯家院门，看着也像是恍惚的。丁姓男人是半晌天回的家，说是揽到活了就是没力气干，心气儿还是散散的，眼神也是散散的，雇他干活的那一家就有些烦躁，早早辞了他不说，口气里还有怨恨他混饭吃的意思。丁姓男人是羞臊着回家的，回家就睡下了，自此就劳乏了身子骨，到死也没给儿子挣下家业。

丁姓男人是玉树的爷爷，玉树也没挣下家业，半道上还伤了媳妇，他是连爹带娘一块儿当的。

村子里从此多了议论，议论里还有狐仙，还有借尸还魂的女鬼，甚至还有人猜测，侯家男主人也兴许不是真人，真人不会闻不出媳妇身上的怪味儿。再有就是，只有借尸还魂的人，手才是凉的，无论春秋天，哪怕是酷暑六月天。而借尸还魂的人里边，十有八九都是年纪轻轻就死于非命的女子。如果是狐仙化身，一般不会经年论辈子地跟着某个男人过生活，她们多半是贪婪着男女间的那股欢乐事儿，三年五载吸干了男人的骨血，任是绫罗绸缎也留不住的。侯家男人能让她跟着做一辈子夫妻，不是灌了断魂汤，就是床上有那销魂荡魄的万千功夫，勾惹着媳妇宁愿丢下前世的因果，也不肯离开侯家半步。如果是这样，当年于黎明时分出走的女娃，就千真万确是返回狐地原籍的，想想也许是不喜欢人世间的劳作生息。所有这些议论，侯家夫妇也许知道也许不知道，听见了也会当作没听见，他们都把心思放在没人形的儿子身上。侯家夫妇的心思是紧着给儿子张罗媳妇，从儿子会端碗吃饭就托媒人，一直盼到老秧子瓜脸上起了鸡皮皱，才算定下一门亲事。这对生过费心孩子的夫妇，后来就成了紫云寨侯家的老祖爷老疙瘩，祠堂里供着他们的牌位。

从先祖来到紫云寨算起，前前后后也快上百年了，侯家老宅一直花枝不旺。临到侯家三兄弟这一代，算上老三侯登銮送出去的女儿嫌嫌，还有兰兰、喜喜和多多三个女孩子，眼下看，也很难看出有多大的荣华。一个大几岁的兰兰，先嫁了个半吊子军官霍好秋，霍好秋又是死在大舅子哥侯得章刀下的，二番再嫁个不省心的马二梭，当了几年的马家媳妇，到头来竟然还是没沾过丈夫身子的。剩下喜喜和多多，也都老大不小了，老宅里的爹娘好像也是不上心的。

运河湾里扬起弥天尘沙的那个晚上，多多做了一个稀罕梦，梦里看见立冬被人追杀。立冬披的是蓑衣，蓑衣是雨天挡雨的，立冬夜里披蓑衣一准是没有衣服穿了。立冬跑着跑着竟然钻到水里去了，水竟然还是红水。追赶立冬的是个女的，女的穿一身白衣服，白得跟雪花一样。后来白衣女又把白衣服脱了，看着像是从水里捞立冬的，捞上来又抱住了，抱着立冬看不够。白衣女还跟立冬吊眉眼，立冬竟然是乖乖听话的，由着白衣女揉搓过来揉搓过去……多多哇哇地叫，还是哭着喊着的，还是生了大气的，口中喊的是立冬。

侯杨氏拿脚蹬侯登銮，侯登銮蜷缩着打起呼噜，侯杨氏紧着又喊，说她听见多多哭喊了，侯登銮还是不动弹。侯杨氏恨着嘟囔，说当了侯家媳妇生了两个囡女，一个小的送给了她姨，一个大的又是不亲景的，磕着碰着眼皮儿不翻，惊着吓着全当是不知道的。这要是换成儿子呢，得才手指上长个刺也会哧哧哈哈的，得才打个喷嚏也是天大地大的，敢情多多不是他亲生的啊。侯杨氏又说多多还不如只鸡，半夜里鸡叫几声，还要想着是不是黄鼠狼进窝了，是不是狸子要叼鸡啊。侯杨氏摸索着点灯，摸着灯台了忽然又喊一嗓子，说："你儿子得才敲门呢，你会睁开眼睛吗？"侯登銮打个呵欠，说侯杨氏明明会摸黑穿衣服，偏偏半夜三更地点灯，灯头儿还是亮亮闪闪的，这是存心不想让他安生睡觉了。他又说亲生自养的囡女天天想的是外姓旁人，这样的囡女有没有都一样，要是没头魂似的瞎跑瞎窜，到了夜里就装猫变狗地瞎哼唧，这样的囡女有一个也是多余。甚至又说自己一天天地为这个家操碎了心，也没见哪个是心疼他的，也没见哪个是牵挂他的，他即便熬心虑神地折腾死，老宅里也不会有一个是真心着急上火的。侯登銮说："去吧，快起来看看吧，看看宝贝囡女念叨的是你不？"侯杨氏掖着怀穿鞋，说："敢情你刚才就醒了，醒了你还打呼噜？"

侯登銮哼哼着再没说话，闭着眼朝侯杨氏挥手，让她快去，又说宝贝闺女正跟驴驹子说话呢，当娘的也跟着听听吧。

侯杨氏拨开套间门，看见女儿多多果然是个惊诧的，额头上浸出汗珠，眼眶子还是红的，拿手揪着胸衣，眼睛望的是窗口，望得迷迷怔怔的。侯杨氏认定多多是做了噩梦，凑过去掖掖被子，又扯着大襟褂子给多多擦汗，又问多多刚才是不是害怕了。多多就说她看见立冬了，立冬是夜里偷着跑的，立冬披着蓑衣就朝外跑，一准是怕矿警队抓住枪毙他。立冬一个夏天没有衣服穿，光是蚊子就能咬死他，立冬一准熬不过这个夏天，想想都是因为哥哥得才成了六亲不认的，说不定哪天也会把亲妹妹拿枪打死。多多又说那个穿白衣服的女孩子不知道是谁，她一个劲地搂抱立冬，要说是香芝吧，偏偏又看不清眉目。最奇怪的是立冬藏到水里了，那一河筒子水竟然都变成了红的，河水怎么是红的啊？多多说，立冬到底去哪里了，那个白衣女孩子为啥追他，她跟立冬是啥时候认识的？侯杨氏照着女儿头上打一巴掌，恨着骂多多是个没羞臊的，竟然还又哭又叫的。侯杨氏说，她听见闺女开口闭口地说一个跟侯家八不沾的，自己的脸恨不得拿灰抹了。侯杨氏原本是要陪着女儿多说会儿话的，女儿如果受了惊吓，她就留在女儿屋里，没想到女儿又上了傻性。侯杨氏恨着又拿手指戳多多的额头，说："真叫你爹说准了，我都替你臊得慌！一会儿一个立冬，立冬跟你啥关系，傻不死不算完是吧？"赌着气又回到堂屋，看着侯登銮撇着嘴角冲她冷笑，她拉被子蒙住头，躺下再没说一句话。

侯登銮还是哼哼着冷笑。

多多天明起来去找了喜喜，喜喜不再跟多多撅脸子了，大娘侯葛氏也没再刮风带刺地捎带小胖子福山那件事了，大爷侯登科还说了句"去屋里说话吧"。多多还是说她的梦，还是说梦见立冬了，还是说河水变红是个凶兆，还是说那个穿白衣的女孩子是不认识的。喜喜不明白，看了多多神色又不像是随便说着玩儿的，喜喜说："你跟立冬好上了？"多多点点头。喜喜又问："这是哪天的事，我怎么一点儿也不知道？"多多说很早很早了，一个村子的人都知道了。喜喜还是追着问，又说："你们算订下了是吧，立冬给你留下信物了吗？"多多点着头，说也订下了，也给了信物了，看见喜喜还要问，多多就急躁起来，说她原本是要喜喜帮她解梦的，喜喜是个姐，这个姐也保准做过那个人的梦，没想到姐姐竟然是拿妹妹寻开心的。多多说："喜喜姐真是的，你跟日本小胖子福山已经那样了，我一遍遍地追问过你吗？"

喜喜听个愣怔，连脖子带腮唰地红了，红得跟大红布一样，看着像碰破皮儿就能流出血水来。喜喜还生了大气，逼着多多说出这话是怎么来的，三番五次地编排她，敢情还是从没正形的哥哥那儿引起的啊。喜喜说："多多你今天要不把话说明白，我跟你不算完，这样往人身上泼脏水，竟然还是往自家人泼的！"多多怨恨喜喜是故意装傻，追着问她是清楚了再清楚，临到自己了，却又要装个糊涂样，看来一个爷爷的姐妹也是隔着心的。多多就拿了手指在脸上刮，刮着说："行了行了，又不是上戏台，装出那样子是给谁看的？你们没那样，小胖子福山怎么三番五次地进东跨院？自家人还瞒着，该不是怕别人跟你争抢吧？说一千道一万也是个小日本鬼，生了孩子还是个小日本鬼。谁稀罕啊？呸呸！"

喜喜哇哇地大哭，哭着要抓多多，多多跑出去，跑到门口了还朝着大爷的院落吐口水。

多多认定了喜喜是故意瞒她的，瞒她就是要赶在她前边嫁出去。先前还是一家人到前院里大吵大闹的，调过头来一转身，自个儿倒又接上头了。想想也是可恨的。喜喜还无休止地追着她问了再问，喜喜一准猜想她是上赶着巴结立冬的，立冬从来没跟她说过一句亲近话儿，也从来没跟她露出过那个意思，留下信物的话更是自己随口编的。喜喜一准是摸清了这些故意问的，故意问就是为了臊她。这一点想想也是可恨的。多多就恨着气着走出村子，要过运河大桥了才突然站住，想着自己并没有急事找哥哥得才。她甚至不明白自己为什么跑到这里来。

得才是开着车通过运河大桥的，得才远远地就冲着妹妹按喇叭，看着妹妹惊愕着望他，他嘎吱把车停在了运河大桥上。得才说："多多，你是要我带你兜风是吧，算你来巧了。你等着啊多多，我处理完公务就带你兜风去，我给你按一路喇叭。你不知道多神气！"

多多愣怔着说了一句话，话是带着委屈的，话里还带着恨。多多说："哥，喜喜要跟福山定亲了，是不是你在后边托成的？"

桃花瞳　119

第二章

　　在运西大扫荡的那一段时光里，侯得才有惊无险，接着就过了几天逍遥日子，论起来，跟矿警队弹药库被盗之前差别不大，要是再算上多增加的一个机动连，他几乎称得上因祸得福了。刘百湖带着两个保安团随沼田德重的114师团大扫荡去了，其他几个保安团也各守一方，驻守县城的保安团也被大川少佐抽走了大部，侯得才出入县城，连门岗都感觉他是河湾县最滋润的。大川少佐把他的兵力全部布置在运河东岸，黑天白天死守在那里，河湾县城变成了侯得才的欢乐地，他可以按着喇叭满城里转着玩。驻守县城的保安团长听见喇叭响就骂侯得才喝尿也长膘，话里有捎带花田子小姐的意思，花田子小姐是日本人，他只能小声骂。还有，侯得才跟花田子小姐天明天黑地腻在一起，怎么想都是逍遥的，逍遥的是个不要脸的混混，自己身为团长却不如个破队长，逛个窑子还要偷偷摸摸，怎么想都该骂。后来这个团长就让人往大街上扔砖头石块，砖头石块挡不住汽车轮子，却可以让开汽车的人颠簸不止，颠簸着蹦蹦跳跳的侯得才反倒多了兴致，越发把汽车开得疯快，看着像是故意刺挠那个留守团长的。

　　多增加的一连人是花田子小姐的功劳。

　　矿警队弹药库被盗之后，侯得才回到码头就跟花田子小姐说了，他说的是八路军一团人夜袭了矿警队，弹药库全部搬空了不算，还把矿警队的人全部俘获了，要过运河时才放了回来。侯得才那一会儿脸色乌青，后来又变成了没有血色的苍白，他惊惊颤颤地望着花田子小姐，怎么看都像是等着上刑场的。花田子小姐没看他的眼，她问的是侯得才下一步有什么打算，侯得才恨着恼着，说他如果能躲过这一劫，他要把紫云寨家家户户的院门都封死，还要把矿井周边变成无人区。花田子小姐这才定了神地望侯得才，说她可以让大川少佐给刘百湖下令，再给矿警队增拨一个机动连，增人了就要增拨弹药，只要矿警队的人自己不露馅，瞒过这一关应该问题不大。侯得才一下子把头扎到花田子小姐怀里，发誓赌咒地说他非要跟八路军死顶不可，其实他心里想的是怎样再把马二梭钓出来，但对花田子小姐的感激却是真的。侯得才还说他知道在哪里用劲了，意思是要让紫云寨连同矿井周边，统统照在灯光下。

花田子小姐果然去找了大川少佐，果然没提矿警队弹药库被盗那一节，她说的是矿警队要在矿井周边，实行昼夜连岗式巡逻，矿井周边安全了，河湾县城的西大门就等于多了一道人肉城墙。花田子小姐最后还说侯得才这一招很厉害，对帝国利益也大有裨益，最关键的是，能显出一个支那人的忠心耿耿。大川少佐立马就给刘百湖下了命令，命令刘百湖挑选一个建制连调拨给矿警队，而且是马上调拨。刘百湖先骂侯得才，又骂大川少佐，最后骂的是花田子小姐，说这一公一母早晚要被侯得才日哄死。而自己明明知道是侯得才拨弄的，还得照办，还不敢拖延，自己也是可恨的。

除了增加了一连人，侯得才还把弹药库的亏空填上了，几乎掉脑袋的大惊险就这样化解了，侯得才想不逍遥都难。

侯得才要把紫云寨家家户户的院门都封死，只能是赌气话，赌气话说说可以，真做起来并不容易，更不用说还要把矿井周边变成无人区了。但是，侯得才要把黑夜变成白天却做到了，矿警队弹药库被盗一个月后，侯得才完成了埋杆拉线任务，到沼田德重的114师团过运河大扫荡，发电机已经运转起来了，矿井连同紫云寨周边，一条火龙似的被照亮了。站在运河堤上望矿井，矿井好像入了灯笼罩，人若想靠近矿井，灯笼罩上马上就会现出放大了的笨拙身影，那时候要向笨拙身影开枪，闭着眼也能一枪撂一个。侯得才又按计划落实第二步，第二步是组建洋车小分队，洋车是花田子小姐出资购买的，一色的弯把小轮东洋车，矿警队也随之改建成了两班倒的小分队，从日出到日落，由两支小分队轮流倒班。入了洋车队的人个个都是欢乐的，他们骑着东洋车，沿着电线杆转圈子，他们还一路按着响铃，怎么看都像是兜风散心的。

侯得才在花田子小姐的卧室里向外望。他还在窗户上架了望远镜，太阳升起时，他会赤裸着坐在床上，望着把花田子小姐拉起来。他还让花田子骑跨到腿上，他在后边搂着抱着，指点着望矿井望线杆，另一只手又把迷仙绒套上了。那时候，他会嘿嘿地笑着问花田子怎么样，话里含了这样那样的意思。花田子原本要问矿警队黑夜巡逻的，侯得才却在下边用了狂力，花田子又啊啊着瘫软在床上。让花田子小姐搂抱着睡回笼觉的侯得才，有时候甚至会想起，当初逃离堂兄侯得章的186团，应该是天赐的机缘。

花田子小姐每天都想着侯得才不得好死，但花田子小姐自己也知道，要想让运河煤矿平安完成前期工程，单靠大川少佐的日本驻军不行，头顶反骨

桃 花 瞳　　121

的刘百湖更靠不住。大川少佐的日本驻军随时都可能调走，刘百湖的保安纵队绝对不会听她摆布，而煤矿从钻探到开采又是漫长的经营管理，为此她必须豢养一个便于驾驭的中国人，这个中国人还得是无赖，只有无赖才会有不尽的法术。花田子小姐还知道豢养一个无赖并不容易，她除了要让无赖占便宜，还得让无赖明白他有利可图。侯得才是无赖，无赖自认为征服了她，而她只需要一个无赖男人。把肉体交由一个无赖男人，既是花田子小姐的痛处，也是花田子小姐的无奈选择，不管侯得才用什么样的方式发泄肉欲，她都要表现出是乐在其中的。当然，套上迷仙绒寻欢的侯得才，也的确让花田子小姐欲罢不能，那样的强烈刺激，是女人难以排斥的，尽管她每次欢悦之后都懊恼不已。

花田子小姐还时常回想侯得才使用迷仙绒的第一次，那时候她不知道侯得才是往那上边套东西的，更不知道男人套上那玩意儿，就是用来征服女人的。那时她只是感到一种难以描述的刺痒，那样的刺痒是意志无法掌控的，她甚至以指甲掐肉的方式，力图保持女人的矜持，但结果她还是在那样的刺激下瘫软如泥，以至于侯得才从她身上滑下来，她还在醉眼迷离中喃喃有声。在接下来的第二次第三次，她清晰地看到了用羊眼圈做成的迷仙绒，细如发丝的绒毛儿让她一度欲呕欲吐，那一会儿她完全可以抢过去剁了铰了，或者干脆扔进壁炉。但她什么也没做，当侯得才又神气着要她说服气话时，她马上违心地说了一句麻生家族的人不应该说的话。她当时说的是："得才君，你简直就是在原业平现身啊，什么样的女人也得任你摆布……"在原业平是日本平安时代平城天皇之孙，最为世人称道的就是他的床帏功夫，传说他一生中，曾先后与三千多名女子有染，还传说他每夜必御九女，少一个亦不足兴，第二天仍然游走于伎坊酒肆。

侯得才不会知道在原业平，即便知道也没有夜御九女的本事，他的本事是白占一个他原本应该臣服的女人的便宜。征服者心甘情愿地被他征服，还心甘情愿地替他修补漏洞，甚至还心甘情愿地为他欺骗自己的同类，想想都是大本事，何况被他征服的女人，又是漂亮的无可挑剔的东洋尤物。于是，侯得才就想尽一切办法施展他的本事，包括组建夜间人狗巡逻队。

负责夜间巡逻的也是两班倒。狗是日本狼狗。黑夜的巡逻时间，从下午的洋车队交班之后开始，半夜换班再交给第二支巡逻队，直到白班洋车队走出矿警队营区。夜间巡逻队果然是人不离狗，狗不离人，人狗走在灯明里，灯明里人狗转圈，看着像是人狗推磨的。侯得才有几次还把花田子小姐带到运河大堤上，冷不防地号一嗓子，矿区的巡逻狗都跟着狂吠起来，叫声惊扰着夜空，整个运河湾也跟着起起伏伏。花田子小姐乖张地在侯得才身上抓一把，说："得才君你知道我现在心里想什么吗？我想着，你上辈子或许是受过麻生家族恩惠的饿狗，我很小就听到过饿狗衔肉报主的故事。得才君，你愿意做那条饿狗吗？"侯得才还是嘿嘿地笑，说只要花田子小姐承认上辈子是母狗，他就愿意当那条因骑跨母狗而饿瘦的公狗。原本要恼的花田子小姐却没恼，抬起的脚也没踢侯得才的下裆，两面腮上竟然还染了红晕，眯着眼睛望侯得才，接着她又自语着说了一句连她自己也感到奇怪的话，花田子小姐说的是："狗是世间最忠诚的，人是世间最不可信的，可是，最不可信的人，却能豢养出最忠诚的狗……"

侯得才依旧嘿嘿地笑。

花田子小姐最后说的是："有本事你就施展吧得才君，我只是不明白，你让人训练巡逻狗都到紫云寨村里拉屎是什么意思。还有，你好像知道福山也是个有心计的，而你跟我说的，福山不过是个胖墩墩的傻家伙？"

侯得才还是嘿嘿地笑。

其实，处在逍遥中的侯得才曾经不止一次地试探过小胖子福山，他还用汽车拉着福山去过春宵楼，还让老鸨挑选了最风骚的窑姐儿陪着喝酒。喝的是鸳鸯酒，鸳鸯酒的讲究都在嘴上，窑姐儿先含了满满一口酒，要让嫖客贴胸搂抱了，嘴对嘴地喂给嫖客喝，喂的喝的都不许洒一滴儿。嫖客一口咽不下就算输了，输了要付双份嫖资，还要当场拿出来。如果窑姐儿含了两次，两口酒到了嫖客嘴里还是滴酒不洒，那窑姐儿就是输了，除了分文不取地伺候嫖客，老鸨还要搭上一盘瓜果点心。老鸨就在风骚窑姐儿里掺了几个嘴大的，嘴大的拿捏着充小嘴妞儿，由着侯得才和小胖子福山挑选。福山专挑嘴大的，福山上场就输，双份嫖资是侯得才出的，侯得才恨着拿手托住福山的下巴颏儿，托着不让酒洒出来。福山咽呛了，又把咽下去的酒吐出来，算起来还是输了。后来侯得才就不说喝鸳鸯酒了，他去了就跟老鸨使眼色，接着再跟窑姐儿使眼色，老鸨跟窑姐儿簇拥着福山进卧室，老鸨嘎嘎地笑着退出来，退出来还冲着侯得才挤眉弄眼，还拿手比画着那样的动作。卧室的窑姐儿跟着就呜呜哇哇地叫起响床，随后又是断断续续的嘤嘤声儿，听着像是进去就入了妙境的。

桃花瞳　123

往回返时，侯得才偏了头望小胖子福山，福山闭着眼哼哼叽叽，看着像是使乏了身子的。侯得才就跟福山说起矿井，说他越来越感觉矿井离了谁都行，唯独离了福山玩不转，由着一个啥也不懂的小娘们花田子当头儿，怎么想都是不应该的。福山依旧哼哼着，依旧闭着眼昏昏沉沉，要么就说得才君真是个爱操心的。侯得才过后去想这句话，怎么想都不明白爱操心到底有几层意思，他甚至连福山说的是清醒话还是糊涂话也没弄清楚。以后再去春宵楼，侯得才还让那个会叫床的窑姐儿伺候福山，可是那个会叫床的窑姐儿却多了几分羞涩，说她再不好意思收钱了，因为日本小胖子根本不解开他的兜裆布，更不用说往她身上趴了。窑姐儿还说，她是拿眼角儿瞅着日本小胖子的，日本小胖子一个劲地拿手掐自个儿的下裆，下裆那儿一根直棍棍生生地被他自己掐软了。侯得才疑惑着望那个窑姐儿，老鸹也跟着张望，先还是吱嘎着要笑的，忽然又变了神色，说一个火热身子的男人，到了那一会儿还不放马挺枪，守着个香囊软包儿偏偏不顶不钻，想想都觉着是个瘆人的，更不用说想弄谁就弄谁的日本人了。老鸹说："侯队长你想吧，你就往稀奇古怪上想吧，日本人是拿着弄中国女人当战功炫耀的，这个小胖子是哪一路？他吃斋念佛了？他不会是唐僧转世吧？亲娘哎，想想都瘆得慌！"

侯得才疑惑了好多天。

侯得才又在暗中观察小胖子福山，发现福山一天天地泡在矿井工地上，除了吃饭睡觉，他几乎没离开过矿井一步。福山没挖水井，他挖的是沟渠，沟渠连接着官地旁边的水溜子，在沼田德重的114师团展开运西大扫荡的那一段日子里，福山差不多变成了一个运河湾里的农民。他天天穿一身糊着泥浆的衣服，肩上扛着一节两头下垂的皮管子，皮管子有碗口粗，压在胖墩墩的小个子日本人身上，怎么看都像是被罚了劳役的。而事实恰恰相反，小胖子福山是自己要干的，他一到矿井就埋头干活。他是从区位点上开挖的，那个区位点比当初福市选定的水井，向东偏移了十几步的光景，从那儿通向官地旁边的水溜子，几乎就是一条直线。他把下管子的地沟挖得十分匀称，接着他会把下了管子的地沟再原样填平，他甚至还在上面撒了一层浮土，浮土里还夹杂着枯草，看着像是没动过一锨土的。他一段段地挖沟，一根根地埋管子，最后一根管子是伸进水溜子的，引水管全部铺设完工之后，他还为入水口编了一个过滤笼头。过滤笼头是用当年生的紫柳条编的，编的是细口大肚的葫芦形状，管子插进笼头口里严丝合缝，连一点儿杂物也进不去。

福山把前期工程都做好的时候，运送钻塔的货船也到了，中间的衔接也是严丝合缝，仿佛他是拿表掐着计算时间的。钻塔是从萍乡煤矿运来的，连帐篷加油桶用了五六条大船，船在运河码头靠岸，只要探点没变化，运河煤矿差不多就算一切齐备了。这是就钻探设备而言，至于其他前期辅助工程，当然还有许多，好在麻生矿产的技工，却是随时能到的。一切准备工作都安排妥当，到最后连福山自己也觉着实在没什么可干的了，但他还是一天天地往矿井跑。除了泥水活，福山还变成了花田子小姐的走卒，花田子小姐把要做的事项都写在一个巴掌大小的记事本上，她逐条念着问福山这一项那一项，福山明明已经做完了，但他还会再跑一趟矿井。回来后，他还会诚挚地对花田子小姐，说："麻生小姐，您还是让我喊您所长吧，最好是称呼您业主。要知道，您记下的每一项，无论大小，都是专业技工难以想到的啊！"

福山还包揽了种菜和浴池换水的活儿，有一次居然还跟春由枝子争着为花田子小姐刷便桶，居然还把春由枝子臊得脸红。春由枝子是花田子小姐的使女，经营菜园子和洗浴做饭等，原本就是她的差事，结果春由枝子就跟花田子小姐说了，说福山勤快得让她浑身不自在。春由枝子还说，她看着福山像巴儿狗一样跑来跑去，也觉着浑身不自在，至于为什么不自在却说不清楚。春由枝子还举了刷便桶的例子，说福山刷了还举着让阳光照，照出一丝丝暗影接着再刷。话是臊着说的，花田子小姐听了咯咯地笑，笑着瞟了一眼刚从矿井返回的福山，嘴角翘着显出鄙视，说："福山君，你不会换一身干净衣服吗？"每当这时候，福山就会显出小儿般的憨态，要么拽拽衣角扯扯裤口，要么冲花田子小姐讪讪地笑，看着像是个时刻需要父母或者兄长姐妹呵护的。但花田子小姐收了鄙视之后，又会定神地盯着福山的背影，看着福山往矿井跑，她就问侯得才是怎么想的。侯得才给她的还是那句话，说能出力会干活的傻家伙，永远都不要知道他心里想什么，因为傻家伙要么不会想，要么胡乱想，胡乱想的一定是傻想。

侯得才不想再刺探小个子福山了，他把所有的兴奋点都集结在白面瓜家的宅基上。

白面瓜家的宅基果然变成了粪场，巡逻的狼狗其实很容易训练，办法也是侯得才想出来的。狼狗刚牵来的时候，侯得才就给三老雕岳粮丰下了命令，命令是每条狼狗的排便口里塞一个曼陀罗长成的又大又硬的圆球，圆球外边生满了尖刺，塞进狼狗的排便口里是阻止它们随地排便的。无法排便的狼狗狂吠怪嚎，也不吃也不喝，光是带着巡逻队又扑又窜，样子既痛苦又激动，看着像是急着完成任务的。到了第三天，侯得才让三老雕岳粮丰把所有的狼狗都牵到白面瓜家的宅基上，到了那儿才把封堵排便口的曼陀罗抠出来，结果所有的狼狗都记住了拉屎的地方。侯得才还让人做了一个牌子，牌子竖在白面瓜家的屋山墙上，牌子刷了白漆，上边画了两条连尾的狗。白面瓜家的堂屋厨房都揭了房顶，房梁变成了电线杆，留下来的空山墙煞白煞白的，由日光照晒着，看着像是剃光了长发的白面瓜，一动不动是等着日光暴晒光身子的。光秃秃的土墙上还扯了电线，灯泡就挂在牌子上，晚上再看牌子，牌子在夜风里摇摆，两条连尾狗也跟着变换动作，怎么看都像做那种贪婪事儿的。侯得才陶醉着自己的杰作，看着想着，有时候他会笑出声来。

侯得才已经不避讳回老家了，近在咫尺的紫云寨，他想什么时候回去就什么时候回去，他甚至还希望全村人都知道。不回老家时，他会开着小汽车在运河大堤上兜风，开到上一次在背后打马二梭伏击的地方，他还会故意把车停下，要么长时间地按喇叭，要么可着嗓子号一声。号到最后的拖音时，一团夹杂着鲜草的泥土落到嘴里，最后的拖音就变成了啊啊。泥土团子是侯登銮扔的，侯登銮手里还抓着一根紫柳条，比画着让侯得才下堤说话。侯得才拿手抠着嘴里的泥土，又噗噗地吐着，他还掏出一块绣着樱花的手绢擦眼睛，看着像是不认识亲爹的。侯登銮就啪啪地摔打紫柳条，说："你下来让我揍几下！"侯登銮还骂儿子不长记性，说熊孩子得才想的都是眼皮招，古往今来干大事的人物，是从来不用眼皮招的，因为眼皮招谁都能看出来是怎么回事。"你让巡逻狗到白面瓜家的宅基上拉屎，你还画了两条连秧子狗，不就是故意作践白面瓜吗？不就是想勾引马二梭从暗处走出来吗？大扫荡要是把马二梭他们灭了倒罢了，要是灭不了呢，马二梭要是真来了呢？"侯登銮说，"熊孩子你知道吗，老马家的金猪已经偷着去那儿好几次了，金猪是什么意思你不明白啊？"

侯得才噗噗地吐着走下堤来，说他还真不明白。

侯登銮挥舞着紫柳条要往儿子头上打，看见儿子又把绣着樱花的手绢掏出来，这一回擦的是嘴角，于是又恨着追问福山是怎么回事，小日本鬼福山偷偷摸摸地去东跨院，是不是得才暗中唆使的。侯登銮拿眼瞪儿子，压低了声儿又说："你不明白金猪为什么去狗拉屎的地方，那你明白小胖子福山为什么去找大猴子吗？如果又是你唆使的他跟老大那边套近乎，那你就不单单是个傻熊了！"

侯得才愣怔着答不上来了。

第三章

侯得才发愣怔是真的，他实在不明白，那个宁愿拿指甲掐着忍着，也不跟窑姐儿上床的福山，会真喜欢上了喜喜。他喜欢喜喜哪些？若从相貌上说，喜喜算不上最俊的，喜喜甚至还没有多多好看。无论是身条儿还是模样儿，喜喜都不能说是人尖子，跟喜喜一样眉眼周正的大姑娘，运河湾里一抓一大把。还有，福山是日本人，日本人到中国，不管是做生意，还是打仗杀人，终究是要滚回日本国的，日本男人找女人，除了寻欢作乐，除了炫耀奸淫了多少中国女人，无法想象还会有其他目的。一个连投怀送抱的窑姐儿也不上身的日本男人，要说他是暗恋了一个并不出众的中国女孩子，想想都是荒唐的。

其实，没有人知道福山自己是怎么想的，他是看了一眼就迷恋上的喜喜，还是酒后的醉眼放大了喜喜的美丽？如果是后者，那他第二天就该清醒，而喜喜当时还是噙着脸跑开的。那天侯得才带着福山回家，说是要让福山吃他娘侯杨氏做的白单饼卷三丝，那时候，整个侯家老宅都把日本人福山当成了小南蛮子。福山见了侯登銮就行礼，行的是鞠躬礼，侯登銮也学着样儿还鞠躬礼，两个人站在院子里头顶头地施礼还礼，怎么看都像两只公鸡斗架，结果惹得多多趴到喜喜肩上笑。那天多多和喜喜都插手帮忙了，一个抱柴火烧鏊子，一个帮着翻饼。后来几个人都看小胖子福山的吃相，吃相像是过大年的，又像是几个月没吃饭的，吃着还一个劲地伸大拇指。

最后又喝酒。喝的是早年存放的高粱烧酒，小胖子福山越发来了兴致，索性抱起酒坛子自己倒了一碗。眼看着酒足饭饱了，侯登銮就想着让小胖子福山酒后吐真言，意思是套着话说货栈的，小胖子福山却也斜着眼盯住了门口的喜喜，说这个花姑娘如樱花滴露，漂亮是浑然天成的，他要娶她作夫

桃花瞳 127

人。小胖子福山说，他是做了充分考虑的，一旦运河两岸的勘探工作完成，就要向三菱总部打报告，他要留下来独自经营，他还要创办一家全支那最高效的矿业株式会社。一旦目标实施，喜喜就是天下最荣华最富贵的经理夫人。他说着又让喜喜看他的牛皮背包，又从牛皮背包里一样样地取东西，说一个圆筒筒的瞄准镜是测绘仪，两个圆筒筒的是望远镜，这些东西是标记地面坐标的，真要摸清地下煤层的储量，那就需要钻探了。小胖子福山说，即便不钻研，他也有百分之百的把握，甚至可以用准确下结论，整个运河湾的地下都是少见的富矿，而且还是在交通便利的大平原上。

喝醉了的小胖子福山说得又急又快，听着像是憋了许久的，侯登銮听得头昏也没听懂，但是，小胖子福山的眼神他看明白了，就紧着跟喜喜使眼色，还拿肩膀半遮半挡着，意思是让喜喜回避。小胖子福山挥着手把侯登銮拨拉开，站起来趔趄着不让喜喜走，还说喜喜小姐请留步。这一次竟然说的是运河湾里的土话，还故意说得很重很慢，这样的话一听就明白。小胖子福山说："你叫喜喜是吧，那你就是小林喜喜了。一旦成为小林喜喜，你就该给夫君宽带解衣了。"

喜喜是抹着泪跑的，侯登銮把儿子得才堵到墙角里，说他感觉小胖子福山不是真南蛮子。

这些就是小胖子福山初识喜喜的经过。但是，侯葛氏当天晚上就要到老三侯登銮家去闹，她要问清老三家两口子安的什么心，为什么拿着自己的亲侄女，让一个说不清来路的男人戏耍。侯葛氏还要说，当初要不是儿子得章护着罩着，就凭得才那样的贱骨头，就凭得才那样的没正形，就凭得才那样的下三烂，他能当上连长，他连脚指头吧。他还打人家黑豆的黑枪，他还诬告二梭枪杀俘虏，要不是儿子得章护着罩着，人家黑豆能饶了他，人家二梭能饶了他。侯登科虽然拦着侯葛氏不让她去，也不让她再说那些话，还说现在不是当初了，再说那些话就是给自己找灾，不过，侯登科连小胖子福山一块儿恼恨却是真的。从这一点上说，即便小胖子福山迷恋上了喜喜，也断没有三番五次去东跨院的道理，因为改了院门的侯登科决不会搭理他，而吃了闭门羹的人，也不会再有接二连三的机会。

而事实上，小胖子福山还真是去了不止三五次。

最先看到小胖子福山的是老二侯登榜，侯登榜到马家看望闺女兰兰，回来瞅见大哥侯登科家门口有个人，那人挪挪移移地徘徊着，后来还搬了几块砖，还踮着脚扒墙头。侯登榜恨着吐口水，噗噗地吐着偏过头去，要进老宅时还差一点儿被地上的树枝绊倒，那时候老三侯登銮正好出来。侯登銮伸出手要搀扶，顺着二哥的眼神望东北角，一下子就认出了小胖子福山。侯登銮先是伸着脖子做怪样，嘴里又发出啧啧声，还挤眉弄眼地笑，笑着又拦住老二侯登榜，说："看见了吗二哥，新女婿上门了！"侯登榜不搭理他，侯登榜到马家看闺女是假，他是要跟金猪打听儿子得印的，结果金猪跟他说的全是含混话。

金猪说得印偷偷离开家，一准是偷吃了紫云寺的供品，了尘大师发觉了一准念的是差耻经，得印一准是觉着丢脸了才出走的。他一听就知道金猪是故意糊弄着瞎蒙的，得印偷吃了供品，那豌豆呢？那立冬和香芝呢？他们也偷吃供品了？侯登榜没问出落稳的话，心里又惦念着儿子的安危，心里烦躁是真的，看见恶心的人心里更烦也是真的，于是又冲着老三侯登銮吐口水，说："他那边狗扯秧子猫连蛋，你也想跟着学是吧？有个得才那样了，你还嫌做作得不够是吧？"侯登榜恼恨着推搡老三侯登銮，侯登銮却贴着墙根向东北角移动，后来就半蹲半俯地藏到了暗影里。

小胖子福山并不知道有人暗中观察他，他是躲闪着行人去的紫云寨，他还故意挑选刮风或者天气阴沉的时候，时间大多选择的是太阳要落时，那时候，矿井周边的电灯还没亮起来。如果那几天也没刮风也没阴云，而他又忍不住要去，他就会携带着干活的家什，先做出返回码头的样子，走几步忽然地又岔了道。那时候，他肩上背着永不离身的牛皮包，牛皮包已经辨不出原来的颜色了，他的脸也辨不出原来的颜色了，手上、脸上也许蒙了浮土，也许沾满了泥浆。他岔开道穿行在齐腰深的臭蒿子棵里，看见的人一准会把他当成下套子的馋嘴货。在矿井与紫云寨间隔的那一大片臭蒿子棵里，他会尽量躬着腰，他还会把背上的牛皮包拉到胸前，这样他的后背就差不多与臭蒿子棵齐平了，而抱在怀里的牛皮包又会坠着他的脖子，那样子又很像谁家走失了的大肚子母羊。但到临近紫云寨村子时，小胖子福山又变成了一个身手敏捷的远行客，从臭蒿子棵到寨壕，他几乎是一头扎下去的，而翻出寨壕的动作，怎么看都像是燕子掠水的。出了寨壕就是几排高矮不等的槐树，槐树的落叶铺在地上，如果他躺倒翻滚，翻几十个跟斗就是侯登科家的新改院门了。事实上，小胖子福山并没有采取躺倒翻滚的方式，他跨过寨壕之后就把身子紧紧地贴在槐树上，那时候他的脑袋会贴着树皮左右摇摆，摇摆着是瞅人的，接着又到了第二棵树下，直到靠近那个每天都院门紧闭的围墙时，他才拿手护住胸口，紧着喘几口粗气。

那样的方式，小胖子福山已经重复过许多次了，但是，那家的院门一次也没向他敞开过，尽管他能清晰地感知着院内每个人的脚步声，喜喜的脚步声是匀称着发出的，有时是沙沙的，有时是嗒嗒的，不论哪种声音，都透着轻盈，透着灵巧。不过，小胖子福山还能从那样的脚步声里，捕捉出只有隐蔽着心事的少女才会有的那种若隐若现的节律。小胖子福山就那样贴紧了院墙，他的个头没有院墙高，他贴着院墙伸手，他的手刚好能摸着墙顶，那样的高度很难攀上去。其实，他即便蹲在门口，即便用一只眼盯住门缝，他看到的也只能是一缕衣衫，或者是一袭移动着的鞋帮鞋面。但每次无奈着要走时，他还会扭转着脖子回望几眼，尽管他知道院门不会在那一刻里突然打开。再返回，他还会走老路，退到矿井再回码头，即便侯得才和花田子小姐站在运河大桥上，也不会知道他刚刚离开一家中国人的院门，那个院子里有个姑娘叫喜喜。

小胖子福山是在又一个阴沉天的傍晚进了那家院子的。那天傍晚的天气阴沉得像头顶上扣了锅底，明明应该压住树梢的太阳，那时候想找到一丝丝明亮痕迹也很难。这是要落雨的征兆。侯葛氏开了院门抱柴火，小胖子福山就是那一会儿进的东跨院，他也抱着柴火，侯葛氏倒被他落在了后边。

侯登科说："你，你……"

侯登科也许要问他是怎么进来的，也许要问他为什么到家来，话里应该含着惊含着急含着恨。侯葛氏抱着柴火要往堂屋里跑，跑到堂屋门口又扔了，心里怕着要喊喜喜，嘴巴张开却啊啊地说不成一句完整话。喜喜在套间里扎围裙，扎围裙是要帮着做晚饭的，往院子里望一眼，立刻就紫涨了面额。小胖子福山把柴火抱到厨房里，又把侯葛氏扔到堂屋门口的柴火也收拾了，接着又去关院门，返回来又拉侯登科，意思是让侯登科坐下说话的。

小胖子福山说的是古怪话，古怪话没说为什么贸然闯入，也没说矿井，甚至一个字儿也没提他是喜欢上喜喜了。他说的是打仗的事。小胖子福山说，河湾县城里边基本上没有日本军队了，日本军队都被大川少佐带到了运河堤上，为了弥补兵力亏空，又不想让八路军知道驻防日军出了县城，大川少佐就偷偷扎了许多草人，草人穿上军装，城外的人根本分辨不出真假。大川少佐还让刘百湖的保安纵队换上了日军服装，就这样还是排不满运河大堤，即便是以班为单位布置堵截阵地，中间还是会空出一大截来。大川少佐又让人在运河大堤上放草人，运河堤上的草人只露出半截身子，到晚上点燃火堆，围着火堆转来转去的是真人，仍然趴着不动的是草人，八路军不知道这些，他们一定会认为趴着不动是为了打伏击的，他们要真那样想就上当了。大川少佐是个鸡宿眼，有一点儿办法他也不愿意打夜仗，因为太阳一落他看什么东西都是模糊的，他黑天白天地挎着望远镜，其实他不一定真看清。保安纵队团长以上的都知道大川少佐是鸡宿眼，刘百湖有时候敢跟大川少佐耍横，论起来也有瞧不起的意思。小胖子福山说，假若八路军知道这里边的弯弯，冷不防地出一支奇兵，夺下县城也有可能，瞅准机会突过运河防线也有可能，没必要在运河以西东躲西藏，因为沼田德重的日军114师团会像捏包子皮一样，把大大小小的村庄都捏一遍，八路军一旦被包在里边，那时候再想突围就晚了。

侯葛氏一头扎进喜喜屋里，拿手捂着胸口，说她心口窝里就像塞满了干茅草。侯登科大张着嘴巴望小胖子福山，他想拦截却找不到茬口，因为小胖子福山一直低着头，这些话都像在自言自语，到他自己差不多快憋死的时候，他一把推开了椅子，说："你，你啥意思？你为什么跟我说这些？你明明知道我厌恶战争，你明明知道我害怕打仗，偏偏说这些是故意吓我吗？"

小胖子福山还是不看他，还是低着头自说自话，又说他不懂军事，也不知道日本国为什么侵略中国。小胖子福山说，他到中国来只是因为学的是矿业，三菱矿业招工时说在中国购置了矿产，当时说的是山西大同，到了上海之后才改变行程，来到运河湾了才知道三菱业主没说实话。小胖子福山说，他绕圈子说这些话，只是想证明，日本人说的购置其实是侵占，这也跟派军队到中国一样，开始还说是为了保护侨民。但是他到中国来是真心诚意的，他就是想干一番大事，他还想光宗耀祖，他还想当个有钱人，他还想成为实业家，最好能超过三菱创始人岩崎弥太郎，最好能超过创办麻生矿业所的麻生太郎的曾祖父麻生太吉。小胖子福山说，一个人只要肯埋头苦干，只要心地善良，只要拥有干大事的决心和毅力，天下就没有干不成的事。天道酬勤，天道就是自然规律，自然规律就是有志者事竟成。当然，没有绊脚石更好，没有仗势欺人的上司更好，没有颐指气使的显贵豪门的干扰阻挠更好。如果有呢，如果那样的人就在身边呢，那就想办法回避好了，回避不开就想办法搬掉好了。

小胖子福山走了，他走的时候西天边的黑云彩稀薄了些，里边透着一丝酱红色，隐隐约约地能显出太阳要落了。小胖子福山临走还给侯登科行鞠躬礼，快走到门口了又退回来，又冲着套间门行礼，行的还是鞠躬礼。

侯葛氏是在呕吐过后又做的饭，只是烧了几碗面汤，结果她自己喝了半碗又吐了。喜喜不眨眼地望着她爹侯登科，侯登科拿勺子撩着面汤散热气，呼噜呼噜地喝了两碗，又从篮子里拿了两个死面锅饼，死面锅饼埋到灶膛的热灰里，但是直到喜喜洗碗刷锅，他也没扒出来吃。侯葛氏瞅瞅喜喜又看侯登科，侯登科却催着侯葛氏去睡觉，侯葛氏还是呕吐着问小胖子福山是啥意思，说她即便把苦胆汁吐出来也想不明白，他自己就是日本人，他为啥还说日本人这里不好那里不好。侯葛氏说："他爹，这个小日本福山到咱家来要弄啥啊？他说那些话是啥意思，我怎么不明白啊？"

侯登科只打了个盹就悄悄下了床，他又换了一双新鞋，在灶膛里埋了半夜的死面锅饼是拿手绢包的，包起来系到腰带上。侯葛氏从被窝里探出头来，打着哆嗦拉扯侯登科，侯登科吹灭了灯，俯下身贴住她的耳根，说："侯得章是你儿子不？你儿子是八路军不？'八路军那时候再想突围就晚了'，这句话你明白啥意思吗？"

侯登科是在第二天中午找到的第一营驻地，第一营已经换了营长，营长侯得章接替司令员杨甫力当了新一团团长，他是被现任营长牟利光带着见到的儿子。那时候他才知道马二梭误打误撞，十几个人夜袭了日军114师团的指挥部，师团长沼田德重也被马二梭打了，只不过马二梭那一会儿并不知道他打的是日军师团长。侯登科带过去的消息，引起了司令员杨甫力的极大兴趣，司令员杨甫力甚至还当着团长侯得章的面，称赞侯登科对抗日做了贡献。但当儿子侯得章送父亲往回返时，侯登科却拿眼角远远地瞄住了正用白眼珠子挖他的马二梭，他悄悄地把儿子拉到一边，压着声儿问儿子，能不能让马二梭的独立营单独活动。如果儿子能带着新一团突围出去，就让马二梭的独立营先在明处开火，夺不夺县城到时候再说。侯登科说："你想吧，这还真是个跳出包围圈的好机会。况且，独立营还是个单列的……"

侯登科返回紫云寨已到第三天的下半夜了，他是顺着寨壕回的家，为了躲避矿警队的狼狗，他上了寨壕之后就把鞋脱了。没有人知道侯登科去过八路军的游击区，如果不是老三侯登銮偶然发现了小胖子福山，即便知道侯登科去找过儿子得章，也决不会想到是小胖子福山透露的情报。

132

又过了几天，还是刮着风的傍晚，小胖子福山又一次来到侯家老宅的东跨院门外，靠近院门口的动作，几乎跟先前没有区别，只不过没有伸手扒墙头，也没有蹲下瞅门缝，他是把身子贴紧门板的，那样子很像一只攀檐越脊的壁虎。他全身上下都糊上了泥浆，泥浆干了变成泥片，泥片脱落了留下来的还是泥点子，斑斑驳驳的，也跟爬墙的壁虎差不多。那天他已经完成了水管铺设，钻机一开动，源源不断的河水会自动流出来，根本用不着专为钻探打水井。先前福市课长坚持自己打水井，不过是福市自己隐藏了一个天大的秘密，正是那个秘密要了福市课长的命，尽管井壁坍塌让人百思不解。天大的秘密就是天大的野心，福市要瞒住花田子小姐，福市也想瞒住他，但他什么都明白。小胖子福山知道自己也是藏了天大秘密的，那样的秘密除了自己知道，他还想让一个入了心的中国女孩知道，如果那个中国女孩永远不知道，他就失去了表达爱慕的资本，没有资本偏要表达爱慕，那他就是个无赖了。小胖子福山还知道，他的内心其实很纠结，他愈是要向那个中国女孩坦露真诚，愈是要详尽地描述他的远大抱负，而那样的远大抱负，又正好是天大秘密的主要部分。

比如运河煤矿。当初三菱总部是派福市、福安、福山他们三个先行确定探点的，他们刚刚划定了范围，麻生那边就让花田子小姐出马了。花田子小姐只带来了使女春由枝子，人数上是三比二，实际上是三比一，怎么论都是三菱占先的，但独立营的暗杀帮了花田子小姐，三菱一下子死了两个，而花田子小姐根本不把他放在眼里。他要想实现远大抱负，就得除掉目空一切的麻生花田子，问题是，没有了麻生家族的雄厚财力，运河煤矿就无法运营，且不说麻生矿业还会再派新人来。还有三菱那边，他一直瞒着没跟总部发报，但终有瞒不住的那一天。他要想鸠占鹊巢，就要利用花田子小姐，利用对方就要让对方感觉他是被利用，他只有把自己放在被利用的位置上，才能实现利用对方的目的。这样的纠葛缠绕，连他自己说着都绕嘴，喜喜怎么会明白，说多了还会显出自己是个阴毒的，而不说又难以描述自己的远大抱负。再比如，他希望日军战败，或者早早离开，没有了日本驻军，花田子小姐就失去了靠山。但是，没有了日本驻军，他又很难在运河湾里立住脚跟，甚至连命也保不住……

这样的纠结给小胖子福山带来了难言的痛苦，在贴紧院门的那个瞬间，小胖子福山甚至还默念了一遍大慈大悲的观世音啊，这一点很像他的台湾母亲，当年他跟着父亲返回日本时，他的台湾母亲也是念的大慈大悲观世音。

门闩拨动的声音传到堂屋里，侯登科紧着把喜喜推到套间屋里，又让侯葛氏抱湿柴火烧锅，他自己则把扁担抓到手里，看着像是要去井上挑水的，然后他猛地拉开了门闩。闪了空的小胖子福山一下子扑倒了，扑倒就给侯登科磕头，他还跪着往厨房里挪动，说只要二老让他跟喜喜小姐说上话，只要侯家人答应他当上门女婿，他愿意说出一切秘密，包括他自己的，包括保安纵队和日本驻军的。还有，侯得才让狼狗到白面瓜家宅基上拉屎，目的就是为了激怒马二梭，然后再设伏擒拿。他甚至还知道瘫子丁玉树去过紫云寺好几次，玉树虽然能活动着挪步了，但玉树走路的姿势还是能显出不得劲，他牵驴遛弯根本用不着跑那么远。小胖子福山说："你们接受我吧，官家事儿私家事儿我全都明白，我会做个中国最好的上门女婿，我会给喜喜小姐带来天大的幸福！"

大约隔了一个月左右，小胖子福山又来到侯家老宅的东跨院，这一次他说的是近日要来一个滩涂中队，这个滩涂中队最善于在河套水网地带作战。运西大扫荡失败之后，花田子小姐就怂恿着大川少佐要人，目的还是防范抗日武装利用河套靠近煤矿。即便师团长沼田德重没死在济南陆军医院，即便114师团没受重创，花田子小姐还会要个滩涂中队，因为她不喜欢师团长沼田德重。小胖子福山说，其实侯得才也有天大的秘密，他要利用独立营对日本人的仇恨独霸煤矿，诱杀马二梭也是为了以后无后顾之忧。小胖子福山急切地哀求，说："二老双亲，你们给我开具一份招亲文书吧，我宁愿把这一份大礼转赠给大舅哥得章君，我知道得章君做过河湾县县长。"

第四章

侯登榜说是到马家看闺女，其实还是要打听儿子得印的，如果只是想女儿兰兰了，他会让侯黄氏赶着中午饭时之前把闺女领回家，家里也一定是做了兰兰爱吃的可口饭菜，先前许多次，他都是那样做的。临到太阳快落了，家家户户都准备做晚饭的时候，急匆匆地进亲家门，怎么看都是心神不稳的。

儿子得印是夜里走的，得印睡在西厢房里，与堂屋隔着一个夹道，夹道口旁边是一棵石榴树，石榴树枝罩满了堂屋窗口。得印要是一心想出走，他很难听到动静，除非他那一会儿正好被夜尿憋醒了。侯登榜是在第二天早晨察觉的，而前一天晚上睡觉时，他亲眼看见得印还是跟以往一样，沾了一身浮土的得印推下饭碗就打呵欠，他那时还骂了得印，说得印已经被马筢子的迷魂汤灌迷糊了，一天一天地被马筢子支使着干这干那，当了冤大头还说是心甘情愿的。他说："得印你要能告诉我马筢子是怎么日哄你的，家里活一点儿不干，我也让你娘给你做好饭吃。"得印嗯嗯着躺下，躺下就睡着了。第二天他还是想骂，结果西厢房里已经没有儿子得印了，得印的被窝是凉的。他惊诧着去了立冬家，立冬也出走了，随后是香芝和豌豆，接着再去马家，马家的金猪倒是没走，但是金猪光是跟他瞎吭哧。金猪有时候还会跟他说含糊话，说得印也许从码头上船去扬州了，因为得印曾经说过一句烟花三月下扬州，得印是望着官地四周的沟渠说的，他和立冬都不知道古人写的诗上有这一句。金猪有时候还会反过来问他，问他得印是不是感觉在老宅里活得憋屈，因为他听到过得印叹气。

侯登榜还去过紫云寺，还逼着马筢子说出把自己的儿子日哄到哪儿去了，他还咣咣地踹禅房门。马筢子低着头敲打，敲打的是炮弹壳，炮弹壳黄澄澄的，敲打时发出的声音跟铜铃差不多。马筢子想笑时还露出一丝难为情，说自己要亲手做个连心锁，连心锁是要在儿子百天时挂在胸前的，但是这话不便跟老宅的榜爷说，毕竟他跟侯月娥有些说不清，毕竟新老两宅是连着一个先父的。不过，得印去哪里了他倒是知道一二。侯登榜急得嗷嗷的，说："你紧着说啊，你再敲打那玩意儿，我把紫云寺给你烧了。"马筢子说："你想吧施主，得印是偷偷出走的，那他心里一准得偷偷藏了个想去的地方。你说得印最想去的是哪里？"侯登榜没烧紫云寺，他是骂着回家的，回家看见老三侯登銮拿眼角瞅他，老三侯登銮还冲他吃吃地冷笑，说二哥现在也会演戏装样了，明明知道得印找他姐夫二梭去了，还东家西家地寻找，一看就知道是想瞒着自家兄弟的。侯登銮说："二哥你说，老祖爷当初会不会想到，咱们侯家要出三个舞刀弄枪的呢，要这样说的话，你这一门里就等于是一个半了……"

侯登榜扒下鞋来要打老三侯登銮，嘴角里还流出黏沫沫，说："老三你不胡呱嗒行吗？马二梭是个连媳妇都不要的流荡狗，他会要得印？他要得印弄啥，帮他牵马坠镫啊？帮他披金盔穿蟒袍啊？"

侯登銮还是吃吃地冷笑，还是说二哥也会演戏装样了。侯登榜再不敢打听儿子去哪里了，也不让侯黄氏哭出声来，也不让侯黄氏出去串门了，自己忍不住去了马家，碰见人就说又想女儿兰兰了。

马步正心里有数，他先让小儿媳妇兰兰跟娘家爹打招呼，又让兰兰带娘家爹去小东屋说话，但是侯登榜走到小东屋门口又站住了，目光游移着，看的还是金猪。

金猪腿上缠了锁链，锁链上挂着响铃。响铃是从驴脖子上解下来的，马家当初从商贩手买的是驮驴，驮驴脖子上都会挂一串响铃，牲口市上的规矩是卖牲口不卖缰绳，意思跟卖粮食不卖囤一样。马步正偷偷在一条驴腿膝关节上磕一下，磕是拿铁疙瘩秤砣磕的，秤砣藏在袖筒里。驮驴趔趄着后腿，摇摆着走不成稳当步，马步正自语着念叨一句：敢情腿带伤了，那就买不买两可了。商贩苦着脸说怪异话，索性把缰绳连响铃套儿一块儿卖了。

锁链绑在腿上是防备金猪翻墙头溜走的，锁链缠绕一圈再回到腰间，腰间是上了锁的。金猪变成了马家的驮驴，他要到茅厕拉屎，能脱裤子就是撬不开锁。金猪怄了几天气，也不吃饭，也不睡觉，越是夜静，他越是在院子里走来走去，马家院子里一夜夜地响着铃声。满秋被儿子的铃声闹得睡不着，春子也说金猪是故意惊扰她的，春子就拿脚踢蹬满秋，满秋就让春子揉着眼往堂屋里跑，还让春子多打呵欠。春子不敢说惊扰睡觉，春子说的是金猪死性子，他要真不吃饭兴许会真饿死，不如把响铃解了，再拿绳子绑床上，他背着床，想跑也跑不远。说完了看公爹马步正，马步正闭着眼摆弄钥匙，钥匙是拴在手腕上的。金猪又跑到堂屋里，专在爷爷马步正的床边蹦蹦跳跳，马步正还是闭着眼摆弄钥匙。金猪又找二婶兰兰，在二婶身边却是安静的，他连一句关于二叔的话也不说，他只是静静地望着二婶兰兰，直到兰兰偏过头去擦泪水，他才会用跟年龄极不相称的口气说一句："二叔不往家里捎信，一准是不想让咱们牵挂他，那咱们就等着他昂首挺胸地回来，咱们再想也不说想！"

金猪知道二婶兰兰偷偷流泪是想念二叔的，自从离开那个养伤的窝棚，二婶兰兰再没见过二叔，侯得章派人把二婶兰兰送来的时候，二叔的伤口还没愈合。金猪还知道，二叔这一次没让他加入独立营，并不是看他小几岁，独立营需要眼线，二叔需要他盯着侯得才，因为马笆子没有他观察矿警队方便。

他明白侯得才让狼狗在白面瓜家宅基上拉屎是什么意思，但是，这些话他不能跟二婶兰兰说，他不能当着二婶兰兰的面说到白面瓜。还有，他跟马笸子说到这一节时，并没想到爷爷马步正会在他腿上绑锁链，而爷爷偏偏认定他也会像得印他们那样，偷偷跑出去加入独立营。

到了第四天，金猪自己掀锅拿饭吃，马步正说："撑七不撑八，你该饿到第八天头上。"金猪说："爷爷您知道吧，我们几个已经练过刺杀了，是二叔教的。得印他们去独立营，也是二叔早就计划好的，不过没把香芝算在内。还有，我不出走是要当眼线的。"

侯登榜看见金猪就明白了，他不眨眼地盯着金猪身上的响铃，嘴唇抖得合不上，嘴角里还流出口水来。他拉过马步正身边的烟筐，烟锅装满了还装，明明点着了，明明吸出烟了，他还是啪哒啪哒地打火镰。后来他又望马步正，说："老马大哥，这么说，得印真是找他姐夫去了？这句话是我瞎猜的，老马大哥你先说，你说了我再问金猪。是吧，老马大哥？"

兰兰掐着手心不让泪水流出来，说："您别问了爹，我们都不知道得印走。"

侯登榜又转过头来看金猪，说："金猪你先说吧，这一次你不许再说下扬州，也不许再说偷吃供果，你只说个是，我就明白了。是吧？"

金猪点点头又摇摇头。

侯登榜不问了，他光是闷着头吸烟，吸了一锅又装一锅，直到嘴角里流出清水来，直到马步正把头脸伸到他跟前。马步正从袖筒里摸出一个芦根烟锅，芦根烟锅是孙子金猪给他的，他知道是谁让金猪转交的，红布条给了兰兰时，他的眼圈还是红的。马步正点燃了又把侯登榜手中的铜烟锅收回来，说："亲家，你在我脸上打一巴掌吧，你打得越响我越知道二梭是个可恨的。他自己是个野马星，他还让几个半大孩子也变成野马星，他身上还有一丝丝好处吗？不过，没有归没有，我还得说他杀日本人也是个有种的，对这样的野马星，咱们都得盼着他没灾没祸，别管咱们心里多恨他！"侯登榜打个愣怔站起来，走到门口又问，这一次问的是豌豆和立冬，说豌豆和立冬一准是跟得印在一起的，一准也是入独立营了。兰兰跟着站起来，马家人都跟着朝外送，侯登榜忽然又站住，说："那香芝呢，你们谁敢说香芝也入二梭的野马群了？"

兰兰还是重复那句话，说："您别问了爹……"

侯登榜转过身来帮兰兰擦泪，说兰兰总是说这一句话，总是说别问了别

桃花瞳 137

问了，他想要的话一句也没问出来。侯登榜说："到底是得印他们几个缠磨着非要找二梭呢，还是二梭给他们下了命令？我就想摸清这一点，我就想知道这一点，兰兰你连这一点也不能说吗？"

兰兰还是重复说那句话，送到门口了又说她现在连多多也不想见，多多总是跟她说梦见立冬了，还说立冬在河里洗澡，一条河都被立冬洗红了。兰兰说："爹，您跟多多捎个话吧，就说我要紧着给家里人做秋天穿的夹衣。还有，我不愿意听别人说又做梦了。"

多多认定喜喜跟小胖子福山好上了，多多还认定喜喜先前的恼恨不过是装样，多多还认定大爷侯登科一家都是动了心计的。家里已经有了一个先当中央军又当八路军的儿子，女儿再嫁个日本人，大爷一家就能吃两面饹馇的烧饼了，而自己只有一个哥哥得才，里里外外还是个没正形的。多多再不去东跨院，多多出了侯家老宅还是去找香芝，走到院墙外边，看见栅栏门是开着的，家里还有说话声。多多冷不丁记起马照本已经死了，香芝和弟弟立冬是前后脚出走的，香芝家的院门应该是关着的才对。多多起了一身鸡皮疙瘩，大着胆子靠近栅栏门，看见说话的是丁玉树。

玉树是跟黑驴母子说话的，玉树牵着黑驴的缰绳，骡驹子先是跟着驴娘噗噗地打响鼻，打着拿头拱驴娘的肚皮，意思是又看到老家了。玉树就把缰绳搭到黑驴的背上，由着黑驴子母子往驴棚里钻，黑驴把嘴伸到驴槽里，驴槽里还有几节秆草棒棒，黑驴伸出长舌头舔着卷进嘴里，嘎巴嘎巴地嚼，看着像是故意显示没吃饱的。玉树倚在砖垛上，也跟着嘎巴嘎巴地磕牙，他还用眼色示意骡驹子，说："你也舔槽啊，槽里没草棒了你舔石头啊。行了行了，过来看看就行了，你得知道哪些是该看的，哪些是不该看的。该看的不避人，避人的都是不该看的，不该看的还想看，那就是想刺探。槽里已经没草了，剩下个秆草棒棒你也嚼了，你是想刺探啊，还是看见个草棒也容不下。容不下你也得知道草棒有草棒命，石头有石头命，你想拿软舌头舔硬石头，你先要明白心里是怎么想的，是要把石头舔烂啊，还是想试试哪个好欺负？我明明喂饱你了，你还是不忘老窝，老窝里还有你的啥？赶明天我把老窝也给你扒了，砖头土块我再给你抹上驴屎，我看你再过来。再不成，我就把你拉到矿警队去，让那一群狼狗都围住你拉屎，我让你走哪里臭哪里，看你的长舌头往哪里伸？"

多多转着圈子找土块，土块扔到砖垛上，土块溅了玉树一头一脸。多多说：

"你那些话里几个意思？驴能听懂你说话啊？我是顺路到马家看兰兰姐的，我又没说话刺探你，你还舌头长舌头短的。"玉树嘻嘻地笑，说他也不知道怎么了，自从死腰变成活腰之后，他就添了个话多的毛病，看见鸡就跟鸡说话，看见羊就跟羊说话，那天忽然看见一只老鸹从头顶上飞，他还说了几句顺口溜。他说的是："飞得高，摔得狠，找不到家，赶快滚。"结果让老鸹屙了一脸。多多扑哧笑了，原本要说活该的，忽然又呀呀地叫起来，说："你这也不是好话！"

玉树收紧了缰绳，看着黑驴母子垂着头走出驴棚，忽然又神秘着冲多多打手势，还拿手遮住半边嘴巴，说他最后一次当活犄角，最后一次办勾魂交割，回来的路上竟然看见立冬了。玉树说，立冬骑着一匹高头大马，立冬还跟他打招呼，还问他这几天见没见过多多……

多多哇哇地扑过到玉树身上，说："是真的吗玉树叔，你真见到立冬了，你是咋着应答的？"

玉树说，他没看见香芝，跟在立冬后边的好像是得印，得印没骑马。他那时候虽说已办完了勾魂交割，鸡没叫还算活犄角身份，还算沾着阴府气的，他不敢靠近了说话，他就答了一句"多多小姐好着呢"。他说："立冬你知道吗，多多小姐天天在家牵挂你，立冬你得记着多多小姐的好，多多小姐还善良还心细，多多小姐跟她哥哥得才不一样。得才从头发梢到脚底板，流的都是坏水，多多小姐一举一动，显露出来的都是端庄娴淑，一比就能比出差别来。多多小姐还时常过来查看，她来是看看你们家的栅栏坏没坏。"多多呜呜地哭，哭着说她要给玉树做一双新鞋，要是做不成棉鞋，就多做一副棉鞋垫，棉鞋垫要套今年秋天的新棉绒。多多说："玉树叔你真好，我没想到你说这么好。不过玉树叔，你以后再见到立冬，就把小姐两个字去掉吧……"

多多还踮着脚尖跟玉树说低声话，说她哥得才让人在矿警队周边埋了地雷，埋完了又在地面上撒了浮土，冷眼看根本看不出来。电线杆下边也埋了地雷，白面瓜家屋山上的电灯线下边就是连着地雷的。还有，打南边又来了一队日本人，是坐船来的，夜里上的码头，来了也没进县城。他哥得才不喜欢这一队日本人，他还埋怨那个日本小娘们，说偷着要人是瞧不起矿警队，但是那个日本小娘们却恨着说他哥是个糊涂蛋。多多说，他哥得才一点儿也不糊涂，他哥得才知道独立营早晚还会打回来，二梭早晚还会再跟他交手，他心里装了许多歪点子，那个日本小娘们也不一定真知道。多多又说："玉

桃 花 瞳　　139

树叔你跟立冬那样说我哥就对了，我哥哥没正形，我一辈子也不会跟他学！"

多多后来真是想去马家找兰兰的。自从做了那个血水梦，多多几乎天天去马家，她还问兰兰想二梭时会做哪些梦，她还问兰兰梦见的那个人会不会打喷嚏。多多有一天晚上还冲着兰兰笑，还让兰兰扒着墙头望村子的东北角，东北角有狼狗拉屎，屎拉在白面瓜家的宅基上，狼狗在灯明里看着跟牛犊子一样大。多多还眨巴着眼指着白面瓜家屋山墙上的牌子，牌子上的两条狗看着像连尾的。兰兰哇哇地吐，吐着回到小东屋里，多多跟过去，诧异着问兰兰为什么不高兴，多多原本想的是，看见狗在白面瓜家的宅基上拉屎，看见牌子上的狗摇摆着出贱态，堂姐兰兰会说一句"活该"。这几天多多没做梦，多多也想跟兰兰说说，不做梦了，是不是梦里的人快出现了。刚要进马家胡同，看见二大爷侯登榜从马家出来，瞪了她一眼就把脸喷了，多多只好掩饰着拐到另一条胡同里。

玉树当天就去了紫云寺。

马箍子已经把连心锁做好了，锁链也是用弹壳做的，先铰出韭菜叶宽的铜片，铜片卷成麦秆粗的圆筒，一节一节拿丝线穿起来，接口处加一个核桃木的活扣。活扣的大小跟薏苡仁差不多，活扣上还刻了图案，图案刻的是柏籽的形状。玉树看见马箍子拿着连心锁在胸口上比画，比画着又套在手指上试分量，玉树就凑着门砧坐下来，说原本想着他得的消息是最当紧的，见了和尚住持给儿子打连心锁，再当紧的消息也得靠后站了。

马箍子说："玉树你不该把驴拴在山门口，你该让驴叫唤，驴一叫唤我就知道是你来了。"

玉树就把从多多嘴里套出的话说了，又说金猪被他爷爷马步正拿锁链绑了，锁链上还挂了响铃，金猪一步也不能离开，有了消息只能靠他传递，好在有个牵驴遛弯的幌子，否则，谁见了都会起疑。玉树又问马箍子，知不知道独立营在哪里，前几天的大扫荡，听说西边是打了血仗的，说是八路军死得不少，日本人也死得不少，如果独立营真跟侯得章一样也入八路了，就怕马二梭他们又被侯得章派到前沿。还有，这些消息到底该传不该传啊，是传给侯得章啊，还是直接给二梭？玉树说："要不还是我到西边跑一趟吧，这一阵子积下的事不少，要是二梭突然带着独立营杀回来，就冲他们那几个人，还非得吃大亏不可。你说呢箍子，你说我去行不？"

马箍子说："你牵着驴遛弯，你遛到三十里五十里开外啊？人家一盘查你准得露馅，不露馅你也说不顺溜。你让我想想，我快想出办法了……"

玉树扳着门框站起来，站起来跟马笆子使眼色，说他看见东北角的河套口上多了一群穿破烂衣服的人，还有运木料的，还有挖地槽的，但所有的人都像偷着干活的。奇怪的是，过了几天，那些人又换成了保安纵队的服装。马笆子紧着让玉树坐下，说换了服装的是日本人，来的这一支是新部队，这支部队盯准的就是老河套，挖地槽十有八九是修暗堡，木料是做内部支撑的。日本人在大扫荡尾上增兵，又选河套口那儿构筑暗堡，活儿又是偷偷摸摸干的，还故意换了保安纵队的服装，就是为了不被人察觉，除了保护煤矿之外，最主要的就是堵截八路军，让他们走不出河套。八路军出不了河套就对县城构不成威胁，当然也无法靠近煤矿，假若八路军依旧利用河套的掩护靠近运河大堤，遇到暗堡也非吃大亏不可。东北角是暗堡，东南角是矿警队，紫云寨等于夹在了胳腋窝里，矿警队又是绕圈子巡逻的，别说二梭的独立营人少，即便侯得章带着八路军大部队过来，也别想顺溜着脱身。马笆子是冲着玉树说低声话的，还说他这几天不离开紫云寺，也不去侯月娥那儿看儿子，就是防备有人盯梢。他又说，不让玉树拿牵驴遛弯当幌子进紫云寺，也是这个意思，因为矿警队是当地人，谁都知道驴不能进寺院，何况玉树牵的又是母驴。还有，修暗堡的日本人也在芦苇丛里放了暗哨，暗哨穿的也是保安纵队服装，外边的人看不见他们，冷不防地看见也不会猜想他们是日本人，但他们看外边的人却清清楚楚。说着忽然亮了声，说他有办法了，如果能行，玉树不用出门，他也不用出面。

马笆子说："我要让侯登科扮演神行太保戴宗，侯得才暂时还不会派人盯他大爷，只要跟侯得章有利害关系，侯登科一准能把消息送出去！"

玉树沉吟着又有了疑惑，说："要是侯得章得了消息瞒下呢，咱们还以为马二梭是知道的？"

马笆子说玉树把他把当成三岁半的孩子了，他会直接找侯登科吗，他要找的是侯登榜。马笆子说："侯登榜牵挂得印快没头魂了，我要让侯登榜传话给侯登科。一个儿子一个女婿在里边，你说侯登榜会怎么跟他哥说，他哥侯登科能会不掂量轻重，掂量了他还敢玩阴的玩邪的？"

第五章

侯登榜果然去找了老大侯登科，他没说女婿马二梭，也没说儿子得印，他甚至咬死口地不说这些消息是从哪里得来的。侯登榜还有意避开了老三侯登銮，尽管马艳子并没告诉他知道的人越少越好。侯登榜是以找人剃头的理由去的东跨院，为此他还故意让侯黄氏先在头上剃了几刀，还故意晃荡脑袋装瞌睡，结果脑袋让侯黄氏剃成花瓜了。侯登榜嗷嗷着大恼，还骂了侯黄氏，还要打侯黄氏，侯黄氏躲闪着打量侯登榜，越打量越感觉是个奇怪的。明明是不该剃头的，头发还没长到盖满头皮，明明知道她一拿起剃头刀子手就哆嗦，忽然就说要剃头了，还非要她剃不可，而以往他会等着剃头挑子进村，或者趁赶集时在镇上剃。他还急慌得等不及水烧热，她这里一动刀，他又打起了瞌睡。不早不晚地打瞌睡，想想也是奇怪的。侯黄氏疑惑着嘟囔，说不年不节的急着剃头刮脸，不是中邪了，就是见不得她有一会儿清闲。侯登榜突然亮了嗓门，说："找剃头挑子不花钱啊，少花一次钱不是赚的啊，我不能挣钱，我还不能省钱啊？"侯登榜是从省钱上号号的，谁听了都会觉着，这样的话从侯登榜嘴里说出来一点儿也不奇怪。侯黄氏还是感觉怪异，想省钱就减少剃头的次数啊，该一月剃一次的改成两个月剃一次，最好三个月剃一次，最好半年剃一次。

侯黄氏哇哇着丢下剃刀，推着侯登榜朝外走，说："去吧，去吧，让兰兰给你剃吧，去赚闺女的钱吧。"

侯登榜说："去就去，谁不要钱我找谁！"

侯登銮扒着墙头嘻嘻地笑，说二哥要是愿意一次送他一条羊肚手巾，他保证不会把头剃成花瓜裂葫芦。侯登榜不搭理老三侯登銮，他是喷着脸去的马家胡同，进了马家胡同打个转身，就绕到侯家老宅东北角的东跨院。

没有人知道侯登科在看见侯登榜进门的那一会儿是怎么猜想的，侯登科也许像侯黄氏那样，一眼就看出老二侯登榜的头发其实还很短。还有，侯登榜如果只是图省钱的话，紫云寨许多人家都有自备的剃刀，随便找个人就能剃，而他们三兄弟先前虽有过互相剃头的经历，但那已是很多年之前的事了。但是喜喜一下子就猜出二叔是有话要说，二叔要说的话还是瞒着三叔的，否则二叔不会舍近求远绕到东跨院。喜喜冲她娘使眼色，侯葛氏又紧着跟侯登科使眼色，侯登科笑笑，接着就关死了院门，还故意用了埋怨的口气，说老二有了自己做不成的事，才想起大哥是个有用的。然后他就压低了声儿，说："说吧，我知道你是着急上火的，我还知道你并不是真想找我！"

侯登榜脸上红红白白，额头上还浸出汗来。

侯登科又说："你要跟我说秘密事儿，秘密事儿又不想让我知道怎么来的，可是你偏偏又不会编圆场话，你甚至都把不准我听了会怎么想，你光知道马二梭是你女婿。你告诉我，得印是找他姐夫去了，还是奔着他堂兄去的？你再告诉我，你是盼着得印跟二梭亲近，还是跟得章亲近？还有，是谁让你给我传话的，我听了就当耳旁风你能怎么样？"

侯登榜抢过剃刀要割自己的头皮，说："你这一会儿装傻行不？你让我把要说的话都说出来行不？这里边有得印有二梭是不假，这里边还有得章呢，你想让你儿子吃亏啊，摸不准敌情瞎打一气，那亏还能吃小了？"

侯登榜从东跨院出来又去了马家胡同，再返时，他还故意走得很慢。即便是走着想着，他也不知道老大侯登科会不会真把那些紧要事儿当成耳旁风，毕竟部队在哪里是不知道的，毕竟还要偷偷摸摸地打听，毕竟还会遇到敌人盘查，毕竟出门是带着凶险的。还有，这边是两个人，那边是一个人，吃亏沾光他都多占了一半，老大侯登科会犯掂量吗？掂量清楚了，真来个装傻不送怎么办？

一切果然如马筢子所料，但是马筢子并不知道，前不久侯登科已经到儿子那儿传过一次情报了。侯登榜前脚离开，侯登科后脚就开始过滤情报，他还仔细分析着情报的来源，怎么想都感觉情报不是一个人得的。比如小胖子福山说了大川少佐扎草人冒充日军，说了县城岗楼上的哨兵也是假冒的，还说了日军要增派一个滩涂中队。但是小胖子福山从没说过矿警队周边也埋了地雷，按说他每天都路过运河大桥，运河大桥离矿警队并不远，况且侯得才也是在码头上吃住的。能得到那些情报的会是谁？侯得才自己决不会说出来，他即便是显摆夸口，也得知道哪些是不能碰的。能泄露机密的只能是内部人，排除掉矿警队自己人，能得到这些机密并泄露出来的只有多多，但是多多已经知道堂哥得章加入了八路军，她再缺心眼，也不会出卖自己的亲哥。多多也许是言多有失被别人套了话，那个套多多话的人，又获知了日本人在河套口上修暗堡的消息，多多并不知道她已经被别人利用了。

桃花瞳　143

侯登科先过滤的是马步正。多多到马家找堂姐兰兰，兰兰心眼实，套话的事儿或许想不出，想起来也不一定能做到，但老奸巨猾的马步正完全有可能。马步正尽管挨了一刀一枪之后明显衰老了许多，他那一双毒眼却仍旧跟锥子一样锋利。或许就是马步正直接从多多嘴里套的话，而多多要想绕开生着一双锥子眼的马步正，几乎不可能。侯登科也想到过马笸子，也想到过死腰变活腰的玉树，甚至还想到过侯黄氏。侯黄氏牵挂儿子得印，牵挂女婿二梭，她要想从多多嘴里套话，也有的是办法。只不过是，侯黄氏也是个话头又少又不爱串门的闷葫芦，日本人偷偷摸摸地出现在河套口，她即便正好看见，也决不会跟对付八路军联系在一起，也不可能知道修筑的是暗堡。

最终也没完全弄明白的侯登科，却对唆使老二侯登榜的人，暗暗蕴涵了敬佩与感激。通过他传递情报，如果那个人并不知道他已经有过一次传递情报的经验，那这个人就是对他加了十分信任的，侯登科很愿意相信他身边就有这么一个人，尽管他还没有最终确认这个人是谁。侯登科这一次没瞒侯葛氏，他还让侯葛氏给他找了几件得章和喜喜穿过的旧衣服，还让侯黄氏说出娘家兄弟有几个孩子，几个男孩几个女孩，各叫什么名字，说遇到盘查时，他就说是探亲访友的。侯葛氏到喜喜屋里翻找，喜喜拉住她，压着声儿让娘劝爹一句话，爹把情报传给哥哥得章，无论如何也不能瞒住独立营的二梭，即便二梭没跟哥哥在一起，也要想办法让独立营和二梭知道。侯葛氏不明白女儿的话是什么意思。喜喜说："您知道为啥传话的是二叔吗？您该不会真以为是二叔得的这些消息吧？想想吧娘，俺爹要是藏了另样心思，别管是二梭还是得印，只要有一个吃亏的，二叔能饶了咱们？"侯葛氏一下子捂住了胸口，惊愕着自语，先念叨了一句"不会吧"，接着又说："亲娘哎，你爹兴许真能做出来……"侯葛氏趔趄着打个迟钝，接着就回了堂屋，抓到手里的旧衣服又丢下了。

侯登科还是在下半夜出的门，还是顺着寨壕出的村，绕到村子西南角时，他还往紫云寺望了一眼。

侯登銮是在下半夜醒的，醒了就说明白了明白了。侯杨氏惊了一身汗，以为侯登銮是发癔症说梦话，摸索着点亮了灯，看见侯登銮拿手拍打额头，忽然又哼哼着冷笑，嘴角还撇撇着。侯杨氏娘哎一声，发着狠地要生气，说："你不把人吓死不甘心是吧？半夜三更地瞪着两个眼珠子，我是把你当活人还是当死人？没见过你这样的，睡了觉还动心眼！"侯登銮还是哼哼着冷笑，说动心眼的不是他，动心眼的是二老闷侯登榜，侯登榜根本不是真想剃头，他拿剃头当幌子，不过是不想让他起疑心。他还让侯黄氏先刮几刀，那是啥意思，能刮一刀就能刮两刀，能剃半个头就能剃整个头，他跑出去干什么？还说让兰兰剃，兰兰会剃头啊？要说到马家还差不多，可他去马家了吗？他要真是在马家剃的，剃完了兰兰能会不烧热水给他洗头啊？他洗头了吗？他是拿手拍打着头发渣子回来的，剃了头不洗，他是傻子啊？他为啥没洗，是断水了还是没柴火了？侯登銮说："你知道他去谁家了吗？他去的是东跨院大猴子家！他明明要去找老大剃头，为啥又偏偏说是找兰兰。明白了吧？"

侯杨氏又从被窝里伸出头来，说她就是糊涂死也不会睡觉了再想事儿。人家不就是剃个头吗，不就是图省钱吗，人家愿意找谁找谁，兴许马家人都占着手正忙呢？侯杨氏说："我不明白你明白，那你说，这里边有哪些弯弯道道？"

侯登銮说："反正有。"

侯杨氏说："我问的是有哪些弯弯道道？"

侯登銮就把灯吹灭了，说："你让我想想，我一准能想出来。"

侯登科这一次没见到司令员杨甬力，离紫云寨最近的一支部队，正是儿子得章的新一团。侯登科并不知道新一团与司令部是各自单独活动的，即便是团长侯得章，要见到司令员杨甬力，也不是串门一样说见就见的。况且，运西军分区正在利用大扫荡结束之后的间隙，抓紧时间巩固扩大根据地，几乎到了昼夜连轴转的程度。司令员兼旅长的杨甬力，差不多已把分区机关变成了马上工作队，他带着旅部骑兵连来回奔驰，太阳落时在沙河故道周边的几个村子，天明了再找他，他也许又会出现在河套北边的村寨里，中间相隔也许三十里五十里不止。这种走马观花式地忽东忽西，常常会使司令员兼旅长的杨甬力产生感慨，那时候他会想起马二梭和独立营。当已在泰莱山川区扎下根的山东军区首长，决定独一旅为运西主力部队番号时，他还想着再跟马二梭开个玩笑，说如果马二梭的独立营能很快变成独二旅，那他差不多就是军长了。马二梭误打误撞干掉了日军指挥部，连师团长沼田德重也被他打了三枪，他竟然还带出了一个大队的战马，尽管这些战马大多是驮载辎重的，但对已经拥有了一大片根据地的八路军来说，实在是太重要了。

而对于团长侯得章来说，他的营长们也是分散开单独活动的，毕竟根据地是刚刚建立的，还称不上是大后方，因此，即便整个新一团都集中在一起，也不敢明着跟日伪军打阵地战。各营分散开单独活动的另一个好处是,能随时解决食宿问题,解决了食宿就是保障了生存。况且,他们已构建起一支缜密的地下交通网,交通网分布在根据地的每个村子里,无论是军分区还是各团营指挥部,只要发出指令,原本就是农民的地下交通员,马上就会出现在另一个村子里。

侯登科原本是想跟儿子得章卖关子的,卖关子是等着见到司令员兼旅长的杨甬力,上一次,杨甬力司令员曾对他大加赞赏。侯得章开始抱怨父亲耽搁了他许多时间,说这些时间都是他挤出来的,分分秒秒都很重要,因为他也不知道到底有多少工作要做,而放手发动群众,创建农村革命政权,都是他感觉陌生的。侯登科上下打量着团长儿子,看出儿子果然比上一次见时瘦了许多,儿子的嘴上还有了干皮,眼睛里结着暗红色的血丝,这些都是睡眠不足的表现。还有,儿子的情绪中隐隐地含着一股焦虑,看着还有恼恨的意思,像是装了无名火的。但侯登科还是有些不明白,儿子当过中央军的团长,还当过国民党的县长,这些都是先前做过的,怎么又变成陌生了。侯登科说:"不对呀,乡村新文化建设你几年前就做过,按说你得比其他人熟门熟路啊?"侯得章忌讳着父亲再说出男女老少都要定期洗澡,他至今还清晰地记着,那天召集各乡乡长开会,讲的就是乡村新文化建设,他先说的是国民教育,接着又说到讲卫生也属于乡村新文化建设。他还说卫生乃民众康健之本,但是西北旺乡的宁乡长竟然问卫生是谁,他这里刚刚说了各乡都要修建洗澡堂子,男女老少都要定期洗澡,结果一屋子人都当成了西洋景。宁乡长还挤眉弄眼地冲他父亲笑,而他父亲说的是"洗白了给谁看",他精心准备过的会议,最后竟然变成了笑话。

侯得章脸上闪过一丝红晕,摆着手再不让父亲提那一节,而且父亲一路颠簸地跑出来,也实在是太随意了。他说:"这样不好,毕竟是战争年代,儿女私情不该挂在嘴上。您想过吗爹,我们的八路军战士来自五湖四海,他们的父母不想念儿子吗?况且,您还要越过敌人的封锁线……"

侯登科呀呀地吐口水,说:"又说胡话了是吧,你以为我是想你啊,我是给你们送情报的!"侯登科故意用了"你们",说到"你们"时还故意加重了语气,说过了还是扭转着身子到处查看,还显出一脸的失望,又说:"怎么这里光是你自己啊,你们司令员到哪儿去了?"

侯得章紧着给父亲倒水,说司令员在军分区,军分区有几个机关驻地,即便是旅部，有时候也不一定跟分区机关在一起。况且，除了他这个新一团之外，另外还有三个团也是分散活动的，司令员是下到团里去了，还是在机关指挥，他现在也说不清。但是，如果情报十分重要，他马上就会让交通员出发，可能半天时间就传到司令部。侯得章说："爹您也真是的，既然是情报，那您赶快说啊，这一阵子时间白耽搁了！"侯登科愤愤地瞪了儿子一眼，说："你叫我把水喝完行吗？要不是你的苦瓜脸吊吊着，我刚才就想说……"

侯登科要把水喝完，倒并不是因为口渴得受不了，他是喝着水思谋的，思谋着先说哪些，如果说着说着司令员正好来了，最好那时候说的正是最重要的。侯登科知道日本人在河套口上修筑暗堡是最重要的，这样的情报八路军一准不知道，因为日军滩涂中队是夜里到的码头，到河套口修筑暗堡也是偷偷摸摸的，并且还换了保安纵队的衣服。但他还是忍不住先说了，至于为什么先说这一条，侯登科也觉着奇怪，尽管说了心里又是后悔的。侯登科瞒下了老二侯登榜找他那一节，也没在情报的获取过程上多说，他甚至是有意含混过程的，说到日军修筑暗堡时，侯登科还故意加了描述，说尽管日本人换了保安纵队的服装，他还是一眼就能分辨出，保安纵队的人决不会那样卖力地干活。清一色都是年轻力壮的汉子，也没有说话的，也没有偷懒磨洋工的，一看就知道是假的。

侯得章飞快地记录着，有几处还在旁边多画了几道杠，然后他沉思着望父亲，说："爹，这个情报您是怎么得来的，您是暗中观察了，还是正好路过那儿？"

侯登科说："你傻啊，我不暗中观察，日本人让我到跟前去看啊？"

侯得章忽然又疑惑着望父亲，又说："那不对啊爹，日本人偷偷修筑暗堡我能理解，那您怎么知道新来的是一支滩涂中队啊？您刚才还说他们是夜里靠的码头，您夜里去码头了？还有，日军建制您并不了解，而日军滩涂部队大多出现在南方战场，即便是我们新一团的老兵，能一眼就分辨出的也不会是多数……"

侯登科一时语塞，急躁着要抓了水碗往儿子头上扣，碗抓到手里了又做出要摔的架势，说："你老是问我怎么知道的啥意思，你只说这个情报当紧不当紧吧？你要说不当紧，我这就把你写的纸片子撕了！"

侯得章就不再追着问了，他还冲父亲笑了笑，又问父亲还有没有，如果有就一块儿说出来。侯登科接下来就该说到矿警队周边埋设地雷的事了，要

桃 花 瞳　147

说的时候，又想起这个情报来得蹊跷，从老二侯登榜的口气上，他好像更看中这一条，跟他说时还一个劲地拿眼瞪他，还拿他的半截断手指当例子。当年紫云寨大年初一打街战，从村子西头向东打的是奉军的白虎兵营，从村子东头向西打的是北洋军的青龙兵营。半吊子北洋军官霍好秋跟他要扁食吃，他用杆子把满满一筐扁食推到当街，他还朝霍好秋招了招手，结果一颗飞弹削掉了他半截手指。老二侯登榜那一会儿说的是，如果他不是招手，他是把手指按到地上，而他按的下边正好埋了地雷，他能剩下两条囫囵腿就算烧高香了，因为他是在大门底下趴着往外推扁食筐的。侯登科又有了气恼，想想老二侯登榜也是可恨的，竟然还重提那一节，他怎么不说半吊子霍好秋是谁家的女婿啊。半吊子霍好秋死了，楞种野马星马二梭又成了他的女婿，马二梭也是可恨的。

侯登科伸出头去朝外张望，说上一次他好像看见马二梭了，马二梭还好像拧着脖子横他，这一次他还想想看看马二梭是怎么拧着脖子横他的。侯登科说："哎哎，我说，你当新一团团长了，你怎么不让司令员把独立营带走啊？马二梭呢，我怎么连他个影子也见不到了？"

侯得章又皱紧了眉头，脸阴沉着果然又摆出苦瓜样，支吾着说了句"另有任务"。其实独立营另有任务是真的，任务也是团部统一布置的，但是任务到了独立营，马上又被马二梭弄走样了。侯得章说，团部给独立营布置的任务，是到根据地外围警戒，因为马二梭不擅长做发动群众的工作，而外围警戒是防备日伪军杀回马枪的。独立营接了这样的任务，就应该在根据地外围安排警戒，不说构筑万无一失的防线吧，起码要洞悉日伪军的动向，日军114师团撤兵之后，是不是又来新部队了，或者留下保安纵队继续扫荡，这些都应该了如指掌。但是，马二梭却擅自行动，竟然带着独立营打起了黄桥据点，竟然还是大白天打的，结果独立营又伤亡了几十人。侯得章说，如果到此为止，马二梭也就一个错，可他吃了亏之后却没向团部汇报，团部自然也不知道敌情有变，摸清了八路军活动范围的日伪军又悄悄地扑向根据地，致使新一团的整个活动计划全部打乱。

侯得章是恨着说到马二梭的，末了他又瞪大了汪着血丝的眼珠，愤愤地望着父亲侯登科，说："您知道马二梭攻打黄桥据点是什么理由吗？竟然是因为据点里抢了一对走亲戚的父女。现在的马二梭已经张狂到极点了，就因为他误打误撞夜袭了日军114师团指挥部！"

第六章

事情并不全如侯得章说的那样。

那天晚上的夜袭，马二梭对着一个赤身裸体的日军军官连开三枪，并不知道蹂躏那对母女的是日军中将师团长沼田德重。马二梭是在事后知道的，那时候，大扫荡的日军已仓皇退回到运河以东，他们是急着到省城医院抢救师团长的。马二梭既没显露出大胜后的张扬与喜悦，甚至都不想提及那天晚上的偷袭，仿佛那样的意外大获跟他无关，尽管团长杨甬力几乎是搂着他的肩膀发出感慨的。团长杨甬力还当场编出山东快书，说："打竹板，不多说，只说说运河湾里的马二梭。马二梭报仇心切入坟地，竟然闯进了日军指挥窝。他夺回战马数百匹，他枪打淫贼回阴国，他误打误撞获奇胜，运西从此英雄多……"

当然，马二梭也没流露出多少惋惜，如果惋惜是以砍杀日军数量组成的，那他或许会想，当时为什么要隔着窗子用枪打。如果不是刚刚发生的新兵连大伤亡，即便是为花家岗子的老百姓，他也会命令独立营的弟兄一命换十命，死也要把在坟地宿营的日军全杀光。归建之后，马二梭差不多是闭着眼躲避许多惊叹目光的，那时候他就想好了，他要把意料之外的胜利算到侯得章头上，误打误撞也罢，黑夜偷袭也罢，都要说成是在参谋长侯得章的指挥下。新兵连是侯得章精心组建的心肝宝贝，新兵连承载着侯得章的远大理想与抱负，但新兵连划拨到独立营的第三天，就因他马二梭的错误指挥伤亡大半，他把胜利算给侯得章，两个人就算扯平了。但是，马二梭没想到侯得章会用那样一种鄙视的眼神回应他的表示，仿佛错误出现在他身上是理所当然的。侯得章还在他说了那些话之后，反过头来问他，说："马二梭同志，你把我看成什么人了，你把革命看成什么了，革命是用来交换的吗？如果生命可以交换，那几十条鲜活的青春呢，是换你啊还是换我？你我值得他们拿生命交换吗？我们做了什么，使他们死得其所，使亡灵含笑九泉？"侯得章用一连串的反问结束了他与马二梭的对话，再往下他就一言不发了，马二梭面红耳赤，一直到离开，他也没看见侯得章抬起头来。

在接下来的几天里，运西军分区成立，侯得章忙于交接，他不再担任第

桃 花 瞳　149

一营营长了，他以团参谋长的身份出任新一团团长，他几乎没有往各营区跑的时间，下连队更是顾不上。而刚刚组建的运西军分区，更需要首脑人物全力以赴，因此，团以下的营连长们要想见到司令员杨甬力，除非是正好赶巧了碰上司令员在奔波的马背上。马二梭很想再见到司令员，他很想跟司令员谈谈独立营的隶属，如果分区需要一个警卫连的话，他宁愿退下来当连长。马二梭一直没等到机会，机会在匆忙中出现，却不是为他准备的。司令员途经新一团团部，气喘吁吁的侯登科正好那一会儿赶到，马二梭焦躁地等待着侯登科离开，他并不知道侯登科是传递情报的，他只想着侯登科是获知了儿子升任团长才来的，他来只是想跟司令员套近乎，因为他随后就听到了司令员的笑声，司令员又回敬侯登科，说他真是机敏异常。

马二梭在那一刻里又不想急着见司令员了，他耐着性子等待侯登科的离开，他还把一根紫柳条含在嘴里，这样的举动已经大半年没有过了，以往，他会用牙嘎吱嘎吱地咬紫柳条，直到嘴里流出紫红色的苦水来。当然，那是在马二梭有了某个决定，或者下了什么决心时。侯登科要回去了，侯得章陪着父亲走出团部，侯得章迈着标准的军人步伐，脸上是带着微笑的，远远地看见马二梭折断一根紫柳条，脸上的微笑就消失了。而侯登科却偏转了头把儿子拉向一边，要说话时又斜着瞥了马二梭一眼，马二梭突然打消了到司令部当警卫连长的念头。独立营的番号必须保住，哪怕只有一个排的兵力，至于与团长侯得章的关系，他会把新兵连剩下的人全部退还给他。

马二梭就是在那一刻里做出的决定，当马二梭把他的决定告知连长孔雨林时，一个满建制的新兵连还剩下不足一排人，其他人都牺牲在花家岗子包围战中了。孔雨林是在惊愕中带队离开的，离开时他死死地盯着马二梭，接着又把目光落到剩下的人身上，最后他说："走！"

但是，侯得章却把马二梭叫到了团部，逼着他说出为什么，如果谁都可以代替团部做决定，他这个团长是不是也要轮流当。侯得章说："马二梭你还是个军人吗？我跟你要人了吗？我要的是这些人吗？告诉我，你为什么要这样做？"

马二梭直挺挺地站立着，他那一会儿很想保持平静，但胸腔里积聚着的情绪，还是代替他泄露了秘密，尽管他克制着不显出呼吸急促来。

侯得章说："说话！你为什么不说话？"

马二梭说："报告团长，独立营营长不喜欢带学生兵。"为了纠正"不喜欢"这三个字的唐突，不使人与新兵连的伤亡联系在一起，忽然警觉起来的马二梭随之又补充了一句，又说："独立营是拼命的，学生兵不应该跟着拼命，他们应该跟团长在一起干大事。"

侯得章涨红了脸，一句粗话就在喉咙里堵着，他想说"马二梭你混蛋"，他甚至还想追问跟团长一起干大事是什么意思，难道整个运西军分区，只有他侯得章是干大事的吗？侯得章最终还是忍住了，他把两只手交叉在一起，看着像是斟酌沉思的，其实他的手指正在互相掐着。侯得章说他可以暂时让新兵连回团部休整，待人员补齐后再决定去留，独立营第二连的编制可以保留着，但兵员配备他说不出具体时间，一切要等旅部批复。马二梭随口说了一句："兵员我自己配，团长还是把心思用在干大事上吧。"侯得章最终还是没忍住，一直憋着的那句粗话脱口而出："马二梭你混蛋至极，你其实……"侯得章接下来要说的也应该是句粗话，那句话是："你其实就是个土匪，侯家老宅要你这样的女婿，真是瞎眼了！"

马二梭已经不打算跟他分辩了，他后退一步做好了离开的准备。

侯得章长长地吐一口气，他还在额头上拍了一下，随即发出了命令："命令，独立营到外围担任警戒，任务是防备日伪军偷袭根据地。"

马二梭原地敬礼。

侯得章说："重复一遍！警戒的目的是防备……"

马二梭跟着重复一遍，说："警戒的目的是防备！"

返回独立营的马二梭忽然感觉轻松了许多，根本没去想他今天的所作所为，其实是军营中不能容许的错误，说无组织无纪律就是轻的，说他目空一切，个人英雄主义至上也毫不过分，即便过后再给他处分，也丝毫不冤枉他。但是，假若有人说他是无能，是自卑，是担心被装了一肚子墨水的学生兵瞧不起，万般无奈才把新兵连剥离出去的，马二梭甚至不用思考，马上就会说："我马二梭要的是誓死杀敌，只要这一条让我服了，睡觉我给他脱袜子洗脚都可以！"快到独立营营区时，马二梭还从地上捡起一根丢弃的鞭杆，抓在手里摇摆着做出赶车的架势，他还轻轻地吹了一声口哨，那样子怎么看都像是占了大便宜的。

然而，第一连连长李家常则对马二梭的轻率表示出了不解和担忧。他说这样不好，剥离出去的新兵连会怎么想，其他营长们会怎么想，且不说当初新兵连入独立营建制，是由司令员决定的。李家常说："愈是知道团长对新

桃花瞳　151

兵连的伤亡耿耿于怀，愈不能把剩下的人再送到他面前，这样会更使侯团长触景伤情。马营长，你不担心侯团长对独立营的误解越来越深啊？"马二梭摇摇头，说他没想这些，他满脑子想的是怎么多杀日本人，怎么把运河湾里的日伪据点全部拔掉，而现在的任务是到外围担任警戒，以防备日伪军偷袭根据地。至于误解，他冲着李家常皱了皱眉，又偏转了头自语似的说："误解是早就有了的，既然有了，那就让它继续存在下去吧。"

独立营还有两个连，花家岗子战斗中，第一连伤亡不大。由于反包围的日军机动部队是自东向西压过来的，被围堵在村东的第二连与日伪胶着厮杀时，完成村西包围的第一连又临时改变了堵窝巷战的计划，整个花家岗子村接着就被密集的炮火封锁了。炮轰花家岗子村的命令是日军师团长沼田德重发出的，那时候，第二连正与马蜂一样的保安纵队扭结在一起，同时还要应对从背后扑上来的日军，炮轰过后，厮杀着的双方都不存在了。第一连只有七八个战士受了轻伤，而特务连则几乎是满建制的，因为血战后又补进了花家岗子村一百多名新兵，独立营差不多还有一大半家底。只不过是，特务连的新兵虽然都是发了冲天毒誓的血性汉子，但他们毕竟没亲临过厮杀战场，战斗经验几乎没有，除了十几个使用过土枪的，其他人则是冬闲时练过的拳脚功夫。但马二梭还是把特务连当成了托心的底牌，那天当一百多名血性汉子呐喊着要报仇雪恨时，他几乎把牙都咬碎了，入列的口令喊过了，他的牙还是嘎巴嘎巴地磕碰着。那天他还流泪了。尽管马二梭从记事起就不曾哭过，他甚至不知道眼泪是怎样流出来的，但他只在那一百多人的脸上望了一眼，眼泪一下子就溢满了眼眶，随后他还说了一句莫名其妙的话。他说："你们要加入独立营，我感谢你们……"

过后马二梭又悄悄示意黑豆，他还指点着让黑豆注视一个叫花子余的人，他还让黑豆专看花子余的眼神。随后又说："你看吧，用不了多久，他就会成为独立营的骨干力量，独立营要的就是死也要跟日本人拼命的！"

独立营接了任务就出发了，他们的警戒线距离根据地大约15华里，这样的间隔是合理的，既可以给活动在根据地的其他部队留出缓冲时间，又不至于因孤军深入造成自身被动。由于山东日军前期把主要精力都投放在运河东部，当时防的津蒲路侧翼，加之运河西北方向是黄河，整个西部运河湾狭长地带，反倒给旨在速战速决的日军造成了地域错觉。运河东部的炮楼据点多到林立之状，可谓伸手触碉堡，举步封锁壕，而运河以西则没有那么多。

运河以西的炮楼据点大多是沿运河走向分布的，即便有几处是向纵深延伸的，延伸的又多以交通要道和集镇为主。假若把运河以西的狭长地带，比作一头笨拙的鲁西大黄牛的话，日伪军的炮楼据点则是占据了牛角与牛蹄。正是日伪军没有来得及布满落地钉的棋盘，给留在运西地区就地发展的八路军新一团以立足空间，同时也为运西军分区的成立与根据地创建，带来了难得的机遇。团部要独立营布置警戒线的地方，就是日伪炮楼据点的空白边缘，距离最近的白蜡镇据点五六里路，稍远一些的是连通邻县的黄桥据点。假若马二梭把两个连的兵力一字排开，呈扇子面监视的就是两个炮楼的活动动向。或者把两个连的兵力一分为二，各自盯守进出目标，他们完全可以以静察动，而侯得章要的就是不惊扰，不出击，只要敌人不出动，根据地的工作就可以按部就班地开展。

但偏偏这时候又有了新情况，新情况是独立营刚刚选准警戒点之后出现的，随之又把马二梭推到了抉择锋刃上。非此即彼，几乎成了马二梭一生难以逾越的宿命。

新情况是豌豆发现的，那时候他们刚刚选好隐蔽处，而那天正是个昏昏沉沉的死阴天。豌豆却突然惊叫起来，说："呀呀，新媳妇要跳井！"

通向黄桥据点的小路上出现了一辆驴车，车上还搭着席棚，赶车的是个老人，看着应该是送出嫁闺女回婆家的。立冬立刻想起他家的黑驴，顺着豌豆的话头指点时，还说驾辕子的灰毛驴没有他家的黑驴皮毛光亮，得印是嘻嘻笑着反驳的，说人家是送回门闺女的，皮毛跟绸缎一样人家也不会用，因为立冬家的黑驴是带驹子的娘们。很少说笑的肖八万也咧着嘴笑了，说可惜拉车的不是骡子，还是骡子大骨架有气派。地老虎吴春牛则撇着嘴讥讽肖八万，说天底下的傻家伙里边，只有肖八万是最聪明的，他要再接着说骡子会生养，那他就可以当天底下最大的傻家伙司令了。

运河湾里的井口上都竖着辘轳架，辘轳提水是浇灌菜园瓜果的，大平原上，这样的水井并不多。豌豆认定新媳妇要跳井，他一准看见新媳妇是从席棚里钻出来的，新媳妇还是披头散发的。新媳妇拼命地冲着辘轳架跑，怎么看都像是寻短见的。赶车的老人是走了几步远才发现的，发现了紧着哭喊，哭喊着追赶，人却扑到地上起不来了。马二梭刚说了一句"不好"，立冬和得印已跑出去十几步远，两个人是斜插着奔跑的，他们跑到了井口，寻死的新媳妇也跑到了井口。新媳妇身上的衣服都是烂的，脚上是空窠鞋，空窠鞋也烂

桃花瞳　153

了鞋面。两个人半背半拽地托着新媳妇，新媳妇已经不会哭了，老人说出的话也是含混的。

老人说他是三天前送闺女回婆家的，闺女出嫁那天没走这条道，只有他这个糊涂爹才想着贪近路。老人说，他原来是打听过的，打听的是黄桥据点的日本人调走了，出了事之后才知道打听得不准，他的驴车刚到岔路口，据点里就跑出来一群日本兵，说皇军要征调他闺女当差。任凭他怎么哀求，人家就是不听，他围着据点哭喊了两天，里边才答了话，说他闺女犯军规了，要见人就得拿钱赎。他没脸跟亲家那边回话，好在黄桥集上有个熟人，熟人答应连驴带车作保，当铺里给了他一半的钱，他拿了钱到据点赎人，结果人已经被他们祸害得没人形了。老人哭着打自己的脸，说："屋子里还有四五个呢，身上布丝丝也没有，都是年轻的大闺女小媳妇……"

老人要给马二梭磕头，马二梭已经被黑豆抱住了，黑豆示意老人快走。李家常问老人在据点里听没听到日本人说话，老人摇摇头，说穿的是日本军服不会错，那些人还一个劲地跟他比画着做怪样。李家常还想再问那些人像不像真日本人，比如走路的姿态，马二梭突然吼了一声，说："李连长你给我闭嘴！"黑豆冲李家常摇摇头，松了手又对马二梭说："先咽下吧马营长，这里目标太大。"

马二梭是被黑豆和肖八万推着进入隐蔽处的，所有的人都埋伏在草丛中，原来昏昏沉沉的死阴天，突然有些明亮了。捂着鼻子要打喷嚏的豌豆又惊叫一声，说："鬼子！真是鬼子！"

鬼子是从高粱地里钻出来的，先是有人追赶驴车，路边的棉花地里又站起来十几个，拖拉着扔到路上的是鼓鼓囊囊的麻包，有人在其中的一个麻包上抓一把，抓着还笑。马二梭就是在那一刻拔出的手枪，愤怒又让他嘴里响起嘎巴嘎巴的磕碰声，接着他就一跃而起，说："灭了他们！"

李家常紧着阻拦，说大白天这样追歼会暴露目标，受了惊扰的敌人一旦倾巢出动，不但警戒计划落空，独立营也会处于进退两难的被动中。李家常还说，他刚才就觉着疑惑，路上抢人劫物，日本人会指使保安纵队下手，日本人自己一般不会先出面。老人先前说抢他女儿的日本人说中国话，这其实也让人奇怪，说得顺溜不顺溜一听就能听出来。现在他还是越想越感觉不对劲，一是据点里不会有这么多日本人，最多一个分队，一个分队的日军不可能全出来抢劫。二是他们走路的姿势也不对，步伐不齐整不说，上身还是一摇一

154

晃的，怎么看都不像日军，十有八九是保安纵队假扮的。李家常说："不行啊马营长，是不是日军先两说着，关键是，一旦把据点里的敌人引出来，我们就没退路了！"马二梭接着又加了一句，说："他敢出来围堵，那就把据点拔了！"

黑豆追赶着提建议，说李连长说得很对，不到万不得已，独立营最好不要暴露目标。不如他带几个人斜插着绕过去，如果他们没追上驴车，他再悄悄地原路返回，假若他们真把驴车截住了，一准要返回来装路边上的麻包，那时候再动手也不晚。黑豆说："我也看出来了，这一窝子绝对不是真日本人……"

马二梭却跑着开了枪，扣动扳机时他说："穿日军服装就是日本人，就该杀！"

第七章

黄桥据点曾经驻守过日军，驻守的是一个分队，114 师团开始运西大扫荡的当天，这个日军分队就被大川少佐悄悄地抽走了。日军的一个分队相当于一个班，下辖一个机枪组，一个掷弹筒组和二个步枪组。大川少佐接受的任务是严防死守运河东岸，防的是八路军渡河东进，别说增加十几个人的分队，即便是一个作战组，他也会派到运河堤上填空补缺。至于抽走据点里的日军，会不会影响黄桥周边的治安，担心失职的大川少佐暂时顾不上了。还有，他也不想让自己的分队被沼田德重抓官差，分队长知勇信男是他故乡北海道的小同乡，论起来还是他姨妈家的邻居，悄悄地抽走也算是对同乡的关照。扫荡是在慌乱中结束的，失去主帅的 114 师团大败而归，无可奈何又暗暗庆幸的大川少佐，却没有急着让那个分队返回黄桥据点。

对于黄桥据点的保安连连长夏宝仲来说，日本人不在身边，如同媳妇盼到了多事的婆婆回娘家，尤其是目空一切的分队长知勇信男。他盼着这个管

桃 花 瞳　　155

家婆最好不回来，最好病在娘家，最好是瘫痪，最好死在路上。但连长夏宝仲心里明白，保安连的其他人也都知道，这种盼望其实跟发烧说胡话差不多，跟大白天说梦话差不多，因为把地处要冲的黄桥据点完全交给一个保安连，日本人绝对不会放心。所以，包括连长夏宝仲在内的所有人，都想着好好利用一下难得的空白点，觉要天明天黑地睡，饭要专拣香甜可口地吃，最好把想吃的都吃到肚里，最好再多截几个俊俏妞儿，因为日本人一回来，他们还要当孙子。尽管连长夏宝仲也不是好鸟，尽管许多人都暗地里叫他瞎苞种，毕竟他睡过的女人，有时候也会为他们多留一天，而日本人宁愿把染了病的女人拖出去。

黄桥据点设立之初，曾经专为日军建了一处浴室，浴室的一侧是火炕，火炕连着隔壁的伙房，这样的构造是为冬季准备的。到了夏天，分队的日军会在院内的井水池里洗澡，或者径直提了水从头到脚地冲洗。过了一段时间，分队长知勇信男忽然要增设一处娱乐场所，还在保安连腾出的房子门口挂了牌子，牌子上写的是"绘春室"，取的是日本浮世绘的意思。浮世绘是日本江户时代的风俗画，算是典型的花街柳巷艺术。保安连的人自然不懂，连长夏宝仲也不懂，他是撇着嘴角讥讽的，直到知勇信男要他到黄桥集上找花酒女人，他才明白，其实日本人想逛窑子又怕不安全。可是知勇信男不久又把绘春室改成了半玉坊，花酒女人也不要了，要找的是年轻貌美的小姑娘，最好是好身段、好模样、好嗓音的，最好是能歌善舞的。连长夏宝仲不知道"半玉"是日本人对艺妓尚在见习阶段的称谓，在日本京都、大阪等关西地区，半玉又被称为"芸妓"，而在东京、千叶等关东地区，则又称为"芸者"。这三种称谓，都是对艺妓报酬而言的，意思是她们还算不上真正的艺妓，只能得到一半工资。连长夏宝仲如果知道是这么回事，他会骂着吐口水，骂日本人比立牌坊的婊子还恶心。连长夏宝仲是在心里骂的，骂的是："有鲜桃老子也要先啃一口。"骂过了人还要真找，真找还要做得缜密，最好的办法就是悄悄地在路上截。

连长夏宝仲还亲自带队示范了几次，他们耐着性子隐蔽在路两边的紫柳丛中，先截住的竟然是一对小姐妹。人是拿麻包套着弄进据点的，知勇信男很满意，还让小姐妹洗了澡，知勇信男竟然还给小姐妹拼凑了两身和服，和服是用包裹药品的细纱白府绸做的，细纱布上还绘了日本江户时代的黑红图案。两个小姐妹光身子套上大掀怀的衣服，羞臊着哀求哭泣，知勇信男先还细声细语地劝慰她们，还拿了日本画报让她们看，还让她们模仿着画报上的舞女动作。小姐妹蜷缩着躲到墙角里，还是哀求哭泣，到后来又骂着哭喊。知勇信男就把细声细语改成了咆哮，咆哮着把小姐妹身上的和服扒了，接着把骂着哭喊的小姐妹奸了。以下依次是伍长、兵长，最后是整个分队的士兵，直到第三天，知勇信男才让保安连连长夏宝仲进了屋。但据点里的保安连从此就多了一项差事，除去下乡催米面肉油，还要隔三岔五地到路上截人，如果一连几天没有新人填补，知勇信男会当着全据点的人骂保安连连长夏宝仲是猪一样的蠢材。夏宝仲一直恨着，保安纵队随114师团扫荡运西时，他还向司令刘百湖诉苦，说整个保安连都被日本人揉搓成烂蒜了，他截了那么多大姑娘小媳妇，结果他只能收个筐底。刘百湖没帮他出气，刘百湖还骂了他，说他是天生的傻熊，既然日本人要吃肉撇腥，那就把腥洒到日本人身上。刘百湖说："他会撇腥，你不会啊？"

司令刘百湖的话也是恨着说的，保安连连长夏宝仲一想就明白了，日军分队一离开，他马上让人换了日军服装，也不管合身不合身，到村里催米面肉油也穿，到路上截人也穿，还故意安排了一个口齿麻利的冒充翻译，翻译张口就说："皇军要的，你敢违抗皇军命令？"截人也是截的大姑娘小媳妇，假若一连几天遇不到年轻的，干净利索的中年妇女也拦截，理由是："皇军要你帮着烙饼。"连长夏宝仲还想了两个彩头，截人得手了，叫红运当头，米面肉油征齐了，叫花运临门。在日军分队离开的这一段日子里，据点里的保安连天天像过年，因为要赶在日本人返回之前乐呵足，他们甚至会同时扣留几个截来的人。几个截来的女子都是在路上失踪的，家里人一时想不出到哪里寻找，而赶着驴车送闺女回婆家的父女，算是赶巧了，又正好找了个肯担保的熟人，好歹算是把人赎了出来。

连长夏宝仲倒一下子开了窍，想着拿这事儿当买卖做也不错，他在接到钱的那一会儿，恨不得马上让人张贴招领文书。刚把人放了再截车拉东西，怎么说都得算是故意作孽，不过，遇到马二棱的独立营，却是双方都没想到的。

枪声果然暴露了目标，驴车跑远了，路边上的人丢掉了麻包，胡乱打了几枪便跑回了据点，吊桥跟着就拉起来。假若马二棱这时候命令停止，独立营也许会给据点里的敌人造成错觉，甚至会让他们惊恐，因为他们压根儿就没见过大白天如此张扬的八路军。他们只要从炮楼上瞄准打就是了，而八

桃花瞳　157

路军要想冲进据点，几乎是不可能的。奇怪的是，据点里的敌人竟然又放下了吊桥，两个放吊桥的人竟然还是笑的，竟然还探着身子冲外面喊话，喊的是："八路兄弟，进来吃肥猪肉炖粉条吧，不过，要是想快活，那就得排队挨号……"

马二梭跑着把上衣脱了，甩下头上的帽子时，所有人都看到他的眉毛拧成了疙瘩。还有，他的眼睛里是喷着火苗的。李家常死死地抱住了他，李家常还用头顶着马二梭的胸口，激动使他嗓子沙哑，说敌人放下吊桥明显是故意的，救不出人来还得把独立营搭上，更不用说枪声会引来更多的敌人，而白蜡镇据点又在他们的背后半侧面。李家常说："马营长，除非你把我毙了，否则我决不会让你再迈一步！"马二梭轻轻拍着李家常的肩膀，话也是轻着声儿说的，说他不会再莽撞了，更不会把独立营搭上，只要他们都隐蔽在枯草丛中，据点里的敌人就不会知道他们有多少人。李家常说："马营长你真是这样想的？"马二梭点点头，他还示意李家常指挥着就地隐蔽，待李家常用手做出下压的动作时，他说："原独立营的老战士到前边来……"

跟着黑豆站起的是吴春牛和肖八万他们，他们一齐望着马二梭，但他们没想到营长马二梭接着就做出了冲进去救人的手势。马二梭是在踏步跃起的那一刻发出第二道命令的："第一连连长李家常行使营长职责，不见进去的人出来马上带队撤退！"

豌豆和立冬他们是在马二梭带人冲过吊桥时明白过来的，明白了也要跟着冲，李家常一把拽住了他们。李家常是含着泪劝阻他们的，说："你们不是原独立营的老战士，快趴下……"

吊桥跟着又拉起来了，据点里响起的是喊杀声。

吊桥是连长夏宝仲命令放下的，他不知道派出去的人会截车，而要截的又是那一对父女，这是他没想到的。穿了皇军服装的人后边会跟着追来八路军，八路军还把到手的花运夺了，这一点，也是夏宝仲没想到的。假若他那一会儿想明白了，马上命令拉起吊桥，他即便把关着的女人拉到院子里淫乐，八路军也拿他毫无办法。但是，他偏偏在那一会儿又想起先前受过的气，想着一个分队的日本人就欺负得他天天当孙子，而八路军十几个人也敢大白天冲击据点，心中积着的邪火就冒出来了，张口就喊了一声"放吊桥"。他说："看到了吗，八路军顶多一个班，这他娘的也太张狂了吧。一个班敢打一个连，老子偏就不服了，有本事让他们进来！"

158

吊桥是在马二梭他们冲进据点后拉起的，进去的人再没了退路。

马二梭他们冲进去就分开了，两人一组，各自寻找掩体，掩体是现成的，要么是墙角，要么是夹道。据点是个大院子，外边是墙，墙外边是壕沟，院子中心是空场。进了院子看不见外边，看见的是北边一排宿舍，宿舍是坐北朝南的堂屋，堂屋的北面墙上也有窗户。从宿舍里向外打枪，整个中心空场都是射击目标，闭着眼打也不会落空。所有的门窗都是关着的。与宿舍隔着十几步远是碉堡，碉堡上布满枪眼，枪眼越往上层越密集。假若从碉堡上向院内射击，即便是一只鸡，也别想活着出去，除非是能腾云驾雾的。马二梭意识到他们已经陷入困境，除了依靠掩体打点射，他们几乎无法前进一步。而在冲进据点之前，他想的是占领碉堡制高点之后，先用火力把伪军封锁在屋子里，然后再分头寻找被关押的女人。至于怎么把人解救出去，当时根本就没想，即便想到了种种困难，他也会带人冲进据点。

马二梭最后把目光落在伙房南边的地窖口上，但要靠近地窖口却绝非易事，因为他们根本无法在上百条枪口下，安全穿过无遮蔽的院子。马二梭死死地盯住夹道口的黑豆，黑豆忽然做了个掏洞的姿势，指指与马二梭一组的肖八万，又在身边的吴春牛腰里戳了一下。吴春牛发现了一个紫柳囤，贴着墙根爬过去，钻到紫柳囤里，所有的枪口都朝着紫柳囤开火，滚动的紫柳囤顿时变成了火球。但吴春牛还是到了马二梭那边，尽管衣服烧出了许多破洞，肖八万则是先打了一枪又跑过来的。黑豆拿吴春牛换肖八万，是要利用肖八万腿长身高的，肖八万侧着身子靠近窗口，脑袋正好越过后窗台。

躲在吊桥门垛后边的吴春牛突然亮着嗓子喊起来，喊的是："伪军弟兄们，我们是原运河独立营的，独立营跟日本人有血海深仇，你们把抢的人放了，再说出日本人的位置，咱们就没瓜葛了……"

马二梭说："再喊！"

吴春牛顺手抓起一个破铜盆，哐啷哐啷地敲打着，又说："我说得够清楚的吧，你们都听明白了吧，小日本鬼，滚出来吧！"

连长夏宝仲原本是在碉堡顶端望外边的小路，现在望的却是伙房南面的地窖口，地窖里传出呜呜咽咽的哭泣。伙房窗口露出几支黑色的枪管，枪管瞄着地窖口。夏宝仲噗噗地朝下边吐口水，说："说梦话哩是吧，日本人什么时候离开的你们不知道啊？"夏宝仲还要说有种的站到明处，还要说反正你们出不去了，吴春牛又敲打起来，敲打着吼一声："开炮！"宿舍后窗口

桃花瞳　　159

扔进去的是手榴弹，手榴弹是肖八万扔的，扔进去就爆炸了，南向门窗里冒出的是浓烟，浓烟里还有尖叫声。碉堡上的夏宝仲不吐了，他又把目光盯住了伙房西边的门窗，说："弟兄们，出来说几句日本话让他们听听……"

屋子里立刻探出一顶日军双耳帽子，双耳帽子套在碗上，碗拿刺刀挑着，但双耳帽子立刻被马二梭的子弹打烂了。门口的脑袋又缩回去了，接着传出的是呼喊声，呼喊的是："别用这法了连长，反正他们出不去了，还是关门打狗全上吧！"

吊桥砖垛后边的吴春牛又喊了一声："开炮！"

第二间屋子里又是一声爆炸，烟火挡住了碉堡上的视线，其他人趁机抱起柴火，柴火塞进碉堡的门洞里。形势的突然改变完全出乎夏宝仲的意料，夏宝仲先前想的是把十几个有天胆的八路军放进来，放进来不一定马上打死。他猜测八路军突然出现，绝不是围攻据点，进了据点也决不会与他们死拼硬打，八路军一准是来救人的。为了把人救出去，他们一定会把注意力集中在隐蔽处，而隐蔽处正好是俘获他们的地方。为此，他故意让那些假日军藏在真日军屋子里，又悄悄地把几个女人弄到地窖，然后再让机枪手隐蔽在伙房窗口，不管八路军是杀日本人，还是救女人，都是他们的葬身死穴。只要他们敢向里边冲，那时候所有的人都朝院子里开枪，也不要故意瞄准，就围着他们转圈子打，他们一旦困在院子中心的空场上，接下来差不多等于耍猴玩。

夏宝仲甚至还想过，假若八路军认死也要救人，他偏不让他们死，他会发出打腿不打胸的命令，然后再把打断腿的八路军拉到大川少佐那儿，专让大川那个混蛋看看，日本人跟保安纵队，到底是谁吃谁的蹭饭。但突然的爆炸完全打乱了他的计划，他随即又号叫着改变了命令，他说："弟兄们，顶着被子出来，看见的拿枪打，看不见的扔手雷，专往死角里夹道里扔……"

局面同样让马二梭他们处于尴尬之中，黑豆与肖八万的堵窗行动被迫中止，因为宿舍里有人瞄准了后窗口，不及屋外的人抬起头来，屋子里的子弹先把窗口封住了。而抱进碉堡门口的柴火根本起不了多大作用，干劈柴存放在东屋里，墙角夹道里没有多余的柴火，有些秆草秫秸之类的，又大多是经了雨水的，用这些柴火烧碉堡，甚至连砖也烤不热。更让马二梭愤怒的是，以转移目标的方式抢占碉堡制高点，几乎不可能了。

保安连的人全都冲出了屋子，果然是包裹着棉被的，棉被上还泼了水，上百人一齐扔手雷，哪里是拐弯死角处就往哪里扔，躲在拐弯死角处的人再

160

也找不到掩体了。十几个人都挤到马二梭身边，马二梭和吴春牛是隐在吊桥门垛旁边的，扔过来的手雷被门垛挡住了，飞溅的碎砖泥土蒙住了他们的眼睛。燃烧的柴火快烧完了，碉堡里传出咳嗽声，人却没有一个下来的，而这时候再找柴火已经不可能了。马二梭就在这时候下了死命令，命令是他自己破门进碉堡，黑豆带人向紧靠伙房的那间屋子冲，那间屋里是日军。肖八万带人下地窖，那些女人不在日本人屋里，就在地窖里。马二梭说："我再说最后一遍，要救的人不能死，假扮日军的人不能活！"

黑豆扣住手榴弹的拉环，猛地大喊一声，说："我们只杀日本人，要活命的都趴下！"

其他人也学着黑豆的样子，专找人多的地方钻，也是喊的"要活命的都趴下"。呼喊着穿过院中心，挤成人疙瘩的伪军，反倒被他们镇住了。马二梭趁机撞开了碉堡门，他是顶着一块篷布进的碉堡，碉堡门洞里的柴火烧完了，但是湿柴火燃烧汇聚的浓烟却散不出去，浓烟顺着墙壁往上走，越往上烟越大。马二梭顺着咳嗽声往上爬，爬着自语，说："连长一准是被烟熏死了，想把他接出去也找不到。"夏宝仲咳嗽着骂，说："你他娘的是不是盼着我熏死？快把我背下去！"

几乎与此同时，李家常带人赶到了，吊桥绳锁是豌豆炸断的，立冬和得印不及吊桥落下就爬上了院墙，立冬喊的是"二营架机枪"，得印喊的是"三营开炮"，一连人全冲进了据点。李家常喊："保安纵队的弟兄们，八路军优待俘虏，放下武器各回各屋，我们保证你们的生命安全。"

连长夏宝仲是被马二梭拿枪顶着走出碉堡的，马二梭还用胳膊勒住了保安连连长的脖子。夏宝仲紫涨着脸冲趴在地上的人摆手："快进屋啊……"得印和立冬他们挨个儿扣上了门鼻，豌豆还在门鼻上别了劈柴棒，屋里人发出啊啊声。马二梭说："再喊！"夏宝仲又朝伙房里喊话："东屋的弟兄们，快把日本人藏在地窖里的姐妹背出来啊，不让咱们送了，这是大情谊不知道啊？"

地窖里的女人是哭着离开据点的，夏宝仲挣扎着哀求马二梭，说他们千错万错，就是没有在日本人调走之后马上放她们回家，他那时候完全是被日本人吓怕了，光是担心日本人回来不好交差，稀里糊涂地就把人关了好几天。不过，对这些小姐妹，他倒是特别关照过的，吃喝上也没亏待她们。马二梭勒着他的脖子走向与伙房相邻的屋子，屋子里十几个假日军隔着窗户望马二梭，马二梭在黑豆身上踢了一脚，怒吼着发出命令："炸死小日本！"

李家常紧着阻拦，阻拦也晚了，黑豆他们投进去的是手榴弹，手榴弹是在临界点塞进窗口的。屋子里的假日军是随着爆炸声一起哀号的，说："我们已经说中国话了，你们怎么还不信啊？"

夏宝仲趁机从马二梭手中挣脱出来，他是爬着跪在李家常脚下的，他还啪啪地打自己的脸，打着说他愿意改邪归正，愿意戴罪立功，如果八路军肯留他一命，他愿意带八路军诈取白马镇据点。李家常偏了头转向马二梭，马二梭的眉毛拧成了死疙瘩，嘴里又发出嘎巴嘎巴的磕碰声，马二梭的表情意味着什么，他完全清楚。但李家常还是想提醒马二梭，伪军终归是中国人，只要他们认清民族大义，只要他们有悔改之心，优待俘虏的政策不能变。最关键的是，独立营还有警戒任务，没办法把他们直接带回根据地，更不宜在这里多纠缠。李家常的话最终没说出来，因为马二梭已经从他的腋下扣动了扳机，李家常跺着脚冲马二梭怒吼，说："马营长，你犯大错了知道吗？你犯的是大错！"

外面也响起枪声，枪声应该是从白蜡镇据点方向传过来的。这时候，谁跟马二梭论对错都没意义了……

第八章

直到撤出黄桥据点，马二梭才发觉他其实是戳了马蜂窝，意识到这一点时，他的率性举动已惊动了河湾县城里的日军，而与黄桥据点相距不远的白蜡镇据点，听到枪声就派出了增援部队。

白蜡镇据点的连长胡子雄与黄桥据点的连长夏宝仲是拜把子兄弟，听到枪声和爆炸声之后，他马上想到夺了黄桥据点的八路军，也许会顺势再夺白蜡镇据点，于是便发出了火速支援的命令。一个排的人是试探着靠近黄桥据点的，他们沿着蜿蜒的沙坝行进，他们想着黄桥据点不是容易攻克的，连长夏宝仲曾经夸过海口，说假若没有自以为是的日本小爷知勇信男，他能让黄桥据点变成运西钢钉。但是，直到沙坝的尽头，他们也没看到八路军的围攻部队，碉堡照样矗立着，围墙也没倒塌。他们找不到据点被围攻过的痕迹，黄桥据点的外边甚至看不到一个人，但据点里边又确实有喊杀声和爆炸声。带队的排长迅速做出判断：黄桥据点失守了！能快速拿下黄桥据点，一是八路军派出了至少一个团的攻坚部队，其兵力火力远远超过了黄桥据点。二是八路军采用了最擅长的智取战术，而连长夏宝仲完全是被过度自信害了。带队的排长随即派人向连长胡子雄告急，为了避嫌，他瞒下了第二种可能，尽管那时候他已经看到，撤出黄桥据点的八路军顶多有两个连，或者连两个连也不足。

猜测代替了事实，谎言在传递中失去了本真。

八路军一团人强攻黄桥据点的消息变成了真的，这样的消息让大川少佐信疑参半，他无法想象刚刚经历了大扫荡的八路军残余会整体出动，大白天强攻据点，无论怎样分析都不合情理，哪怕理解成八路军孤注一掷。那么，孤注一掷之后呢？拔掉黄桥据点之后呢？唯一可解释的就是顺势东进，抢渡运河。为什么要孤注一掷？为什么要渡河东进？难道久灭不绝的八路军要彻底放弃运西了吗？为了稳妥和确保万一，疑惑中的大川少佐宁愿信其有，宁愿相信得到的消息都是真的，他还是决定采取一击二堵的方式。他让保安纵队派出一个机动保安团，又命令白蜡镇据点留一个排坚守，再派出一个排为机动部队向导，穿插寻找八路军主力，最终逼其就地决战。另外，他又让刘百湖调拨一个工兵营，由知勇信男带队，重新修复加固黄桥据点。他自己则又带人回到运河东岸堵截，这一次他把刘百湖也拉到了运河堤上，但当刘百湖提出让矿井警备队也到东岸堵截时，大川少佐却没给他好脸色。

新一团几乎是在完全无防中遭遇突袭的。

突然而至的敌情完全打乱了侯得章的计划，他在派出马二梭的独立营担任警戒任务后，马上按部就班地投入到根据地的扩建工作中。村自卫队要组建，村骨干力量培训班要组建，村妇救会要组建，村儿童团要组建。随之而来的还有减租减息，还有扶贫济困，还有军烈属助残助困补给，还有土地置换公项，等等。所有这些，统统都是根据地建设巩固过程中不可少的，而所有的时间都变成了分秒必争。侯得章还不是共产党员，他不能参加乡村党组织建设，但是，各营连抽调的党员干部，却要由他划分包点村庄。侯得章几乎是夜以继日地工作，一直萦绕于心的乡村新文化建设的夙愿，有时候也会冷不防地冒出来，但马上又被他自己压下去了。他的时间已没办法再分，整个新一团都在忙碌中，假若这时候让他们投入战斗，他们最先要做的就是拍打脑袋，然后再扣动扳机。

敌情的紧迫甚至没给新一团留出拍打脑袋的空隙。

对于马二梭来说，他首先要做的应该是迅速派人通报团部，告诉团部敌情有变，哪怕不详述敌情突变的原因。但是马二梭又忽略了，他甚至压根儿就没顾上想，他一想到侯得章送父亲返回时冲他一瞥的眼神，他心里就会一阵阵地灼疼，似乎是被炭火炙烤着的。他原本设想过打一次胜仗算在侯得章头上，以偿还运河堤伏击战时侯得章带人出手相助，偿还了就谁也不欠谁的了。他就是在那样的冲动中，误打误撞地袭击了日军114师团指挥部，那是个意料之外的胜利，他已经从心里拨给侯得章了，但侯家父子还是用那样的眼神看他。他忘不了那样的眼神，那样的眼神无时无刻不在警醒他：没有我侯得章，你马二梭什么也不是，你充其量是个敢玩命的村野匹夫。于是马二梭撤出黄桥据点之后，马上又发出一道新命令：先把伸出狗爪子的这个排干了再说！而那一会儿，无论是李家常，还是丁黑豆，都在提醒营长马二梭，说应该马上派人通报团部。黑豆还说了一句，那句话也是提醒马二梭的，尽管黑豆说的是含混话。黑豆说："能一把抓当然好，就怕前边一伸手，后边引出一窝马蜂……"

但是马二梭不看黑豆，他发出命令之后，随后又加了一句："速战速决，一个不剩！"

马二梭命令第一连和特务连分别包抄，包抄要做出急于脱身的样子，还要显出是慌不择路的。马二梭自己带着原独立营的那十几个人，离开黄桥据点之后就径直向白蜡镇据点的那个排跑，看着既像是拼命的，也像是乱了队形瞎跑的。马二梭还让吴春牛呼喊，呼喊的是："回来，你们要到哪儿去？"

白蜡镇据点的那个排果然中计了，一排人几乎是齐头并进的，排长说："快快，先把这几个掉队的干了！"

马二梭把十几个人组成三个火力点，每个火力点各有一挺日军歪把子机枪，机枪是从黄桥据点缴获的。每个人身上还挂满了日军甜瓜式手雷。机枪手肖八万甚至还把两箱子弹背在身上，他的气力之大彻底征服了吴春牛，吴春牛说肖八万上辈子一准是牛托生的，只有牛托生的人才不会嫌累。但是马

164

二梭不让使用机枪，最好连手雷也不用，结果十几个人只好依旧用步枪瞄准。这一招也很快起了作用，对面又有人呼喊，呼喊的是："弟兄们，八路军没有重武器……"

一排人都把注意力放到了马二梭这边，所有人都想着占个大便宜，根本没想到他们会稀里糊涂地入了口袋。去而复返的两个连眨眼间完成了三面包抄，当三面火力同时压向沙坝口时，马二梭甩出了第一颗手雷，三挺机枪同时开火。

战斗如风卷着一样结束了，白蜡镇据点的一排人无一脱逃。假若马二梭这时候能派人通报团部，虽然晚了一些，但总算有个仓促准备。但偏偏这时候日军分队出现了，而知勇信男几乎是狂奔着直扑黄桥据点的，原本应该与他同行的保安纵队工兵营，这时候才刚刚跨过运河大桥。马二梭看到了日军，他嘴里又发出嘎巴嘎巴的磕碰声，不及打扫完战场，他就命令独立营全体上刺刀，说如果来的正是黄桥据点的那个日军分队，那就全部拿刀挑了！

几乎与此同时，一个团的保安纵队已在白蜡镇据点向导排的带领下扑向根据地。他们的行动完全是受巧合支配的，白蜡镇据点派出的向导排刚刚与保安纵队的机动团接上头，马上就发现了独立营第一连，第一连明显是要向西跑的，跑着跑着看不见了，于是他们认定八路军是发现保安纵队之后，又快速返回根据地的。后来的事实也证明，即便马二梭他们全部到警戒线上迎敌，凭他们两个连的兵力，想抵挡住一个团的敌人，也几乎是不可能的。最后的结果只能是，要么全部阵亡，要么被迫后撤，两种结果都应该算是无奈。如果在两种结果出现之前通报了团部，一切则另当别论了，但马二梭此刻要的却是全部斩杀那个日军分队，一个团的保安纵队已从另一个方向扑向根据地了，独立营还丝毫不知！

因为失去了追踪目标，一团人跟着白蜡镇据点的向导排跑了许多冤枉路，许多人都被紫柳墩子挂烂了衣服，也有划破手脸的，鞋里则灌满了沙土，沙土磨破了脚，而扬起的浮尘又让他们辨不清东南西北。团长恼了，团长除了骂大川少佐，还骂司令刘百湖，最后骂的是向导排排长，说他假若真让混蛋向导排带三天路，最后他会把一团人全累死。团长指着鼻子骂向导排排长，说："八路军是一股风啊，说没有就没有了？你他娘的专带着我们钻树墩子，八路军在树墩子里坐月子啊？"向导排再也不敢乱扑乱撞了，排长躲闪着团长的皮带，支吾着说，他明明看见八路军是向西跑的，到底藏哪里了他也不

桃花瞳　165

知道。保安纵队巴不得八路军销声匿迹，团长骂着撇开了向导排，依旧是逢村必围，一团人就地散开，追剿随即又变成了抢掠，接着却真与八路军遭遇了。

与保安纵队遭遇的是新一团第二营第四连，连长山居功是原新兵连的排长，花家岗子血战中，他跟着连长孔雨林突围，虽然肩膀上中了一枪，但总算有了实战经验。山居功时常会想起花家岗子，他很感激孔雨林。孔雨林跟着侯得章当过营长，还当过新兵连的连长，马二梭把新兵连退回团部之后，侯得章马上把孔雨林任命为新一团第二营营长。第二营负责的是新扩根据地的五个边缘村，独立营到外线布置警戒线时，就是从那五个村子的中间穿过的，那时候，马二梭与孔雨林都没有往对方脸上望一眼。孔雨林把营部安在最大的双井村，一个连负责一个村子，他自己带着营部非战斗人员先与双井村的地下交通员接上了头，再由地下交通员召集骨干力量开会议事。保安纵队的一个营突然围住了下坡村，直到战斗打响了，连长山居功才听到保安纵队那边呼叫，说："碰巧了营长，这个村里真有八路！"

双方都没有做好战斗准备，突然的遭遇给双方都带来了极大的困惑。下坡村在双井村的东边，两村相距大约五里路，连长山居功一边命令占据制高点，一边派人突围通报营部。保安纵队的营长很快就发现他占的是上风，困在村子里的八路军最多一个连，最可喜的是，八路军的一连人是分散活动的，怎么看都像是走亲戚赶闲集的。第四连被困在村中几个稍高的屋顶上，几个制高点又大多集中在村子的中间，虽然已成掎角之势，但活动纵深几乎没有。保安纵队架起了机枪，机枪扫着屋顶，子弹打得刮风一样，第四连连抬头瞄准的机会也找不到，要突围也已经失去了先机。连长山居功也没想突围，他知道，即便突围出去，也没有喘息的余地，甚至没有可去的地方，除非冒着把敌人引进根据地的危险。于是他故意高喊了一声："坚持吧同志们，坚持到大部队过来再里应外合！"

到这时，除了营部所在的双井村，第二营负责的四个村子里都有了敌情。

敌情终于一通报到团部，侯得章在大惊大恼之余，迅速做出调整部署，命令各营就地集中，撤出新根据地时，务必做好善后工作，尤其是已暴露身份的党员干部和村骨干力量。整个新一团完全处于仓促应变中，而第二营营长孔雨林答复团长侯得章的则是死命状，说他死也要把被围困的第四连捞出来！

第四连最后还是被孔雨林救出来了，尽管一连人损失过半，但连长山居

166

功还是活下来了，对于当初的新兵连来说，他差不多算是个几经生死的老兵了，而原新兵连的人也已经所剩无几。整个新一团还处在被动应战中，最让侯得章纠结的是，他仍然判断不出敌人的真实意图，说扫荡也不像，说追剿也不像，他甚至不明白敌人为什么会突然闯入，而他居然没得到独立营那边一点儿消息。他把突发变故电告军分区，又把整个新一团全部撤出新根据地，就在他准备退回河套边沿打阻击时，保安纵队又莫名其妙地撤退了。

逼着保安纵队撤退的竟然还是独立营。

马二梭他们是在保安纵队一个营团团围困下坡村时出现的，那时候第四连已陷于绝境，连长山居功把记着村骨干力量名单的笔记本烧了。其实，马二梭并不知道被围困的是他退回团部的新兵连，他甚至连一个团的保安纵队悄悄突袭根据地也不知道，他是听到西边枪声大作时才意识到出大事了，而那时候他刚刚与日本分队打完了肉搏战。十几个日军全部是用刺刀挑死的，刚加入了独立营的花家岗子新兵死了一个，伤了四个，当马二梭又让人往挑死的日军身上插独立营牌子时，李家常惊叫了一声，说："出大事了马营长！"李家常原本要说，如果不是意气用事，他们完全可以打伏击，干掉十几个日军很容易，自己连伤亡也不会有。完全清醒过来的马二梭随即明白了问题的严重性，敌人是绕道偷袭根据地的，而独立营的任务是警戒。他没警戒，他连打了三仗，这三仗都是他的自作主张。至于敌人是怎么绕道西进的，连马二梭自己也糊涂了。

但马二梭随即就做出了决定：吴春牛带一排人佯攻白蜡镇据点，其余人立刻在敌人背后发起冲锋，待敌人转身反扑时，再紧紧咬住敌人，然后牵着敌人向相反方向绕圈子。这个决定是正确的。

保安纵队果然做出判断：围困在村子里的小股八路军是故意引他们上钩的诱饵，背后冲上来的才是八路军的主力。团长的判断最先得到白蜡镇据点向导排的认同，所有人都点头，排长是伸着头向背后张望的，先说了团座高明，接着又说拿泥鳅钓王八是八路军惯用的打法，但排长的脸上跟着就挨了一巴掌。团长说："你是王八啊！"

接下来的一切几乎是按马二梭的计划进行的，边打边跑的马二梭还让人随手砍了些紫柳条，紫柳条在地上拖拉着，扬起的浮尘在夏季的原野上滚动。保安纵队一度想过放弃追剿，他们盼望着太阳早点儿落下，他们还盼望着八路军紧着在浮尘的遮蔽下远走高飞。如果再不出新情况，他们要么再返回去扫几个村子，捞些外快就回县城；要么什么也不干了，编个理由现在就回县城。但是他们被咬得太紧了，他们不追了，前边就打过来；他们发起冲锋，前边又跑得没影了。一团人像是被牵着当猴耍的，团长被彻底激怒了，他是骂着催赶的，说："累不死跑的，就累不死追的。豁出去外快不捞了……"

马二梭是两天后回到的团部。那时候，敌情已经解除，除了偶尔响起几声零星的枪声，运河湾里基本上又回复到大扫荡结束后的状态。新一团已经撤回到老根据地，侯得章一边派人统计部队伤亡人数，一边赶写上报材料，统计数字那儿留的是空格。数字是团部文书汇的总：全团共牺牲93人，轻伤18人，重伤6人。其中第二营第四连牺牲61人。这是看得见的损失。好不容易扩建的新根据地，极有可能遭到破坏，即便没有大的伤亡，群众也会因八路军的匆匆撤退而产生误解，甚至是不满情绪。而好不容易打下的群众基础，要重新获得信任，又要付出更多的精力。所有这些，都应是看不见的损失。因为文书是在团部撤回到老根据地之后接受的任务，那时候独立营还没归建，伤亡数字里边没包括独立营。文书看着侯得章要往空格处填写数字，他马上做了补充说明，并请示要不要通知马营长立刻到团部汇报战况。

侯得章勃然大怒，说："他汇报战况？他什么战况？敌人突袭根据地，他在哪里？他只顾个人恩怨，他只凭一己之勇，擅自行动而不请示报告，他置新一团生死于不顾，他故意暴露目标惊扰敌人，致使元气大伤的二营四连再度陷于绝境！新兵连还剩下多少人？一个整建制的新兵连被他马二梭榨干啃净了！他还汇报战况，我是不是还要给他记功授勋啊？"

很显然，侯得章也有些情绪化了。文书有些尴尬，掩饰着又说了一句："不说汇报战况了，让他们报个伤亡数字吧。毕竟独立营还算是咱们新一团的建制……"文书是斟酌着说的，又故意把最后一句话说得很轻很慢，侯得章冷冷地瞥了文书一眼，低下头还是写汇报材料。材料是文书上报的，但文书并不知道团长最后又写了哪些，因为交给他的时候已经粘贴了封口。侯得章有记笔记的习惯，许多文句都是提笔拈来的，文书写成的上报材料，他有时候也能找出许多不尽意的文句。

新一团扩大会议在一处废弃的三官庙里召开，处分马二梭的决定是侯得章于极度愤怒中做出的：

第一，撤除马二梭独立营营长职务，第一连连长李家常任独立营营长兼第一连连长。第二，马二梭在全团连以上干部会议上做书面检讨，检讨包括思想根源、行动动机、错误倾向、纠错态度四部分。第三，检讨通过后，任独立营副营长兼第一连副连长。

侯得章宣读决定时，马二梭一言不发。

侯得章说："你可以持保留意见，也可以申诉理由，但必须是在执行决定的前提下！"

马二梭还是一言不发。马二梭还偏转头望窗外。

就在侯得章要拿手指点马二梭时，黑豆突然喊了一声处分不公，黑豆还想说团长公报私仇，李家常把黑豆拦住了。李家常说如果团长许可的话，他可以把独立营擅自行动的前因后果全说出来，包括营长马二梭身上的明显错误。李家常是按时间顺序说的，先说了盲目闯入黄桥据点带有极大的随意性，说重了是对革命不负责的表现。眼见姐妹受凌辱，报仇雪耻没有错，解救被关押的其他姐妹更是八路军的职责，但马营长的率性而为和不计后果的武断作风，是应该受到严肃批评的。从黄桥据点撤出，本该马上向团部通报，因为独立营的行动已经惊扰了敌人，而白蜡镇据点的一个排正试图靠近，可马营长偏偏要先把出据点的敌人全部干掉，然后再返回布置警戒线。由于马营长战术独特，一个排的敌人全消灭了，意料之外的是，去而复返的黄桥日军分队恰恰在这个时候出现。李家常说，他能理解战斗的偶然性，也能理解战场的多变性，唯独不能理解马营长为什么非要与日军肉搏，非要用刺刀把日军挑死，而就地伏击会提前结束战斗。独立营三战三捷，却让保安纵队一个团突袭成功，马营长应为他的一意孤行承担全部责任，有战绩功劳也不能功过相抵。

李家常没涉及马二梭枪杀俘虏，也许是遗漏了，也许是故意瞒下的。他最后说的是一串数字：独立营共歼灭保安纵队一个连144人，其中，中尉连长1人，少尉排长3人。歼灭日军一个分队共13人。解救妇女5人，其中包括一名欲跳井寻死者。缴获日制歪把子轻机枪4挺，日制三八大盖步枪119支，汉阳造步枪26支，日制手雷198枚，子弹3200余发。

李家常报出的数字让参加会议的营连长们惊叹，这从他们的目光中就可以看得出来，但马二梭这时候不该拿鼻子哼哼。马二梭是在许多人发出惊叹声时发出哼哼声的，他也许是无意的，也许是又复发了老习惯，这样的举动马上让侯得章读出了不屑与嘲讽。侯得章挥着手让李家常坐下，然后直勾勾地盯住马二梭，说："马二梭你给我严肃些！你哼哼什么？我要你端正态度，深挖思想根源！"

马二梭反倒哼哼着闭上了眼。

愤怒使侯得章又一次失去理智，他几乎是咆哮着说话的："马二梭你再以这种方式无视军纪，我就撤销独立营的番号！"

马二梭忽地站起来，说："我看你敢！你不就是怨恨我损失了你的新兵连吗？我马二梭是有个人英雄主义，我马二梭是有擅自行动的大错在先，我马二梭是给部队造成了损失，让我为那些有可能不用牺牲的生命道歉，我什么意见也没有，我为他们下跪磕头都可以。要是单单为你想要我说的那些，哼，我偏不说，刀压脖子也不说！"

这天晚上，代理营长李家常给司令员杨甬力写了一封信，信上说他可以先代理独立营营长，还说最好能给马二梭提供个到分区培训的机会，名额最好由团部上报。李家常在信的末尾又补了一句：处分能中止一个人的行动，不一定能提高一个人的认识水平……

马二梭参加分区培训了，结束后仍然担任独立营营长，但那已是四个月之后了。至于与团长侯得章的关系，虽然还有些别扭，毕竟都做了些克制，起码明着看是看不出了。

第九章

转眼又到昼短夜长的秋末冬初了。紫云寨经历了太多的事，许多的事都是稀奇古怪的，即便不说多年前大年初一早晨那场当街开战，马照本的死却是跟冬天有扯拉的，马照本如果不是急着把一冬天的面磨出来，他也许不会在浮土和飞面糊了头脸时骂那些话。他要是把手抄在袖筒里，靠着墙根晒暖，即便是捏着秫秸篾子剔牙，他的眼睛也会看清进村的是日本人和保安纵队，那些人是气势汹汹来的，那样的阵势一看就带着杀气。他看清楚了就不会骂出声来，侯得才自然也不会听见，或者，他要是赶着小雪节气过后再磨一冬天的面，一切也就不会发生了。当然，到了小雪节气，他家的母驴就生了，他是趁母驴生骡驹子之前急着磨面的，算起来还是跟冬天有扯拉。

那天马照本是冲着街上骂的，骂的是脏话，用的还是亮嗓子，说："哪个没爹的把人带来的，带这么多人是要钻他娘的被窝吗？"马照本骂这些，不过是嫌进村的人多，人多腿就多，当街蹚起来的是浮土，浮土扑到磨坊里迷了他的眼。后来他又骂拉磨的母驴，说："你哈哧哈哧地打那么多喷嚏弄啥，闻着没人味你不会不闻啊，你不会放个黑驴屁熏死他啊，熏不死就熏他个狗日的四脚爬，叫他再人模狗样地显摆！"马照本明明认出了侯得才，侯得才是拿白布包裹着头脸的，认出来了他还是那样骂。侯得才直勾勾地盯着他，说马照本刚才骂得真顺口，听着跟唱莲花落的差不多，要是现在再接着骂他还愿意听。侯得才说："刘司令，刚才就是他骂的，他叫马照本，一个紫云寨就数他会骂。"马照本紧着分辩，说他骂的是驴。还说人和畜生不一样，他一眼就能分出来，分出来就不会拿人当驴骂。侯得才又说："刘县长您听到了吧，他又骂了！"结果马照本就被蘸了凉水的热米饭烫死了，急着要磨的过冬面，到死也没磨完，儿子立冬和女儿香芝哭得死去活来。

入冬之后，赶闲集的人反倒少了许多，明明是百谷入仓的冬闲季节，村子里却没有一点儿欢乐味，许多人家的栅栏上看不到晾晒的萝卜干、红薯干，甚至连一家往屋檐下挂冻柿子的也没有。萝卜干是拌着沙土炒的，萝卜炒了又酥又脆又甜，孩子会满满塞一兜，满街上吃着跑，人跑得没影了，甜味还在街上飘荡。红薯则是蒸熟了再晾晒的，明明是松松软软的，晒干之后却变得冰糖一样滑润，牛筋一样柔韧，一片红薯干含嘴里能嚼好久，嘴里像是含了牛皮糖的。还有，往年入了冬闲，会有挑着锛斧串乡劈柴的，串乡劈柴的是力气活也是手艺活，再难劈的树疙瘩也能劈成大小匀称的劈柴块，劈柴块是准备过年烧大火煮肉的。

其他还有打锡壶的锡匠，还有锢盆锢碗的炉匠，还有推着车子拿糖人换破烂的，这些手艺人原本会一入冬就吆喝着走村串巷，现在也没有了。入冬下了雪，孩子们也会像狗撵着似的满大街窜，时不时地还会弄响几颗炮仗，炮仗是从集市上捡拾的，有的很响，有的只炸烂上半截的炮仗皮，下半截还是原样，爆炸声很短促也很沉闷，听着像是蒙着被子的。

先前的冬闲时光里，玉树媳妇和豁子媳妇白面瓜会变成村子里最忙的闲人，她们会被会首支派着敛油敛面，敛出来的是公项，公项是为了闹社火。

桃 花 瞳　171

她们还会吱哇着从这家那家跑出来，跑也跑得趔趔趄趄，脸上却是带着笑的，说多亏了腰带系的是死疙瘩。社火会从冬至开始，一直闹到年后的正月十五，如果紫云寺燃放云灯的话，她们还会一直跟着追赶。玉树媳妇死了，豁子媳妇白面瓜也死了，紫云寨再没了赶热闹造热闹的人，况且，豁子家的宅基变成了粪场，东洋狗的屎尿熏了大半个村子。豁子家的山墙顶上竖了牌子，牌子上画了两条连尾狗，牌子还用电灯照着，怎么看都像天明天黑拉屎的，怎么看都像天明天黑弄那事的。赶热闹造热闹的人都不是好死的，一个四仰八岔地死在碾盘上，一个死了又让屎尿肮脏着，这些都是作践人的，许多人都失了过冬闲寻欢乐的兴趣。

还有，因为不满意儿子得才的张狂，老宅的侯登銮挑着个维持会长的名头，却不愿出面张罗着闹社火了，运河湾里飘下第一场雪花的那天，侯杨氏让他喊儿子回家吃扁食，他张口说了一句"吃屎去吧"，这话明显的是气话。侯家老宅的三兄弟也显得生分了许多，往年的冬闲季节，三兄弟会隔三岔五地到家庙里坐坐，老大侯登科还会说起年三十供祭还愿的话题。尽管每年供祭还愿都会闹出许多小口舌，口舌也多是出在各家拿钱多少以及供品分配上，但每年入冬之后还是会早早做准备的，而今年冬天，三兄弟好像还没在一起说过话。

最先挑起话头的是侯杨氏，侯杨氏从秋末冬初就时不时地往年上扯，话是说给侯登銮听的，说的还是年三十的供祭还愿。侯登銮听得心烦，想想又觉着是奇怪的，侯登銮拿白眼珠子挖侯杨氏，逼着侯杨氏说出是犯了啥邪，意思是侯家的事该不着老娘们催促，而侯杨氏往年是从来不过问的。侯杨氏撇着嘴冷笑，说有些人看着是一肚子转轴，看着是一肚子麻花肠，其实是该用心该谋划的都不在锣鼓点上，这样的人转轴子也是瞎转，有麻花肠子也是瞎拧的。侯杨氏说她偏不说出来，偏要侯登銮自己想，如果侯登銮果真想不出来，那就证明他是聪明一世，糊涂一时。侯登銮说："我果真想不出来，你说吧。"侯杨氏紧着向门外望一眼，说往年供祭还愿都是大猴子那边张罗，侯家老宅里里外外显摆的是他，他要死了呢，是不是还要传给得章啊。现在得章也跑没影了，得印也成了野马星，侯家光剩下得才是在身边眼前的，赶着这个节口把得才推到台面上，得才就成了侯家老宅的坐地虎，即便将来有说不清道不明的，哪怕真到了闪腰掉胯的那一天，有个坐地虎镇着，哪家都得敬三分。侯杨氏说："你到现在都想不出来？现在不正是好接口啊？尾巴立旗杆，病虎吓死猫，这你得知道吧？"

侯登銮说："刚飘雪花就说过年，这也忒急慌了吧？"

侯杨氏说："张嘴是等吃，伸手是想拿，早做准备早占着，占着就是个位。"

侯登銮不用白眼珠子挖侯杨氏了，先拿手揪扯耳朵，站起来去了后院。侯登銮先去的是二哥侯登榜家，侯登榜没在家，侯黄氏隔着窗户望见了侯登銮，紧着到仓房里翻出一条盛过米糠的包袱，包袱挂到院子里的晾衣绳上，抓了根紫柳条抽打，抽打的满院子都是飞糠，飞糠里还有浮尘。侯登銮吼吼地咳嗽，咳嗽着拿手遮挡，说侯黄氏是看见他过来故意弄景景的，入冬了又拉扯出来个破包袱，明显是恶心他，恶心他就该引个冲天旋风。侯登銮说："我二哥呢？放着该办的大事不办，他又跑哪儿去了？"侯黄氏像是没看见的，丢了紫柳条，又要扯着包袱抖擞，侯登銮抢过包袱扔了，又说："问你话呢，我二哥说没说今年的供祭还愿怎么张罗？"

侯黄氏抹着头发转圈子，说好兄弟来了，他怎么不在家里等着应二哥啊，十年八辈子碰上一个喊二哥的，他又错过了。侯黄氏还要说三兄弟里边，就数这个二哥最当家，这个二哥发了话，老宅里没有敢不听的。侯黄氏还说起了戏文，说的是一鸟入林，压住百鸟之音。压得那个不敢回来，压得这个不敢归家，赶明儿再咳嗽一声，一个老宅的男男女女都得四散逃命。敢不逃命吗，敢归家吗，人家的爹是乡长，人家的儿是队长，说要谁的命要谁的命。侯登銮脸上青一块紫一块，噗噗地吐着出了院子，走到门口又站住，说他不想拿话噎堵侯黄氏，他要想噎人，一堵一个准。侯登銮说："得印投奔马二梭去了，你以为我不知道啊？得印放着身边眼前的哥哥不投，偏要偷偷摸摸地投姐夫，跟谁亲，跟谁疏，我心里没数啊？我告发他了吗？我到处呼喊了吗？别得了便宜再卖乖！告诉你吧，我还知道二哥又去马家了，马家人要说个除掉得才，他立马就得帮着拿绳子，他或许还会扑上去先抱住！"

侯登榜还真去了马家，去马家是金猪来喊的，金猪说的是帮着铲驴蹄子。进了马家胡同，侯登榜揪住金猪的脖领子，虎着脸说金猪编假话编得荒唐，已经是冬天了，冬天驴蹄甲死性，啥样的人家才会铲驴蹄子。卖使活牲口是年后出正月的春头上，卖老掉牙的歇活牲口赶的是冬闲的肉锅作坊，而开膛破肚的牲口根本用不着再铲蹄子，编这样的假话，连老娘们也糊弄不住。侯登榜说："你不会说帮着挪驴槽啊，驴槽一年四季都能挪，怎么挪都是该着的，他不信也得信。哎，我说，不会真是你爷爷编的吧？"金猪嘿嘿地笑，说假

桃花瞳　173

话是他爹编的，他爷爷还把他爹骂了。他还想等着让他娘再编个假话，他娘编了一准还得挨骂，二婶兰兰笑着把他推出来了，让金猪愿意咋说就咋说。侯登榜竟然笑了，他笑是很少出声儿的，松开金猪的脖领子，嘴里也发出了嘿嘿声，这就是笑了。要到马家门口，侯登榜忽然又拽住了金猪，说："哎，哎，你二婶还是笑的，金猪你说的这一句不是编的假话吧？"金猪点点头，说除了铲驴蹄子，剩下的都是真的。

侯登榜又自语，说："兰兰是笑着说的，这我可没想到。"

马家人从堂屋里出来迎接，出来的是满秋和春子，侯登榜拿手捏着喉咙咳嗽，咳嗽得很轻，怎么听都像是故意咳嗽的。兰兰从厨房里探出头来，脸上果然是带着笑模样的，说："爹您去堂屋吧，我烧开水就提过去。"侯登榜要迈门槛了又向厨房那边望一眼，转过身去的兰兰显得手脚很麻利，兰兰还甩了甩头发。满秋却被马步正从堂屋里撵出来，马步正给大儿子派了活，说的是过年的劈柴还没劈，有一个紫柳树疙瘩好像还是湿的，最好趁冬闲劈出来晾晒着。满秋转着圈子满院里寻找，连夹道旮旯都找了，哪里也没有紫柳树疙瘩，满秋贴着窗口嘟囔，说除非现在就去河套里刨一个紫柳树疙瘩，反正家里是没有。马步正说："那你就晾晒垫圈土吧。"春子吃吃地笑着冲满秋挤眼，说满秋竟然傻到找夹道找旮旯，自个儿的头不就是紫柳疙瘩啊，还用找啊。说过了又向里屋张望，马刘氏要拿绱鞋锥子扎春子，说那个真傻的还知道到处寻找，这个假傻的伸着头往擦床上撞。马刘氏拿着绱鞋锥子比画，说："还用我再说啥意思吗？"

春子讪讪地出了堂屋，说她一想就明白了，爹是故意把满秋支出来的，她那一会儿就该跟着出来，不过，爹要是先给她派活干，她一准会把满秋带出堂屋。后来又恨金猪，说儿子还不如个孙子，不让儿子在跟前，孙子那儿却是不避讳的。春子埋怨着进了厨房，凑近了又瞅兰兰，说兰兰一准知道公爹把娘家爹请来要说哪些话。春子说："兰兰，你说他们会不会商量着把二梭弄来啊？跟你说啊兰兰，要是真把二梭弄来，你们两个都得脱光了身子睡，你们还得搂抱着睡，搂抱着还不能真睡着。哎哎，我见你一清早都是带着笑的，你夜里是不是梦游了？你们是不是已经那样了？"

兰兰臊着捂脸，说："嫂子你怎么啥话都说啊？爹让金猪去老宅，我连为啥去都不知道……"

春子忽地钻出厨房，到了院子里又放轻了脚步。

堂屋里传出马刘氏的咳嗽声,马刘氏是被烟呛的,烟从窗子里冒出来,到了窗口又打着旋儿不离开。马步正说,他已经恨过自己了,他恨的是人老了脑袋也混沌,明明知道侯家老宅是个是非窝,明明知道要提防三精包侯登銮,就是想不出个好说辞,而满秋编的铲驴蹄子,那样的假话一听就是胡说八道。马步正说,他要跟亲家说掏心窝子话,按说,这样的话让公爹去说不合适,还窝口,还该不着,可是还非得由他说不可。马步正说着又把烟筐推给侯登榜,还要亲手为侯登榜装烟锅,还打着火镰让侯登榜大口吸。给侯登榜的还是原来用的铜烟锅,自己手里拿的是芦根疙瘩挖的。侯登榜扯着袖子擦嘴角,说他吸得满嘴里都是苦的,他现在闻见烟味就要流清水。侯登榜脸上露出急样,说:"老马大哥,有啥话你紧着说啊,你别光让我吸烟,你也别光说掏心窝子那一句,你得说具体是啥事。哎呀,你急得我心焦!"

马步正说,这件事他想了好久好久了,差不多有半年了,他从大扫荡那天就开始想,他明明知道想了也是瞎想还是想,他天明天黑地在床上躺着,不想会把他憋死。光想还不行,想得再周全也是虚的,虚的想得再多还是跟没想一样。马步正说:"亲家你别急,你先把嘴角的口水擦了。你得知道,我比你还急,我恨不得一时三刻就把该做的事做了!"侯登榜又扯着袖子擦嘴角,嘴角快擦破了还是擦,擦着又啪啪地摔打烟锅,还说哎呀哎呀。马步正说他已经在心里掂量了千遍万遍了,先掂量的是大儿子满秋,满秋是个大伯哥,怎么掂量都不妥当。他掂量春子也不行,春子的嘴巴没有把门的,人家不问的话她也能说出来,她即便有胆量也不行。他还掂量过孙子金猪,金猪倒是个有眼神的,心眼也活泛,可是金猪毕竟小了几岁,托付给个小毛孩子不放心。马步正说,光掂量这些还不算,他掂量得最多的是二梭。二梭个熊孩子到底怎么了?还有人能降住他吗?让他当一辈子野马星啊,他要是一�蹶子尥到云彩眼里,所有人都要仰着头脸望天空啊。他不是会说军务繁忙吗?他不是会说身不由己吗?那好,那就不让他耽误军务,他白天该怎么打仗就打去……

侯登榜咧着嘴巴像是闹了牙疼,一连声地哎呀着,说:"老马大哥,你是成心要急死我吗?"

马步正就把侯登榜的胳膊抓住了,说:"亲家,我得告诉你,咱兰兰又做梦了,做的是个欢喜梦。你明白我说的是啥意思吗?"

侯登榜怔怔地望着马步正,望着还拿手揪扯腮上的松皮,说:"你说兰兰做了欢喜梦……"

马步正抓住侯登榜的胳膊使劲地拽，说："别问了亲家，我想让你带着兰兰去找二梭，你千万别说大冬天，你千万别说六腊月不出门，咱要的就是昼短夜长的冬闲天！"

兰兰做梦是真的，做了欢喜梦不是兰兰说的，兰兰跟婆婆马刘氏说的是二梭，说梦里的二梭穿了一身干净衣服，脸也洗得清亮亮的，眼睛也是清亮亮的，看着就跟露水浸了一样。二梭已经看见她了，二梭也没摺脸子，也没着急发脾气，也没哼哼着扭头就走。二梭是原地站着，站得直溜溜的，怎么看都像是专门等她的，直溜溜地站着不过是磨不开老爷们的面子。兰兰说，二梭也胖了也白了。二梭身上还有一股清香味，闻着跟皂角水里加多了香姑娘豆一样，仔细闻又不像。二梭还解开怀让她看红兜肚，二梭还指着兜肚上的粉紫补丁，还笑兰兰是故意缝个桃花眼勾他的，他拿手摸着也跟人眼差不多。

兰兰说到这一点时脸上是带着笑的，那样的笑好几年没有过了，说当初是找不到合色的补丁，万般无奈才铰了自己的粉紫色汗衫，补的是子弹穿的窟窿，没想到二梭竟然当成了桃花眼。马刘氏偏着正着瞅兰兰，马刘氏还拿手摸兰兰的额头，马刘氏还把兰兰往身边拉。马刘氏还让兰兰说完一句就停下，意思是让她听一句想一句的，后来又让兰兰重复着说了一遍。马刘氏说："兰兰你真是闻到了，二梭身上真有一股清香味？二梭没摺脸没发脾气，真是直溜溜地站着等你的？还有，二梭真说了你是故意拿桃花眼勾他的？"兰兰使劲地点头，说："真真的娘，就跟我说得一模一样。"马刘氏抓起兰兰的手，放到自己手里慢慢地揉搓，揉搓着落下泪来，说："兰兰啊，娘的好儿媳妇，你做的是个欢喜梦啊！"

马刘氏紧着跟马步正学话，话是原封不动学的，学完了又说："他爹，当家的，我一辈子都听你的，你要说一句梦是反的，我这就死给你看！"

马步正乐得哈哈的，说："梦都是正的，做啥样就是啥样。"

马刘氏说："他爹，你说，二梭也穿了一身干净衣服，二梭是不是也做了欢喜梦？"

马步正说："那一定是。"

马刘氏说："兰兰不过是打了个补丁，补丁竟然变成了兰兰的眼睛，你说这得是天意吧？"

马步正说："得是。"

马刘氏说："他爹，你说让亲家送合适吗？"

马步正说："合适。"

侯登銮在老宅门口等着侯登榜，侯登榜一出马家胡同他就拿眼角勾，勾着还拿鼻子哼哼，说他一猜就知道去了马家。侯登銮说："我不说等你半天了，我也不说寒气灌了一肚子，我只说刚出门，我只说刚看见。二哥，老宅里你得操操心了，外边的心操多了就分不出远近了。我这样说没错吧，二哥？"

侯登榜闷着头往里边走，侯登銮伸了手拦住侯登榜，紧着说了腊月三十供祭还愿的话，又说往年都是大哥那边张罗，但是大哥今年不会再张罗了，大哥已经跟老宅里断亲了。侯登榜拨拉开侯登銮的手，说谁愿意张罗谁张罗，上边有大的，下边有小的，跟他说不着。侯登銮跟着侯登榜到后院，侯登榜只好站住，说："他不张罗了你张罗，行了吧？"侯登銮说年三十那天他想让得才跟着，他说不明白的就让得才说，得才是孙子辈，孙子辈的都不在跟前，老爹老祖一定会伤心难过。侯登榜又说："让得才上香也行，让得才领拜也行……"

侯登銮又要说老宅里最好给得才个名头，最好让得才当个族门执香人，除了得才，别人都不许插手，即便官府衙门换章程了，侯姓族人也得敬着执香人。侯登榜进家插上了院门，插上了还拿肩膀顶着，说："你想怎么办就怎么办，你说入了冬就是年也行，你把初一说成十五也行，你让得才坐到家庙里当祖爷也行。这样你满意了吧！"

马步正最后同意让金猪跟着，话是侯黄氏说的，说侯登榜到底是个没眼色的闷葫芦头，出门在外，又是兵荒马乱的年头，说不准会遇到些想不到的，多个人也算多一双眼。马步正知道侯黄氏是动了心眼的，满心里为的是女儿兰兰，但兰兰毕竟是马家的儿媳妇，马家不去人，真要有些差池，亲爹亲娘也担不起。马刘氏就紧着跟马步正使眼色，马步正就答应了，把孙子金猪拉到跟前，千遍万遍地交代了，又让金猪重复他说过的话。金猪急着要到紫云寺，他想跟马箃子说这件事的前因后果，马步正揪住他的耳朵，最后说的是低声话，说豁子家那边狗拉屎的事儿一个字也不要提。马步正说："我说豁子是故意避开那个人的，你要敢说半个白字，回来我剁了你！"

金猪赶着太阳似落未落时去了紫云寺，偏偏马箃子又没在，想想也许是去侯月娥家看孩子了，转身要走时又担心再与马箃子走岔道，于是从墙上抠了一块石灰。石灰画在山门上，先画了一头猪，猪旁边画一条线，线那头连着一个两头尖的织布梭。金猪回到家时，二婶兰兰正迟疑着望院外，手里拿着梳子，头发却是散乱的，身上的旧衣服也没脱，要替换的新衣服还在床上摆着。马刘氏又到小东屋里催，马刘氏还说人是衣裳马是鞍，新衣服是一定要换上的，小两口见面穿得越喜庆越好。兰兰的脸又红了，说："娘，真去找他啊？"

三个人是下半夜动的身，出村走的是西南方向，故意不顺着河套走，这也是马步正安排的。

第十章

孩子没出生之前，马笸子曾说过把孩子送给兰兰，还想着让兰兰咬死口地说是二梭的。说那些话的时候，侯月娥的肚子刚刚凸起碗口大，侯月娥知道孩子已经坐胎了，侯月娥还知道孩子没坐胎之前麻五就已经死了，死男人是不能让她怀孩子的，笸子叔不变成麻五也是个爹，当了主持也是个爹。那时候侯月娥最想听的是马笸子怎么说，她一天天地盯着马笸子问，她还一遍遍地喊笸子叔，说："笸子叔，你是咋想的？"于是马笸子就说了把孩子送给兰兰，那些话他是随口说出的，仿佛他从孩子坐胎那天就想好了。

孩子生下来了，生的是个男孩，他再没提那个话茬，侯月娥自然也不会主动往那个话茬上引。当初说的是，要是生个女孩，就随着金巧、金芝叫个金灵，要是生个男孩，随马家的姓按满字辈起名。不及侯月娥应答，马笸子忽然又显出迷怔相，先是怔怔地望地上的蒲团，抬起头来又望禅房窗外的松树，松树枝上吊悬着一只蜘蛛，蜘蛛在半空里伸伸缩缩地打提溜。眼眶里忽然湿润了，鼻腔里酸酸的，嗓子里却是干辣辣的。拿手捏着喉咙再望侯月娥，又说："你刚才的话也算没说，我刚才的话也算没说，咱们现在就想着孩子生出来送给兰兰。就当孩子是兰兰生的，就当兰兰生的不是个血污疙瘩，二梭看见活孩子他的心就收回来了。"马笳子原本是要亮着半边腮让侯月娥打的，侯月娥没打，床上抓过棉枕头揉搓着，眼泪跟着就扑嗒扑嗒地落下来。

侯月娥说她知道马笳子是怎么想的，马笳子满心里想有个自己的孩子，却又碍着叔侄辈分不好听，何况又挑着个住持名头。马笳子是万般无奈了才想着孩子生下来送给兰兰，就当这孩子还是麻五的，麻五跟二梭同辈，哥哥的孩子过继给弟弟是常有的，麻家跟马家又是一个老祖宗。马笳子一准还想过，脾气古怪的马步正也许不接受，不接受正好，顺坡下驴就按满字辈起名，孩子转一圈还是马笳子的儿子。侯月娥说："是不是呀笳子叔？"

其实马笳子还没见过儿子，儿子是二梭伏击受伤那天出生的，兰兰帮着打的下手，他原本想着趁一早一晚街上人少时去西河湾，但紫云寺接着就被侯得才盯上了。过后他也瞅准了几次机会，到村里给丁玉树送那块银圆时，他还故意绕到河湾西口，他还在侯月娥家的后窗口站了一会儿。那时候，得田兄妹已经睡了，他们都不喜欢跟娘睡一个被窝的小光腚孩，他们甚至不认为他是弟弟，他们会故意高声呼叫，说："娘啊，老和尚马笳子的儿子又屙了！"要么就冲着孩子的脑袋指指点点，说这个熊孩子头上没毛，一看就知道他爹是和尚。马笳子就暂时压下了看儿子的念头，儿子的名字果然按满字辈起的，起的是个满心。名字写在黄绫上，黄绫从侯月娥家的门缝里塞进去，巧的是，侯登仓正好走出新宅。侯登仓呼叫着堵截，说："马笳子你别跑！"

马笳子这一次去，也是赶太阳似落未落时去的西河湾，西河湾显得很冷清，看哪里都像是没有人烟的。运河湾里一到冬天就刮西北风，打着呼啸的西北风冲到运河堤上，碰了头又折转回来，穿过河套边缘的杂树林，贴着干枯的臭蒿子棵和光秃秃的紫柳墩子，拐个弯去了西河湾。西河湾变成了紫云寨的风口，风把地上的枯草枯叶都卷走了，被卷走的还有干了一秋天的浮土，裸露出的是青灰色的光滑地面，其间夹杂着大大小小的被风清扫过的牛蹄窝，西河湾越发显得冷清。马笳子没戴帽子。入了冬，紫云寨上点儿年岁的男人出门会戴棉风帽，风帽能护住耳朵，还能护住脖子。一了大师的箱子里还真有一顶棉风帽，用的是茄紫色的平纹布料，估计是香客送的，马笳子嫌色艳，压到箱底再没晾晒过。一了大师还有两顶毗罗帽，毗罗帽也叫宝公帽、僧迦帽、山子帽、班吒帽、毗卢帽、六和帽，马笳子也不喜欢。

但是，马笳子没想到西河湾会出奇冷，风吹到脖子上，连脊梁骨都是凉的。进了西河湾，他下意识地向河湾东口望了一眼，河湾东边的院门是紧闭的，他又有些感激风大天冷了。他已经被侯登仓缠怕了，侯登仓隔三岔五地去紫云寺，逼着他答应把矿警队的狼狗弄死。侯登仓还说他听见狼狗叫就拉稀，本来要到官地去的，结果还没进官地呢，肚子里就开始咕噜，直起腰也挂不住裤子。马筢子躲不掉就说含糊话，不说答应，也不说不答应，只是说他会尽快想办法，如果真有办法，他一定会想出来。但是侯登仓偏要他说准哪天下手，还说马筢子不答应除掉狼狗，他就会去找姐姐侯月娥，如果侯月娥不帮他说话，两个不要脸的一辈子也别想见面了，马筢子更别想看孩子。马筢子趁着太阳打晃荡时来看孩子，就是不想被河湾东边的侯登仓看见。

太阳终于入了西天边的老云，矿井线杆上的灯光照不到西河湾，坐西朝东的门洞里先暗下来，马筢子扳着门垛口急转身，想的是紧着拨门闩，抓到手里的是缠着铁链的拌草棍子，脚下却打了趔趄。门洞里有黍米，黍米撒到地上，地上多了一层打滑的东西，上半身是往前扑的，磕到门板上的是光秃秃的脑袋。马筢子是住持，住持不能骂粗口，生了气也不能发脾气，头磕破了也得忍住疼，他拿手捂着摸头皮，头皮上鼓起一个枣大的疙瘩。门洞里突然伸出一颗脑袋，脑袋是侯登仓的，侯登仓瞪着血红的眼珠子，说："办法想出来了吗？又想钻空子是吧，咋不磕死你！"

西河湾盖庭院时，姐弟两个刚把官地弄到手里，官地是侯登仓的哥哥侯登库拿命换来的。兄弟二人最后一次见面时，哥哥侯登库告诫弟弟侯登仓，要他善待姐姐，而侯月娥那时候已经成了被人嫌弃的老姑娘，最终由穷光蛋麻五捡拾了落风枣。侯登仓一直记着哥哥的话，两处庭院起的是一样的格局，房屋尺寸相同，连院门也是一样的，起的都是广亮大门，看着比侯家老宅还阔。只不过弟弟占的是西南向口的坤门，姐姐占的东南向口的巽门，坤为土，巽为风，两家都是行的河湾水运。不过，坤土行水运，运势上会多些波折。两家的广亮大门都是高台基，基面比路面高出数尺，加之墀头部分的饯脊砖又做出精美的雕刻，使大门显得格外气派。再有就是门洞口的进深，因为有半间屋的空间，以及大门的外檐柱间距，即便不看前檐枋板下的雀替，不看后檐柱上的倒挂楣子，单是作为夏日的歇息处，也有说不尽的妙处，何况又对着门前的一湾清水。但现在已经是冬天了，莫说是歇息，门洞里站一会儿也会冻得脚麻身抖，更不用说还有门缝里钻进钻出的穿堂风了。

侯登仓藏在秫秸里。秫秸是削了穗头的高粱秆，中原地区的许多地方，秫秸会用来轧成篾子编席编篓，也可以编帘子结房箔。运河湾里有的是芦苇，

180

秫秸就变成了灶膛里的柴火，搬几个放在门洞里，不过是怕雪雨淋湿。其实，在落日后的冬季，贴墙站着的侯登仓即便不拿秫秸遮蔽，急着拨门闩的马笾子也一定不会先看见他。侯登仓拿秫秸当遮蔽物，十有八九是嫌冷。侯登仓的头脸上粘着秫秸碎屑，碎屑里还有灰白色的死亡了的腻虫皮囊，上边是眼泪沾的，下边是鼻涕沾的，侯登仓的头脸看着跟钻了一夜草窝的遛街狗差不多。侯登仓说了那句话之后又要拿脚踢马笾子，又说：“让你除掉狼狗，你给我磨蹭了几个月，太阳落了还能往这里摸，你是念着佛经摸来的吧？你怎么不说如是我闻了？你没想到脚底下打滑吧？你没想到我会舍一把黍米吧？”

马笾子急得要出汗，身上毛躁躁的，还有一种钻皮子的痒。他很想说自己是装了一肚子心事的，他的心事跟佛祖都不能说，他明明知道心乱如麻，还得显得跟没事儿人一样。马笾子知道，即便他说了火烧眉毛，侯登仓也一定会追问他哪天除掉狼狗，他如果顺着侯登仓的话头，侯登仓接下来就会说：“你不会下夹子啊，巡逻队走哪条路你得知道吧，你把狼狗腿都给他夹断，叫他们再瞎转！”假若他说牵狗的人会把夹子掰开，下夹子也不可能把所有的狗都夹住，侯登仓马上就会咬住他，说：“你说法啊，你下手啊！”马笾子已经有办法了，办法是发现了小胖子福山的秘密之后想起来的，但是他不能跟侯登仓说。马笾子望着门扣环上的拌草棍子，磨蹭着要离开，裤子却被侯登仓拽住了。侯登仓又喊：“里边的，假和尚来了，你给他说吧。你说了，他答应了，我立马就拿掉拌草棍子，你们爱弄哪样弄哪样！”

里边没人应答，侯月娥是端着满满一碗面条出来的，侯月娥还搬了板凳，板凳靠着大门放下，拿筷子挑着面条呼噜呼噜地喝。面条里泼了葱花，葱花是拿香油调过的，香味在寒风里飘荡，飘荡着钻出门缝。侯月娥说她这一会儿什么都不想，她只是觉着大冬天喝碗热面条真是舒服，喝得身上热乎乎的，怎么想都是滋润的。侯月娥说，她现在终于知道喝香油面条的好处了，知道了就得天天喝。喝多了奶水足，奶水足了喂孩子，孩子吃饱了睡着了，一天长一大拃，头年是个羊羔，二年是个牛犊，三年长成个马驹，四年五年长成个壮汉。前边长成了，后边再接着生，反正她会做泼香油葱花的面条，反正喝了香油面条奶水足。侯月娥说：“不就是会拿拌草棍子别门环吗？谁愿意堵门就让他堵去，大不了再开个新院门，大不了把院墙全扒了，再让他堵门！”侯登仓啪啪地打脸，打着说：“你不胡咧咧不行啊，你不说生孩子能死啊，我说的是弄死狼狗，你扯哪儿去了？假和尚真来了，你怎么不跟他说，

桃 花 瞳 181

你光是担心他出事，你怎么不心疼一娘同胞的亲弟弟啊？我快让狼狗欺负死了！"

侯月娥拿着板凳砸门，砸得啪啪的，说："你把拌草棍子抽了吧，你抽了我这就跟他说。"

侯登仓说："不行，你先说，他答应了我就拿掉。"

侯月娥说："我帮你说行，他要不听呢？"

侯登仓说："我知道马笆子听你的，你说吧。"

侯月娥果真说了，说："只有老糊涂蛋才说含糊话，阴天下雨不知道，自个儿有多大本事不知道啊。狼狗是谁家的，说除掉就除掉啊，你有那么大的本事吗？他离了官地不能活，你离了官地也不能活是吧，大冬天到官地喝风去啊。你还跟他说会尽快想办法，你要是想让狼狗撕了嚼了，你要是不想见你的满心儿，你就想办法去！"侯登仓啊啊地叫，说姐姐不是姐姐了，这个姐姐是胳膊肘子向外拐的，明着是帮他说话，实际上是敲打他的，就差没指名道姓地说他是狗了。侯登仓说："侯月娥你指桑骂槐是吧，马笆子你还想跟我说含糊话是吧，那就磨吧，磨八年我也叫你们磨不到床上去！"

侯月娥从门缝里伸出簪子，簪子戳到马笆子脸上，马笆子捂着脸哈凉气，侯登仓拽着裤子不让他躲闪。侯月娥又拿簪子刮门，说："马笆子，你是没手啊，还是没脚？你不会把他背走啊，你不会把拌草棍子抽了啊？一根拌草棍子堵了我几个月，你想让他憋死我啊！"

马笆子没动手，他的手从门缝里伸进去，手指上挂着连心锁。后来他还拿嘴贴住了门缝，叽叽咕咕说的都是耳语话，侯登仓听不见说的是什么，只是看着两个人像是隔着门缝亲嘴的。侯登仓哇哇地朝地上吐，吐着又打自己的脸，说他是彻底明白了，他即便不被巡逻队的狼狗吓死，也会被两个不要脸的气死。侯月娥娘哎一声扔了碗，说："事戳大了！狗死了人呢，老宅的小贼羔子一盯就能盯上你。满心他爹，你可不能跟麻五学啊……"

侯登仓拨拉开马笆子，说："你们又叽咕的啥，一丝丝脸也不要了是吧？"

侯月娥捡起地上的烂碗碴子要扎侯登仓，说："侯登仓，搅家星。你搅死得田他爹不算完，二番又要搅满心他爹，我看你就是狼狗！"

马笆子看见小胖子福山的那天，也是太阳似落未落时，他看见福山离开侯登科家先过的是寨壕，接着就听到了狼狗的叫声。小胖子福山是在爬出寨壕时被狼狗发现的，狼狗狂叫着做出扑咬状，牵着狗绳的巡逻队鸣枪示警，

182

小胖子福山紧着又缩回到寨壕里。马筢子让金猪打听，金猪打听的是多多，多多就冲金猪翻起了白眼，说小胖子福山迷上喜喜了，大爷一家要攀日本洋亲了，说着还朝地上吐口水。马筢子跟金猪耳语，金猪就天天围着侯登科家的新大门转悠，转悠着还往地上瞅，看着像是寻找稀罕物的。侯登科忍不住诧异，拦住金猪问他找什么，金猪先是左右看看，接着又冲着侯登科的耳朵说低声话。金猪说的是紫云寨半个村子都知道了，狼狗撕咬了一个过路客商，客商身上的银圆撒得到处都是，只是不知道那个客商为什么不走当街的大道。

金猪后来还流出了口水，说他最馋的是狗肉，要不是怕他爷爷拦挡，他很想弄几只狼狗剥了吃肉。金猪还吱吱地笑，说想吃狗肉其实很容易，弄点儿鲜肉当诱饵，再把妖菇草研成面掺到诱饵里，专丢在狼狗爱去的地方。狼狗吃了就会变成个没魂的，谁跟它亲密它咬谁，它最后能把自个儿累死。金猪还拿袖子擦口水，擦着还冲侯登科眨巴眼，说他恨不得现在就煮一大锅狗肉。侯登科也流口水，流的是清水，流出的清水是凉的，后来还打了个寒战。

侯登科一连几天都在想那天的事，那天福山把一个包袱扔到院子里，包袱里包的是布料，一块绛红色的是宽幅，看折叠的厚度，估计有两丈多，一看就知道是要他做袍子的。另外两块的尺寸差不多，色泽上一个是粉底小黄花，一个是蓝底大青花，虽然没标明喜喜与侯葛氏各一块，但假若母女二人同去布店的话，喜喜一准会先看粉底小黄花的。三块布料都是溜溜滑的府绸。府绸是机织的平纹布，这样的平纹布也叫洋布，拿洋布当礼品的是洋人。洋人是小胖子福山，只有他才会想着买洋布，但是小胖子福山却在包袱里夹了一封信，信上说，如果伯父伯母大人和喜喜小姐不肯接受的话，那就理解成交换吧，交换物是一件紫花布大褂。小胖子福山又在信的末尾特别注明：褂子的款式要跟紫云寨的年轻男人穿的一样，扣子就用原布剩料做，最好打襻子做成鸡心疙瘩纽。包袱是侯登科解开的，他还拿着棍子挑布料，挑着要扔出去。侯葛氏拦着又把包袱系上了，系上了又瞅喜喜住的套间屋，说她还是想不透，既然三番五次地不给他好脸色，按说他应该明白是啥意思啊。侯葛氏说："咋还有信啊他爹，信上写的啥？"侯登科把信塞到侯葛氏手里，说："让你给他做紫花褂子，还让你给他打襻子结鸡心疙瘩扣，你会做，你做去吧！"

喜喜从套间里跑出来，接过包袱也没看也没扔，说："娘，我给他做，他要穿紫花布的就给他做紫花布的……"

桃 花 瞳 183

侯葛氏说："他要是不算完呢，他要是得寸进尺呢，做了褂子再做裤子，你还能再给他做啊？"

喜喜没说赌气话，喜喜的意思是好歹把他打发了，答应给他做褂子不过是以物换物，总比让他三番五次往这里跑好，落个树叶还有个响声呢，何况又是个日本人，话传扬开好说不好听。喜喜说："娘您糊涂。他是日本人，他穿一身中国人的衣服，他的官长上司会让他穿啊。还有比紫花布再显土的吗，除非他不想当日本人了。爹，您说呢？"侯登科丢了棍子，转回身又要拿脚跺大门，刚抬起脚来就听到了狼狗的狂吠，他一下子扑到院墙上，说："怕啥来啥。你看你看，他又惊动狗了！"

巡逻队的狼狗没把小胖子福山咬死，狼狗只是撕破了他的裤子，腿上算是多了牙痕，不过没流出血来。小胖子福山甚至还冲着一脸惊恐的巡逻队笑了笑，对龇牙咧嘴的狼狗也没显示出一丝一毫的厌恶，只是惋惜着说惊跑兔子了。他说，那只兔子又肥又大，他原本是想堵到窝里抓的，结果受了惊的兔子没进窝。不过，过几天也许还会碰见。巡逻队走了，他用荆刺把撕烂的口子别住，往码头走时他骂了一句："败类！"

小胖子福山又出现在侯登科家是在半个月之后，侯登科是在院墙上趴着的，听见脚步上就拉开了大门，但是侯登科并没往堂屋里领，他把不速之客带到了灶间，那时候，落日前的最后一抹残晖正好洒在灶台上。堂屋里的母女没听到侯登科说了哪些话，侯登科最后一次说到狼狗时突然大了嗓子，但也只是那一声，小胖子福山从进了灶间就一连声地道歉，侯登科的声音越来越小，小胖子福山光剩下频频点头了。

紫花褂子让小胖子福山激动不已，他还对鸡心疙瘩纽扣赞不绝口，他把褂子紧紧地抱在胸前，抱着褂子朝堂屋门鞠躬，后退着又要给侯登科鞠躬时，他又叫了一声伯父，说他还有一事相求。侯登科牙疼似的催他快走，催着又紫涨了面孔，说："没完没了是吧？还嫌动静小是吧？愿意让狼狗咬是吧？"小胖子福山磨蹭着走到门口，就在侯登科伸手拉门闩的那一会儿，他又扑通跪下了，跪下抱住侯登科的腿，说他心里已经有数了。又说伯父大人一家对他实在是太好了，好到用语言无法形容的程度。尽管他还没见过大舅哥侯得章，凭感觉也是知书达理的，也是有博大胸怀的。他无法报伯父大人一家对他这个目前还一事无成的小人物的厚爱，但是，不让狼狗再惊扰却是可以办到的，不让狼狗再狂吠乱嚷也是可以办到的。平心而论，他早就对狼狗巡逻队厌恶

184

透了。

小胖子福山跪着仰望侯登科，又说他刚才说的有一事相求其实很简单，而伯父大人写几个字也是信手拈来，不过这一会儿他不想再讨扰了。侯登科拉起他来往门外推，接着就把大门插上了。小胖子福山这一次没惊动巡逻队的狼狗，几天之后，巡逻队的狼狗都莫名其妙地患了怪病。先是直勾勾地望着主人，望着就拼命地挣扎撕咬，松了狗绳就伸着头疯跑，看着像是急于找地方藏起来的，跑着跑着就死了。

马笳子是在第二天早晨开山门时看见的标记，标记是金猪画的，画的是一头猪和一个织布梭。马笳子沉吟着望西南方向，望着又多了心事，想着金猪如果晚走几天，就看不到巡逻队的狼狗了。金猪是匆匆走的，不知道他见了叔叔二梭，会不会再说到狼狗在白面瓜家宅基上拉屎排污。

马笳子又后悔去了西河湾。

第十一章

马二梭临到分区培训之前做了交接，交接对象是代理营长李家常，马二梭没再说赌气话，他是平静着整理的行李。行李是一床被褥，被褥有些旧了，许多地方还出现了褪色，能看出染色之前的白布底子，但褪了色的白底子依旧有些蓝有些灰。被褥也有些短，如果马二梭直挺挺地躺下，被褥很难前后两顾，前边护住脖子，后边的脚就会露出来。脚暖头凉，睡觉绵长。刚发下时，马二梭有些厌恶这种二五两单的被褥，有一段时间甚至连起床后也不愿意折叠，而睡觉则是躺倒之后才拉被子的，被子随便往身上一搭，搭的是肚子和腿，肩膀和脚都是露着的。黑豆看见马二梭的睡相就想笑，笑着又心疼营长，后来黑豆就用兔子皮缝了两个套筒，套筒套住光脚，兔皮替代了被子。但是马二梭记不住，该起了还以为是穿着鞋睡的，有一天夜里出了敌情，马二梭揭了被子就朝外跑，仗打完了才感觉出脚下磕磕绊绊的，低下头看，看

桃花瞳　　185

见的是比枕头皮还肥大的兔皮套筒。马二梭臊着要揍黑豆，黑豆的脸也红了，当天晚上再不敢看营长的睡相。

地老虎吴春牛为黑豆抱屈，说黑豆连长的脑子一准是活泛过头了，其实根本用不着为脚加套筒，只要改变睡觉姿势，再短的被子也能两头顾。吴春牛让黑豆说功夫行话，行话是：站如松，坐如钟，睡如弓。意思是让马二梭蜷缩着睡觉，蜷缩着就是半截身，不信军用棉被连半截身子也盖不严。吴春牛的功夫行话说了也是白说，马二梭躺倒站立都像一根柱子，马二梭睡觉连脖子都是直的，仿佛他天生就是个不会打弯的。被子捆扎好了往身上背，后背上像趴了一只蝉，怎么看都不如个炸药包。李家常跟着送出村子，村子外边有一条沙沟，马二梭撵着李家常回去，李家常却拽住了马二梭背上的行李包，说："马营长你闻见香味了吗？我是闻见了，香得钻鼻子。弄好了吗？出来吧。"

沙沟里走出来的是黑豆，黑豆抹成了个花脸狼，看着像是拿灰手擦脸了。黑豆看见马二梭就嘿嘿地笑，两只手是藏在背后的。藏在背后的是兔子，兔子用泥巴包裹着，泥巴裂出了炸璺，裂璺是烤炸的。用泥巴糊着烧烤，肉熟得快，还烤不焦，还不走味，这样的办法是运河湾里的猎手先想起来的，后来又传给过往的商队，再后来就变成了运河湾里的懒人穷吃法。懒人图省事，穷是缺锅少灶，拿泥巴糊了烧烤，只要有柴火，荒郊野外也能解馋。兔子已经烤熟了，香味钻出来，李家常冲着黑豆眨眼，黑豆从怀里扯出蒲扇大的一块油布，油布铺到地上。李家常说："掏啊，你没弄点儿酒啊？"黑豆仰起脸来张望，说："我原本要用兔皮找老乡兑换的，地老虎偏说他有办法。该来了啊？来的那个是他，哎哎，怎么还背柴火，烧窑啊？"

吴春牛背的是干草，干草里裹着酒葫芦，酒葫芦有两个拳头大。李家常托着酒葫芦掂分量，说："吴排长，得有一斤多吧？"吴春牛嘻嘻地笑，说："二两的提子灌了五下，我说了一句酒轻水沉，酒家又另灌了半提子。"黑豆在吴春牛手腕上掐一下，吴春牛又说："你只要不喊我地老虎，我就说这酒跟犯纪律没有一丝儿关系。马营长要进京赶考了，送行酒是望着高中头榜的，你叫我犯纪律我也不犯。"黑豆拿手指划着脸羞吴春牛，说吴春牛逮住机会就要显摆，不就是会几句《三字经》吗？竟然又把培训说成了赶考，人家李营长是正经念过长沙中学的，人家嘴里就不带词。李家常紧着更正，说自己只是临时代理，独立营还是马二梭马营长。他又说马营长是到分区培训，培训结束还要回来，马营长跟他们暂时分手倒是真的。黑豆听见分手先打个愣怔，举起酒葫芦先灌了一口，说："马营长，我没想到你去培训，真的，想一百圈也想不到。不过，既然是分区领导点了名的，那就是独立营的脸面。我还得再喝一口！"黑豆喝了第二口又要喝第三口，眼圈儿先红了，掩饰着低下头揭烤兔的泥巴。

酒葫芦在四个人手里轮转，喝了大半葫芦了还没一个吃肉的，李家常扯下一条后腿递给马二梭，又悄悄地跟黑豆使眼色，意思是让黑豆传慢一点。黑豆也撕下一块，酒葫芦拿衣襟遮挡着，看着像是忘了传了。马二梭抓过酒葫芦递给李家常，说："这一轮你先喝，就当是我敬的，我敬的不是你有文化，有文化没正心的我连眼皮也不翻。"李家常接过酒葫芦没喝，也没接马二梭的话头，说的是培训的话。他说自己也很想去培训，抗战不能光扛枪，肩膀有力是一条，脑袋有水平也是一条。他又说自己当初参加红军就是为了报仇，仗打完仇是报了，部队却要离开老家了，结果从湖南到了陕西，又从陕西到了山东，千里万里转了大半个中国，终于明白了一个道理。为个人报仇是鸡心，为家族为亲戚报仇是牛心，为全中国遭受凌辱的人报仇就是天下心。李家常最后又加了一句，说："尽管这些人都跟你非亲非故！"

李家常还说独立营的事他零零星星也知道一些，前因起始也许不是很了解，但运河独立营被日本人偷袭这件事应该不是巧合，即便是巧合，也得有人为的因素。比如警戒布防不到位，比如派系纷杂互不信任，比如敌情不明失了先机，等等。总之，会有许许多多说不清的内外因素。至于徐州战场上的葫芦头阵地，先遭炮轰又最终失守，刚刚复建的独立营几乎伤亡殆尽，细想想，应该跟团长借机消灭异己没有关系。尽管你们之间曾经有过矛盾，团长回家祭祖那天还发生过刺杀事件，但整个186团也是元气大伤的，没有一个人从中获利。究其失败原因，也许是前线指挥欠妥，也许是最高决策层判断有误，整个徐州会战都是在仓促中进行的，责任已经很难划分了，即便分清也没意义了。

但是，李家常最终还是打消了就事论事的念头，他知道说得越细，越会陷入具体的矛盾纠葛中，而局外人的事后评判，往往带有主观色彩，况且又有背后议论首长之忌。于是李家常紧着又复转到培训上，说他既盼着马营长在培训班上出彩，又担心马营长太出众了回不来。马二梭一把按住李家常的手，说："李营长，好兄弟，我知道你刚才想说什么，你不说了，我也不问了。我只说一句，我与侯团长原本并没有私仇，我们只不过不是一类人。我犯的错他不会犯，他会不会犯错，犯什么样的错，那是他的事。他当团长也好，当师长也好，那是他的本事，我不嫉妒，也不眼馋。我再说一句，把独立营交到你手里，我心服口服！"

马二梭是沿着沙沟走的，走几步又回头望黑豆，说："丁连长你记着，李营长的命令你要敢错半个字，回来我搎死你！"扭转着又看吴春牛时，吴春牛却远远地闪在一边，远远地冲着马二梭敬礼，说他刚才是故意闪开的，独立营先前的事他摸不很清，他是后来加入的，他应该回避。吴春牛说："马营长，等你回来我也变成老独立营的人了，你只想着吴春牛不会当独立营的孬种就行！"

分区培训班设在刘沙坡村刘氏祠堂里，刘沙坡是运河湾里少有的大村，一个村子没杂姓。村子位于河套出口处的中心位置，说起来算是河套的咽喉，四周都是芦苇，地形地势跟马二梭第一次见团长杨甬力时的村子差不多，只是比那个村子大得多。这个村子里走出了一位运西地区最年轻的中心县委书记，还出了一个鲁西保安纵队的团长，团长是运北据点的刘雨生，刘雨生又与侯得章成了故旧好友，这都是马二梭没想到的。三十多个人集中在一个屋子里上课，吃饭分散在堡垒户，睡觉则是在地窨子里，地窨子是在祠堂后边的空地上现挖的，窨口吊着芦苇苫子。

马二梭很快就适应了这样的生活方式，只是记笔记有些吃力，许多字词听明白了就是写不出来。比如第一堂课是司令员杨甬力讲的，讲的是中国自鸦片战争开始的近代史，他想着这个鸦也许跟鸭子不是一个字，他还是努力想鸭子的鸭是怎么写的，结果他只画了一只鸭子，画得还不像。

除去听课记笔记跟不上之外，马二梭几乎忘掉了一切不愉快的事，精力分散时，他甚至还能想到父亲的身体。父亲在他的记忆里时而清晰时而模糊，每当模糊意识出现时，他会经心经意地去想，但父亲的形象一旦清晰如在眼前，他马上又会收回思绪，有时还会下意识地摇摇头，仿佛是故意要摇模糊的。至于家里的其他人，他也许想了，也许没想。马二梭不是个爱想象的人，该记住的，该想起的，他脑子里压根儿就没有，倒是仇恨会经久地留在记忆里。好在马二梭已经学会遮蔽了，只要没有人故意揭起那一层遮蔽物，只要不是故意勾拉他的记忆，他会把仇恨深深地埋下，当仇恨自己在某一个时刻里萌动时，他还学会了按压。总之，进了培训班的马二梭也很像个能文能武的合格学员了，连举止言行也有了变化，假若不是仇恨又被人有意无意地提起，假若马二梭在仇恨萌动的那个时刻里下死力地按住，他或许还能评上优秀学员。但是，该发生不该发生的还是发生了，尽管马二梭并不想犯错误。

事情出现在培训中间，按照事先公布的培训计划，前期的理论学习是第一阶段，第二阶段以军事为核心，授课老师不固定，主要是由分区作战部的薛部长担任。薛部长长征打娄山关时就是团参谋长，虽然年轻却是枪林弹雨钻出来的老资格。但是也有学员透露，说山东军区也可能会派专职的军事教官。马二梭知道军事课会涉及战场实例，而战场实例根本用不着记笔记，怎么排兵布阵，怎么攻守，他一听就明白。事实跟他判断的一样，作战部领导选取的事例是杨司令员指挥的吕梁三捷，马二梭眯着眼听，听着跟看见的一样。马二梭一下子轻松了许多，兴致也高涨了许多，但马二梭没想到接下来的军事课竟然安排了侯得章，侯得章竟然又题外发挥，再一次讲起了军人的文化素养与情操品格，而马二梭认定了侯得章是故意揭那块记忆遮蔽物的。

侯得章到分区汇报工作，作战部的薛部长正发愁任务占身，薛部长就拦住了侯得章，还把自己的讲义塞给侯得章，又用手指了个标记。侯得章算是临时代课。马二梭并不知道这一节，一看见侯得章出现在祠堂里，他顿时感觉全身不自在，全体学员立正敬礼时，他的胳膊很生硬，看着像是受了伤的。侯得章翻着看讲义，薛部长的讲义写得很笼统，也不连贯，字迹也潦草，他按着讲义讲了几句，到了需要阐述的地方，他就把讲义推到了一边。侯得章很会讲课，每一小节的起始点都像是讲过多次的，而且各小节之间很巧合地就过度成带有吸引力的起承转合。另外，侯得章还会把握课堂气氛，还会以诙谐变通枯燥，这样的授课方式一下子就调起了学员情绪，许多学员还发出了会意的笑声。

侯得章就在这个环节上环顾课堂，恰到好处地冲着某个方位扫视注目，那时候他也许看到了马二梭，也许只是善讲者的授课风格，扫视注目并不是针对具体的人或具体目标。侯得章还善于引经据典，而引经据典又不局限性地原句照搬。比如他看到讲义上有一句"兵者，诡道也"，马上就说这一句出自《孙子兵法》，接着就是反向阐述，说诡之道不是让军人当鬼扮鬼。前一个诡是攻其无备，是出其不意，是虚而实之、实而虚之，是置之死地而后生；而后一个鬼，则是以村野阴鸷之心度磊落君子之腹。这样的军人即便通晓用兵之道，也决不会成为好军人，充其量不过是靠诡诈之术，沾其一时一域的便宜而已。

如果侯得章讲到这里做个小结，如果侯得章不在诡与鬼的区别上过度发挥，哪怕他把大半时间都用自己的作战经历作战例，马二梭也许会以按压的方式坚持到课堂结束。但是，完全主导了课堂气氛的侯得章，已经讲顺嘴了，或者说，那样的课堂气氛变成了春汛冰融，戛然而止反倒与节奏不吻合了。侯得章是挥洒着铺展开的，说凭一己之勇，莽撞冲杀的军人算不上真正的军人，真正的军人应该上升到文化层面、情操层面、人格层面，否则就是蛮横之勇、狡赖之勇、暴虐之勇，二者有着天壤之别。军人情操应该是高尚的、磊落的，充满博大胸怀与远大理想的。他的言行就是民众之操守，他的举止就是民众之楷模。反之，他就是个携带武器的村野蛮夫。家风不正无以养孝廉，荣耻不分难以立正气，尚卑不辨羞以示身范。有家室而视如草芥，窃人妻又念念不忘，这样的军人配谈军民鱼水吗？除非是甘愿自毁长城。无法想象，一个作风不检点，操守不规范，或者完全无操守的指挥员，会把部队带到正途上！这样的军人值得民众瞩目吗？值得民众敬仰吗？而没有民众瞩目、敬仰的军队，还能获得民众拥戴吗？

马二梭愤然而起。

在踢翻当凳子的砖垛时，马二梭还冲着墙角呸了一口，然后他径直走向讲台，说："请问侯团长侯教官，薛部长的讲义上是这样安排的军事课吗？你恶心我马二梭可以，一个宁愿一死也要炸堤淹日军兵营的女人，你也捎带着作践了，这就是你当团长的操守，你这也叫磊落？"

侯得章一时语塞。

悔意出现在侯得章脸上，脸上流出了汗水，他在那一刻里已经意识到，自己刚才的阐述是有些过度了。但在马二梭极度愤怒的目光里，要让他马上道歉或者竭力否认，哪怕是修正，都不容易，于是侯得章捂着胸口长舒了一口气，说："我刚才并无所指，请你回去坐下。"

学员来自各个部队，彼此之间并没有多少了解，营长马二梭与团长侯得章之间到底有哪些恩怨，没有人说得清。有些人的好奇，完全出于马二梭口中的那个炸堤女人，至于马二梭与那个女人的关系，许多人只能靠猜测和想象。但马二梭在课堂上生硬质问，甚至是以不敬的口气，当面顶撞团长教官，这是为军纪所不允许的。在这一点上，马二梭有错在先。值日班长拉回了马二梭，又帮着垒好砖垛，侯得章接着完成课时，所有人都能感觉到，团长教官接下来的授课，明显少了趣味。

课堂风波很快传到分区首长那儿，司令员杨甬力在培训班开班之后的第四天就去山东军区开会去了，分区政治部马上做出处分决定，马二梭记大过一次，书面检讨交政治部存档。政治部的岳部长给培训班讲过政治课，政治课讲的是理论，马二梭许多地方听不懂，记笔记时总是望窗外，岳部长对马二梭的印象不好。岳部长是山东军区前期派过来的地方干部，先前担任的是统战工作，省城读书时跟侯得章同级不同班，毕竟也是同学。岳部长入学第二年就加入了党组织，算起来比侯得章参加北伐军还早半年。岳部长到了运西军分区就听人说到了侯得章，见面之后很快就有了共同记忆，两个人都有许多感慨。马二梭对这些毫不在意，也不愿多想处分的轻重，他的情绪一直在仇恨中纠结着，他没办法再与侯得章正面交锋，孰是孰非，都是他有错在先。还有，他无法也不能，把一个已经为他落得尸骨无存的女人拿出来品头论足，别说是处分，即便是拉出去枪毙，马二梭也不会把那样的记忆遮蔽物亮给他人看。那个女人是属于他的，她是他永远的记忆，那样的记忆只能封存，甚至不能成为话题。即便是他马二梭自己，也没权力像晾晒被子一样，太阳一出就拉出去摊开。马二梭能做的只有不去听课，尽管他的举动类似于孩子赌气，而侯得章偏偏要代作战部的薛部长三节课。

马二梭给值日班长的理由是正在写检讨，事实是他一个字也没写。值日班长也对马二梭有了看法，紧着又跟政治部的岳部长汇报，汇报完了又红着脸笑，说有人看见马二梭还戴着兜肚，兜肚是红的，上边缀着个粉紫色的补丁，看着跟人眼差不多。政治部主抓培训班，岳部长惊诧着摇头，越发认同了关于军人品格的观点。侯得章在军事课上阐述军人情操与军人品格，不仅必要，而且及时，那种没有文化支撑的杀伐蛮勇，不应该成为部队的导向，更不用说生活作风上的不检点了。军人无小节。岳部长要给马二梭更严厉的处分，薛部长不同意，说他要跟马二梭再谈谈，还说马二梭是司令员点名要的，即便要做二次处分，也最好是等司令员开会回来。

岳部长想了想，忽然说："那更好了，省军区的会议应该快结束了，就让他带人去接应司令员吧。"薛部长想着岳部长一准是要甩包袱，把个难驾驭的学员推给首长，如果司令员依旧偏爱这样的军人，那就让他看看马二梭的精神状态好了。薛部长笑了笑，说："我再试试，如果他仍然有情绪，硬逼着听课他也听不进去。不过，要不要派人接应，怎么接应，得由敌工部安排。"岳部长马上接一句，说："接应司令员是头等大事，既是军事行动，也是政治任务，敌工部不会不明白。"

薛部长没想到岳部长不只是甩包袱，带人接应司令员，返程路线不确定，时间节点不确定，沿途敌情不确定。更关键的是，接应人除了要善于应对突发变故，还要有与沿途群众打交道的能力，而日伪安插的眼线又常常敌我难辨。总之，马二梭接不接这样的任务，都已经处在两难之中。薛部长蹲在地窖口看马二梭，马二梭嘴里咬着铅笔，铺开的纸上还是没写一个字。于是他故意绷着脸说："马二梭同志，我现在给你两个选择，一是今天下午完成检讨，二是拿命担保去完成一项绝密任务。选吧。"

马二梭吐掉铅笔站起来，说："什么时候出发？"

薛部长从地窖子里走出来就后悔了，他意识到自己的语气与用语带有明显的倾向性，好像是故意使用激将法的，像马二梭这样的血性军人，激将法能让他们宁死必往，而他的本意并非如此。回到机关他又对岳部长说起他的感觉，岳部长淡然一笑，头偏转着望门外，冷不丁地又问薛部长知不知道《岳飞传》上的牛皋，说牛皋是福将，本事不为先，出入番营却可以杀进杀出。薛部长小时候听过闲书，知道牛皋是岳飞手下的大将，出了政治部，再想出入番营却可以杀进杀出那句话，忽然想起汤怀也是岳飞手下的大将，汤怀入番营，杀进了却没有杀出，结果死在刀斧之中。薛部长生出了一种莫名的沉重，思忖着又去祠堂，想着再跟马二梭叮嘱几句，马二梭却去分区敌工部要人去了。

兰兰她们是在课堂风波之后的第三天找到的新一团，那时候侯得章刚刚回到团部，侯得章看见三个人进来，先瞥的是金猪，接着又跟二叔打招呼，等到要跟堂妹兰兰说话时，他说的是："紧着去看马二梭吧，他现在是个人物了，他眼里连团长也没有了！"

三个人紧着又连夜往分区赶，马二梭他们是半夜里出发的，比他们早了差不多一个时辰。兰兰怔怔地望着地窖口，喃喃地自语，说："梦里不是这样啊？"

192

第十二章

假若金猪在太阳要落时见到马筢子，他一定会说他其实不想到部队寻找二叔，也不赞成二婶兰兰找二叔，但是他想拦也拦不下，因为没有人听他的。他不知道二婶兰兰的娘家爹是怎么想的，非要他跟着，而爷爷不过是老糊涂了，才想着让二婶兰兰找二叔的。

金猪那几天一直盯着侯登科家的新大门，马筢子教给他见了侯登科怎么说，他一听就明白了，知道马筢子要利用日本人福山除掉巡逻队的狼狗，那样的办法可能有用，也可能没用，总之是多个办法就比没有办法强。金猪绕圈子问爷爷知不知道妖菇草，说冬天拿妖菇草逮地兔子，地兔子吃了就犯迷糊。马步正说，河套里闹响马老雀时，听说仙爷用过妖菇草，要做绑票生意得先把看家护院的狗弄了，仙爷就让人拿妖菇草做成肉丸子让狗吃，吃了就迷怔了。马步正忽然勾着眼角看孙子，原本要质问金猪的，话说的却是妖菇草有荤腥味，长得像个草形，其实并不是真草，草食性的活物闻见就躲。金猪果然跟侯登科说了那些话，尽管他说的是吃狗肉，他还流着口水当成忍不住谗，但他分明觉察到侯登科是另外动了心思的，往回走时，他又绕弯看了村子东北角白面瓜家的宅基。金猪不会猜想二婶兰兰是故意编的假梦，二婶兰兰的梦让马家人脸上都有了喜色，金猪也跟着高兴，只是没想到爷爷会下那样的大决心，看着像是再也憋不住的。

兰兰做梦是真的，兰兰跟婆婆马刘氏说了，马刘氏又紧着跟马步正学话，马步正立马下了大决心，不管野马星儿子是怎么想的，不管他是个军官还是个大头兵，他都得让媳妇怀上孩子，马家不能到了二梭这一支就绝后。马步正下了大决心就让孙子金猪请来亲家侯登榜，马步正还说他不能再憋着了，憋也憋不住了，兰兰得去找二梭，越快越好。

事情起得突然，金猪没等到马筢子回紫云寺，当天下半夜他们就动身了，几十里路走了两天，找到地方了，人却离开了。兰兰带着哭腔，说："金猪，你二叔又走了。咱来了，他走了……"金猪说："二婶你没说对，二叔不知道咱们来。"金猪纠正着又拽住二婶兰兰的袖子，示意她不要在脸上显出来，更不能哭，最好把做过的梦忘了，忘不了也不要说出来。金猪稳住二婶兰兰，又岔开话头要侯登榜看这里看那里，说他想也不敢想，土屋土院的村子里竟然藏了千军万马，分区领导竟然还跟着推磨推碾。金猪说："登榜姥爷您看出来了吗，祠堂里的黑板是拿独扇门当的？您看，那边还有窝棚……"侯登榜挥着手拨拉金猪，金猪被他拨拉得站不稳步，手挥舞着跟打架差不多。侯登榜的嘴唇一个劲地颤颤抖抖，脸上还青青紫紫的，看着就知道是生了大气的。侯登榜说："人呢，我拿两个手托着心尖子跑了几十里路，我还跟个遛街狗一样这里躲躲那里藏藏，我还是下半夜动身上路的，结果我连儿子也没见着，我连姑爷也没见着。儿子得印去哪里了？我强忍着不想也行，不问也行，姑爷二梭呢？他是地兔子啊，说跑了就跑了。他早不跑，晚不跑，单单相差一个时辰，他咋能会掐点啊。自己的媳妇来了，自己的老岳父来了，他咪溜没影了。就这？不管不问了？我看黑板白板弄啥，我有那份闲心啊？"

金猪推着侯登榜往僻静处躲闪，又压低了声音说："登榜姥爷您怎么又忘了，二叔去执行任务了。"

侯登榜又把眼瞪大了，说："金猪你再说执行任务，我连你一块打！兰兰过门几年了，他不是受伤了，就是挂彩了，不受伤不挂彩，他又出差执行任务了，千军万马里就他会执行特任务啊？我就不信人家当官的单找他执行任务，他是软柿子啊，谁愿意捏谁捏，他是软柿子吗？"

金猪没想到闷葫芦侯登榜也成了个会说的，侯家老宅里三兄弟，会搅和会缠人的是老三侯登銮，侯登銮的伶牙俐齿，常常把装了一肚子理的闷葫芦二哥绕成一锅糊涂粥。但现在侯登榜也变成了绕圈子说话的，甚至连语气也跟老三侯登銮一样，每一句都带着反问，那样的反问还不好应答。金猪不敢笑，也不敢再让侯登榜看这里看那里，脸上急出汗来，只好反过头来再向二婶兰兰讨主意，说："咋办啊二婶？你看姥爷他……嗓门还高。"

兰兰抽泣着叹息，转着身子望过去过来的人，所有人都穿着灰不灰蓝不蓝的衣服，所有人都像一个模样，所有人都是急着走动的。走过的人身上都有脑油味，脑油味从领口里、袖口里飘出来。她记起二梭受伤的那一次，二梭也是一身的脑油味，脑油味把一个窝棚都灌满了。兰兰有很多话要说，兰兰还想拦住问人家家里有没有媳妇，要是媳妇给带了洗换的衣服，替换下来的脏衣服能不能在部队里洗。兰兰最终又把想说的话咽回去了，她冲金猪点点头，走到侯登榜身边时，她说："二梭执行任务了，爹，咱回去吧。"

侯登榜举起手来要打兰兰，没打，手抓的是兰兰的衣袖，说："你还真信了是吧，你还真以为他是执行任务了，傻死你算完！要回去也得问个明白，我倒要看看是哪个长官派他出去的。要是都不知道，要是都说根本没有这回事……哼，我不说你也得知道是啥意思！"

金猪冲着侯登榜摇头摆手，意思是部队里不允许瞎打听，再说了，分区这么多人，未必人人都知道二叔去了哪里。金猪忽然记起团长侯得章说到二叔时，话里是带着几分气的，说不定侯得章又向领导打了二叔的小报告。金猪摇头摆手是提醒侯登榜的，即便要问要打听，也得揣摩好了趁着劲来。一个警卫员远远地朝他们招手，说："老乡，岳部长请你们过来。"

岳部长亲自给他们倒水，满满地倒了三碗，警卫员要给岳部长倒，岳部长把他支出去了。岳部长还让警卫员给炊事班传话，说学员马二梭同志的家属来了，伙上多做三个人的饭，饭票由政治部出。岳部长推着水碗又冲他们笑笑，说："你们三个我能猜对两个，这个小伙子我没把握。喝水吧，我这个当部长的只能让你们喝白开水了，别见怪啊老人家。不过，咱们运西地区的河水也比东部盐碱滩上的井水好喝。"侯登榜是生平第一次跟部队的官长面对面说话，尽管他不知道部长是多大的官，但岳部长笑眯眯的模样，还是给侯登榜留下了深刻的印象。岳部长坐下来之后又叫了一声老人家，还问侯登榜多长时间没见过姑爷了，姑爷既然是身边家门口的，那一定是看清了人品摸清了底细的。挑女婿跟儿子找媳妇一样，都是要的称心如意，一个女婿半个儿，脚跟前伸手抓一个，可见老人家是个会盘算的。侯登榜顿时涨红了脸，先是手在脸上抓挠，又呼呼哧哧地喘粗气，一连声地说："快别说了，快别说了！"

侯登榜原本是要说长话的，强忍着闸住，说先前的那些都不说了，说也说不清，说清也没法说。侯登榜说，让他连喝三天白菜豆腐汤他也想不明白，把他的脑子挖出来，拿清水淘洗了再晒干他也想不明白。为什么一到小两口该见面了，马二梭那里就要出新枝冒新芽，不是这样，就是那样，反正是堵不到一个窝里。"谁能给我说明白这是为什么？远的不说了，说起来三天三夜也说不完，咱只说近的，咱只说眼前的。我们脚赶脚地过来了，他却没影了，说起来还是前后脚，这个巧劲是怎么来的？执行任务非得他去？我要说你们是故意安排的呢？亲家那边一遍二遍地念叨，说小两口几年了也没个孩子，两个人不照面哪来的孩子，拾坷垃啊，一弯腰捡一个？"侯登榜说，"我请问长官岳部长，马二梭执行的啥任务？执行任务就非得他去吗？"

岳部长笑得哈哈的，说长官称呼得免了，要是不习惯喊小岳，那就叫他岳部长。岳部长说，老人家的词语真丰富，用拾坷垃打比方，打得也巧妙，还形象还有趣。岳部长说，他尽管不能完全解答老人家的疑团，他甚至连跟任务沾边的话也不能说，他还是真切地感触到了老人家的困惑是发自内心的，这让他很感动，同时也为马二梭同志拥有这样的亲属而欣慰。但是，马二梭同志总是在本该如此时偏偏不如此，这也使他感到困惑，以至于他只能用如此来代替那个意思。岳部长又把目光转向兰兰，说："你叫兰兰是吧？兰馨之兰，馨香如兰……哎，听说你还为马二梭同志做了一件兜肚，是草绿色的吧？"

从三个人进屋坐下，岳部长就给了兰兰极大的关注，岳部长的关注不是盯着兰兰看，也不是过度的热情。准确地说，岳部长只是以眼睛的余光瞟了兰兰一眼，那样的一瞟对任何一个陌生人都是恰当的，但岳部长却在那样的一瞟之后，感觉着自己的心里倏然荡起了一丝隐隐的痛楚，仿佛兰兰是他记忆中的故友，或者家族中的某位亲者。事实上，岳部长的家人和故友中，并没有如兰兰一样的人，他的奇异感觉完全来自一瞟之中的瞬间培植。

瞬间培植的错位来自兰兰的眼神，那样的眼神是他不曾见到过的，也许是忧郁，也许是惆怅，也许是希冀，也许是渴望，一股脑儿被一颗颤酥的柔弱的心包裹着，生发着。岳部长瞬间培植了一位与他不相干的年轻女子，或者说是有着异样眼神的少妇。在那一刻里，岳部长认定兰兰心里藏了万千哀怨，哀怨不会无根而生，催生少妇兰兰万千哀怨的，一定是那个蛮横的粗野的完全没有文化品味的丈夫。于是，岳部长说了绿色的兜肚之后，马上就目不转睛地盯住了兰兰。他希望兰兰应答一句是的，兜肚是草绿色的，哪怕兰兰说成蛋青色，或者干脆摇头示疑：兜肚？二梭身上戴着兜肚，不会吧，我没给他做啊？至于为什么要用这样的方式诱导兰兰，最终又能达到什么目的，岳部长自己也不清楚，他只是隐约地心疼这个年轻女子。

兰兰面红耳赤。

兰兰没想到八路军的官长会当着长辈人的面说到兜肚，她从来不在人前说，说到兜肚时她还会脸红。大嫂春子和婆婆也曾经问过她，春子嫂是猜疑着问的，婆婆马刘氏却说她想得周全，还说她是二梭的福神，还说她是马家的福神。侯月娥偷着把给马笆子做的兜肚送给她，侯月娥还让她在兜肚上点个血手印，侯月娥还说二梭穿戴上浸着兰兰血的兜肚，两口子的心就算永远

196

地连在一起了。兰兰当时的心怦怦着，她那一会儿还憋得喘不出气来，她是在胸口上捂了一阵子才用血点的，点过了才看着是个心形，二梭果然当成了宝贝，戴上了再不肯脱下来。二梭受伤了，枪子打断了兜肚襻带，落到胸口上了却没穿透胸腔，二梭昏迷了几天又活了，要是没戴兜肚呢，要是不让襻带挡一下呢，说不准枪子就直直地入了心脏。她是在二梭昏迷中看到的红兜肚，红兜肚上钻了窟窿，她要把窟窿补上，又找不到合色的布料，她铰的是自己的粉紫色内衣，二梭竟然还是当宝贝一样穿戴着不下身。

兰兰又记起来之前做过的梦，二梭在梦里跟她说话，还说她打的补丁是个迷人的桃花眼，可见二梭是想变着法儿跟她说趣味话的。人在什么时候才说趣味话？要么是心情好，要么是心里亲密，要么是想媳妇了，又不愿意当着媳妇的面直白白地说出来。但是岳部长是怎么知道的呢？知道了为什么还要说成草绿色，二梭决不会敞着怀让别人看的，看也不会把红色看成绿色啊。兰兰羞臊着回望岳部长，看见岳部长不眨眼地瞅她，金猪还一个劲地跟她使眼色，兰兰就低下了头，说："岳部长你看错了吧，按说一红一绿不搭界啊？"

侯登榜也不喜欢岳部长问那些话，那些话是拉扯舌头的老娘们说的，他还是追着问二梭执行的是什么任务，还说有任务也不能永远执行，他倒要看看二梭回来怎么说，回来了总不能马上再执行任务吧。侯登榜说："岳部长，八路军不至于把家属赶到荒郊野外吧？"这句话又让岳部长笑出了声，岳部长还是一口一个老人家，还是夸赞侯登榜说话还幽默还风趣，说如果马二梭同志正好在这里，他一定会给他们照一张全家福。还有，不管有多大的困难，他也要给小两口安排个住处，尽管八路军有铁的纪律，但在成全一对恩爱小夫妻的团聚上，铁纪律也得变成棉花绒。岳部长说："兰兰，沾喜庆我称呼你小妹妹吧。小妹妹，我还是困惑，老人家刚才反复说，马二梭同志总是在关键时刻出现意外。我是说，打比方说，眼看小两口就要团聚了，他又突然有了变故，这是为什么呀？"

兰兰再一次面红耳赤。兰兰捏着衣襟要站起来，先站起来的是侯登榜，侯登榜咕咚咕咚地把满满一碗水全喝了，又示意兰兰和金猪也把水喝了。侯登榜说，先前光是听说八路军跟老百姓分不出来，亲眼见了才知道是真的，尽管衣服穿戴有区别，但是说话也跟老百姓一样实在。该见识的也见识了，也算开了眼了，小两口这一次没机会团聚，那就再等机会。一辈子早着呢，

桃 花 瞳 197

越是恩爱夫妻越不能在乎一次两次不照面。侯登榜说："岳部长，不能再耽搁你的大事了，我们准备回去了。"

岳部长拦着让他们先吃饭，还说执行任务的人很快就回来，即便今天明天回不来，最多也就三五天，他们完全可以在这里等着马二梭同志回来，反正回去也是过冬闲。岳部长还喊警卫员带他们看住的地方。侯登榜摆着手拦挡，也不让岳部长送，走了几步又退回来跟岳部长施礼，恭恭敬敬地鞠躬，鞠了躬又让岳部长传话，说他的好姑爷二梭是干大事的，干大事的人得心里装着天下，心还得是正的，要是心里藏些七拐八绕的，当了大官也干不好。他又说千万别让二梭恋家，要想着谁家都有恩爱夫妻，谁都愿意窝在家里好吃好喝。想好吃好喝就得先把日本人打跑，就得打下个太平盛世，真到了那一天，小两口想怎么恩爱就怎么恩爱，生了孩子，起个名也叫恩爱。侯登榜后来还红着脸臊自己，说自己刚才是故意装着生气说反话的，其实是不想让部队官长训斥二梭恋家不舍。二梭如果能去掉这个小毛病，二梭这个姑爷就天生是个当兵的料，当了官也会是个好官，因为二梭这孩子心正，心实诚。

侯登榜最后又冲岳部长挥手致意，说："岳部长，二梭跟着你这样的好官长，一定会成为好营长，升成团长也错不了！"

三个人是故意说笑着离开分区的，上了路之后，金猪抱着侯登榜的腿要下跪，没跪下，又学着军人的样子给侯登榜敬礼。金猪说："姥爷，我这半天的心都是揪揪着，没想到您后来又说了那些话，二叔得敬您一辈子，反正我是服气死了！"

侯登榜前后看看，忽然长长地吐一口气，说他越听越咂摸着不对劲，这个岳部长总是冷不防地换话题，你要说的是这样，他偏偏往岔道上领，他专要听你说秃噜嘴。侯登榜说："快走，赶快回家！"

金猪想着侯得章急着催他们到分区，要是他那时候已经知道二叔出发了，催着他们过来就是没怀好意的。金猪不好明着说这话，他说："我感觉这个岳部长跟侯得章说话的口气差不多，话里藏着话。姥爷您想想是吧？"

兰兰的脸上还是热辣辣的红，到后来她还拧自己的脸，说她现在是后悔的，要是二梭因为她误了前程，她能后悔一辈子。侯登榜没埋怨闺女，也没说该不该来，他是自语着说低声话的，说："找个机会得提醒二梭，得章那儿他得加点儿小心，毕竟得章是团长。还有，在这个岳部长跟前也不要使性子……"

因一个梦引发的探亲之行，给兰兰本人带来了巨大的心理障碍，对二梭的思念与空守的委屈，完全被一种莫名其妙的忧虑取代了。她开始谴责自己："你做了那样的梦，稀奇也好，不稀奇也好，你做就做了，你干吗说出来啊？你还说给婆婆听，你还把梦里的情景一遍遍地给婆婆描述，你描述的比梦里的还详尽，你那是啥意思，不就是想让马家人相信二梭已经喜欢你了吗？二梭出现在你的梦里，梦里的二梭还跟你说趣味话，你把那些话只记着不行吗？光记着不说出来不行吗？梦是什么，梦是心里想。心里想的偏要说出来，说出来还是梦吗？你做的梦你记着，他做的梦他记着，两个人都记着各自的梦，合起来不就是一个梦一颗心吗？二梭这一次与他们前后脚错开，一准是被说出来的梦冲开的，夜里的梦变成了白天的阴影，阴影变成了头顶上的云彩，是块丝丝缕缕的浮云倒罢了，要是藏雨裹冰的乌云呢。乌云罩着你，你顶多生个灾闹个恙，乌云罩着二梭，二梭身上就落下黑斑黑影了，你这不是活活地给二梭添累赘吗？"兰兰恨不得撕自己的嘴。兰兰回到家就病了，她感觉头很大，手脚却是软绵绵的，但她只在床上躺了半顿饭的工夫，接着她就下了床。兰兰见了人还笑得咯咯的，任谁也看不出，她心里其实很苦，也很纠结。

探亲的三个人都不会知道，他们与分区政治部岳部长的谈话，最终会变成马二梭人生旅途上的碎砖石，尽管他们对岳部长已经有了警醒，侯登榜还在最后做了天大的修饰与遮掩。马二梭后来成了侯得章的刀下鬼，那时候岳部长也已经回到地方，担任的是运西地区的保卫工作，级别上比当了县长的侯得章高半个格。假若没有培训班的经历，假若岳部长从来没见过兰兰，他也许会让侯得章换个角度理解政策。岳部长即便打个暂缓执行的电话也可以，如果岳部长真打了那样的电话，马二梭很可能死不了，因为执行死刑之后不久，司令员杨甬力从大西南到北京开会，路过山东时还向人打听马二梭，说这个人他很难忘记。探亲的人不会知道以后的事，冒险执行任务的马二梭自然也不会知道，马二梭甚至都不奢望，他是否还能活着回到运西军分区。

金猪也失望着没见到二叔，他原本要说艳子住持已经有除掉狼狗的主意了，如果那个小日本鬼福山真能得手，他会把白面瓜家宅基上的脏污清除掉，年后开春，他还想在那儿撒些紫柳花籽……

第十三章

马二梭上了路才意识到执行的是个棘手任务。敌工部有一张山东地图，先前说的是让他带着，后来又不让带了，敌工部给他画了一张图，运河东边写了几个城镇名字，最后的箭头标志是蒙山。蒙山在东，运河在西，其间相距近二百华里。公路画的是粗线，但粗线并不连贯，走向也忽南忽北。如果不是接应司令员杨甬力，马二梭甚至不知道运河东边还有个蒙山，现在知道了，也只是个方向，他最想问清司令员去时走了哪条路，问谁都说不知道。敌工部的人却盯住了马二梭，盯着要马二梭下保证，怎样保证接应准确，怎样保证司令员不出意外。马二梭说："我拿命担保。行了吧？"敌工部的人说："不行。你没命了拿什么保护司令员？"马二梭急得嗷嗷的，带着警卫班要出发，敌工部的人又拽住了他，这一次是要马二梭说出应变措施。马二梭就忍不住了，说既然要应变，那就是随机应变，他即便这一会儿说出一百个措施，保不齐一个也用不上。

敌工部之所以不说司令员去时的路线，是怕马二梭只认原路，失了灵便，而司令员可能原路返回，也可能另选新路线，因为敌情随时都有变化。也就是说，除了东西两个点是固定的，其他的都是未知数。但是，马二梭还是有一点不明白，既然知道司令员结束会议的时间，既然要派人去接应，那就应该告诉他司令员往返的大致路线，哪怕是多种可能。敌情会随时出变化不假，要是敌情没变化呢，司令员就没必要撇开原路，那么，告诉他去时走的哪条路不就完了吗？马二梭临走又踟蹰，踟蹰着想跟敌工部的人说他的担忧，还想说敌工部理应先把司令员的往返沿途摸清，司令员毕竟人生地不熟，出了危险连个躲闪也找不到。话到嘴边又忍住，心里急的是紧着上路，紧着接应司令员，尽管他自己也糊涂着该怎么选路线，起码他对运河两岸是熟悉的，起码他还带着十几个人。马二梭最后还是没忍住，走了几步又返回来，说："司令员要穿越敌占区，不是赶闲集！"

马二梭这句话实在是太唐突了，敌工部与政治部、作战部一个级别，同属分区三大机关，同样是他的上级，他莫名其妙地说出一句唐突话，话里还有责怪敌工部的意思，无论怎么论，都是不妥当的。当然，如果把唐突理解成马二梭心系司令员的安危，是情急中的脱口而出，言辞虽欠妥，但诚心却可鉴，那就另当别论了。其实，马二梭并不知道，司令员去时带了三个警卫员，去之前的一个星期，敌工部还派便衣打了前站。因为沿途要穿越日伪军封锁线，司令员和警卫员都做了化装，上路之后先联系的是地下交通站，由于运河东区与运河西区是各自建立的交通战，司令员他们过了运河之后，一切行动得听从东区的安排，走哪条路，什么时间走，用什么方式，完全由带路的东区交通员临时决定。这一次派人接应，并不在原定计划之内，也就是说，让马二梭带人接应司令员，也完全是随机性的。还有，过了运河就是敌占区，除非拥有千军万马，可以横冲直撞，可以一路前往，否则，司令员是带三个人还是带三个班三个排，几乎没有区别。

岳部长从隔壁屋里走出来，望着马二梭的背影，又冲敌工部的人笑笑，说："怎么样，这个马二梭够刺儿的吧？"敌工部的人没笑，他们是望着远去的背影感叹的，说马二梭其实心很细，他自己心里如果没有许多可能，他就不会说那句话。敌工部的人说："话糙理不糙，这个马二梭还真叫人爱恨两难。"说过了又偏过头瞅岳部长，说："岳部长你意识到了吗，稀里糊涂地派人接应，也许都不安全。更关键的是，我们只能让运西交通员带他们过运河，而运东地区的地下交通站，我们并不完全掌握……"

岳部长又从隔壁屋里探出头来，说："从安全系数上说，多个人就比少个人强，毕竟司令员没带队伍，况且马二梭又勇武过人。"

过了运河之后，马二梭才真正感觉出，接应任务的艰巨远远超出了他的想象。首先是运西的交通员只对交接的第一站负责，而第一站的交通员又被保安纵队拉去挖封锁沟去了，他的妻子可以往第二站转送，但她只记得第二站要找的是谁，接头暗号却不知道。运西的交通员急着回去，按纪律他不能介入第二站的具体行动，他只能跟马二梭说含混话，要么等着挖封锁沟的人回来，要么先由他妻子送，送到之后再说。马二梭一会儿也等不得，说："大嫂，你只告诉我们司令员去时走的哪条路就行了，不用你去送，反正最终是到蒙山。"交通员的妻子上下打量马二梭，眼神里充满了混合着诧异的怪罪，说如果不是自己人送过来的，她会怀疑马二梭他们是假扮的八路军，尽管他们的举止看着不像假扮的。她说："同志，你犯忌了，你不应该让我知道要接应的是哪位首长，更不应该告诉我目的地是哪里。记着，只说去东边下一站……还有，你们为什么不换便衣？"

马二梭一时有些窘迫，以这种形式执行任务，他还是第一次。另外，没有人要他们换了便衣出发，他们离开分区的时候，敌工部的人是看见了的。马二梭只好跟交通员的妻子说好话，说他的确对地下交通不了解，他只想越快越好，他只想紧着与要接应的人会合。交通员的妻子没再责怪马二梭，她还从锅里取出一筐子煮红薯，让马二梭他们吃了上路，当马二梭拿了一块外皮是橙色的红薯时，她又抿着嘴笑了，说她不听口音也知道马二梭是河西北乡的，知道外皮橙色的是又面又甜的黄瓤红薯，却不知道靠锅边有煳饹馇的最甜，可见马二梭是个会吃却没做过饭的。马二梭有些敬佩交通员的妻子了，甚至还恍惚着感觉她身上有白面瓜的影子，这种意识刚一闪现，他就紧着掐断了。于是他尴尬着笑了笑，笑得很别扭，看着像是硬挤出来的。

交通员的妻子进里屋跟婆婆叮嘱了几句，接着就挎起了包袱，包袱里是个白萝卜，萝卜刻成个娃娃形，娃娃脖子上系着红布条。说遇到盘查的，她就拿这当幌子，怎么问都是去泰山奶奶庙拴娃娃，去时就说想拴个又白又胖的，返回时就说拴来了。望望马二梭，她又说："你刚才说，只想紧着与要接应的人会合，这样说就对了。你记得还真快。"

路上还算顺利，因为是下半夜，路面朦胧着也能勉强看清，但是离运河越远，地里越显空旷，不像运河以西，收了秋庄稼之后，原野上还会有许多没割净的芦苇和蓬蓬扎扎的紫柳墩子，以及没来得及拔的棉花柴。已经是冬天了，空气显得很干燥，少了雪雨的麦田里，随着夜风飘散着淡淡的阴雨天燃烧湿柴草的辛辣味道，这是土地干涸透了的征兆。三星偏西时，他们来到一个只有几户人家的小村子，村子紧靠着公路，公路是南北向的。交通员的妻子让马二梭他们隐在公路沟里，她自己去村子东头的一户人家，再出来时，她身后跟着一个手脚麻利的中年汉子，中年汉子只是冲马二梭他们打量了一眼，随即就朝东南方向指了指，说："前边有情况，走岔道，太阳冒红之前必须赶到下一站。快走，越快越好！"交通员的妻子悄悄地扯扯马二梭，又压低了声音说："小兄弟，你们没换便衣，心里再急白天也不能上路。记着，出一丝丝差错，想后悔都来不及。"

差错最终还是出了，差错还是跟马二梭他们没换便衣有关，如果马二梭他们不在那一刻里主动出击，前后两个交通站都要暴露不说，已被识出破绽的司令员他们，也会陷入困境中。

中年汉子已经与第三站接上了头，但第三站却让马二梭他们就地隐蔽，行动要等到下一个天黑之后，原因是马二梭他们的服装太招眼，而那时候鸡刚叫头遍。还有，马二梭他们已经露出了倦态，要在太阳冒出之前的半个时辰里，再赶几十里路到下一站，几乎不可能，一旦路上暴露目标，他没办法对十几条生命负责。他把马二梭他们带到一个荒废的园子里，那儿有个地窖，地窖是存放鲜姜的，窖深大约三米，上半截是竖井，越往下肚子越大。窖口是秫秸垛，看着倒是很严密。马二梭下到井里看了看，上来就摇头，说上下要沿梯子，十几个人一上一下就得好几分钟，一旦被敌人察觉，一颗手榴弹就能把窖封死。而累乏的人最怕的就是睡觉，躺倒立刻就会沉沉地昏睡，有了情况也反应不过来。中年汉子埋怨马二梭钻牛角尖，说只要不暴露目标，敌人就不会到村子里来翻地窖，也就不存在堵不堵的问题。中年汉子还说，他可以利用这个时间到前边路上打探，遇到回返的人再通知马二梭他们，这样笨是笨了一点，但是安全。

马二梭还是想把黎明前的这半个时辰利用起来，能走几里是几里，总之是越走离得越近。赶不到下一站，就在半道上找地方隐蔽，天寒风大的冬天，荒郊野外不会有人注意他们，他们可以在漫洼里打个盹，有了敌情，随时就可以应变。中年汉子最终妥协了，他从袖筒里掏出一把辣椒，给马二梭他们每人一个，然后就上路了。辣椒提了精神，所有人都没了困意。太阳跃出由红变白的时候，他们赶到了一处丘陵地，丘陵地夹在两条小路的中间。中年汉子从怀里扯出一条口袋，口袋里是杂面锅饼，他说："同志们先对付几口，我到前边探探情况，交接之后我再回去。"

中年汉子是大跑着回来的，大跑着扔坷垃，坷垃砸到马二梭身上，马二梭打个激灵，说："别睡了，有情况！"中年汉子喘着粗气望马二梭，说敌人果然用了损招，他们为了安安稳稳地过冬，下了个命令专毁坏地窖，扔的正是手榴弹。一个窖里扔一颗，掀开窖口就扔，看也不看，扔了这家扔那家，逐村逐户，户户不落。中年汉子说他没敢进村接头，看明白了就紧着回来，他是担心马二梭他们听到爆炸声会暴露目标。马二梭忽然盯住了东南方向的小路，小路上出现了四个挑担子的人，说："快看，司令员！"中年汉子揉着眼辨认，先说了是他们，又说上一站一准是发现了敌情，赶在敌人进村之前让他们离开，好在他们都扮成了姜贩子。中年汉子说："别动，都别动，让他们过去，我抄近路赶到前边看情况，天黑之后我再来接你们……"

马二梭情急之中又一次犯了大忌，他脱口而出，说的是司令员，话出口了才想到了后悔。但接下来发生的变故冲淡了他的错误，司令员他们被随后赶来的敌人缠上了。逐村逐户毁坏地窖的是刘百湖的保安别动队，保安别动队一人骑一辆富士牌东洋车，车后架上绑着弹箱，这个村完了串那个村，路上骑得飞驰一般。也许他们并没特别注意贩姜人，他们只是一路摁着响铃，贩姜人往路边躲闪，摇摆的姜筐正好磕着车把。东洋车摇摆着摔倒了，爬起来的人端枪瞄准，别动队围住了四个贩姜人。丘陵地上听不到那边路上说什么，只看见有人从车上解绳子，还有人要掀姜筐。马二梭知道警卫员的武器就藏在姜筐里，掀起姜筐，一切都露馅了，而别动队不少于两个班。马二梭冲天放了一枪，然后又示意中年汉子向东南方向跑，说："交通员同志，赶快对着敌人跑，跑着喊抓八路！"

这边枪声一响，别动队先是打个愣征，接着就丢下贩姜人，呼叫着就地散开，成扇形向响枪处包抄。东洋车颠簸在冻土地上，速度跟在路上差不多，司令员杨甫力马上认出是自己人接应，四个人随即离开小路，并很快选准了伏击点。

呼叫着奔跑的中年汉子果然向着别动队跑，跑着朝别动队招手喊救命，跑着跑着又趴下，看着像是被什么东西绊倒的。马二梭他们就是在这当口开的枪，别动队倒下了四五个，其他人则骑着车子绕大圈子。马二梭又发出第二道命令，他让警卫班四人一组分成两拨，一拨抢了车子送给司令员，然后再原地阻击，另一拨分头引开别动队。就在别动队准备退回到路沟阻击时，中年汉子又呼叫起来，这一次呼叫的是："我不是汉奸，我只给刘县长报过一次信……"别动队又折回去，中年汉子趁机推起一辆东洋车，眨眼就消失在壕沟里，而马二梭他们又在相反的方向开枪了。

马二梭他们是在两天后返回的分区，警卫班有 6 个挂彩的，马二梭伤的是腿。腿上钻了窟窿，骨头没断，为了防止流血过多，马二梭在窟窿里塞满了棉花套子。所有人的衣服都是烂的。还有，所有人都跟饿狼一样，见了饭不管热凉。

马二梭拒绝谈论接应经过，也闭口不说怎么脱身甩掉别动队的，一个警卫班不可能把别动队全消灭，而在敌占区里亮明身份，无异于羊入狼窝。九个挂彩的伤员全被送到分区医院，敌工部找到其他归建的，希望从他们口中获知接应司令员的全过程，结果那几个警卫班战士个个面露凝重之色，后来他们又冲敌工部的人伸出大拇指，话说的却是半截话。半截话是："难怪人家当过独立营的营长！"作战部薛部长也想跟敌工部打听，结果打听的也是半截话，薛部长沉吟了一阵，忽然哈哈地笑起来，说："果然是一员虎将！虎不饿不下山，下山也不叫唤，爱叫唤的是蛤蟆。"岳部长迎着薛部长的话音走进来，讥讽着说马二梭是二唬，只有二唬半吊子才会把要接应的人抛到一边，生死不惧倒是勇了，首长的安危在哪里呢？他那边打了个痛快，司令员如果脱不了险呢？这些都是分区机关的议论，医院里的马二梭他们并不知道，司令员开会传达省军区会议精神时，突然发了脾气，发脾气的原因也跟派人接应有关系，马二梭也不知道。

司令员杨甬力是在会议间隙中去的医院，在这之前，司令员曾派人寻找过马二梭他们。派人是在他回到分区之后，派出的是敌工部两名便衣，给他们的任务书是打探马二梭他们的下落，无论死活。敌工部的便衣回来了，打探的是沿途据点，哪里都没有马二梭他们被俘的消息。战斗是发生了，好像是无意中遇到的别动队，别动队是下乡破坏地窖的。别动队遭到了马二梭他们的伏击，别动队应该是吃了亏，因为他们接下来再没顾上破坏地窖。双方应该各有伤亡，但是，没有发现警卫班牺牲的同志。总之，马二梭他们应该还活着，只不过是查不到下落，行动轨迹也是断断续续的，想找到他们难度不小。

岳部长截住便衣的话头，说他越听越糊涂，马二梭他们是去接应司令员的，他打的哪门子伏击啊，司令员已经回来了，他还在那儿跟别动队叫号，这样的接应也太出格了吧？便衣紧着解释，说他打探的经过就是这样的，至于为什么打伏击，一定是敌情发生了变化，如果一切正常，接应的人主动攻击敌人的可能性不大，除非不伏击就难以脱身。

岳部长越发显出疑惑，说："哎呀哎呀，我更糊涂了！伏击就是敌人没觉察，没觉察也就不存在难脱身，总不至于故意暴露目标吧？"

司令员杨甬力就让便衣回去了，说："开会吧。"

会议回顾了山东军区成立后，由于执行了在统一战线中坚持独立自主的原则，山东的抗战形势发生了根本性的变化，抗日武装力量也由薄弱变成了强大，让敌人追着跑的被动局面已不复存在。接着是传达今后的任务。面对日伪军收缩占领区时的锁链式扫荡特点，有条件的分区可以采取针锋相对的"翻边战术"，变被动为主动，以迎接抗战胜利的早日到来。参加会议的人都对"翻边战术"产生了极大的兴趣，讨论时，许多人都想着"翻边"不同于

"翻饼"，"翻饼"是整个儿倒过来翻过去，而"翻边"则含有由外而内跟进缠绕的意思。也就是说，今后再不用打一枪就跑了，而是脚跟脚地跟日伪军死磨硬打，直到把敌人掐死、砸死、揉搓死。许多人甚至还以运河湾里的织席编篓作比。织席先要轧篾子，轧篾子时并没有席的形状，一旦把经篾、纬篾交织在一起，最后就是锁边封口。编篓也是如此，也是交织着缠绕着锁边封口，锁住了封口了就别想挣扎。

司令员杨甬力就是这一会儿去的医院，他在马二梭身边卷了一颗喇叭烟，吸了几口又插到马二梭嘴里，马二梭呛得直咳嗽，他又把卷烟扯出来，要走时又问马二梭还有几条腿。马二梭愣了一下，试探着把伤腿伸出来，说伤腿也是腿，他还是两条，拆了绷带还是一蹦三尺高。司令员杨甬力托着马二梭的腿轻轻放下，说他可不想让野马星变成瘸子星，要走了又把口袋里的半包香烟掏出来，塞到马二梭手里时，他说："好兄弟，我要你的腿，也要你的脑袋，这两样你都得给我留着。抗战胜利了，咱们闭着眼摸对方，谁少一样谁就拿泥捏一个。"

香芝过来给马二梭换药，香芝是半侧着身子进的屋，她的头差一点儿碰到门框上。香芝惊诧着望马二梭，说她刚才路过分区会议室，离老远就听到司令员发脾气，司令员说，派人接应他说不上应该，也说不上不应该，他只是不明白，为什么全部归建的警卫班，还要被人这样那样地打探。一个班的八路军进了敌占区，伏击了别动队，救了被接应的人，还能全部返回，想想都是奇迹！司令员说他到现在也不明白，创下奇迹的马二梭，竟然还要被人猜疑，被人议论。不明白只能说笨话，笨话是他的姜筐碰倒了别动队的东洋车，别动队骂着要掀筐，而他们的枪就在筐里藏着。马二梭就是在那个节点上开的枪，马二梭把敌人引开了，马二梭引着别动队向相反的方向跑，结果他这个被施了救的人，反倒成了出入敌占区的传奇人物。司令员杨甬力最后说的是："真不知道我们的某些领导干部，心里是怎么想的，难道我们每个人都是赤金一样的光洁吗？"

马二梭不让香芝再说，香芝忽然又呀呀地说起后悔话，说她那天正好下连队送药，金猪来了她竟然没说上话，让她心里空落了好几天。马二梭忽起坐起来，说："香芝你说金猪来了？他怎么来了？"

香芝说："还有兰兰婶，还有兰兰婶她爹。三个人一块儿来的……"

香芝后来又说她隐隐约约地听人说过，兰兰婶她们好像是先到的新一团，侯得章没让她们去独立营，侯得章说你在分区成大人物了，兰兰婶他们接着就到了分区。香芝说："二梭叔你知道吗，兰兰婶一准是来部队看望你的，她一准不想马上回去！"

第十四章

侯登榜刚进紫云寨时，还想着到家先把几个鲜树疙瘩劈了。冬天湿气重，劈柴干得慢，劈得晚了，到年也干不透，还是提前劈了好。回到家却又懒得动了，院子里转了一圈，拿脚踢踢柴火垛，连手也不想伸，看见老三侯登銮扒着墙头瞅他，这才懒洋洋地抽了一根树枝。侯黄氏原本要跟他说许多话的，说兰兰留在军营里过冬天，兴许还得留下来过年，军营里过年包不包扁食，都是些粗手笨脚的男人，和面啊，调馅啊，擀皮啊，这些细活谁干。兰兰又是个闲不住的，兰兰一准是忙里忙外，赶着冬闲天送兰兰去军营，兰兰一准会比秋忙天还累，何况二梭又搭不上手。侯黄氏不眨眼地盯着侯登榜，侯登榜低着头，也不看她，也不搭她的话，侯登榜从进了侯家老宅就没说一句话。侯黄氏闷得难受，说："他爹，兰兰梦见二梭穿得齐整整地接她，二梭真接迎你们了？你看出二梭带着欢喜了吗？二梭是不是把房屋床铺都收拾好了？"见侯登榜还是不搭理她，前院里探头探脑的是老三侯登銮，侯登銮还把半个脑袋隐在砖垛后面。侯黄氏又说："你要累了就回屋歇着。你要不累就把劈柴劈了，就把厨房扫了，反正入冬年也不远了。也不干活，也不跟我说话，看不见那边的钩子眼啊。前脚出门，后脚就来打探，要是真亲近就别往歪里邪里想啊。看见了吗，那边的钩子眼又钩过来了？"

钩子眼是侯登銮的，侯登銮缩回脑袋，手扶着梯子，耳朵听的还是后院，听着侯黄氏还是一声连一声地嘟囔，他就进了屋。

侯登銮踩着凳子够房梁上的猪肉，猪肉是在镇上割的。运河湾里的集市上，什么都是可买可卖的，如买把韭菜，买棵葱，买棵白菜，单单把买肉

桃花瞳 207

说成割肉。运河湾里还把想吃肉说成肚里有馋虫了。割肉比买肉形象，说个买就成了极平常的买卖，只有一个割字是带着渴望的，带着期盼的。渴望是馋虫勾的，期盼是跟冬闲年节相关联的。一般的人家，不到年节是吃不上肉的，要吃也是偷偷摸摸地吃，怕的是被人鄙视为不会过日子。这样论起来，那个割字里又含了恨，恨着一年才捞着一次畅快的。买的人先是转着看这家那家的肉案肉架子，转着挨个儿掂量一遍，掂量的是猪肉的膘，膘厚的猪肉肥，膘薄的猪肉瘦。瘦猪肉卖不上高价，家底殷实的人家，街面上称得上人物的，先看的一定是厚膘猪肉，看着流出口水来，张口说一句："拣肥的，割二斤！"卖肉的搭一句："二斤是吧，好嘞，看着！"买的卖的都说狠实话，越狠实越显出是干脆痛快的，意思是忙一年了，不谗也得吃。狠实话里还有另一层意思：奶奶的，吃吧，吃了就是赚的。假若挑选的是整扇猪肉，那就不说割了，说的是："卖肉的，给我来一扇整的！"肉市上，敢说这话的不多，说了也没人相信，因为卖肉的接着就会答一句："整扇的，门板吧？"

侯登銮到镇上赶冬闲集，看见肉架子就拉不动腿了，拿手指点着喊了一声割肉。割的是肋巴，猪肋巴是花肉，剁馅包扁食是最好的。肋巴又分前肋、后肋。前肋肥瘦掺半，后肋连着肚子，肉暄，瘦肉不成形，肥膘不瓷实，能剁馅，煮熟腌腊肉就差些。侯杨氏每年冬天都会腌一坛腊肉，腊肉到年吃不完，开春再吃还是满嘴香。腌腊肉能切成肉丁配菜，还能切成片挂糊，挂了糊再煎就变成了肉坨，用来待客也拿得出手。但每年冬天的腌腊肉大多进了侯登銮的肚子，侯登銮喜欢吃零食，零食是切一片腌腊肉，拿死面锅饼夹着吃，吃得嘴巴油乎乎的。侯杨氏管不住侯登銮的馋嘴，侯杨氏就发着狠地多加盐，把个腌腊肉弄得比盐粒儿还咸，侯登銮只能多吃死面锅饼，切一片腌腊肉够吃一天的，喝再多的水还是渴。侯登銮割的是前肋，割回来就要侯杨氏煮，说到吃时还把腰带悄悄松了一把。侯杨氏恨着侯登銮吃零嘴，故意把肉挂到了房梁上，找的理由是家里没有干劈柴。侯杨氏看着侯登銮上了凳子，她就拿着擀面杖敲打凳子腿，说老鼠窝里放不下剩干粮，眼睁睁地看着猪肉，不啃几口能馋死。侯杨氏说："再忍几天忍不住啊？亲娘哎，你还是整个儿吞了吧，省得我再费柴火煮了。真吃啊，真吃就把得才喊来，总不能光你自己抹嘴头吧？"

侯登銮割了五片，每一片都比猫耳朵大不了多少，侯杨氏哇哇地叫着吐口水，说侯登銮是故意不想让她和多多伸筷子，五片不够一嘴吃的。侯登銮嘻嘻地笑，支使着侯杨氏挂稠面糊，自己到橱柜里找盘子，找的是个外口大中间小的坨坨盘，盘底上先堆起一坨剩菜，煎好的肉坨罩在上边，看着像是满满一盘肉坨的。侯杨氏先是疑惑，疑惑着又嘻嘻地笑，笑着说端到家庙里上供吧，反正老祖爷不会拿筷子抄底。侯登銮端起盘子出门，说他要到后院陪二哥喝酒，还说他好久没跟二哥拉家常了，做一盘菜带过去是应该的。侯杨氏又翻着白眼吐口水，说："不就是想套人家的话吗，不就是想摸二梭的实底吗，套出话来你能怎么样？快去吧，去了先让二闷驴抄底儿吃！"伸着筷子要夹一片，侯登銮紧着拿碗扣住了，端着盘子去了后边的西跨院。

西跨院的院门虚掩着，侯登榜是在凳子上坐着发愣怔的，看见侯登銮就想闭了眼装迷糊，眼皮耷拉下来，头还一磕一磕的，看着像是打瞌睡的。侯登銮把盘子杵到侯登榜嘴边，自己先用鼻子哼哧着，意思是香味快把他的馋虫勾出来了，倒着手摆到八仙桌上，说："拿筷子啊？满满一大盘煎肉坨，我自个儿能吃得下啊，香也能香死我！"侯登榜看了侯登銮又看侯黄氏，侯黄氏呀呀地叫起来，说太阳要从西边出了，侯家老宅多了稀罕景了，弟弟端了煎肉坨给哥哥吃，想说不信都不由己。侯黄氏说着又撇嘴，还拿手掐自己的腮帮子，掐了自己的又要掐侯登榜的，意思是做梦也做不到的。侯黄氏说："亲娘哎，吓死人了，你真是老三啊？"侯登銮拿筷子戳侯登榜的手，说二哥要变成万岁皇爷了，御膳上了桌还等着喂，让亲弟弟一请二请地好看啊。他说："二哥你也真是的，我上了满满一盘解馋的，我还拿碗扣着怕凉了，你好歹也让二嫂搭配个菜啊。用不着七碟八碗的，多了吃不下，再配两个吧。酒呢，也不能光闷着头吃啊？"

侯登榜瞟了侯登銮一眼，愣怔着胡乱指点，橱柜里摸出一坛酒，酒是开过封的，往桌子上墩得重了，酒从封口上溅出来。侯黄氏要掀起扣碗看碟子，见侯登銮拿手护着，只好恨着做了两个菜，一碟鸡蛋炒韭黄，一碟粉皮拌酱豆。碟子是拿托盘端的，托盘先杵开了侯登銮的手，侯黄氏眼疾手快，麻利地把筷子杵到肉坨盘里，杵着抄底儿一翻，翻上来的是粗粗细细的咸菜条。侯黄氏啪啪地摔打筷子，说老三也忒心实了，下边原本应该是柴火棒子的，一窝窝剩咸菜又白搭了，想想还不算精细人，是精细人也不是算计亲哥哥的。侯登銮也不脸红，也不搭侯黄氏的话茬，他是望着二哥侯登榜说话的，说："这叫金鳞罩龙须，席面上极有讲究的，二哥你得知道吧。二哥你吃一口咸菜条尝尝，一准得有肉坨味。有吧？香吧？二哥你把眼睁开啊，待会我把煎肉坨

桃 花 瞳　209

全吃完了，你也得跟着说我单拿几片肉坨罩顶……"

侯黄氏又恨，说怪不得拿碗扣着，还是扣着看不见好啊，三片猫耳朵当幌子，先哄着她搭上两个菜。侯黄氏还要噗噗地吐，吐着说："三精包你上辈子一准是狗鳖子托生的，一天不算计人你心里难受！"她嘟囔着扔了筷子，跑到里屋还是恨着生气。

侯登榜就把眼睁开了，看着侯登銮拿筷子扒拉碟子，先扒拉的是鸡蛋炒韭黄，扒拉得近了吃的是大口，罩顶的煎肉坨还剩下两片，赌着气喝了几口闷酒，喝得咕咚咕咚的。侯登銮要跟侯登榜碰杯，侯登榜又把酒杯放下了，说："你把盘子也吃了吧！"侯登銮嘻嘻地笑，笑着说他知道二哥装了一肚子心事，心事里还是带着气愤的，想想搁谁身上也得烦。半夜三更地把闺女送去，还要瞒着村里人，还要瞒着自家兄弟，结果呢？闺女倒是见着女婿了，岳父老丈人却颠哒颠哒地空着手回来了，岳父老丈人就该着让女婿使唤啊。不说车接车送吧，不说高头大马吧，给一箱罐头得是应该的吧，给几双牛皮靴得是应该的吧，他给了吗？兰兰也是个不懂事的，自个儿到八路军那儿享福去了，自个儿吃香的喝辣的去了，老爹老娘呢，跟着操心的三叔呢，她想起来了吗？没有吧？还有马二梭，他光知道当营长啊，他光知道盘算着杀回来啊，他光知道悄没声地向码头靠近啊，礼数上他还要不要，他要了吗？侯登榜抓起筷子扔了，眼珠子血红血红地盯着侯登銮，可着嗓子吼了一声，说："我连二梭的影子也没见！兰兰享福去了？还吃香的喝辣的，兰兰哭了一路！"

侯登銮也睁大了眼，说他没想到会这样，即便听见二哥这样说了，听着还是不像真的。他说着抱起酒坛，满满地给侯登榜倒了一杯，说二哥没见到女婿，女婿二梭一准是有了秘密任务。不过，有秘密也不该瞒着岳父老丈人。巡逻队的狗都死了，现在不正是好机会啊，利用这个机会袭矿井，一袭一个准，可惜二梭不会抓机会。侯登銮说："二哥，独立营现在到哪里了？"

侯黄氏从里屋探出头来，扒着门帘望侯登榜，说："他爹，你怎么还糊涂，人家端来满满一碟子煎肉坨，人家还拿碗扣着，你还不明白？独立营不是要过来了吗？二梭还要带人打前站，紧跟着是得章，再跟着是大部队，这不都是秘密啊，你装着藏着不嫌肚子胀啊？"

侯登銮脸红了，脸红是酒烧的，侯登銮就红着脸望侯登榜，望着望着突然变了声调，说出的话像是要哭的。侯登銮说他现在最怕的就是秘密，他一

210

想秘密肚子就是胀的，胀起来跟鼓一样，里边蓬的都是气。没有气肚子不会胀，气从哪里来？知道了还不能说？为啥不能说？因为都是自家人。两个侯家男人，一个儿子一个侄子，都是自家人吧，一个女婿半个儿，也是自家人吧。结果呢，三个人分成了两家半，三个人藏着三个心眼，你想问谁个实话也问不出来，问谁都是葫芦肚装糊涂汤。

侯登銮先说的是得才，说得才明着当矿警队队长，暗地里却跟个日本小娘们纠缠着，说是夫妻吧，偏偏又没有孩子，说是顶头上司吧，花田子什么官衔也没有。一不是夫妻，二不是上司，按说不应该搅和在一起吧，可你就是问不出为什么。为什么？秘密。得才也不想升了，也不想执行任务了，反正是大事小事不想问了。这又是秘密吧？这又得生气吧？大哥那边更不用说了，一个得章还没摸清呢，跟着又出了个小胖子福山，福山也要当侯家女婿了，福山也算侯家半个儿了，可他连怎么回事都摸不清。为什么？秘密。不是秘密，小胖子福山能偷偷摸摸地进东跨院吗？不是秘密，狼狗怎么会莫名其妙地死？为什么要找个日本女婿？为什么要弄死狼狗？为什么要瞒着二叔三叔？不就是藏了秘密吗。喜喜现在也是袖筒里塞麻花了，也跟前院西院不一心了，她就不想想，她生了孩子就是侯家的外甥，这个外甥姓啥啊？也是秘密。

侯登銮忽然又说起马筢子，说马筢子虽然不是自家人，但是马筢子联系的是金猪，金猪是侯家女婿的侄子，这就跟侯家联起来了。马筢子还跟新宅侯月娥这个不要脸的生了孩子。马筢子挑着个住持的幌子，却云里雾里到处串，一个运河湾快让他串遍了。啥意思？

侯登榜抓起酒杯，满满一杯酒泼到侯登銮脸上，说："你不胡呱嗒行不行？你不瞎扯扯行不行？这都哪儿是哪儿啊？"

侯登銮说："你别打岔，我还没说你女婿呢。"

侯登銮说，天底下最大的秘密就是二梭。二梭跟得章弄过多少别扭了，明的暗的多少个回合了，按说早就该红眼了吧，结果呢，不对付的却打了联手。光是联手还不算，还布袋里伸腿不分裆了，一个锅里下勺子了，中央军、八路军一个被窝里睡觉了，单单把一个爷爷的兄弟得才踢蹬开。为什么？又是秘密吧？得章投八路比二梭先一步，为什么二番还要把二梭也拉过去？是得章要拉的吗？不是得章又是谁？不对付的还要拧在一起，你说得章得有多大的肚腹，你说他护二梭得护到哪一步了？这边有个神鬼不怕的野马星侄女女婿，那边再联个有靠山的东洋女婿，你说大哥侯登科得有多大的计谋？一个绵里藏针的儿，一个眼观六路的爹，你说老大父子得有多深的算计？他们是诸葛亮啊，还是司马懿？侯登銮说："狼狗是福山毒死的，福山是大哥唆使的。大哥唆使福山弄死狼狗，为的是不让狼狗到白面家宅基上拉屎排污。那么，谁让大哥动的这个心思？大哥是心疼白面瓜啊，还是不想让二梭犯邪楞？白面瓜早就死了，他不知道啊？"

侯登榜挥着手赶侯登銮走，侯登銮两手抱住桌子，两眼泪汪着竟然哭出了声，哭着又说："我的好二哥啊，你们都是有联手有靠山的，侯家老宅里光剩下一个打哆嗦的了……"

巡逻队的狼狗是患了古怪病的，侯登銮并没看见福山下药，也没看见老大侯登科唆使小胖子福山，里里外外看得最清的是紫云寺的马笆子。马笆子先是安排金猪跟侯登科下套，侯登科果然拿话噎了小胖子福山。马笆子看见小胖子福山过了运河大桥就东张西望，马笆子知道他是要找妖菇草的，侯登科一准说了妖菇草不好找，马笆子就把配好的肉丸放到井架上，肉丸包里塞了纸条，纸条上写的是"配好了"，用的是侯登科的笔迹。小胖子福山把纸条折叠着塞到棉衣夹层里，向着侯家老宅遥望的时候，还用手在空中比画，意思里是怀了感激的。

小胖子福山是下半夜离开的码头，走过运河大桥时还冲着码头笑了笑，侯得才一准还跟花田子搂抱着，花田子已经离不开侯得才了，侯得才会变着花样弄那事。但是，他一点儿也不羡慕，他甚至连一丝丝嫉妒也没有。他是怀了一颗大心的，这颗大心里有运河煤矿未来的，也有他和喜喜的。他是真心实意地爱着喜喜，只有窑姐嫖客才会那样下作，只有骚狗贱猫才会无休止地弄那事，不管爱不爱。小胖子福山昂扬着下了运河大堤，在巡逻队的间隙里，他把自己变成了划空无痕的浮云，变成了衔泥无影的燕雀。他先借着紫柳墩子的隐蔽穿过茅草地，接着就钻进臭蒿子棵里，巡逻的狼狗竟然没听到一点儿动静，其实那一会儿，他的心是发着鼓音的。但在靠近紫云寨时，他还是加了千倍万倍的小心，距离白面瓜家的宅基还有几十步远，他又像捕鼠猫一样，俯在地上，悄无声息地爬了过去。妖菇肉丸是零星着散开的，除非察觉了再寻找，冷眼看是决不会发现的，但是，狼狗有尖鼻子。往回返时，还是没惊动巡逻队的狼狗，直到返回码头，小胖子福山才听见狼狗发出兴奋的呜呜声，也许巡逻队要让狼狗拉屎排污了，也许巡逻队要换班了。换班是在白面瓜家宅基上交接的，交接的双方都在那儿拉屎排污，这是早就训练好的。

小胖子福山回到码头没再睡觉，他扒着窗帘向紫云寨张望，感觉比睡了一整天一整夜还精神。

狼狗是在临近中午时分显出异常的，先是伸出血红的长舌，长舌胡乱地舔，够着哪里舔哪里。巡逻队员都笑，说："你是舔蜜啊，还是舔香油？有蜜有香油还能轮到你？"狼狗不舔了，接着就昂着头嚎叫，听着像是故意嚎叫的，先前还听着是有节奏的，嚎着嚎着又变成了直腔。巡逻队员再不敢笑了，前前后后地聚拢起来，谁都不知道狼狗犯了什么邪性，看着也不像是饿的，也不像是骚极了想母狗的。有人就折了紫柳条，紫柳条专打狼狗的嘴，打着说："叫你嚎！叫你嚎！"狼狗不嚎叫了，狼狗是死命地扑着撕咬的，撕咬的是巡逻队，巡逻队把拴狗绳松开了，狼狗跑着跑着就死了。

巡逻队员捂着血头血脸回到矿警队，先报告的是岳粮丰，岳粮丰是副队长，副队长专管巡逻查哨。岳粮丰惊骇着先到伙上喝了两个生鸡蛋，接着又让伙上给他找剩馍，专找前几天剩的，然后抓着剩馍去了码头。侯得才和花田子小姐正准备吃午饭，酒菜已经摆好了，侯得才要跟花田子小姐碰杯时先打了呵欠，春由枝子还斜视着白了他一眼。岳粮丰把自己弄得上气不接下气，其实他过了运河大桥才故意快走了几步，到了码头栅栏门口，他才摆着手让血头血脸的巡逻队一字儿排开。侯得才不看岳粮丰的头脸，他看的是岳粮丰手里的馍，看着说："行啊，三老雕，又闻见香味了是吧，又来给我玩转轴是吧，你怎么不拿个馍皮上生绿毛的。哼，喘啊，狠喘，再喘粗气我也知道你是装的，你喘得越厉害我越知道你会装样。说吧，啥事？"岳粮丰说："狗死了。"

岳粮丰说，刚开始成立巡逻队时，狼狗本来都是通人性的，还听话，还调顺，不知道为什么，突然间都犯邪性了，谁跟它亲它咬谁，专咬你的喉咙，一口下去能撕烂半拉脖子。侯得才把满满一杯酒都灌到岳粮丰嘴里，接着又抢剩馍，剩馍也塞到岳粮丰嘴里，说："你再胡说八道，我就拿棍子把剩馍捅你肚里！说，你干啥来了？"岳粮丰说："人伤了，狗死了……"岳粮丰转个身朝门外招手，又说："侯队长你看，没一个全乎的了！"

花田子小姐望着拿手捂嘴，扳着侯得才的头说低声话，侯得才脸上青一块紫一块的，挥着手说："快带他们上药包扎啊，你带过来让我看，我会包扎啊？"岳粮丰也朝门外挥手，说："侯队长正忙着，弟兄们抹药去吧。"

桃花瞳 213

侯得才听着话不对味，追出来要拦截岳粮丰，看见花田子小姐拿手绢掩饰着使眼色，气恼话临时又改了，说："你别管我忙不忙，你只管把死狗弄来吧，我要解剖！"

巡逻队的事侯登銮当天就知道了，他跟儿子说的是先不要声张，不要说狼狗出邪怪，只说狗咬架了，只说咬死了三四条，最好连人受伤也不说。侯得才嗷嗷叫，说没查出来原因，也知道狼狗出了邪怪，好好的狼狗不能说犯邪都犯邪吧，要闹狗瘟也得先有个征兆吧。侯登銮拿脚踢着骂儿子，说："狗犯邪性是人弄的，知道不？除掉狼狗，接着就该轮到你了，知道不？你还号号，你还说狗瘟，心里没数啊？"

侯登銮闷着头想，想的不单单是狗，他还煎了猪肉坨，他还拉着哭腔说委屈话，他还灌着让二哥侯登榜多喝酒，其实他是要套话的。侯登銮没套出下毒的凶手，但是马二梭没让兰兰住下是真的，部队上单单派出马二梭执行任务，又是连夜出发的，一准是摸清了马二梭跟得才有仇，而要执行的任务，也一准是跟矿警队有关，否则二哥侯登榜就用不着瞒他，况且二哥还是生着女婿气的。这边狼狗一死，他那边马上就执行任务，啥意思，掐准的吧。侯登銮是摇晃着离开的后院，回到家先冲着侯杨氏冷笑，二哥侯登榜却脚跟脚地追过来，过来竟然是跟他说反悔话的。

侯登榜说："老三，你二嫂说的那话你可别当真啊。又是二梭带人打前站啊，又是紧跟着得章啊，又是再跟着大部队啊，连部队首长都不知道二梭去了哪里，她知道啊？"

侯登榜说完走了，侯登銮又冲侯杨氏冷笑，说："听出来了吧，说漏嘴了吧，部队首长都不知道二梭去了哪里，你说二梭是冲着谁来的吧？"

第十五章

培训班结束的当天，司令员杨甬力单独留下了马二梭，通信员通知马二梭时，说的是有一门课需要补考。马二梭不知道是司令员要找他谈话，更不知道司令员正为他的事纠结着，而纠结事跟新一团的报告有关，尽管报告上并没有马二梭的名字。

报告是侯得章派人送到分区司令部的，送的是新一团领导干部配备报告。报告的用词十分考究，每一处标点都占了一字格，如果不是草拟之后又誊写的，足以证明撰稿人的作风严谨，以及文字功底的深厚。但是，由于过度讲究语言韵味，整个报告反倒给人一种不真实的感觉，而报告的前半部分也略显虚了些。其实，那些语句也用不着，如山东抗战已呈席卷之势，运西地区更是风起云涌，时下之新一团当乘胜奋勇，于运动中发展，于发展中壮大，于壮大中完善自身。新一团自诞生之日始，即亲历了运西抗日根据地的建立，目睹了运西抗日根据地的发展，品尝了运西抗日根据地诞生过程中的种种艰辛与磨难，承担了本不应该有的节外生枝，以及由某些不良习性带来的负面影响……

报告的后半部分才说到领导干部的配备，说新一团建制扩编，兵员数量逐日递增，团部领导力量则明显薄弱，尤其是政治干部的不足。鉴于兹，特呈请分区批准：独立营代营长李家常为新一团政委，孔雨林为新一团参谋长，副团长牟利光兼副参谋长。报告中没提独立营营长一职，可以理解为马二梭培训结束后继续担任独立营营长，也可以理解为由分区指派，甚至还内含着另一层意思，即独立营的建制还要不要保留。

团长侯得章上交了一块烧熟了的热红薯，还是刚从炭火中扒出来的，还是熟得淌瓢的，还是烧烂了外皮的。

只有司令员杨甬力知道为什么。

司令员杨甬力把报告拿到分区党委会上讨论，几个分区委员都表示对牟利光和孔雨林不了解，但对提拔李家常出任团政委一职，大家都说完全胜任。李家常当过团部警卫连连长，又是长征中入党的老党员，无论是政治觉悟，还是政策水平，都堪当此任。而新的斗争形势下，干部的越级提拔，越级使用，并没有什么不妥，况且新一团也的确需要一位有政治阅历和实战经验的年轻政委。没有人对独立营发表意见，甚至没有人推敲报告前半部分的最后一句，"承担了本不应该有的节外生枝"，这个节外生枝是哪些？"以及由某些不良习性带来的负面影响"，这一句又是指的什么？报告中使用的是"习性"，而不是"现象"，那就是限定的某个人，这个人又是谁？司令员杨甬力能明显

桃花瞳　　215

地感觉到，所有人都在有意无意地回避着那三个字，所有人都在有意无意地回避着报告中的敏感词句，尽管所有人都知道团长侯得章的文化水平是最高的。

侯得章读过省城的高等学府，弃文从武是后来的事，早在中原大战时期，就已经是中央军的团长，随后又兼任河湾县县长，就文字功底而言，分区团职干部中，难有一比者。报告用语绝不是随意性的，不用细细斟酌，也能感知文字所指，但所有人都愿意忽略这一点，这使他隐隐地感到一丝寒意。司令员杨甬力还以环顾的方式，悄悄留意了一下政治部岳部长，发现岳部长也在注视他。政工干部的任免需要政治部盖章，岳部长注视他，是等着司令员拍板的，至于岳部长心里是怎么想的，不能单从目光判断。司令员杨甬力没急着拍板，会议结束时他说："我再与个别同志交流一下，大家也可以互换看法，或者推荐其他人选。"

通信员没带马二梭去分区司令部，去的是司令部旁边的地窖子，地窖子足有两间屋大，里边堆着过冬的胡萝卜，还有几棵风干了老叶的过冬白菜。司令员正在翻看一本破旧的书，书已经发黄了，看着还不如风干了老叶的白菜。司令员朝马二梭招手，手是轻拿轻放的，说他得了一本县志，竟然是河湾县的，竟然还是最早的版本。司令员说："马二梭同志，你过来找找，看看有没有你们马家的发家史，要是找出来一位头名状元，我就得让你请我吃猪肉饺子。"司令员还说饺子就是运河湾里过年吃的扁食，在他的湖南老家，最早的饺子叫娇耳，是大医圣张仲景任长沙太守时独创的药品，原名叫祛寒娇耳汤，原本是用来防护冻伤的。马二梭顶着地窖子的棚顶打立正，说他知道司令员并不是真让他查看古书，因为他认识的字很少，看也是瞎看，况且紫云寨马家都是粗人，有一个比他多认几个字的又做了住持。马二梭说："司令员你放心，只要独立营的番号不取消，让我当排长当班长都行。"这样的话，马二梭不止一次说过，上一次说时，还说当大头兵也行。

司令员拉着马二梭的手坐下，说水浒里的花和尚鲁智深不是粗人，运河湾里的马二梭也不是粗人，宁愿降下营长当班长的都不是粗人。马二梭同志知道培训班结束了，而独立营又有了代理营长，是代理几个月啊，还是已经去掉前边的两个字了，那边的实际情况又不知道，于是马二梭同志马上就说当排长当班长都行，可见马二梭同志是个视升降如平常的。既然有如此磊落心态，那就没必要纠结于某个番号的去留，因为班排长哪个连队都有，没有

216

独立营，照样有班排长。司令员说："你说呢？"马二梭说："那不一样！"司令员又问为什么不一样，马二梭张口又说了一句："没有独立营我宁可去死！"

这就是一句莽撞话了。

司令员批评了马二梭，说马二梭有个人英雄主义倾向，组织纪律性也太差，个人情绪及主观意识太浓，而报仇心里又有排除不掉的狭隘的个人色彩。最主要的是，没有大胸怀，没有大目标，甚至不明白抗战就是为了打败日本侵略者，就是为了重聚民族魂魄，就是为了解救全国被欺凌被奴役的劳苦大众。马二梭目瞪口呆。马二梭垂下头，支吾着说司令员原来从没说过这些话，这些话他听着像是别人说的。不过，他愿意接受"狭隘的个人色彩"这一句，至于报仇心嘛，他的确没有排除掉，一时半会也很难排除掉。马二梭说："我先改这一句吧。"

司令员重重地叹了一口气，当马二梭又以疑惑的目光望他时，他就把手放到马二梭的肩膀上，然后使劲地按压了一下。司令员最后说的是想法，说他想派一支队伍到河湾县城附近活动，活动是为了扎根，当然最后的目的是为了解放县城，而这一天估计快到来了。鉴于当前的形势，以及不暴露真实意图的原则，派一个团，目标太大，一个连，力量又太薄弱了，想来想去，还是一个营的兵力比较合适。这个营还得是能征惯战的，还得是熟悉地形地貌的，还得是拥有群众基础的，还得是随时随地都可以隐藏的。马二梭一下子涨红了脸，激动使他又一次失态失形，他竟然去抓司令员的手，说："那就是独立营了！"

马二梭要走的时候，司令员又拦住他，说代理营长李家常另有安排，马二梭还是任独立营营长，建制依旧归属新一团，特殊阶段的军事行动，可以只对分区负责。其实，司令员曾经产生过要在分区为独立营单列建制，但磨砺马二梭的良苦用心最终又占了上风，况且分区已经有了独一旅。马二梭走到门口又退回来，说既然代理营长李家常另有安排，那就把第一连也带走吧，第一连原本就是李代营长带去的。马二梭没想到司令员会勃然大怒，司令员是指着马二梭的鼻子怒吼的，说："马二梭同志你怎么回事？让孔雨林带走第二连，是你不想要原新兵连的班底，把第一连也带走，你是不是连警卫连也相不中啊？刚批评了你的个人英雄主义，你的老毛病又犯了，你想要的就是原独立营人马是吧，那一个半连能完成任务吗？啊，你说！"

桃花瞳　217

马二梭说："我立军令状，完不成任务我以命相抵！"

通信员带着马二梭走出地窖子，回来后司令员问马二梭的情绪，通信员说："没看出情绪波动，倒是听见他自言自语了，说的是：是独立营的人，就能干独立营的事！"司令员哈哈大笑，说："这个马二梭啊，搭个缰绳他就嫌勒得难受，嘎吱一鞭子，砍了腿他也能跑……"司令员打着眼罩又向原野上张望，原野上已没了马二梭，马二梭消失在冬日里的雾气中。他张望着吁出一口气，脸上的笑不见了，代之出现的是一种惋惜着的凝重，通信员捕捉到司令员的表情变化，他也跟着吁了一口气。

送走马二梭的第二天，司令员又与侯得章做过一次长谈，没有人知道谈了哪些，侯得章也没跟团部其他人透露，副团长牟利光发现团长情绪有些低落，手里抓着一根紫柳条，沉思着在地上写写画画，"煤矿"两个字一连写了好几遍。但是，代理营长李家常临走时还是忍不住抱住了马二梭，说他虽然在独立营的时间不长，对独立营原班人马中蕴涵着的某些思想动态也不太认可，即便对马二梭本人，他也存在许多看法。奇怪的是，临到要离开了，他又感到隐隐的心痛，也不全是舍不得，也不全是留恋，就是感觉心里拉拉扯扯的，像是哪个地方还有一根看不见的线没切断。李家常把自己的头脸抵在马二梭的肩膀上，说县城周边是熟悉的家乡，熟悉的土地可以放马驰骋，但熟悉的土地上，同样也会有察觉不到的陷马坑。他又说革命需要不怕牺牲者，但革命不是为了牺牲，他们都要为子孙后代着想，尽管他们随时随地都可能牺牲。互致敬礼时，李家常说："记着我的话吧，好兄弟！"

独立营是悄悄准备的，出发时间定在晚饭后，每个人又多了两个死面锅饼。独立营只有丁黑豆的特务连是满建制的，共有151人，其中包括豌豆、得印和立冬他们三个后来加入的。如果不算第二拨加入的吴春牛他们几个，不算第三拨加入的肖八万他们几个，不算第四拨加入的花家岗子那一百多人，真正的原运河独立营人，只有马二梭和丁黑豆他们两个。也就是说，本真意义上的独立营已经不存在了，独立营的血魂记忆，只是因了这两个人的存在，但是，这两人却把血魂追述灌输到所有人的身上，血魂追述变成了独立营的集体记忆。

政委李家常去分区汇报工作去了，侯得章带着副团长牟利光和参谋长孔雨林送行，三个团领导都显得有些拘谨。三个人都没跟马二梭握手，他们只是冲马二梭点了点头，侯得章是最后走到马二梭面前的，他好像有许多话要说，他甚至还上下打量马二梭，最后他只说了一句含糊话，说河湾县应该是河湾人民的。没有人相信马二梭会一下子明白这句话的真正含义，而侯得章也好像是故意把话说成含糊的，因为他接着就改了话题，问的是马二梭还有什么想法。马二梭说，他现在最想知道的是县城里的日军多了还是少了，别的他不愿意想，想也是空想，空想就是瞎想。

独立营要离开营区了，侯得章又拿眼盯住了马二梭，望着又把目光飘移了，问的依旧是马二梭有什么想法。马二梭说："我的想法就是把运河湾里的日本人斩尽杀绝，一个不剩最好！"

黑夜里传来马蹄声，来的是香芝，香芝已经像个医生了，香芝身上还有药水味。送香芝的是司令员的警卫员，警卫员是骑马送的，马跑了一身汗，警卫员头上冒的是热气。香芝挎着药箱，说司令员吃过晚饭才通知她随独立营行动，绷带、纱布、止血钳之类，也是司令员让她带的，但是消炎用的盘尼西林分区医院也没有了，司令员就让她多拿了一盒退烧药。香芝终于又在半年后见到了弟弟立冬，抓着立冬的手了又偏了头看黑豆，黑豆光是嘿嘿地笑。侯得章忽然皱起眉头，挥着手要做扇鼻子的动作，伸出手来又改成停止的手势，半侧身跟牟利光耳语了几句，牟利光大跑着回到团部，再回来时手里多了一个纱布包。牟利光说："这里边是两瓶水杨酸软膏，专治疥疮的，你们带去吧。"

独立营消失在黑夜中，孔雨林问牟利光怎么想起来拿疥疮膏，牟利光现出厌恶的表情，说："他们身上什么味，你没闻到啊？"侯得章低着头往回走，自语说："叽叽喳喳，杂乱无章，体例不分，军容不整，夜游神不过如此。司令员竟然……唉！"余下的话没再说，但跟着的两个人都分明听明白了，两个人也跟着叹了口气。

独立营是顺着河套的边沿行进的，自西向东，慌毛星悬挂在偏东方向，河套的走向也是偏向东南的。他们出发的位置应该是河湾县的最西边，顺着河套的边缘向东南方向走，天亮之前差不多能赶到大围子村。马二梭计划着先把独立营带到大围子村，然后再派人联系紫云寺的马箭子，从大围子村到紫云寺，顶多一个时辰的路程。如果矿警队还在原来的老地方，他准备把大围子村作为立足点，紫云寺最好变成进退哨位。还有更重要的一点，大围子村是肖八万他们的老家，秀秀也是大围子村的，大围子村又处于河套最宽处，立足在那儿，吃住方便，活动纵深也大。肖八万果然先分辨出来，说他看出来了，

桃花瞳 219

再走一顿饭的工夫就能到他家。肖八万还让吴春牛摸紫柳墩子，说紫柳墩子越摸越稠，那就是离大围子不远了。吴春牛说，即便马营长真是这样计划的，他也要带头反对。肖八万说："为啥？"吴春牛说："我不想看你跟媳妇亲热。"肖八万哈哧哈哧地笑了，笑着要帮吴春牛扛枪。

一切跟计划的差不多，东天边刚刚冒红，独立营就进了大围子村，那时候河套里的雾气正浓，明明东天边冒红了，整个村子还像拿蚊帐罩着。秀秀已经一年多没见过弟弟了，眼前的马二梭已经跟记忆中的弟弟没有任何关系了，秀秀还希望从弟弟身上找回原来的记忆，结果她发现弟弟脸上已有了与年龄极不相称的苍老，尽管那样的感觉只是一瞬间。马二梭眼角上有了皱纹，乱杂杂的胡茬子几乎包住了嘴巴，还有眼神，怎么看都像结了冰霜的楝子树皮。秀秀拿手摸弟弟的脸，马二梭把姐姐的手推开了，说："看啥看，快去给我们烧一锅面汤喝啊！"秀秀紧着把泪擦了，说："亲娘哎，还是那个二野驴！"

走了整整一夜的人又渴又饿，出发前带来的死面锅饼正好拿面汤泡着吃，许多人都吃出了汗。黑豆凑近马二梭，说他想了一路，想想还是他去紫云寺合适，得印他们三个也能去，只是许多情况说不清。他现在趁着雾气过去，钻着沟沟壕壕，估计不会被人看见。马二梭的目光落到肖八万身上，秀秀甩着围裙走过来，说她这几天正好要回娘家，家里又做了一笼冻豆腐，做时就想着给娘家送些的。另外，她还想跟大嫂春子要几身金猪穿过的旧衣服。秀秀说了春嫂子，说了侄子金猪，故意没说兄弟媳妇兰兰，说到侄子金猪时，秀秀还用眼角瞟了一眼弟弟。马二梭是拿眼瞪她的，说："你别说话，用不着你去。"秀秀说："那你再找比我合适的吧，反正你们一看就像扛枪打仗的！"

秀秀说了这些之后又更正先前的话，说传话不过是顺路捎带着，到了紫云寺不回娘家，有人见了反倒生疑心。最主要的是，雾气说散就散，让谁去都难保不被人看见。秀秀是拿笼布包的冻豆腐，外边罩个包袱，包袱里又放了一串干辣椒。秀秀走到门口，马二梭正用牙咬住一根紫柳条，眼睛直勾勾地盯着她，秀秀说："我不提独立营半个字，我说不认识马二梭，我见了爹娘不说话，我现在已经是哑巴了。这行了吧？"

马箍子是下午半晌到的大围子村，他肩上斜挎着香袋，香袋有些褪色了，原来的鹅黄变成了杏黄，香袋上却又多了三个字，字是"功德袋"，是拿明黄布料铰了字样缝上去的，看着比一抹色的还招眼。吴春牛冲着黑豆眨巴眼，说马笸子越来越像个住持了，要是功德袋里再装一只烧鸡就更像了。马笸子说他挎着功德袋是修缘化施的，做的是佛拯涂炭的无量功德，每一位施主都要收录功德簿的，运河湾里他走遍了村村寨寨，有缘的自会相逢，相逢的就送一件佛事。马笸子说："吴春牛你马上要当连长了，快灭了你的荤腥之念吧。"马笸子掏出功德簿让马二梭看，功德簿上写满了密密麻麻的人名，名字后边是五谷杂粮，还有红薯萝卜，再后边是斤数。马二梭看着疑惑，吴春牛又吃吃地笑起来，说先前还是做功德的，忽然又变成开谷米店铺的了。黑豆也跟着笑起来。马笸子依旧嗔着脸，说他不打算跟没心没肺的人说话了，说了他们也不会想再来一连人吃什么，不把灶间填满，只能吃了上顿没下顿，要跟日本人拼杀了，肚里却是个没食的。马笸子说的是自语话，说过了看天，又说："到村口接人去吧，估摸着都该到了。"

马笸子给马二梭带来了天大的惊喜，河套里钻出来许多人，都是活蹦乱跳的小伙子，都是清一色的壮汉。人是陆续着来的，许多人腿上都沾了枯草，枯草里还有苍耳子，所有人的左手中指上都缠着一条明黄布条。来的人先望的是马笸子，望着伸出左手，太阳压树梢时清点人数，有整有零也是151人。吴春牛又啊啊地叫，说了尘大师已经成佛了，他联络的新兵竟然跟咱们带来的一般多！忽然地又记起马笸子刚才说他要当连长了，又紧着拿眼角瞅营长的表情。

马二梭挨个儿打量他的新兵，激动使他涨红了脸，接着就宣布命令，说他要按三三建制把特务连分开，还要从特务连挑出三个连长，分别是吴春牛、肖八万和花子余。马二梭最后看的是黑豆，说："特务连连长丁黑豆提升为副营长，任命报告由第三连连长吴春牛起草，明天一早分报送团部和司令部。"吴春牛磨蹭着往马笸子身边凑，凑着要套近乎，还要问马笸子是怎么算出来他要当连长的，马笸子却跟马二梭使了眼色，两个人闪到一边说悄悄话去了。

马笸子说的是矿警队，说狼狗死了之后，夜间巡逻也取消了，矿井周边的电灯也没准头了，有时候亮着亮着又灭了。侯得才还在暗中追查狼狗的死因，还到紫云寺试探过他。马笸子说到巡逻队狼狗时，故意瞒下了狼狗在白面瓜家宅基上拉屎排污那一节，他不想让马二梭知道。马笸子说，码头上的花田子只想着尽快出煤，她想让矿警队吃住在矿井，侯得才会不会死盯着，现在还很难说。现在最麻烦的是东北角河套口的那支新部队，他们挖完地槽之后修的是暗堡。马笆子说，这支新部队一来就扮成了保安纵队，可见日本人是藏了歹毒心的。八路军出不了河套就对县城构不成威胁，当然也无法靠近煤矿，别管人多人少，要想利用河套的掩护靠近运河大堤，遇到暗堡都得吃大亏！

马二梭说："你摸清了吗，多少人？"

马笆子摇摇头，说具体人数说不准，从工程量上估计，至少是一个中队。马二梭蹬着紫柳墩子猛地一踩，说："干了他们！先除掉这一支日军，矿警队也得干掉！"

就在这天晚上，侯登銮又去码头上找儿子得才，得才是提着裤子出来的，腰带还在肩膀上搭着。侯登銮抓了一把土扬到儿子脸上，吼着说："你个不要脸的小爹系上腰带吧！独立营又来了，马二梭又来了，你还想活不？"

桃 花 瞳

下 部

运河湾里的稀罕事：

夜猫子占鸡窝，老母猪拱墙角，哑巴喊人有话说。

鸡也叫，鼠也闹，逼着哑巴去睡觉。

哑巴急了一头汗，先扒屋子后扒圈，扒个空地溜溜平，
自言自语睡当院。

第一章

花田子小姐一直处在焦虑中，算起来，她来到运河码头已经三年多了，运河煤矿只完成了勘测选址和井田划分，严格地说，连真正意义上的煤矿也算不上，说个矿区都勉强。就整个煤矿运作流程来说，即便算上前期的储量分析与项目评估，顶多算是完成了图表工程，还不包括基建工程的投资估算。

花田子小姐的额头上起了米粒大的红疙瘩，红疙瘩似乎是一夜之间冒出来的，一簇一簇地散布在从眉心到发际的额头上，看着像是点了胭脂的，而那样的红疙瘩又远远超过了胭脂红。花田子的舌尖也是红的，不是粉红，也不是桃红，而是血滴一样的猩红。舌为心之苗，心为火之源，这明显的是心火过盛，不把脉也看得出来。还有舌面，花田子小姐整个舌面的前部边缘，还排列着大小不等的齿痕，齿痕有深有浅，这又属脾虚气瘀所致。另外，花田子小姐的上腹部时常胀满，明明该吃下一顿饭了，肚子反倒像刚吃过饭的。花田子小姐自己也知道她是急的，急火攻心，导致肝气瘀结，肝木克制脾土。脾胃不和则运化无力，气机不畅则湿热内蕴。总之，脏腑失察，脉络受阻，终成百病之源。花田子小姐知道了病源也无奈，因为火气是心里发出的，而她又难以克制着自我修复，除非一夜之间矿井出煤了。

侯得才却贪恋了她的红舌，一天之中要看许多次，看着还笑，笑是淫邪着笑的，笑着做出这样那样的动作。侯得才还让花田子小姐对着镜子伸舌头，他站在旁边指指点点，先是望镜子里的红舌，望着搂住了花田子小姐的腰，自己的嘴巴凑过去，仿佛是含住了一颗熟透了的流着汁水的樱桃。

侯得才这个时候还会把手伸到花田子小姐的衣裙里，手在里边胡乱地摸索揉搓，推着拥着要进卧室，还是变着花样弄那事，偏偏又要套了迷仙绒，偏偏又故意在花田子小姐难忍难耐时停下来。迷仙绒成了降服花田子小姐的宝贝，侯得才明明知道迷仙绒的妙处，明明知道已经降服了花田子小姐，又故意把快活事儿弄得断断续续，怎么看都像是拿着花田子小姐当床上玩意儿的。花田子小姐就抡了巴掌搋侯得才的脸，搋得啪啪的，有时候也会用脚踹，专踹侯得才的下裆。打着踹着还要骂，骂侯得才简直是狗是猪，是运河湾里最不要脸的下三烂。正经该干的差事干得一塌糊涂，连狼狗犯邪性的原因也没查出来，倒是床上的事儿成了无休止的。花田子小姐打累了骂累了，穿上衣服又说："怎么，巡逻队就这样解散了是吧，你不打算再为帝国利益效力了是吧。那好，我现在就可以明确告诉你，煤矿那儿再出一丁点儿差错，你就别想活着！"

花田子小姐穿上衣服又会朝侯得才啐一口。

后来，连使女春由枝子也看不下去了，春由枝子还时常抱怨花田子小姐，意思是床上事儿不能无休止地贪了又贪啊。无上尊贵的麻生家族的千金小姐，让一个无耻无德无良知的赖皮，捉弄了一天又一天，自个儿倒成了离不开人家的。不就是要拿他当个马前卒吗？不就是要让他出力听使唤吗？怎么变成被他捉弄的了？春由枝子不敢把话说得太明太露，即便知道花田子小姐是为了麻生矿业委屈献身，但脱衣上床却是花田子小姐自愿的。春由枝子后来才知道侯得才是用了稀罕物儿对付女人的，她就在饭菜上捉弄侯得才，侯得才爱吃羊肉，她就故意做猪肉，侯得才嫌吃鱼麻烦，她就专做刺多肉少的草鱼。春由枝子还故意在晚饭中用了巴豆粉，巴豆粉冲到鸡蛋紫菜羹里，有时候也会把巴豆粉调到侯得才喜欢吃的葱拌豆腐中，然后她就悄悄地隐到花田子小姐的窗口。侯得才果然闹了肚子，果然是在淫笑着要套了迷仙绒弄那事时肚子疼的，侯得才抱着肚子，啊啊着跳下床来，接着就是水一样的泄泻，一夜要起许多次。侯得才连着拉了几个晚上的肚子，而白天春由枝子又总是不离开花田子小姐，侯得才怪异着打量春由枝子，再要与花田子小姐弄那事儿，身上却是软绵无力的。

只有花田子小姐知道怎么回事，花田子小姐面颊飞红，先拿眼角瞟的是侯得才，接着又冲春由枝子摇头，意思是侯得才还是个有用的，暂时还不能甩开他，尽管她早就恶心透了。花田子小姐还想说侯得才是鬼，一次两次可以，反复拉肚子，况且又总是出现在晚上，侯得才一想就知道是怎么回事。

花田子小姐更多的时候是追问小胖子福山，福山一天天泡在矿上，除了吃饭睡觉，码头上谁也看不见福山的身影。按说花田子小姐应该欣慰才对，应该鼓励才对，应该嘉勉才对，但是花田子小姐却又隐隐地感觉哪儿不正常。三菱派来的三个人，先死的福安不算，死对头福市也是一天天泡在矿上，也是一天天见不到身影，她明明知道福市心里藏着某些东西，偏偏不知道藏的是什么。如今，剩下的福山也成了谜，他每天都弄得泥狗泥猪一样，可矿上每天都是老样子，水井打好了，接着就钻探啊，接着就开采啊，接着就出煤啊，而实际情况根本不是。花田子小姐就拦住了福山，拦住福山的时候，她甚至都没顾上披严胸衣。花田子小姐说她听够了流程，也不想再听人说系统，更不想听什么设施啊设备啊的废话，她现在最想听的就是哪一天出煤。花田子小姐说："我想知道运河煤矿到哪个阶段了，我还想知道今天与昨天有哪些不同。说吧福山君，你不会再说每天都有进度吧？"

小胖子福山依旧是规规矩矩地站着，依旧是低垂着脑袋，依旧是先检讨，依旧是一副手足无措的怯懦状。他说自己辜负了花田子小姐的厚望，他甚至时常感觉连殉职的两位先驱也对不起，这一切都源于他性格懦弱，缺乏的就是大无畏精神和迎难而上的斗志。接着就说施工设计他已经编制完成了，但施工现场最基本的水、电、路、讯还不齐备，还不能算真正意义上的"四通一平"。另外还有器材采购及设备跟进等，也都不完备，而井田进入到开拓阶段，首先要开挖从地面到地下的通道，需要的是掘进设备。福山接下来又说了成串的话，如果不是涨红了脸的花田子小姐在他面前站着，福山怎么看都像一个人背书歌子的。

福山说，一个煤矿至少要有两个通道，一是主井，二是副井。主井用以运出煤炭，副井用以运送人员、设备、器材及运出矸石，此外还要有专门通风的风井。还有，井筒挖至预定深度后，还要开挖一系列的巷道及峒室，主要包括井底车场、运输巷道、石门、回风巷道、联络巷道，以及井下煤仓、水仓、水泵房、变电站、压风机房、库房，等等。根据产量要求、煤层厚度、采煤方法的差异，一个矿井可以用一个采区生产，也可以用多个采区生产。在生产采区内为了采煤的需要，还要开挖很多巷道，这些巷道随采煤随废弃，称为生产掘进。但生产掘进不等于生产系统，生产系统应包括采煤系统、掘进系统、通风系统、排水系统、供电系统、辅助运输系统和安全系统等。花田子小姐哇哇地蹦跳着叫起来，说："福山你给我闭嘴，你知道我并不想听这些，我想听什么你知道！"

福山是技工，福山有敬业精神，但是福山也让花田子小姐厌恶至极。花田子小姐还知道，她如果把福山赶走，或者让福山向三菱总部如实上报，目空一切的三菱总部，一定会重新委派精悍力量，或许还会派更多的人来，但麻生矿业总部的意图只是先抢入后占有。而盼着运河煤矿尽快出煤的是花田子小姐，花田子小姐急于求成，不过是她自己的心性使然，或者说是一己之念。就麻生矿业的真实意图而言，书呆子式的小胖子福山，还算是最佳人选，尽管花田子小姐时常感觉到，表面温顺甚至是懦弱的福山，其实也是个让她猜不透的。于是，花田子小姐只好又拿手捂住了胸口，克制着放缓了语气，说："福山君，请让我尽快看到运河煤矿出乌金吧，你知道，我已经望眼欲穿了！"福山又紧着向花田子小姐鞠躬，福山还拿手在脸上擦汗，福山怎么看都像个永远不敢昂扬的下人。

但是侯得才偏偏在这个时候喊住了福山，侯得才还冲着福山眨巴眼，还冲着福山嘎响嘎响地笑，说福山君越来越像个中国人了，福山君如果再娶个中国媳妇，即便走在运河大堤上，即便牵着狼狗，别人也决不会分辨出来。侯得才说，福山天天跑矿区他知道是敬业，但是福山钻芦苇荡、钻紫柳棵他就不明白了，况且福山还是低着头像是寻找什么东西的。福山还被狼狗追赶过，还被狼狗咬过，福山一定不喜欢狼狗，福山一定想着运河湾里没有狼狗才好。但是福山还是到处寻找，还是这里看看那里看看，还是很早上工很晚下工，有几次还是该睡觉了才回来的，而那时候矿上根本无法工作。侯得才说："福山君，你不会是闭着眼摸胭脂花吧？哎，福山君该不是已经找到中国媳妇了吧，媳妇是不是白胖大脸的，是不是不高不矮的？"福山又弄出一脸的茫然，福山还把个脸羞得像红布一样，福山还呀呀地呼叫着转圈子。

花田子小姐斜着眼角鄙视侯得才，说："这里说正事呢，你还有一点儿正事吗？"花田子小姐就让福山走了，福山转过身擦脸上的汗，花田子小姐又要往侯得才裆里踢，侯得才依旧嘎响着冷笑，说花田子小姐已经被小胖子福山糊弄傻了。侯得才说："你以为福山真像他说的那样不喜欢女人啊，他那是装样，是故意装给别人看的！"

花田子小姐朝侯得才瞥一眼，鄙视着又向地上啐一口，说："你想说他也跟你一样，对吗？呸！"

花田子小姐发现侯得才果然盯上了小胖子福山，侯得才还是跟福山说绕圈子话，还说得云山雾罩的，侯得才还时不时地冲着福山眨巴眼，忽然又说他已经知道福山为什么要找个中国媳妇了。中国媳妇能出力，会持家，这倒还在其次。关键是这个中国媳妇能协助丈夫，能帮着干丈夫干不成的事，当然，不是说的下井挖煤。当福山又弄出一脸茫然时，他忽然又嘿嘿地笑了，说："福山君，你能告诉我这个中国媳妇是属什么的吗？要是属母老鼠的，一准能生许多孩子！"福山又是面红耳赤了，福山就找到花田子小姐诉委屈，说侯队长让他心里很杂乱，他原本是想着等煤矿步入正轨之后再回国定亲事的，看来他真该考虑个人婚姻大事了，如果不是担心矿上的千头万绪，他很想现在就请假回国。花田子小姐又紧着劝慰福山，要福山先立业后成家，接着又朝侯得才脸上啐口水，说侯得才已经下贱到无以复加的程度了。

侯得才忽然不取笑小胖子福山了，他又像先前那样，跟福山正经着说话，他还时常给福山温一壶酒，福山回来晚了，他还会摸摸酒壶是不是又放凉了。福山像饿狼一样又吃又喝，侯得才还要坐在旁边提示福山，还要福山慢着吃，侯得才是带着关切说的，怎么看都像是亲密无间的。但是侯得才却在暗地里派了人跟踪，先派的是三老雕岳粮丰，岳粮丰扭过脸去就拿脚踩，倒倒手又转给其他人，到后来又变成轮班了，但所有人都不明白为什么要跟踪小胖子福山，而跟踪日本人无异于拿自个儿的蛋丸子当糖葫芦捏。

岳粮丰天天跟侯得才汇报，先说的是福山太君无休止地做标识，每个标识上都是数字。后来又说福山太君不爬井架了，他是爬到树上望的，福山太君拿的是望远镜，望了又在本本上记，只是不知道记了哪些。再后来就说福山太君天天干活，福山太君到了矿上从不闲着。侯得才就拿嘴角撇岳粮丰，说三老雕绝不是亲自跟踪的，亲自跟踪就不会单单跟出个光知道干活的福山。侯得才说："你日哄人的这一套都是我玩剩下的，我不相信你还委你重任，就是要试试你对我藏了哪些歪心。你以为我真信啊？"

慢慢地，矿警队的人都知道侯得才猜忌副队长岳粮丰了，无论岳粮丰做什么，侯得才都会认为是日哄他的。侯得才把心思都用在算计他人上，渐渐加剧了他与岳粮丰之间的裂痕，最终被岳粮丰出卖也就在情理之中了。

过了几天，花田子小姐又去找了大川少佐，大川少佐一脸的倦容，他为花田子小姐倒茶水时，还拿手绢掩饰着，其实大川少佐是要打呵欠的。花田子小姐捕捉到了大川少佐的变化，整个下半年，大川少佐一直处于疲惫状态，看着像是每天都没睡足觉的。排除掉大川少佐确实有了毛病，那就是心事闹的，或者说，大川少佐装着极大的心事，而这个心事还是无法排解的。花田子小姐忽然有了不好的感觉，捏住茶杯的手指还颤抖了几下，说："少佐请你告诉我，帝国的战争是不是出了偏差，或者说已经有了不顺？如果是，为什么？"花田子小姐是轻着声儿问的，连花田子小姐自己也能感觉到，她的低声儿也带着颤音，尽管她努力保持着平静。

大川少佐稍稍怔了一下，接着就在屋子里踱步，过了一会儿，他又重新在花田子小姐对面坐下来，要给花田子小姐续水时又把茶壶放下了。他先叫了一声麻生小姐，说他真不知道应该怎样回答麻生小姐的问题，这样的问题，他已经反复问过自己许多次了，每一次都在关键节点上卡住。帝国大本营是经过多年周密筹划的，即便不说东北三省的满洲国独立，即便不说华北五省自治，单是一个卢沟桥事变，也足以证明帝国早就做好了战争准备。先前说的三个月结束战争，然后又说最多半年，结果战争进行了五年多，而帝国已明显地感觉吃力，或者说是难以为继。

大川少佐说，有些话他不方便跟花田子小姐透露，尽管他知道麻生矿业是跟帝国利益连在一起的，但毕竟属于军事秘密，还是不说为好。不过，他非常敬慕麻生家族，况且花田子小姐又是十分优秀的，况且运河煤矿又在花田子小姐心目中举足轻重。大川少佐说，他现在唯一能说的是，他的这个大队早就不满建制了，补充兵员的报告打了一次又一次，结果所有的报告都如同泥牛入海。他现在已不敢出城扫荡了，自从沼田德重中将指挥的114师团运西失利之后，他几乎不敢离开运河沿岸，这倒不是说他一出城就有全军覆没的危险。那倒不至于。就目前而言，运西八路军还不具备进攻县城的能力，他们还处在野草浅生阶段，自西向东席卷整个山东，八路军自己也不敢狂言。关键是，皇军出了城也达不到预期目的，因为他没有办法把跟老百姓搅扯到一起的八路军斩尽杀绝，他甚至连谁是老百姓谁是八路军都难以分清，而这才是最可怕的。

大川少佐最后说，他现在只能倚赖保安纵队，他明明知道保安纵队不可靠还得装着信任，他明明知道保安纵队是老虎还得养着。鲁西保安纵队有40个团，而他只有一个大队，还是严重损耗的，还有随时被抽调的可能。保安纵队的兵力是他的50多倍，帝国军人已经变成一日三餐的饲养员了，因为饿虎更凶猛。他现在是跟老虎在一起共同防御大象。假若他现在就把老虎放出去撕咬大象，这听起来很合理，也很划算，但是，不要忘了，老虎爱吃肉却不愿意先啃又厚又糙的大象皮。这就是问题之所在，说成心事也行，说成烦恼也行，反正他已经陷入了怪圈，反正陷入怪圈的不止他这一个大队。

花田子小姐直勾勾地注视着大川少佐，迷惑使她的眼神充满了哀怨，看着像是受了天大委屈的。

大川少佐说着又抓起茶壶，他还意味深长地望了花田子小姐一眼，明着是请花田子小姐品尝二遍茶，意味里应该还有话说，应该还是向着花田子小姐的。他说作为异国他乡的老朋友，作为敬慕麻生家族的故人，他很想提醒花田子小姐，还是继续利用侯得才吧，哪怕侯得才是个十足的混蛋，哪怕侯得才是天下少有的无赖，起码侯得才目前还没有其他靠山。没有靠山又混蛋至极，又肮脏至极，那他就是个可用的，关键是不要让他咬着，关键是你拴了一根绳，还得是他愿意让拴的。大川少佐还说，如果花田子小姐能忍住一时委屈，他可以再为矿警队增加兵力，把矿警队扩编成矿警团也可以，谅他刘百湖还不敢公开抗命。从某种意义上说，侯得才那边的力量越大，越可以反制刘百湖，而刘百湖一旦迁怒于侯得才，刘百湖本人也会受制。

大川少佐最后又说了推心置腹话，说的是假若。假若帝国的战争真到了打不下去的那一天，帝国的军人可以放下武器，可以黯然退场，但偌大的煤矿不可能舰载机运。怎样才能长治久安，怎样才能保住帝国利益，怎样才能让煤矿不落入共产党的手里，只有依靠侯得才这样的人渣，这样的人渣越多越好。总之，战争失败了，煤矿还要运转，这才是花田子小姐应该考虑的，尽管现在说这些话难免让人感伤。

大川少佐很想绕开这样的话题，说狼狗已经做了全面解剖，奇怪的是，没有检测出砷化物之类的有毒成分。大川少佐说，他反复推敲过狼狗死亡事件，蹊跷是真的，狼狗不会无缘无故死亡也是真的，越查不出死因越可怕。他曾想过是八路那边派人干的，也想过是当地仇日分子干的，他困惑的是，除掉狼狗之后，下毒手的人并没有其他行动。大川少佐说："花田子小姐你想过吗，仇恨巡逻队的会是哪些人？"

花田子小姐忽然摇起头，说："不对啊大佐，河套东口那儿不是还有一支帝国精英吗？暗藏个滩涂中队不就是为了出其不意吗？"

大川少佐伸着手做出捂嘴状，手没伸到花田子小姐脸上，表情上却是带着惊骇的。他说："请记住我的话，驻守在那儿的是保安纵队。除此之外，你什么也没看见，你什么也不知道，你什么也没说。请告诉我记住了，花田子小姐！"

这天晚上，马笆子又悄悄来到大围子村，他跟马二梭说的是夺取暗堡不可取，原来的计划要紧着取消。他又说以后的联络方式也要改变，难的是没有更好的办法，这一次他是先去的西河湾侯月娥那儿。最后马笆子又说侯得才，说侯得才现在要变成疯狗了，看见谁都想下口，一圈的人让他怀疑了一遍。马二梭咬牙切齿地说："那就先把小贼羔子侯得才干了！"

马笆子说："也好，但是要快，越快越好。"

第二章

其实，侯得才像疯了一样看见谁怀疑谁，还真不是被他爹侯登銮敲打的。那天，侯登銮听说了巡逻队的狼狗出事之后，他跟儿子说的是先不要声张，不要说狼狗出邪怪，只说狗咬架了，只说咬死了三四条，最好连人受伤也不说。侯得才嗷嗷叫，说没查出来原因，也知道狼狗出了邪怪，好好的狼狗不能说犯邪都犯邪吧，要闹狗瘟也得先有个征兆吧。侯登銮拿脚踢着骂儿子，说："狗犯邪性是人弄的，知道不？除掉狼狗，接着就该轮到你了，知道不？你还号号，你还说狗瘟，心里没数啊？"侯得才打个愣怔，等着他爹再往下说，侯登銮却拿眼瞪他，意思是傻子也知道谁会对狼狗下阴招。侯得才偏偏与他爹侯登銮倒拧着劲儿，他是挨个儿在心里过数的，光一个紫云寨就让他反复梳了几遍，从村东到村西，一下子选定了好几个。侯得才就把他的想法说了，侯登銮恶心着要拿鞋底捆儿子的嘴，侯登銮的脸还气得煞白煞白的，说："你愿意这样想也行，反正笨熊都是自个儿笨死的！"

侯得才先选定的是马家。

马步正自从挨了枪打刀刺之后，身体明显衰老了许多，头发脱落是一项，牙掉了兜不住风是一项，最明显的是他的腰直不起来了。马步正走路还喘粗气，喘着粗气还要走走站站，站还要先找个什么依靠，看着像是一口气跟不上就会憋死的。马步正对付狼狗是不可能了，马步正也许会让大儿子满秋上手，但满秋是个没胆量的，即便老爹马步正点拨他下毒，他也不敢把狼狗全药死。马家还有个金猪，金猪跟二叔亲近，二梭恨他，金猪也会恨他，不过，护犊子的爷爷不一定舍得豁出唯一的孙子。马家其他族门里还有马照本一家，还有马靠靠一家，还有假和尚马笸子。马照本死了，立冬跟姐姐香芝又跑得没影了，而马靠靠是几年前就溜出紫云寨的。跟马家伙着一个祖爷的，只剩下马笸子了，马笸子十有八九会上手，可是马笸子从紫云寺出来会惊动狼狗，他没办法在狗叫声中投毒下药。还有，马笸子是十几岁就入了军营的兵混子，兵混子都是手指肚上带心眼的，他一定能想到毒死狼狗会追查，一查他就成了嫌疑人。

接着是丁家。

丁家是独门独姓，玉树恨他自然也恨狼狗，玉树的死腰又变成活腰了，玉树完全有可能把这事儿干了。但是丁家在紫云寨前街，玉树要到巡逻队下毒，先要穿过十几个胡同，中间隔着侯家老宅不说，出了街口到巡逻队，先要走过那一大片臭蒿子棵，到了那儿不可能不被狼狗察觉。玉树即便在白面瓜家宅基上等着，去早了赶不上，去晚了错过了，而到那儿拉屎排污的狼狗也不会让他活着回家，玉树想干也干不成。按顺序梳理到村西，村西头有个新宅的侯登仓，侯登仓怕狼狗，侯登仓有好几个月不敢去官地，侯登仓是恨着狼狗的。当初修建运河炮楼时，侯登仓号叫着要找他爹侯登銮理论，他当时拿火把烧过侯登仓，侯登仓当然也恨他。最关键的是，侯家新宅在村子的最西边，中间还隔着个河湾汉子，侯登仓进村出村都是不招眼的。

侯得才当真趄摸侯登仓去了，果然看见侯登仓去了紫云寺。侯登仓是去答谢马笸子的，马笸子挂着个住持的名头，谢马笸子就是谢佛，侯登仓就封了一对熏香蜡烛，一包粘粉檀香，外加一包袱纸马。侯登仓还让侯岳氏煮鸡蛋，鸡蛋拿黄表纸包了，轻揣到怀里捂着，意思是让马笸子趁热吃的。侯岳氏拿袖子半掩着撇嘴，说姐姐生孩子坐月子，鸡蛋是不会缺的，有姐姐侯月娥吃的，就会有马笸子吃的，总归是个鸡蛋，拿黄表纸包了马笸子也不会稀罕。侯岳氏说，要套近乎不如拣一条死狗，狗皮做成褥子，狗皮褥子还隔潮还暖和，铺到雪地里睡觉也不冷。狗肉拿大火煮了，狗肉热性大，冬天吃了还补身子，还抗寒气。要送就送个整狗头，狗头肉还香还有嚼劲。剔出来的狗腿骨单放

桃花瞳　233

着,狗腿骨里有骨油,拿狗骨油抹冻疮,抹过了下一年再不长疮。侯岳氏说,啃过的牙床骨最好要回来,牙床骨里骨油最多,抹冻疮最好。侯登仓拿眼瞪侯岳氏,侯岳氏原本还要说,矿警队找回死狗也是为了剥皮吃肉,看见侯登仓瞪眼,红着脸再不敢言语。

侯登仓进了紫云寺,竟然破例没喊马筢子,也没讥讽马筢子头上的莲花帽子,而先前他是看见就吐口水的。侯登仓喊的是了尘大师,喊得清亮亮的,进了禅房先把蜡烛香封放下,接着就解包袱。包袱里边的纸马都叠好了,叠的是宽嘴粗尾的狼狗,比画着让马筢子先拿香火头戳了,然后再点燃了烧。烧也要一只只地烧,最好先烧尾巴,烧了狼狗尾巴再烧狼狗腿,死也不让狼狗死痛快。马筢子摘了头上的莲花帽子,拿手咯吱咯吱地挠头皮,说他这一会儿是个糊涂的,越是看着纸马叠得像狼狗,他越是不明白。马筢子说:"这是啥意思,你怎么弄了一包袱狗啊,还都是宽嘴粗尾的?"侯登仓笑着,说别装样了,也别戴帽子了,横竖这里没外人,越装样越显出是假的。侯登仓说他先前也恨紫云寺,也恨假和尚,他一想起姐姐侯月娥又生了孩子,就觉着这里一切都是可恨的,一切都是假的,看见正殿地上的蒲团,也像是公母合对的。

总之,假和尚是个不要脸的,假和尚就想着让紫云寺的男女香客都变成不要脸的,反正佛祖会装样,反正佛祖不会说话。侯登仓说,他那天是万般无奈了才求了假和尚,说他被狼狗吓出病了,他听见狼狗叫就肚子疼,他现在连官地也不敢进了。他那时候还在心里想,如果假和尚能帮他把狼狗除了,他宁愿改口喊姐夫,没想到假和尚真把狼狗除了。侯登仓说,他越想越觉着这个办法高明!先下个反咬一口的迷魂药,迷魂药让狼狗吃了,狼狗吃了迷魂药专咬跟它亲近的主人,里外沾不着下药的人。侯登仓说:"姐夫,我服你了,我以后不喊姐夫,你拿佛祖脚跟前的蒲团抢我!姐夫,你能告诉我迷魂药是拿啥配的吗?"

马筢子又是摇头又是摆手,接着又把双手合起来,先说了如是我闻,接着又说:"我佛慈悲,佛门莫论杀伐。狼狗是患了邪疫,去留自有定数,施主休要轻言妄语。"

侯登仓把包袱里的纸马狼狗全塞进炉膛里,点着了又拿蒲扇煽,说:"我都喊你姐夫了,你怎么还给我装样?你生个妙计弄死狼狗,这是帮我报仇解恨的,我还会到矿警队说去啊?姐夫,我在心里谢你了,你去姐姐那儿看你们的孩子去吧，孩子还真是随你，孩子还真是个稀头发的。"

侯得才掐着时间，估摸着侯登仓在紫云寺待了足有一顿饭的工夫，光是上炷香，光是烧化纸马，一刻钟足够了。侯登仓出来脸上还是带着笑的，侯登仓还抓着空包袱一抛一甩的，看着像是心里大痛快的。鳖犊子侯登仓是很少有笑模样的，侯登仓的脸长年累月哭丧着，除非是官地上收成大丰了，除非是官地又涨了亩数。现在是冬天，侯登仓不会平白无故地到紫云寺上香发码子，即便是去许愿，也不会出来就笑，况且侯登仓又是恨着马笸子的。侯得才看着侯登仓回到村子里，先进的是西河湾的姐姐家，二番再从姐姐家出来，姐姐侯月娥还跟在后边送，侯月娥还抱着个光头小儿，光头小儿拿手抓挠着要吃奶，侯月娥就把怀敞开了。侯得才探着身子要看孩子模样，忽然又看见马笸子赶过来，侯登仓还冲马笸子笑了笑，说："都回家吧，外边风大，孩子怕呛。姐姐你先别掖怀呀……"

侯得才又觉着投毒下药的不像侯登仓了，敢情侯登仓去紫云寺是邀请马笸子的，孩子生下来，马笸子就是爹。没爹的孩子是野种，有爹总比没爹强。侯登仓为了让外甥有爹，竟然不恨马笸子了，竟然亲自去请马笸子，竟然还说别掖怀，这是想着让马笸子和姐姐侯月娥赶热窝再接着生的。马笸子有儿了，他即便想下毒手弄死狼狗，骚娘们侯月娥也不会同意，她是天明天黑想着生孩子的，她不会让马笸子冒风险。侯得才把一个紫云寨可疑的都排除了，心里反倒更憋屈了，掂量着回头再想他爹侯登銮说过的话，那天他爹说因为有人要除掉他，所以才会先除掉狼狗。顺着这个思路想，只能想到独立营，只能想到马二梭和丁黑豆。问题是，狼狗死了之后，独立营并没回来，回来了不下手对付他，弄死狼狗就没意义了。

侯得才是冷不丁地想到小胖子福山的，他发现福山总是有意无意地躲避他，除了说设备说图表，福山对什么都是浑然不知的，而侯得才偏偏认定小胖子福山并不傻。一个人什么都明白，什么都有数，却偏要装出混沌样，这个人就一定是藏着天大秘密的。侯得才暂时还不知道小胖子福山藏了哪些秘密，福山看上喜喜不算秘密。那天，福山是被他领到侯家老宅吃白单饼卷三丝的，福山见了喜喜说的是喜欢，不说也不算秘密，况且多多也说过喜喜不高兴。福山被先前的福市、福安欺负也不是秘密，整个码头上的人都知道。福山只是个技工，不管煤矿由麻生做主还是归三菱做主，对福山而言都是一样的，因此，福山对花田子小姐也用不着藏秘密。福山要藏秘密只能是跟

桃 花 瞳　235

他藏，他跟花田子小姐吃住在一起，福山要跟花田子小姐说什么话，他在中间隔着就是个碍眼的。当着他的面，福山说也不是，不说也不是，悄悄跟花田子小姐说了，又担心花田子小姐学给他听。于是，看着憨又不真憨的小胖子福山就开始装混沌样了，混沌样能一直装着，积聚起来的秘密一准是个天大的。侯得才掐不准就蒙着说，说福山要娶个中国媳妇倒不全是瞎蒙的，可惜花田子小姐不明白他的心思，偏要认定他是变着法子说床上事的，偏要认定他是个没正形的。

花田子小姐不懂技术，煤矿上离不开福山，花田子小姐不希望福山被人捉弄，这或许才是花田子小姐宁愿骂他，也要袒护福山的原因。如此说来，花田子小姐也是个装样的，也是藏了秘密的。

侯得才后来才发觉，他这一阵子算是枉费心机了，因为送检的狼狗排除了砒礵中毒，也排除了突发性瘟疫，最后的结论是"死因存疑"。侯得才只好顺水推舟，只要花田子小姐不逼着他追查，他连半个狗字也不会先说，派人盯着福山，不过是为了另一种疑惑罢了。他爹侯登銮不止一次跟他暗示，说老大那边要招东洋女婿了，他无论怎么想，都觉着他爹是故意话里夹话的，意思还是嫌他跟花田子小姐吃住在一起了。但是，侯得才心里还是犯着嘀咕，一会儿想到洋狗犯洋邪，一会儿又想到他爹说的狼狗犯邪性是人弄的，纠结着好几天欢乐不起来，尽管他知道想除掉他的人还没有出现。

侯得才只是忐忑了两三天，接着他又把心思飘移到别处了。

侯得才让人在矿警队门口挖了个大坑，又拿篷布把大坑罩起来，说狼狗是立了功的，虽然不是好死的，虽然死亡原因存疑，巡逻了几个月却是真的。狼狗死了不能留在荒郊野外，不说立坊起庙，埋了封个坟头应是情理之中的。又说狼狗不该死也死了，狗主人的头脸不该咬也咬了，两下里就算扯平了，上峰也不追究责任了。巡逻队又去运河湾里寻找死狗，原来的担惊受怕没有了，拖起死狗又感觉埋了是个可惜的，忘掉那一瞬间的怪异，壮硕肥大的狼狗看哪里都是舍不得的。狼狗拖到坑里，侯得才掏出一份盖着大红印章的纸张，说他本人受大川少佐的委托，要单独追记表彰狼狗功绩，巡逻队的人就出了罩棚。

巡逻队的人出了罩棚还是感觉怪异，副队长岳粮丰吃吃地冷笑，说只有穿露裆裤子的孩子才会相信，只有一个心眼的傻家伙才会相信。岳粮丰说："你们以为大红印章真是大川少佐盖的啊，那是拿萝卜刻的！"说着拿手指自己的脚，示意巡逻队脱了鞋靠近罩棚，果然看见侯得才又把纸张揉搓着塞到口袋里，顺手掏出的是一把双刃短刀，短刀插到狼狗胯下，割下来的是公狗裆里的那一套物件。因为是冬天，死狗身上并没有杂味，那一套物件割下来还是硬的。侯得才挨个儿摸索狼狗裆，摸着是公的就下刀子，割下来的物件往怀里塞，原来侯得才的外衣里边多扎了一条皮囊。皮囊鼓起来，他又把手伸进皮囊里整理，意思是尽量不凸出来，整理好了站起来，外边的棉衣重新扣上扣子，腰部依旧是鼓的。侯得才打个嗝，嗓子里还发出叽叽咕咕的声音，接着就抓了泥土往狗身上撒，看着像是发葬至亲眷属的。

侯得才出了罩棚回码头，走着说："封土起坟吧。"

岳粮丰冲着侯得才的背影噗噗地吐，拿手比画着做了个剥皮吃肉的动作，巡逻队的人紧着回屋，出来时手里抓着刺刀。

侯得才回到码头，先朝花田子小姐房里瞟一眼，看见春由枝子正给花田子小姐梳头，闪个身去了灶间。灶间里腾出来一口酱缸，酱缸里先拿芦笋铺底，然后一层层码放公狗物件，满满地添了一缸水，最后下的是药包。药包里装的是巴戟、仙茅、锁阳、海马、蛤蚧、淫羊藿、肉苁蓉等，都是起阳固精的。侯得才用的是枣木劈柴，专找那种劈柴上带骨节疙瘩的，打着旋儿的，拧成麻花的，带棱带尖的。劈柴拿引火绒点燃了，由着文火慢慢熬煮，缸口先盖的是蒲草罩，最上边才是梨木锅盖。缸里发出咕嘟声，随着蒸汽飘散的是奇异的香味，春由枝子把脸贴到玻璃窗上，拿手遮掩着望里边，望见侯得才嘴里流出口水。侯得才还自言自语，侯得才脸上还带着笑，侯得才还时不时弄怪样。春由枝子啪啪地拍打窗户，呼喊着让侯得才把灶间门打开，侯得才开了门又把春由枝子推出去，说他这一会儿还是个好把控的，一旦他吃了喝了，说不定到不了上房就得让春由枝子填补。侯得才说："明白了吧，我操劳过度身子虚了，我要喝五花汤补补。"

春由枝子是撇着嘴回的上房，回来就冲侯得才吐口水，说："补吧，上床吧，弄去吧，反正产业是自个儿冒出来的！"

从侯得才进灶间的那天下午开始，所有路过码头的人都忍不住哧哼鼻子，脚步是故意放慢的，闻着往铁栅栏里边张望，望见的是袒胸露怀的侯得才。侯得才是矿警队队长，还是物产局局长，按说他该军容规整，况且又是大冬天。侯得才把棉衣脱了还是嫌热，衬衣扣子解开了还是嫌热，侯得才就在码头上奔跑，到后来他还把牛皮靴脱了，牛皮靴拿手抓着，奔跑着还啊啊地呼喊。侯得才还一个劲地抓裤裆，裤子裆里横出一根火棍棍，火棍棍支起肥大的裤裆。侯得才是拿冷水冲洗了之后上的台阶，台阶上泼了水，水又结成冰凌，冰凌把侯得才滑倒了，上房的花田子小姐还是不开门。水是春由枝子泼的，春由枝子还要往冰凌上撒蒺藜，还要在蒺藜里掺玻璃渣子。

侯得才爬起来就扑春由枝子，春由枝子拿一只手护住腰带，一只手腾出来拍打上房门，说："小姐，我由着他行吗？"花田子小姐就把插销拔了，手揪着侯得才的头发，躺到床上了还是一声连一声地追问，说："你是不是要把一辈子的邪火都发出来啊，赶明天我就把酱缸砸了！我砸得粉碎，我还得把你下边的贱货也割了……"

隔着码头是矿警队队部，队部那边也是奇香无比，矿警队的人都没去值勤，巡逻队连一个出门的也没有。矿警队门口的狗坟封起来了，封得又大又圆，里边埋的是狼狗骨头，狗肉都进了人肚子。狗肉热性大，矿警队的人夜里起来小解，都是光着身子往门口跑的，尿是冲着坟头撒的，新起的坟头上全是尿冲的洞眼，密密麻麻看着像是拿棍子胡乱戳的。

城门楼上的岗哨也闻到了奇异的香味，他们咽着口水，探着头望了码头又望矿警队，明明知道香味的出处，脱离岗位却是不敢的，岗哨就抱着枪打瞌睡，看见陌生人进出偏不盘查。

秀秀赶着擦黑天回到大围子村，回来看见二梭他们正在地上画边边框框。地上铺着沙土，马二梭手里抓着一根紫柳条，画是围着一块红薯画的，红薯的旁边是一根带缨的胡萝卜。马二梭还要把一个白菜疙瘩也摆上，黑豆放上去的是棉花桃，棉花桃是从花柴上揪下来的，拔棉花柴时就已经干瘪了。黑豆放上棉花桃又把白菜疙瘩拿了，说："就他那样的下三烂，给他个瘪花桃子足够了！"秀秀听出来他们是要对付侯得才的，秀秀也拿嘴撇，还要把瘪棉花桃也扔了，说："我知道你们是说侯得才，那样的人也值得说？"

吴春牛扯着黑豆说低声话，说秀秀话里有话，秀秀是在紫云寨住了两天的，兴许得了些什么风声。黑豆望马二梭，马二梭到水缸里舀了一瓢凉水，让秀秀喝了再说，秀秀接过水瓢，还没说话脸先红了。秀秀是吐着口水说侯得才的，先说的是巡逻队的狼狗闹邪性死了，一个村子的人都叫好，新宅的侯登仓还到紫云寺上香还原，回来还放了一挂炮仗，跑到官地还抓了土往脸上抹，抹着还吞了一口。马二梭夺过水瓢，急火火地冲着秀秀发脾气，说："姐！让你说小贼羔子呢，你瞎扯扯的啥？"秀秀红着脸要打弟弟，

238

说她绕圈子说话是忌口，别说她是个妇道人家，就是个大男人说了，脸上也是挂不住的。秀秀抓着水瓢出屋，走到门口又站住了，说："下三烂得才把狗裆里的那东西全吃了，这几天天天跟那个日本麻花妮胡混，矿警队那边也不去了，他爹他娘也臊得不出门了……"

香芝抱着柴火进来，说："秀秀姑，那多多呢？"

秀秀说："亲娘哎，你一个女孩子家别跟着问了好不？"

马二梭拿眼扫视其他人，所有的人都站起来，意思是要听营长下命令的。马二梭就拿脚把沙土踢了，说："他要作死就叫他死！"秀秀还是站在门口，马二梭问她还有什么事，秀秀摇摇头。马二梭挥着手要她离开，秀秀在院子里转圈子，转着冲弟弟使眼色，马二梭出来冲秀秀瞪眼，说："不是说没事吗？说吧，啥事？"

秀秀说的是娘家事儿。

第三章

秀秀回娘家原本是要当天打来回的，秀秀已经到紫云寺传过话了，秀秀还想到运河堤上转转，还想去看看井架，马笆子立刻制止了她。秀秀不能到处走动了，秀秀就开始惦记自己家里，惦记的是二梭他们的吃喝，大冬天，睡觉也是个麻烦的。还有，秀秀还担心话说漏了，从她进娘家，老爹马步正就一个劲地拿眼角瞟她，爹的眼神是带猜疑的。马刘氏却拽着秀秀的袖子，问秀秀为什么回娘家次数少了，娘家应该还有个爹娘吧，这个爹娘得是亲的吧。秀秀第一次听娘以这样的口气说话，秀秀就笑了，说家里一直有干不完的活，一直有忙不完的事儿。马刘氏说："你现在怎么又来了？"秀秀说："数九寒冬的，不是没活了嘛……"马刘氏抢着又说："那你就住下！"秀秀扑哧笑出声来，呀呀地叫着看娘的表情，秀秀还拿手摸她娘的额头。

春子从南屋里出来，说她早就看出婆婆娘跟先前不一样了，看着像是背

桃花瞳　239

了一篓子书本的，话也说得连串带片的，如果先前不是假装的，那就是返老还童了。马刘氏又要摸针线筐子，又要拿大针缝春子的嘴，说："春子你闭嘴吧！"春子紧着捂嘴，说："哎哟哎哟，还是跟以前一样，还是那个娘。"

秀秀只好打消了吃过饭就回去的念头，先亲热着喊了嫂子，说嫂子还是一包精神，又问嫂子中午吃什么饭，要是没和发面，就从屋檐下摘一把干豆角拿温水泡上，她正好带来了冻豆腐，中午干脆就包一锅死面菜角子，一锅两用，菜也有了，饭也有了。春子紧着解开秀秀的包袱，捏一块冻豆腐先含嘴里，吞咽着说包菜角子她最拿手了，先剁碎了姜丝葱丝，再撒了花椒面儿，再撒了茴香面儿，要啥味有啥味。要是有腌肉，切成肉丁拌里边，一吃满嘴油，能把人香死。春子说，家里没有腌腊肉，那就多用老油，老油还香还有滋味。马刘氏从房箔上摘下一串干辣椒，又抓起一个用衬布绑了把的扫帚疙瘩，说："有菜了，有饭了，给你吃去吧。"接着马刘氏又埋怨秀秀不该提吃，就是说个砖头好吃，她那儿也会流口水，横竖一个吃心眼儿。里屋的马步正拿烟锅敲床帮，敲得啪啪的，马步正还吭吭地咳嗽，春子冲秀秀眨巴眼，提着包袱出去了，嘴里果然是流了口水的。马刘氏也跟秀秀使眼色，秀秀要进里屋跟爹说话，还要跟兰兰打招呼，马刘氏却关上了堂屋门，拉着秀秀去了套间屋。

马刘氏要跟秀秀说长话儿，眼神却是瞟着窗外的，秀秀顺着母亲的眼神往外望，望见的是小东屋的半扇门，另一半让棠梨树挡住了。半扇门是挂着门鼻的。秀秀从进家还没看到兰兰，大哥满秋又去刨树疙瘩了，侄子金猪也被大哥拉去了，张罗着做饭的是大嫂春子。秀秀拿手揪娘衣领上的落发，拍拍衣襟站起来，说要帮着嫂子做饭。马刘氏说她知道秀秀是怕里屋的老阎王生气，秀秀还想到小东屋里看兰兰，她要不说兰兰回了娘家，秀秀进了东屋也得晃花眼。马刘氏还抓着秀秀不松手，秀秀越发感觉娘有些奇怪，说："娘，您有啥话就说啊。"马刘氏又抓着秀秀的手往怀里拉，说她现在是老糊涂了，要是真糊涂倒罢了，她越是知道自己什么都明白，就越发感觉糊涂得难受。

秀秀急出一头汗来，说："娘，您都把我绕糊涂了，您到底想说啥啊？"

马刘氏是要说兰兰的，说自打到西边找二梭回来，兰兰就学会自说自话了。按说自说自话也没啥稀罕的，年纪轻轻的小媳妇，自个儿的男人又是看不见摸不到的，自说自话就算是一应一答了，有个应答就比闷着好。马刘氏说，这些她都明白，她不明白的是，兰兰的自说自话她是一句也听不清，明明看见兰兰的嘴唇动了，明明听见兰兰嘴里出声了，可就是听不清兰兰说了哪些。马刘氏说，要是光自说自话倒也罢了，兰兰还天明天黑地铰猫头鞋样，看着还是急着做的。马家人里边没有要穿猫头鞋的孩子，兰兰自个儿又是没带身子的，做了猫头鞋给谁穿，没带身子就做猫头鞋，这也准备忒早了吧。做又不做成带帮连底的，做了也不是真要穿的，因为兰兰做的猫头鞋光是鞋口上的猫头，猫头上还光是两只眼睛，眼睛还跟真的一样。秀秀又要呀呀地叫，说："哎呀哎呀！"马刘氏拿手捂秀秀的嘴，捂着不让秀秀出声儿，自己也压低了声儿，说："兰兰把绣好的猫头贴到墙上了，一个墙上都是眼睛了……"

秀秀大张着嘴说不出话来。

马刘氏看了秀秀一眼，说兰兰就是冲着满屋满墙的眼睛自说自话的，兰兰还会冲着满墙满屋的眼睛张望，一望就是大半天，一望就是大半夜，望着还是自说自话。马刘氏说，兰兰还会冲着满墙满屋的眼睛眨巴眼，看着像是递眼神的，看着像是墙上贴着个人的。秀秀听着瘆得慌，秀秀还一个劲地往马刘氏身上靠，脖子上还起了一层鸡皮疙瘩。秀秀摆着手不让她娘再说，马刘氏反倒从头说了，又说到大西边找二梭，催着去的是家里的老阎王，去之前兰兰又是做了欢喜梦的。兰兰说梦里的二梭穿了一身干净衣服，眼睛也是清亮亮的，看着就跟露水浸了一样。二梭看见她也没摆脸子，也没着急发脾气，二梭还站得直溜溜地等着迎接她。兰兰说，二梭还解开怀让她看红兜肚，二梭还指着兜肚上的粉紫补丁，还笑兰兰是故意缝了个桃花眼勾他的。兰兰说这话时脸上还是臊的，说当初是万般无奈了才铰了自己的粉紫色汗衫，没想到二梭竟然当成了桃花眼。

秀秀啊啊着站起来，伸出手要捏眼皮，手上湿漉漉的，出了一手汗，手指却是冰冰凉。

马刘氏让秀秀把手伸到她的袖筒里暖着，还问秀秀这算不算欢喜梦，反正她那天一听兰兰说，就认定兰兰做的是个欢喜梦。马刘氏说，兰兰就是奔着这个欢喜梦去的，结果兰兰连二梭的影儿也没见到。兰兰欢喜着赶到部队，脚尖撵着脚后跟，二梭还是执行任务去了，结果兰兰又空身儿返回来。马刘氏说到这里打个停顿，马刘氏还勾着头看秀秀，说："兰兰回来该流泪吧，兰兰该生气伤心吧，兰兰该减了饭食吧。秀秀你说？"

秀秀说："那倒是……"

马刘氏又在秀秀手上捏一下，说她犯糊涂的恰恰是这一点，即便兰兰在跟前坐着，她也是个糊涂的。马刘氏说，兰兰偏偏一滴泪花儿也没有，兰兰偏偏一声儿也不叹，兰兰回来就铰猫头花样儿，铰了就找绒线，找了绒线就绣花，一绣就是两只眼睛。兰兰先拿粉色线绣眼珠，又拿玫瑰红绣眼角，中间的瞳仁是拿黑色线绣的，绣完了你再看，咋看都像是会眨巴眼的，咋看都像是会说话的。秀秀又要吃惊，秀秀还瞪大了眼睛，马刘氏说："那我要说绣的猫眼跟人的眼睛一模一样呢，那我要说兰兰绣的是自个儿呢，那我要说兰兰是拿桃花眼勾二梭呢，秀秀你信吗？"

秀秀再也坐不住了，站起来是要撬开门鼻去东屋里看一眼的，身上却又寒飕飕的，不得劲儿。秀秀在腮上掐一下，心里壮实了许多，半侧着又要隔窗口望东屋，窗口上多了一蓬春子的头发。春子拿面瓢半遮着头脸，探着头跟秀秀使眼色，意思是要秀秀出去说话的，里屋突然又响起动静。马步正不敲床帮了，里屋响起的是砸墙声，一个屋子里都是砰砰的。马刘氏紧着把梳子塞到秀秀手里，又摸索着捏住一根头发，说："我让秀秀梳头呢，我让秀秀挖耳朵眼呢，我一句话也没说，我已经是个哑巴了。这你放心了吧？你不敲行不？"

窗口的脑袋不见了，春子到胡同里抱柴火，春子拉开大门就咋呼起来，说："兰兰你可回来了，秀秀一进娘家门就找你，我还要给她包菜角子吃，我还和面，我还抱柴火，她却连一眼也不看我。我到现在才知道了，敢情大姑姐姐是稀罕兄弟媳妇的！"

兰兰从老宅带回来的是碎花布，碎花布装在包囊里，兰兰连包囊一块儿拿来了。兰兰看见秀秀先喊了姐姐，喊是亲热着喊的，兰兰脸上还堆着笑，笑也是自自然然的。秀秀过去拉住兰兰的手，说："兰兰你好像胖了，你的脸色也好，头发也明亮。"兰兰就在头上抓一下，说："是吗，我也觉着是呢。姐，你说我有些胖了是吧？我心里静静安安的，我还能吃能喝，我还睡觉香甜，可不会胖嘛。"兰兰说着还向秀秀神秘地笑，意思是要秀秀跟她进东屋的，还没到东屋门口呢，手先举起来是要摘门鼻的。春子从厨屋里探出半拉身子，手里抓着围裙，人是贴着墙根儿迈快步的，快着步要跟着进东屋。马刘氏扶着门框喊秀秀，说："秀秀，你去剥一疙瘩蒜瓣吧，金猪这个小羔子回来就得说饿。春子你把笼布捂严了吗？我咋看着锅盖闪缝了。"秀秀打个迟疑站住了，偏了头，拿眼角瞟兰兰，兰兰又笑笑，说："姐，你别沾手了，我知道蒜疙瘩在哪里，待会儿我剥蒜。"

242

春子嘟哝着又回了厨屋，回到厨屋了又冲着堂屋门翻白眼，说进了马家门就成了烧锅做饭的杨排风，做十几年饭了，还不知道捂笼布啊，锅盖盖严盖不严看不出来啊。春子是当着秀秀的面发泄抱怨的，说马家人都把她当成了傻子，她是真傻吗？真傻能听出好孬话吗？春子说，她一听就知道婆婆是不想让她进东屋的，为啥不想让她进去，不就是怕她看出兰兰藏了秘密吗，她不看也知道，兰兰把个猫头眼绣得跟人眼一样，就是比着人眼绣的。春子说："秀秀，你知道兰兰是怎么想的吗？你要说我进了马家是出了大力的，我就告诉你，秀秀你说我受了多大委屈吧？"秀秀说一个马家，就数大嫂春子功劳大，春嫂子还勤快还有眼色，春嫂子受的委屈再大也不说出来。春子果然做出委屈样儿，先说兰兰没见到二梭是哭了一路的，因为兰兰的眼皮是肿的，要是只哭了三两声，眼皮不会那样肿。兰兰回来的当天晚上也哭了，哭是蒙着被子哭的，一个马家，只有她知道兰兰是先哭过又开始绣花的，可是马家人都不去想为什么。秀秀插一句："为什么啊嫂子？"春子又拿围裙擦眼，故意把眼皮擦得火辣辣疼，说："我受了一肚子委屈，我才不说呢。"

但是，春子扑哧又笑了，笑着说的竟然是侯得才，说天底下的男人没有一个赶上得才的，天底下只有老宅的侯得才最会当男人。秀秀紧着拽春子，摇着头说："呀呀，怎么又扯到侯得才身上了？"

兰兰托着蒜瓣进来，秀秀又在春子手上捏一下，意思是她不问了，也不想听了。春子却又捏着蒜瓣笑起来，说："兰兰就是会扒蒜皮，扒得还光滑还顺溜。你看蒜瓣像个光腚孩不？两个光腚孩光溜溜地搂抱着，搂抱着弄啥啊？兰兰你别绣猫眼珠子了，你还是绣人吧。绣两个那样式的……"

堂屋里扔出一只鞋来，鞋砸翻了鸡食盆子，盆里的糠溅出来。马刘氏是扬着声儿呼喊的，呼喊的是："兰兰，把蒜瓣子都塞她嘴里，辣死她！"

满秋父子回来了，满秋背着两个盆口大的杨树疙瘩，金猪背的是树根。满秋扔下树疙瘩就冲老爹马步正说埋怨话，埋怨的是儿子，说金猪也是个野马星，跟离开家的野马星二梭是一样的，只要少出力，再好的东西扔了也不在乎。树疙瘩是矿警队伐树立电线杆时留下的，满秋要刨了当劈柴烧，一个树疙瘩能烧八九天，而蒸年饭烧大火是最费劈柴的。满秋一冬天刨了十几个，自己刨了自己劈，金猪看见也装看不见，好不容易把金猪弄到地里，金猪说了个拉屎又去了紫云寺。结果金猪只帮他背了筷子粗的一把树根，两个树疙瘩还是他背的。满秋说："要没人护着，我能揍死他！"

桃 花 瞳　243

满秋是嫌老爹袒护孙子的，马步正闭着眼不说话，马刘氏拿白眼珠子挖的是春子，满秋反倒窘住了，只好搭讪着跟妹妹说话。秀秀舀一瓢水让大哥喝，又拉了板凳让大哥坐下，说半大孩子正是惜力贪玩的时候，大哥用不着跟孩子怄气，横竖不会永远贪玩儿。满秋借着秀秀的话茬掩饰刚才的尴尬，嘴上偏说："贪玩儿？你以为他往紫云寺钻是贪玩啊？我盯他几次了……"马步正又咳嗽，说："饭呢，饭还没熟啊？没熟也吃！"

马家的中午饭是在沉默中吃的，吃饭的时候没人说话，秀秀看出爹娘是真生气了。

秀秀又想回去了，春子却一个劲地跟她使眼色，秀秀拿收拾碗筷打掩护，低着头不敢看大嫂。春子端着筐子在门口走走站站，春子还拿手捏着喉咙吭吭，春子还用脚踢儿子，意思是让金猪喊出秀秀的。金猪说："爹，你看俺娘踢我。"春子扭头进了厨屋，春子站在厨屋门口骂儿子，骂是红着脸骂的，金猪却转过身去跟秀秀说话。金猪说："姑姑，俺爷爷让你帮他把倒刺拔了，俺爷爷手上都是倒刺……"

秀秀去了堂屋。

马步正还是拿眼角瞟秀秀，他的眼睛已经结了一层雾状的白障，他即便把眼睁大了望着，也不一定能看出马家唯一的女儿早就有了眼角纹。头生稀罕老生娇，吃亏都在半处腰。秀秀上边是闷葫芦哥哥满秋，下边是管不住的弟弟二梭，夹在中间的秀秀还是闺女还是娘。马步正对这个闺女充满了愧意，愧里还挟裹着浓浓的爱。他知道秀秀还诚实还善良，还知道秀秀对娘家人亲不够，包括对兄弟媳妇兰兰。但是，马步正对儿女的爱就是大声地呵斥，就是沉下脸来的竖眉横眼，有时甚至是怒吼。所有这些外在的看得见的表现形式，马步正都会发挥得淋漓尽致，他发脾气的那一会儿是反着当爹的，他越是发狠发狂，哪怕是大北风一样的破口大骂，统统都是马家掌门人的爱的展示，尤其是在他受了伤的身体明显走向衰老之后。比如，他看到肩上背着两个树疙瘩的大儿子满秋出了一头一脸的汗，满秋还呼哧呼哧地喘粗气，他心里就对这个闷头干活的大儿子充满了爱怜，知道马家也只有满秋是个能出力的。他原本还想要满秋匀着劲儿干活，可当满秋埋怨儿子又捎带着弟弟二梭时，他就把那样的话咽了回去。如果满秋不说金猪去紫云寺不是贪玩儿的，他也许会一直把眼闭着，结果他用咳嗽和呼叫替代了爱的展示，结果他让大儿子满秋越发感到了委屈。

244

马家的女儿们暂时还领悟不到一个老人的全部内心煎熬，以及因煎熬催生出来的变了味道的爱。她们只是莫名地害怕这个满头白发、腰背前倾的老爹，她们听着马刘氏叫他老阎王，她们心里多多少少是认可的。除了孙子金猪，马家人没有谁敢在他面前胡乱说话，只有孙子金猪知道爷爷心里想什么。于是金猪把姑姑领进里屋之后，接着又把奶奶拽出来了。金猪说他的脚一准是冻了，有一丝丝凉就疼得钻心，有一丝丝热又痒得钻心。金猪还坐到套间床上，还拉着奶奶看他的脚，还说这一会儿不冷不热又是麻的。马刘氏说："那你要过啥天啊？"说着又拿手指头戳孙子的额头，埋怨金猪是个没眼色的，她原本要听听老阎王会跟闺女说哪些话。马刘氏忽然又扬了声儿，说："小死羔子，你该不是故意把我拉出来的吧？要是，你就是个没良心的，脚丫子冻掉我也不心疼！"

金猪把脚伸到马刘氏怀里，说："又疼了，又痒了，又麻了……"

秀秀喜欢金猪的机灵，秀秀同时还恨着金猪给她带来的怯懦，秀秀掩饰着给爹装烟，还要帮着打火镰，马步正拿烟锅按住了女儿的手。马步正说他已经憋闷了大半天了，马家所有人都想瞒他，秀秀进了娘家门先喊的是他这个爹不假，但是秀秀并没马上进里屋，秀秀不跟他打照面，不是不待见这个爹，秀秀是怕他。秀秀为啥怕他，他心里跟明镜似的，秀秀来了为啥又要急着赶回去，他心里也跟明镜似的。秀秀拿回娘家当幌子，其实并不是先进的娘家门，秀秀先见了谁他心里也一清二楚。马步正说："说吧，小二羔子啥时候到的你们那儿？跟马笸子传话是不是又要闹动静啊？"

秀秀惊得目瞪口呆，说："爹，您……"

马步正说："你进家已经喊过了，你现在只说二梭想干啥吧？你只说二梭提没提兰兰吧？"

秀秀抱着马步正的腿跪下了，秀秀还拿手拧自个儿的嘴，秀秀说她是跟弟弟二梭下过狠话的，打死她也不说独立营要在河套里立足。秀秀说，她急着回去不单单惦记二梭他们的吃住，她是担心话说多了漏风，她虽然没想到爹什么都明白，但她最担心的是怕勾起兰兰的心事，如果兰兰再跟她抹眼泪，如果兰兰再一连声儿地说她又想二梭了，她也许真会说漏风。说漏风她也不怕，回去看二梭的白眼珠子她也不怕，大不了让二梭拿枪托子抡一下，她犯难为的是二梭连一句兰兰也没提。秀秀说："爹，二梭他们还是想把侯得才的矿警队除了，先让笸子叔过去就是为了商定这件事的，笸子叔会怎么说我就不知道了。"

马步正说:"真没提兰兰?"

秀秀摇摇头。

马步正说:"兰兰到那边找他,他一点儿也不知道?"

秀秀还是摇头。

马步正拉起秀秀坐到自己身边,马步正还紧紧地抓着秀秀的手,结果秀秀的手上溅落了爹的泪水。老爹马步正的眼泪给女儿秀秀留下了经久难灭的记忆,直到几年后给弟弟上坟烧纸时,秀秀还在一声连一声地跟弟弟诉说。秀秀说:"小二羔子,二梭,我的亲弟弟,你到底还是走在咱爹前边了……"

在下午剩下的时间里,马步正一直让秀秀陪着他,差不多要掌灯烧汤时,马步正才松了手。后来马步正又像没事儿一样,他让秀秀晚上睡到兰兰屋里,无论兰兰说什么,哪怕兰兰要她年前再找一次二梭,秀秀也只管答应。秀秀忽然记起上午娘说的那些话,还有大嫂春子说的,她心里还是疑惑的。秀秀说:"爹,您说兰兰绣那些花样,真是要让二梭看见啊?一屋子都是人眼,到底是兰兰望二梭啊,还是二梭望兰兰?"马步正长吁一口气,说:"眼神眼神,望着就入神了,入神了就入心了。"

秀秀是点了灯又走出里屋的,春子一把抓住她,说:"亲娘哎,可憋死我了。上午跟你说侯得才说到半截,原本要接着说的,你可倒好,进了里屋不出来了。不行,你不问我也得说给你听,要不真能憋死我!"

春子说下三烂侯得才把骚公狗的那玩意都煮吃了,吃啥补啥,侯得才是专要对付那个日本小娘们的,侯得才天明天黑地弄那事儿,弄完了还是不消火,结果一个矿警队的人都恼他。春子说,老宅的三精包也知道了,侯杨氏出来抱柴火也包着头脸,多多是死活不出门了。春子还要拉秀秀到兰兰屋里说,秀秀就嗔了脸,说大嫂哪里都好,就是说话没个深浅,春子笑着捂住了嘴。

秀秀晚上果然是在小东屋里睡的,兰兰一句埋怨二梭的话也没说,兰兰端着灯照墙上,兰兰还问秀秀她绣的眼睛像不像。秀秀说:"真好看,越看越感觉是带神带韵的,看了就亲不够……"

秀秀是第二天傍黑天回去的,临走时,老爹马步正又把秀秀喊到里屋,马步正把身上的羊皮棉坎脱了,说:"给二野驴带去。记住,别跟他说是老宅里的得章送给我的!"秀秀回到大围子村就看见二梭他们在地上比画,她

运河湾　　246

还想让二梭穿上羊皮棉坎，还想跟二梭说兰兰绣了一墙一屋子的眼睛，结果她只说了一句："我想跟你说家里事……"

第四章

除掉侯得才是与矿警队一起考虑的，马二梭还分别设计了两套方案，马二梭还把他的计划说给黑豆听。仅从这一点上说，马二梭越来越像个指挥员了，要杀日本人为独立营报仇的心没有变，马二梭改变的是方式。也就是说，在目标确定之后，马二梭可以迂回着向目标靠近了，而迂回过程中的一切弯路一切波折，都可以忽略不计。要在先前，马二梭会直冲目标，哪怕在冲向目标的路上中了暗箭落了陷阱，或者葬身于最后一步的流弹之中。比如当年路过紫云寨的散兵，借着找水喝的理由搂抱了白面瓜，马二梭先拿鞭子抽打的是胡营长，他那一会儿的目标是保护白面瓜，根本不去想胡营长也许会在他举鞭子之前开枪。打中原大战时，胡营长让他带敢死队冲锋，他明明知道冲得越快死得越早，他还是跑在最前边，因为他要夺取西北军的机枪阵地，那个机枪阵地就是目标。徐州会战时，他已经意识到，侯得章让他坚守葫芦头阵地是指挥失当，独立营的结局必定是难逃一死，他依旧坚守不退，因为他的目标是截杀对面的日军骑兵大队。运河堤上打伏击，他十分清楚县城的日军随时都可以从背后杀出，而据点里的保安营更是堵住了退路，骑在马上的侯得才并不好打，但他还是打了，目标就是把侯得才干掉。类似的经历还有很多。马二梭很少在目标与方式上犯纠结，也很少去想可能怎么样，不就是为了目标嘛，那就豁出去好了。还有，马二梭的思维是直线式的，在他与目标之间，只有心是横向摆放的，一如他的爱与恨。在心中的爱与恨燃起冲天火柱时，假若有人告诉马二梭应该选择捷径，应该环顾三思，应该斟酌揣度，应该虚实腾挪，马二梭一准会大恼。

所有人都知道马二梭就是这样的。

桃 花 瞳　　247

马二梭没投八路军新一团之前，曾经让人削了428个半寸宽三寸长的木牌，木牌上写了"独立营"三个字。马二梭自己削了一个木牌，木牌上没写字，他在上面画了一只发卡，一束紫柳花。马二梭还跟秀秀要了一根红绒线，然后把木牌系在红兜肚上。那些人里，只有黑豆知道马二梭为什么把木牌贴胸口放着。428是当初运河独立营的人数，木牌要往每个人手里分时，马二梭又说葫芦头阵地上杀死的日本人不算，只算来到运河湾之后的。那时候独立营还有39个活着的，还得算上分道扬镳的老营长胡腊喜和文书魏新麦他们，而其中的22个精壮汉子，还是肖八万带给他的新兵，他们的所有本事就是在河套里打过地兔子。即便到了那一步，马二梭依然想着为独立营报仇，依然想着杀日本人，他把数字刻在心里，为独立营报仇就成了他的天大目标。除掉码头上的日本人福安时，算出来的数字是日本人还欠运河独立营388条人命，接着再扣除掉炮楼拐角处干掉的那3个，准确数字就变成了385。再接着就是运河炮楼里的石破小队。石破小队一共是52人，先干掉的那3个也在其中，从388里直接减去52也可以，336就是尚未完成的人数，但马二梭还没来得及计算，就加入了八路军运西新一团。

团长杨甬力十分欣赏马二梭的疾恶如仇，他对马二梭的报仇数字不加褒贬，他给马二梭灌输的是中华民族不能永远受欺凌，不能伸着脖子任人宰割，马二梭就把报仇数字丢下了。团长杨甬力还给马二梭讲过哲学，说星星之火可以燎原是哲学，欲擒故纵是哲学，为了一跃而后退也是哲学。后来，团长杨甬力还说整个运河湾就是一部哲学史。运河湾原本四季有序，生克互补，于是运河湾里就有了负载。负载就是孕育，负载就是此消彼长，负载就是寒冬的积蓄与夏日的勃发。忽然洪水肆虐，铺天盖地，势如维绝。而后呢？决我堤坝者，必以沉沙铺底，毁我易折者，必以韧坚填之，于是运河湾里多紫柳。紫柳百折不挠，百侵不朽，百谄不媚，百悦不妖，单凭一身粗皮筋骨，于弱处生，于勇处壮，最终于呻吟中汇聚呐喊。团长杨甬力说，运河湾诞生于《孙子兵法》，孕育于《势篇》："乱生于治，怯生于勇，弱生于强。"运河湾大言稀声，默默坚贞着"恃治而怠则生乱，恃勇而骄则生怯，恃强而懈则生弱"。

马二梭对这位尽经磨砺的年轻团长充满了知遇之情，算起来，这位从大西北来的年轻团长算是与他同岁，这也是马二梭崇拜至极的一点，尽管他对团长的哲学韬略几乎浑然不解，但团长杨甬力把运河湾置于哲学中，他又仿佛一下子全懂了。马二梭就是在那样的理解中，竭尽全力，抛却生死，并让独立营变成了复生复灭又死而不僵的紫柳。在换了八路军服装的前几个月里，马二梭再没提过报仇数字，他甚至把运河独立营的往昔，用紫柳与茅草捆绑着塞进心里。如果新任团长侯得章，不每每把他的行动与往昔联结在一起，他或许还真能在抗日杀敌的战场上，不计数字，只为驱虏，那时的马二梭，就是一个广义上的可以传诵的抗战英雄。

复仇之火是来到大围子村之后重新燃起的，数字意识再一次重现，但马二梭已经认可了目标应该在清除路障之后。比如，他要干掉在河套口修了暗堡的日军滩涂中队，就应该先除掉侯得才和他的矿警队。对于独立营的目标而言，矿警队就是路障，尤其是侯得才。

独立营做好了夜袭前的一切准备，包括连队分工，包括往返路线，甚至包括伤亡人员的安置方式。许多新兵都想着在家门口显显本事，许多新兵都激昂着忽而简单忽而复杂的心，许多新兵还拿过年放炮仗或者杀猪宰羊做比较。炮仗的炸响让年味更浓，同时使人愉悦，而杀猪宰羊时的白刀进红刀出，带给人的则是醋畅淋漓的宣泄，以及对勇武对精神的张扬。新提拔的三个连长，变成了所有新兵的崇拜英雄。花子余说的是，杀红了眼就不知道害怕了，满心里都是打，满心里都是杀，尤其是看到战友在身边倒下。肖八万则拿他刀捅日本人当例证，说当初在炮楼拐角处隐蔽的那一会儿，他心跳得喘不出气来，明明嘴张开了，还是憋得难受。脸是火辣辣地冒热气，比火烤着还热，手指头却是冰冰凉。手指还发僵，摸着不像是自己的。日本人过来了，真到要捅刀子了，一刀进去，还真跟杀猪宰羊差不多。

肖八万还说猪羊挨了一刀会踢蹬腿，没爹的日本兵只哼哼了一声。吴春牛则完全摆出一副久经沙场的老兵样，说当兵的都盼着打仗，因为闲下来不是休整就是训练，没事干的时候，心里就会胡思乱想。一想就想到谁是死在战场上的，谁是下了战场又死的，谁是瞎扑瞎跑中了流弹的，谁是拉不开枪栓被人家拿刺刀戳死的。想得越仔细心越虚，还不如不想。不想就盼着打仗，一打就想着先把对方打死，你不打死他，你就得死，你只要一想到死，你就啥也不怕了。许多新兵都说吴连长的话有些绕，但是吴连长拿着死当话说，那就证明死不可怕，既然不怕了，那就打吧。吴春牛过后还冲肖八万和花子余卖老味，说："我要当了团长，我要指挥一团人冲锋，我就专喊不怕死的冲上去！"肖八万说："那要是说怕死呢？"吴春牛说："那我再说怕死的到前边去！"

花子余笑得前仰后合。

马上要行动了，马二梭忽然意识到他的计划其实并不缜密，甚至于连细致都说不上。他先跟黑豆说的是兵分两路，一路入码头对付侯得才，一路吃掉矿警队，这种行动计划完全是由居高临下的思维定式催生的，依旧是没把侯得才放在眼里。侯得才已经完全失形了，甚至是得意忘形了，他跟日本女人花田子寻欢作乐，他变着花样弄那事儿，依仗的是矿警队与码头之间的运河，依仗的是县城日本人的后盾。码头的东西两向有矿警队和县城，南北两向有沿河炮楼，八路军不会无声息地出现在运河里。侯得才非常清楚，他是处在一个环环相扣的大保护圈内，除非八路军从天而降，否则，没有人能对他构成威胁。这是侯得才的筹码，那么，马二梭他们的筹码呢，说到底，还在一个快字上。但是，即便从快上说，许多地方还是充满了未知数。

比如，侯得才一定住在码头吗？码头里边是什么样的？有没有暗藏的火力点？上了码头就是铁栅栏，铁栅栏里边大院套小院，院与院之间，是相通的还是封闭的？码头与县城之间有没有暗道？还有，矿警队还跟先前一样吗？巡逻队撤了，是真撤了还是明撤暗设？岗哨是怎么设置的，火力点是怎么设置的，是流动哨还是固定哨？更关键的是，围绕矿井周边亮着电灯，尽管时亮时灭。要想灯不亮就得切断电源，而发电机是在码头的，难不成还要把沿途电线全剪断吗？只要矿警队那边出现一点儿动静，探照灯马上就会把夜袭的人全部罩住，即便要撤，也会造成巨大伤亡。

马二梭拿眼瞪黑豆，意思是恨着黑豆光知道听他的，黑豆已经是副营长了，黑豆应该随时更正他的计划，哪怕有一丝丝不周全的地方。黑豆冲着马二梭嘿嘿地笑，说他第一次听营长马二梭这样说话，马二梭从来都是咬着钉子说话的，咬断了吐出来也是硬邦邦的。他想着马二梭还是原来的营长，他还是想着营长下了命令就是要执行的，想着听着就忘了自己已经是副营长了。黑豆说他是掂量过的，如果依旧把侯得才放到紫云寨村子里，如果依旧去想侯得才还是先前那个滥贱形，要除掉他连想都不用想，想一下也是多余。问题是，小贼羔子已经大变样了，他已经不是先前的侯得才了，他现在伸伸舌头都是五花肉，打个喷嚏都是焰火花，运河堤上的反伏击就是铁证，对付他还真得进一退三地想。

黑豆说，最牢靠的办法就是找个内部人摸摸底。马笆子可以挑着紫云寺住持的幌子游村串乡，但是马笸子没理由逛码头，更不可能平白无故地进矿警队，摸底细再指望马笸子就不合适了。马笸子不让秀秀到处走动就是例子，紫云寨已经变成是非之地了。黑豆说，他也想过金猪，也想过让豌豆、得印他们回村，想想还是不妥。金猪也不是小孩了，矿警队也好，码头也好，他只要到那儿一打晃，侯得才立马就会注意到他。豌豆和得印、立冬他们已经离家快一年了，冷不丁地再出现在村里，同样是个招耳目的，消息不用传到侯得才那儿，也不用跟侯得才打照面，光一个老宅的侯登銮就能猜出接下来是什么。黑豆说："马营长，我还想再去会会三老雕，一个独立营里也只有我能去见他……"

黑豆救过三老雕岳粮丰的命。说是救，实际是私放的，因为黑豆急着进城为马二梭买消炎药，消炎药都被日本人把控着，而三老雕偏偏说他有办法弄到，只要把他放出去。运河堤上打伏击时，三老雕假扮侯得才，落马之后又当了侯得章的俘虏，没有黑豆进城买药这个茬口，三老雕活不出侯得章的枪口。黑豆要再见三老雕，依仗的就是这个原委，但上一次到矿警队劫取弹药库，三老雕已经帮过独立营一次了，他会不会说黑豆的救命之恩，他已经报完了两清了？如果黑豆硬要说不会，硬要说三老雕一准还会帮他，那黑豆也是个过度自信的，与马二梭的兵分两路，与夜袭矿警队和码头，没有本质的区别。于是黑豆又望着马二梭，说："你想吧，没有更好的办法。马营长，让我去试试，行吗？"

马二梭没说行与不行，马二梭是平静着问黑豆的，问的是："告诉我，你怎么做到与三老雕见了面又不被其他人认出来？"

黑豆吭哧着答不出。

计划陷入了僵局。如果马二梭依旧像先前那样，想怎么做就怎么做，或者说个打就打，定下来兵分两路也许就行动了，行动计划一旦实施，也许会简单地耻笑先前的计划。当然，行动计划彻底失败也是有可能的。马二梭能在行动之初又从头推敲，完全是因为他在倏忽间又记起司令员的话，司令员杨甫力放在他肩上的是极大的信任，信任落到马二梭心里，随即又变成了赌气般的反证。他要对得起那份信任，他同时还要封堵另一个人的口实，那个人就是团长侯得章。独立营输不起，马二梭只能胜不能败，或者说，马二梭已经没有了摔倒再爬起的资本，何况爬起来也要付出代价。而另一个结节点是，马二梭又偏偏急于创造战果，尽管司令员的本意是明确的，就是要独立营像钉子一样牢牢钉在县城周边。自我否定也好，急于求成也好，归根到底，都是马二梭自己把自己推到刀刃上的。

马二梭的眉间聚起疙瘩，马二梭的两面腮上还一个劲地抽搐，马二梭还死死地咬住一根紫柳条，这一切，都是马二梭内心纠结又急于行动的表现。

香芝就是这个节骨眼上，出现在马二梭和黑豆面前的，香芝说她已经明白怎么回事了，蒙着夜袭也好，派人去摸底也好，都有堵不严的漏洞。能摸清底细最好，关键是摸底的人要不被人怀疑，摸底的人还要被认为是该出现的，总之，谁都不能说他藏了秘密。香芝说："我要回紫云寨上坟。"

香芝是第二天半晌到的紫云寨。香芝坐的是马车，马车拿芦席罩顶，芦席上还蒙着棉布帘子，棉布帘子还是双面绒的，上面有玫瑰红的并蒂莲图案。香芝穿的是芝麻绒的双扣斜襟粉红袄，袖口上还缀着兔皮花边，领口上的围脖可以垂下来当披肩，也可以收起来包住头脸。下身的棉裤看着像是丝绒的，看着蓬蓬松松，看着还很轻便。香芝没用松紧带扎裤口，裤口是散散地罩住鞋面的，香芝一看就是个嫁了富贵人家的小媳妇，这也是与紫云寨的媳妇大不同的。还有，香芝下了马车就冲街上的人笑，单凭这一点，不用猜也能看出，香芝嫁的一准是个富贵人家，还得是过了滋润日子的。马车停在当街，偏东几步是侯家老宅，偏西几步是香芝的娘家老屋。侯登銮是从大门洞里探出的头，侯登銮说："你是香芝？"香芝却冲车把式挥挥手，说："你先回去吧，隔天你再来接我，要是等不及，我也许会去三姨家等你。哎，别忘了给老太太回话，就说我光是烧纸，添坟封土的力气活儿我不干。"

马车调头拐弯，香芝看也不看，车把式却在调好牲口后又转过头来，说："少夫人，我一定把话传到。"

侯登銮从大门洞里走出来，瞪大了眼睛又问："你真是香芝？"

香芝从袖口里扯出手绢，手绢在额头上揾一下，说："你真是侯家三爷？三爷，您老人家还好吧？"

侯登銮一个劲地揉眼睛，他没法相信眼前的少夫人，就是那个哭着号着要停灵一整年的小香芝。侯登銮看见香芝在当街解包袱，先解大包袱，大包袱里还有小包袱，连香烛纸马都是拿锡箔纸叠的。包袱里竟然还有烧鸡，烧鸡竟然还是两只，两只烧鸡竟然也用锡箔纸包裹着。香芝解了这个解那个，原来是要找镜子的，香芝拿到手的镜子是个圆的，镶着烫金框儿，托到手里也就手心般大小。香芝照着镜子梳理刘海，梳理几下，手里的镜子倒变成了个不中用的。香芝说："串了烧鸡味儿了，多多嫌弃烧鸡味不，不嫌弃就送给多多吧。哎，三爷，多多还在家吗，几个月没见她了？"

侯登銮不再打量香芝了，侯登銮说的是客气话，说正好多多这几天正嫌闷得慌，反正香芝是回到娘家了，不如中午就在他家吃了，况且香芝进了空荡荡的老院，心里说不定会难受。香芝就瞟着眼神瞅马家胡同，说跟多多说说话好是好，只是想着应该先回本家本族门上，毕竟那边还有个步正爷，步正爷要是怪她不懂礼数，她还真没话说。香芝说："这不好吧？"侯登銮说："香芝你想多了，侯家吧，马家吧，不都是娘家村子的啊？要分亲疏远近也不在乎这一会儿，就当先歇歇喘喘。来，我拿包袱。"

多多见了香芝亲得不得了，圆镜子抓在手里，一会儿照照，一会儿又看背面的金鱼图案，也是喜欢得不得了。香芝又从包袱里扯出烧鸡，说来时也是粗心了，烧鸡应该单拿食盒盛了才对啊。她说着就要多多找盘子，说到坟上摆摆也只是应个景儿，烧纸时念叨几句也就是了，还不如中午吃了。盘子是侯登銮拿的，侯登銮拿的是两个盘子，看见侯杨氏拿嘴撇他，侯登銮又把另一只烧鸡依旧用锡箔纸包好，说："上坟摆供是应该的，坟里的人自然不会真吃，不过摆两只是忌讳。"香芝紧着说："是嘛，我还真是粗心了。"香芝要扯一条鸡腿让侯杨氏吃，侯杨氏伸出手来，侯登銮说他正要听香芝说婆家事的，两个人都吃不合礼数。侯登銮说："香芝，我到现在还是个闷葫芦，你怎么一转身就嫁人了，婆家那边一准是大户人家，谁给你保的媒啊？"侯杨氏望着烧鸡嘟起嘴，没好气地白了侯登銮一眼，说："谁保的，你保的，香芝嫁个金山银山，也跟你不沾一丝丝！"

香芝的脸就红了，先要想笑的，忽然又叹了气，说自己也是个缺心少肺不知道轻重的，当时只想着去找弟弟立冬，只想着找到立冬捆他几巴掌，没想到东一头西一头地竟然遇上了劫道的。劫道的倒没伤害她，也没难为她，只是问她愿不愿意跟他走。香芝说她那一会儿只想着不生横灾就行，荒郊野外的，她也不敢说不答应，她张口就说了愿意，劫道的就带着她回了家。原来劫道的是一个大户人家雇的护院，偏偏那家的少爷相中了她，不知道他们两个是怎么打的通点，也许是多支了些工钱，劫道的也没恼恨，结果她就跟那家少爷拜堂成亲了。香芝说："这都哪儿是哪儿啊，想起来还像是在梦里。不过，少爷倒是对我很好，穿的用的都随我，钱也随我花。"

侯杨氏又望香芝，说她这一会儿就像听戏，这不就是高君保投亲啊。

桃 花 瞳　253

高君保跟刘金定千磨万难，到底还是结了夫妻，只是到香芝这儿变成了反的，香芝倒是先经了磨难，可见世间还是做个规矩男女，终了还是个福满姻缘。假若香芝的爹还活着，假若马照本也装了一肚子机巧计谋，香芝做梦也做不到大户人家去啊！侯登銮拿筷子夹侯杨氏的手，说他还想听听香芝的婆家是哪个村的，婆家那边姓啥，香芝是半晌天来到的，又是坐的马车，估计路程也不会很远。侯登銮说："既然是大户人家，那边怎么没来下聘礼拜族门啊？"多多抓起香芝的手，拉着进了自己屋里，走到门口又说："人家没你懂礼数，人家没有那样的好儿，人家都是缺心眼的。行了吧？还问不？"

香芝当天晚上就跟多多睡在一起，多多还流了泪，多多还说她活够了。爹是一肚子麻花肠，哥哥是整个儿不要脸，她现在出门都恨不得拿锅灰把脸抹了。香芝就问怎么回事，多多说："我想听你说说立冬。那个没正形的，说他得等早晨起来口臭时……"

第五章

香芝要上坟给她爹马照本烧纸，多多从橱柜里找出半刀火纸，先跟她娘侯杨氏学着叠元宝，火纸揉搓烂了，最后叠成的是银锞子。侯登銮又把火纸放回去大半，侯登銮还跟多多撂脸子，说多多看着想得周全，其实都不在礼数上。他说："别忘了，人家姓马，你姓侯。"多多说："烧鸡姓啥？"侯杨氏扑哧笑了，笑着在多多额上点一指头，看着像是训诫女儿的，手指点得柔柔的，训诫就变成了亲昵。侯登銮讪讪地坐到一边，眼睛乜斜着看香芝整理包袱，侯登銮还瞅香芝的眉眼。香芝显出一脸的水静，水静里蕴涵着悲伤，悲伤又克制着，香芝的脸上就有了清冷的寒气，看着像是浸了一夜霜雪的，跟刚来时的欢快大不同了。香芝收了银锞子又拦阻多多，说她这一会儿心里酸楚，明明知道人都是一辈辈来了又走的，活得岁数再大也终归是一死，看见火纸还是忍不住。香芝说："好了多多，我要上坟了，地里冷，你别去了。"

多多背起包袱迈出门槛，走到院子里又说："地里冷，凉气却是新鲜的。家里倒是有暖和气，你闻闻，一股子泔水味！"

侯登銮磨蹭着跟出去，侯杨氏紧着把他拽住了，说他越来越没正形了，外边人怎么说不知道，自家孩子心里也是瞧不起的。侯杨氏说："多多说什么了，没听出来啊？"侯登銮踩着杌子向街上张望，望的是马家胡同，马家胡同里站着个春子，春子怀里抱着柴火。侯登銮望着自语，说抱柴火也会赶个巧劲儿，这边一上街，那边立马就出来个抱柴火的。侯杨氏呀呀地吐口水，说："哎呀哎呀，亲娘哎，你满满一肚子装的都是些啥啊？不猜着想行不行？有这份闲心，不如到码头叫街去，顺便把熊羔子得才抓回来打一顿！"

抱柴火的春子没跟香芝打招呼，也没号号着喊香芝，她是抱着柴火往家跑的，柴火扔到厨屋门口，先喊的是公爹马步正，说她看见了一个光鲜小媳妇，小媳妇是从侯家老宅出来的，旁边还跟着多多，多多还帮着背包袱，包袱看着鼓囊囊的，就是不显沉。啥东西显多不显沉，只能是折叠的空心纸马。春子说："爹，爹，我看见香芝了，香芝一准是给她爹上坟烧纸的。但是，光鲜鲜的小媳妇又不像香芝，香芝不是去那边了，她什么时候找的婆家啊？"马步正拿烟锅在金猪头上敲一下，金猪一把捂住了他娘的嘴，拉着扯着关上了堂屋门。

马刘氏是从兰兰屋里出来的，马刘氏又要拿缃鞋锥子扎春子的嘴，说她再也不能听春子说话了，春子的话能把她糊涂死。马刘氏说："春子你刚才看见谁了？是香芝对吧？香芝又成小媳妇了，小媳妇又不像香芝了，旁边还有个背包袱的多多……春子你还有句不糊涂的话吗？"

满秋是在柴棚里修补淘草笊篱的，听见娘数落春子，他没抬头看，他只是冲着门口吐了一口痰。兰兰却跟着婆婆进了堂屋，兰兰还不眨眼地望春子，兰兰还探着头望窗口，兰兰还满脸的疑惑。

马步正忽然拿手捏住了喉咙，喉咙里还发出沙沙哑哑的呼噜声，马步正就呻吟着看兰兰，说他想喝碗鸡蛋茶败败火，鸡蛋茶不能泼老了，泼老了就变成煮的了。马步正说："兰兰，你去烧水吧，他娘，你给兰兰拿个鸡蛋。我记得罐子里有个小鸡繁的蛋。"兰兰答应着去了厨屋，马刘氏瞅瞅春子又瞅瞅金猪，嘟哝着说老阎王爷也学会说糊涂话了，把两个听了半截话的支出去，把不准火候的倒变成马家明白人了。马刘氏说："鸡蛋再小也是论个的，

桃花瞳 255

要找小个的，你让家雀冬天抱窝繁蛋啊，小鸡再小也比家雀大。"

　　春子吃吃地笑，春子还是想说光鲜的小媳妇一准是香芝，她刚才说不像，是指香芝穿了一身光鲜衣服。马步正用咳嗽制止了春子，说他冷不丁地又想到照本了，当初死也不是好死的，下葬也没请响器，也没设路祭，想必起坟也起不大。毕竟是一个马家祖宗的，毕竟正是大冬天闲时候，他要让金猪去给照本添坟，春子带一把秆草跟着去。秆草拿挑谷叉挑着，秆草是压到坟头上的，扎个胳膊粗的秆草把，添坟时拿新土埋半截。春子又要笑，说胳膊粗一把秆草还用拿挑谷叉挑着啊，一把抓着也行，拿胳肢窝夹着也行，拿挑谷叉挑着倒像个耍大力气的了。金猪用胳膊肘捣他娘，说："爷爷安排的，叫你拿啥你拿啥。"春子忽然打个愣怔，说她这一会儿有些明白了，爹让她扛一杆挑谷叉，爹没说让满秋去，爹一准是认准了她是个有眼色不怕事的。她还有一身力气，遇上没正形的，生了贱皮贱毛的，惹烦了，她真敢叉死他。马步正长长地叹口气，说："老大家的，你刚才没看错，跟多多在一起的是香芝，香芝是来给她爹烧纸的。去吧，去了听香芝的。金猪你带那把尖头锨……"

　　马照本的坟在矿警队西边，中间隔着一片紫柳，挨着紫柳的是一块圆不圆方不方的车辋地，许是秋天积多了雨水，地里的花柴也没拔。紫柳喜潮湿地，也喜沙性土质，生在地里的紫柳，犁耙地时连根儿拔了，长在地边上的留着，留着变成了地梗边界。紫柳条割了编筐编囤了，现在看到的是紫柳墩子。香芝跟金猪使眼色，金猪瞟一眼矿警队，先是绕着坟头转圈子，转过了又往东走，走着还迈大步，看着像是步量尺寸的。金猪步量着快走到矿警队围栏了才站住，站住了又拿铁锨挖一下，然后倒退着隔几步挖一个坑。金猪还冲着坟头呼喊，呼喊得又响又亮，听听又是没词没句的。

　　岳粮丰从矿警队走出来，岳粮丰还剔着牙，说："哎哎，你不是叫金猪吗，你这是弄啥？军事重地不知道啊，快走！"多多抓了一把沙土扬到岳粮丰脸上，说："烧纸添坟呢，看不见啊，没长眼啊，都是没正形的啊？金猪你挖土添坟吧，别搭理他！"岳粮丰嘿嘿着要笑，紧着说他没想到多多小姐也在这里，多多小姐说他没长眼，那他就是个没眼的，有眼怎么会认不出侯队长的妹妹，有眼怎么认不出这位阔太太是个面熟的。还有这位大嫂。他只要看见挑谷叉，马上就该认出大嫂是马家胡同的，只有马家人的挑谷叉才常年明晃晃的。岳粮丰说："金猪，你刚才呜哇呜哇地呼喊，那是啥说道啊？"

256

香芝从袖筒里掏手绢，手绢扯出来，手指缝里夹着的是一粒黑豆。香芝说岳副队长个是聪明人，有说道没说道，看一眼就明白了，明白了就知道怎么回事了。香芝说："岳队长得是个聪明人吧，岳队长心里得有数吧？"

春子说："眼大鼻子空，肚里打灯笼，聪明人就愿意跟聪明人说话。老总，听说你们把狼狗肉都煮吃了，你们铺着狗皮褥子睡觉，一冬天都不用烘床，狗皮褥子埋到雪里都是热的。是真的吗？"

岳粮丰还是嘿嘿地笑，说马家的大嫂能把他笑死，大嫂说的是笨话，笨话是故意引他发笑的。岳粮丰说，他平时还真不是有数的人，不过这一会儿他想试试，尽管他只是个副队长。岳粮丰说矿警队就是以前的保安营，也没增员，也没减员，也没有请假的，也没有溜号的。弹药库还是原来的老地方，还是4挺机枪，2门坐地炮。矿井那边也很平和，也没有闹事的，也没有捣乱的，狼狗死了巡逻队就撤了。后来明哨暗哨都撤了，大冬天，谁都不愿意出被窝，谁都知道被窝里暖和。侯队长还是吃住在码头，码头那边还是两个男的两个女的，侯队长吃住在码头是为了掌握矿井工程进度。侯队长对矿警队的弟兄们很放心，没有特殊情况，侯队长用不着往这边跑。不过，要是矿警队这边有喝醉酒耍酒疯的，侯队长知道了也会过来训斥。岳粮丰说："怎么样，我这个副队长不是吃干饭的吧，我得算是个心里有数的吧？"

岳粮丰还摇头晃脑的，听着像是故意显摆的，岳粮丰还想接着再说码头，还想说两个女的都是日本人，还想说花田子小姐是个中国通。多多又把沙土扬到他脸上，说："我们是来上坟烧纸的，你胡咧咧啥，有数没数跟我们啥关系啊？"多多还埋怨香芝，说香芝也真是的，用得着讨好他吗？用得着听他瞎嗒嗒吗？多多说："香芝你只管烧，我看哪个敢拦阻？"岳粮丰笑着往回跑，跑着说："反正我是不敢！"

香芝点燃了香烛纸马，跪下来喊了一声爹，眼泪跟着流出来。香芝说："爹呀，我已经托人打听了，立冬也是个平安的，立冬要干的事咱得随着他，他不回来上坟一准是脱不开身……"

火纸燃尽了，坟上也添了新土，几个人默默地往回走。多多故意拽着香芝落在后边，多多还给香芝擦泪，多多说："香芝你放心吧，以后逢年过节，立冬回不来我替他上坟烧纸，反正侯家的人我是烦透了。"

春子是绷着嘴回家的，到家先进的是堂屋，进了堂屋就笑了，笑是拿手捂着笑的。春子说，姓岳的是故意泄密说给香芝听的，香芝一听就明白了，

桃花瞳　　257

多多却偏说那个人是胡咧咧，可见人不可貌相，多多空长了个机灵样。春子忍着笑到里屋，又要跟公爹马步正说香芝，金猪跟她使眼色，春子就压低了声音，说香芝又跟着多多去了老宅，矿警队看见她扛着挑谷叉，要出来胡闹的又吓回去了。马步正让金猪给他娘搬凳子，还要春子坐下来听他说话，马步正说的是，知道的不一定说出来，说出来的不一定是知道的，关键是看哪些话该说，哪些话不该说。马步正说，二野驴不在家，兰兰又小了几岁，金猪还是个孩子，满秋又是个闷葫芦头，自己的身体明显老了，马家的事以后要靠春子撑起来，尽管他知道这是难为人的。马步正还说春子为马家做得够多的了，一件一件他都在心里记着，不给春子好脸色是怕春子犯毛躁，恶狗恶狼就在身边，一犯毛躁就会坏大事。

马步正挖了一锅烟，冷不防地问一句，说："老大家，你说香芝为啥不来咱们家住，从族门上说，一个马家数咱们根上最近？"

春子说："香芝不想让人猜她，香芝是故意住在侯家老宅的。"

马步正又说："香芝不担心侯登銮反着想吗？"

春子又答："反反得正。香芝明明知道三精包会反着想，偏偏在他跟前打晃，三精包再精也得被香芝晃晕乎。"

金猪一下子抱住了他娘的头，说："爷爷，俺娘不真傻！"

马步正举着烟锅要砸金猪，说："香芝跟二梭他们是提着脑袋干大事的，咱们也得提着脑袋护他们。老大家，我看你还真行，以后的凶险事还少不了，马家还不知道会到哪一步，你多费心吧。"

春子怔怔地望着公爹，望着打个抽泣，眼泪噗噗地流出来，说："爹啊，您别说了，我就是死也得对得起马家，我还得把毛躁的毛病改了，我还得把话多的毛病改了，我还得撑起这个家来！"

香芝是第二天回去的，香芝还把随身带的零碎物件留给了多多，另一只烧鸡也没往坟上带，回来也没说吃了吧，看着像是忘了的。还有，香芝到走也没进马家胡同，按说她该去看望家族长辈，烧鸡是现成的，即便不拿礼物，礼数上也应该想到，何况马步正老爷子还是马家族门中辈分最高的。侯登銮又把那只烧鸡拿出来，烧鸡装在盘子里，盘子是拉在自己跟前的。侯登銮还喝了酒。侯登銮吃着喝着，忽然自个儿打个愣怔，手里抓着筷子，筷子啪啪地敲打盘子，说："不对啊，不对啊，按说我不该犯迷糊啊？不该犯我怎么又犯了？"侯杨氏撇着嘴吐口水，说："没看出来你迷糊啊，撕一口烧鸡，喝一口猫尿，看着都进了你肚里。你是说烧鸡不该有骨头，是吧？"侯登銮说："我是往正事上说的，你别打哈哈，你以为我光会吃不会想啊？"

侯登銮是怔着眼跟侯杨氏说话的，侯登銮还说他一开始并没犯迷糊，香芝把马车停在街上，那一会儿他就想了。香芝为什么不让马车停在离她家最近的地方，马车先进的是西门，她家又在老宅西边，她让马车停在中间，她回家不就多绕几步吗？不错，香芝是想显摆，是想照镜子，照镜子还用得着大包袱小包袱的都解开吗？要照镜子进了家再照不行吗？说是找镜子，先找出来的却是烧鸡，烧鸡是拿锡箔纸包着的，偏偏又说镜子上串了烧鸡味。她要不说，任谁也看不出锡箔里会包着烧鸡，并且还是两只。香芝不就是想吊别人的胃口吗？离她最近的是侯家老宅，香芝不就是想让他邀请她吗？还有，香芝先问的是多多在不在家，香芝为什么不问喜喜，为什么不问问兰兰，为什么不问得印，为什么不问豌豆，为什么不问金猪？香芝还说把镜子送给多多吧，香芝还说镜子串了烧鸡味她不想要了，不想要就扔了啊，她为什么没扔？她那是啥意思？她是说给谁听的？

侯杨氏说："你该问烧鸡。烧鸡说，香芝你是回娘家了，一个紫云寨都是你的娘家人。哎，烧鸡是这样说的吧？"

侯登銮冲着侯杨氏翻白眼，侯登銮还要拿筷子插侯杨氏。侯登銮说，他那一会儿就认定香芝是在给他玩西洋景的，香芝故意把一切都弄得云山雾罩，就是为了让他犯迷糊。她还被人劫道了，她还被人劫到大户人家了，大户人家的少爷竟然看上她了，她怎么不说被省长县长看上了？劫道的既然是想劫个媳妇，那就带着人回自个儿的家啊，劫了带回东家，专要给少爷劫啊？就算找到大户人家了，就算成了阔太太阔夫人了，坐了马车回娘家上坟烧纸，那少爷新女婿为什么没跟来？她不懂礼，人家也不懂啊？

侯杨氏说："人家都不懂，只有你懂，你懂怎么还说犯迷糊？"

侯登銮就把筷子扔了，恨着说他原本什么都明白，他是被糊涂娘俩气迷糊的！那个小不懂事的怄着气跟他甩凉腔，说的话都是连抓带挠的。他正要扯根拉秧挖内中缘由的，这个老不懂事的又口口声声说是高君保投亲，说高君保跟刘金定千磨万难，到底还是结了夫妻，可见世间还是做个规矩男女，终了有个福满姻缘。侯登銮说："你那话是啥意思？枪里夹鞭说那些话，你以为我听不出来啊？"

里屋又响起多多的摔打声，多多摔打的是橱柜，多多一准是故意把橱柜

桃花瞳　259

门拉开了又关上。侯杨氏站起来，说："你这也明白，那也有数，你到底要说啥？两只烧鸡让你自己吃了一只半，你到底想说啥？"侯登銮一下子涨红了脸，可着嗓子号一声，说："别再说什么烧鸡烧鸭了行吗，这里边有弯弯，这里边有说道，知道吧你个傻老娘们！"

侯登銮直接去了矿警队，走到矿警队门口时，侯登銮还在布满尿眼的狗坟上踩了一脚。侯登銮不想去码头上找儿子，他不想看见那个日本小麻花妮，侯登銮先找的是岳粮丰，嘴里喊的还是三老雕。他说："三老雕你去把熊羔子得才给我叫来，他要是再说找不到裤子了，你就拿床单把他裹来！"岳粮丰笑得没气，说三爷说话就是有趣，侯队长明明是身负重任的，三爷还是往床上想，侯队长不一定每时每刻都在床上。退一万步说，花田子小姐一门心思地要开煤矿，真要有人天明天黑地搂抱她，她也不一定真高兴，何况中间还隔着三顿饭。岳粮丰看见侯登銮的脸色一会儿一变，紧着又问侯登銮急着找侯队长是为什么，是不是得到了什么秘密情报，见了侯队长之后他也方便汇报。侯登銮哼哼着剔牙，只是拿脚踢着岳粮丰快去。

岳粮丰跑着去跑着回，回来说侯队长进了城，是跟花田子小姐一块儿去的，去得很急，估计是有军情，估计得是好事，因为春由枝子看见他就摆手，说："进城了！别来了！"

就在侯登銮冲着码头吐口水时，香芝把她得来的消息原原本本地告诉了马二梭。香芝还望着黑豆笑，笑得很甜，说黑豆还真把个鬼头老雕交下了。鬼头老雕也是真鬼，借着赌气说话，借着装聪明人说话，连码头带矿警队说了个掉底儿透，他竟然还故意显摆自己是个有数的，以此证明他不是糊涂着当副队长的。他说了个一五一十，竟然还是当着多多的面说的，竟然还把多多绕进去了，多多还骂他胡咧咧。香芝还拿手比画，说她拿手指夹着一颗黑豆粒儿，就那样一晃就被三老雕看见了，她当时从黑豆手里接过黑豆粒时，心里还是带着怀疑的，结果三老雕瞥了一眼就明白是黑豆要找他。吴春牛望望黑豆又望香芝，说他这一会儿要变成糊涂粥了，香芝带走了一个黑豆，营部里还有个黑豆，不拿手指夹着，也不知道香芝想要哪个了。吴春牛说："香芝你还是给丁副营长换个新名吧，不换名，我们以后不敢吃黑豆锅饼了。最好叫个白面豆，要不就叫绿豆丸子。"香芝笑着红了脸，黑豆光是嘿嘿地笑。

独立营马上做出分工，除抽调一个班进码头对付侯得才之外，其他人全部用来夜袭矿警队。既然没有游动哨，那就直接摸进去，为了避免惊动河套口暗堡里的日军，不到万不得已，尽量不动明火。现在的问题是，这一次夜袭矿警队不只是为了武器弹药，他们要把整个矿警队连窝儿端掉。要端掉就有个俘虏安置问题，只要夜袭计划周密，估计矿警队不会抵抗，那么，几百个俘虏的押送就成了当务之急。要押运就要押送到团部，提前给团部打报告就成了必需的，况且又是大行动。马二梭让吴春牛紧着写报告，报告是当天下午往司令部送的，同时也报送了团部。夜袭行动就安排在晚上。香芝又悄悄找秀秀，她要秀秀多找几个胆大心细的妇女，除了捆绑担架，最要紧的是多撕一些干净布片布条，布片布条提前拿开水煮了，紧着挂到绳上晾干。秀秀拿一只手捂住胸口，说："真要打啊？"香芝说："姑你知道吗，马营长快憋不住了！"

金猪是吃晚饭时跑来的，金猪说的是："情况出变化了，侯得才当团长了，一切都跟原来不一样了……"

第六章

侯得才自己也没想到他真能当团长，前几年，他爹侯登銮是说过类似的话，那时候，他爹是要他随着堂兄侯得章爬梯子的。他爹拿那样的话追赶大爷侯登科，还让大爷侯登科紧着进城找团长儿子，紧着让团长儿子提拔连长侄子。先让得才当营长，当了营长当团长，当了团长当师长。后边的话是他爹逼着大爷说的，其实大爷根本看不起他，团长大哥也看不起他，侯得章从来没拿正眼看过他，侯得章挂在嘴边的一句话是："得才你还有点儿正形吗？"结果他与堂兄分道扬镳了。侯得才不止一次想过，假若那天他不撺掇着三老雕岳粮丰逃出县城，假若继续软禁在机修班，挨枪毙倒不至于，团长大哥恼他说漏风话却是真的，再想得提拔就够呛了。侯得章又让运河独立营死而复生，又让马二梭当独立营营长，就冲这一点，他再跟着大哥侯得章混下去也没意思了，再熬也熬不出前程了。

桃 花 瞳　261

但是，要说侯得才图谋不轨，当年逃出县城就是为了投奔保安纵队，就是为了当营长当团长，这话并不准。其实，他那时候并不知道山东地面上还有个鲁西保安纵队，不知道纵队司令刘百湖原来是韩复榘手枪旅的团长，更不知道刘百湖已经投靠了日本人。侯得才脱离186团，脱离团长大哥，不过是怕见马二梭，不过是胡乱碰运气，不过是碰巧了。碰上保安纵队当的也是副营长，营长的位子是死鬼孙宝贝让给他的，当然，他也盼着有人除掉孙宝贝。侯得才的营长是捡拾的落风枣，侯得才本来也想当了营长当团长，可是司令刘百湖也明显地不喜欢他，甚至还有些恶心他，特别是他跟花田子小姐扯上关系之后。

侯得才渐渐打消了当团长的念头，他把心思都用在对付花田子小姐身上，把控花田子就是把控运河煤矿，最终把花田子甩掉都是有可能的。这一点，他那个精包爹也没看出来，侯登銮看见他就骂犯贱，看见他就噗噗地吐口水，不过是把他看成爱解女人腰带的贱头滥人了。当然，他也没必要跟爹解释，况且也不一定能解释得清，他爹是拿他跟侯得章比的，侄子是团长，他就想让儿子也当团长，儿子跟侄子平起平坐了，侯家老宅里，大哥侯登科也没资格再跟他显摆。侯得才自认为他比爹的心大，只是没想到他会真当团长。

这一切都源于花田子小姐。

巡逻队的狼狗暴死之后，花田子小姐先是惊恐，继之是逼着侯得才查凶手，接着就是担心矿井再出凶险事。好在凶险事没再接二连三地出，而狼狗的暴死也没查出是中毒，但一个"死因存疑"的尸检结果，还是让花田子小姐心存困惑。既然是存疑，那就有多种可能，而目的只有一个，就是针对矿井的。花田子小姐设想过许多可能，包括极有可能或者略有可能，无论哪一种结果，基本上都跟平安大顺扯不起来，尤其是从大川少佐口中获知帝国圣战举步维艰之后。

花田子小姐决定接受大川少佐的建议，大川少佐的言外之意已经很明显了，况且煤炭资源的攫取同样是帝国利益的一部分。既然运河煤矿从钻探到开采是系统工程，既然保安纵队是借窝下蛋，旨在坐大坐强，既然司令刘百湖桀骜难驯，终会鼻大压嘴，尾大坠身，那就从保安纵队划拨出一个团好了。划拨出的这个团要脱离保安纵队的建制，还要把身份性质定位为矿井拱卫，还要把建制改为单列矿警团，除非皇军另有所用，其辖治使用权完全归煤矿。当然，矿警团的团长人选必须是花田子小姐认可的，而花田子小姐只在一个节点上裁度就可以了,那就是把控。大川少佐还特别提醒花田子小姐,说:"这个侯得才可使用不可信赖……"意思是要花田子小姐留心的,见花田子小姐咬住嘴唇点头,大川少佐当时就笑了,又说:"我相信麻生家族的樱花之魁是有能力的,把控一个虽无良德却可暂用的中国痞子,花田子小姐甚至用不着发号施令!"

其实,花田子小姐是藏着难言之隐的,她一方面希望侯得才愈无德愈好,只有无德,才能置同族亲友于不顾,才能视国家民族于漠然,最终只剩下唯利是图,唯用是图。同时又忌惮着无德之徒的出尔反尔,忌惮着狂吠之兽终将伤主。对花田子小姐来说,养一条看家狗远胜于养一头干活的牛,假若这条狗只忠于她一人的话。然而侯得才不是,侯得才会一边向骨头施舍者摇尾示敬,同时还会垂涎于另一家肉铺的肉,为了他方之肉,侯得才会抛弃骨头咬断脖套,甚至反咬主人。

花田子小姐还从侯得才身上感知到了占有欲,感知到了几近变态的驾驭狂。比如,以哑女身份初来运河码头时,花田子小姐曾有意屈服于侯得才,献出肉体以博侯得才之欢,其用意在于把控一个无德无良的中国人,以抗衡三菱矿产的三个男人。结果侯得才得寸进尺,竟然以勾栏弄欢的迷仙绒戏要她,每每寻欢,还要让她做出欲痴欲醉的媚态。她无法抗拒那卑琐物儿对一个女人肉体的征服,她有许多次恶语相向,甚至专踢侯得才的下裆,但她同时也明白,她不能让侯得才失了贪欲。又比如,侯得才还把暴死狼狗的胯下之物割了食用,其目的依旧是要征服她,从肉欲上征服了她,她就变成了侯得才手中的玩物,而这恰恰是花田子小姐不能容忍的,但这同时又是花田子小姐难以抛弃的。

提防又要使用,厌恶又要承欢,花田子小姐的心也是苦的。

大川少佐应该感知到了花田子小姐的纠结,花田子小姐的眼神有一阵子是迷离的,花田子小姐还以极其轻微的手势按了一下胸口,接着才是感谢着接受,说:"少佐,请允许我代表麻生矿业表达我的谢意,我会报知家父,到军部为少佐请功。"大川少佐就把他的猜测放下了,既然花田子小姐自己不愿捅透,那就留给一位妙龄女子自己打理吧,毕竟他也是藏着一石二鸟心的。但大川少佐还是暗示花田子小姐,应该把侯得才带到他的队部,在侯得才翘尾巴之前,先把痞子无赖的牙齿打掉。花田子小姐马上就心领神会了,她跟侯得才说的是:"得才君,如果刘司令肯放出一个团的话,我很想推举你出任矿警团团长。当然，前提是刘司令甘愿忍痛割爱……"

应该说，侯得才是其极机敏的，他没等花田子小姐的话完全落音，他根本没想花田子小姐为什么会突然说这些话，随即就说保安纵队敢不听皇军的吗？侯得才甚至还跟花田子小姐出主意，说他们两个都可以装作一无所知，话让大川少佐说，单说矿井安则县城安，矿井周边安个矿警团，拱卫护防的是县城。他刘百湖敢说县城不重要吗？他刘百湖敢说煤矿不重要吗？这就叫热油锅里捞冰糖葫芦，不捞化了，捞就烫手。侯得才出了主意又昏着头望花田子小姐，说："哎，哎，你怎么想起设矿警团了？"花田子小姐冷冷地笑，说既然侯队长无意仕途，那就不用急着去大队部了，她的提议全当让一阵风吹走了。侯得才抱着花田子小姐上车，说："别吹走啊姑奶奶，你得让它一直吹着。嘿，给个团长不当，我不会是真让傻驴踢了吧？"

大川少佐是真心帮扶花田子小姐的，侯得才一走进日军大队部，大川少佐突然发出一声怪笑，指挥刀是呼啸着劈向侯得才的，明明是白亮的刀刃，快落到脖子上时，划出的竟然是黑光。侯得才一下子瘫倒了，跪下来先抱住的是花田子小姐的腿，侯得才还拉了长腔哀号，一声连一声地要花田子小姐救他。侯得才说："你快让大川太君把刀放下啊，他放下了你再问他为什么，他凭啥要杀我？"花田子小姐紧着阻拦，紧着拿胳膊护住了侯得才的头，说她要为侯队长求情，尽管她也猜着侯得才十有八九又犯了军纪。大川少佐连连摇头，说花田子小姐完全被侯得才利用了，他的皇军大队也被侯得才利用了，侯得才暗通八路，侯得才阳奉阴违，他其实是想着有朝一日再投八路的。侯得才哇哇地叫，说天地良心，说若有二心神鬼不容，说八路那边好多个仇人，他宁愿跳到运河里淹死也不会投八路。大川少佐说："此话当真？"侯得才又把头伸到花田子小姐怀里，说："花田子小姐，你紧着说啊，不真还假啊？"

花田子小姐连着说了几句当真，大川少佐就把刀放下了，说："既然花田子小姐担保，那就让他出任矿警团团长吧！"

但是，司令刘百湖却表达了他的不满。刘百湖还冲着大川少佐翻白眼，说他怎么都不明白，堂堂的皇军少佐怎么会相信一个下三烂，爹娘老子都掏不出实话，连着一个爷爷的团长堂兄他都能出卖，相信这种人还不如相信猫不沾腥。这些话是把侯得才往死里挖的，挖着侯得才捎带的是大川少佐，因为只有昏聩无知者才会良莠不分。继之话锋陡转，一下子又戳到花田子小姐身上，尽管说的还是侯得才。刘百湖说："身为军人，又肩负重任，居然连

264

死狗也不放过，居然还把狗屎狗蛋割了煮着吃。吃过了死狗的，是不是还要逮了活狗割蛋割屎啊？我把一个团的弟兄都给他，他是不是还要把一个团的弟兄都骗了啊？他装一肚子那玩意弄啥去？河湾县城要变成配种站吗？"花田子小姐的脸一下子红到耳根，花田子小姐咬牙切齿，转个身又望大川少佐，说她不能容忍目空一切的家伙在少佐面前信口狂吠。大川少佐就下了死命令："矿警团立即开出城外！"

大川少佐还要侯得才挑选，侯得才摇摇头，说："保安纵队都是精兵强将，都是刘司令多年调教出来的，都是能文能武的，根本用不着挑选。那就让城防团出城吧……"城防团是刘百湖的倚重团，除了四营四连的四四建制，另外还有一个团部直属手枪连。刘百湖投靠日本人之前，曾经在五战区司令韩复榘手枪旅里当过团长，又是靠着枪法准发迹的，来到河湾县之后，刘百湖忌讳日本人的猜疑，手枪团曾一度打乱建制，最后改成了城防团，又把炮营改成了机枪营，但其中的一个手枪连是死活不愿意动了。侯得才割的是刘百湖的肋巴肉，肋巴肉离心尖最近，刘百湖差一点气死，大川少佐却对侯得才投以赞许。

侯得才到司令部拿调令，原城防团的正副团长被刘百湖留下了，侯得才又要求司令部给他补欠员，说大川少佐下的是一个建制团的命令，他不能也不敢违抗。刘百湖抢着马鞭子追打侯得才，还指名道姓地骂侯得才是狗屎是人渣，将来不得好死。侯得才嘿嘿地笑，说："刘司令哪里都好，骂他骂得也很实在，就是不该拐带花田子小姐。花田子小姐还没出阁，司令满嘴里屎啊蛋啊的，这明显是把人家当骚货了。"侯得才还说了刘司令有一句最巧妙的，说他会把一个团的弟兄都骗了，他那一会儿差一点儿笑死，就是现在这一会儿，他也是强忍着不笑的，不过是真想笑。

刘百湖丢下鞭子又掏手枪，手枪瞄的是侯得才的裤裆，裤裆里钻了个枪眼，裤裆里还冒出烟来。刘百湖说天下不要脸的见多了，就是没见过这么不要脸的，看来他的保安纵队以后是没好日子过了。刘百湖接着又骂大川少佐，说大川这个王八犊子明着是帮花花妮护矿井，其实是借机削弱他的力量，其实是对他有了猜疑心，其实是没把中国人当朋友。侯得才一下子笑出声来，说："刘司令到底是眼观六路的将军，一句话就点到了腰眼上。"侯得才转着圈子找的是布片草叶，揉搓着堵住裤裆上的枪眼，又说："放心吧司令，我保证不把您的话学给大川少佐。"

桃花瞳　　265

侯得才说了这句话又笑了，除了想笑，他自己也不知道哪一句话是真的。

矿警团已经有五个营了，兵力大于日军一个联队，就实力而言，矿警团不亚于刘百湖的警卫团。侯得才出了城就盘算，最后盘算的是在码头上放一个营，这个营是用来贴身使用的。至于是由矿警队担任，还是从新划拨的四个营里挑选，侯得才一时还拿不定主意。花田子小姐静静地望着侯得才，说："侯团长，我想听听你的部署……"

侯得才知道花田子小姐的意思，果然先部署的是矿井，他要在矿井的四个角部署四个营，四个营把住四角四边，吃住防不离矿井周边。他还要跟四个营长立下军令状，军令状就是生死文书，哪一个营出了纰漏，营长就地正法，副营长依次顶缺。只要营长敢立军令状，只要营长保证不出事，他可以不强求出操训练。接着是划分驻防地点。矿井西北角是官地，官地地势平坦，便于运动，那个地方应该放一个营。紫云寨村子的东北角地势高，可以形成制高优势，那个地方也要放一个营。矿井北边连着河套，河套里能跑兔子也能藏兔子，那儿也要放一个营。矿井正东是运河，运河南北贯通，能走人也能来人，紧靠运河大堤也要放一个营。花田子小姐说："不错，还有吗？"侯得才眯了眼看花田子小姐，说他正要说一件紧要的，这件紧要事还真让他这个团长作难了，因为他有心无力。花田子小姐又说："是吗，那我还想听听……"

侯得才说，从长远计，从战略计，从周密计，从稳妥计，每个营区都要设一处洗衣房，每个洗衣房最少要有两个洗衣女。矿警团的弟兄个个穿得干干净净的，个个精神抖擞的，想让他们怎么防守都行。侯得才说："你准备一部分筹备金吧，我到县城跟老鸨签协约，这件事拖不得。"

使女春由枝子原本是要晾衣服的，洗衣盆里挑出侯得才的裤子，扔到地上又拿脚踩。屋里的花田子小姐是叹着气骂的，说天下最肮脏的就是军人，最无耻的就是要拿肮脏当冠冕堂皇理由的男人。骂归骂，花田子小姐最终还是依了侯得才，她当天就向总部发报，说的是运河煤矿一切均已就绪，捣乱分子已销声匿迹，一旦钻井设备全部到位，钻探开采将指日可待。要钱的事是放在最后说的，花田子小姐知道，钱不是问题，只要总部那边批复了，光一个萍乡煤矿就可以为她提供一切费用，包括人力物力，以及成套的设备。

兵营建造的是板房，木材运到官地的当天，侯登仓就感觉出了问题的严重性，他先是躲在紫柳丛中观望，望见搬运木材的是保安纵队。木材是从河套里运来的，刚砍伐的树木还流着汁液，汁液粘到黑衣服上变成了土黄色的圈圈点点。几百个人喝着号子起墙架梁，连房顶带门窗是一气儿成的，房子起来了，看着还像是搭着玩的。侯登仓紧着再回家，从家里拿出来的是绳子，绳子的一头挽成了套，绳套套在脖子上，另一头是满把抓在手里的。侯登仓进了官地就骂，他骂的是日本人，说日本人先打了河东的运河独立营，接着就在官地上建兵营，兵营惊动了运河龙王，龙王发水淹了兵营。淹了就淹了，走了就走了，按说就该完了，按说他就该种庄稼了，可是接着又要弄矿井，接着又来了日本狗，日本狗叫起来跟狼嚎一样，他只要一听见就会拉稀屎。好不容易把四条腿的盼死了，结果两条腿的又来了，看来日本人是赖上他家的官地了。侯登仓甩着把绳子搭到房梁上，说："谁是长官，我要死给他看！"

营长原本是坐在沟里吸烟的，烟灰落到裤子上，裤子上烧出了洞眼，营长就上下地打量侯登仓，看着侯登仓脸上都是松皮，松皮把脸弄得跟老核桃一样。他看着就烦了，说："你个老小子看准了，我们是日本人吗？真是日本人你敢骂吗？"骂着又向前跨一步，拿手指的是绳子，又说："想上吊是吧，紧着吊吧，你死了正好，侯团长又有蛋丸子吃了，人蛋狗蛋都是大补！"侯登仓顿了一下，脖子上的绳套摘下来，收起绳子揣到怀里，说："敢情你们不是日本人啊，敢情你们是要保护矿井啊，那你们在这里建房起屋就对了，你们能用木头搭房子，我看着还是新鲜的。建吧，建吧，我搭不上手，不能再添乱了。"

侯登仓是哭着进的西河湾，他要姐姐侯月娥紧着去紫云寺喊马笆子，说他前几十年是白活了，往后他要明明白白地活，官地可种可不种，庄稼可要可不要，毕竟活明白一次不容易。侯月娥绕圈子走到紫云寺西边的岗子上，先捡拾了坷垃扔窗口，马笆子从窗口里探出头来，侯月娥打着手势指西河湾，马笆子挎着香袋出了紫云寺。

侯登仓看见马笆子就哭出了声，侯登仓还把马笆子拉到西河湾的芦苇秸里，蹲下来就把泪擦了。侯登仓是向马笆子讨教的，说马笆子在兵营里混了几十年，尽管是个火头军，枪啊炮啊火药啊，应该是见过不少的。马笆子一定知道什么东西最厉害，就是那种还不招眼还有邪劲的，最好是能把一个兵营的人都炸死的，最好是死得一个不剩的。侯登仓说侯得才又让人在官地修兵营了，侯得才又当团长了，官地眼看着是种不成了。既然种不成了，既然占用官地可以不告诉他，那他就不要了，但是，他不想让祸害官地的人活着。

桃 花 瞳　267

侯登仓最后还抱住了马笸子，侯登仓还喊了姐夫，说："你教给我弄炸药吧姐夫，我不想要官地了！"

马笸子当天就让金猪去大围子村告知独立营，金猪是骑着豌豆家的黑驴去的，一路上跑得飞快。

第七章

马二梭没想到他的行动计划必须取消，先前，他把这一次行动视为独立营重返故地之后的把握仗，否则，他不会在上报团部司令部的报告中只说押送俘虏。现在，他的眼珠子都是红的，他还从条筐里抓了一个红薯，红薯变成了矿警团，但他并没把红薯捏烂。后来他把两只手都用上，他还用两个膝关节夹住，结果红薯只是撸掉了一层皮，红薯皮把两只手都染红了，而膝关节留下的是钻心的疼痛。他吁着气望黑豆，黑豆拿手指往墙上戳，墙上落下灰白色的土沫子，黑豆手指甲里渗出的是血。黑豆说，他也想着再弄个大动静，给司令员挣个大脸面也是好的，更不用说让姓侯的再不敢拿独立营说三道四。问题是贼羔子侯得才成人物了，独立营没能力吃掉他一个团，闹不好还会把独立营搭进去。

几个连长也互相瞅着，形势很明显，一个营对一个团，即便是夜袭也没把握取胜，除非侯得才是喝醉了躺在运河大桥上等着找死的。即便是侯得才要找死，他们也没办法靠近码头，要想从五个营区穿过又不弄出一点儿动静，几乎是不可能的，而一旦被发觉，独立营就会被裹在包袱里。吴春牛忽然啪啪地打腿，连着声儿说坏了坏了，行动计划已经上报团部了，也上报司令部了，时间地点都说明了，报告上还专门说了押送俘虏。报了行动计划再取消，往轻处说是虑事不周，是狂妄自大，是轻率儿戏；往重处说，一个谎报军情就是大错，受了处罚还辩解不清。吴春牛说："马营长，先别想打不打了，已经顾不上了，紧着想办法弥补过错吧。最好再写一份修正报告，说明原行动

运河湾　　268

计划取消的原因，先前也不是故意说大话……"

马二梭没接吴春牛的话头，并不是他不在乎谎报军情，也不是认为吴春牛用词不当，他是把自己拧在一条勒脖子绳上了。他要让独立营找到立足点之后马上行动，他要竭力用行动证明，独立营在任何地方、任何情况下都能独立行动，还是敢打能胜的，还是敢啃硬骨头的，结果他被突然的变故卡住了脖子。马二梭是生着闷气离开黑豆他们的，他敞着怀走到村外的风口里，寒风激着连打了几个喷嚏，他索性又把帽子摘了。花子余摸索着找到马二梭，说他知道营长的心思，尽管他不了解团长侯得章先前跟独立营有什么过节，但司令员的信任得永远记着。司令员把独立营派过来，保证不是让独立营来当观察哨的，绝对不是。要当观察哨，一个人也能做到，还方便出入，还便于隐蔽。既然是这样，那就不能光藏不打，躲着藏着还要老百姓管着吃喝，那八路军就变成听闲书的了。原来的计划取消是应该的，憋气窝火也要把这口气咽下去，咽不下也得咽，但行动还是要有，还是要夜袭。花子余说："马营长，你先别着急，我想给你说个想法……"

马二梭拉着花子余坐下，说："花连长，我知道你胆大心细，你说吧，我已经不着急了。"

花子余的想法是炸矿井。日本人把矿警队扩编为矿警团，又围着矿井设下五个营的兵力，那就证明矿井在日本人心中的分量一定很重。那好，咱们这一次不对付人了，咱们专冲着他的矿井下手，咱们就是要让日本人知道，就是要让矿警团知道，独立营能把他们层层保护的矿井炸掉，要干掉他们，也是手到擒来。当然，炸矿井也是偷袭，也必须格外小心，人越少越好，行动越迅速越好，完成任务还能出来更好。花子余说："营长，你把任务交给我吧，你知道，我家里已经无牵无挂了。"马二梭抓着花子余的手往地上拍，马二梭还要拿脚踢花子余，后来马二梭又把花子余抱住了，说他答应了。像这样抱住一个部下说话，这在马二梭来说是从未有过的，一是马二梭不习惯那样，二是马二梭把接受了的任务都当作死也要完成的，对自己也好，对他人也好，而死并不是必须拿来跟任务比轻重的。但是黑暗中的马二梭却紧紧地抱住了花子余，马二梭的眼眶里还差一点儿溢出泪水，这对从未哭过的马二梭也是鲜见的，只能理解为他在那一瞬间里，又想起了全村被炸的花家岗子。马二梭说："好兄弟，我想派你去，但是你必须活着出来！"

马二梭又选定了吴春牛，他跟吴春牛说的是，炸矿井十有八九会把人搭上，如果有可能的话，最好能有一个活着出来的。吴春牛摆着手不让马二梭再往下说，说他理解营长的意思，营长把任务交给他和花连长，就是让他掩护花连长的，花连长一家人都死了，花家不能绝后，而他家里还有一个哥哥还有一个弟弟。吴春牛说："营长你睛好吧，爆炸弄响，扒坑爬墙，没有比我再合适的人了。"马二梭接着又派出了肖八万，他给肖八万的任务是打探侯得才，最好能摸清侯得才的活动规律。侯得才是死活不离开码头，还是在几个营区里转悠，是坐车还是骑马，身边带多少人。马二梭是单独跟肖八万说的，话还是压着声儿说的，只是没跟肖八万说炸矿井，也没说打探清就是为了擒贼先擒王，就是为了干掉侯得才。马二梭最后跟肖八万说："不许告知任何人，包括爹娘，包括老婆孩子。"马二梭甚至还想说包括亲嫂子。肖八万的嫂子是秀秀，秀秀是马二梭的姐姐，马二梭怕肖八万多想，忍着又没说。

马二梭还让香芝出面，香芝就让肖八万想办法给她弄包扎用的细纱布，最好是没染色的白布。

肖八万是背着空褡裢回来的，褡裢里的粉条没有了，肖八万的脸上多了一层灰土，也许是一天一夜没吃喝的缘故，肖八万的脸上还带着苦相。独立营的人只知道肖八万是被香芝支派出去的，肖八万要卖了粉条换细纱布，只有吴春牛冲着肖八万眨巴眼。吴春牛说，肖连长一准是背着粉条巴结矿警团团长去了，没想到这个团长只吃荤不吃素，结果满满一褡裢粉条只换了一壶烧酒。酒又喝呛了，喝吐了，看到的听到的都是窝火憋气的，结果只好带着个苦瓜脸回来了。

吴春牛拉着肖八万找了个僻静处，说："现在说不要紧了，反正你也没带来好消息。哎，我说，那个贱熊玩意是不是变成二郎神了？是不是屙屎撒尿都要带警卫？"肖八万噗噗地朝地上吐口水，说侯得才了不得了，整整一个营给他看家护院，侯得才还给外圈的那四个营扯了电话，侯得才拿着个电话，一会儿咔嚓，一会儿喂喂。侯得才比二郎神还神气，二郎神只有一条长尾巴狗，侯得才进出码头都要坐车，不坐车就带着一伙子人前呼后拥的。肖八万愤愤地说着忽然又停住，疑惑着打量吴春牛，说："哎，你怎么知道我去打探消息了，我谁也没打听，我赶集卖粉条去了！"吴春牛嘿嘿地笑，说肖八万根本不是干密探的料，一诈就能诈出来，难怪长了个苦瓜脸。

一切都跟吴春牛猜测的一样，侯得才确实了不得了，除了屙屎撒尿带警卫这一句夸大了，其他基本上差不多。那天花田子小姐要听侯得才说部署，

270

其实花田子小姐并不懂排兵布阵，盯着侯得才说部署，不过是想摸清侯得才的心思，看侯得才是不是真把心思用在了矿井上。侯得才虽然没把矿井挂嘴上，但是整整一个矿警团还是被他划分开了，四个营还是围着矿井布置的，连营区的方位选点都是带着全盘考虑的，甚至还说了为什么选那个点。花田子小姐的心落下来，那一会儿看侯得才，侯得才又不像是无正形的下三烂了，侯得才还指指点点像是指挥千军万马的。花田子小姐忽然又想起还有一处没说，于是又问侯得才，说原来的矿警队还动不动。如果不动，就跟矿井东南向的那个营交叉重叠了，与其那样，不如把矿警队直接安在井口旁边，反正也是一个营的建制，反正都要立军令状。侯得才搂过花田子小姐亲了一口，亲着还要往花田子小姐怀里伸手，还冲着使女春由枝子挤眉弄眼，春由枝子把刚泡的茶又泼了。侯得才解开了花田子小姐的衣扣，手要伸时又停住，说他已经有安排了，说矿警队已经是他的第一营了，他要把第一营放到码头上。说着又要解花田子小姐的腰带，还要从下边往上伸手，还把手放到花田子小姐的胸腹上，勾着手指胡乱地抓挠，嘴上说的却是这里那里，不大会儿又把花田子小姐抓挠得面色潮红。

　　侯得才故意赶在春由枝子晾晒红薯干时戳弄花田子小姐。花田子小姐十分喜爱运河湾里的红薯，准确地说，是蒸熟了又晾晒到七八成干的那种，经了大半个冬天的红薯已经糖化了，不再像霜降节前刚刨出时那样面。春由枝子先把蒸熟的红薯切成薄片，然后铺在芦席上风干晾晒。芦席架子搭在花田子小姐卧室前边的空地上，那儿是风口，但是稍偏一点就是浴室房。如果改在厨房南山那儿，高物遮阳这一点也不存在了，可是春由枝子偏偏把芦席架子搭在花田子小姐的窗前。侯得才拿眼角瞄着窗外，看见春由枝子又把红薯片端出来，他就把迷仙绒套上了，花田子小姐跟着就发出了咿呀声，拿被子咬着也不行，咿呀声还是从窗口透出去，怎么听都像是上了戏台的。

　　春由枝子啪啪地摔打红薯片，春由枝子还抓着芦席架子摇晃，故意把芦席架子摇晃得咯吱咯吱。春由枝子很想找人倾诉她的愤怒与厌恶，整个码头上只有四个人，除了屋子里的两个人无休止地弄那事儿，还有一个小胖子福山是看不见的。春由枝子有一天截住了福山，问福山肯不肯教她发报，如果福山能让她学会使用发报机，她愿意说出屋子里的两个人是怎样不顾廉耻的，尽管她知道不该对主人使用这样的字眼。但是，小胖子福山光是莫名其妙地傻笑，光是说矿井上的事儿一大堆，光是说他要紧着去矿上，还说矿井已初见成效了。后来他把春由枝子一个人晾在了铁栅栏门口。

有几天，春由枝子还拿眼角挖花田子小姐，花田子小姐不看她，春由枝子又在侯得才的饭碗里下巴豆粉，结果花田子小姐罚她跪了半夜。侯得才从茅厕里出来，拿手比画着要春由枝子跟他上床，春由枝子就把剩下的巴豆粉撒了。

侯得才更多的时候是带着花田子小姐在码头上散步，她们会一直走到运河大桥上。那时候，营长岳粮丰会让一营人排成两队，两队人相向而立，从码头上的栅栏门一直排到运河大桥上。岳粮丰还编了新词，还进行了排练，只要侯得才带着花田子小姐走出铁栅栏，岳粮丰打个手势，一营人齐着声儿呼喊，呼喊的是："侯团长大顺大安！麻生小姐大顺大安！"呼喊是一声连着一声的，侯得才乐着在岳粮丰头上拍打，说："三老雕你真行啊，让你呼喊我心里痒痒。"花田子小姐却皱了眉，说她越听越觉着这一营人都是闹着玩的，热闹一阵子，心里反而是空的。侯得才就把一大片红薯干塞到岳粮丰嘴里，红薯干是从花田子小姐的手绢包里拿的，岳粮丰就鼓胀着嘴给花田子小姐敬礼。

这时候春子正顺着河床上堤，春子还提着一只瓦罐，春子是到桥墩上抓冰冰鱼的。冰冰鱼其实是一种蚯蚓一样的软体动物，虽是水里生的，却喜欢在泥里长，河边上生了水草树根，冰冰鱼会在那儿做窝嬉戏。冰冰鱼愈是冬天愈欢实。冬天河面上结了冰，冰冰鱼就围住了桥墩，爬上来让冷风吹，吹着吹着冻挺了，啪嗒落到水里，身体又变成了软的，接着再爬。春子抓了满满一罐，春子还冲着侯得才翻白眼。侯得才乜斜着眼望春子，说："哎，寒冬腊月你过来抓那玩意，你抓回去谁吃？"春子没回答扭头就走。侯得才又喊："跟你说话呢，哑巴了？"春子站住了，先朝地上吐口水，吐了又拿脚踩。春子说她不想跟没正形的人说话，说了她会吃不下饭去。春子说："你跟俺马家有仇，我不搭理你，你说了我也听不见。"

侯得才嘿嘿地笑，花田子小姐偏了头问侯得才，侯得才说："她就是马二梭的嫂子……"

花田子小姐却表现出了极大的兴趣，她径直走到春子身边，张着手要跟春子拥抱。花田子小姐说她喜欢马家人，她还知道春子的丈夫叫满秋，还知道马二梭是个有血性的男子汉，还知道马二梭的媳妇兰兰是个痴情女子，明明知道丈夫不喜欢她，她还是苦守着等丈夫回来，这样的女子在大日本帝国也是受人尊重的。花田子小姐还要说她没见过马二梭，想象着马二梭一定是个英俊的山东大汉，一定是个棱角分明、虎眉倒竖的。

春子啊啊着摆手，先说要不是冻得要流鼻涕了，要不是憋不住要尿尿了，她很想说说冰冰鱼不是吃的，冰冰鱼是用来煮水的。冰冰鱼用井拔凉水煮了，滤出来装到罐里瓮里，拿猪尿脬羊尿脬蒙住口，赶着下雪天埋到地下。等到来前三伏天，揭了封口，倒半碗拿手抹痱子，抹一遍就消，身上还是滑溜溜的，连个痱子毛毛也剩不下。春子跟着又冲侯得才撇嘴，说花田子小姐看着是俊俏的，就是心眼儿太实，心眼实的人容易吃亏。春子说："哎，你咋跟他好上了，他是个没正形的你不知道啊？你把他踢了，我帮你找个仗义的！"

侯得才拉着花田子小姐回了码头，说："她是个缺心眼的傻家伙，你别听她胡咧咧！"转过身来又要踢春子，说："滚！"

春子回家就拽住了儿子金猪，说她摸清侯得才的底细了，铁栅栏围起来的是个院落，里边住着两个男人两个女人，那个小胖子福山一大早就去矿井，不到天黑不回去。侯得才漏粪，吃过饭就去蹲茅厕，一蹲蹲半天。管做饭的那个日本女人住台阶东边的耳屋，侯得才和那个花子妮住中间的大屋，大屋的走廊直通水房。码头上安了一营人不假，那都是糊弄侯得才的，连站岗放哨的都是半睡半醒的。要是有几个飞檐走壁的，要是不被人发觉，贴着城墙根翻过栅栏，除掉熊羔子得才有的是机会。春子还让儿子告诉爷爷马步正，说她其实心很细，她连蒙带唬，她还故意说憨话傻话，码头上没有猜疑她的。春子要儿子紧着去找独立营，独立营真要打过来，她愿意带他们摸码头。金猪摇头晃脑地打哈哈，说他也想找独立营，也想找二叔，上一次去找了，结果还是空跑一趟。春子揪着儿子的耳朵使劲拧，说儿子还是把她当成了没心没肺的，还是把她当成了嘴不严的，看来儿子也被当娘的蒙了。

春子说着又瞅东屋，然后压低了声音，说："你秀秀姑前几天回娘家，你以为光是送冻豆腐啊，你以为我不知道啥意思啊？家里只有一个兰兰是真傻的，光知道往墙上贴眼珠子，再贴也不是个真人！"

金猪要去紫云寺找马箥子，马箥子把褥子搭在墙上晾晒，马箥子手里还抓着一根紫柳条，紫柳条是抽打褥子的，抽打着忽而指东边的营房，忽而指南边的西河湾。金猪明白马箥子是暗示他紫云寺已经被人盯上了，最好不要大白天进紫云寺，送情报也要先绕圈子走远路，最好先让侯月娥想办法。金猪顺着寨壕溜到西河湾，侯月娥接着就去东院找弟弟侯登仓，说家里的沙土用完了，她要找人套车拉沙土，这边赶车的歇冬去了，她找的是马家的金猪。她还答应给金猪两棵白菜当工钱。侯登仓往车上搬白菜，搬了十几棵。侯登仓还冲着金猪笑，笑着还眨巴眼，后来他把姐姐侯月娥拉到一边，说："笸子姐夫是要拿白菜换火药吧？他给你说我要到运河湾里炸鱼了吗？他是真会想招。姐姐你再让金猪带几斤芝麻吧，我把芝麻装到裤腿里，裤腿搭到下边车轴上，谁也看不出来。要换就多换一些，冬天的鱼好炸，我炸多了卖钱！"

金猪是赶着马车去的大围子村，路上没看见有人尾随，金猪又把他娘探听到的消息都告诉了营长二叔。秀秀看见白菜就夸金猪，说金猪的脑子就是活泛，居然能从侯登仓手里抠出白菜，这几天光让独立营吃胡萝卜了，有了白菜她要给独立营炖豆腐白菜，里边还要加上粉条。金猪跟得印、立冬他们说笑了一阵，接着就要回返，马二梭从腿上解下兔皮，卷个筒塞到侄子怀里，说："这是黑豆给我弄的，你编个话带给她，让她给孩子用。"金猪回来果然拉了满满一车沙土，要卸车了他又从怀里掏出两张兔子皮，说是笸子住持给满心做皮褥子的。侯月娥拿手摩挲兔皮，说她什么都知道，她就是不说，笸子让她想办法就是信任她，金猪让她帮忙也是信任她，别管兔皮是谁给的，给的那个人也是她不会忘的。侯月娥最后又让金猪给兰兰带话，说："金猪跟你二婶说吧，就说我做梦梦见日本人跑了，二梭快回来了，她快熬到头了！"忽然又拽住金猪，又问金猪知不知道马笸子要弄炸药，金猪摇着头说不知道。

炸矿井的人提前吃的晚饭，吴春牛还要花子余换单鞋，还要花子余少喝面汤水，说是喝多了尿多。团部的通信员裹着夜影子赶来，先要了一碗面汤喝了，擦着嘴撕棉衣套子，套子里抽出来的是信。信上是命令，命令独立营取消一切针对矿井和矿警团的行动，首要目标是拔掉河套口的日军暗堡！

信上还说已报司令员批准。马二梭一遍遍地看信，通信员回去了他还在看。

第八章

侯得章对马二梭发布新命令，其实他自己心里也很纠结。独立营已有了双层身份，司令部派出去执行任务，如果任务特殊或者有其他原因，完全可以不告知新一团命令，况且在对待独立营的问题上，司令员曾跟他有过一次长谈。长谈是在分区培训班结束之后，尽管司令员首先指出受训期间的马二梭有明显的错误，尤其是不该课堂上顶撞教员，何况授课的教员又是自己的上级。但侯得章分明感觉到，司令员对马二梭的批评一直停留在表面上，以往几次也是，挖到脾气禀性就不往深层次挖了。而话锋转到他身上时，往往是一针见血地直插根底："我们的领导干部不缺乏指挥才能，缺乏的是灵魂深处最本真的东西，那就是磊落与质朴。"这样的话换成质问，马上就变成：你侯得章身为团长，你敢说你比营长马二梭磊落吗？你授课时讲到"兵者，诡道也"，马上就说诡之道不是让军人当鬼扮鬼。说前一个诡是攻其无备，是出其不意；而后一个鬼，则是以村野阴鸷之心，度磊落君子之腹。这样的军人即便通晓用兵之道，也决不会成为好军人，充其量不过是靠诡诈之术，沾其一时一域便宜而已。你引用的是《孙子兵法》，这没错，那么你阐述的呢，你敢说你的阐述无所指吗？你敢说你的阐述没有个人因素吗？那样的个人因素全是磊落的吗？

侯得章记得很清楚，司令员这样说时，还曾直视着他的目光，那时候他觉着自己的脸也是热的。

但司令员并没有就此打住，接着又说："你还说真正的军人应该上升到文化层面、情操层面、人格层面，否则就是蛮横之勇、狡赖之勇、暴虐之勇，二者有着天壤之别。真正的军人是胸怀天下的，是以荣辱自察为修身恭省的，是以鞠躬尽瘁为立世荣光的。反之，他就是个携带武器的村野蛮夫。话说到这里，所指所讽应该说是一览无余了吧，可你侯团长还是感觉不畅不酣，竟然又直指庭堂，说家风不正无以养孝廉，荣耻不分难以立正气，尚卑不辨羞以示身范。有家室而视如草芥，窃人妻又耿耿于怀，无法想象，一个无操守的指挥员，会把部队带到正途上！这是在剑指马二梭吧，可是你用的人物代称是这种人，你能把那个人剥展得体无完肤，你为什么不把那个人的名字说出来？这也不能算是磊落吧？"司令员没跟他说凶话，司令员甚至没在某句话上加重语气，侯得章还是明白司令员是对他含了责备的。于是，在独立营临时划归司令部指挥之后，侯得章先曾如释重负，并暗暗决定从此再不跟马二梭有任何瓜葛。但是，当他获知独立营是到县城周边执行特殊任务，他随之又向司令部打报告，说独立营的活动区域是他先前埋下伏笔的，那个区域还与他的另一个布局有交叉。因此，独立营除向司令部负责之外，新一团也应该有所了解，重大行动最好要知情。

培训班上不愉快的交锋过后，特别是独立营临时划归司令部指挥之后，侯得章曾经不止一次揣度过自己的纠结，那样的纠结，跟一己之勇的马二梭会把独立营带向死亡没关系。马二梭早就把残缺不全的新兵连退还给他，马二梭还把代理营长李家常与独立营切割开，而李家常曾担任司令员的警卫连长，这一切都表明，马二梭是把独立营当成他个人的敢死队了。也许是明天，也许是后天，马二梭会让独立营创造奇迹，马二梭也会让独立营从此消失。马二梭是属于战争的，但战争并不需要马二梭，于是，创造不了奇迹的马二梭只有把自己送上战争的断头台。当然，这些已经与他侯得章没关系了，他非常清楚，马二梭也同样不希望与他有关系，就像马二梭听到有人说兰兰是团长的堂妹会大恼一样。

侯得章的纠结点不在这里。他纠结的是永远在走极端的马二梭，会带着独立营在运河湾里为所欲为，马二梭还会把他的仇恨灌输给独立营的每一个人。马二梭只管今天，不管明天，他会让独立营按着他的喜厌乱打一气，直到破坏掉一切他认为不该有的。而马二梭的取舍，绝不会有远大目标，也绝不会有战略眼光，他的取舍标准就是爱与恨。马二梭永远是个放火者，放火者永远不会去想，燎原之后的大地还要复苏新生，而燎原不过是新生的铺垫！侯得章知道他的纠结点在哪里了，于是，他在接到独立营要夜袭矿警队的消息之后，他连俘虏押送之类的得意之句看也没看，马上就产生了极大的厌恶情绪，马上就派出通信员传达取消行动的命令。他要独立营放弃原计划，立即着手研究拔掉河套口的日军暗堡，通信员勒紧腰带要跑的时候，他又附加了一句："告诉他们，没有商量的余地！"

通信员出发之后，侯得章才给司令部写了报告。

侯得章永远不认为他的思想有哪些不磊落的地方，即便扒出他内心深处一直埋藏着的区域自治的理想与抱负，也没有什么见不得人的地方。不错，他是有哪里摔倒哪里爬起的动念，他是有施展个人才华的欲望，他是有比任何人都强烈的故土意识，甚至不排除强烈的故土意识里，其实不乏对先前岁月的渴望与怀念，尽管他先前并没把县长当好。侯得章想保护矿井，侯得章想让矿井按部就班地进行着，直到抗战胜利，为此，他不希望独立营围绕矿井展开行动，包括矿警队或者矿警团。如已生，则慢生。如已长，则慢长。

276

如已成形，则让形在。一切都保持在原始状态最好，犹如草籽儿隐在土中，等着春风，等着春雨，等着暖阳高照时。说到底，侯得章的潜意识里，还想着有朝一日再当河湾县县长。这其实也没错，哪怕永远没机会了。

侯得章是在上一次回紫云寨时看到井架的，在那之前，或者更早，准确说是码头上出现了几个假南蛮子之后，他就隐约感觉到运河湾的地下，或许埋藏着运河湾人不知道的宝藏。那时候他巴望着假南蛮子想干什么就干什么，如果真是找矿的，那就紧着把探点定下来，紧着埋桩设标。运河湾方圆数百里，没有物探，没有定位，地下的东西就会永远在地下，当然，这一切最好停顿在开采之前，最好是前期工程一切就绪，而那时他正好又回到河湾县。这是侯得章的心迹，平心而论，这样的心迹也不能算弯曲不正。不过，认可马二梭和他的独立营拔除日军暗堡，就不能不说是夹带有个人意图了，何况消息又是从父亲侯登科口中获知的，何况父亲侯登科还曾要他推出马二梭。话是在侯登科得知儿子又与马二梭闹了大隔阂之后说的，那时候父亲说的是："哎，我说，找个机会让独立营打暗堡吧……"

父亲侯登科的用意，也很明确。

那天，父亲侯登科是专门跑来跟儿子侯得章报机密的，机密是从老二侯登榜口中得到的，那时候他自然不知道，透着情报让他传，其实早在马箍子意料之中。侯登科还仔细分析着情报的来源，怎么想都感觉情报不是一个人得的。比如小胖子福山说过大川少佐扎草人冒充日军，说过县城岗楼上的日军哨兵也是假冒的，还说过日军要增派一个滩涂中队，但是小胖子福山并没说日军滩涂中队设在什么地方。能得到这些情报的只有内部人，能泄露机密的也只能是内部人，也许是侯得才显摆夸口说漏嘴让多多知道了，多多也许是言多有失又被别人套了话，而那个套了多多话的人，一定不是老二侯登榜。侯登科先想到的是马步正。多多到马家找堂姐兰兰，兰兰心眼实，套话的事儿或许想不出，想起来也不一定能做到，但老奸巨猾的马步正完全有可能。侯登科也想到过马箍子，也想到过死腰变活腰的玉树，甚至还想到过侯黄氏。侯黄氏牵挂儿子得印，牵挂女婿二梭，她要想从多多嘴里套话，也有的是办法。只不过是，侯黄氏也跟侯登榜一样是个不爱串门的闷葫芦，日本人偷偷摸摸地出现在河套口，她即便正好看见，也决不会跟对付八路军联系在一起，一个妇道人家更不可能知道修筑的是暗堡。

侯登科最终还是决定偷偷把情报告知儿子得章，他是把儿子得章单独拉到僻静处说的，他瞒下了老二侯登榜找他那一节，也没在情报的获取过程上多说，他甚至是有意含混过程的，说到日军修筑暗堡时，侯登科还故意加了描述。侯登科往回返时还不住地东张西望，还自语着说马二梭一准是看见他来了故意躲闪的，侯得章不想再提马二梭，只是含糊着说了一句"独立营另有任务"。父亲侯登科就是听到这句话时站住的，站住了又冷不防地说一句："能不能让马二梭对付日军暗堡？"父亲侯登科是盯着他的眼说的，奇怪的是，获知了重要情报的侯得章并没有马上报告司令员，也许是对父亲轻易得来的情报还有所疑惑，也许是认为眼下还用不着考虑那个问题，也许还有些别的什么。总之，侯得章随之就把这件事丢下了，直到马二梭带着独立营单独执行任务，他才重新把这件事从记忆中掏出来。不过，要马二梭带独立营拔暗堡，侯得章的确跟司令员汇报了，而司令员竟然说了一句："敢情日本人暗藏了卧槽马啊！"

侯得章一直等到下半夜，为了平复焦虑，他还从枕头下边抽出一本严复译著的《天演论》。书是省城读书时带出来的，思睹交迭数遍，许多段落都能背出来，但这个晚上重读的他几乎一段也没记住，直到通信员回到团部之后他才记住了"争长相雄。各据一抔壤土"，而句号前边形容草木夺壤的"势如"二字，看了又忘了。紧着问通信员，问的是独立营的反应，没说马营长，也没说马二梭，倒是通信员先说了一句："马营长可能识字不多，就那几行字，他看了好长时间。"说过了才意识到团长也许是想听别的，于是又说："报告团长，独立营的营连长都看到了，没有一个提出异议的！"

独立营的营连长们一夜没睡，几个人都眼巴巴地望着马二梭，马二梭又想起了马箍子。那天马箍子是来报敌情的，先说的是矿警队，还说侯得才也到紫云寺试探过他。接着又说河套口新来了一个中队的日军，一来就扮成了保安纵队，他们挖完地槽之后修的是暗堡，可见日本人是藏了歹毒心的。马箍子说，八路军出不了河套就对县城构不成威胁，当然也无法靠近煤矿，别管人多人少，要想利用河套的掩护靠近县城，遇到暗堡都得吃大亏！马二梭跟着就说了一句："干了他们！"可是，第三天晚上，马箍子又悄悄来到大围子村，忽然又跟马二梭说夺暗堡不可取，原来的计划要紧着取消。最后又说侯得才，说侯得才现在要变成野狗疯狗了，看见谁都想下口，一周圈的人让他挨个儿怀疑了一遍。马二梭咬牙切齿地说："那就先把小贼羔子侯得才干了！"马箍子跟着就说："也好，但是要快，越快越好。"

夜袭矿警队和侯得才的计划，是在推倒了先打日军暗堡的反复中定下来的，随之又因矿警队变成矿警团再度取消。现在要做的是把夺取暗堡的计划再重拾起来，而在这几天里，河套口暗堡里的日军是不是又有新变化，马二梭他们还是一无所知。

鸡叫头遍时，马二梭下了决心，说他还是要派人去紫云寺，除了马笓子，其他人甚至说不清日军暗堡的具体位置。对于马二梭和他的独立营来说，要杀日本人报仇的心，几乎成了眼睫毛上挂着的一尘一物，除非哪里也找不到日本人。于是，马二梭又把目光落在花子余和吴春牛身上，马二梭还自语着说了一句话："打暗堡还用得着他下命令吗？"所有人都明白这句话是什么意思。吴春牛就笑了，说他听见马营长说第一句话的时候，马上就想到没有比他和花连长再合适的人选了，因为他们两个已经做过一次准备了。马二梭说，这一次他准备带吴春牛的第一连过去，肖八万的第二连在河套里运动，自西向东悄悄靠近河套口。花子余的第三连重点监视西北方向的据点，敌人不动就不要惊动他们，接到行动命令后再从河套边缘斜插包抄。副营长丁黑豆带其他人沿线警戒，大围子村到紫云寨的所有村庄，都要提前做好疏散或接应准备。得印和立冬他们原本是在第二连的，马二梭又点了豌豆的名，得印和立冬各自担任临时通信员。从现在到天亮还有差不多一个时辰，马二梭他们立即行动，太阳冒红之前，也许能到紫云寺。

冬走十里不明，夏走十里不黑，黎明前的这段时间，正是一夜之中最黑时。马二梭几乎没容黑豆跟他说出一句争执的话，马上就下达了出发命令，而黑豆原本要跟他说紫云寺已经被矿警团盯上了。

马二梭他们是用奔跑上路的，为了不引起狗叫，他们有意避开了村庄，而冬季里的夜风正好在原野上制造着声响。当紫云寺的围墙依稀可辨时，马二梭他们已经进入了岗子上的小树林，一对夜宿的斑鸠发出几声低沉的咕咕声。马二梭折了一根干树枝，树枝拨拉着围墙上的石檐，马笓子从窗口里探出头来，拿手比画着指围墙根。豌豆悄悄地跟马二梭打手势，意思是他知道马笓子指的啥，又压着声儿说不用翻墙了。豌豆移开了围墙外边的一棵枯树墩子，枯树墩子下边是个洞口，洞口直通正房大殿，马笓子是从佛龛后边的洞口进入的，看见马二梭就说："弓又拉满了是吧？也好，反正我也修不成了。佛讲的是静，是无，是空，我是天天心焦！"

马笓子说暗堡那边的日军基本上没变化，他们既不出操，也不巡逻，甚至看不到他们生火做饭。马笸子说，他有时会产生疑惑，想着自己先前看到的也许不是人，是人总得吃喝拉撒啊，是人总得走走动动啊。想不明白的时候，他会记起当年在叫驴山兵营时，他曾听人讲过，金兵南侵路过叫驴山，进了叫驴山就遇到了鬼打墙，一队兵马活活累死在山沟里。从那以后几百年过去了，进山砍柴的打猎的，有时还会看到一队兵马在山沟里转来转去，据说带队的偏将还是金兵元帅兀术的外甥。马笸子说他是自然不信的，反过头来再看河套口那儿，越看越觉着那些人不像是活人，反正他是没见过那地方生火冒烟的。说过又出去，再回来时手里多了一个条筐，条筐里装着引火的干草芦缨，下边是风干了的死面锅饼，死面锅饼变成砖头了。

马笸子带着马二梭出洞，又把一只烂了底的提篮扣到马二梭头上，让马二梭背靠着茅厕的椿树，贴着围墙站住不动，马二梭头上的提篮就像是扣在围墙上的，自己则钻进茅厕里。太阳升起来，有积雪的地方反射着镜子一样的白光，挂了霜雪的紫柳条也是白的，突兀着冒出来的井架有些歪斜，看着像是随意搭建的。河套口那儿还是莽莽荡荡的芦苇，被霜雪坠压着的芦缨低垂着，因为没有风的缘故，远远地望芦苇，芦苇更像苫了草檐的房屋。建在官地上的矿警团开始做饭了，炊烟融化了屋檐上的霜雪，霜雪变成了水珠，水珠在晨光一闪一亮的。但这时候的运河湾里突然起了雾，雾气又把一切都罩在了模糊中，看哪里都像是游动的，看哪里都像是虚幻的。

马二梭望着锁紧眉毛，说他看着爬井架的一准是日本人，只是不明白怎么又卸架杆。马笸子说爬井架的是小胖子福山，小胖子福山曾经被他利用过，不过他最近也摸不透这个小日本了。马笸子说，他最近一直感觉日本人福山是个谜，福山先前天天在矿井忙碌，天不亮就来，太阳落了还不回去，矿井上只有他是一天不歇的。可是最近几天又干相反的活，怎么看都像是要挪地方的。福山有一天还跟侯登仓搭上了话，还有意无意地跟侯登仓套近乎，侯登仓不搭理他，他又打量紫云寺，有一次竟然还走到了山门口，而矿警团营区，倒是一次也没去过。

马二梭忽然掀掉了头上的提篮，说他想把这个小日本鬼干了！

没有人知道马二梭是怎么想的，如果只是为了凑人数，杀掉一个小日本显然不是明智之举，而不受惊扰地干掉河套暗堡一个中队的日军，原运河独立营的血仇大恨几乎可以报清了。马二梭让吴春牛带着豌豆去，还说干掉之后就地掩埋，又派出两个在官地打掩护的，前提是不许惊动矿警团。吴春牛挑选了一把新枪刺，插到腰间又冲豌豆笑，说："营长遣兵选将真是一绝，独立营里挑了两个腿短腰粗的，要干掉的那个也是个胖墩墩的小日本，这就叫冬瓜炖猪头肉，闭着眼吃也是香的……"

派出去打掩护的先回来了，回来就冲马二梭比画，说吴连长根本没动刀，豌豆的绳子也没用上。小日本说的是中国话，从吴连长肩上下来就往紫云寺跑，跑得比他们两个还快！

第九章

小胖子福山一下子就认出了马笸子，他进了山门就向禅房跑，跑着看见马笸子还在茅厕里站着，他扑过去抱住了马笸子。小胖子福山说，他知道马笸子是紫云寺住持，还知道马笸子是佛祖派来救万民于水火的，马笸子暗通八路军，八路军就成了天兵天将。小胖子福山说："佛祖你得先救我，尽管我不能皈依佛门，我做的事却都是向德向明的。我有一颗洁净无瑕的善心，我还有一颗虽痴亦质的爱心。如果品德可以转嫁，我勤劳善良的台湾母亲一定会将剩余的优秀品质，毫不犹豫地匀一些给我那个日本父亲，那样我几乎就是个真正的中国人了。"

马二梭望望落在后边的吴春牛和豌豆，转过头来又望小胖子福山，最后望的是马笸子，说："怎么回事笸子叔，他嗒嗒的啥？"

马笸子说："你让他说，我保证你越听越糊涂。"

小胖子福山还是不离开马笸子，还要帮着马笸子撩衲衣，其实马笸子并不是真要如厕，他用手揪着裤腰不过是装样的。小胖子福山寸步不离地跟着马笸子，一声连一声地说话，仿佛他就是赶过来说话的，仿佛他一直盼着这样的说话机会。小胖子福山说，他能为中国人做许多大事，尽管他是藏着私念之心的，尽管他所说的大事，在中国人眼里也许只是个小小的芝麻粒儿，但对他来说却是冒着天大风险的。小胖子福山说，他做的第一件事就是除掉

桃 花 瞳　281

狼狗，巡逻队的狼狗就是他除掉的，有人告诉他有一种神秘的仙药，让狼狗吃了可以产生无比奇妙的效果，死了也查不出怎么死的。他那时候只是想着不受狼狗的惊扰，只是想着不被人察觉他偷着去看望喜喜小姐，能让八路军受益是以后想到的。可是，让他感到奇怪的是，居然有人暗中把神秘的仙药为他配好了，配好了还挂在井架上，而这件事明明是一位尊敬着的前辈暗示给他的，那天前辈说的是："你还嫌动静小是吧？你愿意让狼狗咬是吧？"还有，配好的仙药包上居然还留了字，字迹还像那位前辈写的，其实不一定真是。

小胖子福山说，这件事做了之后他又喜又惊，好在侯得才怀疑他并没拿到真凭实据，好在码头上的花田子小姐一心想着尽快出煤，她也不喜欢侯得才把一个还算听话的技工揉搓来揉搓去，惊恐之忧总算过去了。小胖子福山说，他要做的第二件事是天下最隐秘的，他不说出来，天下没有人能想得到，因为他天天泡在矿井上，他身上几乎没穿过干净衣服，他天天把自己弄得像从泥水里钻出来的，这样的技工，谁想说他不敬业都不行。码头上的花田子小姐一心想着尽快出煤，一心想着赶在三菱接管人员到来之前完成钻探，最好是完成开采前的全部辅助工程，那样麻生矿业就有资格多占股份。可是，花田子小姐决不会想到，他是故意磨蹭的，他是故意拖延的，他天天泡在矿井不过是帮倒忙。小胖子福山说这一招叫小鬼推磨，眼看要成功了，尽管成功就是不干，就是干不成，就是干了也是白干。小胖子福山说，码头上的花田子小姐快急死了，花田子小姐一遍遍地喊他的名字，开始还叫他福山君，说："福山君，你能告诉我为什么吗？一年过去了，两年过去了，运河煤矿永远只竖个井架吗？麻生矿业来到中国的运河湾里，只为竖个井架看着玩吗？"

后来花田子小姐就把那个君字去掉了，再后来连他的名字也不叫了，干脆喊他小胖子，干脆喊他死胖子，说："小死胖子！你到底要磨蹭到哪一天？你现在就跟我说一句话，哪一天出煤？"

小胖子福山说，他就是这时候迈向成功目标的，他把自己弄得跟个泥猪泥狗一样，就是为了向目标招手，现在目标已经向他招手了。小胖子福山说，他那一会儿是带着哭腔说的，他还真流出了眼泪，他还真哭出了声儿，说："尊敬的麻生小姐啊，在我说出原因之前，请您照我卑下的丑陋的脸上掌掴吧，打得越狠越好。运河煤矿是目前已知储量最大的浅层优质富矿，这一点不会错，错就错在咱们的探点出现偏差了。为了抢占先机，为了帝国利益，为了一劳永逸，咱们只有另选探点，并且是越快越好！"

小胖子福山说，花田子小姐听了这话之后立刻吱吱哇哇，她的使女春由枝子也跟着吱吱哇哇，倒是侯得才一直哼哼叽叽地冲他冷笑。侯得才还把头摇得拨浪鼓一样，说："不对啊，不是说储量最大吗？多大，跟葫芦一般大啊，跟狗头牛蹄子一般大啊。探点钻的是井眼井口，井眼井口对准了就是个有，对不准就是没有了，那储量最大又怎么解释？地下的煤呢，煤跑哪儿去了？"小胖子福山说，他知道侯得才是起疑心了，也知道侯得才盯着他刨根问底，其实是带着歹毒心的，他那一会儿要是答不上来就彻底露馅了，他只有尽可能地多说专业术语，尽可能地把储量与物探混在一起。他说，就目前已知的并被普遍采用的物探方式，钻孔还应该是首选。当然，随着科技的发展，地球物理勘探技术可能会产生飞跃，利用物性差异来解决也是极有可能的，比如电法勘探法，比如重力与磁法勘探法，比如波动反射勘探法，等等。

小胖子福山说，他还拿春由枝子晾晒红薯干的芦席比拟煤矿，说储量再大也有边缘，犹如芦席。井口落在其中了，周围四边就是富矿，要是井口探点正好在芦席边缘呢，另外三面就是贫矿，或者干脆就是空的。侯得才听完还是啊啊地叫，还说当初为什么不说是芦席边缘，为什么不说选探点就是瞎子摸泥鳅，也许抓好几条，也许抓一把泥或者一个烂萝卜。娇喘不止又满脸流汗的花田子就把侯得才拨拉开了，花田子小姐也带着哭腔说："那还等什么啊福山，要改探点，要换井口，那就紧着办啊，你以为我还能再听空话吗？"

小胖子福山说，他终于大功告成了！他终于如愿以偿了！他终于磨出效果了！他终于对得起中国人了！

马二梭跟着马篦子进了禅房，手指着小胖子福山，说："他是干啥的，他到底想说啥，这都哪儿是哪儿啊？"

吴春牛嘿嘿地笑，笑着撩起小胖子福山的棉衣，说他刚才扑上去就搂住了小日本的脖子，豌豆的绳套也套上了，刀尖要戳的时候他忽然听见小日本说中国话，说我们要杀了他会后悔莫及。吴春牛撩起棉衣让马二梭看，说："看看吧马营长，这家伙一身都是稀罕物儿，刚才多亏了没上去就捅！"几个人都围上来看小胖子福山，看见里边的紫花褂子上写着几行字，写的是竖行，是用毛笔写的：

我叫小林永。我是喜喜小姐的未婚夫,我未来的岳丈老泰山叫侯登科,我的大舅哥是运西八路军新一团团长侯得章……

小胖子福山还从棉衣套子里摸出一个豆粒儿大小的纸蛋蛋,纸蛋蛋展开了是个纸条,纸条上写着"配好了"。小胖子福山说,纸条是在肉丸包里塞着的,肉丸是配好了放到井架上的,他收起来就是想着有一天也许会用到。小胖子福山还说他曾怀疑不是前辈侯登科写的,他见过前辈家的对联,不过,不真是也没关系,反正笔迹真有几分像。他原本是想将来留证的,如果大舅哥侯得章不接受他这个日本妹夫,他会说自己早就是一家人了,岳父老泰山安排他干的事,他是奉为圣旨的。小胖子福山说,他不能再等大舅哥侯得章了,毕竟保命要紧,毕竟独立营也是属于新一团的。况且,他看着马营长不喜欢他,他也知道马营长对日本人恨之入骨,他只有拿出诚意,他才能活着走出紫云寺,才能最终与心爱的人生活在一起,尽管他知道马营长即便放他,也不一定是看在大舅哥侯得章的面子上。不过,这也没关系,他原本就是想让八路军抓住的,他不能保证抓住他的八路军都喜欢大舅哥侯得章,但是,他坚信紫云寺住持会帮他说话,这也是他急着抱住住持的原因。

马二梭说他还是不明白,既然到中国来就是为了抢夺的,既然已经知道下边有想要的东西了,为啥还故意磨蹭?为啥还故意变着法子换地方?马二梭说:"你啥意思?这跟帮八路军有啥关系?"马箍子拿手揪小胖子福山的耳朵,揪着竖起拇指,说他知道怎么回事,说他看见福山就记起当初了一大师说的一句话,说是佛经上有的,叫作相生即幻生。这个日本人看哪儿都是真的,看哪儿又不是真的,他明明是三菱总部派来的,那两个死了他反倒高兴了,砸死在井筒里的福市有心计,这个福山同样有心计,只不过是福山的心计连上了喜喜。福山喜欢喜喜就想讨好喜喜,就得做跟其他日本人不一样的事,他还想着把那两家都甩开,他甚至还想当运河煤矿的总技师。而现在,一切都是未知的,他如果让煤矿顺利开钻开采,那个日本女人很可能会把他挤走。马箍子想问小胖子福山是不是这样,小胖子福山抢着说了一句话,说如果只是麻生花田子倒罢了,关键是侯得才,对付一个侯得才,难过十个花田子。小胖子福山说:"我宁愿磨到老死,也不想让侯得才唾手得到煤矿!"

小胖子福山说他早就想过了,他一定会把运河湾里的第一口井废弃。废弃不是破坏,废弃是为了将来恢复原貌,在那之前他会做好标识,另换地方就是为了拖延工程，因为煤矿进入开采阶段，他无论怎样努力都无济于事了。小胖子福山说完了又看马二梭，意思是赶着晨雾没散尽之前，他要紧着离开紫云寺，如果马营长相信他，如果马营长不杀他，让他做什么都可以。马二梭像是没听见的，先是嘎吱嘎吱地咬牙，还把拳头握得死死的，握到骨节嘎巴嘎巴响时，又把拳头放开了，末了他转过头去。马笓子瞥了马二梭一眼，跟着送到山门口，忽然又问福山去没去过河套口的暗堡，暗堡里的人是不是天明天黑不出来，暗堡周边还有没有观察哨。小胖子福山打个愣怔站住了，接着就说他明白了，马营长带独立营过来是想拔掉暗堡，也只有独立营敢这样想。小胖子福山怔怔地望着马笓子，自语着说河套那边他已经去过了，当初是为了寻找妖菇草，去是无意中去的，去了才听出滩涂中队大多是琉球岛口音。他应答了几句，那些人倒是没难为他，只是催着他赶快离开。小胖子福山忽然拽住了马笓子的手，说："住持你有办法把喜喜小姐约出来吗？我知道这对你来说也不容易，我那个未来的老岳丈并不简单，他的态度常常让我困惑不解。不过，我需要与喜喜小姐单独在一起，哪怕只有半天时间……"

马笓子关上山门，然后抓挠着头皮进了禅房，也不管马二梭高兴不高兴，紧着就把小胖子福山刚才的话说了。马二梭果然又把眉头皱紧了，说他发觉马笓子比先前黏糊了，要决断的事又总爱东拉西扯，尤其是跟一个说话云山雾罩的小日本鬼。马二梭说："笓子叔，你快把我绕糊涂了，这怎么又跟侯家老宅扯起来了，我心里又急又烦你知道吗？"马笓子拖拉着蒲团坐到马二梭对面，先说了他知道二梭心里烦躁，独立营的计划已经一改再改了，好不容易定下来打暗堡，暗堡又是个易守难攻的，况且对里边的火力配置一无所知。马笓子说他也很急，也想着一时三刻就把县城周边的日伪军都清除了，然后八路军大部队过来一举收复县城，运河湾里再没有敌人了。可是，越这样想，越要多考虑难处。靠强攻夺暗堡肯定不行，要夜袭又得先摸清底细，怎么摸，谁去摸，离得远了看不见，离得近了被发现，最终还是得打。一举端不掉怎么办，县城里的日军沿运河堤增援怎么办，矿警团上千人一哄而上大包抄怎么办，更不用说远远近近大小据点几十个，最远的路程顶多一天。

马笓子说，排兵布阵的事他不想多说了，二梭打仗比他有经验，他现在做事有些黏糊，十有八九跟侯月娥给他生了个儿子有关，侯月娥总是会说得田兄妹死了一个麻子爹，她不希望小满心也是个没爹的。马笓子说他每当记起侯月娥的话，脑子里就会想黏糊问题，比如小胖子福山想跟喜喜在一起，无非是找机会让喜喜跟他单独在一起，无非是拿喜喜当掩护便于接近暗堡。这一点他一想就明白，用不着犯黏糊。关键是怎么把喜喜约出来，关键是喜喜跟着过去会不会出凶险，关键是再没有更好的办法了。马箥子说："二梭，先把侯得章那一节放下吧。你只要一想干掉的是日本人，你只要一想干掉一个滩涂中队，运河独立营弟兄们的血仇大恨就报清了，你就会明白，暗堡是独立营拔掉的，与他侯得章毫无瓜葛！"

马二梭把马箥子的手按到自己腿上，说："箥子叔，我听你的。"

马箥子的意思是要把立冬弄来，马箥子还用眼神回绝马二梭的疑问，说里边有许多弯弯绕，说多了，马二梭又得埋怨他是犯黏糊。

立冬是豌豆叫来的，豌豆在路上说了一半，立冬马上就明白这是要让他钓多多的。但是，立冬想不出与多多见面的办法，回到紫云寨故意让多多看见是不可取的，故意在侯家老宅门口转悠更不可取，立冬甚至想不出不被多多猜疑的理由，而多多原本是个好哄的。主意还得马箥子出，马箥子还是问谁身上有兔皮，结果从吴春牛腿上抽出巴掌大一块护膝，拿一根干树枝挑了，又背上百衲香包，出山门去了西河湾。远远地看见侯月娥从东河湾弟弟家出来，他紧走几步，摇晃着兔皮打手势。

两个人是在河湾口照的面，马箥子说他已经被人注意了，去马家那边不方便。侯月娥张口就说她去找金猪不会被人猜疑，金猪已经帮她拉过一车沙土了，她要见金猪，理由一编一大把。侯月娥催着马箥子回家看儿子，自己要穿过村南的寨壕去马家，出了河湾口又拿手指划脸，划着羞臊马箥子，意思是说，巴掌大一块兔皮就换来一个活蹦乱跳的儿子，而自己却是屎尿不顾地搂着抱着，看来还是当爹好。不过，看着一个假住持像贼一样来看儿子，她心里还是喜欢的。

侯月娥很容易就与金猪接上了头，金猪却做了难，说先前进侯家老宅容易得很，什么时候去都可以，只是后来出了侯得才被日本人吊打那件事，侯登銮就开始猜疑他了，认定他那天跟得印一起走四棋，就是为了把独立营的杀字牌塞得才口袋里，就是为了栽赃陷害他儿子。再加上老宅的得印和立冬他们几个悄悄出走，再加上他前几天刚刚去老宅喊过侯登榜，侯登銮现在看见他就嘿嘿着冷笑，他即便能跟多多说上话，侯登銮也决不会允许多多出门。金猪还像马箥子一样挠头皮，侯月娥就在金猪头上拍一巴掌，说："你紧着想办法，反正老宅那边我是死也不进的！"

286

金猪想不出办法就跟他娘说了，说是重编了理由说的，内中的因果一个字儿也没透，结果春子一听就拿嘴角撇儿子，说不就是立冬也回来了吗？不就是知道多多喜欢立冬吗？不就是要拿多多当幌子，遮掩着喜喜出门方便吗？这还用得着想法啊？春子说："金猪你能说一个娘能顶九个爹，我立马就进侯家老宅，我把人带出来，他们还得说是应该的，多多还得是谢我的。金猪你说不？"金猪说："俺娘多厉害啊！俺爹除了会吃饭，除了会干活，别的啥用也不中。"春子笑得咯咯的，推搡着把儿子支开了。

春子趁着兰兰去茅厕的空儿，到小东屋里抓了一个猫头样子，又把一只猫耳朵叠压着绣了几针，拿着去了侯家老宅。春子先跟侯登銮和侯杨氏打了招呼，接着就一连声地喊多多，说自己又惹祸了，一个好兄弟媳妇又让她得罪了，而自己原本是要帮忙的。多多从套间里出来，看见春子急了一头汗，春子还拿着猫头样子躲躲闪闪的。多多说："看你急的，啥事啊春嫂子？"春子就红了脸，含混着说自己也是好意，也是觉着快到年了，紧着帮兰兰忙完针线活儿，好腾出手来洗洗涮涮，自己就说了要帮兰兰绣猫头花样，结果兰兰反倒说她把猫头样子糟蹋了，她到现在也不明白哪里出了差错。

多多拿手捏着猫头样子打量，打量着扑哧笑了，说："猫头上少一只耳朵，绣出来成啥样了？"多多说着还笑，侯杨氏瞟一眼也笑了，春子嘴里说着是嘛是嘛，手却拽住了多多，说："多多小姐，跟你兰兰姐说一下吧，全当帮我找找脸。"多多说："这还不容易啊，走，我去跟兰兰姐说。"侯登銮拿着掸帽子当掩饰，斜着眼角看春子，看着两个人出了院子，他还是探着头看。侯杨氏说："这个春子，真是个缺心少肺的，猫头上两只耳朵不知道啊？"侯登銮哼哼着答一句："我看缺心少肺的人不少！"

春子进了马家胡同又站住，春子还摇摆着头望街上，忽然问多多昨天跟立冬在一起说了哪些话，立冬是不是发财了。她又说立冬现在越来越像个大人了，虽说还是穿着庄稼院里的衣服，衣服却是板正正的。多多一把拉住春子，急着问春子在哪里看到的立冬，立冬回来了她怎么一点儿风声也没听到。多多说："你快说春嫂子，立冬现在在哪里？"春子推开多多，说她也是无意中看到的，看见立冬跟矿井上的小胖子福山在一起，两个人还蹲在一起比画着说话。春子说："多多你不知道哇，我以为你知道。你看我又多嘴了……"多多也急出了一头汗，说她现在就想知道立冬去了哪里，哪怕立冬投了独立营要打矿警团，她还是想见到立冬，还是觉着立冬好。多多说："你怎么又把小胖子福山扯上了，立冬还去了矿井，立冬跟他有啥话说？"多多说着又顿了一下，紧着又说她知道怎么回事了，立冬一准是真入独立营了，独立营一准是真要打矿警团，跟小日本鬼说话是摸底细的。不及春子应答，拉着春子要去矿井找小胖子福山，说小胖子福山一准看见立冬又去了哪里。

春子连连摇头，说她倒是愿意跟着去，可她们两个都是跟小日本鬼没关系的，人家知道得再多也不会跟没关系的人说，要去最好带着人家最愿意见的人，只是不知道那个小日本鬼最愿意见谁。多多拿手拍额头，拉着春子一溜大跑，跑着去了大爷侯登科家新门东边的树趟子里。

喜喜是埋怨着走出院子的，人到了村子北边的寨壕了，喜喜的脸色还是大不情愿的。喜喜看见了小胖子福山，多多是往福山身后看的，看见立冬在另一边向她招手，剩下个春子还是一遍遍地问喜喜，说："喜喜你看，那个小胖孩一个劲地冲你笑。他是谁啊，他是不是你哥派来给你送过年礼物的？"

第十章

小胖子福山终于如愿以偿。为了不使喜喜感觉别扭或者烦恼，同时也让喜喜找不到说出回家那两个字的空档，他开始用无休止的畅谈，以及怪异好笑的乡俚趣闻，无缝隙无遗漏地霸占了喜喜的思维。喜喜几乎没有插话的时间，喜喜想拂袖而去也办不到，因为小胖子福山总是会说："喜喜小姐，请再听我说最后一句话好吗，只一句？"但接下来依旧是滔滔不绝，依旧是妙趣横生，依旧是无缝隙无遗漏地对接与转移。比如他刚刚讲完馋嘴婆的故事，最后一句是："那个馋嘴婆真是贪吃啊，吃完了才知道是自己的舌头。"喜喜急着分辩，原本要说自己是吃不到自己舌头的，小胖子福山以为喜喜还是急着要走，于是马上丢下馋嘴婆的故事，又说琉球岛。

小胖子福山说，琉球岛上有个神医，病人找他看病，不管神医说什么都会相信。有一天，一个屠夫发现自己的一只耳朵变绿了，他就去找神医，神医拿竹签敲打了一下，接着就说耳朵绿得怪异，怎么看都不顺眼，最好不要这样的。屠夫听了害怕，以为中了毒邪，回家就把那只耳朵割了。又过了几天，屠夫又发现另外那只耳朵也绿了，于是又找神医。神医还是先用竹签敲打，还说看着不顺眼，还说接二连三可不好，屠夫越发害怕，回家又把另外一只耳朵也割了。屠夫没有耳朵了，想着是把毒邪去净了，没想到几天之后，忽然发现他的两面腮都是绿的了。屠夫找到神医，跪着求神医救他。神医拿竹签挑下他的帽子，看了看帽子两边的透风襟，说："病根找到了，是你的帽耳褪色了……"

喜喜先还是跟着惊诧的，听完了打个迟疑，忽然抿着嘴笑了，还笑得咯咯的。她说敢情日本国都是傻子啊，绿不绿的，洗洗不就知道了。还有，那个神医也忒会坑人了，帽子掉色早说啊。说着又瞅小胖子福山，喜喜说："一准是你瞎编的，我要说你眉上长白毛了，你会把眉毛割下来看看吗？你也是日本人，你会吗？"眉上长白毛是寒气凝结的，小胖子福山自然不会割眉毛，但是小胖子福山知道喜喜不会急着要回家了，于是又紧着分辩他并不是真日本人。小胖子福山说，父亲是琉球人，早年随开拓团去了台湾，母亲是到了台湾之后病故的，父亲又娶了一个善良贤惠的台湾妻子，他是父亲的第二个妻子生的。生母的原籍是中国大陆的福建省，论起来他只能算半个日本人，如果再往先辈那儿找，琉球岛上有一大部分人，也是中国大陆东南沿海一带的渔民。小胖子福山说，他不能再刨根说了，说来说去，或许能把他家说到运河湾里来，因为福建省里至少有一半人，原本是华北中原一带迁徙逃难过去的。

小胖子福山就站住了，仰起面来让喜喜打量，说："喜喜小姐，你要是先前不知道我是日本人，或者说，你从没见我跟日本人在一起，你能从面相上看出我是日本人吗？"喜喜摇摇头。小胖子福山又说："你能看出我脸上带凶相吗？"喜喜又摇摇头。小胖子福山就笑了，笑着抓住喜喜的手，抓着捂着，低了头又要凑到嘴边呵热气时，喜喜羞臊着挣脱了。小胖子福山又凝神地望着喜喜，还要喜喜也给他讲一个中国的故事，最好是运河湾里的，最好是过后越想越有趣的。喜喜越发臊红了脸，偏转了头连声儿说她不知道哪些是故事，只记得听人说过运河湾里曾经有过一个飞贼，飞贼曾经夸下过海口，说没有人能把他怎么样。后来飞贼还是被抓住了，也把头砍了，这个飞贼还是不服气，爬起来一口气跑了二十里。跑饿了，想买碗粥喝，一摸没头了，飞贼才咧着大嘴哭起来……

小胖子福山哈哈大笑，笑着说喜喜小姐其实是最会讲故事的，讲得还一本正经，讲得还像是随口说着玩的，不是故事的故事却让人忍俊不禁。一摸没头了才哭了，妙就妙在这一句！人没头了怎么还活着，怎么还能跑，嘴在人的头脸上，头都没有了，他到哪里找嘴去？他还咧着大嘴哭，他的嘴呢？哈哈，有趣，太有趣了。喜喜小姐，你给我带来天大欢乐了！

不知不觉中，小胖子福山已经把喜喜带到了河套里，冬季里的河套一派死寂，除了出窝找枯草吃的野兔会在奔跑时发出沙沙声，除了偶尔会有几只耐寒的红嘴雀跳跃着在紫柳枝条上梳理羽毛，整个河套几乎像是一床无边际的棉被。至于钻出积雪的折断了的芦苇，或者不肯屈服的等待开春再度萌发新芽的紫柳墩子，顶多算是老棉被上绽开的棉絮。小胖子福山不走了，笑着说他要做个游戏，还说这个游戏是他一直想做的，但是这个游戏需要有个女孩子的手帕。喜喜的脸又臊红了，疑惑着掏出手帕，半侧着身给了福山。小胖子福山忽然改了笑模样，他是喷着脸跟喜喜说的，说他要做的游戏大约需要半个小时，最多也不会超过一个小时。半个小时过去之后，喜喜应该自己再返回到河套边缘，喜喜还要在河套边缘呼喊他的名字，最好拖成长音，最好喊成"夫哭呀吗开考……"呼喊还要带着惊恐，还要带着气愤。喜喜冷不丁地打个寒战，说："又是惊恐又是气愤的，这是啥游戏啊，让你说得瘆人？还有，'夫哭呀吗开考'是啥啊？我听着不像人话。"小胖子福山抓起喜喜的手，放到嘴边轻轻吻一下，转个身向着东边走，走着又回头，说："那一句是福山的日语发音，记着啊喜喜小姐！"

喜喜只看见小胖子福山像兔子一样奔跑，没看见福山把手帕放到地上，找了个枯树枝按一下，手帕上粘了些枯草屑，粘了些泥土，看着像是好不容易才发现的。小胖子福山径直走向河套口，靠近暗堡了，他嘴里还是念叨着，说人呢，人呢，一个大活人不会自己消失吧，何况还是个没胆量的女孩子。喜喜也没听见福山自言自语，听到的是叽里呱啦的日本话，喜喜听不懂日本话，喜喜惊恐着移动脚步，脚步是向河套边缘移动的。喜喜的眼里还溢出了泪花。估摸着也许有半个小时了，也许还不到，但是喜喜已经受不了那份惊恐了，喜喜就跑出了河套，跑着呼喊："夫哭呀吗开考……"喜喜果然呼喊得还惊恐还气愤，喜喜还带着哭腔。喜喜接着就听到更响亮的叽里呱啦声，最后听到的是小胖子福山的道歉。小胖子福山说："对不起了，真是对不起了！你

290

们不知道我的未婚妻子有多么俊美，她已经是我生命的全部了，我一会儿看不见她就会心神不宁。但是，我不应该捡拾到手帕就胡思乱想，我更不应该去想是诸位太君把迷路的未婚妻隐藏起来。看来我是大错特错了，过几天我一定带着未婚妻登门致歉。我还要带来喜糖喜酒，我还会让未婚妻用运河里冬眠的阔头鱼做鱼生……"

小胖子福山等到太阳落下，又弓着腰穿过枯萎了的臭蒿子棵，然后一头钻进紫云寨村北的寨壕里，那是一天之中最杂乱的时光，女人们是要烧火做饭的，男人们要么给牲口添草，要么扬了声儿骂女人把烟沤大了，而孩子们可能正被爹娘或者爷爷奶奶呵斥着追赶不肯入窝的鸡。小胖子福山看见马笸子抱着一捆秫秸等他，紧着说了他观察到的一切，说得跟念家书一样：

暗堡呈扇形依运河大堤修建，射击孔比地面高出 50cm 左右，射击孔也分明暗，南北西三面，一共是 15 个。三个暗堡等于三个脑袋，脑袋小，身子大，腰部以下都隐在运河大堤内。暗堡内共有大正重机枪 6 挺，九二式重机枪 9 挺，另有一个弹药库。暗堡内为三班倒轮岗制，射击孔不分昼夜有机枪手轮值。为了不暴露目标，暗堡里不生火做饭，吃的全是罐头与压缩饼干，另外还有肉干肉菘之类。暗堡外围没有固定观察哨。观察哨是机动的，大约半个小时出来一个，出来的人大多隐蔽在芦苇丛中。所有的暗堡都是木结构，外面以泥土草皮掩埋，暗堡与周围环境浑然一体，不知道的人冷不防过去，走到跟前也未必能看出。

小胖子福山说，这一次多亏了有喜喜小姐配合，要不是喜喜小姐恰到好处地呼喊他的名字，即便观察到了也很难再出来。他是拿着喜喜小姐的手帕跑过去的，去了就跟里边的人哀求，说他是带着未婚妻到河套里观冬景的，没想到进了河套又转迷糊了，他胡乱地寻找，结果只找到未婚妻遗弃的手帕。未婚妻遗弃手帕一定是在暗示他，总之他要把人带走，哪怕已经发生了他不愿意想的事。里边的人倒是没猜疑他，只是训斥他私闯军事要地，说如果不看在他是麻生小姐聘任的技工，单凭滋扰军心也该就地正法……

小胖子福山还要说暗堡不是好拔的，强打硬攻肯定是不行，唯一能利用的时机，只有一个节分。话说得急急促促，他摸索着从怀里掏出一页纸，纸塞给马笸子，又说："拿回去看吧，我现在就得回码头，说不定侯得才已经派人过来寻我了！"

纸上的文字是介绍节分的，节分就是立春的前一天。日本人从明治维新

桃 花 瞳　291

时代就开始使用西历，今年的节分是二月四日，这一天是中国的腊月二十七。在日本国内，每年节分这一天都要撒炒熟的黄豆，为的是招福驱魔，喜欢凑热闹的"祭男""祭女"们，一大早就会涌向寺庙。这一天，几乎所有的日本寺庙，都会举行节分仪式。撒豆的男子一边念着"鬼出去，福进来"，一边把炒熟的魔豆从室内撒到室外。正值本命年或凶年的男子，还会捡起撒落的豆子，并按自己的虚岁年龄数豆吃豆，意思是保佑新年身体健康，百病不侵。暗堡里的人不会炒熟豆，他们连生黄豆也不会有，不过，县城驻军极有可能会给暗堡送炒熟的魔豆，因为这是日本的传统节日。

文字的末尾多了个括号，括号下边还划了一道横线。括号里的文字是：准确消息另告。

纸片在几个人手里传递着，凡是识字的都看了，但是所有人都把注意力放到暗堡的火力配备上。大正型重机枪是三八式重机枪的后续发展型号，尺标射程2400m，最大射程4000m。射击精度非常精确，高平射转换速度特别快，战场上威力极大。九二式重机枪是大正三年式的变形，最大射程4200m，射击精度比大正式还高，除了重量偏大以外，几乎没有任何缺陷，而配备于暗堡固定位置，也就不存在轻重的问题了。十几挺机枪组成扇子面，别说是三面一齐开火，即便是一面，火舌一吐就是一面火墙，有多少人也不够一阵子嘟嘟的。而你想打它，就得在两千米之外，那时候哪里再找射击孔？头抬得起来吗？还找得到射击孔吗？还能瞄准吗？要不是小胖子打探，打着滚想，专往厉害想，也不会想这么强的火力。好家伙，光重机枪就有15挺！纸片又传到马笸子手里，马笸子又出去查看早已关了的山门，回来见所有人还是嘀咕机枪，马二梭还是不眨眼地望着屋顶，握住的拳头还是死死地顶在墙上。马笸子说："哎，哎，纸片子白看了，没想起来啥意思啊？"

马笸子说，小胖子福山的意思很明白，他是让咱们赶在暗堡撒豆子过节那天动手，没跟他细说，估计是没有百分之百的把握。他把日本人过节分写在纸上，还说了是日本人看重的传统节日，还说了得到准确消息再告知，是让他们明白魔豆节是怎么回事，以便他们早做准备。马笸子说："马营长，你掂量这件事了吗，咱们是不是得利用这个茬口？"马二梭又往墙上击了一拳，同意先按暗堡过节做准备，围绕智取想办法，至于暗堡里边的日军，别管是智取，别管是偷袭，反正是一场恶仗。他说："既然是恶仗，那就先想死，再想生。吴连长，你先拿个思路，待会咱们对一下。"

马二梭跟着马笓子出了地洞，马笓子把灶间的油灯拨亮了又出来，两个人闪身走到灶间北山，然后靠着柴火垛坐下来。马笓子抓住马二梭的手，说他看见二梭得了消息就把眉头拧成了疙瘩，一定是还在猜想上面那位的意思，让独立营夺暗堡，不就是逼着二虎相争吗。马笓子说："二梭你刚才说得很对，怎么着都是一场恶仗！二梭你真没那样想？"马二梭摇摇头，说他也不猜想，也不怨恨，有人是不是故意，他压根儿不去想，他只是想这一拨日本人非干掉不可。马笓子知道压在马二梭心里的，还是运河独立营的死难弟兄，不想再激他的火，于是又自语着说起今天的事，说为了让小日本完成任务，紫云寨动用的都是女人，这些女人也要变成女将了，光一个侯家老宅，不知道又会出多少稀罕景。

侯家老宅没出稀罕景，多多是兴奋了一路的，快到侯家老宅大门口了，多多的眼前还是立冬的影子。立冬不像个生意人，立冬也不像出去学手艺的，多多猜不出立冬在外边干什么，只是觉着立冬一下子像个大人了。立冬还会时不时把自己弄得威风凛凛的，那样子在多多看来很好笑也很好看，立冬还会冷不防地说一句我们。那样的话在多多听来是暗指他们两个的，多多就愿意多听立冬说我们，听了心里是甜的，尽管她不知道为什么会甜，尽管立冬并没给她带礼物。多多也曾想插话问立冬为什么要偷偷摸摸地出走，出门之前为什么没跟她打个招呼，哪怕说句半截话也可以，但是立冬总是把她的话岔开，立冬岔开话头好像没明白她的意思。

多多在那一会儿很想赌气不搭理立冬，多多还想转了头不再听立冬说话，那样的气却总是生不起来，头还不及偏转过去，随即又一眨不眨地盯住了立冬，像是中间隔了好多年没见面的。直到立冬站起来要走，多多才终于找到了说话的机会，说："我还是不明白，立冬，你冷不防地回来了，冷不防地又要走，我看着像是跟做梦一样。立冬，你能告诉我你要去哪里吗？"立冬忽然激灵着看天，说天不早了，他要回去了，年前还有一桩大买卖等着，不能再耽搁了。多多的心又散下来，她还感到了冷，她盼着立冬再给她说几句听了身上发热发暖的话。多多就说她没看出来立冬是做大买卖的，立冬的话哪一句都像真的，哪一句话又都像假的，看看说话的这个人，这个人倒是真的。多多说："立冬，你该不会是投独立营了吧？还有得印，还有豌豆，你们都在一块了吧？我知道问了也是白问，反正你也不会告诉我。是吗立冬？"

立冬哈哈地笑起来，说多多真会想，多多真是个聪明的姑娘，多多姑娘想什么都能想得跟真的一样。还是真的好啊，还是会想好啊。多多也跟着笑了，说立冬越这样说，她越感觉糊涂。立冬连去哪里都没说，她能会不糊涂吗，不过，她心里还是甜的。

多多到了自家门口又拿手在脖子上掐一下，脸上的笑模样总算躲起来了，接着就看见她爹侯登銮坐在院子里发呆，她爹还嗔着脸问她去了哪里，她差不多又要笑了，说："唏，这话问的，春嫂子找我给兰兰姐求情，你不知道啊？"侯登銮立刻牙疼一样哎呀起来，说："再编啊，都跟老子编啊，老子信了吗？老子会信吗？老子倒要看看被耍死的人是谁？"

多多不再分辩，进屋跟她娘侯黄氏使性子，说这个家她是真不想要了。侯黄氏要拿手拧她，说："他自个儿怄着跟你哥生气呢，你听见装听不见。哎，我问你，你真是找兰兰去了？"

喜喜回到家先洗手洗脸，也不说凉水冰手，也没看见手上脸上有哪些脏东西，反正是哗啦哗啦地洗了好大会儿。侯葛氏看着诧异，问喜喜是不是钻高粱秸了，是不是手上脸上粘腻虫了。腊月里自然不会有高粱秸，侯葛氏说稀罕话不过是要喜喜紧着做饭，侯登科要喝泼浇头的面条，而侯葛氏偏偏又没有女儿和面和得匀称。喜喜嗯嗯着答应，侯登科抄着手在院子里转圈子，转着走到喜喜身边，说有人跟喜喜使了双套连环计，多多不过是听见锣响就找戏台的。侯登科说："你真跟他出去了？按说，可是，毕竟……"喜喜说："爹，你到底要说啥啊？"侯登科把擦脸手巾递给女儿，又说："我什么都想过，我就是想不周全。算了，你还是紧着和面擀面条吧，多添些汤水。"

又过了几天，小胖子福山又把一张纸条塞进紫云寺山门缝里，纸条浸了一夜露水，有些地方已经洇透了，但字迹还是清晰的。写的是：立春前一天，准确无误。护送队一个小队，着保安纵队服装。以巡视运河方式沿堤直行。也就是从那天开始，独立营立即投入到紧张的秘密训练中，训练的主要科目是徒手格斗、隐蔽匍匐及爆破。另外，独立营还专门组建了一支百人敢死队，讲明的是，敢死队不是去送死，而是不怕死，只有不怕死才有可能不死。敢死队是从各连选拔出来的，标准是胆量大，应变能力强，还有一条是身手敏捷。百人敢死队是按一比二挑选的，原本想着训练之后再从中二选一。马二梭还给马箍子追加了一个任务，他要马箍子教敢死队学日语，会几句教几句，马箍子认为需要又不会的，那就想办法跟小日本鬼福山学。学会了再教，还必须赶在立春之前，时间满打满算还不足十天。

马二梭是单独跟马笸子说的，说："笸子叔，我知道你已经明白了我要干什么。没有打折扣的余地了，你必须当几天教员，哪怕是瞎蒙也行，只要暗堡里边的日本人愿意听紫云寺住持说日语！"

马笸子说："我知道。我要是独立营的人，你一准会说马笸子你听着，完不成任务我就把你当日本人劈了！"

第十一章

运河湾里又有年味了，尽管年味是与凛冽的北风连在一起的，北风里夹裹了零星炮仗燃放后的火药味，还有就是磨坊里飘散出来的米面的甜味。北风还搅翻了老河套的淤泥，以及在淤泥中腐烂了的枯草枯叶，稀薄的年味吸入到喉咙和鼻孔时，多多少少会带些苦涩，甚至还有些腥烘烘的臭。但年是越来越近了，特别是过了腊八之后，特别是见过了腊月里最后一轮圆月之后。

到了腊月半头的最后几天，侯得才突然间往县城跑得勤了，有时候是大川少佐召集开会，会议内容却又常常说得含含糊糊，听着还像是现想现说的，还像是根本没想好怎么说的，但大川少佐的通知命令里，每一次都要说十分重要。有时候还会说紧急会议。会议开始了，往往又说得杂乱无章，甚至是不着边际。比如大川少佐明明说过了矿警团的职责是确保矿井安全，确保帝国利益繁荣昌盛，但接着又会问他运河沿岸的治安状况。运河沿岸长着呢，几百里呢，几千里呢，光一个运河湾就绵延上百里，也许这里是安全的，换个地方就一定。再说了，运河沿岸安全不安全，跟他这个矿警团团长有什么关系，他又没当运河巡防团团长，即便兼任了运河巡防团团长，他也只能管一段说一段。

还有，大川少佐先是跟他东拉西扯，突然间又会莫名其妙地问他一句更奇怪的，说要是大日本帝国皇军与鲁西保安纵队和矿警团，三列人马一块儿

桃 花 瞳　　295

出现在运河大堤上，运河沿岸的中国老百姓最恨谁。这样的话题绝对不能回答，尽管这样的话题谁都没调查过，但傻子也知道中国人最恨的是日本军队。侯得才就在那一会儿装傻，他装傻的办法就是跟对面的刘百湖打迷糊，他会装着吃惊或者困惑着，他会不眨眼地望着刘百湖，看着像是保安纵队的司令暗中跟他递眼神了。大川少佐顺着鼻孔喷出粗气，哼哼着又变了话题，说："要是运河堤上只有保安纵队和矿警团呢？侯团长，这个你应该方便回答了吧？"

这种二选一同样别扭，况且侯得才也说不准谁更招骂，反正骂谁的都有，也许保安纵队与矿警团都被人恨，大川个老狐狸当着他与刘百湖的面这样问，也招人恨，反正他恨。侯得才又把脑袋伸着望刘百湖，说他可不敢跟刘司令打赌，他要说老百姓最恨的是矿警团，就显着保安纵队是没给皇军出真力的，要说保安纵队一点儿真力不出，搁谁谁也不信。刘百湖的脸乌紫乌紫的，怎么看都像是要勃然大怒的，强忍着也许是正在寻找下死口的时机。大川少佐却仰面大笑起来，笑得眼泪都流出来，好不容易止住了，忽然又说："开会吧。"

侯得才连着糊涂了好几天，而那几天，命令他进城开会的电话却是一个接一个，慢慢地侯得才就明白了，明白了偏偏还装糊涂样，只要大川少佐不明着告诉他，他会天天装下去，一直装下去。心里烦着，侯得才还会找老鸨要个姐儿，玩滋润了出门，出门走几步，忽然又示意老鸨拉扯他的衣袖，老鸨抓住了，他反倒又亮着声儿呼叫，说："你看你，是不是想钱想疯了，本团长公务在身，哪有工夫喝你的闲茶？哎，哎，你松手啊！"他那样子常常把久经风月的老鸨子弄得傻愣愣的，看着侯得才走远了，老鸨子还在一口一口地朝地上吐口水，说："这是他娘的又抽哪根筋了？"

侯得才有时候还会到物产局坐坐。物产局与戏楼隔街相望，侯得才喜欢热闹却不喜欢听戏，听了也不懂，但是他喜欢吃戏楼旁边的运河焦麻花。焦麻花是拿糖稀和的面，面里还加了五香果仁，热油里捞出来还要蘸一层芝麻，芝麻不用炒也变成焦的了，吃到嘴里焦焦脆脆，酥酥散散，香香甜甜，说不出的滋味。再有就是焦麻花的奇怪样子，看着是挺拔的，看着是拧着缠着的，看着是整根整条的，轻轻拿手一捏，忽然就酥了散了分了断了，天女散花一样，一根变成了一片，那时候再分拣着放嘴里，滋味又比整根整条奇妙许多。假若再把散断了的麻花拿手一节节复原拼接，一根缠绕着的拧着花儿的麻花又是挺拔昂扬的了。那时候侯得才会笑出声来，真吃还没有拨弄着玩儿的时

296

间长。

其实，虽然兼任着物产局长，虽然物产局也有宽敞的房舍院落，侯得才坐下来办公的时候并不多，县城几家盐商粮商，会把通关红利或者月份子按时给他存入银行，他几乎用不着去想县城里还有一个好地方。侯得才散了会在街上闲逛，走到戏楼了，才记起又有好长时间没进物产局了。物产局的门房老夏看见侯得才就笑了，笑着凑到侯得才身边，说戏楼要来角儿戏了，角儿是济宁州的，刚出科的雏儿，嫩是谢花藕瓜儿一样，叫的是月季红的艺名，身段模样想必是招人喜欢的。门房老夏还一个劲地眨巴眼，说侯局长无论再忙，哪怕把矿警团那边的军务放下，也要拿手揉揉捏捏，看看这嫩藕瓜儿绒毛桃儿，到底是不是一掐一股水儿。侯得才就窝起腿来在门房老夏裆里顶一下，说："是嘛，那我还得吃口运河焦麻花。还有几天？"

门房老夏说："也就这几天，年前来了就不挪窝了。嘻嘻，还月季红……"

侯得才吃了麻花又在街上闲逛。县城的店铺已经开始布置店面柜台了，有几家店铺还挂出了迎春送礼的招牌。侯得才转悠着置办年货，给他爹侯登銮买了一顶水獭皮帽子，给他娘侯杨氏买了一件菠菜根色的包头巾，给妹妹多多买的是搓手防冻的蛤蜊油，另外还有一瓶雪花膏。年货拿礼盒装了，派人送回侯家老宅，说是任务繁忙，辞灶饭不回家吃了，年三十的供祭还愿大概也回不去了，年夜饭十有八九是吃不成了，老宅里爱怎么张罗就怎么张罗吧。而在这之前，侯得才是答应过回家辞灶的，年三十中午的供祭还愿也是说好了的。尽管侯登銮早就在心里怨恨儿子了，腊八那天，侯杨氏早早熬好了腊月粥，用的是三色米五色豆，大红枣是按个头捏着成色添加的。侯杨氏让他喊儿子回家吃粥，他张口说了一句："吃屎去吧。"这话明显的是气话，气话是怨恨儿子不长进的，不过，儿子得才答应了回家辞灶，答应了回家主持年三十的供祭还愿，他心里还是高兴的。

腊月二十三的辞灶是小祭，小祭也要设香案，也要上供品摆灶糖，也要有人到家庙里领祭领拜。年三十是大祭，大祭更要讲究，侯家老宅的男女老少都要焚香跪拜，有谁行动迟缓了或者跪拜时额头不着地了，领祭领拜的都会大声呵斥，不论辈分高低，呵斥谁，谁都得听着。

让儿子得才回家祭祖是侯杨氏先提出的，但是，临到要过年了，儿子得才又变卦了。他竟然还说事务繁忙，他忙得没空儿系腰带了吧！

侯杨氏追着侯登銮问为什么，又不是隔省跨县，又不是千里万里，脚跟

桃花瞳　　297

前住着，说好的回来又不回来，总得有个缘由吧，总得有个起因吧。侯杨氏说："为啥啊，光说个繁忙就完了？"

侯登銮拿到太阳光里打量獭皮帽子，獭皮是软和的，帽里子也是软和的，太阳光里照着还一闪一亮的。侯登銮冲着帽子说话，说他现在就是个獭皮帽子，看着是个有模样的，看着是闪亮的，其实是一层皮毛，顶在头上就是个帽子，套在脚上就是个袜子，抄在手上就是个套袖，横竖是个任人摆布的。侯杨氏呀呀地吐口水，伸手夺过帽子，逼着侯登銮说明白话。侯登銮说："他连狼狗是怎么死的都没弄明白，他还有脸回来辞灶祭祖啊？他从营长升成团长了，他还认识老窝里的爹娘啊？他跟那个麻花妮子拧成麻花团了，他还记得自己姓啥啊？他连那个装憨卖傻的小胖子福山是哪个庙里的都不知道，他还能记得什么？"

侯杨氏又撇着嘴打呵哧，说："哎呀哎呀，正说儿子呢，怎么又扯到外姓旁人身上去了？"

侯登銮拍打着獭皮帽子进了屋，拿眼挖着侯杨氏，说："外姓旁人？等着吧，眨眼就变成侯家近人了！"

侯登銮再不想搭理儿子，腊月二十三的小年辞灶也懒得准备，七天后的还愿大祭更不愿意想。柴房里搬出梯子，梯子放到院墙角里，院墙上又竖起一捆芝麻秸，人坐在梯子上，眼睛望的却是后边的东跨院。东跨院里冒着烟，烟里还有熬灶糖的香甜味，老大家那边已经开始过小年了。小年的重要活动是辞灶，辞灶也叫"送灶王爷"，运河湾里很看重的。小年这天，灶王爷要升天向玉皇大帝汇报一家的功过是非，辞灶饭就是灶王爷的起程饭。灶王爷平时不说话，保不齐他会在天爷爷那儿拨弄是非，最好的办法就是用又香又甜的灶糖粘住灶王爷的嘴。侯家老宅的小年辞灶是跟家庙的先人小祭连在一起的，三家的旧灶马揭下来放到供案前边，祭拜结束再一块儿烧了。

老宅里住着三兄弟，合在一起辞灶，要的是三家都好，但三兄弟都明白三家早就三个心眼了，不过，一个祖宗老疙瘩还是连着的，所以小祭大祭都是老大侯登科张罗。侯登科就在灶王爷面前摆上供品，还要放上锡箔叠的元宝，还要摆上用纸粘的钱袋子和粮袋子，意思是让灶王从天上返回时装钱装粮。侯登科还一再嘱托，说："今天是腊月二十三，灶王爷爷您一路顺风上南天。闲言碎语要少说，钱粮多捎带平安。侯家老宅翘首盼，七天头上您再来侯家过大年。"祷告完了再焚烧灶马纸箔，接着是奠酒跪拜，侯登科也只有那一会儿才能品尝侯家主持人的威望，那样的品尝也如灶糖一样又香又甜，尽管只是一会儿。侯杨氏看中那一会儿，侯登銮也看重那一会儿，如果能把那一会儿拉长，如果侯家老宅的时光都由儿子支配，那当然更好。

一蒸二炸三煮肉，年年盼年过不够，年是真要到了。看来大哥侯登科是真不想挑头张罗供品了，侯登科还在院子里散步，还把手倒背着，看着像个无所事事的悠闲人。侯登銮专盯着大哥侯登科的脸，他认定大哥不是真散步，大哥侯登科平时走路是昂着脑袋的，步子迈得又大又快，现在他是低着头走慢步的。人什么时候才会低着头迈慢步？只有心事缠绕时，只有拿散步当幌子时，既然是当幌子，就一定是在等什么人，于是侯登銮又把目光落到东跨院新门外边的杂树趟子里。侯杨氏站在堂屋门口挖了侯登銮一眼，跑到女儿多多屋里，又拿手指点着让多多看她爹，又拿白眼珠子挖。多多看的是雪花膏，蛤喇油她已经抹过了，抹到手上是滑腻的，只是蛤喇油的味道她不喜欢。多多喜欢闻雪花膏味，多多还拧了盖让她娘侯杨氏闻，说："娘，你管他呢，他净操人家的心，人家稀罕他操心啊，你看人家愿意搭理他吗？"侯杨氏嗯嗯着，接着又说儿子得才，又说得才说好的回来又不来了，多多还是说："管他呢，爱来不来。"侯杨氏伸出手来要掐多多，说："一个是你爹，一个是你哥，都不管了？都不要了？年呢，年还过不？"多多说："过，啥好吃吃啥，一天照着八顿九顿地吃！"

侯登銮忽地扑到女儿多多的窗口，说："你那天打着幌子见兰兰姐，你还去见喜喜姐了吧？哎，我问你，你跟喜喜在一块了，你们是在哪个地方分的手，分手之后喜喜又去了哪儿？"

多多说："我认识人家，人家认识我吗？我还去见喜喜姐，你见了？人家去哪儿，该着给我说啊？"

侯登銮吃吃地冷笑，说："哼，人家没让你帮着数钱啊？数清了吗？"

多多头也不抬，多多还带了一脸的幸福，说："数了，数清了，谁把我卖了我帮谁数钱，我数得还快还准！"

侯杨氏也扑哧笑了，笑着又挖了侯登銮一眼，看见侯登銮被多多呛得脸上青一阵紫一阵的。

侯登銮一直坐到太阳偏西，掌灯时分。侯杨氏敲打着碗筷，侯杨氏还在嘴里发出喷喷声，看着像是招呼猪上食槽的。侯登銮揭了一块干坷垃要扔侯杨氏，目光却依旧盯着东跨院。侯登銮爬梯子上瘾了，那天他看着多多跟随

桃花瞳 299

马家的大儿媳妇出门，他原本是要跟踪过去的，他还想看看马家人都在干什么，但是侯杨氏堵着门不让他出去，还说他这个长辈越来越没形了。他坐到屋子里还是想，还是想着马家的大儿媳妇找多多找得蹊跷，要说猫头样子绣得不好，她应该问喜喜，喜喜的针线活儿好是一个村子都知道的。还有，平时说话大大咧咧的春子，竟然还说了条理话，细想想，那些条理话都应该是先在心里编好的。编了理由再约多多出去，一准不是只为猫头样子。侯登銮就推开了侯杨氏，搬梯子上了墙头，也许是自己也感到有些不妥了，于是又拿一捆芝麻秸当遮挡，人坐在梯子上，眼睛却是望着村里村外的。

那天，侯登銮没看见多多从哪儿冒出来的，但肯定不是马家胡同。他先是看见喜喜急慌慌地从树趔子里走出来，走到门口又站住，手在衣襟上肩膀上揪扯着，揪扯下来的是枯草芦缨。后来又拿手梳理头发，辫子梢还是绕到胸前看的，看着又甩到身后。接着是踩脚，接着是拍打棉裤。推开院门的时候，喜喜还往树趔子里望了一眼，返回身来二番又关的院门。喜喜应该出去了一大晌，他是从儿子派人捎来年货之后就上了梯子的，在那之后并没见喜喜出门，如果喜喜一大早就去了镇上，她应该提着背着些集上买来的东西，即便是布头线团，喜喜也会在手里抓着，可是喜喜手里什么也没有。喜喜也不会是串门走亲，假若真去了姨家姥娘家，姨家姥娘家一定会留她吃饭，决不会让外甥女大中午再饿着肚子回来。奇怪的是，大哥侯登科和大嫂侯葛氏也竟然打了愣怔，看着像是也不知道喜喜去了哪儿的，这就是天大的怪异！侯登銮倒过头来二番再问多多，多多竟然藏了一脸的笑，多多的脖梗子还是红的，多多粘了一鞋面子枯草，也不抽打，也不踩脚，多多怎么看都不像是从马家出来的。如果说连多多去了哪里都是个谜的话，那么马家的大儿媳妇一定隐藏了更大的秘密，马家的大儿媳妇变着法儿唆使多多，一定是为了钓出喜喜，钓出喜喜一定也是个天大的秘密！

侯杨氏又出来敲打梯子，说："饭凉了，你还吃不？你已经当了好几天望天猴了，你不会一直坐到年三十吧？"

侯登銮打着手势不让侯杨氏说话，侯杨氏索性赌着气把锅盖掀了。侯登銮望着喜喜把面汤盆端进堂屋，侯登科从堂屋里出来进的是厨屋，喜喜跟着又把面汤盆端回来，侯葛氏还把堂屋里的灯吹了。东跨院里暗下来。三个人是在厨屋里吃的晚饭，这本来也应该，厨屋里暖和，热锅热灶的吃了，还省事还方便。问题是已经端到堂屋了，二番再回到厨屋，绝不是只图暖和，唯

300

一能解释的，只能是厨屋门离大门近，外边有人叫门推门，出了厨屋门就是大门。大哥要等谁，谁会这个时候进家，应该不是得章，得章早就投了八路那边，八路那边军纪严，得章也决不会为一顿饭赶回家来，除非八路又杀回来了。日本人又在运河以西增补了几处据点炮楼，八路那边不可能轻轻松松地说过来就过来，除非是大部队又把据点炮楼拔了。

侯登銮认定大哥侯登科是在等福山，大哥已经接受了日本小胖子，或许小胖子福山早就不止一次进过东跨院。儿子得章是个拉游击的，也许在近处，也许在远处，能带兵打仗却中不了眼前的用，福山是日本人，日本人要是粘上喜喜了，大哥不一定敢硬碰硬地把人推出去。大哥或许根本就没想把人推出去，前院里的得才沾了个日本小麻花妮，他也要让女儿喜喜靠上个日本小胖子。儿子那儿远水救不了近火，跟日本人结了亲，得才再恼得章，也不敢对这个大爷怎么样。侯登銮想明白了就冷冷地笑，听见侯杨氏说他要当望天猴，望天猴是张着嘴喝露水的，他就下了梯子。

福山赶在立春之前又传了一次信，这一次传的是：大川少佐又让送魔豆的日军换服装，保安纵队的黄肩章拆了，换成矿警团的白肩章。可能还有一辆装载日用品的马车。

金猪也送了一个最机密的消息，消息是三老雕岳粮丰放出来的，说保安纵队司令刘百湖要设计陷害侯得才，已经买通物产局的门房老夏了。刘百湖可能要用美人计，最后再让大川少佐定侯得才失职罪，只要侯得才中招，估计死不了也得脱层皮，而侯得才最容易中的就是美人计，况且侯得才已经悄悄在物产局做准备了。

这两条消息都是极重要的，马二梭的夺暗堡计划一下子变得明朗了许多，步骤措施也越发清晰，而从东跨院察觉出异常的侯登銮，则天天盼着儿子回家。侯得才捎回年货之后再没影了，侯登銮厚着面皮又去码头见了花田子小姐，得到的答复是侯团长也许在少佐那儿，也许在物产局，也许又有了特殊任务。侯登銮得不到个准讯就发狠地骂，有时候能从运河大桥骂到家，骂过了还是想找儿子，还是想告诉儿子。如果大哥侯登科和侄女喜喜都隐藏了天大秘密，那么，一定还有比天还大的秘密，这样的秘密对儿子得才来说，一定是带着天大凶险的！

第十二章

小年之后中间隔了一天，也就是腊月二十五的早晨，小胖子福山又赶着黎明前夜雾最浓的时候，轻着手脚到了侯家老宅的东跨院，穿过杂树趟子时，小胖子福山还把鞋脱了。小胖子福山拿棍子挑着包袱，踮起脚尖，头后仰着，贴着墙头往院子里投放。包袱里包的是罐头，跟罐头伙在一起的还有扎着丝带的礼盒，礼盒里是一身大红底子的平绒花布，花布的图案是喜鹊登枝。另外还有几件小零碎，如发卡、丝绦、流苏、缨镂、胸针等，都是女孩子喜欢的。包袱里还有一盒德国产黑樱桃烟丝，还有一件印度针织绛色羊绒披肩。烟丝自然是给侯登科的，绛色羊绒披肩，说成给喜喜的也行，说成给侯葛氏的也行，但烟丝和披肩又是封在一起的，应该是送给侯葛氏的。小胖子福山隔着墙头放包袱，包袱放进了又想在门缝里塞纸条，门闩从里边拨开了。小胖子福山抓耳挠腮地望着侯登科，他也许踟蹰着想称呼什么，也许只是想笑笑，结果他把自己弄得狼狈不堪。小胖子福山还有想进院的意思。侯登科低沉着说一句："这样好看是吧？"小胖子福山一头扑进院子，看着像是憋着一身劲的，那样的动作还差一点儿把侯登科撞倒。于是侯登科又说："你，你……"

小胖子福山跪下给侯登科磕头，说："魔鬼走了，福气来了。"

侯登科又让小胖子福山弄糊涂了，紧着关了院门，又要拉小胖子福山起来。说他看见包袱了，也知道是小胖子福山送的了，院墙摸手高，一个胖墩墩的小日本男孩，只能隔着院墙扔包袱。包袱扔到院子里，也许摔坏了，也许会弄出响声，先拿棍子挑着，再让棍子当抓手，包袱落地就轻便了许多，可见这个小日本男孩是用了心的。侯登科说："行了，我说收下了也行，我说先替你保管着也行，你快走吧。"小胖子福山爬起来，先拿袖子擦了脸上的雾气潮气，做出的架势看着像是要走的，忽然又说后天就是立春了，今天是腊月二十五。侯登科就有些急了，说他知道今年是腊月二十七打春，年前打春，来前春脖子短，新粮下来得早。不过，侯家老宅不会闹饥荒，打春赶在年前年后都不怕。不过这跟小日本男孩有啥关系，还用得着跟他说节气啊。但是，小胖子福山像是被一种莫名的激动烧迷糊了，一条腿向门口伸着，上半身却又是向后倾着，看着像是要抓着侯登科的手说话的。

小胖子福山说，立春在中国人眼里只是一年之中的第一个节气，而在日本，头一个节气还是节日，节日偏偏赶的是立春的前一天，过的是节分。节分这一天，全日本的男女老少都要撒魔豆，撒魔豆是为了驱魔迎福，即便是天照大神，即便是天皇陛下，也要从屋内撒到屋外，也要说魔鬼走了，福气来了，可见这一天有多么重要！可是，最最重要的这一天里，驱魔迎福的这一天里，也许有人迎的是福，也许有人偏偏迎到了魔。迎到了魔怎么办，也许百灾临身，也许命丧黄泉，也许生不如死。总之，对于某个人来说，他即将面临一个天大的变数，他尽管不能说出这个人是谁，但他知道这个人已经做好准备了。当然，假若，这个人的变数是个大福，魔鬼在他身边晃了一下又跑远了，那就一了百了了，那他就是天底下最有福气的人了。小胖子福山上半身倾斜是用来拨开侯登科的，他拨拉开侯登科就到了喜喜的窗下，说："喜喜小姐，今天是腊月二十五，后天是腊月二十七，中间隔的这一天是节分。我要走了，我如果不能来拜年，这些礼品就算是新年祝福吧！"

小胖子福山是把鞋拿到寨壕里穿的，穿上鞋就去了矿上，接着他又把自己弄得跟个泥猪泥狗一样，怎么看都像泥里水滚过的。矿上的话，少不了泥水。不过，小胖子福山是拆卸井架的，他不但是个会测绘懂地质的技术员，他还是个能干活的日本男人。当然，要是花田子小姐看见他拆卸井架是那么敏捷利落，花田子小姐也许会猜疑，井口挪移其实是福山的阴谋。

腊月二十五黎明时分的晨雾，阻隔了侯登銮的观察，侯登銮即便不借助墙头上那捆芝麻秸的遮蔽，也不会有人看见他，而他要想看见侯家老宅东跨院里的一切，几乎是不可能的。况且，侯登銮已经在梯子上坐了好几天，三九天的寒气早已浸透了全身的关节，侯登銮睡醒一觉，先感觉的是全身酸麻疼痛。还有，他的脑袋也跟着别扭，疼不像疼，倒像是有什么东西比如铁丝藤条之类，把脑袋整个儿缠紧了勒紧了，脑袋是自个往里缩的。他醒了之后要拿手拍打，还会拿手摸索，还会拿手抓挠，结果他抓挠下来的是黑白相间的头发。侯登銮在冬夜里抓挠头皮发出的咔哧声，给侯杨氏带来了不尽的烦恼，侯杨氏会感觉自个儿的头脸也是痒的，侯杨氏就拿脚踢蹬着埋怨，说："你怎么不去当望天猴了，起来去呀，再望去啊，一天别下来，一夜别下来。哎呀，亲娘哎，你不抓挠行不？你想想这个年怎么过行不？"

侯登銮揉着鼻子穿衣下床，开了门望院子，院子里也是雾气，雾气像棉花团一样，明明知道梯子在墙角里放着，看着却像是隔着山隔着海的。侯登

桃 花 瞳 303

蛮错过了一个好时机，小胖子福山怎么进的东跨院他不知道，怎么走出东跨院的也不知道，拿棍子挑着的包袱里包了什么，自然更不知道。侯登蛮错失的第二次良机是，小胖子福山前脚出门，侯葛氏和喜喜后脚就起来了，侯葛氏还把耳朵贴紧门缝听动静，跟着就把包袱拿到了堂屋里。侯葛氏说："他爹，我听见小日本孩说节气，他说那些话是啥意思？敢情他们日本人光过打春不过年啊？"侯登科说："快别说了，可糊涂死我了！"说完，侯登科又半侧身瞟了喜喜一眼，说："喜喜你帮我想想，'今天是腊月二十五，后天是腊月二十七，中间隔的这一天是节分'，这句话又是啥意思？"喜喜怔怔地站着，嘴里是嘟囔着自语的，说这句话里有弯弯。侯葛氏紧着又问："问的就是这啊，啥弯弯？"喜喜却再不肯说话，早晨饭也没做，包袱也没打开看，一个人回到屋里，光是闷着头发呆。喜喜还忽然惊叫一声，看着像是明白了什么的。

雾气是半晌时散尽的，但是侯家老宅还是没有一点儿动静，三兄弟还是各忙各的，家庙祠堂那儿，连一个去打扫的也没有。家庙的门关着，门鼻上缠绕着蛛网，蛛网上粘着碎草屑，楹联上的字迹已经模糊了，有几处鸟屎却是新鲜的。老宅的家庙是仿县城的城隍庙样式盖的，只不过是在门阙里套了个内室，内室里摆放着牌位香案，这也算与城隍庙同中有异之处。内室前边是门阙，门阙檐下有许多斗拱空格，空格正好做了鸟窝，鸟屎是从上边落下来的。三兄弟的父亲侯加封活着时，即便不算过年之前的粉刷，家庙一年之中也要掸尘许多次，家庙里边常年都是干净的，门阙更像新盖的一样。父亲死后，逢年过节的祭祀安排由长子侯登科张罗，侯登科会自个儿照应，也会支派着让老二侯登榜和老三侯登蛮干活，一入腊月，三兄弟跑得最勤的地方就是家庙。以后就没那么按时按节了，粉刷慢慢变成了一年一次，自从出了三月三祭祖大凶杀之后，连粉刷也干脆省了，但逢年过节的掸尘还是有的。像今年这样，到了腊月二十五还没动静，家庙门竟然还是关着的，老宅里倒是从没有过的。

侯登蛮又要爬梯子，侯杨氏拽着他说低声话，说："真要摽劲啊？真没人张罗了？"侯登蛮探着身子望后边的东跨院，说："摽劲就摽劲，反正是三股权了。"侯杨氏还是不明白，说大猴子上摽劲是恶心咱前院，那二老阿呢？他也恶心咱啊，他不伸头是啥意思？侯杨氏说："这可倒好，干脆把家庙扒了，干脆把祖宗也分了，反正许愿也许的不是一个愿，还愿也还的不是一个愿。说起来一块儿祭供还愿好听好看，心思不在一起，想想都起鸡皮疙瘩。"

侯登銮又上了梯子，这一次望的是东南方向。侯杨氏又要撇嘴，说侯登銮也是个面糊嘴，嘴上恨着儿子不回来拉倒，心里不知是咋盼的。侯登銮咬牙切齿地说："我望东南是望太阳望云彩，你以为我望他啊，小鳖犊子不回来更好，他喊亲爹我也不让他回来！他现在还有亲爹吗？"

街上响起炮仗声，炮仗放的是连挂的，如果再加上几个顺风窜的地出溜，炮仗就算是文武鞭了。放连挂炮仗的是西河湾东坡的侯登仓，侯登仓先是在自家门口放，放着又到了姐姐侯月娥家的门口，然后他一口气跑到官地，最后一挂炮仗是在土地庙门口放的，放的是最长的一挂，里边还有几个二踢脚。官地旁边的井架看不见了，原来立井架的地方只剩下一堆木头，木头压在水井口上，水井也看不见了。

紫云寨东头的马家胡同里也有了动静，闹动静的是马家的灰驴，灰驴吃了一冬天闲草闲料，膘上来了，肚子也撑大了，打滚的时候先拿半个肚皮挨地，好大阵子也没打成一个囫囵滚儿，倒是敲鼓打锣般的驴屁放成了串，听着像是二踢脚没升起来的。春子就扒着墙头张望，说："满秋你抱着槐树吧，驴屁把你蹬倒，你就没脸吃年三十的细面扁食了！"春子说着还笑，春子看见满秋抽了一根紫柳条要打她，她就笑着跑了。

自从帮着儿子金猪办成了一桩大事之后，春子就变成了马家的大能人，她每天都能找到笑的理由，每天都迈着很响的步子在院子里走来走去。即便马刘氏吩咐她把厨屋扫了，把墙角里旮旯里的柴火棒子归整了，把鸡窝鸡架上的鸡屎鸡粪擦刮了，把原来靠着堂屋东山墙堆放的树枝子挪移了，她照样也是扑通扑通地大步跨着，看着像是腿不会打弯儿的。只不过是，掏鸡窝里的鸡粪需要蹲着跪着，还得探着脑袋弓着身子，她才不得不变回原来的样子。但蹲下来掏鸡粪的春子又笑了，说："娘，您是故意支派我的吧，我把头伸到鸡窝里了，我还抓了两手鸡毛，鸡毛上还粘着鸡屎……"马刘氏说："那样也好，粘上毛你就成猴了，反正一个马家光显摆你自己了！"

春子呀呀地叫着要表功，春子还要说那天她是怎么把侯家老宅的三精包蒙住的，带出多多她马上就来了个随机应变，马上就亮出了立冬。亮是故意掖着藏着亮的，越是掖掖藏藏的越显着真实。多多果然就信了，果然就被她钓住了，这当口她又巧妙地把话锋一转，一转就转到喜喜那儿。多多果然又信了，果然又去约了喜喜，喜喜一答应出门，事儿跟着就成了，前前后后都是严丝合缝的，连她自己都没想到，她那一会儿哪来的机灵劲儿。机灵劲儿来得还巧妙，还是时候，看来前边的二十年是被马家人埋没了。

春子还要说前几天去运河大桥抓冰冰鱼，抓冰冰鱼不过是个幌子，码头上的一切被她摸了个五清六透，侯得才一肚子花花点也被她蒙住了，那个日本小花妮也被她蒙住了。她那时候就仗着一身正气，她越是什么都不怕，就越是把假话编得跟真话一样，到后来编得连她自己都信了，要走了她还邀那个麻花小姐到家来串门。春子参着手进了堂屋，公爹马步正在里屋咳嗽，公爹马步正还啪啪地磕烟灰。春子又笑了，说："亲娘哎，我还没洗手呢！娘，粘上毛就是个猴，这话是说的侯家老宅的三精包，我可不当那样的猴。娘，我还是给您说个最当紧的吧，我保证您听了一准得一惊一喜的！"

马步正在里屋喊春子，说："老大家，你去看看满秋把灰驴牵哪儿去了，要是灰驴没完没了地打滚，就让满秋替它……"

春子嘻嘻地笑着出了堂屋，到胡同里看一眼又回来，隔着窗户说满秋沾了一身土，估计是替换了。春子忍住笑又撮鸡粪，把鸡粪倒在牲口圈里。婆婆马刘氏分派的活都干利落了，院子也打扫干净了，春子洗了手，想着刚才的话还没跟婆婆说完，走到堂屋门口又退回来，轻着手脚靠近了小东屋的窗户。兰兰把四面墙都贴满了，满满一屋子都是猫头样子，满满一屋子都是猫头猫眼，所有的眼睛都望着兰兰。春子捏着腮帮又要笑，耳朵上却像马蜂蜇了疼一下，春子拿手拨拉，马蜂刺变成了婆婆马刘氏的簪子，春子又要呼叫，簪子又戳到嘴上，跟着就被婆婆马刘氏拽走了。

马刘氏没进堂屋，马刘氏拉着春子去的是杂物棚，杂物棚里放着闲置下来的农具，开春要用的耕套之类挂在迎面墙上。马刘氏说："我看你东一头西一头的，你不嫌累啊？"春子摇摇头，说她这一阵子不知怎么了，就是感觉身上有劲，干再多的活也不觉着累，要是说坐着能解乏，那她宁愿跑着跳着。春子说："我说话也不累。"马刘氏又把簪子别到头上，说："我知道刚才老阎王是故意拦话的，他越不想让我知道我越想听。春子你说吧，那个让我又惊又喜的是哪样事？我惊也是二梭，喜也是二梭，还有兰兰。哎，金猪他娘，你不会是也梦见二梭跟兰兰吊眉眼了吧？"

春子把婆婆马刘氏推到墙角里，自己又走到门口，望一眼又转回身来，说："娘，现在我问您，您直说二梭在哪里吧，是天边天外，还是脚跟前眼目前？"马刘氏低下头来瞅了身边瞅墙角，后来又瞅春子的脸。春子扶着马刘氏坐下，又问婆婆马刘氏是不是真想二梭，是不是盼着二梭今天晚上就上兰兰的床。马刘氏摸索着又要拔簪子，春子又说："这样说吧，是您想二梭想得狠，还是兰兰想二梭想得狠？"马刘氏说："看你问的，娘想跟媳妇想能会一样啊？"春子就抱住了婆婆马刘氏的头，咬着耳根说她有个最当紧的天大机密，谁听了都得一惊一喜的……

金猪亮着声儿喊奶奶，说："奶奶，俺爷爷又找不着替换袜子了，针线筐子翻遍了就是找不着！"

马刘氏骂着孙子出杂物棚，说："他还知道翻针线筐子，他怎么不在烟叶筐里找啊？金猪你大半天又跑哪里吃屎去了，你一喊我就闻见臭味了？"马刘氏骂着又瞅春子，还要拧春子的嘴，又说："你刚才说的废话比鸡屎都多，我想听的一句也没有。我惊的啥啊，我喜的啥啊，你说了吗？"

金猪拦住了他娘，金猪还打着手势跟他娘比画，最后又把手指竖着堵到嘴上。春子啊啊着又笑了，说："金猪你回来看见你爹了吗？灰驴打完滚摇尾巴，他也跟着摇了吗？"

马家的中午饭还是一冬天的老样子，不同的是今天没蒸新馍，箅子上除了当间几个剩窝头和一碗咸菜，外圈里摆放的全是个头匀称的红薯。红薯是挨个儿挑拣的，挑拣的全是没有疤痕的，还都是红皮黄瓤的胶黄红薯。跟锅馏红薯是为了炸甜丸子的，胶黄红薯甜性大，糖也不用加，炸出的甜丸子跟加了糖的没二样。明天就是腊月二十六了，蒸熟的红薯凉透了扒皮，拿黏米面和了还要醒一天，这样算起来，马家真正忙完年饭，差不多也到二十九了，而腊月三十那天的上午还要剁馅包扁食，再延迟就把年隔下了。吃过饭洗刷，春子开始给兰兰派活，说二老爹娘是不能沾手的，满秋除了比牲口吃得多之外，灶间的活他是一样也插不上手。金猪是个管晴不管阴的，谁想指着他干活，谁就是瞎操心。春子说："兰兰，待会儿你跟我一块儿扒红薯皮，真凉透还得半天，年是一天比一天近了，该干的活一抓一大把。"春子说着又跟兰兰使眼色，还拿手在兰兰腰里捅一下，兰兰就把和面盆擦干净了。

春子是一心想着再为马家干一件大事的，那样的念头使她激动不已，以至于整个脸色都是红润的。春子俨然成了马家的主事人，反正公爹马步正已经说过了，那天公爹马步正说的是："老大家，我看你还真行，以后的凶险事还少不了，马家还不知道会到哪一步，你多费心吧。"公爹马步正的话不

桃 花 瞳　　307

是凭空说的，那天她扛着挑谷叉陪香芝上坟烧纸，姓岳的三老雕故意给香芝透话，说狼狗死了他们也不巡逻了，也不轮岗设哨了，她一听就明白这是故意泄密给独立营的。那天她给公爹马步正说的是，她像二郎神一样保护着香芝，矿警队看见她扛着挑谷叉，要出来胡闹的又吓回去了。马步正听了马上让金猪给她搬凳子，还要她坐下来听他说话，还说知道的不一定说出来，说出来的不一定是知道的，关键是看哪些话该说，哪些话不该说。公爹马步正还喊了她大儿媳妇，跟着就说了那些话，那些话她一直记着。

春子被自己的心激动着激昂着，看着灶间屋里只剩了她和兰兰，她就忍不住了。春子先是问兰兰还记不记得大姑姐秀秀回娘家，记不记得那天秀秀拿了什么，记得不记得秀秀当天就要急着赶回去。如果兰兰没忘，那兰兰就应该知道秀秀回娘家是为啥，就应该知道秀秀是藏了许多话没说的。兰兰愣怔怔地望着春子，兰兰还露出一脸的茫然，兰兰说："你要说啥啊嫂子，我有些糊涂了？"春子说："我说个人名你就不糊涂了。兰兰，你还记得二梭不？你还想念二梭不？我不是说的那一屋子猫头猫眼。"

兰兰哇哇地要哭出声来，春子抓了个红薯塞兰兰嘴里，接着又说她有个办法，保证能让兰兰见到二梭，保证能让二梭跟她那样，还得是今天。春子说："紧着扒红薯皮，扒完你就去换衣服，哪件招眼换哪件，换了衣服咱立马就去见他。记着，待会儿我无论编啥瞎话，你都得跟着装样……"

春子编的瞎话是兰兰的身子不得劲，看着像是着凉气了，她要带兰兰去紫云寺，还要在佛祖跟前讨一包香灰水喝。兰兰果然拿手捂住了肚子，果然在脸上显出苦样，看着像是忍不住的。马刘氏跟出堂屋门，喊着要兰兰多穿衣服，还要兰兰拿围巾包住头脸，最好把嘴也捂住。马步正说："别啰唆了你，春子不知道护她啊？春子，你可要护好兰兰啊！"

两个人是太阳偏西时到的大围子村，秀秀是在村口看见的她们，秀秀又惊又喜，说自己原本想着年前再回一趟娘家的，结果家里老是有忙不完的活，现在她是急着离开家的。又说，要不是惦记家里屋门关没关，她们来了还兴许见不上。春子拿手推搡秀秀，说："哎哎，我们不是来听你说空话的，没看见兰兰换了新衣服啊。哎，我说，二野驴呢，二郎神呢，你紧着给他们收拾床铺，紧着让他抱兰兰上床！"

秀秀呀呀地拍手，说二梭他们已经离开这里好几天了，现在在哪里还真说不准。秀秀说："我刚才说了急着离开家，嫂子你还没明白啊，估计二梭

308

他们又要弄大动静了，大围子周边这几个村子的人都散开了。嫂子，让独立营把这一仗打完吧，打完仗他不得歇几天啊？兰兰你别哭，你让我再想想怎么办……"

春子啪啪地踩脚，后来她还抓起拌草棍子砸淘草缸，说："亲娘哎，怎么总是赶不到点上啊！"

第十三章

马二梭他们下半夜吃饭，饭是在紫云寺正殿佛堂里吃的，每人一个死面锅饼，一块腌萝卜。没动烟火，喝的是凉水，凉水也不允许多喝，为的是少撒尿。吴春牛的第一连里又留下了几个人，留下的人负责联络，其中包括豌豆。副营长丁黑豆是昨天晚上到的，黑豆原来的任务是跟随肖八万的第二连在河套里运动，目的是自西向东悄悄靠近河套口。黑豆来之前已经沿线放了警戒，大围子周边几个村子也都提前做好了疏散和接应准备。黑豆是为策应三老雕岳粮丰赶过来的，黑豆又带人连夜赶到码头，跟三老雕岳粮丰说的是要配合独立营行动，没有特殊情况，不用岳粮丰动手。黑豆还要一百套矿警团服装，岳粮丰拿手指在黑豆手上按了几下，意思是他早就想到了，也提前准备好了。岳粮丰还为独立营准备好了绳套，绳套是用狗油浸过的，又耐拉扯又滑润。岳粮丰的意思是最好不开火，最好不弄出动静，用绳套套住他们的脖子，城门楼上的岗哨看见了也不会想到是杀人。岳粮丰最后说的是越迅速越好，下绳套时最好不要把他的弟兄套上。黑豆抓起岳粮丰的手捂到自己怀里，说："放心吧，扳过头来我先看看是不是三老雕！"

原来挑选的一百人是准备二选一的，当时考虑的是日军一个护送小队五十多人，但到要行动时，马笆子还是建议全去。意思是多几个富余的，便于应对意外，况且，一对一地与日军肉搏，独立营的人未必全占上风。

马二梭他们吃饭之前就把矿警团的衣服换上了，要离开紫云寺了，马二

桃花瞳　309

梭又摸着黑望西北方向，花子余的第三连重点监视的就是西北方向的据点，给他们的任务是先隐蔽活动，接到行动命令之后，马上从河套边缘向暗堡斜插包抄。现在看，一切都有序了。马二梭最后又走到马笓子身边，轻轻地叫了一声笓子叔，叫得声音很低，吐音又分明很清晰，听着像是把三个字演习了一夜的，这在马二梭来说也是很少见的。

马笓子拽了拽马二梭的衣袖，又把帽子往下拉了拉，说他现在还有个最担心的，是二梭看见日军之后的那一会儿会不会露馅，日本人穿着矿警团的服装从县城走出来，二梭要是那一会儿压不住火，不及其他人动手就先出岔子了。再就是，刘百湖暗算侯得才的情报到底准不准，侯得才会不会真去了县城物产局，侯得才是不是真中招了入套了，要出一点点一丝丝偏差，侯得才一眼就可以分辨出，混在其中的独立营也穿了矿警团服装。尤其是马二梭，侯得才只要扫一眼，不看头脸也能认出来。马笓子最后又说，真到了暗堡也是一大难关。里边的情况都是日本小胖子提供的，听说跟亲眼见大不同，听得再详细，进去之后也是瞎摸瞎撞，谁也无法保障日本人看见送魔豆的就走出暗堡迎接。他们要是不同意送魔豆的人进暗堡怎么办？进去了找不到弹药库怎么办？炸弹药库的人出不来怎么办？这一切的一切都是未知数。马二梭伸手堵住了马笓子的嘴，说马笓子说的都是未知数，既然是未知数，还不如不说。马二梭说："叔你记着，独立营的深仇大恨没报完，只要豁出去一死，再多的未知数也是清亮亮的。好了笓子叔，打完这一仗就该过年了！"

马笓子最后又要说怎样用绳套，看见马二梭曲着右臂肘猛地向外一撑，他就打住不说了。

马二梭他们是在黎明前赶到的码头，三老雕岳粮丰在营房门口迎住他们，双方没说一句话，岳粮丰打了个手势，马二梭他们跟着进了弹药库。这也是预先约定的，独立营先进入码头营区，营长岳粮丰带队执行警戒任务，矿警营的队列前脚迈步，独立营后脚跟上，最好做到浑然一体。只不过是，开饭时他没办法往弹药库里送，好在他们的早饭也很简单，馍也是昨天剩的，因为大川少佐下的是死命令，码头的矿警营全体出动，卯时一刻吃饭，卯时三刻集合，七点正准时到岗到位，同时进入警戒状态。岳粮丰最后说的是，他现在又担心侯得才了，不知道这个熊玩意进城之前，会不会先过来看他集合。岳粮丰推开弹药库门又说："反正弓拉满了，反正戏台子搭上了，死活就这一堆了！"

侯得才还真到营区来了，侯得才远远地就喊岳营长，喊得响响亮亮，看着像是要让别人听到的，喊到跟前又变成了三老雕。侯得才说他又有新任务了，他还要进城，什么时候回来说不准，因为他无法预知新任务完成之后，会不会马上再有新任务。另外，尽管已经做了布置，那四个营他还是要亲自走走看看，毕竟是新划过来的，他还要说些诫勉的话，累肯定是累。但是，大川少佐布置的警戒任务必须完成，决不能出一丝一毫的差错，一送一迎都得把眼瞪大了，道路两边的地沟里窜出只兔子，不去追也得认出公母。岳粮丰也用了亮声，说："侯团长您紧着进城吧，您的新任务一准是又紧又急的，说不定您还得下大力，说不定您还得用狠劲。要是新任务一个接一个，那一准是让您干完第一再接着干第二的！"侯得才远远地抛过一个瓦片，瓦片砸到岳粮丰头上，说："第三是把你干了！"

侯得才呼叫着说话时，库房里的马二梭把牙咬得嘎吱嘎吱的，马二梭还把绳套塞到嘴里咬。但是所有人都没动，只是把枪口对准了弹药库门。外边响起集合哨，岳粮丰开始训话，说今天执行的任务是警戒演习，演习期间要做到目不斜视，跟自己没关系的，看见了也是没看见，听见了也是没听见。接着是出发，岳粮丰随后又喊一声："后边跟上！"

码头矿警营出发了，排头走向城门，城门外边有固定哨卡，哨卡外边画着三道白线。码头矿警营是从白线向西排开的，排的是分列式，所有人都面朝两边，过了运河大桥再沿运河大堤一路向北，其后接续的是其他几个营。马二梭他们的路段正好在运河大桥折向运河大堤的拐弯处，别管马车汽车，通过拐弯处都得把速度慢下来。还有，拐弯处偏北有一小块涝洼地，涝洼地的中间长年不断积水，那应该是当初修造运河大桥时留下的坑池。沿着涝洼地的边缘生长着紫柳，紫柳的主干差不多有碗口粗，紫柳墩子已经变成树了。涝洼地里还有干枯了的芦苇，芦苇也长得密密麻麻，最稠密的地方几乎密不透风。马二梭冲着黑豆使了个眼色，黑豆给马二梭回了个一把抓的动作，其他人都知道，选择在这个地方动手，真是老天爷早给安排好的。于是，当岳粮丰顺着排头走到排尾时，所有人的脸上都露出了笑容，看着像是向岳粮丰表示感谢的。岳粮丰跟马二梭和丁黑豆他们交换了一下眼色，忽然冷冷地笑一下，随之说了句："里边也该得手了！"然后走到运河大桥上，又半侧着向城门瞟一眼，接着又发布传递命令："来了，绷紧身子，千万别张望！"

走出城门的日军果然换了矿警团服装，但穿了矿警团服装的日本人无法改变走路的姿势。他们也许设计过要模仿矿警团，模仿保安纵队，保安纵队和矿警团的人走路，腰是活的，腿是活的，而他们要把僵硬的迈步动作变成那样的活泛，连他们自己也感觉别扭，于是他们不知不觉中又回到原来的样子。马车走在前边，赶车的车把式也一定是日军，因为他几乎不敢放开缰绳，手里的鞭子也甩不出响声。更明显的是，挑梢的马明明已经走偏道了，他却连一声呵斥号也不敢发出。马车上罩着篷布，篷布凸凹不平，显出棱角的应该是箱子，顶起篷布的也许是食盒，食盒里也许是魔豆，也许是过节的肉食制品。马二梭拿鼻子哼了一声，其他人也跟着拿鼻子哼，站在运河大桥上的岳粮丰拿手捂住了肚子，看着像是憋不住要撒尿的。

马二梭是迎着挑梢的马临近时提起的右脚，右脚向后蹬，蹬起的是一根干树枝，干树枝绊住了马腿，挑梢的马惊叫着乱了步子。就在那一瞬间，一百条汉子分为三块，除了两头前挡后堵的，中间的人一对一，随着右手绳套的甩出，同时伸出的左手捂住了日本人的嘴巴。所有人都把绳子缠在右臂上，右臂半曲着突出肘关节，肘关节变成了拉满的弓，拉着猛地一拽，反身曲臂绕到肩上，被绳套勒住脖子的日本人就成了背上的死物。死物在拐弯处扔到马车上，马车折向运河大堤，除了曾经停顿过的马蹄声，以及略显怪异的类似牲口放屁一样的动静，公路上几乎没有什么变化。当然，那一段路上的队列是短了一节，不过，从城门楼上张望，长一节短一节差别不大。城门楼的岗哨也不会一直张望，寒冬腊月天，眼也怕冷。赶车的日军是马二梭干掉的，但是赶马车的技术，马二梭不如黑豆。黑豆跳上马车，马二梭重新发布命令："要装就装到底，迈大步跟紧马车！"

运河大堤上的矿警团也是按分列式排列的，堤上的北风明显大了许多，许多人都流了鼻涕，许多人都把脖子缩起来，从大堤的中间看两边的后背，几乎所有的后背都打着哆嗦，一看就知道是冻透了。从大桥拐弯处上堤，一直到看见暗堡，马二梭他们跟走在无人处差不多。看见暗堡了，紧张从每个人的脸上脚步上显露出来，在下堤折向河套口时，马二梭又向河套里瞟了一眼。河套的北西南三面都出现了变化，只有高处才能分辨，河套里的芦苇或者紫柳条，这儿那儿都有了轻微摇动，接着一切又都是静止的了。很明显，肖八万和花子余他们已经潜伏到预定地点了，只等他们进入暗堡后的进攻信号了。

马二梭向吴春牛使个眼色，吴春牛走到马车前边，马车顺着运河堤坡慢

312

慢调头，接着就隐在芦苇丛中。芦苇丛里露出一颗脑袋，吴春牛扬着手发出欢呼声，说："空你七哇！"这一句是打招呼的"你好"，不及芦苇丛中的日军回复，接着又说："哦买带多国杂役马斯！"这一句说的是"节日快乐"，紧跟着又是一句："依马锅楼一扫嘎洗衣跌死卡？"这是问人家"最近忙吗"。吴春牛的话是故意颤抖着说的，看着像是冻得说不成话了，于是说不好意思的"斯马那依"时，越发说得前后不挨边。吴春牛近乎东拉西扯的话，以及不可能准确的发音，可以理解成初识的激动，当然也可以理解成盼撒豆节盼迷糊了，或者干脆就是冻的。而暗堡日军的疏忽大意，十有八九是让地穴任务憋久了，冷不丁地听到怪腔怪调，倒又添了几分喜庆，况且是送节分魔豆的，况且又带来了好吃食。芦苇丛中的日军轻轻地打一声呼哨，暗堡里立刻发出一片欢呼声，这个日军还随之说了一句："欧毛洗楼依内！"意思是"你这家伙真有趣"。

马二梭就是在那个时候发出的信号，做好了准备的黑豆猛地用鞭杆在马屁股上戳一下，惊马一声长啸，早已蛰伏在暗堡周围的两个连一拥而上，旋风似的扑向暗堡外出口，等着撒魔豆的日军顿时变成了手起刀落的肉布袋。暗堡里的日军无法从欢乐中挣扎出来，所有人都出现了片刻的茫然，有那么一瞬间，他们甚至还想把这些从天而降的人理解成魔豆节的一部分。活着的日军是在混沌中警醒的，警醒的同时立刻展现出拼死一战的顽强，原本是三对一的格局，有十几个日军竟然冲出了马二梭他们的堵杀阵。十几个日军重新进入暗堡，暗堡里突然飞出十几颗甜瓜手雷，手雷在暗堡的中心场地炸响，死人活人都是血肉模糊了。原来日本人暗堡修筑时就预留了备用天窗，备用天窗设在暗堡顶部，暗堡又是品字形结构，从顶部向下扔手雷，三角形的中心场地几乎无死角。无动静的智取已不复存在，而纠缠只能给独立营带来更大的伤亡。马二梭大喝一声，命令独立营全部撤出，马二梭还用枪口抵住了黑豆的胸口，那时候黑豆已经挡住了马二梭。马二梭说："丁黑豆你滚开，你马上把人带出去，再说一句废话我就打死你！"

肖八万赶过来拽黑豆，黑豆哇哇地呼叫着跺肖八万，黑豆说："肖八万你混蛋，你看不出营长要进弹药库啊！营长要与小日本命换命，你知道吗？"肖八万打个愣怔，冷不防地抱起黑豆，抱着扔到花子余身边，说："花连长，我把副营长交给你了，你把独立营的弟兄们带出去。姓花的你听着，黑豆要是死了，我就说你想当副营长！"

花子余抓了一把土撒到黑豆脸上，接着就拿胳膊夹住了黑豆。独立营随即撤出了中心空地。

马二梭已经进入了弹药库，当天窗口的日军准备合击马二梭时，马二梭点燃了导火索。那时候马二梭手里还抓着两颗手雷，他把手雷对磕着走向扑过来的日军，十几个日军完全被马二梭的举动震住了。手雷扔出的那个瞬间，马二梭反身转向，那两颗手雷几乎是与弹药库同时爆炸的，气浪连同火焰一起，托举着火球一样的马二梭，然后再把他重重地摔下……

河套口发出震天响声时，侯得才还在物产局的床上躺着，他全身赤裸，满嘴酒气，床上地上，全被他折腾得乱七八糟。撕开的烧鸡摊在桌子上，啃了几口的鸡腿下边，竟然压着打开了盖的脂粉盒。这个时候，要想把他喊醒几乎是不可能的，哪怕冲着他的耳朵呼叫出事了！其实，即便不说大川少佐无休止地要他进城开会，不说花田子小姐要他派人协助福山落实新探点，不说他爹侯登銮天天堵截他的困扰，单就从这个早晨算起，侯得才也比任何时候都忙碌。他先是跟三老雕岳粮丰反复叮嘱，又说还要到其他几个营去诫勉，他还真去了，还真是挨个儿诫勉了一遍的。话跟码头上说的大同小异，但要求人人尽心尽力这样的话，还真是认真着说的，说得连他自己都感觉有些絮叨，甚至还有些恶心。因为这个团是刚从刘百湖的保安纵队划拨过来的，他在离开每个营时，都会带一句北风裹蒺藜的阴话，说："刘司令腰粗腿长，踢到弟兄们屁股上起紫包，我侯得才腰细腿短，我不踢屁股，我会掏裤裆。裤裆里有啥我掏啥，夹紧吧弟兄们……"这样的话乍一听是玩笑，玩笑话里又是加了机锋的，讥讽了说大话使小钱的司令刘百湖，同时也暗藏了凶险。裆里是性命根，所有人都夹紧了裤裆，所有人都不敢拿警戒当儿戏，所有人都不敢不服他，这对侯得才来说，就算大功告成了。

侯得才进城先去了大川少佐的大队部，一个小队的日军已经换了服装，服装是矿警团的，侯得才就在心里骂，骂大川少佐比狼狗还阴。侯得才不知道换矿警团服装是保安纵队司令刘百湖的主意，骂过了之后忽然又有了自豪感，想着在日本人眼里，矿警团还是比保安纵队更值得信任，那他们的官长，自然也在日本人心中分出亲疏远近了。侯得才自豪着神气着，马上就打消了进大队部向大川点卯的念头，转个弯去了物产局。路过戏楼时，侯得才又向戏楼瞟了一眼，一只手下意识地伸到怀里，摸到的是个锡纸包儿，锡纸包里有个毛茸茸的玩意，这是侯得才随身不离的。离开码头时，侯得才还用酒泡了一会儿，迷仙绒用久了需要拿酒泡，泡过酒之后再套上，绒毛儿又恢复如初，任是贞节烈女也扛不住的。话是春宵楼老鸨子传给他的，他还为此多舍了一包茶叶。

门房老夏看见侯得才就眨巴眼，意思是名帖已经送到戏楼了，是班主老板亲自带着去见的头牌月季红，月季红当场就羞答答地点了头。班主老板的意思是，月季红小姐是夜场的压轴戏，这个白天可以归侯团长侯局长调教，只是不要误了夜场戏。门房老夏说，最好不要打夜战，最好是今天打了明天再接着打，专打连风带雨的，专打呼雷闪电的。侯得才瞪着眼望门房老夏，说："老夏你个老骚头，你是不是想拾落风枣啊，我不过是想听月季红小姐说说戏文，你想哪儿去了？"门房老夏紧着掌嘴，说自己的嘴时常犯贱，心里倒是为着局长好，念叨着带侯得才看他收拾的屋子，随后就去戏楼领人去了。

门房老夏先去的是电报房，电报房离戏楼不远，电话打到保安纵队司令部，刘百湖带着两个贴身警卫赶过来，一个警卫手里还提着食盒。刘百湖隐在墙角里瞅老夏，老夏进了戏楼又出来，月季红跟着走到物产局门口，警卫拿手指磕碰食盒，又冲月季红使眼色，月季红微微点头。老夏接过食盒，警卫又回到刘百湖身边，刘百湖就把地上的碎瓦片踢飞了。一切都跟三老雕岳粮丰得到的情报一模一样，刘百湖早就买通了门房老夏，接着又派人去老家济宁州约请戏班，月季红则是从百花楼里挑选的，挑选的标准是善风月、俏模样、小身段，许给的是一整年的包银。一切都齐备了，门房老夏就跟侯得才放风，侯得才果然入套了。

侯得才已经套上了迷仙绒，看见月季红跟他施礼道安，侯得才觉着他的喉咙一下子就被火点燃了，揽过月季红的纤纤细腰先亲了一口。接着又捏住手指，手指跟葱白儿一样，顺着手心手面伸到袖筒里，袖筒里如同暗藏了一段拿脂粉拌夜露浸润过的藕瓜儿。眼前的女子果然如戏文上所说的胸伏卧兔，肤如凝脂，娇小玲珑，美艳如仙。侯得才难耐急切，手又从衣襟下往上摸，摸着啧啧有声。月季红羞涩着打开食盒，朝桌子上摆放时她说："侯局长您别急呀，反正我这一天都是您的，喝了这杯酒，云也罢，雨也罢，反正俺由着您就是了……"

酒是月季红斟的，看着侯得才喝了又要撕烧鸡，又要侯得才再喝第二杯，又要侯得才脱衣服，自己的手搭在衣扣上，扣子解开两个了，两只卧兔跃跃欲动，脸色越发羞涩成大红布。侯得才乐得吱吱的，脱光了躺下，躺下了又要帮着月季红解腰带，伸出去的胳膊却是软的，脑袋垂下去再没抬起来。月季红从怀里抽出一件胸衣，胸衣放到侯得才枕边，随即拉开了屋门。门房老夏向里边探一下头，接着就去门口发信号去了，信号是合手三击掌。

刘百湖是带着警卫进来的，进来先把屋子弄零乱，接着又往侯得才嘴里倒酒。侯得才不会吞咽了，酒是洒了一脸一身的，最后又示意月季红，月季红又在身上摸索，摸索出来的是手帕，手帕塞到侯得才腋窝里。刘百湖是吐着口水朝外走的，门房老夏早已收拾了包袱，包袱挎在肩上，快到门口了又叫刘司令，说："刘司令，我得走了……"刘百湖拿眼角瞟警卫，警卫从怀里掏出一包银圆，老夏又向刘百湖鞠躬，接着就消失在人流中。刘百湖忽然又站住，退回来又往月季红身上洒了酒，又让月季红喝了一口，说："要唱就唱个大圆满。这样吧，今天你先委屈一下，脱了衣服睡觉，明天我派人送你回去……"

走在后边的警卫带上了物产局的大门，门是从里边插上的，警卫插上门又翻墙出来。城外的爆炸声就是这时候传到县城的，刘百湖快步走向日军大队部。要到大队部门口了，刘百湖又把快走变成了大跑，他说："了不得了大川少佐，城外出大事了！"

第十四章

日军大队部乱作一团。

大川少佐吐血了，吐的是黏条条状的血块，最后吐的血条条还粘在门牙上，大川少佐的脸越发显得发黄发暗发青，甚至还有些发乌。大川少佐还要切腹，胸衣撕开了，刀尖对准腹部了，人又昏过去了。军医用了针剂之后又灌了三七粉，还要再灌服云南白药时大川少佐醒过来了。后两种药是从中国人开的药铺里搜来的，军医没敢让大川少佐看见，军医还提前撕了药瓶上的标签。大川少佐醒了之后喊侯得才，喊得颤颤巍巍，听着像是呼唤知己亲人的，只有刘百湖知道，大川少佐已经愤怒到极点。大川少佐的声音越温柔，越说明他的愤怒是从心根上生发的。刘百湖紧着插话，说他听到爆炸声就带人出城查看，矿警团的人倒是看到了，尤其是刚划拨过去的那一个团，一个不少地沿途警戒，可是问谁谁都不知道团长侯得才去哪儿了。矿警团没有，矿井上没有，码头那儿也没有，侯团长能去哪儿，要说去了物产局吧，院门却是插着的，喊也没人应声。大川少佐站起来朝刘百湖翻白眼，刘百湖马上又说："嗨！也怪我没细想，既然是插着门的，里边一定有人……"

大川少佐坐在车上，刘百湖骑的是马，物产局的大门是撞开的。院子里没有人，宽敞的大办公室里飘出酒味，酒味是从套间屋里散出来的。有些辛辣，有些酸腐，甚至还有些隔夜剩菜剩饭的味道。

被子拉开了，床上是两个裸体男女，侯得才下身还套着毛茸茸的羊眼圈。大川少佐先拿手指月季红，一个日本兵就拿刺刀捅了，捅的是胸口，月季红临死之前翻了翻眼皮，看着像是快醒了。月季红还想喊刘司令，还想说当初拿包银时讲得不详细，想想还不如让姓侯的上身之后再讹他强抢民女，话没说出来又闭了眼。大川少佐又拿手指侯得才，日本兵又把刀举起来，大川少佐嗯了一声，日本兵又把刺刀收回来，看见大川少佐把手放到腰间。日本兵明白这是要他用皮带打的，皮带抽到侯得才身上，侯得才打着哈欠醒了，接着就是失了人声的哀号。侯得才是被人拿床单裹着弄到日军大队部的，衣服也裹到床单里，吊到房梁上时，侯得才已经哈不出声了。侯得才的身上分辨不出哪一块是好皮肤，红的血与紫的泡混在一起，只有嘴巴还是完整的，大川少佐不让打他的嘴巴，也许是想着问他为什么。大川少佐喜欢刨根问底。

刘百湖示意警卫替换日军，警卫专抽打侯得才的脖子，专抽打侯得才的喉咙，侯得才喘不出气来。大川少佐又嗯一声，说："刘司令，你去布置县城警戒吧，我想安静一会儿……"

侯登銮是在当天下午得到的消息，消息是三老雕岳粮丰报给他的，那时候岳粮丰已经知道了大川少佐还不想让侯得才死。岳粮丰曾经想过，如果大川少佐让矿警团到县城拉人，回来的路上捂住侯得才的嘴巴也可以，当然，最好是不及外伤结痂就冻死，最好是刘百湖再派人半夜里潜入日军大队部。结果大川少佐又给侯得才敷了药，又给侯得才穿上了衣服，也不拿皮带抽打了，从房梁上解下来就放到了青石板上，找了个溜溜滑的石臼子，石臼子压在侯

桃 花 瞳 317

得才的裆里。另有几个人轮流看着，饭也让侯得才吃，只要侯得才能说清八路军是怎么混进暗堡的，换了矿警团服装的皇军是怎么被谋杀的，石臼子可以搬掉。岳粮丰探听清了又想让金猪传话，意思是让独立营进县城捉汉奸，化装成日军进入大队部，以夜袭方式除掉侯得才还是有可能的。但是，金猪说他也不知道独立营去了哪里，也许撤出去休整了，也许又有了新任务，也许认为除掉侯得才还是在城外稳妥。岳粮丰就向侯登銮报讯了，说侯团长患了大难了，眼看就是个死，他来跟伯父母报讯，也是冒着杀头风险的。

其实岳粮丰是先跟花田子小姐说的，话说得吞吞吐吐，话说得含含糊糊，看着像是难为情到了极点。岳粮丰说侯团长根本就没跟着矿警团放警戒，侯团长急着进城一定是和某个女子约好了，侯团长这个人又不愿意践约，他约定了那样一定会那样。假若侯团长能推延半天，哪怕晚进城一个时辰，那样的事也许就不会发生了。当然，侯团长也是贪得过分了些，如果不急着那样，如果不接二连三那样，如果肯歇歇缓缓，如果弄一回就下床，也不至于累得脱阳脱气。找他的人又是呼喊又是敲门，他还是不起来穿衣服，哪怕先把小裤衩套上也好啊，哪怕先让那个戏楼小妮藏到床底下也好啊。花田子小姐翻找侯得才的衣服，找着的都扔进壁炉里，后来又从壁炉里拉出没燃尽的衣服，翻着口袋寻找一件小物件。花田子小姐还冲着岳粮丰比画，连着说了好几句滚，说过了又把岳粮丰拦住，说：“岳团副，这件事先到此为止吧，他死了是罪有应得，要是没死，那他就爱去哪儿去哪儿吧。”

花田子小姐最后还给了岳粮丰一盒点心，还让岳粮丰派人把新探点的井架立起来，还说她看着岳团副是个有魄力有眼光的，新井架立起来她要为岳团副请功，假若将来岳团副有意在矿业施展才能，她愿意为其铺平道路。还有，如果岳团副家中尚无眷属，她还愿意当红娘，她还愿意牵线搭桥，使女春由枝子与她情如姐妹，她从中撮合，一说准成。岳粮丰紧着敬礼，紧着说感激话，紧着说他把花田子小姐的话都记在心里了，包括不再声张团长侯得才与戏楼女子胡混的事儿。侯团长在小妮身上累脱阳的事儿，他连半个字也不说，包括弄了一回又弄一回，包括随身带着弄女人的迷仙绒。

岳粮丰走出铁栅栏就朝地上噗噗地吐，离开码头了还吐，到了侯家老宅门口了，他又在脸上弄出苦相，还带着一脸的惊恐。

侯登銮瘫倒了又爬起来，爬起来又拉侯杨氏，还摇摆着脑袋找女儿多多，跪着爬着要给岳粮丰磕头，先喊的是大侄子，说：“大侄子，你得受我们夫妇一拜。"接着又喊兄弟,说:"粮丰兄弟,请受我们全家一拜吧!"

侯登銮还拉着岳粮丰坐下,还要给岳粮丰倒茶,茶倒在岳粮丰腿上。他说他知道儿子得才又被大川个龟孙吊打了,儿子得才又犯了凶煞星了,大川这个龟孙就是凶煞星,他打得才打上瘾了,只要日本人一死他就打得才,谁把日本人弄死的他不管,他就知道打得才。侯登銮说他也挨过打,还是用竹篾子打的,也是吊在房梁上打的,竹篾子入肉了,听着还像是打着玩的。但是,他不明白儿子得才这一次又为什么。八路军是怎么混进暗堡的?既然是暗堡,八路军是怎么知道的?得才是矿警团的团长,矿警团负责保护暗堡啊,日本人让矿警团保护了吗?得才知道暗堡在哪里吗?不错,暗堡里的日本人是死光了,什么人能一家伙把一个中队的日军全弄死,什么人有这个胆量,既然没得到八路军千军万马闹河套的消息,那炸暗堡的一准是独立营。

侯登銮说,现在他要问一句,独立营炸暗堡告诉得才了吗?独立营热乎得才吗?还有,物产局的大门是从里边插上的,刘百湖个猢狲带着大川个龟孙去找,门是撞开的。那么,门房老夏呢,他跑哪儿去了?说得才四仰八又地睡着了,他睡的是啥觉,啥样的觉才是喊不醒的?还有,说得才与戏楼女子那样,那样的事别人怎么知道的?刘百湖为什么带着大川找他?为什么一找就找到物产局?刘百湖怎么摸那么清,不会是瞎蒙的吧?侯登銮说:"大侄子,大兄弟,你听听我说的是不是在理上?"

侯登銮还要再接着说里边的弯弯多得很,侯杨氏扑上来撕扯他,逼着问侯登銮还想不想要儿子。多多原本是愣怔着发呆的,听着听着又把耳朵捂上了,多多还一个劲地说哎呀哎呀。侯杨氏说:"亲娘哎,不能活了,原本是盼着回家过年的,盼来盼去盼了个挨打的。姓侯的,你不把得才拉回来,我这就死给你看,你要再胡扯扯,你要再胡呱嗒,我这就撕你的嘴。我跟你说,得才要是被打死了,我一天也不活,一会儿也不活!"

岳粮丰临走时又说:"伯父伯母,你们想办法吧。"

侯登銮走到城门口又退回来,厚着脸皮又去了码头,侯登銮从入了腊月就骂儿子,骂是连着花田子小姐一块儿骂的,骂日本小花妮是不系裤带的母狗,现在又要央求花田子小姐,连侯登銮自己都感觉他已经不是人了。侯登銮没给花田子小姐下跪,也没说央求的话,他上了台阶就坐到花田子小姐的卧室门口,手啪啪地先打自己的脸,打到后来几乎忘了打的是自己。侯登銮说他越想越觉着自己该打,明明知道花田子小姐已经心乱如麻了,明明知道

桃花瞳　319

花田子小姐已经伤心至极了，偏偏又拿烦心事窝火事来烦扰。矿井的事一波三折，到现在连个板上钉钉的探点也没落下来，哪一件不是让花田子小姐心烦心乱的。得才在身边，好歹有个出头露面的，好歹有个听说听道的，好歹有个鞍前马后打下手的，可熊羔子得才又偏偏在这当口犯了错。他想犯错不能等过完年啊，不能等矿井开采一切齐备啊，不能等花田子小姐舒舒心缓缓气啊。说着打着，手也举不起来了，舌头也不会打弯了，花田子小姐冷冷地看他一眼，说："歇一会儿再打吧。"

花田子小姐是半躺着由春由枝子敷面的，脂粉打的粉底，粉底上抹了胭脂，胭脂拿樱花露调和了，敷到腮上轻轻地揉，两面腮就有了艳艳的淡红，看着像是樱花刚要绽放的。花田子小姐半躺着叹息，叹得哀哀怨怨的，一旁的使女春由枝子就撇着嘴朝侯登銮翻白眼，说："我看你最好去打你的下三烂儿子，你最好去问问他为什么挨打……呸，养不肥的狗！"

侯登銮迎着这一句站起来，磨蹭着走到花田子小姐身边，下三烂那一句自然不便应答，养不肥的狗那一句也不便应答，他应答的是为什么。侯登銮说是啊，为什么，他是想了千遍万遍之后，万般无奈了才来跟花田子小姐讨疑惑的。侯登銮说，他最大的疑惑就是不明白暗堡是怎么被夺被炸的，从县城到运河大堤，两排矿警团连杆拉绳一样排开，八路军是从中间大摇大摆穿过的啊，八路军都穿着隐身衣啊。假若把这一点排除掉，接着的疑惑又来了，八路军会从河套里一拥而上吗？暗堡里的皇军看见了也装看不见，这可能吗？不可能就要拿机枪嘟嘟，就要刮风一样开火，可问题是没开火，没打枪，爆炸声响过之后啥声儿也没有了，死的活的都没有了，这还是打仗吗？想想只能有一个解释，人是冒充着进去的，只有冒充皇军才能进入暗堡，进去之后就下手了，那时候说啥都晚了。

侯登銮接着又说冒充，说皇军换了服装冒充矿警团，从这一点来说，大川太君也是加了小心的。那么，换了服装的皇军又是怎么被认出来的，在哪里认出来的，在哪里动的手，动手的人为什么没被发现？还有，皇军的尸体呢？能把这一切做到天衣无缝的，只能是八路军也冒充了矿警团，也混到了警戒队伍里。接着再刨根，谁给八路军弄到的矿警团服装，八路军自己都穿得灰毛老鼠一样，他们不会是买了黑咔叽布料现做的吧？再有就是，哪里的八路军有这样的神通，哪里的八路军才这样死活不顾，只有独立营。侯登銮最后一口咬定，说："花田子小姐，这件事一准是马二梭干的，只有马二梭才有那样的天胆！"

后来，侯登銮还让花田子小姐注意岳粮丰，又说："我想了，这个岳粮丰一身都是鬼，还是个阴阳鬼！当年运河大堤上打伏击，他曾经假扮过得才，他是消失了几天之后又二番回来的。花田子小姐，你想吧，你只要前后串起来想，一想你就明白了……"

侯登銮最后才说到有人下套陷害儿子得才，戏楼小女子不过是个诱饵。话是往保安纵队司令刘百湖身上扯的，只不过话说得有些躲闪，声音也明显得多了些颤抖。

花田子小姐是带着侯登銮进的县城，走到日军大队部门口时，花田子小姐又把侯登銮拦在了门外。花田子小姐进去之后只是斜着瞟了侯得才一眼，侯得才已经不在青石板上躺着了，他被安排在跟大川少佐隔墙相邻的一间耳屋里。耳屋里放了一架带靠背的马扎，马扎上放着一袋冰，冰装在炮弹壳里，炮弹壳夹在侯得才裆里，侯得才两手抱住马扎靠背，坐在那儿看着很舒服。花田子小姐采用明治时期的半跪式屈膝礼向大川少佐致谢，说她知道大川少佐不处死侯得才，完全是为运河煤矿着想，完全是为她目前的尴尬处境着想，完全是为麻生家族着想，这使她既羞愧又悲怆，如果侯得才还有用的话，也只能是暂且一用。大川少佐还没有完全从惊骇中摆脱出来，说话的语气明显是前后不接的，但大川少佐最后还是说了一句："你知道就好……"

大川少佐还朝隔壁挥了挥手。

花田子小姐出来就上了自己的车，要关车门时她跟侯登銮说："拉走吧。"

侯登銮雇了一辆马车，又跟车行里要了些干草，又让车行派了两个伙计，帮着把人抬到车上。侯登銮看了儿子一眼就把眼睛闭上了，他紧紧地抱住儿子的头，蜷缩着坐在儿子身边，也不敢掀衣服看儿子身上，也不敢睁开眼睛看儿子的头脸，他自己倒像个顺路搭便车的，直到马车停在侯家老宅门口了，他才哇哇地哭起来，手拍打着车帮，哭着还骂。

侯家老宅一下子就乱了，侯杨氏从家里跑到街上，再从街上跑回屋里时，她解开了衣扣，然后撂起大襟棉衣裹住儿子，也不会哭了，也不喊叫了，光是搂着抱着，说："儿啊，在娘怀里睡吧……"

西跨院的侯登榜是听到哭声出来的，探着身子往前院里望一眼，接着又去跕东跨院的后墙，侯登科出东门绕到街上，进了侯家老宅的大门又拐到前院。侯登銮忽然激灵着打了个寒战，急着又把大哥侯登科和二哥侯登榜推

桃 花 瞳　　321

出门外，后来又撵二嫂侯黄氏和大嫂侯葛氏及侄女喜喜。关上院门回到屋里，拉着多多又拽侯杨氏，说他也是刚刚想到的，儿子得才绝对不能在家里养伤，县城是不能再回去了，码头那儿尽管也不算很稳妥，好在还有个花田子罩着。得才留在家里，方便是方便了，怕的是一旦消息传出去，别说独立营派人来刺杀，光一个马二梭他们也抵挡不住！

侯杨氏像是耳朵出了毛病的，无论侯登銮说什么，她依旧一遍遍地自语，说："儿啊，在娘怀里睡吧……"

第十五章

侯家老宅传出哭声时，马家那边反倒显出少有的安静，马家院子里已经看不见春子了，兰兰的东屋门也是关着的。而河套口响起爆炸声时，春子曾经扒着墙头张望过，春子还串着胡同到了村子的东北角，到了东北角望河套口，河套口没有响声了，一大片黑烟是在半空中扩散的。春子回到家先推开小东屋门，看见兰兰还在凝神望着一屋子的猫头猫眼，兰兰手里还抓着一个猫头样子，她从兰兰手里夺过来又扔了，说："兰兰你等着！"春子接着又去了堂屋，先是对着马刘氏的耳朵喊了一声娘，喊得跟打雷一样，转个身就进了里屋。春子是要跟公爹马步正说惊奇的，还要问马家的老掌门人听没听到爆炸声，爆炸声是突然响起来的，响过之后是不是就没有一点儿声息了。春子说："爹，我什么话也不说，您老人家也一准能想到，独立营又闹大动静了。爹，您让我再说一句吧，这一准是马家的二梭干的！"春子还想跟公爹马步正细说她是怎么判定的，还想说她从入了腊月就开始琢磨，越琢磨越觉着一年没露面的二梭非闹个大动静不可，还得是不早不晚就赶在年跟前。二梭是独立营的营长，想让他歇冬闲，想了也是白想，他天生就是个闹动静的人。其实，二梭要闹大动静的事儿她早就想到了，也早就知道了，一个马家的人都在糊涂汤里犯迷糊的时候，她心里已经跟明镜一样了。不过，春子说她没想到闹大动静会这么利落，也没想到会这么快，可见独立营又兵强马壮了。还有，没有侯得章，独立营也照样能闹大动静，这就是二梭的本事，一个运河湾里再也找不到像二梭这样的人了！

马刘氏跟到里屋拽春子，马刘氏还拿绱鞋锥子戳春子的腰，还伸着头问春子刚才说了什么，她光是听着耳朵眼里嗡嗡的。还有，春子号一嗓子就进了里屋，一准是说了一句半截话。春子把婆婆马刘氏推出来，又冲着婆婆马刘氏的另一个耳朵号一声，接着又去了里屋。马刘氏紧着拿手指抠耳朵眼，说："春子，你还有半句话没说，你不说我也知道你想说啥。你要再嫌弃兰兰绣猫头花样，你要再老阎王瞎叽咕，我这就把你的嘴缝上！"

春子诧异着望公爹。马步正死死地闭着眼，两行混浊的泪水在眼眶里汪汪着，手里抓着芦根烟锅，烟杆是戳在额头上的。马步正还含混着叫了一声老大家。春子又往跟前凑了一步，说："爹，您是不是又想二梭了？我跟您说，我已经想好了，这桩大事我非办利索不可，光让您看见儿子还不算，我还得让您看见孙子，最多一年。爹，您老人家得明白我的意思吧？下边的话不用说了吧？"马步正眼里的泪水流出来，泪水夹裹在脸上的褶皱里，褶皱浸泡着像刚刚腌上的青豆角。马步正又叫了一声老大家，叫这一声时，马步正还怔怔地望着春子，后来马步正就死死地闭上了眼。春子一时有些哽咽，扭转着要找布给公爹擦泪，布抓到手又说："爹您啥也不用说了，您不说我也知道啥意思。您已经叫了两次老大家了，我心里就跟吃了猪肉扁食一样，这桩大事我要办不利索，我自个儿把嘴缝上，从此再不说是老马家的大儿媳妇！"

春子的话刚落音，玉树牵着黑驴进来了，玉树隔着窗户冲马步正笑，说："老马大哥，我不当活犄角了，也不当死腰瘫子了，我得过来跟您说句话。"玉树还说他已经问过黑驴了，问一个冲天炮炸死小日本的是不是独立营，是不是马二梭他们，黑驴张口就说会不是啊。玉树说："黑驴是呜哇着说话的，我一听就明白了。黑驴还想放驴屁，意思是拿屁响比炮响的，让我跺了一脚不放了。黑驴个熊玩意把我当傻子了！哎，老马大哥，您说咱们过年时还用放炮仗吗？"

西街口突然响起炮仗，炮仗又是侯登仓放的，侯登仓把成挂的炮仗全拆散了，他拦腰系一条扎带，拆散的炮仗全塞在怀里。侯登仓是要听单头响的，他先点燃了一根秫秸瓤子，秫秸瓤子当火煤，耳朵上还夹了一根预备的，出了院门就放了一个。放是扔着放的，炮仗在头顶上炸响，人又走出了好几步。

桃花瞳　323

侯登仓以这种空中听响的方式走到河湾西侧，他在姐姐侯月娥家门口放了一个，接着又去了紫云寺。马笸子从半掩的山门缝里向外探头，探着冲侯登仓摆手，意思是不让他张扬的，河套口出了那么大的事，县城的日军决不会善罢甘休，报复是迟早的事。侯登仓看见马笸子摆手还是放，侯登仓还冲马笸子笑笑，拐个弯又去了官地。官地旁边已经没有井架了，原来立井架的地方留下的是大大小小的水坑，新井架又竖在了紫云寨村子的南边。侯登仓先在土地庙门口站住，跪下给土地爷磕了头，连着放了两个空中炸响的，接着走到水坑那儿，又把一个点燃了的炮仗扔到水坑里，水坑里的响声跟老牛放屁差不多。

侯登仓还冲着官地上的矿警营区噗噗地吐口水，说："听到响声了吗？看见火光了吗？官地我不要了，你们也等着听响声吧，也等着看火光吧！哈哈……"侯登仓让自己变成了一个盼年的孩子，他从村西绕到村东，最后一路向南来到新井架，看着爬上爬下的小胖子福山，接着又放了两个，接着又跟小胖子福山鞠躬，鞠躬的时候，怀里的炮仗还掉出来一个。

侯登仓要放最后两个炮仗时看到了满秋，满秋又刨了一个牛头粗的树根疙瘩，树疙瘩压在满秋肩上，满秋已经变成了牛。满秋流了一头一脸的汗，满秋奔跑着还扭着脸望河套口。后来满秋被地上的枯枝绊倒了，树根疙瘩在茅草地里翻滚，侯登仓把最后一个炮仗扔到满秋的裤裆里。满秋跳起来要跟侯登仓瞪眼，侯登仓就把最后一个炮仗塞到自己的鞋里，鞋没炸烂，鞋光是蹦跳着翻跟头。侯登仓哈哈地笑，说："哎哎，满秋我问你，你说拿铁蛋炸肉蛋，一个软，一个硬，谁先烂？"笑着又问满秋是不是在河套口刨的树疙瘩，如果是，满秋一准闻见日本人蛋的香味了，满秋闻到香味就往家跑，一看就是个没福气的。还有，满秋还是个没胆量的，没胆量的人听见动静就往家跑，跑得再快也跑不过梭子雷。满秋在裤裆里揪了一把，说："祖奶奶，惊天动地地响，敢情是你放的啊？"

春子就是赶着这一会儿拽住兰兰的，拽着兰兰出了马家胡同，春子还是一遍遍地问兰兰，说："兰兰你有时候是聪明的，可你有时候又是个糊涂人。你不会想啊，二梭炸了日本人的暗堡又没影了，你说他能去哪里？他还能接着再炸第二个第三个？咱现在去找他，不是一找一个准啊？"

兰兰后悔的是没顾上换新衣服，也没拿香姑娘豆泡的灰水洗头，好在一大把绣好的猫头猫眼被她塞到袖筒里了。但是兰兰要想的是欢喜梦，能想起来的还是先前那个梦，那个梦里的马二梭穿得干干净净的，怎么看都像是盼着见她的。马二梭还在村口迎接她，马二梭还直勾勾地瞅她的眼睛，马二梭还说她长了一双桃花眼。她那时候光是臊红了脸，头脸脖子都是热的，心口窝里怦怦着。她就跟婆婆说了，马刘氏张口就说她做的是个欢喜梦，而她只记得，睡醒了身上还火烧火燎的。兰兰怎么想也不记得昨天晚上做了哪些梦，好像没有跟欢喜梦沾边的，好像都是零散的，梦里的二梭没瞅她的眼睛。兰兰的眼里又溢出了泪，兰兰还发出了长长的呻吟，兰兰还用手指掐自己的腮。到后来，兰兰的喉咙里还发出一阵轰隆声。

春子瞪了眼望兰兰，望着也拿手掐兰兰，春子的手碰到兰兰的脸又缩回来，笑着说兰兰的脸比火盆还热，兰兰的肚皮一准能把饼烙熟。春子还冲着兰兰挤眼，还冲着兰兰笑，说兰兰一准又做欢喜梦了，梦里一准是那样式的，一准还得是三回五回的。兰兰又叫了一声嫂子。春子说："兰兰我知道你想说啥，我是过来人，我一看你的脸色就知道是怎么回事。兰兰你这一次的欢喜梦是做对了，这一次我让你真真的，真的比梦里还好。哎，兰兰你告诉我，你昨天夜里是不是又做欢喜梦了，做了就对了！嘻嘻，等着吧，过一会儿就让你们那样式的，你把他烙熟也是该着的……"

春子她们还是先去的大围子村，大围子村只有几个回来探风声的老人，老人是等着日伪军反扑过来烧杀的，结果等了一天没动静。他们还想在村子里生火做饭，还要故意抱湿柴火，湿柴火烟大，烟大招眼，日伪军反扑过来烧杀，那就把他们这些七老八十的杀了烧了好了，过后，男男女女的孩子们就能回家来过平安年了。春子跟他们打听秀秀，说自己是秀秀的娘家嫂子，一个老人上下地打量春子，忽然问春子知不知道秀秀的娘家嫂子叫啥，秀秀的娘家哥哥叫啥，春子咯咯地笑，说："我还知道秀秀的兄弟媳妇叫兰兰呢，我还把那个叫兰兰的小媳妇带来了呢！"老人就给春子指了方向，说入了河套先看见三道河汊子，顺着中间那道河汊向里走，走到一处高岗子再向西拐弯，拐过弯去就看到一大片地窝子了。兰兰拽拽春子，春子又问老人见没见到独立营，见没见到营长马二梭，老人就把头扭了，说："不是找秀秀吗，打听那么多干啥？"

春子找到了秀秀，秀秀爬在地窝子上，秀秀的眼圈还是红的。春子扳起秀秀的肩膀，兰兰哇的一声又哭了，春子抓了一把芦苇要打兰兰，说："秀秀是迷眼了，你哭的啥？看见秀秀眼圈红你就不往好处想了是吧？"春子使着眼色把秀秀推到一边，压着声儿问秀秀，问秀秀是不是看见二梭了，二梭是不是又执行特殊任务去了。秀秀拿鼻子嗯嗯着，眼泪噗嗒噗嗒地落下来，说："嫂子，咱家二梭又变成个血人了……"

马二梭曾经有过一段时间的轻松，在那一段时间里，马二梭甚至还产生了飘飘欲飞的感觉，那样的感觉对马二梭来说很新奇，也很舒服，多少还有些想笑的味道。那时候他一下子想起少年时代，他跟着老爹马步正到地里将高粱叶，将的是从半腰到根部的老叶，将下来的高粱叶弄到家里晾晒，晾晒干了堆起来存放着，然后再跟麦糠麦秸掺和着喂牲口。高粱叶浸润了一夜的露水，水气大，叶子沉，将多了背不动，大哥满秋就套了驴车，他随着高粱叶一起上车，驴车走在乡间小路上，高粱叶颤颤巍巍，他也跟着颤颤巍巍，那时候他就有欲飘欲飞的感觉。他还希望大哥满秋把驴车赶快一点。那样的感觉并不经常出现，因为大哥宁愿自己背两个人的，也不愿意赶着驴车下地，理由是老马家不能惯着一个不想出力的懒蛋。马二梭的少年时代如浮云一样一闪而过，接下来他就赌气入了军营，接着他就跟死神打起了交道，死神时不时地会把他拎起来摔打一通，看着像是怕把他忘了似的。

但是，马二梭从暗堡里飞出来的那个瞬间，一点儿要死的感觉也没有，他点燃了弹药库的导火索之后，又随手抓起两颗日制甜瓜式手雷，他对这种椭圆形的光洁明亮的手雷烂熟于心，他知道左右手一磕一碰，别管是他自己，还是从天窗口下来找他拼命的日军，最终都得在爆炸声中血肉无存。马二梭就是那样想着横下心来的，只要那十几个日军敢冲上来拽掉弹药库的导火索，他就会毫不迟疑地与他们同归于尽，至于迎着那十几个日军走过去，完全是要表达决死之心的。马二梭转身向暗堡里边走时磕碰了手雷，那个瞬间里他还瞟了一眼弹药库，导火索差不多就要引爆了。导火索燃烧时发出的嗦嗦声，听起来很像初冬的季节里落下的第一场雪，那时候，雪花在铺着浮土的街道上飘舞，嗦嗦的声音跟低声细语差不多。于是他随手扔出了手雷，结果他被气浪顶出了暗堡，结果他就有了欲飘欲飞的感觉，尽管他全身布满了碎裂的弹片，以及火苗子吞噬过的燎泡。燎泡紫紫红红，里边还汪着黏水水，黏水水也是紫红色的。

马二梭是黑豆背回来的，一路上谁要替换黑豆都恼，黑豆说，马营长上一次死里逃生是他进县城买了消炎药，这一次他还得把马营长救活。但是香芝却不敢做手术，香芝拿着镊子的手常常夹不紧弹片，香芝就连夜去了分区，

326

分区医院的外科医生是司令员杨甬力扶上马的。外科医生像拔草一样在马二梭身上搜索了一遍，最后又抹烧伤药膏，后来他把马二梭包扎得跟个冬瓜一样。外科医生临走时还跟香芝说，马营长已经这样了要是还能活过来，那他回去就要跟司令员邀功请赏，说是他让血葫芦马二梭起死回生的，不过，捞着邀功请赏的可能性不大，尽管他把全身的本事都用上了。马二梭就在那一会儿动了动手指，看着像是要勾住外科医生打赌的，外科医生大笑着走出地窝子，上了马一路狂奔，还说他碰上天神了。

金猪是在第二天擦黑天赶到的河套，金猪带来了一串消息，一是侯得才的团长被撤了，物产局局长还保留着，不过是个代理。二是岳粮丰当了矿警团团长，岳粮丰当天就带人帮着寻找煤区新探点了，井架的木料也是他派人搬运的。三是刘百湖让人把日军大队部的牌子摘了，大川的一个大队又被上峰抽走了一大半，县城里只留下了一个小队的日军。现在县城里保安纵队是爷了，大川没调走，职衔也从少佐变成了少尉，他现在是死活不敢出城了。不过金猪没带来新一团的消息，金猪不会知道团长侯得章很快又要当县长了，金猪只是抱着叔叔二梭的脚大哭，二梭的脚上也缠绕着绷带，露出铜钱大一块脚心却是黑的，看着像是没烧熟的红薯。

春子围着窝棚奔跑，奔跑着还啊啊地呼叫。春子还折了一根紫柳条，她抡着紫柳条抽打窝棚，窝棚上的芦絮被紫柳条抽打得漫天飞舞，芦絮落到春子头上身上，春子变成了一头咆哮的母狮。春子咆哮着骂二梭，说二梭让她没脸再当老马家的大儿媳妇了，二梭一次次地弄蹊跷事，一次次都赶在一个巧劲上，她跟公爹说得再扎实也没用。春子说："二野马你起来，我已经说下大话了你知道吗？我把兰兰带来你不知道啥意思啊，你不能等兰兰的欢喜梦变成真的再去炸暗堡啊？说话啊你个二熊羔子，你连一天也等不得啊？"春子后来又要抽打兰兰，兰兰瘫软在窝棚口，兰兰的眼睛明亮亮的，她望了这个望那个，后来她又望天上的浮云。春子扑过去抱住了兰兰，春子还让兰兰堵住窝棚口，春子还把兰兰的脑袋扳周正了，说："兰兰你记着我的话！二梭不是个铁人吗，他不是死活不怕吗，那你就在这里守着他，天明天黑地守着，形影不离地守着，拆了绷带你就跟他合铺……"

遗腹子 | 第四部

陈进轩

著

山东文艺出版社

运河湾

遗腹子

目 录

上 部

第一章 ………………… 003
第二章 ………………… 010
第三章 ………………… 017
第四章 ………………… 024
第五章 ………………… 031
第六章 ………………… 035
第七章 ………………… 043
第八章 ………………… 049
第九章 ………………… 056
第十章 ………………… 063
第十一章 ……………… 070
第十二章 ……………… 075

第十三章 082
第十四章 089
第十五章 095
第十六章 102

中 部

第一章 111
第二章 118
第三章 125
第四章 130
第五章 138
第六章 145
第七章 152
第八章 158
第九章 165
第十章 172
第十一章 178
第十二章 185
第十三章 192
第十四章 198
第十五章 205

下 部

第一章 ………… 215
第二章 ………… 222
第三章 ………… 229
第四章 ………… 235
第五章 ………… 242
第六章 ………… 249
第七章 ………… 257
第八章 ………… 263
第九章 ………… 271
第十章 ………… 278
第十一章 ………… 285
第十二章 ………… 292
第十三章 ………… 298
第十四章 ………… 305
第十五章 ………… 312
第十六章 ………… 319
篇外篇 ………… 326

后　记 ………… 331

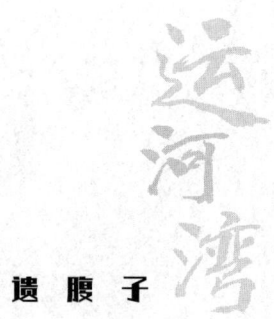

遗 腹 子

上 部

运河湾里的悄悄话：

小他爹，妮她娘，别拿鞋带腰带比短长。

小他娘，妮她爹，出门干活儿别忘了歇。

东边的太阳西边落，放下碗筷钻被窝，叽叽咕咕找话说。

想说啥？不能说……

第一章

　　运河上涌起春汛桃花凌的那天，县城里多了一番骚动，先是漫天卷起黄云，接着就刮起了黄风，黄风里还夹裹着臭气。臭气跟坏鸡蛋味道差不多，呛喉咙，噎喉咙，甚至还有些辣喉咙。黄风是突然出现的，一出现就铺天盖地，涌到县城大街上还打起旋风柱，旋风柱满街跑，趴到地上也躲不开，关上门窗也躲不开。黄风散去之后，紧接着就下起了血雨。血是艳艳的红，抬头望天，天变成了血红色，血雨落到街上，街道也变成了红的。血雨里还带着热烘烘的腥味。奇怪的是，血雨落下之后不先往泥土里渗，雨点是与浮土缠绕在一起的，缠绕着凝成豆粒大小的血丸子。

　　血丸子从屋顶上滑下来，从墙头上滚下来，从树梢上坠下来，齐刷刷地落到街巷里，又齐刷刷地贴着地皮滚动，最后全汇聚到隅首前边的操场上。操场上的车辙沟，还有驴蹄窝、马蹄窝，眨眼间被血丸子填得满满的，看着像是故意装填的。一个县城的人都捂着口鼻跑出来，眼是天上地上勾着望的，望着就变了脸色。血丸子是挨着车辙沟和驴蹄窝、马蹄窝铺开的，铺在地上的血丸子成了人形，有断了胳膊腿的，有少了脑袋的，怎么看都像是压扁了又胡乱摆放的。所有的人都跪下来，腰佝偻着，伸着巴掌啪啪地拍地，说："老天爷您收了血雨吧，打个掏心雷把祸害劈了吧。"

　　没有雷，也看不出哪里有云彩，血雨是黄风裹来的。黄风突然停了，血雨也突然停了，眼前的街道和树木却变得影影绰绰，县城像是半悬在空中的，看哪儿都像真的，看哪儿又都像假的。

春宵楼的老鸨就是这时候走到隅首操场那边的,她手里还握着一根镶嵌着银钩鼻的描漆挑帘竹,挑帘竹上挂着一只绣花鞋,绣花鞋吊悬着,看着像是当街叫卖的。老鸨还高一声低一声地呼喊着,意思是春宵楼里的姑娘又丢了一个,再算上前几天丢的那几个,她的春宵楼里只剩下空被窝了。空被窝里还是凉的,她还要纳税,她还要糊口,她还要担着人口走失的干系,这一次是非找回来不可了。老鸨说她已经看清脚印了,脚印血红血红的,顺着脚印查找,藏到老鼠窟窿里也得挖出来,天王老子瞒下也不行。老鸨果然拿手比量地上的脚印,还拿挑帘竹挑着绣花鞋比量,比量着找到了日军队部,要进的时候却被门岗拦住了。老鸨吱哇着又呼又号,一个街上的人都围过来看,没有人听清老鸨的呼号声里又添了哪些新词,光是看见老鸨举着绣花鞋在日军队部门口蹦跳。

接着保安纵队赶过来,带队的是保安纵队的警卫营营长,警卫营营长先是呵斥老鸨,呵斥着又拿手跟门口的日本兵比画。警卫营营长还说了一句运河湾里的俗话"宁惹疯狗骚,不搭老鸨语",意思是老鸨难缠,搭了话就走不开。围观的人听不懂日本门岗说了什么,日本门岗望的是地上的血丸子,日本门岗还往天上看,还往老鸨的脸上看,后来又看老鸨挑着的绣花鞋,望着拿手指抠喉咙,抠出来的竟然是血丸子,血丸子还扯着黏条条。但是警卫营营长呵斥老鸨的话一听就明白了。警卫营营长说的是:"你她娘的光是瞎号号,光是号号着让我帮你要姑娘,你不带我进去查找,我知道里边真有假有啊。"

这话明显是要闯日军队部抓人的,老鸨爬起来进了院门,警卫营的人是一呼隆跟着进去的,走在前边的老鸨依旧呼号着。站岗的日本兵大张着嘴巴啊啊,啊啊着还想吐,还想把溅到鞋上裤子上的血丸子掸掉,血丸子却像生了根,任怎么摔打都不掉。后来日本门岗又惊诧着拿脚跺拿脚踩,脚底下竟然发出凄凄厉厉的碎裂声,听着像孩童的哭声。

老鸨是径直往日军队部后院跑的,后院里有个月亮门,老鸨拿挑帘竹指点着敲打,说她听见姑娘们哼唧了,十有八九是弄掉胯骨下不了床了。又说难怪春宵楼天天丢姑娘,难怪春宵楼光剩下了空被窝,敢情都藏到这里了,敢情这里还有个鸡窝啊。日军队部与县府大院中间只隔着一道墙,打通的墙上修了个月亮门,月亮门上还吊了满月海水的彩绘屏,色彩里还多加了暖调子的橘黄和粉红。县府大院后边的房舍改成了慰安所,慰安所的出入口却开在日军队部里,日本人在里边逍遥快活,保安纵队光落下一个骂名,另外还有隔着墙头扔出来的骑马布子和烂袜子。

警卫营营长吼着要打老鸨,说:"你个老妖婆看准了,这里是河湾县女子乐坊,你把日本皇太君当成四条腿的骚狗骚驴了,日本皇太君都长了一根金刚螺丝屌啊,再说弄得姑娘们下不了床我就毙了你。"老鸨呜哇着指指点点,说这个也是那个也是,后来又说这里边的姑娘都是。月亮门里拥挤着衣衫不整的女子,还有一个是拿床单裹住的身子,一个日本兵是提着裤子从床上跳下来的,提着裤子还要拿脚踢老鸨,但日本兵却被大川中尉打了,大川中尉还骂了八嘎。

街上的骚动结束了,日军队部的后院里却响起砰砰啪啪的搬砖砌墙声,其间还夹杂着女孩子的尖叫,有几声还像是哭着号叫的,号号得没个人声。老鸨后来是从隔壁县府大院正门出来的,跟她并排走着的姑娘们已经不哭喊了,朝外走时还冲警卫营营长千恩万谢,酒馆主人的妹妹眼皮哭肿了,脚下走不稳还往警卫营营长身上撞。更多的姑娘是拿衣袖遮挡了头脸,低垂着脑袋恨不得钻地缝,看着是带些羞愧的。老鸨远远地冲春宵楼那边招手,一个酷似汉子的阔胸领班大跑着过来,领班先冲老鸨眨巴眼,伸了手撩起酒馆主人妹妹的衣襟,指点着看酒馆主人妹妹的肚皮,肚皮上的疤痕挤成了疙瘩。领班嘴里发出啧啧声,说:"上边下边都让没爹的日本男人拧紫了,日本男人光会拧肚皮啊,咱中国女人的肚皮可不能光让日本男人拧啊。"老鸨摆摆手,示意领班带着姑娘们先回春宵楼,领班走几步又站住,转了身朝警卫营营长摇手绢,摇着还丢了个飞眼。

老鸨是偏了头回望日军队部的,望着瘫软下来,脸是白菜帮一样的白,眼珠子竟然是瓷瓷地愣怔着,坐到地上像是故意弄怪样。警卫营营长窝着头看老鸨的脸,老鸨又慢慢站起来,先是拿手摸头摸脸,两根手指突然像鸡爪一样勾住了警卫营营长的袖口,警卫营营长要踢她的裤裆,老鸨躲闪着不松手。老鸨是跟警卫营营长要钱的,说她这一会儿终于会喘气了,终于知道自个儿是活了的,刚进日本兵大队部的那阵子,她都不知道脚手是在哪里长着的。"亲娘哎,跟日本人玩转轴,老虎嘴里掏肉,五块大洋是拿命换的,当初答应带头闹事,现在想想跟死催的差不多,跟要钱不要命差不多。"

警卫营营长夺过挑帘竹,用挑帘竹戳弄着拨拉老鸨的腰带,后来又把挑帘竹插到老鸨裆里,还拿脚踢着让老鸨夹紧。老鸨就把手松开了,老鸨还紧着赔笑脸,说刚才她是发昏说胡话了,明明是唱假戏的,明明是敲打日本人的,明明是白赚了十几个姑娘，竟然还要跟好心眼的老总要钱，这得糊涂成什么样了。探着头又跟警卫营营长嘎呴嘎呴地笑，说从狗窝里挪到猫窝里，好歹不伺候日本鸡巴了，这就叫自家人吃自家饭，搁谁想都得算是赚了。又说日本人到底还是服软了，以后刘司令就是爷了，日本人就是拿再多的钱，也别想从她手里要一个姑娘了。老鸨后来还往地上吐口水，说还他娘的女子乐坊，药死他，专让他们烂屌烂蛋，烂成稀溜烘柿子才好呢。警卫营营长就在老鸨胸口上抓了一把，说这还差不多。打个顿又连连地啐口水，说他还挂着狗日的大队部牌子，他还有一个大队的人马吗，他还是少佐吗，他只剩下一个中队了，他现在是中尉，老子还是上尉呢，他敢不服，骟了他。

警卫营营长说的是大川，大川的一个大队是分三拨抽走的，如果不是麻生矿业总部以帝国利益要挟军部，华北驻屯军原计划只给河湾县保留一个督导组，最多留一个宪兵小队。还有，如果不是麻生花田子小姐一再为大川辩护，大川能不能保住性命都很难说，因为精锐的日军滩涂中队是在他手里没了的。当然，日军要调到哪里，剩下的这个中队会不会再调走，这些都属于日军内部的秘密，保安纵队的人也未必知道。县城里的老百姓即便知道太平洋战场吃紧，即便知道日军走下坡路已成定局，也断然不会想到，挖东墙补西墙其实是因为日本人护不严摊子了，况且调走的两个中队又都是夜里沿运河悄悄南下的。

最先显示出变化的是刘百湖的保安纵队。随后不久，连晚开门早关门的商家店铺也能看出保安纵队的人比先前逍遥了，保安纵队出操也不与日本人同一个时辰了，出操也不向东方挺着肚子双手敬礼了，喊天皇万岁的声音几乎听不见，或者干脆就没喊。还有，保安纵队的人在日军队部门口走来走去，很少再有向日军门岗敬礼的。他们故意走得慢悠悠，他们还故意摇头晃脑，或者干脆让鞋底在地上磨出踢跶声，怎么看都像是故意显摆的。县城里的人感觉出了异常，日本人很少走出队部了，除了在队部四角的望楼上下换岗，除了队部门口有两个值勤的照例笔挺地站着，大街上基本上看不到日本人了，偶尔有外出的，也是结着伙来去匆匆。

春宵楼的老鸨带保安纵队私闯日军队部的第二天，有人看到笑面虎似的大川一脸的乌青色，腰间的佐官刀换成了尉官刀，刀柄也从红色变成了蓝色，连护格也从血红降为黄铜。他从隔壁县府大院出来，居然是贴着墙根返回文庙日军队部的。县府大院南墙外有一棵皂角树，皂角树上的一只黑老鸹正好拉了屎，屎是拉在大川脚跟前的，大川也没抬头望黑老鸹，也没朝地上吐口水，他是半侧身绕过去的。而设在县大堂后院里的保安纵队司令部也换了样子。保安纵队司令部里天天吵吵嚷嚷，也许是摆了桌子推牌九，也许是厅堂里设了宴席，也许是喝醉了撒尿又摔破了酒坛。动静里还有说笑声。有唱运河小调的，还故意撇着变了调的花腔，号号得像驴叫像鸡叫，小调里有一句"花大姐伸个懒腰打个盹"，唱出来竟然变成了"花大姐找着裤子呀又摸不到腿"。

还有，要在以往，大川是不会亲自到保安纵队找刘百湖议事的，议事也是刘百湖早早地到文庙日军队部候着，现在大川连规矩也不讲究了，刘百湖还竟然没跟出来送，这在先前是不可想象的。

许多人都想日本人的来龙去脉，想起河湾县先来的是一个旅团，松岛旅团的团长还亲手刀劈了一户不肯为日军腾房子的人家，后来还让部下挑着人头占房子。那时候大川少佐选中的是县大堂，后来才去的隔壁文庙。松岛旅团是半年后开拔的，一个旅团一分为二，留下的是大川少佐的大队。大川到码头上送行，松岛旅团的团长还一遍遍地训斥大川，话里有嫌他杀人不果断的意思。大川少佐只是哈依哈依地说是，但还是忘却了受到的训斥。他在空出来的日军营区里走来走去，接着就在砍了头的那户人家门口贴了封条，封条上还粘上了两束柏枝。那时候大川也许没想到他会从少佐变成中尉，当然也不会想到偌大一个河湾县只给他留下一个建制不全的中队，他插那两束柏枝也许是装样子，也许是怀念当初帝国军人横扫华北大地的荣光。日军从一个旅团到一个大队，再从一个大队变成一个中队，割了牛尾巴换个猪尾巴，越倒腾越短，看来日本人真是走下坡路了，或者是快煞戏了。不过，一个保安纵队的警卫营营长，竟敢明目张胆地唆使老鸹当众喧嚣，还敢带队私闯日军队部，从哪里想都得是经了刘百湖默许的。而降为中尉的大川竟然认了，竟然看着保安纵队封门带人，没当场大发雷霆不说，过后竟然还屈尊到保安纵队司令部商谈防务，大川中尉一定想到过离开保安纵队，但他已经寸步难行了。

或者干脆想的是怎么活下来。

先前，运河湾里的人都知道县城里有个大川少佐，这个大川少佐是个阴人，阴人会在脸上堆出笑模样，看着像是谁家的亲戚，这个亲戚还是可亲的。大川少佐就是这样驻守河湾县城的，县城的人很少看见他把日本挎刀抽出来，凡是抓人杀人的差事，他都会交给刘百湖的鲁西保安纵队。他甚至不允许自己的部下到酒店喝酒。松岛旅团的团长带大队人马撤离河湾县城的第三天，大川亲自处置了一个肩配一道黄杠的兵长，处置是拿皮带抽的。那个兵长是带着两个一颗星的一等兵去的酒馆，三个人喝了一坛子运白大曲，接着就把酒馆主人的妹妹按倒了，临走还挑起女孩子的衣服，搭到刺刀上甩着玩儿。大川少佐动手打了兵长，又让两个一等兵互相抽打，直到他们累得举不起皮带。后来大川少佐走进酒馆，当着许多人的面给酒馆主人赔礼道歉，还给了酒馆主人三块大洋，从此以后，县城大街上再也看不到撒酒疯的日本人了。

县城里的日军队部安在隅首附近的文庙里，文庙与刘百湖的县府大院只隔着一道墙，除了外出清剿扫荡出城，大川少佐几乎不让日军单独执行任务。处置了三个部下之后，他示意刘百湖说帝国军人很喜欢娱乐活动，他本人则希望设立一处女子乐坊，当然，有娱乐活动就要有娱乐场所。刘百湖心知肚明，马上寻找有姿色的女子，县城师范学校里已经没有女学生了，他是派人在城外拦截的，但当刘百湖要把抓来的女子往文庙带时，大川少佐的目光却盯住了县府大院后边的房舍，看着还是一脸的笑模样。当天下午，酒馆主人的妹妹也进了乐坊，人是大川少佐点名要的，操办的是刘百湖，日本人根本没出面，所有人都知道鲁西保安纵队抓了良家民女是当窑姐使唤的。

那时候刘百湖不在乎老百姓怎么骂他，他现在也不在乎，唆使老鸹闹事不过是个由头，震住大川是要从此当大爷的。他已经憋屈好久了，况且日本人明显大势已去。

其实，运河湾里的敌我态势已经很明显了，连乡下人都能感觉到，大白天到地里干活儿，望楼上的日军不再拿枪瞄准了，扫荡的队列里也看不到日本兵了，扫荡也是狗溜冰一样，打个闪身就回去了。城门常常是关着的，偶尔开启城门，出来的也是刘百湖的保安纵队。保安纵队也不催粮了，也不抓差了，催粮抓差都交给了乡保长。出城的人是到运河里抓鱼的，抓鱼的是火头军，火头军腰里扎着围裙，人站在河坡上撒网，网抛出去根本就撑不开，也罩不到河中间，看着像是扔到水里砸鱼的。网扔下去就拽，拽也不是轻拉轻拽，那时候网坠脚也许刚挨着河底，也许还没有完全落下，拉出来的网里也许有几条砸昏了的白条子鱼，也许只是沤烂了皮的枯树枝。如果真有一条两条梭子鱼或者喜欢顶水头的青鱼，那一定是巧到不能再巧了。

火头军有时候也会带出三五个帮手，帮手并不帮着撒网，帮手是到紫柳墩子上找拉绳的，拉绳的那一头沉在水里，沉在水里的是个小口大肚的鸡嗉篓，鸡嗉篓上坠着青砖或石头，这是用来等鲇鱼的。帮手们解了绳子就往城门洞里跑，关上城门再看鸡嗉篓，也不管有鱼没鱼，举起来先往火头军身上倒，火头军撑着围裙接，自己身上先湿透了。但到二番再往河里沉鸡嗉篓时，帮手们却再不肯去了，火头军只好多说央求话，还答应舀菜的时候换大勺，一个城门的岗哨都跟着起哄。说他不吃鱼能死啊，河套里的鱼都挤疙瘩了，他怎么不去捞啊，八路那边正支着大锅炖糟鱼呢，花椒茴香都配齐了，鱼头鱼刺都糟面了，他去吃啊。还说大川个龟孙缩脖了，他个鳖犊子又撅尾巴拉屎了，有本事他到运河湾里抢去啊，站到运河大堤上号号去啊。

这是说司令刘百湖的，反正刘百湖听不见。

火头军是为刘百湖开小灶的，刘百湖是鲁西保安纵队的司令，也是河湾县的县长，开小灶吃鱼是应该的。刘百湖是在东平湖里泡大的，少了鱼的饭菜吃不出滋味，即便饭菜改了花样，他还是要吃鱼。因为县城里没有鱼，要吃鱼就得到运河里捕去，他知道现在的日本人已不敢下河逮鱼了，而他却可以派火头军出城。大川也爱吃鱼，但现在大川已经从少佐降为中尉，他的一个中队夹在刘百湖的保安纵队中间，看着像是关押的囚犯。大川非常清楚他的处境，如果不想早死，或者不想继续被训斥被降级，他就得仰仗保安纵队，尽管他天天恨不得把刘百湖捅了。但是刘百湖不看他的脸，刘百湖看的是火头军。火头军原来就是刘百湖的人，当初被大川截留是因为会做糟鱼，现在刘百湖想把他收回来，火头军连佐料一块儿带出来了。大川中尉没发脾气，看着火头军走出日军队部，他只是拿手在自己腮上捏了一下。日本人当天吃的是罐头，罐头是从库房里翻出来的，罐头里边的沙丁鱼一股子鱼屎味。

刘百湖是扬着声安排火头军做饭的，说他这一辈子最不想看见的就是铁皮屎罐子里的死鱼，他要吃运河里的活鱼，还要吃糟的，还要吃鱼头鱼刺都糟酥糟面的。他要吃的是鲜味。火头军先到城门楼上望动静，望见运河湾里没有扬起的浮尘，河套里也看不见紫柳枝条晃动，知道八路的大部队还没有靠近县城，而独立营是专杀日本人的。火头军就探头探脑地出了城门，抓到手里的围裙故意拉扯着撩起来，还故意抓到手里一扬一摆的，城门楼上的岗哨就亮了声地呼喊，这回喊的是："八路专打摇摆白围裙的火头军！"

但是，春暖花开的季节里，莫名其妙地刮黄风下血雨，还是让刘百湖感觉别扭，在窗口前站着打了寒战，浑身瘆瘆麻麻的不舒服，怎么想都觉着不是好兆头。于是，在大川中尉离开县府大院之后，他又让警卫营营长去了一墙之隔的日军队部，这一次他是要求矿警团归建的，顺带着还想把侯得才弄到县城来。侯得才已经不是团长了，要求当初被他拐骗走的保安团归建理所当然。不过，如何对付侯得才这个下三烂，他还没有想周全，心里腻味倒是真的。

刘百湖不知道，下血雨的那阵子，侯得才刚好过了城门，要往隅首方向拐弯时，坐在车里的花田子小姐突然地惊叫了一声，说："血雨，血雨……"

第二章

最近，花田子小姐一直处在焦虑惶惑中。她要么在码头上转来转去，要么一整天都站在矿井示意图面前，她手里常常提着雨靴，那样子像是要去矿井的，忽然地又会被墙上栅栏上的蜘蛛吸引住。

她有时候甚至分不出上午下午，看着使女春由枝子用黑米做寿司卷，黑米是用黑芝麻搅拌的，里边还加了黑枣泥，竹箅上铺的是紫菜，汤盆里盛的是加了酱汤的黑豆木耳炖乌鸡。看着呀呀地叫起来，说："这是要黑天了吗，怎么了枝子，就这么一天又过去了是吗？"原本哼唧着喊牙疼的侯得才从里屋走出来，先是拿筷子拨拉汤盆，拨拉着又把黑豆挑出来，挑出来的黑豆在桌子上排成长条，接着又拿筷子敲打桌子，说这是饭吗，这是羊屎蛋子，还是刚屙的。

使女春由枝子朝地上啐一口，目光游移着落到门外，门外的栅栏里种着生菜，生菜畦里有蝴蝶飞舞，雪白的翅翼上点缀着樱花一样的图案。侯得才下了台阶，手扒着栅栏蹲下来，看着像是蹲下来拉屎的，脑袋却偏转着望码头对面的运河大堤。运河大堤上修了许多单兵掩体，掩体是拿青麻石遮蔽的，日光里照着明明亮亮，很像运河里爬出来晒盖的乌龟。

使女春由枝子把目光收回来，说："小姐你说什么呀，咱们是吃午饭啊。"使女春由枝子还想说寿司卷是小姐最爱吃的，怎么看到乌鸡紫菜就想到天要黑了，即便心神不宁，吃没吃饭总该知道吧，黑天白天总该知道吧，要是晚饭做了白菜豆腐，灯光里吃着也要当成白天吗？侯得才应着这一声又折回来，折回来是要拿随身小物件的，临走又返身拨拉饭桌上的寿司卷，说："要吃米饭就拿碗盛，要吃大白饼就烙羊油葱花的，偏偏要卷成屎橛子一样！屙了就吃啊？"使女春由枝子哇哇地吐，吐着抱住花田子小姐的腿，说她一天也不想看见侯得才了，一时半刻也忍不住了，如果不是为了麻生矿业，如果不是为了服侍花田子小姐，她会把这个卑鄙的肮脏的下贱男人，像削生鱼片一样一刀一刀削了，然后头也不回地返回日本家乡。

使女春由枝子后来还带了哭腔，说："小姐你拿决断吧，既然运河煤矿没有中国人不行，那就依靠三老雕岳粮丰吧。总之，你先让我把这个没羞耻的无赖废了吧！"

花田子小姐抓起寿司卷扔了，说："我已经想好了，从此再不吃日本料理了，如果跟中国的鲁菜川菜湘菜相比，日本料理简直就是路乞儿吃的口水饭。更何况中国还有闽菜、浙菜、徽菜、粤菜、淮扬菜，合起来共有八大菜系，而日本除了鱼生就是酱汤。除了盐，除了白糖，除了酱油，日本有糖醋拌菜吗？日本有酸辣菜吗？日本有炸、熘、烧、扒、炒、爆、蒸、氽、炖、焖、烤、熬、熏、拔丝吗？日本人知道什么是烹饪吗？还有，日本人知道什么叫五谷为养吗？日本人知道什么叫食以应时吗？日本人知道什么叫食宜应发吗？"使女春由枝子瞪大了眼望花田子小姐，还伸了手指在花田子小姐眼前晃动，意思是要试探花田子小姐是清醒的还是糊涂的，身上禁不住先打了寒战。

花田子小姐却轻轻握住春由枝子的手，问春由枝子是否喜欢吃羊肉，愿不愿意品尝羊肉的鲜美，或者干脆抓着整条羊腿大口大口地吞咽撕啃。使女春由枝子嘴里流出口水，口水拉成黏条条，这是表示厌恶的。使女春由枝子的脸上还显出惊诧。日本人爱吃鱼爱吃海味，也可以吃猪肉牛肉，也可以吃鸡鸭鹅，还有各种野禽类，但从来不吃羊肉的。花田子小姐抓着春由枝子的手往胸口上贴，说："枝子你知道吗，帝国军人已经顾不上咱们了，不要再指望帝国军人为我们效劳了。帝国需要煤矿，帝国需要铁矿，帝国需要一切战略资源，但是帝国已经无能为力了。"花田子小姐的眼里还溢着泪花，花田子小姐还带着满脸的幽怨，花田子小姐还让使女春由枝子凝视她的眼睛。

她说："麻生家族一定要让运河煤矿名垂青史，不管帝国的战争怎样收场，运河煤矿必须实现百年荣华。为了这一天，为了这一切，忘掉自己是日本人吧。

记着我的话枝子，一切从头开始，一切从现在开始，包括饮食起居，包括吃羊肉！"

使女春由枝子绝望地凝视着花田子小姐的眼睛，说："包括容忍这个下贱的肮脏的无赖……花田子小姐，我是不是该这样理解？"

日军两个中队沿运河悄悄抽调的第三天，花田子小姐亲自带着使女春由枝子去买羊肉。花田子小姐一改往日的装束，换上了一件适合在县城集镇穿的中式旗袍。面料是蓝色阴丹士林布的，颜色素雅明净，布料结实紧密，上身之前又熨烫了，显得光洁平整，不招眼，也不显土气。旗袍下摆分叉高低适中，腰身宽松适度，胸腰臀突而不紧，整个身体的自然曲线分明清晰。花田子小姐还着意配了一件白色的网眼小坎肩，显得高雅脱俗，看着像是书香人家的小姐，也像师范学堂里的学生。花田子小姐原本想让春由枝子跟她穿一样的款式，但春由枝子坚持说自己是使女，使女与主人同样穿着打扮，她是宁愿受罚也不敢依从的。花田子小姐就让她下面穿了一双素色长袜，鞋是黑色带袢的布鞋，她自己则穿了一双白色的羊皮浅鞋。

春由枝子苦着脸，身子扭转着又是哈腰又是踢腿，看着像是受了天大委屈的，后来又拉扯开叉处，嘟囔着说要开就开到腰胯，半开半不开反倒别扭。花田子小姐拿眼瞪她，说只有舞女的旗袍才开叉开到大腿根，只有上海夜总会里的交际花才开叉开到腰胯，春由枝子才不嘟囔了。

花田子小姐走出栅栏门时还停顿了一会儿，她是向运河对岸张望的，没看到侯得才，看到的是矿警团团长岳粮丰。岳粮丰是跟小胖子福山在一起的，岳粮丰探着身子望风井，还嘟嘟地吹哨子，还挥舞着小旗，还让人把巷道支撑木码整齐。煤区新探点算是步入正轨了，被捋了团长职务的侯得才却变成了神秘人物，码头上也看不到他的身影，矿警团团部那边他自然不会再去。花田子小姐知道，侯得才虽然还保留着物产局代理局长的职务，但绝不会天天坐在物产局，自从出了醉宿月季红那件事之后，他就很少再去那儿。侯得才甚至也很少进城。至于侯得才天天在干什么，天天在想什么，花田子小姐其实也说不清。除去变成神秘人物之外，侯得才身上又多了一股子乖张。花田子小姐就把目光收回来了，接着就带使女春由枝子去了羊肉作坊，跟老板讨价还价时，她用了地道的运河湾里的口音，甚至连举手投足的动作也像，这使肉铺老板大惑不解。

花田子小姐当真让使女春由枝子炖了一锅羊肉，当真是没剔骨的，羊是运河湾里的青山羊。花田子小姐还与使女春由枝子一块儿挑选佐料，佐料里有白芷八角桂皮豆蔻良姜，胡椒是沸水之后下的锅。羊肉在沸水里沉沉浮浮，佐料的味道压过了羊肉的腥膻，使女春由枝子撩着围裙捂住口鼻，眼神里满是怨恨和诧异，身子趔趄着向门口躲闪，喉咙里还发出呼噜呼噜的声响，听着像是憋不住的。花田子小姐拿手勾着不让她离开锅台，还用力哼哼着鼻子，还问春由枝子是不是闻到羊肉的鲜香味了。春由枝子说："小姐，你别让我说味道了，要非让我说不可，我只能说这是一种怪异得让人无所适从的味道，里边充满了莫名其妙的诱惑。"花田子小姐扳着春由枝子的脑袋凑近锅台，还让春由枝子把捂鼻子的手拿掉，还让春由枝子大口吸气，说："说香，说根本没想到运河湾里的羊肉会如此鲜美。说！"春由枝子说："小姐你松手吧，我闻到香味了……"

　　侯得才是亮灯时分回来的，没听见栅栏门开启的响声，像是突然间从地下钻出来的。侯得才还沾了一身土屑，推开栅栏门时还显出疲惫。不过，上了台阶的侯得才马上就惊愕起来，说闻到羊肉的香味了。侯得才在台阶上疑惑了好久，他明明看到一盆羊肉摆在桌子上，明明看到盆里的羊肉正冒着热气，但是他无法辨认花田子小姐的穿着，还有肥襟瘦袖的春由枝子。花田子小姐竟然穿了一件天蓝色阴丹士林布的偏襟上衣，一条肥裆的乌梅蓝裤子，裤口竟然还系了月季红色的松紧带。花田子小姐的两个袖口高挽着，露出来两只嫩藕瓜一样的手腕，再多收一些差不多就到胳膊肘了。而使女春由枝子扎着的围裙却显得瘦小了些，扎腰的黑布带子却是又宽又长的，再配上质地粗糙的毛蓝大褂，怎么看都像运河湾里不受人待见的大户人家干粗活儿的丫头。

　　侯得才抹着口水向里边探头，看见花田子小姐正冲他笑，花田子小姐还说："怎么了得才君，你不想品尝一下我们的厨艺吗？枝子，快把蒜泥摆上呀，快把醋碟摆上呀。"

　　春由枝子用白眼挖侯得才，说猪有猪命，狗有狗福，说着又朝地上啐一口。这自然是说给侯得才的，侯得才伸手抓了一条羊肋骨，羊肋上的软骨肉是整个儿吞着撕咬的。侯得才嘴里还发出狗舔汤盆一样的吧唧声。侯得才还不时地打嗝，而溢到嘴边的肉丝肉汤又被他拿手抹了，抹是拿袖子抹的。侯得才的脸也显得油乎乎的。侯得才最后抓起的是一条连接胯肘的羊腿，啃了一口才想着蘸蒜泥，羊腿杵到蒜盘了又停下，偏了头先望花田子小姐，接着又望春由枝子。说他吃了一肚子糊涂肉，连腻滑滑的腱子肉也是糊涂的，他明明知道吃肉不吃蒜滋味减一半，他还是得忍着先闹个明白。侯得才说："满满一盆羊肉，一屋子佐料味比肉铺作坊里还浓，我这不是睡着觉吃的梦肉吧？哎我说，这到底是怎么回事，我怎么越吃越糊涂啊？"花田子小姐说："你只说好吃不好吃吧？"

侯得才吃着点头。花田子小姐又问："跟你从小到大吃过的相比，味道上是不是没差别啊？"侯得才还是吃着点头，还含糊不清地嗯嗯着，使女春由枝子又拿白眼挖侯得才，说狗饿了还会叫呢，狗吃饱了还会摇尾巴呢。侯得才这才接了一句，说："不错，我吃着味道一样，没差别。"花田子小姐又说："那你看我们两个呢，跟运河湾里的大姑娘大闺女大丫头有差别吗？"

侯得才嗷嗷着站起来，说："你们是不是要装扮成中国人？"

花田子小姐说："你只说有没有差别吧？"

这天晚上，花田子小姐格外温顺，亲自给侯得才沏茶，沏的是运河湾里人家爱喝的花茶，而先前，花田子小姐喝的是日本的蒸青绿茶，她不允许房间里有花茶味。蒸汽杀青制茶法是隋唐时期传到日本的，日本人当成了自己先祖的发明，让中国人品尝时，一定要让中国人双手捧盅。花田子小姐还亲自到浴室里调试水温，一直用着的日本木屐也不打算用了，要扔时忽然又说木屐也源于中国，说不定就是由运河湾传到日本的。花田子小姐后来就在木屐底上钉了两片麻布，意思是让木屐跟原来有区别，而日本人偏爱木屐踏在地板上发出的嘎吱声。插不上手的春由枝子围着花田子小姐团团转，侯得才则愣怔着看眼前的两个女人，有好长时间认为自己是在梦中。

自从出了月季红那件事，花田子小姐一连好多天不许他跨上台阶，侯得才独自睡在堆放杂物的下屋里，下屋的后墙紧靠着茅厕，茅厕里的蛆虫常常爬到下屋里。被日本人打过的烂伤是他自己挺过来的，虽然不赞成春由枝子拿洗脚水泼他，不过，花田子小姐对侯得才憎恨却是千真万确的。侯得才熬过了一段尴尬的日子，尽管他每天都发誓赌咒，说自己遭了别人的陷害，那一会儿把衣服脱了是不假，但小贼妮子月季红让他先喝了许多酒。他可以断定，酒里一定下了蒙汗药，他喝了就呼呼大睡，一个闭着眼昏睡的男人，纵有天大的本事也弄不成那事，即便趴到身上也弄不成，可见小贼妮子月季红是故意骗他入圈套的。他说这些话时还拿眼角瞟花田子小姐，花田子小姐根本不搭理他，而使女春由枝子则噗噗地吐着追打一只老鼠，捉到了又拿开水浇，说："钻野门子去啊，你怎么不钻了？你怎么不往身上趴了？"

侯得才出了一头汗，于是又把话头拐到运河煤矿上。他甚至还说了保安司令刘百湖对日本人是藏了二心的，而大川让三老雕岳粮丰取代他出任矿警团团长，更是天大的失策。还说就运河煤矿的未来而言，除了花田子小姐，没有人比他更上心了。为了验证他自己是不是已经到了一钱不值的地步，说了那些话之后，他故意让自己变成软硬不吃的滚刀肉。他天天衣冠不整，话也专拣尖酸刻薄的说，在身上的烂伤完全康复之后，他索性跑到矿警团团部胡闹了一通，而三老雕岳粮丰偏偏亮了嗓子喊他侯代局长。他不止一次地暗中观察花田子小姐，希望从花田子小姐的眼神里捕捉到要将他一脚踢开的寒光，哪怕是鄙视到极点的冷漠。后来他发现花田子小姐既不冷漠，也不热情，他出入码头，他进入栅栏，他或者一整天窝在紧靠茅厕的下屋里，或者干脆一整天不露面，花田子小姐照例视而不见，仿佛往日的侯得才已经风一样消失了，不管他有用或者无用。

侯得才为此大伤脑筋。但是，花田子小姐却突然变了，变得柔情万端不说，竟然还弄出了许多稀奇古怪的动作。侯得才忽然感觉他又一下子变成了花田子小姐手中的玩物，尽管他一直盼望着成为对方心中有用的人，最终目的就是利用对方。憋不住的侯得才又决定拿样了，索性摇摆着去了上房，带着一身泥土躺到花田子小姐的软床上，原本要脱的鞋又穿上，躺倒了还故意伸伸蜷蜷，直到花田子小姐亲自扶他去洗浴。

花田子小姐还把他自己睡过的被窝烧了，而他睡过的狗窝一样的下屋，则堆放了劈柴，另外还有几卷挂着油泥的缆绳。

侯得才又跟花田子小姐睡到一个被窝里，但是，跨马提枪的侯得才却在中途瘫软下来，原因是被大川拿冰块冰过的下体倏忽间又冒出寒气，而寒气突袭的那个瞬间，他会感觉花田子小姐的肉体就是冰块。他翻身倒下，颓丧不已，懊恼不已，羞愧不已。他弓起身子，双手死死地捂住下体，一种从未有过的痛苦与绝望，使他不敢正视花田子小姐的目光。花田子小姐则给了他另一种温柔。花田子小姐还让他抬起头来，问他心里是怎么想的，是糊弄一会儿是一会儿啊，还是另有盘算。侯得才吭哧着躲闪花田子小姐的目光，说他也没想到会这样，裆里塞了冰块的那几天，他感觉连头发梢都是凉的。凉是从内到外凉的，骨头缝里也是凉的，下边那个物件好像是从根上掉了的，明明尿湿了裤子，就是感觉不到尿是从哪里流出来的。后来总算结痂了，总算没伤筋断骨，下边那个物件摸着也没大也没小，每天中午或者下半夜，那个物件还是跟先前一样闹动静，只是没想到该发大威了，反倒使不上劲了。

侯得才还要说他也不想这样，还要说他心里急得火烧火燎的，花田子小姐拿手捂他的嘴，说："我知道你对煤矿上心，我问的是咱们。这么说吧，咱们以后怎么办，我是说将来？"

侯得才拿手揪扯眼皮，揪扯着把眼瞪大。

花田子小姐说她已经想过了，丑媳妇总得见公婆，而她自认为麻生家族的女人还算上得厅堂，到侯家老宅拜望双亲，怎么想都是应该的，况且又离得这么近。花田子小姐说："去是不能空手的，礼数上是必须有的，公婆及小妹，每人一份礼。还有大伯父大伯母，还有二伯父二伯母，还有东跨院的喜喜。礼到人不怪，儿媳妇上门认家，讲究的就是个礼数。"花田子小姐还说到大姑姐兰兰，说嫁到马家的兰兰姐那儿也要去拜望，包括兰兰的公婆，总之，方方面面都要考虑周全。侯得才后来又拿手揪下巴，直到嘴巴张得不能张了才把手放下来，但放下来的手随之又掐住了腮帮。他说："你等等，不是，你让我醒过来。哎哎，我说，你这都是当真说的？"

花田子小姐说："你看我像儿戏吗？怎么，得才君是嫌我不配吗，或者心里是嫌弃的，只是嘴上不便说？"

侯得才抱住了花田子小姐，抱着亲着，嘴里还流出口水来，忽然又啊啊地发起狂，说他下边一点寒气也没有了，光是感觉火辣辣的，光是感觉跟烧红的烙铁一样……

礼品是花田子小姐亲自挑选的，花田子小姐还数着礼品对清单，清单上写了收礼人的名字及称谓。后来又亲自封装包扎，大包小包都做了精心捆扎。而对于封纸颜色的选择，首先排除掉的是黑白二色，绿色为不祥，紫色表示忧郁悲伤，这二色也要排除。而红色包装纸又太过花哨，看着不够庄重，也不宜用。最后挑选的是粉色纸张，图案是带有松竹梅的。花田子小姐还想挑选几张带有鸭子和乌龟图案的粉纸，想到乌龟在运河湾里是骂人话，而鸭子也带着明显的贬义，拿到手里又扔下了。

就在花田子小姐整理礼品时，侯得才堵住了春由枝子，那时候春由枝子正站在台阶上冲屋子里撇嘴，看见侯得才出屋，她又冲着台阶上的一只象鼻虫啐了一口。侯得才绕到后边抱住她，伸着脖子贴紧了春由枝子的耳根，一只手是贴着肚腹摸索的，说："等着，瞅准机会我干了你！"说过这话的第五天，侯得才当真把春由枝子按倒了，往下边套迷仙绒时他还让春由枝子拿手摸,还要春由枝子说怕了。他咬住牙使狂力,看着像劈柴的。他还这样那样地变换姿势,还问春由枝子天天冲他翻白眼啐口水,心里是不是怀了嫉妒的。他说:"你要说是,我就狠弄你,你要说不是,我也得狠弄你,反正我得弄得你看见我就揪裤子。"

春由枝子没呼叫也没挣扎,而侯得才的得寸进尺,完全是得了花田子小姐的默许。

第三章

侯登銮没到村口接儿子,他不知道儿子要回家,得才要往家领媳妇,媳妇竟然真是花田子小姐,他连想也不愿意想。自从马二梭的独立营干掉河套口的日军暗堡之后,准确说,是从儿子被日本人打成血葫芦的那一刻起,侯登銮就添了一桩心病,他看哪儿都是圈套,看哪儿都是连环阵,看哪儿都是冲着儿子得才的,儿子得才几乎没有脱身的地方。先前,侯登銮认为儿子只需提防马二梭的独立营,只有马二梭的独立营才是儿子的死对头。现在看,别管日本人还是保安纵队,都有人想要儿子的命,甚至包括接任矿警团团长的三老雕,当了八路军团长的侯得章也未必没有这想法,而那个日本娘们儿小花妮,不过是拿儿子当狗养。这些话他不能跟任何人说,侯杨氏只埋怨儿子不到家来,别想让她走一步看两步,有个女儿多多,不是缺心少肺,就是吃里爬外。侯登銮的心像是天明天黑在火鏊子上烙着的,闭上眼就看见儿子得才慌不择路地奔跑躲藏,好不容易找了个隐身处,脚下突然又踏空,落到陷阱里了还不敢呼喊。

折磨使侯登銮寝食不安。他的眼睛常常东瞧西望,好好地走着路,突然间又会停住,那一会儿,他嘴里还会发出一种怪异的声音。疑神疑鬼又慢慢熬煎成分心分神,即便是在睡觉时,即便是在吃饭时。吃饭时,他会抓着筷子满桌上找盘子找碗,明明是夹饭夹菜的,筷子偏偏又戳到侯杨氏那边,像是拦截着不让侯杨氏吃，侯杨氏索性把盘子把碗推到他身边。但侯登銮的筷子又常常夹空，要么就像鸡啄食一样在桌子上胡乱戳。侯杨氏就显出烦躁，说猪拱四面墙，狗揽八摊屎，自个儿不吃也不让别人吃，说了又感觉不是好话，赌着气拿筷子敲盘子敲碗。侯登銮像是犯了迷症，侯杨氏撂脸赌气全然不知，倒是听力又异常敏锐，冷不丁地凝着神听动静，脸上的表情还是惊惊诧诧的。侯杨氏丢下筷子，说："亲娘哎，这还让人吃饭吗，你到底咋着了？外边猫打哈欠哩，窝里老鼠抹嘴巴哩，又惊着你老人家了是吧？"到小屋里跟女儿多多诉苦，多多说："管他呢，他愿意啥样啥样，你就当跟前没人。"侯杨氏又抱怨多多不会操心，一个会操心的又不让人好好吃饭，看来侯家老宅只有三房头是最难过的了，细想想，连身边没有一个儿女的二闷驴一家也不如。

侯登銮是应着声站起来的，站起来先冲门外探头探脑，接着又弓下腰来，轻着手脚向院门走，看着像是听到门外动静的。侯杨氏抹着眼泪要哭，后来又抓起筷子扔到地上，咬着牙根说狠话，说死去吧，钻老鼠窟窿去吧。侯登銮也不言语，手是慢慢放到门闩上的，然后猛地拉开，接着又是探头探脑，再后来就到了街上。街上没人，胡同里也没人，甚至没有狗叫，所有的人家都关着院门，一个紫云寨像是布了天大迷魂阵的。侯登銮贴着墙根在当街走，走着又去了村子北边的寨壕，寨壕里的青草已经钻出地面了，青草下边就是沤了一冬一春的枯叶，脚踏在上边，冷不防会陷一下。侯登銮出了汗，汗是凉的，前胸后背像是泼了凉水，再爬上来时，差不多要到紫云寺了。

河套口响起惊天爆炸声的那天，侯登銮原本是要盯着玉树的，玉树打着遛驴的幌子，除了在紫云寺周边转悠，再就是村前村后地胡乱窜，矿警队在运河堤上拉警戒线，玉树是拿紫柳棵遮蔽着向河套口方向张望的。河套口跟着就爆炸了，日本人跟暗堡一起变成了浓浓黑烟。黑烟还没散净呢，新宅的侯登仓就从家里跑出来，先是一颗一颗地扔着放炮仗，到了官地那儿，侯登仓竟然还把一颗点燃了药捻的炮仗扔到水坑里。炮仗在泥水里爆炸，声音听着跟驴放屁差不多，但溅起的水花却在官地上空铺成一道彩虹。侯登仓还扯着个破嗓子笑，还说官地不要了，要炸就连矿警团一块儿炸了吧。到了村子南边的矿井新址，又莫名其妙地向小胖子福山点头示意，怎么看都像是心存感激的。

那一天的疑惑，把侯登銮的心填得满满的，填的还是经了霜雪的枯萎了的干茅草。干茅草里还有酸枣刺，还有苍耳子。侯登銮那天没看见玉树跟马笆子接头，但是玉树却在爆炸声响过之后去了马家，玉树从马家出来还跟侯登仓打了照面，侯登仓还跟玉树比画着说话，而玉树从始至终都是笑着的。

活犄角玉树笑得跟夜猫子叫差不多。

侯登銮没想到侯登仓是要玉树帮他摇耧播种，而牵牲口拉耧领墒的竟然是马笆子。官地中间只种了几亩高粱，沿沟渠四周，竟然全部播的是苘籽，竟然是围着高粱地播种的。苘是乡村庄稼院里的贱物，即便是土地多的大户人家也不会年年种，种也是种在收不成庄稼的沟沿道旁，或者是不便耕作的斜角地边。种苘是为了剥麻纺绳，或者拿沤好的麻披子到集市上换耕套，但耕套又用不着年年换。肥沃的官地上种苘，而苘这东西剥去麻皮之后，剩下的只有当柴烧的麻秆，其作用几乎与收了穗头的秫秸差不多。好地上种杂物，败家子也知道这是故意作践土地的。侯登銮拦住了玉树，玉树帮完忙要回家做饭了，马笆子则把耧斗里剩下的苘籽倒出来，拿衣襟兜着抛撒，一直抛撒到紫云寺。侯登銮眨巴着眼冲玉树笑，说："行啊玉树，真会算计啊，到底是经过高人指点的。"玉树拿手指弹黑驴耳朵，说："跟你说话呢，你怎么不应声啊，你当了高人就变成万岁皇爷了是吧，也变成金口玉言了是吧？"

玉树后来还让黑驴跟侯登銮作揖，还教给黑驴怎么打招呼，说刚才看见寨壕里闪金光，知道是贵人到了，果然是銮爷大驾光临。玉树又拍打驴头，说："说驴话啊，说在下这厢有礼了。"

黑驴果然张着个驴嘴呜哇，呜哇着还放了驴屁，玉树嘎嘎地笑起来，说黑驴是黑道，銮爷是白道，黑白两道一照面就得先弄动静。

侯登銮抓了土块扔玉树，冷笑着还是接刚才的话头，说："种庄稼讲究的是五谷丰登，既然是五谷，那就是什么庄稼都要有。谷子耐旱抗碱，秆草还能喂驴，他为什么不种？棉花还省工还省肥，棉籽还能榨油，他为什么不种？红薯产量高，红薯秧还能喂牲口，他为什么不种？芝麻能磨香油，芝麻秸烧锅不出烟，他为什么不种？还有，他为什么不种豆子，他为什么不种黍子，他为什么不种花生？"玉树又拿手拍驴嘴，意思是让驴回答为什么。侯登銮从寨壕里爬上来，连青草带枯叶抓了一大把，推着搡着塞到驴嘴里，说上等的好春地，又是好墒情，又是好节口，偏偏只种不好吃不好用的，拿脚趾想也知道怎么回事。玉树忽然伸着头瞅侯登銮的脸，说："怎么回事呀銮爷，这么快就准备好当日本公爹了？生个小日本是姓日啊，还是姓侯？"

侯登銮又要拿土块砸玉树，又勾着头望官地，又说高粱也好，苘棵也好，长起来都比人高，密密麻麻几百亩，官地就变成了树林。树林里掩藏千军万马，外边看起来还是一地青纱帐，还是风雨不透，还是无影无踪。青纱帐正对着运河大桥，过了运河大桥就是运河码头，过了运河码头就是河湾县城。从青纱帐里伸出手，一把抓的就是矿警团，拿脚一踢就是运河码头，傻子也知道这是为下一步设布局的。侯登銮说："说吧，你们谁是刘伯温？"

玉树拉着黑驴拐了弯，走着又拨弄驴眼，说："驴眼一盏灯，闭上是窟窿。"拨弄了驴眼又揪扯驴耳朵，又说："新媳妇要下花轿了，侯家老宅要起日本旋风了，你快去弄个驴动静助助兴啊。"

侯登銮追上来要打玉树，说："你当活牺角当上瘾了是吧？不说鬼话难受是吧？你再说一遍，侯家老宅谁要娶媳妇了？说啊，谁？"

玉树说："我不想跟驴说话了，我嫌它没人味，我嫌它勾搭日本人。"

侯登銮是大跑着回家的，他没随着玉树走当街，他又回到寨壕里，抓着树根爬寨壕时，他还沾了一身泥土。上来先看见儿子得才从小车里探出头来，头摇摆着瞅杂树林，得才还伸着脑袋望当街，当街还是没人走动，侯家老宅也没有动静，整个紫云寨像是喝醉了昏睡着。忽然地起了一股旋风，旋风从西街口冲过来，先还是线一样秫秸一样，直溜溜的一股长条儿，到了十字街口奶奶庙那儿，一下子就变成拔地而起的旋风柱。旋风柱贴着小车向东移动，顺带着还收起当街的羊屎蛋蛋，侯得才那一会儿正好看见他爹侯登銮从寨壕里爬上来，羊屎蛋蛋刮到嘴里了才想起了吐。侯得才就有些急，说这么大的事，家里竟然没有一丁点动静，当街的羊屎蛋子也没打扫，一看就知道是把他的婚姻大事当儿戏了。侯得才还说："没看见车来啊，你到寨壕里接我，我开着轿车钻壕沟啊？家里收拾干净了吗？"

侯登銮脱下鞋来往车上扔，说："小祖宗，你又入套了！"

小轿车是要进侯家老宅的，车头也调周正了。侯得才先是按喇叭，接着又摁住花田子小姐的手，说他又不想往家开了，要停就停在当街，车周边还要画出圈线，村子里的人要出来围观，所有人都要站在圈线外边。从当街到侯家老宅也要画出标志线，要么铺新芦席，要么用清水洒地，总之，花田子小姐要踏着标志线进家。花田子小姐问侯得才这有哪些讲究，侯得才冲着花田子小姐翻白眼，说花田子小姐会说运河湾里的话了，换上中国服装也真像运河湾里的新媳妇了，可就是对运河湾里的习俗还没入道，不知道铺新芦席是表示高贵，而用清水洒地是说新人不曾染尘的。花田子小姐还是茫然，又盯着问不曾染尘是什么意思，她听着像是自幼入了空门的。

侯得才就有些急了，说："啥空门实门的，不曾染尘，就是说你到现在还是囫囵身子。明白了吧？"

花田子小姐摇摇头，说她还是不明白囫囵身子又是怎么回事，难道身子还有不囫囵的吗。侯得才伸开手掌，手掌插到花田子小姐腿裆里，又说："囫囵身子就是没让男人扒过裤子的，就是没让男人×过的，说你是囫囵身子是给你长脸，长脸就是闭着眼说你守身如玉！"

侯登銮从后边追过来，鞋还在手里抓着，还是转着圈子要掴儿子的脸。侯得才从车里出来又拉花田子小姐的车门，侯登銮冲着儿子噗噗地吐口水，还要抓了羊屎蛋蛋往儿子头上抛撒。侯得才又冲花田子小姐眨巴眼，说侯家老宅用了大礼了，他爹先是迎着扔鞋，接着是围着转车，最后还用了赤足礼，他爹这一次是真讲究了。花田子小姐低下头看侯登銮的脚，看着又问侯得才，这一次问的是："一只穿鞋，一只赤足，是不是一半欢迎一半反感啊？"侯得才拿脚踢父亲侯登銮的另一只脚，说："快把这只脚上的鞋也脱了啊，你不想要礼品了是吧？"

多多听到动静，从南跨院里探出头来，先看见她爹侯登銮灰着面孔不是个好脸色，光着一只脚，一只鞋却是扔在当街的，她哥侯得才抱着大大小小的礼品盒，一个俊俏的小媳妇脸上赤赤白白的，看着像是故意装样的，但是多多还是一下子认出来，俊俏的小媳妇其实是运河煤矿的花田子小姐。多多缩回去冲她娘侯杨氏撇嘴，说夜猫子来了，来的是一对不要脸的，公夜猫子还拐带了一个母夜猫子。侯杨氏冲多多瞪眼，说多多越长越没个大闺女样了，还公呀母呀的，这话能是女孩子家该说的啊。侯杨氏就问多多看到谁了，是不是二梭又在外边找了相好的，要是跟白面瓜一样的，兰兰怕是再也没盼头了。多多嗷嗷一嗓子，说："看见你们的好儿了，好儿来给你们上供哩，那个高兴得鞋掉了都不知道，你也把鞋脱了吧！"侯杨氏要打多多，出了屋子也要扒着院门张望，侯登銮跟头流水地扑进来，进屋倒在床上，说："别看了，上门了，你的傻熊儿子又入套了！"

侯杨氏没见过花田子小姐，冷不丁见了，觉着花田子小姐是个俊俏的，眉眼也好看，身材也好看，手指白白嫩嫩的，细溜溜的长，却不是包皮凸骨的，手面肉乎乎的，绷绷紧的肉皮透着明净，伸伸缩缩也是好看的，还透着灵巧。侯杨氏就上下地打量花田子小姐的身条，打量着还问花田子小姐是哪家宅门的，说她一看就知道是大户人家的闺女，家里不是为官为宦的，就是豪门厚宅的，小门小户的柴房院里，断不会有这样的端庄做派。接着又问花田子小姐姓啥叫啥，家里还有哪些人，兄弟姐妹多不多，跟得才认识是哪家媒人牵的线。先前她是埋怨过儿子得才不上心的，想不到女孩竟先登了男方门，可见是相中得才了。

侯登銮光着脚从里屋冲出来，冲出来先跟侯杨氏作揖，还要给侯杨氏磕头下跪，说："您老人家把嘴闭上行吗？您老人家光说话不出声行吗？人家在外边姓花，在家里姓麻，人家合起来叫麻花，您老人家记住了吗？"侯杨氏乐着又糊涂了，说："姓花的也不稀罕，姓麻的也不稀罕，紫云寨还有个姓麻的叫麻五，姓麻的老祖上其实姓马。"侯登銮哇哇地吐清水，吐着还冲侯杨氏翻白眼，那样子像是恶心到肠子拧绳了。侯杨氏就没好气地推搡侯登銮，说："你到底要说啥，你光知道瞎号号，你快去张罗饭菜啊。多多你也出来。多多你是妹妹，也是小姑子，你得乐得颠颠的。哎呀哎呀，你们都不张罗，光显着我是个话多的，喜也不是我一个人的，我喜你们不喜啊？"

侯登銮又要返回里屋时被儿子侯得才一把抓住了，侯得才说他爹一高兴就晕乎，高兴得越狠，晕乎得越狠，再过一会儿就该到梦里晕乎去了，不知道的还以为他是不喜欢呢。侯得才又支派着多多搬椅子，拉着拽着让他爹侯登銮跟他娘侯杨氏并排坐下，要他们板正正地坐着受礼。花田子小姐先是恭恭敬敬地站立，举手齐于左胸侧，双手交叠，下移到小腹处再轻轻偏移，双手搭于左胯处，而后右脚稍稍后移，口中诵着伯父伯母万福。最后微微屈膝并低头垂视。侯杨氏先是惊惊喜喜，见了这样的礼节，又不知道该怎么应答，心里急着，倒弄出一脸的窘色，尴尬着悄悄拉扯侯登銮，意思是要他说话的，侯登銮却把眼皮耷拉下来，眼闭着跟睡着了一样。多多先是拿手在满面腮上抓挠，接着又抓挠胳膊，看着像是起了一层鸡皮疙瘩的。侯得才轻抬脚，挪动到椅子后边揪他爹侯登銮的耳朵，口中又呀呀地叫着，说他爹真是欢喜晕乎了，他娘也跟着欢喜晕乎了，两位尊长都忘了回礼送福了，认家临门的新人还以为是二老心疼礼金舍不得呢。

侯得才嘿嘿地笑着，又说："哎哎，别光乐呵啊，快拿赠礼啊。多多那一份就算了，你们两个得大方方的！"

赠礼是侯得才翻出来的，翻出来的是两块银圆，银圆是袁大头，两块袁大头藏在他爹侯登銮的贴胸衣兜里，翻出来还是热乎的。侯得才磕碰着弄出响声，交到侯杨氏手里，又示意他娘侯杨氏拿红布包了，最后塞到花田子小姐手里，说是两位尊长的心意，意思是对新人喜欢得没法说了。他笑着喊一声开礼盒了，又说礼品都是花田子小姐精心挑选的，要让他想，任他睁着眼闭着眼，怎么想都不会想这么周全。

　　花田子小姐给侯登銮买的是一身豆青色的府绸春秋衣，给侯杨氏的除了一身春秋衣，另外还有一个绣着福禄寿图案的香囊荷包，多多则是头上戴的脚上穿的一码全齐的，而那条粉红披肩还带着串珠流苏。侯杨氏把上衣披到身上，裤子是在手里抓着的，眼睛望的却是没开启的礼盒，意思是想看看里边还有哪些，如果是点心糖果之类的，那就偷偷藏起来。花田子小姐把尖尖细指搭在礼盒上，礼盒掀开了，眼神却飘移着游到院外，说她自幼就喜欢深宅大院，尤其是一个院里住着两个伯父的。又说长兄为父，这从庭院的房舍排序上就能看出来，坐北面南，自东而西，讲究的就是东起紫霞，西落流金，北营玄池，南栖朱雀。侯家老宅正应了这些，让她初次进家就备感亲切，看哪里都像是熟悉的，看哪里都像是似曾相识的。

　　侯杨氏瞅瞅花田子小姐又瞅儿子，后来又半侧身拉扯侯登銮，压低了声说她这一会儿有些糊涂，怎么听都像念书歌子的。忽然又听见花田子小姐说起东跨院的喜喜兄妹，说大伯父二伯父都是儿女双全的，说不上多，也说不上少，算是一儿一女一枝花。又说西跨院的堂姐兰兰姐是嫁到本村的，邻居变成亲戚，怎么走动都是亲的，何况还有个堂弟得印是一连三家的。侯杨氏拿手揪扯自己的嘴角，嘴角里流出口水来，看着像是突然患了牙疼病的，下边的脚却是跺的侯登銮，说："祖爷，你把眼睛开吧。一个老宅里划拉了一遍，她这是要弄啥啊，说这些是啥意思啊？"侯登銮抓起侯杨氏的手使劲掐，掐着说："跟她说吧，老宅里没有堂兄堂弟了，侯家的亲戚都死绝了，没死的也断亲了！"

　　但是侯登銮后来又改了主意，使着眼色让侯杨氏遮挡住花田子小姐。他把多多拉到里屋，让女儿多多去东西两跨院喊人，说他得了个稀奇古怪的急症，两眼睁着就是啥也看不见，耳朵眼里光是嗡嗡的，他很想跟家里人最后说句话，说完这句话也许就该走回头路了。还跟多多说两家的人都要来，大人孩子都得来，谁也不能跟一个快死的人计较先前的是是非非，况且先前的许多事都是他先吃了亏的。多多拿手指堵住耳朵眼，说她从没见到过快死的人还说这么多话，她即便把话一字不落地传过去，谁听了都得知道是假的，一想就明白这是又跟人家动了心眼的。侯登銮喉咙里突然咕噜一声,手大张着,在多多眼前晃来晃去,晃荡着还胡乱抓挠,看着真像是找不到多多的,看着真是变成了睁眼瞎的。

多多吱哇一声尖叫,惊诧着跑出去,果然按她爹侯登銮说的话学了一遍。学完了再补一句:"看着是真瞎了,喉咙里响响的,跟快断气了一样!"

花田子小姐是吃过饭回的码头,但花田子小姐并没看见兰兰,兰兰去了大围子村,说是要跟大姑姐秀秀学织四匹缯花布,还想织成芝麻花的。马家人知道兰兰是去找二梭了,公爹马步正把一个瘪成干枣一样的石榴悄悄塞到兰兰包袱里,石榴即便鲜艳也没谁吃皮,而里边包裹着的石榴籽却是一个不少,二梭纵然是混蛋至极的,也得知道老爹含了怎样的苦心。马家人以兰兰无端出走为由拒收侯家礼盒,但送的人又把礼盒放到了门砧上,东西没离开马家,马家人没经手也是收了。春子却是一直盯着侯家老宅的。春子再回到马家时,先是捂住胸口大喘气,接着又说这一回她是真摸清了,三精包侯登銮是万般无奈了才动的心眼。其实侯登銮比谁都清楚,那个日本小妮子愿意给侯得才当媳妇,就是要吃三面带疙渣的黄面锅饼。春子说:"亲娘哎,日本小花花要在紫云寨安营扎寨了,隔个胡同三步远,生下孩子就得管兰兰叫姑,你说兰兰是应啊还是不应?"

第四章

侯家的杂乱事过去之后,春子又去侯家老宅打探,回来说侯家老宅的老大老二两家都把礼盒退回了,侯登銮偏偏是笑的,说他也没瞎也没聋,喉咙里响响着,不过是他那一会儿强忍着没打嗝,又说儿子带媳妇回门,老宅里的人又都收了礼,礼品盒上是带着名字的,看来这个儿媳妇他不想认也得认了,认也是老宅里两个哥哥逼着他认的。

春子在堂屋里学着侯登銮说乖张话时,满秋紧着拿拌草棍子顶住院门,又从筛子里抓了一把铡碎的秆草，抓秆草的手缩到袖筒里，进了堂屋要往春子嘴里塞。满秋还埋怨他爹马步正，说人老了都是好糊弄的，老鸹瞎鸣哇他也听，听了中用吗，她还摸清了，她连日本人心里怎么想的也知道啊。马步正抓起拐杖要打大儿子满秋，说他早就有言在先，春子就是要为马家人多操心，春子的话虽然张狂了些，他就是想让春子把话说完。马步正还说："春子你只管说，我让满秋背垫圈土去。"春子说她盯着侯家老宅并不单单拿眼看，她还前前后后地掂量着想了，越想越觉着这个日本小娘们儿不简单，论心计，绝不亚于三精包侯登銮。

春子说："日本人眼看着要败，不想被打死就得偷偷摸摸地溜走，反正日本兵不敢明目张胆地出城了。他们走了煤矿搬不走，那个日本小娘们儿想保住煤矿还不想死，她靠谁？靠保安纵队靠不住，那个龟孙司令刘百湖看见谁都是横眉立目的。鱼找鱼，虾找虾，乌龟找王八，只有侯得才是最合适的。光一个侯得才还不行，侯得才是个没正形的，侯得才不过是个捣蒜的槌子，她真正想靠的是侯家老宅。侯家老宅有谁？有侯得章，侯得章是八路军的团长，这已经算是两面了吧。再有就是咱马家的二梭，谁敢保证二梭跟得章不会再闹翻，二梭又是侯家的姑爷，二梭跟得章又是不对脾气的，不闹翻也得算一面。几面了，三面了吧，那个日本小胖子福山上赶着巴结喜喜，也是这个意思。这还没说得印呢，这还没说多多呢，多多看上的是立冬，立冬也是咱马家族门里的人吧。看看吧，看看吧，入了侯家老宅，三面四面都是有扯拉的。再有了孩子呢，孩子这边喊姑，那边喊舅，不护脸面护脚面，真到了天下太平那一天，再恼日本人又能如何，再恼小贱羔子侯得才又能如何，煤矿可不就牢牢地把持在她手里了。"

春子说，她就是想了这些心里才扑腾的，越想越扑腾，越想越觉着日本小娘们儿有心计，给兰兰备一份礼就是冲着二梭的。春子最后又说到侯登銮，说侯登銮先是大恼，接着又扯旗放炮地张扬，他一准儿也想到以后了。

马步正拿拐杖敲打着窗子喊满秋，喊满秋是让大儿子听媳妇说话的，说马家人先前都把春子看轻了，春子其实是心里有数的。春子先还冲着满秋眨巴眼，眨巴着还想笑，忽然又呀呀地噘了面色，说："爹，要是咱家二梭将来真跟得章闹翻了怎么办？得章可是团长啊。八路军眼看要成大旗号了，打跑了日本人，说不定接着就得坐天下，那咱家二梭归到哪一路啊？"

就在马家人揪着心想事的时候，兰兰已经到了大围子村。

兰兰想了一路子二梭的伤势，二梭的伤应该恢复好了，二梭这一次身上没钻血窟窿，也没断胳膊断腿，他的伤都在外皮上，如果爆炸没把二梭的心肝肺震成稀溜烘柿子，现在他应该差不多能自己翻身穿衣服了。兰兰至今还清楚地记着，那天她其实并没看清二梭，二梭身上缠满了纱布，缠得严严实实，缠得直绷绷的，怎么看都跟个长了白毛的冬瓜一样。她有好大阵子不相信那个冬瓜一样的人真是二梭，倒是金猪扑到窝棚里就哭了。金猪看不见二叔的脸，金猪是抱着叔叔二梭的脚大哭的，二梭的脚上也缠绕着绷带，露出铜钱大一块脚心却是黑的，看着像是没烧熟的红薯。她那时候已经流不出泪水了，她瘫软在芦苇搭建的窝棚上，眼睛明明是睁着的，看哪里又都模模糊糊，听见金猪喊二叔，她伸了手要抓，抓到手里的还是冰冰凉的芦苇。

那天兰兰并不是真想犯迷糊，她是被大嫂春子拽到大围子村的，她一路上都被难以言状的巨大幸福包裹着。兰兰原本是望墙上的猫头花样的，她绣了满满一屋子，一个屋子里都是眼睛，那些眼睛都是让二梭看的。当然，二梭看她时，她一定也看见了二梭，梦里的二梭说她长了一双桃花眼，她就把猫头花样上的眼睛都绣成了双眼皮。走出小东屋时兰兰还臊红了脸，感觉浑身上下都是热的，迈门槛时还差一点绊倒。出了马家胡同，春子还是一遍遍地问兰兰，说："兰兰你有时候是聪明的，可你有时候又是个糊涂人。你不会想啊，二梭炸了日本人的暗堡又没影了，你说他能去哪里？他还能接着再炸第二个第三个？咱们现在去找他，不是一找一个准儿啊？"

兰兰后悔的是那天没顾上换新衣服，也没拿香姑娘豆泡的灰水洗头，好在一大把绣好的猫头猫眼被她塞到袖筒里了。兰兰要想的是欢喜梦，能想起来的还是先前那个梦，那个梦里的二梭穿得干干净净的，怎么看都像是盼着见她的。梦里的二梭还在村口迎接她，二梭还直勾勾地瞅她的眼睛，二梭还说她长了一双桃花眼。她那时候光是臊红了脸，头脸脖子都是热的，心口窝里怦怦着。她就跟婆婆马刘氏说了，马刘氏张口就说她做的是个欢喜梦，而她只记得，睡醒了身上还火烧火燎的。兰兰怎么想也不记得昨天晚上做了哪些梦，好像没有跟欢喜梦沾边的，好像都是零散的，梦里的二梭没瞅她的眼睛。兰兰的眼里又溢出了泪水，兰兰还发出了长长的呻吟，兰兰还用手指掐自己的腮，她那样子拿手掐，其实是不想在脸上显出她是急着见二梭的。

那天兰兰的喉咙里还发出一阵轰隆声，她在轰隆声中还打了个寒战。春子瞪了眼望兰兰，望着也拿手掐兰兰，春子的手碰到兰兰的脸又缩回来，啊啊地笑着说兰兰的脸比火盆还热,兰兰的肚皮一准儿能把饼烙熟。春子还冲着兰兰挤眼,还冲着兰兰嘎嘎地笑,说兰兰一准儿又做欢喜梦了,梦里一准儿那样式的了,一准儿还得是好几回。兰兰又叫了一声嫂子。春子说:"兰兰我知道你想说啥,我是过来人,我一看你的脸色就知道是怎么回事。兰兰你这一次的欢喜梦是做对了,这一次我让你真真的,真的比梦里还好。哎,兰兰你告诉我,你昨天夜里是不是又做欢喜梦了,做了就对了!嘻嘻,等着吧,过一会儿就让你们那样式的,你把他烙熟也是该着的,你把他使趴架也是该着的……"

兰兰很难从那样的幸福里挣脱出来,她看着春子在金猪的哭喊声中围着窝棚奔跑,奔跑着还啊啊地呼叫。春子还折了一根紫柳条,她抡着紫柳条抽打窝棚,窝棚上的芦絮被紫柳条抽打得漫天飞舞,芦絮落到春子头上身上,春子变成了一头咆哮的母狮。春子咆哮着骂二梭,说二梭让她没脸再当老马家的大儿媳妇了,二梭一次次地弄蹊跷事,一次次都赶在一个巧劲上,她跟公爹说得再扎实也没有用了。春子还说:"二野马你起来,我已经说下大话了你知道吗,我把兰兰带来你不知道啥意思啊,你不能等兰兰的欢喜梦变成真的再去炸暗堡啊。说话啊你个二熊羔子,你连一天也等不得啊?"

春子后来又要抽打兰兰,兰兰还是瘫软在窝棚口,兰兰的眼睛明亮亮的,她望了这个望那个,后来她又望天上的浮云。春子扑过去抱住了兰兰,春子还让兰兰堵住窝棚口,春子还把兰兰的脑袋扳周正了,说:"兰兰你记着我的话!二梭不是个铁人吗,他不是死活不怕吗,那你就在这里守着他,天明天黑地守着,形影不离地守着,拆了绷带你就跟他合铺……"

但是兰兰没等到二梭拆绷带,炸掉暗堡的第四天夜里,独立营就悄悄转移了,没有人知道独立营又去了哪里。至于二梭是怎么被人抬走的,走的时候是清醒了还是昏睡着,连做饭送饭的大姑姐秀秀也不知道。太阳冒红的时候,兰兰还在窝棚门口睡着,兰兰是坐着睡的,兰兰还用胳膊圈住了窝棚门口的立柱,人被转移了,按说堵着窝棚门睡觉的兰兰不应该毫无察觉。兰兰跟大姑姐秀秀要人,说秀秀姐管着做饭送饭,人走了做的饭给谁吃,秀秀姐既然是提着饭盒来的,一定知道二梭去了哪里。兰兰问:"姐,二梭呢?"

秀秀嗯嗯着放下饭盒,秀秀是围着窝棚察看脚印的,脚印先还是清晰的,脚印出了窝棚就消失在河套里的茅草丛中,被露水浸了一夜的茅草又从踩踏中直立起来,看哪里都像没人走过的。秀秀转了一圈回来,说她想起来了,昨天半黑天河套里来过一匹马，马是杂色的，她虽然没看清马是从哪个方向来的，但是骑马人跟黑豆递眼色她看出来了。那个人下了马之后还跟黑豆说了话，具体说了哪些不知道，她只记得黑豆听了那些话先是皱眉头，接着又望的是西北方向，骑马的人也望西北方向，但他们后来也望东北方向了，也望西南方向了。兰兰急得啊啊的，说她现在不想听秀秀说方向，她只想知道二梭去了哪里，反正秀秀姐是提着饭盒来的，秀秀姐一定会把饭送给二梭。

兰兰后来还急了一头汗，兰兰还哭了，兰兰还是说大姑姐秀秀知道二梭去了什么地方。秀秀蹲下来给兰兰擦汗擦泪，秀秀说兰兰一定是困成半死人了，人抬走了竟然不知道。但秀秀还是劝住了兰兰，秀秀让兰兰先回家，说她要是不去紫云寨报讯，那一定是查找到二梭的下落了，那时候兰兰立马再回来。

兰兰问："等几天？"

秀秀说："五天吧。"

秀秀说了这句话又望兰兰，说兰兰其实没必要急着见二梭，独立营偷偷摸摸地转移，一定是怕县城里的日军报复，临走还不让兰兰知道，一定是坚守着部队的秘密，因为孩子的叔叔八万临走也没见孩子他婶。还有，二梭已经伤成那样了，兰兰即便天明天黑地守着，二梭也没办法跟兰兰亲热。兰兰倒不如回家安心等着，一旦二梭把伤养好，那时候捆绑着也得摁床上……

兰兰是跺着脚说不行的。兰兰说："不行不行，我只等四天，第五天头上我就过来。嫂子让我在这里守着，还让我天明天黑地守着，还让我形影不离地守着。姐，我最多等四天！"

兰兰最终还是没见到二梭，秀秀是苦着脸跟兰兰摇头的，秀秀咬着牙一句话也没说。兰兰看见大姑姐的表情是个苦相，就知道那个说她长了一双桃花眼的马二梭只能出现在梦里。秀秀领着兰兰察看了大围子村周边的所有窝棚，除了窝棚周边依旧残留着零乱的脚印，缠绕了一身绷带的马二梭跟独立营一块儿消失了，仿佛前几日并不曾在这里停留过。

其实马二梭并不知道转移，黑豆和八万轮换着背他也好，花子余在紫柳捆绑的担架上铺了茅草也好，包括兰兰堵住窝棚门口，马二梭一概不知。马二梭的意识一直停留在跟死亡毫不相干的某个片段里，甚至于还有过一段时间的愉悦，在那一段时间里，马二梭还产生了飘飘欲飞的感觉。那样的感觉对马二梭来说很新奇，也很舒服，想起某一年的夏天曾经鞭打过中央军的收容队队长，他差不多还有了想笑的冲动。但是，马二梭从暗堡里飞出来的那个瞬间，一点要死的感觉也没有，他点燃了弹药库的导火索之后，又随手抓起两颗日制甜瓜式手雷。他对这种椭圆形的光洁明亮的手雷的构造烂熟于心，他知道左右手一磕一碰，别管是他自己，还是从天窗口下来找他拼命的日军，最终都得在爆炸声中血肉无存。

　　马二梭就是那样想着横下心来的，只要那十几个日军敢冲上来拽掉弹药库的导火索，他就会毫不迟疑地与他们同归于尽，至于迎着那十几个日军走过去，完全是要表达决死之心的。马二梭转身向暗堡里边走时磕碰了手雷，那个瞬间里他还瞟了一眼弹药库，导火索差不多就要引爆了。导火索燃烧时发出的嗦嗦声，听起来很像初冬时落下第一场雪，漫天的雪花在铺着浮土的街道上飘舞，嗦嗦的声音跟低声细语差不多。于是他随手扔出了手雷，结果他被爆炸的气浪顶出了暗堡，结果他就有了欲飘欲飞的感觉，尽管他全身布满了碎裂的弹片，以及火苗子吞噬过的燎泡。燎泡紫紫红红，里边还汪着黏水水，黏水水也是紫红色的。

　　马二梭是黑豆背回来的，一路上谁要替换，黑豆都恼。黑豆说，马营长上一次死里逃生，是他进县城买了消炎药，这一次他还得把马营长救活。黑豆说的上一次，是指在运河堤上打伏击，结果被打的侯得才却在他们背后开了枪，钻了血窟窿的马二梭当时跟死了一样。但是这一次，面对一身烂伤的马二梭，香芝却不敢做手术了，香芝拿着镊子的手常常夹不紧弹片，香芝就连夜去了分区医院，分区医院的外科医生是司令员杨甬力扶上马的。外科医生像拔草一样在马二梭身上搜索了一遍，最后又抹烧伤药膏，还敷了最近配制的败毒生肌散，后来他把马二梭包扎得跟个长白毛的冬瓜一样。外科医生临走时还跟香芝说，马营长已经这样了，要是还能活过来，那他回去就要跟司令员邀功请赏，要亮着嗓子说是他让血葫芦马二梭起死回生的，不过，捞着显摆的可能性不大，尽管他把全身的本事都用上了。马二梭就在那一会儿动了动手指，看着像是要勾住外科医生打赌的，外科医生大笑着走出地窝子，上了马一路狂奔，还说他碰上天神了。

　　马二梭同样不知道他曾经勾过外科医生的手，他的手指做出要勾拉的样子，完全是在重复触发手雷装置的动作。后来他又把勾手指的动作重复了一遍，接着就听到黑豆狼嚎似的呼叫，黑豆说："快去禀报司令员，马营长不昏迷了，马营长又活过来了！"黑豆是跟肖八万说的，肖八万跑了几步又回来，回来还想拉被子把马二梭罩住，还吭哧着示意马二梭把眼闭上。侯得章一步闯进来，说:"马营长醒过来了还怕看吗?看见团长来了再闭眼,是要等着让司令员亲手挂勋章啊,还是本团长已经让你们讨厌到了极点!"

侯得章笔直地站在马二梭面前,望着被睫毛覆盖着的眼睛,还有马二梭脸上脖子上的疤痕,他应该有很多话要说。一个人如果有许多话要说,而他的内心又是纠结的,或者说,许多话都是矛盾的,这个人的表情就一定是极度尴尬的。侯得章正在承受这样的煎熬,挤成了疙瘩的话,几乎填满了胸腔,使他的呼吸也无法匀称。一个目空一切的顽劣军人,一个桀骜不驯的莽撞汉子,一个生死无忌的村野刁民,一个寄情他人的侯家女婿,即便于鬼门关中几进几出,依旧毫无遮拦地表现着自己的厌恶。正是这个缠满绷带的马二梭,一次次搅乱他的运筹计划,又一次次制造着战争奇迹,一次次独断专行,又一次次出手不凡,一次次出生入死,又一次次死里逃生。他没办法准确无误地给这个人定位,他甚至于难以准确地把握自己,一如在极其复杂的心态中,让独立营夺暗堡。

平心而论,侯得章即便带了一脸的恼恨,他的内心其实也是充满了纠结的。仅以独立营炸日军暗堡来说,侯得章如果硬要说这么重大的作战计划,这么盲目的作战行动,独立营事前事后都没打算让他知道,那他就算不上一个军人了。独立营到县城周边活动,是司令员杨甬力着意安排的,获取了独立行动权的马二梭,第一仗就是强攻河套口的日军暗堡,退而又要打矿警团,不过是等待时机,不过是变强攻为智取。消息是他从父亲口中获知的,话是在父亲得知儿子又与马二梭闹了大隔阂之后说的。那时候父亲说的是:"哎,找个机会让独立营打暗堡吧……"他明白父亲的用意,一番斟酌之后,他要独立营马上放弃袭击矿警团的计划,立即着手研究拔掉河套口的日军暗堡。通信员勒紧腰带要跑的时候,他又附加了一句:"去问马二梭,问他敢跟日军暗堡较劲吗?"

通信员出发之后,侯得章才给司令部写了报告,报告又是第二天送到分区的。他还在报告的显要位置加了一句话:团部同意独立营夺占日军暗堡的计划。

侯得章最终也没等到马二梭说话,他看到马二梭把已经睁开的眼睛又闭上了,他尽量克制着不悦,说:"司令员派了八抬大轿来接你呢,你现在能把眼睛开吗?"接着又向窝棚外边招手,说:"拆绷带吧!"

第五章

　　抗战进入第七个年头，苦难的岁月熬到了边缘，而对于整个山东的抗日武装来说，胜利的曙光已在东天边露出了晨曦。

　　反观抗战之初，在中国共产党的号召下，山东各地纷纷举行群众性的抗日武装起义，山东随之展开了遍布全省的游击战争，可谓四处冒烟，遍地烽火。当时，以黎玉为书记的山东省委，根据中共中央和北方局的指示精神，发出"每一个优秀的共产党员，都应该脱下长衫到游击队去"的号召，要求各地党组织迅速发动群众，建立民主政权，同时举行武装起义，山东抗战就此拉开了全面开花、就地发展的全民抗战帷幕。

　　但对于因鞭打国民党军官又赌气跨入兵营的马二梭来说，别说整个山东省的形势，即便是他熟悉的运西地区，即便是擦身而过的村村寨寨，他也全不知道。即便他知道了，他也会认为这些都是空泛的，虚飘的，甚至是可有可无的。马二梭瞧不起零打碎敲，瞧不起标语口号，他也没有全民抗战的认知，更没有人民群众就是汪洋大海的意识。他的意识依旧建立在紫云寨附加给他的原始本能上，或者说，他是纠结于国民党军兵营带给他的茫然和困惑。这种本能与纠结，从跨入兵营的那一天起，就如影随形地粘住了他，他从来没想过甩掉，也不知道怎样甩掉。完全地脱胎换骨，完全地变成另一个对战争有清晰目标的马二梭，只能等到他结识了八路军运西独立团团长杨甬力之后。而在这之前，迷茫中的马二梭，依旧是一块顽石，只有靠舍生忘死，才能一次次把撕裂的魂魄收拢在一起。

　　对于身心扭曲的马二梭来说，一次次的冲锋陷阵，一次次的以死拼杀，一次次的死而复生，最终全部都凝聚成了山一样的仇恨。他恨自己每一次战斗都打得稀里糊涂，他恨长官的战前描述总是不着边际的云山雾罩，他恨自己总是真假难辨地一步步进入别人早已为他设置好的陷阱与圈套中。眼看着身边的人倒下，眼看着用鲜血与生命换来的胜利到手，但最终带给他的，却是一次又一次的违抗军令，而他竟然还要一次又一次地追忆这一切到底是怎么发生的。因为无法释怀，他最后只能把全部的恨都堆砌到团长侯得章身上，这种恨或许在中原大战后期就已经埋下了，而爆发点则是来到河湾县之后。

那时候的马二梭还在侯得章的186团独立营,独立营在河湾县品字形的布防中,是专用来扼守咽喉的。日军要沿运河南进,独立营是抵挡日军的关键力量。

但是,后来的发展,或者说随后发生的一切莫名其妙的古怪事,完全脱离了他的想象。日军渐渐逼近河湾县城,犹如雷雨前的云压气滞,所有人都嗅出了战争的气息,团长侯得章却把互为犄角的另外两个营悄悄调回了城内,孤悬在外的独立营浑然不知。守桥的重机枪阵地撤走了,独立营也完全不知情,到最后,他竟然连营长胡腊喜是什么时候逃离独立营的,也一概不知。日军偷袭成功,孤立无援的独立营阵地瞬间瓦解,他唯一能做的,他唯一的解恨方式,或者说他唯一的壮举,就是把偷袭独立营的日军引进弹药库。他没给自己留生路,尽管他在手榴弹爆炸前的那一刻破窗而出,但死的念头早已根植于他心中了。一声冲天巨响点燃了切齿之恨的引信,死不死跟他没关系了。那时候的独立营已经不复存在,原本用于抵挡日军沿运河南进的要冲阵地,居然变成了团长侯得章"让路送敌、关门谢客"的赠品。血仇血恨留给马二梭的,只能是死而复生之后的刻骨铭心的仇恨,只能是更强烈更坚定的复仇欲望。而对于整个山东的抗战局面,马二梭一次也没想过,亦或许,他心里压根儿就没有。

抗战进行到第二阶段,即从1938年12月开始,中共中央决定成立八路军山东纵队,并从延安调来郭洪涛、张经武等一批党员干部。整顿部队的方案通过之后,山东各抗日武装统一使用八路军某某支队的番号。这个时期,山东已完全沦为敌人后方,而被隔断于敌后的国民党军石友三、高树勋部,也乘机在山东发展武装,扩充势力。他们打着合法政府的名义,妄图把八路军逼到平原地区和铁路沿线。

没有人告诉马二梭这些,马二梭自己不会去想,身处敌占区的八路军抗日武装力量,该是怎样的艰苦决绝,又会付出怎样的牺牲。马二梭的脑子里没有,况且他的心思也不在这里。

这时候的马二梭已经不是独立营的特务连连长了,他的名字出现在186团阵亡名单上,准确地说,他其实已经是个死人了。让团长侯得章没想到的是,马二梭竟然从死人堆里爬了出来,马二梭还恢复了独立营的番号,因为在日军偷袭中生还的几个热血男儿,任怎么说,就是死活不离开他。他们要报仇,他们要雪耻,他们不能容忍独立营的冤魂在运河湾里游荡,他们甚至还想着到战区司令长官部状告团长侯得章。但是,他们唯独没想到,此时的马二梭又于国恨家仇中,增添了一桩更让他锥心碎骨的大恨,大恨的根苗就是白面瓜。马二梭永远不会忘记,那个被血腥与浓雾笼罩着的早晨,那个茅草遍地芦苇横生的河套里,当情人白面瓜突然看到他时,悲喜交加中竟然把自己的手指咬破了。情人白面瓜死死不肯放开的拥抱,情人白面瓜撕心裂肺般的喜极而泣,情人白面瓜不断重复的那句"二梭你还活着",让从没流过眼泪的马二梭经久难忘。

就在倾诉中的白面瓜又要咬他的手时,那一会儿里的马二梭,甚至还产生了赴死前的快意,那样的快意像电光划破长空,使他高大的身躯在畅汗淋漓中颤抖不已,这也是先前不曾有过的。他只是没想到,为了成全苦命的兰兰,为了让心心念念的情人活下去,在看到马二梭仍然活着的那一刻,白面瓜就已经定下了一死之念。她要为心爱的人完成另一种复仇之路,这条路必须由她先走,如同她迎着中原大战的炮火抢救血泊中的青龙敢死队。她要炸堤,她要让运河决口,她要水淹日军兵营,她要让马二梭永远永远地活着。于是她从马二梭手中夺过炸药包,连同自己的生命一起,通通投入她想象中的滚滚波涛中。

一声巨响,人亡魂笑。

情人白面瓜死了,白面瓜是为她爱的人死的,她在这个世间再无牵挂,她成了马二梭的牵挂。他恨日军,他恨出卖独立营的团长侯得章,他要刺杀布下圈套陷阱的仇人,他要以未亡人的身份,为独立营死难弟兄,同时也为那个替他赴死的傻娘们儿报仇雪恨。可惜的是,马二梭又一次失算,或者说,他又一次步入了团长侯得章专为他设置的圈套陷阱。他入套了,被擒了,在绳捆索绑的那一刻他就知道,等待他的不过是牢房门外的一声枪响,枪声也许会因黑云的堆积而喑哑。奇怪的是,枪没响,他马二梭又被一封稀奇古怪的上峰信函救了,他还稀里糊涂地入了列归了建,团长侯得章竟然还让他出任独立营营长。

马二梭再一次品尝到了云山雾罩的滋味,再一次领略了什么叫真假难辨,只不过是,他已经没有辨别真伪的机会了。接下来的徐州会战,以及毫无章法的排兵布阵,还有前后矛盾的命令下达,让困守前沿阵地的马二梭独立营,又一次倒在了日军炮火的轰鸣中。如果不是溃败中的186团稀里糊涂从五战区划归到二战区,如果不是团长侯得章后来的率部起义,他马二梭不过是徐州会战阵亡名单上的一个并不起眼的符号,不过是团长侯得章丢下再不会主动忆起的死人。而马二梭也断然不会想到，他在家乡的河套里加入了八路军，并成为团长杨甬力的得力干将之后，还会再一次划归侯得章领导的新一团。

命运就是这样老鼠戏猫似的捉弄着一对生死冤家。至于山东的抗战大局，至于日趋严峻的抗战形势，至于山东军民的浴血苦战，两个运河湾里走出的热血男儿，两个价值取向迥异的同村人，两个理应成为好亲戚的兄弟，谁都没有认真想过，起码马二梭没有。

到了侵华日军最疯狂的1939年，全面抗战进入第三个年头。日军为了扼杀敌后抗日武装力量，在停止对国民党军正面战场的进攻之后，又从前线抽调大批兵力回师山东，并开始实施"蚕食"计划，而在运西平原地区，则是大规模的"碾压式扫荡"。一时间，运西地区大部分县城及重要交通枢纽，又重新被日军占据。国民党东北军于学忠部，也在这个时候先后进入山东，又以第51军、第57军两个军的兵力占据了鲁南山区。这期间，国民党军沈鸿烈部也由鲁北进入鲁中山区，并迅速抢占了鲁中山区的战略要点，致使活动于敌后的抗日武装力量，不得不在敌伪顽三面夹击中跳进跳出。而盘踞在山东的国民党顽固派，在第一次反共高潮的影响下，也开始调整部署，山东战场上的三角斗争形势日趋尖锐复杂，山东抗战也从此进入最艰难的黑暗阶段。

那么，这时候的马二梭呢？

这时候的马二梭刚刚被八路军运西军区认命为新一团独立营营长，但他马上又跟团长侯得章产生了新的矛盾，而侯得章也一直在心里积压着怨气，因为梦魇一般的马二梭早已变成了他的心中块垒。马二梭武断专行，马二梭目无官长，马二梭急功冒进，马二梭只要杀敌不要全局，马二梭为了胜利不计生死，这一切，都跟讲究运筹谋划的侯得章格格不入，也是侯得章从心里鄙视的草莽之勇。侯得章愈是从心里厌恶忌惮，愈是要把马二梭留在身边，因为独立营里有他寄予厚望的新兵连，他不能容忍新兵连葬送在草莽英雄马二梭手中。马二梭则把这一切视为团长侯得章对他的压制打击，于是才有了惨烈的花家岗子遭遇战。独立营是在毫无征兆的情况下与日军扫荡联队遭遇的，而侯得章给马二梭的任务，不过是侦察敌情，及时上报，其他任何行动都是违抗军令。面对着日军血洗花家岗子的暴行，面对千钧一发的危急时刻，为了解救被困的百姓，营长马二梭又一次选择了违抗军令。他带领独立营冲向整整一个联队的屠村日军，结果刚刚组建的新兵连几乎损失过半，团长侯得章钟爱的连长副连长也双双阵亡。

侯得章恨透了马二梭,而悔恨不已的马二梭再一次做出了武断决定。他要为新兵连报仇,他要以死相搏,他要夜袭日军扫荡联队,为此他精心挑选了原独立营活下来的几个生死战友。但那时候的马二梭绝对不会想到,正是他的擅自行动,正是他的误打误撞,不仅让血债累累的日军中将师团长沼田德重死在了他的枪下,顺带着缴获的马匹,还让八路军运西军区拥有了第一支骑兵部队。马二梭创造了奇迹,军区司令员杨甬力准备亲自下令颁奖,侯得章却以违抗军令为由将马二梭告到了军区。如果从战争的偶然性和机缘巧合来说,或者说由此扭转的运西形势,怎么表彰马二梭都不为过,可惜马二梭从没有过立功受奖的欲望,他所做的一切,只缘于心中的仇恨。

功过相抵,两不相欠,于马二梭是释怀,于侯得章来说,怨恨只会以另一种方式累积。累积得久了就要喷发,马二梭后来的怆然赴死,就足以证明。但那时候,这一对互不服气的生死冤家,还在对敌战场上舍命拼杀着,谁还会顾及山东抗战进入哪个阶段了呢?况且马二梭每天都在盘算新的杀敌计划。

而运西地区抗战形势的真正好转,则是在一年之后,但那时的马二梭,却反而遭遇了前所未有的尴尬。

第六章

与马二梭那种由血性带动着的非黑即白相比,侯得章不认为他的思想里有哪些不磊落之处,即便扒出他内心深处一直埋藏着的区域自治的理想与抱负,也没有什么见不得人的地方。何况他已经修正了区域自治这样的概念,单就理想与抱负而论,对于一个出身于高等学堂的军人来说,挂在嘴上也是应该的。

不错,他是有哪里摔倒哪里爬起的信念,他是有施展个人才华的欲望,他是有比任何人都强烈的故土意识，甚至不排除强烈的故土意识里，其实不乏对先前岁月的渴望与怀念，尽管他先前并没把县长当好。侯得章想保护矿井，侯得章想让矿井按部就班地工作着，直到抗战胜利，为此，他不希望独立营围绕矿井展开行动，包括干掉矿警队或者矿警团。如已生，则慢生；如已长，则慢长；如已成形，则让形在。一切都保持在原始状态最好，犹如草籽儿隐在土中，等着春风，等着春雨，等着暖阳高照时。说到底，潜意识里，军旅生涯对侯得章来说并没有多少留恋处，倒是地方治理，一直让他耿耿于怀，并作为理想抱负的主要部分。他甚至于还想着有朝一日再当河湾县县长。这其实也没错，反正他在心里想过，哪怕永远没机会了。

侯得章的纠结点不在这里。

他纠结的是永远走极端的马二梭，会带着独立营在运河湾里为所欲为，马二梭还会把他的仇恨灌输给独立营的每一个人。马二梭只管今天，不管明天，马二梭会让独立营按着他的喜厌乱打一气，直到破坏掉一切他认为不该有的。而马二梭的取舍，绝不会有远大目标，也绝不会有战略眼光，他的取舍标准就是爱与恨。马二梭永远是个放火者，放火者永远不会去想燎原之后的大地还要复苏新生，而燎原不过是新生的铺垫！这是侯得章的心迹，平心而论，这样的心迹，也不能算晦霉湿阴。不过，怂恿马二梭和他的独立营拔除日军暗堡，就不能不说是夹带有不便明说甚至是隐讳的个人意图了，何况消息又是从父亲侯登科口中获知的，何况父亲侯登科还曾要他推出马二梭。而那样的推出，几乎等同于甩出去，几乎等同于扔出去，几乎等同于舍出去。侯得章知道他的纠结点在哪里了，于是，在接到独立营要夜袭矿警团的报告之后，他连俘虏押送之类的得意之句看也没看，马上就产生了极大的厌恶情绪，马上就派出通信员传达取消行动的命令。通信员带去的还有一条新命令：夺取日军暗堡！

独立营智取日军暗堡成功之后，侯得章接着又有了一个新的纠结点，即司令员要他在县城周边大张旗鼓，还要他拿自己的脚印去践踏自己的周密安排，这其中就包括他的深谋远虑。即便如此，他还得按时向司令部汇报，他还得心服口服地说马二梭正在康复中，并且一天比一天见轻，问题是，无论是马二梭还是独立营，没有一个人是从心里盼望着见到他的。于是，在通知完马二梭参加分区会议的那一刻，侯得章强压下不悦之后，又长长地嘘了一口气，说："马二梭同志，在没见司令员之前，请你告诉我，你在决定偷袭日军暗堡时,是不是已经想好了要把运西新一团拖垮?"

分区会议在司令部驻地召开。

司令员杨甬力亲自到村口迎接马二梭,但是司令员没流露出一丝一毫的激动,也没有人知道司令员站在路口,就是为了早一眼看到马二梭。他向走在前边的侯得章他们做了个偏转的手势,示意会议改在分区作战室,随后便把走在后边的马二梭拉到一间小屋里,接下来的动作却让马二梭局促不安,甚至还有些难为情。司令员杨甬力动手解马二梭的衣扣,说他无法想象一个发狠一死的指挥员,进入暗堡内部了,先想到的竟然是以引爆弹药库的方式,彻底炸毁可能会给我军带来巨大伤亡的日军暗堡。他明明知道这种最彻底的方式也是最笨的方式,他明明知道这种方式会让他死无全尸,他还是要与负隅顽抗的日军同归于尽,这个人居然还能活下来,而活下来的方式居然还是让爆炸的气浪甩出来的。

司令员杨甬力解马二梭衣扣的手颤抖着,仿佛他面前这个手足无措的人早已弱不禁风,然后他慢慢撩起马二梭的衣襟,看了前胸又看后背。临到要放下衣襟时,他还把手掌捂到马二梭的肌肤上,手指微微翘起,只拿手掌心轻轻摩挲。司令员杨甬力最后又把手按压到马二梭的肩膀上,说:"好兄弟,参加会议去吧,散会后咱们再畅谈,我想知道你是怎么发现日军暗堡的。记着,你所有的错误都永远不能与功劳相抵,尽管我知道这或许对你并不公平。好在你并不看重功劳。"

分区扩大会议要传达山东军区会议精神,主要议题是关于当前敌我态势的评估,以及发展巩固根据地的相应措施。会议扩大到营一级,分区作战部的参谋人员也出席了。形势发展得如此之快,对于这些时常与死神擦肩而过的团营长们来说,差不多等于眨眼而至。他们几乎没有时间想到形势,他们在与身边的敌人厮杀时,先要想的是不被敌人绞杀到死角阵地上,或者怎样以最小的代价换取最大的战果。他们最多会在某一场战斗结束后,插空想一下接下来又在哪里打,是被敌人追着打,还是以逸待劳另寻战机。尽管会议阐明了抗战后期的残酷性,并特别强调了攻坚克难,但所有人都愿意往"后期"这两个字上想,想着攻坚克难的言外之意,就是攻克最后一个坎。也许是一条汹涌的河流,也许是一座峭壁万仞的山头,也许是有着尖牙利齿的饿狼群,只要敢冲杀,只要敢跨越,越过这个坎之后就是坦途万里。所有人都在心里膨胀着喜悦,按压不住的就堆放到脸上,所有人的脸上都荡漾着光彩。

司令员讲了抗战已进入最后阶段的开场白,接着又讲大好形势是拼出来的,是革命力量聚成的熊熊烈焰烧出来的,要想火势愈烧愈猛,就要建立强大的抗日武装,就要扩大人民的抗日队伍。部队扩大之后,新的建制也会应运而生。这就如同滚雪球,雪球越滚越大,但滚大了的雪球也会导致自身的臃肿,与其身重腿笨,倒不如让雪球种子遍地滚动。雪球群同时滚动的大平原,必定是埋葬敌人的雷霆万钧。司令员的话带有明显的文化色彩,这应是司令员心潮澎湃的标志,侯得章最服气的就是司令员的讲话水平,尤其是朴素话语中闪烁着的哲理性文采。他很想听司令员继续阐述,但接下来司令员话锋一转,忽然讲起运西军分区眼下要做的就是伸展行动。他说腿伸不开就难以展四肢,四肢不展就难以壮腰身,腰身不壮就难以力敌万钧,更不用说摧枯拉朽如卷席了。

侯得章一时没反应过来,看着其他人都在脸上绽开了笑模样,他一下子就明白了,想着伸展行动不就是扩大根据地吗,不就是拔钉子掀炮楼吗,不就是扩充队伍壮大力量吗。有了伸展行动,部队才会扩大,连升营,营升团,团升师,再往后,军级单位也会应运而生。司令员之所以要把会议顺序颠倒着说,之所以要把会议内容说得时隐时现,一定是因为司令员自己也已经兴奋难抑了。侯得章禁不住挺直了腰身,一只手下意识地摸了摸领口的风纪扣,那是他心情轻松愉悦的标志。侯得章还向身边的副团长牟利光和参谋长孔雨林他们望了一眼,发现他们向他投来会心的一笑。但司令员杨甬力接下来的话,却又使侯得章眉头紧锁,眼角不由自主地瞟向了马二梭,他发现马二梭的眉头同样紧锁着。

司令员杨甬力是在要求部队开展伸展行动时突然说到那番话的,说部队要开展伸展行动,场面弄大了就要有大行动,否则就会变成窝里的鸟,吃得越肥,越难以高空展翅。又说整个运西地区必须拥有自己的野战部队,这个野战部队还必须是建制齐全的,还必须是具备机动作战能力的,还必须是能大踏步进退自如的。野战部队还要跳到外线去,拉出去再打进来,要的就是整个山东省,抑或是整个中原地区的大格局。当然,光有野战部队也不行,还要有机动灵活又熟悉当地人文风情的地方部队。司令员杨甬力接着说的是,部队扩编,是下一步形势发展的必然,也是就规格而言的,并不等于每个实职干部都会逐级升格。升降去留,一切以根据地建设为前提,一切以大反攻为前提,一切以夺取抗战最后胜利为前提。变动是对敌斗争的需要,原地不动同样是对敌斗争的需要，动与不动，以分区党委的决定为准。为了胜利，为了大局，任何人都没有讲条件的资本，哪怕他兵源雄厚，哪怕他运筹有方，哪怕他有千条万条理由！

第一个议程结束之后，离午饭时间还有半个多小时，后勤部安排了伙食，征得作战部同意，索性利用会议间隙吃饭，饭后马上进行第二个议程。假若会议采取倾倒式一气进行完所有议程，有个别同志或许会在吃饭时找司令员论短长，或许真能把精心营造的会餐气氛弄零散了，因为总部署之后，接着就是部队作战区域的划分，再接着就是各级指挥员的升降去留。

侯得章带着明显的郁郁寡欢，他没随大伙儿一起去打饭，出了会议室，侧转身去了后边的紫柳丛，他在紫柳丛里来回走动，脚步轻轻重重，那样子与其说是排解心情，不如说是心情忧郁到极点。他一遍遍地回顾上午的会议，"任何人都没有讲条件的资本"，这一句是原则话，很容易理解，作为运河以西地区最高军政首脑，必须这样说，换谁都会这样说。"哪怕他兵源雄厚"，这一句就有些令人费解，听着像是有所指的，但笼统理解也可以，因为每个独立活动的作战单位，都在利用各种方式扩充兵源，来不及报批建制就塞挤人数，一个连的基数，甚至比当初东渡黄河时一个营的兵力都多。而有的营则暗中变成了五五制，其规模与实力不亚于一个建制团。就这一点而言，司令员的话也可以理解为泛指，因为这并不是秘密。最后一句"哪怕他有千条万条理由"，不过是统罩中心话题的，也可以忽略不计，关键是"哪怕他运筹有方"这一句。在侯得章看来，这一句话就是专用来说他的，而先前，他一直把"运筹有方"当成军事指挥员的最高准则。

岁月对于胸怀远大抱负的侯得章来说，既是残酷的，也是公允的。不说徐州会战时的仓促布阵，不说溃败大西南时的群龙无首，甚至不说从第五战区划归第二战区的荒唐，单就绝望中的临阵易帜，也得说是命运使然，抱负使然。如果不在关键时刻改弦更张，如果继续留在第二战区充当可有可无的外来户，他绝无重返运河湾的机会。理想抱负在杂乱无章的进退中戛然而止，几乎每天都有可能，而从中央军跃身为八路军，不管从哪个层面说，都得算是重大抉择。侯得章时常会莫名地感知着，命运其实并不是虚幻的，所有的转折，所有的努力，所有的铺垫，包括片刻之间的毅然决然，都是不肯泯灭的抱负之火的复燃。那样的复燃专留给有准备的人，离开这一点，一切都不复存在。命运之神即便大方到如冬日雪原，照旧会有雪花飘落不到的地方，而裸露出来的那一方干土或者浮尘，甚至连埋怨的理由也没有。

侯得章就是这样憧憬着，努力着，在一次次与死神的生死交臂或擦肩而过中，在一次次与马二梭的不快与缠绕中，他终于获得了羽化之境，或者说是喜忧交杂中的彻悟。他决定不再纠结于独立营和马二梭的功过是非，马二梭钻天入地也好，马二梭瞬明瞬灭也好，甚至马二梭独揽战场先机也好，哪怕独立营变成了独立旅独立师，通通都与他没关系。于是，在日军运西大扫荡结束之后，他明明知道独立营单独行动，不过是司令部的临时安排，明明知道马二梭还在他新一团的活动范围之内，但他还是采取了漠然置之的方式，意思是眼不见心不烦。但是，胡乱插手的父亲偏偏在那时候找了他，父亲是把儿子单独拉到僻静处说低声话的。父亲没在情报的获取过程上多说，父亲甚至是有意含混过程的，只是要回返时，父亲侯登科才自语式的，说马二梭一准儿是看见他来了故意躲闪的。他已经不想再提马二梭，对父亲时不时地提起马二梭还有些厌烦，于是他含糊着说了一句独立营另有任务。父亲侯登科就是听到这句话时站住的，站住了又冷不丁地说一句："能不能让马二梭对付河套口的日军暗堡？"

那时候，父亲侯登科是盯着他的眼睛说的，奇怪的是，获知了重要情报之后，他并没有马上报告司令员，也许是对父亲轻易得来的情报还有所疑虑，也许是认为眼下还用不着考虑那个问题，也许还有些别的什么。总之，他随之就把这件事丢下了，直到马二梭带着独立营单独执行任务，直到获知马二梭要夜袭矿警团，还要顺便再把矿井炸了，他才重新将这件事从记忆中掏出来。不过，要马二梭带独立营拔掉日军暗堡，他的确先以说闲话的方式跟司令员透露了，而司令员竟然说了一句："敢情日本人暗藏了卧槽马啊！"

就在向马二梭发出怂恿式指令之后，侯得章把所有的精力和谋划，都用在经营县城西北部这片大三角土地上，一切运筹都基于就地发展，蓄势待发，直到纵身一跃。县城的西面与北面都是黄河，日伪军即便要做困兽斗，也不会傻到把黄河天堑作为破坚之地。只要在这个大三角上运筹有方，布局有方，他就能达到席卷之势，而一旦拥有了战略纵深，便可调动源源不断的兵源与物资，到那时，新一团所之处，必将是摧枯拉朽。为了这个大谋划大运筹，侯得章几乎无暇他顾，他把至少三分之一的时间，都用在与运北据点刘雨生的交织中，就在马二梭拿日军暗堡作为必破目标时，他则有条不紊地完成了与刘雨生的最后沟通。鉴于刘雨生指挥的是一个装备精良的全建制保安团，即便公开换装，也不便与运西新一团形成隶属关系，而隶属关系不清，刘雨生与侯得章两个团长之间，就很难做到步调一致。对此，刘雨生曾经流露过忐忑，言外之意，是希望侯得章上报分区，但侯得章总是忽略这一点。

　　大约是马二梭利用日军过节分吃魔豆的习俗，决定化装偷袭河套口暗堡的前一天，刘雨生又与侯得章谈到这个话题。刘雨生说的依旧是婉转话，说他从军前不过是一个碌碌度日的农家少年，他本人并不在意职位高低，只是下边的营连长们有些想法。想想也能明白，毕竟每个人都是提着脑袋厮杀过来的，毕竟人往高处走，奔前程的心全灭了也不可能，自己即便天天讲军人以报效国家为天职，也不能把每个人的疑心都消除，而不计缘由地加以训斥，也未必有效。刘雨生虽然话说得婉转，但意思应该是很明了的，侯得章只要说一句原建制不动，或者说他也是这个意思就可以了，但侯得章还是顾左右而言他。他跟刘雨生大谈抗战形势，说敌我态势已趋明了，山东解放区马上就要连成一片，运河湾眼看就要变成老根据地。还说他立足大三角，经营大三角，目的就是培育席卷之势。

　　侯得章甚至还有意无意地说起河湾县的前世今生，其间依旧流露出不尽的惋惜，感叹当初主政军地两面时，空空荒废了许多岁月，而他那时原本应该有大作为的。刘雨生坚持听侯得章说完，最后他露出一丝苦笑，说他看出来了，侯团长其实是另有运筹的，如果没猜错的话，侯团长的抱负应该不止于一个团。侯得章稍稍迟疑一下，说具体问题他已经考虑过了，下边的话再没多说，刘雨生略显唐突的破题话头，他连一个字也没接。

　　在返回新一团的路上，侯得章曾有过稍纵即逝的不悦，那种不悦不是针对刘雨生这个人，而是刘雨生说出的话。既然是猜测，那就让猜测留在心里好了，他那一会儿没接话头，完全是因为这样的话根本用不着猜测，当然更用不着说出来。回到团部之后，侯得章着手起草报告，报告着重阐明，经过几年的统战宣传，特别是与团长刘雨生建立了较深的民族认知上的友谊后，运北据点策反工作进展顺利，促成刘雨生部投诚之事，或于近日达成共识，具体事宜尚在接洽中，不日即可成行。报告用了不足一百字，侯得章用来逐字斟酌的时间，远远超过了战役总结时间，而仅仅一个题目，就反复修改了四五次。侯得章最后为报告拟定的题目是《关于新一团与运北保安团接洽商谈投诚事宜的请示报告》。侯得章很满意"接洽商谈"这样的字眼，而把新一团放在前边，则是为了突出新一团前期的运筹铺垫，至于题目中用了"请示"，完全可以理解为尚在进行中，并非是事后上报。临到落款日期，侯得章故意提前了几天，战斗间隙，敌情突变，写好的报告未能及时送达，或者忙乱积压，都应该是在情理之中。

侯得章是在接到分区会议通知的当天送出的报告，他对通信员说的是："越快越好！"

平心而论，侯得章事前并没特意猜测会议的内容，他甚至对会议扩大到营一级也稍感困惑，甚至是不悦。毋庸讳言，整个山东的抗战局面已到了敌退我进的态势，特别是运河以西大平原地区，日伪军已呈惶恐状态，除了收缩边远据点，甚至于不敢远离交通线。这种状态下，作为坚守敌后的运西军分区，只需画地为牢，步步压缩，行动意图下达到各个团即可，根本用不着召开大动员式的营长也要参加的扩大会议。

侯得章明白，他之所以会对这样的会议规模产生困惑与不悦，内中应该含有情绪化的因素，这种情绪化，完全是因为马二梭。独立营于偶然中炸了日军暗堡，营长马二梭身负重伤，司令员杨甬力获知消息之后，一日三次派人探询马二梭的伤势，除了派出分区医院最好的外科医生，还几乎送去了所有能购置的药品。与此同时，司令员杨甬力还指令新一团公开活动，并把活动范围扩大到县城周边，动静闹得越大越好。司令员的用意很明显，目的就是转移视线，进而把敌人的报复之火引到新一团身上，以隐蔽已成敌人眼中钉的独立营。而原本不想再与马二梭有一丝丝纠缠的侯得章，明明知道整个独立营的人都不希望看到他，他还是不得不抽空挤空探问伤势，哪怕他心中充满了对马二梭的厌恶。马二梭又一次与死神擦肩而过，他把消息上报分区，司令员杨甬力在打给他的电话中，竟然把一句话连说了三遍，那句话是："钢铁意志必铸钢铁之魂！"

侯得章认定分区军事会议扩大到营一级，就是为了让马二梭参加，为什么会这样，完全是司令员杨甬力对马二梭的偏爱，尽管他知道这样理解有些荒唐。当然，也未必准确。但是，司令员杨甬力在会议第一个议程临近结束时说出那番话，又一次让侯得章徒增了更多的忧虑，而接下来的部队作战区域划分，也使侯得章联想到各级指挥员的升降去留。这种情绪化了的高度关注，后来就变成了铅块一样的东西，死沉死沉地坠压在他的心里。

第七章

午饭后，会议又继续进行。

但让侯得章深感奇怪的是，接下来的会议并没涉及那些话题，司令员杨甬力接着讲的还是运西军分区的伸展行动，说采取这种行动的目的，就是配合山东全省乃至全国的抗战形势，以扩大巩固运西抗日根据地。还说运西军分区也需要伸伸胳膊踢踢腿了，毕竟好几年没挪窝了，再不活动活动筋骨，老百姓就把他们当成养肥膘的了。司令员把严肃问题口语话，还故意用了运河湾里形容懒人的养肥膘，在侯得章看来，这是司令员故意要绕圈子的，其意大概是为了冲淡上午的某些敏感话题。侯得章逼着自己从上午的沉重中挣脱出来，听见司令员又说，运西军分区眼下要做的一切，都是为大反攻做准备的，拉开这个架势，就等于亮出了底牌，从此再不会有回缩的可能了。当然，也没有回缩的必要。侯得章已经领会了行动意图，他急于要知道的是，部队作战区域如何划分。

还有，刚刚挣脱出来的心绪，又一次纠缠到指挥员的升降去留上，是全面大调整，还是针对个别人，他很想一把掏出实底。侯得章感觉自己的呼吸有些急促，心情也有些窘迫，看着像是故意不让自己舒坦的，而实际上，他既想早听到，又觉着没有这一项议程更好。

其实最后并没有提到作战区域划分，也没涉及指挥员的升降去留，接下来说的是具体行动，而拔钉子掀炮楼就是标志。钉子一词是运河湾百姓口语中的借喻，指的是日伪军修筑的炮楼据点，拔钉子自然是像拔树一样地连根拔，甚至包括层层叠叠又环环相扣的封锁线。运西军分区现有5个建制团27个营，运河以西共有日伪军大小炮楼据点63个，人数几乎是分区总兵力的一倍还多，这还不包括县城以及运河东岸。只不过，这些炮楼据点里，已没有日军作战部队了，而保安纵队的魂在司令刘百湖那儿，如果刘百湖下令死守，拔掉哪一个炮楼据点，都不会轻而易举。分区的总体方针是自西向东，边伸展边巩固，前边拔掉，后边跟着建立党的基层组织及农民自卫武装。以此形成滚动式发展，逐渐压向运河东岸，攻克县城，最终肃清运河湾全境敌对势力。

会议决定以营为作战单位，每个作战营能拔几个钉子不设上限，一切由作战营负责进退。用司令员的话去理解，意思就是看作战营的营长们是什么脾味吧，他要是愿意窝着脑袋抱着腿睡觉，他要是感觉那样睡觉舒服，或者说，他愿意吃了睡睡了吃，那就让他继续养肥膘好了，继续窝着抱着好了，司令部如果硬逼着人家伸腿动胳膊，那就等于惊了人家的好梦了。司令员说的还是运河湾里的土话，营长们即便是正打瞌睡的，马上也能品味出这些土话里，其实是燃着天大火把的。接着再转到具体步骤上，会议要求各作战营既可就地就近行动，也可以穿插迂回，截头去尾也好，拦腰挥刀也好，完全由作战营灵活机动。但有一点是必须做到的，那就是严密封锁分区作战意图，速战速决，不使一敌脱逃，不许在身后留下一个钉子，不许出现夹生饭。

会议决定团一级只负责三大任务，一是伤病员的收治救护，二是俘虏的收容，三是钉子拔掉之后的新区建设。而对作战营的具体行动，不许凭空指挥，不许强下指令。团部工作不力者，团长降为营长，营长临战失误者，营长降为连长。同时责令作战营长当场签署责任状。

最先起立鼓掌的是到会的营长，马二梭甚至还冲着自己的额头击了一拳，怎么看都像是激动到难以自抑。接下来由作战部薛部长公布战时条令，同时公布炮楼据点名称，包括驻防敌人的兵员规模、周边环境，以及各个炮楼据点的火力配置等。直到这时，侯得章还是没听到司令员说具体问题，比如作战区域的划分，以及野战部队与地方部队的裁定标准等，他只好再把注意力集中到作战部薛部长身上，而心里依旧是纠结的。

除了会议上联想到的问题之外，侯得章其实还有两个纠结处，一是运北据点的接受关系，二是回想当初报送司令部的报告，好像写过同意独立营智取日军暗堡。"同意"一语，可以理解为独立营先拿出作战方案，团部的意见只体现在看过作战方案之后。独立营出乎意料地拿下了暗堡，战斗圆满成功，其巨大影响甚至震动了整个运西军区，司令员又对马二梭展示出了超规格的关怀，而马二梭则是又一次死里逃生。如果司令员问起决定权的先后，他该怎么回答，说是他下命令让独立营炸掉的日军暗堡，那个同意又该如何理解？还有，假若当初不写同意只写请示呢？或者说，假若没有父亲那种暗示式的恐吓呢？

现在说什么都晚了。一切都来自马二梭的出乎意料，一如他总是在被动中填窟窿式的修补得失。

侯得章凝神捕捉着薛部长的每一句话，参谋长孔雨林悄悄扯了一下侯得章的衣袖，又凑到耳边说低声话。意思是，团部上报的报告只比分区会议早了半个多钟头，司令员不一定来得及看，而作战部公布的敌情又是先前掌握的，他们不可能知道运北据点的事，即便知道，也不会是全部。又说不分区域的说法本身就牵强，各个团平时就活动在不同区域，不划分也是既成事实，莫不成临到全线大反攻了，反倒南北穿插不成。柿子先拣软的捏，好打好攻的，大伙儿一拥而上，沟深墙高的故意绕过去，剩下身边难啃的骨头算谁的，那时候不会再说谁离得近谁打吧。况且运北据点那儿又带着特殊性，一旦由其他部队插手，闹了误会不说，整不好就是前功尽弃。孔雨林的意思是赶在作战部公布之前，马上强调说明一下，就说新一团已经做好了部署，虽然不算就地就近，但铺垫工作已接近尾声，运北据点直接划归到新一团好了。或者干脆挑明了说，新一团随便哪个营，都可以立下军令状。

孔雨林说着还拿眼角瞟副团长牟利光，牟利光却像是全然不知的。

侯得章一时沉默不语。

过了一会儿，侯得章又把视线转向司令员杨甬力，发现司令员从口袋里掏出一张纸，他一眼就认出那正是他让通信员急送的请示报告，于是他又冲副团长牟利光摇了摇头。侯得章还是决定先听完薛部长公布的名单再说，如果薛部长的名单里根本没有运北据点，自己先把话说了，反倒让人生疑。运北据点与运河之间还有一段不远不近的距离，但运北据点却是公认的易守难攻，作战部也许会把运北据点留到最后的聚而歼之中。假若是这样，先说了就算是抢话冒言，最起码也是此地无银三百两，无弊也是私。退一步说，即便名单里真有运北据点，即便真让其他营抢了先，那时再做陈述，被动是被动了些，毕竟是以大局为重的，也算是有理有节。

还有一点是侯得章不愿意说出的，那就是他被会议中司令员的讲话方式绕糊涂了，他感觉自己一整天都在云雾中，有时觉着已经明白了，可是过了一会儿，他又会觉着什么也没明白。

侯得章之所以如此反侧，除了性格因素之外，还有就是他从司令员对马二梭的格外偏爱中，读出了另一种话外音，这一点，他深信不疑。马二梭与他有着过多的恩怨纠葛，司令员对一方的偏爱器重，是不是隐含着对另一方的不满或者是失望呢。上一次激火马二梭夺占日军暗堡，是他在极度情绪化中做出的决定，派出通信员了也知道不可能，而报告中又故意标注了团部同意，但他没想到马二梭竟然会舍身炸暗堡，竟然一举成功，还竟然又一次死里逃生，结果他又一次被动。这一次，他在关于运北据点的请示报告中加了斟酌，他现在最想知道的，就是司令员看了请示报告会怎么想，这才是最关键的。于是侯得章又把目光飘移着转到薛部长身上，似乎只有这样，他心里的忐忑不安才能稍稍平息些。长征打娄山关时薛部长就是团参谋长，虽然年轻却是枪林弹雨里钻出来的老资格。参谋长孔雨林仿佛读出了团长侯得章的心思，他长长地嘘一口气，自语着又说低声话，说为什么提出不分区域，为什么不让团当战斗主体。还有，说是由作战营负责具体行动，仗打起来，有的人又专会无规则出牌，也许他一个营打了头又掐了尾，被争了先的那个营吃了窝心火，还得落个行动不力畏首畏尾的弱势名声。

参谋长孔雨林最后又摇头叹息，说："团长你先把别的事放放，你快顺着这个思路想想吧！"

副团长牟利光这才跟着附和了一句，说："是该好好想想了……"

侯得章不愿意顺着参谋长孔雨林的话中之话去想，也不想猜测副团长牟利光是什么意思，一想他就会想到司令员已经对他有看法了。不让团当战斗主体，就是为了突出马二梭和他的独立营，而先说出不分区域的行动模式，则是故意消减建制团坐地为大的意识，同样也是针对着他的个人抱负。至于参谋长孔雨林口中不按规则出牌的那个人，他知道指的是谁，不想也知道。侯得章是在等待他自己的判断有误，或者说，他在观望着一下步，即团一级兵源扩大之后，是团里分团，还是逐级升格。还有，分区采取滚动式自西向东压缩，矿井那一块怎么对待，运河以西扫清了，是不是所有的主力部队，都要划为外线作战的野战部队啊。那么运河东部呢，整个运河湾没有日伪军了，留下的地方部队是加入野战部队啊，还是长久留在地方。侯得章心里装满了探寻与未知，但他最终也没等来验证判断的机会，因为薛部长公布了炮楼据点的名单之后，接着又说行动时间统一在明天凌晨，再接着司令员就把他单独留在了司令部。

如果说什么人会在极度思虑中产生如悬云雾的感觉，那这个人就是一个充满远大抱负者，既要跃跃欲试，又要抑制着不露峥嵘，既要运筹帷幄，又要表现得浑然如浊。侯得章就是这样把自己推入云雾中的，人在司令部坐下了，眼睛盯的竟然是司令员的口袋。司令员从口袋里掏出请示报告，看过了又装进口袋里，而在这之前，也就是会议开始前半个多小时，这份请示报告，司令员也许已经看过了，也许还没来得及看，抑或匆匆看了一遍又觉着应该再看一遍。侯得章看了司令员的口袋,又看司令员的手,司令员抓到手里的是烟袋,司令员还把烟包往侯得章跟前推了推。侯得章拿手在脸上抹了一把,跟着又挺直了胸膛,看着像是要从云雾中挣脱出来,但司令员接着就坐到了他对面。

侯得章感觉自己的手也是热的,热流正是顺着手指涌向全身的。

司令员杨甬力一连吸了两锅烟,磕掉最后一锅烟灰时,说他这一会儿最想做的就是与侯得章推心置腹。《水浒传》里的燕青与李师师的故事,之所以能成为千古佳话,之所以让人扼腕叹怀,两个陌路人因了某种机缘上的契合,甘愿推心置腹应是必成之因。李师师是贪图那万两金银吗,人家缺钱花吗,而燕青这边,如果只是为了利用一个风尘女子,他有的是方略,还用得着跟一个陌路人推心置腹吗?退一步说,一明一暗不过是逢场作戏,双方都虚与委蛇,双方都口是心非,是非曲直谁又看不出来。千古佳话毕竟是书里的故事,现实中的夫妻亦是如此,一方对另一方如隔山罩水,这样的夫妻还能做到百年好合吗。还有市井中做买做卖的,买的想买,卖的愿卖,全是因为商家善于避陋显优吗,全是因为商家巧舌如簧吗,如果是,那三番五次的回头客呢。

司令员说着又自嘲,说他只顾推心置腹,竟忘了侯团长就是水浒故里人,千古佳话传到他这个湖南人口中,难免不添加枝叶,添加多了故事也会失真。自嘲着又要侯得章帮他纠正,侯得章紧着扭转思绪,紧着说读水浒是在年少时,读也是为个热闹,不像司令员把书当成社会读。司令员杨甬力连声说好,说侯团长果然是进过省城学堂的,这句话算是总结式心得,如果侯团长不介意的话,这句话就算他的了,说不定他以后会用在指导干部读书学习上。接着又问:"侯团长,你看,我心里就是这样想的,我就这样说了,这算不算推心置腹啊?"

侯得章拿手在脸上擦汗,感觉汗水是从后脑勺上先流下来的,流到脖子上是凉的。侯得章那一会儿很想把请示报告从司令员口袋里掏出来,掏出来的最好是一张白纸。司令员最好批评他工作马虎,不该让人送一张白纸来,害得他看见白纸先想到地下工作中的密信,而他恰恰不知道怎样让字迹显现。或者,他干脆就没写过请示报告。侯得章知道他没办法再从司令员口袋里掏回报告,于是尴尬着又换了话题,说:"司令员,我想利用这个机会汇报一下新一团的工作,包括我最近的主导思想。还有,关于独立营……"

司令员杨甬力截断了侯得章的话,说运西大反攻再有十几个小时就开始了，他这一会儿只想说些轻松话题，如果不是考虑到侯团长还要回去做收治救护伤员的准备工作，他很想把水浒一百单八将都挨个儿捋一遍。一百多个英雄豪杰，性格迥异，出身有别，聚到一起竟能生死同归，死了败了还让后人千古追思，想想应是奇怪的，不想感慨都难。司令员杨甬力说，书中的人物有他喜欢的，也有他不喜欢的，甚至还有他厌恶的，倒是那些人的心地坦荡让他动容。如果说，那一伙儿汉子千年前就珍惜了推心置腹，现代人反而活复杂了，推心置腹只需心地坦荡就可以了，根本用不着前后都想周全了再表明态度。而运筹有方者，首先应该像政治家军事家般胸怀天下，他们心中是摒弃小我的。

侯得章站起来敬礼，身子打个趔趄，后退一步又重新立正站好，敬礼之后又让司令员把请示报告撕了，说运北据点已经决定投诚起义了，请示报告上的"接洽商谈"，其实是他这个当团长的打了埋伏。利用西北大三角地带的纵深就地发展，然后席卷整个运河湾的设想，也是他精心运筹的，纵然是理想抱负使然，归根结底还是小我。侯得章后来不再拿手擦脸上的汗水了，最后他望定了司令员杨甬力，又说："我回去就做好火线伤员的收治救护统筹，同时做好新区建设筹备工作，先前的念头我从根上掐断，请司令员看我今后的行动！"临到要走了，忽然又转了身站住，说他表态表得早了些，他内心里还有许多属于小我的意识没挖出来，急着说今后的话，也许正是为了掩盖隐藏在心中的那个小我。

司令员杨甬力静静地望着他，看着像是在读书。

侯得章又说他当初并不知道日军悄悄在河套口设置了暗堡，消息是从其他途径获知的，获知之后他惊出了一身冷汗。但他那时候还没想好怎么对付这个狮子口，派大部队强攻显然不可取，要智取又很难组织精干力量，躲闪回避也不是办法，真到了进攻县城那一天，隐蔽在暗堡中的敌人会给攻城部队造成致命一击，伤亡损失会更大。内中的利害权衡，方方面面他都想到了，最后才决定让独立营做尝试性夺取准备。侯得章说，其实在他获知日军于河套口暗藏地堡之前，独立营已经在暗堡周边活动了，况且马二梭又恨不得一天之内除掉所有日军，况且马二梭他们已经在暗中准备了，如果说团部同意独立营的伺机行动，那也是在马二梭的认可和顺势之中。还有，他原来是有不与独立营产生瓜葛的念头，而调动新一团在县城周边公开活动，目的就是转移敌人的报复目标，以便掩护负伤的马二梭，这一点，也曾经使他心生不悦，这也是小我作祟。侯得章说，这是他心里的全部真实想法，现在和盘托出，他心里也就释然多了。

司令员杨甬力还是静静地望着他，还轻轻地摇了摇头，说侯团长今天能说出这番话来，也算是推心置腹，只不过还不能做到完全彻底。据他所知，独立营一开始是想干掉日军暗堡，但考虑到另有更稳妥的方式，强攻还是不如智取，于是才临时改为夜袭矿井警卫团。侯团长应该是在这个时候下的命令，说了激火话，其实是逼着马二梭以死克胜的。画看一面，语听双音，新一团让独立营拿掉日军暗堡的真正原因，也许跟运河煤矿有关，也许还有其他。司令员杨甬力说，侯团长与马营长的最大不同是，一个考虑得过分周密，一个行为只为一个目的。作为战争年代的基层指挥官来说，过多过细地考虑荣辱得失，过多过细地考虑功过是非，其结果反倒容易事与愿违。如果再加上挥之不去的患得患失，即便有天大的理想抱负，即便有经天纬地的雄韬大略，也难以最终实现。

司令员杨甬力还长长地嘘一口气，最后还叫了一声侯得章同志，说："侯得章同志，你知道马二梭同志现在是什么状态吗？"

第八章

马二梭又进入亢奋状态，分区扩大会议结束之后，他几乎是昂着脑袋走回营部的，而跟着侯得章和其他几个营长去分区开会的路上，他的头基本上是偏向一边的。他嘴里咬着一根紫柳条，那是在回来的路上折的，粗细跟小手指相差无几。紫柳条的叶芽已经钻出一指多长了，米黄色的猫耳朵一样的叶芽艳艳的鲜活，而紫色的枝皮上则咬出了锯齿状的牙痕，裸露出来的白骨跟啃食了皮肉的鸡腿差不多。马二梭天明天黑含着一条鸡腿一样的紫柳条，怎么看都像啃了满嘴油的，怎么看都像一身精火包不住的，为了发散精火，他只能把喜阴抗寒的紫柳含在嘴里。

实际上，马二梭的身体还属于恢复阶段，剧烈的爆炸火焰，以及随火焰迸溅的弹片流火，留给他的是布满全身的疤痕。假若扒了衣服看马二梭，大大小小的紫红色的疤痕遍布他全身，怎么看都像是拿人形石榴皮包裹着的。为了抵御由弹片裹挟而去的五谷精微的流失，马二梭即便是在昏迷中也不忘咬住一根紫柳条，即便是背他回来的丁黑豆，也休想从他嘴里拽出来。像剔骨拔刺一样抓着镊子夹弹片的外科医生，除了惊叹失了人形的马二梭居然还有呼吸，烈焰火石中崩出来居然还活着，接着就说马二梭把一根又涩又苦的树枝条像鸡腿一样又啃又咬，其实是刚烈豪杰不想于昏迷中死去的表现，昏迷了还不松口，正是由不肯屈服的一股子英雄气支配的。

马二梭不记得他是否听到过外科医生说那些话，他参加完分区扩大会议，返回的路上还不忘折一根生长着叶芽的紫柳条，任凭又涩又苦的汁液从嘴角里流出来，激动的心情难以平复。有一阵子，他甚至还当着独立营几位连长的面，嘎吱嘎吱地咬出声来，要说话了，紫柳条还在嘴里含着。而参加会议之前，他额头上、发际边，正有密密麻麻的扁豆粒一样大小的汗珠浸出来，那些汗珠还是凉的，摸着跟寒露节之后的露珠差不多，这其实是身体虚弱发出的信号。谁都知道，对一个刚从鬼门关爬出来的伤者来说，即便伤口已经结痂，即便看哪里都跟健康人一样，他的情绪也不宜大起大落。他要做的应该是尽可能心平气和，道理如同饥饿到极点的人不能马上吃太多生硬食物一样。但马二梭恰好相反，他是恨着负伤的，而因负伤耽搁的时间，他要加倍捞回来，仿佛炸了河套口暗堡之后，接着就要夺取县城。这样的情绪自然不利于身体的康复修补，甚至于还极有可能落下后遗症，比如久治难愈的气机不畅，这样的人到了冬天，很容易患上呼吸困难的气喘病。

这一点，马二梭完全不理会，尽管调任新一团政委的李家常也曾提醒过他，李家常还拿猪当例子，要他康复之后先来一个月的吃睡连轴转，最好连眼也不睁。当然，这些话马二梭听了就是听了，他无法想象一个伤口痊愈的人怎样大白天躺在窝棚里，听过了还是想着下一仗怎么打。马二梭愈是要证明先前的负伤跟现在的他没有一丁点关系，愈是要采取新的行动，但焦虑情绪还是影响了身体的康复，他头上身上时常冒冷汗就是例证。还有，当马二梭急于说出某些想法时，他的语气会出现明显的脱节，脱节的空档里还常常夹裹着游丝一样的杂音，这也是底气还没有完全升腾起来的表现。所有这些，其他人都明显地感觉到了，只是马二梭自己并不觉得。或者说，感觉到了偏不承认。

其实，马二梭并没有多少话要说，除了天生厌恶说废话之外，他更多的是把所思所想附着在动作上，包括情绪上的升降沉浮。比如，分区会议结束时，他打个闪身就到了门外，司令员杨甬力原本要叮嘱他注意身体变化的，他远远地向司令员敬礼，接着就从地上捡起两块砖头，一击一碰，结果手里的两块砖头都粉碎了。那样的动作，或许是向司令员展示身体力度的，或许是指拿下两个炮楼据点容易得很，或许什么内涵也没有，他那一会儿只想那么做。马二梭就是那样昂着脑袋离开的分区，当副营长丁黑豆和几个连长围上来听他说会议内容时，他反倒把紫柳条咬得更紧了，结果他只说了一句谁都不明白的糊涂话："可惜不是攻县城。"

接着又说："可惜县城外边没有日军了！"

运西军分区实施的伸展行动初露成果，许多作战营的营长都跟马二梭的心情有相似之处，都想展示独立行动中的指挥水平，都恨不得把想拔的钉子全拔了。不可否认，这些作战营的营长们都有借机扩大队伍的念头，拿下炮楼据点，除去冥顽不化的，经过教育引导，大部分人还是可以脱胎换骨成为新军人的。凡是这样想的营长们，都带有吃一抓二眼观三的心理，换成运河湾里的土话，就是吃着碗里的，看着锅里的。这其实是部队中需要张扬的好气氛，亦即战前斗志。但是，许多作战营的营长们都没想到，最先取得大战果的竟然是运北据点的刘雨生，而在这之前，甚至没有人知道运北据点早就与侯得章的新一团保持着联系。

刘雨生根本没用着排兵布阵，甚至重火力也没来得及设置隐蔽点，更让人不解的是，并没有接到行动命令的刘雨生居然把整个建制团全拉出来了。在决定行动之初，他挑选了一位身材高大的连长，连长假扮保安纵队司令刘百湖，齐刷刷的寸胡是拿黑羊毛粘的，穿戴齐整了骑在马上，他自己与一位副团长一左一右护卫着，一团人大摇大摆地到了相邻的碱滩据点。碱滩据点与运北据点相距八九里路，驻防的虽然是一个连，但姓周的连长却是司令刘百湖的远房亲戚，他这个连就多了两门平射炮。但亲戚连长对司令的突然出现，还是表现出了极大的愕然，从炮楼垛口上探出头来，先认出的不是自己的营长，而是运北据点的刘雨生，这也是使他感觉诧异的。

刘雨生冲着垛口挥手，说："周连长是要司令先给你打招呼吗？辈分不讲了是吧？"周连长拿着揉眼装样，看着像是沙子迷了眼的，看见马上的刘百湖举起鞭子,鞭把上还悬着吊穗,紧着又喊姑夫。人是跌撞着冲下炮楼的,放下吊桥了还拿眼角瞅,但瞅准了司令是假扮的也为时已晚了。

当刘雨生照葫芦画瓢,又要以同样方式拿下薛桥据点时,假扮刘百湖的连长一个下马动作,竟然引起了对方的疑心。薛桥据点原本布置的是一个加强营,后来刘百湖为了织牢西北方向的封锁网,又让这个加强营分出一个连来,于碱滩村增设了新据点,而让姓周的连长独当一面,也是当营长的有意巴结司令刘百湖。假司令那一会儿也许是故作轻松,也许是想让扮演更加逼真,一团人到了薛桥据点吊桥口,他竟然先从马上下来了,下来拿鞭子抽打马靴,看着像是随意平常的。但他的一条右腿是拿手扳着迈过的前鞍桥,动作虽然灵敏,幅度上却透着小巧,而司令刘百湖曾经对这种下马方式大加嘲讽,说凡是以这种方式下马的军人,上辈子都是大闺女托生的,只有女人才收腿夹裆。

那个营长一定是注意了假司令的动作,因为他接着就做出了一个停止放下吊桥的手势,嘴里说的却是:"快放啊,怎么又拉起来了,司令到门口了认不出啊?"一旁的刘雨生刚要发出强攻命令,假司令就在这时说出了一句粗话,一句粗话又把一身妖气的营长震住了。假司令说的是:"你他娘的是拿吊桥当哗啦棒槌啊,老子进去先把你的个狗鸡巴剁了!"这句话学得太像了,既是刘百湖的原话,更是刘百湖的骂人口气,怎么听都是司令生气了。

吊桥重新放下来,一团人冲进据点,营长要敬礼时才发觉是真上了当,学着司令说粗话的是假扮的,假扮人不过是个连长。那个营长是奔跑着去打电话的,刚说了一句"刘雨生要……",接着就被假司令干掉了。

半天之内拿下两个据点一个加强营,竟然兵不血刃,竟然无一伤亡,这在参加运西反攻的所有作战营序列里,是绝无仅有的。究其原因,除了刘雨生在保安纵队中的声望之外,不能不归结到他的反应敏捷,以及他对侯得章的深层了解。分区会议结束之后,侯得章原本不打算马上跟刘雨生照面,考虑到不照面难以进行下一步,而刘雨生又对他含糊不清的表达方式产生了疑虑,于是又绕道去了运北据点,见面先说已经汇报了分区。按照常理,接下来应该说到分区领导有哪些指示,具体有哪些安排,比如他的人归到哪个部队序列里。但侯得章却又转移了话头,又轻描淡写地说起了分区的行动计划。刘雨生没再追问侯得章,在决定独自行动的同时,他又秘密派人把一封关于起义始末的亲笔信,悄悄送到八路军运西军分区司令部。刘雨生在亲笔信里没用反水，也没用投诚，他是直接用的起义两个字。至于拉出全部人马参战，完全是为了收容降兵的，当刘雨生二番回到运北据点等候命令时，他已经差不多拥有一个半建制团的兵力了。

刘雨生的擅自行动，完全出乎侯得章的意料，他没想到刘雨生会撇开他直接与分区司令部接洽。除了求战邀功的迫切之外，刘雨生应该还有对他本人的猜忌，而侯得章又特别在乎这一点。刘雨生采取的是先进门再安座的韬略，算起来得属于举重若轻，这也是侯得章追悔莫及又耿耿于怀的。两个原本惺惺相惜的军人，终以独特的方式扮演起各自的人生角色，因曾经的志同道合而结下的短暂友谊，在一个既不算大笔直，也不算大弯曲的十字路口，片刻间化为乌有，也许这都不是两个征战军人的本意。单就这一点来说，刘雨生又与马二梭大不相同，马二梭带着独立营单独行动，一是司令部的作战部署，更关键的是，马二梭心里早已埋下了与侯得章的裂痕，一如侯得章对他。

马二梭并不知道运北据点已经决定投诚起义了，刘雨生连拔了两个钉子，也是几天以后知道的。独立营决定先打的是一个叫葛家洼子的据点，马二梭还要求速战速决，说是葛家洼子据点挡着他的腿了。

按照马二梭的设想，拿下葛家洼子据点之后，接着再打交通线上的白蜡镇据点，然后借着流沙河边灌木丛的掩护，神不知鬼不觉地向东移动，到达运河西岸之后，不管其他作战营怎样评价他，哪怕说他违背了分区关于滚动式推进的初衷，他也得先把矿警团干了。马二梭之所以这样设计战斗方案，完全是因为老河套一带早已成为新一团的根据地，为了抢占先机，新一团的四个营一定会率先进攻西北方向的炮楼据点，而马二梭又不想与侯得章有任何瓜葛，尽管马二梭并没有根据地意识。假若马二梭在这次拔钉子行动中，依旧以老河套为中心，东出西退，南北横扫，既稳妥又便于行动，侯得章即便心里不悦，也不好找出反驳理由。从最难处下手，单打独奏，是马二梭宁可冒险犯规也甘愿采用的方式。或者说，是马二梭自己选择的胜败存亡，为了打乱侯得章的如意算盘，他宁愿承担最大风险，甚至，宁愿让全分区的人都认为他马二梭是天生的急功冒进者。当然，大风险也可能是大战果。

在上一次日军沼田德重中将指挥的114师团春季大扫荡后期，白蜡镇据点已被独立营干掉了一个排。那时候，马二梭已经杀红眼了，为了解救一对父女，他不顾副营长李家常的反对，甚至完全忘掉了肩负的责任，一怒之下，亲自带人强攻了黄桥据点。而侯得章给独立营布置的任务，是到根据地外围警戒，理由是马二梭不擅长做发动群众的工作，而外围警戒是防备日伪军杀回马枪的。独立营接了这样的任务，就应该在根据地外围安排警戒，不说构筑万无一失的防线吧，起码要洞悉日伪军的动向。但是，马二梭却擅自行动，竟然带着独立营打起了黄桥据点，竟然还是大白天打的，竟然还把出兵增援的白蜡镇据点的一个排给干掉了。独立营的行动惊动了县城，结果，摸清了八路军活动范围的日伪军又悄悄地扑向根据地，致使新一团的整个活动计划全部被打乱。擅自行动的马二梭，彻底激怒了侯得章，他以目无军纪为由，把马二梭告到了分区司令部，两个人的裂痕也由此越拉越大。其实，裂痕远在中原大战时期就已经出现了，时隐时现，不过是某个阶段的隐忍程度不同罢了。

就白蜡镇据点内现有兵力而言，双方力量对比，独立营算是满员，而白蜡镇据点内连一连人也没有，独立营拿下据点可谓手到擒来。倒是葛家洼子据点有点棘手，驻守在里边的是保安纵队一个建制营，双方人数相差无几，而攻方独立营并没有重武器上的优势。可马二梭依旧坚持，只要部署得当，杀敌士气完全可以弥补独立营重火力的不足。比如先组织一个排的敢死队，敢死队直扑据点正门，给敌人造成正面强攻的假象，其他连三面包围，待里边的火力集中到据点院门时，另外三面便一齐开火。即便没有十成把握，九成胜算总是有的，就按九成算，独立营付出一个排的伤亡，拿下白蜡镇据点之后，剩下的人对付矿警团，仍然出不了多大差错。马二梭从嘴里拽出紫柳条，又抓着紫柳条在地上画，先画了两个圆圈，又从两个圆圈中拉出一条线来，最后画的是不成形的一大片。

黑豆看着点头，说他明白那一大片就是矿警团，中间横插一条线，就等于是三个地方串了糖葫芦。肖八万说他也看明白了，只有花子余看着是犯思量的，花子余还抓了一把干土块堆到第一个圈里，说他不同意这一次招惹矿警团，还有葛家洼子据点，他也不认可那样的打法。除非晚上行动，除非还是个死阴天，这个死阴天最好还刮着扬沙风，否则不可能短时间内拿下据点，而从黎明时分到天亮，最多有两个小时。还有，一旦与葛家洼子据点的敌人形成胶着态势，连拔好拔的白蜡镇据点，也会出现波折。

吴春牛悄悄拉扯肖八万，问他听没听过梆子戏借东风，说花子余这是要学诸葛亮草船借箭的。肖八万急的是花子余连说了两个不同意，他担心的是马二梭会恼，马上要开大仗了，营长连长闹了别扭，仗打起来不会顺手。肖八万冲着吴春牛翻白眼，埋怨他说闲话也不会挑个茬口，低着声说他没听过借东风，倒是听到过胡说八道的。吴春牛嘿嘿地笑，又说周瑜是故意给诸葛亮出难题的，加了十天的限令，还必须造出十万支箭，可诸葛亮明明知道这是一条害人计，还是一口就答应了。肖八万跟着嘟囔一句，说知道完不成还答应，不是想找死就是舌头痒得管不住嘴了。吴春牛在肖八万腰里戳一下，嘿嘿地笑着说诸葛亮料定三天后必有浓雾出现，造箭不如借箭，干脆调一些草船草人让曹操的水军射吧。曹操的水军隔着漫天浓雾看不清，果然把草船草人当成了真船真人，果然射了十万支箭，果然让诸葛亮露大脸了。

肖八万憋不住，突然亮着嗓子号一声，说死阴天也能摸着鼻子，有本事也弄个大雾天啊，要拔钉子还得先跟老天爷商量啊。马二梭抓着紫柳条要戳肖八万的嘴，说："让花连长接着说，我想听。"

马二梭以为肖八万是堵截花子余话头的，花子余倒没多想，接着还是说强攻葛家洼子据点正门不可取。独立营要想在黎明时分动手，部队势必要在半夜出发，到了之后马上就组织敢死队强攻，因为天一亮就暴露了。即便天不亮，据点里也能听出强攻正门的火力大小，他们马上就能判断出吊桥那边不过是佯攻，其他人一定是在据点四周埋伏好了，谁都知道八路军绝不会打这种钻头不顾腚的傻仗。花子余说，敌人不把火力集中到据点正门怎么办，他们居高临下四面防守怎么办。如果敢死队不能短时间内攻破正门，围攻的人就会进退两难。还有，假若我们在葛家洼子打成了胶着战，东边的白蜡镇据点势必会得到消息，他们要么怯阵溃逃，要么加强防守，一攻一守，三比一也没有绝对把握。如此一来，独立营赶在其他作战营前边首战告捷的计划就得落空，到那时，新一团要来支援，别管真假，我们是答应啊还是不答应。

马二梭拉着花子余坐下，说："花连长，我知道你有担忧了一定会有对策，你说吧，有没有干净利落的？"

许多人都看出了营长是对连长花子余高看一眼的，这些话如果换成肖八万或者吴春牛说，即便是副营长丁黑豆说，马二梭也许当下就要撂下脸来，马上就会吼一句："凡是说困难的都是怕死的。"营长马二梭被部下泼了冷水反倒没着急，或许马二梭已在心中认定了花子余是个将来能成大器的，亦或许马二梭又记起几年前的春季大扫荡。那一次，日军沼田德重率114师团在花家岗子实施了全村大轰炸，花子余他们是因外出卖芦席躲过的一劫。返回来的人获知了大劫难的前因后果之后，异口同声地说要找一个叫马二梭的营长。营长马二梭先流泪了，尽管他从记事起就不曾哭过，但他只在那一百多条汉子的脸上望了一眼，眼泪一下子就溢满了眼眶，随后就说了一句莫名其妙的话，他说："你们要加入独立营，我感谢你们……"

马二梭那一会儿绝不会想到，呼喊着要加入独立营的血性汉子中，会有一个叫花子余的人遍尝了战场拼杀，最后成长为新中国的将军。共和国成立之后的第二年，将军花子余又回到运河湾，完成了花家岗子村蒙难碑祭之后，接着就跟人打听马二梭，意思是要邀请马二梭参加新村选址典礼。不过，那时候马二梭已经死了，坟墓周边钻出了许多紫柳条，紫柳条上挂满了嫩芽。

脑子里闪出这些已知的和未知的，甚至还有许多后话，也许是马二梭已经意识到了，滚动式推进战略是排斥指挥官意气用事的，尽管他知道所要求的速战速决里边，其实正包含着做给别人看的个人心迹。

第九章

葛家洼子据点最终还是采用智取的方案，方案的产生源于据点内要用存储的多余陈粮换猪，放出的口风是，只要是一年内的仔猪，又是满身膘的，粮食可以折算便宜些。方式是先把活猪送到据点，过称之后再把粮食拉走。花子余与驻地村的保长做了沟通，由保长出面担保，想办法物色两头肥猪，送猪拉粮的工作则由独立营出面。这种方式的好处是可以光明正大地进入据点，但弊端也是明显的。送猪人不可能大呼隆一大帮，拉回粮食也用不着太多人，或者把猪捆绑了放车上，或者拴上绳子赶着去，两头猪最多用四个人，再多了连假话也编不出来，而四个人即便顺利进入据点，面对着一个建制营的兵力，几乎无招架之力。

还有，保长把全村的猪圈都看过了，养了大半年或者差不多一年的猪倒是有，但大多还是没上满膘的架子猪，即便捆绑了蹄腿看着是肥硕了些，也顶多算是六七成膘。保长借着这个缘由打退堂鼓，说是葛家洼子据点的山营长长了一双贼眼,他老子他叔叔都是杀猪剥羊开肉铺的,他从小摸着猪肚子长大,猪膘上到什么成色,不用搭手,单拿眼珠子一瞥,就知道肚里的护心油挂满没挂满,至于脊膘肋膘,更是一眼就能看出来。保长的意思是,拿架子猪冒充肥猪,没爹的山营长说不准会恼,他要恼了一斤粮食也换不来。花子余紧着拦截保长的话,说这不是问题,他看出来也好看不出来也好,反正人已经进据点了。花子余想听保长说说山营长这个人:"他的眼珠子再贼,也得看见猪知肥瘦,你只说他能贼到啥程度吧,莫不成他有过木眼?"

保长支吾着说过木眼倒说不上,他反正不是二郎神,说他长了一双贼眼,是指他鬼点子多心眼阴邪。保长就举了一个例子,说五年前他刚当保长时,有一次带人往据点里送豆腐,豆腐压得很瓷实,卤水点得也不老不嫩。浆是上半夜熬好的,下半夜点了卤水就上箅板,一层层码齐整了又拿五花石压上,吃过早饭往据点里送,送到了豆腐还是温的。豆腐还是温的,搁谁看都得知道是鲜的吧,况且那时候已是深秋了,豆腐隔一天隔两天,也不会吃出馊味来。可没爹的山营长不管温不温,也不拿手指按压,也不拿鼻子闻味,他是斜着眼角瞟的,瞟了一眼就劈头盖脸地骂。先骂保长是故意恶心他,是变着法子要他长老鼠疮,拿着温温的鲜豆腐当幌子,其实是蒙蔽着有意打马虎眼的,目的还是想让他长老鼠疮,还想让他长遍全身。

保长说他那一会儿挨了骂也不知道为啥挨骂,山营长个没爹的就蹦着高号号,说磨豆腐的黄豆是从老鼠窝里挖出来的,老鼠窝里的豆子是没干荚时剥的。老鼠把家窝安在黄豆地里,它们每天夜里都出来剥豆子,嘴里塞满了就回到窝里吐出来,吐空了皮囊出窝再剥,等到黄豆荚干透了,成熟了,该割了,它们的地下仓库也填满了。要是收了豆子马上就挖老鼠窝,一个窝里能挖出几十斤,看哪个还都是颗粒饱满的,看哪个还都是颗粒鲜艳的,一粒一粒都被老鼠拿口水滋润了,能他娘的不鲜艳吗,能他娘的不饱满吗。山营长还说:"老鼠窝里的黄豆磨出的豆腐白里透青,已经白里透青了,我要再看不出来,我长两个眼珠子就为了自个儿滴溜着玩儿啊?"

保长说运河湾的秋庄稼一是高粱二是豆子,地老鼠不偷高粱穗,最喜欢的就是剥豆荚衔豆粒,这本来就不是稀罕事。每年黄豆快成熟时,野地里就会多出许多老鼠窝,挖出的土堆高的能到膝盖骨,窝口磨得明溜溜的,老鼠一个晚上能往返出入几十次。赶到豆荚黄到一大半时,老鼠知道过几天就要来人收割,为了赶时间,它们甚至于大白天也敢爬豆棵剥豆荚。许多养了牲口的人家，或者家里有半大孩子的人家，就会在收割了的豆子地里挖老鼠窝，有些还是担着挑子去挖的。挖出来的黄豆晒干之后，大多是留做牲口料，当然有些手头艰窘的人家，也会半掺上好黄豆，拿到集市上当好豆子卖。这些保长都知道，运河湾里的人都知道。不过，整麻包的老鼠窝土黄豆，喊明口是垛底子，不掖不藏，还是作为当年的新黄豆卖，还真是不多见。他从据点回来窝囊了许多天，越想越觉着心里别扭，后来实在憋不住了，又厚着面皮去了豆腐坊。豆腐坊的婆娘终于想起来了，说她好像从集市上买过一麻袋皮相不好的豆子，当时图的是便宜，况且豆子也没霉烂也没生虫，现在想想，也许就是从老鼠窝里挖出来的。不过，磨浆时倒没看出哪里不一样。

许多人望过了保长又盯住了营长马二梭，希望营长放弃这种等同于上门送死的笨法，吴春牛甚至还惊愕着发出赞叹声，说果然是贼眼。但马二梭把紫柳条从嘴里拽出来扔了，发着狠说："他有本事长一身贼眼好了，反正得把葛家洼子据点端了。"说过了又补一句："四个人进去足够了！"

马二梭先望的是花子余，接着又把肖八万和吴春牛拉到身边，最后望的是丁黑豆，意思是他要把三个连长全带去，据点外的埋伏以及独立营的指挥，全由副营长丁黑豆负责。按照马二梭的安排，独立营于下半夜出发，黎明前进入埋伏区，围着据点呈散兵包抄式就地隐蔽。前提是，不许发出一丁点声响，太阳出来也不许暴露目标，最好能与周边的地形地貌融为一体，听到据点内枪声响起，全营迅速发起攻击。最犯掂量的是进据点的人，长武器没法带自不必说，短枪也许可以随身带，因为早过了脱棉衣的季节，但要想把手榴弹也夹裹在身上，就很难做到不露形色。假若手榴弹带不进去，假若没办法快速控制住炮楼，那就首先控制住里边的营连长，然后再见机行事。外边的人只要做好准备就行，竖起耳朵听里边的动静，里边不动外边也不动。总之，进据点的人必须胆大心细，外边的人必须行动敏捷。一句话：必须成功，哪怕把命搭上。

马二梭说那些话时显出少有的琐碎，这跟他先前的行为举止大不相同，甚至跟他刚刚说过的"四个人足可以了"，也不是同一种口气。许多人还是盯着马二梭，想着这应该是营长的身体还没有完全恢复过来的表现，一个人处在心有余而力不足的境地时，往往会在说话时显出琐碎来。但他们接着就看到营长马二梭拔出短枪又查看弹夹，合上机头了还做了个甩手的姿势，马二梭还示意花子余他们也检查子弹够不够，那样子怎么看都像是马上要出发的。黑豆第一个反对,说当营长的每一仗都冲在前边,是把自己的弟兄看低了,只有一营人都是胆小如鼠的窝囊废,营长才会豁出去自己上。黑豆说:"怎么了马营长,你说得又多又详尽,原来是说给我们听的啊,你还是想着自己上是吧?不行!这一次说啥也不行!"黑豆转了头望花子余他们三个,又说:"你们三个是木头疙瘩啊,营长还要带头,你们没听出来啊?"

肖八万一把夺下马二梭的短枪,嗷嗷叫着喊排长,说:"还等啥,快把营长关起来啊!侯得印和马立冬你们两个听着,营长在哪里你们在哪里,你们两个一边一个给我护紧了,营长少一根汗毛,回来我揍死你们!"

天明要进据点了,吴春牛还是想着猪膘的事,忽然说他想起一个法子,这个法子是他以前听说过的,说是拿皂角水灌猪,猪喝了皂角水,全身就会虚肿。虚肿其实跟肥胖是一回事,只要不拿手捏,怎么看都跟满身膘一样。肖八万又拿嘴角撇他,说吴连长哪一行里都能插上话,以后专说女人生孩子,看他怎么显摆。肖八万还说吴春牛是六根指头挠痒痒,明显多一道子。猪膘上足没上足有啥紧要的,猪皮猪毛包裹着,反正肋巴骨没露出来,看不见猪肋巴就是肥猪。还有,虚肿就是病,有病就没精神,不哼哼不叫唤跟半死的一样,人家一搭眼就能看出来。再说了,皂角水又苦又涩,跟胰子味一样,谁家的猪会喝那东西。吴春牛说:"我说的是灌,灌就是你不愿意喝,不喝也要倒你肚里!"

吴春牛还真找了皂角,满满熬了一大盆,又撒了些杂面当引子,当真灌到猪肚里了。

肖八万又记起吴春牛占他便宜的那句话,临睡觉前又说:"等天明了看吧,猪膘没虚肿起来,我也灌你一肚子!"

独立营是夜里悄悄进入埋伏区的,出发之前,每个人的衣服都拿泥浆抹了,抹得跟地皮色差不多,如果设伏时不弄出动静,趴到地上根本看不出来。四个要进据点的人吃过早饭,又全部换了老百姓的衣服,为了显出真是贪图便宜粮食的,四个人还找了两辆平板独轮车,车的前门柱上还栓了拉绳。灌了皂角水的猪果然全身虚肿,水灵灵的,跟气吹的一样,仿佛一夜之间上满了膘,只是摸着跟棉绒似的。保长又有些服气了,肖八万还想再讥讽吴春牛,说跟棉绒一样的稀溜膘,一摸还是露馅。吴春牛红着脸讪笑,说它们是猪八戒的新媳妇,光叫看不叫摸。只有黑豆冲吴春牛伸出了大拇指,花子余也说吴春牛足智多谋。

两头虚肿肥猪是捆绑了蹄腿侧躺在独轮车上的。为防备敌人搜身，四个人都把短枪塞到肥猪肚子下边，捆绑了蹄腿的猪肚子越发肥大，短枪压在下边根本显不出异常。保长看了四个人的架势，再看穿着打扮，后来还把手放到肥猪身上拍打，自语说他是一点假也没看出来。还是吴春牛想得周全，快要动身了，又到村口收拢了一抱干草枯叶，干草枯叶铺到猪身子底下，后来还在干草枯叶上抹了猪屎。保长看着又笑起来，说这个吴连长一准儿是跟司马懿打过仗的，兵不厌诈全应在猪屎上。

其实保长并不愿意跟着去，他担心的是弄露馅，而炮楼据点又没拿下来。后来总算同意了，走到路上还是问："你们真要拔钉子啊，拔到一半拔不动了怎么办？"肖八万斜他一眼，说："拔不动了就杀猪吃肉，切成肥肉块专挂在钉子上烤，烤出油来一口一块。"保长嘴里流出口水，拿手擦着又笑了，说："这个肖连长是瓦岗寨上的响马转世，或许就是程咬金托生的，大块肥猪肉含嘴里啥滋味啊，还不把人香死了！"接着又说了几句顺口溜："响马传，响马传，不打仗，就吃饭。"结果惹得黑豆和花子余也跟着笑起来。

一切如马二梭所料，又比马二梭预料的多了些麻烦，送猪人到了吊桥口，吊桥还是高悬着，炮楼上的人明明听见保长喊门，明明看见独轮车上捆绑着两头大肥猪，还是探着脑袋前后左右地瞭望。保长喊了又摆手，意思是不换就推回去，炮楼上的人这才应了声，指点着让四个送猪人离开独轮车原地转圈，前胸后背全看了，又让他们把上衣撩起来，撩着露出肚子，意思是要看腰带。后来又要他们拍打肥猪，从头拍打到猪尾巴，猪受了惊吓，肚子又胀得难受，便尖着嗓子发出呼号。炮楼上的人就笑了，吊桥跟着放下来，就在送猪人要过吊桥时，里边先跑出一个人来，跑出来的人还扎着围裙，看着像是火头军。火头军连说了几声好膘，凑近了伸着手又要摸猪膘，手放到脊上了，忽然又把手伸到后腿窝里，看着像是要摸裆膘的。吴春牛眼疾手快，悄悄地拿手指甲戳弄猪眼，虚膘肥猪又是蹬腿又是摇头，火头军的手上先粘了猪屎。火头军噗噗地吐着口水，摇摆着屎手，喊一句满膘，接着就把他们领过吊桥，吊桥随即又拉起来。

黑豆拿眼角瞟花子余，花子余示意保长喊山营长，保长心里怦怦着，移动着找了个墙垛，隐着半个身子打火镰点烟，打出来的火星又被风吹跑了。保长噗噗地吹纸媒，吹着说："猪过称，粮食也过称，称上做不了假吧，山营长不来就没人识数了是吧？我把营长连长都喊来看称行不，我跟做饭的大师傅一块儿记数行不？没见过这么小心眼的，还没烧水杀猪呢，总不至于让哪个带着毛啃一口吧。"山营长抓了一把干土扬到保长脸上，说他在炮楼上就听见下边有人鬼念秧，又是营长又是连长的，听来听去还是保长自己想脱清干系，论起来也是个抓着鸡巴过河的主儿。山营长还拿皮靴戳弄保长的裤裆，说："你再小心也是进来了，进来就是下河了，人淹死，屌也活不成。"

山营长果然长了一双贼眼，说笑着撇开保长，看着是个大马哈脾气不上心的，走近了却又用眼角挨个儿瞅送猪人，瞅着还冲身边的连长笑。山营长笑得吼吼的，说他怎么也没想到，嘴馋了也能引来八路，八路不仅打仗有一套，看来养猪也是真在行。八路把猪养肥了，又颠颠地送上门来，怎么想都是把他们一营弟兄当傻子对待的。天下有那么多的傻子吗，营长连长已经傻到不知道八路跟老百姓貌像神不像了，那下边的几百个弟兄得傻成啥样了。山营长说他看了猪膘猪肚子，一眼就看出了怪异，老百姓家有哪个是舍得拿粮食喂猪的，猪不吃粮食哪来的这一身膘，油光水滑的大肥猪，连裆膘都填满了，拿气吹的啊，吸气喝风也添膘啊。肖八万冲着吴春牛咬牙切齿，看着要把吴春牛吃了，花子余悄悄地跟肖八万使眼色，意思是继续装傻。

山营长不看猪看人，又说："四个身强体壮的汉子，送来两头大肥猪，还一个推车的一个拉绳的，真会装样啊你们。一户老百姓养不出两头肥猪吧，不是一家就是两家，那一推一拉的得是一家人吧。好。真好。一家两个壮汉，还都是年龄般般齐的，不是亲兄弟就是堂兄弟，再有就是小叔大侄子，反正得是沾亲带故的，反正得是一个老疙瘩秧上的，总不至于一家的猪，再找个跟自家八不沾的外姓旁人吧。"山营长说到这里又嘿嘿地笑起来，说："你们自己撒泡尿照照，你们脸对脸地照，照照你们的脸型长相有一丁点像的地方吗，你们是一棵秧上结出的瓜吗？当了八路又想使巧，我看你们今天就巧到头了。"山营长突然号一声，说："来啊，给他们上绑绳，连那个抓鸡巴的乌龟保长一块儿绑！"

三个连长齐刷刷地亮出了手里的家伙。

保长被人从砖垛后边揪过来，保长紧着弄出笑脸，保长还沙哑着嗓子干笑了几声，说山营长就是这一点让他感觉亲切，面对再不熟悉的人他也能开玩笑说笑话，这就叫江湖，这就叫跑江湖吃天下。保长挣脱了又凑近山营长，又说："玩笑开大了山营长，你看他们都迷怔了，他们回去跟家里人一学，一准儿会拐带着说我坑了他们，一准儿会骂我是胳膊肘子朝外拐。拿杠子来啊小兄弟,过称杀猪吃肉吧,中午正好赶趟。一吃满嘴油,一辈子不发愁。"

黑豆看看这个又望望那个,说他这一会儿快糊涂死了,明明送到据点了,怎么又变成给八路养的了,早知道不紧着过称就是为了等猪拉屎撒尿的,半道上就该再喂一次,专喂难消化的,专喂屙不出来屎撒不出来尿的。黑豆还抓起车襻搭肩上,看着像是后悔了要走的,保长又把笑脸弄成了苦脸,说:"二白面你瞎说啥,看不出官长是跟你们打哈哈啊?猪肚子吃成牛肚子了,你敢说来之前没喂饱?不拉屎也得扣你二斤称!"

三个连长疑惑着收了枪,转了身又望山营长,山营长嘿嘿地笑着走到黑豆身边,一只手冷不防地压到黑豆肩上,黑豆哎哟着弯腰,手伸到猪肚子底下,等到腰直起来时,硬邦邦的枪管死死地顶住了山营长的胸口。黑豆抓过了山营长的手枪,先说了一句谁动谁死,冲着炮楼连放了两枪,炮楼上两个瞄准的人应声倒下,人是头下脚上栽下来的。花子余他们也以同样的动作掏出枪来,一人一个逼住了三个连长,花子余也喊,喊的是要活命的蹲下。吴春牛说:"你们营长连长的命在这里,想死不分先后!"

山营长是举着手呼号的,说他被四个八路哄了是该着,一个人心眼再多也顶不过四个壮汉,司令在这里也得被哄,何况还有三个鹰嘴鸭爪子连长,何况还有个黑红通吃的鳖孙保长。三个连长脸上红红白白的,齐了声地说营长白长了一双贼眼珠子,已经怀疑了还往跟前凑,明显是死催的。保长要拿烟袋锅烫山营长的嘴,说:"你个王八犊子被哄一回就恼成这样,你怎么不想想我被你哄几回了,六七年了还有数吗?"保长最终也没拿烟袋锅烫山营长的嘴,保长还想让山营长也吸一口,说:"认了吧山营长,一个运河湾都要变成八路军的天下了,今天举手也比明天被打死强,反正日本人一败你们也没地方去了。喊啊,让弟兄们缴枪投降啊!"

山营长说:"投吧投吧。"

三个连长也说:"投吧投吧。"

马二梭他们就是迎着枪声扑上来的,人冲进据点了,看见的却是一院子抱着脑袋的人。葛家洼子据点只有保安纵队死了两个人,独立营无一伤亡,而两声短促的手枪声,顶多能传出半里路,几乎不能算弄出动静,如果独立营接着再拔掉白蜡镇据点的话,独立营就可以创下一日两胜的奇迹了。于是马二梭又下了新命令,命令是:天黑之前再拿下白蜡镇据点。

马二梭只想着一日两胜,但俘虏问题到底还是被他忽略了,直到黑豆问他俘获的这几百人怎么办时,马二梭想也没想,随口说了一句:"押运分区!"马二梭不曾料到,这种随意性的安排,又使他与侯得章的裂痕随之外延,而侯得章会由此累积怨恨,也是马二梭不愿意去想的。

第十章

独立营曾经遇到过这种预先考虑不周的事,但这种事在马二梭眼里根本不是问题,既然不是问题,那就没必要事前考虑,更没必要临战前专为这样的事分心。比如这一次分区会议上,作战部已经说明了,拔钉子由各作战营负责,俘虏收容及伤员救护归每个区域建制团。也就是说,作战营只管地里的收割,随后的打轧入仓,都是所属区域建制团的。作战部说这些话时,马二梭还没有离开,按说他应该听得清清楚楚,按说他应该心里有数,问一句也是多余的。再比如几年前独立营曾拿下过黄桥据点,也是整整一个营,马二梭想也没想就把俘虏送到了新一团,交给侯得章了,他甚至连战绩统计上有没有这一项记录都不知道,他也不想知道。

事后,黑豆一直耿耿于怀,甚至还埋怨过营长马二梭,说俘虏里边也有不甘心穿一身黄狗皮的,当时入保安纵队不过图个吃喝,认准了挑选一部分没有劣迹恶斑的,换了装补充独立营的损失,剩下的送走也不后悔。何况,这也是战场条例允许的,而其他部队也都是这样做的。马二梭还是没入心,他只想着人送走了,接着再打下一仗,犯不着跟俘虏费心思。但这一次马二梭不那样想了,拿下葛家洼子据点之后,他跟黑豆说的是送分区,看着像是早就想好了的。其实,马二梭根本就没想,之所以舍近求远押运分区,完全是马二梭再不想与侯得章有一点瓜葛了。还有,马二梭压根儿就没打过俘虏的主意,至于他心里是怎么想的,除了原运河独立营的丁黑豆,现在的独立营里没有几个人摸得清。但马二梭并不想把他的心迹说给所有人听,于是随口说了一句押运分区,就冲这一点,马二梭怎么看都像是故意的。

但是，黑豆还是磨蹭着看马二梭，还是问俘获的人怎么办。黑豆说："怎么办啊马营长，几百人啊？"

马二梭拿眼盯着黑豆，恨着说黑豆这个副营长越来越黏糊了，明明一眼就看透的事，偏偏变成了糊涂人。马二梭说："你不想接着打白蜡镇据点了是吧，你还想抄近路送给新一团是吧？就送分区，一双鞋也不给他，一个人也不留，独立营就是要清一色的血性汉子！"

马二梭到底还是露出了心迹。

黑豆想到俘虏问题，其实是由俘虏联想到部队扩编的，独立营虽说已经满建制了，但也只是一般建制的最低标准。如果只想从牤牛山返回运河湾时的光景，独立营从当初的13个人，发展到现在的满建制，应该算是翻天覆地了，即便说个心满意足也在情理之中。

而实际情况是，经过几年的摸爬滚打，其他部队是越打越多，越滚越大。以分区为例，抗战第二年年冬，115师主力部队以东进支队的代号，奉命向山东进发，东渡黄河的是一个支队不假，但支队随后又把大部队带到了运东泰沂山区。那时的团长杨甬力尽管亮着新一团的旗号，手下其实只有留在运西的一个营外加一个特务连。几年过去了，团长变成了现在的司令员，一个半营的家当，先变成一个旅，随后又变成了一个师，甚至比一个整编师的人数还多，地盘也从河套边缘的几个村，一下子扩大到大半个运西地区。而当时的支队参谋侯得章，先兼一营营长，升了参谋长后又接任新一团团长，侯得章也来了个平地十八滚，新一团实际拥有了差不多一个旅的兵力。所有的部队都在扩编，所有的部队都是小头大肚子，所有这些，人人都心知肚明，又人人都嘴上不说。所有的指挥员都在等着摇身一变，等着最后亮家底，到那时再看，所有人都会相视大笑。

只有独立营是个例外。

不说从牤牛山返回运河湾时的刺杀行动，不说炸矿井，不说智取矿警团弹药库，单说加入八路军之后的几次大行动，独立营也是创下了平原作战奇迹的。花家岗子解围战是一例，一个营搅动了日伪军三个团，还一进二出杀了回马枪。夜袭日军114师团指挥部是一例，同样是十几个人，同样是短兵相接近距离厮杀，重伤中将师团长沼田德重，又缴获了一个辎重大队的战马。拿下黄桥据点是一例，俘获保安纵队一个营，又顺带着干掉白蜡镇据点一个排。这样的战果，即便拿一个建制团去说，也得是了不起的奇迹，更不用说炸毁日军一个中队的暗堡。独立营独来独往,生死不顾,可独立营却偏偏忽略了扩编自己,而这种忽略竟然还是故意的,搁谁想都不会想明白,搁谁想都得感觉怪异。黑豆由独立营的昨天想到今天,又由他人想到自身,也许跟他已经是副营长了有关。

平心而论,黑豆是有过当个好军人好军官的念头,尽管没想过升了一级再升一级。他作战勇敢,忠烈不二,任劳任怨,苦寒不惧,这样的军人军官,从哪个角度说,都得是经得起评点的。不错,在那次刺杀回家祭祖的侯得章被捉之后,黑豆是说过他以后再也不想着升连长升营长了,他要死活跟着马二梭,这一辈子没能为运河独立营的弟兄报仇,下一辈子还得到运河湾里来,还是跟着马二梭,还是要把仇人杀掉。不过,那些话是被捉之后说的,说过了也许会被枪决,心里憋屈,心里不服,临死之前说出来算是表了心迹。但后来发生的一切全变了,不及侯得章下达执行令,原运河独立营的营长胡腊喜就用一封假公函左右了侯得章。接着是独立营复建,接着是徐州会战中的葫芦头阵地大肉搏,再接着,刚刚复建的独立营又所剩无几,而团长侯得章也失去了与中央军第12军第20师的联系。白云苍狗,世事难料。

再接下来的变化更是跟戏台上一样,正当他们从牤牛山返回来开始刺杀行动时,从五战区划归到二战区的侯得章,一转身投了八路军第115师,跟着又随支队东渡黄河,互相不知生死的人又一次相聚,爱恨恩怨纠结着,反倒难解难分了。

黑豆曾经设想过,独立营不能永远是独立营,别人扩编,独立营也应该扩编,别人按原建制叫,独立营也可以按原建制叫。等到建制升格,如果还需要保留独立营,那就在所属营级建制中原封不动地保留着独立营好了。可营长马二梭偏偏不入心,或者根本就不去想,其他部队越打越大,扩充的人员哪儿来的,扩充那么多人为什么,除了人多不怕敌人重之外,难道就没有别的想法。别人怎么想的不知道,他侯得章把一个新一团经营成了大半个旅的规模,也是没有想法的,说给鬼听,鬼会信吗。可营长马二梭还是视而不见,还是不看不想,还是带着独立营一路厮杀。摸清原委的,知道营长马二梭藏了一个天大隐秘,不知道原委底细的呢,马上就想到独立营是故意标新立异,故意显示他马二梭勇武过人,任何人在马二梭眼里都是饭桶,都是吃货!

黑豆知道,今生今世,只有他才明白营长马二梭心里是怎么想的,马二梭不说出来,他丁黑豆是死也不会说的。即便有了这样那样的忧虑,即便眼馋着其他部队的日益壮大,他还是会封瓶口一样,把营长马二梭不想说的话,牢牢地烂在心里,尽管有时也会暗生出一股悲怆。如同这一会儿,马二梭说了"押运分区",他是心里翻涌着苦杂五味凝望马二梭的,明明已经听清楚了,还是不由己地又追问一句:"怎么办啊马营长,几百人啊?"但接着他就在营长马二梭的怒视中下了决心,指定出押运人员,马上又说:"按营长的命令,俘虏一个不留,全部押运分区!"

黑豆把一切安排好了又追上马二梭,那时候马二梭已开始向白蜡镇据点迂回包抄了。

独立营果然创造了一日两胜的奇迹,白蜡镇据点几乎没形成战斗规模,两个排的伪军就彻底解决了。如果说拿下葛家洼子据点是借用了智取,而白蜡镇据点的获得,差不多应算是马二梭一刀砍出来的战果。马二梭一刀拿下白蜡镇据点的故事,后来在运河湾里演绎成了传奇,许多人说起这一段,甚至用了评书人的口吻,说喊杀声中,马二梭从天而降,只见那半空中寒光一闪,牛耳尖刀直抵顽敌咽喉。伪连长哎呀一声,说时迟,那时快,伪连长双手护头,一颗秃狗头早已咕噜噜滚落尘埃。也有人说独立营用的是吊死鬼立门框的招数。吊死鬼,立门框,伸舌头,手冰凉。纵有天大的胆量,纵有通天的本事,也架不住那一惊一吓。营长马二梭就凭着那一惊一吓,保安纵队两个排,硬是齐刷刷都尿了裤子。到了马二梭死后的第二年,特别是马二梭坟墓上刚立春就盛开了紫柳花时,传说变成了传奇,慢慢又演绎成略带神秘感的章回体,名称就叫:马二梭挥刀定胜负,白蜡镇百年草木枯。

挥刀斩敌是故事中原有的,百年草木枯是指白蜡镇据点拔掉之后,原来安据点的地方种庄稼不出苗,栽了柳树杨树,总有一棵是不明缘由死掉的。不管横栽竖栽,要死的树一定是排头第一棵,先是枝枯叶落,接着又见一身的树皮脱净,光溜溜的树身上还有一道紫红色的疤痕,看着也像刀砍的。

其实,白蜡镇据点并不是轻而易举取得的。

拿下葛家洼子据点之后,马二梭又要接着再拿下白蜡镇据点,还说越快越好。那一会儿,马二梭并没想过非要一天两胜不可,他只是看着太阳刚刚升到中午头顶上,再来个十几里大迂回,即便不能沿交通线大突袭,即便迂回中要绕许多冤枉路,天黑前完成对白蜡镇据点的包围也是有把握的。但是,马二梭没想到,拿下白蜡镇据点并不如想象中那么简单。

白蜡镇据点在葛家洼子据点的东偏北方向,两地相距十几里路,当初为

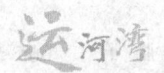

救那一对父女攻下黄桥据点时,白蜡镇据点曾派出一个排的兵力援救,马二梭他们是在撤退途中,顺带着把那一排援兵干掉的。马二梭就记住了白蜡镇据点驻守的是一个连,干掉一个排,里边的一个连就成了残缺不全的,对付这样的半拉子保安连,根本用不着考虑战法,之所以迂回包抄,不过是不想过早暴露意图罢了。还有,马二梭内心里,其实并不想被其他作战营知道他已经拿下了一个大据点,尤其是不想让侯得章的新一团知道。可是马二梭他们到了才发现,白蜡镇据点是建在一处沙岗子上的,沙岗子的四周全是一马平川的顺势沙坡地。而沙坡地上,除了刚钻出地面的韭菜一样的茅草芽,几乎看不到遮蔽物,甚至连紫柳墩子也没有,稀稀落落有几株沙打旺,拉直了也没有一尺高,根本藏不住人。更使马二梭心生怒火的是,据点内竟然还高高竖起一个木架子望楼。望楼上架着机枪,除非远远地先拿炮把望楼轰掉,要想从一马平川的顺势沙坡地冲上去,不付出伤亡几乎是不可能的。

马二梭把牙咬得咯吱吱响,吴春牛转着圈子找紫柳条,结果他折了一根沙打旺,递过去让马二梭咬着,自己嘴里先流出口水来。肖八万忽然哎哟着喊肚子疼,后来又说疼得忍不住,肖八万还抱着肚子胡乱揉搓,还说十有八九是一路子急行军把肠子弄拧劲了,疼是挤疙瘩疼的。肖八万还向花子余他们使眼色,还向手下的几个排长使眼色,示意他们也说肚子疼。但肖八万天生是个不会装病样的,他不知道肚子疼时不能胡乱揉搓。还有,肖八万嘴里说疼,嗓子却没变声,这样子一看就是假装的。所有人都知道肖八万装肚子疼,其实是故意拖延时间的,太阳还在西半天挂着,冬走十里不明,春走十里不黑,要等太阳全落下,最少也要一个时辰,而眼下明亮亮的沙坡地,蹦个蚂蚱都能看得到,更不用说大活人了。

肖八万希望营长马二梭再耐着性子等一个时辰,最好等到太阳完全落下,最好等到望楼上的机枪手两眼一抹黑时,因为所有人都看出,望楼上并没有探照灯,而黑夜里开枪,几乎等同于瞎打。

马二梭在肖八万腿上踢了一脚,恨着蹲了下来,原本在嘴里咬着的沙打旺也吐了。

假若马二梭真能耐着性子等到太阳落下,或者干脆就等到据点里熄灯之后,夺取白蜡镇据点也许真能做到少流血或者不流血。但马二梭急于要在天黑之前解决战斗,急于要在夜里逼近运河西岸,然后在最短的时间内再把矿警团干了。还有,马二梭根本没把一个由半拉子连防守的据点放在眼里。于是马二梭又朝肖八万腿上踢一脚，说："起来，赶快把你的疙瘩肠子捋顺了，趁据点里边吃饭换岗时动手！"

据点内没有动静，西天边的太阳明亮亮地照射着，很温暖，似有似无的微风吹到身上也很舒服，田野里铺展开的春苗子像是抹了油的。望楼上的哨兵懒洋洋地打着呵欠，要打瞌睡时他又挺着胸膛望太阳，结果哨兵的眼睛被太阳光照花了。望楼上的哨兵就掉转了方向，他把机枪抱在怀里，又从角落里扯出一把干草，干草铺在西边的栏杆上，面朝东半坐半靠地躺下来，两只脚还是搭在东边栏杆上的，那样的姿势，放在春三月里，怎么看都是舒服的。

马二梭猛地在地上戳了一拳，说他不打算等到据点里吃晚饭了，据点里不是没动静吗，那就趁着太阳明亮，他要带一个连快速移动到据点西边，靠近据点之后先把望楼上的机枪手干了，然后炸开围墙。据点的门开在南边，南边百米左右就是公路，东边在哨兵的视线中，他带人从西边靠近，其他人集中在西北角，望楼上的哨兵即便会不时地摇晃脑袋，也不可能一眼扫三面。马二梭带去的是花子余的第一连，其他两个连由副营长丁黑豆指挥，两队同时行动。应该说这是一个大胆的设想，除了难以排除的几种可能性之外，更多的是带有侥幸心理的极大随意性。但所有人都知道要想拦截马二梭，硬要他耐心等到太阳落，已经办不到了，除非全营抗命。马二梭脸上又浸出了汗珠，汗珠不密，但滚落的汗珠却像豆粒一样大，所有人都知道，这是营长马二梭急火攻心的表现，而这也正好印证了他的元气还不能充盈脏腑，他其实还在康复中。

战争无规律，随意性屡屡被马二梭发挥到极致。不说整个战局，就某个局部战争或战斗而言，很难说，哪个指挥员的一个随意性决定，就能影响或者制约胜负，但马二梭式的建立在死活不顾基础上的随意性，却的确有所创造，甚至于彻底改变了原有的敌我格局。当然，这样的人物如果能一路顺祥，那他差不多就是个坊间人口中的福将了。比如《岳飞传》上的牛皋，临死一声长啸，居然还能笑死主帅金兀术，而《响马传》上的程咬金，被人戏谑着弄到地穴之中了，全身而退，居然还带出了皇冠金册。所有这些，不过是著书人为搭配组合性格群体而着意设置的，即便牛程二将真有过类似经历，也必定带着著书人的好恶取舍。运河湾里的马二梭，不会去想他到底是什么样的人，他要做的一切，都是由他的心性指引的，除此之外，再也找不到理由。或者说，无法解释。

运动到据点西边的马二梭他们，果然没惊动望楼上的机枪手，据点内也依旧没有动静，而西天的太阳差不多降到树梢高了。马二梭望一眼望楼，又偏转了头看花子余，问花子余能不能在这个射程内瞄准机枪手的后脑勺。还说："必须是一枪。"花子余伸出一根手指，手指放到鼻尖前边，瞄着说："就一枪。"

枪声响了，机枪手的脑袋像是被马蜂蜇了，机枪手原本是要拿手挠痒的，结果他只让脑袋缩了一下。机枪手的血滴下来，噗嗒噗嗒一定是落到沙土地上的，据点内竟然还出现了片刻的宁静，接着就是连长狼叫似的呼号，再接着就是惊圈牲口一样的奔跑声，等所有人都冲到围墙射击孔时，马二梭他们已把西边的围墙推倒了。里边的连长从望楼上抱下机枪，嗒嗒地扫射着发出死命令，他要所有人一齐朝墙豁口开火，说："把先进来的全干了，够本了再说以后的！"

马二梭就是这时候甩出的匕首。马二梭原本是要开枪的，手枪口已经瞄准了敌连长的眉心，但他已经被敌连长的话彻底激怒了，手枪举起来，机头竟然是颤动的，马二梭就用左手拔出了尖刀。马二梭咬牙切齿地甩出去，刀尖直插敌连长咽喉，留在空中的也许是一道寒光，也许只是风卷起的一片落叶，或者什么也没有。但是，从西北角扑上来的吴春牛正好看见了马二梭抽刀这一幕，接着就看到敌连长应声倒地，而敌连长倒地时还发出了一声哀号，声音类似于被掐着脖子的鸡的叫声。营长马二梭飞刀毙敌，一定给他留下了久久难灭的记忆，于是吴春牛可着嗓子大喊了一声，说："保安纵队的人都听着，能打九连环飞刀的就是我们独立营的马营长！知道前几年你们那一排人怎么死的吗？全是被我们马营长飞刀封喉的。不想死的都把枪放下，想死的冲着我开枪！"

运河湾里的坊间传说，也许正是由吴春牛的信口开河而起的，而这种夸大了的信口开河，带给马二梭的并非都是增光添彩，尤其是在江山即将打下，而一切尚有变数时。

独立营果然创下了一天两胜的奇迹，但马二梭设想过的经由流沙河紫柳丛，连夜逼近运河西岸，然后一鼓作气干掉矿警团的计划，最终并没有实现。计划的落空缘自分区的新命令。分区原定的是运西地区的敌对势力完全清除之后，再组建野战部队拉到外线去，目的是准备山东全境乃至整个中原地区的大反攻。现在，形势变化了，计划提前了。至于马二梭会不会因为设想的落空而大动肝火,在突如其来的大变化中,没有人会猜测他心里怎么想,况且,分区的新命令也出乎他的意料。

马二梭由此进入了他生命中的纠结拐点。这是任何人都难以改变的,包括他自己。

第十一章

局部形势瞬息万变。

马二梭并不知道,就在独立营一天两胜夺取据点时,运西军分区有惊无险地躲过一劫。事情的起因是,就在运西军分区贯彻山东军区"插、争、挤、打、统、反"的六字方针,并为最后的进攻做准备时,垂死挣扎中的日军却突然来了个大反扑。日军先后从晋冀鲁豫边区周围,悄悄抽调了6个精锐师团和骑兵第4旅团等部,意在以强大兵力撕裂运西至豫东及冀南根据地,试图扭转败局,并切断华北地区与华中地区的联系。为防止冀鲁豫边区察觉其意图,日军华北方面军司令部又暗中以新编成的6个独立步兵旅团接替其防务,一切都在计划中悄悄进行。但他们没想到,日军兵力的变动迅速引起了冀鲁豫军区和北方局的注意,并决定利用其留守冀鲁豫边区的兵力相对减少,守备力量减弱之时,顺势造势,以奇制险,赶在日军大部队突袭之前,先动手迎头截击,凭敌错觉打破他们的突袭计划。

经过周密部署,冀鲁豫军区主力悄悄出奇兵于朝城,先以清场方式拔掉朝城的日伪军据点,然后利用有利地形,组织强大火力,出其不意突然开火。南进日军自以为冀鲁豫军区主力还在他们的封堵之中,加之又在他们自己的防区之内,面对突然出现的冀鲁豫军区主力,反倒暗自窃喜。殊不知,他们的据点已不复存在,面对突如其来的迎头夹击,竟然大乱阵脚。截击战大获全胜,日军骑兵第4旅团无一生还,而先击后移的冀鲁豫军区主力,于日军组织反扑之时,又突然移军北上,一个大奔袭,再一次出现在日军新编成的

6个独立步兵旅团的背后。日军华北方面军司令部闻讯大惊,以为冀鲁豫军区主力欲趁机夺占衡德交通线及华北重镇南宫,于是急令突袭部队北撤增援,日军制定的撕裂计划就此破灭。

朝城地处冀鲁豫三省交界处,向东南方向延伸约50公里,就是太行山东入山东的门户运西地区,而对于日军骑兵部队而言,这样的距离几乎等同于眼前。一旦日军进入运西,不但运西根据地不保,冀鲁豫边区根据地也会被撕裂,进而再与南面的日军第11军司令横山勇部牵手,整个山东西部的战局将会变得极其被动。冀鲁豫军区和北方局的当机立断与高瞻远瞩,不仅使联结华北华中战略纵深的运西根据地毫发无损,更为随即到来的山东抗战大转折,布下了经天纬地的大格局。

所有这些发生在咫尺之遥的敌情变化,极欲创造奇迹的马二梭一概不知。假若日军华北方面军司令部的突袭与撕裂计划得以实施,莫说一日两胜拿下两个据点,马二梭即便再有冲天豪气,也终将难保脚下寸土。

还有马二梭不知道的,或者说,是马二梭从来不去想的。

面对日军的垂死挣扎,国民党第92军李仙洲部,又在安徽阜阳一带集结待命,而国民党王牌军第74军也有自湖北荆门移师东进的迹象。日军败局已定,收复失地已呈眉睫之势,重庆国民政府于此时调兵遣将,剑指山东之意不言自明。

入鲁后的李仙洲部果然气焰嚣张,他们打着"驱逐逆流,收复失地"的旗号,每到一地便摧毁民主政权,并扬言要把八路军撵到老黄河以北去。于是,山东军区致电八路军总部,提出重创李仙洲部的建议,并着手准备反击作战。随后的短短半年时间内,李仙洲部就损兵折将两千余人,连他的总部及第21师、暂编第30师等部,也一度陷入八路军运西包围战中。

李仙洲部挖坑自跳,于民族危难之际横生是非,不败必违天理。陷入重重困境的李仙洲虽不情愿,但鉴于已濒绝望,只好硬着头皮向蒋介石发电请示,准其撤离山东。蒋介石复电大骂,但李仙洲还是匆匆退回阜阳,国民党统治集团精心谋划的一招大棋,就此暗淡落幕。

此时,运西军分区司令员杨甬力已调任冀鲁豫军区副司令员,与司令员杨得志成为正副搭档。他的首要任务,就是尽快拉起一支能机动作战的野战部队。而对于马二梭这样视厮杀如天职的下层军官来说,不可能知道也不会去想,分区急着组建野战部队,就是要赶在李王二军之前封堵陇海线，以及确保运西根据地不丢失，从而为巩固山东乃至华北根据地立下屏障。马二梭只是纠结于为什么会突然中止拔钉子行动，又把分区的部队整编看作是莫名其妙的折腾，甚至是胡乱更改。从另一个角度说，马二梭即便以往日的实战经验判断部队也许会有更大的行动，也绝不会跟自己的命运联结起来，而恰恰是这一次突如其来的部队整编，把马二梭的命运推向不由己的变数之中。

马二梭接到停止行动的命令，是在白蜡镇据点刚刚得手之时，他原来设想的是沿流沙河故道穿插，借着紫柳墩子的掩护，快速到达运河西岸，一鼓作气再拿下矿警团。到那时，进可以直逼县城，退可以就地潜入老河套，河套东口的日军暗堡已经炸毁，独立营进入河套，就等于叶落茅草丛。马二梭甚至还想过偷袭县城，即便不能成行，在其他部队完成任务赶来之前，独立营已如楔子一样，钉牢了河湾县城。但是，新命令把一切全打乱了，新命令要求独立营破除已拔掉的据点炮楼工事，然后回原驻地待命。犹如旺火头上生生浇了一盆水，火虽熄而烟难灭，烟还是捂着闷着憋出来的。

马二梭窝了一肚子火，火又没有发泄处，索性催赶着俘虏上路，呵斥着跟赶牲口一样，后来又连独立营一块儿催赶，看着像是赶在暴雨到来之前入圈的。黑豆正疑惑着营长亲自押运俘虏，没想到马二梭又原路返回，催赶着俘虏再回葛家洼子据点，接着就把他们推到库房里，逼着俘虏脱了裤子装粮背粮。马二梭还一个劲儿地喊着："装满装满，全部装满，一粒粮食也不许剩，半拉子米粒也得捡起来！"好在此时已散尽春寒，脱了裤子的俘虏并不觉着特别寒冷，倒是半裸着身子背粮食的狼狈，让他们自己也感觉出了别扭。

马二梭太意气用事了，他只是窝着一肚子火要找个机会发出来，加之又一时找不到那么多的麻袋，竟完全忽视了八路军的战场条例，逼着俘虏脱了裤子装粮背粮，显然已带有羞辱的性质。假若这时候独立营里有人向马二梭指出来，说这样不妥啊营长，缴枪的俘虏不能虐待，咱们这是犯纪律了。副营长丁黑豆也好，花子余他们几个连长也好，哪怕是新兵马立冬和侯得印他们，马二梭也不至于大恼，顶多会说他没打没骂就不是虐待。或许还会说情急之中难顾及，或者说条件所限不得已，怎么说都是独立营的自己人，算是关上门说自家话。但丁黑豆和花子余他们都没阻拦，他们都知道营长马二梭为什么窝火，况且他们自己也正为新命令的突然出现犯着嘀咕。而其他人则带有解了恨的嘲弄心理，巴不得让俘虏出洋相，又千真万确找不到更好的运载方式。

没有一个背粮的俘虏敢向马二梭诉苦，俘虏们已从这个拧着脖子的营长脸上，读出了他是一个死活不怕的军人，把粮食退还给老百姓，这是他们的长官不会去做的。只是要进葛家洼子村了，其中一个排长才悄悄扯住花子余，说他们把粮食背到村口之前，独立营最好派人先进村找几张芦席，他们在村口倒了粮食之后紧着把裤子穿上，这个样子进村，自己不嫌臊，人家老百姓见了也别扭。这句话又把马二梭的怒火勾起来，他恶狠狠地冲着俘虏排长瞪了一眼，又一个跟没办法毫无关系的念头冒出来，到了葛家洼子村口了，马二梭突然喊了一声："放下粮食，跑步前进！"

马二梭没让俘虏倒出粮食穿上裤子，这样的举动类似于孩子的恶作剧，而马二梭不过是想让自己的火气尽快消解。这时候的马二梭绝不会去想，独立营里当成笑话的大胜之后的小插曲，竟然传到了新一团，团长侯得章由此又加固了原本就已存在的意识，即马二梭顽劣刁横，本性难改，明知故犯，全无军纪。没有人知道侯得章会不会把这件事以报告的形式捅到分区，如果马二梭知道侯得章也许会搬出战场条例，同时讥讽他把乡野劣习带到了军营里，他极有可能一笑置之，或者干脆不屑一顾，因为在马二梭心里，他早已与侯得章道途两异了。道途两异的军人不可同日而语，尽管侯得章一直是他的长官，但是接下来的部队整编，又一下子把马二梭的心彻底搅乱了。

部队整编没以扩大会议的形式进行通知，方案是分区作战部先拟定的，拟定对象为团一级。有些部队是直接派人通知，有些团部的领导则是秘密去的司令部，接受了新任务之后，马上又带部队向指定地点集结待命。而说出的理由则是团与团之间的正常穿插协防，但原东进支队的老兵一眼就看出，这样的理由是说给外人听的，因为带有穿插协防任务的战斗团，不可能一路向南，况且又是悄悄隐蔽出发的。还有，部队出发前，并没有与其他部队交接，更没见到其他部队过来，怎么说都跟穿插协防不沾边。

就在马二梭拧着眉头想原因时，侯得章匆匆忙忙地赶到司令部。那时候太阳已经落下，随着夜幕临近，运河湾里早已汇聚起一层轻如薄羽的雾状物。这些雾状物先是贴着地皮飘荡，看着若隐若现，看着断断续续，慢慢聚积着聚合着，突然间蘑菇似的膨胀起来，变得无边无际。这是夜幕临近的征兆，这个时候再要分辨哪里是头哪里是尾,已经不可能了,运河湾里落日之后的雾状物,很快就要与夜幕融为一体了。

值勤的侯得印和马立冬同时看到了侯得章,他们看到团长侯得章是骑在马上的,侯得章还不时地拿膝盖磕碰马肋骨,接近独立营驻地时,侯得章还偏着头向营部瞟了一眼,但接着又坐正了身子,看着是急着赶路的。那时候侯得印心里有些纠结,也有些忐忑不安,想着团长大哥也许已经看到了他,也许看到他这个新兵弟弟没早早做出敬礼的举动,才故意瞟一眼就扭转了视线。假若真是这样,团长大哥是故意以这种方式对待他,那他也完全可以当作没看见团长大哥,他也没必要纠结与忐忑,反正不是面对面。退一步说,如果他也敬礼了也打招呼了,而团长大哥又正好在那一会儿收回了视线,他心里也许会更纠结更忐忑。于是,从侯家老宅偷跑出来的新兵得印,在那个跟往常没有多少差别的傍晚,突然莫名其妙地产生出一股跟年龄极不相称的惆怅。新兵侯得印还以自语式的口气叹息,说:"我敢打赌,咱们独立营的好日子快到头了……"

新兵马立冬是呆呆地凝视了一阵又凑近侯得印的,他不明白得印为什么会说那样的话,那样的话在得印嘴里说出来,他听着不像是说着玩儿的,想着得印也许是想家了。立冬说,如果得印敢跟营长请假,他也想去看看姐姐香芝,自从营长伤好之后,姐姐又回到分区医院学习去了,如果部队真有大变动,他还是希望姐姐回到独立营,当个卫生员,知道往伤口里塞纱布就行了。但是立冬不会过多地想这些问题,更不会像得印那样叹着气说话,他很想让自己尽快变成营长那样的人,要报仇,要杀敌人,上了战场就拼命,连眼皮也不用眨。这样想着的新兵马立冬马上又变得欢悦起来,说:"我告诉你得印,信不信由你,反正我已经品出味了,咱们独立营马上就要变成野战军了,让咱们退回原驻地待命,说不定就是为了换装备的。"说完这些话的新兵马立冬,又挺直了脖子向远处张望,张望着又说:"知道丁副营长为什么离开驻地吗,打探消息去了!"

打探消息的副营长丁黑豆还没返回驻地,到了分区的侯得章却在司令员面前倒起苦水来。

第十二章

　　侯得章到分区之后经历了惊惊喜喜，伴随着那些惊喜的，得说是一般人难以品读的难堪。有很长一阵子，侯得章一直感觉他处在冷热之中，那样子很像是他故意折磨自己。冷是绷紧了肉皮冷的，打个寒战也跟没打一样，光是觉着肉皮上多了许多漏气孔，凝聚成线状的针状的寒气，无声息地钻进钻出。明明扣住了风纪扣，寒气竟然围着扣子打旋儿，旋着旋着就找到了扣眼，钻进脖领里了还听不到风声。而热偏偏又是燥着热的，热从哪里来的不知道，为什么会热也不知道。说不出缘由的燥热，让侯得章自己也觉着，他的脸一定变成了红布，甚至连脖子也会跟红布一样。

　　作为一个军人，作为一个有着远大理想抱负的团长，居然在司令员面前冷冷热热。侯得章人为地制造着迷幻，想着这一切是发生在浓浓深夜的，没有烛光，没有篝火，甚至连一颗时隐时现的星星也没有。在他与司令员之间，原来是有过半截蜡烛的，但蜡烛很快就着完了，顺着桌面流淌的蜡烛泪，曾经闪烁过短暂的橘红色的暗光，暗光也很快消失了，而运河湾里的黑夜又是浓汁一样黏稠。于是，迷幻中的侯得章，会借着眨眼的瞬间，下意识地将眼角的余光迅速落定某个地方。但现实是，司令员屋里一片明亮，刚刚换上的蜡烛火头正旺，蜡烛燃烧成乳白色的光芒，明亮得甚至能照见萝卜虫嘴边的触须，以及甲壳背上米粒般大小的彩色斑点。萝卜虫是顺着窗棂钻进来的，萝卜虫背上黑色的甲壳竟然闪着灿烂的油光，反倒把屋子映衬得更明亮了。

　　侯得章不敢再望烛光里的萝卜虫，为了抵消尴尬，他渴望有某种能扭转思绪的力量，牵引着他再回到团部，或者想着自己还没从团部赶过来。

　　在没从团部赶来之前，即司令部的通信员还没把通知送达时，副团长牟利光是大跨步进入的团部。自从分区扩大会议之后，副团长牟利光就把自己弄得像个管家婆，明明知道分区已做了明确分工，团部只负责伤员救护，再有就是派机关人员进村，快速建立农民组织，并把刚解放出来的新村并入新根据地建设中。拔钉子夺据点的任务，是全权交给各作战营的，但团部所有人都明白，他们的心不可能远离一线。团长侯得章把三个要拔的据点名字写在日志上，三个据点的名字被他画上了大大小小的圆圈，据点变成了一张张烙焦烙煳的白面饼，团长侯得章恨不得一个人全吃了。

副团长牟利光根本坐不住，参谋人员原本是要联系老乡腾房子收治伤员的，房子还没联系好又看不见他了。明明接到分区暂缓行动的命令了，他还是以询问伤员多少的方式，在几个作战营之间跑来跑去，看着伤员上了担架，他还是一遍遍地追问营长们到底有没有把握。他还会反复地说一句话，那句话他自己都感觉是说俗了，说到后来时，他甚至不好意思再跟营长们对视。他说的是："到底有没有把握啊，就这样打成死面疙瘩黏胶团啊，团长坐不住了你们知道吗？"

副团长牟利光得到的消息时好时坏。三营四营的营长，看见副团长就抱怨当初建根据地选错了地方，要伸展腿脚，要拉开身架，就得先把离得最近的身边的炮楼据点拔了，可离他们最近的身边的炮楼据点，全他娘的是难啃的硬骨头，还是没有多少肉的鸡骨头。想一口吞吃了又吞不下，想找个肉多的地方咬一口吧，鸡皮还没撕下来呢，先被他娘的鸡骨头把嘴扎破了。假若当初就知道将来必定有一天要就近拔钉子，那就专挑选周边是软柿子的，闭着眼睡着觉，动动指头就捏了，一捏就稀溜了。由此可知，团部领导在运筹帷幄上，还是缺少历练，起码是战略眼光没放远。

三营四营的营长，都来自新兵连，日军大扫荡之前，新兵连划归独立营，结果一场花家岗子大血战，新兵连伤亡殆尽，副连长莫如石战死。当初组建新兵连时，莫如石是侯得章第一个挑选出来的师范生，除了外表英姿俊逸，还多了书生儒雅气，侯得章见了就喜欢得了不得，刚招上来就任命了排长，接着就秘密送到运北据点接受训练。训练结束之后，随之又升任为副连长兼第一排排长，内中实有重点扶持培养的意思。莫如石能把军训条例背得滚瓜烂熟不说，步兵科目、机械化科目、装甲科目，考的都是满分，除去步兵科的格斗一项成绩稍差，他几乎是个无可挑剔的优等生。莫如石的战死给新兵连留下了巨大的心理阴影，除去埋怨独立营营长马二梭战场指挥有误，再就是拿新兵当老兵使，全不考虑要杀敌也要保全自己。而对团长侯得章，则多了软弱多虑又患得患失的抱怨，划归独立营之前没做好通盘布局，致使新兵连一战大亏。

吃了大亏的新兵连又被马二梭赌气交还给侯得章，侯得章把新兵连仅存的人当成了宝贝，亲自交给营长孔雨林，接着又来了个就地提拔。战士提班长，班长提排长，排长提连长，到侯得章接替司令员杨甬力，正式出任新一团团长时,他又把其中的两个连长从孔雨林的一营分离出来,补充了兵源之后,分别提成了三营四营的营长。三营四营的营长,之所以会当着副团长牟利光说那些话,内中实有怨恨团长侯得章临阵不果断的意思。奇怪的是,两个营长反倒认可了独立营营长马二梭的指挥风格,再有就是独立营那种生死一气死活不顾的拼命军魂。

副团长牟利光严厉地训斥了两个年轻的学生营长,说他们虽然通晓排兵布阵,匮乏的却是必胜信念,脑子里依旧存留着昔日战败的阴影,同样也是患得患失的表现。他说:"我问的是你们到底有没有把握?任务下达到作战营,你们反倒不会打了是吗?"

副团长牟利光后来又跑到一营,一营是原186团的老班底,从驻防河湾县城到徐州大会战,再到溃败之后从第五战区划归第二战区,再到在太行山加入八路军东进支队,186团剩下的也就这一个营了。副团长牟利光是带着急迫来的,他很想看到一营能首战告捷。

孔雨林的一营把预备队都用上了,气急败坏的孔雨林脱得只剩下一件衬衣了,他的手还是不住地撕扯,仿佛据点拿不下来跟衬衣上的扣子有关。一营要夺的是金堤口据点,据点修筑在堤口的北面,南面就是运河的支流金水河,河水与堤口之间就是东南西北走向的公路,公路的另一头连接着县城西边的运河大桥。堤口切去坡度,直上直下用青砖砌起,砖与砖之间,是用拌了黏米汤的灰浆勾缝,站在公路上望砖墙,整面砖墙浑然一体,仿佛是以青麻石垒砌的。堤上边随坡就势盖了房屋,外围起了围墙,围墙上拉着铁丝网。房屋建得也蹊跷。先在堤上挖出一人深的地穴,露出地面的部分只有半人高,房顶不起脊,起的是坟墓一样的和尚头顶,而射击孔就留在地面之上。不熟知的人,即便走到院门口了,也绝不会认出那就是房屋,假若爬到树上望据点,金堤口据点就是个斜着身子晒盖的乌龟。孔雨林恼恨的就是这一点,拿手远远地指点,还拿脚啪啪地跺树,他还用了老家皖东地区的土话,说这个招炮子的,痔疮长嘴高得了。

牟利光听不懂皖东的土话,他也不想听,他要问的是什么时候拿下来。他说:"你管他高矮干什么,他修在高处,你不会在底下掏洞啊?他火力压着你冲不上去,你不会在底下炸他个乌龟烧肚皮啊?亏你还是参谋长!"后来又批评孔雨林光是空发脾气,拿不出行动方案,光着急等于是自乱阵脚。孔雨林一下子把脸涨成紫红色,说:"哎呀我的牟副团长!独立营抢头功了,马二梭已经把葛家洼子据点拿下了，现在又快赶到白蜡镇据点了，你说我能不急吗？我恨不得拿牙把招炮子的王八盖子啃了，嘎吱嘎吱啃得粉碎！"

牟利光大吃一惊，怔怔地望了孔雨林又望东南方向，疑惑着说他根本没听到枪声，独立营不可能像吃西瓜一样，不等拿刀切呢，先把里边的瓤掏着吃了。况且，驻守葛家洼子据点的是保安纵队一个营，兵力与独立营相比，只多不少。已经拿下了，西瓜瓤掏着吃了，籽呢，他马二梭吃西瓜不吐籽啊，干掉保安纵队一个营，他的伤员呢。一个挂彩的也没有啊，一枪也没放啊，人家是开了门请他进去的啊。牟利光还说："不对不对，他又对付白蜡镇据点了，那葛家洼子据点的俘虏呢，也被他当西瓜吃了？他马二梭是猪八戒的肚子啊？你得到消息了吗，他是不是把俘虏全干了？"

孔雨林大声呵斥着挑选出来的爆破手，命令他们必须在中午前掏出地洞，他要赶在据点里边吃饭时将据点连窝端了。呵斥完爆破手又喊机枪手，命令机枪手压住据点火力，看见副团长牟利光还在等他说独立营，于是又挤个空档答一句，说："他没吃，也没咽，他自己也没伤亡。人家把一个营的俘虏，一个不落地全押运分区了，人家又去赶新门了！"

副团长牟利光就是得了这个消息返回团部的。

那时候团长侯得章还在为伤员的救护和安置发愁。三营四营的伤亡最大，有几个面色蜡黄的伤员，嘴里发出痛苦的呻吟，眼睛直勾勾地望着团长。侯得章一眼认出来，他们都是当初经他的手挑选出来的学生兵，学生兵组成了新兵连，新兵连寄托了他的深谋远虑。他说："你们是不是没布置好火力压制？怎么这么多挂彩的？新兵连不是演习过夺碉堡吗？"

牟利光进屋先喝了一缸子凉水，喷着水星子喊团长，喊得都变了声。他说头功谁也别想了，想也白搭了，新一团这一次是彻底现眼了。侯得章拉着牟利光坐下，自己强装着镇静，示意牟利光先说怎么回事。牟利光还是说独立营，说独立营一天两胜，拔掉两个钉子，俘获了保安纵队一个半营的人马，而独立营竟然无人伤亡，其他的作战营竟然没听到枪声，周边的据点竟然还毫无觉察。这得有多大的本事，这样的战果能让人相信吗，他马二梭是长坂坡赵子龙转世啊，但这一切又偏偏是真的。暂缓行动的命令下达了，干净利落一天两胜的只有独立营，马二梭算是出足风头了。副团长牟利光说这些话时，自己也感觉是惊诧的，说了还把拳头握住了，眼角勾的却是团长侯得章，看着像是悔恨懊恼里边又加了许多嘲讽的。

后来牟利光又半转身正对着侯得章，看见团长侯得章先是偏转了视线望西天边的余晖，余晖是从树梢的枝条间隙中透出来的，树枝先被染成了金黄色，慢慢地又从金黄变成了橘红，整个树冠都像是燃烧着的。冷不丁地再望树身，树身反倒变成了黑的，连树下的土地也变成了黑的，怎么看都像是烧成了灰烬的。牟利光又叫了一声团长，侯得章的喉咙里发出咕噜一声，听着像是憋了气的，然后他走向牟利光，仿佛牟利光并不在他身边。最后他用明显沙哑了的声音说："这都是真的是吗？那么，俘虏呢？团部负责收容，团部收容了吗，团部光看见伤员了。"牟利光想说是啊，人呢，但他张口说出的是："团长你还不明白吗？几百名俘虏早到分区了！"

副团长牟利光似乎被莫名的激动弄糊涂了，说了那句话之后，反过来又问侯得章是否愿意听更邪乎的。还问侯得章知道不知道马二梭又犯军纪了，说马二梭居然扒光了俘虏的衣服，居然让俘虏光着身子大跑，他自己跟在后边，像是撵猪撵羊的。牟利光说，这种野蛮行为在战士及老百姓中间造成了怎样的影响，营长马二梭全然不顾，马二梭居然还是洋洋得意的，催着赶着还用了冲天的嗓子呵斥。

侯得章的脸一下子阴沉下来，长长吐一口气，又把目光转向窗外，牟利光马上捕捉到，团长的眼神里带着极度的痛苦和厌恶，接着就听到团长连着说了两遍"岂有此理"。

牟利光也跟着向窗外望一眼，说即便是为了把据点里的粮食背回来，即便把粮食退还给了老百姓，马二梭那样对待俘虏，也实在过分。牟利光还想说马二梭败坏了八路军的形象，也带坏了其他军人，随着一声马啸，司令部的通信员进院了。于是又紧着瞅了侯得章一眼，看见侯得章依然死死地咬住嘴唇，侯得章还把两只手抱在胸前拧来拧去，这样的动作，于侯得章来说是极其少见的。牟利光猜测着，团长也许要说他马二梭还是个军人吗，战场条例他连一句也没记住吗，但侯得章迎着通信员走向门口时，又压低声音问了一句团里其他人知不知道，接着又说："这件事就不要扩大了。"

侯得章一句不落地听着通信员复述通知，看着通信员上了马，他脸上依旧是青青白白的，喊着警卫员牵马时，嗓子里几乎沙哑得哈不出声来。通知要求团长侯得章马上赶到分区，不是说开会，也没说紧急任务，只是说越快越好。牟利光试探着问其他团是不是已经通知了，通信员没正面回答，只是说司令员要侯团长自己去，至于司令员为什么要侯团长自己去，而不像对其他团那样下命令,他是一点也不知道。

牟利光一下子抓住了这句话的切入点,说他约莫分析出来了,结合着上一次的分区扩大会议,司令员要团长自己去,一定跟组建野战部队有关。为什么不像对其他团那样下命令,为什么要等到最后单独跟团长照面,一定跟运北据点刘雨生部有关。组建野战部队就要逐级升格,团升旅也好,旅升师也好,标准就是看谁指挥的建制多。牟利光还想说运北据点那儿怎么办,说团长现在过去是来不及了,唯一的办法就是团长写封信,他亲自去见刘雨生团长。牟利光说:"稳住刘雨生,咱们新一团就等于一个旅的建制了,这一点是最要紧的,你心里可得有数啊团长!"

侯得章光是哑着嗓子啊啊,谁也不知道,他是说不出话来了,还是另有难言之隐不便说。牟利光跟着送到门口,越想越觉着团长的态度是奇怪的,团长一直做着运北据点的工作,团长心里是怎么想的他比谁都明白,但是团长最近去运北据点的次数反倒明显少了。还有,团长最近也很少跟他说起刘雨生,想想也不像已经板上钉钉谈妥了。牟利光这一会儿有些糊涂了,看着团长上了马,忍不住又说起俘虏,说马二梭把俘虏押运司令部是什么意思,他为什么要舍近求远,他马二梭不知道分区的安排吗。牟利光还想说团长刚才那句话他也不明白,马二梭虐待俘虏是实,为什么不能说,团长是要替马二梭打掩护吗。但侯得章又一次打断了他的话,侯得章举起鞭子又回过头来,说:"我是去见司令员的,你想让我把自己缠绕成麻花团吗?"

侯得章这句话明显带着情绪。

但临到分区司令部时,侯得章还是尽量克制着不悦与愤怒,他不敢再想刘雨生,也不敢再想马二梭,仿佛他跟这两个人是没有关系的。他甚至还仰起面来,伸出两个手指捏住喉结,而后他拔了一棵早春里生长最旺的土名叫作兔口酸的野草,揉搓着连叶带梗全塞进嘴里。兔口酸是运河湾里的叫法,学名叫什么他也不知道,只知道这种略带酸味的野草叶厚汁多,虽然名字里带个酸字,其实酸味并不大,倒是入口之初的苦涩味明显些。而名字叫兔口酸,大概是嘲弄馋嘴女人的,女人到地里干活儿,嘴里寡味了,会随手把带酸味甜味的野菜野果塞嘴里。兔子嘴巴是豁的,馋嘴女人吃了,生了孩子也会是豁子嘴。还有,这种野草的叶片上布满了一层难以辨清的绒毛毛,刚咀嚼时并不爽口,甚至还有些涩胀的感觉。但嚼了兔口酸野草的侯得章,还真觉着嗓子里不那么干了,火烧火燎的感觉也减轻了许多,到喊了报告又向司令员问好时,他差不多已经摆脱了情绪的困扰,接着就听到司令员说了那些话。司令员的话一下子又让他把自己弄成了个尴尬人,并且还是忽冷忽热的,而他又实在做不到心如止水。

司令员的话简明扼要,已经扎牢的绑腿,以及束紧了的武装带,上上下下都显示着他已经做好了随时动身的准备。但是,司令员还是说了几句惯常要用的开场白,说他现在就是入了膛的子弹,随时都准备击发,即便冀鲁豫军区不扣动扳机,他自己也会把自己击发出去。因为冀鲁豫军区面临着巨大考验,冀鲁豫根据地面临着巨大考验,整个山东战局也同样面临着巨大考验。国民党第92军李仙洲部,已经又从安徽阜阳动身了,出阜阳北上就是陇海路,越过陇海路就进入冀鲁豫根据地,此为运西地区的南大门。而王耀武的国民党王牌军第74军,也已经离开湖北荆门,现在正加紧移师东进。两军一到,运西地区首当其冲不说,整个冀鲁豫军区也将在他们的钳制中,他这个军区副司令员必须全力以赴,而时间又是要分秒必争的,况且他这个运西军分区司令员还没有正式交接。司令员说,他甚至没有跟老乡告别的时间,跟地方党组织的交接,也显得力不从心,明明知道地方党组织的压力会加重,他也只能三言两语说紧要的。

侯得章瞪大了眼睛,一下子想起临来时牟利光的分析,心里急盼着司令员马上说出组建野战部队的话。但侯得章怎么也没想到,司令员突然说野战部队已经组建完毕,各部队已分头向指定地点集结了。司令员说,他现在要谈的是,新一团这一次没列入野战部队序列,新一团的建制归地方,依旧属于运西军分区领导,但新一团政委李家常必须调走。还有,运北据点刘雨生部也已完成整编,现已正式纳入野战部队的建制。原来他曾有过为运北团和新一团举办临别联欢的设想,他知道两个团长之间,早已建立了较深的战斗友谊,但时间又紧得拉不开,最后只好让刘雨生部先入建了。司令员说,好在不久还会在山东大反攻中见面,况且,友谊也不在乎朝朝暮暮,这一点侯团长应该能想明白。侯得章悄悄把手放到大腿根部,眼睛望着司令员,手上狠狠地掐了一下,掐的手劲用大了,痛苦明显地挂到了脸上。于是他说了一句极不连贯的话,说:"是这样啊?司令员,我是说,这我可没想到……"

司令员杨甬力一定注意到了侯得章的表情,不过司令员的内心也充满了矛盾,他很想尽可能地多说一些,又担心敏感的侯得章过分解读。于是他尽量斟酌着逻辑性强的词句,说了河湾县在整个大格局中的位置,以及地方建设的重要性，这其实就包括为什么把新一团划归地方部队。侯得章跟不上司令员的语速，他已把自己缠绕成一团乱麻了，只知道司令员是为他安排具体工作的，说他的职务是河湾县县长兼新一团团长。侯得章为这样的任命大感意外，从某种程度上说甚至是惊喜，但接下来就听到了一句让他十分别扭的话。那句话一下子让侯得章跳了起来，尽管他十分注重个人形象，那其中就含有军人修养。

司令员杨甬力最后说的是："独立营依旧划归新一团的建制，马二梭还是独立营的营长。"

第十三章

其实，司令员杨甬力挑选着用词，也是含着纠结的。他很想把话说得越简洁越好，主题越明确越好，甚至连说话的语气，也是越平淡越好，但最后他还是感觉把话说绕了，起码跟他的初衷不一样。

在司令员的意识里，侯得章首先是个有着理想抱负的知识分子，其次才是军人。在八路军整个战斗群体中，读过省城高等学堂的团一级指挥员并不多，在正规军里受过系统训练的更是少之又少。侯得章拥有军事理论，也不乏指挥才能，组织纪律性也很强，作为一个一线指挥员来说，这是极其难能可贵的。还有，侯得章具备战略眼光，尤其重视根据地建设，这在中央军的军官序列里，几乎是凤毛麟角。但侯得章身上又存在着知识分子的通病——斤斤计较、患得患失，尽管是时隐时现的。从某种程度上说，是理想抱负酿造了患得患失，或者说，一个把个人理想抱负看得过重的人，更容易患得患失，因为基点是个人。

平心而论，司令员曾对侯得章寄予过厚望，也拿他跟其他几个团长做过比较，他能在侯得章身上找到其他团长不具备的优势，包括侯得章身上无时不在的军人风姿。即便是运河湾里酷热难耐的三伏天，他也很少看见侯得章会当众解开风纪扣，更不用说像其他团长那样找个偏僻处就袒胸露背了。侯得章甚至很少挽裤腿捋袖子，什么时候都把武装带扎得板板正正，哪怕是没有作战任务时。

还有，侯得章从不说脏话粗话，除去标准的军营用语，几乎没有人听到他闲聊式的信口开河，或者云里雾里乱扯一通。这当然是生活细节，在无规律性可言的战争年代，尤其是在随时都要隐蔽躲藏的游击区，这样的举止不免给人一种过分呆板的感觉。但司令员却从侯得章的规范性举止上，看到了一个受过良好教育的知识分子的典范作风，这样的人往往会胸怀着极具个人色彩的理想和抱负，并把那样的理想抱负模化式地扣到自己的日行操守上。司令员对这一点极为认可，同时也知道包括自己在内，许多因反抗压迫而参加革命队伍的八路军指战员，欠缺的也正是这种修饰性的涵养。

但是，司令员同时也明白，侯得章的理想和抱负具有隐晦的排他性，不管侯得章自己会不会坦陈。爱之切，爱之求全，反之则是瑕以掩玉，是司令员对侯得章的复杂心情。所以，当侯得章身上出现他不希望看到的某些不磊落的举动时，他曾深深地为之惋惜。他还不止一次想过，假若心胸再大一些，眼光再放长一些，主观色彩再淡一些，身上能多一些勇往直前的精神，为了革命拼杀，为了胜利拼杀，为了理想拼杀，并把这种淬了血与火的坦荡与率真，暴风雨一样释放出来，侯得章或许是个帅才。可是，一个人的曲直行止，一个人的是非取舍，一个人的功过荣辱，有其自身的运行轨迹，外因只能助其修正。犹如风雨，运行中的方向修正，不过是受了障碍物的拦阻。但司令员宁愿相信侯得章是难得的帅才，起码是偏居一隅的将才，就运河湾这块根据地来说，侯得章应该是能胜任的。司令员之所以把新一团交给他，正是出于这样的信任，或者说，难有比侯得章更合适的。至于把政委李家常从新一团调走，完全出于组建野战部队的需要，而让侯得章出任河湾县县长，则是充分考虑了侯得章的履历，以及他对河湾县的特殊感情。

在河湾县县长的人选上，司令员反复征求过分区机关的意见，他希望从不同人口中，勾勒出一个全面的无偏颇的县长形象。

政治部的岳部长第一个表示同意，并且还特别强调："地方政权建设看似可松可紧，实则是一鼎定危安。往近处说，是要发展巩固根据地，是让我们的大部队进可以攻，退可以守。往长远看，根据地就是人民军队源源不断的兵员粮库，就是人民军队的实力之本。中原大战之后，侯得章就以186团团长的身份出任过河湾县县长，有执掌地方工作的经验和能力，从这一点来说，侯得章具备其他人不具备的先天条件和特殊优势。让侯得章出任河湾县县长兼新一团团长，可谓一安百安，这个人选算是选对了。"

岳部长是山东军区前期派过来的地方干部，先前负责的是统战工作，在省城读书时跟侯得章同级不同班，毕竟也是同学。岳部长入学第二年就加入了党组织，算起来比侯得章参加北伐军还早半年。岳部长到了运西军分区就听人说到了侯得章，见面之后很快就有了共同记忆，两个人都有许多感慨。司令员尽管感觉岳部长的话里同样带有明显的主观色彩，但觉得他对侯得章的分析还是有道理的。再征求其他人的看法，也都说合适。只有作战部的薛部长沉默不语，看着像是另有所虑。

司令员让薛部长帮他查找运河湾区域图，薛部长去了另一个屋，司令员跟过去。看着薛部长把区域图摊开了又收起，他说："老薛你有想法？"

薛部长又往区域图上瞟一眼，说他对侯得章出任河湾县县长没有异议，也认为这个人选是对的，起码是就目前来说。他所思虑的是独立营，是营长马二梭。薛部长说，他没有司令员对马二梭和侯得章了解得深透，他的所思所虑也许只是感觉，感觉这两个人很难相处，更不用说上下一致了，而拧成一股绳干大事，想也别想。

薛部长接着又说起前几年的分区干部训练班，那一期干训班给他留下了经久难灭的记忆。

薛部长说，他那天是临时有事找侯得章代课的，他发觉侯得章很会讲课。侯得章还善于引经据典，而引经据典又不局限性地原句照搬。比如他看到讲义上有一句"兵者，诡道也"，马上就说这一句出自《孙子兵法》，接着就是反向阐述，说诡之道不是让军人当鬼扮鬼。前一个诡是攻其无备，是出其不意，是虚而实之、实而虚之，是置之死地而后生，而后一个鬼，则是以村野阴鸷之心度磊落君子之腹。这样的军人即便通晓用兵之道，也绝不会成为好军人，充其量不过是靠诡诈之术，占其一时一域的便宜而已。

薛部长说，如果侯得章讲到这里做个小结，如果侯得章不在诡与鬼的区别上过度发挥，哪怕他在大半时间都用自己的作战经历做战例，马二梭也许会以按压的方式坚持到课堂结束。可侯得章竟然又题外发挥，突然讲起了军人的文化素养与情操品格，而马二梭认定了侯得章是故意揭他那块记忆遮蔽物的。但是，完全主导了课堂气氛的侯得章，已经讲顺嘴了，或者说，那样的课堂气氛变成了春汛冰融，戛然而止反倒与节奏不吻合了。

薛部长说，侯得章是挥洒着铺展开的，说仅凭一己之勇莽撞冲杀的军人算不上真正的军人，真正的军人应该上升到文化层面、情操层面、人格层面，否则就是蛮横之勇、狡赖之勇、暴虐之勇，二者有着天壤之别。军人情操应该是高尚的，磊落的，充满博大胸怀与远大理想的，他的言行就是民众之操守，他的举止就是民众之楷模。反之，他就是个携带武器的村野蛮夫。家风不正无以养孝廉，荣耻不分难以立正气，尚卑不辨羞何以示身范。有家室而视如草芥，窃人妻又念念不忘，这样的军人配谈军民鱼水吗，除非是甘愿自毁长城。无法想象，一个作风不检点，操守不规范，或者完全无操守的指挥员，会把部队带到正途上！这样的军人值得民众瞩目吗，值得民众敬仰吗，而没有民众瞩目敬仰的军队，还能获得民众拥戴吗。

结果，马二梭愤然而起。

薛部长说了这一节又望司令员，又说他一直不明白司令员为什么把独立营留在地方，为什么不把马二梭划归到野战部队。按他的理解，野战部队或许更适合马二梭，而马二梭的一往无前和敢打敢拼的硬骨头气势，还或许能影响整个野战部队。薛部长说，他发觉马二梭身上有一种天然的无法糅合的恩仇意识，这种恩仇意识决定了他的是非观，甚至是取舍标准。他并不完全认可江湖侠士的快意恩仇，但他又无法否认马二梭那种率真的无遮拦的斗志，以及生死不顾的拼命精神，着实是他喜欢的。薛部长接着还是拿那次干训班做例证，说课堂风波之后，马二梭再不去听侯得章的课，他给值日班长的理由是正在写检讨，事实是他一个字也没写。

薛部长说，这样一来，值日班长也对马二梭有了看法，紧着又跟政治部的岳部长汇报。值日班长汇报完了又红着脸笑，说有人看见马二梭还戴着兜肚，兜肚是红的，上边缀着个粉紫色的补丁，看着跟人的眼睛差不多。政治部主抓培训班，岳部长也有些不快，越发认同了关于军人品格的观点。说侯得章团长在军事课上阐述军人情操与军人品格，不仅必要，而且及时，那种没有文化支撑的杀伐蛮勇，不应该成为部队的导向，更不用说生活作风上的不检点了。军人无小节。岳部长要给马二梭更严厉的处分，见其他人不表态，忽然又提出让马二梭去接应司令员，还说省军区的会议应该快结束了。

薛部长说，那时候岳部长也许是要甩包袱，把个难驾驭的学员推给首长，如果司令员依旧偏爱这样的军人，那就让他看看马二梭的精神状态好了。他当时说的是再试试，如果马二梭仍然有情绪，硬逼着听课他也听不进去。不过，要不要派人接应，怎么接应，得由敌工部安排。岳部长马上接一句，说接应司令员是头等大事，既是军事行动，也是政治任务，敌工部不会不明白。

薛部长说，后来他又反复想这件事，感觉岳部长不只是甩包袱，带人接应司令员，返程路线不确定，时间节点不确定，沿途敌情不确定。更关键的是，接应人除了要善于应对突发变故，还要有与沿途群众打交道的能力，而日伪安插的眼线又常常敌我难辨。总之，接不接这样的任务是一个很难的选择。薛部长说他那天是蹲在地窖口看马二梭的，马二梭嘴里咬着铅笔，铺开的纸上还是没写一个字。于是他就故意绷着脸说："马二梭同志，我现在给你两个选择，一是今天下午完成检讨，二是拿命担保去完成一项绝密任务。选吧。"

薛部长说了这话之后，忽然用热切的目光望着司令员，说："你知道马二梭当时是什么样子吗？他扔掉铅笔站起来，张口就问'什么时候出发'。司令员，这就是我所知道的马二梭！"

薛部长说他实在说不清这两个人了，只是认为马二梭还是去野战部队为好。当然，也不是说独立营留在地方，就是无关紧要的。还有，司令员既然做出这样的安排，一定是经过深谋远虑的。

薛部长尽管说了圆场话，算是给自己的话做了铺陈，但他还是看出司令员的内心其实是很矛盾的。司令员推开运河湾区域图，先是长长地嘘一口气，自语似的说刚才要薛部长查找这张图，不过是为了找个僻静处说话。司令员说，为了新一团和独立营的去留，说透了，就是为了侯得章和马二梭的去留，他不下几十次地考虑掂量。临近野战部队集结的这两天，他甚至无法睡觉，一躺下，身边就是他们两个。司令员说他承认先考虑的是县长人选，定下侯得章也是考虑到他的具体情况，其中就包括加入八路军之前的经历。当然，履历并不是最重要的，他是从侯得章这个同志的地方情结出发的。

司令员说，按他的理解，一个领导干部，如果他对一方区域有着特殊的感情，或者说，对一方区域有着独特的理解和构想，那他一定会在这一方区域的治理上投入极大的热情，从而大有作为。还有一项最关键的，那就是运河湾里发现了煤矿，煤矿是由日本人发现的，虽然还没有探明储量，据说是个少见的富矿。运河煤矿刚刚进入钻探初采阶段，现在日军败局已定，那么下一步呢，日本人不会拱手把煤矿交给革命政权，而我们要做的就是一夺二保三守四建。在这一点上，他发现侯得章表现出了极大的渴望，他甚至能断定，运河煤矿的未来蓝图,侯得章也一定设想过无数次。

司令员说他接着想的就是马二梭和独立营。

独立营和新一团关系不融洽,也可以说有些紧张,这一点已经不是秘密了,整个运西军分区都知道。但是,很少有人知道,这两个有着万千恩怨纠葛的同村人,同时又都被一个叫兰兰的女人困扰着。兰兰是马二梭的媳妇,兰兰还是侯得章的堂妹,侯马两家若即若离,不过,对日军的仇恨却是一致的。在杀敌雪耻这一点上,或者说,在共同对付日军上,两个人又很容易联手协力。当然,就对日军的仇恨而言,马二梭更甚于侯得章。

司令员说,把独立营留在新一团,他正是充分考虑到了马二梭的快意恩仇。河湾县城还有一个中队的日军,这股力量说大不大,说小不小,况且协助日军的刘百湖保安纵队,还有两个团的人马。侯得章与保安纵队打交道,有其独特的战略眼光和战术手段,运北据点刘雨生部的投诚起义,就是鲜明的例证。但侯得章在对日军的打击手段上,却远远不及马二梭,把马二梭和独立营留下做地方部队,就是要让马二梭对付日军中队。

司令员最后还说,如果不是考虑到野战部队必须具备一定规模,他甚至还想着再给马二梭补充一个连的兵力,干脆把独立营扩编成加强营。

但司令员还是忽略了侯得章对独立营的反感,尤其是对营长马二梭的反感。侯得章听了他最后那句话,几乎是蹦跳着站起来的,侯得章还露出一脸的厌恶,他那一会儿还以为侯得章是嫌弃独立营不是满编。其实,侯得章对独立营是不是满编并不在意,他难以接受的是马二梭。司令员偏爱马二梭和独立营,马二梭的独立营敢打敢拼,野战部队正好需要这样的,而司令员居然把他留在了地方,这也是侯得章想不明白的。

侯得章一直把他的情绪带回了团部,但是侯得章没想到父亲侯登科正在团部等他。

侯登科这一次是想好了要早起出门的,拿脚蹬着侯葛氏让她起来做饭,自己披着衣服靠在床头柜上,眼睛眯眯着,看着像是没睡醒的。侯葛氏就有些埋怨,说他自己犯迷怔,也要别人跟着受连累,眼还没睁开就喊着做饭,做了饭闭着眼吃啊。侯葛氏嘟囔着穿衣服,侯登科却是思量着回想梦的,刚刚做过的梦,没睁眼之前是清晰的,睁开眼睛了,梦又变成断断续续的了。

侯登科急着把片段连起来,越急越感觉顺序出现了颠倒,记得梦里的儿子带着一大帮人进家了,儿子还骑着高头大马,进了院子了竟然还要人搀扶着下来。他那一会儿认为儿子是故意摆谱，不过，当着老子爹的面摆谱，礼节上就有些不通了。他索性回堂屋坐下，意思是等着接儿子的跪拜，儿子不行跪拜礼，把他介绍给大家也是应该的，说这就是老太爷。但是儿子也没跪拜，也没介绍，儿子也径直进了堂屋，进去就要他起来。他紧着跟儿子使眼色，意思是错了错了，按说儿子应该明白他的意思。但是，儿子得章竟然对他视而不见，竟然把马也牵进了堂屋，自己大模大样地坐下了，还学着他的样子坐到了几案的上首。

他举起椅子要打儿子，儿子忽然从八仙桌下拉出一只猴，猴吱吱地叫，看着像是要挣脱的，挣不脱，回过头来又要咬他，他大吃一惊，儿子反倒哈哈大笑。他就是那一会儿被儿子得章气醒的，醒了还是感觉憋屈，还是觉着儿子不该贪了玩心。贪了玩心就是自误前程，莫非儿子也要跟得才学吗，得才已经没正形了，脸腔不顾了，他这个团长是不是故意作践自己啊。侯登科想到这一节就恼，恼着又拿脚蹬侯葛氏，又要侯葛氏帮他圆梦，还问侯葛氏，说一个梦里又是马又是猴有啥说道。侯葛氏端起尿盆要泼他，说："说道就是没好心眼的，自己不睡觉也不让别人睡觉！"

侯登科匆匆喝了一碗疙瘩汤，看着侯葛氏去套间屋喊女儿喜喜吃饭。他悄悄抓了一个发面油盐卷，拿手巾包了系在腰带上。临要出门了，又迟疑着要不要夜里赶路，路上走一夜，天亮之后差不多能赶上团部开饭。想着又打消了摸黑赶夜路的念头，想着县城里的日军已经不敢出城门了，路上即便要穿过几个据点，但据点里的保安纵队也不一定摸黑设卡盘查。况且，满脑子都是那个稀奇古怪的梦，空等一个白天，他会把自己的脑袋弄成糊涂盆。侯登科忽然又跟侯葛氏说，他做了那样的梦，一准儿是昨天晚饭吃多了豆腐乳，豆腐乳是热性，胃里一热，睡觉就毛躁，也许根本没做梦。侯登科把话说得颠三倒四，先说是梦，又说没做梦，侯葛氏一下子就猜出，他其实是想偷着见儿子得章，见了面一定会说侯家老宅要翻天覆地了，一个没正形的得才找了个日本媳妇，而那个日本小胖子福山，又死磨烂缠地认准喜喜了。

侯家老宅碰上的都是大事，侯登科只好跟儿子得章讨主意，不过，当爹的瞒着当娘的，侯葛氏心里是不乐意的。

但是侯葛氏并没猜准，而侯登科要急着见儿子得章，还真是为着那个稀奇古怪的梦。侯登科还把梦圆了一路子，一路上果然没遇到险情，不过，那个梦却让他圆成八不沾边的了。于是侯登科就凑近了看儿子的脸，看出儿子得章带了一脸的懊恼，儿子得章还把眉毛聚成了疙瘩，一看就是生了一肚子闷气的。侯登科就拉着儿子的手坐下来，压了声地问儿子夜里是不是也做了稀奇古怪的梦，梦是不是颠倒无序的。侯得章挣脱了手站起来，压着嗓子说他已经好几天没挨过床边了，他就是想做噩梦也找不到闭眼的时间。侯得章接着又埋怨父亲总是跟着添乱，到根据地来也不知道选个空闲，说着又皱起了眉头，说他都忙得找不到东南西北了，他除了瞎忙就是瞎生气，他已经被任命为河湾县县长了，他还是一身兼二职，但他就是甩不掉独立营！

侯得章说："夜里？哪个夜里？现在是夜里还是白天？"

侯登科又把儿子的手拉到怀里，还要举着蜡烛照儿子的脸，说："你把刚才的话再说一遍！你已经被任命为县长了，还是河湾县，还是一身兼二职，你这是荣归故里啊儿子，你怎么还耷拉着个苦脸啊？"

侯得章说："我是想笑呢，我还想仰天大笑呢，身边站着个不知道天高地厚的马二梭，我笑得出来吗？"

侯登科突然啊啊着打个激灵，说他知道怎么圆梦了，那个稀奇古怪的梦不是凭空做的。侯登科说："傻儿子，你明白马上封侯是什么意思吗？"

第十四章

世间的许多事最怕联系在一起想，联系在一起想，会把八竿子打不着的人与物扯在一起。扯在一起，就变成了征兆，或者某种难以解释清楚的怪异。

比如紫云寨马家，马家落生了一个男孩，起名叫步正，意思是孩子的来路正，一辈子走得也正，日子也会过得正。这个正就是周正，而周正就是不招横祸，不惹是非，一个步正就是福气。孩子的娘叫岳彩凤，岳彩凤是侯家先人侯余庆转给马家的，马家接手时就带着身孕。马家得个媳妇再赚个儿，按说得是天大的便宜了，只不过，马家跟侯家的关系却从此变得很微妙。两家都轻易地不招惹对方，而马家则转身变调，一口咬定媳妇岳彩凤是从河套里领来的落难女，论起来还是上几辈子的表亲，遇上了就是因缘巧合。

事情如果到这里结束，可谓一清两好，皆大欢喜。问题是侯余庆又多了一句话，他说那句话，也许是为帮过忙的马家媳妇洗清白，也许是见马家的步正儿不是个省油的灯，于是就做了漫天联想。说来也巧，马家媳妇岳彩凤临盆的那天，侯家先人侯余庆正好到河套里串门，去的那个村里出了一件稀罕事。出稀罕事的那户人家养了一头公牛，牛是一岁口时从集市上买来的，扎了鼻圈之后使活儿，活儿上也顺手，拉犁拉耙，驾辕领犋，还懂号还稳当。主人一家很是喜欢，明明知道公牛性大，还是舍不得㨰了骟了。到了九岁口走下坡路时，那户人家又添置了一头驴，意思是跟牛配犋子，到外村帮人犁耙地挣工钱。男主人就给驴添了细草细料，驴肚子已经撑圆了，还是不住手地添料，而老牛那边是一眼也不看的。男主人还跟驴说话，说的是："别急，慢慢吃，没谁跟你争，谁想争也争不走。"

按说主人说不说话，说什么话，都得算是自言自语。人畜两界，不可共语，说也是说给自己听。女主人却在院子里搭了话，话是埋怨男人的，说："早到的，新来的，进了门都是家里的一口。你这倒好，养个牲口还先分了亲疏，儿子大了娶媳妇，莫不成老皮老脸的都要跟着喝剩汤啊？"女主人是借着牲口捎带说儿媳妇不知礼数的，索性还抓了两把细面，赌着气扔到牛槽里，还扬着声说："你吃你的，好吃再给你添。"

稀罕事接着就出来了，任谁也想不到的。

公牛听了男女主人的话之后，先是拿嘴衔着解开缰绳，然后径直走到女主人身边，冲着女主人曲起前蹄，牛头牛脸深深低下，看着像是跪拜知遇之恩的。跪拜了昂起头来，眼睛直勾勾地盯着男主人，也不上槽吃草了，也不上套干活儿了，光是一天到晚地跟着男主人，眼睛还是溜溜圆地瞪着。一时半会儿还可以，天天如此男主人就受不了了，返身抄起拌草棍子，抡圆了照着牛头牛脸猛打，打着说："你来劲了是吧？再犯邪性我送你上肉锅！"

上肉锅是狠话，意思是把不能使活儿的老弱病残，卖给剥皮切肉的换钱，而肉是煮熟了零卖的。公牛仿佛是个懂人语的，先是一声哀嚎，跟着又是一声长啸，长啸里还带顿挫音韵，听着像是怒斥："看哪个没良心的敢剥我！"

男主人被公牛嚎得心焦，骂着丢下拌草棍子，转个身去了街上。公牛跟着追到街上，又把牛头牛脸凑近男主人，还用双角抵住男主人的下裆。一个街上的人先笑后惊，怂恿着让男主人拉出家伙来，跟牛角比比哪个硬。男主人脸上挂不住，躲闪着托人给肉锅那边捎话，意思是让作坊来人，一时三刻，紧着捅一刀。不图钱，图解气。

作坊里果然是带着刀子来的，先使网罩把公牛罩住，接着又下杠子别住蹄腿。牛倒地，刀入心，血喷溅，吼声消。

侯余庆去村子里串门的那天，正好赶上那个茬口，又听了许多公牛的怪异故事，也感觉稀罕，再回到紫云寨时，马家媳妇岳彩凤已经临盆了，生下的是个不哭不闹死缠的魔头儿。侯余庆掰着指头数日子，一数就数出了巧合，接着就放了话，说马家的小儿马步正是懂人语的公牛投胎转世，那边一咽气，这边就托生了，牛魂是大跑着过来的。许多人都编着理由到马家看小儿，果然看出马家的小儿是个上宽下窄的长脸。

侯余庆是侯家三兄弟的父亲。

到了娶妻的年纪，马步正娶的是马刘氏。马刘氏是个平和性子，先生下长子满秋，满秋也是个只知道干活儿的平和脾气，二胎又生了女儿秀秀，秀秀好心性还好脾气，吃了亏受了屈，宁愿吞了咽了，也绝不会跟人在口角上别劲。只有一个梭子小二是个说不清的，地里活儿是偷着磨着不下真力的，家里更是倒了油瓶不扶。按说这得是个吃饱贪玩儿的省事主儿吧，可事实恰恰相反。不惹他，也像是不多事的，可一旦招惹了他，好家伙，他能把火气发到天上去，阎王老子也不怕，砍头活埋也不眨眼，非要跟人论个是非曲直。

马二梭活脱脱是马步正按模子扣出来的，马步正是闷着火星子捂烟，烟不消，火不熄，芝麻粒大的事，也能把人磨死怄死。而马二梭则是亮了膀子拼命，不是他服气的人，他瞥一眼也觉着别扭。

于是又有人做了漫天联想，说马二梭或许是野马星转世。

漫天联想的人也是照应着说的。说马二梭出生的那天，天上落下一颗流星，流星落到一户人家的屋顶上，屋顶被砸了个窟窿，不偏不斜地漏下去，正好砸到睡觉人的头脸上。也有人说流星落到屋顶上了是不假，但落的是个堂屋顶，堂屋顶梁粗架硬，又是青膏泥抹的顶，流星落下去又弹起来，最后又顺着堂屋顶二番滚到牲口棚，牲口棚里砸死的是一匹儿马。那时候儿马正要爬胯，爬的是发情的母驴，母驴跟儿马平时就在同一个槽吃草，母驴巴不得儿马爬它，母驴还喃喃着哼唧了几声。儿马是先拿耳朵蹭磨过母驴的，蹭磨着跨上母驴背了，正要入港挺进时，流星击穿了牲口棚，儿马就在那个火节头上倒的地。儿马原本就是带着一包火性的，再加上欲进未进的威勇，一腔怒火加情火，都是积聚了未经发散的，儿马魂就咆哮着腾空而起。

看见儿马魂腾空而起的人不多，因为许多人正在睡觉，有几个先被流星惊醒了的，说是流星落地之后，先听见的是那户人家呼喊号叫，接着就看见夜空里跃起一片火烧云。火烧云先是围着村子旋转，忽高忽低，忽上忽下，好久之后又突然转身，整个运河湾里转了个遍。火烧云是个马形，胯下吊悬一物，昂昂扬扬的，极像儿马的随身宝贝。而儿马魂腾空的那个晚上，紫云寨马家的二小子出生了，马步正张口就给儿子起了二梭的名。儿马魂腾空就变成了野马星，而织布用的梭子是钻进钻出不落稳的，于是马二梭就变成了野马星转世。

做了漫天联想又放出这话来的，是侯家老宅的侯登銮，他是三兄弟中最小的老三，有个外号叫三精包。侯登銮放出这话，是因为儿子得才时常被马二梭带进河套里，说是逮兔子，可马二梭是吃了烧兔肉回来的，而儿子得才只拿了半拉兔子皮，两天后才被他从紫柳丛中找回来。

就在侯登科到新一团找儿子得章的那个晚上，司令员杨甬力带着警卫员，悄悄去了独立营。司令员杨甬力天亮之后就要去野战部队集合地，他想在临走之前再见见马二梭。马二梭带着一连连长花子余去了分区司令部，两个人是在运河湾的小路上岔开的道，时间上差不多算是同时。

司令员杨甬力自认为他了解马二梭，也理解马二梭，尽管他曾多次指出过马二梭身上的缺点，甚至还严厉批评过，比如根植于马二梭骨子里的以己为中心的恩仇意识。这一次，他不想再谈那些了，时间来不及，况且，马二梭也已经有过无数次的生死历练了。一个人的心能不能放大，一个人的眼睛能不能望远，在生与死的交替中，是最能获得警醒大悟的。他要跟马二梭谈的还是县城里的日军，而把马二梭留在新一团，就是要独立营对付日军的。据他所知，日军指挥官大川虽然从少佐降到了中尉，但这个人还是不可轻视的，毕竟他还有一个中队的兵力。如果大川占据县城坚守不出，如果日军善于调配刘百湖的保安纵队，大川就等于拥有了千军万马，因为保安纵队至少还有大半个师的兵力。面对这样的日伪势力，莫说是一个新一团，即便把全分区的兵力都用上，他也没把握一战拿下县城，而一旦大川和刘百湖得到八路军主力部队撤出运西根据地的消息,新一团极有可能面临灭顶之灾,这也是他命令各部队分头集结的原因。

军令如山,军情如隔山。内情不被窥视,一层窗户纸也是山。司令员杨甬力还想提醒马二梭,一是懂得保密,二是善于动智,面对强敌,失了这两条,运河湾里就再没了立足之地。按他原来的设想,野战部队集结之前,先以伸展行动扩大运西根据地,把运河以西的炮楼据点全部干掉,大大小小的钉子全拔了,最好是把河湾县城孤立起来,起码是让运西根据地连成一片,那时候再把野战部队拉出去,留下的地方部队也就不会再有大压力。但是,形势不由人,形势倒逼人,现在再说这些已经没有意义了,而且,他也没有时间协助地方部队扫清外围据点了。

司令员杨甬力知道,他唯一能做的只有提醒。要马二梭以智立足,以智发展,以智壮大,目的只有一个,就是要把独立营变成咬不动嚼不烂的铜头铁臂,还要让营长马二梭磨炼出明察秋毫的火眼金睛。只要马二梭胸怀大志,勇于自剖,摒弃小我,只要马二梭智勇齐备,善于思考,常于纳言,今天的营长就是未来的将军。而独立营也会越打越大,越打越强,变成独立团也是有可能的,变成独立旅也是有可能的。烽火连天,英雄逢世,关键就是融个人恩怨于民族大业之中。还有,马二梭不可轻用舍身行动,身先士卒应该提倡,但也没必要先把指挥员的命搭上。总之,无论胜败,他要在大反攻定局之后,再全面盘点马二梭身上的功过是非,而前提是马二梭必须活着。

司令员杨甬力认为,把话说到这一步上就足够了,但是,司令员没想到马二梭却去了他的司令部。

其实,司令员杨甬力非常清楚,他自己的内心也是矛盾的。明明知道独立营与新一团的关系不融洽,明明知道让侯得章团长兼县长是放了重任的,却把马二梭的独立营留下,其实还是担心侯得章智有余而勇不足,让两个有着万千恩怨的人扭结在一起,而马二梭又偏偏是极难把控的。他盼着马二梭有大成,又希望侯得章能包容马二梭的缺点,最关键的是,他还不能把内心的一切和盘托出,这使极度矛盾中的司令员到最后也无法清晰地裁度自己了。

马二梭并不知道司令员要见他,更不知道司令员还会亲自到独立营营部。马二梭连夜赶往分区司令部,也没有非加入野战部队不可的想法,而把独立营留在地方的消息,也是连长吴春牛无意中获得的,尽管他刚听到那个消息时,曾产生过极度的抵触情绪，甚至是愤怒。

吴春牛是以交流伸展行动战果的方式，搭讪着去了新一团驻地，先跟新一团三营营长郭明搭上了话。三营四营的营长都出自新兵连，日军大扫荡之前，新兵连划归独立营，花家岗子大血战时，郭明是新兵连的副排长，吴春牛跟他相处过几天。吴春牛先喊了郭营长，郭营长也认出了他，两个人就说了几句闲话，野战部队已经组建完毕的消息，也是在闲话中扯出来的。郭营长说："把新一团留在地方，意思是新一团熟悉运河湾的地情地貌，说起来是重用，其实还是往轻了看的，估摸着是嫌新一团打不了大仗硬仗。"

郭营长的话里带着被人轻视之后的不满情绪，吴春牛先惊后喜，接着就露出了几分豪情，说："怎么样，现在明白了吧，当初把你们新兵连划归独立营，你们还老大的不情愿。你看我们独立营，到了野战部队，咱们还是响当当，还是专啃硬骨头！"郭营长先是拿嘴撇吴春牛，跟着就大笑起来，说猫头鹰跟乌鸦比眼神，结果一个是天亮满天飞，一个是落日吃天下，谁也没比谁强到哪儿去。他说："吴连长你还不知道是吧，独立营还是归属新一团，别啃硬骨头了，还是跟着我们新一团喝腥汤吧。哈哈……"

吴春牛是大跑着回到的营部，跟马二梭说过了，眼睛还是惊惊愕愕地瞪着，追着问营长马二梭怎么回事，说新一团留在地方很容易理解，因为新一团打不了大仗硬仗，可独立营却是专啃硬骨头的啊，司令部怎么把炒焦豆掺和到豆腐渣里了，理由在哪里。马二梭拿眼死死地盯着吴春牛，问："消息可靠吗？"吴春牛咔嚓打了个立正，说："万无一失！"说过了又望马二梭，马二梭却沉下头一句话也不说了。

马二梭是让吴春牛喊来的花子余，接着又让吴春牛出去，说他跟花连长有几句话要说。吴春牛不敢偷听营长马二梭跟连长花子余谈什么，他只是看到二番从营部出来的花子余，带着一脸的悲怆不说，胸口还高高低低地起伏着。随后，连长跟着营长出去了，在他们的身后，整齐地排列着一个连队，队列中一个说话的也没有。

吴春牛也绝不会想到，营长马二梭见了匆匆返回的司令员，说的第一句话竟然是："司令员，你把独立营第一连带走吧！"

第十五章

其实，在没带第一连去分区司令部之前，马二梭很想三言两语就让花子余把人带走，意思一听就明白，他不能拖泥带水说很多。比如，他说自己已经想好了，第一连应该加入野战部队，花子余不应该永远窝在独立营，军人应该在大沙场上拼杀。但是，连长花子余老是让他说明白，花子余还说："听着是明白了，可心里还是糊涂的。为什么第一连应该加入野战部队，那二连三连呢，他们就不应该到大沙场上拼杀吗？还有，不应该永远窝在独立营，独立营怎么了，独立营是窝在家里睡大觉的吗？"

花子余说他一听就明白了，营长是让他有大建树奔大前程的，野战部队毕竟是千里驰骋，人多势众，滚动发展，今天的一个连，明天的一个营，大沙场上建功立业，要的就是热血男儿的大志向。而独立营是就地行动，运河湾里又是强敌遍地，一旦主力部队撤出的消息泄露，别说大发展，能生存下来也不是易事。花子余说他知道营长心里是怎么想的，越是知道，越感觉营长在这个时候让他到大部队，就是没把他花子余跟独立营的弟兄们捆绑在一起。花子余说，这样论起来，怎么想都是跟他花子余隔了心的，认为他花子余当初加入独立营，就是为了要那个将来的大建树大前程的，这使他心里寒凉。花子余当真抹了眼泪，说："营长，你看我花子余不配当同生共死的兄弟吗？"

马二梭握住花子余的手，这在马二梭以往的动作里，是从来没有过的。马二梭握过了又把手放到花子余肩膀上，下了死力地按压，但他还是不愿意多说，他甚至连花子余的抱怨也不想解释，仿佛花子余全说对了，他马二梭就是那样想的，他马二梭就是跟花子余隔了心的。马二梭就那样死死地按压住花子余的肩膀，然后一眨不眨地望着花子余的眼睛，说："花连长，去集合队伍吧，咱们马上出发，越快越好。"

马二梭没给花子余留下告别的空隙，他连花子余到其他连里去都不允许，花子余要跟副营长丁黑豆打声招呼，马二梭也把他扬起的手摁住了。花子余把第一连带出来了，他只是恶狠狠地说了一句"紧急任务，马上出发"，然后头也不回地出了营部。那时候，夜影子完全落下来了，运河湾里的黑夜是从一缕雾气贴住地皮开始的,雾气先贴着地皮游动,慢慢地汇聚着升腾起来,到最早的星光闪出时,整个运河湾差不多就是沉浮的了。刚离开营部的时候,有一只迟归的老鸹错过了树巢,老鸹鸣叫着从马二梭他们的头顶上飞过,老鸹还发出短促的呼唤,听着像是醉汉说呱哇呱哇。夜空里看不到老鸹的方向,如果是在白天,眼睛在白亮的空中寻找,看到老鸹飞过的地方,会留下一道长长的黑弧。黑弧是眨眼即逝的。

独立营的人都看到了第一连离开,第一连是全副武装离开的,只要看看他们背着行李,马上就能猜出,第一连绝对不是去执行任务。任务既然是紧急的,抓起枪支弹药走就是了,没见过执行紧急任务还要捆扎行李的。还有,第一连的人一句话也不说,所有人都像闭着眼默读命令的,连长想说话,又被营长拦下了。仅从这一点想,第一连十有八九是与独立营分家了。

肖八万拦住了吴春牛,说花连长是被吴春牛喊到营部的,别人不知道出了什么事,喊人传话的吴春牛应该心里有数。肖八万说:"刚才营长安排了哪些事,怎么副营长没参加,反倒让你喊人传话?"吴春牛仰着脸望夜空,夜空里已经没有老鸹了,他又拿手揪扯眼皮,说:"我刚才听着像是有个糊涂蛋说话,是你吧?"肖八万嫌吴春牛装样,拉开架势要踢他,吴春牛却奔着副营长丁黑豆走过去,黑暗中走得跟跟跄跄的。

吴春牛看见副营长丁黑豆是从一连队列后边绕过来的,进了营部就拿手指抠墙皮,抠下来的土星子糊到脸上,黑豆的脸看着煞白煞白的。黑豆还独自发呆,看着像是凝了神的,可是黑豆根本看不到自己的手指已经出血了,血滴渗到白亮的土墙上,灯明里反倒变成了黑的。吴春牛就拿脊背把划痕挡住了,说他的大脑比任何时候都好用,脑子就像拿露水浸泡过一整夜的,晶晶亮亮的,看什么都清楚无比。要想的事根本用不着去想,只要在脑子里闪一下,哪怕只是轻轻一闪,立马就跟看见的一样。

吴春牛说他尽管脑子清亮,其实心里很乱,这一会儿感觉跟猫抓一样,恨不得拿一个刚掀锅的大白馍把自己的嘴巴堵上,越想越感觉蹊跷事并不是凭空出现的,第一连的离开,完全跟他说过的一句话有关。吴春牛说,他没说那句话之前,营长马二梭原本是在地上摆弄石子的,石子摆弄得跟个八卦图一样,他一看就明白那是排兵布阵的,大大小小的石子其实是炮楼据点,最大的那个当然是县城。但是,他既然无意中获取了一个天大机密,他不可能瞒下不汇报,从哪个角度分析,汇报机密消息这件事,本身并没错。他错就错在没事先掂量好,根本没去想营长听了那样的消息会怎么想。

吴春牛说,天大机密是从新一团三营郭营长口中得到的,郭营长那一会儿一准儿是幸灾乐祸了,张口就说野战部队早就集合完毕了,没有新一团的事,也没有他们独立营的事,他们独立营也是老家蹲。吴春牛说他听了就一路大跑,进了营部就跟营长说了,可肖八万个糊涂蛋,偏偏问他马营长跟花连长说了哪些话。肖糊涂根本不清楚,他传了话喊了人之后,接着就被营长支出去了,营长马二梭说他要跟连长花子余单独说几句话,那话明显是不想让他听见。吴春牛说他现在基本上可以断定,花子余的第一连一准儿是进野战部队了,营长马二梭为什么会悄悄地把第一连弄到野战部队去,一准儿是跟新一团赌上气了。新一团不是口口声声说独立营跟他们一样,也是打不了大仗硬仗的窝里蹲吗,那好,我偏偏把最会打仗的第一连送到野战部队,我让你们再比!吴春牛望着黑豆,说:"丁副营长你想吧,我敢打赌,营长马二梭百分之百就是这样想的!我心里跟猫抓一样不过是舍不得,其实我用不着谴责自己。丁副营长你说是吧?"

黑豆拿手抹脸,抹下的土星子又迷了眼,黑豆就使劲揉眼,揉得眼睛湿漉漉的,灯明里看着像是被辣椒呛的。黑豆还死死地咬住嘴唇,仿佛嘴唇就是个布袋口,而布袋里装满了要说的话。黑豆想说:"吴春牛你快变成独立营第一聪明人了,你的脑子还像拿露水浸泡过一整夜的,还晶晶亮亮看什么都清楚无比,可是你只知其一不知其二。你以为营长真是要跟新一团赌气啊,赌得着吗,值得赌吗,真要赌气,那就让整个独立营全加入野战部队。为什么单单送走一个连,为什么单单送走的是第一连?如果只是因为连长花子余会打仗,那么,你吴连长不会打仗吗,肖连长不会打仗吗?况且你们加入独立营比花连长还早,况且你吴春牛还参加过徐州会战,葫芦头阵地不是大仗硬仗啊?"但是黑豆不敢轻易松开装满了话的布袋口,也不能松开,为了他所熟知的营长马二梭,他必须顺着吴春牛的话头说,尽管他心里并不认可营长马二梭的做法,尽管他知道自己想的跟营长马二梭想的并不是完全一样。

黑豆是以查哨为由催着吴春牛回连队的,看着吴春牛走出营部,他忽然又自语似的说了一句:"吴连长,你还记得花家岗子大血洗吗?"

马二梭他们在司令部等了大约一刻钟,司令员杨甬力就匆匆返回了。

司令员举着蜡烛照马二梭的脸,马二梭的睫毛上挂着几滴露珠,还有几滴是从帽檐下滴出来的,那应该是一路奔跑冒出的汗珠。司令员从头至尾一直举着蜡烛,蜡烛泪滴到手上他也不放下,口口声声说马二梭把他打败了。司令员说,他原本是后悔着没来得及给独立营扩编的,起码应该把李家常当初带过去的特务连留下。没有给独立营增加一个连的编制,让他一整天都感觉对不起营长马二梭,没想到马二梭竟然又给他送来了一个连,这就等于空手走亲戚,回来反倒得了一包袱回礼。司令员被营长打败了,营长马二梭打败了他内心的纠结,他这一会儿,不知道该自责,还是该自豪了。

司令员最后说的是,他已经看出马二梭不想多解释,那么,他就什么也不问了,当其他指挥员都想着自己手下拥有千军万马时,一个深入敌后的营长反倒亲自送出一个连,他要是再盯着追着问为什么,那他就显得太小家子气了。至于那个为什么,只有马二梭自己知道,既然营长马二梭能把自己的爱将送出去,那就一定有他的道理。

司令员送马二梭出了司令部,马二梭差不多要被夜幕吞没时,司令员又大跑着回到屋里,再返回时,他把一把日军将官刀交到马二梭手里,然后他紧紧地抱住马二梭。司令员说,将官刀是他当年在太行山的战利品,他之所以一直随身带着,并不是有意炫耀,而是着实喜欢这把将官刀的小巧,连省军区罗荣桓司令员也说这是把好刀,还说这是日军将校一级的祖传佩刀,平时是供奉于先祖牌位之下的。日军将官带着祖传佩刀来到中国,上了战场也不忘随身带着,就是为先祖扬威显名的,那就用刀血溅他们的兽性子孙好了。马二梭在黑暗中给司令员敬礼,司令员最后就说了那句话,那句话也许一直都在心里积压着。他说:"马二梭,好兄弟,我要你活着!"

马二梭回到营部时已接近黎明,没有人知道马二梭会在返回的路上,一个人躺倒在紫柳丛中待那么久,而那个地方距离营部已不足百米。尽管季节上已是春分之尾,尽管夜露已不再凝霜,但运河湾里的夜晚还是有些寒凉的,况且下半夜时还刮起了西北风。夜风拂弄着紫柳枝条,枝条上已经排满了浅绿色的叶芽和淡紫色的花蕾。开春之后新生长的嫩枝,悬垂着如丝如缕,繁密纤细,柔弱绵软,颜色上几乎与叶芽差不多,而去年没被割走的老枝条,则变成了铁棍一样的紫红色。紫红色的基部背面,还有龙骨一样的隆起,看着是刀也砍不断的。紫柳每年开花两到三次,每年春季开花时,总状花序侧生在半木质化的鲜枝上,簇簇拥拥显得很稠密。由嫩枝变成半木质化的鲜枝,仿佛是分不出界线的，也许只需三五天，也许只需一两天，也许只是因了某个艳阳春光的照射，或者是一场春日里常见的扬沙风。

马二梭躺在春分之尾的黑夜里，不可能看到自己的额头上方，正摇曳着一束花蕾。花蕾已经孕育出了淡紫色的胞衣，胞衣吮吸着夜露，当东天边的第一缕晨曦倏然灿烂时，一束米粒大的花蕊就要绽放芳香。马二梭看到的只是黑暗，黑暗中的夜空闪烁着星光，星光忽远忽近，忽明忽暗，什么也看不见时，那一定是夜游的浮云遮蔽了夜空。马二梭先还是睁大了眼睛的，后来刮起了西北风，他就把眼睛闭了。躺在那样的黑夜中，马二梭即便不闭眼睛，也分辨不出紫柳枝条的颜色，铁棍一样的紫红色也好，娇媚的新生嫩枝的浅绿色也好，都是马二梭少年时期的记忆。一个少年的初始记忆，会经久难损地保留在记忆中，闭上眼睛也是一样鲜活，那或许就是人类的混沌初开吧。

其实，那个夜晚的马二梭绝不会有那些感觉，少年时期的马二梭是跟运河湾里的春夏秋冬融为一体的，他由着自己的性子，随风雨雀跃，伴寒暑共生，即便某个夜晚做了梦，梦中的马二梭也是无忧虑的。马二梭很少忧虑，他也许有思有想，但那样的思想马上就变成了他要做的，而做过了就用不着再思再想。比如他从吴春牛口中获知了野战部队已经集结完毕的消息，他一下子就认定消息是准确的，而消息里没有新一团，也没有独立营，他不用想也知道为什么。思想就那样一闪而过，或者根本没有思想，他马上就做出了送第一连加入野战部队的决定。第一连应该离开独立营，连长花子余也应该离开独立营，越快越好。

假若硬要揣度，马二梭一定想到了花家岗子，想到花家岗子是经了日军大血洗的。想到炮火轰鸣中，火光喷射中，整个村子荡然无存。想到花子余他们一百多个年轻人，仅仅因为到邻县卖芦席躲过一劫，而他们的父母兄弟早已随房屋一起化为灰烬，家乡与他们彻底绝根了。如果非这样揣度不可，非要认定马二梭就是那样想的，马二梭也绝不会反驳，因为马二梭压根儿就不会让思想久留。再比如这个夜晚，他从分区司令部返回，手里紧紧地握着司令员送给他的将官刀，不想马上回营部，不过是他那一会儿很想让自己融化于黑夜中。马二梭甚至不愿意想时间，上半夜也好，下半夜也好，那一会儿都是跟他没关系的，直到摇曳在额头上方的那束花蕾被夜风裹下，他还拿手背在额头上拍了一下，结果他的手被一束浸泡了夜露的花蕾弄湿了。

马二梭再回到营部时，看见许多人都围着香芝说话，香芝的头发上沾着枯草的碎屑，香芝的脸上还蒙着一层细如脂粉的尘沙，一看就知道是走了远路的。

香芝无法同时回答所有人的问话，只是反复说是司令员让她回来的，司令员还让她背了满满一箱药品和包扎物。香芝说她不想看见八路军战士负伤，更不想看见战友牺牲，带这么多药品回来，绝不是巴望着独立营出现伤号，她宁愿一箱子药品全过期，宁愿学到的知识全荒废，也不愿看到一个挂彩的，有牺牲更不用说。香芝说，经过分区医院这几个月的眼看心记，她现在处理外伤不再像先前那样只会绑绑包包了。她现在已经分清了外科内科，内科用的退烧药是辅助性的，治打摆子发疟子，最好的药是奎宁，拉肚子闹痢疾，先要分清是菌痢还是水泻，要光是水泻，拿柿子蒂熬水喝也管用。

香芝最后说的是司令员根本没征求她的意见，司令员说，香芝同志，你现在已经出师了，你应该留在地方工作，有一种叫马蜂菜的野草也能治痢疾，而运河湾里又遍地都是。香芝说司令员是以命令的口气跟她说话的，司令员说："香芝同志，你现在就去新一团报到，新一团已经有卫生队了，你报了到之后马上赶到独立营，你要与独立营共存亡，你要让独立营的同志个个强健如牛，尤其是那个不要命的营长，你要把他的命关到药箱里，咔嚓拿锁锁上。"香芝说，她接到命令马上往回赶，先去了新一团，也见到卫生队的队长了，队长就是肖医生，她一眼就认出来了，她的救护知识有很多是跟肖医生学的，包括伤口止血与骨伤固定。但是团长侯得章好像不怎么信任她，老是冲着她看来看去不说，还一个劲儿地催着她走，说既然司令员让她去独立营，那就快去吧。

立冬红着脸拉扯香芝，说："姐，你说的都是废话，别再说了。"

香芝打个愣怔，忽然说："哎，副营长我见到了，我怎么没看见营长啊，咱们营长呢，他去哪里了？"

早饭后，立冬帮着姐姐香芝做了一个担架床，床腿可以折叠，香芝晚上也可以在担架床上睡觉，有了救护任务，床又变成了担架。豌豆在一条沟渠里找了一大把基部呈现红褐色的灯草，灯草一根根捋直了收拢起来，说是让香芝留着当灯捻用。香芝望着豌豆笑，说豌豆的心就是细，豌豆一准儿是托生错了，要不就是上辈子原本是女孩。香芝又问豌豆，说早晨她打听营长，立冬却说她废话说多了，她还是不明白，怎么看，营长都是带着心事的，尽管脸上没显出来。香芝说："豌豆你说，二梭叔，不是，咱们马营长，他心里装了哪些事，咱们独立营是不是出啥变故了？"

豌豆瞥一眼立冬，立冬跟他使眼色，豌豆像是没听见香芝说话，接着还是说灯草。豌豆说，他早就注意到营部旁边的沟渠里有稀罕物，一到夜里就有一片是明亮的，天亮了去看，一看就发现了一大片灯草。灯草会发光，他是早就听说过的，灯草的名称就是这样来的，见倒是见得不多。豌豆说灯草喜潮喜水，河岸沟边的潮湿处，一找就能找到，要不是被紫柳占满了，老河套里一准儿会有很多。其实灯草发光并不是有油，他观察过了，最后认定，是灯草的叶瓣外边包含了一种会发光的东西，那些东西看着跟涂了一层银粉一样。豌豆说，最出奇的是灯草的根茎能吃，吃到嘴里跟红薯差不多，要是整个运河湾里到处都是，没仗打时可以派人刨，刨了晾透晒干，磨成粉末，遇到饥荒年头，可以代替粮食。

香芝啊啊着制止豌豆，说她已经佩服豌豆心细了，不过她要问的话，豌豆却一句也没说，看着像是故意岔开话头的，这使她越发感觉怪异，独立营一定是出了什么事。立冬吭吭地干咳，得印慢吞吞地走进来，整个人显出是没精神的。香芝又忍不住追问得印，立冬马上又抢了话头，说如果姐姐香芝听了之后从此不再说废话，他愿意把知道的全说出来。立冬说得印情绪不好跟没去成野战部队有关，得印原本是第一连的，连长花子余也很喜欢得印，得印已经学会使用机枪了。得印一开始并不知道第一连悄悄出发是去追赶野战部队，营长是在临出发时把得印留下的，得印是听了吴春牛连长跟丁副营长说话，才知道了第一连为什么悄悄出发，但那时候再追赶已经来不及了，况且得印也不敢违抗军令，尽管营长是他姐夫。香芝接着就问得印是不是这样，得印也没点头也没摇头，光是显得没精神。

香芝先是惊诧，接着又问豌豆为什么，说营长心里到底怎么想的，为什么单单让第一连加入野战部队，第一连哪里特殊了。

立冬一下子就急了，说："姐姐，你还有完没完啊？"

香芝从此就格外留意营长，发现营长马二梭果然跟先前又有了变化。还有，整个独立营也像是暗中憋着一股气的。

第十六章

　　侯得章开始制订详尽的生存计划,他完全沉浸在自己的谋划中,对副团长牟利光的欲言又止视而不见,而牟利光很想跟他谈谈独立营,很想说他反复地想过,越想越感觉分区把独立营留下,其实是大有说道的。如果团长只是一味地为新一团的生存费尽心机,看着是稳妥,也符合团长步步为营的韬略,其实是忽略了根本。即便抛开个人成见,即便不历数独立营与新一团的过往纠葛,即便不追溯马二梭与团长的恩恩怨怨,单就一个为什么,就够费心思去想的。况且马二梭并没为此烦恼,司令员说个留下,马二梭竟然就乖乖地留下了,这还是一身横劲的马二梭吗,他很愿意复归新一团吗。

　　但侯得章仿佛是听不见任何声音的,只想着这些生存计划的重要性,看着跟打仗没关系,但生存计划又直接关联着新一团的未来。未来不能建立在虚幻中,他得一步步地扣紧运西根据地的每一个环节,而生存就是发展巩固根据地的基础。根据地巩固了,根据地没有得而复失,新一团就有了活动纵深,就解了后顾之忧。如果一味地讲究进攻,依旧接着进行中断了的伸展行动,炮楼据点一日一夺,或者一日数夺,夺下来当然好,一旦打起消耗战,即便最终险胜,也是得不偿失。最关键的是,运西主力部队撤出的消息一旦泄露,敌人势必倾巢出动,面对数倍于己的日伪军,新一团定然无力招架。仅从这一点上说,制订生存计划就是当务之急,但制订生存计划不能理解成被动退守。因此,侯得章决定让每个营抽出一个连来,抽出的这一个连越张扬越好,招惹的动静越大越好。

　　侯得章的计划是,让这几个连分头到其他团原来的驻地,趁黎明时分或者落日之后,绕圈子踏出杂乱脚印,有出发的,有回来的,脚印越杂乱越好,脚印越多越好。同时还要在沿途垒砌简易锅灶,挖灶坑也行,随便找几块烂砖碎石也行,看着是仓促做饭的,但垒砌的灶膛里一定要有烧过的痕迹。日伪军知道八路军是以连为单位的,那么,沿途最少要垒砌出一个团所需的。侯得章甚至还想到了让执行迷惑任务的连什么时候都不要忘了在灶膛周边扔下筷子,而筷子就用随处可见的紫柳条代替。

　　到后来,副团长牟利光实在憋不住了,说:"团长,你还是让我打断一下吧，哪怕只让我说三五句……"

侯得章抬起头来，眯着眼望牟利光，说："老牟，你是不是想提出补充意见。太好了，你说？"

副团长牟利光说，团长只想着军政两面又有自主权了，新一团又回到了抗战初。那时候就是团长兼县长，当初没展开的宏伟蓝图，当初没实现的理想抱负，现在终于可以如愿以偿了，可是团长偏偏移转了核心问题。分区为什么要把敢于攻坚的独立营留下，独立营进入野战部队不是更能突显锋芒吗，而马二梭竟然还那么听话，说个留就乖乖地留下了。牟利光说："我不信这里边没有弯弯绕？"

侯得章还是眯着眼望牟利光，说："老牟你说吧，什么弯弯绕？"

副团长牟利光转着圈子看团长侯得章，说他有些犯糊涂了，感觉团长也跟前几天不一样了。前几天说到独立营也好，说到马二梭也好，话说个头，团长马上就知道什么意思，马上就知道怎么回事，甚至没有人说，团长只要一想起独立营，只要一想起马二梭，眼神里就会溢满忧虑和烦恼。但这一会儿的团长，看着倒像是完全没有感觉的，或者是完全认可了的，而前后的变化，又是出现在伯父老泰山来了一次之后。牟利光说，只要团长让他知道缘由，哪怕只知其一，他就绝不会再苦思冥想那些为什么。可关键是，他这一会儿是怀着天大担忧的，怎么想都感觉是有人布了局的，留下独立营就是为了制衡新一团，而所有人都知道马二梭跟团长是有过节的。

侯得章这一次没再眯着眼望副团长牟利光，侯得章又埋下头画图表，根据地与据点之间是以双线分割区别的。侯得章还在区别线上画了好几个箭头，还围着小三角标志的据点画了几个大小不等的圆圈，有一个圆圈旁边，竟然还加了个比三角标志还大的问号。侯得章画完了又瞟一眼，说是凡事不可猜测，猜测就难免有失误，而猜测本身就是错误的，何况又是司令部做出的集体决定。有过节也好，没过节也好，就对日本人同仇敌忾而言，就对憎恨异族入侵而言，他与马二梭之间，完全可以肝胆相照，尽管具体行动及行为方式也许有差异。侯得章说："老牟，你只说独立营是不是能打硬仗恶仗吧？如果你不否认这一点，那么，分区留下独立营就是完全正确的。独立营复归新一团，就是为了加强新一团的攻艰力量，因为主力部队撤出之后，新一团肩上的担子会有难以承受之重。至于你说的制衡，我认为完全是多虑，起码现在我找不到理由。"

副团长牟利光马上接一句，说他已经得到消息，马二梭把他的第一连悄悄送到野战部队了，而且还是亲自去送的。侯得章一时诧愕，眼睛睁大了，直直地望着牟利光，嘴巴明明是蠕动着的，喉咙里却没有发出一丝丝声音。团部里出现了片刻的寂静，仿佛天空是瞬间阴下来的，而随之落下的就是鹅毛大雪。运河湾里落下鹅毛大雪之前，天空会阴沉几天，说不上很暗，甚至还有些温暖，感觉天空变成了一床硕大的棉被。棉被还是柔软的，还没有折皱，铺展着罩住了运河湾，包括圈里的牲口，包括屋檐下张布的蛛网，包括蓬松着的茅草和枝头上垂吊的紫柳条。运河湾像是做了香甜梦，香甜梦是在无声息中做完的，清醒了也要有个回味的过程，而过程越绵长越好。接着就是落雪了，雪花先是一片两片，到眼睛不眨也数不清时，那就是鹅毛大雪降下来了。但现在是春日，春日里落下的应该是蒙蒙细雨，而春日是一年之始，又是万物更新之时。于是侯得章打破了沉寂，自语似的说副团长牟利光的话也是矛盾的，前面刚用了制衡，接着又说独立营自动分出了一个连，既然是为了制衡，他马二梭不希望独立营兵多将广啊，他马二梭不知道鼻子大了压嘴啊。

副团长牟利光一时变了声调，隐隐地还夹杂着沙哑，顿顿挫挫仿佛是带着不尽的哀怨。他说："我的团长，我的县长，我的侯兄，我要问的正是这一点，我所有的困惑也正是这一点。你说，这又是为什么？"

侯得章一时无语。

侯得章很想说他答不出为什么，他不明白马二梭为什么会自动分出去一个连，他在大感不解的同时，甚至还为马二梭擅自削减独立营的兵力，突然萌生出愤慨。侯得章不想把他的愤慨显露出来，否则，就没办法解释第一个为什么，牟利光问的是，团长为什么又对分区留下独立营无动于衷了。他更不能顺着副团长牟利光的话往下说，承认他现在的思绪跟前几天不一样了，尽管牟利光已经对他前后的变化产生了怀疑。牟利光说团长的变化就是出现在伯父老泰山来了一次之后，而父亲侯登科是突然间说到那句话的，他当时还不以为然。

父亲那天原本是先说了其他话的，尽管他一句也不想听，甚至还对父亲突然间来到团部心生排斥，意思里是嫌父亲添乱的。父亲侯登科说，他是带着一肚子心事来找儿子的，这些心事差不多要把他折磨死了。他每天都要面对，他几乎没有躲闪的机会，或者说，他找不到躲闪的理由，即便要装傻心里也是明白的。码头上的日本小胖子福山认准了喜喜，说是死磨烂缠也好，说是无休止地描述他的美好前景也好，这之中还包括一次次地送礼。小胖子福山说的那些话，他听着就跟酒喝多了说醉话一样，什么总技师啊，什么煤炭基地啊，什么三菱总部啊，什么麻生家族啊，扯起来都是一大篇，他每次都听得头昏脑涨。

父亲侯登科说，为了截断小胖子福山的念想，狠话绝情话他都说过了，他甚至还让日本小胖子吃了无数次的闭门羹。但是，所有这些都不起作用，仿佛他是不懂中国话的，可日本小胖子福山不仅会说中国话，还暗中帮着干损害他们日本人的事。他还喊了伯父伯母。他还说大舅哥侯得章是团长。他还说侯家老宅就是家了。侯登科说，他整个儿被这个叫福山的日本小胖子弄糊涂了，光他一个人糊涂倒罢了，问题是喜喜也没了主意，喜喜一没主意，就等于是答应了。侯登科说这一条算是自己家里的折磨，跟着还有前院的老三侯登銮，光他一个人没正形倒也罢了，关键是还有个没正形再加不要脸的侯得才。得才竟然找了个日本媳妇，找的竟然还是码头上的花田子小姐，竟然还带着花田子小姐登门认亲，而花田子小姐竟然还给老宅里备了礼。一个闺女找了个日本男人，一个侄子找了个日本媳妇，侯家老宅怎么了，死活离不开日本人了吗？

侯登科还想接着再说侯得才是故意的，三精包和侯杨氏也是故意的，老三一家子都是故意的。他们是故意踩着喜喜的脚印，有了喜喜在先，他就是再恶心也不便公开反对。父亲侯登科说着忽然打个愣怔，想接着说的话说到一半又闸住，偏转了头又望儿子得章的脸，说他看出来了，儿子得章一定也受了天大折磨，否则脸色不会发暗，眉毛也不会拧成疙瘩。侯登科盯着儿子得章追问怎么回事，他在极度烦躁中，不假思索地就把独立营复归新一团的话说了。当然，他也说了分区委任他为河湾县县长，他现在还是一身兼二职，父亲侯登科原本是揪着心听的，听着听着笑起来，手舞足蹈的父亲当场就说了那句话。父亲侯登科说："傻儿子，你明白马上封侯是什么意思吗？"

他不能过多地解释，更不能和盘托出他已经参悟明白了父亲的话，马上封侯是运河湾民间传说中的典故，他还见过猴骑马的画，父亲不过是搬过来借用了紫云寨一马一侯两姓。参悟明白了，他就不应该再与马二梭闹别扭，哪怕马二梭横生枝节，哪怕马二梭压根儿就没瞧起他。父亲的话必须永远地烂在心里，或者父亲从来就没说过那句话，而他也从来没那样想过。他之所以心服口服地接受独立营复归新一团，之所以不再为马二梭心生烦恼，完全是为了运西根据地，完全是为了即将面临的残酷的斗争形势。一句话，是从大局考虑的。

至于父亲说的家里那些事，侯得章既不想听，也不愿意想。或者说，他那一会儿，心是乱的，思绪是乱的，不想听，不愿意想，也在情理之中。还有，侯得章一直沉浸在对未来的谋划之中，家里的事很难让他分心，况且父亲侯登科到走也没征求他的意见。手舞足蹈的父亲说了那句话之后，再没提那些折磨人的事怎么办，走也是笑着走的，好像他匆匆忙忙地从家里赶来，就是专为团长儿子说那句典故话的。

就在侯得章踌躇满志，却无法应对副团长牟利光的一个个为什么时，回到家的侯登科依旧带着满脸的笑。侯登科返身插上院门，为防止笑出声来，他还做了个拿手揪腮的动作，放在门闩上的手倏地在嘴角那儿揪了一下。侯登科还望着侯葛氏眨巴起眼来，那样子看着像是少年夫妻弄乖张的，他甚至还张开双臂走向侯葛氏，怎么看都像是要拥抱的。侯葛氏呀呀地叫着后退，侯葛氏还一连声地喊女儿喜喜出来，说："喜喜快看你爹，你爹一准儿吃喜麻嘎子屎了。"侯葛氏还羞臊着躲闪侯登科，说："哎呀哎呀亲娘哎，多大岁数了，还学着弄狗头猫脸的，你不嫌臊啊？你还是把头脸弄周正吧。别笑了行吗，你越笑，我越觉着瘆得慌！"

喜喜从套间屋里跑出来，自己的脸倒先臊红了，红着脸闪到母亲侯葛氏身后，打个顿，又捂着脸回到了套间屋。

侯登科先是要抓侯葛氏的手，侯葛氏甩着手不让他抓，他就用双手扳住侯葛氏的肩膀，扳住了又在背后推着，推着进了堂屋。侯登科是要跟侯葛氏说天大喜事的，还要侯葛氏猜他想说什么，还要侯葛氏望着他的眼睛。侯葛氏又要撇嘴，说她懒得去猜，也用不着猜，装了一肚子心事的人，出门躲闪了两天，回来就弄出个狗头猫脸笑模样，除了想明白了就是假装的。侯葛氏说："你真跟儿子说喜喜的事了，得章怎么说？得章是不是说了只要喜喜自个儿愿意，日本人就日本人吧。就这，你还乐成狗吞糖稀样？"

侯登科在侯葛氏嘴上拧一下，说："再猜？"

侯葛氏就闷着头想，猛地抬起头来，说："能是咱得章找下媳妇了？"

侯登科还是说："再猜？"

侯葛氏就变了脸色，嘟囔着埋怨侯登科长了一颗碾盘心，还大还硬。女儿让一个日本小胖子缠绕住了，到底该成不该成，当爹的不说一句定盘子的话。一个儿子又大到树梢顶上了，早就该生儿育女的了，到现在连媳妇是谁家的都没影，当爹的竟然也可以不入心。说是想儿子了，回来还是空手握空拳，竟然还是嬉皮笑脸的。侯葛氏说："你自己哈哈去吧，没谁搭理你！"

侯登科扑哧笑出声来，说："告诉你吧糊涂娘们儿，咱得章又当县长了，还是一身兼二职！"

侯登科跟着就说了儿子得章如何得上司器重，说有一个姓杨的司令员拿儿子得章当宝贝，认准的就是儿子得章的一肚子学问。当场许了县长不说，团长的身份还是让带着，还是一身二职。司令员还说，整个河湾县以后就交给侯县长侯团长了。司令员还说，令尊大人也是开明士绅，又是当过开明乡长的，可见家风渊源丰厚。又说共产党要的就是武打天下、文治百姓，纵横驰骋，学识涵养，都是不可少的。司令员最后说的是，侯县长文韬武略兼备，又有过正规军的操典训练，又有过执掌一县的经验，这就是难得的人才，再加上还有一位深明大义的父亲。当然，一身二职了，手下也需要有个冲锋陷阵的，这就好比三国刘备帐前有个燕人张飞张翼德，宋江梁山寨上有个黑旋风李逵，虽然坐不成中军帐，打打杀杀还是离不了的。

侯葛氏听得混沌，紧着拦截侯登科的话头，说："你刚才说司令员还提到了你，人家司令员真说你当过乡长了？人家器重儿子得章，我听了是喜欢的，人家司令员是公家人说公家话的，怎么还扯出当爹的，怎么还说你身穿大衣，人家真是那样说的啊？我听着像是你往自个儿脸上抹彩的。"

侯登科瞪大了眼睛望侯葛氏，望着忽然又变了脸色，脸色是慢慢灰暗下来的。侯登科又想起他做过的梦，梦中的儿子是骑着马进的侯家老宅，没跟当爹的施礼不说，儿子得章径直进了堂屋，竟然还坐了八仙桌的上首。他当时是举起椅子要打儿子的，儿子忽然从八仙桌下拉出一只猴，猴吱吱地叫，看着像是要挣脱的，挣不脱，回过头来又要咬他，他大吃一惊，儿子反倒哈哈大笑。他就是那一会儿被儿子得章气醒的，醒了还是感觉憋屈，还是觉着儿子不该贪了玩心。他是带着困惑去见的儿子，接着就听到儿子说已经委任了县长，他一下子就想到了夜里的梦，张口就说了一句"马上封侯"。梦到这里不解自明，于是他欢乐乐地返回来，家里的折磨事竟忘了，到走也没问儿子得章怎么办。

但是，侯登科突然灰暗了脸色，他冷不丁地想起梦中的猴没在马上，猴是被儿子得章从八仙桌下拉出来的，这跟马上封侯的老话，还是一样的寓意

遗腹子　107

吗？如果把老话中的马上封侯画出来，猴应该是骑在马背上的，马鞍上还应该画一只蜜蜂。猴通侯，蜂通封，马上就是快了。画画的人知道画里含了什么寓意，家里贴了那画的人，自然也明白画里含了什么寓意，那样的画谁看了都明白。那么，从八仙桌下拉出来的呢，猴又是吱吱着又蹦又咬的，是不是暗示了儿子得章前程受挫啊，是不是封侯拜相还要费些周折啊？侯葛氏冲着侯登科吃吃地冷笑，说："看看吧，果然是猫脸狗屁股，说变就变！"侯登科突然发了脾气，说："别说话，我这一会儿又烦了！"

外边啪啪地拍打院门，侯葛氏撩起眼皮看侯登科，侯登科又没好气地翻起白眼，说："开门去啊，我现在还用得着夹尾巴吗？"

门外闯进来的是侯登銮，侯登銮是来说兰兰的，说侄女兰兰又把礼盒退回来了，兰兰还带着一脸的不高兴，兰兰还说她已经跟侯家老宅断亲了，把日本人买的东西送给她，是拿裹脚布抽打她的脸。马家人以兰兰无端出走为由拒收礼盒，但礼盒又放到了门砧上，东西没离开马家，马家人没经手也是收了。但是，他怎么也没想到，兰兰连礼盒封也没拆就给他们退回来，看见他这个当叔叔的还是一脸的不高兴，扔下礼盒就说她已经跟侯家老宅断亲了。侯登銮说："这算怎么回事啊大哥，我不是兰兰的亲叔啊？"

侯登科皱着眉头扭转了脸，说他不明白老三侯登銮为什么到他家来说这些话，兰兰把礼盒退回也好，当街扔了也好，怎么想都跟他没关系。侯登銮哇哇地叫，可着嗓子发了大声，说："兰兰说的是拿日本人买的东西送她，就是拿裹脚布抽打她的脸。这话啥意思你不明白啊？你家里没有日本人买的礼品啊？还有，你偷偷摸摸地去见儿子得章，是不是又想着对付得才啊？挑明了说吧，我儿子结了日本亲，你闺女也结了日本亲，咱们两家现在是半斤对八两了！"

遗 腹 子

中 部

运河湾里的别扭话：

六月十五雪打灯，筛子底上净窟窿。
实心铃铛不出声，手指头烧红也不是钉。
西瓜留籽不断秧，咸菜没有猪肉香。
新女婿生气解腰带，新媳妇生气穿衣裳。

第一章

　　运河湾里春播时,墒情赶的是晚冬早春的雪雨,春苗出土,幼芽萌发,接着又赶上三月桃花汛,接着又是艳阳和煦,地里的苗子长得悠然安逸。春苗根深透,过年吃块肉。麦收之前的时光就变成了清闲的,而白日与黑夜又差不多长短,清闲下来的农人就有了闲心,如果不是战乱年头,运河湾里会有说不尽的社火节庆。热闹景是人造出来的,造出热闹景的人,为的是打发枯燥岁月。当然,可恨的日本人打乱了一切,但岁月还要慢慢熬煎,反正人得活着。

　　这一天的下午,紫云寨村里来了一个说坠子书的艺人。艺人眼瞎腿也瘸,人是拖车拉来的,坐了人的拖车,样式跟放犁耙的拖车几乎一样,或者就是用牲口拖车改的。改的地方在上边的支架,支架紧挨拖车底盘了,底盘上边铺了一扇门板,门板上铺了秆草,秆草是拿草绳捆绑着的。人在拖车上半躺半靠着,怀里抱着一弦一鼓,坐起来操弦击鼓,坠子书就算开场了。拉着艺人进村的是个女人,女人是个好眼的,尽管一直流着泪,路宽路窄还是能分辨出。有着遇风落泪眼疾的女人是艺人的婆娘,他们是从邻县来的,顺着运河大堤,走的是南北方向,到紫云寨下堤,不过是要赶个大村子想多留几天。

　　坠子书是从太阳压树梢时开始的,那时候村子里已经有抱柴火烧汤做晚饭的了,艺人赶在这个茬口开场,为的是晚饭有着落,要是只为了借宿,晚饭后开场,反倒能开大场。晚饭前拉拉弦敲敲鼓,开场也只是说唱个书帽,书帽是为了招引人的,意思是说书唱戏的来了。

　　马家人没去听书帽,只有春子听到动静出去了一趟,回来连说了好几个稀罕。说竟然来了说书唱戏的，竟然还是两口子，竟然还是又瞎又瘸的，遇风落泪的媳妇不会说书不会拉弦，光是在后边扶着让男人坐周正。春子原本还要学样的，听见婆婆马刘氏喊兰兰，要兰兰多添两瓢水，汤烧好了紧着送街上。春子就抹了眼泪，又说她看了一眼就觉着心是酸的，又瞎又瘸的，出门混口饭也是真不易。春子没再往街上跑，听着街上响起弦声鼓声，灶膛里引着火，紧着续了一大把秫秸，接着又去了堂屋。她说："爹，喝了汤您也去听吧，说书唱戏劝人方，您全当解闷，反正喝了汤就睡也睡不着。过一会儿我把马扎找出来，再让满秋给您拿着烟筐，满秋不拿我拿。"马刘氏啪嗒啪嗒地拍房箔子，意思是嫌春子话多的，催着春子去帮兰兰烧火。马刘氏说："春子你咋不说我啊，我呢，光让我一个人看家啊。你爹去我也去。"

马步正已经好多天不出门了，他脸上已经看不出火气了，话也懒得说，眼也是半睁不睁的，饭倒是一日三餐跟着吃。马步正没让满秋拿烟筐，也不让春子搀扶他，他挨着墙迈步，步子迈得很小，不过也没显出腿软无力。马步正靠着马照本家的堂屋后墙把马扎放下，人坐在马扎上，上半身靠的是墙。春子把婆婆马刘氏扶到人场里，马刘氏又问春子送了几碗汤，说中午的剩锅饼也该送两个，光喝一肚子汤，也就是落个水饱，毕竟是不扛饿的。春子拿眼瞄着的是艺人摸索着拉弦敲鼓，嘴里说着送了送了，又说听戏吧娘，看看人家，她们都是有福气的。站起来又回家拉兰兰听戏，兰兰说啥也不去。春子回来又跟婆婆马刘氏说起侯家老宅，说自打兰兰把礼盒退回去，老宅的三精包侯登銮的脸变成猴子腚了，看见她也是青青红红的，看着是跟马家结了气的。马刘氏说："结去吧，不搭理他，管他猴腚狗腚呢。"

小鼓啪啪两声，艺人清清喉咙打个亮嗓，接着说了一首定场诗：

怒气雄声出海门，舟人云是子胥魂。天排雪浪晴雷吼，地拥银山万马奔。上应天轮分晦朔，下临宇宙定朝昏。吴征越战今何在？一曲渔歌过晚村。

定场诗吟罢，接下来说的是汉梁王彭越：

楚汉相争之时，秦家天下已散尽，待霸王项羽垓下自刎，汉刘邦遂成四海帝王，史称高祖。话说是年秋日，陈豨在代地造反，高祖亲自率领部队前去讨伐，大军到达邯郸，遂向梁王征兵。巧的是梁王染疾在身，实难成行，只好派出部下将领前去助阵。高祖见状怒发，疑是梁王势大欺主，一时三刻敕文责备。那梁王本是谨慎之人，唯唯诺诺尚不可终日，如何经得住高祖恫吓，不得已只好带恙前往，以达谢罪之意。部将扈辄有言，说大王已是定罪在先，而今受责直往，恐有不测之虑，不如就此造反。那梁王本是磊落英豪，造反之语断不可听，于是又怪罪太仆。岂料太仆暗自乖张，竟连夜密告梁王谋反，高祖前疑今实，认定梁王罪有应得，于是派使臣诱捕梁王，并流放蜀地。

可怜梁王心实眼拙，受了无端惩罚竟然泣诉于吕后，意在辩解冤屈，并企盼返归故里运河湾。殊不知吕后口蜜腹剑，心如蛇蝎，面上和颜悦色，诱使梁王与她同行，并言说代为释疑。梁王信以为真，感激涕零，千恩万谢，及至行至宫中，吕后卸去伪装，与高祖曰：梁王乃一代枭雄，豪勇无双，流放蜀地无异于放虎归山，不如找借口杀掉他。高祖心领神会，暗中唆使梁王门客，再告梁王怀恨在心，意在另图谋反，高祖即刻发下诛杀令。可叹梁王彭越出生入死作嫁衣，帮刘氏夺得了汉家天下，到头来竟落个尸首两分，九族诛灭。试想想，魏地初起兵，蜂拥助邦威，先拜魏相国，遂为建成侯，终至封梁王，与韩信、英布并称汉初三大名将。到头来，仍旧是兔死狗烹，岂不令英雄落泪，又何堪百姓叹惋。

悲哉？壮哉？

也是梁王雄魂不散，发誓他日返归故里，定要续张英雄气，再发万丈情。从此专与草野雄魄为伍，纵是孩童稚幼，亦沥血育之，并助其腾越。更使运河湾首尾相连，八方和顺，纵横通衢，鱼虾跃水，粮米丰野，人皆无忧而居。

一夜，梁王雄魂正游走于河套密布之地，正欲到一土地庙前小憩，忽见一黑额长者迎面而至，并与梁王雄魂施礼。曰：我观河套九曲十八弯，弯弯独僻一壤，曲曲难成一统，此皆为蛟龙困潭之相，纵然气贯长虹，亦枉然埋没，更难有大丈夫搏击星汉。将军叱咤风云，威临四海，今日终归故里，若能通曲泽，贯纵横，高削岭，低填壑，引困渊，覆荒芜，直待运河湾伸张自如，使之西依太行之肋，东傍东岳之脊，中有脏腑运河子午流注，或他日，或数载，运河湾定是魁星汇聚之地，那时将军可永享百世烟火。只是一件费力费神，非将军一人之能及，将军只可驱使四蹄牲畜，不可使百姓洞悉。此为天机，切记，切记。阔大长者言毕即逝，梁王雄魂方知得土地神君点拨，于是便连夜驱使四蹄牲畜数百匹，使之背负蹄掘，至东天破晓，大功告成。

　　二日，百姓欲驱畜耕作，竟然发现牛马卧槽，驴骡汗淋。百姓不解其详，遂到土地庙前焚香求释。这才知梁王彭越已尸首两分，一腔雄魂复归故里，专要助运河湾人成就一番霸业的，运河湾从此五谷丰登六畜兴旺自不必说。四方百姓感梁王雄魂恩泽，先把土地庙拆旧换新，接着又于东邻大兴土木，树碑造庙，供奉的就是梁王雄魂。到了宋崇宁元年，徽宗赵佶出游此地，得知此事，甚为感佩，遂赐梁王雄魂为"河套星君"，下旨重建星君庙。

艺人说得口疲，说是连日奔走，虽是国泰民安也终有倦怠之时。又说他是走不出运河湾了，哪里咽气哪里埋，只可惜枉生了一嘴一舌，脚手上却难有缚鸡之力，活活地愧应了梁王故里人。接着又说出一首收场诗，听着收场诗像是暗指梁王旧时门客的，吟罢竟是一声叹息。诗曰：

　　　　山前梅鹿山后狼，狼鹿结拜在山岗。狼有难来鹿搭救，鹿有难来狼躲藏。箭射乌鸦蓬头起，箭头落在狼身上。劝君交友需谨慎，千万莫交绝情郎。

听了夜戏的这天晚上，马步正的身体突然出现了不适，也没说哪里难受，也没咳嗽吐痰，也没发烧要水喝，光是吭吭哧哧地说糊涂话，话也说得断断续续。到后来不胡乱说话了，手又跟着胡乱抓挠，看着像是使牲口干活儿的。忽然地又发出笑声，还说别闹别闹，还说别拽爷爷的胡子啊，还说你的肚兜兜呢，不戴肚兜兜你不怕着凉啊。马刘氏害了怕，隔着窗户喊大儿子满秋，喊得一声连一声。满秋趿拉着鞋，人进了堂屋了，腰带还在手里抓着。春子随后也跟过来，兰兰也听到了动静，起来了手还打着哆嗦。金猪原本是睡在堂屋小套间的，但是金猪已经好几天不在家里睡了，不管家里人谁问他，金猪只说是到紫云寺打更的。这话听着跟胡说八道差不多，只是爷爷马步正不发话，即便是当爹的满秋，也不敢在金猪腿上挂锁链。

　　除了当营长的野马星二梭，马家人算是到齐了，马刘氏就跟大儿子满秋说怪异,说她听见马步正说糊涂话就头皮麻,身上还一个劲儿地起鸡皮疙瘩,脊梁骨缝里还嗖嗖地钻凉风。满秋光是嗯嗯着,光是抓着老爹的手,意思是不让老爹马步正胡乱抓挠。马刘氏就有些着急,说:"满秋你是木头疙瘩啊,你说话啊,你爹这是怎么了?该不是到坎年大限了吧?你爹欺负了我一辈子,我不能让他先走……"

春子把满秋拨拉开,春子还埋怨婆婆马刘氏,说:"问满秋还不如问墙头,他不嗯嗯也说不出明白话来。还有,不该说那些话,张口就是走走的,往哪里走啊。七十三,八十四,阎王不邀自己去。爹把一个上坎过完了,身子骨是虚了些,饭食上却是顿顿不落的。那下个坎呢,到下个坎还得有几年吧。爹说梦话兴许是夜里听了灯戏的关系。自打没爹的日本人打过来,运河湾里多少年没来过说书唱戏的了,冷不防地来一个瞎子瘸子,嗷嗷叫着亮一嗓子,唱的又是没得好死的断头将军,人老了身子弱,说不定真就迎了阴邪。阴邪这东西是个犯贱的,谁的身子弱他偎谁,偎上了还看不见摸不着。"马刘氏越发害怕,兰兰也抱着膀子往婆婆马刘氏身上贴,兰兰还老是拿眼角瞟窗口。

满秋终于说了话:"啥阴邪阳邪的,你不胡嗒嗒不行是吧?"

春子不搭理满秋,凑近了俯下身子,说:"爹,您老觉着哪里不好?是不是心口窝里憋得慌,要是有怨魂啊屈鬼啊瞎缠缠瞎闹腾,您说出来我拿剪子铰了他!"

马步正吭哧着打个喷嚏,揉了眼望灯明,灯明里站着一家人,一家人都是惊惊诧诧的。马步正拿鼻子哼哼着,伸出手要打满秋,说满秋听戏回来没给牲口添夜草。手举起来突然打个愣怔,紧着问:"家里又出了什么事?金猪呢,是不是二梭又有血光之灾了?"马刘氏替大儿子满秋叫屈,又见兰兰拿手捂着脸流泪,便放了胆子说气话:"谁都没有血光之灾,只有你是闹了糊涂灾的。放着好好的觉不睡,你那是说的啥,你那些糊涂话哪一句是该说的?睡着了再说话,你想把人吓死啊?"

马步正还像是在糊涂中的,睁大眼睛望望这个看看那个,说他不记得说了糊涂话,倒是稀里糊涂地让一头驴闹腾了半天。驴看着是面生的,也看不清黑驴白驴,说灰毛驴也不像,耳朵头脸都比家里的驴大。驴身上也没缰绳也没戴笼嘴,怎么看都像是没主儿的野驴,奇怪的是,野驴又好像早就跟他混熟了的,看见他还摇头晃脑的。马刘氏还是打了寒战,脸上倒平展展的,没了慌乱,马刘氏还给马步正掖了掖被子,接着就示意大儿子满秋,意思是没事了，睡去吧。

春子不解，迟疑着不肯离开，说爹说了糊涂话，梦也是糊涂的，糊涂梦得说出来，说出来人就清白了。春子半侧着身子又望公爹马步正，说既然驴是跟爹混熟了的，会不会是香芝家的黑驴啊。香芝跟立冬都走了，临走托付的是玉树，玉树毕竟是刚把死腰弄活泛的，照管牲口不一定真周到。还有，玉树还当过几年的活牺角，身子也是带着阴气的，黑驴在他家不一定吃住得惯。春子后来又说到西湾口的侯登仓，说侯登仓家的驴就是分不清毛色的，说灰不是灰，说白不是白，驴头驴脸也是傻大笨拙的。春子忽然扯住了婆婆马刘氏，说爹梦里跟驴打交道，兴许是家里要添牲口，牲口还得是白捡的。细想想，十有八九是玉树不愿意喂驴了，要不就是侯登仓嫌弃半夜添草麻烦，也想着把他家的杂毛驴打发了。侯登仓已经不打算要官地了，地少了，也就用不着养那么多吃嘴货了。

春子说："娘，娘，咱家要是真白捡了牲口，俺爹这梦就是好梦！"

马刘氏到房箔上摸索着找针，还要春子自己找针缝嘴，兰兰也跟春子使眼色。春子紧着走出里屋，听见婆婆马刘氏又跟满秋说低声话，意思是要大儿子多留心的，家里的老阎王怕是真要走回头路了。马刘氏说的是人老了梦见驴是大忌讳，满秋挠着头皮望他娘，兰兰眼里还是含着泪的，兰兰也用泪眼望婆婆马刘氏。春子说："娘，您说梦见驴是大忌讳，这里边有啥道道啊？"马刘氏摇摇头，说她也是小时候听老辈人说的，怎么不好却是说不出的。

马家人都没接着回屋睡觉，窝里的鸡叫头遍了，马刘氏劝着让兰兰回小东屋打个盹，又让春子跟过去陪兰兰，说鸡叫头遍，离天亮差不多还有半个时辰。马刘氏冲着小东屋瞟一眼，又跟大儿子满秋说低声话，意思是她想一早去紫云寺圆梦，尽管马笊子是个半溜醋。满秋又记起儿子金猪是天明天黑泡在紫云寺的，恨儿子金猪，也恨假住持马笊子，心里就有了几分不悦，说："找他圆梦，他知道扁担长磨盘粗吗？"马刘氏说："你知道，你圆圆我听听？"

春子又从小东屋里探出头来，说："娘，您要去紫云寺，您想让谁陪着啊？兰兰身子弱，我跟着去吧？"

马刘氏最终还是带了春子，春子是第一次去紫云寺，马刘氏千叮咛万嘱咐，意思还是担心春子话多。她说马笊子虽说是半道上入的佛门，住持之位毕竟是一了大师传给他的，做了住持就不要再想他是自小出去的兵混子，毕竟佛礼佛事也知道得不少。只要记着听他说，随他说什么都不要驳他，哪怕他说得不沾边，尽管她也受不了马笊子说话绕舌头。还有，佛祖那儿心一定要诚，不要认为佛祖只是一尊塑像，不要想着佛祖不会说话，佛祖心里跟明镜一样。春子果然拿出周正样，说她已经不是以前的春子了，自从公爹马步正把家里事托付给她，她每时每刻都是用了心的，话头也明显比先前少了许多，进了寺门一准儿不抢着说话。

其实，春子很想说她心里也跟明镜一样，她说："爹看着是说了糊涂话，其实爹是跟二梭说话的，二梭一天一挪地方，爹追不上他，追上了也说不成几句囫囵话，爹只好拣紧要的说。爹牵挂的是二梭，外人进不到爹心里，外人听哪句话都像是糊涂话。"马刘氏说："我是外人啊，我让老阎王欺负了一辈子了，他欺负别人试试？"马刘氏说着又拿眼角瞅春子，追着问春子是不是知道二梭的行踪，二梭是不是又偷偷回了紫云寨，家里人都知道二梭在哪里，横竖是瞒她一个人的。春子既然知道了，就应该告诉她，毕竟二梭是个老生儿，他爹要走回头路了，二梭再身不由己也得在床前守着。马刘氏说，倒不如先去见了二梭，二番回来再去紫云寺圆梦。春子吃一惊，紧着说："娘，望见山门了，我不能再多说话了。"

山门是关着的，敲了几声之后马笊子才应着声开门，先开的是个门缝，看见是马刘氏带着春子，这才迟疑着又拉开了半扇门。马刘氏说了句"磨蹭"，况且山门是早就应该打开的，不能让香客又喊又叫的，马笊子却揉着眼打起哈欠，看着像是一夜不曾睡觉的。马刘氏看着摇头，还探着身子东望望西瞧瞧，马笊子紧着说他一早起来只顾烧水沐浴，只顾焚香做早课，忙起来竟然忘了开山门，可见一心是不可二用的。

马刘氏越发疑惑，说她看见当住持的又是打起哈欠又是揉眼，手指甲缝里还藏着泥呀土呀的，一看就知道笊子说焚香做早课是假的。又上下打量马笊子，接着说："你把自个儿弄得跟个花脸猫似的，你是地下拱出来烧的水啊？你沐的浴呢？"

马笊子掩饰着胡乱拍打，人进禅房了，又说圆梦就是解梦，他解得不一定很准，大差不差还是可以的。马刘氏就把马步正做了怪梦的话说了，还说老头子是说了糊涂话的，奇怪的是跟驴闹腾了大半夜。

马笊子拿手掐眼皮，掐着不让眼皮阖下来，接着又拿手指戳太阳穴。他说运河湾里都知道梦见驴不好，其实梦里见驴也分三六九等，既要看做梦的是什么人，还要看驴是啥光景的。比如做买卖的梦见驮载的驴，那就是发大财。

要是梦里被驴踢了,不仅破财,还要招灾。梦见驴挨打不好,驴挨打等于是败家,不是败家就是家里人蒙冤受屈。马笆子说着拿眼角瞟春子,看见春子一个劲儿地向门外探头,打个激灵不说了。

马刘氏是扳着指头听马笆子说三六九等的,见马笆子打住不说了,紧着又催马笆子,说:"我反正知道梦见驴不好,你只说不好的吧。还有几样?"

马笆子闪不开身,又不想让春子东张西望,反倒吭哧着不说了。马刘氏见马笆子拿眼角瞟春子,以为马笆子是当着晚辈犯口忌,于是拿手朝院子指,意思是让春子到外边坐坐。春子出了禅房,马刘氏拉着蒲团挡在门口,说:"我是你老嫂子,嫂子小叔子没有忌口的,你只管把三六九等全说出来。"马笆子越发着急,又不好吆喝春子,只好硬着头皮接着说,说他不知道步正哥梦里是个啥光景,是牵着驴啊,还是骑在驴背上啊,是衣帽齐整地骑啊,还是赤身裸体光身子。马刘氏一时惊愕,又问这几样又有啥分解。马笆子说:"要是步正哥一丝不挂地骑在驴背上,步正哥怕是真快到大限了。要是步正哥裆里还有件遮蔽物,一两年内兴许还无大碍……"

春子是在山门外追上的婆婆马刘氏,春子还把牙咬得嘎嘣嘎嘣的,春子脸上还藏了天大的惊奇。春子很想说她发现紫云寺的天大秘密了,马笆子指甲里有泥土,其实是挖地洞挖的。金猪个熊羔子像猪一样,累得呼呼哧哧的,她要不是亲娘,想认出来都难。但是春子最终还是没说,而婆婆马刘氏看见春子就抱怨自己忘事误事,原本是在心里记着的,离开了才想起来。

马刘氏说:"春子你想过吗,你爹梦里说别拽爷爷的胡子,那是啥意思?你爹有几个孙子,金猪老大不小了,还会跟爷爷闹着玩儿吗?"

第二章

老三侯登銮那天去东跨院的时候,老大侯登科正为他的梦犯纠结,那一会儿心里正烦,而刚刚还跟侯葛氏又说又笑。他原本是为家里的纷乱事去见儿子得章的,儿子得章又被委任县长了,还是跟先前一样,还是团长兼县长,还是一身二职。这本来是件天大的喜庆事,可儿子得章的脸色竟然是灰暗的,烦恼竟然还是因为马二梭又留在了新一团。他一下子就想到了夜里的梦,梦中的儿子还骑马还玩猴,他是被儿子得章的玩心气醒的,突然地听儿子得章说出原委,他顿时就明白了梦中的机巧,于是张口就说出了马上封侯是藏着天大寓意的。

　　那天侯登科是乐着回的家,见了侯葛氏就笑出了声,侯葛氏说他笑得瘆得慌,他还是忍不住想笑。笑着笑着打个激灵,冷不丁地又想起梦中的猴没在马背上,猴是被儿子得章从八仙桌下拉出来的,这跟马上封侯的老话,毕竟是有差异的。想到这些时,侯登科心里就多了些缠绕,偏偏老三侯登銮又在那时候来找他,他脸上没好样也在情理之中,不想听老三侯登銮说话也在情理之中。况且,侯登銮先前还说过再不与前院来往的。

　　侯登銮那天偏不看老大侯登科的脸色,侯登銮是来说兰兰的,他用不着看大哥的脸色。侯登科还是不想说话,眼皮翻瞪几下,望的还是院子里的鸡,鸡扒墙根,扒出来的是生着黑亮甲壳的萝卜虫。但是,侯登科没想到老三侯登銮接着又说了一句歹毒的话。侯登銮说,前院的儿子,东跨院的闺女,同样都结了日本亲,这就叫狗皮袜子没反正,论起来,他跟大哥已经一样了。

　　可恨至极!

　　侯登科大恼,啪啪地拍着桌子让侯登銮滚出去。侯登銮也跟着拍桌子,说:"你恼我也恼,装样谁不会啊?"

　　侯登銮那天一准儿是成心要气老大侯登科的,临走又抓起桌子上的烟荷包,先是扯开口闻,闻着把荷包里的烟叶全倒出来,满满抓了一大把。顺带着又要拿桌子上的洋火,侯登科抓起洋火扔地上,抬了脚啪啪地踩。侯登銮走到门口又站住,说他过几天还要来,是大哥就得主持公道,侄女给他撂脸看,当叔叔的不该看也看了,当大爷的要是不急不恼,那就是怂恿着侄女挤兑他的。

　　说的还是兰兰。

　　中间隔了两天,侯登銮果然又去了东跨院,坐下了还是先抓起烟袋,这一次没抓荷包里的烟叶,他是拿了侯登科的烟袋吸的。烟锅明明装满了,点着了吸几口,又捏了烟叶摁到上边,吸着摁着,看着像是一层一层烙油盐饼的。偏偏又是吸一口吐一口,吸也是只拿嘴唇吧嗒一下,拿牙咬着烟袋嘴,口腔里还发出噗噗声,看着像是吸还像是吹,拧成麻花团的烟雾倒是先把头脸包裹住了。侯登銮还一个劲儿地磕烟灰,磕出的烟灰里有一大半是没燃尽的,黄褐色的烟叶夹在黑白色的烟灰里,烟灰还没烟叶多。侯登銮还是满把手抓的烟袋杆,怎么看都像是拿烟袋杆当喇叭吹的。

侯登科恨着冲侯登銮翻白眼,先是跟着咽口水,口水又咽呛了,吼吼地咳嗽着又朝地上吐,侯登銮吸一口他吐一口,口水专吐在侯登銮的脚跟前。到后来侯登科实在受不了了,拉着架势要抢夺了烟袋拿脚跺,烟袋锅是铜的跺不烂,烟袋嘴是青白玉的,跺不烂可以在门砧上摔,可惜的是油亮亮的乌木烟袋杆。许多人家的烟袋杆都是用的竹筒,拿乌木做烟袋杆的,全运河湾里也找不出几个。侯家的烟袋是先祖从兵营里得的赏物,一辈一辈传下来,侯登科是侯家老宅的长子,这一辈先传到了他手里。

侯登科终于要下手抢夺了,一只手悄悄地挽袖子,意思是夺过来就摔就砸就跺的,袖子却被侯葛氏拽住了。侯葛氏拽着丢个眼色,接着就去了里屋,侯登科又朝地上吐一口,进了里屋了,气还喘得吠吠的。侯葛氏说侯登銮奇怪,问侯登科是怎么想的。她还说:"自从得才把日本人小胖子福山领进侯家老宅,两家就断了来往,改院门换走向,也是不想与前院犯纠葛。老三侯登銮这是哪根筋搭错了,三天里来了两次,上一次竟然还喊了大哥。你还是他大哥吗,他跟你有那么亲吗?他明明是来找你数落兰兰的,用得着先把大哥挂嘴上吗?要说是为了临走赚一把烟叶,再顺带着赚一盒洋火,你信吗?"侯葛氏的意思是要侯登科留心这一次,烟袋不要跟他争夺了,他要吸就让他吸去,他要把烟袋嘴烟袋锅嚼吃了,侯登科也当看不见,就当他吃的是萝卜是黄瓜。要看就看他这一次能弄个啥幺蛾子,反正他过来不是单为赚烟吸的。

侯葛氏最后又说是喜喜先提醒了她,喜喜说她三叔一准儿是藏了天大秘密的,光吸烟不说话,是他自个儿犯拧巴了。

侯登科出了里屋,坐下来果然不抢不夺了,只是翻着白眼珠子瞪侯登銮,说:"吸够了吗?吸够了就说句人话。"

侯登銮没说话,侯登銮忽然流了泪,看着不像烟呛的,喷喷哧哧地还发出了抽泣声。原来侯登銮真是犯了纠结,别管是不是扮相做样的,反正这一会儿看着是真作难了。侯登銮的脸色也有些灰暗,先前不管扮相做样也好,打了主意使圈套也好,脸色总是光亮的。侯登銮先说他要被儿子得才逼上绝路了,他明明知道得才要回老宅盖房娶亲跟胡说八道差不多,但是得才那样说了，他还找不到反驳的理由。侯登銮说，先前的话他不打算再说了，一个爷爷的两兄弟没走到一块儿去，想想也是命里该着。不过这样也好，一个是吃红瓤西瓜的，一个是吃白菜嫩心的，解渴的拌饭的，侯家老宅占全了。侯登銮说，他憋屈的是当了半辈子弟弟，从没有过昂首挺胸的时候，他样样都得看大哥的脸色。得才也是个弟弟，上边还有个大哥得章，大哥得章当了团长接着还得当大的，将来说不定还要到北京南京坐太师椅的，得才却变成了个老家蹲。算起来，他们父子二人再无出头之日了，下一辈子说啥也得当大哥，上边有个姐姐也不行。

侯登科牙疼似的揪扯腮帮子，说："说人话！你到底要说啥？"

侯登銮还是喷喷哧哧地抽泣，还是觉着憋屈。说人往高处走，水往洼处流，谁都知道这话啥意思，可是得才娶个媳妇还要回老家来住，这明摆着是卖了秆草换豆秸，越折腾越短了。

侯登銮说的这些话，有大半是他顺口说出的，当然也有窝在心里的真话，比如得才终究不如得章混得光鲜，投靠了日本人眼看就是个败，下坡路拐死弯，跟着就是栽跟头。亲爹担忧亲儿子，心里不泛酸是不可能的，泛了酸不憋屈也是不可能的，何况又是当爹的用心调教过的。不过，得才要在侯家老宅盖屋娶亲却也是真的。

侯得才带着花田子小姐登门认亲的第三天，按运河湾里的习俗，男方这边要是接受了这门亲事，男方的父母就要去女方家拜访。拜访也叫回礼，意思是敬重女方家长知礼节，养育的女儿好人品好模样。男方家里有姐姐妹妹的，也要带一个陪伴的，为的是去了便于说话。侯登銮原本就是腻味透了的，明明知道有这个礼数，就是木着脸装傻。侯杨氏却是巴望着儿子娶亲生子的，其他事不往心里放，只是催着侯登銮按礼数办。催的次数多了，侯登銮就撺掇着侯杨氏和多多去，说自己这几天牙疼，去了也说不出话来。还有，腰也不得劲，腿也时常抽筋。多多立马就噘了嘴，说除非把她勒死掐死。多多还到院子里冲着繁蛋的鸡追打，说："死去吧，死去吧！"最后还是侯杨氏拉着他去的，去了就听儿子得才说他要回侯家老宅盖新房。

侯登銮先装着没听见，光是低着头揪扯手指上的倒刺，看着像是满手上都是倒刺。得才紧着又说，说他已经想过了，回就回吧，反正老家离县城也不远，在老家住倒比县城多了几分清静，早晨愿意睡到几点就睡到几点，想想好处还真不少。得才说他还有个新计划，回老家之后，他要把侯家老宅重新规划布局，院墙还要加高，有松动的或者风化了的旧砖，也要重新抹浆换新砖。尤其是院子四角的望楼，最好加上罩顶，最好垒出垛口。

还有，侯登科那边也不要走新开的东门了，东门还得重新封死。老宅里三家还是共走临街的南门，既然三家是同一个祖爷的，那就没必要分成零散的三大块，要合就合成一个铁筒。侯登銮望一眼客厅里的花田子小姐，闷着头拿鼻子哼哼，说："我不是傻子，是傻子也不是老傻子。"

侯得才打个顿，说："你啥意思？"

侯登銮又拿嘴角撇花田子小姐，说："是她的主意吧？"

侯得才斜着眼角瞅他爹侯登銮，说他爹又开始动心眼了，本来很简单的事，说不定还能想成瞎子抠葫芦籽。侯登銮不搭儿子的话，说那天得才带着小花妮一进门，他马上就看清了里边的弯弯绕。小花妮并不是真喜欢上了儿子得才，得才在她手里就是个哄小孩的哗啦棒槌，抓到手里摇晃几下，是让小孩不哭不闹的。小花妮其实是看着日本人要败了，保安纵队根本靠不住，而她又丢不下煤矿，拿得才当幌子，不过是要利用侯家老宅的得章。老宅里有个八路军新一团的团长儿子，老宅里还有个独立营的营长女婿，马二梭又是生死不顾的，再加上一根筋的侯得印，抱着一个哗啦棒槌得才，她就等于三面都有了抓靠。

侯登銮说，回侯家老宅盖屋也是一计，搁戏文上说就是狡兔三窟。他就是傻到吃饭摸不着嘴了，也得明白小花妮已经准备好了退步，一旦日本人和保安纵队被八路军打零散了，一旦县城保不住了，一旦运河码头被炮弹先轰了，侯家老宅就是她的护身符。八路军要杀她，她是侯家的媳妇，八路军要进攻侯家老宅，老宅里又住着三家，而三家里边又有两家是八路军的亲属。可见小花妮是含了良苦用心的，一个女流之辈能有如此谋划，论起来也是不简单。

侯登銮说："我说得对吗？"

侯得才吭哧着冲他爹侯登銮龇牙咧嘴，不说对不对，只说服了服了。

侯登銮和侯杨氏是吃了饭回来的，路上侯杨氏又说起花田子小姐，还是说花田子小姐尽管是日本人，听说话还是可亲的，模样也是挑不出缺陷的。接着又说小两口有回老宅安家的打算，意思是当晚辈的堂前行孝方便，一早一晚，捎带着就把爹娘伺候了。侯登銮啊啊着吐清水，还说肚子肠子翻个儿了，还说嘴里爬出蛆虫了。侯杨氏赌气落到后边，过了一会儿又追上来，又问他盖新屋的事是怎么想的。说家里的房屋虽然敞亮，但毕竟不是新屋，儿媳妇娶到老屋里，儿子面上也挂不住，说起来也算轻看了媳妇。侯登銮要打侯杨氏，说："看不出我正在想吗？我的头都想成油篓大了没看出来啊？"

　　侯登銮是想过了又去的东跨院，至于吸闷烟不说话，倒不是真要装样扮相。侯登銮直勾着眼望老大侯登科，听见老大侯登科又问他到底要说啥，侯登銮就急了，说："大哥你怎么了，我把话都说成灯笼芯了，你怎么还不明白？"

　　侯登科又把头扭到一边，说灯笼芯是啥他也不知道，光知道灯笼外边糊了一层粉纸。侯登銮又把声音放低了，说他想在后院家庙那儿盖新房，家庙不扒不挪，新房是围着家庙盖的。侯登銮还说他已经想过百遍千遍了，前院看着是不小，大小房屋也有十几间，可每一间都有用处，真要扒了，杂七杂八的物件又没处安置。鸡窝啊粪坑啊茅厕啊，挪到侯登科这边也不合适，合适也不方便。想来想去，只有老宅后院的家庙是个闲置的，几个牌位占着三大间，这边的亲孙子又没个住处，先祖列宗一想就明白，毕竟人烟兴旺才是最重要的。最主要的是，他这个安排是敬着先祖的，死人活人都得认为是两全其美的。

　　侯登銮说，他已经为家庙做了永久打算，家庙是一家之魂，自然不能随便挪动。但是，家庙如果一直孤零零地立在那儿，冷清自不必说，关键是阴气会逐年加重，老话说的祖荫就是这个意思。阴气太重了也好也不好，好处是先祖罩着后人，坏处是后人承受不住，毕竟是阴阳两界。阴世以阴为风水，阳世以阳为风水，阳世的后人驮不住时，就要生灾生祸。这一点，前几年的上巳节祭祖闹枪声就是先例，往后还会有多少，想想都是可怕的。

　　侯登科又哎呀哎呀地揪起腮帮子，说他冷不丁地听一个满嘴假话的人讲古论今，恶心得比蝇子落汤盆里都腻味。还祖荫啊，还阴阳两界啊，话从一肚子藕眼的人嘴里说出来，怎么听都是别扭的。侯登科说："你懂风水啊？把阴气说成祖荫，你怎么不把风水说成刮大风发大水啊？呸！"

　　侯登銮就像听不出好孬话的，支吾着说他曾经读过清乾隆版的《地理五诀》，不过平时不显出来罢了。侯登科又要讥讽他拿个"人之初"当《大学》，根本不知道编著者赵玉材编写《地理五诀》的目的，不过是改变风水学中的"龙鱼混杂"，讲究的是通俗易懂。而理气堪舆的鼻祖典籍，应是秦人黄石公著的《青囊经》，连宋人张子微编著的《玉髓真经》，也应是退居其二的。侯登銮不看老大侯登科的脸，打个迟顿还是接着说。说他想的是新屋围着家庙盖，家庙和新屋伙着一个大屋顶，这就叫祖爷祖孙瓜连秧，阴不克阳，阳不克阴，侯家百世万代阴阳和合，绵延永序。

这回轮到侯登科说急话了。侯登科说："老三你还会说人话吗？居室家庙两不分，你是要拿污秽之气肮脏先祖吗？你猫样狗样地跑到我家来，就是为了胡说八道的是吗？我看你是吃饱了撑的！"

侯登銮说："大哥你别急，我这不是找你商量吗。我知道你是故意扯着嗓子说话，话是说给二哥听的，二哥那儿我去说就是了。别看二哥是个闷葫芦，二哥心里也有数，他一听你大声呵斥我，马上就明白你其实是由着我安排的。嘻嘻，其实大哥比我还会装样，我服了。"

侯登科一下子涨红了脸，光是拿手指着侯登銮，说："你，你……"

两个人正吵吵着，外边有人拍打门环，侯葛氏扒着门缝张望，看见敲门的是多多。侯葛氏不喜欢多多跟喜喜多走动，手扳着门闩，话却是冲着门缝说的，说喜喜正给她姥娘做袜子，意思是没空闲玩儿。多多知道大娘的意思，于是就说她过来不是闲玩儿的，马家的步正爷闹了糊涂病，二大爷跟二大娘过去看了，她娘让她过来喊她爹的。侯登銮站起来往院子里走，说："多多去跟你娘回话吧，就说我中午想吃韭菜包子，韭菜里最好多加几个鸡蛋，鸡蛋最好先拿香油煎了。"拉开门先在多多手上掐一把，压低了声说狠话："人家已经跟咱们断亲了，他得不得糊涂病跟咱啥关系？傻死你个小妮子算完！"

侯登科却在后边搭了话，说："老三你别走，我还有话说。"

侯登科忽然变了脸色，红赤白脸也不显出来了，一肚子气火也消了，拽着侯登銮又回到堂屋。侯登科说的是："你不该耍小孩子脾气，兰兰毕竟是亲侄女，亲侄女就是自家闺女，亲戚又是临街对门地住着，娘家人理应登门拜望。按常礼讲，兰兰的爹娘先去一步也是应该的，但老二两口子也该跟前后两院打个招呼，起码应该说一声，他们一声招呼不打就去了，这是老二不会办事。现在他们既然已经过去看望了，马家人一准儿想着咱们两家也是知道的，咱们不能跟闷葫芦头计较。"侯登銮眨巴着眼皮望老大侯登科，说："你说，你接着说。"侯登科说："我这不说了吗，你没明白啊？"

侯登銮偏着正着看侯登科的脸，说人人都说他侯老三是心眼最多的，背地里还有人叫他三精包，他其实是最犯糊涂的人。他这一会儿听大哥一套套地讲礼数，一下子想起老二发狠发邪地要官地时，大哥是喊明口地再不与二犯纠葛了。还有，兰兰放火烧大哥院子时，兰兰是指名道姓喊的，喊的是

"侯登科你出来",而那时候大哥是咬牙切齿说了断头话的。结果呢,大哥现在一口一个亲侄女,他这一会儿就是把手指头剁了当萝卜干吃,也不明白这是为什么。况且,老二明明知道大哥在家,偏偏连墙头也不拍一下,这明摆着是闹了生分的,明摆着是断了来往的,大哥偏要上赶着套近乎。侯登銮说:"大哥你也让我明白明白吧,你要是能让我明白为什么,我到镇上割半扇子猪肉扛过去!为什么呀大哥?"

侯登科红着脸推搡侯登銮,说:"老三你不胡思乱想行吗?我说的是礼数上应该,你要是觉着没必要,那就算了,马家那边也没逼着催着让我们去。"

侯登銮没说去不去,站起来还是左一眼右一眼地打量老大侯登科,闷着头走出了堂屋。要开大门出院了,忽然又啊啊着退回来,一连声地说他终于明白了,敢情里边是有说道的,敢情不只是看望马步正。侯登銮说:"你敢说这里边不牵扯得章?你敢说这里边不牵扯二梭?行啊,大哥,到底是老书底子多铺了几年的,到底是做过县长老太爷的,自己藏了一肚子麻花肠,还要让外人看着肚皮是光滑溜平的!"

侯登銮最终也没去马家,他知道儿子得才早已把仇口安下了,他即便扛着半扇子猪肉去,马家人也绝不会给他好脸色。侯登科却是当真去的,按着运河湾里看望病人的礼数,拿了鸡蛋挂面,另外还扯了六尺六寸的红布,还在红布的四角缀了四个铜钱。四个铜钱代表四个元宝,意思是出门捡的,闹毛病不过是捡元宝时闪着了,一个小坎过去,往后还要增福添寿的。

第三章

西河湾侯家新宅的侯登仓真是豁出去不要官地了,开春没往地里送粪,也没套牲口犁地,到其他人家的高粱苗出齐垄的时候,官地里还是杂生着早春的刺刺草和婆婆丁。另外还有苦苦菜和白马尿,而迎春出土的米米蒿,差不多长到了半尺高。假若这时候紧着犁耙地,紧着压实磨平,种棉花还是来得及的。谷雨花，大车拉，小满花，不回家。即便赶着谷雨节气的下半截把棉籽播下，运河湾里又有立秋见花语的民谚，晚几天也误不了多少收成，况且谷雨节前后还下了一场透雨。但是侯登仓还是把最后的播种季节错过去了，看着真是豁出去不要官地的，仿佛是跟官地赌了气的，赌气的原因依旧是矿警团的一个营在官地安营扎寨了，而拉围栏起营舍之前，竟然连一声招呼也没有。

侯登仓一天天蹲在家庙里，家庙门口的灯笼架被他砍了，当初老宅唆使半吊子女婿霍好秋吊打他，吊环就挂在灯笼架上，侯登仓再也见不得灯笼架了。侯登仓天天把眼睛瞪得溜溜圆，眼睛望的是娘的牌位哥哥的牌位。他天天用袖子擦，用力重的地方，牌位上的字迹已有些模糊，关于官地的一切记忆，反倒越来越清晰，睁眼闭眼都跟在眼前一样。而实际上，如果从哥哥侯登库投奔仙爷算起，差不多已经过去了二十五六年，现在官地已经回来了，姐弟二人也分别有了家室，只不过麻五先死在了中原大战的战场上。

逼着姐夫麻五投军的是自家小舅子，结果麻五以生命为代价，帮着新宅这边占牢了官地，但姐姐侯月娥却从此恼恨了弟弟侯登仓。寡妇侯月娥还粘上了叔叔辈的马笸子，马笸子接替一了大师做了紫云寺住持，但马笸子最终还是没把持住，在禅房里就把那事弄了，还是在一了大师的罗汉床上弄的。

现在的侯登仓已经不恨姐姐侯月娥了，姐姐一心只想生孩子也好，跟假住持马笸子天明天黑地混在一起也好，姐姐甚至没有过日子的心也好，他一心只念姐姐的好，一心只想着姐姐的不容易。侯登仓天天把自己关在家庙里，并不是与姐姐侯月娥摽劲赌气，况且，姐姐侯月娥并不知道他是故意荒废官地的。侯月娥把心思都用在小儿子满心身上，为了不使小儿子满心生病闹灾，侯月娥几乎想尽了一切办法，比如早春季节会有寒气，棉绒兜肚不能早换，即便早已到了春暖花开的孟春季节，窗户纸还是齐整整地糊着。侯登仓是要做一件大事的，关着门藏在家庙里，不过是侯登仓秘密准备的第一节。

侯登仓要做的大事是配制炸药，他差不多已经学会了。

半年前，侯登仓就打算弄炸药，那时候他找的是马笸子，说马笸子混了几十年兵营，吃的炸药比白面都多，闭着眼也能说出炸药配方。马笸子不想让侯登仓胡乱折腾，借着金猪给独立营送白菜的机会，悄悄配制了一小包，让金猪说是从独立营弄的，而侯登仓送给金猪的是白菜。侯登仓还说他要炸药是准备在运河湾里炸鱼的，还说冬天的鱼好炸，还说炸多了卖钱。后来马笸子还是不放心，又推托说佛祖夜里托梦了，入了空门就不能再沾杀伐之物，况且炸鱼几乎等于杀生，空门人是万万不可为的。

侯登仓为此恨了许多天，恨着想说："你马笸子当了住持还伙着寡妇生孩子，佛祖不托梦也该掐死你。"恨归恨，侯登仓又不想声张，也不想让人看着他是亲热马笸子的，于是改为自己揣摩。侯登仓还把金猪带给他的一小包炸药摊开了察色闻味，慢慢地竟然让他摸出了配方，内中有几样还是他自创的。

侯登仓先找的是火硝，镇上的羊肉作坊里也用火硝，羊肉煮到八成熟时下火硝，下了火硝的羊肉色泽红润，推到集上是争卖相的。作坊里的火硝用量大，作坊是派人到位于济宁的德国人开的大华货栈按整桶买的。侯登仓去羊肉作坊要人家的火硝，作坊主人疑心侯登仓是想办法套取煮肉秘方，火硝没给他，还说了许多带尖带刺的话。先说他们买火硝要托天大人情，偏偏大鼻子洋人又是不懂人情的，买到手的火硝比金子还贵，而他们作坊里不过是为了鞣制猾子皮。接着又说日本人是狐狸精变的，保安纵队也是狐狸精变的，他们查盐查糖，他们连火硝也查，他们连洋火也查，说是洋火盒的擦片里有磷火晶，磷火晶能制炸药，查出来宁愿吃了毒死，也不许落到八路军手里。当然日本人不会自己吃，要吃也是他们这些做生意买卖的吃。

侯登仓打消了到作坊里要火硝的念头，后来又想挨门逐户地刮房屋间脚。房屋间脚是用青砖垒的，青砖吸了潮气，加之年岁久了，砖的外面会凝结一层灰白色的尿碱一样的东西。侯登仓做过试验，他把刮下来的白粉面倒进酒盅里，从灶膛里抽出火棍，火星子挨着酒盅，白粉面呼一下子着了，燃烧的白粉面还有一股子呛喉咙的骚臭味，闻着跟炮弹爆炸过后的味道差不多。但缺点是村子里有间脚房屋的人家不多，除了马家有三间平窗间脚的堂屋，大多人家只是地上起三四行间脚，而侯家老宅他是绝不会去的。再有就是人多嘴杂，大人不问孩子问，孩子专问他刮硝做什么用，侯登仓只好半途而废。其实，他即便把全村的房屋间脚都刮一遍，也远远不够他想象中所需的，只好另想办法。

侯登仓最后想到的是药房。药房里也卖火硝，火硝是用来治病的，治的是五种淋疾。一是劳倦虚损，小便不通，小腹急痛的劳淋。二是小便下血，疼痛腹急的血淋。三是小便红热，脐下急痛的热淋。四是小腹满急，尿后余沥的气淋。五是小腹胀痛，尿不能出，只下石砂的石淋。侯登仓先用黑槐豆荚煮水，再用豆荚水洗脸，洗过的脸会慢慢变成土黄色。侯登仓还在下腹处悬挂了一个软布袋子，袋子里装了些烂碗渣碎瓦片，外边又紧紧地勒一条宽大扎带，侯登仓一下子变成了饱受淋疾折磨的病人。侯登仓哼唧着进了药房，哼唧着说要火硝，药房先生问他哪里不好，他佝偻着腰拿手指下腹处。

药房先生抓了药又叮嘱，叮嘱说的是成串的，说劳淋者，用葵子末煎汤送下；血淋者，热淋者，皆用冷水送下；气淋者，可以木通煎汤送下。唯石淋者，须先将火硝于锅内隔纸炒过，另以温水送服。又说此方名为"透格散"，甚是奇效。侯登仓唯唯言谢，回到家拽出腹下袋子，下腹处已磨出一片紫红，拿手摸着火辣辣的烫手。

侯登仓估量着算时间，算着时间差不多了又去药房，药房先生先看了气色又看腰身，看着侯登仓一如先前，药房先生就有些诧异，说火硝是专治五淋之疾的，那么大的剂子不见轻就有些怪异。侯登仓先是点头接着又摇头，说见轻见轻。如是又抓了一大包，但侯登仓第三次又去那家药房时马上就后悔了，原因是药房先生再不肯给他抓药，还问侯登仓是从哪里讨的方子，开方的郎中是哪里的。侯登仓惊出了一头大汗，好在他又找到了另一家药房，话还是按先前那样说的，但他只去了两次，第二家药房倒是没细问他。

侯登仓自创的另一种配方是火炒锯末。锯末里还加了棉油，棉油也是用大火熬过的，最后配的是木炭，跟木炭研磨在一起的，还有弄成豆粒大小的生铁块。侯登仓最后想到的作坊主人关于磷火的话，虽然弄不到那么多的洋火盒，但侯登仓见过河套里的骨头冒磷火，于是侯登仓认定了骨头里也有磷。骨头是从野地里寻找的，也许有人骨，也许有羊骨猪骨牛骨驴骨。侯登仓还为此买了药捻子，骨头先用榔头敲碎，敲打成指甲大小再收到药捻子里反复碾轧研磨，硬骨头就变成了粉末。几样东西混合在一起，味道比金猪带给他的还呛，侯登仓拿酒盅盛了试火力，结果酒盅炸得粉碎，压酒盅的砖头也崩得找不到了。

侯登仓心里有数了，脸上还是不显出来，到媳妇侯岳氏又喊来大姑姐姐侯月娥数落他时，侯登仓已是一脸的沉寂了。侯岳氏把大姑姐姐侯月娥当成了救兵，喊来侯月娥是为了追问侯登仓把拿命换来的官地闲置着，是不是也要跟马范子一样入空门。侯月娥不喜欢这个篾匠女儿，弟弟当初愿意娶一个带犊子的寡妇媳妇，只不过是急着为侯家新宅添丁增口。但一向把官地当肋巴骨护着的弟弟，竟然不顾季节农时，甘愿荒废一茬庄稼，这让姐姐侯月娥无论如何也想不明白。侯月娥还蹲下来看弟弟的头脸，弟弟的黑发早已被灰白发取代，满脸的皱纹，像是经了霜雪的茄子。弟弟的鼻洼里甚至还有了隐隐现现的斑点，斑点如刷不净的灶台。但这也不能成为荒废官地的理由，况且弟弟只不过是四十几岁的人，而这个年岁的人是不能称老服老的。

还有，弟弟侯登仓心里到底想什么，姐姐侯月娥还真是摸不清，她只是朦胧地感觉着，曾经相依为命的弟弟，曾经像孩子一样依偎着她的那个弟弟，其实心里是藏着秘密的。侯登仓一言不发，问得急了，他忽然又冒出一句稀奇古怪的话，说他已经想好了，不忙着犁耙官地，不急着施肥播种，不是看轻了官地，他是故意要晚种的。侯登仓说他晚种的目的，就是错开茬口，就是要种一茬顶一年的。他要种的是省人工还省粪肥还能换钱的，现在看着是误了茬口，临到末了，他会让所有人都大吃一惊。

侯登仓的话听起来是充满憧憬的，可媳妇侯岳氏依旧认为他是说昏头话，这就如同养孩子，不让孩子吃饱穿暖，孩子不可能闭着眼长成壮汉。省人工还省粪肥的，只能是荒草，而荒草是换不来钱的。

侯登仓完成了一件天大秘事之后，果然不再进家庙了，他吃过饭就去官地，去是扛着一把二齿筢去的，先是这里那里地扒拉几下，接着又回到了地边上。侯登仓用二齿筢扒拉土层，可以理解成查看墒情，但他像一头累乏了的老牛一样呆呆地空坐着，任谁想也不会明白，况且他只是拿二齿筢抓挠了几下，那不能叫出力干活儿。侯登仓并没有傻坐着，他是眯着眼睛张望的，先望的是土地庙，土地庙还在老地方，但土地庙旁边原来是没有兵营的。

官地兵营是侯得才当了矿警团团长之后才有的，矿井旁边安兵营，谁都知道是为了护卫矿井，但侯得才一定还有拿官地出气的意思。结果一营人像是进了自家院子，脚踩手扒，人走马踏，官地上的庄稼几乎全祸害光，而那时候高粱苗已经齐腰深了。他为此提出抗议，当然他没把抗议喊出来，喊出来也没人听，他是拿着绳子去的。他挨个儿寻找挂绳子的房梁，他要在房梁上结绳套，结果没爹的官地营孙营长还一个劲儿地催他。孙营长望望房梁又瞅他的脖子，说："老杂毛你要上吊是吧，那就紧着挂绳套啊，紧着伸脖子瞪眼啊。"侯登仓从此就记恨了官地营，恨是连孙营长一块儿恨的，梦里掐死他许多次。

侯登仓后来也恨土地庙，也恨土地庙里的土地爷。土地爷是马筢子比量着他塑的，他还拿自己的头脸让马筢子当模子，糊的是加了茅草叶的胶泥，头脸半干时再取下来套到泥胎柱上。侯登仓把自己塑成了土地爷，土地爷先还是愿意帮他护他的，先是发威弄塌了水井，水井砸死了码头上的日本人福市，接着又托梦逼着小胖子福山把矿井架挪了新地方。这些好他一直没忘，他给土地爷上香烧纸，烧的都是大个头的元宝，连碎银锞子都很少。但矿警团在官地安营房时，土地爷却默认了，孙营长催着他上吊勒脖子，土地爷也没发威作法。

侯登仓望到最后还流了泪，泪水在满脸的褶皱里汇聚成一片汪洋，看着像是开了泪闸的。他没骂土地爷，也没说土地爷护着可恶的矿警营，护着小贼羔子侯得才，是善恶不辨，是昏聩无能，是忘恩负义。他只是伤心。想着土地爷一准儿是嫌弃他老了，尽管他已无数次地申诉过，说头发白了不假，一脸皱纹也不假，其实他并不是真老。侯登仓一直在官地边缘坐到太阳垂地，夜影子正在西天边汇聚着，等到夜影子把整个运河湾全罩住的时候，那就是黑夜要来了。于是他慢慢地站起来走回村子，在路过紫云寺时，他还望着山门凝视了片刻。

到了谷雨节的最后一天，侯登仓又开始在官地上劳作了，他播种的是苘籽，苘收获的是皮，皮沤了晾干就是麻。苘可以长到和芦苇一样高。苘还可以密植。苘还抗旱涝还抗风刮。当苘苗钻出地皮时，侯登仓又进了紫云寺，还是在太阳垂地时去的。他对马蓰子说："我知道你跟马二梭有一腿，马二梭要是能保证官地从此牢牢地在我手里，我帮他干掉一个营！"

第四章

自从上一次带着花田子小姐回到侯家老宅之后，侯得才一直暗中观察花田子小姐。他发现花田子小姐真把自己当成了中国人，她已经是侯家的媳妇了。只要不是进城，花田子小姐不再穿日本和服，原来曾穿过几天的军装变成了摆设，摆设还是收在橱柜里的。而衣架上挂的，差不多都是中国款式的服装，有些还是运河湾里的大闺女小媳妇穿的,比如左侧偏结扣的大襟褂子,以及掖腰吊裆的肥腿裤子等。

从侯家老宅回来的第三天,花田子小姐甚至还想做一件大裆夹裤,大裆夹裤是一早一晚穿的,尽管从节气上说春天早过了一大半,不过,日出之前和日落之后的运河湾里,凉气还是有的。花田子小姐还要让使女春由枝子也做一件,但使女春由枝子却呜哇着大喊大叫,那样子像是要以死抗争的。春由枝子说她知道自己是使女身份,小姐的吩咐她应该百依百顺才是,小姐一心要把自己作贱成体面尽失的,有些她也能做到,只是要跟中国女人一样,穿那种藏得住孩子的大裆夹裤,她想想宁愿死了。

使女春由枝子后来还流了泪,说花田子小姐宁愿放下麻生家族的高贵,宁愿放下麻生矿业代办的身份,她知道是为了帝国利益,是为了运河煤矿将来的命运,但没必要从现在起就做肮脏的中国人。使女春由枝子还说,帝国眼看要战败,她同花田子小姐一样痛心疾首,恨不能立刻变换女儿身,一夜之间把运河湾里所有敌视帝国的中国人通通杀光。她相信花田子小姐也会这样想,她所不及的是,她即便言听计从了,心里还是不服的,花田子小姐甘心俯就下三烂侯得才,花田子小姐进了侯家老宅还要喊爹叫娘,她想想都替花田子小姐抱屈。

使女春由枝子还说,只要花田子小姐不再逼着她穿大裆夹裤,她心甘情愿连没正形的侯得才一块儿伺候。使女春由枝子最后又把一腔怨恨发泄到侯得才身上,茶水里又给侯得才下了巴豆粉,巴豆粉下得比以往任何一次都多,结果侯得才一趟趟地拉稀跑茅厕时,她被花田子小姐打了一巴掌。使女春由枝子就哭出了声,说:"尊贵的麻生小姐,您让卑贱的使女枝子出口恶气吧!"

花田子小姐最终做了退步,答应使女春由枝子可以动剪刀修改,也可以改变大裆夹裤的款式,但必须是肥腰掖裆的,日本和服绝不许再穿,收到衣柜里也要落锁。春由枝子咬牙切齿,咔嚓咔嚓把大裆夹裤的裆全剪了,结果她为自己设计了一条全运河湾里都没见过的勒腚裤子。使女春由枝子的屁股被无裆裤子紧紧地包住,她的屁股绷绷紧,怎么看都像是随时要挣裂开缝爆出来的。而穿了勒屁股裤子的春由枝子再也不敢蹲下,或者是根本蹲不下,往灶膛里添柴火烧锅时,她是远远地弓着腰拿火棍拨弄的,看架势像是要与灶膛拚刺的。

使女春由枝子还改变了走路的姿势,她的两条腿像杆子一样直来直去,胸部高高地挺着，看着也像是故意炫耀的。因为保留了肥大裤腰的缘故，小腹反倒突显了隆起，看着又像是怀了身孕的。使女春由枝子痛苦不堪，为了掩饰不忍目睹的下腹，她又不得不把上半身尽量往前弯曲，结果使女春由枝子把自己弄成了一个奇形怪状的女人。

侯得才却对春由枝子的奇形怪状产生了天大的好奇，他故意使唤春由枝子，一会儿喊倒茶水，一会儿说拿换洗衣服，后来又干脆把扣子揪下来扔到地上，故意让春由枝子在他身边寻找。当使女春由枝子弓着腰探着头搜索地面时，他把手伸过去，半圈着绕到春由枝子身后，手指在屁股上狠狠地抓了一把。使女春由枝子还不能叫唤，还得装作毫无觉察，难堪的是，她还不能把绷紧的屁股扭来扭去，而花田子小姐竟然装作全然不知。

在最后一次跑茅厕时，侯得才进了使女春由枝子的房间，他是先套了迷仙绒又往春由枝子身上趴的，结果又把春由枝子弄得呻吟不止。春由枝子出了一身透汗，她不停地抽搐扭动，身子仿佛变成了侯得才的一部分，侯得才时快时慢，她也跟着忽高忽低，看着像是巴不得侯得才用狂力的。春由枝子意识到这一点时有些恨自己，想着她应该矜持，嘴里却偏偏流出口水来，口水又被滚烫的双腮蒸化成汽，蒸汽里她感觉自己的脸应该是艳红的。春由枝子就咬住了牙，眯着眼望侯得才，瘫软了身子还是骂下流坏子，骂着还要看迷仙绒是什么样的。后来春由枝子不骂了，叹息着说她什么都知道了，花田子小姐甘愿嫁给没正形的侯得才，除了运河煤矿，除了麻生矿业，被不要脸的侯得才拿这本事迷住也得算一条。侯得才仗着稀罕物对付女人，女人毕竟是难以招架的，况且这种事是拿甜头当引子的，有了一就会有二。

侯得才足了兴又让春由枝子说服气话，侯得才还把脚丫子伸到春由枝子脸上，侯得才还拿脚趾夹着春由枝子的乳头又拧又拽。春由枝子就咬着牙骂，说不要脸的侯得才是把日本女人当玩物了，她要不闭着眼想下三烂侯得才不得善终，她真能窝囊死。

侯得才后来发现花田子小姐正一天天地改变着饮食习惯，她不再说吃早茶，也不再往几案上摆放点心匣。而日本人的早餐应该是这样的：一个鸡蛋，一碗米饭，一块烤鱼或火腿肠，一盘蔬菜与水果，一小碟咸菜，一碗酱汤。花田子小姐是麻生家族的千金，没来中国之前，她或许会像留洋德国学习矿业管理的父亲那样，习惯于西式早餐，只是一片涂了黄油或果酱的面包，一杯牛奶或果汁咖啡。现在的花田子小姐把一切带有日本标志的生活习惯都改变了，她甚至还改变了拿小盅喝茶的习惯，茶水是倒在碗里喝的，喝也不像先前那样咂摸品尝。而侯得才先前那样喝茶，曾多次被花田子小姐讥讽为野驴托生的，连喝茶也是咕咚咕咚地灌，喝相与声音既粗俗不堪又肮脏至极。

花田子小姐还让使女春由枝子用大碗盛饭，菜也常常是仿着运河湾里的习惯，辣的咸的炖在一起，一锅菜里三样五样不止。除了像运河湾里的人家那样烙饼和蒸花卷，白米饭是一次也不吃了，而使女春由枝子是死也不肯蒸窝头的。使女春由枝子说她天生手笨，她学不会把手指头伸进面团里拧窝头，即便学会了也不会去做，那样的窝头在她看来不应该是入口的，尤其是黑杂面窝头。但这样的饭菜，侯得才早就吃腻了，侯得才已经习惯了日本饭菜，他吃了几次就看出日本人在饭菜上比中国人讲究，而中国人先讲究的是吃饱，尤其是运河湾里的人，喝米汤也用锅一样的大海碗。每当这种时候，花田子小姐反倒会细声细气地规劝侯得才，说得才君不喜欢自己的国家吗，一个区域的饮食习惯，映照的是一个区域的历史文化啊，更不用说一个民族了。

后来花田子小姐还说了让侯得才起鸡皮疙瘩的话，花田子小姐说："得才君，咱们家一代代不都是这样吃饭吗？将来咱们的孩子不也是这样吗？"花田子小姐用这种方式，逼迫自己尽快变成运河湾里的人，这在侯得才看来，其实跟驴戴礼帽没什么区别。

总之，花田子小姐是方方面面都做着改变的。比如她每天都会在码头上站一会儿，看着来往的行人，她还会用运河湾里的土话跟路过的人打招呼，尽管她常常把过路人弄得目瞪口呆。

还有，花田子小姐几乎很少进城了，县城里还有一个日军中队，大川虽然从少佐变成了中尉，但对花田子小姐还是很敬佩的。往常花田子小姐去大川那儿，大川总会亲自为她冲泡蒸清茶，点心也是精心挑选的。大川还很想让花田子小姐坐到他身边，不过大川每次都只是在花田子小姐的胸口上扫一眼，接着就扭转了视线，伸出的手也会悄然缩回。尽管大川常常会在扫视过后，吞咽一口干涩的唾液，但一旦坐周正了，还是会恭恭敬敬地说几句掏心话。说整个日本军界，没有比他更理解花田子小姐的了，花田子小姐为新发现的运河煤矿呕心沥血，及至殚精竭虑，完全是为了麻生家族，而麻生家族又是帝国利益的重要贡献者。他现在所能做的，或者说必须要做的，就是协助花田子小姐，就是为运河煤矿清障解危，尽管他的军职使命是征服占领区的抵抗力量，包括让他十分讨厌的多如蝼蚁的运河湾人。

大川说，他现在心有余而力不足，这样的感觉先前是从来没有过的，甚至他的人生字典里，也压根儿就没有这几个字。不过，他相信聪慧的麻生小姐，一定会明白他的言外之意，并理解他难言的苦衷。他是军人，军人不说苦衷。他要说的是，他一定竭尽全力，一定尽其所能。至于能不能让花田子小姐如愿，能不能护卫运河煤矿挖出第一筐钨金，他没有绝对把握，因为帝国的军队的确出现了捉襟见肘的情况，不打招呼就抽掉他两个中队就是例证，而剩下的这一个中队能不能保住也很难说。关键是他不能做主，他甚至不便于出城，他明明知道运西地区的八路军正日益壮大，也只能任其增长。况且他现在还要随时提防刘百湖，刘百湖跟三国的魏延一样，脑后有反骨。

大川说，刘百湖的保安纵队不盼着八路军日益壮大，但他们正因帝国的败局寻找下一个依靠，他们当初甘愿做汉奸，也是为的攀树而生。他和一个中队的帝国军人，其实是生活在虎狼窝里。大川说他不怕为帝国玉损，他怕的是减员。减员就等于承认了失败，一天天听着伤亡数字，一天天等待着失败的到来，其心灵折磨远远大于对死亡的恐惧，因为死亡不过是生命的终结。人类是在简约中诞生的，而复杂就是把生命塞进枪膛里，要击发，还要先选目标，还要先扣扳机，还要眼看着子弹在空中飞行。

大川每一次都把自己弄成个哲人，直到花田子小姐闭上忧伤的眼睛，直到花田子小姐蠕动着略显苍白的嘴唇，梦呓似的说一句她本该先想到的，他才终止了虚话连篇的阐述。但他接着又会以附和式的口气补充一句："是的花田子小姐，形势对帝国十分不利。至于运河煤矿嘛，我们怕是听不到它机器的轰鸣声了，尽管说出这样的话，难免让人感伤。"不过大川最后还是追加了一句，说花田子小姐把最机密的图纸托他保管是明智的，图纸就是运河煤矿的命根子，他会像忠于天皇一样忠于麻生家族。还说就目前形势而言，图纸一旦在码头示人，即便锁在橱柜里也是枉然。花田子小姐那一会儿应该是忽略了这件事，当初把机密图纸交由大川保管，不过是防着喜欢胡乱翻腾的侯得才，任谁也没想到帝国战争会打成这个样子。

但花田子小姐最后一次去见大川时，临走还冲着大川鞠了躬。花田子小姐直起腰来还将了将垂到面额上的长发，还把手伸过去让大川握了一下，说：

"好吧大川君，既然我们无力改变败局，那就让我们勇敢面对吧，哪怕是就地匍匐。"

花田子小姐是过后又后悔的，她几次想要回图纸，甚至还说到要核对几组数字，大川却反过来问她："如果只是核对数字，那还有带回去的必要吗？你说呢麻生小姐？"

侯得才不知道这一节，他想着花田子小姐不愿意进城了，或许跟花田子小姐不想看到保安纵队有关，县城里满大街都是刘百湖的保安纵队，而刘百湖曾经骂过她是骚母狗。花田子小姐要进日军队部，要去找大川，她首先要从保安纵队的人堆里钻过去，那样子会让她感到羞辱。但是侯得才还是诧异着花田子小姐的变化太快，也太突然。一个先前连大川少佐也要出门迎送的麻生家族的漂亮女人，一个连冲保安纵队眨一下眼也嫌跌身份的日本阔小姐，居然要把自己打扮成中国人，居然死心塌地地要做侯家媳妇，想想都是可怕的。侯得才就认定了花田子小姐之所以俯身低就，完全是冲着运河煤矿的。一个能为未开采的煤矿付出一切的女人，心里必定有着山石一样的意志，这样的女人如果能被男人把持住，天也能撕下半边来。当然，如果这个男人是甘愿当软柿子的，或者是个里外糊涂透顶的，那就跟着倒尿盆刷鞋底好了。

侯得才想到这些时就会笑，有时还会笑出声来，那时候他会想起当初撩开花田子小姐的衣裙时，他只是想着占南洋女人的便宜，而那时候花田子小姐扮演的是在码头上种菜的哑女，所有人都不知道她们是日本人假扮的南洋女。那时候他已经不在186团督导队了，他是团部警卫连的连长。运河码头应该归运河巡防队管辖，巡防队是由县警察局和县盐警队的人组成的，他到码头去并不是查巡防，他进货栈是冲着哑女去的。那时候货栈里还修了澡堂子，澡堂子是用玻璃罩着的，洗澡的人脱光了身子，外边的人看着就跟眼前一样。她们也不忌讳，还是大白天也洗，夜里洗时还要亮起灯笼，洗也是脱得光溜溜，好像故意要让人看见的。他是无意中发现的这个天大秘密，看到了就再也忍不住，找个理由也要到码头货栈转一圈。当然，要上身子占便宜，则是被驴长脸福市唆使的，福市还冲他眨巴眼，福市还在他裆里抓了一把，结果他就干成了。

侯得才搂抱次数最多的是菜园哑女，菜园哑女比厨灶哑女小几岁，两个人看着像是姐妹。厨灶哑女喜欢在门口收拾活鱼，鱼在厨灶哑女手里摇摆，厨灶哑女就把双手伸过头顶，高举着让鱼喝凉风，下边的衣襟拉起来，露出来的是鱼一样雪白的肚皮。菜园哑女总是冲着他笑，笑也是呜呜哇哇的，有时候让他抱着进屋，有时候就在菜园的草丛中。

那时候，侯得才不知道这两个扮演哑女的并不是真南洋女，管厨灶的春由枝子同样也是日本人，他之所以没先扒春由枝子的裤子，并不是嫌弃她是负责做饭的，而是当时看着她好像比种菜的哑女大了几岁。不过，他后来还是上了春由枝子的身子，春由枝子没怎么挣扎，而花田子小姐好像是默许的。那时候他把矿警队的狼狗蛋全煮吃了，锅里还是加了巴戟、仙茅、锁阳、海马等催发物的，结果他燥热难耐，大冬天解了衬衣扣子还是热。他是拿冷水冲洗了之后上的台阶，台阶上泼了水，水又结成冰凌，冰凌把他滑倒了，上房的花田子小姐还是不开门。

水是春由枝子泼的，春由枝子还要往冰凌上撒蒺藜，还要在蒺藜里掺玻璃渣子。他爬起来追赶春由枝子，春由枝子拿一只手揪住内裤，一只手腾出来拍打上房门，说："田子小姐，我由着这个不要脸的行吗？"

花田子小姐并没显出来她每天都在变化，她把一切变化都化成了必需的，穿中国衣服也好，吃中国饭也好，甚至还学着运河湾人的口气说话也好，她都显出来是平常自然的。但花田子小姐私下里却跟使女春由枝子用日语说了话，意思是她马上要做的有三件事：一是萍乡煤矿增派的工程师要全部穿中国服装，最好是会说流利中国话的；二是催着侯得才回侯家老宅盖新房；三是春由枝子要答应嫁给现任矿警团团长岳粮丰，还得显出来是亲不够的。侯得才没听到两个人说了哪些话，他只是看见使女春由枝子的眼睛是红的，开门出来时还拿衣袖擦了泪，他还想再与春由枝子说笑，问她流泪是不是不愿意做二房，但春由枝子随即就板正了面孔，说："不要脸的，小姐喊你进去呢！"

花田子小姐接着就问侯得才家里做了准备没有，新房的图纸她已经设计好了，她的意思是越快越好，最好能赶在运河湾麦收前盖好，如果拖到青纱帐起来，她会一直牵挂着。侯得才嗯嗯着点头，说他把该说的话都说了，爹也愿意，娘也愿意，而侯家老宅的两个大爷，也不会过多地干涉他。况且，侯家老宅里边还有没分清的公房公宅，他想在哪里盖就在哪里盖，他盖在哪里，哪里就是最合适的。花田子小姐只听了几句就把脸撂下了，说侯得才说的这些话，她前几天就听过了，侯得才现在依旧拿这些话搪塞她，她不用想也知道侯得才根本没把盖房娶亲的事放在心上。如果侯得才跟着再说一句公务繁忙，再说有处理不完的公事，她马上就到侯家老宅勒脖子上吊去。去还得带两根绳，她还要看着侯得才先把绳套勒脖子上，因为她已经进家认过亲了。按照运河湾里的说法，她现在生是侯家人，死是侯家鬼，一块儿死是让他们往一个坟坑里埋的。当然，绳子很容易找，她多带三根也可以。

  侯得才再不敢胡乱嗯嗯，冒出的汗先从头脸上流下来，汗水还是凉的。其实，侯得才并没打算说公务繁忙，花田子小姐先说了这一句，意思里还是带着讥讽的。侯得才已经几个月没进县城了，自从河套暗堡被独立营端了之后，糊涂蛋大川就认准是他给八路军通风报信，逼着他说清八路军是怎么混进暗堡的，换了矿警团服装的皇军是怎么被谋杀的。尽管没让刘百湖毙他，但大川个没爹的却把他放到了青石板上，还找了个溜溜滑的石臼子，石臼子压在他的裆里，以至于多少天过去了，他的裆里还是冰块一样的凉。她是被花田子小姐救回来的，他的矿警团团长一职也换成了岳粮丰担任，尽管他依旧挂着物产局局长的头衔，但傻子也知道这个职位就是为日本人搜刮物产的。侯得才以养伤为由躲进了花田子小姐屋里，伤养好了他还是没去物产局上班，而让败局弄得焦头烂额的大川，也懒得再想起侯得才。

  更主要的是，侯得才是在物产局中了美人计被刘百湖捉奸在床的，花田子小姐不会催着他进城，侯得才乐得自己成了八不管。他就把心思都用在了另一种谋划上，只不过，这样的谋划他永远不会跟花田子小姐说出来，哪怕花田子小姐骂他成事不足败事有余。

  花田子小姐就把柳眉倒竖了盯住侯得才，直到侯得才擦着汗站起来，说："媳妇你放心，我这就再回侯家老宅安排，麦收前盖不成新房，你把我身上的物件一样样割了摔着玩儿！"

  这话算是狠话了，况且侯得才还破天荒地喊了媳妇，花田子小姐就把倒竖的柳眉展平了，但躲在门外的春由枝子却悄悄地在台阶上撒了一把焦豆，侯得才是一头栽下去的。花田子小姐又喊住了侯得才，让他过了运河大桥先拐弯去矿警团团部，说她想跟团长岳粮丰商讨以工代护的问题，电话上三言两语说不清。侯得才捂着额头冲春由枝子说狠话："等着！我让三老雕拿爪子挠你，专挠你那个地方，挠烂了再给你抹辣椒面，一抹一大把……"

  侯得才再从侯家老宅返回的时候，三老雕岳粮丰已经离开了码头，两个人差不多是面对面错开的。即便两个人在运河大桥上碰了面，侯得才也不会再提及对付春由枝子的事,他是带着天大惊奇跟花田子小姐说话的。侯得才说他终于抓到小胖子福山的尾巴了,熊玩意儿看着是个清白身子,其实是叶里藏葡萄,是裆里夹大蛋,满心里想的是吃鲜桃一口。侯得才说:"媳妇你知道吗,福山跟老宅的喜喜好上了,两个人就差脱裤子上床了。或许早就上手了,而我们还一直以为他是天天在矿井上忙上忙下的!"

第五章

其实,侯得才说到小胖子福山时,心里是十分纠结的,甚至还有些恶心,仿佛是自己把虫子塞进了嘴里。当初他把小胖子福山带到侯家老宅,不过是想讨好福山,不过是想从福山嘴里多了解花田子小姐和三个日本男人的关系,包括他带着福山到春宵楼吃花酒。而当小胖子福山说他喜欢上喜喜时,他还怂恿着福山尽快上手,说喜喜是他的堂妹,喜喜最会装正经,意思是得手就先脱裤子把那事弄了。他那时候是故意戳弄大爷侯登科的,当爹的侯登科被他弄得找不到脸了,当哥哥的侯得章也就没了脸。但小胖子福山却给他讲起了爱情,说爱情是心心相印的,爱情要的是情浓意浓,他的努力就是使蓓蕾孕育成熟,然后灿烂吐蕊,直至芬芳四溢。那时候他恨不得亲手抓一个刚屙出来的热驴屎蛋子,囫囵着塞到福山嘴里。现在,他已经知道了小胖子福山是故意装样的,而大爷一家也已接受了福山,福山也要变成侯家老宅的女婿了。

侯得才后来发觉他总是被自己的谋划弄得颠三倒四,而谋划初现雏形时,一切都是顺理成章的,一切都是浑然一体的,结果意料之外的事就出来了。一桩桩、一件件,他甚至都不敢回想,如果从中原大战时向团长大哥告密那一次算起,他几乎是画个圈就先把自己绊倒的。黑豆不过是收捡了破布条,然后再加上麻披子,做成的绑腿带子自己用,省下的绑腿带子不过是托探亲的马二梭捎给他的瘫子爹,而他说的是私藏军用物资。过后他尽管取代丁黑豆当了排长,但连长马二梭却从此把他当成了对手,结果团长大哥也从此认定了他是没正形的。

侯得才不能一桩桩一件件从头捋起,他现在最想知道的是,小胖子福山为什么当真了,福山黏上喜喜,绝不会是因为喜喜贤淑端庄,绝对没这么简单。如果福山真是喜欢中国媳妇,比喜喜俊俏好看的,运河湾里可以一抓一大把。

侯得才急的是他摸不清小胖子福山的真正用意,但有一点是肯定的,排除掉福山的死心眼,福山变着花样巴结喜喜,一定跟运河煤矿有关。侯得才想到这一点时,他感觉又一次弄巧成拙,当初一个类似恶作剧式的唆使,竟然又把自己推到了尴尬之中,从某种程度上说,他是自竖了一块碍脚绊腿的石碑,或者说,是自己给自己找了个对手。如果小胖子福山也是做了谋划的,那么,他的算盘珠上就会凭空再多一双手,更不用说他还要同时拨弄阴阳难测的花田子小姐了,而对付花田子小姐,难度要远远大于对付小胖子福山。

侯得才要驾驭花田子小姐,拨弄也好,戏耍也好,死皮赖脸也好,装呆卖傻也好,目的只有一个,都是为将来做铺垫的,都是打的退步。运河煤矿就是他将来扬眉吐气的资本,即便说成保命资本也不为过。必须牢牢把控运河煤矿,这就是侯得才面对日军败局做出的最后谋划,谋划既简洁明了,又变化莫测,最关键的是,他还要装出是钻头不顾腚的混混子。事情就是如此拧巴,侯得才不想心焦都难,更何况阴阳难测的花田子小姐不是容易糊弄的。

侯得才越来越发觉,花田子小姐比那个被水井砸死的福市更难把控,花田子小姐除了行为举止阴阳难测之外,还多了一副瞬间变换的表情。她忽而沉寂如水,忽而灿烂似花,忽而口吐珠玑,忽而锁口无语。这种瞬间转换脸上表情的能力,常常让侯得才无所适从,他甚至把握不准,到底是自己套出了对方的底细呢,还是自己一张口就被对方套住了。比如花田子小姐让他回老宅时顺便叫一下岳粮丰,他听了之后并没有马上离开,他原本是等着听为什么的,但花田子小姐却说她要与矿警团现任团长商讨以工代护的问题,还说电话上三言两语说不清。花田子小姐会跟三老雕岳粮丰商讨,还以工代护,要让姓岳的带着一团人下井挖煤啊,这话一听就是胡说八道。

再比如这一次,他从老宅那边回来,急着见花田子小姐,是要说一个天大秘密的,说他发现小胖子福山也偷偷摸摸地去了侯家老宅,小胖子福山竟然扯住了开门的喜喜,两个人抵着头说话,跟两口子没有区别了。那一会儿他还喊了媳妇,他还说了"我们还一直以为他是天天在矿井上忙上忙下的"。

说了这些之后，他想着花田子小姐一准儿会勃然大怒，一准儿会把眉毛拧成死疙瘩，或者死死地咬住牙齿，再从嘴巴里发出咯吱声。假若花田子小姐不是勃然大怒，只不过是蹙了一下眉头，或者只是略显不悦，或者只是含糊闪烁，他马上就可以断定，这一切都是花田子小姐安排的，但这种可能性不大。奇怪的是，花田子小姐一脸的漠然，好像小胖子福山是她不认识的人。

侯得才后来又退一步想，假若花田子小姐要一直装样的话，她十有八九会发出叹息声，而那样的叹息怎么理解都可以。但是花田子小姐却把目光盯在了他的脸上，还是问他老宅里是不是已经做好了盖房准备，宅基尺寸是不是跟图纸上标注的一样。还有，花田子小姐还问老宅里是否为备料腾出了空地。没有得到预期效果的侯得才感觉手脚无措，只好顺着花田子小姐的话，说老宅那边一切都安排得妥妥的了，就等着进料动工了。离开花田子小姐之后，侯得才又在心里骂，骂过了又说："等着，不信老子捏不住你！"

其实花田子小姐并没有听清侯得才说了什么，即便听清了也不想应答，侯得才说什么都不重要，关键是她安排的事，侯得才是不是真做了。还有，花田子小姐急需要做的事实在太多，一个人心中装满大事的时候，耳朵里又听到了什么，往往很难到心里去。或者，花田子小姐是故意装作没听到的。

自从最后一次进城见了大川中尉之后，花田子小姐就想到了运河煤矿的未来，她把所能想到的一切都深藏在心里，她还不允许自己流露出一丝丝的怆然和悲伤，包括削减日本人的印记。离开大川中尉的指挥部时，她是恭敬着凝视对方的，她还一字一句地说："好吧大川君，既然我们无力改变败局，那就让我们勇敢面对吧，哪怕是就地匍匐。"她那一会儿使用的是"我们"，但她心里清楚地知道，她最该说的是"我"，于是出了县城的花田子小姐就在自己脸上打了一巴掌。为了不使眼泪流出，她甚至还冲城门口卖鸡蛋的小姑娘笑了笑，在走向码头时，她又让自己变成了一个略带腼腆的运河湾里的小村姑。

花田子小姐还想到了改名字。她觉着麻花这个名字就不错，使女春由枝子的名字也要改，如果中国有春姓的话，最好改成春芝。但当她把使女春由枝子喊到卧室之后，她先说的是有三件大事需要急着办，使女春由枝子对在侯家老宅盖新房没再说什么，对马上要来的工程师必须换中国服装这一点，她也只是眨巴了一下眼睛。如果花田子小姐不接着说派来的工程师最好是会说中国话的，使女春由枝子也许会再眨巴一下眼睛，但随之就听到了要她嫁给矿警团团长岳粮丰的话，她一下子就哭了。

使女春由枝子哭着说："请问尊贵的麻生小姐，我们真就回不成祖国了吗？"花田子小姐帮使女春由枝子抹了眼泪，她还让使女春由枝子笑着去想嫁给中国人的幸福，最后她才说到改名字，说为了消弭日本人的印记，木字旁的枝就不要用了。结果又让使女春由枝子忧愤不已，说："我们世代都是麻生家族的用人，小姐说我叫猪我也叫。可是小姐，咱们私下里还叫原来的名字行吗，或者只叫枝子？"

调试矿井设备的工程师应该上船启程了，那就等人来了再细安排，船在运河里，即便有需要提前叮嘱的也来不及了。花田子小姐马上要做的还是以工代护，她想矿警团团长岳粮丰也许没听明白，要是真把以工代护理解成下井挖煤，离开码头的岳粮丰一定会愤愤不平。花田子小姐就让使女春由枝子安排酒菜，还亲自点了几个菜名，点的是鸡蛋炒韭菜、虾仁拌藕、糖熘山药、炸酱蒜苗、芝麻酥鱼，这五样菜各盛一盘。另外再炖一个粉皮鸡，粉皮鸡要盛盆里。荤素搭配六个菜，取的是中国人的六六顺，而韭菜、蒜苗和藕都是运河湾里的春季时令菜，讲究的是春为一年始，是吉祥升发之意。至于粉皮鸡，可以理解成吉利，也可以理解成急迫，配上粉皮，取的是分的谐音，是说煤矿进入开采阶段，马上就可以分红见利了。

使女春由枝子呀呀地哑巴嘴，说："就他，他懂这些啊？"说了又期期艾艾地望着花田子小姐，意思是我们真要跟中国人混在一起啊，他们配吗，见花田子小姐沉了面色，马上又闭了口，只是拿眼角瞟客厅里的侯得才，侯得才是眯着眼擦手枪的。花田子小姐摇摇头，压低了声音说侯得才还要去侯家老宅，老宅那边他要连着盯几天。使女春由枝子还是拿眼角瞟，花田子小姐转过头去望客厅，说："得才君，春光一刻值千金，你该去了。"侯得才嗯嗯着站起来，走到栅栏门口了又冲春由枝子做怪样，还用掖到腰里的手枪顶起裤子，春由枝子借着关栅栏门啐了一口，又说："死去吧，死了把迷仙绒套你头上！"

花田子小姐站在窗口望侯得才，望着侯得才过了运河大桥，便给岳粮丰打了电话，这回说的是让岳团长品尝春芝的厨艺。岳粮丰想不出来春芝是谁，来了先看到的是一桌子酒菜，接着看到春由枝子给花田子小姐斟了酒之后，又双手捧杯送到他面前，而花田子小姐是满脸堆笑的。她说："怎么样岳团长，春芝算不算个巧媳妇？"岳粮丰愕然望着春由枝子，说："你是说她叫春芝？

我听着像中国名。"花田子小姐马上又接岳粮丰的话头，说运河湾里的习惯，男人嘴里的"她"是指自己女人的，而两个人在家里时，用得最多的是"喂"，媳妇一听这个称呼，就知道是叫她。岳粮丰就垂了头吃饭喝酒，不敢再多说话，酒却是一杯一杯连着喝的，听见花田子小姐又说起以工代护，他还是像上次一样，一个劲儿地点头，看着像是早就明白了的。

其实岳粮丰又想起了侯得才挨打那件事。那一次，侯得才在县城的物产局私会月季红，侯得才不知道月季红是保安司令刘百湖下的诱饵，他那边一上床，立马就被刘百湖堵在了被窝里。他得了消息就生着法子找金猪，意思是让独立营进县城捉汉奸，化装成日军进入大队部，以夜袭方式除掉侯得才也是有可能的。他那时候已经知道了大川还不想让侯得才死，但是，金猪也不知道独立营去了哪里。他就向侯登銮报讯了，说侯团长遇到大难了，眼看就是个死，他来跟伯父伯母报讯，也是冒着杀头风险的。

其实，他那天是先跟花田子小姐说的，说侯团长根本就没跟着矿警团放警戒，侯团长急着进城一定是和某个女子约好了，只是侯团长不该急着弄那事，如果不是接二连三地不缓劲，也不至于累得脱阳脱气。找他的人又是呼喊又是敲门，他还是不起来穿衣服，哪怕先把小裤衩套上也好啊，哪怕先把戏楼小妮藏到床底下也好啊。花田子小姐啊啊着翻找侯得才的衣服，找着的都扔进壁炉里，后来又从壁炉里拉出没燃尽的衣服，翻着口袋寻找小物件，结果没找到。花田子小姐还连着说了好几句滚，说过了又把他拦住，说："岳团副，这件事先到此为止吧，他死了是罪有应得，要是没死，那他就爱去哪儿去哪儿吧。"

花田子小姐最后还给了他一盒点心，还让他派人把新探点的井架立起来，还说她看着岳团副是个有魄力有眼光的，新井架立起来她要为岳团副请功，假若将来岳团副有意在矿业施展才能，她愿意为其铺平道路。还有，如果岳团副家中尚无眷属，她还愿意当红娘，她还愿意牵线搭桥，使女春由枝子与她情如姐妹，她从中撮合，一说准成。他那天也是连连点头，说他把花田子小姐的话都记在心里了，包括侯团长随身带着弄女人的迷仙绒，他连半个字也不说了。那天他是走出铁栅栏就朝地上吐的，离开码头了还吐，吐着又笑，到了侯家老宅门口了，他又在脸上弄出苦相，他还带着一脸的惊恐。

岳粮丰想着差一点笑出来，紧着又夹了一筷子糖熘山药，鼓着嘴又望花田子小姐。

花田子小姐说她已经思谋好久了，越想越感觉运河湾里的老话"搁伙"说得好。"搁伙，搁伙，不就是伙在一起挣钱发财吗？不就是钱多了背不动找人伙着分吗？不搁伙谁帮你背钱啊，背不动，钱不就变成死物了吗？"正说着钱，突然间又闸住，偏了头又问岳粮丰想得怎么样了。岳粮丰打个迟顿，急着咽下一筷子鸡蛋炒韭菜，说他自己是明白得透透的了，只是几个营长老是打不起精神，他越是要往明白处说，他们偏偏说吃粮当兵惯了，干别的不一定行。花田子小姐笑笑，说："春芝你也收拾一下，吃过饭咱们去那边看看弟兄们，出门在外都不容易。"

　　往回走时，岳粮丰又拿眼角瞟春由枝子，先看的是春由枝子的腰，小腹鼓着撑起上衣的下摆，看着像是倒扣了一只碗。春由枝子忽而挺胸，忽而哈腰，一只手忽而又在小腹处按一下，但松了手的小腹跟着又支绷起来。春由枝子还老是兀突着嘴，嘴里像是咬了一块石子，一脸的笑模样是硬挤出来的。春由枝子还回望码头，发现岳粮丰是偷着瞅她的，她就把兀突着的嘴展开了，露出的牙齿比春日里的阳光还白亮，而花田子小姐则是顺着运河往远处张望的。岳粮丰很想再找些话来说，想说他把一个团的弟兄们都调教周正了，一个团的弟兄都想着永远地护卫矿井，光护卫还不行，还要把矿井周边的草拔掉。茅草这东西是根生，要想下一年不再生，非把地下的根刨出来不可。光刨出来还不行，还得摊到太阳底下晒。狼尾巴草别看长得半人高，拔出来立马就死。最难对付的是紫柳，谁都不知道运河湾里的紫柳是从哪里冒出来的，冒出来就别想除掉。不过可以天天削砍。总之，矿警团一千多号人不能白吃饭。

　　岳粮丰还想接着再说矿警团，说弟兄们都感觉花田子小姐是最有本事的，尽管来到运河湾的皇军都是有本事的，话没说完就被花田子小姐打断了。花田子小姐说："岳团长，请把你的营长们都召集来吧。对了，连长也来。"

　　花田子小姐给矿警团的营连长们讲的还是以工代护，看见营连长们都斜着眼角打量春由枝子的小腹，马上又说她这个以工代护的叫法并不准确，准确地说，应该是以股代护。许多人又都正了面望花田子小姐，望着又现出困惑，意思是他们连股也不懂。花田子小姐示意春由枝子站到她身后，她理了理头发，接着说之所以把以工代护纠正为以股代护，是说运河煤矿大家都有份，再往明白了说，就是运河煤矿是大伙儿的，大伙儿都能分红见利。这就跟几家穷弟兄合伙买了一只小牛犊一样，当初买的时候一家兑了一块钱，小牛犊不是天天长吗，不是越长越大吗，那么好了，长大了卖钱，一卖卖了一百块钱，这一百块钱再平均分下去,当初兑的那一块钱就是入股了,那一块钱就是股份,赚的钱就是红利。

营连长们都把眼瞪大了,再望花田子小姐时,嘴里还流出了口水,看着花田子小姐的胸口是高耸着的,穿了运河湾里的衣服,却是运河湾里的大围女小媳妇比不上的。许多人都在心里骂侯得才,骂里也带着恨,也带着酸,下三烂侯得才竟然一搂好几年,而胸脯上长了蓬蓬肉的日本小妮,竟然也愿意让一个没正形的男人弄了一回又弄一回。恨着酸着起了兴致,侧了身再看团长,一下子想起团长当初说的是下煤窑。团长说时还吐了口水,说还以工代护,不就是哄着弟兄们帮她下井挖煤吗。忽然看见花田子小姐拉着凳子坐到他们身边,花田子小姐还抓起一个营长的手,还用自己的手指在营长的手心里揉搓,直到那个营长酥软了半拉身子才松开。花田子小姐接着又详细讲解股份是怎么回事,说她知道矿警团的弟兄们是没有多少闲钱的,毕竟家里的老婆孩子要养活,毕竟家里还有父母双亲,有几个闲钱也不能全用上。真要逼着大家舍家撇业,那她宁愿被红利累死也不能连累大家,尽管她知道挖出煤来就是钱。

花田子小姐最后又说了掏心窝子话,说当连长的让一连弟兄都明白了,这个连长就是百人股份,当营长的带出一营弟兄,这个营长就占三百人四百人的股份。接着又说岳团长早就同意了,他的股份最大,出煤之后,她估计他第一个月的红利不会少于六十块大洋。花田子小姐说过了又挨个儿打量营连长,说入了股份并不是要营连长们带着一营人一连人下井干活儿的,说白了就是大家的股份大家护卫,算是自家的东西自家看着。接着又说:"你们说这个办法行吗?"所有的营连长都像身上生了痒痒虫的,那个让花田子小姐揉搓了手心的孙营长,竟然是拉着凳子站起来的,说:"傻子也知道这是好事啊!"

最后商定的是成立董事会,花田子小姐出任董事长,岳团长为副董事长,营连长们分别为理事和副理事。花田子小姐又给岳粮丰委派了一项新任务,新任务是联系周边村庄最穷的人家,每个村庄选出一个代表,这个代表也是理事。这项任务也可以交给营连长去办。岳粮丰一下子想起紫云寨的薛一手,刚说了薛一手的名字,那个让花田子小姐揉搓了手心的孙营长立马乐得响响的,说薛一手一辈子劁猪骟牛,是带蛋的都让他割了,最后穷得光剩下自己裆里的两个蛋丸子了。花田子小姐皱皱眉,说算他一个,薛一手也成了理事。

岳粮丰忽然又想起侯得才,紧着问给侯得才安排了什么职务,花田子小姐说:"董事会下边还有个执行局,叫他去执行局那边吧。"

第六章

侯得才那天说他看见小胖子福山了应该是真的,小胖子福山去见了喜喜也是真的。但是侯得才说两个人就差脱裤子上床了,这话就说得过分了,而喜喜是拿一只手扳着门板的,那样的架势也是催着小胖子福山快走。喜喜是侯得才的堂妹,他顶多说个福山跟老宅的喜喜好上了,接着再说他们还以为他是天天在矿井上忙的,有这么两句就可以了,既泄了愤,也告了密,目的也算达到了,没必要说得那样血乎。况且侯得才只是看到一个矮墩墩的背影,喜喜拔了门闩之后又探着身子向街上扫了一眼,说是小胖子福山,应该是估摸着猜的。

那天侯得才是苦着脸进的侯家老宅,警卫是从三老雕岳粮丰手里借的,借了一个排,团长岳粮丰还问他要不要把一团人都带去,要是侯家老宅装不下一团人,那就带一个机枪连好了,进村先把街口封了,剩下几挺机枪架到四角望楼上,纵然是带爪的小小虫也不敢靠近。侯得才就拿白眼珠子挖岳粮丰,说:"三老雕你等着,有一天我把你的老雕嘴塞你自个儿的裤裆里,蛋丸子啄烂再啄你的独眼小头。"结果岳粮丰又拿大川惩罚侯得才当话柄,说最好再往裤裆里塞一个滑溜溜的石臼子,那玩意儿还养人还养屌。侯得才恨着翘尾巴的岳粮丰,索性把一排人都带进了院子,看见他爹侯登銮噗噗地吐口水,他又把一排人赶到了老宅门口。进了家又冲他爹翻白眼,意思是讥讽他爹侯登銮光是会分析,光是会说一听就明白,光是会显摆一肚子心眼,临到要干具体事了,事情又踩到了脚底下。

侯得才嘟囔着说老宅还是一样没变,大爷侯登科的院门还是朝东开,四角望楼上的红薯秧子快要沤成粪了,还是黑乎乎地堆在上边,而后院家庙四周照样横七竖八地扯着晾衣绳，绳上就差晾晒屎褯子尿褯子了。嘟囔着还拿手推搡他娘侯杨氏，侯杨氏问儿子得才看了娶亲日子没有，说要是女方那边拿不定主意，干脆到镇上看个日子，顺便再找人合合八字，最好是不克的。最后又连连摇头，说花田子小姐到家来的那天就该问清属相的，结果去码头回礼也忘了问。鼠与羊，过不长。马跟牛，不到头。蛇缠虎，气得肚皮鼓。兔扒龙，一辈子光受穷。猪拱猴，没盼头。狗撵鸡，丈夫要受屈。

侯登銮也拿手拨拉侯杨氏，说："行了行了，哪儿是哪儿啊。又是属相，又是八字，你问他知道是儿大还是爹大吗？算了，别问了，你问了他还得揪着脚趾数数，你就问他谁是爹吧。算了，别问了，别把他问糊涂了，你只让他说将来生了孩子还走不走姥姥家，小花妮要是带着孩子去了日本国不回来，我是不是还要凫水去日本国接孙子去啊？"

侯得才急得红头紫脸，说："正说盖房屋呢，这又扯哪儿去了？不会是故意绕圈子吧，我那边可是立了军令状的，麦收前就得盖起来！"

侯登銮听着又要来气，说当爹的说的话都成屁了，一个摇晃花啦棒槌的小妮子打个喷嚏，立马变成了军令。侯杨氏紧着使眼色不让侯登銮说话，接着又拉儿子得才坐下，说一切都齐备了，也跟东西两跨院的人打了招呼，新屋地基也定下来了，说动工，一抹色的青砖，十天半个月的就起来了，顶多到麦子抽穗的时候。侯杨氏还说前院是要跟后边东西两跨院赌一口气的，新屋地基故意选的家庙祖根，盖起来就让大猴子二闷驴一看两瞪眼。侯得才紧着问他爹侯登銮是不是这样，侯登銮却把脸沉了，说他想怎么盖就怎么盖，只要能让他知道最后到谁跟前讨活命，他现在要的就是一边盖新房，一边学四脚爬。侯得才听着话不对劲，又不想让他爹侯登銮再把在码头上说的话翻扯出来，更不想过早地吐露自己的谋划，吭吭哧哧地说那边还有急事，站起来出了堂屋。

那天在码头上，侯登銮是躲闪着跟儿子得才说的话，说他早就看出来了，得才在小花妮手里就是个哄小孩的哗啦棒槌。花田子小姐其实是看着日本人要败了，保安纵队根本靠不住，而她又丢不下煤矿，拿得才当幌子，不过是要利用老宅里的团长侯得章。老宅里还有个营长女婿马二梭，再加上一根筋的侯得印。抱着一个哗啦棒槌侯得才，她就等于三面都有了抓靠。小花花妮要在侯家老宅盖房屋，其实是狡兔三窟，是为自己准备好了退步。一旦县城保不住了，侯家老宅就是她的护身符，八路军来到紫云寨也不敢炮轰侯家老宅。

侯得才出了堂屋又掩饰着没话找话，说："你刚才看见我带着警卫进院就吐，你吐的啥？"

侯登銮说："我给八面威风的儿子泼水净街不行啊？滚！"

侯得才灰着面孔出了侯家老宅，出门就看见有个人影在东墙外的树趟子里一闪，接着就进了东跨院，他一下子就认定了是小胖子福山，而小胖子福山是看见他之后才急着敲门的。

其实小胖子福山先进树趟子倒不是躲闪侯得才，他也不知道要见喜喜的时候得才还在侯家老宅。他还是赶着太阳要落时离开的矿井，他认为侯得才即便回了家，也绝不会那么晚了才回码头。小胖子福山已经不敢进城买礼品了，县城大街上到处都是保安纵队的人，保安纵队的人一拨拨地串店铺，串店铺是为了将手中的老头票换成银圆。老头票是南京中央储备银行发行的纸币，后来纸币又变成了中储券，票面也从当初的1元、5元、10元三种，增大到500元券、1000元券、5000元券，甚至还有1万元券和10万元券。保安纵队把发到手里的老头票当成了手纸，也有拿老头票卷烟吸的，直到有人带头打起店铺的主意。

拿老头票换银圆是从县城里下血雨的第三天开始的，开始是团长营长，慢慢地连长排长也尝到了甜头，再后来就不分官衔了。谁都知道皇军要变成蝗虫了，蝗虫就是蚂蚱，蚂蚱怕的是立秋。县城里的皇军三抽二偷着走了，大川的少佐衔降为中尉，接着八路军就把运河以西的据点炮楼拔了。保安纵队的人是挨门逐户串店铺的，吓怕的店主要么关门要么哀求，当然也有收了老头票就撕的。保安纵队的人已经不怕日本人了，有一次小胖子福山还被一个保安纵队的排长骂了，说："你他娘的不是码头上的小胖子福山吗？你跑到运河湾里挖煤，你敢爬小花妮的奶头山吗？不敢爬你就是乌龟，你连侯得才个下三烂也不如。"

小胖子福山急着要见喜喜，他还要去紫云寺，不想空手的福山就揣摩炮弹壳。炮弹壳锯成三截，先用底部做了个脚炉，脚炉是送给侯葛氏的，给侯登科做的是个手炉，手炉的护顶还做了镂空，镂空取的是菱角图案。最上边的一部分留给喜喜，给喜喜做的也是手炉，只不过形状是鹅卵石形的，又比鹅卵石多了些细条状，看着倒像个眼镜盒。这三样都是取暖工具，里边装了炭火，方便还干净，说是火笼也使得。除了侯葛氏的脚炉是放在地上的，外观上显得笨拙些，喜喜的手炉完全可以塞进袖筒里，而侯登科的手炉也可以称为捧炉。小胖子福山提前做了一件肥大的工装,工装是用侯葛氏给他做的紫花袍子改的,外边沾满了泥浆。他索性又拦腰束了一条三指宽的扎带,扎带是剥了紫柳条外皮编织的,柔软还抗拉扯。另外还有一个好处是,腰里塞了东西,不细看是察觉不出异常的。

但是喜喜一看见小胖子福山就把自己弄成了哭笑不得的样子,喜喜先喊了她娘侯葛氏,还要再喊她爹侯登科时,小胖子福山已经挤进院子里了,喜喜只好噘了嘴埋怨,说:"你到底要装人样还是装鬼样?看看你还有个人形吗?"小胖子福山却径直进了堂屋,先给侯登科鞠躬,又给侯葛氏鞠躬,说他一次比一次跑得勤,实在不是故意叨扰的,虽然对喜喜小姐的思念与日俱增,但他也知道运河湾里的习俗,在没有正式拜堂成亲之前,他与喜喜小姐还不能称为两口子,他也不应该以女婿的身份三天两头地往岳父母大人门上跑,这不合礼俗。侯登科脸上红红白白的,紧着拦截小胖子福山的话头,意思是既然知道礼俗了,就没必要说那么多废话。他说:"快拣紧要的说,先说事。"

小胖子福山后退一步又鞠躬,说他这一次登门拜访,除了找理由见见喜喜小姐,主要的是他心里又装了一件紧要事,他越想越感觉这件事不能再拖了。侯葛氏以为小胖子福山是要让他们看日子迎娶喜喜的,而侯葛氏想的是等儿子得章来了再定,得章要是死活不认这门亲,只要前边不说准话,到时候再拒绝也能占几分理。想着又恨侯登科,恨他去见了儿子,竟然把这一节丢下了。侯葛氏就紧着跟侯登科使眼色,又把喜喜拉到自己身后,说:"他爹,让客人坐下说话啊,来了就得喝口水吧。"

侯葛氏的话很巧妙,里边含着打圆场的意思。既然小胖子福山懂得运河湾里的礼俗了,他就该知道主人家说到倒茶喝水,其实是逐客送人的。不说喜喜,偏让侯登科招呼客人,想的还是坐下来,要侯登科跟小胖子福山说家常话,说着说着或许就把话头岔开了,谁的面子都不伤,进一步退一步,都是留了余地的。

偏偏小胖子福山忽略了侯葛氏的话中意,反倒闪着身又离开了椅子,身子是半侧着冲墙站的。等到他再转过身来时,扎带之上的扣子全解开了,怀里发出清脆的金属碰撞声,听着像揣了一怀铃铛。小胖子福山说他知道晚辈来府上拜访,礼品是一定要备好的,不计贵贱轻重,要的是晚辈的心意。又说运河湾里还有一句话,叫作礼多人不怪,这句话的意思他也明白,可是他实在不愿意进城了，跑到集镇上购置，他又难以抽出时间，最关键的是他不能离开矿井太久。

小胖子福山说，万般无奈之下，他只能亲自制作，好在制作时他是怀了最大真诚的。说着把手伸到怀里，先掏出来的是脚炉，双手捧着站到侯葛氏面前，说："请伯母大人收下晚辈亲手制作的脚炉……"说着又弯下腰来，恭敬着放到侯葛氏脚边。移动着站到侯登科面前，又说："请伯父大人收下晚辈亲手制作的手炉……"最后是冲喜喜鞠躬，小手炉是从袖筒里掏出来的，拿手心托了呈到喜喜面前，再说："请喜喜小姐收下小林永亲手制作的手炉……"礼物送出了，又转过身去扣扣子，头上脸上冒了汗，扯着衣袖擦脸，把脸抹得花猫一样。

小胖子福山还是急着要说他心中的那件大事，侯登科却噗噗地笑出声来，说他从会记事活到要忘事，从来没见过这样送礼的。雪中送炭是应时应景，雨后送伞是指及时无望而事后又献殷勤。要穿单衣了，却收了暖手暖脚的，送礼的，收礼的，哪个是傻子啊。侯登科说，现在是啥季节，清明早过了吧，谷雨也过了吧，过了谷雨就是立夏了，接着就是小满，接着就是芒种，接着就是夏至，再往后就是小暑大暑立秋处暑，哪个不是摇蒲扇的天，连手带脚捂着发热的，捂痱子还差不多。说着还笑，笑着又说："福山你是怎么想的？不是，你怎么想着弄这玩意儿啊？"喜喜悄悄地拽她娘侯葛氏的衣袖，意思是抱怨她爹把话说重了，当面说这些话，明显是故意作践人的。

侯葛氏听着也不是好话，便皱了眉冲着侯登科撇嘴，说："再往下说啊。再往下还有白露秋分呢，还有寒露霜降呢，还有立冬小雪呢，还有大雪冬至呢，还有小寒大寒呢，你怎么不接着说了？"

侯登科一下子噎住了，先拿眼角瞟一下喜喜，接着又冲小胖子福山笑笑，说："我没别的意思，我只觉着稀罕，稀罕就好啊。"

小胖子福山记不住中国的二十四节气，记住了也没心听，他心里满满的都是要顺着运河坐船来的矿井工程师。

小胖子福山是夜里听到的嘀嘀声，他一听就知道是花田子小姐发报，花田子小姐不用电话，对方一定是远路的，要么是日本国内的麻生总部，要么是中国江西的萍乡煤矿。小胖子福山很想弄清楚，但是，从声音判断击键手法还可以，要判断发报内容几乎是不可能的。小胖子福山在矿业学校学过无线电通信，密码编程他也学过，知道发报机是利用电键，控制一个低频信号发生器的振荡

遗腹子

与否,再被一个高频载波信号所调制,经功率相互交流放大,最后经由天线发射。其工作频率点设在短波段,即 SW 波段。电码的组成又称摩尔斯电码,由五个长短不一的音响信号来组成从 0 到 9 的 10 个数字和 26 个英文字母,最后在接收端组成无线电电报。花田子小姐跟侯得才纠缠在一起时,使女春由枝子曾缠磨着要跟他学发报,意思是她要偷着向总部汇报,但小胖子福山总是昏头昏脑地笑笑,要么就说矿井上他是一会儿也不敢离开呀。

小胖子福山就赤着脚靠近发报机房,为了防备万一,他还揪了一棵麻草,掐了叶片挤出汁来,汁液抹到眼睛上,眼睛一下子就被麻红了流泪了。万一里边的人走出来,他就说害了眼疾,疼得受不了,要向春由枝子要眼药。小胖子福山担心的是喝酒的侯得才,侯得才如果喝着喝着不愿意喝了,或者喝多了要出来撒尿,或者一个人坐烦了要拉花田子小姐回卧室睡觉,或者知道花田子小姐去机房了,正好趁此机会去戳弄春由枝子……总之,出了客厅的侯得才同样会发现他,而侯得才同样也是难对付的。但是他接着就听到了说话声,春由枝子说的是:"让工程师尽快来就是了,让他们换上中国服装我也明白,为什么还非要挑选会说中国话的?难不成还要他们坐在船上现学现记吗?"机房里先是一阵沉默,跟着就是花田子小姐强压着愤怒说:"枝子你怎么总是不明白,你怎么总是让我心焦心躁!让你熟悉发报流程,你难道一点也不懂我的苦衷吗?枝子你真让我伤心。"原来花田子小姐是故意让使女春由枝子发报的,春由枝子跟着就发出了啜泣声,说:"我懂了小姐,为了麻生家族,为了尊贵的视我如姐妹的麻生小姐,我要把全部该记的都刻在心里。"

花田子小姐跟着又念叨图纸,说工程师来到之后,她还是要进城找大川,大川要是为麻生矿产着想,就没有理由再拒绝。花田子小姐甚至咬着舌尖自语,说:"也许我当初就是多此一举……"

再接着又是一阵沉默,机房里响起轻微的脚步声,脚步声是走向门口的,从声音判断,扒着门缝向外张望的应该是花田子小姐。而侯得才显然是喝多了,拿杯子敲打桌子,嘴里喊的是媳妇,说:"媳妇你再不来,我就找三老雕去,我要告诉他想娶春由枝子行,那他得说愿意啃小爷的西瓜皮。狗日的三老雕岳粮丰不真傻,他一听就明白啃西瓜皮是啥意思。"

小胖子福山最终也没被发觉,回到屋里再想春由枝子说过的话,想着想着就明白了。花田子小姐是向萍乡煤矿要的工程师,来人是沿运河坐船北上的,让工程师换上中国服装，不过是为了掩人耳目，防的是苏北地区的八路军游击队。关键的是要挑选会说中国话的这一句。为什么非要挑选会说中国话的，只能理解为花田子小姐做了最坏的打算，真到了日军惨败撤退那一天，心傲气盛的花田子小姐不打算回日本国了。排除掉她要与运河煤矿共存亡，剩下的就是与中国人合伙，煤矿打起中国人的旗号，而重新增派工程师，目的就是把他这个沾着三菱嫌疑的人挤走，或者干掉。

小胖子福山觉着他把一切都理清楚了，一切都在花田子小姐心里织成网了，包括她亮明了要跟侯得才定亲，包括她让侯得才回侯家老宅盖新房，包括逼着使女春由枝子嫁给岳粮丰，甚至连做饭也按运河湾里的饮食习惯。织网是跟蜘蛛学的。网能笼络人，网能进退，网也能把人缠死。小胖子福山不想被缠死，他想着他也有该干的事，尽管他自己干不成。

小胖子福山就急着向侯登科摆手，他想说"伯父大人您不要老是笑啊，您得让我把这件大事说出来，再晚了就来不及了，您知道我还得按时按点回到码头"。但是小胖子福山知道，他现在想说也来不及了，因为伯父大人侯登科即便听明白了，即便一开始就明白，也会追问他什么意思，他最怕的就是被追问。他也许能解释清，他也可以列出一二三，可他解释得越清，越会让喜喜小姐觉着他也是个阴人，也是藏了一肚子阴谋诡计的，而他要献给喜喜小姐的，是一个磊落忠厚又胸怀大志的小林永。小胖子福山后来几乎用了哭腔，说："伯父大人，伯母大人，喜喜小姐，我得回去了。"

小胖子福山是大跑着去的紫云寺，紫云寺笼罩在薄如蝉翼的落日霞帔中，从这时候开始到夜幕全面铺开，中间只是眨眼工夫。小胖子福山把身子隐在山门垛的夹角里，他在紫云寺山门上画了一条船，船上还有机器，还有穿着中国服装的男人。然后他又在船上画了云朵状的虚线，那样的图形能让人联想到爆炸。

小胖子福山最后又在门缝里塞了一束松枝，那是他与马笳子约定好了的。他没想到会在侯家老宅耽搁那么长时间，他原本是想通过侯登科传话的，但是伯父大人把他能用的时间都挤走了。在紫云寺山门上画图形是万不得已，他其实很想跟马笳子说详尽，最好能帮着马笳子一块儿计算航程。好在马笳子会明白那样的图形暗示了什么，况且，他也只能做到这些了。

第七章

　　假若小胖子福山在那个傍晚早到一会儿，或者晚走一会儿，马艳子也许会跟小胖子福山打上照面，因为马艳子每天都是在那个时辰关闭山门。临到要睡觉时，马艳子从茅厕里出来，还会顺带着摸摸山门的门闩。除此之外，一整天山门都是虚掩着的。而门缝里塞了松枝，一摸就会摸到的，如果赶上小胖子福山正塞松枝，那就更巧了。小胖子福山看见马艳子一准儿会急着说话，哪怕忘了鞠躬，或者顾不上鞠躬，小胖子福山也会把最紧要的说出来，到最后一定还会说越快越好。甚至还会说，即便空埋伏一天，毕竟早做了准备是最牢靠的。马艳子听了一准儿会先把眼眯起来，一准儿会在胸前结个手印，小胖子福山只要看见马艳子做出那样的动作，就知道马艳子听明白了，假若马艳子再一连声地说"如是我闻"，那就证明马艳子已经知道怎么做了。但是，他们到底还是错开了，还有，小胖子福山不知道，最近一年多，马艳子已经很少说"如是我闻"了。

　　不知道从哪天起，也没有明确的因果关系，马艳子开始变得沉寂了。他常常会无缘无故地发呆，或者一整天都捧着一本枯叶一样的《楞严经》，但所有的香客都相信，即便了尘住持把佛经捂到脸上，他也不一定知道《楞严经》曾被称为"开智慧的楞严"。至于这部经是佛祖对弟子——被称为"多闻第一"的阿难尊者讲的，了尘住持也许听已经圆寂了的一了大师说过，但要说会读会诵了，谁看见也不会相信。一了大师是马艳子俗家的叔叔，一了大师是不放心马艳子的，反复叮嘱也在情理之中。还有，一了大师圆寂之前，曾后悔把衣钵传给马艳子，当时说的是："女缠缠又来了，我是被你们气死的。"女缠缠是侯月娥，侯月娥来到紫云寺就给马艳子炖鸡吃，汤锅里还加了海马，还加了仙茅，还加了蛤蚧，还加了淫羊藿和肉苁蓉，一样一样都是助兴催发之物，结果马艳子就跟侯月娥上了床，枕头也是一了大师枕过的，睡的方向也是头西脚东。

　　一了大师还知道马艳子十几岁就离家出走了，当了几十年火头军，最后还是个兵混子，半道上卷铺盖回老家，不过是他做饭做烦了。这样的人当了住持，就得多讲细讲，单把佛经交给他，他不一定真读，读也不一定读得懂。

马艳子果然读不懂,马艳子翻开佛经就犯困,后来他把藏经阁的佛经全打开,一本本铺到了大师的罗汉床上。

马艳子是趴着睡着的,睡之前他把全身脱得精光,结果肚皮上印上了密密麻麻的经文。也就是从那天开始,马艳子就学会说如是我闻了,想想也许是那四个字好读好记。于是香客就认定了了尘住持或许不识字,识字也识不多,他一定不知道没开悟之前的阿难在佛祖众多弟子中是修行最差的,阿难尊者甚至还和俗人一样,既抗拒不了女色,还巴望着女色越多越好。其实《楞严经》是最清晰易懂的,佛祖在经中细致开示,佛理讲得既透彻又明辨。如果了尘住持捧着《楞严经》真是用心读的,那他一定明白《楞严经》《妙法莲华经》和《华严经》一起被称为"经中之王"丝毫也不夸张。

还有,许多香客都发现了尘住持坐蒲团也没先前端正了。他在蒲团上坐着常常会打起呵欠,有时候嘴角里甚至会流出黏条状的口水,那样子很像一个嘴馋了的俗人,如果不是看他额头上的皱纹,说是孩子样也可以。还有,了尘住持明明是坐在蒲团上的,他的肩膀却常常会无来由地晃荡,要么就耸耸颠颠的,盘起来的腿脚也会时不时地伸伸蜷蜷,怎么看都像是生了虱子的,怎么看都像是坐着受难的。或者说,他根本就没有沐浴,那样子坐不稳,或许是身上起皴皮了。还有,了尘住持还会莫名其妙地向禅房外边探头,哪怕山门只是被风吹了一下,或者是松树上的枯枝落到了山门上,或者压根儿就没有动静,他的眼角瞟来瞟去,一定是心绪杂乱了。还有,了尘住持的衲衣上常常沾着泥土,尽管他在进禅房之前已经拿拂尘掸过了,尽管泥土只是星星点点,但衣袖上以及衣缝里,依旧存留着依稀可辨的泥土,说是痕迹,也是刚沾上的。

香客里已经有人干脆叫他马艳子了,说马艳子又是打呵欠,又是摇头晃脑,又是伸腿缩肩,一定是被侯月娥使乏了身子,或者干脆就是身子被侯月娥掏空了,他是因精空神游才现出疲惫不堪样的。顺着这个思路想,该责怪的也不仅仅是侯月娥,即便一个女人再想那样的事,即便运河湾里有三十如狼四十如虎的说法,毕竟她自己弄不成那样的事。她想那样也得跟马艳子使眼色,也得先说天不早了睡觉吧,要么就说她脱光了她躺好了,这时候就得看马艳子了。马艳子要是一心归佛,要是心无旁骛,要是明白色就是空,空就是色,他完全可以视而不见。再退一万步说,即便侯月娥是生拉硬拽的,即便侯月娥是光着身子往怀里扑的,即便侯月娥用尽了天下女人的招数,他马砜子也照样能应对,哪怕他用指甲掐掐下边,哪怕他使劲拧一把。

  总之,办法有的是,不想身子被掏空,办法一抓一大把。马砜子之所以被侯月娥折腾,其实是他自己愿意那样的,他是贪恋了那事才被侯月娥折腾的。况且侯月娥还被一个小儿满心缠绕着,侯月娥不可能睡到半夜再进紫云寺,因为她还要搂孩子,还要让孩子吃奶。而饿哭了的小儿满心,一定会被同母异父的三个哥哥姐姐揍一顿,揍了再拿布片子包上,留下血手印也看不出来。三个哥哥姐姐也许会追到紫云寺来,说:"侯月娥你怎么还不把光头老和尚推下去?你看他除了一把骨头架子,身上还有肉吗?他有麻子爹身上的肉多吗?黄毛小和尚又哭又闹又屙又尿,我们还能睡觉吗?你们天天弄那事,弄一回,又弄一回,弄到哪天是个头啊,还有头吗?你们听好了,再生了小和尚,我们都给送到山门口来,你们生一个我们送一个,看看是你们生得快,还是我们送得快。不信咱们走着瞧,累死你们算完,反正我们的麻子爹已经死了。"

  其实马砜子已经好多天没见儿子满心了,满心应该会随音搭话了,从床上翻下来满院子跑也是有可能的,攀高爬坡也是有可能的。马砜子记得很清楚,孩子是马二梭在运河堤上打伏击那天出生的,或许还是枪声响起的时候。马二梭不知道骑着马在运河堤上摇头晃脑的是假侯得才,真侯得才是预先藏在河对岸的,隐蔽的时间比马二梭他们还早一刻钟,结果真侯得才在他们背后开了枪,结果马二梭被打成了血葫芦。那天兰兰是侯月娥请来帮着生孩子的,抢救的人用担架抬着马二梭跑下河堤时,孩子满心出生了。孩子刚呜哇了一声,接着就把两个小手抓到了一块儿,看着像是要做合手礼的,侯月娥笑着把孩子的手掰开了,说:"不合手也知道你爹是住持!"而兰兰是大哭着追赶担架的,尽管马二梭已经听不到她的哭喊了,侯月娥也跟着惊了奶水。

  但是侯月娥还是想再接着生,生一个再生一个,她甚至还想过给麻五生了三个,她也应该给马砜子生三个,孩子越多越好,反正她是盼着孩子多了再多的。侯月娥也给马砜子说了她的想法,孩子满心满月之后,她曾经要马砜子赶热窝再生第二个,马砜子先是咔嚓咔嚓地挠头皮,挠着还臊红了脸,还说行是行,只是两个孩子挨得太近了也不好,最少也要错开一年,要是头顶脚不脱空,即便在俗家也不好看。侯月娥听了马砜子的话,差一点笑岔了气,说:"你把生孩子当成串糖葫芦了,当成拔萝卜了。还头顶脚不脱空,一拔一个啊,一穿一串啊。出了满月同房,即便一回就怀上,要见第二个孩子,还得十个月之后呢,那不就是错开一年了吗?那要是一回没怀上呢,那要是三回五回都没怀上呢,空出来的月份都是错开的。还有,既然闹不清哪一回能怀上,那就得紧着把那事弄了,不计天数,也不计回数,怀上了就知道是真的了。没怀上孩子之前,最好是天天弄那事,最好是弄一回再弄一回。"

马艳子应该是把侯月娥的话忽略了,或者说,马艳子在自己心里装了什么事。他变得沉默寡言,好像他是真的在思考问题,假若侯月娥追着问他,他或许会笑笑,但那样的笑一看就知道是假的。实际上,自从有了儿子满心之后,他就很少再去西河湾,侯登仓要跟他学配炸药,有好多次都是在西河湾空等着的。他仿佛有意无意地躲避侯登仓,即便侯登仓跑到紫云寺,说配炸药不过是想到河套里炸鱼,他也会弄出一脸的苦相。有一次甚至还说佛祖给他托梦了,佛祖说他现在已经是住持了,杀生二字是必须远离的,尤其要远离动了杀心的人,哪怕是沾亲带故的。结果惹得侯登仓骂了一路子,说他跟侯月娥弄那事,也是佛祖托梦让他弄的啊,孩子也是佛祖白送的啊。

马艳子很少去西河湾,而侯月娥也很少去紫云寺了,除了牵挂儿子满心,再有就是因为马艳子的眼神。明明看见她进山门了,明明看见她拉开被窝了,明明看见她解扣子扯腰带了,马艳子还是一脸的沉寂,还是拿那样的眼神望她。有一次,她躺倒了又帮着马艳子解腰带,裤子已经褪到脚脖了,马艳子竟然说起了唱戏,竟然问她唱坠子书的瞎子夫妇是从哪里来的。他说瞎子夫妇应该知道听书听戏的都是老头老太婆,要说要唱,也无非是《李三娘打水》啊,《雷公子投亲》啊,《王宝钏住寒窑》啊,反正都是讲苦尽甘来的,可他们开场说的竟然是汉梁王彭越。运河湾里都知道梁王彭越不是好死的,说是冤魂又回了运河湾,毕竟先下了大牢,毕竟先受了刑罚,毕竟先蒙了屈辱,毕竟是不明不白的。服吧不服吧,毕竟人是死了。

马艳子说,要是运河湾里起了风沙,也算到梁王彭越头上,说风沙就是梁王彭越的冤气,梁王彭越是借着风沙来故里诉说的,权当这话可信。那么,那和风细雨呢,那霜落雪飘呢,那春风化雨呢,那朝阳夕霞呢,又该怎么说,能说成梁王彭越心平气和了吗,梁王彭越会心平气和吗。侯月娥先是要笑的,没笑出来,身上倒先起了一层鸡皮疙瘩,紧着捂住马艳子的嘴,末了又望马艳子的眼神,说:"我看出来了艳子叔,你下边根本没动静,你心里一定是藏了事的。你只说是不是吧?"

也许侯月娥的猜测是对的,马艳子感觉他是藏了事,藏的什么说不清,从哪天开始藏了事的,想想也没个具体日子。也许是从有了儿子满心之后,也许是得知马二梭让花子余带着第一连加入野战部队之后，也许是听金猪说他二婶兰兰贴了一墙眼珠子之后，也许是知道了侯登仓偷着配炸药之后，也许是运河湾里突然有了说书唱戏的之后。日子是混沌的，记清了也没意义，马艳子只是觉着他心里应该藏些事了。如果不想让心事干扰静心，光诵读"佛说有心，佛说无心，佛说有无心"也不行，最好是干些力气活儿，最好是跟心事配合起来悄悄地干。最好跟老鼠一样，挖了土，掏了洞，房屋主人却是全然不知的。

马艳子果然先想到的是挖土掏洞，他甚至还想着把洞挖到墙外白面瓜的坟墓，他天天挖土掏洞，就等于代替想心事了，干起活儿来他就到达无心的境界了。但一个人挖土掏洞有些难，许多时候力气跟心事并不等同，比如他从洞里爬出来背土倒土，明明是拿干活儿取代想心事的，疲劳却常常把他击垮。还有，寺里是不宜出现那么多新土的，而背到官地去倒，官地营的孙营长一定会说他是吃饱了撑的，说他半夜三更挖土玩儿，还不如到西河湾弄侯月娥去。他要是天天背土天天倒土，官地营的孙营长不一定再拿侯月娥取笑他，一定会说："你行啊了尘住持，你的法力不浅啊，白天睡觉，晚上挖土，是佛祖安排的你，还是侯月娥的滑溜肚皮呼扇的你？法海老法师要镇蛇降妖，白娘子马上就来了个水漫金山寺，你该不是要土埋官地营吧？既然白娘子现在听你调遣了，既然你比法海的法力还大，既然你能天天如此，那就让我们看看你把白娘子藏到哪里了吧。"

马艳子就跟金猪说了，说他还不想让官地营取笑，还不想让佛祖感觉紫云寺是个有无不定的，当然更不想让佛祖在泥土堆上爬上爬下。他的想法其实很简单，他只是想找个圆寂的地穴，因为一了大师是在盛水的缸里驾鹤西归的，为了不与一了大师争尊位高低，他只能深入地下。结果金猪一听就明白了，金猪说："这好办啊艳子爷，你只管在地下寻找穴位，背土倒土的活儿交给我好了。我反正是个有肚子没嘴的，您说什么我都信，您说县城地下有个好穴位我也信。"

金猪没往官地背土倒土，金猪把背出的新土拿水和了起墙，墙是两长砖的厚墙，冷不丁地看着，土墙其实跟土墩子差不多。金猪就问马艳子，说佛祖里边有没有专管泥土的，马艳子一下子想起地藏王菩萨，说地藏王菩萨带着一个地字，按说地跟土是一回事。又说先前曾听一了大师讲过《地藏十轮经》，说地藏王菩萨"安忍不动如大地，静虑深密如秘藏"，所以称为地藏。

一了大师还说地藏具有七义，一是能生义，是说土地能生万物；二是能摄义，是说生物皆可安住大千世界；三是能载义，是说能负载众生到达和美彼岸；四是能藏义，是说土地能含藏一切妙法；五是能持义，是说土地能持万物生长繁育；六是能依义，是说土地为万物所依，哪里都没有地下好；七是不动义，是说土地坚如金刚，不可破坏。那个藏字，具有秘密包容、含育之义，深思静虑了，却是神鬼不知的。

金猪连连摆手，意思是嫌马笸子啰唆，又说妥了，他要专为地藏王菩萨设个殿堂。金猪就把泥土殿堂设在正殿的西北角，那儿是一片空地，从空地上望出去，先看到的是松树岗子，过了松树岗子再向西北，就是紫柳丛生的老河套了。马笸子对金猪赞不绝口，说金猪不但有力气，活儿也干得干净利落，尤其是为地藏王菩萨设殿堂的想法好，何况起的墙又跟土墩子一样厚，地藏王菩萨喜欢的就是厚实牢固，看来金猪也是跟佛有缘的，将来说不定真能在运河湾里呼风唤雨。金猪却静寂了面色，说他娘那天陪奶奶来紫云寺看见他了，谁都知道他娘是个话多的。金猪说，奶奶是来找笸子爷给爷爷圆梦的，笸子爷不想让他娘东瞧西望，原本想的是让他娘稳当当地坐在一旁。笸子爷应该知道他娘又是个坐不住的，偏偏他娘又发现了院子里的新土，他娘就顺着新土寻找，一找就找到了洞口，看来一切都是该着的。金猪说他那天又正好在洞里挖土，闪不开了只好装睡觉，而他先前说的是在紫云寺打更。

金猪的意思是想回家看看，看看爷爷的身体到底怎么样了，最主要的是叮嘱他娘，如果他娘拿这当稀罕话说，他会让爷爷拿拐杖砸窗户。

金猪是干到鸡叫头遍时砌完的最后一筐土，春天夜短天长，从鸡叫头遍到东天放亮，顶多还有半个时辰，而天放亮之前，破晓的晨曦也会让运河湾现出微明微亮来。金猪就催着马笸子去禅房打个盹，说他已经看出笸子爷的疲倦了，眼窝是青的，眼珠子是红的，脸色是灰暗的，他不用细看也知道是晚上不睡觉的，而香客又是男男女女都有的，更不用说来的香客里边什么心眼的人都有了。马笸子答应着去睡去睡，忽然又连连地以掌击额，说夜里竟然忘了摸门闩，尽管没睡觉，毕竟是跟先前不一样的，可见还是百密一疏。金猪把全身抽打干净了向山门走，拔门闩时触摸到了松枝，松枝上浸着凉凉的露水，松枝应该是落露水之前插上的。

金猪扯出松枝招呼马笸子，压低了声说小日本福山又来放标了，意思是要马笸子过来查看的。马笸子突然快走几步抱住了山门，一条胳膊伸出来，看着像是要拿衣袖擦拭山门的。金猪紧着阻拦,说:"别擦啊笸子爷,您看福山又在门上画了图。画的是条船,船上有人,还有奇形怪状的东西,看着方方正正的,像矿井上用的抽水机。哎哎,那些大家伙说不定也是矿上用的……"

马笸子的胳膊举起来落下去,看着像是要打呵欠伸懒腰,衣袖却在山门上抹来抹去。抹着果然打了呵欠,说他要抽空到附近村子走走,他要告诫善男善女,最好不要让孩子在山门上胡乱涂抹,毕竟佛祖是喜欢洁净如莲的。接着又撵金猪回家,说:"黎明黑一阵,正是时候,快回去吧。"

金猪走了几步又折回来,说他刚才看清楚了也想明白了,船上边那几道子像云彩的,其实不是云彩。云彩不会挨着船画,要画云彩也得画得高高的,因为云彩要悬在半空中。那样的形状只能表明爆炸了……

第八章

金猪回到家时,他爹满秋刚要开门到井边挑水。满秋打着呵欠,还一个劲儿地眨巴眼,像是没睡醒的。

金猪发现没在家吃住的这两个月里,他爹满秋似乎苍老了许多,头上有了白发,白发是成片生的,耳朵上边两大片,奇怪的是额头顶上也白了一片。满秋的头像是霜降节到来之前的棉花地,白花挂满了枝头,但棉花棵上的叶子还是紫红色的。满秋的脸上还多了许多皱纹,皱纹横横竖竖的,腮两边一直到耳根全是。满秋脸上还出现了松皮,仿佛抹墙的泥浆和稀了,一块一块跟着坠落下来,结果全堆积到满秋的嘴角里。

如果不是有杂乱的胡子茬,以及悬吊着如蒜槌一样的鼻子,满秋看起来几乎跟奶奶一样。满秋的嘴巴越来越像奶奶马刘氏,双肩下垂也像奶奶马刘氏,而金猪记忆中的父亲,肩膀像挂了套的牛肩峰,饱满、厚实、齐墩墩的,如拿刀削砍过的。记忆中父亲永远都在抱怨干不完的活儿,说一个马家的活儿都让他一个人干了，他托生到马家当长子，就是为了出力干活儿的，就是为了让人当牲口使唤的。即便抱怨时，他也不肯闲歇片刻，从地里回来照样会把捡到的砖头瓦片背到家来。父亲满秋永远有使不尽的气力。金猪第一次感觉那个干活儿不知累的爹不见了，代之出现的是一个被劳碌和憋闷捆绑了的中年汉子。

金猪叫了一声爹。他很想接过父亲肩上的水筲，但是满秋却连连摆手，说："别价，别价，你一定认错人了。别喊我爹，我没儿。"

满秋说着还拿手揪扯眼皮，还伸着头望金猪的脸，又说："你是金猪？我看着不像。我们家的金猪一天天不闲着，他不是拉垫圈土，就是起圈出粪，要么就是给牲口刷毛刮蹄子，临到要吃饭了，他还把院子扫一遍。家里的活儿干完了干利落了，他又摸起锄头到地里剔高粱苗，他把高粱苗剔得又匀称又仔细。假若有人问他'金猪你怎么这么勤快啊'，金猪就会说'我得抢着干活儿啊，我不能再让俺爹累得腰疼腿疼了。俺爹每天晚上都喊着腰疼腿疼，我一听就知道是干活儿累的，我恨不得把一个马家的活儿都争着抢着干了'。全紫云寨的人都知道，一个马家，除了又勤快又会过日子的马二棱，剩下的就数金猪了。这两个人一个是我兄弟，一个是我儿子，你说我怎么这么好命啊！"

满秋还要借着儿子金猪说话，说："金猪说了，他爹满秋已经够不容易的了，他头上还有个老阎王爹是说一不二的，他身边还有个吃嘴不干活儿的长舌头婆娘，而他竟然在马家找不到一个帮腔说话的。马家所有人都像吃了迷怔药，不是这个做了稀奇古怪的梦，就是那个被稀奇古怪的梦吓醒了。马家这是怎么了，难道马家出了一个营长马二棱，一家人都要变成迷怔人吗？难道马二棱不归家，马家人都不吃不喝不说话了吗？马二棱要是一辈子不回来呢，马二棱要是跑得没影没踪看不见摸不着了呢，马二棱要是永远不跟兰兰生孩子呢，马家人还活不活？"金猪抓着扁担钩子摇晃，意思是阻止他爹胡乱说，而且，他爹满秋以这种方式说话，也让金猪感觉惊奇。

金猪忽然感觉他爹满秋也变成了说话成串的碎嘴子。成串成篇地说话，先前的满秋是从来没有过的，先前的满秋是村子里出了名的半语，即便要说的话到了嘴唇边上，他也会拿牙咬住，或者干脆咽回去。还有住持马笸子，还有豌豆的爹丁玉树，甚至还包括兰兰婶的娘家爹侯登榜，他们的说话方式也变了。金猪感觉整个紫云寨的人都改变了说话方式，人人都窝藏了一肚子话，人人都想发泄出来，结果人人都变成了说话成串的碎嘴子。金猪就有了离开紫云寨的念头，他想着帮马疤子干完挖洞的活儿之后，马上就去找二叔，豌豆和得印他们或许已经学会放机关枪了。如果可能的话，他会让二叔把他安排到独立营尖刀排，没有尖刀排放到机枪班也可以，反正他不想在家了。还有，小胖子福山又放了标，又在山门上画了图，猜出来了最好再想办法弄细弄牢靠。小胖子福山在山门上画画，一定是要告知独立营某些信息，一定是跟日本人有关的。还有，疤子爷为什么急着擦抹，为什么还故意岔开说是孩子胡乱画的，标志是他跟小胖子福山定好了的，他应该知道啥意思啊。

金猪探着头向街上望一眼，说："爹你去挑水吧，我去堂屋里看爷爷。俺娘呢，她怎么没出来抱柴火？"

自从做了稀奇古怪的梦之后，马步正昏睡了几天，那几天里他几乎没吃没喝，谁喊他他都会嗯一声，眼睛却是从未睁开的，偶尔也会顺着声动动眼皮，看着像是刚刚睡醒了的。马刘氏就专瞅那样的茬口，让他喝口汤水，说不热不凉的正好喝，马步正又嗯一声，马刘氏紧着喊兰兰，紧着把小半碗面片汤放到他嘴边，马步正却又睡着了。马刘氏就一连声地埋怨，说："亲娘哎，醒没醒都是嗯一声，你嗯这一声到底是真醒了，还是说的糊涂话，没睡醒你嗯嗯的啥。"马刘氏后来又让马步正改变方式，要么点头，要么摇头，总之，最好是让人一看就明白的。兰兰就拽着婆婆马刘氏的衣袖使眼色，使着眼色把她拉到外屋，说："不能再按七十三八十四说坎年了，爹连着几天发昏，毕竟不是好兆头，现在该准备的就是送老衣，送老衣有一样不齐全，到那一会儿都会出错乱。"

兰兰的意思很明白，认为公爹马步正怕是过不了这一关了。马刘氏就冲着兰兰点头，说："兰兰你说的也是，不过送老衣早就预备下了，他的在箱子里，我的在包袱里。要不兰兰你再掀开箱子看看，先看看鞋带子还有没有，最好把烟袋也给他收到箱子里。"春子过来把兰兰拦住了，先是埋怨兰兰经不住事，接着又埋怨婆婆马刘氏是个糊涂的，说马疤子已经给圆过梦了，圆的明明是一时半会儿走不了，怎么临到节骨眼上又乱主意了。春子说："娘您想想，那天疤子叔是怎么说的？疤子叔是不是问您了，说他要弄明白步正哥梦里是个啥光景。是牵着驴啊，还是骑在驴背上啊，是衣帽齐整地骑啊，还是赤身裸体光身子的。我记得清亮亮的，娘您想想，有这句话吗？"

马刘氏打个迟疑，果然闷着头想，说好像有这句话。

春子又说:"您当时还不明白,您还问这几样又有啥分解。笾子叔说的是'要是步正哥一丝不挂地骑在驴背上,步正哥怕是真快到大限了。要是步正哥裆里还有件遮蔽物,一两年内兴许还无大碍'。娘,您敢说俺爹光溜溜得连小裤衩也没穿吗?"

马刘氏先是惶惑着要说"也是",想想老头子不可能光着身子骑驴,忽然又拔了房箔上的扫帚苗子要打春子,说:"你还抢话接舌,你还戳弄着让我想,你那一会儿在跟前了?你跟个偷油喝的老鼠一样,吱溜就没影了!"

春子急着分辩,刚要说她那一会儿偷偷出禅房了是不假,但是她发现紫云寺的天大秘密了,笾子叔指甲里有泥土,其实是挖地洞挖的。金猪个熊羔子口口声声说在紫云寺打更,其实是帮着挖土背土的,金猪还弄得跟泥猪泥猴一样。话到嘴边了又闸住,只是吭哧着说:"我反正听见笾子叔说那句话了,笾子叔既然说了那话,爹又不可能赤身裸体地骑在驴背上,爹这一关就能闯过来。"马刘氏怔怔着望春子,嘴里说着也是也是,突然又回过头去看兰兰,说她到这一会儿才明白兰兰的话。兰兰明明知道送老衣早就准备了还是说要做,兰兰想的是二梭,其实兰兰是让她发话要二梭回来。

马刘氏看见兰兰拿衣袖遮脸,打个迟顿又转了话头,说:"老阎王三年两年说不准,一时三刻也说不准,最当紧的不就是二梭吗,二梭是老生儿,二梭不在跟前,老阎王会不瞎嗯嗯啊。"说着又喊大儿子满秋,又催着兰兰回娘家,意思是再搬请娘家爹侯登榜,让他带着兰兰寻找二梭。又说两个人不行就把金猪也弄去,更也不要打了,先把二梭拉来拽来要紧。马刘氏的声音高了,里屋的马步正又嗯了一声,春子一步扑过去,说:"爹,您喝口汤吧,碎碎的面片,兰兰和的面,锅是我烧的,葱花也是我切的。"马步正说:"给我盛一碗吧,有姜也给我放几片……"

马步正又缓过来了,春子盛的面片汤,稀稀稠稠地喝了一碗,接着又摸烟袋,眼也是睁开了的,马家人也跟着轻松了许多。但马步正从此却落下了少觉的毛病,仿佛他前几天是故意贪睡的,而马刘氏也很少埋怨春子了,马刘氏还说了春子的许多好处,说春子有时候也是中些用的。金猪进了堂屋先往里屋伸头,看见爷爷马步正睁着眼睛望房箔子,他跑过去端起烟筐,说:"爷爷,您是不是隔着院墙就看见我了?"

马步正不像大儿子满秋那样故意说反话,马步正是当真看着孙子的,说他看着孙子又长高了,他即便不睁眼,也能看见孙子金猪已经长成大人了,如果孙子金猪不把他当成发昏说糊涂话的老废物,他现在就可以说老马家的金猪也不是个稳当孩子。其实马步正的嘴里还噙着烟袋嘴,马步正是用眼睛说的,他的眼睛一直望着房箔子。用箔隔成的里屋门跟窗户是一南一东的,马步正斜靠在床头上,半个身子倚着墙,右肩膀偏上一点就是窗口,马步正望的是个夹角。金猪就举着烟筐遮挡爷爷的视线,后来他发现爷爷睁大眼睛望着某个地方,其实不一定是真看。金猪就说了许多话,说自己之所以答应去紫云寺打更,想的是为家里省些粮食,他的饭量着实大,他的肚子像是永远填不饱,明明已经放下碗筷了,看见锅里筐里有,还是忍不住想吃。不过这样也好,腾出肚子去吃笊子爷,反正笊子爷吃的喝的都是香客供奉的,反正紫云寺有公产,笊子爷顶多动动烟火,笊子爷吃多吃少是谁也看不见的。

　　马步正要拿烟袋锅烫孙子的嘴,说:"打更很累吧?"

　　金猪就把头摇得跟拨浪鼓一样,说他原来并不知道打更是弄什么,刚开始还以为打更就是敲梆子,啪啪敲一夜。他甚至还想在梆子上绑个摽股绳,想睡觉了就把摽股绳拧紧,一松手,梆子棍自己就敲了,啪啪啪啪,听见的人都得说他敲得又紧凑又响亮。最好的摽股绳是拿牛皮做的,牛皮绳有劲还有弹性,想敲几百下就拧几百圈。去了才知道一更天敲单声,二更天敲双声,想想真跟闹着玩儿似的。金猪说他现在想想,那些饭都是白赚的,他等于吃饱喝足了还落了个白玩儿。敲梆子也就敲那么几下,一个白天却是连吃带睡的,如果赶上香客是提着面泡子和香油馃子去的,笊子爷会让他先吃,要是哪天有香客带去老来轻酥馃子,他会装几个揣回来。金猪说着还想笑,说笊子爷会把这么好的差事交给他,他也是没想到的,想想也许跟他会喊笊子爷有关,尽管笊子爷说他已经入空门了。

　　马步正不用烟袋锅烫孙子的嘴了,他冲着金猪吹烟,噗噗一大口,噗噗一大口,结果金猪就揉着眼咳嗽。马步正说他越听越知道金猪说的是真话,话真得就跟说锅是铁打的一样。只是马笊子不该哄着金猪挖土背土,挖土背土还得是偷偷摸摸,还不能让人看见,还不能显出来动过新土,还得装着天天是燃香颂经做功课的。金猪正要打个盹呢,他那边一筐土装满了,金猪放下一筐就得背两筐,金猪等于是卖给马笊子了,马笊子应该给金猪支工钱。马步正说他前几天一直昏睡不醒,就是为了攒精神,攒足了精神,他要去找马笊子理论,马笊子要是不把工钱全支了,他准备到十里八村吆喝去,如果县城能让人随便进出,他还要吆喝到县城,专说紫云寺的马笊子是个假住持,他哄金猪说挖土掏洞是为自己选拔地穴,其实他是另有打算。马笩子装了一肚子智谋,这个人可不是一般的兵混子,他心里啥数都有,要抓他最好等到关闭山门之后。

金猪啊啊着望爷爷,望着扑到爷爷身上,说他刚才那些话是编的,里边有几句是假的,真也真得轻。他是帮着挖土背土了,他还把背出的土和成了泥,和成的泥弄成了墙,有人问起来,他会说是为地藏王菩萨盖殿堂。金猪还要用手堵爷爷的嘴,说爷爷已经是神了,爷爷发昏睡觉,一准儿是魂先到了紫云寺,人在明处,魂在暗处,魂摸清了一切,人还是毫无觉察的。金猪还要哀求爷爷千万不要说出去,说笩子爷是装了一肚子心事的,说出去就泄了天机。马步正却握住了孙子的手,眼睛还是望的房箔,眼角里流出混浊的泪珠,泪珠把满脸的皱纹渗透了,看着像是烟呛的。马步正当真咳嗽了几声,马刘氏顺着声过来,说她听见里屋有人说话了,说话的不是二梭就是金猪,这两个人都是犯了天条的,是野马星她也得照脸上捆。金猪紧着站起来搀扶奶奶,看见爷爷马步正冲他摇了摇头,爷爷还在自己嘴上拧了一下。

金猪紧着又说了山门上的画,说他知道画是谁画的,也大体弄懂什么意思了,要是为了牢靠再牢靠,他还要想办法见到那个画图的人。但他不明白的是,笩子爷明明知道是谁画的,明明知道那个画图的人要告诉他什么,他偏偏说是孩子胡乱画的,偏偏要拿袖子抹了,抹还是装着打呵欠伸懒腰抹的。金猪说:"爷爷,我觉着笩子爷不想让我知道,其实笩子爷是藏了天大秘密的。还有,笩子爷不一定是防我……"

马步正又要拿手摸孙子的头,手伸出去没够着,他就用烟袋杆捅孙子的腰,说:"去吧金猪,干了就是该干的,反正该不该的老马家都有人干了。"

金猪被奶奶马刘氏拧住了耳朵,春子跑过来也要拧,金猪啊啊着打起呵欠,说在紫云寺天天睡觉,怎么这一会儿又困了。春子撇着嘴冲儿子冷笑,金猪却依偎在奶奶马刘氏怀里睡着了。

金猪再醒来时已是晚上,马家的晚饭早已做好了,如果不是等金猪,马家人或许要刷锅堵鸡窝了。但是马刘氏非要看着孙子睡醒,马刘氏还说谁说饿谁就啃树皮去,啃树皮也不许啃出声来,堵鸡窝也不能弄出响声,谁要舀汤,谁就拿着勺子冲着星星舀好了,反正不能掀锅。马刘氏最后还要全家人坐下来,说她看见两条腿踢蹬踢蹬也心烦。后来又说她是说啥也不让孙子打更了,马笩子要雇用金猪,马笩子要觉着金猪是个好使唤的,她就到西河湾找侯月娥去,不信没人管得了马筢子，况且他的住持当得也不好。结果金猪就睡了一个长觉，口水还把马刘氏的大襟褂子洇湿了一片，大襟褂子上的核桃扣子在金猪脸上硌出一个茴香瓣似的深窝窝，看着像是烙了花标的。

金猪睁开眼先是啊啊，啊啊着埋怨奶奶为什么不叫醒他，说他是应着公差的，紫云寺的饭也吃了，到打更点了，竟然还在家里睡觉，叫谁说都是贪吃懒做的。埋怨着要走，马刘氏紧着拉扯，又扬着声喊春子，说："春子你怎么还不掀锅舀碗啊，夜影子都落下来了，你没看出晚啊？"春子冲着金猪撇嘴，还冲着婆婆马刘氏说低声话："娘，您老人家还是让兰兰掀锅舀碗吧。我脚大手笨，我说不定会让勺子碰响锅沿。"

满秋也跟着搭了腔，说一个二野马搅得一家不安生，现在又出了一个跟兵混子学打更敲梆子的，像牲口一样干活儿的倒饿个半死。满秋把拌草棍子扔了，还拿手拍打驴头，说："我还不如你！"

金猪被奶奶马刘氏拽着喝了半碗汤，再让他喝，他就吭吭着说喝呛了，后来又说他听见大门响了，说不定是筢子爷到家来催了。

到马家来的是玉树，玉树是来喊金猪帮着下老鼠夹子的，玉树说家里老鼠成灾了，老鼠多得挤疙瘩滚蛋蛋，挤得他没地方下脚了。玉树还说他知道老鼠夹子怎么上簧，怎么下食，也知道老鼠夹子要放到老鼠道上，他就是放不周正，尽管他早就不是瘫子死腰了，可蹲下起来还是有些费劲。玉树说："金猪你就可怜可怜我吧！"马刘氏就有些生气，埋怨玉树也是个不懂事的，不信一个紫云寨只有金猪会下老鼠夹子，还说了叫街喊门的话。马刘氏说："玉树你再学叫花子腔，我拿热汤浇你。"马刘氏还要往金猪怀里塞个锅饼，堂屋窗口上伸出一根拐杖，拐杖是马步正的，马步正还吭吭地咳嗽，马刘氏再不敢阻拦。玉树却嘿嘿地笑了，说："还是阎王大哥可怜我……"

金猪见到了豌豆，豌豆扑上来抱住了金猪，说他不打仗时会想起金猪，想着金猪还小两岁，没想到金猪已经比他高半个头了。金猪以为豌豆回来是打探县城情况的，他说县城那边还是没动静，只是把护城河加宽了，护城河边上还加了铁蒺藜网，不过运河东岸还是没见排兵布阵，倒是矿警团这边出了些稀罕景，许多人聚在一起瞎叽咕，矿警团竟然还把捶牛蛋的薛一手弄去了，说是开会。金猪说着又看豌豆的肩膀，意思是查看两边肩膀高低，如果豌豆天天用一个肩扛机枪，扛机枪的那个肩膀就会高出来。望着又问豌豆什么时候到的,豌豆这才捞着说话,说他先去了紫云寺,听马箅子说金猪回了家,他才沿着寨壕沟回到家来,如果不是牵挂他爹,他或许会待在紫云寺等金猪。

金猪又用眼角瞅门外,说:"豌豆你是来摸敌情的吧,那正好,我正有一件大事要告诉你!"

第九章

豌豆是马二梭派来的,但是豌豆不愿意多说营长马二梭为什么派他来,除了顺带着看看独自生活的爹,他应该还有具体的任务。豌豆没说具体任务,只是说他来的这一天正好没有仗打,而他又不想听人讲形势,关键是不喜欢讲形势的人。还有,他听了也记不住,记住了也感觉那些都是没用的。他离开无非是少听一回空讲,不过来回走这一路子,也算摸清了沿途的敌情,运河西边的炮楼据点已经没几个了,剩下的这几拨敌人也变成了潭坑里的鳖,想溜走也找不到门了。豌豆说,他就是要走走看看,老家这边除了矿警团,好像再没有新的变动,倒是看见矿井架子立起来了,泥浆黑水汩汩地抽了不少,估计这回真找准矿脉了。找准就找准吧,挖出煤来也不能一口吞了吧,谅他想吞也没那么大的肚子。豌豆到底还是把金猪说迷糊了,金猪到底还是没从豌豆口中听到具体任务,看着他也不像是回来摸敌情的。金猪就有些急了,说豌豆要么是故意拿话绕他,要么是不愿意开会偷偷溜回来的,豌豆是怕他猜想,才故意绕圈子说话。金猪说:"豌豆你不会真是回家来看爹的吧?"

玉树在旁边搭了话,说:"我有两个扛枪儿,我谁也不怕,我还能吃能喝,我还枕着枕头睡觉。"

豌豆忽然叹了气,说他回家来看爹的心天天有,他知道想了也是白想,他现在已经是八路军战士了,铁纪律他是刻在心里的,让他违犯他也不会违犯。他只是盼着天天有战斗任务,天天有仗打,只有打起仗来,他的心才是实落的，那时候他想不起来家里还有个独自生活的爹。可问题是，除了打仗，还要听人讲形势，要拔炮楼据点了，还要想着哪个是该打的，哪个是不该打的，不该打并不是看着里边的敌人亲，而是打了没有不打好。豌豆说，他一听这些话就头疼。还有，他最不想听的就是破坏，可讲形势的人偏偏又喜欢说这两个字，说他们不要把摧毁一切当成最终目标，他们的目标是拥有，是建设，是把有用的全部留下。如果通过努力可以把有用的留下，那就没有必要看见什么打什么，没有必要把一切全破坏掉，而瞎打一气是没有灵魂的表现。

  豌豆说他一直闹不明白破坏是怎么回事。比如他们独立营一天之内拿下过两个炮楼据点，拿白蜡镇据点时就是先把围墙弄倒的，论起来这也是破坏，可他们不把围墙弄倒，就攻不进据点，别说一天拿下两个，干掉一个也少不了伤亡。还有，挖地沟放炸药算不算破坏，把敌人的弹药库炸了算不算破坏，把敌人的线杆劈了电话线剪了算不算破坏。还有，敌人是用汽车运送补给的，路上打伏击，要么埋雷，要么设狗牙钉，接着就是一通猛打猛炸。论起来这更是破坏，因为汽车也是有用的，汽车比牛车拉得还快还多，开汽车还不用半夜三更地起来添草拌料。豌豆说，如果让独立营的人都明白破坏指的是哪些，那个建设又是什么意思，一个独立营的人对讲形势的人都得是心服口服的。问题是讲形势的人偏偏不明说，偏偏让你猜，偏偏让你想，偏偏让你不猜不想一听就明白，可你偏偏又是不明白的。

  金猪几次试图打断豌豆的话，金猪还想说豌豆已经把他绕糊涂了，他听了这么多，还是不明白豌豆到底要说什么。还有，他感觉豌豆有了变化，豌豆说这些话时应该是憋了一肚子气，这完全跟他想的不一样。况且，豌豆原来并不是话多的人。豌豆终于克制着不叹气了，豌豆还拿手拍打胸口，说变化也许会有，不光是他，立冬也有变化，香芝也有变化，不过变化最大的是得印。豌豆说得印原本就是想加入野战部队的，刚好得印就在第一连，刚好第一连又加入了野战部队，刚好第一连又是营长逼着走的，得印等于跟着走就如愿以偿了。但是，得印没想到营长单单把他留在了独立营，得印想不明白就跟营长怄气。营长是他姐夫，得印又不敢号号着闹，得印就天天跟个噘嘴婆似的，除了撂脸子瞎嘀咕，就是跟他们几个抱怨，说如果营长不是他姐夫，他会连夜追赶第一连去，不吃不喝也得追上，追上就不回独立营了。

金猪紧着拉扯豌豆，说："独立营怎么逼着第一连离开啊，一走一个连，独立营不是越走人越少吗？"

豌豆打个激灵，怔怔地望着金猪，嗫嚅着说他有些累了，主要是饿。还有，他让爹去喊金猪，其实是要听金猪说说矿警团的情况的，因为他进村的时候并没看到哪里有巡逻队，也没看到铁丝拦网上亮电灯。豌豆说，他看到的都是外表，内里是个啥情况并不清楚。比如他知道岳粮丰已经代替侯得才当了团长，岳粮丰不一定再听侯得才的支使，两个人是啥脾味，一想就明白。不过，矿警团到底算谁的人，矿警团跟县城里的大川是什么关系，跟刘百湖的保安纵队是什么关系，这些就不清楚了。如果矿警团只听那个日本小娘们儿的，那码头上的日本娘们儿跟县城里的大川算怎么回事，他们是一个里子，还是两层皮。

还有，侯得才又在干什么，侯得才还去不去县城，日本人还信不信他的话。从运河码头到县城，中间还有一排房屋，那些房屋里边有没有暗道机关，如果有，又会通向哪里。

金猪伸了手堵豌豆的嘴，说先把矿警团放下，先把侯得才也放下，他现在最想说的是画在山门上的图。金猪说图是今天一早看见的，估计小胖子福山是昨天擦黑时画上的，那时候紫云寺的山门已经关了。接着又说图上画了哪些，最后又说船上那个像云彩的图形，他敢断定指的是爆炸，绝对不是一朵云彩。

金猪到底没说马苊子的怪异，没说马苊子试图掩饰山门上的画图，拿袖子擦了还说是孩子胡乱涂抹的。帮着马苊子挖土掏洞的事，他更是一个字也没露，至于为什么要瞒下这些，金猪自己也不明白。

豌豆先是闷着头想，想着说他知道是怎么回事了，图是什么意思他心里也已经有数了。玉树又搭了话，说不用想了，既然是日本小胖子画的，那一定是矿井上的事。既然日本小胖子想让八路军知道，那就是要让八路军半道上截杀。既然是水上行船的，那就不是空船，是空船就不值得截了。玉树还说他这一阵子天天想日本人的心眼，日本人都是小矮个儿，一定是心眼多坠得不长了。不过，日本人的心眼再多，也经不住细想，一想就明白，县城里的日本人跟矿井上的日本人不会是一个心眼，各打各的算盘，就会各有各的招数，啥招数都是先想的自个儿。现在紧要的是先弄清日本小胖子到底要告诉谁，是想让当团长的侯得章知道啊，还是让当营长的马二梭知道，这里边大有说道。如果日本小胖子先去见了侯家老宅的喜喜，那就等于先告诉了侯登科，二番再到山门上插标留图，不过是为了搞个双保险。

豌豆大瞪着眼望他爹，望着露出惊诧，又转了头数落金猪，说："金猪你也真是的，这么重要的情报你怎么不早说？"

金猪抽了根紫柳条要抽打豌豆，说："你给我留说话的空了吗？"

豌豆是连夜赶回去的。豌豆临走又叮嘱金猪，让他尽量想办法接触福山，最好再摸摸底细，如果有跟猜测不一样的地方，金猪要在最短的时间内告知独立营。末了又问他爹家里还有没有剩干粮，说他想吃个剩干粮垫垫底，一夜返回营部问题不大，只是不知道他离开的这一天，独立营那边会不会有新变化，总之，吃下顿饭没准点也没准地方。王树让他喝了一碗汤，又晃荡干粮篮子，还从锅底下扒出一个荷叶包，把荷叶包埋到热灰里煨熟，里边是十几个斑鸠蛋。玉树说他白天放驴时就知道豌豆要回来，香芝家的黑驴走一步啃一口，啃着走着就到了河套里，看见斑鸠蛋就不走了，可见黑驴是通了人性的。玉树说："别剥皮了，带皮吃扛饿。"最后又让豌豆转告香芝，说他待黑驴就像待亲闺女一样，尽管他心里盼的还是儿媳妇。

金猪第二天一早又跟马笸子撒了谎，说爷爷做了稀奇古怪的梦之后，接着又发了几天昏，中间好好歹歹，人是越来越没精神了。金猪说，奶奶要他趁着白天不打更，紧着去给爷爷抓药，他自己也想在爷爷身边多陪一天。马笸子眯着眼望地藏王菩萨的殿堂，殿堂起了有半人高，矮矮墩墩的，看着像是地藏王菩萨坐着打盹。马笸子说金猪说啥他都信，金猪把孩子胡乱涂抹的图形装心里了，他也相信金猪根本就没多想，反正步正哥闹了毛病是真的。马笸子后来还把金猪揽在怀里，说他知道金猪已经是大人了，金猪心大他也知道。想想就跟天上的星星一样，该发光放亮的，捂也捂不住，不该发光放亮的，打着灯笼也看不见。天上落流星也是这个理，一个流星落了，仰着脸看，少了一颗又补了一颗，看着还是满天星。金猪是第一次听马笸子这样说话，马笸子把他揽在怀里，先前也是从没有过的。金猪莫名地多了一份感动，心里某个地方似乎还有些酸楚，金猪拿手抠弄着马笸子衣袖上的泥点子，说："笸子爷，我抓了药就回来，家里人多，我就不陪爷爷说话了。"

金猪没找到跟小胖子福山说话的机会，因为不能翻越栅栏，他甚至连靠近矿井的机会也没有。他看见小胖子福山被几个身高体壮的矿警簇拥着，小胖子福山拿手指点着这儿那儿，几个身高体壮的矿警就在这儿那儿挖土埋桩。

整个矿井像是变了样，而在先前，矿警们会看着小胖子福山爬上爬下，小胖子福山弄成泥猪泥猴也跟他们没关系。有时候他们甚至会幸灾乐祸地骂一句，说累死他个小龟孙，要么就说有力气回日本国刨祖坟去吧。他们偶尔也会偷偷望一眼码头上的花田子小姐，望着发出意淫般的暗笑，喉咙里喊着："去啊小胖子，去跟侯得才比试腰功去啊，去啃侯得才的西瓜皮啊，你抱着个狗日的井架子，你把井架子当成花花妮的奶头山了是吧？"矿警团的任务只是围着矿井巡逻，要么就在营区东张西望，八路军只要不把他们赶走，他们宁愿天天看猴一样看着小胖子福山，哪怕小胖子福山从井架上栽下来。但现在矿井上出现了新变化，矿警们竟然愿意干活儿了，竟然还是乐颠颠的，有几个竟然还是带着衔的营连长。

金猪吃一惊，好不容易看见了团长岳粮丰，岳粮丰却像是不认识他的，在不远处走过去了，头脸根本没向他这边扭。

金猪摸了块石子，石子砸到岳粮丰腿上，岳粮丰只把腿曲起来摸了一下，接着还是在栅栏里边晃来晃去。金猪对岳粮丰的变化感到奇怪，岳粮丰忽然冲着东边甩胳膊，岳粮丰还啊啊着打起呵欠，看着像是犯困伸懒腰，人又一下子进了团部。金猪顺着岳粮丰的胳膊向东边望，看见侯得才从码头那边走出来，明明要过运河大桥了，却又折个弯走向矿井。金猪紧着拿锄划拉高粱苗，腰弯下来，只用眼角瞄着侯得才。侯得才冲着团部吹哨子，一个矿警排列队走出来，走在后边的排长被岳粮丰揪住了，岳粮丰朝水桶努嘴，意思是要排长招呼部下喝水。他说："傻熊，你不想撒尿玩儿啊？多喝，喝了就尿，给他尿个水漫金山寺！"排长一听就明白了，嘿嘿地笑着要队列停下，抢起缸子要每个人放开量地喝水，一排人都知道意思了，一排人都喝着笑着。侯得才又吹哨子，说刚吃过饭就喝水，矿警团一准儿是让三老雕腌成咸萝卜了。

侯得才说着又骂，骂的是："不完了是吧，要饮驴啊你们！"

侯得才扒着栅栏要过去打排长，还说要执行保卫任务了才想起喝水，一准儿是三老雕这个熊玩意儿唆使的。他喊道："三老雕你给我出来！"

岳粮丰从团部伸出头来，说去吧去吧，别让骚驴嚎嚎了。接着又冲侯得才招手致意，说："侯局长，这一排弟兄就交给你了，晚上你让他们架着你上床吧，该往哪里使劲，你也交给他们，让他们替你忙活。"

侯得才又骂，说："三老雕你等着。"他转个身要走了，忽然又举着手冲小胖子福山招手，还冲着小胖子福山伸出大拇指，意思是夸赞小胖子福山能干。小胖子福山从井架上爬下来，让侯得才有话尽量简短地说，他现在越来越感觉时间紧迫了，恨不得太阳升起来是不落的。又说，矿井上的技术力量实在太薄弱了，运河煤矿缺的就是技术力量，非常缺。外行看起来，开矿挖煤不过是个力气活儿，其实不然。一个标准化的煤矿，排斥那种镐刨肩背式的荒蛮作业，那是对生命的不尊重，也是对地下资源的极大亵渎。小胖子福山说，无论是三菱矿业，还是麻生矿产，都讲究机械化施工，而机械化就离不开工程技术，他刚才说的越来越感觉技术力量薄弱，就是这个意思。

侯得才伸着头望小胖子福山的脸，后来他还拿手揪扯眼皮，意思是他要看看这个每时每刻都为运河煤矿操心，开口闭口说工程技术的人还是福山吗。侯得才还吃吃地冷笑，说如果人心里想什么都会在脸上显出来，福山脸上现在一准儿布满深沟浅渠了。侯得才说："福山你看着我的眼睛说话好吗？你看着说着，我一听就知道真假。"

小胖子福山就有些急了，说要不是怕耽误工程进度，他现在就去见花董事长，他要让侯得才听听，他是不是跟花董事长汇报过多次了，说他一个人苦点累点没关系，只是单凭他一个人总管井上井下，毕竟势单力薄，毕竟力不从心。还有，前期工程已经进展得差不多了，掘进设备也该上了，既然是机械作业，专业技术人员也需要跟上，毕竟操作系统的技术要求是最高的。小胖子福山说，他跟花董事长汇报这些，其实也是带着私心的，想的是运河煤矿赶快上马，赶快步入正轨，赶快掘出第一车煤，那时候他就可以心安理得地请假回国探亲了。侯得才扑哧笑出声来，说："假了假了，越听越假了，假得没影了！"

侯得才还冲着小胖子福山眨巴眼，说福山如果不说请假回国探亲这一句，真吧假吧还能蒙个半傻子，但是这一句说得太露骨了，这一句没听完他就起了一身鸡皮疙瘩。侯得才说着又笑，转过身做出要走的动作，忽然又半侧了身盯住小胖子福山，说："你刚才说越来越感觉技术力量薄弱，你是不是盼着董事长要工程师啊？董事长要了吗？工程师从哪里来？"

小胖子福山立刻就变了脸色，脸上是带着愧疚的，说自己横竖不过是个应聘来中国的矿业生，当时是三菱雇用的他，一块儿来的有福市、福安，他们三个都是三菱矿业的人。细论起来，他跟花田子小姐并不是一家，福市、福安因公殉职之后，他曾多次想着递辞呈回国，但是花田子小姐从来不把他当外人看待。花田子小姐还说他是一心一意吃技术饭的，现在运河煤矿成立了董事会，花董事长越发把他看重了，就冲这一点，他再苦再累也要报答知遇之恩。尽管如此，他还是患了不该患的焦虑症。运河煤矿的人事调动，自有麻生总部统筹考虑，自有花董事长统筹安排，他错就错在心太急了，即便盼着运河煤矿出煤剪彩，毕竟也不应该催着花董事长要人。小胖子福山自责着连连摇头，说："不对啊得才君，这些你应该问董事长啊，你们是如胶似漆的恩爱夫妻，你不问，董事长也得先告诉你啊。对吧得才君？"

侯得才哈哈着在小胖子福山头上抓一把，说福山越来越会说话了，话里话外都是带着封底的，如果不是回老宅盖新房，他现在就想跟福山讨教。转身要走了，忽然又打着眼罩望西边的高粱地，说："那边锄地的是谁啊？我看着像金猪。哎，不记得那边有马家的高粱地啊？"

担任警卫的一排人果然上了路就尿，进了紫云寨侯家老宅了，几十个人先找的是茅厕。家里的茅厕挤不下，侯得才又不让他们离开老宅，许多人就冲着砖垛子撒尿，尿流到了家庙门口。

金猪没等到小胖子福山，好在隐隐约约地也听了几句，想着小胖子福山用了高声说话，也许是故意让他听到的。

金猪等来的是劁猪捶牛的薛一手。薛一手看见金猪就笑，说他现在已经是运河煤矿的理事了，理事就是光搭理事不搭理人的，不过，要是紫云寨的人上赶着跟他说热乎话，他偶尔搭理一下也可以。还有，劁猪捶牛的手艺他也准备丢下，尽管他曾经盘算过要传给儿子，但是媳妇一个儿子也不生，一个闺女也不生，他就打消了辈辈传的念头。想想也不应该埋怨媳妇，毕竟他干了一辈子绝户事，猪蛋牛蛋都劁了捶了，让他断子绝孙也在情理之中。薛一手笑着又瞅金猪，忽然又问金猪愿不愿意听一件稀罕事，金猪是他当了理事之后第一个愿意听他说话的人，他明明知道是私密事，还是憋不住要说出来。薛一手说花董事长已经发电报让南边派工程师了，坐着汽船跑运河，几千里路一两天就到，可是小胖子福山还是傻乎乎地忙上忙下。小胖子福山眼看就被没蛋的花董事长拿尿泚了，泚了就是零散了没影了，他竟然还没觉察，想想真是够傻的。

后来薛一手又伸了头问金猪："你说汽船是不是拿气吹啊？"

第十章

　　侯得才是带着施工队进的家，施工队先挖的是地槽，地槽里是用灰浆拌了沙石的。沙石平口再起墙，起的是两长砖一横砖的夹头四六墙，砖缝里也是抹的灰浆。起了墙再看家庙，家庙果然是包在里边的，跟偌大的砖墙相比，家庙反倒像蹲着往地下缩的。除了侯得才带来的警卫排，除了埋头干活儿的工匠，侯家三兄弟没有一个出来的，整个侯家老宅变成了工地，但接着就起了争执。

　　先是老二侯登榜被媳妇侯黄氏推出了屋子，侯黄氏脸上红一阵白一阵的，不是个好脸色，气也喘得粗粗细细的。侯黄氏原本是要到马家看闺女兰兰的，也有到马家打听二梭的意思，有了二梭的消息，就等于知道了儿子得印的消息，也算是一举两得。又想亲家马步正的昏睡病刚好了，又是上了年纪的，嘴里应该是麻麻木木的没滋味，年前腌的酱辣椒又舀了一碗。给兰兰带的是一布兜焦豆。焦豆先拿茴香水泡了，晾干之后又用香油浸抹，最后是用细纱布包着炒的，吃了养身子还不上火，带过去是让兰兰在小东屋里自个儿吃零嘴。侯黄氏端的兜的都是吃食，出门看见的却是一院子矿警，矿警大白天冲着砖垛撒尿，前面对着砖垛，后边露出半个皴腚，大半个后院快变成尿河了。侯黄氏低着头退回来，接着脸上就变了色，先说气死了，噎死了，接着就推搡侯登榜，说："你去看看，熊羔子得才把家祸害成啥样了，天底下有这样作践人的吗？"

　　侯登榜上次看望亲家马步正时闪了腰，在床上躺着是为了歇息缓劲，出了门要打侯得才，腰里不得劲，步子也迈得磕磕绊绊，棍子没落到侯得才身上，自己倒先打了趔趄。侯得才远远地丢过来棍子，说："这几天公事私事瞎忙，二大爷闪了腰竟然一点也不知道。不过来之前，您侄媳妇倒是叮嘱过了，说回到老宅要先看望二大爷，还说她看出来了，别看二大爷不爱说话，别看二大爷爱噇着脸，二大爷这个人是最实诚的。您侄媳妇还说她过门之后要亲手做一桌饭菜，说是要阖家在一起热热闹闹地吃一顿团圆饭。二大爷您别过来帮忙了，您拄着棍子搭个眼线就行，累坏了身子，您侄媳妇又得埋怨我不懂事。"侯登榜气得脸青，捡起棍子指侯得才，说："你，你……"挪动着又要打矿警，矿警紧着提裤子，有没尿净的就湿了裤裆。侯登榜又要追着打，又说："你别让他们尿砖垛了，你让他们尿祖爷的脸吧！去啊！他们尿，你也尿，祖爷就等着你这一口哩！"

许多人都斜着眼角瞅侯得才，得才脸上挂不住，说他回去就找三老雕算总账。刚吃过饭就喝水，喝一缸子再舀一缸子，敢情是故意到侯家老宅撒尿来了。后来又把带队的排长逼到墙角里，盯着问是不是三老雕岳粮丰安排的，还说："你要敢说反正垒墙的砖也要拿水沤，我这就给你剁了！"带队的排长立马就哭丧了脸，说："侯局长您还是开了大门吧，弟兄们是憋不住了才尿砖垛的，原本想着砖是吸水的，没想到会流那么远。有礼的街道，无礼的河道，弟兄们也知道在院子里尿不合适。不过，东院西院地跑，三家都有男有女，大老爷们儿到家去，不是更不合适吗？"其他人也跟着帮腔，说就是就是。又说原来只想着警卫是把着村口放哨的，没想到进了家还要放贴身。干活儿的工匠只顾闷着头和泥砌墙，砌起的墙遮挡着腰身，尿也是冲着砖缝尿的。侯得才挨个儿把一排人踢了一遍，回头又要跟侯登榜说话，侯登榜却趔趄着走向前院了。

侯登銮是一直扒着墙头望后院的，望见二哥侯登榜一脸乌青，侯登銮紧着拿顶门杠顶住了院门，接着就蹲到堂屋门口，喘着粗气说疼死了，一准儿又是肠子拧劲了。侯杨氏拍打着套间门喊多多，说刚刚还扒着墙头观风景，怎么又说起肚子疼，该不是墙头硌得岔气了吧。多多拿手捂住了耳朵，说："别喊我！没听见二大爷在后院发脾气啊，他又演给二大爷看呢，管他呢。"侯杨氏打个迟疑，接着就听到外边有棍子捣地的动静，恨着又回了里屋，转一圈又出来，忽然又扬了声抱怨侯登銮："儿大不由爷，你管得了吗，儿子要盖新屋，你拦不住就生闷气，气死你也得让儿子娶媳妇啊，总不能在大街上搭地铺吧。"门口的侯登銮顺着声越发哎哟得响亮，还是一声连一声地说疼死了，接着又说气死了。门外的侯登榜抡起棍子砸门。

多多从套间里探出头来冲她娘侯杨氏撇嘴，说："一个比一个会装样，看你们能装到哪一天？反正谁都知道日本人要败了，八路军打过来，先把侯家老宅拿炮轰了！"

侯登榜出门进门，要找的是老大侯登科，侯登科听见老二侯登榜的脚步声，紧着要侯葛氏给他找棉花绒。棉花绒塞到耳朵眼里，坐下了又摸茶壶，眼睛却死死地闭着，说："老二来了，开门去呀。"

侯葛氏差一点被一脸乌青的侯登榜撞倒。侯登榜说："我是一天也不想在老宅住了，等得印回来，我立马就搬出侯家老宅，哪怕到河套里搭窝棚去。侯家老宅变成贼窝了，贼进院偷东西抢钱粮，贼不会满院子撒尿，贼尿砖尿墙也不会尿人家的家庙。他要盖屋子咱不能拦挡，他要娶媳妇咱更不能拦挡，他前院没地方啊，他前院十几间屋子的地基，多大的屋子放不下，他要盖金銮殿啊。明摆着又是贼头老三的主意，盖屋子先把家庙圈里边，他这是抢着要占侯家风水呀。家庙是祖根，祖根立在他们家，生了孩子洗尿布，屎褯子尿褯子晾到祖爷头上啊，逢年过节烧香祭祖，是不是还要先给小贼羔子跪拜啊？"

侯登榜还说："三精包是死活不出头，豁出去让一个不要脸没正形的小贼羔子胡折腾，他关门闭户，藏在家里装肚子疼。偏偏小贼羔子又一口一个您侄媳妇，这一定也是老三两口子教的，一个小没正形，再加上两个老没正形，跟着再来个日本媳妇，侯家老宅还是人住的地方吗？"但是，他没想到当老大的居然也窝在屋子里装傻，居然还有心吱喽吱喽地品茶。侯登榜说："说话啊！你不是侯家长子啊，你原先的本事呢，他那边胡做作，不会是你逞的吧？"

侯登科拿手指耳朵，意思是他变成聋子了。侯登榜伸着头，看见老大侯登科的耳朵眼里塞了棉绒，侯登榜抓起茶壶要摔，脸上的乌青又变成了酱紫色，拿手指点着又说："你，你……"

侯登科就把棉绒扯出来，说："老二你坐下，不喝茶你也坐下。"

侯登科倒了一杯茶推到侯登榜跟前，说侯登榜说的这些，他已经在心里过了千遍万遍了，盖屋子先把家庙圈里边，他是睁开眼睛就气火攻心，跟老三大吵大闹的心也有，跟没正形的得才动肝火的心也有，大不了让得才拿枪把他毙了。他是左思右想之后，才囫囵着咽下的这口气，不咽又能如何，他没正形他们也跟着没正形啊，他没脸没皮他们也跟着没脸没皮啊。侯登科说着叹气，又把几百年前的老话翻出来，说天作孽，犹可违，自作孽，不可活。还说由着他们父子折腾去吧，折腾出一身血就稳当了。

侯登榜抓着茶杯啪啪地砸桌子，说："囫囵着咽下，憋死一命算谁的？"

侯登科不喝茶了，他是探着身子望老二侯登榜的，说："但凡从心里过一遍，一想就知道怎么回事。他侯得才跟日本人有瓜葛，跟矿警团有瓜葛，他是一嘴啃双面，放着县城的楼堂瓦舍他不去，他为啥偏要回老宅盖房子？要说他是贪恋老宅亲不够，他干吗还在三步远的码头吃住啊，平时他回过侯家老宅吗？还有，他找的是个日本媳妇，日本媳妇不知道县城里热闹啊，不知道县城里车水马龙啊。放着热闹地方不去偏住冷清地方，这是啥意思，是哪股风让他们这样想的？日本人都不敢出城扫荡了，保安纵队也不敢出城抢粮了，你说会是哪股风？你再看看他们起的墙，墙比城墙都厚，他那是盖新屋啊还是盖大牢，那里边能住人啊？他是回老宅安家立业吗？狗窝不住住猫窝，头是钻进去了，那身子呢，还要吗？要躲闪鹰雕就别当兔子，兔子尾巴有一丈长的吗？今天是个初一，初一这一天是平安无事了，那初一后边的十五呢？"说着又抓侯登榜的手，说："老二你糊涂！"

侯登榜大瞪着眼望老大侯登科，说："你是说八路军要过来夺县城？"

侯登科说："我啥也没说。"

侯登榜吭哧着站起来，又问："你就是为这才不管不问的？"

侯登科又说："我牙疼。"

侯得才在侯家老宅破土动工盖新房的时候，县城里的大川又给码头上的花田子小姐打了电话。电话里没说军情紧急，也没像上次那样，说形势对帝国极为不利，更没涉及太平洋战争。大川说的是能想的办法他都想了，需要马上补救的措施也做了，仍然感觉到处都是漏洞，让他心力交瘁的是，即便知道有漏洞，他也无能为力了。大川还在电话里问花田子小姐是否明白了他的意思，花田子小姐拿着话筒嗯嗯着，听见大川又说济南那边根本不接他的电话，而济宁的石崆大佐先是要他固守，还要他随时保持与济宁联队的犄角之势，但后来石崆大佐却又用了一句中国成语——皮之不存，毛将焉附。石崆大佐还流露出腿长不如拳头硬的意思，说五指同抓难抵一拳紧握。作为运河东岸重要壁垒的最高指挥官，他的这句话也是很耐人寻味的。大川说他读懂了石崆大佐的言外之意，为了给帝国留下人种，他准备放弃城破人亡或集体玉殒的绝念，如果可能的话，他还是想把一个中队的帝国男儿带回日本北海道的故乡。

大川最后又说他很想再跟花田子小姐进行一次临别交谈。还有，有些涉及军情的秘密，他也想尽可能地跟花田子小姐多透露一些，尽管这是为大日本帝国军纪所不允许的。但是，他时时刻刻都感觉愧对花田子小姐，尤其是为不能看到麻生家族的族徽悬挂在运河煤矿，而深感遗憾与自责，非常时期也就顾不得军典了。大川还想说毕竟大势已去，作为尊贵的麻生家族的千金，花田子小姐应该以青春为要，最好放弃运河煤矿，最好赶在最坏结果到来之前回到日本国内，因为这是难以承受之重。大川说，明知不可为而为之，作为奋斗精神是可以的，最好还要加上审时度势，如果太过任性……但花田子小姐接着就把电话挂了，她甚至没等大川把要她进城的话说完，尽管她知道大川的废话里，有些是真的。

　　大川最终没有如愿完成靠拢计划，他的一根手指卡在河湾县城了，尽管他认为计划是周密的。在与花田子小姐通话之前，大川曾在沙盘上做过多次推演，知道南边的陇海线已被八路军截断，更不用说国民党第92军李仙洲部已从阜阳一带顺势北移，其后又有自湖北荆门移师东进的国民党王牌军第74军王耀武部，顺运河南下去济宁风险极大。往东去，东边的大青山一带又是八路军山东军区的老巢，去省城济南的变数也不小，况且山东驻屯军并没给他下达弃城指令，即便有惊无险地越过大青山，擅离防区的罪责仍然让他难逃一死。大川死死地盯住沙盘，知道留给他的活路只有夹角中的东南方向，而最理想的路线就是沿济河公路快速撤退。如果一切顺利的话，一百多公里的路程轻装行进，一个晚上再加半个白天也许差不多，当然，如果石崆大佐肯派车接一下那就更好了，哪怕是弹药车。大川想到后面这一点时，还生涩地苦笑了一下，听到花田子小姐挂了电话，接着就发出了秘密行动的命令，对门岗说的是追剿八路军游击队。

　　大川不知道日军中队部的异常变化早已被保安纵队探知。

　　刘百湖派出的是警卫营，警卫营早就被司令刘百湖派了秘密任务，指定的就是暗中监视。河湾县城下血雨的那天，警卫营营长还唆使春宵楼的老鸨私闯过日军队部。警卫营营长向司令刘百湖汇报，说大川跟夹断尾巴的老鼠一样，出来进去好几次，而值勤门岗故意跟他嘀嘀咕咕，意思是说大日本皇军辛苦，四面楚歌了还要出城追剿。警卫营营长说，他一听这话就感觉不对头，日本人有行动，用不着门岗瞎嘀咕，嘀咕也不会故意让他听见。刘百湖哼哼着冷笑，说："狗日的大川想把老子甩下，他不知道老子是耍把式起家的。"说着又冲警卫营营长眨巴眼，接着就听见电话铃响了，大川说他接到石崆大佐的紧急命令，他的中队要连夜出城堵截八路军先头部队。大川还一口一个刘司令，又以商量的口气要刘百湖加强县城防守，严防八路军先头部队声东击西，如果八路军先头部队在他之后越过运河，他的一个中队再入城背水一战。大川说："此系你我安危啊刘司令！"

　　刘百湖对着话筒咔咔地跺马靴，先说了马到成功，接着又说："大川中尉辛苦，我严防死守，待皇军凯旋，我刘某定当出城迎接。"

　　刘百湖放下电话又拨电话，电话打给东南方向扼守济河公路的两大据点，要他们从太阳压树梢时开始放枪，轻重武器全用上，最好再点燃几个柴火垛。

总之,动静闹得越大越好。两个据点的指挥官先说好啊好啊,接着又问谁打谁,刘百湖骂着又笑起来,说:"打你!把你的傻熊脸打成肥猪腚!"警卫营营长也跟着吱吱地笑,耳朵却被刘百湖揪住了,接着又领了个出城演戏的任务,揉着耳朵出去了,脸上还是带着笑的。

东南方向的枪炮声果然是从太阳压树梢时响起的,随后就是喊杀声,夜空里亮起道道火光,东南方向像是来了千军万马。警卫营营长又跑进来报告,说日军中队部里炸窝了,所有的日本人都趴到屋顶上张望,所有日本人的脸都是黄里带青的,大川个鳖犊子还一个劲儿地揪扯自己的腮帮,揪扯得半个脸大半个脸小。警卫营营长的话刚落地,大川跟着又把电话打到保安纵队,追着问刘百湖是怎么回事。刘百湖抓了一把炒面塞嘴里,哑着嗓子说他刚刚与运河东岸联系上,前方说八路军一个纵队悄悄越过陇海路,直到他们突然间发起强大攻势,据点里才发觉已被包围了。刘百湖说着又捏住嗓子号叫,说正南是大军压境,东西两面的八路军又步步紧逼,他留在运河西边的保安纵队,十有八九是撤不回来了。接着又央求大川,说皇军出城堵截八路军先头部队,最好能顺带着把那几个据点的弟兄收回来。大川几乎是用了悲怆的哭腔,说:"你的观察有误。不是正南,是东南!是东南你懂不懂?"

到了下半夜,警卫营营长带着一个头发烧焦、满身烂泥的连长进了保安纵队司令部,刘百湖掏出一块银圆塞到那个连长口袋里,接着又瞅警卫营营长,警卫营营长点点头。刘百湖突然放大了嗓门,又朝日军队部那边努嘴,说完了完了,那个连长跟着就哭叫起来,说:"司令啊,了不得了,八路军多得数不清了……"

刘百湖带着那个连长去了日军队部,大川揪着腮帮子望那个连长,连长说原本想他们是八路军游击队,或者是个侦察连什么的,过来了也顶多是骚扰渗透,根本没想到八路军是挤着疙瘩上来的,竟然是整整一个纵队的野战军。现在,连济河公路带炮楼一块儿都被八路军堵住了,想撤退又怕中了八路军的埋伏,依托工事拼死抵挡吧,结果八路军又开了炮,他是九死一生进城报信的,能活下来已是万幸。那个连长哭着又说八路军把南面东面的交通要道全封堵了,看来只能死守县城了。刘百湖示意警卫营营长带出连长,跟着又拔出手枪,呵斥说再敢扰乱军心就地处决,转了头再看大川,意思是大川带人出城堵截八路军先头部队,保安纵队最好再加一道运河防线,最好调动部队抢占东北方向的金线岭。

大川哇哇大叫，说："传我的命令，固守县城，擅离职守者，通通杀掉！"

一夜惊魂的大川又决心要与河湾县城共存亡了，要活着把一个中队带回日本北海道故乡的念头，仿佛压根儿就没有过。他又变得信心百倍，起码看着像是。有时候走出日军队部，他还会冲着广场上的人笑，还笑得哈哈的，看见谁家的孩子玩儿一种憋死牛的游戏，他还会蹲下来看，看着一方被另一方追赶到牛角尖憋死了，他就站起来吹口哨。及至转悠到保安纵队司令部门口，他又恢复了先前的模样，腮帮一颤一颤的，看着也是笑着呢，但保安纵队的人都看得出，大川中尉的眼神里喷射着阴光。

更多的时候大川站在队部哨楼上望城外，先望的是运河码头，望见花田子小姐完全像个运河湾里的小村姑了。花田子小姐扎着花头巾，花头巾从码头飘到矿井，接着就蒙了尘沙，接着就与矿警团难分难辨了。还有使女春由枝子，春由枝子的腰间还扎着围裙，春由枝子还拿围裙给团长岳粮丰擦汗。花田子小姐再回到码头时，身边就多了个侯得才，侯得才像是从地下钻出来的。大川听不见侯得才的笑声，却看到与花田子小姐并肩走着的侯得才忽然又把手绕到背后，手指伸缩着勾住了春由枝子的腰带，而春由枝子是扯着围裙遮挡的。大川就把眼眯起来，一下子就明白了那天花田子小姐之所以中途挂他的电话，一定是认为他已经无用了，其实花田子小姐一直是拿他当肉头幌子的。大川又用手揪住了腮帮，这回揪的是另一面，揪着再望侯得才，这回望的是侯得才的下裆。

大川的脸色青青紫紫的。

第十一章

豌豆是连夜赶回的营部，斑鸠蛋果然是带皮吃的，嗑着的时候就捋一把紫柳叶子，紫柳叶子浸润着露珠。

豌豆跟营长马二梭汇报，先说自己带来了一个哑巴情报，他尽管跟金猪说的是心里有数了,其实他是估摸着想的,想得对不对不知道,即便对了也是猜测的。豌豆让人背来沙土,沙土铺到地上,豌豆在沙土上画图,图也是按金猪的描述画的,船上像云彩一样的东西,豌豆画了又抹,抹了再画,最终画得断断续续。要画的尖角不是太尖,线条也画得深深浅浅,他自己却感觉是画出来了。豌豆画完了又望营长马二梭,说:"约莫就是这样了,应该没有落下的,两条南北直线就算是运河。我没画运河堤……"

马二梭让副营长丁黑豆招呼人一块儿看图,黑豆通知的是连长吴春牛和肖八万,结果吴春牛看着就皱了眉。吴春牛说:"豌豆根本不会画图,豌豆画得曲里拐弯,一看就是在家烧锅烧多了,左一个圈右一道杠,怎么看都像是拿着烧火棍胡乱划拉的。要说画的两条直线就是运河,勉强也能说得过去,硬扯也能扯得通,像菱角一样的那就是船了。画没画运河大堤没关系,问题是,船上一堌堆一堌堆的是啥玩意儿啊。要是麻袋包,装运的就是粮食,要是囤篓,装运的就是干鱼,反正你想着是啥就是啥。"吴春牛数落完了又戳弄肖八万,说:"肖连长有一双木匠吊线眼,还是听他说说吧,他要是说一堌堆一堌堆的是猪肉,那就该着独立营解馋了。"肖八万就用脚把沙土踢了,先用刀削了一根紫柳枝,又到灶坑里刮了一捏锅底灰,灰放进碗里,倒了水搅成墨汁,放下碗又脱褂子,褂子铺到灶台上。肖八万说:"豌豆你再画。"

豌豆这一次果然画得有形了,船上像云彩一样的东西,豌豆是甩着手腕画的飞笔,看着真像一朵云彩落到了船上。豌豆不会画金猪描述的大大小小的东西,豌豆就上下地端详子弹箱,又把子弹箱一个一个码起来,高的低的摞了好几个。豌豆的意思是,运河一看就明白,像云不是云的东西也有了,摞的子弹箱就当是他画在船上的。接着再画船上的人,上边一个圈,代表的是人头,下边两个斜竖,代表的是两条腿。但豌豆最后还是作难了,说他画的人分不清是哪里的,因为他不会画穿着打扮,所以是男是女也看不出来。豌豆自己也咬着嘴唇看,看着又说:"金猪说他当初在山门上看第一眼时,就看出那些人是中国人打扮,宽袖大裆,看穿戴应该是运河湾里的。"

吴春牛听了又撇嘴,说中国人就中国人呗,反正那一圈两竖看着不像人。吴春牛又要戳弄肖八万,又要肖八万添上衣服穿戴,说肖八万自从入了独立营,就学会穿衣服了。豌豆咬着嘴唇望吴春牛,望着拍打额头,说他忘了金猪的一句话,金猪说过,其中一个方方正正的,很像矿井上用的抽水机。打个迟顿又连连敲额头,说:"我又想起来了,金猪说那几个人形旁边都是打了叉

遗腹子

号的。吴连长，你就专想那几个叉号吧！"

肖八万就冲着吴春牛翻白眼，说吴春牛会动心眼不假，可惜的是有眼无珠。肖八万用巧话回击了吴春牛，忽然又扯住豌豆，意思是要跟豌豆单独说话。肖八万说的是他要先猜，猜出来再跟豌豆想的合在一起，有一丝丝不合缝就算他猜错了。肖八万先说云彩表示爆炸，又说人形旁边打了叉号，那就证明穿中国衣服的不是真中国人。肖八万说，尽管猜不出豌豆撂的那些子弹箱代表什么，估摸着应该是运河煤矿要用的，船就是冲着运河煤矿来的。豌豆咬着嘴唇点头，说他也是这样想的，他当时跟金猪说知道怎么回事了，说的也是这个意思。肖八万说："那就回屋吧。"

副营长丁黑豆示意其他人先出去，豌豆走出营部就看见香芝冲他招手，豌豆走几步又拽住了肖八万，放低了声说："肖连长，我服气你！"

黑豆问营长马二梭是怎么想的。黑豆说山门上留画的意思已经很明白了，画是小胖子福山画的不会有错，日本人换了穿戴，无非是因为心虚胆怯，无非是不想让人认出来。至于小胖子福山心里的小九九，小胖子福山为什么会主动报信，黑豆说他这一会儿也估摸个八九不离十，那些都不用考虑。他现在考虑的是船上运载的东西。日本人从南边过来，如果是大川急需的，那就是弹药兵员，如果是码头上的日本人要的，百分之百是运河煤矿急需的。黑豆又说，既然小胖子福山偷偷画了图，事情肯定紧急。说过了又问营长马二梭是怎么想的，马二梭依旧不说话，看着像是内心犯着纠结。

其实，马二梭内心犯纠结已经很久了，有许多事都跟他想的不一样，尽管他不愿意多想事。比如当初他带着独立营拔钉子，一天之内连克两个炮楼据点，战绩在全分区也是少见的，司令员还要派人到独立营总结经验，但是团长侯得章却跟分区作战部的人反映，说独立营打乱了新一团的整体部署。司令员带新组建的野战部队离开运西军分区，走之前讲明了独立营的建制仍旧划归新一团，独立营连打连胜，当团长的理应高兴才对，而实际上不是。他没经过团部，就擅自做主把第一连送走，侯得章不高兴，可以理解为减员不如增员，也可以认为他目无领导，但这也不能说成打乱了新一团的整体部署。在马二梭的意识里，第一连走不走，完全是独立营内部的事，他减员了照旧按原建制完成战斗任务就是了，也跟目无领导扯不到一块儿。况且，司令员已在会上讲过，拔钉子行动是以营为独立作战单位的，负全责的应该是各营的营长。

不过，马二梭是不会把这些放在心上的，况且，他也没想过要跟团长侯得章修复关系。侯得章高兴不高兴，喜欢不喜欢，他连想一下都感觉多余。马二梭是打算继续攻打据点的，拔钉子行动中断之后，运河以西还有四五个据点，这些据点又是彼此孤立的，建制大多是连。即便新一团全部投入新根据地建设中，即便独立营三天拿下一个据点，用不了一个月，他就可以逼近矿警团，然后与新一团在运河西岸汇合。奇怪的是，当他又要带着建制不全的独立营一路向东运动，并准备逐个夺取新据点时，侯得章却要独立营报批行动计划，并特别说明，行动计划没得到批复之前，独立营不得擅自行动。

当团长的不盼着自己的部队连胜连打，不盼着马上清障破阻，这也使马二梭感觉别扭，甚至是愤怒。即便想着侯得章又照搬书本，讲究的还是稳扎稳打，还是步步为营，马二梭依旧感觉别扭。日军败局已定，保安纵队也步步收缩，剩下的几个据点不撤回，无非是日本人不允许罢了，无非是为八路军过运河多设一点障碍罢了。他们还有力量再来个大反扑吗？要反扑早就反扑了，还会让你一个个地拔钉子。每当这样想时，马二梭就越发瞧不起团长侯得章，急于行动的心情越发急切难耐。马二梭最怕的就是大川中队逃离县城，而各种迹象表明，一直没采取行动的大川，其实并不是要死守县城。当然，除了像种子一样种在心里的仇恨，除了杀完大川中队告慰原运河独立营的死难冤魂的心愿，马二梭还有一种与新一团一比高下的赌气心，这一点也是不可否认的。

更为奇怪的是，团长侯得章突然间对马二梭显示出了少见的热情，有一天竟然带着一个警卫连来到独立营，警卫连还抬了一扇猪肉，几箱手榴弹还是没开封的。侯得章还远远地冲马二梭伸出手，嘴里喊着马营长，拉着像是好多年没见过面的，更像是先前早就铺下深厚友谊的。

侯得章还挨个儿跟其他几个营连长们握手，握着黑豆的手叫的是丁副营长，说丁副营长有勇有谋也是将才。后来又上下打量肖八万，说他早就听说大围子村出了个善打硬仗的肖连长，看来肖连长加入独立营正是虎啸山林，正是蛟龙入海。最后看的是吴春牛，拉着手端详吴春牛的脸，说在运河堤解围战中，他就看着吴连长是个面熟的，其实他当时就应该认出来。吴连长不就是他先前当县长时的狱警吗，当初复建独立营时，是他给典狱长下的命令，典狱长上报的名单里，第一个就是吴春牛。侯得章说，他当时一看名字就知道是个忠厚实诚的。牛生于春，春为一年始，字里行间含着的就是默默耕耘。

不过，吴春牛比先前英俊多了，这就叫士别三日，当刮目相看，也叫时势造英雄啊。

马二梭捏着喉咙，吼吼着没吐出来，但所有人都看出营长马二梭一脸的鄙视，甚至是恶心。

但是，营长马二梭依旧没想到团长侯得章接下来会大讲破坏与建设的关系，这样的话题，怎么听都像是大年初一说年底，怎么听都像是没话找话。侯得章是在分析形势时讲到的破坏，说抗战发展到现在，胜利在望是有目共睹的，许多指战员也由此滋生了糊涂认识，认为只要是打仗，一切都可以破坏掉，这其实是大错特错的。抗战的目的是打跑日本侵略者，这没错，那么打跑之后呢，千疮百孔的国家还要不要建设，父老乡亲还要不要休养生息，土地啊，资源啊，还要不要合理利用。什么叫合理利用，合理利用就是土生金，金生财，而后万民受益。八路军能打仗是公认的，但是会打仗也是重要一条，要知道哪些该打哪些不该打，尤其是要明白哪些完全可以打而不破。许多人都像坠入了浓雾，所有人都不明白团长侯得章到底要说什么，所有人都偷偷地瞅营长马二梭，营长马二梭的脸早已变成紫红色了。

团长侯得章却表现出极大的谈兴，先是谈古论今，忽然又把话题扯到西周，意思是要拿古人当例证的。他说周文王临终之前嘱咐武王要加强对山林川泽的管理，要善待万物，因为国家治乱兴亡都要仰仗万物的生息。又说西周王朝还颁布了《伐崇令》，规定："毋坏屋，毋填井，毋伐树木，毋动六畜，有不如令者，死无赦。"又说周景王二十一年，鉴于国库吃紧，国家打算铸金币，卿士单穆公表示反对，认为单靠铸钱币的办法，并不能解决国库亏空的问题，因为铸钱所需金属原料要靠挖掘山林而得，而破坏山林是使不得的。单穆公亦有言曰："若夫山林匮竭，林麓散亡，薮泽肆既，民力凋尽，田畴荒芜，资用乏匮，君子将险哀之不暇，而何易乐之有焉？"

就在独立营所有人都大张着嘴巴，左右观望着茫然混沌时，团长侯得章忽然又说到少年求学的事。说他当年在省城读书时，虽钟情于河川莽岭之俊秀，地物旷博之恢宏，唯独不能释怀的是对先贤至圣的膜拜。说他曾数次瞻仰各地文庙，触及每每难忘，尤其是儒家典籍。尽管少有懈怠，况又文章浩瀚，但《论语·阳货》篇，却是一直常读常新的。说着昂首，继之吟诵，曰："天何言哉？四时行焉，百物生焉。"吟诵完了又感觉难以尽意，随之又接一句："夫水土演而民用也，土无所演，民乏财用，不亡何待？"最后说这一句出自《国语》，想来也是意通一脉的。

当天中午,团长侯得章留下来跟独立营一块儿聚餐,猪肉是拿莲藕炖的。香芝被灶上邀去掌勺,灶上说好几年没吃过猪肉了,光知道活猪是用四条腿走路的,怎样炖得又香又显多,一顿吃不完还能吃下一顿,他就不知道了。独立营没有专门的伙夫,伙夫是各连轮流着出的,花子余带第一连去了野战部队之后,做饭变成了两个连轮流,怎么轮都是吴春牛和肖八万两个连长,有时候连他们自己也感觉是天天做饭的。后来连副营长丁黑豆也上手了,算是顶替第一连的花子余,这样勉强有了轮班倒换的意思。这个中午是会餐,吴春牛和肖八万不便离开团长侯得章,结果两个连长就各自挑选,挑选的是加入独立营之前在家做过饭的,但挑选出来的人都被那么多猪肉惊着了。

香芝围着灶台转了一圈,又拿眼角瞟营部里的侯得章,压着声让灶上多切藕,全切成红薯一样的大块,半扇猪肉从前头血脖截到前肋,剩下的拿荷叶包裹了埋到地窖里,结果埋下的比留在案板上的还多。香芝指导着灶上切猪肉片,猪肉片切得猫耳朵一样,又抓了大把的盐,放到盆里又是摔打又是搅拌,猪肉片像是从盐罐子里拱出来的。两个主灶的看着香芝笑,说司令员让香芝回独立营当卫生员算是选对人了,香芝这是拿盐包扎猪肉片,反正猪肉片不会说话。香芝就把嘴噘起来,嘴里嘟哝着:"让他吃一肚子藕,让他吃一肚子盐!"看着像是出操喊口令的。两个主灶的就明白了香芝的意思,知道香芝也是不待见团长侯得章的,香芝想着让团长侯得章吃一顿渴三天。其中一个人就跟香芝递眼色,说他半天都是疑惑的,越想越感觉团长侯得章热乎得有些过了,越想越感觉这里边应该有前因后果,尽管他猜不出为什么。另一个主灶的也说奇怪,说团长侯得章看见谁跟谁握手,越看越感觉瘆得慌,关键是先前从没这样过。

香芝吃吃地冷笑,说:"还用说啊,巴结咱们马营长呗!"说过了又摇头,又说:"不对,哪有团长巴结营长的?"

侯得章果然吃得龇牙咧嘴,拿着筷子扒拉菜盆,菜盆里全是嘴里塞不下的藕块,藕块又是没入味的。好不容易看见一片猪肉,放到嘴里咬一下,嘴里像是塞满了咸菜,只好把夹起的猪肉片又放下了。侯得章掩饰着望其他人,独立营所有人都吃得狼吞虎咽,只有他带来的警卫连是吃吃停停的,停下了还顺着嘴角流口水。侯得章就笑了,索性拿筷子插藕眼,一根筷子插一串,用大嘴啃,怎么看都像是啃猪蹄。后来又说了几声好,警卫连的人原本也想随着说的，话没说出来，脸上早挂了苦瓜相。

侯得章吃了一脸的汗，站起来擦嘴，又说真好。要回团部了，又挨个儿与营连长们握手，临走之前忽然又说营长马二梭是新一团的骄傲，马营长视死如归的英勇顽强的大无畏精神，令他当团长的也自愧不如。望着侯得章的背影，黑豆问马二梭感觉出异常没有，说侯得章由冷变热，内中一定有许多说道，尽管他说不清变化的起因。黑豆甚至还说，如果刨着根想，这比稀里糊涂地讲打而不破还让人费解。但早已恶心至极的马二梭却愤愤地吐了一口黏痰，说："费解是你愿意想，他忽冷忽热是发疟疾！"

马二梭拿脚勾开了屋门，要朝外走时又让黑豆马上组织奔袭队，说他已经想好了，他要再打一次运河伏击战。黑豆迟疑着望马二梭，意思是侯得章那儿怎么办，还要不要呈报行动计划。马二梭回过头来要踢黑豆，说黑豆即便什么都明白，也是傻熊一个，还得是欠揍的傻熊。

金猪就是这时候来到的营部，说除了当初跟豌豆说的那些，他又获得一条紧急的信息：运载日本工程师的汽船已经启程了，满满一船都是运河煤矿要用的机械设备。马二梭随之发出命令："副营长丁黑豆率吴春牛第二连留守，肖八万的第三连改为奔袭队，连夜出发。"

奔袭队出发时，马二梭又从第二连拉出了侯得印，并让侯得印和马立冬打前站。给的命令是："汽船到来之前选好伏击地点，迟缓一步，就地处决！"

但是第二连却找不到连长吴春牛了，吴春牛是在换岗查哨时才回来的，副营长丁黑豆宣布警戒令，吴春牛就拉住了黑豆，说他吃了一顿糊涂饭，这一会儿总算知道夜猫子为什么喜欢在坟头上笑了。吴春牛说，从团长侯得章跟他握手的那一刻，他就在心里犯了嘀咕，那一刻里他就想为什么，尽管他也愿意认为新一团是在显示高姿态，团长侯得章破天荒地来跟独立营套近乎，一定是司令员又敲打了他，又批评他是孤芳自赏，结果全不是。吴春牛说他又去新一团了，还是见的原来的熟人，熟人也说团长侯得章的确是有了变化，还说自从他家老太爷来团部探了一次亲，团长侯得章就很少再蹙着眉头了。那个熟人还问他会餐是哪个大师傅掌的灶，说警卫连回到团部还噗噗地吐，吐又吐不出来，吐的全是干沫沫，凉水倒是没少喝，一个个喝得跟大肚子母猪一样。吴春牛说着又望副营长丁黑豆，说："明白了吧丁副营长，弯弯拧直了吧？"

吴春牛还要黑豆紧着告诉营长马二梭，还要黑豆说出里边的前因后果，意思是让营长心里有个数，总比让人家装在闷葫芦里强。那时候马二梭已经带着奔袭队出发了，跟吴春牛返回营部的时间，大约相差了一刻钟。

第十二章

　　侯得才要为新房上梁放炮仗的时候，侯登科又想起了小胖子福山，忽然记起那天小胖子福山是急着来的，来了说的也是急话，说完本该走了，结果还是磨蹭着，看着还有许多话要说。可是他那一会儿是忍不住讥讽小胖子福山的，说仲春已过，暮春将至，运河湾里风染艳阳，旭日当空，收的礼竟然是暖手炉。他望着小胖子福山也想笑，望着手炉也想笑，完全忽略了小胖子福山的表情。现在想着，小胖子福山一定藏了许多话，小胖子福山的脸上还露出了急迫，藏的话应该跟机密有关。小胖子福山会有哪些机密，哪些机密该跟他说，哪些机密是急着透露的，想来是跟儿子得章有关的。

　　侯登科就想着再跟小胖子福山见一面，如果小胖子福山那天的窘迫只是出于内心的忐忑，只是心里翻腾着开口的方式，急着要说的话不过是想尽快与喜喜完婚，他说不定会撂下脸来。当然，他也许会反问小胖子福山："我一言二句地答应过吗，我跟你提到过完婚吗？喜喜早到了出嫁年龄是不假，可我说过一句催促的话吗？"如果证明了是跟儿子得章有关系的，他接着就要追问："你当时是怕时间晚了码头上猜疑，为什么第二天第三天不再找机会。你的机密就管那一会儿啊，出了侯家老宅你就不紧急了是吧？"侯登科就在女儿喜喜的套间门前转悠，转悠着还自言自语，说刚刚想着是有事要办的，怎么这一会儿又记不起来了，人老也不至于老这么快吧。喜喜厌了头瞅里屋，看见她娘侯葛氏又在衣柜里翻找花布，喜喜就压低了声，说："别费那些心思了爹，打听不打听都是一样了。"

　　侯登科瞪大了眼，盯着看喜喜，说："喜喜你是说我？你已经知道我要去见谁了？不会吧？"

喜喜的脸就红了，摇着头说她只是瞎猜。侯登科紧着又问喜喜，说打听不打听都是一样是什么意思。莫不成喜喜早就知道小胖子福山藏了机密？若不然，喜喜断不会说出别费那些心思了，他不过是在心里想了想，喜喜怎么知道他要费什么心思。喜喜的脸一下子变成了大红布，掩饰着捏住一件花样，又把花样举起来对着窗外的阳光，半个脸是拿衣袖遮挡的。喜喜就说了赌气话："爹不就是想去矿井吗，不就是想去矿井问那个谁没来得及说的话是什么吗，人家早就说了，该知道的人也早就知道了。爹，您要去您去，您再转悠我也不去，我反正是不去。"

侯登科越发好奇，进了套间屋又把门关上，跟着又说他是最看重闺女的，一个儿子成了看不见的，他心里看闺女比看儿子都亲，况且喜喜自小就是招人喜欢的。喜喜就把头低下了，支吾着说那天小胖子福山或许想说煤矿的事，他自己藏了大心事，要办的大事却是他自己办不成的，所以就想着找人替他出头。小胖子福山能找谁，矿上也好，码头上也好，哪个是跟他一个心眼的。一个得才是变着法套他话的，码头上的两个女人更是处处设防，面上没显出来，不过是没到露真面目的时候，用他是因为暂时离不开他。小胖子福山心里跟明镜似的，他要找人只能找八路军。侯登科怔着待一会儿，忽然又以手击额，说："你是说小胖子福山已经找到了传话的？"

喜喜说："应该是。"

侯登科是赶着擦黑天离开的家，天色暗下来并不是落了太阳，太阳是被西天边的一抹黑云遮蔽了。那时候得才已放过了上梁的炮仗，房梁已经落下了，房屋起的是蘑菇状的圆顶，下边是挨个儿铺的檩条。檩条用的是一色的老疙瘩槐，挨个儿铺上之后，上面再铺石板，石板拿灰浆灌了，蘑菇顶就变成了城堡。侯登科等不得得才回码头，趁着得才让人拿杠子试验墙壁硬度时，他悄悄地出了东门，借着树趟子的遮掩，顺着寨壕出了村子。地里已经没有干活儿的人了，牲口趟起路上的浮土，浮土搅拌着炊烟，一个运河湾都像是游动的了。侯登科先还感觉心虚，自觉脸上是不自然的，想着自己偷偷摸摸地溜出村子，其实跟干偷事没什么差别。但奇怪的是，当他一步步靠近运河大堤时，那种心虚心怯的感觉，反倒没那么明显了。

侯登科甚至还想，一个当爹的如果心里装满了儿子，即便是面对从来没干过的事，即便是带着危险的，一旦迈出了第一步，这个爹就是充满智慧的，胆量也会无限放大。

侯登科最后蛰伏在运河大堤下的茅草丛里，有一蓬开春生长的紫柳嫩枝正好用来遮蔽头部，而这个时候的太阳已经完全落下了。侯登科看见了小胖子福山，看见小胖子福山下井架时还往村子里张望了片刻，出了矿井围栏又回头，看着像是遗忘了东西。侯登科不知道小胖子福山回码头要走哪条路，他选择的是靠近运河大桥与运河大堤相交的夹角，即便小胖子福山中途拐了弯，再回码头同样离不开运河大桥。但是小胖子福山绝不会想到侯登科会像猎人一样隐蔽在茅草丛中，听见侯登科拿鼻子哼哼，他还以为侯登科是喝醉酒迷路了。小胖子福山蹲下来要扶他，嘴里还一声连一声地喊伯父大人，说伯父大人这番光景，他是根本不会想到的。不过，他能在这个时候帮上忙，论起来也是福气。侯登科一把抓住了小胖子福山的工装，说："我问你，你那天是不是急着跟我说一件机密事？机密事是不是跟八路军有关？你说了吗？跟谁说的？那个人是谁？"

小胖子福山先是一脸的茫然，愣怔着忽然又捂住嘴笑，说他相信机密一准儿传出去了，从时间上推算，那边应该有所行动了。小胖子福山说了又现出忧虑，忧虑像是随身带着的，先是喘息一时急促，接着又说担心还是有的，怕的是出个万一，尽管他心里是不希望有万一的。侯登科抓着小胖子福山的胳膊使劲拉扯，说："你要急死我啊，快说我问的！"

小胖子福山说，他现在只能寄希望于独立营，他盼着独立营马到成功，最好是神不知鬼不觉。

小胖子福山就说了事情的起始，说自己是无意中听到的，而他回码头只是为了吃饭睡觉，断不会存心偷听什么人说什么话，何况花田子小姐住在上房，上房那儿就等于女孩子的绣楼密室。小胖子福山说他听明白了，花田子小姐盼着煤矿马上出煤可以理解，急着跟江西那边要工程师也可以理解，但花田子小姐对他怀了歹意，他无论如何也不理解。小胖子福山瞒下了要八路军拦截炸船那一节，瞒下的还有在紫云寺山门画图的事，只说自己想当个中国好女婿，得了消息就得告诉媳妇的娘家人，别管情报有没有价值，说出来也算是表个心迹。

不知为什么，小胖子福山到最后也没说出马篦子，更没说他向马篦子传递情报已经不止一次了。而那次拿喜喜当掩护，还要喜喜扮演未婚妻呼喊他时，他摸清了河套口暗堡内部的火力设置，独立营随后就炸了暗堡。按说这应是表功显摆的好节口，但过后他连一丝丝也没跟喜喜透露，仿佛他是浑然不知的。

小胖子福山茫然地望着侯登科,说:"怎么了伯父大人,独立营知道跟令兄得章大哥知道不是一样吗?"侯登科突然号了一声,说:"猪肉羊肉都是肉,是肉都是一个味啊?是一个味吗?"

侯登科没回家,他是绕了个大圈子躲过矿警团的,回头再看村子,村子完全被黑夜吞没了。他长长地嘘一口气,饥饿的感觉又冒出来,肚子空得难受,嗓子也干,嘴里也是又苦又涩的,鼻子里也跟着冒热气,仿佛鼻孔里塞了火炭。侯登科很快就找到了上一次的路,小解时居然还发现了几畦韭菜,摸索着薅了几把。也不管有土没土,成把的韭菜塞到嘴里,羊一样吃着走着,后来把眼泪都辣出来了,好在饿的感觉减了不少。

为了解乏解累,侯登科还在心里骂儿子得章,手指还一伸一缩的,看着还像是要动手打的。他说:"你现在又是一身二职了,你从国军跑到八路,归到哪一面你都是坐堂椅拍八仙桌的,老子爹倒成了个驴命,担惊受怕不说,撂下脸面装样不说,还得颠颠地给你通风报信。你把老子当成神行太保了是吧,老子有戴宗的神马吗?老子是深一脚浅一脚摸黑走的。"骂着忽然又意识到不妥,于是又改为骂自己操心。操心是自己心甘情愿的,骂得再轻也是骂自己,于是再改为数落。他说:"得章儿啊,你得知道斤两,你得知道感恩,人家司令员让你当着团长再兼县长,这就是天大的信任,这就是恩。八路军里能人有的是,将才帅才一抓一大把,为啥让你一身二职啊,为啥单单信任你啊?你要是依旧觉着是自己的能力换来的,你就是个忘恩负义。咱既然心里有数了,咱既然是有恩必报的,咱就得拿出点真本事来,咱就得干几件敞亮事。单为报答司令员的知遇之恩,咱也得多立几个头功,最好是让司令员万万没想到的,最好是跟拔钉子夺炮楼不一样的,最好是光获胜不伤人的。"

侯登科没再感觉累,饿的感觉也没了,感觉在数落之中,已经帮儿子得章理清了奋斗目标。侯登科对自己的梳理很满意,想着今天下午的灵机一动也是该着。下午他本来是恶心得才放炮仗的,祖爷的牌位压到十八层地狱了,再接着又是烟又是火地放炮仗,是要把祖爷摁到灶坑里啊。他恨着又记起自己是跟老二侯登榜说过宽心话的,当时说的是让想作死的作死吧,还说要当鹰雕就别钻兔子窝,兔子尾巴有一丈长的吗。侯登科就逼着自己岔开思绪,逼着自己想其他事,他一下子就想到了小胖子福山那天的怪异,接着他就去了运河堤,接着就摸清了前因后果。看来,人世间的一切都有定数,儿子得章要立个头功,也应是马到成功的。假若儿子得章真能赶在日本工程师到来之前把船截住,假若真是光获胜没伤人,马上要做的就是把俘虏押送到分区,最好是亲自交到司令员手里,只要事情干得干净利落,邀功请赏的话反倒不用说。

侯登科想到最后这一点时,仿佛看到儿子得章已经马到成功了,分区领导大加赞赏的表现也跟他想象的一样,他忽然发现,走夜路其实比在白天走路快得多。

侯登科赶到新一团团部时,东天边正好放亮,他踉跄着靠墙坐下,先冲儿子瞪一眼,哑着嗓子用了高声,说:"你别喊勤务员,喊警卫也不行,你得亲自给老子倒水洗脸!"

侯得章先倒了洗脸水,又倒了一缸子不热不凉的水让他漱口,侯登科咕咚咕咚全喝了。喝了又说饭呢,光喝水不上饭啊,又说肚里没本,下不去清水,他连昨天晚上的饭都没吃。侯得章紧着让人催炊事班,炊事班刚刚点火,淘好的米还没下锅,炊事班的意思是把锅里的水再舀出来,先给老太爷做一碗面鱼,面鱼挡饿还滋润肠胃。最好到老乡家里淘换一把白面,最好再淘换几滴香油,葱花姜末拿香油调了,舀碗时再泼到面鱼上,老太爷一准儿能喝出滋味。侯得章噘着脸摆手,炊事班又翻腾着找了大半个剩干粮,把剩干粮切成手指肚大小的丁块,丁块上洒些水,又抓了一把杂面放碗里,搅拌着做了一碗包皮疙瘩汤。包皮疙瘩也叫肉包骨,骨是又干又硬的黑窝头,肉是外面粘裹上的一层细面,说透了,无非是哄肚子骗嘴的。做好了才记起没放盐,盐是最后撒在碗里的,有几个盐粒一直没化,亮晶晶的,比杂面白得多。

侯得章看着父亲吃得狼吞虎咽,知道父亲是真饿了,于是又埋怨父亲总是率性而为,走夜路不安全是其一,其二是用不着老是跑来看他,他现在是一个头两个大,恨不得再多一个头是用来睡觉的。接着又说影响也不好,上千人的新一团,要是所有干部战士的父亲母亲都赶来看儿子,他这个团长兼县长就不知道先后主次了。还有,炊事班是按时按点开饭的,添好的水再舀出来,一碗肉包骨最少耽搁了五分钟,如果是夺山头,半分钟也能决定胜败。侯登科就把最后一个面疙瘩吐了,说:"我说嘴里怎么老是沙碴碴的,敢情你是拿黑杂面窝头糊弄亲爹啊?你还不如给我做一碗石子汤,吃一顿能饱三年的!"

侯登科漱了口还是噗噗地吐，吐着又拿眼瞪儿子，又说："你怎么老是说我来看你，我看你弄啥，你有啥好看的。哎，哎，你不会认为我是上赶着巴结你这个团长兼县长吧？我呸！"

侯登科关了屋门，接着又拉儿子得章到里屋，又抽了两根芦苇摆到地铺上，说他要送给儿子一个天大机密。侯登科还是想从昨天得才上梁放炮仗说起，说了几句又觉着跟起因联系不上，于是又改为从小胖子福山送手炉脚炉那天说起，强忍住笑省略了他对小胖子福山的讥讽。说他也是一时粗心，千真万确是忽略了小胖子福山的表情，小胖子福山原本是急着跟他说天大机密的，而他竟然没给来人留下说话的机会。二番再想那天的光景，中间已经隔了一天半，正好赶上得才上梁放炮仗，他是逼着自己岔开思绪才忽然又想起那天的事，接着他就去找了小胖子福山，接着就得了这个天大机密，接着就连夜来见儿子。但是侯登科还是流露出些许愧疚，说他尽管没有军旅经历，凭想象也知道是机密就是十万火急的，耽搁一分一秒都不应该。

侯登科愧疚着又要说小胖子福山，说他大体摸清小胖子福山的用意了，喜喜也猜了个八九不离十。但小胖子福山不该先透露给独立营，头功被独立营抢了，马二梭连句好听话也不会奖给他，看来日本人做事还是欠考虑。侯得章拖拉着凳子又向后移动，看着像是要与父亲拉开距离的，移动着又是满脸的疑惑，说他一大早就被父亲绕糊涂了。侯得章就问小胖子福山是不是原来码头货栈的，他那时候就知道，几个日本人打着"南蛮子"的招牌，不过是来运河湾寻矿探矿，他们在运河码头落脚，拿着开货栈当幌子，其实是冲着地下煤矿来的。既然如此，福山怎么会去侯家老宅，他到侯家老宅找谁。还有，喜喜也跟着猜，喜喜猜日本人干什么，喜喜认识日本人啊。侯得章露出了急迫，话里还带着明显的不悦，说："这都哪儿是哪儿啊爹，家里到底发生了什么事？您别绕圈子好不好，小胖子福山跟咱们家有什么关系？"

侯登科一时窘迫，脸上红红白白的不自在，掩饰着又要跟儿子要水喝，忽然又恼了，说他还是不明白，儿子入伍从军十几年了，团长县长都当过，居然还是摆脱不了书呆子气，只有书呆子才会丢下西瓜抓芝麻，只有书呆子才会忽略天大机密。侯登科说："你先别问这些，这些我早晚会给你从头说。你只说想不想立头功吧，你只说想不想干一件出乎意料的事吧，你只说想不想赶在独立营前边吧。你要说什么都不重要，你只想稳当当地当团长当县长，或者想你的什么乡村文化建设，我立马就走，走也要把你糊弄老子的黑窝头硬疙瘩全吐出来！"

侯得章又把凳子拉到父亲身边，伸出手拽住了父亲，说："爹，您刚才摆的两根芦苇是当运河的吧？您说的天大机密就在运河上对吧？机密是福山故意泄露给您的是吧？"

侯登科冲着儿子翻白眼，说："我问你，你想不想立头功？"

侯得章就急了，说："说啊爹，只说是不是？"

侯登科也急了，说："是又怎样，不是又怎样？敢情我那些话都白说了，敢情我像叫花子一样摸黑跑来，就为的一碗黑窝头硬疙瘩汤啊？"

侯登科还想强忍着愤怒，还想把自己在路上想到的全说给儿子听，还想说假若儿子真能马到成功，真能赶在日本工程师到来之前把船截住，又是光获胜没伤人，儿子马上要做的就是把俘虏押送到分区，见不到司令员交给分区其他领导也行。最后还想再提醒儿子，只要事情干得干净利落，邀功请赏的话最好不说，自己越不说，别人越认为他是立了大功的，上级领导也会愈加赞赏。但是侯登科没找到说话的机会，儿子得章竟然连说了几遍爹糊涂，一下子又把他想着重说的话全堵住了。

侯得章又问福山是怎么透露给独立营的，福山是什么时候跟独立营建立的联系。还有，福山为什么会想到独立营，他想让独立营干什么。说着打个机灵，又狠狠地瞪了父亲一眼，接着又说："爹，您糊涂！"

侯得章开了门冲外边招手，比画着跟警卫连连长虎保耳语了几句，再坐到父亲身边时，便突兀着嘴再不说话，抓到手里的铅笔又被他握断了。

警卫连连长虎保是抹着满脸汗水回来的，说独立营又出了奇怪事，营长马二梭不见了，肖八万的第三连也不见了，副营长丁黑豆偏偏说马营长病了，偏偏说整个第三连全分头采草药去了。警卫连连长说着还暗示团长，意思是他怀疑独立营又有了新行动，编的理由连小孩子也哄不住。侯登科望着警卫连连长又看儿子得章，望着啊啊地拍腿，说："呀呀，马二梭该不会是抢头功去了吧？咳！"

侯得章一下子铁青了面色，握断的铅笔又拿牙咬住，咬得咯吱咯吱的。

第十三章

奔袭队斜插着向东南方向飞奔，运河湾的黑夜里像多了一群游魂。

按照肖八万的说法，运河从南到北上千里，淮河以南他没去过，他去过的最远的地方是江苏的宿迁。南边是个啥形状他不知道，他知道的是过了宿迁之后，运河的大甩头大摆尾处有十几处。每一处大甩头大摆尾，都是一个大慢弯，站在河西看是弓弦，到了河东边再看，看到的就是个弓背。弓背弓弦是个形状，对于走远路的人来说，弓背弓弦又变成了里程，一远一近能相差大半天甚至一两天的里程。肖八万说，出了独立营营部之后他就计算过了，斜着向东南方向走大约四十公里就到运河的一处弓背，这个弓背算是河湾县的边界，如果在边界处打伏击，没有比这个地方再合适的了。关键是一个晚上必须跑到，但忌讳是河湾县地界里，河东面还有刘百湖保安纵队的据点。跟着又看营长马二梭，说他想把伏击点设在弓背上，这个伏击点还得少跑路，还得避开据点，他没把握的是，日本船会不会在他们设伏之前，正好过去了。

肖八万最后又说到豌豆说到金猪。说豌豆连夜归队报信，情报是从金猪口中获得的，金猪是一大早离开的紫云寺，那时候山门上已经有了图形，而豌豆是当天晚上见到的金猪。也就是说，情报发出来已经过去了一整天。如果情报是从那边开始行动时传出的，别说隔一整天，即便隔三个一整天也无妨，累死摇橹的也不可能日行八百。如果情报是在中间或者后半截才获知的，那就不好说了，因为无法判断前半截是几天，或许已经过了河湾县地界。肖八万说他尽量排除第二种可能，宁愿相信那边刚刚打电话，马上就被小胖子听到了。他现在最愿意想的就是金猪专门跑来说的那句话，金猪说他又获得一条紧急的信息，说运载日本工程师的汽船已经启程了，满满一船都是运河煤矿要用的机械设备。肖八万说，他从来没见过汽船，以前见到的都是摇橹的，汽船是什么样的不知道，能跑多快也不知道，这才是他最担心的，但是又没办法。

马二梭把肖八万肩上的长枪夺下来，发着狠说："你现在就去追赶立冬和得印，日本船正好过去了，你们三个都不用回来了！"枪夺下来又看肖八万，肖八万全身上下鼓鼓囊囊，怀里像揣了杂七杂八的东西。马二梭就有些急躁，恨着要训斥肖八万把奔袭当成了过日子，拿枪托杵着肖八万，意思是把身上的东西全扔了。肖八万却支吾着拿手遮挡，再让他解，他就跑远了。马二梭不知道肖八万缠了一身绳子，一把歪把子锯绑在后背上，鼓鼓囊囊的怀里竟然塞了一张破渔网。如果出发时就被马二梭看见，肖八万一准儿会被马二梭当众呵斥，说他到底是奔袭队长啊，还是出门揽活儿的工头。

肖八万赶上了侯得印和马立冬，两个人已跑成了水鸡，全身的衣服都脱了还是出汗，光脚穿的鞋窠里，还发出吧唧吧唧的水声。

在没上路之前，得印一直情绪不振，情绪还是由没去成野战部队引起的。或者说，自从营长姐夫马二梭把他从花子余的第一连拦截下之后，得印就一直处在郁郁寡欢之中。得印不敢在脸上显出来，得印就时常去卫生队，而当香芝问他是不是犯了想家病时，他的脸就先红一阵，红着红着又灰暗下来，接着就是唉声叹气。香芝偏偏见不得得印叹气的样子，看见了就嘻嘻地笑，说得印一准儿是想学堂哥得才，也学会见谁就跟谁装样了。得印一下子跳起来，说香芝把他看扁了，他要是也跟没正形的得才学，他宁愿自己把自己打死。再说了，他即便不想死，营长姐夫也不会留他，说不定真能把他活劈了。从那以后得印就不去卫生队了，再想闹情绪时，他就在被窝里咬皮带卡，咬得嘎吱嘎吱的。皮带卡变成了营长姐夫马二梭，马二梭被他咬得全是牙印子，但得印的牙齿也跟着疼了许多天。

得印紧追着立冬跑了一阵，忽然又想起夜里咬皮带卡的事，说："立冬你想过吗，要是咱们真落在了后边，日本人的船真过去了，你说营长会不会像他说的那样，真拿枪把咱们毙了？"立冬说："你连想也不用想，我告诉你，一准儿会！"

得印打个激灵站住了，站住了脱衣服，全身的衣服脱个精光，衣服打个卷藏到路边的紫柳丛里，一串手榴弹像是从肉皮里拱出来的。立冬也跟着脱了，也把手榴弹绑在光身上，也拿一只手抓枪，跑起来还真是利索了不少。肖八万追上来要帮他们拿枪，伸手摸的是两个光身子，肖八万就笑了，先问衣服藏严实了没有，意思是这一次执行的是绝密任务，不能落下一丁点留把柄的东西。接着又说："好好。我要不是连长，我也脱光……"

肖八万果然找到了他说的那个运河弓背。

运河在这里拐了个大慢弯，看着像是挺拔的脊背上多长了个罗锅肉疙瘩，水流也明显慢了许多。河面上浮现着朦胧的白光，白光像是一锅刚烧开的面汤，四周却是稀稀软软的黑暗。凝了神望定某个地方，黑暗又变成了一张硕大无朋的大口，嘴巴还是一张一合的，黑暗中恍惚着移动的就是无限伸展的舌头。肖八万站在堤上先看天，夜空里有镰刀状的月牙，月牙悬挂在西南方向。相隔不远的三星也已经越过了头顶，天河基本上是南北向的，而到了秋天，天河就变成了西北东南向。运河湾里有一句谚语"天河掉角，该吃毛豆角"，说的就是秋季。

　　肖八万望着问得印和立冬明天是几号，说他好像记得不是二十三就是二十四，反正这个月应该快过完了。两个人是抱着肩膀蹲在地上的，两个人都拿鼻子哼哼，鼻孔里像是塞了草，估摸着是冷了。肖八万就自语，先说大二小三，月出一竿，又说二十七八，一出一煞，接着又说离天明不到一个时辰了。说着打个喷嚏，紧着在两个人身上拍一下，压低了声又问他们谁去迎营长，意思是越快越好。得印蹲着撒尿，尿完了还是蹲着，结果立冬就折了几根紫柳条，跑回去插到来时的小路上，插一个拍一下巴掌，插过了又趴到地上听动静，回来说他听到嘭嚓嘭嚓的脚步声了，估计最多十几分钟就到。

　　得印又记起营长姐夫说过的话，心里慌着问肖八万，说日本人的汽船会不会早就过去了，怕的是起个大早，赶个晚集。肖八万果断地摇头，说他估计应该不会，在这里设伏，绝对不会落空。得印紧着又问一句："肖连长你有把握？"肖八万说："我保证营长不会毙你，我还保证再让你全身出汗！"

　　肖八万打了个手势，带着得印和立冬走下运河堤，意思是他打量过了，伏击点最好设在河边上，河边上又正好有一溜紫柳墩子，隔着紫柳墩子扫射河面，啥船也别想溜走。但是，河边上的凉气更大，没看到紫柳枝条摇摆，却又分明感觉着四面八方都是风。两个光身子新兵完全被凉气罩住了，跑了一身汗的热身子，冷不丁凉下来，身上仅有的一点热气也被河道里的寒气裹走了，除了不由己地打战战，舌头仿佛也变成了僵硬的。河道入夜无夏天，何况还没到麦收季节，两个人又后悔不该把衣服扔到路上。得印打着哆嗦埋怨肖八万，说汗呢，还全身出汗，全身起鸡皮疙瘩还差不多。立冬嘿嘿着想笑，笑出声来又像是小瘟鸡打嗝，得印就抓了一把土扬到立冬身上，说："哎呀哎呀，你还是光哼哼别笑了，你笑得瘆人！"

　　肖八万瞥一眼得印，知道得印情绪低落还是因为没去成野战部队，恨着营长姐夫，心里又是敬着怕着的，冷得受不了也跟心气有关。肖八万并没批评得印，也没说他知道营长当初为啥拦下得印，得印虽是营长的亲戚，但其实并不明白营长是在心里苦着自己的。他甚至连一句高声话也没说，他是当着两个新兵的面脱的衣服，脱着忽然说运河弓背真好。又说这里就是传说中陷落的皇城，赶巧了还能看见城门官开城门关城门，还能看见一街两巷卖煎饼的，还能看见皮货市场上卖羊毛大氅的。羊毛大氅用的是冬至那天剥下来的绒皮，熟透了穿身上，轻巧还暖和，大冬天趴到雪窝里也不冷。

肖八万还说前几年曾经有一个孩子早起放羊，刚出门忽然看到前面有一座城，许多人从城门里进进出出，放羊的孩子也跟着进去了。小孩看见一锅热腾腾的羊肉刚出锅，忍不住馋就抓了一条羊腿啃，羊肉又烂又香，作坊主人却像是没看见，也不跟他要钱也不说话。小孩又转到皮货市场上，相中了一件羊毛坎肩，穿上试了试，还是没人要钱没人问。小孩高兴地回家跟他爹娘说，他爹娘也觉着稀罕，一摸羊毛坎肩的口袋，口袋里竟然还有两个夹肉火烧，这才知道孩子一大早进了陷皇城了，皇城里边要啥有啥，相中啥拿啥，都是谁也不管的。

肖八万原本不是个能说会道的，他是心里急了才想起这个传说，故意挑拣着说皮毛说吃食，意思是要得印提精神的，没想到得印听了先打个寒战，摇摆着脑袋东张西望，身上的土也抖落掉了，说："哎呀哎呀，还是别说吃说穿了，你说得我更冷了，原来没觉着饿，现在也饿了。"肖八万拿手捅捅立冬，立冬会意，说："肖连长你别说了，得印胆量小，你说运河里有机关枪他也不敢下去捞。肖连长你怎么也把衣服脱了，是不是要下河设伏啊，我跟你去……"

得印一下子跳起来，拧着脖子说："我怕？我连死都不怕。不就是下河设伏吗，看我敢不敢！"

肖八万伸出手来揽过得印，又在立冬头上按一下，自语着说了几句关于争气的话，这样的话，只有运河湾的乡下人才会说。肖八万说："咱们都是营长的亲戚，咱们都要给营长争气，咱们解不了营长心里的苦，咱们只想着把任务完成得好就行了。"肖八万说了又后悔，想着自己不该说这样的话，他面对的两个人还是孩子不假，但他们首先是战士。假若两个少年依旧在运河湾里放羊割草种庄稼，他自己也没离开大围子村，他还是夏种庄稼冬捕猎，插空再揽些木匠活儿，他们聚在一起说亲戚话，怎么说都是可以的，说什么都是可以的。现在却不同了，命运把他与沾亲带故的两个少年联结在一起，他自己又是个连长身份，他应该口口声声说拼杀说死亡说胜利，唯独不该说的就是庄稼人口中的私己话。意识到这些的肖八万万分羞愧,但两个独立营的少年新兵,好像倏忽间读懂了肖八万的全部语意,甚至包括他们未来的人生。当肖八万掩饰着要岔开话头时,他们以眼神交流的方式把手握到一起,听到肖八万又追补了一句,说:"走,咱们找个地方出一身大汗去!"

肖八万是要带着得印和立冬伐树设桩的。运河堤岸上蓬生着杂木,肖八万挑拣着专锯柳树,柳树枝杈多,柳树身子汁水多,锯起来省力。得印和立冬都被肖八万派了任务,放倒的树必须拖到河滩里,锯一棵拖走一棵,越快越好,结果三个人都出了满头满脸的汗水。伐下来的柳树连树头带树身捆绑在一起,捆绑的是三脚架,三脚架要放到河心里,三脚架还要头南脚北斜插在河道正中心,水面上还不能露出来。肖八万腰里还有一根粗绳,粗绳是用来连接两岸的,两岸连起来就变成了绊马锁。但是,将把三棵树绑在一起的三脚架拖到河中心并不容易。运河水是缓缓向北流淌的,由寒气挟裹而成的水面风,又形成了涌动着的波浪,波浪自南而北,与他们自西而东拖拽的方向,正好形成了斜冲面。

得印想出了办法,办法是先顺着运河弓背的水势向下游放竖向流木,待水势沿弓背弯向东岸时,再用绳子顺势南拉,这样看着是远了,省了气力,其实是近了。肖八万连连点头,说得印到底是从大宅门里出来的,想出来的办法也大气,要让他想,他顶多能想到生拉硬拽。立冬也说这样行,带着一身汗扑到水里,拽着绳子先在水里泡了一会儿,露出头来说:"水是热的!"

他们居然按设想完成了,为了防备三脚架上浮,他们还在河底摸到了石头,石头绑到树腿上变了坠脚,迎面树枝上缠绕的是破渔网。立冬拿脚蹬着渔网又笑,说炸了日本船,说不定还能白赚一网鱼。接着又问肖八万渔网是管啥用的,肖八万也嘿嘿地笑,说他是在梦里受鲤鱼精点拨的,鲤鱼精说:"肖八万你傻啊,你不会用破渔网缠绕日本汽船啊,汽船一头扎到网里,想跑快还能吗?"

马二梭他们就是这时候赶上来的。

马二梭对肖八万选的地形很满意,船上的人要提防,先注意的是两岸的堤坝,贴着水面的地方,反倒不会格外留心。一连人全部散开之后,肖八万又指点水面,说别管大船小船,也别管跑多快,从南往北驶过来,到了大慢弯这儿,有经验的船家会让船速慢下来,趁那时候开火最好。马二梭点点头,沉思着问得印和立冬去了哪里,肖八万让马二梭趴下来望水面,水面上隐隐约约地露出两颗脑袋。肖八万瞒住两个人在路上扔了八路军服装的事,想着返回时两个人一准儿能找到藏服装的地方,于是紧着又说了他的想法。

肖八万说他还是吃不透汽船的速度,多一道子绊马锁,心里多少踏实些。又说临出发之前,他就在脑子里过滤这些事,越想越感觉在运河里炸汽船不简单,用手榴弹炸活物,毕竟是没把握的,他就想到了先困后打的办法,论起来也跟截汽车先在路上挖陷阱道理一样。肖八万说他往身上缠绳子藏渔网时,其实心里也没底,那一会儿甚至想不起来渔网怎么用,背后藏锯时,还怕营长讥讽他到哪里都忘不了木匠活儿,下了运河大堤了,脑子里才一下子开了窍。

肖八万说,他和得印、立冬在正河道里下了木桩,破渔网是用来缠绕船头的,船跑得越快撞得越狠,越想冲出去越会缠紧,这又跟在河套里下拦网逮兔子一样,入了网的兔子是自个儿把自个儿包裹住的。木桩隐在水面之下,正常行驶的船不会偏离主河道,离开主河道,船越大越会搁浅。接着又说这一次多亏了得印和立冬,两个家伙别看是新兵,执行新任务,一身都是新点子,尤其是得印,胆量还大,办法还多,他这个大了几岁的老兵也自感不如。肖八万说着又笑,说这两个家伙一准儿是泥鳅精托生的,看见水就亲得了不得,下了河就不愿意出来,偏偏说水是热的,偏偏说要潜在河底炸船底,他们把炸日本船当成干锅炒焦豆了。肖八万说:"马营长,你说他们是怎么想的,船底是漏勺啊,一捅就透啊?"

肖八万轻描淡写地说自己,说到别人却是抬了又抬,这又让马二梭感到敬佩。还有,被单独放了任务的肖八万,不仅临危不惧,不仅思路缜密,连口才也伶俐了许多,而与大伙儿在一起时,肖八万只会说是与不是之类的短语。马二梭很想说他佩服的就是肖八万的胆大心细,更佩服肖八万会带兵,想起当初他从大围子村带出来二十多人,一场运河堤伏击战死了八个,其中就有肖八万的邻居郭先考,随后挂彩的是郭先考的表弟李大囤。一路打下来,前前后后又伤亡了十多个,那些人大多是肖八万动员加入独立营的。马二梭又把想说的话压下了,他只是把握紧的拳头擂到肖八万肩上,肖八万忽然又把马二梭拽到地上,啊啊着忍不住惊喜,说:"你听听,河里,是不是有动静?"

运河上果然有了奇怪的呜呜声,呜呜声由远而近。

趴下来望水面,水面上好像起了波纹,波纹是一圈一圈向北撵着走的。还不到日出的时候,但东天边已经蒙蒙亮了,深邃微白的天空中,还散布着几颗星星。河岸两边还是黑的,运河堤也是黑的,擦着水边生长的水盖子草,也随着波纹微微颤动。除了河水,周围的一切,都笼罩在神秘的缥缈的薄明中。淡白色的启明星正好悬在河面上,看着像是从熬煳了的面汤里冲出来的精灵,东天边要出太阳的地平线上,紫蓝青绿变成了黎明前的霞光。刚刚还在黑黝黝的运河堤边缘的上空徘徊的月牙,现在几乎找不到踪迹了,河床上一丝风也没有,河水开始泛起青白色的粼光。

许多人都感触到了一种足以令人心颤的激动,那样的激动是从未有过的,仿佛他们生来就盼望着这一刻,而黎明时分的运河,正要为他们开启神奇的大门。许多人都偏转了头望营长马二梭,马二梭的脸上也多了一条运河,青白色的粼光是从眼波里泛起的。收回目光再望东天边,仿佛一眨眼的工夫,一颗鲜红的火球腾空而起,刹那间,水面上铺满了锦缎一样的彩霞,接着就是满天的细如发丝的光柱。马二梭就地卧倒,沙哑的喉咙里发出了准备射击的命令,所有人又把刚穿上的外衣脱了,手榴弹抠出弦来摆在掩体上,枪是放到紫柳墩子上瞄准的。

汽船出现了,汽船撞上了木桩,马二梭发出一声咬牙切齿的怒吼:"打!要死的不要活的,专打穿中国衣服的日本人!"

第十四章

其实,在马二梭一跃而起并发出那一声怒吼之前,所有的人都表现出了极大的困惑,甚至是茫然。所有的人都盯着汽船,这种样子的汽船,他们第一次见到。他们生活在运河湾里,运河上大大小小的木船见过不少,容纳一家老少吃住都在船上的篷子船也见过,但这是屁股后边喷射浪花又发出怪声的汽船。汽船还是个通身锃明瓦亮的铁家伙,看哪里都是不怕炸的,子弹打在船帮上,不一定能打得穿。但他们不知道,汽船其实是用汽油机做动力,利用喷水系统产生的反作用力。许多人都不知道铁家伙的内部是装了内燃机发动的，光看着铁家伙嗖嗖得像飞一样，还像是要离开水面的，速度快得容不得眨眼，眨眼的工夫出现了，眨眼的工夫到弓背了，眨眼的工夫到眼前了。但最令他们困惑的还是船上的人，船上的人怎么看都跟中国人没区别，甚至跟运河湾里的庄稼人也没区别。

许多人都望马二梭，希望营长说别看船光看人。营长最好先说，凡是坐铁家伙汽船的都是日本人，穿了中国服装也是假扮的。肖八万甚至还一个劲儿地揉眼，眼睛揉红了还是揉，意思是怎么办啊，他们到底是不是日本人假扮的啊。还有，看模样看形态，怎么看都像是年龄偏大的，尤其是戴眼镜的那两个，看着跟账房先生差不多，看着跟教书先生差不多，真要把他们全干了啊，要万一不是日本人呢。肖八万说："怎么办啊营长，我现在就听你一句话，你要说杀，我立马先打那两个戴眼镜的！"马二梭的脸由青变紫，一直拿牙咬着的紫柳条已经没皮了，扯着黏条的口水，顺着布满齿痕的暗红色的木棍流下来。

汽船的响声先是灌满了河道，接着又灌满了耳朵，所有人的耳朵里都是嗡嗡声。汽船后边像是拖着铁犁铧，平静的水面被铁犁铧劈开了，劈开的河水像泥浆一样高高抛起。河水还像下透了秋雨的高粱地，铁犁铧翻开施了肥的新土，新土油汪汪带着黏性，那是要等着庄稼人播种春苗的。所有人都感觉他们的胸膛也被犁铧劈开了，胸膛里还冒出升腾着的火焰。所有人的目光聚焦于同一个地方，从船尾到船头是一下子转过去的，准确说，是落在了船头前方的水面上。水面上出现了两颗脑袋，脑袋是得印和立冬的，两颗脑袋还是一东一西的。两个人还同时跟汽船上的人打招呼，说："你们是到河湾县城赶大集的吗？你们见过运河乌龟吗？乌龟大补，谁给的价高卖给谁。"

两个戴眼镜的先是惊诧着后退，接着又连连摆手，摆着手是要得印和立冬离开主河道的，后来他们还咚咚地跺脚，看着像是生了气的。得印又向主河道靠近了，得印踩着水，露出来的肚脐黑黝黝的，得印的肚皮上像是多长了一只眼睛，得印还拿一只手抠耳朵，说："你说的啥，我没听清。"立冬也拿一只手抠耳朵，也跟着说："你别光比画，你得大声说话，是买啊还是不买？"

两个戴眼镜的对视着，看着像是在交换意见，其中一个走向舱口，弓着身子向里边探头。舱口里钻出来一个瘦高个儿，瘦高个儿比两个戴眼镜的年轻些，看样子应该在三十岁左右。瘦高个儿先是打着眼罩左右张望，望了得印又望立冬，望着撩起衣襟，一只手是伸向腰间的。伸向腰间的手突然又收回来，突然又冲着河里的人笑，说他是自小离开老家运河湾的，没想到老家的人竟然会抓了乌龟卖钱，竟然还说是大补品，可见人心不古啊。瘦高个儿突然又生了气，突然又用了厉声，厉声里还像是掺多了没扬净的瘪谷子，说："你们不知道乌龟就是龙吗，在太阳升起的樱花圣国，乌龟是受到尊敬的。听到了吗，不许再施放厥词，再说吃乌龟，你们通通都得死！"

　　得印说："你说人话，只有没爹的日本人才说通通！"

　　立冬说："你们认识运河煤矿的花田子吗，那个贱娘们儿让吃了一肚子狗蛋狗屎的侯得才死了，你们知道吗？哎，你们该不会是赶过去奔丧的吧？你们怎么没披麻戴孝啊？"

　　瘦高个儿的手又一次伸向腰间，从腰间拔出来的是手枪，手枪举着瞄准，先瞄的是立冬，立冬冲着水边的紫柳墩子大喊，说："开火吧，都是日本人！"得印沉到水底，从水底捞出来的是油布包，油布包甩向汽船，留在手上的是一把拉环。得印也高喊："死去吧！"

　　爆炸声中，汽船一头撞上了正前方的木桩，先撞上的是迎着水流的柳树枝头，枝头上挂着破渔网，破渔网缠绕住装在汽船尾部的螺旋桨。汽船先是吼吼着发出怪声，长长的怪声里还夹杂着噗噗的闷响，听着像是老牛大憋着气。船上的人都到了甲板上，所有的人都惊慌失措，所有的人都呜哇着呼叫，所有的人都说的是日本话。马二梭就是这时候发出的命令，他说："要死的不要活的，专打穿中国衣服的日本人，专打学中国人说话的日本人！"

　　汽船终于不响不动了。

　　河岸上的人先是拿枪扫射汽船上的人，船上的人呼号着又要往船舱里钻，船舱口又被死人堵住了，先死的是没来得及开枪的瘦高个儿。后来所有人都下了河，所有人都脱得精光，游着扔手榴弹，手榴弹落到汽船上，汽船上燃起烟火，但汽船还是摇晃着不沉不倒，汽船上的人倒是死光了。

　　先爬上汽船的得印进了船舱，探出头来又喊立冬，说里边有铁盒子罐头，还有一箱子狗屎橛一样的肉棍棍，还有拧着盖的玻璃瓶，瓶里一块一块的，看着像是泡的梨。箱子盒子被扔出去，立冬最后抱出来的是砖头一样的书本子。立冬就冲着水里的马二梭呼喊，说："营长，里边啥都有就是没武器弹药，要有也得在大木箱里，大木箱里说不定是机枪！"

　　所有的人都上了船，所有的人都被船上大大小小的木箱弄糊涂了，把他们弄糊涂的还有木箱上的字。字跟中国字差不多，读读念念又不是，何况还有许多不像字的。木箱有四四方方的，也有像卧牛一样长条形的，看哪个都是笨重的，最大的一个竟然有一人高。肖八万试图抠开箱板，箱板上有被手榴弹炸烂的洞眼，能看见油亮亮的铁疙瘩，铁疙瘩上也有稀奇古怪的字。肖八万就用刺刀撬，其他人也跟着撬，大大小小的木箱全撬开了，果然看到了金猪说过的像抽水机一样的铁家伙。

　　肖八万愣怔着望马二梭，意思是要马二梭拿主意，反正日本人全死了，剩下这么多大铁家伙又拖不走，不如紧着离开为好。看马二梭不说话，掩饰着又说看着都是好东西，看着都是运河煤矿要用的，既然金猪说抽水机只是小块头，小块头还能哗哗地抽水，这几个大家伙那就更了不得了。又说要是日本人滚蛋了，这些东西一准儿能中大用，估计一挂骡马大车也换不来一个铁家伙。肖八万还想再说日本人坏是坏，造的东西却是真好使，不说飞机大炮，不说汽车装甲车，单就拿三八式步枪来说，比中国的汉阳造不知好多少，连小甜瓜手榴弹都是带花纹的。话没出来，先听到的是马二梭鼻子里的哼哼，肖八万就绷紧了嘴不敢说了。马二梭拿眼瞪肖八万，还是紫涨着脸不说话，还是闷着头从船头走到船尾，后来又把一摞书踢散了。

　　所有人又拿起铁盒子罐头，先是托在手上掂分量，掂着又凑近了闻味。他们中的大部分人都见过日本罐头，也吃过罐头里的肉，罐头肉香是香，就是有一股子说腥不腥说膻不膻的怪味，但吃到嘴里还是香的。罐头是在反扫荡中缴获的，那一次，他们误打误撞，竟然闯进了日军指挥官沼田德重中将的指挥所，除了好吃的好用的，他们还顺带着弄走一个辎重中队的骡马，司令员杨甬力还用缴获的骡马组建了分区骑兵连。但他们却对日本腊肠表现出了极大的反感，抓在手里摇摆着，偏偏说是狗屎橛一样的肉棍棍，脸上还都是带着嘲讽的，说日本人还吃这玩意儿。立冬抢过肖八万手里的刀，意思是要切开看看里边包的啥东西，切开了先闻到的是香味，立冬就放高了声，说："呀呀，也是肉的！"

　　马二梭从尾舱里探出头来，示意肖八万把剩下的手榴弹全集中起来。肖八万挨个儿清点，清点了几十颗，马二梭把手榴弹全绑在汽油桶上，又让肖八万再找，还说是油桶都给他弄过来。大大小小的油桶围着手榴弹摆了一圈，看着像是要燃放文武鞭。马二梭瞪着血红的眼珠，一直拿牙咬着的紫柳条没有了，马二梭咯吱咯吱地咬牙，挥着手赶人下船，说他要把汽船炸了，全炸成碎片片，又说炸不烂烧也要把狗日的汽船烧化。

退到船头的肖八万又扑过来，说他要替换营长，拉弦也好，冲着油桶开火也好，当营长的没必要亲自动手。其他人也跟着说是，说不就是要把汽船炸个粉碎吗，不就是要大火烧船吗，不就是弄炸了再往水里跳吗，谁都能干。马二梭摸起一根撬杠，刺刀一样端着顶住了肖八万的胸口，说他要数一二三，数到最后一声他就捅。肖八万就泣了声，拿手抹着不让眼泪流出来，后退着又摆手。所有人都跳下了船，扒着水是向岸边游的，马二梭还是厉声呵斥，还说快游快游。但是马二梭没想到得印会二番再上来。

得印是贴着船帮翻上来的，别人都下船时，他拿手指抠住了船舷，当马二梭弯腰要抓手榴弹引线时，凭着鹞子翻身招式折身上船的得印，突然像惊马一样冲向了马二梭。得印是拿头顶的，顶的是马二梭的肋骨，马二梭打着趔趄倒向船舷，然后头重脚轻，人是一头扎进水里的。得印冲着河面呼叫，得印的呼叫其实跟狼嚎差不多，跟狗叫差不多。得印没喊营长，也没喊姐夫，得印只是说："你死了我姐怎么办？我姐想要个孩子你不知道啊？你想死我也不让你死！"

马二梭不知道发疯的侯得印是这样的，马二梭根本没想到侯得印能有这样的举动。他那一会儿只是红着眼珠发布命令，紧着把人撵下去，不过是想把仇恨发泄得更彻底，自然也不会知道团长侯得章已经暴跳如雷了。马二梭甚至说不清为什么非要说把船炸成碎片片那一句，得印往船上扔油布包手榴弹时，他甚至还想着阻拦，意思是炸烂了就不好数人数了。还有，拿枪瞄着打时，他可以一枪一个，打着记人数。独立营已经有不少人遗弃了先前的记忆，他们中的大部分人，已经不知道原运河独立营是怎么回事了。七年前，同样是在运河边，日本人以诈骗的方式偷袭了运河独立营，团长侯得章竟然提前把桥头部队撤回县城，而先前的布置是与运河兵营互为犄角的。除了营长胡腊喜带走的几个人，运河独立营几乎全部阵亡，而从死人堆里爬出来，又侥幸过了运河木桥的，只有排长丁黑豆和文书魏新麦他们三个。

徐州会战前夕，胡腊喜一封假公函又使侯得章复建了独立营，随后就开赴徐州会战前线。结果独立营惨败于葫芦头阵地，溃退中竟然遇到了原独立营营长胡腊喜，胡腊喜摇身一变成了牦牛山救国军司令，他带着丁黑豆再返回运河湾时，魏新麦没再回来。现在的独立营，留下记忆的只有他和副营长丁黑豆两个人了，而连长肖八万与吴春牛他们，不过是几年前的间接留存，尽管肖八万与吴春牛他们都跟着刺杀过矿井上的日本人，也跟着炸过日本人的河套口暗堡。

那时候他有意要他们记人数，那时候肖八万刚把几十个人拉到他面前，他从中挑选出二十二个精壮汉子，接着就让他们削了四百二十八个半寸宽三寸长的木牌，木牌上写了独立营三个字。四百二十八是当初运河独立营的人数，木牌要往每个人手里分时，他又说徐州会战时不算，只算来到运河湾之后的。扣除掉牤牛山上的老营长胡立言和文书魏新麦他们，再加上他和黑豆两个，一共是三十九个活着的，再扣除掉一个已经偿了命的福安，日本人还欠运河独立营三百八十八条人命。最后他自己又削了一个，他没在木牌上写字，他在上面画了一只发卡，一束紫柳花。后来他还跟姐姐秀秀要了一根红绒线，然后把木牌系在红兜肚上。只有马二梭自己知道，系在红兜肚上的木牌是留给白面瓜的，而黑豆只是编着理由让他拉队伍，说只要让独立营起死回生，仇想啥时候报就啥时候报。

炸了日军河套口暗堡之后，马二梭没再清点木牌，经了几次反扫荡，尤其是夜袭了日军司令官沼田德重的指挥部，他也没再清点木牌。当时计算出来的数字是，如果独立营能全部干掉大川一个中队，原运河独立营的冤仇报完还绰绰有余，但县城大川的一个日军中队已经不是满员了，即便干掉的日本人足够抵消木牌数，马二梭依旧心恨难除，特别是想到大川中队的减员并不是独立营干掉的。假若连长肖八万明白了这些，他一定不会当着营长马二梭的面说那些铁家伙都是好东西。肖八万只是感觉营长马二梭的心是苦的，马二梭很少说话，马二梭还时常拿牙咬住紫柳条，又黏又涩的汁液填满了口腔，他还是死死地咬住，那其实是心里苦的表现。

肖八万知道，一个人只有心里苦时，才感觉不到紫柳汁液的苦。

肖八万以自己的心揣度着营长马二梭，他甚至还跟得印和立冬说要给营长马二梭争气，但肖八万忘却的，恰恰是营长马二梭心里不能触碰的关于往昔岁月的记忆。至于肖八万说的日本人滚蛋了这些东西能中大用，马二梭想也不会想，马二梭最恨的也恰恰是这一点。而团长侯得章随后表现得怒不可遏，直至不上报就要把他清出八路军队伍，马二梭或许早已料到，或许他压根儿就不曾想过，即便想了，他也照样会不顾一切。

侯得章是从警卫连连长口中获得的消息，在派出警卫连连长之前，他只是想从父亲的啰唆描述中，用心捕捉其没有言达的话外之音。父亲想把自己路上想到的全说给儿子听，还想说假若儿子真能马到成功，真能赶在日本工程师到来之前把船截住，又是光获胜没伤人，儿子马上要做的就是把俘虏押送到司令员那儿，而邀功请赏的话最好不说。但是父亲最终还是把他绕糊涂了，他只好强忍着急躁，追问福山是什么时候跟独立营建立的联系，父亲侯登科满脑子想的是让他立头功，竟然还要他赶在独立营之前动手，他连说了几句"糊涂爹"，父亲侯登科依旧问他想不想与马二梭争头功。派出去查动静的警卫连连长返回来就说独立营又出了怪异，他一听就知道不愿意想的事又要出现了，跟着就发出了命令，说："骑兵连马上出发，副团长牟利光带队。避开保安纵队据点，沿运河南行，一定要把独立营给我堵截住！"

骑兵连是临近中午时回来的，马头马脸都糊满了尘土，马上的人头人脸也糊满了尘土，看着像是来回奔驰的。

副团长牟利光是带着一脸懊恼进的团部，看见侯得章先摇头，接着又说在运河岸上他飞奔了整整一个来回，要不是想着不可能，他恨不得追到扬州，结果他在返回来二次搜索时发现了目标。牟利光说目标就在运河大弓背上，去时没发现，下了马才看到杂乱的脚印。脚印踩成了麻花阵不说，岸边紫柳丛里挖了掩体不说，光是河面上大片大片的浮油，光是河面上漂浮的木板被褥，没有一丁点军事常识的，也可以断定马二梭已经设伏成功了。更不用说杂物里还有断胳膊残腿了，更不用说冲到岸边的还有日本书籍了。

牟利光说："到底还是晚了一步！连船带人全烂在河底了，独立营又去了哪里，我是连个人影都没见着！"

侯得章死死地盯着牟利光，先是把手指掰得嘎巴嘎巴响，接着就沉了脸，没好气地说了一句："冤枉路倒是没少跑，是比赛马啊！"话里有埋怨牟利光的意思。牟利光心里不得劲，出了团部推搡骑兵连连长，脸上也是十分不悦，说："我让你卸鞍了吗？团长要说马上再返回去堵截，找不到人就堵截脚印，你是不是要骑光腚马啊？"

骑兵连孙连长不明白为什么挨训斥，侧着身绕过副团长牟利光，隔着窗子又向团部探头，说他敢打保票，独立营出发前就没打算跟团部报告，营长马二梭抢风头抢出瘾来了。又说他听警卫连说过，那边故意把副营长丁黑豆留下来守大营打掩护，打掩护的偏说营长病了，偏说一连人都出去采草药去了，这不是大白天说鬼话是啥，就别想从独立营嘴里掏一句真话。现在要问老百姓，知道新一团的不多，一张口就是独立营，连小孩子都知道。侯得章抓起水碗要泼骑兵连连长，水碗又被父亲侯登科夺去了，侯登科还眨巴着眼跟儿子得章使眼色，意思是要拉儿子得章说私密话。

侯登科说的是凡事都可以两面说，这就跟烙饼一样，烙一面也能烙熟不假，两面都烙更好，只要不烙煳，功劳都是站灶台看火候的。独立营的上级是谁，是新一团，团长不发令，他营长到哪里行动去，绕一百圈还是新一团的功劳。侯登科还要儿子得章琢磨他的话，儿子得章根本用不着憋气窝火，因为憋气窝火也于事无补了，现在最紧要的是马上以团部的名义向分区报捷，就说团部获得情报之后，立刻派独立营沿运河设伏拦截，结果大获全胜，连日本工程师带煤矿机械设备全部销号，连一个螺丝钉也没留。侯登科还替儿子得章铺开信纸，还要拉凳子让儿子得章坐下写，侯得章抓过信纸撕了，撕着还冲父亲侯登科吼叫："你不跟着添乱行吗？我快憋死了你知道吗？你说的跟我想的不一样，你懂不懂？不一样！你懂吗？"

但侯得章最后还是铺开了信纸，他要跟分区打报告，在报告送达分区之前，他要先把独立营清出新一团的序列，或者干脆撤销独立营的番号。总之，这个马二梭他是一天也不想要了。

第十五章

侯得章已经难以控制情绪了，恨着又把命令下给了副团长牟利光，牟利光要代表新一团去独立营宣布团部的决定。牟利光心里仍然带着不悦，被指派承担保护任务的警卫连连长虎保，心里也带着不悦，出了团部就抱怨团长侯得章，说："这都哪儿是哪儿啊，真不知道他是怎么想的？孙连长也是邪了门了，还非得说是听警卫连说的，他干脆说听我虎保说的好了！"

随行的还有参谋长兼第一营营长孔雨林。

孔雨林要把第一营布置在独立营营区的西北角，那儿有一片沙岗子，岗子上有杂生的灌木，有一种近似芦苇的芦草，差不多有小腿高，用来隐蔽是完全可以的。还有，从沙岗子上看独立营营区，地势是居高临下的，没有意外发生，警戒撤除，神鬼不知；果真发生兵变，咫尺之遥，抬腿即到，火力压制，举手之功。参谋长孔雨林就在路口站住了，先拿手指沙岗子，意思是他要排兵布阵了。接着又示意警卫连连长，意思是在副团长身边留下贴身，要眼观六路，见机行事。警卫连连长望望副团长牟利光，又望参谋长孔雨林，说他心里还是有些拧，毕竟独立营截杀的是日本人，有错也顶多是没向团部上报行动计划。接着又问两位首长心里是怎么想的。

牟利光木着脸，说："我什么想法也没有，我只是例行公事。"孔雨林则嘿嘿着冷笑，说："虎连长你也别看我，我不愿意听见独立营这三个字。我执行任务是为你们防万一的，你有话也别跟我说，说了我也听不懂。"孔雨林还想批评警卫连连长用心不专，想着他已经是参谋长了，还要带人护卫副团长，况且虎保又是团长侯得章偏爱的，话到嘴边又忍住了。

三个人就在路口分了手。

在到达独立营营区之前，副团长牟利光在小路拐弯处站住了，说他要在正式宣布决定之前演习一遍，还要虎保扮演营长马二梭，又说他要宣布决定了。虎保先是侧了身冲警卫连笑，站周正了又看副团长牟利光，看着还是想笑，笑又笑得极不自然。牟利光就急了，撂下脸来训斥虎保，说："虎连长你怎么回事，马二梭是这样的吗？你见马二梭挤眉弄眼地笑过吗？我要宣布的是除名决定，他听了很高兴很滋润是吧？"

虎保摇摇头，让人折了一根紫柳条，也把紫柳条拿牙咬着，紫柳条插到嘴里又抽出来，嘴巴咧着还噗噗地吐，连着说了好几句苦死了。接着又说他第一次见营长马二梭拿牙咬紫柳条时，马二梭肚子上的血窟窿刚刚长严口，团长是要带他见司令员的，他拧着脖子冲团长翻白眼，团长把他从运河堤上抢下来，算是救了他一命，翻白眼的意思是不领情。那一次，他见到的马营长就是个苦脸。见了司令员回来，嘴上是笑的，也不拿鼻子哼哼了，这应该是高兴。尽管团长回来就懊悔不已，连说了好几句没想到，说没想到司令员竟然喜欢马二梭那样的，竟然把横生是非的独立营当成了宝贝。马二梭受到司令员的赏识，按说得是意想不到的，按说得是满心欢喜的，可是高兴的马二梭还是把紫柳条含嘴里咬着。总之是，你根本看不出他什么时候是欢畅的，什么时候是愤怒的，但是，你又不能拿喜怒不形于色形容他。

虎保最后又模仿马二梭拿鼻子哼哼时的表情，说："我现在已经是营长马二梭了，你宣布决定吧，你看看我像不像？"

　　副团长牟利光先咳嗽着清嗓，望着警卫连连长叫了一声马营长，要称呼马二梭同志时，把后面的两个字含混了，说现在他宣布：

　　　　鉴于独立营目无军纪，心无大局，私祟至上，不听指挥，擅自行动，无视调遣，罔顾命令，自行其是，独断专行，自立山头，拥兵自重，狂妄自大，唯我独尊，野性成习，桀骜不驯……劣劣斑斑，不胜枚举，凡此种种，无以计数。营长马二梭负有放任纵容之责任，纵有万千理由，亦难脱治军不力之干系。又，鉴于营长马二梭先期之战功，功过相抵，故不做单独处分。新一团决定给予独立营除名除分，此决定已上报分区司令部，待分区司令部核批之后即可生效。值此空编之期，新一团停发独立营武器弹药，并收回独立营营务防区，独立营之行动概不许脱离新一团辖区。核批决定下达之即，亦即独立营脱离新一团之时，届时独立营必须立刻退出新一团辖区。道不同，不相为谋，心有异，唯盼自珍。特此布达，以示昭然。

　　　　　　　　　　　　运西军分区新一团于1945年4月30日

　　副团长牟利光宣布完了又望警卫连连长虎保，虎保还是一脸的漠然，虎保甚至还冲着副团长牟利光投去探询的目光，意思是还有吗。副团长牟利光急得跺脚，气恼着说："你恼啊，你怎么不恼啊，你得暴跳如雷知道吗？"虎保还是一脸的漠然，嘀咕着像是自说自话，激灵着忽然又打起寒战，说他刚才听着就感觉头皮发麻。独立营要是炸了锅怎么办，要是来个全营大兵变怎么办，参谋长设了伏兵是不假，要是参谋长没听到动静呢。他们一营人对付一个警卫连，独立营又都是死活不顾的，营长马二梭又是天王老子不怕的，闹不好，去了回不来是轻的。况且不等分区批文下来，就匆匆忙忙地宣布除名决定，既不合军纪法典，也不符人之常情，细想想，像是公报私仇的，论起来，新一团也不磊落了。平心而论，新一团里服气独立营的也不少，如果没有独立营死打硬拼，新一团也占不下这么大的地盘。还有，营长马二梭横是横，但要说人家野性成习也有些过了，跟日本人拼杀，毕竟不能全靠书本。

　　虎保还想拿团长对运河西边的最后四个据点持怀柔政策当例子。说侯团长还是想旧戏新唱，还是要让这四个据点效仿当初的运北据点的刘雨生团长，还是想着收了这些人扩大队伍，这就有点照本宣科了。刘雨生团长是参加过29军长城抗战的，对日本人早已恨之入骨，这四个据点的汉奸是刘百湖带出来的，而刘百湖当初在五战区韩复榘手下就是投机者。况且，刘雨生团长对侯团长最后还是有了成见，临走避而不见就是例证，结果应该算是事与愿违。

　　虎保是原新兵连的，新兵连是团长侯得章当初寄予厚望的，清一色全由学生组成，理论培训之后，接着就送到运北据点，侯得章要求刘雨生按正规军事条例严格训练。但是团长侯得章没想到司令员横插一杠子，竟然把新兵连划归了马二梭的独立营，结果一场花家岗子大血战，满建制的新兵连伤亡大半。虎保是新兵连里年龄最小的一个，半年后伤愈归队，侯得章任命他为警卫连连长。但新一团私下里也有人议论，说团长是相中了虎连长的名字，真当了警卫连连长，也不一定会舍命救主。

　　虎保说出毕竟不能全靠书本那句话，其实也是有所指的，他感觉团长侯得章有时候太注重古今战例，而行动起来往往又思虑过多。他并不忌讳有人重提花家岗子大血战，认为营长马二梭临危决断，率先向日伪军发起冲锋并没有错，况且日伪军正在村子里祸害女人。虎保甚至还说他伤愈之后，还曾一度有过索性加入独立营的念头，最后没去，不过是碍于团长的情面。虎保最后又说："牟副团长你想吧，我是站在中间说话的，反正我跟马营长非亲非故，反正我也没说谁对谁错。再说了，独立营敢打硬仗也是全分区人所共知的，司令员偏爱营长马二梭也是人所共知的。"

　　副团长牟利光凝望着不远处的独立营营部，说虎连长的担心不能说完全多余，团长起草决定时就想到了这一点，中间那几句话就是为马二梭遮脸的。只说新一团与独立营没有隶属关系了，并没说取消独立营番号，也是照顾了马二梭对独立营的特殊感情，马二梭不会听不出来，马二梭不会不明白团长侯得章的良苦用心。只要马二梭不恼，独立营的人就不敢造次，何况还有警卫连跟着，况且虎连长又是团长心中的将才。

　　虎保咂摸着副团长的话，先是苦笑了一下，忽然又多了疑惑，说他还是感觉团部的决定有犯掂量的地方，停发武器弹药等于是空话，独立营有能力擅自行动，就有能力搞到武器弹药。还有，独立营之行动概不许脱离新一团辖区，这一句也不妥当。运西军分区的地面大了，新一团辖区也在分区之内，他偏不听，他偏要单独行动，怎么区分他是在新一团辖区，还是在分区辖区。再有，决定里说的是独立营，营长马二梭要是让散兵单独行动呢。杀人也好，放火也好，要是追究责任，营长马二梭马上就可以说这是个人行为，跟独立营没关系。那时候怎么办，总不能把单独行动的抓一个毙一个吧。

虎保还说："牟副团长，我看你还是宣布的时候多加一句，大窟窿小窟窿都给他们堵上，谁想找缝钻，一根手指头也别想伸出来！"说完了又踟蹰，沉思着又补了一句，说："我还是感觉团长这一次有些欠考虑，感觉意气用事的成分多了些。他到底恼的啥，我至今不明白。牟副团长，你跟着起草决定了，你明白吗？"

虎保还要说他感觉牟副团长跟团长的思路也并不完全吻合，牟副团长心里还是想着带部队，最好是野战部队，最好是离开运西军分区，最好是独当一面。中原大战后期，师部已经决定让牟副团长代理186团团长了，结果团长侯得章捷足先登，所以牟副团长感叹命途多舛也在情理之中。牟副团长一味地顺从团长，其实完全明白团长一心想的是怎样治理河湾县，怎样在一县一区有所建树。在这一点上，正副团长之间是合而不同。而孔参谋长之所以说他听不得独立营这三个字，刨老根还是因为瞧不起打仗无章法的马二梭，再加上花家岗子大血战时又是吃了亏的。况且，中原大战时他就已经是营长了，那时候马二梭不过是刚刚入伍的新兵。还有，孔参谋长跟牟副团长的情况也不同，孔参谋长从军之前当过几天教书先生，而他那一个村子的人又都是习武的，孔参谋长身上也就有了文武二气，也想着建功立业越早越好。

虎保还想说，他早就看出来了，新一团藏龙卧虎，既不是一条龙，也不是一只虎，即便没有马二梭的独立营，跟团长侯得章的想法有异的也大有人在，尽管大家都不说出来。虎保说他还有一种怪异的感觉，独立营或许会自生自灭，而营长马二梭的命运也好不到哪儿去，或许更糟。至于新一团，也许将来某一天团长会变成孤家寡人，因为团长有明显的自恋情结，其他几个营团的领导未必会一直相伴左右，现在合着伙着，不过是大局未定罢了。

副团长牟利光先是上下地打量虎保，惊诧着问虎保这些感觉是怎么来的，一个先前对军营一无所知的学生兵，不可能凭空生出这些怪异想法。下级无端揣度上级，哪怕猜测无误，军纪里也是不允许的。况且，居然还暗中扒挠上级领导的出身经历，更是军中大忌。看着虎保还是一脸的学生相，知道自己不宜多说，最好的方式就是不加理睬，否则只会越描越黑。于是叹口气又冲虎保瞪眼，说："虎连长你把话周正过来，不是我跟着起草决定，是我看见团长动笔写了。"

走几步又说："我是例行公事，团长怎么写的我就怎么宣布。"

虎保又要说或许独立营早就做好了应对准备，围着营区放观察哨也极有可能，在营区里埋下伏兵也极有可能，甚至早已发现了孔参谋长的伏兵也极有可能。看看副团长牟利光的脸青青白白的，他又把后边的话咽了下去，只是拿手指点着腰间，意思是要警卫连做好应变准备。

其实他们的担心完全是多虑了，独立营几乎跟往常没有什么区别，伏击胜利的喜悦在脸上根本看不出来，况且长途奔袭打伏击的人都疲惫不堪，返回营区先想到的是睡觉。从肖八万的奔袭队悄悄走出营区，一直到全员归建，二连连长吴春牛是一直缠着副营长丁黑豆说忧虑话的。吴春牛又翻出了旧话，说的还是第一连去野战部队那件事，还说那件事他在心里翻来覆去不知过了多少遍，越想越感觉里边有说道，越想越感觉营长马二梭心里是藏了天大秘密的。花子余是后半截加入的独立营，他是独立营复建时从县城去的徐州战场，论资历，论先后，要说独立营必须抽出一个连去野战部队，营长先选的应该是他的第二连，而不是花子余的第一连。

吴春牛说，他想不明白就从头再想花子余，一下子就想到花家岗子大血战。沼田德重这个王八孙用排炮轰平了花家岗子，几千口子人都是血肉模糊着死的，花子余他们是沾了邻县芦席大集的光，返回来，家没了，爹娘没了，兄弟姐妹没了，活着的就剩下他们了。他们没哭，他们是冲着血肉泥沙跪下的，当他们从当时的团长杨甬力口中获知了大劫难的前因后果之后，他们异口同声地说要找一个叫马二梭的营长，喊明口地要加入独立营。营长马二梭倒先流泪了，尽管独立营的人都不记得营长马二梭什么时候哭过。

吴春牛说了这些又拿手拉扯黑豆，说："丁副营长，你明白我要说什么了吧？明白马营长为什么逼着花子余的第一连去野战部队了吧？"

黑豆原本是纠结着在运河伏击截船这件事的，结果被吴春牛搅得心焦，于是就没好气地推搡吴春牛，说："你胡扯扯啥？刚刚还说营长带人打伏击，忽然又翻出了旧事，这都哪儿是哪儿啊？"

吴春牛说黑豆虽然当了副营长不假，但想事还是容易犯一根筋的毛病，根本不知道凡事都是有前因后果的，摸清了前一节，马上就知道后一节是为什么。营长为什么让花子余他们离开独立营，目的就是为花家岗子村留下人种。营长为什么会有这想法，因为营长知道独立营的人是用来拼命的。营长先为的是前因，接着再为后果，只要明白了这些，马上就知道这一次伏击截船，营长会炸他个片甲不留，别管该不该。吴春牛又冲黑豆眨巴眼，说："丁副营长你糊涂，你早就该明白马营长心里是藏着天大秘密的。我问你，营长一有心事就嘎吱嘎吱地咬紫柳条，你以为他是磨牙玩儿啊？"

黑豆知道吴春牛把该想的不该想的都想了，营长马二梭让花子余他们离开独立营的那个瞬间，他就明白营长心里想了什么。黑豆早就把生命交给了独立营，从中原大战组成敢死队那一刻起，他就将命运与马二梭捆绑到了一起。侯家老宅祭祖那天，他们曾经扮演过伤残人，目的是刺杀团长侯得章，结果团长侯得章先为他们下好了捕网。他们失败了也没后悔，只要为原运河独立营的弟兄们报了仇，他们死在哪里都可以。那天他是与马二梭一起被捆绑入狱的，马二梭又被侯登科保释出狱，他则是在死牢里等待最后一刻的。那时候他也没后悔，临入死牢时，他还是挣扎着大喊，说："马连长你听着，我丁黑豆下辈子还是你的兵，再托生咱们还是回到运河湾。"但是黑豆不想顺着吴春牛的话头说，就揪了一把草叶，拿手揉搓着堵住耳朵眼，说："闭上嘴，光想营长他们打伏击顺不顺，光想他们无一伤亡！"

营长马二梭回来了，除了一身尘土，除了一脸疲惫，黑豆没看见一个挂彩的，人数也是一个不少。吴春牛缠磨着要肖八万说经过，还问肖八万走之前是不是解了他的晾衣绳，肖八万却趴到铺上睡着了。吴春牛嘿嘿地笑，说不用问了，只要肖八万像猪一样睡觉，那一准儿是马到成功的。吴春牛还要去隔壁戳弄侯得印，一出窝棚就看见了新一团副团长牟利光，警卫连连长虎保是带着全副武装的，所有的人都木着面孔。吴春牛又退回去找黑豆，说："快快，丁副营长，快把马营长喊醒，我看今天来者不善！"

为了不让独立营的人误认为他掏枪，副团长牟利光一进营区就把通报抓在手里，他还把纸卷成了圆筒筒，看着像是送家书的。副团长牟利光还拿手捅警卫连连长虎保，意思是要警卫连做出轻松样，虎保拿手在脸上揉搓，结果一个警卫连的人都弄成了不哭不笑的。但是副团长牟利光最后还是诧异了，独立营的人竟然对他的宣布无动于衷，准确说，是什么反应也没有。所有人都像是在睡梦中的，所有人都望了营长望连长，他宣布完了，营长马二梭居然问他还有吗。副团长牟利光困惑至极，而在宣布之前，他手心里的汗差不多快把纸筒洇湿了，听见马二梭居然问他还有吗，洇湿的纸又被手指戳烂了。副团长牟利光说："马营长你可听清了，军令如山，落下白纸黑字，就是板上钉钉了，独立营已经被新一团除名了！"

马二梭哼哼着又躺倒睡了。

独立营是在当天夜里行动的，最后一顿饭是两个连长伙着做的，吃过饭，连灶台也扒了。吴春牛追着问肖八万是怎么想的，反复说："这就完了？就这？说不是一家人就变成牛蹄子两瓣了？"肖八万舀着水往灶火上浇，浇着又反过来问吴春牛："你想要啥？"吴春牛又问副营长丁黑豆，黑豆也说同样的话，也是反问他想要啥样的结果，吴春牛只好自问自答："这样也好，没有婆婆照样当媳妇，吓唬谁啊？"而营长马二梭则把几块支锅的砖头摆成了梅花阵，一共摆了四块，后来又横着把挑水扁担放到一边，说："独立营不是没人要了吗？那好，那就从现在开始，挨着个儿地把最后四个据点干了。"马二梭的意思是从据点里补充武器弹药，接着再去端矿警团，说着又拿脚踢扁担，最后说的是过运河直逼县城，一气干掉大川的日军中队。所有人都知道营长马二梭还是想着要为原运河独立营的弟兄报仇，所有人都紫涨了面孔，说："营长你只管下令吧，你说豁出去就豁出去，入了独立营就没打算活着回家！"

分区作战部是一个星期后看到的报告，那时候独立营已经把四个据点全拿下了，缴获的武器弹药足够装备一个团的。奇怪的是马二梭并没有扩充队伍，武器弹药全被他藏到了紫云寺和大围子村外的河套里。作战部薛部长看了报告大恼，冲着部下就说侯得章荒唐，政治部的岳部长几次示意薛部长，意思是事出有因，新一团团长侯得章是极为讲究军纪的，不是万不得已，不会轻易清除独立营。况且侯团长还兼着河湾县县长，起承转合，不知道揣度了多少遍，分区不便于以上压下。但薛部长还是坚持调查，还是说调查清了是错误就要纠正。

不过，这已是几天之后的事了，而对于马二梭和他的独立营来说，他们正需要一鼓作气，只要能让他们手中的杀字木牌如数了清，怎么评价他们与新一团的关系都无所谓。

遗 腹 子

下 部

运河湾里的赌气话：

墙倒屋塌头朝上，双腿断了街上逛。媳妇跑了找小姨，肚皮打肿比脸胖。
有马不骑走夜路，剃光头皮当天亮。奶奶的男人是我爷，头在上边拿肩扛。
咋了，双脚踏地就是人样！

第一章

　　端午节的前一天，紫云寨的磨坊里又出了奇怪动静，石磨还是轰隆轰隆地出响声，隔着一道齐腰矮墙的石碾，碾砣也是轰隆轰隆空转的。

　　这一次发现磨坊闹动静的是侯家老宅的侯黄氏，如果是老三媳妇侯杨氏，听到的人可以不信，也可以当笑话，但侯黄氏不是个呱嗒舌头的，她的话没法子怀疑。侯黄氏是准备到磨坊碾黏米的，黏米提前拿清水浸泡了，控净水碾成半颗粒的面粉，黏面粉是用来炸黏糕的。侯黄氏原来也想过包粽子，后来又想着粽子热吃凉吃都是不好消化的，口味上也差些，还好吃还带香味，倒不如多过一遍手炸黏糕。侯黄氏还是想着闺女兰兰，还想着自从昏睡过几天又缓过来，马步正的话少了，闺女兰兰也是一天天不出小东屋的，马家的饭菜自然也少了花样。侯黄氏还是想让兰兰回娘家帮灶的理由，兰兰守着油锅，添柴烧火时就吃了，走时带几块回去，礼节上还是沾了光彩的。

　　侯黄氏端着米瓢去磨坊，刚到十字路口，还没往北边拐呢，就听见磨坊里有动静。侯黄氏倒也没在意，要过端午节了，石磨石碾不闲着也是常理。想着看看是谁家碾米磨面，如果快完了，也就不回去了，一瓢黏米也就是缓口气的工夫。要进磨坊了，里边却一下子没了动静，拿手摸石磨石碾，摸哪里都是热的，低下头看，石磨石碾布满硬硌硬磕碰过的青白印痕。侯黄氏疑惑着要回来喊侯登榜，结果她前脚离开，磨坊里跟着又是轰隆轰隆的空响。

　　侯黄氏是大跑着回的老宅，脸是蜡黄蜡黄的，满眼里都是惊恐不说，一头一脸的虚汗是雨水一样流下来的。进家先喊了一声他爹,接着就变了声调,听着像是带哭腔的,接着东跨院南跨院全知道了。先是多多去跟兰兰学光景,学的是石磨石碾又打仗了,横七竖八都是血道子,出了马家又遇到了孙月份的媳妇。结果也就一顿饭的工夫,一个紫云寨全知道了,磨坊里闹怪异,传出来比风刮得都快,一个村子的人都受了惊吓。

许多人又开始联想,想着紫云寨没消停过,一出一出全是怪异事。最近的是瘫子玉树当了勾魂抓差的活牺角,人活着却是刀扎不知疼的,勾魂抓差的路上还顺带着看了儿子黑豆,还说黑豆没头了,头变成了血葫芦。跟着是西河湾的侯登仓,侯登仓被玉树勾魂,锁链套脖子上了就是不跟着走,还不住口地骂玉树为了交差,同村的人也勾是不仗义。接着又把自己塑成了土地爷,媳妇侯岳氏到土地庙烧纸,他在床上躺着喊热,光身子拿凉水泼了,还是口口声声说烤得脸疼。还有马步正在梦里骑黑驴,还说黑驴驮着他一路狂奔,看见儿子马二梭二目圆睁了,黑驴才停下步来,天明了就昏睡不起,任谁看都跟死了一样。

最奇怪的是香芝,没出嫁的大姑娘竟然得了祟蛊,人没出家门,说的却是家国天下的话。眼闭着还手舞足蹈,还说男子汉大丈夫死不足惜,恨的是倭贼未除,国恨难平。马照本先是惊诧着香芝的粗喉大嗓,说小妮子没个女孩子样了,喊着要拿针线缝香芝的嘴。香芝勃然大怒,一手抶腰,一手指定了父亲马照本,双眉竖立,怒不可遏,可着嗓子大吼一声:"哪个是你家的香芝!你这个碌碌庸辈,你这个沌沌村夫,出言竟以女儿身辱我,是要辱我中华无丈夫吗?"马照本再不敢胡言乱语,听见香芝又说:"泱泱华夏五千年,国破岂可恋偷生!"后来经了马舭子指点,才知道香芝是替23师师长李必藩说话的。

香芝还说:"吾自抗战爆发后,即率部由陕西临潼出师,以后又转战津浦、平汉、陇海各线,至徐州会战之始,又奉命在鲁西郓城布防。然千余日军施以机械化部队,仗优势犯我孤城,郓城终至陷落敌手。23师被迫退至菏泽,日军随后又至,苦战三日,致使全师伤亡过半。吾自率部冲杀,反复肉搏,仍不得围解。吾身负重伤,自知难以胜敌,随即在地图上写下遗言,谓之:误国之罪,死足何惜。愿我同胞,努力杀敌。随吾自杀者还有参谋长黄启东和团长刘冠雄等,皆为有心报国无力杀敌之辈,纵一死亦难面江东父老。"

香芝说着又哭,依旧是满脸的委屈,说:"委座能以'成仁取义'匾额送他,却不肯给23师调拨重武器,实则死而不服。委座赐予'转战徐淮早识精忠能报国,同舟风雨眷怀节烈信念悲'的挽联。败军之将,受其虚名又能如何?只知部下精忠,而上不能以国为先,吾的精忠又何处安放?"

马艳子是悄没声地来去的,但紫云寨人还是知道了冤死的人是不肯轻易离世的,这一次借的是香芝,下一次指不定魂附何物,即便附到蹒跚学步的小儿身上,小儿也同样会愤慨激昂。

接着再想磨坊,上一次闹动静也是石磨石碾空转空响,也是磕碰得火星四溅。那时候已临近立秋节气,前兆是谷子光抽穗不出粒,开满了花的豆子不见落荚。接着就出了怪异事。怪异事是豁子先发现的,豁子还说他亲眼看见过,说当街出了一青一白两个怪物,两个怪物忽大忽小,忽隐忽现,蹦跳着就撕打起来,当街也跟着冒起火星子。豁子还说大约半个时辰之后,那一青一白两个怪物又回了磨坊,磨坊里跟着就是轰隆轰隆的空转空响。

豁子的嘴巴没有把门的,他的话未必全是真的,但豁子每天都要早起拾粪,他见过稀奇古怪的物件,应该不会有假。有人当真低了头在街上寻找,果然发现光亮亮的街面上竟然有踩踏的脚印,脚印凹下去三四指深。村里人就怕了,越想越感觉怪异,后来还是孙老安提出来要补办青龙节,喊明口的就是要青龙震白虎。

补办青龙节是带着惩罚性的,惩罚要拿被惩罚人说事,是要躺着让石磨压的。石碾没有节,石碾又是白虎。白虎不能作祟,白虎占了上风,就要生灾出祸。青龙节用的是麻五和玉树媳妇,这两个人都是孙老安暗示的,说麻五帮狗吃屎夺官地,被人伤了男根算是一报,玉树媳妇搅和在老宅里,受惊吓变成迷症人也是一报,让这一公一母扮演青龙白虎,怎么想都是该着。青龙麻五身上压的是一扇石磨,白虎玉树媳妇身上压的是石碾礅子,结果麻五因祸得福,软绵绵死塌塌的男根竟然有了生机,而玉树媳妇却被石碾礅子憋死了。

经了血光的石磨石碾安稳了好几年,磨坊里也没再空响闹动静,紫云寨人差不多要遗忘了。不过,上一次空转空响是在夜里,这一次是大白天,莫不是青龙白虎又结起了触天大仇,大白天闹动静,毫无顾忌了。要么就是仇恨积满积大了,等不及日落夜黑,亮明了厮杀是丢弃了遮掩的。

于是村里人又想到了紫云寺,上一次是搬请的一了大师,一了大师不来,说是一僧一道，天浑地沌，他还是不去的好。后来又想请马步正挑头，马步正当时就把脸撂下了，结果孙老安就出面张罗着补办了青龙节。如今孙老安死了几年了，马步正是恶心孙老安的，孙老安死了他也不会出面，况且马步正自己也是糊涂的。于是只好又去紫云寺搬请马笐子，还有人提出要马笐子设个道场，干脆就办个罗天大醮。马笐子倒是没一口回绝，话却说得跟老住持一了大师差不多，也是说一僧一道，天浑地沌，只是没说"还是不去的好"这一句。搬请的人紧着说奉承话，说马笐子已经是了尘大师了，即便是半路出家的，毕竟跟一了大师有着叔侄因缘，况且还有过帮香芝治祟蛊的先例。设个道场先息了青龙白虎的恩怨，发码子焚谢表之类的烦琐事项，村里人一应都包揽了也可以，意思是让马笐子光动嘴不受累的。

马笐子就有些不耐烦，打着呵欠更正来人的口误，先说当初一了大师已经说得很明白了，寺是佛家地，不能说道场，佛门里设道场，不是生心要让佛祖释迦与道祖老君横起纷争吗。忽然又说他曾跟一了大师提到过《云笈七签》，书上说："八方世界，上有罗天重重，别置五星二十八宿。"他一直记着这几句话，知道指的就是罗天大醮，结果一了大师要把他赶出山门。又说，看在佛门乐善好施的要义上，他也不好袖手旁观，只是先要分清青龙白虎为什么闹厮杀，是素来不合，还是事出有因，这个因又在哪里。或者说，谁是生祸的根苗，谁是匡扶的正义。最后又说分清了这些还不行，里边的弯弯道道多得很，不是三言两语说得清的。况且一正一邪都不在脸上写着，心里藏的什么又看不出来，等到看出来是非功过，也许一方的命已经没有了，看出来也晚了。总之，许多事不能光看表面，也不能看一时荣衰，尤其是不能赏形忘义，戏台上涂抹了红脸的，卸了妆不一定是忠烈君子。反之，涂了白脸的也一样。

去搬请的人就急了，纷纷说："你到底是办啊还是不办？青龙白虎闹了纷争，接着就是血流，接着就是人头滚落，你不怕紫云寨惊天动地啊？"马笐子捏着喉咙把呵欠压下去，顺着来人的话头，又说要办只能办个清醮，清醮有祈福谢恩的含义，却病延寿、祝国迎祥、祈晴祷雨、解厄禳灾、祝寿庆贺等，都属于太平醮之类的法事。只是谢恩二字用在这里不恰当，两边正闹着，胜负尚未分明，谢恩谢的是哪一方啊。马笐子说着又闭了眼，说了哪些都像是自言自语的，来人急成啥样了，他看见也像没看见的。又说，办清醮不恰当那就办幽醮，幽醮有摄招亡魂的意思，沐浴渡桥、破狱破湖、炼度施食等，都属于济幽度亡斋醮之类的法事。但办幽醮好像又早了些。谁死了，超度谁，谁是该济幽度亡的，谁是该死该忘的，如果一心要作死的，犯得着再为他沐浴度桥吗。

　　搬请的人最终还是被马箆子绕糊涂了，出了山门就愤愤地骂，说马箆子念叨的都是鬼话，想从他话里挑出一句怎么办，比从黑芝麻里挑糊芝麻都难。骂过了又想马箆子的言行举止，越想越感觉他话里有话，一会儿像说的青龙白虎，听着听着又像是说人的。还有，马箆子还一个劲儿地打呵欠，还弄了一身土，他拿拂尘打了，衣缝里指甲缝里还是藏着泥土屑沫。于是推断马箆子要么是夜里帮着侯登仓干活儿了，要么就是爬墙头去找的侯月娥。再或者，马箆子不过是要拿住持当虚名，只有心里藏了天大秘密的，才会云山雾罩地说绕圈子话。恨过了骂过了猜过了，但心里的狐疑还是散不去，远远地看见磨坊，脸上就禁不住显出惊恐，要过十字街口了，心口窝里先怦怦着。

　　消息传到运河码头，花田子小姐也带着一脸的惊恐，追着问侯得才紫云寨村里是不是经常闹邪怪事，除了瘫子玉树的活犄角，除了侯登仓的真假土地爷，除了香芝得祟蛊，除了马步正梦骑驴，紫云寨村里还有哪些是稀奇古怪的。接着又问新房窗户留的大小，尺寸是不是按图纸标注的。还有，四角望楼上是不是加了垛口，老宅东跨院的偏门是不是封堵了。花田子小姐还说她想最近几天就搬到新家，毕竟已经定亲了，毕竟是侯家媳妇了，老是在外边住着也不合礼俗，况且家中二老那儿，也像是晚辈故意躲闪的。侯得才嗯嗯着说妥了，连说了好几遍，看着花田子小姐还是满脸的疑惑，忽然又想起麻五因祸得福，麻五的男根竟然变成了韭菜，割了半截再长半截，难怪侯月娥黑天白天地缠着麻五弄那事，床弄散了滚到地上还是如狼似虎，敢情是那玩意儿越割越旺啊。想着又笑，说他不记得紫云寨村里还有哪些是稀奇古怪的，只记得有个百听不厌的故事，再稀奇古怪的也比不上。

　　侯得才说先前运河湾里时兴闯名。闯名是生了孩子之后胡乱起的，先起的不算，过后起的也不算，闯名得是第二天一大早起。男人一大早起来看门，开门要看的是第一眼，第一眼看见的是啥，孩子就叫啥名字。侯得才说有这样的两口子，第一个孩子生的是带鸡巴的小儿，男人自然高兴，第二天早早起来开门，第一眼看见的是鸡食盆，鸡食盆的底又被猪踩烂了，盆口倒是囫囵的。男人回屋说："儿子有名了，就叫盆口。"中间隔了几年，媳妇又生了一个小鸡巴儿，男人又早早起来闯名，不过这一次赶得太巧了，第一眼看见的是老娘在墙角里半蹲着撒尿。男人看了一眼又闷着头回了里屋，媳妇问他看见什么了，小二孩叫啥名啊，媳妇越问他越闷着。媳妇就有些急了，催着男人快说，男人只好含糊着说看见孩子他奶奶的屄了。媳妇也感觉别扭，可是礼俗上又不好改变，只得拿他奶奶的屄当了第二个儿子的名字。

外边栅栏门响了一声，使女春由枝子进来，先冲着侯得才翻白眼，跟着又望花田子小姐，手指捏着胸扣子，看着像是做暗示的。侯得才拽着不让春由枝子离开，说他正在兴头上，听的人越多越好。春由枝子脸上显出急色，捏着扣子又冲花田子小姐递眼色，花田子小姐就说好了好了，意思是她还有事要做。侯得才像是没听见，还是接着说："又过了几年，大儿子盆口忽然患绞肠痧死了，两口子那个哭啊号啊，哭得像河水倒流一样。左邻右舍的女人赶过来劝，意思是要两口子节哀，说'别哭了小他娘，盆口死了，不是还有他奶奶的屄吗，慢慢熬吧，有盼头'。媳妇还是悲悲切切，说'说得轻巧，能是好熬的啊，他奶奶的屄啥时候能长到盆口那么大啊'。"

侯得才说完了大笑，笑着望了花田子小姐又望春由枝子，说："笑啊，你们怎么不笑啊？妙就妙在最后一句上，你们不笑我笑，反正我忍不住。"

春由枝子还是一个劲儿地递眼色，侯得才嘿嘿着又是揉肚子又是挤眉弄眼，花田子小姐抬起脚来又要往侯得才裆里踢，红着脸要侯得才滚出去。花田子小姐说："到什么光景了你看不出来啊？运河以西仅剩的四个据点也被独立营拔了，你是不是感觉马二梭亲你啊？"看着侯得才收了笑，又说："滚回去打扫新房啊，我要马上搬到侯家老宅你明白吗，你该不会另有打算吧？"花田子小姐还想说工程师的船也成了谜，萍乡那边说已经如期启航，而按时间推算，人与设备早就该到了，况且又是汽船。花田子小姐最后又把这些话咽下了，她心里明白，汽船应该是凶多吉少，不想说出来，不过是不想让侯得才知道她是偷拍的电报。

还有，进城找大川要图纸也到了眉睫时刻，如果八路军发起四面围攻，大川也许会将县城一火焚之，而图纸被毁，工程被动不说，还会给煤矿带来无限期的拖延。但花田子小姐没想到，正是因为她对大川由失望到怨恨再到懒得一见，她错失了索回图纸的良机。而那一套困在日军队部的图纸，最终又跟一座县城的攻取方式连在了一起，甚至于还跟一个人的生命连在了一起，这更是许多人都没想到的。

春由枝子是要跟花田子小姐说稀罕事的，看着侯得才出了栅栏，她又插上了房门，脸上还是一惊一乍的。春由枝子说她一早又去找矿警团岳团长，正好看见岳粮丰跟官地营孙营长说话，岳粮丰还骂孙营长胆小如鼠，茼棵里闹动静就要挪营区，那跟小孩子宁愿尿床上也不出屋有啥区别。春由枝子说她听得蹊跷，就找了个隐蔽处，想听听那个孙营长害怕是怎么回事，结果听到的是闹鬼。孙营长说他也查看了，他还让人顺着茼棵一垄一垄地搜索，看哪里都没有印痕，看哪里都不像要闹动静的。可动静是天天有，只要一躺倒，只要一闭眼，整个官地立马就是沙啦沙啦的响声，响着响着就到了营房跟前。再出去查看，还是啥都没有。孙营长说，官地几百亩，查看也好，搜索也好，过一遍就得大半夜，况且茼棵比人的肩膀还高，一个营的弟兄差不多要被折磨死了，许多人一看到太阳要落就拉稀屎，营区里快被稀屎铺满了。

春由枝子最后说，那个孙营长是死活都要调换营区的，还说他宁愿被八路军拿机枪嘟嘟了，宁愿被独立营拿刀把脑袋卸了，也不愿意让来无影去无踪的邪物弄得半死不活。

春由枝子说完了又望花田子小姐，说："这到底是怎么回事啊小姐，运河湾里是不是真有说不清的怪事啊？"

春由枝子还想说她不认为住到侯家老宅就是安全的，真到了那一天，运河湾里铺天盖地都是八路军了，即便把新房盖成铁疙瘩，怕也是抗不住炮轰的。况且也用不着拿炮轰，只是堵着屋门就可以了，反正里边的吃喝经不起天长日久。还有，人都不敢出屋出院了，运河煤矿也被八路军收缴了，躲着藏着还有哪些意义。话还没说出来，看见花田子小姐又站到窗口，眼睛望的还是高高矗立的井架，眼神是愣怔着茫然的，神伤一眼就能看出来。花田子小姐望着竟然还垂声吟唱陆游的词："驿外断桥边，寂寞开无主。已是黄昏独自愁，更著风和雨。无意苦争春，一任群芳妒。零落成泥碾作尘，只有香如故。"吟唱完了又是长长的叹息。看见使女春由枝子还是一脸的惊诧，忽然又把长发收拢起来，学着运河湾里小媳妇的发式，于脑后边挽了个疙瘩扭儿，最后又拿手揪扯胸口，说："我是死也不离开运河煤矿的！"

这时候的花田子小姐又想起了图纸，想着大川也许是故意的，说了这样那样的理由，不过是要利用运河煤矿的机密图纸把控她。

遗腹子　　221

第二章

　　从端午节那天开始,站在县城隅首前边的广场上也看不到日本人了,而县城下血雨的那天,日军队部的门岗是一边一个值勤的。先是日军队部的门岗撤到了门垛里边,厚重的大门是从里边插上的,街上的人隔着门缝望里边,望见的是深棕色的牛皮靴,皮靴上边的裤子是枯草一样的黄色,黄色是一闪就过的。举了头再望四角的望楼,望楼上的哨兵也撤了,原来架机枪的地方,现在只留下了青灰色的垛口,有几只麻雀竟然在垛口上拉了屎。还有,日军队部里也没了出操时的踏步声,一个中队的日军像是黑白天都在睡觉。

　　到了中午,日光正白亮的时候,警卫营营长又扒着门缝向里边张望,深棕色的牛皮靴也望不见了,枯草色的黄裤子也没了踪影。日军队部空荡荡的,在垛口上拉过屎的麻雀又落到院子里,院子的东边是马厩,麻雀是到马厩里觅食的,结果几匹骡马一齐拉起了稀屎,噗噗的响声让麻雀吃惊不小。警卫营营长冲着院门啐了一口,要离开时又把鼻涕抹到了门环上,然后他爬上了文庙前边的槐树。警卫营营长是要借着稠密的枝叶偷窥日军宿舍的,最好能看到白面大川,大川最好是揉着眼打呵欠的。警卫营营长记得上一次看到大川时,大川像屁股蛋子一样的大白脸小了许多,原来泛着明亮白光的肥头大腮明显抽巴了,怎么看都像是被人掏空了腮肉的。结果警卫营营长没看到一个人,失望让他莫名地起了童心,他就折了一段树枝,树枝的一端蘸了老鸹屎,老鸹屎又拿手绢包了,他扬着手扔进日军队部,但日军队部里依旧没人出来。

　　他大跑着回到保安纵队司令部,进门先说的是好极了,接着又向刘百湖敬礼,说:"报告刘司令,一个中队的日军都睡死了!"

　　刘百湖把一口茶水吐到警卫营营长脸上,意思是让他清醒了说人话。警卫营营长就说他是上上下下都做了暗访的,他还扒着门缝看了,除了觅食的麻雀,除了拉稀屎的骡马,他连一个活人也没看到,他拿手绢包了老鸹屎也没人出来解包,整个日军队部再也没有会喘气的人了。警卫营营长最后还进行了猜测,说日本人十有八九是集体剖腹了,但奇怪的是宿舍门口并没有血流出来,那么多人都把肚子豁开,那么多人血一起流淌,光靠沙土吸干是不可能的。警卫营营长说他也想到了服毒，毒药是掺在酱汤里的，日本人喜欢喝酱汤，反正酱汤也是咸的，咕嘟咕嘟喝了，也不一定比中药汤子难喝。但是想想也不对，即便日本人知道没退路了，即便明白县城守不住，即便信不过保安纵队，八路军还没闹大动静就先死，怎么想都觉着不对头。

刘百湖又朝警卫营营长脸上吐第二口茶水，他拿手抹脸，抹着说："我又想起来了，大川个狗日的一准儿是巫神婆子拍腚，没神下了！"

刘百湖笑着喝呛了，茶水从鼻子里喷出来，说："这还差不多。"后来又把喷出来的茶叶抹到警卫营营长脸上，又说："再去盯着，盯烦了你就骂几声，单骂那个娘们儿腚大白脸！"

日军队部的大门忽然又打开了，大川是笑着站在门口的，两个门岗也笑着站在门口，跟着出来的是排成两排的日军中队。大川没拿尉官刀，士兵肩上的刺刀也都卸了，枪是随便搭在肩上的，迈的步子也很随便，看着跟集体散步差不多。日军中队出了院门向东转身，队列依次出院，排头已拐了弯，后边的队列还在院内，怎么看都像拖拉到地上的狗尾巴。排头走到东墙根又折身向北，穿过皮货街之后就到了关帝庙，关帝庙的西邻就是县属华章小学。

华章小学是河湾县城唯一的全日制寄宿完小，学校的教学设施和生活场地都是全县最好的。学校最早是由西洋人捐资修建的，西洋人来自荷兰，名字叫洛布斯，县城里的人好奇的是西洋人大鼻子，还偏偏把名字叫成了老不死。叫老不死是戏谑，不一定是骂人话，也不一定是咒人话，因为洛布斯是带着自己的婆娘来的，婆娘除了长脖子白胸，还是个爱笑的。洛布斯除了在运河码头上开货栈，其他也没有可恨的地方，况且洛布斯愿赌服输，生意场上还是很仗义的。

洋人货栈专收猾子皮，猾子皮也叫羊羔皮，落生之前剖腹取的叫热羔，洛布斯就与会隔皮摸羔的孙一顺成了朋友，后来又因为热羔的老嫩闭绽和母腹中的羊羔个数，好奇着与孙一顺打了赌。孙一顺赌的是洛布斯的白胸女人，两个人还击了掌，结果竟同孙一顺说的一样，洛布斯果然兑现了承诺。孙一顺见人就炫耀，说自己摸了一辈子母羊肚子，一个赌×了洋屄。孙一顺是孙花头的老爷爷，孙花头是死在侯家老宅门洞里的，孙一顺则是被羊角戳死的，但县城里的人却从此认可了愿赌服输的洛布斯，不屑于孙家人的行为。

洛布斯靠运河码头货栈的猾子皮赚了大钱，就想着要在河湾县城留下印记，于是出资建了个学校。校名起的是香运学堂，收的多是河湾县城的名流贤达、富商巨贾的子弟。香取自荷兰的国花郁金香，一个运字自然是千年运河，运字又带来财运，香字联结祖国，由此可见洛布斯是用了一个大真心的。

中原大战结束之后，侯得章率186团进驻河湾县城，接着又兼河湾县县长，在勾画乡村文化建设计划之前，先想到的是基础教育。香运学堂的校舍面积几乎扩大了五倍，又在学堂门前搭建了晴雨彩棚，晴雨彩棚是南北向搭建的，北及校门，南达文庙，原来偏僻的隅首后街，也一下子光彩了许多。生源方面也打破旧制，给各乡定了生源指标，规定每个乡必须报送40名新生，新生性别还必须是男女各半。河湾县共有18个乡，学校扩大后的当年暑期，就招收了720名新生，只不过新生的性别比例没有达到半对半，因为许多学生家长死活不愿意让女娃子读寄宿，况且，愿意让女娃子读书的也不多。后来又改校名，起的是河湾县华章全日制小学，意思是希望学生入校装经纶，出校报中华。侯得章最后又亲自起草校规校训，还把校训里的两句话做成了匾额，匾额悬挂于校门上方。写的是：吾辈立志志在鹏骋，锥思大图图我华夏。

原186团的官兵都记住了这样一幕：徐州会战开拔之即，侯得章对着华章小学的校训匾额凝神伫立，先行了军礼，后退一步，又行了鞠躬礼。侯得章当年初入县学时，就读的就是香运学堂，他是从香运学堂毕业又去的省城。侯得章凝神伫立，也许是在追忆，也许是在惆怅。不过，侯得章那时候不会想到，此次离开会有八年之别，而他再以县长身份入驻河湾县城时，华章小学已经与文庙连成一片。隅首后街变成了两头断的胡同，而校门前的彩棚也包在了高墙之内，站在东西两街口张望，分不出哪里是学校哪里是文庙，看哪里都是青灰色的麻石条砖。

还有一点是侯得章不曾想到的，日本人进了县城之后，当初的松岛大佐也好，后来的大川少佐也好，都不同意刘百湖把华章小学改建成训练营区。即便驻守县城的大川从少佐降到中尉，他仍然不愿意以高压推行奴化教育，他甚至固执地坚持日军是客的理念。既然是客，就必定要离开，离开时最好满载而归，而不是出力不讨好地把中国人变成日本人。被征服的民族是绝不会亲近征服者的，纵观中国历史，元人金人清人都曾南侵过，都曾问鼎中原，继而立国定都，但都没有达到终极目的，最后被同化的反倒是他们自己。与其花上几十年甚至上百年的努力，实在不如把这个国家掏空拖垮，而一个被掏空被拖垮的国家，不打不战也是具有奴性的。于是大川就决定按自己的理念行动，他下令驻守县城的军警特及县府公务人员一律不许滋扰学校，甚至还说了违令必究的话。看到学生上街张贴反日标语，他有几次是跟着老百姓一块儿围着看的，有不认识的字，他还请教他人，学会了他还会念出声来，接着又是会心地笑。比如有一条标语写的是"倭寇滚回去"，他边看边笑着问路人："你们看看我像倭寇吗？"

　　大川第一次带兵进学校，一入校门他就让士兵倒背步枪，两只手腾出来平伸着向前张开。见了小学校长先施鞠躬礼，接着又跟老师施鞠躬礼，到了教室门口，冲着学生是拍着巴掌笑的。大川最后问的是学校教不教儿歌，又问运河湾里的儿歌有没有朗朗上口的，说"圣战"很快就要结束了，他们很快要回日本国了，他很想在临走之前，再一次加深对运河湾的记忆。但是，吃的用的不便带着上船，况且带着中国人的东西回国，也很容易遭中国人忌恨。他想了很久，觉着学会几首运河湾里的儿歌，是最好不过的怀念方式，背囊里空空如也，一首儿歌却可以让他们经久地怀念流失了的青春岁月。他们在儿歌的纯朴中洗刷污染了灵魂的昨日，而歌唱是最好的重生方式，他愿意带着赎罪感追忆过往，并把这种追忆传给自己的后人。大川说着还流了泪，大川还流着泪向校长二次鞠躬，排成两排的日军中队也跟着揉眼，也跟着向校长二次鞠躬。

　　校长还着礼打量大川，校长还偏了头望大川的眼睛，说："战争快结束了我知道，你们打输了我也知道。不过……你真是这样想的？"

　　大川频频点头，说真是。

　　校长又说："你们是真心实意要学唱运河湾的儿歌？"

　　大川还是频频点头，还是说真是。

　　校长就把茫然的目光投向同样茫然的老师，其中一个老师凑近了校长耳边，压着声说了几句话，意思是日本人会中国话也会不多，他要学就唱给他听好了，反正话是他自己说的，嘲弄一番也是好的。校长又问哪一首，老师又向学生挤眼，还向学生伸出两个手指。校长就望定了大川，说："好吧，先教给你们一首好记好唱的。"

　　学生就唱了：

　　　　小小日本鬼，
　　　　两条蛤蟆腿。

来到中国干坏事，

　　死了变成王八嘴。

　　大川哈哈大笑，说很好很好，果然是好记好唱的。大川当真跟着学生唱，还打着拍子指挥士兵唱，士兵里真懂中国话的不多，许多人就顺着音拿鼻子哼哼，听着也有几分像。

　　于是县城里就多了一幕稀罕景，稀罕景是中国学生沿街唱儿歌，日本兵夹在中间。他们出了彩棚走向大街，哪里人多就到哪里转，走一路唱一路，学生唱着笑，日本兵也跟着笑，大川还故意把两条腿弄成罗圈状，结果惹得一个街上的商铺里的人都出来围观，男男女女都笑。

　　警卫营营长又大跑着回到保安司令部，比画着跟刘百湖学样，刘百湖连着啐了好几口，说："自个儿作践自个儿，日本人要不是武大郎×出来的，就是西门庆他小姨子跟癞皮狗合伙生的！"

　　警卫营营长又望刘百湖，意思是日本人已经犯贱了，已经离死不远了，他们怎么办。刘百湖冲着警卫营营长翻白眼，又说："再去看，看大川个龟孙还怎么不要脸！"

　　警卫营营长看到大川沿街走了一圈又回到队部，接着就把文庙的北墙扒了，扒下来的砖石封堵在彩棚校门两边，后街上已经没有学校门了。大川从队部北墙出来直接进了学校，这一次大川没笑，大川是叹息着露出苦脸的。大川跟校长鞠了躬又握住校长的手，说他刚刚接到上峰急电，八路军就要打过运河了，也许两三天，也许两三个月。大川说上峰急电是要他与学校共存亡的，他因为无法猜测八路军的具体攻城时间，所以只好从现在开始行动，他因为没有更好的保护办法，所以只好与师生吃住在一起。大川说，八路军已经杀红了眼，八路军又跟重庆国民政府不是一股劲，当初国民政府设立的学校，八路军是怀了恨心的，运西几个县已经有了先例。城破之后，八路军先拿学校的女老师出气，女学生也不计大小，红着眼只是为了泄愤。校长很想说不相信，大川还是叹息，叹息着说他很喜欢校长新做的礼袍，等到校长说他明白大川的叹息是假的时，封堵起来的围墙上已挂上了校旗，跟校旗挂在一起的，还有校长的巨幅照片，校长微微含笑，很儒雅，很端正，一看就是受过高等教育的。

　　大川最后说的是，为了防万一，为了不让八路军的密探摸清女教师女学生的作息规律，学生的朗读课就不要了，校园里越安静越好。

警卫营营长疑惑着又回了保安纵队司令部，话还没说完，刘百湖就啊啊着呼叫起来，先骂没爹的大川这是要使阴招了，知道八路军不敢朝学校开炮。他骂着又说："他拿学生使阴招，老子就把学生的爹娘弄到司令部！"接着又拿脚踢警卫营营长，还要警卫营营长到日军队部门口呼喊，说反正是喊空，喊得越响亮越好，专问大川城防会议还开不开。

端午节过后的第六天或者第七天，晚饭后的七点或者八点，大川又去了刘百湖的保安纵队司令部。

之所以说七点或者八点，是因为大川离开日军队部之后曾有过一段时间的徘徊，那时候太阳还在似落未落之间，西天边堆积着层层叠叠的火烧云，火烧云落到树梢上，整个树梢都是红的，看着像云把树枝点燃了。端午节那天的傍晚，大川还遥望过城门楼上的太阳旗，火烧云先是越过紫云寨村，接着就罩住了城门楼，城门楼上的太阳旗也跟树枝一样燃烧。火烧云退去，接着就是镶了黑边黑心的淡青色的接驾云，接驾云也是先从城门楼上飘过去的，而这时候的太阳旗已变成了黑色，怎么看都像是燃烧过后留下的灰烬。

大川还想看看运河码头，晚饭后他曾给码头那边打过电话，说他要约侯得才进城谈谈小麦收购计划。还说他已经好久没见过得才君了，想想侯局长还是很值得信赖的。电话是花田子小姐接的，花田子小姐没向他问好，开口说的还是想核对图纸，不等他把图纸保管的重要性说完，对方接着就说侯得才已经辞去公职了，物产局有事也不用再找侯得才。接着又说侯得才病了，死狗一样只会说赖皮话了。最后又把话绕到图纸上，说既然大川君执意要保管图纸，既然大川君把一切都看成了护身符，那她只能再发报催促总部派人。不过，她承认大川君先前对她是有过特殊关照的，如果还有机会的话，她会向麻生总部详尽条陈，尽管她现在只想为帝国利益尽最后一点微薄之力。

大川感觉手上流了汗，才知道花田子小姐已经把电话挂了，接着就看到花田子小姐换了中国衣服，花田子小姐已经变成运河湾里的村姑新妇了。使女春由枝子也是一身运河湾里的打扮，出了矿警团过运河大桥，城门楼那儿只是拿眼角扫了一下，要进码头栅栏了，回望的竟然是紫云寨村。侯得才也回了紫云寨，矿警团是派了一排人护卫的，许多人还去了矿警团团部，人群里竟然还有老百姓，一个蹦跶的小个子男人，怎么看都像紫云寨村的薛一手。大川很想笑笑，结果没笑出来，扭回头时捂住胸口，胸口里火辣辣的，接着就让人把太阳旗撤了，折叠着收起来再没悬挂。要往橱柜里存放时，大川还拿手摸了摸，摸着还带着落日前的余温。大川就有了些许的伤感，想着故乡北海道是很少出现火烧云的，北海道的落日总是以一抹橘黄拉开夜幕，即便是白昼最长的日子，落日也差不多稳定在五点，最晚也不会超过六点，而像运河湾这样七八点钟不落太阳，没离开过北海道的故乡人，是绝不会想到的。

　　大川在文庙前深长的壁影里徘徊时，并不是看到了火烧云才伤感，他应该是想到故乡北海道的端午节了。当然，大川并不避讳他有感伤情结，这一点从他少年时期就显露出来了。比如他极容易触物感怀，少年时期看到未及返巢的蚂蚁突然遭了暴雨，一片落叶竟成了漂流的归宿，那时候他会屏息凝视，心中充满了巨大的怜悯。大川徘徊在深长的夕阳壁影里，思绪拉着他又回到了故乡北海道，最后定格在端午节，尽管日本的端午节是阳历的五月五日。在故乡，端午节又称端午之节句、菖蒲之节句，与人日、上巳、七夕、重阳统称为"五节句"。餐厅的门口不知什么时候挂上了鲜艳的鲤鱼旗，餐桌上也早已摆放了用栎树叶包的豆馅糯米糕，蘸着吃的绵白糖是盛在钵盂里的。在日语中，"菖蒲"与"尚武"为谐音，而菖蒲叶子的外形像剑，是被用来避邪的，所以故乡的端午节又称儿童节，是男孩子的节日。

　　少年时代的大川很喜欢这个节日，每年刚刚进入四月，他就开始盼望。当这一天到来时，他的祖母会早早地竖起鲤鱼旗，祖母希望他的孙子像鲤鱼那样健康成长。另外，为了避邪，祖母还会把菖蒲插在屋檐下，或将菖蒲放入洗澡水中，祖母做这些，是从四月下旬开始的。祖母还会在他洗澡时讲一段传说故事，说从前有个叫平舒王的君主，诛杀了一个不忠之臣，这个奸臣死后化为一条毒蛇，毒蛇肆虐无忌。终于有一天，有个胸怀智谋的大臣忍无可忍，他头戴红色的蛇头，身上洒满菖蒲酒，最终制服了毒蛇。从此，插菖蒲、熏艾叶、喝菖蒲酒，就流传开来，从北边的北海道传到南边的九州岛，渐渐成了日本的传统习俗，连小孩子都会唱"艾旗招百福，蒲剑斩千邪"。

　　要进保安纵队司令部了，大川又冲着县城的西门楼望了一眼，那时候他的脸色也有些灰暗，看着是跟太阳落下之后的又一抹残云浑然一体的。

第三章

　　大川走进刘百湖的保安纵队司令部时，差不多快八点了，在文庙前高大深长的壁影里，他至少徘徊了一个小时。

　　刘百湖果然没给大川好脸色，大川坐下后，他只是斜着眼冲勤务兵努了一下嘴角，表情像是打发穷亲戚。刘百湖还在愤怒中，看见大川的大白脸上坠着松皮，先想到的还是大川撇开他使阴招，接着又想起了他那四个据点的人马。"奸白脸，腹藏刀，龟背痤子不可交。"这四句话是小舅子刘呼闪曾经说过的，当时听了不入心，现在明白是什么意思了，可惜当了翻译官的刘呼闪又被松岛大佐带走了。四个据点的人马加起来，几乎是一个加强营的兵力，结果一声响没听见，说没有就没有了。

　　刘百湖一直记着，自从脱离第五战区之后，准确说，是接受了日本人委任的河湾县县长之后，他几乎没享受过大权在握的滋味。他除了被大川支派着抓人抢粮，还被沼田德重当成了大扫荡的替死鬼，结果派出去的多，活着回来的少，两个半团最后剩下不足一个营的兵力。前后不到八年，他费尽九牛二虎之力收拢起来的近万人，熊瞎子掰棒子一样丢了一大半，这一大半的弟兄都是被日本人糊弄死的。而留在运河西边的四个据点的人，完全应该提前撤回，大川这个混蛋偏偏不让撤，偏偏要拿他们当篱笆墙，结果篱笆让独立营拔了,连他娘的一根木橛橛也没给他留下。大川口口声声以帝国大业为重，其实是藏着歹毒心的，目的还是忌惮他人多势众，几百人丢了，大川连一句宽慰的话也没跟他说，只是腆着猪腚猪脸要他不忘雪耻，说记下仇恨吧刘司令。

　　刘百湖现在最大的感慨就是后悔，假若当初不跟日本人搅和在一起，假若当初不贪恋空壳县长，找个山头独霸一方，招兵买马也好，坐山观虎斗也好，手下有人就是大王。刘百湖最近老是回想往事，每次想起都是悔多乐少，有几次甚至还要拿巴掌掴自己的脸。当初之所以脱离第五战区，并不是想着要当汉奸，况且那时候也没有汉奸一说，他不过是看着知遇长官韩复榘去而无返，一个电话就让老蒋索走了性命，他是前程无望才想着改弦更张的。那时候他崇拜的是郓城人宋江，他的先祖故籍郓城，他少年时就知道宋江的出身不过是一个县衙小吏，做了梁山寨主，竟然成了一呼百应的旷世英雄。那个黑三郎一度是他心中的大圣，入了吴化文的手枪旅之后，他还借故游览过梁山寨，结果他大失所望。浩浩荡荡的八百里水泊没有了，一个牛头大的秃山上，竟连个隐身的洞窟也没有，而黑旋风李逵耀武扬威的黑风口，其实不过是个迎风撒尿的山垭。

后来刘百湖又开始崇拜吴三桂。明崇祯时，吴三桂不过是个辽东总兵，充其量是个师长，以父荫升为都督指挥，顶多算个整编师的首长，后来竟做到平西伯。领兵镇守云南，又做到平西亲王，与福建靖南王耿精忠和广东平南王尚可喜并称三藩，该是何等荣耀。及至康熙十二年下令撤藩，吴三桂又自称周王、总统天下水陆兵马大元帅、兴明讨虏大将军，继之又在衡州登基为大周皇帝，该是何等威风。病逝后，又追谥为开天达道同仁极运通文神武高皇帝，该是何等昭彰。于是又想，即便日本人最终灭了中国，也少不了偏镇一隅的封疆大吏，一如云南王吴三桂，再往大一点说，形成藩镇割据也不是不可能。当然，吴三桂最终还是被削藩的康熙灭了，三藩最终也没形成割据气候，但人家千真万确是称过万岁的，堂堂男儿做到这一步，纵是一死亦为一代枭雄。

想多了的刘百湖决定不再回想了，如果说回想带给他的都是蹉跎岁月，那么，他余下要做的就是知进退、明荣枯。说狡兔三窟也行，说以退为进也行，手下有兵才能待价而沽。刘百湖下决心要离开河湾县了，一肚子阴招的大川已经让他恶心透了。他要把保安纵队拉到微山湖去，他是在家乡的蜀山湖得遇长官韩复榘的，他的命相应该与湖为伴。到了微山湖，守可以依仗莽荡百里之水，进可以扼住鲁南苏北的交通咽喉。如果中央军卷土重来，如果波涛之穴不宜久留，他还可以再投靠北进山东的李仙洲，抑或是兵临亳州的王耀武。此二人都是老蒋的王牌嫡系，请他们做靠山还是值得一试的。帅阴鸷，则将失洞明，帅昏昏，则将丢先机。大川称不上帅才，大川充其量是咬人不露齿的闷头狗，假若大川不是扶他做县长的松岛大佐的继任者，到保安纵队做个连长他也是瞧不起的。总之，他要尽早沿运河南下，尽早丢弃炮口封门的是非之地，尽早远离让他受尽了窝囊气的阴鸷小人大川，越早越好。

于是刘百湖又恶心着瞅了大川一眼，看见大川是拿笑脸应对冷面孔的。大川还抓着水壶自斟自饮，大川还咂巴着嘴唇细细品茶，大川还偏着头观赏杯中茶叶沉浮，看着像是专冲茶香来的，这又使刘百湖腻歪。刘百湖就故意喊大川的官衔，说大川中尉除了喝茶，一定还想着把县城里的保安纵队全拉到运河煤矿，一定还想着让上千名弟兄去消耗八路军的子弹，八路军把上千名弟兄打成筛子底，他们的子弹就该用完了。八路军没子弹了一准儿会光着膀子攻城，那时候大川中尉就可以像串糖葫芦一样，一个一个把光膀子的八路军串起来，解恨还省力，他现在想想就感觉是个好战法。刘百湖还想说白肚皮花田子已经变成骚母狗了，两三个男人已经管不够她了，一个迷仙绒不离身的下三烂侯得才，竟然变成了黑天白天离不开的宝贝。上千名弟兄去护卫她，她是挨个儿脱裤子啊，还是光让保安纵队闻尿味。但是自己的弟兄不想再闻日本狗尿了，大川没闻够，那就带着他的两个半小队去闻吧，横竖他们是一个娘的，反正他们愿意喝下三烂侯得才的洗脚水，反正他们都是不要脸的。

　　刘百湖实在不明白大川犯的是啥贱，他明明知道小花妮子已经被侯得才啃成西瓜皮了，明明知道侯得才是个靠不住的，可大川个傻熊偏偏护着这一对狗男女。刘百湖又想起在物产局捉奸的事，那一天独立营正好要偷袭日军暗堡，侯得才不知道月季红是他下的饵料，果然中计入套了。侯得才勾引月季红的情报是三老雕岳粮丰透出来的，说侯得才又要到戏楼找小妮了，弄小妮的迷仙绒是形影不离的，意思是让保安纵队把侯得才办了。得了情报之后，他马上派人去济宁州约请戏班，月季红则是从百花楼里挑选的，挑选的标准是善风月俏模样小身段，许给的是一整年的包银。一切都齐备了，早就被买通了的门房老夏，就套着近乎跟侯得才吹风，把月季红说得如玉兔嫦娥，侯得才果然咬钩了。

　　刘百湖是接到门房老夏的电话后去的，那时候侯得才已经套上了迷仙绒，揽过月季红的纤纤细腰亲了一口，接着就要入港。月季红果然好风月，先是羞涩着打开食盒，斟了酒又说："侯局长您别急呀，喝了这杯酒，云也罢，雨也罢，俺由着您就是了……"侯得才乐得吱吱的，脱光了躺下让月季红往他嘴里倒酒，一口酒咽下去胳膊就软了。门房老夏先向里边探了一下头，接着就去门口发信号，信号是合手三击掌。

　　刘百湖是带着警卫进去的，示意月季红把头发弄散乱，还要光着身子搂抱侯得才，还要把侯得才的一条腿拉到肚皮上。刘百湖是吐着口水朝外走的，刚出门就听到了城外的爆炸声，他快步走向日军队部，要到队部门口时又变成了大跑。刘百湖至今还记得他当时说的是："出大事了太君！侯得才吃里爬外，伙着独立营把河套暗堡端了，他自己却躲在局里吃花酒……"

大川是咆哮着捉的人，他是带着警卫营二番折回去的，所有人都见到了赤身裸体的侯得才，侯得才下边还套着绒毛羊眼圈。现场堵了现形，按说大川应该挥刀砍杀吧，自己不动手让手下人干掉也可以啊。可是没有，大川没动刑罚，也不让保安纵队的人动刑罚，傻里透精的大川只是把冰块塞到了侯得才的裆里。结果骚娘们儿小花妮子又来了，大川个贱货见了小花妮子的白肚皮就放人，结果侯得才只被冰凉了裆里的一枪二弹，人还是全毛全翅一样没少。

刘百湖想到这一节又勾出怒气，手抓着茶杯啪啪地磕碰，眼是血红着瞪大川的，说："你把学校跟队部连成一片是啥意思？你的鲜招一抓一大把，你能给保安纵队出一个带人味的鲜招吗？"大川嗯嗯着摇头，大川还把杯里的最后一口茶也喝了，推开茶壶，拉着椅子慢慢向他靠近。

大川说他知道刘司令是想多了，他其实没有刘司令想得那么阴，他不过是平时不善言谈罢了。大川还说他知道刘司令正为前程担忧，其实根本用不着，八路军占据了运西地区是不假，八路军的势力日益强大也不假，但是八路军未必能一夜之间打过运河。即便八路军有能力过河，即便八路军围困了河湾县城，没有十天半月，八路军绝对攻不破县城。县城里有老百姓，八路军不会动用炮火，仗着轻火力爬墙攻城，城墙上一挺机枪就能锁住八路军一个排。况且八路军也耗不起旷日持久，况且八路军也不会专盯着一个县城打。再退一步说，即便八路军攻破了县城又能如何，在县城里短兵相接，说不定谁败谁胜呢，所以没必要杯弓蛇影，没必要自己吓唬自己，大不了鱼死网破就是了。

大川说，他现在最想办的是一件人事，人事是对付侯得才的，尽管这跟扭转局面没有一丁点关系，甚至还会带来干扰，但他就是想把这件人事办了，并且越快越好。大川说，他想拜托保安纵队出面给侯得才去势，四肢是原样不动的，侯得才依旧可以吃喝，依旧可以悠闲自得，依旧可以陪着花田子小姐漫步于煤矿。当然，逍遥于侯家老宅的高墙深院里，品茗赋诗、长卷怀古等，也是人生的别样乐趣。

大川还说他要做这件人事的想法由来已久，推算起来，应该是第一次大扫荡落住紫云寨村时就有了。那天他见识了不怕刀扎的活犄角瘫子玉树，见识了死活要当滚刀肉的马步正，最有记忆价值的，当首推其貌不扬的薛一手。

大川说他没想到紫云寨还真是藏龙卧虎，竟然还有一个专以去势为业的奇才，竟然还能让去了势的猪啊牛啊不恼恨。大川说，他当时就感觉这个人是有用的，紫云寨人都杀了也要把这个人留下来，何况他不喜欢杀人，他一向认为杀伐之力不足以征服中国，何况四万万五千万中国人也不可能全杀掉。大川说，他作为帝国军人，知道怜悯心是大不可取的，也知道自己的怜悯心生来有之，其根源应该是祖母的吃斋礼佛，自幼耳濡目染是肯定的。

刘百湖伸长了脖子望大川的脸，盯着问去势是怎么回事，说他听得稀里糊涂的。他还说："我最受不了的就是你故意拽中国话！去世不就是伸脖子瞪眼吗，不就是两腿一蹬吗，不就是个死吗，看你这一圈子绕的！"

大川拿眼角瞟刘百湖，眼神里有瞧不起的意思，又说去势之术应该出现在中国西周早期，周公旦首次在宫廷中使用阉人。大川说，中国自西周之后，先秦之前的典籍上多称阉人为宦官，而"宦"是星座之名。宦者四星居于帝座之西，因而引申为帝王近幸者之意，所以又称阉官、宦者、中官、内官、内臣、内侍、内监、阉竖等，称谓可谓繁多。西汉之后，典籍上的称谓略有改变，多以公公、寺人、中官、中涓、内竖、中贵人等称之。中国帝宫的早期宦官不一定都是阉人，完全使用阉人做宦官，则是在东汉之后。

刘百湖啊啊着截住了大川，说："你云山雾罩地扯一大通，敢情你说的是骗人啊！你直说是不是吧？"

大川还是嗯嗯，又说他最近一直醉心于研究洪迈著的《夷坚志》，其卷八中对去势之术有详尽记载。书中说春秋时期的诸侯国里，去势术中还有"绳系法"和"揉捏法"。前者是在男童幼小时，用一根麻绳从生殖器的睾丸根部系死，既不影响溺尿，又阻碍了生殖器的正常发育，最终使其失去跨腹取穴功能。后者是在男童幼小时，由深谙此道之人每天轻轻揉捏其双睾，待其渐渐适应后，再加大手力，直至将睾丸捏碎。这又使他想起了紫云寨的薛一手，他甚至还想着薛一手的先祖或许正是西周的嫡传遗民，由岐地东迁至运河湾也是有可能的。薛一手用夹板夹住牛睾丸轻轻拍打，其手法完全与古之去势术一脉相承。其中尤以虎口二指钳抠公猪之睾，待睾暴皮张之机，绷而如鼓之时，遂以利刃拭而裂之，机敏恰似游蜂，轻柔一如戏蝶，真真完美无缺。然而，只将睾丸割去或捏碎，如果是业已发育之人，尽管能够完全避免授精，但其淫欲滥荡之力，在某些人身上也许会依然存在，甚至会因此更加强劲耐久。不过，有这种后发之力的人，毕竟是少而又少，完全可以忽略不计，尽管会有万一。

刘百湖一下子笑喷了，嗓子眼里吼吼着还是笑，笑着抱住大川，亲自提壶倒茶，又双手捧着递到大川手里。他说："你是说要给侯得才裆里弄一家伙对吧？你是说让紫云寨的薛一手去骟紫云寨的侯得才对吧？你刚才为什么不直接说骟，你说个劁也行啊，运河湾里都知道劁和骟是一回事。你要早说骟猪搋牛劁得才，我听到第一句就明白，你想我会不明白吗？我就是糊涂到拿辣椒面当眼药，我也知道侯得才这个下三烂是早就该骟了的！"

刘百湖知道他是恨着侯得才的，侯得才凭借不要脸，先弄了日本小娘们儿，又装猫变狗地哄大川，结果一个没正形的下三烂竟然升成了团长。侯得才除了不要脸，还可恶，身为军人，居然连死狗也不放过，居然还把狗屎狗蛋割了煮着吃。小贱货一嘴吃三面，不费吹灰之力，就把他一个装备精良的城防团挖走了，保安纵队终究要毁在小人手里。他也对大川恶心至极，大川明着是帮卖肚皮的小花妮子护矿井，其实是借机削弱保安纵队的力量。只有昏聩无知者才会良莠不分，只有被女人裤裆糊了眼的骚公狗才会相信一个贱货贼种。他对日本小娘们儿花田子也恶心至极，甚至于超过了对大川的恨，小花妮子拿侯得才那样的下三烂当宝贝，其实是骚性催的，也是贱货。

恨是记忆，也是根苗，扎下根就会生长。

大川不拿眼角瞟刘百湖了，他是长长叹息着望刘百湖的，先说还是去了势好，佛家有言，一净百了，论起来也是功德。又说中国历史上不乏受宫刑之后而大有建树者，其中最让他钦佩的就是司马迁，一部旷世绝唱《史记》，直使豪杰竞折腰，以至千古吟诵不绝。最后又扼腕长叹，说他别无他念，只是想着侯得才能从此返璞归真。灭了一念，遂生百念，兼之壮志犹然，以协助花田子小姐做好运河煤矿的掌门人。又说，这事也不可操之过急，当然也不能遥遥无期。总之，稳妥妥的最好。

刘百湖又说："哎哎，你再别念佛秧子了好不好？我只是想再听一遍，我听一遍不过瘾，你再来句痛快的。是要把侯得才骗了吗？"

大川站起来，支吾着说帝国军人不便出城，而得才君又是不喜见他的，况且又与花田子小姐忙于运河煤矿的股份组阁。接着又转到眼下局势，说真到了四面楚歌，真到了非死不可，他会让保安纵队先撤出县城，八路军恨的是帝国军人，那就让八路军目睹帝国军人与大和民族的英姿好了。

刘百湖一脚踢倒了椅子，拍着胸口说："大川太君，你看我刘百湖是贪生怕死之辈吗？"

　　说过了又想大川个笑面虎真是够阴的，花田子决意要为煤矿丢弃大和魂了，将他一脚踢开不说，还要到侯家老宅里当中国媳妇，明白县城必定会破，侯家老宅里又提前修了狡兔之窟，他恨着花田子，弄的是侯得才，就让花田子守着一个活废人。只有阴人才会在裤裆里打主意，想着打了个寒战，忽然又昂起头来，心里说这跟他有什么相干，况且又是解恨的。

第四章

　　侯杨氏和侯登銮商量娶亲的时候，多多去了马家。多多先是说她要打糨糊，还要学铰花样，还要学做猫头鞋。进了厨屋，翻腾着找了一大堆湿柴火，满满地塞了一锅底，吹着煽着把柴火点着，看着烟把厨屋门封住了，她就悄悄地溜出了院子。

　　多多在家已经坐不住了，爹跟娘的争吵灌满了耳朵，不想听也得听，因为她娘侯杨氏转着圈子要着急发火。多多甚至还觉着她娘时不时地发脾气，一准儿跟她爹精神头打蔫有关，而在先前，她娘顶多是低着声嘟哝几句，当着她爹的面，很少比画着大声说话。多多已经看出来了，自从哥哥得才要回老宅盖新房那天起，她爹就一下子蔫了精神。她爹侯登銮还时常一个人发呆，发呆的时候眼睛是望着运河码头的，接着就把头脸沉下来，莫名其妙地长出气，看着像是憋了好久的。多多有时候觉着她爹是故意装样，但当她娘比画着大声说话时，她又觉着她爹也许是真有了大心事，大心事也一准儿是因为哥哥得才。多多不愿意想到哥哥得才，得才找的日本媳妇她也不喜欢，见了一次就感觉那个会说中国话的花田子，笑着也像是心里藏毒针的。

　　其实侯杨氏并不想跟侯登銮怄气，她是憋不住了才生气着急的，迎娶的日子定下来了，六月初二的双头日，可是侯登銮竟跟老糊涂了一样，无论侯杨氏说什么，他都是闭着眼，少气无力的哼哧是从鼻孔里发出来的。侯杨氏就天天算天数，算着还有二十天，算着还有半个月，后来又说半个月也没有了，因为又过去了大半天。侯杨氏忍不住了就一遍遍地追问侯登銮，问他迎娶那天找了几个人，男宾女宾里边有没有属相不合的，有没有家里不全美的，有没有一年之内遭过横灾闹过横祸的。还有，到底是用轿啊还是套骡马车，要是用二人抬，轿夫气力上要看会不会换肩。不会换肩的，抬着抬着就累了，肩膀一疼就想着落轿歇息，这是犯着大忌讳的。新媳妇脚沾地不吉利，半道上落轿也不吉利。要是用骡马大车，芦席罩棚、门帘挑竿、踏凳坐垫都要准备新的，别人家用过的，再新也不能用。还有骡马毛色也是当紧的。红配黑，一把灰。白配青，一场空。挑主套的最好是儿马，拉边套的最好是骡马，驾辕的如果没有高大身材的好儿马，用骡子也可以，但驾辕的骡子只能用马骡，用了驴骡也是犯忌。

侯杨氏说这么多，意思只有一个，就是想从侯登銮嘴里得个准成话。侯杨氏还说，这些都该早定下来，实在不好搭配，那就紧着到外村去定，反正无论如何不能用驴。驴是阴鬼。阴鬼占道，媳妇上吊，看见都该闭眼的。侯杨氏说着又急，紧着又问侯登銮，说：“一样一样你都办妥了吗？哎哟亲娘哎，可急死我了，你睁开眼睛说句话啊？"

侯登銮不哼哧了，他是冲着侯杨氏翻白眼的，后来又捏着挖耳勺挖耳朵，挖着又打起喷嚏。这又使侯杨氏着急，急着把门板上没干透的袼褙也揭了，袼褙上的糨子粘到手上，手指头撂着伸不开。侯杨氏就娘哎娘哎地呼号，先说命苦，又说心操碎了也没人知道，一个儿子是前言不搭后语的，一个闺女是倒了油瓶不扶的，摊了个心眼多的男人又变成了半死不活的。呼号着又自个儿打了顿，盯着看侯登銮的脸，说："我算是彻底明白了，装样装糊涂，不过是想图省事图省钱，不过是跟儿子动了歪歪心眼的。媳妇不是你自己找的吗，你不是黏窝窝贴肚皮揭不下来了吗，你不是愿意当一辈子灯笼皮吗，那好，你自己把媳妇领家来好了。不迎不娶你们自个儿拜天地入洞房好了，反正你们早就吃住在一起了，反正一个紫云寨都知道是怎么回事了，反正娶回来也不是黄花大闺女了。"侯杨氏拿手拨拉侯登銮，放了声亮开嗓子，说："哎哎，你不会真是这样想的吧？你要真这样想了，我跟你闹起来没完！"

侯杨氏还想说一天也不能拖了，一晌也不能拖了，码头那边是个急的，儿媳妇催着得才搬家，小两口真要迎娶之前搬回老宅，那可就是自家院里娶自家人了，侯家老宅就算丢人丢到云彩眼里去了。侯登銮还是哼哧着，眼是半睁半闭的，收起挖耳勺去了里屋，先是拉被子蒙住头，听着像是睡着了，忽然又抽泣着哭起来，哭得上气不接下气的。侯杨氏又追到里屋，刚要说喜日子临近了，当公爹的蒙头大哭，这个喜事还办不办了，这个儿媳妇还娶不娶了，娶到家来还是喜不是喜啊。拉开被子看见侯登銮脸上变了色，一下子又害了怕，紧着问侯登銮哪里不好，是不是生了毛病，毛病是从哪里起的。侯登銮愣怔着望侯杨氏，说他刚才打了个激灵，也不知道是睡着了还是醒着，忽然就看见了儿子得才。得才流了两腿血，胸襟以上都是干干净净的，也没看出哪里有伤口，也没看出血是从哪里流出的，光是看见得才两条腿直哆嗦，血顺着裤腿往下流，两个脚面也变成红的了，红得耀眼。得才还一个劲儿地喊他，说："爹啊，你说我还不如个五麻子吗？"

侯杨氏吓出了一身冷汗，失了魂地喊多多，说："多多你快过来，你爹也得祟蛊了！"

多多已经到了马家。

马步正的身体差不多算是恢复过来了，多多推开院门时，马步正是坐在牲口棚阴凉里望棠梨树的。树上的棠梨挂得很稠密，有几根枝条上还像蒜瓣一样挤成了疙瘩，冲着小东屋门口的一根枝条上只结了两个，那两个棠梨明显大，尽管棠梨熟了也不过手指肚大小，但马步正怎么看都感觉那两个比满树上的棠梨都要大许多。马步正甚至还能看出那两个棠梨是明亮的，而其他枝条上的棠梨还裹着一层铁青皮。棠梨树是马家的上辈先人栽的，马步正从记事起，就知道迎门的院子里有一棵遮阴凉的棠梨树。但现在的棠梨树应该是从老树根部发出的根芽，老棠梨树是梢头焦枯了之后老死的，这一点，马步正也记得很清楚。所以马步正有时候会觉着，马家的先人其实并未离开过这个院子，他们看着他从蹒跚学步到白发染鬓，马步正明白他百年之后也不会离开这个院子。马家人在这个院子里生，在这个院子里死，活在这个院子里的马家人越来越多。马步正感觉他已从棠梨树上得到启示了，看到冲着小东屋门口的枝条上只结了两个，他一点也没替那根枝条惋惜，恰恰相反，端详着那两个棠梨时，他还无声地笑了笑。

多多没看到马步正笑，多多看见马步正在院子里坐着就想退回去，忽然看见马步正冲着小东屋门招手，马步正还说："兰兰你出来迎迎，多多来看你了。"

多多很惊奇，马步正没转头，也没扭脸，门板响一声，怎么就知道是她。

况且，马家的老阎王从来没先跟谁打过招呼，况且老阎王马步正并不喜欢她。多多反倒犹豫了，手抓着门板，脸上红红白白的，只好嗫嚅着说她想跟兰兰姐学铰绣花样子。她还想学做绣花鞋，鞋帮上最好绣牡丹、莲花。还想学绣枕头花，还想学绣袜底花。其他还有绣花兜肚、绣花猫头鞋、绣花帽，她都想学。多多就喊了大爷，说她现在已经会纫针了，也知道绒线先捻捻再穿针鼻了，她就是捏不住绣花针，手指肚倒是常常被扎破。马步正就笑了，说："多多你可要经常过来，你不知道你兰兰姐有多想你，今天吃饭时我还问你兰兰姐，说多多有日子没来家串门了，是不是你们姊妹闹生分了。快进屋啊多多，想学哪样只管问你兰兰姐。"

多多要进东屋门了，还是忍不住侧了身回望牲口棚，望见马步正是仰着脸瞅棠梨树的。多多就冲着兰兰眨巴眼，压着声说她要糊涂成黏面粥了，她可从来没见过步正大爷说这么多话，心里明明是欢喜的，忽然又觉着瘆得慌。多多后来还隔着窗棂张望，望着还拿手摸头发，想着刚才自己也说了许多话，那些话原本该不着跟一个老人说的。多多就明白了，明白自己还是怕着马家的老阎王，她越不知道该跟马家的老阎王说什么，越会说许多废话。

多多也不知道该跟兰兰说哪些，她是心里烦了才到马家串门的，香芝从上次烧了纸再没回来，立冬更是从走了再没见过影，而另一个堂姐喜喜她也不想见了。多多感觉她已经变成了孤苦伶仃的人，侯家老宅跟个没有活人气的家庙一样，天燥天热的麦天，夜里睡下还是会感觉到处冒寒气。还有，家庙已经被不要脸的得才包到新房里了，多多实在不敢想床跟前藏着个家庙怎么睡觉，可那两个贱人是成心要那样盖的。多多有时候还会产生幻觉，想着没正形的得才早就死了，不要脸的花田子也已经死了，得才带着花田子到老宅登门认亲，其实来的是两个贱人的魂。最好的例子就在眼前，因为她爹侯登銮就是收了礼物之后失的精神，而在先前，她爹侯登銮是一会儿也坐不住的。一个眨眨眼皮就要动心机的大活人，为什么会突然失了精神？只有阴气扑身、阴魂临门了，才会这样。

多多说着就打了寒战，伸出手抓住兰兰的手，抓着往兰兰身边靠。她说："侯家老宅已经变成鬼窝了，你明明看见他们吃饭穿衣，你明明看见他们在院子里走来走去，你就是不知道他们是人是魂。最明显的是大爷一家。大爷家新开的东门又被没正形的得才封堵了，大爷走不成东门了按说该恼吧，小胖子福山不能悄悄来悄悄走了，论起来喜喜也该恼吧，开新门时是花了工钱的，新门一堵工钱等于白花了，不会算细账的大娘也得知道恼吧。可是，一家人没有一个恼的，男女老少还是跟先前一样，你扒就扒了，堵就堵了，人家还是跟啥事没有一样的。啥样的人才会有如此大的肚量，他们的大肚量哪里来的，为啥来的，你根本没法想活人会这样。你要偏说活人就该这样，那这个活人就一定是藏了天大机密的。"

多多说她是不敢多想的，娘说她倒了油瓶都不扶，她是不想扶，她怕油瓶也是沾了魂的。反正老宅她是不想要了，反正侯家老宅已经被两个贱人弄成鬼窝了，她现在巴不得两个贱人立马拜堂成亲，入了洞房立马生孩子。他们的孩子要不是足月的，她是一眼也不看的，她怕两个贱人生的孩子也是小贱鬼。多多就把兰兰的手抓紧了，说："姐，我不是来学铰花绣花的，我学也学不会，学会了我也不绣。我是来跟你说那两个贱人的……"

春子从地里回来，擦汗时看到了多多，看到多多是跟兰兰抵着头说私密话的，春子就放轻了脚步，贴着南屋墙角要往小东屋那边凑。

马步正打个呵欠，一只手捂住嘴，另一只手抓的是拐杖，拐杖是冲着春子摇摆的。

春子又收回脚步，退回来抓起一把青草，青草是干活儿时从高粱地里薅的，抓着青草进牲口棚，怎么看都像是喂牲口的。春子就在公爹身边蹲下来，说她一看见多多跟兰兰说话，马上就知道爹摇摆拐杖是不想让她惊动多多跟兰兰。春子说："爹您知道吧，外边都传着八路军大部队要过来了，运河西边的据点都拔了，紫云寨脚边只剩下一个矿警团了。"春子说着又竖起耳朵，还是想听小东屋里说了哪些话，看见公爹马步正又要拿手捂着嘴打呵欠，于是又把头脸正过来，又说她还得了个消息，有人说南边运河大弓背上，一条装满日本人的汽船被炸了。汽船是奔着运河煤矿来的，船上还有长了一双透地眼的工程师，还有会在地下建骠马大道的日本专家，还有满满一船带着铁手铁腿的挖掘机。说个炸，一挂炮仗就把汽船炸得粉碎，运河弓背那一块儿，现在光剩下一汪一汪的浮油了。春子说："您知道是谁炸的吗爹？告诉您吧，是独立营，是咱家二梭！"

春子还想说她知道爹不让她惊动小东屋是啥意思了，爹知道多多是个藏不住话的，爹巴不得多多跟兰兰多说。马步正又要拿手捂着嘴打呵欠，春子就不说了，春子还拿手指厨屋，意思是她过一会儿再做饭。

多多用两个贱人称呼哥哥得才和日本小娘们儿花田子，除了显示恶心，也有瞧不起的意思。多多就说得才是迷了心窍了，小娘们儿花田子也不是真喜欢得才，就凭得才那种没正形的样，喜欢他的人也好不到哪儿去。那个日本小娘们儿其实是瞒着得才行事的，她不让得才再进城，也不是担心大川这个阴鬼再算计得才，也不是忌讳得才再到春宵楼鬼混。她是一门心思要把得才捆绑住的。捆绑住得才，她就跟侯家老宅沾了边，跟侯家老宅沾了边，她就能家里矿上两头跑。煤矿有侯家老宅的人撑着，日本人败了，八路军来了，谁也不会拿她怎么样。多多说这些话她爹早就说过的，可是迷了窍的得才根本听不进去，得才光知道他会算计别人，就是不知道他自己已经被别人算计了。小娘们儿花田子想着用得才，还要暗中防着得才，就连拉薛一手入股，她都没跟得才说实话。还有，花田子还想再找帮手，还想再要能人，从日本国派人是来不及了，她要的人就在南边的江西。所有这些，得才都是被蒙在鼓里的。

多多后来又把嘴巴贴住了兰兰的耳朵，说："兰兰姐你知道吗，你男人已经炸过一条船了，炸的就是日本小娘们儿花田子她家的！"

兰兰就把嘴唇咬住了，兰兰还不眨眼地瞅多多。

多多又说，她还知道一个连没正形的得才也不知道的天大秘密。天大秘密是花花女透给使女烂枝子的，烂枝子要跟三老雕岳粮丰套近乎，说秃噜嘴了。三老雕看见薛一手就想笑，说他一想到薛一手也成了运河煤矿的股东，想憋住不笑也忍不住，结果笑着笑着也说秃噜嘴了。话传到了薛一手耳朵里，薛一手原本是要跟得才显摆的，意思是他也成机密人了，紫云寨人再瞧不起他就没道理了，可是她那个迷了窍的得才哥根本就没容薛一手张嘴。薛一手越想显摆越憋不住，后来竟然跟她说了，竟然还说运河煤矿上，大东家花田子小姐是先跟他一个人商量的。多多说着又模仿薛一手说话，薛一手说："我当时就跟花田子小姐拍了胸脯，说花大恩人你放心好了，话到我这里就算入了皇宫金库了，任谁也别想从我嘴里掏出一个字！"

兰兰咬住嘴唇又望多多，望着还是不眨眼。

多多说她其实也不想搭理薛一手，她嫌薛一手脏，她也不能闻薛一手身上的味，薛一手一身腥臊，她闻着就恶心。多多说，她是强忍着恶心听的，因为她想让兰兰姐知道还有这个天大机密，如果兰兰姐真是天天想念自己男人的，如果兰兰姐想见自己男人就是找不到机会，那她宁愿说成是自己打听到的。兰兰姐去了单说给二梭一个人，二梭得了消息再单说给他的上级领导，领导一高兴，立马就得给二梭批一个月的探亲假，兰兰姐再手拉手地跟二梭一块儿回家，想要孩子一个月足够了。多多松开手又往兰兰身上扑，多多还哭了，说："我想立冬了，我想看看他。除了立冬，我不知道该跟谁好了，反正侯家老宅都说我是缺心少肺的。兰兰姐，你带我去找独立营吧。"

兰兰咬住嘴唇点头。

多多就把天大机密说了，说贱人花田子已经猜测到上一次要的人遇难了，这一次她想让岳粮丰亲自到江西接人。去时租用济宁码头的罩棚商船，到了江西再让工程师跟矿警团混在一起，矿井设备上覆盖南方的毛竹，一去一回都打商船旗号，别管八路军，别管中央军，任谁也看不出破绽。岳粮丰当时就答应了，岳粮丰派的是官地上的那个营。岳粮丰还说那个营驻守在官地上，离矿井还有几里路，中间还隔着一个紫云寨村子，他们等于是吃闲饭养肥膘的。

兰兰是等多多出了马家之后又靠近牲口棚的，兰兰还没开口，马步正就先说了话。马步正说的是："去吧孩子，去找找二梭吧，就说我恼死他了。"兰兰要出门时，马步正又说他是看了几天棠梨树才说这句话的，如果不是看见两个明显大的棠梨，他连死的心都有。

兰兰是在村子西边的沙岗子上见到的多多，多多已经在那里等她了。

就在多多离家出走的这天晚上，侯登銮又去了大哥侯登科家。侯登銮是夹着铺盖卷去的，去了就铺在大哥侯登科家的堂屋里，蜷缩着躺倒就睡。侯葛氏红着脸生闷气，后来又拿扫帚苗子抽打，还扯着枕头让侯登銮起来，还拿扫帚把捅侯登銮的脚。她说："老三你又要动啥样的花花肠子啊，你这也是要应老公爹的人了，你还小啊？"侯登銮又把袜子穿上，说："我不跟外姓旁人说话，我要跟亲哥哥说话，你拉我也不起来。"

侯登銮高一声低一声地喊大哥，说他一躺倒就想起小时候了，小时候他跟大哥在一个床上睡觉，五黄六月天，大哥给他的是个后背，闪出中间的空是要透凉风的。到了寒冬腊月，大哥就会把他的脚抱到怀里，暖着是怕他脚冷睡不安稳。还有，大哥从来不跟他争饭菜，菜里有荤有素，他的筷子一夹就是荤的，大哥的筷子一夹就是素的。还有二哥，二哥也不跟他争饭菜，二哥就是爱生闷气，二哥就是爱赌气不吃饭，即便饿着也不跟他争抢。侯登銮说他最忘不了的还是大哥，大哥临到要娶媳妇了，前一天晚上还是不把他撵走，其实他那时候并不是真睡着。侯葛氏红着脸吐口水，说亲娘哎，半辈子的人了还说这话,说的听的都是没羞没臊的啊。侯葛氏拉不动侯登銮就推搡侯登科,又说:"你快把他弄走啊,他这是要抽哪门子邪风啊?"

侯登科还没伸出手呢,侯登銮又吼吼着哭了,哭着还抓了侯登科的手,说他躺倒的这一会儿又想起了许多事,几十年过去了,想想许多事都跟在眼前一样。侯登銮说:"大哥,我想咱们小时候的日子,我还是想过那样的日子。大哥啊,你顺着我说句话啊,你也说想过小时候的日子。"

侯登科挣出手来冲出堂屋,扒着墙头喊老二侯登榜。侯登銮又伸着头望门外,说:"大哥你别喊二哥了,你答应给得章写封信吧,就说得才还是想投奔他。大哥,我说着你写,写完我就该睡了。"

第五章

独立营是在副团长牟利光宣布了通报之后采取行动的,那时候营长马二梭还像是没睡醒的,通报宣布完了,他还问了一句还有吗。副团长牟利光竟然变成了尴尬人,望着打呵欠的马二梭,他说:"马营长你可听清了,军令如山,落下白纸黑字,就是板上钉钉了!"按说这句话是带着分量的,谁都能听得出来话里有团长侯得章的口气,但马二梭接着又躺下了。

马二梭再从地铺上起来时,太阳已经落下了,有两只斑鸠落在营区的槐树上,斑鸠归巢之前还绕着槐树咕咕了几声。副团长牟利光他们消失在西天的落霞中,落霞红红紫紫的,怎么看都像是过年的杀猪水泼出来的,紫色积成疙瘩的地方,是猪血经了冷风凝固了。马二梭从地铺上一跃而起,说他已经想好了,既然新一团把独立营踢出来了,既然独立营解了缰绳,那就把四个孤立的炮楼拔了吧。运河以西没有可打的了,那就一路向东,夺了矿警团之后干掉矿井,接着就过运河找日本人去。马二梭说了这些话就命令放开肚子吃夜饭,所有人都知道营长马二梭还是想着要为原运河独立营的弟兄报仇,所有人都紫涨了面孔,说:"营长你只管下令吧,你说豁出去就豁出去,入了独立营就没打算活着回家！"最后一顿饭是两个连长伙着做的，吃过饭，连灶台也扒了。

按说马二梭应该在这个时候多讲几句话，战前动员的话可以不说，但具体行动计划应该说吧，先打哪个后打哪个应该说吧。还有，据点拿下了，俘虏怎么办，人家要投降要交枪，总不能有一个杀一个吧。还有，四个据点虽说互不连串，也不能保证各家自守，一旦打一连三，独立营就变成一对四了。即便独立营能跟揪瓜一样揪一个吃一个，肚子却只有一个，吃饱了装不下了，莫不成还要把自己的肚子撑破。跟撑破肚子连在一起的，除了俘虏，还有武器弹药的收缴，接着就是存放。新一团撇开了独立营，独立营就要自种自吃，武器弹药绝对不能丢弃，但缴获的武器弹药又很难全部随军行动。其他更不用说伤病员怎么办，食宿落脚在哪里，即便是一鼓作气，即便是连打连胜，那也少不了吃饭睡觉啊。所有这些，马二梭都没提及，马二梭根本没想要不要说些什么，马二梭甚至连一句有关具体措施的话也没说，他说的那些都是受意气支配的，跟指挥员所应拥有的行为模式毫不相干。何况那时候吴春牛还在追问肖八万是怎么想的，吴春牛还反复说："这就完了？就这啊？说不是一家人就牛蹄子两瓣了？"

话从吴春牛嘴里说出来，但怀了一肚子困惑与猜疑的，绝不止吴春牛一个人。

也许马二梭太相信自己了，也许马二梭太相信独立营的能力了，也许马二梭认为一切都明摆着也就没必要多说，也许马二梭是个天生不愿意多说话的，除非到了今生最后一次说话时，但那时候的马二梭也不会多一句废话。比如毛茸茸的生瓜蛋子坐胎了，坐胎坐的扣子大，杏核大，鸡蛋大，那时候就没必要说看看吧，生瓜蛋子会越长越大。也没必要说生瓜蛋子是苦的，熟了就是甜的。如果瓜熟了还是不吃，还是让瓜再往大里长，已经熟透了的甜瓜马上就会变成有馊味酸味腥味臭味的一摊烂瓢，看哪里都没了熟透甜瓜的影子。如果你在甜瓜即将熟透时吃了，或者干脆在似熟未熟时吃了，哪怕你吃了一嘴苦味，但那种苦一准儿是瓜本身应有的。况且，瓜已经到了你的肚子里。

独立营没采取一路向东的方式，行进到半路上，马二梭又临时改了主意，说他要打四个据点中间的霍家炮楼。霍家炮楼在四个据点中间，属于实力最强的，东边距离运河最近的一个据点是他的头，西边两个据点南北岔开变成了两条腿。先打霍家炮楼，看起来是掏胸口，但所有人都知道，一刀捅不进心口窝，或者说刀尖偏偏被肋骨挡住了，东边的头可以反咬一口，西边的腿也可以屈膝后击，真到了那个节口，拿刀的人想抽身都挣脱不开。何况驻守霍家炮楼的是个营长，而另外三个据点的人都是他的部下，当营长的下命令，下边的连长怕死也得拼命，因为他们知道不帮也会死。吴春牛先跟肖八万说险情，意思是要肖八万透给营长马二梭，结果肖八万只冲他翻了翻眼皮。

  吴春牛只好又拉扯着对副营长丁黑豆说："马营长已经上邪愣劲了，你是副营长，你得说话。"黑豆又反过来问他："你想要我说啥？"黑豆还说营长既然临时改了主意，就一定有他的盘算，为啥先打霍家炮楼，也许是因为拿下大据点，小据点不攻自破。吴春牛接着反问，意思是就怕大刺卡住喉咙，卡住喉咙吐不出咽不下，那时候说啥都晚了。看着黑豆还是闷着头不愿多说话，就又说："你没看出来啊，营长这是要鱼死网破，马营长要玩命，你也豁出去不要了？"

  黑豆说："不要了。"

  吴春牛最后又想跟侯得印嘀咕，还是想说先打霍家炮楼是一步险棋，难有打胜的把握不说，舍近求远也犯了兵家大忌，何况赶到霍家炮楼天也要大亮了，意思是要得印跟姐夫营长撒泼使小孩性子。黑豆一把揪住了吴春牛，先说多此一举，接着就恶狠狠地盯住了他，说看着他像是犯了多疑病的，如果是怕死，不用营长发话，自己这个副营长也会拿枪顶着，专让怕死的先上。黑豆说："你明白我的意思！"

  独立营果然绕开了其他据点，赶到霍家炮楼时，虽然没有像吴春牛说的天大亮，鸡叫头遍倒是真的，等到鸡叫二遍时，东天边就该出现鱼肚白了。马二梭冲黑豆点点头，黑豆也点点头，马二梭折了一把紫柳枝子插到地上，又扬着胳膊画了一个大圈，黑豆还是点点头，先是挥手让人散开，又让手指轻轻向下弯曲，意思是动静越小越好，但是要把紫柳枝子围着霍家炮楼插一圈，插得越稠密越好。只有肖八万是一直盯着一棵枯树的，枯树倒下来断了头，剩下半截树身子是斜着指向炮楼的。肖八万又从怀里掏出布包，布包里是黑灰，黑灰拿尿和了抹到断口上，黑断口就变成了炮口。马二梭和黑豆都冲肖八万点头，肖八万把手指插到土里划拉，又用另一只手抓了一把土，低着头打磨的是黑手指。

紫柳枝子插过了，天差不多也要亮了，马二梭又跟黑豆比画，意思是他要一个人进炮楼，独立营归副营长丁黑豆指挥，因为黑豆明白他的意思。马二梭半侧身又瞅吴春牛，瞅着也要拿手比画，吴春牛呼哧呼哧地喘粗气，说："马营长你还是明说吧，我看不出来你们比画的啥。"马二梭先说比画的是据点，四个据点全拿下之后，这么多人得有个去处，吴春牛苦着脸拦截话头，又说："马营长你还是先说眼前吧，东边一眨眼就该出太阳了！"

马二梭又瞅了一眼吴春牛，又说这四个据点的人大多是运河湾的，跟刘百湖从东边带过来的保安纵队不同，这些人里边，想回家的有，不想回家的也会有，但县城是不能让他们去了。吴春牛的任务就是送他们去两个地方，一个是分区，一个是西边的牤牛山，任他们挑选。马二梭最后说的是，考虑到路途遥远，连长吴春牛可以从第二连里挑选一部分善走远路的，也可以让他们自己报名，有几个算几个，反正只是带路。

马二梭拍打着身上的土站起来，伸出的手原本是要示意黑豆隐蔽的，却落到了黑豆肩上，使着劲压了一下就拿掉了。黑豆死死地咬住嘴唇，嘴唇咬出血了还是咬，后来就凝神望着马二梭的背影，看见营长马二梭昂着脑袋向霍家炮楼的吊桥走去。吴春牛急得转圈圈，先说这是打的啥仗啊，两个营长两个哑巴，跟着又把手拢到嘴边，说："我光等着送人是吗，马营长？"

在独立营从没有过的类似于尴尬的窘迫中，所有人都屏住呼吸，所有人都感觉到了营长马二梭身上的异常。营长马二梭不像是在指挥打仗，他甚至不像是只身一人进炮楼据点的，这跟先前一有行动就先在嘴里插一根紫柳条，然后拿牙咬住大不相同。如果营长马二梭是一心要寻死的，那就没有必要在外围布下迷魂阵，更不用说还向连长吴春牛指派了新任务。还有副营长丁黑豆，要搁先前，黑豆绝不会眼巴巴地看着营长马二梭单枪匹马进魔窟，黑豆要么阻拦，要么死挡，拿枪对着自己的太阳穴也有过。但是黑豆这一次除了点头，除了死死地咬住嘴唇，几乎没说一句话。要说两个营长在行动之前就已经商量过了，想想也不是，因为新一团派人宣布了通报之后，营长马二梭就一直在地铺上躺着，而副营长丁黑豆是直勾着眼望西天边的。

身上有了异样的还有连长吴春牛。先前的连长吴春牛多的是小智谋，即便是肖八万去执行任务，他也会煞有介事地帮着分析，他甚至还会变着法子戏弄不善言谈的肖八万。但这一次则不同,他是极不认可先打霍家炮楼的,而当营长马二梭要只身进据点时,吴春牛关心的只是送俘房。

所有人都在尴尬中困惑着,没有人注意到营长马二梭是怎么惊动炮楼观察哨的。当所有人都把心提到嗓子眼时,营长马二梭已经踏过了吊桥,吊桥再拉起时,营长马二梭已经进了老虎肚子。所有人都偏了头望副营长丁黑豆,发现黑豆的牙缝里已被新鲜的血液浸满了,新鲜的血液又慢慢变成了黑紫色,黑豆像是吞食了一夜黑葚子。黑豆的血嘴突然间张大了,黑豆还像哭号一样喊了一声马营长,接着就抓了一把沙土把嘴巴抹了。

营长马二梭是甩着一根紫柳条回来的,走到黑豆他们身边时,一根紫柳条又变成了马鞭子。所有人都打量营长马二梭,所有人都想知道营长马二梭在炮楼里发了哪些威,哪些威能让人家乖乖听话啊。这一个晚上的谜实在太多了,独立营的谜实在太多了,即便要欢呼也不知道先喊哪一句。但是营长马二梭只说了一句少头无尾的话,说炮楼的营长姓公,老家是花家岗子南边的公油坊。停了一会儿又说,公营长已经给其他三个据点打了电话,其他三个据点都说明白了。吴春牛踮起脚尖,隔着肖八万的肩膀瞅马二梭,专瞅营长马二梭的眼睛,看见营长马二梭说着说着又停了,于是用央求的语气说:"马营长你再接着说啊,我怎么越听越糊涂啊?"黑豆紧着拿话堵他,说既然是越听越糊涂的,那就不要听了,只要按营长说的执行新任务就行了。

马二梭没看吴春牛,话还是冲着所有人说的,说公营长的意思很明白,炮楼据点已经不能多停留了,他们的人最好马上撤离,尽管双方达成默契了,他们还是不便携带武器弹药,他们的人最好是先悄悄进入指定地点。公营长还说他想顺便回老家看看,如果没有异议的话,四个据点的人都到公油坊村头的大柳树下会合,但善后的事他们就不管了。马二梭说了这些才偏转着头望吴春牛,说:"吴连长,你带人去那儿领人上路吧。记着,就说去新一团新驻地。"

吴春牛敬了礼又站住,说他执行新任务是明白的,押送俘房他以前也干过,他糊涂的是为啥又变了说法,刚才说一是分区,二是西边的牤牛山。分区他也去过,也知道先把人交给政治部,而到牤牛山,要见的就是原运河独立营的老营长胡腊喜。吴春牛说:"马营长,这到底是怎么回事啊,为什么要说去新一团新驻地?"但吴春牛最后还是没问出来,因为霍家炮楼的人已经列队走出来了，马二梭挥着手下了命令："独立营第二连马上行动！"

其实跟着吴春牛执行新任务的连一排人也不足，这些人都是连长吴春牛挑选出来的，其中并没有侯得印和丁豌豆。原来挑选出的比一个排稍多些，但其中有几个列队了又退出去，理由是宁愿打恶仗死仗，也不愿意踢蹬踢蹬地空走路。吴春牛临走之前又打量留下来的人，许多人都看出连长吴春牛脸上极不自然。

第二连留下的人没打恶仗死仗，因为营长马二梭接着又下了新命令，新命令是：第二连留下的人编为尖刀排，侯得印任排长，马立冬任副排长，丁豌豆任机枪班班长。新命令让许多人都大吃一惊。许多人吃惊的不是营长用了三个新兵，三个新兵也打过几次恶仗了，况且侯得印和马立冬还在运河截船战中表现出色。许多人吃惊的是尖刀排的出现，尖刀排是第二连的，第二连冷不丁多出来一个尖刀排，连长吴春牛回来怎么办，尖刀排会不会再解散复归原样，难道吴春牛只当那几个人的连长吗？但许多人都没时间细想，独立营剩下的人全部投入武器弹药的搬运中，结果四个据点的武器弹药搬运了两个晚上。

搬运武器弹药的命令是在吴春牛他们走后发出的，武器弹药一部分运到了紫云寺，一部分由肖八万领着众人藏到了大围子村外的坟地里。从墓穴里钻出来时，立冬拽住了得印和豌豆，说他还有一阵子担心吴连长会把他们两个也挑选上。立冬还压低了声音，悄悄地问得印和豌豆感觉出哪些异常没有，说他老是觉着有哪个地方是奇怪的，尽管他说不准哪里奇怪。得印和豌豆也说感觉到了，也说是有些谜一样的地方，现在想想也是混沌的，身上还热热冷冷的。但三个少年新兵还是被新任命激动着，尤其是得印，由没去成野战部队带来的郁闷一扫而空。而让营长马二梭感到奇怪的是，新一团竟然又派人到处寻找他们，新一团还到过原来的营区，见人就打听独立营去了哪里。或许新一团根本没想到独立营又会杀个回马枪，折身进了老河套更是侯得章没想到的。

不过，踢出去独立营再派人寻找，除非是追杀，否则，怎么看都是奇怪的，况且中间只隔了几天时间。

新一团派人寻找独立营跟追杀毫无关系，尽管团长侯得章是大恼大怒的，如果不是分区批评了他，他一怒之下下令追杀也是有可能的。侯得章是在过后得到的消息，说独立营已经把四个据点全拿下了，人也不知道去了哪里，四个据点光剩下空壳了，里里外外的杂乱脚印倒是留下了不少。侯得章没听完就把手放到了枪套上，先是吼吼地咳，咳着咳着蓬住了气，一口气把脸憋成青紫色。接着就吐了血，血是跟黏痰混在一起的，吐过血的嘴唇却没了血色。侯得章感觉他受了侮辱，马二梭就是为了侮辱他，才会于通报下达的当天夜里采取行动，并以极不光彩的手段，一下子把他的运筹帷幄打得粉碎。而在消息到来之前，或者说，是在拔钉子行动中止之后，侯得章就开始了他的攻心战术，并且一直与霍家炮楼的公营长保持着联系。

侯得章的谋划是按部就班的，他要让运河以西剩下的四个据点，全部效仿当初的运北据点。先以白皮红心的方式存在着，不形成敌对态势，也不喊出明口，等到时机成熟，再临阵易帜。为此，他曾让参谋长孔雨林带第一营游而不击，而限制独立营单独行动，并要求独立营上报行动计划，就是出于这个原因。但独立营还是把他耍了，最想耍他的人是马二梭。正是马二梭的一次一次反常规，他才跟着一次一次陷入被动。假若马二梭的思维是正常的，冷不防地看到通报，又冷不防地获知独立营被清出新一团序列，马二梭应该大恼才对，独立营应该当场哗变才对，最起码也要闹到分区。但一切都没发生，发生的只是马二梭的一记冷拳一夜之间就让他的谋划化为泡影，而收编保安纵队再扩充一个整编营的计划，也彻底落空。

侯得章对马二梭充满了切骨之恨，侯得章是恨着握住枪把的，那时候他刚把一口血痰吐出来，而警卫连连长虎保还误认为团长要自杀。虎保站在团部门口跟侯得章说话，说团长根本没必要大动干戈，也没必要拿怒火折磨自己，由此自杀更是断不可取。虎保说，拿下据点的是独立营，独立营不在新一团序列了，毕竟还属于八路军，团长只要知道是八路军清除了运河以西最后的障碍就可以了，是谁打的并不重要。至于谁抢了谁的头功，谁采取了哪些方式，更没必要论短长。毋庸讳言，警卫连连长虎保的话是有所指的，当连长的敢当面指责团长，只能理解为学生气未退。侯得章推开副团长牟利光，枪口指点着对准了虎保。侯得章还说了粗话："虎保你混蛋！我是跟他马二梭争宠邀功吗？据点的人呢，他一个半拉子独立营能吞下几百人啊？独立营又去了哪里，现在还找得到吗？分区还要我说明白，我说得明白吗？"

侯得章过后才意识到他训斥警卫连连长的话，除了一句粗话之外，几乎全是杂乱无章的，训斥别人，其实是为自己开脱，其实是让另一半侯得章说话。好在分区并没有严厉批评他，分区也没特别指出新一团在报告上做了手脚，通报清除独立营出新一团序列是几天前的事,而呈递分区的报告是在几天之后。但分区还是把团长侯得章和副团长牟利光叫了去,作战部薛部长还是流露出了不满,说新一团领导存在着明显的排挤思想。侯得章拿眼角瞟副团长牟利光,忽然看见政治部岳部长也在瞅他,瞅着还跟他使眼色,侯得章竟破天荒地说了中伤话,意思是独立营营长马二梭狂妄难驭,除了司令员,他谁都不放在眼里。

政治部岳部长紧着跟进一句惊讶话,说:"是嘛,马二梭身为营长,这样说话就不对了,有这种意识更是大错特错!"侯得章一时愕然,跟着就含混着点了头,接着还长长地叹息。结果分区对新一团的批评变成了不了了之的询问求证,原来一再坚持的调查也没进行,只是要求他们纠正认识上的错误,马上让独立营归建,并当面向独立营的全体干部战士解释清楚,最大限度地消除误会。

侯得章受到了双层压力,这跟他整个的运筹计划极不相符,况且这也不是他想要的。除了带着历史积因的独立营和马二梭,侯得章很想跟任何人都关系融洽,很想把一切工作都做到完美,最起码是无可挑剔的。结果总是事与愿违,这也是侯得章无法排解的心结,更不用说独立营乘虚而入又消遁无形了。

多多和兰兰就是这时候来寻找独立营的,她们是带着希望离开的家,没有见到想见的人,使她们都产生了大哭一场的冲动。结果两个与独立营有着万千纠结的女子,就在独立营的原驻地徘徊了许久。至于独立营经受的一切,至于围绕着独立营将要发生的一切,她们一无所知。

第六章

就在多多离家出走的第四天,侯得才又回到侯家老宅,急着搬家的话一句也不说了,关于娶亲那天的细碎事,更是一个字也没提。侯得才脸上忧忧喜喜的,进家先骂的是三老雕岳粮丰。他说三老雕岳粮丰能得不知道自己是谁了，能得不知道自己的团长是怎么当的了，姓啥叫啥也不知道了。骂过了又说岳粮丰显摆，屁股蛋子插上尾巴就成猴了，肩膀上粘两撮毛就会飞了。"他成猴了吗，他会飞了吗，他充其量是日本人不要保安纵队不管的野种，离开运河煤矿，他吃屁也赶不上热乎的。"

侯杨氏啐着口水拉扯儿子，说得才说的这些她一句也不想听，听哪一句都像是脏话。侯杨氏说，她现在最想听的是迎亲话，婚丧嫁娶四件大事，婚事是排在前边的，可见老辈里就知道什么是最当紧的。最好把先回家来住的事推一推，尽管运河湾里有"五里不同俗，十里改规矩"的说法，可没迎娶就回家来住，怎么说都不在礼上。还有，儿媳妇又不是花田子了，名字又改成了麻花，她越寻思越别扭。紫云寨有个麻五，麻五又是那样死的，没死之前也是没羞没臊的。忽然又多了个麻花，亲戚朋友听了，还以为跟那个死麻子五是一家的。倒是那个春芝听着是顺耳的，听说又跟矿警团那边打了连连，听说黑天夜里也去，真是不该这样的。侯杨氏说着又瞅儿子得才的脸，疑惑着说她又听糊涂了，又是三老雕，又是岳粮丰，到底骂的是几个人。况且，她记得儿子得才在日本人那里受刑罚时，那个岳粮丰还到家来报过信，还说他是担着大风险的。

侯得才一下子紫涨了面孔，没好气地把他娘侯杨氏推搡到一边，说："我跟俺爹说话呢，你别插嘴！"

侯登銮一直眯着眼望儿子得才，他的眼神一直停留在儿子得才脸上，看着像是倾注了全部心神的，但当得才反过来望他时，他的眼睛还是一眨不眨。侯得才伸出手来在他爹侯登銮的眼前晃荡，侯得才还伸着头望他爹侯登銮的眼神，怎么看都像是定着眼珠不动的。侯得才就喊了一声爹，说他有一件大事要说出来，他已经好久没遇到大事了，这件大事他觉着可以干，先回来跟爹说，也是做了充分考虑的。侯登銮忽然说多多出门三四天了，多多用烧锅打糨糊糊弄了他，其实多多只沤了一厨屋烟。侯得才哇哇地叫，说："我说的是我遇到大事了，你怎么老是跟说梦话似的？"

侯得才说他一开始也没想到，花田子光是催着他搬家，还说越快越好，他差不多快被花田子催得提不上裤子了。他现在听见花田子说搬家就脑浆子疼，不就是回到老宅里睡觉吗，不就是急着住洞房吗，犯得上一日三催吗，毕竟在码头上也是睡的一个被窝筒。侯得才说，花田子突然又变主意了，忽然又说最当紧的是派人去江南，该要的人接来，该用的设备运来，那时候再搬新家也好，改变迎娶日子也好，到底是少了心事的。侯得才说他原本是打算一直装傻的，花田子爱说啥说啥，她说哪个当紧就哪个当紧，反正愿意当傻子的不一定是真傻。但他还是没想到话是说给他听的，花田子颠三倒四地说话，其实是要他亲自出马干一件大事，熊娘们儿到底还是憋不住了。侯得才说，花田子让他带一连人去江南，先走旱路去济宁，再从济宁码头雇用商船，最后沿运河南下去江西。

侯得才说他一听就知道是怎么回事，花田子这个熊娘们儿最上心的，其实还是运河煤矿。江西萍乡那边有她麻家的产业，日本总部答应她需要什么随时都可以跟萍乡那边伸手，花田子信不过小胖子福山，巴不得麻家的人来了把小胖子福山挤走。不过，他不想带一个连，他要把整个矿警团全拉出去，最多给团部留一个警卫连。一来一回个把月，跟他去的人都得听他的，何况矿警团原本就是他从刘百湖手里挖出来的。但是，狗日的岳粮丰一听就炸了，说矿警团里边没有比他对运河煤矿更上心的了，有些人只想着游山玩水，只想着到处逍遥，看着是保驾护航的，其实是把运河煤矿的安危丢到了十万八千里外。矿警团都走了，八路军打过来怎么办，独立营打过来怎么办，一个警卫连能抵挡得住啊，运河煤矿被人家炸成粉末了，工程师接来还有用吗，运来设备往哪里放。

侯得才说，他现在最恨的就是岳粮丰说他钻头不顾腚，话是跟烂枝子说的，烂枝子又原封不动地学给了花田子，结果花田子只答应让他带走河套边上的一个营。

侯得才说三老雕岳粮丰要变成他的死对头了，打破了他的谋划不说，还让花田子往轻里看他。侯得才说，他怀疑岳粮丰跟独立营那边说不清。那一年马二梭要在运河堤上打他的伏击，他设了个局给马二梭来了个反伏击，他还让岳粮丰骑马挎刀冒充他，马二梭冲着马上的岳粮丰开枪算是中计了。岳粮丰看见马二梭拿枪瞄准，他就打个闪从马上栽下来，他宁愿当俘虏也不愿意当活靶子。按说独立营不会放过岳粮丰吧，结果过了几天岳粮丰又回来了，咬死口地说他一直在茅草丛里昏迷着。侯得才说着望他爹侯登銮，又说："你信不信爹，我敢打保票，岳粮丰十有八九是独立营的卧底。那一年矿警团的弹药库被盗，十有八九也是岳粮丰跟独立营演的双簧！"

侯登銮还是眯着眼望儿子得才，望着又说："多多走了……"

侯得才站起来踢椅子，脚踢疼了还是踢，说："我正跟你说大事呢，你怎么老是提多多啊？"急着恨着又看他娘侯杨氏，意思是埋怨他爹侯登銮，当爹的闭着眼跟自己儿子装傻，啥毛病没有偏要弄成个糊涂样。往门口走了几步又退回来，发着狠地又说："你们老是说多多，多多是不是没在家啊，多多去哪里了？哎哎，多多不会也去投独立营吧？多多要是死活不开窍，多多要是敢对她哥有二心，她哥第一个先把多多毙了！"

侯杨氏蹦跳着要打儿子得才，说："你把枪给我，我先把你毙了！"

多多回来了。

多多回来就进了自己的套间屋，当天的晚饭也没吃，先是躺倒了昏睡，接着就开始说胡话。多多说独立营是故意躲闪她们的，立冬也是故意躲闪她们的，明明知道她们要去，故意把锅灶也扒了。多多还说："灶膛里还有灰，支锅的砖头只燎了一面，一看就是没经过雨淋的，一看就是刚扒的。他们在附近找个地方躲起来不行吗，我们走了他们再回来，那也用不着揭锅捣灶啊。还有香芝，还有得印，还有豌豆，他们也不知道跑哪儿去了。他们都得看营长马二梭的脸色，马二梭说'她们来了快藏起来'，立冬即便想等着见我，也不敢违抗营长的命令。兰兰姐也是个糊涂的，为啥要跟人打听啊，看到营区了再问不行吗，人往营区里一站，他们想躲闪也来不及了。打听就得说要找独立营，说不定被打听的那个人正好是独立营的密探呢，那个人又正好认出兰兰姐是营长的媳妇呢，兵营里不让家属随便进去，人家当然得去通报。但是，立冬不该跟着躲闪，立冬装作掉队也行，找个理由在后边磨蹭也行。总之，只要想办法，办法一准儿有很多。还有，我是早就盘算过要去见立冬的，立冬一准儿得做过有我的梦，如果梦里说我跟立冬没关系，那就是立冬想我了，因为梦是反的。"

侯杨氏呀呀地叫着拿手抹脸，抹着自己的脸骂多多，说多多也变成没羞没臊的了，没魂似的跑出去几天，敢情是疯野去了。侯杨氏拧着耳朵让多多醒过来，说："小死妮子你就作吧，你再说想这个了想那个了，我这就把你的嘴缝上，专拿绱鞋锥子缝！"

多多嗯嗯着翻个身，闷着头还是昏睡。

侯登銮先是扒着门缝听的，闪个身悄悄进了套间，使着眼神要侯杨氏接着问，最好光问马二梭怎么样了。侯杨氏偏不看侯登銮的眼神，拉过被子把多多的头蒙住，嘴里还是埋怨多多没羞没臊。侯登銮把侯杨氏拨拉到一边，自己坐到床边，先用两个手指捏住鼻子翅，嗓子里拉出侯杨氏的音来，说："多多你见到马二梭了是吧？独立营是不是要打回来啊？马二梭跟你说没说过炸矿井夺码头？"

多多说："说了。"

侯登銮又问："独立营现在到哪里了？"

多多说："到紫云寨十字街口了。"

侯杨氏先还是鄙视侯登銮跟谁都装样，多多没心没肺就是被当爹的糊弄的，听着多多说了那句话，忍不住要笑出声来。侯杨氏还拿手抹着脸瞅侯登銮，侯登銮不搭理侯杨氏，还是学着侯杨氏的嗓音说："你说独立营到紫云寨十字街口了我信，那马二梭呢，他回家了吗？他身边带了多少人？带得印带豌豆了吗，还有立冬？"

多多哇的一声哭了，哭着说她伤心就伤在这里，一营人说没影就没影了，立冬想说啥话她也听不到了。多多说："他不带得印不带立冬不带豌豆，他只带你啊，他带你你去吗？人家野战部队正规军要你吗？你去了也是白去。"

侯登銮俯下身来扯住被子，说："你是说马二梭的独立营已经离开运河湾了？不会吧，我怎么没听说？"

多多打个折身坐起来，闭着眼冲着屋顶呼号，说："没离开运河湾不就找到了，我找到了吗？野战部队正规军天南地北地跑，我到哪里去找啊？"

侯登銮站起来拉扯侯杨氏，拽着侯杨氏出了套间屋，眼睛也不眯着了，额头上的皱纹也舒展开了，催着侯杨氏立马去码头找儿子得才。侯杨氏打着坠嘟噜不愿意去，说儿子得才到家来，她也没见当爹的说一句囫囵话，儿子赌气走了再去找，她即便想去也没这个脸。侯登銮就急了，说多多是傻的，多多的娘也是傻的，只有傻娘才听不懂傻妮子的话。侯登銮说："马二梭带着独立营打天下去了，这一句你懂吗？天下能是他马二梭打下的啊，一个飞弹就把他刺溜了，一个弹片就把他崩面糊了。他马二梭能不能活着都得两说着，回来是少胳膊还是少腿也得两说着。"侯杨氏还是噘着嘴冲侯登銮翻白眼，说："你巴不得是吧？二闷驴听见能活劈了你！哎哎，你叫我去码头，我就跟儿子学这些话啊？是好听啊还是好说？我不去。"

侯登銮就紧着点拨侯杨氏，说这些话是提醒儿子得才的，既然马二梭带着独立营远走高飞了，去江西接日本工程师也好，弄煤矿设备也好，那些都不急，抓人抓队伍才是最当紧的。如果花田子不让他把矿警团全带出去，那就想办法把岳粮丰踢开，如果明着踢太招眼，那就让岳粮丰的团长与儿子得才的局长调换好了，大不了再许他兼个副团长。儿子得才只要能把上千人的

遗 腹 子　　253

矿警团抓手里，八路军来了也好，中央军来了也好，手下有人就有进退，反正日本人是靠不住了。侯登銮还想把他找大哥侯登科的事也说出来，说那天他逼着大哥侯登科给侄子得章写信，他是看过信之后才抱着铺盖卷回来的。侯登銮很想跟侯杨氏说出这一节，还想说大哥两口子都被他缠怕了，但话到嘴边，他又强忍着憋住了。

  侯杨氏从码头回来时，脸上带着不自在，看着像是藏了话的。侯登銮不放心，紧着问儿子得才听明白了没有，该说的话是不是都说了，侯杨氏却拿了手遮脸，嘴里嗯嗯着光是瞎吭哧。侯登銮再催再问，侯杨氏的脸就红了，额头上还出了汗，说得才这个没脸没皮的真是不顾样了，大白天就跟那个谁拉拉扯扯的。侯登銮听着着急，抓起茶壶要砸侯杨氏，瞪了眼还要大声呵斥。侯杨氏这才吭哧着说了，说儿子得才听了几句就明白了，她的话还没说完呢，儿子得才就拿手比画着要她停下，还要她坐着别出去。侯杨氏说她那一会儿有些生得才的气，想着看看稳不住窝的熊羔子又去了哪里，结果她就看了不该看的。

  侯登銮又抓起茶壶，说："哪儿是哪儿啊，啥看了不该看的，你看见啥了？你不会说成串话了是吧？"侯杨氏嗯嗯着又拿手抹脸，抹着还冲侯登銮翻白眼，说她也要变成没脸没皮的了，变就变吧，反正她已经是夸拉松皮的老婆娘了，抹了脸就没有碍口的话了。

  侯杨氏说她一等不来，二等还是不来，她就出客厅找得才了，一找就在那个小枝枝妮屋里找到了。侯杨氏说，熊羔子得才连门也没关，大白天就跟小枝枝妮那样了，小枝枝妮说是要喊人捆绑得才，后来也没喊人也没撕打得才。侯杨氏说她怕的是儿媳妇回来看见，她一着急就摸了个马扎扔过去，小枝枝妮这才号了一声，说没见过这样欺负人的。得才倒像个没事的，二番回到客厅竟埋怨她这个当娘的没眼色，说他是故意要跟枝子那样的，枝子顺从了，他再去矿警团说给岳粮丰听，要是不顺从，就让她找岳粮丰哭诉去。如果岳粮丰敢恼，他马上就跟花田子说岳粮丰要生反心。总之，他得把这几年的窝囊气发出来，故意跟枝子弄那事，不过是要扯起惹事的苗头。得才还说，岳粮丰也好，刘百湖也好，大川也好，谁也别想再拿他不当菜，逼急了他敢带人夺县城，反正独立营一走他就没后顾之忧了。侯杨氏红着脸又埋怨春由枝子，说："这个小枝枝妮也真是的，一个大姑娘家，为啥不扎腰带啊？裤子一秃噜到脚脖，男人家哪个不是吃着碗里的望着锅里的？你不急不恼地由着他，猫沾腥还有个够啊。"

侯登銮却又叹了气，说："狗肚里存不住四两香油。唉，到底还是烂泥扶不上墙啊！"

就在侯得才要生心夺回矿警团指挥权时，一直在官地驻防的孙营长又去找了团长岳粮丰，一进团部就说官地营房他是一天也不想住了。这已经是孙营长第四次进团部了，每一次都说相同的话，说如果团长同意，他宁愿一天不吃饭，饿着也要把营区挪到团部来。孙营长是带着一肚子狐疑找团长诉苦的，说他不怕枪响，也不怕炮响，杀红了眼拼刺刀，命也能豁出去。他受不了的是莫名其妙的动静，也没刮风，也没落雨点，即便想说下露水也说不成，因为露水跟潮气一样，落到苘棵上也发不出声音。大白天没有，刚睡下也没有，明明什么都没有，苘地里就是出那样的动静，一到夜里就出声，还是专出在更深夜静的时候。

为了跟团长岳粮丰证明他不是胡说八道，孙营长还从头挨着捋，说当初建官地营房时，西河湾的杂毛老道侯登仓就跟着添乱，侯登仓还是带着绳子去的，绳子的一头还挽成了套，绳套还套在脖子上，另一头是满把抓在手里的。侯登仓进了官地就骂，先骂的是日本人，说日本人先打了运河独立营，接着就在官地上建兵营，兵营惊动了运河龙王，龙王发水淹了兵营。淹了就淹了，走了就走了，按说就该完了，按说他就该种庄稼了，可是接着又要弄矿井，接着又来了日本狗，日本狗叫起来跟狼嚎一样，他只要一听见就会拉稀屎。好不容易把四条腿的盼死了，结果两条腿的又来了，看来日本人是赖上他家的官地了，看来官地上的无常夜叉也该发威了。

孙营长说，即便杂毛老道侯登仓说了无常夜叉他也没当回事，白毛玩意儿骂日本人他也没真恼，但是他有些忌讳官地上的土地庙。孙营长说官地上什么都没种时，他曾反复打量过土地爷，土地爷的相貌眼神怎么看都跟杂毛老道侯登仓一模一样。更奇怪的是，凑到跟前看，就是个泥胎土疙瘩，离远了再看，走几步回头再看，泥胎土疙瘩立马又变得跟真人不差分毫，听着还像是在咯吱咯吱咬牙。孙营长说他看得次数多了也就不在乎了，反正泥胎土疙瘩不会跟他的人夺抢饭碗，反正在官地兵营住着也是吃饭睡觉，怎么着都比跟着日本人扫荡强百倍千倍，何况当时的侯团长还许给了许多好处。

孙营长说侯得才当团长时，先部署的是矿井警卫，还跟四个营长立下军令状，还说矿井西北角是官地，官地地势平坦，便于运动，那个地方应该放一个营。他要在矿井的四个角部署四个营，四个营把住四角四边，吃住防不离矿井周边。孙营长说，他那一会儿对侯团长是怀着恨的，但侯团长接着就许诺了一件没想到的事，说当了团长之后，他要给每个营区都设一处洗衣房，每个洗衣房最少要有两个洗衣女。侯团长还说他马上去县城，还要跟春宵楼的老鸨签契约，还要签一月一轮换的。孙营长说，他愿意拍着胸口说良心话，他们四个营长都是冲着齐天大愿安心守卫矿井的。结果侯团长又因为河套暗堡被炸犯了事，一打听是丢下警备，一个人进城揉搓戏楼小妮去了。侯团长被撸了，矿警团又换成岳团长了，洗衣房的事也落空了，洗衣女更是连根长头发也没摸到。

岳粮丰冲着门口的警卫使眼色，警卫到灶上舀了一碗剩米汤，剩米汤全泼到孙营长的脸上。孙营长抹着黏糊脸望团长岳粮丰，望着就明白自己说了犯忌的话，紧着又说苘棵里闹动静，动静越来越大了，他把一营弟兄都放出去查看，结果还是没弄清动静是从哪里来的。孙营长就带了哭腔，说："岳团长，您高抬贵手吧，那个地方我说着都瘆得慌！"

岳粮丰说："你刚才说矿警团原来的团长是谁？我的耳朵这几天上火，我想再听一遍……"

孙营长说："哪有什么原来啊，矿警团一直都是岳团长指挥！"

岳粮丰又说："我记得你刚才好像说到侯得才了？"

孙营长又说："侯得才就是个说人话拉狗屎的下三烂，提他都嫌脏嘴！"

岳粮丰就叹了气，说花董事长又派了新任务，指名道姓地要下三烂侯得才带人下江南。下三烂侯得才还要把一个团都带出去，他是当场拍了桌子的，结果董事长花田子拍了板，说让侯局长把官地营带去吧。岳粮丰说，他一听这话又恼，当场就说不行，要带就带河套营，不同意就别想从矿警团带走一个人，最后逼着花董事长改了口。岳粮丰说："老弟，你也别饿着了，也别支绷着兔子耳朵听动静了，既然是来无影去无踪的，听也是白搭。我知道你孙营长曾经是刘司令手下的爱将，你就再委屈几天，河套营一走，你立马换地方。另外，我再许给你一个立马兑现的，只要你敢跟下三烂侯得才横起来，我就给你一个吃日本洋荤的机会，水灵灵的，能恣死你！"

第七章

自从独立营拿下四个据点又悄然消失之后,侯得章苦恼了好几天,他把自己关在团部里,除了画地图就是看地图,要么就是愣怔着望窗外,饭放到窗口了却是一眼也不看。饥饿和焦虑侵蚀着他的健康。他时不时地咳嗽,没有痰也咳。他的脸色呈现出落日堆积云一样的暗青色,尤其是眼睛周边。另外还有额头上冷不丁冒出的汗珠,看着汗珠也像是暗青色的。身体的不适引发心情杂乱,情绪也越发变得躁虑郁结。

对于侯得章来说,分区领导的批评只是一面,报告是跟独立营做了切割之后又送达分区的,领导会批评会有看法,他早就想到了。侯得章也知道分区政治部的岳部长替他打了圆场,也知道作战部薛部长看了报告后大恼,依照作战部薛部长的意思,新一团主要领导要到分区做解释说明,薛部长甚至还当着部下的面发了脾气,说新一团荒唐。政治部的岳部长就是在那个节口上替他打圆场的,意思是事出有因,说新一团团长侯得章是极为讲究军纪的,不是万不得已,新一团不会轻易把独立营清除出去。岳部长还说侯团长同时兼着河湾县县长,一身二职是司令员特意安排的,分区不便说强硬话。但薛部长还是坚持调查,还是说事关重大,调查清了,是错误就要纠正。那时候独立营已经把四个据点全拿下了,缴获的武器弹药足够装备一个团的。

引发侯得章郁结烦躁的还有一件大怪事,那就是独立营是怎么一夜连克四个据点的。莫说独立营是建制不全的,即便他把新一团全拉出去,即便新一团能同时把四个据点围得水泄不通,即便同时发起闪电式攻击,那也总得有枪声爆炸声吧。实际上,他连一点声音也没听到,他听到的是事后的报告,说做了运筹铺垫的四个据点,全让独立营一锅端了。独立营有三头六臂啊,他马二梭能撒豆成兵啊,杀猪还得先捆绑四蹄呢,他说个端就端了。侯得章能想到的,也是唯一能解释通的,只有暗通情报这一条。新一团内部一定有人告知了独立营,这个人已经与他貌合神离了,这个人对他所做的一切都了如指掌,包括他与霍家炮楼公营长的联系。马二梭的独立营就是利用了这一点,他们打着新一团的旗号,一夜之间完成了四个据点的诈骗诈降,而霍家炮楼的公营长误认为独立营是他派去的。否则,一切都无法解释。

侯得章就在心里过滤那个跟他有了二心的人,知道他跟霍家炮楼有联系的人不多,想来想去,只有副团长牟利光最清楚。参谋长孔雨林大多时间是在所兼的第一营里,他只让孔雨林送过一次信,而信的内容孔雨林未必全知道。警卫连连长虎保即便知道他已与霍家炮楼建立了秘密联系,但他的真实想法,虎保不一定全了解。不过,虎保又跟着一块儿去过独立营,去宣布通报的路上,三个人也许互相通了气,副团长牟利光颇有城府,故意利用他们两个打掩护也是有可能的,况且新一团不少人都看出来,副团长牟利光最近一直寡言多思。警卫连连长虎保又是书卷性情未脱的,而参谋长孔雨林偏偏又是个竹筒子脾气,排除掉他设警戒没去独立营,能跟马二梭说上话的,只有副团长牟利光和警卫连连长虎保,这二人之中必定有一个。但是,侯得章非常清楚,即便查出了谁是离心离德的人,他也不便明着处理,尤其是对副团长牟利光。他现在能做的就是笃定守一,知道也当不知道,猜疑也当无隙。侯得章用心权衡着,那一会儿他甚至还联想到了《三国演义》中的魏主曹操。

侯得章在县城读书时就喜欢读《三国演义》,到了省城之后又读过几遍,他对曹操这个人也说不上喜欢,对刘备也许有点喜欢,对孙权则完全说不上感觉,他希望了解三国时期的鼎立格局。曹操在官渡之战击败袁绍后,曾缴获一堆信函,发现其中大多信函的内容是自己的属下和袁绍私订盟约,其意在为自己预留后路。按说曹操完全可以顺迹追杀,完全可以以言定罪,但曹操却将信函付之一炬。一把火以示既往不咎,一把火亦通透了人心,想想这应是曹操的大将风度,魏强吴蜀弱,一个曹氏先领了风骚。

就历史片段而言,侯得章还是比较折服于曹操的,曹操此举实属高人一等,论起来得算是举重若轻。侯得章非常喜欢举重若轻的感觉,想着谋求一统的曹操其实已经参透了人性,知道保全自己是人之常情,部下未雨绸缪也是迫不得已。即便把书信全看一遍又能如何,总不能把人全抓起来吧,抓起来也不能全杀了吧。水至清则无鱼,人至察则无朋,随他们怎么揣度吧,哪怕把他想成口蜜腹剑的人。反正事已至此,追究亦是无益。

这时的侯得章已经将自己一分为二了。一个侯得章是怀了大恼大怒的,有一瞬间他几乎要使用叛变脱节这样的字眼,而用心不专又是他一向所不齿的。但另一个侯得章马上又出来与之辩护,说事出有因,情势所至,某人与己有异,某事另有所图,想明白了也没什么奇怪的。

但侯得章接下来的行动又使自己合二为一了。侯得章又打起了矿警团的

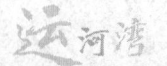

主意，还是想着化敌为友，还是想着扩大队伍，最好是《孙子兵法》中所说的不战而屈人之兵。矿警团虽然是从刘百湖的保安纵队中剥离出来的，但保安纵队的前身出自抗战初的第五战区，第五战区溃败之后才被时任手枪旅团长的刘百湖收拢起来。平心而论，侯得章对原第五战区司令韩复榘并无好感，从某种程度上说甚至是厌恶，韩复榘被处决他也认为是咎由自取。但他却对继续抗战的第三集团军孙桐萱将军倾心不已，徐州会战结束后，第三集团军基本被解散，孙桐萱将军的第12军也随部队南下，而刘百湖与吴化文等部先后投靠了日本人。侯得章对屈膝投降的刘百湖不齿，唯独对原第五战区的故人怀着某种怜惜，想来还是与对孙桐萱将军的心仪崇拜有关。想着再打矿警团的主意，正是出于这种难以言表的怀旧情结，尽管侯得章早已割除了先前，已成为八路军团长兼县长的他，与先前已毫无关联了。即便偶尔想起中原大战之后的变故，或者想起他曾以团长兼县长的身份驻守过河湾县城，他也会以一丝苦笑终结，绝不允许某种感慨闪现之后再做停留。

　　侯得章对自己还是有清醒认识的，对矿警团的取舍，他也不承认是怀旧情结参与了其中，想来还是一个建制团的诱惑。于是，私底下的侯得章又被新的纠结缠绕了，他担心独立营会再伸手，仿佛矿警团随时都要毁于独立营之手，而这又是他难以承受的。或者说，即便矿警团冥顽不化，即便矿警团誓与八路军死抗到底，他依旧不希望矿警团毁于马二梭和他的独立营之手。关于这一点，侯得章自己也很难解释清，想来还是与他本人的某种心结有关，尤其是出了独立营诈骗诈降四个据点这件事之后。马二梭和他的独立营得手之后又消失无踪，打乱了他的运筹计划，又让他头顶了一个不能容人的黑帽子，同时还使新一团内部出了离心离德的人，所有这些，都是他的痛点。当一个人感受着某种痛点时，痛点会时时提醒他，并放大着记忆，同时催化着新的运筹计划的萌动与生发。

　　侯得章知道他必须加紧行动了。

　　侯得章早就获悉矿警团已经换了团长，岳粮丰取代了侯得才，而岳粮丰又是原186团警卫连的班长，与岳粮丰打交道，应该与没脸没皮的侯得才打交道大不同。对堂弟侯得才的恨，是由彻底失望逐步上升到势如水火的，而彻底失望也是由侯得才的所作所为日积月累的，尤其是部队开拔之前的脱逃。尽管碍着三叔的面子没派人出城追捕，但那时候他已对侯得才彻底失望了，一个恨字也从此根植。由一般的恨再到势不两立，则是缘于日伪军第一次大扫荡，那时他带着警卫连选择霍家洼子村的东北角作为突围点，没想到正好钻进侯得才的包抄口袋。他那时候只是想着东北角枪声稀疏便于突围，并不知道侯得才是故意布的口袋阵，也没想到刚刚加入了保安纵队的侯得才马上就对他绝情痛杀，一个口袋阵把他囊括其中，结果他的一连人伤亡大半。最让侯得章难以释怀的是，扎紧口袋的侯得才是破口大骂着下令开火的，喊明口的是"把狗日的灰皮子都打死在河里"，而他那时候刚刚冲到小河中心。

对岳粮丰则不然。但侯得章还是有内心打怵的地方，想起他奉命接应在运河堤上打伏击的马二梭时，岳粮丰是作为俘虏被他关押了的，当时说的是枪毙，给岳粮丰上绑绳时，他还隔着窗子望了一眼。那时候，他恼怒的依旧是侯得才和岳粮丰的越墙叛逃，当时把他们弄到机修班，其实有逼他们反省的意思，压根儿就没有治他们于死地的想法。况且，越墙叛逃并且变节投敌，岳粮丰也不一定是主谋。岳粮丰被俘获再被处死，完全是因为岳粮丰假扮侯得才勾起马二梭的伏击，而带人增援马二梭又非他的本意。他是被当时的团长杨甬力严斥之后才带人增援的，救下了马二梭，却使马二梭以赌气还情的方式打光了他的新兵连。换句话说，他是恨着马二梭才决意要杀掉岳粮丰的，尽管枪毙叛逃投敌者无可厚非，他还是隔着窗口远远地望了一眼。

不过，岳粮丰最终还是被丁黑豆保出去了，岳粮丰以能进城买到盘尼西林为借口，轻而易举地骗取了丁黑豆的信任，而丁黑豆又完全被马二梭的伤势恶化弄昏了头。丁黑豆背着他私放了岳粮丰，他则因急于向团长杨甬力汇报独立营和马二梭的情况，丁黑豆私放岳粮丰的事，过后也就没再追究。如果岳粮丰能把死里逃生看作他的默许，就不会对他抱有愤恨之心，如果岳粮丰能认清形势，知道日本人败局已定，日伪政权即将土崩瓦解，他就会为自己的未来着想。而眼前的形势，傻子也能看得出。

侯得章想秘密接触一下岳粮丰，这一次他不想让任何人知道，至于秘密接触的方式，他先想到的是探亲。但团长请探亲假要向分区打报告，能否获准不一定，消息透出被人猜想也有可能，而悄悄离开团部几乎是不可能的。一来一回，最少需要一夜加半天的时间，团长无由消失，引发的猜疑会更大。侯得章纠结着这一点，心焦得火烧火燎的，有一阵子他甚至想站到团部门口亮开嗓子呼号。别管号什么，只要能让他散结散郁就行。

父亲侯登科又来了。

侯登科这一次是带着急来的，也是带着恨来的，如果依旧记着上一次儿子得章的冷脸，他路过儿子的团部会眼皮不翻。侯登科要跟儿子说急事，还要跟儿子说他是因为一时心软做了失误事，而他一时心软，完全是被老三侯登銮纠缠得受不了了。他想跟儿子说，那天老三侯登銮是夹着铺盖卷去的东跨院，一进屋就把铺盖卷铺到屋当门，接着就躺倒大睡，无论他说什么，老三侯登銮都像犯了邪一样说三道四。侯登科还想跟儿子说，他那一会儿也不是凭空要心软的，他是被老三侯登銮的那一番话搅和乱了。老三侯登銮高一声低一声地喊大哥，还一个劲儿地抹眼泪，还说他一躺倒就想起小时候的日子了。侯登科还想说当时也想着不搭理他，他愿意装狗样猫样让他装去，可是老三侯登銮又吼吼着哭了，哭着还说他躺倒的这一会儿又想起了许多事，几十年过去了，想想许多事都跟在眼前一样。

　　侯登科想说他最受不了的就是老三侯登銮的那句话，老三说："大哥啊，我忘不了咱们小时候的日子，我还是想过那样的日子。"接着又是抹眼泪，又带着哭腔求他，说："你答应给得章写封信吧，就说得才还是想投奔他大哥。"

　　侯登科说，他最急最恨的就是自己竟然答应写信了，但过后他越想越别扭。老三侯登銮是个没羞没臊的，他儿子得才又是个没脸没皮的，这一对父子他是看透了，一得势，当爷爷敬也敬不到位上，一看大事不妙，马上又会摇尾巴晃铃铛，谁知道他们父子哪一会儿是真心，谁敢保证他们父子不会半夜里磨牙。侯登科说他是后怕了，才急着恨着跑来找儿子的，怕的是老三侯登銮当真带着信来纠缠儿子得章，儿子得章要是也跟他一样，一时心软，一时糊涂，张口就答应一句好吧，过后想后悔也晚了。侯登科说，如果老三侯登銮还没来，他就算给儿子得章预先提醒了，如果儿子得章接到信了，也吐了口了，那就紧着想办法修补。最好的办法是往上推，就说分区领导已经知道了，接着就给予他严厉批评。分区领导批评他是非不分，还说他犯了严重的错误，还说不管他这个团长答应过什么，哪怕是对亲爹亲娘，也得一律作废。

　　侯登科最后还是瞒下了侯登銮说的一些话，有些话学给儿子听有些碍口。还有，不跟侯登銮争饭菜那几句，他也不打算说了。侯登科突然发现儿子得章带着一脸病相，脸色灰暗，看着像是病了好久。侯登科就后悔自己只顾说急事恨事，竟没注意到儿子得章是强打着精神听他说话的。于是又紧着说："不对不对，我刚才说的你一准儿没听，你强打精神也瞒不住我！你是不是病了，从什么时候病的，是受了风寒风热发烧啊，还是吃什么不洁之物坏了肚子？总得有个病因吧，给爹说说吧儿子，什么病啊？你怎么了？"

侯得章竟然破天荒地想扑到父亲怀里哭一场，即便不哭出声来，静静地像小时候一样坐在父亲的腿上，闭着眼拿脑袋顶住父亲的下巴就行。这样的感觉，对怀了大志的侯得章来说，是从来没有过的，起码是进省城读书之后再没有过。这样的感觉也让侯得章一时怆然，一时忧伤，忍不住就抱住了父亲侯登科的臂膀，眼睛湿润着，心里酸酸楚楚的，春雨融冰似的把一肚子话全交给了暖阳。侯得章先说的是马二梭戏要了他，独立营戏要了他，就在他宣布与独立营切割的当天夜里，马二梭就悄悄带人出发了，四个早已做好了呼应的据点，全被独立营一锅端了。整整一个建制营的保安纵队下落不明，马二梭和他的独立营也消失得无影无踪，而他还要背负动机不纯的黑锅，还要反复跟分区领导解释为什么，但分区领导要求的是必须收回错误决定，必须跟独立营冰释前嫌。接着说他又从韩愈的《与李翱书》中受到启迪，"如痛定之人，思当痛之时"，他要把运筹帷幄密封在心里，即便是团部其他领导，他也不打算让他们知道了，他想的是怎么把矿警团拉过来，兵不血刃收编他们，现在烦恼的是分身乏术。

侯登科拿手轻轻拍打儿子的手背，意思是他明白了，儿子得章犯的是心病，天底下最折磨人的莫过于心病侵扰。侯登科拍了儿子的手背又望儿子的脸，说："你是说分区领导不同意把独立营从新一团剔出去？"

侯得章点着头又长长嘘气。

侯登科又说："你是说马二梭悄无声息地夺了四个据点，接着就不跟你打照面了？"

侯得章咬着牙点头。

侯登科还是望着儿子的脸，说他又有些糊涂了，独立营利用了儿子得章前期打好的底，夺了据点又消失了，一个营几百人他能带到哪里去。既然据点那边是跟新一团联系的，那一营人见不到，营长对营长，光一个马二梭能镇得住吗。还有，马二梭能把自己的第一连送到野战部队，那他就不是贪图人多势众扩队伍，这一点排除了，他马二梭偷藏一个保安营有啥目的。侯登科提醒儿子得章应该先弄清这些，才能以不变应万变，光是心里急没用。儿子得章又要打矿警团的主意，这倒是一招好棋，不对阵就不死人，双方都有好处，一倒手归了八路军，矿警团那边也不算吃亏。至于当团长的不便脱身，有这个心就是接不上头，那倒好办，他可以替儿子得章完成任务，并且谁也想不到。侯登科说:"把一头整猪切开煮算不算?"

侯得章一时不解,说:"爹您啥意思?"

侯登科说他想的是先不说矿警团,埋底线铺关系先一个营一个营地来,先把四角外围的几个营分块下锅,最后再对付猪头团部,合起来还是一头整猪。侯登科说,他跟官地营的孙营长倒是打过几次照面,他听说小祸害侯登仓不种庄稼只种苘,心里好奇,就去官地那边查看,一来二去就跟官地营的孙营长搭上话了。孙营长看着邪毛夯刺的,人倒还通些道理,听说入兵营之前还读过三年乡小,心里多阴多坏倒是没看出来。侯登科说,如果分块下锅的方式可行,他弄妥了官地营接着再去找河套营,猪头团长岳粮丰他也可以找机会搭话。不就是原186团的警卫班班长嘛,喊个三老雕他也不见得会恼,喊他岳团长是拿话敬他,是人都吃敬。侯登科说完了看儿子,意思是听儿子得章一句话。

侯得章就点了头。侯得章还要站起来向父亲敬礼,还要说父亲让他刮目相看了,把矿警团比作一头整猪的说法既形象又准确,况且,这种分块下锅的方式属于一对一,比起先找团长岳粮丰,反倒是最稳妥的。侯得章又拉住了父亲的手,不眨眼地望着父亲侯登科的眼睛,侯登科马上就明白了,拿手指指着自己的心口窝,说:"放心吧儿子,嘴上没有,都在这里藏着呢。"

侯登科最后又跟儿子得章约定,说他回去就办这件事,中间不来就是一切顺利,最后圆满了再来是领功受赏的。要返回了忽然又踟蹰着问儿子得章他先前说的那件事,说八路军眼看要夺县城了,那个没脸没皮的侯得才怎么办,还能不能让他再归队。侯得章一下子又灰了面孔,说:"他归哪门子队?他是哪个部队的?他还有脸回来?"

第八章

侯登仓已经想好了,官地上的那个营他非干掉不可,麦收之后就该种夏粮了，不能再等了。当初他舍弃了一茬庄稼，几百亩肥得流油的好土地，他只用来种苘，而苘这种东西只有懒汉才愿意种，种也是选择的边角沟沿。好土地上种苘，一种又是几百亩，傻子也得知道他是下了怎样的决心。

侯登仓知道，官地兵营是侯得才当了矿警团团长之后才有的，侯得才以护卫矿井当幌子，其实是拿官地出气的。结果一营人像是进了自家的院子，脚踩手扒，人走马踏，官地上的庄稼几乎全祸害光，而那时候高粱苗已经齐腰深了。他为此大恨大恼，他还拿着绳子去了营房，他还要以死逼迫官地营搬家，结果没爹的孙营长倒反过来催他紧着挂绳套。侯登仓从此就记恨了官地营，恨是连孙营长一块儿恨的，报仇的心也就扎下根了。

侯登仓后来也恨土地庙，庙里的土地爷是马笸子比量着他塑的，但后来他就不打算指望土地爷了。到了谷雨节的最后一天，他又开始在官地上劳作了，他播种的是苘籽，苘收获的是皮，皮沤了晾干就是麻。苘可以长到和芦苇一样高。苘可以密植，抗旱涝还抗风刮。当苘苗钻出地皮时，侯登仓又进了紫云寺，还是在太阳垂地时去的，他还喊了马笸子姐夫。他说："姐夫啊，我知道你跟马二梭有一腿，马二梭要是能保证官地从此牢牢地在我手里，我帮他干掉一个营！"

自从说了那句话之后，侯登仓再没去过紫云寺，他是等着马笸子回话的，偶尔望一眼姐姐侯月娥家，接着就把院门关上了。

侯登仓被即将到来的行动激动着，他一遍遍地憧憬着炸药的威力，他甚至还能听到惊天动地的爆炸声，当他仰着脸凝视屋顶时，眼前飞溅的都是官地营的血肉。没爹的孙营长先是炸断了两条腿，两条腿是从胯骨那儿断开的，齐刷刷的断茬流着鲜血，怎么看都跟过年杀猪差不多。孙营长抱着两条断腿爬过来爬过去，看见他了就哼哼地哭，嘴咧得差不多要到耳根了。孙营长还哭着爬着哀求他，说："登仓爷，我已经知道错了，您老人家再给我换两条新腿吧，既然会自配炸药，您一定会配接腿药。您老人家只要肯发一丝丝善心，我立马就带着官地营滚蛋，我还要把您老人家耽搁的一茬秋庄稼找补回来，我给您种了大秋再接着种麦子。我要让您老人家的官地一年收两茬收三茬，我带着官地营的弟兄给您老人家当长工也行，您老人家就不用天明天黑地摆弄牲口了。养那些四条腿的畜生费时还费心，吃得还多还难伺候，我们光干活儿不吃您老人家一口草料，我们连一口水也不喝您老人家的。"孙营长哭着爬着还给他磕头，他说："晚了姓孙的，你光炸断腿还不行，你得炸成骨肉酱,这就不用给官地施肥了。炸吧,炸吧,炸得碎碎的。"孙营长这个没爹的果然就没头没脸了,肚子也没有了,最后只剩下一双牛皮靴,还是崩了窟窿的。

　　侯登仓仰着脸凝视屋顶,他的脸上现出了少有的红润,额头还是泛着光亮的,长长的黏口水顺着嘴角流出来,亮晶晶地挂在领口上。那时候他会突然地笑出声来,两只手还会平伸着,看着像是在空中接东西的,接着接着又噗噗地吐。侯岳氏呀呀地惊叫,心里瘆得揪揪着,身上密密麻麻地暴起一层鸡皮疙瘩,孩子也闭着眼往床底下钻。侯岳氏又去找了大姑姐侯月娥,说:"姐啊,你弟弟又中邪了,他笑得没人声。"侯月娥就把小儿满心交给女儿金巧金芝照看,又让大儿子得田拿着刀叉到门口阻拦邪气。

　　侯月娥走到河湾口又问侯岳氏这一次是个啥光景,一天三顿饭还要不要人喂,是不是又脱了个净净光。侯岳氏说这一次倒是没脱光,又说她不记得得金他爹啥时候上过床,他是一天到晚窝在家庙里的,不到饭时,谁也别想让他出来,谁也问不出他窝在家庙里弄的啥。侯岳氏说,她最受不了的还是得金他爹的笑,大白天还好些,知道他想笑还好些,瘆人的是不知道他啥时候会笑,更不知道他为啥笑。还有他那两只手,先是平伸着,看着像小孩子接雪花,忽然地又甩手,还噗噗地吐,看着又像是接了两手稀屎。侯月娥就拿眼挖侯岳氏,说:"说得邪乎,你们家到处都是稀屎啊?"

　　侯月娥进了院没看见弟弟侯登仓,侯登仓又进了家庙,侯月娥扒着门缝望里边,侯登仓从家庙里走出来,先跟姐姐侯月娥打声招呼,随手就把门锁上了。侯月娥上下地打量弟弟,看哪里都是没毛病的,如果排除掉脸上的托腮肉少了些,侯登仓甚至还显出了少有的精神。侯月娥又拿眼挖侯岳氏,意思是嫌侯岳氏说话没准头,侯登仓却拉了凳子让姐姐侯月娥坐下说话,自己则脱了一只鞋垫着,孩子似的坐到姐姐侯月娥对面。

　　侯登仓说他很想跟姐姐说个长话,要不是这一阵子盘算茬口庄稼,他早就去姐姐那边了,姐弟情意先放下,看看小外甥是理所应当的。侯登仓忽然又说他好长时间没见二姐夫马箅子了,二姐夫不常过来,姐姐也不常去紫云寺,看来生孩子的事要撂下了。侯月娥脸上竟飞了红,想着弟弟又要往床上扯,紧着找话头拦截,说自己是来望弟弟光景的,怎么又扯到她身上了。侯登仓像是没听懂侯月娥的话,还是自顾自地接着刚才的话头,说"五十八,接个瓜",接着又说"五十九,坐个扭"。还说姐姐还不到五十岁,不说如狼似虎吧,

遗腹子

床上的事掐断还是早了些。还是应该接着生孩子,满心下边还应该再有满意、满天、满地,要是第三个第四个是闺女,就叫满喜、满乐。侯月娥抡着巴掌要捆弟弟的嘴,听见侯登仓又说他最近一直存着疑惑,不知道二姐夫马笳子为什么来得不勤了,按说他一日三餐好吃好喝,他得有使不完的气力啊,他白天不方便来,晚上他该一趟趟地跑啊,可是他隔着河湾口望过许多次,结果连个脚步声也没听到。

侯岳氏笑着又惊,说:"姐你听出来了吧,这些话他不该说吧,你看他脸上一丝丝羞臊都没有吧。你说他这是啥病?"

侯月娥从头上拔下簪子,满把抓着要扎弟弟的嘴,说:"你再说二姐夫,我把你的嘴撕了!你不愿意喊姐夫就说马笳子,你带个二啥意思?"

侯登仓又往侯月娥身边凑了凑,先拿手在自己嘴上拧一下,紧着又说错了错了,是不该在姐夫前边加上一二三的。

侯登仓说他也不知道自己这是怎么了,先前姐姐跟麻五姐夫弄那事他烦,后来姐姐又跟马笳子姐夫弄那事,他还是烦,他还当面说过姐姐离了那事不能活。那时候,他恨不得把姐姐关到铁笼子里,还要在笼子门上吊铁环,还要吊个牛头大的铁疙瘩锁。但现在他不那样想了,他盼着姐姐跟马笳子天天不下床,没黑没白地天天弄那事,只要姐姐为侯家新宅生孩子,他愿意把家里地里的话儿都包揽起来。侯月娥急了一头汗,从两面腮到脖子都是红的,她站起来抓凳子,举着凳子要砸弟弟的头,凳子举起来又扔下了。她说:"越说越不像人话了,你是吃屎的孩子啊,没人管你!"

侯登仓光着一只脚追到门口,望着侯月娥的背影,又说他现在有些明白了,姐夫马笳子来得不勤了,也许是碍着得田兄妹年龄一天天大了,憋着忍着也是没办法,而姐姐又忌讳着得田兄妹说闲话,也得憋着忍着不去紫云寺。如果真是这样那就好办了,等他过几天把一件紧要的活儿干了,就专为姐姐姐夫盖一间新屋。地点他也想好了,不在紫云寺,也不在河湾口,新屋就盖就在官地边上,两个人就跟闲玩儿似的,谁也看不见,看见也不知道是进屋上床的。侯登仓最后还说他这就去找姐夫马笳子,上一次就见姐夫把自己弄得跟土毛驴一样,估计姐夫是故意使力气的,这一次再去紫云寺,他会让马笳子省下劲来用到生孩子上。

侯登仓当真去了紫云寺,当真又喊了姐夫,但接着他就对马笳子产生了怨恨,他还在脸上显出失望来。马笳子依旧眯着眼跟他说话,话也说得前言不搭后语，说话的口气还弄得断断续续的。马笸子还一个劲儿地打呵欠，看着像是整夜整夜读经文做晚课的，侯登仓知道根本不可能。马笸子除了拥有不可告人的天大秘密，还会像骚公狗一样串野门子，否则他不会把自己弄成灰头土脸。还有，马笸子的衣服明显是磨擦过无数遍的，只有爬过墙头钻过墙洞的人，才会把衣服磨得少边无沿。侯登仓就朝地上啐了一口，恨着又问马笸子把他的话传给马二梭没有，他一直在家等着，结果还是没等来回话。

侯登仓说，那句话他已经说了好久了，那时候说的是知道马笸子跟马二梭有一腿，要是马二梭能保证官地从此牢牢地把在他手里，他能帮马二梭干掉一个营，那时候马笸子是嗯嗯着答应的。侯登仓又往前跨一步，又要往马笸子鞋上吐，说："你别光打呵欠，问你话呢，你跟马二梭说了吗？"

马笸子还是嗯嗯，说他已经传过话了，马二梭说守住官地不成问题，他搭个地铺帮着看护也可以，但是马二梭不同意蛮干。

侯登仓就盯住了马笸子，说他听着搭地铺帮着看护这一句不像是马二梭说的，马二梭是一营之长，不可能天天帮他看护官地，不过，他愿意听守住官地不成问题这一句。侯登仓盯住马笸子的脸，瞅着又笑了，还笑得诡诡诈诈的，说："你想想我会蛮干吗？我一个人干一个官地营，我是牛魔王啊？"

侯登仓几乎忍不住要跟马笸子说弄动静的事了，说他自己也感觉有些怪异，他是脱了鞋又进的官地不假，他是专挑拣的下半夜也不假，要说弄了动静还看不见他，怎么想都是奇怪的。侯登仓想说他是一天天盼着荷苗疯长的，好不容易等到荷棵齐肩了，落下一场雨之后又到耳朵梢了，等到荷棵长到头顶高时，他就开始行动了。侯登仓还想说，他第一次进入荷地是格外小心的，他脱了鞋又在脚上包了棉绒，运河湾里都知道，只有鬼走路才脚下无声，他是替鬼弄动静的。他进入荷地之后就直奔官地营区，摸到营房了就拿纳鞋底子针拨弄牛蹄筋，牛蹄筋是拿土地庙里的香灰水浸泡过的，下半夜里听声听音，咝吽咝吽，怎么听都是带着阴气的，结果第一夜就把整整一个官地营弄炸窝了。

侯登仓最想跟马笸子说的还是官地荷棵的怪异。官地营夜里睡不成觉了，没爹的孙营长是下了命令搜查的，几百人几百双眼睛，搜过来搜过去，就是没有一个看见他的。有一次他明显是躲闪不及了，明显是上了没爹的孙营长的当了，整整一个官地营是睁着眼打呼噜的，他那时候只认为是睡得正香，没想到他刚拨弄了两声，几百人呼啦一家伙全冲出了营房。他想跑也跑不了了，他跑得再快也没有电棒子的光快，万般无奈了，他只好靠着荷棵蹲下来，只好看着几百条光腿在他跟前跑过来跑过去，怪异的是竟然没有一个人看见他。侯登仓还想说他记得最清楚，没爹的孙营长就是在那一次吓破胆的，回到营房就给团部打电话，电话是带着哭腔的，说官地营房盖在鬼窝里了，一个营的弟兄都拉绿屎，官地营他是一天也不想待了。

　　侯登仓强忍住笑，眨巴着眼瞅马笳子，但最后他又把要说的念头摁下了。一直堵在嗓子眼的话是，没爹的孙营长说走并没走，官地营还是没搬家，他不能再等了。这句话差不多要脱口而出了，他还是以咬牙的方式憋了回去，转身要出山门时，忽然又探着身子打量马笳子。他说："哎，我说你是怎么回事，你天天弄得少气无力的，你是不是惹上夜猫子精了？你不会是天天晚上泄空身子吧？"

　　侯登仓出了山门又返回来，压着声又问马笳子："你刚才说马二梭不让我蛮干，他是不是又像上次炸日本人暗堡那样，再使一计拿下河套营啊？"

　　其实马笳子也说不准独立营现在的具体位置，马笳子最后一次见马二梭是在几天前，那时候独立营刚刚把运河以西的最后四个据点拿下，马二梭带人过来是存放武器弹药的。马笳子几乎没跟马二梭说上话，当时他曾问过独立营用了什么战法，竟然一夜端掉四个据点，马二梭只说了一句含糊话，说瓜熟透了，不揪也会自个儿落蛋。搬运武器弹药的人来去匆匆，但马笳子还是从独立营的人的脸上看出了某些不寻常，甚至还有些异样的表情。他先是悄悄地拉住肖八万，说他看出独立营的人又比先前少了，接着又问吴春牛去了哪里，结果肖八万也跟着说含糊话，说吴连长往分区送俘虏去了，往下再不肯多说。他马上就感觉出肖八万的话没说完，因为搬运武器弹药的也有吴春牛的第二连的人，押送俘虏还用得着连长带队吗。

　　马笳子装了一肚子疑惑，自己偷偷挖地道的事他是不会说的，他只是想从马二梭嘴里掏出异常。马笳子说他已经看出来了，他即便是猜也能猜个七八成，要么是独立营又跟新一团闹僵了，要么是独立营端掉四个据点没跟新一团汇报。如果一切如他所料，马二梭这一次又等于在团长侯得章的心里多积了一道阴影，阴影越积越多，最后不成风就成雨，要想烟消云散是不可能了。其实马笳子那时候很想跟马二梭多说一会儿长话，很想说他最近的想法，有些想法跟独立营有关，也跟马二梭有关。马笳子还想说他这个想法已经存在好久了，但马二梭几乎没给他留下说长话的时间，哼哼着问他还有没有死面锅饼,如果还有腌萝卜,最好都带上。所有人都是吃着走的,到他们走马笽子的想法也没说出来,看着马二梭消失在黑暗中,他只是感觉心口窝里一紧一紧的。

马笽子不能跟侯登仓细说,说细处他自己也不知道,况且,侯登仓要他托转给马二梭的话,他压根儿就没跟马二梭提过。

从紫云寺回到家的那天,侯登仓的晚饭吃得特别多,除了两个油盐卷,还喝了差不多一盆黄瓜面筋汤。一个四十多岁的人,一天天地窝在家庙里,干的稀的吃那些,已经算是很大的饭量了,即便是地里干活儿出力的,晚饭也不过两个窝头三碗汤。但侯登仓过了一会儿还是说饿,还说他晚饭根本没吃饱,火上房似的催着侯岳氏再给他做饭吃。油盐卷不吃了,黄瓜面筋汤也不想再喝了,他最想吃的是白单饼,最好再拿辣椒炒一盘鹅蛋。但是鹅蛋壳不许磕烂,要磕只能从一头磕个小孔,让鹅蛋清鹅蛋黄能流出来就行,磕的口越小越好。

侯岳氏打着呵欠下床,先是拿白眼珠子挖侯登仓,接着又揉着眼埋怨,说饿死鬼托生的也不会一个晚上吃两顿饭,阎王爷催饭派饭再急紧,也不会让一个正睡觉的人起来现做。接着又说侯登仓是故意作践她,即便是万岁皇爷要吃鹅蛋,也断不会如此使唤人。

侯登仓又吃了两张白单饼,一盘辣椒炒鹅蛋也吃光了,挥着手打发侯岳氏上床睡觉,他自己是坐在门砧上熬时间的,估算着差不多半夜时,牲口棚里的驴果然叫了。鸡叫天下明,驴叫半夜平。半夜里动身去官地,到了官地营房,三星也应该到头顶了。三星到头顶,睡着不会醒。侯登仓又把家庙门打开了,炸药包早就装在背囊里了,重新封住暗洞口时,他又有了想笑的冲动,拿手在嘴上拧一下,拧着跪在香案前边,心里默念的是娘和大哥,说他要去干一件惊天动地的大事了,往后再也不用为官地担心了。如果娘和大哥也认为他该动手了,那就允许他笑出声来,因为他一想到天明之后官地里一片烂肉,他就忍不住要笑。

侯登仓走过河湾口时果然笑出了声,那时候三星差不多到头顶了,运河湾里起了风,风把夜空扫得晶晶莹莹的。夜风里还有麦香,麦香是带着甜味的,吸一口能入肺里。

侯登仓已经记不清是第几次钻官地的苘棵了,苘棵好像比前一个晚上又长高了一些,除了拿手拂去撩拨额头的苘叶,他还用手摸了摸吊在胸前的油包。油包用的是猪脬泡,油是火麻籽榨的,火麻油里还有鹅蛋壳,鹅蛋壳里装的是酒，破口处是用蜡封堵的。侯登仓拿手摸着油包还是想笑，快走到营房门口了，他还在心里骂了一句没爹的孙营长，接着他就看到了巡逻哨。

巡逻哨是探着头望苘棵的，苘棵像运河一样望不到头，巡逻哨拿手摸口袋，摸出来的是烟头，把烟头塞到耳朵眼里，接着再望一眼运河一样的苘棵，最后便抱着枪睡着了。侯登仓又掏出了牛蹄筋弓弦，捏住针拨弄一下，巡逻哨没抬头也没摸枪，侯登仓已经走到营房门口了，巡逻哨还是没抬头，还是没摸枪。侯登仓记得很清楚，当初官地兵营建造的是板房，木材是从河套里运来的，刚砍伐的松柏树还流着黏稠的汁液。几百个人吆着号子起墙架梁，连房顶带门窗是一气儿弄成的，房子起来了，看着还像是搭着玩儿的。侯登仓从那一天起就注意到了，木板房起得快是好处，经了雨湿得快干得也快，论起来也是好处，但木板房怕起火。侯登仓认为他是第一个发现木板房怕起火的，于是侯登仓就挨个儿别住每个房门的门鼻，别住门鼻之后他还拿手推了推。

侯登仓最后摸到了窗口，窗口是两根横木留出的缺口，大小跟给牲口淘草用的筲篱差不多。其实侯登仓闭着眼也能摸到窗口，当他挨个儿往窗口里扔皮油包时，几乎跟运河湾里的少年玩儿一种沙窝游戏差不多。侯登仓是随后扔的炸药包，炸药包用的是炮仗捻，点燃了跟着就发出轰鸣，火光也跟着亮起来，到后来就分不清是炸药引燃的皮油包，还是皮油包烧爆了炸药，反正大火是烧起来了，里边的人也变成了火人。巡逻哨没听到响声，也没听到火人的哀号声，他是被木板火烤醒的，他也跟着呼号，呼号着看到营房门口有个人挨个儿摸门鼻。

巡逻哨要过来拉摸门鼻的人，说："你傻啊，火扑门了你进去找死啊。"火光里看见的是侯登仓，巡逻哨就哭了，哭着埋怨孙营长不该安排早饭后搬家，侯家老宅的话更不该信，河套营是夜里走的，夜里就该赶热窝搬过去。接着又说他们都上当了，先弄鬼声又放鬼火的是杂毛老道侯登仓，侯登仓还把门鼻别上了，从里边拉根本拉不开，一屋子烟火，烧也能把人烧死，呛也能把人呛死。

侯登仓就放亮了声笑，笑着抱住巡逻哨，连人带枪贴住门板，一个官地里都是侯登仓的笑声。

就在侯登仓炸掉官地营的第二天黎明时分，马二梭和他的独立营又到了河套口。他们是来观察河套营的动向的，但见到过独立营的人偏说马二梭是要夺县城的,炸掉官地营不过是顺带着清外围。还有人说他们看见马二梭手里的望远镜了,用望远镜先望的是矿警团最北边的河套营,河套营逃过一劫是赶巧了。

第九章

官地营被炸的消息传到侯登科那儿,侯登科一下子变了脸色,汗珠子挤着疙瘩滚落,一张脸变得煞白煞白的。他自语说夜里就听到了爆炸声,想着是在梦里,结果又让独立营抢先了。他惊骇着往官地跑,看了一眼就捂住了胸口,趔趄着又回到村子,接着就看见满秋在井上打水。侯登科凑过去,伸着头偏着正着瞅满秋的脸,满秋就嘿嘿地笑,说井里的水天天是凉的,天天是清的,根本用不着分头遍水二遍水,可他爹睁开眼睛不管早晚,开口第一句话就是叫他打水。满秋还说一个紫云寨几千口子人,都想吃头遍水,那也不能都赶一个时辰往井里放筲啊,几百只水筲放得下啊。侯登科说:"满秋,你今天的话真多,我记得你平时不爱说话,你今天说得还多还在理。满秋你心里特别痛快是吗?"满秋还是嘿嘿地笑,笑着还喊了一声亲家叔,这也是先前不曾有过的。

侯登科又说:"你一大早就起来打水,不会是独立营到家来吃饭吧?"

满秋嘿嘿地笑着还东张西望,说:"看你说的,你是真会说。"

侯登科激灵着打个寒战,又说:"二梭冷不丁地回来,你们马家今天的饭食一准儿错不了,兴许得擀白饼,兴许得喝鸡蛋穗面筋汤。是吧满秋?"满秋不嘿嘿了,满秋是咧着嘴笑的,说亲家叔真是了不得,说得跟看见的一样。满秋流了口水,说:"我早就想吃大白饼了,鸡蛋穗面筋汤我一个人能喝半盆,咸菜丝不拿香油调也行。"

侯登科愣怔着站在井台上,心口窝里紧一阵慢一阵,疼是拧巴着疼的,像是有一只手故意又拧又拽的。侯登科跟在满秋后边进了马家胡同,春子扎着围裙走出来，手里还拿了绳，绳子铺到地上竟然是背柴火的。柴火垛就在自家门口，烧着烧着没有了，随时都可以出来拿，抱一抱也行，扯一大掐也行，多少人吃饭才用拿绳子背柴火啊。马二梭不在家，马家平时只有六个人吃饭，六个人里还有两个吃不多喝不多的，马家等于五个人吃饭，烧棉花柴也好，烧豆秸也好，连一抱柴火也烧不了。早晨不用蒸干粮，顶多一大掐柴火就够了，可春子是先铺下的绳子，看着像是背到镇上卖柴火的。侯登科又跟春子打招呼，说："春子你今天又要受累了，马家地里活儿是你，烧锅攒灶还是你，这么多人吃饭，灶台上也不比地里活儿轻省，况且又到了五黄麦熟天。"

春子也冲侯登科笑，春子笑着还朝院子里努嘴，看着像是不想让院子里的人听见。春子还跟侯登科打手势，意思是要侯登科靠近说话，侯登科轻着脚步走到她跟前了还拿眼角瞟院子。春子就拿手半捂到嘴上，先说侯登科是个明白人，一个侯家老宅的人，就属侯登科明白，跟明白人说话，说的听的都省力。春子说："亲家叔你可得知道，我可不能再支派兰兰了，兰兰现在是个啥光景你一想就明白。"侯登科紧着点头，说："我明白我明白。"春子又说："好茬口不如好雨水，起得早不如赶得巧。这句话你得明白啥意思吧？"侯登科又紧着点头，又说："我明白我明白。"春子就嘎嘎地笑了，说："兰兰过门时间再长也是兄弟媳妇，兄弟媳妇没孩子就是新媳妇，新媳妇也得要孩子啊。兰兰满心想的是孩子，你说我还能支派她干这干那啊，不能吧？你说呢？"

侯登科不点头了，侯登科是急着接话的，说："二梭来了不就能怀上吗？"春子说："说的就是呢。"侯登科盼着春子再说，春子背起了柴火，进了院就把门关上了，马家院子里又响起春子的亮嗓子，春子说的是："做饭做饭，这么多张嘴等着吃，又是饿了一夜的，我得大火烧！"

侯登科没顾上吃饭，也没跟侯葛氏说去哪里，进家先去老二侯登榜的西跨院，说他要去镇上办事，从牲口棚里牵出驴来，还没出院门呢就骑上了。老三侯登銮听到驴蹄声就朝外跑，大跑着追上老大侯登科，抓着缰绳喘粗气。侯登銮的脸煞白煞白的，喘着粗气，先拿眼角扫一眼街口，接着就问侯老大侯登科知不知道夜里的事，说他听到爆炸声就再没合眼。侯登銮还说："大哥，你现在明白了吧？"侯登科也斜着眼望侯登銮，说："啥啊你说的，我明白啥？哎，你是不是什么都知道了？"

侯登銮不分个儿地点头，说大哥原来一直对他有误解，一直认为他耍心眼动心机，临到火烧眉毛蹿房顶，到底还是能看出来灰没火热酱没盐咸，一扎没有四指近。谁用的啥招，谁使的啥计，谁是心狠手辣的，从一场爆炸火就能看得清清楚楚。马二梭要没杀到眼前来，多少还想着他毕竟是侯家的姑爷，毕竟跟侯家老宅连着亲眷，即便下手也会绕个圈倒个弯，这可倒好，一家伙杀到家门口了，一家伙烧死了几百人。要是得才还当着营长呢，要是得才正好到官地营办事呢，他现在就是想找一根完整的手指头也找不到了。

　　侯登銮还要再问大哥把话传给得章没有，经了眼前这一件事，想必得章也能掂量出什么叫杀人不眨眼了。即便得才不想着二番再回到团长大哥身边，即便得才带着矿警团跟新一团开战，得才也断不会连炸加烧。侯登銮抓着驴缰绳摇晃侯登科的腿，说：“你问得章了吗，得章是怎么说的？得才不计较官大官小，让得章给得才个副团长就行……”

　　侯登科夺过驴缰绳又拨拉侯登銮的手，说：“刚才问你话，你还没说。我再问你一遍，你怎么知道是独立营干的？”

　　侯登銮呀呀地冲侯登科翻白眼，说他已经跟大哥掏心窝子说话了，没想到大哥还是想着套亲弟弟的话。侯登銮说得动情动意的，看着还像是生了真气的，说：“官地营的烟火还没消呢，马二梭和他的独立营就出现在了河套口。官地营是下半夜被炸被烧的，黎明时分就有人见到了马二梭，马二梭手里还拿着望远镜。他是什么时候来的，他从哪里来的？独立营是新一团的部下，新一团把团部安在紫云寨了吗？马二梭是地里仙啊，他能日行一千夜行八百啊？一东一西三里长街，不是独立营会是谁？清了外围就要夺县城，这也是有人听马二梭亲口说的，除了杀人魔王马二梭，别人谁能说出这话来。”侯登銮说着又要抓驴缰绳，追赶着又一连声地惊叫，说：“呀呀，大哥你这一问，我忽然又想起来了，该不会是团长侯得章命令营长马二梭干的吧？”

　　侯登科拨拉着驴头要打侯登銮，吼着说：“老三你混蛋！我再说一遍，新一团已经把独立营剔出去了你知道吗？得章跟二梭已经没关系了你知道吗？你以后再连起来说，我跟你没完！”

　　侯登科又到了新一团团部，见了儿子得章也说独立营把官地营端了，这一次炸得尸骨无存。他说上次跟儿子得章定了话，中间不来就是一切顺利，但现在出了大变故，他的计划全打乱了，不来一趟他能把自己憋屈死。接着又把见到和听到的一切，其中包括套出来的话讲给儿子得章，说尽管没扒墙头往马家院子里张望，但满秋和春子的表情把一切都说明了。侯登科还想再

遗腹子　　273

描述老三侯登銮的分析，话没说完，侯得章又吐了一口血痰，这一次吐得比上一次还厉害，明显血多痰少，脸色也由白变黄，眼神也是木着的，看着跟失了魂一样。侯登科紧着拍打儿子的后背，紧着喊警卫员舀水，虎保舀了满满一瓢凉水，瓢伸过去就被侯得章打掉了，一瓢凉水全泼到侯登科头上。

侯得章捂着胸口站起来，手指着副团长牟利光，擦着血嘴下了死命令，说新一团跟独立营势不两立了，全团立即集合，目标是河套口，发现独立营，立即解除武装，就地关押。副团长牟利光嘴里答应着，一只手却拽住了侯登科，压着声说："团长有些不理智，命令下去就是铁板一块，一旦与独立营进入血拼状态，两败俱伤自不必说，关键是找不到血拼的理由。独立营炸的是矿警团，矿警团是从刘百湖的保安纵队拉出来的，新一团为什么要恼，新一团恼什么，是恼独立营连克连胜吗？还有，分区那儿怎么办，新一团不打敌人打独立营，能照实汇报吗？"侯登科望着副团长牟利光一个劲儿地搓手，说："这咋办啊？牟副团长还是你说吧，我怕说不清楚……"牟利光苦笑着摇摇头，意思是他能说清楚也没法说，他说得越清楚团长越怀疑他。侯得章却又冲着副团长牟利光发了火，说："我是新一团团长，我还兼着河湾县县长，河湾县发生的一切都在我的辖制之内。你只管执行，责任由我承担！"

其实，一切都是偶然发生的。

马二梭和他的独立营又到了河套口是真的，观察河套营动向也是真的，按计划切块除掉矿警团也是真的，但马二梭他们万万没想到，河套营已经被侯得才带走了。

侯得才是临近半夜时分动的身，河套营是提前一小时吃的夜饭，所有人都换了便装，除了人手一把王八盒子随身带着，轻重武器都装在蒲草鱼篓里，看着跟出远门做苦力生意的差不多。侯得才望着河套营又骂岳粮丰，侯得才还教河套营营长喊山，教的是："老子走，孙子看，乌龟王八吃现成饭。"河套营营长吭哧着低声念，侯得才找棍子要打河套营营长，腿弯里却被春由枝子踢了一脚。使女春由枝子是传话的，说："进屋吧贱人，小姐叫你进屋说话。"

花田子小姐还是叮嘱他路上要小心，说到济宁码头雇了船，要先拍个启程电报，电报只说"明月几时有"。到了萍乡煤矿再拍个平安电报，电报要说"把酒问青天"。要返航了就拍"月是故乡明"，其他话一句都不要说，侯得才只需要记住这几句话，她一看就明白。侯得才听着摇头晃脑，说他怎么听都像是说黑话的,倒不如先说一句开山,接着再说仙人洞,最后跟一句闯山门,他根本不用记,保证哪一句也忘不了。花田子小姐登时就喷了脸,咬牙切齿地训斥侯得才是不觉死的贱鬼,耍奸弄巧不分情势缓急,看来她的一番苦心又要落空了。花田子小姐就落了泪,啜泣着又说起上一次工程师遇难的事,说满满一船设备连影也没见,总部没来电训斥,她也自觉愧对麻生家族。说着又望侯得才,看见侯得才一只手在胸前口袋里摸索,看着像是抓痒的。花田子小姐狠着使个眼色,春由枝子扑上去伸手掏口袋,掏出来的果然是迷仙绒,迷仙绒是包在锡纸封里的。

春由枝子就红了面腮,口中呀呀地啐口水,说:"小姐你看呀,不要脸的又把这玩意儿带上了,他是想着走一路风流一路的!你还把重任托付给他,你还跟他苦口婆心,他是有正形的人吗?他心里还有二样事吗?"

侯得才嘿嘿地笑着上手抢夺,说他不过是拿着当玩意儿的,几百号弟兄在船上干坐着,闷了就会少精神,少了精神就少了警戒心,拿这玩意儿当个话引子,无非是快活快活嘴头子。又说满满一河筒子水,他就是想风流快活,他就是再没正形,也不能把摇橹划桨的船老大变成如花似玉的妙龄女。侯得才说着还露出了委屈的神色,还拿眼角瞟花田子小姐,花田子小姐侧了脸朝春由枝子努嘴,说:"我这一会儿心乱,枝子你带他去你屋里,看看他还有哪些想带没带的……"侯得才跟着春由枝子进了屋,夺过迷仙绒来先把下边套上,火急火燎地就把春由枝子的裤子扒了,自己是拉着架势要用狂力的。侯得才还要春由枝子搂住他,扑到身上了又说这就是开山,手在小腹处游动,游动着拿手指勾挠春由枝子的下处,接着再说这就是仙人洞,跟着又是连连冲撞,最后再说一句闯山门是最形象的。

春由枝子也学着花田子小姐的样子啜泣,泪水没流出来,先说了一句感慨话,说来到中国最不值得的,就是天天跟个贱人混在一起。接着又闭了眼长长叹息,又说想想麻生小姐那样的高贵身份,她一个使女身子也就没什么好珍惜的了。两只手果然搂住了侯得才的腰,哀求着要侯得才放过岳粮丰,意思是她知道回不了日本国了,只要侯得才不在岳粮丰面前把她抖出去,她就好歹有个护身皮。侯得才越发使了狂力,说:"你还当真要跟岳粮丰过日子啊,你以为三老雕是好东西啊,那个熊玩意儿一个屁三道弯,没有他不知道的!"

花田子小姐突然拿着电报进了春由枝子的屋子,花田子小姐先骂了一句骚狗，又在侯得才腚上跺一脚，说萍乡那边改变方式了，连设备带工程师上的是火车，现在已到济宁货栈了。工程师还是穿的中国北方人的服装。设备拆卸了打的零部件小包，既便于搬运，也不招眼。花田子小姐的意思是让侯得才走运河东岸的旱路，接了货也不雇用货船了，连设备带工程师分坐运河上的小渔船，小渔船要前后拉开距离，外观上要跟沿河打鱼的一样。侯得才带的人也不上船了，仍旧沿运河东岸暗中押运，河上无异常，押运人尽量不暴露目标。侯得才打起呵欠，提上裤子又懒洋洋地说一句："这样啊，不去江南了？"春由枝子啐着口水又悄悄在侯得才身上掐一下，说："得了便宜再卖乖，贱人得势！"

侯得才总算带人出发了，那时候夜正深沉，露水是从运河湾的上空飘落的，露水飘落到地上变成了露珠，露珠把黑夜搅成了糨糊。从时间上推算，侯得才带河套营出发去济宁，跟官地营爆炸是脚赶脚，跟马二梭带独立营来到河套口，也是一前一后脚赶脚。

独立营分两处藏匿了缴获的武器弹药之后，根本就没停顿，但那天马二梭却没带人直接去河套口。如果单从距离上算，从紫云寺斜插东北方向，一顿饭的工夫就可以到达河套口，如果沿着河套边缘急行军，时间可能还会缩短些，但马二梭还是截住了马箢子的话头。马二梭只跟马箢子要了些死面锅饼，死面锅饼是走着吃的，出了紫云寺突然来了个大转身，独立营先东后北再向西，一下子又折回到新一团老驻地。没有人知道马二梭为什么要绕个羊肠子弯，折回到新一团老驻地，更是先前想也不曾想的。

肖八万装作系鞋带等副营长丁黑豆，黑豆身壮腿短，走着走着就落在后边，要想跟上腰挺腿长的马二梭，他就得两条腿拨拉得跟走马灯一样。肖八万跟黑豆说他也是突然间想起来的，马营长带着人兜圈子，一定是想到了新一团也许会寻找，兜圈子就是因为不想让新一团摸清独立营的动向。肖八万说马营长其实比任何人都心细，他一定想到了新一团与独立营分割，绝不会是分区的决定，侯得章事后一定会上报，分区也一定会让他撤销通报，如此他就非找到独立营不可。即便分区认可了新一团的通报，侯得章也会派人寻找马营长，再找到就没有礼节性的遮掩了。肖八万问黑豆他分析得对不对，如果果真如此，那独立营又算谁的队伍，光打个独立营的番号，那上级领导又是谁。肖八万说，他一想到这些，心里就跟八股叉似的。

黑豆表情依旧凝重，自从马二梭亲自送走花子余的第一连之后，尤其是出了吴春牛从第二连挑人送俘虏那件事后,黑豆脸上就很少再有笑容,他要么死死地咬住嘴唇,要么就闷着头不言不语,那样子说是沉思也行,说是心事堆积也行。总之,独立营副营长丁黑豆是把心事包裹在心里的,除非他自己张口,否则没人知道他包裹在心里的是什么。黑豆把手搭在肖八万肩膀上,说也许有人会说他每天都想事,他其实什么也没想,他沉默不语不过是为营长马二梭担心。马营长是一心要为原运河独立营的死难弟兄报仇的,里边含着白面瓜自不必说,仇恨里边还有那个作孽作死的侯得才,当然,为了清除障碍,矿警团也要切块拿下。作为营长的帮手,作为原运河独立营活出来的人,他所能做的就是让营长了却心愿,至于他本人,他压根儿就没想过。黑豆拿下手时又在肖八万肩膀上抓了一把,说:"不要分析了肖连长,你只想着独立营留下的这些人,都是把命挂在胸前的,到了关键茬口上,随时都可以把命扔出去。你只要记住这些就行了,其他什么也不要想。"

肖八万大跑着追上营长马二梭,直到独立营绕了一个羊肠子大转盘,肖八万一直紧跟在营长马二梭身边。三天后,独立营又重新出现在河套北沿,估摸着差不多要到紫云寨时,马二梭才说出了他的行动计划。这一次的目标是打掉紧靠运河大堤的河套营,但河套营却空无一人了,官地营那边又突然起了爆炸声,接着就是冲天大火,独立营只好再折回紫云寺。

没有人知道侯月娥是什么时候到的紫云寺,只是看见马箢子的脸已经被侯月娥抓破了。侯月娥不哭不闹,抓了马箢子的脸又打自己的脸,说她原本就该想到的。弟弟侯登仓竟然跟她说了许多先前不曾说过的话,还让她接着再生孩子,还说要专为他们两个盖一间屋,她那时候就该想到这些都是断头话。弟弟侯登仓是要豁出命炸官地营的,而她那时候只是又急又恼,恨弟弟侯登仓是故意臊她的。侯月娥又说她也恨马箢子,要不是马箢子卖弄本事,弟弟侯登仓断然不会自己配炸药,配了炸药他也不知道怎样炸人。想想马箢子是最可恨的,他明明知道弟弟侯登仓豁出去了,明明知道弟弟侯登仓把官地看得比命都重,明明知道官地种苘不种庄稼为的是隐人藏身,不拦挡就是巴望着他干大事的。弟弟干了大事也算没白活一场,她当姐姐的是感觉自豪,不过,一个弟弟又死了,心里还是舍不得。马箢子紧着拉侯月娥进禅房,说他什么都想过了,侯登仓动的啥心思他早就知道,如果不是心里有念想有牵挂,如果不是侯得才半夜里把一营人带走了,他还想接着把河套营干了,省得独立营来了多费周折。

马二梭这才知道在河套口扑空的原因,紧着追问侯得才是不是带人打接应去了,马艳子就说花田子让侯得才带队连接带护,一定是接受了上次在运河被截的教训。接着又说他得到的消息是萍乡那边又改变方式了,放风还是放的在萍乡启程,其实已经到济宁货栈了,侯得才带走河套营,就是到济宁接人接货的。马二梭立刻又把人聚拢起来,接着就下了沿河设伏的命令,临要走了,忽然又退回来跟侯月娥立正敬礼,他说:"依着兰兰我该喊你姑,我还是什么都不喊,你只记着我一句话,你弟弟为了官地火烧官地营,我马二梭脱下军装那天就来陪他,我说到做到!"

马艳子蹦跳着要捂马二梭的嘴,马艳子还变了脸色,说:"马二梭你……"马二梭已经出了山门。

第十章

岳粮丰突然想见侯登科,岳粮丰先拦着的是小胖子福山,说他要去侯家老宅拜会侯老太爷,侯老太爷家中是什么情况他全知道,他就是不方便去。小胖子福山躲闪着挣脱了岳粮丰的手,还弄出了一脸的混沌样,说他不明白岳团长是什么意思,他听着就跟岳团长喝醉了一样。岳粮丰低下头左右张望,忽然又冲小胖子福山眨巴眼,说如果是在先前,如果是他刚当团长那阵子,如果官地营没变成肉酱,他一准儿会说小胖子福山既会装样又傻乎乎的很好玩儿。可是他现在没有一丝丝想玩儿的心,他满心里想的都是第二天是什么样的,脑袋还在不在脖子上。岳粮丰说:"福山君你露出真身吧,我什么都知道,我现在说的话再没有第二个人知道。福山君你帮我出个主意,只要你能让我见到侯老太爷,我会为你探出花田子的七十二变。"小胖子福山就把混沌样变成了苦相,说他已经好多天没见到喜喜小姐了,他不是不想见,他是忌讳躲不开前院的侯登銮。侯得才回侯家老宅盖了新房,喜喜家新开的东向院门又被侯得才封堵了,要进侯家老宅就得走临街大门,进了大门先要经过侯登銮家的院门，而侯登銮又是天下最难缠的。

小胖子福山最后还弄出了哭腔，还反过来央求岳粮丰，说："岳团长你有不惊动前院的办法吗？"

岳粮丰的办法是让小胖子福山依旧去原来的地方，只当不知道东跨院堵门，去了就磨墙。岳粮丰从口袋里掏出一块胰子大小的木板，木板上揳了两排钉子，钉子上缠绕着密密麻麻的马尾钢丝，马尾钢丝是从抽水机软管上截的。岳粮丰拿着木板在自己腿上比画，说拿这玩意儿磨墙，外边的人几乎听不到声，里边的人却感觉是在耳边响的。岳粮丰说，只要里边的人应声，这事就算成了，如果是喜喜先听见的，小胖子福山要模仿他的口气，说请侯老太爷到村外寨壕里说话。小胖子福山接过钉子板又疑惑，说："真不会惊动前院？"岳粮丰又说了不方便露面的话，说他先伙着一块儿去，到了村外寨壕他先隐蔽起来，小胖子福山只管把人约出来。接着又让小胖子福山只管放心大胆地磨墙，还说："这叫透墙丝弦，响内不响外，老辈子跑江湖的都知道，用一次你就尝到甜头了。"

岳粮丰果然跟侯登科说上了话，岳粮丰果然先喊了侯老太爷，岳粮丰还说他一见侯老太爷，马上就想起当年186团驻防河湾县城的事了，那时候侯老太爷进城见团长儿子县长儿子，那些营连长包括下边的弟兄，都说看一眼就感觉侯老太爷面善可亲。岳粮丰说他那时候是警卫连的班长，自然比其他人见着方便，甚至那些营连长们也不一定有他见得次数多，但是他没想到十几年过去了，侯老太爷竟然一点也不显老，看着就跟当初一模一样。想想那时候，真是的，许多事都是一言难尽的。

侯登科紧着拦截岳粮丰，原本想讥讽岳粮丰是帮狗抢食的，看着狗食盆里快没食了，看着狗食盆子快烂了，看着喂狗的自己也快饿死了，马上又想起投胎托生了，马上又摇尾巴晃铃铛了。侯登科甚至还想说岳粮丰跟侯得才是一类货，都是有奶就喊娘的，都是钻头不顾腚的。恨着又记起自己在儿子得章跟前夸下的海口，儿子得章已经有了招降矿警团的计划，要的就是队伍大扩编。而自己原本是要切块分着游说的，没想到齐整整的一个官地营说没有就没有了，另一个河套营又被没正形的侯得才带到云彩眼里去了，哪辈子回来不知道，能不能回来也不知道，回来又会生啥变故更是说不清。侯登科就叹了气，手是绵绵地搭在岳粮丰肩上的，头伸着还上下端详岳粮丰，说他看到岳团长也感觉跟自家人一样。衣是新的好，人是故旧亲，到底是共过患难的。侯登科说他理解岳团长的苦衷，岳团长的意思他也明白，他愿意为岳团长牵线搭桥，跟新一团那边回话他是三更三点都能去，他们父子都是念旧恋旧的，共过患难的人说贴心话很容易。

侯登科说着又连连拂额，又说："你看我光顾念旧感慨了，差一点误了大事。岳团长，你是不是有机密要跟新一团那边商谈啊？"

岳粮丰尴尬着摇摇头，说他没别的意思，只是想着身边眼前地住着，自己又是晚辈，理应过来拜访，现在过来，已经算是失礼了。

侯登科说："明白明白。既然如此，那我就倚老卖老接受了，得章那儿也就不跟他说了，反正新一团说打过来也快。你说呢，岳团长？"

岳粮丰连连摇头，脸上红红白白的，说他探望老团长的心一直没丢过。手在脸上抓一把，又说："刚才听侯老太爷说新一团那边是随时都能去的，那就跟老团长说一下吧，就说老部下问候他。"

侯登科立刻显出自己是没经过场面的，紧着又接一句，说："我看这样吧岳团长，咱们现在就过去。你看怎么样？"

岳粮丰越发赤白了面孔，吭哧着说他还想做些准备，如果侯老太爷能再从老团长那儿带些点拨他的话，那就更好了。侯登科这才显出自己是个真明白的，拉拉岳粮丰的手，又要岳粮丰说说县城里边的情况，意思是知道的多了，见了儿子得章，显摆起来说不出外行话。岳粮丰就说了，说县城已经不像个县城了，一会儿像死人坑一样，一会儿又像全县城的人都聚在一起熬囫囵年的。

其实岳粮丰说得还真是形象。

自从日军队部与县属华章小学连成一个院落整体之后，大川就没让部下出过队部，县城守备全部交给了刘百湖的保安纵队，大川本人变成了甩手掌柜。没有人知道大川是怎么想的，领了刺探任务的保安纵队警卫营还是明着暗着地想办法，但他们也只是看到大川天天与学校的校长泡在一起，看着像是校董会的负责人。校长不任课，但校长也有许多工作要做，校长就苦着脸说他是被囚禁了，校长甚至还说他找不到厕所了。大川又连忙赔笑，陪着校长串年级。几个年级的学生是跟日军混编混住的，校长常常会走错，各年级的老师也常常走错，顺着熟门熟路进教室，但看到的也许是做着怪样的日军。密探回来跟刘百湖汇报，常常会说一句日本人都变成葫芦僧了，探了也是白探，神仙也不知道日本人要弄啥。而得不到准信的刘百湖就专拣难听的骂，骂大川一准儿是婊子生的，只有婊子生养的才会把狼窝设在羊圈里。

其实刘百湖心里很明白，大川是切准他的脉了，知道八路军恨日本人是真的，恨汉奸也是真的，从某种程度上说，中国人恨汉奸甚至超过了恨日本人。大川接不到撤退命令不敢出城，保安纵队怕八路军打伏击也不敢出城，几千的汉奸兵不会白白等死，汉奸兵明明知道厄运临头也得死守。刘百湖想着大川把他看透了反倒更好，而大川把日军队部跟学校混在一起，不过是拿学生拿老师当挡箭牌，其实这一招也没有什么巧妙的。于是，受了大川托付的刘百湖反倒主动露出了笑脸，跟大川照面不再翻瞪白眼珠子了，甚至还怀了一丝感激。为了配合大川的阴鸷心淫邪心，他不厌其烦地斟酌行动计划，想累了就让警卫营营长喊来一个排长，看着排长捏起自己的蛋丸子，咬牙切齿地比画着割口揪扯。那时候，刘百湖会笑出声来，笑得忍不住时，还会再说一句："骗了侯得才，接着骗大川，让他个老骚狗犯了邪性也吃不到嘴里！"

自从那天听大川说了那些话之后，刘百湖就让警卫营营长安排了两个化过锡的手下，换了便装，又置办了锡壶挑子，风箱火炉也是齐备的，出城装作是游街串巷的锡壶匠。锡壶匠天不明出城，先沿运河绕了一大圈，最后进的是紫云寨的西河湾。锡壶匠没急于跟薛一手打照面，薛一手没酒量，喝酒也不用锡壶，但薛一手喜欢有人听他说劁猪骟牛。还有，薛一手时不时地会去矿井，到矿井上又把骟牛改成了捶牛蛋。锡壶匠记下了薛一手的来龙去脉，接着又在紫云寨十字街口生了炉火，这一次搜索的是侯得才。侯得才在侯家老宅盖了新房，原本是要在麦收天搬新家的，要的是麦收天的天干物燥。花田子小姐忽然又临时改了主意，又说让新房过个麦天散散潮气，麦前麦后也差不了几天。侯得才用不着天天往紫云寨跑了，他大部分时间都泡在码头货栈里，矿井那边是一次也不去，他顶多是站在运河大桥上望矿警团团部。

锡壶匠又换了地方，这一次是在紫云寨东街口支炉化锡，一个人拉风箱，另一个人就拿了锡块照看，锡块是拿手举着的，眼睛扫的却是码头货栈。码头上的侯得才又在栅栏门口抱住了春由枝子，而春由枝子是要拉开铁栅栏门跑出去的，春由枝子没跑出去，拦腰又被侯得才抱住了。侯得才还要春由枝子塌下腰来按住铁栅栏，脱下春由枝子的裤子就要玩隔山掏火，春由枝子撕打着又回了屋。那时候花田子小姐一定是又去矿井了，留下春由枝子是要她接收萍乡那边来电的，春由枝子不能离开码头，只好由着侯得才鼓捣戏弄。

拿着锡块打遮掩的又让拉风箱的看，结果两个假扮的锡壶匠一致认定，侯得才除了偶尔到运河大桥上张望矿警团团部，几乎是天天跟日本女人弄乐呵的。

两个假扮的锡壶匠回县城交差，一五一十全说了，刘百湖紧着又学给大川，刘百湖没说侯得才鼓捣使女春由枝子，说的是花田子小姐从码头到矿井，形影不离地依偎着侯得才，二番从矿井回来，两个人也不顾忌码头上人来人往，在栅栏里边铺了席子，大白天一丝不挂地在席子上弄那事，偏偏铁栅栏又是不遮眼不挡目的，偏偏花田子小姐又是喜欢叫床的。

刘百湖还想再说侯得才乖张得了不得了，也不知道他从哪里学来的花样功夫，晚上也要围着床吊四盏灯，要的就是明亮亮得跟白天一样。话没说完就被大川截住了，大川像吃了满满一口辣椒酱，嘴里流出辣水，脸也辣成了茄子色，先是使劲地揉搓胸口，揉着还把眼闭了，眼皮却是被拉扯着似的抖擞。接着就换成了轻声，轻得跟夜风拂柳似的，嘤嘤着问刘百湖行动计划定下了吗，说那件事还是早做了吧，毕竟花田子小姐是肩负着麻生家族重任的，老是被课业之外的零碎事扰心也不好。刘百湖紧着说他有好几次要动手了，可是一见花田子小姐跟侯得才难分难舍的缠绵样，他的人就下不去手。大川就把眼睛睁开了，又说："得才君也是个干大事的人才，收收心也大有补益，何况侯家老宅也是对他寄予厚望的，早净心比晚净心好。"

刘百湖从大川那儿回来笑了一路子，笑着还噗噗地吐，当天夜里原本要派人到码头货栈找机会抢人的，还没安排好，官地营那边就响起了爆炸声，冲天火光也随之腾空，而侯得才就在那个晚上启程远行了。爆炸声打乱了刘百湖的计划，日军队部更是一派惶恐，虽然大川尽量保持镇静，但刘百湖还是看出大川的牙快咬碎了，脸色也是青青紫紫的。刘百湖说他要改变防守策略，县城流动哨不减，主要街道的封堵火力不减，他还要派人围着县府和文庙队部挖一道封锁沟，目的是应对最后的不测。大川竟破天荒地冲刘百湖做了个拱手礼，意思是拜托了，内中也有赞赏的意思。但刘百湖回到保安纵队司令部就改了命令，改命令的时候他还哼哼着冷笑，他还冲着文庙日军队部方向呸了一声，说："挖沟先把你个狗日的活埋了！"

刘百湖要保安纵队以营为单位，以梯队相交错，以二鬼跳槽的方式，夜里悄悄出东城门。出城之后先东后南，目的是给八路军的眼线造成错觉，最终目的地是早已选定的微山湖。出城梯队间隔十里设一个连部制高点，阵地外围设置交通障碍，以阻止八路军实施运动战。但各个梯队营的连队必须前后衔接，内外互为掎角之势。还有，在八路军大部队没东渡运河之前，抓紧时间抢修工事，力争每一个连部制高点都变成一座易守难攻的堡垒。为了防备大川派人窥探，每个出城营都要留下一个机动班，这个机动班还必须是嗓门洪亮的，还必须是会随机应变的，每个人都是营连长。刘百湖留给自己的是一个警卫营，警卫营是他当年跟着五战区吴化文当手枪旅团长时的垫底亲兵，长中短，轻重小，人手三件武器，射击格斗，远攻近防，人人都是敢拼命的，而警卫营营长又是他从老家蜀山湖带出来的亲戚。几乎是一夜之间，河湾县城变成了一个厚皮薄馅的肉包子，但县城外边的人未必全知道。

岳粮丰自然也不知道，他跟侯登科说县城一会儿像死人坑，一会儿又像全县城的人都聚在一起熬囫囵年的。岳粮丰要让侯登科学给团长儿子侯得章，他想着说得越形象越好，他说得越形象，侯得章越会感觉他是为新一团攻城打了铺垫的，至于攻城难易他就不管了，反正他把两面话都提前说了。于是岳粮丰又望着侯登科，说："刚才我就感觉惭愧，侯老太爷再不要叫我岳团长了，您喊我粮丰就行，喊个小丰最好。"

侯登科说："那你也别喊我侯老太爷了，八路军不兴这些，得了天下也是喊同志。"

侯登科再见到儿子得章时，侯得章已经不吐血痰了，脸色也不发黄发暗了。侯得章是平和和地跟父亲说话的，侯得章还跟父亲说到他很想再重读《论语》，最好从蕴涵上吃透。他说在省城读书时，自认为是读过许多遍的，先生的修读课就很少用心听，但他发现，内中的许多章节词句，当初理解的未必全对，比如"为政篇"中的首句。子曰："为政以德，譬如北辰，居其所而众星共之。"先前的理解是要执政者都像先周贤君那样，以道德教化来治理政事，世间万事万物便会像群星奉北斗那样，自然而然地环绕呼应。其实孔老先师还是忽略了天体人世大不同，所谓群星奉北斗，是指围绕轴心等而画圆，轴心不移，则外圆不偏。不偏不倚，自然成图。反则亦是如此。群星各有轨迹，自行其道不出藩篱，循规蹈矩守位持中，自然是同心。

侯得章说，孔老先师以天体套人世，误就误在人世可以无规范无章法无运律，而有些人偏偏又以破规破矩破章破律为能事，蛮横地追求偏颇，狂妄地打乱轨迹，这时再施道德教化，则道德教化形同晨露，虽晶莹而无润痕，反倒助其自生蛮杈横枝。哪里还有众星共之，即便居其所又能如何。

侯得章还想说书不怕读旧，越读旧越出新意，如果不能洞悉社会人生，即便读昨夜今日的新书，照样会读出糊涂观，而他先前十几年求学，最大的失误就是没把书读活，就是把书中的天体纷繁与人世万千混读了，说起来还是书卷气罩身，受其累而不觉其害。侯登科从儿子得章手中抽出书来，紧着把岳粮丰如何想方设法见他，如何遮遮掩掩地说出心中所想，如何借机卖弄他深得县城机密等，添油加醋地全跟儿子得章说了。

侯得章却像没听见，忽然又说他偶得了一部《道德经》，还是明万历版的石刻本。侯得章说《道德经》也是他喜欢读的，求学时遍游山川河流，也是受了老子无为而治的影响，尤其是书中的逍遥境界。侯得章甚至还说自己受《道德经》的影响，也是因时因事出现过变化的，比如北伐革命的号角一吹响，他就摒弃了逍遥观，想着热血男儿要驰骋疆场，要以死战而达不战，于是就有了投笔从戎，数年来果然是杀伐征战。但现在重读，新感悟又油然而生。

比如《道德经》第三十章："以道佐人主者，不以兵强天下。其事好还，师之所处荆棘生焉，大军之后必有凶年，故善者果而已矣，不敢以强取焉。果而勿矜，果而勿伐，果而勿骄，果而不得已，果而勿强。物壮则老，是谓不道，不道早已。"内中就充分体现了老子的反战意识，而从《道德经》中可以读出哲学宇宙，也可以将其读成兵书《孙子》。诚如唐人王真所著《道德真经论兵要义述》之言"五千之言，未尝有一章不属意于兵也"。明末王夫之也认为《道德经》可为"言兵者师之"。近人章太炎则说"老聃为柱下史，多识故事，约《金版》《六韬》之旨，著五千言，以为后世阴谋者法"。侯得章说，尽管有先贤之概要，他本人还是倾向于读出哲学，尤其是当战争进入尾声时。接着又说，首恶必惩，协从当宽，百废待兴，图新更张，同样是老子的精神内核。

侯登科就有些焦躁，恨着儿子得章刚刚还说书卷气罩身，刚刚还说受其累而不觉其害，反思了的话说过了又不醒，这跟没反思有啥区别。肩上压着一身二职的团长县长，要谈经论道也得挑个时候吧，仗没打完，莫不成又要弄什么乡村新文化建设。独立营还是踪影全无，一旦马二梭又从地下钻出来，一夜之间又把矿警团另外两个营炸成肉丸子，你还拉日本人扩大队伍啊，大川的一个中队都归了你，也不过是一个连。侯登科是要拍打儿子发脾气的，警卫连连长虎保急旋风似的过来喊报告，说部队已经做好了准备，随时可以出发。

侯得章丢下书本下了命令，说："逼近运河大堤，出发！"

第十一章

马家人突然乱了饭食，马步正也不催饭了，马刘氏也不催饭了，马家的饭是兰兰做的。兰兰做的是午饭，午饭按说应该和面蒸窝窝头，已到急紧时节的麦收天，菜不能再拿腌豆角对付，兰兰还应该炒一大碗萝卜条。萝卜条是去年秋天拿擦床擦出来的，擦成条摊到苇箔上晾晒风干，干透了再收到蒲草篓里，随吃随拿，可以吃到下一年新萝卜长成。中午要吃炒菜，兰兰应该上半晌就拿清水泡上，但是兰兰又在泡萝卜条的水里倒了面，结果兰兰只能蒸一锅萝卜窝窝。如果兰兰是舀了面又想起来的，也还来得及，兰兰完全可以将错就错，面里撒些盐，或者再撒些茴香面，连面带萝卜条和匀了蒸成咸窝窝，也算饭菜都有了。

兰兰竟然是在窝窝头上笼后才想起来的，那时候锅盖已经拿捂锅布围住了，锅里的水也已经有了响声。兰兰紧着又掀起锅盖，紧着又把盐疙瘩放到水盆里化盐水，盐水是拿炊帚蘸着洒到窝窝上的，盐水又洒得多了。蒸汽混合着盐水，还没死性的窝窝又塌下去，歪歪扭扭地粘连在一起，一个锅里再没有囫囵着的窝窝头样了。兰兰一时慌乱，只好又是将灶膛熄火，又是往锅里添凉水，不成样的窝窝头又重新拾出来。兰兰是想着把窝窝揉了二番再蒸的，慌乱着又忘了拾出来的半生窝窝里边是热的，拾到盆里不过是凉了一层外皮，结果兰兰的手烫得红肿，火辣辣疼不说，热气是不敢再沾了。兰兰就把红肿手指浸到凉水里，脸上臊着，想着自己真是个不中用的，眼眶里一下子就含了泪。好歹等到面块不烫手了，兰兰忍着疼再蒸再烧火，一顿午饭吃到了晌午歪。

奇怪的是马家人没有一个说饿的。

春子原本是跟着满秋去地里硌场的，两口子需要先把地头上的麦子拔掉，拔出来的麦子放到一边，四四方方留出一块空地，这叫新场坯子。再把牲口不吃的垛底子干草，以及烂柴火之类的杂物铺到地面上，铺垫物上再洒些水，待水渗透渗匀了再套上牲口滚子碾轧，这叫硌新场。十遍八遍之后，暄腾腾的地面轧实了，卸了牲口滚子再收起铺垫物，清亮亮的打麦场就成了。

春子从进了马家就干活儿，地里活儿样样都能拿得起，赶牲口轧场，铺草洒水，起草净面，春子都会干，但是春子从到了地里就一直犯嘀咕。春子就问满秋觉出今天早晨怪异没有，春子说她是从吃早饭时开始想的，碍着兰兰在屋里，她觉出怪异了也没说。侯登科是从没跟她那样子说过话的，当时她只是感觉侯登科占个长辈，套近乎说话是故意显出亲切的，现在想想不是。侯登科是兰兰的亲大爷，她是兰兰的婆家嫂子，一个长辈带起两个晚辈媳妇，生孩子的话是该不着他探询搭腔的。如果是个内亲家倒罢了，或者是兰兰的婶子，或者是兰兰的大娘，都是娘们儿女人家，即便说到被窝里也无大碍，侯登科也这样就不对了。侯登科显然失了礼，晚辈侄女的私密事，当大爷的问了再问，怎么想都是怪异的。侯登科还显出一脸的急切，还一劲儿地拿眼角瞟马家院子，还点拨着要她话赶话，现在回过头去再想，跟从她嘴里套话差不多。

春子说着又望满秋，意思是让满秋也想想，满秋也说是有些奇怪。满秋还说侯登科跟他说的话也奇怪，他早晨起来到井上打水是再平常不过了，一个运河湾里都是如此，都是男人一大早就把水缸挑满的，可是侯登科偏偏说他一大早就起来打水，该不会是独立营到家来吃饭吧。满秋说他那会儿光是觉着好笑，于是他就答了一句"你是真会说"，意思是说哪儿是哪儿啊。可侯登科就像不懂话的，跟着又说二梭冷不丁地回来，我们马家今天的饭食一准儿错不了，兴许得擀白饼，兴许得喝鸡蛋穗面筋汤。满秋说，侯登科这一句话最离谱，怎么听都像是鬼念秧说胡话，他索性也跟着说胡话，说自己早就想吃大白饼了，鸡蛋穗面筋汤他一个人能喝半盆，咸菜丝不拿香油调也行。

满秋这样一说，春子激灵着打个愣怔，紧着问满秋是不是刚到井上，侯登科就凑过去没话找话的。如果是，侯登科随后又进了马家胡同，一定是尾随着满秋，一定是想进马家院子。后来没进，只不过是因为满秋前脚进家，她后脚出来背柴火，侯登科看见她了不好意思再往前走，跟她搭话套话是赶巧了。春子自语着又呀呀地拍巴掌，又一连声地说这就对了。春子说，她原本是跟侯登科显摆功劳的，显摆自己是马家功臣，反正也是随口一说。春子说家里活儿地里活儿，不分轻重，是活儿她都抢着干，兰兰过门时间也不短了，但是她知道兰兰满心想的是孩子，她这个当嫂子的，从来没支派过兰兰干这干那。春子说，她说这话也没错，没孩子毕竟是媳妇的一短，即便会过日子也抬不起头来，可是侯登科不等她的话落地，急着就接了一句，说二梭来了不就能怀上吗。春子不拍巴掌了，春子是惊诧着丢下扫帚的，春子还把围裙扔到满秋身上，说："不行满秋，这里边有说道。你想吧满秋，你再跟官地营爆炸连起来想吧，一想你就明白了！"

春子没等打麦场硪好就先跑回了家，那时候兰兰刚刚把二遍窝窝蒸到锅里，眼里的泪水是拿围裙擦的。春子一眼也没望厨房，春子即便看见兰兰擦泪，也得认为是烟呛的，而烧锅呛烟是常有的。春子先进的是堂屋，进了堂屋去的是西边里屋，春子要跟公爹马步正说她的想法，春子是从头到尾说的，一直到满秋回来也没说完。

春子说，侯登科套近乎是藏了天大秘密的，侯登科一准儿想着炸官地营是独立营干的，独立营又用了智取河套暗堡的办法，而炸了官地营的马二梭一准儿会顺路到家来。官地营是下半夜被炸的，马二梭回到家也许会睡个黎明觉，独立营一高兴都睡过头了，在马家吃早饭就是为了等营长马二梭睡醒。春子还说："爹您想吧，侯登科一准儿是这样想的，不这样想，他不会说那些话。"

马步正没接春子的话头，马步正是反问的春子："春子，你真认为是独立营炸了官地营吗？"

春子说是。

马步正把桌子上的烟筐拿到床上，烟袋锅是搁在腿上装的，装上烟先吸了一口，要打火镰了，又把烟袋嘴抽了出来。马步正还眯着眼望春子，望着叹了口气，接着就低下了头，含糊着说了句"他也是够勇武的"。春子一时没听明白，催着公爹马步正再说，把马家的二梭说成够勇武的，春子听着有些绕口。马二梭天生就是个死活不怕的，他连国军的收容队队长都敢打，他连团长侯得章都敢打，他带着一身烂伤还把日本人的将军大官连打了三枪，他可不就是个勇武的吗。不过，当爹的这样说自己儿子马二梭，春子还是第一次听见，虽然有夸赞的意思，听着还是别扭。春子就又说："爹呀，您不能光说二梭勇武,您得说他炸了官地营为啥不到家来。马家的兰兰不是他媳妇啊?"

马步正又把烟袋点着了,吸了一口又咳嗽,眼泪也跟着流出来,索性把眯着的眼闭上了。一口气还是长长地叹,再说的话还是少头无尾的。马步正是自说自话的,这一回说的是:"这样也好,一了百了。"

春子出了里屋,先轻着脚步向东边的套间屋瞄一眼,婆婆马刘氏抓着梳子打盹,枯茅草一样的头发盖不严头皮了。春子跟站在窗口外边的满秋使眼色,意思是问满秋听没听懂爹说的话。春子说她忽然又觉着不对,公爹马步正说的应该不是小儿子二梭,"够勇武的"这句话,想想说的只能是黑豆,黑豆是副营长,所以爹才用了"他也是"。满秋挠着头皮摇头,说他也没听明白,他抱着筛子进牲口棚,要给牲口添草了又回头冲春子打手势。满秋是要春子看饭的,满秋还想说他忽然觉着得有一天没吃饭了,越不觉饿越觉着天长。看着春子还在愣怔着想事,又说:"爹老了说糊涂话,我的话不糊涂。"

春子帮着兰兰拾窝窝头,二番蒸的有形了,只是萝卜条掺多了,窝窝头显得傻大臃肿,中间的窝窝窠几乎挤满了,看着跟发面揉的馍馍差不多。兰兰又想起刚才的窘迫,脸上依旧显出不自在,羞臊着不敢跟春子对视。春子没往锅里看,拾窝窝像是扔砖头,春子看的是兰兰,春子还拿围裙包了两个窝头,使着眼色让兰兰跟她走。兰兰把饭端到堂屋,让大伯哥满秋也去堂屋吃饭,自己擦着手到院门口张望,看见春子已经走到胡同口了。

兰兰紧走几步,疑惑着问春子这是要去哪里,春子却带着兰兰贴墙根拐弯,接着就钻到村外的寨壕。

寨壕里长满了茅草,寨壕里沿一直到墙根,是密密麻麻没有长成枝干的紫柳墩子,紫柳条跟绱鞋锥子的粗细差不多。寨壕外沿也是一排紫柳,外沿的紫柳向壕沟倾斜,反倒让高高矮矮的臭蒿子棵占了上风。春子就拿手拨开垂到头顶上的紫柳,兰兰低着头从春子的胳膊下边走。她们去往的是紫云寺方向,看到紫云寺山门了,兰兰还是问春子要去哪里。春子拉着兰兰蹲下来,春子还瞪着眼冲着兰兰翻白眼,春子还跟兰兰说了恶声话。春子说:"兰兰你是真傻了还是真聋了?你要是变成真傻真聋的,二梭来了我也不让他上你的身子,二梭就是脱成光溜溜了,我也得叫他把衣服穿上!你夜里没听见官地上的爆炸声啊,官地上除了炸官地营,还能炸茼棵啊?谁炸的?你炸的?除了你的野马男人马二梭,还有谁敢把一个官地营炸了?"

兰兰一下子紫涨了面孔，额头上还浸出一汪汗珠子，但脸色跟着又变成苍白的了，苍白得不显一点真色。兰兰还拿手捂住了胸口，跟着又拿另一只手捂肚子，嘴唇竟然是哆嗦着的，说不成连贯话。兰兰就呆呆傻傻地望春子，说夜里的响声她听得清清楚楚，耳朵里震得嗡嗡响，屋顶上还是落了尘土的，可她就是没想到是独立营回来了。兰兰是拿独立营替换马二梭的，说独立营回来了就是马二梭回来了，但马二梭回来了还是没回家。到底是马二梭真不想要她了，还是独立营接着又要打河套营，接着又要打矿警团团部。要是马二梭急着打仗顾不得回家，她再等几个月是该着的，再等几年也是该着的。不过，河套营那边没再出动静，矿警团团部这边也没再出动静，独立营是炸了官地营又远走高飞了吗？如果是，马二梭没回家，也许是不想暴露目标，也许是防着得才。兰兰觉着她只能顺着这一条路想，如果再岔开了想别的，她也许会哭出声来。

兰兰想着忽然又打了迟顿，说："不对吧嫂子，独立营为啥要先炸官地营啊，官地上种了几百亩的苘棵，官地还离紫云寺最近，金猪为啥一句没透啊？"

春子拿手摸兰兰的额头，先说还行，还没真傻，接着就拿手指紫云寺山门，又说："所以啊，要不我为啥带你来这里？你记着啊兰兰，见到马笵子我先说话，你光听，他要敢说不知道独立营炸了官地营，我就当着佛祖的面打金猪，我专打金猪的脸！"

春子和兰兰最终没见到马笵子，也没见到金猪，紫云寺山门是在门环上挂了铁疙瘩锁的，锁鼻上还扎着一条黄布。春子不知道锁鼻上扎黄布是啥意思，兰兰也不知道，兰兰只是一脸的失望，脸上灰灰暗暗的，看着像丢了魂的。春子绕着紫云寺转圈，春子还捡了残砖烂瓦，踮起脚尖往院墙里边扔，有一片烂瓦应该是磕碰到净尘缸了，水缸发出铃一样的脆声，但里边还是没有人说话，甚至连脚步的移动声也没有。

春子又回到山门口，扒下鞋来照着铁疙瘩锁拍打，铁疙瘩锁竟然荡起秋千，春子收了鞋不拍打了，铁疙瘩锁还是摇过来荡过去，看着像是闲不住的。春子扑哧又笑了，乜斜着眼瞅兰兰，说她知道马笵子去哪里了，她只是不便跟兰兰说。不过，马笵子大白天就熬不住，大白天就丢下佛功课，大白天就急不可耐地做那事，看来这个马笵子也是个厚脸皮的。兰兰听明白了春子的意思，眼角瞟着望紫云寨西河湾，两面腮一下子全红了。

兰兰垂了头往回走,意思是要顺着寨壕回家,春子赶过去拽住了兰兰,说:"你到哪儿去,你不想打听二梭了?马笆子使个脱身计就把你罩迷糊了是吧,你不会堵他个严实实啊?"

春子像拖泥块的,兰兰越打坠嘟她越用大力拽,拽得兰兰脚不沾地了,兰兰只好随了春子,跟头流水地拖拉在春子身后。要到侯月娥家的大门了,大门是从里边上了插的,门缝约有一韭菜叶宽,隐隐地望见门闩是紫红枣木的。春子打量着扯下簪子,意思是要拨开门闩悄悄进去,兰兰紧着阻拦,红着脸说:"嫂子,你看你……"簪子伸不进门缝,春子又要拍打门环,嘴里却又嘲讽兰兰面皮比纸薄,说:"他们隔水隔丘地住着还要天天往一块儿凑呢,马笆子还挂着个住持,侯月娥还带着一大帮孩子,人家还不臊呢,咋就臊着你了?堵到床上倒好,他在兴头上兴许还忘了打搪塞呢!可惜拨不开门闩,想堵也堵不成了……"

春子愤愤地拨弄门环,故意紧一下慢一下,看着像是成心要给里边的人配动静的,拨弄着又要数落兰兰,兰兰却捂着脸闪到了门垛外口。

开门的是得田,得田拉开门闩扭转了头,脸上木木的,看不出喜恼。这又使春子逮住了话柄,紧着又问兰兰看清得田的木瓜脸了没有,说马笆子有些过分了,侯月娥也有些过分了,毕竟是大白天,毕竟孩子已经懂些人事了,不想着回避,活活让孩子没法应答。嘟囔着又拽兰兰,兰兰却抱着门垛死活不松手。马笆子从里边走出来,先问春子是蒙着来的,还是看见了紫云寺山门上的黄布条,估摸着猜出来的。春子没搭马笆子的话茬,春子的手还在门垛那儿拉扯着,马笆子顺着春子的手向外探头,一眼看见了拿手捂脸的兰兰,便说:"已经到家门口了,要进就进来吧。"

马笆子把春子和兰兰领到了堂屋东首的耳屋,马笆子随后又把屋门关上了,使眼色示意春子随便找地方坐下,侯月娥却一把拉住了兰兰,刚说了一句弟弟侯登仓,接下来的话还没出口,眼泪啪嗒啪嗒地先落下来。兰兰吃一惊,春子也吃一惊,揉着眼打量屋子里的人,冷不丁地看见侯岳氏是闷头坐在墙角里的。马笆子悄悄地拿膝盖蹭侯月娥的腿,侯月娥就把泪擦了,紧着改了刚才的话头,说弟弟侯登仓原本是个好身体的,昨天还去查看了哪块麦子先动镰,回来时顺便又去了官地,看到一地几百亩的苘长得粗壮高挑,心里一滋润,回家来就多喝了几杯酒,酒是没拿火盆烫的,到了半夜就喊肚子疼,疼着疼着就咽了气,郎中先生来了还是晚了一步。马笆子紧跟着点头,说:"佛家说空，一死就是空啊，一地好苘卖了钱他也看不到了。"

墙角里的侯岳氏突然呜哇一声，听着像是捂嘴没捂住的。

侯月娥就朝马笳子瞪眼，说："你不会说个走啊？死死的好听是吧？"

马笳子捏着嗓子干咳，转过头来又望春子和兰兰，说他们正在商量下葬的事，他的意思是先把下葬的事免了，一切随佛事走，尘世间的入土大安啊，一三五七的上坟烧纸啊，也都免了。马笳子说，侯登仓走得急慌，许多事也许是未了的，倒不如做个弥天长醮，他虽然功课不如一了大师，佛坛佛祭上还是知晓一些的，要赶就赶那些日子。比如佛祖诞辰日啊，佛祖成道日啊，佛祖涅槃日啊等。马笳子说侯登仓能赶上这些，也是不小的造化，下世轮回一找就能找到运河湾，直接去西天佛祖身边，身上也会带不少功课。

马笳子又朝墙角的侯岳氏那边瞟一眼，接着又说，除了佛祖，其他诸佛菩萨的圣诞日他也是心记意领的，侯登仓随便赶上哪一个，都是与天地共生的。弥勒佛圣诞是正月初一，今年的过去了，定光佛圣诞是正月初六，也过去了，观世音菩萨圣诞是二月十九日，也过去了，普贤菩萨圣诞是二月廿一日，也过去了，准提菩萨圣诞是三月十六日，也过去了，文殊菩萨圣诞是四月初四，也过去了。巧的是，伽蓝菩萨圣诞是五月十三日，还没到。护法韦驮尊天菩萨圣诞是六月初三，也没到。大势至菩萨圣诞是七月十三日，也没到。龙树菩萨圣诞是七月廿四日，也没到。地藏菩萨圣诞是七月三十日，也没到。燃灯佛圣诞是八月廿二日，也没到。药师琉璃光如来圣诞是九月三十日，也没到。达摩祖师圣诞是十月初五，还早着呢。阿弥陀佛圣诞是冬月十七日，还有大半年。腊月里还有廿三日的监斋菩萨圣诞，还有廿九日的华严菩萨圣诞。

马笳子说，他准备从释迦佛祖诞生、成道、涅槃吉祥日三期同一庆的五月十三日那天设醮。那时地里的麦子也收割打轧完了，麦秸麦糠也封垛入棚了，正好是一年之中的好时节。如果没有杂生是非，他要一直做到六月十九日的观世音菩萨成道日。如果这时候还是没有杂生是非，那就与下半年的诸佛菩萨连在一起了，那就是大圆满了。

侯岳氏又要发呜哇声，拿手捏着堵着，呜哇声消了，跟着发出的是迷惑声。侯岳氏迷惑着望大姑姐姐侯月娥，说："姐啊，满心他爹说的这些我不懂，我不知道满心他爹要说啥……"

侯月娥说："不懂你就听着。"

兰兰也是迷惑的,走出西河湾了还是一脸的混沌,混沌着还是一脸的哭相。春子却是顺着寨壕奔跑的,进了马家院子了,还是迈的大步,到了堂屋西间,又愣怔着望公爹马步正,说:"爹,您是绝不会想到的,官地营爆炸是下半夜,侯登仓也是下半夜死的。爹,您说侯登仓咋就跟官地营连在一起了?按说是八不沾的啊,能是为了官地?"

没等公爹马步正应答,春子又呀呀着拧自己的嘴,说她忘了跟马笵子打听二梭了。春子说,她原本是想着的,但是马笵子无休止地鬼念秧,把她想的搅和乱了,都怪马笵子胡搅和。兰兰一步门里一步门外,迎着声又拉出哭腔,说:"爹,您说二梭是来了又走了,还是根本没来啊?"

第十二章

新一团正式离开根据地了。

在整个抗战后期,新一团一直在老河套西南沙积区一带活动,除了在反扫荡和突围遭遇战中有过短距离进退,新一团几乎没有过跨地区作战的经历。这对十分看重根据地建设的侯得章来说,可以说是战争中的安定期,如果不是其间独立营无章法作战的干扰,侯得章甚至能让新一团融入当地民众的共生共建之中。如果这种起于战争又胜于战争的共生共建,能一帆风顺,能见微知著,则战后河湾县的图强更新便可抢得先机。

侯得章不敢说他已经取得了阶段性成果,就其区域治理来说,他还是认为大有可借鉴之处,尤其是运河以西有好大一块区域原本就是属于河湾县的。所以,当新一团启程东进时,侯得章没有产生一丝丝对脚下土地的留恋。恰恰相反,侯得章心里多的是已经没了胜负悬念的战后喜悦,以及对往日岁月往日故土的期待。尽管他还会触碰到由马二梭的独立营带来的难言苦楚,尽管马二梭的独立营一次次打乱他的运筹计划,尽管四个据点一个营的保安纵队又被马二梭和独立营斩尽杀绝,但毕竟他是带着一个超员建制团重返故里的，毕竟马二梭的独立营的横冲直撞还没有造成毁灭性的被动，而马二梭和他的独立营也毕竟游而无形了。

毋庸讳言，排除掉矿井周边的官地营被炸，踏上返程路的侯得章，如果能克制住独立营带给他的愤怒，还算是志得意满的。

侯得章突然见到了吴春牛。

吴春牛是带着四个据点一个营的保安纵队投奔新一团的，假若吴春牛不是远远地呼喊，假若吴春牛没有大跑着向他敬礼，侯得章或许会把一个营的保安纵队误认为是中途设伏的。吴春牛立正敬礼又亮声报告，说原独立营第二连连长吴春牛请求入建归队，保安纵队一个营亦自愿加入八路军运西军分区新一团。侯得章惊极而乐，随之又哈哈大笑，握住吴春牛的手了又上下打量，说："你是吴春牛？我得好好看看。是，果然是吴春牛。吴春牛同志，我代表新一团全体指战员向你们表示欢迎！"

侯得章偏转身又望排成队列的保安纵队投诚营，一个营的人除了满脸的疲惫是累的，除了浑身上下的浮土是野外钻沙沟沾的，红伤挂彩的一个也没有。侯得章又把视线落到吴春牛脸上，说他还是有些不明白，独立营骗降诈降公营长他们，已经是好几天之前的事了，现在吴连长又突然把他们带过来，这几天去了哪里，怎么又想到去而复返的，当初离开独立营时，就想到要加入新一团吗。侯得章说："吴连长你说说，这到底是怎么回事？尽管你毫发无损地把公营长他们全带来了，我还是想知道为什么。"

吴春牛说他是经过深思熟虑的，加入新一团的想法也不是很早就有的，当然也不是遇到新一团之后现想的。吴春牛说，他是被侯团长那天的言谈举止感动了，侯团长那天是带着一个警卫连去的独立营，警卫连还抬了一扇猪肉，几箱子手榴弹还是没开封的。吴春牛说那时候他只是有些吃惊，他看着侯团长远远地冲马二梭伸出手，嘴里还喊着马营长，拉着手像是好多年没见过面的，更像是先前早就铺下深厚友谊的。

吴春牛说那一会儿他就不是光吃惊了，他就在心里想侯团长这个人果然是大度的，一举一动都透着大智慧，再想想侯团长多年前就是当过团长县长的，不服气不行。侯团长挨个儿跟营连长们握手，握着黑豆的手还是叫的丁副营长，说丁副营长有勇有谋也是将才。后来又上下打量肖八万，说他早就听说大围子村出了个善打硬仗的肖连长，看来肖连长加入独立营正是虎啸山林，正是鲛龙入海。

吴春牛说，看到侯团长按职务挨个儿跟营连长们握手，他马上就认定这个团长是有章法的，上了战场是如此，下营区慰问还是如此，这就叫威中带仪，行止有方，职务大小都是一视同仁的。吴春牛说他最感动的是侯团长接下来的动作，侯团长是跟肖八万握了手后走到他跟前的，这就叫远亲近疏，越是自家人越得放到后边，越是亲近的人越要看着像疏于他人。

吴春牛说他一看侯团长最后才跟他握手，他一下子就感动了，侯团长拉着手了还端详他的脸，还说第一次在运河堤解围战中，他就看着吴连长是个面熟的，其实他当时就应该认出来。吴连长不就是他先前当县长时的狱警吗，当初复建独立营时，是他给典狱长下的命令，典狱长上报的名单里，第一个就是吴春牛。

吴春牛说，他当时简直不敢相信自己的耳朵，身为一团之长，身为一县之长，军地两面应该有万千大事塞脑子的，况且又是时隔多年的，可侯团长居然一眼就认出了他，居然还说一看名字就知道是个忠厚实诚的，居然还说牛生于春，春为一年始，字里行间含着的就是默默耕耘。吴春牛说，他那一会儿除了感动，已经不知道说什么好了，听见侯团长接着又说他比先前英俊多了，他心里一下子就有了想法。侯团长接着又说这就叫士别三日，当刮目相看，侯团长最后还生出无限感慨，说这就叫时势造英雄，他的想法马上就成形了，马上就知道自己下一步要做什么了。

吴春牛接着又说到独立营，说他不能说独立营不好，也不能说营长不好，他如果刚离开独立营就说这不好那不好，那他就是个反复无常的小人了。他非常敬佩营长马二梭，马营长身上像是夹裹着一团烈火，他甚至还想过，营长马二梭上辈子也许是二郎神手中的三叉两刃神枪，他要直挺挺地做好汉，你就别想让他打打弯。还有副营长丁黑豆，他跟黑豆还算沾亲带故的，这个人他也很佩服，这个人也是一身正气，除了多少有些死心眼，你也找不到他哪里不好。吴春牛说，他承认独立营是敢拼杀敢拼命的，打起仗来更是胜多败少的，从第一次跟着上徐州战场的葫芦头阵地那天起，他就认定独立营是死活不顾的。

吴春牛说独立营打仗他也服气，独立营用计他也服气，独立营对日本人的恨更不用说。但是，独立营不该天明天黑地把个死字挂嘴上，独立营也不该一上手就先说死也要拿下。吴春牛说，他知道独立营跟日本人有触天大仇，他只是感觉营长马二梭有些钻牛角尖，还有副营长丁黑豆也是钻了牛角尖的。

他们跟日本人有触天大仇，他们为了干掉大川中队见阻碍就打，他们发誓要为原运河独立营的死难弟兄杀够数，可他们不能要求独立营的人都跟他们一样。他们要以死报仇，其他跟原运河独立营没关系的加入者，人家不一定都想着死，人家当兵打仗是心甘情愿的不假，可为啥非死不可啊。

吴春牛说他其实早就看出独立营不对头了，营长一把花子余的第一连送到野战部队，他就看出营长马二梭是豁出去要死了。营长马二梭不想让花子余的第一连跟着独立营一块儿死，他知道那一连人都是从花家岗子大血洗中活下来的，营长马二梭不想让花家岗子村绝种，逼着花子余把人带走，其实是为他们留了活路。吴春牛说，其实副营长丁黑豆也看出来了，其实葫芦头肖八万也看出来了，他们都不说话，他们都装作什么都不懂，他们光是闷着头擦枪磨刀。吴春牛说，他是过后实在憋不住了才跟副营长丁黑豆旧话重提的，结果黑豆这个死心眼的却反过来问他是怎么想的，结果他也只好跟着装样，也跟着装作什么都不懂。吴春牛说他应该是从那时候起开始琢磨独立营的，越琢磨越觉着独立营不对头，独立营把不能死的先打发走，剩下的都是该死的啊。营长马二梭就是这一点让人觉着别扭，想想跟他爱钻牛角尖大有关系，要是当营长的一门心思把人往死路上带，那这个半拉子独立营也就不值得留恋了。

吴春牛最后才回到侯得章的问话上，但吴春牛却把牵扯到牤牛山的那一节瞒下了，他不想让侯得章感觉出弯弯道道太多。

应该说，吴春牛当时就感觉出了不对头，敬了礼又站住，说他执行新任务是明白的，押送俘虏他以前也干过，他糊涂的是为啥又变了说法，刚才说的一是分区，二是西边的牤牛山，分区他也去过，也知道先把人交给政治部，而到牤牛山，要见的就是原运河独立营的老营长胡腊喜。吴春牛说："马营长，这到底是怎么回事啊，为什么又要说是去新一团？"但吴春牛最后还是没问出答案来，因为霍家炮楼的人已经列队走出来了，马二梭挥着手下了命令："独立营第二连马上行动！"吴春牛临走之前又打量留下来的人，许多人都看出连长吴春牛脸上极不自然，但独立营里应该没有一个敢拍胸脯认定吴春牛会中途变卦，或者说去而不返的人。营长马二梭也许只是感觉到了吴春牛的异常，吴春牛心神不定也许是因为对独立营的未来感到担忧，而副营长丁黑豆直到听了立冬的汇报，仍然摇着头望营长马二梭，意思是不相信吴春牛会有二心。

马立冬是无意中发现吴春牛行动异常的，那时候侯得章刚到过独立营不久，新一团牟副团长到独立营宣布通报则是在其后，而马二梭决定拿下霍家炮楼，更是在副团长牟利光走了之后。立冬原本是吃着死面锅饼去查看流动哨的，那时候夜影子已经下来了，营区周围浮动着若隐若现的潮气，说不上黑暗，朦胧夜色是显示出来了。立冬就是那个时候发现的吴春牛，他发现吴春牛是从新一团那边过来的，在那边设防的是新一团第一营，营长是参谋长孔雨林兼任的。立冬在花家岗子大血战中第一次认识孔雨林，那时候孔雨林是新兵连的连长，但立冬从孔雨林对马二梭的怨恨中，一下子就与他产生了隔阂。立冬还认定这个孔雨林是心狠手辣的，即便说心狠手辣不准确，起码是对独立营怀有天大怨气。立冬带着这样的心结偷偷观察吴春牛，看见吴春牛要到独立营了，还是不时地回头向身后张望，立冬马上就看出连长吴春牛的行动透着诡异。立冬认定吴春牛趁着晚饭时间偷偷溜出去，一定是去了新一团第一营，尽管无法猜测吴春牛见了孔雨林会说哪些话，反正是不正常，否则，一个连长不会鬼鬼祟祟地偷着去偷着来。

立冬就跟营长马二梭汇报了，立冬看见营长马二梭也没急也没恼，马二梭甚至连一口粗气也没喘，只是示意他把副营长丁黑豆喊来。立冬出了营部看见黑豆一个劲儿地摇头，随后就紫涨着脸望马二梭，当马二梭做了一个连夜行动的手势后，黑豆嘴里又发出嘎吱嘎吱的磨牙声。独立营接着就出发了，要到霍家炮楼了，营长马二梭才说出了行动计划。立冬紧随着连长吴春牛，黑暗中看见吴春牛一脸的错愕，但当营长马二梭要吴春牛带第二连执行押送俘虏的任务时，立冬看出吴春牛脸上露出了喜色，营长马二梭随后又让吴春牛从第二连里挑选几个押送人员，立冬一下子就捕捉出，吴春牛的眼神里闪过一丝愠怒。

其实，那天吴春牛自己也感觉出脸上不自在了，他没再多说什么，挑选出来之后就径直去公营长说的大柳树下带人了。四个据点的一营人分头行进，果然跟公营长说的一样，果然是在村头大柳树下聚齐的，但公营长却对吴春牛的行动路线感到困惑，其他人也感觉路子远了些。

吴春牛知道他那一会儿不宜多解释，更不能把营长马二梭说的真正目的地说出来，营长马二梭跟他说的是两个地方，一是分区，二是牤牛山，但营长马二梭却要他跟公营长说另外的话，前边的两个去处瞒下，只能说去新一团。吴春牛反复揣测营长马二梭的怪异，为什么跟他说的是两个地方，为什么不直接说送分区，或者干脆挑明就是牤牛山。俘虏多得消化不下，打扫完战场之后移交上级机关，是很正常的，何况新一团已经宣布了对独立营的切割决定，独立营撇开新一团直接送分区，也就不存在越级问题。而长途跋涉去牤牛山，只能理解为马二梭想到了独立营的未来，甚至还可以断定马二梭已经做了最坏的打算。

按照吴春牛的理解，新一团通报上说切割，实际上是不承认独立营了，独立营要么复归分区直属，要么撇开分区直接去找司令员杨甬力的野战部队，要么是自立山头谁也不归。而马二梭一口说出了两个地方，那就证明马二梭根本没有复归分区的打算，去找野战部队也不可能，如果马二梭是那样想的，他会直接带人面见司令员杨甬力，在司令员面前炫耀了独立营，还能顺便控告新一团团长侯得章。既然这两面都不是，吴春牛就断定了营长马二梭是存了后图之意的，马二梭真正想让他去的地方是牤牛山，前边拿个分区当幌子，不过是在其他人面前虚晃了一枪，不过是试探他这个连长是不是跟营长心有灵犀。

吴春牛知道自己不会去牤牛山，他会去见那个原运河独立营的老营长胡腊喜吗，他是原运河独立营的人吗，原运河独立营跟他有什么关系。胡腊喜当军长也好，当司令也好，都跟他这个半道上入了独立营的人连不起来，牤牛山上建起金銮殿，文东武西排的也是马二梭和丁黑豆他们那一拨人。傻子也知道灰没火热酱没盐咸，傻子也知道上百里送人是哄冤大头的。分区也没必要去，分区见了一个营的俘虏，惊叹的是营长马二梭的出奇制胜，分区没有人认识他这个连长，分区领导或许连吴春牛这个名字也没听说过。于是吴春牛就带着人兜起了圈子，选的路线全是沟汊河网，除了钻一人高的紫柳棵，就是在沙沟里绕来绕去，要么就说迷路了，要等起了风辨别方向。到后来干脆太阳不落就宿营，第二天太阳升起老高了，又说找个老乡问路，问的是哪条路距离新一团最近，结果被问的人也糊涂了。

公营长就苦着脸望吴春牛，说吴连长的问话有毛病，不说出村名庄名，人家怎么知道哪是近路哪是远路啊。吴春牛就拿了手抓挠头皮，点着头说也是也是，话说过了还是东一头西一头地瞎绕瞎转。当了俘虏的人都不知道吴春牛是故意磨着熬时间的，他要暗中观察独立营的动向，想独立营拿下四个据点之后又去了哪里，马二梭会不会在离分区不远的地方设了伏，但马二梭绝不会耐着性子一直等下去，见不到他们，马二梭就会想着他已经带人上牤牛山了。吴春牛掐着手指算时间，公营长实在忍不住了，急着说他要派人打前站，还说反正运河以西已经没有日伪军了，根本用不着东躲西藏的，亮明了身份走大路，大体方向又是知道的，想找到新一团容易得很。公营长最后还说了急话，说他感觉吴连长是故意摆迷魂阵的，当初侯团长跟他打照面，下半响说了话，吃晚饭时就各自到家了，不猜不想也知道距离霍家炮楼不远，而吴连长竟然带他们走了四五天。吴春牛忽然啊啊地叫起来，说："我知道去新一团哪条路最近了，折回去一会儿就到！"

吴春牛最后跟侯得章说的是因为迷路多绕了几天，至于心里想了哪些，他知道有些可以多说，有些一句也不能说。侯得章并没多问路上的光景，丢下吴春牛又跟公营长说话，吃过饭就让公营长他们换了服装，但到分发枪支弹药时，公营长还是坚持使用他们原来用过的，意思是使着顺手。侯得章一时语塞，脸色也一下子暗下来，沉默了好长时间，才说运河以西还有个独立营，四个据点的武器弹药，暂时由独立营保管了。公营长听得糊涂，想说新一团不是指派独立营解散的据点吗，营长马二梭还跟他摆明了利害，营长马二梭还说派人送他们去团部，营长马二梭还说善后的事就不用他们管了，侯团长怎么又说运西还有个独立营啊。

侯得章忽然瞪了公营长一眼，说："好了，不说了，独立营已经跑得无影无踪了！"

吴春牛愣怔着打个机灵，紧着问矿警团那边有没有什么动静，副团长牟利光没好气地答一句，说除了天没破，什么动静都有了，打好谱的官地营一个没剩，一个全建制的河套营又被侯得才带着遛运河去了。副团长牟利光原本是要借机暗讽团长侯得章枉费心机的，吴春牛却一下子跳起来，说："我敢打保票，马二梭一准儿带着独立营截杀侯得才去了！"

第十三章

独立营这一次的截杀地点，还是选择的上一次设过伏的运河弓背，只不过往南偏移了一点，如果拔掉县标界桩，弓背偏南或者偏北，几乎看不出差别。马二梭料定侯得才会多想，侯得才一定不相信独立营会在相邻地点两次设伏，况且侯得才又是半夜里带人出发的，独立营也不可能完全掌握他的动向。精鬼钻胡同，瞎子摸熟路。除了自小跟他爹侯登銮到集市上学不要脸，侯得才还跟他爹侯登銮学了许多斗心眼的法，斗心眼要的是揣摩对方，斗心眼的人一旦用多了用过了心眼，反倒会被别人一拙制巧。

那天侯得才曾反复想过他娘侯杨氏传的话，他娘说的是马二梭带着独立营跑远了，还说是他爹让知会他的，他听了就笑了，接着就有了夺回矿警团指挥权的念头，接着就大白天弄了春由枝子。侯得才是要借由春由枝子招惹岳粮丰的，她娘离开码头了，他忽然又闪过一个念头，想着独立营连克四个据点之后，突然就没了踪迹，也许是跟新一团下套，也许是故意绕圈子耍弄新一团。马二梭越不想让侯得章摸清他的行踪，书呆子侯得章越要顺着脚印赶脚印。既然两股绳拧成了麻花团，矿警团那边发生了什么，矿井上有什么动向，两方即便想摸清也顾不上了，当然也就没人顾得上他。

侯得才装了满满一肚子弯弯绕，越想越觉着独立营追赶野战部队的口风，十有八九是马二梭故意放出来的，而他爹侯登銮不过是把傻妹妹多多的胡话当成了真的。但有一点是侯得才愿意想的，独立营与新一团的弯弯绕越多，对他来说越是好事，等到两家都想对付他时，他已经拥有一个团的兵力了，那时鹿死谁手还很难说。但侯得才无论如何也没想到，几乎与他脚赶脚，独立营逼近了河套营，而他还在黑暗中赶路的时候，一个满建制的官地营已经荡然无存了。已到了设伏点的马二梭，完全洞悉侯得才不过是窝里斗心眼的主儿，河湾县地界之外的新地方，他反倒不会多加小心。

独立营还是使用一堵二炸三伏击的老办法。

马二梭让肖八万把炸药改装成水雷，从霍家炮楼缴获的炮弹被肖八万拆卸了弹头，围绕炮筒钻出洞眼，豆茬子钉插进洞眼里，代替的是触发装置。炮筒里的炸药没动，空出来的两头放进去的是日制手雷，炸药是跟手雷混装的。改装过的水雷分别绑上牛尿脬，拿牛尿脬浮着是不让水雷沉底的，但吹了气的牛尿脬也不至于把水雷浮到水面上。这一次也是在河道中心下的木桩，木桩是在两边下的，河道中心留着大约一庹宽的通道，运河上常跑的小船完全可以通过。侯得才带去的是一个营，一营人不可能坐小船，况且还有机器设备。凡是装载货物的都是平底船，平底船不会一闪而过，要过运河弓背了，坐船的人再急，船也要减速，快速行进中的大船突然减速，船头船尾立马就会发生摇摆性倾斜，而掌舵人这时候就顾不得观察水中是否有异物。只要船底碰到水雷，哪怕是轻轻一动触发装置，水雷立刻就会爆炸。

这样的设置前后布置了三道。

在等待侯得才回返的空档里，马二梭还做出了一个重大决定，他要副营长丁黑豆和卫生员马香芝结婚，并且是马上。而在做出决定之前，马二梭却表现出了少有的细腻，那样子低着声问这个问那个，让人觉着他已经不是原来的马二梭了，这个马二梭变成了碎嘴子管家婆。马二梭还把马立冬拉到一边，马二梭还跟马立冬说这个想法他早就有了，突然间提出来，不过是想利用这个难得的空闲时间。马二梭说他计算过了，按照马范子的说法，侯得才只比他们早动身了半夜，即便按绕弯远一半计算，独立营多费的时间抵消了侯得才在济宁那边的一搬一运，但侯得才又多了一个返程，这就给独立营腾出了一个晚上的时间。

立冬是凝着神听马二梭说的，立冬听着还不时地点头，说他一切听营长的。马二梭把手放到立冬肩上，又说他这个人平时不喜欢赶热闹场，这几天他也不知道是怎么了，就是想着有啥法子热闹热闹，就是想着还有哪件大事是该办没办的，一想就想到了黑豆和香芝。马二梭说，他这个人打小就是一根筋，脑子里一这样想了，就再也丢不下。立冬还是频频点头。马二梭就让立冬说想法，立冬说："我没想法，营长认为他们两个该结婚，那就是这个时候最好。"

马二梭又瞅立冬的表情，又说他知道香芝原来并没对黑豆有想法，那一年他和黑豆假扮伤残人回紫云寨行刺侯得章，他假装肚子被打穿了，黑豆假装腿断了。香芝不过是配合着表演给多多看的，目的是从多多嘴里打听侯家老宅的动静，结果香芝就放不下黑豆了。马二梭还说立冬也跟着演戏了，演的是跟多多套近乎，结果多多也有了那个心思，多多一天天地跑去找香芝，其实是奔着立冬去的。立冬就截住了马二梭的话头，立冬还破天荒地喊了叔，说："别说了叔，您怎么想的我都知道，我就是没意见。您也不用跟我姐商量，我姐满心里都是独立营，你只要说是独立营的决定，您让她对着运河拜天地，她也不会说个不字。"

马二梭又去找了肖八万，肖八万只听了一句就说明白了，肖八万还说他有办法借到铺盖，大红大绿没把握，不脏不破的床铺他张张嘴就有。为了不过分招摇，独立营先在河滩里热闹一阵，两个新人冲着独立营敬个礼，顶多再让香芝跟营长单独敬一个晚辈礼，就算拜堂成亲了。河滩里密密麻麻都是一人多高的紫柳墩子，只要不亮开嗓子大吼大号，没有谁会知道他们是设伏截杀的，运河堤上过个行人也看不见。出头露面的事交给他办，他可以假扮香芝的娘家哥哥，这里热闹完之后，他会带着一对新人去附近的村子，跟老乡就说是分区领导派出执行特殊任务的，天明了他们还要赶路。肖八万说了这些又望马二梭，说："马营长，你一提让丁副营长结婚我就知道为什么了，其他话你一句也不用说，就照你说的办。"肖八万忽然又冲着马二梭摇头，说论亲戚，从秀秀嫂子那里论，他是马营长的哥，从独立营里论，他又是马营长的部下，他现在落下了一个大后悔。

马二梭望着肖八万，说："你说。"

肖八万说："已经到紫云寺了，已经到家门口了，那时候我就该想办法逼你回家见兰兰弟妹……"

马二梭折了一根紫柳条，没放到嘴里拿牙咬，紫柳条是在手中揉搓着的。临走又望了肖八万一眼，说："肖连长，你准备当大主事吧，我去见他们两个。"

香芝刚听马二梭说了一句脸就红了，说她想是一直想着的，就是没想到这么快，就是没想到会在执行任务的河滩里。

香芝说，一上路她想的只是纱布绷带够不够用，还想着这一次也许是一场凶战，最怕的就是红伤药用着用着没有了。河滩里倒是有不少刺刺芽，捋了刺刺芽叶，揉出汁来堵伤口也行，止止血也行，但是伤口发炎了就不管用了。香芝说她满脑子想的都是这些，营长冷不丁地叫她结婚，她觉着就跟做梦似的，不过她愿意服从独立营的决定，即便什么都没有，她心里也是高兴的。

但副营长丁黑豆却执意不从，他紫涨着脸望马二梭，盯着要营长马二梭说出为什么，但当马二梭握紧拳头要拿脚踢他时，黑豆又拦着不让马二梭解释了。黑豆说他知道营长是怎么想的，他反对并不是因为不喜欢香芝，他是觉着香芝好，才不愿意马上跟香芝结婚的。黑豆还想说他早就把该想的都想了，就是没想过先占下一个大闺女，一丝一毫也没想过，尽管他知道香芝好得没法说。他如果一想到那些该想的不该想的，马上就想着别管是谁，别管那个大闺女喜欢不喜欢他，别管他自己喜欢不喜欢那个大闺女，总之是先占下再说，他宁愿拿枪把自己崩了。

黑豆还急出了眼泪，望着马二梭打手势表示坚决不同意，后来还直挺挺地站到了马二梭面前，说："你怎么了营长，不是还没到该说这话的时候吗，咱们的报仇任务不是还没了结吗？为什么不能等到杀了大川中队再说啊？一切都了结了，我主动打报告还不行吗？"

黑豆最终没有拗过马二梭，黑豆和香芝是跟着肖八万离开的设伏点，那时候独立营已经在运河弓背处埋伏半个下午了，从这时候到天明，应该还有小半天的时间。黑豆和香芝要翻过运河大堤了又转身回望，河滩里潮气浮荡，团团绕绕地缠住了紫柳梢。

独立营是在第二天阳光铺满运河水道时发现的异常，异常出现在一条小渔船上。小渔船这个时候出现，只能理解成是捕了一夜鱼的，船舱里应该装满了鱼，渔船返航是要到集市上赶早市的。按说船上的人应该是或坐或躺的，毕竟劳累了一夜，毕竟是有了收获。但船上竟然还有人抓着渔网，竟然还做着随时撒网的动作，而小船又是快速摆桨的，怎么看都跟一般渔船不一样。还有，小渔船上的人不像一对夫妇，也不像一对父子，船上应该有四五个脑袋，这也跟摸黑打夜鱼的大不同。做着撒网动作的那个人，又明显地看出是站不稳的。

黑豆和香芝钻着紫柳墩子进了河滩，香芝原本是要往马二梭口袋里放喜糖的，喜糖是大堤外边揪的甜浆果，甜浆果把香芝的手染黑了。马二梭突然叫了一声不对，肖八万也跟着说不对，其他人也都说看出来了，小渔船绝对不是真打鱼的。得印甚至还说他看出拿网人的腰是鼓的，怀里十有八九掖着枪，拿网不过是故意装渔民样。马二梭压着嗓子说了一句侯得印下水，得印双脚一蹬纵身而起，说："尖刀排，跟我下水！"肖八万也要下，马二梭又把他摁住了，意思是他故意安排的。尖刀排是由吴春牛的第二连留下的人组成的，侯得印任排长，马立冬任副排长，丁豌豆任尖刀排机枪班班长。马二梭故意要摔打三个小年轻，其实是含了良苦用心的，这一点，连第二连留下的人也能感觉到。

小渔船很快被截住了，几十个人呼啦一下子从水里钻出来，船上的人竟然问得印他们河水凉不凉。马二梭他们观察得不错，小渔船的确不是真打鱼的。船上除了一对打鱼的夫妇，另外还有三个是河套营的人假扮的，但马二梭他们还是被斗心眼的侯得才耍了。

三个假扮的人上了岸就诉苦，说他们先是被河套营营长耍了，眼看要到河湾界桩了，跟着又被没正形的侯得才耍了，他们等于是当了两天的冤大头，能活着离开济宁也算没当冤死鬼。三个人中有一人是骂着说的，说他们去时一路上也算顺当，也没遇到八路军，也没遇到日本人，但他们万万没想到进了济宁州会出岔子。那人说着又骂侯得才，说如果侯得才肯用一点点心，如果侯得才不嬉皮笑脸打哈哈，如果侯得才不说济宁州的窑姐儿怎么风骚，他完全可以察觉出河套营已经露出异常苗头了。还有，凡是打谱溜圈的，临动身之前都把积攒的外快掖腰里了。但是侯得才这个下三烂光是快活嘴了，营长滴溜溜地转贼眼珠子，他硬是没看出来，结果还没到货栈呢，一营人就跑了个溜溜光。营长一招手上了电驴车，坐下了还朝侯得才擤鼻涕，还说老子不伺候了。肖八万听得糊涂，说："这都哪儿是哪儿啊，怎么一营人都跑了？哎，你们怎么没跑？"

那人苦笑着摇摇头，说河套营原本就是刘百湖的老底子，跟刘百湖一样，老家也都是济宁州的，他们知道跟着保安纵队也混不出好样了，日本人败了他们也没地方可去，何况他们又变成了矿警团。侯得才带河套营去济宁，等于是帮着他们打了路条，要不是这样，他们想跑也不敢跑。那人接着又说他们是保安纵队进驻河湾县城之后加入的，他们的老家就离县城不远，回来也想着老老实实地当庄稼人。肖八万还想再问他们跟货栈接上头没有，货栈上还有没有日本人，马二梭推开肖八万，冷冷地盯住了那人的眼睛，说："我问你，侯得才呢？"那人呜哇着又要骂，说侯得才是在独立营截船之前上的岸，当时说的是到岸上拉屎，还说小船摇晃得他拉不出来，结果一等二等没影了。那人最后还骂着说："狗日的侯得才不是真拉屎！"

正在这时，金猪突然间出现在运河弓背处。金猪骑的是香芝家的黑驴，黑驴跑了一身汗，金猪也出了一身汗。金猪牵着黑驴下堤，黑驴呜哇呜哇地叫着往河滩里奔跑，看见香芝了又是磨蹭又是摇尾巴，看见立冬浑身湿淋淋的，凑过去又伸出舌头舔。香芝抱住黑驴脖子，偏着头问黑驴怎么还能认出她，她现在已经是丁家的媳妇了，她现在不能再说黑驴寄养在丁家了，说着还落了泪。立冬紧着拉扯香芝，说："姐，你别老是跟驴说话，金猪跟头流水地赶来，一定是有紧急情报，一定是笸子爷派他来的。"

金猪先说了一句他是背着笸子爷偷偷跑出来的，笸子爷不希望他急着见独立营，也不想让独立营知道运河上的事。接着又说小胖子福山也生了转轴心，得了新情报不再去紫云寺了，情报是先跟侯登科说的，侯登科接着就去新一团见了他儿子侯得章。金猪说，小胖子福山后来又去过侯家老宅，说的话正好被多多听见，多多立马就去紫云寺找他，多多还说她大爷现在已经是新一团的联络人了，她大爷先联络的是官地营，官地营被炸了，接着又联络矿警团的岳粮丰，岳粮丰也答应归属新一团了。金猪说多多的意思是让立冬喜欢她，多多说只要立冬不嫌弃她,她愿意给独立营当联络人,别管啥消息,她听到就传出来。肖八万皱着眉头拦截金猪,说金猪说得有点乱,他听着不好理顺,怎么理顺也没弄明白金猪为什么偷着跑来,金猪根本就没说紧要的。

香芝就把一把黑浆果捂到金猪嘴里,黑豆又捋了一把紫柳叶擦金猪的嘴,说:"金猪你一件件地说。小胖子福山又传了啥新情报,侯登科跑前跑后地当联络员,新一团是不是也到了紫云寨?多多的心思我知道,你先别说她,你一件件地按顺序说。"

金猪把一嘴黑浆果全咽下去,先是嗯嗯着点头,又说他很想把知道的全说出来,紫云寨这几天了不得了,看哪儿都是新情报,看哪儿都是想不到的,许多情报又都是缠绕在一起的。金猪说,情报是小胖子福山传的不假,但先得到情报的却是矿警团的岳粮丰,而岳粮丰的情报又是从刘百湖派出城的眼线口中套出来的。刘百湖派出眼线要盯的是侯得才,岳粮丰又套出来一个更大的机密。县城里的保安纵队几天前就被刘百湖偷偷弄出去了,他自己只留了一个警卫营。大川被刘百湖蒙在鼓里,还以为保安纵队几千人守城,大川就把一个中队的日本兵跟华章小学圈在了一起,天明天黑地不出院。金猪说了这些又望马二梭,说:"叔,我还想说几个你不爱听的,你别生气啊叔……"

马二梭就在金猪头上打了一巴掌,然后他还冲着侄子笑了笑。

金猪说他知道该先说哪些,没有顺序地掺在一起说,其实是担心独立营听了会不高兴,尽管这里边有许多他不明白的。

比如新一团已经逼近县城了,团部就安在紫云寨西边的三皇庙里,从三皇庙到紫云寨西街口,最多不过二里路,他那一次赶大车去大围子村送白菜,来回都从那个破庙跟前过。但是新一团并没攻城,岳粮丰要把他的矿警团团部腾给新一团,侯得章还是住在那个破庙里。新一团只是把人布置在运河大桥西边,枪口炮口对准县城了,却是一枪一炮不放,就那样牛抵头似的摆着架子。新一团还在运河西岸排开了雁翅阵,还有几门炮是斜着对准城门的,新一团的人在运河堤上走来走去,光见排兵布阵,就是不见攻城。金猪说他不明白的就在这里,按说侯得章已经摸清县城的虚实了,他一团人还怕里边的一个营啊,再说他现在已经不是一个团了。几千人对付几百人,拆了城砖砸也能把保安纵队砸死,何况大川又是缩在院里不出来的。

金猪说,他还有一点不明白的是,新一团放着县城不攻,倒是派人贴了不少布告,他原来想的是,贴布告是为了不让老百姓进城,看了才知道布告是说独立营的。布告上说独立营已经不属于新一团了,独立营杀人放火也好,打砸攻抢也好,一律跟新一团没关系。金猪说着又望二叔,马二梭哼哼着冷笑,黑豆脸上毫无表情,只有肖八万恨着嘟囔,说侯得章这是扒过冬白菜,独立营是老叶老帮,扒了扔了沤了烂了,他的白菜心就是新鲜明净的。金猪说到最后又变得吭哧起来,还偷着拿眼角瞟二叔瞟黑豆,看着像是话把嗓子噎住了。马二梭闭着眼踢侄子,说:"要还有就接着说。"

金猪嗷的一声跳起来,说他好像看见吴春牛吴连长了,吴连长不时地围着三皇庙转悠,还寸步不离地跟着侯得章。金猪嗷嗷着涨红了脸,又说:"县城快变成空城了,笆子爷也不让我说,见到吴连长归了新一团,笆子爷还不让我说,我快憋死了!"

马二梭就把眼睛睁开了,还跟黑豆对视了一会儿,黑豆咬着牙点头,马二梭接着就发布了命令:"凫水过河,迂回闯县城。"马二梭发布了命令就走到香芝身边,他还把香芝的手搭到黑驴脖子上,他还把香芝头发上的一缕枯草揪了,末了他说:"香芝,你喊我一声二叔,我派给你一个新任务……"香芝惊诧着又是想笑又是想蹦高,说:"呀呀,二梭叔从来没说过这话!"马二梭也跟着笑了,接着就说他要香芝随金猪一块儿回紫云寨,任务完成之后再与独立营汇合。香芝伸着手要任务,说:"任务呢,你还没说呢?"金猪看见二叔冲他使眼色,就托着香芝的腿上了驴,说香芝姐快变成糊涂小媳妇了,回紫云寨是摸情报的她竟然不知道。

香芝快走出河滩了又回头望马二梭,说:"记着啊二梭叔,独立营再有了新任务,可别忘了通知我……"

第十四章

运河湾里四季分明,寒暑交替,唯有一条是亘古不变的,那就是,万事万物都能找到对应点。

比如侯得章带着新一团来到了紫云寨，紫云寨是河湾县城西边的第一个大村子，许多人对应的是，侯得章曾经做过河湾县的县长。他那时候也是带的一团人，尽管番号是186团，尽管186团属于中央军，但一身二职的侯得章，故籍旧土却在紫云寨侯家老宅。侯得章在抗战最后一年的最后几天里，突然间从天而降，运河湾人一下子就找到对应，并马上就想到，这是要夺县城了，比如侯家老宅的侯登銮。

侯登銮从看见新一团的灰军装的那一刻起，就形影不离地跟侄子侯得章缠绕在一起，侯登銮顾不上套近乎，侯登銮说的是儿子得才，侯登銮是要团长侄子答应让儿子归队的。侯登銮还拿出了大哥侯登科写的信。儿子得才当过几天团长，也当过几天局长，不过那都是日本人封的，现在丢了也不可惜，即便降一级当个团副也是好的。后来侯登銮又把恶心透了的儿媳妇花田子小姐接到侯家老宅的新房里，急着催着要花田子小姐给萍乡那边拍电报，问的是儿子得才到了没有，返程安排的是什么时间，如果萍乡那边还没准备好，那就放空船回来好了。还有，一去一回的路上，还有哪些地方是带着风险的，有风险的地方最好绕过去，为了缩小目标，设备啊，工程师啊，都丢下也行。侯登銮费尽了心机，对应的是儿子得才，他为了儿子熬心用智，对应的是八路军马上要得天下了。

再比如马家。马步正连觉也不睡了，他的眼睛天明天黑地睁着，饭送到身边，他大口大口地吃，睁着的眼睛也没看咸菜也没看汤碗。还有，马家人都能看出来，老当家人马步正已经不知道饥饱了。春子是脚不沾地的，她一股风似的到了堂屋，又一股风似的到了街上，她还到紫云寺找儿子金猪，后来她又从街上揭了一张布告。春子把布告在公爹马步正眼前晃一下又扔到地上拿脚跺，说侯得章为啥专说难听的，杀人也不是杀好人，放火也不是烧柴火垛，他光说个分家了不行吗。春子跺了布告又训斥兰兰，说："兰兰你听见了吗，这就是你那个娘家大哥说的话，他说独立营就是说你男人，侯得章糟蹋独立营就是糟蹋你男人马二梭。"兰兰光是咬着袖子哭，光是说怎么一茬茬地不会完了。又说，侯得章要是做下对不起马家的事，她一辈子不进侯家门，侯得章要是敢对二梭使坏，她就死给他看。

马家人不安生，对应的是看不见影的马二梭。

另外还有人想找出薛一手的对应点，结果找不到。

薛一手是紫云寨的另类人，他干的是掏裆摸阴的营生，原本是个无足轻重的，原本是个用时说请用完就骂的。不过，新一团一来他就突然消失了，怎么着也应该有对应点，况且，他没消失之前，是在矿井那儿跟人讲人兽同理的，意思是下刀的地方差不多。从这一点上说，薛一手的消失应该算是稀里糊涂的事。

至于小胖子福山，他身上有更多的谜。小胖子福山是什么时候离开矿井的不知道，小胖子福山是怎么跟县城里的大川联系上的也不知道。小胖子福山穿着一身擦磨过的工装，突然间从运河大堤下的紫柳棵里钻出来，突然间又换上了一件紫花布夹袍，突然间又带来日本人大川中尉的口信。小胖子福山最后见的是侯得章，看到的人都感觉惊奇倒是真的，小胖子福山见了八路军的团长一点也不害怕，这也让人困惑。

找不到对应点的就是奇怪的，让运河湾人感觉奇怪的还有侯得章。

侯得章是匆忙中命令新一团东移的，怎么看都是大反攻要开始了，然而部队沿运河大桥两侧一字排开之后，却突然没了动静，而运河大桥东侧就是河湾县城。上千人封住了城门出入口，对河湾县城来说，新一团等于是大军压境了。对侯得章来说呢，放着咫尺之遥的老家故宅不进，却把团部设在了破旧不堪的三皇庙里，而三皇庙就在紫云寨村西。侯得章要传达的意思是，家事没有国事大，县城尚未收复，什么亲情都可以抛开。但侯得章并没有下令攻城，侯得章只是命令部队布置重火力阵地，侯得章甚至还让人伐木赶制云梯，云梯做得又高大又结实，看着像是要在火力掩护下翻越城墙。与新一团的排兵布阵相比，河湾县城仿佛是一座废弃了的空城死城，城墙上几乎看不到保安纵队的火力点，城门是关闭着的，城门楼上连个观察哨也没有。还有，与西城门贯通的运河大桥也没设防，攻的防的都像是睡着了。

许多人都记得，日本人和保安纵队刚进入县城时，大桥与城门之间曾经设过两道活动哨卡，另外还有一道阻拦鹿寨，沿城门外口两侧还有两个警卫岗亭，但大扫荡过后，这些设置又通通去掉了。日本人虽然有过河套暗堡被炸的教训，保安纵队虽然有过据点被拔的经历，县城却一直是平安无事的，入了县城就算进了保险柜。因此，运河湾里就有了新民谣，说："出城扫荡如饿狼，关门回城当绵羊。"新民谣是讥讽日本人和保安纵队的，意思是他们眼大无珠，心大似砣，目空一切，装傻充愣，关上城门就喝起了大胆汤。如此说来，新一团要攻打县城，根本用不着排兵布阵，或者说根本用不着赶制云梯，侯得章只需命令一个连或者一个排，架起碗口粗一根横木，喝着号子把城门撞开就可以了。

没有人知道侯得章为什么要摆那么大的阵势，摆了阵势为什么又不发布攻城命令，怎么看都像是虚张声势的。而侯得章根本用不着虚张声势，因为他已经摸清了县城的实底，知道县城里只有刘百湖的一个警卫营，日军大川中队是连队部也不敢出的。就眼下而言，天时地利人和，几乎都被侯得章占全了，占全了不行动，怎么想都想不出为什么，怎么想都是奇怪的。

侯登科也闹不清儿子得章是怎么回事了。

那天他去新一团传递情报，说了岳粮丰要带矿警团归降，又说了矿警团的官地营被马二梭的独立营炸了，接着又说县城是怎样布防的，儿子得章竟然跟他讲起了读书。儿子得章还跟他说到很想再重读《论语》，儿子得章还拿"为政篇"首句当例子，说先前的理解是要执政者都像先周贤君那样，以道德教化来治理政事，现在看也不是。又说孔老先师忽略了天体人世大不同，以天体套人世，误就误在人世可以无规范无章法无运律，而有些人偏偏又以破规破矩破章破律为能事。那时候侯登科是耐着性子听的，想着等儿子得章说完再问新一团下一步怎么办，儿子得章却接着又说起了《道德经》，他那时候认为儿子得章是被马二梭气傻了。但是儿子得章却又接着说《道德经》也是他喜欢读的，尤其是书中的哲学观，尤其是当战争进入尾声时。接着又说，首恶必惩，胁从当宽，百废待兴，图新更张，同样是老子的精神内核。他是实在忍不住了，才从儿子得章手中夺过书来的，急着恨着把岳粮丰的想法说了。

侯登科想不透儿子得章心中的棋谱，他光看见儿子得章拿着地图望县城，这又使侯登科气愤不已。县城就在眼前立着，里里外外儿子得章哪个地方不知道啊，运河大桥走过百遍千遍，哪块砖高砖低都知道，还用得着看地图啊，地图上有三皇破庙吗？侯登科急得搓手，看见儿子得章忽然又进了矿警团团部，从团部出来竟然又转悠着去了矿井，竟然还探着身子向井下张望。矿警团已经换了新一团的服装，团长岳粮丰按说应该去盯着他的队伍，起码应该观察一下他的人是否有心怀叵测的，但岳粮丰却变成了不住腔的媒婆，不时地拿手指指点点，儿子得章竟然也跟着频频点头。

侯登科要冲过去训斥儿子得章时，忽然又觉着他有些明白了，想着儿子得章也许要得一座完整的县城。围而不打，强以声势，声势陡立，狡兔自遁。况且新一团并没包围县城，新一团是在县城西门陡立声势，一个营的保安纵队也好，一个中队的日军也好，害怕了自然会有举动，要么缴枪投降，要么弃城而逃，反正城东门是没封堵的。儿子得章要完好无损地得一座县城，完好无损地得一口矿井，县长一上任，立马就是图强更新，立马就是地方楷模。再对应着儿子得章说的孔子老子，侯登科也找到了对应点，儿子得章显出来的是书呆子相，其实章法上比他爹会运筹。于是，当小胖子福山也要比画着跟儿子得章说话时，侯登科笑着回了侯家老宅，听见老三侯登銮还在催着花田子小姐发电报，还说要发加急的，他斜着眼角啐了一口。走过老二侯登榜的门口时，侯登科没立斜眼，也没吐口水，他是眯着眼走过去的。

　　侯得章读懂了小胖子福山的眼神，小胖子福山拿着双鸳手绢擦汗，他一眼就看出是喜喜绣的。还有小胖子福山匆匆换上了紫花布夹袍，他一看就明白了是什么意思。侯得章就冲小胖子福山点了头，说："你与喜喜的事我现在顾不上听，我也不想听，你只说有没有新情报吧。"

　　小胖子福山就说他偷接了码头上的电话，电话是大川打的，大川托他带转口信，说如果老故人侯君得章先生肯发一份特许文告的话，他愿意把运河煤矿系统设计图呈给八路军。大川还说中国汉奸刘百湖已经把他的警卫营拉到东城门了，把守西城门的不过是几个被哄骗的老兵，要不是有一件他乐意做的事，有奶就是娘的刘百湖或许早就出城了。但刘百湖临走又在华章小学老校门口，以及戏园、县府大堂、隅首等几个地方，都设了隐蔽爆炸装置。汉奸可以离开亲娘投继母，日本人却是无处可去的，除非有八路军的特许关防。大川最后说他愿意为颇具君子之风的侯团长侯县长尽一份绵薄之力，如果终难如愿，他会随时抛弃一切，因为他当初以代为保管的名义扣下煤矿系统设计图，就是为了关键时的一用，而花田子小姐是一直恨着他的。

　　小胖子福山说，他知道系统设计图是运河煤矿的绝等机密，有了系统设计图，不下井，也可知地下八百米的情况，下了井，闭着眼也摸得清纵横交错的关要处。接着又说系统设计图包含十一个门类，一是矿井地质和水文地质图，二是井上井下对照图，三是巷道布置图，四是采掘工程平面图，五是通风系统图，六是井下运输系统图，七是安全监测装备布置图，八是排水、防尘、防火注浆、压风、充填、抽放瓦斯等管路系统图，九是井下通信系统图，十是井上井下配电系统图和井下电气设备布置图，最后是井下避灾路线图。

　　侯得章惊愕着拦截小胖子福山，紧着问小胖子福山还有没有办法再进城，他可以马上签发一张特别通行证。小胖子福山说他可以从码头货栈下边的暗道里进出县城，暗道是侯得才早就挖好的，连花田子小姐也不知道，其实侯得才跟谁都没有真话。还有，侯得才也着实不成器，让他到萍乡押运矿井设备，他竟然备足了逛青楼的小物件，这一次去济宁，估计欢乐不够是不会返程的。

小胖子福山故意把最后一句说得很慢，说着还故意停顿了一下，还拿眼角瞟侯得章。接着才转到正题上，又说他现在去也可以，带着关防换图纸也没问题，他只是不想让花田子小姐看出他是私下里受了大川托付的，因为花田子小姐也跟他一样，压根儿就没想离开运河煤矿。只不过，花田子小姐把运河煤矿当成了麻生家族在海外拓展产业的荣光，而他则是把自己化为了中国煤炭工业的一部分，况且运河湾里已经有他的家了。侯得章当下就把特别通行证开好了，左边盖的是运西军分区新一团的章，右边要盖河湾县人民政府的公章，公章还没刻，他就在后边盖了个私章，私章后边加了个括号，括号里注明的是县长。签发好了又用嘴吹干墨迹，又上下地打量小胖子福山，说："你现在就进城。记着，左手递，右手接，当面两清。"

小胖子福山也算用尽了心智，知道侯家老宅已经接受了花田子小姐，而这个团长大舅哥，好像也没有处置日本女人的意思，他能做的只有恰到好处地在对方身上描几下。描的是灰色，洗了还是会有灰底子，况且后边还有个侯得才，于是就多加了一句侯得才跟谁都没有真话，算是一耙子挠了俩狗头。但是小胖子福山的心智却算是多费了，任何人都不会想到，侯得才居然落到了保安纵队手里，居然还被保安纵队像稀罕物一样，一个营挨着一个营地倒手，最后倒给了正要溜出东城门的刘百湖。

侯得才从运河上停船上岸，当时说的是闹肚子要拉稀，还要小渔船原地等他，他是抱着肚子上的岸，上了岸并没拉。其实侯得才那时候并不知道独立营会在前边不远处设伏，他不过是凭空地又多了个心眼，原本想着先让杂木芦苇隐着走一段旱路，眼睛瞟着渔船，看看渔船会不会在原地等他，结果他自己又是灵机一动，怎么想都觉得单独行动好。侯得才甚至还想着让日本小娘们儿花田子多焦躁几天，如果花田子是真心牵挂他安危的，牵挂心就会冲淡对他的愤怒和失望。于是侯得才就翻过了运河东岸大堤，知道离县城并不远，索性专拣高高低低的崎岖路走，结果他就稀里糊涂地进了保安营区。刘百湖为防万一设置了脱身长蛇阵，分组后一路交替南行，侯得才被拦截了，才想起保安纵队以这种方式撤离县城，其实是怕八路军把他们一锅端了。

保安纵队没有不知道侯得才可恨的，侯得才挖走了保安纵队的弟兄，侯得才还撺掇着日本人大川提防保安纵队。保安纵队的营长就让人把侯得才绑了，从南往北一个连一个连地交转，转到刘百湖手里时，侯得才差不多已经没人形了。刘百湖看见侯得才先是笑，笑着又问他拿迷仙绒弄女人时，是不是还要把迷仙绒放在嘴里含一会儿。接着又问迷仙绒戴在哪里，要是蛋丸子没有了，光往鸡头上套个迷仙绒，是不是还一样好用。侯得才起了一身鸡皮疙瘩，紧着跪下来说好话软话，后来还说他要把日本小娘们儿花田子献出来，另外再搭上使女春由枝子。最后又说如果刘司令喜欢，他愿意把迷仙绒一并献出来，他还会教给刘司令怎么使用迷仙绒最厉害。刘百湖把一口痰吐到侯得才脸上，接着又让人挖了一块胶泥，堵瓶口似的塞满了侯得才的嘴，侯得才连一声哎哟也发不出了。

薛一手是从麻袋里钻出来的，薛一手在麻袋里睡着了，因为绑架他的人许诺的是一口袋大洋，只要薛一手不出声，只要薛一手肯拿出骟猪的手艺骟人，身上即便有两个口袋也可以装满。薛一手觉得奇怪，自己原本是要到码头那边的，去了是帮日本小娘们儿花田子搬家的，当然也想顺便看看两个日本女人是不是睡在一张床上，如果是，侯得才的枕头又是怎么摆放的。他最后连铁栅栏门也没进去，跟着就被两个锡壶匠装到了麻袋里，但怎么进的城他就不知道了，因为他那一会儿想的是，只有睡着了才不会出声。薛一手钻出麻袋还一个劲儿地打呵欠，揉了眼才看出被扒掉裤子的是侯得才。侯得才的鸡头上还套着一个稀罕物。薛一手扑哧笑出声来，说："侯大少爷，你这一辈子可是大头小头都没受屈啊，人活到这个份上，身上多一样少一样，都值了！"

薛一手是从腰带上解下的明亮物，鱼钩状的铜钩是用来钩拉精索的，韭叶宽的双刃割刀是用来割皮取蛋的，一根纫着线的钢针最后才用到，为的是缝合刀口。薛一手比画着还讲解，还是说人兽同理，忽然又说割皮取蛋不准确，准确的说法应该是挤。蛋皮割开了，绝对不可生拉硬拽，最要功夫的就是一手捏紧捏牢蛋丸子的根部，目的是使蛋丸子自个儿挤出来。蛋丸子自个儿挤出来，这时候只要拿小刀在蛋根处轻轻一划就可以了，讲究的是干净利落，被骟的活物一辈子都得谢你的手法精到。薛一手又仰起脸来望刘百湖，说："刘司令您看准了，我的手法一般人学不会。不过，我还真想收个精细灵动的徒弟……"

薛一手最后从刘百湖手里接到的是一张便签，刘百湖让薛一手找大川要钱，刘百湖还教给薛一手见了大川怎么说，还说银圆最好要双龙的。

第十五章

　　小胖子福山再见到侯得章时,浑身上下都沾满了尘土,脸上还有灰道子,灰道子里还溅了血点子。小胖子福山还一个劲儿地哆嗦,哆嗦着还一个劲儿地打牙颤,看着是吓破了胆的。小胖子福山的右手里并没有一卷子图纸,侯得章开给日军大川中队的特别通行证还在他左手里抓着,特别通行证已经揉搓得没形了。小胖子福山先说了一句晚了,接着又说完了,还要再说差一点回不来时,侯得章抓了一根干树枝要抽他。侯得章说:"说里边,快说!又是枪声又是爆炸声,里边怎么了?"

　　小胖子福山说他眼看就完成使命了,眼看就要大功告成了,偏偏独立营进了城,进城就朝日军队部开火,结果大川中队全部战死,结果想要的系列图纸也被炸得粉碎。小胖子福山说,独立营根本没打算抓活的,大川中队也没打算拼死抵抗,因为大川已经盘算好了,知道抵抗只能全部玉碎,而他想的是活着把一个中队带回老家北海道。大川把活命赌注都押到了运河煤矿的系列图纸上,大川还让他的人换上了华章小学的校工服,大川是坐在校长室里等着与新一团谈条件的。但是,大川没想到冲进去的是独立营,独立营跟日本人有血海深仇,独立营根本不看大川手中的图纸,开了枪又扔手榴弹,手榴弹又把隐藏的爆炸装置引爆了,结果一个中队的日军全死光,老师学生也死了好几个。小胖子福山最后还拿手扇自己的耳光,说:"我到底还是晚了一步啊,终生遗憾何以弥补?运河煤矿又要迎来摸索期,损失难以估量啊!"

　　关于独立营血溅日军队部,运河湾里一直存在着几种传说,传说以故事的形式弥散着。几种传说都像是真的,又都同时存在着漏洞,到后来就真假难辨了,一直到战事完全结束,河湾县人民政府正式成立,这几种传说仍然存在着。所有人都知道,要想弄清楚独立营是怎么潜入县城的,是怎么血溅日军队部的,几乎不可能了。天长日久之后,传说里甚至还加了一种猜测,说独立营其实是小胖子福山带进日军队部的。小胖子福山并不想让侯得章顺利接手运河煤矿,小胖子福山还没有与喜喜小姐正式完婚,侯家老宅的人特别是大舅哥侯得章,还没有给他一个正式身份。如果在一切未知之前就让侯得章如愿，带给他的是弊多利少，被驱逐也是有可能的。小胖子福山必须让运河煤矿有个磨难期，必须让大舅哥侯得章明白他在磨难期付出了怎样的努力，而他的存在，就是运河煤矿繁荣昌盛的基础，他这个技工是运河煤矿不可或缺的砥柱力量。于是小胖子福山才跟侯得章说了那些话，从此就把水搅浑了，从此也就有了多种传说，甚至连独立营是怎么从运河伏击点进入县城的，都变成了运河湾里雾一样的谜。

传说之一是：

离开运河伏击点之后，马二梭他们一路狂奔。马二梭他们没顺大路走，他们是在高粱地里斜插过去的，那时候高粱苗子刚到膝关节高，人在高粱地里穿行，一点也不碍腿脚，而松软的干土又掩盖了脚步声。还有，高粱叶上还挂着露水，露水浸润着热腿，奔跑的人反倒比较舒服。如果在明亮的官道上，轰隆隆一齐奔跑，大地会发出咕咚咕咚的声响，听着像是地平线上起了雷。马二梭他们当初也许并没想到这些，他们在庄稼地里奔跑，不过是图抄近路，不过是想尽快进城，但他们还是在县城东门外的官道上，意外地与刘百湖的警卫营碰上了。

刘百湖他们是完成了对侯得才的阉割之后出的东城门，警卫营的人都观看了薛一手的骗人过程，许多人还被兴奋感鼓动着，他们走着笑着，他们还不时地回头望司令，看见司令刘百湖也笑着，警卫营营长就啊啊着大叫，说刚才要是把两个蛋丸子塞侯得才嘴里就更好了，滑溜溜的没骨头，还好吃还大补，侯得才一准儿舍不得吐出来。这又惹得许多人笑，刘百湖还哈哈着在警卫营营长腔上踢了一脚，说："你他娘的要把老子笑死啊。"马二梭他们就是这个时候开的枪，马二梭他们并没打算把突然遇到的警卫营都干掉，实际上他们也不可能全干掉，如果面对面胶着起来打，马二梭他们未必能占上风。

马二梭是突然间想起来必须开火的，开火的目的是换保安纵队的服装，况且，到县城东门也只有这一条大道了，不把保安纵队打跑，他们也进不了县城。而刘百湖他们是冷不防受了当头一击的，在高粱地里又看不出八路军到底有多少人，想着八路军也许是要把他们堵回县城，一个跑字就先冒了出来。于是刘百湖就下了死命令，说边打边撤，赶快冲出八路军的包围圈。刘百湖危急关头不恋战，按说是明智的，但刘百湖又太心急了，人一急就不顾嗓音轻重高低，他那用惯了的驴腔大嗓一下子就被肖八万盯上了。肖八万是冲着刘百湖张大的嘴巴开枪的,枪子儿过去降了高度,打中的是刘百湖的胸口。边打边撤的一营人,满脑子只记住了冲出八路军的包围圈这一句,于是所有人都拼命地奔跑,有被尸体绊倒的,爬起来还会恨着骂,说狗日的不会死到路沟里啊。

这种传说的关键在于:独立营是换装之后混进县城的,接着再混进日军队部算是偷袭成功。但这种传说也有漏洞,即独立营混进县城不可能没人察觉,县城里看不见保安纵队了不假,但县城里的警局还在,警局里的眼线还在,满街上骗吃骗喝要捞一把的地痞无赖小混混还在,这些人很难说没有跟日本人亲近的。还有,他们扒了保安纵队的衣服,不可能全都合身,衣服是从尸体上扒的,血窟窿肯定也会有。即便是匆匆走过的老百姓,也能看出怪异。而意料之外的险胜并没给马二梭他们带来多少喜悦,他们只是一门心思要干掉大川中队,他们还不知道大川中队是否也已经出城,马二梭他们的脸上一定带着急火,一定带着愤怒。所有这些,县城里的人一眼就能识别出来,敢如此进城找日本人拼命的,只有独立营。如果这种猜测准确,那个满脸涨成紫红色的挺拔小子,一准儿就是运河湾里的野马星马二梭。

传说之二是:

独立营根本没与刘百湖的警卫营遭遇,刘百湖是死于内部人之手。原因是看到新一团在运河西岸排兵布阵之后,刘百湖马上就决定不再跟日本人大川装样了,他让手下的一个班长留下,还让班长带着侯得才的蛋丸子找大川报捷领赏。刘百湖还把对薛一手说的话又说给那个班长听,那个班长说即便拿到一麻袋大洋,他也不想与日本人一起死在县城,刘百湖当场要枪毙班长,那个班长却先开了枪。也就是说,独立营根本没用换装假扮保安纵队,他们是发誓要为原运河独立营的死难弟兄报仇的,既然已经进城了,咫尺之遥,仇人相见,分外眼红,一场厮杀也就在所难免了。

况且,独立营要从东门进入县城时,刘百湖已经死了,警卫营也早跑得没了影,县城里也看不到一个保安纵队的人了,而日军队部早已跟华章小学连成了一个大院,师生不出院,他们也不出院。所以,日本人根本不知道刘百湖早已做了退步,并以二鬼推磨的方式,把他的保安纵队悄悄地拉到了城外。独立营等于是入了不设防的空城,凭着独立营和马二梭那股子拼命劲头,想把心存侥幸的大川中队干死,难度并不大。

独立营先是用手雷炸开了日军队部的大门,几乎就在日本人目瞪口呆之时，独立营以猛虎扑食之势，机枪步枪手榴弹一起上，暴风骤雨一般，山摇地动一般，秋风扫叶一般，庖厨飞刃一般，刹那间，片刻间，倏忽间，转瞬间，日本人血流成河，死无全尸。独立营是最后发现的日军暗道，暗道是修在望楼底下的，独立营扔了手雷又扔汽油桶，结果暗道变成了灶膛，热得受不了的日军发出哀号，日本人哀号的声音跟牛叫差不多。独立营还挨个儿寻找大川，后来他们发现华章小学的校工实在太多了，校工里边还有阔肩短腿的，还有粗腰大腚的，还有粉面肥腮的，他们一下子就认定了校工是假的。独立营就朝着不顺眼的校工开了枪，看见有一个校工从怀里掏出碗口粗的纸筒，他们还同时扔了两颗手雷。

独立营已经杀红眼了，院子里看不到校工了，他们又挨门逐窗地寻找。校长只好自己跑出来，先说看见水房里进人了，只是没看清是日本人还是学校老师，又说别找大川了，大川已经变成烂肉了，就是不明白他死到临头了，为什么还随身带着纸筒筒，是宝贝又能如何。

独立营果然冲进了水房，果然看见水槽里有人趴着，独立营就冲着水槽开枪，直到整个水房流出红水。但独立营触发了爆炸装置却不是故意的，爆炸装置是刘百湖派人偷偷布下的，炸的是学校东南角的连体宿舍。连体宿舍南边就是日军队部的弹药库，日军把外围墙连成了一片，中间还是隔着一条老街，结果老街变成了残砖烂瓦。校长号了一声栽倒了，校长栽倒之前还冲马二梭哭诉，说："全县唯一的女班啊，你们怎么把女生宿舍也炸了……"

传说之三是：

独立营是打着新一团的旗号进的日军队部，刚到县城十字隅首时，马立冬和侯得印还分头恐吓街上的行人，说："我们是奉新一团侯得章团长之命接收县城的，我们新一团杀红了眼什么都不顾，闲杂人员一律不许靠近，谁敢靠近，一律就地正法。"丁豌豆还咔咔地拉枪栓，说："你们不知道八路军新一团的厉害啊，你们不知道我们侯团长原来就是县长啊？你们听说过独立营吗，听说过独立营有个营长叫马二梭吗？马二梭带着独立营专杀日本人，独立营是死活不怕的，可是我们的侯得章团长只说了一句滚，马二梭带着他的独立营立马跑得没影了。这就叫官大一级压死人啊！别管你独立营杀日本人有多厉害，别管你独立营立下多少战场奇功，容不下你就得把你赶跑。"

独立营是排着队列穿过的广场，到了日军队部门口，先跟大门里边的暗哨报了部队番号，暗哨报告了大川，大川命令打开院门，大川还亲自到门口迎接，大门刚开启了一道缝，大川就先抱了拳，说："是侯君得章先生吗？败将大川早就候您大驾了，今日终得以面君。"大川为了显示诚意，说了客气话之后就以双手托举运河煤矿系列图纸，又说是为河湾县县长全力保管的，现在悉数呈上，相信侯县长会为运河煤矿插上腾飞的翅膀，河湾县也必将成为整个运河湾里的璀璨明珠。

大川把走在队列前边的马二梭当成了侯得章，马二梭哼哼着冷笑，大川一定认为胜利之师理应如此。大川还是满脸堆笑地往里迎，马二梭就是这时候拔出的手枪，手枪顶住了大川的脑门，但马二梭最后用的是杨司令员赠给他的护身刀。大川先是惊骇不已，然后说："不对啊侯团长，鄙人是通过小胖子福山君传过口信的，当时说的就是以图纸为交换条件，我这里完好无损，你那里发放关防文告，难道侯团长不想一帆风顺地大展宏图了吗？"大川在刀锋刺破喉咙时还用手撕扯图纸，但马二梭接着就把一颗手雷塞到了大川怀里，独立营的报仇大业，顿时在日军队部展开了。

传说之四是：

日军队部的大门不是独立营炸开的，也不是假冒刘百湖的保安纵队骗开的，也不是打新一团侯得章的旗号哄开的。哄着让大门后边的暗哨开门，然后大摇大摆进院寻找大川的，是花田子小姐的使女春由枝子。春由枝子又翻出了当年日军初进县城时发给她的少尉军装，她先是扒着门缝让里边的暗哨看清她是谁，日军暗哨也把眼睛贴住了门缝，看见一个娇媚的曼妙女军官啪啪地解着胸扣，看着就把大门开启了一道缝。春由枝子是找大川追讨运河煤矿图纸的，她会使用一切办法，她甚至还想到让一个中队的日军都上身子，只要一个中队的日军发着狠地从大川手中夺过图纸。如果大川死活不交，如果大川死活不放她出去，那就同归于尽好了，反正她得给花田子小姐一个交代。

但是春由枝子没想到大川答应了却又骗她进了暗道，大川骗她进入暗道之后，又让她脱了衣服替代花田子小姐，让她说她是麻生花田子，她是来伺候大川君的，她要让大川君酣畅淋漓。大川在上她的身子之前还完成了沐浴仪式，大川还仔细地擦拭身上极易藏污纳垢的地方，连脚趾缝里也用香皂抹了。大川还痛哭流涕，还说他一直忘不了跟麻生小姐的第一次，而麻生小姐同时又找了不要脸的侯得才，这让他每天都有生不如死的感觉。不过，能在生命暂存的空白点再行云雨缠绵，他还是要感谢麻生小姐。鉴于此，他准备与麻生小姐同乐同悦同赴佛境，但麻生小姐必须原谅他的无休止，同时还要原谅他动作力度大。大川就把眼泪擦了，伏到身上了又说他不想下去了，如果他不再发着狠地弄一回再弄一回，那就是油干灯枯了。春由枝子知道自己出不去了，夺回图纸的想法过于天真，于是先喊了"一声小姐我回家了"，接着就磕碰了手雷。

最后的一种传说是说小胖子福山诳门带路了。

小胖子福山是跟大川约定好了的，小胖子福山叫门喊门，大川听见自然会把门打开，自然认为小胖子福山把人带来，就是为了与他商谈交换条件。仅从这一点来说，其实是小胖子福山出卖了大川中队，但小胖子福山出于长远目标，又是恋着与喜喜小姐成家立业的，把无路可逃的大川中队抛出去，想想也在情理之中，况且又是大川耍阴谋在先。

各种传说真假难辨，只不过县城里的人却坚信他们看到的才是真的。县城里的人看到独立营血溅日军队部之后，营长马二梭随即又发布了新命令，新命令是下给三连长肖八万的，命令他代理独立营营长，完成炸毁运河煤矿的任务之后，马上离开运河湾，沿运河南下寻找杨司令员的野战部队。马二梭又转向侯得印和马立冬，给他们的任务是："尖刀排负责断后，迟疑不决者就地枪毙，恋旧不前者就地枪毙。"马二梭发布完命令之后，使个眼神，示意副营长丁黑豆出列，然后他把手一挥，说："执行吧！"

县城里的人还说独立营所有人都原地不动，命令听清了，却都齐了声地反问营长副营长起为什么不随他们一起走。如果营长副营长是要单独行动，那他们完成任务后，就在某个地方等着好了。县城里的人还说，他们就在这时候听到了营长马二梭的厉声，营长马二梭还骂了粗话，营长马二梭还拔出了手枪，说："你们混蛋！独立营没有家了，独立营算是哪一面的，独立营找不到家，你们死了也要当游魂吗，你们的子孙后代也要当游魂吗？"县城里的人还说，他们亲眼看见营长马二梭把一把小巧玲珑的军刀交给了代理营长肖八万，要肖八万转交杨司令员的话没听到，听到的是最后一句话，营长马二梭说的是："军刀就是命令，不许问为什么。出发！"

传说是说后来的事，此时的侯得章已经容不得小胖子福山再多说了，独立营滥杀无辜，旨在干扰河湾县的稳定局面，其实是亮明了要与他为敌。与他为敌就是与八路军为敌，就是与人民政府为敌，既是敌对关系，那就非铲除不可了。铲除独立营，捕捉马二梭，马上就成了侯得章迫在眉睫要做的事。

这时候的侯得章急中又错，他是被自己的情绪打乱了多年养成的运筹式思维。如果他能通盘考虑，冷静分析，快速反应，片刻决断，他应该马上进城，稳定民心，以防乱中生变。他还应该派人守卫矿井，保持矿井正常运行，哪怕是事倍功半，也毕竟是守残待全。但侯得章还是太情绪化了，一个恨字把他推到了只求一成，不计百失的浅见之中。当然，这之中或许也有坐地为大的意识，想着自己毕竟是主，是干，枝节末梢要一削了之。于是侯得章马上把新一团，连同岳粮丰的矿警团，组建为多支快速反应小分队，同时命令小分队设卡拦截河湾县的各个外出路口。

侯得章最后给副团长牟利光下的命令是："指挥虎保的警卫连和吴春牛的归属排作为机动部队随时应变，哪个路口发现了独立营的踪迹，机动部队就火速赶到哪个路口。"侯得章还要说务必全歼马二梭和他的独立营，看到副团长牟利光拿眼角扫视警卫连连长虎保，而对吴春牛却一眼也不看，他又忍住不说了。他自己则要带着团部机关人员进城，迅速封锁县城，展开全城搜捕。同时查看华章小学的破坏程度，伤亡师生的救护工作也要马上展开。

就快速反应而言，侯得章算是做到了万无一失，而片刻决断，在侯得章来说也并不多见。他是刚刚听到的爆炸声，马二梭的独立营或许还在城内，或许还要等着与他最后一搏。即便逃离县城，短时间内，脚赶脚，独立营也不可能再一次消失得无影无踪。有动必有迹，有声必有音。独立营要么潜伏于县城，要么出城夺路，只要动，就再也别想遁形山林。在侯得章的意识里，马二梭不会带着独立营远走高飞，马二梭之所以一次次与他对着干，根源还是当年原运河独立营被日军偷袭，马二梭把他当成了暗通日军的罪魁祸首，这种村野匹夫的小人之见与狭隘心结不灭，马二梭就会终生与他为敌，起码不会让他在河湾县一帆风顺。

但侯得章最终还是百密一疏，尽管他认为已经考虑周全了，尽管他认为已经做到了万无一失。

矿井是在拦截无果、搜索无迹的一个风雨之夜被炸的。矿井完全坍塌，井架四分五裂，整个矿区顷刻间化为一片废墟。

侯得章又一次吐了血，侯得章还几次拔枪对准了自己的太阳穴，如果不是吴春牛的提醒，侯得章或许真就扣动了扳机。吴春牛说水里没影，地上无形，那只能是钻地道了。吴春牛还夺下了侯得章的手枪，说："侯县长别急，我知道地道口在哪里……"

侯得章死死地盯住吴春牛，侯得章还一个劲儿地揪扯自己的脖子，说："你再让我听一遍！"

吴春牛说："快去啊县长！"

侯得章是带着一团人去的紫云寺，在撞开山门之前，一团人已经把紫云寺围住了。他们从佛龛下边的入口进入地下，最后在曲径通幽处发现了马二梭和丁黑豆，那个地方正好是紫云寺院门东边的白面瓜的墓穴。而一个突击排全死在沉闷甚至还有些喑哑的枪声中，新一团所有人都认为他们把独立营包饺子了，侯得章还准备采用挖竖井爆破的方式，洞塌人困，目的是斩草除根。整个紫云寨人都在那个时辰瞄住了紫云寺，看见新一团先从地道里抬出来的是两个挂彩的伤兵，最后才抬的尸体，从尸体上的伤口看，一排人都是被一枪毙命的。与上一次假扮伤残人不同的是，马二梭和丁黑豆出了地洞就先对视，他们还同时伸出右手，副营长丁黑豆还冲着营长马二梭笑，黑豆还说："好了营长，该走的走了，该来的来了，一切都如愿了。"

第十六章

有好长一段时间，侯得章都在考虑独立营的战法，后来才想明白他并没有真正了解营长马二梭。马二梭先是把花子余带领的花家岗子第一营送到野战部队，是不想让日军血洗了的花家岗子村绝种，而单单把侯得印留下，证明马二梭那时候就认定了与新一团必有一战。接着又以清理门户的方式，让已显出二心的吴春牛自我暴露，吴春牛不知是计或将计就计，带着一营保安纵队去而复返投了新一团。独立营看似损兵折将，实则是借机剔出了离皮离骨的二心摇摆人员，留下的却是可以同生共死的铁杆知音。马二梭也许早就察觉到了吴春牛的心迹，他反叛易主是早晚的事，不忍心对吴春牛下手，或许是想到了吴春牛曾为独立营立下过汗马功劳，或许只是因为丁黑豆独困死牢时，吴春牛曾经送过几次夹了咸菜的窝头。但马二梭一定不会想到吴春牛最终会出卖他们。

侯得章还反复想过地道交火的前前后后，想着还是马二梭先吃透了他，或者说先吃透了吴春牛。马二梭知道血袭了日军队部，新一团一定会沿途设卡拦截，于是声东击西趁机炸了矿井。马二梭知道在矿井被炸之后，他一定会就地搜寻无路可逃的独立营，还知道立功心切的吴春牛，必定会先想到紫云寺地洞。于是马二梭再一次借势造势，在地洞里抵抗不过是要故意拖延新一团的追捕行动。而如果不进入地道，马二梭炸了矿井之后再率众突破包围圈，几乎是不可能的。马二梭施展拖刀计，不是要使自己险中求胜，而是要让困境中的独立营得以脱身。独立营的大部人马再一次消失于茫茫大平原上，留给他的只是谜一样的马二梭，以及马二梭谜一样的心路。

其实，说侯得章思考了好长一段时间并不准确，侯得章把全部精力包括一切可利用的时间，都用在社会治安和更新图强上，再有就是千头万绪的具体工作。进城之后，他先是到医院看望了被炸伤砸伤烧伤的华章小学师生，他还给受伤的师生道歉，责备自己晚到了一步。随后是开仓放粮。他用库粮代替抚恤金，安葬了死亡的华章小学的老师，又以河湾县县长的身份，亲自带着粮食，逐一登门，去慰问死亡女学生的家长。他说了许多顺便节哀的话，还表示人民政府一定会严惩凶手，包括日伪敌特、盗贼匪顽等。接着是宣布河湾县人民政府成立，接着是召开庆祝大会。庆祝会没燃放烟花，礼炮是以迫击炮替代的，迫击炮是冲着老河套放的。再接着是恢复原各乡乡公所，以及原工商联合会，工商联合会代管农工商贸林渔运等几大门类。又专为运河煤矿成立了河湾县矿产资源委员会，他亲自担任主任。紧接着又去师范学校商谈恢复招生，侯得章的时间几乎是分秒必争的，而这一切，都是在警卫连的前截后堵中开展的，没有警卫连的护卫，他几乎什么也干不成，更不用说按部就班地工作了。

侯得章躲不开的是父亲侯登科，父亲侯登科天明天黑地跟着他，父亲侯登科还不住声地嘟嘟囔囔，怎么看都像是县长带着父亲闲玩儿的。而侯得章最忌讳的就是影响，父亲侯登科的形影不离，很容易让人产生联想，想着二番出任县长，仍旧一身二职的侯得章，还是难免入俗，当年是怎么丢失的河湾县，怕是早已忘却了。侯得章愈是要证明自己心无旁骛，愈是要证明自己胸怀大公，愈是要闪躲父亲，而父亲侯登科就愈是寸步不离，看着像是父子要同台登场。没有人知道，其实是侯登科自己不敢在家了，也不敢出现在紫云寨村子里了，如果不离开侯家老宅，如果不去县城找儿子得章，他甚至找不到吃饭睡觉的地方。

首先是老二侯登榜拉开了要与老大侯登科拼命的架势，侯登榜还大跑着去了马家，结果他在马家胡同里拦住了马家人。他跟马步正说："老马大哥你就坐在家听讯，有讯我让金猪传给你。金猪没在家是吧，那你就等我的讯吧，你就静着心等我把人带回来吧。"侯登榜拦住了马步正又拦截春子，又拦截兰兰，后来他还把腰里掖了斧头的满秋推到牲口棚里。他站在马家的院门口冲着街上呼喊："这一次他要不亲自把二梭领回来，我活劈了他们父子。我不管大哥不大哥，我不管侄子不侄子。我就要好女婿马二梭！"

侯登榜再回到侯家老宅，这一次抓到手里的是一把剥羊刀子，又让侯黄氏刷洗了一个接引酵母的白瓷盆。白瓷盆里还加了半碗水，水里还撒了一捏盐，然后他带着侯黄氏去了东跨院。侯登榜见了老大侯登科先拱了拱手，还晃了晃手中的刀子，还指了指侯黄氏端着的白瓷盆，又示意侯黄氏到厨房里拉出切菜桌子。最后他对老大侯登科说："大哥，啥话也别说，你只说咱们两个谁先放谁的血吧？说吧，我现在就等你一句话。"侯登科一下子就灰了面孔，先说"老二你别急"，又说"老二你先把刀子放下"，接着再说他不明白老二这是要唱哪一出。侯登榜唰的一声把褂子撕开了，胸膛敞开之后，伸手又要撕扯老大侯登科的褂子，还说："要么你先把我捅了，侯家就没人找你算账了，要么我先把你捅了，接着我就去县城捅侯得章这个小王八羔子。来吧，动手吧，你不捅我捅！"

侯登銮也哭着号着闯进来，侯登銮也是跟老大侯登科要人的。侯登銮说儿子得才根本没去成江南，得才是在济宁货栈转身折回的，还没到运河码头呢，就被新一团的人当汉奸扣押了。到现在他是活不见人死不见尸，即便日本小媳妇不要女婿，他也要跟儿子说上话，哪怕侯得章把儿子得才关到了死牢，他也得隔着窗口望一眼。侯登銮说他现在最恨的就是当大哥的说话不算话，说好了的归队再回新一团，结果得才一回来就被新一团当成了汉奸。侯登銮说着又向前跨一步，说："二哥你先别捅死他，他得带我进城找得才，只要得才回来，你把他用刀剐了我也不管！"

侯登科啊啊地叫着要打侯登銮，说老二没有兄弟情了，老三也不会说人话了，看来他就是憋死难死窝囊死也没人理解了，即便浑身是嘴也说不清了。侯登科啊啊着要侯登銮滚出去，说侯登銮是故意趁火打劫的，他儿子得才是日本媳妇派出去的，找到找不到跟新一团没啥关系。侯登科恼着又朝侯登榜瞪眼，又说："老二你先把这个不要脸的捅死，我立马带你进城找得章，别管他放不放人，我反正得让你跟好女婿马二梭说上话。捅啊，捅死他！"

侯登榜不搭理侯登銮，侯登榜还是握着刀子逼近侯登科，还是一连声追问谁先捅死谁。侯登科先朝自己脸上打一巴掌，接着就说他愿意去县城找儿子得章，至于人民政府会给马二梭定什么罪，不仅他说不准，县长一个人恐怕也说不准，毕竟马二梭滥杀无辜了，毕竟马二梭肆意破坏了，毕竟马二梭亲手制造冤案了。侯登科最后又说："老二，你心疼女婿我明白，我还是得先把丑话搁在前边。我进城为马二梭求情行，我骂儿子打儿子都行，但是我没把握立马把人带来，我带不来你也不能恼我。"

侯葛氏从喜喜屋里跑出来推搡侯登科，哭着说："快去吧，你给儿子说，这个县长咱不当了，咱安稳稳地回家娶亲生子。亲娘哎，没法儿活了……"

侯登榜拉开侯葛氏又追到门口，望着侯登科的背影说："带来带不来你都得摸个实底，我不听糊弄人的空话！"

侯登銮也跟着说："对，谁都不是三岁两岁，糊弄话谁不会说啊？"

侯登科走到街上又看到了马家人，倒没看见金猪，马家人是三女二男齐齐站在胡同口的。马步正还把拐棍夹到了胳肢窝里，马步正还把烟袋别在胸扣上，他铁青着脸，直勾勾地望着侯家老宅。兰兰看见侯登科，快走几步要跪下，春子冲过去抓住了兰兰的衣领，春子啐着口水，说："兰兰你多余！兰兰你给谁磕头啊，你该着给他磕头吗，他还是你亲大爷吗，县城里坐大堂的还是你哥吗？"春子还要打兰兰，又说："兰兰你听着，哪个王八羔子敢动二梭一指头，我就叫他一家子同时辰过三年！"

玉树远远地搭了声，说："侄媳妇说得好，紫云寨人不都是孬种，运河湾也不是哪一家的。不就是胜者王侯败者寇吗？不就是马上封侯，封了侯再杀马吗？那就齐着伙地白刀子进红刀子出好了。我丁玉树早就挨过日伪汉奸的刀子了，大不了再挨一回人民政府的。"玉树还大跑着追赶侯登科，还挺着脖子呼喊，说："侯老太爷，你只把二梭领来就行了，反正我还有个豌豆，豌豆还是八路军的机枪班班长。顺便再告诉你，你顺便再告诉侯县长，我已经有儿媳妇了，儿媳妇也有了身孕了，我知足了！"

玉树说这话时，金猪和香芝已经坐在了西河湾侯月娥家里。

金猪和香芝是先去的紫云寺，他们没见到马箅子，马箅子搬到了侯月娥家，金猪和香芝二番再去侯月娥家时，马笸子已经打好了裹腿，马笸子还在百纳袋里装了一摞饼。饼是侯月娥烙的，烙的是油盐饼，水葫芦是斜挎在肩上的。香芝看见马笸子就哭了，说她现在才明白二梭叔为啥让她急着跟黑豆结婚，又为啥让她离开独立营。二梭叔把后边的事都放到前边想了，就是没想到有力使不上的人会是啥滋味。金猪拽着不让香芝哭，侯月娥也紧着劝香芝别哭，侯月娥还拿手指马笸子，说："你笸子爷早就想到这一天了，挖了暗洞没中用，他现在连死的心都有，他是听我说了不让贼心人如愿，才咬着牙打消了死心。毕竟救人是最当紧的，他要去牸牛山搬兵劫狱，他让你们两个也紧着分开，一个去分区控诉，一个去野战部队找杨司令员。你们都紧着准备吧，我去县城打听消息……"

金猪扑通跪下抱住了马笸子的腿，说："笸子爷，您是不是已经掐算出二叔他们带着凶险？"

马笸子拿手摩挲金猪的头，咬着牙闭上了眼。

香芝顿时涨红了脸，说她去苏鲁交界处找杨甫力司令员，她要让杨司令员下令放人，杨司令员知道独立营是在抗战中立下战功的，他不会不管。香芝还说肖连长他们也许已经找到野战部队了，如果还没到，她碰上了就把他们截回来，大不了再来一次化装偷袭，反正县城里边他们已经摸熟了。香芝让金猪去分区，尽管不知道分区又挪到了哪里，金猪打听着寻找，不会找不到。她又叮嘱金猪找到分区之后，先想办法见到作战部的薛部长，要是不巧遇到了政治部的岳部长，那就什么也别说，岳部长是袒护侯得章的，说了反倒不好。香芝说她想骑着黑驴上路，黑驴通人性，知道她心里是急的，不催也会快跑。香芝还说她不想回家了，金猪回家牵牲口时，顺便知会公爹一声就行了。

金猪擦了泪往外跑，侯月娥却抓住了金猪的手，说："你也别回家了，传话我传，你跟我到东院牵牲口去，跟你笸子爷一人一匹马。咱们啥话都别说了，都快着上路吧！"

进了县城的侯登科却没急着回家传话，他是寸步不离地跟着儿子，看着像是跟儿子没说够话的。侯登科还一遍遍地追问儿子得章是怎么考虑的，说如果还是跟先前一样，还是先关押了熄熄火性，他就什么话也不说了。如果犯的是十年八年的大罪，他还是要提醒儿子多斟酌多考虑，毕竟江山好改，本性难移，谁也不知道十年八年之后会是什么样子。侯登科甚至还说他是不打算回侯家老宅了，二闷驴再蛮横不讲理，谅他也不敢对喜喜母女怎么样。

至于马家人会怎么样，兰兰又会怎么样，他现在也顾不上想了，一想起来就浑身起鸡皮疙瘩。还有丁玉树，他是压根儿不放在心上的，丁玉树爱说什么随他说去，他纵有天大的本事，也骑不到人民政府头上。侯登科最后又对儿子得章说："怎么老是我一个人说话啊，我还没听你跟我说一句，咋办啊他们两个，是放啊还是不放？放又怎么个放法，不放又有哪些说法。儿啊，你得给我一句话啊！"

侯得章还是没说话，侯得章说他还有个紧急会议要召开，临走又跟警卫连连长使眼色，嘴里说的是老人身体有些不适，找个安静地方让老人休息一下。警卫连连长虎保就带着侯登科去了原186团的作战室，进去就把前后两道院门锁上了。侯登科果然睡了一觉，醒来又要找儿子得章，摸摸哪道门都是上了锁的，侯登科扯着嗓子骂，骂儿子得章耍了他，他在县城又吃又睡，家里那两个活人怎么办，一天两天地等不到回话，他是不是真不要家了。接着又说他在窗口接饭接汤，跟下大狱又有啥区别，要当囚犯就当真的，干脆给他戴上镣铐好了。骂得口渴了，侯登科又呼喊虎保，说虎连长过来陪他下四棋也行，玩儿憋老牛也行，权当去烦免心焦。到了第三天，警卫连连长虎保不在窗口放碗放碟了，虎保是开了锁径直进屋的，虎保脸上还像挂了霜，看见侯登科先摇了摇头，跟着又长长地叹息。侯登科一把要抓住虎保的手，自己的手倒先哆嗦得抓不住，只是变貌变色地望虎保，说："这么说，人民政府要给马二梭上刑罚？"

虎保摇摇头。

侯登科又说："真是十年八年不放人？"

虎保还是摇头。

侯登科啊了一声又拿手捂嘴，说："不会是个死罪吧？"

虎保不摇头了，虎保叹息着闭上了眼。

侯登科最后见到儿子是在第四天的晚上。侯得章是自己拿凳子坐到父亲身边的，侯得章说他忙里偷闲又读了一遍《论语》，这一次着重读了"里仁篇"，同样有所感慨。子曰："里仁为美。择不处仁，焉得知？"孔老先师只知教君子选"仁"地而远"恶"处，焉知"仁"地亦有歹徒生。"恶"如腐臭，其味飘荡，远之又能如何。子曰："不仁者不可以久处约，不可以长处乐。仁者安仁，知者利仁。"意思是说，一个没有道德修养的人，不能长久过穷困的生活，也不能长久过安乐的生活。天生有人偏要置社会法纲于不顾，天生有人偏要骄横跋扈，偏要为所欲为，又该怎么办。一个天生有仁德的人，以仁德为他生活中的最大快乐、最高理想，然也。然纵有天生之德，纵有最高理想，"仁"地之"恶"未除，他还能快乐起来吗，他还能实现最高理想吗。

侯登科的脸还是煞白煞白的，变不过色来，拦截着说他再不想听这些，他现在最想听的，就是人民政府是不是要下判决书了，如果是，他就再不回紫云寨了，家里那两个活的他也不要了，反正他回去也是一死。侯登科说："侯得章，侯团长，侯县长，是不是呀？"

侯得章先说王子犯法与庶民同罪，又说人情大不过法，说着走到窗前，人是冲着窗口说话的。他说："让他们各自准备后事吧。"说过了忽然又喷了脸，盯着问父亲侯登科把马上封侯的梦说给别人听过没有，如果没说，那就再不要提。新政权不相信胡言乱语，谁要拿胡言乱语说事，他就是新政权的敌人。

侯登科果然没再回侯家老宅，侯得章是派警卫连连长虎保带人去的紫云寨，侯得章还到粮栈借了一辆马车，马车是留给母亲侯葛氏和妹妹喜喜坐的。一连人簇拥着侯葛氏和喜喜，侯葛氏拿包袱包住头脸，流了泪又拿包袱擦，擦着抹着不哭出声来。喜喜先是捂脸，捂着又抓起针线筐子遮挡，遮挡着不让二叔侯登榜的棍子砸到头上。看着警卫连推搡二叔二婶，喜喜又扔下针线筐子，说："没法儿啊二叔二婶。我是侄女，你们不能打我，俺娘是嫂子，你们也不能打她，你们去县城打我哥吧，你们把他的县长帽子打下来，咱们还是一个老侯家。"喜喜说着也哭，哭到老三侯登銮家门口，喜喜说得才的事别再难为她哥了，她哥是真没抓他。

马车要过马家胡同了，喜喜又冲着马家人呼喊，说："兰兰姐你恨俺哥吧，为了二梭你也得恨俺哥，俺哥是县长，县长不说放人，县长不可恨谁可恨啊。"侯葛氏也想跟兰兰说句话，侯葛氏还想跟马刘氏赔不是，结果她撩起包袱却说不出话来，后来侯葛氏就啪啪地拍车帮，拍了车帮又打自己的脸。好在一连人手拉手围住了马车，要冲上去厮打的人都被外圈的警卫拿枪挡住了。

马家人已经断烟火了，马刘氏先还问春子二梭又怎么了，是不是又在磨坊里刺杀侯得章了，是不是又离开兵营没请假啊。如果还是跟上次一样，是跟侯得章犯了别扭，她知道二梭脾气不好，她愿意替儿子赔礼道歉去，反正她快死了，有个老脸也不值钱了。春子抱着马刘氏大哭，说："我的个傻婆婆娘啊，这一次是死活不放人了，二梭十年八年也回不来了，您要是活不到十年八年，二梭回来您也看不见了。"春子还让兰兰哭，春子还让兰兰追着马车哭，就当是为侯家老宅送殡的，哭她们一身晦气也是好的。兰兰这一次却一滴泪也没流，兰兰回家收拾包袱，包袱里包了自己的衣服，又掀开衣柜翻找二梭的替换衣服。后来兰兰还把一屋子猫头猫眼绣花样揭下来，拿粉莲纸包了放到包袱里。兰兰还要往包袱里藏剪刀，春子又跑过来堵住了小东屋门，春子说："兰兰你先别去，咱爹说还不到时候……"

　　马步正进了堂屋就喊春子，马步正要换新衣服，马步正还要春子把满秋的新袜子找出来给他穿，说他要把一身送老衣全穿上，他要到侯县长的大堂上等死。他原来的袜子留给大儿子满秋，满秋到老了之后，就不会再遇到儿子被人下大狱的事了，满秋只要把金猪给他守全活了，马家的后人就是有伴的。但马步正最终也没去成县城，马步正等来的是侯登科，侯登科是嘴里咬着一根草棒进的马家院子。

　　侯登科是来传话的，说人民政府法外开恩，允许马二梭的媳妇侯兰兰留宿探监。

　　兰兰是三天后离开的县城，兰兰披头散发，奔跑着呼叫，过了运河大桥说她怀上马二梭的孩子了。兰兰听到了身后的枪声也没回头，兰兰进了紫云寨村口就不跑了，她见谁就跟谁说悄声话。兰兰还臊红了脸，说："你知道吗，我怀上二梭的孩子了……"

篇外篇

　　运河湾里关于马二梭的死也有许多传说，有说公审大会开过了是不假，马二梭被押到刑场了也不假，监斩官验明正身这一项也有了，执行特殊任务的刑警也立好架势了，这些都是真的。但是，监斩官刚要发布口令时，不早不晚，偏偏杨司令员的加急电报到了。电报是警卫连连长虎保快马加鞭送到刑场的，电报上有两行大字，写的是："活见马二梭，不要冤鬼魂。"落款特别注明了发报人的身份，标注的是冀鲁豫军区司令员杨甬力。这话就等于古时的刀下留人，监斩官当场就哑了声，跟头流水地跑到执行刑警面前，拿自己的身体挡住了枪口，接着他就灰了面孔，好久之后才缓过气来，指着马二梭发的是恨声，说："你，你……又让你逃过一劫！"

但是也有传说马二梭根本没被往刑场押，是在监狱死牢门前的小空地上被枪毙的，为了防备马二梭死前记住行刑人的五官相貌，行刑人坚持让人给马二梭戴上眼罩，不把马二梭的眼睛蒙住，给他提职也不当枪手。但眼睛根本蒙不住，因为拿黑布的人也不想让马二梭死前记住他，争论来争论去，连让马二梭背过身去也想到了，意思是打后脑勺，反正后脑勺上没眼睛。但是拉马二梭转身的人也不干，说还没走过去呢，马二梭就记住他了，人在临死前记人最准。最后只好拿黑布罩住了行刑人的头脸，行刑人是拿机枪估摸着方位扫射的，前后相距三五步远，要把人打死并不难。住在监狱附近的居民说听到的是乱枪，嗒嗒的，其实跟放炮仗也没多大区别，倒是一前一后的冷场让人揪心，隔着一堵墙，反倒觉着跟看见的一样。明明没有动静了，反倒觉着马二梭的腿还是一伸一缩的，马二梭的头还摆过来摆过去，十有八九是没击中脑门。

说马二梭是在死牢里被人勒死的也有。传出这话的人，说出的理由是侯得章在临行刑前又改了主意，先防备的是有人劫狱，后来又担心有人劫法场。因为独立营还有一个半连的人马，马二梭让他们尽快离开运河湾，原本是想保住独立营，当然，马二梭也想让活下来的人都有个好前程。但是，那些人获知营长蒙难，立马再杀回来也是有可能的，况且那些人也是死活不顾的。侯得章防备的就是这一点，于是临时决定不去刑场了，公审大会开过之后，接着又把马二梭押回了大牢，当天夜里就执行了绞刑，因为执行绞刑可以不弄出动静。

传说中副营长丁黑豆死得最奇特，明明中枪了，明明被打成血葫芦了，明明看着是个死尸了，但死尸丁黑豆还是挪动着要跟马二梭拉手，后来还跟马二梭说了话，说的是："咱们两个谁托生得早了，谁就在运河大桥上等对方，你只要看见有个黑影是个壮实的，那就是我。"也有人说黑豆是先说的媳妇香芝，说他估摸着香芝是怀上了，就是不知道香芝会不会跟孩子说到战前结婚这一节。他本人是万分感激马营长的，下辈子还是感激，再到运河湾里来，有机会还是拉大旗聚人马，还是给马二梭当副手。要是再组建独立营的话，开始就立下生死状，还要定下父仇子报。

真实的情况是，香芝根本没找到杨司令员，杨司令员是几年之后才获知马二梭死讯的，杨司令员已经不能再说什么了，毕竟人死不能复生，毕竟战争年代已经过去了。考虑到方方面面的关系，杨司令员决定还是不深究了。况且，杨司令员已经是省军区司令员了，路过山东不过是去北京开会，况且会议结束后还要匆匆返回。杨司令员即便闻讯后大惊大愕，即便想追根究底，用三言两语追问当年事，其实也不容易，但杨司令员的愧惜却是真的。至于有人说杨司令员还曾提出看看马二梭的坟墓，这一点恐怕也不准确，一是身份不合适，二是时间太急促。细想想，主要还应是官身不自由。再退一步说，即便杨司令员真有那想法，也真绕道来河湾县了，地方政府谁出面接待啊，见了面说什么呀，出面接待的领导也作难。

还有金猪。金猪虽然找到分区了，只是当天并没见到作战部的薛部长，薛部长去省军区参加战后新形势会议去了，回来后见到金猪，金猪已经瘦得没人形了。薛部长紧着跟河湾县政府打电话，薛部长只听了一句执行过了，放下电话再没站起来。金猪没回家，他只是朝着紫云寨方向磕了一个头，接着就头也不回地踏上了寻找野战部队的征程。好在金猪带着薛部长的介绍信，虽然没找到杨司令员，但金猪却误打误撞加入了华东军区第三野战军。金猪是带着深仇大恨参军的，打过淮海战役又跟着过长江，又跟着战上海夺厦门，几年后居然做到了副团职，职务比二叔还高。金猪再回到家乡时，在运河大桥上跺过脚，先去爷爷奶奶坟上磕了头，接着就在二叔坟墓四周栽了紫柳。

跟杨司令员同样深有感慨的是花子余，花子余返乡时已经是将军了，花子余返乡是为了参加花家岗子村的蒙难碑祭。仪式结束之后他逢人就打听营长马二梭，县里的接风宴也被他婉拒了，结果他只见到了马二梭的坟墓。马二梭的坟墓四周栽满了紫柳，也许是紫云寺挡住了北风的缘故，也许是栽植人施足了肥水的缘故，紫柳一年四季不落叶，花也比其他地方开得早。

至于马笆子，许多人都说没讯了，有人问侯月娥，侯月娥只说搬救兵去了，早晚得回来。问马笆子的亲儿满心，满心却冲问的人翻白眼，说："你问这些是啥意思，我爹回来不回来跟你有关系吗？我爹不回来你也当不成紫云寺住持。"其实马笆子当初要去牤牛山见原运河独立营的老营长胡腊喜，原本就没有把握，去也知道不该去，他是愧疚着没助马二梭解难，他是愧疚着挖了地洞也是劳而无功，或许去时就没打算回来。还有，当初挖地洞虽然是偷着挖的，新地洞除了金猪，再没有其他人知道，但吴春牛是知道老洞口的，顺着老洞口找新土，最终还是找到了。马筢子最不能释怀的就是这一点，恨死自己的心很难消弭。好在马家人千真万确是把马二梭葬在紫云寺山门外的空地上了，不管马筢子在不在，白面瓜却是在那里等着马二梭的，这一点倒是没落空。马二梭曾经说过，他要给西河湾的侯登仓守着官地，话是在侯登仓炸了官地营之后说的，这句话也应验了。

　　不过，侯得才倒是活下来了，这应该感谢薛一手多年骟猪劁牛积下的技艺功底，那么大两个蛋丸子挤出来居然还能保住性命，论起来也得算是运河湾里的奇迹。有好事人事后透露，侯得才活命之后哪里也没去，一直窝在当初给他止了血的房东家里。房东是个半老徐娘，原来的生计是在家门口卖绒线，后来侯得才告诉了她几处埋银圆的地方，绒线婆娘就不卖绒线了，靠着外财还翻盖了房屋。只是后来人民政府实行户口登记制度，侯得才往哪个身份上挂靠都不像，况且街巷里都知道绒线婆娘一辈子没生养，又是早年死了丈夫的。侯得才只好再回紫云寨，那时花田子小姐已经嫁给了岳粮丰，岳粮丰脱离军籍归了地方，担任的是河湾县矿产局局长，而花田子小姐（户籍花名册上的名字是岳麻花）的身份是运河煤矿统筹公司总经理。好在侯得才已失了房事性趣，也就不生妒意了，再有人问到迷仙绒，他会拿手指羊头，意思是看羊眼圈吧。

　　有人说岳粮丰之所以会得到县长侯得章的重用，其实是源于岳粮丰在处决马二梭时下手了，以先前的认知，县长侯得章是瞧不起当初曾跟侯得才一起脱逃的小班长的。否则，岳粮丰被委了重任，怎么想都是奇怪的。但这事只能停留在猜测上，因为行刑人蒙了黑布，单看身架服装，很难判定是谁。况且，岳粮丰和岳麻花两口子都闭口不提当年事，即便有人想套话，也只能套出当天的。

　　最后要说到兰兰。兰兰的确是得到县长侯得章特许的，侯得章还专为兰兰腾出了自己睡的大床，大床抬进死牢之后，侯得章又让人在死牢的四壁上贴了彩纸。靠近小窗口的地方，还贴了一对鸳鸯戏水图，戏水鸳鸯是用大红油光纸剪的。侯得章还给兰兰特批了三天三夜的亲情假，又命令看守死牢的狱警后撤九步，意思是九九归真。他对堂妹兰兰的情是真的，让堂妹兰兰在期盼中活着也是真的，当然，他恨马二梭也是真的。恨着还想给马家留下后人，侯得章应该算是大本真的人了，尽管人民政府不提倡这种私情观念。

兰兰应该是真怀上马二梭的孩子了，因为有人确实见到兰兰去镇上买布料了，买的是平绒布，平绒布是双色的。兰兰生的是龙凤胎，但龙凤胎绝不会是马家院子里的棠梨变的，尽管马步正曾经不眨眼地盯着望过朝向小东屋的枝条，枝条上的两个棠梨的确比其他枝上的大。兰兰把平绒布买成双色的，应该是让两个孩子区别性别的，红也好，绿也好，岔开色，一看就知道哪个是男哪个是女。兰兰还让卖布的掌柜给足尺寸，兰兰还说孩子长得快，能穿二尺二寸的裤子，她要做就做成二尺半的。不过，也有人说兰兰疯了，还说疯得不轻，她从县城回家的路上，见人就说怀上马二梭的孩子了，其实马二梭临死之前还是不肯与兰兰同房。马二梭说侯得章特许兰兰留宿探监是收买人心，还说他宁愿绝种，也不会让侯得章这种伪君子如愿。如果真是这样的话，兰兰不一定能活下来，要知道，一个女人一旦失了念想，一旦断了念想，每一天每一夜都会变得无限长，况且兰兰又是一直盼着为马二梭生孩子的。

顺便再说说香芝。

香芝的孩子名字起得不雅，是个男孩，叫犄角。名字是爷爷丁玉树起的，玉树自己当过活犄角，即便当上瘾了也不该让隔辈孙子再接上。毕竟活犄角是偷着勾魂抓差的，不管路途远近，鸡叫日出前都要完成交割，论起来也是一累。况且活犄角想假公济私除掉仇人也不容易，阴曹地府在这一点上一直很公正，并不是说做下丧良事的人都不得好死，随便勾魂也是一错。所以香芝专让儿子在日光下奔跑，运河湾里有的是日光。如果是雪舞蔽日的冬季，小儿丁犄角就被扒光了衣服，在日光一样净洁的雪原上，丁犄角又变成黑白分明的一景了，看着是雀跃如精灵的。

但运河湾里再没有活着的马二梭了，这是真的。如果依旧有人说又见到马二梭了，马二梭还是那样高昂着头，那他一定是遇到游魂了。你只要不与他说话，你只要不邀到家里坐坐，游魂其实跟真人差不多，走对面也看不出哪里不一样。

运河湾里现在也有许多游魂……

2022 年早春于运河湾里

后 记
——关于本真文学的话题

在创作《运河湾》之前的几年里，我曾一度让自己回归到中学时代，开始痴迷于阅读各类书籍，很像少年时期的薄皮寡肚样。什么都好吃，什么都能吃，吃饱了还想吃。为了让自己看起来像个作家，我还选择了几条理由，其中一条是"思索读书与写作的关系"，这样的理由一旦贴到脑门上，读什么样的书都是应该的了，反正思索无形。其实还有一条我没往脑门上贴，那就是"作家应该是杂家"，这句话说出来很像个学者，可惜我不是。我给自己放置了杂货筐。我先后读了《山海经》，读了《伤寒论》，读了《太平广记》，读了《淮南子》，我甚至还在一本少了封面的《梅花易数》上勾勾画画。结果我发现关于正经文学的书我几乎一本没读，仿佛自己是故意要远离文学，并且越远越好。这样的发现使我吃惊不小，我是一直膜拜着文学的，怎么会终止了对文学的虔诚呢？我应该在杂货筐里随便摸一本才对呀，怎么偏偏剩下的全是文学书呢？于是我又强迫着自己去想发展到今天，文学还有存在的必要吗？如果有，那一定不仅仅是因为柳上梢头眉弄春。

那么，让文学复归文学之初又会怎么样呢？作为话本艺术，小说只占领了茅舍市井，偏偏茅舍市井又是支撑广厦的基础。基础就是心根，心根就是语田。既然话语可种可收可酿可醉，那么文学就一定是向内向下的，浮云犁田者只能自造臆想风景。向内向下是扪心自问，扪心自问是叩启禅机的，我读了远离文学的书，不就是要摒弃浮云的禅机吗？于是写作的命题又一次自远而近。为此，我以虔诚的甚至是敬畏的文学之心，创作了以精神承载灾难的长篇小说《腰带神仓》。我在书中追忆了精神与灾难的碰撞，我在生与死的信仰里感受到了精神的呐喊：死不可怕，可怕的是精神的溃败……

这是2013年的事，在那之后，我又有过一段时间的寂寥，说是郁郁寡欢也可以，究其原因，完全是因为我的心被关于精神与死亡的命题揉碎了。我决定换一种思索方式，或者说，我要换一种生死论证，我要看看脚下的土地是怎样孕育新生又是怎样收回旧命的。于是，我又开始躁动于静寂的乡原故土，在村俚俗唱登场之即，我就明了这里将是我的灵魂安妥处。既然如此，我为什么不能直指脏腑呢？我为什么要修饰要遮掩呢？我为什么还要推演文学之外的世界呢？就土地的本真而言，就生命的存在形式而言，新生小儿的第一声啼哭与西归老残的最后一声叹息，又有哪些区别呢？由此我知道《运河湾》必须有四部延伸体，一如我要追根溯源就必须先挖掘，而后依次是辨年轮、察印痕、掏底蕴，最后我还要让大地复原如初。如果我能使精神复死复生，我就等于找到了大地与精神共耻共荣的交汇点，这就够了。一如麻五和马二梭之死，一如固执地认为炸了日军兵营就可以拥有官地的侯登仓，一如为爱先死的白面瓜，一如借尸说话不知疼痒的丁玉树，甚至包括凡俗莫辨又生死不明的紫云寺住持马笸子。

《运河湾》脱稿之后，我很想使用"游魂四卷"贯题，还以法国作家普鲁斯特的《追忆似水年华》为例，而当友人要我说清"游魂"是什么时，我竟一时惶惑。"游魂"是什么，我只能说是一种意象，抑或是我生命感知中的存在形式，但这样说只会让人更茫然。我要说的是，运河湾里是应该有游魂的，游魂是待召的风云雪雨，在百年磨砺中幻化为精神。游魂是不朽的精灵，沧海桑田难移其志。游魂呼之即来，挥之即去，精神亦然。在我的意识中，一方地域是应该有精神的，精神就是文化的内在形式，精神就是信仰的动发之源，一如刚烈之于忠诚，一如大爱之于毁灭，一如永恒之于消亡。死了的不会白死，活着的不会白活。子弹射穿了的红兜肚，在期盼人眼里变成了勾魂摄魄的美目桃花瞳，快意恣肆的马二梭依旧生死不顾。官地之争在抗战胜利后戛然而止，随着运河煤矿的出现，运河湾终于跳出了家族的羁绊，即便是遗腹子的哭声，亦同样是新生命的礼赞。

我终于找到灵魂安妥处了。

我还想说，我理解的文学是精神的载体，亦是精神的物化。文学应以真诚坦诚虔诚做基石，文学之造化与造弄之文学，应有天壤之别，云泥之异。拿文学应景的技巧，拿文学取宠的铺设，拿文学卖身的兜售，只能是聪明人的自误，最后反倒使聪明的社会人变成狗皮膏药的贴敷者。狗皮膏药无罪。勾弄着、戏耍着、萌嗔着，让人愿意买愿意贴，就是罪魁祸首，就是酥胸软腰杀人刀。静下神来，物我自通，待妙至灵现，那时汇聚文章，定会超越食禄功利之浮躁，嬉笑作伐之喧嚣。为文之道还应是善者之道，上善若水，厚德载物。善至必神至，神至必灵通，通则万物归心。于是，性本真人之本真乃至文学之本真，也便如白茫茫大地置于穹庐之悠。以上就是我创作四卷体长篇小说《运河湾》的感悟，以及对于文学的呼应，我愿意把这些文字命名为"关于本真文学的话题"。至于我以后还能再写什么，我现在一无所知，但有一点是清晰的，如果要写，依旧会是而且必须是我的文学本真。否则，我宁可消失在运河湾里，风一样雨一样交由日月星辰。

　　由此说来，以"运河湾"为命题，似乎仍不是我的本意，本意应该与本真生死相依。那么，就暂且让我的"运河湾"承载精神承载信仰承载生命的激越与死亡的璀璨吧，同时以文学为证。

　　还有，我要向竭力促成《运河湾》问世的秦超先生及两位默默付出精心审稿的编辑王春晓、杨云芳致敬；我要向给予《运河湾》莫大关爱的赵德发先生致敬；我要向张炜、张丽军先生等诸位师友对本书的长期关爱致敬。我感激他们。是真心，也只有真心！

2022年早春于运河湾里